Le Livre de Poche Jeunesse

LE MAGICIEN D'OZ

Lyman Frank Baum

LE MAGICIEN D'OZ

Traduit de l'anglais (États-Unis)
par Marianne Costa

Rédaction des notes : Philippe Rouet

1

Le cyclone

Dorothée habitait dans une ferme au milieu des grandes prairies du Kansas[1], avec son oncle Henry et sa tante Em. Leur maison n'était pas très grande car on avait dû, pour la construire, acheminer du bois par chariots depuis l'autre bout du pays.

Il n'y avait donc que quatre murs surmontés d'un toit, formant une seule grande pièce avec pour tout mobilier une cuisinière rouillée, un buffet, une table, trois ou quatre chaises et les lits. Oncle Henry et Tante Em dormaient dans le grand lit et Dorothée dans son petit lit, à l'autre bout de

1. État situé au centre des États-Unis d'Amérique.

la pièce. Pas de grenier, et pas de cave non plus, si ce n'est une sorte de trou creusé à même le sol, qu'on appelait l'« abri aux cyclones ».

C'était là que la famille se réfugiait lorsqu'une grande tempête se levait, un de ces tourbillons de vent assez puissants pour tout démolir sur leur passage. On accédait à l'abri par une trappe de bois située au milieu de la pièce, et sous la trappe une échelle menait jusque dans le réduit sombre.

Parfois, Dorothée sortait sur le pas de la porte et regardait le paysage. En toutes directions, à perte de vue, s'étendait la grande prairie monotone. Pas un arbre, pas une habitation ne venait rompre cette étendue immense et plate qui s'en allait rejoindre le cercle de l'horizon. La terre labourée, cuite par le soleil, n'était plus qu'une grande masse grise parsemée de petites craquelures. Même la prairie n'était pas verte : les moindres brins d'herbe, brûlés par le soleil, avaient fini par prendre cette teinte grise qui dominait le paysage. Quant à la maison, autrefois badigeonnée de couleurs vives, le soleil en avait écaillé la peinture et toutes ses couleurs avaient été emportées par les pluies d'automne, si bien qu'elle se fondait désormais dans la triste grisaille du paysage.

À l'époque où Tante Em s'était installée là, elle était encore jeune et jolie. Mais elle avait subi, elle aussi, le soleil et le vent. Ses yeux avaient perdu leur éclat, ils étaient devenus gris et pensifs ; ses pommettes vermeilles, sa bouche rose avaient peu à peu perdu leurs belles couleurs. Elle était mince et sèche, elle ne souriait plus jamais.

Lorsqu'elle avait recueilli Dorothée devenue orpheline, Tante Em avait depuis longtemps perdu l'habitude d'entendre rire un enfant. Et, chaque fois que le rire cristallin de la petite fille s'élevait dans le silence de la prairie, la vieille dame s'effrayait, poussait un petit cri et pressait les mains contre sa poitrine. Maintenant encore, elle regardait sa nièce avec effarement dès que celle-ci éclatait de rire.

Oncle Henry ne riait jamais, lui non plus. Du matin au soir, il devait accomplir son dur labeur. Il ne connaissait pas la joie. Et lui aussi, depuis sa longue barbe jusqu'au bout de ses bottes poussiéreuses, était tout gris, sévère et solennel, toujours silencieux.

C'était avec Toto que Dorothée riait et s'amusait. Grâce à Toto, elle avait échappé à tout ce gris qui menaçait de l'engloutir. Toto était un petit chien noir avec de longs poils soyeux et un drôle de museau minuscule au-dessus duquel pétillaient ses yeux sombres et malicieux. Toto passait toutes ses journées à jouer, et Dorothée, qui l'aimait de tout son cœur, jouait avec lui.

Ce jour-là, pourtant, personne n'avait envie de s'amuser. Oncle Henry, assis sur le pas de la porte, considérait le ciel avec anxiété. Des nuages plus gris que d'ordinaire s'amoncelaient à l'horizon. Derrière Oncle Henry, Dorothée, portant Toto dans ses bras, regardait aussi, pendant que Tante Em faisait la vaisselle.

Quelque part au Nord, dans le lointain, le vent se mit à gémir sourdement. Les herbes hautes s'inclinèrent et se gonflèrent comme des vagues, annonçant la tempête. Soudain, vers le Sud, Dorothée et son oncle entendirent comme un sifflement. Ils se retournèrent et virent que dans cette direction-là, aussi, la prairie ondulait sous le vent.

Oncle Henry se leva d'un bond.

— Em, je crois bien qu'un cyclone arrive droit sur nous ! s'écria-t-il. Je vais m'occuper du bétail.

Et il courut vers l'étable où il abritait ses vaches et ses chevaux.

Tante Em abandonna sa vaisselle pour venir sur le pas de la porte. En un coup d'œil, elle comprit l'étendue du danger.

— Vite, Dorothée ! cria-t-elle. Descends à la cave.

Toto, affolé, sauta des bras de la petite fille pour se réfugier sous le lit. Dorothée se précipita pour aller le chercher pendant que Tante Em, tremblant de peur, ouvrait la trappe et se glissait le long de l'échelle dans le trou sombre. Dorothée réussit enfin à attraper Toto. Elle fit quelques pas pour suivre sa tante, mais, alors qu'elle allait atteindre la trappe, le vent s'abattit sur la maison en hurlant, secouant les murs avec une telle violence que la petite fille perdit l'équilibre et tomba assise sur le sol.

C'est alors qu'un événement étrange se produisit.

La maison tourna deux ou trois fois sur elle-même et s'éleva lentement dans les airs... Dorothée éprouva l'étrange impression de faire une ascension en montgolfière.

Les vents du Nord et du Sud s'étaient rencontrés juste au-dessus de la ferme, qui se trouvait désormais au centre exact du cyclone. Dans l'œil d'un cyclone, l'air est généralement immobile, mais le vent exerçait une si forte pression de part et d'autre de la maison que celle-ci décolla, de plus en plus haut, jusqu'à se retrouver au sommet de la tornade. Une fois arrivée là, elle n'en bougea plus et le cyclone l'emporta sur des kilomètres, aussi aisément qu'une plume sur la brise.

Il faisait affreusement sombre et le vent poussait des hurlements sinistres, mais Dorothée comprit que le danger était passé. La maison flottait doucement. Après une ou deux secousses, elle prit sa vitesse de croisière et la petite fille se laissa aller à ce doux balancement comme un bébé dans son berceau.

Toto demeurait inquiet. Il faisait les cent pas

dans la maison, avec des aboiements sourds, pendant que Dorothée, assise par terre, attendait de voir ce qui allait se passer.

Au cours de ses allées et venues, Toto s'approcha trop près de la trappe et tomba. La petite fille crut un instant qu'il était perdu, mais elle se rassura en voyant une de ses oreilles pointer hors du trou. La pression de l'air était si forte que le petit chien se trouvait maintenu comme sur un coussin. Alors Dorothée s'avança à quatre pattes vers la trappe, saisit Toto par son oreille et le hissa vers elle. Puis elle referma la trappe pour éviter qu'un tel accident ne se reproduise.

Les heures s'écoulaient et, peu à peu, la petite fille se remit de sa peur. Mais elle se sentait très seule, et le vent hurlait si fort autour d'elle qu'elle faillit devenir sourde. Elle avait d'abord craint d'être écrasée si la maison retombait par terre, mais le temps passait et rien de tel ne se produisait. Elle cessa donc de s'inquiéter et résolut d'attendre calmement le résultat de cette étrange aventure. Enfin elle s'avança sur le sol incertain jusqu'à son lit et s'y étendit. Toto, qui l'avait suivie, vint se blottir auprès d'elle.

Alors, malgré les secousses et les hurlements du vent, la petite fille ferma les yeux et s'endormit.

2

Au pays des Munchkins

Dorothée fut tirée de son sommeil par un choc violent et inattendu, heureusement amorti par le matelas de son lit. Elle n'avait rien de cassé, mais la secousse lui coupa le souffle. Toto enfouit son petit museau dans le cou de sa maîtresse avec un gémissement pitoyable. Que s'était-il passé ?

La petite fille s'assit sur son lit et constata que la maison ne bougeait plus. Par le carreau de la fenêtre, un soleil resplendissant illuminait la chambre. Elle sauta sur ses pieds et, suivie de Toto, courut ouvrir la porte.

Le spectacle qui s'offrait à elle lui arracha un cri émerveillé. Les yeux arrondis par la surprise, elle contemplait sans se lasser le superbe paysage au milieu duquel le cyclone avait déposé sa maison. Tout autour d'elle s'étendaient des pelouses charmantes et des vergers aux arbres chargés de fruits mûrs. De chaque côté du chemin, des massifs de fleurs déployaient leurs corolles, et des oiseaux rares au plumage chamarré voletaient en chantant parmi les fleurs et les branches des arbres. À quelque distance de là, un ruisseau argenté coulait entre deux rives verdoyantes.

Le murmure de ses eaux claires sonnait, aux oreilles de Dorothée, comme une musique délicieuse après le silence de la grande prairie grise.

Tout en se délectant de ce spectacle si charmant et si nouveau, la petite fille aperçut un groupe de gens qui venaient au-devant d'elle. Et il faut dire que c'étaient les créatures les plus bizarres qu'elle eût jamais vues... Quoique de petite taille, nettement plus petits que les adultes qu'elle côtoyait d'ordinaire, ce n'étaient pas des nains. En fait, ils avaient à peu près la même taille que Dorothée, qui était grande pour son âge, mais ils avaient l'air bien plus vieux qu'elle.

Le groupe se composait de trois hommes et d'une seule femme, tous vêtus de la plus étrange façon. Ils portaient des chapeaux pointus de trente centimètres de haut, avec des bords ronds autour desquels tintinnabulaient de minuscules clochettes. Les hommes avaient des chapeaux bleus ; celui de la petite bonne femme était tout blanc et elle arborait une robe blanche, semée d'étoiles minuscules et brillantes comme des diamants, qui tombait en plis souples depuis ses épaules.

Les hommes étaient tous vêtus de bleu et chaussés de bottes bien cirées terminées par un large revers du même bleu. Ils devaient avoir le même âge qu'Oncle Henry, car Dorothée remarqua que deux d'entre eux portaient la barbe. Mais la petite bonne femme était beaucoup plus vieille, comme l'indiquaient son visage sillonné de rides, ses cheveux blancs et son maintien guindé.

Le groupe s'arrêta à quelques pas de la maison de Dorothée. Comme s'ils avaient peur d'aller plus avant, les petits personnages se mirent à délibérer à voix basse. Puis la bonne femme s'avança vers Dorothée, lui fit une profonde révérence et déclara d'une voix douce :

— Bienvenue au pays des Munchkins, très noble Sorcière. Nous voulons te témoigner notre reconnaissance, car tu as tué la Vilaine Sorcière de l'Est et libéré notre peuple de son injuste domination.

Les yeux ronds, Dorothée tentait de comprendre ce que ce discours signifiait. Pourquoi cette femme l'appelait-elle « noble Sorcière » ? Comment avait-elle pu tuer la Vilaine Sorcière de l'Est ? C'était le cyclone qui l'avait amenée là, elle n'avait jamais tué personne de sa vie.

Comme la petite vieille attendait une réponse, Dorothée se lança, hésitante.

— Vous êtes bien bonne, madame, mais vous devez faire erreur. Je n'ai tué personne.

— Si ce n'est vous, c'est votre maison volante ! repartit la petite vieille dans un éclat de rire. C'est donc bien grâce à vous qu'elle est morte. Regardez plutôt. Là, au coin, voyez-vous ces deux pieds ?

Dorothée tourna les yeux dans la direction indiquée et réprima un cri de terreur. En effet, à l'angle de la maison, sous une grosse poutre de soutènement[1], deux pieds émergeaient, chaussés de souliers d'argent qui étincelaient dans le soleil.

— Mon Dieu, mais c'est affreux ! s'exclama la petite fille en se tordant les mains. La maison lui est tombée dessus... Que pouvons-nous faire ?

— Mais... rien du tout, répondit calmement la petite vieille.

— Qui est-ce que j'ai tué ?

— La Vilaine Sorcière de l'Est, vous dis-je. Depuis des années, elle asservissait le peuple des Munchkins, les forçant à travailler nuit et jour. Ils sont libres, désormais, et ils entendent vous témoigner leur gratitude.

1. Poutre soutenant le toit.

— Et qui sont les Munchkins ? demanda Dorothée.

— Ce sont les habitants de ce pays, la Contrée de l'Est, naguère dirigée par la Vilaine Sorcière.

— Et vous, êtes-vous une Munchkin ?

— Non, non. Je suis leur amie, mais j'habite la Contrée du Nord. Lorsque les Munchkins ont constaté la mort de la Vilaine Sorcière, ils ont dépêché un messager jusque chez moi et je suis venue aussitôt. Je suis la Sorcière du Nord.

— Saperlipopette ! s'écria Dorothée. Vous êtes donc une véritable sorcière !

— Oui, certes. Mais je suis une bonne sorcière, et mon peuple m'aime beaucoup. Hélas ! Je suis moins puissante que la Vilaine Sorcière de l'Est, sans quoi j'aurais libéré les Munchkins depuis longtemps.

Dorothée n'était pas tout à fait tranquille à l'idée qu'elle parlait avec une véritable sorcière.

— Je... Je croyais que toutes les sorcières étaient méchantes, dit-elle d'un ton hésitant.

— Voilà une grande erreur, répliqua la Sorcière du Nord. Voyez-vous, jusqu'à aujourd'hui, il y avait quatre sorcières au Pays d'Oz. Deux de ces sorcières, celle du Nord et celle du Sud, sont de bonnes sorcières. Je sais de quoi je parle, n'est-ce pas, puisque je suis l'une des deux. En revanche, à l'Est et à l'Ouest, il y avait deux méchantes sorcières. Maintenant que vous avez tué la Vilaine Sorcière de l'Est, il ne reste plus qu'une Vilaine Sorcière dans tout le Pays d'Oz, et c'est celle qui habite la Contrée de l'Ouest.

Dorothée réfléchit profondément.

— Mais enfin, dit-elle après un long silence, ma Tante Em m'a dit que toutes les sorcières étaient mortes depuis des années...

— Qui est cette Tante Em ? demanda la petite vieille.

— C'est ma tante, elle habite au Kansas, qui est le pays d'où je viens.

Ce fut au tour de la Sorcière du Nord de réfléchir profondément. Pour ce faire, elle inclina la tête et garda un moment les yeux fixés sur le sol. Enfin elle releva la tête et dit :

— Je ne sais pas où se trouve la Contrée du Kansas et je n'en ai même jamais entendu parler. Dites-moi, est-ce un pays civilisé ?

— Oh, que oui !

— Voilà donc l'explication de notre mystère. Dans les pays civilisés, il ne reste plus la moindre sorcière, ni même d'enchanteurs, de fées ou de magiciens. C'est du moins ce que je me suis laissé dire. Mais le Pays d'Oz, voyez-vous, n'est nullement civilisé, car nous sommes coupés du reste du monde. C'est pourquoi il y a encore des sorcières et des magiciens parmi nous.

— Des magiciens ? Et qui sont-ils ? demanda Dorothée.

— Le plus puissant d'entre eux n'est autre que le Grand Oz en personne, répondit la Sorcière du Nord dans un murmure. Oz, qui a donné son nom à ce pays, possède des pouvoirs qui nous dépassent tous. Il habite la Cité d'Émeraude.

Dorothée s'apprêtait à poser d'autres questions, mais les Munchkins, qui s'étaient tenus tranquilles jusque-là, commencèrent à pousser des cris perçants en désignant l'angle de la maison sous lequel la Vilaine Sorcière gisait écrasée.

— Que se passe-t-il ? demanda la petite vieille.

Elle jeta un coup d'œil dans la direction indiquée et éclata de rire. Les pieds de la sorcière avaient disparu. Il ne restait que ses souliers d'argent.

— Elle était bien vieille, expliqua la Sorcière du Nord. Le soleil l'a complètement ratatinée et elle est tombée en poussière. Voilà tout ce qui reste d'elle. Mais, ajouta-t-elle en se tournant vers Dorothée, les souliers d'argent vous reviennent de droit. Tenez, ils sont pour vous.

Sur ces mots, elle ramassa les chaussures, les épousseta et les tendit à la petite fille.

— La Sorcière de l'Est y tenait comme à la prunelle de ses yeux, expliqua-t-elle. Ces souliers sont probablement enchantés, mais personne ne sait exactement quel est leur pouvoir.

Dorothée prit les souliers et les porta dans la

maison. Après les avoir déposés sur la table, elle revint vers les Munchkins et déclara :

— J'aimerais retourner chez mon oncle et ma tante. Je suis sûre qu'ils se font beaucoup de souci pour moi. Pourriez-vous m'aider à retrouver mon chemin ?

Les Munchkins et la Sorcière échangèrent des regards entendus puis, se tournant vers Dorothée, secouèrent la tête.

— À l'Est, tout près d'ici, dit le premier Munchkin, s'étend un immense désert. Personne n'a jamais pu le traverser sans mourir de soif.

— Et c'est la même chose au Sud, intervint le second. Moi qui ai voyagé, je peux vous l'assurer. Au Sud se trouve le pays des Quadlings.

— On m'a affirmé, poursuivit le troisième, que c'est la même chose à l'Ouest. La Contrée de l'Ouest, où vivent les Winkies, est sous la domination d'une Vilaine Sorcière qui ne manquerait pas de vous réduire en esclavage si vous passiez à sa portée.

— La Contrée du Nord, où se trouve mon royaume, dit la petite vieille, est bordée par ce même désert aride dont on vous a parlé. Je crains bien, ma chère, que vous ne deviez vous résoudre à vivre parmi nous.

À cette idée, Dorothée se mit à sangloter. Elle se sentait perdue parmi ces créatures bizarres. Ses larmes désolèrent les doux Munchkins : sortant leurs mouchoirs, ils se mirent à sangloter de concert. Quant à la petite vieille, elle enleva son chapeau et se chatouilla le nez avec la pointe tout en marmonnant : « Un, deux, trois » d'un ton solennel. En un clin d'œil, le chapeau se métamorphosa en une grande ardoise sur laquelle on pouvait lire à la craie :

DOROTHÉE DOIT SE RENDRE
À LA CITÉ D'ÉMERAUDE

La petite vieille éloigna l'ardoise de son nez, lut l'inscription et demanda :

— Est-ce que vous vous appelez Dorothée, ma chère ?

— Oui, répondit la petite fille en séchant ses larmes.

— Alors il est écrit que vous devez vous rendre à la Cité d'Émeraude. Peut-être Oz vous aidera-t-il.

— Et où se trouve cette Cité ?

— Au centre exact de ce pays. C'est notre capitale, sur laquelle règne le Grand Oz. Vous vous souvenez, n'est-ce pas ? Oz, le Magicien dont je vous ai parlé.

— J'espère qu'il ne me fera pas de mal. Est-ce un brave homme ? s'enquit la petite fille avec anxiété.

— Oz est un grand Magicien. Quant à savoir

si c'est un homme ou non, je suis incapable de vous le dire, car je ne l'ai jamais vu.

— Et comment puis-je me rendre à la Cité d'Émeraude ?

— À pied. Le voyage est long. Vous traverserez des étendues riantes et d'autres sinistres, sombres et effrayantes. Mais je mettrai à contribution tous mes pouvoirs magiques pour assurer votre sécurité.

— Vous ne voulez pas venir avec moi ? supplia la petite fille.

Après tout, la Sorcière du Nord était la seule amie qu'elle ait rencontrée dans ce pays étranger.

La petite vieille secoua la tête, attendrie.

— Cela m'est impossible, petite Dorothée, mais je vous donnerai un baiser. Personne n'osera faire de mal à quelqu'un que j'aurai embrassé.

Elle s'approcha de la petite fille et lui posa un baiser sur le front. Ses lèvres laissèrent sur sa peau une trace ronde et brillante, comme Dorothée, croisant son reflet dans l'eau d'une source, ne tarda pas à s'en apercevoir.

— La route qui mène à la Cité d'Émeraude est pavée de briques jaunes, reprit la Sorcière. Vous ne pourrez pas la manquer. Lorsque vous rencontrerez Oz, n'ayez pas peur. Racontez-lui votre histoire et demandez-lui son aide. Allons, chère petite, l'heure est venue de nous séparer. Bonne route.

Les trois Munchkins firent une profonde révérence à la petite fille et lui souhaitèrent bon voyage, puis ils s'éloignèrent entre les arbres. La Sorcière adressa un dernier signe de tête à son amie, tourna trois fois sur elle-même et disparut, à la grande surprise de Toto qui s'empressa d'aboyer de toutes ses forces. En sa présence il n'avait pas osé l'approcher ni même gronder, mais il profita de ce que tout danger était écarté pour se déchaîner.

Quant à Dorothée, qui commençait à s'habituer aux sorcières, elle n'avait pas été étonnée de la voir disparaître ainsi.

3

L'Épouvantail

Demeurée seule, Dorothée se rendit compte qu'elle mourait de faim. Elle rentra dans la maison, ouvrit le buffet et se confectionna une tartine de pain beurré qu'elle partagea avec Toto. Puis elle prit un seau sur l'étagère et descendit à la rivière pour le remplir d'eau fraîche et cristalline. Toto fit une échappée vers le verger et se mit à aboyer contre les oiseaux perchés dans les arbres. Dorothée, en allant le chercher, trouva les fruits si beaux qu'elle en cueillit quelques-uns pour compléter son déjeuner.

De retour dans la maison, elle se servit, ainsi qu'à Toto, une bonne rasade d'eau fraîche et pure, puis elle entama les préparatifs de son voyage. Elle n'avait qu'une seule robe, mais cette robe était toute propre et bien repassée, pendue à un cintre derrière son lit. C'était une robe de guingan[1] à carreaux bleus et blancs, un peu délavée mais encore très jolie.

La petite fille fit sa toilette, enfila sa robe et se coiffa d'un bonnet rose pour se protéger du soleil. Dans un panier, elle déposa le reste du pain qu'elle avait trouvé dans l'armoire et le recouvrit d'un linge blanc. Enfin, elle jeta un coup d'œil à ses pieds et fut désolée de trouver ses chaussures si usées.

— Elles ne tiendront jamais jusqu'à la Cité d'Émeraude, dit-elle. Qu'en penses-tu, Toto ?

Le petit chien la regarda de ses yeux intelligents et remua la queue pour lui signifier qu'il avait compris. Mais au même moment, Dorothée avisa, posés sur la table, les souliers d'argent de la Vilaine Sorcière de l'Est.

— Regarde, Toto. Je me demande si ces chaussures m'iraient... Celles-là, au moins, elles ne risquent pas de s'user pendant le voyage.

Et, joignant le geste à la parole, elle enleva ses vieilles chaussures. Les souliers d'argent lui allaient à la perfection, comme s'ils avaient été faits sur mesure.

— En route ! déclara-t-elle en ramassant le

1. Robe de coton.

panier. Nous voilà partis pour la Cité d'Émeraude.

Elle ferma soigneusement la porte et mit la clé dans la poche de sa robe. Parmi les dizaines de chemins qui serpentaient entre les prés, un seul resplendissait comme un soleil : c'était la route pavée de briques jaunes.

Dorothée s'y engagea, suivie de Toto, et bientôt ses talons d'argent résonnèrent gaiement sur le pavé. Chemin faisant, elle découvrait avec émerveillement la beauté du paysage qui l'environnait. Des deux côtés de la route couraient des clôtures pimpantes badigeonnées de bleu, derrière lesquelles s'étendaient des champs luxuriants et des jardins potagers. À l'évidence, les Munchkins étaient des fermiers avertis.

De temps en temps, Dorothée passait devant une petite maison. Alors les habitants sortaient sur le pas de la porte et la saluaient par de profondes révérences ; la nouvelle s'était répandue qu'elle avait mis fin à la tyrannie de la Vilaine Sorcière de l'Est. Les habitations des Munchkins étaient toutes construites sur le même modèle un peu bizarre : bien rondes, avec un toit en forme de dôme. Et toutes étaient peintes en bleu, la couleur préférée des citoyens de la Contrée de l'Est.

Après avoir marché plusieurs heures, elle décida de s'accorder un peu de repos. Elle grimpa donc sur la barrière qui bordait la route et s'assit là, les yeux perdus dans un grand champ de maïs. Au milieu du champ, on avait attaché un épouvantail à un poteau pour empêcher les oiseaux de picorer les grains de maïs bien mûrs.

Le menton dans la main, Dorothée l'observa un moment. Il avait, en guise de tête, un petit sac rempli de paille où on avait peint des yeux, un nez et une bouche. Un vieux chapeau pointu d'un bleu délavé, qui avait dû appartenir à un Munchkin, et un costume bleu encore plus vieux que le chapeau, bourré de paille lui aussi, complétaient sa silhouette. À la place des pieds, deux bottes à revers bleus, et derrière le dos, le poteau qui le tenait debout...

Alors que Dorothée continuait son examen, à sa grande surprise, l'épouvantail lui fit un petit clin d'œil. Comment un œil peint sur un sac pouvait-il cligner ? De mémoire de Dorothée, jamais un épouvantail du Kansas n'avait fait une chose pareille ! Elle dut néanmoins se rendre à l'évidence lorsqu'elle vit la tête de ce curieux personnage s'incliner vers elle en signe d'amitié.

Elle sauta donc de la barrière et s'avança vers lui, pendant que Toto courait autour du poteau avec des aboiements furieux.

— Bien le bonjour, dit l'Épouvantail d'une voix enrouée.

— Est-ce que... Est-ce que vous m'avez dit

quelque chose ? demanda Dorothée avec saisissement.

— Mais certainement ! Je vous ai souhaité le bonjour.

— Alors bonjour à vous, répondit-elle poliment. Comment allez-vous ?

— Couci-couça, fit l'Épouvantail en souriant. Je commence à en avoir assez de rester pendu à ce poteau jour et nuit pour faire peur aux oiseaux.

— Vous ne pouvez pas descendre ?

— Mais non, figurez-vous. Ce satané poteau est planté dans mon dos. Si vous étiez assez bonne pour m'en dégager, je vous serais infiniment reconnaissant.

Aussitôt, Dorothée souleva l'Épouvantail de son support. Son corps de paille ne pesait pas lourd et elle n'eut aucun mal à le déposer sur le sol.

— Grand merci, dit-il. Je me sens comme un homme neuf.

Dorothée, surprise d'entendre l'Épouvantail se désigner lui-même comme un homme, ne répondit rien. Sa surprise arriva à son comble lorsqu'elle le vit bâiller, s'étirer, enfin se lever et s'avancer vers elle.

— Comment vous appelez-vous ? demanda-t-il. Et où allez-vous de ce pas ?

— Je m'appelle Dorothée et je me rends à la Cité d'Émeraude pour rencontrer le grand Magicien Oz. Je voudrais qu'il m'aide à retourner au Kansas.

— La Cité d'Émeraude ? Le grand Magicien Oz ? Je n'en ai jamais entendu parler...

— C'est incroyable ! Tout le monde connaît Oz.

— Oui, sans doute... Mais moi, voyez-vous, je suis absolument ignorant. C'est à cause de toute cette paille dont on m'a rempli. Je n'ai pas de cerveau.

La petite fille le regarda avec compassion.

— C'est terrible, murmura-t-elle.

— Croyez-vous, reprit l'Épouvantail, que si je vous accompagne à la Cité d'Émeraude, Oz acceptera de me faire cadeau d'un cerveau ?

— Je n'en ai aucune idée. Mais si vous avez envie de venir avec moi, je n'y vois pas d'inconvénient. Après tout, même si Oz ne veut pas vous accorder ce que vous lui demanderez, vous ne perdrez rien à essayer.

— C'est juste. D'ailleurs, je suis bien content que mon corps entier soit garni de paille : ainsi, je ne peux en aucun cas me faire mal. Si on me marche sur les pieds ou qu'on me pique, je ne sens rien. C'est très pratique. Mais ce qui me chagrine, c'est d'être un idiot. Avec ma tête bourrée de paille, je ne peux rien apprendre, je ne sais pas réfléchir comme vous qui avez un cerveau...

— Je comprends, dit Dorothée sincèrement touchée par la détresse[1] de son nouveau compagnon. Croyez bien que j'intercéderai[2] en votre faveur.

— Merci beaucoup, répondit l'Épouvantail avec un sourire de gratitude.

Ils escaladèrent la barrière et retrouvèrent la route de briques jaunes.

Tout d'abord, Toto ne vit pas d'un très bon œil cet intrus qui emboîtait le pas à sa maîtresse. L'air soupçonneux, il reniflait l'Épouvantail en grondant, comme s'il s'attendait à voir un rat surgir de ce nid de paille.

— N'ayez pas peur de Toto : il n'a jamais mordu personne, expliqua Dorothée.

— Je ne crains rien, répondit l'Épouvantail. Un coup de dent dans de la paille, cela ne peut pas faire grand mal. Voulez-vous que je porte votre panier ? N'hésitez pas, je ne suis jamais fatigué. À vrai dire, il n'y a qu'une chose que je redoute...

— Et quoi donc ? Oh, sans doute de rencontrer le fermier qui vous a fabriqué...

— Non, dit l'Épouvantail. La seule chose qui me fasse peur, c'est une allumette enflammée.

---

1. Sentiment d'impuissance.
2. J'interviendrai.

4

À travers la forêt

Au bout de quelques heures de marche, la route devint nettement moins bonne. Les briques jaunes étaient disjointes par endroits, ce qui rendait la progression des deux amis plus difficile. De temps en temps, l'Épouvantail trébuchait.

L'allure des fermes qui bordaient la route se dégradait, elle aussi, à vue d'œil. Elles étaient de plus en plus éparses, les vergers se faisaient rares et le paysage tout entier avait l'air à l'abandon.

À midi, ils s'assirent sur le bord de la route, non loin d'un ruisseau. Dorothée sortit le pain de son petit panier, mais lorsqu'elle en offrit un morceau à l'Épouvantail, celui-ci refusa poliment.

— Je n'ai jamais faim, expliqua-t-il, et je m'en

porte fort bien. Si je voulais manger, il faudrait percer le tissu de ma bouche peinte, la paille en sortirait et ma tête perdrait sa belle forme ronde.

Dorothée, frappée par la justesse de cette remarque, acquiesça tout en dégustant un morceau de pain.

— Parle-moi de toi et de ton pays, reprit l'Épouvantail.

Dorothée décrivit à son ami les grandes étendues grises du Kansas et le cyclone qui l'avait transportée au Pays d'Oz. L'Épouvantail écoutait avec attention.

— Ce que je ne comprends pas, dit-il, c'est la raison pour laquelle tu tiens si fort à retourner dans cette contrée aride et grise que tu appelles le Kansas. Tout est bien plus beau, ici.

— On voit bien que tu n'as pas de cerveau, répondit Dorothée. Tu ne sais pas que nous autres, les êtres humains, nous sommes attachés par-dessus tout à l'endroit d'où nous venons.

— Il y a tant de choses que je ne comprends pas, soupira l'Épouvantail. Si tout le monde avait, comme moi, la tête pleine de paille, le Kansas serait désert, car personne ne voudrait y vivre...

Dorothée sourit à cette idée.

— Dis-moi, reprit-elle, tu ne veux pas me raconter une histoire ?

— Une histoire ? Mais je n'ai encore presque rien vu. Je suis né d'avant-hier et je n'ai aucune idée de ce qui s'est passé avant ce jour-là. Cependant, je peux au moins te raconter le jour de ma naissance...

Dorothée acquiesça et l'Épouvantail entama son récit :

— Par bonheur, le fermier qui m'a fabriqué a commencé par me peindre deux oreilles. Ainsi, j'ai pu entendre sa conversation avec l'autre Munchkin qui l'accompagnait. Il lui a demandé :

« Comment trouves-tu ces oreilles ?

— Elles ne sont pas droites, a répondu l'autre.

— Je m'en moque, a dit le fermier. Ce n'en sont pas moins des oreilles », et il avait bien raison. La conversation a continué pendant que le fermier dessinait mon œil droit. Dès que celui-ci a été peint, j'ai vu le fermier, puis je me suis mis à regarder autour de moi avec une curiosité immense. C'était mon premier regard sur le monde !

« Cet œil n'est pas mal, a déclaré le Munchkin qui regardait mon fermier travailler.

— Je vais lui faire l'autre un peu plus grand », a dit le fermier.

Aussitôt dit, aussitôt fait. J'y voyais encore mieux de l'œil gauche que du droit. Puis il a peint mon nez et ma bouche, mais je n'ai rien dit, car à l'époque je ne savais pas à quoi servait une bouche. Je me suis bien amusé à les regarder fabriquer mon corps, mes bras et mes jambes.

Lorsque, enfin, ils ont posé ma tête sur mon corps, je me suis senti tout fier. Quelle belle allure j'avais !

« Les corbeaux vont avoir une sacrée frousse ! a dit le fermier. Regarde-le, il a vraiment l'air d'un homme.

— Mais oui, c'est un vrai bonhomme », a dit l'autre.

Tu penses si j'étais d'accord ! Le fermier m'a pris sous son bras et m'a porté jusque dans le champ de maïs, puis il m'a accroché à ce poteau. Ils sont partis tous les deux et m'ont laissé planté là.

Tous les oiseaux qui s'approchaient du champ s'enfuyaient à ma vue, ils me prenaient pour un Munchkin. Je me sentais important. Bientôt, un vieux corbeau s'est approché de moi, puis, après m'avoir regardé avec attention, s'est perché sur mon épaule.

« Le fermier qui t'a fabriqué nous prend vraiment pour des imbéciles, a-t-il déclaré. La ruse est grossière. N'importe quel corbeau de bon sens verrait que tu n'es qu'un mannequin de paille. »

Puis il s'est laissé tomber à mes pieds et s'est mis à picorer le maïs. Les autres, voyant que je ne lui faisais pas de mal, sont venus manger eux aussi et bientôt je me suis retrouvé au milieu d'une centaine d'oiseaux.

Cette situation m'attristait, car elle prouvait que j'étais un piètre épouvantail. Mais, voyant ma tristesse, le vieux corbeau est venu me parler.

« Si tu avais un cerveau, tu vaudrais autant que tous les Munchkins, et même plus que certains d'entre eux. Qu'on soit un homme ou un corbeau, la seule chose qui compte, c'est d'être intelligent. Et pour cela, il faut un cerveau. »

Après le départ des oiseaux, je me suis mis à réfléchir, et j'ai décidé que je mettrais tout en œuvre pour acquérir un cerveau. Quelle chance que tu aies croisé mon chemin ! Maintenant que tu m'as libéré de ce poteau et que tu m'as proposé de m'emmener voir le Grand Oz, je suis sûr que la chance va me sourire.

Dorothée hocha la tête.

— Je l'espère de tout mon cœur, dit-elle. Tu as tellement envie de devenir intelligent...

— Oh, oui ! C'est si frustrant de savoir qu'on n'est qu'un idiot au crâne bourré de paille !

— Eh bien, mettons-nous en route, conclut la petite fille en tendant le panier à son ami.

Il n'y avait plus de barrières au bord du chemin, et les terres environnantes étaient sauvages et incultes. Vers le soir, les voyageurs débouchèrent dans une grande forêt aux arbres immenses dont les branches entremêlées dessinaient une voûte au-dessus de la route de briques jaunes.

Au bout d'une heure, le soleil se coucha. Les

deux amis se retrouvèrent dans le noir. Toto, que l'obscurité ne gênait pas, ouvrait la marche. L'Épouvantail déclara qu'il y voyait aussi bien qu'en plein soleil, et Dorothée lui prit le bras. Ainsi leur voyage continua sans encombre.

— Si tu aperçois une maison ou un endroit pour passer la nuit, dit Dorothée, préviens-moi. J'ai du mal à marcher dans l'obscurité.

Bientôt, l'Épouvantail s'arrêta.

— Il y a une maisonnette à droite, dit-il. Ce n'est qu'une cabane de rondins. Veux-tu que nous allions y jeter un coup d'œil ?

— Oh oui ! Je suis épuisée.

Il guida la petite fille jusqu'à la cabane. Dans un coin, elle trouva un lit de feuilles sèches où elle s'étendit. Toto grimpa auprès d'elle et bientôt elle dormait à poings fermés.

Quant à l'Épouvantail, qui ne connaissait pas la fatigue, il s'assit à l'autre bout de la pièce et attendit tranquillement le matin.

5

Le sauvetage du Bûcheron en Fer-blanc

Lorsque Dorothée ouvrit les yeux, le soleil brillait à travers les branches des arbres et Toto folâtrait à la poursuite des oiseaux. Seul l'Épouvantail, assis dans son coin, attendait qu'elle se réveille.

— Il faut trouver de l'eau, dit-elle.

— Pourquoi as-tu besoin d'eau ?

— Pour me laver. Regarde, j'ai les joues pleines de poussière. Pour boire, aussi, car mon pain doit être sec et je ne veux pas m'étouffer.

— Ce doit être bien inconfortable d'être humain, dit l'Épouvantail d'un air pensif. On est obligé de dormir, de manger et de boire. Mais enfin, tu as un cerveau, toi. Cela vaut bien quelques inconvénients.

Ils quittèrent la cabane et marchèrent quelque temps dans la forêt jusqu'à ce qu'ils trouvent une petite source aux eaux cristallines, où Dorothée fit ses ablutions[1]. En prenant son petit déjeuner, elle s'aperçut que la miche de pain avait beaucoup diminué depuis le début du voyage. « Encore heureux que l'Épouvantail ne mange pas, pensa-t-elle. Il en reste à peine assez pour Toto et moi jusqu'à ce soir. »

Une fois son repas terminé, alors qu'elle s'apprêtait à repartir, elle entendit un grognement qui la cloua sur place.

— Qu'est-ce que c'était ? demanda-t-elle avec effroi.

— Je n'en ai aucune idée, répondit l'Épouvantail. Allons voir.

À peine eut-il fini de parler qu'un second grognement se fit entendre, qui semblait provenir de derrière eux. Ils revinrent sur leurs pas et Dorothée aperçut quelque chose qui brillait dans un rai de lumière tombant d'entre les arbres. Elle courut voir de quoi il s'agissait et s'arrêta net, avec un cri de surprise.

L'un des arbres avait été entaillé à la hache, pas assez cependant pour tomber, et auprès de

1. Se lava.

l'arbre se tenait un homme dont le corps et le visage étaient tout entiers de fer-blanc. Il tenait encore à la main sa hache levée, comme pour frapper, mais la rouille l'avait figé dans une immobilité complète.

Dorothée et l'Épouvantail le contemplèrent avec stupéfaction, pendant que Toto aboyait comme un fou. Il tenta même de lui mordre les mollets mais ses canines se heurtèrent au fer-blanc.

— Est-ce vous qui avez poussé ce grognement ? interrogea Dorothée.

— Oui, répondit l'Homme en Fer-blanc. Voilà un an que j'appelle à l'aide, mais personne ne m'avait entendu jusqu'ici.

Il parlait d'une voix triste qui émut la petite fille.

— Que puis-je faire pour vous ? demanda-t-elle avec douceur.

— Aller chercher une burette[1] et huiler mes articulations, fit-il. Je suis tellement rouillé que je ne peux plus bouger, mais avec un peu d'huile, tout rentrera dans l'ordre. Vous trouverez la burette sur une étagère, là-bas, dans ma cabane.

Dorothée se précipita dans la cabane où elle avait passé la nuit et trouva effectivement la

1. Petit récipient servant à verser l'huile de graissage.

burette. Revenue auprès de l'Homme en Fer-blanc, elle demanda :

— Où dois-je en mettre ?

— Sur mon cou, d'abord.

Le cou était couvert de rouille et l'Épouvantail dut faire pivoter la tête de l'infortuné bûcheron plusieurs fois avant que celui-ci ne parvienne à bouger tout seul.

— À mes bras, maintenant, dit-il.

Dorothée répéta l'opération et, avec l'aide de l'Épouvantail, les bras de l'Homme en Fer-blanc se trouvèrent débarrassés de leur rouille. Alors, avec un soupir de satisfaction, il posa sa hache contre le tronc d'arbre.

— Quel soulagement ! Voilà des mois et des mois que je tenais cette hache à bout de bras. Si vous voulez bien me dérouiller les jambes...

Dorothée s'exécuta. L'Homme en Fer-blanc retrouva toute sa souplesse et remercia mille fois les deux compagnons de l'avoir dégrippé[1], car il était poli et courtois.

— Je ne sais pas combien de temps je serais resté bloqué sans votre intervention, dit-il. Vous m'avez sauvé la vie. Comment se fait-il que vous soyez passés par là ?

— Nous sommes sur le chemin de la Cité d'Émeraude, indiqua Dorothée. Nous allons voir

1. Dérouillé.

le Grand Oz. Je cherchais un abri pour la nuit et nous avons fait halte dans votre cabane.

— Pourquoi allez-vous voir Oz ?

— Moi, je voudrais qu'il m'aide à retourner au Kansas, et mon ami l'Épouvantail aimerait un cerveau à se mettre dans la tête.

Le bûcheron eut l'air de réfléchir pendant un instant, puis il dit :

— Croyez-vous qu'Oz pourrait me faire cadeau d'un cœur ?

— J'imagine que oui, répondit Dorothée. C'est aussi simple que de doter l'Épouvantail d'un cerveau.

— Certes. Eh bien, si vous me permettez de me joindre à vous, j'aimerais aller à la Cité d'Émeraude pour demander son aide au Magicien.

— Vous êtes le bienvenu, s'exclama l'Épouvantail avec chaleur. Dorothée approuva et l'Homme en Fer-blanc les suivit, la hache sur l'épaule, jusqu'à la route de briques jaunes. Il avait prié Dorothée d'emporter la burette dans son panier.

— S'il se met à pleuvoir, avait-il dit, et que je rouille de nouveau, nous en aurons grand besoin.

Les deux compagnons eurent bientôt sujet de se féliciter de cette rencontre, car, quelques centaines de mètres plus loin, ils se retrouvèrent bloqués par un entrelacs inextricable de branches. Le Bûcheron en Fer-blanc se mit au travail et, à l'aide de sa hache, il eut tôt fait de dégager le passage.

Quelque temps plus tard, Dorothée, plongée dans ses pensées, ne s'aperçut pas que l'Épouvantail s'était encore pris les pieds dans un trou de la route et qu'il avait roulé sur le bas-côté. Il l'appela pour qu'elle vienne l'aider à se relever.

— Mais pourquoi n'avez-vous pas évité ce nid-de-poule[1] ? demanda l'Homme en Fer-blanc.

— C'est parce que je suis idiot, répondit l'Épouvantail en riant. J'ai la tête pleine de paille, voyez-vous, et c'est pourquoi je vais demander à Oz de me doter d'un cerveau.

— Je comprends. C'est important d'avoir un cerveau... Mais il y a plus important.

— Vous avez un cerveau, vous ?

— Non. Tel que vous me voyez, ma tête est vide. Mais, dans le temps, j'avais un cerveau et un cœur. Eh bien, pour avoir essayé l'un et l'autre, je peux vous dire qu'un cœur est plus précieux.

— Pourquoi donc ?

— Je vais vous raconter mon histoire. Vous comprendrez...

Et ainsi, chemin faisant, l'Homme en Fer-blanc raconta son histoire :

— Mon père était bûcheron, dit-il. Il coupait des arbres et vendait le bois pour vivre. Moi aussi,

---

1. Trou dans la route.

devenu grand, je me mis à abattre des arbres. Puis mon père mourut et je continuai de travailler pour faire vivre ma mère. Un beau jour, je résolus de me marier, car je ne voulais pas finir solitaire.

Je connaissais une jeune fille Munchkin très jolie que j'aimais de tout mon cœur. Elle avait promis de m'épouser le jour où j'aurais assez d'argent pour construire une maison qui lui convienne. Je me mis donc à travailler plus dur que jamais. Mais cette jeune fille vivait avec une vieille mégère qui voulait à tout prix empêcher ce mariage : elle était si paresseuse, cette mégère, qu'elle voulait garder mon amie chez elle comme bonne à tout faire.

La vieille s'en fut donc trouver la Vilaine Sorcière de l'Est et lui promit de lui donner deux moutons et une vache si elle parvenait à empêcher le mariage. Aussitôt, la Vilaine Sorcière jeta un sort à ma hache.

Le lendemain, alors que je travaillais de bon cœur, la hache s'échappa de mes mains et me coupa la jambe gauche. J'en fus d'abord consterné, car il n'y a pas d'exemple qu'un unijambiste puisse faire un bon bûcheron. Mais je connaissais un ferblantier[1] à qui je demandai de me fabriquer une jambe en fer-blanc. Il fit si bien que je m'habituai rapidement à ma prothèse, et

1. Celui qui fait commerce des objets en fer-blanc.

je repris le travail. Hélas ! Cela ne fit que redoubler l'animosité de la Vilaine Sorcière de l'Est. Elle avait promis à la vieille que je n'épouserais pas ma fiancée et n'entendait pas s'avouer battue.

C'est ainsi que je me blessai une deuxième fois avec la hache enchantée. Un beau jour, elle m'échappa de nouveau et me coupa la jambe droite. Derechef, je retournai voir mon ferblantier qui me confectionna une deuxième prothèse. Et puis la hache me coupa les deux bras et moi, sans me décourager, je les fis remplacer. L'affreuse Sorcière ordonna alors à la hache de me couper la tête. Je crus bien, ce jour-là, que c'en était fait de moi, mais mon ferblantier était si adroit qu'il parvint à me fabriquer une nouvelle tête.

Cette fois, je pensais avoir vaincu mon ennemie. Mais je sous-estimais sa cruauté : elle découvrit enfin le moyen de vaincre mon obstination. La hache m'échappa de nouveau et me trancha le corps en deux. Une fois de plus le ferblantier vint à mon secours. Il réussit à me confectionner un nouveau corps auquel il accrocha solidement mes bras, mes jambes et mon cou. J'avais retrouvé presque toutes mes capacités... sauf une, hélas !

Je n'avais plus de cœur, et mon amour pour la jolie Munchkin était mort à tout jamais. Désormais, je me moquais bien de l'épouser ou non. Je suppose qu'elle vit toujours avec la vieille mégère et qu'elle attend que je vienne la chercher.

Mais moi, depuis ce jour, je cessai de penser à elle. Mon corps de fer-blanc brillait superbement dans le soleil, j'en étais très fier et je n'avais plus aucun souci. Ma hache pouvait bien m'échapper encore, elle ne risquait plus de me blesser. Ma seule crainte était que mes articulations ne rouillassent, mais j'avais une burette dans ma cabane et je prenais soin de me huiler régulièrement.

Pourtant, un beau jour, je négligeai de m'entretenir. Un orage se déclara et, avant même que j'aie compris le danger qui me guettait, mes articulations rouillèrent. Je me retrouvai paralysé dans le bois où, sans votre intervention, je serais resté jusqu'à la fin des temps.

Je dois dire que j'ai passé des moments difficiles, mais cette année d'immobilité forcée a eu au moins un mérite : j'ai pu réfléchir à loisir à tout ce que j'avais perdu en perdant mon cœur. Du temps où j'étais amoureux, j'étais le plus heureux des hommes, mais comment ressentir encore de l'amour si je n'ai pas de cœur ? C'est pourquoi j'ai résolu de vous suivre et de demander au Grand Oz de m'en donner un. Ainsi, je pourrai revenir chercher ma jolie Munchkin et l'épouser.

Dorothée et l'Épouvantail avaient écouté cette histoire avec le plus vif intérêt. Ils espéraient sincèrement que l'Homme en Fer-blanc parviendrait à obtenir un nouveau cœur.

[illegible] de poser [illegible]
elle. Mon corps [illegible] sur bleu [illegible]
dans le soleil [illegible]
aucun [illegible]. Ma [illegible]
encore [illegible]
sans [illegible] que mes [illegible] ne [illegible]
[illegible]

[illegible]

[illegible] jusqu'à la fin des [illegible]

La route s'[illegible]entant au milieu de la forêt, toujours pavée de [illegible] jaunes, mais elle est jonchée de branch[illegible] et de feuilles mortes [illegible] ses comp[illegible] avaient dû mal[illegible] oiseaux [illegible] [illegible]

[illegible] dence exceptionnelle, s'absent[illegible]. Même il se rapp[illegible] sa maîtresse, et [illegible] son chemin en [illegible] serrant de près.

— Dans combien de temps sera-t-[illegible]-vous de

6

Le Lion Poltron

La route serpentait au milieu de la forêt, toujours pavée de briques jaunes, mais elle était jonchée de branches et de feuilles mortes. Dorothée et ses compagnons avaient du mal à marcher. Les oiseaux se faisaient rares, préférant la rase campagne et le soleil à l'obscurité des bois.

Soudain, un grondement sourd se fit entendre entre les arbres. On eût dit le rugissement d'un animal sauvage. Le cœur de la petite fille se mit à battre la chamade et Toto, manifestant une prudence exceptionnelle, s'abstint d'aboyer. Même, il se rapprocha de sa maîtresse et continua son chemin en la serrant de près.

— Dans combien de temps sortirons-nous de

cette forêt ? demanda-t-elle à l'Homme en Fer-blanc.

— Je n'en sais rien. Je n'ai jamais été à la Cité d'Émeraude. Mais un jour, quand j'étais petit, mon père m'a dit que c'était un long voyage avec des passes dangereuses. Nous saurons que nous approchons du but lorsque le paysage deviendra de plus en plus beau. Moi, en tout cas, je n'ai peur de rien tant que j'ai ma burette à portée de main, quant à l'Épouvantail, tu sais bien que rien ne peut lui faire de mal. Et toi, ma petite Dorothée, tu portes sur ton front le baiser de la bonne Sorcière du Nord, alors sois tranquille : il ne t'arrivera rien.

— Mais Toto, reprit-elle avec anxiété, qui le protégera ?

— Nous-mêmes, si un danger se présente.

Il avait à peine prononcé ces mots qu'un rugissement terrible retentit, et un énorme Lion fit irruption sur la route. D'un coup de patte, il renversa l'Épouvantail par terre, puis il se jeta sur l'Homme en Fer-blanc pour le mordre. Mais, à sa grande surprise, ses dents crissèrent sur le fer. Le bûcheron était tombé par terre, mais sans se faire mal.

Le petit Toto, rendu courageux par la présence de l'ennemi, se jeta sur lui en aboyant à pleins poumons. Le Lion ouvrait déjà sa gueule redoutable pour le croquer, mais Dorothée, craignant pour la vie de Toto, oublia toute prudence. Elle se précipita vers le Lion et lui donna une grande tape sur le nez en criant :

— Ne touche pas à mon petit Toto ! Tu devrais avoir honte... Une grosse bête comme toi, s'attaquer à plus petit que soi !

— Mais je ne l'ai pas mordu, geignit le Lion en se frottant le museau de sa grosse patte.

— Tu as bien failli ! répliqua la petite fille. Espèce de grand lâche.

Le Lion inclina la tête d'un air contrit.

— Oh, je sais bien que je ne suis qu'un poltron, mais je n'y peux rien.

— Ce n'est pas mon affaire, déclara Dorothée. Quand je pense que tu as fait tomber mon ami l'Épouvantail ! Regarde, il est tout abîmé.

Et sur ces mots, elle aida l'Épouvantail à se relever et le rembourra du mieux qu'elle put.

— Tiens, remarqua le Lion, c'est vrai qu'il est rempli de paille.

— Mais bien sûr, grand nigaud, puisque c'est un épouvantail ! répliqua Dorothée toujours en colère.

— C'est donc pour cela qu'il est tombé si facilement, poursuivit le Lion. J'étais bien étonné de le voir rouler à terre. Est-ce que l'autre est également un épouvantail ?

— Non, il est en fer-blanc, expliqua Dorothée.

Et elle s'en fut aider le bûcheron à se relever.

— Voilà pourquoi je m'y suis cassé les dents, murmura le Lion d'un air pensif. Oh, cette affreuse sensation, ce crissement... J'en ai eu des frissons dans l'échine. Et cette petite bête que tu aimes tant, qu'est-ce que c'est ?

— C'est mon chien Toto.

— De quoi est-il fait ? De fer-blanc ? De paille ?

— Pas du tout. C'est un chien... Un chien en chair et en os.

— Quel étrange animal ! Maintenant que je le regarde, il m'a l'air extraordinairement petit. Il faut vraiment être le dernier des lâches pour s'attaquer à une si petite chose, conclut-il tristement.

— Mais pourquoi es-tu ainsi ? demanda Dorothée.

Plus elle regardait le Lion, moins elle comprenait qu'il fût si poltron. Il était grand comme un cheval, et d'allure terrifiante.

— C'est un mystère pour moi, dit le Lion. Je crois que je suis né poltron. Tous les autres animaux de la forêt me prennent pour leur chef, car le Lion est censé être courageux, n'est-ce pas, on l'appelle le Roi des Animaux. Je me suis aperçu qu'il me suffit de rugir pour que toutes les créatures s'enfuient, paniquées. Chaque fois que j'ai rencontré un être humain, jusqu'ici, j'ai appliqué la même tactique. Malgré ma peur, je rugissais un grand coup et il s'enfuyait à toutes jambes. Mais si les éléphants, les ours ou les tigres avaient voulu s'attaquer à moi, c'est moi qui me serais enfui. Je suis si poltron... Pourtant, il me suffit de rugir pour que toutes les bêtes me laissent la voie libre, et moi, bien sûr, je ne suis pas assez fou pour les attaquer.

— Ce n'est pas bien, déclara l'Épouvantail. Le Roi des Animaux ne doit pas être un poltron.

— Je le sais bien, repartit le Lion en écrasant une larme du bout de sa queue. Si vous saviez comme je suis malheureux ! Ma vie est un enfer : chaque fois qu'un danger se présente, j'ai des palpitations.

— Tu es peut-être cardiaque, observa l'Homme en Fer-blanc.

— Peut-être, répondit le Lion.

— En tout cas, poursuivit l'Homme en Fer-blanc, tu as tout sujet de te féliciter, car cela prouve que tu as un cœur. Pour ma part, je n'en ai pas. Je ne suis donc pas cardiaque, mais je n'en suis pas plus heureux pour autant.

Le Lion avait l'air pensif.

— Alors, dit-il, si je n'avais pas de cœur, je ne serais peut-être pas si poltron ?

— Est-ce que tu as un cerveau ? intervint l'Épouvantail.

— Je crois bien. Je n'ai jamais regardé.

— Moi, je m'en vais voir le Grand Oz pour

lui demander de me donner un cerveau. J'ai la tête pleine de paille, vois-tu.

— Et moi, ajouta l'Homme en Fer-blanc, je vais lui demander un cœur.

— Et moi, fit Dorothée, je le prierai de me renvoyer dans le Kansas avec Toto.

— Croyez-vous que le Grand Oz pourrait me donner un peu de courage ? demanda le Lion Poltron.

— Cela lui sera aussi facile que de me doter d'un cerveau, répondit l'Épouvantail.

— Ou de me donner un cœur, ajouta l'Homme en Fer-blanc.

— Ou de me renvoyer dans le Kansas, conclut Dorothée.

— Alors, si cela ne vous dérange pas, j'aimerais bien venir avec vous, reprit le Lion. La vie m'est trop insupportable sans courage.

— Tu es le bienvenu, répondit Dorothée. Tu nous aideras à faire fuir les bêtes sauvages. D'ailleurs, il me semble qu'elles doivent être encore plus poltronnes que toi pour s'enfuir au son de ta voix.

— Sans doute le sont-elles, mais cela ne me rend pas plus courageux pour autant, répliqua le Lion avec logique. Et moi, tant que je serai poltron, je serai malheureux.

Et ainsi, une fois de plus, la petite troupe se remit en route. Le Lion marchait à côté de Dorothée. Bien entendu, Toto ne voyait pas cela d'un très bon œil, car il ne pouvait oublier les terribles crocs de ce nouveau compagnon, mais au bout de quelque temps il se radoucit, et au bout du compte les deux anciens ennemis devinrent les meilleurs amis du monde.

tête. Bien entendu, vous ne voyez pas cela d'un [illegible] quelque temps il se radoucit [illegible] comme les deux autres [illegible] meilleurs amis du monde.

7

Les Kalidahs

Cette nuit-là, les voyageurs durent dormir à la belle étoile, car il n'y avait pas d'habitation en vue. Les branches épaisses d'un grand arbre leur procurèrent un abri sûr contre l'humidité de la nuit, et l'Homme en Fer-blanc abattit une quantité considérable de bûches avec lesquelles ils [illegible] en s'inquiétant de savoir comment [illegible] le lendemain matin.

— Si tu veux, proposa le Lion, j'irai tuer un chevreuil dans les bois. Toi qui as les goûts bizarres des humains, je sais que tu n'aimes pas

7

Les Kalidahs

Cette nuit-là, les voyageurs durent dormir à la belle étoile car il n'y avait pas d'habitation en vue. Les branches épaisses d'un grand arbre leur procurèrent un abri sûr contre l'humidité de la nuit, et l'Homme en Fer-blanc abattit une quantité considérable de bûches avec lesquelles ils firent un feu splendide dont la chaleur et la lumière réconfortèrent Dorothée. Elle partagea avec Toto ce qui restait de la miche de pain, tout en s'inquiétant de savoir comment elle mangerait le lendemain matin.

— Si tu veux, proposa le Lion, j'irai tuer un chevreuil dans les bois. Toi qui as les goûts bizarres des humains, je sais que tu n'aimes pas la viande crue, mais tu pourras le faire rôtir au-dessus du feu. Voilà qui fera un délicieux déjeuner.

— Non, je t'en prie ! s'exclama l'Homme en Fer-blanc. Je pleurerais toutes les larmes de mon corps si tu sacrifiais une créature innocente, et je me remettrais à rouiller.

Le Lion s'en alla néanmoins à la recherche de son propre dîner, et personne ne sut ce qu'il avait tué car il n'en parla point.

L'Épouvantail découvrit un noisetier, cueillit une grande quantité de noisettes et en rapporta un plein panier à Dorothée. Ainsi elle n'aurait plus à s'inquiéter pour les repas à venir. Elle lui en fut bien reconnaissante mais ne put s'empêcher de rire en le voyant ramasser les noisettes : il était si maladroit, avec ses grosses mains bourrées de paille, qu'il en renversa la plus grande partie en voulant remplir le panier lui-même.

Cependant, l'Épouvantail ne se formalisa pas, bien au contraire. Tout le temps qu'il passait à ce travail lui permettait de se tenir éloigné du feu dont il avait grand-peur. Si par malheur une flammèche avait eu la mauvaise idée de bondir sur lui... Toute la soirée, il resta à bonne distance de ce danger, et ne consentit à se rapprocher que pour recouvrir son amie de feuilles sèches et lui souhaiter le bonsoir. Grâce à cette couverture improvisée, Dorothée dormit bien au chaud jusqu'au lever du soleil.

À son réveil, elle se débarbouilla dans l'eau claire d'un ruisseau et les cinq compagnons reprirent leur voyage vers la Cité d'Émeraude.

La journée qui s'annonçait allait être pleine de surprises. Ils ne tardèrent pas à s'en apercevoir : après une heure de marche à peine, ils furent arrêtés par un grand ravin qui coupait la route en deux et se prolongeait à perte de vue dans la forêt.

— Qu'est-ce que nous pouvons faire ? demanda Dorothée, toute désemparée.

— Je n'en ai pas la moindre idée, répondit l'Homme en Fer-blanc.

Le Lion secoua sa crinière touffue d'un air perplexe.

Quant à l'Épouvantail, il déclara :

— Il est clair que nous ne savons pas voler. En outre, aucun de nous ne pourrait descendre le long des parois sans risquer sa vie. Donc, si nous ne pouvons pas non plus sauter par-dessus ce ravin, il faudra rebrousser chemin.

— Sauter ? Je pourrais peut-être essayer, dit le Lion Poltron tout en estimant du regard la distance entre les deux bords.

— Alors tout va bien ! s'exclama l'Épouvantail. Tu nous porteras l'un après l'autre sur ton dos.

— Essayons, répondit le Lion. Qui veut commencer ?

— Moi, fit l'Épouvantail. Si je tombais sur ces rochers, je ne me ferais aucun mal, alors que Dorothée risquerait de se blesser et notre ami le bûcheron, de se cabosser.

— C'est que... C'est que moi aussi, j'ai une peur terrible de tomber, reprit le Lion. Mais, puisqu'il n'y a pas d'autre solution, allons-y. Monte sur mon dos.

L'Épouvantail s'exécuta. Le Lion se ramassa devant le bord du ravin, prêt à bondir.

— Pourquoi ne prends-tu pas un peu d'élan ? demanda son cavalier.

— Ce n'est pas ainsi qu'un Lion procède, répliqua-t-il.

Puis, dans un saut formidable, il s'élança au-dessus du ravin et retomba sain et sauf de l'autre côté. Tous en furent ravis et soulagés. L'Épouvantail mit pied à terre et le Lion bondit sur l'autre bord.

Ce fut au tour de Dorothée de tenter l'expérience. Serrant Toto dans ses bras, elle enfourcha le large dos du Lion et s'agrippa fermement à sa crinière. Un instant plus tard, elle se retrouva dans les airs et, avant même d'avoir pu dire « ouf ! », elle atterrissait de l'autre côté du ravin.

Le Lion revint une troisière fois sur le bord, ramena avec lui l'Homme en Fer-blanc, et enfin tous se retrouvèrent du bon côté de l'obstacle. Ils s'assirent quelques instants pour permettre à leur sauveteur de se reposer, car il haletait de fatigue comme un gros chien qui aurait couru trop longtemps.

De ce côté-là, la forêt était encore plus épaisse, sombre et menaçante. Une fois que le Lion se fut reposé, ils poursuivirent leur chemin sur la route de briques jaunes, chacun se demandant en silence quand ils arriveraient à destination. Des bruits étranges, qui perçaient le silence des bois, mirent un comble à leur malaise.

— Nous arrivons sur le territoire des Kalidahs, expliqua le Lion dans un murmure.

— Les Kalidahs ? Qu'est-ce que c'est ? demanda Dorothée.

— Ce sont des monstres à tête de tigre sur un corps d'ours, répondit le Lion. Leurs crocs sont si longs et si acérés qu'ils pourraient me mettre en pièces comme j'ai failli le faire de Toto. J'ai une peur affreuse des Kalidahs.

— Comme je te comprends ! soupira la petite fille. Moi aussi, j'ai peur.

Alors que le Lion s'apprêtait à répondre, la route décrivit un tournant et les voyageurs découvrirent un ravin encore plus profond et plus large que le précédent. Au premier coup d'œil, le Lion comprit qu'il ne pourrait pas le franchir d'un bond.

Ils firent donc une pause pour réfléchir aux solutions qui s'offraient à eux. L'Épouvantail parla le premier :

— Regardez, dit-il, ce grand arbre qui pousse juste devant le ravin. Si l'Homme en Fer-blanc parvenait à l'abattre, il tomberait juste au-dessus du trou. Nous aurions un pont pour passer de l'autre côté.

— Voilà une idée de premier ordre, remarqua le Lion. Comment a-t-elle pu germer dans ta tête pleine de paille ? On dirait que tu as un vrai cerveau pour penser !

Le Bûcheron en Fer-blanc se mit aussitôt au travail et entailla le tronc de l'arbre. Puis, lorsqu'il fut prêt à choir, le Lion posa ses grosses pattes sur l'écorce et poussa de toutes ses forces. Le tronc vacilla et tomba à grand bruit par-dessus le ravin, les plus hautes branches touchant l'autre bord.

Les cinq amis s'engagèrent sur ce pont de fortune. Au même instant, un grondement assourdissant retentit. Ils se retournèrent d'un même mouvement pour découvrir, horrifiés, deux énormes bêtes à tête de tigre avec un corps puissant et velu comme celui d'un ours.

— Les Kalidahs ! hurla le Lion en tremblant.

— Vite ! s'exclama l'Épouvantail. Dépêchons-nous de traverser.

Dorothée, en tête du cortège, courut de l'autre côté du ravin en serrant Toto dans ses bras. L'Homme en Fer-blanc et l'Épouvantail la suivirent de près. Quant au Lion, malgré sa peur, il se tourna vers les assaillants et poussa un rugissement si effroyable que Dorothée laissa échapper un cri pendant que l'Épouvantail tombait à la renverse. Les Kalidahs eux-mêmes s'immobilisèrent, stupéfaits.

Mais ils ne tardèrent pas à reprendre leurs esprits, se souvenant qu'ils étaient plus forts que le Lion et supérieurs en nombre. Les Kalidahs bondirent donc en avant pendant que le Lion traversait le pont. Bientôt, ils s'y engagèrent.

— Nous sommes perdus, dit le Lion. Ils vont nous dévorer. Reste auprès de moi, petite Dorothée, je te défendrai tant que j'aurai un souffle de vie.

— J'ai une idée ! s'exclama l'Épouvantail. Bûcheron, tu vas abattre le bout de l'arbre, et ainsi le pont tombera dans le ravin.

L'Homme en Fer-blanc se précipita, la hache à la main. Au moment même où les Kalidahs allaient toucher terre, le pont s'effondra dans un grand craquement. Les deux bêtes immondes tombèrent dans le ravin et furent déchiquetées par les rochers coupants.

Cette aventure avait redoublé leur désir de sortir de la forêt. Ils se mirent à marcher si vite que

Dorothée, épuisée, dut monter sur le dos du Lion.

Ce fut avec un soulagement inexprimable que les voyageurs virent la forêt se clairsemer peu à peu. Vers le milieu de l'après-midi, ils découvrirent une rivière qui coupait le chemin. Au-delà de la rivière, la route de briques jaunes continuait de serpenter en rase campagne, parmi des prairies semées de fleurs multicolores et des arbres chargés de fruits appétissants. Quel plaisir de retrouver enfin le soleil et ce paysage délicieux !

— Mais comment allons-nous traverser cette rivière ? demanda Dorothée.

— Rien de plus facile, répondit l'Épouvantail. Le Bûcheron en Fer-blanc va nous fabriquer un radeau, et ainsi nous flotterons jusqu'à l'autre rive.

L'Homme en Fer-blanc se mit donc à abattre des arbustes et à confectionner une embarcation pendant que l'Épouvantail, qui avait avisé des arbres fruitiers au bord de l'eau, cueillait des pêches et des prunes pour Dorothée. Celle-ci en fut enchantée : elle n'avait rien mangé d'autre que des noix depuis le matin et les fruits furent bienvenus.

Mais la construction du radeau prit un certain temps. À la nuit tombée, l'Homme en Fer-blanc n'avait toujours pas terminé son ouvrage. Les voyageurs s'installèrent donc au pied d'un arbre pour passer la nuit, et Dorothée, qui dormit sur ses deux oreilles, passa la nuit à rêver du Magicien d'Oz et de la Cité d'Émeraude. Elle allait bientôt pouvoir rentrer chez elle !

gyptiens. S'installèrent donc au pied d'un arbre pour passer la nuit, et Dorothée, qui dormit au[illegible] ses deux amis, [illegible] passa [illegible] revoir du Magicien d'Oz et de la Cité d'Émeraude. Elle allait bientôt pouvoir rentrer chez elle !

8

[illegible]

Le lendemain matin, la petite bande s'éveilla de bonne humeur. Chacun était plein d'espoir. Dorothée [illegible] à un petit déjeuner de prunes [illegible] et de [illegible] que l'Épouvantail [illegible] sur les arbres voisins. Derrière [illegible] la forêt [illegible] sa masse sombre et [illegible] pays [illegible] était passé, et [illegible] paysage [illegible] les attendait. La [illegible] de la Cité d'Émeraude brillait sous le soleil.

Le radeau était presque terminé. L'Homme en Fer-blanc [illegible] les derniers rondins nécessaires

8

Le champ de coquelicots

Le lendemain matin, la petite bande s'éveilla de bonne humeur. Chacun était plein d'espoir. Dorothée eut droit à un petit déjeuner de princesse grâce aux pêches et aux prunes que l'Épouvantail ramassa sur les arbres voisins. Derrière eux, la grande forêt étendait sa masse sombre et menaçante, mais le plus dur était passé, et un paysage riant les attendait. La route de la Cité d'Émeraude brillait sous le soleil.

Le radeau était presque terminé. L'Homme en Fer-blanc abattit les derniers rondins nécessaires et les fixa à l'aide de chevilles[1] de bois... Tout était prêt pour la traversée.

Dorothée s'assit bien au milieu du radeau avec Toto sur les genoux. Lorsque le Lion Poltron monta à son tour, la frêle embarcation faillit chavirer sous son poids, mais l'Épouvantail et l'Homme en Fer-blanc firent contrepoids de l'autre côté et tout rentra dans l'ordre. Ils avaient taillé de longues perches avec lesquelles ils dirigeaient le radeau.

Tout se passa à merveille jusqu'au milieu de la rivière. Là, l'embarcation rencontra un tourbillon qui l'emporta vers l'aval[2], à mi-chemin des deux berges, de plus en plus loin de la route. L'eau était si profonde que les perches ne touchaient plus le fond.

— Je suis très inquiet, déclara l'Homme en Fer-blanc. Si le courant nous emporte ainsi, nous risquons fort de nous retrouver sur les terres de la Vilaine Sorcière de l'Ouest qui ne manquera pas de nous jeter un sort pour nous réduire en esclavage.

— Et alors, je pourrai dire adieu à mon cerveau ! s'écria l'Épouvantail.

— Et moi, à mon courage, ajouta le Lion.

---

1. Tiges de bois servant à assembler des pièces.
2. Du côté vers lequel coule une rivière.

— Et moi, murmura Dorothée, je ne reverrai jamais le Kansas.

— Nous retrouverons la route de la Cité d'Émeraude, coûte que coûte ! s'exclama l'Épouvantail en enfonçant sa perche dans l'eau.

Il avait poussé avec tant de vigueur que le bout de la perche se ficha dans le fond boueux et, brusquement, s'immobilisa. Le radeau continua de dériver, emportant les trois autres, mais l'Épouvantail resta planté en plein milieu de la rivière, accroché à sa perche.

— Adieu ! cria-t-il à ses compagnons impuissants qui s'éloignaient au fil de l'eau en faisant de grands signes.

L'Homme en Fer-blanc commença à pleurer mais, de peur de rouiller, il s'arrêta tout de suite et sécha ses larmes sur le tablier de Dorothée.

Quant à l'Épouvantail, il demeura seul et désemparé, agrippé à sa perche.

— Me voilà bien mal en point, songea-t-il, et plus mal encore que le jour où j'ai rencontré Dorothée. Car, planté dans mon champ, je pouvais au moins faire semblant d'effrayer les oiseaux, mais ici, au beau milieu de l'eau, de quoi ai-je l'air ? Ce n'est pas la place d'un épouvantail... Et cette fois, je peux pour de bon dire adieu à mon cerveau.

Pendant qu'il se désolait ainsi, le radeau s'éloignait au gré du courant.

— Nous ne pouvons pas continuer à dériver ainsi, déclara le Lion. Si je nageais jusqu'au rivage, je pourrais vous tirer derrière moi. Vous n'aurez qu'à vous cramponner au bout de ma queue.

Sitôt dit, sitôt fait : il plongea dans l'eau.

L'Homme en Fer-blanc s'agrippa à sa queue et le Lion se mit à nager de toutes ses forces vers la rive. Cela n'alla pas sans peine, car le radeau était lourd, mais finalement il parvint à le soustraire au courant. Dorothée saisit la perche abandonnée par l'Homme en Fer-blanc et aida ses amis à pousser l'embarcation jusqu'au rivage.

Lorsqu'ils retrouvèrent la terre ferme et les belles prairies verdoyantes, ils étaient tous épuisés. En outre, le courant les avait entraînés bien loin de la route de briques jaunes. Le Lion s'étendit au soleil pour faire sécher son pelage.

— Que faire ? demanda l'Homme en Fer-blanc.

— Il nous faut retrouver la route qui mène à la Cité d'Émeraude, répondit Dorothée.

— Le plus sage serait de longer les berges de la rivière, intervint le Lion. Ainsi nous sommes sûrs de retrouver la route.

Une fois que tout le monde se fut reposé, Dorothée prit son panier et s'engagea sur les berges herbues, suivie de ses amis, pour retourner au point où ils avaient voulu traverser la rivière. La campagne était ravissante, les fleurs et les arbres fruitiers prospéraient sous un soleil radieux et, sans la mésaventure du pauvre Épouvantail, les trois amis eussent été tout à fait heureux.

Ils marchaient en hâte, Dorothée s'interrompant à peine de temps en temps pour cueillir des fleurs, et bientôt l'Homme en Fer-blanc s'écria :

— Regardez !

Tous suivirent des yeux la direction qu'il indiquait. Au beau milieu de la rivière, installé tant bien que mal sur sa perche, le malheureux Épouvantail avait l'air le plus désolé du monde.

— Il faut trouver un moyen de le tirer de là ! Que pouvons-nous faire ? demanda Dorothée.

Le Lion et l'Homme en Fer-blanc hochèrent la tête sans répondre. Ils n'en avaient aucune idée. Assis sur la rive, ils regardaient leur ami d'un air mélancolique.

Mais soudain une cigogne vint à passer et, les apercevant, se posa au bord de l'eau.

— Qui êtes-vous ? demanda-t-elle. Où allez-vous ?

— Je m'appelle Dorothée, répondit la petite fille, et voici mes amis : le Lion Poltron et l'Homme en Fer-blanc. Nous nous rendons à la Cité d'Émeraude.

— Ce n'est pas la bonne route, remarqua la

Cigogne en tordant son long cou pour mieux dévisager ces étranges voyageurs.

— Je le sais bien ! soupira Dorothée. Mais nous avons perdu notre compagnon l'Épouvantail. Nous étions précisément en train de nous demander comment le tirer du mauvais pas où il se trouve.

— Quel mauvais pas ?

— Il est là, regardez, au milieu de la rivière.

La Cigogne se gratta la tête de sa patte maigre.

— S'il était moins gros et moins lourd, je vous le rapporterais volontiers.

— Oh, mais il n'est pas lourd du tout ! s'exclama Dorothée. Son corps est rembourré de paille. Si vous étiez assez bonne pour lui faire traverser la rivière, nous vous en serions très reconnaissants.

— Bon, bon, je vais essayer, dit la Cigogne. Mais je vous préviens : si jamais je le trouve trop lourd, je le rejette dans la rivière.

Elle prit son envol et, en un clin d'œil, arriva au-dessus de l'Épouvantail. De son grand bec, elle le saisit par le bras et l'enleva dans les airs sans le moindre effort, car Dorothée n'avait pas menti : il ne pesait presque rien. C'est ainsi que l'Épouvantail se retrouva en sécurité sur la berge, auprès de ses amis.

Il fut si heureux qu'il se précipita sur chacun

pour l'embrasser avec fougue ; il embrassa même le Lion et le petit Toto.

Puis, tous ensemble, ils reprirent leur route. L'Épouvantail, d'humeur radieuse, chantait « Youpi, tra-la-la-boum ! » à chaque pas.

— J'ai bien cru que j'allais passer le restant de mes jours dans cette affreuse rivière ! disait-il. Mais la bonne Cigogne m'a sauvé. Si jamais Oz m'accorde un cerveau et que je retrouve cette Cigogne, je lui ferai quelque gentillesse en retour.

— Je n'ai besoin d'aucune récompense, répondit la Cigogne qui volait à son côté. Cela m'amuse d'aider ceux qui ont besoin de moi. Mais il faut nous dire adieu, maintenant, car je dois rejoindre mes bébés qui m'attendent dans leur nid. Je vous souhaite de trouver la Cité d'Émeraude, et que le Grand Oz vous soit clément !

— Merci beaucoup, dit Dorothée.

La bonne Cigogne s'envola dans les airs et disparut rapidement à leur vue.

Ils poursuivirent leur chemin en écoutant chanter, dans les arbres, les oiseaux au plumage bariolé, et en regardant les belles fleurs dont l'herbe était parsemée. Elles formaient sous leurs pieds un véritable tapis jaune, blanc, bleu et mauve, au-dessus duquel s'épanouissaient les corolles souveraines[1] des coquelicots, d'un rouge si soutenu que Dorothée en fut presque éblouie.

— Comme c'est beau !... murmura-t-elle en humant le parfum puissant qui montait des massifs de fleurs.

— Sans doute, répondit l'Épouvantail, mais lorsque j'aurai un cerveau, je les trouverai encore plus belles.

— Et moi, ajouta l'Homme en Fer-blanc, si seulement j'avais un cœur, je les aimerais.

— Pour ma part, déclara le Lion, j'ai toujours aimé les fleurs. Elles ont l'air si fragiles, si vulnérables... Mais celles que j'ai vues dans la forêt avaient de moins belles couleurs que celles-ci.

À mesure qu'ils avançaient, les coquelicots se faisaient plus nombreux, au détriment des autres fleurs. Bientôt ils se retrouvèrent dans un immense champ de coquelicots.

Or, chacun sait que les coquelicots sont apparentés aux pavots. Le parfum de ces fleurs, lorsqu'il est très puissant, peut suffire à faire tomber n'importe qui dans un profond sommeil, et si l'on n'éloigne pas le dormeur des coquelicots, il risque fort de ne jamais se réveiller.

Mais Dorothée ignorait cela, et d'ailleurs elle était déjà si bien engagée dans le champ qu'elle

1. Les pétales des coquelicots se détachaient superbement sur le tapis de fleurs.

respirait à pleins poumons les effluves soporifiques[1]. Très vite, ses paupières s'alourdirent et elle ressentit le besoin de s'allonger pour se reposer.

L'Homme en Fer-blanc l'en dissuada.

— Dépêchons-nous de retrouver la route jaune, dit-il.

L'Épouvantail lui donna raison. Ils continuèrent donc à marcher, mais bientôt Dorothée se trouva à bout de forces. Ses yeux se fermaient malgré elle. Oubliant le danger, elle tomba profondément endormie parmi les coquelicots.

— Il faut faire quelque chose, décréta l'Homme en Fer-blanc.

— Si nous la laissons là, elle mourra, renchérit le Lion. Cette odeur est dangereuse pour nous tous. Moi-même, j'ai du mal à garder les yeux ouverts, et regardez le petit chien : il dort.

En effet, Toto venait de tomber endormi au côté de sa maîtresse. Mais l'Épouvantail et l'Homme en Fer-blanc, qui n'étaient pas des êtres de chair, n'étaient nullement affectés par le parfum des coquelicots.

— Cours vite te mettre à l'abri de ces coquelicots malfaisants, dit l'Épouvantail au Lion. Nous pouvons nous occuper de Dorothée, mais toi, tu

1. Les parfums qui endorment.

es trop lourd. Si tu t'endormais, nous ne pourrions pas te transporter hors du champ.

Le Lion obéit à ce sage conseil. Il s'élança de toute la vitesse de ses pattes et, un instant plus tard, il avait disparu.

— Entrecroisons nos bras pour lui faire un fauteuil, proposa l'Épouvantail.

Il ramassa Toto et le déposa dans le giron de sa maîtresse. Ensuite, il tendit ses bras à l'Homme en Fer-blanc et ils transportèrent la petite fille endormie dans ce fauteuil de fortune.

Plus ils marchaient, plus il leur semblait que ce champ de coquelicots ne finirait jamais. En suivant le bord de la rivière, ils finirent par rencontrer leur ami le Lion, le nez dans les coquelicots, qui dormait d'un sommeil de plomb.

Le parfum des coquelicots avait eu raison de ses forces et il s'était écroulé là, tout près du but, à quelques pas de la route jaune et des champs.

— Nous ne pouvons rien faire pour lui, remarqua l'Homme en Fer-blanc d'un ton désolé. Il est beaucoup trop lourd. Nous n'avons plus qu'à le laisser là. Il dormira tout le reste de sa vie et peut-être rêvera-t-il qu'il est devenu courageux...

— Comme c'est triste ! dit l'Épouvantail. Malgré sa poltronnerie, le lion était un excellent camarade. Mais ne nous attardons pas, il faut réveiller Dorothée.

Ils déposèrent la petite fille sur un carré de gazon, tout près de la rivière et assez loin des coquelicots pour la préserver des effluves mortels. Et puis, assis auprès d'elle sur l'herbe tendre, ils attendirent que la fraîcheur de la brise ranime leur amie.

[illegible] la petite fille [illegible]
[illegible] ne [illegible] fût
[illegible]
[illegible] Et puis, [illegible]
[illegible] de la [illegible]
[illegible]

9

[illegible]

— La [illegible] briques jaunes ne [illegible] plus être très loin, [illegible] mais les environs.

L'Hor[illegible] dans [illegible]
[illegible] Il tourna
[illegible] étrange
[illegible]

[illegible]
[illegible] devait être [illegible] la pièce [illegible]
Deux rangées de dents [illegible] ses mâch[illegible] les yeux [illegible] comme des charbons [illegible].

9

La Reine des Mulots

— La route de briques jaunes ne doit plus être très loin, observa l'Épouvantail. Je reconnais les environs.

L'Homme en Fer-blanc allait lui répondre, mais un petit grognement l'interrompit. Il tourna sa tête bien huilée et aperçut une bête étrange qui venait vers eux en faisant des bonds. Il s'agissait d'un grand chat sauvage au poil jaune.

L'Homme en Fer-blanc, voyant ses oreilles couchées et sa gueule grande ouverte, se dit qu'il devait être sur la piste d'un quelconque gibier. Deux rangées de dents horribles s'alignaient entre ses mâchoires et ses yeux rougeoyaient comme des charbons ardents.

Bientôt l'Homme en Fer-blanc s'aperçut qu'il pourchassait un minuscule mulot gris. Bien qu'il n'eût pas de cœur, il comprit tout de suite que c'était mal, de la part du chat sauvage, de tuer cette jolie petite créature sans défense.

Le Bûcheron en Fer-blanc leva donc sa hache et, lorsque le chat sauvage passa à sa portée, il lui trancha la tête d'un coup sec. L'animal, fauché dans son élan, tomba en deux morceaux.

Quant au petit mulot, une fois débarrassé de son ennemi, il s'arrêta net, jeta un coup d'œil à son sauveteur et s'approcha de lui pour lui dire, d'une drôle de voix aigrelette :

— Merci ! Vous m'avez sauvé la vie, je vous en serai éternellement reconnaissant.

— Ne prenez pas cette peine, je vous en prie, repartit l'Homme en Fer-blanc. Je n'ai pas de cœur, voyez-vous, et je m'applique donc à venir en aide à tous ceux qui en ont besoin, fût-ce à un petit mulot comme vous.

— Un petit mulot comme moi ! répéta l'animal avec indignation. Savez-vous au moins à qui vous parlez ? Je suis Reine ! La Reine des Mulots.

— Pardonnez-moi, Majesté, murmura l'Homme en Fer-blanc en s'inclinant.

— Et c'est pourquoi, poursuivit la Reine, vous avez accompli un acte hautement héroïque en me sauvant la vie.

Le bûcheron aperçut alors des centaines de

petits mulots qui arrivaient des quatre coins du champ et accouraient vers leur Reine à toute vitesse en criant :

— Majesté, Majesté, nous avons craint pour votre vie ! Comment avez-vous échappé au Grand Chat Sauvage ?

Et tout en parlant, les petits mulots s'inclinaient si bas devant leur Reine qu'ils se retrouvaient presque debout sur la tête.

— C'est ce drôle de bonhomme en fer-blanc, répondit-elle. Il a tué le chat et m'a sauvé la vie. Désormais vous le servirez et obéirez à ses moindres désirs.

— Nous le jurons ! s'écrièrent les mulots d'une seule voix perçante. Mais aussitôt ils s'éparpillèrent en hâte : Toto s'était réveillé. Voyant tous ces mulots, il s'était rué sur eux avec un jappement de joie, car du temps où il vivait au Kansas, il était un spécialiste de la chasse aux souris.

Mais l'Homme en Fer-blanc l'enleva dans ses bras et l'y maintint, tout en criant aux mulots :

— Revenez, revenez ! Toto ne vous fera aucun mal.

La Reine des Mulots sortit le bout de son nez de derrière une touffe d'herbe et demanda d'une voix timide :

— Vous êtes sûr qu'il ne nous mangera pas ?

— Je ne le laisserai jamais faire une chose pareille. N'ayez pas peur.

Un par un, les mulots s'en revinrent. Toto ne jappait plus mais il essayait de s'échapper des bras de l'Homme en Fer-blanc, et, s'il n'avait craint de s'y casser les dents, il l'aurait mordu. Enfin le plus gros des mulots prit la parole :

— Que pouvons-nous faire pour ton service, à toi qui as sauvé la vie de notre Reine ?

— Je n'en ai aucune idée..., commença l'Homme en Fer-blanc.

Mais l'Épouvantail, qui avait suivi toute la scène avec un vif intérêt, s'interposa.

— Si, si ! s'exclama-t-il. Vous pouvez sauver notre ami le Lion qui dort là-bas, dans le champ de coquelicots.

— Un Lion ? s'écria la petite Reine. Mais il ne ferait qu'une bouchée de nous tous !

— Non, certes non, répondit l'Épouvantail, car ce Lion est le roi des poltrons.

— Un poltron ?

— C'est ainsi qu'il se nomme lui-même, et par ailleurs, il ne ferait jamais le moindre mal à quiconque de nos amis. Si vous le sauvez, je vous donne ma parole qu'il vous traitera avec la plus grande gentillesse.

— C'est bon, déclara la Reine, nous vous faisons confiance. Mais que pouvons-nous faire pour votre ami ?

— Vous êtes bien la Reine des Mulots, n'est-ce pas ?

— Certainement.

— À combien s'élève le nombre de vos sujets ?

— Ils sont des milliers et des milliers.

— Alors faites-les venir, tous, et que chacun apporte avec lui une longue corde.

La Reine se retourna vers ses fidèles et leur ordonna de rassembler son peuple sur-le-champ. Dès qu'ils eurent entendu la consigne, les petits mulots s'égaillèrent[1].

— Maintenant, dit l'Épouvantail au bûcheron, tu vas abattre quelques arbres et confectionner un chariot assez grand pour qu'on puisse y transporter le Lion.

L'Homme en Fer-blanc se mit au travail immédiatement, et eut tôt fait de confectionner, avec de grosses branches, un chariot rudimentaire auquel il adjoignit des roues découpées dans la section ronde d'un large tronc d'arbre. Il avait travaillé si vite que, lorsque les premiers mulots se présentèrent, le chariot était prêt.

Les sujets de la Reine arrivaient de toutes parts et par milliers. Il y en avait de tout petits, des moyens et des grands, et chacun apportait entre ses dents son morceau de ficelle ou de corde.

Au même moment, Dorothée sortit de sa léthargie[2] et ouvrit les yeux. Quel ne fut pas son éton-

---

1. Se dispersèrent, s'éparpillèrent.
2. Son sommeil.

nement en découvrant ce spectacle ! Tout autour d'elle, formant un grand cercle sur le gazon, des centaines et des centaines de mulots la regardaient d'un air timide. L'Épouvantail s'empressa de lui expliquer la situation et, se tournant vers la Reine, il déclara d'un ton protocolaire[1] :

— Dorothée, je te présente Sa Majesté la Souveraine des Mulots.

Dorothée s'inclina avec déférence[2] et la Reine lui répondit par une petite révérence. Elles ne tardèrent pas à se lier d'amitié.

Cependant, l'Épouvantail et l'Homme en Fer-blanc s'employaient à attacher tous les mulots l'un après l'autre au chariot. Chacun d'eux fut harnaché au moyen de la corde qu'il avait apportée, et l'autre bout de la corde solidement fixé aux montants de bois. Certes, le chariot était immense en comparaison des petits animaux, mais ils étaient si nombreux que, lorsqu'ils furent tous attelés à leur charge, ils parvinrent à la tirer aisément.

L'Épouvantail et l'Homme en Fer-blanc prirent place sur le chariot et le curieux équipage s'ébranla vers le champ où le Lion dormait toujours.

---

1. Un ton qui respecte les règles et les usages de la vie en société.

2. Avec respect.

Au prix d'un grand effort, les deux compagnons parvinrent à soulever la lourde masse de leur ami assoupi et à le déposer sur cette ambulance de fortune. La Reine donna rapidement le signal du départ, car elle craignait que ses petits sujets ne souffrissent, eux aussi, du parfum soporifique des coquelicots.

Mais le Lion était plus lourd que l'Épouvantail et l'Homme en Fer-blanc réunis. Les petites créatures, si nombreuses qu'elles fussent, eurent bien du mal à mettre en branle le chariot devenu trop pesant.

Les deux compagnons s'arc-boutèrent donc à l'arrière de l'attelage et poussèrent de toutes leurs forces. À ce prix, le Lion fut tiré hors de ce champ où il avait bien failli laisser sa vie. Alors, il put enfin respirer l'air pur qui devait le ranimer.

Dorothée se précipita au-devant de l'équipage et remercia chaudement les mulots d'avoir sauvé la vie de son ami. Elle s'était attachée au Lion Poltron, et son bonheur était grand de le voir tiré d'affaire.

Les mulots dételés s'égaillèrent dans les herbes hautes et rentrèrent chez eux. Bientôt, il ne resta plus que la Reine, qui offrit solennellement à Dorothée un petit sifflet bleu.

— Si vous avez de nouveau besoin de notre aide, déclara-t-elle, vous n'aurez qu'à vous poster à l'entrée d'un champ et nous appeler d'un coup de sifflet. Nous arriverons aussitôt pour vous aider. Adieu, donc !

— Adieu ! répondirent les trois amis en chœur.

La Reine disparut à son tour cependant que Dorothée, craignant une incartade[1] de Toto, le tenait fermement serré contre elle.

Puis ils s'assirent auprès du Lion en attendant qu'il se réveille. L'Épouvantail avait cueilli des fruits pour Dorothée qui déjeuna de bon cœur.

1. Un écart de conduite.

10

Le Gardien des Portes

Le Lion Poltron, qui avait passé plusieurs heures parmi les effluves de coquelicots, dormit encore longtemps. Lorsque, enfin, il s'éveilla et roula du chariot sur le sol, il fut bien heureux de se retrouver en vie.

— J'ai couru le plus vite possible, dit-il dans un bâillement, mais ces fleurs ont eu raison de moi. Comment avez-vous fait pour me sortir de là ?

Ses amis lui expliquèrent leur rencontre avec les mulots qui avaient généreusement mis leurs forces à son service. Le Lion éclata de rire.

— Moi qui me croyais énorme et terrible, j'ai failli perdre la vie pour avoir respiré le parfum des coquelicots, ces petites fleurs fragiles, et ce sont de minuscules mulots qui m'ont sauvé. Voilà qui est singulier ! Mais dites-moi, mes amis, qu'allons-nous faire maintenant ?

— Il faut continuer notre voyage et, pour ce faire, retrouver la route de briques jaunes, répondit Dorothée. Ainsi nous arriverons bientôt à la Cité d'Émeraude.

Et, comme le Lion se sentait tout à fait rétabli, ils reprirent la route, tout heureux de marcher dans l'herbe tendre. Bientôt ils aperçurent la route de briques jaunes et s'y engagèrent, impatients d'arriver au repaire du Grand Oz.

Les dalles de la route étaient régulières sous leurs pieds et, autour d'eux, un paysage riant s'étendait à perte de vue. Tout cela leur fit bientôt oublier la forêt sombre et sinistre ainsi que les dangers passés. À nouveau des barrières pimpantes bordaient le chemin, mais cette fois, elles étaient peintes en vert, et la première ferme qu'ils aperçurent était toute verte, elle aussi.

Au cours de l'après-midi, ils dépassèrent de nombreuses habitations semblables. Parfois des gens sortaient sur le pas de la porte et les regardaient avec curiosité, mais aucun d'entre eux ne se risqua à les approcher car ils avaient peur de l'énorme Lion qui fermait la marche.

Tous les habitants de cette contrée étaient

vêtus de vert émeraude et portaient de jolis chapeaux pointus, comme les Munchkins.

— Nous voici sans doute arrivés au Pays d'Oz, dit Dorothée. La Cité d'Émeraude ne doit plus être très loin.

— Tu as raison, répondit l'Épouvantail. Tout est vert, par ici, alors qu'au pays des Munchkins on ne voyait que du bleu. Mais il me semble que les habitants de cette contrée sont moins accueillants. Je crains fort que nous ne trouvions aucun endroit où passer la nuit.

— Moi, reprit la petite fille, j'aimerais bien manger autre chose que des fruits. Et mon pauvre petit Toto, lui aussi, n'est pas loin de mourir de faim. Si nous nous arrêtions à la prochaine ferme ? Nous essaierons de lier connaissance avec des gens.

Ainsi fut fait. Ils arrivèrent en vue d'une belle ferme et Dorothée s'avança bravement pour frapper à la porte.

Le visage d'une femme apparut dans l'embrasure.

— Que veux-tu, petite ? demanda-t-elle avec un regard méfiant. Et pourquoi voyages-tu en compagnie de ce gros lion ?

— Nous aimerions passer la nuit chez vous, si vous le voulez bien. Quant au Lion, c'est un très bon ami. Je vous promets qu'il ne vous fera aucun mal.

— Serait-ce un animal domestique ? s'enquit la femme en ouvrant sa porte un peu plus grand.

— Mais oui ! Et en outre, il est terriblement poltron. Il a bien plus peur de vous que vous de lui, affirma Dorothée.

La femme réfléchit un moment, tout en jetant des coups d'œil au Lion.

— C'est bon, dit-elle enfin. Je veux bien vous laisser entrer. Je vous donnerai à dîner et un lit pour dormir.

Les cinq voyageurs pénétrèrent dans la maison. Il y avait là, outre la maîtresse de maison, deux enfants et un homme couché sur un divan avec une jambe cassée. Tous parurent fort surpris de voir entrer ces drôles d'invités et, pendant que la femme dressait la table du dîner, l'homme leur posa quelques questions.

— Quel est le but de votre voyage ?

— Nous allons à la Cité d'Émeraude, répondit Dorothée, pour voir le Grand Oz.

— Ma foi ! s'exclama l'homme. Pensez-vous qu'il vous recevra ?

— Pourquoi refuserait-il ?

— Eh bien... On dit qu'il n'accorde jamais d'audience à personne. Moi-même, j'ai été plusieurs fois à la Cité d'Émeraude. C'est une ville merveilleuse, d'une beauté à couper le souffle. Cependant, je n'ai jamais pu voir le Grand Oz, et je ne connais personne qui ait eu ce privilège.

— Mais il doit bien sortir de temps en temps, intervint l'Épouvantail.

— Jamais, figurez-vous. Il passe ses journées assis dans la grande Salle du Trône, au beau milieu de son palais, et même ceux qui briguent[1] une audience ne sont pas autorisés à le voir en face.

— Mais à quoi ressemble-t-il ? demanda Dorothée.

— Difficile à dire. Oz est un grand Magicien, et il peut prendre n'importe quelle forme, à volonté. Certains disent qu'il ressemble à un oiseau, d'autres, à un éléphant, d'autres encore affirment qu'il a l'apparence d'un chat. Il s'est aussi montré sous les traits d'une jolie fée ou d'un lutin, ou sous n'importe quelle autre forme, à sa guise. Mais qui est-il en réalité ? Cela, personne ne le sait.

— Voilà qui est étrange, remarqua Dorothée. Quoi qu'il en soit, nous essaierons par tous les moyens de le voir, car sans cela nous aurions fait ce grand voyage en vain.

Sur ces entrefaites, la fermière annonça que le dîner était prêt. Tous s'assirent autour de la table et Dorothée eut la joie de déguster un délicieux porridge accompagné d'œufs brouillés et de bon pain blanc.

Après une cuillerée de porridge, le Lion

1. Demandent officiellement.

repoussa son assiette d'un air dégoûté en disant que c'était là une nourriture indigne de lui, et que les flocons d'avoine étaient bons pour les chevaux. L'Épouvantail et l'Homme en Fer-blanc, fidèles à leur habitude, s'abstinrent de manger ; quant à Toto, il goûta un peu de tout et en fut enchanté. C'était le meilleur repas qu'il eût dégusté depuis des jours.

Après dîner, la fermière donna un lit à Dorothée et Toto vint s'étendre auprès de sa maîtresse, pendant que le Lion gardait l'entrée de la chambre pour que personne ne vienne les déranger. L'Épouvantail et l'Homme en Fer-blanc se tinrent tranquilles dans un coin de la pièce et attendirent le matin, puisqu'il n'était pas dans leur nature de dormir.

Le lendemain, dès le lever du soleil, ils se remirent en route. Au premier tournant du chemin, ils aperçurent une superbe lueur verte à l'horizon.

— La Cité d'Émeraude ! s'exclama Dorothée.

Au fur et à mesure qu'ils approchaient, la lueur verte s'intensifiait, et ils marchaient avec une ardeur redoublée à l'idée que la fin du voyage était proche. Mais ils n'atteignirent leur but qu'en fin d'après-midi.

Un mur d'enceinte très épais et très haut, d'une superbe couleur verte, s'élevait autour de la Cité d'Émeraude. La route de briques jaunes aboutissait devant une porte monumentale sertie d'émeraudes qui jetaient de tels feux que même les yeux peints de l'Épouvantail en furent éblouis.

Dorothée avisa une sonnette sur un des montants et, lorsqu'elle l'actionna, un son de clochettes argentin[1] se fit entendre. La lourde porte pivota lentement sur ses gonds. Les voyageurs franchirent le seuil et se retrouvèrent dans une haute salle voûtée dont les murs scintillaient d'émeraudes innombrables.

Devant eux se tenait un homme de la taille d'un Munchkin. Il était vêtu de vert de la tête aux pieds, et sa peau elle-même avait une teinte verdâtre. À ses pieds était posée une grande malle verte.

Il les accueillit par ces mots :

— Que venez-vous faire à la Cité d'Émeraude ?

— Nous venons voir le Grand Oz, répondit Dorothée.

L'homme fut si surpris qu'il dut s'asseoir pour réfléchir.

— Voilà bien des années que personne n'a demandé à voir le Grand Oz, dit-il en hochant la tête d'un air perplexe. Sachez qu'il est puissant et terrible, et si la requête que vous avez à présenter est frivole ou stupide, il ne vous pardonnera pas

1. Qui résonne clair comme l'argent.

d'avoir interrompu ses sages méditations. Dans sa colère, il pourrait bien vous détruire sur-le-champ.

— Mais notre requête est sérieuse, et elle n'a rien de stupide ! s'exclama l'Épouvantail. Il s'agit au contraire d'une question de première importance, et on nous a affirmé que le Grand Oz était un bon Magicien.

— On ne vous a pas menti, dit l'homme à la peau verte. Pour ce qui est de gouverner notre Cité, Oz s'acquitte de sa tâche avec toute la sagesse et la justice possible. Mais envers les malhonnêtes gens, ou ceux qui viennent le voir par pure curiosité, il sait se montrer impitoyable. Ils ne sont pas nombreux, ceux qui ont osé demander à le voir en face !

Après un court silence, il reprit :

— Je suis le Gardien des Portes de la Cité, et puisque vous avez une requête à présenter à mon maître, il est de mon devoir de vous conduire au palais. Mais avant toute chose, vous devrez mettre des lunettes.

— Pourquoi ? demanda Dorothée.

— Parce que, sans lunettes, vous seriez aveuglés par le glorieux éclat de la Cité d'Émeraude. Même les habitants de la ville en portent nuit et jour. Toutes les paires de lunettes sont terminées par un cadenas, car Oz l'a voulu ainsi dès la fondation de la Cité, et je suis seul à posséder les clés qui permettent de les fermer.

Il ouvrit la grande malle et Dorothée aperçut des centaines de paires de lunettes de toutes tailles et de formes variées. Toutes portaient des verres de couleur verte.

Le Gardien des Portes lui tendit une paire à sa taille, dont les branches en or se rejoignaient derrière la tête au moyen d'un minuscule cadenas. Après avoir ajusté les lunettes sur le nez de Dorothée, le Gardien saisit une clé qui pendait à son cou et ferma le cadenas. Ainsi les lunettes furent fixées solidement : Dorothée était assurée de ne pas les perdre.

Certes, elle ne pouvait pas non plus les enlever à sa guise, mais comme elle n'avait aucune envie d'être aveuglée par le scintillement des émeraudes, elle ne s'en formalisa pas.

Puis l'homme à la peau verte trouva des lunettes pour le Lion, pour l'Homme en Fer-blanc et l'Épouvantail, et même pour le petit Toto, et chaque fois il donna un tour de clé au cadenas qui terminait les branches.

Puis il enfila sa propre paire de lunettes et leur déclara :

— Je vous accompagne au palais.

Il décrocha une immense clé dorée qui pendait au mur, ouvrit une porte au fond de la grande salle et les cinq voyageurs le suivirent dans les rues de la Cité d'Émeraude.

11

La fabuleuse Cité d'Émeraude

Malgré les verres protecteurs de leurs lunettes, Dorothée et ses amis furent d'abord éblouis par le scintillement incomparable de la merveilleuse Cité d'Émeraude. Les rues étaient bordées de magnifiques maisons en marbre vert, toutes ornées d'émeraudes étincelantes.

Le Gardien des Portes conduisit les voyageurs à travers un dédale de rues jusqu'au centre exact de la ville où s'élevait un immense bâtiment : c'était le Palais du Grand Oz. Un soldat en uniforme vert, qui portait une longue barbe et des moustaches vertes, en gardait l'entrée.

— Je t'amène des étrangers qui demandent à voir le Grand Oz, dit le Gardien des Portes.

— Entrez, répondit la sentinelle. Je vais porter votre message au maître.

Ils franchirent les portes du Palais et furent introduits dans une antichambre où des meubles sertis d'émeraudes trônaient sur un tapis céladon. Le soldat leur désigna un paillasson vert où s'essuyer les pieds et leur indiqua des sièges.

— Mettez-vous à l'aise, dit-il poliment. Je m'en vais en Salle du Trône annoncer à Oz que vous attendez d'être reçus.

Ils attendirent longtemps. Enfin la sentinelle revint.

— Avez-vous vu Oz ? demanda Dorothée.

— Oh non ! Je ne l'ai jamais vu de ma vie, à vrai dire. Mais il se tenait derrière son paravent et je lui ai transmis votre message. Il a répondu qu'il vous accorderait l'audience demandée, mais à cette condition : chacun de vous devra le rencontrer seul, et il ne recevra qu'une personne par jour. Vous devrez donc rester quelque temps au Palais. On vous donnera une chambre à chacun, vous pourrez ainsi vous reposer de votre long voyage.

— Merci beaucoup, repartit la petite fille. Oz est très généreux.

La sentinelle souffla dans un sifflet vert pendu à son cou et une jeune fille apparut, vêtue d'une belle robe de soie verte. Elle avait de superbes cheveux verts et des yeux verts également.

Cette jeune fille s'inclina devant Dorothée et lui dit :

— Suivez-moi, je vais vous montrer votre chambre.

Dorothée prit donc congé[1] de ses amis et, portant Toto dans ses bras, elle suivit la jeune fille verte. Celle-ci lui fit traverser sept couloirs et monter trois étages pour la conduire dans une pièce située à l'avant du Palais.

C'était la plus jolie petite chambre que Dorothée ait jamais vue : le lit moelleux avait des draps de soie vert pâle et une courtepointe[2] de velours vert émeraude. Au centre de la pièce, on avait aménagé une fontaine d'où surgissait un jet de parfum qui retombait dans une vasque[3] de marbre vert élégamment sculptée.

— Faites exactement comme chez vous, lui dit la jeune fille verte, et si vous avez besoin de quoi que ce soit, n'hésitez pas à sonner. Oz vous accordera une audience demain matin.

Puis elle quitta Dorothée pour aller s'occuper des autres voyageurs. L'Épouvantail, le Lion et l'Homme en Fer-blanc se virent attribuer chacun une chambre parmi les plus confortables du Palais.

---

1. Dit au revoir.
2. Couverture.
3. Bassin.

Cette délicate attention fut perdue pour l'Épouvantail : une fois seul dans sa chambre, il ne trouva rien de mieux à faire que de se planter dans un coin, près de la porte pour attendre bêtement le lendemain.

L'Homme en Fer-blanc, lui, se coucha dans son lit sans réfléchir : il avait gardé cette habitude du temps où il était encore un homme en chair et en os. Mais, incapable de dormir, il passa la nuit à faire fonctionner ses articulations pour être bien sûr qu'elles n'étaient pas rouillées.

Le Lion aurait préféré un lit de feuilles sèches dans la forêt, et il n'aimait guère l'idée d'être enfermé dans une chambre, mais il était trop philosophe[1] pour s'en inquiéter. Il sauta donc sur son lit et se roula en boule comme un chat. Au bout de quelques minutes, il dormait en ronronnant.

Le lendemain matin, après le petit déjeuner, la jeune fille verte vint chercher Dorothée et l'aida à enfiler une des plus jolies tenues qu'elle trouva dans le placard. C'était une robe de brocart[2] d'un vert intense, à laquelle la petite fille assortit un tablier de soie vert vif. Enfin elle noua un ruban vert au cou de Toto : ils étaient prêts à se rendre à la Salle du Trône où le Grand Oz les attendait.

Ils traversèrent d'abord une longue antichambre

1. Sage.
2. Riche tissu de soie.

bre où les dames et les seigneurs de la cour se tenaient tous rassemblés, vêtus de costumes somptueux. Ils passaient le temps à converser entre eux, car tous les matins ils venaient ainsi attendre devant la Salle du Trône sans jamais recevoir l'autorisation d'entrer. Lorsque Dorothée fit son apparition, ils la dévisagèrent avec curiosité.

L'un d'entre eux murmura :

— Est-il vrai que vous allez contempler la face du Terrible Magicien Oz ?

— Mais oui, dit la petite fille, si toutefois il veut bien me recevoir.

— C'est entendu, il vous verra, intervint la sentinelle aux moustaches vertes qui avait porté le message la veille. Pourtant, il n'aime guère qu'on demande à le rencontrer. Lorsque je lui ai parlé de vous, il a commencé par se mettre en colère et m'a ordonné de vous renvoyer, puis il s'est un peu radouci et m'a demandé de vous décrire. C'est au moment où j'ai mentionné vos Souliers d'Argent qu'il a changé d'attitude. Alors je lui ai dit que vous portiez la marque de la Sorcière du Nord sur le front. Cet argument l'a décidé à vous accorder une audience.

La sentinelle n'avait pas plus tôt fini son discours qu'une sonnerie retentit.

— Voici le signal, dit la jeune fille verte. Entrez dans la Salle du Trône, Dorothée, et entrez-y seule.

Elle ouvrit une petite porte et Dorothée s'avança bravement. Le spectacle qu'elle découvrit l'émerveilla : la Salle du Trône était ronde, haute et voûtée ; les murs, le plafond et le sol étaient entièrement tapissés d'émeraudes gigantesques. Du haut du plafond descendait une lumière aussi vive que celle du soleil qui jetait des éclats extraordinaires dans ces pierres précieuses.

Mais la petite fille remarqua surtout un trône de marbre vert aux dimensions imposantes, en plein milieu de la salle. Ce trône serti d'émeraudes, qui avait la forme d'un fauteuil, jetait des feux plus brillants que tout le reste, et au centre du siège une Tête géante attendait... Une tête dépourvue de bras, de jambes et de corps !

Le crâne était chauve, mais le reste du visage offrait une apparence tout à fait normale, avec deux yeux, un nez et une bouche. Cependant, cette Tête était plus énorme que celle du plus immense géant.

Dorothée demeura interdite, paralysée par l'étonnement et l'effroi. Bientôt les yeux de ce visage monstrueux se tournèrent vers elle avec lenteur et la regardèrent sans ciller. Puis les immenses lèvres remuèrent, et la petite fille entendit une voix qui disait :

— Je suis Oz, Tout-Puissant et Terrible. Qui es-tu, et que me veux-tu ?

La voix n'était pas si affreuse que Dorothée l'aurait cru.. Elle rassembla tout son courage et répondit :

— Je suis Dorothée, Toute-Petite et Humble[1]. Je viens vous demander votre aide.

Les yeux du Grand Oz la contemplèrent avec attention une minute entière. Puis la voix s'éleva de nouveau :

— D'où tiens-tu ces Souliers d'Argent ?

— Je les ai pris à la Vilaine Sorcière de l'Est, car ma maison lui est tombée dessus et l'a tuée.

— Et cette marque sur ton front, d'où vient-elle ?

— C'est la bonne Sorcière du Nord qui m'a donné un baiser d'adieu lorsque, sur ses conseils, je me suis mise en route pour venir vous voir.

À nouveau les yeux du Magicien la transpercèrent jusqu'au fond de l'âme, et ils virent qu'elle disait vrai.

— Qu'attends-tu de moi ? demanda Oz.

— Je voudrais retourner dans le Kansas où vivent ma Tante Em et mon Oncle Henry, répondit-elle avec sincérité. Je n'aime pas tellement votre pays, si beau soit-il, et je suis sûre que ma pauvre Tante Em se fait un souci affreux depuis que je suis partie.

Les paupières du Grand Oz battirent par trois

1. Modeste.

fois, puis il roula des yeux en toutes directions, comme s'ils voulaient embrasser toute la pièce d'un seul coup. Enfin le regard revint se poser sur Dorothée.

— Et pourquoi devrais-je t'aider ?

— Parce que vous êtes tout-puissant, et moi toute petite, parce que vous êtes un Grand Magicien, et moi une petite fille sans défense.

— Pourtant, tu as réussi à tuer la Vilaine Sorcière de l'Est !

— Ce n'était pas ma faute, protesta Dorothée. Ma maison lui est tombée dessus, voilà tout.

— Très bien. Je vais te donner ma réponse : tu n'as aucun droit à prétendre que je te renvoie au Kansas à moins de faire quelque chose pour moi en échange. Dans ce pays, il faut payer pour obtenir ce que l'on demande. Si tu veux que j'utilise mes pouvoirs magiques pour te renvoyer chez toi, il faudra me rendre service d'abord. Aide-moi et je t'aiderai.

— Que dois-je faire ?

— Éliminer la Vilaine Sorcière de l'Ouest.

— Mais j'en suis incapable ! s'exclama Dorothée au comble de la surprise.

— Tu as tué la Vilaine Sorcière de l'Est et tu portes ses souliers d'argent, qui contiennent un pouvoir magique. Il ne reste désormais plus qu'une seule Vilaine Sorcière dans tout le pays. Eh bien, lorsque tu viendras m'annoncer que tu l'as mise hors d'état de nuire, je te renverrai au Kansas... Mais pas avant.

La déception était si forte que la petite fille se mit à pleurer. Oz cligna ses gros yeux et la regarda d'un air compréhensif, comme s'il ne doutait plus de sa bonne volonté.

— Je n'ai jamais tué personne, pas même un insecte, sanglota Dorothée, et quand bien même je le voudrais, comment pourrais-je venir à bout de la Vilaine Sorcière ? Si vous, le Tout-Puissant et Terrible, vous ne l'avez pas encore fait, comment voulez-vous que j'y parvienne ?

— Je n'en sais rien, mais ma réponse demeure la même. Tant que la Vilaine Sorcière sera en vie, tu ne reverras ni ton oncle ni ta tante. Cette sorcière est extrêmement dangereuse et il faut l'éliminer à tout prix. Maintenant, va-t'en, et ne demande pas à me voir tant que tu n'auras pas accompli ta tâche.

Le cœur lourd, Dorothée quitta la Salle du Trône. Dehors, le Lion, l'Épouvantail et l'Homme en Fer-blanc l'attendaient, impatients de savoir ce que le Grand Oz lui avait-dit.

— J'ai perdu tout espoir, dit-elle. Oz refuse de me renvoyer chez moi si je ne parviens pas à tuer la Vilaine Sorcière de l'Ouest, et je sais que j'en suis incapable.

Ses amis en furent désolés, mais malheureusement, ils ne pouvaient rien faire pour elle. Elle rentra donc dans sa chambre, s'effondra sur son lit et pleura si fort qu'elle s'endormit.

Le lendemain matin, le soldat aux moustaches vertes entra dans la chambre de l'Épouvantail et lui dit :

— Suivez-moi. Oz veut vous voir.

L'Épouvantail s'en alla donc avec lui et découvrit, sur le trône d'émeraude, une femme ravissante drapée dans une robe de gaze verte. Un diadème serti de pierres précieuses couronnait ses longs cheveux verts. Dans son dos se déployaient deux ailes immenses, toutes chamarrées[1], et si légères qu'elles palpitaient au moindre souffle de brise.

L'Épouvantail s'inclina aussi gracieusement qu'il le put devant cette créature céleste. Elle le regarda avec douceur et déclara :

— Je suis Oz, Toute-Puissante et Terrible. Qui es-tu, et que me veux-tu ?

L'Épouvantail s'était attendu à voir apparaître la Tête géante dont Dorothée lui avait parlé. Malgré sa surprise, il répondit bravement :

— Je ne suis qu'un Épouvantail bourré de paille. Je n'ai donc pas de cervelle, et je suis venu vous prier de m'en accorder une. Cela me rendrait intelligent et ferait de moi un homme à part

1. Rehaussées d'ornements aux couleurs éclatantes.

entière, comme tous ceux qui habitent cette contrée.

— Pourquoi ferais-je une chose pareille ? demanda la belle Dame.

— Parce que vous êtes Sage et Toute-Puissante, et que personne d'autre ne peut me venir en aide.

— Je n'accorde jamais aucune faveur sans exiger quelque chose en retour, mais je peux promettre de grandes choses, déclara-t-elle. Si tu élimines la Vilaine Sorcière de l'Ouest, je te ferai don d'un cerveau exceptionnel qui fera de toi l'homme le plus sage de tout le Pays d'Oz.

— Mais... Je croyais que vous aviez déjà chargé Dorothée de tuer la Sorcière, répondit l'Épouvantail étonné.

— En effet. À vrai dire, peu m'importe qui la tuera, mais je ne t'accorderai rien tant qu'elle continuera à sévir. Retire-toi, maintenant, et ne reviens pas me voir avant d'avoir mérité ce cerveau que tu désires tant.

L'Épouvantail, tout triste, s'en fut retrouver ses amis. Il leur rapporta sa conversation avec Oz ; Dorothée fut bien surprise de savoir que le Grand Magicien avait pris, cette fois, la forme d'une belle Dame.

— Belle Dame ou non, conclut l'Épouvantail, elle n'a pas plus de cœur que notre ami l'Homme en Fer-blanc !

Le lendemain matin, le soldat aux moustaches vertes vint chercher l'Homme en Fer-blanc et lui dit :

— Suivez-moi. Oz veut vous voir.

L'Homme en Fer-blanc se rendit donc à la Salle du Trône, tout en se demandant qui l'accueillerait, de la Tête géante ou de la jolie Dame. Il aurait préféré que ce fût la Dame.

« En effet, se disait-il, cette Tête géante n'a pas de corps, et, partant[1], pas de cœur. Elle sera donc impitoyable et n'accédera pas à ma demande, alors que la belle Dame, comme toutes ses semblables et quoi qu'en dise l'Épouvantail, doit avoir un cœur sensible. Je l'attendrirai à force de suppliques[2]. »

Mais lorsque l'Homme en Fer-blanc entra, il ne vit ni Tête géante ni belle Dame. Oz avait choisi de prendre la forme d'une Bête effroyable, aussi grande qu'un éléphant, et qui menaçait de faire chanceler le trône d'émeraude sous son poids.

Cette Bête avait la face d'un rhinocéros, avec cinq petits yeux, cinq grands bras et cinq jambes longues et maigres. Un pelage épais et laineux la recouvrait des pieds au sommet du crâne. En

1. Par conséquent, donc.

2. Prières, demandes par lesquelles on sollicite une faveur.

somme, on ne pouvait imaginer de monstre plus hideux.

L'Homme en Fer-blanc se félicita, pour une fois, de n'avoir pas de cœur, car sous l'effet de la terreur, il aurait risqué la crise cardiaque. Mais, n'étant fait que de fer-blanc, il ne connaissait pas la peur. La seule chose qu'il ressentit en voyant cette Bête fut une grande déception.

— Je suis Oz, Tout-puissant et Terrible, déclara la Bête dans un grondement effroyable. Qui es-tu, et que me veux-tu ?

— Je suis bûcheron de mon état et j'ai été tout entier rafistolé en fer-blanc. Il s'ensuit que je n'ai plus de cœur, et partant, que je ne peux plus aimer. Je vous supplie de me donner un cœur, car je veux redevenir un homme à part entière.

— Et pourquoi ferais-je une telle chose ? interrogea la Bête.

— Parce que je vous le demande, et que vous êtes le seul à pouvoir exaucer mon plus cher désir.

À ces mots, Oz gronda sourdement, mais il dit tout de même, d'un ton rogue :

— Si vraiment tu veux un cœur, il va falloir le gagner.

— Et comment ?

— En aidant Dorothée à me débarrasser de la Vilaine Sorcière de l'Ouest. Une fois qu'elle sera morte, reviens me voir. Je te donnerai le cœur le plus généreux, le plus tendre et le plus aimant de tout le Pays d'Oz.

Et voilà comment l'Homme en Fer-blanc s'en retourna, tout triste, vers ses amis. Lorsqu'il leur décrivit la Bête effroyable, tous s'ébahirent[1] des formes variées que le Grand Magicien pouvait prendre à volonté.

— Quel que soit le déguisement qu'il choisisse pour me recevoir, déclara le Lion, j'en fais mon affaire. Si jamais je rencontre cette Bête, je rugirai si fort qu'elle prendra peur et m'accordera tout ce que je lui demanderai. Si Oz décide de se montrer à moi sous la forme de la belle Dame, je lui sauterai à la gorge et je la forcerai à m'obéir. Enfin si j'ai affaire à sa Tête géante, il n'en sera pas moins à ma merci : je ferai rouler cette Tête dans toute la salle jusqu'à ce qu'il promette de me donner du courage. Réjouissez-vous, mes amis, car je ne tarderai pas à obtenir satisfaction.

Le lendemain matin, le soldat aux moustaches vertes conduisit le Lion devant la Salle du Trône et le pria d'entrer pour rencontrer le Grand Oz.

Le Lion franchit donc la petite porte et, au premier coup d'œil, découvrit une énorme Boule de Feu qui flambait au-dessus du trône avec tant de violence qu'il pouvait à peine la regarder en face. Il pensa d'abord que le Grand Oz avait pris

---

1. S'étonnèrent au plus haut point.

feu par accident et s'approcha pour mieux voir ce qu'il en était. Mais la chaleur du feu était si intense qu'il sentit ses moustaches roussir. Effrayé, il recula en tremblant vers la porte.

Alors une voix calme et bien timbrée surgit de la Boule de Feu et prononça ces paroles :

— Je suis Oz, Tout-Puissant et Terrible. Qui es-tu et que me veux-tu ?

— Je suis un Lion Poltron, j'ai peur de tout. Je suis venu vous prier de m'accorder un peu de courage. Ainsi je pourrai vraiment tenir mon rôle de Roi des Animaux, puisque c'est ainsi que les hommes me nomment.

— Et pourquoi te donnerais-je du courage ? questionna Oz...

— Parce que vous êtes le plus grand des Magiciens, et que vous seul avez le pouvoir d'accéder à ma requête.

La Boule de Feu jeta quelques flammes plus hautes que les autres et répondit :

— Apporte-moi la preuve que la Vilaine Sorcière de l'Ouest est morte. Alors, et seulement alors, je te donnerai du courage. Mais aussi longtemps que la Sorcière aura un souffle de vie, tu demeureras un poltron.

Ce discours mit le Lion très en colère, mais il ne trouva rien à répliquer. Il resta donc quelques instants à contempler la Boule de Feu d'un air fâché. Bientôt, celle-ci se réchauffa si fort qu'il dut faire demi-tour et sortir en courant de la pièce. Il fut bien heureux de trouver ses amis qui l'attendaient à la sortie, et s'empressa de leur raconter son entrevue avec le Magicien.

— Qu'allons-nous faire ? demanda Dorothée consternée.

— Il n'y a qu'une chose à faire, décida le Lion, c'est de nous rendre au pays des Winkies. Là, nous traquerons la Vilaine Sorcière pour la détruire.

— Mais si nous n'y parvenons pas ? fit Dorothée.

— Alors je n'aurai jamais de courage, déclara le Lion.

— Et moi, jamais de cœur, ajouta l'Homme en Fer-blanc.

— Je ne serai jamais intelligent, soupira l'Épouvantail.

— Et moi, je ne reverrai jamais Oncle Henry ni Tante Em ! s'écria Dorothée en se mettant à pleurer.

La jeune fille verte, qui assistait à la conversation, poussa un cri d'alerte :

— Attention ! Si vous continuez à pleurer, vous allez tacher votre belle robe de brocart.

Dorothée sécha ses larmes.

— Il faut bien essayer, pourtant, murmura-t-elle. Mais moi, je ne veux tuer personne, pas même pour retrouver ma Tante Em.

— Je viendrai avec toi, dit le Lion, mais je suis trop poltron pour m'attaquer à la Sorcière.

— Moi aussi, je viendrai, promit l'Épouvantail, mais je suis si bête... Je ne vois pas en quoi je pourrai t'aider.

— Je n'ai pas le cœur à tuer qui que ce soit, même une méchante Sorcière, fit remarquer l'Homme en Fer-blanc, mais si vous allez au pays des Winkies, je vous suivrai.

Ils décidèrent donc de se mettre en route dès le lendemain matin. L'Homme en Fer-blanc affûta sa hache sur une meule verte et huila ses articulations avec soin. L'Épouvantail renouvela son rembourrage avec de la paille neuve et Dorothée lui repeignit les yeux pour qu'il puisse y voir plus clair. La jeune fille verte, qui s'était prise d'affection pour les cinq amis, remplit leur panier de bonnes choses à manger et accrocha au cou de Toto une clochette nouée à un ruban vert.

Ils se couchèrent tôt et dormirent profondément jusqu'au lendemain matin. Le cocorico d'un coq vert, qui vivait dans une ferme attenante au Palais, et le caquètement d'une poule qui venait de pondre un œuf tout vert, les réveillèrent dès le lever du soleil.

12

À la recherche de la Vilaine Sorcière

Le soldat aux moustaches vertes conduisit les voyageurs à travers les rues de la Cité d'Émeraude, et bientôt ils atteignirent les portes de la ville où le Gardien se trouvait toujours. Celui-ci déverrouilla les lunettes qu'ils portaient sur le nez, les remit dans la grande malle et leur ouvrit poliment les portes vers l'extérieur.

— Quelle route faut-il prendre pour se rendre chez la Vilaine Sorcière de l'Ouest ? demanda Dorothée.

— Il n'y a pas de route qui conduise là-bas, répondit le Gardien. Personne n'est assez fou pour vouloir s'y risquer.

— Alors comment trouverons-nous la Sorcière ?

— C'est très simple : dès que vous aurez mis un pied au pays des Winkies, elle vous aura repérés et elle se précipitera sur vous pour vous réduire en esclavage.

— Je n'en suis pas si sûr, répliqua l'Épouvantail. Nous avons l'intention de l'éliminer, figurez-vous.

— Oh !... Dans ce cas, c'est différent, dit le Gardien des Portes. Personne n'a jamais cherché à l'éliminer, voilà pourquoi j'ai d'abord pensé qu'elle vous réduirait en esclavage, car c'est ainsi qu'elle se comporte d'ordinaire. Soyez prudents, toutefois. Elle est vraiment mauvaise et rusée, et j'imagine qu'elle ne se laissera pas attaquer sans se défendre. Marchez tout droit vers l'Ouest, où le soleil se couche, et vous la trouverez.

Les cinq compagnons remercièrent le Gardien des Portes et lui firent leurs adieux, puis ils se mirent en route vers l'Ouest en marchant à travers champs.

Les prés étaient semés de marguerites et de boutons-d'or. Dorothée avait gardé la belle robe de brocart qu'on lui avait donnée au Palais, mais une fois sortie de la Cité d'Émeraude, elle eut la surprise de s'apercevoir que sa robe était devenue d'un blanc immaculé. Le ruban que Toto portait autour du cou était blanc, lui aussi, comme la robe de sa maîtresse.

Ils eurent bientôt perdu de vue la Cité. À mesure qu'ils marchaient, le terrain se faisait plus accidenté[1] : la terre était inculte[2], car la Contrée de l'Ouest ne comptait aucun fermier parmi ses habitants.

L'après-midi arriva. Le soleil brûlant leur cuisait le visage, il n'y avait aucun arbre en vue qui pût leur offrir l'abri de ses frondaisons[3]. Dorothée, Toto et le Lion furent donc épuisés bien avant la tombée du jour, ils s'allongèrent dans l'herbe et s'endormirent. Le Bûcheron et l'Épouvantail montaient la garde.

Or, la Vilaine Sorcière de l'Ouest n'avait qu'un seul œil, mais cet œil était aussi puissant qu'un télescope, de sorte qu'elle pouvait voir tout ce qui se passait sur ses terres. Assise à la porte de son château tout jaune, elle scrutait l'horizon, comme tous les soirs.

Elle eut tôt fait de découvrir Dorothée endormie dans l'herbe et entourée de ses amis. Bien sûr, ils étaient encore loin, mais ils avaient déjà franchi la frontière de la Contrée de l'Ouest, et la Vilaine Sorcière entra dans une rage noire. Elle

---

1. Présentait des inégalités.
2. N'était pas cultivée.
3. De son feuillage.

saisit un sifflet d'argent qui pendait sur sa poitrine et souffla dedans de toutes ses forces.

Aussitôt, une meute de loups se pressa vers elle, venus des quatre coins du pays. Ils avaient de longues jambes, des yeux méchants et des dents pointues.

— Allez me chercher ces intrus, ordonna la Sorcière, et faites-en de la bouillie.

— Ne préféreriez-vous pas les réduire en esclavage ? demanda le chef de la meute.

— Non. Il n'y a qu'un bonhomme de paille, un autre en fer-blanc, une gamine et un lion. Ils feraient de piètres esclaves, alors déchiquetez-les-moi en petits morceaux.

— Très bien, répondit le loup.

Et il détala à toute vitesse, suivi de ses camarades.

Par bonheur, l'Épouvantail et l'Homme en Fer-blanc étaient tout à fait éveillés. Ils entendirent les loups arriver.

— Un combat se prépare, j'en fais mon affaire ! déclara l'Homme en Fer-blanc. Tiens-toi à l'écart, mon ami. Je me charge de ces loups.

Sur ces mots, il brandit sa hache au tranchant effilé[1].

Lorsque le chef des loups arriva en vue, il lui coupa la tête d'un seul coup et le tua sur-le-

1. Très coupant.

champ. Il n'en eut pas plus tôt terminé avec celui-ci qu'un autre arriva, auquel il fit subir le même sort.

Quarante loups tombèrent ainsi sous la hache de l'Homme en Fer-blanc, si bien qu'au bout du compte notre héros se retrouva en face d'un énorme tas de loups morts.

Il posa sa hache et revint s'asseoir auprès de l'Épouvantail qui déclara :

— Ce fut un beau combat, mon ami !

Puis ils attendirent le matin. Lorsque Dorothée s'éveilla, elle eut un sursaut de terreur en découvrant le tas de cadavres hirsutes, mais l'Homme en Fer-blanc lui expliqua ce qui s'était passé. Elle se confondit en remerciements et mangea tranquillement son petit déjeuner, suite à quoi ils reprirent leur chemin.

Or, ce matin-là, la Vilaine Sorcière sortit de nouveau sur le seuil de son château jaune pour observer les alentours de son œil unique et puissant. Lorsqu'elle aperçut le tas de loups morts et les intrus qui marchaient en chantant à travers les champs, sa colère redoubla et derechef[1] elle siffla deux coups dans son sifflet d'argent.

Aussitôt un vol de corbeaux sauvages arriva à tire-d'aile, si nombreux qu'ils obscurcirent le ciel.

---

1. Encore une fois.

La Vilaine Sorcière s'adressa au Roi des corbeaux :

— Une bande d'intrus marche vers moi, dit-elle. Volez de toute la vitesse de vos ailes, arrachez-leur les yeux et déchiquetez-les en petits morceaux.

Les corbeaux prirent leur envol et se dirigèrent vers nos cinq amis. Dorothée aperçut la noire nuée dans le ciel et poussa un cri d'angoisse.

Mais l'Épouvantail déclara :

— Un combat se prépare, j'en fais mon affaire ! Couchez-vous par terre, je me charge de ces corbeaux.

Ils se couchèrent tous et l'Épouvantail demeura seul debout, bien droit, les bras levés. En l'apercevant, les corbeaux prirent peur, comme de juste, et ils n'osèrent pas aller plus loin. Mais le Roi des corbeaux les exhorta[1] :

— Ce n'est qu'un pantin bourré de paille ! Je vais lui arracher les yeux.

Et, sur ces mots, il se précipita vers l'Épouvantail. Celui-ci l'attrapa en plein vol et lui tordit le cou : le Roi des corbeaux tomba raide mort à ses pieds. Puis un autre corbeau se jeta sur lui, et il subit le même sort.

Il y avait quarante corbeaux, et l'Épouvantail leur tordit le cou à tous, si bien qu'il se retrouva

---

1. Les encouragea par un discours persuasif.

avec un tas de corbeaux morts à ses pieds. Alors il dit à ses compagnons de se relever, et tous continuèrent leur voyage.

Lorsque la Vilaine Sorcière découvrit ses corbeaux morts entassés dans le champ, elle entra dans une rage épouvantable et souffla trois fois dans son sifflet d'argent.

Dans la seconde qui suivit, un énorme essaim d'abeilles noires se pressa autour d'elle en bourdonnant.

— Allez me chercher ces intrus, éructa[1] la Vilaine Sorcière, et percez-les de vos dards !

Les abeilles s'en allèrent à la vitesse de l'éclair. Ce fut l'Homme en Fer-blanc qui les aperçut le premier, et l'Épouvantail s'écria :

— Vite, bûcheron ! Vide-moi de ma paille et recouvres-en Dorothée, Toto et le Lion. Les abeilles ne les verront pas.

L'Homme en Fer-blanc s'exécuta. Dorothée, Toto et le Lion se serrèrent les une contre les autres et il les camoufla sous une petite meule de paille.

Lorsque les abeilles arrivèrent, elles ne trouvèrent que le bûcheron à piquer. Elles se jetèrent toutes sur lui, mais leurs dards se brisèrent contre le fer-blanc. Or on sait que les abeilles ne peuvent survivre sans leur dard. Elles tombèrent donc en

1. Lança dans une irruption de colère.

une masse compacte autour de l'Homme en Fer-blanc, comme de petits tas de charbon.

Dorothée et le Lion émergèrent de leur meule de paille et aidèrent l'Homme en Fer-Blanc à rembourrer l'Épouvantail, à la suite de quoi ils reprirent leur route.

La Vilaine Sorcière devint si furieuse en voyant ses abeilles entassées par terre comme de petits tas de charbon qu'elle se mit à taper des pieds, à grincer des dents et à s'arracher les cheveux.

Puis elle appela une douzaine d'esclaves, tous des Winkies, à qui elle distribua des armes effilées en leur intimant l'ordre d'aller découper les intrus en petites lamelles.

Tous ces Winkies étaient doux et pusillanimes[1], mais il leur fallait bien obéir à la Sorcière. Ils marchèrent donc sus à l'ennemi[2]. Dès qu'ils arrivèrent en vue, le Lion poussa un rugissement épouvantable et se jeta sur eux. Les pauvres Winkies furent saisis d'une telle panique qu'ils s'enfuirent à toutes jambes.

Lorsqu'ils revinrent au château de la Vilaine Sorcière, celle-ci les corrigea à coups de fouet et les renvoya au travail. Puis elle s'assit pour réfléchir à la situation. Elle ne parvenait pas à comprendre pourquoi toutes ses tentatives avaient

1. Lâches, poltrons.
2. Ils attaquèrent donc l'ennemi.

échoué. Comment se débarrasser de ces intrus ? Elle était bien assez méchante et bien assez puissante pour trouver quelque chose... Au bout de quelques instants, un nouveau plan germa dans son esprit tordu.

La Sorcière conservait dans son armoire une toque en or cerclée de rubis et de diamants. Cette Toque d'Or était enchantée : quiconque la possédait pouvait appeler à l'aide les Singes Ailés qui, par trois fois, obéiraient à ses ordres.

Mais le charme n'opérait que trois fois... Et la Vilaine Sorcière avait déjà utilisé deux fois les services des Singes Ailés.

Une première fois, elle s'était servie d'eux pour réduire les Winkies en esclavage et se rendre maîtresse du pays. La seconde fois, elle s'était attaquée au Grand Oz en personne et l'avait chassé de la Contrée de l'Ouest. Chaque fois, les Singes Ailés lui avaient obéi sans mot dire.

Si elle utilisait une fois de plus les pouvoirs de la Toque d'Or, ce serait la dernière. Voilà pourquoi elle avait gardé cette solution pour la fin, tous ses autres maléfices ayant échoué. Les loups, les corbeaux et les abeilles gisaient morts, les esclaves étaient partis en courant, il ne lui restait plus que ce moyen d'éliminer Dorothée et ses amis.

La Vilaine Sorcière saisit la Toque d'Or et la posa sur sa tête, puis elle se tint en équilibre sur le pied gauche et déclama lentement les paroles magiques :

— Ep-pe, Pe-ppe, Ka-kke !

Ensuite elle se reposa sur son pied droit et dit :

— Hil-lo, Hol-lo, Hel-lo !

Puis, revenant sur ses deux pieds, elle hurla :

— Ziz-zy, Zuz-zy, Zik !

Et la magie opéra. Le ciel s'obscurcit, un grondement sourd retentit dans l'air. On entendit d'abord un froissement d'ailes, puis un bruit de conversations et de rires, et enfin le soleil émergea dans le ciel. La Vilaine Sorcière se trouva entourée d'une foule de singes, tous dotés d'ailes immenses et puissantes.

L'un d'entre eux, plus grand que tous les autres (c'était leur chef), s'approcha de la Vilaine Sorcière.

— Voici la troisième et la dernière fois que tu nous appelles, dit-il. Que veux-tu ?

— Des intrus ont pénétré sur mes terres, répondit-elle. Détruisez-les tous, mais ramenez-moi le Lion vivant. J'ai décidé de le réduire en esclavage : une fois harnaché, je le ferai travailler comme un vulgaire cheval.

Et elle se mit à ricaner à cette idée.

— Il en sera fait selon ta volonté, déclara le chef.

Alors, dans un grand fracas de conversations

et de rires, les Singes Ailés s'envolèrent à la rencontre des cinq voyageurs.

Deux d'entre eux saisirent l'Homme en Fer-Blanc et l'emportèrent dans les airs. Arrivés en vue d'un terrain recouvert de rochers coupants, ils larguèrent leur malheureuse victime sur les rochers. L'Homme en Fer-Blanc tomba dans un grand bruit de casseroles entrechoquées, et se retrouva tellement cabossé qu'il ne pouvait plus faire le moindre mouvement, ni même articuler un mot.

Deux autres Singes s'emparèrent de l'Épouvantail et, de leurs longs doigts agiles, le dépouillèrent de sa paille. Puis ils chiffonnèrent son chapeau, ses bottes et ses vêtements, et les jetèrent dans les branches d'un arbre.

Le reste de la bande s'attaqua au Lion. Ils le ligotèrent avec de grosses cordes, si bien que le malheureux se retrouva saucissonné, incapable de mordre, de donner des coups de patte ou de se défendre. Puis ils l'enlevèrent dans les airs et le transportèrent au château de la Vilaine Sorcière. Là, on l'enferma dans une petite cour entourée d'une haute grille de fer où il demeura prisonnier.

Mais Dorothée fut épargnée. Elle était restée sur place, serrant Toto dans ses bras, impuissante à aider ses amis et attendant son tour avec désespoir. Lorsque le chef des Singes Ailés s'approcha d'elle, agitant ses bras velus et grimaçant de la plus effroyable manière, il aperçut la marque de la bonne Sorcière du Nord sur son front et s'arrêta net.

— Nous ne devons pas nous attaquer à cette petite fille, dit-il à ses camarades. Elle est protégée par les Forces du Bien, qui sont plus puissantes que les Forces du Mal. Tout ce que nous pouvons faire, c'est l'enlever et l'emporter au château de la Vilaine Sorcière.

Alors, avec beaucoup de soin et de douceur, les Singes Ailés emportèrent Dorothée dans leurs bras et la déposèrent sur le seuil du château jaune. Là, le chef des Singes déclara à la Vilaine Sorcière :

— Nous t'avons obéi autant que nous le pouvions. L'Homme en Fer-blanc et l'Épouvantail sont hors de combat, le Lion est enfermé dans la cour. Quant à cette petite fille et au chien qu'elle porte dans ses bras, nous ne pouvons leur faire aucun mal. À partir de maintenant, tu n'as plus d'ordres à nous donner, et tu ne nous reverras plus.

Et tous les Singes Ailés s'envolèrent, dans un grand vacarme de conversations et de rires. Bientôt ils disparurent aux yeux de la Vilaine Sorcière.

Celle-ci, en apercevant la marque que Dorothée portait au front, fut partagée entre la surprise et l'inquiétude. Elle savait ce que cela signifiait : ni les Singes Ailés ni elle-même ne pouvaient s'attaquer à une protégée de la Sorcière du Nord. Puis, lorsque son regard se posa sur les Souliers d'Argent que Dorothée portait toujours à ses pieds, elle se mit à trembler de peur : elle savait que ces souliers contenaient un charme puissant.

Le premier mouvement de la Sorcière fut de s'enfuir en courant, mais elle croisa le regard de la petite fille et y lut toute la simplicité de son âme. À l'évidence, Dorothée ignorait le pouvoir des souliers d'argent.

Alors la Vilaine Sorcière se mit à rire sous cape[1] et se dit : « Je peux bien la réduire en esclavage, elle ne sait même pas qu'elle a la force de me battre à plate couture[2] ! »

Puis elle se tourna vers Dorothée et lui ordonna brutalement :

— Viens avec moi. Je te conseille de m'obéir sans rechigner[3] si tu ne veux pas connaître le même sort que tes chers amis l'Épouvantail et l'Homme en Fer-blanc.

Dorothée suivit donc l'affreuse Sorcière à travers les superbes salles de son château et se

---

1. En cachette.
2. Complètement.
3. Sans montrer de mauvaise volonté.

retrouva dans la cuisine où la Sorcière lui ordonna de nettoyer les casseroles, de frotter le sol et de s'occuper du feu.

La pauvre petite s'attela à sa tâche avec humilité, bien décidée à travailler de toutes ses forces, car elle était trop heureuse que la Vilaine Sorcière ne l'ait pas tuée.

Pendant qu'elle s'escrimait à tenir la cuisine en ordre, la Sorcière se rendit dans la cour où le Lion Poltron était enfermé. Elle comptait bien s'amuser en l'attelant comme un cheval à son char, pour les jours où elle aurait envie de faire une promenade.

Mais dès que la Sorcière montra le bout de son nez, le Lion poussa un effroyable rugissement et se jeta sur elle d'un air si terrible qu'elle fit un bond en arrière et referma prudemment la porte.

— Comme ça, tu ne veux pas qu'on te harnache, ricana-t-elle. Bon, bon... Je vais essayer autre chose. Que dirais-tu si je te laissais mourir de faim ? Allons, tu n'auras plus rien à manger tant que je ne l'aurai pas décidé !

Elle mit sa menace à exécution : tous les jours, elle venait narguer le Lion affamé en lui disant :

— Alors, tu n'as toujours pas envie de jouer au petit cheval ?

— Il n'en est pas question, répondait le Lion

sans faillir[1]. Si tu mets un pied dans cette cour, je te mordrai.

À vrai dire, il n'avait guère de mal à supporter son régime : toutes les nuits, en effet, lorsque la vieille Sorcière dormait, Dorothée se faufilait jusque dans la cour pour lui apporter de la nourriture dérobée à la cuisine.

Après son repas, le Lion se couchait sur la paille et Dorothée venait se blottir contre lui, et, la tête posée sur sa crinière épaisse, elle racontait ses malheurs. Puis ils élaboraient des plans d'évasion, mais en vain, hélas ! Le château jaune était gardé jour et nuit par les Winkies jaunes, esclaves de la Vilaine Sorcière, qui lui obéissaient au doigt et à l'œil sous la menace du fouet.

Tout le jour, la petite fille travaillait dur, et souvent la Sorcière menaçait de la battre avec un vieux parapluie qu'elle portait en permanence sur elle. En vérité, elle n'aurait jamais osé lever la main sur Dorothée : elle avait bien trop peur de la marque sur son front.

Mais Dorothée ignorait ce détail, et elle vivait dans une crainte constante. Un jour, la Sorcière avait donné un coup de parapluie à Toto qui, plein de courage, s'était jeté sur elle pour lui mordre le mollet. La vieille n'avait même pas

1. Sans hésiter.

saigné : elle était si méchante que tout son sang était sec depuis bien des années.

En somme, Dorothée menait une triste existence. Elle commençait à penser qu'elle ne reverrait plus jamais le Kansas ni sa Tante Em, et souvent elle pleurait pendant des heures tandis que Toto, assis à ses pieds, la regardait en couinant de compassion.

Toto se moquait bien de vivre dans le Kansas plutôt qu'au Pays d'Oz : tant que sa petite maîtresse était à ses côtés, tout allait bien pour lui. Mais cela le désolait de voir Dorothée malheureuse.

Quant à la Vilaine Sorcière, elle n'avait qu'une idée en tête : s'approprier les Souliers d'Argent de sa prisonnière.

Maintenant que ses abeilles, ses loups et ses corbeaux gisaient en tas dans les champs et achevaient de se réduire en poussière, maintenant qu'elle avait épuisé le charme de la Toque d'Or, il lui fallait absolument les Souliers d'Argent. À eux seuls, ils lui donneraient plus de pouvoir magique que tout ce qu'elle avait perdu.

Elle passait son temps à épier Dorothée pour lui voler ses chaussures, mais la petite fille en était si fière qu'elle les portait en permanence. Elle ne les ôtait que pour se coucher ou se laver. Or la vieille Sorcière avait très peur du noir, et elle n'osait pas entrer dans la chambre de sa prisonnière pendant la nuit.

Elle avait encore plus peur de l'eau : dès que Dorothée s'apprêtait à prendre un bain, elle se tenait à distance respectueuse. Cette sale et affreuse Sorcière n'avait jamais pris un bain de sa vie et elle fuyait l'eau comme la peste.

Cependant, la vilaine créature était opiniâtre[1]. Elle finit par trouver une idée pour obtenir ce qu'elle désirait : au milieu de la cuisine, elle plaça une longue barre de fer qu'elle rendit invisible aux yeux de tout le monde.

Lorsque Dorothée entra dans la cuisine le matin suivant, elle trébucha sur l'obstacle invisible et s'étala de tout son long sur le sol. Elle ne se fit aucun mal, mais dans sa chute elle perdit l'un des Souliers d'Argent. Avant qu'elle ait pu le ramasser, la Vilaine Sorcière s'en empara pour en chausser son pied osseux.

La méchante femme se félicita de sa ruse : avec une des chaussures, elle possédait désormais la moitié du pouvoir magique, et Dorothée ne pouvait plus la battre.

La petite fille, toute triste d'avoir perdu une de ses belles chaussures, se mit en colère.

— Rendez-moi mon soulier ! s'exclama-t-elle.

1. Têtue.

— Tu peux toujours courir, rétorqua l'affreuse Sorcière. Il est à moi, maintenant.

— Sale bonne femme ! Vous n'avez pas le droit de me voler mon soulier.

— Je m'en fiche, ricana la vieille, je l'ai ramassé, je le garde ! Et je ne manquerai pas de te voler l'autre un de ces jours.

Dorothée sentit la moutarde lui monter au nez[1]. Elle ramassa un broc d'eau posé sur la table et le jeta à la tête de la Vilaine Sorcière, la trempant des pieds à la tête.

Au contact de l'eau, la vieille poussa un glapissement de terreur. À son grand étonnement, Dorothée la vit rétrécir à vue d'œil.

— Regarde ce que tu as fait ! piaillait la vieille d'une drôle de petite voix. Dans une minute j'aurai complètement fondu.

— Je suis désolée..., murmura Dorothée.

L'idée de voir la Vilaine Sorcière fondre comme un morceau de sucre la mettait très mal à l'aise.

— Tu ne savais pas que l'eau me détruirait ? reprit la vieille d'une toute petite voix.

— Mais non. Comment l'aurais-je su ?

— C'est pourtant vrai. Dans quelques instants, il ne restera plus rien de moi. Mon château jaune t'appartiendra. J'ai été bien méchante depuis des années. Je n'aurais jamais imaginé qu'une petite

1. La colère monter en elle.

fille comme toi puisse mettre fin à ma belle carrière de Vilaine Sorcière. Attention ! couina-t-elle. Je n'existe plus...

Dès la fin de cette phrase, la Vilaine Sorcière se réduisit à une flaque noirâtre et gluante qui se répandit sur le dallage de la cuisine. Dorothée, un peu rassurée par cette disparition, jeta un autre seau d'eau sur cette saleté pour nettoyer le sol. Toute cette saleté s'écoula par la porte et s'en alla se répandre dans les champs.

Puis la petite fille ramassa son Soulier d'Argent resté intact, le nettoya avec un torchon et le remit à son pied. Elle était enfin libre de faire ce qu'elle voulait.

Bien entendu, son premier mouvement fut de courir dans la cour pour raconter au Lion que la Vilaine Sorcière de l'Ouest avait fondu et qu'ils n'étaient plus prisonniers.

13

À la rescousse !

Le Lion Poltron fut enchanté d'apprendre que la Vilaine Sorcière avait fondu. Sans attendre, Dorothée ouvrit la grille et le libéra de sa prison, puis ils rentrèrent au château et convoquèrent tous les Winkies pour leur apprendre qu'ils étaient affranchis[1] de leur condition d'esclaves.

Quelle ne fut pas la joie des Winkies ! Depuis des années, ils subissaient des traitements cruels et travaillaient jusqu'à l'épuisement pour la Vilaine Sorcière. Ils décidèrent d'instaurer une fête nationale en souvenir du jour de leur libération et passèrent la journée entière à danser et à festoyer.

1. Libérés.

— Ma joie n'est pas complète, soupira le Lion. Je voudrais que nos amis l'Épouvantail et l'Homme en Fer-blanc puissent la partager...

— Ne crois-tu pas que nous pourrions faire quelque chose pour les sauver ? demanda Dorothée.

— Il faut essayer, en tout cas.

Ils appelèrent tous les Winkies et leur demandèrent s'ils acceptaient de les aider à sauver leurs amis. Ceux-ci répondirent que rien ne pourrait leur être plus agréable, car ils se sentaient une dette envers Dorothée. La petite fille choisit donc quelques-uns parmi les plus avisés[1] d'entre eux et ils se mirent en chemin.

Pendant toute la journée, ils marchèrent en direction de la plaine rocailleuse où l'Homme en Fer-blanc gisait, tout cabossé. Sa hache n'était tombée qu'à quelques mètres de lui, mais la lame avait rouillé et le manche s'était brisé en deux.

Les Winkies le soulevèrent dans leurs bras avec d'infinies précautions et le rapportèrent au château jaune. Dorothée marchait quelques pas en arrière, tâchant de retenir ses larmes, car l'état où elle voyait son pauvre ami la désolait. Le Lion lui-même avait un air sombre et triste.

En arrivant au château, la petite fille demanda à l'un des Winkies :

1. Intelligents.

— Y a-t-il des ferblantiers parmi vous ?

— Oh oui ! répondit-il, et même de très bons ferblantiers.

— Dites-leur de venir me voir.

Les ferblantiers arrivèrent bientôt, leurs outils à la main, et Dorothée leur dit :

— Saurez-vous rendre à mon ami l'Homme en Fer-blanc sa belle apparence d'autrefois ? Pouvez-vous réparer ces bosses, lui rendre sa forme initiale et souder[1] tous ses membres cassés ?

Les ferblantiers examinèrent la victime sur toutes les coutures et répondirent sans hésiter qu'ils étaient capables de le réparer. Ils se mirent au travail, dans une des grandes salles jaunes du palais, et travaillèrent trois jours et quatre nuits à marteler, tordre, redresser, souder, polir et graisser les jambes, les bras, la tête et le corps de l'Homme en Fer-blanc, jusqu'à ce qu'il retrouve son apparence d'antan et la souplesse de ses articulations. Certes, il avait désormais quelques soudures de plus, mais les ferblantiers avaient fait du bon travail, et l'Homme en Fer-blanc, qui n'était pas coquet, se moquait bien des cicatrices.

Lorsque, enfin, il pénétra dans la chambre de Dorothée pour la remercier de l'avoir sauvé, il était si heureux qu'il versa quelques larmes de

1. Joindre par fusion des membres en contact.

joie. La petite fille s'empressa de les essuyer avec un coin de son tablier de peur qu'il ne se mette à rouiller. Mais pendant ce temps, elle pleurait elle-même à chaudes larmes tant elle était heureuse de retrouver son vieil ami. Ces larmes-là ne présentaient aucun danger et on ne songea pas à les essuyer. Quant au Lion, il séchait les siennes du bout de sa queue, à telle enseigne qu'il la trempa complètement et dut s'en aller la faire sécher au soleil dans la cour.

Dorothée raconta toutes ses aventures à l'Homme en Fer-blanc. Quand elle eut terminé son récit, il lui dit :

— Il faut nous occuper de l'Épouvantail. Je ne serai pas tranquille tant qu'il sera loin de nous.

— Tu as raison, répondit Dorothée. Il faut se mettre à sa recherche.

Et de nouveau elle convoqua les Winkies pour leur demander de l'aide. Ils marchèrent tout le jour et une partie du lendemain jusqu'à ce qu'ils trouvent l'arbre dans lequel les Singes Ailés avaient jeté les vêtements et l'enveloppe du malheureux. C'était un vieil arbre très haut au tronc si lisse qu'il était impossible d'y grimper.

— Aucune importance, dit l'Homme en Fer-blanc. Je vais l'abattre et nous pourrons récupérer ce qui reste de notre ami.

Car, pendant que les ferblantiers s'occupaient

de le réparer, un orfèvre[1] lui avait fabriqué un nouveau manche pour sa hache, tout en or et bien plus solide que le précédent. Une fois la lame débarrassée de sa rouille, on l'avait fixée à ce manche, et la hache de l'Homme en Fer-blanc étincelait dans le soleil.

Il se mit à tailler le tronc de l'arbre qui ne tarda pas à s'écrouler dans un grand craquement. Les vêtements et l'enveloppe de l'Épouvantail se détachèrent des branches et tombèrent sur le sol.

Dorothée rapporta ces précieuses reliques au château jaune où on les rembourra de paille... Et voilà ! L'Épouvantail se releva, plus beau que jamais, et remerciant ses compagnons de l'avoir sauvé.

Enfin réunis, les quatre amis passèrent des jours tranquilles au château jaune. Rien ne manquait à leur confort. Mais un beau jour, Dorothée se souvint de sa Tante Em et déclara :

— Retournons voir Oz. Il faut qu'il tienne sa promesse.

Il en fut décidé ainsi. Dès le lendemain, nos amis firent leurs adieux aux Winkies, qui furent bien tristes de voir partir leurs sauveurs. Ils s'étaient pris d'une affection particulière pour l'Homme en Fer-blanc et l'implorèrent de rester :

---

1. Fabricant d'objets en métaux précieux.

ils voulaient faire de lui le chef de la Contrée Jaune de l'Ouest.

Mais la détermination des cinq compagnons était inflexible. Les Winkies offrirent un collier d'or au Lion et un autre à Toto ; à Dorothée, un superbe bracelet serti de diamants ; à l'Épouvantail, une canne à pommeau[1] d'or pour l'aider à marcher sans trébucher ; à l'Homme en Fer-blanc, enfin, ils firent don d'une burette d'argent incrustée d'or et de pierres précieuses.

Dorothée s'en alla chercher dans l'armoire de la sorcière de quoi se nourrir pendant le voyage de retour. Là, parmi les bocaux et les conserves, elle découvrit la Toque d'Or, ôta son bonnet rose et l'essaya : la Toque lui allait à merveille. Elle n'avait aucune idée des pouvoirs magiques qui s'y rattachaient, mais elle la trouva si belle qu'elle décida de l'emporter. Elle plia son bonnet et le déposa au fond du panier, puis rejoignit ses amis.

Tout était prêt pour le grand voyage. Les compagnons se mirent en route pour la Cité d'Émeraude, escortés par les hourras et les vœux de bonheur des Winkies.

---

1. Boule à l'extrémité d'une canne.

14

Les Singes Ailés

Comme le lecteur s'en souvient sans doute, il n'y avait pas de route entre le château de la Vilaine Sorcière de l'Ouest et la Cité d'Émeraude, pas même un petit sentier à travers champs. À l'aller, nos amis avaient été repérés par la Sorcière qui leur avait envoyé les Singes Ailés, et c'est ainsi qu'ils étaient arrivés au château jaune. Mais au retour, il leur fut bien plus difficile de s'orienter parmi les champs immenses semés de boutons-d'or et de marguerites.

Certes, ils savaient qu'il leur fallait marcher tout droit vers l'Est, là où le soleil se lève. Mais les jours passaient les uns après les autres, et ils marchaient toujours parmi d'éternels prés fleuris.

Ce fut alors que Dorothée perdit courage. Elle se laissa tomber dans l'herbe et leva les yeux vers ses compagnons qui, à leur tour, s'assirent sans un mot. Pour la première fois de sa vie, Toto se sentait trop las pour courir après les papillons qui passaient à sa portée. Il tira la langue et se mit à haleter en regardant sa maîtresse, comme pour lui demander ce qu'elle comptait faire.

— Et si nous appelions les mulots ? suggéra-t-elle. Ils sauront sans doute nous indiquer le chemin vers la Cité d'Émeraude.

— Excellente idée ! s'exclama l'Épouvantail. Pourquoi n'y avons-nous pas songé plus tôt ?

Dorothée sortit de son corsage le petit sifflet bleu que la Reine des Mulots lui avait donné et souffla dedans. Quelques instants plus tard, le froissement de milliers de petites pattes se fit entendre parmi les herbes hautes et un groupe de mulots gris se présenta devant elle. À la tête de la troupe, la Reine en personne.

— Que puis-je faire pour vous, mes amis ? demanda-t-elle de sa voix haut perchée.

— Nous sommes perdus, expliqua Dorothée. Sauriez-vous nous dire comment rejoindre la Cité d'Émeraude ?

— Bien sûr ! Mais vous n'avez fait que vous en éloigner, me semble-t-il. Elle est loin derrière vous.

Puis, remarquant la Toque d'Or que la petite fille portait sur la tête, la Reine ajouta :

— Pourquoi n'avez-vous pas eu recours au pouvoir magique de la Toque ? Les Singes Ailés se seraient fait un plaisir de vous transporter jusqu'au Palais d'Oz, et ce en moins d'une heure.

— Un pouvoir magique ? Mais j'ignorais... De quoi s'agit-il ? demanda Dorothée avec stupéfaction.

— La formule magique est inscrite à l'intérieur de la Toque, répondit la Reine des Mulots. Mais si vous avez l'intention d'appeler les Singes Ailés à votre aide, nous ferions mieux de nous retirer : ils sont si espiègles qu'ils croient amusant de nous tourmenter.

— Et à moi, vont-ils me faire du mal ? demanda Dorothée avec anxiété.

— Oh, que non ! Ils sont tenus d'obéir à qui porte la Toque d'Or. Adieu, mon amie.

Et la Reine des Mulots s'esquiva de toute la vitesse de ses petites pattes, suivie de sa cour.

Dorothée examina la Toque d'Or. Le mode d'emploi et la formule magique étaient inscrits à l'intérieur, elle lut attentivement et remit la Toque sur sa tête.

— Ep-pe, Pe-ppe, Ka-kke ! s'exclama-t-elle, debout sur son pied gauche.

— Qu'est-ce que tu racontes ? demanda l'Épouvantail, éberlué[1].

Mais déjà Dorothée avait sauté sur le pied droit.

— Hil-lo, Hol-lo, Hel-lo ! cria-t-elle.

— Allô ? repartit l'Homme en Fer-blanc avec un sang-froid remarquable.

Dorothée s'était installée sur ses deux pieds. Elle déclama[2] la fin de la formule magique :

— Ziz-zy, Zuz-zy, Zik !

Aussitôt, un grand froissement d'ailes se fit entendre, accompagné de conversations et de rires, et les Singes Ailés se présentèrent devant elle. Le Roi des Singes Ailés s'inclina profondément et lui dit :

— Quels sont les ordres ?

— Nous aimerions nous rendre à la Cité d'Émeraude, dit la petite fille. Nous sommes perdus, voyez-vous.

— Nous allons vous y porter, répondit le roi.

Il n'eut pas plus tôt fini sa phrase que deux des Singes refermèrent leurs bras autour de Dorothée et l'emportèrent dans les airs. Les autres firent de même avec l'Épouvantail, le Lion Poltron et l'Homme en Fer-blanc. Un Singe minuscule s'empara de Toto et suivit ses compa-

1. Fortement étonné.
2. Récita à haute voix.

gnons avec entrain, sans prendre garde aux morsures du petit chien.

Tout d'abord, l'Épouvantail et l'Homme en Fer-blanc considérèrent avec méfiance ces Singes Ailés qui les avaient si mal traités à leur dernière rencontre. Mais ils s'aperçurent bien vite qu'on ne leur voulait pas de mal cette fois-ci, et prirent bientôt un grand plaisir à se voir portés dans les airs et à contempler de si haut les champs et les bois.

L'un des Singes qui transportaient Dorothée n'était autre que le Roi en personne. Avec son compagnon, ils avaient entrelacé leurs bras en forme de chaise, et la petite fille voyageait dans les meilleures conditions possibles.

— Pourquoi êtes-vous tenus d'obéir au possesseur de la Toque d'Or ? demanda-t-elle.

— C'est une longue histoire, répondit le Roi en riant, mais puisque nous avons un long voyage devant nous, je m'en vais te la raconter... Si toutefois tu le désires.

— Bien volontiers !

— Eh bien voici. Nous étions libres, jadis. Le peuple des Singes Ailés vivait en paix dans la grande forêt, volant d'arbre en arbre, se nourrissant de noisettes et de fruits. Nous agissions à notre guise, nous n'obéissions qu'à notre fantaisie. Sans doute quelques-uns d'entre nous étaient-ils un peu trop espiègles... Il leur arrivait de fondre[1] sur les animaux à quatre pattes pour leur tirer la queue, de chasser les oiseaux ou même de jeter des noisettes sur les voyageurs égarés. Mais nous étions insouciants, heureux et gais, et nous profitions de la vie à chaque minute qui passait. C'était il y a bien longtemps, bien avant le jour où Oz descendit des nuages pour régner sur ce pays.

En ce temps-là vivait, très loin au Nord, une belle princesse qui était aussi une puissante Sorcière. Elle employait tout son pouvoir à secourir les malheureux, et on ne l'avait jamais vue s'en prendre à un honnête homme. La princesse Gayelette (c'était son nom) habitait un superbe palais taillé dans de grands blocs de rubis[2]. Elle était aimée de tous, mais une tristesse secrète la rongeait : elle ne pouvait trouver un compagnon à aimer en retour, car les hommes étaient tous trop laids et trop bêtes pour prétendre à la main d'une personne si belle et si sage. Enfin, un beau jour, elle rencontra un garçon très beau, extraordinairement mûr et sage pour son âge. Gayelette décida d'attendre qu'il ait atteint l'âge d'homme pour en faire son époux. Elle l'emmena dans son palais de rubis et mit en œuvre tous ses pouvoirs magiques pour le rendre fort, honnête et aimable

1. S'abattre avec brusquerie sur.
2. Pierres précieuses de couleur rouge.

au plus haut point. Lorsqu'il arriva à l'âge attendu, Quelada, comme on l'appelait, était à coup sûr l'homme le plus juste et le plus intelligent du pays, et sa mâle beauté était si grande que Gayelette l'aimait de tout son cœur. Elle n'avait qu'une hâte : conclure le mariage.

À cette époque, mon grand-père était le roi des Singes Ailés qui peuplaient la grande forêt entourant le palais de Gayelette. Ce vieux farceur aurait sacrifié n'importe quoi, même un succulent dîner, au plaisir de faire une bonne blague. Un jour, juste avant le mariage, il était parti en promenade avec sa suite lorsqu'il aperçut Quelada qui se promenait au bord de la rivière, vêtu d'un superbe costume de soie rose et de velours violet. À sa vue, une idée malicieuse germa dans l'esprit de mon grand-père. Il n'eut qu'un mot à dire pour que ses compagnons se jettent sur l'infortuné Quelada, l'empoignent et le jettent à l'eau.

— Allons, mon bon ami, cria mon grand-père dans un éclat de rire, nage donc, et nous verrons si ton beau costume résiste à ce bain !

Quelada savait nager, bien sûr, et il avait bon caractère. Lorsqu'il sortit de l'eau, il rit de la plaisanterie. Mais Gayelette arriva en courant, très inquiète, et, découvrant son fiancé en si piteux état, elle entra dans une colère terrible.

Elle comprit tout de suite qui lui avait joué ce mauvais tour. Elle s'empressa donc de convoquer le peuple des Singes Ailés, et ordonna qu'on leur lie les ailes et qu'on les jette tous à l'eau pour leur faire subir le même sort qu'à Quelada.

Mon grand-père la supplia d'adoucir le châtiment, car il savait bien que, privés de leurs ailes, ses sujets ne manqueraient pas de se noyer. Quelada lui-même intercéda en leur faveur. Gayelette décida donc d'épargner les fautifs, mais elle instaura le contrat de la Toque d'Or. Cette Toque avait été confectionnée pour être le cadeau de mariage de Quelada, et avait coûté la moitié du royaume de la princesse. Bien sûr, mon grand-père accepta sans rechigner, et c'est ainsi que, depuis ce jour, les Singes Ailés doivent servir trois fois et sans condition, comme des esclaves, le possesseur de la Toque, quel qu'il soit.

Dorothée avait pris un vif intérêt à cette histoire.

— Qu'advint-il des Singes par la suite ? demanda-t-elle.

— Le premier possesseur de la Toque fut Quelada lui-même, répondit le Roi. Le seul ordre qu'il nous donna fut de nous retirer dans la forêt et de disparaître à la vue de son épouse, car, après ces fâcheux événements, elle ne pouvait plus nous supporter. Nous fûmes bien heureux d'obéir à cette volonté, car la princesse nous faisait peur. Puis, jusqu'à ce que la Toque tombe entre les mains de la Vilaine Sorcière de l'Ouest, nous n'eûmes plus d'ordres à recevoir de personne. Mais la Vilaine Sorcière nous força à réduire les Winkies en esclavage, et ensuite à expulser Oz en personne de la Contrée de l'Ouest. Maintenant que vous possédez la Toque, vous avez le droit de nous donner encore deux ordres auxquels nous obéirons.

Le Roi des Singes avait terminé son récit. Dorothée regarda à ses pieds et aperçut les murs d'enceinte de la Cité d'Émeraude, à une faible distance, qui jetaient leur éclat aveuglant dans le soleil. Elle s'émerveilla de la rapidité avec laquelle les Singes avaient volé jusque-là, mais elle fut également soulagée de voir que le voyage touchait à sa fin.

Avec d'infinies précautions, les Singes Ailés déposèrent les voyageurs aux portes de la Cité, puis le Roi s'inclina devant Dorothée et ils reprirent leur vol en bavardant et en riant.

— Ce fut un beau voyage, déclara la petite fille.

— Oh oui ! répliqua le Lion, et une solution inespérée à nos ennuis. Quelle chance que tu aies pensé à emporter cette Toque d'Or !

15

Oz le Terrible est démasqué

Arrivés devant les portes de la Cité d'Émeraude, les voyageurs tirèrent la sonnette. Au bout de plusieurs coups, le Gardien des Portes leur ouvrit.

— Comment ! Vous êtes revenus ? s'exclama-t-il avec surprise.

— Comme vous le voyez..., répondit l'Épouvantail.

— Mais je pensais que vous étiez allés chez la Vilaine Sorcière de l'Ouest.

— En effet, nous lui avons rendu visite.

— Et elle vous a laissés repartir ? s'enquit le Gardien, de plus en plus étonné.

— Elle n'a pas eu le choix : elle a fondu, expliqua l'Épouvantail.

— Fondu ! Mais quelle bonne nouvelle ! Et qui donc l'a fait fondre ?

— C'est l'œuvre de Dorothée, déclara le Lion avec gravité.

— Bonté divine[1]...

Et sur ces mots, le Gardien des Portes fit une profonde révérence à la petite fille.

Puis il conduisit les visiteurs dans la première salle et leur ajusta des lunettes vertes sur le nez, comme il l'avait fait à leur précédent séjour. Enfin il leur ouvrit la porte de la Cité d'Émeraude. Lorsque les citoyens apprirent que, grâce à la petite bande, la Vilaine Sorcière de l'Ouest avait fondu, ils se rassemblèrent autour des héros du jour et les escortèrent jusqu'au Palais.

Le soldat aux moustaches vertes était toujours en faction[2] devant la porte, mais il les laissa entrer sans hésitation, et à l'intérieur du Palais, ce fut la belle jeune fille verte qui les accueillit pour leur montrer leurs chambres. Oz ne tarderait pas à les recevoir.

Le lendemain matin, à neuf heures précises, le soldat aux moustaches vertes les réveilla. Quatre minutes plus tard, ils étaient dans la Salle du Trône.

Bien entendu, chacun s'était attendu à voir Oz

---

1. Exclamation marquant l'étonnement.

2. Posté.

sous la forme qu'il avait à leur précédent entretien. Tous furent donc grandement surpris de découvrir la pièce vide. Serrés les uns contre les autres, ils demeurèrent près de la porte de sortie. Le silence pesant qui régnait dans la grande salle était bien plus effrayant que tous les artifices imaginés jusque-là par le Magicien.

Mais soudain, surgie du centre du plafond, une Voix leur parla solennellement.

— Je suis Oz, Tout-Puissant et Terrible. Que me voulez-vous ?

Nos amis fouillèrent du regard les moindres recoins de la pièce, mais ils ne virent rien. Dorothée prit la parole.

— Où êtes-vous ?

— Je suis partout ! répondit la Voix. Mais je suis invisible au commun des mortels. Je vais maintenant m'asseoir sur le trône pour vous permettre de converser avec moi.

À présent, en effet, la voix semblait venir du centre de la pièce. Les voyageurs s'approchèrent du trône et se disposèrent en rond tout autour.

— Nous sommes venus, ô Grand Oz, réclamer notre dû, déclara Dorothée.

— Mais... La Vilaine Sorcière est-elle bel et bien hors d'état de nuire ? demanda Oz.

Dorothée crut remarquer que la Voix tremblait un peu en prononçant ces paroles.

— Oui, répondit-elle. Je l'ai fait fondre en lui jetant un seau d'eau sur la figure.

— Oh ! là ! là !... soupira la Voix. Comme tout cela est inattendu ! Bien, bien... Revenez demain, il faut que je réfléchisse.

— Vous avez eu amplement le temps de réfléchir ! s'exclama l'Homme en Fer-blanc avec colère.

— Je n'attendrai pas un jour de plus, s'écria l'Épouvantail.

— C'est vrai, il faut tenir ses promesses, renchérit Dorothée.

Le Lion, trouvant à propos d'épouvanter le Magicien, poussa un rugissement assourdissant, si terrible que Toto s'éloigna de lui d'un bond et atterrit sur le paravent qui ornait un coin de la pièce. Le paravent s'écroula dans un grand craquement et les quatre amis s'immobilisèrent, médusés.

Derrière le paravent se tenait un vieux petit bonhomme, chauve et couvert de rides, qui avait l'air aussi surpris qu'eux. L'Homme en Fer-blanc, la hache au poing, se rua sur lui en criant :

— Qui êtes-vous ?

— Je suis Oz, le Tout-Puissant et Terrible, répondit le petit homme d'une voix mal assurée. Mais s'il vous plaît, ne me frappez pas... Je ferai tout ce que vous voudrez.

Les quatre amis le regardaient avec un mélange d'étonnement et de consternation.

— Et moi qui croyais que le Magicien Oz était une Tête géante, murmura Dorothée.

— Et moi qui le prenais pour une Belle Dame, dit l'Épouvantail.

— Et moi qui le prenais pour une affreuse Bête, fit l'Homme en Fer-blanc.

— Et moi qui le prenais pour une Boule de Feu ! s'exclama le Lion.

— C'est que vous vous êtes tous laissé abuser[1], expliqua le petit homme d'un air d'excuse. J'ai fait semblant d'être tout cela.

— Semblant ! s'écria Dorothée. Alors vous n'êtes pas Magicien ?

— Chut, ma chère, pas si haut ! Si on vous entendait, c'en serait fini de moi. Tout le monde me prend pour un Grand Magicien...

— Et tout le monde se trompe ! compléta la petite fille.

— C'est cela même. Je suis un homme tout ce qu'il y a de plus ordinaire.

— Pardon ! intervint l'Épouvantail avec aigreur[2]. Vous n'êtes pas un homme ordinaire, vous êtes un charlatan[3].

---

1. Tromper.
2. Mauvaise humeur.
3. Imposteur, escroc.

— C'est le mot juste, répliqua le petit homme en se frottant les mains d'un air soulagé. Je suis un charlatan.

— Personne d'autre ne sait que vous êtes un charlatan ? s'enquit Dorothée.

— Personne d'autre que vous... Et moi-même, bien sûr. J'ai réussi à tromper tout le monde jusqu'ici, et je croyais que cela durerait éternellement. J'ai eu tort de vous laisser entrer dans la Salle du Trône. D'ordinaire, je refuse de recevoir mes sujets, et ainsi ils se figurent que je suis vraiment terrible.

— Mais il y a quelque chose qui m'échappe, intervint la petite fille. Comment se fait-il que vous me soyez apparu sous la forme d'une Tête géante ?

— C'est un de mes tours, répondit Oz. Entrez par ici, je vous prie, et je vous montrerai de quoi il s'agit.

Il les introduisit dans une petite chambre située en arrière de la Salle du Trône et leur désigna, dans un coin de la pièce, la Tête géante, fabriquée en papier mâché, avec un visage peint.

— Elle était pendue au plafond, expliqua Oz. Moi, derrière le paravent, je tirais sur les fils pour actionner les yeux et la bouche.

— Et la Voix ? demanda Dorothée.

— Je suis ventriloque, expliqua Oz, je peux envoyer le son de ma voix n'importe où. Vous avez donc cru qu'elle sortait de la Tête. Et voici les autres artifices que j'ai utilisés pour vous tromper.

Il désigna à l'Épouvantail la robe et le masque qu'il avait revêtus pour paraître sous les traits de la Belle Dame, et à l'Homme en Fer-blanc, il montra que la terrible Bête n'était rien d'autre qu'un assemblage de peaux cousues ensemble sur une armature de baleines. Quant à la Boule de Feu, c'était en fait un ballot[1] de coton enduit de pétrole que le charlatan avait pendu au plafond et enflammé.

— Vraiment, conclut l'Épouvantail, vous devriez avoir honte. C'est très mal de tromper les gens de la sorte !

— Je... Je ne suis pas fier de moi, reconnut le petit homme, mais je ne pouvais rien faire d'autre. Asseyez-vous, je vous en prie, il y a assez de chaises pour tous. Je vais vous raconter mon histoire.

Tous s'assirent pour écouter, et le petit homme commença son récit.

— Je suis né en Amérique, à Omaha[2]...

— Oh ! Mais c'est tout près du Kansas ! s'exclama Dorothée.

— Certes, mais c'est bien loin d'ici, répliqua-

---

1. Sac, paquet.
2. Ville du Nebraska, État limitrophe du Kansas.

t-il en hochant tristement la tête. Devenu grand, j'ai choisi la profession de ventriloque et j'ai suivi les cours d'un grand maître. Je suis capable d'imiter tous les oiseaux et tous les animaux possibles.

Sur ce, il se mit à miauler comme un petit chat. Toto dressa les oreilles et tourna la tête en tous sens pour découvrir d'où venait ce bruit.

— Au bout de quelque temps, poursuivit Oz, le métier de ventriloque me lassa. Je décidai donc de devenir aéronaute forain.

— Aéronaute forain ? Qu'est-ce que c'est ? demanda Dorothée.

— Cela consiste à monter dans un ballon les jours où un cirque s'installe en ville. Ainsi, la foule se rassemble pour voir le ballon et on en profite pour les faire venir au cirque.

— Je vois.

— Donc un jour, alors que j'étais en ballon, les cordes s'emmêlèrent et je me trouvai incapable de redescendre. Mon ballon montait sans trêve parmi les nuages. Un courant d'air nous happa, et pendant deux jours je fus emporté à la dérive. Au matin du second jour, je m'éveillai au-dessus d'un paysage étrange et beau. Mon ballon descendait graduellement, sans heurts, et j'atterris sans aucun mal. Mais les habitants de ce pays, m'ayant vu descendre du ciel, se mirent en tête que j'étais un Grand Magicien. Bien entendu, je les laissai croire ce qu'ils voulaient. Ils avaient peur de moi et ils promirent de m'obéir en toutes choses.

Pour mon agrément, et aussi pour occuper ces braves gens, j'ordonnai la construction de la Cité et de mon Palais. Ils travaillèrent volontiers et fort bien. Puis, trouvant la campagne environnante si verte et si belle, je décidai que ma ville s'appellerait la Cité d'Émeraude, et, pour que ce nom ne lui soit pas donné en vain, j'ordonnai à tout le monde de porter des lunettes vertes. Ainsi, comme vous autres, ils voient tout en vert.

— Mais alors, rien de tout cela n'est vert ? demanda Dorothée.

— Pas plus que dans les autres villes. Ce sont les lunettes qui vous donnent l'impression que tout est vert. La Cité fut construite il y a bien des années, car j'étais jeune lorsque mon ballon me déposa dans ce pays. Ceux qui vivent ici portent des lunettes depuis si longtemps qu'ils ont fini par croire que la ville est véritablement construite en émeraudes. Cela dit, c'est une très belle ville : les gemmes et les métaux précieux n'ont pas été épargnés lors de sa construction, et on y trouve de quoi satisfaire chacun. J'ai toujours été bon envers mes sujets, et ils m'aiment beaucoup, mais depuis la construction de ce Palais, je vis enfermé. Je refuse de les voir.

L'un de mes principaux soucis était les Sorcières. Moi qui n'ai aucun pouvoir magique, je me suis vite rendu compte qu'elles étaient capables de faire des merveilles. Il y en avait quatre dans ce pays, elles régnaient respectivement sur les contrées du Nord, du Sud, de l'Est et de l'Ouest. Par bonheur, les Sorcières du Nord et du Sud sont de bonnes sorcières, elles n'ont jamais tenté de me nuire, mais celles de l'Est et de l'Ouest étaient méchantes au-delà de toute expression. La seule raison pour laquelle elles n'osaient pas s'attaquer à moi est qu'elles me prenaient pour un Grand Magicien. Dans ces conditions, j'ai passé des années à vivre dans la terreur. Vous imaginez donc quelle fut ma joie lorsque j'appris que votre maison, en tombant du ciel, avait écrasé la Vilaine Sorcière de l'Est. Quand vous êtes venue me rendre visite, j'étais prêt à vous promettre n'importe quoi pour que vous me débarrassiez de la deuxième Sorcière. Mais maintenant qu'elle a fondu, je dois vous avouer, à ma grande honte, que je suis incapable de tenir mes promesses.

— Eh bien, laissez-moi vous dire que vous êtes un vaurien ! s'exclama Dorothée.

— Oh non, ma chère, je suis le plus doux des hommes, croyez-moi. En revanche, comme Magicien, je ne vaux rien du tout.

— Est-ce que vous pouvez tout de même me donner un cerveau ? implora l'Épouvantail.

— Vous n'en avez pas besoin, répondit Oz.

Chaque jour, vous apprenez quelque chose de nouveau. Un bébé naît avec un cerveau, mais il n'en est pas plus savant. Il n'y a que l'expérience qui procure la connaissance, et plus longtemps vous vivrez, plus votre expérience s'enrichira.

— C'est peut-être vrai, répliqua l'Épouvantail d'un air dubitatif[1], mais moi je veux un cerveau, et je serai très malheureux si vous refusez de m'en donner un.

Le faux Magicien observa attentivement son interlocuteur.

— C'est bon, soupira-t-il enfin, mais je vous aurai prévenu : je ne vaux pas grand-chose comme magicien. Cependant, si vous venez me voir demain matin, je vous mettrai un cerveau dans la tête. Mais surtout ne comptez pas sur moi pour vous dire comment vous en servir ! C'est à vous de le découvrir.

À ces mots, l'Épouvantail ne se tint plus de joie.

— Oh, merci, merci ! s'écria-t-il. N'ayez crainte, j'en ferai bon usage.

— Mais à moi, intervint le Lion tout inquiet, ne me donnerez-vous pas un peu de courage ?

— Vous êtes bien assez courageux comme vous êtes, répondit Oz. Tout ce qui vous manque, c'est un peu de confiance en vous. Tout être

1. Qui exprime le doute.

vivant connaît la peur, et le véritable courage consiste à la surmonter pour affronter le danger. C'est là ce qu'on appelle le courage, et vous n'en manquez nullement.

— Peut-être bien, rétorqua le Lion, mais je n'aime pas avoir peur. Si vous refusez de me donner du courage, le vrai courage qui fait oublier la peur, je serai malheureux jusqu'à la fin de mes jours.

— C'est bon, répondit Oz. Venez me voir demain et je vous donnerai ce que vous désirez.

Ce fut au tour de l'Homme en Fer-blanc de présenter sa requête.

— Et moi, me donnerez-vous un cœur ?

— Mon bon ami, déclara Oz, vous avez tort de vouloir un cœur à tout prix. La plupart des gens qui en ont un sont bien malheureux. Considérez cet argument, et vous n'aurez pas envie de leur ressembler.

— Je ne suis pas d'accord avec vous, répliqua l'Homme en Fer-blanc. Pour ma part, je me sens capable de supporter tout le malheur du monde sans un mot si seulement vous me donnez un cœur.

— Très bien, admit le faux Magicien avec douceur. Venez me voir demain, je vous donnerai un cœur. J'ai joué mon rôle de magicien si longtemps que je peux bien continuer un peu.

— Et moi, dit Dorothée, comment vais-je retourner dans le Kansas ?

— C'est une question un peu plus épineuse[1], et je vous demande deux ou trois jours pour y réfléchir, repartit le petit homme. Je trouverai bien un moyen de vous faire traverser les déserts qui entourent ce pays... Entre-temps, considérez-vous comme mes invités d'honneur. Aussi longtemps que vous habiterez le Palais, mes domestiques seront à vos ordres. Je ne vous demande qu'une chose en échange de mon aide, si mince soit-elle : vous garderez le secret. N'allez dire à personne que je suis un charlatan.

Ils promirent tous de garder le secret et retournèrent dans leur chambre le cœur léger. Dorothée elle-même espérait que le « Grand et Terrible Charlatan », comme elle l'avait surnommé, trouverait un moyen de la renvoyer dans le Kansas. S'il en était capable, elle se sentait prête à tout lui pardonner.

1. Difficile à résoudre.

16

Les prodiges du Grand Charlatan

Le lendemain matin, l'Épouvantail déclara à ses amis :

— Réjouissez-vous ! Lorsque je reviendrai de mon rendez-vous avec Oz, qui doit me doter d'un cerveau, je serai un nouvel homme !

— Tu sais, moi je t'ai toujours aimé comme tu étais, fit remarquer Dorothée.

— C'est très gentil à toi d'avoir été l'amie d'un Épouvantail, mais je suis sûr que tu m'estimeras encore plus quand tu entendras les sublimes pensées que j'élaborerai grâce à mon cerveau tout neuf.

Sur ces mots, il prit congé de ses amis et s'en

alla gaiement à la Salle du Trône. Arrivé devant la porte, il toqua.

— Entrez ! dit Oz.

L'Épouvantail poussa la porte et découvrit le petit homme assis près de la fenêtre et plongé dans ses pensées. Un peu mal à l'aise, il s'éclaircit la voix.

— Je suis venu chercher mon cerveau...

— Mais certainement... Asseyez-vous ici, dit Oz en lui désignant une chaise. Excusez-moi, il va falloir que je décroche votre tête pour y installer le cerveau que je vous destine.

— Ne vous gênez pas, répondit l'Épouvantail. Faites tout ce que vous voudrez de ma pauvre tête : elle ne s'en portera que mieux.

Le Magicien décrocha donc la tête de son patient et la vida de sa paille. Puis il s'en alla dans la petite chambre attenante à la Salle du Trône et versa, dans une jatte, une mesure de son à laquelle il mélangea quantité d'épingles et d'aiguilles. Il remua soigneusement le tout, remplit la tête de l'Épouvantail avec cette mixture et compléta le rembourrage avec de la paille. Puis il revint et remit la tête en place.

— Voilà qui est fait, déclara-t-il à l'Épouvantail. Vous êtes désormais doté d'une grande intelligence céréale... ou cérébrale, c'est tout un. Votre esprit sera piquant et votre réflexion aiguë.

L'Épouvantail était le plus fier et le plus heureux des hommes. Enfin son vœu se réalisait ! Il remercia Oz avec chaleur et s'en retourna voir ses amis.

Dorothée le regarda avec stupéfaction : le « cerveau » tout neuf faisait une énorme bosse sur le dessus de sa tête.

— Comment te sens-tu ? s'enquit-elle.

— Beaucoup plus intelligent, répondit l'Épouvantail avec sincérité. Une fois que je me serai habitué à mon cerveau, je deviendrai un grand savant.

— Mais pourquoi ta tête est-elle hérissée de piquants ? demanda l'Homme en Fer-blanc en remarquant les aiguilles qui dépassaient de la surface de son crâne.

— C'est la preuve que son intelligence est particulièrement aiguë, estima le Lion.

— Parfait. À mon tour d'aller voir Oz, déclara l'Homme en Fer-blanc.

Il s'en alla donc frapper à la porte de la Salle du Trône.

— Entrez ! dit Oz.

— Je suis venu chercher mon cœur, expliqua le bûcheron en pénétrant dans la salle.

— Votre cœur, certainement..., répondit le petit homme. Mais, si vous n'y voyez pas d'inconvénient, il me faudra pratiquer un trou dans votre poitrine pour mettre ce cœur à sa place.

— Je vous en prie. Je ne sentirai rien.

Oz alla chercher une paire de cisailles[1] et pratiqua une ouverture carrée dans la poitrine de l'Homme en Fer-blanc, du côté gauche. Ensuite, il ouvrit le tiroir d'une commode et en sortit un ravissant petit cœur en soie rempli de grenaille de fer qu'il montra à son patient.

— Voyez comme il est joli.

— Très joli, en effet, convint l'Homme en Fer-blanc avec un plaisir évident. Est-ce un cœur aimant, au moins ?

— On ne peut plus aimant, assura Oz.

Il déposa le petit cœur dans la poitrine de l'Homme en Fer-blanc et la referma en soudant proprement le morceau de fer-blanc qu'il avait découpé.

— Voilà, dit-il. Vous avez un cœur tel que beaucoup d'hommes pourraient vous l'envier. Je suis désolé d'avoir fait une soudure à votre poitrine, mais il n'y avait pas moyen de procéder autrement.

— Je me moque bien des soudures ! s'exclama le bûcheron tout heureux. Je vous serai éternellement reconnaissant de tant de bonté.

— Ce n'est rien..., murmura Oz.

Sur ce, l'Homme en Fer-blanc s'en revint vers ses amis qui le félicitèrent et lui souhaitèrent tout le bonheur possible.

---

1. Gros ciseaux servant à couper les métaux.

Ce fut au tour du Lion d'aller frapper à la porte du Magicien.

— Entrez ! dit Oz.

— Je suis venu faire le plein de courage, annonça le Lion en entrant.

— Mais certainement. Je vais vous en chercher.

Le petit homme ouvrit une armoire et, en se haussant sur la pointe des pieds, prit une bouteille verte de forme carrée sur la plus haute étagère. Il versa le contenu de la bouteille dans une écuelle d'or vert admirablement sculptée qu'il présenta au Lion. Ce dernier renifla le breuvage avec méfiance, mais Oz lui dit :

— Buvez.

— Qu'est-ce que c'est ? demanda le Lion Poltron.

— Lorsque vous l'aurez bu, ce sera du courage. Le courage, comme vous le savez, est une chose tout intérieure. Je ne peux donc pas appeler cela « du courage » tant que cela ne sera pas à l'intérieur de vous. Et même, je vous conseille de le boire le plus vite possible.

Sans hésiter, le Lion Poltron vida son écuelle.

— Comment vous sentez-vous ? demanda Oz.

— Plein de courage, répondit le Lion tout joyeux.

Et il s'en retourna auprès de ses amis pour leur conter sa bonne fortune.

Quant à Oz, demeuré seul, il souriait en repensant à ce qui venait de se passer.

« J'ai donné à ce Lion, à l'Épouvantail et à l'Homme en Fer-blanc ce dont ils croyaient avoir besoin, se dit-il. Je mérite sans doute le nom de charlatan, puisqu'ils viennent de me faire faire trois choses notoirement impossibles. Il ne m'a pas été difficile de contenter ces trois amis : ils faisaient aveuglément confiance à mes prétendus pouvoirs magiques. Mais pour ce qui est de renvoyer la petite Dorothée dans le Kansas, ce sera une autre affaire. Je n'ai pas la moindre idée de ce que je vais pouvoir inventer... »

17

La Montgolfière

Pendant les trois jours qui suivirent, Dorothée attendit en vain un signe du Magicien. Elle demeurait triste et inquiète au milieu de ses trois amis qui laissaient éclater leur joie.

L'Épouvantail clamait à qui voulait l'entendre que sa tête était pleine de pensées sublimes, mais il ne voulait pas les formuler car lui seul, pensait-il, était capable de les comprendre.

L'Homme en Fer-blanc, à chaque pas qu'il faisait, sentait son cœur s'agiter dans sa poitrine, et, comme il le confia à Dorothée, ce nouvel organe lui semblait bien plus tendre et plus aimant que celui qu'il possédait au temps où il était encore un homme en chair et en os.

Le Lion, enfin, déclara qu'il n'avait plus peur de rien, et qu'il serait bien content de s'attaquer à toute une armée, ou même à une douzaine de Kalidahs assoiffés de sang.

Ainsi donc, les trois quarts de notre petite bande se réjouissaient. Seule Dorothée, mélancolique et triste, désirait plus que jamais retourner dans le Kansas.

Au matin du quatrième jour, Oz l'envoya chercher, pour sa plus grande joie. Au moment où elle entra dans la Salle du Trône, il lui dit galamment[1] :

— Asseyez-vous, ma chère. Je crois bien que j'ai trouvé le moyen de vous faire sortir de ce pays.

— Je vais donc rentrer au Kansas ? demanda-t-elle avec un sursaut d'espoir.

— Eh bien... Je ne peux pas vous l'assurer, car à vrai dire, je n'ai aucune idée de la direction à prendre. En revanche, je peux vous permettre de traverser le désert. Ensuite, il ne vous restera plus qu'à demander votre chemin pour rentrer chez vous.

— Et comment traverserai-je le désert ?

— Je vais vous expliquer mon plan. Vous savez que, lorsque je suis arrivé dans ce pays, je voyageais en ballon. Vous-même, vous êtes arri-

---

1. Avec une politesse qui vise à plaire aux femmes.

vée par les airs, emportée par un cyclone. Je pense donc que le meilleur moyen de traverser le désert est un voyage aérien. Étant donné que je n'ai pas les moyens de provoquer un cyclone, je m'en vais vous fabriquer un ballon dirigeable.

— Comment allez-vous faire ?

— Pour ce qui est du ballon, rien de plus simple : il doit être en soie enduite de colle pour que l'hélium, ce gaz plus léger que l'air qui lui permet de voler, ne s'en échappe pas. Il y a bien assez de soie et de colle au Palais pour fabriquer un beau ballon. En revanche, je crains qu'on ne trouve pas d'hélium dans ce pays...

— Mais alors, si le ballon ne peut pas voler, il ne servira à rien, fit remarquer la petite fille.

— C'est juste. Cependant, il existe un autre moyen de faire flotter le ballon : il faut le remplir avec de l'air chaud, et on l'appelle alors une montgolfière. Le seul danger, c'est que l'air se refroidisse trop vite. Nous risquerions alors de tomber en plein désert.

— Nous ? Cela signifie-t-il que vous viendrez avec moi ?

— Hé oui. J'en ai assez de vivre comme un charlatan. Il m'est impossible de sortir de mon Palais sans prendre le risque d'être découvert. Imaginez la réaction de mon peuple s'il se rend compte que je l'ai trompé... Je suis donc forcé de passer mes journées enfermé, et je vous avoue que j'en suis las. Je préférerais mille fois rentrer au Kansas avec vous et reprendre mon travail dans n'importe quel cirque.

— Je serai bien contente de vous avoir avec moi, répondit Dorothée.

— Merci, mon petit. Alors mettons-nous au travail. Il nous faut coudre une grande quantité de soie pour fabriquer ce ballon.

Et Dorothée, munie d'une aiguille et de fil, se mit à coudre les bandes de soie vertes qu'Oz découpait au fur et à mesure. Une bande de soie vert clair, puis une bande vert foncé, puis une bande vert émeraude : Oz avait fantaisie[1] de confectionner un ballon en camaïeu[2].

Ils mirent trois jours à tout assembler, mais au bout du compte, ils se retrouvèrent avec un superbe ballon de six mètres de diamètre. Alors Oz enduisit l'intérieur d'une couche de colle, pour le rendre étanche, et il annonça que le travail était fini.

— Maintenant, dit-il, il nous faut une nacelle[3].

Il envoya le soldat aux moustaches vertes cher-

---

1. Avait imaginé.

2. D'une seule couleur mais décomposée en bandes de tons différents (plus claires, plus foncées...).

3. Grande corbeille fixée sous la montgolfière pour recevoir les voyageurs.

cher un grand panier à linge et, avec des cordes solides, l'attacha à l'extrémité du ballon.

Lorsque tout fut prêt, Oz fit savoir à son peuple qu'il s'apprêtait à rendre visite à son grand frère Magicien qui vivait dans les nuages. La nouvelle se répandit comme une traînée de poudre et tous les habitants de la Cité d'Émeraude se pressèrent pour assister à cet événement.

Oz ordonna qu'on expose la montgolfière, sur le parvis de son Palais, aux regards curieux de son peuple. L'Homme en Fer-blanc avait abattu un gros tas de bois auquel il mit le feu, et Oz tint l'orifice du ballon au-dessus de ce feu de manière qu'il se remplisse d'air chaud.

Peu à peu, la soie s'enflait et le ballon s'élevait dans les airs. Enfin le ballon se dressa au-dessus de la nacelle, elle-même retenue au sol par des cordes.

Oz monta dans la nacelle et déclara d'une voix puissante :

— Citoyens et citoyennes, je m'en vais en visite. Pendant mon absence, qui sera peut-être longue, l'Épouvantail veillera sur vous. Je vous demande de lui obéir comme à moi-même.

Rempli d'air chaud plus léger que l'air ambiant, le ballon tirait si fort vers le ciel que toutes les cordes le retenant au sol se tendaient dangereusement.

— Venez avec moi, Dorothée, s'écria le Magicien. Dépêchez-vous, sans quoi le ballon va décoller !

— Je ne peux pas, j'ai perdu Toto ! répondit la petite fille.

En effet, Toto s'était rué dans la foule en aboyant derrière un petit chat. Dorothée finit par le retrouver et, le serrant dans ses bras, se mit à courir vers la montgolfière.

Elle n'était plus qu'à quelques mètres. Oz tendait déjà les bras pour l'aider à monter lorsque... Crac ! Les cordes cédèrent et la montgolfière s'envola sans elle.

— Revenez ! s'égosilla-t-elle. Je veux m'en aller avec vous.

— C'est impossible, ma chère, au revoir ! répondit Oz de sa nacelle, les mains en porte-voix.

Et tout le peuple de la Cité d'Émeraude s'écria en chœur : « Au revoir ! », tout en suivant des yeux le ballon qui disparaissait petit à petit, toujours plus haut dans le ciel.

Et ce fut la dernière fois qu'on entendit parler de Oz, le Merveilleux Magicien. A-t-il réussi à rejoindre Omaha ? Nous n'en savons rien. Son peuple se souvint toujours de lui avec reconnaissance.

On disait : « Oz n'a fait que de bonnes choses. Lorsqu'il est arrivé, il a bâti pour nous la belle Cité d'Émeraude, et lorsqu'il est parti, il nous a laissé le Très-Sage Épouvantail pour veiller sur nous. »

Cependant, ces braves gens ne se consolèrent jamais tout à fait de la perte du Merveilleux Magicien, et ils le regrettèrent longtemps.

18

Cap au Sud !

Dorothée versa des larmes amères. Son dernier espoir de rentrer au Kansas s'était évanoui. Au fond, cependant, elle préférait ne pas avoir tenté ce périlleux voyage en montgolfière. Et pour comble, Oz lui manquait, ainsi qu'à ses compagnons.

Le lendemain du départ d'Oz, nos quatre amis se réunirent en Salle du Trône pour discuter des questions importantes. L'Épouvantail était assis sur le trône de marbre et les autres se tenaient en face de lui, pleins de respect.

— Nous ne nous en tirons pas si mal, déclara-t-il. Le Palais est à nous, à nous la Cité d'Émeraude, et nous pouvons agir à notre guise. Moi qui, il n'y a pas si longtemps, pendais à un pieu dans un champ de maïs, je suis très satisfait de mon sort.

— Moi aussi, je suis bien content d'avoir un cœur, intervint l'Homme en Fer-blanc. C'était la seule chose dont j'avais vraiment envie.

— Pour ma part, je suis satisfait de me savoir aussi courageux que toutes les autres bêtes de la création... Et même, peut-être, plus courageux, dit le Lion avec modestie.

— Si seulement Dorothée avait envie de passer le reste de ses jours à la Cité d'Émeraude, reprit l'Épouvantail, nous serions heureux !

— Mais moi, je ne veux pas vivre ici, protesta Dorothée en larmes. Je veux retrouver le Kansas, ma Tante Em et mon Oncle Henry.

— Alors, que faire ? conclut l'Homme en Fer-blanc.

L'Épouvantail se mit à réfléchir si fort que les épingles et les aiguilles lui sortirent de la tête. Il dit enfin :

— Pourquoi ne pas appeler les Singes Ailés ? Ils pourraient transporter Dorothée au-delà du désert.

— Quelle bonne idée ! s'exclama la petite fille. Je n'y aurais pas pensé. Attendez-moi, je vais chercher la Toque d'Or.

De retour en Salle du Trône, elle prononça les paroles magiques. Aussitôt, la bande de Singes

Ailés entra par la fenêtre ouverte et se mit à ses ordres.

— Voici la deuxième fois que tu nous appelles, dit le Roi en esquissant une révérence. Que désires-tu ?

— Emportez-moi jusqu'au Kansas, répondit Dorothée.

Mais à ces mots, le Roi secoua la tête.

— C'est impossible. Nous ne pouvons quitter ce pays. On n'a jamais vu un Singe Ailé au Kansas, et on n'en verra d'ailleurs jamais, car là n'est pas leur place. Nous serons heureux de te servir de n'importe quelle autre manière, mais il nous est impossible de traverser le désert. Au revoir.

Après une seconde révérence, le Roi des Singes Ailés déploya ses ailes et s'envola par la fenêtre, suivi de ses sujets. Dorothée en aurait pleuré de déception.

— J'ai gâché mon deuxième vœu en vain, gémit-elle. Les Singes Ailés ne peuvent rien pour moi.

— Quel dommage ! soupira l'Homme en Fer-blanc avec compassion[1].

L'Épouvantail réfléchit de plus belle. Son crâne se bombait violemment sous l'effort et Dorothée craignit un instant qu'il n'éclatât.

1. Sentiment qui porte à partager le malheur d'autrui.

— Convoquons le soldat aux moustaches vertes, déclara-t-il enfin. Il faut lui demander son avis.

Quelques instants plus tard, le soldat entra dans la Salle du Trône d'un pas timide : du temps où Oz régnait sur le pays, il n'aurait jamais osé s'aventurer jusque-là.

— Notre jeune amie désire traverser le désert, expliqua l'Épouvantail. Que lui conseilles-tu ?

— Je n'en ai aucune idée. Personne ici n'a jamais traversé le désert, excepté Oz.

— Mais, intervint Dorothée, connaissez-vous quelqu'un qui pourrait m'aider ?

— Essayez de demander à Glinda, suggéra le soldat.

— Glinda ? s'enquit l'Épouvantail. Qui est-ce ?

— La Sorcière du Sud. C'est la plus puissante de toutes ; les habitants de son pays s'appellent les Quadlings. En outre, son château est bâti à la lisière du désert. Peut-être connaît-elle un moyen de le traverser...

— Cette Glinda, demanda la petite fille, c'est une bonne sorcière, n'est-ce pas ?

— Les Quadlings l'aiment beaucoup, elle n'a jamais fait de mal à personne. Il paraît qu'elle est très belle et que, malgré son âge avancé, elle a gardé l'apparence d'une jeune fille.

— Comment puis-je me rendre à son château ? interrogea Dorothée.

— Il y a une route qui vous conduira tout droit vers le Sud. Mais attention ! Le voyage est extrêmement dangereux. Il faut traverser un bois plein de bêtes sauvages et les terres d'une peuplade hostile aux étrangers. C'est la raison pour laquelle les Quadlings ne viennent jamais à la Cité d'Émeraude.

Sur ces mots, le soldat se retira. L'Épouvantail avait pris sa décision.

— Malgré le danger, il me semble que la meilleure chose à faire pour Dorothée est de mettre résolument cap au Sud et d'aller demander son aide à Glinda. Si elle reste ici, elle ne retrouvera jamais son Kansas natal...

— Mazette[1], s'exclama l'Homme en Fer-blanc, voilà qui est mûrement réfléchi !

— C'est vrai, fit l'Épouvantail d'un air modeste.

— Moi, déclara le Lion, j'accompagne Dorothée. J'en ai assez de cette Cité, il me tarde de retrouver les bois et la campagne. Au fond, je suis une bête sauvage, moi aussi. Et puis Dorothée aura besoin de quelqu'un pour la protéger.

— Tu as raison, dit l'Homme en Fer-blanc. Ma hache pourrait lui être utile. Je vais venir avec vous.

---

1. Exclamation d'étonnement.

— Quand partons-nous ? demanda l'Épouvantail.

Tous le regardèrent avec surprise.

— Tu nous accompagnes donc ?

— Mais bien sûr ! Sans Dorothée, je serais demeuré à jamais un imbécile. C'est elle qui m'a détaché de mon pieu, sorti de mon champ de maïs et emmené voir Oz. Je lui dois tout, mes amis, et je ne l'abandonnerai pas tant qu'elle n'aura pas trouvé un moyen de rentrer pour de bon au Kansas.

— Merci à vous tous, dit Dorothée d'une voix émue. Vous êtes de vrais amis. Mais il faut nous mettre en route le plus tôt possible...

— Demain matin, décida l'Épouvantail. Et pour l'heure, allons nous préparer, car le voyage promet d'être long.

19

Les Arbres-Gardiens

Le lendemain matin, Dorothée embrassa la jolie jeune fille verte et serra la main du soldat aux moustaches vertes qui l'avait accompagnée jusqu'aux portes de la ville. Le Gardien des Portes, en voyant revenir les compagnons, s'étonna de ce qu'ils voulussent quitter le séjour enchanteur de la Cité d'Émeraude pour courir au-devant de nouveaux ennuis. Mais il ne se fit pas prier pour leur ôter leurs lunettes et, après les avoir rangées dans la malle, leur prodigua tous ses vœux de bon voyage.

— Vous qui êtes notre nouveau chef, dit-il à l'Épouvantail, tâchez donc de ne pas nous laisser trop longtemps.

— Je ferai tout ce qui est en mon pouvoir pour cela, répondit-il, mais il m'importe avant tout que Dorothée rentre chez elle.

Dorothée fit ses adieux au sympathique Gardien et lui dit :

— J'ai passé des moments merveilleux dans votre belle ville, et tout le monde s'est montré très bon envers moi. Je ne saurais vous exprimer ma reconnaissance.

— N'en faites rien, ma chère. Nous aurions aimé vous garder auprès de nous, mais puisque vous désirez rentrer dans le Kansas, je vous souhaite de tout mon cœur d'y parvenir.

Et il ouvrit la porte vers l'extérieur. Les quatre amis quittèrent la Cité d'Émeraude et entamèrent leur voyage.

Le soleil brillait de tous ses feux sur la Route du Sud. Les voyageurs, d'excellente humeur, bavardaient et riaient en marchant. Dorothée avait retrouvé l'espoir de rentrer chez elle, l'Épouvantail et l'Homme en Fer-blanc se sentaient tout heureux de pouvoir l'aider. Quant au Lion, il respirait l'air frais avec délice, et, tout à la joie d'avoir retrouvé la campagne, agitait la queue de droite à gauche. Toto, enfin, courait en tous sens, chassait les mites et les papillons et ne cessait d'aboyer pour exprimer sa satisfaction.

— La vie à la ville ne me va pas du tout, fit

remarquer le Lion. C'est que je maigrissais à force de rester enfermé ! Me voilà impatient de montrer aux autres animaux de la forêt comme je suis devenu courageux.

Tous se retournèrent pour jeter un dernier coup d'œil à la Cité d'Émeraude. Derrière les murs verts s'élevaient des toits, des tours et des clochers, et, encore plus haut, les flèches[1] et les dômes[2] du Palais d'Oz.

En fin de compte, c'était un bon magicien, murmura l'Homme en Fer-blanc qui sentait son cœur ballotter[3] dans sa poitrine.

— C'est vrai. Il m'a donné une intelligence très remarquable, dit l'Épouvantail.

— Et s'il avait bu une dose de ce qu'il m'a fait boire, il serait devenu fort courageux ! ajouta le Lion.

Seule Dorothée restait muette. Oz n'avait pas tenu sa promesse de la ramener au Kansas, mais il avait fait de son mieux, et elle lui pardonnait de bon cœur. S'il ne valait pas grand-chose comme magicien, ainsi qu'il l'avait dit lui-même, c'était néanmoins un brave homme.

Le premier jour de voyage, parmi les champs fleuris qui entouraient la Cité d'Émeraude de

---

1. Sommets des clochers.
2. Coupoles surmontant le Palais.
3. Osciller, bouger.

toutes parts, se déroula en toute quiétude[1]. Nos amis dormirent à la belle étoile, allongés sur l'herbe tendre, et passèrent une excellente nuit.

Le lendemain matin, ils se trouvèrent devant une épaisse forêt, si vaste qu'il n'était pas possible de songer à la contourner. En outre, ils avaient bien trop peur de se perdre s'ils s'éloignaient de la Route du Sud. Ils cherchèrent donc l'accès le plus aisé pour pénétrer parmi les arbres.

L'Épouvantail, en tête du cortège, finit par découvrir un arbre immense dont les branches s'élevaient si haut qu'on pouvait passer dessous. Il s'avança donc, mais dès qu'il passa sous les premières branches, celles-ci s'abattirent sur lui et s'enroulèrent autour de son corps. Un instant plus tard, il était projeté en l'air et atterrissait auprès de ses amis dans un superbe vol plané.

Il n'y avait pas de mal, mais l'Épouvantail, tout étonné, se releva en chancelant un peu. Dorothée l'aida à se remettre sur ses pieds.

— Venez, cria le Lion, je vois une autre entrée.

— Attends, fit l'Épouvantail, je vais passer le premier. Si la même chose doit se produire, je n'en souffrirai pas.

Tout en parlant, il s'était approché de l'arbre, mais aussitôt les branches s'inclinèrent, le saisirent et le jetèrent par terre.

---

1. Sans incident.

— Comme c'est bizarre ! s'exclama Dorothée. Qu'allons-nous faire ?

— Ces arbres m'ont l'air bien agressifs, fit remarquer le Lion. Ils veulent nous empêcher d'entrer dans la forêt.

— C'est ce que nous allons voir..., grommela le bûcheron en saisissant sa hache.

Il se dirigea d'un pas martial[1] vers le premier arbre. Une grande branche s'inclina pour le saisir, mais il leva sa hache et la coupa en deux. Aussitôt, l'arbre se mit à trembler, comme s'il souffrait, et l'Homme en Fer-blanc passa dessous sans le moindre problème.

— Venez ! cria-t-il aux autres. Dépêchez-vous.

Tous se mirent à courir et passèrent sous les branches. Le pauvre petit Toto, qui était arrivé le dernier, se retrouva prisonnier d'une petite branche qui le serra et le secoua jusqu'à ce qu'il se mette à gémir. Mais le bûcheron, prompt[2] comme l'éclair, trancha la branche et libéra le petit chien.

Les autres arbres de la forêt ne semblaient pas montrer les mêmes dispositions. Ils en conclurent que seule la première rangée était composée d'Arbres-Gardiens, pour défendre l'accès de la forêt contre les étrangers.

---

1. Qui imite la marche militaire.
2. Rapide.

Après quelques heures de marche, les voyageurs eurent la surprise de découvrir devant eux un haut mur qui semblait fait de porcelaine blanche. La surface était lisse et polie comme celle d'une assiette, mais le mur s'élevait bien audessus de leurs têtes.

— Comment allons-nous passer ? demanda Dorothée.

— Rien de plus simple, répondit l'Homme en Fer-blanc. Je vais fabriquer une échelle.

20

Le Pays de Porcelaine

Pendant que l'Homme en Fer-blanc confectionnait une échelle pour passer par-dessus le mur, Dorothée s'endormit, fatiguée par le voyage. Le Lion vint s'étendre près d'elle, avec Toto couché contre son flanc, et tous dormirent un petit moment.

L'Épouvantail, qui ne dormait jamais, regardait son ami travailler.

— Je n'arrive pas à comprendre ce que ce mur vient faire en plein milieu de la forêt, dit-il. En quoi est-il fait ?

— Cesse de penser à ce mur et repose-toi un peu, ou tu vas faire éclater ton cerveau ! répliqua l'Homme en Fer-blanc. Lorsque nous aurons une échelle, nous saurons ce qu'il y a de l'autre côté.

Une fois terminée, l'échelle avait une drôle d'allure, mais le bûcheron assura qu'elle était solide et parfaitement adaptée à leurs projets. L'Épouvantail réveilla les trois dormeurs et leur montra l'échelle appuyée contre le mur. Il monta le premier, mais avec une telle maladresse que Dorothée dut le suivre de près pour l'empêcher de tomber. Arrivé en haut, il jeta un coup d'œil par-dessus le mur et s'écria :

— Saperlipopette !

— Avance donc..., rétorqua Dorothée piquée par la curiosité.

L'Épouvantail s'assit sur le rebord du mur et la petite fille arriva à son tour en haut de l'échelle.

— Saperlipopette ! s'exclama-t-elle en regardant de l'autre côté.

Toto arriva juste après et se mit à aboyer, mais elle le prit dans ses bras pour le faire taire.

Puis le Lion et l'Homme en Fer-blanc grimpèrent à l'échelle et, en arrivant en haut, chacun d'eux s'écria :

— Saperlipopette !

Perchés sur le mur, nos amis découvrirent le plus surprenant des tableaux.

La campagne qui s'étendait devant eux était blanche, brillante et lisse comme le fond d'une immense assiette. Çà et là s'élevaient des maisons de porcelaine, peintes de couleurs vives et gaies. Elles étaient toutes petites : les plus élevées atteignaient à peine un mètre de haut. On voyait également des granges entourées de charmantes barrières de porcelaine, et tout autour, se tenaient des vaches, des moutons, des chevaux et des poules en porcelaine.

Mais le plus étonnant était sans doute l'aspect des habitants de ce pays. Il y avait des fermières et des bergères au corsage chamarré et au jupon semé de motifs dorés ; des princesses vêtues de robes d'argent, d'or et de pourpre ; des bergers en culotte rayée de bleu, de jaune ou de rose, avec des chaussures à boucles d'or ; des princes à la tête couronnée d'or et de pierres précieuses qui portaient des manteaux d'hermine[1] doublés de satin ; enfin de drôles de clowns en tunique plissée, le nez et les joues barbouillés de rouge, coiffés de chapeaux pointus. Chose étrange, ils étaient tous faits de porcelaine et hauts à peine de quarante centimètres.

Tout d'abord, personne ne prêta attention aux voyageurs, sauf un chien de porcelaine violette à la tête démesurée qui, s'approchant du mur, se mit à aboyer d'une toute petite voix et s'enfuit en courant.

— Comment allons-nous faire pour descendre ? demanda Dorothée.

---

1. Petit mammifère dont le pelage devient blanc en hiver et dont la fourrure est très précieuse.

Ils essayèrent de tirer l'échelle jusqu'à eux, mais elle était trop lourde. Alors l'Épouvantail se laissa glisser sur le sol et les autres tombèrent sur lui l'un après l'autre.

La paille dont il était rembourré amortit leur chute. Bien entendu, ils prirent garde à ne pas lui marcher sur la tête pour ne pas se piquer aux épingles. Lorsqu'ils furent tous arrivés, ils ramassèrent leur ami un peu ratatiné et le tapotèrent pour qu'il retrouve sa forme initiale.

— Il faut bien traverser ce drôle de pays, fit remarquer la petite fille, sans quoi nous nous éloignerions de notre destination.

Ils se mirent donc à marcher, avec toutes les précautions possibles, parmi les personnages en porcelaine.

Bientôt, ils croisèrent une petite fermière en train de traire sa vache de porcelaine. En les voyant approcher, la vache fit un écart et renversa le tabouret, le seau et la pauvre petite fermière. Elle-même tomba sur le sol dans un grand bruit de porcelaine brisée.

Dorothée s'aperçut avec consternation que la vache s'était cassé une patte. Le seau à lait gisait en mille morceaux, la petite fermière avait le coude ébréché et l'air très en colère.

— Regardez ce que vous avez fait ! s'écria-t-elle d'une voix flûtée. Ma vache s'est cassé la patte, je vais encore être obligée de la porter à recoller. N'avez-vous rien de mieux à faire que de venir embêter les gens ?

— Je suis vraiment désolée, balbutia Dorothée. Je vous demande pardon...

Mais la petite fermière était trop fâchée pour répondre. Elle ramassa la patte cassée et entraîna sa vache claudicante[1], le bras serré contre sa poitrine, tout en jetant des regards furibonds à ces maladroits qui étaient venus la déranger.

Cet incident avait beaucoup troublé Dorothée.

— Nous devons redoubler de prudence, déclara l'Homme en Fer-blanc, pour éviter de semer la pagaille parmi ces braves gens.

Un peu plus loin, ils rencontrèrent une jeune princesse admirablement vêtue, qui, en les voyant, sursauta et fit mine de s'enfuir.

Dorothée, émerveillée par sa beauté, voulut s'approcher, mais la princesse de porcelaine s'écria :

— Je vous en supplie, ne me pourchassez pas !

Devant tant de terreur, Dorothée s'arrêta net.

— Pourquoi pas ? demanda-t-elle.

— Parce que, si je cours, je risque de tomber, expliqua la princesse haletante. Je ne veux pas me casser en mille morceaux.

---

1. Boiteuse.

— On pourrait toujours vous recoller, répliqua la petite fille.

— Bien sûr, mais alors je serais moins jolie !

— Je comprends.

— Tenez, poursuivit la princesse en désignant un clown qui s'approchait d'eux, regardez monsieur Rigolo. Il essaie toujours de marcher sur la tête, et toujours il tombe. Il a été cassé et recollé des centaines de fois, mais voyez comme il est devenu laid !

Dorothée observa monsieur Rigolo qui s'avançait vers elle d'un air rieur. Son costume rouge, jaune et vert était sillonné de craquelures qui témoignaient assez de ses mésaventures. Les mains dans les poches, le clown se planta devant elle, gonfla les joues et hocha la tête d'un air effronté, puis il déclama le poème suivant :

« *Petite demoiselle,*
Vous n'êtes pas bien belle
Quand vous me regardez
De cet air empesé [1] *!*
Moi, monsieur Rigolo,
Je vous le dis bien haut,
Vous avez l'air d'avoir
Avalé un perchoir. »

---

1. Raide, dépourvu de naturel.

— Voyons, monsieur Rigolo ! s'indigna la princesse. On ne s'adresse pas ainsi à des étrangers. Quel manque de respect !...

— Le respect, voici ce que j'en fais, répliqua le clown en se renversant sur la tête.

— Ne faites pas attention, murmura la princesse à l'oreille de Dorothée, ce pauvre monsieur Rigolo s'est tant de fois cassé la tête qu'il ne sait plus ce qu'il dit.

— Je ne me sens nullement offensée, répondit Dorothée. Mais dites-moi, je vous trouve si jolie que j'aimerais bien vous ramener au Kansas avec moi. Je prendrais bien soin de vous. Voulez-vous que je vous mette dans mon petit panier ? Vous ne risquez rien, et vous seriez vraiment ravissante, posée sur la cheminée de Tante Em.

— Oh non, ne m'emportez pas, je vous en prie ! protesta la princesse. Je suis heureuse ici. Je peux à loisir me promener et bavarder avec mes semblables. Mais si l'un de nous quitte ce pays, il se retrouve immédiatement paralysé et muet, tout juste bon à orner un dessus de cheminée. Certes, on nous utilise pour décorer les maisons, mais nous préférons de loin vivre ici, dans notre pays.

— Pour rien au monde, je ne voudrais vous rendre malheureuse ! s'exclama Dorothée. Il ne me reste donc qu'à vous dire adieu.

— Adieu, répondit la princesse.

Et les voyageurs reprirent leur route au Pays de Porcelaine. Les gens et les bêtes s'écartaient vivement sur leur passage, de peur d'être cassés en mille morceaux. Au bout d'une heure, ils atteignirent la limite de cette contrée et se trouvèrent devant un second mur de porcelaine.

Par chance, ce mur était beaucoup moins haut que le précédent et ils purent le franchir en montant sur le dos du Lion. Lorsque tous furent passés, le Lion prit son élan et sauta de l'autre côté, mais dans le feu de l'action le bout de sa queue balaya un clocher de porcelaine qui se rompit sous le choc.

— Quel dommage, et que nous sommes maladroits ! observa Dorothée. Mais enfin, il faut nous estimer heureux : tout le mal que nous avons fait à ces pauvres gens, c'est de casser la patte d'une vache et un clocher. Ils sont si fragiles que ç'aurait pu être bien pire.

— C'est tout à fait juste, répondit l'Épouvantail. Et d'ailleurs, je suis bien content, moi qui suis rempli de paille, d'être à l'épreuve des chocs. Je vois maintenant qu'il y a dans ce monde des gens moins bien lotis qu'un Épouvantail.

21

Comment le Lion devint Roi des Animaux

En descendant de l'autre côté du mur de porcelaine, les voyageurs se retrouvèrent dans un paysage peu accueillant où fondrières[1] et marécages s'étalaient parmi les herbes hautes qui croissaient en désordre. On pouvait à peine marcher sans s'enfoncer dans ces trous boueux que la végétation épaisse dissimulait traîtreusement.

Cependant, en marchant avec toutes les précautions possibles, ils parvinrent à traverser cette étendue marécageuse. Le sol redevint sûr sous leurs pieds, mais la végétation était encore plus

1. Trous pleins de boue.

sauvage qu'auparavant : après une longue marche dans les broussailles, qui les épuisa, ils pénétrèrent dans une forêt aux arbres plus touffus et plus anciens que tous ceux qu'ils avaient vus jusque-là.

— Cette forêt est un délice, déclara le Lion en jetant autour de lui des regards enchantés. Je n'ai jamais rien vu de plus beau.

— Moi, je la trouve sinistre, observa l'Épouvantail.

— Tu n'y connais rien, lui répondit le Lion. Je pourrais passer le restant de mes jours ici. Ne sens-tu pas l'épaisseur des feuilles mortes sous tes pieds ? Et regarde cette herbe drue, cette mousse moelleuse au tronc des arbres ! On ne peut rêver plus agréable repaire pour une bête sauvage.

— Il doit y avoir des animaux par ici, fit remarquer Dorothée.

— Sans doute, mais je ne les vois pas, dit le Lion.

Ils marchèrent plus avant dans la forêt mais la nuit ne tarda pas à tomber. Dorothée, Toto et le Lion s'allongèrent sur les feuilles mortes et s'endormirent, pendant que l'Épouvantail et l'Homme en Fer-blanc veillaient sur eux, comme d'habitude.

Au matin, ils reprirent la route. Bientôt, un grondement lointain attira leur attention. Toto poussa un cri plaintif, mais à part lui, aucun des voyageurs ne s'inquiéta.

Sous leurs pieds, le sentier battu portait la trace d'un passage récent, et ce sentier les conduisit à une clairière dans laquelle se trouvaient assemblés des centaines d'animaux sauvages de toutes races.

Il y avait des tigres, des éléphants, des ours, des loups, des renards et toutes les autres espèces existantes. Un instant, Dorothée prit peur. Mais le Lion lui expliqua que ces bêtes tenaient un grand conseil sur un sujet très sérieux, à en juger par les grondements et les cris divers qu'elles poussaient.

Au son de sa voix, quelques-uns des animaux se retournèrent, puis tous, les uns après les autres, s'aperçurent de sa présence. Comme par magie, il se fit un grand rassemblement autour du Lion. Le plus âgé des tigres s'avança vers lui, s'inclina et dit :

— Bienvenue, ô Roi des Animaux ! Tu arrives à temps pour combattre notre ennemi et ramener la paix aux hôtes de ces bois.

— Quelle est la cause de votre inquiétude ? demanda le Lion d'un ton serein[1].

— Nous sommes menacés par un ennemi qui, depuis peu, sème la terreur parmi nous. C'est un monstre horrible, une araignée géante au corps

1. Paisible, tranquille.

plus gros que celui d'un éléphant, avec huit pattes longues comme des troncs d'arbres. Il avance dans la forêt en saisissant toutes les créatures vivantes sur son passage, et il les croque comme une araignée gobe une mouche. Nous sommes tous menacés. Tant que ce monstre sévira, nous n'aurons pas de repos. Nous avons donc décidé de réunir le conseil pour trouver un moyen de le vaincre, et c'est au milieu de ce conseil que tu es arrivé.

Le Lion réfléchit quelques instants.

— Y a-t-il d'autres lions que moi dans cette forêt ? demanda-t-il.

— Non. Ils sont tous morts sous la dent de ce monstre affreux. D'ailleurs, aucun d'eux n'était aussi fort et aussi courageux que toi.

— Si je parviens à vaincre cet ennemi, vous engagez-vous à me considérer comme le Roi de cette forêt ?

— Avec joie, répondit le tigre.

Et d'une seule voix, les bêtes grondèrent en chœur :

— Avec joie !

— Bien. Où puis-je trouver cette araignée ? demanda le Lion.

— Par là-bas, dans le bois de chênes, répondit le tigre en désignant la forêt proche.

— Prenez soin de mes amis, dit le Lion. Je m'en vais combattre le monstre.

Il prit congé de ses compagnons et s'en alla vaillamment sus à l'ennemi.

Le Lion trouva l'araignée géante endormie. Elle était si affreuse qu'il fronça le nez de dégoût : des pattes immenses, comme le tigre l'avait dit, et le corps recouvert de poils noirs hirsutes. Sa bouche immense s'ornait d'une double rangée de dents pointues, longues comme le bras, mais sa tête n'était reliée au reste du corps que par un cou maigre comme la taille d'une guêpe.

Le Lion eut un éclair de génie. Comprenant qu'il avait l'avantage sur le monstre endormi, il prit son élan et lui sauta sur le dos. Puis, d'un seul coup de ses pattes puissantes et griffues, il le décapita.

Redescendu à terre, il attendit que les pattes de l'araignée aient cessé de s'agiter. La bête immonde était morte.

Notre héros retourna dans la clairière où les animaux l'attendaient et déclara fièrement :

— Vous n'avez plus rien à craindre de votre ennemi.

Alors, d'un seul mouvement, les animaux de la forêt s'inclinèrent devant lui et le déclarèrent Roi. Il leur promit de revenir régner sur eux dès que Dorothée serait en route pour le Kansas.

Il prit soin de ses [illegible]

[illegible]

Elle [illegible] quelque [illegible]

[illegible] comme le [illegible] l'avait [illegible]

[illegible]

Enfermés au bout de la terre, les [illegible]

[illegible]

— [illegible] ? demanda l'Allemand.

[illegible]

22

La colline des Hommes-Marteaux

En arrivant au bout de la forêt, les quatre amis se trouvèrent devant une montée abrupte constituée de gros rochers entassés les uns sur les autres.

— L'escalade s'annonce difficile, dit l'Épouvantail, mais il faut bien s'y résoudre.

Il ouvrit la marche et ses compagnons le suivirent. Mais à peine avaient-ils escaladé le premier roc qu'ils entendirent une voix furieuse leur crier :

— Arrière !

— Qui me parle ? demanda l'Épouvantail.

Une tête apparut par-dessus la pierre, et déclara de la même voix furieuse :

— Cette colline nous appartient. Personne n'a le droit de l'escalader.

— Il le faut bien, pourtant, répliqua l'Épouvantail. Nous nous rendons au pays des Quadlings.

— Vous n'irez pas ! décréta l'autre en sortant tout entier de derrière le rocher.

À sa vue, les voyageurs furent pétrifiés de surprise. Il était tout petit et trapu, avec une grosse tête plate sur le dessus, laquelle était reliée à son corps par un cou épais et bourrelé de rides. Mais il n'avait pas de bras ! Voyant cela, l'Épouvantail rit sous cape. Une créature aussi inoffensive ne risquait pas de lui barrer le passage. Il déclara donc :

— Je suis désolé de vous contredire, mais nous escaladerons votre monticule, que cela vous plaise ou non.

Et il s'avança bravement.

Vif comme l'éclair, le petit bonhomme projeta sa tête en avant, de toute la force de son cou qui s'allongea comme le ressort d'un diable en boîte. L'Épouvantail reçut un coup en pleine poitrine et s'en alla rouler jusqu'au bas du monticule. Puis, presque aussi vite qu'elle s'était déployée, la tête du bonhomme redescendit vers ses épaules, et il se mit à rire d'un air mauvais.

— Il ne sera pas si facile de passer outre[1] l'interdiction des Hommes-Marteaux, grinça-t-il.

Comme un écho à ses propos, un chœur de rires narquois s'éleva des autres rocs, et Dorothée découvrit des centaines de petits bonshommes semblables, tous manchots[2] avec des cous ridés et une tête plate. Chacun se tenait derrière son rocher.

Ce tumulte de rires saluant la mésaventure de l'Épouvantail rendit le Lion furieux. Il poussa un énorme rugissement qui résonna comme le tonnerre et s'élança à l'assaut de la colline.

Derechef, une tête surgit d'entre deux rochers et vint le heurter en pleine poitrine. Comme frappé par un boulet de canon, le Lion dégringola jusqu'au bas de la pente. Dorothée s'était précipitée pour aider l'Épouvantail à se relever. Le Lion revint vers elle, tout couvert d'égratignures, et dit :

— Cela ne sert à rien de se battre contre des gens qui vous jettent leur tête à la figure. Nous ne sommes pas de force.

— Que pouvons-nous faire, alors ? demanda-t-elle.

— Appeler les Singes Ailés, suggéra l'Homme en Fer-blanc. Tu as encore droit à un vœu.

---

1. Ne pas tenir compte de.
2. Sans bras.

— C'est une bonne idée, estima Dorothée en se coiffant de la Toque d'Or.

Elle prononça les paroles magiques et, rapides comme l'éclair, les Singes Ailés arrivèrent au grand complet.

— Quels sont les ordres ? s'enquit le Roi en s'inclinant.

— Transportez-nous au pays des Quadlings, répondit la petite fille.

— Tout de suite, assura le Roi.

Aussitôt, les Singes Ailés emportèrent les quatre amis et Toto dans leurs bras, et s'envolèrent à tire-d'aile.

En les voyant passer par-dessus leur territoire, les Hommes-Marteaux poussèrent des glapissements outragés et projetèrent leur tête en l'air, mais les Singes volaient trop haut pour qu'on pût les atteindre ainsi. Ils déposèrent Dorothée et ses amis en sécurité dans le beau pays des Quadlings.

— Tu as épuisé ton dernier vœu, dit le Roi des Singes à Dorothée. Adieu donc, et bonne chance !

— Adieu, répondit Dorothée, et merci beaucoup à vous tous.

Les Singes prirent leur envol et disparurent en un clin d'œil.

À l'évidence, le pays des Quadlings était riche et prospère. Des champs de blé aux épis mûrs s'étendaient à perte de vue, séparés par des routes bien pavées, et des ponts solides surmontaient les ruisseaux qui serpentaient dans l'herbe. Ces ponts, comme les maisons et les granges, étaient peints en rouge vif. Si le jaune était la couleur des Winkies et le bleu celle des Munchkins, celle des Quadlings, à l'évidence, était le rouge.

Ils traversèrent les champs, les jolis ponts rouges, et découvrirent un magnifique château qui se découpait à l'horizon. Devant les portes, trois jeunes filles montaient la garde, vêtues d'uniformes rouges à galons d'or. Dorothée s'avança vers elles.

— Que venez-vous chercher dans la Contrée du Sud ? interrogea l'une d'entre elles.

— Je viens voir la Bonne Sorcière qui règne sur les Quadlings, répondit la petite fille. Voulez-vous me conduire à elle ?

— Donnez-moi votre nom. Je vais demander à Glinda si elle accepte de vous recevoir.

Les voyageurs déclinèrent leur identité et la jeune fille en uniforme s'en fut porter le message. Au bout de quelques minutes, elle revint leur annoncer qu'ils étaient autorisés à entrer.

aux pavés, et des ponts sur les [illegible]
ruisseaux qui serpentent dans l'herbe, [illegible]
ponts [illegible] et les [illegible]
[illegible]
des [illegible]
des [illegible] était le rouge.
Ils [illegible] les [illegible], les jolis ponts
rouges, et [illegible] un magnifique [illegible]
qui se [illegible] à l'horizon. Devant les portes
[illegible]
[illegible]
[illegible]

— Que [illegible] dans la [illegible]
[illegible] entre elles.

[illegible]

[illegible]

[illegible]

[illegible]

23

Dorothée sauvée par Glinda

Avant de les introduire auprès de Glinda, la jeune fille en uniforme les conduisit dans une première salle où ils eurent tout loisir de se rendre plus présentables : Dorothée se débarbouilla et se donna un coup de peigne, le Lion épousseta sa crinière, l'Épouvantail rectifia son rembourrage de paille, l'Homme en Fer-blanc s'astiqua et se huila des pieds à la tête.

Puis, frais et dispos, ils suivirent leur guide jusqu'à une autre salle où Glinda les attendait, assise sur son trône de rubis.

Elle était aussi jeune et belle qu'on le leur avait dit. Ses cheveux d'un beau roux aux reflets presque rouges tombaient en boucles souples sur ses épaules, et elle était vêtue d'une robe blanche. Ses yeux bleus très purs au regard doux se posèrent sur la petite fille.

— Que puis-je faire pour toi, mon enfant ? demanda-t-elle.

Dorothée lui raconta toute son histoire : le cyclone, l'atterrissage au Pays d'Oz, la rencontre avec ses compagnons et leurs aventures extraordinaires.

— Je n'ai plus qu'un désir, conclut-elle, c'est de rentrer au Kansas, car Tante Em doit me croire morte. Ma pauvre Tante voudra sûrement s'acheter des vêtements de deuil, et si la récolte est aussi maigre que l'an passé, mon Oncle Henry devra se ruiner pour les lui payer.

Glinda se pencha, prit la petite fille dans ses bras et l'embrassa avec la plus grande tendresse.

— Tu as bon cœur, ma chérie, lui dit-elle. Je vais t'indiquer le moyen de rentrer chez toi... Mais pour cela, il faut que tu me donnes la Toque d'Or.

— Bien volontiers ! s'exclama Dorothée. Elle ne me sert plus à rien maintenant que j'ai épuisé mes trois vœux. Je vais vous la donner, et les Singes Ailés seront à vos ordres.

— C'est parfait, répondit Glinda en souriant. J'ai justement trois vœux à faire.

Dorothée lui remit la Toque d'Or. Glinda s'adressa alors à l'Épouvantail :

— Que vas-tu faire après le départ de Dorothée ?

— Je retournerai à la Cité d'Émeraude, dit-il. Oz m'a confié son peuple, ces braves gens m'attendent et je ne veux pas les décevoir. La seule chose qui m'inquiète, c'est l'idée de devoir franchir la colline des Hommes-Marteaux.

— Grâce à la Toque d'Or, j'ordonnerai aux Singes Ailés de te transporter aux portes de la Cité d'Émeraude, déclara Glinda. Il serait dommage de priver les citoyens d'un chef si extraordinaire.

— Vous trouvez vraiment que je suis extraordinaire ? s'enquit l'Épouvantail.

— Tu n'es pas ordinaire, en tout cas, répondit Glinda d'un air malicieux.

Puis, se tournant vers l'Homme en Fer-blanc, elle lui demanda :

— Et toi, que vas-tu devenir après le départ de notre amie ?

Le bûcheron prit appui sur sa hache pour réfléchir.

— Les Winkies ont été très gentils avec moi, dit-il enfin. Ils m'ont proposé de devenir leur chef après la mort de la Vilaine Sorcière. J'aime beaucoup ces petits Winkies. Si seulement je pouvais retourner chez eux, il me serait très agréable de gouverner la Contrée de l'Ouest.

— Eh bien, fit Glinda, mon deuxième vœu

aux Singes Ailés sera pour toi. Je leur demanderai de t'emmener au pays des Winkies. Certes, tu ne possèdes pas le cerveau extraordinaire de l'Épouvantail, mais astiqué comme tu es, tu me sembles encore plus brillant que lui. Je suis certaine que tu sauras gouverner sagement ton peuple.

Enfin la Sorcière considéra le grand Lion hirsute et lui demanda :

— Et toi, lorsque Dorothée sera au Kansas, que feras-tu ?

— Derrière la colline des Hommes-Marteaux, répondit-il, j'ai trouvé une grande forêt dont les animaux m'ont demandé de devenir leur roi. Si seulement je pouvais y retourner, je crois que j'aimerais y passer le restant de mes jours.

— Voilà mon troisième vœu, conclut Glinda. Je demanderai aux Singes Ailés de te ramener dans ta forêt. Après cela, ayant épuisé les pouvoirs de la Toque d'Or, je l'offrirai au Roi des Singes, de sorte que son peuple retrouvera enfin sa liberté, et ce pour toujours.

L'Épouvantail, le Lion et l'Homme en Ferblanc remercièrent chaudement la Sorcière du Sud pour sa bonté, et Dorothée s'exclama :

— Vous êtes aussi bonne que vous êtes belle ! Mais vous ne m'avez pas encore dit comment rentrer au Kansas...

— Les Souliers d'Argent ont le pouvoir de te faire franchir le désert, répondit Glinda. Si tu l'avais su plus tôt, tu aurais pu retourner chez ta Tante Em dès le jour de ton arrivée au Pays d'Oz.

— Mais moi, s'écria l'Épouvantail, je n'aurais jamais eu de cerveau ! J'aurais passé ma vie entière au milieu de ce champ de maïs.

— Et moi, ajouta l'Homme en Fer-blanc, j'aurais souffert dans cette maudite forêt jusqu'à la fin des temps, paralysé et tout couvert de rouille, sans jamais sentir un cœur battre dans ma poitrine.

— Moi, intervint le Lion, je serais demeuré un poltron, et jamais je n'aurais pu régner sur les bêtes de la forêt, car elles auraient continué à s'enfuir au son de ma voix.

— Tout cela est vrai, approuva Dorothée. Je suis bien heureuse d'avoir pu vous servir, mes chers amis. Mais maintenant que chacun d'entre vous a réalisé son vœu le plus cher, et que vous avez chacun un royaume sur lequel régner, je crois qu'il est temps que je regagne le Kansas.

— Tes Souliers d'Argent, dit Glinda, ont des pouvoirs immenses. Le plus étonnant d'entre eux est qu'ils peuvent te transporter où tu le désires, et ce, en trois pas seulement, chaque pas durant le temps d'un clin d'œil. Pour ce faire, il te suffira de claquer des talons trois fois et d'ordonner à tes souliers de t'emmener où tu le désires.

— C'est merveilleux ! s'exclama la petite fille

débordante de joie. Je vais donc leur ordonner de me ramener immédiatement au Kansas.

Elle se jeta au cou du Lion et enfouit son visage dans l'épaisse fourrure de sa crinière tout en lui tapotant la tête avec tendresse.

Puis elle embrassa l'Homme en Fer-blanc qui pleurait à chaudes larmes, au risque de rouiller des pieds à la tête. Enfin elle serra dans ses bras le corps moelleux de l'Épouvantail et, au lieu de lui donner un baiser sur ses joues peintes, elle se mit à pleurer elle aussi à l'idée de quitter ses camarades qu'elle aimait tant.

La bonne Glinda se leva de son trône de rubis pour dire au revoir à la petite fille et lui donner un baiser. Dorothée la remercia de toute la bonté qu'elle lui avait témoignée ainsi qu'à ses compagnons.

Puis elle prit Toto dans ses bras d'un air solennel et, après un dernier adieu à ses amis, elle fit claquer trois fois ses talons en disant :

— Emportez-moi auprès de Tante Em !

Aussitôt, elle fut enlevée dans les airs à une telle allure que sa vue se brouilla et qu'elle n'entendit plus que le sifflement du vent à ses oreilles.

En trois pas, pas un de plus, les Souliers d'Argent la déposèrent sur la terre ferme. Elle fit plusieurs roulades sur le sol, tout étourdie. Reprenant conscience, elle ouvrit les yeux et s'assit pour regarder autour d'elle. Le spectacle qu'elle découvrit lui arracha un cri de stupéfaction.

— Bonté divine !

Tout autour d'elle s'étendait la grande prairie du Kansas et, à quelques pas, il y avait une ferme toute neuve, celle que son oncle avait reconstruite après le passage du cyclone. Oncle Henry était en train de traire les vaches devant la grange, et Toto, qui s'était échappé des bras de sa maîtresse, se mit à courir vers lui avec des aboiements joyeux.

Lorsque Dorothée se leva, elle s'aperçut qu'elle n'avait plus que ses bas. Les Souliers d'Argent étaient tombés pendant le voyage et, désormais, ils gisaient pour toujours au fin fond du désert.

24

Le retour

Tante Em sortait justement de la maison, un arrosoir à la main, pour arroser ses choux. En levant les yeux, elle aperçut Dorothée qui courait vers elle.

— Ma chérie, ma petite fille ! s'écria-t-elle en la serrant dans ses bras.

Elle lui couvrit le visage de baisers et lui demanda :

— Mais où étais-tu ? Je me suis fait tant de souci...

— J'étais au Pays d'Oz, répondit gravement Dorothée. Toto est rentré avec moi. Oh, Tante Em, comme je suis contente de te retrouver !

Table

[illegible]

Préface [illegible]

[illegible] 33

[illegible]

[illegible] 37

[illegible] 49

[illegible]

[illegible] 141

[illegible] 151

Table

1. Le cyclone 7
2. Au pays des Munchkins 13
3. L'Épouvantail 25
4. À travers la forêt 33
5. Le sauvetage du Bûcheron en Fer-blanc 39
6. Le Lion Poltron 49
7. Les Kalidahs 57
8. Le champ de coquelicots 67
9. La Reine des Mulots 79
10. Le Gardien des Portes 87
11. La fabuleuse Cité d'Émeraude 97
12. À la recherche de la Vilaine Sorcière .. 115
13. À la rescousse ! 135
14. Les Singes Ailés 141
15. Oz le Terrible est démasqué 151

16. Les prodiges du Grand Charlatan 165
17. La Montgolfière 171
18. Cap au Sud ! 179
19. Les Arbres-Gardiens 185
20. Le Pays de Porcelaine 191
21. Comment le Lion devint Roi des Animaux 199
22. La colline des Hommes-Marteaux 205
23. Dorothée sauvée par Glinda 211
24. Le retour 219

« Pour l'éditeur, le principe est d'utiliser des papiers composés de fibres naturelles, renouvelables, recyclables et fabriquées à partir de bois issus de forêts qui adoptent un système d'aménagement durable. En outre, l'éditeur attend de ses fournisseurs de papier qu'ils s'inscrivent dans une démarche de certification environnementale reconnue. »

Composition PCA - 44400 Rezé

Imprimé en Espagne par LITOGRAFIA ROSÉS S.A. (08850) Gava
32.10.2504.2/03 - ISBN : 978-2-01-322504-5
Loi n° 49-956 du 16 juillet 1949 sur les publications destinées à la jeunesse
Dépôt légal : octobre 2009

BOUQUINS

COLLECTION DIRIGÉE PAR

GUY SCHOELLER

JEAN TULARD

DICTIONNAIRE DU CINÉMA

LES RÉALISATEURS

*

ROBERT LAFFONT

*Si vous désirez être tenu au courant des publications de l'éditeur
de cet ouvrage, il vous suffit d'adresser votre carte de visite
aux Éditions Robert Laffont, Service « Bulletin », 6, place Saint-Sulpice,
75279 Paris-Cedex 06.*

ISBN : 2-221-01028-0

PRÉFACE

A Clyde Bruckman, metteur en scène
des meilleurs films de Laurel et Hardy,
W.C. Fields, Harold Lloyd et Buster Keaton,
qui se serait donné la mort
dans les toilettes d'un restaurant
faute de pouvoir payer la note de son repas.

Ce dictionnaire ne nourrit qu'une prétention : être utile. Utile au cinéphile en lui proposant sous un format commode la filmographie complète – ou presque complète – de près de 2 000 cinéastes. Utile au simple curieux en ajoutant à ces notices un bref commentaire qui signale les films les plus importants de ces metteurs en scène et s'efforce de dégager le sens général de leur œuvre. Une bibliographie, dans le cas des grands réalisateurs, permettra au lecteur soucieux d'en savoir plus de compléter les observations évidemment très sommaires de ce livre. Utile enfin à l'historien en présentant le bilan de 90 ans de cinéma. Tout ce qui compte a été recensé. Que les cinémas français et américain s'y taillent la part du lion ne saurait surprendre. Les films français sont pour l'usager de ce livre les plus accessibles. Quant au cinéma américain il a trop nourri les rêves de plusieurs générations d'amateurs pour ne pas être célébré dans ce dictionnaire. N'ont pas été négligés pour autant l'Europe, le Japon et l'Amérique du Sud. En attendant une découverte prochaine de la Chine, où l'anonymat fut la règle sous la révolution culturelle, des Philippines et de l'Indonésie, on a eu le souci de faire une place aux réalisateurs égyptiens et indiens. Mais ne figurent ici que ceux dont la réputation – et les œuvres – sont parvenues en Occident. Il n'a pas paru utile d'établir d'imposantes listes de films que le lecteur de ce dictionnaire, comme son auteur d'ailleurs, n'a pas vus et ne verra vraisemblablement jamais, la plupart ayant été destinés à un public local. Dans cette exclusion n'entre aucun mépris ; il convient seulement de laisser à cet ouvrage des dimensions raisonnables. De même seules les figures de proue du « porno » (Bénazéraf, Pecas, Damiano) et du cinéma expérimental (Anger, Warhol) ou militant (Karmitz, Vautier) ont été mentionnées. Tous les grands noms de l'animation ont en revanche trouvé place dans ce dictionnaire, cependant qu'étaient exclus les téléfilms – sauf distribution dans les salles – et les spectacles de Béjart ou Karajan simplement enregistrés par une caméra. Les réalisateurs de télévision n'ayant fait que de trop brèves incursions dans le cinéma n'ont pas davantage été retenus. En réalité, la principale difficulté dans l'élaboration d'un ouvrage de ce type réside moins dans le choix des réalisateurs – sauf omission accidentelle – que dans l'établissement des dates des films. S'il n'y a pas trop de problèmes en ce qui concerne le cinéma américain grâce au catalogue de la Librairie du Congrès, il n'en va pas de même pour d'autres cinémas. De toute manière, les variations, d'une source à l'autre, ne portent que sur deux ou trois ans au maximum. Quant on songe aux débats suscités par la datation de certaines ruines archéologiques, on jugera sûrement que l'ampleur des inexactitudes demeure faible et n'affecte que rarement l'ordre chronologique des films d'un même auteur.

Ni les génériques, ni l'analyse des scénarios ne sont repris dans les filmographies. Un deuxième volume est prévu qui étudiera les films les plus importants de l'histoire du cinéma. On a toutefois indiqué entre parenthèses, dans le cas des films étrangers, le titre français lors de la distribution, ou la traduction du titre original lorsqu'il s'agissait de langues peu pratiquées, comme le japonais ou le hongrois. Rappelons qu'un troisième volume donnera les notices biofilmographiques des acteurs et de tous ceux qui contribuent, sous la direction du réalisateur, au succès d'un film. Commencer par les metteurs en scène n'entraîne pas une exclusive en leur faveur. Nul ne peut méconnaître le rôle de grands producteurs, de Thalberg à Hughes, de Pierre Braunberger à Anatole Dauman. Pour le grand public le cinéma s'identifie avec Gary Cooper et Jean-Paul Belmondo, Marlène Dietrich ou Catherine Deneuve. Et comment oublier que certains dialoguistes tirent un peu trop la couverture à eux ? Reste que c'est le réalisateur qui signe le film et en assure la responsabilité même s'il se contente, selon la boutade d'Orson Welles, de dire « moteur ». D'ailleurs, si le rôle du metteur en scène était si négligeable, pourquoi certains acteurs ou scénaristes passeraient-ils si souvent derrière la caméra ?

Jean TULARD

Note : principales abréviations : c.m. : court-métrage ; coréal. : coréalisateur.

AVERTISSEMENT

Ce volume est l'œuvre d'un homme seul, mais il doit beaucoup à ses devanciers dont on trouvera ici une liste non exhaustive.

DICTIONNAIRES GÉNÉRAUX

BESSY (Maurice) et CHARDANS (Jean-Louis), *Dictionnaire du cinéma* (4 volumes), Pauvert (1965-1971).

BELLOUR (Raymond) et BROCHIER (Jean-Jacques), *Dictionnaire du cinéma,* Éditions Universitaires, (1966).

JEANNE (René) et FORD (Charles), *Dictionnaire du cinéma universel* (1970), Laffont.

FORD (Charles), *Dictionnaire des cinéastes contemporains* (1974), Marabout.

SADOUL (Georges), *Dictionnaire des cinéastes* (éd. de 1977), Seuil.

BOUSSINOT (Roger), *Encyclopédie du cinéma* (2 volumes, 1980), Bordas.

KATZ (Ephraim), *The International Film Encyclopedia* (1979), Macmillan (Londres).

Les dossiers du cinéma (3 volumes parus, en cours), Casterman.

ÉTUDES PARTICULIÈRES

Allemagne. BUCHER (Félix), *Germany, an illustrated guide* (1970), Barnes, New York.

Amérique latine. HENNEBELLE (Guy) et GURUNCIO-DAGRON (Alfonso), *Les cinémas de l'Amérique latine* (1981), Lherminier.

Angleterre. LEFEVRE (Raymond) et LACOURBE (Roland), *Trente ans de cinéma britannique* (1976), Éditions Cinéma.

Monde arabe. CLUNY (Claude), *Dictionnaire des nouveaux cinéastes arabes* (1982), Simbad.

Canada. VERONNEAU (P.), *Les cinémas canadiens* (1978), Lherminier.

Égypte. CLUNY (Claude-Michel), *Dictionnaire Années 60, Cinéma 73,* nº 182.

Espagne. GOMEZ (Perez) et MONTALBAN (José), *Cine español, diccionario de directores* (1978), Mensajero.

États-Unis. *Cahiers du cinéma* nº 150-151 (1964).

SARRIS (Andrew), *The American cinema, directors and direction* (1968), Dutton.

COURSODON (Jean-Pierre) et TAVERNIER (Bertrand), *Trente ans de cinéma américain,* C.I.B (1970).
PARISH (James R.) et PATTS (Michael), *Film Directors. A Guide to Their american films,* Scarcrew-Press (1974).
MC CARTY (Todd) et FLYNN (Ch.), *Kings of the Bs,* Dutton (1975).
DOMARCHI (Jean) et EYQUEM (O.), *Actualité du cinéma américain,* Lherminier (1979).
Europe occidentale. PARISH (James R.), *Film Directors Guide, Western Europe* (1976), Sarcrew-Press.
Europe orientale. HIBBIN (Nina), *Eastern Europe, an illustrated guide,* Barnes, New York (1969).
France. *Cahiers du cinéma,* nº 138 (« Nouvelle vague ») ; *Cinéma 80,* nº 262 (Dictionnaire du cinéma français des années 70).
Italie. *Cinéma 74,* nº 190-191 (Cinéma italien des années 60).
RONDOLINO (Gianni), *Dizionario Bolaffi del cinema italiano, I, Registri,* Bolaffi (1979).
Japon. SVENSSON (Arne), *Japan, an illustrated guide* (1971), Barnes, New York.
Suède. BÉRANGER (Jean), *Le nouveau cinéma scandinave* (1968).
COWIE, (Peter), *Sweden 1 et 2* (1970), Barnes, New York.
Suisse. BUADRE (Freddy), *Le cinéma suisse* (1977).
URSS. SCHNITZER (L. et J.), *Vingt ans de cinéma soviétique* (1967), C.I.B.

On trouvera à la suite des principaux metteurs les études les plus importantes et les plus accessibles, livres ou articles parus dans les revues *Écran, Cinéma, Cahiers du cinéma, Positif, Revue du cinéma, Présence du cinéma, l'Écran fantastique, Midi-minuit fantastique, les Cahiers de la cinémathèque, Cinématographe...*

L'auteur tient à renouveler ses remerciements aux administrateurs et aux conservateurs des cinémathèques de Paris, Londres, Luxembourg et Bruxelles qui lui ont permis de voir certains films. Il redit sa reconnaissance aux critiques et cinéphiles qui l'ont fait bénéficier de leur amitié : Olivier Barrot, J.P. Bertin-Maghit, Claude Beylie, Patrick Brion, Bernard Cohn, Bernard Eisenschitz, Antoine Faivre, Claude Gili, Pierre Guinle, Jacques Lourcelles, Denis Marion... sans oublier le regretté Jean Domarchi. Ses remerciements vont également à Anatole Dauman qui lui a facilité l'entrée dans les milieux cinématographiques.

A

Abbott, George

Scénariste, producteur et réalisateur américain né en 1889.

Why Bring That Up ? (1929) ; Half Way to Heaven (1929) ; Manslaughter (1930) ; Sea God (1930) ; Stolen Heaven (1931) ; Secrets of a Secretary (1931) ; My Sin (1931) ; The Cheat (1931) ; Too Many Girls (1940) ; The Pajama Game (avec Donen, Pique-nique en pyjama, 1957) ; Damn Yankees (avec Donen, 1958).

D'abord acteur, dès 1913, Abbott s'oriente vers Broadway et écrit pour la scène plusieurs pièces. Certains de ses succès sont adaptés à l'écran : *Three Men on a Horse, On Your Toes, The Boys from Syracuse...* Il dirige lui-même quelques films au début du parlant, mais revient à la scène. Avec Donen cette fois, il tourne à nouveau deux de ses plus grands succès musicaux, *Pajama Game* et *Damn Yankees.* Deux chefs-d'œuvre, parmi les plus purs, de la comédie musicale, mais dont il faut attribuer la réussite cinématographique à Donen lui-même.

Abdel-Salam, Shadi

Réalisateur égyptien, né en 1930.

El mumiaa (La momie, 1970) ; Al Fellah al Fassieh (Le paysan éloquent, c.m. 1970).

Il fit une forte impression avec un premier film qui, de la découverte d'une momie, débouchait sur la façon dont l'Égypte devait assumer l'héritage de son passé. Il fut couronné en France, mais en dépit de ces lauriers, on perd la trace de ce metteur en scène. S'il a tourné d'autres films dont un *Akhnaton,* ceux-ci ne semblent pas être parvenus pour l'instant en Occident.

Abdel Wahab, Fatine

Réalisateur égyptien, 1913-1972.

Principaux films : Hala'e Al Sayedat (Coiffeur pour dames, 1960) ; El Fanous el Sehri (La lampe magique, 1960) ; Wa adal'hob (Et l'amour revint, 1960) ; Ah Min Hawa (Oh Eve !, 1961) ; Arouss el Nil (La fiancée du Nil, 1963) ; Howa we Heya (Lui et elle, 1964) ; Tarid el Fardawse (Renvoyé du Paradis, 1965) ; Talath Lessous (Les trois voleurs, 1966) ; Merati Moudir Ame (Ma femme est P.-D.G., 1966) ; Afrit Merati (Le fantôme de la femme, 1968) ; Sabat Ayam Fil Ganna (Sept jours au Paradis, 1969) ; Akazib Hawa (Les mensonges d'Ève, 1969) ; Khatib Mama (Le fiancé de ma mère, 1971).

Il est le cinéaste des comédies avec pointe de misogynie très caractéristiques du gros de la production égyptienne. Aucune prétention intellectuelle ou message quelconque dans une œuvre dépourvue de la moindre arrière-pensée et qui ne vise qu'à divertir. De là son énorme succès dans le monde arabe. Il mêle le chant et la danse à la comédie de mœurs sans vulgarité. Facile, il n'est pas superficiel à l'inverse d'autres réalisateurs. Il l'affirme lui-même : « La mise en scène demande une expérience de la vie qui est encore plus importante que la seule connaissance technique des règles du cinéma. Cette expérience requiert un temps de mûrissement. » *(Les cinémas africains en 1972,* p. 42).

Abel, Alfred

Acteur et réalisateur, 1880-1938.

Comme réalisateur : Narkose (1929).

Ce brillant interprète de Murnau, Lang et Oswald, passé derrière la caméra, réussit une brillante adaptation d'une nouvelle de Stefan Zweig. Les scènes de rêve provoquées par l'éther que l'on faisait absorber à une jeune femme pour faciliter son accouchement étaient habilement évoquées à l'aide de jeux de lumière par l'opérateur Günther Krampf. Malgré le succès du film, Abel ne semble pas avoir récidivé.

Aboulker, Marcel

Réalisateur français, 1905-1952.

Les surprises de la radio (sous le pseudonyme de Marcel Paul, 1939) ; Les aventures des Pieds Nickelés (1947) ; Le Trésor des Pieds Nickelés (1949) ; La dame de chez Maxim's (1950) ; Les femmes sont des anges (1952).

Deux bonnes adaptations, la première par Maurice Henry, la seconde par Guillaume Hanoteau, des aventures des célèbres héros de Forton. Robert Dhéry était Filochard, Maurice Baquet Ribouldingue et Rellys (puis Parédès) Croquignol. Grand lecteur de *L'épatant,* Aboulker sut retrouver le charme cynique des dessins de Forton. Les Pieds Nickelés échappaient, après mille péripéties, à la police lancée à leur poursuite et que symbolisait le détective Sherlock Coco, rôle tenu par Pasquali : les gags étaient incessants et la mise en scène preste, sans lourdeur. Aboulker avait débuté avant la guerre comme acteur sous le nom de Marcel Paul dans de petits rôles. *Les Pieds Nickelés,* dans leur première version surtout, connurent un grand succès qui le consacra comme metteur en scène. En 1950, en collaboration avec Robert Beauvais, sa version de *La dame de chez Maxim's* (Arlette Poirier est la môme Crevette et Saturnin Fabre le général Petypon du Grelé) confirma sa « vis comica ». La façon dont il adapta la comédie de Feydeau n'était pas dépourvue de rythme et le film se voit encore avec amusement. Bref, un talent qu'il ne faut pas surestimer mais qui, dans le domaine comique, occupe une place plus qu'honorable. Il n'était pas facile d'adapter *Les Pieds Nickelés* au cinéma : Chambon devait échouer en 1964.

Abou Seif, Salah

Réalisateur égyptien né en 1915.

Principaux films : Daiman el Qalbi (Toujours dans mon cœur, 1947) ; El Sakr (L'épervier, 1950) ; Lak Youm Ya Zalem (Ton jour viendra, 1951) ; El Wahche (Le monstre, 1953) ; El Fetewha (Le costaud, 1957) ; El Wisadat Oulkhalia (L'oreiller solitaire, 1957) ; El Tarik el Masdoud (Sans issue, 1958) ; Haza Howa el Hob (La splendeur de l'amour, 1958) ; Bedaya wa Nehaya (Le commencement de la fin, 1960) ; Rissa men imraa maghoula (Lettre d'une inconnue, 1961) ; La Wakt Leb Hob (Pas de temps pour l'amour, 1963) ; El Zoga El Sania (La seconde épouse, 1967) ; Fajr el Islam (L'aube de l'Islam, 1970) ; Hamman el Malatihi (Tragédie égyptienne, 1973).

Le plus connu des réalisateurs égyptiens. Longtemps monteur, il est devenu metteur en scène après la guerre. Son œuvre oscille entre le mélodrame et l'intrigue criminelle, avec toujours une fine observation de la vie populaire. Il est né en effet à Boulaq, quartier populaire du Caire. Sa passion du cinéma fut précoce : critique cinématographique dès 1932, monteur en 1934, puis assistant à partir de 1940, il tourna entre 1943 et 1945 plusieurs courts métrages. Ses débuts de réalisateur de longs métrages se situent en 1947 avec *Daiman el Qalbi.* Le grand choc pour lui se situe dans les années 50 avec la découverte du néo-réalisme italien. *Ton jour viendra,* vision sentimentale du petit peuple du Caire, le fait passer au premier plan des réalisateurs égyptiens. Critiqué comme incapable de dépasser certains poncifs *(La splendeur de l'amour, La seconde épouse...),* on lui reconnaît toutefois le souci d'un script élaboré. Réaliste, il a la hantise du récit traditionnel qu'il préfère au « cinéma-vérité ». De là l'agrément de ses films, même s'ils déroutent souvent le spectateur occidental.

Achard, Marcel

Écrivain et réalisateur, 1899-1974.

Comme réalisateur : Jean de la Lune (1948) ; La valse de Paris (1949).

Symbole du théâtre de boulevard, faux poète et médiocre écrivain, il fut plus inspiré au cinéma soit comme scénariste, soit en réalisant *La valse de Paris,* charmante biographie d'Offenbach que jouait splendidement Pierre Fresnay, assisté d'Yvonne Printemps, Jacques Charon et Jacques Castelot.

Achternbusch, Herbert

Scénariste et réalisateur allemand né en 1938.

Comme réalisateur : Das Andechser Gefuhl (Le sentiment d'Andechs, 1974) ; Die Atlantikschwimmer (La traversée de l'Atlantique à la nage, 1975) ; Bierkampf (La guerre de la bière, 1976) ; Servus Bayern (Salut la Bavière, 1977) ; Der junge Monch (Le jeune moine, 1978) ; Der Komantzche (Le Comanche, 1979) ; Der Neger Erwin (Le Noir Erwin, 1980).

Poète et romancier, « Achternbusch est venu tout naturellement au cinéma car les images spontanées et vivaces envahissent déjà ses écrits si subjectifs » (Lotte Eisner). Films anarchistes, souvent incompréhensibles (rêves fous du Comanche, visions insoutenables de centaines d'ivrognes à la fête de la bière, etc.) qu'unit un sentiment d'amour-haine de l'auteur pour sa Bavière natale.

Adam, Jean-François

Réalisateur français, 1938-1980.

M. comme Mathieu (1970) ; Le jeu du solitaire (1975) ; Retour à la bien-aimée (1979).

Une œuvre très personnelle, fondée sur le réalisme fantastique et le regard que pose l'enfant sur notre monde, une œuvre si personnelle que les clés en sont difficiles à saisir, une œuvre trop personnelle pour rencontrer le succès et dont l'aboutissement logique fut le suicide de son auteur.

Adolfi, John G.

Réalisateur américain, 1888-1933.

The Man Inside (1915) ; A Man and His Mate (1915) ; Little Miss Happiness (1916) ; The Ragged Princess (1916) ; The Sphinx (1916) ; The Mischief Maker (1916) ; The Road to Nowhere (1916) ; Merely Mary Ann (1916) ; A Modern Thelma (1916) ; Patsy (1916) ; A Small Town Girl (1917) ; A Child of the Wild (1917) ; A Modern Cinderella (1917) ; The Heart of a Girl (1918) ; Queen of the Sea (1918) ; The Cavell Case (1918) ; The Wonder Man (1919) ; Who's Your Brother (1919) ; Keep to the Right (1920) ; The Little 'Fraid Lady (1920) ; The Darling of the Rich (1922) ; The Little Red Schoolhouse (1923) ; What Shall I Do ? (1924) ; Chalk Marks (1924) ; The Scarlet West (1925) ; Big Pal (1925) ; Before Midnight (1925) ; The Phantom Express (1925) ; The Chekered Flag (1926) ; Husband Hunters (1927) ; What Happened to Father ? (1927) ; The Devil's Skipper (1928) ; The Little Snob (1928) ; Prowlers of the Sea (1928) ; The Midnight Taxi (1928) ; Sinner's Parade (1928) ; Fancy Baggage (1929) ; In the Headlines (1929) ; Evidence (1929) ; The Show of Shows (1929) ; Recaptured Love (1930) ; Dumbells in Ermine (1930) ; College Lovers (1930) ; Sinner's

Holiday (1930) ; The Millionaire (1931) ; Alexander Hamilton (1931) ; Compromised (1931) ; The Man Who Played God (1932) ; A Successful Calamity (1932) ; Central Park (1932) ; The King's Vacation (1933) ; The Working Man (1933) ; Voltaire (1933).

Il débuta dans la carrière comme acteur, puis devint réalisateur pour la Fox. Il passa avec l'avènement du parlant à la Warner. Les comédies musicales qu'il tourna alors sont peu exaltantes (*The Show of Shows* est une morne suite de numéros dont une danse particulièrement ahurissante sur le thème de la Révolution française et de la guillotine) mais il se montra à son avantage dans les biographies de grands hommes où il sut utiliser George Arliss (*Alexander Hamilton).* Citons aussi son *Voltaire* décontracté et peu historique, mais plus divertissant que la moyenne des films du même genre à la Warner. Sa carrière s'est terminée brutalement à l'orée du parlant et lui a valu d'être englouti avec la majeure partie de la production muette d'Hollywood. Les critiques des années 20 faisaient grand cas de ses films ; son œuvre sonore ne nous révèle qu'un modeste artisan, ce qui explique l'oubli dans lequel il est tombé. Faudra-t-il le réhabiliter ?

Adreon, Franklyn

Réalisateur américain né en 1902.

The Man Is Armed (Cet homme est armé, 1956) ; Hell's Crossroads (Le carrefour de la vengeance, 1957) ; The Man With the Steel Whip (Le triomphe de Zorro, 1958) ; The Nun and the Sergeant (1962) ; Dimension 5, Cyborg 2087 (1966).

Il vaut peut-être mieux que sa réputation de tâcheron de la pellicule. Si Zorro ne l'a guère inspiré, son premier film, *The Man Is Armed,* est un thriller non dépourvu de vigueur. Il chercha aussi sa voie vers la science-fiction, mais sans réussite. Classé dans la série Z, il eût mérité des budgets plus élevés pour pouvoir faire ses preuves. Un western comme *Le carrefour de la vengeance,* méditation sur la réhabilitation d'un membre de la bande de Jesse James, paraît bavard et moralisateur, faute de moyens. En une brève séquence de poursuite, Adreon montre pourtant son savoir-faire.

Agosti, Silvano

Réalisateur italien né en 1938.

Il giardino delle delizie (Le jardin des délices, 1967) ; N.P. il segreto (L'effroyable machine de l'industriel N.P., 1972) ; Nessuno o tutti (coréal., 1975) ; Nel più alto dei cieli (1976) ; La macchina cinema (coréal., 1978).

Monteur de la plupart des films de Bellochio, il a renié sa première œuvre, *Le jardin des délices,* que jouait Maurice Ronet. *L'effroyable machine de N.P.* est tout à la fois un film de science-fiction et une fable politique : une machine libère de la sujétion du travail des millions d'ouvriers ; Agosti imagine alors les conséquences de cette automation. La description reste toujours réaliste et le propos se veut « engagé ». Dans *Nessuno o tutti,* tourné avec Bellochio, Petraglia et Rulli, c'est le problème des maladies mentales qui se trouve abordé. La réussite de cette collaboration a débouché sur un autre film avec les mêmes réalisateurs : *La macchina cinema* qui est une réflexion sur l'art cinématographique.

Agostini, Philippe

Opérateur et réalisateur français né en 1910.

Comme réalisateur : Le Naïf aux quarante enfants (1958) ; Tu es Pierre (doc., 1960) ; Le dialogue des Carmélites (avec le P. Bruckberger, 1960) ; Rencontres (1961) ; La soupe aux poulets (1963) ; La petite fille à la recherche du Printemps (1971).

Opérateur apprécié par Bresson, Carné, Grémillon, Ophüls, Dassin et bien d'autres, le voilà qui s'égare dans la mise en scène, passant de Paul Guth au Père Bruckberger et des carmélites aux « poulets », de façon bien déroutante pour ses admirateurs. Son académisme rend lugubre le charmant naïf aux quarante enfants et sophistiqués les dialogues des religieuses qui vont monter à l'échafaud. De *Rencontres,* histoire policière assez embrouillée, un critique note que le sujet offre à Agostini « le moyen de nous dévoiler ouvertement son manque total d'idées cinématographiques et son incompétence en tant que directeur de comédiens ». *(Saison cinématographique 1962).* Bon technicien, Agostini n'est pas un créateur. De là une suite d'œuvres désastreuses. Où peut mener l'envie d'être réalisateur ?

Aguirre, Javier

Réalisateur espagnol né en 1935.

Nombreux courts métrages. Longs métrages : España insólita (1964) ; Los oficios de Cándido (1965) ; Los chicos con las chicas (1967) ; Los que tocan el piano (1968) ; Una vez al año ser hippy no hace dano (1969) ; Soltera y madre en la vida (1969) ; De profession, sus labores (1970) ; Pierna creciente, falda menguante (1970) ; El astronauta (1970) ; El jorobado de la Morgue (Le bossu de la morgue, 1972) ; El gran amor del Conde Dracula (Le grand amour du comte Dracula, 1972) ; Volvere a nacer (1972) ; El asesino esta entre los trece (1973) ; El mejor regalo (1973) ; Vida intima de un seductor cinico (1975) ; Soltero y padre en la vida (1975) ; El insolito embarazo de los Martinez (1975) ; Ligeramente viudas (1975) ; La iniciacion en el amor (1976) ; Acto de posesion (1976) ; Esposa de dia, amante de noche (1977) ; Carne apaleada (1977) ; La vida perra de Juanita Narboni (1978).

Passionné de cinéma, il dirigea plusieurs revues dont *El Cine* et collabora à *Primer Plano* et *Film Ideal.* Il conquit la célébrité par ses courts métrages de 1967 à 1971 qu'il regroupa dans le titre *Anticine.* Titre qu'il reprit dans son manifeste : *Apuntes para una teoria.* Hors d'Espagne, il est surtout connu pour ses films d'horreur dont *Le bossu de la morgue,* où il étalait des goûts particulièrement morbides. Rarement la décomposition des chairs fut aussi bien rendue que dans ce film naturellement tourné en couleurs. Son *Dracula* jouit d'une petite réputation. Mais son chef-d'œuvre dans le genre semble être pourtant *Carne apaleada.* Nous voilà loin d'*Anticine.* Le mérite d'Aguirre est de n'avoir pas triché et de reconnaître qu'il faut bien tourner des œuvres commerciales – au demeurant bien faites – pour ne pas se voir réduit au chômage.

Agular, Ayres d'

Producteur et réalisateur français.

Comme réalisateur : Narcisse (1939).

Producteur des « bons Fernandel » *(Ignace, Barnabé, Les rois du sport),* il mit en scène un fort divertissant *Narcisse* qu'enlevaient avec brio Rellys et Gabriello. Rarement les débuts de l'aviation firent autant rire.

Akerman, Chantal

Réalisatrice belge née en 1950.

Saute ma ville (1968) ; La chambre (1972) ; Hôtel Monterey (1972) ; Yonkers (1973) ; Le 15 du 18 (1973) ; Je, tu, il, elle (1974) ; Jeanne Dielman, 23 quai du Commerce, 1080 Bruxelles (1975) ; News from Home (1976) ; Les rendez-vous d'Anna (1978).

« Le cinéma de Chantal Akerman, s'il est différent, ne laisse en aucun cas indifférent » (*Ecran 78,* n° 75). Elle-même insiste sur cette notion de différence qu'elle prétend tenir de son origine juive. Elle veut un cinéma direct, un cinéma-vérité qui dépasse même la réalité et recrée le romanesque, ainsi les gestes de Jeanne Dielman dans sa cuisine. C'est l'expression de « déterritorialisation » qu'elle emploie à propos d'Anna. Cinéma mineur, reconnaît-elle, mais d'ajouter aussitôt : « Ce cinéma offre la possibilité de faire de sa propre langue, à supposer qu'elle soit une langue majeure ou l'ait été, un usage mineur. » Pour intellectuels avertis donc ; les autres se contenteront de quelques scènes gentiment érotiques.

Akkad, Moustapha

Producteur et réalisateur d'origine syrienne.

Rissala/The Message (Le Message, 1976) ; Le lion du désert (1982).

Syrien, Akkad a émigré aux États-Unis à la fin de la Deuxième Guerre mondiale, pour y étudier le cinéma. Il travaille à la télévision, puis, devenu producteur, décide de tourner, avec des capitaux de Libye et du Koweit, une grande fresque retraçant les débuts de l'islam. Ce film, *Le Message*, dans la ligne des grandes mises en scène du cinéma égyptien et hollywoodien, a été tourné en deux versions, l'une arabe, l'autre anglaise. Il n'eut pas le succès escompté.

Alazarki, Benito

Réalisateur mexicain né en 1923.

Raices (Racines, 1955) ; Les Amantes (1956) ; Ladros de Niños (1957) ; Rebelde sin casa (1957) ; El vestido de novia (1957) ; Cafe Colón (1958) ; La tijera d'Oro (1958) ; Inferno de Almas (1958) ; El toro negro (1959) ; Peligros de juventud (1959) ; Los hermanos Karambazo (1959) ; Muñecos infernales (1960) ; Esperitismo (1961) ; Los pistoleros (1961) ; The Time and the Touch (1962, sous le pseudonyme de Carlos Arconti) ; Con quien andan nuestros locos (1962) ; De hombre a hombre (1962) ; Los jovenes amantes (1970) ; Balun Canan (1976) ; El fantasma del lago (1978).

Racines était une œuvre ambitieuse qui donnait une vision précise de la misère au Mexique. Oscillant entre Buñuel et le néo-réalisme italien, ce film, composé de quatre courtes histoires, décrivait en effet la vie des Indiens au Mexique, avec une cruauté qui culminait dans le sketch du *Borgne*. Un enfant borgne étant le souffre-douleur de ses camarades en raison de son infirmité, sa mère priait les saints pour obtenir un miracle : le gosse devenait aveugle et, comme tous les aveugles, devenait un objet de respect. Rompant avec le cinéma « blanc » de Fernandez, Alazarki créait, au sein de la production mexicaine, un courant « indien ». « Les Indiens, affirmait-il, sont les racines de ce pays qui germe. » Le reste de la production d'Alazarki n'a malheureusement visé que la clientèle populaire du marché mexicain, composée certes d'Indiens, mais dont Alazarki se contente de flatter le goût pour les mélodrames et les films d'action.

Albicocco, Jean-Gabriel

Réalisateur français né en 1936.

La fille aux yeux d'or (1960) ; Le rat d'Amérique (1962) ; Le Grand Meaulnes (1966) ; Le cœur fou (1969) ; Le petit matin (1970).

Fils d'un opérateur célèbre, il parut se spécialiser dans les adaptations littéraires (coup sur coup Balzac, Lanzmann et Alain-Fournier) filmées avec une virtuosité esthétique et une débauche d'effets visuels qui le firent accuser de maniérisme. Lui-même opérateur, Albicocco connaît parfaitement son métier. « Pas une image qui ne soit travaillée, ciselée, notait un critique lors de la sortie de *La fille aux yeux d'or*. La caméra se promène au milieu des dentelles, des tentures, des verrières, semblant épouser les torsades, les moulures, les vapeurs et les fumées, multipliant les images à l'infini dans des miroirs savamment disposés. » Même reproche pour *Le Grand Meaulnes*. L'utilisation des paysages est sacrifiée à l'artificiel : Épineuil devient une cité sortie de quelque œuvre fantastique ; « filés, trames, soleil dans l'objectif transforment forêts et décors intérieurs en lieux baroques. » On ne reconnaît plus le roman dans cette débauche d'effets et cette histoire « à tiroirs », poursuite de l'être aimé, vite incompréhensible. Et pareillement, l'histoire d'amour du *Cœur fou* (un journaliste s'éprend d'une pyromane) fut considérée comme gâchée par « l'utilisation des objectifs grand-angle, des bavures, des surexpositions, des flous, des déformations ». « Une rude épreuve pour les rétines », ainsi a-t-on défini l'esthétisme d'Albicocco. Le procès reste ouvert.

Aldrich, Robert

Producteur et réalisateur américain né en 1918.

Comme réalisateur : The Big Leaguer (1953) ; World for Ransom (Alerte à Singapour, 1954) ; Apache (Bronco-Apache, 1954) ; Vera-Cruz (Vera-Cruz, 1954) ; Kiss me Deadly (En quatrième vitesse, 1955) ; The Big Knife (Le Grand Couteau, 1955) ; Autumn Leaves (Feuilles d'automne, 1956) ; Attack (Attaque, 1956) ; The Garment Jungle (Racket dans la couture, film repris et signé par V. Sherman, 1957) ; The Angry Hills (Trahison à Athènes, 1959) ; Ten Seconds to Hell (Tout près de Satan, 1959) ; The Last Sunset (El Perdido, 1961) ; Sodom and Gomorrah (Sodome et Gomorrhe, avec Leone, 1962) ; What Ever Happened to Baby Jane ? (Qu'est-il arrivé à Baby Jane ?, 1962) ; Four for Texas (Quatre du Texas, 1963) ; Hush... Hush, Sweet Charlotte (Chut, Chut, Chère Charlotte, 1965) ; The Flight of the Phœnix (Le vol du phœnix, 1965) ; The Dirty Dozen (Les douze salopards, 1967) ; The Legend of Lylah Clare (Le démon des femmes, 1968) ; The Killing of Sister George (Faut-il tuer Sister George ?, 1969) ; Too Late the Hero (Trop tard pour les héros, 1970) ; The Grissom Gang (Pas d'orchidées pour Miss Blandish, 1971) ; Ulzana's Raid (Fureur apache, 1972) ; The Emperor of the North Pole (L'empereur du Nord, 1973) ; The Longuest Yard (Plein la gueule, 1974) ; Hustle (La cité des dangers, 1975) ; Twilight's Last Gleaming (L'ultimatum des trois mercenaires, 1977) ; Choirboys (Bande de flics, 1977) ; Frisco Kid (Un rabbin au Far West, 1978) ; California Dolls (Deux filles au tapis, 1981).

Il fit des débuts fracassants. En trois films, les genres chers à Hollywood volaient en éclats. Que restait-il du western traditionnel après *Vera-Cruz,* confrontation de trois civilisations : la pyramide aztèque, le colonisateur du Second Empire et le cow-boy ? Le film noir explosait comme la boîte de Pandore que se disputaient les protagonistes d'*En quatrième vitesse.* Quant à *Attaque,* aurait-on pu concevoir auparavant un tel portrait de général veule et lâche ? La réhabilitation de l'Indien s'esquissait dans *Apache* et la critique d'Hollywood dans *Le Grand Couteau,* deux œuvres très en avance sur leur temps. Entre 1954 et 1956, on eut le sentiment que le cinéma américain basculait, que la révolution annoncée par Welles en 1940 s'amplifiait, qu'il ne serait plus possible de tourner comme Ford ou Wyler. Survint le désastre après le renvoi du plateau de *Garment Jungle* qui fut fini par Vincent Sherman. Aldrich s'est expliqué dans *Positif :* « On m'avait montré un certain script. C'est celui-là que je voulais tourner et que j'ai effectivement tourné. C'était un film très dur, qui avait des choses assez fortes à dire sur les syndicats et les gangs. Au beau milieu du tournage, Cohn (le producteur) a commencé à prendre peur... » Aldrich refusant tout aménagement fut renvoyé. « Je suis donc parti pour l'Europe et j'ai tourné *Ten Seconds to Hell* puis *Angry Hills,* deux épreuves atroces. » Puis ce fut la catastrophe du film biblique à grand spectacle *Sodom and Gomorrah* dont Aldrich rend Leone responsable. L'on reprit espoir avec *Baby Jane,* film monstreux qui dynamitait le film d'horreur. Aldrich poursuivait son œuvre de rénovation, il approfondissait les sillons déjà tracés : *Too Late the Hero* reprenait *Attack, Ulzana's Raid, Apache.* L'énorme succès de *Dirty Dozen,* histoire d'un commando joué par une pléiade de vedettes (Marvin, Borgnine, Bronson, Cassavetes...) semblait lui assurer une totale indépendance : producteur, il eut son propre studio entre 1968 et 1973. « Lorsque nous avions ce studio, explique Aldrich, nous trouvions nous-mêmes les sujets et dépensions notre propre argent pour les développer, recherchions nous-mêmes les acteurs et allions trouver un distributeur avec un plan de travail et un budget et lui disions : Nous voulons commencer la semaine prochaine. » Ce fut l'époque de *Sister George,* un film très audacieux sur le plan sexuel et de *Grissom Gang,* d'après *Pas d'orchidées pour Miss Blandish* de James Hadley Chase, version très supérieure à celle de Clowes en 1948 et où Tony Musante faisait une composition sensationnelle. Les deux films furent des échecs commerciaux graves. Aldrich n'avait pu terminer *The Greatest Mother of Them All* où il engloutit une fortune. *Hustle* qui réunissait Burt Reynolds et Catherine Deneuve parut un film très sophistiqué qui mettait en cause la justice américaine. Son ton surprit, plus intimiste qu'à l'ordinaire chez Aldrich et l'histoire d'amour entre Reynolds et la prostituée française acheva de dérouter le public. Suivirent trois films médiocres où ne se reconnaît plus le génial metteur en scène de *Vera Cruz.* Qu'est-il arrivé à Baby Aldrich ? Ne perdons toutefois pas espoir

dans celui qui fut l'un des plus forts créateurs hollywoodiens des années 50.
BIBLIO. : *Positif* (1976, nº 182).

Alea, Tomas Gutierrez

Réalisateur cubain né en 1928.

Nombreux courts métrages. Puis : Historias de la Revolucion (1960) ; Las Doce Sillas (Les douze chaises, 1962) ; Cumbite (1964) ; Muerte de un burocrata (1966) ; Memorias del desarrollo (Mémoires du sous-développement, 1968) ; Una Pelea Cubana contro los demonios (Une lutte cubaine contre les démons, 1971) ; La Ultima Cene (La Cène, 1976).

Principale figure du cinéma cubain castriste. Il a fondé l'Institut cubain de l'art et de l'industrie cinématographiques dont la charte résume l'œuvre d'Alea : « Le cinéma est un instrument d'opinion et de formation de la conscience individuelle et collective et peut contribuer à répandre et à approfondir l'esprit révolutionnaire et à soutenir son souffle créateur ». *Historias* fut le premier long métrage réalisé après la prise du pouvoir par Castro.

Alessandrini, Goffredo

Réalisateur italien, 1904-1978.

La diga di Maghmod (1929) ; La segretaria privata (La secrétaire particulière 1931) ; Seconda B (1934) ; Don Bosco (1935) ; Cavalleria (1936) ; Una Donna fra due mondi (1937) ; Luciano Serra, pilota (Luciano Serra, pilote, 1938) ; La vedova (1938) ; Abuna Messias (1939) ; Il ponte di vetro (1940) ; Caravaggio (Caravaggio le peintre maudit, 1940) ; Nozze di sangue (1941) ; Giarabub (1941) ; Noi vivi (1942) ; Chi l'ha visto ? (1943) ; Lettere a sottemente (1943) ; Furia (1946) ; L'ebreo errante (Le juif errant, 1947) ; Lo sparviero del Nilo (1949) ; Sangsue sul Sagrato (1950) ; Rapture (1950) ; Camicie rosse (Les chemises rouges, 1952).

Né au Caire, fils d'un entrepreneur italien, il réalise son premier film en Égypte, un documentaire, puis part à Hollywood où il dirige les versions italiennes de films américains ; il revient en Italie en 1931, rencontre le succès avec une comédie musicale, *La secrétaire particulière,* puis tourne des films exaltant les nouvelles valeurs morales *(Caravaggio, Luciano Serra...),* devient l'un des cinéastes quasi officiels du régime. Lizzani porte un jugement sans indulgence sur le cinéma fasciste : « Il semble impossible aujourd'hui de penser qu'à cette époque où le monde était en proie à tant de malheurs, on ait pu voir naître et se multiplier des films inexistants, aussi vides, aussi privés du moindre contact avec la réalité nationale » (dans Leprohon, *Le cinéma italien,* p. 80). Il faut en excepter Alessandrini. *Luciano Serra* est un témoignage probe et quasi réaliste sur l'aviation italienne et la guerre d'Abyssinie, au scénario duquel participa Rossellini et « que signa abusivement, rappelle Leprohon, Vittorio Mussolini », le fils du Duce. Pareille collaboration devait compromettre le malheureux Alessandrini dont la carrière fut interrompue entre 1943 et 1946. Il reprend son activité en 1947, passe en Égypte en 1952, puis revient en Italie peu après. Les œuvres de cette période ont beaucoup et mal vieilli.

Alexandrov, Gregory V.

Réalisateur russe, né en 1903.

Oktiabr (avec Eisenstein, Octobre, 1927) ; Staroie i novoie (avec Eisenstein, La ligne générale, 1929) ; Frauennot Frauenglueck (1929) ; Romance sentimentale (1930) ; Que viva Mexico (avec Eisenstein, 1932) ; L'Internationale (1933) ; Veslvolve Rebyata (Les joyeux garçons, 1934) ; Le cirque (1936) ; Volga Volga (1938) ; Svetly Pout (La voie lumineuse, 1940) ; Une seule famille (1943) ; Ceux de la Caspienne (1944) ; Vesnoi (Le printemps, 1947) ; Vstretcha na Elbe (Rencontre sur l'Elbe, 1949) ; Kompositor Glinka (Glinka, 1952) ; Tchelovieku Tcheloviek (D'hommes à hommes, 1952) ; Lenine V Polske (Lénine en Pologne, 1961) ; Rousky Souvenirs (1962) ; Avant Octobre (1965) ; Lénine en Suisse (1967).

Venu du théâtre, il se lia à Eisenstein au Prletkult de Moscou. Assistant et acteur dans *La grève* et dans *Le cuirassé Potemkine,* il est coscénariste et coréalisateur d'*Octobre* et de *La ligne générale.* Déclaré « artiste du peuple », il signe avec Eisenstein et Poudovkine un manifeste réclamant « la création d'un nouveau contrepoint orchestral images-vision et images-son. » Avec Tissé, il accompagne Eisenstein en Europe (il tourne en France *Romance sentimentale*) et en Amérique où il collabore à *Que viva Mexico.* Se séparant d'Eisenstein, il suit sa propre voie. Une voie très originale avec *Les joyeux garçons,* un film burlesque dans le ton et dans la forme. Il renouvelle l'expérience, avec toutefois moins de réussite, dans *Le cirque, Volga Volga,* etc. Mais la férule stalinienne ne supporte pas longtemps ce style burlesque. Alexandrov change de ton. Dans *Printemps,* il chante la lutte des peuples pour la paix ; il célèbre « un héros positif », le musicien Glinka qu'adore Staline ; suivent quelques évocations de Lénine. Rien qui puisse nous faire oublier le charme désinvolte et la fantaisie débridée des *Joyeux garçons.*

Alexeieff, Alexandre

Réalisateur de films d'animation, né en Russie en 1901, décédé en 1982.

Une nuit sur le mont Chauve (1933) ; La Belle au bois dormant (1935) ; Parade de chapeaux (1936) ; Les oranges de Jaffa (1938) ; Balatum (1938) ; En passant (1943) ; Masques (1952) ; Nocturne (1954) ; Cent pour cent (1957) ; Anonyme Automation (1958) ; Divertissement (1960) ; The Trial (Le Procès, séquence du générique, 1962) ; Le Nez (1963) ; L'Eau (1966) ; Pictures from an Exhibition (1972).

Venu à Paris, il s'y installe comme illustrateur de livres (Giraudoux, Gogol, Pouchkine, Beaudelaire...) et décorateur de théâtre (Jouvet, Pitoëff). Il a mis au point une technique très particulière de l'animation en éclairant des milliers de trous d'épingles pour produire des effets comparables à ceux de la peinture. On reconnaît là l'influence du pointillisme de Seurat. A cet égard son interprétation d'*Une nuit sur le mont Chauve* de Moussorgsky est une belle réussite. « Sur un panneau vertical ont été fixées un million d'épingles qui peuvent être enfoncées ou retirées à volonté et sur lesquelles est projetée une lumière rasante. Les ombres ainsi obtenues sont plus ou moins grises et douces selon la position des épingles, ce qui peut donner une variété infinie d'images devant la caméra. » (Vrielynck, *le cinéma d'animation avant et après Walt Disney).* Certes la couleur ne peut intervenir, limitant ce moyen d'expression, mais l'originalité et l'envoûtement créé par le procédé ont fourni l'occasion à Alexeieff, contraint par ailleurs pour vivre de tourner des films publicitaires, de donner deux ou trois chefs-d'œuvre dont le générique du *Procès* d'Orson Welles.

Algar (James)

Scénariste et réalisateur américain né en 1912.

Comme seul réalisateur : The Living Desert (Le désert vivant, 1953) ; The Vanishing Prairie (La grande prairie, 1954) ; The African Lion (Lions d'Afrique, 1955) ; Secrets of Life (Les secrets de la vie, 1956) ; White Wilderness (1958) ; Jungle Cat (1960) ; The Legend of Lobo (1962) ; The Incredible Journey (1963) .

Animateur chez Walt Disney *(Blanche-Neige, Fantasia, Bambi),* il en fut aussi le bras droit. C'est lui qui eut l'idée de tourner des documentaires consacrés aux animaux dans la série « True-Life Adventure ». Il en écrivit les scénarios, mêlant parfois une histoire au reportage. *Le désert vivant,* qui ouvrit la série, obtint un énorme succès dont l'effet fut prolongé, comme dans le cas des films qui suivirent, par de très beaux albums. Après 1965, Algar s'est consacré au culte de Disney, reprenant ses séquences les plus célèbres dans des films de montage.

Alibert, Pierre

Animateur français.

La genèse (1973).

L'échec de son long métrage d'animation sur la création du monde semble l'avoir condamné. Malgré les défauts évidents du film, notamment sa mièvrerie, on peut le regretter en raison de l'insuffisance de la production française.

Allégret, Marc

Réalisateur français, 1900-1973.

Voyage au Congo (1927) ; Le blanc et le noir (achevé par Florey, 1931) ; Les amants de minuit (avec Genina, 1931) ; Mam'zelle Nitouche (1931) ; La petite chocolatière (1932) ; Fanny (1932) ; Lac aux dames (1934) ; L'hôtel du Libre-Échange (1934) ; Zou-Zou (1934) ; Sans famille (1934) ; Les beaux jours (1935) ; Sous les yeux d'Occident (1936) ; Les amants terribles (1936) ; Aventure à Paris (1936) ; Gribouille (1937) ; La dame de Malacca (1937) ; Orage (1938) ; Entrée des artistes (1938) ; Le corsaire (1939) ; Parade en sept nuits (1941) ; L'Arlésienne (1942) ; Félicie Nanteuil (1943) ; Les petites du quai aux Fleurs (1944) ; La belle aventure (1945) ; Lunegarde (1946) ; Petrus (1946) ; Blanche Fury (1947) ; Maria Chapdelaine (1950) ; Blackmailed (1951) ; Avec André Gide (1952) ; La demoiselle et son revenant (1952) ; Julietta (1953) ; L'Amante di Paride (1954) ; Futures vedettes (1955) ; L'amant de Lady Chatterley (1955) ; En effeuillant la marguerite (1956) ; L'amour est en jeu (1957) ; Sois belle et tais-toi (1958) ; Un drôle de dimanche (1958) ; Les affreux (1959) ; Les démons de minuit (avec Gérard, 1961) ; Les Parisiennes (un sketch, 1962) ; L'abominable homme des douanes (1963) ; Le bal du comte d'Orgel (1970).

Neveu d'André Gide, il l'accompagna au Congo, dans son célèbre voyage, et en rapporta un remarquable documentaire. Cultivé, sorti de Sciences Politiques, Allégret aurait pu faire une brillante carrière de cinéaste, mais il ne signa en définitive, au cours d'une longue carrière, que quelques œuvres un peu au-dessus de la moyenne comme *Fanny* (de Pagnol), *Sous les yeux d'Occident* (d'après Conrad), *Félicie Nanteuil* (tirée d'un roman d'Anatole France), *Lunegarde* (de Pierre Benoit, un film répudié par son auteur, mais pourtant fort envoûtant) ou *Le bal du comte d'Orgel* (adaptation du roman de Radiguet). Il faut y ajouter son passionnant *Avec André Gide,* modèle de portrait cinématographique d'un grand écrivain. Le bilan est incontestablement brillant. D'où vient pourtant ce sentiment d'insatisfaction ? Intelligent mais doutant de lui, Allégret n'innove pas. Il laisse faire les acteurs, Raimu notamment *(Mam'zelle Nitouche, Fanny, Gribouille)* ou encore Barrault *(Sous les yeux d'Occident)* et Jouvet *(Entrée des artistes).* Cinéma de monstres sacrés, tel apparaît le cinéma français des années 30 et les premiers films d'Allégret en sont le reflet. En revanche, il suffit de voir *Félicie Nanteuil* pour rattacher aussitôt cette œuvre au style de l'Occupation par son climat désuet. Jacques Siclier dans *La France de Pétain et son cinéma* a raison d'attirer l'attention sur cette bande « d'une grande intensité dramatique », « pitoyable aventure d'un cabotin de l'Odéon dont se servait, pour arriver à devenir comédienne, une jeune fille passant de la naïveté et de l'innocence à la cruauté envers son protecteur ». Après 1946, Allégret sombre dans une médiocrité qui est celle du cinéma français de l'immédiat après-guerre. En 1956, c'est *En effeuillant la marguerite,* apogée de Brigitte Bardot, puis une suite de réalisations insignifiantes. Une page du cinéma français est tournée que résume la longue – trop longue – carrière d'un cinéaste par ailleurs très estimable.

Allégret, Yves

Réalisateur français né en 1907.

Tobie est un ange (1940) ; Les deux timides (1941) ; La boîte aux rêves (1944) ; Les démons de l'aube (1945) ; Dédée d'Anvers (1947) ; Une si jolie petite plage (1948) ; Manèges (1949) ; Les miracles n'ont lieu qu'une fois (1950) ; Nez de cuir (1951) ; Les sept péchés capitaux (un sketch, 1951) ; La jeune folle (1952) ; Les orgueilleux (1953) ; Mam'zelle Nitouche (1953) ; Oasis (1954) ; La meilleure part (1955) ; Méfiez-vous fillettes (1957) ; Quand la femme s'en mêle (1957) ; La fille de Hambourg (1958) ; L'ambitieuse

(1958) ; Chien de pique (1960) ; Germinal (1962) ; Terreur sur la savane (1962) ; Johnny Banco (1966) ; Mords pas, on t'aime (1975).

Avec *Dédée d'Anvers, Une si jolie petite plage* et *Manèges,* le jeune frère de Marc Allégret apparut, après la guerre, comme le meilleur représentant du film noir à la française : prostituées au grand cœur, assistance publique et gangsters de Pigalle. Un courant qu'il essaya vainement de ressusciter en 1958 avec *La fille de Hambourg.* Ses films noirs du début devaient beaucoup aux scénarios de Jacques Sigurd (*Dédée d'Anvers, Une si jolie petite plage*) et à l'épouse du metteur en scène, Simone Signoret, saisissante de vulgarité et de sensualité dans *Dédée d'Anvers.* En effet, les premières œuvres d'Allégret sous l'Occupation le rattachaient plutôt, avec *Les deux timides* notamment, à la comédie des familles. Sous l'influence de Sigurd, Allégret va s'orienter vers une critique sociale encore plus aiguë qui culmine dans *La meilleure part.* Sur un scénario de Sartre, que celui-ci désavoua, *Les orgueilleux,* son meilleur film, contenait un remarquable portrait de médecin déchu et quelques fortes scènes (« la piqûre » par exemple). Sans doute son inspiration était-elle trop limitée ou ses acteurs favoris avaient-ils vieilli, les dernières œuvres d'Yves Allégret ne présentèrent qu'un intérêt médiocre.

Allen, Irving

Réalisateur américain né en 1905.

High Conquest (1946) ; Avalanche (1946) ; Strange Voyage (1946) ; 16 Fathoms Deep (1948) ; Slaughter Trail (1951).

Tenu par McCarthy et Flynn pour l'un des « Kings of the Bs », entendons pour l'un des maîtres du film à petit budget. Sa meilleure œuvre, *Avalanche,* est une sombre histoire de meurtre dans un refuge de ski. Même travail de routine pour *Slaughter Trail,* en dépit d'une bonne distribution (Brian Donlevy, Andy Devine, Gig Young) qui fait de son mieux pour animer ce western où des hors-la-loi luttent à la fois contre les Indiens et les tuniques bleues. Les autres films d'Allen ont sombré dans l'oubli.

Allen, Irwin

Producteur, scénariste et réalisateur américain né en 1916.

The Animal World (1956) ; The Story of Mankind (1957) ; The Lost World (Le monde perdu, 1960) ; Voyage to the Bottom of the Sea (Le sous-marin de l'Apocalypse, 1961) ; Five Weeks in a Balloon (Cinq semaines en ballon, 1962) ; The Swarm (L'inévitable catastrophe, 1978) ; Beyond the Poseidon Adventure (Le dernier secret du Poséidon, 1979).

Producteur ambitieux, de l'*Histoire de l'Humanité* à *La tour infernale,* dont il aurait tourné les séquences d'action, il ne dédaigne pas mettre la main à la pâte. Tous ses films sont « spectaculaires », au bon sens du mot. Du monde ancien des monstres préhistoriques à l'univers fabuleux des profondeurs sous-marines, il a toujours le sens du décor insolite et grandiose, de l'aventure extraordinaire. On comprend que Jules Verne lui ait inspiré l'excellent *Cinq semaines en ballon* et Conan Doyle *Le monde perdu.* Mais c'est avec « le film catastrophe », dont il fut le chantre, qu'il a donné libre cours à son imagination. Dans *l'Inévitable Catastrophe,* ce sont des essaims d'abeilles tueuses venues d'Afrique qui attaquent une base de missiles puis Houston ; avec *Le dernier secret du Poséidon,* c'est une descente dans les flancs d'un bateau en flammes qui nous est proposée. Malheureusement ce producteur inventif n'est qu'un piètre réalisateur, au point qu'on finit par trouver du génie à ses metteurs en scène habituels (Guillermin pour *La tour infernale,* Neame pour le premier *Poséidon* dont Allen tourna la suite).

Allen, Lewis

Réalisateur né le 25 décembre 1905, d'origine anglaise, mais dont la carrière s'est déroulée aux États-Unis.

The Uninvited (La falaise mystérieuse, 1943) ; Our hearts were young and gay (1944) ; The unseen (L'invisible meurtrier, 1945) ; Those endearing young charms (1945) ; The perfect marriage (1946) ; The imperfect lady (1947) ; Desert fury (1947) ; So evil my love (Une âme perdue, 1948) ; Sealed verdict

(Verdict secret, 1948) ; Chicago Deadline (Enquête à Chicago, 1949) ; Valentino (1951) ; Appointment with danger (1951) ; At sword point (1952) ; Suddenly (Je dois tuer, 1954) ; A bullet for Joey (Un pruneau pour Joe, 1955) ; Illegal (Le témoin à abattre, 1955) ; Another time, another place (Je pleure mon amour, 1958) ; Whirlpool (1959).

L'un des meilleurs réalisateurs de la série B. Son thriller le plus réussi, *Suddenly,* décrivait une tentative d'assassinat contre le président des États-Unis ; il fut prophétique. *Enquête à Chicago,* dont le suspense final était extraordinaire, est devenu l'un des classiques du film noir. Séquence fameuse : la police interroge un gangster peu bavard. « Après l'avoir rossé suivant les méthodes les plus récentes, on l'entraîne sur une plate-forme dominant la voie du chemin de fer. "Arrangez-vous pour que ça ait l'air d'un accident", commande l'inspecteur. Au passage du train, on empoigne le gaillard et on fait mine de le projeter. L'autre hurle aussitôt qu'il se mettra à table, et on l'emmène effondré, prêt à vendre père et mère. » (Borde et Chaumeton, *Panorama du film noir américain*). Allen, dans ses thrillers, eut toujours le sens de la scène à faire et sut retrouver l'atmosphère particulière du roman policier à la Chandler : chapeaux mous et gabardines des inspecteurs, éclairages au néon et chaussées mouillées par la pluie, ronde infernale des voitures... Le tout servi par une admirable photo en noir et blanc. Mais Allen n'était pas dépourvu d'humour, à considérer son *Valentino* qu'il faut voir au second degré, et excellait dans un fantastique fondé sur l'angoisse *(The Uninvited; The Unseen).* Ses dernières œuvres (A bullet for Joey, Whirlpool) traduisent un essoufflement qui lui fut préjudiciable : les historiens du cinéma oublièrent cet exemplaire serviteur du film noir.

Allen, Woody

Acteur, scénariste et réalisateur américain, de son vrai nom Allen Stewart Konigsberg, né en 1935.

Comme scénariste et interprète : What's New Pussycat ? (Donner) ; Play It Again, Sam (H. Ross). *Comme réalisateur :* What's up, Tiger Lily (séquences additionnelles, 1966) ; Take the Money and Run (Prends l'oseille et tire-toi, 1969) ; Bananas (Bananas, 1971) ; Everything You Always Wanted to Know About Sex but Were Afraid to Ask (Tout ce que vous avez toujours voulu savoir sur le sexe sans jamais oser le demander, 1972) ; Sleeper (Woody et les robots, 1973) ; Love and Death (Guerre et Amour, 1975) ; Annie Hall (Annie Hall, 1977) ; Interiors (Intérieurs, 1978) ; Manhattan (Manhattan, 1979) ; Stardust Memories (1980) ; Midsummernight's Sex Comedy (1982).

Le plus illustre représentant de l'école comique judéo-new-yorkaise. Chroniqueur, gagman à la télévision pour Sid Caesar et au cabaret pour diverses revues, il débute sur scène en 1961 et un peu plus tard à la télévision dans le « Tonight Show ». Il écrit des pièces *(Don't Drink the Water, Play It Again Sam),* enregistre des disques, publie des livres (*Getting Even,* traduit en français sous le titre : *Pour en finir une bonne fois pour toutes avec la culture,* et *Without Feathers,* à savoir *Dieu, Shakespeare et moi*).

Mais c'est le cinéma qui l'a imposé. Il y compose un personnage qui est entré dans la mythologie hollywoodienne. Physiquement : un petit bonhomme à lunettes et gros nez, d'une épouvantable maladresse et d'une grande timidité. Socialement : un intellectuel qui vit dans un univers, la société américaine, qui n'est pas fait pour lui, et à plus forte raison quand on est juif. Ce n'est nullement un ahuri, il est lucide. Ce n'est pas non plus un « goofy » à la Langdon, il aime les femmes et il leur plaît. Ce n'est pas enfin un vagabond à la Charlot, il a un métier, un appartement et des relations ; il n'en est pas moins tenu pour un marginal. Il y a de l'amertume chez lui (« Né en Pologne, j'aurais fait un bel abat-jour ») mais pas de véritable agressivité à la Groucho Marx.

Le personnage ainsi dessiné, il suffit de le lancer dans une suite désopilante de sketches de cabaret *(Bananas),* de le transformer en gangster malchanceux (le gag du revolver sculpté dans du savon et qui mousse sous la pluie dans *Take the Money and Run*), de le montrer en spermatozoïde timide ou en amoureux fou d'une brebis *(Everything You Always Wanted to Know About Sex)* ou de le faire surgir dans une irrésistible parodie de *Guerre et Paix* de Tolstoï. Mots drôles et situations extravagantes ne laissent guère au spectateur le temps de reprendre son souffle. Le ton se fait plus grave dans *Annie Hall.* Et c'est le « craquement » d'*Interiors.* Le clown se prend pour Bergman. Son public ne suit plus. Le drame ne convient pas à Woody Allen. Celui-ci se ressaisit et, après une admirable symphonie en noir et blanc sur Manhattan, présente son autocritique dans *Stardust Memories,* retour au comique de ses débuts.

BIBLIO. : Gilles Cebe, *Woody Allen* (1981).

Allio, René

Réalisateur français né en 1924.

La vieille dame indigne (1965) ; L'une et l'autre (1966) ; Pierre et Paul (1969) ; Les Camisards (1970) ; Rude journée pour la reine (1973) ; Moi, Pierre Rivière (1976) ; Retour à Marseille (1980).

Décorateur réputé, venu du théâtre, Allio a fait des débuts remarqués à l'écran avec une adaptation de Brecht, *La vieille dame indigne,* qui valait surtout par l'interprétation de Sylvie. *Pierre et Paul,* dénonciation de la société de consommation, *Rude journée pour la reine,* mise en cause des media, souffraient un peu du manque de moyens et d'une volonté de démonstration un peu trop appuyée. En revanche *Les camisards* offraient une approche séduisante du problème protestant sous l'Ancien Régime et *Moi, Pierre Rivière* bénéficiait de la collaboration de Michel Foucault. Revenu dans la région de Marseille, Allio semble s'installer dans la création régionaliste, montrant l'attention qu'il ne cesse de porter aux problèmes contemporains.

Altman, Robert

Producteur et réalisateur américain, né en 1925.

Comme réalisateur : The Delinquents (1957) ; The James Dean Story (L'histoire de James Dean, 1957) ; Countdown (1968) ; That Cold Day in the Park (1969) ; M.A.S.H. (Mash, 1970) ; Brewster McCloud (Brewster McCloud, 1970) ; McCabe and Mrs Miller (John McCabe, 1971) ; California Split (California Split, 1971) ; Images (Images, 1972) ; The Long Goodbye (Le privé, 1973) ; Thieves Like Us (Nous sommes tous des voleurs, 1974) ; Nashville (Nashville, 1975) ; Buffalo Bill and the Indians (Buffalo Bill et les Indiens, 1976) ; Three Women (Trois femmes, 1977) ; A Wedding (Un mariage, 1978) ; Quintet (Quintet, 1978) ; A Perfect Couple (Un couple parfait, 1979) ; Health (1979) ; Popeye (1980).

On ne sera pas surpris d'apprendre qu'il a été formé par les jésuites, qu'après un bref passage parmi les scénaristes (le sujet de *Bodyguard* de Fleischer), il a produit et réalisé plus de vingt documentaires pour une compagnie privée et tourné, entre 1957 et 1963, un nombre élevé de télé-films dans les séries « Alfred Hitchcock Presents » et autres « Bonanza ». C'est avec un tel bagage, et en pleine maturité, qu'il aborde vraiment, après un montage consacré à James Dean, sa carrière de cinéaste. Comme Aldrich auparavant, il fait voler en éclats les trois genres rois du cinéma américain : le western avec *John McCabe* (dont on serait tenté de dire que la neige est le véritable personnage), le thriller avec *The Long Goodbye* (où Elliot Gould est un Marlowe qui ne doit plus rien à Bogart) et le film de guerre avec le délirant *M.A.S.H.* qui contribua à le faire connaître dans une Europe d'autant mieux disposée à rire des médecins hautement fantaisistes de cet hôpital de campagne qu'elle avait peu participé à la guerre de Corée. On imagine les réactions en France s'il s'était agi de Verdun ou du Vercors ! Continuant cette œuvre d'iconoclaste, Altman s'en prit dans des fresques plus amples à la « Country Music » envisagée dans ses liens avec la politique (*Nashville,* son film le plus maîtrisé), au mariage (*A Wedding,* où il réussit à mêler plusieurs histoires avec une habileté diabolique), à Buffalo Bill, à la bande dessinée *(Popeye)* et peut-être à la science-fiction dans l'obscur *Quintet* que l'on peut interpréter comme une parodie du genre. Assurément, Altman a beaucoup tourné ces dernières années, sa maîtrise technique n'en est que plus confondante.

BIBLIO. : J.L. Bourget, *Altman* (1981).

Amadori, Luis Cesar

Réalisateur argentin né en 1902.

El pobre Perez (1936) ; Orquestas de senoritas (1938) ; El tercer beso (1940) ; Luisita (1940) ; Napoléon (1944) ; Madre Selva (1944) ; Albeniz (Sérénade espagnole, 1946) ; Dias se lo pague (Le mendiant de minuit, 1947) ; Apasionadamente (Le secret du bonheur, 1949) ; Paradiso robado (Le calvaire d'une courtisane, 1952) ; La Violeterra (1958) ; Donde Vas, Alfonso XII (Tu seras reine, 1959) ; El ultimo Tango (Mon dernier tango, 1960) ; Peccado de Amor (Magdalena, 1961).

Spécialiste argentin du mélodrame peuplé de filles mères, d'orphelines virginales et de courtisanes au grand cœur. Plusieurs films d'Amadori ont été montrés en Europe : Zully Moreno et Sarita Montiel y sourient de toutes leurs dents ou y versent toutes les larmes de leurs corps. A vos mouchoirs !

Amateau, Rodney

Réalisateur américain, né en 1923.

The Buswhackers (1952) ; Monsoon (1953) ; Pussycat I Love You (1970) ; The Statue (1971) ; Where Does It Hurt (1972) ; Drive-In (1976) ; Seniors (1978).

Écrivain de radio et bon directeur de seconde équipe, il a tourné quelques films dans les années 50 dont un solide western, *The Bushwackers,* histoire d'un vétéran de la guerre de Sécession qui devient un tueur, avec Dorothy Malone et John Ireland. Faute de succès sur le grand écran, il s'est exclusivement consacré à la télévision.

Amato, Giuseppe

Producteur, scénariste et réalisateur italien, 1899-1964.

Comme réalisateur : Ma l'amor mio non muore (1938) ; Malia (1945) ; Donne proibite (Femmes damnées, 1953) ; Gli ultimi cinque minuti (Les cinq dernières minutes, 1955) ; Morte di un bandido (1961).

Médiocre réalisateur, il fut un producteur avisé, patronnant les débuts de De Sica, favorisant l'avènement du néoréalisme avec *Quatre pas dans les nuages* de Blasetti et gagnant la popularité sous le nom de Peppino.

Anderson, Lindsay

Réalisateur anglais né en 1923.

Nombreux courts métrages. Longs métrages : This Sporting Life (Le prix d'un homme, 1963) ; If (If, 1968) ; O Lucky Man ! (Le meilleur des mondes possibles, 1973) ; In Celebration (1975) ; Britannia Hospital (1982).

Le moins conformiste des réalisateurs anglais. Dans la revue *Sequence* puis à *Sight and Sound,* il dénonce la sclérose et les contraintes dont souffre le cinéma britannique et lance le manifeste du *Free Cinema,* d'un cinéma libre. Qu'il mette en cause les mœurs sportives (*Le prix d'un homme*) ou le système éducatif anglais (*If*), la violence de la satire est toujours servie par une technique impeccable. *This Sporting Life* affirme nettement les objectifs du *Free Cinema* dans le choix du décor (une petite cité industrielle du Yorkshire) et du héros (un ouvrier qui veut échapper à sa condition), dans la description de la vie quotidienne d'une province anglaise, dans la révolte enfin contre les tabous et les conformismes. Richard Harris y est remarquable. Avec *If,* Anderson, partant d'un documentaire sur un petit collège anglais et sur une critique des méthodes d'enseignement, échappe vite au réalisme pour déboucher sur l'onirisme des séquences finales (la fusillade de l'épilogue). La rupture avec un contexte réaliste est totale dans *O Lucky Man* qui promène Malcolm McDowell, le héros de *If,* à travers des aventures picaresques et quasi surréalistes. « Chaque séquence est construite en fonction d'un gag visuel atroce ou d'une désillusion ironique. Anderson utilise les principaux procédés de déconstruction : ponctuation par image noire, ellipse brutale, personnages différents joués par un même acteur, intervention d'un orchestre pop qui casse la durée cinématographique... » (Lefevre et Lacourbe, *Trente ans de cinéma britannique*). Le lien avec l'œuvre précédente réside dans la mise en cause des institutions : justice, police, enseignement... « Lutter, affirme-t-il dans son manifeste du *Free Cinema,* cela signifie prendre parti, cela signifie croire ce que l'on dit. Cela signifie aussi qu'on vous traitera de sentimental, qu'on vous accusera de manquer de sérieux, d'être un pharisien, un extrémiste et de ne pas être à la mode. Ceux qui vous accusent ainsi, ce sont ceux qui identifient maturité et scepticisme, art et amusement, sens de la responsabilité et excès romantique. »

Anderson, Michael

Réalisateur anglais né en 1920.

Private Angelo (avec Ustinov, 1949) ; Waterfront (1950) ; Hell Is Sold Out (1951) ; Night Was Our Friend (1951) ; Will Any Gentleman (Le Scandaleux Mister Sterling, 1952) ; House of the Arrow (1952) ; The Dam Busters (Les briseurs de barrages, 1955) ; Around the World in 80 Days (Le tour du monde en 80 jours, 1956) ; 1984 (1957) ; Yang-Tse Incident (Commando sur le Yang-Tsé, 1957) ; Chase a Crooked Shadow (L'homme à démasquer, 1957) ; Shake-Hands With the Devil (L'épopée dans l'ombre, 1959) ; The Wreck of the Mary-Deare (Cargaison dangereuse, 1959) ; Naked Edge (La lame nue, 1960) ; All the Fine Young Cannibals (Les jeunes loups, 1960) ; Flight from Ashiya (Les trois soldats de l'aventure, 1964) ; Wild and Wonderful (La mariée a du chien, 1964) ; Operation Crossbow (Opération Crossbow, 1965) ; The Quiller Memorandum (Le secret du rapport Quiller, 1966) ; The Shoes of the Fisherman (Les souliers de saint Pierre, 1968) ; Pope Joan (Jeanne, papesse du diable, 1972) ; The Man of Bronze (Doc Savage arrive, 1974) ; Conduct Unbecoming (1975) ; Logan's Run (L'âge de cristal, 1976) ; Orca (Orca, 1977) ; Martian Chronicles (Chroniques martiennes, 1979) ; Dominique (Dominique, 1979).

Ce réalisateur londonien n'a d'autre ambition que de nous divertir. On le vit bien dans le somptueux *Tour du monde en 80 jours* que produisit Mike Todd. Anderson confirma cette réputation en dirigeant les deux derniers Gary Cooper (*The Wreck of the Mary-Deare* et *The Naked Edge,* ce film rappelant *Soupçons* d'Hitchcock), de bons films d'espionnage comme *The Quiller Memorandum* (sur un scénario de Pinter), des œuvres de science-fiction *(Logan's Run)* ou du genre lancé par *Les dents de la mer (Orca).* Il a raté en revanche l'adaptation de *1984* d'Orwell et celle des *Souliers de saint Pierre* de Morris West, prouvant que les sujets « sérieux » ne l'inspiraient guère. Il est également peu à l'aise dans la science-fiction où ses qualités de technicien ne lui permettent pourtant pas de faire décoller d'admirables sujets comme les *Chroniques martiennes* de Ray Bradbury ou *L'âge de cristal* (en l'an 2274, le monde vit sous cloche où, pour éviter la surpopulation, les plus de trente ans sont exécutés). Anderson se limite à l'anecdote quand il faudrait laisser la place à la réflexion. Le goût du baroque lui fait défaut, ce remarquable artisan n'est hélas qu'un artisan et non un artiste.

André, Raoul

Réalisateur français né à Rabat en 1916.

Le village de la colère (1946) ; Fiacre 13 (1947) ; L'assassin est à l'écoute (1948) ; Une fille à croquer (1950) ; Une nuit à Megève (1953) ; Marchandes d'illusions (1954) ; Les clandestines (1954) ; Les pépées font la loi (1954) ; Cherchez la femme (1955) ; Les indiscrètes (1955) ; Une fille épatante (1955) ; Les pépées au service secret (1955) ; L'homme et l'enfant (1956) ; La polka des menottes (1956) ; Clara et les méchants (1957) ; Secret professionnel (1958) ; La planque (1961) ; Les femmes d'abord (1962) ; Des frissons partout (1963) ; Les femmes s'en mêlent (1964) ; Mission spéciale à Caracas (1965) ; Le grand bidule (1967) ; Ces messieurs de la famille (1967) ; Le bourgeois gentil mec (1969) ; Ces messieurs de la gachette (1969) ; La dernière bourrée à Paris (1973) ; Y'a un os dans la moulinette (1974).

Ce n'est pas le cinéaste de l'angoisse existentielle et le débat sur le hasard et la nécessité le laisse indifférent. On souhaiterait pouvoir dire du bien de ses parodies où il s'attaque à Molière (*Le bourgeois gentil mec*) comme au *Dernier tango à Paris (La dernière bourrée à Paris)*, mais il faut avouer que tant de vulgarité satisfaite, le style « bien de chez nous », la pauvreté des gags, provoquent la nausée. Par comparaison ses premiers films policiers, pimentés parfois d'un érotisme de bon – ou de mauvais – aloi, apparaissent comme de véritables chefs-d'œuvre. De *L'assassin est à l'écoute* aux *Marchandes d'illusion.* Inférieur à Lautner, il a sombré dans une facilité dont ses qualités de technicien auraient dû le préserver.

Andréani, Henri

Réalisateur français, 1872-1930.

Messaline (1910) ; Faust (1910) ; Le marchand d'images (1910) ; Le siège de Calais (1911) ; Le sacrifice d'Abraham (1911) ; Caïn et Abel (1911) ; Moïse sauvé des eaux (1911) ; Le devoir et l'honneur (1911) ; Le tournoi de l'écharpe d'or (1912) ; Le martyre de saint Étienne (1912) ; Le fils de Charles Quint (1912) ; La mort de Saül (1913) ; Esther (1913) ; La reine de Saba (1913) ; Les frères ennemis (1913) ; Rebecca (1913) ; Les enfants d'Édouard (1914) ; L'homme qui assassina (1914) ; L'océan (1916) ; Mimi-Trottin (1921) ; Ziska la danseuse espionne (1922) ; L'autre aile (1924) ; Flamenca la Gitane (1928) ; La pente (1928).

Secrétaire de Pathé, assistant de Zecca et de Velle, il s'est spécialisé dans les films historiques, allant même tourner en Égypte une *Reine de Saba.* Son œuvre la plus connue est *Le siège de Calais,* fresque historique qui échappe aux conventions de la toile peinte. Par la suite, il adapta *L'homme qui assassina* de Claude Farrère, des oeuvres de Canudo et envisagea d'autres projets, des contes de Petrus Borel aux romans d'Elémir Bourges mais, condamné par l'évolution du cinéma, il mourut dans la misère.

Angelopoulos, Théo

Réalisateur grec né en 1936.

I Ekpombi (c.m., 1968) ; Anaparastassi (Reconstitution, 1970) ; Imeres tou 36 (Jours de 36, 1972) ; 0 thiassos (Le voyage des comédiens, 1975) ; I kynighi (Les chasseurs, 1977) ; Megalexandros (1980).

Après des études de droit, Angelopoulos entre en 1962 à l'I.D.H.E.C. d'où il est renvoyé peu après. Il revient à Athènes, devient critique cinématographique puis passe à la réalisation. Se réclamant de Brecht, celui des fresques historiques, il a entrepris une trilogie consacrée à la Grèce entre 1936 (*Jours de 36* qui évoque l'assassinat d'un leader syndical) et nos jours (*Les chasseurs,* peinture de la bourgeoisie aisée d'aujourd'hui) en passant par les années qui s'écoulent entre Metaxas et Papagos (*Le voyage des comédiens*). C'est l'attitude d'une classe que l'auteur entend dénoncer, celle qui domine la Grèce par l'argent, mais il n'épargne ni les anciens communistes repentis ni les petits bourgeois qui laissèrent s'instaurer la dictature. Le didactisme de l'œuvre ne doit pas nous faire perdre de vue son engagement politique. Avec *Alexandre le Grand* se marque une rupture. Les trois films précédents se présentaient comme une réflexion sur l'histoire grecque, *Alexandre le Grand* est l'histoire d'une communauté qui, tout en se défendant contre l'extérieur, essaie de mettre fin à ses conflits intérieurs. « C'est davantage, confie Angelopoulos, dans *Positif,* un film sur l'idéologie que sur l'histoire. Ce n'est pas par hasard que le film commence le premier jour de notre siècle. Or notre siècle a renoncé finalement à la tentative de changement du monde par le socialisme qui était le rêve théorique au XIXe siècle... L'aspect mythique de l'histoire va de pair avec le rêve, avec une sorte d'exaltation qui dépasse le réalisme. Le film n'est pas né d'un schéma théorique mais cette forme mythique s'est quasiment imposée d'elle-même. » Réflexion-somme sur l'histoire et le mythe, l'œuvre d'Angelopoulos, par les contradictions même qu'elle charrie et la forme adoptée, demeure profondément déroutante pour un grand public.

Anger, Kenneth

Réalisateur américain né en 1932.

Escape Episode (1944-1946) ; Fireworks (1947) ; Puce Moment (1949) ; Le Jeune Homme et la mort (1953) ; Eaux d'artifice (1953) ; Inauguration of the Pleasure Dome (1954) ; Thelma Abbey (1955) ; Histoire d'O (le film n'aurait pas été tourné) ; Scorpio Rising (1964) ; Psychedelirium (1969) ; Rabbit's Moon (1971) ; Lucifer Rising (1973).

Le plus connu des réalisateurs américains d'avant-garde en raison de ses chocs d'images, de ses provocations, de ses symboles sexuels. *Fireworks* le fit connaître grâce au fameux plan du pénis qui explose. *Scorpio Rising* célébrait le culte de la moto et du blouson noir. On y retrouvait l'homosexualité latente chez Anger. Mais il s'est rapidement trouvé dans une impasse ce que confirme *Lucifer Rising.* Il est condamné très vite à se répéter. De là le silence de Kenneth Anger. Fidèle à lui-même il a également écrit *Hollywood Babylon* sur les turpitudes du monde du cinéma et les scandales qui le secouèrent.

Anna, Claude d'

Réalisateur français né en 1945.

La mort trouble (1970) ; La pente douce (1972) ; Trompe-l'œil (1975) ; L'ordre et la sécurité du monde (1977).

Un cinéma d'auteur, fascinant et fasciné, du portrait de femme de *La pente douce* au tableau des multinationales de *L'ordre et la sécurité du monde.* Dans ce dernier film, Claude d'Anna fait preuve d'une grande maîtrise technique, notamment dans les scènes du train. Un cinéaste qui dérange, on l'a dit à la sortie de tous ses films, mais qui a payé très cher cette volonté de remise en question de notre univers.

Annakin, Ken

Réalisateur anglais né en 1914.

Holiday camp (1947) ; Miranda (Miranda, 1948) ; Broken Journey (1948) ; Here Come the Huggetts (1948) ; Quartet (coréal., Quartet, 1948) ; Vote for Huggett (1949) ; The Huggetts Abroad (1949) ; Landfall (1949) ; Double Confession (1950) ; Trio (coréal., Trio, 1950) ; Hotel Sahara (Hôtel Sahara, 1951) ; The Story of Robin Hood and His Merry Men (Robin des Bois et ses joyeux compagnons, 1951) ; The Planter's Wife (La femme du planteur, 1952) ; The Sword and the Rose (La Rose et l'Epée, 1953) ; You Know What Sailors Are (Prisonnier du harem, 1954) ; The Seekers (Moana fille des Tropiques, 1954) ; Value for Money (Fièvre blonde, 1955) ; The Loser Takes All (Qui perd gagne, 1956) ; Three Men in a Boat (Trois hommes dans un bateau, 1956) ; Across the Bridge (Frontière dangereuse, 1957) ; Nor the Moon by Night (Rencontre au Kenya, 1958) ; Third Man of the Mountain (Le troisième homme sur la montagne, 1959) ; Swiss Family Robinson (Les Robinsons des mers du Sud, 1960) ; V.I.P. (Le prisonnier récalcitrant, 1961) ; The Hellions (Les diables du Sud, 1961) ; Crooks Anonymous (1962) ; The Fast Lady (La merveilleuse Anglaise, 1962) ; The Longest Day (coréal., Le jour le plus long, 1962) ; The Informers (L'indic, 1963) ; Those Magnificent Men in Their Flying Machines (Ces merveilleux fous volants dans leurs drôles de machines, 1965) ; The Battle of the Bulge (La bataille des Ardennes, 1966) ; The Long Duel (Les turbans rouges, 1967) ; The Biggest Bundle of Them All (La bande à César, 1968) ; Monte-Carlo or Bust (Gonflés à bloc, 1969) ; The Play Room (1970) ; Call of the Wild (L'appel de la forêt, 1972) ; Paper Tiger (1975).

Ceux qui l'ont vue à l'époque gardent un souvenir ému de *Miranda,* la sirène qui venait troubler un respectable ménage britannique. Les autres ont été plus ou moins éblouis par ces somptueux albums d'images que sont *Ces merveilleux fous volants, La bataille des Ardennes, Les Turbans rouges* et surtout *L'Appel de la forêt,* d'après London.

Ce goût de l'aventure lui est venu sans doute de ses nombreux voyages dans le monde avant la Première Guerre mondiale qu'il fit dans la R.A.F. Formé au contact de Carol Reed, dont il fut l'assistant, il ne pouvait prétendre, avec un tel maître, à devenir un champion de l'extravagance et du baroque. Loin pourtant de sombrer dans un académisme de bon goût, il a eu très vite le sens du spectacle (l'attaque de la plantation dans *The Planter's Wife*) et il a su convaincre les producteurs de lui confier de gros budgets. Laissons de côté sa participation au *Jour le plus long*, mais il faut dire que *The Battle of the Bulge* est l'une des meilleures reconstitutions des grandes batailles de la Seconde Guerre mondiale. L'aventure est au rendez-vous dans *Les turbans rouges* et les trucages éblouissent dans *Those Magnificent Men in their Flying Machines*, pittoresque et brillante évocation du rallye Londres-Paris au temps des débuts de l'aviation. Médiocre dans le drame psychologique, il eût été un grand auteur de westerns : son *Appel de la forêt*, aux images splendides, surclasse facilement la version antérieure de Wellman. Car Annakin est un merveilleux illustrateur, et même s'il n'est que cela, ce n'est déjà pas si mal.

Annaud, Jean-Jacques

Réalisateur français né en 1944.

La victoire en chantant ; Noirs et blancs en couleurs (1976) ; Coup de tête (1978) ; La guerre du feu (1981).

Cinéaste voué au paradoxe. A partir d'un sujet original (les conséquences de la Première Guerre mondiale en Afrique), il tourne un premier film qui passe inaperçu en France mais gagne un oscar aux États-Unis. On le redistribue sous un nouveau titre en France, nouvel échec. Annaud aborde, au pays des Platini, Six et autres Repp, le football dans un film férocement démystifiant. Personne ne remarque *Coup de tête*. Que faire pour être pris en considération ? Cette fois, Annaud filme des mammouths. Il choisit, avec beaucoup d'audace, d'adapter *La guerre du feu* de Rosny Aîné qui lança, avec Haraucourt, la mode des romans préhistoriques. Le succès a été enfin au rendez-vous dans cette belle fresque plus authentique que les peintures de Cormon et où, dans un puissant raccourci, l'homme primitif découvre la technique et le sentiment de l'amour. Ce magnifique film a été couvert de récompenses méritées.

Anouilh, Jean

Écrivain, scénariste et réalisateur français né en 1910.

Comme réalisateur : Le voyageur sans bagages (1944) ; Deux sous de violettes (1951).

Ce très grand écrivain s'est toujours intéressé au cinéma. Scénariste de nombreux films (dont *Caroline chérie* de Pottier), il s'est essayé deux fois à la mise en scène, portant notamment à l'écran sa célèbre pièce, *Le voyageur sans bagages*. Il a ensuite tourné un film « noir », quasi néo-réaliste. Dans ses deux œuvres règnent la même noirceur et le même pessimisme, mais l'une comme l'autre souffrent d'un côté théâtral (surtout la première) dont Anouilh n'est pas parvenu à se défaire.

Anthony

Réalisateur américain, de son vrai nom Joseph Anthony Seuster, né en 1912.

The Rainmaker (Le faiseur de pluie, 1956) ; The Matchmaker (La meneuse de jeu, 1958) ; Career (En lettres de feu, 1959) ; All in a Night's Work (Il a suffit d'une nuit, 1961) ; Conquered City (L'arsenal de la peur, 1966) ; Tomorrow (1972).

Scénariste, acteur, danseur, décorateur, il paraît avoir été très doué mais instable et versatile. Du réalisateur on ne connaît guère, comme œuvre marquante, que *The Rainmaker*, touchante histoire d'amour entre une vieille fille et un charlatan, avec pour décor une campagne superbement photographiée.

Antin, Manuel

Réalisateur argentin né en 1926.

Cartas a Mamà (1961) ; La Cifra impar (1961) ; Los venerables todos (1962) ; Circe (1963) ; Intimidad de los Parques (1964) ; Psique y sexo (1965) ; Castigo al traidor (1966) ; Don Segundo Sombra (1970) ; Rosas (1971).

Cet intellectuel de la caméra a débuté par l'adaptation d'un texte de Julio Cortazar, *Cartas a Mamà (Lettres à Maman)*, puis par un exercice de style proche de Robbe-Grillet, *La Cifra impar (Le chiffre impair)*. Accusé d'élitisme, d'intellectualisme, comme d'ailleurs Torre Nilsson, il s'est orienté vers la reconstitution historique, sans toutefois rejoindre le nouveau cinéma.

Antoine, André

Acteur et réalisateur français, 1858-1943.

Comme réalisateur : Les frères corses (1916) ; Le coupable (1917) ; Les travailleurs de la mer (1918) ; Israël (1918) ; Mademoiselle de La Seiglière (1920) ; La Terre (1921) ; L'Arlésienne (1922).

Le fondateur du Théâtre libre s'intéressa au cinéma pour y appliquer ses théories : décors naturels, acteurs non professionnels, etc. A cet égard, il fut un peu le père du néo-réalisme, s'appliquant notamment à tourner *La Terre* de Zola dans l'esprit du naturalisme. Il exerça une grande influence sur des metteurs en scène comme Mercanton, Hervil ou Capellani. Sa réputation d'homme de théâtre et son goût pour les adaptations littéraires, de Victor Hugo à Alphonse Daudet en passant par Jules Sandeau, ont contribué à donner au cinéma ses lettres de noblesse.

Anton, Karel

Réalisateur d'origine tchèque, né en 1898.

En Tchécoslovaquie : Cikani (Les Tziganes, 1921) ; Unos bankéré Fuxe (1923) ; Pohradka Maje (Conte de mai, 1926) ; Kondelik et Vey Vara (1926) ; I dieci Anni della Ceccoslovacchia (1929) ; Tonischka (1930) ; Afera Plukovnika Redla (1930) ; Tonka Sibenice (1930) ; Ein Mädel von der Reeperbahn (1931) ; Der Fall des General stabsoberst Redl (1931). *En France :* Le cordon bleu (1932) ; Je t'attendrai (1932) ; Matricule 33 (1933) ; Un soir de réveillon (1933) ; Simone est comme ça (1934) ; Lilas blancs (1934) ; La cinquième empreinte (1934) ; Monsieur Sans-Gêne (1935) ; Arènes joyeuses (1935). *En Allemagne :* Martha (1936) ; Mit versiegelter Order (1937) ; Weisse Sklaven (Le croiseur Sébastopol, 1938) ; Wir Tanzen um die Welt (1939) ; Immer nur du (Je t'aimerai toujours, 1941) ; Menschen im Sturm (1941) ; Die Sache mit Styx (1942) ; Die grosse Nummer (Tragédie au cirque, 1943) ; L'auberge du Cheval Blanc (1943) ; Kollege kommt gleich (1943) ; Die Hochstaplerin (1943) ; Peter Voss der Milliorendieb (Peter Voss le voleur de millions, 1945) ; Der Grosse Fall (1945). *En France :* Barry (1948) ; Weibertausch (1952) ; Von der Liebe reden wir später (1953) ; Die Rose von Stamboul (1953) ; Clivia (1955) ; Bonjour Kathrin (1956) ; Die Christl von der Post (1956) ; Viktor und Viktoria (1957) ; Der kühne Schwimmer (1957) ; Der Rächer (Le vengeur défie Scotland Yard, 1960).

Ce n'est pas pour avoir tourné le premier film sonore tchécoslovaque (*Tonka Sibenice*) ni pour *Tonischka,* équivalent tchèque de *La mère* de Poudovkine, mais pour *Croiseur Sébastopol,* version nazie du *Cuirassé Potemkine,* peinture délirante de la révolution de 1917 dont Anton entendait dénoncer les atrocités, que ce metteur en scène se voit cité dans ce dictionnaire. Le film fit forte impression sur ceux qui le virent à l'époque : non seulement « les cadrages étaient étudiés, les dialogues sobres et le montage efficace », mais il y avait aussi « Camilla Horn au charmant décolleté et à l'adorable visage » (Courtade et Cadars, *Histoire du cinéma nazi*).

Antonioni, Michelangelo

Réalisateur italien né en 1912.

Gente del Po (1943-1947) ; Nettezza urbana (1948) ; Superstizione (1949) ; L'amorosa menzogna (1949) ; Sette canne un vestito (1950) ; La villa dei mostri (1950) ; La funivia del faloria (1950). *Longs métrages :* Cronaca di un amore (Chronique d'un amour, 1950) ; I vinti (1952) ; La signora senza camelie (La dame sans camélias, 1953) ; L'amore in città (L'amour à la ville, sketch sur une tentative de suicide, 1953) ; Le Amiche (Femmes entre elles, 1955) ; Il grido (Le cri, 1957) ; L'avventura (L'avventura, 1960) ; La notte (La nuit, 1961) ; L'eclisse (L'éclipse, 1962) ; I Vinti (sketch anglais, 1962) ; Deserto rosso (Le désert rouge, 1964) ; I tre volti (un sketch, 1965) ; Blow-up (Blow-up, 1967) ; Zabriskie Point (Zabriskie Point, 1970) ; Chung Kuo, Cina (film pour la télévision, 1973) ; Professione : reporter (Profession : reporter, 1975) ; Le mystère d'Oberwald (1980) ; Identification d'une femme (1982).

Formé à l'université de Bologne, il vient au cinéma par la critique (à *Cinema*), l'assistanat (de Carné pour *Les visiteurs du soir*) et le documentaire (*Gente del Po*). Son premier long métrage se situe en marge de la production courante alors en Italie par l'acuité de l'analyse psychologique et sociale. *Chronique d'un amour* dessine déjà l'univers et les préoccupations d'Antonioni. Négligeons *I vinti* qui eut des ennuis avec la censure, mais *La dame sans camélias* et surtout *Femmes entre elles* d'après Pavese, confirment l'existence d'un style original. La critique reconnaît enfin Antonioni avec *L'avventura* considéré comme l'un des meilleurs films de la décennie. Un cinéma introspectif est né, caractérisé par la liberté du récit et la sûreté de la technique. L'incommunicabilité est le thème privilégié de *La nuit* et de *L'éclipse,* films difficiles mais toujours maîtrisés sur le plan esthétique. Bien que considéré par la critique comme l'un des plus grands réalisateurs du monde, comment Antonioni n'aurait-il pas débouché sur le problème posé au photographe de *Blow-up*, incapable de concilier la vérité des faits avec les moyens techniques dont il dispose ? Il tente d'approfondir sa réflexion ; mais à partir de *Zabriskie Point,* la critique se détache de lui, elle lui reproche maintenant ses recherches purement formelles. *Profession : reporter* est un échec. Antonioni a beau déclarer qu'il considère ce film comme son œuvre la plus achevée sur le plan *stylistique* et sur le plan *politique*, il n'est pas suivi. Trop de *tête* et pas assez de *tripes.* La mode Antonioni est finie. On ne sait encore comment le réalisateur surmontera cette défaveur.

BIBLIO. : Leprohon, *Antonioni* (1961).

Apfel, Oscar

Réalisateur américain, 1880-1938.

Principaux films : Aida (avec Dawley, 1911) ; The Passer-By (1912) ; The Squaw Man (avec DeMille, 1914) ; Brewster's Millions (avec DeMille, 1914) ; The Call of the North (avec DeMille, 1914) ; The Man on the Box (avec DeMille et W. Buckland, 1914) ; The Ghost Breaker (1914) ; Peer Gynt (1915) ; Cameo Kirby (1915) ; The End of the Trail (1916) ; The Battle of Hearts (1916) ; Man of Sorrow (1916) ; Fighting Blood (1916) ; The Price of Her Soul (1917) ; The Turn of a Card (1918) ; Merely Players (1918) ; Mandarin's Gold (1919) ; The Little Intruder (1919) ; Me and Captain Kidd (1919) ; The Steel King (1919) ; Bulldog Drummond (1922) ; The Wolf's Fangs (1922) ; In Search of a Thrill (1923) ; Trail of the Law (1924) ; The Heart Bandit (1924) ; The Sporting Chance (1925) ; Race Wild (1926) ; The Last Alarm (1926) ; The Call of the Klondike (1926) ; Cheaters (1927) ; When Seconds Count (1927) ; Code of the Cow Country (1927).

Metteur en scène de pièces de théâtre et d'opéras, il se fait engager chez Edison comme réalisateur dès 1911. Sa réputation ne cesse de grandir et il occupe chez Lasky et Paramount la première place qu'il partage avec DeMille. Son œuvre oscille alors entre d'ambitieuses adaptations littéraires (*Peer Gynt*) et de solides westerns (*The End of the Trail*). On parle alors de son talent « robuste » et de son sens du paysage. Passé à la Fox, où il continue à tourner des westerns et des « policiers » *(Bulldog Drummond),* il voit sa carrière décliner rapidement tandis que s'affermira celle de DeMille. Il a manqué sa chance.

Apted, Michael

Réalisateur anglais.

Triple Echo (Triple écho, 1972) ; Stardust (Stardust, 1974) ; The Squeeze (Le piège infernal, 1977) ; Agatha (Agatha, 1977) ; Nashville Lady (Nashville Lady, 1980) ; Continental Divide (1981).

Venu de la télévision britannique, ce réalisateur a le goût des sujets insolites. Dans *Triple Echo,* une jeune femme cache un déserteur en le faisant passer pour sa sœur ; il s'ensuit des rapports ambigus. Dans *Agatha,* c'est la disparition d'Agatha Christie en 1926, disparition jamais éclaircie, qui fournit le sujet du film. Avec *Stardust,* voici le monde du Pop Art. *Nashville Lady* enfin raconte la carrière de la chanteuse Loretta Lynn. Un simple cadeau suffit ici à bouleverser toute une vie. Sans effets appuyés, Apted sait conduire ses récits et tenir en haleine le spectateur. Attendons la suite.

Arbuckle, Roscoe « Fatty »

Acteur, scénariste et réalisateur américain, 1887-1933.

Comme auteur-interprète (les premiers films avec Eddie Dillon) : The Alarm (1914) ; The Sky Pirate (1914) ; Fatty and the Heiress (1914) ; Fatty's Gift (1914) ; A Brand New Hero (1914) ; Fatty's Debut (1914) ; Fatty Again (1914) ; Leading Lizzie Astray (1914) ; Fatty's Jonah Day (1914) ; Fatty's Magic Pants (1914) ; Fatty's Wine Party (1914) ; Fatty and Minnie He-Haw (1915) ; Fatty's Faithful Fido (1915) ; That Little Band of Gold (1915) ; When Love Took Wings (1915) ; Fatty's New Role (1915) ; Fickle Fatty's Fall (1915) ; Fatty and the Broadway's Stars (1915) ; The Village Scandals (1915) ; Fatty and Mabel Adrift (1915) ; Love and Lobsters (1916) ; Bright Lights (1916) ; His Wife's Mistake (1916) ; The Other Man (1916) ; The Waiter's Ball (1916) ; His Alibi (1916) ; A Reckless Romeo (Fatty en bombe, 1916) ; The Butcher Boy (Fatty boucher, 1917) ; The Rough House (Fatty chez lui, 1917) ; His Wedding Night (La noce de Fatty, 1917) ; Oh Doctor ! (Fatty docteur, 1917) ; Fatty at Coney Island (1917) ; A Country Hero (Fatty m'assiste, 1917) ; Out West (Fatty Bistro, 1918) ; The Bell Boy (Fatty groom, 1918) ; Moonshine (1918) ; Good Night Nurse (Fatty à la clinique, 1918) ; The Cook (Fatty cuisinier, 1918) ; Love (1919) ; A Desert Hero (1919) ; Back Stage (Fatty cabotin, 1919) ; The Hayseed (Fatty au village, 1919) ; The Garage (Fatty et Malec mécanos, 1920). *Sous le pseudonyme de William Goodrich :* The Movies (1925) ; The Tourist (1925) ; The Fighting Dude (1925) ; Cleanin Up (1926) ; My Stars (1926) ; Fool's Luck (1926) ; His Private Life (1926) ; The Red Mill (1927) ; Special Delivery (1927) ; Won by a Neck (1930) ; Up a Tree (1930) ; Smart Work (1931) ; The Tamale Vendor (1931) ; The Lure of Hollywood (1931) ; Honeymoon Trio (1931) ; Up Pops the Duke (1931) ; The Back Page (1931) ; Marriage Rows (1931) ; Beach Pajamas (1931) ; Bridge Wives (1932) ; It's a Cinch (1932) ; Keep Laughing (1932) ; Moonlight and Cactus (1932) ; Niagara Falls (1932) ; Gigolettes (1932) ; Hollywood Luck (1932) ; Anybody's Goat (1932).

Ce comique à face de bébé qui jouait surtout de sa corpulence, d'où son surnom de Fatty, s'est imposé sous la férule de Mack Sennett. A partir de 1916, il écrivit et dirigea un nombre important de courts métrages qu'il interprétait également avec une agilité inattendue de sa part dans les poursuites. Il ne travaillait pas, c'est le cas de le dire, dans la finesse, et ses plaisanteries étaient à l'image de sa taille. Coups de pied au derrière, batailles de tartes à la crème, saccages de voitures forment l'essentiel de l'histoire. Keaton qu'il fit débuter, pas plus que Chaplin avec lequel il partagea la vedette de certains films n'ont été très élogieux sur son compte. Mais le public lui fit un véritable triomphe. En 1921, le dénouement tragique d'une « partie » qu'il avait organisée à Hollywood brisa sa carrière, bien qu'il ait été acquitté à l'issue de trois procès. Il dut se contenter de diriger quelques œuvres mineures de Marion Davies et d'Eddie Cantor sous un pseudonyme. Tous ses efforts pour ressusciter la popularité de Fatty furent vains. Il en mourut de chagrin.

Arcady, Alexandre

Réalisateur français.

Coup de sirocco (1978) ; Le grand pardon (1981).

Petites gens et gangsters, la saga des « pieds noirs » après l'indépendance de l'Algérie : un filon habilement exploité par un honnête technicien.

Arcand, Denys

Scénariste et réalisateur canadien né en 1941.

Champlain (c.m., 1963) ; Les Montréalistes (c.m., 1964) ; On est au coton (1970) ; Québec : Duplessis et après (1971) ; Maudite galette (1971) ; Réjeanne Padovani (1973) ; Gina (1975) ; La lutte des travailleurs d'hôpitaux (c.m., 1976).

Soit sous la forme de documentaires, soit sous celle de films de fiction (*Réjeanne Padovani* sur la construction d'une autoroute, *Gina* sur le capitalisme dans l'industrie textile), Denys Arcand est l'un des représentants les plus typiques du cinéma politiquement et socialement engagé du Québec. Son reportage sur l'industrie textile (*On est au coton*) fut interdit par l'organisme qui l'avait produit, l'Office national du film. De là peut-être le pessimisme qui imprègne son œuvre. Réjeanne Padovani est tuée et son corps enfoui dans le béton de l'autoroute que les autorités qu'elle dérangeait inaugurent en grande pompe. A la fin de *Gina,* l'intrusion des cinéastes dans le milieu des ouvriers n'a pas déterminé de véritable prise de conscience. Le changement, pour Arcand, ne se fera que par la violence.

Archainbaud, George

Réalisateur américain, d'origine française, 1890-1959.

Principaux films : The Iron Ring (1917) ; As Man Made Her (1917) ; The Brand of Satan (1917) ; A Maid of Belgium (1917) ; Diamonds and Pearls (1918) ; The Divine Sacrifice (1918) ; The Cross Bearer (1918) ; The Trap (1918) ; Love Cheat (1918) ; A Damsel in Distress (1919) One Week of Love (1920) ; The Wonderful Chance (1920) ; The Girl from Nowhere (1921) ; The Miracle of Manhattan (1921) ; Pleasure Seekers (1921) ; Clay Dollars (1921) ; The Man of Stone (1921) ; Evidence (1922) ; Under Oath (1922) ; Power of a Lie (1923) ; The Midnight Guest (1923) ; Cordelia the Magnificent (1923) ; The Common Law (1923) ; The Shadow of East (1924) ; For Sale (1924) ; The Plunderer (1924) ; Single Wives (1924) ; The Storm Daughter (1924) ; Christine of the Hungry Heart (1924) ; Enticement (1925) ; The Necessary Evil (1925) ; What Fool Men (1925) ; Scarlet Saint (1925) ; Puppets (1926) ; Men of Steel (1926) ; The Silent Lover (1926) ; Easy Pickings (1927) ; A Woman Against the World (1928) ; The College Coquette (1929) ; Broadway Scandale (1929) ; Framed (1930) ; Alias French Gertie (1930) ; Shooting Straight (1930) ; The Silver Horde (1930) ; Lady Refuses (1931) ; Three Who Loved (1931) ; Lost Squadron (Quatre de l'aviation, 1932) ; Men of Chance (1932) ; State's Attorney (1932) ; Thirteen Women (1932) ; The Penguin Pool Murder (1932) ; Big Brain (1933) ; After Tonight (1933) ; Keep'Em Rolling (1934) ; Murder on the Blackboard (1934) ; Thunder in the Night (1935) ; My Marriage (1935) ; Return of Sophie Lang (1936) ; Clarence (1937) ; Hideaway Girl (1937) ; Hotel Haywire (1937) ; Blonde Trouble (1937) ; Thrill of a Lifetime (1937) ; Her Jungle Love (Toura déesse de la jungle, 1938) ; Thanks for the Memory (1938) ; Campus Confessions (1938) ; Some Like It Hot (1939) ; Night Work (1939) ; Opened By Mistake (1940) ; Untamed (1940) ; Comin' Round the Mountain (1940) ; Hoppy Serves a Writ (1943) ; The Kansan (Le cavalier du Texas, 1943) ; False Colors (1943) ; The Woman of the Town (La loi du Far West, 1943) ; Texas Masquerade (1944) ; Alaska (1944) ; Mystery Man (1944) ; The Big Bonanza (1945) ; Girls of the Big House (1945) ; The Devil's Playground (1946) ; Fool's Gold (1946) ; Unexpected Guest (1946) ; The Marauders (1947) ; Dangerous Adventure (1947) ; Hoppy's Holiday (1947) ; King of the Wild Horses (1947) ; The Millerson Case (1947) ; Silent Conflict (1948) ; Strange Gamble (1948) ; Border

Treasure (1950) ; Hunt the Man Down (1950) ; The Old West (1952) ; Night Stage to Galveston (1952) ; Apache Country (1952) ; Barbed Wire (1952) ; The Rough, Tough West (1952) ; Blue Canadian Rockies (1953) ; Winning of the West (1953) ; Goldtown Ghost Riders (1953) ; On Top of Old Smoky (1953) ; Pack Train (1953) ; Saginaw Trail (1953) ; Last of the Pony Riders (1953).

Né à Paris, il a fait beaucoup de théâtre avant d'aller tenter sa chance à Hollywood qu'il ne devait plus quitter. Particulièrement prolifique, il a tourné des drames mondains, des intrigues policières et surtout des westerns que jouaient Hopalong Cassidy ou Gene Autry. Du travail de série, d'où émerge un film excellent, *Lost Squadron,* où Stroheim en metteur en scène mégalomane et assassin se parodiait lui-même. Mais *Toura déesse de la jungle* ou *The Kansan* ont aussi des admirateurs. Archainbaud a sans doute trop tourné ; sa filmographie compte parmi les plus longues chez les réalisateurs d'Hollywood, au point qu'il n'a pas été possible de la reproduire intégralement dans ce dictionnaire. La plupart des titres en sont complètement oubliés et personne ne peut se vanter de les avoir tous vus, pas même Archainbaud lui-même qui abandonnait le montage à ses assistants.

Argento, Dario

Réalisateur italien né en 1940.

L'uccello dalle piume di cristallo (L'oiseau au plumage de cristal, 1969) ; Il gatto a nove code (Le chat à neuf queues, 1970) ; Quattro mosche di velluto grigio (Quatre mouches de velours gris, 1971) ; Le cinque giornate (1973) ; Profondo rosso (Les frissons de l'angoisse, 1975) ; Suspiria (Suspiria, 1977) ; Inferno (Inferno, 1979).

Il fait preuve d'un sens incontestable de l'esbroufe (images tarabiscotées et scénarios compliqués), qu'il s'agisse de films policiers *(L'oiseau au plumage de cristal)* ou d'œuvres fantastiques (*Suspiria, Inferno*). Comme DePalma, il joue avec les nerfs des spectateurs, les déroutant par des successions de scènes gratuites, totalement incompréhensibles, d'éclairages violents et de couleurs criardes. Ainsi la maison hantée d'*Inferno,* abritant les trois divinités infernales qui gouvernent le monde : la Mère des Soupirs, la Mère des Larmes et la Mère des Ténèbres qui sont autant de visages de la Mort, a-t-elle des décors rouges et noirs dans le plus pur style kitsch : zooms et contre-plongées nous empêchent de nous faire une idée précise de sa surface : elle s'abîme au demeurant dans les flammes à la fin du film. C'est la bande-son qui sert en revanche à créer l'angoisse dans *Suspiria :* une musique métallique étrange et insupportable qui annonce la présence de « la reine noire ». Tous les arts se combinent dans ces grandes messes noires de Grand-Guignol que sont les films de Dario Argento. On marche, mais à condition de ne pas y regarder de trop près.

Arkin, Alan

Acteur et réalisateur américain né en 1934.

Little Murders (Petits meurtres sans importance, 1971) ; Fire Sale (Sohmok, 1977).

Meilleur acteur que réalisateur.

Arliss, Leslie Andrews dit,

Réalisateur anglais né en 1901.

The Farmer's Wife (avec Norman Lee, 1941) ; The Night Has Eyes (1942) ; The Man in Grey (1943) ; Love Story (1944) ; The Wicked Lady (1945) ; A Man about the House (1947) ; Idol of Paris (1948) ; Saints and Sinners (1949) ; The Woman's Angle (1952) ; See How They Run (1955) ; Miss Tulip Stays the Night (1955).

Peu connu hors d'Angleterre, il a d'abord été journaliste et critique puis scénariste, avant de passer à la mise en scène. Quelques habiles thrillers lui valurent une réputation que confirmèrent ses mélodrames à l'usage du public populaire : *The Man in Grey* ou *Love Story.* Il lança James Mason, Stewart Granger et Margaret Lockwood. A partir de 1955, il s'est consacré à la télévision.

Arnold, Jack

Réalisateur américain né en 1916.

Girls in the Night (Filles dans la nuit, 1953) ; It Came from Outer Space (Le météore de la nuit, 1953) ; The Glass Web (Le crime de la semaine, 1953) ; Creature from the Black Lagoon (L'étrange créature du lac noir, 1954) ; Revenge of the Creature (La revanche de la Créature, 1955) ; Tarantula (Tarantula, 1955) ; The Man from Bitter Ridge (Tornade sur la ville, 1955) ; Red Sundown (Crépuscule sanglant, 1955) ; Outside the Law (Faux Monnayeur, 1957) ; The Tattered Dress (1957) ; The Incredible Shrinking Man (L'homme qui rétrécit, 1957) ; Man in the Shadow (Le salaire du diable, 1957) ; The Lady Takes a Flyer (Madame et son pilote, 1957) ; The Space Children (1958) ; High School Confidential (Jeunesse droguée, 1958) ; Monster on the Campus (1958) ; No Name on the Bullet (Une balle signée X, 1959) ; The Mouse That Roared (La souris qui rugissait, 1959) ; Bachelor in Paradise (L'Américaine et l'amour, 1961) ; The Lively Set (1964) ; A Global Affair (1964) ; Hello Down There (1968) ; Black Eye (1974) ; Boss Nigger (1975) ; Games Girls Play (1975) ; The Swiss Conspiracy (1977).

Petit maître du fantastique, il a lancé *L'Étrange créature du lac noir* enrichissant le bestiaire cinématographique d'une sorte d'homme-poisson fort amateur de jolies filles bien que dépourvu apparemment de l'organe qui lui permettrait de leur rendre l'hommage désiré. Son araignée géante, Tarantula, était horrible à souhait, mais son chef-d'œuvre demeure *L'homme qui rétrécit*, honorable adaptation d'un excellent roman de Matheson. Le héros allait se perdre, à la fin, dans le monde des infiniment petits, découvrant un autre univers. Les westerns et les thrillers d'Arnold sont en revanche bien médiocres, y compris *Man in the Shadow* qui bénéficie pourtant de la présence d'Orson Welles et de Jeff Chandler. « Cependant, de temps en temps, quelques idées, quelques scènes (Charles Drake brisant avec un marteau, dans *Une balle signée X*, la main droite d'Audie Murphy, tueur notoire, ce qui l'empêchera à jamais de tirer) et quelques éclairs de sauvagerie (le molosse d'Orson Welles dans *Le salaire du diable*) forcent l'intérêt et l'estime à défaut de l'admiration » *(Le Western*, collection 10/18). Ajoutons-y la manière dont Arnold campe ses tueurs (Grant Williams dans *Crépuscule sanglant ;* l'arrivée d'Audie Murphy dans la petite ville où il sème la terreur, dans *No Name on the Bullet).* Il faudrait peu de choses pour que les westerns d'Arnold virent au chef-d'œuvre. Quittant l'Universal pour tourner de mornes et laborieuses comédies *(The Mouse That Roared, Bachelor in Paradise...)*, il n'eut même plus l'atout d'un bon scénario et révéla ses faiblesses, celles d'un médiocre technicien et d'un mauvais directeur d'acteurs.

Arrabal, Fernando

Réalisateur d'origine espagnole né en 1932.

Viva la muerte (1971) ; J'irai comme un cheval fou (1973) ; L'arbre de Guernica (1975).

Le brillant dramaturge du *Cimetière des voitures* a transposé ses phantasmes à l'écran. Les films d'Arrabal ne se racontent pas : le visage tragique de la guerre d'Espagne, les cauchemars de Goya et la longue tradition de mort de la corrida se mêlent aux obsessions personnelles de l'auteur dans une fresque où le lyrisme côtoie la scatologie.

Arrast, Harry d'Abbadie d'

Réalisateur d'origine argentine, 1897-1968.

Service for Ladies (1927) ; A Gentleman of Paris (1927) ; Serenade (Sérénade, 1927) ; The Magnificent Flirt (1928) ; Dry Martini (1928) ; Laughter (1930) ; Topaze (1933) ; The Three Cornered Hat (1935) ; La meunière débauchée (1935).

De noblesse basque, né en Argentine, Harry d'Abbadie d'Arrast est venu accidentellement au cinéma à la demande de son ami Fitzmaurice qui l'attira à Hollywood. Il y fut le conseiller technique de Chaplin pour *A Woman of Paris* et son assistant pour *The Gold Rush.* Il tourna ensuite plusieurs films qui bénéficièrent d'une excellente critique aux États-Unis. Mais des difficultés s'étant élevées avec les producteurs, il alla tourner en Espagne *The Three Cornered Hat,* d'après Alarcon. Après avoir dirigé *La meunière débauchée,* il se retira en France, dans les Basses-Pyrénées, passant le reste de son temps à la roulette de Monte-Carlo.

Arzner, Dorothy

Réalisatrice américaine, 1900-1979.

Fashions for Women (1927) ; Ten Modern Commandments (1927) ; Get Your Man (1927) ; Manhattan Cocktail (1928) ; The Wild Party (1929) ; Sarah and Son (1930) ; Paramount on Parade (coréal., 1930) ; Anybody's Woman (1930) ; Honor Among Lovers (1931) ; Working Girls (1931) ; Merrily We Go to Hell (1932) ; Christopher Strong (1933) ; Nana (1934) ; Craig's Wife (1936) ; The Bride Wore Red (1937) ; Dance Girl Dance (1940) ; First Comes Courage (1943).

L'une des premières femmes réalisatrices à Hollywood. Remarquée pour son travail au montage de *Blood and Sand* puis de *The Covered Wagon* par Cruze, elle se vit confier par Paramount la direction de *Fashions for Women.* Les films qu'elle a tournés n'étaient pas obligatoirement destinés à un public féminin. Les deux meilleurs sont *Nana* (le producteur Goldwyn essaya d'y lancer l'interprète, Anna Sten, comme la nouvelle Garbo) et *Dance Girl Dance,* un bon drame romantique où Maureen O'Hara et Lucille Ball se disputent Louis Hayward.

Ashby, Hal

Réalisateur américain.

The Landlord (Le propriétaire, 1970) ; Harold and Maude (Harold et Maude, 1971) ; The Last Detail (La dernière corvée, 1973) ; Shampoo (Shampoo, 1975) ; Bound for Glory (En route pour la gloire, 1976) ; Coming Home (Retour, 1978) ; The Hamster of Happiness (1979) ; Being There (Bienvenue Mister Chance, 1979).

Honorable monteur (il a beaucoup travaillé avec Jewison), il passe à la mise en scène en abordant le problème des rapports entre Noirs et Blancs dans *The Landlord.* Il évoqua ensuite les amours d'une vieille dame de soixante-dix ans et d'un jeune homme de vingt ans dans *Harold et Maude,* son seul succès commercial. Peut-on arriver par les femmes sans y perdre sa dignité ? Tel était le thème de *Shampoo.* Comment les anciens soldats de la guerre du Viêt-nam peuvent-ils réussir leur réinsertion après leur démobilisation ? Question à laquelle répondait *Coming Home.* Peut-on être tout à la fois un chanteur et combattre aux côtés des travailleurs en période de crise ? C'est *Bound for Glory.* Ashby aime les sujets qui dérangent. Pas les spectateurs. D'où ses échecs jusqu'à *Bienvenue Mister Chance,* pseudo-satire de la Maison Blanche. De toute manière, il manque de vigueur et de talent pour être à la mesure de ses ambitions.

Asher, William

Réalisateur américain né en 1919.

Beach Party (1963) ; Johnny Cool (La revanche du Sicilien, 1963) ; Bikini Beach (1964) ; Muscle Beach Party (1964) ; Beach Blanket Bingo (1965) ; How to Stuff a Wild Bikini (1965) ; Fireball 500 (1966).

Surtout connu pour un film sur la Mafia, *Johnny Cool,* d'une froide violence, qui imposa en tueur glacial et obstiné Henri Silva. Les autres œuvres d'Asher, inspirées par un vague naturisme, ne présentent pas d'intérêt.

Asquith, Anthony

Réalisateur anglais, 1902-1969.

Shooting Stars (Un drame au studio, 1927) ; Underground (Un cri dans le métro, 1928) ; The Runaway Princess (1929) ; A Cottage on Dartmoor (Un cottage à Dartmoor, 1929) ; Tell England (1931) ; Dance, Pretty Lady (1932) ; The Lucky Number (1933) ; Unfinished Symphony (La symphonie inachevée, 1934) ; Moscow Nights (Les nuits moscovites, 1935) ; Pygmalion (Pygmalion, 1938) ; French Without Tears (L'écurie Watson, 1939) ; Freedom Radio (1940) ; Quiet Wedding (1940) ; Cottage to Let (Cottage à louer, 1941) ; Uncensored (1942) ; We Dive at Dawn (Plongée à l'aube, 1943) ; The Demi-Paradise (L'étranger, 1943) ; Welcome to Britain (avec Meredith, 1943) ; Fanny by Gaslight (L'homme fatal, 1944) ; The Way to the Stars (Le chemin des étoiles, 1945) ; While the Sun Shines (Erreurs amoureuses, 1947) ; The Winslow Boy (Winslow contre le roi, 1948) ; The Woman in question (La femme en question, 1950) ; The Browning Version (L'ombre d'un homme, 1951) ; The Importance of Being Earnest (Il importe d'être constant, 1952) ; The Net (1953) ; The Final Test (1953) ; The Young Lovers (Evasion, 1955) ; Carrington V.C. (1956) ; Order to Kill (Ordre de tuer, 1958) ; The Doctor's Dilemna (1959) ; Libel (La nuit est mon ennemie, 1959) ; The Millionairess (Les dessous de la millionnaire, 1960) ; Two Living, One Dead (1961) ; The Guns of Darkness (Sept heures avant la frontière, 1962) ; The VIP's (Hôtel international, 1963) ; The Yellow Rolls-Royce (La Rolls-Royce jaune, 1964).

Fils du Premier ministre et de Lady Oxford, on se demande ce qui a pu le conduire vers les studios. Qu'il adapte Oscar Wilde *(The Importance of Being Earnest)*, célèbre l'Angleterre en guerre *(The Way to the Stars)*, ou exalte la Rolls *(The Yellow Rolls-Royce)*, il reste toujours distingué, froid, académique, s'effaçant toujours devant son sujet, prenant grand soin d'éviter les fautes de goût. Bref, il sait être ennuyeux. On a écrit qu'il était le représentant le plus typique du cinéma anglais, celui contre lequel allait réagir le *Free Cinema*. Que sauver dans cette œuvre glaciale et appliquée ? *Pygmalion* le fit connaître, alors qu'il avait déjà neuf films derrière lui. Leslie Howard y était au sommet de son art et la pièce de Bernard Shaw fournissait un canevas au charme aujourd'hui bien fané. *The Way to the Stars* imposa Asquith comme grand metteur en scène. Un référendum en fit le meilleur film anglais de la période 1939-1945. L'auteur y évoquait la rencontre d'aviateurs anglais et américains à l'arrière, pendant la guerre ; Michael Redgrave et John Mills étaient excellents. Asquith collabora dès 1939 avec l'auteur dramatique Terence Rattigan. De cette collaboration allait sortir le chef-d'œuvre d'Asquith, *The Browning Version*. C'est avec beaucoup d'acuité qu'étaient évoquées, dans cette œuvre mieux maîtrisée qu'à l'habitude, la vie d'un collège anglais et les difficultés des rapports maîtres-élèves. Un professeur haï de ses disciples trouvait brusquement le chemin de leur cœur, et sa vraie voie, au cours d'une mémorable distribution des prix. Asquith revint – hélas – à Shaw avec *The Importance of Being Earnest* qui valait surtout pour les décors de Carmen Dillon, puis, après un honnête film psychologique (*Order to Kill*), il sombra dans la coproduction internationale, y diluant ce qui, à défaut de génie, faisait son charme, son caractère britannique : *The Millionairess* (avec Sophia Loren !), *The VIP's* (Elisabeth Taylor, Orson Welles et Louis Jourdan), enfin *The Yellow Rolls-Royce* pourraient être signés par Litvak ou n'importe quel tâcheron d'Hollywood. Peut-être a-t-il souffert d'être remis en question dans les années 60 par « la nouvelle vague » de son propre pays, non sans injustice sans doute. Il reste caractéristique d'un certain style anglais aujourd'hui dépassé mais qui conserve le charme délicieusement suranné des « vieilles choses ».

Astruc, Alexandre

Réalisateur français né en 1923.

Les crimes de l'amour (Le rideau cramoisi, 1952) ; Les mauvaises rencontres (1955) ; Une vie (1957) ; La proie pour l'ombre (1960) ; L'éducation sentimentale 61 (1961) ; La longue marche (1966) ; Flammes sur l'Adriatique (1968) ; Sartre par lui-même (1975).

Il affirma à ses débuts que le temps d'écrire était révolu et qu'il fallait tourner des films : ce fut la célèbre caméra-stylo. Moyennant quoi Astruc écrit aujourd'hui des romans et ne tourne plus que pour la télévision (*Louis XI* ou des adaptations d'Edgar Poe). Aucune cruauté dans cette constatation, simplement de la tristesse. Astruc s'annonçait avec son *Rideau cramoisi,* éblouissante transposition cinématographique de l'univers de Barbey d'Aurevilly, comme, bien avant la nouvelle vague, notre meilleur metteur en scène. Jacques Laurent lui fournit le thème des *Mauvaises rencontres* où il fit preuve d'une grande virtuosité technique. Sa profonde connaissance du cinéma américain éclatait à chaque plan. Maupassant (*Une vie*) et Flaubert *(L'éducation sentimentale 61)* suivirent, avec des films moins originaux peut-être mais montrant la même maîtrise technique. Puis ce fut la catastrophe de *Flammes sur l'Adriatique* et la fin de la carrière cinématographique d'Astruc.

Attenborough, Richard

Acteur et réalisateur anglais né en 1923.

Comme réalisateur : Oh ! What a Lovely War (Dieu que la guerre est jolie ! 1959) ; Young Winston (Les griffes du lion, 1972) ; A Bridge Too Far (Un pont trop loin, 1977) ; Magic (Magic, 1978).

Acteur réputé, il se révéla également bon metteur en scène, raillant la guerre de 1914 et les hommes politiques qui la provoquèrent dans la comédie musicale *Oh ! What a Lovely War* avant d'exalter l'héroïsme de la suivante dans *A Bridge Too Far* et de raconter en images d'Épinal la jeunesse de Churchill à travers *Young Winston.*

Ce fils d'un recteur d'Université, d'abord interprète à la scène, attiré au cinéma par Noël Coward, acteur puis producteur, associé à Bryan Forbes dans la Beaver Company, n'a rien d'un révolutionnaire. On lui doit pourtant l'une des œuvres les plus anticonformistes du cinéma britannique : les soldats y meurent sur fond d'opérette. On creuse les tranchées en chantant, généraux et hommes politiques dansent des quadrilles endiablés. *Oh ! What a Lovely War* fit un beau scandale. Ce ton sarcastique s'efface dans l'excellent *A Bridge too Far* mais l'accusation demeure. L'opération « Market Garden », en septembre 1944, fruit de la rivalité qui opposait Patton à Montgomery, a coûté la vie, sans résultat, à 17 000 hommes. Attenborough la décrit avec un luxe de moyens qui lui a été reproché, de façon absurde. Il ne dissimule pas les fautes tout en évitant le réquisitoire trop facile ; le ton reste constamment juste. Changeant de registre pour aborder le thème du double dans un film semi-fantastique, *Magic,* Attenborough paraît avoir dérouté son public et mit un terme à sa carrière de metteur en scène.

Aubier, Pascal

Réalisateur français né en 1943.

Courts métrages (La mort du rat, Le dormeur, etc.). *Longs métrages :* Valparaiso, Valparaiso (1971) ; Le chant du départ (1975).

Très réputé pour ses courts métrages, Aubier s'est fait le peintre amer des mœurs du temps : l'engagement politique des intellectuels dans *Valparaiso,* la détresse des personnes seules dans *Le chant du départ* qui s'achève sur un suicide collectif.

Audiard, Michel

Scénariste et réalisateur français né en 1920.

Comme réalisateur : Faut pas prendre les enfants du Bon Dieu pour des canards sauvages (1968) ; Une veuve en or (1969) ; Elle boit pas, elle fume pas, elle drague pas, mais... elle cause (1969) ; Le cri du cormoran, le soir, au-dessus des jonques (1970) ; Le drapeau noir flotte sur la marmite (1971) ; Elle cause plus, elle flingue (1972) ; Vive la France ! (1973) ; Comment réussir dans la vie quand on est con et pleurnichard (1973) ; Bons baisers à lundi (1974).

Scénariste à succès des « derniers Gabin », il passe à la réalisation en 1968, sans changer sa manière qui lui a valu l'accusation – pas toujours justifiée – de vulgarité et de mauvais goût. Il a surtout le sens du titre qui surprend et accroche un public populaire. De là l'énorme succès remporté par ses films. « Audiard, note un critique, connaît bien son public, celui qui va au cinéma pour se changer les idées, pour rigoler sur commande, et surtout pour éviter tout effort intellectuel. Il lui construit donc un film sur mesure, une histoire facile à comprendre, des personnages sans consistance, des stéréotypes. De minables marginaux servent de cible à l'esprit caustique d'Audiard, et comme les spectateurs ne peuvent s'identifier à eux, ils rient confortablement. Audiard ajoute quelques mots d'auteur qui mêlent dialogue en langue verte et pastiche du beau langage. » (*Saison cinématographique*, 1974).

Audry, Jacqueline

Réalisatrice française, 1908-1977.

Les chevaux du Vercors (c.m., 1943) ; Les malheurs de Sophie (1946) ; Sombre dimanche (1948) ; Gigi (1948) ; Minne, l'ingénue libertine (1950) ; Olivia (1951) ; La Caraque blonde (1953) ; Huis Clos (1954) ; Mitsou (1956) ; La Garçonne (1957) ; C'est la faute d'Adam (1957) ; L'école des cocottes (1958) ; Le secret du chevalier d'Eon (1960) ; Les petits matins (1961) ; Cadavres en vacances (1961) ; Soledad (1966) ; Le lis de la mer (1971).

Script-girl en 1933, assistante de Pabst, Delannoy et Ophüls, elle laisse souvent en collaboration avec son mari Pierre Laroche une œuvre qui ne mérite pas le dédain dans lequel elle est tenue. De Colette à Victor Margueritte *(La garçonne)* en passant par le chevalier d'Eon dont on ne connut jamais le sexe exact, de l'épouse adultère à la lesbienne, de l'ingénue perverse à la femme libre, c'est l'étude de la psychologie féminine que l'on retrouve toujours au cœur de ses films.

Auer, John

Réalisateur américain d'origine hongroise né en 1909.

Life for Another (1934) ; The Pervert (1934) ; Rest in Peace (1934) ; His Last Song (1934) ; The Crime of Doctor Crespi (1935) ; Frankie and Johnnie (1935) ; A Man Betrayed (1937) ; Circus Girl (1937) ; Rhythm in the Clouds (1937) ; Invisible Enemy (1938) ; Outside of Paradise (1938) ; A Desperate Adventure (1938) ; Orphans of the Street (1938) ; I Stand Accused (1938) ; Forged Passport (1939) ; S.O.S. Tidal Wave (1939) ; Calling All Marines (1939) ; Smuggled Cargo (1939) ; Thou Shalt Not Kill (1940) ; Women in War (1940) ; The Hit Parade of 1941 (1940) ; The Devil Pays Off (1941) ; Pardon My Stripes (1942) ; Moonlight Masquerade (1942) ; Johnny Doughboy (1942) ; Tahiti Honey (1943) ; Gangway for Tomorrow (1943) ; Music in Manhattan (1944) ; Seven Days Ashore (1944) ; Pan-Americana (1945) ; Beat the Band (1947) ; The Flame (1947) ; Angel on the Amazone (Tam-tam sur l'Amazone, 1947) ; I, Jane Doe (La naufragée, 1948) ; The Avengers (Les mousquetaires de la vengeance, 1950) ; Hit Parade of 1951 (1950) ; Thunderbirds (Les diables de l'Oklahoma, 1952) ; The City that Never Sleeps (Traqué dans Chicago, 1953 ; Hell's Half Acre (1954) ; The Eternal Sea (Pavillon de combat, 1955) ; Johnny Trouble (1957).

De la filmographie, peu engageante à première vue, de cet ancien homme d'affaires, né à Budapest et venu à Hollywood par le canal du cinéma mexicain, sous le pavillon duquel il tourna ses quatre premiers films, on peut toutefois retenir quelques œuvres qui sortent de l'ordinaire : la terrifiante vengeance d'Eric von Stroheim dans *Le crime du Docteur Crespi* qui fit les beaux soirs de la cinémathèque de Paris ; les exploits d'une sorte de Cagliostro-femelle régnant sur les Indiens de l'Amazonie dans l'ahurissant *Angel on the Amazone;* et les splendides mouvements d'appareil d'un remarquable thriller, injustement oublié : *The City That Never Sleeps.* Pas du grand cinéma, mais le travail d'un solide artisan qui connaît bien son métier.

Aurel, Jean

Réalisateur français né en 1925.

14-18 (1963) ; La bataille de France (1964) ; De l'amour (1965) ; Lamiel

(1967) ; Manon 70 (1968) ; Les femmes (1969) ; Etes-vous fiancée à un marin grec ou à un pilote de ligne ? (1970) ; Comme un pot de fraises (1973).

Excellent monteur de bandes d'actualités (*14-18* ou la guerre en 1940), au niveau de la fiction il vaut ce que valent ses scénaristes : Jacques Laurent pour ses adaptations de Stendhal, Jean Yanne pour *Etes-vous fiancée à un marin grec ou à un pilote de ligne ?* ou Gérard Sire pour *Comme un pot de fraises.* Ses adaptations littéraires furent âprement discutées. Il s'en est expliqué à propos de *Lamiel ;* le caractère inachevé du roman de Stendhal laissant, il est vrai, libre cours à l'imagination : « Au départ, nous savions, Cecil Saint-Laurent et moi, ce qui appartenait à Stendhal dans notre adaptation ; puis peu à peu nous l'oubliâmes. Maintenant que le film est au montage, il nous serait pratiquement impossible de faire la part des choses, tellement nous sommes imprégnés du style de Stendhal. » Après avoir flirté avec Nimier et Morand, Stendhal et Laurent, Aurel parut s'orienter vers un type de comédie fondée sur un anarchisme de droite, à la Jean Yanne. La voie était prometteuse. *Etes-vous fiancée à un marin grec ou à un pilote de ligne ?,* qui voyait les débuts d'un comédien promis à un grand avenir, Roger Peyrefitte, annonçait un ton nouveau dans la comédie, loin des abominables scénarios d'Audiard pour Annie Girardot. L'échec de cette œuvre, puis celui de *Comme un pot de fraises,* comédie légère et un peu inconsistante, ont scellé le sort de Jean Aurel. Le public a tranché en faveur d'Audiard.

Autant-Lara, Claude

Réalisateur français né en 1903.

Fait divers (1923) ; Construire un feu (1925) ; Vittel (1926) ; Ciboulette (1933) ; My Partner, Mr. Davis (1936) ; L'affaire du courrier de Lyon (avec M. Lehmann, 1937) ; Le ruisseau (avec M. Lehmann, 1938) ; Fric-frac (avec M. Lehmann, 1939) ; Le mariage de Chiffon (1942) ; Lettres d'amour (1942) ; Douce (1943) ; Sylvie et le fantôme (1946) ; Le diable au corps (1946) ; Occupe-toi d'Amélie (1949) ; L'auberge rouge (1951) ; Les sept péchés capitaux (un sketch, 1952) ; Le Bon Dieu sans confession (1953) ; Le blé en herbe (1954) ; Le rouge et le noir (1954) ; Marguerite de la nuit (1956) ; La traversée de Paris (1956) ; En cas de malheur (1958) ; Le joueur (1958) ; La jument verte (1959) ; Les régates de San Francisco (1960) ; Le bois des amants (1960) ; Vive Henri IV ! Vive l'amour ! (1961) ; Le comte de Monte-Cristo (1961) ; L'objecteur/Tu ne tueras point (1963) ; Le meurtrier (1963) ; Le magot de Josefa (1963) ; Le journal d'une femme en blanc (1965) ; Le nouveau journal d'une femme en blanc (1966) ; Le plus vieux métier du monde (un sketch, 1967) ; Le franciscain de Bourges (1968) ; Les patates (1969) ; Gloria (1977).

Au début, un décorateur de talent. Suivent quelques courts métrages qui montrent déjà une forme d'esprit originale. C'est le cas notamment de *Construire un feu.* Autant-Lara travaille avec Lehmann à la réalisation d'une bonne version de la célèbre *Affaire du courrier de Lyon* où Pierre Blanchar est tout à la fois Lesurque et Dubosq, tandis que Dullin, Copeau... se partagent les autres rôles. On lui doit aussi – toujours avec Lehmann – l'hilarant *Fric-frac* qui réunit Fernandel, Arletty et Michel Simon, dans la fameuse pièce de Bourdet. Auparavant, Autant-Lara avait supervisé les versions françaises de certains films américains dont les comédies parlantes de Buster Keaton. Ses vrais débuts se situent pourtant sous l'Occupation : *Douce* comme *Le mariage de Chiffon* sont salués avec enthousiasme par Bardèche et Brasillach. Autant-Lara semble exceller dans un cinéma désuet et nostalgique, vocation que confirment d'autres réussites comme *Sylvie et le fantôme* (ce dernier est Jacques Tati) et *Occupe-toi d'Amélie* où il transpose avec bonheur à l'écran la fougue endiablée de Feydeau. Point culminant de cette partie de sa carrière : *L'auberge rouge,* de loin son meilleur film. Inspirée d'un fait divers authentique (des aubergistes tuaient et dévalisaient les voyageurs qui s'égaraient dans leur hostellerie) et enlevée avec un brio exceptionnel par Fernandel, Carette, Françoise Rosay et Jacques Charon, cette merveilleuse bande faisait preuve d'un joyeux anticléricalisme : on n'oubliera pas de sitôt Fernandel, moine jouisseur et poltron, donnant, à la fin, sa bénédiction aux imprudents voyageurs descendus dans l'auberge rouge. Une minute plus tard la diligence s'engageait sur un pont qui s'effondrait.

Marguerite de la nuit avait montré déjà les limites d'Autant-Lara : cette transposition de *Faust* dans des décors expressionnistes bénéficiait de la caution de Mac Orlan. Yves Montand, Michèle Morgan et Jean-François Calvé firent sombrer le film par leur incapacité à s'adapter aux personnages. Faute d'inspiration peut-être, Autant-Lara, avec la complicité de ses scénaristes habituels, Aurenche et Bost, s'engagea dans la voie facile des adaptations littéraires. *Le diable au corps,* d'après Radiguet, avait été une réussite, mais le roman – la censure mise à part – ne posait pas beaucoup de problèmes. Marcel Aymé, avec *La traversée de Paris* (Autant-Lara réussit à retrouver l'atmosphère de la grande époque du marché noir et des petits trafics) et *La jument verte* n'en posaient guère non plus. Et pas davantage le Simenon d'*En cas de malheur.* Autant-Lara put encore faire illusion, malgré les critiques – au demeurant très injustes – de la nouvelle vague. Sa version du *Comte de Monte-Cristo* parut pourtant bien faible en regard des films de Lee ou de Vernay, mais il ne s'agissait que d'un travail de commande. Hélas ! les films suivants donnèrent raison aux violentes attaques de Truffaut : d'un seul coup, le talent, incontestable, n'en déplaise à ses détracteurs, d'Autant-Lara, se dilua subitement dans des médiocrités comme *Le journal d'une femme en blanc* ou *Tu ne tueras point.* L'humour corrosif du metteur en scène s'évanouit au profit d'une hagiographie lénifiante (*Le franciscain de Bourges*) ou d'une vulgarité agressive (*Les patates*). Après un silence de plusieurs années, *Gloria,* dédaigné par toute la critique, confirma, comme dans le cas de Carné, un irrémédiable déclin.

Avakian, Aram

Réalisateur américain.

End of the Road (Au bout du chemin, 1972) ; Cops and Robbers (Flics et voyous, 1973) ; 11 Harrowhouse (Fric-frac rue des Diams, 1974).

Ce réalisateur d'origine arménienne est surtout connu pour *Flics et voyous* : ou quand des policiers se font gangsters et roulent la Mafia elle-même. Au temps de Napoléon déjà, Pasquier, préfet de police, comme le journaliste Fiévée, s'étaient interrogés sur l'opportunité d'embaucher dans les rangs des forces de l'ordre d'anciens bagnards comme Vidocq. Le joyeux immoralisme de ce film, qui se termine par une folle poursuite, apporte un élément de réponse. Pas de renseignement sur la suite de la carrière d'Avakian au moment de la rédaction de ces lignes.

Averback, Hy

Réalisateur américain né en 1925.

Chamber of Horrors (La chambre des horreurs, 1966) ; Where Were You When the Lights Went Out ? (Où étiez-vous quand les lumières se sont éteintes ?, 1968) ; I Love You, Alice B. Toklas (Le baiser papillon, 1968) ; The Great Bank Robbery (Le plus grand des hold-up, 1969) ; Suppose They Gave a War and Nobody Came ? (Trois réservistes en java, 1970).

Il travaille de préférence à la télévision. Au cinéma il a le génie des titres longs mais ses idées de gags sont courtes. La gigantesque panne d'électricité qui secoua New York lui a inspiré une comédie languissante, *Where Were You When the Lights Went Out ?,* où le rire est aussi en panne.

Avery, Fred dit Tex

Réalisateur de dessins animés, 1908-1980.

Principaux courts métrages : Elmer the Great Dane (1935) ; Town Hall Follies (1942) ; Golddigers of '49 (1936) ; The Blow out (1936) ; Porky the Rain maker (1936) ; Miss Glory (1936) ; The Village smithy (1936) ; Mik and Money (1936) ; Don't Look now (1936) ; Porky the Wrestler (1936) ; Picador Porky (1937) ; I Only Have Eyes for You (1937) ; Porky's Duck Hunt (1937) ; Uncle

Tom's Bungalow (1937) ; Ain't We Got Fun (1937) ; Daffy Duck and Egghead (1937) ; Egghead Rides Again (1937) ; A Sunbonnet Blue (1937) ; Porky's Garden (1937) ; The Penguin Parade (1938) ; The Isle of Pingo Pongo (1938) ; Johnny Smith and Poker-Huntas (1938) ; Daffy Duck in Hollywood (1938) ; Cinderella Meets Fella (1938) ; Hamateur Night (1938) ; The Mice Will Play (1938) ; Daffy's Romance (1938) ; A Day at the Zoo (1939) ; Thungs with Dirty Mugs (1939) ; Believe It or Else (1939) ; Dangerous Dan McFoo (1939) ; Detouring America (1939) ; Land of the Midnight Fan (1939) ; Screwball Football (1939) ; Fresh Fish (1939) ; The Bear's Tale (1939) ; A Wild Hare (1939) ; Coss Coutry Detours (1940) ; Ceiling Hero (1940) ; Of Fox and Hounds (1940) ; Holiday Highlights (1940) ; The Crackpot Quail (1941) ; Hauted Mouse (1941) ; Tortoise Beats Hare (1941) ; Hollywood Steps Out (1941) ; Porky's Preview (1941) ; The Heckling Hare (1941) ; The Bug Parade (1941) ; Aloha Hooey (1941) ; Crazy Cruise (1941) ; Aviation Vacation (1941) ; All This and Rabbit Stew (1941) ; Speaking of Animals (1942) ; The Blitz Wolf (1942) ; The Early Bird Dood It (1942) ; Dumb-Hounded (1942) ; Red Hot Riding Hood (1943) ; Who Killed Who ? (1943) ; One Ham's Family (1943) ; What's Buzzin Buzzard (1943) ; Screwy Squirrel (1944) ; Happy Go Nutty (1944) ; Big Keelwatha (1944) ; The Screwy Truant (1945) ; The Shooting of Dan McGoo (1945) ; Wild and Woolfy (1945) ; Jerky Turkey (1945) ; Swing Shift Cinderella (1945) ; Lonesome Lenny (1945) ; The Hick Chick (1946) ; Northwest Hounded Police (1946) ; Henpecked Hoboes (1946) ; Hound Hunters (1947) ; Red Hot Rangers (1947) ; Uncle Tom's Cabana (1947) ; Slap Happy Lion (1947) ; King-Size Canary (1947) ; Little Tinker (1947) ; What Price Fleadom (1948) ; Half-Pint Pygmy (1948) ; Lucky Ducky (1948) ; The Cat That Hated People (1948) ; Bad Luck Blackie (1949) ; Senor Droopy (1949) ; The House of Tomorrow (1949) ; Doggone Tired (1949) ; Wags to Riches (1949) ; Little Rural Riding Hood (1949) ; Outfoxed (1949) ; Counterfeit Cat (1949) ; Ventriloquist Cat (1950) ; The Cuckoo Clock (1950) ; Garden Gopher (1950) ; The Chump Champ (1950) ; The Peachy Cobbler (1950) ; Cock a Doodle Dog (1951) ; Dare-devil Droopy (1951) ; Droopy's good Deed (1951) ; Symphony in Slang (1951) ; The Car of Tomorrow (1951) ; Droopy's Double Trouble (1951) ; The Magical Maestro (1951) ; One Cab's Family (1952) ; Rock a Bye Bear (1952) ; Little John Jet (1953) ; TV of Tomorrow (1953) ; The Three Little Pups (1953) ; Drag along Droopy (1954) ; Crazy Mixed Up Pup (1954) ; Field and Scream (1955) ; Homesteader Droopy (1954) ; Farm of Tomorrow (1954) ; Billy Boy (1954) ; The Flea Circus (1954) ; Deputy Droopy (1955) ; I'm Cold (1955) ; The Legend of Rockabye Point (1955) ; Millionaire Droopy (1956) ; Cat's Meow (1956) ; Sh-H-H-H-H-H (1955).

On lui rend enfin la place qui lui est due. Dans *Half-Pint Pigmy* des explorateurs étaient lancés dans la quête folle du plus petit Pygmée du monde, réplique du gag fameux des Pieds Nickelés présentant dans une baraque foraine un homme tout à fait normal sous le titre de « plus petit géant du monde ». Forton et Avery nous auront mieux fait sentir que cent traités philosophiques la notion du relatif. Rarement la logique aura été poussée aussi loin : pourquoi un mouton atteint de boulimie *(Billy Boy)* ne finirait-il pas par manger le soleil, plongeant les hommes dans les ténèbres ? Que pèse Freud et tous les psychiatres devant la peinture de la sexualité que nous propose Avery dans *Red Hot Riding Hood* et *Little Rural Riding Hood ?* Les yeux du loup lui sautent des orbites pour aller sur la scène où évolue la ravissante danseuse, sa langue pend, il siffle, hurle, saute en l'air, casse la table. Il faudrait citer plus de mille gags visuels et autant de sous-entendus. « On n'est pas dans un dessin animé de Walt Disney », s'exclame un personnage, et c'est bien vrai. Il n'est pas jusqu'au film lui-même qui ne soit dynamité : lorsque Screwy l'écureuil, lancé dans une folle poursuite, sort de la pellicule ou dépasse le mot « fin ». La bande-son est prétexte à toutes les fantaisies. Dans *The Magical Maestro,* le grand air de Figaro est modifié, découpé, broyé en rapport avec les transformations d'un ténor bedonnant par la baguette magique du chef d'orchestre. Un sadisme, qui rend Sade à la Bibliothèque rose, imprègne cette œuvre, inversant les valeurs habituelles car c'est le loup qui devient la victime de Droopy au point de préférer le calme de sa cellule aux charmes d'une évasion rendue d'ailleurs impossible par son ennemi. Les corps sont déchiquetés, écrasés, déformés, dans les ahurissantes poursuites qui forment la trame principale des meilleurs dessins animés de Tex Avery. Une pause ? C'est la série de *House of Tomorrow, The Car of Tomorrow, TV of Tomorrow :* les inventions les plus folles se développent devant nous, avec la traditionnelle pointe d'érotisme (la pin-up girl de *House of Tomorrow* qui repasse à la fin, « à la demande de plusieurs P.D.G. »). Pas une image inutile, pas un plan de remplissage, une invention constante et une souplesse dans le dessin fabuleuse. Si quelqu'un mérite dans ce dictionnaire d'être considéré comme un génie c'est assurément Tex Avery.

BIBLIO. : Numéro spécial de *Fantastique/Artefac* (1979).

Avildsen, John G.

Réalisateur américain né en 1937.

Turn on to Love (1969) ; Joe (Joe, c'est aussi l'Amérique, 1970) ; Guess What We Learned in School Today (1970) ; Okay Bill (1971) ; Cry Uncle (1972) ; Save the Tiger (Sauver le tigre, 1973) ; WW and the Dixie Dancekings (1975) ; Rocky (Rocky, 1977) ; Slow Dancing in the Big City (Slow Dancing, 1978) ; The Formula (La formule, 1980) ; The neighbours (Les voisins, 1982).

Longtemps assistant (Penn, Preminger, le cinéma marginal), directeur de la photographie et producteur associé. Il tourne quelques courts métrages (*Smile ; Light-Sound-Diffuse...*) puis connaît un grand succès critique avec *Joe,* portrait de l'Américain moyen montré sous son jour le plus réactionnaire. Il poursuit cette analyse de l'Amérique des profondeurs avec *Save the Tiger,* consacré à la libre entreprise. Mais c'est avec *Rocky,* peinture assez sombre mais finalement optimiste du monde de la boxe, qu'il reçoit la consécration sous la forme d'un « oscar » hollywoodien. Variant sa palette, il donne un film romantique, *Slow Dancing,* puis une œuvre aux confins de la science-fiction, *The Formula,* pour laquelle Marlon Brando reçut un cachet énorme en échange d'une apparition de quelques minutes. Deux bons films, deux échecs commerciaux, qui remettent en cause la carrière d'Avildsen. Reviendra-t-il à la biographie d'une terreur du ring, style Benny Briscoe ?

Axel, Gabriel

Réalisateur danois, de son vrai nom Morch, né en 1918.

Altid ballade (Toujours la bagarre, 1955) ; En Kvinde er overflodig (Une femme superflue, 1956) ; Guld og gronne skove (Bienvenue M. Dollar, 1957) ; Helle for Helene (Je veux Hélène, 1959) ; Den rode kappe (La mante rouge, 1966).

Quelques comédies et surtout une saga préhistorique, très Laurens ou Puvis de Chavannes, « Roméo et Juliette dans les fjords de l'an mille », selon l'heureuse expression de Jean Béranger : *La mante rouge* qui finit dans un bain de sang. Comme cette légende nordique, ses comédies, un peu lourdes et très conventionnelles, semblent destinées à un public exclusivement danois.

Ayala, Fernando

Réalisateur argentin né en 1920.

Ayer fué primavera (1954) ; Los Tallos amargos (1957) ; El Jefe (Le chef, 1958) ; El Candidato (Le candidat, 1959) ; Paula cautiva (1963) ; Con gusto a rabia (1964) ; La industria del matrimonio (1964) ; En mi casa mando yo (1967) ; Argentina hasta la muerte (1968) ; La fiaca (1969) ; Los medicos (1978).

Après quelques courts métrages, il s'imposa par deux films qui eurent en Argentine un grand retentissement : *El Jefe* et *El Candidato*, sur des scénarios de l'écrivain David Vinas. Ayala y remettait en cause le principe cher à l'Amérique latine du « caudillo ». La démonstration restait prudente mais rendait un son neuf dans la production de l'époque. Sur sa lancée, Ayala essaya de développer un cinéma « indépendant ». Il s'orienta vers le folklore puis vers l'histoire nationale (*Argentina hasta la muerte*), avant de de renoncer à toute ambition et de tourner des comédies commerciales.

B

Bacon, Lloyd

Réalisateur américain, 1890-1955.

Broken Hearts of Hollywood (1926) ; Private Izzy Murphy (1926) ; Finger Prints (1927) ; White Flannels (1927) ; The Heart of Maryland (1927) ; A Sailor's Sweetheart (1927) ; Brass Knuckles (1927) ; The Lion and the Mouse (1928) ; Pay as You Enter (1928) ; The Singing Fool (Le fou chantant, 1928) ; Women They Talk About (1928) ; Stark Mad (1929) ; No Defense (1929) ; Honky Tonk (1929) ; Say It With Songs (Chante-nous ça, 1929) ; So Long Letty (1929) ; She Couldn't Say No (1930) ; A Notorious Affair (1930) ; The Other Tomorrow (1930) ; Moby Dick (1930) ; The Office Wife (1930) ; Kept Husbands (1931) ; Sit Tight (1931) ; Fifty Million Frenchmen (1931) ; Gold Dust Gertie (1931) ; Honor of the Family (1931) ; Manhattan Parade (1932) ; Fireman Save My Child (1932) ; The Famous Ferguson Case (1932) ; Miss Pinkerton (1932) ; You Said a Mouthful (1932) ; Crooner (1932) ; Picture Snatcher (1933) ; 42nd Street (42e Rue, 1933) ; Mary Stevens, M.D. (1933) ; Footlight Parade (Prologue, 1933) ; Son of a Sailor (1933) ; Wonder Bar (Wonder Bar, 1934) ; A Very Honorable Guy (1934) ; He Was Her Man (1934) ; Here Comes the Navy (1934) ; 6 Day Bike Rider (1934) ; Devil Dogs of the Air (1935) ; In Caliente (A Caliente, 1935) ; The Irish in Us (1935) ; Broadway Gondolier (Le gondolier de Broadway, 1935) ; Frisco Kid (Tête chaude, 1935) ; Sons O'Guns (1936) ; Cain and Mabel (Cain et Mabel, 1936) ; Gold Diggers of 1937 (Chercheuses d'or de 1937, 1936) ; Marked Woman (Femmes marquées, 1937) ; Ever Since Eve (1937) ; San Quentin (Le révolté, 1937) ; Submarine I (1937) ; A Slight Case of Murder (Un meurtre sans importance, 1938) ; The Cow-Boy from Brooklyn (1938) ; Boy Meets Girl (1938) ; Racket Busters (Menaces sur la ville, 1938) ; Wings of the Navy (1939) ; The Oklahoma Kid (Terreur à l'Ouest, 1939) ; Indianapolis Speedway (1939) ; Espionage Agent (1939) ; Invisible Strips (1940) ; A Child Is Born (1940) ; Three Cheers for the Irish (1940) ; Brother Orchid (1940) ; Knute Rockne, All American (1940) ; Honeymoon for Three (1941) ; Footsteps in the Dark (1941) ; Affectionately Yours (1941) ; Navy Blues (1941) ; Larceny, Inc. (1942) ; Wings for the Eagle (1942) ; Silver Queen (1942) ; Action in the North Atlantic (Convoi vers la Russie, 1943) ; Sunday Dinner for a Soldier (1944) ; The Sullivans (J'avais cinq fils, 1944) ; Captain Eddie (1945) ; Wake Up and Dream (1946) ; Home, Sweet Homicide (1946) ; I Wonder Who's Kissing Her Now ? (1947) ; You Were Meant for Me (1948) ; Give My Regards to Broadway (1948) ; Don't Trust Your Husband (1948) ; Mother Is a Freshman (1949) ; It Happens Every Spring

(1949) ; Miss Grant Takes Richmond (1949) ; The Good Humor Man (1950) ; Kill the Umpire (1950) ; The Fuller Brush Girl (En plein cirage, 1950) ; Call me Mister (1951) ; The Frogmen (Les hommes-grenouilles, 1951) ; Golden Girl (Une fille en or, 1951) ; The I Don't Care Girl (1953) ; The Great Sioux Uprising (L'aventure est à l'Ouest, 1953) ; Walking My Baby Back Home (1953) ; The French Line (French Line, 1954) ; She Couldn't Say No (1954).

Homme à tout faire de la Warner, de 1926 à 1943, il s'est identifié avec le style maison, signant comédies musicales et films policiers entrés dans la légende dorée d'Hollywood. Mais ne lui prêtons pas plus qu'il ne mérite. Ces chefs-d'œuvre que sont *42nd Street, Footlight Parade, Wonder Bar, In Caliente* et *Gold Diggers of 1937* doivent tout à la chorégraphie de Busby Berkeley et que vaudraient aujourd'hui *Marked Woman, San Quentin* ou *Racket Busters* sans la présence d'Humphrey Bogart ? Bacon n'a pas créé le style Warner, il s'est contenté de le servir sur le plan technique où il est irréprochable, qu'il s'agisse d'un western comme *The Oklahoma Kid* qui oppose Cagney à Bogart, ou d'une comédie policière à la façon de *A Slight Case of Murder,* avec Robinson en gangster soucieux de se ranger et encombré d'un cadavre dont il ne peut se débarrasser. Coupé de la maison mère à partir de 1944, il partit à la dérive chez Columbia, à la Fox ou à l'Universal. Son dernier western, *L'aventure est à l'Ouest,* paraît tourné par un amateur. L'on ne peut guère sauver que *The French Line* au joyeux cynisme. Une reine de beauté multimillionnaire rompt avec son fiancé qui la trouve trop riche. Au cours d'une croisière, elle s'éprend d'un chanteur. En fait, il s'agit d'un vilain personnage chargé par son tuteur de la surveiller. L'argument est mince, mais la vulgarité outrancière des propos et la sensualité des danses de Jane Russel élevèrent ce film au niveau du mythe. Bacon mourut peu après.

Badger, Clarence G.

Réalisateur américain, 1880-1964.

Longs métrages : The Floor Below ; The Venus Model ; Friend Husband Kingdom of Youth (1918) ; A Perfect Lady (1918) ; Day Dreams (1919) ; Sis Hopkins (1919) ; Daughter of Mine (1919) ; Leave It to Susan (1919); Through the Wrong Door (1919) ; Strictly Confidential (1919) ; Almost a Husband (1919) ; Jubilo (1919) ; Water, Water Everywhere (1920) ; The Strange Boarder (1920) ; Jes Call me Jim (1920) ; The Man Who lost himself (1920) ; Cupid the Cowpuncher (1920) ; Honest Hutch (1920) ; Guile of Women (1921) ; Boys will be boys (1921) ; An Unwilling Hero (1921) ; Doubling for Romeo (1921) ; A poor Relation (1921) ; Don't Get Personal (1922) ; The Dangerous Little Demon (1922) ; Quincy Adam Sawyer (1922) ; Your Friend and Mine (1923) ; Red Lights (1923) ; Potash and Perlmutter (1923) ; Painted People (1924) ; The Shooting of Dan McGrew (1924) ; One Night in Rome (1924) ; New Lives for Old (1925) ; Eve's Secret (1925) ; Path to Paradise (1925) ; The Golden Princess (1925) ; Hands Up (1926) ; Miss Brewster's Millions (1926) ; The Rainmaker (1926) ; The Campus Flirt (1926) ; It (1927) ; A Kiss in a Taxi (1927) ; Senorita (1927) ; Man Power (1927) ; Swim Girl Swim (1927) ; She's a Sheik (1927) ; Red Hair (1928) ; The Fifty-Fifty Girl (1928) ; Hot News (1928) ; Three Week-Ends (1928) ; Paris (1929) ; No No Nanette (1930) ; Murder Will Out (1930) ; Sweat Hearts and Wives (1930) ; The Bad Man (1930) ; The Hot Heiress (1931) ; Woman Hungry (1931) ; Party Husband (1931) ; When Strangers Marry (1933) ; Rangle River (1939).

Venu du journalisme, il travaille pour Mack Sennett en 1915, dirigeant des courts métrages qu'interprètent Gloria Swanson et Bobby Vernon. Il quitte Sennett en 1917 pour Goldwyn et dirige, jusqu'à l'avènement du parlant, de nombreux films, dont certains avec Will Rogers, généralement des comédies. D'une œuvre très cotée auprès des critiques américains, retenons le désopilant *Hands Up,* parodie follement enlevée des vieux westerns où Raymond Griffith est au sommet de son art, et surtout *It* qui a lancé Clara Bow, et qui vit les débuts de Gary Cooper. Dans la plus pure tradition de la comédie hollywoodienne, une jeune vendeuse réussissait à mettre le grappin sur un fils de milliardaire. L'intérêt était ailleurs : dans le « it » et dans son symbole Clara Bow. Le « it », comme le définissait l'inventeur de la formule, Elinor Glyn, c'est le sex-appeal. Son symbole, Clara Bow, avait raflé quelques prix de beauté et joué dans de petites comédies. *It,* « agréable, mouvementé à souhait, gai, marque une date dans le cinéma américain, écrit Ado Kyrou. Car Clara Bow inaugurait un nouveau caractère de femme cinématographique : l'ingénue indifférente au qu'en-dira-t-on, fière de sa féminité, trépidante en amour. Point de graves problèmes dans ce film, point de drames. Une petite vendeuse de grand magasin qui lâche les combinaisons qu'elle vend pour faire un scandale au restaurant du Ritz. » Badger vit sa carrière, alors en plein essor, ralentie puis brisée par l'avènement du parlant.

Badham, John

Réalisateur américain.

The Bingo Long Travelling Allstars and Motor Kings (Bingo, 1976) ; Saturday Night Fever (La fièvre du samedi soir, 1977) ; Dracula (Dracula, 1979) ; Whose life is it anyway ? (C'est ma vie, après tout ! 1981).

Il connut un grand succès commercial avec son deuxième film qui lança John Travolta et relança la mode des bandes de garçons désœuvrés le samedi soir. Son deuxième film fut en revanche un échec au box-office. Le *Dracula* de Badham était pourtant très original : des images splendides et un renouvellement complet du mythe. Ici le vampire est un libérateur, en révolte contre les conventions étouffantes d'une société puritaine. Si le corps de Dracula se décomposait à la fin, sa cape, sous l'effet du vent, se transformait en chauve-souris, rappelant que les vampires, comme l'amour, sont plus forts que la mort.

Baggot, King

Acteur et réalisateur américain, 1874-1948.

Comme réalisateur : Crime's Triangle (1915) ; Cheated Love (1921) ; Nobody's Fool (1921) ; Luring Lips (1921) ; Moonlight Follies (1921) ; Kissed (1922) ; The Kentucky Derby (1922) ; Human Hearts (1922) ; A Dangerous Game (1922) ; The Lavender Bath Lady (1922) ; Crossed Wires (1923) ; The Love Letter (1923) ; Gossip (1923) ; The Town Scandal (1923) ; The Darling of New York (1923) ; The Whispering Name (1924) ; The Gaiety Girl (1924) ; The Tornado (1924) ; Raffles, the Amateur Cracksman (1925) ; The Home Maker (1925) ; Tumbleweeds (1925) ; Lovely Mary (1926) ; The Notorious Lady (1927) ; Down the Stretch (1927) ; Perch of the Devil (1927) ; The House of Scandal (1928) ; Romance of a Rogue (1928).

Populaire acteur du muet (il joua dans plus de trois cents films), il devint réalisateur, surtout à partir de 1921, quand il sentit sa vogue s'épuiser. *Tumbleweeds* contient des scènes spectaculaires de ruée vers l'Ouest qui seront reprises dans *Cimarron.* L'action se situe en 1889, sur le territoire de Cherokee ouvert aux pionniers. William Hart est l'un de ces pionniers et doit déjouer les intrigues d'individus douteux. Tout conduit aux images finales du rush des chariots. Baggot y révèle sa parfaite maîtrise des mouvements de foule, n'hésitant pas à se placer, ce qui frappa les contemporains, au ras du sol. On lui doit également l'une des nombreuses versions des aventures de Raffles, ancêtre anglais d'Arsène Lupin, et *The Kentucky Derby,* plusieurs fois refait. Sa carrière s'interrompt à l'avènement du parlant.

Bajon, Filip

Réalisateur polonais né en 1948.

Aria (1970) ; Wizja Lokalna : 1901 (1980).

Romancier réputé, il a choisi le cinéma pour s'exprimer avec notamment une œuvre remarquable : *1901, Les enfants en grève,* reconstitution très stylisée d'une révolte des élèves d'une école allemande, en 1901, contre l'enseignement de la religion.

Baker, George D.

Réalisateur américain.

Principaux films : The New Stenographer (1911) ; The Politician's Dream (1911) ; Captain Barnacle's Courtship (1911) ; Chumps (1912) ; Bunny All at Sea (1912) ; John Tobin's Sweetheart (1913) ; Bunny Buys a Harem (1914) ; Bunny's Birthday (1914) ; The Dust of Egypt (1915) ; A Price for Folly (1915) ; Tarantula (1916) ; The Shop Girl (1916) ; The White Raven (1917) ; Toys of Fate (1918) ; The Demon (1918) ; Castles in the Air (1919) ; Cinema Murder (1920) ; The Man Who Lost Himself (1920) ; Buried Treasure (1921) ; Little Eva Ascends (1922) ; Slave of Desire (1923) ; Revelation (1924).

Débuts à la Vitagraph avec Stuart Blackton. Entre 1910 et 1914, cet ancien acteur de théâtre dirige les comédies de John Bunny, puis des drames romantiques ou des intrigues policières (*Cinema Murder*). Il fut alors considéré comme l'un des plus remarquables réalisateurs d'Hollywood. Dans les années 20, il passa dans les bureaux de la Metro, renonçant à la mise en scène.

Baker, Robert S.

Producteur et réalisateur anglais né en 1916.

Comme réalisateur (avec Berman) : Black out (1950) ; 13 East Street (1952) ; The Steel Key (1953) ; Passport to Treason (1956) ; Jack The Ripper (Jack l'éventreur, 1959) ; The Siege of Sidney Street (1960) ; The Hell-Fire Club (Les chevaliers du Démon, 1961) ; The Treasure of Monte Cristo (1961).

Il débuta au cinéma comme assistant en 1937, mais il est plus connu comme producteur à la télévision de la série du *Saint* d'après Leslie Charteris que comme réalisateur ; pourtant son *Jack l'Éventreur* n'était pas mal et l'évocation du Hell Fire Club, société secrète érotique anglaise (à la manière des *Aphrodites* de Nerciat), qui eut beaucoup d'ennuis avec la censure française, n'était pas dépourvue de charme. On lui doit aussi une version originale du *Comte de Monte-Cristo.* Son sens du morbide s'allie avec un goût prononcé pour les duels à l'épée, fort bien réglés dans *Les chevaliers du démon.* Déplorons qu'il se soit consacré après 1960 à la production et qu'il ait délaissé l'aventure et le fantastique, genres auxquels il donna quelques classiques.

Baker, Roy Ward

Réalisateur anglais né en 1916.

Comme réalisateur : The October Man (L'homme d'octobre, 1947) ; The Weaker Sex (1948) ; Paper Orchid (1949) ; Morning Departure (La nuit commence à l'aube, 1950) ; Highly Dangerous (1950) ; The House in the Square (I'll Never forget you, 1951) ; Don't Bother to Knock (Troublez-moi ce soir, 1952) ; Night Without Sleep (1952) ; Inferno (1953) ; Passage Home (1955) ; Jacqueline (Jacqueline, 1956) ; Tiger in the Smoke (1956) ; The One That Got Away (L'évadé du camp I, 1957) ; A Night to Remember (Atlantique latitude 41, 1958) ; The Singer not the Song (Le cavalier noir, 1961) ; Flame in the Streets (1961) ; The Valiant (Alerte sur le Vaillant, 1962) ; Two Left Feet (1963) ; Quatermass and the Pit (Les monstres de l'espace, 1967) ; The Anniversary (1967) ; Moon Zero Two (Alerte Satellite, 1969) ; The Vampire Lovers (1970) ; The Scars of Dracula (Les cicatrices de Dracula, 1970) ; Dr Jeckyll and Sister Hyde (1971) ; Asylum (1972) ; Vault of Terror (1973) ; And Now the Screaming starts (1973) ; The Legend of the Golden Vampires (Les sept vampires d'or, 1974) ; The Monster Club (1980).

Son œuvre fut longtemps difficile à cerner. On allait du remake de *Berkeley Square (The House in the Square)* au banal film de guerre, de Marilyn Monroe en baby-sitter névrosée *(Troublez-moi ce soir)* à un ahurissant western *(Le cavalier noir)* où un chef de bande homosexuel disputait à Mylène Demongeot les faveurs... d'un prêtre ! Puis ce fut le coup de tonnerre de *Quatermass :* avant de disparaître de la terre, les Martiens ont laissé aux humains leur intelligence mais aussi leur esprit belliqueux. Le mal serait donc né du subconscient de ceux qui possèdent les anciennes émanations martiennes. C'est ce que découvre, dans ce remarquable film de science-fiction, le professeur Quatermass. Tour à tour Baker donna sa version de *Carmilla* de Sheridan Le Fanu (l'excellent *Vampire Lovers*), de *Dr Jeckyll et Mr. Hyde* de Stevenson (M. Hyde est une femme) et de *Dracula* de Brahm Stocker *(Scars of Dracula)*, où la foudre frappait à la fin le vampire. Il n'hésitait pas à transporter le thème du vampirisme en Chine, mêlant légendes de l'Europe et de l'Extrême-Orient, combinant épouvante et Kung-fu. Un grand cinéaste fantastique, plus original que Terence Fisher, était né.

Bakshi, Ralph

Réalisateur américain de films d'animation né en 1939.

Fritz the Cat (Fritz le Chat, 1972) ; Heavy Traffic (Flipper City, 1973) ; Coonskin (1975) ; Wizards (Les Sorciers de la guerre) ; The Lord of the Rings (Le Seigneur des anneaux, 1978) ; American Pop (1981).

Fritz était à des années-lumière du bon vieux Félix de Pat Sullivan : la drogue, le sexe et la mode « hippy » envahissaient le monde du dessin animé jusque-là réservé à un aimable anthropomorphisme. Le film, dans la tradition « underground », fit scandale. Après ce coup d'éclat Bakshi devint ambitieux. *Wizards* s'inscrit dans l'*Heroïc Fantasy* des univers imaginaires en lutte les uns contre les autres. Le dessin mêle Walt Disney, Alex Raymond et Piranèse, avec des références à Bosch, Arcimboldo, Holbein, Altdorfer et Dürer, dans un ahurissant kaléidoscope, pas toujours de très bon goût. Les recherches de Bakshi devaient déboucher sur Tolkien et son *Seigneur des anneaux,* en attendant Arnim, O'Brien, Maturin ou Whitehead. Dans *American Pop,* il évoque à travers quatre générations d'une famille d'immigrants russes l'évolution de la culture musicale américaine. Avec Bakshi, le dessin animé a cessé d'être un divertissement pour enfants ; il colle à l'évolution de la bande dessinée, refuge de tous les phantasmes et de tous les hobbies. Avec Bakshi naît une nouvelle culture, celle de l'audio-visuel.

Baky, Joseph von

Réalisateur allemand d'origine hongroise, 1902-1966.

Intermezzo (1936) ; Die kleine und die grosse Liebe (Un amour en l'air, 1938) ; Menschen von Varieté (1939) ; Ihr erstes Erlebnis (Éveil, 1939) ; Der Kleinstadtpoet (1940) ; Annelie (1941) Münchhausen (Les Aventures extraordinaires du baron de Münchhausen, 1943) ; Via Mala (1945) ; Und über uns der Himmel (1947), Der Ruf (1949) ; Die Seltsame Geschichte des Brandner Kaspar (1949) ; Das doppelte Lottchen (1950) ; Der traümende Mund (1952) ; Tagebuch einer Verliebten (Journal d'une amoureuse, 1953) ; Hotel Adlon (1955) ; Dunja (Le Maître de Poste, 1955) ; Fuuhrmann Henschel (1956) ; Robinson Soll nicht sterben (Un petit coin de paradis, 1957) ; Die Frühreifen (Les frénétiques, 1958) ; Gestehen sie Dr. Corda (Avouez Dr. Corda, 1958) ; Stefanie (1958) ; Der Mann der sich verkaufte (1959) ; Die ideale Frau (1959) ; Marili (1959) ; Sturm in Wasserglas (1960) ; Die Seltsame Gräfin (1961).

Cet ancien assistant de Geza von Bolvary, auteur de quelques mornes comédies, est resté dans la mémoire des cinéphiles pour son merveilleux Münchhausen, un film commandé par Goebbels pour le 29e anniversaire de l'UFA. Réalisation spectaculaire en agfacolor qui n'a pris que quelques rides, *Münchhausen* nous faisait voyager dans la lune où les habitants peuvent séparer leur tête de leur corps (merveilleux truquages d'Irmen-Tschet), à Venise, à Saint-Pétersbourg, chez les Turcs, etc. Il y avait des trouvailles extraordinaires comme les sons musicaux gelés ou les habits qui se précipitent sur leur maître. Mais ce ne fut qu'une réussite sans lendemain. Après 1945, à l'exception d'une laborieuse adaptation de *Via Mala,* ses films se diluent dans la médiocrité ambiante de la production allemande. *Avouez docteur Corba* ou *Les frénétiques* ne présentent aucun intérêt. Faut-il attribuer *Münchhausen* à l'UFA dont Baky ne fut qu'un modeste artisan ? Il reste en tout cas l'homme d'un seul film.

Balaban, Burt

Réalisateur américain, 1922-1965.

Lady of Vengeance (1957) ; High Hell (1958) ; Murder Inc. (avec Rosenberg, Crime, société anonyme, 1960) ; Mad Dog Coll (1961).

Opérateur pendant la guerre, il est devenu producteur à la télévision et au cinéma. Mais il n'a pas dédaigné la mise en scène, assurant la réalisation de plusieurs thrillers, dont le fameux *Murder Inc.,* que Stuart Rosenberg dirigea en partie, et qui ouvrit la voie aux nombreuses œuvres consacrées plus ouvertement qu'auparavant au syndicat du crime. Les réalisateurs y mêlaient curieusement le documentaire et la fiction. Balaban passa de « l'organisation » à l'individu en reconstituant la biographie d'un gangster des années 20 dans *Mad Dog Coll.*

Baldi, Ferdinando

Réalisateur italien né en 1927.

Il prezzo dell'onore (1952) ; Ricordami (1955) ; Amari è il mio destino (1957) ; Due selvaggi a corte (1959) ; Assi alla ribalta (1959) ; David e Golia (avec R. Pottier, David et Goliath, 1959) ; I Tartari (Les Tartares, version ital., 1961) ; Orazi e Curiazi (Les Horace et les Curiace, version ital., 1962) ; La spada del Cid (avec Iglesias, L'épée du Cid, 1963) ; Taras Bulba il cosacco (1963) ; Sfida al re di Castiglia (1964) ; Follie d'Europa (pseudonyme : Baldwin, 1964) ; Il figlio di Cleopatra (1965) ; Texas Addio (Texas Addio, 1966) ; All' ombra delle aquile (pseudonyme : Baldwin, 1965) ; Il massacro della foresta nera (idem, 1966) ; Goldsnake anonima killers (1967) ; Io non protesto, io amo (1967) ; Little Rita nel West (1968) ; Preparati la bara (Trinita, prépare ton cercueil, 1968) ; Odia il prossimo tuo (1968) ; Il pistolero dell' Ave Maria (1969) ; Blindman (Blindman, le justicier aveugle, 1972) ; Afyon oppio (1972) ; Una vita lunga un giorno (pseudonyme : Livingstone, 1974) ; Carambola (1974) ; Carambola filotto... tutti in buca (1975) ; Geometra Prinetti selvaggiamente Osvaldo (1976) ; Nove ospiti per un delitto (1977) ; L'inquilina del piano di sopra (1977) ; Vengeance of the Barbarians (1977) ; I pirati dell'isola verde (pseudonyme : Kaplan, Les pirates de l'île verte, 1970).

Série Z à l'italienne, mais un film à voir : *Blindman.* Sujet ahurissant puisque c'est un aveugle qui est choisi pour conduire cinquante femmes destinées aux mineurs californiens, dans une région infestée de bandits. Scènes érotiques et cruelles alternent. On ne retiendra que celle où une cinquantaine de religieuses nues courent dans le désert, poursuivies par des bandits mexicains, au son d'une musique délirante composée par un certain Cipriani. Pour le reste, sa production va du film « biblique » *(David e Golia)* au thriller *(Goldsnake),* de l'Antiquité romaine *(les Horace et les Curiace)* aux flibustiers *(Les pirates de l'île verte),* sans qu'il soit possible d'établir une filmographie complète tant la diversité des pseudonymes de Baldi est grande : Ted Kaplan, Sam Livingstone, Ferdy Baldwin.

Baldi, Gian Vittorio

Réalisateur et producteur italien né en 1930.

Comme réalisateur : courts métrages, puis : Le italiene e e l'amore (un sketch, 1961) ; Luciano (1967) ; Fuoco ! (1968) ; La notte di fiori (1972) ; L'ultimo giorno di scuola prima delle vacanze di Natale (1975).

Directeur de l'Institut italien du documentaire, il tourna plusieurs courts métrages comme *Via dei cessati spiriti,* en 1959, qui en faisaient un adepte du cinéma-vérité. Il reçut le grand prix du festival de Tours pour *La casa delle vedove* en 1960. Son premier long métrage, *Luciano,* s'efforça d'approfondir cette voie nouvelle dans un portrait distancié d'un voleur. Ses recherches pour sortir des conventions du néo-réalisme sans en perdre l'esprit ouvrirent le chemin à Pasolini avec une œuvre très admirée comme *Fuoco !* Mais après 1970, Baldi préféra se tourner vers la production et soutenir les efforts des jeunes cinéastes italiens. De ce fait son influence sur le cinéma de la péninsule aura été à un double titre considérable.

Ballin, Hugo

Réalisateur américain, 1880-1956.

Thais (avec Crane, 1917) ; The Splendid Sinner (1918) ; Pagan Love (1920) ; East Lynne (1922) ; The Journey's End (1922) ; Jane Eyre (1922) ; Other Women's Clothes (1922) ; Married People (1922) ; Vanity Fair (1923) ; The Prairie Wife (1925) ; The Shining Adventure (1925).

Peintre célèbre, il fut engagé par Samuel Goldwyn pour faire les décors de films de Robertson et de Dwan en 1917. Ballin dirigea par la suite quelques films ambitieux dont *Vanity Fair,* d'après Thackeray, avec Otto Matiesen dans le rôle de Napoléon. Autres films qui donnèrent lieu à un remake : *Pagan Love* et *Jane Eyre.* Il fut, dans les années 20, le producteur de ses propres films, dirigeant sa propre épouse Mabel Ballin *(Pagan Love, Jane Eyre, Other Women's Clothes, Married People...).* De mauvaises affaires précipitèrent la chute de sa compagnie et Ballin renonça à diriger. Il fut encore le décorateur de *The Love of Sunya* pour Gloria Swanson, avant de se retirer définitivement de la carrière cinématographique.

Banks, Monty

Acteur et réalisateur d'origine italienne de son vrai nom Mario Bianchi, 1897-1950.

Comme réalisateur : Cocktails (1928) ; Eve's Fall (1929) ; The Compulsory Husband (1929) ; Not So Quiet in the Western Front (1930) ; Why Sailors Leave Home (1930) ; Almost a Honeymoon (1930) ; Old Soldiers Never Die (1931) ; What a Night (1931) ; Tonight's the Night (1932) ; Money for Nothing (1932) ; Heads We Go (1933) ; You Made Me Love You (1933) ; Falling in Love (1934) ; The Girl in Possession (1934) ; The Church House (1934) ; Father and Son (1934) ; Man of the Moment (1935) ; No Limit (1935) ; Keep your Seats Please (1936) ; Queen of Hearts (1938) ; We're Going to Be Rich (1938) ; Keep Smiling (1938) ; Shipyard Sally (1939) ; Great Guns (Quel pétard !, 1941).

Petit, gros et moustachu, ce comique italien fit ses débuts à Hollywood en 1914, sous Sennett. Ses films, fondés sur des poursuites trépidantes dans des voitures qui finissaient à la casse, ne lui permirent pas de s'imposer. Il passa en 1928 en Angleterre où il devint un « director » apprécié. Ses films, dans le cadre des Ealing Studios, reprirent les vieilles recettes du cinéma burlesque avec pour interprètes George Formby qui fut coureur motocycliste dans *No Limit* et dut se débattre avec une chèvre impossible dans *Keep your Seats Please,* puis Gracie Fields que Banks épousa (*Queen of Hearts*). En 1940, il revint aux États-Unis pour y diriger un Laurel et Hardy, modérément drôle : *Great Guns.*

Baratier, Jacques

Réalisateur français né en 1918.

Courts métrages : Les filles du Soleil (1948) ; Désordre (1949) ; la cité du midi (1951) ; La vie du vide (1952) ; Métier de danseur (1953) ; Histoire du palais idéal (1954). *Longs métrages :* Goha (1958) ; La poupée (1962) ; Dragées au poivre (1963) ; L'or du duc (1965) ; Le désordre à vingt ans (1966) ; Piège (1968) ; La décharge (1970) ; Vous intéressez-vous à la chose ? (1973) ; La ville-bidon (1975).

Il fut longtemps considéré comme l'un des espoirs du cinéma français. C'était l'époque du *Désordre* et de *La poupée.* Indifférence ou incapacité, il n'a pas tenu ses promesses. Dans leur numéro spécial sur la Nouvelle Vague, les *Cahiers du cinéma* le considéraient, en 1962, avec un certain dédain. De *La poupée,* ils disaient, reprenant un mot d'Audiberti : « Baratier c'est à la fois Pierrot et Scapin. » Par l'originalité de son sujet qui remettait en cause, sous une forme burlesque, le cinéma-vérité, *Dragées au poivre* (Belmondo,

Francis Blanche, Jean Babilée et Sophie Daumier au générique) aurait mérité un meilleur sort. Le film vint trop tôt. *Le désordre à vingt ans*, formé en réalité de trois courts métrages, vint trop tard. Il évoquait Saint-Germain-des-Prés avec Boris Vian, Cocteau, Adamov, Gréco, les frères Jacques... à la veille de l'explosion de mai 68. Baratier se tourne alors vers la nouvelle génération. *La ville-bidon* est un témoignage sur les marginaux de la banlieue, les fameux « casseurs ». Mais Baratier ne les voit cette fois que de l'extérieur, comme un entomologiste regarde ses insectes. Il n'y a plus cette vérité du regard que le metteur en scène portait sur la jeunesse existentialiste dans *Le désordre.* Un autre monde est né auquel Baratier demeure étranger.

Barbera, Joseph

Réalisateur américain de dessins animés, né en 1911.

Principaux courts métrages : Yankee Doodle Mouse (1943) ; Mouse Trouble (1944) ; Quiet Place (1945) ; The Cat Concerto (1946) ; Kitty Foiled (1947) ; Professor Tom (1948) ; The Two Mouseketeers (1951) ; Johann Mouse (1952) ; Mouse for sale (1955) ; Life with Loopy (1960) ; Just a Wolf at Heart (1962).

Il fut d'abord gagman à la MGM à partir de 1937. Puis, avec Hanna, il créa pour Fred Quimby les populaires Tom et Jerry, le chat et la souris lancés dans d'inépuisables poursuites. Il a signé plus de cent films de cette série, puis a créé le personnage de Loopy de Loop, loup bien intentionné mais incompris, avant de quitter la MGM pour fonder, toujours avec Hanna, sa propre maison de production orientée surtout vers la télévision (*Yogi* l'ours).

Bardem, Juan Antonio

Réalisateur espagnol né en 1922.

Paseo sobre una guerra antigua (avec Berlanga, 1949) ; Esa pareja feliz (avec Berlanga, 1951) ; Comicos (1954) ; Felices Pascuas (1954) ; Muerte de un ciclista (Mort d'un cycliste, 1955) ; Calle mayor (Grand-rue, 1956) ; La venganza (La vengeance, 1957) ; Sonatas (1959) ; A las cinco de la tarde (A cinq heures de l'après-midi, 1960) ; Los inocentes (1962) ; Nunca pasa nada (1963) ; Los pianos mecanicos (Les pianos mécaniques, 1965) ; El ultimo dia de la guerra (1969) ; Variétés (1971) ; La corrupcion de Chris Miller (1973) ; L'île mystérieuse (avec Colpi, 1973) ; Behind the Shutters (1973) ; El podor del deseo (1976) ; Foul Play (1976) ; The Dog (1977) ; El Puente (1977) ; Sept jours de janvier (1979).

Bien qu'issu d'un ménage d'acteurs, il semblait devoir s'orienter vers une carrière d'ingénieur dans l'agriculture lorsque son département ministériel lui proposa de développer le service cinématographique. Il suivit alors les cours de l'Instituto de Investigaciones cinematograficas mais ne fut jamais diplômé. Mordu désormais par le cinéma, il se tourne vers la carrière de critique puis de scénariste, écrivant avec Berlanga *Bienvenido, Mr Marshall.* C'est avec le même réalisateur qu'il signe ses premiers films avant de faire cavalier seul pour *Comicos. Mort d'un cycliste,* une œuvre féroce sur la société franquiste, le fait remarquer. Il est l'idole d'une élite intellectuelle mais se fait arrêter par la police avant d'avoir pu achever *Calle mayor.* Libéré, il doit se résigner à laisser amputer par la censure son film suivant, *La vengeance,* qui, du coup, déçoit ses partisans. Nouveaux ennuis pour divers projets et suppression de sa revue *Objectivo.* Bardem devient encore plus suspect lorsqu'il produit *Viridiana* de Buñuel dont la censure n'avait pas immédiatement compris le caractère subversif. Nullement découragé, il continue : « Un artiste ne peut se déraciner », affirme-t-il. Il accepte pourtant quelques travaux de commande, dont une adaptation de Jules Verne. Il semble dépassé. Il revient pourtant, en 1979, au premier plan, avec un film politiquement engagé racontant l'attentat de trois jeunes phalangistes contre le siège du collectif des avocats du peuple. « Je ne puis, répète-t-il, parler que de ce que je connais bien : l'Espagne. »

Bare, Richard L.

Réalisateur américain né en 1909.

Smart Girls Don't Talk (1948) ; Flaxy Martin (1949) ; The House Across the Street (1950) ; Return of the Frontiersman (1950) ; This Side of the Law (1950) ; Prisoners of the Casbah (La princesse prisonnière, 1953) ; The Outlanders (1956) ; The Storm Riders (1956) ; Julesburg (1956) ; Border Showdown (1956) ; The Travellers (1957) ; Shoot Out at Medecine Bend (Le vengeur, 1957) ; Girl on the Run (Témoin dangereux, 1958) ; This Rebel Breed (1960) ; Wicked, Wicked (1973).

Du cinéma de simple divertissement, mais non dépourvu d'humour *(La princesse prisonnière)* et de vigueur *(Le vengeur* est un solide western où Randolph Scott fait merveille). Il eût mérité des budgets plus importants car il avait le sens de l'action (le gunfight du *Vengeur*) et savait ménager d'habiles suspenses *(Témoin dangereux).* Par rapport à d'autres « rois des B movies », il a peu tourné, ce qui peut expliquer le soin apporté à la réalisation de ses films par ailleurs sans prétention. Bare a surtout travaillé, après 1960, pour la télévision.

Barker, Reginald

Réalisateur américain, 1886-1937.

On the Night Stage (1914) ; The Bargain (1914) ; The Geisha (1914) ; The Typhoon (L'honneur japonais, 1914) ; The Wrath of the Gods (1914) ; The Coward (Le lâche, 1915) ; The Italian (Le gondolier de Venise, 1915) ; The Golden Claw (1915) ; The Disciple (Le disciple, 1915) ; The Conqueror (1915) ; The Iron Strain (1915) ; The Apostle of Vengeance (1915) ; Between Men (1915) ; Shell 43 (1916) ; Hell's Hinges (Le justicier, 1916) ; Civilization (Coréal., civilisation, 1916) ; The Bugle Call (1916) ; The Criminal (1916) ; Jim Grimsby's Boy (1916) ; The Market of Vain Desire (1916) ; The Thoroughbred (1916) ; Three of Many (1916) ; The Stepping Stone (1916) ; Happiness (1917) ; Back of the Man (1917) ; The Iced Bullet (1917) ; The Paws of the Bear (1917) ; A Strange Transgressor (1917) ; Sweetheart of the Doomed (1917) ; Golden Rule Kate (1917) ; Shackled (1918) ; Carmen of the Klondyke (Carmen du Klondyke, 1918) ; The Branding Iron (1918) ; Madam Who (1918) ; The Stronger Vow (1919) ; The Turn of the Wheel (1918) ; The Hell Cat (1918) ; The One Woman (1918) ; The Brand (La marque sanglante, 1919) ; The Crimson Gardenia (1919) ; Shadows (1919) ; Girl from the Outside (1919) ; The Flame of the Desert (La flamme du désert, 1919) ; The Bonds of Love (1919) ; Dangerous Days (1920) ; The Woman and the Puppet (1920) ; Bunty Pulls the Strings (1921) ; Godless Men (1921) ; Snowblind (1921) ; The Old Nest (1921) ; The Poverty of Riches (1921) ; The Storm (1922) ; Hearts Aflame (1923) ; Pleasure Mad (1923) ; The Eternal Struggle (1923) ; Women Who Give (1924) ; Broken Barriers (1924) ; The Dixie Handicap (1925) ; The Great Divide (La rançon, 1925) ; The White Desert (1925) ; When the Door Opened (Quand la porte s'ouvrit, 1925) ; The Flaming Forest (1926) ; The Frontiersman (1927) ; Body and Soul (1927) ; The Toilers (1928) ; The Rainbow (1929) ; New Orleans (1929) ; The Mississippi Gambler (1929) ; Seven Keys to Baldpate (1929) ; Hide-Out (1930) ; The Moonstone (1934) ; Women Must Dress (1935) ; The Healer (1935) ; Forbidden Heaven (1936).

L'un des pères du western auquel on tend à accorder aujourd'hui sa véritable importance : « Il fut trop longtemps l'artisan trop souvent anonyme des succès dont Ince fut crédité » (Rieupeyrout, *La grande aventure du western).* C'est lui le véritable auteur des grands William Hart. Beaucoup de ses films ont disparu mais l'on peut juger de la qualité de son art avec *Hell's Hinges :* « Le thème du bandit repenti au contact d'une noble âme et à la vue de doux yeux s'illustra ici avec une grande et volontaire sobriété. Galopades et bagarres s'y déclenchaient durant les deux bobines finales. Tout y était merveilleusement dit par la caméra de Joe August inspirée par le soin extrême de W. S. Hart à créer une atmosphère dramatique » (Rieupeyrout). Cocteau, comme Delluc ou Langlois, considérait que le western avait atteint son apogée avec *Carmen of the Klondyke.* Difficile d'en juger, le film étant perdu. D'origine écossaise, venu aux États-Unis à l'âge de 10 ans, il avait débuté dans la carrière cinématographique en dirigeant, à partir de 1913, des courts métrages pour Thomas Ince. Des westerns naturellement. Mais il faut se garder d'enfermer ce brillant metteur en scène dans un seul genre auquel il donna ses lettres de noblesse (*Le disciple* en déborde le cadre étroit pour toucher au drame spirituel). Barker a signé d'excellents mélodrames et les séquences les plus fortes de *Civilization.* Il est temps de lui redonner sa vraie place, l'une des premières, dans le cinéma américain.

Barnet, Boris

Acteur et réalisateur russe, 1902-1965.

Comme réalisateur : Miss Mend (avec Ozep, 1926) ; Diévouchka s karobkoï (La jeune fille au carton à chapeau, 1927) ; Moskva v oktiabri (Moscou en octobre, 1927) ; Dom na Troubnoï (La maison de la place Troubnaia, 1928) ; films scientifiques (1930) ; Liedelom (La rupture des glaces, 1931) ; Okraïna (Okraïna, 1933) ; Ou Samovo sinevo moria (Au bord de la mer bleue, 1936) ; Notch v sentiabr (Une nuit de septembre, 1939) ; Moujestvo (film de guerre, 1941) ; Bestsennaïa golova (film de guerre, 1942) ; Odnajdi notchiou (Une fois la nuit, 1945) ; Podvig Razvedtchika (Exploit d'un éclaireur, 1947) ; Stranitsi djizni (Les pages de la vie, 1948) ; Chtchédroié Liéto (Un été prodigieux, 1950) ; Kontsert Masterov oukraïinskovo iskoustsva (Concert des maîtres de l'art ukrainien, 1952) ; Liana (1955) ; Poet (Le poète, 1957) ; Borists i kloun avec Youdine (Le lutteur et le clown, 1958) ; Stari vsadnik (Le vieux cavalier, 1940-1960) ; Anouchka (1960) ; Alionka (1962).

Né dans une famille d'imprimeurs de Moscou, dont le fondateur, un Anglais, s'était établi en Russie après les guerres napoléoniennes, Barnet a été soldat, boxeur, aide-machiniste avant d'entrer à l'Institut du cinéma de Moscou où il eut Kouléchov comme professeur. Il tourne comme acteur dans Les *aventures de Mister West au pays des Bolcheviks, de son maître, Tempête sur l'Asie* de Poudokine et *Le cadavre vivant* d'Ozep. Mais c'est comme réalisateur qu'il s'affirme en 1927 avec *La jeune fille au carton à chapeau,* un film doux-amer sur la crise du logement à Moscou et les conflits entre la vieille et la nouvelle Russie. Au pays du réalisme socialiste, il va ainsi développer un style personnel mêlant la tragédie à la comédie dans des œuvres intimistes et teintées d'ironie : *Au bord de la mer bleue* par exemple qui nous offre un charmant portrait de jeune fille un peu, mais pas trop délurée. Mais la guerre n'est pas absente. La Russie en a trop souffert. Dans *Okraïna,* elle est là avec sa cruauté et son absurdité (le massacre du jeune prisonnier allemand). Toutefois, c'est dans la féerie quotidienne, dans le comique né de situations de la vie de tous les jours qu'il est le plus à l'aise, qu'il peut laisser s'épanouir « ce style inimitable, comme dit de lui Godard, qui ne mourra qu'avec le cinéma ».

Baroncelli, Jacques de

Réalisateur français, 1881-1951.

La maison de l'espoir (1916) ; La faute de Pierre Daisy (1916) ; Trois filles en portefeuille (1916) ; Le jugement de Salomon (1916) ; La nouvelle Antigone (1916) ; Le suicide de Sir Teston (1916) ; L'hallali (1916) ; Le scandale (1916) ; La rose (1916) ; Le roi de la mer (1916) ; Le drame du château de Saint-Privat (1917) ; Une mascotte (1917) ; L'inconnue (1917) ; Le retour aux champs (1918) ; Fils naturel (1918) ; La revenante (1918) ; Pile ou face (1918) ; Trois K. (1918) ; Le cas du Procureur Lesmin (1918) ; Une vengeance (1918) ; Champi-Tortu (1918) ; Le secret du Lone Star (1919) ; La rafale (1919) ; Ramuntcho (1919) ; L'héritage (1920) ; Flipotte (1920) ; Le père Goriot (1922) ; Le carillon de minuit (1922) ; Roger la Honte (1922) ; La femme inconnue (1923) ; Le rêve (1923) ; Nène (1923) ; La légende de Sœur Béatrix (1923) ; Pêcheurs d'Islande (1924) ; La flambée des rêves (1925) ; Veille d'armes (1925) ; Le réveil (1925) ; Nitchevo (1925) ; Feu (1927) ; Le passager (1929) ; La femme du voisin (1929) ; Le duel (1929) ; La tentation (1929) ; La femme et le pantin (1929) ; L'Arlésienne (1930) ; L'Océan (1931) ; Brumes (1931) ; Rêves (1931) ; Le dernier choc (1932) ; Gitanes (1933) ; L'ami Fritz (1933) ; Cessez-le-feu (1934) ; Crainquebille (1934) ; Le roi de Camargue (1935) ; Nitchevo (1935) ; Feu (1936) ; Michel Strogoff (1936) ; La belle étoile (1938) ; S.O.S. Sahara (1938) ; L'homme du Niger (1939) ; Fausse alerte (1940) ; Soyez les bienvenus (1940) ; Le pavillon brûle (1941) ; Ce n'est pas moi (1941) ; La Duchesse de Langeais (1942) ; Haut-le-Vent (1942) ; Les mystères de Paris (1943) ; Marie la Misère (1945) ; Tant que je vivrai (1945) ; La rose de la mer (1946) ; Rocambole (1947).

Spécialiste des adaptations littéraires, son champ est très varié de Pérochon *(Nène)* à Loti *(Ramuntcho)*, d'Erckmann-Chatrian *(L'ami Fritz)* à Anatole France *(Crainquebille)* en passant par Ponson du Terrail *(Rocambole)* et Jules Mary *(Roger-la-Honte)*. La réalisation est toujours soignée avec de belles images *(Pêcheurs d'Islande)*, des scénarios élaborés (Giraudoux pour *La duchesse de Langeais)* et des distributions brillantes (Coëdel, Herrand, G. Kerjean et A. Rignault dans *Les mystères de Paris* d'après Eugène Sue). Est-ce parce qu'il a beaucoup tourné, sans laisser, à part *La duchesse de Langeais*, d'œuvres célèbres, qu'il est un peu laissé dans l'ombre ? Pourtant sa version de *Michel Strogoff* est remarquable : on y respire le souffle de l'aventure, les Russes et les Tartares semblent sortis tout droit des gravures des vieilles éditions Hetzel et Baroncelli reste fidèle au récit de Jules Verne. C'est un metteur en scène qui n'ennuie jamais ; il sait choisir ses sujets, il a le sens du rythme cinématographique et de la belle image. Ce qui lui a manqué c'est de diriger plus souvent ces merveilleux acteurs de second plan qui ont fait le charme du cinéma français des années 30-40. Son fils, Jean de Baroncelli, est critique cinématographique au journal *Le Monde*.

Barreto, Lima

Metteur en scène brésilien né en 1906.

Panel (Le tableau, 1950) ; Sanctuaire (1951) ; O'Cangaceiro (Sans peur, sans pitié, 1953) ; A primeira missa (La première messe, 1961).

O' Cangaceiro, western brésilien, dont la musique devait devenir célèbre, révéla à l'Europe le cinéma d'Amérique latine. Cette histoire de bandits, dont le chef tombait amoureux de l'institutrice d'un petit village, ne manquait pas de souffle. Le reste de l'œuvre de Barreto paraît plus conventionnel, moins apte en tout cas à séduire le public européen. Encore un homme d'un seul film. Et d'un film contesté. Le *Cinema novo* devait pourfendre ce film. Son principal théoricien, Rocha, affirmait : « *O'Cangaceiro* a vraiment abruti le public. Produit industriel fondé sur une idéologie nationaliste typiquement préfasciste, *O'Cangaceiro* est un film négatif pour le cinéma brésilien, comme toute l'œuvre de Lima Barreto. » *(Les cinémas de l'Amérique latine*, p. 134). *O'Cangaceiro* n'en reste pas moins, au Brésil, le film le plus populaire de la production nationale.

Barros, Leitao de

Réalisateur portugais, 1896-1967.

Mal de Espanha (1918) ; Malmequer (1919) ; Maria do mar (1930) ; A Severa (1930) ; As pupilles de Snr. Reitor (Les pupilles de M. le Recteur, 1932) ; Bocage (1937) ; Maria Papoila (1942) ; Camoëns (1944) ; Ines de Castro (La reine morte, 1946) ; Castro Alves (La maison merveilleuse, 1948).

Considéré comme le plus grand réalisateur portugais, il a partagé son temps entre le mélodrame social (il avait été journaliste) et la fresque historique où, par ailleurs, auteur dramatique, il se sentait très à l'aise *(Camoëns ; Ines de Castro)*.

Barrymore, Lionel

Acteur et réalisateur américain, 1878-1954.

Comme réalisateur : Madame X (1929) ; The Unholy Night (1929) ; The Green

Ghost (1929) ; His Glorious Night (1930) ; The Rogue Song (1930) ; Ten Cents a Dance (1931).

Frère d'Ethel et John Barrymore, redoutable famille d'acteurs que l'on vit sévir chez Griffith puis à la MGM, il a dirigé plusieurs films où en général il ne jouait pas. *The Rogue Song* jouit d'une petite réputation.

Bartel, Paul

Réalisateur américain né en 1938.

Private Parts (1973) ; Death race 2000 (La course à la mort de l'an 2000, 1975) ; Cannonball (1976).

Spécialiste du fantastique, formé à l'école de Roger Corman, son producteur. *Death race* qui opposait dans une course automobile intercontinentale Frankenstein, Néron, Calamity Jane et autres monstres, est probablement l'un des meilleurs films de science-fiction des années 1970, en raison de son humour noir (le massacre des infirmières de l'hôpital alors que l'on attendait celui des malades, ou la voiture d'enfant piégée) et du rythme haletant du montage. P. Bartel fut moins heureux avec *Cannonball* qui affadissait le thème. On peut déplorer que *Private Parts,* œuvre d'un érotisme insolite, n'ait pas connu une distribution normale. Paul Bartel semble s'être orienté vers la télévision et avoir délaissé le cinéma.

Bartlett, Hall

Producteur et réalisateur américain né en 1922.

Unchained (Prison sans chaîne, 1955) ; Drango (Le pays de la haine, 1957) ; Zero Hour (A l'heure Zéro, 1957) ; All the Young Men (Les marines attaquent, 1960) ; The Caretakers (1963) ; Changes (1969) ; Sandpit General (1972) ; Jonathan Livingstone Seagull (Jonathan Livingstone le goéland, 1973) ; The Sandpit Generals (1975) ; The Children of Sanchez (1978).

Honnête producteur *(Navajo),* il met quelquefois la main à la pâte. Cela donne un bon western *(Drango)* ou un film d'animaux au succès démesuré *(Jonathan Livingstone).* Cette dernière œuvre consacrée à une mouette (et non à un goéland comme le suggérait le titre français) sut éviter l'anthropomorphisme cher à Walt Disney et le chromo. Pourquoi ce réalisateur de série B obtint-il des moyens financiers aussi importants et de considérables délais de tournage (plus de dix mois) pour tourner cette adaptation d'un best-seller qui allait devenir un film aux fabuleuses recettes ? Mystère de la production américaine, Bartlett est retombé ensuite dans la routine.

Bartlett, Richard

Réalisateur américain.

Silent Raiders (1954) ; The Silver Star ; The Lonesome Trail (1955) ; The Two Gun Lady ; Rock Pretty Baby ; I've Lived Before (1956) ; Joe Dakota ; Slim Carter (1957) ; Money, Women and Guns (L'héritage de la colère, 1958).

Oublié de la plupart des dictionnaires, Richard Bartlett a signé deux westerns très originaux, *Joe Dakota* et *L'héritage de la colère :* « peu de violence, mais un ton très élégant, un peu précieux » (Coursodon et Tavernier). Dans le premier, Bartlett s'affirmait déjà ennemi de la violence : J. Mahoney était un héros singulièrement nonchalant, peu pressé de dégainer ; dans le second, histoire d'une recherche, celle de l'assassin et des héritiers d'un prospecteur, le rythme était fragmenté en une suite de sketches et encombré d'épisodes moraux dont les personnages étaient le plus souvent des infirmes plus portés aux considérations générales qu'au combat. Ce calme qui ne va pas sans afféterie, ce souci de prêcher, ce raffinement de l'image destiné à masquer l'absence d'action, tout contribue à donner à l'œuvre de Bartlett une place à part dans l'évolution du western.

Barton, Charles T.

Réalisateur américain né en 1902.

Wagon Wheels (1934) ; Car 99 (1935) ; Rocky Mountain Mystery (1935) ; The Last Outpost (1935) ; Timothy Quest

(1936) ; Nevada (1936) ; And Sudden Death (1936) ; Rose Bowl (1936) ; Murder With Pictures (1936) ; The Crime Nobody Saw (1937) ; Forlorn River (1937) ; Thunder Trail (1937) ; Born to the West (1938) ; Titans of the Deep (1938) ; Behind Prison Gates (1939) ; Five Little Peppers and How They Grew (1939) ; My Son Is Guilty (1940) ; Five Little Peppers at Home (1940) ; Island of Doomed Men (1940) ; Babies for Sale (1940) ; Out West With the Peppers (1940) ; Nobody's Children (1940) ; The Phantom Submarine (1941) ; The Big Boss (1941) ; Richest Man in Town (1941) ; Two Latins from Manhattan (1941) ; Harmon of Michigan (1941) ; Tramp, Tramp, Tramp (1942) ; Shut My Big Mouth (1942) ; Hello, Annapolis (1942) ; Sweetheart of the Fleet (1942) ; Parachute Nurse (1942) ; The Spirit of Stanford (1942) ; What's Buzzin'Cousin ? (1943) ; Let's Have Fun (1943) ; Lucky Legs (1943) ; Is Everybody Happy ? (1943) ; Reveille With Beverly (1943) ; She Has What It Takes (1943) ; Hey, Rookie (1944) ; Jam Session (1944) ; Beautiful But Broke (1944) ; Louisiana Hayride (1944) ; The Beautiful Cheat (1945) ; Men in Her Diary (1945) ; Smooth as Silk (1946) ; The Time of Their Lives (Deux nigauds dans le manoir hanté, 1946) ; White Tie and Tails (1946) ; The Ghost Steps Out (1946) ; Buck Privates Come Home (Deux nigauds démobilisés, 1947) ; The Wistful Widow of Wagon Gap (Deux Nigauds et une veuve, 1947) ; The Noose Hangs High (36 heures à vivre, 1948) ; Abbott and Costello Meet Frankenstein (Deux nigauds contre Frankenstein, 1948) ; Mexican Hayride (Deux nigauds toréadors, 1948) ; Abott and Costello Meet the Killer, Boris Karloff (1949) ; Africa Screams (Deux nigauds en Afrique, 1949) ; Free for All (1949) ; Double Crossbones (1950) ; The Milkman (1950) ; Ma and Pa Kettle at the Fair (1952) ; Dance With Me Henry (1956) ; The Shaggy Dog (1959) ; Toby Tyler (1960) ; Swingin'Along (1962).

Si Laurel et Hardy, les Marx ou Lloyd furent les véritables auteurs de leurs films, il n'en fut pas de même des ternes Abbott et Costello. Leur principal metteur en scène (au moins huit films), Barton, semble avoir eu les coudées franches. Certaines bandes de cet ancien assistant de Wellman ne sont pas sans mérites, ainsi *Les deux nigauds contre Frankenstein,* brillante parodie des films d'horreur de l'Universal. Après avoir échappé à Frankenstein, à Dracula et au Loup-Garou, les deux nigauds se retrouvaient, sains et saufs, dans une barque. A ce moment une cigarette s'allumait dans le vide et l'on entendait une voix : « Je me présente ; je suis l'homme invisible. » Quelques rares séquences de ce genre sauvent Barton de la médiocrité où il s'est généralement enlisé. Elles lui ont valu une petite réputation auprès de quelques amateurs (Jean-Pierre Bouyxou, *Frankenstein,* p. 64). Pourtant si l'on trouve quelques idées insolites dans *Abott and Costello Meet the Killer* ou dans *The Wistful Widow of Wagon Gap,* grâce aux séquences parodiques de Costello en shérif, et si l'on peut rire parfois aux gags de *The Time of Their Lives,* force est de reconnaître que Barton fait preuve le plus souvent d'une affligeante platitude dans ses mises en scène. Il s'est, délaissant les deux nigauds, tourné depuis vers la télévision où il a adapté les bandes dessinées de Ketchmans, *Dennis the Menace.* Ce ne fut pas une perte pour le grand écran.

Bartosch, Berthold

Animateur d'origine tchèque, 1893-1968.

L'idée (1932) ; Saint-François (1939).

Études à Vienne. Travaille à Berlin avec Ruttmann, Reiniger et Pinschewer. Vient à Paris en 1930 et entreprend de transposer en dessin animé l'œuvre du graveur Masereel. Il conçoit une multiplane, sorte de table de prises de vues à plans superposés et tourne ainsi *L'idée,* l'un des premiers films d'animation non comiques. Mais il doit finalement limiter son activité aux films publicitaires ou à la peinture.

Bass, Saül

Animateur et réalisateur américain né en 1920.

Comme réalisateur : Phase IV (Phase IV, 1974).

Célèbre auteur de génériques *(Carmen Jones, Autopsie d'un meurtre, Vertigo, Spartacus...)*, il a signé un angoissant film de science-fiction qui oppose le monde des fourmis à celui des humains dans une impitoyable guerre des espèces dont les fourmis sortent gagnantes, ouvrant une nouvelle ère sur notre planète : la phase IV.

Batchelor, Joy

Réalisatrice et productrice anglaise de films d'animation, née en 1914.

The Pocket Cartoon (1941) ; Handling Ships (1945) ; Robinson Charley (1948) ; Magic Canvas (1951) ; The Owl and the Pussycat (1953) ; Animal Farm (1954) ; History of the cinema (1956) ; All Lit Up (1957) ; Dam the Delta (1960) ; For Bette for Worse (1961) ; Automania 2000 (1963) ; Ruddigore (1966) ; What is a Computer ? (1970).

Elle rencontre en 1936 le Hongrois Halas, l'épouse et fonde avec lui la Halas and Batchelor Cartoon Films. Ils signent plusieurs films de propagande pendant la guerre puis, en 1954, l'un des premiers longs métrages d'animation anglais, *Animal Farm,* satire du régime nazi, d'après George Orwell. Avec des collaborateurs comme Harold Whitaker et Tony Whitehouse pour l'animation, Jack King pour la musique, Stan Hayward pour les scénarios, et une production de plus de 1 000 films, éducatifs ou de simple divertissement, « Halas & Batchelor » vont symboliser l'animation britannique des années 50. Un style un peu raide, un souci trop pédagogique, des préoccupations financières ont empêché une large diffusion des meilleures bandes de Batchelor et Halas en dehors de l'Angleterre. *Animal Farm* par exemple est inédit en France.

Bauer, Evgueny

Réalisateur russe, 1865-1917.

Principaux films : Le bossu K (1913) ; Volnaya ptitsa (L'oiseau libéré, 1914) ; Jizn v smerti (La vie dans la mort, 1914) ; Ditya bolchovo goroda (L'enfant de la grande ville, 1914) ; Slezi (Pleurs, 1914) ; Pesn loyestvouyouchtchei Lioubvi (Le chant de l'amour triomphant, 1915) ; Irina Kirsanova (1915) ; Koroleva chrana (La reine de l'écran, 1916) ; Jizn na Jizn (Vie pour vie, 1916) ; Grif starovo bortza (Le griffon d'un vieux guerrier, 1916) ; Nabat (L'alarme, 1917) ; Korol Parija (Le roi de Paris, 1917).

L'un des premiers réalisateurs russes ayant eu le souci de faire une œuvre personnelle. Il se spécialisa dans les drames mondains ou les films aux confins du fantastique. Ancien peintre et décorateur, il attachait une grande importance aux décors de ses propres films. C'est lui qui imposa un certain nombre de vedettes : Mosjoukine *(La vie dans la mort)* et Vera Kholodnaia. Jay Leyda dans son *Histoire du cinéma russe et soviétique* (1976) insiste sur le rôle important joué alors par Bauer : « Bauer commença sa carrière chez Pathé et chez Drankov, tantôt metteur en scène, tantôt décorateur. C'est lui qui dirigea *Le secret du portrait du professeur Insarov ;* c'est à lui qu'on dut les décors du film jubilaire de Drankov. Mais il ne montra ses meilleures qualités qu'après avoir rejoint les studios Kanjonkov ; là cet homme aux talents très personnels reçut à peu près carte blanche ; il put ainsi marquer le cinéma russe d'une influence durable. »

Bava, Mario

Opérateur et réalisateur italien, 1914-1980.

Comme réalisateur : La maschera del demonio (Le masque du démon, 1960) ; Ercole al centro della terra (Hercule contre les vampires, 1961) ; Gli invasori (La ruée des Vikings, 1961) ; Le meraviglie di Aladino (co-réal., Les mille et une nuits, 1962) ; La ragazza che sapeva troppo (La fille qui en savait trop, 1963) ; La frusta e il corpo (sous le pseudonyme de John Old, Le corps et le fouet, 1963) ; I tre volti della paura (Les trois visages de la peur, 1963) ; Sei donne per l'assassino (Six femmes pour l'assassin, 1964) ; La strada per Fort Alamo (sous le nom de J. Old, 1965) ; Terrore nello spazio (1965) ; Operazione paura (1966) ; I coltelli del vendicatore (Old, 1966) ; Le spie vengono dal semifreddo (1967) ; Diabolik (Danger : Diabolik, 1968) ; Cinque bambole per la luna d'agoste (L'île de l'épouvante, 1970) ; Il rosso segno della follia (1970) ; Roy Colt e Winchester Jack (1970) ; Reazione a catena (ou Ecologia del delitto, La baie sanglante, 1971) ; Gli orrori del castello di Norimberga (Baron Blood, 1972) ; Cani arrabbiati (1974) ; La casa dell'esorcismo (1975) ; Quante volte... quella notte (1970-1976) ; Shock (1977).

Le plus brillant des opérateurs italiens (il a travaillé pour De Robertis, Camerini, Emmer, Steno, Monicelli) décide en 1960 de passer derrière la caméra, cette fois comme réalisateur : il signe un chef-d'œuvre du cinéma fantastique : *Le masque du démon,* un film qui vaut par la beauté de ses images, la qualité de son scénario, inspiré de *Vij* de Nicolas Gogol, et l'interprétation de Barbara Steel dont « les ongles démesurés raclant la pierre d'un sarcophage savent si bien nous déchirer le cœur » (Jean-Claude Michel). Il confirme cette réputation dans les films suivants, notamment son *Hercule contre les vampires* dont le baroque visuel montre que Bava reste un opérateur. Hélas, Bava n'est reconnu que par une poignée de fanatiques. Ses ambitions sont encore grandes dans *Trois visages de la peur* où il distille admirablement l'épouvante, puis, sans se déshonorer d'ailleurs, il tourne des films d'une plus grande banalité relevant de l'espionnage, du western-spaghetti, ou, de temps à autre, du fantastique : on retrouve alors la griffe du spécialiste. *Danger : Diabolik,* baroque version d'un célèbre roman-photo, ou *Six femmes pour l'assassin,* angoissante intrigue policière, *L'île de l'épouvante* ou *La baie sanglante* (qui ne comporte pas moins de treize meurtres, tous particulièrement horribles, les derniers commis par des enfants) montrent que Bava valait mieux que les scénarios qui lui furent confiés.

Beatty, Warren

Acteur et réalisateur américain né en 1937.

Comme réalisateur : Heaven Can Wait (Le ciel peut attendre, 1978) ; Reds (1981).

Un charmant remake de *Here comes Mr. Jordan* d'Alexander Hall, où un mort par erreur, dont la dépouille a été incinérée, doit trouver un autre corps pour se réincarner, et *Reds,* sur les débuts de la révolution russe vus par Reed qui devait laisser un témoignage qui fait encore autorité, œuvre considérée par la critique new-yorkaise comme le meilleur film de 1981, ont fait entrer cet honnête comédien, spécialiste des rôles de play-boy, dans le panthéon des réalisateurs.

Beaudine, William

Réalisateur américain, 1892-1970.

Nombreux courts métrages. Puis 175 longs métrages dont : Catch My Smoke (1922) ; Heroes of the Street (1922) ; Watch Your Steps (1922) ; Boy of Mine (1923) ; The Country Kid (1923) ; Her Fatal Millions (1923) ; Penrod and Sam (1923) ; The Printer's Devil (1923) ; Cornered (1924) ; Daughters of Pleasure (1924) ; Lover's Lane (1924) ; The Narrow Street (1924) ; A Self-Made-Man Failure (1924) ; Daring Youth (1924) ; Wandering Husbands (1924) ; A Broadway Butterfly (1925) ; How Baxter Butted in (1925) ; Little Annie Rooney (La petite Annie, 1925) ; The Canadian (1926) ; Hold That Lion (1926) ; The Social Highwayman (1926) ; Sparrows (Moineaux, 1926) ; That's My Baby (C'est pas mon gosse !, 1926) ; Frisco Sally Levy (1927) ; The Irresistible Lover (1927) ; The Life of Riley (1927) ; The Cohens and the Kellys in Paris (1928) ; Do your Duty (1928) ; Give and Take (1928) ; Heart to Heart (1928) ; Home James (1928) ; Fugitives (1929) ; The Girl from Woolworth's (1929) ; Two Weeks Off (1929) ; Wedding Rings (1930) ; Road to Paradise (1930) ; Those Who Dance (1930) ; The Men in Her Life (1931) ; Father's

Son (1931) ; Mad Parade (1931) ; The Lady Who Dared (1931) ; Misbehaving Ladies (1931) ; Penrod and Sam (1931) ; The Road to Paradise (1931) ; Make Me a Star (1932) ; Three Wise Girls (1932) ; On Probation (1932) ; Crime of the Century (1933) ; Her Bodyguard (1933) ; The Old Fashioned Way (La parade du rire, 1934) ; Dandy Dick (1934) ; Boys Will Be Boys (1935) ; Windbag the Sailor (1936) ; It's in the Bag (1936) ; Mr. Cohen Takes a Wife (1936) ; Blonde Comet (La blonde comète, 1941) ; One thrilling Night (1942) ; The Living Ghost (1942) ; The Broadway Big Shot (1942) ; The Mystery of the 13 th Guest (1943) ; Ghosts on the Loose (1943) ; The Ape Man (1943) ; Vodoo Man (1944) ; Detective Kitty O'Day (1944) ; Hot Rhythm (1944) ; Shadow of a Suspicion (1944) ; Crazy Nights (1944) ; Blonde Ransom (1945) ; Below the Deadline (Les dés sanglants, 1946) ; The Red Hornet (1947) ; Philo Vance Returns (1947) ; The Golden Eye (1948) ; The Shanghai Chest (1948) ; The Feathered Serpent (Charlie Chan à Mexico, 1948) ; Tuna Clipper (Le pari fatal, 1949) ; Jiggs and Maggie in Jackpot Jitters (1949) ; Blonde Dynamite (1950) ; Ghost Chasers (1951) ; Bela Lugosi Meets a Brooklyn Gorilla (1952) ; Murder Without Tears (1953) ; Paris Playboys (1954) ; Yukon Vengeance (1954) ; Pride of the Blue Grass (1954) ; High Society (1955) ; Jail Busters (1955) ; Westward Ho the Wagons (Sur la piste de l'Orégon, 1956) ; Mom and Dad (1957) ; Up in Smoke (1958) ; In the Money (1958) ; Ten Who Dared (1960) ; Lassie's Greatest Adventure (1963) ; Billy the Kid vs. Dracula (1966) ; Jesse James Meets Frankenstein's Daughter (1966).

L'un des pionniers d'Hollywood, où il fait ses débuts en 1909. Il dirige de très nombreux courts métrages entre 1915 et 1922. Sa réputation déjà grande est consolidée par les deux films qu'il tourne pour Mary Pickford, *Little Annie Rooney* et *Sparrows.* Il est à l'apogée de sa carrière lorsqu'il signe *The Old Fashioned Way,* un brillant Fields. Mais trop prolifique, il se met à filmer des thrillers, des comédies et des récits d'épouvante de série Z pour des petites compagnies comme Monogram, Producers Releasing Corporation ou Lippert, perdant tout prestige. Pourtant, même dans ces bandes dont le caractère débile est difficilement contestable, on retrouve un peu de sa griffe initiale. Il sauve ainsi du désastre *The Ape Man* et quelques autres films d'horreur interprétés par Bela Lugosi. Il a même mis en scène, si l'on peut dire, un documentaire d'éducation sexuelle à l'usage des jeunes, *Mom and Dad.* Si l'on ajoute à cette prodigieuse activité d'innombrables films de télévision, dont la série des « *Lassie chien fidèle* », on demeure étonné qu'il soit mort à un âge si avancé !

Beaumont, Harry

Réalisateur français, 1888-1966.

The Truant Soul, 1916 ; Skinner's Dress Suit (Son habit, 1917) ; Skinner's Bubble (Son bluff, 1917) ; Skinner's Baby (1917) ; Burning the Candle (1917) ; Filling His Own Shoes (1917) ; Brown of Harvard (1917) ; Thirty a Week (1918) ; Wild Goose Chase (1919) ; Little Rowdy (1919) ; A Man and His Money (1919) ; Go West Young Man (1919) ; One of the Finest (1919) ; The City of Comrades (1919) ; Heartsease (1919) ; Lord and Lady Algy (1919) ; Toby's Bow (1919) ; The Gay Lord Quex (1919) ; The Great Accident (1920) ; Dollars and Sense (1920) ; Going Some (1920) ; Stop Thief (1920) ; Officer 666 (1920) ; The Fourteenth Lover (1922) ; The Ragged Heiress (1922) ; Lights of the Desert (1922) ; Glass Houses (1922) ; Very Truly Yours (1922) ; Seeing's Believing (1922) ; They Like 'Em Rough (1922) ; The Five Dollar Baby (1922) ; Love in the Dark (1922) ; June Madness (1922) ; Crinoline and Romance (L'escapade, 1923) ; Main Street (Rue des Vipères, 1923) ; A Noise in Newboro (1923) ; The Gold Diggers (1923) ; Beau Brummel (Le Beau Brummel, 1924) ; Babbitt (1924) ; Don't Doubt Your Husband (1924) ; The Lover of Camille, 1924) ; A Lost Lady (1924) ; His Majesty, Bunker Bean

(1925) ; Recompense (1925) ; Rose of the World (1925) ; Sandy (1926) ; Womanpower (1926) ; One Increasing Purpose (1927) ; Forbidden Hours (1928) ; Our Dancing Daughters (Les nouvelles vierges, 1928) ; A Single Man (1929) ; The Broadway Melody (1929) ; Speedway (1929) ; Children of Pleasure (1930) ; Lord Byron of Broadway (1930) ; The Floradora Girl (1930) ; Our Blushing Brides (1930) ; Those Three French Girls (1930) ; Dance Fools Dance (1931) ; Laughing Sinners (1931) ; The Great Lover (1931) ; West of Broadway (1931) ; Are You Listening ? (1932) ; Unashamed (1932) ; Faithless (1932) ; Made on Broadway (1933) ; When Ladies Meet (1933) ; Should Ladies Behave ? (1933) ; Murder in the Private Car (1934) ; Enchanted April (1935) ; The Girl on the Front Page (1936) ; When's Your Birthday ? (1937) ; Maisie Goes to Reno (1944) ; Twice Blessed (1945) ; Up Goes Maisie (1946) ; The Show-Off (Le vantard, 1946) ; Undercover Maisie (1947) ; Alias a Gentleman (1948).

Il est des débuts de l'aventure hollywoodienne : acteur, scénariste et finalement réalisateur en 1915. On le retrouve chez Edison, à l'Essanay vers 1916, avec Goldwyn, à la Fox ou dans les studios des frères Warner. Certains de ses films jouissent encore aujourd'hui d'un grand prestige : *Main Street, The Gold Diggers, Babbitt, Our Dancing Daughters,* au temps du muet et *Dance Fools Dance,* avec l'avènement du parlant, sans oublier *The Broadway Melody,* film plusieurs fois refait avec le même succès. Son apogée se situe dans les années 20 : *Babbitt,* d'après Sinclair, fut alors salué comme l'un des meilleurs films de l'année 1924 ; *Beau Brummel* fut une coûteuse et prestigieuse production destinée à mettre en valeur John Barrymore ; *The Gold Diggers* ouvrait la voie aux comédies cyniques et amorales qui allaient suivre sous le même titre ou sous celui des *Hommes préfèrent les blondes* ou *Comment épouser un millionnaire ;* enfin *Our Dancing Daughters* imposa Joan Crawford qui dansait le charleston dans cette comédie musicale « muette ». Le triomphe de *Our Dancing Daughters* détermina MGM à se lancer, avec l'avènement du son, dans la première vraie comédie musicale, *The Broadway Melody,* qui contenait même une séquence en couleurs. Bien qu'ayant réussi, en dépit d'imperfections techniques, son passage dans le parlant, Beaumont ne devait plus tourner d'œuvres de premier plan, se contentant d'adapter quelques petits succès de Broadway ou de tourner des films policiers de série B. Après 1948, il tomba dans l'oubli. Son importance historique fut néanmoins très grande : il contribua à créer un style de comédie musicale propre à la MGM.

Becker, Jacques

Réalisateur français, 1906-1960.

Dernier atout (1942) ; Goupi Mains Rouges (1943) ; Falbalas (1945) ; Antoine et Antoinette (1947) ; Rendez-vous de juillet (1949) ; Edouard et Caroline (1951) ; Casque d'or (1952) ; Rue de l'Estrapade (1953) ; Touchez pas au grisbi (1954) ; Ali Baba et les quarante voleurs (1955) ; Les aventures d'Arsène Lupin (1957) ; Montparnasse 19 (1958) ; Le trou (1960).

C'est l'Occupation qui donna sa chance à cet assistant de Renoir (de *Boudu* à *La Marseillaise*), après son retour de captivité. Si *Dernier atout* est un film policier dans la tradition américaine, Becker signe ensuite une œuvre fortement enracinée au terroir, d'après un bon roman de Pierre Véry : *Goupi Mains Rouges.* Trop rares sont au cinéma les représentations de paysans français pour ne pas marquer *Goupi* d'une pierre blanche. Troisième film tourné pendant les années noires : *Falbalas,* habile évocation du monde de la mode. Suit un passage à vide. Passons sous silence l'insipide *Antoine et Antoinette.* Portrait d'une jeunesse incertaine de son avenir, *Rendez-vous de juillet* eut une bonne réputation mais a mal vieilli comme *Edouard et Caroline.* Peut-être s'agissait-il d'œuvres trop marquées par l'époque de leur tournage. Il n'en va plus de même avec le chef-d'œuvre de Becker, *Casque d'or,* brillante évocation du monde des apaches. Un monde qui semble avoir fasciné le réalisateur et qu'il ressuscitera une nouvelle fois dans son *Arsène Lupin* fidèle dans l'esprit sinon dans la lettre aux romans de Maurice Leblanc. On le créditera aussi de deux bons films policiers : *Touchez pas au grisbi* (d'après Simonin, un film qui peut rivaliser avec les meilleures séries noires américaines) et *Le trou,* une œuvre dépouillée, simple, claire, de cette simplicité et de cette clarté qui constituent la marque de fabrique de Becker, trop tôt disparu.

BIBLIO. : Jean Queval, *Jacques Becker* (1962).

Becker, Jean

Réalisateur français né en 1933.

Un nommé La Rocca (1961) ; Échappement libre (1964) ; Pas de caviar pour tante Olga (1965) ; Tendre voyou (1967).

Fils de Jacques Becker dont il fut l'assistant, il a signé quelques films policiers bien enlevés avec Belmondo en vedette. On retrouve dans sa première œuvre, qui fut victime de la précensure et de l'incompétence de sa productrice, les qualités de pudeur et d'élégance de son père. Rappelons qu'il tourna de nombreux plans du *Trou. Tendre voyou* confirmait une filiation qui n'était pas seulement naturelle mais esthétique. Jean Becker a eu le mérite de chercher à échapper à ce déterminisme. *Pas de caviar pour tante Olga* est une incursion inattendue mais sympathique dans un comique farfelu, touchant au délire visuel et verbal.

Beebe, Ford

Réalisateur américain né en 1888.

The Honor of the Range (1920) ; The Shadow of the Eagle (avec R. Eason, 1932) ; The Last of the Mohicans (avec R. Eason, 1932) ; The Pride of the Legion (1932) ; Laughing at Life (1933) ; Law Beyond the Range (1934) ; The Adventures of Rex and Rinty (avec R. Eason, 1935) ; Man from Guntown (1935) ; Stampede (1935) ; Ace Drummond (avec Cliff Smith, 1936) ; Jungle Jim (avec Smith, Jim la Jungle, 1937) ; Secret Agent X-9 (avec Smith, 1937) ; Wild West Days (avec Smith, 1937) ; Radio Patrol (avec Smith, 1937) ; Westbound Limited (1937) ; Trouble at Midnight (1937) ; Tim Tyler's Luck (Richard le Téméraire, avec Gittens et Smith, 1938) ; Flash Gordon's Trip to Mars (avec R. F. Hill, 1938) ; Red Barry (avec James, 1938) ; Buck Rogers (avec Goodkind, 1939) ; The Phantom Creeps (avec Goodkind, 1939) ; The Oregon Trail (avec Goodkind, 1939) ; The Green Hornet (avec Ray Taylor, 1939) ; Oklahoma Frontier (1939) ; Son of Roaring Dan (1940) ; Flash Gordon Conquers the Universe (avec R. Taylor, 1940) ; Winners of the West (avec Taylor, 1940) ; Junior G-Men (avec Rawlins, 1940) ; The Green Hornet Strikes Again (avec Rawlins, 1940) ; The Masked Rider (1941) ; Sky Raiders (avec Taylor, 1941) ; Riders of Death Valley (avec Taylor, 1941) ; The Reluctant Dragon (coréalisateur, 1941) ; Sea Raiders (avec Rawlins, 1941) ; Don Winslow of the Navy (avec Taylor, 1941) ; Overland Mail (avec Rawlins, 1942) ; Night Monster (1942) ; Arabian Nights (1942) ; Frontier Badmen (1943) ; The Invisible Man's Revenge (1944) ; Enter Arsene Lupin (1944) ; Easy to Look at (1945) ; Six Gun Serenade (1947) ; Courtin' Trouble (1948) ; My Dog Shep (1948) ; Shep Comes Home (1948) ; Satan's Cradle (1949) ; Bomba, the Jungle Boy (Bomba enfant de la jungle, 1949) ; The Dalton Gang (1949) ; Red Desert (1949) ; Bomba on Panther Island (1950) ; The Lost Volcano (1950) ; Bomba and the Hidden City (Bomba dans la cité mystérieuse, 1950) ; Davy Crockett, Indian Scout (1950) ; The Lion Hunters (Bomba contre les chasseurs de lions, 1951) ; Bomba and the Elephant Stampede (1951) ; Bomba and the Jungle Girl (1952) ; Bomba and the African Treasure (1952) ; Wagons West (1952) ; Bomba and the Safari Drums (1953) ; The Golden Idol (1954) ; Killer Leopard (1954) ; Lord of the Jungle (1955).

Prince du *serial,* c'est-à-dire du film à épisodes, à l'Universal. Il a surtout adapté les aventures des héros de bandes dessinées Tim Tyler (Richard le Téméraire) de Lyman Young, Agent secret X 9 d'Alex

Raymond et Dashiell Hammett, Jim la Jungle et Flash Gordon du même Raymond, Buck Rogers de Calkins, Don Winslow de Martinek, etc. Personnages qui firent jadis les beaux jeudis en France des lecteurs du *Journal de Mickey,* de *Robinson, Hop-là !* de *L'Aventureux,* etc. Dommage qu'il ait laissé le Fantôme à son complice Reeves et Mandrake à l'obscur Sam Nelson. Les héros de Lee Falk, Phil Davis et Ray Moore manquent à son palmarès. A partir de 1949, il se mit à tourner les aventures de Bomba, sorte de sous-Tarzan, lui-même autre personnage de bande dessinée dû à Hogarth. Le rôle de Bomba fut tenu par John Sheffield qui avait été auparavant, dans les films de Thorpe, le fils de, Tarzan. Mais Beebe restera surtout comme celui qui a su le mieux traduire dans ses films à épisodes (les titres de ceux de *Richard le Téméraire* sont merveilleux : *La patrouille de l'ivoire, Le roi des gorilles, Le cimetière des éléphants,* comme ceux de *Jim la Jungle : La déesse des lions, Vainqueur du Cobra...)* toute la fausse naïveté et le charme pervers des *comics.* Il eût enchanté Raymond Roussel.

Bel, François

Réalisateur français.

Le territoire des autres (avec Gérard Vienne et Michel Fano, 1970) ; La griffe et la dent (avec Vienne, 1973).

L'un des grands cinéastes, avec son associé Gérard Vienne et le musicien Michel Fano, du monde des animaux. Authenticité des images, absence de concessions à la sensibilité enfantine, originalité du montage et de la musique : les deux films de Bel ont démodé d'un coup Walt Disney et Frédéric Rossif.

Bell, Monta

Producteur et réalisateur américain, 1891-1958.

Broadway After Dark (1924) ; How to Educate a Wife (1924) ; The Snob (1924) ; Lady of the Night (1925) ; Pretty Ladies (1925) ; Lights of Old Broadway (1925) ; The King on Main Street (1925) ; The Torrent (Le torrent, 1926) ; The Boy Friend (1926) ; Upstage (1926) ; After Midnight (1927) ; Man, Woman and Sin (1927) ; Bellamy Trial (1929) ; East Is West (1930) ; Young Man of Manhattan (1930) ; Fires of Youth (1931) ; Up for Murder (1931) ; Personal Maid (avec Mendes, 1931) ; Downstairs (1932) ; The Worst Woman in Paris (1933) ; China's Little Devils (1945).

D'abord journaliste au *Washington Herald,* il vint au cinéma par amitié pour Chaplin (il joue un petit rôle dans *Le pèlerin*). Son activité comme producteur fut plus importante que celle qu'il déploya comme réalisateur. Son principal titre de gloire est d'avoir dirigé Greta Garbo dans son premier film américain : *The Torrent.*

Bellamy, Earl

Réalisateur américain né en 1917.

Seminole Uprising (1955) ; Blackjack Ketchum, Desperado (1956) ; Toughest Gun in Tombstone (1958) ; Fluffy (Le fauve est déchaîné, 1965) ; Gunpoint (1966) ; Incident at Phantom Hill (Sans foi ni loi, 1966) ; Munster, Go Home (1966) ; Three Guns for Texas (avec D. Lowell Rich, 1968) ; Joaquin Murieta (1970) ; Fire (Horizons en flammes, 1976) ; Speed Trap (La folle cavale, 1978).

Plus tourné vers la télévision que vers le cinéma, il n'en a pas moins signé quelques petits westerns où la qualité de l'image (notamment dans *Gunpoint* et *Phantom Hill*) et une relative originalité du scénario ont retenu l'attention des amateurs du genre. Il a donné un petit film d'horreur, *Munster, Go Home,* assez proche de l'esprit des dessins de Chas Addams. Disposant de moyens plus importants, il s'est lancé dans le film catastrophe (*Fire*) et dans les carambolages de voitures dont il fait une grande consommation dans *Speed Trap* dont les poursuites et les cascades ont été réglées par le spécialiste du genre, Paul Nuckles.

Bellochio, Marco

Réalisateur italien né en 1939.

I pugni in tasca (Les poings dans les poches, 1965) ; La Cina e vicina (La Chine est proche, 1967) ; Amore e rabbia (La contestation, un sketch, 1968) ; Paola (1969) ; Viva il primo Maggio rosso (1969) ; Nel nomme del Padre (Au nom du père, 1971) ; Sbatti il mostro in prima pagina (Viol en première page, 1972) ; Matti da slegare (co-réal., Fous à délier, 1974) ; Marcia Trionfale (La marche triomphale, 1976) ; Il gabbiano (La mouette, 1976) ; La machina cinema (co-réal, 1978) ; Salto nel vuoto (Le saut dans le vide, 1979) ; Gli occhi e la bocca (1982).

La contestation érigée en art cinématographique. *Les poings dans les poches* annonçait, comme *La Chinoise* de Godard, mai 68. Le film invitait à la révolte contre l'autorité familiale. C'est la religion qui était prise pour cible dans *Au nom du père,* le meilleur film de Bellochio, le plus violent aussi, sur l'univers répressif d'un collège de jésuites en 1958. L'armée, à son tour, était dénoncée dans *La marche triomphale* après la presse dans *Viol en première page.* Pour Bellochio la révolte est nécessaire et efficace mais à condition qu'elle soit lucide et non aveugle, comme le montrait *Au nom du Père.*

Bellon, Yannick

Réalisatrice française née en 1924.

Nombreux courts métrages. Quelque part quelqu'un (1972) ; La femme de Jean (1973) ; Jamais plus toujours (1975) ; L'amour violé (1977) ; L'amour nu (1981).

Partie de courts métrages réputés, elle est devenue le défenseur des thèses féministes, sorte de Cayatte du M.L.F. C'est ainsi qu'elle a abordé le problème du viol (*L'amour violé)* puis celui du cancer chez la femme *(L'amour nu)* dans des œuvres au demeurant bien faites et qui ont touché un large public.

Belmont, Charles

Réalisateur français né en 1936.

L'écume des jours (1967) ; Rak (1971) ; Histoire d'A... (avec M. Issartel, 1973) ; Pour Clémence (1976).

Beaucoup d'ambition et le goût de la difficulté : Boris Vian avec *L'écume des jours ;* la mort d'une mère rongée par un cancer dans *Rak ;* le problème de l'avortement traité dans une optique résolument féministe pour *Histoire d'A...* Belmont travaille aussi beaucoup pour la télévision.

Benayoun, Robert

Réalisateur français, né en 1926.

Paris n'existe pas (1968) ; Sérieux comme le plaisir (1975).

Excellent critique, il s'est amusé à tourner deux films qui traduisent, surtout le premier, son penchant pour le surréalisme et le non-sens auquel il consacra une brillante anthologie.

Bénazéraf, José

Réalisateur français né en 1922.

Le cri de la chair (1962) ; La drogue du vice (1963) ; 24 heures d'un Américain à Paris (1963) ; Cover Girls (1965) ; L'enfer sur la plage (1966) ; Joe Caligula (1966) ; Un épais manteau de sang (1967) ; Plaisirs pervers (1968) ; Le désirable et le sublime (1970) ; Frustration (1972) ; Bacchanales (1973) ; Black Love (1974) ; Le sexe nu (1974) ; La veuve lubrique (1975) ; La soubrette perverse (1975) ; Adolescence pervertie (1975) ; Les deux gouines (1975) ; Séquences interdites (1976) ; La planque (1976) ; Les incestueuses (1976) ; Un dîner très spécial (1977) ; La bonne auberge (1977) ; Une garce en chaleur (1977) ; Ouvre-toi (1978) ; Bordel SS (1978) ; Miss Aubépine (1978) ; Baisez-moi partout (1979) ; Anna cuisses entrouvertes (1979) ; Grimpe-moi dessus et fais-moi mal (1979) ; Nicole par-dessus, par-dessous (1979) ; Je te suce, tu me suces, il me suce (1980) ; Les contes galants de Jean de La Fontaine (1980).

Père du cinéma *hard* en France. D'une prodigieuse fécondité (si l'on peut dire), il reprend souvent des passages de films anciens qu'il remonte sous des titres différents : le spectateur, submergé devant tant de fellations, sodomisations et exercices sexuels divers et pervers, n'y voit que du feu. Quelques bons mots : « Pourquoi baises-tu toujours ta bonne ? » demande un personnage à un autre. Réponse : « Parce que ça me rembourse des charges sociales. » Explication devant une observation d'une telle justesse : la légende veut que Bénazéraf, qui se dissimule sous tant de pseudonymes que l'on ne sait plus quels sont les films dont il est l'auteur et qui il est, soit sorti de l'E.N.A. ou tout au moins de Sciences-Po.

Ben Barka, Souhayl

Réalisateur marocain né en 1942.

Les mille et une mains (1972) ; La guerre du pétrole n'aura pas lieu (1975) ; Noces de sang (1977).

Probablement le meilleur réalisateur marocain. Beaucoup de maladresses mais une volonté de montrer dans *La guerre du pétrole n'aura pas lieu* que la disparition du colonialisme n'a pas mis fin à la misère du peuple.

Bene, Carmelo

Réalisateur italien né en 1937.

Nostra signora dei Turchi (1968) ; Ermitage (1968) ; Capricci (Capricci, 1969) ; Don Giovanni (1970) ; Il ventriloquo (1971) ; Salomé (Salomé, 1972) ; Un amleto di meno (1973).

Une débauche d'images baroques, sans lieu apparent, un monde de fantasmes et d'obsessions, un cinéma onirique qui eût enchanté Cocteau. Le premier film de ce metteur en scène de théâtre fit sensation. Les autres, faute d'un renouvellement, déçurent. Ce déferlement d'images, le montage trop brutal, l'agression permanente du spectateur, créent vite, la surprise passée, un sentiment de lassitude, soulignant les limites de ce type de cinéma.

Benedek, Laslo

Réalisateur américain d'origine hongroise né en 1907.

The Kissing Bandit (Le brigand amoureux, 1948) ; Port of New York (Brigade des stupéfiants, 1949) ; Death of a Salesman (Mort d'un commis voyageur, 1951) ; The Wild One (L'équipée sauvage, 1953) ; Bengal Brigade (La révolte des Cipayes, 1954) ; Kinder, Mütter und Ein General (Des enfants, des mères et un général, 1955) ; Affair in Havana (1957) ; Moment of Danger (1960) ; Recours en grâce (1960) ; Namu the Killer Whale (1966) ; The Daring Game (Le commando intrépide, 1968) ; The Night Visitor (1971).

Opérateur et monteur réputé, il parut s'imposer comme un grand metteur en scène avec *Mort d'un commis voyageur,* version filmée de la pièce d'Arthur Miller, où Fredric March faisait une composition bouleversante malgré quelques effets mélodramatiques, puis avec *L'équipée sauvage,* film devenu mythique qui lança les blousons noirs, les grosses motos et Marlon Brando. Ces deux œuvres ont certes mal vieilli mais leur importance historique demeure. Hélas, les réalisations suivantes ne permirent pas à Benedek de conserver la place, l'une des premières, qu'il avait conquise dans le panthéon des metteurs en scène. Il se dispersa entre l'Allemagne *(Kinder, Mütter und Ein General*), la France *(Recours en grâce,* avec Fernand Ledoux, Annie Girardot et Ralf Vallone) et l'Angleterre *(Moment of Danger)* dans une carrière internationale ne comportant aucune œuvre majeure.

Benegal, Shyam

Réalisateur indien.

Ankur (1974) ; The Seedling (1976) ; Night's End (1976) ; Manthan (1976) ; Seetha Kalyanam (1977) ; Kondura (1978) ; Bhumika (1977).

L'un des meilleurs représentants du cinéma hindi. *Seetha Kalyanam* est une splendide fresque épique qui conte l'histoire de Rama, incarnation de Vishnu, dans le style des super-productions indiennes. Mais Benegal sait évoquer, comme dans *Kondura,* la vie simple des villageois, ou celle, plus compliquée, des stars du cinéma oriental, ainsi Hansa Wadkar dans *Bhumika.*

Beneix, Jean-Jacques

Réalisateur français.

Diva (1981).

Pour un premier film, une exceptionnelle réussite : l'intrigue de Delacorta, l'amour du bel canto, des seconds rôles sortis tout droit d'une série noire américaine, notamment l'inquiétant tueur qui n'aime rien ; bref tous les atouts abattus en même temps. Souhaitons une donne aussi belle par la suite.

Bennett, Compton

Réalisateur anglais, 1900-1974.

Julius Caesar (c.m., 1945) ; The Seventh Veil (Le septième voile, 1945) ; The Years Between (1946) ; Daybreak (1947) ; The Forsyte Woman (La dynastie des Forsythe, 1948) ; King Salomon's Mines (avec Marton, Les mines du roi Salomon, 1950) ; It Started in Paradise (1952) ; Gift-Horse (Commando sur Saint-Nazaire, 1952) ; So Little Time (Je ne suis pas une héroïne, 1953) ; Desperate Moment (Aventures à Berlin, 1957) ; That Woman Opposite (1957) ; After the Ball (1957) ; The Flying Scot (1957) ; Beyond the Curtain (1960).

Du mélodrame consacré aux émois et aux états d'âme d'un soldat qui, à la fin de la guerre, découvre que sa femme, le croyant mort, vient de se remarier *(The Years Between),* à la dynastie des Forsythe *(The Forsythe Woman),* il finit par être touchant à force d'être conventionnel, encore qu'il soit aussi capable d'humour (les bagarres de *Gift-Horse*). Ses débuts comme monteur chez Korda ne laissaient nullement présager une telle carrière d'auteur de films pour public typiquement britannique. Un chef-d'œuvre à son actif, selon Lefevre et Lacourbe, *Seventh Veil :* « Le film raconte l'étrange histoire d'une jeune pianiste virtuose dominée par un tuteur abusif et qui, à la suite de plusieurs incidents dont ses mains sont victimes, croit qu'elle ne pourra plus jamais jouer. Un médecin tentera plusieurs expériences avant de la délivrer de sa névrose. Traitée avec une exemplaire pudeur et une exploitation habilement dosée des séquences musicales, cette œuvre est une grande réussite d'un genre difficile. » *(Trente ans de cinéma britannique).*

Bennett, Spencer Gordon

Réalisateur américain né en 1893.

Behold the Man (1921) ; Galloping Hoofs (1924) ; Play Ball (1925) ; The Green Archer (1925) ; The Fighting Marine (1926) ; House Without a Key (1926) ; Snowed In (1926) ; Hawk of the Hills (1927) ; Melting Millions (1927) ; The Man Without a Face (1928) ; The Terrible People (1928) ; The Yellow Cameo (1928) ; The Tiger's Shadow (1928) ; Marked Money (1928) ; The Black Book (avec Storey, 1929) ; Queen of the Northwoods (1929) ; The Fire Detective (1929) ; Rogue of the Rio Grande (1930) ; The Last Frontier (1932) ; Justice Takes a Holiday (1933) ; Midnight Warning (1933) ; Badge of Honor (1934) ; The Fighting Rookie (1934) ; The Oil Raider (1934) ; Night Alarm (1934) ; The Ferocious Pal (1934) ; Calling All Cabs (1934) ; Rescue Squad (1935) ; Get That Man (1935) ; Heir to Trouble (1935) ; Western Courage (1935) ; Lawless Riders (1935) ; Heroes of the Range (1936) ; Avenging Waters (1936) ; The Cattle Thief (1936) ; The Fugitive Sheriff (1936) ; The Unknown Ranger (1936) ; Ranger Courage (1936) ; Rio Grande Ranger (1936) ; Law of the Ranger (1937) ; Reckless Ranger (1937) ; The Rangers Step In (1937) ; The Mysterious Pilot (1937) ; Across the Plains (1939) ; Oklahoma Terror (1939) ; Riders of the Frontier (1939) ; Cowboy from Sundown (1940) ; Westbound Stage (1940) ; Ridin' the Cherokee (1941) ; Arizona Bound (1941) ; Gunman from Bodie (1941) ; They Raid by Bennett, Spencer Gordon Night (1942) ; The Secret Code (1942) ; The Valley of Vanishing Men (La vallée des hommes perdus, 1942) ; Calling Wild Bill Elliott (1943) ; Tucson Raiders (1943) ; Canyon City (1943) ; California Joe (1943) ; Secret Service in Darkest Africa (1943) ; The Masked Marvel (1943) ; Mojave Firebrand (1944) ; Beneath the Western Skies (1944) ; Code of the Prairie (1944) ; Haunted Harbor (1944) ; The Tiger Woman (1944) ; Zorro's Black Whip (Zorro le vengeur masqué, 1944) ; Lone Texas Ranger (1945) ; Manhunt of Mystery Island (avec Grissell et Canutt, 1945) ; Federal Operator 99 (1945) ; The Purple Monster Strikes (avec Brannon, 1945) ; The Phantom Rider (avec Brannon, 1946) ; Daughter of Don Q. (avec Brannon, 1946) ; King of the Forest Rangers (avec Brannon, 1946) ; Son of Zorro (avec Brannon, Le fils de Zorro, 1947) ; Brick Bradford (1947) ; The Black Widow (avec Brannon, 1947) ; Superman (avec Carr, 1948) ; Congo Bill (avec Carr, 1948) ; Adventures of Sir Galahad (1949) ; Bruce Gentry (avec Carr, 1949) ; Batman and Robin (Les hommes chauves-souris, 1949) ; Cody of the Pony Express (1950) ; Atom Man vs. Superman (1950) ; Pirates of the High Seas (avec Carr, 1950) ; Roar of the Iron Horse (avec Carr, 1951) ; Mysterious Island (1951) ; Captain Video (avec Grissell, 1951) ; Blackhawk (1952) ; Brave Warrior (1952) ; Voodoo Tiger (1952) ; Son of Geronimo (1952) ; King of the Congo (avec Grissell, 1952) ; The Lost Planet (1953) ; Savage Mutiny (1953) ; Killer Ape (1953) ; Gunfighters of the Northwest (1954) ; Riding With Buffalo Bill (1954) ; Adventures of Captain Africa (1955) ; The Devil Goddess (1955) ; Perils of the Wilderness (1956) ; Blazing the Overland Trail (1956) ; Congo Bill, King of the Jungle (avec Carr, 1957) ; Submarine Attack (1958) ; Atomic Submarine (1959) ; The Bounty Killer (1965) ; Requiem for a Gunfighter (Le glas du hors-la-loi, 1965).

Avec Witney, le représentant le plus illustre du *serial* (du film à épisodes), qui est au cinéma ce que fut à la littérature le roman populaire des Jean de La Hire, Léon Groc, Arnould Galopin, Louis Noir, Gustave Aimard et autres Boisgobey. Tournés à la diable, sans souci de vraisemblance, utilisant héros de bandes dessinées (Superman, Brick Bradford, Batman), personnages légendaires (Galahad) et créations cinématographiques (Zorro, Don Q.), les films de Bennett, réalisés souvent en collaboration avec d'autres metteurs en scène (Grissell, Brannon...), offrent aux spectateurs un délire visuel proche – involontairement – du surréalisme.

Benoit-Levy, Jean

Producteur et réalisateur 1888-1960.

Nombreux documentaires puis : Peau de pêche (1926) ; Ames d'enfants (1928) ; Le petit Jimmy (1930) ; La maternelle (1933) ; Itto (1934) ; Hélène (1936) ; La mort du Cygne (1937) ; Altitude 3 200 (1938) ; Feu de paille (1939).

Il est surtout important pour ses courts métrages éducatifs considérant le cinéma comme un instrument privilégié d'enseignement *(Le cinéma d'enseignement et éducatif,* 1929 ; *Les grandes missions du cinéma,* 1945). Il encouragea Epstein à ses débuts. Ses films de fiction sont d'une honnête moyenne : il dirigea Madeleine Renaud dans *La maternelle* d'après Léon Frapié et Yvette Chauviré dans *La Mort du Cygne.* Réfugié aux États-Unis pendant la guerre, il devint par la suite directeur du cinéma à l'UNESCO.

Benton, Robert

Scénariste et réalisateur américain, né en 1932.

Comme réalisateur : Bad Company (Bad Company, 1972) ; The Late Show (Le chat connaît l'assassin, 1977) ; Kramer vs. Kramer (Kramer contre Kramer, 1979).

Coscénariste de *Bonny and clyde* de Penn et de *Superman,* il avait signé un western démystificateur où tout était sordide et minable, plus près de la réalité de l'Ouest que de sa légende forgée après coup, puis un curieux policier, *The Late Show,* sans retenir d'autre attention que celle d'une poignée de cinéphiles. L'énorme succès de son plus mauvais film, *Kramer contre Kramer,* sur le divorce et ses conséquences pour les enfants, lui permet d'avoir maintenant les coudées franches. Ce sera Fuller ou Cayatte.

Beraud, Luc

Réalisateur français né en 1945.

La tortue sur le dos (1978) ; Plein Sud (1981).

Longtemps assistant et scénariste à succès *(La meilleure façon de marcher, Le shérif),* il a développé, comme réalisateur, une œuvre personnelle, mais, hélas, un peu confidentielle.

Berger, Ludwig

Réalisateur d'origine allemande, de son vrai nom Bamberger, 1892-1969.

En Allemagne : Der Richter von Zalamea (1920) ; Der Roman der Christine von Herre (1920) ; Ein Glas Wasser (Le verre d'eau, 1922) ; Der Verloren Schuh (Cendrillon, 1923) ; Das Spiel der Königin (1923) ; Ein Waltzertraum (Rêve de valse, 1925) ; Die Meister Singer von Nürnberg (Les maîtres chanteurs de Nuremberg, 1927) ; Liebe, Liebe (1928) ; Das brennende Herz (1928). *Aux États-Unis :* The Woman from Moscow (1928) ; Sins of the Father (Les fautes d'un père, 1928) ; The Vagabond King (Le Vagabond roi, 1930) ; The Play-Boy of Paris (Le petit café, version française, 1930). *En Allemagne :* Ich bei Tag und du bei Nacht (Moi le jour, toi la nuit, version française, 1932) ; Walzerkrieg (La guerre des valses, version française, 1933). *En Hollande :* Pygmalion (1937). *En France :* Trois valses (1938). *Aux États-Unis :* The Thief of Bagdad (avec Powell et Whelan, Le voleur de Bagdad, 1940). *En France :* Ballerina (1950).

Excellent musicologue, il produisit, en liaison avec Max Reinhardt pour la mise en scène, des ballets et des opéras. Lorsqu'il se décidera à passer derrière une caméra, ce sera surtout pour évoquer le monde enchanté de la valse, son meilleur film demeurant *La guerre des valses.* De Strauss à Suppé, la musique viennoise n'eut pas de secrets pour lui, mais il connaissait aussi fort bien les musiciens romantiques, Weber, Marschner, Schubert, etc. Sa carrière, très cosmopolite, a subi les contrecoups de la guerre. On trouve même son nom au générique de la meilleure version du *Voleur de Bagdad.*

Bergerat, Théo

Réalisateur français, 1879-1934.

Huit millions de dot (1918) ; Le juge (1919) ; Rempart du Brabant (1919) ; La terre commande (1920) ; Les deux baisers (1920) ; La fleur des Indes (1921) ; La douloureuse comédie (1922) ; Dans les ténèbres (1923) ; Mimi Pinson (1923).

Il est mentionné ici moins pour ses qualités de metteur en scène dont on ne sait rien – ses films semblant perdus – que parce qu'il était le petit-fils de Théophile Gautier.

Bergman, Ingmar

Scénariste et réalisateur suédois né en 1918.

Comme réalisateur : Kris (Crise, 1945) ; Det Regnar pa var kärlek (Il pleut sur notre amour, 1946) ; Skepp till Indialand (Bateau pour les Indes, 1947) ; Musik i mörker (Musique dans l'obscurité, 1947) ; Hamnstad (Ville portuaire, 1948) ; Fängelse (Prison, 1948) ; Törst (La soif/ La fontaine d'Aréthuse, 1949) ; Till glädje (Vers la joie, 1949) ; Saant händer inte har (Cela ne se produirait pas ici, 1950) ; Sommarleck (Jeux d'été, 1950) ; Kvinnors Väntan (L'attente des femmes, 1952) ; Sommaren med Monika (Un été avec Monika, 1952) ; Gycklarnas Afton (La nuit des forains, 1953) ; En Lektion i kärlek (Une leçon d'amour, 1954) ; Kvinnodrom (Rêves de femmes, 1955) ; Sommarnattens Leende (Sourires d'une nuit d'été, 1955) ; Der Sjunde Inseglet (Le septième sceau, 1956) ; Smuktronsstället (Les fraises sauvages, 1957) ; Nära Livet (Au seuil de la vie, 1958) ; Ansiktet (Le visage, 1958) ; Jungfrukällan (La source, 1959) ; Djäaulens öga (L'œil du Diable, 1960) ; Sasom i en spegel (Comme dans un miroir, 1961) ; Nattvards gästerna (Les communiants, 1962) ; Tystnaden (Le silence, 1963) ; För attinte tala om alla dessa kvinnor (Pour ne pas parler de toutes ses femmes, 1964) ; Stimulantia (un sketch, 1965) ; Persona (Persona, 1966) ; Vargtimmen (L'heure du loup, 1967) ; Skammen (La honte, 1967) ; Ritten (Le rite, 1968) ; En passion (Une passion, 1969) ; Farö-Dokument (Mon île Farö, 1969) ; Beroringen (Le lien, 1970) ; Viskningar och rop (Cris et chuchotements, 1972) ; Scener ur elt äktenscap (Scènes de la vie conjugale, 1973) ; Die Zauberflöte (La flûte enchantée, 1975) ; Ansikte not ansikte (Face à face, 1976) ; The Serpent's egg (L'œuf du serpent, 1977) ; Höstsonaten (Sonate d'automne, 1978) ; Aus dem liben der marionetten (De la vie des marionnettes, 1980).

Une éducation sévère sous la férule d'un père pasteur luthérien, la fascination du théâtre venue des spectacles de marionnettes, la vision, plus tard, des grands classiques du cinéma suédois (dont les films de Sjöström), voilà les clefs essentielles de l'œuvre de Bergman. D'abord scénariste à la Svensk, il édifie en effet, à partir de 1945, une œuvre cinématographique dont l'importance a été unanimement reconnue, dans le même temps qu'il poursuivait une non moins brillante carrière de metteur en scène au théâtre.

De son enfance tourmentée, Bergman a gardé un certain nombre d'obsessions. La mort d'abord. Qu'y a-t-il après la mort ? Dieu existe-t-il ? C'est l'interrogation qui domine l'un des plus beaux films de l'histoire du cinéma, *Le septième sceau,* s'ouvrant sur une partie d'échecs entre un chevalier, de retour des croisades, et la Mort elle-même. Au cours d'une quête désespérée (la sorcière, les flagellants), le chevalier ne trouvera pas de réponse. La Mort elle-même ignore ce qu'il y a après elle. Cette interrogation sur l'existence de Dieu, on la retrouve, mais plus apaisée, dans *Les fraises sauvages.* On peut en voir un prolongement dans *Le visage,* éblouissant duel entre un magicien charlatan et un médecin sceptique. Dans *L'œuf du serpent,* le prêtre ne peut apporter aucune certitude, seulement ses prières et son pardon. Autre obsession héritée d'une éducation puritaine : l'érotisme. C'est lui qui a fait, avec *Monika,* la réputation initiale de Bergman, au temps où le cinéma suédois semblait plus libre, sur ce plan, que les autres. Marivaudage dans *Sourires d'une nuit d'été,* viol dans *La source,* inceste dans *Comme dans un miroir,* masturbation féminine dans *Le silence,* frigidité dans *Face à face,* etc. Bergman eut de sérieux ennuis avec les censures. Dans ses films, comme d'ailleurs dans sa vie privée, Bergman s'est attaché à prendre le contrepied de l'enseignement reçu dans sa jeunesse. Cet érotisme débouche sur « l'enfer du couple » (Denis Marion), autre constante de l'œuvre. L'absence d'amour est le moindre mal (l'admirable *Nuit des forains* ou *Les communiants*). Au silence de Dieu correspond l'impossibilité de communiquer entre deux êtres *(Scènes de la vie conjugale).* Reste le théâtre. La musique de Mozart, par son universalité (les plans de spectateurs, d'une naïveté un peu appuyée, au début de *La flûte enchantée*), devient langage et source de consolation.

Cette longue interrogation qui hante une œuvre qui semble en voie d'achèvement, Bergman en précise le sens, en 1968 : « J'ai souvent cité la phrase d'O'Neill : Toute œuvre dramatique qui ne traite pas des rapports des êtres humains avec Dieu est sans valeur. J'ai été très mal compris. Je voulais dire que tout art est en rapport avec l'éthique. J'ai absorbé le christianisme avec le lait maternel. Il est évident que certains archétypes sont restés au fond de ma conscience et que certaines lignes, certains phénomènes, certains comportements sont identiques à ceux de la conception chrétienne. » En 1976, il affirme, faisant le point : « Dieu et moi, nous nous sommes séparés, il y a bien des années. Nous sommes sur cette terre ici, et c'est notre unique vie. » Déclarations qui ont suscité l'irritation dans tous les camps. Récusé par les chrétiens, il se voit reprocher, à gauche, son indifférence aux injustices sociales et à l'oppression politique ou spirituelle. C'est le propre de tout créateur, constate-t-il non sans amertume, que d'opérer son propre choix.

Le style de Bergman a suivi l'évolution d'une pensée de plus en plus détachée et désabusée. C'est le baroque qui l'emporte dans le film qui le fit connaître, ce superbe vaudeville qu'est *Sourires d'une nuit d'été.* On trouve de fascinants jeux de miroir dans *La nuit des forains. Le visage* flirte avec l'expressionnisme. Mais Bergman se sent porté de plus en plus vers le dépouillement. Celui-ci culmine dans *Sonate d'automne :* « Les mouvements d'appareil sont toujours rares, l'essentiel des scènes est filmé en gros plans, pris en champ et contre-champ. A différentes reprises, chacune des deux protagonistes, seule, se parle à voix haute : ce n'est pas un monologue intérieur, avec des associations d'idées capricieuses, mais l'expression articulée, lucide, presque trop lucide, de son état d'âme. » (Marion). N'oublions pas que Bergman a beaucoup travaillé pour la télévision dans la dernière partie de sa carrière.

Il a été profondément marqué à ses débuts par les grands réalisateurs suédois Molander et surtout Sjöström qu'il fit jouer dans *Les fraises sauvages.* Dans *Ville portuaire,* il se montre sensible à la grisaille néo-réaliste de Rossellini, mais il avouera une dette de reconnaissance envers Mizogushi et surtout Kurosawa dont il a la même vision du Moyen Age *(La source).* A son tour Bergman a influencé, non les Suédois qui, de Widerberg à Zetterling, ont eu pour souci principal de prendre leurs distances, mais l'Espagnol Saura, l'Argentin Torre-Nilsson ou de manière plus inattendue Woody Allen qui lui rend hommage dans *Intérieurs.*

Tout a été dit sur Bergman. Celui-ci résume son œuvre d'un mot : « Pour moi, le cinéma c'est avant tout du théâtre. » Tout en définitive est théâtre, de la sexualité à nos rapports avec Dieu.

BIBLIO. : J. Béranger, *Ingmar Bergman et ses films* (1959) ; J. Siclier, *Ingmar Bergman* (1960) ; John Donner, *Ingmar Bergman* (trad. fr., 1970) ; Denis Marion, *Ingmar Bergman* (1979).

Bergonzelli, Sergio

Réalisateur italien né en 1924.

Gli avventurieri dei Tropici (1960) ; Jim il Primo (1964) ; MMM 83 (Objectif Hambourg, Mission 083, 1966) ; Surcouf, l'eroe dei sette mari (Surcouf le tigre des sept mers, 1967) ; Il grande colpo di Sircouf (Tonnerre sur l'océan Indien, 1967) ; Una colt in pugno al diavolo (1968) ; El Cisco (1968) ; Silvia e l'amore (1968) ; Le dieci meraviglie dell'amore (1969) ; Nelle pieghe della carne (1970) ; Io Cristiana studentessa degli scandali (1971) ; Cristiana monaca indemoniata (1973) ; La cognatina (1975) ; La sposina (1976) ; Taxi Love servizio per signora (1977) ; Ménage a quattro (1977) ; Porco Mondo (1978) ; Intrigo a Delfi (1979).

Cinéma de consommation courante : aventures exotiques, pirates et corsaires (dont un bon *Surcouf*), western-spaghetti *(El Cisco)* et pornographie *(Porco mondo).* Destinées au seul marché italien, en raison de la pauvreté des moyens mis à la disposition du metteur en scène, les bandes de Bergonzelli sont peu connues. A considérer les qualités de ses deux *Surcouf,* certaines gagneraient peut-être à être découvertes.

Berke, William

Réalisateur américain, 1903-1958.

Bad Men of the Hills (1942) ; Lawless Plainsmen (1942) ; Down Rio Grande Way (1942) ; Riders of the Northland (1942) ; Overland to Deadwood (1942) ; Riding Through Nevada (1943) ; Pardon My Gun (1943) ; Frontier Fury (1943) ; The Fighting Buckaroo (1943) ; Frontier Badman (1943) ; Hail to the Rangers (1943) ; Law of the Northwest (1943) ; Riders of the Northwest Mounted (1943) ; Robin Hood of the Range (1943) ; Saddles and Sagebrush (1943) ; Silver City Raiders (1943) ; A Tornado in the Saddle (1943) ; Minesweeper (1943) ; Tornado (1943) ; The Girl in the Case (1944) ; Riding West (1944) ; The Vigilantes Ride (1944) ; Wyoming Hurricane (1944) ; Dangerous Passage (1944) ; Dark Mountain (1944) ; Double Exposure (1944) ; The Falcon in Mexico (1944) ; The Last Horseman (1944) ; The Navy Way (1944) ; Sailor's Holiday (1944) ; That's My Baby (1944) ; Dick

Tracy (1945) ; Why Girls Leave Home (1945) ; Betrayal From the East (Trahison japonaise, 1945) ; High Powered (1945) ; Ding Dong Williams (1946) ; The Falcon Adventure (1946) ; Sunset Pass (1946) ; Code of the West (La loi de l'Arizona, 1947) ; Renegade Girl (1947) ; Rolling Home (1947) ; Shoot to Kill (1947) ; Caged Fury (1948) ; Waterfront at Midnight (1948) ; Speed to Spare (1948) ; Racing Luck (1948) ; Jungle Jim (Le trésor de la forêt vierge, 1948) ; Highway 13 (1948) ; Arson Inc. (1949) ; Sky Linner (1949) ; The Lost Tribe (La tribu perdue, 1949) ; Zamba (1949) ; Treasure of Monte Cristo (1949) ; Deputy Marshall (L'inconnu aux deux colts, 1949) ; Gunfire (La vengeance de Frank James, 1950) ; The Captive Girl (Captive parmi les fauves, 1950) ; Operation Haylift (1950) ; Pygmy Island (1950) ; Everybody's Dancing (1950) ; Mark of the Gorilla (Jungle Jim dans l'antre des gorilles, 1950) ; On the Isle of Samoa (1950) ; Bandit Queen (1950) ; I Shot Billy the Kid (J'ai tué Billy the Kid, 1950) ; Train to Tombstone (1950) ; Borders Rangers (1950) ; FBI Girl (1951) ; Danger Zone (1951) ; Smuggler's Gold (1951) ; Fury of the Congo (La charge sauvage, 1951) ; Pier 23 (1951) ; Roaring City (1951) ; Savage Drums (1951) ; The Jungle (La jungle, 1952) ; Valley of the Headhunters (1953) ; The Marshal's Daughter (1953) ; Four Boys and a Gun (1957) ; Street of Sinners (1957) ; Island Woman (1958) ; Cop Hater (1958) ; The Muggers (1958) ; The Lost Missile (1958).

Cameraman à la R.K.O., il dut quitter le métier en raison d'une menace de cécité. Il se fit metteur en scène et producteur. Pourquoi pas ? Est-ce à sa mauvaise vue ou aux budgets misérables dont il disposa qu'il faut attribuer les insignes faiblesses de son œuvre ? Films d'aventures exotiques *(Jungle Jim),* westerns évoquant les figures légendaires de l'Ouest (Billy the Kid ou Frank James), thrillers ressuscitant des héros de bandes dessinées *(Dick Tracy)* ont en commun une distribution de deuxième catégorie et un trop évident manque de moyens. Du moins se laissent-ils voir sans ennui en raison du caractère souvent insolite de leurs sujets *(Captive Girl)* et de la décontraction de leur mise en scène. Berke ne fut certes pas un génie mais il force la sympathie par son manque de prétention et son goût réel pour l'aventure.

Berkeley, Busby

Chorégraphe et réalisateur américain, de son vrai nom William Berkeley Enos, 1895-1976.

Comme réalisateur : She Had to Say Yes (avec Amy, 1933) ; Gold Diggers of 1935 (Chercheuses d'or, 1935) ; Bright Lights (1935) ; I Love for Love (1935) ; Stage Struck (1936) ; The Go Getter (1937) ; Hollywood Hotel (1937) ; Men Are Such Fools (1938) ; Garden of the Moon (1938) ; Comet over Broadway (1938) ; They Made Me a Criminal (Je suis un criminel, 1939) ; Babes in Arms (1939) ; Fast and Furious (1939) ; Forty Little Mothers (1940) ; Strike Up the Band (En avant la musique, 1940) ; Blonde Inspiration (1941) ; Babes on Broadway (Débuts à Broadway, 1941) ; For me and My Gal (1942) ; The Gang's All Here (1943) ; Cinderella Jones (1946) ; Take Me out to the Ball Game (Match d'amour, 1949).

Il fut le maître d'œuvre de la comédie musicale à l'avènement du parlant. Fils d'un metteur en scène et d'une actrice, il fit très jeune ses débuts à la scène, s'illustra pendant la Première Guerre mondiale, dirigea plus de 20 « musicals » à Broadway avant d'être attiré à Hollywood par Samuel Goldwyn. Il commença par de médiocres films d'Eddie Cantor, puis, en 1933, passa à la Warner, où, disposant de plus grandes facilités, il allait donner sa pleine mesure, depuis le ballet « Shadow Waltz » de *Chercheuses d'or,* où une soixante de *girls* en blanc jouent sur des violons blancs avec des archets blancs qui s'allument dans l'obscurité jusqu'aux fantastiques plongées et évolutions sous-marines d'Esther Williams dans l'onirique *Million Dollar Mermaid.* On retrouve toujours sa griffe : faire évoluer une multitude de *girls* qui s'épanouissent en de véritables rosaces de jambes ou de chevelures. Mais ce qui surprend ce n'est pas seulement son érotisme (le ballet « Petting in the Park » de *Chercheuses d'or 1933* ou les bananes de *The Gang 'sAll Here*), mais l'audace des sujets abordés : la guerre, le chômage, la misère. Chorégraphe, il est le véritable auteur de films comme *42nd Street, Gold Diggers of 1933, Footlight Parade* ou *Wonder Bar* que signa Lloyd Bacon. Mais, exaspéré par la médiocrité des réalisateurs, il lui est souvent arrivé de mettre en scène les comédies musicales dont il réglait les numéros et même une œuvre très sérieuse comme *They Made Me a Criminal.* « Le seul qui puisse savoir ce que sera le spectacle est celui qui le crée, se plaisait-il à dire, mais il lui est impossible de le dire autrement qu'en le réalisant. » Et l'on ne peut mieux lui rendre hommage qu'en reprenant ses propres recettes, de Donen et Kelly dans « Beautiful Girl » de *Singin'In the Rain* à Jean-Christophe Averty dans ses shows télévisés, en passant par Ken Russel et son « Boy-friend. »

Berlanga, Luis Garcia

Réalisateur espagnol né en 1921.

Paeso sobre una guerra antigua (avec Bardem, 1949) ; Esa pareja feliz (avec Bardem, 1951) ; Bienvenido, Mister Marshall ! (Bienvenue, Mr. Marshall, 1952) ; Novio a la vista (1953) ; Calabuch (Calabuig, 1956) ; Los Jueves milagro (les jeudis miraculeux, 1957) ; Placido (1961) ; Les quatre vérités (un sketch, 1962) ; El verdugo (Le bourreau, 1963) ; La boutique (1967) ; Vivan los novios ! (1969) ; Life Size (Grandeur nature, 1973) ; La escopeta nacional (La carabine nationale, 1978) ; Patrimonio nacional (Patrimoine national, 1981).

Son *Bienvenue Mr. Marshall* marqua, en 1952, la résurrection du cinéma espagnol. Il s'y moquait avec gentillesse de ses compatriotes. La satire se fit plus mordante dans les œuvres suivantes, au point que cet ancien élève de l'Institut du cinéma de Madrid, eut, comme Bardem avec lequel il signa plusieurs films, des ennuis venus de la censure. C'est Piccoli qui lui redonna sa chance grâce à *Grandeur nature,* histoire d'un chirurgien dentiste qui tombe amoureux fou de sa poupée en polyuréthane, imitation parfaite dans tous les détails d'une femme réelle. Cet amour le conduira à la déchéance et au suicide. Les deux derniers films de Berlanga ont repris la mise en accusation de la société espagnole. Dans *La escopeta nacional,* il narre les péripéties d'une partie de chasse mondaine organisée par un industriel catalan pour s'assurer les bonnes grâces des politiciens et des gens de la haute société. Ce sera, après de terribles humiliations, un échec sans espoir : les politiciens prévaricateurs sur lesquels il comptait sont balayés par un remaniement ministériel. Rafael Azcona, scénariste habituel de Ferreri et de Saura, a fignolé une étonnante galerie de magouilleurs et de dégénérés sexuels (le vieux marquis collectionneur de poils pubiens) qui n'épargne ni l'armée ni l'Opus dei. Rappelons toutefois, pour la petite histoire, que, si l'on en croit Gomez et Montalban *(Cine español),* Berlanga fut formé par les jésuites et s'enrôla dans la Division Azul qui partit combattre le bolchevisme en Russie. Le cinéma aurait été son chemin de Damas.

Bernard, Raymond

Réalisateur français 1891-1977.

Le ravin sans fond (avec Feyder, 1917) ; Le gentilhomme commerçant (1918) ; Le traitement du hoquet (1918) ; Le petit café (1919) ; Le secret de Rosette Lambert (1920) ; La maison vide (1921) ; Triplepatte (1922) ; Le costaud des épinettes (1923) ; L'homme inusable (1923) ; Grandeur et décadence (1923) ; Le miracle des loups (1924) ; Le joueur d'échecs (1927) ; Tarakanova (1930) ; Faubourg Montmartre (1932) ; Les croix de bois (1932) ; Les Misérables (1933) ; Tartarin de Tarascon (1934) ; Amants et voleurs (1935) ; Anne-Marie (1935) ; Le coupable (1936) ; Marthe Richard (1937) ; J'étais une aventurière (1938) ; Les otages (1939) ; Cavalcade d'amour (1939) ; Un ami viendra ce soir (1945) ; Adieu chérie (1945) ; Le jugement de Dieu (1949) ; Maya (1949) ; Le cap de l'espérance (1951) ; La dame aux camélias (1952) ; La Belle de Cadix (1953) ; Les fruits de l'été (1954) ; Le septième commandement (1956) ; Le septième ciel (1957).

Fils de Tristan Bernard, le célèbre humoriste, il fut d'abord acteur dans *Jeanne Doré,* un film joué par Sarah Bernhardt. Son premier film important a été *Le petit café,* d'après son père et avec Max Linder. Il adapta d'autres œuvres de Tristan Bernard *(Triplepatte* et *Le costaud des épinettes)* mais se fit surtout connaître comme un spécialiste des grandes mises en scène : *Le miracle des loups* (réalisation à grand spectacle d'après un roman de Dupuy Mazuel avec des séquences de loups très dangereuses – des figurants furent grièvement blessés – et un Dullin extraordinaire en Louis XI), *Le Joueur d'échecs* (sur les automates, avec encore Dullin), et la meilleure version jamais tournée des *Misérables* (Harry Baur, Charles Vanel et toujours Charles Dullin) sans oublier sur la guerre de 1914-1918 *Les croix de bois,* de Roland Dorgelès, et une extravagante *Marthe Richard,* pseudo-espionne plus connue pour avoir fait fermer les maisons closes que pour ses activités anti-allemandes. Le rôle était tenu par Edwige Feuillère avec Stroheim pour partenaire. Raymond Bernard s'est cantonné, après la guerre, dans des œuvres commerciales sans grand intérêt de *La Dame aux camélias* (Micheline Presle) à *La Belle de Cadix* (qui a « les yeux de velours » de Carmen Sevilla). La redécouverte d'œuvres comme *Le coupable* et surtout *Tartarin de Tarascon* (où Raimu incarne le célèbre héros d'Alphonse Daudet, au point qu'on ne peut plus concevoir Tartarin sous d'autres traits que les siens) permet de redonner à ce metteur en scène, doué mais indifférent à son avenir, une place de premier plan dans la production française des années 30.

BIBLIO. : Salles, *Raymond Bernard,* Anthologie du cinéma, 1981.

Bernard-Aubert, Claude

Réalisateur français né en 1930.

Patrouille de choc (1957) ; Les tripes au soleil (1959) ; Match contre la mort (1960) ; Les lâches vivent d'espoir (1961) ; A fleur de peau (1963) ; Les moutons de Praxos / A l'aube du troisième jour (1963) ; Le facteur s'en va-t-en guerre (1966) ; Les portes de feu (1971) ; L'affaire Dominici (1972) ; L'aigle et la colombe (1977) ; Les filles du régiment (1978) ; Charlie Bravo (1980).

Cet ancien de la guerre d'Indochine, qu'il a su évoquer avec force dès son premier film, est le chantre d'un cinéma musclé, voué à l'exaltation du baroudeur, sans concessions faciles à l'héroïsme ou au dénigrement. De *Patrouille de choc* à *Charlie Bravo,* il décrit la guerre sous son jour le plus cruel mais aussi le plus humain (le soldat qui va mourir et demande une ultime satisfaction sexuelle dans *Charlie Bravo*). Parfois il s'égare : *L'affaire Dominici* où il eût fallu Giono, ou encore *Les filles du régiment.* Et comme il faut bien vivre, il s'est orienté vers la réalisation de films pornographiques sous le pseudonyme de Burd Tranbaree.

Bernard-Deschamps

Réalisateur français, de son vrai nom Dominique Deschamps, 1892-1966.

Le lynx (1914) ; Service secret (1914) ; Les frontières du cœur (1914) ; Amour sacré (1915) ; La beauté qui meurt (1915) ; La Belle au Bois Dormant (1915) ; 48 avenue de l'Opéra (1916) ; Des canons, des munitions (1916) ; L'agonie des aigles (1921) ; La nuit du 11 septembre (1923) ; La marmaille (1936) ; Monsieur Coccinelle (1938) ; Tempête (1939).

Spécialisé dans le cinéma scientifique, il tourna quelques bons films de fiction dont *L'agonie des aigles* sur la fin de l'épopée napoléonienne, où le rôle de l'Empereur était tenu par Séverin Mars, une bonne version du *Rosier de Madame Husson,* avec Fernandel, et surtout *Monsieur Coccinelle,* charmante satire du monde médiocre de la petite bourgeoisie. Bernard-Deschamps a collaboré longtemps aux recherches du professeur Henri Chrétien sur le grand écran.

Bernard-Roland

Réalisateur français, de son vrai nom Bernard-Roland Bourriquet, né en 1910.

Femmes (1938) ; La vie des artistes (1938) ; Le grand combat (1942) ; Le soleil de minuit (1943) ; La collection Ménard (1943) ; Le couple idéal (1945) ; Nous ne sommes pas mariés (1946) ; Portrait d'un assassin (1949) ; La nuit des traqués (1949).

Une œuvre et un metteur en scène à redécouvrir : la galerie des Ménard, du psychiatre fou au centenaire millionnaire ; Jules Berry en ingénieur aux prises, en 1917, avec des Russes joués par Saturnin Fabre (!), Aimé Clariond (!!) et Marcel Vallée (!!!) ; dans *Le soleil de minuit ;* le monde du cirque vu à travers « le portrait d'un assassin » qui réunit Jules Berry, Stroheim, Brasseur, Maria Montez et les Fratellini ; et surtout *Le couple idéal,* ravissante parodie du monde des *serials* où s'affrontent Diavolo (Raymond Rouleau) et Satanas (Georges Vitsoris).

Bernds, Edward

Réalisateur américain né en 1911.

Blondie's Secret (1948) ; Blondie's Big Deal (1949) ; Blondie Hits the Jackpot (1949) ; Feudin'Rhythm (1949) ; Beware of Blondie (1950) ; Blondie's Hero (1950) ; Gasoline Alley (1951) ; Corky of Gasoline Alley (1951) ; Gold Raiders (1951) ; Harem Girl (1952) ; Ace Lucky (1952) ; White Lightning (1953) ; Private Eyes (1953) ; Loose in London (1953) ; Hot News (1953) ; The Bowery Boys Meet the Monsters (1954) ; Jungle Gents (1954) ; Bowery to Bagdad (1955) ; Spy Chasers (1955) ; World Without End (1956) ; Navy Wife (1956) ; Dig That Uranium (1956) ; Calling Homicide (1956) ; The Storm Rider (1957) ; Reform School Girl (1957) ; Escape from Red Rock (1958) ; Quantrill's Raiders (1958) ; Space Master X-7 (1958) ; Queen of Outer Space (1958) ; Joy Ride (1958) ; Alaska Passage (1959) ; The Return of the Fly (1959) ; Valley of the Dragons (1961) ; The Three Stooges Meet Hercules (1962) ; The Three Stooges in Orbit (1962) ; Prehistoric Valley (1966).

Sympathiquement nul. Bernds débuta avec la série des Blondie, inspirée de l'amusante bande dessinée de Chic Young, puis bifurqua vers la science-fiction de série Z ; son remake de *La Mouche* de Neumann *(The Return of the Fly)* ne valait pas l'original, quant aux films qu'il tourna avec les Stooges, mieux vaut jeter un voile pudique sur ces bandes d'une stupéfiante crétinerie.

Bernhardt, Kurt puis Curtis

Réalisateur allemand né en 1899.

En Allemagne : Qualen der Nacht (1926) ; Die Waise von Lowood (1926) ; Kinderseelen Klagen Euch an (1927) ; Das Mädchen mit den Fünf Nullen (1927) ; Schinderhannes (1928) ; Das Letzte Fort (1928) ; Die Frau, Nach der Man Sicht Sehnt (L'énigme, 1929) ; Die Letzte Kompanie (La dernière compagnie, 1930) ; Der Mann, der den Mord beging (version française : L'homme qui assassina, 1931) ; Der Rebell (avec Trenker, 1932) ; Der Grosse Rausch (1932) ; Der Tunnel (version française : Le Tunnel, 1933). *En France :* L'or dans la rue (1934) ; Le vagabond bien-aimé (1936) ; Carrefour (1938) ; Nuit de décembre (1939). *Aux États-Unis :* My Love Came back (1940) ; The Lady With Red Hair (La femme aux cheveux rouges, 1940) ; Million Dollar Baby (Un million de trop, 1941) ; Juke Girl (1942) ; Happy Go Lucky (1943) ; Conflict (La mort n'était pas au rendez-vous, 1945) ; Devotion (La vie passionnée des sœurs Brontë, 1946) ; My Reputation (Le droit d'aimer, 1946) ; A Stolen Life (La voleuse, 1946) ; Possessed (La possédée, 1947) ; The High Wall (Le mur des ténèbres, 1949) ; The Doctor and the Girl (1949) ; Payment on Demand (L'ambitieuse, 1951) ; Sirocco (Sirocco, 1951) ; The Blue Veil (La femme au voile bleu, 1951) ; The Merry Widow (La veuve joyeuse, 1952) ; Miss Sadie Thompson (La belle du Pacifique, 1953) ; Beau Brummel (Le beau Brummel, 1954) ; Interrupted Melody (Mélodie interrompue, 1955); Gaby (Gaby, 1956); Damon and Pythias (1961); Stafanie in Rio (1963); Kisses for the President (1964).

Il avait entamé une belle carrière en Allemagne, dirigeant Marlène Dietrich dans *Die Frau, nach der Man Sicht Sehnt* et évoquant avec bonheur les guerres napoléoniennes dans *La dernière compagnie,* épisode dramatique de la campagne de 1813 vue du côté allemand, lorsque l'avènement d'Hitler l'obligea à se réfugier en France. Ayant déjà travaillé avec Gabin pour la version française de *Der Tunnel,* il eut Jules Berry pour interprète dans un bon film policier *Carrefour.* En 1940, il s'enfuit aux États-Unis. Il y fit quelque temps illusion grâce à un excellent film noir, *Conflict,* qui opposait Bogart à Greenstreet, puis à une attachante biographie des sœurs Brontë, bien supérieure au film que devait tourner par la suite Techiné, *Devotion,* enfin à un policier psychanalytique, *The High Wall,* avec Taylor. Bogart sauva *Sirocco.* Puis ce fut la chute. Voué aux remakes *(La veuve joyeuse, Le voile bleu, Sadie Thompson),* Bernhardt révéla ses limites. Ses films étaient de beaucoup inférieurs aux originaux. Il ne lui restait plus qu'à prendre sa retraite. Ce qu'il fit. Méritait-il pourtant l'oubli dans lequel il fut entraîné? Le Festival de Berlin lui a rendu en 1982 un juste hommage, permettant la redécouverte de films comme *Juke Girl* dont l'un des protagonistes n'était autre que Ronald Reagan.

Berri, Claude

Producteur et réalisateur français né en 1934.

La chance et l'amour (un sketch, 1964); Les baisers (un sketch, 1965); Le vieil homme et l'enfant (1966); Mazel Tov ou le mariage (1968); Le pistonné (1969); Le cinéma de Papa (1970); Sex Shop (1972); Le mâle du siècle (1974); La première fois (1976); Un moment d'égarement (1977); Le maître d'école (1981).

Cinéma autobiographique : l'itinéraire d'un jeune juif, des années noires de l'Occupation, traitées sur le mode humoristique, à l'éveil de l'amour et au service militaire. Accueilli avec enthousiasme à ses débuts (Michel Simon était plus vrai que nature en antisémite enragé dans *Le vieil homme et l'enfant*), Berri n'a cessé de décevoir. Son autoportrait n'a pas suivi l'ordre chronologique, le service militaire et le mariage précédant la découverte sexuelle, mais a varié au gré des modes. De *La première fois,* le critique cinématographique de la *Saison 1977* écrit : « Claude Berri, spécialiste en autocontemplation, livre ici son plus mauvais film : clichés sur les premiers émois, mise en scène passe-partout, un scénario accumulant les situations peut-être vécues mais sans épaisseur signifiante ou symbolique... » Depuis Berri est revenu à l'école, une école dont Coluche est le maître et où le metteur en scène risque de recevoir un nouveau bonnet d'âne.

Berry, John, en réalité Jack

Réalisateur américain né en 1917.

Miss Susie Slagle's (1946); From This Day Forward (1946); Cross My Heart (1947); Casbah (1948); Tension (1949); He Ran All the Way (Menaces dans la nuit, 1951); Ça va barder (1954); Je suis un sentimental (1955); Don Juan (1955); Tamango (1957); OK Mambo (1959); A tout casser (1967); Claudine (1974); The Bad New Bears go to Japon (1978); Thieves (1976).

D'abord acteur au Mercury Theater d'Orson Welles, il s'oriente vers le cinéma et devient assistant de Billy Wilder. Réalisateur, il tourne une version musicale de *Pépé le Moko* et un remarquable film noir, dans la tradition néo-réaliste, *He Ran All the Way.* Sa carrière fut brisée par le maccartisme : dénoncé par Dmytryk comme communiste, Berry dut s'exiler. Il réalisa en France des films policiers avec Eddie Constantine, d'après Peter Cheyney, puis quelques bandes commerciales sans grand intérêt. Il ne put jamais confirmer les espoirs qu'il avait fait naître à Hollywood.

Berthomieu, André

Réalisateur français, 1903-1959.

Pas si bête (1927) ; Rapacité (1929) ; Broadcasting (1929) ; Le crime de Sylvestre Bonnard (1929) ; Ces dames aux chapeaux verts (1929) ; Coquecigrole (1930) ; Mon ami Victor (1931) ; Barranco (1932) ; Mon cœur et ses millions (1932) ; Les ailes brisées (1932) ; La femme idéale (1933) ; Mademoiselle Josette ma femme (1933) ; Gagne ta vie (1933) ; Le crime du Bouif (1933) ; N'aimer que toi (1934) ; L'aristo (1934) ; Jim la Houlette (1935) ; Le secret de Polichinelle (1936) ; La flamme (1936) ; Le mort en fuite (1936) ; L'amant de Madame Vidal (1936) ; Les nouveaux riches (1936) ; La chaste Suzanne (1937) ; The Girl in the Taxi (1937) ; Le train pour Venise (1938) ; Le porte-veine (1938) ; Eusèbe député (1939) ; L'inconnue de Monte-Carlo (1939) ; La neige sur les pas (1941) ; Promesse à l'inconnue (1942) ; La croisée des chemins (1942) ; L'ange de la nuit (1942) ; Le secret de Madame Clapain (1943) ; J'ai dix-sept ans (1945) ; Peloton d'exécution (1945) ; Gringalet (1945) ; Amour, délices et orgues (1946) ; Pas si bête (1946) ; Carré de valets (1946) ; Blanc comme neige (1947) ; Le bal des pompiers (1948) ; L'ombre (1948) ; Le cœur sur la main (1948) ; La petite chocolatière (1949) ; Le roi Pandore (1949) ; La femme nue (1949) ; Mademoiselle Josette ma femme (1950) ; Le roi des camelots (1950) ; Pigalle-Saint-Germain-des-Prés (1950) ; Jamais deux sans trois (1951) ; Chacun son tour (1951) ; Belle mentalité (1952) ; Le dernier Robin des Bois (1952) ; Allô ! Je t'aime (1952) ; Le portrait de son père (1953) ; L'œil en coulisse (1953) ; Le mort en fuite ou les deux font la paire (1954) ; Scènes de ménage (1954) ; Les Duraton (1955) ; La joyeuse prison (1956) ; Cinq millions comptant (1956) ; A la Jamaïque (1956) ; Légitime défense (1958) ; Sacrée jeunesse (1958) ; Préméditation (1959).

Longtemps considéré comme le symbole d'un cinéma « ringard », comme le parangon de la médiocrité de la production française, comme le faire-valoir de Bourvil et de Ded Rysel. On le juge avec plus d'équité aujourd'hui. L'un de ses premiers films, *Le crime de Sylvestre Bonnard,* montrait un talent certain. Dans *Le mort en fuite,* au scénario délirant, Jules Berry et Michel Simon déchaînés transformaient le film en un véritable chef-d'œuvre de drôlerie : comment deux cabotins imaginent un faux crime pour se faire de la publicité et ce qu'il advient. *Le secret de Madame Clapain,* d'après Edouard Estaunié, confirmait la maîtrise de Berthomieu dans la reconstitution des mœurs de la petite et de la moyenne bourgeoisie. Enfin *L'Ange de la nuit,* malgré un scénario mélodramatique, et Jean-Louis Barrault cabotinant dans un rôle d'aveugle, n'était pas sans charme. Il faudrait citer également *Jim la Houlette* où Fernandel, naïf et doux, pour séduire celle qu'il aime, se fait passer pour le redoutable bandit qui donne son titre au film, ne pas oublier cette amusante satire des milieux parlementaires qu'est *Eusèbe député* et remettre à sa vraie place dans le cinéma de Vichy *La neige sur les pas,* d'après Henri Bordeaux. Sauf dans le cas du *Mort en fuite,* il ne s'agit pas d'œuvres marquantes, mais qui frappent par « le fini » du travail de Berthomieu. Même si l'après-guerre trop prolifique fut moins brillant, Berthomieu est un auteur à revoir.

Bertolucci, Bernardo

Scénariste et réalisateur italien né en 1941.

La commare secca (1962) ; Prima della revoluzione (1964) ; La via del petrolio (documentaire pour la RAI, 1966) ; Partner (1968) ; Amore e rabbia (La contestation, 2e sketch, 1969) ; La strategia del ragno (La stratégie de l'araignée, 1969) ; Il conformista (Le conformiste, 1970) ; L'ultimo tango a Parigi (Le dernier tango à Paris, 1972) ; Novecento (1900, film en deux parties, 1976) ; La Luna (La Luna, 1979) ; La tragedia di un uomo ridicolo (La tragédie d'un homme ridicule, 1981).

Le succès de scandale remporté par le *Dernier tango à Paris* (les ongle coupés et le beurre sont passés dans la saga de l'érotisme au cinéma) et la gigantesque (pour ne pas dire interminable) fresque qu'est *1900*, visant à raconter, à travers le destin de deux familles, l'histoire de l'Italie dans la première moitié du XIXᵉ siècle, risquent de nous faire oublier un autre Bertolucci. Fils du poète Attilio Bertolucci, lui-même poète à 12 ans, passionné très tôt par le cinéma, ce bourgeois romantique a été marqué par deux influences : Stendhal (*Prima della revoluzione* est en partie autobiographique, en partie inspiré de *La Chartreuse de Parme*) et Pasolini (dont il fut l'assistant pour *Accattone*). Qu'il se place sous le signe de Borges (*La stratégie de l'araignée*) ou de Moravia *(Le conformiste)*, il demeure avant tout un esthète qui « n'en finit pas d'abandonner sa jeunesse fabrizienne » (Claude Michel Cluny). Il finit par avouer à propos de *La Luna*, superbe évocation d'une mère, trop absorbée jusque-là par son métier de cantatrice et essayant de reconquérir son fils qui s'adonnait à la drogue : « J'ai trouvé excitant de ne plus me cacher derrière certains alibis sociaux et politiques, d'aller plus fondamentalement vers l'objet du désir. » Le vrai Bertolucci est dans cette quête du plaisir.

Biblio. : Numéro spécial des *Études Cinématographiques* (1979).

Bertucelli, Jean-Louis

Réalisateur français né en 1942.

Remparts d'argile (1969) ; Paulina 1880 (1971) ; On s'est trompé d'histoire d'amour (1973) ; Docteur Françoise Gailland (1975) ; L'imprécateur (1977) ; Interdit aux moins de 13 ans (1982).

La critique salua avec faveur son premier film, *Remparts d'argile*, sobre évocation de la vie d'un village dans le Sud algérien où les hommes travaillent à casser la pierre. Il eut ensuite le courage de s'attaquer au célèbre roman de Jouve, *Paulina 1880*. L'échec fut honorable. Il déçut ensuite. Avec *L'imprécateur*, il s'est orienté vers un cinéma contestataire où il semble plus à l'aise. Dans *Remparts d'argile*, il avait déjà dénoncé l'exploitation des villageois aux revendications desquels on répondait par l'envoi de soldats. Avec *L'imprécateur*, inspiré d'un roman de Pilhes, ce sont les multinationales qui sont attaquées. La mort du directeur du marketing chez Rossery's and Mitchell déclenche une fantastique guerre de succession tandis que s'agrandissent les fissures de la tour Montparnasse où sont logés les bureaux de l'agence. Tout s'achève ou presque dans le cimetière voisin. Mais la charge est si énorme – on aurait cru Bertucelli plus capable de se contenir – qu'elle manque son but.

Bertucelli avait étudié la musique avant de débuter dans le cinéma comme ingénieur du son.

Bevilacqua, Alberto

Réalisateur italien né en 1934.

La califfa (La califfa, 1971) ; Questa specie d'amore (1972) ; Attenti al buffone (1975) ; Le rose di Danzica (1979) ; Basco d'Amore (1981).

Romancier, il a adapté au cinéma son roman *La califfa*, histoire d'une ouvrière qui devient la maîtresse d'un patron quelque peu illuminé. Mais il souffre de l'incompatibilité entre ses dons de romancier et son absence de talent visuel.

Beyzai, Bahram

Réalisateur iranien né en 1938.

Amou Sibilou (L'oncle moustachu, 1970) ; Ragbar (L'averse, 1972) ; Safar (c.m., Le voyage, 1972) ; Garibeh va meh (L'étranger et le brouillard, 1974) ; Kalagh (Le corbeau, 1977) ; Taraneh Tara (La ballade de Tara, 1979).

L'un des meilleurs réalisateurs iraniens, à la fois homme de théâtre et de cinéma. Son esthétique dérive des miniatures persanes et de la civilisation du T'azie et du Tamasha. C'est un peu toujours le même thème, fantastique en général, qui revient dans son œuvre. Ainsi dans *Tara*, un guerrier surgit des abîmes pour réclamer à Tara qui en a hérité le sabre de son clan, mais il tombe amoureux de ladite Tara : on retrouve dans ce film l'étranger de *Garibeh va meh* et l'interrogation sur la mémoire et le temps du *Corbeau*, avec une atmosphère mystérieuse héritée de Kurosawa.

Biberman, Abner

Acteur et réalisateur américain, 1909-1977.

Comme metteur en scène : The looters (1955) ; Running wild (1955) ; The price of fear (1956) ; Behind the high wall (1956) ; Gun for a coward (Une arme pour un lâche, 1957) ; The night runner (1957) ; Flood Tide (1958).

A retenir, d'une œuvre sans grand relief, *Une arme pour un lâche,* western vigoureux où un pacifique épicier ayant abattu par un coup heureux un redoutable hors-la-loi devait affronter le reste de la bande venu venger son chef. L'acteur fut supérieur au réalisateur. Ancien journaliste puis, après un bref séjour à Broadway, interprète des rôles de méchant dans de nombreux films, de *Gunga Din* à *Salome where She Danced,* il fut chargé de former les acteurs embauchés par l'Universal. Katz cite parmi ses élèves Marilyn Monroe et Tony Curtis. Après 1960, Biberman s'est consacré à la télévision.

Biberman, Herbert

Réalisateur américain, 1900-1971.

One way ticket (1935) ; Meet Nero Wolf (1936) ; The master race (1939) ; Salt of the earth (Le sel de la terre, 1954) ; Slaves (Esclaves, 1969).

Au départ une carrière modeste de réalisateur (dont une adaptation d'un roman policier de Rex Stout *Meet Nero Wolf)* et de scénariste de séries B *(King of Chinatown,* 1939 ; *Action in Arabia,* 1944, etc.). En 1947, lors de la chasse aux sorcières, il refuse de répondre aux questions concernant son appartenance au parti communiste ; il est emprisonné pour six mois en 1950 et perd toute possibilité de travailler à Hollywood. En 1954, il tourne un film sur une grève de mineurs au Nouveau-Mexique, film boycotté aux États-Unis mais qui rencontre en Europe, pour des raisons politiques inverses, un succès sans rapport avec ses qualités propres. Son œuvre suivante, *Slaves,* sur la condition des Noirs en Amérique, ne révèle qu'un réalisateur maladroit et peu inspiré.

Si Biberman a su faire preuve de courage et de dignité, il ne doit pas pour autant être surestimé comme metteur en scène.

Bieganski, Victor

Réalisateur polonais né en 1892.

Comme réalisateur (titres en français seulement) : Messire Twardowski (1920) ; Jalousie (1922) ; L'idole (1924) ; L'abîme de pénitence (1924) ; Les vampires de Varsovie (1925) ; La fièvre du Zloty (1926) ; L'Aiglon (1926) ; Marathon polonais (1927).

Il est considéré comme l'un des pères du cinéma polonais : il fonda, en 1924, l'Institut du film pour la formation de techniciens et d'acteurs. Après quelques œuvres inspirées de Feuillade, il se spécialisa, à partir de 1928, dans le documentaire.

Biette, Jean-Claude

Réalisateur français né en 1942.

Le théâtre des matières (1977) ; Loin de Manhattan (1981).

Il se place sous le patronage de Straub et de Pasolini pour évoquer les difficultés d'une troupe théâtrale qui veut monter *Marie Stuart* de Schiller. L'œuvre, d'accès difficile, se veut une variation sur le thème du récit et en dernière analyse de la parole. C'est en définitive de Marguerite Duras que devrait se réclamer Biette.

Billington, Kevin

Réalisateur anglais né en 1933.

Interlude (1966) ; The Rise and Rise of Michael Rimmer (1969) ; The Light at the Edge of the World (Le phare du bout du monde, 1971) ; Voices (1973).

Réalisateur de télévision réputé, il a tourné pour le grand écran une adaptation de Jules Verne, *Le phare du bout du monde,* dont l'éclatante distribution (Kirk

Douglas, Yul Brunner, Jean-Claude Drouot et Samantha Eggar) et l'accumulation de détails sadiques laissent pantois le public enfantin devant lequel il est traditionnellement présenté.

Billon, Pierre

Réalisateur français, 1906-1981.

Une nuit au Paradis (1933) ; La maison dans la dune (1934) ; Le fakir du Grand-Hôtel (1934) ; Nuits de Venise (1935) ; Deuxième Bureau (1935) ; L'argent (1936) ; Courrier Sud (1936) ; Au service du Tsar (1936) ; La bataille silencieuse (1937) ; La piste du Sud (1938) ; Le soleil a toujours raison (1941) ; Vautrin (1943) ; L'inévitable Monsieur Dubois (1943) ; Mademoiselle X (1944) ; L'homme au chapeau rond (1946) ; Ruy Blas (avec Cocteau, 1947) ; Agnès de rien (1949) ; Au revoir, Monsieur Grock (1949) ; Chéri, mon phoque et elles (1950) ; Le marchand de Venise (1952) ; Soupçons (1955) ; Jusqu'au dernier (1956).

Ce solide artisan, ancien assistant de Ravel, se forma en dirigeant les versions françaises de films allemands. Avant la guerre, il mit à son actif un bon film d'espionnage, d'après le *Poisson chinois* de Jean Bommart, *La bataille silencieuse*, dans la tradition de Pierre Nord et de Robert Dumas, puis *Courrier Sud* de Saint-Exupéry. Sous l'Occupation, on lui doit un excellent *Vautrin*, rôle tenu par Michel Simon avec beaucoup de force et d'ambiguïté. Après 1945, il réalise *L'homme au chapeau rond*, d'après *L'éternel mari* de Dostoïevski, où Raimu est bouleversant, puis un curieux *Ruy Blas*, transformation par Cocteau de la pièce de Victor Hugo en un film de cape et d'épée, et enfin *Le marchand de Venise* où il retrouve Michel Simon en Shylock. Un bilan qui force l'estime à défaut de susciter l'admiration des cinéphiles.

Binet, Catherine

Réalisatrice française.

Les jeux de la comtesse Dolingen de Gratz (1981).

Un seul film, insolite et troublant, « un parcours où le temps et l'espace n'obéissent plus tout à fait aux règles habituelles, où Edgar Poe répond à Dracula et le capitaine Nemo à Barbe-Bleue », écrit Georges Perec qui cite aussi Hans Bellmer et bien d'autres. Pourquoi pas Fussli et Van den Bosch, Barbey et le baron Corvo ? Reste l'horrible vengeance que Lonsdale, inquiétant collectionneur d'angelots, invente pour se débarrasser d'un cambrioleur audacieux mais imprudent.

Binyon, Claude

Scénariste et réalisateur américain, 1905-1978.

Comme réalisateur : The Saxon Charm (1948) ; Family Honeymoon (1949) ; Mother Didn't Tell Me (1950) ; Stella (Stella, 1950) ; Aaron Slick From Punkin Crick (1952) ; Dreamboat (Un grand séducteur, 1952) ; Here Come the Girls (Il y aura toujours des femmes, 1953).

Brillant journaliste, il collabora au fameux *Variety* où il inventa certains titres fracassants. Appelé comme scénariste par Paramount, il écrivit de nombreux dialogues, de *If I Had a Million* à *Satan Never Sleeps.* Tenté par la mise en scène, *Dreamboat* est une brillante variation sur le cinéma muet réunissant Ginger Rogers et Clifton Webb, ancienne vedette devenue un distingué professeur dans le film. Mais les autres comédies de Binyon sont nettement moins réussies.

Birri, Fernando

Réalisateur argentin né en 1925.

Tire die (court métrage, 1965) ; Primera fundacion de Buenos Aires (court métrage, 1958) ; Buenos dias Buenos Aires (id., 1960) ; Los inundados (1962) ; La pampa gringa (court métrage, 1963) ; Org (1978).

Considéré comme l'un des plus importants réalisateurs du cinéma argentin, il a surtout tourné des courts métrages dont *Tire die* qui annonce le jeune cinéma brésilien et un amusant film d'animation *Primera Fundacion. Los Inundados (Les victimes de l'inondation)* fut salué comme une œuvre insolite qui mêlait le picaresque au documentaire. Le cinéma, affirmait Birri, doit dénoncer la réalité sociale. « Il faut se mettre devant la réalité avec une caméra et informer sur le sous-développement. Un cinéma qui se fait le complice de ce sous-développement, c'est un sous-cinéma. » Birri s'est exilé en Italie.

Bitsch, Charles

Réalisateur français né en 1931.

Les baisers (un sketch, 1964) ; La chance et l'amour (un sketch, 1964) ; Le dernier homme (1969).

Une carrière manquée, alors que Bitsch aurait pu être facilement porté par la « nouvelle vague ». Sa vocation était plutôt celle d'un technicien que d'un réalisateur.

Blackton, James Stuart

Producteur et réalisateur américain, 1875-1941.

Principaux films : The Burglar on the Roof (1898) ; Tearing Down the Spanish Flag (1898) ; Hotel Fire in New York (1899) ; A Gentleman of France (1903) ; Raffles the Amateur Cracksman (1905) ; The San Francisco Earthquake (1906) ; Humorous Phases of a Funny Face (1906) ; The Haunted Hotel (1906) ; The Magic Fountain Pen (1907) ; A Curious Dream (1907) ; Macbeth (1908) ; Romeo and Juliet (1908) ; Richard III (1908) ; Napoleon, The Man of Destiny (1909) ; Princess Nicotine (1909) ; Les Misérables (1909) ; The Life of Moses (1910) ; Uncle Tom's Cabin (1910) ; Lincoln's Gettysburg Address (1912) ; The Battle Cry of Peace (L'invasion des États-Unis) ; Scenes of True Life (série) ; The Judgement House (1917) ; Safe for Democracy (1918) ; Missing (1918) ; A House Divided (1918) ; The Littlest Scout (1919) ; The Moonshine Trail (1919) ; A House Divided (1919) ; Respectable by Proxy (1919) ; My Boy (1919) ; Dawn (1919) ; My Husband's Other Wife (Terrible dilemme, 1919) ; The Blood Barrier (1920) ; The House of the Tolling Bell (1920) ; The Passer-By (1920) ; Forbidden Valley (De la haine à l'amour, 1920) ; The Glorious Adventure (1922) ; A Gypsy Cavalier (1922) ; The Virgin Queen (La reine Elizabeth) (1923) ; On The Banks of the Wabash (1923) ; Let Not Man Put Asunder (1924) ; Between Friends (1924) ; The Beloved Brute (1924) ; Behold This Woman (1924) ; The Clean Hart (1924) ; The Redeeming Sin (1925) ; Tides of Passion (1925) ; The Happy Warrior (1925) ; Bride of the Storm (1926) ; The Gilded Highway (1926) ; Hell Bent for Heaven (1926) ; The Passionate Quest (1926).

L'un des premiers pionniers du cinéma qu'il découvrit par l'intermédiaire d'Edison et du kinétoscope. Il tourna par la suite de nombreux films de trucages *(The Haunted Hotel)*, de propagande *(Tearing Down the Spanish Flag*, durant la guerre américano-espagnole et pendant la Première Guerre mondiale, *The Battle Cry of Peace* où l'on voyait la ville de New York envahie par l'ennemi*)* ou policiers *(Raffles* d'après Hornung*)*. Il fonda la Vitagraph qui fut absorbée en 1926 par la Warner, sonnant l'heure de la retraite pour Blackton qui finit dans la misère, conformément à la légende des pionniers du cinéma.

Blain, Gérard

Acteur et réalisateur français né en 1930.

Comme réalisateur : Les amis (1970) ; Le pélican (1973) ; Un enfant dans la foule (1975) ; Un second souffle (1978) ; Le rebelle (1980).

L'acteur de Chabrol et de Hawks s'est révélé un réalisateur sensible et intelligent dans l'analyse qu'il propose, de film en film, des rapports père-fils. Avec *Le pélican* (quel joli titre !), il nous offre l'émouvante peinture de l'amour paternel, les films suivants modifiant l'éclairage et nous donnant le point de vue du fils. Une œuvre cohérente qui aurait mérité mieux qu'un succès d'estime.

Blair, George

Réalisateur américain, 1906-1970.

Secrets of Scotland Yard (1944) ; Gangs of the Waterfront (1945) ; Scotland Yard Investigator (1945) ; The Trespasser (1947) ; The Ghost Goes Wild (1947) ; Homicide for Three (1948) ; Daughter of the Jungle (1948) ; Duke of Chicago (1949) ; Unmasked Federal Agent at Large (1950) ; Destination Big House (1950) ; Lonely Hearts Bandits (1950) ; Secrets of Monte Carlo (1951) ; Desert Pursuit (1952) ; Sabu and the Magic Ring (1957) ; The Hypnotic Eye (1960).

Un symbole : le bas de l'échelle dans la série Z. On ne peut descendre plus bas dans le manque de moyens pour tourner un western ou un thriller. Si la richesse ne fait pas le bonheur, la pauvreté ne fait pas les bons films.

Blanc, Jean-Pierre

Réalisateur français né en 1942.

La vieille fille (1971) ; Un ange au paradis (1973) ; D'amour et d'eau fraîche (1975) ; L'esprit de famille (1979).

Spécialiste de la comédie à la française, un brin contestataire (c'est la famille qui est généralement visée), un brin sentimentale. Il connut le succès avec *La vieille fille* où il sut maîtriser le cabotinage d'Annie Girardot et montrer ses possibilités. L'échec d'*Un ange au paradis* paraît le vouer à un cinéma plus commercial.

Blanchar, Pierre

Acteur et réalisateur français, 1892-1963.

Comme réalisateur : Secrets (1942) ; Un seul amour (1943).

Il dirigea deux films sous l'Occupation, qu'il renia plus ou moins à la Libération. *Un seul amour* est pourtant une bonne adaptation de *La Grande Bretèche* de Balzac et *Secrets* « francise » avec bonheur, grâce à une admirable photo de Christian Matras, *Un mois à la campagne* de Tourgueniev.

Blanche, Francis

Acteur, scénariste et réalisateur français, 1921.

Comme réalisateur : Tartarin de Tarascon (1962).

Venu de la radio où il anima *Sans rime ni raison* avec Pierre Cour, puis *Signé Furax* avec Pierre Dac, au temps des Robert Beauvais, Henri Kubnick, Pierre Louis et Paul Barré, Jacques Provins et Michel Mery *(Radio Pastiche)*, etc., il se révéla ensuite comme un prodigieux acteur de cinéma surtout lancé par *Babette s'en va-t-en guerre.* On attendait beaucoup de son passage derrière la caméra. *Tartarin de Tarascon*, d'après Daudet, qu'il interprétait lui-même, surprit par sa sagesse. Ni Alphonse Allais ni les Marx : on eut un film sans relief. Francis Blanche n'insista pas, on peut le regretter.

Blasetti, Alessandro

Réalisateur italien né en 1900.

Sole (1929) ; Nerone (1930) ; Resurrectio (1931) ; Terra Madre (1931) ; Assisi (1932) ; Palio (1932) ; La tavola dei poveri (1932) ; Il caso Haller (1933) ; L'impiegata di Papa (1933) ; 1860 (1934) ; Vecchia Guardia (Vieille garde, 1935) ; Aldebaran (1935) ; La contessa di Parma (La comtesse de Parme, 1937) ; Caccia alla volpe (1938) ; Ettore Fieramosca (1939) ; Abuna Messias (1939) ; Retroscena (1939) ; Un'avventura di Salvator Rosa (Une aventure de Salvator Rosa, 1940) ; La corona di ferro (La couronne de fer, 1941) ; La cena delle Beffe (La farce tragique, 1941) ; Quattro passi fra le nuvole (Quatre pas dans les nuages, 1942) ; Nessuno torna indietro (1943) ; La gemma orientale di Papi (1946) ; Il duomo di Milano (1946) ; Castel San Angelo (1946) ; Un giorno nella vita (Un jour dans la vie, 1946) ; Fabiola (Fabiola 1948) ; Ippodromi all'Alba (1950) ; Prima comunione (Sa Majesté M. Dupont, 1950) ; Altri tempi (Heureuse époque, 1952) ; La Fiammata (1953) ; Tempi nostri (Quelques pas dans la vie, 1954) ; Peccato che sia una canaglia (Dommage que tu sois une canaille, 1955) ; La fortuna di essere donna (La chance d'être femme, 1956) ; Amore e chiacchiere (1957) ; Europa di notte (Nuits d'Europe, 1959) ; Io amo Tu ami (Je t'aime, tu aimes (1961) ; Les quatre vérités (un sketch, 1962) ; Liola (1963) ; Io, io, io... e gli altri (1965) ; La ragazza del Bersagliere (1967) ; Simon Bolivar (1969).

Comme beaucoup, il est venu au cinéma par le journalisme. En 1928, il fonde une coopérative avec Alessandrini et Barbaro, et peut tourner ainsi son premier film, une œuvre expérimentale, *Sole.* C'est au temps du fascisme qu'il signe ses réalisations les plus importantes : *1860,* sur l'épopée de Garibaldi en Sicile, *Vecchia Guardia,* qui analyse la pénétration des idées du nouveau régime dans une famille, *Ettore Fieramosca, Salvator Rosa,* qui donne du peintre une vision inattendue (celle d'un héros de cape et d'épée), et *La Cena delle Beffe,* excellents films historiques, *Quatre pas dans les nuages,* point de départ du néo-réalisme, et surtout l'extravagante *Couronne de fer,* ou Tarzan chez les Lombards, ceux-ci habillés par un couturier fou qui mêle les époques et pimente le tout d'érotisme. Après cette suite de chefs-d'œuvre que l'on revoit aujourd'hui avec plaisir, Blasetti ne retrouvera quelque souffle que pour évoquer les jeux du cirque dans *Fabiola.* En fait, il est mort avec le fascisme.

Son importance dans l'histoire du cinéma italien est considérable. Il ouvre la voie au cinéma moderne avec *Sole,* prend position contre le parlant, mais tourne une comédie comme *La table des pauvres* où les dialogues ont un rôle essentiel. Il trace le chemin au film historique à prétentions réalistes dans *1860.* « Les faits, les personnages, le paysage forment le cadre essentiel d'une passion patriotique considérée dans ses éléments les plus simples : l'aspiration à la révolte, à la liberté, d'un paysan sicilien » (Lizzani), mais il trace une voie parallèle aux extravagances du péplum avec sa *Couronne de fer,* étonnant kaléidoscope de civilisations qui mêle la Grèce antique à l'Islam et le Moyen Age au Bas Empire. Ressuscitant le film à grand spectacle, il fixe dans le même temps les règles du néo-réalisme avec *Quatre pas dans les nuages* qui annonce les productions de Sica. Il exalte le fascisme dans un film de propagande qui rejoint *Le jeune hitlérien Quex* de Steinhoff et les classiques russes, *Vecchia Guardia.* Puis il se réfugie, le fascisme triomphant, dans le film de cape et d'épée, son *Salvator Rosa* devant être largement pillé. « Don Quichotte de la production italienne », a-t-on dit de lui, « mais le moins naïf et le plus averti des Don Quichotte. » Il serait plus juste de parler de génie symphonique, tous les courants, toutes les écoles du cinéma italien se retrouvant dans son œuvre.

Blier, Bertrand

Réalisateur français né en 1939.

Hitler, connais pas (1963) ; Si j'étais un espion (1967) ; Les valseuses (1974) ; Calmos (1975) ; Préparez vos mouchoirs (1976) ; Buffet froid (1979) ; Beau-père (1981).

Fils de l'acteur Bernard Blier, il se fit connaître par un film sur la jeunesse *(Hitler, connais pas)* qui le montrait attentif à la nouvelle génération. L'énorme succès des *Valseuses* impose de nouveaux comédiens (Miou-Miou, Depardieu, Dewaere). On en fit, en raison de sa violence et du portrait de la société qu'il proposait, l'équivalent français d'*Orange mécanique :* Blier allait même plus loin dans la crudité de l'expression et du geste (la façon de sentir une culotte de jeune fille pour en déterminer l'âge). Mais l'anticonformisme est souvent menacé de sombrer dans la vulgarité. Blier n'y échappa pas avec *Calmos :* sa misogynie agressive fit sombrer le film. Avec *Buffet froid,* séduisante incursion dans le surréalisme, Blier se ressaisit. Toujours voué aux exercices de corde raide, il réussit dans *Beau-père* à évoquer avec sensibilité les rapports nécessairement troubles entre une toute jeune fille assez affranchie et son beau-père. Il y a beaucoup à attendre de Blier.

Blistène, Marcel

Réalisateur français, de son vrai nom Blistein, né en 1911.

Étoile sans lumière (1945) ; Macadam (1946) ; Rapide de nuit (1948) ; Le sorcier du ciel (1950) ; Cet âge est sans pitié (1950) ; Bibi Fricotin (1953) ; Le feu dans la peau (1953) ; Gueule d'ange (1955) ; Sylviane de mes nuits (1956) ; Les amants de demain (1958).

Du curé d'Ars *(Le sorcier du ciel)* à Bibi Fricotin, d'Édith Piaf *(Étoile sans lumière)* à Giselle Pascal *(Sylviane de mes nuits)*, l'éventail des curiosités de cet ancien journaliste (ou son absence de curiosité) paraît fort large. Toutefois, ses films sont bien faits et ne laissent jamais indifférent.

Blom, August

Réalisateur danois, 1869-1947.

Principaux films : Hamlet (1910) ; Robinson Crusoe (1910) ; Ved Faengslets Port (Aux portes de la prison, 1911) ; Père et fils (1911) ; Den Huide Slavehandels sidste offer (La traite des blanches, 1911) ; Ballet danserinden (La danseuse, 1911) ; La fille du gouverneur (1912) ; Atlantis (1913) ; Le pouvoir de la presse (1913) ; Pro Patria (1915) ; La favorite du Maharadjah (1917) ; Prometheus (1919) ; Son génie (1920).

L'un des fondateurs du cinéma danois. Il avait été acteur de théâtre puis scénariste pour la Nordisk. Il tourna un très grand nombre de films dont beaucoup sont perdus. Il était réputé pour ses grandes mises en scène et son talent de dénicheur de stars. C'est lui qui découvrit Asta Nielsen.

Blomberg, Erik

Réalisateur finlandais né en 1913.

Valkoinen Peura (Le renne blanc, 1952) ; Kun on tunteet (Quand on devient amoureux, 1953) ; Fiançailles (1956).

Considéré comme le plus grand opérateur finlandais, il fonda sa propre maison de production et dirigea sa femme Mirjami Kuosmanen dans plusieurs films dont *Le renne blanc,* histoire d'une jeune fille changée en renne, qui connut un énorme succès. « Le metteur en scène et son épouse avaient puisé l'argument dans la vieille légende lapone de la captivante créature qui se transforme en renne "couleur de lune" pour attirer à l'écart les jeunes chasseurs et pour les faire périr d'épuisement parmi les solitudes glacées. Mythologie, vampirisme et psychanalyse (plus ou moins consciente) s'amalgamaient dans cette cantilène barbare où un folklore suprêmement pittoresque et de somptueux paysages brillaient de leur plus pur éclat » (Béranger, *Le nouveau cinéma scandinave,* p. 308). Après quelques comédies insignifiantes, Blomberg partit tourner deux reportages sur la partie brésilienne de l'Amazonie pour le compte d'une firme suédoise.

Blue, James

Réalisateur d'origine américaine, 1930-79.

Plusieurs courts métrages dont L'avare (avec R. Hermantier, 1960). Puis : Les oliviers de la justice (1962).

Cet Américain fit sur l'Algérie une œuvre dont la réputation n'a cessé de croître. Bien sûr, *Les oliviers de la justice* ont vieilli mais ils portent témoignage sur un moment de notre histoire.

Blystone, John G.

Réalisateur américain, 1892-1938.

A Friendly Husband (1923) ; Soft Boiled (1923) ; Our Hospitality (avec Keaton, Les lois de l'hospitalité, 1923) ; Ladies to Board (1924) ; Oh, You Tony (1924) ; The Last Man on Earth (1924) ; Teeth (1924) ; Dick Turpin (1925) ; The Lucky Horseshoe (1925) ; The Everlasting Whisper (1925) ; The Best Bad Man (1925) ; My Own Pal (1926) ; Hard Boiled (1926) ; The Family Upstairs (1926) ; Wings of the Storm (1926) ; Ankles Preferred (1927) ; Slaves of Beauty (1927) ; Pajamas (1927) ; Sharp Shooters (1928) ; Mother Knows Best (1928) ; Captain Lash (Capitaine Swing, 1929) ; Thru Different Eyes (1929) ; The Sky Hawk (1929) ; The Big Party (1930) ; So This Is London (1930) ; Tol'able David (1930) ; Mr. Lemon of Orange (1931) ; Men on Call (1931) ; Young Sinners (1931) ; She Wanted a Millionnaire (1932) ; Charlie Chan's

Chance (1932) ; Amateur Daddy (Papa amateur, 1932) ; Painted Woman (1932) ; Too Busy to Work (1932) ; Hot Pepper (1933) ; Shanghai Madness (1933) ; My Lips Betray (1933) ; Coming Out Party (1934) ; Change of Heart (1934) ; Hell in the Heavens (1934) ; The County Chairman (1935) ; Bad Boy (1935) ; Gentle Julia (1936) ; Little Miss Nobody (1936) ; The Magnificent Brute (La brute magnifique, 1936) ; Great Guy (1936) ; 3 1/2 Hours Leave (1937) ; Woman Chases Man (1937) ; Music for Madame (1937) ; Swiss Miss (Les montagnards sont là, 1938) ; Blockheads (Têtes de pioche, 1938).

Il débuta dans la carrière cinématographique en 1916 comme « homme à tout faire ». Il fut aussi, à partir de 1923, un réalisateur « à tout faire », mettant en scène plusieurs westerns de Tom Mix et quelques comédies. Il doit sa réputation à *Our Hospitality*, qu'il codirigea avec Buster Keaton, et à deux des meilleurs Laurel et Hardy, *Swiss Miss* (avec l'extraordinaire scène du saint-bernard dont Laurel veut boire l'alcool dans le petit tonneau qui pend à son cou) et *Blockheads* (dont le début, où l'on voit Laurel continuer à garder une tranchée alors que la guerre est finie depuis plusieurs années, est d'une constante invention dans la drôlerie, due peut-être à Henry Langdon, sûrement à Laurel, mais peu vraisemblablement à Blystone).

Boese, Carl

Réalisateur allemand, 1887-1958.

Nocturno der Liebe (1918) ; Die Geisha und der Samurai (1919) ; Drei Nächte (1920) ; Der Golem (avec Wegener, 1920) ; Die Herren vom Maxim (1921) ; Das Floss der Töten (1921) ; Die rote Mühle (1921) ; Die Tänzerin Barberina (La danseuse Barberina, 1921) ; Das Auge der Toten (1921) ; Gespenster (1922) ; Die grosse Lüge (1922) ; Das ungeschriebene Gesetz (1922) ; Graf Cohn (1923) ; Ein Kind-ein Hund (1923) ; Maciste und die chinesische Truhe (1923) ; Die Frau im Feuer (La femme dans le feu, 1924) ; Sklaven der Liebe (1924) ; Die drei Portiermädel (Les trois filles de la concierge, 1925) ; Die eiserne Braut (1925) ; Grüsmir das blonde Kind am Rhein (1925) ; Heiratsschwindler (1925) ; Krieg im Frieden (1925) ; Und es lockt ein Ruf aus sundiger Welt (1925) ; Wenn Du eine Tante hast (1925) ; Es blasen die Trompeten (1926) ; Kubinke, der Barbier, und die drei Dienstmädchen (1926) ; Ledig Töchter (1926) ; Die letzte Droschke von Berlin (Le dernier fiacre de Berlin, 1926) ; Der Mann ohne Schlaf (1926) ; Nanette macht alles (1926) ; Der Seekadett (Cadet de la Marine) ; Die sporckschen Jäger (coréalisateur, 1926) ; Das edle Blut (1927) ; Die Elf Teufel (1927) ; Die indiskrete Frau (1927) ; Schwere Jungens-leichte Mädchen (1927) ; Die weisse Spinne (1927) ; Eve in Seide (1928) ; Kinder der Strasse (1928) ; Lemkes seltsam Witwe (1928) ; Ossi hat die tosen an 28 (1928) ; Der Piccolo vom goldenen Löwen (1928) ; Wenn die Mutter und die Tochter... (1928) ; Alimente (1929) ; Bobby der Benzinjunge (1929) ; Geschminkte Jugend (1929) ; Der Detektiv des Kaisers (1920) ; Ehestreik (1930) ; O Mädchen, mein Mädchen, wie lieb' ich Dich ! (1930) ; Drei Tage Mittelarrest (1930) ; Komm mit zum Rendez-vous (1930) ; Kasernenzauber (1930) ; Bockbierfest (1930) ; Der ungetreue Ekkehart (1931) ; Der Schrecken der Garmison (1931) ; Der schönste Mann im Staate (1931) ; Vater geht auf Reisen (1931) ; Die schwebende Jungfrau (1931) ; Meine Cousine aus Warschau (Ma cousine de Varsovie, 1931) ; Dienst ist Dienst (1931) ; Grock (1931) ; Man braucht kein Geld (1931) ; Keine Feier ohne Meyer (1931) ; Die Herren vom Maxim (Ces messieurs de chez Maxim, 1931) ; Annemarie, die Braut der Kompanie (1932) ; Theodor Körner (1932) ; Der Frechdachs (1932) ; Drei von der Kavallerie (1932) ; Paprika (1932) ; Lumpenkavaliere (Double-patte et Patachon au Prater, 1932) ; Gruss und Kuss, Veronika ! (1933) ; Die Unschuld vom Lande (1933) ; Roman einer Nacht

(1933) ; Das Lied vom Glück (1933) ; Eine Frau wie Du (1933) ; Heimkehr ins Glück (1933) ; Die kalte Mamsell (1933) ; Drei blaue Jungs–ein blondes Mädel (1933) ; Gretel zieht das grosse Los (1933) ; Schutzenkönig wird der Felix (1934) ; Liebe dumme Mama (1934) ; Fräulein Frau (1934) ; Wenn ein Mädel Hochzeit macht (1934) ; Das Blumenmädchen vom Grand Hotel (1934) ; Der Schrecken vom Heidekurg (1934) ; Meine Frau, die Schutzenkönigin (1934) ; ... Heute Abend bei mir (1934) ; Herz ist Trumpf (Atout cœur, 1934) ; Eine Nacht an der Donau (1935) ; Der Gefangene des Königs (Le prisonnier du roi, 1935) ; Ein falscher Fuffziger (1935) ; Ein ganzer Kerl (1935) ; Die Fahrt in die Legend (1935) ; Der verkannte Lebemann (1936) ; Dahinten in der Heide (1936) ; Engel mit kleinen Fehler (1936) ; Männer vor der Ehe (1936) ; Mädchen für alles (1937) ; Abenteuer in Warschau (Aventure à Varsovie, 1937) ; Eine Nacht mit Hindernissen (1937) ; Wie der Hase läuft (1937) ; Heirate-aber wen ? (1938) ; Steputat & Co. (1938) ; War es der im. 3. Stock ? (1938) ; Fünf Millionen suchen einen Erben (Cinq millions en quête d'héritier, 1939) ; Schwarzfahrt ins Gluck (1939) ; Meine Tante–Deine Tante (1939) ; Drei Vater um Anna (1939) ; Hallo, Janine ! (Allô Janine, 1939) ; Polterabend (1940) ; Hochzeitsnacht (1941) ; Familienanschluss 1941) ; Alles für Gloria (1941) ; Um 9 kommt Harald (1942) ; Leichtes Blut (1942) ; ... und die Musik spielt dazu (1943) ; Das Hochzeitshotel (1944) ; Der Posaunist (1945) ; Beate (1948) ; Wenn manner schwindeln (1950) ; Das Mädchen aus der Konfektion (1951) ; Der keusche Lebemann (1952) ; Der Onkel aus Amerika (1952) ; Der keusche Josef (1953) ; Das Nachtgespenst (1953) ; Die spanische Fliege (1955) ; Meine Tante–Deine Tante (1956) ; Vater macht Karriere (1957)

Une longue carrière qui résume toute l'histoire du cinéma allemand : expressionnisme *(Der Golem)*, Kammerspiel *(Die letzte Droschke von Berlin)*, propagande nazie *(Theodor Körner)* et comédie musicale *(Hallo, Janine)*, film à l'eau de rose de l'après-guerre *(Der Onkel aus Amerika)*.

D'abord journaliste, il combattit courageusement dans les rangs de l'armée allemande pendant la Première Guerre mondiale. Il passe dans les studios en 1918 et se révèle un technicien hors pair. On oublie parfois son rôle dans le mouvement expressionniste. Wegener lui demanda son concours pour *Le Golem*, mais très vite il prit ses distances, peut-être pour des raisons idéologiques. Il se trouve pourtant lié au Kammerspiel dont il signe l'un des principaux classiques, *Le dernier fiacre de Berlin*. Mais ses goûts le portent vers la comédie, surtout avec l'avènement du parlant. Il en signe jusqu'à dix pour la seule année 1931. On ignore les conditions du tournage et la qualité des œuvres, aucune n'ayant laissé un impérissable souvenir, pas même *Ma cousine de Varsovie*. Neuf films en 1933, neuf également en 1934, une moyenne de trois à quatre par la suite. Si ses sympathies en faveur du régime nazi sont évidentes, il évite, après *Theodore Körner*, toute forme de propagande. Sa carrière n'en paraît pas moins brisée en 1945. Il reprend du service à partir de 1950, signant les mêmes laborieuses comédies que dans les années 30. Trop typiquement germanique, il n'a guère été connu hors d'Allemagne.

Boetticher, Budd Oscar en réalité

Réalisateur américain né en 1916.

Sous le nom d'Oscar Boetticher : One mysterious Night (1944) ; The Missing Juror (1944) ; A Guy, a Gal and a Pal (1945) ; Escape in the Fog (1945) ; Youth on trial (1945) ; The Fleet that Came to Stay (1946) ; Assigned to Danger (1948) ; Behind Locked Doors (1948) ; The Wolf Hunters (1949) ; Black Midnight (1949) ; Killer Shark (1950). *Sous le nom de Budd Boetticher* : The Bullfighter and the Lady (La Dame et le toréador, 1951) ; The Sword of d'Artagnan (1951) ; The Cimarron Kid (A feu et à sang, 1951) ; Red Ball Express (Les conducteurs du diable, 1952) ; Bronco Buster (1952) ; Horizon West (Le traître du Texas, 1952) ; City beneath the Sea (La cité sous la mer, 1953) ; Seminole (L'expédition du Fort King, 1953) ; The Man from the Alamo (Le déserteur du Fort Alamo, 1953) ; East of Sumatra (A l'est de Sumatra, 1953) ; Wings of the Hawk (Révolte au Mexique, 1953) ; The Magnificent Matador (Le brave et la belle, 1955) ; The Killer is Loose (Le tueur s'est évadé, 1956) ; Seven Men from Now (Sept hommes à abattre, 1956) ; The Tall T (L'homme de l'Arizona, 1957) ; Decision at Sundown (1957) ; Buchanan Rides Alone (L'aventurier du Texas, 1958) ; Ride Lonesome (La chevauchée de la vengeance, 1959) ; Westbound (Le courrier de l'or, 1959) ; Comanche Station (1960) ; The Rise and Fall of Legs Diamond (La chute d'un caïd, 1960) ; A Time for Dying (Qui tire le premier ?, 1971) ; Arruza (1972).

C'est André Bazin qui attira l'attention sur ce réalisateur de séries B en vantant l'un de ses westerns, *Sept hommes à abattre,* à l'extraordinaire duel final entre Randolph Scott et Lee Marvin : « Why ? Why not ? » Ancienne vedette du football américain reconvertie dans la tauromachie (il lui a consacré trois films dont une biographie d'Arruza), engagé à Hollywood comme conseiller technique de Mamoulian pour *Blood and Sand,* Boetticher avait ensuite signé une suite de films à très petit budget pour Columbia, Eagle Lion et Universal, sans témoigner de qualités vraiment transcendantes (sauf dans un thriller survolté, *Le tueur s'est évadé*) lorsqu'il rencontra Randolph Scott. Une série de chefs-d'œuvre, produits pour la plupart par Harry Joe Brown, sur des scénarios de Burt Kennedy, allait suivre. On y retrouvait la simplicité de William Hart. Un exemple : *Comanche Station.* Un riche fermier offre une forte prime à qui lui ramènera sa femme enlevée par les Comanches. Scott y parvient, se soustrayant à la vengeance des Indiens et aux tentatives des chasseurs de primes désireux de s'emparer d'un tel butin. La femme qu'il a sauvée est jolie. Scott en tombe amoureux et pense que devant tant d'héroïsme son sentiment sera partagé. Le mari n'est-il pas un lâche pour n'avoir pas lui-même tenté de libérer son épouse ? Arrivé à la ferme, Scott comprendra tout : l'époux est aveugle. Alors, sans trahir la moindre émotion, sans attendre la prime, Scott tourne la bride de son cheval et repart, seul. En quelques plans, sans les grandes orgues du western-opéra à la Leone, Boetticher a su nous émouvoir. C'est le propre du grand metteur en scène. De la même veine sont *Seven Men from Now, The Tall T, Decision at Sundown, Ride Lonesome,* westerns courts, nerveux, efficaces, ainsi qu'une superbe biographie de gangster, *The Rise and Fall of legs Diamond.* Il sut aussi comprendre l'univers du soldat dans *Red Ball Express* et les formes les plus diverses de l'aventure. Tous les troisièmes couteaux (de Lee Van Cleef à Claude Akins) sont au rendez-vous : trognes patibulaires de tueurs à gages dont l'étonnante galerie donne un relief supplémentaire à l'œuvre de Boetticher. Boetticher ou le cinéma américain par excellence.

BIBLIO. : *Cahiers du cinéma,* juillet 1964 (n° 157 consacré en partie à Boetticher).

Bogart, Paul

Réalisateur américain né en 1919.

Marlowe (La valse des truands, 1969) ; Halls of Anger (1970) ; Skin Game (1971) ; Cancel My Reservation (1972) ; Class of '44 (Classe 44, 1973) ; Mr. Ricco (1975) ; The Three Sisters (1977).

Son activité principale s'est toujours située à la télévision. Mais il a signé quelques petits films attachants dont *La valse des truands* où James Garner était un fort vraisemblable Marlowe, le célèbre « privé » de Chandler, et *Classe 44,* évocation du monde des étudiants américains au moment où la guerre s'achevait.

Bogdanovich, Peter

Réalisateur américain né en 1939.

Targets (La cible, 1967) ; Directed by John Ford (doc., 1971) ; The Last Picture Show (La dernière séance, 1971) ; What's up Doc' (On s'fait la valise, Docteur ?, 1972) ; Paper Moon (La barbe à papa, 1973) ; Daisy Miller (1974) ; At Long Last Love (Enfin l'amour, 1975) ; Nickelodeon (Nickelodeon, 1976) ; Saint Jack (Jack le Magnifique, 1979) ; They All Laughed (1982).

Ce qui le rend sympathique, c'est son amour pour le vieux cinéma américain et ses maîtres Ford, Dwan, Hawks, Lang auxquels il a consacré d'excellentes études. Critique passé à la réalisation, il fit ses débuts avec Corman. Le choix était bon et *Targets*, interprété par Karloff, est un excellent premier film. Hélas, il fallut déchanter. Hormis deux hommages au cinéma de jadis *(The Last Picture Show* et *Nickelodeon)*, le reste de son œuvre est exécrable.

Boisrond, Michel

Réalisateur français né en 1921.

Cette sacrée gamine (1955) ; C'est arrivé à Aden (1966) ; Lorsque l'enfant paraît (1956) ; Une parisienne (1957) ; Faibles femmes (1958) ; Le chemin des écoliers (1959) ; Voulez-vous danser avec moi ? (1959) ; La Française et l'amour (1960) ; Un soir sur la plage (1960) ; Les amours célèbres (1961) ; Les Parisiennes (1961) ; Comment réussir en amour (1962) ; Comment trouvez-vous ma sœur ? (1963) ; Cherchez l'idole (1963) ; Comment épouser un Premier ministre (1964) ; Atout cœur à Tokyo pour OSS 117 (1966) ; L'homme qui valait des milliards (1967) ; La leçon particulière (1968) ; Du soleil plein les yeux (1968) ; On est toujours trop bon avec les femmes (1970) ; Le petit Poucet (1972) ; Dis-moi que tu m'aimes (1974) ; Catherine et Cie (1975).

A relever le nombre de fois où figurent dans sa filmographie les mots « amour », « femme » et « Paris », on voit tout de suite à qui l'on a affaire : un bon spécialiste du boulevard, plus apte à diriger Brigitte Bardot dans *Cette sacrée gamine* qu'à adapter *On est toujours trop bon avec les femmes* de Raymond Queneau. Il ne faut pas le mépriser pour autant : le réalisateur est honnête et ne triche jamais avec son public. Il sait retrouver le charme de la bande dessinée avec *Les amours célèbres*, conduire en ménageant le suspense un récit d'espionnage bien banal comme *Atout cœur à Tokyo*, illustrer un conte pour enfants, tel *Le Petit Poucet*, ou faire rire sans arrière-pensée avec *Les Parisiennes* de Kiraz. Bref, il connaît son métier.

Boisset, Yves

Réalisateur français né en 1939.

Coplan sauve sa peau (1967) ; Cran d'arrêt (1970) ; Un condé (1971) ; Le saut de l'ange (1971) ; L'attentat (1972) ; R.A.S. (1973) ; Dupont-Lajoie (1974) ; Folle à tuer (1975) ; Le juge Fayard dit le shérif (1976) ; Un taxi mauve (1976) ; La Clef sur la porte (1978) ; La femme flic (1980) ; Allons z'enfants (1981) ; Espion lève-toi (1981).

Ce bon critique, fin connaisseur du cinéma américain (il collabora à *Vingt ans de cinéma américain* de Coursodon et Tavernier), après avoir été scénariste et assistant, passa à la réalisation avec de solides films policiers comme *Coplan sauve sa peau* (influencé par *Les chasses du comte Zaroff*) ou *Cran d'arrêt*. Avec *L'attentat*, inspiré de l'affaire Ben Barka, il inaugura une série de films tirés de l'actualité politique et vus à travers le prisme de la gauche libérale : *R.A.S.* (R.A.B. disaient les militaires de l'époque) sur le contingent en Algérie ; *Dupont-Lajoie* sur le racisme et le côté « macho » des Français moyens, ceux de « la majorité silencieuse » ; *Le juge Fayard*, sur l'assassinat d'un juge lyonnais qui défraya la chronique... La voie ouverte était intéressante. Boisset bifurqua soudainement vers le film à gros budget avec *Un taxi mauve*. Un scénario tiré du best-seller d'un membre de l'Académie française, des images-cartes postales de l'Irlande, Noiret et Charlotte Rampling. Tous les atouts étaient réunis pour faire de ce film un grand succès commercial. Avec *La femme flic* et *Allons z'enfants* (d'après Gibeau), Boisset est revenu au cinéma qu'il affectionne, celui d'une contestation (un peu facile) des institutions et de la société.

Boissol, Claude

Réalisateur français né en 1920.

Toute la ville accuse (1955) ; La peau de l'Ours (1957) ; Chaque jour a son secret (1958) ; Julie la Rousse (1959) ; Les trois Etc du colonel (1960) ; Napoléon II l'Aiglon (1961).

Dialoguiste et assistant, il a entamé une carrière de réalisateur qui a finalement tourné court. Il eut pourtant de bons acteurs à diriger (Marais, Roquevert et Duvaleix dans *Toute la ville accuse* ; Jean Richard dans *La peau de l'ours* ; De Sica dans *Les Trois Etc du colonel* et François Maistre éblouissant dans *L'Aiglon*). Dans *La peau de l'ours* un commissaire de police découvre qu'un membre de sa famille est en train de l'empoisonner ; son enquête lui ménagera une surprise de taille à la fin du film : il est son propre meurtrier. Pour *Napoléon II*, Boissol rompt avec Rostand pour rechercher la vérité historique. *Julie la Rousse* reprend une rengaine de René-Louis Lafforgue. Chaque fois l'intention est bonne, mais la réussite déserte ce réalisateur pour des raisons incompréhensibles.

Boleslawski ou Boleslavsky, Richard

Réalisateur d'origine polonaise, 1889-1937.

En Russie : Tri Vstrechi (1915) ; Ti Yeshye Nye Umeyesh Lyubit (1915) ; Nye Razum, a Strasti Pravyat Mirom (1916) ; Semya Polenovikh (1916) ; Khleb (1918). *En Pologne* : Bohaterstwo Polskiego Skauta Poland (1919) ; Cud Nad Wisla (Miracle sur la Vistule, 1921). *Aux États-Unis* : The Last of the Lone Wolf (1930) ; The gay Diplomat (1931) ; Woman Pursued (1931) ; Rasputin and the Empress (Raspoutine et sa cour, 1933) ; Storm at Daybreak (1933) ; Beauty For Sale (1933) ; Operator 13 (Agent n° 13, 1934) ; Men in White (Les hommes en blanc, 1934) ; Fugitive Lovers (Les amants fugitifs, 1934) ; The Painted Veil (Le voile des illusions, 1934) ; Clive of India (1935) ; Les Misérables (1935) ; Metropolitan (1935) ; O'Shaughnessy's Boy (Tempête au cirque, 1935) ; The Garden of Allah (Le jardin d'Allah, 1936) ; Theodora Goes Wild (Théodora devient folle, 1936) ; Three Godfathers (1936) ; The Last of Mrs. Cheyney (La fin de Mme Cheyney, 1937).

Né à Varsovie, il a travaillé à Moscou sous la direction de Stanislavsky pour devenir acteur. Il dirige des films dès 1915, puis, en 1918, un film de propagande rouge : *Khleb (Pain).* Il juge néanmoins plus prudent de retourner en Pologne. De là, il sert, comme officier de cavalerie, contre les mêmes Bolcheviks pour lesquels il avait tourné *Pain.* On lui doit alors une œuvre exaltant l'armée polonaise, *Miracle sur la Vistule.* Il est ensuite en Allemagne, où il collabore avec Dreyer, puis en France et part pour les États-Unis en 1929. Après quelques bandes mineures, il est appelé à remplacer Brabin pour un *Raspoutine.* C'est un succès. Il dirige Cooper dans *Operator 13,* sur l'espionnage au temps de la guerre de Sécession, puis une version des *Misérables* avec Laughton et March, enfin Greta Garbo dans *The Painted Veil,* un sombre drame de l'adultère. Mais si son souvenir subsiste aujourd'hui, c'est pour le délirant *Jardin d'Allah* avec Marlène Dietrich, Charles Boyer et Basil Rathbone en seigneur du désert. Couleurs irréelles, décors baroques et scénario extravagant (la fin est sublime, Marlène regardant Charles Boyer la quitter pour entrer au couvent au son d'une musique saint-sulpicienne), tout fait du *Jardin d'Allah* le chef-d'œuvre par excellence du cinéma kitsch. Boleslawski mourut pendant le tournage de *The Last of Mrs. Cheyney* que termina Fitzmaurice.

Bolognini, Mauro

Réalisateur italien né en 1922.

Ci troviamo in galleria (1953) ; I cavalieri della regina (D'Artagnan chevalier de la Reine, 1955) ; Gli innamorati (Les amoureux, 1955) ; La vena d'oro (1955) ; Guardia, guardia scelta, brigadiere e maresciallo (1956) ; Marisa la civetta (1957) ; Giovani mariti (Les jeunes mariés, 1958) ; Arrangiatevi (1959) ; La notte brava (Les garçons, 1959) ; Il bell'Antonio (Le bel Antonio, 1960) ; La giornata balorda (Ça s'est passé à Rome, 1960) ; La viaccia (La viaccia, 1961) ; Senilita (Quand la chair succombe, 1962) ; Agostino (1962) ; La corruzione (La corruption, 1963) ; La mia signora (3e et 4e sketch, 1964) ; Le Bambole (Les poupées, 4e sketch, 1965) ; I tre volti (1er sketch, 1965) ; Madamigella di Maupin (Mademoiselle de Maupin, 1966) ; La donna è una cosa meravigliosa (2e et 4e sketch, 1966) ; Le fate (3e sketch 1966) ; Le Streghe (Les sorcières, 2e sketch, 1967) ; L'amore attraverso i secoli (Le plus vieux métier du monde, 2e sketch, 1967) ; Arabella (1967) ; Capriccio all' italiana (2e et 6e sketch, 1968) ; Un bellissimo novembre (Ce merveilleux automne, 1969) ; L'assoluto naturale (1969) ; Metello (Metello, 1970) ; Bubu di Montparnasse (Bubu, 1971) ; Imputazione di omicidio per uno studente (1972) ; Fatti di gente perbene (La grande bourgeoise, 1974) ; Libera amore mio (Liberté mon amour, 1975) ; Per le antiche scale (Vertiges, 1975) ; L'eredità Ferramonti (L'héritage, 1976) ; Gran bollito (1977) ; Dove vai in vacanza ? (1er sketch, 1978) ; La dame aux camélias (1980).

Partageant son activité entre la comédie et le mélodrame à costumes d'époque, il n'est pas encore reconnu pour un *auteur*. La critique et les distributeurs boudent ses films. A tort. Laissons de côté ses comédies, au ton souvent impersonnel, pour retenir ses reconstitutions historiques et ses adaptations de romanciers fameux (*Senilita* d'après Svevo, *Agostino* de Moravia, etc.). Est-ce un certain maniérisme, le goût du tableau à faire, de la belle image, sensibles dans *La grande bourgeoisie*, qui expliquent ce dédain ? Ou encore une trop grande franchise sur le plan sexuel (les ravages de la syphilis dans *Bubu*, l'érotomanie des fous et leur refuge dans la masturbation avec *Vertiges* qui contient des scènes particulièrement brutales ; en revanche l'adaptation de *Mademoiselle de Maupin* de Théophile Gautier a été édulcorée par la censure) ? Pourtant *L'héritage* est un chef-d'œuvre, non seulement par l'habileté du récit inspiré d'un roman de Chelli, par le brio de Dominique Sanda, par le soin apporté au décor qui rapproche Bolognini de Visconti, mais aussi par l'attention que l'auteur ne cesse de porter sur l'environnement historique, ici les grands travaux de Rome. Il sait rendre tous les aspects d'une affaire (le scandale Murri dans *La grande bourgeoise*). Pourquoi lui reprocher son goût d'antiquaire pour les bibelots, les horloges, les tableaux, les bustes et les tentures dont l'accumulation dans un intérieur crée une atmosphère étouffante qui explique le comportement de Linda Murri. Certes, il est esthète jusque dans sa reconstitution de l'asile de fous de *Vertiges* au temps du fascisme. Contrairement à ce que l'on a prétendu, le maniérisme n'écrase jamais chez lui le propos, même dans sa somptueuse version pour la télévision de *La Chartreuse de Parme*. Il faut rendre justice à ce grand réalisateur et cesser de lui reprocher de n'avoir jamais oublié ses études d'architecte à Florence.

Bolvary, Geza von

Réalisateur d'origine hongroise, 1897-1961.

En Hongrie : Ketarev Asszony (1920) ; Lengyelver (1920) ; Tavaszi Szerelem (1921) ; Egy Fiunak a Fele (1922). *En Allemagne :* Mutterherz (1923) ; Der Weg zum Licht (1923) ; Wüstenrausch (1923) ; Hochstapler Wider Willen (1924) ; Mädchen, die man nicht heiratet (1924) ; Der Königsgrenadier (1925) ; Frauen, die nicht lieben dürfen (1925) ; Die Liebe der Bajadere (1926) ; Die Fürstin der Riviera (1926) ; Das deutsche Mutterherz (1926) ; Fräulein Mama (1926) ; Die Gefangene von Shanghaï (La captive de Shanghaï 1927) ; Der Geisterzug (1927) ; Artisten (1928) ; Der fesche Husar (1928) ; Haus Nummer 17 (Maison n° 17, 1928) ; The Wrecker (1928) ; Champagner (1929) ; The Vagabond Queen (1929) ; Vater und Sohn (1929) ; Der Erziehr meiner Tochter (1930) ; Delikatessen (1930) ; Ein Tango für dich (1930) ; Das Lied ist aus (1930) ; Der Herr auf Bestellung (1930) ; Die Lustigen Weiber von Wien (Les joyeuses commères de Vienne, 1931) ; Der Raub der Mona Lisa (Le rapt de Mona Lisa, 1931) ; Liebeskommando (1931) ; Ein Lied, ein Kuss, ein Mädel (1932) ; Was Frauen traümen (1933) ; Die Nacht der grossen Liebe (1933) ; Skandal in Budapest (Scandale à Budapest, 1933) ; Das Schloss im Süden (Château de rêve, version française, 1933) ; Ich kenn' dich nicht und liebe dich (Toi que j'adore, version française, 1934) ; Abschiedswalzer (La chanson de l'adieu, version française, 1934) ; Frühjarsparade (1935) ; Winternachtstraum (1935) ; Stradivari (Stradivarius, version française, 1935) ; Es flüstert die Liebe (1935) ; Die Entführung (1936) ; Das Schloss in Flandern (Le château dans les Flandres, 1936) ; Mädchenpensionat (Pensionnat de jeunes filles, 1936) ; Die Julika (1936) ; Lumpazivagabundus (1937) ; Premiere (1937) ; Der Unwiderstehliche (Faux départ, 1937) ; Zauber der Boheme (1937) ; Die unruhigen Mädchen (1938) ; Spiegel des Lebens (1938) ; Zwischen Strom und Steppe/Pusztaliebe (1939) ; Maria Llona (1939) ; Opernball (Nuit de noces enchantée, 1939) ; Wiener G'schichten (1940) ; Rosen in Tirol (1940) ; Dreimal Hochzeit (1941) ; Schicksal (Le vengeur, 1942) ; Die heimliche Gräfin (1942) ; Der dunkel Tag (1943) ; Ein Mann mit Grundsätzen ? (1943) ; Schrammeln (1944) ; Die Fledermaus (1945) ; Wer bist du, den ich liebe ? (1949) ; Hochzeitsnacht in Paradies (1950) ; Schwarze Augen (1951) ; Meine Frau macht Dummheiten (1952) ; Fritz und Friederike (1952) ; Dalmatinische Hochzeit (1953) ; Die Tochter der Kompanie (La fille du régiment, 1953) ; Ja, ja, die Liebe in Tirol (1955) ; Ein Herz bleibt allein/Mein Leopold (1955) ; Das Donkosakenlied (1956) ; Was die Schwalbe sang (1956) ; Unsterbliche Liebe (1956) ; Hoch droben auf dem Berg (1957) ; Schön ist die Welt (1957) ; Zwei Herzen im Mai (1958) ; Schwarzwälder Kirsch (1958) ; Das gab's nur einmal (1958) ; Hoch klingt der Radetzkymarsch (1958) ; Ein Lied geht un die Welt (1958).

Prolifique cinéaste, avec une nette préférence pour la comédie. La plupart de ses films ont sombré dans l'oubli mais il faudrait en revoir certains dont *Château en Flandre*, une extraordinaire histoire d'amour, aux limites du fantastique et dont Courtade et Cadars disent grand bien dans leur *Histoire du cinéma nazi*. La chanteuse Gloria Delamare est attirée après la guerre, à Ypres, où elle doit donner un concert, dans un manoir isolé où elle retrouve un ancien soupirant, le capitaine Winsbury. Un orchestre joue pour eux seuls, elle s'avoue séduite. Après une nuit d'amour, elle ne trouvera plus le lendemain que la vareuse du capitaine. Une enquête lui révélera que Winsbury a été tué à Ypres en 1918. Habile technicien, Geza von Bolvary excelle à créer des atmosphères romantiques, ainsi *La chanson de l'adieu*, belle et émouvante évocation des amours de Chopin que jouait Wolfgang Liebeneiner, sur un scénario d'Ernst Marischka. En 1939, il utilisait le cadre de l'opéra de Vienne pour une nouvelle histoire d'amour du même Marischka, *Opernball*, qui fit tout à la fois sourire et pleurer. Et comment aurait-il pu ignorer Johann Strauss ? Toujours en collaboration avec Marischka, il tourna à Prague une version en couleurs de *La Chauve-Souris* qui ne sortit qu'en 1946. Bolvary avait su éviter, contrairement à Harlan ou Ritter, toute compromission trop marquée avec le régime nazi. Il s'était cantonné dans le rêve. Il ne put toutefois reprendre ses activités qu'en 1949. Sa production resta limitée au marché allemand.

Bondartchouk, Sergei

Acteur et réalisateur soviétique né en 1920.

Comme réalisateur : Soudba tchloveka (Le destin d'un homme, 1959) ; Voïna i mio (Guerre et Paix, quatre parties : I. Andrei Bolkonsky, 1966 ; 2. Natacha Rostova, 1966 ; 3.1812, 1967 ; 4. Pierre Bezukov, 1967) ; Waterloo (1970) ; Ils ont combattu pour la patrie (1975) ; Zelengore (1976) ; La steppe (1978).

Son adaptation de Cholokhov, sensible et un peu précieuse *(Le destin d'un homme)*, avait retenu l'attention. Parce qu'il était un esthète, on lui confia l'adaptation quasi officielle de *Guerre et Paix* qu'il fut de bon ton de dénigrer pour sa trop grande fidélité au roman et pour l'académisme de ses images. On fut certainement injuste : Bondartchouk ne pouvait, comme King Vidor, prendre des libertés avec son modèle. Mêmes critiques pour *Waterloo*, coproduction italo-russo-anglaise. La distribution manquait d'homogénéité et Rod Steiger exagérait ses outrances habituelles dans le rôle de Napoléon. Mais la déchéance physique de l'Empereur était bien vue et la reconstitution de la bataille demeurait exacte : on n'oubliera ses prises de vue en hélicoptère montrant la cavalerie de Ney se brisant sur les carrés anglais. Acteur un peu empesé, Bondartchouk s'acquit la réputation d'un réalisateur lourdaud ; on peut le regretter, d'autant que cette réputation a empêché la diffusion hors de l'Union soviétique de ses œuvres suivantes.

Bonnard, Mario

Acteur, scénariste et réalisateur italien, 1889-1965.

Comme réalisateur : L'altro io (1917) ; Pupilla nell'Ombra (1919) ; I promessi Sposi (1919) ; Passa la Ruina (1919) ; La morte piagne (1920) ; Il tacchino (1923) ; Teodoro e Socio (1924) ; Altro Io (1924) ; Der Kampf ums Matterhorn (coréal., Le drame du mont Cervin, 1928) ; Der Sohn der weissen Berge (1939) ; Fra Diavolo (Fra Diavolo, 1931) ; Tre uomini in frak (Trois hommes en frac, 1932) ; Pas de femmes (1932) ; Cinque a zero (1932) ; Il trattato scomparso (Le masque qui tombe, 1933) ; Marcia nuziale (Marche nuptiale, 1934) ; Milizia territoriale (1935) ; Trenta secondi d'amore (1936) ; L'albero di Adamo (1937) ; Il feroce Saladino (1937) ; Il conte de Berchard (1938) ; Jeanne Dore (Jeanne Doré (1938) ; Io suo padre (1938) ; Frenesia (1938) ; Papa per una notte (1939) ; Il ponte dei sospiri (Le pont des soupirs, 1940) ; La faniculla di Portici (1940) ; L'Uomo del Romanze (1940) ; Marco Visconti (1940) ; Il Re si diverte (Le roi s'amuse,1941) ; Rossini (1941) ; Avanti c'é Posto (1942) ; Campo di Fiori (1943) ; Una distinta famiglia (1943) ; Il ratto delle Sabine (1945) ; Addio mia bella Napoli (1946) ; La citta dolente (1949) ; Margherita da Cortona (La maudite, 1949) ; Il voto (1950) ; Stasera sciopero (1951) ; L'ultima sentenza (Son dernier verdict, 1951) ; I figli non si vendono (Les enfants ne sont pas à vendre, 1953) ; Frine cortigiana d'Oriente (Phryné courtisane d'Orient, 1953) ; Tormento del passato (1952-1954) ; Tradita (Haine, amour et trahison, 1955) ; Hanno rubato un tram (1956) ; La ladra (Les anges aux mains noires, 1956) ; Mi permette, babbo ? (1956) ; Afrodite, dea dell'amore (L'esclave de l'Orient, 1958) ; La notte delle noze (1959) ; Gli ultimi giorni di Pompéi (avec Leone, Les derniers jours de Pompéi, 1959) ; Gastone (1960) ; I masnadieri (Les brigands, 1962).

Ayant débuté comme acteur au temps du muet, il passe très tôt à la réalisation. Il eut son heure de gloire au temps du fascisme avec des adaptations de Hugo *(Le roi s'amuse)* ou des biographies de grands musiciens *(Rossini).* Il navigue ensuite entre le péplum pseudo-érotique (Phryné, Aphrodite, elles y passent toutes !) et le mélodrame, sans beaucoup de conviction. Il n'était à l'aise, en définitive, que dans le film historique et savait régler comme personne un duel *(Le pont des soupirs)*, une orgie *(Le roi s'amuse)* ou un mouvement de troupes *(Fra Diavolo).* Quelle fut sa part dans *Les derniers jours de Pompéi,* où il eut comme assistant Leone ? La catastrophe finale était fort bien reconstituée compte tenu de ce type de production. Il a continué la tradition de Caserini dont il fut l'acteur pour plusieurs films à costumes, tradition qui ne s'est jamais éteinte dans le cinéma italien.

Bonnardot, Jean-Claude

Réalisateur français, 1923-1981.

Courts métrages. Puis comme longs métrages : Morambong (1958) ; Ballade pour un voyou (1962).

Trop tôt disparu, Bonnardot n'a pu donner sa mesure exacte, d'autant que *Morambong,* sur la guerre de Corée, eut des ennuis avec la censure. *Ballade pour un voyou* n'était par ailleurs qu'un pastiche manqué d'Hitchcock et ne fit qu'une brève carrière. Figurant, acteur, monteur, conseiller technique, Bonnardot s'était formé à la rude école du court métrage avec *Les bras de la Seine* en 1955, *Paris férié* l'année suivante puis *Sénégal ma pirogue* en 1961.

Boorman, John

Réalisateur anglais né en 1933.

Catch Us If You Can (Sauve qui peut, 1965) ; Point Blank (Le point de non-retour, 1967) ; Hell in the Pacific (Duel dans le Pacifique, 1968) ; Leo the Last (Leo the Last, 1970) ; Deliverance (Délivrance, 1973) ; Zardoz (Zardoz, 1973) ; Exorcist II : The Heretic (Exorciste II/L'Hérétique, 1977) ; Excalibur (Excalibur, 1981).

Cinéaste choc. Formé par les jésuites, critique de cinéma à 17 ans, réalisateur de documentaires pour la télévision à partir de 1957, il va s'imposer comme un metteur en scène qui porte la violence à un paroxysme rarement atteint avant lui. Qu'il s'agisse de gangsters (*Point Blank),* de combattants de la dernière guerre (*Hell in the Pacific,* affrontement entre Lee Marvin et Toshiro Mifune), d'écologistes (*Délivrance* où la descente en canot d'une rivière par quatre citadins nous rappelle, avec des meurtres et un viol par un homosexuel, que le retour à la nature est aussi un retour à la sauvagerie), de possédés du démon (*Exorcist II*) ou des chevaliers de la Table ronde (*Excalibur* qui recrée de façon très personnelle l'univers de Thomas Malory, Chrétien de Troyes et Wolfram von Eschenbach) sans oublier le monde de la science-fiction *(Zardoz*), un pessimisme profond et sans concessions imprègne les films de Boorman qui rencontre partout une violence aveugle qui transforme l'homme en loup. Le héros boormanien se trouve pris dans un labyrinthe dont il ne trouve pas l'issue. Dieu ? Dans *Excalibur* Merlin se lamente : « Nos Dieux vont disparaître devant le Dieu unique qui arrive. » Mais dans *Exorcist II,* c'est le Mal et non Dieu qui occupe le devant de la scène. La quête initiatique qui constitue le schéma traditionnel des histoires que raconte Boorman ne débouche que sur une violence sans espoir.

Borderie, Bernard

Réalisateur français, 1924-1978.

Les loups chassent la nuit (1951) ; La môme Vert-de-Gris (1952) ; Les femmes s'en balancent (1953) ; Fortune carrée (1954) ; Tahiti ou la joie de vivre (1956) ; Ces dames préfèrent le mambo (1957) ; Le gorille vous salue bien (1957) ; Délit de fuite (1958) ; La valse du gorille (1959) ; Sergent X (1959) ; Comment qu'elle est (1960) ; Le Caïd (1960) ; Les trois mousquetaires (1961) ; Lenny pour les dames (1961) ; Le chevalier de Pardaillan (1962) ; Rocambole (1962) ; A toi de faire, mignonne (1963) ; Angélique marquise des Anges (1964) ; Brigade antigangs (1965) ; Angélique et le Roy (1965) ; Sept gars et une garce (1966) ; Indomptable Angélique (1967) ; Angélique et le Sultan (1967) ; Catherine, il suffit d'un amour (1968) ; A la guerre comme à la guerre (1971).

Lemmy Caution (magistralement joué par Constantine), le Gorille (successeur d'Alain la Foudre et qui se confond désormais avec Ventura, lequel vaut mieux d'ailleurs), d'Artagnan, Pardaillan (du cher Zevaco), Rocambole (condensé des aventures du fameux héros de Ponson du Terrail), ou Angélique, presque tous les héros de la littérature populaire sont au rendez-vous, filmés sans génie par un réalisateur rarement inspiré mais du moins dépourvu de toute prétention autre que celle d'assurer la recette. Pourquoi ne pas avouer le plaisir que procurent aujourd'hui encore *Le gorille vous salue bien* ou *La môme Vert-de-Gris ?*

Borowczyk, Walerian

Réalisateur polonais né en 1923.

Courts ou longs métrages d'animation : Byl Sobie Raz (Il était une fois avec Lenica, 1957) ; Nagrodzone Uczucie (Les sentiments récompensés, 1957) ; Strip-tease (1957) ; Dom (La maison, avec Lenica, 1958) ; Szkola (École, 1958) ; Terra incognita (1959) ; Le magicien (1959) ; Les astronautes (avec Chris Marker, 1959) ; La boîte à musique (avec Lenica, 1961) ; Solitude (avec le même, 1961) ; Le concert de Monsieur et Madame Kabal (1962) ; L'encyclopédie de grand-maman en 13 volumes (1963) ; Fumée (1963) ; Renaissance (1963) ; Les jeux des anges

(1964) ; Le dictionnaire de Joachim (1965) ; Le théâtre de Monsieur et Madame Kabal (1967) ; Le phonographe (1969). *Courts métrages :* Glowa (1953) ; Photographies vivantes (1954) ; L'atelier de Fernand Léger (1954) ; Jesien (1956) ; Gavotte (1967) ; Diptique (1967) ; Une collection particulière (1974) ; Hyper Auto Erotic Art : Hayashi (1981). *Longs métrages :* Mazepa (1968) ; Goto, l'île d'amour (1969) ; Blanche (1971) ; Contes immoraux (1974) ; Dzieje grzechu (Histoire d'un péché, 1975) ; La Bête (1975) ; La marge (1976) ; Intérieur d'un couvent (1978) ; Collections privées (un sketch, 1978) ; Les héroïnes du mal (1979) ; Lulu (1980) ; The strange case of Dr Jekyll and Miss Osbourne (Dr Jekyll et les femmes, 1981).

Il fit voler en éclats le film d'animation, y introduisant un humour noir, des gags surréalistes et une technique nouvelle fondée sur les découpages. Sa réputation dépassa bien vite la Pologne et il vint travailler en France, encouragé par de nombreux prix. Après 1968, il délaisse l'animation pour les personnages de chair. *Goto* et *Blanche*, deux histoires insolites et cruelles, retiennent l'attention. Mais c'est avec les *Contes immoraux* que Borowczyk s'engage dans une voie nouvelle, celle de l'érotisme où il mêle Sade, Bataille et Mandiargues, évoquant la comtesse Bathory et Lucrèce Borgia dans une œuvre d'esthète raffiné. *La marge* et *Histoire d'un péché* confirment cette évolution : le baroque et l'étrange y font bon ménage avec un ton licencieux, d'ailleurs plus discret dans *Histoire d'un péché* adapté d'un roman polonais de Zeromski. Les œuvres suivantes marquent un net essoufflement, à l'exception d'un sketch des *Héroïnes du mal.* Si les actrices sont toujours aussi belles, l'inspiration n'est plus au rendez-vous. *Lulu* ne supporte pas la comparaison avec un seul plan du film de Pabst. Son interprétation de l'histoire du docteur Jekyll est confuse, voire même naïve et son érotisme bien décevant alors que le fantastique n'est même pas au rendez-vous. Il lui a manqué un producteur tout à la fois audacieux et ferme comme l'avait été Anatole Dauman pour ses *Contes immoraux.*

Borsody, Eduard von

Réalisateur autrichien né en 1898.

Brillanten (1938) ; Sensationsprozess Casilla (Une cause sensationnelle, 1939) ; Kongo-Express (Congo-Express, 1940) ; Wunschkonzert (1940) ; Wen die Götter lieben (1942) ; Jugendliebe (1943) ; Die Kreuzlschreiber (1944) ; Arlberg-Express (1946) ; Frau am Weg (1947) ; Weisses Gold (1947) ; Hochzeit mit Erika (1949) ; Das vierte Gebot (1949) ; Sensation im Savoy (1950) ; Rausch einer Nacht (1950) ; Verlorene Melodie (1951) ; Ich hab'mich so an Dich gewöhnt (1952) ; Die Wirtin vom Wörthersee (1952) ; Ich und meine Frau (1953) ; Hab ich nur Deine Liebe (1953) ; Maxie (1954) ; Der Major und die Stiere (1955) ; Dany, bitte schreiben Sie (1956) ; Liane das Mädchen aus dem Urwald (Liane la sauvageonne, 1956) ; Geliebte Corinna (1956) ; Der Schäfer vom Trutzberg (1958) ; Skandal um Dodo (1958) ; Traumrevue (1959).

Spécialiste des comédies viennoises, cet ancien opérateur de la Sascha, qui fut ensuite monteur à l'UFA, a surtout réussi comme réalisateur dans les aventures exotiques, de *Congo-Express* à *Liane la sauvageonne* où Marion Michael montrait une charmante académie. Dans le premier, tourné en Allemagne, l'héroïsme d'un aviateur évitait le choc de deux rapides en Afrique ; « Les extérieurs furent filmés sur une petite ligne de chemin de fer entre Hanovre et Celle avec quelque deux cents mètres de remblai plantés de végétation africaine. » (Courtade et Cadars). Il s'agissait d'exalter les qualités de courage du peuple allemand. Avec *Liane* où le sud-est de l'Afrique est évoqué cette fois par quelques plantes vertes et quelques lianes, c'est l'érotisme qui est la principale source d'inspiration, mêlé à une vague histoire policière. On ne peut mieux résumer l'évolution du cinéma allemand entre 1940 et 1955.

Borzage, Frank

Réalisateur américain, 1893-1961.

Life's Harmony (1916) ; Enchantment (1916) ; The Pride and the Man (1916) ;

Mammy's Rose (1916) ; Dollars of Dross (1916) ; Flying Colors (Au pays de l'or, 1917) ; Until They Get Me (Le piège, 1917) ; The Gun Woman (La fille du ranch, 1917) ; Shoes That Danced (Le premier pas, 1917) ; Innocent's Progress (1917) ; We Lady Betty (La petite châtelaine, 1918) ; An Honest Man (1918) ; Who Is to Blame ? (1918) ; Society for Sale (1918) ; The Ghost Flower (1918) ; Ashes of Desire (La roturière, 1918) ; The Curse of Iku (1918) ; Tonton (1919) ; Prudence of Broadway (1918) ; Whom The Gods Destroy (Ceux que les Dieux détruiront, 1919) ; Humoresque (Humoresque, 1920) ; Get Rich Quick Wallingford (Pour faire fortune, 1921) ; Duke of Chimney Bute (1921) ; Back Pay (Le repentir, 1922) ; Silent Shelby (1922) ; Billy Jim (1922) ; Valley of the Silent Men (1922) ; The Pride of Palomar (1922) ; The Good Provider (Un père, 1922) ; The Ninth Commandment (1923) ; Children of Dust (1923) ; Song of Love (1923) ; The Age of Desire (1924) ; Secrets (Secrets, 1924) ; The Lady (Sa vie, 1925) ; Wages for Wifes (Si les hommes pouvaient, 1925) ; Lazybones (Notre héros, 1925) ; The Circle (1925) ; Marriage Licence (La roturière, 1926) ; The First Year (Giboulées conjugales, 1926) ; The Dixie Merchant (1926) ; Early to Wed (1926) ; The Return of Peter Grimm (1926) ; Seventh Heaven (L'heure suprême, 1927) ; Street Angel (L'ange de la rue, 1927) ; The River (La femme au corbeau, 1928) ; Lucky Star (L'idole, 1929) ; They Had to See Paris (1929) ; Song of My Heart (1930) ; Liliom (1930) ; Doctor's Wives (1931) ; Young as You Feel (1931) ; Bad Girl (1931) ; Young America (Jeune Amérique, 1931) ; After Tomorrow (1932) ; A Farewell to Arms (L'adieu au drapeau, 1932) ; Secrets (Secrets, 1933) ; A Man's Castle (Ceux de la zone, 1933) ; No greater Glory (Comme les grands, 1934) ; Little Man What Now (Et demain ?, 1934) ; Flirtation Walk (Mademoiselle Général, 1934) ; Living on Velvet (Sur le velours, 1935) ; Stranded (Bureau des épaves, 1935) ; Shipmates Forever (1935) ; Hearts Divided (Betsy, 1936) ; Desire (Désir, 1936) ; History Is Made at Night (Le destin se joue la nuit, 1937) ; Green Light (La lumière verte, 1937) ; Mannequin (Mannequin, 1937) ; Big City (La grande ville, 1937) ; Three Comrades (Trois camarades, 1938) ; The Shining Hour (L'ensorceleuse, 1938) ; Disputed Passage (Chirurgiens, 1939) ; I Take This Woman (1939) ; Strange Cargo (Le cargo maudit, 1940) ; The Mortal Storm (1940) ; Flight Command (1940) ; Smilin'Through (Chagrins d'amour, 1941) ; The Vanishing Virginian (Au temps des tulipes, 1941) ; Seven Sweethearts (Les sept amoureuses, 1942) ; Stage Door Canteen (Le cabaret des étoiles, 1943) ; His Butler's Sister (La sœur de mon valet, 1943) ; Till We Meet Again (Ce n'est qu'un au revoir, 1944) ; The Spanish Main (Pavillon noir, 1945) ; I've Always Loved You (Je vous ai toujours aimé, 1946) ; The Magnificent Doll (1946) ; That's My Man (Le bébé de mon mari, 1947) ; Moon rise (Le fils du pendu, 1948) ; China Doll (1958) ; The Big Fisherman (Simon le pêcheur, 1959).

Né à Salt Lake City, d'une famille d'origine italienne, il est mineur dès l'âge de douze ans. Il s'enfuit de chez lui, exerce plusieurs métiers et se fait embaucher comme accessoiriste puis comme acteur à Hollywood où il interprète des petits rôles pour Ince et les productions Bison. A partir de 1916, il commence à diriger des films dont il écrit souvent le scénario. Son premier chef-d'œuvre est *Seventh Heaven* qui ouvre la deuxième période de sa carrière, de 1927 à 1940, celle des œuvres majeures *(Seventh Heaven, The River, A Farewell to Arms, Secrets, A Man's Castle, Three Comrades, Mortal Storm...)* où se reconnaît la *Borzage's touch*, une transfiguration du mélo quotidien, une exaltation de l'amour fou cher au surréalisme *(Seventh Heaven)*, un hymne au couple que ne peuvent séparer ni la misère, ni la guerre, ni même la mort. Pour comprendre cette *Borzage's touch*, il suffit de voir le traitement que fait subir à l'*Adieu aux armes* d'Ernest Hemingway le metteur en scène : il en fait un « poème d'amour fou » (Agel). Borzage est le cinéaste du délire. Dans *La femme au corbeau*, son chef-d'œuvre du muet, le héros, pour montrer à celle qu'il aime la force de sa volonté, sort par une nuit d'orage, à demi nu. Pris de congestion, il s'écroule, inanimé. C'est l'héroïne, qui, dans la scène érotique la plus célèbre du cinéma, se couchera nue sur lui pour lui communiquer sa chaleur. Le western lui-même n'est plus que prétexte : *Secrets* vaut moins pour les scènes d'action, dont le siège de la cabane, que pour la peinture d'un amour qui résiste à toutes les épreuves, dont la mort d'un enfant. Cet amour transcende les milieux : que l'on se rappelle l'ouverture de *Man's Castle :* Spencer Tracy n'est qu'un faux riche portant frac et chapeau-claque. Sous son plastron s'allume une réclame. Il invitera pourtant Loretta Young affamée dans le restaurant dont il assure la publicité ; il la conduira ensuite, toujours éblouie, dans un campement de clochards sous un pont de Brooklyn. En fait Borzage marie humour et mélodrame, fantaisie et mysticisme, passant sans problème de *History Is Made at Night* à *Strange Cargo,* de la tragi-comédie à l'allégorie. Mais il fut aussi l'un des réalisateurs les plus attentifs à suivre la montée du nazisme *(Mortal Storms).*

Il est d'usage de noter qu'après la guerre, Borzage perd toute inspiration et ne devient plus qu'un modeste artisan. Les thèmes ont changé, il est vrai, mais la griffe du metteur en scène apparaît encore dans des œuvres aussi diverses que la superbe histoire de pirates narrée par *The Spanish Man* aux couleurs magnifiques ou l'atmosphère trouble et poisseuse du *Fils du pendu. The Magnificent Doll* nous offre un portrait de femme digne de l'ancienne époque des chefs-d'œuvre.

Fils spirituel de Griffith, Borzage fut comme l'auteur du *Lys brisé,* rappelle Henri Agel, « le poète d'un amour précaire, menacé par un monde sordide et brutal ». Nul cinéaste ne sut créer des atmosphères aussi romantiques, peindre une passion aussi forte que l'inoubliable réalisateur de *The River.*

BIBLIO. : H. Agel et M. Henry, *Borzage,* « L'anthologie du cinéma », 1971.

Boschet, Michel

Animateur français né en 1927.

Demain Paris (1957) ; Patamorphose (1961) ; Mais où sont les nègres d'antan ? (avec André Martin, 1962) ; Le pays beau (1972).

Fondateur du Festival d'Annecy il a créé un atelier en 1957 d'où sont sortis quelques-uns des meilleurs courts métrages d'animation français.

Bose, Debaki Kumar

Réalisateur indien né en 1898.

Pansahar (1929) ; Aparadhi (1933) ; Puran Baghat (1933) ; Sita (1934) ; Inquilab (1937) ; Apnagar (1941) ; Nartaki (1945) ; Kusha Laila (1947) ; Chandra Keshar (1947) ; Ratna Deep (1947) ; Kewi (1949).

Fondateur avec Barua dans les années 30 de l'école de Calcutta et donc l'un des pères du cinéma indien. Ancien militant nationaliste, il fut parmi les premiers cinéastes de son pays à participer à des festivals internationaux. Ses films musicaux semblent aujourd'hui dépassés et son importance n'est plus qu'historique.

Bosetti, Roméo

Réalisateur français.

Série des Roméo (1907) ; série des Calino (1910) ; série des Little Moritz (1911) ; puis série des Moustache (avec le chien Barnum, 1912).

Il y a beaucoup de fraîcheur chez ce pionnier du cinéma muet. Des chenapans narguent au loin un sergent de ville, celui-ci tend son bras qui s'allonge, s'allonge et finit par attraper les garnements *(L'agent a le bras long).* Un propriétaire entretient soigneusement et avec amour son mobilier. Mais la misère le contraint à vendre ses meubles. Ceux-ci quitteront leurs nouveaux acquéreurs pour revenir chez celui qui les soignait si bien. Deux petits chefs-d'œuvre parmi d'autres. Bosetti a dirigé et interprété lui-même la série des Roméo, puis mis en scène Clément Mégé dans les Calino et Maurice Schwartz, alias Little Moritz. On lui attribue également les séries Bigorno et Titi.

Bosustow, Stephen

Producteur et réalisateur de dessins animés, né au Canada, 1911-1981.

Hell-Bent for Election (1944) ; séries Gerald McBoing-Boing et Mr. Magoo.

Il a travaillé très tôt dans l'animation, avec Iwerks et Lantz, puis, inévitablement, Disney. En 1941, il donne le signal de la révolte contre la dictature du père de Mickey. Fondant sa propre compagnie, il aide Roosevelt à se faire réélire avec son dessin animé *Hell-Bent for Election* (1944). En 1945, il fonde, avec d'autres anciens des studios Disney (Bob Cannon, Ernest Pintoff et John Hubley), l'United Productions of America. Il lance Mr. Magoo à la prodigieuse myopie qui le place dans les situations les plus invraisemblables ainsi que Gerald McBoing-Boing à la voix extraordinaire. Un style nouveau, très sensible dans *Le cœur révélateur* d'après Poe, ou *La Licorne dans le jardin*, d'après Thurber, apparut dans l'animation grâce à Busustow. En 1961, il quitte l'UPA pour s'orienter vers le documentaire.

Boucquey, Omer

Cinéaste d'animation né en 1921.

Principaux films : Choupinet (1944) ; Choupinet aux enfers (1945) ; Le Troubadour de la joie (1949) ; Les dessins s'animent (1952).

Plein d'ambition à ses débuts, il ne put lutter contre la concurrence américaine et dut abandonner Choupinet pour le cinéma publicitaire. Une chance perdue pour l'animation française.

Boudrioz, Robert

Réalisateur français, 1877-1949.

L'âpre lutte (1917) ; La distance (1919) ; Un soir (1919) ; Zou (1920) ; Tempêtes (1922) ; L'âtre (1922) ; L'épervier (1924) ; Les louves (1926) ; Trois jeunes filles nues (1928) ; Vivre (1928) ; L'anglais tel qu'on le parle (1931) ; Vacances (1931) ; Le grillon du foyer (1933) ; L'homme à l'oreille cassée (1934).

Scénariste des débuts du muet *(Quand Dagobert vint à Paris* et de nombreux mélodrames*)*, il fut un réalisateur habile passant du vaudeville à l'adaptation littéraire (Dickens, About) sans trop de peine, offrant toujours une mise en scène soignée. Ce sont des projections de *L'âtre* qui lui ont valu d'être redécouvert par les historiens du cinéma.

Boulting, John

Réalisateur anglais né en 1913.

Journey Together (La grande aventure, 1945) ; Brighton Rock (Le gang des tueurs, 1947) ; Seven Days to Noon (avec son frère Roy, Ultimatum, 1950) ; The Magic Box (La boîte magique, 1951) ; Crest of the Wave (avec son frère Roy, L'île du danger, 1954) ; Private's Progress (Ce sacré z'éros, 1955) ; Lucky Jim (Sept jours de malheur, 1957) ; I'm All Right, Jack (Après moi le déluge, 1959) ; Heavens Above (1963) ; Rotten to the Core (1965) ; Bread and Cheeses, and Kisses (1969).

Séduisant metteur en scène, qui peut avec la même maîtrise évoquer des gangsters poursuivant leur victime parmi les promeneurs du dimanche à Brighton *(Brighton Rock* d'après Graham Greene), les débuts du cinématographe à travers la vie de l'inventeur Friese-Greene (*The Magic Box*) ou des soldats mettant en boîte une projection du film de propagande de David Lean, *In Which We Serve (Private's Progress).* Son anticonformisme lui donne une place à part dans le cinéma anglais.

Boulting, Roy

Réalisateur anglais né en 1913.

Consider Your Verdict (1937) ; Trunk Crime (1939) ; Inquest (1940) ; Pastor Hall (Sublime sacrifice, 1940) ; Thunder Rock (1942) ; Desert Victory (Victoire du désert, 1943) ; Tunisian Victory (1943) ; Burma Victory (1945) ; Fame Is the Spur (1947) ; The Guinea Pig (1948) ; Seven Days to Noon (avec son frère John, Ultimatum, 1950) ; Single-Handed (1951) ; High Treason (Haute trahison, 1951) ; Crest of the Wave (avec son frère John, L'île du danger, 1954) ; Josephine and Men (Joséphine et les hommes, 1955) ; A Run for the Sun (La course au soleil, 1956) ; Happy Is The Bride (Gai, gai, marions-nous, 1957) ; Brothers in Law (Ce sacré confrère, 1957) ; Carlton Browne of the F. O. (1959) ; Suspect (1960) ; The French Mistress (1960) ; The Family Way (Chaque chose en son temps, 1966) ; Twisted Nerve (1968) ; There's a Girl in My Soup (1970) ; Soft Beds, Hard Battles (1973) ; The Number (1979).

Frère jumeau du précédent, moins doué que John, il s'est fait connaître par ses documentaires guerriers *(Desert Victory, etc.)* et un remake mexicain et antinazi des *Chasses du comte Zaroff* de Schoedsack : *Run to Sun.* Roy Boulting, plus encore que son frère, s'est formé à l'école documentaire, donnant pendant la guerre le fameux *The Desert Victory,* considéré « comme l'une des meilleures réussites d'un genre que son frère John tourna en dérision dans *Private's Progress* ». (Lefevre et Lacourbe). Il donna aussi des récits de fiction antinazis comme *Pastor Hall* et l'on retrouve cette même dénonciation dans *Run to Sun.* En dépit d'une certaine unité de l'œuvre, l'ensemble manque un peu de vigueur et souffre en définitive d'une certaine ambiguïté.

Bourgeois, Gérard

Réalisateur français d'origine genevoise, 1874-1944.

Principaux films : Un drame sous Richelieu (1908) ; Le conscrit de 1809 (1908) ; Les enfants d'Édouard (1909) ; Dans la tourmente (1910) ; Latude (1911) ; Les victimes de l'alcool (1911) ; La jacquerie (1911) ; Cœur de bohémienne (1911) ; Une aventure de Van Dyck (1911) ; Nick Winter contre Nick Winter (1911) ; Le roman d'une pauvre fille (1911) ; Cadoudal (1911) ; La conquête du bonheur (1912) ; La justicière (1913) ; Les apaches (1913) ; L'aventurier (1914) ; Le serment de Dolorès (1914) ; Protéa (1915) ; Le capitaine noir (1916) ; Christophe Colomb (1917) ; Le fils de la nuit (1919) ; Les mystères du ciel (1920) ; Faust (1922) ; La dette du sang (1923) ; Terreur (1924) ; Plus rapide que la mort (1925).

Il est resté dans l'histoire du cinéma pour avoir imposé la notion de long métrage (plus d'une heure de projection) et avoir pressenti l'importance de la profondeur du champ. Son film *Les victimes de l'alcool* marqua le retour à la tradition des romans réalistes du XIXe siècle. Mais Bourgeois n'a pas dédaigné pour autant le film policier, tournant avec conviction les aventures de Nick Winter, rival de Nick Carter ou des récits d'aventures comme *Les mystères du ciel* ou *Plus rapide que la mort.* Il a marqué aussi une nette prédilection pour le genre historique, passant du règne de Louis XIII à l'époque de la Révolution et de l'Empire (*Le conscrit de 1809* ou *Cadoudal*) avec d'autant plus d'aisance qu'il suffisait de changer les toiles peintes devant lesquelles s'agitaient les acteurs. Les petits films de ce pionnier qui nous ont été conservés se revoient avec un grand plaisir.

Bourguignon, Serge

Réalisateur français né en 1928.

Nombreux courts métrages. Puis : Les dimanches de Ville-d'Avray (1962) ; The Reward (La récompense, 1965) ; A cœur joie (1967).

Auteur remarqué de courts métrages (dont *Le sourire,* 1960), il tourna un premier long métrage dont la fraîcheur séduisit les Américains. En fait *Les dimanches de Ville-d'Avray,* qui racontaient l'amitié d'un amnésique et d'une petite fille, renouaient avec une tradition française, faussement poétique. *Les cahiers du cinéma* parlèrent de « romanesque de patronage ». Hélas, le western moderne qu'il fut invité à venir réaliser à Hollywood, *The Reward,* fut un échec qui compromit la suite de sa carrière. *A cœur joie,* malgré Pascal Jardin, Edmond Séchan et Brigitte Bardot, ne permit pas à Bourguignon de redresser la barre. Cette histoire de cover-girl, hésitant entre son mari et un amant de rencontre, sombra dans la platitude. Exit Bourguignon.

Bourseiller, Antoine

Réalisateur français né en 1930.

Marie Soleil (1964).

Grand metteur en scène de théâtre, passionné par l'opéra, il n'a fait qu'un seul film, *Marie Soleil. Les Cahiers du Cinéma,* en février 1967, y virent « dans son constat romantique et ses fulgurances réalistes l'aboutissement d'un ancien rêve du cinéma français, que l'après-guerre tenta mais toujours massacra. » L'échec de *Marie Soleil* nous a peut-être privé d'un Kazan français.

Bower, Charles

Réalisateur de dessins animés.

Série des Bricolo ; dessins animés de Mutt et Jeff.

Oublié par les historiens du cinéma, sauf une plaquette que lui a consacrée en 1980 la cinémathèque de Toulouse, il a pourtant créé le personnage de Bricolo dans des films pleins d'invention et transposé en dessins animés, avec le concours de Raoul Barré, les pittoresques Mutt et Jeff inventés par Bud Fisher.

Box, Muriel

Scénariste et réalisatrice anglaise née en 1905.

Comme réalisatrice : The Happy Family (1952) ; Street Corner (Au coin de la rue, 1953) ; To Dorothy a son (1954) ; The Beachcomber (Le vagabond des îles, 1954) ; Simon and Laura (1955) ; Eyewitness (1955) ; The passionate Stranger (1957) ; The Truth About Women (1958) ; Subway in the Sky (Cri d'angoisse, 1959) ; This Other Eden (1959) ; Too Young to Love (1960) ; The Piper's Tune (1962) ; Rattle of a Simple Man (1964).

Scénariste et romancière, elle est anglaise jusqu'au bout des ongles. Elle a longtemps collaboré avec son mari Sydney Box, producteur réputé. Elle a abordé tardivement la mise en scène avec un bonheur inégal. *The Beachcomber* est une belle histoire romantique comme en raffole le public féminin qui fit un petit succès au film.

Boyer, Jean

Réalisateur français, 1901-1965.

Monsieur, Madame et Bibi (1932) ; Nu comme un ver (1933) ; La garnison amoureuse (1934) ; Un mauvais garçon (1936) ; Prends la route (1937) ; La chaleur du sein (1938) ; Mon curé chez les riches (1938) ; Ma sœur de lait (1938) ; Noix de coco (1939) ; Circonstances atténuantes (1939) ; Miquette et sa mère (1939) ; L'acrobate (1940) ; Chèque au porteur (1941) ; Romance de Paris (1941) ; Le prince charmant (1941) ; Boléro (1942) ; Frédérica (1942) ; La femme fatale (1945) ; On ne meurt pas comme ça (1946) ; Les aventures de Casanova (1946) ; Mademoiselle s'amuse (1947) ; Une femme par jour (1948) ; Tous les chemins mènent à Rome (1948) ; Nous irons à Paris (1949) ; Le Rosier de Madame Husson (1951) ; Le Passe-Muraille (1951) ; Nous irons à Monte-Carlo (1951) ; Le trou normand (1952) ; Coiffeur pour dames (1952) ; Cent francs par seconde (1952) ; Une vie de garçon (1953) ; J'avais sept filles (1954) ; La Madelon (1955) ; Le couturier de ces dames (1956) ; La Terreur des dames (1956) ; Le goût du massacre (1956) ; Sénéchal le Magnifique (1957) ; Le chômeur de Clochemerle (1957) ; Nina (1958) ; Les vignes du Seigneur (1958) ; Bouche cousue (1959) ; Les croulants se portent bien (1961) ; Ce n'est pas lui, c'est l'autre (1962).

Tâcheron de la pellicule, Jean Boyer ne nourrit d'autres prétentions que celle de divertir. Il y réussit parfois, notamment dans *Circonstances atténuantes* où Michel Simon, magistrat intègre, se fait cambrioleur pour ramener dans le droit chemin une bande de malfaiteurs dont Arletty – Marie « Qu'a d'ça » dans le film – est l'égérie. Une amusante adaptation du *Passe-muraille* de Marcel Aymé et quelques Fernandel *(L'acrobate)* peuvent être également sauvés du désastre. Petit maître du cinéma français, Boyer a trop visé à un comique facile. Soucieux de beaucoup tourner, il ne recherche jamais la qualité. Ses remakes du *Rosier de Madame Husson* ou des *Vignes du Seigneur*, très inférieurs aux premières versions, révèlent la façon dont Boyer bâcle ses sujets. Dommage car il avait l'étoffe d'un grand metteur en scène.

Bozzetto, Bruno

Réalisateur de dessins animés italien, né en 1938.

West and soda (1968) ; Vip, mio fratello superuomo (1968) ; Allegro non troppo (1977) ; I sogni del signor Rossi (1978).

Ses dessins animés pastichent avec bonheur le western (*West and Soda*) ou la science-fiction (*Vip*), mais c'est avec *Allegro non troppo*, dans le style de *Fantasia*, qu'il s'est imposé, mêlant à travers plusieurs sketches des personnages réels et des figures animées, pour terminer le tout sur une pirouette finale.

Bozzuffi, Marcel

Acteur et réalisateur français né en 1929.

L'Américain (1969).

Spécialisé dans les rôles de tueur (il est notre Jack Lambert), il s'est essayé dans la mise en scène avec un policier (on ne s'en étonnera pas !) vigoureux et bien mené.

Brabant, Charles

Réalisateur français né en 1920.

Principaux films : Zoé (1953) ; Les possédées (1955) ; Le piège (1958) ; Les naufrageurs (1958) ; Carillons sans joie (1962).

Solide artisan du cinéma français. Bien servi par de bons interprètes comme Louis Seigner dans *Zoé* ou Charles Vanel dans *Les naufrageurs*, il peut signer des œuvres probes sinon brillantes. Ce type de metteur en scène a souvent fait défaut, après la guerre, au cinéma français. Il a été injustement condamné – et Brabant avec – par la « nouvelle vague ».

Brabin, Charles

Réalisateur d'origine anglaise, 1883-1957.

The Man Who Disappeared (1914) ; The Raven (1915) ; The House of the Lost Court (1915) ; That Sort (1916) ; The Price of Fame (1916) ; Mary Jane's Pa (1917) ; The Sixteenth Wife (1917) ; The Secret Kingdom (avec Marston, 1917) ; Babette (1917) ; Persuasive Peggy (1917) ; The Adopted Son (1917) ; Red, White and Blue Blood (1917) ; Breakers Ahead (1918) ; Social Quicksands (1918) ; A Pair of Cupids (1918) ; The Poor Rich Man (1918) ; Buchanan's Wife (1918) ; His Bonded Wife (1918) ; Thou Shalt Not (1919) ; La Belle Russe (1919) ; Kathleen Mavourneen (1919) ; While New York Sleeps (1920) ; Blind Wives (1921) ; Footfalls (1921) ; The Broadway Peacock (1922) ; The Lights of New York (1922) ; Driven (1923) ; Six Days (Sous la terre meurtrie, 1923) ; So Big (1924) ; Stella Maris (Stella Maris, 1925) ; Mismates (1926) ; Twinkletoes (1926) ; Framed (1927) ; Hard-Boiled Haggerty (1927) ; The Valley of the Giants (La vallée des géants, 1927) ; Burning Daylight (1928) ; The Whip (1928) ; The Bridge of San Luis Rey (1929) ; The Ship from Shanghai (1930) ; Call of the Flesh (1930) ; The Great Meadow (1931) ; Sporting Blood (1931) ; Beast of the City (La bête de la cité, 1932) ; New Morals for Old (1932) ; Washington Masquerade (1932) ; The Mask of Fu Manchu (Le masque d'or, 1932) ; The Secret of Madame Blanche (Le secret de Madame Blanche, 1933) ; Stage Mother (1933) ; Day of Reckoning (1933) ; A Wicked Woman (1934).

Débuts comme acteur chez Edison, après avoir quitté sa ville natale de Liverpool pour les États-Unis. Devenu réalisateur, il met en scène les derniers films de la célèbre vamp Theda Bara qu'il épouse. Ses films jouissent d'un si grand prestige (ils semblent aujourd'hui disparus) qu'il est chargé à la MGM de la réalisation de *Ben Hur*. Mais, après quelques séquences, il est remplacé par Niblo. Il fait alors un procès à la MGM qui doit le reprendre pour de nouvelles bandes.

Deux ont laissé un bon souvenir : *The Beast of the City,* l'un des premiers films de gangsters, et *The Mask of Fu-Manchu,* l'un des chefs-d'œuvre de l'âge d'or du fantastique. Boris Karloff était le célèbre docteur imaginé par Sax Rohmer. Comme *King-Kong,* ce film fit une impression considérable sur les jeunes spectateurs qui le virent à l'époque ou lors de sa reprise, après la guerre. Pour une fois Jean Boullet n'exagère pas lorsqu'il parle d'une sorte de « Jardin des supplices mis en scène par Ziegfeld et costumé par un Adrian paranoïaque. » Et de citer une scène fameuse, celle où Mirna Loy, qui joue le rôle de la fille de Fu-Manchu, « extirpe d'un bocal de cristal, du bout de ses ongles démesurés, des mygales, des scolopendres et des scorpions noirs qu'elle dépose délicatement sur le corps nu du héros écartelé sur une table de torture. » S'il arrange un peu les détails, Boullet résume bien l'esprit de ce film qui fait rêver quant au sort que réservait Brabin à *Ben Hur.* Il préparait un non moins délirant *Raspoutine,* avec tous les Barrymore, lorsqu'il fut remercié par la MGM. Il se retira mélancoliquement dans un gratte-ciel de Manhattan où il devait mourir vingt ans plus tard.

Brach, Gérard

Scénariste et réalisateur français né en 1928.

La maison (1970) ; Le bateau sur l'herbe (1971).

Scénariste de Polanski, il a signé deux films très originaux mais qui passèrent inaperçus. Dommage pour *Le bateau sur l'herbe,* ce voilier qui devait emmener deux amis à l'île de Pâques et qui resta sur la pelouse d'un parc comme les projets de Brach.

Bradbury, Robert North

Réalisateur américain né en 1885.

Principaux films : The Iron Test (1918) ; The Perils of the Thunder Mountain (1919) ; The Faith of Strong (1919) ; The Last of His People (1919) ; The Death Trap (1920) ; Riders of the Law (1922) ; The Forbidden Trail (1923) ; Behind Two Guns (1924) ; Wanted By the Law (1924) ; The Man from Wyoming (1924) ; The Phantom Horseman (1924) ; Riders of Mystery (1925) ; Daniel Boone (1926) ; Davy Crockett at the Fall of the Alamo (1926) ; Sitting Bull at the Spirit Lake Massacre (1927) ; Forbidden Trails (1929) ; Son of the Plains (1931) ; Riders of the Desert (1932) ; Man from Hell's Hinges (1932) ; The Trail Beyond (1934) ; Smokey Smith (1935) ; Westward Ho (1935) ; Cavalry (1936) ; The Gun Ranger (1937) ; Danger Valley (1937) ; Riders of the Rockies (1937) ; Sing, Cowboy, Sing (1937) ; Trouble in Texas (1937).

Une bonne centaine de westerns à son actif, tous tournés avec des moyens réduits, et aujourd'hui disparus. Il semble que Bradbury ait trop sacrifié à « la productivité », mais ses Davy Crocket et Sitting Bull réserveraient peut-être d'agréables surprises. Ils correspondent à un moment de l'histoire du western, les années 20, occulté par l'avènement du parlant. Il semble que les productions de cette époque, déjà tournées en décors naturels, aient atteint souvent à un raffinement esthétique qui compensait les faiblesses des scénarios. On ne saurait toutefois faire de Bradbury un génie méconnu ; il ne fut qu'un bon serviteur du western.

Bradley, David

Réalisateur américain né en 1920.

Oliver Twist (1940) ; Peer Gynt (1941) ; Julius Caesar (1949) ; Talk about Stranger (1952) ; Dragstrip Riot (1958) ; Twelve to the Moon (1960) ; The Madmen of Mandoras (1963).

Cinéaste ambitieux, presque rival de Welles, il a dû limiter ses ambitions et exécuter des films commerciaux sans grand intérêt après Dickens et Shakespeare. Accueillis avec enthousiasme par la critique, *Oliver Twist* et *Peer Gynt* ne franchirent jamais l'Océan (sauf une projection de *Peer Gynt* à Locarno en 1966) nous empêchant de juger sur pièces. Il semble qu'il ne s'agissait que d'adaptations littéraires en 16 mm. *Peer Gynt* serait muet, avec des sous-titres mais une musique de Grieg. Dans *Julius Caesar*, Charlton Heston fit une prestation remarquée. Les derniers films de Bradley seraient sans intérêt et ne porteraient plus la marque du génie initial.

Bragaglia, Anton-Giulio

Réalisateur italien né en 1889.

Perfido incanto (Charme perfide, 1916) ; Vele ammainate (1931).

Fondateur avec son frère Carlo Ludovico de la Casa d'Arte Bragaglia en 1919, auteur de plusieurs ouvrages sur le cinéma, il tourne une œuvre d'avant-garde dont les décors stylisés annoncent *Caligari*, *Perfido incanto* qu'interprète la diva Lyda Borelli. Le film devait avoir, en raison de ses recherches esthétiques, une énorme influence.

Bragaglia, Carlo Ludovico

Réalisateur italien né en 1894.

Non son gelosa (1933) ; O la borsa o la vita (1933) ; Un cattivo soggetto (1933) ; Frutto acerbo (1934) ; Quella vecchia canaglia (1934) ; Amore (1935) ; La fossa degli angeli (1937) ; Animali pazzi (1938) ; Belle o brutte si sposan tutte (1938) ; Pazza di Gioia (1939) ; L'amor si fa cosi (1939) ; Un mare di Guai (1939) ; La forza bruta (1940) ; Alessandro sei grande (1940) ; Una famiglia impossibile (1940) ; Il prigioniero di Santa Cruz (1940) ; Barbablù (1941) ; Due cuori sotto sequestro (1941) ; La scuola dei timidi (1941) ; Violette nei Capelli (1941) ; Se io fossi onesto (1942) ; La guardia del corpo (1942) ; Non ti pago (1942) ; Casanova farebbe cosi (1942) ; Il fidanzato di mia moglie (1943) ; Non sono superstizioso ma... (1943) ; Tutta la vita in ventiquattr'ore (1943) ; La vita è bella (1943) ; Pronto chi parla ? (1945) ; Lo sbaglio di essere vivo (1945) ; Torna a Sorrento (1945) ; Albergo Luna camera 34 (1947) ; La primula bianca (Une nuit avec toi, 1947) ; L'altra (Symphonie humaine, 1947) ; Toto le Moko (1949) ; Il falco rosso (Le faucon rouge, 1950) ; Figaro qua Figaro là (1950) ; Le sei mogli di Barbablu (1950) ; 47 morto che parla (1950) ; Toto cerca moglie (1950) ; L'eroe sono io (1951) ; Una bruna indiavolata (1952) ; A fil di spada (A la pointe de l'épée, 1953) ; Don Lorenzo (1953) ; Il segreto delle tre punte (Cour martiale, 1953) ; Orient Express (1954) ; La cortigiana di Babilonia (Sémiramis esclave et reine, 1955) ; Il falco d'oro (La vengeance du faucon d'or, 1956) ; Lazzarella (Lazarella petite canaille, 1957) ; La Gerusalemme liberata (La muraille de feu, 1957) ; Io, mammeta e tu (1958) ; Caporale di giornata (1958) ; Tuppe, tuppe marescia (1958) ; La spada e la croce (Marie-Madeleine, 1959) ; Le cameriere (1959) ; Annibale (avec Ulmer, Hannibal, 1959) ; Gli amore di Ercole (Les amours d'Hercule, 1960) ; Le vergini di Roma (Les vierges de Rome, 1961) ; Pastasciutta nel deserto (1962) ; Ursus nella valle dei leoni (Ursus dans la vallée des lions, 1962) ; I quattro monaci (1962) ; I quattro moschettieri (Le quatrième mousquetaire, 1963).

Photographe, monteur et scénariste, il a fait tous les métiers de la profession avant de devenir réalisateur. Une œuvre copieuse, de Toto au péplum, d'une valeur artistique bien modeste, selon les critiques, mais qu'il faudra peut-être reconsidérer. Déjà Kyrou dans *Le surréalisme au cinéma* avait attiré l'attention sur l'un des premiers films de Bragaglia, *Gli Animali pazzi* dont l'action se déroulait dans une clinique psychiatrique pour animaux où se faisaient soigner un canari qui aboyait par suite d'un traumatisme après sevrage et un cheval fou qui ne pouvait courir que sur les toits. La reprise de *Toto le Moko* confirme le talent de Bragaglia pour mettre en scène les numéros par ailleurs très personnels de Toto. Assurément le péplum lui réussit moins. Son meilleur film, *Hannibal*, doit sans doute beaucoup à Ulmer. Si les figures féminines de Sémiramis et de Marie-Madeleine ne l'inspirent guère, il n'est porté en effet ni sur l'érotisme ni sur le style de Saint-Sulpice, il y a en revanche beaucoup d'humour dans *Les Amours d'Hercule* ou *Les Vierges de Rome.* Un cinéaste sans surprises, mais qui vaut mieux que sa réputation.

Brahm, John, Hans

Réalisateur d'origine allemande né en 1893.

Broken Blossoms (1936) ; Counsel for Crime (1937) ; Penitentiary (1938) ; Girls' School (1938) ; Let Us Live (1939) ; Rio (1939) ; Escape to Glory (1940) ; Wild Geese Calling (1941) ; The Undying Monster (1942) ; Tonight We Raid Calais (1943) ; Wintertime (1943) ; The Lodger (Jack l'éventreur, 1944) ; Guest in the House (1944) ; Hangover Square (Hangover Square, 1945) ; The Locket (Le médaillon, 1946) ; The Brasher Doubloon (1947) ; Singapore (Singapour, 1947) ; Il Ladro di Venezia (Le voleur de Venise, 1951) ; The Miracle of Our Lady of Fatima (Le miracle de Fatima, 1952) ; Face to Face (avec Windust, 1952) ; The Diamond Queen (1953) ; The Mad Magician (1954) ; Die Goldene Pest (1954) ; Von Himmel Gefallen (1955) ; Bengazi (Bengazi, 1955) ; Hot Rods to Hell (1967).

Metteur en scène de théâtre réputé à Vienne et à Berlin, il fit ses débuts de réalisateur à Londres avec un remake du *Lys brisé* de Griffith. Passé à Hollywood en 1936, il connut son heure de gloire au temps du film noir, genre auquel il donna quatre œuvres marquantes : *The Lodger, Hangover Square, The Locket* et *The Brasher Doubloon* (d'après *High Window* de Chandler). Venu de l'expressionnisme allemand, il excellait en effet dans les atmosphères troubles et les éclairages savants utilisant les contrastes lumineux. La vogue du film noir passée, il retomba dans la routine et s'orienta vers la télévision *(Alfred Hitchcock presents).*

Brakhage, Stan

Réalisateur américain né en 1933.

Principaux films : Interim (1951) ; Unglassed Windows Cast a Terrible Reflection (1953) ; Desistfilm (1954) ; Tower House (1954) ; The Extraordinary Child (1954) ; Reflections on Black (1955) ; The Wonder Ring (1955) ; Nightcats (1956) ; Flesh of Morning (1957) ; Daybreak (1957) ; Loving (1958) ; Anticipation of the Night (1958) ; Cat's Cradle (1959) ; Wedlock House (1959) ; Window Water Baby Moving (1959) ; Sirius Remembered (1959) ; The Dead (1960) ; Blue Moses (1962) ; Mothlight (1963) ; Dog Star Man (1965) ; The Art of Vision (1965) ; Black Vision (1965) ; Scenes from Under Childhood (1967) ; Lovemaking (1968) ; The Horseman, the Woman and the Moth (1970) ; Eyes (1970) ; Deus Ex (1970) ; Sexual Meditations N° I (1970) ; Fox Fire Child Watch (1971).

Représentant le plus connu de l'avant-garde américaine, il a multiplié les recherches, utilisant les distorsions et les surimpressions, favorisant le 16 et même le 8 mm, supprimant même la caméra pour *Mothlight.*

Bral, Jacques

Réalisateur français né en 1948.

M-88 (1970) ; Frisou (1973) ; Une baleine qui avait mal aux dents (1973) ; Extérieur nuit (1980).

Faut-il attribuer à la photographie de Glenn l'impression produite par *Extérieur nuit* ou à la qualité du portrait de l'héroïne ? Il est encore difficile de dire si Bral, victime par ailleurs des lois de la distribution, est un grand réalisateur ; du moins ne laisse-t-il pas indifférent.

Brando, Marlon

Acteur et réalisateur américain né en 1924.

Comme réalisateur : One-Eyed Jacks (La vengeance aux deux visages, 1961).

De l'acteur, il sera question dans un autre volume. Mais le metteur en scène s'est également imposé avec un seul film, un western insolite et résolument masochiste où Brando se fait fouetter par Karl Malden qui lui écrasera également la main droite. Le tout sur fond de désert ou de mer démontée venant s'écraser contre les rochers. Un film qui n'est pas passé inaperçu.

Brannon, Fred C.

Réalisateur américain né en 1901.

The Purple Monster Strikes (avec Bennett, 1945) ; The Crimson Ghost (avec Witney, 1946) ; Daughter of Don Q. (avec Bennett, 1946) ; King of the Forest Rangers (avec Bennett, 1946) ; The Phantom Rider (avec Bennett, 1946) ; The Black Widow (avec Bennett, 1947) ; Jesse James Rides Again (avec Carr, 1947) ; Son of Zorro (avec Bennett, 1947) ; Adventures of Frankkand Jesse James (avec Canutt, 1948) ; Dangers of the Canadian Mounted (avec Canutt, 1948) ; G-Men Never Forget (avec Canutt, 1948) ; Federal Agents vs. Underworld Inc. (1949) ; Ghost of Zorro (Le fantôme de Zorro, 1949) ; King of the Rocket Men (1949) ; Frontier Investigator (1949) ; Bandit King of Texas (1949) ; Desperadoes of the West (1950) ; The Invisible Monster (1950) ; The James Brothers of Missouri (1950) ; Radar Patrol vs. Spy King (1950) ; Gunmen of Abilene (1950) ; Salt Lake Raiders (1950) ; Vigilante Hideout (1950) ; Code of the Silver Sage (1950) ; Rustlers on Horseback (1950) ; Don Daredevil Rides Again (Zorro le diable noir, 1951) ; Flying Disc Man from Mars (1951) ; Government Agents vs. Phantom Legion (1951) ; Arizona Manhunt (1951) ; Night Riders of Montana (1951) ; Rough Riders of Durango (1951) ; Night Raiders (1952) ; Radar Men from the Moon (1952) ; Wild Horse Ambush (1952) ; Zombies of the Stratosphere (1952) ; Captive of Billy the Kid (1952) ; Jungle Drums of Africa (1953).

Après Witney et Bennett, il fut le troisième mousquetaire du *serial*, à la compagnie Republic. Les films à épisodes de Brannon ne se distinguent guère de ceux de ses compagnons avec lesquels il a souvent collaboré. Même sens du rythme (on ne perd pas une minute à expliquer les états d'âme du héros qui n'en a d'ailleurs pas) et même invention de machines volantes, fusées et engins planétaires, tout à fait impressionnants bien que le carton-pâte soit apparent. Si l'on accepte de jouer le jeu, on ne s'ennuiera pas ; mais au second degré on pourra s'amuser follement. A cet égard, *Zombies of the Stratosphere* est un modèle du genre.

Brass, Tinto

Réalisateur italien né en 1933.

Chi lavora è perduto (1964) ; La mia signora (Ier et 5e épisodes) (1964) ; Il disco volante (1964) ; Ça ira il fiume della rivolta (1965) ; Yankee (Yankee, 1966) ; Col cuore in gola (1967) ; Nerosubianco (1969) ; Dropout (1971) ; La vacanza (1971) ; L'urlo (1974) ; Salon Kitty (1976) ; Caligula (1979).

Salon Kitty lança la mode du porno nazi (femmes nues et uniformes SS). Le film était au demeurant bien fait. Restait à passer d'Hitler aux douze Césars de Suétone : ce fut *Caligula* qui défraya la chronique et que Tinto Brass refusa de signer comme réalisateur. Le générique ne le mentionne que pour les prises de vues. Selon certaines sources, il aurait été remercié par le producteur Bob Guccione. On doit aussi à Tinto Brass, homme-orchestre du cinéma italien, l'un des meilleurs westerns tournés dans la péninsule, *Yankee*, qui opposait un Américain, joué par Philippe Leroy, à un bandit mexicain Concho. Images à la verticale, zooms, couleurs agressives donnaient à cette banale histoire de règlement de comptes une dimension surréaliste.

Brault, Michel

Réalisateur canadien né en 1928.

Principaux films : Les raquetteurs (1958) ; Québec, USA ou l'invasion pacifique (1962) ; Pour la suite du monde (avec Perrault, 1963) ; Entre la mer et l'eau douce (1967) ; Les enfants du néant (1968) ; L'Acadie, l'Acadie (1972) ; Les ordres (1974).

Père du cinéma québécois et l'un des créateurs du cinéma-vérité. Des sujets simples traités en cinéma direct. Ainsi *Les enfants du néant :* un paysan breton, qui ne peut plus vivre de sa ferme, doit aller travailler en usine à plus de 50 km de chez lui. La caméra l'accompagne. Toutefois, sentant les limites d'un genre qui finit par distiller un profond ennui, Brault reprend le thème dans un film de fiction, *Entre la mer et l'eau douce,* qui raconte l'histoire d'un jeune homme qui quitte son village natal pour Montréal. L'histoire d'amour que transcende la beauté de Geneviève Bujold donne son intérêt dramatique à ce qui n'est en définitive qu'une méditation sur la difficulté de vivre à la ville. Jean Rouch et d'autres ont dit l'importance de l'apport de Brault qui a donné son style propre au cinéma québécois.

Braun, Harald

Réalisateur allemand, 1901-1960.

Zwischen Himmel und Erde (1942) ; Hab'mich Lieb (Le démon de la danse, 1942) ; Träumerei (Rêverie, 1944) ; Nora (1944) ; Der stumme Gast (1945) ; Zwischen Gestern und Morgen (1947) ; Das verlorene Gesischt (1947) ; Nachtwache (1949) ; Der Mann der zweimal leben wollte (1950) ; Der fallende Stern (1950) ; Herz der Welt (1951) ; Vater braucht eine Frau (1952) ; Solange Du da bist (Tant que tu m'aimeras, 1953) ; Königliche Hoheit (1953) ; Der letzte Sommer (1954) ; Der letzte Mann (1955) ; Regine (1955) ; Herrscher ohne Krone (1957) ; Der glaserne Turm (1957).

Bon spécialiste de comédies musicales sous le IIIe Reich, dont le fameux *Hab'mich Lieb,* il donna dans le genre sérieux, après la guerre, prêchant même la réconciliation entre les Allemands *(Nachtwache).* Les historiens du cinéma d'outre-Rhin ont tendance à lui faire une place disproportionnée par rapport à un talent qui paraît des plus modestes.

Bray, John

Réalisateur de dessins animés, 1879-1978.

The Dachshund and the Sausage (1910) ; Colonel Heeza-Liar (1916-1923) ; Hot Dog Cartoons (1925) ; Bride of the Colorado (1927) ; Dinkey Doodle (1927) ; Father Nile (1931).

Il fut l'un des pionniers de l'animation en 1910, avec *The Dachshund and the Sausage* puis la série du colonel Heeza Liar qui ne connut qu'un succès modeste, malgré la parodie de Theodore Roosevelt.

Fils d'un clergyman, il avait débuté comme dessinateur humoristique dans divers journaux. Le cinéma d'animation l'intéressa et il mit au point une technique qui permettait de tourner à bon marché et rapidement. En 1917, il créa une compagnie pour exploiter cette invention. Pendant la guerre, il avait tourné des courts métrages destinés à l'entraînement des troupes.

Brdecka, Jiri

Animateur tchèque, 1917-1982.

Vz Ducholod'a laska (Amour et dirigeable, 1948) ; Jak se naucil clover letat (Comment l'homme apprit à voler, 1958) ; Pozor (Prenez garde, 1959) ; Zavada neni na vasem prijimaci (Le téléviseur n'y peut rien, 1961) ; Clovek pod vodou (L'homme sous l'eau, 1961) ; Rozum a cit (La verve et la raison, 1962) ; Spatne namalovana slepice (La poule mal dessinée, 1963) ; Slovco M (La lettre M, 1964) ; Dezerter (Le déserteur, 1965) ; Proc se usmivas Mona Lisa (Pourquoi souris-tu, Mona Lisa ?, 1966) ; Do lesicka na cekanou (A l'affût dans le petit bois, 1966) ; Moc osudu (La force du destin, 1968) ; Metamorfeus (1969) ; Jack se moudry Aristoteles stal jeste moudrejsim (Comment le sage Aristote devint encore plus sage, 1970) ; Pisen o harmonice (Le chant de l'accordéon, 1974) ; Hornikova ruze (La rose du mineur, 1974) ; Co sjem princi nerekla (Ce que je n'ai pas dit au prince, 1975) ; Laaaska (Aaamour, 1978).

Études d'art interrompues par la guerre. Il entre en 1945 au studio Bratri v Triku et devient le scénariste de Trnka. Il signe des dessins animés d'une constante invention *(Amour et dirigeable* notamment), et élabore les scénarios de films de fiction comme *Un jour, un chat, Le boulanger de l'Empereur* ou *Jo Limonade.* Probablement, après Trnka, le meilleur animateur tchèque.

Brel, Jacques

Chanteur, acteur et réalisateur, 1929-1979.

Comme réalisateur : Frantz (1971) ; Le Far West (1973).

Si Brel réussit, comme d'autres d'ailleurs, de Montand à Aznavour, le passage du chanteur à l'acteur, il semble avoir manqué celui de l'acteur au réalisateur. Peut-être, victime de sa réputation, voulut-il trop en faire. Du moins l'échec fut-il honorable.

Brenon, Herbert

Réalisateur d'origine irlandaise, 1880-1958.

Principaux films : The Clown's Triumph (1912) ; The Angel of Death (1912) ; Ivanhoe (1912) ; The Anarchist (1913) ; Absinthe (1914) ; Across the Atlantic (1914) ; The Neptune's Daughter (La fille de Neptune, 1914) ; The Kreutzer Sonata (La sonate à Kreutzer, 1915) ; The Clemenceau Case (1915) ; The Two Orphans (1915) ; Sin (1915) ; The Soul of Broadway (1915) ; Whom the Gods Destroy (1916) ; A Daughter of the Gods (La fille des Dieux, 1916) ; War Brides (1916) ; Marble Heart (1916) ; The Ruling Passion (1916) ; The Eternal Sin (1917) ; The Lone Wolf (1917) ; The Fall of the Romanoffs (La chute des Romanov, 1917) ; Empty Pockets (1917) ; Victory and Peace (1918) ; The passing of the Third Floor Back (1918) ; Principessa Misteriosa (La princesse mystérieuse, 1919) ; Twelve : Ten (1919) ; A Sinless Sinner (1919) ; Chains of Evidence (1920) ; The Sign on the Door (1921) ; The Wonderful Thing (1921) ; Any Wife (1922) ; A Stage Romance (1922) ; Shackles of Gold (1922) ; Moonshine Valley (1922) ; The Custard Cup (1923) ; The Rustle of Silk (Cruel sacrifice, 1923) ; Sister against Sister (1923) ; The Woman With Four Faces (La femme aux quatre masques, 1923) ; The Spanish Dancer (La danseuse espagnole, 1923) ; Shadows of Paris (Mon homme, 1924) ; The Breaking Point (1924) ; Peter Pan (1924) ; The Side Show of Life (1924) ; The Alaskan (Le vainqueur, 1924) ; The Little French Girl (1925) ; The Street of Forgotten Men (1925) ; The Song and Dance (1925) ; Dancing Mothers (La soif de vivre, 1926) ; The Great Gatsby (1926) ; Beau Geste (1926) ; A Kiss for Cinderella (1926) ; God Gave Me Twenty Cents (1926) ; The Telephone Girl (1927) ; Sorrell and Son (Après la tourmente, 1927) ; Laugh Clown Laugh (Ris donc Paillasse !, 1928) ; The Rescue (Le père célibataire, 1929) ; Lumnox (1930) ; The Case of Sergeant Grischa (1930) ; Beau Ideal (1931) ; Transgression (1931) ; Girl of the Rio (1932) ; Wine Women and Song (1933). *En Angleterre :* Royal Cavalcade (1935) ; Honors Easy (1935) ; Living Dangerously (1936) ; Someone at the Door (1936) ; The Dominant Sex (1937) ; Spring Handicap (1937) ; The Live Wire (1937) ; Housemaster (1938) ; Yellow Sands (1938) ; Black Eyes (1939) ; The Flying Squad (1940).

L'un des grands ancêtres du cinéma américain, tombé dans l'oubli du fait que l'on a refait plusieurs de ses films et négligé les originaux. Venu de Dublin, où il était né, aux États-Unis à l'âge de seize ans, il débuta comme scénariste à Hollywood en 1909 sous l'égide de Laemmle. Il devint ensuite un metteur en scène important dirigeant les stars du muet : Theda Bara *(The Two Orphans),* Nazimova *(War Brides),* Pola Negri *(The Spanish Dancer),* Betty Compson *(The Rustle of Silk),* Warner Baxter *(The Great Gatsby),* Lon Chaney *(Laugh Clown Laugh)* ... Il accueillit avec scepticisme le parlant. Bien vite dépassé, il revint en Angleterre en 1935 où il tourna des productions mineures.

Bresson, Robert

Réalisateur français né en 1907.

Les affaires publiques (m.m., 1934) ; Les anges du péché (1943) ; Les dames du bois de Boulogne (1944-1945) ; Le journal d'un curé de campagne (1945) ; Un condamné à mort s'est échappé (1956) ; Pickpocket (1959) ; Le procès de Jeanne d'Arc (1962) ; Au hasard Balthazar (1966) ; Mouchette (1967) ; Une femme douce (1969) ; Quatre nuits d'un rêveur (1971) ; Lancelot du Lac (1974) ; Le diable probablement (1977).

On a dit de lui que son idéal était un écran blanc pendant qu'une voix monocorde lirait en off *Le discours de la méthode* de Descartes. Cet ancien peintre, qui travailla longtemps comme scénariste, signa pourtant, à ses débuts, trois beaux films sous le patronage de trois grands écrivains : *Les anges du péché,* scénario et dialogues de Giraudoux ; *Les dames du bois de Boulogne,* libre adaptation d'un conte de Diderot ; *Le journal d'un curé de campagne,* version fidèle du roman de Bernanos. Trois beaux films que renie plus ou moins Bresson. Soucieux de travailler avec des acteurs non professionnels qu'il peut mieux plier à ses exigences, s'orientant dans le sens d'une dédramatisation totale et d'un dépouillement quasi ascétique, il produit des films d'un abord de plus en plus austère. Truffaut remarque que « son cinéma est plus proche de la peinture que de la photographie » et Jean Mitry observe que Bresson est « le styliste le plus janséniste du cinéma français. Il a tendance à l'abstraction et à l'universalisation. Il ne craint pas d'appauvrir volontairement son style, qui n'est pas dessèchement, comme on l'a dit, mais ascèse. Sa thématique essentielle est le thème visuel des murs nus, thème spirituel corrélatif de la pureté ». Ce sens de la peinture, bien vu par Truffaut, est illustré par *Quatre nuits d'un rêveur,* transposition de Dostoïevski dans le Paris d'aujourd'hui. Le thème du mur nu s'affirme en revanche dans l'univers carcéral d'*Un condamné à mort s'est échappé* et du *Procès de Jeanne d'Arc.* Ce que résume Bresson en rappelant : « Le cinéma est mouvement intérieur ». Les peintres dont il pourrait se réclamer sont Vermeer ou Philippe de Champaigne, non Rembrandt ou David, les musiciens Bach et Mozart, non Weber ou Beethoven. A qui veut saisir cette exigence de pureté née d'un total dépouillement, il convient de renvoyer aux *Notes sur le cinématographe* publiées par Bresson en 1975.

BIBLIO. : R. Briot, *Robert Bresson* (Le Cerf, 1957) ; J. Sémolué, *Robert Bresson* (Editions Universitaires, 1960) ; M. Estève, *Robert Bresson* (Seghers, 1962).

Bretherton, Howard

Réalisateur américain, 1896-1969.

Plus de cent films dont : While London Sleeps (1926) ; The Black Diamond Express (1927) ; The Bush Leaguer (1927) ; Hills of Kentucky (1927) ; The Silver Slave (1927) ; Across the Atlantic (1928) ; The Argyle Case (1929) ; Isle of Escape (1930) ; El Cantante de Napoles (1934) ; Hopalong Cassidy (1935) ; Bar 20 Rides Again (1935) ; Call of the Prairie (1935) ; Three on the Trail (1936) ; Heart of the West (1936) ; King of the Royal Mounted (1936) ; It Happened Out West (1937) ; Tough Kid (1938) ; Irish Luck (1938) ; Sky Patrol (1939) ; Up in the Air (1940) ; In Old Colorado (1941) ; Outlaws of the Desert (1941) ; Sign of the Wolf (1941) ; Pirates of the Prairies (1942) ; Ghost Town Law (1942) ; Dawn on the Great Divide (1943) ; Wagon Wheels West (1943) ; Riders of the Rio Grande (1943) ; Fugitive from Sonora (1943) ; Outlaws of Santa Fe (1944) ; The San Antonio Kid (1944) ; Gunsmoke (1945) ; The Navajo Trail (1945) ; Renegades of the Rio Grande (1945) ; The Monster and the Ape (1945) ; Who's Guilty (avec Grisel, 1945) ; The Trap (1947) ; Ridin'Down the Trail (1947) ; The Prince of the Thieves (1948) ; Where the North Begins (1948) ; The Story of Life (1948) ; Triggerman (1948) ; Whip Law (1950) ; Night Raiders (1952).

De la série Z, encore de la série Z, toujours de la série Z : Bretherton a signé, dans la seule année 1943, huit films ! Metteur en scène attitré de William Boyd (Hopalong Cassidy) et de Buck Jones, il les filme à pied ou à cheval, dégainant, tirant, remettant l'arme dans l'étui, sous les mêmes angles, avec les mêmes plans et la même musique, un compromis entre l'ouverture de *Guillaume Tell* de Rossini et *Cavalerie légère* de Suppé. Il a en revanche bénéficié d'une grande réputation de monteur *(Heroes for sale* de Wellman) que ne justifie guère ce que l'on peut voir de ses propres films.

Brialy, Jean-Claude

Acteur et réalisateur français né en 1933.

Comme réalisateur : Églantine (1971) ; Les volets clos (1972) ; Un oiseau rare (1973) ; Un amour de pluie (1974) ; Les malheurs de Sophie (1981).

Ce délicieux acteur s'est essayé avec un réel bonheur à la réalisation. Fraîcheur, poésie, charme marquent une œuvre qui nous restitue l'univers de la comtesse de Ségur et celui de « Frou-Frou ». Sensibilité et finesse caractérisent *Églantine :* Léopold, pensionnaire chez les frères, vient passer ses vacances dans la grande maison familiale où il retrouve son père, officier, sa mère, sa grand-mère et sa cousine Laure. Il partage son affection entre ces deux personnes. De retour au collège, il apprendra la mort de sa grand-mère. Il ne se passe rien dans ce film que des goûters, un pique-nique, un flirt innocent avec la petite cousine. Une œuvre au charme démodé, volontairement démodé, et pour cela exquis. On retrouvera cet univers dans l'excellente version des *Malheurs de Sophie* où pas un ruban ne manque à l'appel. Ce monde des domestiques entrevu dans ces deux films, Jean-Claude Brialy a souhaité l'évoquer avec plus de précision dans *L'oiseau rare* qui rappelle *Désiré* de Sacha Guitry. Un valet distingué va de place en place, du promoteur dynamique (Micheline Presle) au vieux poète entouré de chats (Pierre Bertin) qui lui léguera sa maison. *Un amour de pluie* met en parallèle deux histoires d'amour, la passion d'une femme pour un jeune Italien et de sa fille pour un employé d'hôtel. Moins réussi que les précédents, le film vaut pour une amusante évocation de la vie d'un hôtel dans une ville de cure. Mais Brialy sait aussi côtoyer la tragédie sans y tomber : *Les volets clos,* c'est un bordel des années 30. On y retrouve Marie Bell, Catherine Rouvel, Ginette Leclerc, Lucienne Bogaert, Catherine Allégret. Un soir, un marin vient y chercher refuge. Sa présence trouble ce monde clos, y sème la perturbation. Mais l'intérêt n'est pas là. Il réside dans la nostalgie d'une époque révolue, celle des lanternes rouges et des volets clos. Nostalgie, tel semble être le mot clé des films de Brialy, un univers passé, qui n'est pas sans rappeler Ophüls. Et si Brialy était, contrairement aux jugements trop sévères de la critique, un excellent metteur en scène ?

Bridges, Alan

Réalisateur anglais né en 1927.

Act of Murder (1964) ; Invasion (1965) ; The Hireling (La méprise, 1973) ; Out of Season (1975) ; La petite fille en velours bleu (1978) ; Return of the Soldier (1982).

Réalisateur à la B.B.C., il fut couronné à Cannes pour *The Hireling* qui racontait l'impossibilité de communication entre une jeune aristocrate et son chauffeur dans les années 20. La châtelaine était Sarah Miles, le chauffeur Robert Shaw.

Bridges, James

Réalisateur et scénariste américain.

The Baby Maker (1972) ; The Paper Chase (La chasse aux diplômes, 1973) ; September 30, 1955 (1977) ; Agatha (avec J. Lemmon, 1979) ; The China Syndrom (Le syndrome chinois, 1979) ; The Urban Cowboy (Urban Cowboy, 1979).

Scénariste venu de la télévision (il écrivit notamment *The Appaloosa* et *The Forbin Project*), il s'est révélé un réalisateur attentif aux problèmes contemporains, qu'il s'agisse du malaise des universités *(The Paper Chase)* ou des dangers que représentent les centrales atomiques *(The China Syndrom).* Auteur complet, il écrit lui-même les scripts des films qu'il met en scène.

Brignone, Guido

Acteur et réalisateur italien, 1886-1959.

Principaux films : Odette (1915) ; série des Maciste (Maciste aux enfers, Maciste dans la vallée des lions, Maciste alpin) à partir de 1916, en Allemagne et en France : L'éternelle idole ; La femme à la croix, etc. ; Corte d'assise (1930) ; Rubacuori (Vous que j'adore, 1931) ; Wally (1931) ; Pergolesi (les amours de Pergolese, 1931) ; La voce lontana (1933) ; La maestrina (1933) ; Oggi sposi (1933) ; Tenebre (1934) ; Teresa Gonfalonieri (1934) ; Lorenzino de Medici (1935) ; Nozze vagabonde (1935) ; Passaporto rosso (Le passeport rouge, 1935) ; Ginevra degli Almieri (1936) ; L'Antenato (1936) ; Vivere (1937) ; Marcella (1937) ; Gli uomini non sono ingrati (1937) ; Lo soprese del divorzio (1939) ; Mamma (Sa vieille maman, 1940) ; Kean (1940) ; Beatrice Cenci (1941) ; Turbamento (1941) ; Vertigine (1941) ; La Gorgona (1942) ; Miliardi che follia (1942) ; Maria Malibran (1942) ; Il Fiore sotti gli Occhi (1944) ; Canto ma sottovece (Maria Chrisine, 1945) ; Monaca santa (1948) ; Il barone Carlo Mazza (1948) ; La sepolta viva (L'enterrée vivante, 1948) ; Santo disonore (Péché d'une mère, 1948) ; Inganno (Amours interdites, 1948) ; Il nido di Falasco (1950) ; Il conte di Sant'Elmo (1950) ; Buffere (Fille dangereuse, 1952) ; Processo contra ignati (C'est la faute du grisbi, 1953) ; Noi peccatori (Nous... les coupables, 1953) ; Ivan, il figlio del Diavolo (Ivan, le fils du diable blanc, 1953) ; Papà pacifico (1954) ; Quando tramonta il Sole (1955) ; Le schiave di Cartagine (Sous le signe de la Croix, 1956) ; Sotto il segno di Roma (Sous le signe de Rome, 1959).

De Maciste au péplum, en passant par le mélodrame et l'opéra, la carrière, sans chefs-d'œuvre, de Brignone résume cinquante ans de cinéma italien. N'attendons pas de lui un impérissable chef-d'œuvre ; il suit la mode mais ne la crée pas ; la postérité le laisse indifférent. Pionnier du cinéma muet, il met en scène les premiers Maciste avec un sens du baroque et de l'érotisme que l'on découvre avec stupéfaction, compte tenu de l'époque, dans *Maciste aux enfers.* Au temps du muet, il partage sa carrière entre l'Allemagne et la France. L'avènement du parlant le conduit au film musical (*Pergolese,* mais il aurait évoqué tout aussi bien Frescobaldi, Corelli, Tartini, Torelli ou Locatelli !) et le mélodrame *(Sa vieille maman).* Les évocations historiques avec scène d'orgie sont à la mode dans les années 40 : il donne une *Beatrice Cenci ;* il retrouve ensuite avec plaisir le mélodrame *(Péché d'une mère)* et se lance dans le péplum, dont il préfigure les fastes sado-masochistes dans *Sous le signe de la Croix.*

Broca, Philippe de

Réalisateur français né en 1933.

Les jeux de l'amour (1959) ; Le farceur (1960) ; L'amant de cinq jours (1960) ; Cartouche (1961) ; Les sept péchés capitaux (un sketch, 1961) ; Les veinards (1962) ; L'homme de Rio (1963) Un monsieur de compagnie (1964) ; Les tribulations d'un Chinois en Chine (1965) ; Le roi de cœur (1966) ; L'amour à travers les âges (un sketch, 1966) ; Le diable par la queue (1968) ; Les caprices de Marie (1969) ; La poudre d'escampette (1970) ; Chère Louise (1971) ; La magnifique (1973) ; L'incorrigible (1975) ; Julie pot-de-colle (1976) ; Tendre poulet (1977) ; Le cavaleur (1978) ; On a volé la cuisse de Jupiter (1979) ; Psy (1980).

Ancien assistant de Decoin, de Chabrol et de Truffaut, il profita pour ses premiers films, des comédies pétillantes et pleines d'humour, du phénomène « nouvelle vague ». Le succès de *Cartouche,* populaire évocation du célèbre bandit que jouait Belmondo, fit prendre à sa carrière une autre orientation : celle de la comédie à gros budget : *L'homme de Rio, Les tribulations d'un Chinois en Chine...* « C'est du cinéma bien fait, ni bas ni vulgaire, destiné à un grand public qui l'apprécie en effet, mais dépourvu de cette fantaisie précieuse qui faisait le prix des films de ses débuts. Philippe de Broca a accepté d'être la victime d'une sorte de nivellement par le public. On le vit bien quand il tenta, avec

Le roi de cœur, de réintroduire quelque chose de sa liberté personnelle dans un film à gros budget : les spectateurs boudèrent. Il revint alors à ces films sages qui plaisaient : *Le diable par la queue, Les caprices de Marie.* » (Jean Colas, *Le cinéma des Français).*

Brocka, Lino

Réalisateur des Philippines né en 1940.

Principaux films : Wanted Perfect Mother (1970) ; Santiago (1970) ; Cadena de amor (1971) ; Stardoom (1971) ; Villa Miranda (1972) ; Cherry Blossoms (1972) ; Tinimbang Ka Ngunilt Kulang (1974) ; Tatlo, dalawa, isa (1974) ; Maynila (Manille, 1975) ; Insiang (1976) ; Inay (1977) ; Mananayaw (1978) ; Jaguar (1979) ; Bona (1980) ; Burgis (1981) ; Palipat-Lipat (1981) ; Caught in the Act (1981) ; Px (1981).

Avec De Leon, il est l'un des meilleurs et l'un des plus féconds réalisateurs d'un cinéma philippin qui reste à redécouvrir. Il a réagi contre l'esthétique de la bande dessinée et le film-karaté pour insérer des drames comme *Insiang* (le conflit d'une mère et d'une fille) dans un milieu social précis. *Jaguar* est au fond un thriller mais inséparable du bidonville de Manille : Poldo-Jaguar essaie d'échapper à la misère ambiante, mais ce garde du corps modèle sera écrasé, sans perdre toutefois sa dignité, « la seule richesse du pauvre ». Il n'y a pas de misérabilisme chez Brocka à la différence du néo-réalisme italien et la sensualité de ses héroïnes est fort troublante. La violence est toujours présente : « Vous pouvez frapper un Philippin, dit-il, lui donner des coups de pied et il vous sourira. Il souffrira et souffrira encore, mais à la fin, quand vous lui aurez ôté tout espoir, prenez garde car il vous tuera. »

BIBLIO. : *Positif,* n° 207 et 217.

Bromberger, Hervé

Réalisateur français né en 1918.

Identité judiciaire (1950) ; Seul dans Paris (1951) ; Les fruits sauvages (1953) ; Nagana (1955) ; La bonne tisane (1957) ; Asphalte (1958) ; Les loups dans la bergerie (1959) ; Les Quatre vérités (un sketch, 1962) ; Mort, où est ta victoire ? (1962) ; Un soir à Tibériade (1965).

Journaliste, collaborateur de Decoin et de Cocteau, il a oscillé dans son œuvre de réalisateur entre le mal de la jeunesse *(Les loups dans la bergerie)* et Daniel Rops *(Mort, où est ta victoire ?).* Il y a des choix meilleurs. A sauver pourtant un excellent film noir, *Identité judiciaire,* où Debucourt était remarquable en avocat devenu meurtrier sadique.

Brook, Peter

Réalisateur anglais né en 1925.

The Beggar's Opera (L'opéra des gueux, 1953) ; Moderato Cantabile (1960) ; Lord of the Flies (Sa Majesté des mouches, 1963) ; Marat-Sade (Marat-Sade, 1967) ; Tell Me Lies (Dites-moi n'importe quoi, 1968) ; King Lear (Le roi Lear, 1970) ; Meeting With Remarquable Men (Rencontre avec des hommes remarquables, 1979).

Grand metteur en scène de théâtre, il a transposé certaines de ses réussites à l'écran, de *L'opéra des gueux* au *Roi Lear* en passant par *Marat-Sade.* Il est aussi l'auteur d'un curieux film sur les années de formation de Gurdjieff, *Meeting With Remarquable Men,* et, précédemment, d'un curieux film de science-fiction, *Lord of the Flies,* où des enfants, échoués sur une île déserte, retrouvaient les règles de notre société avec ses injustices.

Brooks, Mel

Réalisateur américain, de son vrai nom Melvin Kaminsky, né en 1926.

The Producers (Les producteurs, 1969) ; The Twelve Chairs (Le mystère des douze chaises, 1970) ; Blazing Saddles (Le shérif est un prison, 1974) ; Young Frankenstein (Frankenstein Junior, 1974) ; Silent Movie (La dernière folie de Mel Brooks, 1976) ; High Anxiety (Le grand frisson de Mel Brooks, 1977) ; History of the World, Part I (La folle histoire du monde, 1981).

Représentant le plus célèbre avec Woody Allen de l'école comique juive de New York. Gagman de Sid Caesar, il s'est formé au cabaret et à la télévision avant d'aborder tardivement le cinéma. De ce passage par le sketch, de revue ou de show, il a gardé l'horreur d'une trame suivie et le goût de la parodie. Ses principaux films pastichent des genres illustres : *Young Frankenstein* (le plus soigné), l'épouvante, *Blazing Saddles* le western, *Silent Movie* le vieux burlesque et *High Anxiety* Hitchcock. Les gags sont inégaux, parfois grossiers (les pets des cow-boys trop gavés de haricots), souvent faciles (la table du conseil d'administration d'une compagnie de cinéma se soulève au seul énoncé par le président d'une starlette particulièrement sexy). Mais il arrive que l'énormité force l'adhésion : un producteur qui a besoin d'un « four » imagine de faire d'Hitler le sujet d'une opérette. Ce sera un triomphe qui le ruine. Transformer l'Inquisition en ballet des sirènes *(History of the World)* n'est pas pour faire reculer un tel metteur en scène qui peut inventer une autre table des lois, que Moïse aurait cassée par maladresse ou transformer Louis XVI en pantin. Jusqu'où ira Mel Brooks ?

Brooks, Richard

Scénariste et réalisateur américain né en 1912.

Comme réalisateur : Crisis (Cas de conscience, 1950) ; The Light Touch (Miracle à Tunis, 1951) ; Deadline U.S.A. (Bas les masques, 1952) ; Battle Circus (Le cirque infernal, 1952) ; Take the High ground (Sergent la Terreur, 1953) ; The Flame and the Flesh (1954) ; The Last Time I Saw Paris (La dernière fois que j'ai vu Paris, 1954) ; The Blackboard Jungle (Graine de violence, 1955) ; The Last Hunt (La dernière chasse, 1956) ; The Catered Affair (1956) ; Something of Value (Le carnaval des Dieux, 1957) ; The Brothers Karamazov (Les frères Karamazov, 1958) ; Cat on a Hot Tin Roof (La chatte sur un toit brûlant, 1958) ; Elmer Gentry (Elmer Gentry le charlatan, 1960) ; Sweet Bird of Youth (Doux oiseau de jeunesse, 1962) ; Lord Jim (Lord Jim, 1965) ; The Professionals (Les professionnels, 1966) ; In Cold Blood (De sang-froid, 1967) ; The Happy Ending (1969) ; Dollars (Dollars, 1971) ; Bite the Bullets (La chevauchée sauvage, 1975) ; Looking for Mr. Goodbar (A la recherche de Mister Goodbar, 1977).

Un scénariste *(Cobra Woman* de Siodmak ; *Brute Force* de Dassin, *Key Largo* de J. Huston...) et avant tout un intellectuel, venu du journalisme, du roman et de la radio, rempli de bonnes intentions et d'idées généreuses. Tel est Brooks au départ. A l'arrivée – ou presque, car sa carrière semble toucher à sa fin – l'œuvre d'un auteur. Une œuvre qui est le reflet de l'Amérique puritaine et moralisatrice. On y trouve dénoncés pêle-mêle le racisme *(The Last Hunt, Something of Value...)*, le système éducatif *(Graine de violence)*, la peine de mort *(De sang-froid)*, la liberté des mœurs *(Mister Goodbar)*, les sectes *(Elmer Gentry)* et les brutalités de la société militaire *(Sergent la Terreur)*. Cela pourrait être ennuyeux, mais la mise en scène vient au secours du scénario. Images somptueusement baroques d'*Elmer Gentry* ou style glacé de *In Cold Blood*. Il est surtout à l'aise dans le western qui se prête admirablement aux apologues : *La dernière chasse,* c'est le génocide des Indiens que nourrissaient les bisons qu'exterminent inutilement d'impitoyables chasseurs ; « Un bison mort et c'est quelques Indiens qui n'arriveront pas à survivre », dit l'un des personnages. *Lord Jim,* « c'est l'homme, dit Brooks, qui cherche une seconde chance. Il a échoué et il veut réussir. Il a violé son code de conduite. Il savait ce qu'il devait faire, il ne l'a pas fait et il veut se racheter. » Tel est le sens de sa superbe adaptation du roman de Conrad. *Les Professionnels* nous offre, à travers l'histoire d'un groupe de mercenaires chargés de récupérer l'épouse d'un riche homme d'affaires enlevée par des révolutionnaires (elle est partie en réalité de son plein gré), une méditation sur l'intervention américaine au Viêt-nam. Avec *La chevauchée sauvage,* évocation d'une course de chevaux organisée en 1908 par le *Denver Post,* c'est l'arrière-plan économique des compétitions qui est mis en lumière. *A la recherche de Mister*

Goodbar évoque le destin d'une jeune femme qui se veut libre et qui meurt, tuée à coups de couteau par un homosexuel. « Diane Keaton n'est pas punie, déclare Brooks, parce qu'elle aime les hommes, pas non plus parce qu'elle va dans les bars pour célibataires, mais parce que la société a évolué dans la direction d'une jungle où la justice n'existe plus ». Moralisateur jusqu'au bout, Brooks ne dit pas à la fin d'une séquence tournée sur le plateau « Coupez » mais « Merci ». L'anecdote résume l'homme et l'œuvre.

BIBLIO : Dossier Brooks, *Cinéma 80*, nº 264.

Brower, Otto

Réalisateur américain.

Principaux films : Fighting Caravans (1932) ; Mystery Mountain (avec Eason, Le mystère du Colorado, 1934) ; The Phantom Empire (avec Eason, 1935) ; Men With Steel Faces (avec Eason, 1940) ; Devil Horse (Apache, cheval de mort, 1940) ; On their Own (1940) ; The Gay Caballero (1940) ; Stop, Look and Love (1940) ; Youth Will Be Served (1940) ; Little Tokyo (1941) ; Behind Green Lights (1946).

Médiocre spécialiste du western, il a tourné surtout en deuxième équipe et paraît avoir été plus un technicien qu'un véritable réalisateur.

Brown, Clarence

Metteur en scène américain né en 1890.

The Last of the Mohicans (avec Tourneur, 1920) ; The Great Redeemer (Un lâche) ; The Foolish Matrons (1921) ; The Light in the Dark (1922) ; Don't Marry for Money (Or et poison, 1923) ; The Acquittal (1923) ; The Signal Tower (Le veilleur du rail, 1924) ; Butterfly (La papillonne, 1924) ; Smouldering Fires (La femme de quarante ans, 1924) ; The Goose Woman (Déchéance, 1925) ; The Eagle (L'aigle noir, 1925) ; Kiki (Kiki, 1926) ; Flesh and the Devil (La chair et le diable, 1926) ; The Trail of '98 (La piste de 98, 1927) ; A Woman of affairs (Intrigues, 1928) ; Wonder of Women (1929) ; Navy Blues (1930) ; Anna Christie (Anna Christie, 1930) ; Romance (Romance, 1930) ; Inspiration (L'inspiratrice, 1931) ; A Free Soul (Ames libres, 1931) ; Possessed (Fascination, 1931) ; Emma (Emma, 1931) ; Letty Linton (Captive, 1932) ; The Son-Daughter (Dans la nuit des pagodes, 1932) ; Looking Forward (1933) ; Night Flight (Vol de nuit, 1933) ; Sadie McKee (Sadie McKee, 1934) ; Chained (La passagère, 1934) ; Anna Karenina (Anna Karenine, 1935) ; Ah ! Wilderness (Impétueuse jeunesse, 1935) ; Wife vs.Secretary (Sa femme et sa dactylo, 1936) ; The Gorgeous Hussy (L'enchanteresse, 1936) ; Conquest (Marie Walewska, 1937) ; Of Human Hearts (1938) ; Idiot's Delight (La ronde des pantins, 1938) ; The Rains Came (La mousson, 1939) ; Edison the Man (La vie de Thomas Edison, 1940) ; They Met in Bombay (Rencontre à Bombay, 1941) ; Come Live with Me (Viens avec moi, 1941) ; The Human Comedy (Et la vie continue, 1943) ; The White Cliffs of Dover (Les blanches falaises de Douvres, 1944) ; National Velvet (Le grand National, 1945) ; The Yearling (Jody et le faon, 1946) ; Song of Love (Passion immortelle, 1947) ; Intruder in the Dust (L'intrus, 1949) ; To Please a Lady (Pour plaire à sa belle, 1950) ; It's a Big Country (un sketch, 1951) ; Angels in the Outfield (1951) ; When in Rome (1951) ; Plymouth Adventure (Capitaine sans loi, 1952).

Brown est surtout connu comme le metteur en scène de Garbo. Cet ancien assistant de Tourneur a signé en effet les meilleurs films de « la divine » : *Flesh and the Devil, A Woman of Affairs, Anna Christie, Inspiration, Anna Karenina* et surtout *Conquest* (elle était Marie Walewska et Charles Boyer Napoléon !). Brown est ensuite connu comme l'homme de la M.G.M. à laquelle il voua une fidélité exemplaire : il eut donc les qualités de la firme (les meilleurs techniciens et de grands acteurs) mais aussi ses défauts (sujets conventionnels et indifférence aux films d'aventures). On voit ce qu'il aurait pu donner, à la faveur d'une escapade à la Fox où il tourna *La mousson,* l'un de ses meilleurs films, spectaculaire à souhait. *La piste de 98* avait d'ailleurs montré qu'il pouvait devenir un grand spécialiste du western. Il se ressaisit en effet sur la fin de sa carrière avec *Intruder in the Dust,* d'auprès Faulkner, excellent film policier dans le contexte racial du sud des Etats-Unis. Mais dans l'ensemble, il parut affectionner les œuvres un peu mièvres, style *Jody et le faon.* Il le confesse volontiers : « Mes points faibles comme metteur en scène, Oh, ma sensibilité sans doute ! » On n'est pas meilleur juge.

BIBLIO. : *Ecran 79,* nº 81 et 82.

Brown, Harry Joe

Producteur et réalisateur américain, 1908-1972.

Comme réalisateur : Bashful Buccaneer (1925) ; Danger Quest (1926) ; Moran of the Monted (1926) ; The Land Beyond the Law (1927) ; Gun Gospel (1927) ; The Wagon Show (1928) ; The Code of the Scarlet (1928) ; The Lawless Legion (1928) ; The Royal Rider (1929) ; The Wagon Master (1929) ; Senor Americano (1929) ; Parade of the West (1930) ; The Fighting Legion (1930) ; The Mountain Justice (1930) ; Song of the Caballero (1930) ; Sons of the Saddle (1930) ; The Squealer (1930) ; Millie Woman of Experience (1931) ; Madison Square Garden (1932) ; The Billion Dollar Scandal (1933) ; I Love that Man (1933) ; Sitting Pretty (1933) ; Knickerbocker Holiday (1944).

Producteur souvent fort inspiré (il a beaucoup travaillé avec Randolph Scott et on lui doit les meilleurs westerns de Boetticher, sans oublier ceux de Gordon Douglas, de Toth et de J. Lewis). Hélas, le réalisateur ne semble pas de la même qualité. Il n'a même pas songé à distribuer ses films hors des États-Unis.

Brown, Rowland

Scénariste et réalisateur américain, 1900-1963

Comme réalisateur : Quick Millions (1931) ; Hell's Highway (1932) ; Blood Money (1933).

Très brillant scénariste, il avait amorcé une carrière de réalisateur qui promettait beaucoup, lorsqu'il cassa la figure de son producteur. Sans doute était-ce justifié, mais la suite des activités de Brown en souffrit.

Browning, Tod

Réalisateur américain, 1882-1962.

Jim Bludso (1917) ; A Love Sublime (1917) ; Hands Up ! (1917) ; Peggy, the Will O'the Wisp (1917) ; The Jury of Fate (1917) ; The Eyes of Mystery (1918) ; The Brazen Beauty (Violence, 1918) ; The Legion of Death (1918) ; Revenge (1918) ; Which Woman (1918) ; The Deciding Kiss (1918) ; Set Free (1918) ; The Wicked Darling (Fleur sans tache, 1919) ; The Exquisite Thief (1919) ; The Unpainted Woman (1919) ; The Petal on the Current (L'autre parfum, 1919) ; Bonnie, Bonnie Lassie (1919) ; The Virgin of Stamboul (La vierge d'Istanbul, 1920) ; Outside the Law (Révoltée, 1921) ; No Woman Knows (1921) ; The Wise Kid (1922) ; The Man Under Cover (1922) ; Under Two Flags (Sous deux drapeaux, 1922) ; Drifting (1923) ; White Tiger (1923) ; The Day of Faith (1923) ; The Dangerous Flirt (1924) ; Silk Stocking Sal (1924) ; The Unholy Three (Le club des Trois, 1925) ; Dollar Down (1925) ; The Mystic (La sorcière, 1925) ; The Blackbird (L'oiseau noir, 1926) ; The Road to Mandalay (La route de Mandalay, 1926) ; The Show (La morsure, 1927) ; London after Midnight (Londres après Minuit, 1927) ; The Unknown (L'inconnu, 1927) ; The Big City (1928) ; West of Zanzibar (Le talion, 1928) ; Where East is East (Loin vers l'Est, 1929) ; The Thirteenth Chair (1929) ; Outside the Law (Gentleman gangster, 1930) ; Dracula (Dracula, 1931) ; The Iron Man (1931) ; Freaks (La monstrueuse parade, 1932) ; Fast Workers (1933) ; Mark of the Vampire (La marque du vampire, 1935) ; The Devil Doll (Les poupées du Diable, 1936) ; Miracles for Sale (1939).

On l'a surnommé « l'Edgar Poe du cinéma » : il est en effet l'un des plus grands maîtres du cinéma fantastique. Il travailla longtemps dans un cirque avant de débuter à Hollywood en 1914. Il fut assistant de Griffith pour *Intolérance*, acteur, scénariste avant de faire ses débuts de réalisateur en 1917. Ses premiers films sont des comédies sentimentales ou des histoires de gangsters *(Outside the law, White Tiger)*. Mais c'est dans l'étrange et le morbide qu'il va forger sa réputation. Ses scénarios défient l'analyse. Dans *L'Inconnu* un faux manchot tombe amoureux de l'écuyère d'un cirque. Celle-ci, qui a été violée jadis, craint les mains d'hommes, de là l'attrait qu'elle éprouve pour ce manchot. Pour s'assurer l'amour de la jeune fille le faux manchot va se faire réellement amputer. Mais quand il reviendra, la jeune fille, apparemment guérie, lui préférera un homme normal. Lon Chaney faisait dans ce film une composition bouleversante. Il fut d'ailleurs l'interprète favori de Browning *(The Unholy Three, The Blackbird, West of Zanzibar* au scénario tout aussi dément que celui de *The Unknown*...). En 1931, Browning lançait Bela Lugosi qui jouait le rôle du Comte Dracula dans une nouvelle adaptation du roman de Brahm Stocker. On retrouva Lugosi dans *Mark of the Vampire* qui devait influencer fortement un dessinateur comme Chas Adams. Mais le chef-d'œuvre de Tod Browning demeure *Freaks* qui met en scène les *vrais* monstres d'un cirque : un film insoutenable nous offrant un homme-tronc rampant à la façon d'un ver sur le sol, des sœurs siamoises, une femme qui mange avec ses pieds parce qu'elle n'a pas de bras... Aucun mépris, aucun voyeurisme dans cette œuvre grave et belle. « Seul, notait Louis Seguin dans *Cinéma 56*, un mépris aussi stupide qu'indéracinable a pu faire que soit méconnu l'un des plus grands metteurs en scène qui aient été... » Après avoir vu *L'Inconnu, West of Zanzibar* ou *Freaks*, qui ne pourrait souscrire à un tel jugement ?

BIBLIO : *Bizarre*, n° 24-25 (1962) : *L'épouvante*.

Brownlow, Kevin

Réalisateur anglais né en 1938.

It Happened Here (avec Mollo, En Angleterre occupée, 1964) ; Winstanley (1975).

Il est l'auteur d'un curieux film de politique-fiction où il imaginait l'Angleterre envahie et occupée par les Allemands. Il signa ensuite un important film historique : *Winstanley*, qui apporte un souffle nouveau dans le genre, évoquant les « diggers », communauté pré-socialiste du XVIIe anglais.

Bruckman, Clyde

Réalisateur américain, 1894-1955.

Très nombreux courts métrages. Puis : The General (avec Keaton, Le mécano de la Générale, 1927) ; Horse Shœs (1927) ; A perfect Gentleman (1928) ; Welcome Danger (Quel phénomène, 1929) ; Feet First (A la hauteur, 1930) ; Everything's Rosie (1931) ; Movie Crazy (Silence on tourne, 1932) ; Spring Tonic (1935) ; Man on the Flying Trapeze (Les joies de la famille, 1935).

Il a dirigé Keaton *(The General)*, Harold Lloyd *(Welcome Danger* et deux autres films) et Fields *(Man on the Flying Trapeze)*, sans compter de nombreux courts métrages de Laurel et Hardy *(Putting Pants on Philip*, 1927 ; *Battle of the Century*, 1927 ; *Leave'em Laughing*, 1928 ; *Finishing Touch*, 1928...). Que dire de plus sur ce metteur en scène, sinon qu'il se suicida dans les toilettes d'un restaurant d'Hollywood, faute de pouvoir payer la note ? Après avoir associé son nom à une telle suite de chefs-d'œuvre, Bruckman méritait un meilleur sort.

Brunel, Adrian.

Réalisateur anglais, 1892-1958.

Principaux films : The Cost of a Kiss (1917) ; Lovers in Araby (1924) ; Elstree Calling (avec Hitchcock, 1930) ; Little Napoleon (1933) ; The Lion Has Wings (avec Powell et Desmond Hurst, 1939).

Il a joué un rôle important dans le cinéma anglais en fondant Minerva Films, avec Leslie Howard, et en tournant des comédies dont il écrivait souvent le scénario.

Brunius, John W.

Réalisateur suédois, 1884-1937.

Synnöve Solbakken (La petite fée de Solbakken, 1919) ; Mästerkatten i Stövlar (Le chat botté, 1918) ; Thora van Deken (Dureté d'âme, 1919) ; Kvarner (Le moulin en feu, 1920) ; En vildfagel (Le sans-logis, 1921) ; En lyckoriddare (Le chevalier errant, 1921) ; Harda viljor (Volontés de fer, 1922) ; Kärlekens ögon (Les yeux de l'amour, 1922) ; En piga bland pigor (La meilleure de toutes, 1923) ; Vox populi (1923) ; Karl XII (Charles XII, 1925) ; Les récits de l'enseigne Stal (1925) ; Gustav Wasa (1927) ; Vi tva (Nous deux, 1930) ; Doktorns hemlighet (Le secret du médecin, 1930) ; Längtan till havet (Marius, 1931) ; Falska Greta (La fausse Greta Garbo, 1934).

Injustement oublié aujourd'hui, il fut l'un des maîtres du cinéma muet, utilisant l'un des premiers le flash-back dans *La petite fée de Solbakken.* Il fut surtout « le chantre officiel des anciens moments glorieux de son pays » (Jean Béranger). On lui doit de grosses machines historiques dont *Vox Populi* sur la lutte de la Finlande pour son indépendance, un brillant portrait de *Charles XII* avec de grandes reconstitutions de batailles et un non moins somptueux *Gustav Wasa.* Le parlant mit pratiquement fin à sa carrière.

Brusati, Franco

Réalisateur italien né en 1922.

Il padrone sono me (1956) ; Il disordine (Le désordre, 1962) ; Tenderly (1968) ; I tulipani di Haarlem (Les tulipes de Haarlem, 1970) ; Pane e cioccolata (Pain et chocolat, 1974) ; Dimenticare Venezia (Oublier Venise, 1979) ; Il buon soldato (1982).

Juriste, journaliste, scénariste, il a peu tourné comme réalisateur, se partageant entre le film intimiste et psychologique (on a même évoqué le patronage de Proust pour *Oublier Venise,* œuvre délicate sur l'homosexualité), et la comédie à l'italienne, genre auquel se rattache *Pain et chocolat,* variations empreintes souvent d'amertume (les scènes de l'abattoir à poulets et toute une série de gags brusquement interrompus pour laisser place au drame) sur les mésaventures d'un émigré italien en Suisse, rôle joué par Nino Manfredi.

Bryant, Charles

Réalisateur américain, 1879-1948.

Stronger than Death (1920) ; A Doll's House (1922) ; Salome (1923).

Acteur à l'origine et époux de la star Nazimova, il devint producteur et réalisateur à partir de 1920. Son film le plus connu est *Salomé,* adaptation de l'œuvre d'Oscar Wilde et des célèbres dessins de Beardsley. Nazimova est Salomé. C'est tout dire.

Buchowetski, Dimitri

Réalisateur d'origine russe, 1885-1932.

Films tournés en Allemagne : Anita Jo (1919) ; Die letzte Stunde (1920) ; Die Brüder Karamazov (Les frères Karamazov, avec Froelich, 1920) ; Das Experiment des Professor Mithrany (1920) ; Danton (1921) ; Der Galiläer (1921) ; Sappho (1921) ; Der Stier von Olivera (1921) ; Die Gräfin von Paris (1922) ; Othello (1922) ; Peter der Grosse (1922) ; Das Laster des Spiels (1923) ; Das Karussell des Lebens (1923). *Puis aux Etats-Unis :* Men (Mâles, 1924) ; Lily of the Dust (1924) ; The Swan (1924) ; Graustark (1925) ; The Crown of Lies (1926) ; The Midnight Sun (1926) ; Valencia (1926) ; Weib im Dschungel (version allemande de The Letter, 1930) ; Le réquisitoire (version française de Manslaughter, 1930) ; Die Nacht der Entscheidung (version allemande de Virtous Sin) ; Stamboul (1931).

Il a commencé sa carrière en dirigeant des films en Russie à l'époque tsariste. Chassé par la révolution d'Octobre, il s'établit en Allemagne où il signe plusieurs adaptations d'œuvres littéraires dont un honorable *Othello* et *Une mort de Danton* d'après Büchner. Très apprécié par Pola Negri, il est sollicité par elle lorsque la vedette part pour Hollywood. Mais les films américains de Buchowetski ne rencontrent aucun succès et il doit se résigner à tourner des versions allemandes ou françaises des productions des autres.

Buck, Frank

Réalisateur et explorateur américain, 1888-1950.

Bring'Em Back Alive (Ramenez-les vivants, 1932) ; Wild Cargo (1934) ; Fang and Claw (1935) ; Jungle Menace (1937) ; Jacare, Killer of the Amazon (1942).

L'un des premiers spécialistes des films d'animaux sauvages. *Ramenez-les vivants* donna naissance à une bande de *Robinson* et demeure l'un des classiques du genre. On l'accusa de trucages ; on lui reprocha d'introduire des éléments de fiction dans ses documentaires ; on prétendit qu'il donnait une vision fausse des bêtes de la jungle. Reste que ses œuvres rencontrèrent un énorme succès et se voient encore aujourd'hui, malgré le perfectionnement des techniques et un souci plus grand de l'authenticité, avec un réel plaisir.

Bucquet, Harold

Réalisateur américain, 1891-1946.

Young Dr. Kildare (1938) ; Calling Dr. Kildare (On demande le Docteur Kildare, 1939) ; On Borrowed Time (L'étrange sursis, 1939) ; Secret of Dr. Kildare (1939) ; Dr. Kildare's Strange Case (1940) ; We Who Are Young (1940) ; Dr. Kildare Goes Home (1940) ; Dr. Kildare's Crisis (1940) ; The Penalty (1941) ; The People vs.Dr. Kildare (1941) ; Dr. Kildare's Wedding Day (1941) ; Kathleen (1941) ; Calling Dr. Gillepsie (1942) ; The War Against Mrs. Hadley (1942) ; Tartu (1943) ; Dragon Seed (avec Conway, Les fils du Dragon, 1942) ; Without Love (avec Conway, Sans amour, 1945).

Représentant le plus typique du style familial de la M.G.M. A sauver *On Borrowed Time,* film fantastique sur les étranges rapports entretenus par la Mort avec un petit garçon, et *Dragon Seed* sur la résistance en Chine pendant la Deuxième Guerre mondiale, où Katharine Hepburn et Walter Huston étaient transformés, par la grâce du maquillage, en Chinois plus vrais que nature.

Buczkowski, Leonard

Réalisateur polonais, 1900-1966.

Principaux films : Les déments (1928) ; Rhapsodie balte (1936) ; Lodz (1945) ; Zakazane piosenki (1947) ; Skarb (1949) ; Przygoda na Mariensztacie (1954) ; Sprawa pilota Maresza (1956) ; Smarkula (1962) ; Marysia i Napoleon (1966).

Figure de proue du cinéma polonais mais peu connu hors de son pays. Sa version des amours de Marie Walewska et de Napoléon serait pourtant curieuse à voir.

Bulajic, Veljko,

Réalisateur yougoslave né en 1928.

Vlaz bez jizdniho radu (1959) ; Valka (La lutte, 1960) ; Uzavreli Grad (1961) ; Kozara (Les diables rouges face aux S.S., 1962) ; Skopje (Skopje 63, 1963) ; Pogled u zjenicu sunca (Voyage au zénith du soleil, 1966) ; Bitka na Neretvi (La bataille de la Neretva, 1969).

Formé au centre expérimental de Rome, après avoir débuté comme journaliste. Il hésite entre deux voies : le documentaire (*Skopje* reçut de nombreux prix) et le film historique, avec préférence pour la dernière guerre *(Kozara)*. Il est surtout connu pour sa *Bataille de la Neretva* qui réunissait une distribution internationale : Welles, Bondartchouck, Curd Jurgens, Yul Brunner, Hardy Krüger et Franco Nero.

Buñuel, Juan

Réalisateur français né en 1934.

Au rendez-vous de la mort joyeuse (1972) ; La femme aux bottes rouges (1974) ; Leonor (1975).

Fils de L. Buñuel, il a essayé de renouveler le fantastique à partir de la routine quotidienne. L'irruption de l'insolite dans le banal constituait les temps forts de *La femme aux bottes rouges* qui dérouta le public français. Peut-être est-ce en partie la faute de Juan Buñuel qui manqua d'audace dans sa mise en scène. Cette audace, il sut enfin la trouver dans *Leonor,* belle histoire de vampire, inspirée de Tieck, sur fond de peste et d'amour fou. Film sans lendemain. On peut le regretter.

Buñuel, Luis

Réalisateur d'origine espagnole né en 1900.

Un chien andalou (1928) ; L'âge d'or (1930) ; Las Hurdes (Terre sans pain, 1932) ; Madrid '36 (1936, collaboration) ; Gran Casino (1946) ; El Gran Cavalera (1949) ; Los olvidados (Les réprouvés, 1950) ; Susana (Suzanne la perverse, 1950) ; La ija del engaño (Don Quintin, 1951) ; Una mujer sin amor (Une femme sans amour, 1951) ; Subida al cielo (La montée au ciel, 1951) ; El bruto (L'enjôleuse, 1952) ; Robinson Crusoe (Robinson Crusoé, 1952) ; El (Tourments, 1952) ; Abismos de Pasión ou Cumbres Borrascosas (Les Hauts de Hurlevent, 1953) ; La ilusión viaja en tranvia (On a volé un train, 1953) ; El rio y la muerte (1954) ; Ensayo de un crimen (La vie criminelle d'Archibald de La Cruz, 1955) ; Cela s'appelle l'aurore (1955) ; La mort en ce jardin (1956) ; Nazarin (1958) ; La fièvre monte à El Pao (1959) ; The Young One (La jeune fille, 1960) ; Viridiana (1961) ; L'ange exterminateur (1962) ; Journal d'une femme de chambre (1963) ; Simon del desierti (Simon du désert, 1965) ; Belle de jour (1966) ; La voie lactée (1969) ; Tristana (1970) ; Le charme discret de la bourgeoisie (1972) ; Le fantôme de la liberté (1974) ; Cet obscur objet du désir (1977).

Formé par les jésuites puis à l'université de Madrid où il fonda en 1920 un ciné-club, il vient à Paris étudier à l'Académie du cinéma. Il est assistant de Jean Epstein pour *Mauprat* et *La chute de la maison Usher.* Associé au peintre Salvador Dali, il tourne un court métrage, *Le chien andalou,* qui fait sensation (main pleine de fourmis, œil coupé au rasoir, scènes érotiques). Le scandale vient avec *L'âge d'or,* chef-d'œuvre du cinéma surréaliste. Parlant du *Chien andalou,* Buñuel écrivait : « La foule imbécile a trouvé beau ou poétique ce qui, au fond, n'est qu'un désespéré, un passionné appel au meurtre. » Aucune inquiétude à avoir avec *L'âge d'or,* placé sous le patronage de Sade et de Lautréamont. Une œuvre subversive que symbolisait la scène du tombereau et une exaltation de l'amour fou. L'Action française vint manifester lors des projections et le film fut interdit par la censure. *Las Hurdes* qui suivit était un terrifiant documentaire sur les paysans d'un petit village voués à l'ignorance et à la misère.

Entre 1933 et 1935, Buñuel travaille pour des compagnies américaines. La guerre civile qui éclate en Espagne le bouleverse. Il collabore à un documentaire prorépublicain, *Madrid 36,* puis passe aux États-Unis. Les projets qu'il élabore à Hollywood, n'aboutissent pas et il se voit contraint d'accepter des besognes alimentaires.

En 1947, il est au Mexique. Il reprend une activité de réalisateur. *Los Olvidados* présenté à Cannes rappelle qu'il est toujours un grand réalisateur. *El* et *Archibald de La Cruz,* ses meilleurs films mexicains, sont pleins de références à Sade, à la religion, à la bourgeoisie qui évoque *L'âge d'or.* Buñuel n'a pas changé. *Subida al cielo* est un film surréaliste. *Nazarin* marque l'apogée de la période mexicaine de Buñuel, dont on retiendra aussi les adaptations de *Robinson Crusoé* (les fantasmes sexuels n'y sont pas éludés) et des *Hauts de Hurlevent* au sombre romantisme.

Un bref retour en Espagne avec *Viridiana.* On ne comprendra jamais comment le gouvernement de Franco a pu autoriser la production de ce film dont les clochards, dans un plan fameux, parodiaient la Cène. Le film fut finalement interdit en Espagne. La dernière période de l'œuvre de Buñuel est surtout marquée par sa collaboration avec Jean-Claude Carrière. Films d'une forme plus classique, adoptant souvent le principe d'une suite des sketches et tournant souvent à la pochade. Quel meilleur exemple que *Cet obscur objet du désir* où Buñuel fait voler en éclats le thème du roman de Pierre Louÿs, *La femme et le pantin ?* Le personnage de Conchita est joué par deux actrices qui ne se ressemblent pas, l'une à visage de madone, l'autre terriblement sensuelle. Les situations n'aboutissent ou s'achèvent sur une pirouette (le sac de jute, l'explosion finale...). On a l'impression, notait un critique, que Buñuel s'amuse de bout en bout dans ce film. En réalité, ne nous y trompons pas, les savoureux dialogues de *La voie lactée* (Julien Bertheau, en maître d'hôtel discutant du problème de la grâce en préparant ses tables), les fantasmes érotiques de Catherine Deneuve dans *Belle de jour,* la satire des conventions bourgeoises dans *Le charme discret : L'âge d'or* est toujours là. Rarement une œuvre aura offert autant d'unité.

BIBLIO. : F. Buache, *Buñuel* (1976) ; M. Drouzy, *Buñuel* (1978) ; Buñuel, *Mon dernier soupir autobiographique* (1982).

Burguet, Charles

Réalisateur français, de son vrai nom Lévy, 1872-1957.

Principaux films : 14 films entre 1912 et 1914 dont Saltarella ; Secrets d'État ; La fiancée de l'aviateur ; Boubouf. *18 films pour Gaumont entre 1915 et 1916 dont* Près d'un berceau ; Pour servir ; Quand Minuit sonna ; L'or de l'avare. *Puis* : Les yeux qui accusent (1917) ; Les deux serments (1917) ; Son héros (1917) ; La course du flambeau (1918) ; Suzanne et les brigands (1920) ; Gosse de riche (1920) ; Le chevalier de Gaby (1921) ; La bâillonnée (1921) ; Les mystères de Paris (1922) ; La mendiante de Saint-Sulpice (1923) ; Faubourg Montmartre (1924) ; La joueuse d'orgue (1925) ; Barocco (1926) ; Martyre (1926) ; Le meneur de joies (1929).

Il fonda en 1912 la société des films Azur à Nice et tourna pour elle, selon Jeanne et Ford, 14 films édités par Ambrosio ou Monat. Il travailla ensuite pour Gaumont puis pour diverses compagnies. Malgré le talent de ses interprètes (Modot, Escande, Van Daele, Vanel, Bosc, Berthe Jalabert), il semble que les films de Burguet aient été, sauf *Les mystères de Paris* d'après Sue, assez médiocres : d'épouvantables mélodrames à la Brieux ou à la Saint-Georges de Bouhélier. Le style Porto-Riche n'a jamais donné de bons films.

Burness, Pete

Animateur américain né en 1910.

Principaux courts métrages : Bungled Bungalow (1950) ; Trouble Indemnity (1950) ; Sloppy Jalopy (1952) ; Captains Outrageous (1952) ; Magoo Goes West (1953) ; When Magoo Flew (1954) ; Stagedoor Magoo (1955).

Créateur du personnage de Magoo, le charmant vieux monsieur myope. A partir de 1960, Burness s'est consacré à la télévision, y transportant un graphisme à lui qui eût le mérite de rompre avec l'esthétique de Walt Disney.

Burton, Richard

Acteur et réalisateur anglais né en 1925.

Comme réalisateur : Doctor Faustus (1967).

Ce grand acteur eut envie de filmer Elizabeth Taylor dans une adaptation fort réussie de la pièce de Marlowe. On regrette qu'il n'ait pas continué avec Cyril Tourneur, Ben Johnson ou John Ford. *Doctor Faustus* contenait des images splendides, mais restait trop théâtral pour connaître, malgré la présence d'Elizabeth Taylor, un grand succès.

Butler, David

Réalisateur américain, 1894-1979.

High School Hero (1927) ; Win That Girl (1927) ; The News Parade (1928) ; Prep and Pep (1928) ; Masked Emotions (1929) ; Fox Movietone Follies of 1929 (1929) ; Chasing Through Europe (avec Werker, 1929) ; Sunny Side Up (1929) ; Just Imagine (1930) ; High Society Blues (1930) ; Delicious (1931) ; A Connecticut Yankee (1931) ; Business and Pleasure (1931) ; Down to Earth (Par terre, 1932) ; Handle With Care (1932) ; Hold Me Tight (1933) ; My Weakness (1933) ; Bottoms Up (1934) ;

Handy Andy (1934) ; Have a Heart (1934) ; Bright Eyes (1934) ; The Little Colonel (Le petit colonel, 1935) ; The Littlest Rebel (1935) ; Doubting Thomas (1935) ; Captain January (1936) ; White Fang (Croc blanc, 1936) ; Pigskin Parade (1936) ; You're a Sweetheart (1937) ; Ali Baba Goes to Town (1937) ; Kentucky (Kentucky, 1938) ; Kentucky Moonshine (1938) ; Straight, Place and Show (1938) ; East Side of Heaven (1939) ; That's Right, You're Wrong (1939) ; If I Had My Way (1940) ; You'Il Find Out (1940) ; Caught in the Draft (Engagé volontaire, 1941) ; Playmates (1941) ; Road to Morocco (En route pour le Maroc, 1942) ; They Got Me Covered (1942) ; Thank Your Lucky Stars (Remerciez votre bonne étoile, 1943) ; Shine on Harvest Moon (L'amour est une mélodie, 1944) ; The Princess and the Pirate (La princesse et le pirate, 1944) ; San Antonio (San Antonio, 1946) ; The Time, the Place and the Girl (La fille et le garçon, 1946) ; Two Guys from Milwaukee (1948) ; My Wild Irish Rose (Rose d'Irlande, 1947) ; Two Guys from Texas (1948) ; Look for the Silver Lining (Le grand tourbillon, 1949) ; It's a Great Feeling (Les travailleurs du chapeau, 1949) ; John Loves Mary (1949) ; Tea for Two (No, No Nanette, 1950) ; The Daughter of Rosie O'Grady (1950) ; Painting the Clouds With Sunshine (Elle cherche un millionnaire, 1951) ; Lullaby of Broadway (Escale à Broadway, 1951) ; Where's Charley ? (1952) ; April in Paris (Avril à Paris, 1952) ; By the Light of the Silvery Moon (1953) ; Calamity Jane (1953) ; The Command (La poursuite dura sept jours, 1954) ; King Richard and the Crusaders (Richard Cœur de Lion, 1954) ; Jump into Hell (1955) ; Glory (1955) ; The Girl He Left Behind (1956) ; The Right Approach (1961) ; C'mon Let's Live a Little (1967).

Acteur au temps de Griffith, il passe en 1927 à la mise en scène. Deux périodes dans sa carrière : la Fox puis la Warner. A la Fox, de 1927 à 1938, il dirige Will Rogers dans *A Connecticut Yankee,* Shirley Temple dans *The Little Colonel* et les Ritz Brothers dans *Un cheval sur les bras,* le tout sans grand éclat. Un bref passage chez Paramount pour un Bob Hope-Bing Crosby *(En route pour le Maroc)* puis il entre en 1943 à la Warner. Il y signera ses meilleurs films : l'amusant *Thank Your Lucky Stars,* défilé de vedettes (Bogart, Flynn, Bette Davis, Olivia de Haviland, Eddie Cantor...), quelques solides westerns comme *San Antonio* (avec Flynn) ou *The Command,* un film « historique » sur Richard Cœur de Lion. Du bon travail d'artisan. Rappelons que dans *Jump into Hell,* il évoqua la bataille de Diên-Biên-Phû. Le film – on n'en sera pas surpris – ne fut jamais montré en France. Bien d'autres films de lui (comme *The Right Approach* d'après Garson Kanin) n'ont pas franchi l'Océan, mais on les regrettera moins.

Buzzell, Edward

Réalisateur américain né en 1897.

Courts métrages. The Big Timer (1932) ; Hollywood Speaks (1932) ; Virtue (1932) ; Child of Manhattan (1933) ; Ann Carver's Profession (1933) ; Love Honor and Oh Baby (1933) ; Cross Country Cruise (1934) ; The Human Side (1934) ; Transient Lady (1935) ; The Girl Friend (1935) ; Three Married men (1936) ; The Luckiest Girl in the World (1936) ; As Good as Married (1937) ; Paradise for Three (1938) ; Fast Company (1938) ; Honolulu (1939) ; At the Circus (Un jour au cirque, 1938) ; Go West (Chercheurs d'or, 1940) ; The Get-Away (1941) ; The Married Bachelor (1941) ; Ship Ahoy (Croisière mouvementée, 1942) ; The Omaha Trail (1942) ; The Youngest Profession (1943) ; Best Foot Forward (1943) ; Keep Your Powder Dry (Règlement de comptes, 1945) ; Easy to Wed (Eve éternelle, 1946) ; Three Wise Fools (Trois hommes dans la neige, 1946) ; Song of the Thin Man (Meurtre en musique, 1947) ; Neptune's Daughter (La fille de Neptune, 1949) ; A Woman of Distinction (Suzy, dis-moi oui, 1950) ; Emergency Wedding (1950) ; Confidentially Connie (1953) ; Ain't Misbehavin (1955) ; Mary Had a Little... (1961).

Sans *At the Circus* et *Go West,* deux des chefs-d'œuvre des Marx, son nom serait oublié et ce serait injuste. Cette étoile de Broadway, acteur dans plusieurs films, scénariste et réalisateur de courts métrages comiques pour la Columbia, à la fin des années 20, a signé, dès l'avènement du parlant, des œuvres solides et non dépourvues d'humour. De William Powell dans *Song of the Thin Man* à Esther Williams dans *Neptune's Daughter* (le titre tient ses promesses), le bilan est fort honorable et lui vaut une petite place – rayon comédies – dans les histoires du cinéma américain.

Byrum, John

Scénariste et réalisateur américain né en 1947.

Comme réalisateur : Inserts (Gros plan, 1975) ; Heartbeat (Les premiers beatnicks, 1979).

Inserts est un film exceptionnel sur le cinéma : histoire d'un metteur en scène jadis célèbre et réduit à tourner des bandes pornographiques, analyse de ses rapports avec ses interprètes féminines et son producteur, d'une agressive vulgarité. Cette satire d'une incroyable méchanceté est d'une grande vérité psychologique. Boy Wonder, le réalisateur dans le film, faisait penser à Stroheim et à Sternberg, ce qui donne à l'œuvre son caractère fascinant. Byrum connut une autre réussite avec la vie de Jack Kerouac et les origines du mythe beatnick dans *Heartbeat.* Dans un souci de rigueur, Byrum, refusant la saga facile des années 50, s'en tint aux souvenirs de Carolyn Cassady (que jouait Sissy Spacek) : on eut « une histoire un peu plate de ménage à trois » (*Saison cinématographique,* 1981), derrière laquelle se profilait, il est vrai, le malaise de l'Amérique.

C

Cabanne, Christy William

Réalisateur américain, 1888-1950.

Principaux films : The Dishonored Medal (1914) ; The Outlaw's Revenge (1914) ; The Great Leap (1914) ; The Absentee (1915) ; The Martyrs of Alamo (1915) ; The Lost House (1915) ; The Lamb (Le timide, 1915) ; The Failure (1915) ; Enoch Garden (1915) ; Sold for Marriage (1916) ; The Flying Torpedo (1916) ; Diane of the Follies (1916) ; Daphne and the Pirates (1916) ; Reggie Mixes In (1916) ; Flirting With Fate (Un terrible adversaire, 1916) ; Miss Robinson Crusoe (1917) ; God's Outlaw (1917) ; One of Many (1917) ; The Blacker (1917) ; The Great Secret (1917) ; Draft 258 (1917) ; Cyclone Higgins M.D. (1918) ; The Pest (1919) ; A Regular Fellow (1919) ; The Mayor of Filbert (1929) ; Fighting Through (1919) ; The Triflers (1920) ; Burnt Wings (1920) ; The Notorious Mrs. Sand (1920) ; The Beloved Cheater (1920) ; Life's Twist (1920) ; At the Stage Door (1921) ; The Barricade (1921) ; Live and Let Live (1921) ; What's a Wife Worth (1921) ; Beyond the Rainbow (1922) ; Till We Meet Again (1922) ; The Average Woman (1924) ; Is Love Everything ? (1924) ; Lend Me Your Husband (1924) ; The Sixth Commandment (1924) ; The Spitfire (1924) ; Youth for Sale (1924) ; The Masked Bride (1925) ; The Midshipman (1925) ; Monte Carlo (1926) ; Altars of Desire (1927) ; Annapolis (1928) ; Driftwood (1928) ; Nameless Men (1928) ; Restless Youth (1928) ; Conspiracy (1930) ; The Dawn Trail (Col. 1930) ; Sky Raiders (Col., 1931) ; Convicted (1931) ; Graft (1931) ; Hotel Continental (1932) ; Midnight Patrol (1932) ; Hearts of Humanity (1932) ; Western Limited (1932) ; Red Haired Alibi (1932) ; The Unwritten Law (1932) ; The Eleventh Commandment (1933) ; World Gone Mad (1933) ; Midshipman Jack (1933) ; Money Means Nothing (1934) ; Jane Eyre (1934) ; The Girl of the Limberlost (1934) ; When Strangers Meet (1934) ; Behind the Green Lights (1935) ; Rendez-vous at Midnight (1935) ; One Frightened Night (1935) ; Another Face (1935) ; The Last Outlaw (1936) ; We Who are about to Die (1936) ; Criminal Lawyer (1937) ; The Outcasts of Poker Flats (1937) ; Don't Tell the Wife (1937) ; You Can't Beat Love (1937) ; Annapolis Salute (1937) ; The Westland Case (1937) ; Night Spot (1938) ; Everybody's Doing it (1938) ; This Marriage Business (1938) ; Smashing the Spy Ring (Chasseurs d'espion, 1938) ; Mutiny on the Blackhawk (Mutinerie sur le Blackhawk, 1939) ; Tropic Fury (1939) ; Legion of the Lost Flyers (1939) ; Man from Montreal (1940) ; Danger on Wheels (1940) ; Alias the Deacon (1940) ; Hot Steel (1940) ; Black Diamonds (1940) ; Melody and Moonlight (1940) ; The Mummy's Hand (La main de la momie, 1940) ; The Devil's

Pipeline (1940) ; Scattergood Baines (1941) ; Scattergood Pulls the Strings (1941) ; Scattergood Meets Broadway (1941) ; Drums of the Congo (1942) ; Scattergood Survives a Murder (1942) ; Timber (1942) ; Scattergood Baines Rides High (1942) ; Top Sergeant (1942) ; Cinderella Swings it (1943) ; Keep'Em Slugging (1943) ; Dixie Jamboree (1944) ; The Man Who Walked Alone (1945) ; Sensation Hunters (1946) ; Robin Hood of Monterey (1947) ; King of the Bandits (1947) ; Back Trail (1948) ; Silver Trails (1948).

Ancien officier de marine, Cabanne était l'assistant de Griffith depuis 1912 (notamment pour *Les Martyrs de l'Alamo*), lorsqu'il dirigea pour la Triangle *The Lamb*, avec Douglas Fairbanks à ses débuts. Celui-ci y sauvait sa fiancée grâce à des exploits sportifs qui firent de ce premier programme Triangle un énorme succès. Auparavant Cabanne avait dirigé la troisième version d'*Enoch Garden*. Après la Triangle, Cabanne travailla pour l'Universal puis la Metro *(The Masked Bride)*. Avec l'avènement du parlant, il connut une perte de prestige dû aussi à sa trop grande fécondité. En 1935 encore, il est considéré comme un réalisateur important lorsqu'il tourne un classique du western, *The Outcasts of Poker Flats* pour la R.K.O. Mais les productions qui suivent sont bien médiocres à l'exception de *La main de la momie*, honnête film d'horreur. Ses dernières œuvres sont des petites bandes, comme *Robin Hood of Monterey*, westerns miteux joués par des acteurs de troisième plan, dirigés d'une main molle où ne se reconnaît plus la griffe du réalisateur de *The Outcasts of Poker Flats*. Les raisons d'un tel déclin n'ont jamais été éclaircies.

Cacoyannis, Michael

Réalisateur grec né en 1922.

Kirlakatiko Xypnima (Le réveil du dimanche, 1953) ; Stella (Stella, 1955) ; To koritsi me ta mavra (La fille en noir, 1956) ; To telefteo Psema (Fin de crédit, 1958) ; Our last Spring (1960) ; Eroica (1960) ; Il relitto (L'épave, 1961) ; Electra (Electra, 1961) ; Zorba the Greek (Zorba le Grec, 1964) ; The Day the fish came out (Le jour où les poissons sont sortis de l'eau, 1967) ; The Trojan Women (Les Troyennes, 1971) ; Attila 74 (Attila 74, 1975) ; Iphigeneia (Iphigénie, 1977).

Le cinéaste par excellence de la Grèce. D'origine cypriote, il a su évoquer les grands thèmes de la tragédie grecque (*Electre, Iphigénie*), la tristesse des quartiers pauvres d'Athènes *(Stella)*, le folklore pour touristes *(Zorba)*, les problèmes internationaux (la partition de Chypre dans *Attila 74*). On lui a parfois reproché de s'être compromis dans des coproductions internationales qui nuisent à l'authenticité de son propos. Mais comment aurait-il pu faire autrement faute de capitaux grecs ? Et Anthony Quinn finit par être plus grec que nature dans *Zorba*.

Cagney, James

Acteur et réalisateur américain né en 1899.

Comme réalisateur : Short Cut to Hell (A deux pas de l'enfer, 1957).

Entré dans la légende d'Hollywood comme acteur, Cagney s'est voulu un jour metteur en scène. Mais pourquoi faire un remake, presque plan par plan, d'un bon film de Tuttle *This Gun for Hire*, quand tant de sujets originaux dormaient dans les tiroirs des producteurs ?

Cahn, Edward L.

Réalisateur américain, 1907-1963.

Radio Patrol (1932) ; Laughter in Hell (1932) ; Afraid to Talk (1932) ; Law and Order (1932) ; Homicide Squad (1932) ; Emergency Call (1933) ; Confidential (1935) ; Bad Guy (1937) ; Red Head (1941) ; Main Street After Dark (1944) ; Dangerous Partners (1945) ; Born to Speed (1947) ; Gas House Kids in Hollywood (1947) ; The Checkered Coat (1948) ; Bungalow 13 (1948) ; I Cheated the Law (1949) ; You Can't Beat the A-Bomb (1950) ; The Great Plane Robbery (1950) ; Experiment Alcatraz (1950) ; Two Dollar Bettor

(1951) ; Creature With the Atom Brain (1955) ; The She Creature (1956) ; Girls in Prison (1956) ; Flesh and the Spur (1956) ; Shake, Rattle and Rock (1956) ; Zombies of Mora-Tau (1957) ; Voodoo Woman (1957) ; Dragstrip Girl (1957) ; Invasion of the Saucer Men (1957) ; Motorcycle Gang (1957) ; Guns, Girls and Gangsters (1958) ; Suicide Battalion (1958) ; Jet Attack (1958) ; Curse of the Faceless Man (1958) ; It ! The Terror from Beyond Space (1958) ; Hong Kong Confidential (1958) ; The Four Skulls of Jonathan Drake (1959) ; Inside the Mafia (1959) ; Invisible Invaders (1959) ; Pier 5, Havana (1959) ; Three Came to Kill (1960) ; Twelve Hours to Kill (1960) ; Cage of Evil (1960) ; Vice Raid (1960) ; Oklahoma Territory (1960) ; Noose for a Gunman (1960) ; The Music Box Kid (1960) ; A Dog's Best Friend (1960) ; Gunfighters of Abilene (1960) ; The Gambler Wore a Gun (1961) ; The Police Dog Story (1961) ; Gun Fight (1961) ; Frontier Uprising (1961) ; Gun Street (1961) ; When the Clock Strikes (1961) ; Riot in Juvenile Prison (1961) ; The Boy Who Caught a Crook (1961) ; Five Guns to Tombstone (1961) ; Secret of Deep Harbor (1961) ; Beauty and the Beast (1962) ; The Clown and the Kid (1962) ; Incident in an Alley (1963).

A l'actif de cet ancien monteur, trop confiné dans la série Z, un brillant western, *Law and Order* où Walter Huston était Wyatt Earp le shérif du règlement de comptes à O.K.Corral, et deux bons films d'horreur, *Zombies of Mora-Tau* et *The Four Skulls of Jonathan Drake.* Mal connus, ses thrillers nous réserveraient peut-être d'agréables surprises. Dans leur précieux *Trente ans de cinéma américain,* Coursodon et Tavernier retiennent *Guns, Girls et Gangsters* pour Lee Van Cleef et Mamie Van Doren et *Destination Murder.* A sauver également, entre deux combats de teenagers contre des monstres venus d'une autre planète, *Five guns to Tombstone.* Un courant de curiosité se dessinant à son endroit, peut-être finira-t-on par le mieux connaître. Dans l'ensemble il ne l'emporte probablement sur d'autres petits maîtres absents de ce dictionnaire (Mel Stuart, Douglas Fowley, Richard Murphy, Haydn, Lebaron, Edwin Knopf, Daugherty, Fowler Jr, Robert Riskin) que par son extrême fécondité. Il ne mérite pas toutefois le surnom qui lui fut donné sur la fin de sa carrière : « Edward L. Can't » (Edouard ne peut pas).

Calef Henri

Réalisateur français né en Bulgarie en 1910.

L'extravagante mission (1945) ; Jéricho (1945) ; Les chouans (1946) ; La maison sous la mer (1946) ; Bagarres (1948) ; Les eaux troubles (1949) ; La souricière (1949) ; La passante (1950) ; Ombre et lumière (1950) ; Les amours finissent à l'aube (1952) ; Le secret d'Hélène Marimont (1953) ; Les violents (1957) ; L'heure de la vérité (1964) ; Les armes de la colère (1969) ; Féminin, féminin (1971).

Il eut une petite réputation dans les années 40 grâce à un film sur la Résistance *(Jéricho)* et à une adaptation des *Chouans* de Balzac. Ses autres films ont sombré dans l'oubli. Il tenta un impossible come-back en 1971 avec *Féminin, féminin* qu'interprétaient Olga Georges-Picot et Marie-France Pisier, prouvant qu'à défaut de talent, il avait du goût.

Callegari, Gian Paolo

Réalisateur italien né en 1912.

Éran trecento (1952) ; I piombi di Venezia (Le bourreau de Venise avec Cottafavi, 1953) ; I misteri della giungla nera (avec R. Murphy, 1954) ; Ponzia Pilato (Ponce Pilate, avec Iwing Rapper, 1962) ; Le calde notti del Decameron (1967).

Venu du journalisme, a surtout tourné sous la supervision d'un autre réalisateur : Rapper ou Cottafovi.

Calmettes, André

Réalisateur français, 1861-1942.

L'assassinat du duc de Guise (1908) ; Le retour d'Ulysse (1908) ; L'Arlésienne

(1909) ; La Tosca (1909) ; La Tour de Nesle (1909) ; Macbeth (1909) ; Résurrection (1909) ; L'avare (1910) ; Don Carlos (1910) ; Héliogabale (1910) ; Camille Desmoulins (1911) ; Madame Sans Gêne (1911) ; Les Trois Mousquetaires (1913).

Acteur dans de nombreux films dont *La closerie des Genêts,* d'après Frédéric Soulié, Calmettes fut l'une des figures marquantes de l'équipe du « Film d'Art ». L'objectif était de ne plus s'adresser seulement au public populaire mais de gagner l'élite avec des films plus ambitieux. Prototype du genre : *L'assassinat du duc de Guise.* Le scénario était d'Henri Lavedan, de l'Académie française, la musique d'accompagnement de Saint-Saëns et les acteurs venaient de la Comédie-française : Le Bargy, Albert Lambert... Le Film d'Art eut une énorme influence sur l'évolution du cinéma non seulement en France mais à l'étranger : il mit à son actif Homère, Schiller, Shakespeare et Dumas, l'Antiquité et la Révolution française. Mais comme l'a noté Georges Sadoul, Calmettes resta trop fidèle à la formule du théâtre photographié. Il ne sut ni varier ses scénarios ni bouger sa caméra. Le Film d'Art, par sa faute, déclina rapidement.

Cam

Réalisateur français, de son vrai nom Maurice Camugli, né en 1901.

Métropolitain (1939) ; L'île d'amour (1944) ; Bifur 3 (1946) ; On demande un ménage (1946) ; Au pays des cigales (1949) ; Tête blonde (1949) ; Un drame au Vel'd'Hiv' (1951) ; Bouquet de joie (1951) ; Une fille dans le soleil (1952) ; L'amour descend du ciel (1956) ; Bonjour Jeunesse (1957).

Caricaturiste et affichiste, il a réalisé quelques films médiocres mais que sauve parfois une habile reconstitution de l'époque comme *Métropolitain* ou *Drame au Vel'd'Hiv',* le fameux vélodrome des « six jours » au temps des Kint-Van Steenbergen, Schulte-Peters et autres Sérès-Lapébie. Quelques numéros d'acteurs (Tissier, Armontel, Saturnin Fabre, Jean Brochard, Henri Poupon...) évitent aussi quelquefois à Cam le désastre.

Camerini, Mario

Réalisateur italien, 1895-1981.

Jolly (1923) ; La casa dei Pulcini (1924) ; Maciste contro le scoicco (1925) ; Kiff Tebbi (Le souffle du désert, 1927) ; Saetta ; Principe per un giorno (Doublure de Prince, 1927) ; Rotaie (Rails, 1929) ; La riva dei bruti (1930) ; Figaro e la sua Gran Giornata (1931) ; L'ultima avventura (1932) ; Gli uomini che mascalzoni (Les hommes, quels mufles, 1932) ; T'amerò sempre (Je vous aimerai toujours, 1933) ; Cento di questi Giorni, Giallo (1933) ; Il cappello a tre punte (Le tricorne, 1934) ; Come le foglie (1934) ; Darò un milione (Je donnerai un million, 1936) ; Il grande Appello (Le grand appel, 1936) ; Ma non è una cosa seria (1936) ; Il signor Max (M. Max, 1937) ; Batticuore (Battements de cœur, 1938) ; Il documento fatale (1938) ; I grandi magazzini (Grands magasins, 1939) ; Centomila dollari (1939) ; Una romantica avventura (Une aventure romantique, 1940) ; I promessi sposi (Les fiancés, 1941) ; Una storia d'amore (L'ombre du passé, 1943) ; T'amerò sempre (1943) ; Due lettere anonime (Deux lettres anonymes, 1943) ; L'angelo e il diavolo (1946) ; La figlia del capitano (La fille du capitaine, 1947) ; Molti sogni per le strade (1948) ; Due mogli sono troppe (1949) ; Il brigante Musolino (1950) ; Moglie per una notte (Une femme pour une nuit, 1950) ; Gli eroi della domenica (1952) ; Ulisse (Ulysse, 1953) ; La bella mugnaia (Par-dessus les moulins, 1955) ; Suor Letiza (1956) ; Vacanze a Ischia (Vacances à Ischia, 1957) ; Via Margutta (La rue des amours faciles, 1959) ; Crimen (Chacun son alibi, 1960) ; Briganti italiani (Les guerilleros, 1961) ; Il mistero del Tempio indiano (Le mystère du temple hindou, 1963) ; Kali Jug, la dea della vendetta (Kali Yug, déesse de la vengeance, 1964) ; Delitto quasi perfetto (Un crime presque parfait, 1966) ; Io non vedo, tu non parli, lui non sente (1971) ; Don Camillo e i Giovani d'Oggi (1972).

Il est resté dans l'histoire du cinéma comme l'un des inventeurs de la comédie italienne des années 30, celle du « téléphone blanc », genre sophistiqué, proche de la comédie américaine, et que domine le couple Assia Noris-De Sica. Il excelle aussi dans la reconstitution d'une époque révolue (*Les fiancés* d'après Manzoni).

Après ses études de droit, Camerini devient officier de bersagliers. Ce n'est qu'en 1920 qu'il se tourne vers le cinéma et devient scénariste puis assistant de son cousin Augusto Genina. Passé à la mise en scène en 1923, il paraît s'orienter dans la voie du réalisme. Devant la montée du fascisme, il bifurque vers la comédie de caractère ; « il y apporte, note Leprohon, des qualités qui sont discrètes, sensibles, c'est-à-dire en opposition à la fois à la grandiloquence gesticulatoire des décennies passées et aux rodomontades qui aligneront bientôt le cinéma sur le plan politique ». Sa réputation s'établit avec *Les hommes... quels mufles* que la critique rapproche de René Clair. Suivent des œuvres où l'on retrouve la même gentillesse mêlée de fine ironie : *Je t'aimerai toujours, Le Tricorne, Je donnerai un million* sur un sujet de Zavattini, *Il signor Max...* L'histoire est aussi pour lui un refuge. Mais il est parfois contraint de donner quelques gages à la propagande officielle : ce sera *Il grande Appello.* Il est vrai qu'il ménage l'avenir en abordant le thème de la Résistance dans *Deux lettres anonymes.* Après la guerre, il se confine dans des besognes commerciales indignes de sa réputation. Si l'on peut trouver des qualités à *Ulysse* que joue Kirk Douglas, que dire de *Sœur Laetitia,* de *La rue des amours faciles,* banale évocation de la prostitution, du *Mystère du Temple hindou* à l'exotisme de pacotille ou de l'inévitable *Don Camillo ?*

Cammage, Maurice

Réalisateur français, 1882-1946.

Vive la classe (1932) ; La terreur de la Pampa (1933) ; Le coq du régiment (1933) ; La caserne en folie (1934) ; Les bleus de la Marine (1934) ; La mariée du régiment (1935) ; Un soir de bombe (1935) ; Prête-moi ta femme (1936) ; La belle de Montparnasse (1937) ; Les maris de sa femme (1937) ; Une femme qui se partage (1937) ; Un de la cavalerie (1937) ; Mon député et sa femme (1937) ; Trois artilleurs au pensionnat (1937) ; La petite dame des Wagons-Lits (1937) ; L'innocent (1938) ; Vacances payées (1938) ; Les cinq sous de Lavarède (1939) ; Le chasseur de chez Maxim's (1939) ; Une vie de chien (1941) ; Monsieur Hector (1941) ; Un chapeau de paille d'Italie (1941) ; L'ennemi sans visage (1946).

Un monument à classer au plus vite. Cammage a été le roi du vaudeville militaire et du théâtre de boulevard : *Trois artilleurs au pensionnat* dépasse dans la gaudriole et la stupidité tout ce que l'on peut imaginer. Avec lui le vaudeville militaire remplit les salles : *Vive la classe !, Le coq du régiment, La caserne en folie, La mariée du régiment,* nous offrent la galerie habituelle des adjudants sadiques et des bidasses ahuris. Toute la défaite de 1940 est contenue dans cette saga de la bêtise. Cammage en était-il dupe ? Au demeurant l'auteur connaissait son métier et *Les cinq sous de Lavarède,* nouvelle adaptation du roman de Paul d'Ivoi, avec Fernandel, montre qu'il aurait pu faire de bons films s'il en avait eu l'ambition.

Campbell, Colin

Réalisateur américain, 1893-1966.

Principaux films : Cinderella (1911) ; Monte Cristo (1912) ; Kings of the Forest (1912) ; A Wise Old Elephant (1913) ; Thor, Lord of the Jungles (1913) ; The Spoilers (1914) ; In the Days of the Thundering Herd (1914) ; Sweet Alyssum (1915) ; The Rosary (1915) ; The Carpet from Bagdad (1915) ; The Smouldering Flame (1916) ; The Crisis (1916) ; The Ne'er Do Well (1916) ; Thou Shalt Not Covet (1916) ; Beware of Strangers (1917) ; The Love of Madge O'Mara (1917) ; The Railroader (1917) ; The Law North of 65 (1917) ; The Garden of Allah (1917) ; The Yellow Dog (1918) ; A Hoosier Romance (1918) ; The Still Alarm (1918) ; Who Shall Take My Life (1918) ; Sea Flower (1918) ; Beware of Strangers (1918) ; City of Purple Dreams (1918) ; Railroaders (1919) ;

Little Orphan Annie (1919) ; The Beauty Market (1919) ; The Corsican Brothers (1919) ; The Thunderbolt (1919) ; Moon Madness (1920) ; Big Happiness (1920) ; When Dawn Came (1920) ; The First Born (1921) ; Black Roses (1921) ; The Lure of Jade (1921) ; Where Lights Are Low (1921) ; The Swamp (1921) ; The Girl from Nowhere (1921) ; Two Kinds of Women (1922) ; The World's a Stage (1922) ; The Buster (1923) ; Bucking the Barrier (1923) ; Three Who Paid (1923) ; The Grail (1923) ; Pagan Passions (1924) ; The Bowery Bishop (1924).

L'un des grands pionniers du cinéma américain. D'origine écossaise, il vint très jeune aux États-Unis et s'intéressa au cinéma comme acteur et comme directeur, alors que cet art n'en était qu'à ses balbutiements. Il tourna plus de 500 films pour les compagnies Selig et Mutual, dont plusieurs Tom Mix. Son western, *The Spoilers,* avec William Farnum, très admiré, a été refait à plusieurs reprises, de même *The Garden of Allah* et *Little Orphan Annie.* Il avait le sens de l'aventure, évoquant avec bonheur le monde inquiétant de la jungle *(Thor),* le Grand Nord *(The Spoilers)* et le désert *(Garden of Allah).* Malheureusement la majeure partie de son œuvre est aujourd'hui perdue.

Campogalliani, Carlo

Acteur et réalisateur italien, 1885-1974.

Comme réalisateur : Quando si ama (1915) ; L'amazzone macabra (1916) ; Il rivale di Papà (1916) ; L'ombra che parla (1918) ; Il marchi rosso (1918) ; Série des Maciste ; Madame Renée (1923) ; La vuelta del Toro (1923) ; La moglie dello Scapolo (1923) ; Cortile (1930) ; Medico per forza (1931) ; La laterna del Diavolo (1931) ; Stadio (1934) ; Montevergine (1938) ; La notte delle Beffe (1940) ; Il cavaliere di Kruja (1940) ; Cuori nella tormenta (1941) ; Il bravo di Venezia (1941) ; Perdizione (1942) ; Musica proibita (1943) ; Il treno crociato (1943) ; L'innocente Casimirio (1945) ; La gondola del Diavolo (1947) ; La mano della morta (1949) ; La figlia del Mendicante (1951) ; Bellezze in bicicletta (1951) ; Bellezze in motoscooter (1952) ; L'orfana del ghetto (L'orpheline des bas-fonds, 1954) ; Foglio di via (1954) ; La canzone del cuore (1955) ; L'angelo della Alpi (1957) ; Ascoltami (1957) ; Capitan Fuoco (La flèche noire de Robin des Bois, 1958) ; Serenatella scivè scivè (1958) ; Il Terrore dei Barbari (La terreur des barbares, 1959) ; Fontana di Trevi (1960) ; Maciste nella valle dei Re (Le géant de la vallée des rois, 1960) ; Ursus (La fureur d'Hercule, 1961) ; Rosmunda e Alboino (Le glaive du conquérant, 1961).

Cet autodidacte attiré par le théâtre a débuté au cinéma comme acteur (*Re Lear, L'Epopea napoleonica,* etc.). En 1913, Ambrosio lui permet de diriger son premier film. Comédien sportif (Maciste) il joue dans ses propres films muets, mais il doit s'exiler en 1920 en Argentine où il tourne en 1925-1926 quelques œuvres aujourd'hui perdues (*Madame Renée, La vuelta del Toro, La moglie dello Scapolo*). Il revient en Europe avec l'avènement du parlant, reprend le chemin de l'Italie où il met en scène surtout des films de cape et d'épée ou pseudo-mythologiques (*La fureur d'Hercule* et *La terreur des barbares*), peu exaltants.

Camus, Marcel

Réalisateur français, 1912-1982.

Mort en fraude (1946) ; Orfeu Negro (1958) ; Os Bandeirantes (1959) ; L'oiseau de paradis (1961) ; Le chant du monde (1965) ; Vivre la nuit (1967) ; Un été sauvage (1969) ; Le mur de l'Atlantique (1970) ; Dernier refuge (1971) ; Otalia de Bahia (1975).

Orfeu Negro, transposition brésilienne du célèbre mythe, lui valut la palme d'or à Cannes en 1959 et une réputation qu'il n'a pas confirmée. Prisonnier de son succès, oubliant l'orientation prise par son premier film, *Mort en fraude,* assez réussi, il se voulut spécialiste d'un exotisme que les critiques jugèrent, un peu sévèrement peut-être, comme relevant d'une esthétique de « carte postale », aussi poétique qu'un dépliant touristique. Tout le monde, il est vrai, n'est pas Flaherty ou Van Dyke. L'effet de surprise d'*Orfeu Negro* passé, *L'oiseau de Paradis* et *Le chant du monde* déçurent. *Otalia de Bahia* ne connut qu'une diffusion confidentielle. Mais Camus avait cherché à échapper à l'étiquette d'exotisme en tournant notamment un sujet bien « français », *Le mur de l'Atlantique,* un épisode de la Résistance trop invraisemblable, bien que le point de départ ait été authentique, pour emporter l'adhésion. Avec *Un été sauvage,* c'est Saint-Tropez et ses jeunes en vacances que prétendait évoquer Camus – le naufrage fut total.

Canevari, Cesare

Réalisateur italien.

Hybrid (1968) ; Io Emmanuella (1970) ; Matalo ! (1970) ; Il romanzo di un giovane povero (1974) ; La principessa nuda (1976) ; L'ultima orgia del terzo Reich (Des filles pour le bourreau, (1977).

Plus que Joe d'Amato, il symbolise un cinéma italien pornographico-racoleur. Il faut avoir vu *Des filles pour le bourreau,* film érotique sur les camps de concentration, où Rosenberg fait notamment servir aux S.S. des morceaux de chair humaine par les filles nues des juifs que l'on va manger, pour se rendre compte que l'imagination des érotomanes est sans limites. De superbes jeunes femmes sont précipitées dans la chaux vive ou torturées à mort. Hommage à Sade, sous le signe de la croix gammée. La censure a mis fin à ce type de films dont Canevari semblait devenir le spécialiste.

Cannon, Robert

Réalisateur américain de films d'animation, 1901-1964.

Séries Gerald McBoing Boing ; The Oompahs ; Christopher Crumpet.

Il travailla pour Disney avant de rejoindre Bosustow à l'U.P.A. dont il devint le principal dessinateur, remarquable par la sécheresse du trait et l'humour insolite du scénario. Il créa *Gerald McBoing Boing* en 1950, *The Oompahs* en 1952 et *Christopher Crumpet* en 1953.

Canonge, Maurice de

Acteur et réalisateur français né en 1894.

Té vé Olive (1931) ; Olive se marie (1931) ; Olive passager clandestin (1931) ; L'inspecteur Grey (1936) ; Le secret de l'émeraude (1937) ; A minuit, le sept (1937) ; L'empreinte rouge (1938) ; Un soir à Marseille (1938) ; Boulot aviateur (1938) ; Gosse de riche (1938) ; Grisou ou les hommes sans soleil (1938) ; Thérèse Martin (1939) ; Le capitaine Benoit (1939) ; Les trois tambours (1946) ; Mission spéciale (1946) ; Dernier métro (1947) ; Erreur judiciaire (1947) ; Un flic (1948) ; La bataille du feu (1948) ; Dernière heure, édition spéciale (1949) ; L'homme de la Jamaïque (1950) ; Les deux gamines (1951) ; Au pays du soleil (1951) ; L'amour, toujours l'amour (1952) ; Boum sur Paris (1953) ; Interdit de séjour (1954) ; Trois de la Canebière (1955) ; Les suspects (1956) ; Trois de la Marine (1957) ; Arènes joyeuses (1957) ; Police judiciaire (1957).

Longtemps acteur de composition à Hollywood puis en France, il a signé par la suite des films commerciaux, dirigés en bon artisan, et où l'on peut à la rigueur sauver *Grisou,* témoignage sur le monde des mineurs, *Les trois tambours* sur la Révolution française et *Un flic* pour l'interprétation de Coëdel. Dans le premier deux mineurs se disputaient la même femme, mais l'œuvre valait pour la description minutieuse de la mine qui servait de cadre à la tragédie inspirée par une pièce de Brasseur. Avec *Les trois tambours,* c'est la bataille de Valmy qui était évoquée. Le jeune engagé volontaire de 1792 était tué mais ses baguettes allaient continuer à entraîner dans l'avenir tous les hommes épris de liberté. *Un flic* relatait les péripéties d'une brebis galeuse dans une famille de policiers : l'intérêt résidait dans la peinture de la Libération vue de la Préfecture de police. Les autres films de Canonge relèvent de la série : Olive, le capitaine Benoit, d'après Charles-Robert Dumas... De la confection artisanale.

Canutt, Yakima

Acteur et réalisateur américain né en 1895.

Comme réalisateur : Sheriff of Cimarron (1945) ; Oklahoma Badlands (1948) ; Carson City Raiders (1948) ; Sons of Adventure (1948).

Il est surtout connu dans la légende d'Hollywood comme le plus fabuleux des cascadeurs (il doubla, ayant été champion de rodéo, John Wayne, Roy Rogers et Gene Autry) et comme un remarquable directeur de seconde équipe (*Stagecoach* de Ford, *Ben-Hur* de Wyler, *Spartacus* de Kubrick, *Le Cid* de Mann...). Comme seul réalisateur il n'a tourné que quelques westerns tout à fait insignifiants.

Capellani, Albert

Réalisateur français, 1871-1931.

Le courrier de Lyon (1911) ; Notre-Dame de Paris (1911) ; Les mystères de Paris (1911) ; Les Misérables (1911) ; Le roman d'un jeune homme pauvre (1913) ; Germinal (1913) ; La Glu (1913) ; Patrie (1913) ; 93 (1914) ; Les épaves de l'amour (1915) ; Le rêve interdit (1915) ; The Flash of an Emerald (1915) ; The Face in the Moonlight (1915) ; Camille (1916) ; The Common Law (1916) ; The Dark Silence (1916) ; The Feast of Life (1916) ; The Foolish Virgin (1916) ; La vie de bohème (1916) ; The Easiest Way (1917) ; American Maid (1917) ; Daybreak (1918) ; The Richest Girl (1918) ; Social Hypocrites (1918) ; The House of Mirth (1918) ; Eye for Eye (L'Occident, 1918) ; Out of the Fog (Hors de la brume, 1919) ; The Red Lantern (La lanterne rouge, 1919) ; O Boy ! (Cœur de vingt ans, 1919) ; The Virtuous Model (1919) ; The Fortune Teller (1920) ; The Inside of the Cup (Les rapaces, 1921) ; The Wild Goose (1921) ; Sisters (1922) ; The Young Diana (La vierge folle, 1922).

Administrateur de l'Alhambra, il se tourne rapidement vers le cinéma, dirigeant de nombreux courts métrages comiques avec André Deed. Directeur artistique à la S.C.A. G.L. il supervise ou dirige un nombre impressionnant d'adaptations d'œuvres littéraires. On lui doit une très fidèle version des *Misérables* (avec Henry Krauss et Mistinguett). En 1914, il part pour les Etats-Unis où il tourne pour diverses compagnies (Selig, Pathé, Metro, Paramount) des films alors très admirés et que jouent les grandes vedettes de l'heure : Nazimova *(Eye for Eye, Out of the Fog),* William Farnum, Marion Davies... Il rentre en France en 1923, mais cesse son activité cinématographique.

Capitani, Giorgio

Réalisateur italien.

Delirio (avec Billon, Orage, 1954) ; Il pescatore di Posillipo (1955) ; La trovatella di Milano (1956) ; L'affondamento della Valiant (1962) ; Ercole, Sansone, Maciste e Ursus gli invincibili (1965) ; Che notte, ragazzi ! (1966) ; La notte è fatta per rubare (1967) ; Ognuno per sè (Chacun pour soi, 1968) ; L'arcangelo (L'archange, 1969) ; La schiava (1973) ; La pupa del gangster (1975) ; Bruciati da cocente passione (1976) ; Pane, Burro e marmellata (Les bonshommes, 1977) ; Io tigro, tu tigri, egli tigra (1978) ; Aragoste a colazione (1979).

Pas un auteur, en raison d'une diversité dans sa production où l'on va du drame sentimental *(Delirio)* au péplum (Hercule, Sanson, Maciste et Ursus réunis dans le même film !), de la comédie (*L'archange,* avec Gassman) au western (*Chacun pour soi,* sur le monde des chercheurs d'or avec une éclatante distribution : Van Heflin, Gilbert Roland et Klaus Kinsky en tueur homosexuel). Du bon cinéma, sans prétentions.

Capra, Frank

Réalisateur américain, d'origine italienne, né en 1897.

Fultah Fisher's Boarding House (c.m., 1922) ; Tramp, Tramp, Tramp (avec

E. Edwards, 1926) ; The Strong Man (L'athlète incomplet, 1926) ; Long Pants (Sa première culotte, 1927) ; For the Love of Mike (L'homme le plus laid du monde, 1927) ; That Certain Thing (1928) ; So This Is Love (1928) ; The Matinee Idol (Bessie à Broadway, 1928) ; The Way of the Strong (1928) ; Say It With Sables (1928) ; Submarine (L'épave vivante, 1928) ; The Power of the Press (1928) ; The Younger Generation (1929) ; The Donovan Affair (1929) ; Flight (1929) ; Ladies of Leisure (1930) ; Rain or Shine (1930) ; Dirigible (1931) ; The Miracle Woman (1931) ; Platinum Blonde (La blonde platine, 1931) ; Forbidden (1932) ; American Madness (1932) ; The Bitter Tea of General Yen (1932) ; Lady for a Day (Grande dame d'un jour, 1933) ; It Happened One Night (New York-Miami, 1934) ; Broadway Bill (La course de Broadway Bill, 1934) ; Mr. Deeds Goes to Town (L'extravagant M. Deeds, 1936) ; Lost Horizon (Horizons perdus, 1937) ; You Can't Take It With You (Vous ne l'emporterez pas avec vous (1938) ; Mr. Smith Goes to Washington (Mr. Smith au Sénat, 1939) ; Meet John Doe (L'homme de la rue, 1941) ; Why We Fight (Pourquoi nous combattons, 1942) ; The Nazis Strike avec Litvak, 1942) ; Divide and Conquer (avec Litvak, 1942) ; The Battle of China (avec Litvak, 1944) ; Arsenic and Old Lace (Arsenic et vieilles dentelles, 1944) ; It's a Wonderful Life (La vie est belle, 1947) ; State of the Union (L'enjeu, 1948) ; Riding High (Jour de chance, 1950) ; Here Comes the Groom (Si l'on mariait Papa, 1951) ; A Hole in the Head (Un trou dans la tête, 1959) ; A Pocketful of Miracles (Milliardaire d'un jour, 1961).

Capra incarne la comédie américaine. Singulier paradoxe si l'on songe qu'il est né à Palerme, a émigré aux Etats-Unis avec sa famille en 1903 et a vendu des journaux pour pouvoir payer ses études et nourrir les siens. Le monde sophistiqué de la comédie américaine, il ne l'aura donc rencontré, ce rital, que dans les studios de la Columbia.

Est-ce la raison pour laquelle ses comédies les plus célèbres, celles qu'il tourna pour la Columbia, avec Robert Riskin pour scénariste, sont aujourd'hui difficiles à supporter par leurs truismes (l'argent ne fait pas le bonheur) ou leur moralisme (Capra adore les grands discours sur la démocratie). Il ne reste plus rien de *Vous ne l'emporterez pas avec vous, L'extravagant M. Deeds* ou *Mr. Smith au Sénat,* tous dégoulinants de bons sentiments.

En revanche, le Capra des débuts, le gagman d'Hal Roach puis de Sennett, le collaborateur d'Harry Langdon dont il mit en scène les longs métrages, ces chefs-d'œuvre que sont *Tramp, Tramp, Tramp, The Strong Man* et *Long Pants,* est admirable. On découvre chez lui un sens inné du burlesque que l'on retrouvera dans certains bons moments de *Arsenic and Old Lace,* sa meilleure comédie de l'après-guerre. Mais la part d'Harry Langdon n'en reste pas moins essentielle dans le charme que dégagent ces vieilles bandes du muet.

Le vrai Capra, peut-être faut-il aller le chercher, non dans la série des *Pourquoi nous combattons,* bons films de montage certes, malheureusement tout à fait impersonnels, mais dans des œuvres négligées comme *The Miracle Woman,* fulgurante satire des sectes religieuses qui pullulaient déjà aux Etats-Unis, *The Bitter Tea of General Yen,* merveilleuse histoire d'amour qui voyait un cruel seigneur de la guerre, dans la Chine de la révolution, se tuer pour les beaux yeux de Barbara Stanwick, ou encore *Rain or Shine,* au burlesque échevelé.

Prince de la comédie larmoyante et moralisatrice, Capra a gagné beaucoup d'argent. Encore une leçon que donne son œuvre : les bons sentiments sont toujours récompensés.

BIBLIO. : Frank Capra, *Positif* (1971), n° spécial.

Caprioli (Vittorio)

Réalisateur italien né en 1921.

Leoni al sole (Lions au soleil, 1961) ; Parigi o cara (1962) ; I cuori infranti (un sketch, 1963) ; Scusi, Facciamo l'amore ? (Et si on faisait l'amour ?, 1968) ; Splendori e miserie di Madame Royale (1970) ; Vieni, vieni, amore mio (1975).

Débuts comme acteur à la scène et à l'écran. Le réalisateur avec *Les lions au soleil* provoqua une agréable surprise. Dans une station balnéaire proche de Naples, des gigolos, pendant la saison, cherchent des ressources peu avouables : l'un est entretenu par une milliardaire sud-américaine, un autre garde le chien de touristes... Ni complicité ni critique. Un style un peu distancié, inattendu dans la comédie italienne.

Capuano, Luigi

Réalisateur italien né en 1904.

Legge di sangue (La loi du sang, 1948) ; Rondini in volo (1950) ; La strada finisce sul fiume (1950) ; Vertigine d'amore (1951) ; Gli innocenti pagano (1952) ; Ergastolo (1952) ; Condannatelo ! (1953) ; Cuore di Mamma (1954) ; Ballata tragica (1955) ; Luna nuova (1955) ; La rossa (1955) ; Suor Maria (1955) ; Scapricciatiello (1956) ; Maruzzella (1956) ; Il cavaliere della spada nera (L'épée de la vengeance, 1957) ; Serenata a Maria (1957) ; Sorrisi e canzoni (1958) ; Carosello di canzoni (1958) ; Amarente (1959) ; Onore e sangue (1959) ; Il conte di Matera (1959) ; Il mondo dei miracoli (1959) ; Il terrore della maschera rossa (1960) ; Una spada nell'ombra (L'épée du châtiment, 1961) ; Drakut il vendicatore (1962) ; La vendetta di Ursus (La vengeance d'Ursus, 1962) ; Zorro alla corte di Spagna (Zorro l'intrépide, 1962) ; Zorro e i tre moschettieri (Zorro et les trois mousquetaires, 1963) ; La tigre dei sette mari (Le tigre des sept mers, 1963) ; Il Leone di San Marco (Le lion de Saint-Marc, 1964) ; Il boia di Venezia (Le bourreau de Venise, 1964) ; Sansone contro il corsaro nero (1964) ; Sandokan alla riscossa (1964) ; L'avventuriero della Tortuga (Le flibustier des Caraïbes, 1965) ; Sandokan contro il leopardo di Sarawak (Le Trésor de Malaisie, 1965) ; La vendetta dei gladiatori (1965) ; I misteri della giungla nera (Les mystères de la jungle noire, 1965) ; Il magnifico texano (sous le pseudonyme de Lewis King, 1967) ; Perry Grant agente di ferro (King, 1967) ; Sangue chiama sangue (1971).

Ce joyeux Napolitain débuta dans la carrière cinématographique par des comédies sentimentales et des mélodrames situés de préférence à Naples. Ce style un peu trop régional était difficile à exporter. Capuano trouva sa vraie voie avec le péplum et le film de pirates s'emparant de Sanson, de Sandokan et d'Ursus avec une délectation évidente à voir le soin inhabituel qu'il apporte au traitement de ces personnages. Son *Zorro à la cour d'Espagne* et plus encore *Zorro et les trois mousquetaires* (où d'Artagnan est un sympathique minet venu tout droit du XVIe arrondissement) montrent qu'il n'est pas dépourvu d'humour. En revanche, il paraît beaucoup moins à l'aise dans le western-spaghetti *(Il magnifico Texano)* où son pseudonyme de King ne trompe personne : Capuano est trop Italien !

Caramba, Luigi

Réalisateur italien.

Borgia (1920) ; Dante (1921).

L'un des pionniers du cinéma italien qu'il faudrait redécouvrir en raison de la qualité des éclairages et de la composition des images de son *Dante* qui fait penser à Dreyer.

Carbonnat, Louis de

Réalisateur français.

Amour aveugle (1920) ; Petite-Sœur (1920) ; Si Titi était le patron (1920) ; Une filleule d'Amérique (1920) ; Au seuil du crime (1920) ; Le fils du vent (1920) ; Le collier tricolore (1921) ; Le tour de France de deux enfants (1924) ; Les murailles du silence (1925).

Les *Cahiers de la cinémathèque* ont attiré l'attention dans leur numéro sur le cinéma français des années 20, dites les « années folles », sur ce cinéaste complètement oublié mais dont l'adaptation du *Tour de France de deux enfants,* best-seller des écoles primaires de la IIIe République, fut un énorme succès.

Carbonnaux, Norbert

Réalisateur français né en 1918.

Les corsaires du Bois de Boulogne (1953) ; Courte-tête (1956) ; Le temps des œufs durs (1957) ; Candide (1960) ; La gamberge (1961) ; Toutes folles de lui (1967) ; L'ingénu (1971).

Courte-tête retrouvait avec bonheur l'atmosphère des *Pieds Nickelés* de Forton. On n'oubliera pas que tous les futurs grands comiques du cinéma, Jean Richard en tête, figuraient à son générique. Fernand Gravey, en escroc à la petite semaine, vendait de faux tuyaux à Jean Richard, marchand de volailles en gros venu dans la capitale se reposer d'un travail très « astringeant » et fasciné par les champs de courses. En définitive, le faux tuyau de « la dernière » revenait à sa source et Gravey, pris à son propre piège, misait sur un tocard l'argent volé à Jean Richard. Il ne perdait, comme dans *Les Pieds Nickelés,* que d'une courte tête. Tout était réuni dans ce film : dialogues, peinture de mœurs, gags originaux... *Candide* et *L'ingénu* n'étaient pas également sans charme. Mais Carbonnaux fut boudé par la critique, les intellectuels et le public. C'est dommage car *Courte-tête,* il faut y insister, était un film riche en promesses.

Cardiff, Jack

Opérateur et réalisateur anglais né en 1914.

Intent to Kill (Tueurs à gages, 1958) ; Beyond This Place (Fils de forçat, 1959) ; Sons and Lovers (Amants et fils, 1960) ; My Geisha (Ma geisha, 1961) ; The lion (Le lion, 1962) ; The Long Ships (Les drakkars, 1964) ; Young Cassidy (avec Ford, Le jeune Cassidy, 1965) ; The liquidator (Le liquidateur, 1965) ; The Mercenaries (Le dernier train du Katanga, 1967) ; The Girl on a Motorcycle (La motocyclette, 1968) ; Penny Gold (1973) ; The Mutations (1974) ; A Man, a Woman and a Bank (1979).

Considéré comme « le meilleur directeur de la photo du monde » (*Under Capricorn* d'Hitchcock, *African Queen* de Huston, *The Barefoot Contessa* de Mankiewicz, etc.), il s 'essaya avec moins de succès dans la mise en scène où il signa des œuvres académiques comme *Sons and Lovers* d'après D.H. Lawrence, *Young Cassidy* inspiré par O'Casey ou *La motocyclette* de Pieyre de Mandiargues, qu'il vida de tout érotisme. Son meilleur film demeure *Le dernier train du Katanga,* sur les derniers épisodes de l'indépendance du Congo : viols, massacres à la tronçonneuse, cruautés diverses coloraient de sadisme ce film d'aventures exempt de préoccupations politiques. Un sadisme que l'on retrouvait également dans *Les Drakkars.* Pour le reste, du *Lion* à *My Geisha,* Cardiff ne peut oublier qu'il fut d'abord opérateur et reste obnubilé par le plan à faire, tuant toute émotion et condamnant son film à l'échec.

Cardona, René

Réalisateur mexicain.

Principaux films : Adorada Enemiga (1963) ; Las Hijas de Helena (1964) ; El raspado (1964) ; Las Tras Elenas (1964) ; El detective genial (1965) ; Los depravados (1965) ; La mujer murcielago (1967) ; Santo en el tesoro de Dracula (Santo contre le trésor de Dracula, 1968) ; El asesino invisible (1969) ; Sex Monsters (1969) ; Occidi o muori (Ringo contre Jerry Colt, 1970) ; Survive (Survivre, 1975).

Vétéran du cinéma mexicain, ayant tourné un peu partout et dont il est difficile d'établir une filmographie rigoureuse d'autant que son fils porte le même nom et chasse sur les mêmes terres. D'abord ambitieux, il a sombré dans le pire cinéma commercial. Il n'est pas toujours mauvais et son *Santo contre le trésor de Dracula* est une adaptation assez fidèle de Bram Stocker sur laquelle on a plaqué le thème de la machine à explorer le temps et un *serial* opposant Santo, le catcheur au masque d'argent, à « la Cagoule noire ». *Survivre* connut un gros succès : s'inspirant d'un fait divers authentique, une catastrophe aérienne dans la Cordillère des Andes, le film décrivait avec réalisme un cas particulier de cannibalisme.

Cardona junior, René

Réalisateur mexicain.

Principaux films: Yo el Gobernador (1965) ; O.K. Cleopatra (1970) ; El valle de los miserabiles (La vallée sauvage, 1974) ; Le gorille et l'enfant (1977) ; Ciclon (Cyclone, 1977) ; Le mystère du triangle des Bermudes (1977) ; Tintorera (Du sang dans la mer, 1977) ; Crime of the Century (Guyana, la secte de l'enfer, 1979).

Digne fils de René Cardona, il adore le trouble et le morbide. Il exploite avec plus ou moins de bonheur un fait divers (la disparition d'avions au large des Bermudes ou le suicide collectif des adeptes d'une secte fondée par le révérend James Johnson) ou une mode (celle du requin meurtrier, un requin tigre dans *Du sang dans la mer*). Rarement bâclés, ses films se voient sans ennui mais aussi sans surprise. Parfois il s'élève un peu. Refaisant *La révolte des pendus* de Crevenna, il dénonce dans *La vallée sauvage* les droits exorbitants des gros propriétaires sous la dictature de Diaz. Rarement on est allé aussi loin dans l'horreur qu'avec les images finales où trois jeunes filles nues, suspendues à des crochets par la gorge, brûlent lentement.

Carewe, Edwin

Réalisateur américain, 1883-1940.

The Final Judgement (1915) ; Their Compact (1917) ; The Voice of Conscience (1917) ; The Splendid Sinner (1918) ; The Trail to Yesterday (1918) ; The House of Gold (1918) ; Pals First (1918) ; False Evidence (1919) ; Way of the Strong (1919) ; Shadows of Suspicion (1919) ; Easy to Make Money (1919) ; The Right to Lie (1919) ; Isobel (1920) ; The Web of Deceit (1920) ; Rio Grande (1920) ; My Lady's Latch Key (1921) ; Habit (1921) ; Playthings of Destiny (1921) ; The Invisible Fear (1921) ; Her Mad Bargain (1921) ; A Question of Honor (1922) ; I Am the Law (1922) ; The Bad Man (1923) ; The Lady Who Lied (1925) ; Joanna (1925) ; Why Women Love (1925) ; High Steppers (1926) ; Pals First (1926) ; Resurrection (1927) ; Ramona (1928) ; Revenge (1928) ; Evangeline (1929) ; The Spoilers (1930) ; Resurrection (1931) ; Are We Civilized ? (1934).

Vétéran du cinéma, il fut acteur avant de passer à la mise en scène. Il a tourné de nombreux westerns pour la Metro, la First National et diverses compagnies. C'est ainsi qu'il dirigea Dolores del Rio dans *Ramona* et Gary Cooper dans *The Spoilers,* ses meilleurs films malheureusement oubliés au profit des remakes de King et de Ray Enright. Comme pour d'autres pionniers, l'invention du cinéma parlant mit fin à la carrière de cet esthète surtout soucieux de composer de « belles images ».

Carle, Gilles

Réalisateur canadien né en 1929.

La vie heureuse de Léopold Z. (1965) ; Le viol d'une jeune fille douce (1968) ; Red (1969) ; Les mâles (1970) ; La vraie nature de Bernadette (1972) ; La mort d'un bûcheron (1973) ; La tête de Normande Saint-Onge (1975) ; L'ange et la femme (1977) ; Fantastica (1980) ; Les Plouffe (1982).

L'un des représentants les plus originaux de l'école cinématographique du Québec. Il est parti d'un courant contestataire sans concessions, celui de *La vraie nature de Bernadette,* pour aboutir à une semi-comédie musicale, *Fantastica,* où l'on retrouve son militantisme, son amour du Québec, son sens de la poésie, et, ce qui est peut-être le plus agréable dans son œuvre, Carole Laure. Du *Viol d'une jeune fille douce* aux *Plouffe,* sa vision du monde a évolué. Il s'est détendu en même temps que s'enrichissait son écriture cinématographique. Cinéaste non conformiste il est devenu réalisateur consacré. Inoffensive comédie, en retrait sur *Fantastica, Les Plouffe* (sous-titre : *Il était une fois des gens heureux*) nous offrent l'histoire d'une famille de la Basse Ville de Québec, de 1938 à 1945 : la politique, la religion, l'amour sont tour à tour évoqués mais dans une optique très éloignée du cinéma-vérité de Brault.

Carlsen, Henning

Réalisateur danois né en 1927.

Nombreux courts métrages. Kong Haakon V (Le roi Haakon de Norvège, 1951) ; Dilemma (Dilemme, 1962) ; Hvad med os (Epilogue, 1964) ; Kattorna (Les chattes, 1965) ; Sult (La faim, 1966) ; Mennesker modes og sod musik opstaar i hjertet (Deux êtres se rencontrent et il naît en eux une douce musique, 1967) ; Klabautermanden (1969) ; Er i bange ? (1971) ; Un divorce heureux (1974) ; Quelqu'un a-t-il ri ? (1978) ; Une rue sous la neige (1978).

Il s'est imposé avec son adaptation de *La faim* de Knut Hamsun, mais il avait dirigé auparavant de nombreux courts métrages pour Walt Disney, des œuvres pédagogiques ou à la gloire de firmes commerciales, et enfin un réquisitoire contre la ségrégation raciale en Afrique du Sud *(Dilemme).* Dans *La faim* « nous parcourons, presque sans interruption, des rues, des venelles, des cours. Nous sommes à Oslo en 1890. C'est le vaste champ de manœuvre où se débat le héros qui est Hamsun lui-même » (Béranger, *Le nouveau cinéma scandinave*). Carlsen viendra faire un film en France, *Un divorce heureux,* sans retrouver le succès de *La Faim.*

Carlson, Richard

Acteur et réalisateur américain, 1912-1977.

Comme réalisateur : Riders to the Stars (1954) ; Four Guns to the Border (Quatre tueurs et une fille, 1954) ; The Saga of Hemp Brown (L'implacable poursuite, 1958) ; Appointement with a Shadow (Rafales dans la nuit, 1958) ; Kid Rodelo (1966).

Si l'acteur ne laissa pas un souvenir impérissable, le réalisateur surprit tout le monde. *Riders to the stars,* sur un scénario de Curt Siodmak, n'était qu'un film de science-fiction trop dépourvu de moyens pour séduire le public ; en revanche *Quatre tueurs et une fille,* petit western aux situations insolites, devait susciter l'enthousiasme de Godard lui-même. *L'implacable poursuite* et *Kid Rodelo,* sans être de la même veine, n'étaient pas dépourvus de qualités. Un talent mineur mais sympathique.

Carné, Marcel

Réalisateur français né en 1909.

Nogent, Eldorado du dimanche (c.m., 1930) ; Jenny (1936) ; Drôle de drame (1937) ; Quai des brumes (1938) ; Hôtel du Nord (1938) ; Le jour se lève (1939) ; Les visiteurs du soir (1942) ; Les enfants du paradis (1945) ; Les portes de la nuit (1946) ; La Marie du port (1949) ; Juliette ou la clé des songes (1951) ; Thérèse Raquin (1953) ; L'air de Paris (1954) ; Le pays d'où je viens (1956) ; Les tricheurs (1958) ; Terrain vague (1960) ; Du mouron pour les petits moineaux (1962) ; Trois chambres à Manhattan (1965) ; Les jeunes loups (1967) ; Les assassins de l'ordre (1976) ; La merveilleuse visite (1973) ; La Bible (1976) .

A force d'entendre dire que dans l'association qu'il forma avec Jacques Prévert, c'est le poète qui avait du génie, Carné a fini par le croire. De là les deux parties que l'on distingue dans son œuvre : les films tournés en collaboration avec Prévert et qui sont tous des chefs-d'œuvre ; quant aux autres, il est de tradition d'en dénoncer la médiocrité.

Journaliste puis assistant de Clair et de Feyder, Carné débute comme réalisateur avec un documentaire sur Nogent puis un mélodrame, *Jenny,* sur les amours impossibles d'une cantatrice célèbre et d'un compositeur obscur. Avec comme scénariste Jacques Prévert, il tourne *Drôle de drame,* une fantaisie policière dont le burlesque dérouta le public mais dont certains mots sont passés à la postérité (« bizarre, vous avez dit bizarre ... »). *Quai des brumes* et *Le jour se lève,* toujours sur des scénarios de Prévert, fondent ce qu'on appellera le réalisme poétique : amours désespérées, meurtres, milieu social précis (les ouvriers du *Jour se lève*). *Les visiteurs du soir* marquent le retour du cinéma français au fantastique. Cette belle légende médiévale dont la fin entend montrer, grâce aux battements de cœur des deux statues, que l'amour est plus fort que la mort, fut « le plus grand ébranlement artistique des années de l'Occupation », selon Roger Régent. Quant aux *Enfants du paradis* qui allaient suivre, on peut les tenir pour l'un des plus incontestables chefs-d'œuvre du cinéma français. L'après-guerre vit encore une fois collaborer Prévert et Carné : ce fut *Les Portes de la nuit*, un retour au réalisme poétique. Au total une suite impressionnante de « classiques ». De ces réussites, faut-il créditer plutôt Prévert que Carné ? Faux problème peut-être. Nul ne contestera la qualité des scénarios de Prévert et il faut reconnaître que Marcel Carné sut admirablement les traduire en images. Mais a-t-on remarqué que ce qui nous fascine le plus aujourd'hui dans ces chefs-d'œuvre c'est la qualité des acteurs ? Imagine-t-on *Drôle de drame* sans Louis Jouvet, Michel Simon, Françoise Rosay, Jean-Louis Barrault et Alcover ? Jules Berry est satanique à souhait dans *Le jour se lève* et *Les visiteurs du soir*, et pourrait-on concevoir un autre acteur que Michel Simon s'exclamant : « Personne ne m'aime ! » dans *Quai des brumes ?* Saturnin Fabre, en vieux « collabo », donne aux *Portes de la nuit* une dimension inquiétante. Quant aux *Enfants du paradis*, pour tous ceux qui ont vu le film, Lacenaire a pris les traits de Marcel Herrand, Frédéric Lemaître ceux de Pierre Brasseur et Debureau ceux de Jean-Louis Barrault. La beauté d'Arletty, la morgue de Louis Salou, l'inquiétante silhouette de Pierre Renoir ajoutent encore à ce sentiment de perfection dans la distribution. S'il y a ensuite déclin de Carné, c'est sans doute en raison de la faiblesse des scénarios (on reste stupéfait devant la stupidité de l'histoire racontée dans *La merveilleuse visite*) mais il faut tenir compte aussi de la carence de grands acteurs : Gilbert Bécaud, Roland Lesaffre, Jacques Charrier manquent trop de personnalité. Et n'est-il pas significatif que les deux moins mauvais films de Carné soient sauvés, *Juliette* par Caussimon, *Thérèse Raquin* par Sylvie ?

BIBLIO. : J. Queval, *Marcel Carné* (1952) et les souvenirs de Carné, *La vie à belles dents* (1979).

Caron, Pierre

Réalisateur français, 1900-1944.

L'homme qui vendit son âme au Diable (1921) ; La mare au diable (1923) ; Votre sourire (1934) ; Juanita (1935) ; Blanchette (1936) ; Les demi-vierges (1936) ; Marinella (1936) ; Tentation (1936) ; Cinderella (1937) ; La fessée (1937) ; Les femmes collantes (1938) ; L'accroche-cœur (1938) ; Le Monsieur de Cinq Heures (1938) ; La route enchantée (1938) ; Bécassine (1939) ; Mon oncle et mon curé (1939) ; Chantons quand même (1940) ; Ils étaient cinq permissionnaires (1941) ; Pension Jonas (1941).

Cela va de films chantants (Tino Rossi dans *Marinella* ou Trénet dans *La route enchantée*) à Bécassine, la célèbre héroïne de Pinchon, pour s'achever avec *Pension Jonas*, histoire d'un clochard qui trouve refuge dans le ventre d'une baleine empaillée du Muséum. Le film fut interdit par la censure « pour imbécillité » (Siclier, *La France de Pétain et son cinéma*, p. 180). On imagine les conséquences de la généralisation d'une telle mesure pour le cinéma français !

Carpenter, John

Réalisateur américain né en 1948.

Comme réalisateur : Dark Star (1974) ; Assault on precinct 13 (Assaut, 1976) ; Halloween (La nuit des masques, 1978) ; Elvis, the movie (Le roman d'Elvis, 1979) ; Fog (Fog, 1979) ; Escape from New York (New York 1997, 1980).

Nouveau maître de la série B et plus particulièrement du film de terreur, John Carpenter rencontre des partisans fanatiques qui soulignent les extraordinaires mouvements d'appareil de l'ouverture de *Halloween* ou l'originalité du scénario de *Dark Star*, désopilante parodie des films de science-fiction, tandis que les détracteurs de Carpenter dénoncent le caractère sophistiqué et l'ambiguïté politique de *Fog* tout comme l'aspect trop hagiographique de sa biographie d'Elvis Presley. *New York 1997* donnerait-il raison à ces derniers ? De même qu'*Assault* transposait *Rio Bravo* dans un univers fantastique (*Assault* est probablement le meilleur film de Carpenter), de même *New York 1997* reprend un schéma reconnu (l'opération visant à libérer un prisonnier) pour le transformer en thème de science-fiction. Mais seule la date choisie, 1997, époque à laquelle Manhattan serait devenu une prison de trois millions de détenus, permet de parler de film fantastique et déçoit, de ce fait, les amateurs du genre. Reste un style d'une efficacité sans pareille qui conforterait la position des inconditionnels de John Carpenter.

Carr, Thomas

Réalisateur américain né en 1907.

Santa Fe Saddlemates (1945) ; Oregon Trail (1945) ; Bandits of the Badlands (1945) ; Rough Riders of Cheyenne (1945) ; The Cherokee Flash (1946) ; Days of Buffalo Bill (1946), The Undercover Woman (1946) ; Alias Billy The Kid (1946) ; The El Paso Kid (1946) ; Red River Renegades (1946) ; Rio Grande Raiders (1946) ; Song of the Wasteland (1947) ; Code of the Saddle (1947) ; Congo Bill (avec Bennett, 1948) ; Superman (avec Bennett, 1948) ; Pirates of the High Seas (avec Bennett, 1950) ; Hostile Country (1950) ; Marshal of Eldorado (1950) ; Crooked River (1950) ; Colorado Rangers (1950) ; West of the Brazos (1950) ; Fast on the Draw (1950) ; Outlaws of Texas (1950) ; Roar of the Iron Horse (avec Bennett, 1951) ; Man from the Black Hills (1952) ; Wyoming Roundup (1952) ; The Maverick (1952) ; The Star of Texas (1953) ; Rebel City (1953) ; Topeka (1953) ; Captain Scarlett (1953) ; The Fighting Lawman (1953) ; Bitter Creek (1954) ; The Forty Niners (1954) ; The Bowery Boys Meet the Monsters (1954) ; The Desperado (1954) ; Bobby Ware is missing (1955) ; Three for Jamie Dawn (1956) ; Dino the Tall Stranger (1957) ; Congo Bill (avec Bennett, 1957) ; Gunsmoke in Tucson (Fusillade à Tucson, 1958) ; Cast a Long Shadow (1959) ; Sullivan Empire (1967).

Voué à régner en maître sur la série Z (les films à budget réduit au minimum) ; on ne peut donc lui demander l'impossible ; mais il a signé, avec son complice Bennett, d'amusants *serials : Superman*, première adaptation de la fameuse bande dessinée, née de la rencontre en 1938 de Jérôme Siegel et de Joe Shuster, *Congo Bill, Pirates of the High Seas*... Le métier aidant, ses derniers westerns, notamment *Fusillade à Tucson*, se voient sans trop d'ennui.

Carré, Michel

Scénariste et réalisateur français, 1865-1945.

Comme réalisateur : L'enfant prodigue (1907) ; Le bal noir (1909) ; Fleur de pavé (1909) ; La dormeuse (1909) ; La miniature (1909) ; La peur (1909) ; Sœur Angélique (1909) ; La laide (1909) ; Ordre du roi (1909) ; L'amour et le temps (1910) ; L'inventeur (1910) ; Le four à chaux (1910) ; Athalie (1910) ; L'épouvante (1910) ; L'homme de peine (1911) ; La louve (1911) ; Ma fille (1911) ; Le violon de grand-père (1911) ; Deux vieux garçons (1911) ; Le mensonge (1911) ; Jean le manchot (1911) ; Le rival dupé (1911) ; Le mémorial de Sainte-Hélène (avec Barbier, 1911) ; La femme métamorphosée en chatte (1912) ; Le miracle (1912) ; L'œuvre de Jacques Serval (1913) ; Le solitaire (1913).

Fils du librettiste Michel Carré, celui du *Faust* de Gounod. Librettiste lui-même, il fut l'un des premiers écrivains à s'intéresser au cinéma, adaptant aussi bien Racine (*Athalie* avec De Max) que Las Cases (*Le mémorial*). Il abandonna le cinéma en 1914.

Carreras, Michael

Producteur et réalisateur anglais né en 1927.

Steel Bayonet (Le commando sacrifié, 1957) ; Visa to Canton (1960) ; The Savage Guns (La chevauchée des outlaws, 1961) ; Maniac (1962) ; What a Crazy World (1963) ; The Curse of the Mummy's Tomb (Les maléfices de la momie, 1964) ; Slave Girls (Les femmes préhistoriques, 1966) ; The Lost Continent (Le peuple des abîmes, 1968) ; Call Him Mr. Shatter (1975).

Producteur à la Hammer des grands films fantastiques anglais, il s'est essayé à la mise en scène dans des œuvres mineures, films de guerre (*Steel Bayonet*), westerns (*La chevauchée des outlaws*) et surtout horror movies (*The Lost Continent*, d'après Wheatley), sympathiques mais sans grande originalité.

Carstairs, John Paddy

Réalisateur anglais, 1910-1970.

Holiday's End (1937) ; Incident in Shanghai (1937) ; Double Exposure (1937) ; Lassy from Lancashire (1938) ; The Second Mr. Bush (1939) ; The Saint in London (1939) ; Spare a Copper (Un drôle de flic, 1940) ; Meet Maxwell Archer (1940) ; He Found a Star (1941) ; Dancing With Crime (1947) ; Sleeping Car to Trieste (1948) ; The Chiltern Hundreds (Politique et lapins, 1949) ; Tony Draws a Horse (1950) ; Talk of a Million (1951) ; Treasure Hunt (1952) ; Made in Heaven (1952) ; Top of the Form (Les marrants terribles, 1953) ; Trouble in Store (Le roi de la pagaille, 1953) ; Up to His Neck (1954) ; One Good Turn (Plus on est de fous, 1954) ; Man of the Moment, 1955) ; Jumping for Joy (1955) ; The Big Money (In the Pocket, 1956) ; Up in the World (1956) ; Just My Luck (1957) ; The Square Peg (Un parachute pour M. Pitkin, 1958) ; Tommy the Toreador (1959) ; Sands of the Desert (1960) ; A Week-End with Lulu (1961) ; The Devil's Agent (1962).

Auteur de romans comiques, il a mené parallèlement sur le grand et le petit écran une carrière de spécialiste de la comédie avec comme acteur fétiche Norman Wisdom. Très apprécié des Anglais, il est peu connu en Europe.

Carver, Steve

Réalisateur américain.

Arena (1973) ; Big Bad Mama (1974) ; Capone (Capone, 1975) ; Drum (L'enfer des Mandingos, 1976) ; Steel (Des nerfs d'acier, 1979) ; Eye for an Eye (1982).

Homme à tout faire de Roger Corman, il le fait bien, qu'il s'agisse de la biographie de gangster (*Capone*) ou de films pseudo-historiques (*Arena*), le tout pimenté de violence et d'érotisme. *Drum* reprit le thème du *Mandingo* de Richard Fleischer pour donner de la condition des esclaves dans le sud des États-Unis une peinture encore plus noire.

Casaril, Guy

Réalisateur français né en 1933.

L'astragale (1968) ; Les novices (1970) ; Le rempart des béguines (1972) ; Piaf (1973) ; Émilienne (1975).

Il s'est fait une spécialité des adaptations de best-sellers visant une clientèle féminine : *L'astragale, Le rempart des béguines* d'après Françoise Mallet-Joris, *Piaf*, etc. Peut-être n'est-ce pas son talent qui est en cause, mais les sujets abordés ; en tout cas Casaril ne semble pas avoir beaucoup séduit les cinéphiles.

Caserini, Mario

Réalisateur italien, 1874-1920.

Principaux films : Otello (1907) ; Garibaldi (1907) ; Marco Visconti (1908) ; Romeo e Giulietta (1908) ; Beatrice Cenci (1908) ; Giovanna d'Arco (1909) ; Macbeth (1909) ; Amleto (1911) ; Il cid (1910) ; Lucrezia Borgia (1910) ; L'adultera (1911) ; La mala pianta (1911) ; Dante e Beatrice (1912) ; Infamia Araba (1912) ; Mater dolorosa (1912) ; Parsifal (1912) ; Siegfried (1912) ; Gli ultimi giorni di Pompei (1913) ; Nerone e Agrippina (1913) ; Somnambulismo (1913) ; La Gorgona (1914) ; La pantomima della Morte (1915) ; La divetta del regimento (1916) ; Maschera di misterio (1916) ; Vita e morte (1916) ; La vittima dell'amore (1916) ; Resurrezione (1917) ; Il dramma di una notte (1917) ; La signora Arlecchino (1918) ; Il filo della vita (1918) ; Una notte a Calcutta (1918) ; Primerose (1918) ; Capitan Fracassa (1918) ; Anima tormenta (1919) ; Musica profana (1919) ; Il romanzo di una vespa (1919) ; Il miracolo (1919) ; Fior d'amore (1920) ; Sorella (1920) ; La Voce del Cuore (1920) ; La modella (1920).

De 1908 à 1920, Caserini tourne plus de soixante-dix films, notamment pour Ambrosio, abordant tous les genres avec succès : le drame bourgeois, le film historique ou le règne de la diva. Son importance historique est indéniable. C'est lui qui à contribué à codifier les règles de ces genres, règles que l'on ne transgressera plus par la suite. A cet égard, il est le père du cinéma populaire italien, du mélodrame au péplum, ce que cet intellectuel, convaincu de faire de l'art, n'aurait admis qu'avec dégoût.

Cass, Henry

Réalisateur anglais né en 1902.

Lancashire Luck (1937) ; 29 Acacia Avenue (1945) ; The Glass Mountain (La montagne de verre, 1948) ; No Place for Jennifer (Jennifer, 1949) ; Last Holiday (Vacances sur ordonnances, 1950) ; Young Wives' Tale (1951) ; Father's Doing Fine (Ding, dong, dingue, 1952) ; Castle in the Air (1952) ; No Smoking (1955) ; Bond of Fear (1956) ; Breakaway (1956) ; The High Terrace (1956) ; Professor Tim (1957) ; The Crooked Sky (1957) ; Boody Trap (1957) ; The Blood of the Vampire (Le sang du vampire, 1958) ; Boyd's Shop (1959) ; The Man Who Couldn't Walk (1960) ; The Hand (1960) ; Mr. Brown Comes down the Hill (1966) ; Give a Dog a Bone (1966).

Artisan du renouveau fantastique anglais avec *Le sang du vampire*, film exceptionnel dans une œuvre qui n'a pas franchi le Channel en raison de sa probable médiocrité. L'originalité du *Sang du vampire* tenait surtout dans la peinture de l'asile d'aliénés criminels dont toutes les issues étaient gardées par des chiens féroces et sur lequel régnait le docteur Calistratus, vampire exécuté six ans auparavant en Transylvanie. Une atmosphère de terreur imprégnait dans ce film où les scènes d'horreur étaient servies par des couleurs étranges et dénaturées.

Cassavetes, John

Acteur et réalisateur américain né en 1929.

Comme réalisateur : Shadows (Shadows, 1959) ; Too Late Blues (La ballade des Sans-Espoir, 1962) ; A Child Is Waiting (1963) ; Faces (1968) ; Husbands (Husbands, 1970) ; Minnie and Moskowitz (Ainsi va l'amour, 1971) ; A Woman under the Influence (Une femme sous influence, 1975) ; The Killing of a Chinese Bookie (Le bal des vauriens) ; Opening Night (1978) ; Gloria (Gloria, 1980).

Cet excellent acteur, qui joua des rôles de composition (il était le mari de Mia Farrow dans *Rosemary's Baby*) au cinéma et à la télévision, a mené parallèlement une carrière de réalisateur en marge des grandes compagnies (avec toutefois une brève expérience hollywoodienne). Au centre d'une œuvre très personnelle, on trouve le problème du couple. Couples qui se font (*Minnie and Moskowitz*) ou se défont (*Faces*) ou se refont (*A Woman under the Influence*), couples de moyens bourgeois (*Husbands*), d'ouvriers (*A Woman Under the Influence*) ou d'intellectuels marginaux (*Minnie and Moskowitz*). La cohérence de l'œuvre de Cassavetes tient aussi au décor (le monde nocturne des bars et des boîtes de *Husbands* à *The Killing of a Chinese Bookie*) et à une équipe homogène d'acteurs, formée de lui-même, de sa femme, Gena Rowlands, et de ses amis Ben Gazzara, Peter Falk et Seymour Cassell.

Cassenti, Frank

Réalisateur français né en 1945.

Salut, voleurs ! (1973) ; L'affiche rouge (1976) ; La chanson de Roland (1979) ; Aïnama (1980).

Venu par l'animation des ciné-clubs à la réalisation, il se fit remarquer avec *L'affiche rouge*, consacrée à un épisode tragique de l'Occupation. Le film souffrait toutefois d'un excès de distanciation. De même une idéologie naïve et anachronique envahissait *La chanson de Roland* et gâchait ce film aux magnifiques images qui se développait sur deux plans : la *chanson de Roland* proprement dite, et les tribulations d'une troupe de comédiens se rendant en pèlerinage à Saint-Jacques-de-Compostelle et jouant aux étapes pour les pèlerins les principaux épisodes de la geste. L'échec du film tint au bavardage qui rompait l'action et à l'hétérogénéité de la distribution. Deux défauts – hélas ! – caractéristiques, selon les critiques, de Frank Cassenti.

Castellani, Renato

Scénariste et réalisateur italien né en 1913.

Comme réalisateur : Un colpo di pistola (Un coup de pistolet, 1941) ; Zaza (1942) ; La Donna della montagna (1943) ; Mio figlio professore (1946) ; Sotto il sole di Roma (Sous le soleil de Rome, 1947) ; E Primavera (1949) ; Due soldi di Speranza (Deux sous d'espoir, 1951) ; Romeo e Giulietta (Roméo et Juliette, 1954) ; I sogni nel cassetto (1956) ; Nella città l'Inferno (L'enfer dans la ville, 1958) ; Il brigante (1961) ; Mare matto (La mer à boire, 1962) ; Tre notti d'amore (un sketch, 1964) ; Controsesso (un sketch, 1964) ; Questi fantasmi (1967) ; Una breve stagione (1969).

Ce fils d'architecte, cultivé et fortuné, fait ses débuts au cinéma comme scénariste de Blasetti. Son premier film, *Un coup de pistolet,* d'après Pouchkine, le classe parmi les calligraphes (Soldati, Lattuada, etc.). *Zaza* confirme cette évolution. *Roméo et Juliette,* par le soin apporté à la réalisation (image, décors) rappellent que Castellani est avant tout un esthète. Pourtant cet homme intelligent va se fourvoyer dans le néo-réalisme : *Sous le soleil de Rome, Deux sous d'espoir* et la catastrophique *Mer à boire,* malgré le succès des deux premiers présentés au sommet de la vague misérabiliste, nous révèlent un Castellani mal à l'aise, utilisant, sans beaucoup d'illusion, des recettes toutes faites. Après s'être égaré dans le film à sketches, il est revenu, à la télévision, à ses premières amours avec un *Léonard de Vinci* que l'on dit impressionnant.

Castellano, Franco

Réalisateur italien.

I Marziani hanno dodici mani (avec Pipolo, 1964) ; Zio Adolfo in arte Führer (avec Pipolo, 1978) ; Sabato, domenica e venerdi (avec Pipolo et Festa Campanile, 1979) ; Mano di velluto (avec Pipolo, 1979).

Des comédies d'une stupéfiante débilité mais qui ont fait « un malheur » en Italie. Flanqué de son comparse Pipolo, Castellano a mis au point les plaisanteries les plus usées ou les plus vulgaires pour la plus grande joie d'un public de lycéens et d'étudiants : une sorte de synthèse entre *Hara-Kiri* et *Le Hérisson.* Des réalisateurs comme Scola ont fait part de leur inquiétude devant cette dégradation de l'image de marque de la comédie italienne.

Castellari, Enzo Girolami

Réalisateur italien.

Sette winchester per un massacro (sous le pseudonyme de Rowland) ; I treche sconverso il West (1968) ; La battaglia d'Inghilterra (1969) ; Gli occhi freddi della paura (1971) ; Ettore lo fusto (1972) ; Tedeum (1973) ; La polizia incrimina, la legge assolve (1973) ; Il cittadino si rebella (1974) ; Cipolla Colt (1975) ; Le avventure e gli amori di Scaramouche (La grande débandade, 1976) ; Il grande racket (1976) ; Kaema (Mon nom est Koema, 1976) ; La via della droga (1977) ; Quel Maledetto treno blindato (1978).

Typique du cinéma italien de grande consommation où l'on ne s'embarrasse ni de vraisemblance (la blonde Ursula Andress est la brune Joséphine trompant le pauvre Bonaparte déjà aussi empâté qu'à Sainte-Hélène, dans *La grande débandade*), ni de subtilité (Castellari prétend faire rire en montrant son héros trébuchant contre une marche qu'il n'a pas vue). En revanche *Koema,* plein d'effets visuels réussis, est un très bon western « à l'italienne ».

Castle, William

Producteur et réalisateur américain, 1914-1977.

Comme producteur : notamment Rosemary's Baby (Polanski). *Comme réalisateur :* The Chance of a Lifetime (1943) ; The Whistler (1944) ; She's a Soldier Too (1944) ; When Strangers Marry (1944) ; Mark of the Whistler (1944) ; Voice of the Whistler (1945) ; The Crime Doctor's Warning (1945) ; Just Before Dawn (1946) ; Mysterious Intruder (1946) ; The Crime Doctor's Man Hunt (1946) ; The Return of Rusty (1946) ; The Crime Doctor's Gamble (1947) ; Texas, Brooklyn and Heaven (1948) ; The Gentleman From Nowhere (1948) ; Johnny Stool Pigeon (1949) ; Undertow (1949) ; It's a Small World (1950) ; Hollywood Story (1951) ; The Far Man (1951) ; Cave of the Outlaws (La caverne des Hors-la-loi, 1951) ; Serpent of the Nile (1953) ; Fort Ti (Fort Ti, 1953) ; Drums of Tahiti (Intrigues sous les Tropiques, 1953) ; Conquest of Cochise (1953) ; Slaves of Babylon (1953) ; The Saracen Blade (1954) ; Charge of the Lancers (1954) ; Battle of Rogue River (1954) ; The Iron Glove (1954) ; The Law vs. Billy the Kid (1954) ; Jesse James vs. the Daltons (1954) ; The Americano (Rendez-vous sur l'Amazone, 1955) ; Duel on the Mississippi (Duel sur le Mississippi, 1955) ; The Gun That Won the West (1955) ; Masterson of Kansas (1955) ; New Orleans Uncensored (1955) ; The Houston Story (Le gang de l'or noir, 1956) ; Uranium Boom (1956) ; Macabre (1958) ; House on Haunted Hill (La nuit de tous les mystères, 1958) ; The Tingler (Le désosseur, 1959) ; 13 Ghosts (1960) ; Homicidal (1961) ; Mr. Sardonicus (1961) ; Zotz (1962) ; 13 Frightened Girls (1963) ; The Old Dark House (1963) ; Srait-Jacket (1963) ; The Night Walker (1964) ; I Saw What You Did (1965) ; Let's Kill Uncle (1966) ; The Busy Body (1967) ; The Spirit Is Willing (1967) ; Project X (1968) ; Shanks (1974).

Spécialiste de la terreur à bon marché. Pour que les spectateurs aient bien peur, il fit installer dans les salles où l'on passait *The Tingler* des fauteuils à vibrations électriques. Pour *Macabre*, il assurait ses spectateurs à la Loyds of London en cas de mort subite due à l'effroi provoqué par son film. C'était sans risques ! Mais il a fait l'objet, comme d'autres petits maîtres américains dans les années 60, d'un véritable culte. Son meilleur film demeure *La nuit de tous les mystères.*

BIBLIO. : *Midi-Minuit fantastique,* n° 10-11 (1965).

Catelain, Jaque

Acteur et réalisateur français, de son vrai nom Guérin-Catelain, 1897-1965.

Comme réalisateur : Le marchand de plaisirs (1923) ; La galerie des monstres (1923).

Acteur préféré de L'Herbier, il réalisa, sous sa supervision, deux œuvres étranges dans le plus pur Modern-Style, aux confins d'un fantastique trop cérébral pour rejoindre les classiques du genre.

Cauvin, André

Réalisateur belge né en 1907.

Congo, terre d'eaux vives (1939) ; Nos soldats d'Afrique (1939) ; Congo (1944) ; L'Équateur aux cent visages (1948) ; Bongolo (1952) ; Bwana Kitoko (1952) ; Manganga (1957) ; Agadir, minuit moins le quart (1959) ; L'île de paix (1969) ; Une journée à l'université de paix (1969).

Après avoir débuté par des courts métrages sur Van Eyck et Memling, il a tourné de nombreux documentaires sur le Congo belge qui jouissent d'une bonne réputation.

Cavalcanti, Alberto De Almeida

Décorateur et metteur en scène brésilien, 1897-1982.

Le train sans yeux (1926) ; Rien que les heures (1926) ; En rade (1927) ; Yvette (1927) ; La P'tite Lili (1927) ; La jalousie du barbouillé (1927) ; Le capitaine

Fracasse (1928) ; Le Petit Chaperon rouge (1929) ; Vous verrez la semaine prochaine (1929) ; Toute sa vie (1930) ; A mi-chemin du ciel (1930) ; Les vacances du diable (1930) ; Dans une île perdue (1931) ; En lisant le journal (1932) ; Le jour du frotteur (1932) ; Revue montmartroise (1932) ; Nous ne ferons jamais de cinéma (1932) ; Le truc du Brésilien (1932) ; Le mari garçon (1932) ; Coralie et Cie (1933) ; Plaisirs défendus (1933) ; Tour de chant (1933) ; Pett and Pott (1934) ; New Rates (1934) ; Coal Face (1936) ; Line to Tcherva Hut (1937) ; We Live in Two Worlds (1937) ; Who Writes to Switzerland (1937) ; Message from Geneva (1937) ; Four Barriers (1937) ; Men of the Alps (1939) ; Midsummer day's Work (1939) ; Yellow Caesar (1941) ; Trois Chansons pour la France (1941-1942) ; Alice in Switzerland (1942) ; Went the Day Well (1942) ; Watertight (1943) ; Champagne Charlie (1944) ; Dead of Night (Au cœur de la nuit, 1945) ; The Life and Adventures of Nicholas Nickleby (Nicolas Nickleby, 1946) ; They made Me a Fugitive (Je suis un fugitif, 1947) ; The First Gentleman (1947) ; For Them That Trespass (A tout péché miséricorde, 1948) ; Ximao o Coalho (1952) ; O canto do mar (1954) ; Muhler de verdade (1954) ; Herr Puntila und sein Knecht Matti (Monsieur Puntila et son valet Matti, 1955) ; Die Windrose (supervision, 1956) ; La prima notte (Noces vénitiennes, 1958) ; The Monster of Highgate Ponds (1960) ; Yerma (1962).

Né à Rio de Janeiro d'une famille d'origine italienne, il part en Suisse faire des études d'architecture, puis vient à Paris où il se lie aux milieux d'avant-garde, fait des décors pour Marcel L'Herbier (*Résurrection*) puis se décide à tourner lui-même des semi-documentaires (*Rien que les heures*), des pochades (*Le Petit Chaperon rouge* avec Renoir et Catherine Hessling) et des adaptations littéraires (*Le capitaine Fracasse*). Appelé par Grierson à Londres, il participe au grand mouvement documentaire du GPO où il rejoint Wright, Watt (dont il produit *Night Mail*) et le musicien Britten. Son *Coal Face* est un des chefs-d'œuvre du genre. Après quelques œuvrettes tournées en Suisse, il revient en Angleterre pour y signer son film le plus connu, *Au cœur de la nuit*, chef-d'œuvre du fantastique dont le sketch de la marionnette est particulièrement effrayant. De 1949 à 1954, Cavalcanti s'efforce de ressusciter le cinéma brésilien. C'est un échec dans l'immédiat mais Rocha lui rendra hommage par la suite. Désormais Cavalcanti devenu un cinéaste apatride tourne dans différents pays. De cette période seul surnage *M. Puntila et son valet Matti*. Cavalcanti fut surtout un précurseur et un technicien plus qu'un conteur : de là son importance dans l'histoire du cinéma mais aussi l'absence d'œuvres vraiment marquantes, sauf *Au cœur de la nuit*, dans sa filmographie.

Cavalier, Alain

Réalisateur français né en 1931.

Le combat dans l'île (1961) ; L'insoumis (1964) ; Mise à sac (1967) ; La chamade (1968) ; Le plein de super (1976) ; Martin et Léa (1978) ; Ce répondeur ne prend pas de messages (1979) ; Un étrange voyage (1980).

Cavalier se fit remarquer, au temps de l'O.A.S. et de la crise de l'Algérie française, par *Le combat dans l'île*. Dans ce film tourné avec une rigueur toute classique on retrouvait un écho des luttes qui opposaient alors barbouzes et activistes : d'un côté Trintignant, membre d'une sorte d'O.A.S., symbolisait la droite, de l'autre Henri Serre, en intellectuel engagé, incarnait la gauche. *L'insoumis* fit naître de grands espoirs. On crut tenir un observateur lucide des réalités françaises. La maîtrise de la mise en scène, par rapport à tous les films d'amateur qui allaient suivre, donnait encore plus de force au scénario. Hélas, Cavalier s'orienta vers le film policier (*Mise à sac*, description d'un hold-up à l'échelle d'une ville entière) et les romans de Françoise Sagan (*La chamade*). Son métier faisait toujours impression, mais l'ambition n'était plus au rendez-vous. Cavalier parut ensuite se tourner vers un cinéma aux limites de l'expérimental : petits budgets et acteurs inconnus. *Le plein de super* et *Ce répon-*

deur ne prend pas de messages passèrent inaperçus. Il faudra peut-être les redécouvrir. Avec *Un étrange voyage*, Cavalier est revenu à un cinéma plus commercial sans rien perdre de sa rigueur.

Cavani, Liliana

Réalisatrice italienne née en 1937.

Galileo (1968) ; I Cannibali (Les cannibales, 1970) ; L'ospite (1971) ; Milarepa (1973) ; Portiere di notte (Portier de nuit, 1973) ; Al di là del bene e del male (Au-delà du bien et du mal, 1977) ; La pelle (La peau, 1981).

Elle a d'abord travaillé pour la télévision italienne : ses films sur le IIIe Reich, Staline ou Pétain lui assurèrent, en raison de la qualité du montage et de l'objectivité du propos, une grande réputation. Comment le cinéma ne l'aurait-il pas appelée à lui ? Ses premiers films n'emportèrent pas l'adhésion. D'une autre envergure, *Portier de nuit* suscita de vives polémiques en évoquant les rapports sado-masochistes d'un officier SS et d'une déportée retrouvée après sa libération. Les critiques étaient injustifiées : d'une part l'œuvre s'imposait par la maîtrise de la réalisation, d'autre part, si elle mettait l'accent sur la trouble fascination exercée par le nazisme, elle n'entendait nullement exalter ce dernier, comme le prouvent les films tournés précédemment par Cavani pour la télévision. La polémique rebondit avec l'évocation de Lou Salomé : on accusa *Au-delà du bien et du mal* d'avoir trahi Nietzsche et d'avoir donné une fausse idée de ses rapports avec Lou Salomé. Mais si l'ambiance de l'époque était reconstituée avec beaucoup de soin, Liliana Cavani n'avait nullement prétendu tourner un film historique. « Ce film, avertissait-elle, n'est pas une biographie, il est librement inspiré de personnages et d'événements réels. » Nouvelle contestation pour *La peau* : Cavani a-t-elle trahi Malaparte ? Son film en reprend les grands morceaux de bravoure : la vierge de Naples, les faux poils blonds de pubis des prostituées, le banquet offert par le général... Mais l'horreur n'est-elle pas insoutenable à l'écran ? On a reproché à Cavani les images atroces de l'Italien aplati par un char américain et de façon générale l'esprit du film. Au-delà de ces vaines contestations, Liliana Cavani reste une des grandes figures du cinéma italien.

Cavara, Paolo

Réalisateur italien né en 1926.

Mondo Cane (en collaboration avec Jacopetti, Mondo Cane, 1961) ; La Donna nel Mondo (avec Jacopetti, La femme à travers le monde, 1962) ; I Malamondo (1964) ; L'occhio selvaggio (La cible dans l'œil, 1967) ; La cattura (La capture, 1969) ; La Tarantola dal ventre nero (La tarentule au ventre noir, 1971) ; Los amigos (1972) ; Virilita (1974) ; Il Lumacone (1975) ; ... e tanta paura (1977) ; Atsalut Pader (1979).

Venu du documentaire, après des études d'architecte, il collabora au fameux *Mondo Cane* qui fit scandale par la juxtaposition de séquences horribles ou répugnantes. Délaissant le genre, après trois films, il tourna une œuvre quasi autobiographique, *La cible dans l'œil*, puis *La capture*, belle histoire d'amour dans le contexte des années 43-44. Un soldat allemand parvient à arrêter une résistante italienne juste au moment où la guerre finit. Isolés dans un désert de neige, ils tombent amoureux l'un de l'autre. Œuvre insolite. Cavara sacrifie au « policier fantastique » dans *La Tarantola*, avant de revenir à un style plus personnel dans *Atsalut Pader*.

Cayatte, André

Réalisateur français né en 1909.

La fausse maîtresse (1942) ; Au Bonheur des dames (1943) ; Pierre et Jean (1943) ; Le dernier sou (1944) ; Sérénade aux nuages (1945) ; Roger la Honte (1945) ; La revanche de Roger la Honte (1946) ; Le chanteur inconnu (1946) ; Le dessous des cartes (1947) ; Les amants de Vérone (1948) ; Retour à la vie (un sketch, 1949) ; Justice est faite (1950) ; Nous sommes tous des assassins (1951) ; Avant le déluge (1953) ; Le dossier noir (1955) ; Œil pour œil (1957) ; Le miroir à deux faces (1958) ; Le passage du Rhin (1960) ; Le glaive et la balance (1963) ; La vie conjugale (1964) ; Piège pour Cendrillon (1965) ; Les risques du métier (1967) ; Les chemins de Katmandou (1969) ; Mourir d'aimer (1971) ; Il n'y a pas de fumée sans feu (1973) ; Verdict (1974) ; À chacun son enfer (1977) ; La raison d'État (1978) ; L'amour en question (1978).

D'abord avocat et journaliste, puis scénariste et dialoguiste, il n'a jamais pu oublier ses origines. Ses premières réalisations montrent pourtant un réel talent de metteur en scène, de la transposition au XXe siècle de *La fausse maîtresse* de Balzac aux insolites *Amants de Vérone* qui devaient beaucoup – il est vrai – à Prévert et à une éclatante distribution que dominaient Louis Salou et Pierre Brasseur. Ensuite l'avocat prit le pas sur le cinéaste : remise en cause du jury dans *Justice est faite*, film qui maintenait encore l'équilibre entre la démonstration et le divertissement, réquisitoire contre la peine de mort dans *Nous sommes tous des assassins*, mal de la jeunesse face à la menace d'une nouvelle guerre dans *Avant le déluge*, crise de la magistrature dans *Le dossier noir*, problèmes posés par la chirurgie esthétique dans *Le miroir à deux faces*, etc. On passa progressivement du film à la plaidoirie. Cayatte devint le bouc émissaire des critiques de la « nouvelle vague ». Truffaut ironisait : « Si les gens de cinéma voient dans Cayatte un avocat, les gens de robe le prennent pour un cinéaste. » C'était sans doute méchant, car l'honnêteté du réalisateur n'était pas contestable et sa fougue pouvait paraître plutôt sympathique. Mais il est vrai aussi que Cayatte oubliait un peu le cinéma dans sa volonté de démontrer à tout prix. Il saisit le danger. *La vie conjugale* utilisa un procédé narratif original ; *Piège pour Cendrillon* se limita à adapter un roman policier de Japrisot. Chassez le naturel, il revient au galop. Cayatte reprit le cycle de ses plaidoiries : l'enseignant accusé de viol par une élève un peu perverse (*Les risques du métier*), la drogue (*Les chemins de Katmandou*), l'affaire Gabrielle Russier (*Mourir d'aimer*), etc. À défaut de satisfaire le cinéphile, Cayatte offrira du moins à l'historien de demain un passionnant témoignage sur la société des IVe et Ve Républiques.

Cazals, Felipe

Réalisateur mexicain.

La Manzana de la discordia (1968) ; Familiaridades (1969) ; Emiliano Zapata (1970) ; El jardin de tia Isabel (Le jardin de tante Isabelle, 1971) ; Aquellos anos (1972) ; Los que vivien donde sopla el viento suave (1973) ; Canoa (1975) ; El apando (1975) ; Los Poquianchis (1976) ; La guera Rodriguez (1977) ; El ano de la peste (1978).

Formé à l'IDHEC en France, il a insufflé un esprit nouveau dans le cinéma mexicain sans rompre avec les vieilles traditions baroques et sanguinaires de son pays. Son chef-d'œuvre demeure *El jardin de tia Isabel* sur un groupe de conquistadores arrivés par erreur sur un continent inconnu. Le reste de son œuvre se partage, selon Emilio Garcia Riera (*Les cinémas de l'Amérique latine*, p. 393), entre des œuvres officielles (*Aquellos anos*, sur Charlotte et Maximilien) et des œuvres de contestation sociale (*Canoa*, où, sur l'ordre d'un curé fanatique, des universitaires sont lynchés par un village comme communistes). *Los Poquianchis* se trouvait à mi-chemin, contant l'histoire de maisons closes où les tenancières torturaient les prostituées. Le sadisme y faisait bon ménage avec la dénonciation de l'oppression. C'est l'Amérique latine de Buñuel et non celle de Humboldt.

Cerchio, Fernando

Réalisateur italien né en 1914.

La buona fortuna (1944) ; Cenerentola (1949) ; Gente cosi (Gian le contrebandier, 1950) ; Il bivio (Brigades volantes, 1952) ; Il bandolero stanco (1952) ; Il figlio di Lagardère (Le fils de Lagardère, 1952) ; Lulù (1953) ; Addio mia bella signora (1954) ; Il visconte di Bragelonne (Le vicomte de Bragelonne, 1955) ; I quattro del getto tonante (1955) ; La Venere di Cheronea (avec Tourjansky, Aphrodite déesse de l'amour, 1957) ; I misteri di Parigi (Les mystères de Paris, 1958) ; Gli amanti del deserto (avec Klimowsky, Le fils du cheik, 1959) ; Giuditta e Oloferne

(1959) ; Il sepolcro dei re (La vallée des pharaons, 1961) ; Toto contro Maciste (1962) ; Nefertite regina del Nilo (Nefertiti reine du Nil, 1962) ; Col ferro e col fuoco (Par le fer et par le feu, 1962) ; Lo sceicco rosso (Le cheik rouge, 1962) ; Toto e Cleopatra (1963) ; Toto contro il pirata nero (1964) ; Per un dollaro di gloria (1966) ; Segretissimo (1967) ; Il marchio di Kriminal (1967).

Le vicomte de Bragelonne de Cerchio n'a que de lointains rapports avec celui d'Alexandre Dumas et *Nefertiti* n'en a aucun avec son modèle historique. Le clin d'œil devient évident lorsque Toto s'en mêle, affrontant Maciste, rencontrant Cléopâtre ou luttant contre le pirate noir. Cerchio aime surtout les films de cape et d'épée, les thèmes étant pris aux bonnes sources, Dumas ou Féval, et lui permettant de régler des duels plus bondissants que sanguinaires. S'il lui arrive de se prendre au sérieux (*Les mystères de Paris* qu'Eugène Sue aurait eu du mal à reconnaître ou *La vallée des Pharaons*), il révèle malheureusement ses limites. Ce cinéma de grande consommation se voit néanmoins avec amusement ; n'en demandons pas davantage.

Cerf, André

Réalisateur français né en 1904.

Soirée de gala (1935) ; Si jeunesse savait (1947) ; Le mariage de Mademoiselle Beulemans (1950) ; Le crime du Bouif (1951).

Scénariste, dialoguiste, il a tourné quelques films comiques qui ne valent guère que par les numéros de leurs acteurs (Jules Berry, Jean Tissier, Saturnin Fabre, Sinoel dans *Jeunesse savait,* Champi et Robert Vattier dans *Le Bouif,* sans oublier tous ces merveilleux acteurs dits « de second plan » qui vont de Teddy Billis à Pasquali en passant par Carette et que les historiens du cinéma négligent trop).

Cerio, Ferrucio

Réalisateur italien né en 1904.

Principaux films : Il cavaliere senza nome (Le chevalier sans nom, 1941) ; Posto di blocco (1945) ; L'urlo (1947) ; La donna che invento l'amore (La femme qui inventa l'amour, 1953) ; Il sacco di Roma (Le sac de Rome, 1954) ; Gioventu alla sbarra (Jeunesse dépravée, 1954); Tripoli bel suol d'amore (1954).

Médecin reconverti d'abord dans le théâtre puis dans le cinéma, il a signé d'agréables films de cape et d'épée dont un mémorable *Sac de Rome,* plein de bruit et de fureur, de pillages et de viols, qui eût enchanté le romancier français Maindron, spécialiste de ce type de récits historiques. La carrière de Cerio Ferrucio a tourné court, pour des raisons inconnues.

Chabrol, Claude

Réalisateur français né en 1930.

Le beau Serge (1958) ; Les cousins (1959) ; A double tour (1960) ; Les bonnes femmes (1960) ; Les godelureaux (1960) ; Les sept péchés capitaux (un sketch, 1961) ; L'œil du malin (1961) ; Ophélia (1962) ; Landru (1962) ; Les plus belles escroqueries du monde (un sketch, 1963) ; Le Tigre aime la chair fraîche (1964) ; Le Tigre se parfume à la dynamite (1965) ; Marie-Chantal contre le Dr Kha (1965) ; Paris vu par... (un sketch, 1965) ; La ligne de démarcation (1966) ; Le scandale (1967) ; La route de Corinthe (1967) ; Les biches (1968) ; La femme infidèle (1968) ; Que la bête meure (1969) ; Le boucher (1970) ; La rupture (1970) ; Juste avant la nuit (1971) ; La décade prodigieuse (1972) ; Docteur Popaul (1972) ; Les noces rouges (1973) ; Nada (1973) ; Une partie de plaisir (1974) ; Les innocents aux mains sales (1974) ; Les magiciens (1974) ; Folies bourgeoises (1975) ; Alice ou la dernière fugue (1976) ; Les liens de sang (1977) ; Violette Nozière (1978) ; Le cheval d'orgueil (1980) ; Les fantômes du Chapelier (1982).

Surtout connu comme l'un des chefs de file de la « nouvelle vague » avec Godard et Truffaut. Critique aux *Cahiers du cinéma* et à *Arts,* au temps des mêmes

Truffaut et Godard, des Domarchi, Doniol-Valcroze et autres De Givray, il a développé une œuvre cinématographique considérable du moins en quantité par rapport à celle de ses compagnons des *Cahiers*. On peut distinguer dans sa carrière plusieurs périodes. À ses débuts, il se rattache au courant de la « nouvelle vague ». Petits budgets, acteurs inconnus. *Le beau Serge* et surtout *Les cousins* apportent un ton nouveau dans le cinéma français. Brillant, désinvolte, charmant, Jean-Claude Brialy devient le nouveau jeune premier, enterrant Gérard Philipe. Déjà dans *Les bonnes femmes* et *Les godelureaux*, le trait se fait pourtant plus appuyé (que l'on songe à la visite du zoo dans *Les bonnes femmes* et au meurtre de l'une des héroïnes) mais les seconds rôles, grâce à de merveilleux acteurs comme Sacha Briquet, demeurent criants de vérité. À la limite, Chabrol l'emporterait sur Truffaut un peu nombriliste et sur Godard qui en prend trop à ses aises avec la technique cinématographique. Puis s'ouvre une deuxième période, celle du plongeon dans un cinéma commercial que Chabrol semblait avoir dénoncé jusqu'alors : films à sketches, *Le Tigre, Marie-Chantal...* Tout n'est pas franchement mauvais, mais décevant par rapport à l'ambition initiale. Chabrol semble perdu. *Le boucher* amorce un redressement et ouvre une troisième époque, la meilleure peut-être dans l'œuvre de Chabrol. Juste observation du milieu géographique et reconstitution fidèle de la vie provinciale : le Périgord (*Le boucher*), le Val de Loire (*Les noces rouges*), etc. Souci de précision dans la description d'un milieu social parfaitement daté. Jeancolas dans son *Cinéma des Français (1958-1978)* souligne l'importance pour l'historien de cette période de la carrière de Chabrol : « Il suffit de suivre Michel Bouquet d'un film à l'autre, d'un rôle à l'autre, pour mesurer ce qu'était un bourgeois français vers 1970. Il y a accord entre certains types humains (une pesanteur, un regard, une façon de se mouvoir et de parler, de placer ses phrases) et certaines époques. M. Bertin, tel que le peint en 1832 Ingres, est devenu l'image emblématique de la bourgeoisie louis-philipparde. On peut penser que Michel Bouquet, filmé par Claude Chabrol et par quelques autres, restera l'image emblématique du bourgeois pompidolien. » *Les noces rouges* figurent parmi les rares films donnant un témoignage précis sur la vie politique de la Ve République (Claude Piéplu est admirable de vérité en député-maire d'une petite ville de Touraine) et *Nada* apporte le contrepoint anarchiste en filmant ceux qui se révoltent contre cette société de consommation dont tous les aspects sont mis en lumière dans l'œuvre de Chabrol. Celui-ci aurait ainsi composé « une comédie humaine de la Ve République », selon l'heureuse formule de Jeancolas. Puis le goût pour le film policier semble prendre le dessus : Ellery Queen lui avait déjà inspiré *La décade prodigieuse* (avec Orson Welles) et Monteilhet *Docteur Popaul* ; à Frédéric Dard il emprunte *Les magiciens* et à MacBain *Les liens de sang. Violette Nozière* reprend en revanche une affaire criminelle qui défraya la chronique d'avant-guerre et dont s'emparèrent les surréalistes. Nulle allusion à notre époque, mais une reconstitution minutieuse des années 30, en sorte qu'on peut rattacher le film au cycle policier de Chabrol. *Le cheval d'orgueil* marque un nouveau tournant. Chabrol découvre le régionalisme ; mais les traditions de la Bretagne se laissent moins facilement saisir par un Parisien qu'un Périgord ou un Val de Loire déjà largement colonisés par les résidences secondaires. De là l'échec du film qui contraint Chabrol à chercher une nouvelle voie.

Chaffey, Donald

Réalisateur anglais né en 1917.

Près de quarante films dont : Danger Within (Le mouchard, 1959) ; The Prince and the Pauper (1962) ; The Horse Without a Head (L'affaire du cheval sans tête, 1963) ; Jason and the Argonauts (Jason et les Argonautes, (1963) ; One Million Years B.C. (Un million d'années avant J.-C., 1966) ; The Vickings Queen (La reine des Vikings, 1966) ; Creatures the World Forgot (1970) ; Sex Clinic (La masseuse perverse, 1971) ; Charley-One-Eye (Charley le borgne, 1972) ; Persecution (1974) ; Ride a Wild Pony (1976) ; Pete's Dragon (1977) ; The Magic of Lassie (1978) ; Chomps (1979).

Sa célébrité ne repose que sur les merveilleux trucages de Ray Harryhausen dans *Jason* et sur la beauté savamment déshabillée par des peaux de bêtes de Raquel Welch dans *One Million Years B.C.* où elle évoluait au milieu de dinosaures et autres charmants animaux préhistoriques. L'humour de Don Chaffey, qui a débuté dans la carrière comme assistant-décorateur en 1938, se retrouve dans *La reine des Vikings*, joyeuse fantaisie historique. Il ne fut vraiment ambitieux qu'avec *Charley le borgne*, fable raciste et picaresque sur les rapports d'un Noir et d'un Indien métis, pleine d'un symbolisme ambigu (le christ en croix qui sert de cible pour un exercice de tir, le massacre des poulets...) Une œuvre étrange qui va à contre-courant du cinéma humanitaire tant à la mode depuis la fin de la guerre.

Chahine, Youssef

Réalisateur égyptien né en 1925.

Principaux films : Baba Amine (Papa Amine, 1950) ; Le fils du Nil (1951) ; Lutte dans la vallée (1953) ; Ciel d'enfer (1953) ; Seraa fi mina (Les eaux noires, 1955) ; Bab el Hadid (Cairo Station, 1958) ; El Naser Salah el Dine (Saladin, 1963) ; El Ard (La terre, 1969) ; Al Ekhtiar (Le choix, 1970) ; Al asfour (Le moineau, 1973) ; Awdat al Ibn al Dal (Le retour de l'enfant prodigue, 1976) ; Iskindiria.. Leh ? (Alexandrie... pourquoi ?, 1978).

L'une des plus importantes figures du prolifique cinéma égyptien. Il débute en 1950 avec *Papa Amine*, fait débuter Omar Sharif en 1953 dans *Lutte dans la vallée*. Il est reconnu hors d'Égypte comme un réalisateur important grâce à *Cairo Station*. En 1963, il tourne une superproduction, *Saladin*, un film tout à la gloire de Nasser et peu favorable à l'Occident. De plus en plus engagé sur le plan social (*La terre*), il préfère travailler en coproduction avec l'Algérie (*Le moineau, Le retour de l'enfant prodigue, Alexandrie pourquoi ?...*) Ce changement radical de conception, Chahine s'en explique dans *Cinéma 73* : « Mettre en lumière la force de vivre d'un peuple... J'ai commencé à prendre conscience de tout cela, je crois, avec *La terre*. Ce qui n'était qu'instinctuel s'est concrétisé. Assez brusquement. Je crois avoir perdu tout désir de raconter des histoires pour raconter quelque chose. Je suis en train de m'apprendre à avoir assez de courage pour me regarder. Pour me raconter dans une stricte essentialité et, pour ce faire, montrer ce qu'ont été les moments de la vie de l'Égypte que j'ai traversés. Et je crois que mes films depuis *La terre* sont en effet tout autres. » *Le moineau* est la traduction de cette nouvelle aspiration ; considéré comme le chef-d'œuvre de Chahine, le film se veut le reflet du temps des épreuves pour une Égypte qui ne doit pas être celle de Sadate.

Chalbaud, Roman

Réalisateur vénézuélien.

Cain Adolescente (1959) ; Cuentos para mayores (1963) ; La Quema de Judas (1974) ; Sagrado y Obsceno (1975) ; El pez que fuma (1977) ; Carmen, la que contaba 16 anos (1978) ; Los Angeles terribles (1978) ; Bodas de papel (1979).

Auteur dramatique, il s'est intéressé très tôt au cinéma. *La Quema de Judas (L'embrasement de Judas)* et *El pez que fuma (Le poison qui fume)* prennent une place honorable dans le boom du cinéma vénézuélien des années 70. Mais très vite se produisit le reflux. « Seuls Chalbaud et Clemente de la Cerda purent poursuivre leur travail en renonçant cependant à toute ambition pour tourner des œuvres aussi insignifiantes que *Carmen qui avait 16 ans, Les Anges terribles* et *Noces de papier* » (*Les cinémas de l'Amérique latine*, p. 481).

Chalonge, Christian de

Réalisateur français né en 1937.

O Salto (1967) ; L'alliance (1970) ; L'argent des autres (1978) ; Malevil (1981) ; Les quarantièmes rugissants (1982).

Formé à l'I.D.H.E.C., assistant pendant de longues années, il a montré comme réalisateur un sens certain de l'originalité et de l'audace. Il osa, le premier, aborder le problème de l'immigration portugaise dans *O Salto*. Servi par Jean-Claude Carrière, admirable, *L'alliance* est un film, aux confins de la science-fiction, particulièrement réussi. Reprenant le titre d'un roman célèbre de Gaboriau, *L'argent des autres* propose une satire virulente des milieux financiers. *Malevil*, qui souleva une polémique en raison de sa non-sélection à Cannes, revient au problème de l'organisation des survivants après une explosion atomique. Comme à l'habitude, c'est un constat pessimiste que propose Chalonge.

Chamborant, Christian

Réalisateur français, ?-1948.

Police mondaine (1937) ; Patrouille blanche (1942) ; Signé : illisible (1942) ; Rouletabille contre la Dame de Pique (1946) ; Rouletabille joue et gagne (1946).

D'abord directeur de production puis réalisateur, il aurait pu devenir, à considérer une charmante comédie policière comme *Signé : illisible*, un bon spécialiste de la série B à la française s'il ne s'était suicidé en 1948.

Champreux, Jacques

Scénariste et réalisateur français né en 1930.

Comme réalisateur : Bako, l'autre rive (1978).

Petit-fils de Louis Feuillade, fils de l'opérateur Maurice Champreux, on attendait de lui une résurrection du film à épisodes. Il tint promesse en devenant le scénariste de Franju pour *Judex* et *Nuits rouges* et le principal collaborateur de Pierre Prévert, à la télévision, pour *Les Compagnons de Baal*. Mais il n'entendait pas s'enfermer dans un genre qui pouvait paraître désuet. Il signa un film juste et sensible sur un sujet réputé « tabou » et non commercial : l'immigration clandestine des travailleurs africains en France.

Champreux, Maurice

Opérateur et réalisateur français.

Après l'amour (1924) ; Le stigmate (avec Feuillade, 1925) ; Le roi de la pédale (1925) ; Bibi la Purée (1925) ; Les cinq sous de Lavarède (1928) ; Le pays des Basques (1930) ; Hardi les gars (1931) ; Allô Mademoiselle (1932) ; Le grand bluff (1933) ; Touchons du bois (1933) ; Judex (1933) ; Les deux gamines (avec Hervil, 1936).

Gendre de Louis Feuillade, dont il termina *Le stigmate*, il en continua la tradition, refaisant même, à la demande de Bernède, *Judex*. À quarante ans, il se mit à étudier la pharmacie et abandonna le métier de cinéaste.

BIBLIO. : F. Lacassin, *Entretien avec M. Champreux*, *Cinéma* 61, nº 55.

Chanas, René

Réalisateur français né en 1914.

Nombreux courts métrages. Longs métrages : Le jugement dernier (1945) ; La taverne du Poisson couronné (1946) ; La carcasse et le tord-cou (1947) ; Le colonel Durand (1948) ; L'escadron blanc (1949) ; Un sourire dans la tempête (1950) ; Seuls au monde (1951) ; Je suis un mouchard (1952) ; La patrouille des sables (1954).

Parti du bas de l'échelle dans la profession, puisqu'il fut machiniste chez Pathé, il se fit remarquer pour la qualité de ses courts métrages. Son œuvre est très curieuse en tant que réalisateur : on passe de l'insolite *Taverne du Poisson couronné* qui réunit au générique Jules Berry et Michel Simon, à l'épopée impériale (*Le colonel Durand*, personnage de fiction qui s'illustre à Austerlitz) et coloniale (*L'escadron blanc)*.

Chapier, Henry

Réalisateur français.

Un été américain (1969) ; Sex Power (1970) ; Salut Jérusalem (1972) ; Amore (1973).

Critique dans plusieurs journaux puis à la télévision, Henry Chapier s'est voulu aussi réalisateur. Le moins qu'on puisse dire, c'est que ses confrères ne l'ont pas manqué : snobisme, excès d'intellectualisme, etc. *Sex Power* est la meilleure illustration des intentions de Chapier : un jeune homme français nommé Alain rencontre dans des paysages américains cinq femmes : Jane Birkin, Juliette Villard, Bernadette Lafont, Elga Andersen et Catherine Marshall. Les notions de temps et d'espace sont abolies ; tout est mélangé, sans souci de liaison ou de progression. L'image est reine ; elle doit suggérer la rencontre de l'homme cœur avec cinq apparences de la femme. Si *Amore* est une œuvre plus compréhensible, elle n'échappe pas à l'allégorie ; hymne à Venise mais encombré de symboles. Échec d'un intellectuel incapable de s'exprimer en images ?

Chaplin, Charlie, Charles Spencer Chaplin

Acteur, réalisateur, scénariste et compositeur, 1889-1977.

Films : Pour la Keystone (1913-1914, essentiellement acteur, parfois réalisateur) : Making a Living (Pour gagner sa vie) ; Kid Auto Races at Venice (Charlot est content de lui) ; Mabel's Strange Predicament (L'étrange aventure de Mabel) ; Between Showers (Charlot et le parapluie) ; Film Johnnie (Charlot fait du cinéma) ; Tango Tangles (Charlot danseur) ; His Favourite Pastime (Entre le bar et l'amour) ; Cruel, Cruel Love (Charlot marquis) ; Star Boarder (Charlot aime la patronne) ; Mabel on the Wheel (Mabel au volant) ; Twenty Minutes of Love (Charlot et le chronomètre) ; Caught in a Cabaret (Charlot garçon de café) ; A Busy Day (Madame Charlot) ; The Fatal Mallet (Le maillet de Charlot) ; Caught in the Rain (Charlot est encombrant) ; Her Friend the Bandit (Le flirt de Mabel) ; The Knock out (Charlot et Fatty dans le ring) ; Mabel's Busy Day (Charlot et les saucisses) ; Mabel's Married Life (Charlot et le mannequin) ; Laughing Gas (Charlot dentiste) ; The Property Man (Charlot garçon de théâtre) ; The Face on the Barroom Floor (Charlot peintre) ; Recreation (Fièvre printanière) ; The Masquerader (Charlot grande coquette) ; His New Profession (Charlot garde-malade) ; The Rounders (Charlot et Fatty en bombe) ; The New Janitor (Charlot concierge) ; Those Love Pangs (Charlot rival d'amour) ; Dough and Dynamite (Charlot mitron) ; Gentlemen of Nerve (Charlot et Mabel aux courses) ; His Musical Career (Charlot déménageur) ; His Trysting Place (Charlot papa) ; Tillie's Punctered Roman (Le roman comique de Charlot et Lolotte ; Getting Acquainted (Charlot et Mabel en promenade) ; His Prehistoric Past (Charlot roi). *Pour Essanay (1915, il a le contrôle des films)* : His New Job (Charlot débute) ; A Night Out (Charlot fait la noce) ; The Champion (Charlot boxeur) ; In the Park (Charlot dans le parc) ; The Jitney Elopement (Charlot veut se marier) ; The Tramp (Le vagabond) ; By the Sea (Charlot à la plage) ; Work (Charlot apprenti) ; A Woman (Mamzelle Charlot) ; The Bank (Charlot à la banque) ; Shanghaied (Charlot marin) ; A Night in the Show (Charlot au music-hall) ; Carmen (Charlot joue Carmen) ; Triple Trouble (Les avatars de Charlot) ; Police (Charlot cambrioleur). *Pour Mutual (mars 1916-septembre 1917)* : The Floorwalker (Charlot chef de rayon) ; The Fireman (Charlot pompier) ; The Vagabond (Charlot violoniste) ; One A.M. (Charlot rentre tard) ; The Count (Charlot et le comte) ; The Pawnshop (L'usurier) ; Behind the Screen (Le machiniste) ; The Rink (Charlot patine) ; Easy Street (Charlot policeman) ; The Cure (Charlot fait une cure) ; The Immigrant (L'émigrant) ; The Adventurer (Charlot s'évade). *Pour First National* : A Dog's Life (Une vie de chien, 1918) ; The Bond (film de propagande, 1918) ; Shoulder Arms (Charlot soldat, 1918) ; Sunnyside (Idylle aux champs, 1919) ; A Day's Pleasure (Une journée de plaisir, 1919) ; The Idle Class (Charlot et le masque de fer, 1921) ; The Kid (Le Kid, 1921) ; Pay Day (Jour de paye, 1922) ; The Pilgrim (Le pèlerin, 1923). *Pour les Artistes associés :* A Woman of Paris (L'opinion publique, 1923) ; The Gold Rush (La ruée vers l'or, 1925) ; The Circus (Le cirque, 1928) ; City Lights (Les lumières de la ville, 1931) ;

Modern Times (Les temps modernes, 1936) ; The Great Dictator (Le dictateur, 1940) ; Monsieur Verdoux (Monsieur Verdoux, 1947) ; Limelight (Les feux de la rampe, 1952). *En Angleterre :* A King in New York (Un roi à New York, 1957) ; The Countess from Hong Kong (La comtesse de Hong-Kong, 1967).

Un symbole. S'il n'a pas inventé le cinéma, il lui a donné ses lettres de noblesse.

Comme un grand nombre de comiques de l'époque, il vient du music-hall. Il dira dans ses Mémoires qu'il a tout appris avec sa mère, une artiste de talent. A cinq ans, il monte déjà sur les planches pour compenser une défaillance maternelle. Il connaîtra par la suite avec son frère Sydney des moments difficiles : la misère le contraint à danser dans les rues. Il obtient, à dix-sept ans, un engagement dans la troupe de Fred Karno. C'est avec cette troupe qu'il fait deux tournées aux États-Unis, en 1910 et 1912. Il est remarqué par Sennett, alors patron de la Keystone pour laquelle il tourne, en 1914, *Making a Living*. Son personnage n'est pas encore dessiné. Il va l'affiner progressivement aux côtés de Ford Sterling, Chester Conklin, Fatty Arbuckle et surtout Mabel Normand, dans des courts métrages généralement tournés par Henry Lehrman. Très vite Chaplin écrit et dirige lui-même ses films notamment *Caught in the Rain*.

C'est en passant à la compagnie Essanay qu'il va imposer *Charlot*. Dans *The Tramp*, tous les traits du populaire vagabond sont enfin réunis. Il passe ensuite à la Mutual où désormais il tourne moins, avec un soin de qualité plus grand et des acteurs de talent, Eric Campbell, le gros méchant, Leo White, le petit marquis et Hankman, long et maigre. Commence l'ère des chefs-d'œuvre : *Easy Street* (où l'image des bas-fonds est singulièrement précise), *The Cure* (et ses folles poursuites), *The Adventurer*, etc.

L'ambition apparaît nettement dans les films tournés pour First National : métrage plus long, souci de mêler les larmes au rire (le *Kid* est un effroyable mélo par moments), satire sociale et politique (la dénonciation de la guerre dans *Shoulder Arms*). La célébrité est là. Désormais Chaplin est l'une des plus grandes vedettes de Hollywood. Il peut tourner les films qui lui conviennent, à l'abri des exigences des producteurs. Il devient lui-même producteur en fondant avec Mary Pickford, Douglas Fairbanks et Griffith United Artists Corporation. Au retour d'un voyage triomphal en Europe, il met en scène le seul film du muet où il ne joue pas (seule sa silhouette serait visible dans un bref plan) : *A Woman of Paris*, œuvre souvent novatrice sur le plan technique mais qui déçoit le public par son caractère sérieux. C'est ensuite *The Gold Rush* qui marque l'apogée de son art notamment dans la célèbre danse des petits pains et toutes les scènes de la cabane qui l'opposent à Mack Swain avec lequel il partage pour le dîner une chaussure. *City Lights* (belle histoire d'amour où Charlot rend la vue à une aveugle en lui procurant l'argent nécessaire pour une opération) et *Modern Times*, extraordinaire satire du machinisme, confirment ce zénith.

Mais déjà le malentendu s'installe et la calomnie fait son œuvre. On l'accuse d'avoir plagié *A nous la liberté* de René Clair dans *Modern Times ;* sa vie privée est dénoncée. Ses deux premiers divorces d'avec Mildred Harris et Lita Grey, puis son mariage avec Paulette Godard, annoncé seulement en 1936, défrayent la chronique. Dans *Le Dictateur*, il prend vigoureusement parti contre Hitler et les persécutions raciales en Europe. La droite américaine ne le lui pardonnera pas. On dénonce ses opinions « communistes » lorsqu'il réclame l'ouverture d'un second front en Russie. Pourquoi, interroge-t-on, n'a-t-il jamais demandé la nationalité américaine ? *Monsieur Verdoux*, inspiré de l'affaire Landru, qui rompt avec le cycle des Charlot, suscite critiques et boycottage. Le maccartisme le prend pour cible bien qu'il se défende d'appartenir à un parti quelconque. En 1952, venu à Londres présenter *Limelight*, il renonce à tout retour aux États-Unis et va s'établir en Suisse avec sa femme, la fille du dramaturge O'Neill, et ses enfants.

En Europe, il tournera deux films, *A King in New York*, sinistre pitrerie où il entend se venger de l'Amérique, mais sa critique tombe à plat, et *The Countess from Hong Kong*, comédie languissante interprétée par Sophia Loren et Marlon Brando, l'un et l'autre fort mal à l'aise. En 1972, Chaplin revient aux États-Unis pour y recevoir un prix. L'accueil est triomphal. C'est la réconciliation. Mais Chaplin continuera, couvert d'honneurs, à demeurer en Suisse.

Tout a été écrit sur lui, de Louis Delluc à Jean Mitry, Elie Faure, Huff et Leprohon. Il a eu des détracteurs pour des raisons souvent extra-cinématographiques (Rebatet qui lui reproche des origines à demi juives, mises en doute aujourd'hui), et des partisans motivés par des raisons purement politiques (Sadoul est tout heureux d'en faire une victime de l'Amérique et de la chasse aux sorcières). Incontestablement son étoile a pâli dans ses dernières années : ses films européens étaient médiocres, quasi démodés et il empêchait pour des questions sordides de droits la projection de ses chefs-d'œuvre. L'homme déçut, muré dans sa propriété de Vevey, indifférent aux croisades et aux misères du monde. On rendit, à ses dépens, justice à Buster Keaton. Il importe pourtant de n'être pas injuste envers Charlot. Moins pur que Langdon, moins sympathique que Laurel et Hardy, moins poète que Keaton, moins décontracté qu'Harold Lloyd, moins fort en gueule que Fields, Charlot n'en est pas moins un sacré bonhomme.

BIBLIO. : P. Leprohon, *Charlie Chaplin* (1946) ; G. Sadoul, *Vie de Charlot* (1953) ; *Tous les films de Charlot* (nº spécial d'*Image et Son*, mars 1957).

Chapot, Jean

Réalisateur français né en 1930.

La voleuse (1966) ; Les années Lumière (1972) ; Les granges brûlées (1973).

Chapot parut se ranger parmi les marginaux. Ses *Années Lumière* dénonçaient la Belle Époque comme moins « belle » qu'on ne l'a écrit. Puis il parut se ranger en tournant un film dans la tradition classique française avec un couple de monstres sacrés, Signoret/Delon, *Les granges brûlées*. Il s'est si bien rangé que l'on n'a plus entendu parler de lui.

Charell, Éric

Réalisateur allemand, 1895-1974.

Comme réalisateur : Der Kongress tanzt (Le Congrès s'amuse, 1931) ; Caravan (Caravane, 1934).

Producteur d'opérettes, il fut invité par Erich Pommer à diriger une fantaisie musicale sur le congrès de Vienne de 1815 dont le succès fut énorme. Le film eut d'ailleurs trois versions : anglaise, française et allemande. Conrad Veidt, dans le rôle de Metternich, corrompait le Tsar et les congressistes, dont Talleyrand, par la musique viennoise et les jolies filles. Charell ne retrouva pas un succès comparable par la suite ; il est resté comme l'homme d'un seul film.

Charon, Jacques

Acteur et metteur en scène français, 1920-1978.

Comme metteur en scène : A Flea in the Ear (La puce à l'oreille, 1968).

Brillant acteur de la Comédie-Française, il s'amusa à mettre en scène en Angleterre *La puce à l'oreille* de Feydeau, où Rex Harrison faisait merveille.

Chase, Charlie

Acteur, scénariste et réalisateur américain, de son vrai nom Charles Parrott, 1893-1940.

Comme directeur : The Hunt (avec Ford Sterling, 1915) ; Dirty Work in a Laundry (1915) ; Only a Messenger Boy (1915) ; All at Sea (1919) ; Why Go Home ? (1920) ; Live and Learn (1920) ; His best Girl (1921) ; Big Game (1921) ; Blue Sunday (1921) ; The Hustler (1921) ; Days of Old (1922) ; In the Movies (1922) ; The Dum Bell (1922) ; The Stone Age (1922) ; The Courtship of Miles (1923) ; Sandwich (1923) ; Sold at Auction (1923) ; Jack Frost (1923) ; The Bargain of the Century (1933) ; Oh What a Knight (1937) ; The Old Raid Mule (1938) ; Tassels in the Air (1938) ; Ankles Away (1938) ; Halfway to Hollywood (1938) ; Violent Is the Word for Curly (1938) ; Mutts to You (1938) ; A Nag in the Bag (1938) ; Flat Foot Stooges (1938) ; Mutiny on the Body (1939) ; Boom Goes the Groom (1939) ; Saved by the Belle (1939) ; Static in the Attic (1939). *Comme acteur et directeur (avec Eddie Dunn, Walter Weems ou, surtout après 1935, Harold Law) :* The Anglers (1914) ; Do-Ré-Mi-Fa (1915) ; A Dash of Courage (1916) ; Chased into Love (1917) ; Hello Trouble (1918) ; Ship Ahoy (1919) ; Kids Is Kids (1920) ; Sherman Said It (1933) ; Midsummer Mush (1933) ; Luncheon at Twelve (1933) ; The Craked Iceman (1934) ; Four Parts (1934) ; I'll Take Vanilla (1934) ; Another Wild Idea (1934) ; It Happened One Day (1934) ; Something Simple (1934) ; You Said a Hateful ! (1934) ; Fate's Fathead (1934) ; The Chases of Pimple Street (1934) ; Okay Toots ! (1936) ; Poker at Eight (1936) ; Southern Exposure (1936) ; Thie Four-Star Boarder (1936) ; Nurse to You (1936) ; Manhattan Monkey Business (1936) ; Public Ghost nº I (1936) ; Life Hesitates at 40 (1936) ; The Count Takes the Count (1936) ; Vamp Till Ready (1936) ; On the Wrong Treck (1936) ; Neighborhood House (1936).

Chase, frère du réalisateur James Parrott, a travaillé avec Mac Sennett et Chaplin comme acteur. Il dirige Fatty, Sterling et lui-même dans des comédies dont le succès reste limité. C'est avec Hal Roach que son talent s'épanouit au début des années 20. Il révèle Snub Pollard. À partir de 1924, il s'impose comme acteur sous le pseudonyme de Charlie Chase : longue silhouette, petite moustache et gestes empruntés. Ses courts métrages sont dirigés par lui-même ou par Leo McCarey. L'avènement du parlant n'interrompt pas sa carrière. Il collabore, à la Columbia, aux courts métrages d'Andy Clyde ou des Stooge avant de sombrer dans l'alcoolisme. Même sur la fin, ses comédies tranchent sur celles d'Al Christie ou de Del Lord, preuve d'une incontestable personnalité que l'on s'attache à redécouvrir aujourd'hui.

Chautard, Émile

Acteur et réalisateur français, 1881-1934.

Principaux films comme réalisateur : En France, Le gamin de Paris (1910) ; Le médecin malgré lui (1910) ; César Birotteau (1911) ; Mater Dolorosa (1911) ; La légende de l'Aigle (1911) ; Le poison de l'humanité (1911) ; Sapho (1912) ; L'Aiglon (1912) ; La dame de Montsoreau (1912) ; Le sculpteur aveugle (1913) ; La veuve joyeuse (1913) ; Le mystère de la Chambre jaune (1913). *Aux États-Unis :* The Dancer and the King (1914) ; The Arrival of Perpetua (1915) ; The Little Dutch Girl (1915) ; The Boss (1915) ; Human Driftwood (1915) ; The Heart of a Hero (1916) ; Friday the 13th (1916) ; All Man (1916) ; The Hungry Heart (1917) ; The Web of Desire (1917) ; Heart of Ezra Greer (1917) ; The Fires of Youth (1917) ; The Family Honor (1917) ; The Man Who Forgot (1917) ; Forget-Me-Not (1917) ; Magda (1917) ; Under False Colors (1917) ; The Eternal Temptress (1917) ; The Marionettes (Les marionnettes, 1918) ; The House of Glass (La maison de verre, 1918) ; The Ordeal of Rosetta (1918) ; Her Final Reckoning (1918) ; Under the Greenwood Tree (1918) ; A Daughter of the Old South (1918) ; The Marriage Price (1919) ; Eyes of the Soul (1919) ; His Parisian Wife (1919) ; Paid in Full (1919) ; Out of the Shadows (1919) ; The Mystery of the Yellow Room (1919) ; The Black Panther's Cub (1921) ; Forsaking All Others (1922) ; The Glory of Clementina (1922) ; Living Lies (1922) ; Youth to Youth (1922) ; Daytime Wives (1923) ; Untamed Youth (1924).

Acteur de théâtre puis réalisateur au « film d'art » (il adapte Molière, Balzac, Daudet, Dumas et Rostand), il part en 1914 pour les États-Unis où il dirigera de très nombreux films (on lui prête même 26 épisodes de la série *Fantômas*). À partir de 1925, il se consacre exclusivement à son métier d'acteur jouant dans des œuvres aussi diverses que *Shanghai Express* ou *Design for Living.* Il est difficile de caractériser une œuvre qui n'a pas été revue depuis l'avènement du parlant et qui semble en grande partie perdue. D'après les critiques de l'époque, il semble que Chautard ait bénéficié d'une excellente réputation. Le nombre de films qu'il a tournés serait la preuve de ses succès. Les historiens américains font grand cas d'œuvres comme *The Marionettes, The House of Glass* ou *His Parisian Wife*. Il est mort à Hollywood.

Chenal, Pierre

Réalisateur français, de son vrai nom Pierre Cohen, né en 1903.

Courts métrages. Puis : Le martyre de l'obèse (1933) ; La rue sans nom (1934) ; Crime et châtiment (1935) ; Les mutinés de l'Elseneur (1936) ; L'homme de nulle part (1936) ; L'alibi (1937) ; L'affaire Lafarge (1937) ; La maison du Maltais (1938) ; Le dernier tournant (1939). *En Argentine :* Todo un hombre (1942) ; El muerto falta a la cita (1943) ; Se abre el abismo (1945) ; El viaje sin regresso (1946) ; *En France :* La foire aux chimères (1946) ; Clochemerle (1948). *En Argentine :* Sangre Negra (1948). *Au Chili* : El Idolo (1950) ; Confession al amanecer (1952). *En France :* Section des disparus (1956) ; Rafles sur la ville (1957) ; Jeux dangereux (1958) ; La bête à l'affût (1959) ; Les nuits de Raspoutine (1959) ; L'assassin connaît la musique (1963) ; Les libertines (pseudo : Dave Young, 1970).

« Une carrière en zigzag, cosmopolite par excellence, évoquant le parfait petit aventurier de Mac Orlan. Des audaces souvent payantes, des chutes libres succédant à de brillantes performances, d'inévitables accidents de parcours, une retraite prématurée. » Nul n'a mieux défini que Claude Beylie le curieux destin de cet excellent cinéaste qui fit ses débuts sous le signe d'Henri Béraud (*Le martyre de l'obèse*, en amour) et de Marcel Aymé (*La rue sans nom*), excellents patronages, avant de signer quelques petits chefs-d'œuvre de l'avant-guerre, que l'on revoit toujours avec plaisir pour leur atmosphère trouble et l'éclat de leur distribution : *Crime et châtiment, L'alibi* (Jouvet, Stroheim, Baquet), *La maison du Maltais* (Viviane Romance, Dalio, Jouvet, Aimos) et surtout *Le dernier tournant*, première adaptation du *Facteur sonne toujours deux fois*, de Cain et probablement la meilleure grâce au trio Corinne Luchaire, Michel Simon et Fernand Gravey. La guerre interrompit une carrière prometteuse. Il tourna en Argentine et y signa son meilleur film (selon lui), *Sangre Negra* (d'après *Un enfant du pays* de Richard Wright). De retour en France, il réalisa quelques films policiers, mais sans retrouver l'extraordinaire atmosphère de ses bandes d'avant-guerre.

BIBLIO. : *Écran 76*, n° 53.

Chenguelaia, Georgui

Réalisateur russe né en 1937.

Allaverdoba (1967) ; Pirosmani (1972) ; Mélodies du quartier de Veri (1974).

Fils d'un réalisateur géorgien et d'une vedette de cinéma, il a été lui-même formé à l'Institut de Moscou avant de revenir en Géorgie pour y développer un cinéma national. Son œuvre la plus connue, *Pirosmani*, est consacrée à un peintre géorgien Pirosmanachvili.

Cherasse, Jean

Réalisateur français né en 1933.

La vendetta (1962) ; Le clair de lune à Maubeuge (1962) ; Dreyfus, l'intolérable vérité (1973) ; La prise de pouvoir par Philippe Pétain (1979).

Agrégé d'histoire et ancien élève de l'IDHEC, il avait mis au point à la télévision une formule remarquable d'émissions historiques où il mêlait bandes d'actualités, extraits de films, variétés, scènes reconstituées et témoignages d'hommes politiques et d'historiens : ce fut *Présence du passé*. Il transposa cette formule sur grand écran et donna un excellent *Dreyfus* et un non moins saisissant *Pétain*. Sous un apparent kaléidoscope se cache une démonstration rigoureuse : pourquoi Dreyfus était innocent ou comment les hommes politiques de la IIIe République se déchargèrent sur Pétain de leurs erreurs. Le *vrai* film historique.

Chéreau, Patrice

Acteur et réalisateur français né en 1945.

Comme réalisateur : La chair de l'orchidée (1974) ; Judith Terpeauve (1978).

Metteur en scène prestigieux de pièces de théâtre (Labiche, le *Richard II* de Shakespeare, Marivaux) et d'opéras (*Les contes d'Hoffmann* à Paris, le *Ring* à Bayreuth), il n'a pas encore réussi son passage au cinéma. Son adaptation de *La chair de l'orchidée* d'Hadley Chase n'était pas sans qualités mais n'était qu'un film policier parmi d'autres ; quant à *Judith Terpeauve*, du manichéisme naïf du scénario à la direction d'acteurs, tout était catastrophique. Patrice Chereau n'est pas ou pas encore Laurence Olivier.

Chevalier, Pierre

Réalisateur français né en 1916.

Les impures (1954) ; Vous pigez ? (1955) ; L'auberge fleurie (1956) ; Fernand clochard (1957) ; En bordée (1957) ; Le Sicilien (1958) ; Soupe au lait (1959) ; La marraine de Charley (1959) ; Le mouton (1960) ; Auguste (1961) ; Règlements de comptes (1962) ; Clémentine chérie (1963) ; Le bon roi Dagobert (1963) ; Orloff et l'homme invisible (1971) ; Pigalle carrefour des illusions (1972) ; Avortement clandestin (1972).

Longtemps assistant, il n'est passé à la réalisation qu'en 1954. L'avenir réhabilitera peut-être la série des films qu'il a tournés avec Fernand Reynaud (*Fernand clochard, Le Sicilien, La marraine de Charley, Auguste...*). Son meilleur film reste pourtant *Clémentine chérie*, inspiré par Bellus, l'un des meilleurs dessinateurs français d'alors avec Sempé et Faizant. Le film valait surtout pour sa distribution : Pierre Doris, Noiret, Jean Richard, Jacques Dufilho, Galabru, Roquevert... Les dernières œuvres de Chevalier sombraient dans la semi-pornographie.

Chiarini, Luigi

Réalisateur et scénariste italien, 1900-1975.

Comme réalisateur : Via delle Cinque Lune (1942) ; La Bella addormentata (1942) ; La locandiera (1943) ; Ultimore amore (1946) ; Patto col Diavolo (1949).

Les films de Chiarini, un peu ennuyeux, ne doivent pas masquer l'œuvre du théoricien qui écrivit plusieurs livres sur l'art cinématographique, créa en 1937 la revue *Bianco e Nero* et fut l'un des fondateurs du Centro sperimentale di cinematografia. Il dirigea également le Festival de Venise entre 1962 et 1968.

Chomette, Henri

Réalisateur français, 1896-1941.

Jeux des reflets et de la vitesse (1923) ; À quoi rêvent les jeunes filles (1925) ; Cinq minutes de cinéma pur (1925) ; Le chauffeur de Mademoiselle (1927) ; Le requin (1929) ; Le petit écart (1932) ; Prenez garde à la peinture (1932) ; Donogoo (1936) ; Êtes-vous jalouse ? (1938).

Frère de René Clair, il débuta par un reportage sur l'Indochine avant de tourner des films expérimentaux comme *Cinq minutes de cinéma pur.* Avec l'avènement du parlant, il ne signa que des films commerciaux, excepté l'ambitieux *Donogoo* d'après Jules Romains.

Chomon, Segundo de

Opérateur et réalisateur d'origine espagnole, 1871-1929.

En Espagne : Los guapos del Parque (1905) ; Hotel electrico (1905). *En France :* La maison hantée (1907) ; Les ombres chinoises (1907) ; La passion de Jésus (1907) ; La légende du Fantôme (1907) ; Le chevalier mystère (1907) ; Voyage à la planète Jupiter (1907) ; Mars (1908) ; Cuisine magnétique (1908) ; La table magique (1908) ; Transformation élastique (1908) ; Les jouets vivants (1909) ; Voyage au centre de la terre (1909) ; Voyage dans la lune (1909) ; Le sculpteur moderne (1909). *En Espagne :* Amor Gitano (1910) ; La expiacion (1910) ; El puente de la muerte (1910) ; La fatalidad (1910) ; Flores y perlas (1910) ; Pulgacirto (1911).

Il fut vers 1902 le rival espagnol de Méliès, inventant une multitude de trucages grâce à la prise de vue image par image. On lui devrait également, comme opérateur cette fois, l'invention du travelling dans *Cabiria* de Pastrone. Il fut d'ailleurs plus un opérateur et un technicien qu'un véritable réalisateur.

Choub, Esther

Monteuse russe, 1894-1959.

Films de montage : La chute de la dynastie des Romanov (1927) ; La Russie de Nicolas II et de Léon Tolstoï (1928) ; Aujourd'hui (1930) ; K. Ch. E (Komsomol chef de l'électrification, 1932) ; Le métro pendant la nuit (1934) ; Espagne (1937) ; Le pays des Soviets (1937) ; 20 ans de cinéma soviétique (1940, avec Poudovkine) ; Le visage de l'ennemi (1941) ; Du côté de l'Arax (1947).

Spécialiste du film de montage, après avoir été monteuse elle-même. Ses longs métrages (notamment *Espagne* et surtout ceux sur les Romanov), bien que naturellement orientés, sont d'un grand intérêt pour l'historien.

Choux, Jean

Réalisateur suisse, 1887-1946.

En Suisse : La vocation d'André Carel (1925). *En France :* La terre qui meurt (1926) ; Le baiser qui tue (1927) ; Espionnage ou la guerre sans armes (1928) ; Chacun porte sa croix (1929) ; La servante (1929) ; Amours viennoises (1930) ; Un chien qui rapporte (1931) ; Jean de la Lune (1931) ; Le mariage de Mademoiselle Beulemans (1932) ; L'ange gardien (1933) ; La Banque Nemo (supervision, 1934) ; Le greluchon délicat (1934) ; Maternité (1934) ; Paris (1936) ; Une femme sans importance (1937) ; La glu (1937) ; Miarka la fille à l'ours (1937) ; Café du port (1938) ; Paix sur le Rhin (1938) ; Rose de sang (1939) ; Angelica (1939) ; La naissance de Salomé (1942) ; Port d'attache (1942) ; La femme perdue (1942) ; Feu sacré (1942) ; La boîte aux rêves (1943) ; L'ange qu'on m'a donné (1945).

Il fit de remarquables débuts en Suisse avec *La vocation d'André Carel* où Michel Simon se signalait déjà par un rôle pittoresque. En France, il devint célèbre avec *Jean de la Lune* que jouaient René Lefèvre, Madeleine Renaud et Michel Simon. Si Arletty est fort amusante dans *Un chien qui rapporte* et si *La Banque Nemo* (qu'il supervisa) contient des allusions si précises à l'affaire Stavisky qu'elle eut des ennuis avec la censure, le reste de son œuvre ne paraît présenter qu'un intérêt très mince, encore faudrait-il avoir l'occasion de revoir des films comme *La terre qui meurt* (d'après Bazin) ou *Paix sur le Rhin.*

Christensen, Benjamin

Réalisateur danois, 1879-1959.

Au Danemark : Det Hemmelighedsfulde X (L'X mystérieux, 1913) ; Haevens Nat (La nuit vengeresse, 1915). *En Suède :* Häxan (La sorcellerie à travers les âges, 1918). *En Allemagne :* Seine Frau die Unbekannte (1923) ; Unter Juden (1923) ; Die Frau mit dem schlechten Ruf (1925). *Aux États-Unis :* The Devil's Circus (1926) ; Mockery (1927) ; The Hawk's House (1928) ; The Haunted House (1928) ; The House of Horror (1929) ; The mysterious Island (avec Lucien Hubbard, L'île mystérieuse, 1929) ; Seven Footprints to Satan (1929). *Au Danemark :* Skilsmissens Born (L'enfant du divorce, 1939) ; Barnet (L'enfant, 1939) ; Gaa med Mig Hjem (Venez chez moi, 1941) ; Damen med de Lyse (La dame aux gants lumineux, 1942).

Médecin, chanteur d'opéra puis acteur de théâtre, il s'impose à partir de 1913 comme l'un des maîtres du cinéma fantastique. La beauté des images de *Häxan* (l'extraordinaire évocation du sabbat qui combine Bosch et Goya, les scènes de tortures, l'hospice) et l'élévation de son inspiration (la dénonciation des superstitions à travers les âges) font de ce film l'un des chefs-d'œuvre du cinéma. Passé aux États-Unis, Christensen dirige Lon Chaney dans l'extraordinaire *Mockery*, propose une version inattendue de *L'île mystérieuse* de Jules Verne que signe finalement Lucien Hubbard et finit sa carrière américaine sur une fort brillante adaptation d'un roman de Merritt, *Seven Footprints to Satan*. De retour au Danemark, il abandonne le genre qui avait fait sa gloire pour le mélodrame. On rêve aux films qu'il aurait pu tirer de Hodgson, O'Brien, Arnim, Beckford, Machen ou dans une inspiration différente de l'*Hadrien VII* du baron Corvo.

Christensen, Carlos Hugo

Réalisateur argentin né en 1924.

Principaux films : El Demonio es un Angel (1949) ; La Balandra Isabel llego esta tarde (1949) ; Maos Sangrentas (1954) ; Leonora dos Sete Mares (1955) ; Matematica Zero Amor Dez (1958) ; O Rei Pelé (1962) ; Bossa Nova (1964) ; Cronica da Cidade Amada (1965) ; O menino e o vento (1967) ; Anjos e demonios (1969) ; Caingangue (1973) ; Enigma para Demonios (1974) ; A Mulher do Desejo (1975) ; A Morte Transparente (1978) ; A Intrusa (1979).

D'origine argentine, il a tourné ses films les plus importants au Brésil. Mais on lui doit au Venezuela : *El Demonio es un Angel* et *La Balandra Isabel* (*La goélette Isabel*), inspiré d'un conte de Meneses et qui fut couronné à Cannes. Au Brésil, son œuvre s'impose par son ton original, à mi-chemin entre le Cinema Novo et la production courante.

Christian-Jaque

Réalisateur français, de son vrai nom Christian Maudet, né en 1904.

Bison d'or (1932) ; Le tendron d'Achille (1932) ; Adhémar Lamplot (1932) ; Cacolle (1933) ; Un bœuf sur la langue (1933) ; La montre (1933) ; Atroce menace (1934) ; Une vilaine histoire (1934) ; Le père Lampion (1934) ; Compartiment de dames seules (1934) ; La sonnette d'alarme (1935) ; Voyage d'agrément (1935) ; La famille Pont-Biquet (1935) ; Sacré Léonce (1935) ; Sous la griffe (1935) ; On ne roule pas Antoinette (1936) ; L'école des journalistes (1936) ; Un de la Légion (1936) ; Rigolboche (1936) ; Monsieur Personne (1936) ; Josette (1936) ; La maison d'en face (1936) ; Les dégourdis de la onzième (1937) ; Les perles de la couronne (avec Guitry, 1937) ; À Venise, une nuit (1937) ; Les pirates du rail (1937) ; François Ier (1937) ; Les disparus de Saint-Agil (1938) ; Ernest le Rebelle (1938) ; Raphaël le Tatoué (1938) ; Le grand élan (1939) ; L'enfer des anges (1939) ; L'assassinat du Père Noël (1941) ; Premier bal (1941) ; La symphonie fantastique (1941) ; Carmen (1942) ; Voyage sans espoir (1943) ; Sortilèges (1944) ; Boule de suif (1945) ; Un revenant (1946) ; La Chartreuse de Parme (1947) ; D'homme à homme (1948) ; Singoalla (1949) ; Souvenirs perdus (1950) ; Barbebleue (1951) ; Fanfan la Tulipe (1951) ; Adorables créatures (1952) ; Lucrèce Borgia (1952) ; Destinées (un sketch, 1953) ; Madame du Barry (1954) ; Nana (1954) ; Si tous les gars du monde (1955) ; Nathalie (1957) ; La loi, c'est la loi (1958) ; Babette s'en va-t-en guerre (1959) ; La Française et l'amour (un sketch, 1960) ; Madame Sans-Gêne (1961) ; Les bonnes causes (1962) ; La tulipe noire (1963) ; Le gentleman de Cocody (1963) ; Le repas des fauves (1964) ; Guerre secrète (un sketch, 1965) ; La seconde vérité (1965) ; Le Saint prend l'affût (1966) ; Deux billets pour Mexico (1967) ; Les amours de Lady Hamilton (1968) ; Les pétroleuses (avec Casaril, 1971) ; Docteur Justice (1975) ; La vie parisienne (1977).

« Christian-Jaque, auteur de près de 70 films, cinéaste le plus souvent couronné par le succès populaire, sinon critique, contemporain des 50 dernières années du cinéma français, est de toute façon un metteur en scène important », notent avec raison Olivier Barrot et Raymond Chirat dans l'étude qu'ils lui ont consacrée.

D'abord décorateur pour de nombreux films de Hugon, Christian-Jaque entreprend la réalisation de vaudevilles tirés de Bisson ou de Mouézy-Eon qu'on peut encore savourer aujourd'hui au second degré. À partir de 1936 son talent s'affirme : *Monsieur Personne* est un agréable pastiche d'Arsène Lupin. Il ouvre la voie à des films remarquables, bien que « commerciaux » : *Les pirates du rail* (d'après O. P. Gilbert), le célèbre *François Ier* (où Fernandel remonte dans le temps et arrive à la cour des Valois. Grâce au Petit Larousse, il prédit à chaque personnage son destin ; accusé de sorcellerie, il est voué au supplice de la chèvre) ; *Les disparus de Saint-Agil* (tiré du roman de P. Véry), *Ernest le Rebelle* (de Jacques Perret ; il faut avoir vu Le Vigan en dictateur sud-américain !), *Raphaël le Tatoué* qui contient des gags quasi surréalistes (l'entrepreneur démolissant les tribunes), le poétique *Assassinat du Père Noël* (encore Pierre Véry), *Sortilèges*, non moins envoûtant, et la biographie de Berlioz dans *La symphonie fantastique*.

Christian-Jaque avait travaillé pour la firme allemande Continental, mais il sut se ressaisir et entrer dans les F.F.I. Ce qui est tout à son honneur. Ce qui l'est moins, c'est son attitude d'épurateur du cinéma français en 1944-1945. Le rôle qui consiste à chasser les petits camarades de la profession est rarement reluisant. Après 1945, Christian-Jaque poursuivit une carrière encore marquée par de gros succès populaires : *La Chartreuse de Parme, Fanfan la Tulipe* et la série des Martine Carol (*Lucrèce Borgia, Madame du Barry, Nana*) que suivra *Babette s'en va-t-en guerre*, avec Brigitte Bardot. Mais c'est ensuite la dégringolade : films historiques médiocres (*Madame Sans-Gêne*, qui est incontestablement la plus mauvaise des versions tirées de Sardou, *Lady Hamilton...*), policiers essoufflés (*Le Saint prend l'affût* de L. Charteris, *Le repas des fauves...*). Reste le souvenir des années 30-40.

BIBLIO. : R. Chirat et O. Barrot, *Christian-Jaque. Travelling n° 47 (1976).*

Christov, Christo

Réalisateur bulgare né en 1926.

Ikonostasat (L'iconostase, 1968) ; Nakovaina illi Tchouk (L'enclume et le marteau, 1972) ; Posiedno Ljato (Dernier été, 1973) ; Ziklopat (Le cyclope, 1976) ; Barierata (La barrière, 1979) ; Kamionat (Le camion, 1980)

L'une des plus importantes figures du cinéma bulgare, ce réalisateur a été révélé par *Ikonostasat*, une œuvre aux images raffinées. Mais cet esthète n'est pas indifférent aux problèmes de son pays ; il le montre dans des films plus dépouillés comme *L'enclume et le marteau* ou *Le camion*.

Chytilova, Vera

Réalisatrice tchèque née en 1929.

Strop (Le plafond, 1961) ; Le sac de puces (1962) ; O Necem Jinem (Quelque chose d'autre, 1962) ; Perlicky na dne (Petites perles, un sketch, 1965) ; Sedmi Krasky (Les petites marguerites, 1966) ; Ovoce stromu Zajskych Jime (Le fruit du Paradis, 1970) ; Hra o jablko (Un jeu de pomme, 1977) ; Kalamita (1980).

Elle n'est entrée que tardivement à la Famu, la célèbre école du cinéma de Prague, où elle tourna un court métrage, *Rue verte*, et elle a su en sortir en restant elle-même. N'avait-elle pas auparavant fait des études de philosophie et d'architecture, puis, pour gagner sa vie, rempli des emplois de figurante et de mannequin ? C'est elle qui, la première, rompt avec l'académisme officiel, dès *Le plafond* que l'on peut rattacher au « cinéma-vérité » par son souci de l'authenticité. Elle y ajoute une liberté de ton, dans *Les petites marguerites*, qui montre l'influence sur elle de la « nouvelle vague » française. Filmée avec le concours de son époux, l'opérateur Kucera, l'œuvre, remplie de gags, lance les deux héroïnes, Marie I et Marie II, dans un univers tout à fait étranger au réalisme socialiste. À la fin du « printemps de Prague », Chytilova est quasi condamnée au silence. Elle a repris une activité cinématographique en 1977.

Ciampi, Yves

Réalisateur français né en 1921.

Suzanne et ses brigands (1950) ; Un certain monsieur (1950) ; Un grand patron (1951) ; Le plus heureux des hommes (1952) ; L'esclave (1953) ; Le guérisseur (1954) ; Les héros sont fatigués (1955) ; Typhon sur Nagasaki

(1957) ; Le vent se lève (1959) ; Qui êtes-vous Monsieur Sorge ? (1960) ; Liberté I (1961) ; Le ciel sur la tête (1964) ; À quelques jours près (1969).

Médecin, il est venu assez tard au cinéma comme professionnel. Il connut quelques gros succès : *Le grand patron*, sur les milieux médicaux, d'après Pierre Véry, *Les héros sont fatigués* (où Jurgens et Montand se livrent à un exercice insupportable de cabotinage) et le spectaculaire *Typhon sur Nagasaki* qui est aussi un bon document sur le Japon. Malheureusement les films de Ciampi ont mal vieilli à l'exception de son portrait d'un fascinant espion qui exista réellement, M. Sorge.

Cimino, Michael

Scénariste et réalisateur américain né en 1943.

Comme réalisateur : Thunderbolt and Lightfoot (Le canardeur, 1974) ; The Deer Hunter (Voyage au bout de l'Enfer, 1978) ; Heaven's Gate (La porte du paradis, 1981).

Négligeons *Le Canardeur*, film policier assez banal. Mais *The Deer Hunter* marque une étape dans l'évolution du cinéma américain. Il est *le* film sur le Viêt-nam et plus encore l'après Viêt-nam. Admirablement construit en trois volets : avant, pendant, après, il offre une fresque de l'histoire américaine autrement forte que le pâle *Autant en emporte le vent*. Cimino entreprit une nouvelle fresque, celle de la conquête de l'Ouest par les immigrants face aux éleveurs de bétail. Ce fut *Heaven's Gate*. Mais ce film, plein de morceaux spectaculaires, fut mal accueilli aux États-Unis dans la mesure où il inversait les valeurs traditionnelles du western. Guère mieux reçu en Europe, il se solda par un échec financier grave pour Cimino.

The Deer Hunter était une épopée guerrière plus près de la réalité qu'*Apocalypse Now*, un témoignage encombré de symboles sur une guerre qui a traumatisé l'Amérique. *La porte du Paradis* va encore plus loin dans cette mauvaise conscience. Ce n'est plus l'écologie nostalgique de certains films de Peckinpah ou les sarcasmes d'Altman démystifiant les vieilles légendes. Ce Far West, rappelle Cimino, ce ne fut pas seulement le massacre des Indiens mais celui de minorités nationales que l'on élimina physiquement au moment du partage des terres. La porte du paradis s'ouvrit pour eux sur l'enfer. Cet aspect oublié de la conquête de l'Ouest, Cimino le révèle avec une force lyrique exceptionnelle. Mais le public américain, soucieux de se reprendre après le désastre vietnamien, n'a pas voulu l'envisager. Du coup la carrière de Cimino a été provisoirement brisée.

Citti, Sergio

Réalisateur italien né en 1934.

Ostia (Ostia, 1969) ; Storie scellerate (Histoires scélérates, 1972) Casotto (1977) ; Due pezzi di pane (1979).

Collaborateur de Pasolini depuis *Accatone*, il n'a pas paru, dans son œuvre personnelle, pouvoir se débarrasser de cet encombrant patronage. Il fait dans *Ostia* (dont le scénario est de Pasolini) du Pasolini mais sans la force de Pasolini. Mais la fin des *Histoires scélérates*, œuvre hantée par le problème de la castration, n'est pas dépourvue d'humour. Celui qui en bon chrétien répond à Dieu l'interrogeant sur ses préférences entre la terre et le ciel « le ciel » est voué par le Père éternel à l'enfer. Le matérialiste seul aura droit aux jouissances du paradis.

Clair, Philippe

Réalisateur français né en 1930.

Des clics et des clacs (1964) ; La grande java (1970) ; La grande maffia (1971) ; La brigade en folie (1972) ; Le Führer en folie (1973) ; Le grand fanfaron (1976) ; Comment se faire réformer (1978) ; Les réformés se portent bien (1979) ; Ces flics étranges venus d'ailleurs (1979) ; Rodriguez au pays des merguez (1980).

Peut-on tout à fait ignorer un cinéaste qui remplit les salles le samedi soir, même si son œuvre est incroyablement stupide et vulgaire, qu'il s'agisse de vaudevilles militaires *(Comment se faire réformer)* ou d'une parodie du *Cid* chez les pieds-noirs *(Rodriguez au pays des merguez)* ?

Clair, René

Réalisateur français, de son vrai nom René Chomette, 1898-1981.

Paris qui dort (1923) ; Entr'acte (1924) ; Le fantôme du Moulin-Rouge (1925) ; Le voyage imaginaire (1926) ; La proie du vent (1927) ; Un chapeau de paille d'Italie (1928) ; La Tour (doc., 1928) ; Les deux timides (1929) ; Sous les toits de Paris (1930) ; Le million (1931) ; À nous la liberté (1932) ; Quatorze juillet (1933) ; Le dernier milliardaire (1934) ; *En Angleterre* : The Ghost Goes West (Fantôme à vendre, 1935) ; Break the News (Fausses nouvelles, 1937). *Aux États-Unis* : The Flame of New Orleans (La belle ensorceleuse, 1940) ; I Married a Witch (Ma femme est une sorcière, 1942) ; It Happened tomorrow (C'est arrivé demain, 1943) ; And Then There Were None (Dix petits Indiens, 1945). *En France* : Le silence est d'or (1947) ; La beauté du Diable (1950) ; Les belles de nuit (1952) ; Les grandes manœuvres (1956) ; Porte des Lilas (1957) ; La Française et l'amour (un sketch, 1960) ; Tout l'or du monde (1961) ; Les quatre vérités (un sketch, 1962) ; Les Fêtes galantes (1965).

Ce Parisien, fils d'un commerçant du quartier des Halles, fut longtemps considéré comme le cinéaste français par excellence. Pour son ironie et sa finesse, il fut comparé à Voltaire ou à Diderot. Mais, à la lumière de ses derniers films, une révision s'est imposée, cruelle et peut-être injuste, mais nécessaire.

Journaliste, puis acteur dans des films de Feuillade (*L'orpheline, Parisette*), enfin assistant de Baroncelli, il débuta comme réalisateur avec des films d'avant-garde comme *Entr'acte,* sur un scénario de Picabia et une musique d'Erik Satie, avec des interprètes comme Man Ray, Marcel Duchamp, Charensol et Touchagues. Son goût pour un fantastique « à la française », lui inspire *Paris qui dort* et *Le Fantôme du Moulin-Rouge,* mais c'est dans la comédie de Labiche (*Un chapeau de paille d'Italie, Les deux timides*), le film poursuite (*Le million*), la satire du monde des affaires et de l'économie (*À nous la liberté* dont s'inspirera Chaplin pour *Les Temps modernes* et *Le dernier milliardaire,* pittoresque évocation de la crise de 1929 où l'on revient à l'économie de troc : un particulier paie son achat avec une poule et le commerçant lui rend trois œufs) et l'évocation sentimentale du Paris populaire (*Sous les toits de Paris,* l'un des plus gros succès du cinéma français à l'étranger au début du parlant, et *Quatorze juillet*) que René Clair excelle. L'homogénéité de l'œuvre de René Clair tient à sa fidélité à une équipe (le décorateur Meerson, l'opérateur Perinal, les acteurs de second plan Paul Olivier ou Jim Gérald), à une certaine gentillesse du ton, à un humour teinté de mélancolie. Ce cinéaste si français est celui qui s'adaptera le mieux aux conditions de travail des studios étrangers. À Londres, il tourne le délicieux *Fantôme à vendre* : un milliardaire américain achète un château en Écosse pour le faire reconstruire aux États-Unis ; le fantôme suit. Aux États-Unis, où il s'exile, René Clair signe des films infiniment supérieurs à ceux de ses compagnons, Renoir et Duvivier : *The Flame of New Orleans* avec Marlène Dietrich ; *I Married a Witch* qui impose Veronika Lake dans une comédie fantastique comme les aime René Clair ; *It Happened tomorrow* ou comment savoir ce qui va se passer vingt-quatre heures à l'avance, avantage embarrassant quand on apprend ainsi la nouvelle de sa propre mort ; enfin *And Then There Were None,* brillante adaptation des *Dix petits nègres* d'Agatha Christie. De retour en France, Clair tourne un film nostalgique sur le cinéma muet dont le succès est considérable puis une version fort curieuse de *Faust, La beauté du Diable,* où Michel Simon écrase de sa forte présence en un Méphisto pittoresque le malheureux Gérard Philipe, un peu dépassé et que l'on retrouvera un peu plus à l'aise dans *Belles de nuit* et *Les grandes manœuvres,* films très surfaits. L'essoufflement de René Clair apparaît surtout dans *Porte des Lilas* où Georges Brassens et Pierre Brasseur semblent s'être égarés. Faisons charitablement silence sur la suite. Auteur de *Réflexion faite* en 1953 et de *Comédies et commentaires* en 1959, René Clair était élu à l'Académie française en 1960. Ce fut le coup de grâce. Avec beaucoup d'injustice, les cinéphiles ne lui pardonnèrent pas cette avalanche d'honneurs. Il fut de bon ton de lui préférer Pagnol, pourtant lui aussi de l'Académie française, ou Guitry qui fut des Goncourt. Clair en conçut quelque amertume mais sut la dissimuler. Son silence n'implique pas un détachement complet à l'égard d'un art dont il fut l'un des meilleurs serviteurs. Mais il vient un temps où les meilleurs serviteurs doivent savoir prendre leur retraite.

BIBLIO. : G. Charensol et R. Régent, *René Clair* (1979).

Clampett, Bob

Réalisateur américain de dessins animés.

Séries Mimi et Sylvester.

Il a appartenu aux mêmes équipes que Tex Avery, Freleng, McKimson et Chuck Jones. Face aux dessins animés de plus en plus mièvres de Walt Disney, Clampett et ses amis ont développé à l'Universal, à la Warner et à la MGM un style agressif, sadique, où les bons sentiments ne paient jamais, même si, à la fin, le coyote ne mange pas Mimi ni le chat le canari.

Clark, Bob

Réalisateur américain.

The Emperor's New Clothes (1965) ; Children shouldn't Play with Dead Things (1972) ; Dead Night (Le mort-vivant) ; Black Christmas (1975) ; Breaking Point (1976) ; Murder by Decree (Meurtre par décret, 1978) ; Tribute (Un fils pour l'été, 1980).

Un talent original : *Le Mort-vivant,* un rescapé du Viêt-nam, renouvelait le thème du zombie ; *Meurtre par décret* opposait une nouvelle fois Sherlock Holmes à Jack l'Éventreur ; le dénouement mettait en cause la cour d'Angleterre et la Franc-maçonnerie. Clark a le sens des décors et des éclairages ; il sait évoquer la petite ville américaine ou les faubourgs londoniens noyés dans la brume d'où naît peu à peu une atmosphère de terreur.

Clark, James B.

Réalisateur américain.

Under Fire (1957) ; Sierra Baron (1958) ; Villa (1958) ; The Sad Horse (1959) ; A Dog of Flanders (1960) ; One Foot in Hell (Les hors-la-loi, 1960) ; The Big Show (1961) ; Mitsy (1961) ; Drums of Africa (1963) ; Flipper (Aventures en Floride, 1963) ; Island of the Blue Dolphins (1964) ; And now Miguel (La grande escapade, 1966) ; My Side of the Mountain (1969) ; The Little Ark (1972).

À retenir un excellent western, *One Foot in Hell,* où Alan Ladd interprétait un rôle de shérif obsédé par l'idée de vengeance. Le reste est honorable sans plus. Cet ancien monteur a surtout visé dans *The Big Show,* sur le cirque, ou dans *La grande escapade,* un public enfantin. Et il a visé juste : *Flipper* fut un énorme succès.

Clarke, Shirley

Réalisatrice américaine née en 1925.

Dance in the Sun (1953) ; In Paris Parks (1954) ; Bullfight (1955) ; A Moment in Love (1957) ; The Skyscraper (1958) ; Loops (1958) ; Bridges-Go-Round (1959) ; A Scary Time (1960) ; The Connection (1962) ; The Cool World (1963) ; Portrait of Jason (1967).

Une vision très particulière de l'Amérique : la drogue dans *The Connection,* la bande dans *The Cool World,* deux œuvres importantes, deux témoignages sur une Amérique qui n'est pas celle de John Wayne. Dans ses courts métrages précédents sur la danse, elle avait montré des qualités remarquables de technicienne, notamment dans le montage final de *Bridges-Go-Round.* N'avait-elle pas été à ses débuts danseuse et chorégraphe ? Sa ballade des ponts de New York s'en ressentait. Agnès Varda lui rendit hommage dans *Lion's Love.*

Clavell, James

Scénariste et réalisateur né en 1924.

Comme réalisateur (également scénariste et producteur) : Five Gates to Hell (1959) ; Walk Like a Dragon (1960) ; The Sweet and the Bitter (1962) ; To Sir With Love (Les anges aux poings serrés, 1967) ; Where's Jack (1968) ; The Last Valley (La vallée perdue, 1971).

Né en Australie, capitaine dans l'armée anglaise, fait prisonnier par les Japonais, commerçant puis scénariste, il dirige des films peu excitants à partir de 1959, à l'exception du sadique *Five Gates to Hell* et de son contraire *The Last Valley*, superproduction en technicolor et Todd-AO, « vigoureux plaidoyer pour la paix qui se situe dans les belles vallées du Tyrol ensanglantées par les luttes religieuses de la fin du XVIIe siècle » (Lefevre et Lacourbe). Cet écrivain de talent se révélait, dans la dernière séquence de ce beau film méconnu, un extraordinaire visionnaire.

Claxton, William F.

Réalisateur américain.

Half Past Midnight (1948) ; Tucson (1949) ; All That I Have (1951) ; Stagecoach to Fury (1956) ; The Quiet Gun (1957) ; Young and Dangerous (1957) ; Rockabilly Baby (1957) ; God Is My Partner (1957) ; Desire in the Dust (1960) ; Young Jesse James (1960) ; Law of the Lawless (Condamné à être pendu, 1963) ; Stage to Thunder Rock (La diligence partira à l'aube, 1966) ; Night of the Lepus (1972).

Il a signé quelques westerns sans prétention mais menés à un bon rythme et faisant preuve de quelque vigueur dans la mise en scène, ainsi *Law of the Lawless*. Depuis, il s'est consacré aux exploits de Columbo sur le petit écran.

Clayton, Jack

Producteur et réalisateur anglais né en 1921.

Comme réalisateur : The Bespoke Overcoat (1955) ; Room at the Top (Les chemins de la haute ville, 1958) ; The Innocents (Les innocents, 1961) ; The Pumpkin Eater (Le mangeur de citrouille, 1964) ; Our Mother's House (Chaque soir à neuf heures, 1967) ; The Great Gatsby (Gatsby le magnifique, 1974).

Producteur associé pour des œuvres comme *Moulin Rouge* de Huston, il passe à la mise en scène, suscitant de gros espoirs avec *Room at the Top* qui décrivait l'ascension dans une petite ville de la province anglaise d'un jeune arriviste excellemment personnifié par Laurence Harvey, puis avec une très remarquable adaptation du *Tour d'écrou* d'Henry James dont il restituait avec un rare bonheur l'atmosphère fantastique. Les films suivants marquèrent pourtant les limites de Clayton : *Le mangeur de citrouille* ne vaut que par le script de Pinter et *Gatsby*, trahison du roman de Fitzgerald, n'est sauvé de la catastrophe que par les recherches esthétiques de Clayton qui n'apparaît plus que comme un très habile technicien.

Clemens, William

Réalisateur américain né en 1905.

Man Hunt (1936) ; The Case of the Velvet Claws (1936) ; Here Comes Carter (1936) ; The Law in Her Hands (1936) ; The Case of the Stuttering Bishop (1937) ; Footloose Heiress (1937) ; Missing Witness (1937) ; Once a Doctor (1937) ; Talent Scout (1937) ; Accidents Will Happen (1938) ; Mr. Chump (1938) ; Nancy Drew Detective (1938) ; Torchy Blane in Panama (1938) ; Nancy Drew and the Hidden Staircase (1939) ; Nancy Drew Trouble Shooter (1939) ; Nancy Drew Reporter (1939) ; On Dress Parade (1939) ; Devil's Island (1940) ; Calling Philo Vance (1940) ; King of the Lumberjacks (1940) ; Knockout (1941) ; She Couldn't Say No (1941) ; The Night of January 16th (1941) ; Sweater Girl (1941) ; A Night in New Orleans (1942) ; The Falcon and the Coeds (1943) ; Lady Bodyguard (1943) ; The Falcon in Danger (1943) ; The Falcon Out West (1943) ; Crime by Night (1944).

Représentant typique du film de série consacré à un personnage, Nancy Drew, l'avocat Perry Mason (de Gardner) et le détective Philo Vance (de Van Dine) à la Warner ou *The Falcon* à la R.K.O. Il aurait tout aussi bien tourné les aventures du Pied Bot de Valentin Williams ou celles du docteur Cornelius de Gustave Lerouge, si on les avait portées à l'écran. Son style est rigoureusement impersonnel. A la limite on finit par se demander s'il a dirigé ces mornes enquêtes de Philo Vance ou ces pâles aventures du Faucon.

Clément, René

Réalisateur français né en 1913.

La bataille du rail (1945) ; La belle et la bête (avec Cocteau, 1945) ; Le père tranquille (avec Noël-Noël, 1946) ; Les maudits (1946) ; Au-delà des grilles (1948) ; Le château de verre (1949) ; Jeux interdits (1951) ; Monsieur Ripois (1953) ; Gervaise (1955) ; Barrage contre le Pacifique (1958) ; Plein soleil (1959) ; Quelle joie de vivre (1960) ; Le jour et l'heure (1962) ; Les félins (1964) ; Paris brûle-t-il ? (1967) ; Le passager de la pluie (1970) ; La maison sous les arbres (1971) ; La course du lièvre à travers les champs (1973) ; La baby-sitter (1975).

Dans les années qui suivirent la Libération, il apparut comme le n° 1 du cinéma français, se faisant le chantre de la Résistance *(La bataille du rail, Le père tranquille)* et le témoin poétique et lucide de la guerre *(Jeux interdits, Les maudits)*. Il devint même le cinéaste officiel de la Ve République (comme les rois avaient jadis leurs historiographes) avec *Paris brûle-t-il ?* De cette période de sa carrière, il ne reste plus grand-chose : *La bataille du rail* et *Le père tranquille* ont fort mal vieilli, surtout depuis qu'Ophüls a tourné *Le chagrin et la pitié ;* quant à *Paris brûle-t-il ?* (où Alain Delon jouait le rôle de M. Chaban-Delmas), cette œuvre d'une impudente hagiographie a sombré dans le ridicule. Faisons silence sur l'adaptation fort académique de l'*Assommoir* de Zola (*Gervaise*) où Maria Schell était insupportable et sur *Monsieur Ripois* qui n'est plus guère admiré que pour une certaine forme d'humour glacé à l'anglaise. En revanche, René Clément peut être considéré comme un bon spécialiste du film policier : *Au-delà des grilles* n'est pas sans évoquer, plutôt que *Pépé le Moko* ou *Quai des brumes, Et tournent les chevaux de bois* de Robert Montgomery, et a fort bien résisté à l'usure du temps. De même *Plein soleil,* d'après Patricia Highsmith, le meilleur film de Clément, qui vaut pour une admirable photo de Decae et une interprétation hors pair de Ronet et Delon. À son tour Japrisot lui a fourni deux bons scénarios : *Le passager de la pluie* et *La course du lièvre à travers les champs.* La froideur de Clément alliée à un métier solide fait alors merveille dans ce type de thriller cérébral et sans âme.

Clifton, Elmer

Réalisateur américain, 1890-1949.

The High Sign (1917) ; The Midnight Man (1917) ; High Speed (1917) ; Her Official Fathers (1917) ; The Love Claim (1917) ; A Stormy Knight (1917) ; Flirting With Death (1917) ; The Man Trap (1917) ; The Flash of Fate (1918) ; The Two Soul Woman (1918) ; Safe for Democracy (avec Blackton, 1918) ; Brace Up (1918) ; The Guilt of Silence (1918) ; The Eagle (1918) ; Smashing Through (1918) ; Winner Takes All (1918) ; Battling Jane (1918) ; Kiss or Kill (1918) ; The Hope Chest (1918) ; Boots (1919) ; Peppy Polly (1919) ; I'll Get Him Yet (1919) ; Nugget Nell (1919) ; Out of Luck (1919) ; Turning the Tables (1919) ; Mary Ellen Comes to Town (La vocation de Marie, 1920) ; Down to the Sea in Ships (Le Harpon, 1922) ; Six Cylinder Love (1923) ; The Warrens of Virginia (1923) ; Daughters of the Night (1924) ; Truth About Men (1926) ; Wives at Auction (1926) ; The Wreck of the Hesperus (Le naufrage de l'Hesperus, 1927) ; Let'Er Go Gallegher (1928) ; Virgin Lips (1928) ; Beautiful But Dumb (1928) ; Tropical Nights (Passion sous les Tropiques, 1928) ; The Bride of the Colorado (1928) ; The Devil's Apple Tree (1929) ; Maid to Order (1930) ; Captured in Chinatown (1935) ; Rip Roaring Riley (1935) ; Skull and Crown (1935) ; Pals of the Range (1935) ; Cyclone of the Saddle (1935) ; Rough Riding Rangers (1935) ; Fighting Caballero (1935) ; Gambling With Souls (1936) ; Wildcat Trooper (1936) ; Custer's Last Stand (Les vengeurs de Buffalo Bill, 1936) ; Death in the Air (1937) ; Mile a Minute Love

(1937) ; The Secret of Treasure Island (1938) ; Wolves of the Sea (Les forbans du Pacifique, 1938) ; Paroled from the Big House (1938) ; Law of the Texan (1938) ; California Frontier (1938) ; Crime Afloat (1938) ; The Stranger from Arizona (1938) ; Crashing Thru (1939) ; Isle of Destiny (1940) ; The City of Missing Girls (1941) ; I'll Set My Life (1941) ; Hard Guy (1941) ; Swamp Woman (1942) ; Deep in the Heart of Texas (1942) ; The Sundown Kid (1942) ; The Old Chisholm Trail (1943) ; Captain America (avec English, 1944) ; The return of the Rangers (1944) ; Seven Doors to Death (1944) ; Boss of Rawhide (1944) ; Guns of the Law (1944) ; The Pinto Bandit (1944) ; Spook Town (1944) ; Dead or Alive (1944) ; The Whispering Skull (1944) ; Gangsters of the Frontier (1944) ; Marked for Murder (1945) ; Not Wanted (Avant l'amour, 1944) ; The Judge (1949).

Acteur (*Intolerance, Birth of a Nation*), scénariste, assistant de Griffith pour *Way Down East,* il fit longtemps figure de grand spécialiste du film d'aventures maritimes surtout depuis *Down to the Sea in Ships,* qui devait être refait par Hathaway, et *The Wreck of Hesperus* de Longfellow. Lloyd aurait fait appel à lui pour *The Rulers of the Sea.* Il traversa ensuite une période de déclin, semblant voué à diriger des westerns de série Z ou des films à épisodes comme *Captain America.* Ida Lupino lui confia la mise en scène de *Not Wanted,* un film réputé, que l'on dit avoir été en réalité tourné par la productrice. Le directeur de Clara Bow et de Dorothy Gish est mort dans l'anonymat.

Cline, Edward

Réalisateur américain, 1892-1948.

Très nombreux courts métrages burlesques. Longs métrages : Three Ages (Les trois Âges, avec B. Keaton, 1923) ; Circus Days (L'enfant du cirque, 1923) ; The Meanest Man in the World (1923) ; When a Man's a Man (1924) ; Captain January (1924) ; Good Bad Boy (1924) ; Little Robinson Crusoe (1924) ; Along Lame Ruth (1924) ; The Rag Man (1925) ; Old Clothes (Marchands d'habits, 1925) ; Let It Rain (1927) ; Vamping Venus (1928) ; The Head Man (1928) ; The Crash (1928) ; Broadway Fever (1929) ; His Lucky Day (1929) The Forward Pass (1929) ; In the Next Room (1930) ; Sweet Mama (1930) ; Leathernecking (1930) ; The Widow from Chicago (1930) ; The Girl Habit (1931) ; The Naughty Flirt (1931) ; Million Dollar Legs (Folies olympiques, 1932) ; So This Is Africa (1933) ; Peck's Bad Boy (1934) ; The Dude Ranger (1934) ; The Cowboy Millionaire (1935) ; When a Man's a Man (1935) ; It's a Great Life (1935) ; E-Man (1936) ; On Again, Off Again (1937) ; Forty Naughty Girls (1937) ; High Flyers (1937) ; Hawaii Calls (1938) ; Breaking the Ice (1938) ; Peck's Bad Boy With the Circus (1938) ; Go Chase Yourself (1938) ; My Little Chickadee (Mon petit poussin chéri, 1939) ; The Villain Still Pursued Her (1940) ; The Bank Dick (Mines de rien, 1940) ; Never Give a Sucker an Even Break (Passez muscade, 1941) ; Meet the Chump (1941) ; Hello Sucker (1941) ; What's Cookin ? (1942) ; Give Out, Sisters (1942) ; Snuffy Smith, Yard Bird (1942) ; Behind the Eight Ball (1942) ; Private Buckaroo (1942) ; Crazy House (Symphonie loufoque, 1943) ; He's My Guy (1943) ; The Ghost Catchers (1943) ; Night Club Girl (1944) ; Slighty Terrific (1944) ; Swingtime Johnny (1944) ; Penthouse Rhythm (1945) ; See My Lawyer (1945) ; Bringing Up Father (1946) ; Jiggs and Maggie in Society (1948) ; Jiggs and Maggie in Court (avec Beaudine, 1948).

Formé à l'école de Mack Sennett comme Keystone Cop puis comme assistant, il dirigea de nombreux courts métrages voués aux Bathing Beauties. Entre 1920 et 1923, il travaille avec Buster Keaton (17 courts métrages, de *One Week* et *Convict 13* à *The Electric House* et *Day's Dreams,* puis l'extraordinaire parodie de Griffith, *The Three Ages*). À partir de 1925 il rejoint Sennett à Pathé et dirige des courts métrages avec Ben Turpin, Andy Clide, Carole Lombard... Il est le metteur en scène de *Million Dollar Legs*, l'un des meilleurs films de Fields : pour renflouer les caisses de l'État, les athlètes d'un pays imaginaire participent aux jeux olympiques où ils raflent tous les médailles... d'or. Cline retrouve Fields dans *My Little Chickadee* (où Mae West est sa partenaire !), *The Bank Dick* et surtout l'extravagant *Never Give a Sucker an Even Break*. Ce sont Olsen et Johnson, les protagonistes d'*Hellzapoppin*, qu'il met en scène dans *Crazy House*. Le palmarès est éloquent : Cline a été un grand serviteur du burlesque.

Cloche, Maurice

Réalisateur français né en 1907.

Ces dames aux chapeaux verts (1937) ; Départ à Zéro (1941) ; Feu sacré (1941) ; L'invité de la onzième heure (1945) ; Jeux de femmes (1946) ; Pas un mot à la Reine-Mère (1946) ; Cœur de coq (1946) ; Monsieur Vincent (1947) ; Docteur Laennec (1948) ; La cage aux filles (1949) ; La porteuse de pain (1949) ; Né de père inconnu (1950) ; Peppino et Videtta (1950) ; Domenica (1951) ; Rayé des vivants (1952) ; Moineaux de Paris (1952) ; Nuits andalouses (1953) ; Un missionnaire (1955) ; Quand vient l'amour (1955) ; Adorables démons (1956) ; Marchands de filles (1957) ; Là aussi, c'est Paris (1957) ; Les filles de la nuit (1957) ; Prisons de femmes (1958) ; Le fric (1958) ; Bal de nuit (1959) ; Touchez pas aux blondes (1960) ; Cocagne (1960) ; La porteuse de pain (1963) ; Requiem pour un caïd (1964) ; Coplan, agent secret FX (1964) ; Baraka sur X 13 (1965) ; Le Vicomte règle ses comptes (1966) ; Le tueur aime les bonbons (1968) ; Mais toi, tu es Pierre (1971).

Il s'est fait connaître avec *Monsieur Vincent* auquel Pierre Fresnay, admirable saint Vincent de Paul, assura un véritable triomphe. Pendant deux décennies, il a oscillé de façon aberrante entre le cinéma saint-sulpicien (*Un missionnaire; Tu es Pierre*) et les films sur la prostitution (*Les filles de la nuit; Marchands de filles*). Il y ajouta en fin de carrière quelques histoires d'espionnage sans grand relief, de mornes aventures de Coplan ou du Vicomte. Son grand triomphe fut *La porteuse de pain* qu'il tourna deux fois, avec une fidélité à l'original dépourvue de tout humour. La distanciation n'est pas son fort. À considérer ses biographies filmées, *Monsieur Vincent* ou *Le docteur Laennec*, on constate qu'il n'était pas dépourvu de talent. Un talent qu'il a gâché de façon abourde.

Clouse, Robert

Réalisateur américain.

Enter the Dragon (Opération Dragon, 1973) ; Blackbelt Jones (Ceinture noire, 1973) ; Golden Needles (L'aventurière de Hong-Kong, 1974) ; Ultimate Warrior (New York ne répond plus, 1974) ; Amsterdam Kill (Du sang dans les tulipes, 1977) ; The Pack (1977) ; Game of Death (Le jeu de la mort, 1978) ; Big Brawl (Le Chinois, 1980) ; Force Five (Force cinq, 1981).

Spécialiste du film karaté, il fait de son mieux avec des scénarios d'une confondante débilité. *New York ne répond plus* montre d'ailleurs qu'il n'est pas dépourvu de talent : il sut évoquer New York au XXIe siècle, après un cataclysme atomique, de façon très convaincante. Pour le reste, d'*Opération Dragon*, son grand triomphe avec Bruce Lee, jusqu'au *Chinois* où il essaya d'imposer Jackie Chan, il fait de son mieux pour filmer les combats d'expert en arts martiaux auxquels une vague intrigue policière sert de prétexte.

Clouzot, Henri-Georges

Réalisateur et scénariste français, 1907-1977.

Comme réalisateur : L'assassin habite au 21 (1942) ; Le Corbeau (1943) ; Quai des Orfèvres (1947) ; Manon (1949) ; Retour à la vie (un sketch, 1949) ; Miquette et sa mère (1950) ; Le salaire de la peur (1953) ; Les diaboliques (1954) ; Le mystère Picasso (1956) ; Les espions (1957) ; La vérité (1960) ; La prisonnière (1968).

Grand maître du film « noir », il a fait ses débuts comme homme à tout faire de la maison Osso, signant, dit-on, un sketch avec Boucot, *La terreur des Batignolles,* en 1931, et « supervisant » les versions françaises des opérettes allemandes, du type « Château de rêve », sans compter la rédaction d'un nombre impressionnant de scénarios pour Gallone, Baroncelli, Litvak, etc. Mais Clouzot devient parfois plus ambitieux : *Le Duel,* d'après Lavedan, mis en scène par Fresnay. La guerre, avec le départ des ténors (Duvivier, Clair, Renoir) lui offre sa chance. Il signe deux scénarios éblouissants, *Les inconnus dans la maison*, pour Decoin, d'après Simenon, et *Le dernier des six,* pour Lacombe, d'après Steeman. Pourquoi ne deviendrait-il pas metteur en scène ? Son coup d'essai est un coup de maître. *L'assassin habite au 21* est l'un des meilleurs policiers jamais tournés en France : il vaut par l'habileté de l'adaptation du roman de Steeman, une interprétation éblouissante (le trio d'assassins : Larquey, Jean Tissier, Noël Roquevert) et une manière de créer une atmosphère éprouvante propre à Clouzot. Suit *Le corbeau*, l'un des chefs-d'œuvre du cinéma français. Sur un scénario de Chavance, Clouzot a su recréer la vie étouffante et étouffée d'une petite ville de province. Le thème de la lettre anonyme est magistralement exploité. Il faudrait citer toutes les scènes : l'enterrement, la dictée, le dialogue sur le bien et le mal entre Fresnay et Larquey tandis que la lampe oscille de droite à gauche, rejetant à tour de rôle l'un des protagonistes dans l'ombre. Tant de noirceur fit penser à Stroheim, à Céline... mais créa un malentendu. Sous prétexte que le film avait été tourné pour la firme allemande Continental, et qu'il se serait agi d'une œuvre de propagande antifrançaise, Clouzot fut interdit de studio à la Libération. Les historiens évoquent volontiers la chasse aux sorcières à Hollywood, au temps de McCarthy, mais oublient une autre chasse aux sorcières, en France, en 1944-1945, dont furent victimes Clouzot, Guitry et un peu Marcel Carné. Clouzot ne revint qu'en 1947 : retour éclatant avec son deuxième chef-d'œuvre, *Quai des Orfèvres*, où Jouvet faisait une extraordinaire composition d'inspecteur de police et où la peinture du monde pitoyable du music-hall trouvait des accents à la Lautrec. Si *Manon*, transposition moderne du roman de l'abbé Prévost, déçut un peu, Clouzot se retrouva pleinement dans *Le salaire de la peur*, terrible suspense évoquant le transport d'explosifs par camion, réflexion sur la dignité du travail humain, où Yves Montand et Charles Vanel étaient excellents. *Les diaboliques* valurent surtout par leur scénario mais ils n'étaient pas indignes de Clouzot : celui-ci y confirmait sa maîtrise du film policier. Changeant de registre, il entreprit de nous expliquer la manière de créer de Picasso. Utilisant des toiles transparentes, il sut pénétrer, de façon exemplaire, dans le monde de l'artiste, établissant une méthode d'approche de la peinture qu'il reprendra dans ses documentaires télévisés. Dans *Les espions,* sous le signe de Kafka, il joue avec les spectateurs et avec lui-même, prêtant le flanc à un deuxième « procès » que lui intente cette fois la « nouvelle vague ». *La vérité* est en effet un film médiocre qui fut d'ailleurs mal accueilli. Comme *La prisonnière,* ébauche de ce qui devait être le testament artistique de Clouzot, *L'enfer*, mélange de Masoch, Rebell et O, qu'il ne put jamais mener à bien pour des raisons de santé. Sans doute ses deux derniers films l'ont-ils desservi auprès de la jeune critique. Mais comment oublier *Le Corbeau ?* Comme si Clouzot avait eu besoin des « années noires » de l'Occupation pour mieux exprimer cette vision pessimiste du monde qui caractérise une œuvre placée sous le signe du Mal.

BIBLIO. : F. Lacassin et R. Bellour, *Le procès Clouzot* (1964).

Clucher, E. B.

Réalisateur italien, de son vrai nom Enzo Barboni, né en 1922.

Ciakmull l'uomo della vendetta (Ciakmull, 1970) ; Lo chiamavano Trinità (On l'appelle Trinita, 1971) ; ... continuavano a chiamarlo Trinità (On continue à l'appeler Trinita, 1971) ; ... e poi lo chiamarono il Magnifico (El Magnifico, 1972) ; Anche gli angeli mangiano fagioli (Les anges mangent aussi des fayots, 1973) ; Anche gli angeli tirano di destro (1974) ; I due superpiedi quasi piatti (Deux superflics, 1977).

Il a tourné, avec le tandem d'acteurs Terence Hill et Bud Spencer, une série de westerns-spaghetti d'une ironie un peu lourde mais qui imposa le personnage de Trinita. Substituant Giuliano Gemma à Terence Hill, il a continué à exploiter ce filon parodique en s'attaquant au film policier américain des années 30 (*Les anges, deux superflics*). L'inspiration n'est guère meilleure, mais le succès persiste auprès du public.

Cocteau, Jean

Écrivain et réalisateur français, 1889-1963.

Comme réalisateur : Le sang d'un poète (1930) ; La Belle et la Bête (avec R. Clément, 1946) ; L'aigle à deux têtes (1948) ; Les parents terribles (1948) ; Orphée (1950) ; La villa Santo-Sospir (c.m., 1952) ; Le Testament d'Orphée (1960).

Touche-à-tout de génie, il avait été poète, romancier, peintre, chorégraphe, musicien, pourquoi pas cinéaste ? L'activité cinématographique de Cocteau fut plus considérable que ne le laisserait supposer sa filmographie de réalisateur. Il est aussi l'auteur du *Baron fantôme*, de *L'éternel retour*, de *Ruy Blas* ou des *Enfants terribles*, signés par d'autres mais dont il écrivit scénario et dialogues, supervisant la mise en scène. Dès *Le sang d'un poète*, film surréaliste désavoué par le mouvement, son univers est dessiné : la main masturbatoire, la leçon de vol, la mort du poète trahissent les obsessions et les fantasmes du cinéaste-écrivain. Le thème de la mort est repris dans *Orphée*, son œuvre la plus personnelle et la plus élaborée. Il y modernise un mythe ancien tout en le chargeant de ses propres angoisses. Le public lui préféra *La belle et la bête* où Jean Marais, superbement maquillé par Alekan, évoluait dans des décors étrangement beaux de Christian Bérard, ou encore *L'Aigle à deux têtes* où Jean Marais et Edwige Feuillère transcendaient de leur mieux le côté mélodramatique de la pièce, assez platement filmée. *Orphée* se situe à un niveau supérieur. Orphée (Jean Marais) est envoûtée par la Mort, que l'on appelle ici la Princesse (Maria Casarès). Mais celle-ci comprenant que son amour est impossible rend Orphée à Eurydice (Marie Déa) avec la complicité d'un jeune mort, Heurtebise (François Périer). Thème repris et approfondi par Cocteau dans son œuvre la plus mûrie mais aussi la plus difficile, *Le Testament d'Orphée*, film incompris parce qu'étranger à l'école réaliste française, alors entièrement vouée à l'écoute du monde contemporain. Cet illusionniste détonne. En fait on le croit pris à ses propres artifices et il s'en évade pour se réfugier derrière un autre masque. Étonner et séduire, telle semble être sa devise. Mais avec une progression qu'a bien remarquée René Gilson : *Le sang d'un poète* est une sonate, *Orphée* une symphonie, *Le Testament d'Orphée* une suite d'orchestre. Nouvelle pirouette : l'Académie française. Le poète devient « immortel » en 1959, le temps d'attendre la Mort. Elle est au rendez-vous pour chercher Cocteau-Orphée en 1963.

Coggio, Roger

Réalisateur français né en 1934.

Le journal d'un fou (1963) ; Les noces de porcelaine (1975) ; Silence... on tourne (1976) ; On peut le dire sans se fâcher (1978) ; C'est encore loin l'Amérique (1979) ; Les fourberies de Scapin (1980) ; Le bourgeois gentilhomme (1982).

Homme de théâtre venu au cinéma en filmant son excellent *Journal d'un fou*, il n'a guère convaincu ensuite, notamment avec une laborieuse parodie du cinéma pornographique, *Silence, on tourne*, et avec une non moins laborieuse parodie de Woody Allen, *C'est encore loin l'Amérique*. Il s'est retrouvé avec la version cinématographique des *Fourberies de Scapin*, produite dans des conditions très particulières par les syndicats d'enseignants. Pourquoi ne pas continuer ? *Le bourgeois gentilhomme* a suivi, en attendant *L'avare* ou *Les précieuses ridicules*, déjà tournés il est vrai.

Cohen, Larry

Scénariste et réalisateur américain.

Bone (1973) ; Black Caesar (1973) ; Hell up in Harlem (1973) ; It's alive (Le monstre est vivant, 1975) ; The Demon or God Told me to (Meurtres sous contrôle, 1976) ; The Private Life of Edgar Hoover (1976) ; It lives again (Les monstres sont toujours vivants, 1978) ; Full Moon High (1979).

Avec *Le monstre est vivant*, on nageait d'emblée dans l'horreur. À sa naissance, un bébé égorgeait le médecin accoucheur et les infirmières ; prélude à une longue suite de violences, preuve que le crime n'attend pas le nombre des années. *Meurtres sous contrôle* était encore plus original : le Christ revenu sur terre prêchait cette fois le meurtre du prochain. De là une série d'assassinats gratuits qui déroutaient la police. Loin de donner une explication logique, la conclusion renchérissait dans le surnaturel, laissant le spectateur perplexe pour ne pas dire ahuri. Venu de la télévision, bon scénariste (*Return of the magnificent Seven* de Kennedy, *El Condor* de Guillermin, etc.), Cohen, qui a commencé avec des films policiers pour un public noir, est devenu d'une rare efficacité dans l'horreur.

Cohl, Émile

Réalisateur français de films d'animation, de son vrai nom Émile Courtet, 1857-1938.

Principaux films : La Course aux Potirons (1908) ; Le Ski (1908) ; La Force de l'Enfant (1908) ; Le Mouton enragé (1908) ; Fantasmagorie (1908) ; Le Cauchemar du Fantoche (1908) ; Les Agents magnétiques (1908) ; Le Château de cartes (1908) ; La Vie à rebours (1908) ; L'Hôtel du Silence (1908) ; Le Miracle des Roses (1908) ; Un Drame chez les Fantoches (1908) ; Les Allumettes animées (1908) ; Le Cerceau Magique (1908) ; N.I.N.I. c'est fini (1908) ; Le Journal animé (1908) ; Les Frères Boutdebois (1908) ; Le petit Soldat qui devint Dieu (1908) ; Transfiguration (1909) ; Soyons donc Sportifs (1909) ; La Valise diplomatique (1909) ; Les Beaux Arts de Joko (1909) ; La Lampe qui file (1909) ; Japon de fantaisie (1909) ; L'Omelette fantastique (1909) ; L'Argent de poche (1909) ; Le Docteur Carnaval (1909) ; Les Joyeux Microbes (1909) ; Si nous buvions un coup (1909) ; Clair de Lune espagnol (avec Arnaud, 1909) ; Le Linge turbulent (1909) ; Moderne École (1909) ; Clown chez les Lilliputiens (1909) ; Les Couronnes (1909) ; Chaussures matrimoniales (1909) ; L'École du Soldat (1909) ; Porcelaines tendres (1909) ; Génération spontanée (1909) ; Les Châteaux de la Loire (1909) ; La Lune dans ton tablier (1909) ; Don Quichotte (1909) ; Un Chirurgien distrait (1909) ; Les Lunettes fériques (1909) ; Affaire de cœur (1909) ; Cadres fleuris (1910) ; Le Binettoscope (1910) ; Rêve enfantin (1910) ; En route (1910) ; Singeries humaines (1910) ; Le Petit Chanteclair (1910) ; Le Mobilier Fidèle (1910) ; Les Douze Travaux d'Hercule (1910) ; Le Journal Folichon (1910) ; Le Tout Petit Faust (1910) ; Les Quatre Petits Tailleurs (1910) ; Enfance de l'Art (1910) ; Les Beaux-Arts mystérieux (1910) ; La Placière tenace (1910) ; Rien n'est impossible à l'Homme (1910) ; Poudre de vitesse (1911) ; L'Automate acrobatique (1911) ; La Chambre ensorcelée (1911) ; Le Retapeur de Cervelles 1911) ; Aventures d'un bout de papier (1911) ; C'est roulant (1911) ; Le Musée des Grotesques (1911) ; Les Melons baladeurs 1911) ; Les Mésaventures de Jobard (1911) ; La Boîte Diabolique (1912) ; Les jouets animés (1912) ; Allumettes fantastiques (1912) ; Pêle-Mêle cinématographique (1912) ; Aventures de la Famille Cœur de Buis (1912) ; Un poisson disputé (1912) ; L'Homme sans tête (1912) ; Un Jongleur émérite (1912) ; Cuisine-Express (1912) ; Vengeance des Esprits (1913) ; Le Baron de Crac (1913) ; Rêve d'un Garçon de Café (1913) ; Histoire d'un Chapeau (1913) ; Aventures de Maltrace (1913) ; Mr. Stop (1913). *1913-1915 aux U.S.A. :* Série des Snookums. *En France :* Les Aventures des Pieds Nickelés.

L'un des pères du film d'animation avec MacKay. Élève du caricaturiste André Gill, il débute dans les dessins pour la presse avant de proposer à Gaumont ses services. Il avait constaté en effet que cette maison avait plagié l'un de ses dessins sur une affiche ; pour l'apaiser, Feuillade dut l'embaucher comme gagman. À partir de 1908, Cohl se tourna vers la réalisation : films avec acteurs ou marionnettes, cartons découpés ou objets ou encore dessins animés, dont il conçut aussi le scénario. Son sens de l'humour et son esprit inventif s'allièrent pour donner une suite de courts chefs-d'œuvre. Quittant Gaumont, il travailla pour Pathé en 1910 et Éclair en 1912. Il se rendit aux États-Unis pour y étudier les techniques américaines. Sa carrière s'interrompit en 1918 avec les *Pieds Nickelés*, d'après Forton, sur des dessins de Benjamin Rabier, rencontre de trois maîtres qui ne pouvait donner qu'une œuvre maîtresse de l'animation. Réduit à la misère, faute de s'être adapté aux changements du cinéma, Cohl mourut dans des conditions atroces, une bougie ayant mis le feu à sa longue barbe blanche. Il reste l'un des très grands créateurs de l'art cinématographique.

BIBLIO. : R. Maillet, *Émile Cohl*, Anthologie du cinéma (1978).

Coleman, Herbert

Producteur et réalisateur américain.

Posse from Hell (Les cavaliers de l'enfer, 1961) ; Battle at Bloody Beach (1964).

Auteur de deux bons westerns, il vaut mieux que l'oubli dans lequel il est tenu comme réalisateur.

Coletti, Duilio

Réalisateur italien né en 1908.

Pierpin (1935) ; Il fornaretto di Venezia (1939) ; Capitan Fracassa (Capitaine Tempête, 1940) ; La maschera di Cesare Borgia (1941) ; L'adultera (1946) ; Il passatore (Le passeur, 1947) ; Cuore (1948) ; Il grido della terra (Exodus, 1949) ; Il Lupo della Sila (Le loup de la Sila, 1949) ; Romanzo d'amore (Toselli, 1950) ; Miss Italia (1951) ; Libera uscita (1951) ; Zero in amore (1952) ; Wanda la peccatrice (Wanda la pécheresse, 1952) ; I sette dell 'Orsa Maggiore (Panique à Gibraltar, 1953) ; La grande speranza (Tonnerre sous l'Atlantique, (1954) ; Divisione Folgore (1955) ; Londra chiama Polo Nord (Londres appelle Pôle Nord, 1957) ; Gli Italiani sono matti (1958) ; Sotto dieci bandiere (Sous dix drapeaux, 1960) ; Il re di Poggioreale (1961) ; L'uomo di Corleone (1977).

Excellents débuts de ce scénariste avec *Capitaine Tempête* dont les amateurs de films de cape et d'épée gardent un souvenir ému. Il devient vite un bon artisan de films populaires, obtenant parfois de brillantes distributions comme dans *Sous dix drapeaux* (Van Heflin, Laughton, J. Ericson, etc.). Il a collaboré au *Valdez* de Sturges et à *Anzio* de Dmytryk.

Colizzi, Giuseppe

Réalisateur italien, 1925-1978.

Dio perdona...io no (Dieu pardonne, moi pas, 1967) ; I quattro dell'Ave Maria (Les quatre de l'Ave Maria, 1968) ; La collina degli stivali (La colline des bottes, 1970) ; Maintenant on l'appelle Plata (1972) ; Più forte...ragazzi ! (1972) ; Arrivano Joe e Margherito (1974) ; Switch (1979).

Il fut l'inventeur du tandem Terence Hill-Bud Spencer qui anima sur le mode comique le western-spaghetti. C'est son seul titre de gloire. Il faillit récidiver avec un autre tandem, encore plus « ringard » : Tom Skerritt-Keith Carradine. Cette fois le succès ne fut pas au rendez-vous.

Colla, Richard

Réalisateur américain.

False Witness (1970) ; Fuzz (Les poulets, 1972) ; Battlestar Galactica (Galactica, 1978).

Réalisateur sans originalité mais solide ; du cousu main. *Les poulets* s'inscrivaient dans la saga policière des années 70 ; *Galactica* tentait de faire concurrence, sans grande conviction, à la *Guerre des étoiles*.

Collins, Alfred

Réalisateur anglais.

Nombreux courts métrages dont Marriage by Motor (1903) ; Mutiny on a Russian Battleship (1905).

Selon Georges Sadoul, ce pionnier anglais aurait inventé, avant Griffith, le montage, le gros plan et le travelling. Il est aussi l'auteur de la première version du cuirassé Potemkine.

Collins, Lewis D.

Réalisateur américain, 1899-1954.

Principaux films : The Devil's Pit (1930) ; Young Desire (1930) ; Law of the Tongs (1931) ; Via Pony Express (1933) ; Gun Law (1933) ; Public Stenographer (1934) ; Ticket to a Crime (1934) ; The Spanish Cape Mystery (1935) ; The Return of Jimmy Valentine (1936) ; The Wildcatter (1937) ; The House of Mystery (1938) ; Outside the Law (1938) ; Passport to Alcatraz (1940) ; Danger in the Pacific (1942) ; Oklahoma Raiders (1944) ; The Old Texas Trail (1944) ; Danger Woman (1946) ; Killer Dill (1947) ; Jungle Goddess (1948) ; Ride, Ryder, Ride (1949) ; Cowboy and the Prizefighter (1950) ; Man from Sonora (Les trois bandits masqués, 1951) ; Nevada Badman (1951) ; Texas Lawmen (Le gang du Texas (1951) ; Wild Stallion (1952) ; The Gunman (1952) ; Kansas Territory (1952) ; Texas City (1952) ; Fargo (1952) ; Canyon Ambush (1952) ; Texas Marshal (1952) ; The Homesteader (1953) ; Two Guns and a Badge (1954).

Columbia, Universal, Mascot, Monogram, Republic, Eagle Lion : partout où l'on demandait un réalisateur pour westerns ou policiers de la série Z et même au-dessous, Collins répondait présent. À force de tourner sans moyens, c'est-à-dire sans vedettes et sans décors, il ne filma que des œuvres inexistantes où les acteurs se dépêchaient de se tuer pour aller empocher leur maigre cachet. Tant de dépouillement en fait un peu le Bresson du western.

Collinson, Peter

Réalisateur anglais, 1938-1981.

The Penthouse (La nuit des alligators, 1967) ; Up to the jonction (1967) ; The Long Day's Dying (Un jour parmi tant d'autres, 1968) ; The Italien Job (L'or se barre, 1969) ; You Can't Win'Em All (Les baroudeurs, 1970) ; Fright (1971) ; Straight on Till Morning (1972) ; Innocent Bystanders (Nid d'espions à Istanbul, 1972) ; A Man Called Noon (Colts au soleil, 1973) ; Open Season (1974) ; And Then There Were None (Dix petits nègres, 1974) ; The Spiral Staircase (La nuit de la peur, 1975) ; The Sell Out (1975) ; Tomorrow Never Comes (1978) ; The Eartling (1980).

Deux faux employés du Gaz terrorisaient un couple illégitime dans un appartement luxueux où ils s'étaient introduits : rarement le cinéma était allé aussi loin dans le sadisme. Avec *The Penthouse,* Collinson, venu de la télévision, fit une entrée fracassante dans la carrière cinématographique. On en resta là. Si l'on peut s'amuser aux exploits des *Baroudeurs* et frémir pour Jacqueline Bisset dans le remake de *The Spiral Staircase,* on est tout de même loin de la réussite du début. L'un de ses derniers films, jugé trop sanglant, un remake des *Chasses du comte Zaroff,* fut interdit par la censure. On voyait en effet dans *Open Season* un jeune couple traqué par un chasseur sadique. C'est un peu comme si Collinson y renouait avec ses débuts. Il y a également quelques éclairs sadiques dans sa version des *Dix petits nègres* d'Agatha Christie. Ce type de rapports semble avoir été l'une des dominantes de son œuvre.

Colombat, Jacques

Animateur français né en 1940.

Marcel, ta mère t'appelle (1962) ; La tartelette (1967) ; Calaveras (1969) ; La montagne qui accouche (1973).

Élève de Paul Grimault, après avoir étudié à l'École des arts appliqués de Paris, il anime des papiers découpés, faute des moyens traditionnels.

Colombier, Pierre

Réalisateur français, 1896-1958.

Le pendentif (1921) ; M. Lebidois propriétaire (1922) ; Le taxi 313 X 7 (1923) ; Petit Hôtel à louer (1924) ; Soirée mondaine (1924) ; Par-dessus le mur (1925) ; Les étrennes à travers les âges (1925) ; Paris en cinq jours (avec Rimsky, 1926) ; Amour et carburateur (1926) ; Jim la Houlette roi des voleurs (avec Rimsky, 1926) ; Les Transatlantiques (1927) ; Dolly (1928) ; Il ne faut pas jouer avec le feu (1929) ; Chiqué (1929) ; Le roi des resquilleurs (1930) ; Sa meilleure cliente (1931) ; Le roi du cirage (1932) ; Théodore et compagnie (1932) ; Le mariage de Rosine (1932) ; Paris en cinq heures (1932) ; Charlemagne (1933) ; Ces messieurs de la Santé (1934) ; Une femme chipée (1934) ; L'école des cocottes (1934) ; La marraine de Charley (1935) ; Une gueule en or (1936) ; Le Roi (1936) ; Ignace (1937) ; Les rois du sport (1937) ; Le club des aristocrates (1937) ; Tricoche et Cacolet (1938) ; Balthazar (1938) ; Quartier latin (1939) ; Le dompteur (1939) ; Le roi des resquilleurs (1945).

Excellent artisan du film comique à la française : cela va d'Abel Hermant (*Les transatlantiques*) à Milton (*Le roi des resquilleurs*) et Fernandel (*Ignace, Les rois du sport*) en passant par Flers et Caillavet (*Le roi,* d'une irrésistible drôlerie, où se déchaînent Raimu, Victor Francen, André Lefaur et Gaby Morlay). Mais prenons cet auteur comique au sérieux. *Ces Messieurs de la Santé,* splendide histoire d'escroquerie bancaire dominée par Raimu, est un témoignage capital pour l'historien. Derrière la farce, Stavisky n'est pas loin.

Colpi, Henri

Monteur et réalisateur né à Brigue (Suisse) en 1921.

Comme réalisateur : Une aussi longue absence (1960) ; Codine (1962) ; Mona, l'étoile sans nom (1965) ; Heureux qui comme Ulysse (1969) ; L'île mystérieuse (avec Bardem, 1973).

Surtout réputé comme monteur et auteur d'une remarquable étude en son temps sur la musique de film, Colpi s'est voulu aussi metteur en scène. De Marguerite Duras (*Une aussi longue absence*) à Jules Verne (*L'île mystérieuse*), avec une nette préférence pour ce dernier, son itinéraire est honorable. Certains tiennent *Codine,* tourné en Roumanie, pour son chef-d'œuvre.

Combret, Georges

Réalisateur français né en 1906.

Musique en tête (1951) ; Duel à Dakar (1951) ; Tambour battant (1952) ; La pocharde (1952) ; Raspoutine (1953) ; La Castiglione (1954) ; Marie des Isles (1959) ; Les fortiches (1960) ; L'appât (1964) ; Les espions meurent à Beyrouth (1966) ; Le feu de Dieu (1966) ; La malédiction de Belphégor (1967) ; Les déchaînés (1972).

Cinéma sans autre prétention que commerciale, passant du film historique à dominante érotique (*Raspoutine*) au best-seller pseudo-littéraire (*Marie des Isles*), du « polar » (*Les espions meurent à Beyrouth*) au fantastique populaire (*La malédiction de Belphégor* d'après Bernède).

Comencini, Luigi

Réalisateur italien né en 1916.

Proibito rubare (De nouveaux hommes sont nés, 1948) ; L'imperatore di Capri (1949) ; Persiane chiuse (Les volets clos, 1951) ; La tratta delle bianche (La traite des blanches, 1952) ; Heidi (1953) ; Pane, amore e fantasia (Pain, amour et fantaisie, 1953) ; Pane, amore e gelosia (1954) ; La valiglia dei sogni (1954) ; La bella di Roma (La belle de Rome, 1955) ; La finestra sul Luna-Park (1957) ; Mariti in citta (1957) ; Mogli pericolose (1958) ; Le sorprese dell'amore (1959) ; Und das Am Montagmorgen (1959) ; Tutti a casa (La grande pagaille, 1960) ; A cavallo della tigre (A cheval sur le tigre, 1961) ; Il commissario (1962) ; La ragazza di

Bube (La ragazza, 1963) ; La mia signora (2e sketch, 1964) ; Tre Notti d'amore (1er épisode, 1964) ; Le Bambole (Les Poupées, 2e sketch, 1965) ; La biugarda (Le partage de Catherine, 1965) ; Il compagno Don Camillo (Don Camillo en Russie, 1965) ; Incompreso (L'incompris, 1967) ; Italian Secret Service (Les Russes ne boiront pas de Coca-Cola, 1968) ; Infanzia, vocazione e prime esperienze di Giacomo Casanova veneziano (Casanova, un adolescent à Venise, 1969) ; Senza sapere niente di lei (1969) ; Le avventure di Pinocchio (1972, pour la télévision et le cinéma) ; Lo scopone scientifico (L'argent de la vieille, 1972) ; Delitto d'amore (Un vrai crime d'amour, 1974) ; Mio Dio, come sono caduta in basso (Mon Dieu, comment suis-je tombé si bas, 1974) ; La donna della domenica (La femme du dimanche, 1975) ; Signore e signori (Mesdames et messieürs bonsoir, co-réal., 1976) ; Basta che non si sappia in giro (3e sketch, 1976) ; Quelle strane occasioni (La fiancée de l'évêque, 3e sketch, 1976) ; Il gatto (Le chat, 1977). L'ingorgo (Le grand embouteillage, 1979) ; Voltati Eugenio (Eugenio, 1979).

Ses premiers films déçoivent, notamment la série *Pain, amour, etc.* De l'honnête cinéma commercial. On attendait mieux de cet architecte journaliste, collectionneur de vieux films, scénariste de Lattuada et de Soldati, auteur d'un documentaire (*Bambini in citta*, 1946) très remarqué. Et puis c'est *Casanova*, bien supérieur à celui de Fellini, admirable reconstitution de la Venise du XVIIIe siècle, de ses palais et de ses petits métiers, de ses jolies filles et de ses aventuriers. Longhi, Guardi et Canaletto sont au rendez-vous. Comencini s'affirme dans la comédie mi-rose mi-noire avec la fin inattendue de *L'argent de la Vieille*, comédie qu'il sait pimenter d'un aimable érotisme (Laura Antonelli dans *Comment suis-je tombé si bas ?*) sans exclure la critique sociale (le délirant *Embouteillage* de 1979). « Je pense, affirme Comencini, qu'un film doit susciter des sentiments et non représenter des idées, parce que les idées suivent les sentiments et non le contraire. » (*Cinéma 74*, nº 190). Est-ce la raison pour laquelle il excelle à nous présenter dans l'émouvant *Incompris*, comme dans le splendide *Pinocchio*, le monde de l'enfance ? Sans doute tient-on là l'une des clefs de l'œuvre de Comencini.

Comment caractériser l'art de Comencini, devenu l'une des figures de proue du cinéma italien ? « Il maintient, note Gérard Legrand dans l'*Encyclopaedia Universalis*, son œuvre dans le registre tragicomique fréquent du cinéma italien. Si serrée qu'elle soit, la construction du film ne verse jamais dans la pièce à thèse. C'est d'ailleurs grâce à ce contact toujours maintenu avec la vitalité merveilleuse de la comédie italienne, ainsi que par son soin à en doser les éléments jusque dans des films moins passionnants, que Comencini s'est affirmé comme un auteur de films, au sens plein. »

BIBLIO. : *Positif* nº 156-157 ; Gilli *Comencini (1981).*

Comfort, Lance

Réalisateur anglais, 1908-1966.

Principaux films : Penn of Pennsylvania (1941) ; Hatter's Castle (Le chapelier et son château, 1941) ; Squadron Leader X (1942) ; Old Mother Riley Detective (1943) ; When We Are Married (1943) ; Great Day (1945) ; Bedelia (La perle noire, 1946) ; Temptation Harbour (Le port de la tentation, 1947) ; Daughter of Darkness (1948) ; Silent Dust (L'homme à la cicatrice, 1949) ; Portrait of Clare (1950) ; Girl on the Pier (1953) ; Bang ! You're Dead (1954) ; Man from Tangier (L'homme de Tanger, 1957) ; The Breaking Point (1961) ; Pit of Darkness (1961) ; The Painted Smile (1962) ; Touch of Death (1962) ; Live It Up (1963) ; Blind Corner (1963) ; Devils of Darkness (Orgie satanique, 1964) ; Be My Guest (1965).

Prolifique réalisateur anglais, qui oscille entre le film d'aventures (*Bedelia, Man from Tangier*) et l'épouvante (en Bretagne, au siècle dernier, un mariage gitan est interrompu par la mort subite de la mariée, dans *Orgie satanique*). Comfort s'était d'abord spécialisé dans les documentaires médicaux. Avant d'être réalisateur, il fut opérateur puis ingénieur du son.

Comolli, Jean-Louis

Réalisateur français.

Les deux Marseillaises (avec Labarthe, 1968) ; La Cecillia (1976) ; On ne va pas se quitter comme ça (1980) ; L'ombre rouge (1981).

Critique aux *Cahiers du cinéma*, de la génération qui suivit Truffaut et Godard, il se révéla plus théoricien que ses prédécesseurs, trop peut-être, ce qui provoqua une première désaffection à l'égard des *Cahiers*. C'est dire que l'on pouvait craindre de sa part un excès d'intellectualisme dans ses réalisations. *La Cécilia*, histoire d'une commune agricole fondée par des utopistes italiens en Amérique du Sud, surprit agréablement par sa clarté, sa cohérence et la maîtrise de sa mise en scène. Comolli entreprit ensuite de faire connaître le comique Toto en France, grâce à une anthologie hilarante de ses meilleurs gags. *L'ombre rouge*, faute d'un film sur la Commune, montra qu'il avait parfaitement assimilé les techniques du cinéma américain. Fuller n'eût pas désavoué cette œuvre sur les tourments et les remords de deux agents de Staline au temps de la guerre d'Espagne.

Companeez, Nina

Réalisatrice française née en 1939.

Faustine et le bel été (1971) ; L'histoire très bonne et très joyeuse de Colinot Trousse-Chemise (1973) ; Comme sur des roulettes (1976) ; La muse et la madone (1978).

Monteuse et scénariste des principaux films de Michel Deville, elle décide, après *Raphaël ou le débauché*, de voler de ses propres ailes. *Faustine* demeure dans la lignée des comédies précédentes, au point de faire croire que Deville ne comptait pour rien dans la réussite de *Ce soir ou jamais* et de *Benjamin*. Le désastre de *Colinot*, dont Brigitte Bardot ne se releva pas, remit les choses au point. Il fut amplifié par l'échec de la comédie musicale *Comme sur des roulettes*, qui confirma que Nina Companeez avait des idées mais pas de bagage technique. Elle n'en resta pourtant pas là. Reconvertie dans le petit écran, elle fit un malheur avec *Les dames de la côte*.

Condroyer, Philippe

Réalisateur français né en 1927.

Courts métrages. Puis : Tintin et les oranges bleues (1964) ; Un homme à abattre (1967) ; La coupe à 10 F (1974).

D'une affligeante médiocrité (son Tintin a suscité l'écœurement des enfants eux-mêmes) il ne figure ici que pour une œuvre insolite : *La coupe à 10 F*. Un jeune ouvrier se suicide parce que son patron l'a obligé à se couper les cheveux. Dans l'ambiance étouffante de la vie de province, ce film rendait un son curieux, un peu post-soixante-huitard, mais dépassant la politique pour toucher « à un certain malaise existentiel ». Mal compris, *La coupe à 10 F* n'eut aucun succès.

Connor, Kevin

Réalisateur anglais né en 1940.

From Beyond the Grave (Frissons d'outre-tombe, 1973) ; The Land that Time forgot (Le 6e continent, 1974) ; At the Earth's Core (Centre Terre : 7e continent, 1976) ; Dirty Knights' Work (1976) ; Seven Cities to Atlantis (Les sept cités d'Atlantis, 1978) ; An Arabian Adventure (Le Trésor de la Montagne sacrée, 1979) ; Motel Hell (Nuits de cauchemar, 1980).

Il a fait tous les métiers du cinéma avant de devenir un excellent spécialiste du film d'aventures fantastiques. Il se spécialisa dans des adaptations des œuvres de Burroughs, assez éloignées des histoires originales, mais pleines d'effets spéciaux souvent très réussis (*Le 6e continent ; Centre Terre*). Il y montrait un humour qui culmine dans *Nuits de cauchemar*. Un propriétaire de motel, également réputé pour sa charcuterie, assomme les touristes qui s'égarent dans son établissement, les enterre vivants dans le jardin (seule la tête dépasse) et les engraisse pour les débiter ensuite en jambons et saucisses. Son seul remords au moment de mourir : avoir utilisé des produits chimiques pour conserver ses célèbres viandes fumées. Connor a le sens de l'humour noir.

Conrad, William

Acteur et réalisateur américain né en 1920.

Comme réalisateur: The Man from Galveston (1964) ; Two on a Guillotine (Guillotine pour deux, 1965) ; My Blood Runs Cold (1965) ; Brainstorm (1965).

Excellent acteur de composition, puis chef de production à la Warner, il travaille surtout pour la télévision (seul *The Man from Galvestone* a été distribué dans les cinémas). En 1964 et 1965, il signe quelques petits films d'horreur qui ne sont pas dépourvus d'intérêt, dont le terrifiant *Guillotine pour deux* au scénario particulièrement extravagant.

Conway, Jack

Réalisateur américain, 1887-1952.

The Penitents (1915) ; The Beckoning Trail (1916) ; The Social Buccaneers (1916) ; The Silent Battle (1916) ; The Measure of a Man (1916) ; Judgement of the Guilty (1916) ; The Mainspring (1916) ; Bitter Sweet (1916) ; A Jewel in the Pawn (1917) ; Polly Redhead (1917) ; Her Soul's Inspiration (1917) ; The Little Orphan (1917) ; Come Through (1917) ; The Charmer (1917) ; The Bond of Fear (1917) ; Because of a Woman (1917) ; Her Decision (1918) ; You Can't Believe Everything (1918) ; Little Red Decides (1918) ; Desert Law (1918) ; Restless Souls (1918) ; A Diplomatic Mission (1919) ; Lombardi Ltd (1919) ; The Servant in the House (1920) ; Riders of the Dawn (1920) ; The Dwelling Place of Light (1920) ; The Money Changers (1920) ; The U.P. Trail (1920) ; A Daughter of the Law (1921) ; The Kiss (1921) ; The Millionaire (1921) ; The Rage of Paris (1921) ; The Spenders (1921) ; Across the Deadline (1922) ; Another Man's Shoes (1922) ; Don't Shoot (1922) ; The Long Chance (1922) ; Step On It (1922) ; Lucretia Lombard (1923) ; The Prisoner (1923) ; Quicksands (1923) ; Sawdust (1923) ; Trimmed in Scarlet (1923) ; What Wives Want (1923) ; The Trouble Shooter (1924) ; The Heart Buster (1924) ; The Roughneck (1924) ; The Hunted Woman (1925) ; The Only Thing (1925) ; Brown of Harvard (1926) ; Soul Mates (1926) ; The Understanding Heart (1927) ; Twelve Miles Out (1927) ; The Smart Set (1928) ; Bringing up Father (1928) ; While the City Sleeps (1928) ; Alias Jimmy Valentine (La boule blanche, 1928) ; Our Modern Maidens (Ardente jeunesse, 1929) ; Untamed (Indomptée) ; They Learned About Women (avec Wood, 1930) ; The Unholy Three (1930) ; New Moon (1930) ; The Easiest Way (Quand on est belle, 1931) ; Just a Gigolo (1931) ; Arsene Lupin (Arsène Lupin, 1932) ; But the Flesh is Weak (Mais la chair est faible, 1932) ; Red Headed Woman (1932) ; Hell Below (Conflits, 1933) ; The Nuisance (1933) ; Solitaire Man (1933) ; Viva Villa ! (Viva Villa !, 1934) ; The Girl from Missouri (Une étrange aventure, 1934) ; The Gay Bride (1934) ; One New York Night (1935) ; A Tale of Two Cities (1935) ; Libeled Lady (Une fine mouche, 1936) ; Saratoga (Saratoga, 1936) ; A Yank at Oxford (Vivent les étudiants, 1938) ; Too Hot to Handle (Un envoyé très spécial, 1938) ; Let Freedom Ring (Le flambeau de la liberté, 1939) ; Lady of the Tropics (La Dame des Tropiques, 1939) ; Boom Town (La Fièvre du pétrole, 1940) ; Love Crazy (Folie douce, 1941) ; Honky Tonk (Franc jeu, 1941) ; Crossroads (1942) ; Assignment in Brittany (1943) ; Dragon Seed (avec Bucquet, Les fils du Dragon, 1944) ; Without Love (avec Bucquet, 1945) ; High Barbaree (L'île enchantée, 1947) ; The Hucksters (Marchands d'illusion, 1947) ; Julia Misbehaves (La belle imprudente, 1948).

Si ses débuts se sont placés sous le signe de la Triangle et sous le patronage de Griffith, c'est avec la MGM qu'il s'est confondu à partir de 1925, pour ne plus la quitter jusqu'à sa mort. Rapidité du tournage et strict respect des devis, aptitude à reprendre des films abandonnés par un autre metteur en scène (Hawks pour *Viva Villa !* par exemple), excellents rapports avec les acteurs et recettes au Box Office assurées : Conway a toujours eu les faveurs des producteurs. Son œuvre en a souffert. Qu'il évoque la recherche du pétrole (*Boom Town*) ou la Révolution française (*A Tale of Two Cities*), qu'il filme un western ou une comédie, la Chine en guerre (*Dragon Seed*) ou les premiers temps de l'Amérique (*Le flambeau de la liberté*), il s'efface, se contentant de mettre scrupuleusement en images le script qui lui est soumis. Bénéficiant, à l'âge d'or de la MGM, de solides équipes de techniciens, il n'avait qu'à laisser faire, sans chercher à imposer sa marque personnelle. Pas d'état d'âme, pas de message. Le réalisateur rêvé par les producteurs. On ne s'étonnera pas dans ces conditions de la longueur de sa filmographie.

Cook, Clyde

Acteur et réalisateur australien né en 1891.

Série des Dudule.

Il fait ses débuts aux États-Unis comme clown et danseur acrobatique puis entre dans la troupe de Mack Sennett. Il travaille ensuite avec Chester Conklin et semble, d'après certaines sources, avoir dirigé alors plusieurs de ses courts métrages qui le feront connaître en France sous le nom de Dudule. Il rejoint ensuite Hal Roach, et continue une carrière d'acteur jusqu'en 1953.

Cook, Fielder

Réalisateur américain né en 1923.

Patterns of Power (1956) ; Big Deal at Dodge City (Gros coup à Dodge City, 1966) ; A Big Hand for the Little Lady (1966) ; How to Save a Marriage and Ruin Your Life (Bague au doigt, corde au cou, 1968) ; Prudence and the Pill (1968) ; Eagle in a Cage (1971) ; From the Mixed-Up Files of Mrs. Basil E. Frankweiler (1973) ; Too Far to Go (1982).

Réalisateur à la télévision, il a tourné quelques films pour le grand écran sans jamais imposer une œuvre. *Patterns of Power* décrit la lutte pour le pouvoir au sein d'une grande compagnie, sujet traité plus vigoureusement par Wise dans *Executive Suite* ; *Big Deal at Dodge City* est un western au scénario ingénieux mais sans véritable action ; *Prudence and the Pill* se classe parmi les comédies agréables mais éludant les vrais problèmes ; quant à *Eagle in a Cage*, il évoque la captivité de Napoléon (joué ici par Gieguld) à Sainte-Hélène. Est-ce en raison de sa médiocrité ou d'une éventuelle partialité que ce film est resté inédit en France ?

Cooper, Merian

Réalisateur américain, 1893-1973.

Films : cf. E.B. Schoedsack.

Il fut le fidèle collaborateur de Schoedsack et signa avec lui le fameux *King-Kong*. Il fut surtout un producteur alors que la partie artistique des films qu'ils tournèrent en commun était surtout du ressort de Schoedsack.

Coppola, Francis Ford

Producteur, scénariste et réalisateur américain né en 1939.

Comme réalisateur : Tonight For Sure ! (1962) ; Dementia 13 (1963) ; You're a Big Boy Now (Big Boy, 1966) ; Finian's Rainbow (La vallée du bonheur, 1968) ; The Rain People (Les gens de la pluie, 1969) ; The Godfather (Le Parrain, 1972) ; The Conversation (Conversation secrète, 1974) ; The Godfather, Part II (Le Parrain, 2e partie, 1975) ; Apocalypse Now (Apocalypse Now, 1979) ; One from the Heart (1982).

Un cinéma à l'échelle des États-Unis. Fils du chef d'orchestre et compositeur Carmine Coppola, passionné de cinéma dès 1948, au point de tourner lui-même des films d'amateur en 16 mm, il a appris les méthodes de travail moderne avec Roger Corman qui était tout à la fois producteur et réalisateur, et s'attachait à regrouper autour de lui des équipes de jeunes cinéastes. Rapidité et efficacité étaient les mots d'ordre de Corman dont Coppola tourna plusieurs films en deuxième équipe ainsi que *Dementia 13*. Passons néanmoins sur les premiers essais de Coppola. En 1968, il s'établit à Los Angeles et y fonde l'American Zoetrope où travaille une nouvelle génération : Scorsese, Millius, Lucas ; puis en 1971, il crée avec Bogdanovich et Friedkin la Director's Company. Son premier succès, *Le Parrain*, renouvelle le thème du film de gangsters. Il donne une impression d'écrasement et d'ennui, par rapport au livre, et il est permis de lui préférer sur le thème de la Mafia des bandes anciennes, plus nerveuses et plus violentes comme *La main noire* de Thorpe ou *Pay or Die* de Richard Wilson. Tel ne fut pas l'avis du public. Coppola donna à son *Parrain* une suite qui paraît plus incisive et plus maîtrisée. Dans l'intervalle, il a tourné un film très moderne quant à son sujet et à son traitement : *Conversation secrète*. Le goût de Coppola pour la démesure éclate avec *Apocalypse Now*, adaptation – très éloignée de l'original – d'un roman de Conrad transposé lors de la guerre d'Indochine. D'une perfection technique rarement atteinte, cette œuvre impressionne plus par la qualité de l'image et du son que par le caractère visionnaire et les intentions – au demeurant ambiguës – qu'a souhaité y mettre Coppola. Celui-ci continue à travailler dans le sens d'une amélioration des techniques et à préparer le cinéma de demain c'est-à-dire le cinéma électronique. Il vient d'ailleurs, en 1980, de découvrir Abel Gance et de faire projeter aux États-Unis son immortel et toujours jeune *Napoléon*, avec un orchestre de 60 musiciens pour l'accompagner, sur une musique de Coppola père. Deux pionniers, ne connaissant pas le sens de la mesure, se sont ainsi rencontrés.

Corbucci, Bruno

Réalisateur italien né en 1931.

James Tont operazione UNO (1965) ; James Tont operazione DUE (1964) ; Questo pazzo, pazzo mondo della canzone (avec Grimaldi, 1966) ; Ringo e Gringo contro tutti (1967) ; Spia spione (1967) ; Ridera (1968) ; Marinai in coperta (1968) ; Peggio per me...meglio per te (1968) ; Rainbow (1968) ; I due pompieri (1969) ; Zum, zum, zum (1969) ; Isabella duchessa dei diavoli (Isabelle duchesse du diable et de l'amour, 1969) ; Nel giorno del signore (1970) ; Due bianchi nell'Africa nera (1970) ; Lisa dagli occhi blu (1971) ; Io non spezzo...rompo (1971) ; Bolidi sull'asfalto a tutta birra (1971) ; Il furto è l'anima del commercio (1971) ; Quando gli uomini armarono la clava e... con le donne fecero din-don (1971) ; Boccacio (1972) ; Il prode Anselmo e il suo scudiero (1972) ; Tutti per uno...botte per tutti (Les rangers défient les karatekas, 1973) ; A forza di sberle (1974) ; Il trafficone (1974) ; Squadra antifurto (1976) ; Squadra antiscippo (Flics en jeans, 1976) ; Messalina Messalina (Messaline, 1977) ; Il figlio dello sceicco (1978) ; Squadra anti-mafia (1979) ; Squadra antigansters (1979) ; Assassinio sul Tevere (1979).

Frère de Sergio et spécialisé comme lui dans le cinéma populaire, il ne le vaut pas. Sa version érotique « soft » de la vie de Messaline n'a plus rien à voir avec Tacite et Suétone et accumule les gags les plus usés joués par des acteurs pitoyables. Mais pour le juger équitablement, il faudrait avoir vu de ce côté des Alpes davantage de films de Corbucci.

Corbucci, Sergio

Réalisateur italien né en 1927.

Salvate mi figlia (1951) ; La peccatrice dell'isola (La fille de Palerme, 1953) ; Terra straniera (1954) ; Baracca e burattini (1954) ; Acque amare (1954) ; Carovana di canzoni (1955) ; Suonno d'ammore (1955) ; Gioventù disperata (1957) ; A vent'anni è sempre festa (avec Duse, 1957) ; Suprema confessione (1958) ; I ragazzi dei Parioli (1959) ; Chi se ferma e perduto (1960) ; Romolo e Remo (Romulus et Remus, 1961) ; Toto, Peppino e la dolce vita (1961) ; I due marescialli (1961) ; Maciste contro il vampiro (avec Gentilomo, Maciste contre le fantôme, 1961) ; Lo smemorato di collegno (1962) ; I figlio di Spartacus (Le fils de Spartacus, 1962) ; Il giorno piu corto (1962) ; Il monaco di Monza (1963) ; Gli onorevoli (1963) ; Minnesota Clay (L'homme du Minnesota, 1964) ; I figli del leopardo (1965) ;

L'uomo che ride (L'homme qui rit, 1965) ; Django (Django, 1966) ; Un dollaro a teste (1966) ; I crudeli (1966) ; Johnny Oro (Ringo au pistolet d'or, 1966) ; Navajo Joe (Navajo Joe, 1966) ; Bersaglio mobile (1967) ; Il grande silenzio (Le grand silence, 1968) ; Il mercenario (El mercenario, 1968) ; Gli specialisti (Le spécialiste, 1969) ; Vamos a matar, companeros (Companeros, 1970) ; Er piu storia d'amore e di coltello (1971) ; Che c'entriamo noi con la rivoluzione (Mais qu'est-ce que je viens foutre dans cette révolution ?, 1972) ; J and S, cronaca criminale del Far West (Far West Story, 1972) ; Il bestione (Deux grandes gueules, 1974) ; Il bianco, il giallo, il nero (Le blanc, le jaune et le noir, 1975) ; Di che segno sei ? (1975) ; Bluff storia di truffe e di imbroglioni (Bluff, 1976) ; Il signor Robinson mostruosa storia d'amore et d'aventure (1976) ; Tre tigri contro tre tigri (avec Steno, 1977) ; Ecco noi per esempio (1977) ; La mazzetta (Le pot de vin, 1978) ; Pari e dispari (Pair et impair, 1978) ; Giallo napoletano (1979) ; Supersnooper (Un drôle de flic, 1980) ; Who Finds a Friend, Finds a Treasure (Salut l'ami, adieu le trésor, 1981).

D'abord scénariste, Corbucci a pratiqué tous les genres du cinéma populaire italien : film chantant, mélodrame, comédie avec Toto, western-spaghetti, péplum, comédie contestataire, policier, Mafia : tout y passe dans une filmographie surabondante qui provoque le dédain des critiques. En fait Corbucci est un excellent artisan qui compte plusieurs réussites : *Le Grand silence* qui oppose dans la neige du Grand Nord, où règnent les chasseurs de prime, Trintignant à Kinski, est un des meilleurs westerns italiens par l'aspect insolite de son scénario et la beauté des images. Quant à *Mais qu'est ce que je viens foutre au milieu de cette révolution ?*, ce film vaut bien des comédies engagées. Bref Corbucci est un excellent conteur qui, avec les moyens du bord (mais que peut-il faire quand on lui impose Johnny Halliday dans un western comme *Le spécialiste*, sinon limiter les dégâts ?) fait toujours bien son travail. A ne pas dédaigner.

Corman, Roger

Producteur et réalisateur américain né en 1926.

Comme réalisateur : Five Guns West (Cinq fusils à l'Ouest, 1955) ; The Apache Woman (La femme apache, 1955) ; The Day the World Ended (1955) ; It conquered the World (1956) ; The Oklahoma Woman (1956) ; Swamp Women (1956) ; Gunslinger (1956) ; The Undead (1956) ; Not of This Earth (1956) ; Naked Paradise (1957) ; Attack of the Crab Monsters (1957) ; Rock All Night (1957) ; The She-Gods of Shark Reef (1957) ; The Vicking Women and the Sea Serpent (1957) ; Teenage Doll (1957) ; Sorority Girl (1957) ; Carnival Rock (1957) ; War of the Satellites (1958) ; Machine Gun Kelly (Mitraillette Kelly, 1958) ; Teenage Caveman (1958) ; I, Mobster (1958) ; A Bucket of Blood (Un baquet de sang, 1959) ; The Wasp Woman (1959) ; Ski Troop Attack (1960) ; House of Usher (La chute de la maison Usher, 1960) ; The Little Shop of Horrors (La petite boutique des horreurs, 1960) ; The Last Woman on Earth (1960) ; Creature from the Haunted Sea (1960) ; Atlas-USA (1960) ; The Intruder (1961) ; The Pit and the Pendulum (La chambre des tortures, 1961) ; Tower of London (1962) ; Premature Burial (Enterré vivant, 1962) ; Tales of Terror (1962) ; The Terror (1962) ; The Young Racers (1962) ; The Raven (Le corbeau, 1963) ; The Man With the X-Ray Eyes (1963) ; The Haunted Palace (La malédiction d'Arkham, 1963) ; The Secret Invasion (L'invasion secrète, 1963) ; The Masque of the Red Death (Le masque de la Mort rouge, 1964) ; The Tomb of Ligeia (La tombe de Ligeia, 1964) ; The Wild Angels (Les anges sauvages, 1966) ; The St. Valentine's Day Massacre (L'affaire Al Capone, 1966) ; The Strip (1967) ; Bloody Mama (1970) ; Gas-s-s-s ! (1970) ; Von Richthofen and Brown (Le baron rouge, 1971).

Il a été un producteur avisé et un extraordinaire révélateur de talents, au point que le National Film Theatre de

Londres pouvait organiser une rétrospective, sous le titre de « the Corman Connection », englobant des œuvres de Coppola, Hellman, Harrington, Sanders, Bogdanovich, Millius, Scorsese, Carver, Bartel, Dante, etc. sans oublier l'acteur Jack Nicholson et l'écrivain Robert Towne.

Il fut aussi le plus rapide et le plus prolifique des réalisateurs dans les années 60, produisant une longue suite de films de science-fiction, de comédies musicales et de films de gangsters d'où n'émergent que *Machine Gun Kelly*, superbe biographie de tueur où Bronson était plus vrai que nature, et *La petite boutique des horreurs* où une plante carnivore dévorait tout ce qui passait à proximité dont un cambrioleur : dans un hoquet, elle rendait son revolver jugé trop indigeste. Fautes de raccords et micro dans le champ caractérisent ces films bâclés en quelques jours.

Le cycle Edgar Poe fut plus soigné et contribua à la réputation de Corman en Europe. Une équipe d'acteurs (Vincent Price, Leo Gordon, Peter Lorre, Basil Rathbone, Boris Karloff), de techniciens (l'opérateur Floyd Crosby) et de scénaristes (Charles Beaumont, Charles Griffith, R. W. Campbell et surtout Robert Towne et Richard Matheson) bien rodée permit à Corman de mettre en scène huit adaptations très réussies (quoique parfois bien lointaines) de Poe. La splendeur des couleurs et l'intelligence des scénarios (surtout *The Raven* qui transforme le poème de Poe en un burlesque duel entre Price, Lorre et Karloff s'achevant en feu d'artifice) en font les meilleures peut-être jamais tournées. On fit un grand succès aux *Anges sauvages,* film consacré aux bandes de motocyclistes de la côte Ouest, auquel Daniel Haller donna une suite, puis aux violentes évocations de l'âge d'or du gangstérisme que furent *L'affaire Al Capone* et *Bloody Mama* ; mais Corman est resté comme un spécialiste du fantastique, le producteur ayant pris le relais du réalisateur et imposé sous son label les excellents films de Bartel et de Dante.

Corneau, Alain

Réalisateur français né en 1943.

France société anonyme (1975) ; Police Python (1976) ; La menace (1977) ; Série noire (1979) ; Le choix des armes (1981).

Il a pris la succession de Melville comme spécialiste du film noir. Soin apporté à la photographie, choix d'interprètes éprouvés, scénarios élaborés mais sans surprises, il est ainsi devenu le grand maître du film policier. Toutefois, avec *Le choix des armes*, la critique a commencé à renâcler : personnages conventionnels (Depardieu en tueur fou, Montand en caïd retiré des affaires et voué à une « tempête sous un crâne »), intrigue cent fois évoquée, jeux d'appareil à l'esbroufe... et Yves Montand commençant à s'user à force de s'en servir. Au vu de son premier film, on attendait davantage, semble-t-il, de Corneau.

Cornelius, Henry

Réalisateur anglais d'origine allemande, 1913-1958.

Northwards (c.m., 1940) ; Who Me ? (1942) ; Libya (c.m., 1942) ; Passport to Pimlico (Passeport pour Pimlico, 1949) ; The Galloping Major (Le major galopant, 1951) ; Genevieve (Geneviève, 1953) ; I Am a Camera (1955) ; Next to No Time (L'heure audacieuse, 1958).

Il appartenait à cet Allemand d'Afrique du Sud, élève de Reinhardt à Berlin puis réfugié en Grande-Bretagne à l'avènement d'Hitler, d'être l'un des pères de la comédie humoristique anglaise. Mais faute de virulence, *Passeport pour Pimlico* (un quartier de Londres reprend son autonomie) ou *Geneviève* apparaissent bien mièvres aujourd'hui par rapport au chef-d'œuvre du genre : *Noblesse oblige* de Hamer.

Cornfield, Hubert

Réalisateur américain né en 1929.

Sudden Danger (1955) ; Lure of the Swamp (Le secret des eaux mortes, 1957) ; Plunder Road (Hold-up, 1957) ; The Third Voice (Allô, l'assassin vous parle, 1959) ; Pressure Point (1962) ; The Night of the Following Day (La nuit du lendemain, 1969) ; Les grands moyens (1975).

Peu de films mais d'une violence contrôlée (Richard Boone en tueur sadique était hallucinant dans *La nuit du lendemain* où il s'opposait à Marlon Brando) et servis par des scénarios subtils (*The Third Voice* où le héros prend la place d'un mort et se trouve entraîné dans une aventure cauchemardesque). Un talent mineur mais certain, qui s'est toutefois dilué dans *Les grands moyens* où de vieilles dames à la Faizant multipliaient les meurtres. C'était, il est vrai, un film français.

Cortez, Ricardo

Acteur et réalisateur américain, de son vrai nom Jake Krantz, 1899-1977.

Comme réalisateur: The Inside Story (1938) ; Chasing Danger (1939) ; The Escape (1939) ; Heaven With a Barbed Wire Fence (1940) ; Free, Blonde and 21 (1940) ; The Girl in 313 (1940) ; City of Chance (1940).

Acteur du type « Latin-lover » et créateur du rôle de Sam Spade dans *The Maltese Falcon*, première version, il dirigea quelques petits films sans prétention quand sonna l'heure de la retraite pour le séducteur.

Coscarelli, Don

Réalisateur américain né en 1959.

Jim, the World's Greatest (1976) ; Kenny and Co (1978) ; Phantasm (Phantasm, 1978) ; Phantasm 2 (1979) ; The Beatmaster (1980).

D'origine italienne, il a été, grâce à *Jim, the World's Greatest,* le plus jeune réalisateur d'Hollywood. C'est *Phantasm,* film de terreur fondé sur le macabre (un cimetière y joue le rôle essentiel) qui l'impose. Producteur, scénariste, monteur et directeur de la photographie, Coscarelli est un auteur complet.

Costa, Mario

Réalisateur italien né en 1908.

Fontane di Roma (c.m., 1938) ; La sua strada (1943) ; Il Barbiere di Siviglia (Le barbier de Séville, 1947) ; L'elisir d'amore (L'élixir d'amour, 1948) ; Il segreto di Don Giovanni (1948) ; Follie per l'opera (Nuit de folie à l'opéra, 1949) ; I pagliacci (Paillasse, 1951) ; Cavalcata d'eroi (1949) ; Canzone di primavera (La séductrice, 1952) ; Trieste Mia (1952) ; Citta canora (Marquée par le destin, 1952) ; Perdonami (Pardonne-moi, 1953) ; Ti ho sempre amato (1954) ; Per salvarti ho peccato (1954) ; Pieta per chi cade (Pitié pour celle qui tombe, 1954) ; Gli amori di Manon Lescaut (Les amours de Manon Lescaut, 1955) ; Prigioneri del male (1956) ; Arriva no i dollari (1957) ; La belle dell'aria (1958) ; Addio per sempre (1959) ; Il cavaliere del castello maledetto (Le chevalier du château maudit, 1959) ; I reali di Francia (1960) ; La venere dei pirati (La reine des pirates, 1961) ; Il conquistatore di Corinto (La bataille de Corinthe, 1962) ; Gordon il pirate nero (Gordon chevalier des mers, 1962) ; Il Figlio delle sceicco (Le fils du cheikh, 1962) ; Il gladiatore di Roma (Le gladiateur de Rome, 1962) ; Il terrore dei mantelli rossi (Les cavaliers de la terreur, 1965) ; Buffalo Bill l'eroe del Far West (sous le pseudonyme de Fordson, 1965) ; Gli amanti Latini (1965) ; La belvá (1970).

Il a abordé tous les genres, de l'opéra filmé (Rossini, Donizetti, Bellini ou Puccini de préférence à Mozart, Lesueur, Berlioz ou Weber) au mélodrame, du péplum au western-spaghetti, devenant ainsi l'un des représentants les plus caractéristiques du cinéma populaire italien.

Costa-Gavras, Constantin

Réalisateur français d'origine grecque né en 1933.

Compartiment tueurs (1965) ; Un homme de trop (1966) ; Z (1969) ; L'aveu (1970) ; État de siège (1973) ; Section spéciale (1975) ; Clair de femme (1977) ; Missing (1982).

Après avoir signé quelques films policiers pleins de qualités mais ne tranchant pas sur la production courante du genre en France, Costa-Gavras tourne une série de films « politiques » qui imposent le nom de cet ancien élève de l'I.D.H.E.C., resté trop longtemps assistant. Avec *Z*, d'après le roman de Vassilikos adapté par Semprun, c'est le régime grec qui est dénoncé ; *L'aveu*, inspiré du récit d'Arthur London adapté également par Semprun, met en cause les régimes communistes des pays de l'Est ; *État de siège*, sur l'enlèvement d'un agent américain par les Tupamaros à Montevideo, constituait le troisième volet de cette trilogie et montrait que le cinéma français pouvait échapper à la comédie ou au policier pour devenir attentif à l'environnement politique et social contemporain. L'impact des films de Costa-Gavras fut d'autant plus grand que sa dénonciation des dictatures était moulée dans un récit bien conduit et susceptible de toucher un vaste public. *Section spéciale* rappela un épisode douloureux de l'Occupation : à la demande du garde des Sceaux Joseph Barthélemy, des militants communistes furent jugés et exécutés au nom de lois qui n'existaient pas au moment des délits qui leur étaient reprochés. Sans doute s'agissait-il de sauver des otages que les Allemands menaçaient de fusiller, mais ce jugement n'en était pas moins contraire aux principes du droit français. Peut-être aurait-on souhaité plus de nuances, le film fit en tout cas l'effet d'un coup de poing. Faisant une incursion dans la psychologie féminine, Costa-Gavras est revenu à un cinéma plus conventionnel avec *Clair de femme* auquel Yves Montand et Romy Schneider assurèrent un succès commercial qui ne pouvait surprendre. *Missing*, qui a fait scandale aux États-Unis, revient au film politique enraciné dans des faits authentiques : c'est la politique américaine en Amérique latine qui est ici mise en cause. *Missing* montre en Costa-Gavras un champion des droits de l'homme tous azimuts.

Cottafavi, Vittorio

Réalisateur italien né en 1914.

I Nostri sogni (Nos rêves, 1943) ; Lo Sconosciuto di San Marino (coréal., 1947) ; Fantasmi del mare (coréal., 1948) ; La fiamme che non si spegne (1949) ; La grande strada (coréal., 1952) ; Una donna ha ucciso (1952) ; I Piombi di Venezia (Le bourreau de Venise, 1952) ; Il boia di Lilla (Milady et les Mousquetaires, 1953) ; Il cavaliere di Maison Rouge (Le prince au masque rouge, 1953) ; Traviata 53 (Fille d'amour, 1953) ; In amore si pecca in due (1954) ; Nel gorgo del peccato (L'affranchi, 1955) ; Avanzi di galera (Repris de justice, 1955) ; Fiesta brava (1955) ; Una donna libera (Femmes libres, 1954-1956) ; La rivolta dei gladiatori (La révolte des gladiateurs, 1958) ; Messalina, Venere imperatrice (Messaline, 1960) ; Le legioni di Cleopatra (Les légions de Cléopâtre, 1960) ; La vendetta di Ercole (La vengeance d'Hercule, 1960) ; Le vergini di Roma (Les vierges de Rome, 1961) ; Ercole alla conquista di Atlantide (Hercule à la conquête de l'Atlantide, 1961) ; Il Taglia del Bosco (1963) ; I cento cavalieri (Les cent cavaliers, 1965) ; Maria Zef (1981).

Grand maître d'un genre qui fit la fortune de Cinecitta : *le péplum*. Sa vision de l'Antiquité et de la mythologie laisse rêveur, mais c'est un rêve agréable. Ses films sont pleins de bruit et de fureur, peuplés d'actrices fort belles (Belinda Lee) et tournés dans des décors d'un baroque exacerbé *(Hercule à la conquête de l'Atlantide)*. Ni l'humour *(Les vierges de Rome)*, ni les préoccupations idéologiques *(Les cent cavaliers)* ne sont absents des scénarios. On n'oubliera pas que Cottafavi a fait ses débuts comme scénariste avec *Abuna Messias* en 1939. Il puise ses thèmes chez Dumas comme chez Suétone. L'essentiel réside dans les scènes à faire. Il ne dédaigne pas à l'occasion le mélodrame mais sa *Traviata 53* reste étrangement statique et sage. Il lui faut des scénarios délirants, laissant prise à son imagination, à un art purement visuel. D'où le péplum. Il a fait plus dans le genre que de superviser certains films (ainsi *le Bourreau de Venise*, signé par Callegari). Plusieurs critiques français, à l'étonnement des Italiens, ont exalté en Cottafavi un véritable auteur, transcendant un genre décrié. Pourquoi pas ?

Cournot, Michel

Écrivain et réalisateur né en 1922.

Comme réalisateur: Les gauloises bleues (1968).

Alors critique cinématographique au *Nouvel Observateur,* il mit beaucoup de lui-même dans *Les gauloises bleues,* mais fut trahi par son inexpérience. Après l'accueil peu chaleureux, et peut-être excessivement sévère, qui fut réservé à son film, il s'est tourné vers la critique dramatique, mais, rendu prudent, n'a pas, jusqu'ici, écrit de pièce de théâtre.

Cousteau, Jacques-Yves

Océanographe et réalisateur français né en 1910.

Courts métrages: Par 18 mètres de fond (1943); Épaves (1945); Paysages du silence (1947); Autour d'un récif (1949); Carnets de plongée (1950). *Longs métrages:* Le monde du silence (avec L. Malle, 1956); Le monde sans soleil (1964); Le voyage au bout du monde (avec Ph. Cousteau, 1976).

De la recherche scientifique à la poésie. Officier de marine, Cousteau s'est consacré, à partir de 1942, à l'exploration des espaces sous-marins en utilisant des scaphandres autonomes et des techniques nouvelles de prises de vue. *Le monde du silence* fit sensation par la splendeur de ses images. Cousteau, depuis quelques années, semble plus intéressé par l'avenir politique du mouvement écologiste que par le cinéma.

Coutard, Raoul

Directeur de la photographie et réalisateur français né en 1924.

Trois courts métrages, puis: Hoa-Binh (1969); La légion saute sur Kolwezi (1979).

Directeur de la photographie des films de la « nouvelle vague », après avoir été reporter-photographe pour de grands magazines, il a tourné deux œuvres guerrières, l'une sur l'Indochine, l'autre sur l'intervention des forces françaises en Afrique sous la présidence de Giscard d'Estaing, qui ont le mérite d'être bien faites tout en respectant l'authenticité des faits.

Couzinet, Émile

Réalisateur français, 1891-1964.

Le club des fadas (1938); L'intrigante (1939); Andorra ou les hommes d'Airain (1942); Le brigand gentilhomme (1943); Hyménée (1946); Colomba (1947); Le bout de la route (1947); Trois marins dans un couvent (1949); Le don d'Adèle (1950); Ce coquin d'Anatole (1951); Buridan, héros de la Tour de Nesle (1952); Trois vieilles filles en folie (1952); Le curé de Saint-Amour (1952); Quand te tues-tu ? (1953); La famille Cucuroux (1953); Trois jours de bringue à Paris (1954); Le congrès des belles-mères (1954); Mon curé champion du régiment (1955); Quai des Illusions (1956); Trois marins en bordée (1957).

Producteur, distributeur, exploitant, il avait établi un véritable empire bordelais. On croit rêver en établissant sa filmographie : de *Trois marins dans un couvent* au *Congrès des belles-mères* en passant par *La famille Cucuroux,* il est incontestablement le roi du cinéma « ringard ». Pourtant les cinéphiles qui eurent dix ans en 1943 gardent un bon souvenir de son *Brigand gentilhomme,* d'après Dumas, où Robert Favart, Jean Weber et Romuald Joubé se livraient à de spectaculaires duels. Et combien de provinciaux ont rêvé, après avoir vu *Buridan,* d'après Zévaco, au slip « petit bateau » que portait – de façon bien perverse sinon anachronique – Marguerite de Bourgogne lors de ses orgies à la Tour de Nesle, vues par Émile Couzinet ? Tournés à l'économie avec des acteurs sous-payés (mais paraît-il bien nourris car Couzinet était gastronome), ces films ne visaient qu'une clientèle locale dont la fidélité permettait d'éponger les frais et même de faire d'importants bénéfices. Alors qu'importait le point de vue de Paris ?

Cozzi, Luigi

Réalisateur italien.

Il tunnel sotto il mondo (1969) ; Il ragno (1970) ; Il vicino di casa (1973) ; La morte è come un ragno (1974) ; L'assassino è costretto ad uccidere ancora (1975) ; La portiera nuda (1977) ; Dedicato a una stella (1977) ; Scontri stellari oltre la terza dimensione ; (sous le pseudonyme de Lewis Coates, Starcrash, Le choc des étoiles, 1978) ; Contamination (1981).

Depuis *Le choc des étoiles,* bon film de science-fiction, tourné sous un pseudonyme américain, il fait l'objet d'un petit culte de la part des lecteurs de *L'écran fantastique. Contamination* montrait son souci d'approfondir les scénarios qui lui avaient été jusque-là fournis et dont la médiocrité lui interdisait de donner sa mesure.

Crabtree, Arthur

Réalisateur anglais né en 1900.

Madonna of the Seven Moons (La madone aux deux visages, 1945) ; They Were Sisters (Le tyran, 1945) ; Caravan (Caravane, 1946) ; Dear Murderer (Mon cher assassin, 1947) ; The Calendar (1948) ; Quartet (coréal, Quartet, 1948) ; Don't Ever Leave Me (1949) ; Hindle Wakes (1951) ; Lilli Marlene (Lilli Marlène, 1952) ; The Wedding of Lilly Marlene (1953) ; série de moyens métrages consacrés aux enquêtes de Scotland Yard (1954-1955) ; Death Over My Shoulder (1957) ; West of Suez (1957) ; Morning Call (1958) ; Fiend Whithout a Face (Les monstres invisibles, 1958) ; Horrors of the Black Museum (Crime au musée des Horreurs, 1959).

Cet ancien opérateur d'Alfred Hitchcock doit sa place dans ce dictionnaire à son dernier film, chef-d'œuvre de l'horreur, *Horrors of the Black Museum.* Entre autres crimes, celui-ci : une jeune femme reçoit une paire de jumelles. Pour les essayer, elle règle leur mécanisme ; deux pointes d'acier lui crèvent les yeux. De la guillotine sur montant de lit à la cuve d'acide, Crabtree nous prouve que l'assassinat doit être en effet considéré comme l'un des beaux-arts.

Craven, Wes

Réalisateur américain.

Last House on the Left (1974) ; Hills Have Eyes (La colline a des yeux, 1977) ; Summer of Fear (L'été de la peur, 1978) ; Marimba (1980) ; Deadly Blessing (La ferme de la terreur, 1981) ; Swamp Thing (1982).

Films à budget inexistant et interprétation de troisième catégorie, l'auteur n'a pas jugé bon, de surcroît, de faire connaître qui il était. Mais il se dégage de ses films un charme pervers : jeunes filles kidnappées et soumises à des sévices sexuels avant d'être tuées *(Last House on the Left),* massacre d'innocents campeurs *(La colline a des yeux),* etc., le tout accompagné d'une justification de l'autodéfense. *L'été de la peur* a semblé toutefois, en reprenant les thèmes de *L'exorciste,* amorcer un virage vers un cinéma plus commercial.

Cravenne, Marcel

Réalisateur français né en 1908.

La danse de mort (1946) ; Dans la vie tout s'arrange (1949).

Opérateur, puis assistant de Tourneur et de Renoir, il a tourné, avant de passer à la télévision, une remarquable *Danse de mort* qui fut le dernier grand rôle de Stroheim.

Crevenna, Alfredo

Réalisateur mexicain.

Principaux films : La rebelion de los colgados (La révolte des pendus, 1953) ; Yambao (La fille de Satan, 1955) ; Donde el circulo termina (La belle de Mexico, 1961).

D'origine autrichienne, il a surtout tourné des films sans autres prétentions que commerciales avec Ninon Sevilla ou Sarita Montiel, mais on lui doit aussi une œuvre vigoureuse, contre les injustices sociales, *La révolte des pendus,* avec Pedro Armendariz.

Crichton, Charles

Réalisateur anglais né en 1910.

For Those in Peril (1944) ; Painted Boats (1945) ; Dead of Night (coréal., Au cœur de la nuit, 1945) ; Hue and Cry (A cor et à cri, 1947) ; Against the Wind (Guerriers dans l'ombre, 1948) ; Another Shore (Un autre rivage, 1948) ; Train of Events (coréal., 1949) ; Dance Hall (1950) ; The Lavender Hill Mob (De l'or en barres, 1951) ; Hunted (Rapt, 1952) ; The Titfield Thunderbolt (Tortillard pour Titfield, 1953) ; The Love Lottery (La loterie de l'amour, 1954) ; The Divided Heart (Les hommes ne comprendront jamais, 1954) ; The Man in the Sky (Flammes dans le ciel, 1957) ; The Law and Disorder (L'habit fait le moine, 1958) ; Floods of Fear (Froid dans le dos, 1958) ; The Battle of the Sexes (La bataille des sexes, 1959) ; The Boy Who Stole a Million (1960) ; The Third Secret (1964) ; He Who Rides a Tiger (1965).

Cinéaste pour familles, anglaises il va de soi : amour des enfants *(Hue and Cry)*, goût des vieilles choses (la locomotive de *Tortillard pour Titfield*), et, bien sûr, sens de l'humour (le fort drôle *De l'or en barres*). Cette œuvre typiquement britannique offre aujourd'hui encore un certain charme.

Crichton, Michael

Scénariste et réalisateur américain né en 1942.

Comme réalisateur : Westworld (Mondwest, 1973) ; Coma (Morts suspectes, 1977) ; The First Great Train Robbery (L'attaque du train d'or, 1978) ; Looker (Vidéo Crime, 1981).

Romancier réputé dans le domaine de la science-fiction, il s'avoue lassé de voir ses œuvres massacrées par d'autres. Après un essai à la télévision (*Binary*), il passe derrière la caméra. C'est une éclatante réussite : *Mondwest,* sur la révolte des robots dans une sorte de Disneyland, est un film remarquable. *Coma* va plus loin encore dans l'horreur. Quant à l'*Attaque du train d'or,* l'œuvre séduit par le raffinement de la mise en scène et le cynisme du scénario.

Crisp, Donald

Acteur et réalisateur d'origine anglaise, 1880-1974.

The Mysterious Shot (1913) ; The Never Woman (1913) ; Their First Aquaintance (1914) ; The Tavern of Tragedy (1914) ; Another Chance (1914) ; The Niggard (1914) ; The Little Country Mouse (1914) ; Ramona (1916) ; Pasquale (1916) ; The Cook of Canyon Camp (1917) ; His Sweetheart (Son flirt, 1917) ; The Bond Between (1917) ; Lost in Transit (1917) ; The Countess Charming (1917) ; The Clever Mrs. Carfax (1917) ; Jules of the Strong Heart (1918) ; Rimrock Jones (1918) ; The House of Silence (1918) ; Believe Me, Xantippe (1918) ; The Firefly of France (1918) ; The Eyes of the World (1918) ; Less Than Kin (1918) ; The Goat (1918) ; The Way of a Man with a Maid (1919) ; Something to Do (1919) ; Venus in the East (1919) ; Love Insurance (1919) ; Poor Boob (1919) ; A Very Good Young Man (1919) ; Johnny Get Your Gun (1919) ; Under the Top (1919) ; It Pays to Advertise (1919) ; Why Smith Left Home (1919) ; The Six Best Cellars (1920) ; Too Much Johnson (1920) ; Miss Hobbs (1920) ; Held by the Enemy (1920) ; The Barbarian (1921) ; Appearances (1921) ; The Princess of New York (1921) ; The Bonnie Briar Bush (1921) ; The Navigator (avec Keaton, La croisière du Navigator, 1924) ; Don Q, Son of Zorro (Don Q, fils de Zorro, 1925) ; Sunny Side Up (1926) ; Young April (Sourire d'avril, 1926) ; Man Bait (1926) ; Nobody's Widow (Ma veuve, 1927) ; Vanity (1927) ; The Fighting Eagle (1927) ; Dresse Parade (1927) ; Stand and Deliver (1928) ; The Cop (Le gardien de la loi, 1928) ; The Runaway Bride (1930).

Venu aux États-Unis en 1906, il débute comme acteur au cinéma deux ans plus tard. Assistant de Griffith pour *The Birth of a Nation* et *Broken Blossoms* où il jouait dans le premier le rôle du général Grant et dans le second celui du père de Lilian Gish. Cet excellent acteur de composition fut aussi un réalisateur apprécié. Il codirigea avec Keaton *The Navigator* et mit en scène, seul, un bon Douglas Fairbanks, *Don Q fils de Zorro,* western qui prenait la suite de *The Mark of Zorro.* Il se laissa pourtant absorber par le métier d'acteur, jouant dans plus de cent films dont *How Green Was My Valley.*

Cromwell, John

Réalisateur américain, 1888-1979.

Close Harmony (avec Sutherland, 1929) ; The Dance of Life (avec Sutherland, 1929) ; The Mighty (Force, 1930) ; Street of Chance (1930) ; Tom Sawyer (1930) ; The Texan (1930) ; For the Defense (1930) ; Scandal Sheet Rich ; Man's Folly (1931) ; The Vice Squad (1931) ; Unfaithful (1931) ; The World and the Flesh (Le monde et la chair, 1932) ; Sweepings (1933) ; The Silver Cord (1933) ; Double Harness (1933) ; Ann Vickers (1933) ; Spitfire (Mademoiselle Hicks, 1934) ; This Land Is Mine (1934) ; Of Human Bondage (L'emprise, 1934) ; The Fountain (Fontaine, 1934) ; Jaina (1935) ; Village Tale (1935) ; I Dream Too Much (Griseries, 1935) ; Little Lord Fauntleroy (Le petit Lord Fauntleroy, 1936) ; To Mary, With Love (1936) ; Banjo on My Knee (Saint-Louis Blues, 1936) ; The Prisoner of Zenda (Le prisonnier de Zenda, 1937) ; Algiers (Casbah, 1938) ; Made for Each Other (Le lien sacré, 1939) ; In Name Only (L'autre, 1939) ; Abe Lincoln in Illinois (Abraham Lincoln, 1940) ; Victory (1940) ; So Ends Our Night (1941) ; Son of Fury (Le chevalier de la vengeance, 1942) ; Since you Went Away (Depuis ton départ, 1944) ; The Enchanted Cottage (Le cottage enchanté, 1945) ; Anna and the King of Siam (Anna et le roi de Siam, 1946) ; Dead Reckoning (En marge de l'enquête, 1947) ; Night Song (1947) ; Caged (Femmes en cage, 1950) ; The Company She Keeps (1950) ; The Racket (Racket, 1951) ; The Goddess (La déesse, 1958) ; The Scavengers (1959) ; A Matter of Morals (1960).

Il venait de Broadway où il s'était rendu célèbre comme acteur et metteur en scène. Il fit ses débuts à Hollywood en interprétant en 1929 *The Dummy* et Altman devait lui rendre hommage en tant qu'acteur en lui confiant le rôle de l'évêque dans *A Wedding,* son dernier contact avec le cinéma.

Réalisateur, Cromwell fut surtout le spécialiste du mélodrame larmoyant *(Of Human Bondage, In Name Only, Since You Went Away* et *The Enchanted Cottage,* joli film fantastique où un homme défiguré et une fille laide se voyant avec « les yeux de l'amour » formeront un couple d'une merveilleuse beauté). Même lorsqu'il tourne un thriller avec Bogart, Cromwell n'évite pas le sentimentalisme : dans *Dead Reckoning,* le héros aide à mourir celle qui l'a trahi et l'on n'oubliera pas la dernière image : un parachute qui s'ouvre, symbole du saut dans l'inconnu. Même sentimentalisme dans sa biographie de Lincoln où il évoque avec humour et tendresse les débuts de son héros. Si le ton est plus dur dans certains films « noirs » comme *The Racket* (qui déçoit malgré Robert Mitchum et Robert Ryan) et *Caged* (œuvre sans concession sur les prisons de femmes où l'héroïne, innocente au départ, finit par rejoindre les gangsters qui l'ont fait libérer sur parole) ou dans le célèbre *Prisonnier de Zenda,* dont les duels sont restés classiques, il y a toujours un moment que Cromwell réserve pour l'une de ces pauses sentimentales qu'il affectionne.

BIBLIO. : *Positif* n° 216.

Cronenberg, David

Réalisateur canadien.

Stereo (1969) ; Crimes of the Future (1970) ; Parasite Murders (Frisson, 1974) ; Rabid (Rage, 1976) ; The Brood (Chromosome 3, 1979) ; Scanners (Scanners, 1980).

Une suite remarquable de films d'horreur au scénario très original. Dans *Parasite Murders,* des parasites, destinés à libérer la sexualité, envahissent un immeuble, provoquant d'épouvantables bacchanales. On n'oubliera pas le plan où les chères petites bêtes, des monstres gluants qui se déplacent par les tuyaux, pénètrent dans la baignoire de Barbara Steel. Dans

The Brood, sous la direction d'un psychiatre (Oliver Reed) une femme matérialise ses haines en donnant naissance à des enfants mutants et meurtriers. Une image-choc : la scène où Samantha Eggar relevant sa chemise nous montre comment naissent les chérubins. Tout Cronenberg s'y trouve résumé.

Crosland, Alan

Réalisateur américain, 1894-1936.

Nombreux courts métrages. The Light in Darkness (1917) ; Apple-Tree Girl (1917) ; Kidnapped (1917) ; The Whirlpool (1918) ; The Unbeliever (1918) ; Country Cousin (1919) ; Broadway and Home (1920) ; The Flapper (1920) ; Youthful Folly (1920) ; Greater than Fame (1920) ; A Point of View (1920) ; Worlds Apart (1921) ; Is Life Worth Living ? (1921) ; Room and Board (1921) ; Why Announce Your Marriage ? (1922) ; Shadows of the Sea (1922) ; The Prophet's Paradise (1922) ; Slim Shoulders (1922) ; The Snitching Hour (1922) ; The Face in the Fog (1922) ; The Enemies of Women (Les ennemis de la femme, 1923) ; Under the Red Robe (1924) ; Three Weeks (1924) ; Miami (1924) ; Sinners in Heaven (1924) ; Unguarded Women (1924) ; Bobbed Hair (1925) ; Contraband (1925) ; Compromise (1925) ; Don Juan (1926) ; When a Man Loves (Le roman de Manon, 1926) ; The Beloved Rogue (L'étrange aventure du poète vagabond, 1927) ; Old San Francisco (1927) ; The Jazz Singer (Le chanteur de jazz, 1927) ; Glorious Betsy (1928) ; The Scarlet Lady (1928) ; On With the Show (1929) ; General Crack (1929) ; Big Boy (1930) ; The Furies (1930) ; Song of the Flame (1930) ; Viennese Nights (1930) ; Captain Thunder (1931) ; Children of Dreams (1931) ; The Silver Lining (1932) ; Week-Ends Only (1932) ; Massacre (1934) ; Midnight Alibi (1934) ; The Personality Kid (1934) ; The Case of the Howling Dog (1934) ; The White Cockatoo (1935) ; It Happened in New York (1935) ; Mister Dynamite (1935) ; Lady Tubbs (1935) ; King Solomon of Broadway (1935) ; The Great Impersonation (1935).

A trop ramener Crosland à *Don Juan,* premier film avec une musique post-synchronisée et au *Chanteur de jazz,* premier film parlant et chantant, on finirait par oublier qu'il fut aussi l'auteur d'œuvres attachantes comme *The Beloved Rogue,* superbe évocation de la vie de François Villon avec Conrad Veidt en Louis XI, et *Massacre,* l'un des premiers films pro-indiens. A Hollywood dès 1912, il fut d'abord scénariste puis réalisateur de courts métrages, avant de devenir un prolifique réalisateur. Il mourut des suites d'un accident de voiture.

Cruze, James

Réalisateur américain, de son vrai nom Jens Cruz Bosen, 1884-1942.

Too Many Millions (1918) ; The Dub (1919) ; The Roaring Roads (1919) ; Alias Mike Moran (1919) ; You're Fired (1919) ; The Love Burglar (1919) ; The Lottery Man (1919) ; Hawthorne of the USA (1919) ; An Adventure in Hearts (1919) ; Terror Island (L'île de la terreur, 1920) ; Mrs. Temple's Telegram (1920) ; A Full House (1920) ; Always Audacious (1920) ; What Happened to Jones (1920) ; Food for Scandal (1920) ; The Sins of St. Anthony (1920) ; Charm School (1921) ; The Dollar a year Man (1921) ; Crazy to Marry (1921) ; Gasoline Gus (1921) ; One Glorious Day (1922) ; Is Matrimony a Failure ? (1922) ; The Dictator (1922) ; The Old Homestead (1922) ; Thirty Days (1922) ; The Covered Wagon (La caravane vers l'Ouest, 1923) ; Hollywood (1923) ; Ruggles of Red Gap (L'admirable Mr. Ruggles 1923) ; To the Ladies (1923) ; The Garden of Weeds (1924) ; The Fighting Coward (1924) ; The City That Never Sleeps (1924) ; The Enemy Sex (Les sexes ennemis, 1924) ; Merton of the Movies (Les gaietés du cinéma, 1924) ; The Goose Hangs High (Le mât de cocagne, 1925) ; Beggar on Horseback (Jazz, 1925) ; Waking Up the Town (1925) ; Welcome Home (1925) ; Marry Me (1925) ; The Pony Express

(Pony Express, 1925) ; Mannequin (1926) ; Old Ironsides (1926) ; Were All Gamblers (1927) ; The City Gone Wild (1927) ; On to Reno (1928) ; Red Mark (1928) ; Excess Baggage (1928) ; Mating Call (1928) ; The Duke Steps Out (1929) ; A Man's Man (Un homme, 1929) ; The Great Gabo (Gabbo le ventriloque, 1929) ; Once a Gentleman (1930) ; She Got What She Wanted (1930) ; Salvation Nell (1931) ; Washington Merry-Go-Round (1932) ; If I Had a Million (un sketch, Si j'avais un million, 1932) ; Sailor Be Good (1933) ; Racetrack (Le damné, 1933) ; I Cover the Waterfront (1933) ; Mr. Skitch (1933) ; David Harum (1934) ; Their Big Moment (1934) ; Helldorado (1935) ; Two-Fisted (1935) ; Sutter's Gold (L'or maudit, 1936) ; The Wrong Road (1937) ; Prison Nurse (Alerte au bagne, 1938) ; The Gangs of New York (1938) ; Come on Leathernecks (1938).

Fils de Mormon, acteur à la Belasco à Broadway puis engagé par Lasky, il fait ses débuts de réalisateur en 1918. Il dirige Houdini *(Terror Island),* et signe des comédies ou des films d'action, avant de s'imposer avec deux films : *Hollywood,* qui contient de nombreuses allusions au scandale « Fatty », et surtout *The Covered Wagon,* l'un des premiers grands westerns de l'histoire du cinéma, que suivra *Pony Express,* plus proche de la réalité de l'Ouest que les westerns du parlant. Il retrouvera cette veine, plus tard, avec *Sutter's Gold,* comme il renouera avec la tradition fantastique de ses débuts dans *Gabbo* où Stroheim est un extraordinaire ventriloque qui deviendra fou. L'importance de Cruze dans l'histoire du cinéma américain est incontestable, malheureusement une grande partie de son œuvre, dont *Hollywood* et *Merton of the Movies* tant admirés par Henri Langlois, semble perdue.

Cserepy, Arzen von

Réalisateur et producteur allemand.

Comme réalisateur : Fridericus Rex (1922) ; Der Choral von Leuthen (avec Froelich, 1933).

Le *Frédéric II* de Cserepy souleva des torrents de polémique lors de sa sortie. La gauche allemande en dénonça le militarisme. Il annonce en effet une série de films patriotiques qui devaient préparer les esprits à la revanche. Goebbels le cite comme un modèle de film historique.

Cukor, George Dewey

Réalisateur américain né en 1899.

Grumpy (avec C. Gardner, 1930) ; Virtuous Sin (avec Gasnier, 1930) ; The Royal Family of Broadway (avec C. Gardner, 1930) ; Tarnished Lady (1931) ; Girls About Town (1931) ; What Price Hollywood ? (1932) ; A Bill of Divorcement (Héritage, 1932) ; Rockabye (1932) ; Our Betters (1932) ; Dinner at Eight (Les invités de huit heures, 1933) ; Little Women (Les quatre filles du docteur March, 1933) ; The Personal History, Adventures, Experiences and Observations of David Copperfield the Younger (David Copperfield, 1934) ; Sylvia Scarlett (Sylvia Scarlett, 1935) ; Romeo and Juliet (Roméo et Juliette, 1935) ; Camille (Le roman de Marguerite Gautier, 1935) ; Holiday (Vacances, 1938) ; Zaza (Zaza, 1938) ; The Women (Femmes, 1939) ; Susan and God (Suzanne et ses idées, 1939) ; The Philadelphia Story (Indiscrétions, 1940) ; A Woman's Face (Il était une fois, 1941) ; Two-Faced Woman (La femme aux deux visages, 1941) ; Her Cardboard Lover (1942) ; Keeper of the Flame (La flamme sacrée, 1942) ; Gaslight (Hantise, 1944) ; Winged Victory (1944) ; Desire Me (La femme de l'autre, 1947) ; A Double Life (Othello, 1947) ; Edward, My Son (Edouard, mon fils, 1948) ; Adam's Rib (Madame porte la culotte, 1949) ; A Life of Her Own (Ma vie à moi, 1950) ; Born Yesterday (Comment l'esprit vient aux femmes, 1950) ; The Model and the Marriage Broker (1951) ; The Marrying Kind (Je retourne chez Maman, 1951) ; Pat and Mike (Mademoiselle Gagne-Tout, 1952) ; The Actress (1953) ; It Should Happen to You (Une femme qui s'affiche, 1953) ; A Star Is Born (Une étoile est née, 1954) ; Bhowani Junction (La Croisée des destins, 1955) ; Les Girls (Les Girls, 1957) ; Wild Is the Wind (Car sauvage est le vent, 1957) ; Heller in Pink Tights (La diablesse en collant rose, 1959) ; Let's Make Love (Le milliardaire, 1960) ; The Chapman Report (Les Liaisons coupables, 1962) ; Something Got to Give (inachevé, 1963) ; My Fair Lady (My Fair Lady, 1964) ; Justine (Justine, 1969) ; Travels With My Aunt (Voyages avec ma tante, 1972) ; The Blue Bird (L'oiseau bleu, 1976) ; Rich and Famous (Riches et célèbres, 1981).

Les films de Cukor, ne cesse-t-il d'affirmer, ont été tournés à l'intérieur du « système ». Je ne suis pas un auteur, conclut-il. S'il ne s'est jamais intéressé au scénario, il n'en a pas moins donné sa marque aux films qu'il signait et nul metteur en scène hollywoodien n'est aussi facile à caractériser.

Cukor, on l'a écrit cent fois, est d'abord un portraitiste de la femme. L'un de ses meilleurs films ne s'intitule-t-il pas justement *Women ?* Il envisage surtout cette femme, la femme dans ses rapports avec son milieu (le cinéma dans *A Star is Born,* le racisme dans *Bhowani Junction*) et face aux tabous. S'étonnera-t-on dans ces conditions qu'il ait dirigé presque toutes les grandes actrices : Constance Bennett, Jean Harlow *(Les invités de huit heures),* Greta Garbo *(Camille, Two-faced Woman),* Claudette Colbert *(Zaza),* Ingrid Bergman *(Gaslight),* Greer Garson *(Desire Me),* Deborah Kerr *(Edward, my Son),* Lana Turner *(A Life of Her Own),* Judy Holliday *(Born Yesterday),* Jean Simmons *(The Actress),* Ava Gardner *(Bhowani Junction),* Kay Kendall *(Les Girls),* Anna Magnani *(Wild Is the Wind),* Sophia Loren *(Heller in Pink Tights),* Marilyn Monroe *(Le Milliardaire),* Judy Garland *(A Star is born),* Jane Fonda *(The Chapman Report),* Audrey Hepburn *(My Fair Lady),* Elizabeth Taylor *(The Blue Bird)* et surtout l'actrice fétiche : Katharine Hepburn *(The Philadelphia Story* et autres). Rêvons à ce qu'aurait dû être *Something's Got to Give* qui réunissait Cyd Charisse et Marilyn Monroe, film interrompu après la résiliation du contrat de Marilyn par la Fox et le suicide de l'actrice. Rêvons aussi à ce qu'il aurait fait d'*Autant en emporte le vent,* s'il n'avait été écarté à la demande de Gable qui trouvait qu'il *féminisait* le film. Cukor, c'est d'autre part la comédie : *Women, Philadelphia Story, Les Girls* en sont les sommets. Moins à l'aise dans le drame policier *(Gaslight)* ou le film politique *(Keeper of the Flame),* encore qu'il ait donné dans ces genres des œuvres intéressantes, il se déchaîne dans la comédie, se moquant sans satire excessive des mœurs américaines et se faisant le chantre du monde du spectacle, cet univers à double facette qu'il évoque si bien dans un western qui n'a plus rien du western, le ravissant *Heller in Pink Tights.* La comédie musicale lui doit ses derniers feux, du *Milliardaire* à *My Fair Lady.*

Bien sûr, il y a eu des faux pas, d'affreux mélodrames *(Edward, My Son),* des films manqués *(The Blue Bird),* des comédies insipides. Cukor n'est peut-être pas un grand cinéaste, mais il est de ces marchands de rêve auxquels on demande l'illusion et l'ivresse.

BIBLIO. : J. Domarchi, *Cukor* (Seghers) ; *Écran 76,* nos 51 et 52.

Cummings, Irving

Réalisateur américain, 1888-1959.

The Man from Hell's River (1922) ; Paid Back (1922) ; The Jilt (1922) ; Flesh and Blood (1922) ; Environment (1922) ; Broad Daylight (1922) ; Broken Hearts of Broadway (1923) ; The Drug Traffic (1923) ; East Side, West Side (1923) ; The Dancing Cheat (1924) ; Fool's Highway (1924) ; In Every Woman's Life (1924) ; Riders Up (1924) ; The Rose of Paris (1924) ; Stolen Secrets (1924) ; One Year to Live (1925) ; Just a Woman (1925) ; As Man Desires (1925) ; The Desert Flower (1925) ; Infatuation (1926) ; Rustling for Cupid (1926) ; The Country Beyond (1926) ; The Midnight Kiss (1926) ; The Johnstown Flood (La chevauchée de la mort, 1926) ; Bertha the Sewing Machine Girl (1926) ; The Brute (1927) ; Dressed to Kill (1928) ; The Port of Missing Girls (1928) ; Romance of the Underworld (Après la rafle, 1928) ; In Old Arizona (avec Walsh, 1929) ; Not Quite Decent (1929) ; Behind That Curtain (1929) ;

Cameo Kirby (1930) ; A Devil With Women (1930) ; On the Level (1930) ; Holy Terror (1931) ; The Cisco Kid (Cisco Kid, 1931) ; Attorney for the Defense (1932) ; The Night Club Lady (1932) ; Man Against Woman (1932) ; Man Hunt (L'énigme de minuit, 1933) ; The Woman I Stole (1933) ; Mad Game (1933) ; I Believed in You (1934) ; Grand Canary (1934) ; The White Parade (1934) ; It's a Small World (1935) ; Curly Top (1935) ; Nobody's Fool (1936) ; The Poor Little Rich Girl (Pauvre petite fille, 1936) ; Girls'Dormitory (Dortoir de jeunes filles, 1936) ; White Hunter (1936) ; Vogues of 1938 (1937) ; Merry-Go-Round of 1938 (1937) ; Little Miss Broadway (La vie en rose, 1938) ; Just Around the Corner (1938) ; The Story of Alexander Graham Bell (Et la parole fut, 1939) ; Hollywood Cavalcade (Hôtel à vendre, 1939) ; Everything Happens at Night (1939) ; Lillian Russell (1940) ; Down Argentine Way (Sous le ciel d'Argentine, 1940) ; That Night in Rio (Une nuit à Rio, 1941) ; Bell Starr (La reine des rebelles, 1941) ; Louisiana Purchase (1941) ; My Pal Sal (Mon amie Sally, 1942) ; Springtime in the Rockies (1942) ; Sweet Rosie O'Grady (Rosie l'endiablée, 1943) ; What a Woman (1943) ; The Impatient Years (1944) ; The Dolly Sisters (Les Dolly Sisters, 1945).

D'abord acteur, il devient réalisateur, produisant lui-même ses premiers films, à partir de 1922. Il passe alors pour un spécialiste de l'action, signant notamment avec Walsh *In Old Arizona.* Puis, dans les années 30-40, il est à la Fox le metteur en scène de Shirley Temple, la petite fille vedette de *Little Miss Broadway,* et le réalisateur de comédies musicales avec Betty Grable *(Down Argentine Way)* ou Alice Faye *(That Night in Rio).* Ces œuvres valent ce que valaient les bandes musicales de la Fox, tout reposant sur l'abattage des vedettes féminines. En définitive le meilleur film de Cummings est un western, *La reine des rebelles,* évocation nostalgique et très enjolivée de la fameuse Belle Star, avec Gene Tierney et Randolph Scott.

Curtis, Dan

Réalisateur américain.

Dark Shadows (La fiancée du vampire, 1970) ; Dracula (Les compagnes de Dracula, 1974).

Réalisateur à la télévision, il s'est fait une spécialité du film fantastique *(Dr. Jekyll, Dorian Gray, Night Strangler, Trilogy of Terror...)* Son *Dracula,* d'après un texte de Matheson, a fait l'objet d'une distribution sur grand écran. Jack Palance est un vampire fort convaincant. D'autres œuvres de Curtis mériteraient une diffusion identique.

Curtiz, Michael

Réalisateur d'origine hongroise, de son vrai nom Mihaly Kertesz, 1888-1962.

En Hongrie : Ma Es Holnap (Aujourd'hui et demain, 1912) ; Az Utolso Bohem (Le dernier bohème, 1912) ; Rablelek (Ame d'esclave, 1912) ; Marta (1913) ; Atlantis (1913) ; Az Ejszaka Rabkai (Ame captive, 1914) ; A Tolonc (L'errant, 1914) ; A Henczengo Pongyolaban (Princesse Pongyola, 1914) ; Bank Ban (1914) ; A Kolocsonkert Csessemok (Enfants empruntés, 1914) ; Akit Kessen Szeretnek (Doublement aimé, 1915) ; A Kathausi (Le Carthaginois, 1915) ; A Tanitono (La maîtresse, 1915) ; A Medikus (Le médecin, 1916) ; Makkhetes (Sept de pique, 1916) ; A Fekete Szivarvany (L'arc-en-ciel noir, 1916) ; Az Ezust Kekske (La chèvre d'argent, 1916) ; A Farkas (Le loup, 1916) ; Doktor Ur (Le docteur, 1916) ; A Magyar Fold Ereje (La force de la terre hongroise, 1917) ; Zoard Mester (Maître Zoard, 1917) ; A Voros Samson (Samson le rouge, 1917) ; Az Utolso Ajnal (La dernière aube, 1917) ; Tavasz a Telben (Le printemps en hiver, 1917) ; A Senk Filia (Le fils de personne, 1917) ; A Szentjoby Erdo Titka (Le secret de la forêt, 1917) ; A Kuruszlo (Le guérisseur, 1917) ; A Halalcsengo (La cloche de la mort, 1917) ; A Fold Embere (L'homme de la terre, 1917) ; Az Ezredes (Le colonel, 1917) ; Huszar a Telben (Les hussards dans l'hiver, 1917) ; Egy Krajcar Tortenete (Histoire d'un sou, 1917) ; A Beke Utja (La route de la paix, 1917) ; Az Arendas Szidoz (Le juif fermier, 1917) ; A Szamarbor (La peau de chagrin, 1917) ; Tatarjaras (L'invasion des Tartares, 1917) ; Az Ordos (Le diable, 1918) ; A Napraforgos Holgy (La dame aux tournesols, 1918) ; Lulu (1918) ; Judas (1918) ; Kilencvenkilenc (Quatre-vingt-dix-neuf, 1918) ; Dudas (Le joueur de cornemuse, 1918) ; A Skorpio (Le scorpion, 1918) ; A Wellington Rejtely (L'énigme de Wellington, 1918) ; A Csunya Filu (Le mauvais garçon, 1918) ; Alraune (Mandragore, 1918) ; A Vig Ozvegy (La veuve joyeuse, 1918) ; Varazseringo (Valse magique, 1918) ; Lu, a Kokott (Lu, la cocotte, 1918) ; Jon az Ocsem (Jean le cadet, 1918) ; Liliom (1919).

En Autriche : Die Dame mit den schwarzen Handschuhen (La dame aux gants noirs, 1919) ; Die Gottesgeissel (1919) ; Die Dame mit den Sonnenblumen (La dame aux tournesols, 1920) ; Der Stern von Damaskus (L'étoile de Damas, 1920) ; Boccacio (Boccace, 1920) ; Wege des Schrenkens (Jusqu'au crime, 1921) ; Labyrinth des Grauens (peut-être le même film que le précédent sous un autre titre) ; Frau Dorothy Bekentnis (1921) ; Miss Tutti Frutti (1921) ; Herzogin Satanella (Mademoiselle Satan, 1921) ; Sodom und Gomorrha (Le sixième commandement, 1922) ; Die Lawine (1923) ; Der junge Medardus (Pour l'honneur, 1923) ; Samson und Dalila (Samson et Dalila, 1923) ; Namenlos (Enfants dans la tourmente, 1923) ; Eine Spiel ums Lieben (Jeu de l'amour, 1924) ; General Babka (1924) ; Der Uncle von Sumatra (L'oncle de Sumatra, 1924) ; Avalanche (1924) ; Harun el Raschid (1924) ; Die Slavenkonigin/Moon of Israël (l'Esclave reine, 1925).

En Allemagne : Der Spielzeng von Paris (Célimène poupée de Montmartre, 1925) ; Der Goldene Schmetterling/Red Heels (Papillon d'or, 1926) ; Fiaker Nr. 13 (Fiacre numéro 13, 1926) ; Richtofen (1926, attribué à Kertesz).

Aux États-Unis : The Third Degree (Fille de cirque, 1926) ; A Million Bid (1927) ; The Desired Woman (Le crime du soleil, 1927) ; Good Time Charley (1927) ; Tenderloin (1928) ; Noah's Ark (L'arche de Noé, 1928) ; Hearts in exile (Cœurs en exil, 1929) ; Glad Rag Doll (Poupée de chiffons, 1929) ; Madonna of Avenue A (La madone de l'avenue, 1929) ; The Gamblers (Les joueurs, 1929) ; Mammy (Mammy, 1930) ; Under a Texas Moon (Sous le ciel du Texas, 1930) ; Bright Lights (1930) ; Soldier's Plaything (1930) ; The River's End (1930) ; Damon des Meeres (Le démon des mers, 1931) ; God's Gift to the Women (1931) ; The Mad Genius (Le génie fou, 1931) ; The Woman from Monte Carlo (la dame de Monte-Carlo, 1932) ; Alias the Doctor (1932) ; The Strange Love of Molly Louvain (L'étrange passion de Molly Louvain, 1932) ; Doctor X (Docteur X, 1932) ; Cabin in the Cotton (Ombres vers le sud, 1932) ; Twenty Thousands Years in Sing-Sing (Deux mille ans sous les verrous, 1932) ; The Mystery of the Wax Museum (Masques de cire, 1933) ; The Keyhole (Le trou de la serrure, 1933) ; Private Detective (Detective privé, 1933) ; Goodbye Again (1933) ; The Kennel Murder Case (Meurtre au chenil, 1933) ; Female (1933) ; Mandalay (Mandalay, 1934) ; The British Agent (Agent britannique, 1934) ; Jimmy the Gent (1934) ; The Key (La clé, 1934) ; Black Fury (Furie noire, 1935) ; The Case of the Curious Bride (1935) ; Front Page Woman (Sixième édition, 1935) ; Little Big Shot (1935) ; Captain Blood (Capitaine Blood, 1935) ; The Walking Dead (Le mort qui marche, 1936) ; The Charle of the Light Brigade (La charge de la brigade légère, 1936) ; Mountain Justice (Justice des montagnes, 1936) ; Stolen Holiday (1937) ; Kid Galahad (Le dernier round, 1937) ; The Perfect Specimen (Un homme a disparu, 1937) ; Gold Is Where You Find It (La bataille de l'or, 1938) ; The Adventures of Robin Hood (avec Keighley, Les aventures de Robin des Bois, 1938) ; Four Daughters (Rêves de jeunesse, 1938) ; Four's a Crowd (Quatre au paradis, 1938) ; Angels with Dirty Faces (Les anges aux figures sales,

1938) ; Dodge City (Les conquérants, 1939) ; Sons of Liberty (c.m., 1939) ; Daughters Courageous (Filles courageuses, 1939) ; Four Wives (Quatre épouses, 1939) ; The Private Lives of Elisabeth and Essex (La vie privée d'Elisabeth d'Angleterre, 1939) ; Virginia City (La caravane héroïque, 1940) ; The Sea Hawk (L'aigle des mers, 1940) ; Santa Fe Trail (La piste de Santa Fé, 1940) ; The Sea Wolf (Le vaisseau fantôme, 1941) ; Dive Bombers (1941) ; Captains of the Clouds (Les chevaliers du ciel, 1942) ; Yankee Doodle Dandy (La parade de la gloire, 1942) ; Casablanca (Casablanca, 1943) ; Mission to Moscow (1943) ; This is the Army (1943) ; Passage to Marseille (Passage pour Marseille, 1944) ; Janie (1944) ; Roughly Speaking (1944) ; Mildred Pierce (Le roman de Mildred Pierce, 1945) ; Night and Day (Nuit et jour, 1946) ; Life with Father (Mon père et nous, 1947) ; Romance on the High Seas (Romance à Rio, 1948) ; My Dream Is Yours (Il y a de l'amour dans l'air, 1949) ; Flamingo Road (Le boulevard des Passions, 1949) ; The Lady Takes a Sailor (1949) ; Young Man With a Horn (La femme aux chimères, 1950) ; Bright Leaf (Le roi du tabac, 1950) ; The Breaking Point (Trafic en haute mer, 1950) ; Jim Thorpe All American (Le chevalier du stade, 1951) ; Force of Arms (Les amants de l'enfer, 1951) ; I'll See You in my Dreams (La femme de mes rêves, 1952) ; The Story of Will Rogers (1952) ; The Jazz Singer (Le chanteur de jazz, 1953) ; Trouble Along the Way (Un homme pas comme les autres, 1953) ; The Boy from Oklahoma (L'homme des plaines, 1953) ; The Egyptian (L'Egyptien, 1954) ; White Christmas (Noël blanc, 1954) ; We're no Angels (La cuisine des anges, 1955) ; The Scarlet Hour (Énigme policière, 1956) ; The Vagabong King (Le roi des vagabonds, 1956) ; The Best Things in Life Are Free (1956) ; The Helen Morgan Story (Pour elle un seul amour, 1957) ; The Proud Rebel (Le fier rebelle, 1958) ; King Creole (Bagarres à King Creole, 1958) ; The Hangman (Le bourreau du Nevada, 1959) ; The Man in the Net (L'homme dans le filet, 1959) ; The Adventures of Huckleberry Finn (Les aventuriers du fleuve, 1960) ; A Breath of Scandal (Scandale à la cour, 1960) ; Francis of Assisis (François d'Assise, 1961) ; The Comancheros (Les Comancheros, 1961).

D'une famille aisée de Budapest, Kertesz a été l'un des fondateurs du cinéma hongrois après un bref passage au théâtre. Sa filmographie hongroise est mal connue et l'on ne sait pas toujours si dans certains films il fut acteur ou réalisateur, ou acteur et réalisateur ou simplement acteur. Il signe l'un des premiers succès commerciaux de l'industrie cinématographique hongroise : *Bank Ban* en 1914. La nationalisation des studios hongrois par Bela Kun l'oblige à s'exiler à Vienne. Il y tourne de grosses machines historiques comme *Der junge Medardus* qui évoque, avec d'énormes moyens, la campagne de Napoléon en Autriche, en 1809. Ses films bibliques dont *L'esclave reine* peuvent soutenir la comparaison avec ceux de DeMille. Bref séjour à Berlin, puis c'est Hollywood où il devient Michael Curtiz. On a beaucoup parlé de ses manières dictatoriales sur le plateau et de ses prodigieuses bévues dans la langue anglaise. Devant tourner une scène de couvent, il commande à l'assistant effaré de lui trouver pour le lendemain *twenty monkeys* (singes) au lieu de *twenty monks* (moines). Ses cuirs étaient passés à l'état de proverbes. Reste que pendant la période où il a travaillé pour les frères Warner, entre 1926 et 1953, la liste de ses chefs-d'œuvre est impressionnante avec en tête naturellement *Casablanca* à la prestigieuse distribution (Bogart, Ingrid Bergman, Lorre, Greenstreet, Henreid, Claude Rains), film devenu *mythique* comme *Autant en emporte le vent.* Curtiz a signé les meilleurs films d'épouvante de la Warner dont *Masques de cire* où Lionel Atwill compose un terrifiant personnage de sculpteur fou : faute de pouvoir sculpter, il coule des personnages vivants dans de la cire. N'oublions pas le final baroque de *Doctor X* et l'interprétation de Boris Karloff dans *Le mort qui marche,* histoire d'un gangster rescapé de la chaise électrique qui se venge de ses anciens complices. Le film de guerre *(Mission to Moscow* où l'on voit Staline, Roosevelt et

Churchill) comme la comédie musicale *(Yankee Doodle Dandy),* le mélodrame *(Mildred Pierce)* comme le film de gangsters *(Twenty Thousands Years in Sing Sing,* film très romantique avec Spencer Tracy), le film noir *(Flamingo Road)* ou la comédie familiale *(Daughters Courageous),* la boxe *(Kid Galahad)* comme l'énigme policière à la Stanley Gardner ou à la Van Dine *(The Kennel Murder Case),* sans oublier la superproduction biblique *(L'arche de Noé,* aux impressionnantes scènes de déluge dans lesquelles auraient péri, selon la légende, plusieurs figurants). Mais c'est le cycle Errol Flynn qui fait de Curtiz le meilleur, peut-être, des réalisateurs de la Warner : *Robin des Bois, L'aigle des mers* et *Capitaine Blood* où Flynn ferraille sans répit avec Basil Rathbone, l'inoubliable *Charge de la brigade légère, Élisabeth d'Angleterre* et ces sublimes westerns que sont *Dodge City* (admirable évocation des Cattle Towns) et *Virginia City* (Flynn, Bogart et Randolph Scott sur la même affiche !) n'ont pas fini de faire rêver. Curtiz a-t-il vraiment perdu tout talent après avoir quitté la Warner ? Était-il l'homme d'une firme ? Il y a quelque injustice à répondre par l'affirmative : *L'Égyptien* est l'un des péplums les plus intelligents qui aient été tournés et *Les Comancheros* (avec John Wayne) n'est pas indigne des westerns de la Warner.

Admettons pourtant que Curtiz n'ait pas été un auteur ; mais il fut un professionnel au sens noble du mot et il est permis de préférer ce professionnel à bien de nos pseudo-auteurs d'aujourd'hui.

BIBLIO. : *The Hollywood Professionals,* t. I ; Christian Viviani, *Curtiz,* Anthologie du cinéma, 1973.

Czekala, Ryszard

Animateur polonais né en 1941.

Ptak (L'oiseau, 1968) ; Syn (Le fils, 1970) ; Apel (L'appel, 1971) ; Sekja Zwlok (L'autopsie, 1973) ; Woda (L'eau, 1975).

L'un des rénovateurs de l'animation polonaise, il a été formé à l'École des beaux-arts de Cracovie.

Czinner, Paul

Réalisateur d'origine hongroise, 1890-1972.

En Autriche : Homo Immanis (1919) ; Inferno (1920). *En Allemagne* : Nju (A qui la faute ?, 1924) ; Der Geiger von Florenz (1926) ; Liebe (1926) ; Dona Juana (1927) ; Fräulein Else (1929). *En Angleterre :* The Woman He Scorned (1929) ; Ariane (1931). *En Allemagne :* Der träumende Mund (1932). *En Angleterre :* Catherine the Great (Catherine la Grande, 1934) ; Escape me never (1935) ; As you like it (Comme il vous plaira, 1936) ; Dreaming Lips (1937) ; Melo (1938) ; Stolen Life (La vie d'une autre, 1939) ; Don Giovanni (1955) ; The Bolshoi Ballet (1957) ; The Royal Ballet (1960) ; Der Rosenkavalier (1962) ; Romeo and Juliet (1966).

Violoniste prodige, il vient à Vienne, de Budapest où il était né, pour acquérir un doctorat en philosophie, écrit une pièce et tourne son premier film à Vienne en 1919. *Nju* fait sensation par l'acuité du portrait psychologique qu'il propose : Nju ne peut se résigner à la platitude de la vie conjugale. Elle quitte mari et enfant pour vivre avec un amant qui se lasse vite d'elle. Il ne lui restera que le suicide. Distribution éblouissante : Emil Jannings, Conradt Veidt et Elisabeth Bergner qui allait devenir la femme de Czinner. Celui-ci, qui avait déjà travaillé en Angleterre, s'y réfugie à l'avènement du nazisme. Il passe aux États-Unis où il produit plusieurs films interprétés par sa femme. De retour en Angleterre, il se consacre aux ballets et aux opéras filmés (Mozart, Richard Strauss) en utilisant des techniques nouvelles de prise de vues.

D

Da Costa, Morton

Réalisateur américain né en 1914.

Auntie Mame (1958) ; The Music Man (1962) ; Island of Love (1963).

Acteur de Broadway, il a mis en scène certains de ses succès. Rosalind Russell fait de son mieux pour sauver *Auntie Mame* ; Robert Preston est un trépidant professeur dans *The Music Man* qui contient des airs fameux comme « Till There Was You », mais n'évite pas quelque fadeur.

Daix, André

Dessinateur et animateur français.

Séries Zut l'hippopotame (1929) ; Flute et Trotte ; Le professeur Nimbus ; Tom, le chien de l'exposition coloniale.

Comme d'autres dessinateurs français, de Rabier, qui collabora avec Cohl, à Saint-Ogan, Daix, le créateur de Nimbus, s'essaya au film d'animation. Mais ses œuvres, qui semblent aujourd'hui perdues, ne purent supporter la concurrence des Américains.

D'Amato, Joe

de son vrai nom Aristide Massaccesi.

Principaux films : Sette strani cadaveri (1973) ; Emanuelle e Françoise (1976) ; Emanuelle nera Orient Reportage (1970) ; Eva nera (1976) ; Emanuelle in America (1977) ; Emanuelle e gli ultimi cannibali (Viol sous les tropiques, 1977) ; La via della prostituzione (1978) ; Immagini di un convento (1979) ; Le porno libidini di Justine (1979) ; Duri a Morire (Et mourir de plaisir, 1979) ; Buio Omega (Blue Holocaust, 1979) ; Anthropophagous (L'anthropophage, 1980).

L'érotisme ne lui réussit guère, et ses versions d'Emmanuelle, qui épuisent les recettes du « soft », sont bien mornes, mais avec l'épouvante il a trouvé sa voie. *Blue Holocaust* séduisit les amateurs du genre. Il faut voir le héros d'*Anthropophagous* pratiquer une césarienne un peu rude sur une femme enceinte afin de dévorer son fœtus. Ce triste sire finira par manger ses propres entrailles. Devant de tels excès, il est de bon ton de mépriser D'Amato, mais, outre qu'il est loin d'être un mauvais technicien et qu'il connaît en Italie de gros succès, comment oublier que son œuvre se rattache au courant populaire du Grand-Guignol où se mêlaient horreur et érotisme ?

Damiani, Damiano

Réalisateur italien né en 1922.

Il rossetto (Jeux précoces, 1960) ; Il sicario (1961) ; L'isola di Arturo (L'île des amours interdites, 1962) ; La rimpatriata (1963) ; La noia (L'ennui, 1963) ; La strega in amore (1966) ; Quien sabe ? (El Chuncho, 1967) ; Il giorno della civetta (La Mafia fait la loi, 1968) ; Una raggazza piuttosto complicata (1969) ; La moglie più bella (1970) ; Confessione di un commissario di polizia al procuratore della repubblica (Confession d'un commissaire de police au procureur de la République, 1971) ; L'istruttoria è chiusa : dimentichi (Nous sommes tous en liberté provisoire, 1971) ; Girolimoni il mostro di Roma (1972) ; Il sorriso del grande tentatore (1974) ; Perche si uccide un magistrato (1975) ; Un genio, due compari, un pollo (Un génie, deux associés, une cloche, 1975) ; Io ho paura (1977) ; Goodbye & Amen (1978) ; Un uomo in ginocchio (1979).

Une œuvre curieusement disparate. Damiani se fit remarquer par des films intimistes consacrés à l'univers et aux jeux des adolescents *(L'isola di Arturo),* rata l'adaptation de *L'ennui* de Moravia, parut mieux réussir dans le western-spaghetti *(El Chuncho)* puis se lança à la suite de Petri dans le film politique avec sa *Confession d'un commissaire de police,* pour retomber enfin dans les mornes exploits, rythmés par la musique de Morricone, de Terence Hill, héros d'un Ouest de pacotille.

Damiano, Gerard

Réalisateur américain.

Principaux films : Deep Throat (Gorge profonde, 1972) ; The Devil in Miss Jones (L'enfer pour Miss Jones, 1973) ; Memories Within Miss Aggie (Psychoses et phantasmes sexuels de Miss Aggie, 1974).

Grand maître du « porno hard » américain, il fut lancé par les étudiants des campus. *Deep Throat* est son œuvre la plus célèbre. L'héroïne, que joue Linda Lovelace, découvre qu'elle n'éprouve aucun plaisir sexuel normal. Elle va voir un médecin qui constate que son clitoris se trouve en réalité au fond de sa gorge. Elle ne pourra jouir que par fellation. Dans *The Devil in Miss Jones,* l'héroïne, après son suicide, est renvoyée sur terre pour connaître l'un des péchés capitaux ; ce sera la luxure. Le châtiment subi en enfer, analogue au supplice de Tantale, laisse le spectateur stupéfait. Si, au niveau des scénarios, ses films sont nettement au-dessus de la moyenne, force est de reconnaître pourtant que le talent de cinéaste de Damiano est des plus minces.

Daniel-Norman, Jacques

Réalisateur français, 1901-1979.

Si tu reviens (1936) ; Prince de mon cœur (1937) ; Une femme qui se partage (1937) ; Marseille mes amours (1939) ; Le briseur de chaînes (1941) ; La loi du printemps (1942) ; Ne le criez pas sur les toits (1942) ; L'aventure est au coin de la rue (1943) ; 120 rue de la Gare (1945) ; Monsieur Grégoire s'évade (1945) ; Les trois cousines (1946) ; Le diamant de cent sous (1947) ; Si ça peut vous faire plaisir (1948) ; L'ange rouge (1948) ; La femme que j'ai assassinée (1949) ; Cœur-sur-Mer (1952) ; Dakota 308 (1952) ; Tourments (1953).

A l'actif de cet ancien acteur et auteur dramatique, une brillante comédie policière, où Raymond Rouleau rappelle Cary Grant, *L'aventure est au coin de la rue.* Un charme fou se dégage de ce petit chef-d'œuvre d'aventures fantaisistes. Daniel-Norman est aussi le premier à avoir compris l'importance pour le cinéma des romans de Léo Malet. René Dary fut un excellent Nestor Burma dans *120 rue de la Gare.* Le reste, sauf *Monsieur Grégoire s'évade,* souffre d'un manque évident de moyens.

Dante, Joe

Réalisateur américain.

Piranha (Piranhas, 1978) ; The Howling (Hurlements, 1980).

Formé à l'école de Corman, son producteur, il s'annonce comme l'un des nouveaux maîtres de l'épouvante. Dans *Piranha,* il reprend le thème des *Dents de la mer* de Spielberg en substituant au requin une bande de piranhas dont les morsures sont tout aussi spectaculaires. *The Howling* est encore plus réussi : l'angoisse ne cesse de croître à mesure que se découvre l'horrible vérité, celle de la contamination de toute une communauté par un loup-garou. Le plus savoureux est le générique : hommage, à travers les noms des protagonistes, aux vieux maîtres de l'épouvante, à l'âge d'or de l'Universal.

Daquin, Louis

Réalisateur français, 1908-1981.

Le joueur (1938) ; Nous les gosses (1941) ; Madame et le mort (1942) ; Le voyageur de la Toussaint (1942) ; Premier de cordée (1943) ; Patrie (1945) ; Nous continuons la France (c.m., 1946) ; Les frères Bouquinquant (1947) ; Le point du jour (1948) ; La grande lutte des mineurs (c.m., 1948) ; Le parfum de la dame en noir (1949) ; La bataille de la vie (c.m., 1949) ; Bel Ami (1954) ; Ciulinii Braraganului (Les chardons de Baragan, 1957) ; Trube Wasser (Les arrivistes, 1959) ; Machine mon amie (c.m., 1960) ; Parallèles (c.m., 1962) ; La foire aux cancres (1963) ; Naissance d'une cité (c.m., 1964).

D'abord assistant de Grémillon et d'Ozep, il signe sa première réalisation, la version française du *Joueur* de Lamprecht, en 1938. Ses véritables débuts se situent sous l'Occupation où il donne notamment un remarquable *Voyageur de la Toussaint,* d'après Simenon (Gabrielle Dorziat y était extraordinaire) et une œuvre d'inspiration nettement vichyssoise, *Premier de cordée.* Il n'en sera pas moins secrétaire général du Comité de libération du cinéma en 1944. La médiocrité des œuvres qui suivent, à l'exception des *Arrivistes,* fidèle adaptation de *La rabouilleuse* de Balzac, mais aussi son rôle de dirigeant du Syndicat des techniciens du film l'excluent peu à peu des studios français. Directeur des études à l'I.D.H.E.C., de 1970 à 1978, il est l'auteur de deux livres : *Le cinéma notre métier* (1960) et *On ne tait pas ses silences* (1980).

Daroy, Jacques

Réalisateur français, de son vrai nom Jacques Schenk, 1896-1963.

Riri et Nono (c.m., 1929-1933) ; Cartouche (1934) ; La guerre des gosses (1936) ; Vidocq (1938) ; La bâtarde (1939) ; Raboliot (1945) ; La dame de Haut-le-Bois (1947) ; Inspecteur Sergil (1947) ; Rumeurs (1947) ; Une belle garce (1948) ; Sergil et le dictateur (1948) ; La passagère (1949) ; La maison du printemps (1949) ; Coup de foudre (c.m., 1951) ; Sergil chez les filles (1952) ; Le club des Quatre Cents Coups (1953) ; Monsieur Scrupule gangster (1953).

Il a eu surtout, sous le pseudonyme de Jacques Rey, une activité radiophonique. Avant guerre son *Vidocq* reconstituait avec bonheur l'atmosphère de la rue de Jérusalem, où se tenait la préfecture de police, et celle des « tapis francs », refuge des « chourineurs » et autres forçats en rupture de ban. Les silhouettes des policiers, Henry, Beffara, Boucheseiche, Bertrand et autres Alletz, immortalisés par les Mémoires de Vidocq, étaient bien dessinées. Seul manquait Sanson. Stil parut moins à l'aise dans le monde des braconniers, avec un médiocre *Raboliot.* Il retrouva le succès grâce à son inspecteur Sergil, qui fut le héros de plusieurs films où Paul Meurisse tint le rôle avec conviction et humour.

Dassin, Jules

Réalisateur américain né en 1911.

Nazi Agent (1942) ; The Affairs of Martha (1942) ; Reunion in France (1942) ; Young Ideas (1943) ; The Canterville Ghost (Le fantôme de Canterville, 1944) ; A Letter for Evie (1945) ; Two Smart People (1946) ; Brute Force (Les démons de la liberté, 1947) ; The Naked City (La cité sans voiles, 1948) ; Thieves' Highway (Les bas-fonds de Frisco, 1949) ; Night and the City (Les forbans de la nuit, 1950) ; Du Rififi chez les hommes (1954) ; Celui qui doit mourir (1957) ; La loi (1958) ; Never on Sunday (Jamais le dimanche, 1960) ; Phaedra (Phaedra, 1962) ; Topkapi (Topkapi, 1964) ; 10 : 30 P.M. Summer (Dix heures trente du soir en été, 1966) ; Survival 67 (doc., 1967) ; Uptight (Point noir, 1968) ; La promesse de l'aube (1970) ; The Rehearsal (1974) ; A Dream of Passion (Cri de femmes, 1978).

Après des études d'art dramatique en Europe entre 1934 et 1936, il devient acteur et metteur en scène à New York. Un travail remarqué sur un court métrage, *The Tell-Tale Heart,* le propulse à la réalisation de films. Ses premières œuvres n'offrent qu'un intérêt médiocre, mais suivent quatre réussites exceptionnelles du film « noir » : *Brute Force* qui contient des scènes d'une rare violence comme l'exécution du mouchard sous une presse ; *Naked City* qui introduisait le néo-réalisme dans le thriller ; *Thieves'Highway,* sur un script de Bezzerides, qui décrivait les rackets aux Halles de San Francisco ; et surtout *Night and the City,* superbement photographié, se déroulant dans le monde des lutteurs où Richard Widmark montait des combines vouées à l'échec sous l'œil de l'obèse Sullivan enfermé dans sa cage de verre. Un chef-d'œuvre. Mais, dénoncé par Dmytryk comme communiste, Dassin avait déjà dû fuir à Londres où fut dirigé *Night and the City* puis à Paris où il réalisa un autre bon thriller, *Du Rififi chez les hommes.* C'est ensuite la dégringolade. Sous l'influence désastreuse de Melina Mercouri, Dassin tourne des films « grecs », style *Phaedra* ou des œuvres vaguement engagées comme *Uptight* sur les problèmes raciaux, dans une indifférence générale et peut-être trop cruelle.

Daves, Delmer

Scénariste et réalisateur américain, 1904-1977.

Destination Tokyo (Destination Tokyo, 1943) ; The very Thought of You (1944) ; Hollywood Canteen (1944) ; Pride of the Marines (L'orgueil des marines, 1945) ; The Red House (La maison rouge, 1947) ; Dark Passage (Les passagers de la nuit, 1947) ; To the Victor (Ombres sur Paris, 1948) ; A Kiss in the Dark (1949) ; Task Force (Horizons en flammes, 1949) ; Broken Arrow (La flèche brisée, 1950) ; Bird of Paradise (L'oiseau du Paradis, 1951) ; Return of the Texan (1952) ; Treasure of the Golden Condor (Le trésor du Guatemala, 1953) ; Never Let Me Go (Ne me quitte pas, 1953) ; Demetrius and the Gladiators (Les gladiateurs, 1954) ; Drum Beat (L'aigle solitaire, 1954) ; Jubal (L'homme de nulle part, 1956) ; The Last Wagon (La dernière Caravane, 1956) ; 3 :10 to Yuma (3 heures 10 pour Yuma, 1957) ; Cow-Boy (Cow-Boy, 1958) ; Kings Go Forth (Les diables au soleil, 1958) ; The Badlanders (L'or du Hollandais, 1958) ; The Hanging Tree (La colline des potences, 1959) ; A Summer Place (Ils n'ont que vingt ans, 1960) ; Parrish (La soif de jeunesse, 1961) ; Susan Slade (1961) ; Rome Adventure (1962) ; Spencer's Mountain (La montagne des neuf Spencer, 1963) ; Youngblood Hawke (1964) ; The Battle of the Villa Fiorita (1965).

Originaire de San Francisco, il fait ses études de droit à Stanford University. Il débute au cinéma comme assistant de Cruze pour *The Covered Wagon,* il joue quelques petits rôles mais se fait surtout remarquer comme scénariste *(The Petrified Forest,* de Mayo, *Love Affair* de McCarey...). Il sera d'ailleurs le scénariste de la plupart de ses films. Son œuvre est marquée par plusieurs sommets : l'admirable *Dark Passage* d'après Goodis, histoire d'un gangster qui se fait refaire le visage pour échapper à la police (les vingt premières minutes sont en caméra subjective), l'un des premiers westerns à réhabiliter Cochise et les Indiens, *La flèche brisée,* un autre western, *3 heures 10 pour Yuma* où il renouvelait le thème du *Train sifflera trois fois.* C'est dans le western qu'il est le plus à l'aise : western historique *(L'aigle solitaire),* réaliste sur la vie quotidienne et les mœurs du Far West *(Cow-Boy),* parabole sur la violence *(La dernière caravane)* ou westerns de type classique *(Jubal, The Badlanders).* Mais *La colline des potences,* malgré d'évidentes qualités, montre un fâcheux penchant au sentimentalisme (est-ce la faute de Maria Schell ?) déjà sensible dans une œuvre comme *Pride of the Marines,* drame d'un soldat devenu aveugle à la guerre. Les derniers films de Daves confirmèrent – hélas – ce goût pour le mélodrame. Sans doute faut-il y voir la raison pour laquelle, à l'exception de critiques comme Bertrand Tavernier, nombreuses ont été les réticences pour faire entrer Daves dans les rangs des très grands réalisateurs.

Davis, Desmond

Réalisateur anglais né en 1928.

The Girl With Green Eyes (La fille aux yeux verts, 1964) ; The Uncle (L'oncle, 1964) ; I Was Happy Here (Le retour, 1965) ; Smashing Time (Deux Anglaises en délire, 1967) ; A Nice Girl Like me (1969) ; The Clash of the Titans (Le choc des Titans, 1981).

Disciple de Lindsay Anderson, il tourne en 1964 une œuvre pleine de sensibilité sur les amours d'une petite vendeuse venue de sa province travailler à Dublin. La suite ne tint pas les promesses de ce premier film. Davis choisit le silence. Il revint, après plus de dix ans de retraite, en signant une superproduction mythologique qui devait tout aux trucages de Harryhausen et rien à l'auteur de *La fille aux yeux verts.*

Davis, Robin

Réalisateur français.

Ce cher Victor (1974) ; La guerre de polices (1979) ; Le choc (1982).

Ce cher Victor était passé inaperçu, en dépit d'une méchanceté prometteuse. *La guerre des polices,* évocation musclée de la rivalité entre la brigade territoriale et les anti-gangs, retint l'attention. On ne s'étonnera pas de le voir diriger Alain Delon dans *Le choc.*

Davy, Jean-François

Réalisateur français né en 1945.

Traquenards (1968) ; La débauche (1970) ; Le seuil du vide (1971) ; Les bananes mécaniques (1972) ; Prenez la queue comme tout le monde (1972) ; Jouissances (1974) ; Exhibition (1975) ; Les pornocrates (1976) ; Prostitution (1976) ; Chaussette surprise (1978) ; Exhibition II (1979).

Il a su inventer le cinéma pornographique à alibi culturel. Une enquête sociologique accompagne les scènes « hard » auxquelles on assiste. Ainsi peut-on, en toute bonne conscience, contempler les fesses de Claude Beccarie. Ingénieux et de bon rapport, surtout si l'on pimente la chose d'un petit scandale, comme ce fut le cas pour *Exhibition II.*

Dawley, J. Searle

Réalisateur américain, ?-1950.

Principaux films : Rescued from an Eagle's Nest (avec Porter, 1907) ; Faust (1909) ; The Prince and the Pauper (1909) ; Rose Lilandier (1909) ; Frankenstein (1909) ; Michel Strogoff (1910) ; The Stars and Stripes (1910) ; In the Days of Chivalry (1911) ; Treasure Island (1912) ; The Charge of the Light Brigade (1912) ; Martin Chuzzlewitt (1912) ; Peter Pan (1912) ; Caprice (1913) ; Hearts Adrift (1913) ; The Cinderella Man (1913) ; An American Citizen (1913) ; An Hour Before Dawn (1913) ; Leah Kleshna (1913) ; The Daughter of the Hills (1913) ; The Man from Mexico (1914) ; The Dictator (1914) ; Marta of the Lawlands (1914) ; Port of Doom (1914) ; The Oath of a Vicking (1914) ; One of Millions (1914) ; In the Name of the Prince of the Peace (1914) ; Jaffery (1916) ; Snow-White, the Seven Swans (1916) ; The Mysterious Miss Terry (1917) ; Uncle Tom's Cabin (1918) ; The Lie (1918) ; Rich Man Poor Man (1918) ; The Death Dance (1918) ; The Phantom Honeymoon (1919) ; Everybody's Business (1919) ; Twilight (1919) ; Harvest Moon (1920) ; A Virgin Paradise (1921) ; Beyond Price (1921) ; Who Are My Parents ? (1922) ; Shall Lead Them (1922) ; As a Man Lives (1923) ; Has the World Gone Mad ? (1923) ; Broadway Broke (1923).

Acteur de théâtre, il rejoignit l'Edison Company dès 1907, fut le bras droit de Porter avant de réaliser lui-même des films dont le premier *Frankenstein,* d'après le roman de Mrs. Shelley, récit fantastique écrit au bord du lac de Constance, dans la compagnie de Byron et de Polidori. Le film de Dawley est assez fidèle au roman.

Day, Robert

Réalisateur anglais né en 1922.

The Green Man (Une bombe pas comme les autres, 1956) ; Strangers'Meeting (1957) ; Grip of the Strangler (1959) ; Corridors of Blood (1958) ; First Man Into Space (Le pionnier de l'espace, 1959) ; Life in Emergency Ward 10 (1959) ; Bobbikins (1959) ; Two Way Stretch (Le paradis des monte-en-l'air, 1960) ; Tarzan the Magnificent (Tarzan le magnifique, 1960) ; The Rebel (1961) ; Operation Snatch (1962) ; Tarzan's Three Challenges (Le défi de Tarzan, 1963) ; She (La déesse du feu, 1965) ; Tarzan and the Valley of Gold (1965) ; Tarzan and the Great River (Tarzan et le jaguar maudit, 1967) ; Tarzan and the Jungle Boy (Tarzan et l'enfant de la jungle, 1967) ; I Think We're Being Followed (1967) ; The Man with Bogart's Face (Détective comme Bogart, 1980).

Après quelques petits films d'horreur (dont *Corridors of Blood* avec Boris Karloff), il semble s'être spécialisé dans les aventures de Tarzan, interprété par Gordon Scott, Mahoney et Mike Henry. Ajoutons à ce cycle exotique une version de *She* de Ridder Haggard, avec la sculpturale Ursula Andress.

Dean, Basil

Réalisateur et producteur anglais, 1888-1978.

Comme réalisateur : The Constant Nymph (1928) ; The Return of Sherlock Holmes (1929) ; Birds of Prey (1930) ; Looking on the Bright Side (1932) ; The Impassive Footman (1932) ; Loyalties (1933) ; Autumn Crocus (1934) ; Sing as we go (1935) ; Look up and Laugh (1935) ; Lorna Doone (1935) ; Whom the Gods Love (1936) ; Penny Paradise (1938) ; 21 Days (1940) ; Mozart (1940).

L'un des représentants les plus typiques des Ealing Studios, c'est-à-dire du cinéma anglais de l'entre-deux-guerres ; il passe de Sherlock Holmes au film historique *(Lorna Doone),* de la comédie de Priestley *(Look up and Laugh)* au Tyrol autrichien *(The Constant Nymph),* avec une parfaite aisance.

De Antonio, Émile

Réalisateur américain né en 1929.

Point of Order (avec Talbot, 1963) ; Rush to Judgement (L'Amérique fait appel, 1967) ; In the Year of the Pig (Viêt-nam, année du cochon, 1969) ; Milhouse, a White Comedy (Richard Milhouse Nixon, 1971) ; Painters Painting (1972) ; Underground (1976).

Ses films sur l'assassinat de Kennedy *(Rush to Judgement),* le Viêt-nam *(In the Year of the Pig)* ou Nixon lui ont valu une petite réputation dans les milieux intellectuels de gauche aux États-Unis. Réputation un peu usurpée, par suite d'un manque voulu d'objectivité : « On peut être objectif, affirme-t-il, sur la pluie et le beau temps, pas en matière de politique, d'aspirations humaines, de race, de guerre. »

Dearden, Basil

Réalisateur anglais, 1911-1971.

The Black Sheep of Whitehall (avec Hay, 1941) ; The Goose Steps Out (avec Hay, 1942) ; My Learned Friend (avec Hay, 1943) ; The Bells Go Down (1943) ; The Halfway House (L'auberge fantôme, 1944) ; They Came to a City (Ils vinrent dans la cité, 1944) ; Dead of Night (coréal, Au cœur de la nuit, 1945) ; Captive Heart (J'étais un prisonnier, 1946) ; Frieda (Frieda, 1947) ; Sarabande for Dead Lovers (Sarabande, 1948) ; Train of Events (Train du destin, 1949) ; The Blue Lamp (Police sans armes, 1950) ; The Cage of Gold (La cage d'or, 1950) ; Pool of London (Les trafiquants du Dunbar, 1951) ; I Believe in You (1951) ; The Gentle Gunman (Un si noble tueur, 1952) ; The Square Ring (1953) ; The Rainbow Jacket (1954) ; Out of the Clouds (1954) ; The Ship That Died of Shame (1955) ; Who Done It ? (1956) ; The Smallest Show on Earth (Sous le plus petit chapiteau du monde, 1957) ; Violent Playground (Jeunesse délinquante, 1958) ; Sapphire (Opération Scotland Yard, 1959) ; The League of Gentlemen (Hold-up à Londres, 1960) ; Man in the Moon (1960) ;

The Secret Partner (Scotland-Yard contre X, 1960) ; The Victim (La victime, 1961) ; All Night Long (Tout au long de la nuit, 1962) ; Life for Ruth (avec Relph, Accusé, levez-vous, 1962) ; The Mind Benders (avec Relph, 1963) ; A Place to Go (1963) ; The Woman of Straw (La femme de paille, 1964) ; Masquerade (Doubles masques et agents doubles, 1964) ; Khartoum (Khartoum, 1966) ; Only When I Larf (1968) ; The Assassination Bureau (Assassinats en tous genres, 1968) ; The Man Who Haunted Himself (1970).

Artisan plus que créateur, aimant le travail bien fait, ce réalisateur très coté en Angleterre a abordé un peu tous les genres, de la comédie humoristique *(The League of Gentlemen)* au film colonialiste à grand spectacle *(Khartoum),* du fantastique *(Dead of Night)* au policier à implication sociale (l'homosexualité dans *Victim*), du film de guerre *(Captive Heart)* à l'adaptation littéraire (Jack London pour le meilleur film de Dearden, *The Assassination Bureau*).

« Dans son pays, notent Lefevre et Lacourbe *(Trente ans de cinéma britannique),* ce réalisateur (qui fut aussi parfois son propre producteur) a joui d'une estime considérable. Il était réputé pour le soin minutieux qu'il apportait à chacun de ses films et considéré comme une valeur sûre lorsqu'il s'agissait de représenter le Royaume-Uni dans les compétitions internationales. Son style fut celui de la qualité méticuleuse : habileté dans la progression du récit, découpage méthodique, cadrages léchés. » Ajoutons qu'il ne fut pas un froid technicien mais prit souvent dans ses films des positions courageuses contre le racisme et l'intolérance.

De Bosio, Gianfranco

Réalisateur italien né en 1924.

Il terrorista (Le terroriste, 1964) ; La Betia ovvero in amore per ogni gaudenza ci vuole sofferenza (1971) ; Mosé (Moïse, film pour la télévision, 1976).

C'est un homme de théâtre auquel on doit de nombreuses mises en scène de pièces classiques ou modernes. Il avait attiré l'attention, au cinéma, avec son *Terroriste,* un drame sur la Résistance. Mais il n'a pas confirmé les espoirs placés en lui. Son *Moïse* avec Burt Lancaster n'évite pas les pièges du film à grand spectacle.

Decoin, Henri

Scénariste et réalisateur français, 1896-1969.

Toboggan (1933) ; Les bleus du ciel (1933) ; Le domino vert (1935) ; Mademoiselle ma mère (1937) ; Abus de confiance (1937) ; Retour à l'aube (1938) ; Battements de cœur (1939) ; Premier rendez-vous (1941) ; Les inconnus dans la maison (1942) ; Mariage d'amour (1942) ; Le bienfaiteur (1942) ; L'homme de Londres (1943) ; Je suis avec toi (1943) ; La fille du diable (1945) ; Non coupable (1947) ; Les amants du pont Saint-Jean (1947) ; Les amoureux sont seuls au monde (1947) ; Entre onze heures et minuit (1948) ; Au grand balcon (1949) ; Le désir et l'amour (1951) ; La vérité sur Bébé Donge (1951) ; Les amants de Tolède (1952) ; Secrets d'alcôve (un sketch, 1953) ; Dortoir des grandes (1953) ; Bonnes à tuer (1954) ; Razzia sur la chnouff (1954) ; Les intrigantes (1954) ; L'affaire des poisons (1955) ; Folies-Bergère (1956) ; Le feu aux poudres (1956) ; Tous peuvent me tuer (1957) ; Charmants garçons (1957) ; La chatte (1958) ; Pourquoi viens-tu si tard ? (1958) ; La chatte sort ses griffes (1959) ; Nathalie agent secret (1959) ; Tendre et violente Elisabeth (1960) ; Maléfices (1961) ; La Française et l'amour (un sketch, 1961) ; Le pavé de Paris (1961) ; Le masque de fer (1962) ; Casablanca nid d'espions (1963) ; Parias de la gloire (1963) ; Nick Carter va tout casser (1964).

Journaliste sportif et romancier, assistant de Gallone et de Tourjansky, scénariste des *Rois de la pédale* et d'*Un soir de rafle,* il a été un réalisateur inégal. L'univers de Georges Simenon lui convient parfaitement, lui inspirant ses trois meilleurs films : *Les inconnus dans la maison,*

L'homme de Londres et *La vérité sur Bébé Donge.* Il est à l'aise, de façon générale, dans le film policier : *Bonnes à tuer, Razzia sur la chnouff,* etc. L'espionnage lui réussit moins et sa *Chatte* est bien conventionnelle. Quant aux films historiques sur l'affaire des poisons et l'énigme du masque de fer, ils n'ont que de fort lointains rapports avec la réalité et ont dû faire retourner dans leur tombe Lenôtre et Funck-Brentano. Mais il ne faudrait pas oublier *Premier rendez-vous* qui combla les admirateurs de Danielle Darrieux et qui reprenait les recettes éprouvées de *Battement de cœur,* sur un scénario du même Max Kolpe.

On tint rigueur pendant quelque temps à Decoin de l'idéologie contenue dans *Les inconnus dans la maison* et du personnage joué par Mouloudji. Le film fut d'ailleurs interdit à la Libération. Decoin reprit très vite une activité normale. Mais c'est son œuvre antérieure à 1945 qui continue à susciter la curiosité.

De Concini, Ennio

Réalisateur italien né en 1923.

Gli undici moschettieri (1952) ; Gli ultimi dieci giorni di Hitler (Les dix derniers jours d'Hitler, 1972) ; Daniele e Maria (1975).

Une hallucinante composition d'Alec Guiness sauvait *Les dix derniers jours d'Hitler,* œuvre par ailleurs honnête et exacte. De Concini, après avoir été assistant de V. De Sica pour *Sciuscia,* a été surtout un prolifique scénariste, travaillant avec De Santis, Antonioni et Germi.

De Cordova, Frederick

Réalisateur américain né en 1910.

Too Young to Know (1945) ; Her Kind of Man (1946) ; Always Together (1947) ; Love and Learn (1947) ; That Way With Women (1947) ; Wallflower (1948) ; The Countess of Monte Cristo (Comtesse Monte-Cristo, 1948) ; For the Love of Mary (1948) ; Illegal Entry (1949) ; The Gal Who Took the West (La belle aventurière, 1949) ; Peggy (1950) ; The Desert Hawk (1950) ; Buccaneer's Girl (La fille des Boucaniers, 1950) ; Katie Did It (1951) ; Bedtime for Bonzo (1951) ; Finders Keepers (1915) ; Little Egypt (1951) ; Here Come the Nelsons (1952) ; Yankee Buccaneer (Les boucaniers de la Jamaïque, 1952) ; Bonzo Goes to College (1952) ; Column South (L'héroïque lieutenant, 1953) ; I'Il Take Sweden (1965) ; Frankie and Johnny (1966).

Metteur en scène de théâtre, il se laisse séduire par le cinéma, mais ne tourne que des films d'aventures à grand (ou petit) spectacle. Il connaît bien son métier : que lui demander de plus, surtout quand Sonja Hennie *(Countess of Monte Cristo)* ou Yvonne de Carlo *(The Gal Who Took the West)* sont à l'affiche ?

De Filippo, Eduardo

Acteur et metteur en scène italien né en 1900.

In Campagna è caduta una Stella (1940) ; Ti conosco Mascherina ! (1943) ; Napoli milionaria (Naples millionnaire, 1950) ; Filumena Marturano (Madame Philomène, 1951) ; Marito e moglie 1952) ; Ragazze da marito (1952) ; I sette peccati capitali (1er sketch, 1952) ; Napoletani a Milano (1953) ; Questi Fantasmi (1954) ; Fortunella (Fortunella, 1958) ; Il sogno di una notte di mezza sbornia (1959) ; Oggi, domani e dopodomani (2e sketch, 1965) ; Spara forte, più forte... non capisco ! (1966).

Fils et frère d'acteurs, auteur dramatique et animateur de théâtre, il a porté certains de ses succès à l'écran *(Filumena Marturano)* et signé des œuvres mineures mais enracinées dans la tradition napolitaine.

De Fuentes, Fernando

Réalisateur mexicain, 1894-1958.

Principaux films : El prisionero trece (1933) ; El Tigre de Yautepec (1933) ; El compadre Mendoza (1934) ; El Fantasma del covento (1934) ; Vamonos con Pancho Villa (1935) ; La familia Dressel

(1935) ; Los mujeres mandan (1936) ; Alla en el Rancho Grande (1936) ; El jefe maximo (1940) ; Asi se quiere en Jalisco (1942) ; Dona Barbara (1943) ; La mujer sin alma (1943) ; La selva de fuego (1945) ; La puerta falsa (1950) ; Crimen y castigo (1950).

Peu connu en Europe, à l'exception d'une rétrospective à Londres, en 1980, ce réalisateur eut une grande influence sur le cinéma mexicain : films sur la révolution de 1910 (*Mendoza, Pancho Villa,* etc.) ; mélodrames *(La familia Dressel) ;* comédies satiriques *(El jefe maximo) ;* westerns mexicains *(Dona Barbara) ;* films d'épouvante *(El fantasma del convento),* etc. On lui a reproché une certaine indifférence aux vrais problèmes du Mexique, mais sur le plan technique, servi par Gabriel Figueroa, son apport a été important.

De Gregorio, Éduardo

Réalisateur français né en 1942.

Serail (1976) ; La mémoire courte (1979).

Scénariste de Bertolucci pour *La stratégie de l'araignée,* de Comolli et de Rivette, il a repris à ce dernier le goût des atmosphères insolites, un décalage entre l'histoire et la réalité à partir d'une enquête plus ou moins policière : ainsi Judith, interprète à l'UNESCO, enquêtant sur la mort accidentelle d'un écrivain au cours d'un voyage en Amérique du Sud. Elle est conduite à dénoncer l'avènement d'un nouveau fascisme.

Dein, Ed.

Réalisateur américain.

Curse of the Undead (Dans les griffes du vampire, 1954) ; The Leech Woman (La femme sangsue, 1954) ; Schack Out on 101 (1955).

Dracula en western, la synthèse des deux genres rois du cinéma américain, c'est l'obscur Dein qui l'a réussie le premier : Michael Pate, tueur-vampire, ne pouvait périr, au cours d'un terrible duel, que d'une balle sur laquelle était tracée une croix. Alchimiste de génie, Dein avait trouvé l'absolu. C'est la seule raison de sa présence dans ce dictionnaire.

Deitch, Gene

Auteur américain de dessins animés.

Séries Sidney l'éléphant ; Gaston le Crayon.

On lui doit, pour la Fox, la série de *Sick, Sick Sidney,* un étrange éléphant, un peu trop bavard, puis *Gaston le Crayon,* peintre farfelu. L'art de Deitch marque une rupture par rapport aux Terrytoons antérieurs : graphisme plus moderne et culture d'un nouveau non-sens. Mais la réussite n'a pas été au rendez-vous.

De Kowa, Viktor

Acteur et réalisateur allemand né en 1908.

Comme réalisateur : Schneider Wibbel (1939) ; Casanova heiratet (1940) ; Kopf hoch, Johannes (Tête haute, Jean, 1941).

Cet acteur est l'auteur de trois films dont le plus célèbre est *Kopf hoch, Johannes,* un saisissant témoignage sur l'endoctrinement de la jeunesse par les Nazis : sport, musique militaire, hygiène, etc.

Delannoy, Jean

Réalisateur français né en 1908.

Paris-Deauville (1935) ; La Vénus de l'or (1937) ; Le diamant noir (1940) ; Macao, l'enfer du jeu (1940) ; Fièvres (1941) ; L'assassin a peur la nuit (1942) ; Pontcarral colonel d'Empire (1942) ; L'éternel retour (1943) ; Le Bossu (1944) ; La part de l'ombre (1945) ; La symphonie pastorale (1946) ; Les jeux sont faits (1947) ; Aux yeux du souvenir (1948) ; Le secret de Mayerling (1949) ; Dieu a besoin des hommes (1950) ; Le garçon sauvage (1951) ; La minute de vérité (1952) ; Destinées (un sketch, 1952) ; Secrets d'alcôve (un sketch, 1953) ; La route Napoléon (1953) ; Obsession (1954) ; Marie-Antoinette (1955) ; Chiens perdus sans collier

(1955) ; Notre-Dame de Paris (1956) ; Maigret tend un piège (1957) ; Guinguette (1958) ; Maigret et l'affaire Saint-Fiacre (1959) ; Le baron de l'Écluse (1959) ; La Française et l'amour (un sketch, 1960) ; La princesse de Clèves (1961) ; Le rendez-vous (1961) ; Vénus impériale (1962) ; Les amitiés particulières (1964) ; Le majordome (1965) ; Le lit à deux places (1965) ; Les sultans (1966) ; Le soleil des voyous (1967) ; La peau de Torpédo (1969) ; Pas folle la guêpe (1972).

Il fut la principale cible de la « nouvelle vague ». François Truffaut, à propos de films comme *Chiens perdus sans collier,* lui reprocha son académisme, son absence totale de sincérité, la froideur de ses réalisations. Force est de reconnaître que le jugement est pertinent lorsque Delannoy adapte *Notre-Dame de Paris* de Victor Hugo, *Les amitiés particulières* de Peyrefitte ou *La princesse de Clèves* de Mme de La Fayette. Ne parlons pas de *Marie-Antoinette* qui finirait par rendre le Père Duchesne sympathique aux royalistes ni de *Vénus impériale,* ahurissante évocation des amours de Pauline Bonaparte, ni enfin de consternants navets comme *Le baron de l'Écluse.* Mais Delannoy qui gravit, contrairement aux cinéastes de la « nouvelle vague », tous les échelons de la carrière, monteur, acteur et assistant, avant de devenir réalisateur, connaît parfaitement son métier et tout n'est pas sans intérêt dans son œuvre. Il y a un charme certain et une observation aiguë des milieux financiers dans *La Vénus de l'or* où brillent Jacques Copeau et Saturnin Fabre. *Pontcarral* n'est pas infidèle à l'esprit des mémoires des Parquin, Marbot, et autres Thiebault. Adaptant un roman d'Albéric Cahuet sur les demi-solde, déjà évoqués par d'Esparbès, le film fut d'ailleurs interprété, un peu abusivement, comme une dénonciation du régime de Vichy assimilé à Louis XVIII. On retiendra surtout de Delannoy sa collaboration avec Cocteau pour *L'éternel retour* (Jean Marais et Madeleine Sologne firent rêver toute une génération et lancèrent les cheveux blonds au vent pour les filles et le pull-over pour les garçons), avec Gide pour *La symphonie pastorale* et surtout avec Sartre pour *Les jeux sont faits* qui proposent une vision singulière du monde des morts, plus proche de la comédie américaine que de la légende d'Orphée chantée par Gluck. Ses deux Maigret (rôle tenu par Gabin, avec un Dessailly éblouissant dans *Maigret tend un piège*) n'étaient pas non plus sans mérite. Bref, il faut être équitable ; trop d'honneurs d'un côté (Cannes 46 pour *La symphonie pastorale,* Venise 50 pour *Dieu a besoin des hommes,* Grand Prix du cinéma français 61 pour *La princesse de Clèves*), trop d'injures de l'autre.

Del Carril, Hugo

Acteur et réalisateur argentin né en 1912.

Historia del 1900 (1949) ; Surcos de Sangre (1950) ; Las Aguas Bajan Turbias (Le fleuve de sang, 1951) ; La Quintrala (1955) ; Mas Alla del Olvido (1956) ; Una Cita con la Vida (1957) ; Las Tierras Blancas (1959) ; Culpable (1960) ; Esta Tierra es Mia (1960) ; Buenas Noches, Buenos-Aires (1964).

Acteur radiophonique, chanteur de tangos, réalisateur de films, directeur de l'Institut de la cinématographie. Son *Fleuve de sang* révéla au public occidental le cinéma argentin comme *O'Cangaceiro* fit prendre conscience de l'existence d'un cinéma brésilien. Comme le remarque Octavio Getino *(Les cinémas de l'Amérique latine),* Del Carril ne fut jamais indifférent aux problèmes sociaux. « C'est un cinéma intuitif, héritier par moments de Ferreyra mais plus riche et plus profond dans sa thématique. »

Del Colle, Uhaldo

Réalisateur italien.

Films connus : Le mécanicien (1910) ; La porta aperta (1912).

Le mécanicien qui lui est attribué sous réserve par Jean Mitry *(Les cahiers de la Cinémathèque,* n° 26) en ferait le père de la profondeur du champ.

De Leon, Gerardo

Réalisateur philippin, 1913-1981.

Plus de soixante-dix films dont Sisa (1951) ; Sanda Wong (1956) ; The

DEL 191

Moises Padilla Story (1961) ; El flibusterismo (1962).

Homme à tout faire du cinéma de son pays, après avoir été médecin. Bien qu'il n'ait visé que le marché local, il est à découvrir, notamment pour les films fantastiques qu'il a signés avec Eddie Romero (*Brides of Blood, Mad Doctor of Blood Island*...) Ne pas le confondre avec un nouveau venu, Mike De Leon (*Batch 81, Kisapmata, 1982*), dont l'œuvre retrouve la même cruauté.

De Liguoro, Giuseppe

Réalisateur italien, 1869-1944.

Marin Faliero (1909) ; Doge di Venezia (1909) ; Inferno (1909) ; Murat (1910) ; Bruto II (1911) ; Sardanapalo (1910) ; Œdipe (1910) ; Re Lear (1910) ; La cena dei Borgia (1910) ; La Burla (1912) ; Brivido fatale (1912) ; Il raconto del Nonno (1912) ; Verdi (1913) ; La dame aux camélias (1915) ; Odette (1916) ; Fedora (1916) ; Lorenzaccio (1917) ; Tosca (1917) ; Il canto di Circe (1920).

Pionnier du cinéma italien spécialisé dans le film historique, il passe des Borgia au Lorenzaccio de Musset, du roi Lear à Verdi avec la même boulimie. Il songea au *Cinq Mars* de Vigny et à Machiavel, après un *Sardanapale* qu'eût aimé Delacroix et un *Murat* qui donnait au roi de Naples sa juste place de précurseur de l'unité italienne. On lui attribue aussi une *Odyssée.*

Delluc, Louis

Critique, scénariste et réalisateur français, 1890-1924.

Comme réalisateur : Fumée noire (1920) ; Le silence (1920) ; Le tonnerre (c.m., 1921) ; Le chemin d'Ernoa (1921) ; Fièvre (1921) ; La femme de nulle part (1922) ; L'inondation (1924).

Journaliste et romancier *(Le train sans yeux, L'homme des bars...),* il fut comme rédacteur en chef de *Film* (1919-1922) puis comme fondateur de *Cinéa,* le père de la critique cinématographique en même temps qu'un grand théoricien dans des ouvrages importants *(Cinéma et Cie,* en 1919 ; *Charlot* en 1920, *Drames du cinéma* en 1923...) Son rôle a été important dans la création des premiers ciné-clubs et il fut le scénariste de plusieurs films dont *La fête espagnole* de Germaine Dulac. Son apport comme metteur en scène n'est pas moins considérable : il insista plus particulièrement sur la psychologie des personnages, notamment dans *La femme de nulle part* où le souvenir tient lieu de fil conducteur à l'intrigue. Mais il est mort trop tôt sans avoir donné sa pleine mesure.

Del Monte, Peter

Réalisateur italien né à San-Francisco en 1943.

Irene Irene (Irène, Irène, 1975) ; L'altra donna (L'autre femme, 1980) ; Piso Pisello (1981) ; Invitation au voyage (1982).

Spécialiste du film psychologique. Une œuvre difficile, d'un caractère très personneL.

Delon, Alain

Acteur, producteur et réalisateur français, né en 1935.

Comme réalisateur : La peau d'un flic (1981).

L'importance d'Alain Delon comme acteur et producteur a été considérable dans le cinéma français. Comme acteur, il a travaillé pour Clément, Visconti, Antonioni, etc., et comme producteur il a fait travailler Deray, Lautner, Giovanni etc., donnant l'image d'un homme épris de perfection, pour qui il n'est pas de mot plus noble que celui de « professionnel ». Son caractère, son passé, ses convictions politiques l'ont condamné à un certain isolement dans un milieu qui ne lui est pas favorable. Il n'en a pas moins poursuivi une carrière sans concessions, surtout centrée sur le film policier, imposant un personnage, une équipe et un style. Pourquoi, comme Trintignant, Ronet ou Redford, ne serait-il pas devenu son propre réalisateur ? *La peau d'un flic* ne révèle pas un *grand* metteur en scène, elle confirme simplement que Delon est un auteur complet.

Delouche, Dominique

Réalisateur français né en 1931.

Courts métrages : Béatrice (1959) ; Le spectre de la danse (1960) ; La métamorphose du violoncelle (1961) ; Edith Stein (1962) ; La messe sur le monde de Teilhard de Chardin (1963) ; L'adage (1964) ; Aquarelle (1965) ; Le mime Marceau (1965) ; Avec Claude Monet (1965) ; Dina chez les rois (1966) ; But (1966) ; La mort du jeune poète (1973) ; *Longs métrages :* Vingt-quatre heures de la vie d'une femme (1967) ; L'homme de désir (1970) ; Divine (1975).

Venu de l'École des Beaux-Arts et pourvu d'une excellente formation musicale, il fut assistant de Fellini et auteur de courts métrages couronnés dans tous les festivals avant de passer à la réalisation d'œuvres plus importantes, dont l'élégance et le raffinement font ouvertement référence à Ophüls, dans le titre *(Divine)* ou dans l'inspiration et les cadrages *(Vingt-quatre heures de la vie d'une femme,* d'après Stefan Zweig). Nul mieux que lui n'a su capter en images la danse moderne telle que la conçoivent Béjart ou Descombey ou rendre sensible, sur le plan visuel, le charme de la musique.

Del Ruth, Roy

Réalisateur américain, 1895-1961.

Nombreux courts métrages, puis : Eve's Lover (1925) ; Hogan's Alley (1925) ; Three Weeks in Paris (1926) ; The Man Upstairs (1926) ; The Little Irish Girl (1926) ; Footloose Widows (1926) ; Across the Pacific (1926) ; Wolf's Clothing (1927) ; The First Auto (1927) ; Ham and Eggs at the Front (1927) ; If I Were Single (1928) ; Five and Ten Cent Annie (1928) ; Powder My Back (1928) ; The Terror (1928) ; Beware of Bachelors (1929) ; Conquest (1929) ; The Desert Song (1929) ; The Hottentot (1929) ; Gold Diggers of Broadway (Chercheuses d'or, 1929) ; The Aviator (1929) ; Hold Everything (1930) ; The Second Floor Mystery (1930) ; Three Faces East (1930) ; The Life of the Party (1930) ; My Past (1931) ; Divorce Among Friends (1931) ; The Maltese Falcon (Le faucon maltais, 1931) ; Larceny Lane (1931) ; Side Show (1931) ; Blonde Crazy (1931) ; Taxi ! (1932) ; Beauty and the Boss (1932) ; Winner Take All (1932) ; Blessed Event (1932) ; Employee's Entrance (1933) ; Mind Reader (1933) ; Little Giant (1933) ; Bureau of Missing Persons (1933) ; Captured (Capture, 1933) ; Lady Killer (Le tombeur, 1933) ; Bulldog Drummond Strikes Back (Le retour de Bulldog Drummond, 1934) ; Upper World (1934) ; Kid Millions (1934) ; Folies-Bergère (Folies-Bergère, 1935) ; Broadway Melody of 1936 (1935) ; Thanks a Million (1935) ; It Had to Happen (1936) ; Private Number (1936) ; Born to Dance (L'amiral mène la danse, 1936) ; On the Avenue (Sur l'avenue, 1936) ; Broadway Melody of 1938 (1937) ; Happy Landing (1938) ; My Lucky Star (L'escale du bonheur, 1938) ; Tail Spin (1939) ; The Star Maker (1939) ; Here I Am Stranger (1939) ; He Married His Wife (1940) ; Topper Returns (Le retour de Topper, 1941) ; The Chocolate Soldier (Le soldat de chocolat, 1941) ; Maisie Gets Her Man (1942) ; Dubarry Was a Lady (La Dubarry était une dame, 1943) ; Broadway Rhythm (1944) ; Barbary Coast Gent (1944) ; It Happened on Fifth Avenue (C'est arrivé sur la Cinquième Avenue, 1947) ; The Babe Ruth Story (1948) ; Red Light (Feu Rouge, 1949) ; Always Leave Them Laughing (1949) ; The West Point Story (Les cadets de West Point, 1950) ; On Moonlight Bay (Le Bal du Printemps, 1951) ; Starlift (1951) ; About Face (1951) ; Stop, You're Killing Me (Le Bal des mauvais garçons, 1952) ; Three Sailors and a Girl (Trois marins et une fille, 1953) ; Phantom of the Rue Morgue (Le fantôme de la rue Morgue, 1954) ; The Alligator People (1959) ; Why Must I Die ? (1960).

Sa carrière est un résumé de l'évolution du cinéma américain. Del Ruth débute comme gagman chez Sennett puis dirige des burlesques en deux bobines avec Ben Turpin, Billy Bevan et Harry Langdon. Il se confond un temps avec l'âge d'or de la Warner entre 1925 et 1935 ; première version des *Gold Diggers,* inépuisable série de comédies musicales, et première version du *Faucon maltais,* d'après Hammett, où Ricardo Cortez précède Bogart. Il passe à la Metro lorsque la comédie musicale semble devoir y émigrer. Ses *Broadway Melody* de 1936 et de 1938 connaissent un grand succès, mais son chef-d'œuvre demeure *Dubarry Was a Lady,* célèbre opérette de Cole Porter revue par Gene Kelly. Un temps l'épouvante semble revenir à la mode : il signe pour Warner une brillante et fort sadique adaptation du *Double crime dans la rue Morgue* de Poe. Son dernier film, après une nouvelle bande d'épouvante, est consacré à la peine de mort : *Why Must I Die ?* Titre de circonstance pour finir une carrière.

De Luise, Dom

Acteur et réalisateur américain, né en 1933.

Comme réalisateur : Hot Stuff (Les fourgueurs, 1979).

Passé de la télévision chez Brooks, cet acteur comique, comme Wilder et Feldman, autres interprètes fétiches de Brooks, s'est essayé à la mise en scène. Peut-être est-ce à lui que l'on doit le film le plus drôle, *Hot Stuff,* évoquant la lutte de trois flics contre des trafiquants d'alcool et des voleurs à la tire, lutte qui s'achève sur une bagarre générale au ketchup.

Delvaux, André

Réalisateur belge né en 1926.

Die Man die zijn Haar Kort liet knippen (L'homme au crâne rasé, 1966) ; Un soir un train (1968) ; Rendez-vous à Bray (1971) ; Belle (1973) ; Avec Dirk Bouts (1977) ; Femme entre chien et loup (1979).

Philosophe et pianiste, il est touché par la grâce cinématographique en accompagnant au piano les vieux films muets de la cinémathèque de Bruxelles en 1950. Il organise des séminaires sur le langage cinématographique et tourne pour la télévision belge des films sur Fellini, Rouch et le cinéma polonais. Il passe enfin à la réalisation pour le grand écran en 1966. Dès lors il dessine une œuvre personnelle, insolite, aux confins du fantastique. Auteur des scénarios de ses films, il a un sens aigu de l'étrange qu'il sait faire jaillir non seulement d'une histoire, souvent très simple, mais également du paysage (les Hautes Fagnes et Spa dans *Belle,* par exemple). Rarement un film aura autant su retrouver par l'image l'univers de Julien Gracq que *Rendez-vous à Bray,* d'après la nouvelle *Le roi Copheta.* Gracq / Delvaux : il existe une incontestable affinité entre ces deux œuvres exigeantes et faussement glacées.

De Martino, Alberto

Réalisateur italien né en 1929.

Perseo l'invincibile (Persée l'invincible, 1963) ; Horror (pseudonyme Martin Herbert, 1962) ; Gli invincibili sette (Les sept invincibles, 1964) ; Il trionfo di Ercole (Le triomphe d'Hercule, 1964) ; Gli eroi di Fort Worth (Herbert, 1965) ; La rivolta dei sette (1965) ; Centomila dollari per Ringo (Cent mille dollars pour Ringo, 1965) ; Missione speciale Lady Chaplin (1966) ; Upperseven l'uomo da uccidere (1966) ; Django spara per primo (1966) ; OK Connery (Opération frère cadet, 1967) ; Dalle Ardenne all'inferno (1968) ; Roma come Chicago (1968) ; Femmine insaziabili (1969) ; L'uomo dagli occhi di ghiaccio (1971) ; L'assassino... è al telefono (L'assassin est au téléphone (1972) ; I familiari delle vittime non saranno avvertiti (Le nouveau boss de la Mafia, 1972) ; Il consigliori (Le conseiller, 1973) ; Ci risiamo, vero Providenza (1973) ; L'anticristo (L'Antéchrist, 1974) ; Una magnum special per Tony Saitta (Herbert, 1976) ; Holocaust 2 000 (Holocauste 2 000, 1977).

Il reprend toutes les recettes des succès précédents pour en faire des sous-produits qui rendent bien au box-office : le péplum *(Persée),* le western-spaghetti *(Cent mille dollars pour Ringo),* le policier à la d'Argento *(L'assassin est au téléphone),* la vogue de James Bond *(Upperseven),* celle du *Parrain* et de la Mafia *(Le conseiller),* celle de *L'exorciste (L'Antéchrist),* le film catastrophe *(Holocauste 2000),* etc. Fera-t-il un jour du De Martino ?

DeMille, Cecil Blount

Producteur et réalisateur américain, 1881-1959.

The Squaw Man (le mari de l'Indienne, 1914) ; Brewster's Millions (1914) ; The Virginian (1914) ; The Master Mind (1914) ; The Man on the Box (1914) ; The Call of the North (L'appel du Nord, 1914) ; What's His Name ? (1914) ; The Man from Home (1914) ; Rose of the Rancho (La rose du ranch, 1914) ; The Girl of the Golden West (1914) ; The Goose Girl (1915) ; The Warrens of Virginia (1915) ; The Unfraid (1915) ; The Captive (1915) ; The Wild Goose Chase (1915) ; The Arab (L'Arabe, 1915) ; Chimmie Fadden (1915) ; Kindling (1915) ; Maria Rosa (Maria Rosa, 1915) ; Carmen (Carmen, 1915) ; Chimmie Fadden Out West (1915) ; Temptation (Tentation, 1915) ; The Cheat (Forfaiture, 1915) ; The Golden Chance (1916) ; The Trail of the Lonesome Pine (La piste du pin solitaire, 1916) ; The Heart of Nora Flynn (Le cœur de Nora Flynn, 1916) ; The Dream Girl (1916) ; Joan the Woman (Jeanne d'Arc, 1916) ; A Romance of the Redwoods (La bête enchaînée, 1917) ; The Little American (La petite Américaine, 1917) ; The Woman God Forgot (Les conquérants, 1917) ; The Devil-Stone (Le talisman, 1917) ; Nan of Music Mountain (1917) ; The Whispering Chorus (Le rachat suprême, 1918) ; Old Wives for New (1918) ; We Can't Have Everything (L'illusion du bonheur, 1918) ; Till I Come Back to You (1918) ; The Squaw Man (Un cœur en exil, 1918) ; Don't Change Your Husband (Après la pluie, le beau temps, 1918) ; For Better, for Worse (1919) ; Male and Female (L'admirable Crichton, 1919) ; Why Change Your Wife ? (L'échange, 1919) ; Something to Think About (1920) ; Forbidden Fruit (Le fruit défendu, 1921) ; The Affairs of Anatol (Le cœur nous trompe, 1921) ; Don't Tell Everything (Faut-il l'avouer ?, 1921) ; Fool's Paradise (Le paradis d'un fou, 1922) ; Saturday Night (Le détour, 1922) ; Manslaughter (Le réquisitoire, 1922) ; Adam's Rib (La rançon d'un trône, 1923) ; The Ten Commandments (1923) ; Triumph (Triomphe, 1924) ; Feet of Clay (Le tourbillon des âmes, 1924) ; The Golden Bed (Le lit d'or, 1925) ; The Road to Yesterday (L'empreinte du passé, 1925) ; The Volga Boatman (Les bateliers de la Volga, 1926) ; The King of Kings (Le roi des rois, 1927) ; Chicago (Chicago, 1928) ; The Godless Girl (Les damnés du cœur, 1928) ; Dynamite (Dynamite, 1929) ; Madam Satan (Madame Satan, 1930) ; The Squaw Man (1931) ; Forgotten Commandments (avec Gasnier, 1932) ; The Sign of the Cross (Le signe de la Croix, 1932) ; This Day and Age (Triomphe de la jeunesse / La loi de Lynch, 1933) ; Four Frightened People (1934) ; Cleopatra (Cléopâtre, 1934) ; The Crusades (Les croisades, 1935) ; The Plainsman (Une aventure de Buffalo Bill, 1936) ; The Buccaneer (Les flibustiers, 1937) ; Union Pacific (Pacific-Express, 1939) ; Land of Liberty (choix d'extraits de films divers, 1939) ; North West Mounted Police (Les tuniques écarlates, 1940) ; Reap the Wild Wind (Les naufrageurs des mers du Sud, 1941) ; The Story of Dr. Wassell (L'odyssée du docteur Wassel, 1944) ; Unconquered (Les conquérants d'un nouveau monde, 1946) ; Samson and Delilah (Samson et Dalila, 1949) ; The Great Show on Earth (Sous le plus grand chapiteau du monde, 1953) ; The Ten Commandments (Les dix commandements, 1954-1956).

DeMille était d'une famille d'origine hollandaise. Son père appartenait à l'église épiscopalienne et l'éleva dans le culte de la Bible. D'où le goût du futur metteur en scène pour les sujets tirés des Écritures. Cette éducation puritaine explique aussi les obsessions sexuelles et quasi sadiques (les scènes d'orgie de *Madame Satan* et de *Cléopâtre,* la chrétienne livrée au gorille dans *Le signe de la Croix...*) si fréquentes dans son œuvre.

C'est d'abord le théâtre qui l'intéresse. Mais en 1912, il rencontre Lasky, producteur de comédies musicales, et travaille avec lui. Mais Lasky essuie un sérieux échec en 1913 et se tourne vers le cinéma. Il entraîne DeMille dans l'aventure. Les débuts sont difficiles, mais DeMille retient l'attention de la critique avec *The Cheat* dont Delluc vante les qualités techniques. Ses films se partagent entre le western *(The Squaw Man* qu'il refait trois fois, *The Trail of the Lonesome Pine,* etc.) et la comédie qui présente toujours, rappelle Jacques Lourcelles dans le numéro spécial de *Présence du cinéma,* véritable modèle d'érudition cinématographique, « le même schéma et la même leçon : un couple mal assorti devient un couple bien assorti quand la femme commence à comprendre que son destin et son bonheur consistent dans la soumission à l'homme ». Mais c'est dans le film biblique qu'il va trouver sa principale inspiration et ses plus gros succès : *Les dix commandements* aux fabuleux effets spéciaux (Moïse au mont Sinaï recevant la *Table,* la mer Rouge se retirant au passage des Hébreux puis se refermant sur leurs ennemis) et Le *roi des rois* qui fit sensation. « Toute ma vie, constatait DeMille, je me suis étonné du nombre de gens qui ont été détournés du christianisme par ces christs efféminés et papelards, fabriqués à la chaîne par des artistes de seconde zone, jugés juste assez bons pour le catéchisme. » *Le signe de la Croix,* par ses audaces dans l'évocation des jeux du cirque et l'extraordinaire interprétation de Laughton en Néron, reste le chef-d'œuvre du genre, alors que *Samson et Dalila* et la seconde version des *Dix commandements* paraissent bien fades en comparaison de ce film et de *Cléopâtre* où l'orgie dans la galère (les filles vêtues de peaux de bêtes dansant sous le fouet de l'intendant des plaisirs cependant qu'un travelling arrière révèle le gigantesque décor) demeure un morceau d'anthologie.

A trop enfermer DeMille dans le film biblique, on a oublié qu'il a signé deux des plus beaux westerns de l'histoire du cinéma : *The Plainsman* où Gary Cooper compose un séduisant Bill Hickok et *Pacific Express,* sur la construction du chemin de fer transcontinental au temps de la guerre de Sécession.

Le nom de DeMille est devenu synonyme de gigantisme, de superproduction. En réalité, comme l'écrit Jacques Lourcelles, « la grandeur de DeMille, et sa limite, ce fut de s'intéresser exclusivement à ce qui intéresse le plus grand nombre : l'amour du couple, Dieu, les choses qui se bâtissent. »

BIBLIO. : Cecil B. DeMille, *Présence du cinéma,* nº 24 (1967) ; M. Mourlet, *DeMille* (1968).

DeMille, William C.

Réalisateur américain, 1878-1955.

Principaux films : Anton the Terrible (1916) ; The Blacklist (1916) ; The Heir to the Horrah (1916) ; The Ragamuffin (1916) ; The Sowers (1916) ; Hashimura Togo (1917) ; The Ghost House (1917) ; The Secret Game (1917) ; The Honor of His House (1918) ; The Mystery Girl (1918) ; Jack Straw (1920) ; The Prince Chap (1920) ; Conrad in Quest of His Youth (1920) ; Midsummer Madness (1920) ; The Lost Romance (1921) ; The World Applause (1923) ; Grumpy (1923) ; Icebound (1924) ; The Bedroom Widow (1924) ; The Fast Set (1924) ; Locked Doors (1925) ; Men and Women (1925) ; The Splendid Crime (1926) ; The Runaway (1926) ; The Little Adventuress (1927) ; Craig's Wife (1928) ; The Doctor's Secret (1929) ; The Idle Rich (1929) ; This Mad World (1930) ; Passion Flower (1930) ; Two Kinds of Women (1932) ; His Double Life (avec Hopkins, 1933).

Frère aîné du précédent, il n'en a pas eu la célébrité, sa carrière, alors bien remplie, tournant court à l'avènement du parlant. Venu du théâtre, il fut d'abord producteur, scénariste (adaptant ses propres pièces) avant de passer à la réalisation. Certains de ses films rencontrèrent un grand succès, mais toujours moindre que celui des fabuleuses mises en scène de son cadet.

Demme, Jonathan

Réalisateur américain.

Caged Heat (1974) ; Crazy Mama (1975) ; Fighting Mad (Colère froide, 1975).

Il appartient à « l'écurie » du producteur-réalisateur Roger Corman. Dans *Fighting Mad,* Peter Fonda utilisait un arc pour faire échec aux agissements d'un magnat d'une entreprise minière qui voulait le déposséder de la ferme familiale. C'était bien la seule originalité de cette petite bande.

Demy, Jacques

Réalisateur français né en 1931.

Courts métrages : Le sabotier du Val de Loire (1956) ; Le bel indifférent (1957) ; Musée Grévin (avec J. Masson, 1958) ; La mère et l'enfant (avec J. Masson, 1959) ; Ars (1959). *Longs métrages :* Lola (1961) ; Les sept péchés capitaux (un sketch, 1962) ; La Baie des Anges (1963) ; Les parapluies de Cherbourg (1964) ; Les demoiselles de Rochefort (1967) ; Model Shop (1968) ; Peau d'âne (1971) ; The Pied Piper of Hamelin/ Le joueur de flûte (1972) ; L'événement le plus important depuis que l'homme a marché sur la lune (1973) ; Lady'O (1979).

Un poète et, comme tous les poètes, contraint à l'exil. Études d'art à Nantes, puis assistanat auprès de Grimault et de Rouquier. D'excellents courts métrages. Débuts dans le long métrage avec *Lola,* dont le titre est un hommage à Ophüls et à sa *Lola Montès.* Essai pour acclimater la comédie musicale en France : *Les parapluies de Cherbourg* où toutes les paroles du dialogue sont chantées sur une musique de Michel Legrand (avouons que c'est parfois irritant ou ridicule), puis *Les demoiselles de Rochefort* qui doivent beaucoup à l'entrain de Gene Kelly. Exil aux États-Unis (le décevant *Model Shop*), en Angleterre (le brillant *The Pied Piper of Hamelin*), au Japon *(Lady'O)* et seulement deux films en France : *Peau d'âne* (charmant) et *L'événement le plus important* (raté). Demy a des admirateurs enthousiastes qui voient en lui l'un de nos meilleurs cinéastes.

Denola, Georges

Réalisateur français, ?-1950.

Principaux films : La peau de chagrin (1911) ; Le roman d'un jeune homme pauvre (1911) ; La Vénus d'Arles (1912) ; Les mystères de Paris (1912) ; La porteuse de pain (1912) ; Le nouveau Rocambole (1913) ; Joséphine vendue par ses sœurs (1913) ; Les grands (1916) ; L'argent qui tue (1919) ; Mademoiselle de La Seiglière (1921).

Cinéaste un peu mystérieux, à redécouvrir : les images de son *Rocambole* montrent un talent certain, mais que valent ses autres films ? Il prétendait, en 1919, en avoir tourné ou adapté plus de deux cents d'après les grands drames de Dennery, Montépin, Mary, Hector Malot, Rosny, Balzac, etc. Comme il s'agissait de métrages très courts, une filmographie est difficile à établir.

Deodato, Ruggero

Réalisateur italien.

Donne... botte e bersaglieri (1968) ; Fenomenal e il tesoro di Tutankamen (pseudonyme : Roger Rockfeller, 1968) ; Gungala, la pantera nuda (1968) ; Vacanze sulla Costa Smeralda (1969) ; I quattro del Pater Noster (1969) ; Zenabel (1969) ; Una ondata di piacere (1975) ; Uomini si nasce poliziotti si muore (1976) ; Ultimo mondo cannibale (1977) ; L'ultimo sapore dell'aria (1978) ; Concorde Affaire '79 (1979) ; Cannibal Holocaust (1980).

Cantonné dans le film d'aventures exotiques et le film à scandales, Deodato a le goût des images-chocs. A cet égard son *Cannibal Holocaust,* histoire de quatre jeunes reporters à la poursuite des dernières tribus cannibales d'Amazonie, contient des séquences particulièrement impressionnantes : femmes violées ou écorchées vives, scènes de cannibalisme, supplices divers.

DePalma, Brian

Réalisateur américain né en 1940.

Films (longs métrages) : The Wedding Party (1964-1966) ; Murder a la Mod (1967) ; Greetings (1968) ; Dionysus in 69 (1970) ; Hi, Mom (1970) ; Get to Know your Rabbit (1970) ; Sisters

(Sœurs de sang, 1973) ; Phantom of the Paradise (1974) ; Obsession (Obsession, 1976) ; Carrie (Carrie au bal du Diable, 1976) ; The Fury (Furie, 1978) ; Dressed to Kill (Pulsions, 1981) ; Blow out (1981).

Violence et terreur : Brian DePalma se recommande d'Alfred Hitchcock et plus particulièrement de *Fenêtre sur cour.* Le voyeurisme est chez lui essentiel. Ses premiers films révèlent un intellectuel de la caméra *(Murder a la Mod,* un assassinat vu de trois points de vue différents), mais le succès est venu des effets les plus gros : le dernier plan de *Carrie* qui fit hurler de peur les salles du samedi soir, les meurtres sanglants de *Fury* ou la musique de *Phantom of the Paradise,* éblouissante modernisation du *Fantôme de l'Opéra* du cher Gaston Leroux. *Dressed to Kill* constitue une synthèse de l'art de Brian DePalma : virtuosité technique dans les scènes du musée, voyeurisme constant, action permanente sur les nerfs du spectateur (l'assassinat dans l'ascenseur, le cauchemar final), hommage à Hitchcock (la douche). Le thème de la douche est repris dans *Blow out,* mais ce dernier film montre que l'art de Brian DePalma n'est pas figé. On passe du fantastique à effets baroques de *Phantom of the Paradise* à une histoire policière classique, inspirée de l'affaire Ted Kennedy. Mais Chappaquiddick n'est qu'un prétexte à virtuosité technique. Car là réside le génie de l'auteur. Travellings, panoramiques, plongées fabuleuses dans le hall de la gare, et vingt autres effets spectaculaires, fondés sur l'utilisation du son. « J'ai surtout tenté de donner à cette intrigue une forme émotionnelle », affirme DePalma. Jacques Siclier parle à son sujet de « camera prima donna » : la caméra filme avec la virtuosité la plus brillante comme une prima donna chante en se jouant des compositions musicales les plus périlleuses de Rossini, Bellini et Donizetti. « La mise en scène rend compte moins de la narration proprement dite que de l'exécution de prouesses transformant une aventure. » Hitchcock et l'opéra : un beau patronage.

Deray, Jacques

Réalisateur français né en 1929.

Le gigolo (1960) ; Rififi à Tokyo (1961) ; Symphonie pour un massacre (1963) ; Par un beau matin d'été (1964) ; Les pillards (1965) ; L'homme de Marrakech (1965) ; Avec la peau des autres (1966) ; La piscine (1968) ; Borsalino (1969) ; Doucement les basses (1970) ; Un peu de soleil dans l'eau froide (1971) ; Un homme est mort (1972) ; Borsalino and C° (1974) ; Flic Story (1975) ; Le gang (1976) ; Un papillon sur l'épaule (1977) ; Trois hommes à abattre (1980).

Comédien, assistant de Rouquier, Boyer, Dassin et Buñuel, devenu réalisateur avec une adaptation d'un roman de Jacques Robert où brillèrent Alida Valli et Jean-Claude Brialy, il s'est vite imposé comme un professionnel connaissant parfaitement son métier grâce à des policiers comme *Du Rififi à Tokyo* ou *Un homme est mort* qui voyait Trintignant mourir au volant... d'un corbillard. *La piscine,* film psychologique admirablement servi par un superbe carré d'as, Delon-Ronet-Romy Schneider-Jane Birkin, est une réussite. Rien d'étonnant à ce que Delon, particulièrement exigeant dans le choix de ses metteurs en scène, l'ait imposé pour *Borsalino,* bonne évocation des gangsters marseillais Carbone et Spirito qui régnèrent sur la cité phocéenne dans les années 30. Les fabuleuses recettes de ce film entraînèrent une suite nettement moins réussie que la première œuvre écrite, il est vrai, par Sautet, Jean-Claude Carrière et Jean Cau. Delon fit de nouveau appel à Deray pour *Flic Story* et *Le gang* d'après les souvenirs de l'inspecteur Borniche, puis pour *Trois hommes à abattre.*

De Robertis, Francesco

Réalisateur italien, 1902-1959.

Mine in vista (doc., 1941) ; Uomini sul fondo (SOS 103, 1941) ; La nave bianca (Coréal., 1941) ; Alfa Tau (1942) ; Marinai senza stella (Marins sans étoiles, 1943) ; Uomini e cieli (Hommes et cieux, 1943) ; Lavita semplice (1945) ; Rotta sud (1947) ; Il mulatto (Le mulâtre, 1949) ; Gli amanti di Ravello (Les amants de Ravello, 1951) ; Carica eroica (1952) ; Mizar (Sabotage en mer, 1953) ; Uomini ombra (1954) ; La donna che viene del Mare (1957) ; Ragazzi della marina (1957) ; Yalis, la vergine del Roncador (1961).

Officier de marine, il devient chef du service cinématographique de cette arme et tourne un film très dépouillé sur la vie de l'équipage d'un sous-marin *(SOS 103)* dont l'inspiration fasciste séduit Bardèche et Brasillach dans leur *Histoire du cinéma.* Il supervise ensuite le premier film de Rossellini, *Le navire blanc.* De 1943 à 1945, il est le grand patron du cinéma fasciste. Dans l'après-guerre, il signe quelques films de guerre ou d'ambiance maritime.

Deroisy, Lucien

Réalisateur belge, 1912-1972.

Nombreux courts métrages documentaires dont : Combat avec l'ombre (1949) ; André-Modeste Grétry (1955) ; Magie blanche (1958) ; Franz Hellens (1969) ; Les gommes (1969) ; Autour de René Magritte (1969).

Spécialiste du documentaire, il a eu une grande réputation en Belgique. Dans *Grétry,* il montre tout un pan de la musique, de Méhul à Lesueur, qui a été occulté par Mozart et Haydn. Avec *René Magritte,* il offre une bonne analyse de la peinture surréaliste. Le didactisme n'est pas forcément ennuyeux.

Desagnat, Jean-Pierre

Réalisateur français né en 1934.

Les étrangers (1969) ; Vertige pour un tueur (1970) ; Les Charlots contre Dracula (1980).

Longtemps assistant d'André Hunebelle, il en a gardé le goût d'un cinéma populaire. Son film policier, *Vertige pour un tueur,* bien fait, autorisait quelque espoir, mais Desagnat a préféré la télévision.

De Santis, Guiseppe

Réalisateur italien né en 1917.

Giorni di gloria (coréal., 1945) ; Caccia tragica (Chasse tragique, 1948) ; Riso amoro (Riz amer, 1949) ; Non c'é pace tra gli ulivi (Pas de paix sous les oliviers, 1949) ; Roma ore undici (Onze heures sonnaient, 1952) ; Un marito per Anna Zaccheo (1953) ; Giorni d'amore (Jours d'amour, 1955) ; Uomini e lupi (Hommes et loups, 1957) ; La strada lunga un anno (1958) ; La garçonnière (1960) ; Italiani brava gente (1964) ; Un apprezzato professionista di securo avvenire (1972).

Critique cinématographique influent, il dénonce les facilités et les compromis du cinéma italien avant de devenir assistant de Visconti pour *Ossessione* en 1942. Tenant d'un nouveau réalisme, il n'entend pas toutefois lui sacrifier le romanesque et même un certain érotisme qui lui vaut de connaître un énorme succès avec *Riz amer :* les cuisses de l'héroïne finirent par y faire oublier le message social du film dénonçant l'exploitation de la main-d'œuvre féminine dans la culture du riz de la plaine du Pô. Son meilleur film demeure le premier, *Chasse tragique,* sec, violent, d'une dureté inhabituelle dans le cinéma italien et reflet des tensions de la péninsule dans l'immédiat après-guerre.

De Seta, Vittorio

Réalisateur italien né en 1923.

Banditi a Orgosolo (Bandits à Orgosolo, 1961) ; Un uomo a meta (Un homme à moitié, 1965) ; L'invitata (L'invitée, 1970) ; Diario di un maestro (1973).

D'une famille noble, il fait des études d'architecte et entre dans la carrière cinématographique par hasard, en devenant assistant de Le Chanois qui tourne un film en Italie. Après quelques courts métrages et un projet avorté, il signe une œuvre dont la nouveauté séduit la critique, l'histoire d'un berger dont les circonstances et plus encore la misère font un bandit. Ses films suivants : un frère qui se croit responsable de la mort de son aîné *(Un homme à moitié)* et une femme trompée qui tirera parti de cette expérience *(L'invitée)* échouent auprès du public comme de la critique. De Seta se tourne vers la télévision avec *Diario di un maestro,* sur la vie d'un maître d'école.

Desfontaines, Henri

Réalisateur français, ?-1931.

La main verte (1910) ; Shylock (1910) ; La mégère apprivoisée (1911) ; Hamlet (1911) ; Falstaff (1911) ; Un mari gênant (1911) ; Le gendre ingénieux (1911) ; La femme cochère (1911) ; L'homme nu (1911) ; Napoléon et la sentinelle (1912) ; Le page (1912) ; Le scarabée d'or (1912) ; Hop Frog (1912) ; Le puits et le pendule (1912) ; Cromwell (1912) ; L'assassinat d'Henri III (1912) ; Milton (1912) ; Élisabeth reine d'Angleterre (1912) ; La forêt qui écoute (1913) ; La reine Margot (1914) ; La puissance militaire de la France (1914) ; Monsieur Vautour (1914) ; Le médecin des pauvres (1914) ; Les châteaux de la Loire (1915-1916) ; Les enfants de France et la guerre (1916) ; Pour l'Alsace (1917) ; La suprême Épopée (1918) ; Les bleus de l'amour (1919) ; Un vol étrange (1919) ; La naissance de la Marseillaise (1920) ; Sa Gosse (1920) ; Autour du mystère (1920) ; Les trois Lys (1921) ; Chichichette et Cie (1921) ; Son Altesse (1922) ; La fille des chiffonniers (1922) ; L'insigne mystérieux (1923) ; L'espionne (1923) ; Château historique (1923) ; L'espionne aux yeux noirs (1925) ; Belphégor (1926) ; Le capitaine Rascasse (1927) ; Poker d'as (1928) ; Le film du Poilu (1928).

Éclipsé par Feuillade, Jasset et Fescourt, ce réalisateur, venu du théâtre, ne manquait pas de talent. Non seulement il dirigea Sarah Bernhardt dans *Élisabeth reine d'Angleterre,* mais il signa plusieurs films à épisodes non dépourvus de valeur, dont un éblouissant *Belphégor,* le fantôme du Louvre, d'après Arthur Bernède. Plusieurs fois refait mais non égalé, ce film, que l'on pouvait encore voir dans les salles de patronage pendant la guerre, contenait des séquences magnifiques : le fantôme se promenant dans les couloirs du musée, une scène de guinguette qui laissait deviner la clef du mystère, etc. Desfontaines était également à l'aise dans le film historique, d'Henri III à Napoléon. Sa contribution au film patriotique semble aussi très importante. Sa carrière offre un bon résumé des grands courants du cinéma français muet.

De Sica, Vittorio

Acteur et réalisateur italien, 1901-1974.

Comme réalisateur : Rose scarlatte (1940) ; Maddalena, zero in condotta (1940) ; Teresa Venerdi (1941) ; Un Garibaldino al convento (1942) ; I Bambini ci guardano (Les enfants nous regardent, 1943) ; La porta del cielo (1944-1946) ; Sciuscià (Sciuscia, 1946) ; Ladri di biciclette (Le voleur de bicyclette, 1948) ; Miracolo a Milano (Miracle à Milan, 1951) ; Documento mensile (Episodio, 1951) ; Umberto D (Umberto D, 1952) ; Stazione Termini (Station Terminus, 1953) ; L'oro di Napoli (L'or de Naples, 1954) ; Il tetto (Le toit, 1956) ; Monte-Carlo (supervision, 1957) ; Anna di Brooklyn (supervision, 1958) ; La Ciociara (La Ciociara, 1960) ; Il giudizio universale (Le jugement universel, 1961) ; Boccaccio 70 (Boccace 70, 1er sketch, 1962) ; I sequestrati di Altona (Les séquestrés d'Altona, 1962) ; Il boom (1963) ; Ieri, oggi, domani (Hier, aujourd'hui, demain, 1963) ; Matrimonio all'italiana (Mariage à l'italienne, 1964) ; Caccia alla volpe (Le renard s'évade à trois heures, 1966) ; Un mondo nuovo (Un monde nouveau, 1966) ; Le streghe (Les sorcières, 5e sketch, 1967) ; Sette volte donna (Sept fois femme, 1967) ; Amanti (Le temps des amants, 1968) ; I girasoli (Les fleurs du soleil, 1970) ; Il giardino dei Finzi Contini (Le jardin des Finzi Contini, 1970) ; Le coppie (3e sketch, 1970) ; Lo chiameremo Andrea (1972) ; Una breva vacanza (1973) ; Il viaggio (Le voyage, 1974).

Acteur, ce fils de magistrat régna avec une élégante désinvolture sur les comédies « à téléphones blancs » de l'époque fasciste. Il y jouait avec bonheur les séducteurs. On ne prit pas garde aux premiers films qu'il dirigea ; *Les enfants nous regardent* plus que *Quatre pas dans les nuages* annonçait pourtant l'avènement du néo-réalisme. C'est avec *Sciuscia* et plus encore *Le voleur de bicyclette* (longtemps considéré comme l'un des meilleurs films du monde) que l'on prit conscience d'un ton nouveau. *Umberto D* fit impression par son portrait d'un homme âgé qui, dans les pires difficultés matérielles et morales, conservait sa dignité. On n'oubliera pas cette scène où Umberto D tend la main pour mendier, puis au moment où l'on va lui donner quelque monnaie, retourne cette main dans le geste familier de qui veut savoir s'il pleut. Cette dignité d'Umberto D c'était aussi celle que, démuni de son instrument de travail, la bicyclette, le père essayait de sauvegarder devant son fils dans *Ladri di biciclette.* Du réalisme, De Sica montrait qu'il pouvait passer au surréalisme avec *Miracle à Milan* qui évoquait avec humour la misère dans les faubourgs des grandes villes. La critique, Henri Agel en tête pour la France, porta aux nues le réalisateur De Sica. On y associait le scénariste Zavattini, en fait le véritable auteur des films. Après *Stazione Termini* s'amorce le déclin de Vittorio De Sica. Son adaptation des *Séquestrés d'Altona,* d'après Sartre, déçoit : on juge la pièce trahie. *Sept fois femme* ramène De Sica au rôle de faire-valoir de Shirley Mac Laine. Seul *Le jardin des Finzi Contini,* sur les persécutions des juifs en Italie, par la délicatesse du trait, échappe à l'opprobre.

Du coup c'est l'ensemble de l'œuvre qui est remis en cause : sensiblerie, exploitation abusive des enfants, misérabilisme, absence d'esprit révolutionnaire, etc. Il y a de l'excès dans cette réaction. *Le voleur de bicyclette* n'est probablement pas l'un des meilleurs films du monde, si un tel classement a un sens, mais il n'est pas non plus l'épouvantable mélo que l'on dénonce aujourd'hui. Et de toute manière le talent de l'acteur rachètera toujours les péchés du réalisateur, sauf un : qu'il ne se soit pas assez souvent mis en scène.

BIBLIO. : H. Agel, *De Sica,* Anthologie du cinéma (1978).

De Toth, André

Réalisateur d'origine hongroise, de son vrai nom Andreas Toth, né en 1900.

En Hongrie : Toprini Nasz (1939) ; Ot Ora 40 (1939) ; Ket Lany a Utcan (1939) ; Semmelweis (1939) ; Hat Het Boldogsag (1939) ; *Aux États-Unis :* Passport to Suez (1943) ; None Shall Escape (1944) ; Dark Waters (1944) ; Ramrod (Femme de feu, 1947) ; The Other Love (L'orchidée blanche, 1947) ; Pitfall (1948) ; Slattery's Hurricane (La furie des Tropiques, 1949) ; Man in the Saddle (Le cavalier de la mort, 1951) ; Carson City (Les conquérants de Carson City, 1952) ; Springfield Rifle (La mission du commandant Lex, 1952) ; Last of the Comanches (Le sabre et la flèche, 1952) ; House of Wax (L'homme au masque de cire, 1953) ; The Stranger Wore a Gun (Les massacreurs du Kansas, 1953) ; Thunder over the Plains (La trahison du capitaine Porter, 1953) ; Riding Shotgun (Le cavalier traqué, 1954) ; The City is Dark (Chasse au gang, 1954) ; The Bounty Hunter (Terreur à l'Ouest, 1954) ; Tanganyka (Tanganyka, 1954) ; The Indian Fighter (La rivière de nos amours, 1955) ; Monkey on my Back (Quand la Bête hurle, 1957) ; Hidden Fear (1957) ; The Two-Headed Spy (Chef de réseau, 1959) ; Day of the Outlaw (La chevauchée des bannis, 1959) ; Man on a String (Contre-espionnage, 1960). *En Europe :* Morgan il pirata (Capitaine Morgan, 1960) ; I Mongoli (Les Mongols, avec Freda, 1961) ; Oro per i Cesari (De l'or pour César, supervision, 1963) ; Play Dirty (Enfants de salauds, 1968).

Il occupa une place estimable dans le cinéma hongrois comme scénariste puis réalisateur avant de fuir à Londres en 1940 où il travailla pour Korda au *Voleur de Bagdad.* Il commence en 1943 une nouvelle carrière à Hollywood comme spécialiste du film d'action. Thriller, espionnage, western, aventures exotiques, fantastique, il a abordé tous les genres avec succès : *The City is Dark* a fortement influencé Melville ; *House of Wax,* film d'horreur prévu en trois dimensions, est considéré par les amateurs comme supérieur à la première version due à Curtiz, mais c'est dans le western qu'il a surtout excellé. Son cycle Randolph Scott (*Le cavalier de la mort, Les massacreurs du Kansas, Carlson City...*) n'est pas loin de valoir celui que Boetticher consacra à la même vedette. Deux chefs-d'œuvre : *La chevauchée des bannis,* où Robert Ryan et Burl Ives s'affrontaient dans la neige, et *La rivière de nos amours,* « l'un des plus beaux poèmes panthéistes que le western nous ait donnés, où la nature fondait en un seul élément Indiens, cow-boys, arbres et rivières » (Patrick Bureau). Au début des années 60, André de Toth revint en Europe pour superviser quelques péplums et tourner un bon film de guerre, *Play Dirty.* Il produisit, pour que dans sa filmographie tous les gens du cinéma « populaire » soient représentés, un western-spaghetti avec Lee Van Cleef : *El Condor.* Sa légende était établie et il pouvait se retirer ; il était devenu le quatrième des trois mousquetaires borgnes d'Hollywood : Ford, Walsh et Lang.

Devaivre, Jean

Réalisateur français né en 1912.

Nombreux courts métrages. Puis : Le roi des resquilleurs (1945) ; La dame d'onze heures (1947) ; La ferme des sept péchés (1949) ; Vendetta en Camargue (1949) ; L'inconnue de Montréal (1950) ; Ma femme, ma vache et moi (1951) ; Un caprice de Caroline (1952) ; Alerte au Sud (1953) ; Le fil de Caroline chérie (1954) ; L'inspecteur aime la bagarre (1956).

Décorateur puis assistant de Colombier, Tourneur et Billon, il a tourné de nombreux courts métrages puis des bandes commerciales d'où émerge *La ferme des sept péchés,* intéressant film-enquête sur l'assassinat de Paul-Louis Courier. Ses *Caroline chérie* ne présentent en revanche qu'un médiocre intérêt.

Deville, Michel

Réalisateur français né en 1931.

Une balle dans le canon (avec Gérard, 1958) ; Ce soir ou jamais (1960) ; Adorable menteuse (1961) ; A cause, à cause d'une femme (1962) ; L'appartement des filles (1963) ; Lucky Jo (1964) ; On a volé la Joconde (1965) ; Martin soldat (1966) ; Benjamin ou les mémoires d'un puceau (1967) ; Bye, bye Barbara (1968) ; L'ours et la poupée (1969) ; Raphaël ou le débauché (1970) ; La femme en bleu (1972) ; Le mouton enragé (1973) ; L'apprenti salaud (1976) ; Le dossier 51 (1978) ; Le voyage en douce (1979) ; Eaux profondes (1981).

Assistant de 1951 à 1957, il débute comme réalisateur avec un banal film policier inspiré de Simonin, avant de s'imposer comme un spécialiste de comédies légères et pétillantes, mi-érotiques mi-sentimentales. Nina Companeez est la fidèle scénariste de Deville et c'est sans doute à elle que l'on doit cette unité de ton qui caractérise l'œuvre de Deville. Un film superbe, *Raphaël ou le débauché,* sur fond musical emprunté à Bellini et situé dans la France de la Restauration, marque une évolution de Deville vers plus de gravité, surtout après sa séparation d'avec Nina Companeez. *Dossier 51* confirme ce changement de cap. Avec *Eaux profondes,* d'une très grande finesse dans l'analyse des jeux pervers et meurtriers du couple Trintignant-Huppert, il fait preuve d'une maîtrise que l'on n'attendait pas du metteur en scène d'*On a volé la Joconde.*

De Wavrin, Marquis Robert

Réalisateur belge, 1888-1971.

Au centre de l'Amérique du Sud inconnue (1925) ; Au pays du scalp (1930) ; Venezuela, paradis terrestre (1936).

L'un des premiers grands auteurs de documentaires. Il sut mêler ethnographie et goût du pittoresque dans des œuvres qui procurent le même plaisir que la lecture du célèbre *Journal des voyages.*

Dewever, Jean

Réalisateur français né en 1927.

Les honneurs de la guerre (1960) ; César Grandblaise (1971).

Un début prometteur, dans la percée de la « nouvelle vague », hélas non confirmé.

Dhéry, Robert

Acteur et réalisateur français né en 1921.

Les Branquignols (1949) ; La patronne (1949) ; Bertrand cœur de lion (1950) ; Sourire aux lèvres (1955) ; La belle américaine (1961) ; Allez France (1964) ; Le petit baigneur (1967) ; Vos gueules les mouettes (1974).

A force de citer Tati, on oublie Dhéry. Le père des Branquignols, qui révéla une foule de comiques nouveaux à commencer par Louis de Funès déjà génial dans *Le petit baigneur,* en constructeur naval dont les bateaux coulaient au premier choc avec la bouteille de champagne de leur baptême, a profondément marqué l'évolution du burlesque en France. Le délire des *Branquignols,* qui culminait dans la catastrophe finale, se poursuivit en comique nostalgique dans *Bertrand cœur de lion* avec la fameuse scène de la corrida mimée, pour plonger ses racines dans l'observation quasi néo-réaliste de *La belle américaine.* Pourquoi les cinéphiles ont-ils toujours un peu boudé Robert Dhéry quand ils s'extasiaient sur Tati ?

Diamant-Berger, Henri

Producteur et réalisateur, 1895-1972.

Le lord ouvrier (1915) ; Les gants blancs de Saint-Cyr (1915) ; Pour une bouffée de tabac (1915) ; Les petits poulbots (1915) ; Paris pendant la guerre (1916) ; Les quatre cavaliers de l'Apocalypse (1917) ; Arènes sanglantes (1917) ; Ils y viennent tous au cinéma (1917) ; Le mauvais garçon (1921) ; Les trois mousquetaires (1921) ; Boubouroche (1921) ; Gonzague (1922) ; Vingt ans après (1922) ; L'emprise (1923) ; Jim Bougne boxeur (1923) ; L'affaire de la rue de Lourcine (1923) ; Par l'habitude (1923) ; Le roi de la vitesse (1924) ; Fifty-fifty (1925) ; Lovers Island (1925) ; The Dangerous Game (1925) ; Unfair Sex (1925) ; The Sixth Degree (1925) ; Rue de la paix (1926) ; Éducation de prince (1926) ; Tu m'oublieras (1929) ; Monsieur Gazon (1929) ; Un drame dans la tempête (1929) ; Paris la nuit (1930) ; Tante Aurélie (1930) ; L'imitateur (1930) ; Sola (1930) ; Ma tante d'Honfleur (1931) ; L'enfant du miracle (1931) ; Général à vos ordres (1931) ; Mariage d'amour (1931) ; Tout s'arrange (1931) ; Clair de lune (1932) ; La bonne aventure (1932) ; Chassé-croisé (1932) ; Les trois mousquetaires (1932) ; Miquette et sa mère (1933) ; La grande vie (1934) ; Arsène Lupin détective (1937) ; La vierge folle (1938) ; Tourbillon de Paris (1939) ; The Isle of Forgotten Sins (1941) ; Murder in Private (1942) ; A Family Affair (1942) ; Monsieur Fabre (1951) ; Mon curé chez les riches (1952) ; Le chasseur de chez Maxim's (1953) ; La madone des sleepings (1955) ; Mon curé chez les pauvres (1956) ; Messieurs les ronds-de-cuir (1959).

Producteur avisé, il signa quelques films honorables, notamment *Les trois mousquetaires* (qui ne sacrifiait pas trop à d'Artagnan, Athos, Porthos et Aramis, l'agriculteur, le guerrier et le prêtre de la trilogie indo-européenne chère à Dumezil), *Vingt ans après* et *Arsène Lupin détective* (avec Jules Berry en Lupin). Après la guerre, en dehors d'un bon *Monsieur Fabre,* biographie filmée de l'entomologiste, il se cantonna dans des sujets éculés comme *Mon curé chez les riches* (en 1952 !) ou *Le chasseur de chez Maxim's,* comme si le monde n'avait pas évolué.

Dickinson, Thorold

Réalisateur anglais né en 1903.

M. Preedy and the Countess (1925) ; The High Command (1937) ; The Arsenal Stadium Mystery (1939) ; Gaslight (1940) ; Yesterday is Over Your Shoulder (1940) ; The Prime Minister (Le Premier ministre, 1941) ; Next of Kind (Le plus proche parent, 1942) ; Men of Two Worlds (Le sorcier noir, 1946) ; Queen of Spades (La reine des cartes, 1948) ; Secret People (1952) ; Hill 24 Doesn't Answer (La colline 24 ne répond plus, 1954).

Représentant typique de la production anglaise courante, il a signé la première version de *Gaslight,* refait par Cukor, et un classique du cinéma fantastique, *Queen of Spades,* aux éclairages très expressionnistes. Il affectionne l'époque victorienne. Avec *La colline 24,* Dickinson, rompant avec sa carrière antérieure, a tourné l'un des premiers films israéliens. Il a publié en 1971 une excellente histoire de l'art cinématographique : *A Discovery of Cinema.*

Diegues, Carlos

Réalisateur brésilien né en 1940.

Courts métrages : Ganga Zumba (Ganga Zumba, 1963) ; A grande cidade (La grande ville, 1966) ; Os Herdeiros (Les héritiers, 1969) ; Quendo o Carnaval Chegar (Quand arrive le carnaval, 1972) ; Joana a Francesa (Jeanne la Française, 1973) ; Xica da Silva (Xica da Silva, 1976) ; Chuva de Verao (Pluies d'été, 1978) ; Bye bye Brasil (Bye bye Brésil, 1980).

Journaliste, poète et critique, fondateur avec Rocha du « Cinema Novo », il propose une vision du Brésil qui est celle de l'après-cangaceiro, de la fin – au moins culturelle – des Indiens et de l'avènement de la route qu'exalte *Bye bye Brasil,* son meilleur film plein d'humour et de musique.

Dieterle, William

Acteur et réalisateur d'origine allemande, de son nom d'origine Doerr Wilhelm, 1893-1972.

Comme réalisateur : En Allemagne : Der Menschen am Wege (1923) ; Das Geheimnis des Abbe X (1927) ; Die Heilige und Ihr Narr (La sainte et le fou, 1928) ; Geschlecht in Fesseln (Chaînes, 1928) ; Ich Lebe für Dich (1929) ; Fruehlingsrauschen (Rêves de printemps, 1929) ; Das Schweigen im Walde (Le silence dans la forêt, 1929) ; Ludwig der Zweite König von Bayern (1929) ; Eine Stunde Glück (1930) ; Der Tanz Geht Weiter (1930) ; Die Maske Fallt (1930). *Aux États-Unis :* Kismet (1931, version allemande) ; Last Flight (1931) ; Her Majesty Love (1931) ; Man Wanted (1932) ; Jewel Robbery (1932) ; The Crash (1932) ; Scarlet Dawn (1932) ; Six Hours to Live (Six heures à vivre, 1932) ; Lawyer Man (L'avocat, 1932) ; Grand Slam (1933) ; Adorable (1933) ; The Devil's in Love (1933) ; From Headquarters (1933) ; Fashion Follies of 1934 (Les pirates de la mode, 1934) ; Fog Over Frisco (1934) ; Madame du Barry (Madame du Barry, 1934) ; The Firebird (1934) ; The Secret Bride (1934) ; Dr. Socrates (Docteur Socrate, 1935) ; A Midsummer Night's Dream (avec M. Reinhardt, Le songe d'une nuit d'été, 1935) ; The Story of Louis Pasteur (La vie de Louis Pasteur, 1936) ; The White Angel (L'Ange blanc, 1936) ; Satan Met a Lady (1936) ; The Great O'Malley (Septième district, 1937) ; Another Dawn (Tornade, 1937) ; The Life of Émile Zola (La vie d'Émile Zola, 1937) ; Blockade (Blocus, 1938) ; Juarez (Juarez et Maximilien, 1939) ; The Hunch back of Notre-Dame (Quasimodo, 1939) ; Dr. Ehrlich's Magic Bullett (1940) ; A Dispatch from Reuter's (Une dépêche Reuter, 1940) ; All That Money Can Buy (Tous les biens de la terre, 1941) ; Syncopation (1942) ; Tennessee Johnson (1942) ; Kismet (Kismet, 1944) ; I'll Be Seeing You (Etranges vacances, 1945) ; Love Letters (Le poids d'un mensonge, 1945) ; This Love of Ours (Notre cher amour, 1945) ; The Searching Wind (1946) ; Duel in the Sun (on lui attribue les séquences du début, mais le film est signé par Vidor) ; The Accused (Les mirages de la peur, 1949) ; Vulcano (Vulcano, 1949) ; Rope of Sand (La corde de sable, 1949) ; Paid in Full (La rue de traverse, 1950) ; Dark City (La main qui venge, 1950) ; September Affair (Les amants de Capri, 1951) ; Peking Express (Pekin Express, 1951) ; Boots Malone (Vocation secrète, 1952) ; Red Mountain (La montagne rouge, 1952) ; The Turning Point (Le cran d'arrêt, 1952) ; Salome (Salomé, 1953) ; Elephant Walk (La piste des éléphants, 1953). *En Allemagne :* Magic Fire (Feu magique, 1956). *Aux États-Unis :* The Loves of Omar Khayyam (Les amours d'Omar Khayyam, 1957). *En Allemagne :* Die Herrin der Welt (Les mystères d'Angkor, 1958) ; Il Vendicatore Dubrowsky (L'aigle noir, 1959) ; Die Fastnachtsbeichte (1960).

Il fut au Deutsches Theater de Berlin le disciple de Max Reinhardt. Ce géant de deux mètres, au regard doux et aux traits fins, gagna le cœur des Allemandes à travers le cinéma. On l'oublie parfois, il fut Valentin dans le *Faust* de Murnau et l'écrivain du *Cabinet des figures de cire* de Leni ; on le vit dans des œuvres d'Oswald, de Jessner ou de Curtiz. Sa popularité d'acteur incitait les producteurs à lui refuser le soin des mises en scène. Il obtint gain de cause en 1923 ; bien qu'il y ait fait débuter Marlène Dietrich, *Der Mensch am Wege* fut un échec. En 1927, Dieterle revint à la charge avec notamment un film sur l'homosexualité (*Chaînes*) puis une biographie de Louis II tournée à Neuschwanstein et Herrenchiemsee. En 1931, il signe une version allemande d'un film américain, *Kismet,* et se trouve embauché par la Warner. Il y tourne des biographies d'hommes illustres (Pasteur, Zola, Juarez...) et, avec son maître Max Reinhardt, une curieuse adaptation du *Songe d'une nuit d'été* où Mickey Rooney fut Puck et où Byron Haskin régla les effets spéciaux couvrant de toiles d'araignée artificielles une forêt d'aluminium où évoluaient quatre cents ballerines. Ce fut un désastre commercial. Plus réussie fut l'adaptation de *Notre-Dame de Paris* où d'étranges décors de Polglase dans lesquels évoluaient des personnages sortis d'un tableau de Breughel baignaient dans un clair-obscur quasi expressionniste. Laughton était un remarquable Quasimodo. Echec en revanche pour *All That Money Can Buy,* ambitieuse variation sur le thème de Faust. Puis ce fut le coup de folie du *Portrait de Jenny,* film onirique où un peintre faisait le portrait d'une jeune femme dont il tombait amoureux ; il apprenait qu'elle était morte depuis dix ans. Son fantôme était revenu sur terre pour connaître un grand amour.

A la Warner, Dieterle avait réussi une séduisante adaptation du *Faucon maltais : Satan Met a Lady.* Il tourna pour Paramount quelques bons films noirs : *Rope of Sand* (avec Lancaster, Henreid, Rains et Lorre), *Dark City* et *The Turning Point* (d'après McCoy). Les grosses machines (*La piste des éléphants* et *Salomé* où Rita Hayworth interprétait la danse des sept voiles) l'inspirèrent moins. Il revient en Allemagne en 1956 pour une biographie de Wagner *(Magic Fire)* et s'y fixe en 1958. Il fait de très nombreuses mises en scène de théâtre et travaille à la télévision. De l'expressionnisme à la fin des grands studios, sa carrière, inégale certes, est le reflet de l'évolution du cinéma.

BIBLIO. : *Travelling* n° 38 (1973) ; H. Dumont, *Dieterle,* Anthologie du cinéma, t. X.

Dillon, John Francis

Réalisateur américain, 1887-1934.

Principaux films : Almost a Widow (1945) ; Indiscreet Corinne (1917) ; The Follies Girl (1918) ; Children of the Night (1921) ; Flaming Youth (1923) ; The Perfect Flapper (1924) ; The Half-Way Girl (1925) ; Man Crazy (1927) ; Pagan Lady (1931) ; The Big Shakedown (1934).

Prolifique réalisateur, il est surtout connu pour avoir rompu avec les « glamour stars » de l'époque au profit du « flapper age ».

Dinesen, Robert

Réalisateur danois, 1874-1940.

Principaux films : Au Danemark : Afgrunden (1911) ; De fire Djaevle (1911) ; Hjaelpen (1911) ; Den Kvindelige Daemon (La fille du démon, 1913) ; Doktor Voluntas (1915) ; Luksuschauoren (1915) ; Sfinxen Sön (Le secret du Sphinx, 1915) ; I Oppium mets magt (1915) ; Incognito (1916) ; Hôtel Paradis (1916) ; Potifars Hustru (1917) ; Malva (1923). *En Allemagne :* Tajtana (1923) ; Die Feuertänzerin (La danseuse du feu, 1925) ; In Namen des Kaisers (1925) ; Ariadne in Hoppegarten (1928) ; Der Weg durch die Nacht (Le chemin dans la nuit, 1929).

L'une des grandes figures de l'âge d'or du cinéma danois. Vieilles légendes et mélodrames fournirent les thèmes de ses principaux films. Après 1923, il tourna dans les studios allemands sans retrouver son inspiration antérieure. La majeure partie de sa production est aujourd'hui perdue.

Disney, Walt

Producteur et réalisateur de dessins animés, 1901-1966.

Principaux courts métrages : Série Alice (1924-1926) ; Steamboat Willie (Mickey, 1928) ; Gallopin' Gaucho (Mickey, 1928) ; Plane Crazy (Mickey, 1928) ;

Barn Dance (Mickey, 1928) ; The Opry House (Mickey, 1928) ; When the Cat's Away (Mickey, 1929), Skeleton Dance (1929) ; Barnyard Battle (Mickey, 1929) ; The Plow Boy (Mickey, 1929) ; The Karnival Kid (Mickey, 1929) ; Mickey's Follies (1929) ; El Terrible Toreador (Mickey, 1929) ; Mickey's Choo Choo (1929) ; The Jazz Fool (Mickey, 1929) ; Haunted House (Mickey, 1929) ; Wild Waves (Mickey, 1929) ; Just Mickey (1930) ; The Barnyard Concert (Mickey, 1930) ; Cactus Kid (Mickey, 1930) ; Fire Fighters (Mickey, 1930) ; The Shinding (Mickey, 1930) ; Midnight in a Toy Shop (1930) ; The Chain Gang (Mickey, 1930) ; Gorilla Mystery (Mickey, 1930) ; The Picnic (Mickey, 1930) ; Pioneer Days (Mickey, 1930) ; Birthday Party (Mickey, 1931) ; Traffic Troubles (Mickey, 1931) ; The Castaway (Mickey, 1931) ; Mother Goose Melodies (1931) ; The Moose Hunt (1931) ; Delivery Boy (Mickey, 1931 ; Mickey Steps Out (1931) ; Blue Rhythm (Mickey, 1931) ; Fishin'Around (Mickey, 1931) ; Barnyard Broadcast (Mickey, 1931) ; The Spider and the Fly (1931) ; Beach Party (Mickey, 1931) ; Mickey Cuts Up (1931) ; Mickey's Orphans (1931) ; Duck Hunt (Mickey, 1932) ; Grocery Boy (Mickey, 1932) ; Mad Dog (Mickey, 1932) ; Barnyard Olympics (Mickey, 1932) ; Mickey's Revue (1932) ; The Bears and the Bees (1932) ; Musical Farmer (Mickey, 1932) ; Mickey in Arabia (1932) ; Trader Mickey (1932) ; Mickey's Nightmare (1932) ; The Whoopee Party (Mickey, 1932) ; Flowers and Trees (1932) ; Touchdown Mickey (1932) ; The Wayward Canary (Mickey, 1932) ; The Klondike Kid (Mickey, 1932) ; Mickey's Good Deed (1932) ; Building a Building (Mickey, 1933) ; The Mad Doctor (Mickey, 1933) ; Mickey's Pal Pluto (1933) ; Father Noah's Ark (1933) ; Mickey's Mellerdrammer (1933) ; Ye Olden Days (1933) ; The Mail Pilot (Mickey, 1933) ; Three Little Pigs (1933) ; Mickey's Mechanical Man (1933) ; Mickey's Gala Premiere (1933) ; Pied Piper (1933) ; The Steeplechase (Mickey, 1933) ; The Pet Store (Mickey, 1933) ; Giant Land (Mickey, 1933) ; Lullaby Land (1933) ; Puppy Love (Mickey, 1933) ; Shanghaied (Mickey, 1934) ; The Grasshopper and the Ants (1934) ; Camping Out (Mickey, 1934) ; Playful Pluto (Mickey, 1934) ; The Big Bad Wolf (1934) ; Gulliver Mickey (1934) ; Mickey's Steamroller (1934) ; Orphan's Benefit (Mickey, 1934) ; Mickey Plays Papa (1934) ; The Dog-Napper (Mickey, 1934) ; Two-Gun Mickey (1934) ; The Tortoise and the Hare (1935) ; Mickey's Man Friday (1935) ; The Band Concert (1er Mickey en couleurs, 1935) ; Mickey's Service Station (1935) ; Mickey's Kangaroo (1935) ; Who Killed Cock Robin ? (1935) ; Mickey's Garden (1935) ; Mickey's Fire Brigade (1935) ; Pluto's Judgement Day (Mickey, 1935) ; On Ice (Mickey, 1935) ; Mickey's Polo Team (1936) ; Orphan's Picnic (Mickey, 1936) ; Mickey's Grand Opera (1936) ; Elmer Elephant (1936) ; Three Little Wolves (1936) ; Thru the Mirror (Mickey, 1936) ; Alpine Climbers (Mickey, 1936) ; The Country Cousin (1936) ; Mickey's Elephant (1936) ; Mickey's Circus (1936) ; Donald and Pluto (1936) ; Moving Day (Mickey, 1936) ; Mickey's Rival (1936) ; Three Blind Musketeers (1936) ; The Worn Turns (Mickey, 1937) ; Don Donald (1937) ; Magician Mickey (1937) ; Lonesome Ghosts (Mickey, 1937) ; Donald's Ostrich (1937) ; The Old Mill (1937) ; Cloak Cleaners (Mickey, 1937) ; Moose Hunters (Mickey, 1937) ; Mickey's Amateurs (1937) ; Modern Inventions (Mickey, 1937) ; Hawaiian Holiday (Mickey, 1937) ; Donald's Nephews (1938) ; Self Control (Donald, 1938) ; Mickey's Trailer (1938) ; Good Scouts (Donald, 1939) ; The Whalers (Mickey, 1939) ; Mickey's Parrot (1939) ; The Brave Little Tailor (Mickey, 1939) ; Ferdinand the Bull (1939) ; The Pointer (Mickey, 1939) ; Donald's Cousin Gus (1939) ; Society Dog Show (Mickey, 1939) ; Fire Chief (Donald, 1940) ; Tugboat Mickey (1940) ; Donald's Vacation (1940) ; Pluto's Dream House

(1940) ; Window Cleaners (Donald, 1940) ; Pluto at Zoo (1941) ; Pluto's Playmate (1941) ; The Little Whirlwind (Mickey, 1941) ; Truant Officer Donald (1941) ; Orphan's Benefit (Mickey, 1941) ; Symphony Hour (Mickey, 1941) ; Mickey's Birthday Party (1941) ; Donald's Garden (1941) ; The Olympic Champ (Goofy, 1941) ; Pluto Junior (1941) ; The Art ofs Self Defense (1941) ; Nifty Nineties (Mickey, 1941) ; Der Fuehrer's Face (Donald, 1943) ; Pluto and the Armadilla (1943) ; Reason and Emotion (1943) ; Figaro and Cleo (1943) ; How to Play Football (Goofy, 1944) ; The Plastics Inventor (Donald, 1944) ; Springtime for Pluto (1944) ; Donald Duck and the Gorilla (1944) ; Trombone Trouble (Donald, 1944) ; Tiger Trouble (Donald, 1945) ; The Legend of Coyote Rock (Pluto, 1945) ; No Sail (Goofy et Donald, 1945) ; Donald's Crime (1945) ; Canine Casanova (Pluto, 1945) ; Old Sequoia (Donald, 1945) ; Dumbell of the Yukon (Donald, 1946) ; Squatter's Rights (Pluto, 1946) ; Clown of the Jungle (Donald, 1947) ; Mickey's Delayed Date (1947) ; Chip'n' Date (Donald, 1947) ; Pluto's Blue Note (1947) ; Donald's Dilemna (1947) ; Mickey Down Under (1948) ; Daddy Duck (1948) ; Bone Bandit (Pluto, 1948) ; Mickey and the Seal (1948) ; The Trial of Donald Duck (1948) ; Inferor Decorator (Donald, 1948) ; Tea for Two Hundred (1948) ; Cat Nap Pluto (1948) ; Pueblo Pluto (1948) ; Pluto's Surprise Package (1949) ; Toy Tinkers (Donald, 1949) ; Sheep Dog (Pluto, 1949) ; Tennis Racquet (Goofy, 1949) ; Goofy Gymnastics (1949) ; Seal Island (1949) ; How to Ride a Horse (Goofy, 1950) ; Lion Around (Donald, 1950) ; Beaver Valley (1950) ; Crazy over Daisy (Donald, 1950) ; Puss-Cafe (Pluto, 1950) ; Pests of the West (Pluto, 1950) ; Lambert the Sheepish Lion (1952).
Longs ou moyens métrages d'animation : Snow White and the Seven Dwarfs (Blanche-Neige et les sept nains, 1937) ; Pinocchio (Pinocchio, 1940) ; Fantasia (Fantasia, 1940) ; The Reluctant Dragon (1941) ; Dumbo (Dumbo, 1941) ; Bambi (Bambi, 1942) ; Saludos Amigos (1943) ; Victory Through Air Power (1942) ; The Three Caballeros (1945) ; Make Mine Music (1946) ; Song of the South (1946) ; Fun and Fancy Free (1947) ; Melody Time (1948) ; Ichabod and Mr. Toad (1949) ; Cinderella (Cendrillon, 1950) ; Alice in Wonderland (1951) ; Peter Pan (Peter Pan, 1953) ; The Lady and the Tramp (La belle et le clochard, 1955) ; Sleeping Beauty (La belle au bois dormant, 1959) ; One hundred and one Dalmatians (Les 101 dalmatiens, 1961) ; The Sword in the Stone (1963) ; The Jungle Book (Le livre de la Jungle, 1967).

Un monument. On ne chantera pas assez les louanges de ses courts métrages dont on s'est efforcé de donner ici, au moins jusqu'en 1950, une liste aussi complète que possible. Les *Mickey* en noir et blanc sont des chefs-d'œuvre d'humour et de poésie, dont l'habileté technique permet à Disney de l'emporter sur ses rivaux Sullivan et les frères Fleischer. La couleur leur donne une nouvelle dimension *(Mickey magicien* est un enchantement pour les yeux). Et n'oublions pas l'importance de la musique (l'air composé par Frank Churchill pour les *Trois petits cochons :* « Qui a peur du Grand Méchant Loup ? C'est pas nous ! » fut repris, en 1933, par toute l'Amérique, en proie à la crise). Dans *Mickey' Gala Premiere,* Disney faisait défiler Hollywood : Wallace Beery et Joe Brown, Boris Karloff et Bela Lugosi, Garbo et les Barrymore, Wheeler et Woolsey... C'était un hommage à la réussite de la populaire souris. Minnie, Pluto le chien, Goofy le fidèle compagnon formaient l'entourage de Mickey auquel un autre camarade, Donald le canard, rouspéteur, crachant et couinant, devait finalement voler la vedette. Les gags fusaient, jamais méchants, toujours drôles. L'invention était constante.

Blanche-Neige et ses merveilleux sept nains fut le premier long métrage d'animation à triompher sur les écrans. Les recettes furent fabuleuses. Hélas s'amorçait le déclin. *Fantasia,* projet ambitieux de réconcilier le dessin et la musique, contenait encore de brillants morceaux (Mickey en apprenti sorcier), mais la suite fut catastrophique. Mièvrerie des sujets, laideur des couleurs, anthropomorphisme puéril, gâtisme devant les enfants... Quelques éclairs rappellent le Disney de *Clock Cleaners* (où Mickey réparait les horloges) et de *Lonesome Ghost (Les chasseurs de fantômes,* de 1937, une grande année) ou encore la poésie de *Ferdinand the Bull,* le taureau pacifique qui aimait les fleurs. Mais Disney est devenu depuis la fin de la guerre une usine à abrutir nos chers petits.

BIBLIO. : L. Maltin, *The Disney's Films* (1973).

Dmytryk, Edward

Réalisateur américain né en 1908.

The Hawk (1935) ; Television Spy (1939) ; Emergency Squad (1940) ; Mystery Sea Raiders (1940) ; Golden Gloves (1940) ; Her First Romance (1940) ; The Devil Commands (1941) ; Under Age (1941) ; Sweetheart of the Campus (1941) ; The Blonde from Singapore (1941) ; Confessions of Boston Blackie (1941) ; Secrets of the Lone Wolf (1941) ; Counter Espionage (1942) ; Seven Miles from Alcatraz (1942) ; The Falcon Strikes Back (1943) ; Hitler's Children (1943) ; Captive Wild Woman (1943) ; Behind the Rising Sun (Face au soleil levant, 1943) ; Tender Comrade (1943) ; Murder My Sweet (Le crime vient à la fin, 1945) ; Back to Bataan (Retour aux Philippines, 1945) ; Cornered (1945) ; Till the End of Time (1945) ; Cross-Fire (Feux croisés, 1947) ; So Well Remembered (1947) ; Give Us This Day (Donnez-nous aujourd'hui, 1949) ; Obsession / The Hidden Room (L'obsédé, 1949) ; Mutiny (Mutinerie à bord, 1952) ; The Sniper (L'homme à l'affût, 1952) ; Eight Iron Men (1952) ; The Juggler (Le jongleur, 1953) ; The Caine Mutiny (Ouragan sur le Caine, 1954) ; Broken Lance (La lance brisée, 1954) ; The End of the Affair (Vivre un grand amour, 1954) ; Soldier of Fortune (Le rendez-vous de Hong-Kong, 1955) ; The Left Hand of God (La main gauche du Seigneur, 1955) ; The Mountain (La neige en deuil, 1956) ; Raintree County (L'arbre de vie, 1957) ; The Young Lions (Le bal des maudits, 1958) ; Warlock (L'homme aux colts d'or, 1959) ; The Blue Angel (1959) ; Walk on the Wild Side (La rue chaude, 1962) ; The Reluctant Saint (Miracle à Cupertino, 1962) ; The Carpetbaggers (Les ambitieux, 1963) ; Where Love Has Gone (Rivalité, 1964) ; Mirage (Mirage, 1965) ; Alvarez Kelly (Alvarez Kelly, 1966) ; Anzio (Bataille pour Anzio, 1968) ; Shalako (Shalako, 1968) ; Bluebeard (Barbe-Bleue, 1973) ; The Human Factor (La guerre des otages, 1980).

Ce fils d'immigrants ukrainiens fit très jeune ses débuts à Hollywood. Il gravit tous les échelons, de garçon de courses à monteur. Dans les années 40, il apparut comme l'un des plus sûrs espoirs du cinéma américain. *Hitler's Children,* malgré quelques effets un peu appuyés, est l'un des meilleurs films antinazis d'Hollywood. Dmytryk signe également deux brillants thrillers avec Dick Powell, *Cornered* et *Murder My Sweet* (d'après *Farewell My Lovely* de Chandler). *Crossfire,* film sur l'antisémitisme, révèle, dans un rôle de psychopathe, Robert Ryan. En 1947, la carrière de Dmytryk s'interrompt brutalement : il est accusé d'activités communistes et condamné, lors de la chasse aux sorcières déclenchée par McCarthy, à un an de prison. Il part pour l'Angleterre, sa peine purgée, et y tourne un film social sur les travailleurs immigrants, *Donnez-nous aujourd'hui,* et un film policier fascinant, *L'obsédé,* récit de la vengeance d'un mari trompé. En 1951, il revient aux États-Unis et, contre son témoignage provoquant l'inculpation de certains de ses amis, il retrouve sa place dans les studios. Il signe alors quelques œuvres remarquables : *The Sniper,* analyse bouleversante du cas d'un tueur obsédé par les armes à feu, *Ouragan sur le Caine,* où Bogart compose un personnage inquiétant de capitaine de navire, et *La lance brisée,* western ambitieux, remake de *House of the Strangers* de Mankiewicz. Essoufflement ? Remords tardifs ? Exigences des producteurs, notamment ceux de la Fox et de la Paramount ? Les films qui suivent sont médiocres, allant d'un épouvantable remake de *L'Ange Bleu* aux récits à prétentions psychologiques insupportables d'ennui (*Walk on the Wild Side, The Carpetbaggers*). Une exception : *L'homme aux colts d'or.* Les implications homosexuelles du script (le tueur étant flanqué d'un ami qui est aussi son garde du corps, infirme au comportement trouble), des trouvailles de mise en scène et une distribution étincelante (Fonda, Quinn et Widmark, sans oublier Dorothy Malone) en font un chef-d'œuvre. Si l'on peut voir sans déplaisir *Alvarez Kelly* et *Shalako,* honnêtes westerns, les autres films de Dmytryk confirment – hélas ! – le déclin de ce réalisateur au départ si doué.

Doillon, Jacques

Réalisateur français né en 1944.

L'an 01 (1972) ; Les doigts dans la tête (1974) ; Un sac de billes (1975) ; La femme qui pleure (1978) ; La drôlesse (1979) ; La fille prodigue (1980).

Des personnages frustres, un cinéma brut dépourvu de toutes références culturelles à l'inverse de celui de la « nouvelle vague », un budget modeste, Doillon crée un nouveau cinéma réaliste et interroge : si tous les garçons boulangers, à l'instar de celui des *Doigts dans la tête,* se révoltaient contre leur patron et s'enfermaient dans leur chambre pour y vivre leur vraie vie, que se passerait-il ?

Donen, Stanley

Réalisateur américain né en 1924.

On the Town (avec G. Kelly, Un jour à New York, 1949) ; Royal Wedding (Mariage royal, 1951) ; Love is Better Than Ever (1952) ; Singin'in the Rain (avec G. Kelly, Chantons sous la pluie, 1952) ; Fearless Fagan (L'Intrépide, 1952) ; Give a Girl a Break (Donnez-lui une chance, 1953) ; Seven Brides for Seven Brothers (Les sept femmes de Barbe-Rousse, 1954) ; Deep in my Heart (Au fond de mon cœur, 1954) ; It's Always Fair Weather (avec Kelly, Beau fixe sur New York, 1955) ; Funny Face (Drôle de frimousse, 1957) ; The Pajama Game (avec G. Abbott, Piquenique en pyjama, 1957) ; Kiss Them For Me (Embrasse-la pour moi, 1957) ; Indiscreet (Indiscret, 1958) ; Damn Yankees (avec Abbott, 1958) ; Once More With Feeling (Chérie, recommençons, 1960) ; Surprise Package (Un cadeau pour le patron, 1960) ; The Grass Is Greener (Ailleurs l'herbe est plus verte, 1960) ; Charade (Charade, 1963) ; Arabesque (Arabesque, 1966) ; Two for the Road (Voyage à deux, 1967) ; Bedazzled (Fantasmes, 1967) ; Staircase (L'escalier, 1969) ; Le Petit Prince (1974) ; Lucky Lady (Les aventuriers du Lucky Lady, 1975) ; Movie-Movie (Folie-Folie, 1978) ; Saturn 3 (Saturn 3, 1980).

On lui doit, en collaboration avec Gene Kelly, l'un des sommets de la comédie musicale et l'un des plus beaux films du monde : *Chantons sous la pluie. On the Town* et *It's Always Fair Weather,* toujours avec Kelly, *The Pajama Game* et *Damn Yankees,* avec Abbott, sont, avec *Royal Wedding,* les autres fleurons de la couronne de Donen.

Ancien danseur et chorégraphe (il collabora, à l'écran, à *Cover Girl* de Vidor, *Holiday in Mexico* de Sidney, *Take Me Out to the Ball Game* de Berkeley, etc.), c'est de son travail avec Gene Kelly, à partir de *Cover Girl,* que devait sortir cette suite de brillantes comédies musicales qui ont fait son renom. Mais Donen sut également travailler seul : *Royal Wedding* qui comprend la célèbre danse au plafond de Fred Astaire, *Give a Girl a Break* aux numéros éblouissants, *Seven Brides for Seven Brothers* qui révéla Russ Tamblyn, *Funny Face* à la photographie sophistiquée sont des œuvres *personnelles* où ni Kelly ni Abbott ne sont intervenus. Triomphe d'une chorégraphie qui balaie le vieil académisme, primauté de l'esthétique sur l'éthique, fluidité de la mise en scène caractérisent cet art raffiné qui est celui de Donen dans le domaine de la comédie musicale.

Il fut moins heureux dans la comédie tout court : oublions les apparitions catastrophiques de Yul Brunner dans *Chérie, recommençons* ou *Un cadeau pour le patron.* Puis Donen mit au point une formule qui fit merveille dans *Charade* et *Arabesque* et que Coursodon et Tavernier résument ainsi : « Intrigues ahurissantes, combinant les recettes de la comédie américaine traditionnelle et le style parodico-bondissant à la mode, filmées dans un style volontairement artificiel qui, avec ses cadrages extravagants, ses gros plans d'objets, ses incessants mouvements de caméra, ses surimpressions et sa couleur irréelle, s'apparentent à la fois à la bande dessinée, à la photo de mode et à l'avant-garde contemporaine. » Comment oublier l'irrésistible *Bedazzled,* sorte de *Faust* inversé, que Donen considère d'ailleurs comme son meilleur film.

Le public bouda les œuvres suivantes dont le nostalgique *Movie-Movie* qui eût mérité un meilleur sort. Souhaitons que cet adieu à la comédie musicale, mêlée ici à un mélodrame dans l'esprit d'un double programme d'avant guerre, et qui voyait mourir, à la fin du film, le producteur de « musicals » Baxter, ne prenne pas valeur de prophétie.

Donev, Donyu

Animateur bulgare né en 1929.

Principaux courts métrages: Duet (1961) ; Un conte pour tous (1965) ; La deuxième bouteille (1965) ; Printemps (1966) ; Une plaisanterie (1967) ; Gosho l'éléphant (1967) ; La vache qui... (1968) ; Les trois fous (1970) ; De Facto (1973) ; L'arbre musical (1975) ; Causa perduta (1977).

Si Todor Dinov fut le père de l'animation bulgare, créant des studios après son séjour à Moscou, et si Dukov en fut l'une des figures marquantes, Donev fut le maître incontesté sur le plan de l'humour avec notamment *Causa Perduta,* combat de deux chevaliers qui finit par un échange de châteaux, tournant en dérision les guerres féodales.

Doniol-Valcroze, Jacques

Acteur et réalisateur français né en 1920.

L'eau à la bouche (1959) ; Le cœur battant (1960) ; La dénonciation (1961) ; Le viol (1967); La maison des bories (1969) ; L'homme au cerveau greffé (1972) ; Une femme fatale (1974).

Éminence grise des *Cahiers du cinéma,* il n'a pas réussi à imposer une œuvre en rapport avec ses apports théoriques. Les marivaudages dans un château en Dordogne de l'*Eau à la bouche* avaient suscité quelques faibles espoirs bien vite démentis par les films suivants. Avec *Le Viol,* il a essayé d'introduire les techniques du nouveau roman au cinéma, mais il venait après Robbe-Grillet et parut avoir du mal à en appliquer les principes. Ne parlons pas de l'acteur épisodique qui promenait un personnage d'Adémaï enrhumé dans l'*Immortelle* du même Robbe-Grillet. Il faut le dire avec regret, les réalisations de Doniol-Valcroze n'ont jamais été à la hauteur de ses intentions.

Donner, Clive

Réalisateur anglais né en 1920.

The Secret Place (Faux policiers, 1957) ; Heart of a Child (1958) ; Mariage of Convenience 1960) ; The Sinister Man (1961) ; Some People (1962) ; The Caretaker (The Caretaker, 1963) ; Nothing But the Best (Tout ou rien, 1963) ; What's New Pussycat ? (Quoi de neuf Pussycat , 1965) ; Here We Go round the Mulberry Bush (Trois petits tours et s'en vont, 1967) ; Alfred the Great (Alfred le Grand, 1968) ; Vampira (1974) ; The Thief of Bagdad (Le voleur de Bagdad, 1978) ; The Nude Bomb (Le plus secret des agents secrets, 1980) ; Charlie Chan and the Curse of the Dragon Queen (1980).

Il fit illusion le temps de trois films : *The Caretaker,* sur un scénario de Pinter, *Nothing but the Best,* satire au vitriol de l'arrivisme, et *What's New Pussycat ?* dont tous les gags sur l'aliénation sexuelle avaient été imaginés par Woody Allen. On crut avoir trouvé un réalisateur cinglant et corrosif, mais la suite ne confirma pas cet espoir : le comique de *Vampira* ou de *The Nude Bomb* est nettement plus laborieux. Curieusement, cet humoriste réussit un très beau film historique, *Alfred le Grand,* dont la bataille finale était éblouissante.

Donner, Jörn

Réalisateur et scénariste d'origine finlandaise né en 1933.

Aamua Kaupungissa (Le matin dans la ville, c.m., 1954) ; Naïna païvina (En ces jours-là, c.m., 1955) ; Porkala (c.m., 1955) ; Vetta (L'eau, c.m., 1957) ; Vittnesbord om henne (Témoignage à son sujet, m.m., 1962) ; En sondag i September (Un dimanche de septembre, 1963) ; Att alska (Aimer, 1964) ; Här börjar äventyret (Ici commence l'aventure, 1965) ; Stimulantia (un sketch, 1965) ; Tvärbalk (Chassé-croisé, 1966) ; Noir sur blanc (1968) ; 69 (1969) ; Anna (Anna, 1970) ; Perkele (1971) ; Hangover (1973) ; Ingmar Bergman (doc., 1973) ; Manrape (1978).

Né à Helsinki, il a fait la totalité de ses études en Finlande et joue un rôle dans la presse de gauche. Il écrit romans et chroniques, séjourne à Stockholm, y démolit Bergman, tourne des courts métrages, se lie à l'actrice Harriet Andersson qui va devenir son inspiratrice. Son premier long métrage sera suédois : *Un dimanche de septembre.* Un film où l'on retrouve l'influence de Truffaut, de Widerberg mais surtout d'Antonioni, avec une séquence-choc où Harriet Andersson, malgré son état avancé de grossesse, fait l'amour en souffrant horriblement. Plus de sensualité encore dans *Aimer* avec toujours la même interprète. C'est encore l'érotisme qui inspire le sketch de *Stimulantia.* Mais très vite la personnalité de Donner et la liberté de son style le rendent impopulaire en Suède. Il retourne en Finlande en 1967. Il est acteur, producteur, spécialiste du documentaire, sans retrouver la flamme et le non-conformisme de ses premiers films.

Donner, Richard

Acteur et réalisateur américain.

Comme réalisateur : X 15 (X 15, 1961) ; Salt and Pepper (Sel, poivre et dynamite, 1968) ; Twinky (L'ange et le démon, 1970) ; The Omen (la malédiction, 1976) ; Superman (Superman, 1978) ; Inside Moves (Rendez-vous chez Max's, 1980).

Acteur, il en faisait trop, on lui confia donc des superproductions fantastiques... où il n'en fit pas assez. Si *The Omen* contenait quelques bons moments de terreur pure (l'affolement des bêtes du zoo) et une fin pleine d'humour (l'enfant satanique entrait à la Maison-Blanche en tenant la main du président des U.S.A.), le film était pour le reste franchement ennuyeux. En dépit de quelques trucages habilement utilisés par le directeur de la photographie, Geoffrey Unsworth, *Superman,* qui suivit, fut lui aussi, le plus souvent, d'une grande platitude. Serait-il plus à l'aise dans un cinéma intimiste ? C'est ce que tendrait à prouver *Inside Moves,* évocation sensible de deux infirmes serveurs dans un bar où ils essaient de retrouver goût à la vie.

Donohue, Jack

Chorégraphe et réalisateur américain né en 1908.

Close-up (1948) ; The Yellow Cab Man (Taxi s'il vous plaît, 1950) ; Watch the Birdie (Amour et caméra, 1951) ; Lucky Me (Mademoiselle Porte-Bonheur, 1954) ; Babes in Toyland (1961) ; Marriage on the Rocks (1965) ; Assault on a Queen (1966).

Ce bon chorégraphe de Broadway n'a guère eu de chance avec le cinéma : Red Skelton *(The Yellow Cab Man)* et Doris Day *(Lucky Me)* massacrèrent ses meilleures intentions et l'empêchèrent de donner sa vraie mesure.

Donskoi, Marc

Réalisateur soviétique, 1901-1981.

Zihzn (La vie, inachevé, 1927) ; V Bolchom Gorodé (Dans la grande ville, 1927) ; Tsena Tchéloviéka (Le prix d'un homme, 1927) ; Pijone (Le gommeux, 1929) ; Tchoujoï Biériég (L'autre rive, 1930) ; Ogogne (Le feu, 1930) ; Piesnia o stchastyé (Le chant du bonheur, 1934) ; Dietsvo Gorkogo (L'enfance de Gorki, 1937) ; V lioudiakh (En gagnant mon pain, 1938) ; Moï Ouniversitety (Mes Universités, 1939) ; Romantiki (Les Romantiques, 1941) ; Kak zakalialass stal (Et l'acier fut trempé, 1942) ; Dievnik Natsi (Le journal d'un nazi, 1942) ; Radouga (L'arc-en-ciel, 1943) ; Semia Tarassa (Tarass l'indompté, 1944) ; Selskaia outchitielnitsa (L'institutrice du village, 1946) ; Zakone bolchoi zemli (La loi de la Grande Terre, 1948) ; Mat (La Mère, 1954) ; Dorogoï tsénoï (Le cheval qui pleure, 1956) ; Thomas Gordeiev (Thomas Gordeiev, 1959) ; Zdravstvouitié (Bonjour les enfants, 1959) ; Serdtse Materi (Le cœur d'une mère, 1965) ; Vernost Materi (Le cœur d'une mère, 1967) ; Chaliapin (1969).

Sa trilogie inspirée de Gorki fit longtemps les délices des ciné-clubs ; elle ne doit pas masquer que, jusqu'en 1949, date de sa disgrâce provisoire, il fut l'un des représentants les plus marquants du cinéma stalinien avec notamment *L'arc-en-ciel* dont le manichéisme poussé à la caricature finit par irriter. S'il y a quelque poésie dans *Le cheval qui pleure,* son moins mauvais film avec *L'enfance de Gorki,* il convient de rappeler des œuvres d'une lourdeur insupportable comme *Et l'acier fut trempé* afin de dénoncer une imposture. Donskoi n'est pas le grand metteur en scène vanté par quelques critiques. Il représente le pire académisme, la plus mauvaise propagande. Donskoi avait été à l'Institut du cinéma de Moscou l'élève d'Eisenstein. Un mauvais élève. Son faux lyrisme masque mal la Russie de Beria et de Molotov.

Douglas, Gordon

Réalisateur américain né en 1909.

General Spanky (avec Newmeyer, 1936) ; Zenobia (Zenobie, 1939) ; Saps at Sea (Laurel et Hardy en croisière, 1940) ; Niagara Falls (1941) ; Broadway Limited (1941) ; The Great Gildersleeve (1943) ; Gildersleeves Bad Day (1943) ; Gildersleeve on Broadway (1943) ; A Night of Adventure (1944) ; Girl Rush (1944) ; The Devil with Hitler (1944) ; The Falcon in Hollywood (1944) ; First Yank in Tokyo (Le premier Américain à Tokyo, 1945) ; Zombies on Broadway (1945) ; San Quentin (1945) ; Dick Tracy vs. Cueball (1946) ; The Black Arrow (La flèche noire, 1948) ; If You Knew Susie (1948) ; Walk a Crooked Mile (La grande menace, 1948) ; The Doolins of Oklahoma (1949) ; Mr. Soft Touch (avec Levin, 1949) ; The Nevadan (1949) ; Fortunes of Captain Blood (Les nouvelles aventures du capitaine Blood, 1950) ; Rogues of Sherwood Forest (La révolte des gueux, 1950) ; Between Midnight and Dawn (Entre minuit et l'aube, 1950) ; Kiss Tomorrow Goodbye (Le fauve en liberté, 1950) ; The Great Missouri Raid (Les rebelles du Missouri, 1951) ; Only the Valiant (Fort invincible, 1951) ; Come Fill the Cup (Feu sur le gang, 1951) ; I was a Communist for the FBI (1952) ; Mara Maru (Mara Maru, 1952) ; The Iron Mistress (La maîtresse de fer, 1952) ; She's Back on Broadway (1953) ; The Charge at Feather River (La charge sur la rivière rouge, 1953) ; So This is Love (1953) ; Them (Les monstres attaquent, 1955) ; Young at Heart (1955) ; The McConnell Story (Le tigre du ciel, 1955) ; Sincerely Yours (1955) ; Santiago (Santiago, 1956) ; The Big Land (Les loups dans la vallée, 1957) ; Bombers B-52 (1957) ; Fort Dobbs (Sur la piste des Comanches, 1958) ; The Fiend who Walked the West (1958) ; Up Periscope (Mission secrète du sous-marin X, 1958) ; Yellowstone Kelly (Le géant du Grand Nord, 1959) ; The Sins of Rachel Cade (Au péril de sa vie, 1961) ; Gold of the Seven Saints (Le trésor des Sept Collines, 1961) ; Claudette Inglish (1961) ; Follow that Dream (Le shérif de ces dames, 1962) ; Call me Bwana (Appelez-moi chef, 1963) ; Rio Conchos (Rio Conchos, 1964) ; Robin and the Seven Hoods (Les sept voleurs de Chicago, 1964) ; Sylvia (Sylvia, 1965) ; Harlow (Harlow, la blonde platine, 1965) ; Way... Way Out (Tiens bon la rampe Jerry, 1966) ; Stagecoach (La diligence vers l'Ouest, 1966) ; Chuka (Chuka le redoutable, 1967) ; In Like Flint (F comme Flint, 1967) ; Tony Rome (Tony Rome est dangereux, 1967) ; The Detective (Le détective, 1968) ; Lady in Cement (La femme en ciment, 1968) ; Barquero (Barquero, 1969) ; They Call Me Mister Tibbs (Appelez-moi Monsieur Tibbs, 1970) ; Skullduggery (1970) ; The Skin

Game (avec P. Bogart, 1971) ; Slaughter's Big Rip-Off (L'exécuteur noir, 1973) ; Viva Knievel (Viva Knievel, 1977).

Enfant précoce, il commence très jeune une carrière d'acteur, est embauché par Hal Roach qui lui confie, en 1936, la direction de courts métrages de la série *Our Gang* puis le long métrage de la série *General Spanky*. Ainsi débute une carrière particulièrement riche en réalisations. Douglas a abordé presque tous les genres : le burlesque (de Laurel et Hardy dans *Saps at Sea* à Jerry Lewis dans *Way... Way out*), la comédie, la biographie de stars *(Harlow)*, le film de guerre, le film de cape et d'épée (avec des suites de *Capitaine Blood* et de *Robin des Bois*), la science-fiction (l'excellent *Them*), etc. Mais il est surtout à l'aise dans deux genres : le thriller et le western. *Kiss Tomorrow Goodbye* d'après Horace McCoy contient quelques-unes des scènes les plus violentes du film noir et la série des Tony Rome, qu'interprète Sinatra, est non moins réussie. Dans le western, Douglas s'égale aux plus grands. Laissons de côté un pénible remake de *Stagecoach*, pour les trois films que joue Clint Walker (*Fort Dobbs*, *Yellowstone Kelly* et *Gold of the Seven Saints*) grâce à des scénarios pleins d'invention de Burt Kennedy et à des images d'une beauté rarement dépassée. En 1964, il donne l'un des chefs-d'œuvre du genre, *Rio Conchos*. On ne peut qu'admirer le scénario délirant de Clay Huffaker, les impressionnants décors naturels, la truculence des personnages qu'interprètent Richard Boone, Stuart Whitman, Edmond O'Brien et les scènes finales dans la villa de ce général sudiste, installée au bord d'une rivière et qui ne comporte qu'un élément : la façade. Sans la moindre prétention, sans message (ce qui n'exclut pas un vigoureux antiracisme dans des films comme *Fort Dobbs*), Gordon Douglas nous offre une filmographie pleine de variété et riche en chefs-d'œuvre dans des genres prétendus à tort mineurs.

Douglas, Kirk

Acteur, producteur et réalisateur américain, de son vrai nom Issur Danielovitch, né en 1916.

Comme réalisateur : Scalawag (1973) ; Posse (La brigade du Texas, 1975).

Remarquable acteur, il fonda sa propre maison, Bryna Productions, en 1955, puis Joel Productions un peu plus tard. Mal inspiré comme réalisateur avec *Scalawag*, il s'est racheté par *Posse*, excellent western plein de rebondissements. Mais Kirk Douglas restera au Panthéon hollywoodien comme l'interprète d'une longue liste de films, du *Champion* à *Saturn 3*, carrière évoquée dans un autre volume de la collection.

Dovjenko, Alexandre

Réalisateur russe, 1894-1956.

Vasia Reformator (Vassia le réformateur, 1926) ; Yagodka Lioubvi (Le fruit de l'amour, 1926) ; Soumka Dipkouriera (La serviette du courrier diplomatique, 1927) ; Zvenigora (1927) ; Arsenal (1928) ; Zemlia (La terre, 1930) ; Ivan (1932) ; Aerograd (1935) ; Chtchors (1939) ; Osvobojdenie (Libération, 1940) ; Bitva za Nachou Sovietskiou Ukrainou (Bataille pour notre Ukraine soviétique, supervision et scénario, 1943) ; Pobedana Pravobejnoi Ukraine... (Victoire pour le rétablissement du pouvoir ukrainien..., 1945) ; Mitchourine (La vie en fleurs, 1948) ; Les films suivant ont été réalisés par sa femme J. Solntseva, sa principale collaboratrice depuis *Chtchors :* Povest Plamennikh Let (Chronique des années de feu, 1945-1960) ; Poema o More (Le poème de la mer, 1955-1958) ; Zatcharo Vannaia Desna (Desna, 1956).

Originaire d'Ukraine, il n'a cessé de chanter son pays. Après de solides études, il participe à la guerre civile de 1917-1919, devient secrétaire de section à Kiev, puis membre du commissariat du peuple pour la modernisation à Karkhov, enfin diplomate en Pologne et en Allemagne. Mais il abandonne tout pour se consacrer au cinéma. On a vanté son lyrisme, mais Sadoul reconnaît lui-même que le talent de Dovjenko fut inégal et peut-être le maître a-t-il dû beaucoup à sa compagne qui réalisa, d'après ses scénarios, ses derniers films. *La terre* fut classée parmi les douze meilleurs films du monde, en 1958. Il y a sans doute là quelque excès d'honneur, car on supporte difficilement de voir quinze fois le même plan de femmes en train de moissonner. En revanche *Chtchors* n'est pas dépourvu de fougue et se voit sans ennui. Il y a de l'instituteur chez Dovjenko, le véritable artiste, c'est probablement Solntseva.

BIBLIO. : I. et J. Schnitzer, *Dovjenko* (1966).

Drach, Michel

Réalisateur français né en 1930.

On n'enterre pas le dimanche (1959) ; Amélie ou le temps d'aimer (1961) ; La bonne occase (1965) ; Safari diamants (1966) ; Elise ou la vraie vie (1970) ; Les violons du bal (1974) ; Parlez-moi d'amour (1976) ; Le passé simple (1978) ; Le pull-over rouge (1979) ; Guy de Maupassant (1982).

Débuts sous le signe de la « nouvelle vague » avec deux jolis films (*On n'enterre pas le dimanche* et *Amélie*), qui firent naître quelque espoir. On pardonnera les œuvres alimentaires qui suivirent : *La bonne occase* ou *Safari diamants ;* il faut bien vivre. Mais *Élise,* évocation superficielle du monde du travail, révéla chez Drach un côté démagogique décevant, impression que vint encore accentuer *Le pull-over rouge,* sur une affaire criminelle qui avait fait couler beaucoup d'encre. Cayatte a plus de vigueur que lui quand il aborde des sujets voisins. Mises en scène molles et « psychologisme d'un autre temps » (René Predal) semblent, hélas, caractériser Michel Drach.

Dragic, Nedeljko

Animateur yougoslave né en 1936.

Principaux courts métrages : Elégie (1965) ; Chevaux sauvages (1967) ; Diogène peut-être (1968) ; Les jours ont passé (1969).

Il l'emporte en non-conformisme sur Vukotic, Grgic, Marks et autres grands animateurs de l'École de Zagreb. Il faut voir son délicieux *Diogène,* au graphisme délirant.

Dragoti, Stan

Réalisateur américain né en 1944.

Dirty Little Billy (Billy le cave, 1972) ; Love at first bite (Le vampire de ces dames, 1979).

Venu de la télévision, ce réalisateur s'est lancé dans une originale entreprise de démystification des grands héros du cinéma américain. C'est tout d'abord Billy the Kid qui fait les frais de l'entreprise. Il est présenté comme un débile mental vivant dans un bidonville de l'Ouest. Puis c'est Dracula lui-même, propulsé de Roumanie, où le communisme ne laisse plus de place aux vampires, vers New York où, pour subvenir à ses besoins, il doit cambrioler une banque... du sang. Sang qui doit, précise-t-il à son valet de chambre, lui être servi « à la chaleur du corps ». On attend avec impatience les nouveaux films de Dragoti.

Dreville, Jean

Réalisateur français né en 1906.

Autour de l'argent (c.m., 1929) ; Créosote (c.m., 1929) ; Quand les épis se courbent (c.m., 1929) ; Pomme d'amour (1932) ; Trois pour cent (1933) ; Un homme en or (1934) ; Colpo di vento (1935) ; Les petites alliées (1936) ; Touche à tout (1936) ; Troïka sur la piste blanche (1937) ; Maman Colibri (1937) ; Les nuits blanches de Saint-Pétersbourg (1938) ; Le joueur d'échecs (1938) ; Le président Haudecœur (1939) ; Son oncle de Normandie (1939) ; Annette et la dame blonde (1941) ; Les cadets de l'océan (1942) ; Les affaires sont les affaires (1942) ; Les Roquevillard (1943) ; Tornavara (1943) ; La cage aux rossignols (1944) ; La ferme du pendu (1945) ; Le visiteur (1946) ; Copie conforme (1947) ; La bataille de l'eau lourde (coréal., 1947) ; Les casse-pieds (avec Noël-Noël, 1948) ; Retour à la vie (deux sketches, 1949) ; Le grand rendez-vous (1949) ; Les sept péchés capitaux (un sketch, 1951) ; Horizons sans fin (1952) ; La reine Margot (1954) ; Escale à Orly (1954) ; La belle et le tzigane (1957) ; Les suspects (1957) ; A pied, à cheval et en spoutnik (1958) ; Normandie-Niemen (coréal., 1959) ; La Fayette (1961) ; Troisième jeunesse (1965) ; La sentinelle endormie (1966) ; La nuit des adieux (1966).

Dessinateur, affichiste, photographe puis critique cinématographique, il a considéré le cinéma de l'extérieur avant de faire ses débuts avec un documentaire sur le tournage de *L'argent* par L'Herbier. D'une œuvre solide et estimable émergent quelques réussites comme *Le joueur d'échecs* (avec Conrad Veidt, sur le monde des automates), *Les affaires sont les affaires* (bonne transposition de la pièce d'Octave Mirbeau), *La ferme du pendu*, *Copie conforme* (Jouvet dans le double rôle d'un homme tranquille et d'un cambrioleur qui sont de véritables sosies), *Les casse-pieds* (suite de sketches souvent fort drôles sur les fâcheux) et *La sentinelle endormie* (un complot imaginaire contre Napoléon que la police de Savary et de Pasquier aurait eu du mal à déjouer).

Dreyer, Carl Theodor

Réalisateur danois, 1889-1968.

Au Danemark : Praesidenten (Le président, 1920) ; Blad of Satan Dagbog (Feuillets arrachés au livre de Satan, 1920). *En Suède :* Praesteenken (La quatrième alliance de Dame Marguerite, 1921). *En Allemagne :* Elsker Hverandre (Aimez-vous les uns les autres, 1922). *Au Danemark :* Der war Engand (Il était une fois, 1922). *En Allemagne :* Michaël (Michaël, 1924). *Au Danemark :* Du Skal aere din hustru (Le maître du logis, 1925). *En Norvège :* Glomsdal Bruden (La fiancée de Glomsdale, 1926) ; *En France :* La passion de Jeanne d'Arc (1928) ; Vampyr (1932). *Au Danemark :* Modrehyelpen (Assistance maternelle, c.m., 1942) ; Dies Irae (Jour de colère, 1943). *En Suède :* Tva Mannisko (Deux êtres, 1945). *Au Danemark :* Vandet pa landet (L'eau à la campagne, c.m., 1945) ; Den Danske Landsby Kirke (L'église du village, c.m., 1947) ; De naede Fargen (Ils ont attrapé le bac, c.m., 1948) ; Et slot i et slot (Un château sans château, c.m., 1950) ; Storstroembroen (Le pont de Strorstrom, c.m., 1950) ; Ronne og Nexas Genoplyging (c.m., 1954) ; Ordet (La parole, 1955) ; Noget om Nordem (c.m., 1964) ; Gertrud (Gertrude, 1964).

Ce grand réalisateur danois a eu une carrière très internationale. Dès *Le président*, il s'impose par le soin apporté à l'image notamment dans les contrastes entre le noir et le blanc, et par la rigueur de la pensée. Tout Dreyer est dans ce premier film. Une éducation luthérienne, mais un entraînement physique hors pair (il fut pilote de dirigeable) et un talent de plume qui en fait un des meilleurs scénaristes de la Nordisk. Son deuxième film permet d'ajouter à ce portrait deux autres touches : le goût du fantastique et un esprit réactionnaire (il y dénonce la Révolution française et les Bolchevicks). *Pages arrachées au livre de Satan* s'inspire au demeurant dans sa construction d'*Intolérance* de Griffith. Ses autres œuvres seront tournées en Suède, en Allemagne (*Michaël* n'aborde que de façon fort voilée le problème de l'homosexualité) et surtout en France. Deux chefs-d'œuvre : *La passion de Jeanne d'Arc* et *Vampyr.* Du premier, considéré comme l'un des meilleurs films du monde, on a tout dit : l'interprétation impressionnante de Falconetti, les gros plans de visages, Antonin Artaud et Michel Simon dans des rôles secondaires, la concentration sur le procès... « Pour moi, confiera Dreyer, c'était avant tout la technique du procès qui commandait. Et c'est cette technique que j'ai essayé de transmettre dans le film. Il n'y avait donc d'autre solution que de mettre des gros plans derrière les répliques. » Rarement œuvre aura paru plus maîtrisée. *Vampyr,* d'après Sheridan Le Fanu, en dépit d'une admirable photographie de Maté, divise les amateurs de fantastique. C'est le christianisme de Dreyer, bien que gommé dans cette œuvre de commande pour un riche baron, qui semble tenir lieu de ligne de clivage. Des amateurs lui préfèrent le *Dracula* de Browning, d'une année antérieure. De toute manière, le film fut un échec et marqua une interruption dans la carrière de Dreyer. Celui-ci se limita à des activités de journalisme avant de faire sa rentrée dans un Danemark encore occupé par les Allemands, avec *Dies Irae,* reconstitution d'un procès de sorcellerie, véritable oratorio en noir et blanc, plein d'allusions à la situation du Danemark, ce qui obligea Dreyer à chercher refuge en Suède jusqu'à la fin de la guerre. Après avoir signé *Deux êtres* en Suède, Dreyer revient dans son pays et dirige à Copenhague l'une des plus grandes salles de cinéma de la ville. Nouvelle rentrée avec *Ordet.* Cette fois le pessimisme qui imprégnait l'ensemble de l'œuvre fait place à un message d'espoir. Peter a voulu la mort d'Inger, belle-fille du vieux Borgen. Elle meurt et le mal semble l'emporter. Mais la foi et l'amour la ressuscitent et le film se termine sur ce mot : « La vie. » Après de nombreux courts métrages, d'un intérêt souvent limité, Dreyer effectue une dernière rentrée avec *Gertrude.* C'est un échec. Ce drame mondain paraît démodé et suscite l'hilarité. On n'en découvrira l'importance qu'après la mort de Dreyer. Une mort solitaire et hautaine, à l'image d'une œuvre qui compte parmi les plus grandes et les plus pures du cinéma.

Comment la caractériser ? André Techiné parle d'archaïsme nordique. Henri Agel insiste sur la spiritualité de Dreyer. Kyrou dénonce l'ennui que distille le cinéaste danois. Cinéaste du gros plan et du flash-back, du dépouillement et de l'insolite, de *Jeanne d'Arc* et de *Vampyr,* de la grosse farce (*Dame Marguerite*) et du drame mondain *(Gertrud),* Dreyer ne peut être enfermé dans une formule unique. Dreyer nous donne, dans *Les Cahiers du cinéma* de septembre 1965, la clef de son art : « Un critique danois m'a dit un jour : J'ai l'impression qu'il y a au moins six de vos films qui sont complètement différents les uns des autres par le style. Cela m'a touché, car c'est une chose que j'ai vraiment essayé de faire : trouver un style qui ne soit valable que pour un seul film, pour *ce* milieu, *cette* action, *ce* personnage, *ce* sujet. *Vampyr, Jeanne d'Arc, Jour de colère, Gertrude* sont complètement différents les uns des autres en ce sens qu'ils ont chacun leur style. Si quelque chose les relie, c'est que, peu à peu, je me suis approché de plus en plus près de la tragédie. Cela j'en suis devenu conscient, mais au départ, je ne l'ai pas fait exprès. C'est venu insensiblement. » Modestie de l'artiste !

BIBLIO. : J. Semolué, *Dreyer* (1962) ; *Cahiers du cinéma,* n° 170 (1965) ; Perrin, *Dreyer* (1968).

Duarte, Anselmo

Acteur et réalisateur brésilien.

Comme réalisateur : Absolutamente certo (1957) ; O Pagador de Promessas (La parole donnée, 1962) ; Vereda de Salvaçao (1964) ; Quelé do Pajeù (1970) ; Un certo Capitao Rodrigo (1971) ; O Descarte (1974) ; O crime de Zé Bigorna (1977) ; Os Trombadinhas (1979).

Acteur passé à la réalisation, il obtint, à la surprise générale, avec *O Pagador de Promessas,* la palme d'or à Cannes, en 1962. Étranger au « Cinema Novo », Duarte se rattache au courant académique de la production brésilienne.

Dubout, Albert

Dessinateur et réalisateur, 1905-1976.

Comme réalisateur : Anatole fait du camping (1952) ; Anatole à la tour de Nesle (1953).

Scénariste de *La rue sans loi* de M. Gibaud, Dubout, célèbre pour ses personnages caricaturaux (de grosses dames moustachues et des petits hommes à melon et lorgnon) a transposé ses dessins dans deux courts métrages d'une irrésistible drôlerie autour d'un héros burlesque, Anatole.

Dudow, Slatan

Réalisateur allemand, 1903-1963.

Seifenblasen (1929) ; Kühle Wampe (1932) ; Unser Tägliche Brot (Notre pain quotidien, 1949) ; Familie Benthin (avec Matzig, 1950) ; Frauenschicksale (1952) ; Stärker als die Nacht (Plus fort que la nuit, 1954) ; Der Hauptmann von Köln (Le capitaine de Cologne, 1956) ; Verwirrung der Liebe (1958) ; Christine (inachevé).

Fils d'un cheminot, il vient à Berlin étudier l'architecture mais très vite se tourne vers la scène et part, en 1929, à Moscou pour y préparer une thèse sur le théâtre soviétique. En 1932, après un court métrage expérimental, il réalise, sur un scénario de Bertolt Brecht, *Kühle Wampe,* témoignage sur la condition ouvrière en Allemagne, d'inspiration nettement marxiste, qui lui vaut des ennuis avec la censure. Membre du parti communiste allemand, Dudow doit s'enfuir en Suisse où il passe toute la période de la guerre. De retour en Allemagne de l'Est à la fin des hostilités, il y tourne plusieurs films dont l'intérêt semble mince. Il meurt dans un accident d'auto.

Dugowson, Maurice

Réalisateur français né en 1938.

Lily, aime-moi (1974) ; F comme Fairbanks (1976) ; Au revoir, à lundi (1978).

Dugowson travaille surtout pour la télévision. Son premier film sur grand écran devait beaucoup au scénario de Vianney. Avec *F comme Fairbanks,* il provoqua une agréable surprise. Une poésie douce-amère se dégageait de cette œuvre au ton simple et direct. Espérons que l'*Au revoir* de 1978 n'est pas un adieu.

Duke, Daryl

Réalisateur canadien.

Payday (1973) ; Griffin and Phoenix (Le sourire aux larmes, 1976) ; The Silent Partner (L'argent de la banque, 1978).

Partage son temps entre les télévisions canadienne et américaine, ce qui lui laisse peu de loisir pour le grand écran. Il a signé pourtant un petit film policier remarquablement enlevé, *The Silent Partner,* qui laisse quelque regret de le voir ainsi disperser son talent.

Dulac, Germaine

Réalisatrice française, 1882-1942.

Les sœurs ennemies (1915) ; Géo le mystérieux (1916) ; Venus Victrix (1916) ; Dans l'ouragan de la vie (1916) ; Ames de fous (1917) ; Le bonheur des autres (1918) ; La fête espagnole (1919) ; La cigarette (1919) ; Malencontre (1920) ; La belle dame sans merci (1920) ; La mort du soleil (1921) ; La souriante Madame Beudet (1923) ; Gossette (1923) ; Le diable dans la ville (1924) ; Ame d'artiste (1925) ; La folie des vaillants (1925) ; Antoinette Sabrier (1926) ; La coquille et le clergyman (c.m., 1927) ; L'invitation au voyage (c.m., 1927) ; La princesse Mandane (1928) ; Disque 927 (c.m., 1928) ; Thèmes et variations (c.m., 1928) ; Germination d'un haricot (c.m., 1928) ; Étude cinégraphique sur une arabesque (c.m., 1929).

Cinéaste d'avant-garde, éprise de recherches esthétiques, elle valut surtout pour ses scénaristes : Delluc *(La fête espagnole),* Obey *(La souriante Madame Beudet),* Jean-Louis Bouquet *(Le diable dans la ville),* Antonin Artaud *(La coquille et le clergyman,* qui suscita les protestations des surréalistes). Plus que ses films ce sont ses écrits théoriques sur le cinéma, malheureusement dispersés dans des revues d'accès aujourd'hui difficile, qui ont établi sa réputation, une réputation qui nous demeurerait sans cela incompréhensible.

Dumoulin, Georges

Réalisateur français né en 1934.

Courts métrages. Puis : Nous n'irons plus au bois (1968) ; Le graphique de Boscop (avec Sotha, 1976).

Ses courts métrages avaient montré un talent incontestable et un goût certain pour l'insolite. En 1968 les histoires de maquis étaient largement démodées, de là l'échec de *Nous n'irons plus au bois.* Dumoulin a tenté une percée avec un film de café-théâtre qu'enlevait dans un mouvement plein d'une fougue sympathique la troupe du Café de la gare. Ce fut un nouvel échec commercial : peut-être cette fois Dumoulin était-il en avance.

Dunca, William

Acteur et réalisateur américain d'origine britannique, 1880-1961.

Principaux films : The Dynamiters (1912) ; The Law and the Outlaw (1913) ; Made a Coward (1913) ; The Escape of Jim Dolan (1913) ; The

Fighting Trail (1917) ; Silent Avenger (1920) ; The Fast Express (1924).

Acteur, scénariste et réalisateur de westerns, du court métrage avec Tom Mix au serial.

Dunlap, Scott R.

Réalisateur américain, 1892-1970.

Words and Music (1919) ; Be a Little Sport (1919) ; Love Is Love (1919) ; The Lost Princess (1919) ; Vagabond Luck (1919) ; Her Elephant Man (1920) ; Would you Forgive ? (1920) ; The Hell Ship (1920) ; Forbidden Trails (1920) ; The Twins of Suffering Creek (1920) ; The Challenge of the Law (1920) ; The Iron Rider (1920) ; The Cheater Reformed (1921) ; Too Much Married (1921) ; Bluebeard Jr. (1922) ; Western Speed (1922) ; Trooper O'Neil (1922) ; West of Chicago (1922) ; Pawn Ticket 210 (1922) ; Bells of San Juan (1922) ; The Footlight Ranger (1923) ; Boston Blackie (1923) ; Snowdrift (1923) ; Skid Proof (1923) ; Traffic in Hearts (1924) ; One Glorious Night (1924) ; The Fatal Mistake (1924) ; Beyond the Border (1925) ; Blue Blood (1925) ; Winning the Futurity (1926) ; Driftin' Thru (1926) ; The Better Man (1926) ; Doubling With Danger (1926) ; The Seventh Bandit (1926) ; The Frontier Trail (1926) ; Desert Valley (1926) ; Whispering Sage (1927) ; Good as Gold (1927) ; Midnight Life (1928) ; Object Alimony (1928) ; Smoke Bellew (1929) ; One Stolen Night (1929).

Le parlant mit fin à la carrière de réalisateur de cet honnête artisan, assez à l'aise dans le western, et qui se reconvertit en « talent agent ». Ses films sont difficiles à voir ; la plupart sont probablement perdus.

Dunne, Philip

Réalisateur américain né en 1908.

Comme réalisateur : Prince of Players (1955) ; The View from Pompey's Head (Le train du dernier retour, 1955) ; Hilda Crane (L'impudique, 1956) ; Three Brave Men (1957) ; Ten North Frederick (10, rue Frederick, 1958) ; In Love and War (Le temps de la peur, 1958) ; Blue Denim (La fille en blue-jeans, 1959) ; Wild in the Country (Amour sauvage, 1961) ; Lisa (1961) ; Blindfold (Les yeux bandés, 1966).

Plutôt scénariste (*Suez* de Dwan, *How green was My Valley* de Ford, *The Egyptian* de Curtiz) que réalisateur. A sauver d'une œuvre pesante et mélodramatique *(10, rue Frederick* est un sommet du genre), un bon film de guerre avec Robert Wagner et Jeffrey Hunter : *In Love and War.* Comme *Attack* d'Aldrich et *Le temps de la colère* de Fleischer, ce film marque une rupture avec les œuvres antérieures consacrées à la guerre. Plus d'héroïsme : il ne s'agit pas d'une aventure fraîche et joyeuse. La peur occupe le devant de la scène, peur de la mort, peur de la souffrance, révolte devant l'absurdité des combats. *In Love and War,* malgré quelques bavardages pseudopsychanalytiques, tranche dans la production plutôt banale et routinière de Dunne.

Dunning, George

Réalisateur canadien de dessins animés né en 1920.

Auprès de ma blonde (1943) ; Grim Pastures (1944) ; Three Blind Mice (1945) ; Cadet Rousselle (1946) ; The Wardrobe (1959) ; The Flying Man (1962) ; The Apple (1962) ; Canada is My Piano (1966) ; Yellow Submarine (1968) ; Moon Rock (1970).

Il a beaucoup travaillé pour le National Film Board du Canada à partir de 1943. Il fonda sa propre compagnie en 1949 puis vint s'établir en Angleterre en 1956. *The Yellow Submarine,* fondé sur la musique des Beatles et sur des dessins de German Heinz Edelman fit sensation par l'originalité de son graphisme, la manière dont les Beatles se moquent d'eux-mêmes, et plus encore par sa partition.

Dupont, Ewald, Andre

Réalisateur allemand, 1891-1956.

Die Japanerin (1917) ; Das Geheimnis des Amerika-Docks (1918) ; Europa Postlagernd (1918) ; Der lebende Schatten (1918) ; Es Werde Licht (1918) ; Der Mann au Neapel (1918) ; Die schwarze Schachdame (1918) ; Der Teufel (1918) ; Die Apachen (1919) ; Das Grand Hotel Babylon (1919) ; Mord Ohne Täter (1920) ; Der weisse Pfau (1920) ; Die Geierwally (1921) ; Whitechapel (1921) ; Kinder der Finsternis (1922) ; Sie und drei (1922) ; Das alte Gesetz/Baruch (Les deux mondes, 1923) ; Die grüne Manuela (1923) ; Der Demütige und die Sängerin (1925) ; Variete (Variétés, 1925). *Puis aux États-Unis :* Love Me and the World is mine (L'implacable destin, 1928). *En Angleterre :* Moulin Rouge (Moulin Rouge, 1928) ; Piccadilly (1929) ; Atlantik (Atlantique, 1929) ; Two Worlds (1930) ; Cape Forlorn (1931) ; *En Allemagne :* Salto mortale (1931) ; Peter Voss der Millionendieb (1932) ; Der Laüfer von Marathon (1933). *Aux États-Unis :* Ladies must love (1933) ; The Bishop Misbehaves (1935) ; A Son Comes Home (1936) ; Forgotten Faces (1936) ; A Night of Mystery (1937) ; On such a Night (1937) ; Love on Toast (1937) ; Hell's Kitchen (avec Seiler, 1939) ; The Scarf (1951) ; Problem Girls (1953) ; The Neanderthal Man (1953) ; The Steel Lady (1953) ; Return to Treasure Island (1954).

Dupont fut l'un des premiers critiques de cinéma allemands avant de devenir scénariste. Son *Baruch* (peinture brillante et précise du monde du ghetto et des coutumes juives) retint l'attention. Il s'imposa avec *Variétés,* histoire d'un acrobate qui délaisse sa femme pour une fille inconnue, qui vaut surtout pour sa virtuosité technique ; selon Sadoul, Dupont y aurait inventé le champ-contrechamp. Très sollicité Dupont travaille à Hollywood puis en Angleterre. En 1933, il accepte un contrat pour l'Universal. Mais sa production reste médiocre. Déçu, il se retire en 1940. Il tentera un impossible retour, dix ans plus tard, avec quelques films de série Z.

BIBLIO. : H. Luft, *Dupont* Anthologie du cinéma, 1969.

Dupont, Jacques

Réalisateur français né en 1921.

Nombreux courts métrages dont : Au pays des Pygmées (1946) ; Pirogues sur l'Ogooué (1947) ; La grande case (1949) ; Stock Car (1953) ; L'enfant au fennec (1954) ; Coureurs de brousse (1955). *Longs métrages :* Crève-cœur (1952) ; La passe du diable (avec Schoendoerffer, 1957) ; Les distractions (1960).

Ancien de l'I.D.H.E.C. et solide spécialiste du cinéma exotique, il a paru moins à l'aise dans *Les distractions* où il dirigeait Belmondo et Alexandra Stewart que lorsqu'il évoquait les volontaires français de Corée dans *Crève-cœur.*

Durand, Jean

Réalisateur français, 1882-1946.

Principaux films : Trop crédules (1908) ; Belle-Maman bat les records (1908) ; Les vêtements cascadeurs (1908) ; Cyrano de Bergerac (1909) ; Frédéric le Grand (1909) ; Aventures d'un cow-boy à Paris (1909) ; Le desperado (1909) ; Série des Pouics (1910) ; Série des Calino dont Calino courtier en paratonnerres, Calino gardien de prison (1910) ; Série des Zigoto (1911) ; Série des Onésime dont Onésime horloger (1912) ; Onésime douanier (1912) ; Onésime contre Onésime (1913) ; Le bébé récalcitrant (1913) ; Duel à l'américaine (1913) ; Onésime timide (1913)... ; Le collier vivant (1913) ; Le railway de la mort (1913) ; Les doigts qui étranglent (1913) ; La prairie en feu (1913) ; Les aventures de trois Peaux-Rouges (1913) ; La fiancée du toréador (1913) ; La mort qui frôle (1914) ; La chasse à l'homme (1914) ; Séric des Serpentin (1919) ; Marie chez les loups (1921) ; Marie la Bohémienne (1921) ; La chaussée des géants (1926) ; Palaces (1927) ; L'île d'amour (1928) ; La femme rêvée (1929).

Il fut le père du cinéma burlesque en France et a considérablement influencé Mack Sennett comme René Clair.

Journaliste, dessinateur, acteur, il fait ses débuts en 1908 chez Pathé mais s'impose lors de son séjour chez Gaumont. Sa série des Calino, celle des Zigoto (joué par Bataille), celle des Serpentin (Marcel Levesque) et surtout le cycle Onésime (rôle tenu par Bourbon) nous révèlent un extraordinaire tempérament comique. Dans *Onésime horloger,* Onésime détraque l'horloge du temps ; du coup l'on voit à l'accéléré de jeunes mariés avoir à peine le temps de s'embrasser qu'un enfant leur est né et qu'eux-mêmes sont devenus des vieillards. Toute une tradition française d'Eugène Mouton à Cami en passant par Scholl s'incarne dans Onésime. Durand a signé également des westerns avec Joe Hamman et des films policiers. Ainsi, comme Feuillade, il sut faire du cinéma un art véritablement populaire, fondé sur l'humour, l'action et la poésie, sans complaisance aucune à l'égard du public.

Duras, Marguerite

Scénariste et réalisatrice née en 1914.

La musica (avec Seban, 1967) ; Détruire, dit-elle (1970) ; Jaune le soleil (1971) ; Nathalie Grangier (1972) ; La femme du Gange (1973) ; India Song (1975) ; Son nom de Venise dans Calcutta désert (1976) ; Le camion (1977) ; Des journées entières dans les arbres (1977) ; Baxter Vera Baxter (1977) ; Navire Night (1979) ; Aurélia Steiner (1980) ; Agatha (1981) ; L'homme atlantique (1981).

Illustre championne du « nouveau roman », elle aborda le cinéma par le biais du scénario : *Hiroshima* de Resnais, *Moderato Cantabile* de Brook, *Barrage contre le Pacifique* de Clément, etc. Au niveau de la réalisation, il semble qu'il faille compter avec deux Marguerite Duras : la première est celle d'*India Song,* « une histoire d'amour que des voix sans visages essaient de reconstituer... Autour d'elle, une autre histoire, celle de l'horreur, famine et lèpre, mêlées dans l'humidité pestilentielle de la mousson » ; la seconde est celle du *Camion,* long et insipide bavardage qui vida les salles où le film était projeté. D'un côté *Agatha* et de la belle image, de l'autre *L'homme atlantique* et l'écran noir. Qui l'emportera ? Dans l'hebdomadaire *Des femmes* de septembre 1981, notre cinéaste amateur affirme : « Le cinéma n'est qu'un leurre ; seule demeure la chose écrite. L'écrit est enlevé à la mort. La mort est mutilée à chaque poème écrit, lu, à chaque livre. Le film est un phénomène secondaire. » Serait-ce le dernier mot de Marguerite Duras ?

Dutt, Guru

Réalisateur indien, 1925-1964.

Principaux films : Baazi (Jeu, 1951) ; Baaz (Le faucon, 1953) ; Aar Paar (1954) ; Mr. and Mrs. 55 (1955) ; Sailaab (Remous, 1956) ; Pyaaa (Assoiffé 1957) ; Kaagaz Ke Phool (Fleurs de papier, 1959).

Complètement inconnu hors de l'Inde, il est pourtant considéré comme l'un des pères du nouveau cinéma indien et l'un des maîtres de Ray.

BIBLIO. : Miccollo, *Dutt.* Anthologie du cinéma, 1975.

Duval, Daniel

Réalisateur français né en 1944.

Le voyage d'Amélie (1974) ; L'ombre des châteaux (1976) ; La dérobade (1980) ; L'amour trop fort (1981).

Acteur, scénariste, réalisateur de télévision, il ne manque pas de dons. Ce qui le fascine c'est la soif d'absolu de personnages déchus, le contraste entre le rêve et les réalités de la banlieue ou de l'hôtel de passe. Il a connu le succès avec *La dérobade,* qui renouvelait un peu le thème bien usé du plus vieux métier du monde.

Duvivier, Julien

Réalisateur français, 1896-1967.

Haceldama ou le prix du sang (1919) ; La réincarnation de Serge Renaudier

(1920) ; Les Roquevillard (1922) ; L'ouragan sur la montagne (1922) ; Le logis de l'horreur (1922) ; Le reflet de Claude Mercœur (1923) ; Credo ou la tragédie de Lourdes (1924) ; Cœurs farouches (1924) ; La machine à refaire la vie (1924) ; L'œuvre immortelle (1924) ; L'abbé Constantin (1925) ; Poil de carotte (1925) ; L'agonie de Jérusalem (1926) ; L'homme à l'hispano (1926) ; Le mariage de Mademoiselle Beulemans (1927) ; Le mystère de la tour Eiffel (1927) ; Le tourbillon de Paris (1928) ; La vie miraculeuse de Thérèse Martin (1929) ; La divine croisière (1929) ; Maman Colibri (1929) ; Au bonheur des dames (1930) ; David Golder (1931) ; Les cinq gentlemen maudits (1932) ; Allô, Berlin ? Ici, Paris ! (1932) ; Poil de carotte (1932) ; La vénus du collège (1932) ; La tête d'un homme (1933) ; La machine à refaire la vie (1933) ; Le petit roi (1933) ; Le paquebot « Tenacity » (1934) ; Maria Chapdelaine (1934) ; Golgotha (1935) ; La Bandera (1935) ; L'homme du jour (1936) ; Le Golem (1936) ; La belle équipe (1936) ; Pépé-le-Moko (1937) ; Un carnet de bal (1937) ; The Great Waltz (Toute la ville danse, 1939) ; La fin du jour (1939) ; La charrette fantôme (1939) ; Untel père et fils (1940) ; Lydia (1941) ; Tales of Manhattan (Six destins, 1942) ; Flesh and Fantasy (Obsessions, 1943) ; The Impostor (L'imposteur, 1943) ; Panique (1946) ; Anna Karenine (1948) ; Au royaume des cieux (1949) ; Black Jack (1950) ; Sous le ciel de Paris (1951) ; Le petit monde de Don Camillo (1952) ; La fête à Henriette (1952) ; Le retour de Don Camillo (1953) ; L'affaire Maurizius (1954) ; Marianne de ma jeunesse (1955) ; Voici le temps des assassins (1956) ; L'homme à l'imperméable (1957) ; Pot-Bouille (1957) ; La femme et le pantin (1959) ; Marie-Octobre (1959) ; La grande vie (1960) ; Boulevard (1960) ; La chambre ardente (1962) ; Le Diable et les dix commandements (1962) ; Chair de poule (1963) ; Diaboliquement vôtre (1967).

De Thérèse de Lisieux et Jules Renard à John Dickson Carr et James Hadley Chase, en passant par André Lichtenberger, Charles Vildrac, Louis Hemon, Meyrink, Georges Simenon, Mac Orlan, Tolstoï, Zola, Pierre Louÿs et les Évangiles, une œuvre d'une diversité et d'une richesse extraordinaires. 70 films dont il fut souvent le scénariste, une carrière qui va de Feuillade à l'avènement de « la nouvelle vague », de Paris à Hollywood, de l'Allemagne à l'Italie. Duvivier est un réalisateur que l'on ne peut négliger.

Sur les conseils de Pierre Bertin, il débuta comme acteur vers 1916 au théâtre. Antoine lui conseille de s'orienter vers le cinéma. Il fut bien vite assistant puis réalisateur tournant un western en Corrèze, *Haceldama,* pour le compte d'un moutardier. Il adapte ensuite *Les Roquevillard* de Henry Bordeaux puis aborde le problème de Lourdes dans *Credo.* Le voilà lancé. Mais c'est le parlant qui lui permet de s'imposer. *Poil de carotte,* version sonore, puis *La tête d'un homme* où Alexandre Rignault est remarquable, le font largement connaître. Les chefs-d'œuvre vont suivre : *La Bandera* qui se situe au Maroc espagnol pendant la guerre du Rif, *Pépé-le-Moko,* réplique française de *Scarface,* qui utilisait avec habileté le charme trouble de la Casbah, *Un carnet de bal* où une jeune veuve retrouve son premier carnet de bal et veut savoir ce que sont devenus ses premiers danseurs : Harry Baur, Raimu, Pierre Blanchar (extraordinaire en médecin avorteur), Jouvet, Fernandel... ; les seconds rôles étant tenus par Henri Nassiet, Alcover, Alfred Adam, Andrex. En revanche *Untel père et fils* ne sortira qu'après la guerre. Une guerre que Duvivier, comme Renoir et Clair, passe à Hollywood où il était très connu depuis *Pépé-le-Moko* dont Cromwell venait d'entreprendre un remake, *Algiers.* Il tourna surtout des films à sketches, sa spécialité depuis *Carnet de bal,* et un film de propagande, *The Impostor,* avec Gabin. Il rentre en France en 1945 et signe son meilleur film, *Panique,* d'après Simenon, avec Michel Simon et Viviane Romance, un chef-d'œuvre du film noir. Autre chef-d'œuvre, tout aussi méconnu : *La fête à Henriette.* Devant nous se construit un film qu'imaginent deux scénaristes, l'un pessimiste, Henri Crémieux, l'autre voyant la vie en rose, Louis Ségnier. Selon que c'est l'un ou l'autre qui raconte l'histoire, le film prend une tournure différente. Le public préféra *Le petit monde de Don Camillo,* narrant les démêlés d'un maire communiste, Peppone, et de son curé que jouait Fernandel, ou encore *Marianne de ma jeunesse,* évocation poétique des amours des adolescents. Duvivier n'arrête plus de tourner. Trop peut-être. Adaptations littéraires assez ternes *(Pot-Bouille, La femme et le pantin),* films à sketches, toujours sa grande spécialité *(Le diable et les dix commandements),* policiers plus réussis *(Chair de poule,* l'excellente *Chambre ardente, Diaboliquement vôtre...).* Mais le succès n'était plus au rendez-vous. Il mourut au travail, s'acharnant à parfaire son dernier film. Les attaques de la jeune critique l'avaient ébranlé. Il entendait leur répondre et refusait d'être considéré comme « dépassé ». Il succomba à une crise cardiaque au volant de sa voiture. Accident dû à l'épuisement. « Il souffrait, confia Alain Delon son dernier interprète, de n'avoir plus la place qu'il méritait et qu'il mérite toujours dans le cinéma français. » Notons qu'Orson Welles n'a jamais caché l'admiration que lui inspiraient les films de Duvivier.

BIBLIO. : P. Leprohon, *Julien Duvivier,* Anthologie du Cinéma, 1968.

Dwan, Allan

Réalisateur américain, 1885-1981.

Branding a Bad Man (1911) ; A Western Drama (1911) ; Rattlesnakes and Gunpowder (1911). *Puis : 217 films en une ou deux bobines entre 1911 et 1913.* The Spirit of the Flag (1913) ; In Love and War (1913) ; The Powder Flash of Death (1913) ; The Picket Guard (1913) ; Mental Suicide (1913) ; The Animal (1913) ; The Wall of Money (1913) ; The Battle of Wiles (1913) ; Richelieu (1913) ; The County Chairman (1914) ; Wildflower (1914) ; The Unwelcome Mrs. Hatch (1914) ; Man on the Case (1914) ; The Dancing Girl (1915) ; The Straight Road (1915) ; David Harum (1915) ; The Conspiracy (1915) ; The Pretty Sister of Jose (1915) ; The Love Route (1915) ; The Commanding Officer (1915) ; May Blossom (1915) ; A Girl of Yesterday (1915) ; The Foundling (1915) ; The Country Boy (1915) ; Jordan Is a Hard Road (1915) ; Betty of Greystone (1916) ; The Habit of Happiness (1916) ; The Good Bad Man (1916) ; An Innocent Magdalene (Les parents fautent, les enfants paient, 1916) ; The Half-Breed (1916) ; Manhattan Madness (Une aventure à New York, 1916) ; Moonshine Blood (1916) ; Panthea (1916) ; The Fighting Odds (1917) ; A Modern Musketeer (Un nouveau d'Artagnan, 1917) ; Headin'South (Douglas for ever, 1918) ; Mr. Fix It (Un charmeur, 1918) ; Bound in Morocco (Douglas au pays des mosquées, 1918) ; He Comes up Smiling (Douglas a le sourire, 1918) ; Cheating Cheaters (1918) ; Getting Mary Married (1919) ; The Dark Star (1919) ; Soldiers of Fortune (Le dictateur, 1919) ; The Luck of the Irish (1919) ; A Splendid Hazard (1920) ; The Scoffer (1921) ; In the Heart of a Fool (1921) ; The Forbidden Thing (1921) ; A Perfect Crime (Le crime parfait, 1921) ; The Broken Doll (1921) ; The Sin of Martha Queed (1921) ; The Hidden Woman (1921) ; Robin Hood (Robin des Bois, 1922) ; Superstition (1922) ; Glimpses of the Moon (1923) ; Lawful Larceny (1923) ; Zaza (Zaza, 1923) ; Big Brother (1923) ; A Society Scandal (Scandale, 1924) ; Manhandled (Tricheuse, 1924) ; Her Love Story (Larmes de reine, 1924) ; Wages of Virtue (Le prix de la vertu, 1924) ; Argentine Love (Le tango tragique, 1924) ; Fifty-fifty (1925) ; Night Life of New York (Le démon de minuit, 1925) ; The Coast of Folly (Le prix d'une folie, 1925) ; Stage Struck (Vedette, 1925) ; Sea Horses (Chevaux marins, 1926) ; Padlocked (Les briseurs de joie, 1926) ; Tin Gods (1926) ; Summer Bachelors (1926) ; The Music Master (1926) ; The Joy Girl (1927) ; East Side, West Side (A l'ombre de Brooklyn, 1927) ; French Dressing (A la mode de Boston, 1927) ; The Big Noise (1927) ; The Whip Woman (1927) ; The Mad Hour (1927) ; Harold Teen (1928) ; Tide of Empire (La naissance d'un empire, 1929) ; The Iron Mask (1929) ; The Far Call (1929) ; Frozen Justice (1929) ; South Sea Rose (1929) ; What a Widow (Quelle veuve !

1930) ; Man to Man (1930) ; Chances (1931) ; Wicked (1931) ; While Paris Sleeps (1932) ; Her First Affair (1933) ; I Spy (1933) ; Counsel's Opinion (1933) ; Black Sheep (1935) ; Navy Wife (1935) ; The Song and Dance Man (1936) ; Human Cargo (1936) ; High Tension (1936) ; 15 Maiden Lane (L'audacieuse, 1936) ; Woman Wise (1937) ; That I May Live (1937) ; One Mile from Heaven (1937) ; Heidi (Heidi, 1937) ; Rebecca of Sunnybrook Farm (Mam'zelle Vedette, 1938) ; Josette (Josette et compagnie, 1938) ; Suez (Suez, 1938) ; The Three Musketeers (Les trois louf'quetaires, 1939) ; The Gorilla (Le gorille, 1939) ; Frontier Marshal (1939) ; Sailor's Lady (1940) ; Young People (1940) ; Trail of the Vigilantes (Sur la piste des vigilants, 1940) ; Look Who's Laughing (1941) ; Rise and Shine (1941) ; Friendly Enemies (1942) ; Here We Go Again (1942) ; Around the World (1943) ; Up in Mabel's Room (1944) ; Abroad With Two Yanks (1944) ; Brewster's Millions (1945) ; Getting Gertie's Garters (1945) ; Rendez-vous With Annie (1946) ; Calendar Girl (1947) ; Northwest Outpost (Poste avancé, 1947) ; Driftwood (1947) ; The Inside Story (1948) ; Angel in Exile (avec Philip Ford, 1948) ; Sands of Iwo-Jima (Iwo-Jima, 1950) ; Surrender (1950) ; Belle Le Grand (La belle du Montana, 1951) ; The Wild Blue Yonder (Tonnerre sur le Pacifique, 1951) ; I Dream of Jeanie (1952) ; Montana Belle (1952) ; The Woman They Almost Lynched (La femme qui faillit être lynchée, 1953) ; Sweethearts on Parade (1953) ; Flight Nurse (1953) ; Silver Lode (Quatre étranges cavaliers, 1954) ; Passion (Tornade, 1954) ; Cattle Queen of Montana (La reine de la prairie, 1954) ; Escape to Burma (Les rubis du prince birman, 1955) ; Pearl of the South Pacific (1955) ; Tennessee's Partner (Le mariage est pour demain, 1955) ; Slightly Scarlet (Deux rouquines dans la bagarre, 1956) ; Hold Back the Night (Bataillon dans la nuit, 1956) ; The River's Edge 1957) ; The Restless Breed (1957) ; Enchanted Island (1958) ; The Most Dangerous Man Alive (1961).

On lui attribue la réalisation de 1 800 films ; Dwan fixe à 400 ceux qu'il a tournés entre 1909 et 1913, mais il s'agit le plus souvent de bandes d'une à deux bobines. Ce qui est sûr, c'est qu'il fit ses débuts à l'American Film Co en remplaçant au pied levé un metteur en scène ivre mort. Après avoir tourné près de deux cents films (on en trouvera la liste dans la remarquable filmographie que Pierre Guinle a donnée dans le numéro spécial de *Présence du cinéma*) pour American Film Co, Dwan se brouille avec sa vedette J. W. Kerrigan et passe à l'Universal où il travaille avec Marshall Neilan et Reid. En 1914, il est à la Famous Players de Zukor ; c'est pour elle qu'il signe l'une de ses premières œuvres personnelles, *David Harum,* chronique attendrie d'une petite ville américaine. Fin 1915, il est attiré par Griffith à la Triangle où il se lie avec Walsh, Conway, Cabanne, Van Dyke, etc. Il signe d'excellents films de Douglas Fairbanks (*The Habit of Happiness, Manhattan Madness*) qu'il retrouve à Artcraft, compagnie fondée par l'acteur : c'est *Robin des Bois,* l'un des sommets du cinéma muet, avec ses fastueux décors, qui naît de leur collaboration. De 1923 à 1926, Dwan revient à la Famous Players et met en scène plusieurs films de Gloria Swanson *(Manhandled, Zaza, Stage Struck)* avant de retrouver Fairbanks pour *Iron Mask,* d'après *Le vicomte de Bragelonne* de Dumas.

L'avènement du parlant n'interrompt pas son extraordinaire fécondité : en 1932, il tourne même trois films en Angleterre, mais de retour aux États-Unis, il n'est plus à la Fox que le médiocre faire-valoir de Shirley Temple *(Heidi)* ou des Ritz Brothers *(Les trois louf'quetaires, Le gorille).* De cette période on peut sauver *Suez,* film à grande mise en scène, *Frontier Marshal* sur le shérif Wyatt Earp dont Ford fera le remake sous le titre de *My Darling Clementine* et, à la rigueur, *Trail of the Vigilantes,* western semi-parodique. De 1946 à 1953, Dwan est à la Republic où il ne dispose que de petits budgets. En 1954 se situe la rencontre avec le producteur Benedict Bogeaus : Dwan retrouve le punch. Il signe deux westerns qui le ramènent au sommet : *Tennessee's Partner* et surtout *Silver Lode* où le méchant (Dan Duryea) s'appelle McCarthy. Accusateur d'un innocent (John Payne), il sera tué par une balle qui rebondit sur une cloche de la liberté. On voit les allusions politiques que contenait le film. Non moins réussi est *Slightly Scarlet* d'après un récit de Cain. Un joli thriller, *Angel in Exile,* un film d'aventures plein de trouvailles et superbement photographié par John Alton, *Les rubis du prince birman,* deux œuvres enfin d'inspiration rousseauiste, *Pearl of South Pacific* et *Enchanted Island* (d'après Melville) sont à mettre à l'actif de Dwan qui a terminé sa carrière sur un excellent film de science-fiction, *The Most Dangerous Man Alive.*

« Pendant cinquante ans, je n'ai pas cessé de tourner, confiait Dwan à *Présence du cinéma.* Beaucoup de metteurs en scène ne tournent qu'un film par an. J'en ai tourné souvent deux ou trois. Avant tout, j'aime travailler, j'aime tourner. » Tout Dwan figure dans cette confidence.

BIBLIO. : *Présence du cinéma,* Allan Dwan, n° 22 (1966).

Dyer, Anson

Animateur anglais.

Principaux films : Dicky Dee's Cartoon (1915) ; John Bull's Animated Sketchbook (1916) ; Old King Koal (1917) ; Agitated Adverts (1917) ; Britain's Effort (1918) ; Foch the Man (1918) ; A Plane Tale (1918) ; Othello (1920) ; The Taming of the Shrew (1920) ; Boy Scout (1921) ; Little Red Riding Hood (1922) ; Carmen (1936).

Prolifique animateur anglais, il participa à l'effort de guerre anglais en signant de nombreux dessins animés de propagande, dont un *Foch.* On lui doit des adaptations de Shakespeare et une *Carmen* réputée.

Dzigan, Efim

Réalisateur soviétique né en 1898.

Pervij Leitnant Strechnev (1928) ; Le dieu de la guerre (1929) ; Le tribunal doit continuer (1931) ; Jentschina (1932) ; My iz Kronstadt (Les marins de Cronstadt, 1936) ; Si la guerre venait demain (doc., 1938) ; Fatali-Chan (1948) ; Dzambul (1953) ; Prologue (1956) ; Dans les mêmes rangs (1959).

Peu de renseignements sur ce Biélo-Russe qui est surtout connu hors de Russie pour ses *Marins de Cronstadt,* un bon film historique où Dzigan révèle ses qualités de technicien et son sens de l'image.

E

Eason, B. Reeves, Breezy

Réalisateur américain, 1886-1956.

Principaux films : Nine-Tenths of the Law (1918) ; The Moon Riders (avec A. Russell, 1920) ; Pink Tights (1920) ; Colorado (1921) ; The Fire Eater (1921) ; Pardon my Nerves (1922) ; Around the World in 18 Days (avec R. Hill, 1923) ; Flashing Spurs (1924) ; Fighting the Flames (1925) ; The Sign of the Claw (1926) ; The Prairie King (1927) ; The Flyin' Cowboy (1928) ; The Winged Horseman (avec A. Rosson, 1929) ; The Galloping Ghost (1931) ; The Vanishing Legion (1931) ; The Last of the Mohicans (avec Beebe, 1932) ; Honor of the Press (1932) ; Behind Jury Doors (1933) ; Revenge at Monte Carlo (1933) ; Cornered (1933) ; Mystery Mountain (avec O. Brower, 1934) ; The Phantom Empire (avec O. Brower, 1935) ; The Adventures of Rex and Rinty (avec Beebe, 1935) ; Fighting Marines (avec Kane, 1935) ; The Miracle Rider (avec Schaefer, Le cavalier Miracle, 1935) ; Red River Valley (1936) ; Darkest Africa (avec Kane, 1936) ; The Undersea Kingdom (avec Kane, 1936) ; Call of the Yukon (1938) ; Sergent Murphy (1938) ; Men With Steel Faces (avec Broxer, 1940) ; Murder in the Big House (1942) ; The Phantom (1943) ; Murder on the Waterfront (1943) ; Truck Busters (1943) ; Black Arrow (1934) ; The Desert Hawk (1947) ; Rimfire (1949).

Sa carrière s'est déroulée sous deux casquettes : celle d'un spécialiste du *serial* (de *The Moon Riders* en 1920 à la superbe adaptation des aventures du Fantôme du Bengale, le célèbre héros de bande dessinée de Lee Falk et Ray Moore, en passant par Tom Mix dans *The Miracle Rider*) et celle d'un remarquable directeur de seconde équipe (il filma la course de chars du premier *Ben Hur,* la charge de la cavalerie légère dans le film de Curtiz et l'incendie d'Atlanta dans *Gone With the Wind*). Un bon serviteur de l'art cinématographique.

Eastwood, Clint

Acteur, producteur et réalisateur américain né en 1930.

Comme réalisateur : Play misty for Me (Un frisson dans la nuit, 1971) ; High Plains Drifter (L'homme des hautes plaines, 1973) ; Breezy (Breezy, 1973) ; The Eiger Sanction (La sanction, 1975) ; The Outlaw Josey Wales (Josey Wales hors-la-loi, 1976) ; Gauntlet (L'épreuve de force, 1977) ; Bronco Billy (1980).

Une heureuse surprise : qui aurait pensé que le héros mal rasé et fumant un éternel cigarillo de la fameuse trilogie de « westerns-spaghetti » imaginée par Sergio Leone deviendrait l'un des réalisateurs les plus importants du Nouveau Monde ? Qu'il ait fait preuve d'aisance dans le thriller *(Play Misty for Me)* ou le western (si *L'homme des hautes plaines* doit encore beaucoup dans son baroquisme un peu artificiel à Leone, *Josey Wales* renoue avec la grande tradition lyrique américaine), ne saurait étonner ; mais qu'il ait réussi à faire preuve de tant de maîtrise dans son portrait d'un quinquagénaire amoureux *(Breezy)* montre qu'il faut le prendre au sérieux.

Edgren (Gustaf)

Réalisateur suédois, 1895-1954.

Fröken da Bjorneborg (La demoiselle de Bjorneborg, 1922) ; Narkingarna (Les gens de Narkingarna, 1923) ; Skeppargatan 40 (Rue Skepparn n° 40, 1924) ; Trollebokungen (Le maître de Trollebo, 1924) ; Styrman Karlssons flammor (Les flirts de Karlsson, 1925) ; Hohn, han och Andersson (Lui, elle et Andersson, 1926) ; Spokbaronen (Le baron fantôme, 1927) ; Svarte Rudolf (Rudolf le noir, 1928) ; Konstgjorda Svensson (Durand artificiel, 1929) ; Kronans Kavaljerer (Les cavaliers du roi, 1929) ; Roda dagen (Le jour rouge, 1930) ; Trotte Teodor (Théodore le paresseux, 1931) ; Skepp ohoj (Ohé ! le bateau ! 1931) ; Karl-Frederik regerar (Karl-Frédéric gouverne, 1933) ; Simon i Backabo (Simon de Backabo, 1934) ; Valborgmassoafton (La nuit de la Saint-Jean, 1935) ; Vox Populi (1936) ; Ryska snuvan (La grippe russe, 1937) ; John Ericsson (1937) ; Styrman Karlssons flammor (1938) ; Stora famnen (Un grand accueil, 1939) ; Katrina (1943) ; Lille Napoleon (Le petit Napoléon, 1943) ; Dolly tsar chansen (Dolly saisit sa chance, 1944) ; Hans Majestat far vanta (On fait attendre Sa Majesté, 1945 ; Kristin Kommenderar (Christine commande, 1946) ; Driver Dagg, faller regn (Après la rosée vient la pluie, 1946) ; En svensk tiger (Le tigre suédois, 1948) ; Flottans kavaljerer (Les gentilshommes de la flotte, 1948) ; Svenske ryttaren (Un cavalier de Suède, 1949) ; Skona Helena (La belle Hélène, 1951).

Débuts à la Varmlandsfilm avec des drames régionaux. Puis Edgren évolue vers la farce après « la découverte d'un pitre au masque funèbre, Fridoff Ruhdin » (Béranger). Après le départ des « grands », Stiller et Sjöstrom pour l'Amérique, et en attendant l'arrivée de Sucksdorff, Sjöberg et Bergman, il occupe, avec Molander, le devant de la scène. Comédies, drames patriotiques *(Karl-Frédéric gouverne)*, remakes des succès du muet, biographies (John Ericsson qui inventa les hélices et les turbines) se succèdent à un rythme rapide, trop rapide peut-être. Bon technicien, Edgren a le sens de l'effet. Dans *Karl-Frédéric gouverne,* « plusieurs séquences se déroulaient dans des réunions électorales. Devant une tribune décorée d'un marteau et d'une faucille, un orateur proclamait : Il n'y a qu'une seule patrie pour tous les travailleurs, c'est la Russie soviétique. Sur une autre estrade, agrémentée de croix gammées, quelqu'un répliquait : La seule voie à suivre pour le progrès, c'est celle de l'Allemagne nationale-socialiste. De son côté le héros déclarait : Le drapeau suédois nous semble parfois vieux et usagé. Mais nous devons nous charger de le restaurer par nous-mêmes, sans tenter de recourir aux hypothèques étrangères. » (Béranger, *La grande aventure du cinéma suédois,* p. 151). L'avènement d'une nouvelle génération contraignit Edgren à une semi-retraite. Il écrivit alors de nombreux scénarios.

Edwards, Blake

Scénariste, réalisateur et producteur américain né en 1922.

Comme réalisateur : Bring Your Smile Along (1955) ; He Laughed Last (Rira bien, 1956) ; Mister Cory (L'extravagant M. Cory, 1957) ; This Happy Feeling (Le démon de midi, 1958) ; The Perfect Furlough (Vacances à Paris, 1958) ; Operation Petticoat (Opération jupons, 1959) ; High Time (1960) ; Break fast at Tiffany's (Diamants sur canapé, 1961) ; Experiment in Terror (Allô, brigade spéciale, 1962) ; Days of Wine and Roses (Le jour du vin et des roses, 1962) ; The Pink Panther (La panthère rose, 1964) ; A Shot in the Dark (Quand l'inspecteur s'emmêle, 1964) ; The Great Race (La plus grande course autour du monde, 1965) ; What Did You Do in the War, Daddy ? (Qu'as-tu fait à la guerre, Papa ? 1966) ;

Gunn (Peter Gunn, détective spécial, 1967) ; The Party (La partie, 1968) ; Darling Lili (Darling Lili, 1970) ; Wild Rovers (Deux hommes dans l'Ouest, 1971) ; The Carey Treatment (Opération clandestine, 1972) ; Tamarend Seed (Top secret, 1973) ; The Return of the Pink Panther (Le retour de la panthère rose, 1975) ; The Pink Panther Strikes Again (Quand la panthère rose s'emmêle, 1976) ; Revenge of the Pink Panther (La revanche de la panthère rose, 1978) ; Ten (Elle, 1979) ; S.O.B. (1981) ; Victor (1982).

Dans *Operation Petticoat,* Cary Grant, sauf erreur, affirmait, péremptoire : « Au-dessous de seize ans une fille est protégée par la loi et au-dessus de soixante par la nature. » Le ton de l'œuvre de Blake Edwards était donné. Ce grand amateur de jolies filles (il contribua au lancement de Bo Derek dans *Ten*) et de Laurel et Hardy (auxquels est dédiée *The Great Race*) fit ses débuts à Hollywood comme acteur *(Ten Gentlemen from West Point)* puis comme scénariste de Richard Quine *(All Ashore, Drive a Crooked Road, My Sister Eileen* et *Operation Mad Ball).* Tout en continuant d'écrire des scénarios pour Quine *(The Notorious Landlady),* Nelson *(Soldier in the Rain)* et Yorkin *(Inspector Clouseau),* sans oublier une importante activité à la radio et à la télévision, il commence à diriger des films en 1955. Se succèdent une admirable comédie satirique sur l'arrivisme *(Mister Cory),* de bons thrillers *(Experiment in Terror),* des drames sociaux *(Days of Wine and Roses* sur l'alcoolisme ; *The Carey Treatment* sur l'avortement), d'agréables comédies sophistiquées avec Audrey Hepburn *(Diamants sur canapé)* ou l'épouse de Blake Edwards, Julie Andrews *(Darling Lili),* un solide western *(Wild Rovers).* Mais le genre où Edwards va se révéler comme un véritable génie, c'est le burlesque. Il a su reconstituer avec des personnages de chair l'univers délirant du cartoon. *The Great Race,* qui oppose dans une compétition automobile Tony Curtis à Jack Lemmon retrouvant toutes les mimiques du chat Sylvestre, est le film le plus extravagant jamais tourné, allant des batailles de tartes à la crème à la parodie du *Prisonnier de Zenda,* ne laissant pas au spectateur le temps de reprendre son souffle jusqu'aux images finales qui nous montrent la tour Eiffel en train de s'écrouler. C'est pourtant *La panthère rose* qui lui valut la célébrité. Cette histoire de diamant volé avait pour vedette David Niven ; en réalité les spectateurs n'eurent de regard que pour le limier chargé de l'enquête, l'inspecteur Clouseau, joué par le génial Peter Sellers. Crétin obstiné, ayant autant de flair qu'un manche à balai, incapable de toucher un objet sans le casser, Clouseau déclenchait partout où il passait les pires catastrophes : appartements ravagés et cataclysmes domestiques divers se succédaient à une vive cadence : il en sortait toujours plus ou moins indemne pour aller semer ailleurs la perturbation. Ce mélange de Stan Laurel et des Dupont et Dupond élevait la gaffe et la maladresse manuelle au niveau d'un nouvel art. La saga de *La panthère rose* qu'annonçait un thème de Henry Mancini, interprété par Plas Johnson et que précédait de délicieux génériques animés dus à Freleng, connut quatre épisodes, tous irrésistibles. La mort de Sellers interrompit – hélas – une série dont le public ne se lassait pas. Il y eut une variante non moins géniale : *The Party.* Acteur hindou, Sellers sabotait un film par sa totale incompétence et, invité par erreur à la soirée que donnait le producteur du film, achevait de le ruiner par le saccage, involontaire, de sa somptueuse villa. Avec Peter Sellers, Blake Edwards avait retrouvé les vieilles recettes de l'âge d'or du burlesque.

Edwards, J. Gordon

Réalisateur américain, 1885-1925.

Principaux films : Anna Karenina (1915) ; The Galley Slave (1916) ; Under Two Flags (1916) ; Her Double Life (1916) ; Romeo and Juliet (1916) ; The Tiger Woman (1917) ; The Vixen (1917) ; Heart and Soul (1917) ; Camille (1917) ; Cleopatra (1917) ; Madame du Barry (1918) ; The Soul of Buddha (1918) ; Salome (1918) ; The She-Devil (1919) ; The Siren's Song (1919) ; The Last of the Duanes (1919) ; Wings of the Morning (1919) ; Lone Star Ranger (1920) ; If I were King (1921) ; The Queen of Sheba (1921) ; Nero (1922) ; The Shepherd King (1923) ; The Net (1923) ; It Is the Law (1924).

Chargé des films à grand spectacle à la Fox, il mit en scène les œuvres les plus extravagantes vues à Hollywood au début du muet avec pour interprète son épouse, la « vamp » Theda Bara. « Lavish Productions » disent pudiquement les historiens américains du cinéma. Il est mort trop tôt avant d'avoir pu tirer toutes les ressources de l'écran mais épuisé par ses excès : auprès de lui le Des Esseintes de Huysmans paraît un enfant de chœur. Ne pas le confondre avec le gentil Henry Edwards qui dirigea les comédies de Langdon, Billy Bevan et Ben Turpin.

Effendi, Basuki

Réalisateur indonésien.

Films connus : Nai Dasima (1939 ?) ; Si Menje (1951) ; Si Melati (1954) ; Embun (La rosée, 1954).

Seul réalisateur un peu connu d'Indonésie. Son œuvre est fondée sur l'observation sociale mais ne dédaigne pas les féeries si en faveur en Extrême-Orient *(Si Melati).*

Eggeling, Viking

Réalisateur suédois de films d'avant-garde, 1880-1925.

Principaux films : Horizontal-vertical orchestra (1921) ; Diagonal Symphony (1923).

Il appartint à *Dada* comme peintre avant de s'associer à Hans Richter en 1918 pour l'élaboration de films abstraits. *Diagonal-symphonien,* en 1921, est une date dans l'histoire du film expérimental. Eggeling, avant de mourir, a complété ses recherches par *Parallèle* et *Horizontal.*

Eggleston, Colin

Réalisateur australien.

Long week-end (Long week-end, 1980).

Avec *Long Week-end,* film fantastique contre la mort de l'environnement (la nature se vengeant des campeurs qui la souille), Eggleston a signé une des œuvres marquantes du fantastique « à l'australienne ».

Eichberg, Richard

Réalisateur allemand, 1888-1952.

Strohfeuer (1914) ; Kinder der Landstrasse (1919) ; Nonne und Tänzerin (1919) ; Sklaven fremden Willens (1919) ; Sünde der Eltern (1919) ; Jugend (1920) ; Der Tanz auf dem Vulkan (1920) ; Der lebende Propeller (1921) ; Monna Vanna (Monna Vanna, 1922) ; Das Strassenmädchen von Paris (1922) ; Fräulein Raffke (1923) ; Die Motorbraut (1924) ; Die schönste Frau der Welt (1924) ; Die Frau mit dem Etwas (1925) ; Die Kleine vom Bummel (1925) ; Leidenschaft (1925) ; Liebes und Trompetenbasen (1925) ; Durchlaucht Radieschen (1926) ; Die keusche Susanne (1926) ; Der Prinz und die Tänzerin (1926) ; Der Fürst von Pappenheim (1927) ; Die Leibeigenen (1927) ; Die tolle Lola (1927) ; Das Girl von der Revue (1928) ; Rutschbahn (1928) ; Song (Ange maudit, 1928) ; Grosstadtschmetterling (Papillon de la rue, 1929) ; Wer wird denn weinen, wenn man auseinandergeht (1929) ; Hai-Tang (1930) ; Der Greifer (Oiseaux de nuit, 1930) ; Der Draufgänger (1931) ; Trara um Liebe (1931) ; Die Bräutigamswitwe (1931) ; Die unsichtbare Front (1932) ; Früchtchen (Le fruit vert, 1934) ; Die Katz' im Sack (Quadrille d'amour, 1935) ; Der Schlafwagenkontrolleur (Le contrôleur des wagons-lits, 1935) ; Der Kurier des Zaren (Michel Strogoff, 1936) ; Es geht um mein Leben (1936) ; Der Tiger von Eschnapur (Le tigre du Bengale, 1937) ; Die Reise nach Marrakesch (1949).

« Dans *Monna Vanna,* de Richard Eichberg, écrit Lotte Eisner *(L'écran démoniaque),* l'on découvre soudain un plan magnifique, celui de guerriers disposés en hémicycle, dressant leurs lances de toutes parts contre un personnage isolé qui tient la foule en échec. » Elle y voit l'influence sur Eichberg de Max Reinhardt et reproche à l'auteur de *Monna Vanna* de n'avoir tourné que d'insipides comédies. Reproche injuste. Eichberg a signé, au temps du parlant, une bonne version de *Michel Strogoff* et un fort honorable *Tigre du Bengale.*

Eisenstein, Serge M.

Réalisateur soviétique, 1898-1948.

Statchka (La grève, 1924); Bronenosez Potemkine (Le cuirassé Potemkine, 1925); Octjabre (Octobre, 1927); Generalya Linya (La ligne générale, 1929); Romance sentimentale (achevé par Alexandrov, 1930); Que viva Mexico (1931, inachevé); Bezhine Lovj (Le pré de Bejine, 1937, inachevé et présenté de façon posthume sous la forme de montage de documents); Alexandre Nevski (1938); Ivan Grozny (Ivan le Terrible, 1re partie, 1944; 2e partie, 1945; interdite jusqu'en 1958).

L'un des plus grands réalisateurs du monde, l'un des grands pionniers de l'art cinématographique. Venu du théâtre, il réalise un premier film, *Le journal de Gloumov,* brève parodie pour une mise en scène du Proletkult. Sa première œuvre est en réalité *La grève,* suivie du *Cuirassé Potemkine,* tourné en deux mois, à l'âge de 27 ans et qui sera considéré dans tous les référendums comme l'un des meilleurs films du monde. « Ce film m'a amené à repenser le rôle du gros plan, à en faire un élément capable d'éveiller chez le spectateur la conscience et le sentiment du tout. » On n'a pas fini d'analyser les temps forts de l'œuvre, ainsi l'escalier que descendent les soldats, et de s'extasier sur le rôle décisif du montage et sur une image dépouillée quasi brute et qui donne l'impression d'assister à un documentaire. Absent de *Potemkine,* le montage-attraction donne à *Octobre* son originalité et le luxe des décors un côté baroque. Il s'agit d'une vaste fresque, très *spectaculaire,* au contraire de *Potemkine.* Retour à une certaine simplicité avec *La ligne générale,* sorte de *Bucoliques socialistes* qui partent dans toutes les directions, du lyrisme révolutionnaire à la franche satire, avec beaucoup de clins d'œil au spectateur (la saillie feu d'artifice du taureau). La première de *Potemkine* au Bolchoï avait été un immense succès; *Octobre,* bien que prenant son inspiration dans un livre étranger, *Les dix jours qui ébranlèrent le monde* de John Reed, était une commande officielle pour le dixième anniversaire de la Révolution et Eisenstein, après avoir impressionné une quantité énorme de pellicule, avait dû procéder à des coupures pour tenir compte de la durée de projection et des événements récents qui venaient d'aboutir à l'expulsion de Trotski. Staline avait supervisé *La ligne générale,* imposant un autre titre : Staroie i novoie (L'ancien et le *nouveau)* et des remaniements. Eisenstein étouffait-il, malgré ses succès ? Depuis le voyage de Fairbanks et Mary Pickford à Moscou en 1926, des contacts avaient été pris avec les États-Unis. Une offre vint de la MGM. Avec ses collaborateurs Alexandrov et Tissé, Eisenstein quittait la Russie. Étapes de ce voyage : Berlin, la Suisse où Eisenstein aurait tourné un court métrage avec Hans Richter, Hambourg, Paris (Alexandrov et lui y font un bref film sonore, *Romance sentimentale*), Londres, Paris à nouveau où cette fois une Projection de *La ligne générale* est interdite par la police, enfin Hollywood. On peut rêer aux projets envisagés (*L'or,* d'après Cendrars, *Une tragédie américaine* de Dreiser). En fait, Eisenstein n'aboutit pas avec Paramount. Sur les conseils d'amis, Chaplin, Flaherty, Upton Sinclair, le réalisateur part à Mexico. Après bien des tribulations, il commence le tournage de ce qui devait être son chef-d'œuvre et resta inachevé, *Que viva Mexico.* C'est l'histoire et la civilisation du Mexique qui constituaient le thème de cette œuvre ambitieuse. Mais Sinclair qui subventionnait le projet coupa les fonds au moment où Eisenstein se préparait à filmer le quatrième et dernier épisode. La partie filmée par lui, récupérée par Sinclair, fit l'objet d'un véritable charcutage par Sol Lesser qui en fit *Thunder over Mexico* (1933), et deux courts métrages, *Death Day* (Kermesse funèbre) et *Eisenstein in Mexico.* En 1939, Marie Seaton, biographe d'Eisenstein, en proposa une version plus conforme aux intentions d'Eisenstein, *Time in the Sun.* Rentré en Russie, profondément découragé, Eisenstein se vit de surcroît l'objet d'attaques de la presse soviétique pour sa longue absence. Les attaques redoublèrent au début de 1935. Eisenstein revint au réalisme socialiste avec *Le pré de Béjine,* sur les luttes agraires. Mais le tournage fut brusquement interrompu par ordre supérieur. Le réalisateur dut faire son autocritique.

Grâce à sa soumission, il reçut commande d'un film à grand spectacle : *Alexandre Nevsky.* Face à la menace de l'Allemagne hitlérienne, il s'agissait de faire un film épique sur Alexandre Nevsky qui avait brisé au Moyen Age une invasion de chevaliers teutoniques en Russie. De ce travail de propagande, Eisenstein fit un chef-d'œuvre, aidé par la musique de Prokofiev. Dès les premières images s'affirme la maîtrise du réalisateur : tous les plans ont été pensés, dessinés et retravaillés avant d'être tournés. La bataille finale touche à la perfection et l'on garde en mémoire le manteau blanc du chevalier teutonique glissant sur la glace avant d'être englouti. Quelques faiblesses dans l'évocation des compagnons d'Alexandre Nevsky nous rappellent toutefois qu'il s'agissait d'un film destiné au peuple russe et non aux esthètes de ciné-clubs. Réhabilité, le réalisateur entreprend *Ivan le Terrible,* après l'abandon d'un projet sur l'histoire du canal qui rendit fertile l'Uzbekistan. *Ivan le Terrible,* tourné pendant la guerre, devait comprendre trois parties. La première fut achevée en Asie centrale et montrée avec succès en janvier 1945. Eisenstein se mit au travail pour la suite. Mais la dernière partie, qui contenait d'extraordinaires séquences en couleurs, déplut à Staline. Accusé d'avoir trahi la vérité historique en montrant un Ivan « faible et indécis comme Hamlet », le film fut interdit. Nullement découragé, Eisenstein, qui aurait eu une entrevue avec Staline, méditait la troisième partie de son triptyque ainsi qu'une vaste fresque sur Moscou, lorsqu'il mourut, en février 1948, à cinquante ans, d'une crise cardiaque. Outre des chefs-d'œuvre, il laissait des publications théoriques abondantes : *The Film Sense* (Londres, 1943) ; *Film Form* (Londres, 1958) ; *Réflexions d'un cinéaste* (Moscou, 1958) ; « Le cinéma, disait-il, est le plus international des arts. De ses réserves inépuisables le premier demi-siècle n'a tiré que des miettes. Un monde immense et complexe s'ouvre devant lui. »

BIBLIO. : M. Seaton, *S.M. Eisenstein* (1957) ; J. Mitry, *S.M. Eisenstein* (1961) ; B. Amengual, *Eisenstein* (1962) ; Léon Moussinac, *Sergui Mikhailovitch Eisenstein* (1964) ; B. Amengual, *Que viva Eisenstein* (1981).

Ekk, Nicolaï

Réalisateur russe né en 1898.

Poutievka v Gizn (Le chemin de la vie, 1931) ; Grounya Kornakova (Rossignol, petit rossignol, 1936) ; Sorochinsky Yarmarok (La foire de Sorotchinski, 1939) ; La nuit de mai (1941).

Théâtre plus cinéma. Contacts avec Eisenstein et Poudovkine. Des courts métrages puis, en 1931, une œuvre devenue classique, *Le chemin de la vie,* sur les bandes d'enfants abandonnés après la Première Guerre mondiale. Il est aussi l'auteur de l'un des premiers films russes en couleurs : *Rossignol, petit rossignol.* Ses autres films sont mal connus et peut-être a-t-il été en effet, selon la formule de Sadoul, « le cinéaste d'un seul film ».

Elek (Judit),

Réalisatrice hongroise née en 1937.

Courts métrages, puis : Sziget a szarazfoldon (La dame de Constantinople, 1969) ; Istenmezejen (Un village hongrois, 1974) ; Egyszeru tortenet (Une histoire simple, 1975) ; Holnap, madj holnap (Peut-être demain, 1979).

Très influencée par la nouvelle vague française, elle a trouvé sa voie dans le cinéma direct. Courageuse, elle peut remettre en cause le stakhanovisme dans son court métrage *Nous nous sommes rencontrés en 1971.* Son style a progressivement évolué : dans *Une histoire simple,* « j'en arrive, dit-elle, à pouvoir filmer les mutations sans questionner les gens quand les mutations se produisent devant la caméra ». Ce n'est pas un cinéma facile qu'elle nous propose. Trop de rigueur finit par lasser le spectateur. Tout le monde n'est pas Jean Rouch.

Elvey, Maurice,

Réalisateur anglais, 1887-1967.

Principaux films : The Great Gold Robbery (1913) ; Maria Marten (1913) ; The Suicide Club (1914) ; The Cup Final Mystery (1914) ; Florence Nightingale (1915) ; When Knights Were

Bold (1916) ; The King's Daughter (1916) ; The Grit of a Jew (1917) ; Flames (1917) ; Justice (1917) ; The Gay Lord Quex (1917) ; Hindle Wakes (1918) ; Adam Bede (1918) ; Nelson (1918) ; Mr. Wu (1919) ; Bleak House (1919) ; Comradeship (1919) ; The Elusive Pimpernel (1920) ; The Amateur Gentleman (1920) ; At the Villa Rosa (1920) ; The Hound of the Baskervilles (1921) ; The Adventures of Sherlock Holmes (1921) ; The Passionate Friends (1922) ; The Sign of Four (1923) ; The Wandering Jew (1923) ; Don Quixote (1923) ; Sally Bishop (1923) ; My Husband's Wives (1924) ; Curly Top (1925) ; The Folly of Vanity (1925) ; She Wolves (1925) ; Every Man's Wife (1925) ; The Flag Lieutenant (1926) ; The Woman Tempted (1926) ; Mademoiselle From Armentieres (1926) ; Roses of Picardy (1927) ; Hindle Wakes/Fanny Hawthorn (1927) ; The Flight Commander (1927) ; You Know That Sailors Are (1928) ; Palais de danse (1928) ; High Treason (Point ne tueras, 1929) ; Balaclava (1930) ; School for Scandal (1930) ; Sally In Our Alley (1931) ; In a Monastery Garden (1932) ; The Lodger/Phantom Fiend (1932) ; Diamond Cut Diamond (1932) ; Soldiers of the King (1933) ; Song For You (1934) ; Lily of Killarney (1934) ; The Tunnel (version anglaise du Tunnel, 1935) ; The Clairvoyant (1935) ; Spy of Napoleon (1936) ; The Man in the Mirror (1936) ; A Romance in Flanders (1937) ; The Spider (1939) ; Sons of the Sea (1939) ; Under Your Hat (1940) ; Room for Two (1940) ; For Freedom (avec Knight, 1940) ; Salute John Citizen (1942) ; The Gentle Sex (avec L. Howard, 1943) ; The Lamp Still Burns (1943) ; Medal for the General (1944) ; Strawberry Roan (1945) ; Beware of Pity (Amour tragique, 1946) ; The Late Edwina Black/Obsessed (1951) ; The Third Visitor (1951) ; My Wife's Honeymoon Really Necessary (1953) ; The Gay Dog (1954) ; The Haunted Hero (1954) ; What Every Woman Wants (1954) ; The Happiness of Three Womeo (1954) ; You Luck People (1955) ; Room in the House (1955) ; Fun at St. Fanny's (1956) ; Starts in Your Eyes (1956) ; Dry Rot (1956) ; Second Fiddle (1957).

Considéré comme le plus prolifique réalisateur anglais : plus de 300 films et autant de courts métrages. Issu d'un milieu très pauvre, il ne reçut aucune éducation. Il parvint néanmoins à devenir acteur de théâtre puis se tourna vers le cinéma. Il ne cessa, comme réalisateur, de tourner entre 1913 et 1957 et travailla même à Hollywood en 1924 et 1925. Son œuvre demeure pourtant mal connue, à l'exception de *High Treason* tenu pour l'un des premiers films d'anticipation. Une rétrospective serait souhaitable. On aimerait surtout voir son œuvre muette, qui semble la plus prometteuse, avec ses nombreuses adaptations de Conan Doyle.

Emerson, John

Réalisateur et scénariste américain, 1878-1956.

Macbeth (1914) ; Old Heidelberg (1915) ; Ghosts (1915) ; His Picture in the Papers (1916) ; The Social Secretary (1916) ; Wild and Woolly (Sa revanche, 1917) ; Less than the Dust (1917) ; Down to Earth (L'île du salut, 1917) ; The Americano (L'Américain, 1917) ; In Again, Out Again (1918) ; Reaching for the Moon (Douglas dans la lune, 1918) ; Come on In (1918) ; Goodbye Bill (1918) ; Oh, You Women ! (1919) ; Polly of the Follies (1922).

Il appartint à l'équipe de la Triangle et collabora avec Griffith. Il dirigea Stroheim dans *Old Heidelberg* et Fairbanks dans *The Americano, Down to Earth, Wild and Woolly* et surtout *Reaching for the Moon.* Le parlant mit fin à sa carrière de réalisateur.

Emmer, Luciano

Réalisateur italien né en 1918.

Courts métrages (généralement avec E. Gras) : Racconto da un affresco (1941) ; Il cantico delle crature (1941) ; Il paradiso terrestre (1941) ; Guerrieri (1942) ; Destino d'amore (1942) ; Romanzo di un' Epoca (1942) ; Bianchi Pascoli (1948) ; Sulla via di Damasco (1948) ; Isole nella Laguna (1948) ; Romantici a Venezia (1948) ; Fratelli miracolosi (1949) ; Leggenda di S. Orsola (1949) ; La Festa Sant-Isidoro (1950) ; I disastri delle Guerra (1950) ; Carriera di un libertino (1951) ; Leonardo da Vinci (1952) ; Picasso (1954). *Longs métrages :* Domenica d'agosto (Dimanche d'août, 1950) ; Parigi è sempre Parigi (1951) ; le ragazze di Piazza di Spagna (Les fiancés de Rome, 1952) ; Cavalcata di mezzo secolo (1952) ; Terza liceo (L'amour au collège, 1953) ; Gli eroi dell'Artide (1954) ; Camilla (1955) ; Il bigamo (Le bigame, 1956) ; Paradiso terrestre (avec Gras, 1957) ; Il momento più bello (Le moment le plus beau, 1957) ; La ragazza in vetrina (La fille dans la vitrine, 1961).

Deux aspects tout à fait différents chez Emmer : un grand maître du documentaire qui s'impose avec *Raconto da un fresco* sur Giotto, *Il paradiso terrestre* consacré à Bosch, *Bianchi Pascoli* qui filme les tombes des soldats alliés en Italie ou *Isole nella Laguna,* évocation lyrique de Venise ; un petit maître du néo-réalisme dont le meilleur long métrage reste *La fille dans la vitrine,* qui combine un récit adroitement conduit avec des aspects documentaires.

Emo, Emerich

Réalisateur autrichien né en 1898.

Principaux films : Flitterwoohen (1928) ; Was Kostet Liebe ? (Combien coûte l'amour, 1928) ; Heute Nacht Eventuell (1930) ; Ich heirate meinen Mann (Sa nuit de noces, 1931) ; Das Testament des Cornelius Gulden (1932) ; Der Frauendiplomat (1932) ; Paprika (1934) ; Lisetta (1934) ; Endstation (1935) ; Knox und die lustigen Vagabunden (Les joyeux vagabonds, 1935) ; Die Puppenfee (1936) ; Drei Mäderl um Schubert (1936) ; Der Optimist (1938) ; Dreizehn Stühle (Le mystère de la treizième chaise, 1938) ; Anton der letzte (Antoine le Magnifique, 1939) ; Unsterblicher Waltzer (Valse triomphale, 1939) ; Wien 1910 (1942) ; Schwarz auf Weiss (1943) ; Freunde (1944) ; Kleine Melodie aus Wien (1948) ; Es Lebe das Leben (1949) ; Schäm Dich Brigitte (Honte à toi, Brigitte, 1951) ; Fräulein Casanova (1953) ; Ihr Korporal (1956) ; Wenndie Bombe platzt (1958).

Il faudra bien que les historiens du cinéma s'attachent à ces prolifiques réalisateurs allemands des années 30 qui n'ont rien à envier aux petits maîtres de la série B aux États-Unis. On prête à l'Autrichien Emo quelques réussites dont la meilleure version du *Mystère de la treizième chaise* jouée par Heinz Rühmann ainsi que quelques comédies musicales plus chantées que dansées. Mais l'on est réduit le plus souvent à des suppositions sur la valeur de ses films d'avant-guerre. Après, c'est la chute. On peut tout au plus prendre date en attendant une hypothétique réhabilitation d'Emo.

Endfield, Cyril Raker

Réalisateur et scénariste né en Afrique du Sud en 1914.

Comme réalisateur : Gentleman Joe Palooka (1946) ; Storke Bites Man (1947) ; The Argyle Secrets (1948) ; Joe Palooka in the Big Fight (1949) ; The Underworld Story (1950) ; The Sound of Fury (Fureur sur la ville, 1950) ; Tarzan's Savage Fury (Tarzan défenseur de la jungle, 1952) ; Colonel March Investigates (1953) ; The Master Plan (1955) ; The Secret (1955) ; Hell Drivers (Train d'enfer, 1957) ; Sea Fury (1958) ; Jet Storm (1959) ; The Mysterious Island (L'île mystérieuse, 1961) ; Hide and Seek (1964) ; Zulu (Zoulou, 1964) ; Sands of the Kalahari (Les sables de Kalahari, 1965) ; De Sade (le divin marquis, 1969) ; Universal Soldier (1971).

Il fit ses débuts à Hollywood en 1941 comme scénariste. Deux excellents thrillers, qu'il signa comme réalisateur en 1950, retinrent l'attention : *The Underworld Story* et surtout *The Sound of Fury* qui évoquait le lynchage de vrais coupables et non plus d'innocents comme à l'habitude.

Ses idées libérales valurent à Endfield de passer pour « communiste ». Il fut placé sur la liste noire et dut s'exiler en Angleterre. Ses réalisations y furent souvent remarquables : *Zoulou* décrivait les combats du colonisateur britannique en Afrique du Sud dans des scènes de bataille impressionnantes qui mettaient en scène des milliers de figurants noirs ; *Les sables de Kalahari* frappent par la beauté des images et une fin terrifiante où Stuart Whitman est déchiqueté par des babouins ; enfin le portrait qu'il propose de Sade dans *Le divin marquis* (auquel Corman a participé), pour être inexact n'en est pas moins séduisant.

Engel, Erich

Réalisateur allemand, 1891-1966.

Wer nimmt die Liebe ernst? (1931) ; Fünf von der Jazzband (1932) ; Inge und die Millionen (1933) ; Pechmarie (1933) ; Hohe Schule (1934) ; Pygmalion (1935) ; Mädchenjahre einer Königin (1936) ; Ein Hochzeitstraum (1936) ; Der Maulkorb (1938) ; Hotel Sacher (1939) ; Ein hoffnungsloser Fall (La folle étudiante, 1939) ; Nanette (1939) ; Unser Fräulein Doktor (Jenny jeune prof', 1940) ; Sommerliebe (1942) ; Fahrt ins Glück (1945) ; Affäre Blum (L'affaire Blum, 1948) ; Der fröhliche Weinberg (1952) ; Hunter den tausend Laternen (Valse dans la nuit, 1953) ; Liebe ohne Illusion (1955) ; Geschwader Fledermaus (1959).

Surtout connu au théâtre pour avoir produit les pièces de Brecht dont *L'opéra de quat'sous* et avoir travaillé avec Reinhardt à Berlin. Ses films en revanche, des comédies pour la plupart, sont d'une honnête médiocrité. Après la guerre, à l'inverse d'autres réalisateurs comme Hoffman, Reinert, Emo, Engel s'est établi en Allemagne de l'Est et a repris sa collaboration avec Brecht.

Engel, Morris

Réalisateur et scénariste américain né en 1918.

Comme réalisateur : The Little Fugitive (Le petit fugitif, 1953) ; Lovers and Lollipops (1955) ; Weddings and Babies (1958).

Photographe, il tourna avec un tout petit budget *The Little Fugitive,* où un très jeune garçon, croyant avoir commis un meurtre, prend la fuite à Coney Island. Toujours avec la collaboration de sa femme, Ruth Orkin, il signa deux autres films dont le retentissement fut moins considérable bien qu'ils aient ouvert, avec la caméra portative et l'utilisation de décors naturels, une voie plus économique et plus indépendante des « Majors » au cinéma américain.

English, John W.

Réalisateur américain, 1903-1969.

His Fighting Blood (1935) ; Red Blood of Courage (1935) ; Whistling Bullets (1937). *Entre 1937 et 1942 : nombreux serials avec Witney (cf. à ce nom). Puis :* Code of the Outlaw (1942) ; Westward Ho (1942) ; The Yukon Patrol (1942) ; The Phantom Plainsmen (1942) ; Death Valley Manhunt (1943) ; The Blackhill Express (1943) ; Captain America (avec Clifton, 1944) ; The Port of Forty Thieves (1944) ; The Laramie Trail (1944) ; Call of the South Seas (1944) ; Utah (1945) ; The Phantom Speaks (1945) ; Murder in the Music Hall (1946) ; Trail to San Antone (1947) ; The Strawberry Roan (1948) ; Riders of the Whistling Pines (1949) ; Riders of the Sky (1949) ; Mule Train (1950) ; Cow Town (1950) ; Beyond the Purple Hills (1950) ; Indian Territory (1950) ; Blazing Sun (1950) ; Gene Autry and the Mounties (1951) ; Whirlwind (1951) ; Silver Canyon (1951) ; Hills of Utah (1951) ; Valley of Fire (1951).

D'origine anglaise, mais élevé au Canada, il vint à Hollywood dans les années 30 et fut l'associé de Witney pour une époustouflante série de films à épisodes (*Zorro Rides Again, Hawk of the Wilderness, The Lone Ranger, Drums of Fu Manchu, Mysterious Dr. Satan*) qui ont laissé un impérissable souvenir à ceux qui les virent à l'époque. Quel était le véritable auteur ? Witney, dit-on. Livré à lui-même English se contenta, en effet, de tourner des westerns de série Z joués par les pâles Gene Autry et Roy Rogers.

Enrico, Robert

Réalisateur français né en 1931.

A chacun son paradis (avec Emmer, 1957) ; *courts métrages* (L'oiseau moqueur, La bataille de Chickamauga, La rivière du hibou...) *entre 1956 et 1962* ; Au cœur de la vie (formé de trois courts métrages déjà tournés, 1962) ; La belle vie (1963) ; Les grandes gueules (1965) ; Les aventuriers (1966) ; Tante Zita (1968) ; Ho ! (1969) ; Un peu, beaucoup, passionnément (1971) ; Boulevard du Rhum (1972) ; Les caïds (1973) ; Le secret (1975) ; Le vieux fusil (1976) ; Un neveu silencieux (1979) ; L'empreinte des géants (1979) ; Pile ou face (1980).

Après ses études à l'I.D.H.E.C., Enrico s'impose avec *La rivière du hibou,* un court métrage tout à fait remarquable, inspiré par une nouvelle d'Ambrose Bierce. Il reprendra ce court métrage, ainsi que deux autres tournés vers la même période, pour former *Au cœur de la vie.* Son œuvre suivante, *La belle vie,* consacrée à la réinsertion d'un soldat démobilisé après avoir servi en Algérie, lui vaut des ennuis avec la censure. Il infléchit alors sa carrière dans une autre voie, celle d'un cinéma viril qui renoue avec une vieille tradition hollywoodienne, celle des Hawks et des Garnett. *Les grandes gueules,* adaptation par José Giovanni de l'un de ses propres romans, sont très favorablement accueillies. Enrico exploite le filon, toujours en collaboration avec Giovanni. Suivent donc : *Les aventuriers, Ho,* etc. Mais le réalisateur s'essouffle rapidement. Il ne se ressaisira, après quelques ratages dont *Un boulevard du rhum* qui réunit Brigitte Bardot et Lino Ventura, qu'avec *L'empreinte des géants :* coups de gueules et grands sentiments sont à nouveau au rendez-vous. Il est permis de préférer à ce cycle de la virilité le fascinant *Pile ou face,* jeu du chat et de la souris entre un policier et un suspect qui établissent des relations de plus en plus étranges. Noiret et surtout Serrault y sont admirables.

Enright, Ray

Réalisateur américain, 1896-1965.

Tracked by the Police (1927) ; Jaws of Steel (1927) ; Girl from Chicago (1927) ; Domestic Troubles (1928) ; Land of the Silver Fox (1928) ; Little Wildcat (1929) ; Stolen Kisses (1929) ; Kid Gloves (1929) ; Skin Deep (1929) ; Song of the West (1930) ; Golden Dawn (1930) ; Dancing Sweeties (1930) ; Scarlet Pages, (1930) ; Play Girl (1932) ; The Tenderfoot (1932) ; Blondie Johnson (1933) ; Silk Express (1933) ; Tomorrow at 7 (1933) ; Havana Widows (1933) ; I've Got Your Number (1934) ; 20 Million Sweethearts (1934) ; Circus Clown (1934) ; Dames (avec Berkeley, 1934) ; St.Louis Kid (1934) ; Travelling Saleslady (1935) ; While the Patient Slept (1935) ; Alibi Ike (1935) ; We're in the Money (1935) ; Miss Pacific Fleet (Miss Pacific, 1935) ; Snowed Under (1936) ; Earthworm Tractors (1936) ; China Clipper (Courrier de Chine, 1936) ; Sing Me a Love Song (1936) ; Ready, Willing and Able (1937) ; Slim (1937) ; Back in Circulation (1937) ; The Singing Marine (1937) ; Swing Your Lady (1938) ; Gold Diggers in Paris (Chercheuses d'or à Paris, 1938) ; Hard to Get (1938) ; Going Places (1938) ; Naughty But Nice (1939) ; On Your Toes (Sur les pointes, 1939) ; Angels Wash Their Faces (1939) ; An Angel from Texas (1940) ; Brother Rat and a Baby (1940) ; River's End (1940) ; The Wagons Roll at Night (1941) ; Thieves Fall Out (1941) ; Bad Men of Missouri (1941) ; Law of the Tropics (1941) ; Wild Bill Hickok Rides (1941) ; The Spoilers (Les écumeurs, 1942) ; Men of Texas (1942) ; Sin Town (1942) ; The Iron Major (1943) ; Gung Ho ! (1943) ; Good Luck, Mr. Yates (1943) ; China Sky (1945) ; Man Alive (1945) ; One Way to Love (1946) ; Trail Street (Du sang sur la piste, 1947) ; Albuquerque (La descente infernale, 1948) ; Return of the Bad Men (Far West 89, 1948) ; Coroner Creek (Ton heure a sonné, 1948) ; South of St. Louis (Les chevaliers du Texas, 1949) ; Montana

(Montana, 1950) ; Kansas Raiders (Kansas en feu, 1950) ; Flaming Feather (Flèches brûlées, 1951) ; The Man from Cairo (1953).

Sa gloire – au demeurant modeste – tient au fait qu'il filma le chien Rin-Tin-Tin (plusieurs fois), les chorégraphies de Berkeley (trois fois au moins : *Dames, Gold Diggers in Paris* et *On Your Toes*) et Humphrey Bogart (deux fois : *China Clipper* et *The Wagons Roll at Night*). Mais on oublie qu'il fut un remarquable auteur de westerns : *Coroner Creek,* avec Randolph Scott, dont le sadisme reflète l'influence du film noir, et *Montana,* avec Errol Flynn, sur les conflits entre éleveurs de moutons et ceux de bêtes à cornes, sont devenus des classiques du genre. Sa version de *The Spoilers* est la meilleure et ses séries B *(Return of the Bad Men, South of St. Louis* ou *Flaming Feather)* surprennent agréablement par leur rythme trépidant, quelques plans fulgurants isolant un détail violent, et la mine patibulaire des troisièmes couteaux. Le vrai cinéma américain.

Epstein, Jean

Réalisateur français d'origine polonaise, 1897-1953.

Pasteur (avec Benoît-Lévy, 1922) ; L'auberge rouge (1923) ; Cœur fidèle (1923) ; La montagne infidèle (doc., 1924) ; La belle Nivernaise (1924) ; Le lion des Mogols (1924) ; L'affiche (1925) ; Le double amour (1925) ; Les aventures de Robert Macaire (1926) ; Mauprat (1926) ; Six et demi onze (1927) ; La glace à trois faces (1927) ; La chute de la maison Usher (1928) ; Finis Terrae (1929) ; Sa tête (1929) ; Mor-Vran (1930) ; L'or des mers (1932) ; L'homme à l'Hispano (1933) ; La châtelaine du Liban (1933) ; Chanson d'amour (1934) ; Cœur de gueux (1936) ; Vive la vie (1937) ; La femme du bout du monde (1937) ; Les bâtisseurs (doc., 1938) ; Eau vive (1938) ; Le tempestataire (1947) ; Les feux de la mer (doc., 1948).

L'apport théorique de ce cinéaste, venu de Varsovie et qui mourut encore jeune, a été important. On le trouvera dans les trois livres fondamentaux d'Epstein, *L'intelligence d'une machine* (1946), *Le cinéma du diable* (1947) et *L'esprit du cinéma* (1955). Après des études de biophysiologie à Lyon, Epstein devient assistant de laboratoire chez Lumière et découvre le cinéma. Lié à Cendrars puis à Delluc, il écrit sur l'art cinématographique avant même d'avoir tenu une caméra : c'est *Bonjour cinéma,* en 1921. Sur les instances de Delluc, il est embauché par Benoît-Lévy pour tourner une biographie de Pasteur. Mais ce type de cinéma ne l'intéresse guère. Il entend se placer à l'avant-garde. Les recherches de *Cœur fidèle* le font remarquer, recherches qu'il multiplie dans son chef-d'œuvre, *La chute de la maison Usher,* d'après Poe, réponse française à l'expressionnisme allemand. On peut citer aussi *La belle Nivernaise* où il adopte un rythme envoûtant pour retrouver l'essence de l'œuvre de Daudet et *Robert Macaire,* qui restitue bien l'esprit de *L'auberge des Adrets.* Théoricien du muet, il se sentit mal à l'aise à l'avènement du parlant et sombra dans le cinéma commercial avant de se retrouver dans son film-testament, *Le tempestataire*

BIBLIO. : P. Leprohon, *Jean Epstein* (1964).

Erice, Victor

Réalisateur espagnol né en 1940.

Los Desafios (avec Guerin, 1969) ; El esperitu de la colmena (L'esprit de la ruche, 1972).

Ce critique et théoricien du cinéma, qui collabora à *Nuestro Cine,* a donné, avec *L'esprit de la ruche* (le mythe de Frankenstein et les phantasmes qu'il inspire à une petite fille) l'une des œuvres les plus originales du cinéma espagnol. Parlant d'Erice, Gomez et Montalban dans *Cine Español* définissent ce metteur en scène comme « le plus secret » des cinéastes espagnols et son film, comme le plus hermétique ; ils y voient une parabole sur la guerre d'Espagne et le franquisme, superbement photographiée par Luis Cuadrado et bien servie par la musique de Luis de Pablo.

Ermler, Friedrich

Réalisateur russe, 1898-1967.

Katka Boumajny Ranet (Katka, petite pomme reinette, 1926) ; Dieti Bouri (Les enfants de la tempête, 1926) ; Lom v sougrobakh (La maison dans la neige, 1927) ; Payskoi Sapojnik (Le cordonnier de Paris, 1928) ; Oblomok Imperii (Un débris de l'empire, 1929) ; Vstretchnyi (avec Youtkevitch, Contreplan, 1932) ; Krestranne (Les paysans, 1935) ; Veliky Grajdanine (deux parties, Le grand citoyen, 1939) ; Ona Zachtchinatchalet Rodinou (Camarade P., 1943) ; Veliky Perelom (Le tournant décisif, 1946) ; La grande force (1949) ; Neskoutchennaya Povest (Le roman inachevé, 1955) ; Pervi den (Le premier jour, 1959).

Originaire de Lettonie, il est le plus stalinien des cinéastes russes. Le conformisme parfait, contrairement à ce que l'on a prétendu. La démesure de Tchiaourelli sauve *La chute de Berlin,* le lyrisme de Guerassimov rend parfois ses films supportables, Ermler ennuie (*Camarade P.*). On ne peut sauver à la rigueur que *Le tournant décisif,* la bataille de Stalingrad vue au niveau de l'état-major, presque sans scènes d'action. Une belle réussite technique mais que vient gâcher un dialogue involontairement burlesque. Un général apprend la mort de sa femme dans les combats ; il défaille. Lui parvient alors un télégramme de condoléances signé « Camarade Staline ». Le général lève les yeux sur un portrait du « petit père des peuples », se ressaisit et gagne la bataille.

Erskine, Chester

Producteur et réalisateur américain né en 1905.

Midnight (1934) ; The Egg and I (L'oeuf et moi, 1947) ; Take One False Step (1949) ; A Girl in Every Port (1951) ; Androcles and the Lion (Androclès et le lion, 1952).

Auteur et metteur en scène de théâtre, il a peu tourné au cinéma. Dans *The Egg and I,* il évoquait avec beaucoup d'humour les problèmes de l'élevage des poules. Fred MacMurray et Claudette Colbert étaient les interprètes de ce film qu'Erskine produisit lui-même. *Androclès et le lion,* adaptation à gros budget de l'œuvre célèbre de Bernard Shaw, était nettement plus réussi. Erskine s'est désintéressé par la suite du cinéma.

Esme, Jean

Réalisateur français, de son vrai nom Jean d'Esmenard, 1893-1966.

Razaff le Malgache (1925) ; Peau noire (1930) ; La grande caravane (1934) ; Sentinelles de l'Empire (1938) ; La grande inconnue (1939).

Ecrivain réputé en son temps *(Les dieux rouges),* il a signé plusieurs films à la gloire de l'empire colonial français qui ne présentent plus aujourd'hui qu'un intérêt historique.

Espinosa, Julio Garcia

Réalisateur cubain né en 1926.

Principaux longs métrages : Cuba Baila (1960) ; El Joven Rebelde (Le jeune rebelle, 1961) ; Las aventuras de Juan Quinquin (1967) ; Tercer mundo, Tercera Guerra Mundial (1970).

Études à Rome. Son premier film est interdit par Batista. Il rejoint Castro. Avec *Juan Quinquin,* il a introduit un peu d'humour dans un cinéma particulièrement pesant dans son didactisme révolutionnaire.

Essex, Harry

Scénariste et réalisateur américain né en 1910.

Comme réalisateur : I the Jury (1953) ; Mad at the World (1955) ; Octaman (1971) ; The Cremators (1972).

Scénariste prolifique travaillant pour la scène, pour le cinéma et pour la télévision, il a signé comme réalisateur très peu de films dont une fulgurante adaptation de *I the Jury* de Spillane. La fin de ce film noir où le héros, au nom de l'amitié qu'il doit venger, tue celle qu'il aime alors qu'elle tente un ultime strip-tease pour l'empêcher de tirer, est restée célèbre.

Esway, Alexandre

Scénariste et réalisateur d'origine hongroise, 1898-1947.

Taxi for Two (1924) ; Children of Chance (1931) ; Shadows (1931) ; Le jugement de minuit (1932) ; Une vie perdue (1933) ; Hercule (1937) ; Éducation de prince (1938) ; Barnabé (1938) ; L'homme qui cherche la vérité (1939) ; Monsieur Bretonneau (1939) ; Le bataillon du ciel (1946) ; L'idole (1947).

Une carrière internationale qui l'a conduit de Budapest à Londres et des studios allemands aux plateaux français. Reste comme le metteur en scène de quelques honnêtes Fernandel : *Hercule, Barnabé...*

Étaix, Pierre

Réalisateur français né en 1928.

Rupture (c.m., 1961) ; Heureux anniversaire (c.m., 1961) ; Le soupirant (1962) ; Yoyo (1964) ; Tant qu'on a la santé (1965) ; Le grand amour (1969) ; Pays de cocagne (1971).

Yoyo, le clown timide, c'est lui. Il fit du cabaret, du music-hall, de la télévision et fut assistant de Tati pour *Mon oncle.* Plus que ce même Tati, il a parfaitement assimilé la leçon du burlesque américain et a su en retrouver le charme dans *Le soupirant* comme dans *Tant qu'on a la santé,* tout en restant « français ». Les gags abondent, à l'inverse des derniers Tati et l'on rit franchement. Le public n'a pourtant pas suivi. Étaix est « un cas ». Il s'est consolé en se tournant, avec son épouse Annie Fratellini, vers le cirque. Une chance manquée pour le cinéma.

Eustache, Jean

Réalisateur français, 1938-1981.

Les mauvaises fréquentations (c.m., 1964) ; Le Père Noël a les yeux bleus (1966) ; Le cochon (avec Barjol, 1970) ; La maman et la putain (1973) ; Mes petites amoureuses (1975) ; Une sale histoire (1978) ; La rosière de Pessac II (1979) ; Photos d'Alix (1980).

Dans leur numéro de 1967 sur le film français, *Les Cahiers du cinéma* déliraient sur Eustache, qualifié de « révélation de l'année ». Le jeune cinéma, affirmait le rédacteur, est volontiers stendhalien ou balzacien, Eustache lui est flaubertien. En 1980, dans leur numéro spécial sur les années 70, les auteurs du dictionnaire de *Cinéma 80* écrivaient à leur tour : « Compensant son extrême sensibilité par une extrême exigence d'écriture, ayant définitivement refusé les frontières simplificatrices entre le documentaire, l'autobiographie et la fiction, ce cinéaste qui déclare ne filmer que sous l'emprise de la nécessité intérieure, qui se rit des modes et des normes, est certainement l'un des meilleurs, des plus originaux de sa génération. » En 1973 pourtant, le monologue de Françoise Lebrun dans *La maman et la putain* scandalisait le festival de Cannes. Les innovations formelles de l'œuvre ne furent pas étrangères au rejet du film. Cette finesse dans l'analyse des sentiments, cette liberté des mœurs, ce goût souvent trahi pour les personnages secondaires se retrouvaient dans *Mes petites amoureuses.* De *La maman et la putain,* Jean Eustache disait : « *La maman et la putain* est le récit de certains faits d'apparence anodine. Il pourrait être le récit de faits entièrement différents dans des lieux autres. Ce qui s'y passe, les endroits où se déroule l'action n'ont aucune importance. Et cependant *La maman et la putain* ne peut être que ce qu'il est. Ne peut se situer que là où il se situe. Je m'explique : la seule raison pour laquelle il se passe là où cela se passe, est que je l'ai imaginé ainsi. » L'observation vaut également pour les pérégrinations de Daniel (Martin Loeb, dirigé comme dans un film de Bresson). A nouveau l'émoi sexuel, l'inquiète adolescence fournissent les thèmes majeurs de *Mes petites amoureuses.* Malgré l'effort de la critique pour expliquer l'œuvre d'Eustache, le public n'a pas suivi. La distanciation dans la direction des acteurs, une conception du cinéma trop « moderne », rompant avec les canons habituels de la mise en scène, la remise en cause constante du film *(La rosière de Pessac)*, ne pouvaient que rebuter les spectateurs. Conscient d'avoir raison, Eustache se refusait aux concessions. La mort devenait la seule issue. Il a disparu au moment où le public découvrait enfin *La maman et la putain* et l'extraordinaire composition (en absence de composition) de Jean-Pierre Léaud dans ce chef-d'œuvre de poésie et de désinvolture.

F

Fabre, Marcel

Acteur et réalisateur comique, de son vrai nom Fernandez Perez.

Courts métrages. Puis : Les aventures de Saturnin Farandole (1915).

Il interpréta une série de films comiques en France (il fut Robinet), en Italie et aux États-Unis (*Tweedledum*) avant d'abandonner la carrière, à la suite d'un accident de tournage, et de devenir gagman. On lui doit, comme réalisateur, une remarquable adaptation des *Aventures de Saturnin Farandole* d'après Robida, avec singes prétarzanesques, bataille de ballons dirigeables et royaume sous-marin défendu par des scaphandriers montés sur des requins d'acier. Un véritable délire visuel.

Fabri, Zoltan

Réalisateur hongrois né en 1917.

Vihar (1952) ; Eletjel (1954) ; Körhinta (Un petit carrousel de fête, 1955) ; Hannibal tanar ur (Professeur Hannibal, 1956) ; Bolond aprilis (Nuages d'été, 1957) ; Edes Anna (1958) ; Duvad (1959) ; Kel felido a pokolban (Deux mi-temps en enfer, 1961) ; Nappali sötetség (Les ténèbres du jour, 1963) ; Husz ora (1964) ; Utoszezon (Arrière-saison, 1966) ; A Pal utcai fiuk (1968) ; Isten hozta, örnagy ur (La famille Tot, 1969) ; Hangyaboly (1971) ; Plusz minusz egy nap (1972) ; 141 perc A befejezelten mondatbol (1974) ; Az ötödik pecsét (Le cinquième sceau, 1976) ; Magyarok (1977) ; Fabian Balint talalkozasa istennel (1980) ; Requiem (1982).

Son importance est considérable dans le cinéma hongrois : sans rompre tout à fait avec une certaine lourdeur héritée du passé et un enracinement dans une histoire encore proche (l'époque de Horthy dans *Professeur Hannibal*), ses films sonnent la fin du schématisme stalinien de l'après-guerre et donnent au cinéma hongrois une audience internationale. *Un petit carrousel de fête* surprit par la fraîcheur des sentiments et la morale finale. Que Fabri n'ait pas tenu par la suite les promesses de ses débuts ne change rien au fait qu'il fut l'hirondelle qui annonçait « le dégel ».

Fanck, Arnold

Réalisateur allemand, 1889-1974.

Das Wunder des Schneeschuhs (1921) ; Pomperly's Kampf mit der Scheeschuh (1922) ; Im Kampf mit dem Berge (1922) ; Der Berg des Schicksals (1924) ; Der heilige Berg (La montagne sacrée, 1926) ; Der grosse Sprung (Le grand saut, 1927) ; Die weisse Hölle vom Piz Palü (avec Pabst, Prisonniers de la montagne, 1929) ; Stürme über dem Montblanc (Tempête sur le mont Blanc, 1930) ; Der weisse Rausch (1931) ; SOS Eisberg (avec Garnett, SOS Iceberg, 1933) ; Der ewige Traum (Le roi du mont Blanc, 1934) ; Die Tochter des

Samurai (La fille du samouraï, 1937) ; Ein Robinson (1940).

Grand spécialiste de la montagne (ski et alpinisme), ce géologue sut signer, parfois avec des réalisateurs de métier comme Pabst et Garnett, et une fort belle interprète, Leni Riefenstahl, d'excellents documentaires plus ou moins romancés.

Faraldo, Claude

Réalisateur français né en 1936.

La jeune morte (inédit, 1965) ; Bof... (1971) ; Themroc (1973) ; Tabarnac (1975) ; Les fleurs du miel (1976) ; Deux lions au soleil (1980).

Faraldo a exercé divers métiers avant de venir au cinéma. Un cinéma anarchisant, aux racines populaires et montrant un fort tempérament contestataire. *Bof, Themroc, Tabarnac* séduisirent un public jeune, celui des lecteurs de *Charlie-Hebdo* et de *Libération*. La forme était à l'image du sujet, un peu laissée à elle-même. *Les fleurs du miel,* où Brigitte Fossey fut excellente, marquèrent un plus grand souci de l'écriture cinématographique, mais le public ne suivit pas. Il ne suivit pas davantage pour *Deux lions au soleil,* comme si les amateurs de cinéma libertaire attendaient une désinvolture dans le style en rapport avec les idées de l'auteur.

Fargo, James

Réalisateur américain.

The Enforcer (L'inspecteur ne renonce jamais, 1976) ; Game for Vultures (Le putsch des mercenaires, 1980).

Un bon film policier avec Clint Eastwood (*The Enforcer*) et un curieux essai d'aventures politico-exotiques mettent l'eau à la bouche. Mais il semble que Fargo soit plus intéressé par la télévision.

Farkas, Nicolas

Opérateur et réalisateur d'origine hongroise, ?– 1936.

Comme réalisateur : La bataille (1934) ; Variétés (1935) ; Port-Arthur (1936).

Opérateur connu (le *Don Quichotte* de Pabst), il a signé une brillante version du roman de Claude Farrère, *La bataille,* avec Annabella et Charles Boyer. L'évocation de la guerre russo-japonaise constitue l'intérêt de ce film souvent repris dans les cinémathèques ou à la télévision. *Port-Arthur,* d'après Pierre Frondaie, sur des dialogues de Steve Passeur, exploitait à nouveau la guerre russo-japonaise de 1904. Accusée de trahison, Danielle Darrieux mourait avec son mari sur le bateau que celui-ci avait reçu l'ordre de couler. Devenu grand spécialiste de la marine japonaise, Farkas aurait pu continuer dans la même veine lorsque la mort mit fin brutalement à sa carrière.

Farrow, John Villiers

Réalisateur d'origine australienne, 1904-1963.

Warlord (1937) ; Men in Exile (1937) ; West of Shangai (1937) ; The invisible Menace (1938) ; She loved a Fireman (1938) ; Little Miss Thoroughbred (1938) ; My Bill (1938) ; Broadway Musketeers (1938) ; Women in the Wind (1939) ; Sorority House (1939) ; The Saint strikes back (1939) ; Five came back (1939) ; Full Confession (1939) ; Reno (1939) ; Married and in love (1940) ; A Bill of divorcement (1940) ; Wake Island (1942) ; China (Le défilé de la mort, 1943) ; Commandos Strike at Dawn (Les commandos frappent à l'aube, 1943) ; The Hitler Gang (Hitler et sa clique, 1944) ; You came Along (1945) ; Two Years before the Mast (Révolte à bord, 1946) ; California (Californie terre promise, 1947) ; Easy Come, Easy Go (1947) ; Blaze of Noon (1947) ; Calcutta (Meurtre à Calcutta, 1947) ; The Big Clock (La grande horloge, 1948) ; Beyond Glory (Retour sans espoir, 1948) ; The Night has a Thousand Eyes (Les yeux de la nuit, 1948) ; Alias Nick Beal (Un pacte avec le diable, 1949) ; Red, Hot and Blue (L'ange endiablé, 1949) ; Where Danger Lives (1950) ; Copper Canyon (Terre damnée, 1950) ; His Kind of Woman (Fini de rire, 1951) ; Submarine Command (Duel sous la mer, 1951) ;

Ride, Vaquero (Vaquero, 1953) ; Plunder of the Sun (Les pillards de Mexico, 1953) ; Hondo (Hondo, l'homme du désert, 1953) ; Botany Bay (Les bagnards de Botany Bay, 1953) ; A Bullet is Waiting (Une balle vous attend, 1954) ; The Sea Chase (Le renard des océans, 1955) ; Back from Eternity (Les échappés du néant, 1956) ; The Unholy Wife (La femme et le rôdeur, 1957) ; John Paul Jones (John Paul Jones, maître des mers, 1959).

Né en Australie, élevé à la Royal Naval Academy, il commence une carrière de marin et d'écrivain, avant d'être appelé à Hollywood comme conseiller technique pour les films maritimes. Il écrit de très nombreux scénarios dont *Tarzan escapes.* Il débute comme réalisateur en 1937 en dirigeant des films de série B pour la Warner (parmi lesquels *West of Shangai* avec Boris Karloff) puis la RKO. Mobilisé pendant la guerre dans la marine, il est blessé et reprend le chemin des studios, *Wake Island* est un témoignage sur les combats du Pacifique que connaît bien Farrow. Désormais, on lui confie des budgets importants ; il signe ainsi plusieurs chefs-d'œuvre dans des genres aussi différents que le film de guerre (ce même *Wake Island,* qui reçut de nombreux prix), le thriller (*The Big Clock,* remarquable adaptation par John Latimer du roman de Kenneth Fearing), le western (*Hondo* avec John Wayne, œuvre si réussie qu'on l'attribua à John Ford !). Parmi ses meilleurs films, il faut aussi citer *Vaquero,* western baroque qui réunit au générique Ava Gardner, Robert Taylor et Anthony Quinn, l'ahurissant *His Kind Woman* au générique non moins brillant (Robert Mitchum, Jane Russell et Vincent Price), le semi-fantastique *Alias Nick Beal* où le diable (Ray Milland) corrompt un honnête politicien (Thomas Mitchell), une excellente adaptation d'un bon roman de William Irish, *The Night Has a Thousand Eyes* et une histoire criminelle délirante avec Diana Dors, *The Unholy Wife.* La mollesse de ses dernières mises en scène fit oublier les chefs-d'œuvre de la période 1947-1954, de *The Big Clock* à *Hondo.* Il fut en réalité un grand réalisateur. Marié à Maureen O'Sullivan, la compagne de Tarzan dans les films de la MGM, il en a eu Mia Farrow. Il s'était converti au catholicisme (on en trouve la trace dans *Vaquero*) et avait écrit une étude sur la papauté ainsi qu'une biographie de Thomas More, sans compter plusieurs romans, ce qui montre la variété de ses dons et de ses curiosités.

Fassbinder, Rainer-Werner

Réalisateur allemand, 1946-1982.

Liebe ist Kalter als der Tod (1969) ; Katzelmacher (1969) ; Götter der Pest (1969) ; Warum laüft Herr Amok (1970) ; Rio das Mortes (1970) ; Whity (1970) ; Der Amerikanische Soldat (1970) ; Warnung vor einer Heiligen Nutte (1970) ; Der Handler der vier Jahreszeiten (Le marchand de quatre saisons, 1971) ; Die bitteren Tränen der Petra von Kant (Les larmes amères de Petra von Kant, 1971) ; Wildwechsel (Gibier de passage, 1972) ; Angst essen Seele auf (Tous les « autres » s'appellent Ali, 1973) ; Fontane Effi Driest (Effi Briest, 1974) ; Faustrecht der Freiheit (Le droit du plus fort, 1974) ; Mutter Küsters fahrt zum Himmel (Maman Küsters s'en va au ciel, 1975) ; Angst vor der Angst (1975) ; Satansbraten (Le rôti de Satan, 1975) ; Chinesische Roulette (Roulette chinoise, 1976) ; Despair (Despair, 1977) ; Die Ehe der Maria Braun (Le mariage de Maria Braun, 1978) ; In einem Jahr Mit 13 Monden (L'année des 13 lunes, 1978) ; Deutschland im Herbst (coréal., L'Allemagne en automne, 1978) ; Der dritte Generation (La troisième génération, 1979) ; Lili Marleen (Lily Marleen, 1981) ; Lola (Lola, une femme allemande, 1981) ; Die Sehsucht der Veronika Voss (1982) ; Querelle (film posthume).

Professions multiples, journalisme, théâtre. Il fonde en 1970 une maison de production, crée diverses sociétés, travaille avec la télévision et tourne avec rapidité une quantité impressionnante de films. Bref, il réveille le cinéma allemand. A première vue, sa filmographie est d'une grande diversité : de *Maman Küsters* sur l'engagement d'une femme d'ouvrier dans un groupuscule gauchiste après le suicide de son mari, à l'adaptation de *La méprise* de Nabokov *(Despair)*, de l'homosexualité du *Droit du plus fort* à la chronique de l'Allemagne nazie puis postnazie vue à travers le destin d'une femme *(Le mariage de Maria Braun, Lili Marleen, Lola)*. Il mêle dans son style, de surcroît, le baroque (*Petra von Kant)* et le dépouillement *(Gibier de passage)*, truffant le tout de références cinématographiques ou politiques. Il entend pourtant donner à son œuvre une cohérence : « J'espère vivre assez longtemps pour réaliser une douzaine de films qui recomposeraient l'Allemagne dans sa globalité, telle que je la vois. Chacun représenterait une étape, même si l'ordre chronologique n'est pas respecté. *Lili Marleen* est mon premier sujet sur le IIIe Reich, ce ne sera pas le dernier. *Berlin Alexander Platz* et *Despair* se situent avant. *Maria Braun* et *Lola (*alors en cours de tournage) après. Je vais poursuivre ainsi jusqu'au temps présent, pas à pas. Si un événement me brûle les doigts, je traiterai de l'actualité comme dans La *troisième génération* (sur le terrorisme). Ce type de films prendrait d'ailleurs sa place à la fin de l'œuvre complète. Je cherche en moi où je suis dans l'histoire de mon pays, pourquoi je suis allemand. » (*Le Monde* du 17 avril 1981).

Faurez, Jean

Réalisateur français, 1905-1981.

Nombreux courts métrages. Puis : Service de nuit (1943) ; La fille aux yeux gris (1945) ; Contre-enquête (1946) ; La vie en rose (1947) ; Vire-vent (1948) ; Histoires extraordinaires (1949) ; Quai du Point-du-Jour (1959).

Il faudra bien lui rendre justice un jour. Son premier film, *Service de nuit* (la standardiste de nuit d'un petit village arrange pendant son service les ennuis des habitants qu'elle surprend au téléphone) était très réussi ; plus tard son adaptation des contes d'Edgar Poe (*Histoires extraordinaires)* surprit par un ton insolite, mélange de bouffonnerie et d'horreur. Mais on lui doit surtout une œuvre exquise, *La vie en rose,* délicate évocation de la routine d'un collège de province, jouée par un Louis Salou sublime, et où l'on ne savait plus reconnaître le rêve de la réalité. Bref un *Walter Mitty* français. Qu'est devenu Faurez ?

Faustman, Hampe

Réalisateur suédois, 1919-1961.

Natt i hamn (Une nuit au port, 1943) ; Sonja (1943) ; Flickan och djävulen (La sorcière, 1943) ; Brott och straff (Crime et châtiment, 1945) ; När ängarna blommar (Quand les prés fleurissent, 1946) ; Harald Handfaste (1947) ; Krigsmans erinran (Souvenirs d'un guerrier, 1947) ; Lars Hard (1948) ; Främmande hamn (Port étranger, 1948) ; Smeder pa luffen (Forgerons vagabonds, 1949) ; U-boat 39 (1952) ; Hom kom som en vind (Elle vint comme le vent, 1952) ; Kvinnorhuset (La maison des femmes, 1953) ; Gud fader och tattaren (Le Bon Dieu et le réprouvé, 1953) ; Resa i natten (Voyage dans la nuit, 1954).

Il vaut surtout pour sa *Sorcière* qui se situe dans la grande lignée du fantastique suédois. Ses films « sociaux » sont en revanche fort ennuyeux.

Feher, Friedrich

Acteur et réalisateur d'origine autrichienne, né en 1895.

Comme réalisateur : Das neue Leben (1918) ; Venezianische Liebesprache (1924) ; Die Memoiren eines Mönchs (1924) ; Sanin (1925) ; Das graue Haus (La maison grise, 1926) ; Mata-Hari, die rote Tänzerin (Mata-Hari danseuse rouge, 1927) ; Die Geliebte auf dem Königsthron (1927) ; Die Geliebte des Gouverneurs (1927) ; Sensations-prozess (1928) ; Maria Stuart (1928) ; Hotel-Geheimnisse (Secrets d'hôtel, 1929) ; Ihr Junge (Son fils, 1931) ; Gehetzte Menschen (1932). *En Angleterre* : The Robber Symphony (La symphonie des brigands, 1935).

Acteur dans *Caligari,* il passe très tôt à la mise en scène et signe, au parlant, la plupart des films de Magda Sonja dont il devient l'époux. Sa meilleure œuvre est la curieuse *Symphonie des brigands,* réalisation musicale très originale. Feher a fini une carrière bien remplie comme chef d'orchestre.

Feist, Felix

Réalisateur américain, 1906-1965.

The Deluge (1933) ; All By Myself (1943) ; You're a Lucky Fellow, Mr. Smith (1943) ; Pardon My Rhythm (1944) ; Reckless Age (1944) ; This Is the Life (1944) ; George White's Scandals (1945) ; The Devil Thumbs a Ride (1947) ; The Winner's Circle (1948) ; Guilty of Treason (1949) ; The Threat (1949) ; The Golden Gloves Story (1950) ; The Man Who Cheated Himself (1950) ; To-morrow Is Another Day (Les amants du crime, 1951) ; The Basketball Fix (1951) ; This Woman Is Dangerous (1952) ; The Big Trees (La vallée des géants, 1952) ; The Man Behind the Gun (La taverne des révoltés, 1952) ; Donovan's Brain (1953) ; Pirates of Tripoli (1955).

Il y avait beaucoup de souffle dans cette épopée forestière qu'était *La vallée des géants* digne de Howard Hawks. Feist s'illustra aussi dans le film noir (*Tomorrow Is Another Day,* produit par la Warner) et donna sa propre version du *Cerveau du Nubab* (*Donovan's Brain*) de Curt Siodmak. Du cinéma robuste (comme les chênes de *La vallée des géants*) et sympathique en diable.

Fejos, Paul

Réalisateur d'origine hongroise, 1897-1963.

Pan (1920) ; Lidercynomas (1920) ; Ujraélök (1920) ; A Fekete Kapitany (1921) ; Arsène Lupin utolso Kalandja (1921) ; Pique dame (1922) ; Egricsillagok (1923). *Aux États-Unis :* The Last Moment (1928) ; Lonesome (Solitude, 1928) ; Broadway (1929) ; The Last Performance (Erik le Grand, 1929) ; Captain of the Gard (1930) ; Big House (versions française et allemande, 1930). *En France :* L'amour à l'américaine (supervision, 1931) ; Fantômas (1931) ; Marie, légende hongroise (quatre versions, d'où des titres différents, 1932) ; Tempêtes (1932) ; *En Autriche :* Sonnenstrahl (Gardez le sourire, trois versions, 1933) ; Frühlingstimmen (1933). *Au Danemark :* Flugten fra millionerne (1934) ; Fange nr. I (1935) ; Det Gyldne smil (1935). *Pour Madagascar :* six documentaires (1935-1936). *Pour les Indes orientales :* sept documentaires (1937-1938). *En Suède :* En Handfull ris (Une poignée de riz, 1938). *Au Pérou :* Yagua (1941).

Venu au cinéma par le décor d'opéra, Fejos commence très tôt à tourner des films qui le laissent insatisfait et qu'il désavouera. Il part aux États-Unis en 1923, s'y fait remarquer par Spitz, puis par Chaplin qui loue *The Last Moment.* L'Universal l'embauche pour *Lonesome.* L'histoire fait sensation par sa simplicité. Deux jeunes gens se rencontrent dans une fête foraine. Coup de foudre. La foule les sépare. Désespoir. Mais ils habitaient des chambres voisines dans le même immeuble. Joie des retrouvailles. Autres succès : *Erik le Grand,* avec Conrad Veidt, et *Broadway,* brillantes évocations du monde du music-hall. Il passe à la MGM où il réalise les versions française et allemande du fameux *Big House,* sur le monde des prisons. Braunberger l'appelle en France. Le début de *Fantômas,* éblouissant, est fidèle à la fameuse série de Souvestre et Allain, puis le récit déraille. Dès lors la carrière de Fejos se partage entre la France, l'Autriche et la Hongrie. On peut en retenir l'émouvant *Marie, légende hongroise* et le fort entraînant et optimiste *Gardez le sourire.* Fejos se consacre à partir de 1936 au documentaire. Il tourne pour la Nordisk Film Kompagni des films sur Madagascar. Il se rend ensuite aux Indes orientales et au Siam. Il en rapporte de nouveaux documentaires. Il a trouvé sa voie : l'anthropologie. Il enseigne dans diverses universités américaines et devient membre de l'Académie des sciences de New York. Mais les cinéphiles n'oublieront pas *Solitude* et *Marie,* « ces œuvres dont la douceur et le mystère, rappelle Jacques Lourcelles, viennent de ce qu'ils racontent toujours des histoires un peu plus simples que la moyenne des films ».

Feldman, Marty

Acteur, scénariste et réalisateur né à Londres en 1938.

Comme réalisateur : The Last Remake of Beau Geste (Mon « beau » légionnaire, 1977) ; In God we Trust (La Bible fait le moine, 1979).

Venu de la télévision britannique, il composa dans les films de Mel Brooks d'extraordinaires silhouettes avant de passer derrière la caméra, à son tour. Sa version parodique de *Beau Geste* (qu'interprétait Gary Cooper dans la version de Wellman) est bourrée de gags visuels que ne désavoueraient pas Pierre Dac, Maurice Henry ou Paul Flora.

Fellini, Federico

Réalisateur italien né en 1920.

Luci del varietà (avec Lattuada, Les feux du music-hall, 1951) ; Lo sceicco bianco (Courrier du cœur, 1952) ; I vitelloni (Les inutiles, 1953) ; L'amore in città (L'amour à la ville, 3e sketch, 1953) ; La strada (La strada, 1954) ; Il bidone (Il bidone, 1955) ; Le notti di Cabiria (Les nuits de Cabiria, 1957) ; La dolce vita (La douceur de vivre, 1960) ; Boccaccio 70 (Boccace 70, 2e sketch, 1962) ; 8 e I/2 (Huit et demi, 1963) ; Giulietta degli spiriti (Juliette des esprits, 1965) ; Tre passi nel delirio (Histoires extraordinaires, 3e sketch, 1968) ; Fellini Satyricon (Fellini-Satyricon, 1969) ; Block notes di un regista (1969) ; I clowns (film pour la RAI, Les clowns, 1970) ; Roma (Fellini-Roma, 1971) ; Amarcord (Amarcord, 1973) ; Il Casanova di Federico Fellini (Casanova de Fellini, 1976) ; Prova d'orchestra (Répétition d'orchestre, 1978) ; La città delle donne (La cité des femmes, 1980).

D'une famille de la petite bourgeoisie provinciale, il débute dans le journalisme à Florence puis à Rome, collaborant notamment au *Marc Aurelio* et inventant, dit-on, l'un des épisodes de la bande dessinée *Flash Gordon.* Du journalisme Fellini passe tout naturellement au métier de scénariste, écrivant des gags pour Macario et Fabrizi. Il se lie avec Rossellini pour lequel il travaille sur différents projets. C'est avec Lattuada qu'il signe son premier film, *Luci del varietà.* Sa première inspiration est nettement néo-réaliste : un goût pour les humbles, les petits, les marginaux. François Mauriac ne s'y trompe pas lorsqu'il salue avec enthousiasme *La strada.* Les jeunes mariés du *Sceicco bianco,* les adolescents des *Vitelloni,* les forains de *La strada,* les minables escrocs d'*Il bidone* appartiennent au monde du néo-réalisme. Un monde d'où la grâce n'est jamais absente : le regard d'une jeune infirme ou d'une simple d'esprit nous rappelle que le monde n'est pas totalement noir.

Nul doute que cette partie de l'œuvre n'ait considérablement vieilli. A partir de *8 e I/2,* ce sont ses fantasmes que nous livre l'auteur : souvenirs de sa jeunesse provinciale (*Amarcord* qui signifie « je me souviens » en dialecte romagnol et dont on garde en mémoire le passage du transatlantique au large des côtes de l'Adriatique et le mythe de Gary Cooper ; *Roma* et les grands émois sexuels ; *I clowns* ou le monde enchanté du cirque qui fait tant rêver les enfants) sans oublier l'impuissance du créateur *(8 e 1/2).* Le goût pour le baroque s'accentue (la Rome du *Satyricon* n'a plus rien à voir avec celle de Pétrone et encore moins de Carcopino) pour déboucher sur le cauchemar (*La cité des femmes* est un long cauchemar au sens propre que fait rebondir l'ambiguïté des dernières images du film). Cela ne va pas sans une certaine gratuité. « Je n'ai pas de plan, disait Fellini lors du tournage de *Roma.* Je finirai quand je n'aurai plus d'argent. » Boutade ? A trop s'éloigner de la réalité pour rechercher les morceaux de bravoure (la mer de plastique du carnaval de Venise, les salons de la marquise d'Urfé, la poupée mécanique de la fin), son *Casanova* par exemple apparaît comme très inférieur à l'œuvre, plus modeste mais moins irritante, de Comencini. Certes, il s'agit « d'opposer au vide de Casanova la richesse de talent du cinéaste » (*Saison cinématographique 1977*), mais Fellini en fait peut-être trop.

On lui reprochera de ce fait un certain « nombrilisme », le vide de ses œuvres. Il le reconnaît : « Ma nature n'est pas politique ; et le discours politique m'embarrasse souvent. Je ne le comprends pas. Mais je confesse cela comme une faiblesse, comme une de mes carences. » Reste ce sentiment aigu de la mort (les fresques qui s'effacent dans *Roma,* comme les monuments qui s'effondrent chez Monsu Desiderio), le christianisme, si profondément anticatholique, de Fellini, et son sens de l'éternité qui l'a fait comparer lui, l'homme du soleil, à Bergman, le créateur qui vient des brumes.

BIBLIO. : G. Salachas, *Fellini* (1977).

Fenton, Leslie

Acteur et réalisateur d'origine anglaise, 1902-1978.

Comme réalisateur : Tell no Tales (1939) ; Stronger than Desire (1939) ; The Man from Dakota (1940) ; Golden Fleecing (1940) ; Saint's Vacation (1940) ; Tomorrow the World (1944) ; Pardon my Past (1945) ; Saigon (Trafic à Saigon, 1948) ; Lulu Belle (1948) ; Whispering Smith (Smith le Taciturne, 1949) ; Streets of Laredo (La chevauchée de l'honneur, 1949) ; On Your Merry Way (avec King Vidor, La folle enquête, 1949) ; Redhead and the Cowboy (Tête d'or et Tête de bois, 1951).

A l'image de l'acteur des années 20-30, des films solides, surtout des westerns, sans éclat mais conduits d'une main ferme.

Feret, René

Réalisateur français né en 1945.

Histoire de Paul (1975) ; La communion solennelle (1977) ; Fernand (1980).

Son premier film, consacré aux établissements psychiatriques, dérouta par une vision inspirée du « cinéma direct ». *La communion solennelle* eut un sort critique et populaire plus heureux. Jeancolas dans son *Cinéma des Français, de 1958 à 1978,* y voit « l'un des rares films français de la décennie écoulée à manifester un sens à la fois épique et intime de l'histoire ». *Fernand* marque un retour à un cinéma moins coloré et plus simple. De là son insuccès qui a paru condamner Feret.

Fernandel

Acteur et réalisateur, de son vrai nom Contantin Fernand, 1903-1971.

Comme réalisateur : Simplet (avec Carlo Rim, 1942) ; Adrien (1943) ; Adhémar ou le jouet de la fatalité (avec Guitry, 1951).

N'exagérons pas ses talents de réalisateur : ce fut avant tout un acteur – mais quel acteur ! *Simplet* n'en a pas moins beaucoup de charme, aidé par une spirituelle musique.

Fernandez, Emilio

Acteur et réalisateur mexicain né en 1904.

Comme réalisateur : La isla de la Pasión (1941) ; Soy puro mexicano (1942) ; Flor Sylvestre (L'ouragan, 1943) ; Maria Candaleria (1943) ; Las Abandonadas (Les abandonnées, 1944) ; Bugambilla (1944) ; Pepita Jimenez (1945) ; La Perla (La perle, 1946) ; Enamorada (Enamorada, 1946) ; Rio Escondido (1947) ; Malcovia (1948) ; Salon Mexico (Les bas-fonds de Mexico, 1948) ; Pueblerina (1949) ; La malquerida (La mal-aimée, 1949) ; Duelo en las montañas (1949) ; The Torch (1950) ; Un Dia de vida (1950) ; Victimas del Pecado (Quartier interdit, 1950) ; La Bienamada (1951) ; Acapulco (1951) ; Islas Marias (1951) ; Soave Patria (1951) ; Siempre tuya (1951) ; Tu y el Mar (1952) ; Cuando levanta la niebla (Désir interdit) ; La red (Le filet, 1953) ; El reportaje (1953) ; El rapto (1953) ; La rosa blanca (1954) ; La rebellion de los colgados (1954) ; Nostros Dos (1954) ; La Tierra del Fuego se apaga (1955) ; Una cita de amor (1956) ; El impostor (1957) ; Pueblito (1962) ; A Loyal Soldier of Pancho Villa (1966) ; Zona roja (1976).

Il fut l'une des figures de proue du cinéma mexicain grâce à son opérateur Gabriel Figueroa et au couple vedette Dolores del Rio-Pedro Armendariz, avant de sombrer dans les années 50 et de jouer, faute de mieux, dans un certain nombre de westerns de Peckinpah.

Il vaut mieux que ne pourrait le faire croire la vision de *Maria Candelaria,* effroyable mélo, aujourd'hui insupportable. Ce fils d'une Indienne joua un rôle actif dans la révolution mexicaine et dut s'enfuir en Californie avant de revenir au pays comme acteur, puis réalisateur. Il eut souvent, brisant les tabous, un sens aigu de l'érotisme, notamment dans *La red* où il lança Rossanna Podesta. Il sut enfin donner du Mexique une vision différente de celle imposée par les conventions hollywoodiennes.

Ferrer, José Vincente Ferrer Y Cintron

Acteur et réalisateur américain né en 1912.

The Shrike (Ange ou démon, 1955) ; Cockleshell Heroes (Commando dans la Gironde, 1956) ; The Great Man (1956) ; The High Cost of Loving (L'amour coûte cher, 1958) ; I Accuse (L'affaire Dreyfus, 1958) ; Return of Peyton Place (1961) ; State Fair (1962).

Pourquoi cet acteur réputé s'est-il voulu metteur en scène ? D'une œuvre décousue, allant du film de guerre *(Commando dans la Gironde)* à la comédie musicale *(State Fair),* en passant par le pastiche de *Citizen Kane* (*The Great Man*) n'émerge qu'un curieux film consacré, avec une certaine rigueur historique, à l'affaire Dreyfus (*I Accuse*).

Ferrer, Mel

Acteur et réalisateur américain né en 1917.

Comme réalisateur : The Secret Fury (Fureur secrète, 1950) ; Green Mansions (Vertes demeures, 1958).

Romancier, puis acteur promenant sa distinction dans des films inégaux, il s'est essayé sans grand succès à la mise en scène. Ses deux films, dont le curieux *Green Mansions* avec sa femme Audrey Hepburn, furent des échecs commerciaux et critiques.

Ferreri, Marco

Réalisateur italien né en 1928.

El visito (1958) ; Los chicos (1959) ; Il tesoro dei barbari (1960) ; El cochecito (La petite voiture, 1961) ; Le italiane e l'amore (Les femmes accusent, un sketch, 1961) ; L'ape regina/una storia moderna (Le lit conjugal, 1963) ; La donna scimmia (Le mari de la femme à barbe, 1964) ; Controsesso (2e sketch, 1964) ; Oggi, domani e dopodomani (1er sketch, 1965) ; Marcia nuziale (1966) ; L'harem (Le harem, 1967) ; Dillinger è morto (Dillinger est mort, 1969) ; Break-up (version intégrale du sketch Oggi, domani e dopodomani, 1969) ; Il seme dell'uomo (La semence de l'homme, 1969) ; Perché pagare per essere felici (1970) ; L'udienza (L'audience, 1971) ; La cagna (Liza, 1971) ; La grande abbuffata (La grande bouffe, 1973) ; Non toccare la donna bianca (Touche pas la femme blanche, 1974) ; L'ultima donna (La dernière femme, 1976) ; Yerma (pour la télévision, 1977) ; Cia maschio (Rêve de singe, 1978) ; Chiedo asilo (Pipicacadodo, 1979) ; Conte de la folie ordinaire (1982).

Ne se sentant pas une grande vocation pour soigner les animaux, Ferreri interrompt ses études de vétérinaire pour se consacrer au cinéma. Après quelques courts métrages publicitaires et la publication d'une revue, *Documento mensile,* il participe à la production du fameux *Amore in città.* Passé en Espagne, il y inaugure une carrière de metteur en scène avec quelques films mineurs et un chef-d'œuvre d'humour noir, *El cochecito,* où un vieillard décime toute une famille pour pouvoir s'acheter une petite voiture d'infirme. Ce goût de l'absurde et de la dérision, fondé sur une observation minutieuse des mœurs de l'époque, il le confirme, de retour en Italie, avec *Le lit conjugal,* satire du mariage où Marina Vlady, véritable reine des abeilles, épuise le mâle Ugo Tognazzi, et *Le mari de la femme à barbe.* Son goût de la provocation ne cesse de s'affirmer de *Marcia nuziale* à *L'audience,* satire de la bureaucratie vaticane (pour des raisons inconnues, un homme essaie vainement d'obtenir une audience du pape), en passant par *Dillinger est mort,* son œuvre la plus accomplie selon certains. C'est *La grande bouffe* qui l'impose au public : dans cet *A rebours* gastronomique, Ferreri entend confronter l'homme et sa physiologie, et dénoncer la mystique de la bouffe très répandue en France. Le film fit scandale pour cette raison plus que pour certaines scènes scatologiques. Scandale également pour *La dernière femme* et sa scène finale où Depardieu s'émascule avec un couteau électrique. Scandale auparavant pour *Touche pas la femme blanche,* provocant anti-western, tourné aux Halles de Paris. Comment n'aurait-il pas été attiré par Charles Bukowski et son roman : *Érections, éjaculations, exhibitions et autres contes de la folie ordinaire ?* Un univers de provocation et de folie qui rejoint celui de Ferreri. « Une femme c'est comme une bouteille de bière, on la débouche, on la boit et on la pisse » dit Bukowski. Ferreri n'a pas fait une adaptation strictement littérale, mais il n'évite pas les scènes scabreuses. Ornella Muti se promène dans le film, comme un rêve inaccessible. Nul voyeurisme mais une provocation sensuelle incessante. « Les provocateurs comme moi sont utiles », affirme tranquillement Ferreri.

Ferreyra, José A.

Réalisateur argentin, 1889-1943.

Una noche de garfua (1915) ; El tango de la muerte (1917) ; Campo Ajuera (1919) ; Mientre Buenos Aires duerme (1921) ; La gaucha (1921) ; La chica della Calle Florida (1921) ; Buenos Aires (1922) ; Ciudad de Ensueno (1922) ; El organito de la Tarde (1924) ; El arriero de Yacanto (1924) ; Mi ultimo canto (1924) ; Machachita de Chiclana (1926) ; Perden Viejita (1927) ; El cantar de mi Ciudad (1930) ; La cancion del gaucho (1930) ; Munéquitas Portenas (1931) ; Calle de Buenos Aires (1934) ; Puente Alsina (1935) ; Ayudame a Vivir (1936) ; Besos brujos (1937) ; Muchachas de la ciudad (1937) ; La ley que olvidaron (1938) ; Chimbella (1939) ; El hijo del barrio (1940) ; La mujer y la selva (1941).

Considéré comme le père du cinéma argentin. Georges Sadoul le décrit comme un peu bohème, proche d'une vie populaire qu'il a su très bien décrire « avec une touche sûre et souple ». En 1928-1929, un voyage en Europe lui a révélé l'importance d'un cinéma dont il a su assimiler les leçons.

Ferroni, Giorgio

Réalisateur italien né en 1908.

L'ebbrezza del cielo (1940) ; Casello nº 3 (1945) ; Pian del stelle (1947) ; Tombolo, paradiso nero (1947) ; Marechiaro (1949) ; Vivere a sbafo (1950) ; Vertigine bianca (1956) ; L'oceano ci chiama (coréal., 1958) ; 1940 (1958) ; Il mulino delle donne di pietra (Le moulin des supplices, 1960) ; Le baccanti (1961) ; La guerra di Troia (La guerre de Troie, 1961) ; Ercole contro Moloch (Hercule contre Moloch, 1964) ; Il colosso di Roma (1964) ; Il leone di Tebe (1964) ; Coriolano, eroe senza patria (1965). *Tous les films suivants sous le pseudonyme de Jackson Padget :* Un dollaro bucato (Le dollar troué, 1965) ; Per pochi dollari ancora (1966) ; New York chiama Superdragon (New York appelle Superdragon, 1966) ; Wanted (1967) ; Il pistolero segnato da dio (Deux pistolets pour un lâche, 1968) ; La battaglia di El Alamein (1969) ; L'arciere di fuoco (1971) ; La notte dei diavoli (1972) ; Attenti ragazzi, chi rompe... paga (1976).

Une utilisation amusante des héros de l'Antiquité romaine : Énée, Mucius Scaevola *(Il colosso di Roma),* Coriolan rendrait plutôt sympathique cet ancien documentariste, très réputé dans les années 30. S'il est surtout connu pour ses péplums, il a abordé tous les genres du cinéma populaire. On oublie que *Le dollar troué* fut l'un des premiers westerns italiens, les acteurs comme le réalisateur ayant pris des noms anglo-saxons. Le pastiche n'était pas sans mérites. Les amateurs de films d'horreur saluèrent avec enthousiasme *Le moulin des supplices* qui reprenait l'inusable thème du savant fou. Les adaptations policières de Ferroni furent moins heureuses et sa *Bataille d'El*

Alamein souffrait d'un manque cruel de moyens. Ferroni avait amorcé, à ses débuts, une autre carrière. Les contraintes de la vie l'ont obligé à s'orienter vers un cinéma plus facile. Rendons-lui justice : il n'en conçut aucune amertume et sut toujours signer des œuvres de bonne facture.

Fescourt, Henri

Réalisateur français, 1880-1966.

La méthode du professeur Neura (1912) ; Un mari à l'essai (1912) ; Les risques du flirt (1912) ; L'homme giflé (1912) ; Le bonheur perdu (1912) ; Un grand seigneur (1912) ; Le regard (1912) ; L'amazone (1912) ; Le petit restaurant de l'impasse Canin (1913) ; La lumière qui tue (1913) ; Minuit 35 (1913) ; Paris-Saint-Pétersbourg (1913) ; Cubiste par amour (1913) ; Le départ dans la nuit (1913) ; Les joyeuses noces de Saint-Lolo (1913) ; Un obus sur Paris (1913) ; La Marquita (1913) ; La marquise de Trévenec (1913) ; Fille de prince (1914) ; Les trois ombres (1914) ; Peine d'amour (1914) ; La menace (1915) ; L'instinct est maître (1916) ; Mathias Sandorf (1920) ; La nuit du 13 (1921) ; Rouletabille chez les bohémiens (1922) ; Mandrin (1923) ; Les grands (1924) ; Le fils d'Amérique (1924) ; Les Misérables (1925) ; La Glu (1926) ; La maison du Maltais (1927) ; L'Occident (1927) ; Monte-Cristo (1929) ; La maison de la flèche (1930) ; Serments (1931) ; Service de nuit (1931) ; L'Occident (1937) ; Bar du Sud (1938) ; Vous seule que j'aime (1939) ; Face au destin (1939) ; Retour de flamme (1942).

Musicien, avocat, journaliste, scénariste chez Gaumont, il s'est peu à peu affirmé dans les années 20 comme un grand réalisateur populaire connaissant de gros succès commerciaux avec *Mathias Sandorf, Les Misérables* et surtout *Monte-Cristo.* Alain Resnais, qui fut élève de Fescourt à l'I.D.H.E.C., déclare qu'il fut fasciné par la beauté plastique de ce dernier film. Fescourt fut l'un des fondateurs du Ciné-Club de France. Il a laissé un important livre de souvenirs, *La foi et les montagnes ou le septième art du passé,* qui éclaire tout un pan du cinéma muet.

BIBLIO. : Cl. Beylie et F. Lacassin, *Fescourt,* Anthologie du cinéma (t. III, 1968).

Festa Campanile, Pasquale

Réalisateur italien né en 1927.

Un tentativo sentimentale (Amour sans lendemain, 1963) ; Le voci bianche (Le sexe des anges, 1963) ; La costanza della ragione (Avec amour et rage, 1965) ; Una vergine per il principe (Une vierge pour le prince, 1965) ; Adulterio all'italiana (1966) ; La cintura di Castita (1967) ; La ragazza e il generale (La fille et le général, 1967) ; Il marito E'Mio a l'Ammazzo quando mi pare (1968) ; La matriarca (L'amour à cheval, 1968) ; Con quale amore, con quanto amore ? (1969) ; Dove vai tutta nuda ? (1969) ; Scacco alla Regina (1970) ; Quando le donne avevano la coda (Quand les femmes avaient une queue, 1970) ; Il merlo maschio (Ma femme est un violon, 1971) ; Quando le donne persero la coda (1971) ; Jus primae noctis (1972) ; La calandria (1972) ; L'emigrante (1973) ; Rugantino (1973) ; La sculacciata (1973) ; Conviene far bene l'amore (En 2000, il conviendra de bien faire l'amour, 1974) ; Il soldato di ventura (La grande bagarre, 1975) ; Dimmi che fai tutto per me (1975) ; Autostop Rosso Sangue (1976) ; Cara sposa (1977) ; Il ritorno di Casanova (1977) ; Come perdere una moglie... e trovare un amante (1978) ; Gege Bellavita (1978) ; Il corpo della ragassa (1978) ; Sabato, Domenica e Venerdi (1979) ; Il ladrone (Le larron, 1979) ; Qua la mano (1980) ; Nessuno è Perfetto (1981) ; Piu bello di casi si muore (1982).

Journaliste, écrivain, devenu cinéaste en 1963, Festa Campanile a beaucoup tourné et de préférence sur des sujets égrillards, ce qui explique qu'il n'ait pas la réputation des « grands » de la comédie italienne. Il s'agit pourtant d'un esprit cultivé (*Le voci bianche* sur l'opera buffa et les castrats a été tourné bien avant le *Porporino* de Dominique Fernandez) qui ne sombre jamais dans la vulgarité. Que l'on songe à son chef-d'œuvre, *Il merlo maschio :* un violoncelliste qui joue dans un grand orchestre passe toujours inaperçu : on oublie même son nom (Vivaldi !). Il remarque que sa femme (Laura Antonelli), quelconque en apparence, attire l'attention lorsqu'elle est dévêtue. Sa nudité permettra enfin au mari d'exister. Apothéose, une représentation d'*Aïda,* où l'épouse se montrera nue devant plusieurs milliers de spectateurs. Sur ce thème quelque peu osé, Festa Campanile évite toute lourdeur, démolissant au passage « le mariage à l'italienne » fondé sur la supériorité du mâle. *Le larron* se situe au temps de Jésus que le héros, interprété par Enrico Montesano, prend pour un charlatan naïf et imprudent. « La grande force de Jésus, dit-il, c'est son manque d'humour. » Au demeurant, ce joyeux voleur finira sur la croix auprès du Christ. Une nouvelle fois Festa Campanile frôle le scabreux ou le sacrilège, mais sait admirablement éviter toute faute de goût. Quant à *Nul n'est parfait,* il offre un inattendu mélange des sexes : là encore, on pourrait crier au scandale, mais l'auteur échappe aux écueils. « Mes films, dit-il, sont des comédies paradoxales qui ne sont pas le miroir des mœurs mais leur dépassement. »

Feuillade, Louis

Réalisateur français, 1874-1925.

Principaux films (son œuvre comprend plus de 800 titres) : La vengeance corse (1907) ; Le cul-de-jatte emballé (1908) ; Un facteur trop ferré (1908) ; Belle-Maman n'ira plus à la fête (1908) ; Le tic (1908) ; L'homme aimanté (1908) ; Le thé chez la concierge (1908) ; La journée d'un-non gréviste (1908) ; Le récit du colonel (1908) ; Vive le sabotage (1908) ; La ceinture électrique (1908) ; C'est papa qui prend la purge (1908) ; Le rêve des apaches (1908) ; Le roman de sœur Louise (1908) ; L'aveugle de Jérusalem (1909) ; La chatte métamorphosée en femme (1909) ; La cigale et la fourmi (1909) ; Le collier de la reine (1909) ; Judith et Holopherne (1909) ; La mort de Mozart (1909) ; Le huguenot (1909) ; série des Bébé : Bébé apache, Bébé fume, Bébé pêcheur... (1910) ; Benvenuto Cellini (1910) ; Le festin de Balthazar (1910) ; 1814 (1910) ; Le roi de Thulé (1910) ; Aux lions les chrétiens (1911) ; série des Bébé : Bébé agent d'assurances, Bébé a le béguin, Bébé est socialiste, Bébé fait chanter sa bonne... (1911) ; Le destin des mères (1911) ; Le roi Lear au village (1911) ; Androclès (1912) ; L'attrait du bouge (1912) ; Série des Bébé : Bébé a la peste, Bébé chez le pharmacien, Bébé et le satyre, Bébé se noie, Napoléon, Bébé et les Cosaques... (1912) ; Le mort vivant (1912) ; Le nain (1912) ; La course aux millions (1912) ; Les cloches de Pâques (1912) ; Le proscrit (1912) ; L'homme de proie (1912) ; Le revenant (1912) ; Série La vie telle qu'elle est : Le mariage de l'aînée, Les vipères, En grève..., Erreur tragique (1913) ; Un drame au Pays basque (1913) ; Le secret du forçat (1913) ; Série des Bout de Zan : Bout de Zan et le cigare, Bout de Zan et le crocrodile, Bout de Zan et sa petite amie (1913) ; série des Bébé : Bébé en vacances... (1913) ; Fantômas (1913) ; Juve contre Fantômas (1913) ; Le mort qui tue (Fantômas III, 1913) ; La vengeance du sergent de ville (1913) ; La mort de Lucrèce (1913) ; Fantômas contre Fantômas (1914) ; Le faux magistrat (Fantômas, V, 1914) ; Série des Bout de Zan : Bout de Zan pacifiste, Bout de Zan écrit ses maximes, Bout de Zan a la gale, Bout de Zan a le ver solitaire, etc. (1914) ; L'agonie de Byzance (1914) ; Le calvaire (1914) ; Série La vie drôle : L'hôtel de la Gare, Le Jocond, Le gendarme est sans culotte, Le coup du fakir, Le furoncle, etc. (1914) ; Les vampires (12 épisodes, 1915) ; Série des Bout de Zan : Bout de Zan veut s'engager, Bout de Zan est patriote, Bout de Zan et la torpille, etc. (1916) ; Judex (12 épisodes, 1916) ; Lagourdette gentleman cambrioleur (1916) ; La peine du talion (1916) ; Si vous ne m'aimez pas (1916) ; La nouvelle mission de Judex (12 épisodes, 1917) ; Vendémiaire (1918) ; Tih-Minh

(12 épisodes, 1918) ; Le bandeau sur les yeux (1918) ; Les petites marionnettes (1918) ; L'homme sans visage (1919) ; L'engrenage (1919) ; Nocturne (1919) ; Énigme (1919) ; Barrabas (1920) ; Les deux gamines (12 épisodes) ; Série des Biscotin : Biscotin candidat, Biscotin neurasthénique (1920) ; L'orpheline (12 épisodes, 1921) ; Parisette (12 épisodes, 1921) ; Gustave et le médium (1921) ; Zidore (1921) ; Séraphin ou les jambes nues (1921) ; Le fils du flibustier (1922) ; Gaétan ou le commis audacieux (1922) ; Le gamin de Paris (1923) ; Vindicta (1923) ; Gosseline (1923) ; Pierrot-Pierrette (1924) ; Une fille bien gardée (1924) ; Lucette (1924) ; L'orphelin de Paris (1924) ; Le stigmate (achevé par Champreux, 1925).

« Feuillade ! – Vous dites ? – Je dis Feuillade. – Cela signifie quoi ? – Rien et tout. – Pourtant qu'est-ce que c'est ? – C'est le Maître du cinéma, le Génie du film à épisodes. » Parodiant le début de *Fantômas* de Pierre Souvestre et Marcel Allain, c'est ainsi que l'on pourrait présenter l'un des plus grands réalisateurs français, Louis Feuillade. Sans Feuillade, sans Jasset, sans Gasnier, sans Desfontaines, sans Perret, sans Pouctal, inventeurs du film à épisodes, les foules auraient-elles pris le chemin des salles obscures ?

Journaliste à *La Croix*, il a raconté ainsi ses débuts : « Le cinéma me fut révélé en 1906 par André Heuzé. Je remplissais à la *Revue mondiale* la fonction de secrétaire de rédaction quand il fut engagé chez Pathé comme auteur-metteur en scène. Va porter tes scénarios chez Gaumont, me dit-il. On voulut bien les accueillir et m'inviter à entrer dans cette maison. » Il va y créer une série de personnages qui ont enrichi la mythologie du cinéma : Bébé et Bout de Zan, enfants terribles, plus jeunes que Bibi Fricotin mais tout aussi débrouillards, plus malicieux que les jumeaux de Pim-Pam-Poum et que les lutins de Christophe réunis ; Fantômas, version filmée des exploits du Génie du Crime, du Maître de l'Effroi, qui ressuscite aujourd'hui pour nous tout un Paris disparu, celui de Belleville, des Fortifications et de Bercy ; les Vampires dont le chef de cette sinistre bande, déguisé en évêque, tire au canon sur un bateau pénitencier pour délivrer son égérie Musidora au collant suggestif ; Judex, le justicier à la cape dont les méthodes annoncent la science-fiction ; Tih-Minh, Barrabas, les deux gamines... Un concert de protestations, du préfet de police Lépine aux critiques Canudo et Delluc, s'éleva contre ce tissu d'inepties destiné à pervertir le goût des spectateurs. Et pourtant, *Fantômas, Les Vampires* et *Judex comptent aujourd'hui parmi les plus beaux poèmes visuels qu'ait composés un cinéaste.*

BIBLIO. : F. Lacassin, *Feuillade* (Seghers, 1964).

Feyder, Jacques

Réalisateur d'origine belge, de son vrai nom Fréderix, 1885-1948.

M. Pinson policier (1915) ; Têtes de femmes, femmes de tête (1916) ; Le pied qui étreint (1916) ; Un conseil d'ami (1916) ; L'homme de compagnie (1916) ; Tiens, vous êtes à Poitiers ? (1916) ; L'instinct est maître (1916) ; Le frère de lait (1916) ; Le billard cassé (1916) ; Abrégeons les formalités (1916) ; La trouvaille de Buchu (1916) ; Le pardessus de demi-saison (1917) ; Les vieilles femmes de l'hospice (1917) ; Le ravin sans fond (1917) ; La faute d'orthographe (1919) ; L'Atlantide (1921) ; Crainquebille (1922-1923) ; Visages d'enfants (1923-1925) ; L'image (1925) ; Gribiche (1925) ; Carmen (1926) ; Au pays du roi lépreux (1927) ; Thérèse Raquin (1928) ; Les nouveaux messieurs (1928) ; The Kiss (Le baiser, 1929) ; Anna Christie (versions allemande et suédoise, 1929) ; Le spectre vert 1930) ; Si l'Empereur savait ça ! (1930) ; Son of India (Le fils du Radjah, 1931) ; Day Break (Aube, 1931) ; Le grand jeu (1934) ; Pension Mimosas (1935) ; La kermesse héroïque (1935) ; Knight Without Armour (Le chevalier sans armure, 1937) ; Les gens du voyage (1938) ; La loi du Nord (1942) ; Une femme disparaît (1942) ; Macadam (Supervision, 1946).

Comment on passe de l'armée au théâtre puis du théâtre au cinéma, à la suite de l'abandon par Gaston Ravel de

Monsieur Pinson policier : voilà qui ferait l'objet de l'un de ces courts métrages que Feyder affectionna à ses débuts mais dans lequel il aurait pu ainsi raconter ses débuts dans la carrière cinématographique. Son meilleur film au cours de cette période est *Le pied qui étreint,* parodie des *Mystères de New York* de Gasnier. Il tourne également des scénarios de Tristan Bernard. Mais c'est *L'Atlantide,* première d'une longue suite d'adaptations du roman de Pierre Benoit, qui le fait connaître. Anatole France se déclarera satisfait de l'adaptation de *Crainquebille* par Feyder, et Jules Romains écrit spécialement pour lui *L'image,* histoire de quatre hommes qui se lancent à la poursuite d'une femme dont ils ont vu la photographie dans une vitrine : il y a dans le personnage d'Arlette Marchal, châtelaine d'un domaine sans fin de la plaine hongroise, beaucoup d'Antinéa. D'autres personnages suivent : Carmen, Thérèse Raquin et, après une joyeuse parodie des mœurs parlementaires dans *Les nouveaux messieurs* qu'interdit pour un temps la censure, c'est la consécration à Hollywood avec la direction de Greta Garbo dans son dernier film muet, *The Kiss.* Mais Feyder sera vite déçu. Après quelques œuvres sans importance, il rentre en France. S'ouvre l'ère des chefs-d'œuvre : *Le grand jeu, Pension Mimosas,* et surtout sur un scénario de Spaak et dans des décors de Meerson, l'admirable *Kermesse héroïque.* Jean Murat, Jouvet, Alerme et Françoise Rosay sont extraordinaires de vérité et d'humour dans cette farce qui retrouve tout le charme des grands peintres flamands mais ne fut pas comprise en Belgique où le film fut interdit, notamment à Bruges. Feyder part à Londres diriger Marlène Dietrich dans *Le chevalier sans armure* qui est un échec, puis à Munich pour *Les gens du voyage,* autre échec. Carné, Duvivier et les tenants du réalisme poétique commencent à éclipser Feyder. Son film suivant, *La piste du Nord,* ne sera présenté, et mutilé par la censure, qu'en 1942. Feyder et son épouse Françoise Rosay se réfugient en Suisse pour ne pas travailler pour l'occupant. Feyder, qui noie son amertume dans l'alcool, ne tourne qu'un film, *Une femme disparaît,* médiocre récital de Françoise Rosay. Après la guerre, il supervise *Macadam,* avant de s'éteindre dans une clinique suisse. « Feyder, dira de lui le décorateur Meerson, est un maître qui a su ramener le cinéma français dans la saine tradition du réalisme. »

BIBLIO. : Ch. Ford, *Feyder* (1973).

Fields, William Claude

Acteur et scénariste américain, 1879-1946.

Films comme acteur : Pool Sharks (1915) ; Janice Meredith (1924) ; Sally of the Sawdust (Sally fille de cirque, 1925) ; That Royle Girl (Détresse, 1926) ; It's the Old Army Game (1926) ; So's Your Old Man (Aie ! Mes aïeux ! 1926) ; The Potters (Papa spécule 1927) ; Running Wild (Dans la peau du lion, 1927) ; Two Flaming Youths (1927) ; Tillie Punctured Romance (1928) ; Fools for Luck (1928) ; The Golf Specialist (1930) ; Her Majesty, Love (Dieterle, 1931) ; Million Dollar Legs (Cline, 1932) ; It I Had a Million (Si j'avais un million, sketch de Taurog, 1932) ; The Dentist (Pierce, 1932, scénario de Fields) ; The Fatal Glass of Beer (Bruckman, 1933, scénario de Fields) ; The Pharmacist (Ripley, 1933, scénario de Fields) ; The Barber Shop (Ripley, 1933, scénario de Fields), International House (Sutherland, 1933) ; Tillie and Gus (F. Martin, 1933) ; Alice in Wonderland (Alice au pays des merveilles, McLeod, 1933) ; Six of a Kind (Poker Party, McCarey, 1934) ; You're Telling Me (Dollars et Whisky, Kenton, 1934) ; The Old-Fashioned Way (La parade du rire, Beaudine, 1934, sujet de Ch. Bogle, pseudonyme de Fields) ; Mrs Wiggs of the Cabbage Patch (Taurog, 1934) ; It's a Gift (Une riche affaire, McLeod, 1934, sujet de Ch. Bogle, pseudonyme de Fields) ; David Copperfield (Cukor, 1935) ; Mississipi (Sutherland, 1935) ; The Man on the Flying Trapeze (Les joies de la famille, Bruckman, 1935, sur un sujet de Ch. Bogle, alias Fields) ; Poppy (Sutherland, 1936) ; The Big Broadcast of 1936 (Leisen, 1938) ; You Can't Cheat an Honest Man (Sans peur et sans reproche, G. Marshall, 1939, sujet Ch. Bogle-Fields) ; My Little

Chickadee (Mon petit poussin chéri, Cline, 1939, scénario de Fields et Mae West) ; The Bank Dick (Mines de rien, 1940, Cline, scénario de Mahatma Kane Jeeves, en réalité Fields) ; Never Give a Sucker an Even Break (Passez muscade, Cline, 1941, scénario de Fields sous le pseudonyme d'Otis Criblecoblis) ; Tales of Manhattan (Duvivier, 1942, sketch coupé) ; Follow the Boys (Sutherland, 1944, sketch) ; Song of the Open Road (Hollywood Melodie, S. Simon, 1944) ; Sensations of 1945 (Swing Circus, Stone, 1945, sketch).

Rien à voir avec les autres burlesques américains. La gentillesse c'est fini. « Un homme qui n'aime pas les enfants et les animaux ne peut être mauvais » : ce postulat posé, tout devient possible, comme d'aller vendre des noix muscades à une colonie de russes émigrés, de sauter d'un avion pour rattraper une bouteille de scotch et de tomber au sommet d'une montagne où vit une ravissante jeune fille qui n'a jamais vu un homme de sa vie (*Never Give a Sucker...*) ou encore de couler à coup de revolver un cuirassé qui apparaît sur un écran de télévision *(International House)* tandis que la statue du penseur de Rodin s'anime pour demander à d'étranges conspirateurs de le laisser penser en paix *(Million Dollar Legs).* S'il n'a pas signé la mise en scène de ses films, comme Keaton, Langdon ou Chaplin, Fields est sous, les pseudonymes les plus inattendus, l'inventeur des scénarios. Plus que Cline ou Bruckman, il est donc le véritable auteur d'œuvres où prime un comique verbal plus percutant encore que celui des frères Marx. D'une enfance malheureuse (son père qui vendait des fruits et des légumes l'avait chassé à onze ans) il a gardé une incontestable misanthropie. Mais c'est le music-hall où il a travaillé très tôt qui l'a le plus profondément marqué, notamment Zegfeld. Son grand morceau de bravoure, la partie de billard de *Pool Sharks,* si souvent reprise, en vient directement, de même que son goût pour des titres ou des phrases absurdes, du genre, dans *The Fatal Glass of Beer :* « T'ain't a fit night out for man nor beast » à propos des conditions météorologiques qui règnent dans le Grand Nord.

Finney, Albert

Acteur et réalisateur anglais né en 1936.

Comme réalisateur : Charlie Bubbles (1967).

Acteur de théâtre et de cinéma particulièrement réputé en Angleterre, où il fut salué comme un nouveau Laurence Olivier, il a tourné comme réalisateur l'un des films les plus originaux du cinéma britannique, *Charlie Bubbles.* On peut déplorer qu'il n'ait pas poursuivi et se soit, ces derniers temps, orienté vers le disque.

Fischinger, Oskar

Réalisateur allemand de films d'animation, 1900-1967.

Wax Experiments (1924-1929) ; Pierrette nº 1 (1924) ; Études I-12 (1929-1932) ; Kreise (1933) ; Quadrate (1934) ; Farbenspiel (1934) ; Komposition in Blau (1935) ; Allegretto (1936) ; Color Rhythm (1942) ; Radio Dynamic (1942) ; Motion Painting (1947) ; Stereo Film (1953).

Peintre d'avant-garde, il tourne à partir de 1926 des films abstraits, *Étude I, Étude 2, Lichtertanz.* Il travaille aux effets spéciaux d'*Une femme sur la lune* de Lang puis passe aux États-Unis. On le trouve au générique des effets spéciaux de *Big Broadcast of 1937* et il collabora avec Walt Disney pour *Fantasia,* mais sa participation sur « Toccata et Fugue » de Bach, jugée trop abstraite, fut remaniée. Fischinger resta à Hollywood mais se limita aux courts métrages expérimentaux.

Fisher, Bud

Auteur anglais de dessins animés.

Mutt and Jeff (série, à partir de 1916).

Il dessina les deux silhouettes d'Anglais moyens connus sous le nom de Mutt et Jeff et qui appartiennent à la première étape de l'animation. Ces personnages furent repris par Mintz.

Fisher, Terence

Réalisateur anglais, 1904-1980.

A Song for To-Morrow (1947) ; Colonel Bogey (1947) ; To the Public Danger (1948) ; Portrait from Life (Le mystère du camp 27, 1948) ; Marry Me (1949) ; The Astonished Heart (avec N. Coward, Égarement, 1949) ; Home to Danger (1950) ; So Long at the Fair (Si Paris l'avait su, 1951); A Distant Trumpet (1952) ; The Last Page (1952) ; Wings of Danger (1952) ; Stolen Face (1952) ; Mantrap (1953) ; Four Sided Triangle (1953) ; Spaceways (1953) ; Blood Orange (1953) ; Face the Music (1954) ; Mask of Dust (1954) ; The Stranger Came Home (Meurtre sans empreintes, 1954) ; Final Appointment (1954) ; Children Galore (1954) ; Murder by Proxy (1955) ; The Flaw (1955) ; Stolen Assignment (1955) ; The Last Man to Hang ? (1956) ; Kill Me To-Morrow (1957) ; The Curse of Frankenstein (Frankenstein s'est échappé, 1957) ; The Revenge of Frankenstein (La revanche de Frankenstein, 1958) ; Horror of Dracula (Le cauchemar de Dracula, 1958) ; The Hound of the Baskervilles (Le chien des Baskerville,1959) ; The Mummy (La malédiction des Pharaons, 1959) ; The Stranglers of Bombay (Les étrangleurs de Bombay, 1959) ; The Man Who Could Cheat Death (1959) ; The Brides of Dracula (Les maîtresses de Dracula, 1960) ; The Two Faces of Dr. Jekyll (Les deux visages du docteur Jekyll, 1960) ; Sword of Sherwood Forest (Le serment de Robin des Bois, 1960) ; The Curse of the Werewolf (La nuit du Loup-Garou, 1961) ; The Phantom of the Opera (Le fantôme de l'Opéra, 1962) ; Sherlock Holmes und das Halsband des Todes (Sherlock Holmes et le collier de la mort, 1962) ; The Horror of It All (1963) ; The Earth Dies Screaming (1964) ; The Gorgon (La Gorgone, 1964) ; Dracula, Prince of Darkness (Dracula, prince des ténèbres, 1965) ; Island of Terror (L'île de la terreur, 1966) ; Frankenstein Created the Woman (Frankenstein créa la femme, 1967) ; Night of the Big Heat (La nuit de la grande chaleur, 1967) ; The Devil Rides Out (Les vierges de Satan, 1968) ; Frankenstein Must Be Destroyed (Le retour de Frankenstein, 1969) ; Frankenstein and the Monster from Hell (Frankenstein et le monstre de l'enfer, 1973).

Il ressuscita les vieux monstres : Frankenstein, Dracula, le Loup-Garou, Docteur Jekyll, le Fantôme de l'Opéra, la Momie... La couleur rénova des thèmes qui paraissaient usés (vert des cadavres et rouge vif du sang) et l'humour fit le reste (le bon Jekyll est vieux et laid, le méchant Hyde jeune et beau), servi par de remarquables trucages (les globes oculaires dans le laboratoire qui suivent le visiteur de Frankenstein) et parfois un érotisme de bon aloi (les victimes de Dracula attendent avec volupté la morsure du vampire). Christopher Lee et Peter Cushing se déchaînaient de film en film, donnant à l'œuvre de Fisher une incontestable continuité.

BIBLIO. : *Midi-Minuit fantastique,* n° 1 (1962).

Fitzmaurice, George

Réalisateur américain d'origine française, 1885-1940.

The Quest of the Sacred Gem (1914) ; Stop Thief ! (1915) ; Via Wireless (1915) ; Who's Who in Society (1915) ; The Money Master (1915) ; The Commuters (1915) ; At Bay (1915) ; The Test (1916) ; Big Jim Garrity (1916) ; Arms and the Woman (1916) ; New York (1916) ; The Romantic Journey (1916) ; Blind Man's Luck (1917) ; The Iron Heart (1917) ; The Mark of Cain (1917) ; The Recoil (1917) ; The On-the-Square Girl (1917) ; The Hunting of the Hawk (1917) ; Sylvia of the Secret Service (1917) ; Innocence (1918) ; The Naulahka (1918) ; The Hillcrest Mystery (1918) ; The Narrow Path (1918) ; Japanese Nightingale (1918) ; The Cry of the Weak (1919) ; Our Better Selves (1919) ; Common Clay (1919) ; The Witness for the Defense (1919) ; The Avalanche (1919) ; Profiteer (1919) ; A Society Exile

(1919) ; Counterfeit (1919) ; On With the Dance (1920) ; The Right to Love (1920) ; Idols of Clay (1920) ; Paying the Piper (1921) ; Experience (1921) ; Forever (1921) ; Three Live Ghosts (1922) ; To Have and Hold (1922) ; The Man from Home (1922) ; Kick In (1922) ; Bella Donna (1923) ; The Cheat (La flétrissure, 1923) ; The Eternal City (1923) ; Cytherea (1924) ; Tarnish (1924) ; A Thief in Paradise (1925) ; The Dark Angel (L'ange des ténèbres, 1925) ; His Supreme Moment (1925) ; The Son of the Sheik (Le fils du Sheik, 1926) ; The Night of Love (La nuit d'amour, 1927) ; The Tender Hour (1927) ; Rose of the Golden West (Rose des pays d'or, 1927) ; The Love Mart (1927) ; Lilac Time (Ciel de gloire, 1928) ; The Barker (1928) ; His Captive Woman (1929) ; The Man and the Moment (1929) ; The Locked Door (1929) ; Tiger Rose (1929) ; The Devil to Pay (1930) ; One Heavenly Night (1930) ; The Bad One (1930) ; Raffles (avec Abbadie d'Arrast, 1930) ; Strangers May Kiss (1931) ; The Unholy Garden (Le jardin impie, 1931) ; Mata-Hari (Mata-Hari, 1932) ; As You Desire Me (Comme tu me veux, 1932) ; All Men Are Enemies (1934); Petticoat Fever (Une femme qui tombe du ciel, 1936); Suzy (Une belle blonde, 1936) ; The Emperor's Candlesticks (Le secret des chandeliers, 1937) ; Live, Love and Learn (La vie, l'art et l'amour, 1937) ; Arsene Lupin Returns (Le retour d'Arsène Lupin, 1938) ; Vacation for Love (1938) ; Adventure in Diamonds (La femme aux brillants, 1940).

Né à Paris, Fitzmaurice émigre très tôt aux États-Unis. Il est d'abord peintre puis décorateur de théâtre, ensuite scénariste de films. Devenu réalisateur, il jouit d'un grand prestige à Hollywood. Il a la réputation d'un bon technicien, d'un excellent directeur d'acteurs (il dirige Pola Negri dans *The Cheat,* Valentino dans *The Son of the Sheik,* Greta Garbo dans *Mata-Hari,* son meilleur film, et *As You Desire Me* où elle a Stroheim pour partenaire) et d'un dénicheur de scripts. Les succès commerciaux de Fitzmaurice ont confirmé cette réputation. Mais il n'eut jamais l'ambition de passer pour un auteur, à une époque où ce genre de prétention n'existait pas, sauf chez quelques brillantes individualités.

Flaherty, Robert

Réalisateur américain, 1884-1951.

Nanook of the North (Nanouk, 1920-1921) ; A Romance of the Golden Age (Moana, 1923-1926) ; The Pottery Maker (c.m., 1925) ; The 24 Dollars Island (c.m., 1926) ; White Shadows of the South Seas (avec Van Dyke, Ombres blanches, 1928) ; Tabu (avec Murnau, Tabou, 1931) ; Industrial Britain (1931) ; Man of Aran (L'homme d'Aran, 1934) ; Elephant Boy (avec Z. Korda, Elephant Boy, 1937) ; The Land (1942) ; Louisiana Story (Louisiana Story, 1948).

A la recherche de l'homme et de ses rapports avec la nature, Flaherty a laissé une œuvre dont l'influence a été considérable. Tout un courant, dont Jean Rouch est le symbole, en est issu.

La vocation de Flaherty naît lorsqu'à douze ans, son père l'emmène avec lui dans une région sauvage du Canada où il dirige une exploitation minière. Après des études de minéralogie, Flaherty prend la tête, en 1916, d'une expédition dans le Grand Nord. Il en rapporte un film sur les esquimaux qui est détruit, peu après le tournage, par un incendie. Qu'importe. Flaherty repart sur les lieux du tournage, en 1919. Ce sera *Nanouk,* une date dans l'histoire du cinéma. Après les Esquimaux du Pôle Nord, ce seront les Polynésiens des îles Samoa, les pêcheurs d'Aran, les Français de Louisiane. Ce n'est pas du reportage, ce n'est pas de la fiction. Flaherty n'est ni le Schoedsack de *Grass,* ni le Van Dyke de *Trader Horn.* Il refuse de se laisser entraîner plus longtemps dans l'aventure d'*Ombres blanches,* parce que Van Dyke tirait trop le film vers le romanesque et donc le futile à ses yeux. Flaherty ne triche pas pour autant : il ne cache pas l'existence de la caméra. S'il prend ses thèmes dans des contrées exotiques, donc spectaculaires c'est, explique-t-il, parce qu'il choisit des civilisations en voie de disparition. S'il y a une histoire, c'est celle de l'homme dans son opposition à la nature. Et Grierson de remarquer : « Lorsque Flaherty vous dit que c'est une noble chose que de se battre pour la nourriture au milieu d'une nature sauvage, vous pouvez observer que vous êtes plus préoccupés par le problème des gens qui se battent pour leur nourriture au milieu de l'abondance. »

Fleischer, Alain

Réalisateur français né en 1944.

Divers essais cinématographiques. Dehors-Dedans (1975) ; Zoo-zéro (1978).

C'était inévitable : la mode lancée par Barthes devait gagner le cinéma. Fleischer se souvient qu'il a étudié la linguistique et la sémiologie, mais le spectateur l'oublie vite quand dans *Zoo-Zero,* il se laisse prendre aux charmes dénudés de Catherine Jourdan et rit de l'assaut de cabotinage que se livrent Klaus Kinski, Pierre Clémenti et le nain Piéral.

Fleischer, Dave et Fleischer, Max

Réalisateurs et producteurs de films d'animation, 1894-1980 et 1883-1972.

Courts métrages (1917-1925) ; Out of the Inkwell (1916) ; The Einstein Theory of Relativity (1923) ; Darwin's Theory of Evolution (1923) ; série Koko (1925-1928, dont Koko Songs ; Koko on the Run ; Koko nuts ; Koko eats ; Koko in Toyland, etc., en 1925 ; Koko the convict ; Koko's Paradise... en 1926 ; Koko the Knight ; Koko explores ; Koko Kicks ; Koko's Clock... en 1927 ; Koko's Kink ; Koko's Bawth ; Koko's Haunted House ; Koko's Magic ; Koko cleans up... en 1928) ; Screen Songs (1929-1930) ; série Bimbo (1931) ; série Betty Boop (1932-1939, soit 89 courts métrages dont Stopping the Show, Betty Boop for President en 1932; Betty Boop's Crazy Inventions, Betty Boop's May Party en 1933 ; Ha ! Ha ! Ha !, She Wronged Him Wright en 1934 ; Baby Be good en 1935; Betty Boop and the Little King en 1936 ; série Popeye (1933-1942 dont I Yam What I Yam, Blow Me down, I Eats My Spinach, Seasons Greetinks, Wild Elephinks en 1933 ; Sock a Bye Baby, Let's You and Him, Strong to the Finish, Shiver Me Timbers, etc., en 1934, soit 105 films auxquels il faut ajouter Popeye the Sailor meets Sinbad the Sailor en 1936, Popeye meets Ali Xaba and his Forty Thieves en 1937 ; Alladin and his wonderful lamp en 1939 ; série Superman (1941, 19 films); *Longs métrages :* Gulliver's Travels (Les voyages de Gulliver, 1939) ; Mr Bug Goes to Town (Douce et Criquet s'aimaient d'amour tendre, 1941) ; *Une filmographie complète est donnée par Leslie Cabarga, The Fleischer Story* (1976).

Les grands rivaux de Walt Disney. Venus de Vienne aux États-Unis dans leur enfance, ils commencèrent dans le dessin éducatif et scientifique mais ils comprirent très vite l'importance du cartoon. Ils créèrent alors Koko, le clown sorti d'un encrier et qui fait des niches, grâce à d'habiles trucages, à son créateur Max Fleicher lui-même. Puis ce fut Betty Boop, une véritable bombe dans le domaine du sexe, avec sa robe noire, fort moulante et fort courte, trop courte puisqu'elle découvrait une très suggestive jarretelle. La voix rauque était celle de Mae Questal et le personnage avait été inspiré par la chanteuse Helen Kane. Les ligues de vertu finirent pas avoir raison de cette provocante poupée. Si Bimbo, un sympathique chien, retint moins l'attention, il n'en fut pas de même de Popeye le marin venu d'une bande dessinée de Segar. Sur un indicatif musical de Sammy Lerner, Popeye défendait sa fiancée la maigre Olive contre le méchant Blutto, en puisant sa force dans une grande consommation d'épinards, tandis que son compagnon Wimpy mangeait force « hamburgers ».

Après le succès rencontré par de moyens métrages en couleurs comme *Popeye the Sailor meets Sinbad the Sailor,* en 1936, les frères Fleicher se lancèrent dans l'aventure du long métrage. Leur *Gulliver,* un peu raide, eut un succès d'estime ; le film suivant, *Mr Bug Goes to Town,* fut un désastre. Dave passa à la Columbia, Max se spécialisa dans la télévision.

Fleischer, Richard

Réalisateur américain né en 1916.

Child of Divorce (1946) ; Banjo (1947) ; Design for Death (1948); So This Is New York (1948) ; Bodyguard (1948) ; The Clay Pigeon (1949) ; Follow Me Quietly (L'assassin sans visage, 1949) ; Make Mine Laughs (1949) ; Trapped (Traquenard, 1949) ; Armored Car Robbery (1950) ; The Happy Time (Sacré printemps, 1952) ; The Narrow Margin (L'énigme du Chicago Express, 1952) ; Arena (1953) ; 20 000 Leagues Under the Sea (20 000 lieues sous les mers, 1954) ; Violent Saturday (Les inconnus dans la ville, 1955) ; The Girl in the Red Velvet Swing (La fille sur la balançoire, 1955) ; Bandido (Bandido Caballero, 1956) ; Between Heaven and Hell (Le temps de la colère, 1956) ; The Vikings (Les Vikings, 1958) ; These Thousand Hills (Duel dans la boue, 1958) ; Compulsion (Le génie du mal, 1959) ; Crack in the Mirror (Drame dans le miroir, 1960) ; The Big Gamble (Le grand risque, 1961) ; Barabbas (Barrabbas, 1962) ; Fantastic Voyage (Le fantastique voyage, 1966) ; Doctor Dolittle (Dr. Dolittle, 1967) ; The Boston Strangler (L'étrangleur de Boston, 1968) ; Che (Che, 1969) ; Tora ! Tora ! Tora ! (avec Masuda et Fukasaki, Tora ! Tora ! Tora !, 1970) ; 10 Rillington Place (L'étrangleur de la place Rillington, 1971) ; Blind Terror (Terreur aveugle, 1971) ; The Last Run (Les complices de la dernière chance, 1971) ; The New Centurions (Les flics ne dorment pas la nuit, 1972) ; Solyent Green (Soleil vert, 1973) ; The Don Is Dead (Le Don est mort, 1973) ; Mister Majestik (Mister Majestik, 1973) ; Mandingo (Mandingo, 1974) ; Spikes Gang (1974) ; The Incredible Sarah (Incroyable Sarah, 1976) ; The Prince and the Pauper (1977) ; Ashanti (Ashanti, 1979) ; The Jazz Singer (Le chanteur de jazz, 1980).

Fils de l'auteur de dessins animés Max Fleischer, il interrompt ses études médicales pour rejoindre une troupe de théâtre en 1937. Il entre en 1942 à la RKO où il dirige d'abord des courts métrages de la série *This Is America.* Fleischer produit et dirige également une autre série, *Flicker Flashbacks,* compilation de films muets. Comme réalisateur de longs métrages à partir de 1946, il se fait remarquer par de petits thrillers survoltés, qui conservent aujourd'hui, comme ceux de Mann, un pouvoir poétique incontestable : rues mouillées de pluie, la nuit, milieux insolites, lumières au néon, le tout mis en valeur par une admirable photo en noir et blanc. Le scénario de *The Narrow Margin* qui enferme l'action – l'élimination d'un témoin génant – dans un train, est particulièrement original. Passé à la Fox, il montre son talent à la faveur de budgets plus élevés : *Violent Saturday* est une remarquable analyse d'une petite ville américaine dont des gangsters viennent troubler la vie paisible ; *Between Heaven and Hell* donne une vision insupportable de l'horreur des combats au corps à corps ; enfin, une atmosphère fascinante et malsaine imprégnait la scandaleuse *Fille sur la balançoire.* A United Artists, Fleischer réalise un séduisant western, *Bandido* où Mitchum fait merveille, et un film d'aventures pseudo-historiques, *Les Vikings,* qui montre le dynamisme et la virtuosité de Fleischer. Malheureusement, il rencontra Zanuck, magnat de la Fox, qui le transforma en un cinéaste intellectuel. Ce furent les catastrophiques *Compulsion, Crack in the Mirror* et *The Big Gamble.* On retrouva l'ancien Fleischer le temps d'un *Voyage fantastique* (des médecins miniaturisés circulaient dans le corps d'un malade). Il revint ensuite au film policier nouveau style *(The New Centurions),* réussit *Soylent Green,* film de science-fiction particulièrement percutant (des produits synthétiques d'origine mystérieuse sont proposés en remplacement des anciens aliments naturels ; temps fort du film : la mort de Robinson contemplant un monde depuis longtemps disparu mais qui est encore le nôtre). Nouvel échec avec *The Don is Dead,* pâle copie du *Parrain. Mandingo* est un succès commercial, mais non *The Incredible Sarah* et surtout *The Prince and the Pauper.* Bref une carrière en dents de scie où, malgré tout, les bons films l'emportent sur les médiocres.

Fleischmann, Peter

Réalisateur allemand né en 1937.

Jagdszenen aus Niederbayern (Scènes de chasse en Bavière, 1968) ; Das Unheil (Les cloches de Silésie, 1970) ; Dorotheas Rache (Dorothea, 1973) ; Der dritte Grad (La faille, 1975) ; Die Hamburger Krankheit (La maladie de Hambourg, 1979).

Après des études de cinéma à Munich puis à Paris, il tourne six courts métrages entre 1957 et 1967, puis fonde sa maison de production. Il montre dans les films qu'il tourne un talent clair et vigoureux. Il sait d'ailleurs s'entourer d'excellents scénaristes (J.-C. Carrière pour *Dorothée,* Topor pour *La maladie de Hambourg*). A travers la fiction, c'est la nouvelle société allemande qu'il dénonce : son racisme *(Scènes de chasse),* l'érotisme *(Dorothée),* la toute puissance de l'Etat et la brutalité des méthodes de sa police (*La maladie de Hambourg* qui analyse les conséquences d'une épidémie dans notre société apparemment policée.)

Fleming, Victor

Réalisateur américain, 1883-1949.

When The Clouds Roll By (Cauchemars et superstitions, 1920) ; The Mollycoddle (Une poule mouillée, 1920) ; Mama's Affair (1921) ; Woman's Place (1921) ; Anna Ascends (L'émigrée, 1922) ; Red Hot Romance (L'appel de la vallée, 1922) ; The Lane That Had No Turning (1922) ; Dark Secrets (1923) ; The Law of the Lawless (1923) ; To the Last Man (1923) ; The Call of the Canyon (1923) ; Empty Hands (1924) ; Code of the Sea (1924) ; Adventure (Aventure, 1925) ; The Devil's Cargo (Le cargo infernal, 1925) ; A Son of His Father (1925) ; Lord Jim (1925) ; The Blind Goddess (1926) ; Mantrap (1926); The Rough Riders (1927) ; The Way of All Flesh (Quand la chair succombe, 1927) ; Hula (Hula, 1927) ; The Awakening (1928) ; Abie's Irish Rose (1929) ; Wolf Song (1929) ; The Virginian (1929) ; Common Clay (1930) ; Renegades (1930) ; Around the World in 80 minutes With Douglas Fairbanks (1931) ; The Wet Parade (1932) ; Red Dust (La belle de Saigon, 1932) ; The White Sister (1933) ; Bombshell (1933) ; Treasure Island (L'île au trésor, 1934) ; Reckless (Imprudente jeunesse, 1935) ; The Farmer Takes a Wife (1935) ; Captains Courageous (Capitaines courageux, 1937) ; Test Pilot (Pilote d'essai, 1938) ; The Wizard of Oz (Le magicien d'Oz, 1939) ; Gone with the Wind (Autant en emporte le vent, 1939) ; Dr. Jekyll and Mr. Hyde (Docteur Jekyll et M. Hyde , 1941) ; Tortilla Flat (Tortilla Flat, 1942) ; A Guy Named Joe (Un nommé Joe, 1944) ; Adventure (L'aventure, 1945) ; Joan of Arc (Jeanne d'Arc, 1948).

Ce n'est pas n'importe qui. Non parce qu'il a signé *Autant en emporte le vent,* son plus mauvais film d'ailleurs. D'autres, Cukor et Wood notamment, ont été mêlés au tournage, mais n'ont pas figuré au générique, laissant à Fleming le soin de gagner un oscar tout à fait immérité. Mais si cet ancien coureur automobile, qui fut opérateur de nombreux films de Dwan et de Griffith et filma le président Wilson lors de son voyage en Europe, mérite attention, c'est que sa filmographie, qui s'étend de 1920 à 1948, comprend plusieurs films dignes d'intérêt. Ce n'est pas rien que d'avoir dirigé Douglas Fairbanks dans l'une de ses œuvres les plus attachantes *(Cauchemars et superstitions),* Gary Cooper dans un très beau western hélas méconnu *(The Virginian),* d'avoir réuni Clark Gable et Joan Harlowe dans *Red Dust,* d'avoir signé la meilleure des versions de *L'île au trésor* où Wallace Beery est un extraordinaire Long John Silver, et peut-être la meilleure, en tout cas l'une des meilleures versions de *Docteur Jekyll et M. Hyde,* et d'avoir rendu convaincante Ingrid Bergman en Jeanne d'Arc dans un film qui ne méritait nullement les sarcasmes dont l'abreuvèrent certains critiques. Citons enfin le succès remporté par la reprise de sa comédie musicale, *Le magicien d'Oz.* Voilà un cinéaste à prendre en considération.

Flemyng, Gordon

Réalisateur anglais né en 1934.

Solo for Sparrow (1962) ; Five to One (1963) ; Just for You (1963) ; Dr. Who and the Daleks (1965) ; Daleks-Invasion Earth 2150 A.D. (Les Daleks envahissent la terre, 1966) ; The Great Catherine (La Grande Catherine, 1968) ; The Split (Le crime, c'est notre business, 1969) ; The Last Grenade (La dernière grenade, 1970).

Série Z sympathique : les Daleks ne diffèrent guère des autres créatures de l'espace que par leur aspect métallique et Jeanne Moreau en Catherine de Russie (!) est à peine plus mauvaise qu'à l'habitude.

Flicker, Theodore

Réalisateur américain né en 1930.

The Troublemaker (Le trouble-fête, 1964) ; The President's Analyst (La folle mission du docteur Schaeffer, 1967) ; The Big foot (L'Homme qui valait trois milliards, 1978).

Auteur complet, il a réalisé un curieux thriller à implications politiques imaginant le président des États-Unis aux mains des psychiatres : *The President's Analyst* fit sensation en Amérique mais ne fut pas compris en France. Il s'est reconverti à la télévision dans le feuilleton de science-fiction avec Lee Majors.

Florey, Robert

Réalisateur français, 1900-1979.

Fifty-Fifty (c.m., 1923) ; One Hour of Love (1927) ; The Romantic Age (1927) ; Face Value (1927) ; The Life and Death of 9413 (c.m.,1927) ; The Loves of Zero (c.m., 1928) ; Johann, the Coffin Maker (c.m., 1928) ; Skyscraper Symphony (c.m., 1928) ; Night Club (1928) ; The Hole in the Wall (1929) ; The Cocoanuts (avec Santley, 1929) ; The Pusher in the Face (1929) ; The Battle of Paris (1929) ; 12 courts métrages musicaux (1929); La route est belle (1930) ; L'amour chante (1930) ; Kommzu Mir Zum (Rendez-vous, 1930) ; El Professor de Mi Señora (1930) ; Le Blanc et le Noir (avec M. Allegret, 1930) ; Murders in the Rue Morgue (Double assassinat dans la rue Morgue, 1932) ; The Man Called Back (1932) ; Those We Love (1932) ; Girl Missing (1933) ; Ex-Lady (1933) ; House on 56th Street (Sa douce maison, 1933) ; Bedside (1934) ; Smarty (1934) ; I sell Anything (1934) ; Registred Nurse (1934) ; I am a Thief (1935) ; The Woman in Red (1935) ; The Florentine Dagger (1935) ; Going Highbrow (1935) ; Don't Bet on Blondes (1935) ; The Pay-Off (La main passe, 1935) ; Ship Café (1935) ; The Preview Murder Mystery (L'homme sans visage, 1936) ; 'Till' We Meet Again (1936) ; Hollywood Boulevard (1936) ; Outcast (Le paria, 1937) ; King of the Gamblers (1937) ; Mountain Music (1937) ; This Way Please (1937) ; Daughter of Shangai (1937) ; Dangerous to Know (Dangereux à connaître, 1938) ; King of Alcatraz (L'évadé d'Alcatraz, 1938) ; Disbarred (1939) ; Hotel Imperial (Hôtel Impérial, 1939) ; The Magnificent Fraud (1939) ; Death of a Champion (1939) ; Women Without Names (1940) ; Parole Fixer (1940) ; The Face Behind the Mask (1941) ; Meet Boston Blackie (1941) ; Two in a Taxi (1941) ; Dangerously They Live (1941) ; Lady Gangster (1942) ; The Desert Song (1943) ; Roger Touhy, gangster (1944) ; Man from Frisco (1944) ; God Is My Co-Pilot (1945) ; Danger Signal (1945) ; The Beast With Five Fingers (La bête aux cinq doigts, 1946) ; Monsieur Verdoux (assoc. director de Chaplin, 1946) ; Tarzan and the Mermaids (Tarzan et les sirènes, 1948) ; Rogue's Regiment (1948) ; The Crooked Way (Le passé se venge, 1949) ; Johnny One-Eye (1950) ; The Vicious Years (1950).

La mémoire d'Hollywood, non seulement en raison de la publication de ses souvenirs, mais pour son inépuisable complaisance à l'égard des chercheurs ou des simples curieux.

Passionné très jeune par le cinéma, il fut reporter à *Ciné-Magazine*, assistant de

Feuillade, acteur dans *L'orpheline.* Il partit pour les États-Unis, comme journaliste, y fut technicien, gagman pour Al St. John, ami de Chaplin, Fairbanks et Valentino, chef de publicité, assistant de Sternberg, Vidor, Stahl, scénariste de *That Model from Paris...* Il tourne son premier long métrage en 1927. Il ne devait plus s'arrêter, du court métrage expérimental, *The Life and Death of 9413,* sur la « Rhapsodie in Blue » de Gershwin, au premier scénario de F. Scott Fitzgerald, *The Pusher in the Face.* Il fait débuter les Marx dans *Cocoanuts,* travaille sur le script de *Frankenstein,* tourne l'un des premiers grands films d'horreur avec Bela Lugosi (qui avait refusé le rôle de Frankenstein), *Murders in the Rue Morgue,* veine fantastique qu'il retrouvera avec Peter Lorre dans *La bête aux cinq doigts.* Il signe également des comédies et de nombreux films policiers pour Paramount, Warner et Universal. Il collabore avec Chaplin au fameux *M. Verdoux.* Il découvre en 1950 l'importance de la télévision et, délaissant le cinéma, devient l'un des plus importants réalisateurs du petit écran en Amérique. Un vrai pionnier en quelque sorte.

Flynn, John

Réalisateur américain.

The Sergent (Le sergent, 1968) ; The Jerusalem File (1972) ; The Outfit (Échec à l'Organisation, 1974) ; Rolling Thunder (1977) ; Defiance (1979).

Malgré les qualités d'*Échec à l'Organisation,* un bon film sur la Maffia, cet ancien assistant de Robert Wise n'est pas encore parvenu à s'imposer.

Foldes, Peter

Réalisateur d'origine hongroise, 1924-1977.

En Angleterre : Animated Genesis (1952) ; A Short Vision (1954). *En France :* Appétit d'oiseau (1964) ; Un garçon plein d'avenir (1965) ; Éveil (1967) ; Visages de femmes (1969) ; Je, tu, elles (*long métrage,* 1972) ; Narcissus (1972). *Au Canada :* Metadata (1971) ; La faim (1975) ; Le rêve (1976).

D'origine hongroise, c'est en Angleterre qu'il a étudié la peinture et tourné deux films d'animation qui firent forte impression, notamment *A Short Vision* sur l'Apocalypse. Après un long séjour à New York, il vient s'établir en France, où il signe plusieurs films, découvrant même les possibilités de l'animation par ordinateur. L'Office du Film au Canada, intéressé par ses recherches l'appelle auprès de lui et il y donne quelques œuvres originales fondées sur des procédés mécaniques et non plus manuels.

Fonda, Peter

Acteur et réalisateur américain né en 1940.

Comme réalisateur : The Hired Hand (L'homme sans frontière, 1970).

Fils d'Henri Fonda, il a joué dans de nombreux films et tourné une œuvre curieuse, un western dans la lignée des productions de Corman.

Forbes, Bryan Clarke dit

Réalisateur anglais né en 1926.

Whistle Down the Wind (1961) ; The L-Shaped Room (La chambre indiscrète, 1962) ; Seance on a Wet Afternoon (Le rideau de brume, 1964) ; King Rat (Un caïd, 1965) ; The Wrong Box (Un mort en pleine forme, 1966) ; The Whisperers (Les chuchoteurs, 1967) ; Deadfall (Le chat croque les diamants, 1968) ; Madwoman of Chaillot (La folle de Chaillot, 1969) ; The Raging Moon (1971) ; The Stepford Wives (1975) ; The Slipper and the Rose (1976) ; International Velvet (1978) ; Les séducteurs (Un sketch, 1980).

D'où vient la réputation, particulièrement grande en Angleterre, de Bryan Forbes ? Il a manqué l'adaptation de *La folle de Chaillot* de Giraudoux et signé le plus mauvais sketch des *Séducteurs ;* l'humour noir ne lui inspire que le banal *Wrong Box* et la guerre *King Rat,* médiocre chronique d'un camp de prisonniers anglais près de Singapour.

Ford, Aleksander

Réalisateur polonais, 1908-1980.

Nad Ranem (c.m., 1928) ; Tetno Polskiego Manchesteru (c.m., 1928) ; La mascotte (1930) ; Legion Ulicy (La légion de la rue, 1932) ; Przebudzenie (Le réveil, 1934) ; Sabra/Chalutzim (1934) ; Ne Miala baba Klopotu (1935) ; Droga Mlodych (La rue des jeunes, 1936) ; Ludzie Wisly (Les gens de la Vistule, 1936) ; Na Start (doc., 1937) ; Spolem (doc., 1937) ; Maidanek (m.m., 1944) et films d'actualités ; Ulica Graniczna (La vérité n'a pas de frontière, 1948) ; Mlodosc Szopena (La jeunesse de Chopin, 1952) ; Piatka Z Ulicy Braskiej (Les cinq de la rue Barska, 1954) ; Der achte Wochentag (1957) ; Osmy Dzien Tygodnia (Le huitième jour de la semaine, 1958) ; Kryzacy (Les chevaliers teutoniques, 1960) ; Pierwszy dzien Wolnosci (Le premier jour de la liberté, 1964) ; Der Arzt stellt fest (Un médecin constate, 1966) ; Good Morning Poland (doc., 1970) ; The First Circle (Le premier cercle, 1972) ; The Martyr (1975).

Figure marquante du cinéma polonais, il a débuté en 1928 par des documentaires sur Lodz puis des films d'une nette inspiration progressiste (*La légion de la rue, Le Réveil*) ; il aura même des ennuis avec la censure pour une œuvre sur les orphelins juifs (*La rue des jeunes).* Il réalise d'ailleurs un film sur la condition des pionniers juifs en Palestine (*Sabra*). Son chef-d'œuvre pour cette période demeure *Les gens de la Vistule.* C'est l'époque où Ford milite au *Start,* une association de cinéastes, pour un « cinéma socialement utile ». Réfugié en URSS pendant la guerre, il dirige de nombreuses bandes d'actualités ou de propagande. De retour à Varsovie, il devient directeur de l'entreprise d'État *Film Polski.* Véritable dictateur du cinéma polonais, on lui doit alors une série de films dans la lignée du réalisme socialiste, puis de grosses machines historiques comme *Les chevaliers teutoniques.* Victime de la vague antisémite qui secoue la Pologne en 1968, il s'exile en Israël, au Danemark puis aux États-Unis. Il allait revenir à cet ancien stalinien d'adapter au cinéma *Le Premier Cercle* de Soljenitsyne.

Ford, Francis

Réalisateur américain, de son vrai nom Francis O'Feeney, 1882-1953.

Nombreux westerns dont The Invaders (1912) ; Bad Men and a Girl (1914) ; So this is Arizona (1921) ; The Stampede (1921) ; Wolf's Trail (1927)...

Surtout connu comme frère aîné de John Ford dont il patronna les débuts à Hollywood. Il a joué dans de très nombreux films des personnages de second plan.

Ford, John

Réalisateur américain, de son vrai nom Sean O'Feeney, 1895-1973.

The Tornado (1917) ; The Trail of Hate (1917) ; The Scrapper (1917) ; The Soul Herder (Pour son gosse, 1917) ; Cheyenne's Pal (1917) ; Straight Shooting (Le ranch Diavolo, 1917) ; The Secret Man (L'inconnu, 1917) ; A Marked Man (1917) ; Bucking Broadway (A l'assaut du boulevard, 1917) ; The Phantom Riders (Le cavalier fantôme, 1918) ; Wild Women (La femme sauvage, 1918) ; Thieve's Gold (1918) ; The Scarlet Drop (La tache de sang, 1918) ; Hell Bent (Du sang dans la prairie, 1918) ; The Craving (1918) ; A Woman's Fool (Le bébé du cow-boy, 1918) ; Three Mounted Men (Le frère de Black Billy, 1918) ; Roped (Sans armes, 1919) ; A Fight For Love (A la frontière, 1919) ; Fighting Brothers (1919) ; By Indian Post (1919) ; Bare Fists (Le serment de Black Billy, 1919) ; The Gun Packers (1919) ; Riders For Vengeance (La vengeance de Black Billy, 1919) ; The Last Outlaw (1919) ; The Outcasts of Poker Flat (Le proscrit, 1919) ; Ace of the Saddle (Le roi de la prairie, 1919) ; Rider of the Law (Black Billy au Canada, 1919) ; A Gun Fightin'Gentleman (Tête brûlée, 1919) ; Marked Men (Les hommes marqués, 1919) ; The Prince of Avenue A (1920) ;

The Girl in Number 29 (1920) ; Hitchin' Posts (L'obstacle, 1920) ; Just Pals (Pour la sauver, 1920) ; The Big Punch (Un homme libre, 1921) ; The Freeze-Out (1921) ; The Wallop (1921) ; Desperate Trails (1921) ; Action (1921) ; Sure Fire (1921) ; Jackie (1921) ; Little Miss Smiles (1922) ; Silver Wings (1922) ; The Village Blacksmith (Le forgeron du village,1922) ; The Face on the Bar-Room Floor (L'image aimée, 1923) : Three Jumps Ahead (1923) ; Cameo Kirby (1923) ; Hoodman Blind (1924) ; North of Hudson Bay (Le pionnier de la baie d'Hudson, 1924) ; The Iron Horse (Le cheval de fer, 1924) ; Heart of Oak (Les cœurs de chêne, 1924) ; Lightnin' (Sa nièce de Paris, 1925) ; Kentucky Pride (La fille de Négofol, 1925) ; The Fighting Heart (Le champion, 1925) ; Thank You (Extra Dry, 1925) ; The Shamrock Handicap (Gagnant quand même, 1926) ; The Blue Eagle (L'aigle bleu, 1926) ; Three Bad Men (Trois sublimes canailles, 1926) ; Upstream (1927) ; Mother Machree (Maman de mon cœur, 1928) ; Four Sons (Les quatre fils, 1928) ; Hangman's House (La maison du bourreau, 1928) ; Napoleon's Barber (1928) ; Riley the Cop (1928) ; Strong Boy (1929) ; Black Watch (1929) ; Salute (avec D. Butler, 1929) ; Men Without Women (Hommes sans femmes, 1930) ; Born Reckless (1930) ; Up the River (1930) ; The Seas Beneath (1931) ; The Brat (1931) ; Arrowsmith (Arrowsmith, 1931) ; Air Mail (Tête brûlée, 1932) ; Flesh (Une femme survint, 1932) ; Pilgrimage (Deux femmes, 1933) ; Doctor Bull (1933) ; The Lost Patrol (La patrouille perdue, 1934) ; The World Moves On (Le monde en marche, 1934) ; Judge Priest (1934) ; The Whole Town's Talking (Toute la ville en parle, 1935) ; The Informer (Le mouchard, 1935) ; Steamboat Round the Bend (1935) ; The Prisoner of Shark Island (Je n'ai pas tué Lincoln, 1936) ; Mary of Scotland (Mary Stuart, 1936) ; The Plough and the Stars (Révolte à Dublin, 1936) ; Wee Willie Winkie (La mascotte du régiment, 1937) ; The Hurricane (avec Heisler, Hurricane, 1937) ; Four Men and a Prayer (Quatre hommes et une prière, 1938) ; Submarine Patrol (Patrouille en mer, 1938) ; Stagecoach (La chevauchée fantastique, 1939) ; Young Mr. Lincoln (Vers sa destinée, 1939) ; Drums Along the Mohawk (Sur la piste des Mohawks, 1939) ; The Grapes of Wrath (Les raisins de la colère, 1940) ; The Long Voyage Home (Les hommes de la mer, 1940) ; Tobacco Road (La route du tabac, 1941) ; Sex Hygiene (c.m., 1941) ; How Green Was My Valley (Qu'elle était verte ma vallée, 1941) ; The Battle of Midway (La Bataille de Midway, 1942) ; December 7th (c.m., 1943) ; We Sail at Midnight (c.m., 1943) ; They Were Expendable (avec R. Montgomery, Les Sacrifiés, 1945) ; My Darling Clementine (La poursuite infernale, 1946) ; The Fugitive (Dieu est mort, 1947) ; Fort Apache (Le massacre de Fort Apache, 1948) ; Three Godfathers (Le fils du désert, 1948) ; She Wore a Yellow Ribbon (La charge héroïque, 1949) ; When Willie Comes Marching Home (Planqué malgré lui, 1950) ; Wagon Master (Le convoi des braves, 1950) ; Rio Grande (Rio Grande, 1950) ; This Is Korea (c.m., 1951) ; What Price Glory (1952) ; The Quiet Man (L'homme tranquille, 1952) ; The Sun Shines Bright (Le soleil brille pour tout le monde, 1953) ; Mogambo (Mogambo, 1953) ; The Long Gray Line (Ce n'est qu'un au revoir, 1955) ; Mister Roberts (avec LeRoy, Permission jusqu'à l'aube, 1955) ; The Searchers (La prisonnière du désert, 1956) ; The Wings of Eagles (L'aigle vole au soleil, 1957) ; The Rising of the Moon (Quand se lève la lune, 1957) ; The Last Hurrah (La dernière fanfare, 1958) ; Gideon's Day (Inspecteur de service, 1959) ; Korea (c.m., 1959); The Horse Soldiers (Les cavaliers, 1959) ; Sergent Rutledge (Le sergent noir, 1960) ; Two Rode Together (Les deux cavaliers, 1961) ; The Man Who Shot Liberty Valance (L'homme qui tua Liberty Valance, 1961) ; How the West Was Won (un épisode, La conquête de l'Ouest, 1962) ; Donovan's Reef (La taverne de l'Irlandais, 1963) ; Cheyenne Autumn (Les

Cheyennes, 1964) ; Young Cassidy (avec J. Cardiff, Le jeune Cassidy, 1964) ; Seven Women (Frontière chinoise, 1966).

« John Ford, notait Robert Parrish, fait partie de ce petit groupe de cinéastes américains qui n'ont jamais changé avec les années. Rien n'a pu entamer leurs convictions. Durant le muet, ils étaient les maîtres à bord ; ils n'ont pas perdu leur liberté. » De là la cohérence de l'œuvre de Ford qui s'étale sur un demi-siècle.

Ne l'oublions pas, il a étudié quelque temps en Irlande et parle le gaélique. Il est le chef de file de cette école irlandaise du cinéma américain qui lui a donné ses meilleurs films, ceux qui sont le plus remplis d'action et d'humour. A cet égard, s'il n'est pas le chef-d'œuvre de Ford, *L'homme tranquille* est sans doute le plus représentatif de son univers. Mais on retrouve l'Irlande dans d'autres films de Ford : *The Informer, The Plough and the Stars, The Rising of the Moon...*

Après avoir exercé quelques petits métiers, il vient, en 1913, à Hollywood rejoindre son frère, qui a adopté le patronyme de Ford. Francis Ford lui confie de petits rôles puis des fonctions d'accessoiriste et d'assistant. En 1917, il dirige son premier film sous le nom de Jack Ford qu'il transformera en John Ford pour *Cameo Kirby,* en 1923. Les premières bandes qu'il signe sont des westerns avec Harry Carey qui tient le rôle de Cheyenne Harry devenu Black Billy dans les versions françaises. Déjà *Straight Shooting* montre la maîtrise de Ford. Mais c'est en 1939 avec *Stagecoach* qu'il s'imposera comme le maître du genre. Ce grand classique transposait *Boule de suif* au Far West : le portrait des passagers de la diligence fouillé de façon inhabituelle (John Carradine, Thomas Mitchell, Donald Meek, George Bancroft, Andy Devine étaient remarquables) et l'attaque des Indiens (un brusque mouvement d'appareil les révélait derrière les rochers) firent sensation. D'autres chefs-d'œuvre allaient suivre : *Sur la piste des Mohawks, La poursuite infernale* (splendide et nostalgique évocation d'O.K. Corral où le shérif Wyatt Earp – dans le film Henry Fonda – et Doc Holliday – Victor Mature – mirent fin aux agissements des Clanton), *Le massacre de Fort Apache* (transposition de la défaite de Custer à Little Big Horn), *La charge héroïque* (suite du précédent), *Wagon Master* (Les Mormons dans l'Utah), *Rio Grande, La prisonnière du désert* (que certains considèrent comme son chef-d'œuvre), *Les cavaliers, Le sergent noir* (film antiraciste, rappelant la présence de Noirs dans la cavalerie), *Les deux cavaliers, L'homme qui tua Liberty Valance* (où les tueurs étaient interprétés par Lee Marvin et Lee Van Cleef), pas une défaillance jusqu'au crépusculaire et émouvant *Cheyenne Autumn.* Les plaines désertiques et les rochers de la Monument Valley forment le décor habituel de cette admirable saga, servie par des interprètes comme John Wayne (le héros favori de Ford), James Stewart, Henry Fonda et ces excellents « seconds rôles » que sont Ward Bond, Ben Johnson, Victor McLaglen, Walter Brennan, J. Carroll Naish, etc. Jamais la moindre concession à la vulgarité ou à la bassesse. Les westerns de Ford prouvent que l'on peut faire de bons films avec de bons sentiments.

Ces bons sentiments on les retrouve dans l'exaltation de la nation américaine qui inspire ses biographies *(Young Mr. Lincoln, The Wings of Eagles)* ou ses films de guerre *(They Were Expendable, What Price Glory),* une guerre que Ford a non seulement filmée mais faite comme officier (il fut blessé à l'œil gauche à la bataille de Midway). Peut-être est-ce dans ses chroniques de la vie quotidienne *(Steamboat Round the Bend, The Sun Shines Bright...)* qu'il nous livre le mieux son amour de l'Amérique, celle des capitaines de bateaux à vapeur, remontant le Mississipi, ou des vieux juges intègres, des ivrognes sympathiques et des prostituées au grand cœur.

Un mot nous révèle Ford. Comme on lui reprochait l'absence de mouvements d'appareil dans ses films, il répondit, selon Robert Parrish : « On paie plus cher les acteurs que les machinistes aussi il est normal qu'ils travaillent plus. C'est à eux d'aller à la caméra et non pas à ces pauvres diables de faire aller la caméra vers eux. » Humour et générosité.

BIBLIO. : J. Mitry, *John Ford* (Classiques du cinéma, 1964) ; John Ford (nº 21, mars 1965 de *Présence du cinéma*) ; P. Bogdanovich, *John Ford* (Studio Vista, 1967) ; A. Sinclair, *Ford* (1980).

Ford, Philip

Réalisateur américain, 1902-1976.

Principaux films : Valley of the Zombies (1947) ; Angel in Exile (avec Dwan, 1948).

Fils de Francis Ford, il a tourné plusieurs séries Z dans les années 40-50 avant de travailler à la télévision.

Forde, Eugene

Réalisateur américain né en 1898.

Daredevil's Reward (1928) ; Son of the Golden West (1928) ; Hello Cheyenne (1928) ; Outlawed (1929) ; The Big Diamond Robbery (1929) ; Primavera en Otono (1932) ; Smoky (1933) ; Charlie Chan in London (Charlie Chan à Londres, 1934) ; Mystery Woman (1935) ; Great Hotel Murder (1935) ; Your Uncle Dudley (1935) ; The Country Beyoyd (1936) ; 36 Hours to Kill (1936) ; Step Livel Jeeves (1937) ; Midnight Taxi (1937) ; Charlie Chan at Monte-Carlo (Charlie Chan à Monte-Carlo, 1937) ; Charlie Chan on Broadway (1937) ; International Settlement (1938) ; One Wild Night (1938) ; Meet the Girls (1938) ; Inspector Hornleigh (1939) ; The Honeymoon's Over (1939) ; Charlie Chan's Murder Cruise (1940) ; Pier 13 (1940) ; Michael Sayne, Private Detective (1940) ; Charter Pilot (1941) ; Sleepers West (1941) ; Dressed to Kill (1941) ; Buy Me That Town (1941) ; Man at Large (1941) ; Right to the Heart (1942) ; Berlin Correspondant (1942) ; The Crime Doctor's Strangest Case (1944) ; Shadows in the Night (1944) ; The Crimson Key (1947) ; Backlash (1947) ; Jewels of Brandenburg (1947) ; The Invisible Wall (1947).

Acteur dès son jeune âge, il fut employé de banque avant de devenir réalisateur. Il tourna d'abord des courts métrages comiques puis des westerns joués par Tom Mix, avant d'entrer à la Fox où, pendant quinze ans, il dirigea à peu près uniquement des films policiers de série B, dont le savoureux *Charlie Chan at Monte-Carlo.*

Forde, Walter

Réalisateur anglais né en 1897.

Wait and Sea (1928) ; What Next ? (1928) ; The Silent House (La maison du silence, 1929) ; Would You Believe It ? (1929) ; Red Pearls (1930) ; You'd Be Surprised (1930) ; The Last Hour (1930) ; Lord Richard in the Pantry (1930) ; Bed and Breakfast (1930) ; The Ringer (1931) ; Third Time Lucky (1931) ; The Ghost Train (1931) ; Splinters in the Navy (1931) ; Condemned to Death (1932) ; Lord Babs (1932) ; Jack's the Boy (1932) ; Rome Express (Rome Express, 1932) ; Orders Is Orders (1933) ; Jack Ahoy (1934) ; Chu Chin Chow (1934) ; Bulldog Jack/Alias Bulldog Drummond (1935) ; Forever England (1935) ; King of the Damned (1936) ; Land Without Music (1936) ; Kicking the Moon Around (1938) ; The Gaunt Stranger (1938) ; Let's be Famous (1939) ; The Four Just Men (Les quatre justiciers, 1939) ; Cheer Boys Cheer (1939) ; Inspector Hornleigh on Holiday (1939) ; Charley's Big-Hearted Aunt (1940) ; Saloon Bar (1940) ; Sailors Three (1940) ; The Ghost Train (1941) ; Inspector Hornleigh Goes to It (1941) ; Atlantic Ferry (1941) ; The Peterville Diamond (1942) ; Flying Fortress (1942) ; It's That Man Again (1943) ; Time Flies (1944) ; Master of Bankdam (1947) ; Cardboard Cavalier (Le chevalier de carton, 1949).

Comédies musicales, films policiers *(The Four Just Men* d'après Edgar Wallace ; *Bulldog Jack* d'après Sapper), films à costumes (*Carboard Cavalier*), il a abordé tous les genres avec une aimable désinvolture et un solide métier acquis au music-hall puis dans le tournage, au temps des années 20, de courts métrages. Peu connu en dehors de l'Angleterre, il est très considéré par ses compatriotes. Michael Balcon, le producteur, déclarait en 1937 que la Gaumont-British avait trois grands metteurs en scène, Hitchcock, Saville et Forde.

Forman, Milos

Réalisateur tchécoslovaque né en 1932.

Konkurs (1963) ; Cerny Petr (L'As de pique, 1963) ; Lasky Jedne Plavovlasky (Les amours d'une blonde, 1965) ; Hori, Ma Panenko (Au feu, les pompiers !, 1967) ; Taking Off (Taking Off, 1971) ; Visions of Eight (co-réal., 1973) ; One Flew Over the Cuckoo's Nest (Vol au-dessus d'un nid de coucou, 1975) ; Hair (Hair, 1979) ; Ragtime (1981).

Ses films tchécoslovaques rendaient un son inhabituel au milieu d'une production fort académique et dépourvue de légèreté. C'était le dégel. Hélas, mauvais prophète, Forman devait s'expatrier aux États-Unis en 1969 avec Ivan Passer. Après des débuts difficiles (*Taking Off,* satire de la middle Class, fut mal accueilli), il a rencontré un énorme succès commercial avec *Vol au-dessus d'un nid de coucou,* féroce peinture des mœurs d'un asile psychiatrique de l'Orégon. Œuvre peut-être surfaite, comme *Hair* qui suivit et mit en lumière les défauts du Forman américain : la lourdeur du trait et la naïveté des intentions par rapport à la finesse des comédies tchécoslovaques. Un film fleuve, *Ragtime,* pétri de bonnes intentions, confirme les défauts du Forman américain, en dépit des qualités de la mise en scène et du soin de la reconstitution historique. L'épreuve de l'exil est toujours redoutable.

Forst, Willi

Acteur et réalisateur autrichien né en 1903.

Comme réalisateur : Leise flehen meine Lieder (Symphonie inachevée, 1933) ; Maskerade (Mascarade, 1934) ; Mazurka (Mazurka, 1935) ; Burgtheater (1936) ; Allotria (1936) ; Capriolen (1939) ; Ich bin Sebastian Otto (On a volé un homme, 1939) ; Bel Ami (Bel Ami, 1939) ; Operette (Opérette, 1940) ; Wiener Blut (Sang viennois, 1942) ; Frauen sind Keine Engel (Les femmes ne sont pas des anges, 1943) ; Wiener Mädeln (1945) ; Die Sünderin (Confession d'une pécheresse, 1950) ; Es geschehen noch Wunder (1951) ; Dieses Lied bleibt bei Dir (1954) ; Die Drei von der Tankstelle (avec Hans Wolf, Le chemin du paradis, 1955) ; Kaiserjäger (1956) ; Die unen tschuldigte Stunde (1957) ; Wien (1957).

« Producteur, réalisateur, coscénariste avec Axel Eggebrecht et principal interprète, Willi Forst c'est la Vienne joyeuse et insouciante qui n'a jamais tant existé que dans les opérettes, c'est en plein nazisme et en pleine guerre, l'élégance et l'inconscience qui continuent à danser sur un volcan. » (Courtade et Cadars, *Histoire du cinéma nazi).* On a du mal à comprendre aujourd'hui le succès prodigieux rencontré par les opérettes filmées de Forst, mais la recherche de l'évasion dans une période de difficultés, le brio de la mise en scène et la musique de Strauss et de Suppré nous fournissent l'explication du triomphe d'*Opérette* et de *Bel Ami.*

Forzano, Andrea

Réalisateur italien né en 1915.

Ragazza che dorme (1940) ; La casa senza tempo (1943) ; Imbarco a mezza notte (Un homme à détruire, en fait il s'agit d'un film de Losey, 1951) ; Pellegrini d'amore (1955) ; Il canto dell'emigrante (1956).

Fils de Giovacchino Forzano. Est resté dans l'histoire du cinéma pour avoir prêté son nom à Losey, empêché de travailler, mais son œuvre personnelle reste à découvrir.

Forzano, Giovacchino

Réalisateur italien, 1884-1970.

Camicia nera (1933) ; Villafranca (1933) ; Campo di maggio (Les Cent-Jours, 1934) ; Mastro Landi (1934) ; Fiordalisi d'oro (Sous la Terreur, 1936) ; Colpo di vento (1936) ; Tredici uomini e un cannone (1936) ; Sei bambine e il Perseo (1940) ; Il re d'Inghilterra non paga (1941) ; Piazza San Sepolcro (1943).

Complètement oublié, ce réalisateur a été l'un des chantres du fascisme avec *Les Cent-Jours* (version italienne) qui exaltait à travers la figure de Napoléon, incarné par Corrado Racca, celle du Duce, et surtout avec les *Chemises noires* en 1933. Ces œuvres politiquement engagées ne doivent pas faire négliger les autres réalisations de Forzano qui fut l'un des pionniers du cinéma italien.

Fosse, Bob

Interprète, chorégraphe et réalisateur américain né en 1925.

Comme réalisateur : Sweet Charity (Sweet Charity, 1969) ; Cabaret (Cabaret, 1972) ; Lenny (Lenny, 1975) ; All That Jazz (Que le spectacle commence, 1979).

Brillant chorégraphe, il ne fait pas toujours preuve d'un goût très sûr dès qu'il passe derrière la caméra. Sa version musicale des *Nuits de Cabiria* de Fellini est franchement exécrable et sa représentation de la Mort dans *All That Jazz* plutôt sans nuances. Mais il a su rendre le Berlin de l'époque préhitlérienne (*Cabaret*) dans un style expressionniste particulièrement réussi ; Joël Grey, meneur de jeu, composait une silhouette inquiétante qui rappelait Conrad Veidt.

Foster, John

Réalisateur américain de dessins animés.

Nombreux dessins animés dont les séries : Gandy the Goose (1938) et Mighty Mouse (1940).

Pionnier bien oublié du film d'animation, il lança *Gandy the Goose* en 1938, *Mighty Mouse,* parodie de Superman, et en 1940 *Little Roquefort,* une souris pourchassée par le chat Percy, réplique des Terrytoons au succès à la MGM de *Tom et Jerry.*

Foster, Lewis R.

Scénariste et réalisateur américain, 1900-1974.

Comme réalisateur : nombreux courts métrages dont : Double Whoopee, Bacon Grabbers, Angora Love, Unaccustomed As We Are, Berth Marks, avec Laurel et Hardy. *Longs métrages* : Love Letters of a Star (1936) ; She's Dangerous (1937) ; Armored Car (1937) ; The Man Who Cried Wolf (1937) ; Manhandled (1949) ; Captain China (Dans les mers de Chine, 1949) ; The Lucky Stiff (1949) ; El Paso (El Paso, ville sans loi, 1949) ; The Eagle and the Hawk (L'aigle et le vautour, 1950) ; The Last Outpost (Le dernier bastion, 1951) ; Crosswind (L'or de la Nouvelle Guinée, 1951) ; Passage West (1951) ; Hong-Kong (1951) ; Jamaica Run (Courrier pour la Jamaïque, 1953) ; Those Redheads from Seattle (1953) ; Top of the World (1955) ; Crashout (1955) ; The Bold and the Brave (Le brave et le téméraire, 1956) ; Dakota Incident (Guet-apens chez les Sioux, 1956) ; Tonka (1958) ; The Sign of Zorro (avec N. Foster, 1960).

Du bon cinéma « à l'américaine ». Foster débute comme gagman chez Hal Roach et dirige les meilleurs courts métrages de Laurel et Hardy dont *Double Whoopee* où, portiers d'un hôtel, ils multiplient les catastrophes, déshabillant Jean Harlow et précipitant dans la cage de l'ascenseur un sosie de Stroheim. Scénariste, Foster a écrit deux des plus célèbres comédies américaines, *The More the Merrier* et auparavant *Mr. Smith Goes to Washington.* Il fournit à René Clair l'idée de *It Happened Tomorrow.* Réalisateur, il signa de vigoureux westerns comme *El Paso,* ou *The Eagle and the Hawk*, un remarquable film de guerre avec Rooney, *The Bold and the Brave,* dont la fin est hallucinante, et d'excellents petits films d'aventures exotiques, comme *L'or de la Nouvelle Guinée.* Il eut pour interprète préférée Rhonda Fleming, ce qui explique la tendresse des cinéphiles à l'égard de Lewis Foster.

Foster, Norman

Acteur et réalisateur américain né en 1900.

I Cover Chinatown (1936) ; Fair Warning (1937) ; Think Fast, Mr. Moto (L'énigmatique M. Moto, 1937) ; Thank You, Mr. Moto (Le serment de Mr. Moto, 1937) ; Walking Down

Broadway (1938) ; Mr. Moto Takes a Chance (M. Moto court sa chance, 1938) ; Mysterious Mr. Moto (M. Moto dans les bas-fonds, 1938 » ; Charlie Chan in Reno (Charlie Chan à Reno, 1939) ; Mr. Moto takes a Vacation (1939) ; Charlie Chan at Treasure Island (1939) ; Charlie Chan in Panama (Charlie Chan à Panama, 1940) ; Viva Cisco Kid (1940) ; Ride Kelly Ride (1941) ; Scotland Yard (1941) ; Journey into Fear (Voyage au pays de la peur, 1943) ; Santa (1943) ; Hora de la Verdad (1945) ; Rachel and the Stranger (1948) ; Kiss the Blood off My Hands (Les amants traqués, 1948) ; Tell It to the Judge (Pas de pitié pour les maris, 1949) ; Father is a Bachelor (1950) ; Woman on the Run (Dans l'ombre de San Francisco, 1950) ; Navajo (1951) ; Sky full of Moon (1952) ; Sombrero (Sombrero, 1954) ; Davy Crockett King of the Wild Frontier (Davy Crockett roi des trappeurs, 1955) ; Davy Crockett and the River Pirates (Davy Crockett et les pirates, 1956) ; The Nine Lives of Elfego Baca (1959); The Sign of Zorro, (Signé Zorro, 1960) ; Hans Brinker (1962) ; Von Drake in Spain (1962) ; Indian Paint (1966) ; Brighty of Grand Canyon (1967) ; Deathbed (1973).

Les seuls titres de gloire de cet ancien acteur de Broadway puis de la Fox passé à la réalisation sont d'avoir dirigé Peter Lorre dans la fameuse série consacrée au détective japonais M. Moto et d'avoir signé une adaptation par Orson Welles du *Voyage au pays de la peur* d'Ambler qu'interprétait Welles lui-même, avec toute l'équipe de *Citizen Kane* (Joseph Cotten, Everett Sloane...). Mais il faut signaler aussi à l'actif de Foster un brillant thriller *Kiss the Blood off my Hands,* au titre splendide qui tenait d'ailleurs ses promesses puisque Lancaster s'y faisait appliquer, sans trucage dit-on, le chat à neuf queues ! Foster sombra ensuite dans le western pour enfants (Davy Crockett et Zorro).

Fowler Jr., Gene

Monteur et réalisateur américain.

Comme réalisateur : Showdown at Boot Hill (1958) ; The Rebel Set (1959) ; Wagon Trail (Les Comanches passent à l'attaque, 1959).

Monteur réputé, il a signé comme réalisateur quelques petits westerns assez bien enlevés.

Fox, Wallace W.

Réalisateur américain, 1896-1958.

The Bandit's Son (1927) ; Driftin'Sands (1928) ; The Riding Renegade (1928) ; Man in the Rough (1928) ; Breed of the Sunsets (1928) ; The Trail of Courage (1928) ; The Avenging Rider (1928) ; The Amazing Vagabond (1929) ; Come and Get It (1929) ; Laughing at Death (1929) ; Partners of the Trail (1931) ; Lannonball Express (1932) ; Devil on Deck (1932) ; Red Morning (1935) ; Powdersmoke Range (1935) ; Yellow Dust (1936) ; The Last of the Mohicans (1936) ; Racing Lady (1937) ; The Mexicali Kid (1938) ; Gun Packer (1938) ; The Lone Star Vigilantes (1941) ; Bowery Blitzkrieg (1941) ; The Corpse Vanishes (1942) ; Let's Get Tough (1942) ; Smart Alecks (1942) ; Bowery at Midnight (1942) ; 'Neath Brooklyn Bridge (1942) ; Kid Dynamite (1943) ; the Ghost Riders (1943) ; Outlaws of Stampede (1943) ; The Girl from Monterey (1943) ; Carrer Girl (1943) ; Riders of the Santa Fe (1944) ; Block Busters (1944) ; Pride of the Plains (1944) ; Song of the Range (1944) ; The Great Mike (1944) ; Man on Her Mind (1944) ; Million Dollar Kid (1944) ; Docks of New York (1945) ; Mr. Muggs Rides Again (1945) ; Pillow of Death (1945) ; Bad Men of the Border (1946) ; Code of the Lawless (1946) ; Gunman's Code (1946) ; Gun Town (1946) ; Lawless Breed (1946) ; Wild Beauty (1946) ; Trail to Vengeance (1946) ; Rustler's Round-Up (1947) ; The Valiant Hombre (1948) ; The Daring Caballero (1949) ; The Gay Amigo (1949) ; Gunslingers (1950) ; West of Wyoming (Le bagarreur du Wyoming, 1950) ; Fence Riders (1950) ; Over the Border (Les bandits de Rio Grande, 1950) ; Arizona Territory (1950) ; Six Gun

Mesa (1950) ; Outlaw Gold (1950) ; Montana Desperado (La vallée des massacres, 1951) ; Blazing Bullets (La grande bagarre, 1951).

Un talent très mineur, mais quelques petites réussites : *Red Morning* est un curieux film d'aventures exotiques, digne de Van Dyke ; *The Corpse Vanishes* reprend avec succès le thème du savant fou que joue Bela Lugosi ; enfin certains westerns de Fox (*West of Wyoming* ou *Over the Border*) se voient sans ennui. De la bonne série Z.

Fraker, William A.

Directeur de la photographie et réalisateur américain né en 1923.

Comme réalisateur : Monte Walsh (Monte Walsh, 1970) ; A Reflection of Fear (1973) ; The Legend of the Lone Ranger (1981).

Considéré comme l'un des meilleurs directeurs de la photographie d'Hollywood (*Rosemary's Baby, Bullitt, Gator, Exorcist II,* etc.), il fut demandé par Lee Marvin qui l'avait connu sur le plateau de *Paint Your Wagon,* pour mettre en scène un western d'un ton nouveau, *Monte Walsh* que jouait précisément Lee Marvin avec Jeanne Moreau pour partenaire. Il a renoué avec le genre, en 1981, grâce à une évocation nostalgique du célèbre justicier masqué, The Lone Ranger.

Franciolini, Gianni

Réalisateur italien, 1910-1960.

L'ispettore Vargas (1940) ; Fari nella nebbia (1942) ; Addio amore (1943) ; Notte di tempesta (1946) ; Amanti senza amore (1947) ; Anselmo ha fretta (1949) ; Ultimo incontro (Dernier rendez-vous, 1951) ; Buongiorno elefante (Bonjour éléphant !, 1952) ; Il modo le condanna (Les anges déchus, 1952) ; Villa Borghese (Les amants de la villa Borghèse, 1953) ; Siamo donne (Nous les femmes, 4e sketch, 1953) ; Il letto (Secrets d'alcôve, 4e sketch, 1954) ; La signorine dello 04 (Ces demoiselles du téléphone, 1955) ; Racconti romani (Cette folle jeunesse, 1955) ; Peccato di castità (1956) ; Racconti d'estate (Femmes d'un été, 1958) ; Fernanando I, re di Napoli (1959).

Il a beaucoup travaillé en France dans les années 30 et ses premières œuvres tournées en Italie à l'époque du fascisme portent la trace de cette influence. Après la guerre, il se rattache au courant néo-réaliste mais en y introduisant une note de légèreté et d'humour *(Bonjour éléphant !,* son film le plus célèbre). Il se spécialise ensuite dans les adaptations de Moravia *(Racconti romani* et *Racconti d'estate).*

Franciosa, Massimo

Réalisateur italien né en 1924.

Un tentativo sentimentale (avec Festa Campanile, Amour sans lendemain, 1963) ; Le voci bianche (Le sexe des anges, 1963) ; Extraconjugale (L'amour vu par une Suédoise, 1er sketch, 1965) ; Il morbidone (1966) ; Pronto... c'è una certa Giuliana per te (1967) ; Togli le gambe dal parabrezza (1970) ; La stagione dei sensi (1970) ; Per amore o per forza (1971) ; Quella chiara notte d'ottobre (1974).

Seules les œuvres qu'il a signées avec Festa Campanile ont connu quelque retentissement hors de la péninsule mais la critique italienne dit grand bien des comédies sentimentales qu'il a tournées en solitaire.

Francis, Freddie

Opérateur et réalisateur anglais né en 1917.

Two and Two Make Six (1962) ; Vengeance (Vengeance, 1962) ; Paranoiac (Paranoïaque, 1963) ; Nightmare (Meurtre par procuration, 1963) ; The Evil of Frankenstein (L'empreinte de Frankenstein, 1963) ; Hysteria (1964) ; Dr. Terror's House of Horrors (Le train des épouvantes, 1964) ; Traitor's Gate (1964) ; The Skull (Le crâne maléfique, 1965) ; The Psychopath (Poupées de cendres, 1966) ; The Deadly Bees

(1966) ; They Came from Beyond Space (1966) ; The Torture Garden (Le jardin des tortures, 1967) ; Dracula Has Risen from the Grave (Dracula et les femmes, 1968) ; Mumsy, Nanny, Sonny and Girly (1969) ; Trog (1970) ; The Vampire Happening (1971) ; Tales from the Crypt (Histoires d'outre-tombe, 1972) ; The Creeping Flesh (1972) ; Son of Dracula (1972) ; Tales That Witness Madness (1973) ; Craze (1973) ; Asylum (1973) ; The Ghoul (1974) ; Legend of the Werewolf (1974).

Admirable opérateur (*Gone to Earth* de Powell, *Moulin Rouge* de Huston, *Elephant Man* de Lynch...), il s'est surtout spécialisé comme réalisateur dans le fantastique. Ses films à sketches *(Dr. Terror, The Torture Garden, Tales from the Crypt)* sont excellents, notamment l'histoire du vampire qui se débarrasse d'un autre vampire. *The Psychopath* se recommande par la violence de ses meurtres et *The Skull* exploite la légende noire du marquis de Sade. On peut classer Francis parmi les très bons artisans du film d'horreur.

Francisci, Pietro

Réalisateur italien né en 1906.

Io t'ho incontrata a Napoli (1946) ; Natale al campo 119 (Noël au camp 119, 1948) ; Antonio da Padova (1949) ; Il leone di Amalfi (Le prince pirate, 1951) ; Le meravigliose avventure di Guerrin Meschino (Le prince esclave, 1951) ; La regina di Saba (La reine de Saba, 1952) ; Attila (Attila fléau de Dieu, 1954) ; Le fatiche di Ercole (Les travaux d'Hercule, 1958) ; Orlando e i paladini di Francia (Roland prince vaillant, 1956-1958) ; Ercole e la regina di Lidia (Hercule et la reine de Lydie, 1959) ; L'assedio di Siracusa (La charge de Syracuse, 1960) ; Saffo, venere di Lesbo (Sapho, 1964) ; Ercole sfida Sansone (Hercule, Sanson et Ulysse, 1964) ; 2+5 missione Hydra (1967) ; Simbad e il califfo di Bagdad (Simbad et le calife de Bagdad, 1973).

Le roi du péplum : tout y passe, Attila (Anthony Quinn) et Roland, Sapho (Tina Louise) et Archimède, la reine de Saba et celle de Lydie ; Francisci, bousculant la chronologie et les aires culturelles, va même jusqu'à opposer Hercule et Samson. Le tout n'est pas mal filmé, de façon trop classique peut-être, et la musculature de Steve Reeves (Hercule) fait toujours forte impression sur les spectatrices.

Franco, Jesus

Réalisateur espagnol né en 1930.

Gritos en la noche (L'horrible docteur Orloff, 1961) ; La mano de un hombre muerto (Le sadique baron von Klaus, 1962) ; El secreto del Dr. Orloff (Les maîtresses du Dr Jeckyll, 1964) ; Miss Muerte (Dans les griffes du maniaque, 1965) ; Cartas boca arriba (Cartes sur table, 1965) ; Besame monstruo (1967) ; Sadisterotica (1967) ; Necronomicon (Necronomicon, 1967) ; Justine (Les infortunes de la vertu, 1968) ; 99 mujeres (Les brûlantes, 1968) ; Fu-Manchu y el beso de la muerte (1968) ; El castillo de Fu Manchu (1968) ; Sumuru (1968) ; Paroxysmus (1969) ; De Sade 70 (Les inassouvies, 1969) ; El proceso de las brujas (1969) ; El conde Dracula (Les nuits de Dracula, 1970) ; El diabolo viena de Akasawa (1970) ; Eugenie (Eugénie, 1970) ; Les cauchemars naissent la nuit (1970) ; Las vampiras (1971) ; El muerto hace las maletas (1971) ; La hija de Dracula (La fille de Dracula, 1971) ; El doctor Mabuse (1971) ; Dracula contra el doctor Frankenstein (Dracula prisonnier de Frankenstein, 1972) ; Los demonios (sous le pseudonyme de Clifford Brown, Les démons, 1972) ; La maldicion de Frankenstein (La malédiction de Frankenstein, 1972) ; Los amantes de la isla del Diabolo (Quartier de femmes, 1972) ; Robinson und seine wilden Sklavinnen (Trois filles nues dans l'île de Robinson, 1972) ; Al otro lado des espejo (Le miroir obscène, 1973) ; Journal intime d'une nymphomane (pseudonyme : Clifford Brown, 1973) ; La comtesse perverse (Clifford Brown, 1973) ; Célestine bonne à tout faire

(Brown, 1974) ; Les chatouilleuses (Brown, 1974) ; Les petites vicieuses (Brown, 1976) ; Blue Rita (Brown, 1977) ; Deux sœurs vicieuses (1978) ; Cocktail spécial (1978) ; Elles font tout (1978) ; Je brûle de partout (1978) ; Die Sage des Todes (1981).

On finirait par croire que son nom est un pseudonyme, surtout quand il signe des adaptations de Sade ! Et pourtant il est vrai. Ce qui n'empêche pas ce prolifique réalisateur d'utiliser des noms d'emprunt, d'où les difficultés dans l'établissement de sa filmographie. Il fit d'excellents débuts sous le signe de l'épouvante : le docteur Orloff qu'interprète Howard Vernon enrichit la galerie des praticiens fous d'un nouveau spécimen tandis que son adaptation de *Dracula* est une des plus fidèles au roman de Brahm Stocker. Le divin marquis est l'autre parrain de Franco : là aussi la version de *Justine* s'efforce de retrouver l'esprit du roman mais prend néanmoins de grandes libertés avec l'intrigue. Boudé par la critique et reconnu seulement par une petite chapelle de cinéphiles, Franco abandonne toute ambition pour sombrer, sous le pseudonyme de Clifford Brown, dans le porno. Bandes fauchées et sans grande imagination, mais il faut tenir compte des coupures imposées par la censure qui a retenu les derniers films de Franco jugés trop sadiques.

Franju, Georges

Réalisateur français né en 1912.

Courts métrages : Le métro (avec H. Langlois, 1934) ; Le sang des bêtes (1948) ; En passant par la Lorraine (1950) ; Hôtel des Invalides (1951) ; Le Grand Méliès (1952) ; Monsieur et Madame Curie (1953) ; Poussières (1954) ; Navigation marchande (1954) ; A propos d'une rivière (1955) ; Mon chien (1955) ; Théâtre national populaire (1956) ; Sur le pont d'Avignon (1956) ; Notre-Dame (1957) ; La première nuit (1958). *Longs métrages :* La tête contre les murs (1959) ; Les yeux sans visage (1960) ; Pleins feux sur l'assassin (1961) ; Thérèse Desqueyroux (1962) ; Judex (1963) ; Thomas l'imposteur (1964) ; La faute de l'abbé Mouret (1970) ; Nuits rouges (1973).

Ce décorateur de théâtre a été l'un des grands maîtres du court métrage d'après guerre : on n'oubliera pas la froide cruauté du *Sang des bêtes,* terrifiante évocation du monde des abattoirs où l'on voyait le tueur, sa besogne accomplie, nettoyer le sang en sifflant *La mer* de Charles Trenet, ou les cérémonies dérisoires des « gueules cassées » d'*Hôtel des Invalides.* Franju révéla une maîtrise comparable dans le long métrage. Ce qui étonne, c'est sa souplesse : à l'intérieur même d'un genre, comme le film policier, il peut passer de la terreur, à la Gustave Lerouge, des *Yeux sans visage* au scénario plus élaboré, à la Boileau-Narcejac, de *Pleins Feux sur l'assassin,* tout en marquant une nette préférence pour l'univers de *Fantômas,* avec l'évocation de son contraire *Judex.* Mais il fait mieux encore en adaptant coup sur coup Mauriac (*Thérèse Desqueyroux*) et Zola (*La faute de l'abbé Mouret*). Au centre de cette œuvre, en apparence décousue (encore que de Cocteau à *Nuits rouges* la distance ne soit pas si grande), une réflexion sur la justice et sur la liberté (le monde des asiles de *La tête contre les murs* et la séquestration dans *Thérèse Desqueyroux*). Rappelons que Franju fut le fondateur du Cercle du Cinéma, avec Henri Langlois, en 1935, puis, avec le même, de la Cinémathèque française, en 1936.

BIBLIO. : J. Brumagne, *Franju* (1977).

Frank, Melvin

Producteur, scénariste et réalisateur américain né en 1913.

The Reformer an the Redhead (avec Panama, Une rousse obstinée, 1950) ; Strictly Dishonorable (avec Panama, 1951) ; Callaway Went Thataway (avec Panama, Une vedette disparaît, 1951) ; Above and Beyond (avec Panama, Le grand secret, 1952) ; Knock on Wood (avec Panama, Un grain de folie, 1954) ; The Court Jester (Le bouffon du roi, (1956) ; That Certain Feeling (avec Panama, Si j'épousais ma femme, 1956) ; The Jayhawkers (Violence au Kansas, 1959) ; Li'l Abner (1959) ; The

Facts of Life (Voulez-vous pécher avec moi ?, 1960) ; Strange Bedfellows (1965) ; Buona Sera, Mrs. Campbell (1968) ; A Touch of Class (Une maîtresse dans les bras, une femme sur le dos, 1973) ; The Prisoner of Second Avenue (1975) ; The Duchess and the Dirtwater Fox (La duchesse et le truand, 1975) ; Lost and Found (1979).

Très tôt associé à Norman Panama avec lequel il écrivit des pièces de théâtre et des scénarios de film, sans oublier des émissions de radio. Ensemble, ils tournèrent plusieurs films, dont les charmants *Knock on Wood* et *The Court Jester* qui comptent parmi les bandes les plus drôles jouées par Danny Kaye. A partir de 1959, Frank fit cavalier seul : son western, *The Jayhawkers,* n'était pas sans qualités. Il resta fidèle à l'original avec *Lil'Abner,* personnage mythique aux États-Unis, et introduisit une touche de critique sociale dans *The Prisoner of the Second Avenue.* Mais il a beaucoup souffert de sa séparation d'avec Panama et semble incapable de retrouver l'esprit de leurs premiers films.

Frankenheimer, John

Réalisateur américain né en 1930.

The Young Stranger (Mon père, cet étranger, 1957) ; The Young Savages (Le temps du châtiment, 1961) ; Birdman of Alcatraz (Le prisonnier d'Alcatraz, 1962) ; All Fall Down (L'ange de la violence, 1962) ; The Manchurian Candidate (Un crime dans la tête, 1962) ; Seven Days in May (Sept jours en mai, 1964) ; Le Train (1964) ; Seconds (L'opération diabolique, 1966) ; Grand Prix (Grand Prix, 1966) ; The Extraordinary Seaman (1968) ; The Fixer (L'homme de Kiev, 1968) ; The Gypsy Moths (Les parachutistes arrivent, 1969) ; I Walk the Line (Le pays de la violence, 1970) ; The Horsemen (Les cavaliers, 1970) ; The Impossible Object (L'impossible objet, 1973) ; The Iceman Cometh (1973) ; 99 and 44/100 % Dead (Refroidi à 99 %, 1974) ; French Connection II (French connection nº 2, 1975) ; Black Sunday (Black Sunday, 1977) . Prophecy (Prophecy, Le monstre, 1979) ; The Challenge (1982).

Formé d'abord à la télévision comme Penn ou Lumet, il apparut longtemps comme l'un des grands espoirs du cinéma américain. Peut-on dire qu'il ait déçu ? Il a alterné réussites et échecs. Réussites : *The Manchurian Candidate* qui raconte une tentative d'assassinat contre le président des Etats-Unis, commandée de l'étranger, et *Seven Days in May,* histoire d'un putsch militaire contre ce même président, où s'opposaient Lancaster et Kirk Douglas. Réussite encore : *Seconds,* très original film de science-fiction. Échecs : *Grand Prix* et *L'homme de Kiev.* Nouvelles réussites : *Les parachutistes arrivent* et *Le pays de la violence,* analyse d'une Amérique profonde rarement montrée au cinéma. Échecs, hélas ! : *Les cavaliers, Refroidi à 99 %* (parodie laborieuse du thriller), *French Connection II* (inférieur au premier) et *Prophecy,* film d'épouvante d'inspiration écologique. Frankenheimer est jeune : attendons maintenant les réussites.

BIBLIO. : Gérard Pratley, *The Cinema of John Frankenheimer* (1969).

Franklin Sidney,

Réalisateur américain, 1893-1972.

Let Katy Do It (avec Chester Franklin, 1915) Martha Vindication (avec Ch. Franklin, 1915) ; The Children in the House (avec Ch. Franklin, 1916) ; Going Straight (avec le même, 1916) ; The Little Schoolma'am (avec le même, 1916) ; Gretchen the Greenhorn (avec le même, 1916) ; A Sister of Six (avec le même, 1916) ; Jack and the Beanstalk (avec le même, Les fèves enchantées, 1917) ; Babes in the Wood (Les enfants dans la forêt, 1917) ; Ali Baba (avec Ch. Franklin, 1918) ; Six Shooter Andy (1918) ; Confession (1918) ; The Bride of Fear (1918) ; The Safety Curtain (1918) ; Treasure Island (avec Ch. Franklin, 1918) ; Her Only Way (1918) ; Fan-Fan (avec Ch-Franklin, 1918) ; The Heart of Wetona (1918) ; The Forbidden City (1918) ; The Probation Wife (1919) ; Heart O' the Hills (La Fille des monts, 1919) ; The Hoodlum (Les bas-fonds, 1919) ; Two Weeks (1920) ; Unseen Forces (1920) ; Not Guilty (1921) ; Courage (1921) ; Smilin'Through (Victoire du cœur, 1922) ; The Primitive Lover (1922) ; East Is West (1922) ; Brass (La première femme, 1923) ; Ducly (1923) ; Tiger Rose (1923) ; Her Night of Romance (1924) ; Her Sister from Paris (1925) ; Learning of Love (1925) ; The Duchess of Love (1926); Beverly of Graustark (Quand la femme est roi, 1926) ; Quality Street (La galante méprise, 1927) ; The Actress (L'actrice, 1928) ; Wild Orchids (Terre de volupté, 1929) ; The Last of Mrs. Cheyney (La fin de Mme Cheyney, 1929) ; Devil May Care (1929) ; The Lady of Scandal (La scandaleuse de Broadway, 1930) ; A Lady's Morals (1930) ; The Guardsman (1931) ; Privates Lives (Vies privées, 1931) ; Smilin'Through (Chagrin d'amour, 1932) ; Reunion in Vienna (Réunion à Vienne, 1933) ; The Barretts of Wimpole Street (Miss Barrett, 1934) ; The Dark Angel (L'ange des ténèbres, 1935); The Good Earth (coréal., Visages d'Orient, 1937) ; The Barretts of Wimpole Street (1957).

Acteur et cameraman dès 1913, il travaille avec son frère Chester, spécialiste des cartoons, sur des films pour enfants (*Babes in the Wood, Ali Baba,* etc.). Il travaille aussi, seul cette fois, pour Mary Pickford *(The Hoodlum)* puis à la First National. Mais le tournant décisif de sa carrière est constitué par son entrée à la MGM. Il y dirige Norma Talmadge *(Smiling Through),* Marion Davies *(Quand la femme est roi)* et surtout Greta Garbo dans l'un de ses meilleurs films, *Wild Orchids,* où, épouse d'un planteur, elle tombait amoureuse d'un prince de Java. Sa technique très sûre, sa modestie, son respect des devis le firent apprécier de Thalberg à la MGM. Il se vit confier la direction de nombreux films. Toutefois, après la mort de Thalberg, et sa supervision de *The Good Earth,* d'après Pearl Buck, qui réunit les collaborations de S. Wood, G. Hill et A. Marton entre autres, il ne se consacra plus, à l'exception d'un bref retour pour un remake de son film préféré, *Miss Barrett,* en 1957, qu'à la production. Son frère Chester, après quelques films dépourvus d'ambition, sauf *Vanity Fair* (1932), s'arrêta de tourner en 1936.

Fraser, Harry L.

Réalisateur américain.

Principaux films : Oil and Romance (1925) ; Queen of Spades (1925) ; West of Mojave (1925) ; The Fighting Gob (1926) ; General Custer at Little Big Horn (1926) ; Sheep Trail (1926) ; The Wildcat (1926) ; Montana Kid (1931) ; Oklahoma Jim (1931) ; Land of Wanted Men (1932) ; Ghost City (1932) ; Texas Pioneers (1932) ; Law of the North (1932) ; The Savage Girl (1933) ; Diamond Trail (1933) ; Randy Rides Again (1934) ; Wagon Trail (1935) ; The Pecos Kid (1935) ; Wild Mustang (1935) ; Jungle Menace (avec Melford, 1937) ; Galloping Dynamite (1937) ; Six Shootin' Sheriff (1938) ; Jungle Man (1941) ; Gunsmoke Mesa (1944) ; Three in the Saddle (1945) ; Navajo Kid (1945) ; Six Gun Man (1946) ; Thunder Town (1946) ; Six Gun for Hire (1946) ; The White Gorilla (1947) ; Stallion Canyon (1949).

Spécialiste du western de série Z. Il fit chevaucher John Wayne à ses débuts, notamment dans *Randy Rides Again.* Particulièrement prolifique, il tournait plusieurs fois le même scénario avec quelques variantes. Il fit quelques incursions dans la jungle mais sans résultats heureux.

Frawley, James

Réalisateur américain.

The Christian Licorice Store (1972) ; Kid Blue (Kid Blue, 1973) ; Big Bus (Le bus en folie, 1976) ; The Muppet Film (Les Muppet, 1980).

Kid Blue était un western d'une poésie insolite, mais Frawley a moins réussi dans le burlesque et n'a pas su faire passer sur le grand écran l'humour ravageur du Muppet Show, ces agressives poupées qui firent sensation à la télévision.

Frears, Stephen

Réalisateur anglais.

Gumshoe (Gumshoe, 1971).

Un minable animateur de boîte de nuit admire Humphrey Bogart et rêve de devenir détective privé. Il sera comblé au-delà de ses espérances. Frears a signé l'un des premiers films célébrant le culte bogartien et un admirable pastiche des films noirs de la grande époque. Il semble s'être consacré ensuite à la télévision.

Freda, Riccardo.

Réalisateur italien né en 1909.

Don Cesare di Bazan (1942) ; Non canto piu (1943) ; Tutta la cita canta (1945) ; Aquila nera (L'aigle noir, 1946) ; I Miserabili (L'évadé du bagne, 1947) ; Il cavaliere misterioso (Le cavalier mystérieux, 1948) ; Guarany (1948) ; Il conte Ugolino (Le comte Ugolin, 1949) ; O Cacoulha do Barulho (1949) ; Il figlio di d'Artagnan (Le fils de d'Artagnan, 1949) ; Il tradimento (Trahison, 1949) ; La vendetta di Aquila nera (La vengeance de l'Aigle noir, 1951) ; Vedi Napoli e poi muori (Le passé d'une mère, 1951) ; La leggenda del Piave (1952) ; Spartaco (Spartacus, 1952) ; Teodora imperatrice di Bisanzio (Théodora impératrice de Byzance, 1953) ; Da qui all'eredita (1955) ; Beatrice Cenci (Le château des amants maudits, 1956) ; I vampiri (Les vampires, 1956) ; Agguato a Tangeri (Guet-apens à Tanger, 1957) ; Agi Murad il diavolo bianco (La charge des cosaques, 1959) ; Nel segno di Roma (Sous le signe de Rome, 1959) ; Caltiki, il mostro imortale (1959) ; I giganti della Tessaglia (Le géant de Thessalie, 1960) ; I Mongoli (avec De Toth, Les Mongols, 1961) ; Caccia all'uomo (Chasse à la drogue, 1961) ; Maciste alla corte del Gran Khan (Le Géant à la cour de Kublai Khan, 1961) ; La sette spade del Vendicatore (Sept épées pour le roi, 1962) ; Maciste all'Inferno (Maciste aux enfers, 1962) ; L'orribile segreto del dottor Hitchcock (sous le pseudonyme de R. Hampton, L'effroyable secret du docteur Hitchcock, 1962) ; Lo spettro (sous le nom de Hampton, Le spectre du professeur Hitchcock, 1962-1963) ; Oro per i Cesari (avec De Toth, 1963) ; Il magnifico avventuriero (1963) ; Giulietta e Romeo (Roméo et Juliette, 1964) ; Coplan FX 18 casse tout (1965) ; Le due orfanelle (Les deux orphelines, 1966) ; Trappola per l'assassino (1966) ; Roger la Honte (1966) ; Coplan ouvre le feu à Mexico (1966) ; La morte non canta i dollari (sous le pseudonyme de George Lincoln, Quand l'heure de la vengeance sonnera, 1967) ; Moresque, obbiettivo allucinante (sous le nom de R. Hampton, 1967) ; A doppia faccia (idem, 1969) ; L'iguana dalla lingua di fuoco (sous le nom de Pareto, 1971) ; Liz e Helen (1972) ; Estratto dagli archivi di polizia di una capitale europea (1973) ; La salamandra del deserto (1971-1976).

Du cinéma authentiquement populaire. Sculpteur, critique d'art, scénariste, il a eu le grand mérite de résister au courant du néo-réalisme en défendant le film historique à grand spectacle, avec les moyens qu'on lui donnait, puis de développer en Italie le film fantastique. Le superbe décor de Montrésor pour *Les vampires* comme le très astucieux scénario du *Dr Hitchcock* (un nom qui est tout un programme !) ont fait beaucoup pour le succès du genre de l'autre côté des Alpes. Freda passe du mélodrame *(Les deux orphelines)* au film d'espionnage (*Coplan* pâle réplique de SOS 117 et de SAS) avec la même aisance, le même sens du cinéma, sans négliger pour autant le western-spaghetti (sous le pseudonyme de George Lincoln, pas moins !). Et l'on voudrait qu'il ne soit pas un auteur ?

BIBLIO. : *Présence du Cinéma* n° 17 (1963), et ses souvenirs, *Divoratori de celluloide (1981).*

Freeland, Thornton

Réalisateur américain né en 1898.

Three Live Ghosts (1929) ; Be Yourself ! (1930) ; Whoopee ! (1930) ; Six Cylinder Love (1931) ; Terror by Night

(1931) ; The Secret Witness (1931) ; The Unexpected Father (1932) ; Love Affair (1933) ; Week-End Marriage (1932) ; They Call It Sin (1932) ; Flying Down to Rio (Carioca, 1933) ; George White's Scandals (1934) ; Skylarks (1935) ; Brewster's Millions (1935) ; Accused (1936) ; The Amateur Gentleman (1936) ; Jericho (1937) ; Over the Moon (avec W.K. Howard, 1937) ; Paradise for Two (Paradis pour deux, 1937) ; Dark Sands (1938) ; So This Is London (1940) ; The Gang's All Here (1941) ; Too Many Blondes (1941) ; Marry the Boss's Daughter (1941) ; The Brass Monkey (1947) ; Meet Me at Dawn (1948) ; Dear Mr. Prohack (1949).

Acteur, il fit ses débuts à la Vitagraph et franchit tous les échelons de la profession : cameraman, monteur, assistant. Il est surtout connu comme réalisateur pour des comédies musicales comme *Whoopee !* avec Eddie Cantor ou *Flying Down to Rio* qui transportait Fred Astaire et Ginger Rogers au Brésil.

Fregonese, Hugo

Réalisateur d'origine argentine né en 1908.

Pampa Barbara (1945) ; Donde mueren las palabras (1946) ; Apenas un delincuente (1949) ; De hombre a hombre (1949) ; Saddle Tramp (1950) ; One Way Street (L'impasse maudite, 1950) ; Apache Drums (Quand les tambours s'arrêteront, 1951) ; Mark of the Renegade (Le signe des renégats, 1951) ; My Six Convicts (Mes six forçats, 1952) ; Untamed Frontier (Passage interdit, 1952) ; Decameron Nights (Pages galantes de Boccace, 1953) ; Blowing Wild (Le souffle sauvage, 1953) ; Man in the Attic (1954) ; The Raid (1954) ; Black Tuesday (Mardi ça saignera, 1954) ; I Girovaghi (1956) ; Seven Thunders (Les sept tonnerres, 1957) ; Harry Black and the Tiger (Harry Black et le tigre, 1958) ; Marco Polo (1962) ; Les cavaliers rouges (1964) ; Un Aero per Baalbeck (Dernier avion pour Balbeck, 1964) ; Die Todesstrahlen der Dr. Mabuse (Mission spéciale au Deuxième Bureau, 1964) ; Pampa salvaje (Pampas sauvages, 1965) ; Operazione Baalabeck (FBI mission Balbeck, 1965) ; La mala vida (1973) ; Más allá del sol (1975).

Il a tourné un peu dans tous les pays des films de qualité qui lui ont valu l'estime des cinéphiles. Éleveur et journaliste argentin, il se passionne pour le cinéma, va en étudier les techniques à Hollywood, puis, de retour en Argentine, entame une carrière de cinéaste. Sa réputation lui vaut d'être à nouveau attiré par les États-Unis où il tourne pour Universal une série de westerns et de thrillers : il y montre un sens aigu de l'action (l'attaque du village dans *Apache Drums,* les règlements de comptes de *Black Tuesday*) et une technique solide (les mouvements d'appareil de *One Way Street*). Il n'en est pas moins considéré comme un réalisateur à petit budget que la décadence du *B movie* condamne au chômage. Il part en Europe et travaille en Italie, en Allemagne (des westerns inspirés de Karl May et un nouvel épisode du docteur Mabuse), en Espagne, en France (il a bien reconstitué le Marseille de l'occupation dans les *Sept Tonnerres*), en Angleterre, avant de retourner en Argentine où il réalise avec *Pampas sauvages* un remake de son premier film, histoire d'un convoi de femmes à l'époque héroïque du peuplement.

Freleng, Isadora dit Friz

Créateur américain de dessins animés né en 1900.

Principaux courts métrages : I Haven't Got a Hat (1935) ; At Your service Madame (1936) ; Coo-Coo Nut Grove (1936) ; Clean Pastures (1937) ; Rhapsody in Rivets (1941) ; The Rabbit Who Came to Supper (1942) ; Pigs in a Polka (1943) ; Tin Pan Alley Cats (1943) ; Tweetie Pie (1947) ; Mouse Mazurka (1948) ; Bunker Hill Bunny (1949) ; Golden Yeggs (1949) ; Little Red Rodenthood (1951) ; Satan's Waitin (1953) ; Pappy's Puppy (1954) ; Tug Boat Granny (1955) ; Horse Hare (1959) ; Knighty Knight Bugs (1959) ; Pink Panther Feature Credit Titles (1963 et suiv.) ; The Pink Phink (1965) ; We Give Pink Stamps (1965).

Il débute dans le dessin animé en 1924, travaille avec Disney en 1927, puis pour Winkler. En 1930, il rejoint l'équipe de la Warner où il se lie avec Tex Avery, Chuck Jones et quelques autres créateurs. Les films qu'il consacre au chat Sylvestre et à Tweetie Pie sont d'un comique dévastateur. A partir de 1963, il fonde avec David H. Depatie sa propre compagnie et lance la populaire Panthère rose, apparue d'abord au générique d'un film de Blake Edwards, avant de conquérir son autonomie dans de nombreux courts métrages.

French, Harold

Réalisateur anglais né en 1897.

Principaux films : Cavalier of the Streets (1937) ; House of the Arrow (1940) ; Major Barbara (avec Pascal, 1941) ; Secret Mission (Service secret, 1942) ; Quartet (coréal., Quartet, 1948) ; Adam and Evelyne (Adam et Evelyne, 1949) ; The Dancing Years (Au temps des valses, 1950) ; Trio (coréal., Trio, 1950) ; Encore (coréal., Encore, 1951) ; The Man Who Watched the Trains Go By (L'homme qui regardait passer les trains, 1952) ; The Hour of Thirteen (La treizième heure, 1952) ; Rob Roy (Échec au roi, 1953) ; Forbidden Cargo (1954) ; The Man Who Loved Redheads (L'homme qui aimait les rousses, 1954).

Acteur, scénariste puis réalisateur, il fut particulièrement à l'aise dans des films à sketches adaptant des nouvelles de Somerset Maugham *(Quartet, Trio, Encore...)*.

Frend, Charles

Réalisateur anglais né en 1909.

The Big Blockade (1941) ; The Foreman Went to France (Le contremaître vient en France, 1942) ; San-Demetrio-London (Le navire en feu, terminé par R. Hamer, 1943) ; Johnny Frenchman (Johnny Frenchman, 1945) ; The Loves of Joanna Godden (1947) ; Scott of Antarctic (L'aventure sans retour, 1948) ; A Run for Your Money (De la coupe aux lèvres, 1949) ; The Magnet (L'aimant, 1949) ; The Cruel Sea (La mer cruelle, 1953) ; Lease of Life (1954) ; The Long Arm (S.O.S. Scotland-Yard, 1956) ; All at Sea (Il était un petit navire, 1957) ; Cone of Silence (1960) ; Girl on Approval (1962) ; Finche dura la Tempesta (Défi à Gibraltar, 1964) ; The Sky Bike (1967).

Cinéaste de la mer, cet ancien monteur d'Alfred Hitchcock doit surtout cette réputation à *The Cruel Sea,* Montsarrat revu par Ambler, film réaliste et sans grandiloquence en dépit des bons sentiments dont il était chargé.

Fresnay, Pierre

Acteur et réalisateur français de son vrai nom Laudenbach, 1897-1975.

Comme réalisateur : Le duel (1940).

Admirablement acteur, il tourna un sombre mélo de Lavedan. pourquoi pas un opéra de Cilea lui qui joua Maurice de Saxe dans *Adrienne Lecouvreur* ?

Freund, Karl

Opérateur et réalisateur, 1890-1969.

Comme réalisateur : The Mummy (La Momie, 1932) ; Moonlight and Pretzels (1932) ; Madame Spy (1934) ; The Countess of Monte-Cristo (1934) ; Uncertain Lady (1934) ; Gift of Gab (1934) ; I Give My Love (1934) ; Mad Love, (Les mains d'Orlac, 1935).

L'un des plus grands opérateurs du monde. Il a filmé la plupart des œuvres majeures du cinéma expressionniste allemand et coproduit le film de Ruttmann sur Berlin. En 1929, il passe aux États-Unis et travaille pour l'Universal puis la Metro. Il signe des images du fameux *Dracula* avant de se tourner vers la mise en scène. *La Momie* appartient à « l'âge d'or » du cinéma fantastique pour reprendre une expression de Jean Boullet. *Mad Love* est la meilleure adaptation des *Mains d'Orlac,* d'après le roman de Maurice Renard, l'un des pères de la science-fiction française avec Rosny Aîné et Gutave Lerouge.

Fric, Martin

Réalisateur tchécoslovaque, 1902-1968.

Principaux films : Father Vojtech (1928) ; Der Zinker (1928) ; Der Doppelbraütigam (1933) ; Janosik (1936) ; Baron Prasil (1940) ; Capkovy povidky (Contes de Capek, 1947) ; Past (Le piège, 1950) ; Zoceleni (1950) ; Cisaruv Pikar a Pikaruv Cisar (Le boulanger de l'empereur, 1951) ; Tajemstvi krve (1953) ; Kral Kralu (1963) ; Nejlepsi zenska meho zivote (1966)

Vétéran du cinéma tchécoslovaque, surtout connu pour *Le boulanger de l'empereur,* il traversa tous les régimes sans encombre, mais mourut d'une crise cardiaque à l'annonce de l'entrée des chars russes à Prague.

Friedkin, William

Réalisateur américain né en 1939.

Good Times (1967) ; The Birthday Party (1968) ; The Night They Raided Minsky's (1968) ; The Boys in the Band (The Boys in the Band, 1970) ; French Connection (French Connection, 1971) ; The Exorcist (L'exorciste, 1973) ; Wages of Fear (Le convoi de la peur, 1977) ; The Brink's Job (Têtes vides cherchent coffres pleins, 1978) ; Cruising (La chasse, 1980).

Formé à la télévision où il est entré en 1957, il a connu au cinéma deux énormes succès, justifiés par la qualité de la réalisation, *French Connection* et *The Exorcist.* Friedkin semble attiré par les aspects malsains de la société : l'homosexualité honteuse, la drogue, les sectes...

On lui a reproché de n'avoir vu dans ces thèmes qu'un moyen facile de gagner de l'argent en les exploitant de façon spectaculaire. C'est oublier qu'il a connu un gros échec avec son meilleur film, *Le convoi de la peur,* remake envoûtant du *Salaire de la peur* de Clouzot, puis avec un policier parodique (*The Brink's Job*) et une enquête policière dans le monde des travestis *(Cruising).*

Friedman, Seymour

Réalisateur américain né en 1917.

Trapped by Boston Blackie (1948) ; Chinatown at Midnight (1949) ; Bodyhold (1949) ; Prison Warden (1949) ; The Crime Doctor's Diary (1949) ; The Devil's Henchman (1949) ; Son of Dr. Jekyll (1951) ; Criminal Lawyer (1951) ; Lone Shark (1952) ; Flame of Calcutta (1953) ; Khyber Patrol (1954) ; African Manhunt (1955) ; Secret of Treasure Mountain (1956).

Monteur puis réalisateur-assistant, il est devenu l'un des petits maîtres de la série B après 1945. Il est connu surtout pour sa version du Dr. Jekyll.

Froelich, Carl

Réalisateur allemand, 1875-1953.

Zu spät (1911) ; Richard Wagner (1913) ; Andreas Hofer (1914) ; Der Schirm mit dem Schwan (1915) ; Der Liebesroman der Käthe Keller (1919) ; Die Verführten (1919) ; Die Bruder Karamasoff (Les frères Karamazov, 1920) ; Die Toteninsel (1920) ; Irrende Seelen (1921) ; Don Correa (1922) ; Josef und seine Brüder (1922) ; Luise Millerin (1922) ; Der Taugenichts (1922) ; Der Wetterwart (1923) ; Mutter und Kind (1924) ; Das Abenteuer der Sybille Brandt (1925) ; Im Banne der Kralle (1925) ; Kammermusik (1925) ; Tragödie (1925) ; Die Flammen Lügen (1926) ; Rosen aus dem Süden (1926) ; Wehe, wenn sie losgelassen (1926) ; Die grosse Pause (1927) ; Meine Tante–Deine Tante (1927) ; Violantha (1927) ; Liebe im Kuhstall (1928) ; Liebe und Diebe (1928) ; Liebfraumilch (1928) ; Lotte (1928) ; Zuflucht (1928) ; Die Frau, die jeder liebt, bist Du ! (1929) ; Die Nacht gehört uns (1929) ; Brand in der Oper (1930) ; Hans in allen Gassen (1930) ; Mitternachtsliebe (1931) ; Luise, Königin von Preussen (La reine Louise, 1931) ; Mieter Schulze gegen allen (1932) ; Die–oder keine (1932) ; Liebe auf den ersten Ton (1932) ; Gitta entdeckt ihr Herz (1932) ; Volldampf voraus (1933) ; Reifende Jugend (1933) ; Der Choral von Leuthen (1933) ; Ich für Dich–Du für mich (1933) ; Krach um Iolanthe (1934) ; Frühlingsmärchen (1934) ; Liselotte von der Pfalz (1935) ; Oberwachtmeister Schwenke (1935) ; Ich war Jack Mortimer (1935) ; Wenn wir alle Engel wären (1936) ; Traumulus (1936) ; Wenn der Hahn kräht (1936) ; Die grossen Torheiten (1937) ; Heimat (Magda, 1938) ; Die vier Gosellen (1938) ; Die Umwege des schönen Karl (1938) ; Es war eine rauschende Ballnacht (Pages immortelles, 1939) ; Das Herz einer Königin (Marie Stuart, 1940) ; Der Gasmann (1941) ; Hochzeit auf Bärenhof (1942) ; Familie Buchholz (1944) ; Neigungsehe (1944) ; Komplott auf Erienhof (1950) ; Stips (1951).

Il a été l'un des pionniers du cinéma allemand. En 1920 il fondait sa propre maison de production. Il écrivit souvent les scénarios de ses films. S'il demeure dans la mémoire des cinéphiles, c'est pour quelques grosses « machines » historiques et pour avoir dirigé Zarah Leander dans *Pages immortelles* et *Marie Stuart,* film de propagande anti-britannique. Goebbels le décora pour sa contribution au cinéma allemand. Sa carrière fut interrompue en 1944 ; il reprit le chemin des studios en 1950, mais sans conviction.

Frost, Robert-Lee

Réalisateur américain

House on Bare Mountain (Le vampire érotique, 1962) ; The Defilers (Les dépravés, 1963) ; Love Is a Four Letters Word (Plaisirs de l'amour, 1963) ; Hot Spur (L'éperon brûlant, 1969) ; Scavengers (Cache ta femme, prends ton fusil, voici les scavengers, 1970) ; Mondo Freudo (Le sexe et l'amour, 1971) ; Love Camp 7 (Camp spécial nº 7, 1973).

L'un des premiers réalisateurs américains de « nudies ». Scénarios souvent plus élaborés qu'à l'habitude (dans *Hot Spur,* le frère d'une Mexicaine violée viole à son tour la femme de l'un des agresseurs), mais réalisation souvent médiocre sauf dans le très violent *Cache ta femme, prends ton fusil, voici les scavengers,* western plus sadique encore que *Hot Spur.*

Fuest, Robert

Réalisateur britannique né en 1927.

Just Like a Woman (1967) ; And Soon the Darkness (1970) ; Wuthering Heights (1970) ; The Abominable Dr. Phibes (L'abominable Dr. Phibes, 1971) ; Dr Phibes Rises again (Le retour de l'abominable Dr Phibes, 1972) ; The Final Programme (Les décimales du futur, 1973) ; The Devil's Rain (La pluie du Diable, 1975) ; Aphrodite (1982).

Peintre et décorateur à l'origine, il le montre dans son extravagant *Dr Phibes :* les membres d'une équipe chirurgicale qui n'avait pu sauver l'épouse du Dr Phibes, savant et musicien, étaient victimes à tour de rôle d'une mort inspirée des sept plaies de l'Égypte. Mélangeant humour et baroque, Fuest réussissait un chef-d'œuvre du fantastique comparable à *Phantom of the Paradise.* Fuest doublait la mise avec *The Final Programme.* Un ordinateur, alimenté par les cerveaux de génies morts, chargé de donner naissance à un surhomme annonçant les temps futurs, aboutissait à fabriquer un homme préhistorique se fécondant lui-même. Rarement la dérision avait été poussée si loin. Le goût des décors ahurissants et des scénarios déments donne à l'art de Fuest une grande originalité.

Fulci, Lucio

Réalisateur italien né en 1927.

I ladri (1959) ; Ragazzi del juke-box (1959) ; Urlatori alla abarra (1960) ; Colpo gobbo all'italiana (1962) ; I due della legione (1962) ; Le massaggiatrici (1962) ; Gli imbroglioni (1963) ; Uno strano tipo (1963) ; I due evasi di Sing Sing (1964) ; I maniaci (1964) ; I due pericoli publici (1965) ; Come inguaiamo l'esercito (1965) ; 022, operazione luna (1965) ; Come svaligiamo la Banca d'Italia (1966) ; I due para (1966) ; Tempo di massacro (1966) ; Come rubamo la bomba atomica (1967) ; Il lungo, il corto, il gatto (1967) ; Operazione San Pietro (1968) ; Una sull'altra (1969) ; Beatrice Cenci (1969) ; Una lucertola con la pelle di donna (Carole, 1970) ; All'onorevole piacciono le donne (Obsédé malgré lui, 1971) ; Zanna blanca (1972) ; Non si sevizia un paperino (La longue nuit de l'exorcisme, 1972) ; Il ritorno di Zanna Bianca (1974) ; Il cavalier Costante Nicosia demoniaco ovvero Dracula in Brianza (1975) ; I quattro dell'Apocalisse (1975) ; La pretora (1976) ; Sette note in nero (L'emmurée vivante, 1977) ; Sella d'argento (1978) ; Zombi 2 (L'enfer des zombies, 1979) ; La paura (Frayeurs, 1980) ; L'Alida (L'au-delà, 1981) ; Il gatto nero (Le chat noir, 1981) ; The House at the End of the Cemetery (La maison du cimetière, 1981) ; Lo squartatore di New York (1982).

Après quelques petits films policiers sans grand intérêt et une banale *Béatrice Cenci*, il se spécialise de plus en plus dans l'épouvante au point d'y gagner une réputation de grand maître. En fait vampires et morts-vivants viennent tout droit du cinéma américain, mais il accumule les détails horribles et répugnants, montre un goût morbide pour les chairs en décomposition (*L'Alida*) qui lui donne une petite originalité à défaut de pensée. Du moins fait-il les beaux soirs (de pleine lune) des amateurs.

Fuller, Samuel

Scénariste et réalisateur américain né en 1911.

I Shot Jesse James (J'ai tué Jesse James, 1949) ; The Baron of Arizona (Le baron de l'Arizona, 1950) ; The Steel Helmet (J'ai vécu l'enfer de Corée, 1951) ; Fixed Bayonets (Baïonnette au canon, 1951) ; Park Row (Violences à Park Row, 1952) ; Pickup on South Street (Le port de la drogue, 1953) ; Hell and High Water (Le démon des eaux troubles, 1954) ; House of Bamboo (Maison de bambou, 1955) ; Run of the Arrow (Le jugement des flèches, 1956) ; China Gate (1957) ; Forty Guns (Quarante tueurs, 1957) ; Verboten (Ordres secrets aux espions nazis, 1958) ; The Crimson Kimono (1959) ; Underworld USA (Les bas-fonds new-yorkais, 1961) ; It Tolls for Thee (film de télévision de 1962, présenté dans le circuit commercial sous le titre de : Il était une fois deux salopards) ; Merrill's Marauders (Les maraudeurs attaquent, 1962) ; Shock Corridor (Shock Corridor, 1963) ; The Naked Kiss (Police spéciale, 1964) ; Shark (1969) ; Dead Pigeon on Beethovenstrasse (Un pigeon mort dans Beethovenstrasse, 1973) ; The Big Red One (Au-delà de la gloire, 1980) ; White Dog (1982).

Dans ses films Samuel Fuller sait de quoi il parle. S'il évoque le métier de journaliste dans les scénarios de *Power of the Press* (Landers) et de *Scandal Sheet* (Karlson) ainsi que dans ses réalisations de *Park Row* et de *Shock Corridor* (un journaliste se fait interner pour les besoins d'une enquête), c'est qu'il a débuté dans la presse dès 1924 et qu'il fut, en 1928, le plus jeune spécialiste des affaires criminelles attaché à un journal. S'il parle du monde du crime (*Les bas-fonds new-yorkais*), c'est qu'il l'a côtoyé dans les années de la Grande Dépression. Et s'il a tourné de nombreux films de guerre, c'est qu'il a été mobilisé en 1942 et qu'il a combattu en Afrique du Nord, en Sicile, en Normandie, en Belgique, en Allemagne et en Tchécoslovaquie, dans les rangs de la première division d'infanterie, « The Big Red One », qui lui inspira un film quasi autobiographique. Comme il est aussi romancier il sait raconter. Ses films ne se perdent pas en digressions, ils vont droit au but.

Parce que Fuller a surtout tourné des westerns (le très beau *J'ai tué Jesse James* où John Ireland jouait le rôle de Bob Ford qui tua le «brigand bien-aimé» d'une balle dans le dos, le splendide *Jugement des flèches*, d'une extraordinaire cruauté, sans oublier *Forty Guns*) et des thrillers (*Pickup on South Steet*, film de propagande anticommuniste transformé dans la version française en trafic de drogue et non plus en histoire d'espionnage, *Crimson Kimono* et surtout *Underworld USA*), on l'a classé longtemps parmi les petits maîtres de la série B. Parce qu'il a tourné beaucoup de films de guerre (*Streel Helmet, Fixed Bayonnets, China Gate, Verboten, Merrill's Marauders, The Big Red One)*, et que ses films ne dissimulent pas la violence qui règne dans le monde, on en a fait un réalisateur « fasciste », exaltant des idées réactionnaires. Etiquettes trop vite collées à un grand réalisateur auquel des metteurs en scène aussi divers que Godard *(Pierrot le fou)*, Spielberg *(1941)* et Wenders *(L'ami américain)* ont tenu à rendre hommage en le faisant apparaître dans leurs films. La morale de Fuller ? « Pour moi, dit-il, dans une interview à *Présence du cinéma*, les films dans tous les pays du monde sont des œuvres faites pour subsister, pour l'argent, voilà ce qui est derrière 95 % des films. Je pense que 5 % peut-être sont faits parce qu'un homme avait une idée et que cette idée il fallait qu'il la dise... Je n'ai jamais fait un film parce que les circonstances m'y obligeaient. Je l'ai fait parce que moi je voulais le faire. J'avais une histoire et je voulais la raconter. »

BIBLIO. : *Présence du cinéma*, Samuel Fuller, nº 19 (1963-janv. 1964).

Furie, Sidney J.

Réalisateur canadien né en 1933.

Au Canada : A Dangerous Age (1957) ; A Cool Sound From Hell (1958). *En Angleterre :* Dr. Blood's Coffin (1960) ; The Snake Woman (1960) ; During One Night (Nuit de désir, 1961) ; Three on a Spree (1961) ; The Young Ones (1962) ; The Boys (1962) ; The Leather Boys (1964) ; Wonderful Life (1964) ; The Ipcress File (Ipcress Danger immédiat, 1965). *Aux Etats-Unis :* The Appaloosa (L'homme de la sierra, 1966) ; The Naked Runner (Chantage au meurtre, 1967) ; The Lawyer (1969) ; Little Fauss and Big Halsy (Ultime randonnée, 1970) ; Lady Sings the Blues (1972) ; Hit ! (1973) ; Sheila Levine Is Dead and Living in New York (1975) ; Gable and Lombard (1976) ; The Boys in Company C (1978) ; Night of the Juggler (1979).

Venu de la télévision canadienne, il s'est fait une réputation de brillant technicien avec ses angles de prises de vues insolites, ses gros plans et ses cadrages inattendus. Que l'on songe à Brando feignant de dormir et surveillant son adversaire dans *The Appaloosa* : la caméra prenait sa place et nous donnait à voir ce que voyait Brando entre ses doigts. Ces morceaux de bravoure sauvèrent une banale histoire d'espionnage comme *Ipcress* ou un western un peu conventionnel comme *The Appaloosa* sans oublier la classique randonnée sur les autoroutes américaines de *Little Fauss and Big Haley*. Privé d'effets « à la Furie », un film comme *Gable and Lombard* est voué à l'échec.

G

Gaal, Istvan

Réalisateur hongrois né en 1933.

Nombreux courts métrages entre 1957 et 1975. Longs métrages : Sodrasban (1963) ; Zöldar (1965) ; Keresztelö (1967) ; Magasiskola (Les faucons, 1970) ; Holt videk (Paysage mort, 1971) ; Legato (1977) ; Cserepek (Quarantaine, 1981).

Après avoir suivi les cours du Centro …érimentale à Rome, il s'est imposé avec …s *faucons :* un étudiant en ornithologie …couvrait à la faveur d'un stage d'été les …gles cruelles de la fauconnerie telles que …s a imaginées le directeur du stage. La …parabole était claire. Avec *Paysage mort,* belle histoire sur le dépeuplement rural en Transdanubie, c'est l'ordre individualiste, …arné par le personnage central dont …ation conduira l'épouse au suicide, … dénoncé. Gravité du propos et …age font de Gaal l'un des …eurs hongrois.

Der Totentanz (1912) ; Die Macht des Goldes (1912) ; Die Kinder des Generals (1912) ; Die Film-Primadonna (1913) ; Det Tod in Sevilla (1913) ; Das Mädchen ohne Vaterland (1913) ; Die weissen Rosen (1913) ; Die Suffragette (1913) ; Engeleins Hochzeit (1914) ; Zapatas Bande (1914) ; Elena Fontana (1914) ; Die Töchter der Landstrasse (1914) ; Den Röde Stribe (1917) ; Der breite Weg (1919) ; Christian Wahnschaffe I (1921) ; Christian Wahnschaffe II (1922) ; Hanneles Himmelfahrt (1922) ; Likkehjulet (1926).

Pionnier du cinéma danois, c'est lui qui révéla et épousa Asta Nielsen. Il travailla tantôt au Danemark et tantôt en Allemagne, ce qui rend difficile à établir sa filmographie dans les années 1911-1912. Ses œuvres sont le plus souvent empreintes d'un symbolisme un peu lourd et n'évitent pas une lenteur qui distille l'ennui.

Gade, Svend

Réalisateur danois, 1877-1952.

Principaux films. Au Danemark : Maharejaens Yndlings Hustru (1916). *En Allemagne :* Hamlet (1920) ; Herrin von Brikenhof (1922). *Aux États-Unis :* Fifth Avenue Models (1925) ; Siege (1925) ; Peacock Feathers (1925) ; Watch your Wife (1926) ; Into Her Kingdom (1926) ; The Blonde Saint (1926) ; Jazz Mad (1928) ; The Masks of the Devil (1928). *Au Danemark :* Balleten Danser (1938).

Il est resté célèbre pour sa version d'*Hamlet.* Il s'agissait d'une femme ! Asta Nielsen interprétait magnifiquement le rôle, conforme, paraît-il, à une tradition danoise. Le reste de son œuvre, probablement perdu, demeure mystérieux.

Gainville, René

Réalisateur français né en 1931.

L'homme de Mikonos (1965) ; Le démoniaque (1968) ; Un jeune couple (1969) ; Alyse et Chloe (1970) ; Le complot (1973) ; L'associé (1979).

D'une carrière très inégale on peut toutefois retenir un film objectif et mené à la manière d'un « polar » sur les menées subversives de l'O.A.S. en France : *Le complot.* Formé en Hongrie, ayant connu l'enseignement du grand théoricien Bela Balasz, Gainville pouvait mieux faire que d'aller ensuite se perdre dans le cinéma érotique.

Gaisseau, Pierre-Dominique

Réalisateur français né en 1923.

Nombreux courts métrages, puis : Des hommes qu'on appelle sauvages (1950) ; Le ciel et la boue (1961).

Bon spécialiste du film ethnographique, la science n'excluant pas la poésie.

Galeen, Henrik

Acteur, scénariste et réalisateur allemand.

Comme réalisateur : Der Golem (avec Wegener, Le Golem, 1914) ; Judith Trachtenberg (1920) ; Stadt in Sicht (1923) ; Die Liebesbriefe der Baronin von S. (1924) ; Der Student von Prag (L'étudiant de Prague, 1926) ; Alraune (La Mandragore, 1927) ; Sein grösster Bluff (1927) ; After the Verdict (1929) ; Salon Dora Green (1933).

Gallen a été l'un des artistes les plus actifs du mouvement expressionniste comme acteur, scénariste ou réalisateur. Ses versions du *Golem* et de *L'étudiant de Prague* (avec Conrad Veidt) comme celle de *La mandragore* (avec Brigitte Helm) l'emportent de beaucoup sur les remakes qui suivirent. Galeen émigra aux États-Unis en 1933 et l'on perd sa trace.

Gallone, Carmine

Réalisateur italien, 1886-1973.

Il bacio di Cirano (Le baiser de Cyrano, 1913) ; La donna nuda (La femme nue 1914) ; Avatar (1915) ; Fior di Male (1915) ; Marcia nuziale (Marche nuptiale, 1915) ; Redenzione (1915) ; Malombra (1916) ; La Falena (1916) ; Storia dei Tredici (1917) ; La figlie del mare (1919) ; Amleto e il suo clown (1920) ; Nemesis (1921) ; Marcella (1922) ; La figlia della tempesta (1922) ; Il colonnello Chabert (1922) ; Il corsaro (1923) ; Amore (Les visages de l'amour, 1923) ; La cavalcata ardente (1923) ; Tormenta (1923) ; La Fiammata (1924) ; Gli ultimi gironi di Pompei (Les derniers jours de Pompéi, 1926) ; Celle qui domine (1927) ; Liebeshölle (L'enfer d'amour, 1928) ; Das Land ohne Frauen (Terre sans femme, 1929) ; Die singende Stadt (1930) ; Le chant du marin (1931) ; Th city of song (1931) ; Un soir de ra (1931) ; Un fils d'Amérique (1932) ; roi des palaces (1932) ; Ma cousine Varsovie (1932) ; Mon cœur t'appe (1934) ; Casta diva (1935) ; Im Sonnen chein (1936) ; Scipione l'Africano (Sci pion l'Africain, 1937) ; Marionette (1938) ; Giuseppe Verdi (Le roman d'un génie, 1938) ; Il sogno di Butterfly (Le songe de Butterfly, 1939) ; Manon Lescaut (1939) ; Oltre amore (Plus fort que l'amour, 1940) ; Melodie eterne (1940) La regina di Navarra (1941) ; Prim amore (1941) ; La due orfanelle (deux orphelines, 1942) ; Odessa fiamme (Odessa en flammes, 1 Tristi amore (1942) ; I canto de (1945) ; Davanti a lui trema Roma (Devant lui tremblait to 1946) ; Rigoletto (1947) ; A (1947) ; La Traviata (194 genda di Faust (Et Satan c 1948) ; Il Trovatore (194 del destino (1950) ; Tax de nuit, 1950) ; Mess 1951) ; Puccini (1952)

seulement par *Marie Tudor* et *Valmy* (que termina Jean Chérasse) pour la télévision. Des projets, encore des projets (Christophe Colomb, Ignace de Loyola, Scarron, Apulée et le vampire de Düsseldorf), mais seulement des projets. Tout le désespoir de Gance est contenu dans ces quelques mots : « Si ma voix est brisée, ma pensée hagarde et mes pauvres mots infirmes, c'est que moi aussi, j'ai la bouche pleine de terre et que moi aussi, le cinéma français m'a tué. »

BIBLIO. : R. Jeanne et Charles Ford, *Abel Gance* (1963).

Gandera, Félix

Réalisateur français, 1885-1957.

Les deux « Monsieur » de Madame (1932) ; Les mystères de Paris (1935) ; Les Grands (1936) ; Double crime sur la Ligne Maginot (1937) ; Tamara la complaisante (1938) ; Le Paradis de Satan (1938) ; Finance noire (1939).

Auteur de nombreuses pièces de théâtre dont *Les deux « Monsieur » de Madame* qu'il porta à l'écran avec Pierre Dac, Roméo Carlès et Palau, il a réalisé des films intéressants sur les milieux d'affaires (*Le Paradis de Satan* et *Finance noire*) et une passionnante adaptation du roman policier de Pierre Nord, *Double crime sur la ligne Maginot,* tournée dans la Ligne elle-même.

Gannaway, Albert

Réalisateur américain né en 1920.

Hidden guns (1956) ; Daniel Boone (1956) ; The Badge of Marshal Brennan (1957) ; Man or Gun (Calibre 44, 1958) ; Raiders of Old California (Ultime chevauchée, 1958) ; The Plunderers of Painted Flats (Les pillards de la prairie, 1959) ; Rebellion in Cuba (Commando à Cuba, 1964).

Parce qu'il n'a dirigé que des films à petit et même très petit budget, on l'oublie toujours. S'il ne donne pas dans le génie, il sait bien ficeler un western, ce qui n'est déjà pas mal. *Les Pillards de la prairie* évoquait avec humour un épisode du peuplement de l'Ouest ; tandis que s'entretuaient George Macready, Skip Homeier et John Carroll, Corinne Calvet chantait en français « Frère Jacques ». Il fut le premier – et l'un des rares – à évoquer les affaires de Cuba.

Gantillon, Bruno

Réalisateur français né en 1944.

Morgane et ses nymphes (1970) ; Sans sommation (1972) ; Servante et maîtresse (1976).

Un honnête film policier (*Sans sommation*) et une œuvre curieuse, quasi bunuelienne sur les rapports de domination *(Servante et maîtresse)* sont à mettre à l'actif de ce réalisateur qui tourne peu.

Gardine, Vladimir

Réalisateur russe, 1877-1965.

Anna Karenine (1914) ; Dni nachei Gizni (Les jours de notre vie, 1914) ; Kouzma Krioutchkov (1914) ; La sonate à Kreutzer (1914) ; Privideniya (Les revenants, 1915) ; Voina i Mir (Guerre et Paix, 1915) ; Peterbourgskie trouchtchobi (Les bas-fonds de Saint-Pétersbourg, 1915) ; Dvoryanskoye gnezdo (Un nid de gentilshommes, 1915) ; Mysl (Méditation, 1916) ; Tsveti zapordalige (Les fleurs sont en retard, 1917) ; Jeloznaya puyata (Le talon de fer, 1919) ; Serp i molot (La faucille et le marteau, 1921) ; Prizrak burdit po Yerrope (Le masque de la mort rouge, 1923) ; Slesar i kantzler (Le serrurier et le chancelier, 1923) ; Ostap Bandoura (1924) ; Medvejia svadba (Les noces de l'ours, 1926) ; Tsar i Poet (1927) ; Kastus Kalinovsky (1928).

Grand spécialiste des adaptations littéraires. Son *Guerre et Paix,* tourné avec Protozanov jouit d'une excellente réputation. Gardine aurait disposé d'importants moyens et tiendrait le rôle de Napoléon. La variété de ses goûts est étonnante, de Poe (*Le masque de la mort rouge*) à Ibsen (*Les revenants*), de Tolstoï à Tourguenev. Ses réalisations passent pour très soignées.

Garfein, Jack

Réalisateur américain né en 1930.

The Strange One (Demain ce seront des hommes, 1957) ; Something Wild (Au bout de la nuit, 1961).

Disciple de Kazan dont il a hérité une certaine lourdeur, il porta à l'écran, après avoir été l'assistant de son maître pour *Baby Doll,* son roman *End As a Man* sur les méthodes empreintes de brutalité d'une école militaire américaine. *Demain ce seront des hommes* fut un échec en raison de la pesanteur de la démonstration d'un parti pris esthétique irritant. Aimant les sujets qui dérangent, il tourna les rapports difficiles d'une jeune fille traumatisée par un viol et de celui qui l'a sauvée du suicide. Carroll Baker et Ralph Meeker, à force d'outrance, rendaient insupportable une histoire que Garfein ne parvenait pas à maîtriser. Ce nouvel échec mit fin à sa carrière cinématographique.

Garnett, William Taylor dit Tay

Réalisateur américain, 1905-1977.

Celebrity (Célébrité, 1928) ; The Spieler (Tragédie foraine, 1929) ; The Flying Fool (1929) ; Oh Yeah ! (1929) ; Her Man (Son homme, 1930) ; Officer O'Brien (1930) ; Bad Company (Chicago, 1931) ; Prestige (1932) ; One Way Passage (Voyage sans retour, 1932) ; Okay America (1932) ; Destination Unknown (1932) ; S.O.S. Iceberg (1933) ; China Seas (La malle de Singapour, 1935) ; She Couldn't Take It (Gosse de riche, 1935) ; Professional Soldier (1936) ; Slave Ship (Le dernier négrier, 1937) ; Love Is News (L'amour en première page, 1937) ; Stand-In (M. Dodd part pour Hollywood, 1937) ; The Joy of Living (Quelle joie de vivre, 1938) ; Trade Winds (La femme aux cigarettes blondes, 1938) ; Eternally Yours (Divorcé malgré lui, 1939) ; Slighty Honorable (Le poignard mystérieux, 1940) ; Seven Sinners (La maison des sept péchés, 1940) ; Cheers for Miss Bishop (1941) ; My Favorite Spy (1942) ; Bataan (Bataan, 1943) ; The Cross of Lorraine (1943) ; Mrs Parkington (Madame Parkington, 1944) ; Valley of Decision (La vallée du jugement, 1945) ; The Postman Always Rings Twice (Le facteur sonne toujours deux fois, 1946) ; Wild Harvest (Les corsaires de la terre, 1947) ; A Connecticut Yankee in King Arthur's Court (Un Yankee à la cour du roi Arthur, 1949) ; The Fireball (1950) ; Cause for Alarm (Jour de terreur, 1951) ; Soldiers Three (Trois troupiers, 1951) ; One Minute to Zero (Une minute avant l'heure H, 1952) ; Main Street to Broadway (1953) ; The Black Knight (Le serment du chevalier noir, 1954) ; Seven Wonders of the World (coréal., Les sept merveilles du monde, 1956) ; The Night Fighters (Les combattants de la nuit, 1960) ; Cattle King (Les ranchers du Wyoming, 1963) ; The Delta Factor (1970) ; The Lad Trapper (1972) ; Timber Tramp (1973).

Sa mort resta inaperçue jusqu'au moment où Truffaut alerta la presse. On l'avait oublié. Il a signé pourtant des œuvres aussi marquantes que *Voyage sans retour, La malle de Singapour* ou *Le facteur sonne toujours deux fois,* mais il ne suscita aucune thèse, aucun culte, aucune chapelle, à l'inverse de tant de ses confrères hollywoodiens auxquels il consacra un beau livre-questionnaire, *Portraits de cinéastes.*

Études à l'Institut Supérieur de Technoloie du Massachussets ; la guerre comme officier d'aviation, à l'instar de Wellman et Hawks ; des débuts dans le cinéma en 1919 comme cascadeur puis gagman chez Sennett puis Roach ; un réalisateur viril, spécialiste de la bagarre dès ses premières bandes *(The Spieler, Her Man, Bad Company* qui s'achève sur un carnage*)* : Garnett ne connaît pourtant la célébrité qu'avec *Voyage sans retour.* Un aventurier condamné à mort et une jeune femme atteinte d'un mal incurable tombent amoureux l'un de l'autre lors d'une traversée. Tout en sachant qu'ils ne pourront le tenir, ils se fixent un rendez-vous dans un bar. A l'heure dite, deux verres se briseront tout seuls sur un comptoir répétant un geste des amants sur le navire. L'amour a été plus fort que la mort. Comme pour *Peter Ibbetson,* les surréalistes s'enthousiasmèrent. Mais Garnett ne tint pas ses promesses. Entre 1932 et 1940, peu d'œuvres à signaler à l'exception de *China Seas* (La malle de Singapour) à l'éclatante distribution et de *Slave Ship,* en raison de la présence de Faulkner au générique. Il se réveille pourtant en 1940 avec *Seven Sinners* où Marlène Dietrich chante : « I can't give you anything but love, baby... » Vint un autre chef-d'œuvre : *Le facteur sonne toujours deux fois,* la meilleure des adaptations du roman de Cain et l'un des sommets du film noir. Lana Turner en costume blanc, symbole d'une pureté que démentait son comportement, y fit sensation. Encore quelques bons films où l'on retrouve la signature de Garnett, cet art inimitable de filmer des bagarres, des *Corsaires de la terre* aux *Combattants de la nuit,* puis la télévision l'absorba. Arriva l'heure des mémoires publiés en 1973 sous le titre de *Light your torches and pull up your tights.* Il ne resta en définitive de Garnett qu'un souvenir, celui d'un univers à la Cendrars où des baroudeurs au coup de poing facile se bagarraient ou lutinaient les filles dans les bordels d'un grand port.

BIBLIO. : *Écran 77,* nos 57 et 59.

Garrel, Philippe

Réalisateur français né en 1947.

Anémone (1966) ; Marie pour mémoire (1967) ; Le révélateur (1968) ; La concentration (1968) ; Le lit de la vierge (1969) ; La cicatrice intérieure (1971) ; Les hautes solitudes (1973) ; Un ange passe (1975) ; Le berceau de cristal (1976) ; Voyage au jardin des morts (1978) ; Le bleu des origines (1979).

Est-il vraiment le génie annoncé qui relègue Godard et Warhol au rayon des utilités ? Souvent silencieux, ses films reposent sur des séquences sans coordination, des situations sans liens entre elles, des personnages dont on ignore les motivations (s'ils en ont). C'est un torrent d'images (l'Égypte et l'Islande dans *La cicatrice intérieure*) auquel il convient de s'abandonner. Garrel nous invite : il faut, dit-il, « aller au cinéma pour planer, c'est-à-dire, par sensation. »

Gasnier, Louis

Réalisateur américain d'origine française, 1882-1963.

En France, courts métrages : La première sortie d'un collégien (1905) ; Le pendu (1906) ; La mort d'un toréador (1907) ; Tirez, s'il vous plaît (1908) ; Max fait du ski (1910), etc. *Aux États-Unis :* The Perils of Pauline (Les périls de Pauline, 1914) ; The Clutching Hand The Exploits of Elaine (Les mystères de New York, 1915) ; Detective Swift (1915) ; The Stolen Birthright (1915) ; The Shielding Shadow (1917) ; Annabel's Romance (1917) ; Hazel Kirke (1917) ; The Mystery of the Double Cross (Le mystère de la double croix, 1917) ; The Seven Pearls (1918) ; Hands Up ! (1918) ; The Tiger's Trail (1919) ; The Beloved Cheater (1919) ; The Corsican Brothers (1920) ; The Butterfly Man (1920) ; Kismet (1920) ; Good Women (1921) ; A Wife's Awakening (1921) ; Silent Years (1921) ; The Call of Home (1922) ; The Rich Men's Wives (1922) ; Daughters of the Rich (1923) ; Mothers in Law (1923) ; Maytime (1923) ; Poisoned Paradise (1924) ; The Breath of Scandal (1924) ; Wine (1924) ; White Man (1924) ; The Triflers (1924) ; The Parasite (1925) ; The Boomerang (1925) ; Parisian Love (1925) ; Faint Perfume (1925) ; Pleasures of the Rich (1926) ; Out of the Storm (1926) ; Sin Cargo (1926) ; That Model from Paris (1926) ; Lost at Sea (1926) ; The Beauty Shoppers (1927) ; Streets of Shanghai (1928) ; Fashion Madness (1928) ; Darkened Rooms (1929) ; Slighty Scarlet (avec Knopf, 1930) ; The Shadow of the Law (1930) ; The Virtuous Sin (avec Cukor, 1930) ; The Lawyer's Secret (avec Marcin, 1931) ; Silence (avec Marcin, 1931) ; The Strange Case of Clara Dine (avec Marcin, 1932) ; Forgotten Commandments (avec Schorr, 1932) ; Gambling Ship (avec Marcin, 1933). *En Espagne :* Esperame (1933) ; Melodia de Arrabal (1933). *En France :* Iris perdue et retrouvée (1933) ; Topaze (1933) ; Fedora (1934). *En Espagne :* Cuesta Abajo

(1934) ; El Tango en Broadway (1934). *Aux États-Unis :* The Last Outpost (avec Barton, 1935) ; The Gold Racket (1937) ; Bank Alarm (1937) ; La Immaculada (1939) ; Murder on the Yukon (1940) ; The Burning Question (1940) ; Stolen Paradise (1941) ; Fight on Marines ! (1942).

Il fut l'un des metteurs en scène les plus célèbres du début du siècle grâce aux *Périls de Pauline* et aux *Mystères de New York*, films à épisodes où Pearl White devait affronter « La main qui étreint ». Il avait débuté chez Pathé à l'âge de 18 ans. D'après Robert Florey : « figurant, il n'hésita pas à se laisser attacher sous un grand chariot pour tourner à la main la manivelle d'un appareil de prises de vues lui aussi fixé sous la lourde voiture. Cette position dangereuse lui permit de filmer les jambes des chevaux galopant dans un film à poursuite. Les frères Pathé furent éblouis de cette performance. Il fut promu metteur en scène sur-le-champ. C'est ainsi qu'il réalisa les premiers Max Linder. En 1912, les frères Pathé l'envoyèrent aux États-Unis. Il y tourna ses fameux films à épisodes qui devaient lancer Pearl White et faire frissonner les foules. Il signa plusieurs « serials » puis mit en scène des mélodrames. L'avènement du parlant lui porta un coup très dur. Il vint en France diriger trois films dont *Topaze*, travailla également en Espagne, retourna aux États-Unis. Mais le succès n'était plus au rendez-vous. On le retrouva mort sur un banc du Hollywood Boulevard, en 1963, sans famille et sans argent.

Gasnier-Raymond, Lucien

Réalisateur français.

Le père Serge (1945) ; Le cavalier de Croix Mort (1947).

Dans la médiocrité française de l'après-guerre, il émerge avec une aventure de Vidocq (rôle tenu par Henri Massiet) qui n'est pas sans charme. Son film précédent, *Le père Serge*, suivait assez fidèlement l'œuvre de Tolstoï et bénéficiait d'une excellente distribution : Jacques Dumesnil, Marcel Herrand, Louis Salou.

Gaspard-Huit, Pierre

Réalisateur français né en 1917.

Sophie et le crime (1955) ; Paris coquin (1955) ; La mariée est trop belle (1956) ; Les lavandières du Portugal (1956) ; Christine (1958) ; Le capitaine Fracasse (1960) ; Shéhérazade (1912) ; Gibraltar (1963) ; A belles dents (1966).

Cinéma commercial à la française : il vaut ce que valent les acteurs (Peter Van Eyck fait d'excellentes compositions dans *Sophie et le crime* et *A belles dents*) et les techniciens (ils sauvent *Le capitaine Fracasse* en filmant les prouesses acrobatiques de Jean Marais à force, eux-mêmes, d'acrobaties).

Gassman, Vittorio

Acteur et réalisateur italien né en 1922.

Comme réalisateur : Kean (1957) ; L'alibi (coréal., 1969) ; Senza famiglia nullatenenti cercano affetto (Sans-famille, 1972).

Prodigieux acteur, il n'a pas résisté à la tentation de la *regia*. On lui pardonna puisqu'il nous a donné un chef-d'œuvre à partir d'une fort lointaine adaptation d'un roman d'Hector Malot, parodie, empreinte de pessimisme, de la littérature populaire du XIXe siècle.

Gast, Michel

Réalisateur français né en 1926.

Autant en emporte le gang (1953) ; J'irai cracher sur vos tombes (1959) ; Le Sahara brûle (1960) ; Céleste (1970).

Il fut le premier à adapter Boris Vian, ce qui lui valut, avec *J'irai cracher sur vos tombes*, les foudres de la censure mais aussi une petite réputation dans le milieu des cinéphiles. Il n'a malheureusement pas confirmé les espoirs que l'on plaçait en lui, même s'il eut l'audace, l'un des premiers encore, d'aborder, avec *Céleste*, le problème des immigrés.

Gastyne, Marc de

Producteur et réalisateur français né en 1889.

Nombreux courts métrages dont : Histoire de singes (1949). *Longs métrages :* A l'horizon du Sud (1924) ; La blessure (1926) ; La châtelaine du Liban (1926) ; Mon cœur au ralenti (1927) ; La merveilleuse vie de Jeanne d'Arc (1928) ; Une belle garce (1931) ; Rothschild (1932) ; La bête errante (1933) ; L'île de la solitude (1936) ; Les fugitifs (1960).

Sorti des Beaux-Arts, il parut d'abord s'orienter vers une carrière de décorateur. Devenu réalisateur, il a signé une vie de Jeanne d'Arc qui fut éclipsée par celle de Dreyer, non sans injustice peut-être.

Gatti, Armand

Réalisateur français né en 1924.

L'enclos (1961) ; El otro Cristobal (1963) ; Nous étions tous des noms d'arbre (1982).

Journaliste, écrivain, dramaturge, scénariste de *Morambong* de Bonnardot, il a tourné un film terrible sur l'univers concentrationnaire, *L'enclos.* L'insuccès de la réalisation suivante semble l'avoir détourné du cinéma.

Gavaldon, Roberto

Réalisateur mexicain né en 1909.

Principaux films : El conde de Monte Cristo (1941) ; La barraca (1945) ; El socio (1945) ; La vida intima de Marco-Antonio y Cleopatra (Folies romaines, 1946) ; La otra (Double destinée, 1946) ; Rayando el sol (Prisonniers du destin, 1947) ; Adventures of Casanova (1948) ; La casa chica (La maison de l'amour perdu, 1949) ; Deseada (1950) ; Soledad (Le révolté de Santa Cruz, 1953) ; Camelia (Passion sauvage, 1953) ; Palma di tu mano (Mains criminelles, 1954) ; The Littlest Outlaw (La Revanche de Pablito, 1955) ; Sombra Verde (La belle de Vera Cruz, 1956) ; La Escondida (Escondida, 1956) ; Flor de Mayo (1957) ; Macario (1960) ; La Rosa blanca (1972) ; El hombre de los Hongos (1976) ; La Playa vacia (1979).

Acteur mexicain, il s'est formé comme réalisateur à Hollywood auprès de Jack Conway dont il fut l'assistant. Revenu au Mexique il dirigea de nombreux films d'un intérêt inégal mais qui en firent l'une des figures de proue du cinéma mexicain. De cette production qui comporte deux films tournés à Hollywood *(Casanova* et *The Littlest Outlaw)* émerge *La Escondida* qui le fit largement connaître en Europe.

Gehret, Jean

Réalisateur d'origine suisse, 1900-1956.

Le café du cadran (1946) ; Tabusse (1948) ; Le crime des justes (1949) ; Orage d'été (1949) ; La loterie du bonheur (1952).

Musicien, acteur puis directeur de production, il surprit agréablement en 1946, en tournant une chronique intimiste, celle du *Café du cadran,* puis en adaptant *Le crime des justes* d'André Chamson. Son *Tabusse* avait déjà montré un observateur attentif d'une certaine France, populaire mais sans vulgarité. Sa disparition trop rapide ne lui permit pas de poursuivre une œuvre personnelle et rarement dépourvue d'intérêt.

Geissendorfer, Hans W.

Réalisateur allemand né en 1941.

Jonathan (Jonathan, 1969) ; Carlos (1971) ; Perahim (1973) ; Sternsteinhof (1976) ; Die Wildente (1976) ; Die Glasener Zell (1977) ; Der Zauberberg (1982).

Son *Jonathan,* libre adaptation de Dracula, fit impression par l'originalité du scénario. On attendait beaucoup de ce réalisateur venu de la télévision. Il semble que ses essais pour adapter au grand écran Ibsen *(Die Wildente)* ou Schiller *(Carlos)* aient été autant d'échecs *(La Revue du cinéma,* avril 1980). Geissendorfer se consacrerait depuis 1978 à la télévision munichoise.

Geller, Bruce

Réalisateur américain, 1931-1978.

Harry in Your Pocket (1973) ; Savage Bees (Quand les abeilles attaqueront, 1977).

De *The Westerner* à *Mannix,* Geller fut l'un des plus prolifiques réalisateurs de télévision. Faisant passer sur le grand écran ses *abeilles,* il a signé un film de terreur écologique particulièrement réussi.

Genet, Jean

Ecrivain et cinéaste né en 1910.

Un chant d'amour (1950).

Célèbre écrivain, il a signé un film de 45 minutes en 16 mm devenu classique parmi les œuvres exaltant l'homosexualité en raison d'un indéniable lyrisme. On y retrouve en effet tous les grands thèmes de son œuvre.

Genina, Augusto

Réalisateur italien, 1892-1957.

La moglie di su Eccelenza (1913) ; Il segreto del castello di Monrœ (1914) ; La parola de uccide (1914) ; L'anello di Siva (1914) ; Il getto d'Acque (1914) ; La fuga degli amanti (1914) ; Gelosia (1915) ; Lulù (1915) ; Mezzanotte (1915) ; La drama della corona (1916) ; Conquista dei diamanti (1916) ; Il sogno di un giorno (1916) ; La menzogna (1916) ; Il presagio (1916) ; Maschiaccio (1917) ; Lucciola (1917) ; Femmina (1917) ; Addio Giovinezza (1918) ; I due crocifissi (1918) ; La maschera e il volto (1919) ; Lucrezia Borgia (1919) ; Noris (1919) ; Bel Ami (1919) ; La donna e il cadavere (1919) ; I tre sentimentali (1920) ; I diabolici (1920) ; Le avventure di Bijou (1920) ; La douloureuse (1920) ; L'avventura di Dio (1920) ; L'innamorata (1921) ; Lucie de Trecœur (1922) ; Cyrano de Bergerac (1923) ; Germaine (1923) ; Il corsaro (Le corsaire, avec Gallone, 1924) ; La moglie bella (1924) ; Il focolare spento (1925) ; L'ultime Lord (Le dernier lord, 1926) ; Die weisse sklavin (1927) ; Liebeskarnaval (Mascarade d'amour, 1928) ; Scampole (1928) ; Quartier latin (1929) ; Prix de beauté (1930) ; Les amants de minuit (1931) ; Paris-Béguin (1931) ; La femme en homme (1931) ; Ne sois pas jalouse (1932) ; Nous ne sommes plus des enfants (1934) ; Vergiss mein nicht (1935) ; La gondole aux chimères (1936) ; Blumen aus Nizza (1936) ; Lo squadrone bianco (L'escadron blanc, 1936) ; Naples au baiser de feu (1937) ; Castelli in aria (1939) ; L'assedio dell'Alcazar (Les cadets de l'Alcazar, 1940) ; Bengasi (1942) ; Cielo sulla palude (La fille des marais, 1949) ; L'edera (1950) ; Tre storie proibite (Histoires interdites, 1952) ; Maddalena (Une fille nommée Madeleine, 1953) ; Frou-frou (1955).

Débute en 1913 comme scénariste. Passe à la réalisation et fait jouer sa femme Carmen Boni dans des drames mondains. Il quitte l'Italie en 1928 pour s'installer en France. Il y signe, sur un scénario de René Clair, *Prix de Beauté* avec Louise Brooks, *Paris-Béguin,* etc., et devient un metteur en scène recherché. Il revient pourtant en Italie en 1936, après un bref passage en Allemagne. De *L'escadron blanc* aux *Cadets de l'Alcazar,* il se marque comme l'un des chantres les plus talentueux du fascisme. Après une interruption de quelques années, il fait sa rentrée en 1949 avec un film saint-sulpicien qui montre qu'il n'a plus rien à dire. Suite logique de *Maddalena : Frou-Frou !* Une déchéance injuste en regard du passé de Genina.

Gentilomo, Giacomo

Réalisateur italien né en 1909.

Principaux films : Il carnevale di Venezia (1939) ; puis, après la guerre : O'Sole mio (1946) ; Tempesta d'anime (1946) ; Amanti in fuga (1947) ; I fratelli Karamazoff (1948) ; Ti ritrovero (1948) ; Biancaneve e i sette ladri (1949) ; Atto di accusa (1950) ; Lo sparviero del Nilo (1951) ; Enrico Caruso (1951) ; La cieca di Sorrento (1952) ; Melodie immortali (1953) ; Appassionamente (1954) ; Le due orfanelle (1955) ; Una voce, una chitarra, un po'di luna (1956) ; La trovatella di Pompei (1958) ; Il cavaliere senza terra (1958) ; Sigfrido (Le chevalier blanc, 1959) ; L'ultimo dei Vichinghi (Le dernier des Vikings, 1961) ; Maciste contro il vampiro (Maciste contre le fantôme, 1961) ; I lancieri neri (Les lanciers noirs, 1963) ; Brenno, il nemico di Roma (1964, Brenno le tyran) ; Le verdi bandiere di Allah (1964) ; Maciste e la regina di Samar (Maciste contre les hommes de pierre, 1964).

Deux bons Macistes (*Maciste contre les hommes de pierre,* assez impressionnant et surtout *Maciste contre le fantôme,* avec d'étranges hommes bleus, d'extravagants décors et la lutte du héros contre son double) ont retenu l'attention des amateurs de fantastique. Gentilomo eut toujours un certain sens du baroque qui en fait parfois l'égal de Cottafavi.

Gering, Marion

Réalisateur américain, 1901-1977.

I Take this Woman (1931) ; Ladies of the Big House (1931) ; Madame Butterfly (1932) ; Devil and the Deep (1932) ; Pick Up (1933) ; Good Dame (1934) ; Ready for Love (1934) ; Rumba (1935) ; Rose of the Rancho (1936) ; Lady of secrets (1936) ; Thunder in the City (1937) ; She Married an Artist (1938) ; Sarumba (1950) ; Violated Paradise (1963).

D'origine russe, passé du commerce des fourrures aux scènes de Broadway comme producteur, il devint à Hollywood un metteur en scène assez réputé de films psychologiques plutôt ennuyeux et aujourd'hui oubliés.

Gerlach, Arthur von

Réalisateur allemand, 1881-1925.

Vanina (Vanina, 1922) ; Zur Chronik von Grieshuus (La chronique de Grieshuus, 1924).

Venu du théâtre, Gerlach a signé deux des œuvres majeures du cinéma allemand muet. *Vanina,* histoire de la fille d'un gouverneur tyrannique, éprise d'un jeune révolutionnaire, contient notamment une séquence brillante où la fuite des amants est filmée à travers d'innombrables corridors, pour donner une impression de rapidité, mais le sentiment pour les amants que cette fuite ne trouvera pas de fin. *La chronique de Grieshuus* est un sombre mélodrame d'une noirceur à étonner Balthazar Gracian lui-même. La beauté des images rattache Gerlach au courant expressionniste.

Germi, Pietro

Réalisateur italien, 1914-1974.

Il testimone (Le témoin, 1947) ; Gioventu perduta (Jeunesse perdue, 1947) ; In nomine della lege (Au nom de la loi, 1949) ; Il camino della Speranza, (1950) ; La cita si difende (1951) ; La Presidentessa (Mademoiselle la Présidente, 1952) ; Il brigante di Tacca del lupo (La tanière des brigands, 1952) ; Gelosia (1953) ; Amori di Mezzo Secolo (Un épisode, 1954) ; Il ferroviere (Le disque rouge, 1956) ; L'uomo di paglia (1957) ; Un maledetto imbroglio (Meurtre à l'italienne, 1959) ; Divorzio all'italiana (Divorce à l'italienne, 1961) ; Sedotta e abbandonata (Séduite et abandonnée, 1963) ; Signori e Signore (Ces messieurs dames, 1966) ; L'immorale (Beaucoup trop pour un seul homme, 1967) ; Serafino (Serafino, 1968) ; Le castagne sono buone (1970) ; Alfredo, Alfredo (Alfredo, Alfredo, 1973) ; Amicei miei (Mes chers amis ; il ne put écrire que le scénario, Monicelli tourna le film).

On l'a oublié au profit de Scola ou de Monicelli. Il fut pourtant l'un des pères de la nouvelle comédie italienne que lança *Divorce à l'italienne* en Europe. Il n'a pas le cynisme de Risi, la sensibilité de Scola, le métier de Monicelli ou les raffinements de Comencini, mais *Beaucoup trop pour un seul homme,* histoire d'un musicien qui ajoute à son foyer conjugal et à un ménage parallèle, avec des enfants également, une ravissante maîtresse, finit par mêler heureusement rires et larmes dans les scènes de Noël ou dans l'enterrement final. Ce petit chef-d'œuvre n'est pas indigne des grands maîtres. Venu d'un milieu modeste de Ligurie, ayant connu des débuts difficiles, Germi avait commencé par des drames sociaux qui ont mal vieilli.

Ghione, Emilio

Acteur et réalisateur italien, 1879-1930.

Principaux films : Nelly la Gigolette (1914) ; L'amazzone mascherata (1914) ; Don Pietro Caruso (1914) ; Ultimo dovere (1914) ; Triste impegno (1914) ; Guglielmo Oberdan (1915) ; Anime buie (1915) ; La Banda delle Cifre (1915) ; Ciceruacchio (1915) ; Za la Mort (1915) ; L'imboscata (1916) ; Sposa nella morte (1916) ; Mademoiselle Cyclono (1916) ; La menzogna (1916) ; Presagio (1916) ; La nuora (1916) ; La Grande Vergogna (1916) ; Tormento gentile (1916) ; Il numero 121 (1917) ; L'ultima empresa (1917) ; Il triangolo giallo (1917) ; I Topi grigi (Les souris grises, 1918) ; Il gorgò (1918) ; Dollari e Fraks (1919) ; Za la Frak (1920) ; Maschere bianche (1920) ; Senza Pieta (1920) ; Za la Mort contro Za la Mort (1921) ; I quattro tramonti (1922) ; Ultissime di notte (1922) ; Il sogno di Za la Vie (1923) ; La nostra patria (1925).

L'un des grands pionniers du cinéma italien. Fils d'un peintre, peintre lui-même, il fut acteur dès 1909, avec Francesca Bertini pour partenaire. En 1913, il devient directeur et scénariste de ses films. Spécialiste du film à épisodes, il créa le personnage mystérieux de Za la Mort puis *Les souris grises,* très influencées, comme Za la Mort, par Feuillade. L'apache romantique devait donner naissance à plusieurs films interprétés par Ghione. Celui-ci travailla en Allemagne puis à Paris où il tomba gravement malade. Il revint à Rome pour y mourir.

Gibaud, Marcel

Réalisateur français.

Courts métrages : Le bâton (1946) ; Transports urbains (1948) ; Histoire de pin-up girls (1950) ; L'art haut-rhénan (1951) ; Station mondaine (1951) ; Le dictionnaire des pin-up girls (1951) ; En quête de Marie (1952) ; La Seine et ses marchands (1953) ; Ballade parisienne (1954) ; Croissance de Paris (1954) ; Paris d'hier et d'aujourd'hui (1956) ; *Longs métrages :* La rue sans loi (1950).

Un représentant exemplaire du court métrage français dans les années 50. On n'oubliera pas de sitôt sa parodie du documentaire sportif, *Le bâton,* avec démonstration du maître Cudane et appel final pour qu'ouvriers, paysans et étudiants s'adonnent, dans un grand élan fraternel, aux joies saines du bâton. Dans son long métrage, *La rue sans loi,* il a tenté d'adapter les dessins de Dubout à l'univers cinématographique, ce qui donne un film au rythme trépidant où l'on retrouve le comptable Anatole, son imposante épouse, Germaine, et le. bandit Sparadra.

Gibson, Alan

Réalisateur canadien né en 1938.

Crescendo (1969) ; Good-Bye Gemini (1970) ; Dracula A.D. 72 (Dracula 73, 1972) ; The Satanic Rites of Dracula (Dracula vit encore à Londres, 1973) ; Silent Scream (1980).

Appelé en renfort par la Hammer pour rajeunir le bon vieux Dracula, il n'a pas su lui insuffler le sang nouveau dont avait tant besoin notre cher vampire.

Giersz (Witold)

Animateur polonais né en 1927.

Maly Western (Le petit western, 1960) ; Oczekiwanie (avec Perski, L'attente, 1961) ; Dinosaury (Les dinosaures, 1962) ; Czerwone i czarne (Le rouge et le noir, 1963) ; Ladies and Gentlemen (1964) ; Kon (Le cheval, 1967) ; Intelektualista (Les intellectuels, 1969) ; Kaskader (Les cascadeurs, 1971) ; Slady (Empreintes, 1974) ; Pozar (Incendie, 1975).

Animateur du studio de Bielsko-Biala, puis à Varsovie, il se révèle très vite un auteur complet, écrivant les histoires qu'il dessine.

Gil, Rafael

Réalisateur espagnol né en 1913.

El hombre que se quiso matar (1941) ; Viaje sin destino (1942) ; Huella de Luz (1943) ; El Clavo (1944) ; El fantasma de dona Juanita (1944) ; Tierra sedienta (1945) ; La prodiga (1946) ; Reina santa (1946) ; La fe (1946) ; Don Quijote de la Mancha (1947) ; La calle sin sol (1948) ; Mare Nostrum (Du sang à l'aube, 1948) ; Aventuras de Juan Lucas (1949) ; La noche del sabado (1950) ; El gran galeoto (1951) ; La señora de Fatima (La dame de Fatima, 1951) ; Sor intrepida (1952) ; De Madrid al cielo (1952) ; La guerra de Dios (Hommes en détresse, 1953) ; El beso de Judas (1953) ; La otra vida del capitan Contreras (1954) ; El canto del gallo (1955) ; Un traje blanco (1956) ; Viva lo imposible (1957) ; La casa de la Troya (1959) ; Cariño mio (Sissi 63, 1961) ; La reina del Chantecler (L'espionne de Madrid, 1962) ; La vida nueva de Pedrito de Andia (Le petit Andalou, 1965) ; Currito de la Cruz (1965) ; Es mi hombre (1966) ; La mujer de otro (1967) ; Verde Doncella (1968) ; Sangre en el ruedo (1968) ; El relicario (1970) ; El hombre que se quiso matar (1970) ; El sobre verde (1971) ; La guerrilla (1972) ; El mejor alcade, el rey (1972) ; Los novios de la muerte (1974) ; Olvida los tambores (1974) ; A la Legion le gustan las mujeres (1975) ; El ultimo tren de la guerra (1977) ; Dos hombres y en medio dos mujeres (1977).

Considéré au temps du franquisme comme le n° 1 du cinéma espagnol. Fils d'un administrateur du théâtre royal de Madrid, il collabore à plusieurs revues avant de devenir assistant-réalisateur puis professeur de cinéma. Il participe à de nombreux festivals et tourne beaucoup. Hélas la médiocrité de sa production, son conformisme, l'ennui que dégagent ses films n'incitent guère à l'indulgence.

Gilbert, Lewis

Réalisateur anglais né en 1920.

The Little Ballerina (1947) ; Once a Sinner (1950) ; There Is Another Sun (1951) ; Scarlet Thread (1951) ; Emergency Call (1952) ; Time Gentlemen Please ! (1952) ; Cosh Boy (1953) ; Johnny on the Run (1953) ; Albert Royal Navy (Le prisonnier fantôme, 1953) ; The Sea Shall not Have Them (1954) ; The Good Die Young (Les bons meurent jeunes, 1954) ; Cast a Dark Shadow (L'assassin s'était trompé, 1956) ; Reach for the Sky (Vainqueur du ciel, 1956) ; The Admirable Crichton (L'admirable Crichton, 1957) ; Carve Her Name With Pride (Agent secret SZ, 1958) ; A Cry from the Streets (Les larmes des orphelins, 1958) ; Ferry to Hong-Kong (Visa pour Hong-Kong, 1959) ; Sink the Bismarck (Coulez le Bismarck, 1960) ; Light up the Sky (1960) ; The Greengage Summer (Un si bel été, 1961) ; H.M.S. Defiant (Les mutinés du Téméraire, 1962) ; The Seventh Dawn (La septième aube, 1964) ; Alfie (Alfie, 1966) ; You Only Live Twice (On ne vit que deux fois, 1967) ; The Adventurers (Les derniers aventuriers, 1969) ; Friends (Deux enfants qui s'aiment, 1971) ; Paul et Michèle (1973) ; Operation Daybreak (1975) ; Seven Nights in Japan (1976) ; The Spy Who Loved Me (L'espion qui m'aimait, 1977) ; Moonraker (Moonraker, 1979).

Enfant prodige, il est célèbre comme acteur à l'âge de 12 ans. Il devient ensuite assistant de Korda. De ses années de formation, il a gardé une grande souplesse : demandez-lui une comédie « à l'anglaise » et ce sera *The Admirable Crichton,* un policier et vous aurez *Cast a Dark Shadow,* un film de guerre, et voilà *Sink the Bismarck !* Vous avez Welles et Jurgens sous contrat et vous ne savez qu'en faire : Gilbert les utilisera pour un grand concours de grimaces dans *Ferry to Hong-Kong.* Ajoutons que ses James Bond *(You Only Live Twice* et *Moonraker)* ont fait les plus grosses recettes. Que demander de plus ? Gilbert est le chouchou des producteurs.

Gilliat, Sidney

Réalisateur anglais né en 1908.

Million Like Us (avec Launder, Ceux de chez nous, 1943) ; Waterloo Road

(Un soir de rixe, 1944) ; The Rake's Progress (L'honorable Monsieur Sans-Gêne, 1945) ; I See a Dark Stranger (avec Launder, L'étrange aventurière, 1946) ; Green for Danger (La couleur qui tue, 1947) ; London Belongs to Me (1948) ; State Secret (Secret d'Etat, 1950) ; The Story of Gilbert and Sullivan (avec Launder, Gilbert et Sullivan, 1953) ; The Constant Husband (Un mari presque fidèle, 1955) ; Geordie (avec Launder, Geordie, 1955) ; Fortune Is a Woman (Le manoir du mystère, 1957) ; Left, Right and Centre (1959) ; Only Two Can Play (On n'y joue qu'à deux, 1962) ; The Great St. Trinian's Train Robbery (avec Launder, 1966) ; The Endless Night (1971).

Souvent associé à Frank Launder, il fut d'abord scénariste d'Hitchcock. S'étonnera-t-on que sa réputation en Angleterre repose sur des thrillers comme *Green for Danger, State Secret* (un médecin doit être abattu pour l'empêcher de divulguer la mort d'un chef d'État) ou *The Endless Night,* d'après Agatha Christie ?

Gilles, Guy

Réalisateur français né en 1940.

L'amour à la mer (1963) ; Au pan coupé (1967) ; Clair de terre (1969) ; Mille baisers de Florence (1970) ; Absences répétées (1972) ; Le jardin qui bascule (1974) ; Crime d'amour (1982).

Cet Algérois d'origine a le génie des titres qui traduisent bien son univers poétique fondé sur la fragilité de la beauté et sur le temps qui passe. Pourquoi le succès l'a-t-il boudé ?

Gilling, John

Réalisateur anglais né en 1912.

Escape for Bradmoore (1946) ; A Matter of Murder (1949) ; No Trace (1950) ; The Quiet Woman (1951) ; The Frightened Man (1952) ; Mother Riley Meets the Vampire (1952) ; The Voice of Merril (1952) ; Deadly Nightshade (1953) ; Three Steps to the Gallows (Trois pas vers la potence, 1953) ; Escape by Night (1953) ; Double Exposure (1954) ; The Embezzler (1954) ; The Gilded Cage (1955) ; Tiger by the Tail (22. Long Rifle, 1955) ; The Gamma People (1956) ; Crime Doesn't Pay (Le crime ne paie pas, 1956) ; Odongo (Odongo, 1956) ; High Flight (Pilotes de haut vol, 1957) ; Pick-up Alley (Police internationale, 1957) ; The Man Inside (Signes particuliers : néant, 1958) ; Idol on Parade (1959) ; The Bandit of Zhobe (La charge du 7e lancier, 1959) ; The Flesh and the Fiends (L'impasse des violences, 1959) ; The Challenge (Un compte à régler, 1960) ; Fury at Smugglers Bay (Les pirates de la nuit, 1961) ; The Shadow of the Cat (Le spectre du chat, 1961) ; Pirates of Blood River (L'attaque du San Cristobal, 1962) ; The Scarlet Blade (L'épée écarlate, 1963) ; Brigand of Kandahar (1965) ; The Plague of the Zombies (L'invasion des morts vivants, 1965) ; The Nightcaller (1965) ; The Reptile (La femme reptile, 1966) ; Where the Bullets Fly (1966) ; The Mummy's Shroud (Dans les griffes de la momie, 1967) ; The Mountain of the Ghosts (1974).

Prince de la série B anglaise, il excelle surtout dans le fantastique et l'on n'oubliera pas de sitôt les pourvoyeurs de cadavres du docteur Knox, dans *The Flesh and the Fiends,* qui, pour aller plus vite (c'est fatigant de déterrer les morts !), assassinaient les futurs sujets d'expérimentation du bon savant : livraison plus rapide et chair plus fraîche. L'horreur culminait dans *The Plague of the Zombies* qui allait donner le signal de la résurrection sur les écrans de véritables armées de morts-vivants. Le chat lui-même retrouvait, grâce à Gilling, sa vocation diabolique et provoquait dans *The Shadow of the Cat* quelques-unes de ces morts horribles dont Gilling a le secret.

Gilmore, Stuart

Réalisateur et monteur américain

Comme réalisateur : The Virginian (Le traître du Far-West, 1946) ; The Half Breed (La peur du scalp, 1952).

Monteur fort apprécié par Hawks (*Hatari* etc.), il a tourné pour le plaisir des westerns pleins de feu et de sensibilité.

Gilroy, Frank

Scénariste et réalisateur américain.

Comme réalisateur : Desperate Characters (1970) ; From Noon till Three (C'est arrivé entre midi et trois heures, 1976).

S'inspirant de l'un de ses romans, Gilroy a mis en scène avec *From Noon till Three* l'un des westerns les plus originaux de la décennie en montrant comment se forgèrent les légendes du Far West et comment de bonnes brutes, plutôt lâches, devinrent des héros et même des mythes (Jesse James, Billy the Kid). Une interprétation éblouissante de Charles Bronson, utilisé volontairement à contre-courant, une image soignée et un humour incessant font de *From Noon till Three* un véritable chef-d'œuvre injustement boudé par le public.

Gilson, René

Réalisateur français né en 1931.

L'escadron Volapuk (1971) ; On n'arrête pas le printemps (1972) ; La brigade (1974) ; Juliette ou l'air du temps (1976) ; Ma blonde, entends-tu dans la ville ? (1979).

Ancien critique cinématographique (il fut un bon connaisseur de la comédie musicale américaine), il a signé quelques films d'un esprit contestataire hérité de 68, notamment *L'escadron Volapuk,* d'un joyeux antimilitarisme.

Gion, Christian

Réalisateur français né en 1940.

Les encerclés (1968) ; C'est dur pour tout le monde (1975) ; Le jardin des supplices (1976) ; One two two, 122 rue de Provence (1978) ; Le pion (1978) ; Le gagnant (1979) ; Pétrole, pétrole (1981).

Il hésite entre deux voies : la satire des mœurs contemporaines (les étudiants dans *Les encerclés,* la publicité dans *C'est dur pour tout le monde,* les collèges dans *Le pion* ou les émirs rois du pétrole dans *Pétrole, pétrole)* et un érotisme sophistiqué (*Le jardin des supplices,* version très édulcorée du fameux roman de Mirbeau, ou la chronique d'une maison de rendez-vous célèbre avant la guerre, le *One two two*).

Giono, Jean

Écrivain, scénariste et réalisateur français, 1895-1970.

Comme réalisateur : Crésus (1960).

Grand écrivain très adapté à l'écran (quatre films par Pagnol : *Angèle, Jofroi, Regain, La femme du boulanger,* un par Villiers, *L'eau vive,* un par Leterrier, *Un roi sans divertissement*), il n'a mis en scène lui-même que *Crésus* que *les Cahiers du cinéma,* dans leur numéro « Nouvelle Vague », placent très haut, lui prêtant « un charme inconnu dans notre cinéma, Cocteau excepté, et qui contredit catégoriquement l'accusation hâtive de commerce et de folklore. » Les écrits de Giono concernant le cinéma ont été réunis en un volume.

Giovanni, José

Scénariste et réalisateur français né en 1923.

Comme réalisateur : La loi du survivant (1966) ; Le rapace (1967) ; Dernier domicile connu (1969) ; Un aller simple (1970) ; Où est passé Tom ? (1971) ; La scoumoune (1972) ; Deux hommes dans la ville (1973) ; Le gitan (1975) ; Comme un boomerang (1976) ; Les égouts du Paradis (1978) ; Une robe noire pour un tueur (1980).

Becker, Sautet, Deray, Enrico lui doivent beaucoup comme scénariste et dialoguiste. Cet excellent auteur de la « série noire » s'est d'abord voulu le peintre du milieu, des truands dont il décrivit les mœurs et les règles de vie. A partir de 1976, il semble s'orienter vers un cinéma plus en prise sur l'actualité : « Autrefois, explique-t-il, l'aventure était dans la pègre ; aujourd'hui, tout est relié à la société, l'aventure est dans la rue, ne serait-ce qu'avec le terrorisme. Il est donc faux d'isoler les truands des honnêtes gens. D'autre part, aujourd'hui plus personne n'a les clefs de rien. Il y a beaucoup de morts, on meurt beaucoup, on meurt trop : de Broglie, Fontanet, Boulin... » Un film comme *Une robe noire pour un tueur* montre un souci de contestation politique absent des premiers films de Giovanni. Mais il témoigne aussi d'un affaiblissement de l'inspiration et d'un essoufflement sur le plan formel.

BIBLIO. : *Polar* nº 17.

Giraldi, Franco

Réalisateur italien.

Sugar colt (Sugar Colt, 1966) ; Sette pistole per i Mc Gregor (Les sept Ecossais explosent, 1966) ; Escondido (Une minute pour prier, une seconde pour mourir, 1968) ; La Bambolona (1968) ; Cuori solitari (1969) ; La supertestimone (Super-témoin, 1970) ; Gli ordini sono ordini (Les ordres sont les ordres, 1972) ; La rosa rossa (La rose rouge, 1973) ; Colpita da improvviso benessere (1976) ; La giacca verde (1979).

Critique cinématographique, il fait sensation en faisant éclater le western à l'italienne dans *Les sept Ecossais explosent* et *Escondido.* Preuve de virtuosité, il passe sans transition dans un genre opposé, le film psychologique avec *La Bambolona* et à la comédie en costumes avec *Cuori solitari.* Depuis 1975, il travaille surtout pour la télévision.

Girard, Bernard

Réalisateur américain né en 1930.

The Green-Eyed Blonde (1957) ; Ride Out for Revenge (1957) ; The Party Crashers (1958) ; As Young as We Are (1958) ; A Public Affair (1962) ; Dead Heat on a Merry-Go-Round (Un truand, 1966) ; The Mad Room (1969) ; The Happiness Cage (1972) ; Gone With the West (1975).

Scénariste et réalisateur de télévision, il daigne occasionnellement tourner pour le grand écran. Son œuvre la plus connue, *Dead Heat on a Merry-Go-Round,* est un thriller très sophistiqué au point d'en être incompréhensible.

Girault, Jean

Réalisateur français, 1924-1982.

Les pique-assiette (1960) ; Les moutons de Panurge (1960) ; Les livreurs (1961) ; Les bricoleurs (1962) ; Les veinards (1962) ; Pouic-pouic (1963) ; Faites sauter la banque (1963) ; Le gendarme de Saint-Tropez (1964) ; Les gorilles (1964) ; Le gendarme à New York (1965) ; Monsieur le Président-directeur général (1966) ; Les grandes vacances (1967) ; Un drôle de colonel (1968) ; Le gendarme se marie (1968) ; La maison de campagne (1969) ; Le juge (1969) ; Le gendarme en ballade (1970) ; Jo (1971) ; Les Charlots font l'Espagne (1972) ; Le concierge (1973) ; Le permis de conduire (1973) ; Deux grandes filles dans un pyjama (1974) ; Les murs ont des oreilles (1974) ; L'intrépide (1975) ; L'année sainte (1976) ; Le mille-pattes fait des claquettes (1977) ; L'horoscope (1978) ; Le gendarme et les extra-terrestres (1978) ; L'avare (1979) ; La soupe aux choux (1981).

Le comique à la française : Darry Cowl, Francis Blanche, les Charlots et surtout Louis de Funès, dans l'inépuisable série des *Gendarmes.* C'est parfois drôle (*Jo,* remake d'un film déjà tourné par Lloyd Bacon et George Marshall), parfois bien lourd. A court d'inspiration, Girault-De Funès ont fait appel à Molière : les scènes finales de *L'avare,* par ailleurs réalisé avec soin, laissent rêveur et montrent la nécessité de préserver les chefs-d'œuvre. Quant à la *Soupe aux choux* où le pot tient lieu d'accompagnement musical, c'est vraiment un plat très indigeste.

Girdler, William

Réalisateur américain, 1947-1978.

Asylum of Satan (1971) ; Three on a Meathook (Abattoir humain, 1972) ;

Panic city (1974) ; Sheba Baby (Sheba Baby, 1975) ; Abby (Abby, 1975) ; Grizzly (Grizzly, 1975) ; Project : Kill (1975) ; Day of the Animals (1977) ; The Manitou (Le faiseur d'épouvante, 1978).

Il s'est spécialisé dans le film d'horreur sanguinolent et dans le « black-movie », film interprété par des acteurs de couleur et dont l'action se passe dans les milieux noirs américains (Harlem, Louisville, etc.).

Girod, Francis

Producteur et réalisateur français né en 1944.

Le trio infernal (1974) ; René la canne (1977) ; L'Etat sauvage (1978) ; La banquière (1980) ; Le grand frère (1982).

Un scénario sachant ne pas refuser le mauvais goût, une utilisation ironique et quasi parodique du « rétro » caractérisaient *Le trio infernal,* premier film de Francis Girod, par ailleurs producteur des réalisations de Jacques Rouffio. L'évocation des meurtres de l'avocat Georges Sarret qui défrayèrent la chronique dans les années 30 se complaisait dans la pourriture et le morbide. Girod avait trouvé un ton sarcastique assez neuf dans le cinéma français et trop vite disparu de son œuvre. Autre film « rétro », *La banquière* n'est plus qu'un sage défilé de vedettes. Déjà *L'État sauvage,* adaptation d'un prix Goncourt de Georges Conchon, laissait percevoir un adoucissement de la violence ravageuse du *Trio infernal,* noir chef-d'œuvre dans la grisaille du cinéma français.

Girolami, Marino

Réalisateur italien né en 1914.

Principaux films: La strada buia (1949) ; Il ladro de Venezia (1950) ; Amore e Sangue (1951) ; Milano miliardaria (1951) ; Mago per forza (1952) ; Riscatto (L'auberge tragique, 1953) ; Lasciateci in pace (Achille avec nous, 1954) ; La ragazza di via Veneto (1956) ; Cantando sotto le stelle (1956) ; Serenate per sedici bionde (1957) ; Sette canzoni per sette sorelle (1957) ; La canzone del destino (1958) ; Il mio amico Jekyll (1960) ; Ferragosto in bikini (1961) ; L'assassino si chiama Pompeo (1962) ; L'ira di Achille (La colère d'Achille, 1962) ; La motorizzate (Les motorisés, 1962) ; Veneri al sole (1965) ; Veneri in collegio (1965) ; I magnifici brutos del West (1965) ; Due gringos nel Texas (1967) ; Granada addio (1968) ; Anche nel West, c'era una volta Dio (1968).

Fécond réalisateur italien, il a abordé tous les genres populaires sans laisser d'impérissables chefs-d'œuvre. Le péplum et le western spaghetti l'ont peu inspiré. Son domaine de prédilection c'est la chanson. Il adore les comédies musicales, sans véritable chorégraphie, où des chanteurs, victimes d'un léger embonpoint, poussent la romance. Le succès populaire de ses films a été considérable en Italie.

Givray, Claude de

Réalisateur français né en 1933.

Tire au flanc 62 (1961) ; Une grosse tête (1961) ; Un mari à prix fixe (1964) ; L'amour à la chaîne (1965).

Critique percutant des *Cahiers du cinéma* puis assistant de Chabrol et de Truffaut, il appartient à l'histoire de la Nouvelle Vague. *L'amour à la chaîne,* superbement joué par Jean Yanne, est le meilleur film tourné sur la prostitution. L'auteur sut habilement échapper aux foudres de la censure en couvrant d'un bruit de scie mécanique quelques conversations un peu trop précises sur les zones érogènes des dames, ce qui donnait un effet encore plus érotique comme les points de suspension dans les éditions expurgées des œuvres de Sade. Déplorons que, depuis, Claude de Givray se soit résigné à ne réaliser que des besognes alimentaires à la télévision. Sa culture et son humour laissaient espérer mieux.

Gleize, Maurice

Réalisateur français né en 1898.

Le chemin de Roseland (1924) ; La main qui a tué (1924) ; La justicière

(1925) ; La madone des sleepings (1928) ; La faute de Monique (1929) ; Tu m'appartiens (1929) ; Jour de noces (1930) ; La chanson des nations (1931) ; Une poule sur un mur (1936) ; Légions d'honneur (1938) ; Le récif de Corail (1939) ; Le club des soupirants (1941) ; L'appel du bled (1942) ; Graine au vent (1943) ; Le bateau à soupe (1946) ; Et moi j'te dis qu'elle t'a fait de l'œil (1950) ; Le passage de Vénus (1951).

On ne peut sauver d'une médiocrité qui oscille entre Henry Bordeaux (à défaut de Huysmans) et Dekobra que *Le club des soupirants,* pour le mode de vie du milliardaire Cabarus, alias Saturnin Fabre, qui eût enchanté Raymond Roussel.

Glenville, Peter

Réalisateur anglais né en 1913.

The Prisoner (L'emprisonné, 1954) ; Me and the Colonel (Moi et le colonel, 1959) ; Term of Trial (Le verdict, 1961) ; Summer and Smoke (Eté et fumées, 1962) ; Becket (Becket, 1964) ; Hotel Paradiso (Paradiso, hôtel du libre-échange, 1966) ; The Comedians (Les comédiens, 1967).

Acteur et auteur de pièces de théâtre, il ne condescend à s'intéresser au cinéma que dans les genres nobles, principalement l'adaptation littéraire : Tennessee Williams *(Summer and Smoke),* Anouilh *(Becket),* Feydeau *(Hôtel Paradiso),* Graham Greene *(The Comedians),* ou le procès, comme *The Term of Trial* où un professeur se laissait accuser de viol par l'une de ses élèves... de façon à susciter l'admiration de sa femme !

Gobbi, Sergio

Réalisateur d'origine italienne né en 1938.

L'espace d'un matin (1960) ; Le bluffeur (1963) ; Pas de panique (1965) ; L'étrangère (1967) ; Une fille nommée amour (1968) ; Maldonne (1968) ; Le temps des loups (1969) ; Un beau monstre (1970) ; Les galets d'Étretat (1971) ; Les intrus (1971) ; Les voraces (1972) ; La rivale (1974) ; Blondy (1975) ; Les inconnus aux petits pieds (1978) ; L'enfant de nuit (1978) ; Ciao les mecs (1979).

Transposition cinématographique des romans-photos : viols *(Les galets d'Étretat),* mondanités *(Une fille nommée amour),* plages à la mode et voitures décapotables (*Un beau monstre,* etc.), acteurs séduisants et filles ravissantes, le tout brillamment filmé. Que demander de plus ?

Godard, Jean-Luc

Réalisateur d'origine suisse né en 1930.

Courts métrages : Opération béton (1954) ; Une femme coquette (1955) ; Tous les garçons s'appellent Patrick (1957) ; Charlotte et son Jules (1958) ; Une histoire d'eau (avec Truffaut, 1958). *Longs métrages :* A bout de souffle (1960) ; Une femme est une femme (1961) ; Les sept péchés capitaux (un sketch, 1962) ; Rogopag (un sketch, 1962) ; Vivre sa vie (1962) ; Le petit soldat (1963) ; Les carabiniers (1963) ; Les plus belles escroqueries du monde (un sketch, 1963) ; Le mépris (1963) ; Bande à part (1964) ; Une femme mariée (1964) ; Paris vu par (un sketch, 1965) ; Alphaville (1965) ; Pierrot le Fou (1965) ; Masculin-féminin (1966) ; Made in U.S.A. (1966) ; Deux ou trois choses que je sais d'elle (1967) ; Le plus vieux métier du monde (un sketch, 1967) ; Loin du Vietnam (coréal., 1967) ; La Chinoise (1967) ; Week-end (1968) ; Un film comme les autres (1968) ; La contestation (un sketch, 1969) ; Le Gai Savoir (1969) ; One plus One (1969) ; British Sounds (avec Gorin, 1969) ; Le vent d'Est (avec Gorin, 1969) ; Pravda (avec Gorin, 1969) ; Lotte in Italia (avec Gorin, 1970) ; Jusqu'à la victoire (avec Gorin, 1970) ; Vladimir et Rosa (avec Gorin, 1970) ; Tout va bien (avec Gorin, 1972) ; Letter to Jane (avec Gorin, 1972) ; Investigation of a still (avec Gorin, 1972) ; Moi je (1973) ; Numéro Deux (avec Anne-Marie Miéville, 1976) ; Sur et sous la communication (avec Miéville, 1976) ; Comment ça va (avec Miéville, 1976) ; Ici et ailleurs (avec Miéville, 1977) ;

France/Tour/Détour/Deux enfants (avec Miéville, 1978) ; Sauve qui peut (la vie) (avec Anne-Marie Miéville, 1980) ; Lettre à Freddy Buache (1981) ; Passion (1982).

Fossoyeur du cinéma ? Génie novateur ? Le débat autour de ce réalisateur d'origine suisse venu à Paris où il fréquenta davantage la Cinémathèque que la Sorbonne, se liant à Bazin, Truffaut, Rivette, Domarchi et se lançant dans la critique cinématographique aux *Cahiers du cinéma* et à *Arts,* sous le pseudonyme de Hans Lucas, n'est pas près de s'éteindre. Passons sur les légendes qui entourent les années difficiles de Godard quand sa famille, vers 1951, lui coupe les vivres, sur la virulence de sa critique portant aux nues de petits réalisateurs américains et sur ses premiers courts métrages. En 1959, il frappe un grand coup avec *A bout de souffle* qui fut le véritable manifeste de la « Nouvelle Vague ». Un gangster, Belmondo, essayait d'échapper à la police, avec la complicité d'une Américaine, Jean Seberg. Mais c'était moins l'histoire qui importait ici que la manière de bousculer les vieilles techniques et d'apporter un air nouveau dans un cinéma français corseté par le classicisme des Delannoy et autres Cayatte. *Le petit soldat* qui suivit, trop ancré dans la guerre d'Algérie, eut des ennuis avec la censure. Avec *Vivre sa vie,* Godard aborde un autre sujet brûlant, la prostitution, un thème qu'il reprendra à plusieurs reprises. *Le mépris,* film dans lequel il fait jouer Fritz Lang, montre qu'il sait parfaitement maîtriser un sujet. Peut-être les remous qu'il suscite tendraient-ils à s'apaiser, lorsqu'il lance en 1965 un véritable coup de poing à l'égard des tenants du classicisme : *Pierrot le Fou,* hommage aux Pieds Nickelés à travers un tour de France violent et picaresque, celui de Belmondo, le romantique, à la recherche d'un passé culturel, et d'Anna Karina qui ne rêve que de terrorisme et d'armes à feu. *Pierrot le Fou* suscita de vifs remous dans les salles où il était projeté. Du coup, *La Chinoise,* qui suivit, passa inaperçue. Tout mai 68 était pourtant dans ce film prophétique. Ce qui avait échappé aux mandarins de la Sorbonne, censés être à l'écoute de leurs étudiants, Godard l'avait capté. *Week-end* dénonçait la frénésie de la voiture dans des scènes d'une extraordinaire violence. Godard est alors au sommet de son art. Il va remettre tout en cause : disparaître pour laisser place à un cinéma didactique, professeur de révolution dans des films à la technique rudimentaire, conçus par des collectifs Vertov ou Medvedkin qui regroupent des chapelles gauchistes. Un seul film commercial au cours de cette période : *Tout va bien,* qui réunit Montand et Jane Fonda. Le film fut mal accueilli par les syndicats ouvriers et Godard jugé irresponsable. Vidéo et télévision semblent alors passionner Godard. Retour au cinéma première manière, en 1980, avec *Sauve qui peut (la vie),* trois portraits de personnages, Nathalie Baye, Jacques Dutronc et Isabelle Huppert, excellente, oscillant entre la campagne et la ville. Si elle ne procure pas toujours aux yeux de beaucoup un plaisir cinématographique comparable aux films de Truffaut et de Chabrol par exemple, l'œuvre de Godard n'en reste pas moins, il est devenu banal de le dire, un exact reflet des contradictions et des modes de notre temps. Historiens à vos visionneuses !

BIBLIO. : *Cahiers du cinéma,* n° 300 ; Touratier et Busto, *Godard* (1979).

Godfrey, Bob

Animateur anglais d'origine australienne né en 1921.

Principaux courts métrages : Watch the Birdie (1953) ; Polygamous Polonius (1960) ; The Do-It-Yourself Cartoon Kit (1961) ; Alf, Bill and Fred (1964) ; Kama Sutra Rides Again (1971).

L'un des meilleurs spécialistes de l'animation anglaise, d'un joyeux non-conformisme, notamment dans sa version du *Kama Soutra.*

Godfrey, Peter

Réalisateur d'origine anglaise né en 1899.

The Lone Wolf Spy Hunt (1939) ; Unexpected Uncle (1941) ; Highway by Night (1942) ; Make Your Own Bed (1944) ; Christmas in Connecticut (1945) ; Hotel Berlin (1945) ; One More Tomorrow (1946) ; Cry Wolf (1947) ; The Two Mrs. Carrolls (La deuxième

Mme Carroll, 1947) ; Escape Me Never (1947) ; That Hagen Girl (1947) ; The Woman in White (1948) ; The Decision of Christopher Blake (1948) ; The Girl from Jones Beach (1949) ; One Last Fling (1949) ; Barricade (1950) ; The Great Jewel Robbery (1950) ; He's a Cockeyed Wonder (1950) ; Une Big Affair (1952) ; One Life (1955) ; Please Murder Me (1956).

Acteur et metteur en scène de théâtre en Angleterre et en Irlande, il vint tenter sa chance, dans les années 30, à Hollywood. L'essentiel de sa carrière de réalisateur se situe entre 1944 et 1950 à la Warner où il signe deux films célèbres, *Cry Wolf* avec Errol Flynn, et *The Two Mrs. Carrolls,* un superbe « policier » que joue Humphrey Bogart.

Gold, Jack

Réalisateur anglais né en 1930.

The Boford Guns (1968) ; The Reckoning (1970) ; The National Health (1973) ; Who ? (1974) ; The Catholics (Le visiteur, 1975) ; Aces High (Le tigre du ciel, 1976) ; Man Friday (1976) ; The Medusa Touch (La grande menace, 1978) ; The Sailor's Return (1978) ; The Little Lord Fauntleroy (Le petit Lord Fauntleroy, 1981).

Nombreux films à la télévision. Au cinéma, une curieuse bande de religion-fiction sur le conflit entre la Papauté et une communauté restée fidèle aux anciens dogmes, *The Catholics,* film qui allait devenir prophétique, et une œuvre de science-fiction où le cerveau de Burton continuait à vivre, après la mort de celui-ci, et par son influence néfaste déclenchait des catastrophes, la dernière étant l'explosion d'une centrale atomique *(The Medusa Touch).*

Goldbeck, Willis

Producteur, scénariste et réalisateur américain né en 1900.

Comme réalisateur : Dr. Gillepsie's New Assistant (1942) ; Dr. Gillepsie's Criminal Case (1943) ; Three Men in White (1944) ; Between Two Women (1945) ; She Went to Races (1945) ; Love Laughs at Andy Hardy (1947) ; Dark Delusion (1947) ; Johnny Holiday (1950) ; Ten Tall Men (1951).

Son œuvre de réalisateur n'est pas à la hauteur de celle du producteur (*I Died a Thousand Times* de Stuart Heisler ou *The Man Who Shot Liberty Valance* de Ford). Sauvons toutefois un bon film d'aventures exotiques : *Ten Tall Men.*

Goldstone, James

Réalisateur américain né en 1931.

Jigsaw (1968) ; A Man Called Gannon (Un colt nommé Gannon, 1969) ; Winning (Virages, 1969) ; Brother John (1971) ; Red Sky at Morning (1971) ; The Gang That Couldn't Shoot Straight (1971) ; They Only Kill Their Masters (1972) ; Scarlet Buccaneer (Le pirate des Caraïbes, 1976) ; Rollercoaster (Le toboggan de la mort, 1977) ; The Day the World Ended (1979) ; Eric (1979).

Monteur puis réalisateur de télévision, il a tourné quelques films spectaculaires (un western qui reprenait un thème cher à King Vidor, *A Man Called Gannon ;* un dynamique film de pirates, *Scarlet Buccaneer,* où Robert Shaw et Peter Boyle engageaient le fer avec beaucoup de conviction ; *Rollercoaster* qui décrivait les agissements d'un redoutable tueur perdu dans la foule d'une fête foraine) mais sans grande originalité. Il fut plus ambitieux avec *Eric,* film sur l'homosexualité qui connut un échec commercial dangereux pour la suite de la carrière de Goldstone.

Gomez, Manuel Octavio

Réalisateur cubain.

Tulipa (1967) ; La primera carga al machete (La première charge à la machette, 1969) ; Los dias del agua (Les jours de l'eau, 1971) ; Ustedes tienen la palabra (A vous la parole, 1974).

L'un des chefs de file du cinéma cubain, influencé par Gatti et Kalatozov. Son cinéma se veut révolutionnaire, ce qui ne va pas sans didactisme et manichéisme gâchant un peu le souffle romantique d'une œuvre comme *La primera carga al machete.*

Gontcharov, Vassili

Réalisateur russe, ?-1915.

Ondine (1908) ; Yermak Timofeïevitch (1908) ; Pesn pro Kouptsa Kalachnikova (Le chant du marchand Kalachnikov, 1909) ; Vanka Klioutchik (1909) ; Mazeppa (1909) ; Piotr veliky (Pierre le Grand, 1910) ; V polnotch na klabichtche (Minuit au cimetière, 1910) ; Jizn i smert Q.S. Pouchkina (Pouchkine, 1910) ; Roussalka (1910) ; Napoléon en Russie (1910) ; Eugen Oneguine (1910) ; Okorana Sevastopolva (La défense de Sébastopol, 1911) ; Prestonpleniye i makazaniye (Crime et châtiment, 1911) ; 1812 (1912) ; Votsareniya doma Romanovikh (L'avènement de la maison de Romanov, 1913) ; Volga i Siberia (1914).

L'un des premiers réalisateurs russes. Il semble s'être spécialisé dans les grandes reconstitutions historiques, de Pierre le Grand à Napoléon, et paraît avoir eu un grand talent. Malheureusement une grande partie de son œuvre est aujourd'hui perdue ou impossible à voir.

Gordon, Bert I.

Réalisateur américain né en 1922.

King Dinosaur (1955) ; Beginning of the End (1957) ; The Cyclops (1957) ; The Amazing Colossal Man (Le fantastique homme colosse, 1957) ; War of the Colossal Beast (1958) ; The Spider (1958) ; Attack of the Puppet People (1958) ; The Boy and the Pirates (1960) ; Tormented (1961) ; The Magic Sword (L'épée enchantée, 1961) ; Village of the Giants (1965) ; Picture Mommay Dead (1967) ; How to Succed with Sex (1969) ; The Mad Bomber (Le détraqué, 1972) ; Necromancy (1973) ; Food of the Gods (Soudain... les monstres, 1976) ; Empire of the Ants (L'empire des fourmis géantes, 1977) ; The Coming (1980).

Il vient du cinéma publicitaire à la télévision où il inventa, avec sa femme, trucages et effets spéciaux. Au cinéma, il débuta chez Hal Roach avant de se spécialiser dans les films de géants : hommes, personnages mythiques ou animaux (fourmis et rats de préférence). Pourquoi cette passion cinématographique pour les géants ? D'autant que les histoires qu'il raconte, même inspirées de Wells (*Soudain... les monstres,* d'après *Food of the Giants*), ne valent que par les effets spéciaux utilisés, alors qu'il est capable de tourner un bon thriller – sans géants cette fois – comme *Le détraqué.*

Gordon, Michael

Réalisateur américain né en 1909.

Crime Doctor (1943) ; One Dangerous Night (1943) ; The Web (1947) ; Another Part of the Forest (1948) ; An act of Murder (Le droit de tuer, 1948) ; The Lady Gambles (1949) ; Woman in Hiding (L'araignée, 1949) ; Cyrano de Bergerac (1950) ; I Can Get It for You Wholesale (Vendeur pour dames, 1951) ; The Secret of Convict Lake (1951) ; Wherever She Goes (1953) ; Pillow Talk (Confidences sur l'oreiller, 1959) ; Portrait in Black (Meurtre sans faire-part, 1960) ; Boys' Night Out (Garçonnière pour quatre, 1962) ; For Love or Money (Trois filles à marier, 1963) ; More Over, Darling (1963) ; A Very Special Favor (Loup de l'oreiller, 1965) ; Texas Across the River (Texas nous voilà, 1966) ; The Impossible Years (Les années fantastiques, 1968) ; How Do I Love Thee ? (1970).

Venu du théâtre, il est le type même de l'artisan hollywoodien, sans génie, mais avec du métier. Il débuta par quelques petits policiers sans prétention, puis filma la pièce de Rostand, *Cyrano de Bergerac,* avec José Ferrer dans le rôle principal. Sa carrière fut interrompue par la commission des activités antiaméricaines où il fut dénoncé comme communiste. Entre 1951 et 1959, il ne put tourner qu'un film, en Australie, *Wherever She Goes.* Revenu à Hollywood en 1959, il donna à l'Universal un honnête thriller (*Portrait in Black,* avec Lana Turner), un western, *Texas Across the River,* qui réunissait Dean Martin et Alain Delon, et quelques médiocres comédies inspirées par les tribulations de la vie conjugale (*Pillow Talk,* etc.).

Gordon, Robert

Réalisateur américain.

Joe Louis Story (1953) ; Black Zoo (Les fauves meurtriers, 1962) ; Gatling Gun (1971).

Une œuvre insolite, *Black Zoo,* où Michael Gough interprétait un propriétaire de zoo devenu fou.

Goretta, Claude

Réalisateur suisse né en 1929.

Tchekov ou le miroir des vies perdues (1964) ; Le fou (1970) ; Le temps d'un portrait (1971) ; L'invitation (1973) ; Le fils prodigue (1974) ; Pas si méchant que ça (1975) ; La dentellière (1977) ; La provinciale (1980).

Ce Genevois a étudié le cinéma au British Film Institute où il tourna un court métrage, *Nice Time,* en 1957. Par la suite il travailla beaucoup pour la télévision suisse sans négliger le grand écran. Son œuvre la plus remarquable est *La dentellière,* d'après un roman de Pascal Lainé, film intimiste sur des amours impossibles d'un étudiant et d'une coiffeuse, qui vaut surtout pour l'interprétation d'Isabelle Huppert. Mais il y a aussi chez Goretta un goût des stéréotypes que vient confirmer *La provinciale,* jouée cette fois par Nathalie Baye, autre révélation du cinéma français. La montée à Paris d'une dessinatrice industrielle lorraine et son désenchantement touchent parfois au ciné-roman et Goretta ne sauve la mise que par la lucidité de son propos.

Goscinny, René

Scénariste et producteur de dessins animés, 1926-1978.

Films : Astérix le Gaulois (avec Uderzo, 1968) ; Astérix et Cléopâtre (avec Uderzo) ; Les douze travaux d'Astérix (avec Uderzo, 1976) ; Lucky Luke (avec Morris, 1976) ; La ballade des Dalton (avec Morris, 1978).

Il a signé une série de dessins animés fort honorables d'après les personnages de ses bandes dessinées. Le vizir Iznogoud manque toutefois à l'appel. Rappelons qu'Astérix a détrôné dans le domaine de la popularité Bibi Fricotin de Forton, Babar de Brunhoff, Zig et Puce de Saint-Ogan, le professeur Nimbus de Daix, sans oublier Tintin et Milou, qui, tous, ont inspiré également des films d'animation.

Gosho, Heinosuké

Réalisateur japonais, 1902-1981.

Nanto no haru (Le Printemps aux îles du Sud, 1925) ; Sora wa aretari (Pas de nuages dans le ciel, 1925) ; Sabishiki rambomono (Un violent solitaire, 1927) ; Karakuri musume (Une fine mouche, 1927) ; Mura no hanayome (La nouvelle mariée du village, 1927) ; Madame to nyobo (Madame et mon épouse, 1931) ; Izu no odoriko (La danseuse d'Izu, 1933) ; Ikitoshi ikerumono (Ceux qui veulent vivre, 1934) ; Jinsei no onimotsu (Le fardeau de la vie, 1935) ; Shindo (La nouvelle route, 1936) ; Hanakago no uta (Le chant d'un panier de fleurs, 1937) ; Bokuseki (L'objet inanimé, 1940) ; Shinsetsu (La première neige, 1942) ; Gojuno to (La pagode, 1944) ; Ima hitotabi no (Une fois encore, 1947) ; Entotsu no mieru basho (Là ou l'on voit des cheminées, 1953) ; Osaka no yado (L'auberge d'Osaka, 1954) ; Ai to shi no tanima (La vallée entre l'amour et la mort, 1954) ; Niwatori wa Futtabi Naku (Le coq chantera, 1954) ; Take kurabe (L'adolescence, 1955) ; Kiiroi karasu (Le corbeau jaune, 1957) ; Banka (1957) ; Hotaru bi (La lumière des lucioles, 1958) ; Ari no machi no Maria (Maria chez les fourmis, 1958) ; Ari no machi no maria (Marie du village, 1954) ; Waga ai (Mon amour, 1960) ; Shiroi kiba (Crocs blancs, 1960) ; Kuroi Karosu (Regarde ton fils, 1960) ; Ryoju (Le fusil de chasse, 1961) ; Kumo ga chigireru toki (Quand les nuages se déchirent, 1961) ; Aijo no keifu (Les liens d'amour, 1961) ; Kaachan kekkon shiroyo (Marie-toi, maman, 1962) ; Hyakuman nin no musume tachi (Un million de filles, 1963) ; Osorezan no onna (Une femme sur le Mont Épouvante, 1965).

Fils de geisha mais reconnu par son père, lui-même passionné de théâtre, il a créé au cinéma un courant, le Goshoisme, dont la mission est d'unir le rire et les larmes. Il a eu pour pairs Naruse et Toyoda. Son film le plus important semble être : *Là où l'on voit les cheminées.* Auteur du premier film parlant au Japon (Madame et mon épouse), il a été aussi l'un des premiers à travailler pour la télévision.

Goulding, Alfred

Réalisateur d'origine australienne.

Principaux films : Excuse Me (1925) ; Don't (1925) ; Learning to Love (1926) ; Atta Boy (1926) ; All at Sea (1926) ; One Good Turn (1936) ; Everything Is Rhythm (1936) ; Splinters in the Air (1937) ; The Gang Show (1937) ; Chump at Oxford (Les as d'Oxford, 1940) ; Dick Barton Special Agent (1948).

Pionnier à la Metro, il a beaucoup travaillé également en Angleterre. Il serait complètement oublié sans un chef-d'œuvre, *Chump at Oxford*, l'un des meilleurs films de Laurel et Hardy.

Goulding, Edmund

Réalisateur d'origine anglaise, 1891-1959.

Sun Up (1925) ; Sally, Irene and Mary (Poupées de théâtre, 1925) ; Paris (1926) ; Women Love Diamonds (1927) ; Love (Anna Karénine, 1928) ; The Trespasser (1929) ; The Devil's Holiday (1930) ; Paramount on Parade (coréal., 1930) ; Reaching for the Moon (1931) ; The Night Angel (1931) ; Blondie of the Follies (1932) ; Grand Hotel (Grand Hôtel, 1932) ; Riptide (1934) ; The Flame Within (La femme errante, 1935) ; That Certain Woman (Une certaine femme, 1937) ; The Dawn Patrol (1938) ; White Banners (1938) ; Dark Victory (Victoire sur la nuit, 1939) ; The Old Maid (La vieille fille, 1939) ; We Are Not Alone (Nous ne sommes pas seuls, 1939) ; 'Til We meet Again (Voyage sans retour, 1940) ; The Great Lie (Le grand mensonge, 1941) ; The Constant Nymph (Tessa, la nymphe au cœur fidèle, 1943) ; Claudia (1943) ; Forever and a Day (coréal., 1943) ; Of Human Bondage (1946) ; The Razor's Edge (Le fil du rasoir, 1946) ; Nightmare Alley (Le charlatan, 1947) ; Everybody Does It (Si ma moitié savait ça, 1949) ; Mister 880 (La bonne combine, 1950) ; We're not Married (Cinq mariages à l'essai, 1952) ; Down Among the Sheltering Palms (1952) ; Teenage Rebel (1956) ; Mardi gras (1958).

Ce brillant acteur londonien (il avait débuté sur les planches à l'âge de 12 ans) s'expatria, après la guerre de 1914-1918, pour les États-Unis. A Hollywood, il fut comédien et surtout scénariste. Embauché comme réalisateur par la M.G.M., il acquiert la réputation d'un prodigieux directeur d'acteurs grâce à *Grand Hotel* qui réunit Garbo (qu'il avait dirigée dans *Love*), Joan Crawford, John Barrymore, Wallace Beery, etc. De la M.G.M., il passe à la Warner, de Garbo à Bette Davis (*Dark Victory, The Old Maid*). Il apporte à la Warner « la touche psychologique » qui faisait défaut jusqu'alors à une maison vouée aux films d'action. Mais c'est la Fox, spécialisée dans ce type de réalisation, qui devait accueillir ses dernières œuvres dont *The Razor's Edge,* d'après Maugham, et surtout un admirable film noir, *Nightmare Alley.* Son chant du cygne fut *We're Not Married* à l'éclatante distribution (Ginger Rogers, Marilyn Monroe, Zsa-Zsa Gabor...).

Gourguet, Jean

Réalisateur français né en 1902.

L'affaire Coquelet (1934) ; Jeannette Bourgogne (1938) ; Le moussaillon (1941) ; Malaria (1942) ; Son dernier rôle (1945) ; Les orphelins de Saint-Vaast (1948) ; Zone frontière (1949) ;

Trafic sur les dunes (1950) ; Une enfant dans la tourmente (1951) ; Le secret d'une mère (1952) ; La fille perdue (1953) ; Maternité clandestine (1953) ; La cage aux souris (1954) ; Les premiers outrages (1955) ; Les promesses dangereuses (1956) ; Isabelle a peur des hommes (1957) ; La P... sentimentale (1958) ; Les frangines (1959) ; La traversée de la Loire (1961).

Ce Sétois fut d'abord journaliste et scénariste. Passé à la réalisation, il n'a nourri aucune ambition. Son premier film, *L'affaire Coquelet,* évoque le vol de la pièce maîtresse d'une collection de... jarretelles. A la fin d'une carrière bien remplie, *La P... sentimentale* raconte l'histoire d'un adolescent de bonne famille qui tombe amoureux d'une prostituée. Il tue le souteneur qui voulait le faire chanter ; la fille de joie se dénoncera à sa place. Comédies ou mélodrames dominés par le sexe, tels sont les genres qu'affectionnent Gourguet. On le voit : rien de bien exaltant dans l'œuvre d'un metteur en scène qui est souvent un auteur complet, écrivant lui-même ses scénarios.

Gout, Alberto

Réalisateur mexicain.

Principaux films : Su adorable majadero (1938) ; Café Concordia (1939) ; Una sombra en mi destino (1944) ; Cortesana (1947) ; En carne viva (1950) ; Sensualidad (Femmes interdites, 1950) ; No niego mi pasado (La professionnelle, 1951) ; Mujeres sacrificadas (Maison de plaisir, 1952) ; Aventurera en Rio (1952) ; La sospecha (1954) ; Adan y Eva (Adam et Eve, 1956) ; El rapto de las Sabinas (1960) ; Estrategia matrimonio (1966).

Il aime les mélodrames à base de sensualité : prostituées, maîtresses prêtes à se sacrifier, épouses infidèles. Son interprète favorite fut Ninon Sevilla. Elle ne parvient pas à sauver de l'ennui les films d'Alberto Gout qui ont connu de gros succès au Mexique.

Graham, William

Réalisateur américain.

Doomsday Flight (1966) ; Waterhole 3 (1967) ; Then Come Bronson (1968) ; Police Story (1970) ; Force noire (1974) ; Apache Massacre (L'Apache, 1976) ; The 21 Hours of Munich (Les 21 heures de Munich, 1976).

Réalisateur venu de la télévision, on lui doit un remarquable western, *L'Apache,* où un hors-la-loi blanc vengeait une jeune indienne violée par un groupe de soldats.

Grangier, Gilles

Réalisateur français né en 1911.

Adémaï bandit d'honneur (1943) ; Le cavalier noir (1944) ; Trente et quarante (1945) ; Leçon de conduite (1945) ; L'aventure de Cabassou (1945) ; Histoire de chanter (1946) ; Rendez-vous à Paris (1946) ; Danger de mort (1947) ; Par la fenêtre (1947) ; Femmes sans passé (1948) ; Jo la romance (1948) ; Amédée (1949) ; Amour et Cie (1949) ; Au p'tit zouave (1949) ; Les femmes sont folles (1950) ; L'homme de joie (1950) ; L'amant de paille (1950) ; Les petites Cardinal (1950) ; Le plus joli péché du monde (1951) ; L'amour Madame (1951) ; Douze heures de bonheur (1952) ; Jeunes mariés (1952) ; Faites-moi confiance (1953) ; Poisson d'avril (1954) ; Le printemps, l'automne et l'amour (1954) ; Gas-oil (1955) ; Le sang à la tête (1956) ; Reproduction interdite (1956) ; Le rouge est mis (1957) ; Trois jours à vivre (1957) ; Echec au porteur (1957) ; Le désordre et la nuit (1958) ; Archimède le clochard (1958) ; 125 rue Montmartre (1959) ; Les vieux de la vieille (1960) ; Le cave se rebiffe (1961) ; Le gentleman d'Epsom (1962) ; Le voyage à Biarritz (1962) ; Maigret voit rouge (1963) ; La cuisine au beurre (1963) ; L'âge ingrat (1964) ; Train d'enfer (1965) ; Les bons vivants (1965) ; L'homme à la Buick (1966) ; Une cigarette pour un ingénu (1967) ; Sous le signe du taureau (1968) ; Un cave (1971) ; Gross Paris (1973).

Quelques bons films policiers (*Danger de mort, Reproduction interdite,* d'après Michel Lebrun, *Le rouge est mis,* etc.) rachètent la médiocrité d'ensemble (*Les vieux de la vieille, La cuisine au beurre,* etc.) d'une production dépourvue de toute ambition mais qui a compté quelques gros succès commerciaux. Accordons au public, qui s'est précipité voir ses films ou plutôt Gabin, Fernandel, Roger Pierre et Jean-Marc Thibault dans leurs numéros habituels, que Grangier, à défaut de choisir ses scénarios, connaît son métier. Il a écrit d'intéressants souvenirs sous le titre de *Flash Back* (1978).

Granier-Deferre, Pierre

Réalisateur français né en 1927.

Le petit garçon de l'ascenseur (1962) ; Les aventures de Salavin (1963) ; La métamorphose des cloportes (1965) ; Paris au mois d'août (1965) ; Le grand dadais, (1968) ; La horse (1970) ; Le chat (1971) ; La veuve Couderc (1972) ; Le fils (1973) ; Le train (1973) ; La race des seigneurs (1974) ; La cage (1975) ; Adieu poulet (1976) ; Une femme à sa fenêtre (1977) ; Le toubib (1979) ; Une étrange affaire (1981) ; L'Étoile du Nord (1982).

Longtemps assistant, il a pris la succession de Jean Delannoy, proposant un cinéma de qualité, sans surprises mais sans bavures. *Salavin* adapte *La confession de minuit* de Georges Duhamel de l'Académie française, *La race des seigneurs, Creezy* d'un autre membre de l'Académie française, Félicien Marceau, *Le grand dadais* un roman de Poirot-Delpech, futur membre de l'Académie française, sans oublier Simenon avec *Le chat, La veuve Couderc* et *Le train.* Scénariste de la plupart de ses films : Pascal Jardin, lauréat de l'Académie française, mieux inspiré quand il évoque avec humour et tendresse son père *Le nain jaune.* Si l'on veut se faire une idée du cinéma de Granier-Deferre, il faut voir *Paris au mois d'août :* adaptation d'un roman à succès de René Fallet, photographie de Claude Renoir, musique de Garvarentz, interprétation de Charles Aznavour et Susan Hampshire... Abondance de biens nuirait-elle ? Le succès d'*Une étrange affaire,* un film très insolite, a relancé sa carrière. *L'étoile du Nord,* d'après Simenon, a confirmé sa maîtrise, surtout dans l'évocation de la pension de la famille. Depuis, il n'arrête pas de tourner.

Granowsky, Alexis

Cinéaste d'origine russe, 1890-1937.

En Allemagne : Das Lied vom Leben (Le chant de la vie, 1930) ; Die Koffer des Herrn OF (Les malles d'O.F., 1931). *En France :* Les aventures du roi Pausole (1933) ; Nuits moscovites (1934) ; Tarass Boulba (1935).

Le chant de la vie eut quelques ennuis avec la censure, malgré un scénario fort banal : la naissance, la vie, la mort ; mais des images furent jugées trop audacieuses (les préparatifs de la naissance, le banquet du mariage). Chassé par l'avènement d'Hitler, Granowsky vint en France où il ne donna que des œuvres mineures, à savoir une adaptation fort édulcorée du très libertin *Roi Pausole* de Pierre Louij et deux films d'inspiration russe, mais fort francisés.

Grant, James Edward

Scénariste et réalisateur américain, 1902-1966.

Comme réalisateur : Angel and the Badman (L'ange et le mauvais garçon, 1947) ; Ring of Fear (Les géants du cirque, 1954).

Romancier et scénariste réputé *(Hondo, The Alamo, The Comancheros...),* ses essais de metteur en scène, un western plein de fraîcheur avec John Wayne et un film sur le cirque sont sympathiques, mais montrent combien il est difficile à un auteur de scripts de passer à la réalisation.

Gras, Enrico

Réalisateur italien né en 1919.

Courts métrages avec : Luciano Emmer (1943) ; Bianchi Pascoli (col., 1946) ; Sulla via di Damasco (col., 1946) ;

Inquietudine (coréal., 1946) ; Continente perduto (Continent perdu, avec Bonzi, Craveri, Moser, 1955) ; L'impero del sole (L'empire du soleil, avec Craveri et Moser, 1956) ; Soledad (avec Craveri, 1959) ; I sogni all'alba (avec Craveri et Montanelli, 1961).

Excellent spécialiste du documentaire, il a commencé dans le film artistique avec Emmer puis s'est spécialisé dans les mondes exotiques. *Continent perdu* puis *L'empire du soleil* rencontrèrent un grand succès. Depuis, il travaille pour la télévision italienne.

Grauman, Walter E.

Réalisateur américain né en 1922.

Lady in a Cage (Une femme dans une cage, 1964) ; 633 Squadron (1964) ; A Rage to Live (1965) ; I Deal in Danger (1966) ; The Last Escape (1970).

La violence de *Lady in a Cage* où deux beatniks terrorisaient une femme bloquée dans un ascenseur lui valut une petite réputation : vandalisme, mutilations diverses, viol... Il se déchaîna à nouveau dans *633 Squadron* avec Cliff Robertson, un honnête film de guerre, puis se laissa peu à peu absorber par la télévision.

Green, Alfred E.

Réalisateur américain, 1889-1960.

The Lad and the Lion (1917) ; The Princess of Patches (1917) ; Lost and Found (1917) ; Little Lost Sister (1917) ; The Web of Chance (1919) ; A Double-Dyed Deceiver (1920) ; Silk Husbands and Calico Wives (1920) ; Just Out of College (1921) ; The Man Who Had Everything (1921) ; Through the Back Door (avec Jack Pickford, 1921) ; Little Lord Fauntleroy (avec Jack Pickford, Le petit lord Fauntleroy, 1921) ; The Ghost Breaker (La fin des fantômes, 1922) ; The Bachelor Daddy (1922) ; Come on Over (1922) ; Our Leading Citizen (Notre grand homme, 1922) ; The Man Who Saw Tomorrow (1922) ; Back Home and Broke (1922) ; The Ne'er Do Well (1923) ; Woman Proof (1923) ; Pied Piper Malone (1924) ; In Hollywood With Potash and Perlmutter (1924) ; Inez from Hollywood (1924) ; Sally (Ça c'est de l'amour !, 1925) ; The Man Who Found Himself (1925) ; The Girl from Montmartre (1926) ; Irene (Irène, 1926) ; Ella Cinders (Ella Cinders, 1926) ; It Must Be Love (1926) ; Ladies at Play (1926) ; The Auctioneer (1927) ; Is Zat So ? (1927) ; 2 Girls wanted (1927) ; Come to My House (1927) ; Honor Bound (1928) ; Making the Grade (1929) ; Disraeli (Disraeli, 1929) ; The Green Goddess (La déesse rouge, 1930) ; The Man from Blankley's (1930) ; Old English (1930) ; Sweet Kitty Bellairs (1930) ; Smart Money (1931) ; Men of the Sky (1931) ; The Road to Singapour (La route de Singapour, 1931) ; Union Depot (1932) ; It's Tough to be Famous (1932) ; The Rich Are Always With Us (1932) ; The Dark Horse (1932) ; Silver Dollar (1932) ; Parachute Jumper (1933) ; The Narrow Corner (1933) ; Baby Face (1933) ; I Loved a Woman (1933) ; As the Earth Turns (1934) ; Dark Hazard (1934) ; Side Streets (1934) ; Housewife (1934) ; The Merry Frinks (1934) ; Gentleman Are Born (1934) ; A Lost Lady (1935) ; Sweet Music (1935) ; The Girl from Tenth Avenue (1935) ; Here's to Romance (1935) ; The Goose and the Gander (1935) ; Dangerous (L'intruse, 1935) ; Colleen (1936) ; The Golden Arrow (1936) ; They Met in a Taxi (1936) ; Two in a Crowd (L'école des secrétaires, 1936) ; Let's get married (1937) ; The League of Frightened Men (1937) ; Mr. Dodd Takes the Air (1937) ; Thoroughbreds Don't Cry (1937) ; The Duke of West Point (1938) ; Ride a Crooked Mile (1938) ; King of the Turf (1939) ; The Gracie Allen Murder Case (1939) ; 20,000 Men a Year (1939) ; Shooting High (1940) ; Flowing Gold (1940) ; East of the River (1940) ; Adventure in Washington (1941) ; Badlands of Dakota (1941) ; The Mayor of 44th Street (1942) ; Meet the Stewarts (1942) ; Appointment in Berlin (1943) ; There's Something About a Soldier

(1943) ; Mr. Winkle goes to War (1944) ; Strange Affair (1944) ; A Thousand and One Nights (Aladin et la lampe merveilleuse, 1945) ; The Jolson Story (Le roman d'Al Jolson (1946) ; Tars and Spars (1946) ; Copacabana (1947) ; The Fabulous Dorseys (1947) ; Four Faces West (1948) ; The Girl from Manhattan (1948) ; Cover-Up (1949) ; Sierra (1950) ; The Jackie Robinson Story (1951) ; Two Gals and a Guy (1951) ; Invasion U.S.A. (1952) ; The Eddie Cantor Story (1953) ; Paris Model (1953) ; Top Banana (1954).

Acteur chez Selig, assistant de Campbell, réalisateur de courts métrages, il connaît la célébrité en dirigeant Mary Pickford dans *Le petit lord Fauntleroy.* Il eut aussi pour interprète Colleen Moore (*Irene, Sally*), Janet Gaynor, Kay Francis et Bette Davis (*Dangerous*). Sa carrière, un moment compromise, prit un nouveau départ avec *The Jolson Story. Copacabana,* qui suivait, réunissait Groucho Marx, Carmen Miranda et Steve Cochran. Green tourna encore quelques films dont une vie d'Eddie Cantor, célèbre acteur comique, avant de se retirer. Il mourut peu d'années après, comme si l'air des studios lui manquait.

Green, Guy

Réalisateur anglais né en 1913.

Riverboat (1954) ; Portrait of Alison (1955) ; Lost (Le mystère de la page arrachée, 1955) ; House of Secrets (La maison des secrets, 1956) ; The Snorkel (L'homme au masque de verre, 1958) ; Sea of Sands (Les diables du désert, 1959) ; S.O.S. Pacific (S.O.S. Pacifique, 1959) ; The Angry Silence (Le silence de la colère, 1960) ; The Mark (La marque, 1961) ; Diamond Head (Le seigneur d'Hawaï, 1962) ; Light in the Piazza (Lumière sur la Piazza, 1962) ; A Patch of Blue (Un coin de ciel bleu, 1966) ; Pretty Polly (1967) ; The Magus (Jeux pervers, 1968) ; A Walk in the Spring Rain (1969) ; Luther (1973) ; Once Is not Enough (Une fois ne suffit pas, 1974).

« Transfuge de la prise de vues devenu réalisateur, Guy Green, contrairement à l'habitude, valorise le scénario parfois au détriment de l'image » (Lefèvre et Lacourbe). Le résultat, sauf dans quelques films policiers (*House of Secrets*), n'est guère heureux. Que dire de *A Patch of Blue* dont l'héroïne tombe amoureuse d'un Noir, ignorant la couleur de sa peau, puisqu'elle est aveugle !

Greene, David

Réalisateur anglais né en 1924.

The Shuttered Room (La malédiction des Whateley, 1967) ; Sebastian (Les filles du code secret, 1968) ; The Strange Affair (Chantage à la drogue, 1968) ; The People Next Door (1970) ; I Start Counting (1970) ; Madame Sin (1971) ; Godspell (Godspell, 1973).

Ancien acteur de la troupe de Laurence Olivier. Au départ, une honnête adaptation de Lovecraft (*The Shuttered Room*) et deux policiers non conformistes ; à l'arrivée un show religieux : *Godspell,* d'une pénible médiocrité et que l'on croirait produit par les Témoins de Jéhovah. Tant pis.

Gregoretti, Ugo

Réalisateur italien né en 1930.

I nuovi angeli (1962) ; RoGoPaG (4e sketch, 1963) ; Omicron (1963) ; Le più belle truffe del mondo (Les plus belles escroqueries du monde, 4e sketch, 1963) ; Le belle famiglie (1964) ; Contratto (1970) ; La conquista dell'impero (1973) ; Vietnam scene del dopoguerra (1976).

C'est avant tout un réalisateur de télévision qui s'imposa au cinéma avec un film enquête, *I nuovi angeli.* La science-fiction l'intéresse mais comme dénonciation de la civilisation de masse (*Omicron*). Les chroniques familiales (*Le belle famiglie*) sont pour lui une occasion de mettre en cause les coutumes sociales. Il manque toutefois de force dans ses analyses, de là l'échec de ses films.

Grémillon, Jean

Réalisateur français, 1901-1959.

Courts métrages (1923-1925). *Puis :* La vie des travailleurs italiens en France (1926) ; La croisière de l'Atalante (c.m., 1926) ; Un tour au large (c.m., 1926) ; Maldone (1927) ; Gratuites (c.m., 1927) ; Bobs (c.m., 1928) ; Gardiens de phare (1929) ; La petite Lise (1930) ; Dainah la métisse (1931) ; Pour un sou d'amour (1932) ; Le petit babouin (c.m., 1932) ; Gonzague ou l'accordeur (c.m., 1933) ; La Dolorosa (1934) ; Centinella alerta (1935) ; La valse royale (1935) ; Pattes de mouches (1936) ; Gueule d'amour (1937) ; L'étrange Monsieur Victor (1938) ; Remorques (1939-1941) ; Lumière d'été (1942) ; Le ciel est à vous (1943) ; Le 6 juin à l'aube (1945) ; Pattes blanches (1948) ; Les charmes de l'existence (c.m., avec Kast, 1949) ; L'étrange Madame X (1951) ; Les désastres de la guerre (c.m., avec Kast, 1951) ; Alchimie (c.m., 1952) ; L'amour d'une femme (1953) ; Au cœur de l'Ile-de-France (c.m., 1954) ; La maison aux images (c.m., 1955) ; Haute Lisse (c.m., 1956) ; André Masson et les quatre éléments (c.m., 1957).

L'œuvre d'un homme de haute culture qui ne put tourner tous les projets qui lui tenaient à cœur et continue à faire figure de réalisateur maudit. Malgré de brillantes études, Grémillon s'est engagé très tôt dans la voie du cinéma, tournant en 1923 son premier court métrage sur Chartres. Après de nombreux documentaires, il passe enfin au film de longue durée avec *Maldone* (dont la vedette est Dullin), *Gardiens de phare* (film grand-guignolesque, un gardien de phare, mordu par un chien enragé, menace son père qui doit le tuer) et *La petite Lise* (évocation réaliste du bagne, un bagnard libéré retrouve sa fille impliquée dans un crime, s'accuse à sa place et reprend le chemin de Cayenne). Après 1937, il s'impose comme l'un de nos meilleurs réalisateurs, qu'il s'agisse de *L'étrange Monsieur Victor* où Raimu compose une inquiétante personnalité de receleur ou de *Remorques,* adaptation par Prévert d'un roman de Vercel et qui reforme le couple Gabin-Morgan. Deux films sous l'Occupation : l'excellent *Lumière d'été* qui oppose le monde corrompu des nantis à celui des travailleurs et que sauvent d'un manichéisme naïf Paul Bernard et Pierre Brasseur ; l'ennuyeux *Le ciel est à vous,* portrait d'une aviatrice qui sacrifie tout à sa passion, film qui fut tout à la fois, comme le montre Jacques Siclier dans *La France de Pétain et son cinéma,* revendiqué par Vichy et par la Résistance. Après un documentaire sur le débarquement en 1944, Grémillon ne signera plus que trois films : *Pattes blanches,* une œuvre inquiétante qui vaut par le scénario de Jean Anouilh ; *L'étrange Madame X* ou les amours d'une femme riche et d'un ouvrier ébéniste, thème cher à Grémillon ; *L'amour d'une femme* ou la passion impossible d'une femme médecin pour un ingénieur italien qui veut qu'elle arrête de travailler. C'est peu pour un cinéaste de la stature de Grémillon. Il dut se réfugier dans le court métrage, signant avec Kast les désopilants *Charmes de l'existence,* petite chronique des salons de peinture entre 1860 et 1910, évocation ironique des toiles de Bouguereau, Meissonnier, Luminais, Laurens, Jamin, Gerôme, Gervex, Cormon, Delaroche, Couture, Bonnat et Carolus-Duran. Cet humaniste se voyait contraint à l'ironie. Et n'est-il pas significatif que l'œuvre de Grémillon s'achève sur une évocation de la peinture d'André Masson, prétexte à une méditation sur la création artistique ?

BIBLIO. : P. Billard, *Jean Grémillon,* Anthologie du cinéma, 1966. Numéro spécial de *Cinéma 81.*

Greville, Edmond T.

Réalisateur français, 1906-1966.

Le train des suicidés (1931) ; Le triangle de feu (1932) ; Remous (1933) ; Marchand d'amour (1935) ; Princesse Tam-Tam (1935). *En Angleterre* : Gypsy Melody (1936) ; Brief Ecstasy (1937) ; Mademoiselle Docteur (1937) ; Secret Lives (1938) ; What a Man (1938) ; Veertig Jaren (doc., 1938). *En France :* Menaces (1939) ; Une femme dans la nuit (1941) ; Dorothée cherche l'amour (1946) ; Pour une nuit d'amour (1947) ; Le diable souffle (1947). *En Angleterre :* Noose (1948) ; But Not in Vain (1948) ;

The Romantic Age (1949). *En France :* L'envers du Paradis (1953) ; Le port du désir (1955) ; Tant qu'il y aura des femmes (1955) ; Je plaide non coupable (1956) ; Quand sonnera midi (1958) ; L'île du bout du monde (1959) ; Beat Girl (1960) ; Les mains d'Orlac (1961) ; Les menteurs (sous le pseudonyme de Max Montagut, 1961) ; L'accident (1964).

Fils d'un pasteur protestant d'origine anglaise, d'abord journaliste puis assistant de Dupont, Gance et Genina, il eut une carrière très internationale, tournant même un documentaire sur la reine de Hollande (*Veertig Jaren*). Mais ce sont ses films français, notamment *Menaces, Remous, Le diable souffle* et *Le port du désir* qui ont assis la réputation de Gréville. Il réussit admirablement à recréer des atmosphères lourdes, angoissantes, chargées d'érotisme. Il suffit de comparer la version qu'il donna des *Mains d'Orlac* (d'après Maurice Renard) avec celles de Wiene et de Freund pour mesurer l'aspect équivoque, quasi sordide qu'il sut introduire dans ses films. Il avait une griffe propre qui reposait sur une certaine vision du monde. Il a mis fin à ses jours en 1966. Coïncidence : son premier film s'intitulait *Le train des suicidés.*

Grgic, Zlatko

Animateur yougoslave né en 1931.

Principaux films : Lula Mira (1962) ; Peti (Le cinquième, 1964) ; Posjet iz svezira (Voyage dans l'espace, 1965) ; Davolja prase (Le cochon musical, 1966) ; Mali i veliki (Le petit et le grand, 1966) ; Tolerancija (Tolérance, 1967) ; Svrab (La gale, 1970) ; Hot Stuff (1971) ; Vrata (La porte, 1972) ; Ribolov (Le pêcheur, 1972) ; Ding-Dong (1972) ; Tenis (1973) ; Potimist i pesimist (1973) ; Gliiva (Le champignon, 1974) ; Who Are We ? (1974) ; Trio (1975) ; Dream Doll (avec Godfrey, 1979).

Venu du journalisme où il était dessinateur humoristique, il a contribué à l'essor de l'animation en Yougoslavie. Sa réputation fondée sur un graphisme percutant a gagné le Canada où il a tourné deux courts métrages puis a travaillé avec l'Anglais Godfrey.

Grieco, Sergio

Réalisateur italien 1917-1982.

Il sentiero dell'odio (1952) ; Non è vero, ma ci credo (1952) ; I morti non pagano le tasse (1953) ; Primo premio Maria Rosa (1953) ; Fermitutti... arrivo io ! (1953) ; Amarti e il mio peccato (1953) ; Tua per la vita (1955) ; Lo spadaccino misterioso (1956) ; Giovanni delle Bande nere (1957) ; Il diavolo nero (Le diable noir, 1957) ; Il pirata dello sparviero nero (L'épervier noir, 1958) ; Pia de'Tolomei (1958) ; Le notti di Lucrezia Borgia (Les nuits de Lucrèce Borgia, 1959) ; Ciao ciao bambina (1959) ; La regina dei Tartari (La reine des Barbares, 1960) ; Salammbò (Salammbô, 1961) ; La schiava di Roma (L'esclave de Rome, 1961) ; Giulio Cesar contro i pirati (1962) ; Il capitano di ferro (1963) ; Il figlio del circo (L'enfant du cirque, 1963) ; Una spada per l'impero (1965) ; La ragazza meravigliosa (1965). *Tous les films suivants sous le pseudonyme de Terence Hathaway* : Agente 077 missione Bloody Mary (1965) ; Agente 077 dall'Oriente con furore (1965) ; Password uccidete agente Gordon (1966) ; Rififi ad Amsterdam (1966) ; Come rubare la corona d'Inghilterra (1967) ; Tiffany Memorandum (1967) ; Rapporto Fuller base Stoccolma (1968). *Sous son nom* : Il sergente Klems (1972) ; Tutti Fratelli nel West... per parte di padre (1972) ; Le scomunicate di San Valentino (1975) ; L'uomo che sfido l'organizzazione (1975) ; I violenti di Roma bene (pseudonyme de Segri, 1976) ; La nipote del prete (1977) ; La belva col mitra (1977).

Du cinéma commercial dépourvu de toute prétention autre que de faire rentrer de l'argent dans les caisses des producteurs. Mais il y a souvent d'heureuses trouvailles comme cette bagarre au milieu des fameux monstres de Bomarzo dans *Les nuits de Lucrèce Borgia* ou les déshabillés fort suggestifs de Chelo Alonso dans *La reine des Barbares* sans oublier certains décors plus proches de Panini que de Carthage dans *Salommbô*.

Grierson, John

Réalisateur et producteur anglais, 1898-1972.

Principaux films : Drifters (1929) ; The Fishing Banks of Skye (1934).

Il fut le fondateur de l'école documentariste anglaise qui révolutionna le cinéma par ses nouvelles méthodes de tournage. *Drifters*, qui décrivait la vie quotidienne des pêcheurs de harengs en mer du Nord avec un souci de vérité inconnu jusqu'alors, fut le point de départ d'un important courant élevant le documentaire au niveau d'une œuvre d'art. Autour de Grierson se réunirent des cinéastes aussi variés que Rotha, Jennings, Wright, Watt, Roy Boulting, David McDonald, Brian-Desmond Hurst, sans oublier Cavalcanti et Flaherty. Les innovations techniques de l'école de Grierson furent importantes notamment au niveau de la bande-son.

BIBLIO. : O. Barrot, Pilard et Queval, *L'Angleterre et son cinéma. Le courant documentaire* (1977).

Gries, Tom

Réalisateur américain, 1922-1977.

Hell's Horizon (1955) ; Girls in the Woods (1958) ; Will Penny (Will Penny le solitaire, 1968) ; 100 Rifles (Les 100 fusils, 1969) ; Number One (1969) ; The Hawaïans (Le maître des îles, 1970) ; Fools (1970) ; Journey Through Rose-bud (1972) ; Lady Ice (1973) ; Breakout (L'évadé, 1974) ; Breakheart Pass (Le solitaire de Fort Humboldt, 1975) ; The Greatest (1977).

C'est à la télévision qu'il a dû sa réputation (*Earth II ; The Glass House ; The Migrants*). Au cinéma, il fut jugé comme un bon fabricant de séries B ou de films d'action à moyen budget destinés à mettre en valeur Charles Bronson. *Will Penny* était pourtant un western ambitieux et réussi, où la violence côtoyait l'intimisme dans une histoire de cow-boys pleine de nostalgie.

Griffith, David Wark

Producteur et réalisateur américain, 1875-1948.

Plus de 300 films de 1908 à 1913 dont : The Adventures of Dollie ; The Flight of Freedom ; The Redman and the Child ; The Bandit's Waterloo ; The Fatal Hour ; A Smoked Husband ; The Devil ; The Christmas Burglar ; The Song of the Shirt ; The Welcome Burglar ; The Englishman and the Girl ; A Mohawak Way ; The Heart of a Savage ; Enoch Arden ; Bobby the Coward ; The Rose of Kentucky ; The Greaser's Gauntlet ; The Lonedale Operator ; The Musketeers of Pig Alley (1912) ; The New York Hat (Le chapeau de New York, 1912) ; The Burglar's Dilemna (1912) ; Two Men of the Desert (1913) ; The Massacre (1914) ; The Battle at Elderbush Gulch. *Puis, longs ou moyens métrages* : Judith of Bethulia (Judith de Bethulie, 1913) ; The Battle of the Sexes (La bataille des sexes, 1914) ; The Escape (1914) ; Home, Sweet Home (1914) ; The Avenging Conscience (La conscience vengeresse, 1914) ; The Birth of a Nation (Naissance d'une Nation, 1915) ; Intolerance (Intolérance, 1916) ; Hearts of the World (Cœurs du monde, 1918) ; The Great Love (A côté du bonheur, 1918) ; A Romance of Happy Valley (Le roman de la vallée heureuse, 1919) ; The Greatest Thing in Life (Une fleur dans les ruines, 1919) ; The Girl Who Stayed at Home (1919) ; Broken Blossoms (Le lys brisé, 1919) ; True Heart Susie (Le pauvre amour, 1919) ; Scarlet Days (Le calvaire d'une mère, 1919) ; The Greatest question (Le cœur se trompe, 1919) ; The Idol Dancer (La danseuse idole, 1920) ; The Love Flower (Fleur d'amour, 1920) ; Way Down East (A travers l'orage, 1920) ; Dream Street (La rue des rêves, 1921) ; Orphans of the Storm (Les deux orphelines, 1922) ; One Exciting Night (La nuit mystérieuse, 1922) ; The White Rose (La rose blanche, 1923) ; America (Pour l'indépendance, 1924) ; Isn't Life Wonderful (1924) ; Sally of the Sawdust (Sally fille de cirque, 1925) ; That Royale Girl (Détresse, 1926) ; The Sorrows of Satan

(Les chagrins de Satan, 1926) ; Drums of Love (Jeunesse triomphante, 1928) ; The Battle of the Sexes (L'éternel problème, 1928) ; Lady of the Pavements (Le Lys du faubourg, 1929) ; Abraham Lincoln (1930) ; The Struggle (1931).

Certainement la figure la plus importante du cinéma américain et le réalisateur qui a le plus influencé le cinéma mondial.

Il appartenait à un milieu aisé du Sud, et son père s'était illustré pendant la guerre de Sécession mais fut ruiné par « la Reconstitution ». A la recherche d'un métier, il se destinait au theâtre mais fut embauché par Porter en 1907 comme acteur de cinéma à la compagnie Edison. Il passa ensuite à la Biograph comme scénariste et réalisa son premier film en 1908. Il y tourna plusieurs centaines de bandes jusqu'en 1913, sans que l'on puisse toutes les lui attribuer. Il était engagé par la Mutual en 1913. C'est pour elle qu'il signa son premier grand chef-d'œuvre, *Naissance d'une Nation,* qui racontait la guerre de Sécession dans un sens favorable au Sud. Griffith y exaltait le Ku Klux Klan et condamnait les agissements de certains Noirs alliés à des politiciens blancs. Aussi le film fut-il vivement attaqué. Des émeutes éclatèrent lors de sa projection dans certaines villes. Griffith investit ses bénéfices dans une vaste fresque, *Intolérance,* conçue en quatre épisodes : Epoque babylonienne, époque judéenne, époque française, époque moderne. Il avait réuni comme collaborateurs Stroheim, Van Dyke, Browning, etc., et fait construire d'énormes décors. Ce fut un désastre financier dont Griffith mit plusieurs années à se remettre, mais l'influence du film fut considérable en Europe sur des hommes aussi différents que Dreyer et Eisenstein. Il faut attendre *Le lys brisé* pour retrouver une autre œuvre importante de Griffith. *True Heart Susie,* de la même époque, est un film intimiste (avec Lilian Gish) qui fut également très admiré. Suivirent quelques mélodrames pour First National. Griffith ne retrouva un succès commercial presque comparable à celui de *Naissance d'une Nation* qu'avec *Way Down East,* tourné en extérieurs à Fort Lauderdale. Evocation de la Révolution française dans *Les deux orphelines,* mystère policier avec *One Exciting Night* et retour à la grande fresque historique grâce à *America. Isn't Life Wonderful* est la dernière production indépendante de Griffith. Il travaillera sans beaucoup de conviction en 1925 et 1926 pour Zuckor. L'échec des *Chagrins de Satan* le conduit à quitter la Paramount. Les difficultés s'amoncellent sur lui. Il paraît plus tourné vers le passé et les remakes que vers l'avenir (*The Battle of the Sexes, Lady of the Pavements*). Il ne retrouve son souffle épique que pour son *Lincoln* qu'interprète admirablement Walter Huston. Ce retour est compromis par *The Struggle,* sombre drame sur l'alcoolisme, qui suscite les sarcasmes de la critique. Griffith survit, sans influence directe désormais sur l'évolution du cinéma américain.

Griffith a presque tout inventé : les grands genres, du film policier (*The Musketeers of Pig Alley*) au western (*The Battle*). Il a montré l'inportance du montage parallèle comme celle du gros plan. Il a mis fin à la fixité de la caméra et rappelé la nécessité d'un cadrage rigoureux. Bref, il crée un langage et une grammaire cinématographiques. Il annonce la fin d'un cinéma-théâtre, celui de Méliès, et donne au réalisateur une place qui sera désormais la première.

BIBLIO. : J. Mitry, *Griffith,* Anthologie du cinéma, t. I ; *Les Cahiers de la Cinémathèque,* n° 17 (1975) ; J. Deslandes, *Griffith* (Seghers, 1973) ; Seymou Stern, *Index to the creative work of D.W. Griffith* (1944-1947).

Griffith, Edward H.

Réalisateur américain né en 1894.

The Awakening of Ruth (1917) ; The Law of the North (1917) ; Fit to Win (1919) ; The End of the Road (1919) ; The Garter Girl (1920) ; Bab's Candidate (1920) ; The Vice of Fools (1920) ; Scrambled Wives (1921) ; The Land of Hope (1921) ; If Women Only Knew (1921) ; Dawn of the East (1921) ; Free Air (1922) ; The Go-Getter (1923) ; Sea Raiders (1923) ; Unsseing Eyes (1923) ; Week-End Husbands (1924) ; Another Scandal (1924) ; Bad Company (1925) ; Headlines (1925) ; White Mice (1926) ; Atta Boy (1926) ; The Price of Honor (1927) ; Afraid to Love (1927) ; Alias the Lone Wolf (1927) ; The Opening Night (1927) ; Hold'Em Yale ! (1928) ; Captain Swagger (1928) ; Love Overnight (1928) ; The Shady Lady (1929) ; Paris Pound (1929) ; Rich People (1929) ; Holiday (1930) ; Rebound (1931) ; Lady With a Past (1932) ; The Animal Kingdom (1933) ; Another Language (1933) ; Biography of a Bachelor Girl (1935) ; No More Ladies (La femme de ma vie, 1935) ; Next Time We Love (1936) ; Ladies in Love (1936) ; Café Metropole (Café Métropole, 1937) ; I'll Take Romance (Kidnappez-moi, Monsieur, 1937) ; Café Society (1939) ; Honeymoon in Bali (1939) ; Safari (1940) ; Virginia (1941) ; One Night in Lisbon (1941) ; Bahama passage (Sous le ciel de Polynésie, 1941) ; Young and Willing (1943) ; The Sky's the Limit (L'aventure inoubliable, 1943) ; Perilous Holiday (1946).

Journaliste, il fait ses débuts de scénariste chez Edison dès 1915. Il a signé comme réalisateur des œuvres mineures, dont un bon Fred Astaire : *The Sky's the Limit.* Rien à voir avec le grand D.W. Griffith.

Grimault, Paul

Réalisateur français de dessins animés né en 1905.

Comme réalisateur : Go chez les oiseaux (1939) ; Les passagers de la Grande Ourse (1939) ; Le marchand de notes (1942) ; L'épouvantail (1943) ; Le voleur de paratonnerres (1946) ; La flûte magique (1946) ; Le petit soldat (1947) ; La bergère et le ramoneur (1952) ; Enrico (1956) ; La faim du monde (1958) ; Le diamant (1970) ; Le roi et l'oiseau (1980).

Il n'a pas l'humour corrosif d'un Chaval *(Tous les oiseaux sont des cons),* d'un Bosc *(Voyage en Boscovie),* d'un Siné (dessins animés publicitaires pour Olida), ni le sens du public d'un Sempé ou d'un Faizant qui ne tarderont pas à faire des films. Rigal sut mieux que lui *(Captain Sabord)* faire passer l'univers de la bande dessinée dans le dessin animé comme Dubout celui de la caricature. Reste qu'il est, malgré tous les obstacles qu'il a rencontrés, le seul grand créateur de dessins animés français. Qu'il doive beaucoup à Prévert, nul ne le nie, pas même lui. Son œuvre est là, avec un univers graphique à lui. Il paraît bien sage par rapport à un Tex Avery ou un Bakshi, mais il n'a pas connu leurs facilités. C'est un créateur que l'on peut trouver bien gentil, au mauvais sens du terme, mais qui n'en force pas moins l'estime.

BIBLIO. : *Banc Titre,* n° spécial.

Grimblat, Pierre

Réalisateur français né en 1926.

Me faire ça à moi (1960) ; L'empire de la nuit (1962) ; Les amoureux du France (avec Reichenbach, 1963) ; Cent briques et des tuiles (1964) ; Slogan (1968) ; Dites-le avec des fleurs (1973) ; Emmenez-moi au Ritz (1977).

Venu de la radio et de la publicité, il a tourné quelques bons films policiers, dont certains quasi surréalistes, comme le fort divertissant *Dites-le avec des fleurs.*

Grinde, Nick

En réalité Harry A.

Réalisateur américain né en 1894.

Beyond the Sierras (1928) Riders of the Dark (1928) ; The Desert Rider (1929) ; Morgan's Last Raid (1929) ; The Bishop Murder Case (1930) ; Good News (1930) ; Remote Control (avec St-Clair, 1930) ; This Modern Age (1931) ; Shopworn (1932) ; Vanity Street (1932) ; Border Brigands (1935) ; Stone of Silver Creek (1935) ; Ladies Crave Excitement (1935) ; Jailbreak (1936) ; Public Enemy's Wife (1936) ; Fugitive in the Sky (1936) ; The Captain's Kid (1937) ; Public Wedding (1937) ; White Bondage (1937) ; Love Is on the Air (1937) ; Exiled to Shangai (1937) ; Down in Arkansas (1938) ; Federal Man Hunt (1939) ; King of Chinatown (1939) ; Million Dollar Legs (1939) ; The Man They Could Not Hang (1939) ; A Woman Is the Judge (1939) ; Scandal Sheet (1939) ; Convicted Woman

(1940) ; The Man With Nine Lives (1940) ; Men Without Souls (1940) ; Girls of the road (1940) ; Before I Hang (1940) ; Friendly ou "Neighbours" (1940) ; Mountain Moonlight (1941) ; The Girl from Alaska (1942) ; Hitler, Dead or Alive (1943) ; Road to Alcatraz (1945).

Du bon artisanat hollywoodien, vite oublié si Grinde n'avait dirigé trois films fantastiques avec Boris Karloff : *The Man They Could Not Hang, The Man With Nine Lives* et *Before I Hang.* Une condition suffisante pour passer à la postérité, même quand votre talent est modeste.

Grissel, Wallace A.

Réalisateur américain né en 1904.

Haunted Harbor (avec Bennet, 1944) ; The Tiger Woman (avec Bennet, 1944) ; Zorro's Black Whip (avec Bennet, 1944) ; Marshal of Reno (1944) ; Vigilantes of Dodge City (1944) ; Wanderer of the Wasteland (avec E. Killy, 1945) ; Corpus Christi Bandits (1945) ; Federal Operator 99 (avec Bennet, 1945) ; Manhunt of Mystery Island (avec Bennet et Canutt, 1945) ; Who's Guilty ? (avec Bretherton, 1945) ; Wild Horse Mesa (1947) ; Western Heritage (1948) ; Captain Video (avec Bennet, 1951) ; King of the Congo (avec Bennet, 1952) ; A Yank in Indo-China (1952).

Fut-il le médiocre faire-valoir de Bennet, jouant les assistants plus que les associés (ce que fut Otto Brower pour de nombreux films à épisodes), ou eut-il un rôle important ? Sa présence dans les ouvrages américains (le Parish et Pitts, *Film Directors* par exemple) inciterait à répondre par l'affirmative à la deuxième question.

Grosbard, Ulu

Réalisateur américain d'origine belge né en 1929.

The Subject Was Roses (1968) ; Who Is Harry Kellerman and Why Is He Saying Those Terrible Things About Me (1971) ; Straight Time (Le récidiviste, 1978) ; True Confessions (Sanglantes confessions, 1981).

D'une famille de diamantaires d'Anvers, il vint tenter sa chance sur les scènes américaines, fut assistant pour plusieurs films importants dont *West Side Story* et tourna quelques films dont *Straight Time,* un bon film policier à résonances sociales : un libéré sous condition est poussé à bout par un surveillant tatillon et devient récidiviste. *True Confessions* est une œuvre étrange sur les compromissions de l'Église américaine avec les milieux louches : le résultat est un film « noir » débouchant sur une fin quasi spiritualiste.

Gross, Antony

Animateur anglais né en 1905.

Une journée en Afrique (1933) ; Les funérailles (1934) ; La joie de vivre (1934) ; Fox Hunt (1936) ; Indian Phantasy (1955).

Études à Londres et à Paris. Dans cette dernière ville, il partage son temps entre la peinture et l'animation, fondant avec l'Américain Hoppin le studio « Animat » d'où sortira un film libéré de l'influence du cartoon américain : *La joie de vivre.* Toujours avec Hoppin, il ne pourra mener à bien à cause de la guerre *Le tour du monde en 80 jours* dont il ne subsiste qu'*Indian Phantasy.*

Groulx, Gilles

Réalisateur canadien né en 1931.

Les raquetteurs (c.m. avec Brault, 1958) ; Golden Gloves (c.m., 1961) ; Un jeu si simple (1964) ; Le chat dans le sac (1964) ; Où êtes-vous donc ? (1969) ; Entre tu et vous (1969) ; 24 heures ou plus (1972).

Le chat dans le sac fit largement connaître le cinéma québécois qui suscita grâce à Gilles Groulx, un ancien monteur, d'une grande sensibilité, un vaste mouvement de curiosité pour « une minorité jusque-là niée ».

Gruel, Henri

Créateur de films d'animation né à Paris en 1923.

Martin et Gaston (1953) ; Gitanos et papillons (1954) ; La Joconde (1958) ; Monsieur Tête (1960) ; Notre-Dame de Paris (1961) ; Le roi du village (1962) ; Les coutes Zaghaura (1966).

Ses variatons sur le chef-d'œuvre de Vinci, qui passait, c'est le cas de le dire, par toutes les couleurs, n'étaient pas dépourvues d'humour et ses premiers essais étaient empreints de poésie. Gruel a finalement été victime de la crise du cinéma français d'animation : le manque de moyens l'a tué.

Grune, Karl

Réalisateur allemand, 1890-1962.

Aus eines Mannes Mädchenjahren (1919) ; Der Mädchenhirt (1919) ; Menschen in Ketten (1919) ; Die Jagd nach der Wahrheit (1920) ; Nachtbesuch (1920) ; Nacht ohne Morgen (1920) ; Mann über Bord (1921) ; Der Eroberer (1922) ; Frauenopfer (1922) ; Der Graf von Charolais (1922) ; Die Nacht der Medici (1922) ; Der stärkste Trieb (1922) ; Schlagende Wetter (1923) ; Die Strasse (La rue, 1923) ; Arabella (1924) ; Komödianten (1924) ; Eifersucht (1925) ; Die Brüder Schellenberg (Les frères Schellenberg, 1926) ; Am Rande der Welt (1927) ; Königin Luise (La reine Louise, 1927) ; Marquis d'Eon, der Spion der Pompadour (1928) ; Waterloo (Waterloo, 1928) ; Katherina Knie (1929) ; Das gelbe Haus des King-Fu (La maison jaune, 1931) ; Abdul the Damned (1935) ; The Marriage of Corbal (1936) ; Pagliacci (1936).

Disciple de Max Reinhardt, cet homme de théâtre ne vient au cinéma qu'en 1919. *Die Strasse,* en 1923, rompt avec l'Expressionnisme : cette histoire d'un fonctionnaire saisi par la débauche pour une nuit crée un nouveau genre, « le fantastique social », selon la formule de Mac Orlan. L'œuvre aura des imitations : *La tragédie de la rue* de Rahn ou *Asphalt* de May. En 1928, il dirige un film important, *Waterloo.* Il y oppose le courage tranquille des militaires (Blücher) au bavardage stérile des diplomates (Metternich) : comprenons, c'est la paix de Versailles qui est dénoncée. De même, à la fin, lorsque les Prussiens triomphent des Français au cri de « Nous avons gagné ! » (Les Anglais sont quasi absents du film), c'est 1940 qu'il annonce. Notons que Charles Vanel était un fort ressemblant Napoléon. En 1931, il passe en France et signe *La maison jaune,* puis va s'établir en Angleterre où il fera encore trois films.

Guazzoni, Enrico

Réalisateur italien, 1876-1949.

Principaux films : Brutus (1909) ; Agrippina (1910) ; I Maccabei (1910) ; La Gerusalemme liberata (1910) ; Messalina (1910) ; Il sacco di Roma (1910) ; Pinocchio (1911) ; Quo Vadis ? (1912) ; Marcantonio e Cleopatra (1913) ; Caïus Julius Caesar (1914) ; Ivan il Terribile (1915) ; Cristus (1915) ; Gli Ultimi Giorni di Pompei (1915) ; Fabiola (1915) ; Caligula (1916) ; Malombra (1916) ; La Gerusalemme liberata (1917) ; Marcantonio et Cleopatra (1918) ; Madame Tallien (1919) ; Le capitaine Fracasse (1919) ; Il sacco di Roma e Clemento VII (1920) ; Messalina (1923) ; La sperduta di Allah (1928) ; Myriam (1929) ; Il domo del Mattino (1932) ; Signore Paradiso (1934) ; Re Burlone (1935) ; Ho perduto mio marito (J'ai perdu mon mari, 1936) ; I due sergenti (1936) ; Re di Denari (Le roi de l'argent, 1936) ; Il dottore Antonio (1938) ; Il suo destino (Son destin, 1939) ; La figlia del Corsaro Verde (La fille du corsaire, 1940) ; Il pirati della Malesia (1941) ; Oro nero (1941) ; La Fornarina (1942).

Peintre et décorateur italien, il fut l'un des pionniers dans le domaine des grandes reconstitutions historiques. *Quo Vadis* battit tous les records de recettes. Ses films muets, à les revoir aujourd'hui, frappent par l'ampleur des moyens et l'exactitude des décors, le maniement des foules et le sens de la composition de l'image. Il eut l'idée de l'écran large. Après une brève interruption, il reprit sa carrière après l'avènement du parlant, mais ne signa que des œuvres mineures.

Guerassimov, Sergei

Réalisateur russe né en 1906.

Serdce Solomona (avec Kressine, 1932) ; Liubliu Li Tebia ? (Est-ce que je t'aime, 1934) ; Semero Smelych (Les sept braves, 1936) ; Komsomolsk (1938) ; Outchitel (L'instituteur, 1939) ; Maskarad (La mascarade, 1941) ; Nepobedimye (avec Kalatozov, Les invincibles, 1943) ; Kinokoncert K 25 letiju krasnoj armii (Ciné-concert à l'occasion du 25e anniversaire de l'armée rouge, avec Kolatozov et Dzigan, 1943) ; Bolchaia Zemlia (La grande terre, 1944) ; Molodaia Gvardia (La jeune garde, 1948) ; Selsky Vratch (Le médecin de campagne, 1952) ; Nadejda (1955) ; Tikhy Don (Le Don paisible, 1958) ; Liudi i Zvery (Hommes et bêtes, 1962) ; Zhurnalist (Le journaliste, 1967) ; Près du lac (1970) ; Younost Pelia (1980) ; V Natchale Slavnykh del (Au début des années glorieuses, 1981).

Illustrateur exemplaire des canons du réalisme socialiste, de *La jeune garde* d'après Fadeev au *Don paisible* de Cholokhov. Son académisme en a fait une sorte de repoussoir : tout est léché et conforme à la plus stricte orthodoxie. Pas un ratage, mais pas la moindre note personnelle.

Guerra, Ruy

Réalisateur né au Mozambique en 1931.

Oros (c.m., 1960) ; O Cavalo de Oxumaré (1961) ; Os Cafajestes (La plage du désir, 1962) ; Os Fuzils (1968) ; Sweet Hunters (Doux chasseurs, 1969) ; Os deus e os mortes (Les dieux et les morts, 1970) ; A Queda (La chute, 1976) ; Mueda, Memoria e Massacre (1980).

Formé à l'I.D.H.E.C., assistant de Delannoy et de Rouquier, il part au Brésil. Et c'est avec *La plage du désir* qu'il se fait connaître. Un dragueur invitait une fille à se baigner nue sur une plage déserte. Il volait ses vêtements et partait dans sa voiture. La fille courait derrière. Du coffre sortait un compère qui la filmait dans sa course, puis, à terre, épuisée et humiliée. Rarement séquence de cinéma fut aussi érotique. Ruy Guerra changea sa manière avec *Sweet Hunters,* film sur l'attente et les amour déçues, servi par de très belles images et une musique empruntée à Carl Orff. *A Queda,* en revanche, est la suite d'*Os Fuzils,* Guerra revenant à sa première manière. Il vient de tourner au Mozambique *Mueda, Memoria e Massacre.*

Guest, Val

Réalisateur anglais né en 1911.

Miss London Ltd (1943) ; Bees in Paradise (1944) ; Gives Us the Moon (1944) ; I'll Be Your Sweetheart (1945) ; Just William's Luck (1947) ; William Comes to Town (1948) ; Murder at the Windmill (1949) ; Miss Pilgrim's Progress (1950) ; The Body Said No (1950) ; Mr. Drake's Duck (Le canard atomique, 1951) ; Penny Princess (Fromage à gogo, 1952) ; The Runaway Bus (1954) ; Life with the Lyons (1954) ; Men of the Sherwood Forest (La revanche de Robin des Bois, 1954) ; Dance Little Lady (Le démon de la danse, 1954) ; They Can't Hang Me (1955) ; The Lyons in Paris (1955) ; Break in the Circle (Rapt à Hambourg, 1955) ; The Quatermass Experiment (Le monstre, 1955) ; It's a Wonderful World (1956) ; Carry on Admiral (En avant, Amiral, 1957) ; Quatermass Two (Terre contre satellite, 1957) ; The Abominable Snowman (Le redoutable homme des neiges, 1957) ; The Camp on Blood Island (L'île du camp sans retour, 1958) ; Up the Creek (1958) ; Life Is a Circus (1959) ; Yesterday Enemy (Section d'assaut sur le Sittang, 1959) ; Expresso Bongo (Expresso Bongo, 1959) ; Further up the Creek (Croisière en torpilleur, 1960) ; Hell is a City (Un homme pour le bagne, 1960) ; Stop Me Before I Kill (Traitement de choc, 1960) ; The Weapon (Scotland Yard appelle F.B.I., 1961) ; The Day the Earth Caught Fire (Le jour où la terre prit feu, 1962) ; Jigsaw (Le mystère de la villa blanche, 1963) ; 80 000 suspects (1963) ; The Beauty Jungle (1964) ; Where the Spies Are (Passeport pour l'oubli, 1965) ; Casino Royale (coréal., Casino Royale, 1967) ; Assignment K (Services spéciaux, division K, 1967) ; When Dinosaurs Ruled the World (Quand les dinosaures dominaient le monde, 1968) ; Tomorrow (1970) ; Au Pair Girls (Femmes en location, 1972) ; Confession of a Window Cleaner (1974) ; Killer Force (Les mercenaires, 1975).

Ce prolifique réalisateur londonien s'illustra dans l'épouvante avec la série des *Quatermass* qui renouvelait le thème éculé du monstre venu de l'espace cher à la science-fiction. Guest y gagna une réputation d'auteur fantastique que le reste de son œuvre – hélas – sauf *Le jour où la terre prit feu* sur le danger atomique n'a pas confirmée, les mérites de *The Abominable Snowman* revenant au scénario de Nigel Kneale. Journaliste, scénariste (il travailla à Hollywood sur plusieurs œuvres), producteur de ses propres films, il a été un homme d'orchestre du cinéma anglais. *Les mercenaires,* une bande qui ne manquait pas de vigueur, parut amorcer un retour à la mise en scène, resté sans lendemain.

Guillermin, John

Réalisateur anglais né en 1925.

Torment (1949) ; Smart Alec (1951) ; Two on the Tiles (1951) ; Four Days (1951) ; Song of Paris (1952) ; Miss Robin Hood (1952) ; Operation Diplomat (1953) ; Adventure in the Hopfields (1954) ; The Crowded Day (1954) ; Town on Trial (Traqué par Scotland Yard, 1956) ; The Whole Truth (Le crime était signé, 1957) ; I Was Monty's Double (Contre-espionnage à Gibraltar, 1958) ; Tarzan's Greatest Adventure (La plus grande aventure de Tarzan, 1959) ; The Day They Robbed the Bank of England (Le jour où l'on dévalisa la Banque d'Angleterre, 1960) ; Never Let Go (1960) ; The Waltz of the Toreadors (Les femmes du général, 1961) ; Tarzan Goes to India (Tarzan aux Indes, 1962) ; Guns at Batasi (Les canons de Batasi, 1964) ; Rapture (La fleur de l'âge, 1965) ; The Blue Max (Le crépuscule des aigles, 1966) ; P.J. (Syndicat du meurtre, 1967) House of Cards (Un cri dans l'ombre, 1968) ; The Bridge at Remagen (Le pont de Remagen, 1969) ; El Condor (El Condor, 1970) ; Skyjacked (Alerte à la bombe, 1972) ; Shaft in Africa (Les trafiquants d'hommes, 1973) ; The Towering Inferno (La tour infernale, 1974) ; King-Kong (King-Kong, 1976) ; Death on the Nile (Mort sur le Nil, 1978).

Il vaut mieux que sa réputation. Très à l'aise dans le cinéma spectaculaire qui n'est pas, il s'en faut, un genre facile, il a connu d'éclatantes réussites comme *The Blue Max* (les combats aériens de 1917 vus du côté allemand) ou *La tour infernale* qui lança le film-catastrophe. Son remake de King-Kong était en revanche décevant, comme ses deux Tarzan ou l'adaptation – un peu inattendue de sa part – de *La valse des toréadors* d'Anouilh. *Death on the Nile* a montré qu'il n'avait rien perdu de son savoir-faire.

Guiol, Fred M.

Réalisateur américain né en 1898.

Nombreux courts métrages dont : Don't Park There ; (1924) ; Duck Soup (1927) ; Slipping Wives (1927) ; Love'em and Weep (1927) ; Why Girls Love Sailors (1927) ; With Love and Kisses (1927) ; Sailors Beware (1927) ; Do Detectives Think ? (1927); Sugar Daddies (1927) ; The Second Hundred Years (1927) ; The Fighting Parson (1930). *Longs métrages :* The Rainmakers (1935) ; Silly Billies (1936).

Débuts comme accessoiriste chez Griffith. Embauché par Roach, il travaille avec de nombreux comiques, Rogers *(Don't Park There),* Lloyd (truquages de *Safety Last*), Langdon *(The Fighting Parson),* Wheeler et Woolsey *(The Rainmakers).* Roland Lacourbe, dans son *Laurel et Hardy,* n'écarte pas l'hypothèse que Guiol ait été à l'origine de la formation du célèbre tandem.

Guitry, Sacha

Ecrivain et réalisateur français, 1885-1957.

Ceux de chez nous (1915), Pasteur (1935) ; Bonne chance (1935) ; Le Nouveau Testament (avec Ryder, 1936) ; Le roman d'un tricheur (1936) ; Mon Père avait raison (1936) ; Faisons un rêve (1936) ; Le mot de Cambronne (m.m., 1936) ; Les perles de la Couronne (1937) ; Désiré (1937) ; Quadrille (1937) ; Remontons les Champs-Elysées (1938) ; Ils étaient neuf célibataires (1939) ; Le destin fabuleux de Désirée Clary (1941) ; Donne-moi tes yeux (1943) ; La Malibran (1943) ; Le comédien (1947) ; Le diable boiteux (1948) ; Aux deux colombes (1949) ; Toa (1949) ; Le trésor de Cantenac (1950) ; Tu m'as sauvé la vie (1950) ; Debureau (1950) ; Adhémar ou le jouet de la fatalité (Fernandel réalisateur sur une mise en scène de Guitry, 1951) ; La Poison (1951) ; La vie d'un honnête homme (1952) ; Je l'ai été trois fois (1952) ; Si Versailles m'était conté (1953) ; Napoléon (1954) ; Si Paris nous était conté (1955) ; Assassins et voleurs (1956) ; Les trois font la paire (1957) ; La vie à deux (avec Clément Duhour qui signe seul la réalisation, 1958).

Il suffit de voir *Le roman d'un tricheur* pour s'en convaincre : Sacha Guitry est bien l'un de nos plus grands réalisateurs. L'accusation de « théâtre filmé » lancée contre son œuvre ne tient guère. L'enterrement (tous les cercueils de la famille sortant de la maison suivis par un petit garçon, seul survivant : il n'avait pas mangé de champignons, ayant été puni), la relève de la garde à Monaco, les transformations du héros pour échapper à la vigilance des inspecteurs des casinos, tout contribue à faire du *Roman d'un tricheur* l'un des meilleurs films français des années 30, surclassant facilement bien des prétendus chefs-d'œuvre de cette période. Les génériques des films de Guitry suffiraient à montrer avec quelle aisance il se meut, interrompant son histoire pour présenter acteurs ou techniciens ou les faisant défiler au début. Elégance, désinvolture et maîtrise, qualités qui font souvent – hélas ! – défaut au cinéma français.

Fils de Lucien Guitry, acteur alors fameux, Sacha naît à Saint-Pétersbourg, se fait renvoyer de plusieurs lycées parisiens et donne, à vingt ans, sa première pièce, *Nono.* C'est le début d'une prodigieuse carrière qui a été maintes fois contée, de René Benjamin à Jacques Lorcey. En 1914, il eut l'idée, en réponse à un manifeste d'intellectuels allemands exaltant la culture germanique, de filmer Anatole France, Degas, Rodin, Monet, Rostand, Saint-Saëns, Octave Mirbeau... Mais ses vrais débuts cinématographiques, après avoir joué dans *Un roman d'amour et d'aventures* de Mercanton et Hervil et laissé à d'autres le soin d'adapter certaines de ses comédies (Beaumont, *Debureau,* Florey, *Le blanc et le noir* et Perret, *Les deux couverts*), se situent en 1935 avec une biographie de Pasteur. Ce sont ensuite ses pièces que filme Guitry à l'intention d'un public provincial qui ne peut venir les entendre à Paris (*Mon père avait raison, Faisons un rêve, Le mot de Cambronne, Désiré...*). Mais, passionné par l'histoire, Guitry invente également les grandes revues historiques qui font défiler des personnages illustres (*Les perles de la Couronne, Remontons les Champs-Elysées* où Bonaparte discute avec Napoléon, *Le destin fabuleux de Désirée Clary,* etc.). En 1943, il est à l'apogée de sa carrière. On lui fait payer cher à la Libération ses succès antérieurs; Il se justifiera dans *Le diable boiteux,* portrait de Talleyrand, qui servit tous les régimes, et apologie du double jeu. Disgrâce momentanée. Guitry devient presque le cinéaste officiel de la IVe République avec de grosses machines comme *Si Versailles m'était conté, Napoléon* ou *Si Paris nous était conté.* Distributions fastueuses et mots d'esprit caractérisent ces films, à défaut d'exactitude historique. Il faut leur préférer d'éblouissantes pochades comme *La poison* (avec Michel Simon), *Adhémar* (que joue Fernandel), *Assassins et voleurs* (brillamment enlevé par Poiret et Serrault). Un ton désinvolte et une distribution homogène (Guitry restant fidèle à certains acteurs comme Jacques Varennes, Pauline Carton, Jeanne Fusier-Gir, Marcel Vallée...) font tout le prix de ces comédies.

Rien ne résume mieux l'œuvre filmé de Guitry que la définition qu'il donnait du cinéma : « C'est une lanterne magique. Ne devraient pas en être exclues l'ironie et la grâce. »

BIBLIO. : *Cahiers du cinéma*, nº spécial, février 1967 ; J. Siclier, *Guitry*, Anthologie du cinéma, t. II.

Güney, Yilmaz

Acteur, scénariste et réalisateur turc né en 1937.

Comme réalisateur : Benim Adim Kerim (Mon nom est Kerim, 1967) ; Pire Nuri (1968) ; Seyvit Han (Seyyit Khan, 1968) ; Ac Kurtlar (Les loups affamés, 1969) ; Bir Cirkin Adam (Un homme laid, 1969) ; Umut (L'espoir, 1970) ; Kaçaklar (Les fugitifs, 1971) ; Vurguncular (Les malfaiteurs, 1971) ; Yarin son Gündür (Demain c'est le dernier jour, 1971) ; Umutsuzlar (Les désespérés, 1971) ; Aci (La douleur, 1971) ; Agit (Elégie, 1971) ; Baba (Le parrain, 1971) ; Arkadas (Le copain, 1974) ; Zavallilar (Les malheureux,. 1975).

Comme acteur, scénariste des films d'Okten dont le très beau *Troupeau*, et réalisateur, il est devenu le symbole du cinéma turc. Opposant au régime, développant des idées sociales avancées dans ses films, idées desservies au demeurant par une technique très rudimentaire, il a été impliqué dans un procès contesté à la suite du meurtre d'un juge dans un café et condamné à dix-neuf ans de prison. De sa cellule il continue à rédiger des scénarios de films dont, en 1980, *Düsman* (L'ennemi) de Zeki Okten et auparavant *Sürü* (Le troupeau) du même réalisateur. Il s'est échappé et a pu présenter à Cannes, en 1982, *Yol*, tourné sur ses indications par Serif Goren, mais dont il surveilla le montage et dont il est, comme pour *Le troupeau*, le véritable auteur, le réalisateur n'ayant été qu'un exécutant, dirigé de sa prison par Güney.

Guy-Blaché, Alice

Réalisatrice française, 1873-1968.

Principaux films : La fée aux choux (1896) ; Les dangers de l'alcoolisme (1899) ; La danse des saisons (1900) ; Hussards et grisettes (1901) ; Le pommier (1902) ; Le voleur sacrilège (1903) ; Le courrier de Lyon (1904) ; Le crime de la rue du Temple (1904) ; La Esmeralda (1905) ; La fée Printemps (1906) ; Fanfan la tulipe (1907). *Aux Etats-Unis :* Rose of the Circus (1911) ; The Doll (1911) ; The Violon Maker of Nuremberg (1911) ; Mignon (1912) ; Phantom Paradise (1912) ; Fra Diavolo (1912) ; The Pit and the Pendulum (1913) ; The Star of India (1913) ; Beneath the Czar (1914) ; The Monster and the Girl (1914) ; Shadows of the Moulin Rouge (1914) ; The Heart of a Painted Woman (1915) ; My Madonna (1915) ; The Girl With Green Eyes (1916) ; Behind the Mask (1917) ; The Great Adventure (1918) ; Tarnished Reputation (1920) ; Vampire (1920).

Première femme réalisatrice et pionnier du cinéma avec *La fée aux choux* qui aurait, pour certains historiens, précédé les œuvres de Méliès. Alice Guy travailla beaucoup pour Gaumont avant d'épouser Herbert Blaché, un remarquable cameraman, qui devait l'entraîner aux États-Unis. Elle y fonda sa propre compagnie. Après une période de grande expansion, cette compagnie ne put résister à la concurrence des grosses maisons. Après avoir divorcé d'avec Blaché en 1922, Alice Guy revint en France mais personne ne lui confia la direction d'un film et elle tomba dans l'oubli jusqu'en 1953 où elle reçut la Légion d'honneur.

BIBLIO. : A. Guy, *Autobiographie d'une pionnière du cinéma* (1976).

H

Haas, Charles

Réalisateur américain né en 1913.

Star in the Dust (La corde est prête, 1955) ; Showdown at Abilene (Les dernières heures d'un bandit, 1955) ; Screaming Eagles (Les paras ont sauté, 1955) ; Summer Love (1957) ; Wild Heritage (Sur la piste de la mort, 1958) ; The Beat Generation (Les Beatnicks, 1959) ; The Big Operator (Le témoin doit être assassiné, 1959) ; Girl's Town (1959) ; Platinum High School (1960).

Séries B en tous genres. Les westerns *(Star in the Dust, Showdown at Abilene)* et les thrillers *(The Big Operator)* sont sans surprises mais bien faits.

Haas, Hugo

Acteur et réalisateur d'origine tchèque, 1901-1968.

En Hongrie : Velbloud Uchem Jehly (1937) ; Devcata, Nedejts Se ! (1937) ; Kvocna (1937) ; Bila Nemoc (1937) ; Co Se Septa (1938) ; *Aux États-Unis :* Pickup (La racoleuse, 1951) ; Girl on the Bridge (1951) ; Strange Fascination (1952) ; One Girl's Confession (1953) ; Bait (1954) ; The Other Woman (1954) ; Thy Neighbour's Daughter (1955) ; Hold Back Tomorrow (1955).

Un cas. Acteur juif fuyant le nazisme et venu se réfugier aux États-Unis, il joue quelques petits rôles (*Summer Storm, Days of Glory*) puis devient réalisateur avec *Pickup,* qu'il produit lui-même devant le refus des grandes compagnies. Beau portrait de garce : Haas, en vieillard au bord du gâtisme, fait une composition hallucinante de vieil homme humilié par une Lola-Lola du désert. On le retrouve dans *Strange Fascination,* en pianiste également vieilli et possédé par le démon de midi. C'est un nouveau festival d'humiliations subies par un homme âgé de la part d'une jolie femme qui le domine et le trompe. Et ça recommence avec *Bait* où il s'agit cette fois d'un chercheur d'or devenu fou. Cela finit par tourner à l'obsession personnelle. Haas invente l'écran pathologique.

Habib, Ralph

Réalisateur français, 1912-1967.

Rue-des Saussaies (1950) ; La forêt de l'adieu (1952) ; Les compagnes de la nuit (1953) ; Crainquebille (1953) ; La rage au corps (1953) ; Secrets d'alcôve (un sketch, 1954) ; Les hommes en blanc (1955) ; La loi des rues (1956) ; Club de femmes (1957) ; Escapade (1957) ; Le passager clandestin (1957) ; Au voleur ! (1960) ; R.P.Z. appelle Berlin (1960) ; Le solitaire passe à l'attaque (1966).

Jean-Claude Pascal, Françoise Arnoul, Raymond Pellegrin, Felix Marten, Jean Martinelli, Nicole Courcel, les prostituées *(Les compagnes de la nuit)* et les médecins *(Les hommes en blanc)* avec Anatole France en prime *(Crainquebille) :* c'est tout un cinéma de boulevard, faussement érotique et tout à fait conformiste que symbolise l'œuvre de Ralph Habib.

Haesaerts, Paul

Réalisateur belge, 1901-1974.

Rubens (avec H. Storck, 1948) ; Quatre peintres belges au travail (1951) ; Un siècle d'or : l'art des primitifs flamands (1951) ; Architecture, art de l'espace (1959) ; Cri et connaissance (1963) ; La clé des chants surréalistes (1966) ; Bruegel (1969).

Il a été, avec Emmer pour l'Italie, l'un des maîtres du documentaire sur le monde de la peinture. Son domaine ce sont les Flamands : Bosch et Bruegel, Rubens et ses élèves, mais il n'ignore pas les autres petits maîtres des Pays-Bas ou de Hollande, de Weenix à Van den Bosch. Si son œuvre a vieilli sur le plan technique, elle demeure, sur le plan de l'intelligence, une grande réussite.

Hagberg, Rune

Réalisateur suédois.

Och efter skymming kommer Mörker (Après le crépuscule vient la nuit, 1947).

Hagberg n'est, semble-t-il, l'auteur que d'un seul film, tourné à bon marché, d'une grande originalité quant à la bande-son (amplification par exemple du sifflement du robinet à gaz lors d'une tentative de suicide) et quant au portrait psychopathologique d'un étudiant surmené qui croit être l'auteur d'un crime. *Après le crépuscule vient la nuit* fut très admiré par les surréalistes et notamment Ado Kyrou.

Haguet, André

Réalisateur français né en 1900.

Fusillé à l'aube (1950) ; Procès au Vatican (1951) ; Il est minuit, docteur Schweitzer (1952) ; Par ordre du Tsar (1953) ; Milord l'Arsouille (1955) ; La roue (1956) ; Colère froide (1960).

Entré dans les bureaux de la Paramount en 1924, il se sent une vocation de réalisateur en 1950, après avoir écrit de nombreuses pièces. Le désir est louable : mais du docteur Schweitzer au remake de *La roue* il accumule les sujets ridicules ou impossibles, ne parvenant à sauver aucun de ses scénarios.

Halas, John

Réalisateur et producteur de dessins animés né à Budapest en 1912.

Dessins animés : *cf.* liste à Batchelor.

Formé à l'école de Pal, il produit ses propres films à partir de 1934. Passé en Angleterre, il s'associe à Batchelor en 1936.

Hale, William

Réalisateur américain.

Journey to Shiloh (La brigade des cow-boys, 1967) ; Deadly Roulette (L'affaire d'un tueur, 1967).

En 1967, il suscita de grands espoirs avec sa triste épopée de sept jeunes Texans qui voulaient combattre dans l'armée sudiste. Une suite de désillusions entraînera la mort de six d'entre eux. On peut considérer ce film comme un petit chef-d'œuvre méconnu. *Deadly Roulette,* parodie de James Bond, est plus facile mais ne manque pas d'invention. Malheureusement William Hale ne travaille plus que pour la télévision.

Hall, Alexander.

Réalisateur américain, 1894-1968.

Sinners in the Sun (1932) ; Madame Racketeer (1932) ; The Girl in 419 (avec Sommes, 1933) ; Midnight Club (avec le même, 1933) ; Torch Singer (avec le même, 1933) ; Miss Fane's Baby Is Stolen (1934) ; Little Miss Marker (1934) ; Pursuit of Happiness (1934) ; Limehouse Blues (1934) ; Goin'to Town (1935) ; Annapolis Farewell (1935) ; Give Us this Night (Le chanteur de Naples, 1936) ; Yours for the Asking (1936) ; Exclusive (1937) ; There's Always a Woman (Miss Catastrophe, 1938) ; I Am the Law (1938) ; There's

That Woman Again (1938) ; The Lady's from Kentucky (Gagnant et placé, 1939) ; Good Girls Go to Paris (Nous irons à Paris, 1939) ; The Amazing Mr. Williams (1939) ; He Stayed for Breakfast (1940) ; The Doctor Takes a Wife (Le docteur se marie, 1940) ; This Thing Called Love (1941) ; Here Comes Mr. Jordan (Le défunt récalcitrant, 1941) ; Bedtime Story (J'épouse ma femme, 1941) ; They All Kissed the Bride (Embrassons la mariée, 1942) ; My Sister Eileen (1942) ; The Heavenly Body (Le corps céleste, 1943) ; Once Upon a Time (1944) ; She Wouldn't Say Yes (1945) ; Down to Earth (L'étoile des étoiles, 1947) ; The Great Lover (Don Juan de l'Atlantique, 1949) ; Love That Brute (Ma brute chérie, 1950) ; Louisa (Louise, 1950) ; Up Front (Deux G.I. en vadrouille, 1951) ; Because You're Mine (Tu es à moi, 1952).

Acteur, monteur, assistant, il parcourt tous les échelons avant de devenir réalisateur, d'abord à la Paramount puis, à partir de 1938, à la Columbia où il signe ses films les plus importants : *I Am the Law* (la lutte d'un individu contre les autorités corrompues d'une cité) ; *Here Comes Mr. Jordan* (comédie fantastique où Robert Montgomery, envoyé au ciel avant son temps, doit trouver un autre corps et revenir sur terre) ; *My Sister Eileen* (qui devait être refait par Quine) ; *Down to Earth* (comédie musicale où Rita Hayworth est Terpsichore, la déesse de la danse)... Tous devenus des classiques du cinéma américain.

Haller, Daniel

Réalisateur américain né en 1929.

Die, Monster, Die (1965) ; Devil's Angels (Les anges de l'enfer, 1967) ; The Wild Racers (1968) ; Paddy (1970) ; Pieces of Dreams (1970) ; Dunwich Horror (Dunwich Horror, 1971) ; Buck Rogers in the 25th Century (Buck Rogers au 25e siècle, 1979).

De « l'écurie » Roger Corman dont il signa souvent les décors avant de devenir réalisateur à part entière. En dehors des méfaits de motocyclistes californiens *(Devil's Angels...)*, il affectionne le fantastique, adaptant avec bonheur Lovecraft (*Die, Monster, Die,* où Karloff découvrait une planète qui lui donnait des pouvoirs extraordinaires, et *Dunwich Horror* où les forces occultes régnaient sur le village isolé de Dunwich) ainsi qu'une bande dessinée illustre de 1929, due à Calkins et Nowlan, *Buck Rogers in the 25th Century* dont il a fait un film de science-fiction plein de charme et d'humour.

Halperin, Victor Hugo

Réalisateur américain né en 1895.

Greater than Marriage (1924) ; When A Girl Loves (1924) ; The Unknown Lover (1925) ; School for Wives (1925) ; In Borrowed Plumes (1926) ; Dance Magic (1927) ; Party Girl (1930) ; Ex-Flame (1930) ; White Zombie (Les morts vivants, 1932) ; Supernatural (1933) ; I Conquer the Sea (1936) ; Revolt of the Zombies (1936) ; Nation Aflame (1937) ; Torture Ship (1939) ; Buried Alive (1940) ; Girl's Town (1942).

Spécialiste du film d'horreur à très petit budget, dont il écrivit souvent le script, il doit sa célébrité à *White Zombie,* en raison de la présence au générique de Bela Lugosi et de la nouveauté – alors – du thème des morts vivants.

Hamer, Robert

Réalisateur anglais, 1911-1963.

San Demetrio-London (Le navire en feu, 1943) ; Dead of Night (coréal., Au cœur de la nuit, 1945) ; Pink String and Sealing Wax (1945) ; It Always Rains on Sunday (Il pleut toujours le dimanche, 1947) ; Kind Hearts and Coronets (Noblesse oblige, 1949) ; The Spider and the Fly (L'araignée et la mouche, 1950) ; His Excellency (1952) ; The Long Memory (1953) ; Father Brown (Détective du Bon Dieu, 1954) ; To Paris With Love (Deux Anglais à Paris, 1954) ; The Scapegoat (Le bouc émissaire, 1959) ; School for Scoundrels (L'académie des coquins, 1960).

Cet ancien monteur devenu réalisateur par accident (il remplaça Charles Frend, malade, pour le tournage de *San Demetrio-London*) est l'homme d'un seul film, *Noblesse oblige,* chef-d'œuvre de l'humour noir anglais où Alec Guiness tenait huit rôles. Pour capter un héritage, un jeune homme désargenté éliminait méthodiquement tous ceux dont les droits le précédaient dans la succession. Le film s'achevait sur une pirouette qui sauvait la morale. Enorme fut le succès de *Noblesse oblige,* reléguant dans l'ombre les autres réalisations de Hamer dont un film dans la tradition de l'école documentariste anglaise, *It Always Rains on Sunday,* sur un faubourg londonien, et une adaptation d'une aventure de *Father Brown,* le détective en soutane de Chesterton.

BIBLIO. : J. Belmans, *Robert Hamer,* Anthologie du cinéma, (1976).

Hamilton, David

Réalisateur et photographe anglais né en 1933.

Bilitis (1976) ; Laura, les ombres de l'été (1979) ; Tendres cousines (1980).

Ce séduisant photographe, qui excelle à nous montrer de ravissantes fesses de nymphettes sur des cartes postales bon chic-bon genre, a beaucoup déçu lors de son passage au cinéma : trop flous pour être vraiment érotiques, ses films, à force d'être frustrants, parurent ennuyeux et connurent un échec commercial auquel Hamilton n'était guère habitué.

Hamilton, Guy

Réalisateur anglais né en 1922.

The Ringer (L'assassin a de l'humour, 1952) ; The Intruder (Le visiteur nocturne, 1953) ; An Inspector Calls (Un inspecteur vous demande, 1954) ; The Colditz Story (Les indomptables de Colditz, 1954) ; Charley Moon (1956) ; Manuela (Manuela, 1957) ; A Touch of Larceny (Un brin d'escroquerie, 1959) ; The Devil's Disciple (Au fil de l'épée, 1959) ; The Best of Enemies (Le meilleur ennemi, 1961) ; The Party's Over (1963) ; The Man in the Middle (L'affaire Winstone, 1964) ; Goldfinger (Goldfinger, 1964) ; Funeral in Berlin (Mes funérailles à Berlin, 1966) ; The Battle of Britain (La bataille d'Angleterre, 1969) ; Diamonds Are Forever (Les diamants sont éternels, 1971) ; Live and Let Die (Vivre et laisser mourir, 1973) ; The Man With the Golden Gun (L'homme au pistolet d'or, 1974) ; Force 10 from Navarone (L'ouragan vient de Navarone, 1978) ; The Mirror Crack'd (Le miroir se brisa, 1980) ; Evil Under the Sun (Meurtre au soleil, 1982).

Illustrateur avec Terence Young et Lewis Gilbert de la saga de James Bond (*Goldfinger, Diamonds are forever, Live and Let Die, The Man With the Golden Gun*) et de celle d'Harry Palmer (*Funeral in Berlin*), il est aussi l'adaptateur heureux d'une comédie de Bernard Shaw, *The Devil's Disciple* à l'éclatante distribution (Burt Lancaster, Kirk Douglas, Laurence Olivier, Harry Andrews) et de l'une des plus coûteuses superproductions consacrées à la dernière guerre, *The Battle of Britain.* Il donne maintenant dans le film policier façon Agatha Christie.

Hamilton, Lloyd

Acteur et réalisateur américain, 1891-1935.

Nombreux courts métrages dont la série des Bud et Ham.

Il forma à ses débuts un tandem comique avec Bud Duncan sous les noms de Bud et Ham, avant de jouer à la Fox puis de fonder sa propre compagnie et de diriger lui-même ses courts métrages. Dans ce qui reste de son œuvre, le fort drôle *New Wrinkles* laisse une excellente impression.

Hand, David

Réalisateur américain de dessins animés né en 1900.

Séries Animaland (1945) et Musical Paintbox (1947).

Il débute dans l'industrie cinématographique en 1919 et travaille pour Fleischer et Disney. Il supervise pour ce dernier

Blanche-Neige et *Bambi.* En 1945, il passe à la Rank en Angleterre et s'occupe des séries *Animaland* (dont le célèbre *The Cuckoo,* 1947) et *Musical Paintbox.*

Handke, Peter

Ecrivain et réalisateur né en 1942.

Die linkshändige Frau (La femme gauchère, 1977).

Il est surtout connu comme romancier (*La femme gauchère* est à l'origine un roman comme d'ailleurs *L'angoisse du gardien de but* qu'adapta Wenders) et comme dramaturge (*La chevauchée sur le lac de Constance*).

Hani, Susumu

Réalisateur japonais né en 1928.

Furyo Shonen (Les mauvais garçons, 1961) ; Mitasareta Seikatsu (Une vie bien remplie, 1962) ; Kanojo to kare (Elle et lui, 1963) ; Te o tsunagu Kora (Les enfants, main dans la main, 1963) ; Bwana toshi no uta (La chanson de Bwana Toshi, 1965) ; Andesu no hanayome (La fiancée des Andes, 1966) ; Hatsukoi jigokuhen (Premier amour, version infernale, 1968) ; Aido (Aido, 1969) ; Koi no dai Boken (Une grande aventure d'amour, 1970) ; Yosei no uta (La chanson de la fée, 1971) ; Gozenchu no jikkanwari (L'horaire de la matinée, 1972).

Fils d'un philosophe réputé, il se forme à l'école Iwanami et signe des documentaires sur les enfants en classe qui retiennent l'attention par leur non-conformisme. Passé au long métrage, il devient le représentant le plus caractéristique de la nouvelle vague japonaise avec son œuvre la plus connue, *Premier amour, version infernale.* Il se consacre à la télévision à partir de 1972, mais il annonce, sept ans plus tard, *Afurika monogatari,* qui devrait marquer son retour au grand écran.

Hanin, Roger

Acteur et réalisateur français né en 1925.

Le protecteur (1973) ; Le faux-cul (1975).

Marié à une productrice et beau-frère d'un président de la République, son principal titre de gloire comme acteur fut de jouer le rôle du Tigre. Lorsqu'il passa réalisateur, il devint classique de dire « qu'il n'avait pas mis un tigre dans sa caméra ». Peut-être était-on injuste car ses deux films, l'un sur les gangsters, l'autre sur les espions, ne manquaient pas de rythme.

Hanna, William

Réalisateur de dessins animés né en 1910.

Série Tom et Jerry.

L'un des principaux dessinateurs de la populaire série Tom et Jerry, avec Barbera (*cf.* ce nom).

Hanoun, Marcel

Réalisateur français né en 1929.

Gérard de la nuit (c.m., 1955) ; Le huitième jour (1959) ; L'été (1968) ; L'hiver (1969) ; Bruges (c.m., 1969) ; Le printemps (1970) ; L'automne (1971) ; La vérité sur l'imaginaire passion d'un inconnu (1973) ; Promenade flamande (c.m., 1975) ; Le regard (1976) ; Le vent souffle où il veut (c.m., 1976) ; La nuit claire (1978).

Il a beaucoup tourné pour la télévision (*Une simple histoire, Octobre à Madrid, Carl Emmanuel Jung...*). Le succès sur le grand écran n'est jamais venu à la rencontre de cet auteur complet. Ses films sont trop intellectuels, d'un abord austère, malgré des concessions érotiques (*Le regard*). Comme l'écrit Raphaël Bassan dans *Ecran :* « La démarche d'Hanoun est plus analytique que synthétique. Ses films, tout en élaborant une dramaturgie qui n'en est pas une, font leur propre analyse par la confrontation et l'expérimentation des possibilités multiples de la conjugaison entre images et sons. Il a compris l'importance des unités audiovisuelles que permettent le montage, le collage : il sait que c'est l'écriture même du cinéma. »

Harlan, Veit

Acteur et réalisateur allemand, 1899-1964.

Comme réalisateur: Die Pompadour (coréal., 1935) ; Krach im Hinterhaus (1935) ; Der müde Theodor (1936) ; Maria die Magd (1936) ; Kater Lampe (1936) ; Alles für Veronika (1936) ; Mein Sohn der Herr Minister (Fiston, 1937) ; Die Kreutzersonate (La sonate à Kreutzer, 1937) ; Der Herrscher (Crépuscule, 1937) ; Verwehte Spuren (1938) ; Jugend (Jeunesse, 1938) ; Die Reise nach Tilsit (1939) ; Das unsterbliche Herz (Cœur immortel, 1939) ; Jud Süss (Le juif Süss, 1940) ; Pedro soll hängen (1941) ; Die goldene Stadt (La ville dorée, 1942) ; Der grosse König (Le grand roi, 1942) ; Immensee (Le lac aux chimères, 1943) ; Opfergang (Offrande au bien-aimé, 1944) ; Kolberg (1945) ; Unsterbliche Geliebte (1950) ; Hanna Amon (1951) ; Die blaue Stunde (1953) ; Sterne über Colombo *et* Die Gefangene des Maharadscha (Le tigre de Colombo, 1954) ; Verrat an Deutschland (L'espion de Tokyo, 1955) ; Anders als Du und Ich (Le troisième sexe, 1957) ; Ich werde Dich auf Händen tragen (1958) ; Liebe kann wie Gift sein (Impudeur, 1958) ; Die blonde Frau des Maharadscha (1962).

Champion du cinéma nazi, lié à Goebbels qui en fit un cinéaste quasi officiel du régime, marié à Kristina Söderbaum qui le poussa vers le national-socialisme, il ne s'est pas relevé d'avoir mis en scène *Le juif Süss,* œuvre de propagande anti-sémite. Dès 1948, dans une lettre au rabbin Prinz (Courtade et Cadars, *Histoire du cinéma nazi,* p. 196), puis dans son autobiographie parue en 1966 *(Im Schatten meiner Filme),* il s'est attaché à se justifier : il n'a voulu faire qu'une « représentation artistique du problème juif ». C'est Goebbels qui imposa des modifications et la publicité tira le film dans un sens antisémite que n'avait pas prévu Harlan. Laissons-lui le bénéfice du doute (il fut d'ailleurs acquitté après la guerre par un tribunal) et reconnaissons que le film est techniquement bien fait. Mais Harlan n'en fut pas moins un actif propagandiste du national-socialisme, exaltant le militarisme prussien *(Le grand roi),* puis, à la demande de Gœbbels, la résistance aux bombardements alliés (*Kolberg* montrait comment cette citadelle avait refusé de capituler devant Napoléon en 1807 et l'on pensait devant ces maisons qui s'écroulaient sous les coups de canon des Français aux destructions de Dresde). Si *La ville dorée,* deuxième film en Agfacolor, opposant « la santé du monde rural aux turpitudes de la grande ville » (Courtade et Cadars), est aujourd'hui insupportable à force de mièvrerie, contrairement aux films précédents qui ont beaucoup moins vieilli sur le plan artistique, on dit encore en revanche grand bien de deux œuvres romantiques : *Immensee* et *Opfergang* débarrassées de toute préoccupation politique. Après 1950, Harlan retrouva une petite activité mais pour signer des aventures pseudo-exotiques (*Le tigre de Colombo*) ou des films semi-pornographiques (*Le troisième sexe*).

BIBLIO. : Courtade et Cadars, *Harlan,* Anthologie du cinéma (1973).

Harman, Hugh

Créateur américain de dessins animés né en 1908.

Séries de Bosko et de Barney Bear.

Producteur, avec Rudolph Ising des Merry Melodies et des Looney Tunes, où, pour la première fois, la musique jouait un grand rôle dans le dessin animé. On leur doit différents personnages dont Bosko (28 cartoons), Barney Bear (que dessina Preston Blair, principal collaborateur de Tex Avery) et quelques personnages secondaires.

Harrington, Curtis

Réalisateur américain né en 1928.

Courts métrages : The Fall of the House of Usher (1942) ; Crescendo (1942) ; Renaissance (1944) ; Fragment of Seeking (1946) ; Picnic (1948) ; On the Edge (1949) ; Dangerous Houses (1952) ; The Assignation (1953) ; The Wormwood Star (1957) ; The Four Elements (1966). *Longs métrages :* Night Tide (Marée nocturne, 1961) ; Queen of Blood (1966) ; Voyage to the

Prehistoric Planet (1966) ; Games (Le diable à trois, 1967) ; What's the Matter with Helen ? (1971) ; Whoever Slew Auntie Roo (Qui a tué Tante Roo ?, 1971) ; The Gingerbread House (1971) ; The Killing Kind (1974) ; Ruby (Ruby, 1977).

Enfant prodige, il tourne son premier film à 14 ans *(The Fall of the House of Usher).* Il est l'auteur de courts métrages d'avant-garde réputés et devient le producteur associé de Jerry Wald, lorsque Corman lui offre de tourner un long métrage : ce sera *Night Tide* à l'atmosphère envoûtante. Harrington s'est surtout spécialisé dans le thriller fantastique (*Tante Roo*). *Ruby* montre toutefois les limites de ce nouveau maître de l'horreur. Si la mise en scène est un hommage incessant à la manière dont on filmait en 1950, date de l'action (cadrages, éclairages), le sujet fondé sur les mystères de la parapsychologie n'offre qu'une variante de *L'exorciste* de Friedkin dont on retrouve, fidèlement démarqué, le climat hystérique : déplacement d'objets, murs en mouvement, réincarnation et fin qui n'en est pas une. De l'avant-garde, Harrington est passé à l'arrière-garde, il suit la mode et ne la crée plus. L'enfant prodige s'est transformé en singe savant, tout en restant un impeccable technicien.

Harris, André

Réalisateur français né en 1933.

Français, si vous saviez (avec A. de Sédouy, 1972) ; Le pont de singe (1976) ; Les enracinés (avec A. de Sédouy, 1981).

Spécialiste du film de montage, il étudia les années cruciales de la France, puis l'institution militaire dans des œuvres qui suscitèrent de vives discussions. Dans *Français, si vous saviez,* l'influence d'Ophüls était trop évidente et dans l'analyse des rapports du pouvoir et des citoyens, les auteurs remontaient trop haut (la Lorraine entre 1918 et 1939). Dans une brillante série télévisée, *Nos ancêtres les Français,* Pierre Miquel a montré qu'on pouvait faire mieux en s'en tenant strictement à l'analyse des actualités Gaumont, sans faire intervenir les ténors de la politique française. Les mêmes tics et les mêmes faiblesses se retrouvent dans *Le pont de singe :* la retransmission du pèlerinage militaire et des cérémonies traditionnelles de l'armée se veut ironique, mais Harris et Sedouy n'ont pas le talent de Franju ; le choix des participants se voudrait en revanche objectif (Hugues de Charette, instructeur à Saint-Cyr d'un côté, un anarchiste de l'autre), mais le montage détruit cette prétendue objectivité sans permettre, comme chez Jean Cherasse (*Dreyfus, Pétain),* le développement d'une thèse.

Harris, James B.

Producteur et réalisateur américain né à New York le 3 août 1928.

Comme réalisateur : The Bedford Incident (Aux postes de combat, 1965) ; Some Call it Loving (Sleeping Beauty, 1973).

Producteur du Kubrick de la période américaine, il a réalisé l'un des chefs-d'œuvre du cinéma onirique : *Sleeping Beauty,* histoire d'une jeune beauté endormie depuis huit ans et que l'on peut essayer d'éveiller par un baiser, dans une baraque de foire, pour un dollar. « L'insuccès très grave de ce film, notait Jean Domarchi, risque de nous priver d'un des metteurs en scène les plus doués du cinéma américain. » Et de citer à son propos Walpole et son *Château d'Otrante,* Beckford et le fameux *Wathek,* sans oublier Baudelaire. Domarchi avait – hélas ! – raison. Après avoir débuté dans l'import-export de films, Harris est revenu à la production. Le charme vénéneux de *Sleeping Beauty* paraît devoir rester sans lendemain. Qui réveillera James B. Harris ?

Hart, Harvey

Réalisateur d'origine canadienne né en 1928.

Bus Riley's Back in Town (1964) ; The Dark Intruder (1965) ; Sullivan's Empire (avec Carr, 1967) ; The Sweet Ride (Fureur sur la plage, 1968) ; Fortune and Men's Eyes (Des prisons et des hommes, 1971) ; The Pyx (1973) ; Shoot (1976) ; Goldenrod (1977) ; The Mad Trapper (1979).

Venu du Canada à Hollywood, il y tourna deux œuvres attachantes, *The Sweet Ride* (avec Jacqueline Bisset, sur le mal de vivre d'une jeunesse riche et oisive), et *Fortune and Men's Eyes,* peinture sans trop de concessions de l'univers carcéral.

Hart, William S.

Acteur et réalisateur américain, 1870-1946.

Comme interprète-réalisateur : The Passing of Two-Gun Hicks (1914) ; Scourge of the Desert (avec Clifford Smith, 1915) ; Mr Silent Haskins (avec le même, 1915) ; Pinto Ben (1915) ; The Grudge (1915) ; The Darkening Trail (avec Smith, 1915) ; The Ruse (avec Smith) ; The Conversion of Frosty Blake (avec Smith) ; The Roughneck (avec Smith) ; The Aryan (Pour sauver sa race, 1916) ; Hell's Hinges (Le justicier, avec Barker, 1916) ; The Narrow Trail (avec Hillyer, 1917) ; Blue Blazes Rawden (L'homme aux yeux clairs, 1918) ; Selfish Yates (1918) ; Riddle Gawne (1918) ; Shark Monroe (1918) ; Border Wireless (1918) ; Branding Broadway (1918) ; The Money Caporal (1919).

Le plus populaire des acteurs du muet, l'une des premières vedettes du western. Il s'est beaucoup intéressé à la mise en scène de ses films et l'on peut lui attribuer avec certitude deux des chefs-d'œuvre du western, *The Aryan* et *Blue Blazes Rawden.* « Tout ce que l'expression de sentiments frustres peut évoquer, suggérer, éclate ici avec cette ferveur naïve, cette sincérité, cette évidence qui est la poésie même », écrit Jean Mitry. Pour les autres films, il est difficile de distinguer la part de William Hart et celle de metteurs en scène comme Clifford Smith, Reginald Barker ou Lambert Hillyer.

Hartford-Davis, Robert

Réalisateur anglais né en 1923.

Courts métrages, puis : Crosstrap (1962) ; Yellow Teddy Bears (1963) ; Saturday Night Out (1964) ; The Black Torment (Le spectre maudit, 1964) ; Gonks Go Beat (1965) ; The Sandwich Man (1966) ; Corruption (Carnage, 1968) ; The Smashing Bird I Used to Know (1969) ; Incense for the Damned (1970) ; Nobody Ordered Love (1971) ; The Fiends (1972) ; Black Gunn (Gunn-la-Gâchette, 1972) ; The Take (1974).

Producteur, il a signé deux ou trois films fantastiques non dépourvus d'originalité : un spectre médiéval dans *The Black Torment* et un savant fou tueur de jolies filles pour sauver la beauté de celle qu'il aime dans *Corruption.* Le reste de son œuvre, en dehors d'un médiocre policier *(Black Gunn)* que sauvait Martin Landau, n'a pas franchi le Channel.

Hartman, Don

Scénariste et réalisateur américain, 1900-1958.

It Had To Be You (L'homme de mes rêves, 1947) ; Every Girl Should Be Married (La course au mari, 1948) ; Mr. Imperium (Laisse-moi t'aimer, 1951) ; It's a Big Country (coréal., 1952).

Auteur de pièces, inventeur de jeux radiophoniques, scénariste fécond, il semble avoir perdu tout talent en passant derrière la caméra. *La course au mari,* malgré Cary Grant, est d'une affligeante niaiserie.

Harvey, Anthony

Réalisateur anglais né en 1931.

Dutchman (Le métro fantôme, 1966) ; The Lion in Winter (Un lion en hiver, 1968) ; They Might Be Giants (Le rivage oublié, 1971) ; The Abdication (1974) ; Richard's Things (1980).

Monteur réputé (*Lolita* et *Dr. Strangelove* de Kubrick), il a signé comme réalisateur des œuvres insolites tel ce pastiche de Sherlock Holmes qu'est *Le rivage oublié* ou cette superbe évocation d'Henri II (Peter O'Toole) et Eléonore d'Aquitaine (Katharine Hepburn) dans *Un lion en hiver.* Retour au film psychologique avec *Richard's Things.* Une jeune veuve découvre ce qu'était son mari et par là se découvre elle-même. La performance de Liv Ullmann fut saluée avec enthousiasme par la presse anglaise. Dommage qu'Anthony Harvey tourne si peu.

Harvey, Laurence

Acteur et réalisateur anglais, 1928-1973.

Comme réalisateur : The Ceremony (La cérémonie, 1963) ; Welcome to Arrow Beach (1973).

Ce séduisant acteur réalisa en 1963 un film remarquable sur l'évasion d'un condamné à mort. La fin était digne par sa cruauté de Villiers de L'Isle-Adam. Il termina, Anthony Mann étant mort pendant le tournage, *Dandy in Aspic.* A son tour Laurence Harvey mourut pendant le montage de son second film, *Welcome to Arrow Beach,* qui ne connut, de ce fait, qu'une distribution restreinte.

Has, Wojciech

Réalisateur polonais né en 1925.

Petla (Le nœud, 1958) ; Pozegnania (L'adieu, 1958) ; Wspolny pokoj (Chambre commune, 1961) ; Zloto (L'or de mes rêves, 1961) ; Rozstanie (La séparation, 1961) ; Jak bic Kochana (L'art d'être aimé, 1963) ; Rekopis znaleziony w Saragossie (Le manuscrit trouvé à Saragosse, 1965) ; Szyfry (Les chiffres, 1966) ; Lalka (La poupée, 1968) ; Les diables de Loudun (1969) ; Sanatorium pod Clepsydre (La Clepsydre, 1972).

Brillant réalisateur polonais qui débuta par des courts métrages de qualité à sa sortie de l'école de Lodz (*Harmonica,* 1948 ; *Un jour en Pologne,* 1951) et qui se fit connaître sur le plan international par *L'adieu* et surtout *Le manuscrit trouvé à Saragosse,* film fantastique d'après le célèbre roman de Potocki. Autre réussite dans le domaine de l'étrange : *La clepsydre,* voyage dans l'inconscient de la mémoire, aux admirables décors et à l'atmosphère envoûtante.

Haskin, Byron

Opérateur puis réalisateur américain né en 1899.

Comme réalisateur : Matinee Ladies (1927) ; Irish Hearts (1927) ; Ginsberg the Great (1927) ; The Siren (1927) ; I Walk Alone (L'homme aux abois, 1947) ; Man-Eater of Kumaon (Mangeur d'hommes, 1948) ; Too Late for Tears (La Tigresse, 1949) ; Treasure Island (L'île au trésor, 1950) ; Tarzan's Peril (Tarzan et la reine de la jungle, 1951) ; Silver City (Ville d'argent, 1951) ; Warpath (Le sentier de l'enfer, 1951) ; Denver & Rio Grande (Les rivaux du rail, 1952) ; His Majesty O'Keefe (Le roi des îles, 1953) ; The War of the Worlds (La guerre des mondes, 1953) ; The Naked Jungle (Quand la Marabunta gronde, 1954) ; Long John Silver (Le pirate des mers du Sud, 1954) ; Conquest of Space (La conquête de l'espace, 1955) ; The First Texan (Attaque à l'aube, 1956) ; The Boss (1956) ; From The Earth to the Moon (De la terre à la lune, 1958) ; The Little Savage (1959) ; Jet over the Atlantic (1959) ; September Storm (1960) ; Captain Sinbad (1963) ; Robinson Crusoe on Mars (Robinson Crusoe sur Mars, 1964) ; The Power (La guerre des cerveaux, 1968).

Brillant chef opérateur, il n'est venu qu'assez tardivement à la mise en scène, après quelques essais dans les années 20. Peu à l'aise dans le western (scénarios usés jusqu'à la corde et interprètes poussifs comme Edmond O'Brien) et dans le film d'aventures maritimes, il a réussi deux bons films noirs (*I Walk Alone* qui oppose Kirk Douglas à Burt Lancaster et surtout *Too Late for Tears*). Mais c'est dans le domaine de la science-fiction qu'il excelle grâce à sa réelle connaissance des effets spéciaux (*The War of the Worlds* notamment), connaissance qu'il utilise également dans son chef-d'œuvre, *Naked Jungle,* avec une fort impressionnante invasion de fourmis rouges. Pour revenir à la science-fiction, notons le scénario très séduisant de *The Power,* fondé sur le problème de l'avance génétique. Au total une œuvre qui n'est pas à dédaigner.

Hathaway, Henri

Réalisateur américain né en 1898.

Wild Horse Mesa (1933) ; Heritage of the Desert (1933) ; Under the Tonto Rim (1933) ; Sunset Pass (1933) ; Man of the Forest (1933) ; To the Last Man (1933) ; The Thundering Herd (1934) ; Come on Marines (1934) ; The Witching Hour (1934) ; The Last Round-Up (1934) ; Now and Forever (1934) ; The Lives of a Bengal Lancer (Les trois lanciers du Bengale, 1935) ; Peter Ibbetson (Peter Ibbetson, 1935) ; The Trail of the Lonesome Pine (La fille du Bois maudit, 1936) ; Go West, Young Man (1936) ; I Loved a Soldier (1936, inachevé) ; Souls at Sea (Ames à la mer, 1937) ; Spawn of the North (1938) ; The Real Glory (1939) ; Johnny Apollo (1940) ; Brigham Young Frontiersman (1940) ; The Shepherd of the Hills (1941) ; Sundown (1941) ; Ten Gentlemen from West Point (1942) ; China Girl (1942) ; Home in Indiana (1944) ; Wing and a Prayer (1944) ; Nob Hill (La grande dame et le mauvais garçon, 1945) ; The House on 92nd Street (La maison de la 92e rue, 1945) ; The Dark Corner (L'impasse tragique, 1946) ; 13 rue Madeleine (13 rue Madeleine, 1947) ; Kiss of Death (Le carrefour de la mort, 1947) ; Call Northside 777 (Appelez Nord 777, 1948) ; Down to the Sea in Ships (Les marins de l'Orgueilleux, 1949) ; The Black Rose (La rose noire, 1950) ; Rawhide (L'attaque de la malle poste, 1951) ; Fourteen Hours (14 heures, 1951) ; The Desert Fox (Le renard du désert, 1951) ; You're in the Navy Now (La marine est dans le lac, 1951) ; Diplomatic Courrier (Courier diplomatique, 1952) ; O'Henry's Full House (un sketch, La sarabande des pantins, 1952) ; Niagara (Niagara, 1953) ; White Witch Doctor (La sorcière blanche, 1953) ; Prince Valiant (Prince Vaillant, 1954) ; Garden of Evil (Le jardin du diable, 1954) ; The Racers (Le cercle infernal, 1955) ; The Bottom of the Bottle (Le fond de la bouteille, 1956) ; 23 paces to Baker Street (A 23 pas du mystère, 1956) ; Legend of the Lost (La cité disparue, 1957) ; From Hell to Texas (La fureur des hommes, 1958) ; Woman Obsessed (La ferme des hommes brûlés, 1959) ; Seven Thieves (Les sept voleurs, 1960) ; North to Alaska (Le grand Sam, 1960) ; How the West Was Won (un sketch, La conquête de l'Ouest, 1962) ; Circus World (Le plus grand cirque du monde, 1964) ; The Sons of Katie Elder (Les quatre fils de Katie Elder, 1965) ; Nevada Smith (Nevada Smith, 1966) ; The Last Safari (Le dernier safari, 1967) ; Five Cards Stud (Cinq cartes à abattre, 1968) ; True Grit (Cent dollars pour un shérif, 1969) ; Raid on Rommel (Le cinquième commando, 1971) ; Shootout (Quand siffle la dernière balle, 1971) ; Hang up (1974).

Les historiens du cinéma refusent souvent de le placer dans le Panthéon des grands Hollywoodiens. A tort. Non seulement, il fit ses débuts à dix ans comme acteur, dans des films d'Allan Dwan, mais il a signé un nombre considérable d'œuvres importantes. Après quelques petits westerns, joués parfois par Randolph Scott, il tourne *Les trois lanciers du Bengale,* chef-d'œuvre du film d'aventures exotiques, suivi de *Peter Ibbetson,* sur lequel délirèrent les surréalistes. Cette victoire de l'amour sur le temps et la mort, d'après un roman de Daphné du Maurier, inspirait un film qu'André Breton jugeait, dans *L'amour fou,* « prodigieux » et marquant « le triomphe de la pensée surréaliste ». Avec de tels lauriers, Hathaway put se reposer. A son actif pourtant d'honorables westerns : *La fille du Bois maudit* et *Brigham Young Frontiersman* (sur les Mormons). En 1945, il se réveille pour participer au renouveau du film policier en signant notamment deux bandes qui ont marqué le genre : *Kiss of Death* (où Widmark, tueur sadique, jetait une paralytique dans l'escalier) et le fort érotique *Niagara* qui opposait Marilyn Monroe et Jean Peters. Dans un domaine différent sa *Rose Noire* et son *Prince Vaillant,* d'après la célèbre bande dessinée de Foster, n'étaient pas sans charme, mais il a excellé surtout dans le western. *Rawhide* qui enferme l'action dans un relais de diligence est particulièrement haletant ; *Le jardin du diable,* où trois aventuriers dont

Gary Cooper et Richard Widmark vont délivrer un ingénieur prisonnier d'un éboulement dans une mine d'or située sur un territoire infesté d'Indiens, est particulièrement réussi, comme *Nevada Smith*, histoire d'une vengeance, celle de Steve McQueen qui tuait Karl Malden, Arthur Kennedy et Martin Landau coupables d'avoir torturé à mort ses parents. Le dernier succès du cher Hathaway au Box-Office fut *True Grit* où John Wayne composait la silhouette d'un shérif vieillissant qu'embauchait une adolescente pour rechercher l'assassin de son père. Rapidité et efficacité, du travail vite et bien fait : telle est la marque d'Hathaway, l'un des représentants les plus brillants de la grande tradition hollywoodienne.

Hauf, Reinhard

Réalisateur allemand né en 1939.

Mathias Kneissi (1971) ; Die Verrohung des Franz Blum (La déchéance de Franz Blum, 1973) ; Paule Paulaender (1975) ; Der Hauptdarsteller (La vedette, 1977) ; Messer in Kopf (Le couteau dans l'eau, 1978) ; Gibbi Westgermany (1979) ; Endstation Freiheit (1980).

Travaillant surtout à la télévision, il a signé quelques films qui le rattachent au nouveau courant allemand. Dans *Messer in Kopf*, un jeune chercheur est blessé d'une balle dans la tête au cours d'une rafle policière et se réveille amnésique : il devient l'objet de manipulations et de l'extrême gauche et de la police. Qui est-il au juste ? Tel est le thème de ce film intéressant comme témoignage sur l'Allemagne de 1978.

Hawks, Howard

Scénariste, producteur et réalisateur américain, 1896-1977.

The Road to Glory (L'ombre qui descend, 1926) ; Fig Leaves (Sa majesté la femme, 1926) ; The Cradle Snatchers (Si nos maris s'amusent, 1927) ; Paid to Love (Prince sans amour, 1927) ; Fazil (L'insoumise) ; A Girl in Every Port (Poings de fer, cœur d'or, 1928) ; The Air Circus (Les rois de l'air, 1928) ; Trent's Last Case (1929) ; The Dawn Patrol (La patrouille de l'aube, 1930) ; The Criminal Code (Code criminel, 1931) ; The Crowd Roars (La foule hurle, 1932) ; Scarface : Shame of a Nation (Scarface, 1932) ; Tiger Shark (Le harpon rouge, 1932) ; Today We Live (1933) ; Viva Villa ! (signé par Conway, Viva Villa, 1934) ; Twentieth Century (Train de luxe, 1934) ; Barbary Coast (Ville sans loi, 1935) ; Ceiling Zero (Brumes, 1935) ; The Road to Glory (Les chemins de la gloire, 1936) ; Come and Get It (avec Wyler, Le vandale, 1936) ; Bringing Up Baby (L'impossible Monsieur Bébé, 1938) ; Only Angels Have Wings (Seuls les anges ont des ailes, 1939) ; His Girl Friday (La dame du vendredi, 1940) ; Sergeant York (Sergent York, 1941) ; Ball of Fire (Boule de feu, 1941) ; Air Force (Air Force, 1943) ; To Have and Have not (Le port de l'angoisse, 1945) ; The Big Sleep (Le grand sommeil, 1946) ; Red River (La rivière rouge, 1948) ; A Song Is Born (Si bémol et fa dièse, 1948) ; I Was a Male War Bride (Allez coucher ailleurs, 1949) ; The Big Sky (La captive aux yeux clairs, 1952) ; O Henry's Full House (un sketch, La sarabande des pantins, 1952) ; Monkey business (Chérie, je me sens rajeunir, 1952) ; Gentlemen Prefer Blondes (Les hommes préfèrent les blondes, 1953) ; Land of the Pharaohs (Terre des Pharaons, 1955) ; Rio Bravo (Rio Bravo, 1959) ; Hatari ! (Hatari, 1962) ; Man's Favorite Sport (Le sport favori de l'homme, 1964) ; Red Line 7 000 (La ligne rouge 7 000, 1965) ; El Dorado (El Dorado, 1966) ; Rio Lobo (Rio Lobo, 1970).

Des grands réalisateurs américains, il est celui qui a suscité en France le plus de commentaires, d'analyses, d'interprétations, depuis que les *Cahiers du cinéma* en firent, avec Hitchcock, leur metteur en scène de prédilection. Certes, il mérite cet excès d'honneur, mais pas plus que Ford, Walsh ou Wellman.

Il fut d'abord pilote de course puis officier dans l'armée de l'air pendant le premier conflit mondial, aussi ses films sur l'aviation, sur la guerre ou sur le monde automobile ont-ils un cachet d'authenticité qui est également celui des œuvres de Ford ou de Wellman. L'action, il connaît ; les bagarres qu'il imagine ne sont pas des rêves d'intellectuel. Ses héros y gagnent en épaisseur. Ni goofy, ni superman, ce sont avant tout des hommes que n'effraient pas les femmes et encore moins l'alcool, mais qui échouent parfois devant l'impossible : *Seuls les anges ont des ailes.*

La carrière de Hawks débute à Hollywood vers 1922. Il est d'abord scénariste et ce n'est qu'en 1925 que la Fox lui achète *Road to Glory* avec obligation pour elle de lui en confier la direction. Il lui faut attendre 1932 et le scandale suscité par *Scarface,* biographie du fameux gangster Al Capone, pour devenir célèbre. Il aborde désormais tous les genres y compris le fantastique (il produit et dirige en partie *The Thing* de Niby en 1951). Ses comédies, où il révèle un curieux pessimisme et une évidente mysoginie (l'arrivisme cynique des héroïnes de *Gentlemen Prefer Blondes*) comptent parmi les chefs-d'œuvre du genre et conservent, malgré le temps, une grande force comique (surtout *L'impossible Monsieur Bébé*). Du film de gangster (*Scarface*) au film noir (*Big Sleep,* l'un des sommets du genre, splendide adaptation du roman de Chandler, avec Bogart inoubliable Marlowe), il résume à lui seul l'évolution du film policier en lui donnant ses deux œuvres les plus importantes, élevées aujourd'hui au niveau du mythe. Quant au western, il l'a superbement maîtrisé dès *Barbary Coast,* pour donner ensuite trois chefs-d'œuvre : *Red River, Big Sky* et *Rio Bravo.* Trois westerns qui explorent les trois directions privilégiées du genre : la migration du bétail (*Red River*), les trappeurs engagés sur les terres indiennes (*Big Sky*) et le shérif rétablissant l'ordre dans une ville tombée sous la coupe de bandits (*Rio Bravo*). On a déjà dit tout le bien qu'il fallait penser des films de guerre de Hawks : le réalisateur sait de quoi il parle. Reste la super-production. On trouvera dans *Hollywood sur Nil* un amusant récit du tournage de *Terre des Pharaons,* film auquel William Faulkner prêta un concours discret pour ne pas dire éthylique. L'œuvre n'en reste pas moins convaincante : qui aurait mieux filmé la construction d'une pyramide ? L'importance de Hawks n'est plus à dire. Mais à travers lui, c'est à Hollywood, avec ses forces et ses faiblesses, qu'il faut rendre hommage.

BIBLIO. : *Cahiers du cinéma* n° 139 (1963) ; R. Wood, *Hawks* (1968), J. Gili, *Hawks* (1971).

Hayers, Sidney

Réalisateur britannique né en 1921.

Violent Moment (1958) ; The White Trap (1959) ; Circus of Horrors (Le cirque des horreurs, 1960) ; The Malpas Mystery (1960) ; Echo of Barbara (1961) ; Payroll (Les gangsters, 1961) ; The Night of the Eagle (1962) ; This Is My Street (1963) ; Three Hats for Lisa (Trois chapeaux pour Lisa, 1965) ; The Trap (L'aventure sauvage, 1966) ; Finders Keepers (1966) ; Southern Star (L'étoile du Sud, 1968) ; Mr Jericho (1969) ; Cause for Alarm (1970) ; Assault (1970) ; Revenge (Violence en sous-sol, 1971) ; All Coopers are... (1972) ; Deadly Strangers (Mortelle rencontre, 1974) ; What Changed Charley Farthing ? (1974) ; Diagnosis : Murder (1975) ; Conquest of the Earth (La conquête de la terre, coréal., 1981).

Pas de ligne directrice dans l'œuvre de cet ancien monteur, mais quelques réussites : *Le cirque des horreurs* (film semi-fantastique qui évoquait des crimes de plus en plus horribles commis pendant les numéros d'un cirque), *Payroll* (bon film de gangsters) et *L'étoile du Sud,* plaisante adaptation du roman de Jules Verne. Il a le sens de l'action, sait ménager ses effets, contient tant bien que mal le cabotinage de ses acteurs (Welles dans *L'étoile du Sud*) et révèle d'excellentes dispositions pour le fantastique (la meilleure part de *Conquest of the Earth* lui revient).

Hecht, Ben

Scénariste et réalisateur américain, 1894-1964.

Comme réalisateur : Crime Without Passion (avec Ch. MacArthur, Crime sans passion, 1934) ; The Scoundrel (avec Ch. MacArthur, Le Goujat, 1935) ; Once in a Blue Moon (avec MacArthur, 1936) ;

Soak the Rich (avec MacArthur, 1936) ; Angels over Broadway (avec Lee Garmes, 1940) ; Specter of the Rose (1946).

Ce célèbre scénariste (*Les nuits de Chicago, Scarface, Viva Villa, Gunga Din, Notorious*...) associé à Charles MacArthur a signé, comme metteur en scène, deux films importants : *Crime Without Passion* et *The Scoundrel.* De *Crime Without Passion,* Agel écrit dans *Romance américaine* qu'il s'agit de « l'un des films les plus insolites de l'entre-deux-guerres, un film qui n'est pas sans évoquer Kafka et Dostoïevski. Le héros était incarné par Claude Rains. Avocat amené à commettre un homicide par imprudence, il semblait près de se tirer d'affaires jusqu'au moment où un concours quasi fatidique de circonstances laissait s'appesantir sur lui le châtiment. » Ce qui frappa les spectateurs de l'époque c'est le climat étouffant venu tout droit de l'expressionnisme allemand, influence que l'on retrouve dans *The Scoundrel.* Une œuvre moderne qui annonce certains films de Preminger.

Hedqvist, Ivan

Réalisateur suédois, 1880-1935.

Principaux films : Dunungen (Le mariage de Joujou, 1919) ; Carolina Rediviva (La fille des étudiants, 1920) ; Vallfarten till Kevlaar (Le pèlerinage à Kevlaar, 1921) ; Livet pa landet (La vie à la campagne, 1924).

Acteur de théâtre puis de cinéma (chez Stiller et Sjöström), il passe à la réalisation en 1919, sans rompre avec la scène. Selon Jean Béranger, « aucun de ses films ne pécha quant à la mise en scène », mais d'après l'auteur de *La grande aventure du cinéma suédois,* la direction d'acteurs laissa toujours à désirer, ce qui est inattendu de la part d'Ivan Hedqvist dont les films sont, du coup, complètement démodés.

Heerman, Victor

Réalisateur anglais né en 1893.

The Poor Simp (1920) ; The Chicken in the Case (1921) ; A Divorce of Convenience (1921) ; My Boy (1921) ; John Smith (1922) ; Love Is an Awful Thing (1922) ; Rupert of Hentzau (1923) ; Modern Matrimony (1923) ; The Dangerous Maid (1923) ; The Confidence Man (1924) ; Old Home Week (1925) ; Irish Luck (1925) ; For Wives Only (1926) ; Rubber Heels (1927) ; Ladies Must Dress (1927) ; Love Hungry (1928) ; Personality (1930) ; Paramount on Parade (coréal., 1930) ; Animal Crackers (L'explorateur en folie, 1930) ; Sea Legs (1930).

Venu très jeune aux États-Unis, il travailla dès 1910 dans le cinéma, dirigeant des courts métrages pour Mack Sennett. Il est surtout connu grâce à *Animal Crackers,* l'un des premiers films des Marx. S'adaptant mal au parlant, il se consacra uniquement à son activité de scénariste.

Heffron, Richard T.

Réalisateur américain né en 1930.

Newman's law (1974) ; Trackdown (La grande traque, 1975) ; Futureworld (Les rescapés du futur, 1976) ; Outlaw blues (Un couple en fuite, 1977) ; The jury (Le jury, 1982).

Un style nerveux et efficace aussi bien dans la science-fiction (*Futurewold*) que dans le thriller (le remake de *Moi, le jury* de Spillane.

Heifetz, Joseph

Réalisateur russe né en 1905.

Piezn o Metalle (avec Zarkhi, Le chant du métal, 1928) ; VETER V Litso (avec Zarkhi, Le vent dans le visage, 1930) ; Poldien (Midi, 1931) ; Moia Rodina (Ma patrie, 1932) ; Gorjace D Enecki (1935) ; Depontat Baltiki (avec Zarkhi, Le député de la Baltique, 1937) ; Tchlen Pravitelstva (avec Zarkhi, Membre du gouvernement, 1940) ; Yevo Zovout Soukhe (Je m'appelle Soukhe Bator, 1942) ; La colline Malakoff (1944) ; La défaite du Japon (doc., 1945) ; Vo imya jizni (avec Zarkhi, Au nom de la vie, 1946) ; Drago Tchennye Zerna (Les précieuses semences, 1948) ; Bolchaia Semya (Une grande famille, 1954) ; Les flammes de Bakou (avec Tachmassib, 1954) ; Delo Rumyantseva (L'affaire Roumantzev, 1956) ; Dame s Sobatchkoï (La dame au petit chien, 1960) ; Gorizont (Horizon, 1961) ; Den Schastya (Jour de bonheur, 1964) ; V gorode S (Dans la ville de S, 1966).

Solide réalisateur, originaire de Minsk, qui signa avec Zarkhi une série de films sans génie et qui ne bouleversaient ni les canons du réalisme socialiste ni ceux de l'art cinématographique. Faisant cavalier seul, il dirigea une adaptation sensible et intelligente de *La dame au petit chien* de Tchékhov.

Heisler, Stuart

Monteur et réalisateur américain, 1894-1979.

Comme réalisateur : Straight from the Shoulder (1936) ; The Hurricane (avec Ford, Hurricane, 1937) ; The Biscuit Eater (1940) ; Among the living (1940) ; The Remarkable Andrew (1942) ; The Glass Key (La clé de verre, 1942) ; The Negro Soldier (c.m., 1944) ; Along Came Jones (Le grand Bill, 1945) ; Blue Skies (La mélodie du bonheur, 1946) ; Smash Up, The Story of a Woman (Une vie perdue, 1947) ; Tulsa (Tulsa, 1949) ; Tokyo Joe (Tokio Joe, 1949) ; Chain Lightning (Pilote du diable, 1950) ; Storm Warning (1950) ; Dallas (Dallas, ville frontière, 1950) ; Journey into Light (1951) ; Island of Desire (1952) ; The Star (1953) ; Beachhead (La patrouille infernale, 1954) ; This is My Love (1954) ; I Died a Thousand Times (La peur au ventre, 1955) ; The Lone Ranger (Le justicier solitaire, 1956) ; The Burning Hills (Collines brûlantes, 1956) ; Hitler (La vie privée d'Hitler, 1962).

« C'est le cinéma américain fait homme », dit Bertrand Tavernier de cet ancien assistant de Mack Sennett, longtemps monteur, de 1924 à 1936, avant de passer à la mise en scène. Il a beaucoup de Walsh sans jamais avoir eu ses budgets ni sa fécondité. *La patrouille infernale* n'est pas sans rappeler *Objective Burma* : on est pris par le conflit qui oppose le sergent chevronné (Frank Lovejoy) à ses jeunes soldats (Tony Curtis et Skip Homeier). Heisler utilise Cooper (dans l'excellent *Dallas* ou *Along Came Jones*) comme Bogart (*Tokio Joe* et *Pilote du diable*) à la manière de Walsh. Et comment oublier que *I Died a Thousand Times* est un remake de *High Sierra* du même Walsh ? Ce qui n'exclue nullement, de la part de Stuart Heisler, des apports personnels : la violence de *The Glass Key,* intelligente adaptation du célèbre roman de Hammett, ou l'humour du *Justicier solitaire.* Curieux est son *Hitler,* qui semble lui avoir échappé en raison des faibles moyens dont il disposait et des coupures qui lui furent, paraît-il, imposées. Désabusé, celui qui fut l'un des meilleurs monteurs d'Hollywood (de *Stella Dallas* de King à *Kid from Spain* de McCarey) et un technicien précieux (il seconda Ford pour *Hurricane*), faute d'être reconnu pour « un auteur », se tourna, après 1962, vers la télévision où il finit sa carrière.

Hellman, Monte

Réalisateur américain né en 1932.

The Beast from Haunted Cave (1959) ; Backdoor to Hell (1965) ; Flight to Fury (1965) ; The Shooting (The Shooting, 1966) ; Ride in the Whirlwind (L'ouragan de la vengeance, 1966) ; Two-Lane blacktop (Macadam à deux voies, 1971) ; The Cockfighter (1974) ; Shatter (1975) ; China 9 Liberty 37 (1978).

Après avoir étudié le théâtre à l'université de Stanford, il s'oriente vers le cinéma en travaillant pour Roger Corman. La plupart de ses films ont été tournés avec des budgets dérisoires et n'ont connu que des distributions limitées. Ils témoignent pourtant, notamment les deux westerns, *The Shooting* et *Ride in the Whirlwind,* filmés dans le désert de l'Utah, du talent de Hellman : acuité du regard et originalité du scénario. *The Cockfighter* et *China 9 Liberty 37* n'ont fait l'objet, malgré de brillantes qualités, que de projections confidentielles, comme si une malédiction pesait sur ce réalisateur doué.

Hellstrom, Gunnar

Réalisateur suédois né en 1928.

Simon Syndaren (Simon le pécheur, 1954) ; Nattbarn (Le fils de la nuit, 1955) ; Solbakken (La petite fée de Solbakken, 1956) ; Chans (Chance, 1962).

Acteur et réalisateur, sa réputation est fondée en Suède sur *Chans.* Sortie d'une maison de redressement, Marie, seize ans, devient la proie des convoitises masculines. Après bien des péripéties, elle retrouvera le chemin de la maison de redressement. Le film était prétexte à peindre une étonnante galerie d'obsédés sexuels. On le compara à *Ville portuaire* de Bergman. Depuis, Hellstrom a repris son métier d'acteur.

Henabery, Joseph

Réalisateur américain.

Say ! Young Fellow (Douglas reporter, 1917) ; Man from Painted Post (Le sauveur du ranch, 1916) ; His Majesty the American (Sa Majesté Douglas, 1917) ; The Inferior Sex (1920) ; Love Madness (1920) ; Brewster's Millions (Les millions de Fatty, 1921) ; The Call of the North (1921) ; The Travelling Salesman (1921) ; The Man Unconquerable (1922) ; While Satan Sleeps (La dure école, 1922) ; North of Rio Grande (1922) ; Making a Man (1922) ; Sixty Cents an Hour (15 francs à l'heure, 1923) ; The Tiger's Claw (Dans la gueule du tigre, 1923) ; A Sainted Devil (L'hacienda rouge, 1924) ; Tongues of Flame (1924) ; Cobra (1925) ; Meet the Prince (1926) ; Lonesome Ladies (1927) ; Sailor's Wives (1928) ; United States Smith (1928) ; The River Woman (1928) ; The Quitter (1928) ; Light Fingers (1929) ; Clear the Decks (1929) ; Red Hot Speed (1929) ; The Love Trader (1930) ; The Leather Burners (1943).

Bon artisan du muet, il dirigea surtout Douglas Fairbanks à ses débuts. Un film résume sa philosophie : *His Majesty the American.* Il eut aussi pour interprète Fatty (*Brewster's Millions*) et Rudolph Valentino (*A Sainted Devil*). L'avènement du parlant mit un terme à sa carrière de metteur en scène.

Henreid, Paul George Julius von Henreid

Acteur et réalisateur américain, d'origine autrichienne, né en 1908.

Comme réalisateur : For Men Only (1952) ; A Woman's Devotion (Acapulco, 1956) ; Live Fast, Die Young (1958) ; Girls on the Loose (Le gang des filles, 1958) ; Dead Ringer (La mort frappe trois fois, 1964) ; Ballad in Blue (1965) ; Blues for Lovers (1966).

Beau ténébreux, il promena sa silhouette distinguée de fils de banquier viennois dans de nombreux films dont l'immortel *Casablanca,* puis, lassé, il passa derrière la caméra pour signer de petits thrillers bien enlevés, d'*Acapulco* à *La mort frappe trois fois* où Bette Davis jouait un double rôle de sœurs jumelles.

Hepworth, Cecil

Réalisateur anglais, 1874-1953.

Principaux films : Express Train (1899) ; How it Feels to Be Run Over (Ce qu'on ressent quand on est écrasé, 1900) ; Funeral of Queen Victoria (1901) ; Coronation of the King Edward VII (1901) ; How to Stop a Motor Car (Comment arrêter une automobile, 1902) ; Alice in Wonderland (Alice au pays des merveilles, 1903) ; The Jonah Man (1904) ; The Tilly Tomboys (1909) ; Rachel's Sin (1911) ; Oliver Twist (1912) ; The Outrage (1915) ; The Cobweb (1916) ; The American Heiress (1917) ; Sheba (1919) ; Nature of the Beast (1919) ; Wild Heather (1921) ; The Pipes of Pan (1922) ; The House of Marney (1927).

Fabricant de lampes à arc à ses débuts puis assistant de William Paul, il écrivit un *ABC of Cinematographie* en 1897 et tourna de nombreux films qui le classent parmi les pionniers du cinéma anglais. Il inventa une machine à développer la pellicule.

Herain, Pierre de

Réalisateur français né en 1904.

Monsieur des Lourdines (1943) ; Paméla ou l'énigme du Temple (1945) ; L'amour autour de la maison (1946) ; Le mannequin assassiné (1947) ; Marlène (1948).

Beau-fils du maréchal Pétain, il est surtout connu pour avoir tourné *Monsieur des Lourdines,* d'après un bon roman d'Alphonse de Châteaubriant, ancien combattant devenu l'une des fortes personnalités de la Collaboration. « L'adaptation cinématographique du livre n'était pas un acte de collaboration, observe Jacques Siclier dans *La France de Pétain et son cinéma,* mais ce roman fané se prêtait à l'illustration pétainiste du retour à la terre. » D'un côté la grande ville corruptrice, de l'autre les joies saines de la vie rurale. Devenu l'archétype du cinéma vychissois, le film était au demeurant fort bien fait. *Paméla,* consacré à l'évasion de Louis XVII, confirma la réalité des sentiments contre-révolutionnaires du metteur en scène : Barras, l'un des chefs des thermidoriens, n'y était guère épargné. Mais Pierre de Hérain connaissait son métier : on le vit bien dans l'excellent *Amour autour de la maison* où Maria Casarès composait un personnage digne de Mauriac, dominant et étouffant sa sœur mais se laissant prendre au charme viril de Pierre Brasseur transformé en chercheur de trésors. Curieux réalisateur que ce Pierre de Hérain trop vite ramené à *Monsieur des Lourdines* et que l'on aurait tort de négliger.

Hergé, Georges Rémi dit

Dessinateur belge né en 1907.

Tintin et le temple du soleil (1969) ; Tintin et le lac aux requins (1973).

Si les adaptations des aventures de Tintin et Milou n'ont guère été heureuses lorsqu'il s'agissait d'acteurs en chair et en os, les deux dessins animés, supervisés par Hergé avec la collaboration de Belvision et de Raymond Leblanc, malgré un dessin simpliste et trop saccadé, conservent le charme des albums.

Herman, Jean

Scénariste et réalisateur français né en 1933.

Courts métrages : Voyage en Boscavie (1958) ; Actua-Tilt (1960) ; La quille (1961) ; Les fusils (1961) ; Twist Parade (1962) ; La cinémathèque française (1962) ; *Longs métrages :* Le chemin de la mauvaise route (1963) ; Le dimanche de la vie (1965) ; Adieu l'ami (1967) ; Jeff (1968) ; Popsy Pop (1970) ; L'œuf (1971).

De Bosc à Raymond Queneau, de la cinémathèque à Alain Delon dans de vigoureux polars comme *Adieu l'ami* ou *Jeff,* en passant par une adaptation de *Monsieur Lecoq,* de Gaboriau, à la télévision : un univers cohérent et sympathique. Herman semble avoir renoncé au cinéma pour devenir un grand auteur de romans policiers sous le pseudonyme de Jean Vautrin : *Billy-Ze-Kick* et *Bloody Mary* sont déjà des classiques.

BIBLIO. : *Polar* n° 5.

Herriman, George

Créateur américain de dessins animés, 1880-1944.

Série Krazy Kat dont Krazy Kat bugologist (1916) ; Krazy Kat and Ignatz Mouse (1916).

Les extraordinaires dessins de George Herriman ont fait les délices des intellectuels américains et donné naissance à de nombreux courts métrages où, dans des paysages désertiques – à l'opposé de l'univers d'un Piranese – une souris minuscule, Ignatz, bombarde de briques Krazy Kat, rival de Felix the Cat de Sullivan. Les premiers films furent l'œuvre de George Herriman assisté de Searl et Moser : il y en eut onze. Le personnage fut repris en 1926-1927 puis en 1936-1939 par Mintz.

Hervil, René

Acteur puis réalisateur français, 1883-1960.

Nombreux films avec Mercanton. Seul : Simplette (1919) ; Son aventure (1920) ;

L'ami Fritz (1920) ; L'épave (1920) ; Blanchette (1921) ; Le crime de Lord Arthur Savile (1921) ; Le secret de Polichinelle (1922) ; Paris (1924) ; La flamme (1925) ; Knock (1925) ; Le Bouif errant (1926) ; La petite chocolatière (1927) ; Le prince Jean (1928) ; Minuit, place Pigalle (1929) ; La meilleure maîtresse (1929) ; Le ruisseau (1929) ; La douceur d'aimer (1930) ; Nicole et sa vertu (1931) ; Les vignes du Seigneur (1932) ; Mannequins (1934) ; Un train dans la nuit (1934) ; Les deux gamines (1937).

Associé à Mercanton, il donna quelques films importants des débuts du cinéma (*cf.* la notice de ce réalisateur). Seul, il ne se distingua que par son *Knock* où Fernand Fabre tenait le rôle de Jouvet.

Herz, Juraj

Réalisateur tchèque né en 1935.

Spalovac Mrtvol (L'incinérateur de cadavres, 1969).

On ne connaît de ce metteur en scène qu'un film insolite, malsain, quasi onirique, qui nous propose le portrait d'un bourgeois tchèque de l'avant-guerre, crémateur de son état, qui tue sa famille au nom de « l'ordre nouveau ».

Herzog, Werner Stipetic, dit

Réalisateur allemand né en 1942.

Courts métrages ; Lebenszeichen (Signes de vie, 1967) ; Fata Morgana (1968) ; Auch Zwerge haben klein angefangen (Les nains ont commencé petits, 1968) ; Behindert Zukunft (L'avenir bouché, 1970, doc.) ; Land des Scheweigens und der Dunkelheit (Le pays du silence et de l'obscurité, 1970) ; Aguirre, der Zorn Gottes (Aguirre, la colère de Dieu, 1972) ; Die gosse Ekstase des Bild schnitzers Steiner (1974) ; Jeder für sich und Gott gegen alle (L'énigme de Kaspar Hauser, 1974) ; How much wood a woodchuck chuck (1975) ; Mit mite will keiner spielen (1976) ; Herz aus Glas (Cœur de verre, 1976) ; La soufrière (doc., 1976) ; Stroszek (La ballade de Bruno, 1977) ; Nosferatu, Phantom der Nacht (Nosferatu, fantôme de la nuit, 1978) ; (Woyzeck, 1979) ; Fitzcarraldo (1982).

Le cinéaste le plus romantique de la nouvelle génération de réalisateurs allemands. Goût pour les marginaux et les solitaires : les nains, le conquistador Aguirre qui se retrouve seul sur son radeau envahi par les singes, Kaspar Hauser venu d'on ne sait où (enfant sauvage ou fils de Stéphanie de Bade, parente de Napoléon ?), Bruno, le faible, le « paumé », en Amérique, Nosferatu le vampire, qui porte sa malédiction avec son cercueil, le fusilier Woyzeck abruti par les ordres stupides auxquels il doit obéir... Ce goût pour les réprouvés se combine avec un sens plastique sans défauts. Les films de Werner Herzog valent par la splendeur des images : le fleuve d'*Aguirre,* la petite ville de Wismar dans *Nosferatu,* les ouvriers de la verrerie ou l'auberge de *Cœur de verre,* le Nuremberg de la première moitié du XIXe siècle minutieusement reconstitué pour *Kaspar Hauser...*

BIBLIO. : *Positif,* n° 169 (mai 1975).

Hessler, Gordon

Réalisateur d'origine anglaise né en 1941.

Catacombs (1961) ; The Oblong Box (Le cercueil vivant, 1969) ; Scream and Scream Again (Lâchez les monstres, 1969) ; The Last Shot you Hear (1970) ; Cry of the Banshee (1970) ; Murders in the Rue Morgue (1971) ; Embassy (Baraka à Beyrouth, 1972) ; The Golden Voyage of Sinbad (Le voyage fantastique de Sinbad, 1973) Kiss in Attack of the Phantoms (Kiss contre les fantômes, 1978).

Né à Berlin et ayant exercé sa carrière surtout aux États-Unis, il s'est fait connaître par *Scream and Scream Again* qui par sa construction morcelée et ses implications politiques rendait un son nouveau dans le cinéma fantastique. Ses autres films sont des adaptations assez lointaines de Poe, un film d'aventures exotiques qui repose sur les effets spéciaux de Ray Harryhauser (*The Golden Voyage of Sinbad*) et un rock fantastique dans la lignée de

Phantom of the Paradise (Kiss contre les fantômes).

Heston, Charlton

Acteur et réalisateur américain, de son vrai nom Charles Carter, né en 1923.

Comme réalisateur : Anthony and Cleopatra (1972).

Cet excellent acteur se lança dans la mise en scène de Shakespeare. On murmura que son *Anthony and Cleopatra* était effroyable. Est-ce une raison pour cacher le film ? Découragé, Heston revint à son métier d'acteur. Mais, après cette période de silence, il entend prendre sa revanche. Attendons ses prochaines réalisations.

Heuzé, André

Réalisateur français, 1890-1942.

Principaux films : Le voleur de bicyclette (1905) ; La course des sergents de ville (1905) ; Toto gâte-sauce (1905) ; La course à la perruque (1906) ; Les chiens contrebandiers (1906) ; Les dessous de Paris (1906) ; Le déserteur (1906) ; Le billet de faveur (1906) ; L'âge du cœur (1906) ; série des Boireau qu'interprète André Deed (1907-1908) ; Les aventures de Lagardère (1911) ; Paris pendant la guerre (1916) ; Debout les morts (1917) ; Ils y viennent tous, au cinéma (1917).

L'un des pionniers du burlesque français spécialisé dans les poursuites à rebondissements. Plus intéressé, selon Sadoul, par l'opérette, il a vite délaissé les écrans. Dommage, car sa série des « Boireau », riche en gags quasi surréalistes, est admirable.

Heymann, Claude

Réalisateur français né en 1907.

L'amour en vitesse (1932) ; Les jumeaux de Brighton (1936) ; L'île des veuves (1937) ; La belle image (1950) ; Anatole Chéri (1951) ; Victor (1952) ; Adieu Paris (1952).

Tristan Bernard (*Les jumeaux de Brighton*) et Marcel Aymé (*La belle image*) sans oublier l'amusant *Amour en vitesse :* le bilan n'est pas déshonorant mais ne fait pas un grand cinéaste.

Heynemann, Laurent

Réalisateur français né en 1948.

La question (1976) ; Le mors aux dents (1979) ; Il faut tuer Birgitt Haas (1981).

Ancien assistant de Bertrand Tavernier, il n'a pas, il s'en faut, la valeur de son maître. Malgré la caution d'Henri Alleg, *La question* représentait une vision un peu trop manichéenne des parachutistes du colonel Godard lors de la bataille d'Alger. Évoquant l'affaire de Monsieur X dans *Le mors aux dents,* Heynemann faisait une nouvelle fois preuve d'une totale incompréhension des problèmes du tiercé. On commençait à l'accuser de parler de ce qu'il ne connaît pas, lorsqu'il eut l'idée d'adapter un roman de Guy Teissere ; sa *Birgitt Haas,* tentative d'assassinat d'une militante gauchiste par la police secrète de la R.F.A., se classe, malgré ses naïvetés, parmi les bons films policiers français, bien joués (Noiret est, comme à l'habitude, excellent) et reposant sur une intrigue astucieuse. Il ne s'agit ni d'un nouveau film sur le terrorisme allemand, ni d'un « polar » classique avec ses coups de théâtre habituels, mais, selon le vœu de l'auteur, d'une œuvre lyrique et émouvante.

Hibbs, Jesse

Réalisateur américain né le 11 janvier 1906.

The All-American (1953) ; Ride Clear of Diabolo (Chevauchée avec le diable, 1954) ; Black Horse Canyon (1954) ; Rails into Laramie (Seul contre tous, 1954) ; The Yellow Mountain (1954) ; To Hell and Back (L'enfer des hommes, 1955) ; The Spoilers (1955) ; World is my Corner (1956) ; Walk the Proud Land (L'homme de San Carlos, 1956) ; Joe Butterfly (1957) ; Ride a Crooked Trail (L'étoile brisée, 1958).

Bon faire-valoir d'Audie Murphy, le soldat le plus décoré de la dernière guerre mondiale, dans *To Hell and Back*, il s'est surtout spécialisé dans le western à petit budget, avant de se tourner vers la télévision.

Hickox, Douglas

Réalisateur britannique.

Behemoth the Sea Monster (avec Lourie, 1959) ; Entertaining Mr Sloane (Le frère, la sœur et l'autre, 1970) ; Screaming Target (La cible hurlante, 1971) ; Theatre of Blood (Théâtre de sang, 1973) ; Brannigan (Brannigan, 1975) ; Sky Riders (Opération Delta, 1976) ; Zulu Dawn (Ultime attaque, 1979).

C'est un excellent artisan, aussi à l'aise dans le film d'horreur à la Fuest (l'amusant *Théâtre de sang*), le policier (*Brannigan,* avec John Wayne) ou le film historique (*Zulu Dawn,* remarquable évocation des guerres contre les Zoulous, sur un scénario d'Endfield).

Hill, George Roy

Réalisateur américain né en 1923.

Period of Adjustement (L'école des jeunes mariés, 1962) ; Toys in the Attic (Le tumulte, 1963) ; The World of Henry Orient (Deux copines... un séducteur, 1964) ; Hawaii (Hawaii, 1966) ; Thoroughly Modern Millie (Millie, 1967) ; Butch Cassidy and the Sundance Kid (Butch Cassidy et le Kid, 1969) ; Slaughterhouse-Five (Abattoir 5, 1972) ; The Sting (L'arnaque, 1973) ; The Great Waldo Pepper (La kermesse des Aigles, 1975) ; Slap Shot (La castagne, 1977) ; A Little Romance (I love You, je t'aime, 1979).

Ancien élève de Paul Hindemith à l'Université de Yale, acteur à l'Irish Company et à la Shakespeare Company, auteur et metteur en scène de théâtre, puis réalisateur réputé (*Billy Bud, Judgement at Nuremberg*...) à la télévision américaine, il est davantage que le faire-valoir du couple Paul Newman-Robert Redford dans *Butch Cassidy* et *The Sting,* gros succès au Box-Office. Il a signé en effet deux œuvres d'un ton plus personnel : *Slaughterhouse-Five,* excellent film de science-fiction dont le héros, un Américain moyen, vit dans le passé (les bombardements de Dresde en 1945), le présent et le futur, jusqu'au moment où il n'a plus sa place sur la terre, et *The Great Waldo Pepper,* superbe et nostalgique évocation des pilotes de coucous.

Hill, George W.

Réalisateur américain, 1895-1934.

Get your man (1921) ; While the Devil laughs (1921) ; The Hillbilly (La vallée du loup, 1925) ; The Foolish Virgin (1924) ; Through the Dark (1924) ; The Midnight Express (1924) ; The Limited Mail (1925) ; Zander the Great (1925) ; The Barrier (La barrière, 1926) ; Tell It to the Marines (Marine d'abord, 1926) ; Buttons (1927) ; The Callahans and the Murphys (1927) ; The Cossacks (1928) ; Flying Fleet (L'escadre volante, 1929) ; Big House (Big House, 1930) ; Min and Bill (1930) ; Hell Divers (Les Titans du ciel, 1931) ; The Secret Six (1931) ; Clear All Wires (1933).

Il a débuté comme opérateur et son œuvre de réalisateur en porte la marque. Il fut l'un des piliers de la M.G.M. lui donnant des mises en scène solides à l'image de *Big House,* son film le plus célèbre, consacré au monde des prisons. Il s'est suicidé en 1934.

Hill, James

Réalisateur anglais né en 1919.

Bush Christmas (Noël en brousse, 1947) ; The Stolen Plans (Plans secrets, 1952) ; The Clue of the Missing Ape (1953) ; Peril for the Guy (1956) ; Mystery in the Mine (1959) ; Guisep-pina (1961) ; The Kitchen (1961) ; The Dock Brief (1962) ; Lunch Hour (1962) ; Every Day's a Holiday (1964) ; A Study in Terror (Sherlock Holmes contre Jack l'éventreur, 1965) ; Born Free (Vivre libre, 1965) ; Die Holle von Macao (1966) ; An Elephant Called Slowly (1969) ; Captain Nemo and the Underwater City (Le capitaine Nemo et la ville sous-marine, 1969) ; Black Beauty (1970) ; The Lion at World's End (1971) ; The Belstone Fox (1973).

1965 fut la grande année de cet écrivain cinéaste : *A Study in Terror* opposait deux mythes contradictoires de l'époque victorienne : Sherlock Holmes et Jack l'éventreur ; *Born Free* racontait, en évitant toute mièvrerie, l'histoire d'une petite lionne adoptée par un couple de gardiens d'une réserve du Kenya. Le reste de l'œuvre de Hill, y compris son adaptation très libre, de Jules Verne, *Captain Nemo and the Underwater City,* ne paraît pas présenter grand intérêt, les dates données dans les dictionnaires sont d'ailleurs contradictoires.

Hill, Walter

Réalisateur américain né en 1942.

The Streetfighter (Le bagarreur, 1975) ; The Driver (Driver, 1978) ; The Warriors (1979) ; The Long Riders (Le gang des frères James, 1980) ; Southern Comfort (1981).

D'abord scénariste (*The Getaway, The MacKintosh Man*), il a pris, comme réalisateur, le relais de Peckinpah et connu la célébrité avec *The Warriors,* sur les bandes qui font régner la terreur à New York, film quelque temps interdit en France en raison des incidents violents qu'il avait suscités aux États-Unis. *The Streetfighter,* qui évoque les combats de boxe clandestins et *The Long Riders,* nouvelle version de l'histoire de Jesse James, « le brigand bien-aimé », montrent chez Hill l'existence, à côté d'un goût prononcé pour la violence, d'un réel souci de l'exactitude historique. Plus ambitieux, *The Driver* fut mal accueilli. Il attirait pourtant l'attention sur un personnage trop négligé dans le hold-up : le chauffeur. De ses réflexes dépend la réussite finale de l'entreprise, c'est-à-dire la rapidité de la fuite.

Dans la nouvelle génération du cinéma américain, Walter Hill est certainement celui qui renoue le mieux avec la grande tradition hollywoodienne des années 50-60.

Hiller, Arthur

Réalisateur canadien né en 1923.

The Careless Years (1957) ; The Miracle of the White Stallions (Le grand retour, 1963) ; The Wheeler Dealers (1963) ; The Americanization of Emily (Les jeux de l'amour et de la guerre, 1964) ; Promise Her Anything (1966) ; Penelope (Les plaisirs de Pénélope, 1966) ; Tobruk (Tobrouk/Commando pour l'enfer, 1967) ; The Tiger Makes Out (1967) ; Popi (1969) ; The Out-of-Towners (1970) ; Love Story (Love Story, 1970) ; Plaza Suite (1971) ; The Hospital (L'hôpital, 1971) ; Man of La Mancha (L'homme de la Manche, 1972) ; The Crazy World of Julius Vrooder (1974) ; W.C. Fields and Me (W.C. Fields et moi, 1976) ; Silver Streak (Transamerica Express, 1976) ; Nightwing (Morsures, 1979) ; The In-Laws (Ne tirez pas sur le dentiste, 1979) ; Making Love (1982).

The Americanization of Emily était un film stupéfiant d'audace dans son portrait des « planqués » de la dernière guerre. Il laissait espérer beaucoup de ce jeune cinéaste canadien qui avait d'abord travaillé à la radio de son pays, puis à la télévision américaine. Qui aurait prévu que le même tournerait l'insipide *Love Story,* le ridicule *Homme de la Manche* et le faux *W.C. Fields* (Rod Steiger avait retrouvé la silhouette de Fields mais le film en avait oublié l'esprit... au point de faire soupirer Fields d'admiration sur le passage de Chaplin !). Hiller a paru se ressaisir avec *Transamerica Express,* retrouvant un peu de la verve satirique d'*Emily.* Depuis 1964, s'était-il « planqué » comme le héros de son film ?

Hillyer, Lambert

Réalisateur américain né en 1895.

An Even Break (1917) ; The Narrow Trail (La révélation, 1917) ; Branding Broadway (1918) ; Riddle Gawne (1918) ; Breed of Men (1919) ; John Petticoats (1919) ; Wagon Tracks (La caravane, 1919) ; The Toll Gate (1920) ; O'Malley of the Mounted (1921) ;

White Oak (1921) ; Three Word Brand (1921) ; The Whistle (1921) ; Skin Deep (L'homme aux deux visages, 1922) ; The Lone Star Ranger (1923) ; The Spoilers (1923) ; Barbara Frietchie (1924) ; Those Who Dance (Les fraudeurs, 1924) ; I Want My Man (1925) ; The Unguarded Hour (1925) ; Chain Lightning (1927) ; The War Horse (1927) ; The Branded Sombrero (1928) ; Beau Bandit (1930) ; South of the Rio Grande (1932) ; White Eagle (L'aigle blanc, 1932) ; The Forbidden Trail (1932) ; The California Trail (1933) ; Police Car 17 (1933) ; Master of Men (1933) ; One Is Guilty (1934) ; Against the Law (1934) ; Men of the Night (1935) ; In Spite of Danger (1935) ; The Awakening of Jim Burke (1935) ; Guard that Girl (1935) ; Dangerous Waters (1936) ; The Invisible Ray (Le rayon invisible, 1936) ; Dracula's Daughter (La fille de Dracula, 1936) ; Speed to Spare (1937) ; Gang Bullets (1938) ; Women in Prison (1938) ; The Durango Kid (1940) ; The Wildcat of Tucson (1940) ; Beyond the Sacramento (1941) ; The Son of Davy Crockett (1941) ; The Return of Daniel Boone (1941) ; King of Dodge City (1941) ; Royal Mounted Patrol (1941) North of the Rockies (1942) ; Prairie Gunsmoke (1942) ; Batman (1943) ; West of the Rio Grande (1944) ; Beyond the Pecos (Vendetta au Far West, 1945) ; South of the Rio Grande (1945) ; Under Arizona Skies (1946) ; Valley of Fear (1947) ; Gun Talk (1947) ; Frontier Agent (1948) ; The Fighting Ranger (1948) ; The Sheriff of Medecine Bow (1948) ; Gun Runner (1949) ; Gun Law Justice (1949) ; Haunted Trails (1949) ; Riders of the Dusk (1949) ; Trail's End (1949).

Son dernier film porte un titre symbolique : *La dernière piste.* De 1917 à 1950, il n'a pas cessé de tourner des westerns. D'abord des « classiques » comme *The Narrow Trail, Wagon Tracks, The Toll Gate,* puis des œuvres plus banales (*White Eagle*), et enfin des films archi-fauchés pour des petites compagnies comme Republic ou Monogram. Déclin caractéristique d'un réalisateur qui a manqué non de talent mais d'ambition. On en trouverait la preuve dans ses films fantastiques : *Le rayon invisible* (avec Karloff et Lugosi), *La fille de Dracula* et *Batman,* un bon sérial, l'un des derniers du genre.

Hitchcock, Alfred

Réalisateur d'origine anglaise, 1899-1980.

The Pleasure Garden (1925) ; The Mountain Eagle (1926) ; The Lodger (L'éventreur, 1926) ; Downhill (1927) ; Easy Virtue (1927) ; The Ring (Le ring, 1927) ; The Farmer's Wife (La fermière, 1928) ; Champagne (A l'américaine, 1928) ; The Manxman (1929) ; Blackmail (Chantage, 1929) ; Elstree Calling (avec A. Brunel, 1930) ; Juno and the Paycock (Junon et le paon, 1930) ; Murder (1930) ; The Skin Game (1931) ; Rich and Strange (A l'est de Shangai, 1932) ; Number Seventeen (Numéro dix-sept, 1932) ; Waltzes from Vienna (Le chant du Danube, 1933) ; The Man Who Knew Too Much (L'homme qui en savait trop, 1934) ; The 39 steps (Les 39 marches, 1935) ; The Secret Agent (Quatre de l'espionnage, 1936) ; Sabotage (1936) ; Young and Innocent (Jeune et innocent, 1937) ; The Lady Vanishes (Une femme disparaît, 1938) ; Jamaica Inn (L'auberge de la Jamaïque, 1939) ; Rebecca (Rebecca, 1940) ; Foreign Correspondant (Correspondant 17, 1940) ; Mr. and Mrs. Smith (M. et Mme Smith, 1941) ; Suspicion (Soupçons, 1941) ; Saboteur (Cinquième colonne, 1942) ; Shadow of a Doubt (L'ombre d'un doute, 1943) ; Lifeboat (Lifeboat, 1944) ; Bon Voyage (1944) ; Adventure Malgache (1944) ; Spellbound (La maison du docteur Edwards, 1945) ; Notorious (Les enchaînés, 1946) ; The Paradine Case (Le procès Paradine, 1948) ; The Rope (La corde, 1948) ; Under Capricorn (Les amants du Capricorne, 1949) ; Stage Fright (Le grand alibi, 1950) ; Strangers on a Train (L'inconnu du Nord-Express, 1951) ; I Confess (La loi du silence, 1953) ; Dial M for Murder (Le crime était presque parfait, 1954) ; Rear Window (Fenêtre sur cour, 1954) ; To Catch a Thief (La main au collet, 1955) ; The Trouble

With Harry (Mais qui a tué Harry ?, 1966) ; The Man Who Knew Too Much (L'homme qui en savait trop, 1956) ; The Wrong Man (Le faux coupable, 1957) ; Vertigo (Sueurs froides, 1958) ; North by Northwest (La mort aux trousses, 1959) ; Psycho (Psychose, 1960) ; The Birds (Les oiseaux, 1963) ; Marnie (Pas de printemps pour Marnie, 1964) ; Torn Curtain (Le rideau déchiré, 1966) ; Topaz (L'étau, 1969) ; Frenzy (Frenzy, 1972) ; Family Plot (Complot de famille, 1975).

Deux parties dans la longue carrière d'Hitchcock : la période anglaise de 1922 à 1940, puis la période américaine qui le conduit à travailler dans les principaux studios d'Hollywood, Paramount, Warner, M.G.M., Fox, Universal.

Né à Londres, d'un père marchand de volailles, Hitchcock a fait ses études chez les jésuites puis a envisagé une carrière d'ingénieur vite abandonnée. En 1920, il écrit des sous-titres pour une compagnie de cinéma. Le producteur Michael Balcon le remarque et lui donne sa chance. Mais le premier film que dirige Hitchcock, *Number Thirteen,* en 1922, demeura inachevé. Assistant de Graham Cutts et monteur, il tourne et achève enfin, en 1925, sa première œuvre, *The Pleasure Garden,* où ne se discernent guère les futures qualités du maître du suspense. Il faut attendre *The Lodger,* où il met en scène Jack l'éventreur, pour voir s'affirmer son talent. Suivent *Blackmail* et *Murder* : art de conter et science des éclairages dérivée de l'expressionnisme allemand découvert à la faveur d'un séjour en Allemagne dans les studios de l'U.F.A. caractérisent le style d'Hitchcock. La maîtrise du réalisateur s'affirme dans deux œuvres où l'humour s'allie au suspense et qui sont d'énormes succès commerciaux : *Les 39 marches* (excellente adaptation d'un roman de Buchanan) et *Une femme disparaît.* La période anglaise se clôt sur une adaptation de Daphné du Maurier, *La taverne de la Jamaïque.* Cette période d'Hitchcock fut longtemps tenue pour négligeable, on tend à la redécouvrir aujourd'hui.

La période américaine s'ouvre également sur une adaptation de Daphné du Maurier. David O'Selznick avait attiré Hitchcock aux États-Unis pour lui confier la direction de *Rebecca* avec Joan Fontaine et Laurence Olivier. C'est un triomphe consacré par un oscar. Hitchcock s'installe à Hollywood. Il va utiliser à son profit les conditions techniques exceptionnelles qui lui sont offertes. Films d'espionnage (le terrifiant *Notorious* qui réunit la plus belle galerie de mines patibulaires jamais vue jusqu'alors à l'écran), histoires criminelles (*La corde, Le grand alibi,* avec Marlène Dietrich, *Strangers on a Train,* auquel collabore du bout des lèvres Raymond Chandler), simples comédies (*M. et Mme Smith*), l'œuvre qui achève de se dessiner va faire délirer la jeune critique des *Cahiers du cinéma* et faire passer Hitchcock du rang de spécialiste chevronné du suspense à celui de grand maître du cinéma à l'égal d'un Renoir, d'un Murnau ou d'un Dreyer. François Truffaut expliquera, dans *Le cinéma selon Hitchcock,* les raisons d'une telle fascination : « Son œuvre est à la fois commerciale et expérimentale, universelle comme le *Ben-Hur* de William Wyler et confidentielle comme *Fireworks* de Kenneth Anger. » C'est *Fenêtre sur Cour* et *Sueurs froides* qui provoquent le choc décisif.

Sur le plan technique, Hitchcock se révèle en effet un remarquable technicien. Il est d'usage de citer *La corde,* film tourné en continuité, ou le travelling sur une tête réduite dans *Under Capricorn.* En fait Hitchcock n'en est pas dupe : « Je ne veux pas, confie-t-il au *Monde,* en 1955, que l'intrigue suive la technique. J'adapte la technique à l'intrigue. Un bel angle de prise de vues peut causer un effet qui satisfait le chef opérateur, ou même le metteur en scène. Mais la question est de savoir si, dramatiquement, ce plan est la meilleure façon de raconter l'histoire. » Eric Rohmer et Claude Chabrol ont proposé une explication métaphysique de l'œuvre d'Hitchcock. Ses héros « participent à la fois de la culpabilité et de l'innocence. L'innocent sera d'autant plus coupable qu'il est absolument innocent et vice versa. » Fondée sur deux films, *I Confess* (un prêtre est accusé d'un crime dont il connaît le vrai coupable, celui-ci s'étant confessé à lui) et *The Wrong Man,* une telle analyse se défend, mais elle ne fournit en rien la clef d'une œuvre trop diverse pour être enfermée dans une vue schématique.

S'il y a un secret d'Hitchcock, peut-être faut-il aller le chercher dans la manière dont il signe ses films : il apparaît dans la presque totalité d'entre eux (et même sous forme de publicité de journal dans *Lifeboat*), le temps d'un ou deux plans, comme ces artistes du Moyen Age qui se représentaient dans leurs œuvres.

BIBLIO. : Cl. Chabrol et E. Rohmer, *Hitchcock* (Éditions Universitaires, 1957), F. Truffaut, *Le cinéma selon Hitchcock*.

Hochbaum, Werner

Réalisateur allemand, 1899-1947.

Brüder (1929) ; Razzia (1931) ; Tugboat M 17 (1933) ; Morgen beginnt das Leben (1933) ; Vorsladt Varieté (1934) ; Die ewige Maske (1935) ; Leichte Kavallerie (1935) ; Der Favorit der Kaiserin (1936) ; Schatten der Vergangenheit (1936) ; Man spricht über Jacqueline (1937) ; Ein Mädchen geht an Land (1938) ; Drei Unteroffiziere (1939).

Absent de toutes les histoires du cinéma, il a été à la fois victime de ses idées de gauche au début des années 30 où il fut suspect aux nazis (*Brüder* décrit une grève à Hambourg en 1896), puis de son ralliement à l'U.F.A. dont il devint l'un des meilleurs metteurs en scène. En 1945 son film *Drei Unteroffiziere* fut interdit par les autorités alliées pour propagande nationale-socialiste. Il ne put tourner son *Tanz in die Nacht* et mourut peu après. Peut-être a-t-il été aussi victime du caractère trop composite de son œuvre, du film prolétarien au film de guerre, de l'opérette (*Leichte Kavallerie* avec Marika Rökk) au film expressionniste (*Die ewige Maske*). Une rétrospective au N.F.T. de Londres a permis de redécouvrir en 1976 ce metteur en scène méconnu.

Hodges, Michael

Réalisateur d'origine britannique.

Get Carter (La loi du milieu, 1971) ; Pulp (1972) ; The Terminal Man (1974) ; Flash Gordon (1980).

Venu de la télévision. De modestes débuts en Angleterre, avec un solide film policier, *Get Carter,* situé à Newcastle ; de gros budgets par la suite, après un passage aux États-Unis. Malgré d'énormes moyens et une relative fidélité à la bande dessinée de Raymond, son *Flash Gordon* ne vaut pas les trois anciens « serials » de l'Universal.

Hofman, Eduard

Animateur tchèque né en 1914.

Hotovo, Jedem (On est prêt, partons, 1947) ; Andelsky Kabat (Le manteau de l'ange, 1948) ; Proc Sedaji Ptaci na telegrafni draty (Pourquoi les oiseaux se posent sur les lignes télégraphiques, 1948) ; Lenora (1949) ; Stvoreni sveta (La création du monde, 1957) ; Postacka pohadka (Le conte du facteur, 1961) ; Schody (L'escalier, 1964).

Il travaille à Prague sous contrôle allemand pendant la guerre, puis fait partie en 1945 du studio nationalisé Bratri v Triku dont il prend la direction en 1950. On lui doit des œuvres charmantes comme *Le manteau de l'ange* et un long métrage sur les dessins de Jean Effel, *La création du monde.*

Hoffman, Jerzy

Réalisateur polonais né en 1932.

Nombreux courts métrages entre 1954 et 1966. Puis : Gangsterzy i filantropi (Gangsters et philanthropes, 1962) ; Prawo i piesc (La loi et le poing, 1964) ; Trzy Kroki po ziemi (Trois pas dans la vie, 1965) ; Jarmark Cudow (Le marché aux miracles, 1965) ; Pan Wolodyjowsky (Messire Wolodyjowsky, 1968) ; Potop (Le déluge, 1974) ; Leper (1976).

Formé à l'Institut du cinéma de Moscou, il se fit remarquer pour ses courts métrages, réalisés en collaboration avec Skorzewski (*Attention Hooligans, Ils se rencontrèrent à La Havane, Patria o Muerte,* sur Cuba, etc.). Réalisateur quasi officiel, à la manière de Ford, il se vit confier des adaptations à gros budgets des romans de Sienkiewicz (*Wolodyjowsky, Le déluge*). Moins doué que Kawalerowicz, il déçut ses partisans. De plus l'avènement de la nouvelle vague polonaise le relégua, peut-être injustement, dans « le vieux cinéma ».

Hoffman, Kurt

Réalisateur allemand né en 1910.

Principaux films : Paradies der Junggesellen (1939) ; Hurra, ich bin Papa (La joie d'être père, 1939) ; Quax der Bruchpilot (Pilote malgré lui, 1941) ; Kohlhiesels Tochter (Les filles de Kohlhiessel, 1943) ; Ich vertraue Dir meine Frau an (Garde-moi ma femme, 1943) ; Das verlorene Gesicht (1948) ; Heimliches Rendesvous (1949) ; Fünf unter Verdacht (1950) ; Der Fall Rabanser (1950) ; Taxi-Kitty (1950) ; Fanfaren der Liebe (1951) ; Königin einer Nacht (1951) ; Liebe im Finanzamt (1952) ; Musik bei Nacht (1953) ; Hokuspokus (1953) ; Feuerwerk (Feu d'artifice, 1954) ; Ich denke oft an Piroschka (Piroschka,1955) ; Felix Krull (1957) ; Salzburger Geischichten (1957) ; Das Wirtshaus im Spessart (L'auberge du Spessart, 1958) ; Das schöne Abenteuer (1959) ; Die Ehe des Herrn Mississipi (1961) ; Liebe wil gelernt sein (1962) ; Liselotte von der Pfalz (1966) ; Rheinsberg (1967) ; Der Kapitän (Le capitaine, 1971).

De l'Allemagne de Schacht à celle d'Adenauer, en passant par Himmler, ce fils d'un opérateur réputé, longtemps assistant, n'a cessé de tourner des comédies plus ou moins musicales et d'une lourdeur toute germanique (comme la légèreté est française) à l'usage d'une bourgeoisie allemande repue de bière et de choucroute. Couleurs hideuses, musique viennoise pastichant Strauss et Suppé, intrigues amoureuses qui par comparaison donneraient une dimension métaphysique à un livret d'opérette, acteurs médiocres : on reste confondu devant le succès d'une œuvre comme *L'auberge du Spessart.* Hoffman, dans la dernière partie de sa carrière, illustre le déclin du cinéma allemand dans les années 50-60.

Hogan, James

Réalisateur américain, 1891-1943.

Principaux films : Bare Knuckles (1921) ; Where Is My Wandering Boy Tonight ? (1922) ; Unmarried Wives (1924) ; Black Lightning (1924) ; Women and Gold (1925) ; Capital Punishment (1925) ; Jimmie's Millions (1925) ; The Bandit's Baby (1925) ; Steel Preferred (1926) ; The King of the Turf (1926) ; The Silent Avenger (1927) ; Top Sergeant Mulligan (1928) ; The Broken Mask (1928) ; The Sheriff's Secret (1931) ; Desert Gold (1936) ; The Arizona Raiders (1936) ; Bulldog Drummond Escapes (1937) ; Last Train for Madrid (1937) ; Bulldog Drummond's Peril (1938) ; The Texans (1938) ; Arrest Bulldog Drummond (1939) ; Bulldog Drummond's Secret Police (La police privée de Bulldog Drummond, 1939) ; Bulldog Drummond's Bride (1939) ; Queen of the Mob (1940) ; Ellery Queen's Penthouse Mystery (1941) ; Texas Rangers Ride Again (1941) ; Power Drive (1941) ; Ellery Queen and the Perfect Crime (1941) ; Ellery Queen and the Murder Ring (1941) ; Enemy Agents Meet Ellery Queen (1942) ; The Strange Death of Adolph Hitler (1943) ; The Mad Ghoul (1943) ; No Place for a Lady (1943).

Spécialiste de Bulldog Drummond (de Sapper) et d'Ellery Queen, héros de la littérature policière, il a raconté leurs aventures avec entrain et bonne humeur dans des petites bandes dépourvues d'ambition mais non de charme. Son imposante filmographie montre qu'il tournait vite mais l'on s'accorde à lui reconnaître un certain talent. Engagé à ses débuts dans des mélodrames où il déployait une emphase propre aux réalisations du muet, il parut mal supporter l'avènement du parlant. Il connut une période de retraite entre 1928 et 1936, avant de retrouver une étonnante fécondité.

Holt, Seth

Réalisateur anglais, 1923-1971.

Nowhere to Go (1958) ; Scream of Fear (Hurler de peur, 1961) ; Station 6 Sahara (La blonde de la station 6, 1963) ; Nanny (1965) ; Danger Route (Le coup du lapin, 1966) ; Blood from the Mummy's Tomb (achevé par Carreras).

Surtout réputé comme monteur, il gagna une petite réputation avec *Hurler de peur* (histoire fort compliquée d'une fausse paralysée qui découvrait les auteurs d'un meurtre) et mourut au cours du tournage d'une nouvelle version des aventures de la Momie, version Bram Stocker.

Holger-Madsen, Forest

Réalisateur danois, 1878-1943.

Principaux films : La scie mécanique (1913) ; Pendant la peste (1913) ; La dame blanche (1913) ; Sous le joug de la passion (1913) ; Rêves d'opium (1914) ; Evangeliemandens Liv (L'évangéliste, 1914) ; Spirittisten (Les spirites, 1914) ; Guerre et amour (1914) ; Le triomphe de la charité (1915) ; Pax œterna (1916) ; Bas les armes (1917) ; Himmels Kibet (Le vaisseau du ciel, 1917) ; Thomas Bundschuh (1926) ; Copenhague-Kalundborg (1934) ; Soleil sur le Danemark (1936).

Auteur de films décadents ou pacifistes, il est surtout important pour les innovations techniques qu'il introduisit : éclairages, composition des plans, plongées presque absolues.

Honda, Inoshiro

Réalisateur japonais né en 1911.

Principaux films : Gojira (Godzilla, 1954) ; Jujin Yukiotoko (L'abominable homme des neiges, 1955) ; Radon (Rodan, 1956) ; Chikyu Boeigun (Prisonnières des Martiens, 1957) ; Bijo to Ekitai Ningen (L'homme H, 1958) ; Daikaiju Baran (1959) ; Uchu dai Senso (Bataille dans l'espace, 1959) ; Gas Ningen dai ichi go (La vapeur humaine, 1960) ; Mosura (1961) ; Yosei Gorath (1962) ; King Kong tai Gojira (King-Kong contre Godzilla, 1963) ; Matango (1964) ; Mosura tai Gojira (1964) ; Kaitei Gunkan (Ataragon, 1964) ; Sandai kaiju chikyu (1965) ; Ghidorah (1965) ; Dogora (1965) ; Furankenshutain tai Baragon (1965) ; Kaiju dai Senso (Invasion planète X, 1966) ; Furankenshutain no Kaiju (La guerre des monstres, 1966) ; King-Kong no Guakushu (La revanche de King-Kong, 1967) ; Kaiju Shoshigeki (Les envahisseurs attaquent, 1968) ; Ido Zero Daisakusen (Latitude zéro, 1969).

Peintre, il s'intéresse au cinéma dès avant la guerre mais ne passe à la réalisation qu'au début des années 50 avec quelques films d'aventures. Avec Godzilla, monstre préhistorique réveillé par une explosion atomique, il exorcise toutes les terreurs japonaises et, retrouvant le mythe de King-Kong, connaît une célébrité internationale. Dès lors, c'est le déferlement : Rodan, Mothra, Varan, Dogora, etc., sans oublier l'homme H, le plus terrifiant du lot.

Hondo, Abib Med

Réalisateur mauritanien né en 1936.

Soleil O (1970) ; Les bicots-nègres vos voisins (1974) ; Nous aurons toute la mort pour dormir (1977) ; West Indies (1979).

Une dénonciation du racisme et du colonialisme et une exaltation des cultures africaines. Dans *West Indies,* son œuvre la plus élaborée, c'est la traite des esclaves, depuis le XVIIe siècle, qui est mise en cause. Hondo ne répugne pas à l'engagement immédiat : *Nous aurons toute la mort pour dormir* est une défense-illustration du front Polisario.

Hooper, Tobe

Réalisateur américain.

Egg Shell (1972) ; Texas Chain Saw Massacre (Massacre à la tronçonneuse, 1975) ; Death Trap (Le crocodile de la mort, 1977) ; Salem's Lot (Les vampires de Salem, 1980) ; The Funhouse (Massacres dans le train fantôme, 1980).

Il doit plus à la censure qu'à ses qualités propres d'être devenu, avec *Texas Chain Saw Massacre,* le grand maître du film sanguinolent. Tronçonneuses et crocodiles lui servent à faire couler, non sans une pointe d'humour, des flots d'hémoglobine sur l'écran. Son importance dans le film d'horreur paraît plus historique que stylistique. *The Funhouse* comme *Salem's Lot* (morne histoire de vampires) montrent les limites de son savoir-faire.

Hopper, Dennis

Acteur et réalisateur américain né en 1936.

Comme réalisateur : Easy Rider (1969) ; The Last Movie (1971) ; Out of the Blue (Garçonne, 1981).

Excellent acteur (on le vit dans *La fureur de vivre* de Ray et dans des œuvres de Sturges, Hathaway, Corman, etc.), il rédigea, interpréta et tourna *Easy Rider,* dont le retentissement fut énorme et qui suscita de très nombreuses imitations. Un nouveau type de marginal y était campé : le hippie, avec ses blue-jeans, ses tee-shirts, son vocabulaire, la drogue et la moto.

Hopper, Jerry

Réalisateur américain né en 1907.

Atomic City (1952) ; Hurricane Smith (Maître après le diable, 1952) ; Pony Express (Le triomphe de Buffalo Bill, 1953) ; The Secret of the Incas (Le secret des Incas, 1954) ; Alaska Seas (1954) ; Naked Alibi (Alibi meurtrier, 1954) ; Smoke Signal (Le fleuve de la dernière chance, 1955) ; One Desire (1955) ; The Square Jungle (1955) ; The Private War of Major Benson (La guerre privée du major Benson, 1955) ; Toy Tiger (1956) ; Never Say Goodbye (1956) ; The Sharkfighters (Opération requins, 1956) ; Everything but the Truth (1958) ; The Missouri Traveler (1958) ; Blueprint for Robbery (Hold-up au quart de seconde, 1961) ; Madron (1970) ; Wild Bull of the West (Le solitaire de l'Ouest, 1970).

Solide artisan de la série B, dont la contribution au western est surtout appréciable pour deux réussites : *Pony Express* qui évoquait Buffalo Bill et surtout *Smoke Signal* sur un sujet voisin de *River of no return.* Après 1960, Hopper s'est tourné vers la télévision.

Horne, James W.

Réalisateur américain, 1881-1942.

Stingaree (1915) ; The Girl Detective (1915) ; Mysteries of the Grand Hotel (1915) ; The Social Pirates (1915) ; The Pitfall (1915) ; The Barn Stormers (1915) ; The Girl from Friscœ (1915) ; Bull's Eye (1918) ; Hands Up (1918) ; The Midnight Man (1919) ; The Third Eye (1920) ; Occasionally Yours (1920) ; The Bronze Bell (1921) ; A Dangerous Pastime (1922) ; Don't Doubt Your Wife (1922) ; The Forgotten Law (1922) ; The Hottentot (1922) ; Can a Woman Love Twice ? (1923) ; The Sunshine Trail (1923) ; Itching Palms (1923) ; A Man of Action (1923) ; Blow Your Own Horn (1923) ; Alimony (1924) ; American Manners (1924) ; The Yankee Consul (1924) ; In Fast Company (1924) ; Hail the Hero (1924) ; Laughing at Danger (1924) ; Stepping Lively (1924) ; Youth and Adventure (1925) ; Kosher Kitty Kelly (1926) ; The Cruise of the Jasper B (1926) ; College (Sportif par amour, 1927) ; The Big Hope (1928) ; Black Butterflies (1928) ; The Ace of Scotland Yard (avec Taylor, 1929) ; 7 courts métrages avec Laurel et Hardy (1931-1932) ; Bonnie Scotland (Bons pour le service, 1935) ; The Bohemian Girl (avec Rogers, La bohémienne, 1936) ; Way Out West (Laurel et Hardy au Far-West, 1936) ; All Over Town (1937) ; The Spider's Web (avec Taylor, 1938) ; Flying G-Men (avec Taylor, 1938) ; Deadwood Dick (1940) ; The Green Archer (1940) ; The Shadow (1940) ; Terry and the Pirates (1940) ; Holt of the Secret Service (1941) ; The Iron Claw (1941) ; The Spider Returns (1941) ; White Eagle (1941) ; Captain Midnight (1942) ; Perils of the Royal Mounted (1942).

Entré dès 1911 dans la carrière cinématographique, il est le représentant d'un authentique cinéma populaire. Il sut se mettre au service de Charlie Chase (nombreux courts métrages), de Laurel et Hardy (plusieurs courts métrages éblouissants puis trois chefs-d'œuvre : *Bon-*

nie Scotland, The Bohemian Girl, Way Out West) et de Buster Keaton (l'excellent *College*), sans jamais chercher à les *diriger.* Puis il signa pour Columbia de 1938 à 1942 une douzaine de films à épisodes dont *The Spider* et *Terry et les Pirates* d'après la célèbre bande dessinée de Milton Caniff. Un bilan fort honorable.

Horner, Harry

Art director et réalisateur américain né en 1910 en Tchécoslovaquie.

Comme réalisateur : Beware My Lovely (1952) ; Red Planet Mars (1952) ; Vicki (1953) ; New Faces (1954) ; A Life in the Balance (1955) ; Man from Del Rio (1956) ; The Wild Party (La virée fantastique, 1966).

Disciple de Max Reinhardt, il accompagna le maître aux États-Unis et acquit très vite une grande réputation comme « art director ». Ses propres films n'eurent guère de succès. Peu à l'aise dans la science-fiction et le western, il réussit deux thrillers très originaux : *The Wild Party* d'après McPartland, à l'impressionnante galerie de psychopathes, et surtout *A Life in the Balance,* d'après Simenon, où s'opposaient Ricardo Montalban et Lee Marvin en inquiétant tueur.

Hossein, Robert

Acteur et réalisateur français, de son vrai nom Hosseinoff, né en 1927.

Comme réalisateur : Les salauds vont en enfer (1955) ; Pardonnez-nous nos offenses (1956) ; Toi le venin (1959) ; La nuit des espions (1959) ; Les scélérats (1960) ; Le goût de la violence (1961) ; Le jeu de la vérité (1961) ; La mort d'un tueur (1963) ; Les yeux cernés (1964) ; Le vampire de Düsseldorf (1964) ; J'ai tué Raspoutine (1967) ; Une corde... un colt (1968) ; Point de chute (1970).

Acteur réputé, il a été très tôt saisi par le démon de la mise en scène. Ses adaptations de Frédéric Dard surprirent par leur violence et leur érotisme. *Le vampire de Düsseldorf* n'est pas indigne du *Maudit* de Lang. Mais, progressivement, après 1965, Hossein perdit l'essentiel de son originalité, sombrant dans le western spaghetti (*Une corde... un colt)* ou la centième évocation de la cour de Russie au temps de Raspoutine. Depuis, Hossein s'est tourné vers la mise en scène de théâtre avec un grand succès populaire.

Hough, John

Réalisateur d'origine anglaise né en 1941.

Wolfshead (1969) ; Eyewitness (Les inconnus de Malte, 1970) ; Treasure Island (1971) ; Twins of Evil (Les sévices de Dracula, 1971) ; The Legend of Hell House (La maison des damnés, 1973) ; Dirty Mary, Crazy Larry (Larry le Dingue et Mary la Garce, 1974) ; Escape to Witch Mountain (La montagne ensorcelée, 1974) ; Return from Witch Mountain (Les visiteurs d'un autre monde, 1978) ; Brass Target (La cible étoilée, 1978) ; Incubus (1980) ; The Watchers in the Wood (1981).

Une carrière en zigzags, de l'épouvante (Dracula et la célèbre *Hell House* de Matheson), à la science-fiction revue par les studios Walt Disney (*Witch Mountain*), du film poursuite consacré au couple traqué (*Dirty Mary, Crazy Larry*) au thriller politique (une tentative d'assassinat contre Patton dans *Brass Target*) en passant par une adaptation de *L'île au trésor* où Welles était Long John Silver. Avec *The Watchers in the Wood,* joué par Bette Davis, et surtout *Incubus* (dans une petite ville meurtres et viols se succèdent, leur auteur, doté d'une force extraordinaire, ne pouvant être qu'une créature surnaturelle), Hough semble vouloir se spécialiser dans le cinéma fantastique.

Houssin, Jacques

Réalisateur français né en 1902.

Plein aux as (1933) ; Les deux combinards (1937) ; Rendez-vous aux Champs-Elysées (1937) ; Le prince Bouboule (1938) ; Feux de joie (1938) ; Le Mistral (1942) ; Feu Nicolas (1943) ; Le merle blanc (1944) ; En êtes-vous bien sûr (1945) ; Le secret du Florida (1946) ; Vient de paraître (1949).

Il faut avoir vu *Le merle blanc* où Saturnin Fabre est un fabricant de cirage dont la devise est « l'éclat c'est moi ! » et qui a pour fils Jean Tissier, grand collectionneur de chaussures, pour comprendre le charme que procurent encore les films de Jacques Houssin. Ils valent par d'extraordinaires numéros d'acteurs : Jules Berry et Milton dans *Les deux combinards,* Sinoël, Lucas-Gridoux et Alice Tissot dans *Feux de joie,* Carette dans *Le merle blanc.*

Howard, Leslie Stainer dit

Producteur, réalisateur et acteur anglais, 1893-1943.

Comme réalisateur : Pimpernel Smith (1941) ; The First of the Few (1942) ; The Gentle Sex (avec Elvey, 1943).

Le prestigieux acteur a fait oublier le réalisateur. *Pimpernel Smith* était une version modernisée de *The Scarlet Pimpernel* où un professeur de Cambridge aidait savants et artistes à fuir l'Allemagne hitlérienne. *The First of the Few* est une biographie de Mitchell, le créateur du Spitfire. Quant à *The Gentle Sex,* il évoque la dure condition des femmes soldats. Trois œuvres de propagande guerrière. Les circonstances de sa mort (son avion fut abattu) n'ont jamais été éclaircies. Howard faisait-il plus encore dans la lutte contre les nazis ?

Howard, William K.

Réalisateur americain, 1899-1954.

Get Your Man (avec G. Hill, 1921) ; Play Square (1921) ; What Love Will Do (1921) ; Extra ! Extra ! (1922) ; Deserted at the Altar (1922) ; Captain Fly-By-Night (1922) ; Lucky Dan (1922) ; The Fourth Musketeer (1923) ; Danger Ahead (1923) ; Let's Go (1923) ; The Worder Legion (Les loups de la frontière, 1924) ; East of Broadway (1924) ; The Thundering Herd (La ruée sauvage, 1925) ; Code of the West (1925) ; The Light of Western Stars (1925) ; Red Dice (1926) ; Bachelor Brides (1926) ; Volcano (1926) ; Gigolo (1926) ; White Gold (La toison d'or, 1927) ; The Main Event (Le grand événement, 1927) ; A Ship Comes in (1928) ; The River Pirate (1928) ; Christina (1929) ; The Valiant (1929) ; Love, Live and Laugh (1929) ; Good Intentions (1930) ; Scotland Yard (1930) ; Don't Bet on Women (1931) ; Transatlantic (Transatlantique, 1931) ; Surrender (1931) ; The trial of Vivienne Ware (Le procès de Vivienne Ware, 1932) ; The First Year (1932) ; Sherlock Holmes (Sherlock Holmes, 1932) ; The Power and the Glory (Thomas Gardner, 1933) ; The Side of Heaven (1934) ; The Cat and the Fiddle (1934) ; Evelyn prentice (Témoin imprévu, 1934) ; Vanessa, Her Love Story (Vanessa, 1935) ; Rendez-vous (1935) ; Mary Burns, fugitive (1935) ; The Princess Comes Across (1936) ; Fire over England (1937) ; Murder on Diamond Row (1937) ; Back Door to Heaven (1939) ; Money and the Woman (1940) ; Bullets for O'Hara (1941) ; Klondike Fury (1942) ; Johnny Comes Lately (Johnny le vagabond, 1943) ; When the Lights Go on Again (1944) ; A Guy Could Change (1945).

Oublié aujourd'hui, ce réalisateur, qui fut d'abord représentant de commerce et directeur de théâtre avant de venir tenter sa chance à Hollywood, a signé pourtant un film important, *The Power and the Glory,* sur un scénario de Sturges, qui racontait, en commençant par la fin, la vie d'un magnat des chemins de fer qu'interprétait Spencer Tracy. Le film, fondé sur une série de retours en arrière, préfigurait *Citizen Kane.* On doit aussi à Howard quelques westerns comme *The White Gold,* un bon film historique tourné en Angleterre sur la Grande Elisabeth (*Fire over England,* avec Laurence Olivier et Flora Robson en reine Elisabeth) et une version réputée des aventures de Sherlock Holmes. Un cinéaste à redécouvrir.

Hubley, John

Réalisateur américain de films d'animation, 1914-1977.

Comme réalisateur : The Magic Fluke (1945) ; Robin Hoodlum (1940) ; Fuddy

Duddy Buddy (1949) ; Trouble Indemnity (1950) ; Slappy Jalopy (1951) ; The Four Poster (séquences d'animation, 1952) ; Rooty Toot Toot (1952) ; Adventures of an Asterisk (1956) ; Harlem Wednesday (1958) ; Seven Lively Arts (1959) ; Moonbird (1960) ; Of Stars and Men (1962) ; The Hole (1962) ; The Hat (1964) ; The Year of the Horse (séquence d'animation) ; Gulliver's Troubles (1967) ; Of Men and Demons (1971) ; Eggs (1971) ; Dig (1972) ; Up Keep (1973) ; Voyage to Next (1974) ; Wow (1975) ; Everybody Rides the Carousal (1975).

Excellent dessinateur, il travailla longtemps avec Walt Disney, notamment pour *Blanche-Neige, Pinocchio* et *Fantasia* puis après un passage à la Columbia avec *Fox and Crow* rejoignit l'U.P.A. où il aida à la création de M. Magoo, d'après son propre oncle. En 1955, il fondait sa propre maison et se spécialisait dans des cartoons éducatifs ou tout au moins d'un certain niveau intellectuel.

Hudson, Hugh

Réalisateur anglais.

Chariots of fire (Les chariots de feu, 1981).

Venu du cinéma publicitaire, son évocation - très académique - de coureurs à pied des années 20 lui a valu l'oscar du meilleur film en 1982.

Huggins, Roy

Scénariste et réalisateur américain né en 1914.

Comme réalisateur : Hangman's Knot (Le relais de l'or maudit, 1952).

Ancien ingénieur, il se tourne vers la littérature et écrit des romans, des nouvelles puis des scénarios. Un goût prononcé pour le western le conduit à en diriger un à son tour, *Le relais de l'or maudit,* à l'excellent suspense, remarquablement interprété par Randolph Scott.

Hughes, Howard

Producteur et réalisateur américain, 1905-1976.

Comme réalisateur : Hell's Angels (1930) ; The Outlaw (Le banni, 1941-1950) ; Vendetta (1950).

On ne racontera pas ici la vie extravagante du milliardaire. Mais il ne faut pas oublier qu'il s'intéressa dès 1926 au cinéma et produisit des œuvres aussi importantes que *The Front Page* ou *Scarface.* Il dirigea lui-même *Hell's Angels* célèbre pour ses séquences aériennes et l'apparition de Jean Harlow. Autre vedette lancée par Hughes, Jane Russel, pour laquelle fut conçu le premier sexy western, *The Outlaw,* dont Hughes retira la direction à Hawks pour le tourner lui-même. Bazin a résumé ainsi l'intrigue, imaginée par Furthman : « Deux hommes, Billy the Kid et Doc Holliday couchent avec la même femme mais ils aiment le même cheval. » Moralité : dans le désert, mieux vaut un bon cheval qu'une jolie femme. De là le scandale suscité aux États-Unis par ce film, d'autant que pour la malheureuse Jane Russel, ainsi délaissée, Hughes avait dessiné un modèle spécial de soutien-gorge. *The Outlaw* est un film unique, sans postérité dans le western. Maître de la R.K.O. à partir de 1948, Hughes se mêla de la direction de *Vendetta* et, semble-t-il, de *Jet Pilot* de Sternberg mais sans que son nom apparaisse au générique.

Hughes, Rupert

Scénariste et réalisateur américain, 1872-1956

The Wallflower (1922) ; Remembrance (1922) ; Souls for Sale (Ames à vendre, 1923) ; Gimme (1923) ; Look your Best (1923) ; Reno (1923) ; True as Steel (1924) ; F.B.I. Girls (Les filles du service secret, 1951).

Romancier, poète et oncle de Howard Hughes, il a été l'auteur complet de quelques films dont le curieux *Souls for sale,* un intéressant témoignage sur Hollywood où paraissent Chaplin, Vidor et Stroheim.

Hugon, André

Réalisateur français, 1886-1960.

Cousine (1915) ; Sous la menace (1917) ; Mistinguett détective (1917) ; Sous les phares (1917) ; Mariage d'amour (1918) ; L'angoisse (1918) ; La fugitive (1918) ; Johannès fils de Johannès (1919) ; Jacques Landauze (1919) ; Les chères images (1920) ; Fille de rien (1921) ; Le roi de Camargue (1921) ; Le diamant noir (1922) ; Les deux pigeons (1922) ; Notre Dame d'amour (1922) ; Le Petit Chose (1923) ; La rue du pavé d'amour (1923) ; La Gitanilla (1923) ; L'arriviste (1924) ; La princesse aux clowns (1924) ; Yasmina (1926) ; La vestale du Gange (1927) ; La marche nuptiale (1928) ; La grande passion (1929) ; Les trois masques (1929) ; Levy & Cie (1930) ; Le marchand de sable (1931) ; La tendresse (1931) ; Maurin des Maures (1931) ; La Croix du Sud (1932) ; L'illustre Maurin (1932) ; Les 28 jours de Clairette (1933) ; Festival Courteline (1933) ; Chourinette (1934) ; Gangster malgré lui (1934) ; Famille nombreuse (1934) ; Gaspard de Besse (1934) ; Moïse et Salomon parfumeurs (1936) ; Romarin (1936) ; Le mariage de Mademoiselle Lévy (1936) ; Sarati le terrible (1938) ; La rue sans joie (1938) ; Le héros de la Marne (1938) ; Moulin Rouge (1939) ; Chambre 13 (1940) ; La Sévillane (1941) ; Le chant de l'exilé (1942) ; L'affaire du Grand Hôtel (1945) ; Le fiacre 13 (1947) ; Les souvenirs de Maurin des Maures (1950) ; Les quatre sergents de Fort Carré (1952).

Surtout connu pour avoir tourné le premier film parlant français : *Les trois masques.* Le reste va de l'adaptation littéraire (*Maurin des Maures* qui lui a inspiré trois films, *Le Petit Chose...*) au cinéma « juif » (*Moïse et Salomon parfumeurs, Le mariage de Mademoiselle Lévy...).* Son œuvre, particulièrement abondante, à l'exception des *Trois masques,* a sombré dans un oubli peut-être injuste.

Hughes, Ken

Réalisateur anglais né en 1922.

Wide Boy (1952) ; The Brain Machine (1953) ; Little Red Monkey (1953) ; Black Thirteen (1953) ; Confession (1953) ; Timeslip (1953) ; The House across the Lake (1954) ; Joe Macbeth (Joe Macbeth, 1955) ; The Atomic Man (1956) ; Wicked as they come (Portrait d'une aventurière, 1956) ; The Long Haul (Les trafiquants de la nuit, 1957) ; Jazzboat (1960) ; The Trials of Oscar Wilde (Le procès d'Oscar Wilde, 1960) ; The Small World of Sammy Lee (1963) ; Of Human Bondage (L'ange pervers, 1964) ; Arrivederci Baby (1966) ; Casino Royale (Casino Royale, co-real., 1967) ; Chitty Chitty Bang Bang (Chitty Chitty Bang Bang, 1968) ; Cromwell (Cromwell, 1970) ; The Internecine Project (1974) ; Alfie Darling (1975) ; Sextette (1978) ; Terror Eyes (Les yeux de la terreur, 1980).

Il connaît le métier, ayant été tour à tour projectionniste, ingénieur du son, assistant et réalisateur d'une bonne dizaine de courts métrages. Cela se devine dans son excellente transposition du thème de Macbeth chez les gangsters, (*Joe Macbeth*), dans le trouble et fascinant *Of Human Bondage,* d'après S. Maugham, dans la remarquable évocation historique qu'est *Cromwell,* magnifiquement interprété par Richard Harris, Cromwell, et Alec Guiness, Charles Ier, et dans le fort terrifiant *Terror Eyes* où l'assistante d'un professeur d'anthropologie, spécialiste des Indiens réducteurs de têtes, coupait par jalousie celles des élèves du maître et les déposait dans les endroits les plus inattendus, aquarium, évier ou cuvette de w.c.

Humberstone, Bruce H.

Réalisateur américain né en 1903.

Strangers of the Evening (1932) ; The Crooked Circle (1932) ; If I Had a Million (co-réal., Si j'avais un million, 1932) ; King of the Jungle (1933) ; Goodbye Love (1934) ; Merry Wives of Reno (1934) ; The Dragon Murder Case (1934) ; Ladies Love Danger (1935) ;

Silk Hat Kid (1935) ; Three Live Ghosts (1935) ; Charlie Chan at the Race (Charlie Chan aux courses, 1936) ; Charlie Chan at the Opera (Charlie Chan à l'opéra, 1936) ; Charlie Chan at the Olympics (Charlie Chan aux jeux Olympiques, 1937) ; Checkers (1937) ; Rascals (1938) ; Charlie Chan in Honolulu (Charlie Chan à Honolulu, 1938) ; Time Out for Murder (1938) ; Pack Up Your Troubles (Les sans-soucis, 1939) ; Lucky Cisco Kid (1940) ; The Quarterback (1940) ; Tall, Dark and Handsome (1941) ; Sun Valley Serenade (1941) ; I Wake Up Screaming (1941) ; To the Shores of Tripoli (1942) ; Iceland (1942) ; Hello, Frisco, Hello (1943) ; Pin-Up Girl (Tu seras mon mari, 1944) ; Wonder Man (Le joyeux phénomène, 1945) ; Within These Walls (1945) ; Three Little Girls in Blue (1945) ; The Homestretch (L'amour au trot, 1947) ; Fury at Furnace Creek (Massacre à Furnace Creek, 1948) ; South Sea Sinner (Le bistrot du péché, 1950) ; Happy Go Lovely (L'amour mène la danse, 1951) ; She's Working Her Way Through College (La collégienne en folie, 1952) ; The Desert Song (1953) ; Ten Wanted Men (Dix hommes à abattre, 1955) ; The Purple Mask (Le cavalier au masque, 1955) ; Tarzan and the Lost Safari (Tarzan et le safari perdu, 1957) ; Tarzan's Fight for Life (Le combat mortel de Tarzan, 1958) ; Tarzan and the Trappers (1958) ; Madison Avenue (1962).

Il fut assistant de Vidor, Goulding et Dwan, avant de devenir réalisateur. Il fait preuve de métier, qu'il s'agisse de séries policières consacrées à Philo Vance (*The Dragon Murder Case*) ou Charlie Chan (*Charlie Chan à l'opéra* est fort drôle avec Boris Karloff en Méphisto), de westerns (*Massacre à Furnace Creek, Dix hommes à abattre*), de comédies musicales (*Sun Valley Serenade*), de films de Laurel et Hardy (*Pack Up Your Troubles*) ou de Danny Kaye (*Wonder Man*). Certains critiques classèrent même *South Sea Sinner* parmi les chefs-d'œuvre méconnus. « Humberstone y chantait avec une verve picaresque teintée d'amertume les amours malheureuses de deux réprouvés dans l'univers fascinant des mers du Sud. » (Tavernier et Coursodon, *Trente ans de cinéma américain)*. Il a manqué peu de choses à Humberstone pour devenir l'égal d'un Garnett ou d'un Hawks.

Hunebelle, André

Réalisateur français né en 1896.

Métier de fous (1948) ; Mission à Tanger (1949) ; Millionnaires d'un jour (1949) ; Méfiez-vous des blondes (1950) ; Ma femme est formidable (1950) ; Massacre en dentelles (1951) ; Monsieur Taxi (1952) ; Mon mari est merveilleux (1952) ; Les trois mousquetaires (1953) ; Cadet-Rousselle (1954) ; L'impossible Monsieur Pipelet (1955) ; Treize à table (1955) ; Mannequins de Paris (1956) ; Les collégiennes (1956) ; Casino de Paris (1957) ; Les femmes sont marrantes (1957) ; Taxi, roulotte et corrida (1958) ; Arrêtez le massacre ! (1958) ; Le bossu (1959) ; Le capitan (1960) ; Le miracle des loups (1960) ; Les mystères de Paris (1962) ; OSS 117 se déchaîne (1963) ; Méfiez-vous, mesdames ! (1963) ; Banco à Bangkok pour OSS 117 (1965) ; Fantomas (1964) ; Fantomas se déchaîne (1965) ; Furie à Bahia pour OSS 117 (1965) ; Fantomas contre Scotland Yard (1966) ; Sous le signe de Monte-Cristo (1968) ; Les quatre Charlots mousquetaires (1973) ; Ça fait tilt (1977).

Cinéma de grosse consommation, mais qui vaut mieux que la mauvaise réputation qui lui est faite. La série noire et Dumas, Paul Féval et OSS 117, Zévaco et Eugène Sue ne sont pas plus mal traités par lui que par les autres. Certes Hunebelle a complètement dénaturé les aventures de Fantomas mais le parti pris accepté, il faut reconnaître que Louis de Funès est prodigieux en commissaire Juve, râleur et gaffeur, toujours à contre-courant et à des années-lumière de la solution des énigmes. Il finit même par être génial dans *Fantomas contre Scotland Yard* où Hunebelle a accumulé les gags (la chambre hantée, la chasse au renard, le lit en mouvement où repose Juve, etc.). Tout n'est pas, certes, dans l'œuvre de Hunebelle, de la même veine, mais ce metteur en scène chevronné, dans ses bons moments, vaut bien des réalisateurs américains de série B.

Hunt, Peter

Réalisateur anglais né en 1928.

On Her Majesty's Secret Service (Au service de Sa Majesté, 1969) ; Gold (Gold, 1974) ; Shout at the Devil (Parole d'homme, 1975) ; Death Hunt (Chasse à mort, 1980).

Un sens de l'action assez rare dans le cinéma britannique (*Death Hunt* opposait Lee Marvin et Charles Bronson et nous offrait un portrait surprenant de chercheur d'or (faute de trouver un filon, « le trappeur maboul » tuait ses collègues pour leur arracher leurs dents en or) et un caractère iconoclaste encore plus inattendu, puisque Hunt marie James Bond dans *On Her Majesty's Secret Service* ! Il est vrai que l'épouse de Bond est aussitôt abattue. Ne pas confondre avec Ed Hunt (Starship Invasion, 1977 ; Bloody Birthday, 1980).

Hunter, Thomas Hayes

Réalisateur américain, 1896-1944.

Aux États-Unis : The Vampire (avec Olcott, 1913) ; Fire and Sword (1914) ; The Vampire's Trail (avec Vignola, 1914) ; The Crimson Stain Mystery (1916) ; The Border Legion (1919) ; Once to Every Man (1919) ; Desert Gold (1919) ; Cup of Fury (1920) ; Earthbound (1920) ; The Light in the Clearing (1921) ; Damaged Hearts (1924) ; The Recoil (1924) ; Trouping with Ellen (1924) ; The Sky Raider (1925) ; Wildfire (1925). *En Angleterre :* One of the Best (1927) ; A South Sea Bubble (1928) ; The Triumph of the Scarlet Pimpernel (1928) ; The Silver King (1929) ; The Man They Couldn't Arrest (1931) ; The Calendar (1931) ; The Frightened Lady (1932) ; Whyte Face (1932) ; Sally Bishop (1932) ; The Ghoul (1933) ; Warn London (1934).

Ce réalisateur américain qui tourna de nombreux courts métrages muets a suivi une route inverse de l'habituelle puisqu'il est allé s'établir en 1927 en Angleterre, alors que les réalisateurs anglais partaient pour Hollywood. Son œuvre, composée de films d'épouvante et de thrillers, est à redécouvrir, notamment *The Ghoul.*

Huntington, Lawrence

Réalisateur anglais, 1900-1968.

After Many Years (1929) ; Romance in Rhythm (1934) ; Strange Cargo (1936) ; Full Speed Ahead (1936) ; Café Mascott (1936) ; Bad Boy (1936) ; Passenger to London (1937) ; The Bank Messenger Mystery (1937) ; Twin Faces (1938) ; This Man Is Dangerous (1941) ; Tower of Terror (1941) ; Suspected Person (1942) ; Women Aren't Angels (1942) ; Warn that Man (1943) ; Night Boat to Dublin (Service secret contre bombe atomique, 1946) ; Wanted for Murder (Recherché pour meurtre, 1946) ; When the Bough Breaks (1947) ; The Upturned Glass (La vengeance du Dr. Joyce, 1947) ; Mr. Perrin and Mr. Traill (1948) ; Man on the Run (Le déserteur, 1949) ; The Franchise Affair (1951) ; There Was a Young Lady (1953) ; Contraband Spain (1955) ; Deadly Record (1959) ; Stranglehold (1962) ; The Fur Collar (1962) ; Death Drums Along the River (1964) ; The Vulture (1966).

Cinéma policier à l'anglaise, dont l'audience n'a guère franchi la Manche. Lefevre et Lacourbe, dans *Trente ans de cinéma britannique,* citent *The Upturned Glass* (que jouait James Mason, en chirurgien assassin) comme « un modèle d'approche psychologique du comportement criminel ».

Hurst, Brian-Desmond

Réalisateur anglais né en 1900.

The Tell Tale Heart (1934) ; Irish Heart (1934) ; Riders to the Sea (1935) ; Ourselves Alone (avec W. Summers, 1936) ; The Tenth Man (1936) ; Sensation (1937) ; Glamorous Night (1937) ; Prison Without Bars (1938) ; The Lion Has Wings (coréal., Le lion a des ailes, 1939) ; On the Night of the Fire (1939) ;

Dangerous Moonlight (1941) ; Alibi (1942) ; The Hundred Pound Window (1943) ; Men of Arnheim (La gloire est à eux, 1944) ; Hungry Hills (Les monts brûlés, 1946) ; Mark of Cain (1948) ; Trottie True (Ma gaie Lady, 1949) ; Scrooge (1951) ; Malta Story (Tonnerre sur Malte, 1954) ; Simba (Simba, 1954) ; The Black Tent (Le secret des tentes noires, 1956) ; Dangerous Exile (Le prisonnier du Temple, 1958) ; Behind the Mask (1958) ; His and Hers (1961) ; Playboy of the Western World (1962).

Il eut son heure de gloire comme membre de l'école de documentaires de Grierson, notamment pendant la guerre (cf. sa collaboration au *Lion a des ailes*). Mais ce n'est pas à ce courant que l'on peut rattacher *Dangerous Exile,* extravagante reconstitution historique sur les complots visant à faire évader Louis XVII du Temple. Ses autres films appartiennent à la comédie *(Trottie True)* ou au film d'aventures (*Tonnerre sur Malte* et surtout *Le secret des tentes noires*).

Hurwitz, Leo T

Réalisateur américain né en 1909.

Hunger (1932) ; Scottsboro (1934) ; Pay Day (avec Strand, 1938) ; Native Land (avec Strand, 1942) ; Strange Victory (1948) ; The Museum and the Fury (1956) ; Here at the Water's Edge (1960) ; Verdict for Tomorrow (1961).

Représentant du documentaire social dès le début des années 30 où il filme une marche de la faim sur Washington *(Hunger).* Par la suite, il fonde avec Lorentz, Strand Willard Van Dyke et quelques autres « Frontier Films ». Il écrit et produit *Heart of Spain* sur la guerre d'Espagne. Dans *Native Land,* il prend la défense des libertés civiles. Il reviendra sur le problème dans *Strange Victory.* Cinéma généreux, mais naïf et un peu pesant.

Huston, John

Acteur, scénariste et réalisateur américain né en 1906.

Comme réalisateur : The Maltese Falcon (Le faucon maltais, 1941) ; In this Our Life (1942) ; Report from the Aleutians (c.m., 1943) ; The Battle of San Pietro (c.m., 1944) ; Let There Be Light (1945) ; The Treasure of Sierra Madre (Le trésor de la Sierra Madre, 1948) ; Key Largo (Key Largo, 1948) ; We Were Strangers (Les insurgés, 1949) ; The Asphalt Jungle (Quand la ville dort, 1950) ; The Red Badge of Courage (La charge victorieuse, 1951) ; The African Queen (La reine africaine, 1951 ; Moulin Rouge (Moulin Rouge, 1952) ; Beat the Devil (Plus fort que le diable, 1954) ; Moby Dick (Moby Dick, 1956) ; Heaven Knows, Mr. Allison (Dieu seul le sait, 1957) ; The Barbarian and the Geisha (Le barbare et la geisha, 1958) ; The Roots of Heaven (Les racines du ciel, 1958) ; The Unforgiven (Le vent de la plaine, 1960) ; The Misfits (Les désaxés, 1961) ; Freud (Freud, passions secrètes, 1962) ; The List of Adrian Messenger (Le dernier de la liste, 1963) ; The Night of the Iguana (La nuit de l'iguane, 1964) ; The Bible (La Bible, 1966) ; Casino Royale (un sketch, Casino Royale, 1967) ; Reflections in a Golden Eye (Reflets dans un œil d'or, 1967) ; Sinful Davey (Davey des grands chemins, 1969) ; A Walk with Love and Death (Promenade avec l'amour et la mort, 1969) ; The Kremlin Letter (La lettre du Kremlin, 1970) ; Fat City (La dernière chance, 1972) ; The Life and Times of Judge Roy Bean (Juge et hors-la-loi, 1973) ; The Mackintosh Man (L'incroyable évasion, 1973) ; The Man who would be King (L'homme qui voulait être roi, 1975) ; Wise blood (Le malin, 1979) ; Phoebia (1980) ; Escape to Victory (1980) ; Annie (1981).

Une œuvre qui mêle force et humour. Comment s'en étonner ? Fils du comédien Walter Huston, John Huston a fait un peu tous les métiers dont ceux de boxeur et de cavalier : on ne peut donc lui donner de leçons pour tout ce qui touche aux bagarres et aux chevauchées. Il est aussi dans sa jeunesse écrivain et même acteur dans de petits films de William Wyler entre 1928 et 1930. Il voyage beaucoup. En 1938, il revient à Hollywood et entame une carrière de scénariste : *Jezebel* (Wyler), *The Amazing Dr. Clitterhouse* (Litvak),

Juarez (Dieterle), *High Sierra* (Walsh), *Sergeant York* (Hawks). Avec *Le faucon maltais,* troisième version du célèbre roman de Hammett, il fait ses débuts de réalisateur. Courte interruption pendant la guerre. Mais Huston ne perd pas la main : il tourne trois documentaires où il insiste sur les tragédies humaines provoquées par les opérations militaires. *Let There Be Light* ne sera jamais montré comme trop dur.

Avec *Le trésor de la Sierra Madre* superbe western où il dirige son père et, à nouveau, Bogart, Huston reprend sa saga fondée sur la thématique de l'échec. Le faucon maltais pour lequel s'entretuaient Mary Astor, Sydney Greenstreet et Peter Lorre, n'avait aucune valeur ; l'or du trésor de Bogart est emporté par le vent ; les cambrioleurs d'*Asphalt Jungle* (Louis Calhern, Sterling Hayden, Sam Jaffe...) échouent ; de même « les insurgés » à Cuba ne réussissent pas l'attentat dans les conditions qu'ils avaient prévues. Le héros hustonien, malgré l'énergie qu'il déploie, n'atteint pas son but, sauf si le hasard vient l'y aider. Ne faisons pas toutefois de Huston un moraliste désabusé. Ses personnages aiment au fond l'action pour elle-même : qu'importe le résultat. Ce qui compte c'est d'avoir agi.

A cette suite de chefs-d'œuvre que nous propose Huston et dont Bogart est la figure centrale succèdent plusieurs superproductions où Huston semble moins à l'aise : *Moulin Rouge, Moby Dick...* C'est l'époque où *Les cahiers du cinéma* l'excluent du Panthéon des grands réalisateurs. « C'est un fumiste », écrit Truffaut. Des œuvres comme *Le barbare et la geisha* ou *La Bible* ne contribuent pas à rehausser son prestige. L'ère des grands films semble définitivement révolue. Et puis John Huston ressuscite. L'époque des grosses machines prétentieuses (*Freud* dont Sartre devait faire initialement le scénario, les *Misfits* écrits par Arthur Miller, Les *racines du ciel)* et des films alimentaires *(The list of Adrian Messenger* avec, au demeurant, une stupéfiante distribution) prend fin à son tour. Taisons-nous sur l'acteur pas toujours inspiré, mais il fallait payer plusieurs pensions alimentaires dues à de nombreux divorces. Une troisième période s'ouvre dans la carrière de John Huston : il devient le cinéaste des perdants (loosers) : *Fat City,* évocation des boxeurs déchus, retrouve l'inspiration des nouvelles d'Hemingway et l'on n'oubliera pas ce pugiliste urinant du sang aux toilettes. *L'homme qui voulait être roi* est aussi une splendide adaptation de Kipling ; enfin *Wise Blood* est un témoignage hallucinant sur le pullulement des sectes et des faux prophètes aux États-Unis : ici un prédicateur veut fonder « l'Église du Christ sans Christ », dans laquelle les aveugles ne voient pas, les paralytiques ne marchent pas et les morts ne ressuscitent pas. Le boxeur Huston a retrouvé son punch. C'est le moment qu'il choisit pour publier son autobiographie : *An open Book.*

S'il n'a pas toujours été compris, c'est qu'il se trouve à cheval entre la génération des grands ancêtres (Ford, Hawks, Wellman, Walsh) et la nouvelle vague des années cinquante (Aldrich, Ray) : position inconfortable mais qui lui permet de résumer trente ans de cinéma américain et de paraître, en 1980, aussi jeune qu'un débutant, l'expérience en plus.

BIBLIO. : R. Benayoun, *John Huston* (Seghers, 1966).

Hutton, Brian G.

Acteur et réalisateur américain, né en 1935.

Comme réalisateur : Wild Seed (Graine sauvage, 1965) ; The Pad (And How to Use it) (1966) ; Sol Madrid (Les corrupteurs, 1968) ; Where Eagles Dare (Quand les Aigles attaquent, 1969) ; Kelly's Heroes (De l'or pour les braves, 1970) ; Zee and Co (Une belle tigresse ! 1971) ; Night Watch (Terreur dans la nuit, 1973) ; The First Deadly Sin (De plein fouet, 1980).

Il passe du film de guerre *(Quand les Aigles attaquent)* au mélodrame à composante psychanalytique *(Une belle tigresse),* sans jamais se déshonorer mais sans retenir beaucoup l'attention du cinéphile.

Hyams, Peter

Scénariste et réalisateur américain né en 1943.

Busting (Les casseurs de gang, 1974) ; Our Time (1974) ; Peeper (1976) ; Capricorne One (Capricorne One (1978) ; Hanover Street (1979) ; Outland (Loin de la terre, 1981).

Venu de la télévision, il rédige le script de *T.R.Baskin,* avant de passer à la réalisation avec *Busting,* parodie des films qui faisaient alors l'apologie de la police. A son actif : *Capricorne One.* Faute de pouvoir organiser un débarquement sur Mars, la NASA le reconstituait en studio, trompant ainsi l'opinion américaine. Les astronautes, entrés dans le jeu, découvraient toutefois qu'au moment de leur prétendu retour sur terre, les systèmes de sécurité ne devaient pas fonctionner, provoquant ainsi l'élimination de témoins gênants. C'est sur un hallucinant suspense que se terminait ce film délirant. Hyams signa un deuxième film de science-fiction, non moins remarquable, *Outland,* qui transposait *Le train sifflera trois fois* sur la planète Jupiter, avec toujours le même souci de privilégier l'humain par rapport au technique.

I

Ichac, Marcel

Réalisateur français né en 1906.

Karakoram (1936) ; Pèlerinage à La Mecque (1940) ; A l'assaut des Aiguilles du Diable (1942) ; Sondeurs d'abîmes (1943) ; Padirac (1948) ; Rivière de la nuit (1948) ; Groenland (1948) ; Himalaya (1950) ; Victoire sur l'Annapurna (1953) ; Nouveaux horizons (1953) ; Les danses de Tani (1956) ; Les étoiles de Midi (1960).

Grand maître du documentaire, il a splendidement filmé l'expédition Paul-Emile Victor au Groenland ou l'ascension de l'Annapurna, le gouffre de Padirac ou les Aiguilles du Diable.

Ichikawa, Kon

Réalisateur japonais né en 1915.

Musume Dojoji (Une fille du temple de Dojo, 1947) ; Toho senichi ya (Mille et une nuits avec Toho, 1947) ; Hanahiraku (Un bourgeon fleurit, 1948) ; Sambyaku Rokujugo ya (365 nuits, 1948) ; Ningen Moyo (Portrait d'un être humain, 1949) ; Hateshinati Jonetsu (Passion sans frein, 1949) ; Ginza Sanshiro (1950) ; Netsudei chi (Terre chaude, 1950) ; Akatsuki no tsuiseki (Poursuite à l'aube, 1950) ; Ye-rai-shang (Fleur nocturne) ; Koibito (L'amant, 1951) ; Niukokusekisha (L'homme sans nationalité, 1951) ; Nusumareta Koi (L'amour volé, 1951) ; Bungawan Soro (1951) ; Kekkon Konshinskyoku (Marche nuptiale, 1951) ; Rakki san (Mr. Lucky, 1952) ; Wakai hito (Les jeunes gens, 1952) ; Ashi ni sawatta ona (La femme qui touche les jambes, 1952) ; Ano te, Kono te (Par-ci, par-là, 1952) ; Pu San (Mr. Pou, 1953) ; Aoiro Kakumei (Révolution bleue, 1953) ; Seishun Zenogata Heiji (La jeunesse de Zenogata Heiji, 1953) ; Aijin (L'amant, 1953) ; Watashi no dubete o (Tout de moi, 1954) ; Okuman Choja (Un billionnaire, 1954) ; Josei ni kansuru juni sho (Douze chapitres sur les femmes, 1954) ; Seishun Kaidan (Fantômes de la jeunesse, 1955) ; Kokoro (Le cœur, 1955) ; Biruma no tatego (La harpe de Birmanie, 1956) ; Shokei no haya (La salle du châtiment, 1956) ; Nihonbashi (Le pont du Japon, 1957) ; Manin Deusha (Le tramway bondé, 1957) ; Ana (Le trou, 1957) ; Tohoku no zunmutachi (Les hommes de Tohoku, 1958) ; Enjo (Le brasier, 1958) ; Sayonara konnichiwa (Bonjour et au revoir, 1959) ; Kagi (L'étrange obsession, 1959) ; Nobi (Les feux dans la plaine, 1957) ; Bonchi (1960) ; Jokyo (1960) ; Ototo (Frère et sœur, 1960) ; Kuroi junin no onnen (Dix femmes noires, 1961) ; Hakai (La paria, 1961) ; Watashi wa nisai (J'ai deux ans, 1962) ; Yukinojo Henge (La vengeance de Yukinojo, 1962) ; Taiheiyo Hitoribocchi (Seul dans le Pacifique, 1963) ; Zeni non odori (La puissance de l'argent, 1964) ; Tokyo Olympiad (doc., 1965) ; Seishun (doc.,

La jeunesse, 1968) ; Kyoto (doc., 1969) ; Ai futatabi (L'amour deux fois, 1970) ; Wagahai wa neko dearu (Je suis un chat, 1975) ; Inugamike no ichizoku (La famille Inugamike, 1977) ; Akuma no temari uta (Le chant sauvage de Ball, 1977) ; Matatabi (1977) ; Joh ou Bachi (La reine des abeilles, 1978) ; Hi no tori (Le phœnix, 1979).

Sorti d'une école commerciale, Ichikawa entre comme assistant à la Toho. Son premier film, avec des marionnettes, *La fille du temple de Dojo,* est détruit par les autorités américaines comme exaltant le Japon féodal. Il tourne ensuite plusieurs comédies à la manière de Capra. Trop de films, souvent faibles, et qui nuisent à la réputation d'Ichikawa dans son pays. Puis surviennent trois chefs-d'œuvre. *La harpe de Birmanie* est une splendide méditation d'inspiration bouddhiste sur la guerre dont *Les feux dans la plaine* nous montrent toute l'horreur, jusqu'au cannibalisme de certains soldats affamés. Ce climat malsain imprègne *L'étrange obsession* où un vieillard tente de ranimer ses sens défaillants en excitant en lui la jalousie. Il faudrait découvrir le reste d'une œuvre, mal diffusée à l'étranger.

Image, Jean

Réalisateur de dessins animés, de son vrai nom Emerich Hajdu, né à Budapest en 1911.

Les noirs jouent et gagnent (1944) ; Princesse clé de sol (1945) ; Rapsodie de Saturne (1947) ; Ballade atomique (1948) ; Jeannot l'Intrépide (1951) ; Bonjour Paris (1952) ; La cigale et la fourmi (1954) ; La machine à remonter le temps (1955) ; Le loup et l'agneau (1955) ; L'aventure du Père Noël (1957) ; La Petite Reine (1958) ; Le petit peintre et la sirène (1958) ; François s'évade (1959) ; Les aventures de Joë (série, 1960-1962) ; Picolo et Picolette (série, 1963-1964) ; Kiri le clown (série, 1966-1969) ; Aladin et la lampe merveilleuse (1969) ; Patatomanie (1970) ; Au clair de la lune (série, 1971-1972) ; Joë Petit Boum-Boum (1972) ; Arago X 001 (série, 1972-1973) ; Pluk naufragé de l'espace (1974) ; Les fabuleuses aventures du légendaire baron de Münchhausen (1977).

Vise avant tout un public enfantin, lequel souhaiterait peut-être moins de mièvrerie : Guignol est plus violent. De fait son *Munchhausen,* si éloigné du fameux baron de Crac des bandes dessinées de Cami, déçoit par rapport au film d'acteurs de von Baky. Picolo, Joë et autres Pluk connaissent des aventures bien sages à une époque où les enfants se passionnent davantage pour Goldorak ou Ulysse 31, héros de notre moderne civilisation.

Imai, Tadashi

Réalisateur japonais né en 1912.

Numazu Heigakko (L'académie navale de Numazu, 1939) ; Taisho (Le général, 1940) ; Boro no kesshitai (Les kamikazes, 1942) ; Ikari no umi (Mer furieuse, 1944) ; Minshu no teki (L'ennemi du peuple, 1946) ; Jinsei tombo gaeri (La vie à tombeau ouvert, 1946) ; Chikagai nijuyojikan (un sketch, 1947) ; Aoi sanmyaku (Les montagnes bleues, 1949) ; Onna no kao (Le visage d'une femme, 1949) ; Mata au hi made (Jusqu'à notre prochaine rencontre, 1950) ; Dokkoi ikiteru (Nous sommes vivants, 1951) ; Yamabiko Gakko (L'Ecole des échos, 1952) ; Himeyuri no to (La tour des lys, 1953) ; Nigorie (Eaux troubles, 1953) ; Koko no izumi ari (Une fontaine, 1955) ; Aisureba koso (un sketch, 1955) ; Yukiko (1955) ; Mahiru no ankoku (Ombres en plein jour, 1956) ; Kome (Le riz, 1957) ; Junai monogatari (Histoire d'un amour pur, 1957) ; Yoru no tsuzumi (La femme infidèle, 1958) ; Kiku to Isamu (1959) ; Shiroi gake (La falaise blanche, 1960) ; Arega minato no hi da (Les lumières du port, 1961) ; Kigeki Nippon no obachan (Les grand-mères du Japon, 1962) ; Bushido Zankoku monogatari (Histoire cruelle du Bushido, 1963) ; Echigo tsutsuishi oyashirazu (Histoire d'Echigo, 1964) ; Adauchi (La vengeance, 1965) ; Satogashi ga kowareru toki (Lorsque le gâteau craquelle, 1967) ; Fushin no toki (Quand le doute s'immisce, 1968) ; Hashi no nai kawa (La rivière sans pont, 1970) ; Takiji Kobayashi (1974) ; Ani Imoto (Sa plus jeune sœur, 1977).

Bien que fils de bonze, il devient très vite un militant de gauche. Un engagement qui se traduit dès ses premiers films. En 1950, il est chassé de la puissante compagnie Toho, pour grève assortie de violences. Il devient indépendant. Son film *Nous sommes vivants* sera tourné grâce à une souscription populaire. Il travaille pour la Toei et la Daiei avant de revenir une nouvelle fois à la production indépendante pour *La rivière sans pont.* Cinéaste engagé, il est aussi capable de tourner des films historiques comme *La femme infidèle* où, pour se conformer aux règles sociales, un mari devra mettre à mort sa femme adultère bien que l'aimant encore.

Imamura, Shohei

Réalisateur japonais né en 1926.

Nusumareta yokujo (Le désir volé, 1958) ; Nishi-Ginza eki mae (Au quartier de Ginza, 1958) ; Hateshinaki yokubo (Le désir inassouvi, 1958) ; Nyan-Chan (Les enfants du charbonnage, 1959) ; Buta to gunkan (Cochons et cuirassés, 1961) ; Nippon konchu-ki (La femme insecte, 1963) ; Akai satsui (L'appel au meurtre, 1964) ; Inruigaku nyumon (1966) ; Ningen Johatsu (1967) ; Kamigani no fukaki yokubo (1968) ; Kuragejima (1968) ; Nippon Sengashi (Histoire du Japon d'après-guerre, 1970) ; Karayuki San (1975) ; Fukushu suru wa ware ni ari (La vengeance qui est mienne, 1979) ; Eljanaika (1981).

Cochons et cuirassés résument bien la vision et le style de ce curieux réalisateur : des gangs s'affrontent pour recueillir les déchets des nourritures servies à bord des croiseurs afin de les utiliser pour élever des cochons. Et quel joli titre il donne à sa peinture d'une déchéance féminine : *La femme insecte.* On trouve d'ailleurs chez lui un goût très prononcé pour l'entomologie.

Inagaki, Hiroshi

Réalisateur japonais, 1905-1980.

Près de cent films dont : Tenka Taihei (La paix du monde, 1928) ; Genju Goso (1928) ; Mekura Gumo (1929) ; Koroshita Hito (1929) ; Samezaya (1930) ; Kaigyaku San Roshi (Les trois rōnin, 1930) ; Genroju Jusannen (1931) ; Chuji Kunisada (1933) ; Daibosatsu Toge (Le grand Bodhisattva, 1935) ; Musashi Miyamoto (1940) ; Ichijoji no Ketto (Le samouraï, 1941) ; Muhomatsu no Issho (Matsu le bandit, 1943) ; Saigo no Joiti (La dernière abdication, 1945) ; Shiro Zukin Arawaru (1949) ; Kojiro Sasaki (1951) ; Miyamoti Musashi (Samouraï, 1954) ; Ichijoti no Keto (Samouraï II, 1955) ; Musashi Kojiro (Samouraï III, 1955) ; Muhomatsu no issho (Le pousse-pousse, 1958) ; Ninjutsu (1958) ; Aru Kengo no Shogai (Samouraï Saga, 1959) ; Fundoshi isha (1960) ; Osaka jo monogatari (Le conte du château d'Osaka, 1961) ; Chushingara (Les 47 rōnin, 1962) ; Hiken (1963) ; Daitatsumaki (La grande tombe, 1964) ; Kojiro (1967) ; Furin Kazan (Sous la bannière du samouraï, 1969) ; Machibuse (L'embuscade, 1970).

A ses débuts, il signa quelques films sociaux, mais le fabuleux succès de *Samouraï* aux États-Unis après la guerre, puis le premier prix remporté à Venise par *Le Pousse-pousse,* remake de son *Matsu le bandit* de 1943, en firent le spécialiste du film de samouraï. Il a tourné de nombreuses bandes de ce type jusqu'en 1970. On le considère comme le plus prolifique, on peu s'en faut, des réalisateurs japonais.

Ince, Thomas Harper

Producteur, réalisateur et scénariste américain, 1882-1924.

Principaux films comme réalisateur : Little Nell's Tobacco (1910) ; Their First Misunderstanding (avec Tucker, 1911) ; The Dream (avec Tucker, 1911) ; Her Darkest Hour (1911) ; A Manly Man (1911) ; The Aggressor (avec Tucker, 1911) ; The Indian Massacre (1912) ; The Deserter (1912) ; The

War on the Plains (1912) ; The Hidden Trail (1912) ; Custer's Last Flight (Le dernier combat du lieutenant, 1912) ; The Colonel's Ward (1912) ; The Battle of the Red Men (1912) ; When Lee Surrenders (Quand Lee se rendra, 1912) ; The Law of the West (1912) ; A Double Reward (1912) ; A Shadow of the Past (1913) ; With Lee in Virginia (1913) ; The Boomerang (1913) ; The Seal of Silence (1913) ; The Battle of Gettysburg (La bataille de Gettysbourg, 1914) ; Love's Sacrifice (1914) ; The Last of the Line (1915) ; The Alien (1915) ; Civilization (Civilisation, 1916).

Enfant de la balle, chanteur, danseur, acteur, il s'initia au cinéma sous la férule de Griffith qu'il quitta pour devenir producteur et réalisateur. Associé au cirque des frères Miller, il engagea cow-boys et Indiens pour jouer dans ses westerns, mais renonça bien vite à la direction pour jouer un rôle de supervision. L'équipe dont il disposait comprit Scott Sidney, Charles Miller, Francis Ford (frère aîné de John), Raymond B. West et Reginald Barker. Il devait ainsi produire des œuvres aussi variées que *Civilization* (contre la guerre) ou *Carmen of Klondyke*.., réputé comme l'un des plus beaux westerns du muet. Il mourut mystérieusement en 1924 à bord du yacht de William Randolph Hearst.

BIBLIO. : J. Mitry, *Ince*, Anthologie du cinéma, t. I.

Ingraham, Llyod

Réalisateur américain, 1885-1956.

Principaux films : The Fox Woman (1915) ; The Sable Lorcha (1915) ; The Missing Link (1915) ; A Child of Paris (1916) ; American Aristocracy (1916) ; Nina the flower Girl (1917) ; An Old-Fashioned Young Man (1917) ; The Primitive Woman (1918) ; A Square Deal (1918) ; The Amazing Imposter (1919) ; The House of Intrigue (1919) ; Rosemary Climbs the Heights (1918) ; Twin Beds (1920) ; Old Dad (1920) ; The Girl in the Taxi (1921) ; Marry the Poor Girl (1921) ; The Veiled Woman (1922) ; Going Up (1923) ; The Wise Virgin (1924) ; The Beauty Prize (1924) ; Midnight Molly (1925) ; Oh ! What a Night (1926) ; The Nut-Cracker (1926) ; Jesse James (1927) ; Kit Carson (avec Werker, 1927) ; The Pioneer Scout (1927) ; The Sunset Legion (avec Werker, 1928) ; Take the Heir (1930).

L'un des pionniers du cinéma muet américain, il a, quittant le théâtre, dirigé de nombreux mélodrames destinés au public féminin puis des westerns. Comme celle d'autres vétérans, comme Van Dyke, Brooke et Turner, sa carrière prit fin à l'avènement du parlant.

Ingram, Rex

Réalisateur d'origine irlandaise, 1893-1950.

The Great Problem (1916) ; Broken Fetters (1916) ; Chalice of Sorrow (1916) ; Black Orchids (1916) ; The Reward of the Faithless (1917) ; The Pulse of Life (1917) ; The Flower of Doom (1917) ; Little Terror (1917) ; His Robe of Honor (1918) ; Humdrum Brown (1918) ; The Day She Paid (Cœur de mannequin, 1918) ; Under Crimson Skies (Le bâillon, 1920) ; Shore Acres (1920) ; Hearts are Trumps (1920) ; The Four Horsemen of the Apocalypse (Les quatre cavaliers de l'Apocalypse, 1921) ; The Conquering Power (Eugénie Grandet, 1921) ; Turn to the Right (Le chemin de l'honneur, 1921) ; The Prisoner of Zenda (Le roman d'un roi, 1922) ; Trifling Women (Le suprême rendez-vous, 1922) ; Where the Pavement ends (Les cataractes de la mort, 1922) ; Scaramouche (Scaramouche, 1923) ; The Arab (L'Arabe, 1924) ; Mare Nostrum (Mare Nostrum, 1925) ; The Magician (Le magicien, 1926) ; The Garden of Allah (Le jardin d'Allah, 1927) ; The Three Passions (Les trois passions, 1929) ; Baroud (1933).

Avec Griffith et Ince, l'un des pères du cinéma américain. Il suffit de voir l'exécution de l'espionne à la fin de *Mare*

Nostrum pour noter ce que lui doit Sternberg dans *X 27.* On a plusieurs fois refait son *Prisonnier de Zenda* et son *Scaramouche.*

Né à Dublin, il vint en Amérique en 1911, se lia avec Edison, Blackton et Theda Bara. En 1916, à 22 ans, il tournait son premier film.

Le succès vint, énorme, avec *Les quatre cavaliers de l'Apocalypse.* June Mathis avait adapté un roman de Blasco Ibanez. Servi par une superbe photo de Seitz, opérateur habituel d'Ingram, le film rendit célèbres Rudolph Valentino et sa partenaire, l'épouse d'Ingram, Alice Terry. La même équipe tourna ensuite *Eugénie Grandet,* version un peu grand-guignolesque de l'œuvre de Balzac. Dans *Le prisonnier de Zenda* c'est un autre jeune premier que révéla Ingram : Ramon Novarro. On retrouve le même Novarro dans *Scaramouche* qui évoquait la Révolution française avec d'amples mouvements de foule. Après *The Arab,* Ingram se prit de passion pour les pays méditerranéens. Il s'installa à Nice. Il tourna *Mare Nostrum,* une sombre histoire d'espionnage dans un sous-marin, *Le jardin d'Allah,* etc. En 1934, à la suite d'un procès compliqué, il quittait Nice pour l'Égypte. L'avènement du parlant le condamna à l'inactivité. Un dernier film, *Baroud,* en 1933, fut un échec.

Comme Tourneur, Ingram a privilégié dans ses œuvres la photo au détriment du montage. De là la fascination qu'exercent aujourd'hui encore ces plans admirablement composés dans ce qui subsiste de ses films. Un goût de l'étrange et de l'insolite (*Le magicien, Suprême rendez-vous,* la fin d'*Eugénie Grandet*) et un sens incomparable du maniement de vastes foules de figurants viennent encore renforcer ce pouvoir de fascination. Cinéaste « populaire », connu à cause de ses vedettes, Novarro et Valentino, il fut en réalité un scénariste exigeant et ambitieux. Habitué aux gros budgets, il n'est pas sans rappeler par ses folles dépenses, son goût de l'extravagance, son mépris des producteurs et son échec final, Éric von Stroheim, avec lequel il souhaitait tourner *Boule de suif.* Rêvons.

BIBLIO. : R. Prédal, *Rex Ingram,* Anthologie du cinéma, 1970.

Ingster, Boris

Réalisateur américain né en 1913.

Stranger on the Third Floor (1940) ; The Judge Steps Out (1949) ; Southside I-I 000 (1950).

Stranger on the Third Floor est considéré par la critique américaine comme l'un des premiers films noirs. Son atmosphère onirique, ses longs mouvements d'appareil dans les escaliers, ses cauchemars, tout montre l'influence, également sensible chez Siodmak, de l'expressionnisme allemand et plus particulièrement du *Raskolnikov* de Wiene.

Iosseliani, Otar

Réalisateur russe né en 1934.

Quatre courts métrages. Puis : Listopad (La chute des feuilles, 1967) ; Il était une fois un merle chanteur (1970) ; Pastoral (Pastorale, 1977).

Un cinéma régionaliste et intimiste : le portrait d'un jeune homme sans relief dans *La chute des feuilles,* celui d'un dragueur paresseux dans *Il était une fois un merle chanteur.* Des films nonchalants à l'image de leur auteur qui a fort peu tourné : trois films en dix ans.

Irving, George

Acteur et réalisateur américain, 1874-1961.

Principaux films : The Withing Hour (1916) ; Raffles the Amateur Cracksman (1917) ; Daughter of Destiny (1917) ; To Hell With the Kaiser (1918) ; Hidder Fires (1919) ; The Silver King (1919) ; The Volcano (1919) ; The Capitol (1920) ; The Blue Pearl (1920) ; Just Outside the Door (1920) ; The Wakefield Case (1920) ; Her Majesty (1922) ; Lost in a Big City (1923) ; Floodgates (1924).

Oublié comme Chaudet, Millard Webb, Ted Wilde, et quelques autres vétérans du cinéma hollywoodien, il a pourtant à son actif une bonne version des aventures de Raffles, le célèbre gentleman-cambrioleur imaginé par Hornung et repris par Barry Perowne. John Barrymore y trouvait l'un de ses meilleurs rôles.

Ivanov-Vano, Ivan Petrovitch

Animateur russe né en 1900.

Sen'ka Afrikanec (Senka l'Africain, 1927) ; Blek en vait (Black and White, 1932) ; Skazka o care Durandae (Le conte du Tsar Durandaï, 1934) ; Strekoza i muravej (La cigale et la fourmi, 1935) ; Kotofei kotofeitch (1937) ; Tri musketera (Les trois mousquetaires, 1938) ; Mojdodyr (1939) ; Ivas (1940) ; Konek-gorbunok (Le petit cheval bossu, 1947) ; Snegurocka (Blanche-Neige, 1952) ; Prikljucenija Buratino (Les aventures de Pinocchio, 1959) ; Comment un paysan prit deux généraux (1965) ; La légende du cruel géant (1968).

Le père du dessin animé en U.R.S.S. Il a puisé l'essentiel de son inspiration dans le folklore russe ou dans la littérature classique, y compris La Fontaine. Il a réalisé des séquences animées pour *La mécanique du cerveau* de Poudovkine et *Les quarante cœurs* de Koulechov. Son œuvre la plus célèbre est *Le petit cheval bossu.*

Ivens, Joris

Réalisateur hollandais né en 1898.

Principaux films : Le pont (c.m., 1928) ; Pluie (c.m., 1929) ; Zuyderzee (1930) ; Philips Radio (1931) ; Creosot (1931) ; Borinage (1933) ; The Reichstag Fire (avec Dimitrov, 1935) ; Terre d'Espagne (1937) ; The Four Hundred Millions (1939) ; The Power and the Land (1940) ; Our Russian Front (avec Milestone, 1942) ; Action Stations (1943) ; Indonesia Calling (1946) ; Pierwze Lata (Les premières années, 1949) ; My za Mir (La paix vaincra, 1951) ; Weltjugendfestival (avec Pyriev, 1952) ; Das Lied der Strome (Le chant des fleuves, 1954) ; Les aventures de Till l'Espiègle (1956) ; La Seine a rencontré Paris (1957) ; Demain à Nanguila (1960) ; Carnet de viaje (1961) ; Pueblo en armas (1961) ; Vietnam (1965) ; Loin du Vietnam (coréal., 1967) ; Le dix-septième parallèle (avec M. Loridan, 1968) ; Le peuple et ses fusils (coréal., 1968) ; Rencontre avec le président ô Chi-Minh (avec M. Loridan, 1969) ; Chine (1973) ; Comment Yukong déplace les montagnes (six parties, 1976).

D'une famille aisée d'industriels, il fit de solides études en Hollande puis en Allemagne. Impressionné par les manifestations d'ouvriers à Dresde et Iéna, il se sent attiré par les idées de gauche, mais accepte des responsabilités au sein de l'entreprise familiale. Ses premiers films, comme *Pluie,* séduisent par leurs recherches esthétiques l'avant-garde européenne. Mais, à l'issue d'un voyage en U.R.S.S., où il a été convié par Poudovkine, il passe du stade expérimental au stade réaliste et renonce à l'esthétique pour l'engagement. On le trouve en Espagne, du côté des Républicains, au temps de la guerre civile. Il en ramène *Terre d'Espagne.* Il est en Chine dont il défend la cause contre le Japon : *The Four Hundred Millions.* Aux États-Unis pendant la guerre, il plaide en faveur du front russe : *Our Russian Front.* Après 1945, on le retrouve dans toutes les grandes manifestations des pays de l'Est. S'étonnera-t-on qu'il soit à Cuba, à l'avènement de Castro, puis au Vietnam auquel il consacre plusieurs œuvres dont *Le dix-septième parallèle.* La Chine le fascine à nouveau, il y tourne plusieurs reportages, réunis sous le titre *Comment Yukong déplace les montagnes.* Assurément Ivens est considéré comme le plus grand des documentaristes. Il a d'ailleurs écrit une autobiographie, *La caméra et moi,* où il justifie tous ses combats. Reste qu'il est peut-être temps de dire que de tous les cinéastes cités dans ce dictionnaire, il est de loin bien souvent le plus ennuyeux.

Ivory, James

Réalisateur américain né en 1928.

Courts métrages : Four in the Morning (1953) ; Venice : Theme and variations (1957) ; The Sword and the Flute (1959) ; The Delhi Way (1964). *Longs métrages :* The Householder (Le propriétaire, 1963) ; Shakespeare Wallah (1965) ; The Guru (Le Gourou, 1969) ; Bombay Talkie (1970) ; Adventures of a Brown Man in Search of Civilization (1971) ; Savages (1972) ; Helen, Queen of the Nautch Girls (1973) ; Mahatma and the Mad Boys (1973) ; The Wild Party (1975) ; Autobiography of a Princess (Autobiographie d'une princesse, 1975) ; Sweet Sounds (1976) ; Roseland (1976) ; Hullabaloo over Georgie and Bonnie's Pictures (1978) ; The Europeans (Les Européens, 1979) ; Jane Austen in Manhattan (1980) ; Quartet (1981).

« J'ai toujours été intéressé par la grandeur et la décadence des civilisations, je veux dire que l'effort d'une civilisation pour en pénétrer une autre et en laisser la trace derrière elle m'a toujours passionné. » Cette déclaration d'Ivory dans *Écran 73* donne la clef de la première partie de l'œuvre du réalisateur. Ainsi les comédiens britanniques qui jouent Shakespeare en Inde (*Shakespeare Wallah*) ou la chanteuse de pop venue apprendre le sitar auprès d'un maître indien, illustrent-ils parfaitement ce propos. *Savages* atteint le point culminant de cette réflexion sur les échanges de mondes étrangers et la mort des civilisations. *Les Européens,* d'après Henry James ou *Quartet* montrent une évolution d'Ivory. Il avait découvert l'Inde à la faveur d'un tournage en 1960 et y était resté plusieurs années, se liant avec le producteur local, Ismail Merchant ; désormais il revient vers le monde occidental sans perdre l'acuité qui caractérisait ses premières analyses.

Iwerks, Ub

Réalisateur américain de films d'animation, 1901-1971.

Séries : Alice in the Cartoonland (1923-1926) ; Flip (1931-1933) et Willie Whopper (1933-1934).

Associé avec Walt Disney dès 1919, il n'eut pas le génie des affaires de son ami mais introduisit de nouvelles techniques dans le dessin animé. On lui doit la série *Alice in the Cartoonland* (à partir de 1923) et le dessin des premiers *Mickey Mouse.* Produisant, après 1930, ses propres *cartoons,* il lance Flip la grenouille dans des aventures cocasses et Willie Whopper. Après 1940, il reprend le chemin des studios de Walt Disney où il invente et supervise les effets spéciaux de nombreux films où il mêle souvent des personnages de dessins animés à des acteurs : *The Three Caballeros, Make Mine Music ; The Living Desert ; 20 000 Leagues under the Sea ; Mary Poppins,* etc. On lui doit les effets spéciaux des *Oiseaux* d'Alfred Hitchcock.

J

Jabely, Jean

Animateur français né en 1921.

Teuf-Teuf (1955) ; Napoléon raconté par un vieux soldat (1955) ; Ballade Chromo (1957) ; Elle et Lui (1959) ; Miss Shumway jette un sort (1962).

Un style original fondé sur des collages qui montre l'invention de l'école française des Lacam, Ledoux, Pappe, Colombat et autres Champeaux qu'il aurait également fallu citer dans ce dictionnaire. Son long métrage *Miss Shumway jette un sort* vaut pour l'habileté des trucages.

Jabor, Arnaldo

Réalisateur brésilien né en 1940.

O Circo (c. m., 1965) ; Opiniao publica (1967) ; Pindorama (1970) ; Toda nudez sera castigada (Toute nudité sera punie, 1973) ; O Casamento (1975) ; Tudo Rem (1977) ; Eu te amo (1980).

Cet ancien élève des jésuites s'est fait le critique acerbe de la bourgeoisie brésilienne et notamment de son hypocrisie sexuelle dans une série de films qu'il a, pour la plupart, produits. Il s'est voulu en marge du « Cinema Novo » qu'il qualifia de « branlette » et de « chapelle minable », tout en épousant ses objectifs. Il est surtout connu pour *Toute nudité sera punie,* qui fut interdit en plein succès par la censure brésilienne.
BIBLIO. : *Positif,* janvier 1982.

Jackson, Pat

Réalisateur anglais né en 1916.

Principaux films : Western Approaches (1944) ; Encore (coréal., Encore, 1951) ; White Corridors (1951) ; Something Money Can't Buy (1952) ; Virgin Island (1958) ; What a Carve Up ! (1961) ; Dead End Creek (1964).

Surtout connu pour son documentaire sur la guerre dans l'Atlantique, le seul tourné en technicolor (*Western Approaches*). Ses autres films, dont un remake de *The Ghoul* de Hayes-Hunter (*What a Carve Up !*) sont restés confidentiels. Sa place comme son influence dans le cinéma anglais n'en ont pas moins été considérables.

Jacoby, Georg

Réalisateur allemand, 1890-1964.

Der Mann ohne Namen (1921) ; Quo Vadis ? (1923) ; Ritt in die Sonne (1926) ; Husarenfieber (1926) ; Der Stolz der Kompagnie (Le héros de la compagnie, 1927) ; Clown (Pauvre Pierrot, 1927) ; Frau ohne Namen (1927) ; Mutterliebe (1929) ; Der keusche Joseph (1930) ; Die Lindenwirtin (1930) ; 1000 Worte deutsch (1930) ; Die Blumenfrau von Lindenau (Tempête dans un verre d'eau, 1931) ; Liebe in Uniform (1932) ; Sag mir, wer du bist (1933) ; Melodie der Liebe (1933) ; Moral und Liebe (1933) ; Polizeibericht meldet (1934) ; Der letzte Walzer (La dernière valse, 1934) ; Princesse Czardas (1934) ; Ehestreik (1935) ; Der Bettelstudent (L'étudiant pauvre, 1936) ; Gasparone (1937) ; Und du, mein Schatz fährst mit (Le démon de la danse, 1937) ; Eine Nacht im Mai (Fille d'Ève, 1938) ; Grossalarm (Chasse à l'homme, 1938) ; Der Vohang fällt (Meurtre au Music-Hall, 1939) ; Kora Terry (Cora Terry, 190) ; Frauen sind doch bessere Diplomaten (La belle diplomate, 1941) ; Der Tanz mit der Kaiser (La danse avec l'Empereur, 1941) ; Hab mich lieb, Bunter Reigen (1942) ; Die Gattin (1943) ; Die Frau meiner Träume (La femme de mes rêves, 1944) ; Sensation in San Remo (1951) ; Frühling auf dem Eis (Printemps sur la glace, 1951) ; Pension Schöller (1952) ; Die geschiedene Frau (1953) ; Maske in blau (Le masque bleu, 1953) ; Drei Tage Mittelarrest (1955) ; Ich und meine Schwiegersöhne (1956) ; Die wilde Auguste (1956) ; Familie Schimek (1957) ; Nachts im Grünen Kakadu (Les nuits du Perroquet vert, 1957) ; Bühne frei für Marika (1958) » ; Die Nacht vor der Premiere (1959) ; Pension Schöller (1960) ; Bomben auf Monte Carlo (Ça peut toujour servir, 1960).

Jacoby fut le grand maître de la comédie musicale allemande. Deux sommets dans son œuvre : *Kora Terry* et *Die Frau meiner Träume,* tous les deux interprétés par Marika Rökk. Infatigable, le tandem continuera à sévir sur les écrans au moins jusqu'aux *Nuits du Perroquet vert* en 1957. « Plat et vulgaire dans la comédie parlée, Jacoby trouve du talent et des idées dès qu'il s'agit de danse. » (Courtade et Cadars, *Histoire du cinéma nazi).*

Jacopetti, Gualtiero

Réalisateur italien né en 1919.

Mondo cane (Mondo cane, 1962) ; La donna nel mondo (1963) ; Mondo cane n. 2 (avec F. Prosperi, 1963) ; Africa addio (avec Prosperi, Les négriers, 1966) ; Zio Tom (avec Prosperi, 1972) ; Mondo candido (avec Prosperi, 1975).

Mondo cane inaugurait un nouveau type de documentaire formé d'une suite de reportages sur des faits scandaleux, sadiques ou horribles. Ce fut un beau scandale et... un gros succès commercial. Jacopetti, journaliste et play-boy devenu infirme à la suite d'un accident de voiture où périt Belinda Lee, exploita quelque temps ce filon.

Jacquot, Benoît

Réalisateur français né en 1947.

L'assassin musicien (1975) ; Les enfants du placard (1977) ; Les ailes de la colombe (1981) ; Une villa aux environs de New York (1982).

Ses deux premiers films révèlent un cinéaste exigeant et difficile rompant avec l'esthétique de la « nouvelle vague » pour s'engager dans la voie ouverte par Bresson. Analysant *L'assassin musicien* et *Les enfants du placard,* le rédacteur du « dictionnaire du cinéma français des années 70 » publié par *Cinéma 80* écrivait : « Jacquot a su imposer une écriture qui redonne au plan son importance primordiale, qui utilise les recherches picturales contemporaines et qui comprend l'importance visuelle des théories lacaniennes de l'inconscient pour développer une interrogation dont le cinéma serait à la fois la clé et l'énigme. » En adaptant Henry James, en utilisant deux vedettes comme Isabelle Huppert et Dominique Sanda, en filmant la Venise chère à Régnier, Jacquot a montré qu'il n'y avait chez lui nulle impuissance à raconter une histoire et qu'il pouvait tourner un film pour le grand public avec autant de succès que d'autres réalisateurs. *Les ailes de la colombe* ont ainsi confirmé l'importance de Benoît Jacquot dans la production française.

Jaekin, Just

Réalisateur français.

Emmanuelle (1973) ; Histoire d'O (1975) ; Madame Claude (1976) ; Le dernier amant romantique (1978) ; Collections privées (un sketch, 1978) ; Girls (1979) ; L'amant de Lady Chatterley (1981).

Spécialiste du porno « soft ». Le fabuleux succès d'*Emmanuelle* lui assura une réputation qu'il confirma avec *Histoire d'O,* son moins mauvais film, et *Madame Claude.* Depuis, il survit et ses films valent ce que vaut la beauté dénudée de ses interprètes féminines.

Jallaud, Pierre.

Réalisateur français.

Courts métrages. Puis : Une infinie tendresse (1969) ; La chaise vide (1974).

Un regard sur les déshérités et les malchanceux qui n'inspirent pas les grandes tragédies et que l'on néglige : les handicapés (*Une infinie tendresse*) et les mères célibataires (*La chaise vide*). Pas de révolte, pas d'appel à la pitié. Un simple constat. De là le refus du public et l'échec immérité de Jallaud.

Jancso, Miklos

Réalisateur hongrois né en 1921.

Courts métrages (titres en français) : Un automne à Badacsony (1954) ; L'eau vivifiante de la Tisza (1954) ; Ne le permettez pas (1954) ; Tableaux d'une exposition (1954) ; Jeunes, souvenez-vous (1955) ; Zsigmond Moricz (1956) ; Aux abords de la ville (1957) ; Dans le sud de la Chine (1957) ; Touches chinoises (1957) ; Palais de Pékin (1957) ; Derkovits (1958) ; Immortalité (1959) ; La roue du temps (1961) ; Crépuscules et aubes (1961) ; Une aventure indienne (1961) ; Un ancien chant populaire (1963) ; La présence (1965) ; Glory, Glory, halleluyah (1970). *Longs métrages :* A harangok Romaba mentek (Les cloches sont parties à Rome, 1958) ; Harom csillag (Trois Étoiles, 1er épisode, 1960) ; Oldas es kötes (Cantate, 1963) ; Igy Jöttem (Mon chemin, 1964) ; Szegénylegények (Les Sans-Espoir, 1965) ; Csillagosok katonak (Rouges et blancs, 1967) ; Csend és Kialtas (Silence et cri, 1968) ; Fényes szelek (Ah ! ça ira !, 1966) ; Sirokko (Sirocco d'hiver, 1969) ; Egi barany (Agnus dei, 1970) ; La Pacifista (1970) ; La Tecnica e il rito (1971) ; Még kér a nép (Psaume rouge, 1971) ; Roma rivuole Cesare, 1973) ; Szerelmem, Elektra (Pour Électre, 1974) ; Vize Privati, Pubbliche Virtu (Vices privés, vertus publiques, 1976) ; Magyar rapszodia (Rhapsodie hongroise I, 1978) ; Allegro barbaro (Rhapsodie hongroise II, 1978) ; A Zsarnok Szive avagy Boccaccio Magyarorszagon (1981).

Sans conteste le plus grand réalisateur hongrois de l'après-guerre. Formé à l'ethnographie et à l'histoire de l'art, il mène des recherches dans ces deux domaines en Transylvanie, avant d'entrer à l'École supérieure du cinéma de Budapest. Diplômé en 1950, il tourne de nombreux courts métrages puis trois films d'un abord difficile. C'est à Cannes, en 1965, qu'il se révèle avec *Les Sans-Espoir,* film consacré à la répression menée en 1869 par le haut commissaire Rady. La cruauté des scènes, le coup de théâtre final, la beauté des images de Tamas Somlo situant l'action dans des steppes sans fin, le refus de toute émotion firent sensation. On retrouva ce même univers glacé dans *Rouges et blancs, Agnus Dei, Psaume rouge.* Assisté du même scénariste, Gyula Hernadi, Jancso ne cesse d'interroger le passé de la Hongrie : de 1867 à 1945, les événements sont analysés avec toujours la part belle pour l'individu isolé (*Silence et cri*). Au cours de cette période, « les films de Jancso s'articulent autour d'une mise à mort, d'un échec, de la destruction par une machine oppressive (l'armée, l'Église, les gendarmes) de celui ou de ceux qui prétendaient changer le monde » (Passek, *Le cinéma hongrois*). Mais, en dépit de l'échec final, c'est un message d'espoir dans l'avenir de la Révolution qu'entendent délivrer ces films. Jancso reprend ses interrogations sur la Révolution, lors des trois films qu'il tourne en Italie (dont *Roma rivuole Cesare*). Poursuivant sa quête, une quête de plus en plus austère et hautaine, Jancso signe *Pour Électre* qui, après *Psaume rouge,* finit par lasser le public à force d'abstractions et de dépouillement. Faut-il voir dans la version de Mayerling proposée par Jancso (*Vices privés, vertus publiques*), une réaction devant les critiques dont il était l'objet ? L'auteur y donne libre cours à un érotisme jusqu'alors contenu et glacé. Après un silence de deux ans, Jancso retrouve la Hongrie et son passé dans une vaste trilogie au titre significatif, *Rhapsodie hongroise.*

BIBLIO. : *Études Cinématographiques* (1975) ; Y. Biro, *Jancso* (1977).

Jankovics, Marcell

Animateur hongrois né en 1941.

Tendenciak (Tendances, 1968) ; Az elet vize (L'eau de jouvence, 1970) ; Add tovabb, szamar a vegallomas (L'éclaboussure, 1973) ; Janos Vitez (Jean le Preux, 1972) ; Sisyphus (1974) ; Mezes tancos (Amour et pain d'épices, 1975) ; Kuzdok (La lutte, 1977).

Excellent réalisateur de dessins animés du studio Pannonia. Il a signé le premier long métrage hongrois d'animation, *Janos vitez,* d'après Sandor Petofi.

Jarman, Derek

Décorateur et réalisateur britannique.

Comme réalisateur : Sebastiane (Sebastiane, 1976, avec P. Humfress) ; Jubilee (Jubilée, 1977) ; The Tempest (1979).

Décorateur de Ken Russel pour *The Devils* et *Savage Messiah,* il a, comme réalisateur, le goût des films insolites. *Sebastiane* est une évocation homosexuelle du martyre de saint Sébastien et le premier film, semble-t-il, où l'on parle, de bout en bout, latin. Quant à *Jubilee,* il est un vibrant et délirant hommage au Londres du mouvement « punk » qui assura son succès.

Jarrott, Charles

Réalisateur anglais né en 1927.

Ann of the Thousand Days (Anne de mille jours, 1969) ; Mary Queen of Scott (1971) ; Lost Horizon (Horizons perdus, 1973) ; The Dove (1974) ; Escape from the Dark (1976) ; The Other Side of Midnight (De l'autre côté de minuit, 1977) ; Condorman (Condorman, 1981) ; The Last Flight of Noah's Ark (Le dernier vol de l'arche de Noé, 1981) ; The Amator (L'homme de hague, 1982).

Ses biographies historiques respirent un ennui distingué, mais il lui sera beaucoup pardonné pour son extravagant mélodrame *The Other Side of Midnight* qui réunissait Ralf Vallone, Marie-France Pisier et Clu Gulager : une vengeance de femme délaissée qui doit se faire avorter avec un porte-manteau (!) et qui tombe, victime à son tour d'une vengeance encore plus atroce. La fusillade des deux amants – retrouvés – par un peloton d'exécution, elle ayant revêtu sa robe de mariée (!), dépasse tout ce qu'il est permis d'imaginer. Après l'échec immérité de cette œuvre délirante, Jarrott a loué ses services chez Walt Disney pour un sous-James Bond : *Condorman.* Dans *Le dernier vol de l'arche de Noé,* les naufragés d'un avion transforment leur épave en radeau sur le Pacifique. Elliott Gould et Geneviève Bujold font de leur mieux pour rendre crédibles des aventures dont semble s'être désintéressé Jarrott. Manque d'ambition ou impuissance ?

Jarva, Risto

Réalisateur finlandais, 1934-1977.

Yo vai paiva (Jour ou nuit, 1964) ; Onnenpeh (Le jeu du bonheur, 1965) ; Tyomiehen palvakirja (Journal d'un travailleur, 1967) ; Ruusujen aika (Le temps des roses, 1969) ; Bensaa suonissa (Rallye, 1970) ; Kun taivas putoaa (Quand le ciel tombe, 1972) ; Yhden miehen sota (La guerre d'un homme, 1973) ; Mies joka ei osannut sanoa ei (L'homme qui ne pouvait dire non, 1975) ; Loma (1976) ; Janiksen vuosi (L'année du lièvre, 1977).

Figure marquante du cinéma finlandais. Il a porté un regard aigu sur les problèmes politiques, sociaux et économiques de son pays. *Tyomiehen palvakirja* est une exploration précise, à travers l'histoire d'un couple, des classes moyenne et ouvrière de Finlande. Il fit connaître Jarva. Il dénonça les méfaits de l'automobile dans une œuvre satirique centrée sur un pilote de rallye (*Bensaa suonissa*) et les ravages de la presse à scandales dans *Kun taivas putoaa.* Mais il s'intéressait aussi au fantastique : *Ruusu-*

jen aika, qui triompha au Festival de science-fiction de Trieste, montre qu'il subit l'influence de *Vertigo* de Hitchcock. Il mourut dans un accident de voiture, après avoir assisté à la première de *Janiksen vuosi.*

Jasny, Vojtech

Réalisateur tchèque né en 1925.

Zarijové Noci (Les nuits de septembre, 1957) ; Tohua (Désir, 1959) ; Prezil jsem svou smrt (J'ai survécu à ma mort, 1960) ; Procesi K Panence (Le pèlerinage à la vierge, 1962) ; As prijde Kocour (Un jour, un chat, 1962) ; Dymky (Les pipes, 1965) ; Vsichni dobri Rodaci (1968) ; Ansichten eines Clowns (1976) ; Fluchtversuch (1976) ; Ruckkehr (1977).

Il a précédé la nouvelle vague tchèque, au sortir de la FAMU, l'école du cinéma de Prague. *Un jour un chat* fit impression par la rupture de ton qu'il introduisait dans la production de son pays : un film inspiré des comédies musicales mais aussi une satire politique. *Pipes* ne confirma pas ce talent nouveau ; ses sketches étaient languissants. Jasny fut dépassé par Forman, Chytilova et Nemec. Après l'intervention soviétique à Prague, il alla tourner des œuvres sans grand intérêt en Allemagne, puis un documentaire télévisé sur le chef d'orchestre Karajan.

Jason, Leigh

Réalisateur américain, de son vrai nom Jacobson, 1904-1979.

The Price of Fear (1928) ; Wolves of the City (1929) ; Eyes of the Underworld (avec R. Taylor, 1929) ; The Tip-Off (1929) ; The Body Punch (1929) ; High Gear (1933) ; Love on a Bet (1936) ; The Bride Walks Out (1936) ; That Girl From Paris (1937) ; New Faces of 1937 (1937) ; Wise Girl (1937) ; The Mad Miss Manton (Miss Manton est folle, 1938) ; The Flying Irishman (1939) ; Career (1939) ; Model Wife (1941) ; Three Girls about Town (1941) Lady for a Night (1942) ; Dangerous Blondes (1943) ; Nine Girls (1944) ; Carolina Blues (1944) ; Meet Me on Broadway (1946) ; Lost Honeymoon (1947) ; Out of the Blue (1947) ; Man from Texas (1947) ; Okinawa (1952).

Comment on devient d'électricien de plateau scénariste, puis, en changeant de nom, réalisateur de comédies aimables mais bien insignifiantes car dépourvues de la folie que l'une d'elles attribue à Miss Manton.

Jasset, Victorin-Hippolyte

Réalisateur français, 1862-1913.

Principaux films : La vie du Christ (1906) ; Rêves d'un fumeur d'opium (1906) ; La partie d'échecs de Napoléon (1907) ; La fiancée du gladiateur (1908) ; Ames corses (1908) ; L'étreinte de la statue (1908) ; Sans mère (1908) ; La fille de la sorcière (1908) ; L'honneur du Corsaire (1908) ; Rêve de fêtard (1908) ; Le revenant (1908) ; Nick Carter, le roi des détectives (1908) ; Riffle Bill, le roi de la prairie (1908) ; La soubrette et le lutin (1909) ; La cure du neurasthénique (1908) ; Les dragonnades sous Louis XIV (1908) ; Nouveaux exploits de Nick Carter (1909) ; Morgan le pirate (1909) ; La légende du juif errant (1909) ; La boiteuse (1909) ; Le bouffon (1909) ; La fleur empoisonnée (1909) ; Meskal le contrebandier (1909) ; Le justicier (1909) ; Journée de grève (1909) ; Les souliers du facteur (1909) ; La mère de Nana (1909) ; Le vautour de la Sierra (1909) ; Docteur Phantom (1909) ; Le club des suicidés (1909) ; Le colis mystérieux (1909) ; Le capitaine Fracasse (1909) ; Rédemption (1909) ; Dans les ruines de Carthage (1910) ; Hérodiade (1910) ; Le roi Philippe le Bel et les Templiers (1910) ; La cage (1910) ; La fin de Don Juan (1911) ; Zigomar (1911) ; Fumeur d'opium (1911) ; Une nuit d'épouvante (1911) ; Le mystère du lit blanc (1911) ; Au pays des ténèbres (1912) ; Un cri dans la nuit (1912) ; Le cercueil de verre (1912) ; Zigomar contre Nick Carter

(1912) ; Rédemption (1912) ; Les batailles de la vie (1912) ; Les bandits en automobile (1912) ; Tom Butler (1912) ; Le poison de l'humanité (1912-1913) ; Zigomar peau d'anguille (1913) ; Le semeur de ruines (1913) ; Dans la fournaise (1913) ; L'ivraie (1913) ; Le voile du passé (1913) ; Le chemin du cœur (1913) ; L'assaut de la terre (1913) ; L'inconnue (1913) ; Le trésor de Baux (1913) ; La bouquetière de Montmartre (1913) ; Sacrifice (1913) ; Fragile bonheur (1913) ; Le val d'enfer (1913) ; Le foyer perdu (1913) ; La justicière (1913) ; Destin tragique (1913) ; Protéa (1913).

En dépit de la disparition de la majeure partie de son œuvre, engloutie avec les archives d'Éclair, et des difficultés à établir sa filmographie, on peut dire qu'il fut l'un de nos plus grands réalisateurs. Il a été l'un des premiers à lancer la vogue du film policier à épisodes avec Nick Carter (d'après John Coryell qui imagina cette réplique américaine à Sherlock Holmes), Zigomar (dont les aventures imaginées par Léon Sazie étaient publiées par *Le Matin* et reprises en volume chez Tallandier), *Le vautour de la Sierra* (de Clavigny, chez Fayard), la séduisante Protéa enfin. Jasset avait su réunir une équipe extraordinaire d'acteurs : Arquillière qui fut Zigomar, Josette Andriot Protéa, etc. Il avait un sens inouï de l'insolite et un goût réel pour le roman populaire qui l'aurait conduit à adapter, s'il avait vécu, Louis Noir, Louis Boussenard, Gustave Aimard, Paul Féval, Maurice Maindron, Paul D'Ivoi, Henri Cauvin ou Léon Groc. Un seul détail permettra de saisir son originalité : « Pour décorer une salle de palais, un parc, une terrasse, Jasset, au lieu de mouler du carton-pâte, employait des êtres vivants qu'il maquillait en bronze ou en plâtre. L'horloge merveilleuse du repaire de Zigomar, l'avez-vous en mémoire ? Une jeune femme, faite comme une déesse, était assise, nue, sur un piédestal de marbre, à côté d'un énorme cadran. Elle tenait à la main une lance dorée qu'elle déplaçait sur le cadran pour indiquer les heures. » (dans J. Deslandes, *Jasset*).

BIBLIO. : J. Deslandes, *Jasset*, Anthologie du cinéma (1975).

Jeanson, Henri

Scénariste et réalisateur, 1900-1970.

Comme réalisateur : Lady Paname (1951).

Prince des dialoguistes entre 1933 et 1963, soit une trentaine d'années de règne, il a commis un petit film, bien « canaille », comme metteur en scène, où Suzy Delair fit merveille.

Jennings, Humphrey

Réalisateur anglais, 1907-1950.

Principaux films : Spare Time (1939) ; The First Day (coréal., 1939) ; London Can Take It (coréal., 1940) ; The Heart of Britain (1941) ; The True Story of Lilli Marlene (1943) ; A Defeated People (1946) ; Family Portrait (1950).

Peintre, poète, photographe et cinéaste, il a exercé une énorme influence sur le documentaire anglais pendant la Deuxième Guerre mondiale.

BIBLIO. : J. Belmans, *Humphrey Jennings*, Anthologie du cinéma (1970).

Jessner, Leopold

Réalisateur allemand, 1878-1945.

Hintertreppe (avec Leni, Escalier de service, 1921) ; Der Erdgeist (Loulou, 1921) ; Reigen (1922).

Son *Escalier de service* marque l'une des premières réactions contre l'expressionnisme en revenant aux scènes de la vie quotidienne et en décrivant les amours d'une servante et d'un facteur. Sa version de *Loulou* d'après Wedekind (avec Asta Nielsen) n'est pas sans qualités mais elle ne peut soutenir la comparaison avec le film de Pabst. Jessner se retira aux États-Unis à l'avènement du nazisme.

Jessua, Alain

Réalisateur français né en 1932.

La vie à l'envers (1963) ; Jeu de massacre (1967) ; Traitement de choc (1972) ; Armaguedon (1977) ; Les chiens (1979).

Il tourne peu mais bien. Il propose un cinéma de divertissement mais où il aborde les problèmes de notre temps et lance des cris d'alarme. L'interprétation de *Traitement de choc* est claire : dans la clinique, il y a les clients venus faire une cure de régénération et ceux dont on prélève le sang, les nantis et les autres. De même l'avertissement qu'il lance contre la prolifération des chiens de garde n'est pas gratuit : des faits divers ont montré que le danger était sérieux, que l'on songe à ce touriste allemand dévoré sur une plage. Manque-t-il de souffle ou de moyens (encore qu'il ait eu de grosses vedettes, Delon et Yanne par exemple dans *Armaguedon*), ou est-il trop modeste ? Il n'occupe toujours pas dans le cinéma français la place qu'il mériterait.

Jewison, Norman

Réalisateur d'origine canadienne né en 1926.

40 Pounds of Trouble (Des ennuis à la pelle, 1962) ; The Thrill of It All (Le piment de la vie, 1963) ; Send Me No Flowers (Ne m'envoyez pas de fleurs, 1964) ; The Art of Love (Gare à la peinture, 1965) ; The Cincinnati Kid (Le Kid de Cincinnati, 1965) ; The Russians Are Coming, The Russians Are Coming (Les Russes arrivent, Les Russes arrivent, 1966) ; In the Heat of the Night (Dans la chaleur de la nuit, 1967) ; The Thomas Crown Affair (L'affaire Thomas Crown, 1968) ; Gaily Gaily (1969) ; The Fiddler on the Roof (Un violon sur le toit, 1971) ; Jesus Christ Superstar (Jésus-Christ superstar, 1973) ; Rollerball (Rollerball, 1974) ; F.I.S.T. (FIST, 1977) ; ... And Justice For All (Justice pour tous, 1979).

Jewison a débuté comme acteur et scénariste à la télévision anglaise, puis, fort de l'expérience acquise, il est retourné à la télévision de son pays, le Canada. Très vite il est invité par les chaînes américaines à travailler pour elles, et, dès 1963, il commence également à diriger des films pour le grand écran. Négligeons ses premières œuvres destinées à mettre en valeur l'insipide Doris Day. Jewison limite les dégâts. Avec *Le Kid de Cincinnati*, un excellent « suspense » sur le monde des joueurs de poker, où il est appelé à remplacer Peckinpah, il montre le bout de l'oreille. Si sa comédie sur *Les Russes arrivent* est bien lourde, *Dans la chaleur de la nuit* montre qu'il est très à l'aise dans le film policier même si la démonstration antiraciste se fait chez lui bien pesante. *Thomas Crown*, plus sophistiqué, confirme cette impression que Jewison s'engage dans la voie d'un renouvellement du thriller. Hélas, il se met à filmer des spectacles à la mode – et donc démodés – comme *The Fiddler on the Roof* ou *Jésus-Christ superstar*. Avec *Rollerball*, admirable évocation des jeux du cirque de l'an 2 000, il retrouve tout son punch, ce qui était en effet nécessaire dans des scènes d'une brutalité rarement montrée de façon aussi réaliste à l'écran. Dans *F.I.S.T.*, c'est la puissance des syndicats américains et leur collusion avec des organisations parallèles comme la Mafia qu'il met en lumière. Le personnage joué par Stallone n'est pas sans évoquer Jimmy Hoffa, tout-puissant patron du syndicat des camionneurs. Toutefois, certains détracteurs de Jewison continuent à lui reprocher son goût de l'esbroufe, des effets visuels gratuits et des sujets trop ambitieux pour lui.

Joannon, Léo

Réalisateur français, 1904-1969.

Adieu les copains (1930) ; Douaumont (1930) ; Durand contre Durand (1931) ; Suzanne (1932) ; Six cent mille francs par mois (1933) ; Quelle drôle de gosse (1935) ; Mais ne te promène donc pas toute nue (1936) ; Quand minuit sonnera (1936) ; L'homme sans cœur (1936) ; Le chanteur de minuit (1937) ; Vous n'avez rien à déclarer ? (1937) ; Alerte en Méditerranée (1938) ; L'émigrante (1939) ; Caprices (1941) ; Le camion blanc (1942) ; Lucrèce (1943) ; La collection Ménard (supervision, 1943) ; Le carrefour des enfants perdus (1943) ; Le 84 prend des vacances (1949) ; Drôle de noces (1951) ; Atoll K (1951) ; Le défroqué (1953) ; Le secret de sœur Angèle (1956) ; L'homme aux clés d'or (1956) ; Le désert de

Pigalle (1957) ; Tant d'amour perdu (1958) ; L'assassin est dans l'annuaire (1961) ; Fort du fou (1962) ; Trois enfants dans le désordre (1966).

Écrivain, juriste, cameraman, il s'est élevé comme réalisateur au niveau du mythe : existe-t-il un film plus délirant que *Le défroqué* où Pierre Fresnay, ancien prêtre et professeur à la Sorbonne, profane le mystère de la messe dans un cabaret, obligeant un jeune séminariste à boire tout le champagne ainsi consacré, champagne qu'il va rendre dans les toilettes ? Avec *Le désert de Pigalle,* Joannon réussit à aller encore plus loin dans le kitsch saint-sulpicien. Et pour rester dans l'extravagance, c'est au même Joannon que revint le triste honneur de diriger le dernier « Laurel et Hardy », *Atoll K,* film qu'on ne peut voir sans pleurer alors qu'il est difficile de retenir son rire à la mort édifiante du jeune séminariste et au retour à la foi de Pierre Fresnay dans *Le défroqué.*

Jodorowsky, Alejandro

Réalisateur d'origine chilienne.

Fando y Lis (1968) ; El Topo (1971) ; The Holly Mountain (La montagne sacrée, 1973) ; Tusk (1979).

Clown, philosophe, montreur de marionnettes, fondateur en France du mouvement « Panique » avec Topor et Arrabal, il écrit trois livres et réalise deux films d'initiation aux images surréalistes, *Fando y Lis* et *El Topo,* tournés au Mexique. Il reprend son thème de quête initiatique dans *La montagne sacrée.* Aux États-Unis, puis à Paris, il travaille à divers projets mais ne peut finalement tourner que *Tusk,* histoire d'un éléphant qui relève de la bande dessinée plutôt que des romans d'Abellio.

Joffé, Alex

Réalisateur français né en 1918.

Six heures à perdre (1946) ; Lettre ouverte à un mari (1953) ; Les hussards (1955) ; Les assassins du dimanche (1956) ; Je reviendrai à Kandara (1956) ; Les fanatiques (1957) ; Du rififi chez les femmes (1959) ; Fortunat (1960) ; Le tracassin (1961) ; Les culottes rouges (1962) ; Pas question le samedi (1965) ; La grosse caisse (1966) ; Les cracks (1968).

Cameraman puis scénariste, il a signé, comme réalisateur, des films solides mais sans éclat dont il écrivit en général les scripts. Il passe du suspense aérien (une bombe à retardement dans l'avion d'un dictateur sud-américain fournit le thème des *Fanatiques*) à la série noire (*Du rififi chez les femmes*). *Le tracassin* était une amusante satire des produits euphorisants. Joffé reprenait Bourvil pour le lancer dans la course cycliste Paris-San Remo avec *Les cracks* des années 1910, riche en gags inédits, tel ce coureur drogué qui descend en ronflant au fil des eaux, faisant la planche. Un peu lent, au bord de la vulgarité, Joffé a toutefois une qualité : il a toujours su diriger ses acteurs avec compétence : Hirsch, Michel de Ré, Teddy Billis font merveille dans *Les cracks.*

Johnson, Lamont

Réalisateur américain né en 1920.

Thin Ice (1961) ; A Covenant With Death (1966) ; Kona Coast (1968) ; My Sweet Charlie (1970) ; The McKenzie Break (L'évasion du capitaine Schluetter, 1970) ; A Gunfight (Dialogue de feu, 1971) ; The Groundstar Conspiracy (Requiem pour un espion, 1972) ; You'll Like My Mother (1972) ; Last American Hero (1973) ; Visit to a Chief's Son (1974) ; Lipstick (Viol et châtiment, 1976) ; One on One (1977) ; Somebody Killed Her Husband (1976) ; Cattle Annie and Little Britches (1980).

Plus connu pour son activité télévisée que cinématographique, Johnson a signé quelques films intéressants, encore que souffrant parfois des techniques de la télévision auxquelles cet ancien acteur semble vouloir rester fidèle. *A Gunfight* était un petit western attachant : deux tueurs désargentés organisaient dans une arène un duel à mort, le vainqueur empochant la recette. Rarement la fin de l'Ouest des cow-boys et des desperados avait été évoquée avec autant de mélancolie. C'est le problème du viol qu'abordait *Lipstick,* en évitant toute complaisance érotique. Un mannequin, Chris, était violée, sans pouvoir, au cours du procès, faire la preuve qu'elle n'était pas consentante. La seconde fois, le musicien était abattu par une amie qu'acquittait à son tour le tribunal. Les autres films de Johnson n'ont guère connu de diffusion hors des pays anglo-saxons. Un talent mineur, mais sympathique.

Johnson, Nunnally

Scénariste et réalisateur américain, 1897-1977.

Night People (Les gens de la nuit, 1954) ; Black Widow (La veuve noire, 1954) ; How to Be Very, Very Popular (La blonde fantôme, 1955) ; The Man in the Gray Flannel Suit (L'homme au complet gris, 1956) ; The Three Faces of Eve (Les trois visages d'Eve, 1957) ; Oh, Men ! Oh, Women ! (Ma femme a des complexes, 1957) ; The Man Who Understood Women (L'homme qui comprend les femmes, 1959) ; The Angel Wore Red (L'ange pourpre, 1960).

L'un des plus importants scénaristes d'Hollywood (*Twelve O'Clock High, The Gunfighter* de King, etc.), il a signé, comme réalisateur, des drames psychologiques, dans la tradition de la Fox : *The Man in the Gray Flannel Suit* ou *The Three Faces of Eve.* Mais il sait varier ses éclairages : *Night People,* bien que centré sur le personnage de Gregory Peck, est avant tout un film d'espionnage de la série anti-rouge comme *Black Widow,* d'après Peter Quentin, se rattache au film policier noir. On a reproché à ses films une tendance au bavardage – péché mignon des scénaristes devenus réalisateurs – mais il a utilisé avec habileté le cinémascope et fait preuve d'autorité dans la direction des acteurs.

Jolivet, Pierre-Alain

Réalisateur français né en 1935.

Bérénice (1966) ; Le grand cérémonial (1968) ; La punition (1972).

Après avoir adapté de façon très personnelle – ce qui ne plut pas à tout le monde – Racine et Arrabal, Jolivet a tourné un curieux film érotique, bien supérieur à la production courante : *La punition.* Une prostituée récalcitrante était envoyée par ses protecteurs dans une maison dont la clientèle se composait uniquement de pervers, belle occasion pour le metteur en scène de nous faire défiler une superbe brochette d'obsédés sexuels.

Jolivet, René

Réalisateur français né en 1898.

La peau d'un homme (1950) ; Dix-huit heures d'escale (1954) ; Les aventures de Gil Blas de Santillane (1955) ; Un certain Monsieur Jo (1957) ; Les mordus (1960).

Du bon travail d'artisan : Georges Marchal fait merveille dans *Gil Blas,* lointaine adaptation de Lesage, et Michel Simon est excellent dans *Un certain Monsieur Jo,* film par ailleurs larmoyant où un ancien gangster tirait sur des bandits pour sauver une petite fille qu'ils avaient kidnappée et finissait mortellement blessé, mais la conscience en paix. On pouvait préférer son premier film, une enquête sur l'assassinat d'un chanteur connu, fertile en coups de théâtre successifs.

Jones, Charles dit Chuck.

Créateur américain de dessins animés né en 1912.

Principaux courts métrages : Joe Glow the Firefly (1941) ; The Dover Boys (1942) ; The Aristo-Cat (1943) ; Super Rabbit (1943) ; Hell Bent for Election (1944) ; Hair Raising Hare (1945) ; Hare Tonic (1945) ; Long-Haired Hare (1948) ; Rabbit of Seville (1950) ; Dripalong Daffy (1951) ; Duck Amuck (1953) ; Duck, Rabbit, Duck (1954) ; From A to ZZZZ (1954) ; Ali Baba Bunny (1957) ; Robin Hood Daffy (1958) ; To Beep or not to Beep (1962) ; Dot and the Line (1965) ; The Great Bugs Bunny Road-Runner Chase (1979).

Il débute dans les années 30 sous la houlette d'Ub Iwerks puis de Walter Lanz ; il rejoint par la suite Schlesinger à la Warner. Il dessine et anime Bugs Bunny, le célèbre lapin (dont il signe 50 des 150 films), Daffy Duck, Porky Pig, Speedy Gonzalez, the Road-Runner connu sous le nom de Mimi l'oiseau supersonique que poursuit un coyote famélique, Silvestre le chat, Sam et Ralph... Les gags se multiplient, surréalistes, sadiques, corrosifs, sans laisser au spectateur le temps de reprendre son souffle. Tous ses films sont fondés sur le thème de la poursuite. Après la dissolution des studios d'animation de la Warner, il a produit quelques Tom et Jerry pour la MGM puis s'est tourné vers la télévision.

Jones, F. Richard

Réalisateur américain né en 1890.

Nombreux courts métrages, puis : Yankee Doodle in Berlin (1919) ; Love Honor and Behave (avec Kenton, (1920) ; The Ghost in the Barret (1921) ; Molly O (1921) ; The Crossroads of New York (1922) ; The Country Flapper (1922) ; Suzanna (1923) ; The Extra Girl (1923) ; The Shiek of Araby (1923) ; The Gaucho (1927) ; The Water Hole (1928) ; The Big Killing (1928) ; Someone to Love (1928) ; Bulldog Drummond (1929).

Entre 1915 et 1920 il dirigea de nombreux courts métrages comiques avec Slim Summerville, Edgar Kennedy, Charles Murray, Chester Conklin, etc. Il réalisa ensuite des longs métrages pour Sennett. Le parlant mit fin à sa carrière. Pourtant son *Bulldog Drummond,* avec Ronald Colman, était, en 1929, tout à fait remarquable.

Jones, Harmon

Monteur et réalisateur né au Canada le 3 juin 1911, mort en 1972.

Comme réalisateur : As Young As You Feel (La Reine du hold-up, 1951) ; The Pride of St. Louis (1952) ; Bloodhounds of Broadway (1952) ; The Silver Whip (Le fouet d'argent, 1953) ; City of Bad Men (1953) ; The Kid from Left Field (1953) ; Gorilla at Large (1954) ; Princess of the Nil (1954) ; Target Zero (Dix hommes pour l'enfer, 1955) ; Day of Fury (24 heures de terreur, 1956) ; Canyon River (La caravane des hommes traqués, 1956) ; The Beast of Budapest (1959) ; Bullwhip (La femme au fouet, 1958) ; Wolf Larsen (1958) ; Don't Worry – We'll Think of a Title (1966).

Ancien *film editor* à la Fox, il a dirigé de sympathiques westerns *(Silver Whip)* ou des films d'horreur *(Gorilla at large)* à tout petit budget qui firent les délices des cinémaniaques des années 50. Il faut citer de lui une œuvre méconnue, *Target Zero,* épisode guerrier d'une cruauté dépouillée qui montre des qualités dans la mise en scène et la conduite du récit, plaçant Harmon Jones au-dessus des réalisateurs habituels de série B.

Jones, J.Q.

Réalisateur américain.

A Boy and his Dog (Apocalypse 2024, 1974).

On lui doit un beau film de science-fiction évoquant la terre au sortir d'une Troisième Guerre mondiale. Il y propose une parabole sur la civilisation américaine à travers l'amitié d'un survivant et de son chien face aux entités mystérieuses des « Hurleurs ».

José, Edward

Réalisateur américain, 1880-?

Principaux films : The Beloved Vagabond (1915) ; Simon the Jester (1915) ; Nedra (1915) ; The Closing Net (1915) ; The Iron Claw (Le masque aux dents blanches, 1916) ; Pearl of the Army (Le courrier de Washington, 1916) ; The Light That Failed (1916) ; Ashes of Embers (1916) ; Poppy (1917) ; Slave Market (1917) ; May Blossom (1917) ; Hungry Heart (1917) ; Her Silent Sacrifice (1918) ; La Tosca (1918) ; Resurrection (1918) ; Fedora (1918) ; My Cousin (1918) ; Private Peat (1918) ; A Woman of Impulse (1918) ; Love's Conquest (1918) ; Two Brides (1919) ; The Isle of Conquest (1919) ; The Peace of Roaring

River (1919) ; The Riddle Woman (1920) ; Typhoon (1920) ; Mothers of Men (1920) ; Her Lord and Master (1921) ; The Scarab Ring (1921) ; Rainbow (1921) ; The Matrimonial Web (1921) ; The Inner Chamber (1921) ; The Prodigual Judge (1922) ; The Girl in his Room (1922) ; The Man from Downing Street (1922) ; Terreur (1924) ; Le puits de Jacob (1926).

Partenaire de Theda Bara, il se tourne rapidement vers la mise en scène. Il devient célèbre avec *The Iron Claw,* un excellent *serial* que joue Pearl White. Déjà *The Beloved Vagabond,* un long métrage teinté de couleurs diverses, avait montré ses ambitions. Mais déçu par Hollywood, il vint tenter sa chance en France où il signa deux films avant de sombrer dans l'anonymat.

Jost, Jon

Réalisateur américain.

Courts métrages : Speking Directly (1973) ; Angel City (1976) ; Last Chants for a Slow Dance (1977) ; Chameleon (1978).

Disciple américain de Godard. Il répond au vœu post-soixante-huitard de l'auteur d'*A bout de souffle :* faire des films politiques avec des moyens réduits. Ainsi *Angel City* est tout à la fois un film policier et une dénonciation des multinationales.

Jouffa, François

Réalisateur français.

La bonzesse (1975).

Il a signé un irrésistible démarquage de *L'histoire de la bienheureuse Raton fille de joie* de F. Fleuret : pour devenir bonzesse à Ceylan, une étudiante a besoin d'argent afin de payer son voyage. Elle se prostitue, ce qui lui permet de faire d'étranges rencontres. Paraît un cardinal en robe : « Éminence, vous dans cette tenue, s'exclame la mère maquerelle saisie d'une indignation inattendue. – Mon enfant, répond le prélat, c'est désormais le seul endroit où je peux la porter. » Où trouver ailleurs que dans « le porno » un écho cinématographique du malaise de l'Église ?

Jouvet, Louis

Acteur et réalisateur français, 1887-1951.

Comme réalisateur : Knock ou le triomphe de la médecine (avec R. Goupillières, 1933).

Ce prodigieux acteur, le plus grand de son temps, a transposé à l'écran, en l'aérant, sa mise en scène théâtrale du chef-d'œuvre de Jules Romains. Sa version est supérieure à la précédente, due à René Hervil, avec Fernand Fabre dans le rôle de Knock.

Julian, Rupert

Réalisateur d'origine néo-zélandaise, 1889-1943.

Jewel (1915) ; The Turn of the Wheel (1916) ; Naked Hearts (1916) ; Bettina Loved a Soldier (1916) ; The Bugler of Algiers (1916) ; The Evil Women Do (1916) ; The Right to Be Happy (1917) ; The Gift Girl (1917) ; The Circus of Life (1917) ; The Mysterious Mr. Tiller (1917) ; The Desire of the Moth (1917) ; Mother O'Mine (1917) ; A Kentucky Cinderella (1917) ; The Door Between (1917) ; The Savage (1917) ; Hands Down (1918) ; Hungry Eyes (1918) ; The Kaiser, the Beast of Berlin (La bête de Berlin, 1918) ; Midnight Madness (1918) ; Creaking Stairs (1919) ; The Sleeping Lion (1919) ; The Fire Flingers (1919) ; Millionaire Pirate (1919) ; The Honey Bee (1920) ; The Girl Who Ran Wild (1922) ; Merry-Go-Round (Chevaux de bois, en remplacement de Stroheim, 1923) ; Love and Glory (1924) ; Hell's Highroad (1925) ; The Phantom of the Opera (Le fantôme de l'Opéra, 1925) ; Three Faces East (1926) ; Silence (Silence, 1926) ; The Yankee Clipper (1927) ; The Country Doctor (Le médecin de campagne, 1927) ; The Leopard Lady (La femme au léopard, 1928) ; Walking Back (1928) ; Love Comes Along (1930) ; The Cat Creeps (1930).

Acteur puis réalisateur, il est l'interprète de ses films entre 1915 et 1919. Tous ont d'ailleurs sombré dans l'oubli. A la demande des dirigeants d'Universal, il remplaça Stroheim sur le plateau de *Merry-Go-Round,* mais l'œuvre porte la marque de l'auteur des *Rapaces.* Le nom de Julian est surtout associé à celui de la première version du *Fantôme de l'Opéra,* chef-d'œuvre du fantastique muet, où Lon Chaney exhibait un visage admirablement défiguré qui glaça d'épouvante plusieurs générations de spectateurs. Cette réputation de maître du fantastique lui valut de diriger quelques films d'épouvante, comme *The Cat Creeps,* mais il ne put renouer avec les fastes de son œuvre la plus célèbre.

Junak, Tadeusz

Réalisateur polonais.

Palac (1980).

Réalisateur réputé de la télévision polonaise, il donne avec son premier film, histoire d'un jeune berger qui entre dans un palais abandonné qui le fascinait depuis son enfance, une œuvre philosophique d'une grande richesse baroque. Avec Piotr Andrejew et Bajon, encore mal connus, il est l'un des chefs de file du courant non réaliste de Polski Film.

Junghans, Carl

Réalisateur tchèque né en 1900.

Beine Maja (1926) ; So ist das Leben (Telle est la vie, 1929) ; Und das Leben geht weiter (1937).

Ce réalisateur tchèque peut être considéré comme l'un des pères du réalisme au cinéma avec *Telle est la vie* qui fut lancé en Allemagne par l'UFA. « L'œuvre est admirable. En apparence c'est le simple réalisme : l'histoire d'une blanchisseuse, sa vie, sa mort. Mais le visage magnifique de Vera Baranovskaïa nous enseigne dès l'abord que cette figure de femme du peuple sans aucun pathos, sans déclamation, dépasse l'anecdote individuelle » (Bardèche et Brasillach, *Histoire du cinéma*).

Junli, Zheng

Réalisateur de la Chine populaire.

Yijang Chunshui Dong Liu (La rivière coule vers l'Est, 1947) ; Wuya yu Maque (Corbeaux et moineaux, 1949).

On lui doit l'un des meilleurs films de Kunlun, dans une veine néo-réaliste, *Wuya yu Maque,* joué par le grand acteur Zhao Dan. On perd sa trace lorsque le cinéma chinois impose comme règle l'anonymat de la réalisation.

Juran, Nathan Hertz

Réalisateur américain né en 1907.

The Black Castle (Le mystère du château noir, 1952) ; Gunsmoke (Le tueur du Montana, 1953) ; Law and Order (Quand la poudre parle, 1953) ; Tumbleweed (Qui est le traître ?, 1953) ; The Golden Blade (La légende de l'épée magique, 1953) ; Drums Along the River (La rivière sanglante, 1954) ; Highway Dragnet (1954) ; The Crooked Web (1955) ; The Deadly Mantis (La chose surgit des ténèbres, 1957) ; Hellcats of the Navy (Commando dans la mer du Japon, 1957) ; 20 Million Miles to Earth (A des millions de kilomètres de la terre, 1957) ; Good Day for a Hanging (1958) ; Seventh Voyage of Sinbad (Le septième voyage de Sinbad, 1958) ; Flight of the Lost Balloon (1961) ; Jack the Giant Killer (Jack le tueur de géants, 1961) ; Siege of the Saxons (1963) ; East of Sudan (1964) ; First Men in the Moon (Les premiers hommes dans la lune, 1964) ; Boy Who Cried Werewolf (1973).

Architecte de formation, il fut un décorateur réputé (*How Green Was My Valley* de Ford, *Razor's Edge* de Goulding...) avant de passer à la mise en scène. Son *Château noir,* dominé par la présence de Boris Karloff, est digne de Walpole et de Beckford, se situant dans la grande tradition du roman gothique. Juran excelle dans la science-fiction de série B, sans paraître trop souffrir de la minceur de ses budgets : si *The Deadly Mantis,* centième version de l'attaque d'humains par des insectes géants, ne présente guère d'intérêt, il n'en va pas de même d'une satisfaisante adaptation des *Premiers hommes dans la lune* de Wells, et surtout du *Septième voyage de Sinbad* aux trucages délirants, incontestablement le chef-d'œuvre de Juran. En revanche, ses westerns, *Gunsmoke, Law and Order, Tumbleweed,* plutôt « poussifs », ne méritent qu'une considération polie.

Jutra, Claude

Réalisateur canadien né en 1930

Principaux films : Mouvement perpétuel (1949) ; Les mains nettes (1958) ; La lutte (1961) ; Comment savoir (1966) ; Wow (1969) ; Mon oncle Antoine (1971) ; Kamouraska (1975).

Études de médecine, théâtre puis cinéma avec Brault. Après plusieurs courts métrages, il entre à l'Office national du film. Dans *La lutte,* il restitue avec bonheur l'atmosphère du Forum de Montréal les soirs de compétition. Son chef-d'œuvre, *Mon oncle Antoine,* est l'évocation attendrie d'un petit village minier du Québec dans les années 40, film autobiographique sur le passage de la petite enfance à l'adolescence.

Jutzi, Phil

Opérateur et réalisateur allemand né en 1894.

Des blinkende Fenster (1919) ; Der Maskierte Schrecken (1919) ; Die Rache des Banditen (1919) ; Die das Licht scheuen (1920) ; Red Bull das letzte Apache (1920) ; Klass und Datsch (1926) ; Kindertragödie (1927) ; Unser tägliches Brot (1928) ; Mutter Krausen fährt ins Glück (L'enfer des pauvres, 1929) ; Berlin-Alexanderplatz (Sur le pavé de Berlin, 1931) ; Kosak und Nachtigall (1935) ; Lockspitzel Asew (1935).

Opérateur réputé, il a signé quelques œuvres, à la veille du nazisme, rompant avec les drames mondains et expressionnistes pour s'orienter vers un réalisme populaire. Parfois un peu lourd et trop misérabiliste, il a signé toutefois *Berlin-Alexanderplatz,* ascension et chute d'un camelot berlinois, film assez bien enlevé.

K

Kadar, Jan

Réalisateur tchèque, 1918-1979.

Na Troskach vrasta zivot (1946) ; Su Osobne Zodpovedni (1946) ; Katya (1950) ; Unos (avec E. Klos, 1952) ; Hudba z Marsu (avec Klos, Musique sur Mars, 1954) ; Tam na Konecné (La maison du terminus, avec Klos, 1957) ; Tri Prani (Trois souhaits, avec Klos, 1958) ; Smrt si rika Engelchen (avec Klos, La mort s'appelle Engelchen, 1963) ; Obzalovany (avec Klos, L'accusé, 1964) ; Obchod na Korze (avec Klos, Le miroir aux alouettes, 1965) ; Adrift (1968) ; Lies My Father Told Me (1975) ; Freedom Road (1978).

Une jeunesse difficile : il dut travailler dans un camp sous l'occupant allemand. Libéré, il tourna, fort de sa formation à l'École du cinéma de Bratislava avant guerre, plusieurs documentaires. En collaboration avec Klos, il alterna comédies et reportages. Il dirigeait *Adrift* lors de l'intervention russe de 1968. Le film dut être interrompu et Kadar trouva refuge aux États-Unis. Mais ses œuvres américaines furent décevantes, Kadar ne parvenant pas à s'adapter à ses nouvelles conditions de travail.

Kagan, Jeremy-Paul

Réalisateur américain.

Scott Joplin (1977) ; Heroes (Héros, 1977) ; The Big Fix (The Big Fix, 1978) ; The Chaser (1980) ; The Chosen (1982).

Nouveau venu du cinéma américain, il traduit le traumatisme de la génération de la guerre du Viêt-nam dans *Heroes* et propose un portrait renouvelé du « privé » (il fume de l'herbe au lieu de boire du bourbon) dans *The Big Fix.*

Kalatozov, Mikhail

Réalisateur russe, 1903-1973.

Sol Svanetii (Le sel de Svanétie, 1930) ; Parade de la jeunesse (doc. 1939) ; Courage viril (1939) ; Valeri Tchkalov (1941) ; Tagovor Obretchyonnikh (Le complot des condamnés, 1950) ; Vernige drouzya (Trois amis fidèles, 1954) ; Pervi echelone (Le premier échelon, 1956) ; Felix Dzerjinsky (1957) ; Letiat Jouravli (Quand passent les cigognes, 1957) ; Neotpravlennoe pismo (La lettre inachevée, 1960) ; Ya Kuba (Je suis Cuba, 1964) ; Krasnaya Palatka (La tente rouge, 1971).

Il doit sa réputation à *Quand passent les cigognes,* dont la critique vanta des qualités techniques que l'on trouvait déjà dans des films de 1925. Économiste, Kalatozov a débuté au cinéma comme acteur puis comme opérateur. De là l'importance qu'il a toujours attachée, devenu réalisateur, aux mouvements d'appareil. Après un premier film semi-documentaire sur le sel de Svanétie, il eut des ennuis, en 1932, avec son œuvre suivante, *La griffe dans la botte,* qui fut interdite. Après une éclipse (il occupa des fonctions modestes dans sa Géorgie natale), il signa quelques films de propagande et fut même attaché culturel à Los Angeles entre 1941 et 1945. Il eut de nouvelles responsabilités politico-cinématographiques à son retour à Moscou, puis revint à la direction. Le succès de *Quand passent les cigognes,* qui lança Tatiana Samoïlova, film très surfait, ne fut pas au rendez-vous des réalisations suivantes, dont une coproduction italo-russe en 1971, *La tente rouge,* consacrée à l'expédition Nobile au pôle Nord.

Kane, Joseph

Réalisateur américain né en 1897.

In Old Santa Fe (1934) ; Fighting Marines (avec Eason, 1935) ; Tumbling Tumbleweeds (1935) ; Melody Trail (1935) ; The Sagebrush Troubadour (1935) ; The Lawless Nineties (1936) ; King of the Pecos (1936) ; The Lonely Trail (1936) ; Darkest Africa (avec Eason, 1936) ; The Undersea Kingdom (avec Eason, 1936) ; Guns and Guitars (1936) ; Oh Susannah ! (1936) ; Ride, Ranger, Ride (1936) ; Fighting Marines (1936) ; The Old Corral (1936) ; Paradise Express (1937) ; Ghost Town Gold (1937) ; Gunsmoke Ranch (1937) ; Come On Cowboys (1937) ; Heart of the Rockies (1937) ; Round-Up Time in Texas (1937) ; Git Along, Little Dogies (1937) ; Yodelin'Kid from Pine Ridge (1937) ; Public Cowboy N° 1 (1937) ; Boots and saddles (1937) ; Springtime in the Rockies (1937) ; Born to Be Wild (1938) ; Arson Racket Squad (1938) ; The Old Barn Dance (1938) ; Gold Mine in the Sky (1938) ; Man from Music Mountain (1938) ; Under Western Skies (1938) ; Billy the Kid Returns (1938) ; Come on Rangers (1938) ; Shine on Harvest Moon (1938) ; In Old Monterey (1939) ; Rough Riders Roundup (1939) ; Frontier Pony Express (1939) ; Southward Ho ! (1939) ; In Old Caliente (1939) ; Wall Street Cowboy (1939) ; The Arizona Kid (1939) ; Saga of Death Valley (1939) ; Days of Jesse James (1939) ; Young Buffalo Bill (1940) ; The Carson City Kid (1940) ; The Ranger and the Lady (1940) ; Colorado (1940) ; Young Bill Hickock (1940) ; The Border Legion (1940) ; Robin Hood of the Pecos (1941) ; In Old Cheyenne (1941) ; Nevada City (1941) ; Sheriff of Tombstone (1941) ; Bad Man of Deadwood (1941) ; Jesse James at Bay (1941) ; Red River Valley (1941) ; The Great Train Robbery (1941) ; Rags to Riches (1941) ; South of Santa Fe (1942) ; The Man from Cheyenne (1942) ; Sunset Serenade (1942) ; Heart of the Golden West (1942) ; Ridin'Down the Canyon (1942) ; Idaho (1943) ; King of the Cowboys (1943) ; Song of Texas (1943) ; Silver Spurs (1943) ; The Man from Music Mountain (1943) ; Hands Across the Border (1943) ; The Cowboy and the Senorita (1944) ; The Yellow Rose of Texas (1944) ; Song of Nevada (1944) ; South of Santa Fe (1944) ; The Cheaters (1945) ; Flame of the Barbary Coast (La belle de San Francisco, 1945) ; Dakota (1945) ; In Old Sacramento (Jack l'Espagnol, 1946) ; The Plainsman and the Lady (1946) ; Wyoming (1947) ; The Gallant Legion (1948) ; Old Los Angeles (1948) ; The Plunderers (Les pillards, 1948) ; The Last Bandit (1949) ; Brimstone (Le cavalier fantôme, 1949) ; Rock Island Trail (Mississipi Express, 1950) ; The Savage Horde (1950) ; California Passage (Ruée vers la Californie, 1950) ; Flighting Coast Guard (Alerte aux gardes-côtes, 1951) ; Oh Susanna (1951) ; The Sea Hornet (1951) ; Woman of the North Country (1952) ; Ride the Man Down (1952) ; Hoodlum Empire (Au royaume des crapules, 1953) ; San Antone (Les rebelles de San Antone, 1953) ; Fair Wind to Java (1953) ; Sea of Lost Ships (La mer des bateaux perdus, 1953) ; Jubilee Trail (La grande caravane, 1954) ; Timberjack (La loi du plus fort, 1955) ; The Road to Denver (Colorado Saloon, 1951) ; Hell's Outpost (Le carrefour de l'enfer, 1955) ; The Vanishing American (Courage indien, 1955) ; The Maverick Queen (La horde sauvage, 1956) ; Accused of Murder (1956) ; Thunder Over Arizona (Tonnerre sur l'Arizona, 1956) ; Duel at Apache Wells (1957) ; Spoilers of the

Forest (1957) ; Last Stagecoach West (1957) ; The Crooked Circle (1957) ; The Lawless Eighties (1957) ; Gunfire at Indian Cap (1957) ; The Notorious Mr. Monks (1958) ; The Man Who Died Twice (1958) ; Track of Thunder (1958) ; Country Boy (1968).

La quantité n'exclut pas la qualité. Non seulement Kane a été fidèle, de 1935 à 1958, à la compagnie Republic, spécialisée dans les films à petit budget, mais il a su, sans gros moyens ni grandes vedettes, tourner des westerns pleins d'action et non dépourvus d'émotion. Comment ne pas garder un bon souvenir de John Wayne dans l'excellent *Colorado Saloon,* dont le scénario était signé, il est vrai, par Horace Mac Coy ? A voir aussi pour se faire une idée du style de Joseph Kane : *Flame of the Barbary Coast* et *Sea of Lost Ships* où souffle le vent salubre de l'aventure.

Kanin, Garson

Scénariste et réalisateur américain né en 1912.

A Man to Remember (1938) ; Next Time I Marry (1938) ; The Great Man Votes (1939) ; Bachelor Mother (Mademoiselle et son bébé, 1939) ; My Favorite Wife (Mon épouse favorite, 1940) ; They Knew What They Wanted (1940) ; Tom, Dick and Harry (Ses trois amoureux, 1941) ; Fellow Americans (1942) ; Ring of Steel (1942) ; German Manpower (1943) ; The True Glory (avec Reed, 1945) ; Salute to France (avec Renoir, 1946) ; Where It's At (1969) ; Some Kind of Nut (1969).

L'un des principaux inspirateurs de la comédie américaine. Saxophoniste, acteur, metteur en scène à Broadway, il vient tenter sa chance à Hollywood en 1938. Ses comédies, principalement *Bachelor Mother* et *My Favorite Wife,* ne sont pas dépourvues de charme. Il est surtout connu comme scénariste des grands films de Cukor (*A Double Life, Adam's Rib, Pat and Mike...*) et pour son livre de Mémoires sur *Tracy and Hepburn.*

Kaplan, Nelly

Réalisatrice d'origine argentine, née en 1934.

Magirama (avec Gance, 1956) ; *Courts métrages sur* G. Moreau et R. Bresdin ; La fiancée du pirate (1969) ; Papa les p'tits bateaux (1972) ; Néa (1976) ; Charles et Lucie (1979).

Un ton insolent et résolument féministe fit de *La fiancée du pirate,* avec Bernadette Lafont, un petit événement. C'est à un véritable jeu de massacre que se livrait Kaplan dans cette farce fort gaillarde. Elle a ensuite partagé son temps entre des écrits fort érotiques sous le nom de Bellen et des comédies d'un humour moins corrosif comme *Charles et Lucie.*

Kapoor, Raj

Acteur et réalisateur pakistanais né en 1924.

Aag (Le feu, 1945) ; Barsaat (Les pluies, 1947) ; Awara (Le vagabond, 1949) ; Jagte Raho (Dans l'ombre de la nuit, 1957) ; Bobby (1971) ; Sangam (1971) ; Mera Naam Joker (1972).

Acteur comique dans la tradition de Charlot, il oscille comme réalisateur entre la grosse bouffonnerie et des comédies plus sensibles et plus fines.

Kardos, Leslie

Réalisateur américain.

The Strip (1951) ; Small Town Girl (Le joyeux prisonnier, 1952) ; The Man Who turned to Stone (1956).

Amené par Pasternack, il fut de l'équipe MGM de l'âge d'or des comédies musicales. On garde le souvenir ébloui d'une danse d'Ann Miller au milieu d'instruments de musique semblant sortir du plancher dans *Small Town Girl.*

Karlson, Phil

Réalisateur américain, de son vrai nom Karlstein, né en 1908.

A Wave, a Wac and a Marine (1944) ; There Goes Kelly (1945) ; G.I. Honeymoon (1945) ; The Shanghaï Cobra (Le cobra de Shanghaï, 1945) ; Dark Alibi (1946) ; Live Wives 1946) ; The Missing Lady (1946) ; Swing Parade of 1946 (1946) ; Behind the Mask (1946) ; Bowery Bombshell (1946) ; Wife Wanted (1946) ; Black Gold (Le gagnant du Kentucky, 1947) ; Kilroy was Here (1947) ; Louisiana (1947) ; Aventure in Silverado (Aventure à Silverado, 1948) ; Rocky (1948) ; Thunderhoof (1948) ; Ladies of the Chorus (1948) ; Down Memory Lane (film de montage, 1949) ; The Big Cat (Le chat sauvage, 1949) ; The Iroquois Trail (La piste des Iroquois, 1950) ; Lorna Doone (Les maudits du château fort, 1951) ; The Texas Rangers (1951) ; Mask of the Avenger (L'épée de Monte-Cristo, 1951) ; Scandal Sheet (L'inexorable enquête, 1952) ; Kansas City Confidential (Le quatrième homme, 1952) ; The Brigand (Le proscrit, 1952) ; 99 River Street (L'affaire de la 99e Rue, 1953) ; They Rode West (La ruée sanglante, 1954) ; Hell's Island (Les îles de l'enfer, 1955) ; Tight Spot (Coincée, 1955) ; Five against the House (On ne joue pas avec le crime, 1955) ; The Phenix City Story (1955) ; The Brothers Rico (Les frères Rico, 1957) ; Gunman's Walk (Le salaire de la violence, 1958) ; The Scarface Mob (Le tueur de Chicago, 1958) ; Hell to Eternity (Saipan, 1960) ; Key Witness (L'homme qui a trop parlé, 1960) ; The Secret Ways (Le dernier passage, 1961) ; The Young Doctors (Les blouses blanches, 1961) ; Kid Galahad (Un direct au cœur, 1962) ; Rampage (Massacre pour un fauve, 1963) ; The Silencers (Mat Helm agent très spécial, 1966) ; A Time for Killing (ou The Long Ride Home, La poursuite des tuniques bleues, 1967) ; The Wrecking Crew (Mat Helm règle son compte, 1968) ; Hornet's Nest (L'assaut des jeunes loups, 1970) ; Ben (1972) ; Walking Tall (Justice sauvage, 1973) ; Framed (La trahison se paie cash, 1975).

Prince de la série B, injustement méprisé en France, très apprécié aux États-Unis où ses films sur la criminalité (*Phenix City Story*, relatant un fait divers authentique, ou *Walking Tall*, évocation des manières assez brutales d'un shérif local ayant réellement existé) ont connu un énorme succès. Tous ses films sont marqués par une violence qui rapproche Karlson de Mann ou de Fleischer à leurs débuts. Il excelle dans les films à petit budget, westerns fauchés à l'atmosphère insolite (dans *Thunderhoof*, l'un des protagonistes meurt de la fièvre typhoïde) ou thrillers que peuplent des tueurs à mine patibulaire (Lee Van Cleef, Neville Brand, Jack Elam, etc.). Les scénarios sont souvent très ingénieux : les complices d'un hold-up ne se rencontrent que masqués ; ainsi, en cas d'échec, ils ne pourront se dénoncer les uns les autres (*Kansas City Confidential*). On abat les témoins gênants (*Tight Spot*), on passe à tabac les récalcitrants (*99 River Street*), on soumet au racket les commerçants (*The Scarface Mob*). Le tout ne va pas sans humour. Dans *Saipan*, des soldats se délassent en galante conpagnie ; ils deviennent pressants. Plan suivant : le long canon d'un navire envoie son obus. Parallèlement, Karlson a déployé une grande activité à la télévision, notamment dans la série des *Incorruptibles*.

Karmen, Roman

Opérateur russe d'actualités né en 1906.

Films d'actualités : Moscou (1933) ; Espagne (1936-1937) ; La Chine se défend (1938) ; L'expédition de Sedov (1940) ; En Chine (1941) ; Leningrad en lutte (1943) ; L'Albanie (1945) ; Le procès de Nuremberg (1947) ; Leningrad (1947) ; Le Turkménistan soviétique (1951) ; La Géorgie soviétique (1952) ; Les puits de pétrole de la Caspienne (1953) ; Vietnam (1955) ; Kinopanorama (1959) ; Cuba (1961).

Considéré comme l'un des plus grands opérateurs d'actualités, il a monté en film un certain nombre de ses reportages.

Karmitz, Marin

Producteur et réalisateur français né en 1940.

Nombreux courts métrages : Les idoles ; Nuit noire à Calcutta ; Comédie... *Longs métrages :* Sept jours ailleurs (1967) ; Camarades (1969) ; Coup pour coup (1972).

Type même du cinéaste militant. On ne peut comprendre *Sept jours ailleurs* ou *Camarades* en faisant abstraction de Mai 68. L'idéologie prime l'art et Gaston Haustrate a dénoncé dans *Cinéma 80* « l'ouvriérisme irresponsable et la démagogie historique » de Karmitz, devenu depuis producteur-distributeur. Reste qu'il ne faut pas négliger l'impact de ses films dans certains milieux intellectuels. Quant à son rôle comme producteur et distributeur, il a été considérable depuis 1973 (Tacchella, Godard, Jacquot...) et semble l'avoir absorbé.

Kasdan, Lawrence

Scénariste et réalisateur américain né en 1950.

Body Heat (La fièvre au corps, 1982).

Dès son premier film, le nouveau « wonder boy » d'Hollywood, précédemment scénariste (*L'empire contre-attaque, Les aventuriers de l'arche perdue*) a renoué avec les fastes du film noir. Originalité : l'action ne se situe plus à New York ou en Californie, mais en Floride. Le portrait de l'avocat prépare la descente aux enfers. Attendons la confirmation de son talent.

Kast, Pierre

Réalisateur français né en 1920.

Courts métrages : Les charmes de l'existence (avec Grémillon, 1949) ; Femmes du Louvre (1951) ; Les désastres de la guerre (1951) ; Arithmétique (1951) ; La guerre en dentelles (1952) ; Je sème à tout vent (1952) ; La chasse à l'homme (1953) ; A nous deux Paris (1953) ; M. Robida prophète et explorateur du temps (1954) ; Claude-Nicolas Ledoux (1954) ; Nos ancêtres, les explorateurs (1954) ; Le Corbusier (1956) ; Images pour Baudelaire (1958) ; Des ruines et des hommes (1958) ; Une question d'assurance (1959) ; La brûlure de mille soleils (1965). *Longs métrages :* Un amour de poche (1957) ; Le bel âge (1959) ; La morte-saison des amours (1960) ; Vacances portugaises (1962) ; Le grain de sable (1964) ; Drôle de jeu (1968) ; Macumba (1969) ; Les soleils de l'île de Pâques (1972) ; Un animal doué de déraison (1975) ; Le soleil en face (1979) ; La guerrillera (1982).

Critique cinématographique à *Action* et aux *Cahiers du cinéma,* assistant de Grémillon, Clément et Sturges, romancier et scénariste, fortement influencé par Roger Vailland qui lui révéla le XVIIIe siècle de Laclos, du cardinal de Bernis et de l'architecte Ledoux, il fut avant tout un éblouissant auteur de courts métrages. Nul mieux que lui n'a su tirer parti des tableaux des peintres pompiers, les Bouguereau, Gerve et autres Henner, des dessins de Goya et de Callot ou des illustrations du Petit Larousse (qui, dans *Je sème à tout vent,* permettent à des Martiens de reconstituer, de façon évidemment fantaisiste, notre civilisation, belle occasion de se moquer des archéologues). Ses documentaires sur Ledoux ou Le Corbusier sont devenus classiques.

Manque-t-il de souffle ? Est-il trop intellectuel ? Il n'a pas vraiment réussi dans le long métrage. Sans doute a-t-il le sens des décors insolites (Les Salines-de-Chaux pour *La morte-saison des amours,* l'île de Pâques dans *Les soleils,* le Brésil moderne pour *Un animal doué de déraison*) et des scénarios ingénieux (l'invention d'*Un amour de poche,* venue de la science-fiction que Kast connaît si bien, la référence à Mœbius dans *Un animal doué de déraison* qui conte deux histoires parallèles, l'une dans le Brésil colonial, l'autre dans le Brésil moderne, montrant comment on perd en définitive une femme en voulant accumuler les obstacles pour éviter une conquête trop facile). Mais l'ensemble reste froid et artificiel au dire de nombreux critiques et la consecration populaire n'a jamais été. Le succès de ses deux derniers romans, l'un consacré au cardinal de Bernis, l'autre à Tibère, semblerait confirmerwune nouvelle orientation vers la littérature, sans rupture complète avec le cinéma.

Kastle, Leonard

Réalisateur américain.

The Honeymoon Killers (Les tueurs de la lune de miel, 1970).

Ce compositeur nous a laissé avec ses *Tueurs*, un opéra tragique solidement ancré dans la vie américaine. Une œuvre restée unique, mais qui fit sensation.

Katzin, Lee H.

Réalisateur américain.

Hondo and the Apaches (1967) ; Heaven With a Gun (Au paradis à coups de revolver, 1969) ; Whatever Happened to Aunt Alice ? (1969) ; The Phynx (1970) ; Le Mans (Le Mans, 1971) ; The Saltzburg Connection (Notre agent à Salzburg, 1972).

A son style nerveux et précis, qu'il tourne un western original comme *Heaven With a Gun* qui nous offre un Glenn Ford tueur repenti et devenu prédicateur, un film de terreur pure, *Aunt Alice,* un quasi-reportage sportif sur les courses automobiles avec Steve McQueen en prime, *Le Mans,* ou une bonne histoire d'espionnage du type de *The Saltzburg Connection,* on reconnaît l'homme de télévision qui filme un *gunfight* comme une rencontre de tennis opposant Borg à Connors.

Kaufman, Philip

Réalisateur américain.

Goldstein (1964) ; Fearless Frank (1968) ; The Great Northfield Minnesota Raid (La légende de Jesse James, 1972) ; White Dawn (1974) ; Invasion of the Body Snatchers (L'invasion des profanateurs, 1978) ; Wanderers (Les seigneurs, 1979).

Une carrière proche de celle de Walter Hill et placée sous le signe du *remake (Jesse James, Body Snatchers).* Certes c'est excellent ; mais Kaufman semble davantage suivre la mode qu'il ne la crée.

Kautner, Helmut

Réalisateur allemand, 1908-1980.

Kitty und die Weltkonferenz (1939) ; Die Acht Entfesselten (1939) ; Frau nach Mass (1940) ; Kleider machen Leute (L'habit fait le moine, 1940) ; Auf Wiedersehen Franziska (1941) ; Anuschka (1942) ; Wir machen Musik (Vive la musique, 1942) ; Romanze in Moll (Lumière dans la nuit, 1942) ; Grosse Freiheit Nr. 7 (1944) ; Unter den Brücken (1945) ; In jenen Tagen (1947) ; Der Apfel ist ab (1948) ; Königskinder (1949) ; Epilog (1950) ; Kapt'n Bay-Bay (1952) ; Die letzte Brücke (Le dernier pont, 1954) ; Bildnis einer Unbekannten (1954) ; Glanz und Ende eines Königs (Louis II de Bavière, 1955) ; Des Teufels General (Le général du diable, 1955) ; Himmel ohne Sterne (Ciel sans étoiles, 1955) ; Ein Mädchen aus Flandern (1955) ; Der Hauptmann von Köpenick (1956) ; Die Zürcher Verlobung (1957) ; Monpti (1957). *Aux États-Unis :* The Restless Years (1958) ; A Stranger in my Arms (1958). *En Allemagne :* Der Schinderhannes (Le brigand au grand cœur, 1958) ; Der Rest ist schweigen (1959) ; Die Gans von Sedan (Sans tambour ni trompette, 1959) ; Das Glas Wasser (1960) ; Schwarzer Kies (1961) ; Der Traum von Lieschen Müller (1961) ; Die Rote (1962) ; Das Haus in Montevideo (1963) ; Lausbubengeschichten (1964) ; Die Feuerzangenbowle (1970).

Kautner sut, à l'époque de Goebbels, ne tourner que des films légers, dépourvus de tout esprit de propagande, sauf *Grosse Freiheit Nr. 7,* sur la marine allemande. Hasard, habileté ou conviction ? *Romanze in Moll,* qui date de 1943, est considéré comme son meilleur film et comme l'une des meilleures adaptations de Maupassant. Une femme, écartelée entre son mari et son amant, finissait par se suicider. Fort éloignée des préoccupations d'alors, cette œuvre qui valut, par son raffinement esthétique, une réputation de dandy et d'esthète à Kautner, déplut fortement à Goebbels qui la jugeait choquante et défaitiste.

Après la guerre, Kautner ne confirma pas cette réputation de dandysme. Du

Dernier pont (avec Maria Schell) au *Général du diable* qui imposa Jurgens, il signa des réalisations lourdes et prétentieuses. Une exception : son *Louis II de Bavière,* tourné dans les châteaux baroques du souverain, qui montrait un souci d'exactitude assez rare dans ce genre de film. Kautner échoua complètement dans sa tentative pour conquérir Hollywood où il ne termina que deux films sans intérêt. De retour en Allemagne, il réussit une vivante biographie de Schinderhannes, brigand allemand fameux sous la Révolution française et un honorable *Sans tambour ni trompette.* Bilan bien mince. Apparu comme le plus grand cinéaste allemand, après la chute du Reich, jouissant d'un préjugé favorable en raison de sa querelle avec Goebbels, il n'est pas parvenu à tourner l'œuvre qu'on attendait de lui.

Kawalerowicz, Jerzy

Réalisateur polonais né en 1922.

Gromada (Le moulin du village, 1951) ; Celuloza (Cellulose, 1953) ; Prod frygiska gwiazda (Sous l'étoile phrygienne, 1954) ; Cien (L'ombre, 1956) ; Prawdziwy Koniec Wielkiej Wojny (La véritable fin de la Grande Guerre, 1957) ; Pociag (Train de nuit, 1959) ; Makta Joanna od Aniotow (Mère Jeanne des Anges, 1961) ; Faraon (Le Pharaon, 1966) ; Gra (Le jeu, 1969) ; Maddalena (1971) ; Smierg Prezydenta (Mort du président, 1978).

Formé à l'École du cinéma de Cracovie, il fut pendant plusieurs années assistant puis scénariste avant de devenir réalisateur. Son œuvre se partage entre des œuvres intimistes et des drames psychologiques d'une part, dont *Cellulose* ou *Train de nuit,* et de brillantes reconstitutions historiques (*Mère Jeanne des Anges,* couronnée à Cannes, et *Pharaon* qui évoque la lutte de Ramsès XIII contre le pouvoir des prêtres qu'il rend responsables du déclin de l'Égypte) à forte coloration anticléricale et d'une grande beauté formelle. Kawalerowicz est généralement son propre scénariste.

Kay, Roger

Réalisateur américain.

The Cabinet of Dr. Caligari (Le cabinet du Dr. Caligari, 1962) ; La puce et le privé (1981).

Son *Caligari* n'était nullement un *remake* du film de Wiene mais une œuvre très originale, sur un scénario d'Ernest Bloch, concernant la psychanalyse. Il disparut ensuite pour faire sa rentrée, deux décennies plus tard, avec un honnête film policier.

Kazan, Elia

Réalisateur américain d'origine turque, de son vrai nom Kazanijoglou, né en 1909.

The People of the Cumberlands (c.m., 1937) ; It's Up to You (doc., 1941) ; A Tree Grows in Brooklyn (Le lys de Brooklyn, 1945) ; The Sea of Grass (Le maître de la prairie, 1946) ; Boomerang (Boomerang, 1947) ; Gentleman's Agreement (Le mur invisible, 1947) ; Pinky (L'héritage de la chair, 1949) ; Panic in the Streets (Panique dans la rue, 1950) ; A Streetcar Named Desire (Un tramway nommé désir, 1951) ; Viva Zapata ! (Viva Zapata !, 1952) ; Man on a Tightrope (1953) ; On the Waterfront (Sur les quais, 1954) ; East of Eden (A l'est d'Eden, 1955) ; Baby Doll (Poupée de chair, 1956) ; A Face in the Crowd (Un homme dans la foule, 1957) ; Wild River (Le fleuve sauvage, 1960) ; Splendor in the Grass (La fièvre dans le sang, 1961) ; America, America (America, America, 1963) ; The Arrangement (L'arrangement, 1969) ; The Visitors (Les visiteurs, 1972) ; The Last Tycoon (Le dernier nabab, 1976).

Il est né à Constantinople, mais ses parents d'origine grecque vinrent s'établir aux États-Unis quand il avait quatre ans. Il sera toujours un immigré et *America, America,* son chef-d'œuvre, prend une signification autobiographique. Très jeune, il se tourne vers le théâtre, comme acteur d'abord puis comme metteur en scène. Dans les années 40, il devient l'une des vedettes de Broadway, montant *A Streetcar Named Desire* et *Death of a Salesman.*

Il paraît au cinéma comme acteur, notamment dans *City for Conquest* avant de devenir *director.* Abordant avec courage les problèmes les plus délicats, il n'hésite pas à traiter la question de l'antisémitisme dans *Gentleman's Agreement,* puis du problème noir dans *Pinky,* des insuffisances de la justice dans *Boomerang,* enfin de l'influence des syndicats dans *Sur les quais,* sans oublier la corruption de la politique par les méthodes publicitaires dans *A Face in the Crowd.* Films brûlants, où Kazan fait déjà preuve d'une grande maîtrise technique, même si *Pinky* et *Gentleman's Agreement* souffrent d'un certain statisme. Kazan ne se désintéresse pas pour autant du théâtre et fonde avec Cheryl Crawford l'Actors Studio. Marlon Brando sera le principal adepte de la *Méthode* et l'acteur fétiche de Kazan. Il interprète, après *A streetcar Named Desire, Viva Zapata* et *On the Waterfront.* En 1952, réalisateur réputé pour son courage, Kazan s'effondre brusquement et dénonce ses anciens camarades communistes devant la Commission des activités anti-américaines. On a voulu voir dans *On the Waterfront* une tentative d'auto-justification. Libéré de ses remords, Kazan tourne des œuvres d'un grand souffle lyrique : *East of Eden* (d'après Steinbeck), *Wild River* et *America, America,* splendide trilogie que ponctue un beau film romantique sur Hollywood, *The Last Tycoon.* Kazan est aussi un romancier réputé : *L'arrangement,* avant de devenir un film en 1969, fut d'abord un roman, publié en 1967. Kazan y livrait un pessimisme qui est peut-être en réalité la clef d'une œuvre placée traditionnellement par la critique sous le signe du lyrisme.

BIBLIO. : M. Ciment, *Elia Kazan,* (1973).

Keaton, Buster, Joseph-Francis

Acteur, scénariste et réalisateur américain, 1895-1966.

Simple acteur dans les films de Fatty Arbuckle : en 1917 (The Butcher Boy ; The Rough House ; His Wedding Night ; Oh, Doctor ; Coney Island ; A Country Hero), en 1918 (Out West ; The Bell Boy ; Moonshine Goodnight Nurse ; The Cook), en 1919 (Backstage ; The Hayseed ; The Garage) et dans The Saphead (Ce crétin de Malec, 1920, Blache). *Acteur, coréalisateur (avec E. Cline, sauf The Goat et The Blacksmith cosignés par Mal St. Clair) et coproducteur (avec Schenck) des courts métrages :* The High Sign (Malec champion de tir, 1920) ; One Week (La maison démontable, 1920) ; Convict 13 (Malec champion de golf, 1920) ; The Scarecrow (L'épouvantail, 1920) ; Neighbors (Voisins-Voisines, 1920) ; The Haunted House (Malec chez les fantômes, 1921) ; Hard Luck (La guigne de Malec, 1921) ; The Playhouse (Frigo-Fregoli, 1921) ; The Boat (Frigo capitaine au long cours, 1921) ; The Paleface (Malec chez les Indiens, 1921) ; Cops (Frigo déménageur, 1922) ; My Wife's Relations (Les parents de ma femme, 1922) ; The Blacksmith (Malec forgeron, 1922) ; The Frozen North (Malec esquimau, 1922) ; Day Dreams (Grandeur et décadence, 1922) ; The Electric House (Frigo à l'Electric Hotel, 1922) ; The Balloonatic (Malec aéronaute, 1923) ; The Love Nest (Keaton signe seul, 1923). *Longs métrages coproduits et généralement dirigés par Keaton :* The Three Ages (Les Trois Ages, avec E. Cline, 1923) ; Our Hospitality (Les lois de l'hospitalité, avec Blystone, 1923) ; Sherlock Junior (Sherlock Junior, Keaton seul, 1924) ; The Navigator (La croisière du Navigator, avec Crisp, 1924) ; Seven Chances (Les fiancées en folie, Keaton seul, 1925) ; Go West (Ma vache et moi, Keaton seul, 1925) ; Battling Butler (Le dernier round, Keaton seul, 1926) ; The General (Le mécano de la « Générale », avec Bruckman, 1926) ; College (Sportif par amour, Horne seul, 1927) ; Steamboat Bill Jr. (Cadet d'eau douce, 1928). *Longs métrages à la MGM (Keaton en perd progressivement le contrôle) :* The Cameraman (L'opérateur, Sedgwick, 1928) ; Spite Marriage (Le figurant, id., 1929) ; Free and Easy (Le metteur en scène, id., 1930) ; Doughboys (Buster s'en va-t'en-guerre, id., 1930) ; Parlor, Bedroom and Bath (Buster se marie, id., 1931. Version française par Autant-Lara) ; Sidewalks of New York (Buster millionnaire, Jules White, 1931) ; The

Passionate Plumber (Le plombier amoureux, Sedgwick, 1932. Version française par Autant-Lara) ; Speak Easily (Le professeur, id., 1932) ; What ! No Beer ? (Le roi de la bière, id., 1933). *En France :* Le roi des Champs-Elysées (Nosseck, 1934). *Courts métrages réalisés par Charles Lamont pour Educational (Keaton collabore parfois au scénario) :* The Gold Ghost (Shérif malgré lui, 1934) ; Allez Oop (L'horloger amoureux, 1934) ; Palooka from Paducah (1935) ; One Run Elmer (Les rivaux de la pompe, 1935) ; Hayseed Romance (Romance dans le foin, 1935) ; Tars and Stripes (Héros de la marine, 1935) ; The E Flat Man (1935) ; The Timid Young Man (dirigé par Sennett, 1935) ; Three on a Limb (1936) ; Grand Slam Opera (Chef d'orchestre malgré lui, 1936) ; Blue Blazes (L'As du feu, R. Kane réal., 1936) ; The Chemist (Le chimiste, Al Christie, 1936) ; Mixed Magic (Le magicien, Kane, 1936) ; Jail Bait (Candidat à la prison, 1937) ; Ditto (1937) ; Love Nest on Wheels (La roulotte d'amour, 1937). *Keaton semble abdiquer toute prétention dans les 10 courts métrages qu'il interprète pour Columbia entre 1939 et 1941.*

Depuis la grande rétrospective que lui consacra la cinémathèque de Paris en 1962, précédée par des articles d'André Martin (*Cahiers du cinéma,* août 1958) et Coursodon (*Cinéma 58,* n° 30), on a redécouvert Buster Keaton.

Venu du music-hall, d'un ménage d'artistes plus uni que celui des Chaplin, Keaton fait ses débuts au cinéma en 1917 avec la troupe de Fatty, mais c'est en 1919 qu'il s'impose vraiment dans une série de courts métrages tournés pour Joseph Schenck. *One Week,* sur la construction d'une maison préfabriquée qui échappe à une tornade pour être pulvérisée par un train, inaugure une série de petits chefs-d'œuvre dont *Cops* où Keaton « est poursuivi par des centaines de flics dont la multitude grouillante et noire, comme télécommandée dans ses mouvements de masse, envahit soudain d'étranges rues vides à la Chirico » (Coursodon). Avec Keaton, c'est la perfection de l'image qui frappe tout autant que l'intelligence du gag. Keaton ne sollicite pas notre pitié comme Chaplin ou Langdon ; il ne vise jamais bas. La série des longs métrages qu'il tourne ensuite lui permet de donner libre cours à son génie inventif. Si *Les Trois Ages,* œuvre d'ailleurs d'une stupéfiante drôlerie, n'est qu'une parodie d'*Intolérance* de Griffith, *Our Hospitality* suscite l'admiration par l'extraordinaire enchaînement, d'une logique imperturbable, des gags, tous fondés sur le thème de la vendetta. La progression des difficultés entassées sous le pas du héros : tel est le principe de base de la mécanique keatonienne que l'on retrouve dans *La croisière du Navigator* (un couple perdu sur un immense paquebot à la dérive) ou *Le mécano de la « Générale »* (les rapports avec une locomotive). Mais il introduit aussi dans son œuvre une dimension onirique : dans *Fiancées en folie,* la course des femmes en voiles de mariées derrière le malheureux Keaton (reprise de *Cops*) et dans *Sherlock Junior* où le rêve se mêle à la réalité, où l'on ne sait plus si le héros est ou non dans le film qu'il projette et où il se projette. Paul Gilson fut l'un des premiers à souligner la poésie des films de Keaton.

L'opérateur est le dernier des grands Keaton. Mais on a trop négligé la série des films tournés par Sedgwick pour la MGM. Keaton n'y est pas encore « le zombie » des années 40. Que l'on songe aux scènes du théâtre dans *Le figurant* ou à celles du début, dans le train, du *Metteur en scène :* la griffe de Keaton est là. En 1962, venu présenter son œuvre à Paris, dans le cadre de la Cinémathèque, Keaton entra par une porte alors qu'on l'attendait à une autre ; il prit le micro qu'on lui tendait et s'en servit comme d'un rasoir électrique : en quelques gestes il avait résumé tout son art. L'ovation qui monta à lui, d'un public très jeune de cinéphiles, fut la plus forte et la plus spontanée enregistrée à la Cinémathèque. Elle était aussi la plus méritée.

BIBLIO. : *Cahiers du cinéma,* n° 86 (1958), J.-P. Coursodon, *Buster Keaton* (1973). Sur ses apparitions comme acteur après 1939, voir le dictionnaire des acteurs et J.-P. Coursodon, *Buster Keaton* (1973).

Keigel, Léonard

Réalisateur français né à Londres en 1929.

Leviathan (1961) ; La dame de pique (1965) ; Qui ? (1970) ; Une femme, un jour (1977).

Un goût pour les atmosphères troubles et fantastiques qui lui permit de réussir ses adaptations de Julien Green et de Pouchkine. En revanche son film policier *Qui ?*, d'une extrême complication, fut un échec commercial. Avec *Une femme, un jour,* Keigel est revenu au style de ses débuts.

Keighley, William

Réalisateur américain né en 1893.

The Match King (1932) ; Ladies They Talk about (1933) ; Easy to Love (1934) ; Journal of a Crime (1934) ; Dr. Monica (1934) ; Big Hearted Herbert (1934) ; Kansas City Princess (1934) ; Babbitt (1934) ; The Right to Live (1935) ; The G-Men (Hors la loi, 1935) ; Mary Jane's Pa (1935) ; Special Agent (1935) ; Stars over Broadway (1935) ; The Singing Kid (1936) ; The Green Pastures (avec Connelly, Les verts pâturages, 1936) ; Bullets or Ballots (Guerre ou crime, 1936) ; God's Country and the Woman, 1936) ; The Prince and the Pauper (Le Prince et le Pauvre, 1937) ; Varsity Show (1937) ; The Adventures of Robin Hood (avec Curtiz, Les aventures de Robin des Bois, 1938) ; Valley of the Giants (La vallée des géants, 1938) ; The Secrets of an Actress (1938) ; Brother Rat (1938) ; Yes, My Darling Daughter I939) ; Each Dawn I Die (A chaque aube je meurs, 1939) ; The Fighting 69th (Le régiment des bagarreurs, 1940) ; Torrid Zone (1940) ; No Time for Comedy (1940) ; Four Mothers (1941) ; The Bride Came C.O.D. (1941) ; The Man who Came to Dinner (1942) ; George Washington Slept Here (La maison de mes rêves, 1942) ; Honeymoon (Sérénade à Mexico, 1947) ; The Street with no Name (La dernière rafale, 1948) ; Rocky Mountain (La révolte des dieux rouges, 1950) ; Close to my Heart (1951) ; The Master of Ballantrae (Le vagabond des mers, 1953).

Bien que les dictionnaires le négligent ou le dédaignent, disons que Keighley est l'un des meilleurs réalisateurs américains et l'un des plus représentatifs du style de la Warner où il fit toute sa carrière. Il a excellé dans tous les genres. Ses films de gangsters sont devenus classiques : James Cagney était remarquable dans *G-Men* et dans *Each Dawn I Die* sur le régime pénitentiaire où il avait pour partenaire George Raft. Quant au tandem Robinson-Bogart, il faisait merveille dans *Bullets or Ballots.* Mais le meilleur film de Keighley dans ce genre demeure *The Street with no Name :* Richard Widmark y était hallucinant en gangster névrosé poursuivi par un tenace rhume des foins. Keighley a réussi d'excellents westerns dont *Rocky Mountain* où les Indiens anéantissaient un commando dirigé par Errol Flynn. Un Errol Flynn que Keighley sut mettre en valeur dans plusieurs films d'aventures historiques de *Robin des Bois* qu'il dirigea avec Curtiz et qui conserve aujourd'hui encore une étonnante fraîcheur grâce à de splendides couleurs, au *Master of Ballantrae,* d'après Stevenson, sans oublier *Le Prince et le Pauvre,* inspiré par Mark Twain. On doit à Keighley un classique du film de guerre (*The Fighting 69th*) et des comédies musicales dont la chorégraphie était réglée par Busby Berkeley (*Stars over Broadway* et *Varsity Show*). A son actif enfin une adaptation du fameux *Babbitt* de Sinclair Lewis et une ravissante comédie sur la Bible vue par les enfants noirs : *Verts pâturages.* Un très beau bilan.

Keller, Harry

Réalisateur américain né en 1913.

Blonde Bandit (1949) ; Tarnished (1950) ; Fort Dodge Stampede (1951) ; Desert of Lost Men (1951) ; Rose of Cimarron (1952) ; Leadville Gunslinger (1952) ; Black Hills (1952) ; Thundering Caravans (1952) ; Marshal of Cedar Rock (1953) ; Bandits of the West (1953) ; Savage Frontier (1953) ; El Paso Stampede (1953) ; Red River Shore (1954) ; The Unguarded Moment (L'enquête de l'inspecteur Graham, 1956) ; Quantez (Quantez leur dernier repaire, 1957) ; Man afraid (L'emprise de la peur, 1957) ; Day of the Bad Man (La journée des violents, 1958) ; The Female Animal (Femmes dans le désir, 1958) ; Voice in the Mirror (1958) ; Step down to Terror (1958) ; Seven Ways from Sundown (Les sept chemins du couchant, 1960) ; Tammy Tell me True (Les lycéennes, 1961) ; Six Black Horses (Six chevaux dans la plaine, 1962) ; Tammy and the Doctor (1963) ; The Brass Bottle (Le retour d'Aladin, 1964) ; In Enemy Country (En pays ennemi, 1968).

Très bon spécialiste du western, il fit ses premières armes dans des séries Z à la Republic avant de passer à l'Universal : il excelle à décrire des voyages ou des poursuites où s'affrontent des hommes de caractère (le ranger et son prisonnier dans *Les sept chemins du couchant* ou les bandits encerclés par les Indiens dans *Quantez*). Mais il est aussi très à l'aise dans le thriller : qui a pu oublier *L'enquête de l'inspecteur Graham* où Esther Williams, professeur dans un collège, échappait de peu aux agissements d'un détraqué sexuel ? Vint l'heure des comédies à l'eau de rose et Keller sombra, corps et caméra, pour notre grand regret, dans la série des *Tammy*.

Kellog, Ray

Réalisateur américain, 1900-1976.

The Giant Gila Monster (1959) ; The Killer Shrews (1959) ; My Dog Buddy (1960) ; The Green Berets (avec John Wayne, Les Bérets verts, 1968).

Réalisateur réputé de « Second Unit » et spécialiste des effets spéciaux, il n'est resté dans l'histoire du cinéma que pour *Les Bérets verts*, l'un des rares films américains sur le Viêt-nam, où il seconda John Wayne.

Kelly, Gene

Acteur, chorégraphe et réalisateur américain né en 1912.

Comme réalisateur : On the Town (avec Donen, Un jour à New York, 1949) ; Singin'in the Rain (avec Donen, Chantons sous la pluie, 1952) ; It's Always Fair Weather (avec Donen, Beau fixe sur New York, 1955) ; Invitation to the Dance (Invitation à la danse, 1956) ; The Happy Road (La route joyeuse, 1957) ; The Tunnel of Love (Père malgré lui, 1958) ; Gigot (Le clochard de Belleville, 1962) ; A Guide for the Married Man (Petit guide pour un mari volage, 1967) ; Hello, Dolly ! (Hello, Dolly !, 1969) ; The Cheyenne Social Club (Attaque au Cheyenne Club, 1970) ; That's Entertainment II (certaines séquences complémentaires, 1976).

Fabuleux chorégraphe, plus apte, il est vrai, à renouveler les plus usés pas de deux qu'à régler de grands ensembles à la Berkeley. Son influence a été énorme sur l'évolution du ballet dans tous les opéras occidentaux (cf. Descombey à Paris ou les hommages que lui rendit Béjart). Ses détracteurs prétendent que c'est à Donen que revient l'essentiel de la réussite du sublime *Singin'in the Rain*. Et d'invoquer contre Kelly les comédies poussives qu'il tourna par la suite, de *La route joyeuse* au *Cheyenne Club*. On pourrait répondre en invoquant les merveilleux ballets d'un *Américain à Paris* où Donen n'eut aucune part. Peu importe : c'est Kelly qui dansait avec Cyd Charisse dans la plus belle séquence de *Chantons sous la pluie* et il s'est confondu dans notre souvenir avec ce pur joyau du cinéma américain.

Kemm, Jean

Réalisateur français, ?-1939.

Honneur d'artiste (1917) ; L'obstacle (1918) ; André Cornelis (1920) ; L'énigme (1921) ; Micheline (1921) ; La ferme du Choquart (1921) ; L'absolution (1922) ; Vidocq (1923) ; Ce pauvre chéri (1924) ; L'enfant-roi (1924) ; Le bossu (1925) ; Son premier film (1926) ; André Cornelis (1927) ; Le juif polonais (1930) ; Atlantis (1930) ; Haï-Tang (1932) ; Les surprises du divorce (1932) ; Miss Helyett (1934) ; L'héritier du Bal Tabarin (1934) ; Le barbier de Séville (1934) ; La loupiote (1936) ; La pocharde (1937) ; Liberté (1937).

Nullement dépourvu de talent, il donna une bonne adaptation du *Juif polonais* d'Erckmann-Chatrian où Harry Baur composait un saisissant personnage d'aubergiste assassin, et un honnête mélodrame, *La loupiote*. Son *Vidocq*, que jouait René Navarre, semble perdu.

Kennedy, Burt

Scénariste et réalisateur américain né en 1923.

Comme réalisateur : The Canadians (1961) ; Mail Order Bride (A l'ouest du Montana) ; The Rounders (Le mors aux dents, 1965) ; The Money Trap (Piège au grisbi, 1966) ; Return of the Seven (Le retour des sept mercenaires, 1966) ; Welcome to Hard Times (1967) ; The War Wagon (La caravane de feu, 1967) ; Support Your Local Sheriff (Ne tirez pas sur le shérif, 1969) ; Young Billy Young (La vengeance du shérif, 1969) ; The Good Guys and the Bad Guys (Un homme fait la loi, 1969) ; Dirty Dingus Magee (Un beau salaud, 1970) ; Support Your Local Gunfighter (1971) ; Hannie Caulder (Un colt pour trois salopards) ; The Deserter (Les dynamiteros, 1971) ; The Train Robbers (Les voleurs de train, 1973) ; The Killer Inside Me (1976) ; Wolf Lake (1979).

Brillant scénariste de western, il fut un peu moins inspiré lorsqu'il passa à la mise en scène, jouant un peu trop sur la parodie dans ses œuvres, en majorité pourtant des westerns. Mais il est permis de préférer *A l'ouest du Montana* à *Coups de feu dans la Sierra* de Peckinpah sur un sujet voisin, et de trouver du charme à des films un peu racoleurs comme *Return of the Seven* ou *Hannie Caulder.* Déplorons que *Welcome to Hard Times,* son chef-d'œuvre, au dire de nombreux critiques, n'ait pas connu une meilleure diffusion.

Kenton, Erle C.

Réalisateur américain né en 1896.

A Small Town Idol (L'idole du village, 1921) ; Tea With a Kick (1922) ; The Danger Signal (1925) ; A Fool and His Money (1925) ; Red Hot Tires (1925) ; The Palm Beach Girl (1926) ; The Sap (1926) ; The Love Toy (1926) ; Other Women's Husbands (1926) ; The Girl in the Pullman (La petite femme du Sleeping, 1927) ; Wedding Bills (1927) ; The Rejuvenation of Aunt Mary (La jouvence de Tante Marie, 1927) ; Bare Knees (1928) ; The Companionate Marriage (1928) ; Golf Widows (1928) ; Name the Woman (1928) ; Nothing to Wear (1928) ; The Sideshow (1928) ; The Sporting Age (1928) ; The Street of Illusion (1928) ; Father and Son (1929) ; Mexicali Rose (1929) ; The Song of Love (1929) ; Trial Marriage (1929) ; A Royal Romance (1931) ; The Last Parade (1931) ; Lover Come back (1931) ; Leftover Ladies (1931) ; X Marks the Spot (1932) ; Guilty as Hell (1932) ; Island of Lost Souls (L'île du docteur Moreau, 1932) ; Stranger in Town (1932) ; From Hell to Heaven (1933) ; Disgraced ! (1933) ; You're Telling Me (Dollars et Whisky, 1934) ; Search for Beauty (1934) ; The Best Man Wins (Les gangsters de l'Océan, 1935) ; Party Wire (1935) ; Grand Exit (1935) ; Public Menace (1935) ; End of the Trail (1936) ; Counterfeit (1936) ; The Devil's Squadron (L'escadrille du Diable, 1936) ; The Devil's Playground (La danseuse de San Diego, 1937) ; Racketeers in Exile (1937) ; Little Tough Guys in Society (1938) ; Everything's on Ice (1939) ; Remedy for Riches (1940) ; Melody for Three (1941) ; They Meet Again (1941) ; Naval Academy (1941) ; Flying Cadets (1941) ; Petticoat Politics (1941) ; Pardon My Sarong (Deux nigauds sur une île, 1942) ; The Ghost of Frankenstein (Le spectre de Frankenstein, 1942) ; Who Done It (Deux nigauds détectives, 1942) ; North to the Klondike (La fièvre de l'or, 1942) ; Frisco Lil (1942) ; How's About It ? (1943) ; It Ain't Hay (Deux nigauds dans le foin, 1943) ; Always a Bridesmaid (1943) ; She Gets Her Man (1945) ; House of Frankenstein (La maison de Frankenstein, 1945) ; House of Dracula (La maison de Dracula, 1945) ; The Cat Creeps (1946) ; Little Miss Big (1946) ; Bob and Sally (Savoir, 1948) ; One Too Many (1950).

Kenton fit ses débuts dès 1914 chez Sennett comme acteur puis comme metteur en scène de films en deux bobines. A partir de 1921, il réalisa des longs métrages, entamant une carrière particulièrement prolifique. En 1932, il réussit une splendide adaptation du roman de Wells, *L'île du docteur Moreau.* « Les créatures mi-hommes, mi-bêtes de ce film sont certainement ce qui a été montré de plus malsain et de plus révoltant sur un écran pour tout individu normalement constitué », écrivit Jean Boullet, grand spécialiste des monstres cinématographiques. Kenton devait récidiver avec *The Ghost of Frankenstein, House of Dracula* et surtout *House of Frankenstein* qui contient quelques séquences devenues classiques. En revanche Kenton parut moins à l'aise avec « les deux nigauds » Abbott et Costello dont il dirigea quelques pâles navets, en regrettant sans doute ses héros favoris, Frankenstein, Dracula et le Loup-Garou.

BIBLIO. : L'univers d'Erle Kenton, *L'écran fantastique* n° 3.

Kershner, Irvin

Réalisateur américain né en 1923.

Stakeout on Dope Street (1958) ; The Young Captives (1959) ; The Hoodlum Priest (Le mal de vivre, 1961) ; A Face in the Rain (1963) ; The Luck of Ginger Coffey (1964) ; A Fine Madness (L'homme à la tête fêlée, 1966) ; The Flim-Flam Man (Une sacrée fripouille, 1967) ; Loving (Loving, 1970) ; Up the Sandbox (1972) ; S.P.Y.S. (Les « S » pions, 1974) ; The Return of a Man Called Horse (La revanche d'un homme nommé Cheval, 1976) ; Raid on Entebbe (Raid sur Entebbe, 1976) ; The Eyes of Laura Mars (Les yeux de Laura Mars, 1978) ; The Empire Strikes Back (L'empire contre-attaque, 1980).

Travaille surtout pour la télévision. Ses deux succès sur le grand écran, *The Eyes of Laura Mars* et *The Empire Strikes Back*, doivent tout, le premier à John Carpenter qui en écrivit le scénario, le second à George Lucas qui le produisit.

Kezdi-Kovacs, Zsolt

Réalisateur hongrois né en 1936.

Nombreux courts métrages. Puis : Mersekelt égöv (Zone tempérée, 1970) ; Romantika (1972) ; Locsolokocsi (1973) ; Ha megjön Jozsef (1975) ; A Kedves szomszed (1979).

Encore mal connu hors de Hongrie, il est considéré comme l'un des meilleurs réalisateurs de son pays. *Zone tempérée* marque un tournant dans la production hongroise.

Kieslowski, Krzysztof

Réalisateur polonais né en 1941.

Nombreux courts métrages. Puis : Personel (1975) ; Blizna (La cicatrice, 1976) ; Spokoji (1976) ; Amator (Le profane, 1979).

Formé à l'école du cinéma de Lodz, il dépasse en violence dans sa critique de la société polonaise Wajda et Zanussi. *Spokoji,* qui évoquait les émeutes de la faim de 1976, fut même interdit par la censure, ainsi que certains de ses courts métrages. Il a paru plus apaisé dans *Amator,* réflexion sur le métier de cinéaste, mais où l'on voit le directeur d'une usine refuser l'accès de celle-ci au porteur d'une caméra. Symbole d'une censure dont Kieslowski a été la grande victime.

Kijowski, Janusz

Réalisateur polonais.

Indeks (1978) ; Kung Fu (1979) ; Glosy (1981).

L'un des plus brillants représentants du jeune cinéma polonais. *Indeks* fut interdit par la censure pour avoir évoqué la révolte des étudiants polonais en mars 1968. *Kung Fu,* à son tour, s'ouvre sur cette révolte, et, à la faveur de la description d'une petite ville industrielle, le film rejoint par son inspiration *L'homme de fer* de Wajda. Dans *Glosy,* plus fantastique, l'héroïne, professeur de chimie, entend des voix. Ce sont des messages venus de l'espace. Un cinéaste à suivre, si l'évolution de la situation politique en Pologne lui permet de continuer à s'exprimer.

Kimmins, Anthony

Réalisateur anglais, 1901-1963.

By-Pass to Happiness (1934) ; Once in a New Moon (1935) ; All at Sea (1935) ; Keep Fit (1937) ; I See Ice (Comme sur des roulettes, 1938) ; It's in the Air (1938) ; Come on George (1939) ; My Own Executioner (Mon propre bourreau, 1947) ; Bonnie Prince Charlie (La grande révolte, 1948) ; Flesh and Blood (1950) ; Mr. Denning Drives North (L'assassin revient toujours, 1951) ; Who Goes There ? (1952) ; Captain Paradise (Le capitaine Paradis, 1954) ; Aunt Clara (1954) ; Smiley (Perdus dans la brousse, 1956) ; Smiley Gets a Gun (1958) ; The Amorous Prawn (1962).

Acteur, écrivain, scénariste, il n'a guère laissé comme réalisateur que le souvenir de *Capitaine Paradis*, comédie pleine d'humour où Alec Guinness passait agréablement son temps entre deux épouses.

Kimura, Keigo

Réalisateur japonais.

Bijo to Tozoku (La belle et le voleur, 1952).

Kimura ne nous est connu que par un film violent et d'un extraordinaire érotisme pour son époque. Machiko Kyo y était superbe de sensualité.

King, Allan

Réalisateur canadien né en 1930.

Skid Row (1956) ; Running Away Backyards (1964) ; Warrendale (1966) ; A Married Couple (1969) ; Come on Children (1973) ; Who Has Seen the Wind ? (1977).

D'abord scénariste, il est devenu le représentant le plus célèbre de Vancouver Film Unit. Maître du documentaire, il sait évoquer une maison pour enfants émotifs dans *Warrendale* ou raconter la vie quotidienne d'un couple banal dans *A Married Couple*. Cela ne va pas toutefois sans quelque ennui.

King, Henry

Réalisateur américain, 1888-1982.

The Nemesis (1915) ; Should a Woman Forgive ? (1915) ; Little Mary Sunshine (1916) ; When Right Is Right (1916) ; The Oath of Hate (1916) ; Shadows and Sunshine (1916) ; Joy and the Dragon (1916) ; The Kiddies (1917) ; Told at Twilight (1917) ; The Devil's Bait (1917) ; Sunshine and Gold (1917) ; Souls in Pawn (1917) ; The Mainspring (1917) ; The Bride's Silence (1917) ; The Climber (1917) ; Southern Pride (1917) ; A Game of Wits (1917) ; The Mate of the Sally Ann (1917) ; Vengeance of the Dead (1917) ; Beauty and the Rogue (1918) ; When a Man Rides Alone (1918) ; Powers that Prey (1918) ; Hearts or Diamonds ? (1918) ; Social Briars (1918) ; Up Romance Road (1918) ; The Locked Heart (1918) ; Hobbs in a Hurry (1918) ; All the World to Nothing (1918) ; Where the West Begins (1919) ; Brass Buttons (1919) ; Some Liar (1919) ; A Sporting Chance (1919) ; This Hero Stuff (1919) ; Six Feet Four (1919) ; 23 ½ Hour Leave (1919) ; A Fugitive from Matrimony (1919) ; Haunting Shadows (1919) ; The White Dove (1920) ; Uncharted Channels (1920) ; One Hour Before Dawn (1920) ; Help Wanted Male (1920) ; Dice of Destiny (1920) ; When We Were 21 (1921) ; The Mistress of Shenstone (1921) ; Salvage (1921) ; The Sting of the Lash (1921) ; Tol'able David (1921) ; The Seventh Day (1922) ; Sonny (1922) ; The Bond Boy (1922) ; Fury (1922) ; The White Sister (Dans les laves du Vésuve, 1923) ; Romola (1924) ; Any Woman (1925) ; Sackloth and Scarlet (1925) ; Stella Dallas (Le sublime sacrifice de Stella Dallas, 1925) ; Partners Again (1926) ; The Winning of Barbara Worth (Barbara, fille du désert, 1926) ; The Magic Flame (1927) ; The Woman Disputed (1928) ; She Goes to War (1929) ; Hell Harbor (Sous le ciel des Tropiques, 1930) ; The Eyes of the World (1930) ; Merely Mary Ann (1931) ; Lightnin' (1931) ; Over the Hill (1931) ; The Woman in Room 13 (1932) ; State Fair (La foire aux illusions, 1933) ; I Loved You Wednesday (1933) ; Carolina (1934) ; Marie Galante (1934) ; One More Spring (1935) ; Way Down East (1935) ; The Country Doctor (Le médecin de campagne,

1936) ; Ramona (Ramona, 1936) ; Lloyds of London (Lloyds de Londres, 1936) ; Seventh Heaven (L'heure suprême, 1937) ; In Old Chicago (L'incendie de Chicago, 1938) ; Alexander's Ragtime Band (La folle parade, 1938) ; Stanley and Livingstone (Stanley et Livingstone, 1939) ; Jesse James (Le brigand bien-aimé, 1939) ; Little Old New York (1940) ; Maryland (1940) ; Chad Hanna (La belle écuyère, 1940) ; A Yank in R.A.F. (1941) ; Remember the Day (Adieu jeunesse, 1941) ; The Black Swan (Le cygne noir, 1942) ; The Song of Bernadette (Le chant de Bernadette, 1943) ; Wilson (Wilson, 1944) ; A Bell for Adano (1945) ; Margie (Margie, 1946) ; Captain from Castille (Capitaine de Castille, 1947) ; Deep Waters (1948) ; The Prince of Foxes (Échec à Borgia, 1948) ; Twelve O'Clock High (Un homme de fer, 1949) ; The Gunfighter (La cible humaine/L'homme aux abois, 1949) ; I'd Climb the Highest Mountain (1951) ; David and Bathsheba (David et Bethsabée, 1951) ; Wait 'Til the Sun Shines, Nellie (1952) ; O'Henry's Full House (un sketch, La sarabande des pantins, 1952) ; The Snows of Kilimandjaro (Les neiges du Kilimandjaro, 1952) ; King of the Khyber Rifles (Capitaine King, 1953) ; Untamed (Quand soufflera la tempête, 1955) ; Love Is a Many-Splendored Thing (La colline de l'adieu, 1955) ; Carousel (Carrousel, 1956) ; The Sun Also Rises (Le soleil se lève aussi, 1957) ; The Bravados (Bravados, 1958) ; This Earth Is Mine (Cette terre qui est mienne, 1959) ; Beloved Infidel (Un matin comme les autres, 1959) ; Tender Is the Night (Tendre est la nuit, 1961).

Un « centenaire » du cinéma, selon l'heureuse formule de Jacques Lourcelles, moins au sens physique qu'au niveau de la production. King a eu une extraordinaire longévité cinématographique, ponctuée de chefs-d'œuvre, de *Stella Dallas* à *Jesse James*, c'est-à-dire du mélodrame au western, de *Twelve O'Clock High* à *The Black Swan*, du film de guerre à celui de pirates, de *Carrousel* à *Lloyds of London*, de la comédie musicale à la reconstitution historique. Venu du théâtre, King débute au cinéma comme acteur en 1913. Il devient directeur en 1915 et ne cessera de tourner jusqu'en 1961. C'est *Tol'able David*, remarqué et admiré par Poudovkine qui l'impose. On y trouve déjà cette nostalgie de l'ancienne Amérique, celle des pionniers et des grands espaces, nostalgie sensible dans des œuvres aussi diverses mais toutes admirables que sont *Jesse James, In Old Chicago* ou le méconnu *Wait 'Till the Sun Shines, Nellie.* Il est aussi fasciné par les vocations sublimes des grands hommes (*Stanley et Livingston, Little Old New York*) ou les appels venus du ciel (*Le chant de Bernadette*). Il est aussi le cinéaste de l'amour, d'un amour qui triomphe de tous les obstacles et l'on comprend qu'il ait refait le fameux *Seventh Heaven* de Borzage auquel il s'apparente dans son approche du film sentimental. Mais l'amour maternel lui inspire aussi *Stella Dallas*, film qui sera refait à son tour. Comme l'a bien noté son meilleur exégète, Jacques Lourcelles, il est, en définitive, « le peintre des hommes illustres et de certaines destinées obscures, mais exceptionnelles », dont « il a adoré retracer les vies denses et pleines, rendues telles par l'action, la créativité, le sentiment religieux ou l'amour ».

BIBLIO. : Henry King, L'air des sommets, *Écran 78*, nos 70 et 71.

King, Louis

Réalisateur américain, 1898-1962.

Boy Rider (1927) ; Slingshot (1927) ; Little Buckaroo (1928) ; Bentam Cow-Boy (1928) ; Orphan of the Sage (1928) ; Terror Mountain (1928) ; The Vagabond Cub (1929) ; The Freckled Rascal (1929) ; The Little Savage (1929) ; Pals of the Prairie (1929) ; The Lone Rider (1930) ; Shadow Ranch (1930) ; Men without Law (1930) ; Desert Vengeance (1931) ; The Fighting Sheriff (1931) ; Border Law (1931) ; The Deceiver (1931) ; Police Court (1932) ; The County Fair (1932) ; Arm of the Law (1932) ; Driftings Souls (1932) ; Robber's Roost (1933) ; Life in the Raw (1933) ; La Ciudad de Carton (1934) ; Murder in Trinidad (1934) ; Pursued (1934) ; Bachelor of Arts (1934) ; Julieta compra un Hijo (1935) ; Charlie Chan in Egypt (Charlie Chan en Égypte, 1935) ; Angelita (1935) ; Road Gang (1936) ; Special Investigator (1936) ; Song of the Saddle (1936) ; The Bengal Tiger (1936) ; Melody for two (1937) ; That Man's Here Again (1937) ; Draegerman Courage (1937) ; Wild Money (1937) ; Bulldog Drummond Comes Back (Le retour de Bulldog Drummond, 1937) ; Wine, Women and Horses (1937) ; Bulldog Drummond's Revenge (La revanche de Bulldog Drummond, 1937) ; Tip-Off Girls (1938) ; Hunted Men (1938) ; Bulldog Drummond in Africa (Bulldog Drummond en Afrique, 1938) ; Illegal Traffic (1938) ; Tom Sawyer Detective (1938) ; Persons in Hiding (1939) ; Undercover Doctor (1939) ; Seventeen (1940) ; Typhoon (1940) ; The Way of All Flesh (1940) ; Moon over Burma (1940) ; Young America (1942) ; Chetnick's (1942) ; Ladies of Washington (1944) ; Thunderhead, Son of Flická (Le fils de Flicka, 1945) ; Smoky (1946) ; Thunder in the Valley (1947) ; Green Grass of Wyoming (1948) ; Sand (1948) ; Mrs. Mike (Une femme dans le Grand Nord, 1949) ; Frenchie (Femme sans loi, 1950) ; The Lion and the Horse (1952) ; Powder River (1953) ; Sabre Jet (Les corsaires de l'espace, 1953) ; Dangerous Mission (Mission périlleuse, 1954) ; Massacre (1954).

Frère cadet de Henry King, il s'est spécialisé dans les films de série (Charlie Chan, Bulldog Drummond). Du savoir-faire et de l'ingéniosité. *Charlie Chan en Égypte* est fort drôle et *Les corsaires de l'espace* se voient sans ennui.

Débutant dans la carrière en 1919, il avait d'abord exercé le métier d'acteur tout en poursuivant ses études. Réalisateur, il tourna d'abord pour Film Booking Offices des westerns à tout petit budget avant d'être engagé par les *Majors*. Il acquit une grande expérience. Fort de l'appui de son frère, il aurait pu tourner des œuvres importantes mais il fut toujours dépourvu d'ambition.

King, Hu

Réalisateur chinois né en 1931.

Come Drink With Me (1965) ; The Sons and Daughters of the Good Farth (1966) ; Dragon Inn (1969) ; A Touch of Zen (1972) ; The Fate of Lee Khan (1973) ; The Valiant Ones (Pirates et guerriers, 1974).

Formé à l'Académie de Pékin. Il travaille à Hong-Kong pour le producteur Run Run Shaw, puis se brouille avec lui et crée, malgré l'échec de son œuvre la plus importante, *A Touch of Zen*, sa propre compagnie. Les films qu'il y tourne lui ont valu la réputation de meilleur spécialiste d'un genre consacré aux arts martiaux et au karaté qui caractérise la production habituelle de Hong-Kong. King Hu paraît plus ambitieux, plus soucieux de soigner les décors et de raconter une histoire qui lui soit personnelle.

BIBLIO. : *Positif*, nº 169 (1975).

Kinoshita, Keisuké

Réalisateur japonais né en 1912.

Hana saku minato (Le port en fleur, 1943) ; Rikugun (L'armée, 1944) ; Ozone ke no asa (La matinée de la famille Ozone, 1946) ; Waga koiseshi otome (La fille dont j'étais amoureux, 1946) ; Fushicho (Le phénix, 1947) ; Hakaï (La chute, 1948) ; Ojosan Kanpaï (Bravo mademoiselle, 1949) ; Yabure daiko (Le tambour brisé, 1949) ; Carmen kokyo ni kaeru (Le retour de Carmen, 1951) ; Shonenki (L'enfance, 1951) ; Carmen jujo su (L'amour pur de Carmen, 1953) ; Nippon no higeki (La tragédie du Japon, 1953) ; Onna no sono (Le jardin des femmes, 1954) ; Nijushi no hitomi (Les vingt-quatre prunelles, 1954) ; Nogiku no gotoki kimi nariki (Comme une fleur des champs, 1955) ; Yorokobi mo kanashimi mo ikusaigetsu (Tant d'années de joie et de tristesse, 1957) ; Fuzen no tomoshibi (Une bougie dans le vent, 1957) ; Narayama bushi ko (La ballade de Narayama, 1958) ; Kazahana (La fleur du vent, 1959) ; Sekishuncho (L'oiseau qui regrette le printemps, 1959) ; Kyo mo mata kakute arinan (Voici un nouveau jour, 1959) ; Haru no yume (Le rêve du printemps, 1960) ; Fuefuki gawa (La rivière Fuefuki, 1960) ; Eien no hito (Un homme éternel, 1961) ; Kotoshi no koi (L'amour de cette année, 1961) ; Futari de aruita iku shunju (La ballade d'un travailleur, 1962) ; Utae wakoudo tachi (Chantons, les jeunes !, 1963) ; Shito no densetsu (La bataille mortelle, 1963) ; Koge (Le parfum de l'encens, 1964).

Le René Clair japonais. Peu connu hors de son pays, il semble avoir exercé une grande influence sur ses compatriotes. Spécialiste de la comédie sentimentale ou satirique, il s'inspire aussi du théâtre kabuki. Typiquement japonais, il est difficile à saisir pour un Occidental dans toutes ses nuances, ce qui explique sa faible audience internationale.

Kinugasa, Teinosuké

Réalisateur japonais, 1896-1982.

Niwa no kotori (Deux petits oiseaux, 1922) ; Kanojo no ummei (Elle a vécu son destin, 1924) ; Tsukigata Hanpeita (1925) ; Kurutta Ippeiji (Une page folle, 1926) ; Akatsuki no yushi (Un guerrier brave de l'aube, 1927) ; Jujiro (Ombres sur Yoshiwara, 1928) ; Chushingura (Les 47 rōnin, 1932) ; Futatsu doro (Deux lanternes, 1933) ; Koina no ginpei (Ginpei amoureux, 1933) ; Ipponto dohyoiri (Un lutteur, 1934) ; Yukino jo henge (La métamorphose de Yukinojo, 1935) ; Osaka natsu no jin (La bataille d'été d'Osaka, 1937) ; Kawanaka zima kassen (La bataille des îles Kawanaka, 1941) ; Umi no bara (La rose de la mer, 1945) ; Aru yo no tonosama (Le seigneur d'un soir, 1946) ; Joyu (L'actrice, 1947) ; Koga yashiki (Le pavillon Koga, 1949) ; Satsujinsha no kao (Le visage d'un assassin, 1950) ; Tsuki no wataridori (L'oiseau migrateur sous la lune, 1951) ; Daïbutsu kaïgen (La légende du Grand Bouddha, 1952) ; Jigoku mon (La porte de l'enfer, 1953) ; Yuki no yo no ketto (Le duel d'une nuit de neige, 1954) ; Kawa no aru shitamachi no hanashi (La zone au bord de la rivière, 1955) ; Yushima no hakubai (Les pruniers du quartier Yushima, 1964) ; Yoshinaka o meguru sannin no onna (Trois femmes autour de Yoshinaka, 1956) ; Genji Monogatari (un sketch, 1957) ; Naruto hicho (Conte fantastique de Naruto, 1957) ; Haru koro no hana no en (Le banquet du printemps, 1958) ; Osaka no onna (Femmes d'Osaka, 1958) ; Shirasagi (Le héron blanc, 1958) ; Joen (Le feu de la passion, 1959) ; Uta andon (La lanterne, 1960) ; Midare gami (Une femme échevelée, 1961) ; Okin to Sasuke (1961) ; Jotai (un sketch, 1963) ; Yoso (Le bonze sorcier, 1963) ; Chisai tobasha (Le petit fugitif, 1966).

Acteur de théâtre jouant des rôles de femme, il débute sous cet aspect, en 1917, avant de devenir réalisateur à partir de 1922. Sa carrière est un résumé de l'histoire du cinéma japonais. La reprise d'*Une page folle* ou la vision des *47 rōnin* confirment qu'il fut l'un des meilleurs réalisateurs de l'entre-deux-guerres. Il aurait été fortement influencé par le cinéma russe, après un voyage à Moscou. C'est *La porte de l'enfer* qui le fit connaître en Europe dans les années 50. A Cannes, Jean Cocteau s'enthousiasma pour ce film qui racontait une histoire criminelle du XIIe siècle avec un parti pris esthétique rompant avec le nouveau réalisme qu'il défendait auparavant. Il eut la palme d'or. En réalité, il restait fidèle à la poésie qui avait fait son ancienne célébrité dans *La zone au bord de la rivière* ou *Les pruniers du quartier Yushima*. Œuvre d'abord difficile pour un Occidental, *Le héron blanc* est accueilli avec faveur. Kinugasa est considéré désormais comme l'égal d'un Mizoguchi. Il tourne une coproduction avec l'Union soviétique, *Le petit fugitif*, puis choisit la retraite. Sensible et délicat, « cet esthète de la couleur est amoureux de la beauté qui, pour lui, est synonyme de féminité », selon l'expression de R. Govaers, rappelant les débuts de Kinugasa au théâtre.

Kirkwood, James

Acteur et réalisateur américain, 1883-1963.

Comme réalisateur : Little Red Riding Hood (1911) ; Prince Charming (1912) ; The House of Discord (1913) ; Such a Little Queen (1914) ; Ashes of the Past (1914) ; The Mountain Rat (1914) ;

Classmates (1914) ; Strongheart (1914) ; The Eagle's Mate (1914) ; Men and Women (1914) ; Cinderella (1914) ; Behind the Scenes (1914) ; Mistress Nell (1915) ; Fanchon the Cricket (1915) ; Dawn of a Tomorrow (1915) ; Little Pal (1915) ; Madame Butterfly (1915) ; Rags (Marie les Haillons, 1915) ; Esmeralda (1915) ; Faith, Youth enduring Charm (1916), Innocence (1917) ; Bill Apperson's Son (1919) ; In Wrong (1919).

Il fit ses débuts au cinéma en 1909 sous le patronage de Griffith. A partir de 1912, il passe à la mise en scène et dirige Mary Pickford, notamment dans *Rags*, mélodrame quelque peu ennuyeux. Le réalisateur était intelligent mais manquait de discipline et d'ambition. Kirkwood cessa de diriger bien avant l'avènement du parlant pour se consacrer à une carrière d'acteur qui ne s'interrompit qu'en 1956.

Kirsanoff, Dimitri

Réalisateur d'origine russe, 1899-1957.

L'ironie du destin (1923) ; Ménilmontant (1926) ; Destin (1927) ; Sables (1927) ; Brumes d'automne (1929) ; Les nuits de Port-Saïd (1931) ; Rapt (1934) ; Les berceaux (c.m., 1935) ; Visages de France (doc., 1936) ; La fontaine d'Aréthuse (c.m., 1936) ; La jeune fille au jardin (c.m., 1936) ; Franco de port (1937) ; L'avion de minuit (1938) ; La plus belle fille du monde (1938) ; Quartier sans soleil (1939-1945) ; Deux amis (c.m., 1946) ; Fait divers à Paris (c.m., 1949) ; Arrière-saison (c.m., 1950) ; Une chasse à courre (c.m., 1951) ; Le témoin de minuit (1952) ; Le crâneur (1955) ; Ce soir les jupons volent (1956) ; Miss Catastrophe (1956).

Venu en France en 1923, il dirigea quelques films muets qui lui valurent une petite réputation pour leur poésie : *Ménilmontant* et *Brumes d'automne.* L'avènement du parlant lui fut fatal. Si l'on retrouve encore sa griffe dans quelques courts métrages comme *Deux amis,* mieux vaut ne rien dire de *Ce soir les jupons volent* ou de *Miss Catastrophe* que ne parvient pas à sauver Sophie Desmarets.

Kjellgren, Lars

Réalisateur suédois né en 1918.

Pengar (L'argent, 1945) ; Tappa inte Sugen (Oscar, 1947) ; Greven fran granden (Le prince des bas-fonds, 1948) ; Soldat Bom (Le soldat Boum, 1948) ; Medan Staden sover (1949) ; Pappa Bom (Boum père de famille, 1949) ; Tull-Bom (Boum agent des douanes, 1951) ; Flyg-Bom (Boum aviateur, 1952) ; I Dimma dold (1953) ; Ingen mans kvinna (1953) ; Vald (La force, 1955) ; Den harda Leken (1956) ; Nattens Ljus (La lumière de la nuit, 1957) ; Lekpa Regnbagen (1958) ; Brotti i Paradiset (1959).

Il fut surtout le metteur en scène de l'acteur comique Nils Poppe dans des farces un peu laborieuses connues en France sous le nom de *Boum soldat, Boum père de famille,* etc.

Kjellin, Alf

Acteur et réalisateur suédois né en 1920.

Comme réalisateur : Flickan i regnet (Une fille sous la pluie, 1956) ; Moten i skymningen (Rencontre au crépuscule, 1957) ; Det svanger pa slottet (Swing au château, 1958) ; Sjutton ar (Dix-sept ans, 1958) ; Bara en Kypare (Rien qu'un garçon de café, 1959) ; Lustgarden (Le jardin des plaisirs, 1960) ; Siska (1962) ; Midas Run (1969) ; The McMasters (1970).

Interprète de Sjöberg, de Bergman, de Molander et de Faustman, il assimila leur technique et passa à la réalisation, tout en poursuivant une carrière d'acteur qui le conduisit à Hollywood. *Le jardin des plaisirs* est considéré comme l'un des plus beaux films suédois en couleurs. Fixé aux États-Unis, Kjellin y a tourné ses deux derniers films.

Klein, William

Réalisateur américain né en 1928.

Qui êtes-vous Polly Magoo ? (1965) ; Cassius le grand (1966) ; Loin du

Viêtnam (coréal., 1967) ; Mister Freedom (1968) ; Eldridge Cleaver (1969) ; Black Panther (1969) ; Festival panafricain (1970) ; Muhamad Ali the greatest (1974) ; Le couple témoin (1975) ; The French (1982).

Ce photographe célèbre fit des débuts fracassants au cinéma avec *Polly Magoo*, film non sensique qui raillait la mode et ses mannequins. Il s'engagea ensuite dans un cinéma militant en faveur du mouvement Black Panther et de l'émancipation des Noirs américains, dont l'intérêt artistique est médiocre. Il revint avec *Le couple témoin* au cinéma de ses débuts, mais trop de naïveté fit sombrer le film. Dans *The French*, il évoque le tournoi de tennis 1981 de Roland-Garros avec ses vedettes et ses sans grade (Moor, Gottfried, les frères Gullikson...)

Klimovsky, Léon

Réalisateur d'origine argentine né en 1906.

En Argentine : El jugador (1947) ; Marihuana (1950) ; El conde de Montecristo (1953) ; El juramento de Lagardere (1954). *Principaux films en Espagne :* El hombre que perdio el tren (1958) ; Ama Rosa (1960) ; Todos eran culpables (1962) ; Fuera de la ley (1963) ; La colina de los pequenos diablos (1964) ; Los siete bravisimos (1964) ; Dos mil dollares por un coyote (1965) ; Una chica para dos (1965) ; Junio 44 (1968) ; Operación Rommel (1968) ; Un dolar y una tumba (1970) ; Un dolar para Sartana (1971) ; El Dr Jekyll y el Hombre Lobo (1972) ; La rebelion de las muertas (1972) ; La saga de los Dracula (1972) ; La orgia nocturna de los vampiros (1972) ; Odio mi cuerpo (1973) ; El mariscal del infierno (1974) ; Planeta Ciego (1975) ; El extraño amor de los vampiros (1975) ; El talon de Aquiles (1976) ; Gritos a medianoche (1976) ; El transexual (1977) ; La doble historia del Dr Valmy (1978).

D'une famille de Kiev réfugiée en Argentine, il est dentiste à Buenos Aires pendant quinze ans, puis délaisse la roulette pour la caméra, le ciné-club pour le studio. Sa carrière se déroule à partir de 1954 en Espagne : westerns, films de guerre, feuilletons sentimentaux, épouvante (avec sa contribution au cycle inépuisable des Dracula), tout y passe à raison de deux à trois films par an. Que valait-il comme dentiste ? On ne sait. Mais le cinéma n'aurait pas beaucoup perdu s'il était resté fidèle à sa première clientèle.

Klinger, Werner

Réalisateur allemand.

Die letzten Vier von Santa Cruz (1936) ; Standschütze Bruggler (1936) ; Die barmherzige Lüge (La fille de la steppe, 1939) ; Wetterleuchten um Barbara (1941) ; Titanic (achève le film de Selpin, 1943) ; Der Verteitiger hat das Wort (1944) ; Solistin Anna Alt (1947) ; Razzia (1947) ; Spion für Deutschland (L'espion de la dernière chance, 1956) ; Frauenartz Dr. Bertram (Filles interdites, 1957) ; Hoppla, jetzt kommt Eddie (Bien joué Mesdames, 1958) ; Das Geheimnis der schwarzen Koffer (Le secret des valises noires, 1962).

Il eut son heure de gloire au temps du nazisme où il remporta quelques succès commerciaux avec notamment *La fille de la steppe.* Goebbels lui confia la délicate mission de finir *Titanic*, après l'élimination physique de Selpin. Klinger continua sa carrière en 1947, mais ne signa que des policiers de médiocre facture.

Klopic, Mathias

Réalisateur yougoslave.

Sedmina (Fête funèbre, 1969) ; Oksigen (Oxygène, 1970) ; Cvetje v Jeseni (Fleurs d'automne, 1973) ; Strah (La peur, 1975).

Important réalisateur slovène dont le meilleur film est *La peur,* histoire d'un propriétaire de bordel à l'époque du tremblement de terre de 1895 à Ljubljana.

Kluge, Alexander

Réalisateur allemand né en 1932.

Abschied von Gestern (Anita G., 1966) ; Die Artisten in der Zirkuskuppel : ratlos (Les artistes sous le chapiteau, perplexes, 1967) ; Der grosse Verhau (1970) ; Willi Tobler und der Untergang der 6 Flotte (1971) ; Gelegenheitsarbeit einer Sklavin (Travaux occasionnels d'une esclave, 1973) ; In Gefahr und grösster Not bringt der Mittelweg den Tod (avec E. Reitz, 1974) ; Der starke Ferdinand (Ferdinand le radical, 1975) ; Deutschland im Herbst (co réal., L'Allemagne en automne, 1978) ; Die Patriotin (1979).

Docteur en droit, il fut l'un des premiers signataires du manifeste d'Oberhausen en 1962, qui marquait la volonté de jeunes cinéastes de rompre avec l'engourdissement dans lequel croupissait le cinéma allemand. *Les artistes sous le chapiteau, perplexes* rendait un son nouveau, en 1967. Cette œuvre venait après de nombreux courts métrages qui en avaient été souvent le brouillon. Par la suite Kluge déçut. Trop intellectuel, trop littéraire peut-être (il a écrit plusieurs livres dont un recueil de nouvelles, *Anita G.*), il a du mal à maîtriser sur le plan visuel ses films.

Kneitel, Seymour

Réalisateur américain de dessins animés.

Séries : Popeye (1933) ; Superman (1942) ; Casper (1952).

Il a beaucoup travaillé pour la Paramount avec Fleischer sur les séries *Popeye* et *Superman*. Il a créé *Casper, the Friendly Ghost,* qui a inspiré 52 cartoons. Dans *Boo Bop* (1957) le sympathique fantôme aidait Schubert à terminer sa symphonie inachevée.

Knowles, Bernard

Directeur de la photographie et réalisateur anglais né en 1900.

A Place of One's Own (Le médaillon fatal, 1945) ; The Magic Bow (L'archet magique, 1946) ; The Man Within (Les pirates de la Manche, 1946) ; The White Unicorn (1947) ; Jassy (Le manoir tragique, 1947) ; Easy Money (1948) ; The Lost People (1949) ; The Perfect Woman (La femme parfaite, 1949) ; The Reluctant Widow (1950) ; Park Plaza 605 (Double crime à minuit, 1953) ; Barbados Quest (1955) ; Frozen Alive (1964) ; Spaceflight IC-I (1965) ; Hell Is Empty (avec J. Ainsworth, 1967).

Opérateur réputé (il a signé la photo des *39 marches* d'Hitchcock), il adore diriger des films à costumes, qu'il s'agisse de récits criminels (*Jassy*) ou de biographies musicales (Paganini dans *The Magic Bow*).

Kobayashi, Masaki

Réalisateur japonais né en 1916.

Musuko no seisun (La jeunesse de mon fils, 1952) ; Magokoro (Cœur sincère, 1953) ; Kabe atsuki heya (Une chambre aux murs épais, 1953) ; Mittsu no koi (Les trois amours, 1954) ; Kono hiroi sora no dokoka ni (Quelque part dans le ciel immense, 1954) ; Uruwashiki saigetsu (Les belles années, 1955) ; Izumi (La fontaine, 1956) ; Anata Kaimasu (Je t'achèterai, 1956) ; Kuroi kawa (Le fleuve noir, 1957) ; Ningen no joken (La condition humaine, 1959-1961) ; Karamiai (L'héritage, 1962) ; Seppuku (Hara-Kiri, 1962) ; Kwaidan (Kwaidan, 1964) ; Joi Uchi (Rébellion, 1967) ; Nippon no seishun (Pavane pour un homme épuisé, 1968) ; Inochi Bonifaro (L'auberge du diable, 1971) ; Moeru Aki (L'automne brûlant, 1979).

Après des études de philosophie, il s'oriente vers le cinéma et devient l'assistant de Kinoshita. Mais il rompt vite avec ce premier maître. Son œuvre prend alors un sens tragique. Du journal des criminels de guerre (*Une chambre aux murs épais*) il passe à la guerre elle-même dans un vaste triptyque de plus de neuf heures (*La condition humaine*) sur les opérations de Mandchourie et où il a mis beaucoup de lui-même puisqu'il fut prisonnier lors du dernier conflit mondial. Ce sens du tragique culmine toutefois dans *Hara-Kiri,* dont on a trop retenu le côté grand-guignolesque en oubliant la noblesse de cette méditation sur le code de l'honneur chez les samouraïs. Avec *Kwaidan*, d'après Lafcadio Hearn, Kobayashi se laisse séduire par le fantastique. C'est une réussite esthétique mais un échec commercial. Il parvient à tourner *Rébellion* grâce à l'appui de Mifune Toshiro, fonde, avec Ichikawa, Kurosawa et Kinoshita, une compagnie, mais finalement doit se résigner à travailler pour la télévision entre 1971 et 1979.

Kobe, Hans

Réalisateur allemand.

Torgus (1920) ; Verlogene Moral (1921).

On ne connaît guère de ce réalisateur que *Torgus,* adaptation par Carl Mayer d'une vieille légende islandaise d'amour et de terreur, œuvre soignée, classée parmi les films expressionnistes.

Koch, Carl

Réalisateur allemand né en 1892.

La Tosca (1940).

Il n'est resté dans l'histoire du cinéma que pour avoir repris *La Tosca* que n'avait pu terminer Renoir à cause de la guerre. Michel Simon y était éblouissant en comte Scapia.

Koch, Howard W.

Producteur et réalisateur américain né en 1916.

Comme réalisateur : Shield for Murder (Le bouclier du crime, 1954) ; Big House USA (1955) ; Untamed Youth (1957) ; Bop Girl (1957) ; Jungle Heat (1957) ; The Girl in Black Stockings (1957) ; Fort Bowie (1958) ; Violent Road (1958) ; Frankenstein 1970 (Frankenstein 1970, 1958) ; Andy Hardy Comes Home (1958) ; The Last Mile (La dernière rafale, 1959) ; Born Reckless (1959) ; Badge 373 (Police Connection, 1973).

Producteur ou *executive producer* avisé de séries B (*Beachhead* de Stuart Heisler), il a été aussi un réalisateur adroit de thrillers violents dont *The Last Mile,* avec Mickey Rooney, et d'une originale modernisation du mythe de Frankenstein (*Frankenstein 1970*).

Kondouros ou Kounduros, Nikos

Réalisateur grec né en 1926.

La ville magique (1954) ; Drakos (L'ogre d'Athènes, 1956) ; Les hors-la-loi (1958) ; La rivière (1960) ; Mikar Aphrodites (Les jeunes Aphrodites, 1962) ; Les fleurs (1964) ; Le visage de la Méduse (1967) ; Ta Tragoudia Tis Fotias (1974) ; 1922 (1978).

Ce réalisateur crétois avait produit une excellente impression avec *L'ogre d'Athènes.* Il déçut par la suite : *Les Jeunes Aphrodites,* son œuvre la plus connue, fut considérée par beaucoup de critiques comme une maladroite adaptation naturiste de *Daphnis et Chloé.* Il demeure malgré tout comme l'un des réalisateurs les plus marquants du cinéma grec.

Korber, Serge

Réalisateur français né en 1936.

Nombreux courts métrages. Puis : Le 17e ciel (1965) ; Un idiot à Paris (1966) ; La petite vertu (1967) ; L'homme orchestre (1969) ; Sur un arbre perché (1970) ; Les feux de la Chandeleur (1972) ; Ursule et Grelu (1973). *Plusieurs films pornographiques sous le pseudonyme de John Thomas entre 1975 et 1977. Puis :* Et vive la liberté (1977) ; Je vous ferai aimer la vie (1978) ; Cherchez l'erreur (1980).

Auteur de comédies à la mise en scène très sophistiquée, il n'eut pas le succès qu'il méritait et sombra dans le cinéma de consommation courante et même « le hard ». Encore un talent gâché par les conditions de la production.

Korda, Alexander

Producteur et réalisateur d'origine hongroise, de son vrai nom Sandor Kordor, 1893-1956.

Comme réalisateur : Az Egymillio Fontos Banko (1916) ; Feher Ejszakak (Nuits blanches, 1916) ; Mezek az Irogeprol (1916) ; Nagymama (Grand-mère, 1916) ; A Tiszti Kardbojt (1916) ; Vergodo Szivek (Cœurs en lutte, 1916) ;

Faun (1917) ; A Golyakalifa (1917) ; Harrison ès Barrison (Harrison et Barrison, 1917) ; A Ketszivu Ferfi (L'homme aux deux cœurs, 1917) ; Magia (1917) ; Magnas Miska (1917) ; Sznt Peter Esernyoje (1917) ; A Ketlelku Asszory (La femme aux deux âmes, 1917) ; Az Aranyember (1918) ; Mary Ann (1918) ; Se Ki Se Be (1918) ; Ave Caesar (1919) ; Feher Rozsa (Rose blanche, 1919) ; A III Es (1919) ; Yamata (1919) ; Prinz und Bettelknabe (Le prince et le pauvre, 1920) ; Herren der Meere (1922) ; Eine Versunkene Welt (1922) ; Samson und Delila (Samson et Dalila, 1922) ; Das Unbekannte Morgen (1923) ; Jedermanns Weib (1924) ; Tragödie im Hause Habsburg (1924) ; Der Tänzer meiner Frau (1925) ; Madame wünscht keine Kinder (Madame ne veut plus d'enfant, 1926) ; Eine Du Barry von Heute (Mannequin de roi, 1927) ; The Stolen Bride (La comédie de la vie, 1927) ; The Private Life of Helen of Troy (1927) ; The Yellow Lily (1928) ; Love and the Devil (1929) ; The Squall (1929) ; Her Private Life (1929) ; The Night Watch (1930) ; Women Are Willing (1930) ; Lilies of the Field (1930) ; The Princess and the Plumber (1930) ; Marius (1931) ; Zum Goldene Anker (1931) ; Rive gauche (1931) ; Die Manner um Lucie (1931) ; Service for Ladies (1932) ; Wedding Rehearsal (1932) ; The Girl from Maxim's (La fille de chez Maxim's, 1933) ; The Private Life of Henry VIII (La vie privée d'Henry VIII, 1933) ; The Private Life of Don Juan (Les quarante ans de Don Juan, 1934) ; Rembrandt (Rembrandt, 1936) ; The Conquest of the Air (avec Z. Korda, La conquête de l'air, 1940) ; Lady Hamilton (Lady Hamilton, 1941) ; Perfect Strangers (1945) ; An Ideal Husband (Un mari idéal, 1947).

Son activité cinématographique a été prodigieuse : il fut l'un des fondateurs du cinéma hongrois, tournant dans sa patrie de nombreux films entre 1916 et 1920 ; il poursuivit sa carrière en Autriche (*Prinz und Bettelknabe, Samson und Delila*), en Allemagne (*Der Tänzer meiner Frau* pour l'UFA, *Ein Du Barry von Heute* également pour l'UFA), passa aux États-Unis (*The Stolen Bride, The Private Life of Helen of Troy...*), vint en France tourner *Marius* de Marcel Pagnol, avec Raimu, Fresnay, Charpin, Robert Vattier, etc., dont la partie de cartes est devenue aussi célèbre que la tour Eiffel. En 1931, il se fixe en Angleterre, est naturalisé, devient sir et donne au cinéma britannique ses principaux chefs-d'œuvre : notamment *Henri VIII* qu'écrase de sa personnalité Charles Laughton, mais où le découpage, le soin apporté au décor, au dialogue, un peu trop littéraire peut-être, amorcent la vraie naissance du cinéma anglais sonore. L'humour de cette entreprise de démystification eut un retentissement mondial. Korda, qui avait également produit le film, se vit ainsi, du jour au lendemain, devenir le premier producteur anglais. Deux autres réalisations de lui ne connurent pas le même succès commercial : son *Don Juan* avec Douglas Fairbanks et son *Rembrandt*, malgré la beauté des images et l'interprétation de Charles Laughton. En 1941 ce fut *Lady Hamilton*, contribution de Korda à l'effort de propagande de guerre. Napoléon était Hitler, la flotte de Nelson la R.A.F. Pas plus que Napoléon, Hitler ne pourra débarquer en Angleterre, annonçait ce film brillant et spectaculaire où Vivien Leigh composait une séduisante Lady Hamilton et Laurence Olivier un fort ressemblant Nelson. Korda tourna peu ensuite, seulement un film avec Robert Donnat et une adaptation d'Oscar Wilde. Il préférait se consacrer à son activité de producteur, qui du *Voleur de Bagdad* et du *Livre de la jungle* aux *Contes d'Hoffmann* et à *Richard III* est encore plus brillante que la carrière du réalisateur.

BIBLIO. : Peter Cowie, *Alexander Korda, Anthologie du cinéma* (1965).

Korda, Zoltan

Réalisateur anglais d'origine hongroise, 1895-1961.

Cash (1933) ; Sanders of the River (Bozambo, 1935) ; Elephant Boy (avec Flaherty, Elephant Boy, 1936) ; The Drum (Alerte aux Indes, 1938) ; The Four Feathers (Les quatre plumes blanches, 1939) ; The Conquest of the Air (avec A. Korda, La conquête de l'air, 1940) ; The Jungle Book (Le livre de la jungle, 1942) ; Sahara (Sahara, 1943) ; Counter-Attack (Contre-attaque, 1945) ; The Macomber Affair (L'affaire Macomber, 1947) ; A Woman Vengeance (Vengeance de femme, 1947) ; Cry, the Beloved Country (Pleure, ô mon pays bien-aimé, 1952) ; Storm over the Nile (avec Young, Les quatre plumes blanches, 1955).

Grand spécialiste du film exotique, on lui doit les très beaux *Elephant Boy, Alerte aux Indes, Les quatre plumes blanches, Le livre de la jungle* qui révélèrent Sabu et introduisirent les spectateurs dans le monde merveilleux et cruel des Indes, celles de Kipling et de Mason.

Kosa, Ferenc

Réalisateur hongrois né en 1937.

Courts métrages : Une étude (1961) ; Lumière (1962) ; Histoire d'un lac (1962) ; Suicide (1968). *Longs métrages :* Tizezer nap (Dix mille soleils, 1967) ; Itelet (Jugement, 1970) ; Nincs idö (Hors du temps, 1972) ; Hoszakadas (Chute de neige, 1974) ; Küldetes (Portrait d'un champion, 1976).

Révélé par *Dix mille soleils*, Kosa, avec ses films suivants, « élabore une œuvre hautaine et difficile qui tente de définir une morale de l'engagement. Ses récits brisés en facettes multiples, enrichis de plans subjectifs, tourmentés, renvoient au passé mais y cherchent moins l'histoire qu'une situation prétexte. » (Passek, *Le cinéma hongrois*).

Koster, Henry

Réalisateur d'origine allemande, de son vrai nom Herman Kosterlitz, né en 1905.

Das Abenteuer der Thea Roland (1932) ; Das Hässliche Mädchen (1933) ; Peter (1934) ; Kleine Mutti (1935) ; Das Tagebuch der Geliebten (1935) ; Katharina die Letzte (1935) ; Three Smart Girls (Trois jeunes filles à la page, 1936) ; One Hundred Men and a Girl (Deanna et ses boys, 1937) ; The Rage of Paris (La coqueluche de Paris, 1938) ; First Love (1939) ; Three Smart Girls Grow Up (1939) ; Spring Parade (Chanson d'avril, 1940) ; It Started With Eve (Eve a commencé, 1941) ; Between Us Girls (Le fruit vert, 1942) ; Music For Millions (Tendre Symphonie, 1944) ; Two Sisters From Boston (Du burlesque à l'opéra, 1946) ; The Unfinished Dance (La danse inachevée, 1947) ; The Luck of the Irish (1948) ; The Bishop's Wife (Honni soit qui mal y pense, 1948) ; Come to the Stable (Les sœurs Casse-Cou, 1949) ; The Inspector General (Vive M. le Maire, 1949) ; Wabash Avenue (1950) ; My Blue Heaven (1950) ; Harvey (Harvey, 1950) ; Mr. Belvedere Rings the Bell (M. Belvédère fait sa cure, 1951) ; No Highway in the Sky (Le voyage fantastique, 1951) ; Elopment (Enlevez-moi, Monsieur, 1951) ; O'Henry's Full House (un sketch, La sarabande des pantins, 1952) ; Stars and Stripes Forever (La parade de la gloire, 1952) ; My Cousin Rachel (Ma cousine Rachel, 1952) ; The Robe (La tunique, 1953) ; Désirée (Désirée, 1954) ; A Man Called Peter (1955) ; The Virgin Queen (Le seigneur de l'aventure, 1955) ; Good Morning, Miss Dove (Bonjour Miss Dove, 1955) ; D, Day the Sixth of June (Au sixième jour, 1956) ; The Power and the Prize (1956) ; My Man Godfrey (Mon homme Godfrey, 1957) ; Fraulein (Tonnerre sur Berlin, 1958) ; The Naked Maja (La Maja nue, 1959) ; The Story of Ruth (Histoire de Ruth, 1960) ; Flower Drum Song (Au son des tambours fleuris, 1961) ; Mr. Hobbs Takes a Vacation (Mr. Hobbs prend des vacances, 1962) ; Take Her, She's Mine (Ah, si papa savait ça, 1963) ; Dear Brigitte (1965) ; The Singing Nun (Dominique, 1965).

Peintre, dessinateur, journaliste, critique, il s'oriente vers le cinéma en écrivant des scénarios puis en dirigeant des films, notamment une version filmée du journal de Marie Bashkirtseff qui doit être fort curieuse. En 1936, après l'avènement d'Hitler, il doit se réfugier, comme juif, aux États-Unis. Il tourne plusieurs films avec Deanna Durbin, qui paraissent bien médiocres aujourd'hui, mais qui sauvèrent alors l'Universal de la faillite. C'est d'ailleurs sous le signe de la médiocrité qu'il poursuivit sa carrière à la Fox et à l'Universal : comédies lugubres (comme *Harvey, Mr. Belvedere Rings the Bell* ou le remake de *My Man Godfrey*) et grosses machines historiques (*The Virgin Queen* et surtout *Désirée...*, la vie de Désirée Clary, où Marlon Brando jouait le rôle de Bonaparte !) sans oublier les vies de peintres (*The Naked Maja*, évocation ahurissante des amours de Goya), et les adaptations littéraires (*My Cousin Rachel*). Sa réputation vient de ce qu'il fut le premier à tourner un film en cinémascope, *The Robe*, sur la Passion. Même là, il échappe difficilement à sa médiocrité habituelle.

Kotcheff, William Ted

Réalisateur canadien né en 1931.

Tiari Tahiti (La belle des îles, 1962) ; Life at the Top (1965) ; Two Gentlemen Sharing (1969) ; Outback (Réveil dans la terreur, 1970) ; Billy Two-Hats (1973) ; The Apprenticeship of Duddy Kravitz (L'apprentissage de Duddy Kravitz, 1974) ; Fun With Dick and Jane (1977) ; Who Is Killing the Great Chefs of Europe ? (La grande cuisine, 1978) ; North Dallas Forty (1979).

Le massacre des kangourous aveuglés par les phares des voitures et tués gratuitement par une bande d'ivrognes demeure le grand moment d'*Outback*, seule réussite, avec la *Grande Cuisine*, fantaisie policière chez les gastronomes, de Kotcheff, réalisateur surtout intéressé par la télévision.

Koulechov, Lev

Réalisateur russe, 1899-1970.

Principaux films : Proekt Inzchenera Prajta (Le projet de l'ingénieur Praite, 1918) ; Na Krasnom Fronte (Sur le front rouge, 1920) ; Noobytchainye Priklyoutcheniia Mistera Vesta v Strane Bol'chevikov (Les extraordinaires aventures de M. West au pays des Bolcheviks, 1924) ; Lutch Smerti (Le rayon de la mort, 1925) ; Po Zakonu (Dura Lex, 1926) ; Zchournalistka (Celle que vous connaissez, 1927) ; Veselaja (Le joyeux canari, 1929) ; Dva Buldi Dva (Deux Bouldi, deux, 1920, terminé par Nina Agadzhanova) ; Sorok Serdec (Quarante cœurs, 1931) ; Horizons (1932) ; Velikij Utechitel (Le grand Consolateur, 1932) ; Sibirjaki (Les Sibériens, 1940) ; Slutchaj na vulkane (co réal, Descente dans un volcan, 1940) ; My s Urala (1943) ; Le serment d'amour (1943) ; Nous autres de l'Oural (1944).

Il a profondément marqué le cinéma russe. Opérateur aux armées en 1918, il fonde, en 1922, le Laboratoire expérimental que fréquenteront Poudovkine, Barnett Inkijinof, etc. Il y inventa le film « sans pellicule » et pour montrer l'importance du montage, fit suivre la même image de l'acteur Mosjoukine d'une image d'un enfant (on lisait sur le visage de l'acteur la tendresse), d'une femme dans un cercueil (la tristesse) ; d'une assiette de soupe (l'appétit), etc. Son œuvre proprement dite comprend deux amusantes parodies des *serials* américains : *M. West* (où il se moque de Fairbanks) et *Le rayon de la mort* (où Poudovkine faillit trouver la mort). Son film le plus important est un western, d'après London, *Dura Lex*. Fondateur de l'école nationale du cinéma de Moscou, il se consacra à son enseignement et à la rédaction d'un grand traité sur la direction des films, après avoir reçu des réprimandes pour l'absence de contenu idéologique dans *Dura Lex*. Ce qui peut expliquer la médiocrité de ses films entre 1927 et 1943.

Kowalski, Bernard L.

Réalisateur américain né en 1933.

Hot car girl (1958) ; Night of the Blood Beast (1958) ; Attack of the Giant Leeches (1959) ; Blood and Steele (1959) ; Krakatoa, East of Java (Krakatoa, à l'est de Java, 1969) ; Stiletto (1969) ; Macho Callahan (1970) ; Sssnake (1973).

Il retint l'attention avec *Krakatoa*, film-catastrophe tourné pour le cinérama. Si *Macho Callahan* n'est qu'un médiocre western, on peut faire figurer *Snake* et son homme-serpent parmi les bons films d'horreur de la décennie.

Kozintsev, Gregori

Réalisateur russe, 1905-1973.

Avec Trauberg : Pokhojdenia Oktiabriny (Les aventures d'Octobrine, 1924) ; Moyak S. Aurora (Le cuirassé Aurore, 1926) ; S.V.D. (Neiges sanglantes, 1927) ; Chimel (Le manteau, 1927) ; Bratouchka (Le petit frère, 1928) ; Novij Vavylon (La nouvelle Babylone, 1929) ; Odna (Seule, 1931) ; Younok Maksima (La jeunesse de Maxime, 1935) ; Vozvrachtcheniye Maksimal (Le retour de Maxime, 1937) ; Vyborgskaïa storana (Le faubourg de Viborg, 1939). *Puis seul :* Pigorov (1947) ; Belinski (1953) ; Don Quichotte (1957) ; Hamlet (1964) ; Tzar Lear (Le roi Lear, 1972).

Fondateur de la F.E.K.S. (École du comédien excentrique) avec Trauberg : il entendait ramener l'acteur au stade de la marionnette, de Pierrot et de Guignol. Sa version scénique du *Mariage* de Gogol fit scandale. Kozintsev se voulut bien vite plus rigoureux au cinéma. Si l'outrance du jeu, des décors et des éclairages expressionnistes sauve *La nouvelle Babylone,* l'un des rares films inspirés par la commune de Paris, en revanche la trilogie consacrée à *Maxime,* un sympathique ouvrier pris dans la révolution bolchévique, est d'un conformisme désespérant. Quant aux adaptations littéraires que Kozintsev tourna seul, elles représentent le pire académisme. De belles images, mais aucune âme. La F.E.K.S. est loin et Kozintsev a mal vieilli.

Kramer, Robert

Réalisateur américain.

Principaux films : In the Country (A la campagne, 1967) ; The Edge (En marge, 1968) ; Ice (1969) ; Milestones (Milestones, 1975) ; Guns (Guns, 1980) ; A toute allure (1982).

Représentant le plus célèbre d'un cinéma intellectuel marginal des États-Unis, *Milestones* fit quelque impression mais Kramer se heurta à trop de difficultés par la suite pour développer une œuvre normale. Son film *Guns,* une histoire de trafic d'armes, a dû être tourné en France et n'a guère suscité de curiosité. Il a curieusement représenté la France à Cannes en 1982 avec *A toute allure.*

Kramer, Stanley E.

Producteur et réalisateur américain né en 1913.

Comme réalisateur : Not as a Stranger (Pour que vivent les hommes, 1955) ; The Pride and the Passion (Orgueil et passion, 1957) ; The Defiant Ones (La chaîne, 1958) ; On the Beach (Le dernier rivage, 1959) ; Inherit the Wind (Procès de singe, 1960) ; Judgement at Nuremberg (Jugement à Nuremberg, 1961) ; It's a Mad, Mad, Mad, Mad World (Un monde fou, fou, fou, fou, 1963) ; Ship of Fools (La nef des fous, 1965) ; Guess Who's Coming to Dinner (Devine qui vient dîner, 1967) ; The Secret of Santa Vittoria (Le secret de Santa Vittoria, 1969) ; R.P.M. (1970) ; Bless the Beasts and Children (Bénis soient les animaux et les enfants, 1971) ; Oklahoma Crude (L'or noir de l'Oklahoma, 1973) ; The Domino Principle (La théorie des dominos, 1977) ; The Runner Stumbles (1979).

Producteur audacieux et connaissant son métier, puisqu'il fut auparavant monteur et scénariste, il a été un réalisateur des plus décevants. Il s'est engagé dans toutes les directions et a partout échoué, qu'il s'agisse du cinéma burlesque à la Sennett (*Un monde fou, fou, fou, fou,* où malgré la présence de Keaton et autres vétérans ainsi que de nombreuses voitures vouées à la casse, il faut se forcer pour rire un peu), de la grosse machine historique (*Orgueil et passion,* vision inattendue des guerres napoléoniennes en Espagne avec une distribution absurde formée de Cary Grant, Sinatra et Sophia Loren) ou du western (*L'or noir de l'Oklahoma,* sur la fièvre du pétrole). Mais sa prédilection va aux films à message. Il dénonce avec conviction – mais lourdeur – le racisme dans *The Defiant Ones* ou *Guess Who's Coming to Dinner,* ou le nazisme dans l'ahurissant *Judgement at Nuremberg.* Chaque fois il apporterait la preuve que l'on ne fait pas de bon cinéma avec de bons sentiments, si d'autres n'avaient pas mieux réussi que lui, à commencer par John Ford. Créditons pourtant Kramer d'un brillant thriller, nerveux, bien conduit et plus discret quant au « message ». Un individu, manipulé par une organisation qui pourrait être la CIA, est conduit à abattre une personnalité politique avant de devenir à son tour la cible d'un autre tueur. (*La théorie des dominos).* Plus que dans des œuvres prétentieuses comme *On the Beach*, réflexion sur l'apocalypse atomique, on voit ce que peut faire Kramer, excellent technicien, quand il consent à retrouver cette simplicité qui fait le charme du cinéma américain.

Krish, John

Réalisateur anglais né en 1923.

The Salvage Gang (1958) ; Unearthly Stranger (1963) ; The Wild Affair (1965) ; Decline and Fall... of a Bird Watcher (L'amateur, 1968) ; The Man Who Had Power over Women (1970) ; Friend or Foe (1982).

Monteur, réalisateur de courts métrages, il s'est fait connaître par un film de science-fiction dont on dit grand bien, *Unearthly Stranger* ou comment j'ai épousé une extra-terrestre, et surtout par *L'amateur*. Un doux passionné d'ornithologie, surpris une lunette à la main, est accusé de voyeurisme et expulsé de son école. Il fera une brillante carrière, fondée sur l'immoralisme, et se retrouvera finalement en prison. Ce film délirant, d'un humour féroce (et c'est un euphémisme !) n'eut pas le succès qu'il méritait et n'est guère mentionné que dans *30 ans de cinéma britannique* par Lefevre et Lacourbe qui citent la séquence de la messe des prisonniers où d'inquiétants détenus commentent l'horrible mort de l'aumônier sous la forme de psaumes chantés à tue-tête.

Ktari, Naceur al

Réalisateur tunisien né en 1943.

Les ambassadeurs (1975).

Études à Rome. Travaille avec Rossellini et Risi. Assistant sur deux films français. Signe en 1975 *Les ambassadeurs.* Ces ambassadeurs ce sont les travailleurs immigrés dont Ktari dénonce avec une certaine injustice la condition en France. Si sa dénonciation du racisme n'est pas sans fondement, il oublie de noter que les conditions de travail ne sont pas toujours celles qu'il décrit (protection sociale, etc.).

Kubrick, Stanley

Réalisateur américain né en 1928.

Day of the Fight (c.m., 1950) ; Flying Padre (c.m., 1951) ; Fear and Desire (1953) ; Killer's Kiss (Le baiser du tueur, 1955) ; The Killing (Ultime razzia, 1956) ; Paths of Glory (Les sentiers de la gloire, 1957) ; Spartacus (Spartacus, 1960) ; Lolita (Lolita, 1962) ; Dr. Strangelove or How I Learned to Stop Worrying and Love the Bomb (Docteur Folamour, 1964) ; 2001 : a Space Odyssey (2001 : l'odyssée de l'espace, 1968) ; A Clockwork Orange (Orange mécanique, 1971) ; Barry Lyndon (Barry Lyndon, 1975) ; The Shining (Shining, 1979)

C'est un photographe doublé d'un moralisateur. Un photographe parce que son père l'initia très jeune à cette technique qui est aussi un art, en sorte qu'à 17 ans Kubrick travaillait déjà pour *Look*. Un moralisateur de par sa première éducation. Son œuvre est empreinte d'un profond pessimisme qu'explique également un caractère inquiet, soucieux de perfection, jamais satisfait de son travail.

Ses premiers courts métrages furent immédiatement achetés par RKO : il avait 22 ans. Pour ses débuts dans le long métrage avec *Fear and Desire,* il est producteur, réalisateur, monteur et auparavant opérateur. Il s'occupe même du tirage des copies. Kubrick a interdit depuis la projection de ce film. Sans doute y trouvait-on déjà la virtuosité qui caractérise *Le baiser du tueur,* notamment dans la scène des mannequins. *Ultime razzia* est l'un des sommets du film noir : originalité du hold-up sur un champ de courses, rapports complexes des personnages (les liens entre Elisha Cook Jr. et Marie Windsor, l'implacable froideur de Timothy Carey...), maîtrise technique du réalisateur. Malgré un budget important, Kubrick n'apparaît encore dans ce film que comme l'un des nouveaux maîtres de la série B. C'est avec *Paths of Glory*, film sur les rébellions et les exécutions de soldats, sur le front français, lors de la Première Guerre mondiale que Kubrick s'impose à l'attention de la critique. La cruauté des scènes finales et la violence de la satire des états-majors ont fait longtemps interdire le film en France. Faute de voir aboutir ses projets, Kubrick remplace sur le plateau de *Spartacus* Anthony Mann en différend avec Kirk Douglas. Le résultat ne le satisfait pas et il songe déjà à s'expatrier en Angleterre. Il revient pourtant aux États-Unis pour y adapter *Lolita* de Nabokov. Son penchant pessimiste, sensible dans cette réalisation, éclate dans *Docteur Folamour*, chef-d'œuvre d'humour noir sur la bombe atomique où Peter Sellers, qui interprète plusieurs rôles, donne libre cours à une fantaisie ravageuse. Gros budget et plusieurs années de travail pour une œuvre de science-fiction sérieuse, cette fois : *2 001*. « Techniquement parlant, *L'odyssée de l'espace* représente un aboutissement tel qu'il ne sera probablement pas dépassé avant quelques décennies », remarque l'un des auteurs de *Demain la science-fiction* (1976). Mais cet auteur note aussi que « les prouesses techniques sont au service d'une description quasi documentaire de ce long voyage, contribuant à installer le spectateur dans le monde du futur ». *2 001* est en effet un film de science-fiction pour adultes : rien à voir avec *La guerre des étoiles*. Il déconcerta parce qu'il voulait donner à réfléchir, comme dérouta *Orange mécanique* par son déferlement d'outrances sexuelles. Cette vision de Londres dans un futur proche, où la violence règne chez les jeunes tandis que, dans les laboratoires, des savants travaillent à débarrasser le cerveau humain de ses tendances agressives, connut un énorme succès et porta Kubrick au niveau des Grands du cinéma : Bergman et Fellini. Travaillant désormais en Angleterre, Kubrick devient de plus en plus épris de perfection. Il apporte désormais un soin méticuleux au tournage de chaque plan, de chaque séquence de ses films. Adapté d'un roman de Thackeray, *Barry Lyndon* demandera plus de 300 jours de tournage. La beauté des images ne suffit pas toujours à compenser l'ennui de l'histoire. Même remarque pour *The Shining*, où rarement autant de soin aura été apporté à la bande-son, signe, entre cent autres, du souci de perfection de Kubrick. Reste une histoire de possession dépourvue d'originalité et dont tous les effets sont prévisibles une demi-heure à l'avance. Depuis *2001* et ses longs travellings sur des vaisseaux spatiaux évoluant dans l'espace, sans action véritable, le réalisateur semble vouloir plonger le spectateur, grâce à son extraordinaire virtuosité, dans un état d'hypnose. L'histoire, dans ces conditions, importe peu. Par son flou ou sa banalité, elle se prête même à tous les prolongements possibles. Kubrick ou le triomphe de la technique.

BIBLIO. : M. Ciment, *Stanley Kubrick* (1980).

Kulik, Buzz

Réalisateur américain né en 1922.

The Explosive Generation (1961) ; The Yellow Canary (1963) ; Ready for the People (1965) ; Warning Shot (L'assassin est-il coupable ?, 1967) ; Sergeant Ryker (L'odyssée d'un sergent, 1968) ; Villa Rides (Pancho Villa, 1968) ; Riot (La mutinerie, 1968) ; To Find a Man (1972) ; Shamus (Le fauve, 1973) ; The Hunter (Le chasseur, 1980).

Réalisateur réputé de télévision (il fut assistant d'hommes politiques, comme le sénateur Muskie, lors de leurs campagnes), il excelle au cinéma dans le film policier violent trouvant en Burt Reynolds (*Shamus*) ou Steve McQueen (*The Hunter* ; ce fut son dernier film) des héros selon son cœur.

Kull, Edward

Réalisateur américain.

Principaux films : Vanishing Dagger (avec E. Polo, Le roi de l'audace, 1920) ; Diamond Queen (1921) ; The Terror Trail (1925) ; The New Adventures of Tarzan (Les nouvelles aventures de Tarzan, 1935).

Petit maître du *serial*. On lui doit un bon *Tarzan* où Herman Brix était l'homme-singe. Une invention perpétuelle, quelque humour et une esthétique de bande dessinée lui valent une place honorable dans un genre encore mal connu.

Kumel, Harry

Cinéaste belge né en 1940.

Erasmus (1963) ; Hendrik conscience (1964) ; Waterloo (1965) ; De Grafbewaker (1965) ; Monsieur Hawarden (1968) ; Les lèvres rouges (1971) ; Malpertuis (1972).

Excellent spécialiste du cinéma fantastique. *Les lèvres rouges* renouvelaient le thème du vampirisme en le pimentant d'érotisme. Delphine Seyrig était une convaincante comtesse Bathory qui évoluait dans l'inquiétant décor d'un hôtel désert près d'Ostende. Plus ambitieux, *Malpertuis,* d'après le célèbre roman de Jean Ray (les dieux de la mythologie grecque ont été recueillis dans une étrange demeure où ils ne gardent un souffle de vie que grâce à la foi que quelques hommes gardent en eux), fut boudé par la critique. Injustement. Kümel, aidé du scénariste Jean Ferry, sut retrouver l'atmosphère et l'originalité du roman de Jean Ray. Depuis, il semble s'être consacré entièrement à la télévision.

Kuri, Yoji

Animateur japonais né en 1928.

Plus de 500 films dont : Locus (1963) ; Samuraï (1965) ; Satsujnkyo Jidai (Au fou, 1966) ; Sadono Tamago (Les œufs, 1966) ; Élégie en x minor (1968) ; Kemeko (1968) ; Pop (1970) ; Imus (1973) ; Manga (1977) ; Shometsu (1978).

Prolifique réalisateur indépendant de dessins animés. Un goût incontestable pour l'humour corrosif, l'érotisme et même le sadisme.

Kurosawa, Akira

Réalisateur japonais né en 1910.

Sugata Sanshiro (La légende du grand Judo, 1943) ; Ichiban Utsukushiku (1944) ; Zoku Sugata Sanshiro (La nouvelle légende du grand Judo, 1945) ; Tora no o o fumu otokotachi (Les hommes qui marchent sur la queue du tigre, 1945) ; Asu o tsukuru hitobito (Ceux qui bâtissent l'avenir, 1946) ; Waga seishun ni kui nashi (Je ne regrette pas ma jeunesse, 1946) ; Subarashiki (Un merveilleux dimanche, 1947) ; Yoidore Tenshi (L'ange ivre, 1948) ; Shizukanaru Ketto (Un duel silencieux, 1949) ; Norainu (Un chien enragé, 1949) ; Shubun (Scandale, 1950) ; Rashomon (Rashomon, 1950) ; Hakuchi (L'idiot, 1951) ; Ikiru (Vivre, 1952) ; Shichinin no samourai (Les sept samouraïs, 1954) ; Ikomono no kiroku (Si les oiseaux savaient, 1955) ; Kumonosu Jo (Le château de l'araignée, 1957) ; Donzoko (Les bas-fonds, 1957) ; Kakushi toride no san akunin (La forteresse cachée, 1958) ; Warui Yatsu hodo yoku nemuru (Les salauds dorment en paix, 1960) ; Yojimbo (Le garde du corps, 1961) ; Tsubaki Sanjuro (Sanjuro, 1962) ; Tengoku to jigoku (Entre le ciel et l'enfer, 1963) ; Akahige (Barberousse, 1965) ; Dodes 'Ka-den (1970) ; Dersou Ouzala (L'aigle de la Taïga, 1975) ; Kagemusha (Kagemusha ou l'ombre du guerrier, 1980).

L'un des plus grands maîtres du cinéma japonais. Fils d'un officier, il semble devoir se tourner d'abord vers la peinture, mais, pour pouvoir vivre, il se fait embaucher à l'ancienne Toho comme assistant réalisateur de cinéma. Il travaille avec Yamamoto puis dirige son premier film en 1943. En 1959 il crée sa propre maison de production. C'est lui qui, avec *Rashomon,* permet à l'Occident de redécouvrir le cinéma japonais. Il est au demeurant le plus occidental des réalisateurs de son pays. Non seulement, il adapte des œuvres européennes (*Macbeth* dans *Le château de l'araignée, L'idiot, Les bas-fonds* et il y a des accents shakespeariens dans *Kagemusha*) et nul doute qu'il n'ait été influencé par le film noir américain dans des œuvres comme *Scandale* ou *Entre le ciel et l'enfer,* mais ses films ont souvent fait l'objet de *remakes* occidentaux comme *Rashomon* devenu grâce à Ritt *The Outrage* ou *Les sept samouraïs* transformés par Sturges en

Les sept mercenaires, sans oublier le pillage par Leone de *Yojimbo* dans *Une poignée de dollars*. Mais cela ne doit pas faire négliger l'humanisme de Kurosawa tel qu'il s'exprime dans *Vivre* (condamné par un cancer, un homme découvre qu'il n'a rien su faire de sa vie) et dans *Barberousse* (la carrière d'un médecin des pauvres). On trouve chez Kurosawa tout à la fois un tableau des maux de la société japonaise de l'après-guerre : le marché noir (*Le chien enragé*), la prostitution, la bureaucratie (*Vivre*), la presse à scandale (*Scandale*), l'injustice sociale, une éthique, celle des samouraïs qu'il a contribué à populariser, et un message : changer l'homme et non les régimes politiques ou sociaux. Idée confucienne, mais que Kurosawa exprime à plusieurs reprises dans ses entretiens. « Barberousse, dit-il dans les *Cahiers du cinéma* de 1966, est le prototype du rédempteur. C'est un personnage imaginaire mais en le créant j'ai illustré l'idéal d'un être de bonne volonté. Même si le régime changeait, je doute vraiment que les hommes puissent être heureux. Voyez ce qui en est en U.R.S.S. Le régime bureaucratique a permis aux bureaucrates d'étendre leurs tentacules sur le pouvoir. Les hommes sont faibles, il ne reste qu'à envisager que nous puissions changer les hommes. Il faut absolument que chacun pense plus sérieusement à remettre en question le statut même de l'humanité avant de chanter les louanges d'une politique meilleure. » Le cinéma peut-il y contribuer ? Sans se leurrer, Kurosawa affirme : « Si mon film peut éveiller cette bonne volonté dans l'esprit d'un seul homme, je serais comblé. » « La première qualité de Kurosawa c'est de savoir raconter », disait de lui un réalisateur américain ; il sait aussi nous montrer des images splendides (que l'on songe aux batailles de *Kagemusha*), mais loin de cultiver l'art pour l'art, il entend nous donner, sans dogmatisme, une leçon de sagesse.

BIBLIO. : *Cahiers du cinéma*, septembre 1966 ; D. Richie, *The films of Kurosawa* (1970) ; M. Mesnil, *Kurosawa* (1973).

Kurys, Diane

Réalisatrice française née en 1948.

Diabolo menthe (1977) ; Cocktail Molotov (1979).

Le fabuleux succès de *Diabolo Menthe* tint à ce que la jeunesse des années soixante crut se reconnaître dans cette œuvre sincère et même naïve. Plus roublard, *Cocktail Molotov* fut un échec. Il est encore difficile d'apprécier les qualités réelles de Diane Kurys.

Kutz, Kazimierz

Réalisateur polonais né en 1929.

Krzyz walecznych (La croix de valeur, 1959) ; Nikt nie wola (Aucun appel, 1960) ; Ludzie z pociagu (Panique dans un train, 1961) ; Tarpany (Chevaux sauvages, 1962) ; Milczenie (Silence, 1963) ; Upal (Le chapeau, 1964) ; Ktokolwiek wie (1966) ; Skok (Le saut, 1968) ; Sol zlemi czarnej (Le sel du pays noir, 1969) ; Paciorki Jednegs Rozanca (1979).

Assistant de Wajda et de Kawalerowicz, il a développé à partir de 1959 une œuvre personnelle combinant intimisme et lyrisme, longtemps négligée (sauf *Silence* qui fut distribué en France) hors des frontières polonaises mais que l'on découvre aujourd'hui.

Kyrou, Ado

Réalisateur français d'origine grecque né en 1923.

La déroute (c.m., 1957) ; Le palais idéal (c.m., 1958) ; Le Havre (c.m., 1959) ; La chevelure (c.m., 1960) ; Combat de coqs (1962) ; La paix et la vie (1962) ; Les immortelles (1963) ; Un honnête homme (1964) ; Bloko (1965) ; Le moine (1972).

Ses livres sur *Le surréalisme au cinéma* et *Amour et érotisme au cinéma* exercèrent une grande influence en rappelant l'importance de films oubliés que Kyrou, se fondant uniquement sur ses souvenirs, racontait de façon parfois fantaisiste mais en donnant envie de les voir ou de les revoir. Son court métrage sur Waterloo et l'exploitation publicitaire qui en est faite (*La déroute*) était d'une ironie particulièrement mordante. *Bloko* passa inaperçu. On attendait beaucoup de l'adaptation par Buñuel et Jean-Claude Carrière du *Moine*, chef-d'œuvre du roman gothique. Faute d'un budget suffisant et victime d'une distribution aberrante (Nathalie Delon et Franco Nero), Kyrou ne put tirer grand-chose du merveilleux récit de Lewis. L'échec fut honorable, mais condamna d'autres projets concernant le *Melmoth* de Maturin ou *Udolpho* d'Ann Radcliffe. Depuis Kyrou travaille pour la télévision sans qu'on lui ait donné d'autres occasions d'utiliser son immense culture cinématographique.

L

Labro, Maurice

Réalisateur français né en 1910.

Courts métrages entre 1934 et 1942. Puis : Les gosses mènent l'enquête (1946) ; Trois garçons et une fille (1948) ; L'héroïque Monsieur Boniface (1949) ; Le tampon du Capiston (1950) ; Le roi du blablabla (1950) ; Boniface somnambule (1950) ; Pas de vacances pour Monsieur le Maire (1951) ; Monsieur Leguignon lampiste (1951) ; Deux de l'escadrille (1952) ; Saluti et Bacchi (1952) ; La route du bonheur (1952) ; J'y suis, j'y reste (1953) ; Ma petite folie (1953) ; Leguignon guérisseur (1954) ; La villa Sans-Souci (1955) ; On déménage le colonel (1955) ; Le colonel est de la revue (1956) ; Action immédiate (1956) ; Un homme à vendre (1957) ; Le fauve est lâché (1958) ; Les canailles (1959) ; Jusqu'à plus soif (1961) ; Le Gorille a mordu l'archevêque (1962) ; Blague dans le coin (1963) ; Coplan prend des risques (1964) ; Corrida pour un espion (1965) ; Le judoka (1966).

Ce n'est pas le cinéaste des inquiétudes métaphysiques et des revendications sociales ; qualifié par Charles Ford « d'artisan de la mise en scène courante », cet ancien assistant, opérateur, monteur et régisseur connaît du moins son métier. Qu'il donne dans le vaudeville militaire (la série des colonels) ou l'espionnage (Coplan de P. Kenny ou le Gorille de P. Dominique), il signe toujours une réalisation soignée.

Labro, Philippe

Réalisateur français né en 1936.

Tout peut arriver (1969) ; Sans mobile apparent (1971) ; L'héritier (1972) ; Le hasard et la violence (1973) ; L'alpageur (1975).

Romancier, journaliste, homme de radio, préfacier des lettres de Chandler, Labro est aussi cinéaste. Ses films policiers sont fortement influencés par les modèles américains, de là leur succès surtout lorsqu'ils ont Belmondo pour interprète. Son deuxième film, *Sans mobile apparent*, était une excellente adaptation d'un roman de McBain, *Ten plus one.* Labro y réussissait, avec la complicité de Trintignant, un bon pastiche des thrillers américains. En revanche *L'héritier*, par son sujet et son interprétation, malgré le style à l'américaine, se rapprochait davantage de Gilles Grangier ou d'Henri Verneuil. Le justicier infaillible qu'est « l'alpageur », malgré les hommages à Hanks et à Peckinpah, apparaît plus comme un héros de roman d'espionnage à bon marché que comme un avatar du privé. De là l'échec de Labro auprès des cinéphiles, parallèlement à ses succès populaires.

La Cava, Gregory

Réalisateur américain, 1892-1952.

Nombreux courts métrages. Longs métrages : His Nibs (1921) ; Restless Wives (1924) ; The New School Teacher (1924) ; Womanhandled (Papa spécule,

1925) ; Let's Get Married (1926) ; So's Your Old Man (Aïe, mes aïeux, 1926) ; Say It Again (1926) ; The Gay Defender (1927) ; Paradise for Two (1927) ; Running Wild (Dans la peau du lion, 1927) ; Tell It to Sweeney (1927) ; Feel My Pulse (1928) ; Half a Bride (1928) ; Saturday's Children (1929) ; Big News (1929) ; His First Command (1930) ; Laugh and Get Rich (1931) ; Smart Woman (1931) ; Symphony of Six Millions (1932) ; Age of Consent (1932) ; The Half-Naked Truth (1932) ; Gabriel over the White House (1933) ; Bed of Roses (1933) ; Gallant Lady (Femme d'honneur, 1933) ; The Affairs of Cellini (Benvenuto Cellini, 1934) ; That Every Woman Knows (1934) ; Private Worlds (1935) ; She Married Her Boss (Mon mari le patron, 1935) ; My Man Godfrey (1936) ; Stage Door (Pension d'artistes, 1937) ; Fifth Avenue Girl (La fille de la Cinquième Avenue, 1939) ; Primrose Path (1940) ; Unfinished Business (1941) ; Lady in a Jam (1942) ; Living in a Big Way (1947).

Moins réputé en Europe que Capra ou McCarey, il a été pourtant l'un des grands maîtres de la comédie américaine. Venu de l'animation (il a longtemps travaillé avec Lantz) puis réalisateur de *shorts* en deux bobines, il en a gardé, à ses débuts dans le long métrage, un goût pour les gags qui s'enchaînent rapidement dans un mouvement qui donne au film un caractère frénétique : c'est le cas des bandes qu'il a tournées avec Fields, dont *Running Wild*, et surtout d'une autre œuvre dont Bebe Daniels était la vedette, *Feel My Pulse*, indiscutablement son film le plus drôle. En s'orientant vers une comédie plus éloignée du vieux burlesque et du non-sens, il semble avoir beaucoup perdu, sombrant même dans le larmoyant avec *Stage Door* ou le bavardage (*La fille de la Cinquième Avenue*). De cette période il faut pourtant retenir le curieux *Gabriel over the White House* qui mélange les genres (Dieu inspirant le président des États-Unis à la suite d'un accident, les chômeurs sont mobilisés et les gangsters fusillés) et l'amusant *My Man Godfrey* où un pseudo-clochard, devenu maître d'hôtel dans une famille de milliardaires, s'y rend indispensable. Un film qui annonçait, dans un registre comique, *The Servant* de Losey. En dépit de la frivolité apparente des sujets qu'il traite, La Cava n'est peut-être pas un cinéaste négligeable.

Lachman, Harry

Réalisateur américain, 1886-1975.

Week-End Wives (1928) ; The Compulsory Husband (1928) ; Under the Greenwood Tree (1929) ; The Yellow Mask (1929) ; Song of Soho (1929) ; The Love Habit (1931) ; La couturière de Lunéville (1931) ; La belle marinière (1931) ; The Outsider (1931) ; Down Our Street (1932) ; Insult (1932) ; Face in the Sky (1933) ; Paddy the Next Best Thing (1933) ; George White's Scandals (avec Freeland, 1934) ; I Like It That Way (1934) ; Pursued (version espagnole, 1934) ; Baby Take a Bow (1934) ; Dressed to Thrill (1935) ; Dante's Inferno (1935) ; Charlie Chan at the Circus (Charlie Chan au cirque, 1936) ; Our Relations (C'est donc ton frère, 1936) ; The Man Who Lived Twice (1936) ; The Devil Is Driving (L'enfer, 1937) ; It Happened in Hollywood (1937) ; No Time to Marry (1938) ; They Came By Night (1940) ; Murder over New York (1940) ; Dead Men Tell (1941) ; Charlie Chan in Rio (1941) ; Castle in the Desert (1942) ; The Loves of Edgar Allan Poe (1942) ; Dr. Renault's Secret (1942).

Peintre réputé, dont les tableaux post-impressionnistes figurent aussi bien au Prado qu'au Chicago Art Institute et dans les collections françaises, il s'est intéressé au cinéma, d'abord comme décorateur, aux studios de Nice, puis comme assistant de Rex Ingram. Il tourna des films en Angleterre entre 1928 et 1931, puis en France (*La couturière de Lunéville* et *La belle marinière*) avant de gagner Hollywood. On lui doit l'un des meilleurs Charlie Chan (*At the Circus*, dont Lee Falk s'est peut-être inspiré pour l'un de ses plus célèbres *Mandrake*) et un excellent Laurel et Hardy (*Our Relations*) où il exploitait au maximum le thème des jumeaux. Dommage qu'il ait manqué d'ambition et qu'il ait oublié son talent de peintre, sauf dans la séquence de l'enfer de *Dante's Inferno,* digne de Gustave Doré. Après 1942, il est retourné à la peinture.

Lacombe, Georges

Réalisateur français né en 1902.

La zone (c.m., 1928) ; Boule de gomme (1931) ; Un coup de téléphone (1931) ; La femme invisible (1932) ; Un jour d'été (1933) ; Ce cochon de Morin (1933) ; Jeunesse (1934) ; Épousez ma femme (1935) ; La route heureuse (1935) ; Le cœur dispose (1936) ; Café de Paris (avec Mirande, 1938) ; Derrière la façade (avec Mirande, 1939) ; Les musiciens du ciel (1939) ; Le dernier des six (1941) ; Montmartre sur Seine (1941) ; Le journal tombe à cinq heures (1942) ; Monsieur La Souris (1942) ; L'escalier sans fin (1943) ; Florence est folle (1944) ; Le pays sans étoiles (1945) ; Martin Roumagnac (1946) ; Les condamnés (1947) ; Prélude à la gloire 1949) ; La nuit est mon royaume (1951) ; Les sept péchés capitaux (un sketch, 1952) ; L'appel du destin (1952) ; Leur dernière nuit (1953) ; La lumière d'en face (1955) ; Signaux dans l'ombre (1955) ; Le temps de l'amour (1956) ; Cargaison blanche (1957) ; Mon coquin de père (1957).

Il débuta avec un documentaire devenu classique sur la « zone ». Mais sa grande période se situe entre 1939 et 1946 : *Les musiciens du ciel,* un bon film sur l'Armée du Salut ; *Le dernier des six,* excellente adaptation par Clouzot d'un roman policier de Steeman ; *Le journal tombe à cinq heures* ou grandeur et servitudes du métier de journaliste ; *Monsieur La Souris,* d'après Simenon ; *Le pays sans étoiles,* beau film fantastique inspiré d'un roman de Pierre Véry et où Gérard Philipe avait un rôle pour une fois adapté à son physique de clerc de notaire ; *Martin Roumagnac* qui réunit Jean Gabin et Marlène Dietrich. Négligeons le reste.

Lagrange, Yvan

Réalisateur français né en 1950.

Les dix soleils d'Auderghern (1969) ; La famille (1970) ; Renaissance (1970) ; Tristan et Iseult (1972) ; L'idole des jeunes (1974) ; L'héroïne de l'enfance (1975).

Son goût des belles images, sensible surtout dans *Tristan et Iseult,* lui a valu parfois un succès d'estime, mais jamais le succès tout court.

Lajournade, Jean-Pierre

Réalisateur français, 1940-1976.

Le joueur de quilles (1968) ; La fin des Pyrénées (1970).

Cinéaste difficile dont les films sont liés aux recherches théoriques de la revue *Cinéthique* visant à faire éclater l'esthétique héritée des vieux maîtres du cinéma.

Lakhdar Amina, Mohammed

Réalisateur algérien.

Le vent des Aurès (1965) ; Hassan Terro (1967) ; Chronique des années de braise (1975) ; Vent de sable (1982).

Sa *Chronique des années de braise,* évocation, couronnée à Cannes, de l'Algérie entre 1939 et le début de la guerre d'indépendance, en fait le chef de file du jeune cinéma algérien. Déjà *Le vent des Aurès* avait permis de mesurer l'importance de l'apport futur de Lakhdar Amina au cinéma de son pays, dès qu'on lui en fournirait les moyens. Certains ont reproché à Lakhdar de s'en être tenu dans sa *Chronique* à une narration classique et d'avoir évacué (dans un souci commercial ?) les problèmes de la colonisation : il semble que Lakhdar ait voulu privilégier les destins individuels, montrer une prise de conscience nationale au niveau du quotidien, faire jaillir le lyrisme d'une réalité vécue.

Laloux, René

Réalisateur français de dessins animés né en 1929.

Les escargots (1965) ; La planète sauvage (1968-1973) ; Les dents du singe (1980) ; Les maîtres du temps (1982).

Laloux a eu le souci de sortir le long métrage d'animation du public enfantin auquel il semblait devoir être réservé. Sur une adaptation d'un roman de Stefan Wul et des dessins de Topor, qui avait également collaboré aux *Escargots*, il nous propose avec *La planète sauvage* un bon film de science-fiction, assez proche de Swift dans son esprit. La science-fiction lui inspire ensuite, sur des dessins de Mœbius, *Les maîtres du temps* : un bestiaire fantastique donne à cet éclatement du temps un charme original.

Lamont, Charles

Réalisateur américain né en 1898.

Nombreux courts métrages. Puis : The Curtain Fall (1934) ; The Last Trap (1935) ; Tomorrow's Youth (1935) ; Gigolette (1935) ; The World Accuses (1935) ; Sons of Steel (1935) ; A Shot in the Dark (1935) ; Circumstantial Evidence (1935) ; The Girl Who Came Back (1935) ; False Pretenses (1935) ; Happiness C.O.D. (1935) ; The Lady in Scarlet (1935) ; The Dark Hour (1936) ; August Week-End (1936) ; Ring Around the Moon (1936) ; The Little Red School House (1936) ; Below the Deadline (1936) ; Bulldug Edition (1936) ; Wallaby Jim of the Islands (1937) ; International Crime (1938) ; Shadows over Shanghaï (Ombres sur Shanghaï, 1938) ; Slander House (1938) ; Long Shot (1938) ; Cipher Bureau (1938) ; Panama Patrol (1939) ; Pride of the Navy (1939) ; Inside Information (1939) ; Unexpected Father (1939) ; Little Accident (1939) ; Oh Johnny, How You Can Love (1940) ; Sandy Is a Lady (1940) ; Give Us Wings (1940) ; Love, Honor and Oh, Baby ! (1940) ; San Antonio Rose (1941) ; Moonlight in Hawaii (1941) ; Road Agent (1941) ; Melody Lane (1941) ; Almost Married (1942) ; Hi, Neighbor (1942) ; Get Help to Love (1942) ; When Johnny Comes Marching Home (1942) ; You're Telling Me (1942) ; Don't Get Personal (1942) ; It Comes Up Love (1943) ; Mister Big (1943) ; Hit the Ice (Deux nigauds dans la neige, 1943) ; Fired Wife (1943) ; Top Man (1943) ; Bowery to Broadway (1944) ; Her Primitive Man (1944) ; The Merry Monahans (1944) ; Chip Off the Old Block (1944) ; Salome, Where She Danced (Salomé, 1945) ; Frontier Gal (La taverne du cheval rouge, 1945) ; That's the Spirit (L'esprit du swing, 1945) ; The Runaround (1946) ; She Wrote the Book (1946) ; Slave Girl (La belle esclave, 1947) ; The Untamed Breed (Brahma, taureau sauvage, 1948) ; Ma and Pa Kettle Go to Town (Placide et Zoé à New York, 1950) ; I Was a Shoplifter (1950) ; Curtain Call at Cactus Creek (1950) ; Abbott and Costello in the Foreign Legion (Deux nigauds légionnaires, 1950) ; Abbott and Costello Meet the Invisible Man (Deux nigauds et l'homme invisible, 1951) ; Comin'Round the Mountain (Deux nigauds chez les barbus, 1951) ; Flame of Araby (Les frères Barberousse, 1951) ; Abbott and Costello Meet Captain Kidd (1952) ; Abbott and Costello Go to Mars (Deux nigauds chez Vénus, 1953) ; Ma and Pa Kettle on Vacation (1953) ; Abbott and Costello Meet Dr. Jekyll and Mr. Hyde (Deux nigauds contre Dr. Jekyll et M. Hyde, 1953) ; Ma and Pa Kettle at Home, (1954) ; Ricochet Romance (1954) ; Untamed Heiress (1954) ; Abbott and Costello Meet the Keystone Cops (1955) ; Abbott and Costello Meet the Mummy (Deux nigauds et la momie, 1956) ; Carolina Cannonball (1956) ; Lay that Rifle Down (1955) ; The Kettles in the Ozarks (1956) ; Francis in the Haunted House (1956).

Lamont a dirigé de nombreux courts métrages pour Sennett et Christie avant de devenir le réalisateur quasi attitré d'Abbott et Costello : ses parodies de films d'épouvante célèbres, dans lesquels sont projetés les deux nigauds, ne sont pas sans mérite. Cet ancien acteur, issu d'une génération de comédiens, a tourné également pour Universal la série des Ma et Pa Kettle et le meilleur Francis, le mulet qui parle. En réalité Lamont est l'homme d'un seul film : *Salome, Where She Danced,* œuvre kaléidoscopique au scénario délirant, mêlant western, espionnage, histoire, duels au pistolet et à l'épée, le tout dominé par la fulgurante beauté d'Yvonne de

Carlo. Il faut avoir vu *Salomé* pour croire au cinéma, au vrai cinéma.

Lamorisse, Albert

Réalisateur français, 1922-1970.

Djerba (1947) ; Bim (1949) ; Crin Blanc (1952) ; Le ballon rouge (1955) ; Le voyage en ballon (1960) ; Fifi la Plume (1965) ; Versailles (1967) ; Paris jamais vu (1968).

Spécialiste du film pour enfants, il s'élève dans *Crin Blanc*, grâce à la beauté de la photo et à la musique de Maurice Leroux, à la poésie la plus pure. *Le ballon rouge* et *Fifi la Plume* sembleront en comparaison plus conventionnels. Devant leur semi-échec, Lamorisse parut se tourner vers le documentaire. Il fut tué accidentellement lors du tournage d'un film près de Téhéran.

Lamothe, Arthur

Réalisateur français né en 1928.

Principaux films : Bûcherons de la Manouane (1962) ; La neige a fondu sur le Manicouagan (1965) ; Le mépris n'aura qu'un temps (1970) ; Carcajou et le péril blanc (1973).

Français venu s'établir au Canada en 1953, il pose sur la vieille Acadie le regard de l'ethnologue. Ses films sont des documentaires qui ont la solidité des chênes qu'abattent les bûcherons de la Manouane.

Lamoureux, Robert

Acteur et réalisateur né en 1920.

La brune que voilà (1960) ; Ravissante (1960) ; Mais où est donc passé la 7e compagnie (1973) ; Impossible pas français (1974) ; Opération Lady Marlène (1975) ; On a retrouvé la 7e compagnie (1976) ; La 7e compagnie au clair de lune (1978).

On attendait mieux de Robert Lamoureux, chansonnier et acteur plein de finesse, que cette résurrection du vaudeville militaire, d'un « comique troupier résistant », selon la formule de Michel Mohrt, qui renoue avec *Le père tranquille* de Noël-Noël et donne aux Français l'image d'eux-mêmes qui les flatte le plus, celle d'un peuple malin et débrouillard.

Lampin, Georges

Réalisateur français né en 1901.

L'idiot (1945) ; L'éternel conflit (1947) ; Retour à la vie (un sketch, 1948) ; Le paradis des pilotes perdus (1948) ; Les anciens de Saint-Loup (1950) ; Passion (1950) ; La maison dans la dune (1951) ; Suivez cet homme (1952) ; Rencontre à Paris (1955) ; Crime et châtiment (1956) ; La Tour prends garde (1957) ; Mathias Sandorf (1962).

Il profita de son expérience de la vie russe (il ne vint en France qu'en 1921, étant né à Saint-Pétersbourg) pour adapter Dostoïevski. Mais *L'idiot* comme *Crime et châtiment* demeurent des films profondément *français* où rien ne passe de l'âme russe. Lampin est paradoxalement plus à l'aise dans *Le paradis des pilotes perdus* sur un scénario de Pierre Véry ou *Les anciens de Saint-Loup*, nostalgique évocation des souvenirs d'enfance, d'après Pierre Véry encore, ses meilleurs films à ce jour.

Lamprecht, Gerhard

Réalisateur allemand né en 1897.

Der Friedhof der Lebenden (1921) ; Fliehende Schatten (1922) ; Die Buddenbrooks (1923) ; Das Haus ohne Lachen (1923) ; Und dennoch kam das Glück (1923) ; Die Andere (1924) ; Hanseaten (1925) ; Die Verrufenen (1925) ; Menschen untereinander (1926) ; Schwester Veronika (1926) ; Die Unehelichen (Les illégitimes, 1926) ; Der alte Fritz (1927) ; Der Mann mit dem Laubfrosch (1928) ; Unter der Laterne (1928) ; Zweierlei Moral (1930) ; Zwischen Nacht und Morgen (1931) ; Emil und die Detektive (Émile et les détectives, 1931) ; Der schwarze Husar (1932) ; Was wissen denn Männer (1933) ; Spione am Werk (1933) ; Ein gewisser Herr Gran (1933) ; Prinzessin Turandot (1934) ; Einmal eine grosse Dame sein (1934) ; Einer zuviel an Bord (1935) ; Der höhere Befehl (1935) ; Barcarole (1935) ; Ein seltsamer Gast (1936) ; Die gelbe Flagge (Le drapeau jaune, 1937) ; Madame Bovary (1937) ; Der Spieler (Le joueur, 1938) ; Die Geliebte (1939) ; Frau im Strom (1939) ; Mädchen im Vorzimmer (1940) ; Clarissa (1941) ; Diesel (1942) ; Du gehörst mir (1943) ; Kamerad Hedwig (1945) ; Die Bruder Noltenius (1945) ; Irgendwo in Berlin (1946) ; Madonna im Ketten (1949) ; Quartett zu fünft (1949) ; Meines Vaters Pferde (1954) ; Der Engel mit dem Flammenschwert (1954) ; Oberwachtmeister Borck (1955).

Bien qu'ayant débuté très tôt comme scénariste, il reste profondément étranger à l'expressionnisme. C'est avec le parlant qu'il se fait connaître dans un film d'enfants, *Émile et les détectives,* dont on vantera la fraîcheur. Ses adaptations des *Buddenbrooks* de Thomas Mann et de *Madame Bovary* (avec Pola Negri) passent pour fort lourdes. Son apport au cinéma aura surtout consisté en une fort utile compilation sur le cinéma muet allemand, *Deutsche Stummfilme (1903-1931),* et dans la fondation, à partir de ses énormes collections, de la cinémathèque de Berlin.

Lancaster, Burt

Acteur, producteur, réalisateur américain né en 1913.

Comme réalisateur : The Kentuckian (L'homme du Kentucky, 1955) ; The Midnight Man (avec Roland Kibbee, Le flic se rebiffe, 1973).

Acteur génial et dont on trouvera la carrière dans un autre volume de la collection, il fut un producteur avisé en fondant avec Harold Hecht une compagnie à laquelle se joignit ensuite James Hill. Parmi les productions : *Marty, Trapeze, The Bachelor Party,* etc. Le réalisateur fut moins inspiré. Si *L'homme du Kentucky,* western d'un charme rousseauiste, suscitait la sympathie, son deuxième film, un thriller d'une terrible complexité, n'était pas à la mesure de son metteur en scène, l'un des plus grands acteurs d'Hollywood.

Landers, Lew

Réalisateur américain, de son vrai nom Louis Friedlander, 1901-1962.

Sous le nom de Louis Friedlander : The Red Rider (1934) ; Tailspin Tommy (Jean Bolide, 1934) ; The Vanishing Shadow (1934) ; The Call of the Savage (1935) ; Rustlers of Red Dog (1935) ; The Raven (Le corbeau, 1935) ; Stormy (1935) ; Parole (1936). *Sous le nom de Lew Landers : 130 films dont :* Without Orders (1936) ; Night Waitress (1936) ; They Wanted to Marry (1937) ; The Man Who Found Himself (1937) ; You Can't Buy Luck (1937) ; Flight from Glory (1937) ; Danger Patrol (1937) ; Living on Love (1937) ; Double Danger (1938) ; Condemned Women (1938) ; Crashing Hollywood (1938) ; Law of the Underworld (1938) ; Blind Alibi (1938) ; Sky Giant (1938) ; Bad Lands (1939) ; Enemy Agent (1940) ; Wagons Westward (1940) ; Girl from Havana (1940) ; Back in the Saddle (1941) ; The Singing Hill (1941) ; I Was a Prisoner on Devil's Island (1941) ; Mystery Ship (1941) ; The Boogie Man Will Get You (1942) ; Submarine Raiders (1942) ; Atlantic Convoy (1942) ; The Man Who Returned to Life (1941) ; Sabotage Squad (1942) ; Return of the Vampire (1943) ; Murder in Times Square (1943) ; The Deerslayer (1943) ; Doughboys in Ireland (1943) ; After Midnight With Boston Blackie (1943) ; Power of the Press (1943) ; Redhead from Manhattan (1943) ; Stars on Parade (1944) ; U-Boat Prisoner (1944) ; Two-Man Submarine (1944) ; I'm from Arkansas (1944) ; The Black Parachute (1944) ; The Ghost That Walks Alone (1944) ; Cowboy Canteen (1944) ; Swing in the Saddle (1944) ; The Power of the Whistler (1945) ; Follow That Woman (1945) ; Tokyo Rose (1945) ; Arson Squad (1945) ; Crime Inc. (1945) ; Shadow of Terror (1945) ; The Enchanted Forest (1945) ; The Mask of Dijon (Le masque de Dijon ; 1946) ; A Close Call for Boston Blackie (1946) ; The Truth About Murder (1946) ; Hot Cargo (1946) ; Secrets of a Sorority Girl

(1946) ; Devil Ship (1947) ; Under the Tonto Rim (1947) ; Thunder Mountain (Le pic de la mort, 1947) ; Seven Keys to Baldpate (1947) ; Danger Street (1947) ; Death Valley (1947) ; The Son of Rusty (1947) ; My Dog Rusry (1948) ; Inner Sanctum (1948) ; Adventures of Gallant Bess (1948) ; The Stagecoach Kid (1949) ; Air Hostess (1949) ; Law of the Barbary Coast (1949) ; Barbary Pirate (1949) ; Girl's School (1950) ; Chain Gang (1950) ; Revenue Agent (1950) ; Beauty on Parade (1950) ; State Penitentiary (1959) ; Tyrant of the Sea (1950) ; Dynamite Pass (1950) ; Davy Crockett, Indian Scout (1950) ; Last of the Buccaneers (Jean Laffitte, le dernier corsaire, 1950) ; When the Redskins Rode (1951) ; A Yank in Korea (Un Américain en Corée, 1951) ; Hurricane Island (1951) ; Jungle Manhunt (1951) ; The Magic Carpet (L'aigle rouge de Bagdad, 1951) ; Blue Blood (1951) ; The Big Gusher (1951) ; Jungle Jim in the Forbidden Land (La forêt de la terreur, 1952) ; Aladdin and His Lamp (La princesse et le voleur, 1952) ; California Conquest (Californie en flammes, 1952) ; Arctic Flight (1952) ; Riders of Capistrano (1952) ; Bad Men of Marysville (1952) ; The Range Masters (1952) ; Run for the Hills (1953) ; Torpedo Alley (Le sillage de la mort, 1953) ; The Neon Tornado (1953) ; Tangier Incident (1953) ; The Return of Trigger Dawson (1953) ; Captain John Smith and Pocahontas (1953) ; Roaring Challenge (1953) ; Man in the Dark (J'ai vécu deux fois, 1953) ; Captain Kidd and the Slave Girl (1954) ; The Cruel Tower (1956) ; Hot Rod Gang (1958) ; The Challenge of Rin-Tin-Tin (1958) ; Terrified (1964).

La réputation de ce prolifique metteur en scène repose sur un film d'épouvante, *The Raven*, qui réunissait deux monstres sacrés, Karloff et Lugosi. Jean Boullet délira jadis sur ce film, en réalité sympathique mais peu terrifiant. Pendant des années, la cinémathèque de Paris s'obstina à programmer *Jungle Jim in the Forbidden Land*, sous-production tarzanesque où Johnny Weissmuller semblait toujours prêt à succomber à un point de côté, et *California Conquest*, western archi-fauché. Ajoutons le prestige dont jouit *The Mask of Dijon* en raison de la présence de Stroheim au générique, et l'on comprendra que Landers, auteur par ailleurs d'un estimable *Return of the Vampire*, ait fait l'objet d'un culte de la part de quelques fanatiques du cinéma fantastique.

Landis, John

Réalisateur américain né en 1950.

Schlock (Schlock, 1972) ; The Kentucky Fried Movie (Hamburger Film Sandwich, 1976) ; Animal House (1978) ; Blue Brothers (1980) ; American Werewolf in London (Le loup-garou de Londres, 1981).

Benjamin parmi les réalisateurs indépendants d'Hollywood, il a été garçon de courses de la Fox, cascadeur et a occupé bien d'autres emplois avant de tourner des films à petit budget. Il aime les gorilles (*Schlock* est un hommage à King-Kong) et la comédie musicale (*Blue Brothers*) mais semble détester la télévision (*Hamburger Film Sandwich*). Il a tenté de renouveler le vieux mythe du loup-garou dans *American Werewolf in London* qui contenait d'impressionnants trucages mais souffrait d'un manque de sérieux. On pensait plutôt à un pastiche, à la manière de la nouvelle de Jean Mistler, *Le vampire*. Gentiment non conformiste.

Landres, Paul

Réalisateur américain né en 1912.

Grand Canyon (1949) ; Square Dance Jubilee (1949) ; Hollywood Varieties (1950) ; A Modern Marriage (1950) ; Navy Bound (1951) ; Rhythm Inn (1951) ; Army Bound (1952) ; Eyes of the Jungle (1953) ; Tangier Incident (1953) ; Hell Canyon Outlaws (1957) ; Last of the Redmen (1957) ; The Vampire (1957) ; The Return of Dracula (1957) ; Chain of Evidence (1957) ; New Day at Sundown (1957) ; Oregon Passage (1957) ; Johnny Rocco (1958) ; The Flame Barrier (1958) ; Frontier Gun (1958) ; Man from God's Country

(1958) ; The Miracle of the Hills (1959) ; Lone Texan (1959) ; Son of a Gunfighter (Fils d'un hors-la-loi, 1966).

Série Z en tout genre : guerre, épouvante, thriller, western... Russ Tamblyn faisait de son mieux pour sauver *Son of a Gunfighter*, l'un des rares films à budget un peu important qu'ait eu à tourner Landres. Dans *The Vampire*, un médecin avale par accident des pilules qui le transforment en monstre hideux qui fait peur à de tendres jeunes filles. « Il ne se passe rien, mais l'histoire est tellement idiote que le film se laisse savourer sans ennui » (*L'écran fantastique* n° 2). Dracula n'apparaît pas – hélas – dans *Le retour de Dracula* : c'est un lointain cousin du nom de Bellac, rôle tenu par Francis Lederer. Il n'y a pas davantage à attendre des thrillers de Landres : *Johnny Rocco* reprend le thème archi-usé du témoin à abattre et *Tangier Incident* n'est qu'un banal film d'espionnage joué sans conviction par George Brent.

Lane, Lupino

Acteur et réalisateur américain, de son vrai nom Henry Lane, 1892-1959.

Comme réalisateur : Never Trouble Trouble (1930) ; No Lad (1931) ; The Love Race (1931) ; Innocents of Chicago (1932) ; Letting in the Sunshine (1933) ; Oh ! What a Duchess ! (1934).

Comique londonien, il passa aux États-Unis, dans les années 20, où il joua dans de nombreux courts métrages burlesques (dont *L'as des gladiateurs*, 1928, parodie de *Ben-Hur*). Son comique avait l'innocence de Langdon et la dignité de Lloyd Hamilton. Il revint en 1930 en Angleterre pour y diriger un certain nombre de films qui ont sombré dans l'oubli.

Lanfield, Sidney

Réalisateur américain, 1899-1972.

Cheer Up and Smile (1930) ; Three Girls Lost ; Hush Money (1931) ; Dance Team (1931) ; Hat Check Girl (La jeune fille du vestiaire, 1931) ; Broadway Bad (Mystérieux week-ends, 1933) ; Moulin Rouge (1934) ; The Last Gentleman (1934) ; Hold'Em Yale (1935) ; Red Salute (1935) ; King of Burlesque (1935) ; Half Angel (1936) ; Sing Baby Sing (1936) ; One in a Million (1936) ; Wake Up and Live (1937) ; Thin Ice (Prince X, 1937) ; Love and Hisses (Yvette-Yvette, 1937) ; Always Goodbye (1938) ; The Hound of Baskervilles (Le chien des Baskerville, 1939) ; Second Fiddle (1939) ; Swanee River (1939) ; You'll Never Get Rich (L'amour vient en dansant, 1941) ; The Lady Has Plans (L'espionne aux enchères, 1942) ; My Favorite Blonde (La blonde de mes rêves, 1942) ; Let's Face It (1943) ; The Meanest Man in the World (1943) ; Standing Room Only (L'amour cherche un toit, 1944) ; Bring on the Girls (L'or et les femmes, 1945) ; The Well Groomed Bride (1946) ; The Trouble With Women (1947) ; Where There's Life (A vos ordres ma générale, 1947) ; Station West (La cité de la peur, 1948) ; Sorrowful Jones (Un crack qui craque, 1949) ; Follow the Sun (1951) ; The Lemon Drop Kid (La môme Boule de Gomme, 1951) ; Skirts Ahoy (Des jupons à l'horizon, 1952).

Initialement musicien de jazz, il fut embauché comme gagman par la Fox en 1926 et passa réalisateur en 1930. Son œuvre, d'une grande diversité, va de *Thin Ice*, comédie musicale destinée à mettre en valeur les talents de patineuse de Sonja Henie, à un honnête western comme *Station West*, et de la meilleure version du *Chien des Baskerville* (avec Basil Rathbone en Sherlock Holmes) aux pitreries de Bob Hope dans *The Lemon Drop Kid*. Les nostalgiques de l'âge d'or hollywoodien lui gardent une certaine tendresse.

Lang, Fritz

Réalisateur et scénariste allemand, 1890-1976.

Comme réalisateur : Halbblut (1919) ; Der Herr der Liebe (1919) ; Die Spinnen (deux parties, Les araignées, 1919) ; Harakiri (1919) ; Das wandernde Bild (1920) ; Vier um die Frau (1920) ; Der müde Tod (Les trois lumières, 1921) ;

Dr. Mabuse der Spieler (deux parties, Dr. Mabuse le joueur, 1922) ; Die Nibelungen (deux parties, Les Nibelungen, 1924) ; Metropolis (Metropolis, 1926-1927) ; Spione (Les espions, 1928) ; Die Frau im Mond (La femme sur la lune, 1929) ; M. (M. le Maudit, 1931) ; Das Testament des Dr. Mabuse (Le testament du docteur Mabuse, 1933). *En France* : Liliom (1934). *Aux États-Unis* : Fury (Furie, 1936) ; You Only Live Once (J'ai le droit de vivre, 1937) ; You and Me (Casier judiciaire, 1938) ; The Return of Frank James (Le retour de Frank James, 1940) ; Western Union (Les pionniers de la Western Union, 1941) ; Man Hunt (Chasse à l'homme, 1941) ; Hangmen Also die (Les bourreaux meurent aussi, 1943) ; The Woman in the Window (La femme au portrait, 1944) ; Ministry of Fear (Espions sur la Tamise, 1944) ; Scarlet Street (La rue rouge, 1945) ; Cloak and Dagger (Cape et poignard, 1946) ; Secret Beyond the Door (Le secret derrière la porte, 1948) ; House by the River (1950) ; American Guerila in the Philippines (Guérillas, 1950) ; Rancho Notorious (L'ange des maudits, 1952) ; Clash by Night (Le démon s'éveille la nuit, 1952) ; The Blue Gardenia (La femme au gardénia, 1953) ; Big Heat (Règlement de comptes, 1953) ; Human Desire (Désirs humains, 1954) ; Moonfleet (Les contrebandiers de Moonfleet, 1955) ; While the City sleeps (La cinquième victime, 1956) ; Beyond a Reasonable Doubt (L'invraisemblable vérité, 1956). *En Allemagne* : Der Tiger von Eschnapur (Le tigre du Bengale, 1958) ; Das indische Grabmal (Le tombeau hindou, 1958) ; Die tausend Augen des Dr. Mabuse (Le diabolique Dr. Mabuse, 1960).

La carrière de Fritz Lang peut se diviser en trois parties. Une partie allemande : ce fils d'architecte fait le tour du monde, peint, se bat héroïquement lors de la guerre, est blessé ; pour s'occuper, il écrit des scénarios de films qu'il vend à des producteurs-réalisateurs comme Joe May. Il passe derrière la caméra en 1919 avec *Halbblut* (Le demi-sang), histoire d'un homme détruit par son amour pour une femme, thème que l'on retrouve de façon constante dans son œuvre. Il est en effet l'auteur du scénario comme il le sera pour la majeure partie des films qu'il a tournés en Allemagne.

Le succès commercial vient avec son troisième film, *Les araignées*, sorte de *serial* consacré à une association de criminels qui veulent dominer le monde. À cause de ce film qui l'avait absorbé, il ne put diriger *Le cabinet du docteur Caligari*. Sa collaboration avec la romancière Thea von Harbou, qui allait devenir sa femme, va malgré tout le conduire à signer une œuvre majeure du nouveau courant : *Les trois lumières* (où une jeune femme essaie de ravir à la mort son amant). À ce courant se rattachent également *Les Nibelungen*, l'épopée wagnérienne en images (même si Lang s'est défendu de tout rapport avec le cycle wagnérien du *Ring*, ou avec le concept du surhomme de Nietzsche comme le prétend Kracauer dans son livre, *De Caligari à Hitler*). Non qu'il soit indifférent au fantastique : *La femme sur la lune* est l'un des premiers films de science-fiction et l'allégorie de *Metropolis* s'y réfère avec sa ville-usine et son robot. Mais Lang n'aimait pas ce dernier film. Parlant de la conclusion : « Le cœur servira de médiateur entre le bras et le cerveau », il affirmera : « Elle est fausse. Je ne l'acceptais déjà pas quand je réalisais le film. » Ce qui l'intéresse, c'est le réalisme social. Une vision aiguë et cruelle de l'Allemagne de l'après-guerre se retrouve dans les deux versions de *Mabuse* (l'inflation) et surtout *M*. À propos du *Maudit*, Lang déclarait : « Mon film tout entier est un reportage. » Inspirée par l'histoire du vampire de Düsseldorf, l'œuvre était une évocation hallucinante du monde de la pègre. Au-delà du cas de Peter Lorre, c'est toute la société allemande qui se retrouvait en accusation. L'utilisation du son montrait par ailleurs combien Lang avait parfaitement maîtrisé le parlant. Il s'impose alors comme le plus grand réalisateur allemand. Goebbels, excellent cinéphile, ne s'y trompe pas. Il lui propose de diriger l'industrie cinématographique allemande. Lang n'est qu'à demi juif, mais il préfère s'enfuir à Paris.

En France, il ne tourne qu'un film *Liliom*, d'après Molnar. Il passe aux États-Unis, attiré par la M.G.M. Commence alors la deuxième étape de sa carrière.

Deux films d'une grande puissance montrent qu'il n'a rien perdu de son talent : *Fury* (sur le lynchage) et *You Only Live Once* (sur l'injustice sociale et l'innocence persécutée). Après deux westerns, genre où il est encore mal à l'aise (mais il trouve moyen de signer deux classiques du genre !), il participe à la propagande antinazie en écrivant avec Brecht le scénario des *Bourreaux meurent aussi* (sur l'assassinat d'Heydrich, bras droit d'Himmler) qu'il met en scène. Suivent des chefs-d'œuvre (qui souvent ne seront reconnus comme tels que plus tard) : *L'ange des maudits*, un éblouissant western avec Marlène Dietrich et surtout des films policiers remarquables, de *The Woman in the Window* au délirant *Beyond a Reasonable Doubt* en passant par *Big Heat*, d'une extrême violence. On ne saurait en quelques lignes caractériser la période américaine de Lang : sous le décousu apparent (qui trompa alors la critique) de films appartenant à des genres dits mineurs (mais que l'on ne cesse de redécouvrir), c'est un véritable auteur qui se révèle.

Dernière étape : le retour en Allemagne. Lang y reprend un projet qu'il avait à cœur de tourner : *Le tigre du Bengale* et *Le tombeau hindou*, dont il existait, sur son scénario, deux versions, l'une de May et l'autre d'Eichberg. Il nous donne enfin sa propre version, un somptueux livre d'images, sadique et érotique à souhait. Puis c'est un troisième *Mabuse*. L'Allemagne a changé, mais la menace est toujours là. Film testament, un peu naïf au gré de certains. Mais il importe peu. Ce qui compte, c'est le retour aux sources. Lang nous a donné une grande leçon de cinéma.

BIBLIO. : L. Moullet, *Fritz Lang* (1963) ; F. Courtade, *Fritz Lang* (1963) ; *Fritz Lang* (Présence du cinéma, 1964) ; L. Eisner, *Fritz Lang* (1976).

Lang, Michel

Réalisateur français né en 1939.

À nous les petites Anglaises (1975) ; Une fille cousue de fil blanc (1976) ; L'hôtel de la plage (1978) ; Tous vedettes (1980) ; On n'est pas des anges... elles non plus (1981) ; Le cadeau (1982).

Lang a su trouver un créneau dans la production française : celui des teen-agers. Il a refait *American Graffiti* à l'usage des jeunes vacanciers qui draguent tout en bronzant sur les plages. Cela plut. Devenu plus ambitieux, Lang a tenté le passage de la comédie à la comédie musicale avec *Tous vedettes*, sorte de *Fame* français. Cette fois, ce fut l'échec. Avec *Le cadeau*, Lang revient à la comédie plus classique qu'il définit ainsi : « Les Américains l'ont bien compris : une comédie doit plaire à l'œil, avoir un beau décor, respirer une certaine opulence. »

Lang, Richard

Réalisateur américain.

The Mountain Men (Fureur sauvage, 1980) ; A Change of Season (Changement de saison, 1981).

Un western situé dans le Grand Nord et une comédie avec Bo Derek sur l'infidélité conjugale marquent les débuts de ce nouveau venu dans la constellation américaine des années 80. Il ne devrait pas décevoir.

Lang, Walter

Réalisateur américain, 1898-1972.

Red Kimono (1925) ; The Carnival Girl (1926) ; The Earth Woman (1926) ; The Golden Web (1926) ; Money to Burn (1926) ; By Whose Hand ? (1927) ; The College Hero (1927) ; The Ladybird (1927) ; Sally in our Alley (1927) ; The Satin Woman (1927) ; The Desert Bride (1928) ; The Night Flyer (1928) ; The Spirit of Youth (1929) ; The Big Fight (1930) ; Brothers (1930) ; Cock O' the Walk (avec Neill, 1930) ; The Costello Case (1930) ; Hello Sister (1930) ; Hell Bound (1931) ; No More Orchids (1932) ; The Warrior's Husband (1933) ; The Mighty Barnum (1934) ; Carnival (1935) ; Love Before Breakfast (Ce que femme veut, 1936) ; Wife, Doctor and Nurse (Jeux de dames, 1937) ; Second Honeymoon (J'ai deux maris, 1937) ; The Baroness and the Butler (La baronne et son valet, 1938) ; I'll Give a Million (1938) ; The Little Princess (La petite princesse, 1939) ;

The Blue Bird (1940); Star Dust (1940); The Great Profile (1940); Tin Pan Alley (1940); Moon Over Miami (Soirs de Miami, 1941); Week-end in Havana (Week-end à La Havane, 1941); Song of the Islands (Filles des Iles, 1942); The Magnificent Dope (1942); Coney Island (L'île aux plaisirs, 1943); Greenwich Village (1944); State Fair (1945); Sentimental Journey (Voyage sentimental, 1946); Claudia and David (1946); Mother Wore Tights (Maman était new-look, 1947); Sitting Pretty (1948); When My Baby Smiles at Me (1948); You're My Everything (1949); Cheaper by the Dozen (Treize à la douzaine, 1950); The Jackpot (Gare au percepteur, 1950); On the Riviera (1951); With a Song in My Heart (1952); Call Me Madam (Appelez-moi Madame, 1953); There's No Business Like Show Business (La joyeuse parade, 1954); The King and I (Le roi et moi, 1956); The Desk Set (Une femme de tête, 1957); But Not for Me (La vie à belles dents, (1959); Can-Can (Can-Can, 1960); The Marriage-Go-Round (1960); Snow White and the Three Stooges (1961).

Illustrateur de mode (il saura s'en souvenir derrière la caméra), acteur puis employé de bureau, il travaille pour la productrice Dorothy Davenport et dirige plusieurs films muets avant de passer à la Columbia puis à la Fox où il va pouvoir déployer son talent pour la comédie, musicale ou non. Tout n'est pas de la meilleure veine (ses remakes de *State Fair* et de *The King and I* sont franchement ennuyeux et bon nombre de ses réalisations sont tournées de la façon la plus plate), mais certaines de ses opérettes filmées ne sont pas sans charme, ainsi *Moon Over Miami* et surtout *There's No Business Like Show Business* où Marilyn Monroe dansait et chantait en commentant le bulletin météorologique, un numéro inoubliable.

Langdon, Harry

Acteur, scénariste et réalisateur américain, 1884-1944.

Longs métrages : Tramp, Tramp, Tramp (Plein les bottes, Capra, 1926); The Strong Man (L'athlète incomplet, Capra, 1926); Long Pants (Sa dernière culotte, Capra, 1927); There's a Crowd (Papa d'un jour, Langdon, 1927); The chaser (Langdon, 1928); Heart Trouble (Langdon, 1928).

Fils d'officiers de l'Armée du Salut, il avait fait tous les métiers avant de rejoindre Mack Sennett, en 1923, à Hollywood. Il y crée un personnage de pierrot lunaire, à la face ronde et blafarde, tout à la fois attiré et terrifié par les femmes. Des films de deux bobines, il passe rapidement au long métrage, obtenant le contrôle des œuvres qu'il produit. Assisté de Capra, il donne trois chefs-d'œuvre : *Plein les bottes, L'athlète incomplet* et surtout *Sa dernière culotte*, film d'une grande ambiguïté sur le passage de l'adolescence à l'âge adulte. On y voyait Harry, le jour de son mariage, conduire sa jeune épouse émoustillée dans un bois, et, là, sortir un revolver et la tuer. Ce n'était qu'un rêve, il est vrai. Conscient de l'originalité de son apport, Langdon entendit signer ses films et se passa de Capra. Trois nouveaux chefs-d'œuvre suivirent, dont l'émouvant et tendre *Papa d'un jour*.

Mais le public fut dérouté; de plus Langdon était incapable de gérer les budgets de ses films. Ce fut la rupture avec la Warner. L'avènement du parlant l'acheva. Il ne disparut pas complètement, jouant les seconds rôles dans de médiocres productions, devenant gagman de Laurel et Hardy et remplaçant même Laurel auprès d'Hardy dans *Zénobia* (1939).

BIBLIO. : *Positif* n° 209-210 (1978).

Lantz, Walter

Créateur et producteur américain de dessins animés né en 1900.

Nombreuses séries dont Dinky Doodle Cartoons (1921-1927); Oswald (1928-1938); Woody Woodpecker (1941-1972).

D'abord dessinateur dans les journaux du magnat W. R. Hearst, il se tourne vers le dessin animé, travaillant avec La Cava sur plusieurs séries dont les *Katzenjammer Kids, Krazy Kat* et *Mutt and Jeff.* Puis Lantz fonde sa propre maison et produit à l'Universal le fameux Woody Woodpecker, pivert malicieux qui apparaît dans une bonne centaine de films et auquel Grace

Stafford prête sa voix nasillarde. On doit aussi à Lantz une longue suite d'animaux, d'*Andy le panda* à *La Souris de l'espace* dessinée par Paul J. Smith, auteur également de *Windy* et *Breezy.*

La Patellière, Denys de

Réalisateur français né en 1921.

Les aristocrates (1955) ; Le salaire du péché (1956) ; Retour de manivelle (1957) ; Les œufs de l'autruche (1957) ; Thérèse Étienne (1957) ; Les grandes familles (1958) ; Rue des Prairies (1959) ; Les yeux de l'amour (1959) ; Un taxi pour Tobrouk (1960) ; Le bateau d'Émile (1961) ; Tempo di Roma (1962) ; Pourquoi Paris ? (1962) ; La fabuleuse aventure de Marco Polo (1964) ; Le tonnerre de Dieu (1965) ; Du rififi à Paname (1965) ; Le voyage du père (1966) ; Soleil noir (1966) ; Le tatoué (1968) ; Sabra (1969) ; Le tueur (1971) ; Prêtres interdits (1973) ; Le comte de Monte-Cristo (1979).

Il a mauvaise presse auprès des cinéphiles et des revues spécialisées. Le metteur en scène n'est pas en cause : il connaît son métier, parvient tant bien que mal à contenir le cabotinage de Gabin, soigne ses décors, mais que faire de bon avec des sujets aussi impossibles que *Les grandes familles* (de Druon), *Le tonnerre de Dieu* ou *Le tatoué* dont les dialogues sont – hélas ! – de Pascal Jardin, le même qui réussit pourtant à évoquer son enfance « vichyssoise » avec tant d'humour ? Le film à grand spectacle (*Marco Polo, Le comte de Monte-Cristo*) ne lui convient réussit guère et pas davantage le film policier (*Le tueur* où s'opposent deux policiers, Gabin et Blier, traquant, selon des méthodes différentes, un dangereux criminel). Le film à problèmes sociaux (*Les aristocrates* d'après Michel de Saint-Pierre et *Prêtres interdits*) serait un peu plus dans ses cordes ; il est en revanche catastrophique dans le mélo (*Le salaire du péché, Le voyage du père...*). Bref un bilan qui n'a rien d'enthousiasmant, où n'émerge qu'*Un taxi pour Tobrouk,* honnête film de guerre.

Laperrousaz, Jérôme

Réalisateur français né en 1948.

Amougies music power (avec J.-N. Roy, 1969) ; Amougies music révolution (avec Roy, 1969) ; Continental Circus (1972) ; Hu-man (1975) ; Pleurs (1975) ; Third, prisonnier de la rue (1980).

Entre deux reportages sur le reggae, il a tourné un curieux film de science-fiction, avec Terence Stamp et Jeanne Moreau, *Hu-man.*

Lapoujade, Robert

Cinéaste français né en 1921.

Courts métrages : Enquête sur un corps (1959) ; Foules (1960) ; Noir et blanc (1962) ; Vélodrame (1963) ; Trois portraits d'un oiseau qui n'existe pas (1963) ; Mise à nu (1965) ; L'ombre de la pomme (1967). *Longs métrages :* Socrate (1968) ; Le sourire vertical (1973) ; Le comédien sans paradoxe (1975).

Lapoujade passe de la peinture au cinéma sans difficultés. Dans le domaine de l'animation, il joue avec des particules poudreuses et peint directement sous la caméra. Son goût pour l'avant-garde se traduit par des œuvres difficiles mais auxquelles on prête une grande richesse comme *Socrate.* Homme orchestre, il est aussi romancier et essayiste.

Larriaga, Jean

Réalisateur français né en 1945.

La part des lions (1971) ; Un officier de police sans importance (1972).

Films policiers « à la française », correctement mis en scène mais sans la « patte » des séries B américaines.

Larsen, Vigo

Réalisateur et acteur danois, 1880-1957.

Au Danemark : nombreux courts métrages dont Det Hvinde Slavehandes (1907) ; Sidstoffer (1907) ; Lovejagten

(La chasse aux lions, 1907) ; Doktor Nikola (1909) ; Et Budska til Napoleon pa Elba (Napoléon à l'île d'Elbe, 1909) ; Heksten o cyklisten (La sorcière et le cycliste, 1909) ; Madame Sans-Gêne (1910) ; Série des Fabien. *En Allemagne :* Die Sumpfblume (1912) ; Der Eid des Stephan Huller (1913) ; Nachträtsel (1915) ; Wacht am Rhein (1915) ; Der graue Herr (1915).

Pionnier du cinéma danois, il fonda la Nordisk, l'une des plus importantes compagnies du muet. Il réalisa de nombreux films dont un sympathique *Napoléon à l'île d'Elbe,* où il interprétait lui-même, avec beaucoup de vraisemblance, le rôle de l'Empereur, et un excellent film plein de trucages : *La sorcière et le cycliste.* En 1911, il passa en Allemagne où il tourna plusieurs œuvres d'une inspiration souvent un peu courte.

Lattuada, Alberto

Réalisateur italien né en 1914.

Giacomo l'idealista (1942) ; La nostra guerra (1944) ; La Freccia nel fianco (1944) ; Il bandito (Le bandit, 1946) ; Il delitto di Giovanni Episcopo (Le crime de Giovanni Episcopo, 1947) ; Senza pieta (Sans pitié, 1948) ; Il mulino del Po (Le moulin du Pô, 1949) ; Luci del varieta (Les feux du music-hall, avec Fellini, 1951) ; Anna (Anna, 1952) ; Il cappotto (Le manteau, 1952) ; Amore in città (L'amour à la ville, 6e sketch, 1953) ; La lupa (La louve de Calabre, 1953) ; La spiaggia (La pensionnaire, 1954) ; Scuola elementare (1955) ; Guendalina (Guendalina, 1957) ; La tempesta (La tempête, 1958) ; I dolci inganni (1960) ; Lettere di una novizia (La novice, 1960) ; L'imprevisto (L'imprévu, 1961) ; La steppa (La steppe, 1962) ; Mafioso (1962) ; La mandragola (La mandragore, 1967) ; Don Giovanni in Sicillia (1967) ; Matchless (Mission T.S., 1969) ; Fräulein Doktor (Fräulein Doktor, 1969) ; L'amica (1969) ; Venga a prendere il caffè da noi (Venez donc prendre le café chez nous, 1970) ; Bianco, rosso e...verde (La bonne planque, 1970) ; Sono stato io ! (La grosse tête, 1972) ; Le faro da padre (1974) ; Cuore di cane (Cœur de chien, 1976) ; Oh Serafina ! (1976) ; Cosi como sei (La fille, 1978) ; La Cigala (La Cigala, 1980).

Du film « calligraphique » (*Giacomo l'idealista*) à la comédie à l'italienne (*Venez donc prendre le café chez nous*), en passant par le néo-réalisme (*Senza pieta*), l'adaptation littéraire (*La tempête* de Pouchkine, *La mandragore* de Machiavel), le film-enquête (*Amore in città*) et l'espionnage de série B (*Fräulein Doktor*), Lattuada résume dans sa carrière tous les grands genres du cinéma italien, péplum et western-spaghetti exceptés. Notons que fils d'un musicien réputé, il a été aussi attiré par la mise en scène d'opéras. Mais l'on trouve néanmoins dans cette œuvre, généralement de qualité, mais un peu disparate, une constante : l'érotisme. Celui-ci, déjà apparent dans la plupart des œuvres de Lattuada, éclate dans ses deux derniers films : *La fille* (avec Nastassja Kinski), sur les rapports incestueux, et *La Cigala,* sur la rivalité mère-fille.

Laughlin, Tom

Acteur, réalisateur et producteur américain (a travaillé aussi sous les pseudonymes de T.C. Frank, Donald Handerson et Loyd James) né en 1938.

Comme réalisateur : The Young Sinner (1965) ; The Born Losers (Le credo de la violence, 1967) ; Billy Jack (Billy Jack,1971) ; The Trial of Billy Jack (1974) ; The Master Gunfighter (El Pistolero, 1975) ; Billy Jack Goes to Washington (1977).

Le credo de la violence, film remarquable sur la délinquance, auprès duquel les *Anges* de Corman paraissent bien angéliques, ne rencontra aucun succès. Celui-ci vint avec *Billy Jack,* saga d'un hors-la-loi qui séduisit la jeunesse américaine. Il serait plus exact de parler de triomphe : pour une dépense de 800 000 dollars, le film rapporta 10 millions de dollars. Le contexte vietnamien peut expliquer l'engouement pour l'histoire de ce solitaire en lutte contre l'*establishment.* Il y eut plusieurs suites qui enrichirent Laughlin, lequel agrandit alors sa maison qui devint les

Billy Jack Enterprises. Laughlin se mit à compter comme producteur dans les milieux d'Hollywood. Tout fut englouti dans de mauvaises opérations financières et dans l'échec de *The Master Gunfighter*, western délirant qui laissa pantois les amateurs du genre.

Laughton, Charles

Acteur et réalisateur américain, 1899-1962.

Comme réalisateur : Night of the Hunter (La nuit du chasseur, 1955).

Ce prodigieux acteur n'a signé comme réalisateur qu'un seul film, mais c'est un pur joyau qui brille d'un éclat maléfique. Robert Mitchum y est extraordinaire en tueur fou, les lettres formant le mot *hate* (haine) tatouées sur les doigts d'une main et celles constituant le mot *love* (amour) sur les doigts de l'autre main. Il poursuit avec une diabolique persévérance deux enfants pour leur faire avouer la cachette d'un magot. Rarement les splendeurs du roman noir n'avaient été ressuscitées avec autant d'éclat.

Launder, Frank

Réalisateur anglais né en 1907.

Million Like Us (avec Gilliat, Ceux de chez nous, 1943) ; 2 000 Women (Deux mille femmes, 1944) ; I See a Dark Stranger (avec Gilliat, L'étrange aventurière, 1946) ; Captain Boycott (1947) ; The Blue Lagoon (Le lagon bleu, 1948) ; The Happiest Days of Your Life (Cette sacrée jeunesse, 1949) ; Lady Godiva Rides Again (1951) ; Folly to Be Wise (1952) ; The Story of Gilbert and Sullivan (avec Gilliat, Gilbert et Sullivan, 1953) ; The Belles of St. Trinian's (1954) ; Geordie (avec Gilliat, Geordie, 1955) ; Blue Murder at St. Trinian's (Fric-frac à gogo, 1957) ; The Bridal Path (1959) ; The Pure Hell of St.Trinian's (1960) ; Joey Boy (1965) ; The Great St.Trinian's Train Robbery (avec Gilliat, 1966).

Associé à Gilliat, il a signé quelques films plus ou moins policiers. Laissé à lui-même, il adapta à l'écran la série de *The Belles of St.Trinian's* de Ronald Searle, ce qui lui valut quelque célébrité en Angleterre. Son meilleur film demeure *The Blue Lagoon*, qui hésite entre Henri de Régnier et Jean-Jacques Rousseau, Tarzan et Melville : deux jeunes naufragés, Jean Simmons et Donald Houston, se retrouvant sur une île déserte se mariaient... avant de tomber dans les bras l'un de l'autre.

Laurel, Stan ; Hardy, Oliver

Laurel, acteur et réalisateur américain, 1890-1965 ; Hardy, acteur, 1892-1957.

Films où ils sont réunis comme acteurs : Lucky Dog (première rencontre mais pas en team, J. Robbins, 1918) ; Duck Soup (Guiol réal., 1927) ; Slipping Wives (id. 1927) ; Love'Em and Weep (id., 1927) ; Why Girls Love Sailors (Il était un petit navire, id., 1927) ; With Love and Hisses (Les gaietés de l'infanterie, id., 1927) ; Sailors Beware (A bord du Miramar, Yates, 1927) ; Do Detectives Think ? (Les deux détectives, Guiol, 1927) ; Flying Elephants (L'âge de pierre, Butler, 1927) ; Sugar Daddies (Guiol, 1927) ; Call of the Cuckoo (Bruckman, 1927) ; Second Hundred Years (Guiol, 1927) ; Hats Off (Yates, 1927) ; Putting Pants on Philip (Bruckman, 1927) ; Battle of the Century (id., 1927) ; Leave'Em Laughing (id., 1928) ; Finishing Touch (id., 1928) ; From Soup to Nuts (Kennedy, 1928) ; You're Darn Tootin' (Ton cor est à toi, id., 1928) ; Their purple moment (Parrott, 1928) ; Should Married Men Go Home (Homme à boue, id., 1928) ; Early to Bed (Flynn, 1928) ; Two Tars (Vlà la flotte, Parrott, 1928) ; Habeas Corpus (McCarey, 1928) ; We Faw Down (McCarey, 1928) ; Liberty (Liberté, id., 1929) ; Wrong again (Y a erreur, id., 1929) ; That's My Wife (French, 1929) ; Big Business (Œil pour œil, Horne, 1929) ; Double Whoopee (Son Altesse Royale, Foster, 1929) ; Berth Marks (id. 1929) ; Men O'War (La flotte est dans le lac, id., 1929) ; A Perfect Day (Joyeux pique-nique, Parrott, 1929) ; Angora

Love (Foster, 1929) ; Unaccustomed as we are (id., 1929) ; Hoosegow (Derrière les barreaux, Parrott, 1929) ; Hollywood Revue of 1929 (sketch, 1929) ; Night Owls (Les deux cambrioleurs, id., 1930) ; Blotto (Quelle bringue, id., 1930) ; Be Big (Drôles de bottes, id. 1930) ; Brats (Les bons petits diables, id., 1930) ; Below Zero (En dessous de zéro, id., 1930) ; Laurel and Hardy Murder Case (Feu mon oncle ou la maison de l'épouvante, id., 1930) ; Hog Wild (Les bricoleurs, id., 1930) ; Another Fine Mess (Drôles de locataires, id., 1930) ; The Rogue Song (1930) ; Chickens Come Home (Horne, 1931) ; Laughing Gravy (Les carottiers, id., 1931) ; Our Wife (id., 1931) ; Come Clean (Toute la vérité, id., 1931) ; Pardon Us (Sous les verrous, Parrott, 1931) ; One Good Turn (Une bonne action, Horne, 1931) ; Beau Hunks (Les deux légionnaires, id., 1931) ; Helpmates (Aidons-nous, Parrott, 1931) ; Any Old Port (Laurel boxeur, Horne, 1932) ; Music Box (Livreurs sachez livrer, Parrott, 1932) ; The Chimp (Prenez garde au lion, Parrott, 1932) ; County Hospital (Maison de tout repos, id., 1932) ; Scram (Les deux vagabonds, R.McCarey, 1932) ; Pack Up Your Troubles (Les sans-soucis, Marshall, 1932) ; Their First Mistake (Bonnes d'enfant, id., 1932) ; Towed in a Hole (Marchands de poisson, id., 1933) ; Twice Two (Les joies du mariage, Parrott, 1933) ; Me and my Pal (Les deux flemmards, Rogers, 1933) ; Devil's Brother (Fra Diavolo, Roach, 1933) ; Midnight Patrol (Deux policiers, French, 1933) ; Busy Bodies (Les menuisiers, id., 1933) ; Dirty Work (Les ramoneurs, id., 1933) ; Sons of the Desert (Les compagnons de la Nouba, Seiter, 1934) ; Private Life of Oliver the Eighth (Gai, marions-nous, French, 1934) ; Going Bye Bye (Les jambes au cou, Rogers, 1934) ; Them Thar Hills (Joyeux compères, id., 1934) ; Babes in Toyland (Un jour une bergère, id., 1934) ; Live Ghost (Le bateau hanté, id., 1934) ; Tit for Tat (Les électriciens, id., 1935) ; The Fixer-Uppers (Les rois de la gaffe, id., 1935) ; Thicker Than Water (Qui dit mieux, Horne, 1935) ; Bonnie Scotland (Bons pour le service, id., 1935) ; The Bohemian Girl (La Bohémienne, Horne et Rogers, 1936) ; Our Relations (C'est donc ton frère, Lachman, 1936) ; Way Out West (Laurel et Hardy au Far West, Horne, 1937) ; Swiss Miss (Les montagnards sont là, Blystone, 1938) ; Blockheads (Têtes de pioche, id., 1938) ; Flying Deuces (Laurel et Hardy conscrits, Sutherland, 1939) ; A Champ at Oxford (Les as d'Oxford, A. Goulding, 1940) ; Saps at Sea (En croisière, G. Douglas, 1940) ; Great Guns (Quel pétard !, Banks, 1941) ; A Haunting We Will Go (Fantômes déchaînés, Werker, 1942) ; Air Raid Wardens (Les chefs d'îlots, Sedgwick, 1943) ; Jitterbugs (St. Clair, 1943) ; Dancing Masters (Maîtres de ballet, St. Clair, 1943) ; Big Noise (Le Grand Boum, id., 1944) ; Nothing But Trouble (Les cuistots de Sa Majesté, Taylor, 1944) ; Bullfighters (Les toréadors, St.Clair, 1945) ; Atoll K (Utopia, Joannon, 1951).

Ils ont leur place dans un dictionnaire des cinéastes dans la mesure où l'on dit un film *de* Laurel et Hardy. Lorsqu'en 1926, Hal Roach (ou McCarey) eut l'idée de réunir le maigre Laurel (héros de toute une série de courts métrages qu'il avait souvent écrits lui-même : *When Knights were Cold, Mud and Sand, Under Two Jags, Oranges and Lemons, Frozen Hearts, Roughest Africa, The Soilers, The Sleuth, Half a Man* et surtout *Dr. Pickle and Mr. Pride*) et le gros Hardy, qui jouait les utilités avec Buster Keaton ou Larry Semon, naquit l'un des mythes les plus universels du cinéma. Laurel et Hardy ont dépassé en popularité Charlot et Mickey. On a oublié le nom des réalisateurs qui ont signé leurs films ainsi que celui des gagmen avec lesquels Laurel travaillait étroitement tout en assurant la préparation de la mise en scène, selon Hardy. Que leurs derniers films pour la Fox, après 1940, lorsqu'ils rompirent avec Hal Roach, ne vaillent pas cher, importe peu. Ils ont été parfois réduits au rôle de faire-valoir : et alors ? Dans plus de cent films, dont 27 longs métrages, ils ont construit une véritable saga fondée sur des catastrophes en chaîne nées de leur maladresse. Que

Laurel plante un clou dans le mur d'un appartement, l'immeuble entier finira par s'écrouler. Hardy comprend toujours trop tard et Laurel ne comprend jamais. C'est tout un univers qui s'organise autour d'eux où l'on retrouve avec plaisir leur principal ennemi James Finlayson, loucheur et râleur, leurs enfants (*Brats*) et leurs jumeaux (*Our Relations*), sans oublier les épouses acariâtres. Ils nous sont si familiers que nous rions dès que nous entendons l'indicatif musical qui accompagne traditionnellement le générique de leurs films. Ces films qui n'ont plus d'âge : Laurel et Hardy sont immortels.

BIBLIO. : R. Lacourbe, *Laurel et Hardy* (1975) ; Everson, *Laurel et Hardy* (1975).

Lauritzen, Lau

Réalisateur danois, 1878-1938.

Série des Double Patte et Patachon.

Entre 1911 et 1936, ce réalisateur dirigea le tandem comique formé par Harald Madsen et Carl Schenstrom, connus en France sous les noms de Double Patte et Patachon, un grand maigre et un petit gros, précurseurs de Laurel et Hardy. Ses films étaient sans prétention. Son fils, Lau Lauritzen junior, fut plus ambitieux avec des œuvres comme *La terre sera rouge* (1945).

Lautner, Georges

Réalisateur français né en 1926.

La môme aux boutons (1958) ; Marche ou crève (1959) ; Arrêtez les tambours (1960) ; Le monocle noir (1961) ; Le septième juré (1961) ; En plein cirage (1961) ; L'œil du monocle (1962) ; Les tontons flingueurs (1963) ; Des pissenlits par la racine (1963) ; Le monocle rit jaune (1964) ; Les bons vivants (1965) ; Gallia (1965) ; Les barbouzes (1965) ; Ne nous fâchons pas (1966) ; La grande sauterelle (1967) ; Fleur d'oseille (1968) ; Le pacha (1969) ; Laisse aller... c'est une valse (1970) ; La route de Salina (1971) ; Il était une fois un flic (1972) ; Quelques messieurs trop tranquilles (1973) ; La valise (1974) ; Pas de problème (1975) ; Les seins de glace (1975) ; On aura tout vu (1976) ; Ils sont fous ces sorciers (1977) ; Mort d'un pourri (1978) ; Flic ou voyou (1979) ; Le guignolo (1980) ; Est-ce bien raisonnable ? (1981) ; Le professionnel (1981).

Une carrière en dents de scie : *Le monocle noir,* où la prestance de Paul Meurisse en policier flegmatique fait merveille, surprend par la légèreté sans mépris avec laquelle Lautner parodie le film d'espionnage. On retrouve une pointe d'humour noir, caractéristique du metteur en scène, dans des œuvres qui valent mieux que leurs titres vulgaires et accrocheurs : *Les tontons flingueurs, Des pissenlits par la racine,* etc. Pour Jeancolas (*Le cinéma des Français*), *Gallia* marque une étape importante dans l'émancipation de la femme à l'écran : Mireille Darc paraît plus indépendante et plus insérée dans le monde urbain où elle travaille que la Brigitte Bardot de 1956. Mais Lautner semble s'essouffler par la suite. Il manque complètement l'adaptation cinématographique du grand roman de Matheson, *Les seins de glace. Mort d'un pourri,* d'après un autre roman policier de Ralph Vallet, est surtout sauvé par le tandem Delon-Ronet mais aussi par le regard jeté sans complaisance sur les mœurs politiques de la Ve République. Le redressement de Lautner ne se poursuit pas avec les œuvres suivantes, trop banales, notamment *Le guignolo,* pour lui permettre de prendre place parmi les « auteurs » du cinéma français. Il semble qu'il vaille surtout ce que valent ses acteurs, Meurisse, Mireille Darc ou Delon, avec, reconnaissons-le-lui, un peu d'humour noir en prime.

Laven, Arnold

Réalisateur américain né en 1922.

Without Warning (1952) ; Vice Squad (Investigation criminelle, 1953) ; Down Three Dark Streets (L'assassin est parmi eux, 1954) ; The Rack (1956) ; The Monster that Challenged the World (1957) ; Slaughter on Tenth Avenue (Meurtres sur la 10e Avenue, 1957) ; Anna Lucasta (1958) ; Geronimo (Géronimo, 1962) ; The Glory Guys (Les compagnons de la gloire, 1965) ; Rough

Night in Jericho (Violence à Jéricho, 1967) ; Sam Whiskey (Sam Whiskey, 1969).

Honnête artisan, il n'innove pas mais suit la mode, qu'il s'agisse des thrillers documentaires (*Vice Squad* et *Down Three Dark Streets*) ou du western pro-indien (*Géronimo*). Rendu célèbre par *Géronimo*, il tourna plusieurs westerns, assez décontractés, bien faits techniquement mais qui n'emportèrent pas l'adhésion des amateurs. *The Glory Guns*, le meilleur, valait surtout pour le scénario de Peckinpah et le travail à la grue du fameux opérateur James Wong Howe. *Rough Night in Jericho* s'achevait sur un *gunfight* assez spectaculaire mais le film, en raison de la fadeur de George Peppard, restait languissant. Dans l'ensemble, pourtant, ses films se voient sans ennui. Depuis 1970, il semble avoir consacré son activité à la télévision.

Laviron, Jean

Réalisateur français né en 1915.

Descendez, on vous demande (1951) ; Au diable la vertu (1952) ; Légère et court vêtue (1952) ; Soirs de Paris (1953) ; Votre dévoué Blake (1954) ; Les motards (1958).

Assistant depuis 1938, scénariste et dialoguiste, il n'a signé que des films commerciaux sans autre ambition que de divertir. Il y parvient avec un bon Constantine (*Votre dévoué Blake*) et une très amusante comédie bien enlevée par Roger Pierre et Jean-Marc Thibault, *Les motards.*

Leacock, Philip

Réalisateur anglais né en 1917.

Island People (c.m., 1940) ; The Story of Wool (c.m., 1940) ; The Riders of the New Forest (1946) ; Forest Pony (1949) ; Out of True (1951) ; The Braves Don't Cry (1952) ; The Kidnappers (Les kidnappeurs, 1952) ; Appointment in London (1953) ; Escapade (1955) ; The Spanish Gardener (Le jardinier espagnol, 1956) ; High Tide at Noon (Marée haute à midi, 1957) ; Innocent Sinners (1958) ; Let No Man Write My Epitaph (Que personne n'écrive mon épitaphe, 1959) ; Hand in Hand (1960) ; Reach for Glory (1960) ; 13 West Street (Lutte sans merci, 1962) ; The War Lover (L'homme qui aimait la guerre, 1962) ; Tamahine (Une Tahitienne au collège, 1963) ; Return of the Boomerang (L'homme qui sortait du bagne, 1969) ; Adam's Woman (1970) ; Baffled (1971) ; The Escape of the Birdmen (1972).

Condamnation des préjugés raciaux (*Hand in hand*), appel à la paix (*Escapade* qui raconte un vol pacifiste au-dessus du rideau de fer), innocence des enfants (deux d'entre eux kidnappent un bébé par amour dans *The Kidnappers*), etc. Leacock est la preuve que les bons sentiments ne font pas les bons films.

Leacock, Richard

Réalisateur d'origine britannique né en 1921.

Canary Island Bananas (1935) ; Galapagos Islands (1938) ; Toby (1954) ; F 100 (1956) ; Bernstein in Israël (1956) ; Pete and Johnnie (1957) ; Davy (1958) ; Eddie Sachs (1959) ; Primary (1960) ; Kenya (1961) ; Football (1961) ; The Chair (1962) ; A Happy Mother's Day (1963) ; Crisis (1963) ; Portrait of Van Cliburn (1966) ; A Stravinsky Portrait (1968) ; Monterey Pop (1968) ; Chiefs (1969) ; Queen of Apollo (1970).

Frère de Philip Leacock. Formé à Harvard, il travaille pendant la guerre comme cameraman de l'armée. Il collabore avec Flaherty pour *Louisiana Story*. On le retrouve avec Louis de Richemont et Willard Van Dyke. Plus tard encore il tourne avec Robert Drew et surtout Pennebaker, pionniers du cinéma-vérité. *Primary, The Chair* ou *Eddie Sachs* ont eu une énorme influence sur un certain type de films américains. Leacock compte parmi les grands spécialistes du documentaire et son approche a marqué une étape dans l'évolution du genre.

Lean, David

Réalisateur anglais né en 1908.

In Which We Serve (avec Coward, Ceux qui servent en mer, 1942) ; This Happy Breed (Heureux mortels, 1944) ; Blithe Spirit (L'esprit s'amuse, 1945) ; Brief Encounter (Brève rencontre, 1945) ; Great Expectations (Les grandes espérances, 1946) ; Oliver Twist (Oliver Twist, 1948) ; The Passionate Friends (Les amants passionnés, 1948) ; Madeleine (Madeleine, 1950) ; The Sound Barrier (Le mur du son, 1952) ; Hobson's Choice (Chaussure à son pied, 1954) ; Summertime (Vacances à Venise, 1955) ; The Bridge on the River Kwai (Le pont de la rivière Kwai, 1957) ; Lawrence of Arabia (Lawrence d'Arabie, 1962) ; The Doctor Zhivago (Le docteur Jivago, 1966) ; Ryan's Daughter (La fille de Ryan, 1970).

D'abord monteur, puis collaborateur de Noël Coward pour *In Which We Serve* puis *Blithe Spirit*, Lean s'impose avec *Brief Encounter* (ou la tentation de l'adultère chez une jeune femme), puis par deux adaptations de Dickens : *Great Expectations* et *Oliver Twist*. Traités académiquement, ces sujets n'en consacrent pas moins Lean « grand réalisateur ». Mais après *Madeleine*, histoire d'un procès authentique, la réputation de Lean décline. Ses films suivants sont mal accueillis. Il ne retrouve une notoriété internationale qu'avec quatre superproductions : *The Bridge on the River Kwai*, d'après un roman de Pierre Boulle, où la qualité de l'image, l'interprétation de Guinness et une musique entraînante assurent à la production de Sam Spiegel un succès commercial inattendu. La recette est reprise avec *Lawrence d'Arabie*, aux couleurs plus soignées encore, où Peter O'Toole joue les héros du désert avec conviction. C'est ensuite *Doctor Zhivago*, avec la neige, une musique envoûtante de Maurice Jarre et un thème fourni par un romancier russe en difficulté avec son gouvernement. Vient enfin *Ryan's Daughter*, où les paysages irlandais servent de décor à une histoire d'amour comme les aime le grand public. L'intimisme de *Brief Encounter* a fait place au grand spectacle, une nonchalance toute britannique à une perfection glacée.

Le Borg, Reginald

Réalisateur américain, d'origine autrichienne, né en 1902.

She's for Me (1943) ; Calling Dr. Death (1943) ; Adventure in Music (1944) ; Dead Man's Eyes (1944) ; Weird Woman (1944) ; Destiny (1944) ; San Diego, I Love You (1944) ; Jungle Woman (1944) ; The Mummy's Ghost (Le fantôme de la Momie, 1944) ; Honeymoon Ahead (1945) ; Susie Steps Out (1946) ; Joe Palooka, Champ (1946) ; Little Iodine (1946) ; Fall Guy (1947) ; Adventures of Don Coyote (1947) ; Joe Palooka in the Knockout (1947) ; Philo Vance's Secret Mission (1947) ; Port Said (1948) ; Fighting Mad (1948) ; Joe Palooka in Winner Take All (1948) ; Trouble Makers (1948) ; Fighting Fools (1949) ; Hold that Baby (1949) ; Joe Palooka in Counterpunch (1949) ; Wyoming Mail (Dangereuse mission, 1950) ; Young Daniel Boone (Daniel Boone, terreur des Indiens, 1950) ; The Squared Circle (1950) ; Joe Palooka in Triple Cross (1951) ; G.I.Jane (1951) ; Models, Inc. (1952) ; Bad Blonde (1953) ; Sins of Jezebel (1953) ; The Great Jesse James Raid (1953) ; The Flanagan Boy (1953) ; The White Orchid (1954) ; The Black Sleep (1956) ; Vodoo Island (1957) ; War Drums (Tambours de guerre, 1957) ; The Dalton Girls (1957) ; The Flight That Disappeared (1961) ; Deadly Duo (1962) ; Diary of a Madman (L'étrange histoire du juge Cordier, 1962) ; The Eyes of Annie Jones (1964) ; So Evil, My Sister (1973).

Connu aux États-Unis pour sa série des *Joe Palooka*, trop typiquement américaine pour être exportée, il jouit surtout d'une petite réputation de part et d'autre de l'Atlantique pour des films fantastiques comme *The Mummy's Ghost*, qui renouvelait le thème, aussi usé que ses bandelettes, de la Momie, *The Black Sleep* (à l'éclatante distribution), *Vodoo Island* et surtout *Diary of a Madman*, très lointaine adaptation du *Horla* de Maupassant. Un style nerveux, un · goût du détail insolite, un certain savoir-faire technique lui permettent de masquer un manque de moyens financiers surtout sensible dans ses westerns (*Daniel Boone, War Drums...*).

Leboursier, Raymond

Réalisateur français né en 1917.

Aventure hawaïenne (1936) ; Les petits riens (1941) ; Naïs (1945) ; Le furet (1949) ; Menace de mort (1950) ; La vie est un jeu (1950) ; La femme à l'orchidée (1951).

Acteur puis monteur, collaborateur technique de Cocteau pour *Les parents terribles,* il a réalisé quelques bons films qui montrent ses qualités d'artisan : *Les petits riens* (le titre vient de Mozart et la distribution comprend Raimu, Fernandel, Jules Berry, Tramel, Jean d'Yd et Cécile Sorel), *Le furet,* d'après un roman policier de Steeman, sans oublier *Naïs,* l'un des grands rôles de Fernandel.

Le Chanois, Jean-Paul

Réalisateur français, de son vrai nom Jean-Paul Dreyfus, né en 1909.

La vie d'un homme (1938) ; Le temps des cerises (1938) ; Une idée à l'eau (1939) ; Messieurs Ludovic (1946) ; Au cœur de l'orage (1948) ; L'école buissonnière (1949) ; La belle que voilà (1950) ; Sans laisser d'adresse (1951) ; Agence matrimoniale (1952) ; Papa, Maman, la bonne et moi (1954) ; Le village magique (1955) ; Les évadés (1955) ; Papa, Maman, ma femme et moi (1956) ; Le cas du docteur Laurent (1957) ; Les Misérables (1958) ; La Française et l'amour (un sketch, 1960) ; Par-dessus le mur (1961) ; Mandrin (1963) ; Monsieur (1963) ; Le jardinier d'Argenteuil (1966).

Très représentatif du médiocre cinéma français de l'après-guerre. Sa nullité (il a signé la plus mauvaise de la bonne dizaine d'adaptations des *Misérables* de Victor Hugo), sa vulgarité satisfaite (*Papa, Maman, la bonne et moi,* massacre filmé des amusants monologues de Robert Lamoureux, plaçant Le Chanois au-dessous de Gourguet, Chevalier, Loubignac ou Lepage qui sévirent dans la guignolade cinématographique), ses prétentions « humanistes » en ont fait la cible rêvée pour la critique de « la nouvelle vague » à la fin des années 50. Si l'on fut parfois injuste envers Cayatte ou Delannoy, il n'y a rien à réhabiliter chez Le Chanois. La condamnation semble sans appel.

Leconte, Patrice

Réalisateur français né en 1947.

Les W.C. sont fermés de l'intérieur (1976) ; Les Bronzés (1978) ; Les Bronzés font du ski (1979) ; Viens chez moi, j'habite chez une copine (1981) ; Ma femme s'appelle Reviens (1982).

Cinéma décontracté, comique gentiment méchant et style mêlant bande dessinée et café-théâtre, Reiser et Coluche.

Lederer, Herbert J.

Réalisateur américain.

Pretty Boy Floyd (L'héritier d'Al Capone, 1960).

On ne connaît de lui qu'une excellente biographie de gangster qu'interprétait John Ericson. Ne pas confondre avec le scénariste et réalisateur Charles Lederer (*Fingers at the Window,* 1942 ; *On the Loose,* 1951).

Lederman, D. Ross

Réalisateur américain, 1895-1972.

Principaux films : A Dog of the Regiment (1927) ; A Race for Life (1928) ; The Million Dollar Collar (1929) ; The Phantom of the West (1931) ; The Texas Ranger (1931) ; McKenna of the Mounted (1932) ; The End of the Trail (1932) ; Speed Demon (1933) ; Beyond the Law (1933) ; Rusty Rides Alone (1933) ; The Crime of Helene Stanley (1934) ; Murder in the Clouds (1934) ; The Little Adventuress (1938) ; Tarzan's Revenge (1938) ; Military Academy (1940) ; Passage from Hong Kong (1941) ; Strange Alibi (1941) ; Across the Sierra (1941) ; A Bullet Scars (1942) ; The Gorilla Man (1943) ; Find the Blackmailer (1943) ; Adventure in Iraq (1943) ; Three of a Kind (1944) ; The Racket Man (1944) ; The Last Ride

(1944) ; Out of the Depths (1945) ; The Phantom Thief (1946) ; Sing While You Dance (1946) ; Boston Blackie and the Law (1946) ; Dangerous Business (1946) ; The Notorious Lone Wolf (1946) ; The Lone Wolf in Mexico (1947) ; Key Witness (1947) ; The Return of the Whistler (1948) ; The Babe Ruth Story (1948) ; Military Academy With That 10th Avenue Gang (1950).

On peut distinguer une hiérarchie dans les héros de bandes policières de la série Z. Mr.Moto (d'après Marquand) et Charlie Chan (de Biggers) représentent le dessus du panier ; en revanche le Loup solitaire (inspiré de Vance), Boston Blackie ou the Whistler sont tout au bas de l'échelle. Ce sont leurs aventures qu'a filmées Lederman, qui fut pourtant un collaborateur de Mack Sennett et le réalisateur de quelques-uns des premiers *Rin Tin Tin*. Il se situe, après 1940, parmi les metteurs en scène de tout petits budgets.

Leduc, Paul

Réalisateur mexicain.

Reed, Mexico insurgente (1973) ; Etnocido, notas sobre el Mezquital (1978).

Réalisateur indépendant, il a réalisé une puissante fresque d'un baroque exacerbé (*Reed*) puis un reportage saisissant sur l'exploitation des Indiens. En marge, mais important.

Lee, Jack

Réalisateur anglais né en 1913.

Plusieurs courts métrages entre 1941 et 1945. Longs métrages : Children on trial (1946) ; The Woman in the Hall (1947) ; Once a Jolly Swagman (1948) ; The Wooden Horse (Le cheval de bois, 1950) ; South of Algiers (Au sud d'Alger, 1952) ; Turn the Key Softly (Tournez la clef doucement, 1954) ; A Town like Alice (Ma vie commence en Malaisie, 1956) ; Robbery Under Arms (A main armée, 1957) ; The Captain's Table (1958) ; Circle of Deception (Interrogatoire secret, 1960) ; Don's Party (1974).

Un agent de renseignements, capturé par les Allemands, ne trouve plus sa capsule de cyanure et doit parler sous la torture. Il apprendra plus tard que ce sont les services secrets anglais qui lui avaient subtilisé cette capsule et favorisé son arrestation pour qu'il parle et livre de faux renseignements. Tel est le sujet, fort dérangeant, de *Circle of Deception*. Plus dérangeant encore était celui de *A Town like Alice* qui dut être retiré du Festival de Cannes : il évoquait les tortures et crucifixions en tout genre pratiquées par les Japonais lors de la dernière guerre mondiale. Ce qui ne signifie nullement que Lee soit l'auteur d'impérissables chefs-d'œuvre, mais il sait, à l'occasion, échapper à la routine habituelle de la production anglaise.

Lee, Rowland V.

Réalisateur américain, 1891-1975.

Cupid's Brand (1921) ; The Cup of Life (1921) ; Blind Hearts (1921) ; The Sea Lion (1921) ; His Back Against the Wall (1922) ; Money to Burn (1922) ; The Men of Zanzibar (1922) ; A Self-Made Man (1922) ; The Dust Flower (1922) ; Mixed Faces (1922) ; Shirley of the Circus (1922) ; Alice Adams (1923) ; Desire (1923) ; You Can't Get Away With It (1923) ; Gentle Julia (1923) ; In Love with Love (1924) ; The Man Without a Country (1925) ; Havoc (1925) ; The Outsider (1926) ; The Silver Treasure (1926) ; The Wirlwind of Youth (1927) ; Barbed Wire (1927) ; The Secret Hour (1928) ; Doomsday (Rien que l'amour, 1928) ; Three Sinners (1928) ; Loves of an Actress (1928) ; The First Kiss (1928) ; The Wolf of Wall Street (1929) ; A Dangerous Woman (1929) ; The Mysterious Dr.Fu Manchu (1929) ; Paramount on Parade (coréal., 1930) ; Ladies Love Brutes (1930) ; The Return of Dr. Fu Manchu (1930) ; A Man from Wyoming (1930) ; Derelict (Désemparé, 1930) ; The Ruling Voice (1931) ; The Guilty Generation (1931) ; Upper Underworld (1931) ; That Night in London (1933) ; Zoo in Budapest (Zoo à Budapest, 1933) ; I Am Suzanne (1934) ; The Count of Monte Cristo (Le comte de

Monte-Cristo, 1934) ; Gambling (1934) ; Cardinal Richelieu (Cardinal Richelieu, 1935) ; The Three Musketeers (Les trois mousquetaires, 1935) ; One Rainy Afternoon (1936) ; Love From a Stranger (L'étrange visiteur, 1937) ; The Toast of New York (1937) ; Mother Carey's Chickens (1938) ; Service de luxe (1938) ; Son of Frankenstein (Le fils de Frankenstein, 1939) ; The Sun Never Sets (Frères héroïques, 1939) ; Tower of London (1939) ; The Son of Monte Cristo (Le fils de Monte-Cristo, 1940) ; Powder Town (1942) ; The Bridge of San Luis Rey (1944) ; Captain Kidd (Capitaine Kidd, 1945).

Après deux ans de guerre en France, il vient tenter sa chance à Hollywood et se fait engager par Ince, d'abord comme acteur puis comme réalisateur. Son œuvre muette, importante en quantité, demeure mal connue à l'exception de *Doomsday*, avec Cooper. S'il a survécu, c'est pour ses films fantastisques : d'abord deux bandes consacrées à Fu-Manchu (d'après Sax Rohmer), puis *Zoo in Budapest*, très belle histoire d'amour dans un zoo, la nuit, qui s'achevait sur des combats entre les animaux imprudemment libérés, le tout photographié superbement par Lee Garmes. *Le fils de Frankenstein* est considéré comme la meilleure version des tribulations du célèbre monstre, avec Boris Karloff et Bela Lugosi qu'éclipsait Lionel Atwill en inspecteur de police dont le bras artificiel en bois était prétexte à de nombreux gags. N'oublions pas *Tower of London* où Basil Rathbone-Richard III noyait Vincent Price-Clarence dans un tonneau de malvoisie. Films admirables, pleins d'inventions et dont on n'a jamais retrouvé l'inspiration. Ajoutons-y un bon cycle Alexandre Dumas (*Le comte de Monte-Cristo* où Paul Irving était Napoléon, puis son *Fils*, avec Louis Hayward en brillant escrimeur, et, bien sûr, *Les trois mousquetaires*). Peut-être le secret de Lee réside-t-il dans l'ambiance qu'il sut créer sur le plateau : « J'ai toujours travaillé, confiait-il, avec une équipe très agréable et la raison pour laquelle j'ai arrêté de faire des films est que cela a cessé d'être un plaisir. Puisque je ne pouvais plus m'amuser, je suis juste sorti des studios un jour, et je n'y suis plus jamais revenu. »

BIBLIO. : *Positif*, n° 220-221 (1979).

Lee-Thompson, John

Réalisateur anglais né en 1914.

Murder Without Crime (1950) ; The Yellow Balloon (1952) ; The Weak and the Wicked (Filles sans joie, 1954) ; For Better or Worse (1954) ; As Long As They're Happy (1955) ; An Alligator Named Daisy (1955) ; Yield to the Night (Peine capitale, 1956) ; Good Companions (1956) ; The Woman in a Dressing Gown (La femme en robe de chambre, 1957) ; Ice Cold in Alex (Le désert de la peur, 1958) ; No Trees in the Street (1958) ; North-West Frontier (Aux frontières des Indes, 1959) ; Tiger Bay (Les yeux du témoin, 1959) ; I Aim the Stars (L'homme des fusées secrètes, 1960) ; The Guns of Navarone (Les canons de Navarone, 1961) ; Cape Fear (Les nerfs à vif, 1962) ; Tarass Bulba (Tarass Boulba, 1962) ; Kings of the Sun (Les rois du soleil, 1963) ; What a Way to Go (Madame Croque-Maris, 1963) ; Mr. Goldfarb, Please Come Home (L'encombrant Mr. John, 1964) ; Return from the Ashes (Le démon est mauvais joueur, 1965) ; Eye of the Devil (1966) ; Before Winter Comes (Avant que vienne l'hiver, 1968) ; Mackenna's Gold (L'or de Mackenna, 1969) ; The Most Dangerous Man in the World (L'homme le plus dangereux du monde, 1969) ; Country Dance (1970) ; Conquest of the Planet of the Apes (La conquête de la planète des singes, 1971) ; Battle for the Planet of the Apes (La bataille de la planète des singes, 1973) ; Huckleberry Finn (1974) ; The Reincarnation of Peter Proud (La réincarnation de Peter Proud, 1974) ; St. Yves (Monsieur Saint-Yves, 1976) ; White Buffalo (Le bison blanc, 1976) ; Greek Tycoon (L'empire du Grec, 1978) ; The Passage (Passeur d'hommes, 1978) ; Cabo Blanco (Cabo blanco, 1980) ; Happy Birthday to Me (1981).

Cet ancien auteur dramatique, qui fut monteur de David Lean et scénariste de comédies sans grand intérêt, est surtout connu comme réalisateur des *Canons de Navarone*, film de guerre spectaculaire et folklorique. Du coup, Lee-Thompson acquit la réputation d'un bon directeur de « grosses machines », ce qu'il confirma des *Rois du soleil* (sur l'empire Maya) à la suite de la *Planète des singes* en passant par *Tarass Boulba*. Il est plus à l'aise, en réalité, lui le Britannique, dans les genres traditionnels d'Hollywood qui ne manque pas, après le succès des *Canons de Navarone*, de faire appel à lui : on lui doit un thriller d'une terrifiante violence, *Cape Fear* (avec Mitchum et Peck), deux solides westerns (*L'or de Mackenna*, au final impressionnant, et *Le bison blanc*, habile transposition de *Moby Dick*), puis une comédie fort plaisante, *What a Way to Go*, jouée par une pléiade de vedettes. Le reste de son œuvre, mis à part une biographie de Von Braun, le créateur des V2 (*I Aim the Stars*), et un curieux film d'espionnage antichinois (*The Most Dangerous Man in the World*), est bien conventionnel.

Leeds, Herbert

Réalisateur américain de son vrai nom Levy, 1900-1954.

Love on a Budget (1938) ; Island in the Sky (1938) ; Keep Smiling (1938) ; The Arizona Wildcat (1938) ; Five of a Kind (1938) ; Mr.Moto in Danger Island (1939) ; The Return of Cisco Kid (1939) ; Chicken Wagon Family (1939) ; Charlie Chan in the City in Darkness (1939) ; The Cisco Kid and the Lady (1940) ; Yesterday's Heroes (1940) ; Ride on Vaquero (1941) ; Romance of the Rio Grande (1941) ; Blue, White and Perfect (1941) ; The Man Who Wouldn't Die (1942) ; Just Off Broadway (1942) ; Manila Calling (1942) ; Time to Kill (1942) ; It Shouldn't Happen to a Dog (1946) ; Let's Live Again (1948) ; Bunco Squad (1950) ; Father's Wild Game (1950).

Rien de bien exaltant : Mr. Moto, Charlie Chan et Cisco Kid sont au rendez-vous comme dans toute filmographie d'auteur de bandes à petits budgets, mais un peu moins bien mis en scène ici.

Leenhardt, Roger

Réalisateur français né en 1903.

Courts métrages : L'Orient qui vient (1934) ; Le vrai jeu (1934) ; Fêtes de France (1940) ; À la poursuite du vent (1943) ; Lettre de Paris (1945) ; Naissance du cinéma (1946) ; La Côte d'Azur (1948) ; La fugue de Mahmoud (1950) ; Victor Hugo (1951) ; La France est un jardin (1953) ; François Mauriac (1954) ; La conquête de l'Angleterre (1955) ; Jean-Jacques Rousseau (1958) ; Daumier (1959) ; Paul Valéry (1960) ; Entre Seine et mer (1960) ; L'homme à la pipe (1962) ; Des femmes et des fleurs (1963) ; Monsieur de Voltaire (1963) ; Naissance de la photo (1965) ; Le cœur de la France (1966) ; Le beatnik et le minet (1967). *Longs métrages :* Les dernières vacances (1948) ; Le rendez-vous de minuit (1962).

Il n'a guère tourné que des courts métrages faute de possibilités. Pourtant son premier long métrage, *Les dernières vacances*, l'histoire d'une maison de famille que ses héritiers veulent vendre, avec, en parallèle, une évocation des amours adolescentes en ce brûlant mois d'été, ne manquait pas de charme. Un charme que l'on retrouve dans une œuvre plus ambitieuse, *Le rendez-vous de minuit*. Il a livré d'intéressantes réflexions sur le cinéma dans *Les yeux ouverts*, en 1979.

Lefebvre, Jean-Pierre

Réalisateur canadien né en 1941.

Le révolutionnaire (1965) ; Patricia et Jean-Baptiste (1966) ; Mon œil (1966) ; Il ne faut pas mourir pour ça (1966) ; Mon amie Pierrette (1968) ; Jusqu'au cœur (1969) ; La chambre blanche (1970) ; Un succès commercial (1970) ; Les maudits sauvages (1971) ; Ultimatum (1971) ; Québec my love (1972) ; Les dernières fiançailles (1973) ; On n'engraisse pas les cochons à l'eau claire (1973) ; L'amour blessé (1976) ; Ce vieux pays où Rimbaud est mort (1977) ; Avoir seize ans (1978) ; Les fleurs sauvages (1982).

Le plus doué des réalisateur du Québec. Humour et poésie, le tout sur un fond fort sympathique d'irrespect. A voir surtout : *Ce vieux pays où Rimbaud est mort*, regard du Huron sur nos mœurs parisiennes. L'œuvre de Lefebvre, d'une inspiration souvent rapprochée de celle de Godard, se veut à la fois une réaction contre l'emprise d'Hollywood et le reflet des changements sociaux et politiques survenus au Québec.

Lefranc, Guy

Réalisateur français né en 1919.

Knock (1950) ; Une histoire d'amour (1951) ; L'homme de ma vie (1951) ; Elle et moi (1952), Capitaine Pantoufle (1953) ; Bonjour la chance (1954) ; Le fil à la patte (1954) ; Chantage (1955) ; La bande à papa (1955) ; Fernand cow-boy (1956) ; Suivez-moi jeune homme (1958) ; La moucharde (1958) ; Cause toujours mon lapin (1960) ; Conduite à gauche (1961) ; Laissez tirer les tireurs (1964) ; Les malabars sont au parfum (1965) ; Commissaire San Antonio - Sale temps pour les mouches (1966).

Apprécié par Louis Jouvet qu'il dirigea dans *Knock* puis dans son dernier film, *Une histoire d'amour* ou Roméo et Juliette vus du 36 quai des Orfèvres (Jouvet était un inspecteur de police éblouissant de vérité et d'humanité), Lefranc inspirait les plus grands espoirs. Hélas, il fallut déchanter et se contenter de Fernand Raynaud en cow-boy ! Les dernières réalisations de Lefranc, inférieures aux pires bandes de Raoul André, Maurice Regamey, Jayet ou Gaspard-Huit, sont consternantes de vulgarité.

Legotchine, Vladimir

Réalisateur russe, 1904-1955.

Pesnya o stchastye (avec Donskoï, La chanson du bonheur, 1934) ; Byeleyet parous odinoky (Au loin une voile, 1937).

Né à Bakou, disciple de Koulechov et d'Eisenstein, il n'est connu que pour un film, *Au loin une voile*, évocation sensible de la Révolution vue par deux enfants d'Odessa.

Legrand, François

Réalisateur autrichien, de son vrai nom Franz Antel.

Mieux vaut faire l'amour (1968) ; Oui à l'amour, non à la guerre (1969) ; La Tour de Nesle (1969) ; L'auberge des plaisirs (1969) ; Casanova and Company (13 femmes pour Casanova, 1977).

Sous le nom de Franz Antel, il a tourné une série de films allemands, avec son actrice fétiche, Terry Torday, dont l'intérêt est nul. Sous le pseudonyme de François Legrand, il s'est spécialisé dans l'érotique-historique-parodique. Il faut avoir vu son Casanova utiliser une carte de crédit ou un complot contre Napoléon déjoué par un strip-tease collectif dans *Oui à l'amour*. Dans *L'auberge des plaisirs*, le sujet tourne autour de l'impuissance prétendue de Napoléon. L'empereur François peut-il lui donner sa fille Marie-Louise ? On se renseignera donc sur les activités sexuelles du futur gendre. Frédéric Masson, Louis Madelin et Jacques Bainville avaient oublié ce problème dans leurs graves biographies napoléoniennes, comme Marcel Dunan dans son *Napoléon et l'Allemagne*.

Le Henaff, René

Réalisateur français né en 1903.

Joli monde (1935) ; Eustaki (c.m., 1936) ; Fort Dolorès (1939) ; Des jeunes filles dans la nuit (1942) ; Le colonel Chabert (1943) ; Coup de tête (1943) ; Le mystère Saint-Val (1944) ; Christine se marie (1945) ; Les gueux au Paradis (1945) ; Monsieur de Falindor (1946) ; Les maris de Léontine (1947) ; Scandale (1948) ; Uniformes et grandes manœuvres (1950).

Monteur réputé (*Quai des brumes, Le jour se lève, À nous la liberté*, etc.), il s'est parfois essayé à la mise en scène sans jamais s'élever au-dessus d'un honnête cinéma de boulevard, sauf avec son adaptation très réussie du *Colonel Chabert* de

Balzac, excellemment jouée par Raimu et Marie Bell.

Lehmann, Maurice

Réalisateur français.

L'affaire du Courrier de Lyon (1937) ; Le ruisseau (1938) ; Fric-frac (1939) ; Une jeune fille savait (1947).

Directeur de théâtre, il le fut même de l'Opéra de Paris, il a réalisé trois films fort réussis avant guerre : mais comment ne pas réussir un film comme *Fric-frac* quand on a pour interprètes Michel Simon, Fernandel et Arletty, et que votre co-réalisateur ou superviseur est Claude Autant-Lara ? Son *Affaire du Courrier de Lyon*, qui défendait la thèse de l'innocence de Lesurque, bénéficiait également d'une éblouissante distribution : Blanchar, Dullin, Copeau... Son retour au cinéma après la guerre se solda par un échec.

Leisen, Mitchell

Décorateur et réalisateur américain, 1899-1972.

Comme réalisateur : Cradle Song (1933) ; Death Takes a Holiday (Trois jours chez les vivants, 1934) ; Murder at the Vanities (Rythmes d'amour, 1934) ; Behold My Wife (1935) ; Four Hours to Kill (1935) ; Hands Across the Table (1935) ; Thirteen Hours by Air (1935) ; The Big Broadcast of 1937 (1936) ; Swing High, Swing Low (1937) ; Easy Living (La vie est facile, 1937) ; The Big Broadcast of 1938 (1938) ; Artists and Models Abroad (1938) ; Midnight (La baronne de Minuit, 1939) ; Remember that Night (1940) ; Arise My Love (1940) ; I Wanted Wings (1941) ; Hold Back the Dawn (Par la porte d'or, 1941) ; The Lady Is Willing (Madame veut un bébé, 1942) ; Take a Letter, Darling (Mon secrétaire travaille la nuit, 1942) ; No Time for Love (1943) ; Lady in the Dark (Les nuits ensorcelées, 1944) ; Frenchman's Creek (L'aventure vient de la mer, 1944) ; Practically Yours (1944) ; Kitty (La duchesse des bas-fonds, 1945) ; Masquerade in Mexico (1945) ; To Each His Own (À chacun son destin, 1946) ; Suddenly It's Spring (1947) ; Golden Earrings (Les anneaux d'or, 1947) ; Dream Girl (1948) ; Song of Surrender (1949) ; Bride of Vengeance (La vengeance des Borgia, 1949) ; Captain Carey U.S.A. (1950) ; No Man of Her Own (Les chaînes du destin, 1950) ; The Mating Season (La mère du marié, 1951) ; Darling, How Could You (1951) ; Young Man With Ideas (1952) ; Tonight We Sing (1953) ; Bedevilled (Boulevards de Paris, 1955) ; The Girl Most Likely (Une fille qui promet, 1957) ; Spree (avec Walon Green, 1967).

Après des études d'architecte, il vient à Hollywood tenter sa chance d'abord comme dessinateur des costumes des films de DeMille (*Male and Female...*), Dwan (*Robin Hood*), Walsh (*The Thief of Bagdad*), etc., puis comme décorateur (surtout pour DeMille), enfin comme *associate director* de *The Eagle and the Hawk* (Walker). Devenu réalisateur à part entière, il se spécialise dans la comédie sophistiquée (*Midnight* sur un scénario de Wilder), fantastique (*Death Takes a Holiday*), musicale (*Lady in the Dark*, sur une donnée psychanalytique) ou à costumes (*Frenchman's Creek*). Il paraît moins à l'aise dans le thriller, ratant complètement *No Man of Her Own* d'après un superbe roman de William Irish, ou un film d'espionnage comme *Golden Earrings* au scénario invraisemblable que ne parviennent pas à sauver Marlène Dietrich et Ray Milland. Ses *Big Broadcast*, parades languissantes des vedettes de la Paramount, sont franchement ennuyeux, mais on peut s'amuser à son évocation des Borgia (*Bride of Vengeance*). Au fond le cinéma intéressait peu ce dilettante qui ouvrit dans les années 50 un atelier de décoration intérieure et une boutique de tailleur à Beverly Hills.

Lelouch, Claude

Réalisateur français né en 1937.

Courts métrages. Puis : Le propre de l'homme (1960) ; L'amour avec des si (1962) ; La femme spectacle (1963) ; Une fille et des fusils (1964) ; Les grands moments (1965) ; Un homme et une femme (1966) ; Vivre pour vivre (1967) ; Loin du Vietnam (une séquence, 1967) ; 13 jours en France (1968) ; La vie, l'amour, la mort (1968) ; Un homme qui me plaît (1969) ; Le voyou (1970) ; Smic, smac, smoc (1971) ; L'aventure c'est l'aventure (1972) ; La bonne année (1973) ; Toute une vie (1974) ; Mariage (1974) ; Le chat et la souris (1975) ; Le bon et les méchants (1975) ; Si c'était à refaire (1976) ; Un autre homme, une autre chance (1977) ; Robert et Robert (1978) ; À nous deux (1979) ; Les uns et les autres (1981).

Il fit illusion au temps où il tournait des bandes pour scopitone. On crut à un vigoureux talent anticonformiste. Le succès aux États-Unis d'*Un homme et une femme* en fit le plus conformiste des réalisateurs. Dans son *Cinéma des Français,* Jean-Pierre Jeancolas le juge ainsi : « Galopin dynamique devenu en quelques années chef d'entreprise. Il donne de lui-même l'image du pied-noir qui a réussi son insertion, non sans en avoir bavé, dans la société métropolitaine de *Paris-Match* et de *Lui.* Plus généralement, il donne des Français l'image de la réussite telle qu'on la rêve précisément du côté des lecteurs de *Paris-Match* et de *Lui.* Une voiture de sport, des week-ends d'autoroute et de plages normandes, la touffeur mauve des crépuscules en eastmancolor, un rien d'émotion que chasse un essuie-glace et une petite sucrerie sur cinq notes sortie des délicats chaudrons de Francis Lai. » *Les uns et les autres,* en racontant une histoire (sur plusieurs décennies) sortie tout droit d'un roman-photo, avec quelques mouvements d'appareil recherchés et une musique sirupeuse, de « grands acteurs » et une chorégraphie de Béjart, résume assez bien le style de Lelouch, ou plutôt son absence de style véritable.

BIBLIO. : Guylaine Guidez, *Lelouch* (1972).

Lemaître, Maurice

Écrivain et cinéaste français.

Le film est déjà commencé (1951) ; Un soir au cinéma (1962) ; Moteur ! (1967) ; L'écrevisse mathématique (1969) ; Une copie mutilée (1973) ; Image (1974).

Dans la lignée du *Traité de bave et d'éternité* d'Isidore Isou (1951), Lemaître a signé une suite de films expérimentaux se réclamant du mouvement lettriste.

Lemont, John

Réalisateur anglais né en 1914.

The Green Buddha (1954) ; And Women Shall Weep (1960) ; The Shakedown (Chantage à Soho, 1960) ; Konga (Konga, 1961) ; The Frightened City (L'enquête mystérieuse, 1962).

Spécialiste du thriller de série Z, tourné à toute vitesse sans grand souci de vraisemblance : Konga, singe meurtrier, nous est présenté, enfant, comme un charmant chimpanzé et adulte comme un superbe gorille, transformation à laisser pantois un zoologiste !

Leni, Paul

Décorateur et réalisateur allemand, 1885-1929.

Comme réalisateur : Das Tagebuch des Dr. Hart (1916) ; Dornröschen (1917) ; Platonische Ehe (1917) ; Prinz Kuckuck (1919) ; Patience (1920) ; Fiesco (1921) ; Hintertreppe (L'escalier de service, avec Jessner, 1921) ; Das Wachsfigurenkabinett (Le cabinet des figures de cire, 1924) ; *puis aux États-Unis :* The Cat and the Canary (La volonté du mort, 1927) ; The Chinese Parrot (Le Perroquet chinois, 1927) ; The Man who Laughs (L'homme qui rit, 1928) ; The Last Warning (Le dernier avertissement, 1929).

Leni se destinait à la peinture et avait participé au mouvement *Der Sturm.* De là son goût pour la décoration théâtrale puis cinématographique, genre dans lequel il fut considéré comme l'égal de Poelzig et de Rohrig. Ses décors du *Cabinet des figures de cire* font de cette œuvre, qui raconte trois histoires (Haroun al Rachid, Ivan le Terrible et Jack l'Éventreur), l'un des grands chefs-d'œuvre de l'expressionnisme. Œuvre si remarquable que Carl Laemmle, patron de l'Universal, décida Leni à venir aux États-Unis. Si *L'homme qui rit*, d'après le roman de Victor Hugo, reprend les ingrédients de l'expressionnisme, les trois autres films américains de Leni combinent de façon alors originale l'épouvante et l'humour dans des histoires aux confins du fantastique. Il fut l'un des premiers à mettre en scène le personnage du détective chinois Charlie Chan dans *The Chinese Parrot*.

BIBLIO. : F. Buache, *Paul Leni*. Anthologie du cinéma (1968).

Lenica, Jan

Réalisateur polonais de films d'animation né en 1928.

Byl Sobie Raz (Il était une fois, avec Borowczyk, 1957) ; Nagrodzone Uczucie (Les sentiments récompensés, avec Borowczyk, 1957) ; Don (La maison, avec Borowczyk, 1958) ; Monsieur Tête (avec Gruel, 1960) ; Italia'61 (coréal., 1961) ; Solitude (avec Borowczyk, 1961) ; Boîte à musique (avec le même, 1961) ; Janko le musicien (1961) ; Labyrinthe (1961) ; Le Rhinocéros (1963) ; A (1964) ; Féminin Fleur (1965) ; Adam II (1968) ; L'automobile (1970) ; Nature morte (1970) ; L'enfer (1971) ; Fantorro (1972) ; Paysage (1974) ; Ubu et la grande gidouille (1980).

Fils d'un peintre réputé en Pologne, il a reçu une très forte éducation artistique avant de travailler avec Borowczyk à une série de films d'animation qui rencontrèrent un grand succès dans les festivals. D'un humour grinçant dans ses histoires, il sait utiliser aussi bien les découpages que les trucages les plus divers pour donner forme à ses obsessions. *Féminin Fleur* évoque la femme de Khnopff, de Klimt et de Beardsley ; *Adam II* reconstitue l'univers de Kafka, mais c'est à *Ubu* de Jarry qu'il consacre tous ses efforts de 1976 à 1979.

Leonard, Robert Zigler

Réalisateur américain, 1889-1968.

The Master Key (1914) ; The Silent Command (1915) ; Heritage (1915) ; Judge Not (1915) ; The Crippled Hand (1916) ; The Plow Girl (Anice fille de ferme, 1916) ; The Love Girl (1916) ; The Eagle's Wings (1916) ; Little Eve Edgarton (1916) ; Secret Love (1916) ; The Little Orphan (1917) ; At First Sight (1917) ; The Primrose Ring (1917) ; A Mormon Maid (1917) ; Princess Virtue (1917) ; Face Value (Pour le sauver, 1918) ; The Bride's Awakening (Calvaire d'amour, 1918) ; Her Body in Bond (1918) ; Danger, Go slow (1918) ; Modern Love (Amour moderne, 1918) ; The Delicious Little Devil (1919) ; The Big Little Person (1919) ; What Am I Bid (1919) ; The Scarlet Shadow (1919) ; The Way of a Woman (1919) ; The Miracle of Love (1919) ; April Folly (1920) ; Restless Sex (1920) ; The Gilded Lily (1921) ; Heedless Moths (1921) ; Peacock Alley (Au Paon, 1921) ; Fascination (1922) ; Broadway Rose (1922) ; Jazzmania (La folie du jazz, 1923) ; The French Doll (1923) ; Fashion Row (La princesse Nadia, 1923) ; Circe, The Enchantress (1924) ; Mademoiselle Midnight (Mademoiselle Minuit, 1924) ; Love's Wilderness (1924) ; Cheaper to Marry (1925) ; Bright Lights (1925) ; Time, the Comedian (1925) ; Dance Madness (1926) ; The Waning Sex (1926) ; Mademoiselle Modiste (1926) ; The Demi-Bride (1927) ; A Little Journey (1927) ; Adam and Evil (1927) ; Tea for Three (1927) ; Baby Mine (1928) ; The Carboard Lover (1928) ; A Lady of Chance (1928) ; Marianne (1929) ; In Gay Madrid (1930) ; The Divorcée (La divorcée, 1930) ; Let Us Be Gay (1930) ; The Bachelor Father (1931) ; It's a Wise Child (1931) ; Five and Ten (1931) ; Susan Lenox, Her Fall and Rise (Courtisane, 1931) ; Lovers Courageous (1932) ; Strange Interlude (1932) ; Peg O'My Heart (1933) ; Dancing Lady (Le tourbillon de la danse, 1933) ; Outcast Lady (1934) ; After Office Hours (1935) ; Escapade (1935) ; The Great Ziegfeld (Le grand Ziegfeld, 1936) ; Piccadilly Jim (1936) ; Maytime (1937) ; The Firefly (L'espionne de Castille, 1937) ; The Girl of the Golden West (1938) ; Broadway Serenade (1939) ; New Moon (L'île des amours, 1940) ; Pride and Prejudice (Orgueil et Préjugé,

1940) ; Third Finger, Left Hand (1940) ; Ziegfeld Girl (La danseuse des folies Ziegfeld, 1941) ; When Ladies Meet (Duel de femmes, 1941) ; We Were Dancing (1942) ; Stand By for Action (1942) ; The Man from Down Under (1943) ; Marriage Is a Private Affair (Le mariage, une affaire privée, 1944) ; Week-end at the Waldorf (Week-end au Waldorf, 1945) ; The Secret Heart (Cœur secret, 1946) ; Cynthia (1947) ; B.F.'s Daughter (L'indomptée, 1948) ; The Bribe (L'île au complot, 1949) ; In the Good Old Summertime (1949) ; Nancy Goes to Rio (Voyage à Rio, 1950) ; Duchess of Idaho (Jamais deux sans toi, 1950) ; Grounds for Marriage (1950) ; Too Young to Kiss (1951) ; Everything I Have Is Yours (Mon amour t'appelle, 1952) ; The Clown (1953) ; The Great Diamond Robbery (Le vol du diamant bleu, 1953) ; Her Twelve Men (Le fils de Mademoiselle, 1954) ; The King's Thief (Le voleur du roi, 1955) ; La Donna Più Bella del Mondo (La belle des belles, 1955) ; Kelly and Me (1956).

Acteur et chanteur, il est engagé en 1907 par Hollywood. En 1914, il fait ses débuts de réalisateur avec un *serial, The Master Key*, puis dirige de nombreux films interprétés par son épouse Mae Murray, puis par sa deuxième femme Gertrude Olmstead. Ces devoirs conjugaux n'ont pas laissé un impérissable souvenir. De l'œuvre parlante de Leonard, on ne peut guère sauver aujourd'hui que ses comédies musicales à la MGM : *Dancing Lady* qui fait évoluer Fred Astaire (qui apparaît pour la première fois sur l'écran) et Joan Crawford ; le délirant *Great Ziegfeld* qui offre de véritables pièces montées de girls ; *Ziegfeld Girl*, encore plus somptueux. Ajoutons une amusante évocation des guerres napoléoniennes avec Jeanette Mac Donald (*The Firefly*), une honorable adaptation de *Pride and Prejudice* que sauve Laurence Olivier et qu'avait précédée un film avec Garbo, fort bien photographié, *Susan Lenox*, et que suivit un curieux film d'aventures policières, *The Bribe*, qui réunissait Robert Taylor, Charles Laughton et Ava Gardner. Tout cela ne fait pas un grand cinéaste, mais mérite une petite place dans l'histoire du cinéma.

Leone, Sergio

Producteur et réalisateur italien né en 1929.

Gli ultimi giorni di Pompei (avec Bonnard, Les derniers jours de Pompéi, 1959) ; Il colosso di Rodi (Le colosse de Rhodes, 1961) ; Sodoma e Gomorra (avec Aldrich, 1962) ; Per un pugno di dollari (sous le pseudonyme de Bob Robertson, Pour une poignée de dollars, 1964) ; Per qualche dollaro in piu (Et pour quelques dollars de plus, 1965) ; Il buono, il brutto, il cattivo (Le bon, la brute, le truand, 1966) ; C'era una volta il West (Il était une fois dans l'Ouest, 1968) ; Giu la testa (Il était une fois la Révolution, 1971) ; Il mio nome è Nessuno (Mon nom est personne, 1973, production et supervision).

Il est l'inventeur du western-spaghetti, nom de dérision donné aux westerns fabriqués à Cinecitta. Après quelques réalisations « à la DeMille », ce fils de metteur en scène trouve le filon avec un type de western caractérisé par la violence du scénario, une musique efficace et des acteurs venus de la série B américaine (Eastwood, Van Cleef, Wallach, etc.) donc peu coûteux. C'est un triomphe. Le hiératisme des attitudes (que l'on songe aux effets esthétiques tirés des cache-poussière dans *Il était une fois dans l'Ouest*), la lenteur des gestes (on met cinq minutes à dégainer, au son d'une musique lancinante, ce qui crée un climat irréaliste), l'étirement de la durée, tout contribue à transformer le western en opéra. Les aficionados crièrent au sacrilège, mais pourquoi bouder notre plaisir ?

Leonviola, Antonio

Réalisateur italien né en 1913.

Rita da Cascia (1942) ; Le due verità (Les deux vérités, 1952) ; Sul ponte dei sospiri (Sur le pont des soupirs, 1953) ; Noi Cannibali (1954) ; Siluri umani (Torpilles humaines, 1955) ; Il suo più grande amore (1958) ; Ballerina e buon Dio (1958) ; Maciste nella terra dei ciclopi (1961) ; Maciste l'uomo più forte del mondo (Maciste l'homme le plus fort du monde, 1961) ; Taur il re della forza bruta (Taur, le roi de la force brutale, 1963) ; Le gladiatrici (1964) ; I giovani tigri (1968).

Opérateur d'actualités, il collabore à plusieurs films avant de signer sa première œuvre en 1942. Son meilleur film, *Les deux vérités*, donne deux versions radicalement opposées d'un même fait divers, en reprenant les mêmes scènes tout en changeant de point de vue. C'est habilement fait. Le reste relève d'une néo-mythologie dépourvue d'ambition.

Leprince, René

Réalisateur français, ? - 1929.

Principaux films : Face à l'Océan (1920) ; La force de vie (1920) ; L'empereur des pauvres (1921) ; Jean d'Agrève (1922) ; Être ou ne pas être (1922) ; Vent-Debout (1923) ; La folie du doute (1923) ; Un bon petit diable (1923) ; Pax Domine (1923) ; Mon oncle Benjamin (1924) ; L'enfant des Halles (1924) ; Le Vert Galant (1925) ; Mylord l'Arsouille (1925) ; Fanfan la Tulipe (1926) ; Titi Ier roi des gosses (1926) ; La princesse Masha (1927) ; La revanche du Maudit (1929) ; La tentation (achevée par Baroncelli, 1929).

Acteur, scénariste, réalisateur, son œuvre est à redécouvrir. Cela va de l'adaptation de *Jean d'Agrève*, roman de l'académicien de Vogüe, ou de *Mon oncle Benjamin* de Claude Tillier, le libre penseur, à *Titi Ier*, de Maurice Rostand (*Pax Domine*), au feuilleton populaire style Chavette ou Jean de La Hire. Malheureusement beaucoup de films de Leprince semblent perdus.

Leprieur, Gaston

Réalisateur français.

L'arriviste (1914) ; Le balcon de la mort (1917) ; La petite mobilisée (1918) ; La muraille qui pleure (1918) ; Pour l'amour de Winnie (1919) ; La révoltée (1919) ; Baluchet, roi des détectives (1922) ; L'affaire du train 24 (1923) ; Les aventures de Robinson Crusoé (1923) ; La flamme (1923).

Films patriotiques, mélodrames à la Delly et intrigues policières façon Leroux ou Leblanc, Leprieur fut le chantre d'un cinéma vraiment populaire. Arthur Bernède qui collabora avec lui, notamment pour *Le balcon de la mort*, lui a rendu à plusieurs reprises hommage. Il a été un sous-Feuillade.

Lerner, Irving

Réalisateur américain, 1909-1977.

C-Man (1949) ; Suicide Attack (1951) ; Man Crazy (1953) ; Edge of Fury (1958) ; Murder by Contract (Meurtre sous contrat, 1958) ; City of Fear (1959) ; Studs Lonigan (1960) ; Cry of Battle (Une femme dans la bataille, 1963) ; Royal Hunt of the Sun (1969).

Un tueur accepte un contrat : il s'inquiète en apprenant que la victime doit être une femme. « Ce sont des cibles trop mobiles et trop déconcertantes », bougonne-t-il. Tel est le point de départ de l'un des thrillers les plus originaux des années 50. Et pourtant rien ne préparait Lerner à un tel film. Collaborateur de l'*Encyclopaedia of Social Sciences*, anthropologue, opérateur de Flaherty pour *The Land*, auteur d'un documentaire sur Toscanini, directeur de l'Institut du film éducatif de l'université de New York, il signe avec Joseph Strick un court métrage bizarre, *Muscle Beach*. C'est dire la diversité de ses dons. Il a même été producteur de *Custer of the West* et de *Captain Apach* et il a tourné un film de guerre aux Philippines (*Cry of Battle*) ! Il restera néanmoins dans l'histoire du cinéma pour son séduisant portrait de tueur à gages, thème de son film le plus fauché mais le plus insolite.

LeRoy, Mervyn

Réalisateur américain né en 1900.

No place to Go (1927) ; Harold Teen (1928) ; Flying Romeos (1928) ; Oh Kay ! (1928) ; Naughty Baby (1929) ; Hot Stuff (1929) ; Little Johnny Jones (1929) ; Broadway Babies (1929) ; Playing Around (1930) ; Numbered Men (1930) ; Little Caesar (Le Petit

César, 1930) ; Showgirl in Hollywood (1930) ; Top Speed (1930) ; Gentleman's Fate (1931) ; Too Young to Marry (1931) ; Broaded-Minded (1931) ; Local Boy Makes Good (1931) ; Five Star Final (1931) ; To-night or Never (Cette nuit ou jamais, 1931) ; High Pressure (1932) ; Two Seconds (1932) ; Heart of New York (1932) ; Big City Blues (1932) ; Three on a Match (Une allumette à trois, 1932) ; I Am a Fugitive from a Chain Gang (Je suis un évadé, 1932) ; Gold Diggers of 1933 (Chercheuses d'or, 1933) ; Tugboat Annie (Annie la batelière, 1933) ; Hard to Handle (1933) ; Elmer the Great (1933) ; The World Changes (Le monde change, 1933) ; Hi ! Nellie (On a tué, 1934) ; Heat Lightning (1934) ; Happiness Ahead (1934) ; Sweet Adeline (La femme traquée, 1935) ; Oil for the Lamps of China (1935) ; Page Miss Glory (1935) ; I Found Stella Parish (1935) ; Anthony Adverse (1935) ; Three Men on a Horse (1936) ; The King and the Chorus Girl (Le roi et la figurante, 1937) ; They Won't Forget (La ville gronde, 1937) ; Fools for Scandal (La peur du scandale, 1938) ; Waterloo Bridge (La valse dans l'ombre, 1940) ; Escape (1940) ; Blossoms in the Dust (Les oubliés, 1941) ; Johnny Eager (Johnny roi des gangsters, 1941) ; Unholy Partners (1941) ; Random Harvest (Prisonnier du passé, 1942) ; Madame Curie (Madame Curie, 1943) ; Thirty Seconds over Tokyo (Trente secondes sur Tokyo, 1945) ; Without Reservations (1946) ; Homecoming (Le retour, 1948) ; Little Women (Les quatre filles du docteur March, 1949) ; Any Number Can Play (Faites vos jeux, 1949) ; East Side, West Side (Ville haute, ville basse, 1949) ; Quo Vadis (Quo Vadis, 1951) ; Lovely to Look at (Les rois de la couture, 1952) ; Million Dollar Mermaid (La première sirène, 1952) ; Latin Lovers (Lune de miel au Brésil, 1952) ; Rose-Marie (Rose-Marie, 1954) ; Mister Roberts (avec Ford, Permission jusqu'à l'aube, 1955) ; Strange Lady in Town (Une étrangère dans la ville, 1955) ; The Bad Seed (Mauvaise Graine, 1956) ; Towards the Unknown (Je reviens de l'enfer, 1956) ; No Time for Sergeants (Deux farfelus au régiment, 1957) ; Home Before Dark (Retour avant la nuit, 1958) ; The FBI Story (La police fédérale enquête, 1959) ; Wake Me When It's Over (L'île des sans-soucis, 1960) ; The Devil at Four O'Clock (Le diable à quatre heures, 1961) ; A Majority of One (1961) ; Gypsy (La Vénus de Broadway, 1962) ; Mary, Mary (1963) ; Moment to Moment (Choc, 1965).

Ses dernières réalisations furent si catastrophiques qu'on a fini par oublier qu'il fut un réalisateur important dans les années 30. Acteur à 12 ans, il vient à Hollywood en 1919 avec une lettre de recommandation pour Lasky et débute comme costumier. Il est assistant, gagman et scénariste, collaborant à des œuvres aussi diverses que *The Chorus Lady* ou *Orchids and Ermine*. En 1927, il devient directeur pour la Warner. Il va y signer ses œuvres les plus célèbres, des films policiers sur fond social : *Little Caesar* (l'un des premiers films de gangsters où Edward G. Robinson faisait une composition sensationnelle de chef de gang), *Five Star Final* (sur la corruption de la presse), *I Am a Fugitive From a Chain Gang* (émouvante dénonciation du système pénitentiaire américain, avec un remarquable Paul Muni), *They Won't Forget* (condamnation du lynchage)... On lui doit aussi, en collaboration avec Busby Berkeley, *Chercheuses d'or*, qui lance les grands « musicals » de la Warner. Passé à la Metro, LeRoy semble moins à l'aise : *Madame Curie, Les quatre filles du docteur March, Rose-Marie* sont des films lénifiants et ennuyeux. On ne peut guère sauver que *Quo Vadis* (qui doit beaucoup à Anthony Mann, lequel tourna les scènes les plus spectaculaires, et à Ustinov, amusant Néron) et *Million Dollar Mermaid* (qui est avant tout un film de Berkeley). Retour à la Warner pour une œuvre originale : *The Bad Seed* qui remet en cause le tabou hollywoodien sur l'innocence des enfants ; puis c'est la dégringolade. Après *Moment to Moment*, un désastre, il choisit – enfin – de se retirer et d'écrire ses mémoires : *Mervyn LeRoy : Take One*.

Leroy, Serge

Réalisateur français né en 1937.

Le mataf (1972) ; La traque (1975) ; Les passagers (1976) ; Attention les enfants regardent (1977).

Cinéaste ambitieux, trop peut-être, il a vu ses films attaqués avec une violence parfois injuste : du viol de *La traque* à l'assassinat commis par des enfants vivant sous l'influence de la télévision, Leroy a dessiné une œuvre qui n'est pas sans mérites.

Le Somptier, René

Réalisateur français, 1884-1950.

Les épaves de l'amour (1918) ; La sultane de l'amour (1918) ; La bête traquée (1921) ; La montée vers l'Acropole (1923) ; La croisade (1923) ; La Dame de Montsoreau (1923) ; La porteuse de pain (1924) ; Le fils du soleil (1925) ; Le P'tit Parigot (1926) ; La forêt qui tue (1927).

On a redécouvert ce bon réalisateur du muet qui connut un grand succès avec un film inspiré des *Mille et une nuits, La sultane de l'amour.* Un sens raffiné de l'image et un goût pour des scénarios plus élaborés (ce qui ne surprendra pas chez cet auteur) caractérisent l'œuvre de Le Somptier.

Lester, Richard

Réalisateur anglais, d'origine américaine, né en 1932.

The Running, Jumping and Standing Still Film (c.m., 1960) ; It's a Trad, Dad ! (1962) ; Mouse on the Moon (La souris sur la lune, 1963) ; A Hard Day's Night (Quatre garçons dans le vent, 1964) ; The Knack... and How to Get It (Le knack et comment l'avoir, 1965) ; Help (Au secours !, 1965) ; A Funny Thing Happened on the Way to the Forum (Le Forum en folie, 1966) ; How I Won the War (Comment j'ai gagné la guerre, 1967) ; Petulia (Petulia, 1968) ; The Bed Sitting Room (L'ultime garçonnière, 1969) ; The Three Musketeers (Les trois mousquetaires, 1re partie, 1973 ; 2e partie, 1974) ; Juggernaut (Terreur sur le Britannic, 1974) ; Royal Flash (Le froussard héroïque, 1975) ; Robin and Marian (Robin et Marion, 1976) ; The Ritz (1976) ; Butch and Sundance : the Early Years (Les joyeux débuts de Butch Cassidy et le Kid, 1979) ; Cuba (1979) ; Superman II (Superman II, 1980).

Maître humoriste, cet Américain de Philadelphie, devenu réalisateur en Angleterre à la faveur d'une émission de télévision, bouscule l'histoire qu'il s'agisse de Rome (*Le Forum en folie* où Buster Keaton fait une brève apparition) ou de la France de Richelieu (*Les trois mousquetaires* et son extraordinaire partie d'échecs avec pièces vivantes ou son bal masqué), crée le « knack » (synonyme de l'art de séduire), lance les Beatles (*Help*) et raille la guerre (*How I Won the War*). Mais ce rire franc et joyeux ne va pas sans tendresse (Robin des Bois vieillissant dans le très beau *Robin and Marian* ou Butch Cassidy débutant dans le banditisme) et même sans mélancolie (*Petulia*, quasi mélodramatique). À l'affût d'innovations techniques ou de bons vieux trucages, Lester finit ses films sur un feu d'artifice, juxtaposant les gags les plus fous dans un rythme de plus en plus endiablé, jusqu'au paroxysme. Que l'on songe à la promenade du lit à roulettes dans Londres, sommet de *The Knack... and How to Get It.*

Leterrier, François

Acteur et réalisateur français né en 1929.

Les mauvais coups (1960) ; Un roi sans divertissement (1963) ; La chasse royale (1969) ; Projection privée (1973) ; Goodbye Emmanuelle (1977) ; Va voir maman, papa travaille (1977) ; Je vais craquer (1980) ; Quand tu seras débloqué, fais-moi signe (1981).

Révélé comme acteur avec *Un condamné à mort s'est échappé* de Bresson, il a tourné coup sur coup deux films ambitieux dont une bonne adaptation du roman de Giono, *Un roi sans divertissement.* L'échec de *Projection privée* le réduisit à des besognes alimentaires dont une *Emmanuelle* qu'il ne parvint pas à démystifier. Il s'est essayé avec plus de bonheur à tendre un pont entre cinéma et bande dessinée grâce à la transposition à l'écran de *La course du rat* de Lauzier sous le titre de *Je vais craquer*, divertissante satire des milieux *in* de Paris.

Levin, Henry

Réalisateur américain, 1909-1980.

Sergeant Mike (1944) ; Cry of the Werewolf (La fille du Loup-garou, 1944) ; Dancing in Manhattan(1945) ; I Love a Mystery (1945) ; The Fighting Guardsman (1946) ; The Bandit of Sherwood Forest (Le fils de Robin des Bois, 1946) ; Night Editor (1946) ; The Return of Monte Cristo (Le retour de Monte-Cristo, 1946) ; The Devil's Mask (1946) ; The Unknown (1946) ; The Corpse Came C.O.D. (L'assassin ne pardonne pas, 1947) ; The Guilt of Janet Ames (Peter Ibbetson a raison, 1947) ; The Mating of Millie (Une femme sans amour, 1948) ; The Gallant Blade (Le chevalier Belle Épée, 1948) ; The Man from Colorado (La peine du talion, 1948) ; Mr. Soft Touch (1949) ; Jolson Sings Again (Je chante pour vous, 1949) ; And Baby Makes Three (C'est moi le papa, 1950) ; The Flying Missile (L'engin mystérieux, 1950) ; Convicted (La loi des bagnards, 1950) ; The Petty Girl (1950) ; The Family Secret (1951) ; Two of a Kind (1951) ; Belles on Their Toes (Six filles cherchent un mari, 1952) ; Mister Scoutmaster (1953) ; The President's Lady (Sa seule passion, 1953) ; The Farmer Takes a Wife (1953) ; The Warriors (L'armure noire, 1955) ; Dark Avenger (1955) ; The Lonely Man (Jicop le Proscrit, 1957) ; Bernardine (1957) ; April Love (Je vous adore, 1957) ; Let's Be Happy (1957) ; A Nice Little Bank That Should Be Robbed (Comment dévaliser une bonne petite banque, 1958) ; The Remarkable Mr. Pennypacker (Le remarquable M. Pennypacker; 1959) ; Journey to the Center of the Earth (Voyage au centre de la terre, 1959) ; Holiday for Lovers (Qu'est-ce qui fait courir les filles ?, 1959) ; The Wonders of Aladdin (Les mille et une nuits, 1961) ; The Wonderful World of the Brothers Grimm (avec Pal, Les amours enchantées, 1962) ; Come Fly With Me (Les filles de l'air, 1963) ; Honeymoon Hotel (1964) ; Genghis Khan (Genghis Khan, 1965) ; Murder's Row (Bien joué, Matt Helm, 1966) ; Operazione Paradiso/Kiss the Girls and Make Them Die (Ramdam à Rio, 1967) ; The Ambushers (Matt Helm traqué, 1967) ; The Desperadoes (La haine des Desperados, 1969) ; That Man Bolt (avec Lowell Rich, Opération Hong-Kong, 1973).

Dans la prolifique filmographie de cet ancien directeur de théâtre, venu tenter sa chance à Hollywood comme dialoguiste puis comme réalisateur, il faut fuir les comédies, musicales ou non, toutes exécrables et qui forment près de la moitié de la production de ce fécond metteur en scène, très porté sur le navet chantant. Reste quelques bons petits thrillers sans prétentions, trois Matt Helm bien troussés dont l'extravagant *Ramdam à Rio* où Raf Vallone conserve des jolies filles en hibernation, deux ou trois bons westerns dont *La peine du talion*, d'une cruauté stupéfiante, et *Jicop le proscrit* où Jack Palance forme Anthony Perkins, et le superbe *Voyage au centre de la terre*, l'une des meilleures adaptations de Jules Verne à l'écran, grâce à des décors et des trucages fastueux et innombrables. C'est un excellent bilan en définitive, qui permet de retirer Levin du bataillon des réalisateurs médiocres où l'a toujours tenu enfermé la critique.

Levy, Raoul

Producteur et réalisateur français, 1922-1966.

Comme réalisateur : Je vous salue mafia (1965) ; L'espion (1966).

Producteur audacieux, il se voulut aussi metteur en scène, tournant deux thrillers, le premier avec Eddie Constantine et Henry Silva, le second avec Montgomery Clift, tous les deux particulièrement vigoureux. Leur succès fut pourtant médiocre. Levy se donna la mort.

Lewin, Albert

Scénariste, producteur et réalisateur américain, 1894-1968.

The Moon and Sixpence (1942) ; The Picture of Dorian Gray (Le portrait de Dorian Gray, 1945) ; The Private Affairs of Bel Ami (Bel Ami, 1947) ; Pandora and the Flying Dutchman (Pandora, 1951) ; Saadia (1953) ; The Living Idol (1957).

Scénariste dès 1924 à la MGM, producteur associé et bras droit de Thalberg puis producteur à la Paramount (*Red-headed Woman, China Seas, Mutiny on the Bounty, The Good Earth, Zaza...*), il a peu tourné comme réalisateur mais s'est acquis une réputation de grande culture et de raffinement, réputation justifiée pour ses deux chefs-d'œuvre : *Dorian Gray* (où Sanders compose une silhouette séduisante de dandy pervers et dont les dernières images étaient terrifiantes) et *Pandora* (éblouissante modernisation du mythe du *Hollandais volant* que transfigurait Ava Gardner). Sa biographie de Gauguin (*The Moon and Sixpence*), son adaptation de *Bel Ami,* assez fidèle à Maupassant d'ailleurs, et sa pantalonnade orientale (*Saadia* que jouaient Michel Simon et Dufilho) se situent à un registre très inférieur et contribueraient à nuancer le jugement définitif que l'on peut porter sur Lewin réalisateur.

Lewis, Herschell Gordon

Réalisateur américain né en 1926.

Living Venus (1961) ; Lucky Pierre (1961) ; Nature's Playmates (1962) ; Daughters of the Sun (1962) ; B-O-I-N-N-N-G (1962) ; Scum of the Earth (1963) ; Goldilocks and the Three Bares (1963) ; Blood Feast (1963) ; Bell, Bare and Beautiful (1964) ; Two Thousand Maniacs ! (1964) ; Color Me Blood Red (1964) ; Monster A-Go-Go ! (1965) ; Alley Tramp (1965) ; Moonshine Mountain (1965) ; Jimmy, the Boy Wonder (1966) ; An Eye for an Eye (1966) ; Sin, Suffer and Repent (1966) ; The Magic Land of Mother Goose (1966) ; Suburban Roulette (1967) ; The Pill (1967) ; The Gruesome Twosome (1967) ; Blast-off Girls (1967) ; How to make a Doll (1967) ; A Taste of Blood (1967) ; Something Weird (1968) ; Just for the Hell of It (1968) ; She-Devils on Wheels (1968) ; The Ecstasies of Women (1969) ; Miss Nymphet's Zap-In (1969) ; The Wizard of Gore (1970) ; This Stuff'll Kill Ya' ! (1971) ; Year of the Yahoo (1972) ; Blood Orgy (1972) ; Stick It in your Ear (1972).

Two Thousand Maniacs ! (un village du sud des États-Unis entièrement rasé par les troupes nordistes ressuscite à certaines périodes et malheur aux touristes venus du Nord qui s'y égarent !), remake sanglant du *Brigadoon* de Minnelli, marque un tournant dans le film d'horreur par la précision et le réalisme des scènes de torture. Lewis ignore l'ellipse. Dans de nombreux pays ses films furent interdits par la censure.

Lewis, Jerry

Acteur et réalisateur américain, de son vrai nom Joseph Levitch, né en 1926.

Comme acteur-réalisateur : The Bellboy (Le dingue du palace, 1960) ; The Ladies' Man (Le tombeur de ces dames, 1961) ; The Errand Boy (Le zinzin d'Hollywood, 1962) ; The Nutty Professor (Dr. Jerry et Mr. Love, 1963) ; The Patsy (Jerry souffre-douleur, 1964) ; The Family Jewels (Les tontons farceurs, 1965) ; Three on a Couch (Trois sur un sofa, 1966) ; The Big Mouth (Jerry grande gueule, 1967) ; One More Time (1970) ; Which Way to the Front (Ya, ya, mon général, 1970) ; Hardly Working (Au boulot Jerry, 1980).

Il vient du music-hall et connut des débuts difficiles. Associé à un chanteur, Dean Martin, il met au point une suite de numéros qui finissent par triompher dans les night-clubs et sur la scène des théâtres ; la technique est fort simple : Dean veut chanter et Jerry l'interrompt à tout propos. Hal Wallis embauche Martin et Lewis chez Paramount en 1949. Ils débutent dans *My Friend Irma* et vont former un nouveau tandem comique détrônant Laurel et Hardy (dont ils n'auront jamais le génie) et Abbott et Costello. Excellents avec Tashlin, médiocres avec Taurog, les deux compères poursuivent une carrière sans surprises. Mais Lewis, plus ambitieux, décide de produire et de diriger ses propres films. *The Bellboy* puis *The Ladies'Man* retiennent l'attention de la critique française, surtout de Robert Benayoun. Lewis apparaît aux yeux de beaucoup comme l'héritier de la grande tradition burlesque américaine mais il a aussi des détracteurs particulièrement violents. À ceux-ci rendons les armes sur un point : Lewis est un exécrable comédien qui multiplie trop les grimaces et dont le jeu est dépourvu de nuances. Il est en revanche un remarquable inventeur de gags, dans la voie ouverte par son maître, Stan Laurel. Son chef-d'œuvre est probablement *The Nutty Professor*, inversion du thème de *Jekyll et Hyde*, où le docteur est un vieux professeur abruti et M. Hyde un chanteur de rock qui subjugue toutes les filles. Parfois Lewis se laisse aller à la facilité, il est vrai, notamment dans *The Family Jewels*, où il tient presque tous les rôles, ou *Which Way to the Front ?* dans lequel il souhaitait régler son compte à Hitler, mais tout le monde n'est pas Chaplin. Il ne put terminer un film sur les camps de déportés, victime d'une dépression. Après une disparition d'une dizaine d'années sur le grand écran, il est revenu avec un film qui fut démoli par la critique en raison de la pauvreté des gags : *Hardly Working*. Faut-il parler de déclin ?

BIBLIO. : R. Benayoun, *Jerry Lewis* (1972).

Lewis, Joseph H.

Réalisateur américain né en 1900.

Navy Spy (avec Wilbur, 1937) ; Courage of the West (1937) ; Singing Outlaw (1937) ; The Spy Ring (1938) ; Border Wolves (1938) ; The Last Stand (1938) ; Two-Fisted Rangers (1939) ; Blazing Six Shooters (1940) ; Texas Stagecoach (1940) ; The Man from Tumbleweeds (1940) ; Boys of the City (1940) ; The Return of Wild Bill (1940) ; That Gang of Mine (1940) ; Pride of the Bowery (1940) ; Criminals Within (1941) ; The Invisible Ghost (1941) ; The Mad Doctor of Market Street (1941) ; Bombs over Burma (1942) ; The Silver Bullet (1942) ; The Boss of Hangtown Mesa (1942) ; Secrets of a Co-Ed (1943) ; Minstrel Man (1944) ; The Falcon in San Francisco (1945) ; My Name is Julia Ross (1946) ; So Dark the Night (1946) ; The Jolson Story (avec Green, 1946) ; The Swordsman (Le manoir de la haine, 1947) ; The Return of October (Sa dernière foulée, 1948) ; Undercover Man (Le maître du gang, 1949) ; Deadly Is the Female/Gun Crazy (Le démon des armes, 1949) ; A Lady without Passport (1950) ; Retreat-Hell (1952) ; Desperate Search (1952) ; Cry of the Hunted (Le mystère des Bayous, 1953) ; The Big Combo (Association criminelle, 1954) ; A Lawless Street (Ville sans loi, 1955) ; The Seventh Cavalry (1956) ; The Halliday Brand (1957) ; Terror in a Texas Town (1958).

Confiné dans la série B, il a su s'élever, en dépit de médiocres budgets, au niveau du chef-d'œuvre avec de brillants thrillers comme *My Name is Julia Ross, So Dark Is the Night* (un policier poursuit un criminel qui n'est autre que lui-même), *Undercover Man* (véritable documentaire sur la police du Trésor), *A Lady without Passport* (sur l'immigration clandestine aux États-Unis), *The Big Combo* (où éclate dans de superbes photos en noir et blanc le talent de l'opérateur John Alton) et surtout *Le démon des armes*, « film admirable qui seul de tout le cinéma marque nettement le chemin qui mène de l'amour fou à la révolte folle » (Ado Kyrou).

L'Herbier, Marcel

Réalisateur français, 1890-1980.

Phantasmes (c.m., 1917) ; Rose-France (1918) ; L'ex-voto (c.m., 1919) ; Le bercail (c.m., 1919) ; Le carnaval des vérités (1919) ; L'homme du large (1920) ; Eldorado (1921) ; Villa Destin (1921) ; Prométhée banquier (1921) ; Don Juan et Faust (1923) ; L'inhumaine (1924) ; Feu Mathias Pascal (1925) ; Le vertige (1926) ; Le diable au cœur (1928) ; L'argent (1928) ; Nuits de prince (1929) ; L'enfant de l'amour

(1930) ; La femme d'une nuit (1930) ; Le mystère de la chambre jaune (1930) ; Le parfum de la dame en noir (1931) ; L'épervier (1933) ; Le scandale (1934) ; L'aventurier (1934) ; Le bonheur (1934) ; La route impériale (1935) ; Veille d'armes (1935) ; Les hommes nouveaux (1935) ; La porte du large (1935) ; La citadelle du silence (1937) ; Nuits de feu (1937) ; Forfaiture (1937) ; Adrienne Lecouvreur (1938) ; Terre de feu (1938) ; La tragédie impériale (1938) ; Entente cordiale (1939) ; La brigade sauvage (1939) ; La comédie du bonheur (1940-1941) ; Histoire de rire (1941) ; La nuit fantastique (1942) ; L'honorable Catherine (1942) ; La vie de bohème (1943-1945) ; Au petit bonheur (1945) ; L'affaire du collier de la Reine (1946) ; La révoltée (1947) ; Les derniers jours de Pompéi (1949) ; Le père de Mademoiselle (1953).

Juriste et poète, il découvre le cinéma au service cinématographique de l'armée pendant la guerre et devient l'une des figures de proue de « l'impressionnisme », élaborant un cinéma d'avant-garde d'un raffinement esthétique extrême. « Chez L'Herbier, observe Sadoul dans son livre sur le cinéma français, le fond ou même la description importent moins que la forme. » Élaboration des images et bizarrerie des costumes et des décors caractérisent des œuvres comme *L'inhumaine* ou *Don Juan et Faust.* Architectes comme Mallet Stevens, décorateurs comme Cavalcanti, musiciens comme Milhaud ou peintres comme Léger sont mobilisés au service de l'art cinématographique. Le relatif échec de *L'inhumaine* n'empêche pas L'Herbier de se lancer dans de nouvelles recherches : ce sera *L'argent,* moderne adaptation de Zola. Les intrigues financières y passèrent au second plan. Ce qui importait c'était de prendre Brigitte Helm sous un angle inattendu, de filmer des décors extravagants au moyen de caméras portatives placées aux endroits les plus surprenants. Dreville, dans un intéressant documentaire, a montré ce que furent les techniques de tournage. Après ce nouvel échec, L'Herbier se vit condamné à tourner des films commerciaux : il se tira à son avantage de l'adaptation d'un classique du roman policier, *Le mystère de la chambre jaune,* mais fut moins heureux dans le remake de *Forfaiture,* dans *La tragédie impériale,* évocation de Raspoutine à la cour de Russie ou dans *Entente cordiale,* malgré la collaboration d'André Maurois, Steve Passeur et Abel Hermant. Il ne se retrouva que sous l'Occupation avec l'admirable *Nuit fantastique,* éblouissant hommage à Méliès et *L'honorable Catherine* qui fait chanter les couples illégitimes jusqu'au moment où son système se détraque, et où elle se trouve prise à son propre piège. Ces deux réussites restèrent sans lendemain. Mais il faut rappeler que Marcel L'Herbier fut le cofondateur en 1943 de l'Institut des hautes études cinématographiques et l'un des premiers collaborateurs de la télévision. On lui doit un remarquable essai : *Intelligence du cinématographe* et des souvenirs sous le titre : *La tête qui tourne* (1979).

BIBLIO. : Burch, *Marcel L'Herbier* (Seghers, 1974).

Liebeneiner, Wolfgang

Acteur et réalisateur allemand né en 1906.

Comme réalisateur : Der Mustergatte (Un mari modèle, 1937) ; Versprich mir nichts (La folle imposture, 1937) ; Ziel in den Wolken (1938) ; Du und ich (1938) ; Yvette (1938) ; Der Florentiner Hut (Un chapeau de paille d'Italie, 1939) ; Die gute Sieben (1940) ; Wunderbar kann eine Lüge sein (1940) ; Bismarck (Bismarck, 1940) ; Ich klage an (Suis-je un criminel ?, 1941) ; Das andere Ich (La double vie de Lena Menzel, 1941) ; Die Entlassung (1942) ; Grosstadtmelodie (1943) ; Liebe'47 (1948) ; Meine Nichte Susanne (1950) ; Des Lebens Uberfluss (1950) ; Herz der Welt (1951) ; Das Tor zum Frieden (1951) ; I april 2000 (1952) ; Die Stärkere (1953) ; Das Tanzende Herz (1953) ; Und ewig bleibt die Liebe (1954) ; Auf der Reeperbahn nachts um halb eins (1954) ; Die heilige Lüge (1955) ; Ich war ein hässliches Mädchen (1955) ; Urlaub auf Ehrenwort (1955) ; Waldwinter (1956) ; Die Trapp Familie (La famille Trapp, 1956) ; Königin Luise (1957) ; Auf Wiedersehn (1957) ; Franziska (1957) ; Immer, wenn der

Tag beginnt (1957) ; Taiga (1958) ; Die Trapp Familie in Amerika (La famille Trapp en Amérique, 1958) ; Sebastian Kneipp (1958) ; Patricia (1959) ; Licht von jenseits der Strasse (1959) ; Jacqueline (1959) ; Schlussakkord (1960).

Acteur dans des films de Heinz Paul, Ophuls (*Liebelei*), Hans, Steinhoff, etc., il passe à la réalisation avec des comédies assez lourdes dont un Labiche à la sauce germanique puis signe un *Bismarck* bavard mais qui retient l'attention de Goebbels dont il devient l'un des réalisateurs favoris. Il est nommé directeur artistique de l'UFA en 1943. La fin de la guerre n'interrompt pas sa carrière. Il tourne de nombreux films, toujours aussi lourds et mornes, dont la série consacrée à la famille Trapp.

Lieberman, Jeff

Réalisateur américain.

Squirm (La nuit des vers géants, 1977) ; Blue Shine (Le rayon bleu, 1977) ; Just before Dawn (Survivance, 1981).

On est rarement allé aussi loin dans l'horreur qu'avec *Squirm* où l'on voyait grouiller des millions de vers dans une maison. Dans le genre du fantastique écologiste, le ver apparaissait, vu par une caméra macro, comme un monstre répugnant. Le talent de Lieberman semble s'arrêter là. *Survivance* n'est qu'un pâle *remake* de *Delivrance* de Boorman, mais bien maîtrisé sur le plan technique. Du coup Lieberman a pris rang parmi les petits maîtres du fantastique.

Li Han Hsiang

Réalisateur chinois.

Principaux films : A Maiden in Distress (1956) ; Dan Fung Street (1956) ; He Has Taken Him For Another (1957) ; A Kiss For Me (1957) ; The Angel (1957) ; The Magic Touch (1958) ; The Adventure of the 13th Sister (1959) ; Yang Kwei Fei (1960) ; Empress Wu Tse Tien (1960) ; Eternal Love (1962) ; Hsi Shih (1966) ; The Winter (1967) ; The War Lord (1971) ; Facets of Love (1973) ; Illicit Desire (1973) ; Golden Lotus (1973).

A travaillé à Hong-Kong, notamment pour Run Run Shaw, puis à Taïwan. Au karaté et aux arts martiaux, qui forment l'essentiel de la production de Hong-Kong, il a tenté d'ajouter le mélodrame (*The Winter*) et l'érotisme dont les films de Bruce Lee étaient dépourvus : *Facets of Love*. Il est l'auteur de ses scénarios.

Lilienthal, Peter

Réalisateur allemand né en 1929.

Malatesta (1969) ; La Victoria (1973) ; Hauptlehrer Hofer (1974) ; David (1978).

Fondateur du Filmverlag der Autoren, il a surtout travaillé pour la télévision.

Limur, Jean de

Réalisateur français.

The Letter (1929) ; Jealousy (1929) ; Mon gosse de père (1930) ; Circulez (1931) ; Monsieur le Duc (1932) ; Paprika (1933) ; Mariage à responsabilité limitée (1933) ; Les millions de ma Tante (1933) ; L'amour en cage (1933) ; Le voyage imprévu (1934) ; L'auberge du Petit Dragon (1935) ; La petite sauvage (1935) ; La rosière des halles (1935) ; La garçonne (1937) ; La brigade en jupons (1937) ; La bête aux sept manteaux (1937) ; La cité des lumières (1938) ; Petite Peste (1938) ; Papa Lebonnard (1939) ; L'âge d'or (1940) ; L'homme qui joue avec le feu (1942) ; Apparizione (1943) ; La grande meute (1944).

Il commença comme figurant aux États-Unis, devint *technical director*, collaborant avec Chaplin et DeMille puis dirigeant quelques films avant de revenir, sa réputation établie, en France où il ne réalisa que des œuvres commerciales. On peut voir, à la rigueur, pour Jean Tissier, *L'âge d'or*, fantaisie autour d'un billet de loterie, et *La grande meute*, d'après un roman de Vialar.

Linder, Max

Acteur et réalisateur français, de son vrai nom Gabriel Levielle, 1883-1925.

Principaux courts métrages comme acteur-réalisateur : La première sortie (1905) ; Les débuts d'un patineur (1907) ; Max aéronaute (1908) ; Une conquête (1908) ; Un mariage américain (1909) ; Max fait du ski (1910) ; Max champion de boxe (1910) ; Max se trompe d'étage (1910) ; Max est distrait (1910) ; Quel est l'assassin ? (1910) ; Le soulier trop petit (1910) ; Max prend un bain (1910) ; Max cherche une fiancée (1911) ; Max hypnotise (1911) ; Max manque un riche mariage (1911) ; Max se marie (1911) ; Voisin-voisine (1911) ; Max dans sa famille (1911) ; Max a un duel (1911) ; Max et le quinquina (1911) ; Max lance la mode (1912) ; Max reprend sa liberté (1912) ; Max et son chien Dick (1912) ; Max contre Nick Winter (1912) ; Max cocher de fiacre (1912) ; Idylle à la ferme (1912) ; Max veut grandir (1912) ; Petit roman (1912) ; Mariage au téléphone (1912) ; Max et l'inauguration de la statue (1913) ; Max et le rendez-vous (1913) ; Max pratique tous les sports (1913) ; Max toréador (1913) ; Le duel de Max (1913) ; Max n'aime pas les chats (1913) ; Max virtuose (1913) ; Max asthmatique (1913) ; Max fait des conquêtes (1913) ; Max illusionniste (1913) ; La médaille de sauvetage (1913) ; Max collectionne les chaussures (1913) ; L'anglais tel que Max le parle (1913) ; N'embrassez pas la bonne (1914) ; Max pédicure (1914) ; Max décoré (1914) ; Max maître d'hôtel (1914) ; Max jaloux (1914) ; Max et la doctoresse (1914) ; Max et la main qui étreint (1915) ; Max entre deux feux (1915). *Moyens ou longs métrages :* Le Petit Café (avec Raymond Bernard, 1919) ; Soyez ma femme/Be my wife (1921) ; L'étroit mousquetaire/The Three Must-Get-Theres (1922) ; Sept ans de malheur/Seven Years Bad Luck (1923) ; Au secours (avec Gance, 1923) ; Le roi du cirque/Der Zirkuskönig (1925).

Il a été le plus grand acteur comique du monde avant la guerre et Chaplin lui doit beaucoup. Interprète mais aussi, très souvent, directeur de ses films, il a créé un personnage de dandy, aisé et débrouillard, coureur et bon vivant, dépourvu de méchanceté. Ses gags tranchent sur la médiocrité de ses concurrents, Onésime de Jean Durand excepté. Max, asthmatique, fait une cure pour retrouver un peu de souffle ; quand il revient, son souffle est devenu si fort qu'il fait écrouler un mur. Contraint de montrer des talents de virtuose qu'il a usurpés, Max, pour gagner du temps, au lieu de rapprocher le tabouret du piano, fait l'inverse. On pourrait citer cent gags de ce type dans une œuvre par ailleurs abondante. Les longs métrages tournés aux États-Unis sont tout aussi brillants. Sa parodie des *Trois mousquetaires* est désopilante : on y voit Richelieu donner ses ordres par téléphone ; sur une cheminée un buste de Napoléon. Le célèbre sketch de la glace cassée et du sosie, morceau de bravoure de *Duck Soup* des frères Marx, vient de *Sept ans de malheur*. Multiples sont les emprunts faits par la suite à ce grand comique, qui était le scénariste de la majeure partie de ses films. Si Zecca, Gasnier ou Capellani ont dirigé les premiers essais de cet acteur venu du théâtre, Linder est devenu un auteur complet, au moins à partir de 1911. Au début de la guerre, il avait été gazé et ne s'en était pas remis. Il se suicida avec sa femme en 1925.

BIBLIO. : J. Mitry, *Max Linder,* Anthologie du cinéma, t. II.

Lindtberg, Leopold

Réalisateur d'origine autrichienne né en 1902.

Jä-soo (1935) ; Fusilier Wipf (1938) ; Wachtmeister Studer (1939) ; Die missbrauchten Liebesbriefe (1940) ; Landamman Stuaffacher (1941) ; Der Schuss von der Kanzel (1942) ; Marie-Louise (1944) ; Die letzte Chance (La dernière chance, 1945) ; Matto regiert (1947) ; Swis Tour (1949) ; Die Vier im Jeep (Quatre dans une jeep, 1951) ; Unser Dorf (Le village près du ciel, 1953).

D'abord acteur en Allemagne, Lindtberg passe en Suisse à l'avènement du nazisme. Il s'y partage entre le théâtre et le cinéma. Il connaît la célébrité avec *La dernière chance*, évocation du drame des réfugiés au cours de la dernière guerre mondiale. Ses autres films ne retrouveront pas la même veine humanitariste. Il travaille beaucoup pour la télévision suisse.

BIBLIO. : H. Dumont, Lindtberg, nº spécial 44-46 de *Travelling*.

Littin, Miguel

Réalisateur chilien né en 1942.

El Chacal de Nahueltoro (Le Chacal de Nahueltoro, 1969) ; La tierra prometida (La terre promise, 1973) ; Actas de Marusia (1976) ; Viva el Presidente (Le recours de la méthode, 1978) ; La vivada de Montiel (La veuve Montiel, 1979).

Animateur du groupe Chile Films, il a tourné l'un des derniers films réalisés dans le Chili d'Allende, *La tierra prometida*, avant de choisir l'exil. Travaillant au Mexique, Littin a présenté une intéressante adaptation du *Recours de la méthode* d'Alejo Carpentier. « De l'enquête journalistique de *El Chacal de Nahueltoro* à la complexité artistique de *La tierra prometida*, ce cinéaste s'est engagé dans la voie d'un cinéma épique qui lui permet d'établir à travers la fiction cinématographique un discours sur le peuple opprimé de l'Amérique latine et sur son histoire collective. » (*Les cinémas de l'Amérique latine*, p. 218).

Litvak, Anatole

Réalisateur d'origine russe, de son vrai nom Michael Anatole Lutwak, né en 1902.

Tatiana (1925) ; Dolly Macht Karriere (1930) ; Nie Wieder Liebe (1931) ; Cœur de lilas (1932) ; Das Lied einer Nacht (et version française : La chanson d'une nuit, 1932) ; Sleeping Car (1933) ; Cette vieille canaille (1933) ; L'équipage (1935) ; Mayerling (1936) ; The Woman I Love (1937) ; Tovarich (1937) ; The Amazing Dr. Clitterhouse (Le mystérieux Dr. Clitterhouse, 1938) ; The Sisters (Nuits de bal, 1938) ; Confessions of a Nazi Spy (1939) ; Castle on the Hudson (1940) ; City for Conquest (La ville conquise, 1940) ; All This and Heaven (L'étrangère, 1940) ; One Foot in Heaven (1941) ; Out of the Fog (1941) ; Blues in the Night (1941) ; This Above All (Ames rebelles, 1942) ; The Nazis Strike (avec Capra, 1942) ; Divide and Conquer (avec Capra, 1942) ; The Battle of Russia (1943) ; The Battle of China (avec Capra, 1944) ; War Comes to America (1945) ; The Long Night (1947) ; Sorry, Wrong Number (Raccrochez, c'est une erreur, 1948) ; The Snake Pit (La fosse aux serpents, 1948) ; Decision Before Dawn (Le traître, 1951) ; Act of Love (Un acte d'amour, 1953) ; The Deep, Blue Sea (L'autre homme, 1955) ; Anastasia (Anastasia, 1956) ; The Journey (Le voyage, 1959) ; Goodbye Again (Aimez-vous Brahms ?, 1961) ; Le couteau dans la plaie (1963) ; La nuit des généraux (1967) ; La dame dans l'auto avec des lunettes et un fusil (1971).

Cinéaste caméléon, capable de s'adapter à toutes les modes et à tous les genres. Son œuvre résume, avec des hauts et des bas, quarante ans de cinéma commercial. Acteur et metteur en scène de théâtre en Russie où il dirigea un film *Tatiana*, il passe en Allemagne, collabore avec Pabst, signe une opérette. En France il tourne *Mayerling*, avec Charles Boyer et Danielle Darrieux et remporte un succès considérable. Il passe à Hollywood, réussit à merveille à la Warner dans le film d'action (*City for Conquest*), participe à la fameuse série de Capra, *Why We Fight*, pendant la guerre (*The Nazis Strike*, etc.), donne au film noir deux œuvres importantes (*Sorry, Wrong Number*, où une paralysée découvre par le hasard d'une conversation surprise au téléphone qu'elle va être assassinée, et *The Snake Pit* sur le monde de la folie) puis retourne en Europe. De l'énigme d'Anastasia à l'adaptation d'un roman de Françoise Sagan (*Aimez-vous Brahms ?*), d'un curieux film criminel qui retrouve les portraits de psychopathes assassins de l'époque expressionniste (*La nuit des généraux*) à une intrigue policière de Japrisot (*La dame dans l'auto...*), il termine sa carrière en parcourant une nouvelle fois tous les genres à la mode.

Lizzani, Carlo

Réalisateur italien né en 1922.

Achtung ! Banditi (1951) ; Ai margini della metropoli (Dans les faubourgs de la ville, 1953) ; L'amore in città (L'amour à la ville, 1er sketch, 1953) ; Chronache di poveri amanti (Chronique des pauvres amants, 1954) ; Lo svitato (1956) ; Il fiume giallo (inachevé, 1957) ; La muraglia cinese (La muraille de Chine, 1958) ; Esterina (1959) ; Il Gobbo (Le bossu de Rome, 1960) ; Il carabiniere a cavallo (1961) ; L'oro di Roma (L'or de Rome, 1961) ; Il processo di Verona (Le procès de Vérone, 1963) ; La vita agra (1964) ; Amori pericolosi (2e sketch, 1964) ; La Celestina (1965) ; Thrilling (3e sketch, 1965) ; La guerra secreta (coréal., La guerre secrète, 1965) ; Svegliati e uccidi (1966) ; Un fiume di dollari (pseudonyme : Beaver, Du sang dans la montagne, 1966) ; Requiescant (1967) ; Banditi a Milano (Bandits à Milan, 1968) ; L'amante di Gramigna (1969) ; Amore e rabbia (1er sketch, 1969) ; Barbagia (1969) ; Roma bene (1971) ; Facce dell'Asia che cambia (1972, doc. télév.) ; Torino nera (1972) ; Crazy Joe (1974) ; Mussolini ultimo atto (Les derniers jours de Mussolini, 1974) ; Storie di vita e malavita (1975) ; San Babila ore venti un delitto inutile (1976) ; Kleinhoff Hotel (1977).

Il fut d'abord scénariste de Vergano, De Santis, Rossellini et Lattuada. Il signe son premier film en 1951, sur la résistance en Ligurie ; il se spécialisera dans le genre, mais sans lui donner beaucoup de relief par manque d'objectivité (*Il processo di Verona* et *Mussolini ultimo atto*). Un seul film émerge de son œuvre : *Chronique des pauvres amants*, sensible et émouvant. Le reste va du western-spaghetti avec acteurs américains (Henry Silva et Dan Duryea dans *Un fiume di dollari*) au documentaire pour la télévision. Une des plus grandes déceptions du cinéma italien.

Lloyd, Frank

Réalisateur d'origine anglaise, 1887-1960.

For His Superior's Honor (1914) ; Billie's Baby (1914) ; The Little Girl of the Attic (Le roman de Midinette, 1914) ; The Pinch (1914) ; Martin Love Fixer (1914) ; The Source of Happiness (1914) ; According to Value (1914) ; Eleven to One (Onze contre un, 1914) ; Fate's Alibi (1914) ; An Arrangement With Fate (Le signe du Destin, 1914) ; From the Shadows (1914) ; In the Grasp of the Law (1914) ; The Bay of Seven Isles (1914) ; His Last Trick (1914) ; The Prophet of the Hills (L'ermite du Yellowstone, 1914) ; The Spitfire of Seville (La belle Andalouse, 1914) ; Hundred Thousand Dollars (1914) ; Trickery (1914) ; To Redeem an Oath (1914) ; The Toll of Youth (L'appel de la jeunesse, 1915) ; The Gentleman of Indiana (1915) ; Little Mr. Fixer (1915) ; A Double Deal in Pork (1915) ; Dr. Mason's Temptation (La tentation, 1915) ; Their Golden Wedding (Mariage doré, 1915) ; Paternal Love (1915) ; Jane (Jane, 1915) ; Madame President (Madame la Présidente, 1915) ; The Code of Marcia Grey (La morale de Marcia, 1916) ; An International Marriage (1916) ; The Stronger Love (Le plus grand amour, 1916) ; The Making of Maddalena (Madeleine, 1916) ; David Garrick (1916) ; The Parson of Panamint (La rédemption de Panamint, 1916) ; Intrigue (Intrigue, 1916) ; The Sins of the Parents (Sacrifiée, 1917) ; A Tale of Two Cities (Un drame d'amour sous la Révolution, 1917) ; American Methods (1917) ; When A Man Sees Red (La femme fardée, 1917) ; The Price of Silence (Le sort le plus beau, 1917) ; The Heart of a Lion (Une volonté, 1917) ; True Blue (Sang bleu, 1917) ; The Blindness of Divorce (1918) ; The Riders of the Purple Sage (1918) ; The Rainbow Trail (La piste de l'arc-en-ciel, 1918) ; The Kingdom of Love (Le royaume de l'amour, 1918) ; Les Misérables (Le pardon du forçat, 1918) ; For Freedom (Pour la liberté du monde, 1918) ; The Man Hunter (Après le typhon, 1918) ; The Pitfalls of a Big City (Seul contre tous, 1918) ; The World and Is Woman (Une idylle dans la tourmente, 1919) ; The Loves of Letty (Le portrait de

Mrs. Bunning, 1919) ; Madam X (La femme X, 1919) ; The Woman in Room 13 (L'appartement n° 13, 1920) ; The Silver Horde (La Horde d'argent, 1920) ; The Great Lover (Le chant du Cygne, 1920) ; The Invisible Power (1920) ; A Tale of Two Worlds (La maison des supplices, 1921) ; The Sin Flood (Le flot qui descend, 1921) ; A Voice in the Dark (Une voix dans la nuit, 1921) ; The Roads of Destiny (1921) ; The Man from Lost River (L'homme des contrées perdues, 1921) ; The Grim Comedian (Paillasse, 1921) ; Eternal Flame (La duchesse de Langeais, 1922) ; Oliver Twist (Oliver Twist, 1922) ; The Voice from the Minaret (1923) ; Within the Law (Au-dessus des lois, 1923) ; Ashes of Vengeance (Cendres de vengeance, 1923) ; The Sea Hawk (L'aigle des mers, 1924) ; The Silent Watcher (L'autel sur la montagne, 1924) ; Black Oxen (Le mouton noir, 1924) ; The Splendid Road (1925) ; Her Husband's Secret (1925) ; The Wise Guy (1925) ; Winds of Chance (1925) ; The Eagle of the Sea (Le corsaire masqué, 1926) ; Children of Divorce (Les enfants du divorce, 1927) ; Adoration (Adoration, 1927) ; Weary River (Le torrent fatal, 1927) ; The Divine Lady (Lady Hamilton, 1927) ; Drag (1927) ; Dark Streets (1929) ; Young Nowheres (1929) ; Son of the Gods (1930) ; The Way of All Men (1930) ; The Lash (1930) ; The Right of Way (1930) ; The Silver Horde (1931) ; The Age for Love (1931) ; East Lynne (East Lynne, 1932) ; Passport to Hell (1932) ; Hoopla (Hoopla, 1932) ; Cavalcade (Cavalcade, 1933) ; Berkeley Square (Berkeley Square, 1933) ; Servant's Entrance (Entrée des employés, 1934) ; Mutiny on the Bounty (Les révoltés du Bounty, 1935) ; Under Two Flags (Sous deux drapeaux, 1936) ; Maid of Salem (Le démon sur la ville, 1936) ; Wells Fargo (Une nation en marche, 1936) ; If I Were King (Le roi des Gueux, 1938) ; Rulers of the Sea (Maîtres de la mer, 1939) ; The Howards of Virginia (L'arbre de la liberté, 1940) ; This Woman Is Mine (Révolte au large, 1941) ; The Lady from Cheyenne (La danseuse de Burma, 1941) ; For Ever and a Day (coréal., 1943) ; Blood on the Sun (Du sang dans le soleil, 1945) ; The Shanghai Story (Terreur à Shanghai, 1954) ; The Last Command (Quand le clairon sonnera, 1955).

Il ne reste à peu près rien des œuvres les plus célèbres de Lloyd, le larmoyant *Cavalcade*, reconstituant, sur un scénario de Noël Coward, la vie d'une famille anglaise du XIXe siècle à 1918, et l'ennuyeux *Berkeley Square*, où le héros se trouve, en ouvrant une porte, entraîné dans une histoire d'une autre époque. En revanche Claude Beylie en fit un « maître de la mer » à placer presque sur le même plan que Curtiz ou Walsh, grâce à *The Sea Hawk, The Eagle of the Sea* et surtout *Les révoltés du Bounty* où Laughton composait un capitaine Bligh sadique à souhait. Ce solide réalisateur, né à Glascow et venu aux États-Unis en 1910, fut également à l'aise dans le western. Ses premières œuvres entre 1918 et 1925 ont sans doute mal vieilli, mais *Wells Fargo*, lyrique évocation de l'installation des transports postaux vers le milieu du XIXe siècle, vue à travers le destin d'un simple conducteur de diligence interprété par Joël Mac Crea, est un classique du genre. Non moins lyrique, mais en restant également exact et objectif, était *The Last Command*, consacré à la résistance qu'opposa le fort Alamo, que défendait Davy Crockett, face à l'assaut des Mexicains en 1836. Ce fut également son dernier film.

BIBLIO. : *Écran 75* n° 36 (Filmographie par J. Mitry).

Lloyd, Harold

Acteur et producteur américain, 1893-1971.

Nombreux courts métrages à partir de 1914, puis de 1919 à 1923 (pour Roach) : Bumping into Broadway (Amour et poésie, 1919, Roach) ; Captain Kidd's Kids (Harold chez les pirates, 1919, id.) ; From Hand to Mouth (De la coupe aux lèvres, 1919, id.) ; His Royal Slyness (Le royaume de Tulipatan, 1919, id.) ; Haunted Spooks (Le manoir hanté,

1919, id.) ; An Eastern Westerner (Pour le cœur de Jenny, 1920, id.) ; High and Dizzy (Ma fille est somnambule, 1920, id.) ; Get out and Get under (Oh ! la belle voiture !, 1920, id.) ; Number Please (Quel numéro demandez-vous ?, 1920, Newmeyer et S. Taylor) ; Now and Ever (Bonne d'enfant, 1921, id.) ; Among Those Present (Chasse au renard, 1921, id.) ; I Do (Heureux mari, 1921, id.) ; Never Weaken (Voyage au paradis, 1921, id.). *Longs métrages (Lloyd a désormais un droit de regard sur la production. Il interprète tous les films qui suivent) :* A Sailor Made Man (Marin malgré lui, 1921, Newmeyer) ; Grandma's Boy (Le talisman de Grand-Mère, 1922, id.) ; Doctor Jack (Docteur Jack, 1922, id.) ; Safety Last (Monte là-dessus, 1923, Newmeyer et Taylor) ; Why Worry (Faut pas s'en faire, 1923, id.) ; Girl Shy (Ça te la coupe, 1924, id.) ; Hot Water (O ces belles-mères !, 1924, id.) ; The Freshman (Vive le sport, 1925, Newmeyer) ; For Heaven Sake (Pour l'amour du ciel, 1926, S. Taylor) ; The Kid Brother (Le petit frère, 1927, Ted Wilde) ; Speedy (En vitesse, 1928, id.) ; Welcome Danger (Quel phénomène, 1929, Bruckman) ; Feet First (A la hauteur, 1930, id.) ; Movie Crazy (Silence on tourne, 1932, id.) ; The Cat's Paw (Patte de chat, 1934, S.Taylor) ; The Milky Way (Soupe au lait, 1936, McCarey) ; Professor Beware (Professeur Schnock, 1938, Nugent) ; Mad Wednesday (Quel mercredi !, 1947, Sturges).

Il n'est considéré, à tort, que comme un acteur, à l'inverse de Chaplin ou de Keaton qui dirigèrent eux-mêmes leurs films. Il fut à partir de 1917 un bon jeune homme à lunettes (ce sont ses lunettes qui firent sa célébrité), sportif, sain, optimiste, rompant complètement avec les moustachus de Sennett et les vagabonds larmoyants de Chaplin et Langdon. Pas d'états d'âme ni de complexes chez Lloyd, mais une avalanche de gags qui en font le plus drôle de tous les burlesques américains. Devant le succès, il assure, à partir de 1923, un contrôle de plus en plus grand sur ses films. Il conserve les mêmes réalisateurs (Taylor, Newmeyer) mais supervise leur travail. Il devient producteur et pratiquement metteur en scène de ses films.

Safety Last, où il escalade un gratte-ciel, est un triomphe. Lloyd gagne autant d'argent que Chaplin et Keaton. Mais, comme eux, il supporte mal l'avènement du parlant. Ses derniers films sont des échecs qui n'entament en rien ni sa fortune ni sa vie privée (il ne se maria qu'une fois et ne divorça jamais, à l'inverse des autres grands comiques). On peut le considérer comme l'égal de Keaton, Laurel et Hardy et Fields.

BIBLIO. : R. Borde, *Harold Lloyd* (1968) ; R. Lacourbe, *Harold Lloyd* (1970).

Loach, Kenneth

Réalisateur anglais né en 1936.

Plusieurs courts métrages. Longs métrages : Poor Cow (Pas de larmes pour Joy, 1967) ; Kes (Kes, 1969) ; Family Life (Family Life, 1972) ; Black Jack (Black Jack, 1978) ; Looks and Smiles (Regards et sourires, 1981) ; A question of Leadership (1981).

Utilise dans ses premiers films les techniques de la télévision. Autre dominante dans son œuvre : les marginaux (le jeune garçon de *Kes*, la jeune fille névrosée de *Family Life*). Un souci de réalisme l'anime qui n'exclut pas obligatoirement des préoccupations esthétiques (*Black Jack*). Il réunit toutes ces clefs de son œuvre dans *Regards et sourires*, un film qui, malgré l'accueil chaleureux de la critique, fut desservi par l'austérité de la mise en scène.

Logan, Joshua

Réalisateur américain né en 1908.

I Met My Love Again (avec Ripley, 1938) ; Picnic (Picnic, 1956) ; Bus Stop (Arrêt d'autobus, 1956) ; Sayonara (Sayonara, 1957) ; South Pacific (South Pacific, 1958) ; Tall Story (La tête à l'envers, 1960) ; Fanny (Fanny, 1961) ; Ensign Pulver (1964) ; Camelot (Camelot ou le chevalier de la Reine, 1967) ; Paint Your Wagon (La kermesse de l'Ouest, 1969).

Une amère déception. Ses premiers films étaient excellents : jamais Marilyn Monroe ne fut plus belle et plus émouvante que dans l'admirable *Bus Stop* et *Picnic* offrait une vision attendrie d'une petite ville américaine. Venu de Broadway, dialoguiste de plusieurs films (*The Garden of Allah, History Is Made at Night...*), Logan s'annonçait, malgré un état de santé que l'on savait très fragile, comme l'un des futurs maîtres du cinéma américain. Hélas, il fallut déchanter. *Sayonara* et *South Pacific*, grosses machines importées de Broadway, sont d'une affligeante médiocrité tout comme *Camelot* et *Paint Your Wagon* : ineptie des scénarios, cabotinage éhonté des acteurs (Brando dans *Sayonara* et Marvin dans *Paint Your Wagon*), laideur des décors et des couleurs. Et que dire de *Fanny* revue par Hollywood ! Logan est allé se perdre, depuis 1977, dans les night-clubs de New York où il monte des shows.

Lommel, Ulli

Réalisateur allemand né en 1944.

Die Zärtlichkeit der Wölfe (La tendresse des loups, 1973) ; Wachtmeister Rahn (1974) ; Jodeln is ka Sünd (1974) ; Der zweite Frühling (1975) ; Adolf und Marlene (Adolf et Marlène, 1976) ; The Bogey Man (Spectre, 1980).

La tendresse des loups, évocation du boucher Haarman qui vendait un jambon désossé à partir de la chair de jeunes garçons, est, sur un scénario de Kurt Raab (qui interprète le rôle de Haarman), une version fassbinderienne du *Maudit*. Parfaitement maîtrisé, le film évite souvent de sombrer dans l'horreur grâce à une dédramatisation voulue. Acteur, Ulli Lommel appartient en effet au groupe de Fassbinder pour lequel il joua dans *Le rôti de Satan* et *Roulette chinoise*. Passé aux États-Unis, il y tourne notamment un petit film d'horreur : *The Bogey Man*, où il ne nous épargne aucun des effets de *L'exorciste*.

Lorre, Peter

Acteur et réalisateur d'origine hongroise, de son vrai nom Laszlo Löwenstein, 1904-1964.

Comme réalisateur : Der Verlorene (L'homme perdu, 1951).

Le magistral interprète du *Maudit* et de tant de films américains revint en Allemagne en 1951 pour y tourner un film dont il avait écrit le scénario. *Der Verlorene*, à l'atmosphère étrange, trop en avance sur son temps, ne connut aucun succès. À redécouvrir.

Lortac

Animateur français, de son vrai nom Robert Collard.

Nombreux courts métrages d'animation : Les animaux domestiques ; Joko le singe ; La maison automatique ; Un horrible cauchemar ; Toto acrobate ; Toto aviateur ; Le Noël de Toto ; Monsieur Vieux-Bois ; Bigfellon craint les autos ; La cigale et la fourmi ; Une invention du professeur Mecanicas (1916-1924) ; *série* Le Canard en ciné « premier journal gai de dessins animés », à partir de 1922.

Ancien élève des Beaux-Arts, blessé en 1915, il se lie, après sa réforme, avec Cohl. Vers 1920, il fonde un studio d'animation qui réunit des dessinateurs aussi variés que Cavé, Raoul Guérin, Rigal, Poulbot, Savignac et peut-être Willette. Il travaillera également jusqu'en 1945 dans le cinéma publicitaire. L'atelier Lortac a joué un grand rôle dans les débuts de l'animation en France.

Losey, Joseph

Réalisateur américain né en 1909.

Peter Roleum and His Cousins (c.m., 1939) ; A Child Went Forth (c.m., 1941) ; Youth Gets a break (c.m., 1941) ; A Gun in His Hand (c.m., 1945) ; The Boy with Green Hair (Le garçon aux cheveux verts, 1948) ; The Lawless (Haines, 1950) ; The Prowler (Le rôdeur, 1951) ; M (M le maudit, 1951) ; The Big Night (1951) ; Stranger on the Prowl (Andrea Forzano ayant prêté son nom au générique, Un homme à détruire, 1952) ; The Sleeping Tiger (La bête s'éveille, 1954, signé Victor Hanbury) ; A Man on the Beach (Un homme sur la plage, 1955) ; The Intimate Stranger (L'étrangère intime,

1955, signé Joseph Walton) ; Time without Pity (Temps sans pitié, 1956) ; The Gypsy and the Gentleman (Gypsy, 1957) ; Blind Date (L'enquête de l'inspecteur Morgan, 1958) ; The Criminal (Les criminels, 1960) ; The Damned (Les damnés, 1961) ; Eve (Eva, 1962) ; The Servant (The Servant, 1963); King and Country (Pour l'exemple, 1964) ; Modesty Blaise (Modesty Blaise, 1966) ; Accident (Accident, 1967) ; Boom (Boom, 1968) ; Secret Ceremony (Cérémonie secrète, 1968) ; Figures in a Landscape (Deux hommes en fuite, 1970) ; The Go-Between (Le messager, 1971) ; The Assassination of Trotsky (L'assassinat de Trotsky, 1972) ; A Doll's House (Maison de poupée, 1973) ; Galileo (1975) ; The Romantic Englishwoman (Une Anglaise romantique, 1975) ; M. Klein (1976) ; Les routes du Sud (1978) ; Don Giovanni (1979) ; La truite (1982).

Fils d'un avocat, il commence des études de médecine qu'il abandonne pour se consacrer au groupe théâtral des Dartmouth Payers. Losey restera par la suite un homme de théâtre avant tout. En 1930, il est critique littéraire et dramatique pour le *New York Times*, le *New York Herald Tribune* et le *Theatre Magazine*. Il règle des spectacles comme *Payment Deferred* avec Charles Laughton à Londres ou les productions de Rothafel au Radio City Music Hall. Il entreprend, en 1935, un voyage d'études en Europe. Il en reviendra très influencé par les conceptions de Brecht que l'on retrouve dans *The Living Newspaper*, monté à New York et qui propose un spectacle complet avec ballet, mime, cinéma... Il travaille également à la radio. En 1943, premier contrat cinématographique avec la Metro mais Losey doit rejoindre l'armée. Au retour, il tourne un épisode de la série *Crime doesn't Pay*. Pourtant le théâtre a sa préférence. En 1947, il met en scène *Galileo Galilei* de Brecht. L'année suivante, retour et véritable début au cinéma, pour la RKO, avec *The Boy with Green Hair*, apologue contre le racisme. Suivent, après ce film aux effets trop faciles, une brillante série de thrillers, dont un remake de *M* de Fritz Lang. En 1951, alors qu'il tourne en Italie *Stranger on the Prowl*, il apprend qu'il a été dénoncé comme ancien communiste auprès de la commission des activités anti-américaines. Arrivé trop tard pour se justifier, il se voit dans l'impossibilité de travailler aux États-Unis. Il s'établit en Angleterre, mais doit au début utiliser des pseudonymes. Dans ses premiers films de la période anglaise, il porte un intérêt aigu, toujours sous l'influence de Brecht, aux rapports de classe : *L'enquête de l'inspecteur Morgan* et surtout, son chef-d'œuvre, *The Servant*, d'après Harold Pinter, où Dirk Bogarde compose un hallucinant personnage de valet de chambre qui, de compromission en compromission, conduit son maître à la déchéance. Mais l'œuvre de Losey tend à prendre des directions diverses que commandent souvent des impératifs commerciaux. À côté de films personnels comme *Accident* (toujours d'après Pinter), *Secret Ceremony* ou *The Go-Between*, que de films plus commerciaux comme *Modesty Blaise*, sorte de James Bond femelle, ou *Eva*, adaptation d'un roman policier de James Hadley Chase, film qui fut mal reçu par le public et la critique, malgré l'interprétation de Jeanne Moreau et de Stanley Baker, acteur fétiche de Losey ! Mais le théâtre ne perd pas ses droits aux yeux du réalisateur ; il filme *Galileo* de Brecht et l'éblouissant *Don Juan*, où l'opéra de Mozart, chanté par Raimondi, Kiri Te Kanawa et Van Dam, a pour décor les admirables villas de Palladio.

Homme de théâtre, comme Bergman et Visconti, Losey est paradoxalement moins à l'aise lorsqu'il lui faut évoquer les tourments intellectuels des vaincus de la guerre d'Espagne (*Les routes du Sud*) que dans des thrillers ou des films d'action : dans *Gypsy*, chef-d'œuvre méconnu qui évoque la dévorante passion d'un châtelain anglais du XIXe siècle pour une bohémienne en robe rouge, c'est du Fritz Lang de *Moon Fleet* que se réclame involontairement peut-être Losey bien plus que de Brecht. En réalité, le choc des individus prime dans le cinéma de Losey la lutte des classes.

BIBLIO. : M. Ciment, *Le livre de Losey* (1980).

Loubignac, Jean

Réalisateur français né en 1898.

Le voleur se porte bien (1946) ; Le barbier de Séville (1947) ; Piège à hommes (1948) ; Le martyr de Bougival (1949) ; Le gang des tractions arrière (1950) ; Piédalu à Paris (1951) ; Foyer perdu (1951) ; Piédalu fait des miracles (1952) ; Piédalu député (1953) ; Ah les belles bacchantes ! (1954) ; Coup dur chez les mous (1955) ;

Longtemps rédacteur en chef de Pathé-Journal, cet excellent technicien, passé à la mise en scène de longs métrages, n'a tourné que des comédies sans la moindre prétention dont la série des *Piédalu* (personnage faussement naïf et plein de bon sens) que jouait Ded Rysel, et un spectacle des Branquignols, *Ah les belles bacchantes !*

Loukov, Leonid

Réalisateur russe, 1909-1963.

Principaux films : Bolchaya jizn (Une grande vie ; première partie, 1941 ; deuxième partie, 1947) ; Eta bylo v Donbase (C'est arrivé au Donbas, 1945) ; Les mineurs du Donbas (1950) ; Vassa Jeleznova (1953) ; Oleko Dounditch (1958).

Connu surtout comme représentant du cinéma ukrainien et pour les difficultés qu'il rencontra avec la censure russe lors de la sortie de la deuxième partie d'*Une grande vie.*

Lourie, Eugène

Décorateur et réalisateur né en Russie en 1905.

Comme réalisateur : The Beast from 20 000 Fathoms (Le monstre des temps perdus, 1953) ; The Colossus of New York (1958) ; The Giant Behemoth (1958) ; Gorgo (Gorgo, 1959) ; An Enemy of the People (1978).

Venu en France en 1921, il s'imposa comme peintre et décorateur de ballets avant de travailler pour Renoir qu'il suivit aux États-Unis. Comme réalisateur, il se spécialisa dans la science-fiction, sauvant des scénarios d'une affligeante médiocrité grâce à une habile utilisation des effets spéciaux.

Low, Colin

Réalisateur et animateur canadien né en 1926.

Films d'animation : Cadet Rousselle (avec Dunning, 1947) ; Time and terrain (1948) ; The romance of transportation (1952) ; Jolifou Inn (1955). *Documentaires :* Corral (1954) ; City of Gold (1957) ; City out of Time (1959) ; Universe (1960) ; Circle of the Sun (1961) ; Days of Whisky Gap (1961) ; The Hutterites (1965) ; The Winds of Fogo (1970).

Cet excellent spécialiste de l'animation a joué un rôle important au National Film Board du Canada à partir de 1945. Il passe facilement du dessin animé (son extraordinaire *The romance of transportation* en 1952) au documentaire plein d'humour sur la ruée vers l'or (*City of Gold*).

Loy, Nanni

Réalisateur italien né en 1925.

Parola di ladro (avec Puccini, 1957) ; Il marito (avec le même, 1958) ; Audace colpo dei soliti ignoti (Hold-up à la milanaise, 1959) ; Un Giorno da leoni (Les partisans attaquent à l'aube, 1961) ; Le quattro giornate di Napoli (La bataille de Naples, 1962) ; Made in Italy (A l'italienne, 1965) ; Il padre di famiglia (Jeux d'adulte, 1967) ; Rosolino Paterno soldato (1970) ; Detenuto in attesa di giudizio (1971) ; Sistemo l'America e torno (1974) ; Signore e signori, buonanotte (Mesdames, Messieurs bonsoir, coréal., 1976) ; Basta che non si sappia in giro (1er sketch, 1976) ; Quelle strane occasioni (La fiancée de l'évêque, 1er sketch, 1976) ; Caffè espresso (Café express, 1979).

Spécialiste de la comédie napolitaine. *Café express,* film amer, mais sans pessimisme excessif, sur les avatars d'un vendeur de café chaud à la sauvette dans les rapides, résume assez bien l'art de Loy qui fit ses débuts comme assistant de Zampa. On lui doit aussi une reconstitution, avec le concours de la population napolitaine, de l'insurrection de Naples, le 28 septembre 1943. Héroïsme lyrique où Loy retrouve son sens de la comédie dans les destins entrecroisés de personnages imaginaires mêlés à des événements historiques.

Lubin, Arthur

Réalisateur américain né en 1901.

A Successful Failure (1934) ; Great God Gold (1935) ; Two Sinners (1935) ; Frisco Waterfront (1935) ; Yellowstone (1936) ; The House of a Thousand Candles (La maison aux mille chandelles, 1936) ; California Straight Ahead (Californie en avant !, 1937) ; I Cover the War (1937) ; Mysterious Crossing (1937) ; Idol of the Crowds (1937) ; Adventure's End (1937) ; The Beloved Brat (1938) ; Midnight Intruder (1938) ; Prison Break (1938) ; Secrets of a Nurse (1938) ; Big Town Czar (1939) ; Mickey the Kid (1939) ; Call a Messenger (1939) ; Risky Business (1939) ; The Big Guy (1940) ; Black Friday (Vendredi 13, 1940) ; Gangs of Chicago (1940) ; I'm Nobody Sweetheart (1940) ; Meet the Wildcat (1940)) ; Hold That Ghost (Fantômes en vadrouille, 1940) ; Where Did You Get That Girl ? (1941) ; In the Navy (1941) ; San Francisco Docks (1941) ; Buck Privates (Deux Nigauds soldats, 1941) ; Keep'Em Flying (Deux Nigauds aviateurs, 1941) ; Ride'Em Cowboy (Deux Nigauds cowboys, 1942) ; Eagle Squadron (L'escadrille des Aigles, 1942) ; The Phantom of the Opera (Le Fantôme de l'Opéra, 1943) ; White Savage (La sauvagesse blanche, 1943) ; Ali Baba and the 40 Thieves (Ali Baba et les quarante voleurs, 1944) ; Delightfully Dangerous (Délicieusement dangereuse, 1945) ; The Spider Woman Strikes Back (1946) ; A Night in Paradise (1946) ; New Orleans (Nouvelle-Orléans, 1947) ; Impact (1949) ; Francis (Francis, 1949) ; Francis Goes to the Races (Francis aux courses, 1951) ; Queen for a Day (1951) ; Rhubarb (1951) ; Francis Goes to West Point (1951) ; It Grows on Trees (Ça pousse sur les arbres, 1952) ; South Sea Woman (1953) ; Francis Covers the Big Town (1953) ; Francis Joins the Wacs (1954) ; Footsteps in the Fog (Des pas dans le brouillard, 1955) ; Lady Godiva (Mme de Coventry, 1955) ; Francis in the Navy (1955) ; Star of India (L'étoile des Indes, 1956) ; The First Traveling Saleslady (1956) ; Escapade in Japan (Escapade au Japon, 1957) ; The Thief of Baghdad (Le voleur de Bagdad, 1961) ; The Incredible Mr. Limpet (1963) ; Hold On ! (1966) ; Rain for a Dusty Summer (1970).

D'une production médiocre, vouée aux *Deux Nigauds* et à Francis le mulet qui parle, on ne peut guère retenir dans l'œuvre de cet ancien acteur que *Black Friday*, film policier dont l'intérêt réside dans la présence au générique de Karloff et de Lugosi, une nouvelle fois réunis, et *Le Fantôme de l'Opéra*, deuxième adaptation du célèbre roman de Leroux, aux couleurs somptueuses (rideau rouge et souterrains verdâtres, habits noirs et robes blanches ou mauves...) où Claude Rains se révélait le digne successeur de Lon Chaney, fantôme de la version muette. Oublions le reste.

Lubitsch, Ernst

Réalisateur d'origine allemande, 1892-1947.

En Allemagne : Blindekuh (1914) ; Fraülein Seifenschaum (1914) ; Auf Eisgefuhrt (1915) ; Zucker und Zimt (1915) ; Wo Ist Mein Schatz ? (1916) ; Das Schönste Geschenk (1916) ; Der Kraftmeier (1916) ; Der Schwarze Moritz (1916) ; Schuhpalast Pinkus (1916) ; Der Gemischte Fraueechor (1916) ; Leutnant auf Befehl (1916) ; Der G.M.B.H. Tenor (1916) ; Seine Neue Nase (1917) ; Der Blusenkönig (1917) ; Ein Fideles Gefängnis (1917) ; Ossis Tagebuch (1917) ; Wenn Nier Dasselbe Tun (1917) ; Prinz Sami (1917) ; Der Rodelkavalier (1918) ; Der Fall Rosentopf (1918) ; Die Augen der Mumie Ma (Les yeux de la momie, 1918) ; Das Mädel von Ballett (1918) ; Carmen (Carmen, 1918) ; Meine Frau, die Filmschauspielerin (1918) ; Meyer aus Berlin (1918) ; Das Schwabemädle (1919) ; Die Austernprinzessin (La princesse aux huîtres, 1919) ; Rausch (1919) ; Madame Du Barry (La Du Barry, 1919) ; Die Puppe (1919) ; Ich Mächte Kein Mann Sein (1919) ; Kohlhiesels Tochter (1920) ; Romeo und Julia im Schnee (1920) ; Sumurum (1920) ; Anna Boleyn (Anne Boleyn, 1920) ; Die Bergkatze (1921) ; Das Weib des Pharao (La femme du pharaon, 1921) ; Die Flamme (Montmartre, 1922) ; *Aux Etats-Unis* ; Rosita (Rosita chanteuse des rues, 1923) ; The Marriage Circle (Comédiennes, 1924) ; Three Women (Trois femmes, 1924) ; Forbidden Paradise (Paradis défendu, 1924) ; Kiss Me Again (Embrassez-moi, 1925) ; Lady Windermere's Fan (L'éventail de Lady Windermere, 1925) ; So This Is Paris ? (Les surprises de la TSF, 1926) ; The Student Prince (Le prince étudiant, 1927) ; The Patriot (Le patriote, 1928) ; Eternal Love (L'abîme, 1929) ; The Love Parade (Parade d'amour, 1929) ; Paramount on Parade (coréal., 1930) ; Monte Carlo (Monte-Carlo, 1930) ; The Smiling Lieutenant (Le lieutenant souriant, 1931) ; The Man I Killed/Broken Lullaby (L'homme que j'ai tué, 1932) ; One Hour With You (Une heure avec vous, 1932) ; Trouble in Paradise (Haute pègre, 1932) ; If I Had a Million (coréal., Si j'avais un million, 1932) ; Design for Living (Sérénade à trois, 1933) ; The Merry Widow (La veuve joyeuse, 1934) ; Angel (Ange, 1937) ; Bluebeard's Eighth Wife (La huitième femme de Barbe-Bleue, 1938) ; Ninotchka (Ninotchka, 1939) ; The Shop Around the Corner (Rendez-vous, 1940) ; That Uncertain Feeling (Illusions perdues, 1941) ; To Be or Not to Be (Jeux dangereux, 1942) ; Heaven Can Wait (Le ciel peut attendre, 1943) ; Cluny Brown (La folle ingénue, 1946) ; That Lady in Ermine (achevé par Preminger, 1948).

La « Lubitsch Touch » a suscité bien des exégèses, tout en se révélant malaisée à saisir. Mais peut-être fut-elle inventée par son auteur pour les besoins de la cause, car il est difficile de trouver quelque unité entre le Lubitsch allemand et celui de la période américaine. Fils d'un tailleur juif de Berlin, Lubitsch s'est senti attiré très tôt par le théâtre. Tout en menant le jour l'existence d'un commerçant, il se produit, la nuit, sur la scène des cabarets, puis avec la troupe de Max Reinhardt. En 1912, il découvre le chemin des studios de cinéma et comme acteur crée un personnage de comique juif, Meyer, qui rencontre un tel succès que bientôt Lubitsch se voit confier la mise en scène de courts puis de longs métrages. Il dirige des drames mondains et des reconstitutions historiques (*Madame Du Barry, Anna Boleyn*) ou orientales (*Sumurum*). Rien qui puisse trancher dans le cinéma allemand de l'époque. Le réalisateur se contente d'imposer l'actrice Pola Negri dans *Carmen*, sujet peu lubitschien. Une exception, qui annonce peut-être son œuvre future : *Die Austerprinzessin*, ahurissante satire des mœurs américaines. Ni ironie, ni légèreté pourtant, mais un film agressivement vulgaire.

En décembre 1921, Lubitsch se rend en Amérique pour y promouvoir *Das Weib des Pharao.* Il y retourne l'année suivante à la demande de Mary Pickford qui souhaite être dirigée par lui dans *Dorothy Vernon*. Lubitsch lui substitue une autre histoire, *Rosita*. Triomphe. Lubitsch est lancé. À la faveur du muet, il va mettre au point un type de comédie (*Forbidden Paradise, Lady Windermere's Fan, The Student Prince...*) auquel la parole (ou le chant dans *Love Parade* et *Monte Carlo*) va donner une efficacité supplémentaire. Deux thèmes constants : le sexe et l'argent. Des désœuvrés papillonnent dans les luxueux décors des grandes capitales, Vienne, Paris, etc, où ils rencontrent de belles aventurières, des rats d'hôtel et des milliardaires excentriques. Derrière le ton badin se dissimule une satire feutrée de la société américaine. Un sommet : *Trouble in Paradise*. D'autres pays ne sont pas épargnés : l'URSS fait l'objet d'une féroce critique dans *Ninotchka* où pour la première fois, dit la publicité, Greta Garbo rit. À son tour l'Allemagne nazie n'est pas ménagée dans l'extravagant *To Be or not to Be,* incontestablement le chef-d'œuvre de Lubitsch, celui où il montre le mieux combien il sait maîtriser les mécanismes du rire. Retour à la comédie américaine avec un film testament, *Heaven Can Wait,* où Lubitsch résume sa philosophie : Don Ameche préfère suivre une jolie fille au purgatoire plutôt que d'aller s'ennuyer au paradis. Sans doute est-ce dans ce choix que réside la « Lubitsch Touch ».

BIBLIO. : Eisenschitz, *Lubitsch*, Anthologie du cinéma, t. III

Lucas, George

Producteur et réalisateur américain né en 1944.

Comme réalisateur : THX 1138 (THX 1138, 1971) ; American Graffiti (American Graffiti, 1973) ; Star Wars (La guerre des étoiles, 1977).

Malgré l'extraordinaire qualité technique des trucages, force est de reconnaître le caractère débile de La *guerre des étoiles* qui vise un public de 10-14 ans; à noter le soin extrême avec lequel toute trace d'érotisme, caractéristique des bandes dessinées des Raymond, Hal Foster, Hogarth, Lee Falk et Phil Davis, est ici soigneusement gommée. En revanche, *THX 1138,* précédé de plusieurs brouillons sous forme de courts métrages, est un film de science-fiction adulte, à l'atmosphère oppressante, dans un monde souterrain de tunnels et d'ascenseurs, de lumières artificielles et d'ordinateurs.

Ludwig, Edward

Réalisateur américain né en Russie en 1900.

Steady Company (1932) ; They Just Had to Get Married (1933) ; A Woman's Man (1934) ; Let's Be Ritzy (1934) ; Friends of Mr. Sweeney (1934) ; The Man Who Reclaimed His Head (1935) ; Age of Indiscretion (1935) ; Old Man Rhythm (1935) ; Three Kids and a Queen (1935) ; Fatal Lady (1936) ; Adventure in Manhattan (1936) ; Her Husband Lies (1937) ; The Barrier (1937) ; The Last Gangster (Le dernier gangster, 1937) ; That Certain Age (Cet âge ingrat, 1938) ; Coast Guard (Garde-Côte, 1939) ; Swiss Family Robinson (1940) ; The Man who Lost Himself (1941) ; Born to Sing (1942) ; They Came to Blow up America (1943) ; Three is a Family (1944) ; The Fighting Seabees (Les marines attaquent, 1944) ; The Fabulous Texan (1947) ; Wake of the Red Witch (Le réveil de la sorcière rouge, 1948) ; The Big Wheel (Le grand départ, 1949) ; Smuggler's Island (Les pirates de Macao, 1951) ; Big Jim McLain (1952) ; Caribbean (Le trésor des Caraïbes, 1952) ; The Blazing Forest (La forêt en feu, 1952) ; The Vanquished (La ville sous le joug, 1953) ; Sangaree (Sangaree, 1953) ; Jivaro (L'appel de l'or, 1954) ; Flame of the Islands (La femme du hasard, 1955) ; The Black Scorpion (Le scorpion noir, 1957) ; The Gun Hawk (Le justicier de l'Ouest, 1963).

Cet immigrant russe, venu enfant aux États-Unis, qui fit ses débuts au cinéma comme acteur puis comme scénariste, eut longtemps, en tant que réalisateur, un groupe d'admirateurs fidèles qui le plaça très haut dans la hiérarchie des metteurs en scène méconnus. Et certes, il vaut mieux que l'oubli dans lequel le tiennent les histoires du cinéma. Il fut avant tout le chantre des aventures maritimes et *Le réveil de la sorcière rouge,* fabuleuse course au trésor dans les mers du Sud, fut un chef-d'œuvre du genre et l'un des films préférés de John Wayne. *The Caribbean,* au scénario très élaboré, n'était pas mal non plus. Mais la géographie de Ludwig était des plus variées et elle procure aujourd'hui encore un aimable dépaysement (*Jivaro, Sangaree*). La meilleure œuvre de Ludwig est la dernière : *The Gun Hawk* prend fin sur un duel au pistolet insolite. Un père, déjà grièvement blessé, oblige son fils adoptif à le tuer dans un *gunfight.* Même Michel Cournot s'enthousiasma pour ce film !

Luitz-Morat

Acteur et réalisateur français, ? - 1928.

Sa Majesté le chauffeur de taxi (1919) ; Rien à louer (1920) ; Monsieur le Bureau (1920) ; Cinq Gentlemen maudits (avec Regnier, 1920) ; Le petit ange (avec Regnier, 1920) ; La terre du Diable (avec Vercourt, 1923) ; Au seuil du harem (avec Vercourt, 1922) ; Petit Ange et son pantin (avec Vercourt, 1922) ; La cité foudroyée (1924) ; Surcouf (1925) ; La course du flambeau (1926) ; Le juif errant (1926) ; Le Chouan (1926) ; Odette (1927) ; La ronde infernale (1928) ; La vierge folle (1928).

Ancien étudiant en médecine, quoique bègue il devint acteur de théâtre jouant avec Sarah Bernhardt et Réjane. Il fut l'auteur d'un des premiers films de science-fiction français, *La cité foudroyée ?* et de nombreux films populaires. Qualité de l'image et du scénario caractérise ce metteur en scène trop tôt disparu.

Lumet, Sidney

Réalisateur américain né en 1924.

Twelve Angry Men (Douze hommes en colère, 1957) ; Stage Struck (1958) ; That Kind of Woman (Une espèce de garce, 1959) ; The Fugitive Kind (L'homme à la peau de serpent, 1960) ; A View From the Bridge (Vu du pont, 1961) ; Long Day's Journey into Night (1961) ; Fail Safe (Point limite, 1964) ; The Pawnbroker (Le prêteur sur gages, 1965) ; The Hill (La colline des hommes perdus, 1965) ; The Group (Le groupe, 1966) ; The Deadly Affair (M.15 demande protection, 1967) ; Bye Bye Braveman (1968) ; The Sea Gull (La mouette, 1968) ; The Appointment (Le rendez-vous, 1970) ; King : A Filmed Record (avec Mankiewicz, 1970) ; Last of the Mobile Hot-Shots (1970) ; The Anderson Tapes (Le gang Anderson, 1971) ; Child's Play (1972) ; The Offence (1973) ; Serpico (Serpico, 1973) ; Lovin'Molly (1974) ; Murder on the Orient Express (Le crime de l'Orient-Express, 1974) ; Dog Day Afternoon (Un après-midi de chien, 1975) ; Network (Network/ Main basse sur la télévision, 1976) ; Equus (Equus, 1977) ; The Wiz (1978) ; Just Tell Me What You Want (1979) ; Prince of the City (Le prince de New York, 1981).

Théâtre et télévision ont marqué sa carrière avant ses débuts au cinéma. Son œuvre porte la marque de ses années de formation. De la télévision, *Douze hommes en colère* subissait l'influence, et quand il n'adapte pas une pièce, de *Vu du pont* à *Equus*, en passant par *The Sea Gull,* il affectionne les lieux clos, tel l'Orient Express d'Agatha Christie. Même ses thrillers portent l'empreinte de la télévision : *The Anderson Tapes* (qui révèle les méthodes de surveillance audiovisuelle de la police), *Serpico* (portrait qui s'inscrit dans la lignée des flics honnêtes des feuilletons télévisés) et *Dog Day Afternoon* (consacré au braquage d'une banque par deux pâles voyous). S'étonnera-t-on que le meilleur film consacré à la télévision américaine l'ait été par lui ? *Network* était une féroce satire des mœurs d'un petit monde régi par les indices d'écoute et la publicité. *Prince of the City* confirme les forces mais aussi les faiblesses de Lumet : un goût prononcé pour les longs bavardages, les tirades en champ-contrechamp qui trahissent l'homme de théâtre et l'empêchent d'entrer dans le panthéon des grands réalisateurs américains.

Lumière, Louis

Inventeur et réalisateur, 1864-1948.

La sortie des usines Lumière (1895) ; La sortie du port (1895) ; L'arrivée d'un train en gare de La Ciotat (1895) ; Partie de cartes (1895) ; Le déjeuner de Bébé (1895) ; L'arroseur arrosé (1895) ; *puis une soixantaine de films encore réalisés directement par Lumière et 2 000 produits par lui.*

Fils d'un modeste photographe, il invente le cinématographe, qui fut breveté en 1895, alors qu'il cherchait le moyen de projeter sur un écran les films du kinétoscope d'Edison. Pour concrétiser son invention, il tourne quelques petits films, scènes de la vie réelle, dont il donnera une première représentation publique, le 29 décembre 1895. À partir de 1896, il envoie des opérateurs dans le monde entier filmer de grands événements comme le couronnement de Nicolas II. Il entre en rivalité avec le kinétographe Edison pour le tournage de ces documentaires. En fait, après 1900, Louis Lumière se désintéresse du cinéma pour se consacrer à la photographie. Il présenta toutefois, en 1937, un procédé de cinéma en relief avec lunettes à verre coloré. C'est Méliès qui comprendra l'importance artistique de l'invention de Lumière. Celui-ci n'en a vu que l'intérêt documentaire. Lumière a ouvert la voie au cinéma-vérité, Méliès à l'imagination et au rêve.

Luntz, Édouard

Réalisateur français né en 1931.

Les cœurs verts (1966) ; Le dernier saut (1970) ; L'humeur vagabonde (1971) ; Le grabuge (1968).

Avec *Les cœurs verts,* Luntz introduisait les blousons noirs dans le cinéma français. Le film retint l'attention et plaça son réalisateur parmi les cinéastes à suivre. Le policier et le para du *Dernier saut* sonnaient déjà moins juste et le film fut fraîchement accueilli. De même Michel Bouquet (qui interprétait plusieurs personnages) ne parvint pas à assurer le succès de *L'humeur vagabonde,* satire de la vie parisienne. Les difficultés nées entre Luntz et le producteur Zanuck empêchèrent la diffusion normale du *Grabuge.* Il ne semble pas que Luntz ait tourné de films depuis ce procès.

Lupino, Ida

Actrice, scénariste et réalisatrice américaine, d'origine anglaise, née en 1918.

Comme réalisatrice : Outrage (1950) ; Never Fear (1950) ; Hard Fast and Beautiful (1951) ; The Hitch-Hicker (Le voyage de la peur, 1953) ; The Bigamist (1953) ; The Trouble With Angels (1966).

Fille d'acteurs réputés. Remarquée par Dwan, elle vint, en 1933, tenter sa chance à Hollywood et devint l'une des stars de la Warner. Ambitieuse, elle écrivit et produisit un film remarquable, en 1950, *Not Wanted,* puis s'intéressa directement à la mise en scène. Elle affectionnait les mélodrames à personnages féminins (viol dans *Outrage* ; exploitation d'une jeune joueuse de tennis, avant les fabuleux cachets des McEnroe, Connors, Tanner, Gottfried et autres professionnels de ce jeu où les vedettes féminines touchent également de coquettes sommes, dans *Hard Fast and Beautiful* ; bigamie dans *The Bigamist*). Son meilleur film demeure : *The Hitch-Hicker* où un gangster terrorisait deux automobilistes. Comme ses paupières étaient paralysées, ses victimes ne pouvaient le surprendre dans son sommeil. Cet habile suspens était toutefois très éloigné des sujets habituel traités par Ida Lupino.

Lupo, Michele

Réalisateur italien né en 1931.

Maciste il gladiatore più forte del mondo (1963) ; Maciste l'eroe più grande del mondo (1963) ; Gli Schiavi più forti del mondo (1964) ; Per un pugno nell'occhio (1965) ; Sette contro tutti (1965) ; Arizona Colt (1966) ; La vendetta di Spartacus (1964) ; Colpo maestro al servizio di Sua Maestà Britannica (1967) ; Troppo per vivere, poco per morire (1967) ; Sette volte sette (1969) ; Una storia d'amore (1970) ; Concerto per pistola solista (1970) ; Stanza (1971) ; Amico, stammi lontano almeno un palmo (1972) ; Un uomo da rispettare (Un homme à respecter, 1973) ; Il suo nome faceva tremare (1973) ; Africa express (Africa express, 1975) ; California (1977) ; Lo chiamavano Bulldozer (1978) ; Uno sceriffo extraterrestre... poco extra e molto terrestre (Le shérif et les extra-terrestres, 1979) ; Occhio alla penna (On m'appelle Malabar, 1980) ; Le nuove aventure del sceriffo extra-terrestre (Faut pas pousser, 1980).

Du bon cinéma commercial. *Africa express,* avec Ursula Andress en fausse religieuse, un singe facétieux et de belles photos de savane, se voit sans ennui et même avec plaisir en raison de l'humour déployé par l'auteur. Il a connu un gros succès populaire avec les films interprétés par Bud Spencer, tantôt Bulldozer tantôt Malabar. La recette est simple : un scénario qui parodie un genre (la science-fiction dans *Le shérif et les extra-terrestres* ou le western avec *On m'appelle Malabar*) et des effets comiques reposant sur la force herculéenne déployée par Bud Spencer.

Lupu-Pick ou Pick Lupu

Acteur et réalisateur allemand, 1886-1931.

Comme réalisateur : Die Liebe des Van Royk (1918) ; Die tolle Heirat von Lalo (1919) ; Der Herr über Leben und Tod (1919) ; Marionetten der Leidenschaft (1919) ; Der Weltspiegel (1919) ; Mein Wille ist Gesetz (1919) ; Seelenkäufer (1919) ; Misericordia (1919) ; Kitsch (1919) ; Der Dummkopf (1920) ; Das lachende Grauen (1920) ; Oliver Twist (1920) ; Tötet nicht mehr (1920) ; Grausige Nächte (1921) ; Scherben (Le rail, 1921) ; Zum Paradies der Damen (1922) ; Sylvester (La nuit de la Saint-Sylvestre, 1923) ; Weltspiegel (1923) ; Das Haus der Luge (1925) ; Das Panzergewölbe (La casemate blindée, 1926) ; Ein Nacht in London (1928) ; Napoleon auf St. Helena (Napoléon à Saint-Hélène, 1929) ; Gassenhauer (1931).

Cet acteur de théâtre, venu au cinéma en 1915, occupe une place importante dans l'histoire du cinéma pour avoir signé, sur des scénarios de Carl Mayer, deux œuvres majeures du Kammerspiel : *Le rail* (histoire d'un garde-barrière dont la fille est séduite par un inspecteur des chemins de fer que le père étranglera) et *La nuit de la Saint-Sylvestre* (un propriétaire de café écartelé entre sa mère et sa femme choisit le suicide), drames naturalistes qui rompent avec l'expressionnisme. Après sa brouille avec Mayer, Lupu-Pick réalisa quelques œuvres intéressantes dont un *Napoléon à Sainte-Hélène* qui évoquait, sur fond de toiles peintes représentant des palmiers, les derniers jours de l'Empereur (Werner Krauss) et les rivalités de son entourage (Las Cases, Bertrand, Montholon et Gourgaud). Lupu-Pick mourut empoisonné.

Luzzati, Emanuele

Animateur italien né en 1911.

I Paladini de Francia (1960) ; Castello di carte (1962) ; La gazza ladra (1964) ; L'Italiana in Algeri (1968) ; Ali Baba (1970) ; Pulcinella (1973) ; L'augellin bel verde (1975) ; Il flauto magico (1978).

Peintre, illustrateur, décorateur de théâtre, il utilise pour ses dessins animés un graphisme proche de la céramique et une inspiration musicale puisée aux meilleures sources : Paisiello, Rossini (*La gazza ladre, L'Italiana in Algeri*) et Mozart (*Il Flauto magico*).

Lye, Len

Auteur de films d'animation né en Nouvelle-Zélande, 1901-1980.

Tusalava (1928) ; Color Box (1935) ; Birth of a Robot (1935) ; Rainbow Dance (1936) ; Trade Tattoo (1937) ; The Lambeth Walk (1941) ; Musical Poster (1941) ; Kill or Be Killed (1942) ; Bells of Atlantis (1952) ; Color Cry (1955) ; Rhythm (1957) ; Free Radicals (1958).

Color Box marque une date dans l'histoire de l'animation. Il fut le premier film dessiné directement sur pellicule. Son auteur, de Nouvelle-Zélande en Angleterre où il travailla avec Grierson, du Canada aux États-Unis, devait tourner de nombreux films sans jamais connaître le succès. Son empreinte a été pourtant très forte sur l'école de McLaren (Colin Low et bien d'autres). Lye dut se réfugier dans le film publicitaire pour subsister. Il est permis de le regretter.

Lynch, David K.

Réalisateur américain né en 1946.

Eraserhead (Labyrinth Man, 1976) ; The Elephant Man (Elephant Man, 1980).

Formé à l'Ecole des beaux-arts de Pennsylvanie, Lynch a débuté par des courts métrages en amateur (*The Alphabet, The Grandmother,* etc.) où il utilisait les procédés de l'animation. Ce goût du cinéma expérimental se retrouve dans *Eraserhead* ou les rapports d'un homme et d'un horrible fœtus. Partant de faits authentiques survenus dans l'Angleterre victorienne, il signe avec *Elephant Man* un chef-d'œuvre sur la dignité des monstres exhibés dans les foires, thème déjà évoqué dans *Freaks* de Tod Browning. Ce beau film, très émouvant, renoue avec la grande tradition du fantastique américain dont l'opérateur Freddie Francis sait admirablement retrouver les contrastes du noir et du blanc ; il renoue aussi de façon plus lointaine avec les créateurs de monstres du jardin de Bomarzo ou de la Villa Palagonia.

Lyon, Francis D.

Réalisateur américain né en 1905.

Crazylegs (1953) ; The Bob Mathias Story (1954) ; Cult of the Cobra (1955) ; The Great Locomotive Chase (L'infernale poursuite, 1956) ; The Oklahoman (Fureur sur l'Oklahoma, 1957) ; Gunsight Ridge (1957) ; Bailout at 43000 (1957) ; South Seas Adventure (1958) ; Escort West (Escorte pour l'Orégon, 1959) ; The Tomboy and the Champ (1961) ; The Young and the Brave (1963) ; Destination Inner Space (1966) ; Castle of Evil (1966) ; The Destructors (1968) ; The Money Jungle (1968) ; The Girl Who Knew Too Much (1970)

Il a travaillé longtemps en Angleterre comme monteur pour la Rank (*Things to Come* de Menzies, *Rembrandt* de Korda...). Il gagna un oscar pour le montage de *Body and Soul* de Rossen, ce qui le détermina à passer à la mise en scène. Mais il n'eut jamais à sa disposition que de petits budgets. *The Great Locomotive Chase* et *Escort West* sont deux honorables westerns à mettre à son actif.

M

MacArthur, Charles

Scénariste et réalisateur américain, 1895-1956.

Comme réalisateur : Crime Without Passion (Crime sans passion, avec Ben Hecht, 1934) ; The Scoundrel (Le goujat, avec Hecht, 1935) ; Once in a Blue Moon (avec Hecht, 1936) ; Soak the Rich (avec Hecht, 1936).

Surtout scénariste, il signa avec Hecht quelques films, dont le fameux *Crime Without Passion,* où il est difficile de faire la part de chacun.

McBride, Jim

Réalisateur américain né en 1941.

David Holzman's Diary (Le journal intime de David Holzman, 1967) ; My Girl Friend's Wedding (1969) ; Glen and Randa (1971) ; Hot Times (Faites gaffe, les filles, Archie se pointe, 1974).

Auteur complet, il a exercé une grande influence sur une génération de jeunes cinéastes avec le *Journal intime de David Holzman,* journal d'un jeune cinéphile qui veut filmer la réalité quotidienne. Ennuyeux mais influent.

McCarey, Leo

Réalisateur américain, 1898-1969.

Très nombreux courts métrages entre 1924 et 1930. Puis comme longs métrages : Society Secrets (1921) ; Red Hot Rhythm (1929) ; The Sophomore (1929) ; Let's Go Native (1930) ; Wild Company (1930) ; Part-Time Wife (1930) ; Indiscreet (Indiscret, 1931) ; The Kid from Spain (Le roi de l'arène, 1932) ; Duck Soup (Soupe au canard, 1933) ; Six of a Kind (1934) ; Belle of the Nineties (1934) ; Ruggles of Red Gap (L'extravagant Mr. Ruggles, 1934) ; The Milky Way (Soupe au lait, 1935) ; Make Way for Tomorrow (Place aux jeunes, 1937) ; The Awful Truth (Cette sacrée vérité, 1937) ; Love Affair (Elle et lui, 1938) ; Once Upon a Honeymoon (Lune de miel mouvementée, 1942) ; Going My Way (La route semée d'étoiles, 1943) ; The Bells of St.Mary's (Les cloches de Sainte-Marie, 1945) ; Good Sam (Ce bon vieux Sam, 1948) ; My Son John (1951) ; An Affair to Remember (Elle et lui, 1957) ; Rally Round the Flag, Boys (La brune brûlante, 1958) ; Satan Never Sleeps (Une histoire de Chine, 1961).

Il a mis son talent, acquis en faisant tous les métiers du cinéma, y compris celui de script-girl pour Tod Browning, au service des grandes vedettes américaines du burlesque : Charley Chase (courts métrages entre 1924 et 1930), Laurel et Hardy (dont il supervisa les courts métrages et signa *We Faw Down, Liberty* et *Wrong again*), Henry Langdon (*Sky Boy*, court métrage de 1929), Eddie Cantor (*Kid from Spain*), les Marx (*Duck Soup*), Fields (*Six of a Kind*), Mae West (*Belle of the Nineties*), Harold Lloyd (*The Milky Way*)... Mais il eut aussi le souci de faire œuvre personnelle, signant de nombreuses comédies qui sont devenues des classiques du genre (*Cette sacrée vérité, Elle et lui*, et surtout *La brune brûlante*). Pas toujours bien inspiré lorsqu'il aborde des films religieux qui sombrent souvent dans l'esprit de patronage (*Les cloches de Sainte-Marie*), il sait émouvoir lorsqu'il vante le libéralisme américain (Laughton déclamant la « Gettysburg adress » de Lincoln dans *Ruggles*). De toute manière, note Jacques Lourcelles, c'est « un humour sans agressivité qui caractérise McCarey ; il préfère construire et chanter plutôt que détruire ou critiquer, appartenant en cela à la famille des Hollywoodiens de pure race, les Walsh, Dwan, King qui sont l'âme du cinéma. »

BIBLIO. : J. Lourcelles, *Mc Carey*, Anthologie du cinéma (1972).

McCay ou McKay, Windsor

Réalisateur américain, 1869-1934.

Dessins animés : Gertie The Dinosaur (1909) ; Little Nemo (1911) ; Jersey Skeeters (1916) ; The Sinking of the Lusitania (1918) ; The Dream of a Rarebit Fiend (1921).

Dessinateur au *New York Herald*, il crée la bande dessinée, ouvrant la voie, avec *Little Nemo*, à Dirks et ses *Katzenjammer Kids* (repris par Knerr), à Geo McManus et son *Bringing Up Father*, à Soglow et son *Little King*, à Herriman et son *Krazy Kat*, etc., tous adaptés au cinéma. Il est aussi l'un des pionniers de l'animation. *Gertie* mêlait encore des personnages sur scène avec des dessins animés. Puis le dessin prit son autonomie. *Le naufrage du Lusitania* est le premier long métrage d'animation. Saluons donc en McCay l'un des créateurs du dessin animé.

McCowan, George

Réalisateur américain.

The Magnificent Seven Ride ! (La chevauchée des sept mercenaires, 1971) ; Frogs (Crapauds,1972) ; The Shape of Things to Come (1974).

Si ses *Sept mercenaires* ne renouvelaient pas un thème un peu trop usé, *Crapauds* est l'un des premiers films de science-fiction écologistes qui, par ses trucages, n'apparaît pas indigne des *Oiseaux* d'Hitchcock.

MacDonald, David

Réalisateur anglais né en 1905.

Nombreux courts métrages. Longs métrages : Dead Men Tell No Tales (1938) ; Meet Mr. Penny (1938) ; A Spot of Bother (1938) ; This Man Is New (1938) ; This Man Is Paris (1939) ; Spies of the Air (1939) ; The Midas Touch (1939) ; Law and Disorder (1940) ; Men of the Lightship (Les hommes des bateaux phares, 1940) ; This England (1941) ; The Brothers (1947) ; Good Time Girl (Les ailes brûlées, 1948) ; Snowbound (1948) ; Christopher Colombus (Christophe Colomb, 1949) ; The Bad Lord Byron (1949) ; Diamond City (Diamond City, 1950) ; Cairo Road (La route du Caire, 1950) ; The Adventurers (1951) ; The Lost Hours (1952) ; Tread Softly (1953) ; Devil Girl from Mars (1954) ; Alias John Preston (1956) ; Small Hotel (1957) ; The Moonraker (Le justicier, 1958) ; A Lady Mislaid (1958) ; Petticoat Pirates (1961) ; The Golden Rabbit (1962).

Célèbre pour son *Christophe Colomb* superbement joué par Fredric March et pour avoir tourné le premier western anglais, *Diamond City*. Il confirma son goût pour les films d'action avec *La route du Caire* et *Le justicier*, honnête film de cape et d'épée.

McDonald, Frank

Réalisateur américain né en 1899.

Principaux films : Broadway Hostess (1935) ; The Murder of Dr. Harrigan (1936) ; Boulder Dam (1936) ; Murder by an Aristocrat (1936) ; The Big Noise (1936) ; Isle of Fury (1936) ; Dance Charlie Dance (1937) ; Adventurous Blonde (1937) ; Blondes at Work (1938) ; Jeepers Creepers (1939) ; Rancho Grande (1940) ; Under Fiesta Stars (1941) ; Wildcat (1942) ; Wrecking Crew (1942) ; O My Darling Clementine (1943) ; Timber Queen (1944) ; The Chicago Kid (1945) ; Sunset in El Dorado (1945) ; Song of Arizona (1946) ; Bulldog Drummond Strikes Back (1947) ; French Leave (1948) ; The Big Sombrero (1949) ; Call of the Klondike (1950) ; Sierra Passage (Traqué dans la sierra, 1951) ; Sea Tiger (1952) ; Son of Belle Star (1953) ; The Big Tip-Off (1955) ; The Purple Gang (1960) ; The Underwater City (1962) ; Gunfight at Comanche Creek (Duel au Colorado, 1963) ; Mara of the Wilderness (1965).

Venu à Hollywood en 1933, il commence à mettre en scène des films à partir de 1935. Il en tourna plus de 100 pour diverses compagnies, en majorité des films policiers ou des westerns avec Gene Autry ou Roy Rogers, sans qu'aucun, à l'exception peut-être de *Gunfight at Comanche Creek*, avec Audie Murphy, ait laissé quelque souvenir.

MacDougall, Ranald

Producteur, scénariste et réalisateur américain né en 1915.

Comme réalisateur : Queen Bee (Une femme diabolique, 1965) ; Man on Fire (1957) ; The World, the Flesh and the Devil (Le Monde, la Chair et le Diable, 1959) ; The Subterraneans (1960) ; Go Naked in the World (1961).

Bon scénariste, il se révèle un réalisateur un peu lourd lorsqu'il tourne lui-même ses scénarios, qu'il s'agisse d'un film noir comme *Queen Bee* ou d'une œuvre de science-fiction comne *The World, the Flesh and the Devil.*

McEvecty, Vincent

Réalisateur américain.

Firecreek (Les cinq hors-la-loi, 1968) ; The Million Dollar Duck (1971) ; Biscuit Eater (1972) ; Charley and the Angel (1973) ; Superdad (1974) ; Castaway Cowboy (1974) ; Herbie Goes Bananas (La Coccinelle à Mexico, 1980).

Favori des studios Disney, il travaille dans le spectacle familial : niaiserie garantie.

MacFadden, Hamilton

Réalisateur américain né en 1901.

Are You There (1930) ; Crazy That Way (1930) ; Harmony at Home (1930) ; Oh, for a Man ! (1930) ; The Black Camel (1931) ; Charlie Chan Carries On (1931) ; Riders of the Purple Sage (1931) ; Their Mad Moment (1931) ; Cheaters at Play (1932) ; Second Hand Wife (1933) ; Trick for Trick (1933) ; Charlie Chan's Greatest Case (1933) ; The Fourth Horseman (1933) ; The Man Who Dared (1933) ; As Husbands Go (1934) ; Hold That Girl (1934) ; Stand Up and Cheer (1934) ; She Was a Lady (1934) ; Elinor Norton (1934) ; Fighting Youth (1935) ; Legion of Missing Men (1937) ; It Can't Last Forever (1937) ; Sea Racketeers (1937) ; Escape By Night (1937) ; Inside the Law (1942).

Cet ancien de Harvard fut plus attiré par les planches des théâtres que par le droit. Devenu réalisateur de films, il prit figure de spécialiste de Charlie Chan, le détective chinois imaginé par Earl Derr Biggers et que joua Warner Oland.

McGann, William

Réalisateur américain né en 1898.

Principaux films : On the Border (1930) ; Illegal (1932) ; Murder on the Second Floor (1932) ; Night at the Ritz (1935) ; The Case of the Black Cat (1936) ; Polo Joe (Une fièvre de cheval, 1936) ; Alcatraz Island (L'île du Diable, 1938) ; Wolf of New York (1940) ; A Shot in the Dark (1940) ; In Old California (Sacramento, 1942) ; Tombstone, The Town Too Tough To Die (1942) ; American Empire (1942).

Un bon artisan du cinéma américain, dont l'œuvre, sauf un amusant Joë Brown

(*Polo Joe*) et un solide *Sacramento* avec John Wayne, ne se distingue pas de celle des McCarthy, McGowan, Clift, Grissel, Riskin, George Henderson, Lovering qui auraient pu trouver place également dans ce dictionnaire.

McGuire, Don

Acteur, scénariste et réalisateur américain né en 1919.

Comme réalisateur: Johnny Concho (Johnny Concho, 1956) ; Delicate Delinquent (1958).

Sur le thème du lâche qui bénéficie de la réputation de son frère, tireur réputé, McGuire a donné, avec *Johnny Concho*, un remarquable western où Sinatra était meilleur acteur qu'à l'habitude.

Machaty, Gustav

Réalisateur tchèque, 1901-1963.

Dama s Malou Nozkou (1919) ; Teddy by Kouril (Teddy veut fumer, 1920) ; Kreutzerova Sonata (La sonate à Kreutzer, 1926) ; Svejk v Civilu (1927) ; Erotikon (Séduction, 1929) ; Von Samstag bis Sonntag (Du samedi au dimanche, 1931) ; Extase (Extase, 1933) ; Nocturno (1935) ; Ballerine (1936). *Aux États-Unis:* The Wrong Way Out (1938) ; Within the Law (1939) ; Jealousy (1945). *En Allemagne*: Suchkind 312 (1955).

Acteur tchèque, puis réalisateur, il alla se former comme assistant à Hollywood, au début des années 20. A son retour, il signa deux œuvres dont l'érotisme fit sensation : *Erotikon,* aujourd'hui bien dépassé, et surtout *Extase* où l'on voyait Hedy Kiesler (Lamarr) se baigner entièrement nue. Le film fut racheté par le mari de la vedette pour être détruit, mais des copies furent sauvées, sans compter les innombrables photos. Devenu célèbre, Machaty travailla à l'étranger et notamment aux États-Unis sans confirmer la réputation qu'il s'était acquise grâce à la beauté sans voiles d'Hedy Lamarr.

Machin, Alfred

Réalisateur français, 1877-1929.

Principaux films: Chasse à l'hippopotame sur le Nil Bleu (1908) ; Chasse à la panthère (1909) ; En Afrique centrale, Fachoda (premier d'une série de 7 films sous le titre de Voyage en Afrique, 1910) ; Un vol en aéroplane (1910) ; Madame Babylas aime les animaux (1911) ; Babylas habite une maison tranquille (1911) ; Les grandes chasses (série de quatre films, 1911) ; La nuit de Noël (1911) ; Little Moritz chasse les grands fauves (1912) ; Little Moritz soldat d'Afrique (1912) ; La fleur sanglante (1912) ; L'or qui brûle (1912) ; Le calvaire du mousse (1912) ; Hugo van Groot (1912) ; De Strijd der Geuzen (La révolte des gueux, 1912) ; Babylas va se marier (1912) ; suite des Grandes chasses (1912) ; Obsèques solennelles de la comtesse des Flandres, mère du roi Albert Ier (1912) ; Un épisode de Waterloo (1913) ; *série* Voyage en Égypte (1913) ; Saida a enlevé Manneken-Pis (1913) ; L'agent Rigolo et son chien policier (1913) ; Le baiser de l'Empereur (1913) ; Suprême sacrifice (1913) ; Le diamant noir (1913) ; M. Beulmeester garde civique (1913) ; Les grandes manœuvres de l'armée belge (1913) ; La vengeance du coiffeur (1914) ; Napoléon : du sacre à Sainte-Hélène (1914) ; La fille de Delft (1914) ; Maudite soit la guerre (1914) ; actualités de guerre (1915-1917) ; opérateur des scènes du front français de Hearts of the World (1917) ; Serpentin a engagé Bouboule (1920) ; Pervenche (1921) ; Serpentin fait de la peinture (1922) ; Bêtes comme les hommes (1923) ; Moi aussi, j'accuse (1923) ; L'énigme du mont Agel (1924) ; Les héritiers de l'oncle James (1924) ; Le cœur des gueux (1925) ; Le manoir de la peur (1927) ; Fakirs, fumistes et compagnie (1927) ; Le retour (1928) ; De la jungle à l'écran (1929) ; Robinson junior (1931).

L'un des principaux pionniers de l'art cinématographique. Envoyé par Pathé en 1907 en Afrique, ce photographe de presse en ramena de nombreuses scènes filmées de chasse et se spécialisa dans le court métrage d'aventures ou mettant en scène des animaux. Il fut aussi l'un des premiers à filmer des vues aériennes. Représentant de Pathé en Belgique, il créa le cinéma belge. De retour en France, il signa une œuvre résolument pacifiste, *Maudite soit la guerre* (en couleurs), quelques mois avant l'éclatement du premier conflit mondial. Ce qui ne l'empêcha pas de fonder, pendant la guerre, le service cinématographique des armées et de tourner pour Griffith les scènes de tranchées, du côté français, de *Hearts of the World*. Après la guerre, il continue à signer des films burlesques, des drames sociaux et des scènes d'animaux. Mais il est maintenant dépassé. Sans l'apport de ce réalisateur, aujourd'hui oublié, le cinéma ne serait pas ce qu'il est. « Parce que Machin a existé et osé, pris le premier des initiatives, ouvert des voies, d'autres ont pu s'exprimer et connaître le succès. » (Lacassin, *Alfred Machin*, 1968).

Mack, Max

Réalisateur allemand.

Principaux films : Die Tango Königin (1913) ; Wo ist Colletti ? (1913) ; Der Andere (L'autre, 1913) ; Der Katzensteg (1915) ; Das Achte Gebot (1915).

Une œuvre placée sous le signe de l'expressionnisme et aujourd'hui en partie perdue, semble-t-il. On savait seulement par Kracauer (*De Caligari à Hitler*) que *Der Andere* était une adaptation réussie du *Procureur Hallers*. Depuis, le film a été retrouvé et présenté par le cinémathèque de Munich.

Mackendrick, Alexander

Réalisateur américain né en 1912.

Whisky Galore (Whisky à gogo, 1948) ; The Man in the White Suit (L'homme au complet blanc, 1951) ; Mandy (Mandy, 1952) ; The Maggie (Maggie, 1954) ; The Ladykillers (Tueurs de dames, 1955) ; Sweet Smell of Success (Le grand chantage, 1957) ; Sammy Going South (1963) ; A High Wind in Jamaica (Un cyclone à la Jamaïque, 1965) ; Don't Make Waves (Comment réusir en amour sans se fatiguer, 1967).

Il est né à Boston, mais peu après sa naissance, sa famille retourne en Écosse. Il appartiendra en conséquence au cinéma anglais où il débute comme scénariste. Ses premiers films en font le fondateur de l'école humoristique anglaise : *Whisky à gogo* (les habitants d'une île, privés de whisky en 1943, découvrent une cargaison échouée sur leurs côtes) ; *The Man in the White Suit* (un bricoleur invente un tissu inusable ; on devine les conséquences économiques d'une telle découverte) ; *The Ladykillers* (son chef-d'œuvre ; cinq truands, dont Alec Guiness et Peter Sellers, abusant de vieilles dames en leur faisant croire qu'ils sont des musiciens répétant le menuet de Boccherini – en réalité un disque – préparent un hold-up)... Aux États-Unis, Mackendrick signe l'un des meilleurs films noirs, *Sweet Smell of Success*, sur la presse à scandales, puis un beau film de pirates, *A High Wind in Jamaica*. Deux œuvres qui classent Mackendrick parmi les grands réalisateurs de ce temps.

MacKenzie, John

Réalisateur anglais.

The Long Good Friday (1980) ; A Sense of Freedom (1981).

Venu de la télévision, cet Écossais a le sens de la provocation. *The Long Good Friday* introduit un style nouveau dans le thriller, mêlant Mafia et IRA. L'œuvre eut des ennuis avec la censure. MacKenzie peut apparaître comme le cinéaste anglais de demain.

McKimson, Robert

Réalisateur américain de dessins animés.

Séries : Speedy Gonzalez (1950-1965) et Daffy Duck (même période) dont Mixed Bastard (1956) ; Slap-Hoppy Mouse (1956) ; No Parking Hare (1953) ; Honey Mousers (1956) ; Tabasco Road (1957) ; The Mouse that Jack Built (1958) ; Cannery Woe (1960).

Il a travaillé avec Chuck Jones, Fritz Freleng et Tex Avery à plusieurs séries de la Warner. On lui doit de nombreux *Daffy*

Duck, Henery Hawk et Speedy Gonzalez ; il inventa un hilarant « Monstre de Tasmanie ».

McLaglen, Andrew V.

Réalisateur américain né en 1920.

Gun the Man Down (1956) ; Man in the Vault (1956) ; The Abductors (1957) ; Freckles (1960) ; The Little Shepherd of Kingdome Come (1961) ; McLintock (Le grand McLintock, 1963) ; Shenandoah (Les prairies de l'honneur, 1965) ; The Rare Breed (Rancho Bravo, 1966) ; Monkeys Go Home ! (1966) ; The Way West (La route de l'Ouest, 1967) ; The Ballad of Josie (1968) ; The Devil's Brigade (La brigade du diable, 1968) ; Bandolero (Bandolero, 1968) ; Hellfighters (Les feux de l'enfer, 1969) ; The Undefeated (Les géants de l'Ouest, 1969) ; Chisum (Chisum, 1970) ; One More Train to Rob (Le dernier train de Frisco, 1971) ; Something Big (Rio Verde, 1971) ; Fool's Parade (1971) ; Wednesday Morning (1973) ; Cahill, United States Marshall (1973) ; The Last Hard Men (La loi de la haine, 1975) ; Mitchell (1976) ; The Wild Geese (Les oies sauvages, 1978) ; Break Through (La percée d'Avranches, 1978) ; North Sea Hijack (Les loups de haute mer, 1979) ; Sea Woves (Le commando de Sa Majesté, 1980).

Fils du populaire acteur Victor McLaglen et héritier spirituel de John Ford dont il fut l'assistant. Un héritier d'ailleurs très loin du modèle dont il a repris les acteurs (John Wayne) et les tics (une gaillardise de bon aloi notamment). Ses westerns sont parfois réussis (*Chisum* ou *The Last Hard Men*), parfois lénifiants ou conventionnels (*The Way West, Shenandoah*) Il est plus à l'aise dans le film de guerre, son autre spécialité (*Break Through*), même s'il n'échappe pas là non plus au conventionnel et au déjà-vu.

McLaren, Norman

Réalisateur de films d'animation né en Écosse en 1914.

Seven Till Five (1933) ; Hand-Painted Abstraction (1933) ; Camera Makes Whoopee (1935) ; Color Cocktail (1935) ; Hell Unlimited 1936) ; Book Bargain (1937) ; Stars and Stripes, 1939) ; Loops (1940) ; V for Victory (1941) ; Hen Hop (1942) ; Dollar Dance (1943) ; Keep Your Mouth Shut (1944) ; C'est l'aviron (1945) ; Là-haut sur la montagne (1946) ; A Little Phantasy on a XIXth Century Painting (1946) ; La poulette grise (1947) ; Fiddle Dee Dee (1947) ; Begone Dull Care (1949) ; Around is around (1950) ; Now is the Time (1951) ; A Phantasy (1952) ; Two Bagatelles (1952) ; Neighbours (Les voisins, 1952) ; Night Encounter (1954) ; Blinkity Blank (1954) ; Rythmetic (1956) ; A Chairy Tale (Histoire d'une chaise, 1957) ; Le merle (1958) ; Short and Suite (1959) ; Canon (1964) ; Mosaïc (1965) ; Pas de deux (1968) ; Sphères (1969) ; The Eye Heards and the Ear Sees (1970) ; Striations (1970) ; Synchromy (1971) ; Ballet Adagio (1972) ; Animated motion (avec G. Munro, 1976-1978).

Formé à l'École des beaux-arts de Glasgow, il est bien vite remarqué pour ses premiers courts métrages, dessins animés abstraits ou documentaires. En 1949, il émigre en Amérique et met au point sa technique, inspirée de Lye, de dessin direct sur la pellicule, ce qui supprime la caméra. Grierson l'attire en 1941 au Canada pour y former une compagnie, National Film Board, à Ottawa. Sa célébrité dépasse vite les frontières. Il s'impose avec de nouvelles techniques incorporant des personnages vivants : c'est le cas de *Voisins* où le mouvement humain se trouve décomposé par l'image. Son inspiration va de l'humour malicieux du *Merle* au fantastique de *Little Phantasy,* variations sur le fameux tableau de Böcklin consacré à *L'Ile des morts.* « Aucune de ses recherches ne laisseront indifférent car, s'il n'innove pas, il repousse les limites supposées de chaque genre : dessin direct sur pellicule non cadrée, sur pellicule cadrée, animation d'éléments découpés, pixilation, stéréoscopie... » (Vrielynck, *Le cinéma d'animation*, p. 190).

McLeod, Norman Z.

Réalisateur américain, 1898-1964.

Taking a Chance (1928) ; Along Came Youth (1930) ; Monkey Business (Monnaie de singe, 1931) ; Finn and Hattie (avec Taurog, 1931) ; Touchdown (1931) ; Skippy (1931) ; The Miracle Man (1932) ; Horse Feathers (Plumes de cheval, 1932) ; If I Had a Million (un sketch, Si j'avais un million, 1932) ; Mama Loves Papa (1933) ; Alice in Wonderland (Alice au pays des merveilles, 1933) ; A Lady's Profession (1933) ; Many Happy Returns (1934) ; A Melody in Spring (1934) ; It's a Gift (Une riche affaire, 1935) ; Here Comes Cookie (1935) ; Redheads on Parade (1935) ; Pennies from Heaven (1936) ; Early to Bed (1936) ; Mind Your Own Business (1936) ; Topper (Le couple invisible, 1937) ; Merrily We Live (Madame et son clochard, 1938) ; There Goes My Heart (Le pauvre millionnaire, 1938) ; Topper Takes a Trip (Fantômes en croisière, 1939) ; Remember ? (1939) ; Little Men (1940) ; The Trial of Mary Dugan (Le procès de Marie Dugan, 1940) ; Lady Be Good (1941) ; Jackass Mail (1941) ; Panama Hattie (1942) ; The Powers Girl (L'irrésistible Miss Kay, 1942) ; Swing Shift Maisie (1943) ; The Kid from Brooklyn (Le laitier de Brooklyn, 1946) ; The Secret Life of Walter Mitty (La vie secrète de Walter Mitty, 1947) ; Road to Rio (En route pour Rio, 1947) ; The Paleface (Visage Pâle, 1948) ; Isn't It Romantic (1948) ; Let's Dance (Maman est à la page, 1950) ; My Favorite Spy (Espionne de mon cœur, 1951) ; Never Wave at a Wac (N'embrassez pas les wacs, 1952) ; Casanova's Big Night (La grande nuit de Casanova, 1954) ; Public Pigeon nº 1 (Un pigeon qui pige, 1957) ; Alias Jesse James (Ne tirez pas sur le bandit, 1959).

Il met son métier, qui est solide, au service d'acteurs comiques : les Marx (*Monkey Business, Horse Feathers*), Fields (*It's a Gift*), Danny Kay, (le célèbre film sur *La vie secrète de Walter Mitty*) ou Bob Hope (*The Paleface*), ce qui explique que sa filmographie comporte tant de titres connus alors que lui-même est resté inconnu.

McRae, Henry

Réalisateur américain, 1888- ?

Principaux films : The Werewolf (1913) ; Liberty a Daughter of the USA (1916) ; Behind the Lines (1916) ; The Mystery Ship (1916) ; Elmo the Mighty (1919) ; The Dragon's Net (1920) ; Cameron of the Royal Mounted (1922) ; The Critical Age (1923) ; A Fight for Honor (1924) ; The Fairless Lover (1925) ; Ace of Spades (1925) ; The Scarlet Streak (1926) ; Trail of the Tiger (1927) ; Guardians of the Wild (1928) ; The Two Outlaws (1928) ; Tarzan the Tiger (1929) ; King of the Rodeo (1929) ; Burning the Wind (1929) ; Wild Blood (1929) ; The Indian Are Coming (1930) ; The Lightening Express (1930) ; Terry of the Times (1930) ; Detective Lloyd (1932) ; The Lost Special (1932) ; Rustler's Round-up (1933).

Pionnier du *serial*, il a signé l'une des premières apparitions du Loup-Garou au cinéma et quelques westerns pleins de mouvement et vides de message.

Maetzig, Kurt

Réalisateur allemand né en 1911.

Principaux films : Ehe im Schatten (1947) ; Die Buntkarierten (1949) ; Familie Benthin (1950) ; Der Rat der Gotter (Le concile des dieux, 1950) ; Ernst Thaelmann (1954-1955) ; Das Lied der Matrosen (avec Reisch, 1958) ; Der schweigende Stern (1959) ; Septemberliebe (1960) ; An französischen Kaminen (1962) ; Preludio II (1963) ; Das Mädchen auf dem Brett (1967) ; Die Fahne von Kriwoj Rog (1967).

Figure marquante du cinéma de l'Allemagne de l'Est. Entré dans la carrière dès 1933, il fut chargé de réorganiser le cinéma dans l'Allemagne sous contrôle soviétique. Il dirigea l'école du film de Potsdam où il enseigna la mise en scène. Son premier grand film, *Mariage dans les ténèbres (Ehe im Schatten)* dénonçait l'antisémitisme hitlérien. Il connut un grand succès. Les autres œuvres de Maetzig, nullement en rapport avec son importance théorique, n'ont connu qu'une faible distribution en raison de leur caractère engagé et d'une inévitable hagiographie (*Ernst Thaelmann*).

Maggi, Luigi

Acteur et réalisateur italien, 1867-1946.

Principaux films : Gli ultimi giorni di Pompei (1908) ; Luigi XI re di Francia (1909) ; Neron (1909) ; Spergiura (Parjure, 1909) ; Il garantiere Rolland (Le grenadier Rolland, 1910) ; Nozze d'Oro (Noces d'or, 1911) ; La Gioconda (La Joconde, 1911) ; La nave (1911) ; Satana (1912) ; Il barbiere di Siviglia (Le barbier de Séville, 1912) ; Il matrimonio di Figaro (Le mariage de Figaro, 1913) ; Per un'ora d'amore (1914) ; Il Fornaretto di Venezia (Fornaretto doge de Venise, 1914) ; Il mistero dei bauli neri (1918) ; La danza delle Ore (1920) ; I conquistatori (1920) ; Teodora (1927).

Typographe puis acteur, enfin metteur en scène des pièces de Verga et des véristes italiens. Il est l'un des premiers à utiliser les décors naturels et ses reconstitutions historiques ne sont pas sans mérites (*Le grenadier Rolland*). « Avec Luigi Maggi le vérisme des faits, du décor, de l'interprétation tint lieu de réalisme descriptif. Pour la première fois en Europe, le montage – opposition et juxtaposition des scènes passées et présentes – devient constructif au double point de vue de la narration et de la signification. Il semble même que Griffith – le Griffith de 1912 – ait été sur bien des points dépassé, son systématisme un peu scolaire faisant place ici à une simplicité narrative dont les détours mêmes semblaient couler de source. » (*Les cahiers de la cinémathèque,* le cinéma muet italien, p. 79). Avec *Satana,* vaste fresque sur le mal, en trois époques, Maggi ouvre la voie à *Intolérance* de Griffith, *Civilisation* d'Ince, *Woman* de Tourneur et *Pages tirées du livre de Satan* de Dreyer.

Magni, Luigi

Réalisateur italien né en 1928.

Faustina (1968) ; Nell'anno del Signore (1969) ; Scipione detto anche l'africano (1971) ; La Tosca (Une Tosca pas comme les autres, 1973) ; La via dei babbuini (1974) ; Signore e signori buonanotte (Mesdames et Messieurs bonsoir, coréal., 1976) ; Basta che non si sappia in giro (2e sketch, 1976) ; Quelle strane occasioni (La fiancée de l'évêque, 2e sketch, 1976) ; In nome del papa re (Au nom du Pape Roi, 1977).

C'est un grand metteur en scène que la critique a trop négligé. *Au nom du Pape Roi* évoque avec élégance et précision les derniers soubresauts de l'État pontifical en 1867. Admirablement joué par Manfredi, superbement photographié, historiquement aussi irréprochable que certaines réalisations de Visconti, ce film est un chef-d'œuvre. Magni est aussi l'auteur du sketch délirant sur une élection pontificale dans *Mesdames et Messieurs bonsoir :* l'assassinat des cardinaux devient la règle au Vatican pour obtenir une majorité. Après un tel délire (rappelons que depuis *Nell'anno del Signore* Magni a la réputation de grand spécialiste cinématographique de Rome !), on imagine le traitement qu'il a fait subir à Scipion avant qu'il ne devînt l'Africain ou à l'infortunée Tosca, particulièrement aidé dans cette tâche iconoclaste par Vittorio Gassman.

Mahé, Henri

Réalisateur français.

Blondine (1943).

Mahé était l'inventeur du Simpli-film qui permettait de remplacer les décors par des dessins et des photographies placés entre l'objectif et les acteurs. Il tourna avec ce procédé une féerie, *Blondine,* qui fut, malheureusement pour son auteur, mal accueillie par le public, ce qui condamna et le procédé et Mahé.

Maisch, Herbert

Réalisateur allemand.

Königswalzer (1935) ; Boccaccio (1936) ; Liebeserwachen (1937) ; Menschen ohne Vaterland (1937) ; Starke Herzen (1937) ; Andalusische Nächte (1938) ; Nanon (1939) ; Friedrich Schiller (1940) ; Andreas Schlüter (1942) ; Die Zaubergeige (1944) ; Musik in Salzburg (1944).

L'un des représentants les plus caractéristiques du national-socialisme au cinéma ; il affiche ses idées dès ses premiers films, notamment *Menschen ohne Vaterland,* d'après un scénario d'Ernst von Salomon. Assistant de Steinhoff pour *Kruger* il signe deux bandes à la gloire de héros de l'Allemagne, Schiller et le sculpteur Schlüter. Deux œuvres qui ne manquent pas de qualités plastiques, même si Maisch se souvient un peu trop qu'il a fait ses débuts au théâtre. C'est au théâtre qu'il revient, après la guerre, en s'établissant à Cologne.

Majewski, Janusz

Réalisateur polonais.

Sublokator (Le logeur, 1966) ; Ja gore (Le feu, 1967) ; Lokis (1970) ; Zakiete Rewing (1975).

Auteur de plusieurs adaptations de Mérimée à la télévision polonaise, il a réussi une brillante version de *Lokis,* histoire d'une femme violentée par un plantigrade et dont le fils se transforme en ours déchiquetant sa jeune épouse. Ne pas le confondre avec Lech Majewski qui vient de donner avec *Rycerz* (Le chevalier,1980) une superbe évocation d'une légende médiévale.

Makavejev, Dudan

Réalisateur yougoslave né en 1932.

Covek nije tica (L'homme n'est pas un oiseau, 1965) ; Ljubavni Slucaj ili tragedija Sluzbenice P.T.T. (Une affaire de cœur, 1967) ; Nevinost bez zastile (L'innocence sans protection, 1968) ; W.R. mysterije organizma (W.R. : Les mystères de l'organisme, 1971) ; Sweet movie (1974) ; Montenegro (Les phantasmes de Mme Jordan, 1982).

L'une des figures les plus marquantes de la nouvelle vague yougoslave. Étudiant en psychologie, il tourne quelques films d'amateur qui sont remarqués au Festival de Cannes en 1957. Devenu professionnel, il signe quelques documentaires avant de s'imposer avec son premier long métrage : *L'homme n'est pas un oiseau.* Le ton se fait nettement insolite dans *Une affaire de cœur,* sous-titrée *La tragédie d'une employée des P.T.T.* Un crime passionnel, la découverte de ce crime, une conférence sur la sexualité et le crime constituent les trois thèmes, étroitement imbriqués, de cette œuvre difficile. Avec *W.R.* (il s'agit des initiales de Reich), Makavejev reprend ce problème de la sexualité dans un film qui fit sensation par la liberté du propos. C'est de délire qu'il faut parler avec *Sweet movie* (coproduction canado-franco-allemande) : on y voit une grande fête donnée par le P.D.G. de la ceinture de chasteté, Miss Monde se noyant dans du chocolat, un étrange bateau dont la proue est formée par la tête de Karl Marx, enfin les images de Katyn, le tout baignant dans l'érotisme cher à Makavejev qui renvoie dos à dos le monde capitaliste et celui du socialisme. Idée que l'on retrouve – avec une constante érotique – dans *Montenegro* ou les dévoiements d'une bonne bourgeoisie.

Malaparte, Curzio

de son vrai nom Kurt Suckert, romancier et cinéaste italien, 1898-1957.

Il Cristo proibito (Le Christ interdit, 1951).

L'œuvre cinématographique de ce grand écrivain se limite à un film, *Il Cristo proibito,* dont il écrivit le scénario, les dialogues et la musique. Cette histoire de vengeance ne manque ni de force ni d'originalité. A la faveur de son ambiguïté Malaparte en profite pour brouiller les cartes et essayer de faire oublier son passé fasciste.

Malatesta, Guido

Réalisateur italien, 1919-1970.

I miliardari (1957) ; El Alamein (1958) ; Valeria, ragazza poco seria (1958) ; Agosto, donne mie non vi conosco (1960) ; La furia dei barbari (1960) ; Goliath contro i giganti (1961) ; Maciste contro i mostri (1962) ; Maciste contro i cacciatori di teste (1963) ; Zorro contro Maciste, (1963) ; Il vendicatore di Mayas (1966) ; I predoni del Sahara (1966) ; Come rubare un quintale di diamanti in Russia (1967) ; Missione Apocalisse (1967) ; L'incendio di Roma (1968) ; Samoa la regina della giungla (1968) ; Tarzana sesso selvaggio (1969) ; Le calde notti di Poppea (1969) ; Formula (1970).

Série Z à l'italienne où se télescopent les grands mythes populaires : Goliath, Maciste, Zorro, Tarzan, Néron, etc., et qu'il faut déguster au second degré. Malatesta est le représentant le plus typique d'un courant illustré par Mastrocinque, Amadio et Mattoli.

Malden, Karl

Acteur et réalisateur américain né en 1914.

Comme réalisateur : Time Limit (La chute des héros, 1957).

Acteur formé par Strasberg et inoubliable partenaire de Brando, il a dirigé un film intéressant sur la condition des prisonniers américains en Corée, avec Widmark et Basehart. Il aurait tourné une partie de *The Hanging Tree* lors de la maladie de Daves.

Malick, Terrence

Scénariste et réalisateur américain né en 1945.

Comme réalisateur : Badlands (La balade sauvage, 1974) ; Days of Heaven (Les moissons du ciel, 1978).

Des débuts prometteurs avec l'un de ces films-poursuites dont les Américains ont le secret. Ici le décor avait un rôle important : des terres de désolation accentuaient encore le caractère tragique de l'équipée des deux héros. *Days of Heaven,* autre image de la réalité américaine, apparut comme une œuvre plus apaisée, plus ennuyeuse aussi. A suivre.

Malle, Louis

Réalisateur français né en 1932.

Le monde du silence (avec Cousteau, 1955) ; Ascenseur pour l'échafaud (1957) ; Les amants (1958) ; Zazie dans le métro (1960) ; Vie privée (1961) ; Le feu follet (1963) Viva Maria (1965) ; Le voleur (1966) ; Histoires extraordinaires (un sketch, 1968) ; Calcutta (1969) ; Le souffle au cœur (1971) ; Humain trop humain (1973) ; Place de la République (1973) ; Lacombe Lucien (1974) ; Black Moon (1976) ; La Petite (1978) ; Atlantic City (1980) ; My Dinner with André (1981).

I.D.H.E.C. et assistanat. Louis Malle est par excellence le cinéaste du scandale : la scène de la baignoire dans *Les amants,* film vaguement inspiré du *Point de lendemain* de Vivant Denon ; la langue de Queneau transposée au cinéma avec travestis et mots orduriers dans *Zazie ;* Drieu La Rochelle réhabilité à travers *Le feu follet* où Maurice Ronet fut superbe ; Darien remis à sa vraie place dans *Le voleur ;* l'inceste mis en scène sans pudeur dans *Le souffle au cœur ;* résistants et collaborateurs renvoyés dos à dos dans *Lacombe Lucien* où l'on voyait un milicien coucher avec une jeune juive ; la prostitution des enfants évoquée de façon un peu trop complaisante dans *La Petite...* Une maîtrise technique indiscutable, une réelle fluidité du récit, une grande souplesse de la mise en scène sont les atouts de ce réalisateur qui dérange et fascine tout à la fois.

Malraux, André

Écrivain et réalisateur français, 1901-1976.

Comme réalisateur : L'espoir (1939).

De nombreux projets d'adaptation des romans de Malraux ont été agités, mais producteurs et réalisateurs ont jusqu'ici toujours reculé au dernier moment, notamment en ce qui concerne *La condition humaine.* Il appartenait donc à Malraux de s'adapter lui-même, ce qu'il fit avec le concours de Denis Marion. *L'espoir* a parfaitement retenu la leçon du cinéma russe, notamment dans le lent cortège de la fin et présente, selon Sadoul, des traits communs avec le néo-réalisme italien. Son influence aurait été certainement très grande si son exploitation n'avait pas été empêchée par la guerre : le public ne le vit qu'à la fin des hostilités. Rappelons que, passionné de cinéma, Malraux avait écrit en 1939 une *Esquisse d'une psychologie du cinéma.*

BIBLIO. : D. Marion, *André Malraux* (1970).

Mamoulian, Rouben

Réalisateur américain d'origine géorgienne né en 1898.

Applause (1929) ; City Streets (Les carrefours de la ville, 1931) ; Dr. Jekyll and Mr. Hyde (Dr. Jekyll et Mr. Hyde, 1931) ; Love Me Tonight (Aimez-moi ce soir, 1932) ; The Song of Songs (Le cantique des cantiques, 1933) ; Queen Christina (La reine Christine, 1933) ; We Live again (Résurrection, 1934) ; Becky Sharp (1935) ; The Gay Desperado (Le joyeux bandit, 1936) ; High, Wide and Handsome (La furie de l'or noir, 1937) ; Golden Boy (L'esclave aux mains d'or, 1939) ; The Mark of Zorro (Le signe de Zorro, 1940) ; Blood and Sand (Arènes sanglantes, 1941) ; Ring on her Fingers (Qui perd gagne, 1942) ; Summer Holiday (Belle jeunesse, 1947) ; Silk Stockings (La belle de Moscou, 1957).

L'un des réalisateurs les plus doués d'Hollywood, capable de passer du film de gangsters *(City Streets)* au film d'épouvante *(Dr. Jekyll),* et du western *(Zorro)* à la comédie musicale *(Silk Stockings)* en donnant chaque fois un chef-d'œuvre, de diriger la même année Marlène Dietrich dans *The Song of Songs* et Greta Garbo jouant *Queen Christina,* enfin d'imposer le film « en couleurs » avec *Becky Sharp,* séduisante adaptation de *Vanity Fair* de Thackeray. Mais homme de théâtre, il regarde plus du côté de Broadway dont il fut l'idole que vers Hollywood où il fut critiqué en raison de son indépendance. Pourtant aucun de ses films n'est « théâtral », bien au contraire et peut-être est-ce la raison de ses fréquents conflits avec les producteurs : *Porgy and Bess* par exemple dont il dut abandonner le tournage. Raffinement des images, où se mêlent romantisme et sensualité (les scènes d'amour de *Queen Christina),* intelligence de la mise en scène, qualité de la direction d'acteurs. Mamoulian est l'un des rares réalisateurs sans vrai faux pas (sauf peut-être *Ring on her Fingers*). C'est qu'il sut choisir et imposer. Il le paya cher. Sa carrière se termina sur son départ du plateau de *Cléopâtre* que termina Mankiewicz.

BIBLIO. : T. Milne, *Mamoulian* (1969).

Mamy, Jean

Réalisateur français, 1902-1946.

Forces occultes (sous le pseudonyme de Paul Riche, 1943).

Journaliste pamphlétaire dans la tradition de Rebatet plutôt que véritable cinéaste, il n'est cité ici que comme auteur type de films de propagande. *Forces occultes* dénonçait, à travers l'enquête d'un jeune parlementaire, la franc-maçonnerie comme ayant poussé la France à la guerre pour le plus grand profit des juifs. Mamy paya cher ce film et son activité de « collaborateur » : il fut fusillé à la Libération.

Manfredi, Nino

Acteur et réalisateur italien, né en 1921.

Comme réalisateur : L'amore difficile (Les amours difficiles, 2e sketch, 1962) ; Per Grazia Ricevuta (Miracle à l'italienne, 1971).

Acteur-fétiche de la comédie italienne, il a peu tourné comme réalisateur, mais *Miracle à l'italienne* est une œuvre insolite, au ton très original.

Mankiewicz, Joseph Leo

Réalisateur, scénariste et producteur américain né en 1909.

Comme réalisateur : Dragonwyck (Le château du Dragon, 1946) ; Somewhere in the Night (Quelque part dans la nuit, 1946) ; The Late George Apley (1947) ; The Ghost and Mrs. Muir (L'aventure de Mme Muir, 1947) ; Escape (1948) ; A Letter to Three Wives (Chaînes conjugales, 1949) ; House of Strangers (La maison des étrangers, 1949) ; No Way out (La porte s'ouvre, 1950) ; All About Eve (Eve, 1950) ; People Will Talk (On murmure dans la ville, 1951) ; Five Fingers (L'affaire Cicéron, 1952) ; Julius Caesar (Jules César, 1953) ; The Barefoot Contessa (La Comtesse aux pieds nus, 1954) ; Guys and Dolls (Blanches colombes et vilains messieurs, 1955) ; The Quiet American (Un Américain bien tranquille, 1958) ; Suddenly Last Summer (Soudain l'été dernier, 1959) ; Cleopatra (Cléopâtre, 1963) ; The Honey Pot (Guêpier pour trois abeilles, 1967) ; There Was a Crooked Man (Le reptile, 1970) ; King, a Filmed Record (avec Lumet, 1970) ; Sleuth (Le limier, 1972).

Frère d'Herman Mankiewicz, il avait d'abord été correspondant de presse à Berlin, puis traducteur des sous-titres des films allemands de l'UFA. Appelé à Hollywood par son frère, il travaille pour la Paramount puis pour la Fox comme scénariste et producteur. En 1946, il remplace Lubitsch sur le plateau de *Dragonwyck.* C'est le début d'une nouvelle carrière, celle de directeur, Mankiewicz restant toutefois la plupart du temps le scénariste de ses films. En apparence la diversité de son œuvre étonne ; il a touché à tous les genres : le fantastique *(The Ghost and Mrs. Muir),* le thriller *(Somewhere in the Night),* la comédie musicale *(Guys and Dolls),* l'espionnage *(Five Fingers),* le western *(There Was a Crooked Man), le* théâtre filmé *(Julius Caesar,* l'une des meilleures adaptations de Shakespeare), la superproduction *(Cléopâtre,* retirée à Mamoulian pour lui être confiée et qui reste l'un des films les plus chers de l'histoire du cinéma). Nous avons pourtant affaire à un auteur qui marque de son empreinte les films qu'il dirige. Non qu'il s'y livre lui-même, comme Kazan ou Dmytrick. Le lyrisme qui emporte son chef-d'œuvre, *La Comtesse aux pieds nus,* ne nous apprend rien sur Mankiewicz lui-même. L'élégance réside pour lui dans la discrétion. Le regard qu'il porte sur le monde qui l'entoure est lucide, chaleureux, parfois pessimiste, mais il reste glacé dans son lyrisme même. C'est la vision d'un homme de théâtre, de là ses affinités avec Mamoulian ou Visconti. L'un de ses films préférés, *Eve,* son œuvre la plus maîtrisée, évoque précisément ce monde du théâtre et de la critique. Le dialogue est chez lui essentiel ; il prime l'action, contrairement à la règle d'or des grands Hollywoodiens, mais son caractère étincelant (*Honey Pot,* d'après *Volpone*) et parfois le baroquisme, au demeurant toujours contenu, de sa mise en scène (*Soudain l'été dernier*) lui font pardonner l'impression de théâtre filmé que donnent la plupart de ses films.

Sa carrière faillit être compromise par l'échec retentissant de *Cléopâtre,* œuvre dont le sens initial fut faussé par les caprices des vedettes et les exigences des producteurs. Il s'agissait au départ d'une œuvre beaucoup plus intimiste et qui échappa finalement à Mankiewicz. Il paya ce film de plusieurs années de silence. Ni *Guêpier pour trois abeilles,* malgré l'interprétation talentueuse de Rex Harrisson, son acteur favori, ni *Le reptile,* curieux western au scénario subtilement élaboré, ne furent compris par le public. C'est *Le limier,* où il mêlait avec une habileté diabolique Noël Coward, Van Dine et Brecht, qui l'imposa de nouveau. La construction parfaite du récit, des dialogues éblouissants, des décors insolites (notamment le labyrinthe), des acteurs admirables (L. Olivier et M. Caine) font du *Limier* la réalisation la plus achevée de Mankiewicz, un film testament, hélas, puisque c'est sur ce chef-d'œuvre que s'interrompt la filmographie du plus intelligent des metteurs en scène d'Hollywood.

BIBLIO. : *Présence du cinéma,* nº 18 (1963) ; *Cinéma 81,* nº 270-272.

Mann, Anthony

Réalisateur américain, de son vrai nom Emil Anton Bundmann, 1906-1967.

Dr. Broadway (1942) ; Moonlight in Havana (1942) ; Nobody's Darling

(1943) ; My Best Gal (1943) ; Strangers in the Night (1944) ; The Great Flammarion (La cible vivante, 1945) ; Two O'clock Courage (1945) ; Sing your Way Home (1945) ; Strange Impersonation (1946) ; The Bamboo Blonde (1946) ; Desperate (1947) ; Railroaded (1947) ; T-Men (La brigade du suicide, 1947) ; Raw Deal (Marché de brutes, 1948) ; Reign of Terror (Le livre noir, 1949) ; Border Incident (Incident de frontière, 1949) ; Side Street (La rue de la mort, 1949) ; Devil's Doorway (La porte du diable, 1950) ; The Furies (Les Furies, 1950) ; Winchester 73 (Winchester 73, 1950) ; The Tall Target (1951) ; Bend of the River (Les affameurs, 1952) ; The Naked Spur (L'appât, 1953) ; Thunder Bay (Le port des passions, 1953) ; The Glenn Miller Story (Romance inachevée, 1954) ; The Far Country (Je suis un aventurier, 1955) ; Strategic Air Command (Strategic Air Command, 1955) ; The Man from Laramie (L'homme de la plaine, 1955) ; The Last Frontier (La charge des tuniques bleues, 1955) ; Serenade (Sérénade, 1956) ; Men in War (Cote 465, 1957) ; The Tin Star (Du sang dans le désert, 1957) ; God's Little Acre (Le petit arpent du Bon Dieu, 1958) ; Man of the West (L'homme de l'Ouest, 1958) ; Cimarron (La ruée vers l'Ouest, 1960) ; El Cid (Le Cid, 1961) ; The Fall of the Roman Empire (La chute de l'Empire romain, 1964) ; The Heroes of Telemark (Les héros de Telemark, 1965) ; A Dandy in Aspic (Maldonne pour un espion, 1967).

Avant de s'illustrer dans tous les genres rois du cinéma américain, Mann, sous son vrai nom, avait été décorateur, acteur et metteur en scène de théâtre. Il a travaillé ensuite chez Selznick puis à la Paramount, avant de passer à la RKO et à Republic pour y diriger des films à petit budget. On peut négliger les comédies musicales, mais les thrillers frappent par la violence de certaines scènes, la beauté des images en noir et blanc (due, pour cinq films au moins, à partir de *T-Men,* à John Alton), la qualité de l'interprétation qui donne enfin la vedette aux habituels troisièmes couteaux (Raymond Burr, John Ireland, Charles McGraw, etc.) et les résonances sociales des sujets (le problème de la main d'œuvre mexicaine dans l'excellent *Border Incident* par exemple). La maîtrise de Mann est déjà éclatante. Et pourtant, après une amusante – et moins inexacte que l'on pourrait croire – incursion dans la Révolution française avec *Reign of Terror,* sur la chute de Robespierre, s'ouvre le cycle des westerns. Tout a été dit sur cette suite de films servis par des acteurs exceptionnels (Stewart, Fonda, Cooper), de remarquables scénaristes (Borden Chase, Philip Yordan) et une éblouissante utilisation des décors naturels. A revoir *L'appât* ou *Winchester 73,* force est de constater avec Coursodon et Tavernier : « C'est ce que le genre a donné de plus parfait et de plus pur. » L'ouverture Du *sang dans le désert* est un modèle : Fonda, impassible, traverse une petite ville sous les regards horrifiés des habitants. La caméra vient cadrer le deuxième cheval que Fonda tient par la bride. Sur ce cheval, un sac contenant un cadavre que Fonda va déposer devant le bureau du shérif. En quelques plans tout est en place : le décor, les personnages et le thème. Mann ne devait pas en rester là. A l'inverse de Ray, il sut se plier aux exigences de la superproduction telle que la concevait Samuel Bronston. *Le Cid,* si éloigné du héros francisé par Corneille, est un film admirable par la splendeur des images et l'exactitude du détail. Quant à *La chute de l'Empire romain,* elle n'est pas, il s'en faut, infidèle à Ammien Marcellin. Seule détonne un peu dans ces deux chefs-d'œuvre la présence de Sophia Loren, exécrable actrice. Ajoutons que Mann a réalisé, avec *Cote 465,* l'un des meilleurs films sur la guerre de Corée, parce qu'il l'a traitée en définitive comme un western. Simplicité et clarté dans la manière de conter une histoire, souci de présenter le héros avant tout comme un homme, beauté de l'image non pour elle-même, mais pour situer le décor de l'action : Mann est le cinéaste classique par excellence.

BIBLIO. : Jean-Claude Missiaen, *Anthony Mann* (1965) ; Jean Wagner, *Anthony Mann,* Anthologie du cinéma, 1968.

Mann, Daniel

Réalisateur américain né en 1912.

Come Back Little Sheba (Reviens petite Sheba, 1952) ; About Mrs. Leslie (Romance sans lendemain, 1954) ; The Rose Tattoo (La rose tatouée, 1955) ; I'll Cry Tomorrow (Une femme en enfer, 1956) ; The Teahouse of the August Moon (La petite maison de thé, 1956) ; Hot Spell (Vague de chaleur, 1958) ; The Last Angry (1959) ; The Mountain Road (Commando de destruction, 1960) ; Butterfield 8 (La Vénus au vison, 1960) ; Ada (Le troisième homme était une femme, 1961) ; Five Finger Exercise (1962) ; Who's Got the Action ? (L'inconnu du gang des jeux, 1962) ; Who's Been Sleeping in My Bed ? (1963) ; Judith (Judith, 1965) ; Our Man Flint (Notre homme Flint, 1965) ; For Love of Ivy (Mon homme, 1968) ; A Dream of Kings (1970) ; Willard (Willard, 1971) ; The Revengers (La poursuite sauvage, 1972) ; Maurie (1973) ; Lost in the Stars (1974) ; Journey into Fear (Le voyage de la peur, 1976) ; Matilda (1978) ; The Incredible Mr. Chadwick (1980).

La réputation de cet ancien musicien et metteur en scène de théâtre est fondée aux États-Unis sur trois mélodrames qui permirent à leurs interprètes féminines de gagner un oscar : Shirley Booth dans *Come Back, Little Sheba,* Anna Magnani pour *La rose tatouée* et Elizabeth Taylor avec *Butterfield 8.* Films exécrables qu'il faut fuir comme la majeure partie de l'œuvre de Mann, fondée sur les pires poncifs, à l'exception de *Our Man Flint,* agréable film d'espionnage avec James Coburn, *Willard,* film terrifiant sur une bande de rats qui se livrent à des sévices variées sur les personnes, ces charmants animaux se révélant de prodigieux acteurs, et *The Revengers,* un western bien conduit qui renouvelle le thème de la poursuite et de la vengeance si souvent abordé par le genre.

Mann, Delbert

Réalisateur américain né en 1920.

Marty (Marty, 1955) ; The Bachelor Party (La nuit des maris, 1957) ; Desire Under the Elms (Le désir sous les ormes, 1958) ; Separate Tables (Tables séparées, 1958) ; Middle of the Night (Au milieu de la nuit, 1959) ; The Dark at the Top of the Stairs (1960) ; Lover Come Back (1961) ; The Outsider (Le héros d'Iwo-Jima, 1961) ; That Touch of Mink (Un soupçon de vison, 1962) ; A Gathering of Eagles (avec Webb, Le téléphone rouge, 1963) ; Dear Heart (1964) ; Quick Before It Melts (1964) ; Mister Buddwing (1965) ; Fitzwilly (Un si gentil petit gang, 1967) ; The Pink Jungle (1968) ; Kidnapped (1971) ; Birch Interval (1976) ; All Quiet on the Western Front (1980) ; Torn Between Two Lovers (1980) ; Night Crossing (La nuit de l'évasion, 1981).

Il a fait tous les métiers, de marchand de chaussures à pilote de guerre, alors pourquoi pas réalisateur de films ? Ses deux premières œuvres, qui devaient beaucoup au scénariste Paddy Chayefsky, marquèrent le retour du néo-réalisme dans le cinéma américain et le triomphe des techniques – plus économiques – de la télévision, où Mann avait travaillé avant de passer au grand écran. Couvert d'oscars, il se prit au sérieux et aligna une série de films médiocres, de la comédie à l'eau de rose au mélodrame. De retour à la télévision, il y a signé un *David Copperfield* en 1970 et une *Jane Eyre* en 1971. Son *remake* de *All Quiet on the Western Front* fut lui aussi initialement conçu pour la télévision que semble décidément affectionner Mann. Qu'il y reste.

Mann, Michael

Réalisateur américain.

Jericho Mile (Comme un homme libre, 1978) ; Violent Streets (Le solitaire, 1981).

Nouveau spécialiste du film noir, il se réclame moins de Scorsese que de Peckinpah dans sa peinture de la faune des prisons ou de cette jungle urbaine de Chicago dans laquelle il lance un perceur de coffres-forts, qui voudrait ramasser le gros magot et se retirer pour fonder une gentille petite famille. Mais les gros gangsters ne sont pas pour l'établissement des petites familles quand cette fondation se fait à leurs dépens. Rengaine connue, ce qui n'ôte rien à la sympathie que l'on éprouve pour le réalisateur.

Marbœuf, Jean

Réalisateur français né en 1942.

Bel Ordure (1973) ; Monsieur Balboss (1975) ; Genre masculin (1977); La ville des silences (1979).

Force et violence caractérisent l'œuvre de ce metteur en scène trop méconnu et pourtant profondément original. *Bel Ordure* se situe dans le milieu du music-hall : un prestidigitateur, indicateur de police, aura les mains broyées par un commando ; Monsieur Balboss est un commissaire respectable le jour mais qui rançonne la nuit les caissières indélicates et les putains ; enfin l'intrigue de *La ville des silences* se déroule sur fond de spéculations immobilières et de perversions sexuelles. Marbœuf puise ses thèmes dans la série noire, essayant de donner au film policier français un souffle nouveau et profondément engagé. Mais son style très personnel semble avoir, jusqu'ici, dérouté le public.

Marcellini, Romolo

Réalisateur italien né en 1910.

Sentinelle di Bronzo (1937) ; Los novios de la muerte (1938) ; La conquista dell'aria (1939) ; L'uomo della Legione (1940) ; Mas (1941) ; Pastor Angelicus (1942) ; Inviati speciali (1942) ; Guerra alla guerra (1946) ; Racconto di Cinque città (un sketch, 1952) ; Dieci anni della nostra vita (1953) ; Il tesoro di Rommel (1956) ; I fidanzati della Morte (1957) ; Don Vesuvio und das Haus der Strolche (1958) ; Le Orientali (1960) ; La grande Olimpiade (1961) ; Un aero per Balbeck (1963) ; I tabu (1963) ; I tabu n. 2 (1965) ; Nell'anno della luna (1970).

D'abord journaliste, puis réalisateur de documentaires, il devient à la fin des années 30 l'un des réalisateurs les plus importants du fascisme. Sa carrière s'interrompt brutalement en 1943 et ne reprend vraiment qu'en 1950 avec des œuvres d'un intérêt médiocre.

Mardore, Michel

Réalisateur français de son vrai nom Guinament né en 1935.

Le sauveur (1971) ; Le mariage à la mode (1973).

Le cinéma n'est que le violon d'Ingres de ce romancier (*La première communion, Une si jolie petite fille...*), essayiste et critique qui s'amusa à porter deux de ses romans à l'écran avec un certain bonheur.

Margaritis, Gilles

Réalisateur français, 1912-1965.

Courts métrages : L'homme (1945) ; Actualités burlesques (1947) ; Les quatre mousquetaires (1953).

Élève de Copeau, il fut surtout un pionnier de la télévision. Mais il a tourné pour Pierre Braunberger quelques courts métrages d'une grande drôlerie.

Margheriti, Antonio

Réalisateur italien né en 1930.

Space Men (pseudonyme : Daisies, 1960) ; Il pianeta degli uomini spenti (pseudonyme : Dawson, Anthony, 1962) ; La freccia d'oro (1962) ; Slaves Merchants (Marchands d'esclaves, 1963) ; Il pelo nel mondo (Dawson, 1964) ; Danza macabra (avec Corbucci, pseudonyme : Dawson, La danse macabre, 1964) ; La vergine di Norimberga (Dawson, La vierge de Nuremberg, 1964) ; Il crollo di Roma (Les derniers jours d'un empire, 1964) ; Ursus il terrore dei Kirghisi (Dawson, La terreur des Kirghiz, 1964) ; I giganti di Roma (Dawson, 1964) ; Anthar l'invincible (Dawson, 1965) ; I lunghi capelli della morte (Dawson, La sorcière anglaise, 1965) ; I criminali della Galassia (Dawson, 1966) ; I diafonoidi vengono da Marte (Dawson, 1966) ; Il pianeta errante (Dawson, 1966) ; A 007 sfida ai killers (Dawson, A 007 défie les tueurs, 1966) ; Operazione Goldman (Dawson, Opération Goldman, 1966) ; Joe l'implacabile (Dawson, 1967) ; La morte viene dal pianeta Aytin (Dawson, 1967) ; Io ti amo (Dawson, 1968) ; Nude... si muore (Dawson, 1968) ; Joko, invoca Dio... e muori (avec Django, Dawson, La mort est là, 1968) ; Contronatura (Dawson, 1969) ; E Dio disse a caino (Et le vent apporta la violence, 1970) ; L'inaferrabile invincibile Mister Invisibile (Dawson, 1970) ; Nella stretta morsa del ragno (Dawson, 1970) ; Finalmente... le mille e una notte (1972) ; Novelle galeotte d'amore (1972) ; La morte negli occhi del gatto (Dawson, 1973) ; Ming, ragazzi (Dawson, 1973) ; Manone il ladrone (Dawson, 1974) ; Whiskey e fantasmi (Dawson, 1974) ; La dove non batte il sole (Dawson, 1975) ; *Supervision du* Frankenstein *de Morrissey et de son* Dracula (1975) ; La parola di un fuorilegge... è legge (Dawson, 1975) ; Con la rabbia agli occhi (Dawson, 1976) ; Guerre planetari (1978, réédition du film de 1962) ; Controrapina (Dawson, 1979) ; Killer fish agguato sul fondo (1979) ; Cacciatore 2 (1981).

D'une grande fécondité, il a été surnommé « le Corman italien ». Très à l'aise dans le fantastique (il y a de belles images dans *La danse macabre, La vierge de Nuremberg* et *La sorcière anglaise*) il a réussi quelques « westerns-spaghetti » aux confins de l'étrange et des œuvres érotiques du genre *soft.* Il n'a pas bénéficié d'une réputation comparable à celle de Bava ou de Freda, mais son goût pour l'humour noir et l'érotisme morbide méritent attention.

Marguenat, Jean de

Réalisateur français, 1893-1956.

Les bleus de l'amour (1932) ; La robe rouge (1933) ; Le Prince Jean (1934) ; Le monde où l'on s'ennuie (1935) ; La flambée (1935) ; Adémaï au Moyen Age (1935) ; Miche (1937) ; Les jours heureux (1942) ; La Grande Marnière (1943) ; Madame et son flirt (1945) ; Le Gardian (1946) ; Toute la famille était là (1948) ; L'auberge du péché (1948).

« La qualité française » des années 30-40. Tout un monde, d'André Luguet à Jean Chevrier, et tout un cinéma aujourd'hui engloutis.

Mari, Febo, Alfredo

Acteur et réalisateur italien, 1884-1939.

Comme réalisateur : Il critico (1912) ; Cenere (Cendres, 1916) ; La Gloria (1916) ; Il Fauno (Le Faune, 1916) ; Il flagello di Dio (1917) ; Ercole (1917) ; La sfinge dagli occhi verdi (1918) ; Tormento (1919) ; L'orma (1919) ; Casa di Bambola (1919) ; L'arena (1919) ; Avventuriero (1919) ; L'Eroica (1919) ; Guida (1919) ; La sete dell'oro (1919) ; Le avventure di Fracassa (1919) ; Fracassa e l'altro (1919).

Son principal titre de gloire est d'avoir dirigé Eleonora Duse dans *Cenere.* Delluc disait également grand bien du *Faune.*

Mariassy, Felix

Réalisateur hongrois, 1919-1975.

Szabone (Anna Szabo, 1949) ; Kis Katalin hazassaga (1950) ; Teljes gozzel (1951) ; Rokonok (1954) ; Budapesti tavasz (Printemps à Budapest, 1955) ; Egy pikolo vilagos (Un bock de blonde, 1955) ; Külvarosi legenda (La légende du faubourg, 1957) ; Csempeszek (Contrebandiers, 1958) ; Almatian Evek (Années blanches, 1959) ; Fapados szerelem (Un amour tout simple, 1959) ; Hosszu az ut hazaig (1960) ; Probaut (1960) ; Pirosbetus hetköznapok (Tous les jours dimanche, 1962) ; Karambol (1964) ; Fügefalevel (1966) ; Kötelek (1967) ; Imposztorok (1969).

Avec Fabri, il a été l'un des artisans du réveil du cinéma hongrois. C'est *Un bock de blonde* qui le fit connaître : une jeune fille, écartelée entre des amitiés douteuses et un amour sincère, comprenait au dernier moment où se trouvait sa vraie voie. Sujet banal, mais que Mariassy traitait avec beaucoup de finesse. Il n'a pas toujours confirmé par la suite les espoirs placés en lui, victime le plus souvent des conditions de la production de son pays.

Marin, Edwin L.

Réalisateur américain, 1899-1951.

The Death Kiss (1932) ; A Study in Scarlet (1933) ; The Avenger (1933) ; Sweetheart of Sigma Chi (1933) ; Bombay Mail (1934) ; The Crosby Case (1934) ; Affairs of a Gentleman (1934) ; Paris Interlude (1934) ; The Casino Murder Case (1935) ; Pursuit (1935) ; Moonlight Murder (1936) ; The Garden Murder Case (1936) ; Speed (1936) ; I'd Give My Life (1936) ; Sworn Enemy (1936) ; All American Chump (1936) ; Man of the People (1937) ; Married Before Breakfast (1937) ; Everybody Sing (1938) ; Hold That Kiss (1938) ; The Chaser (1938) ; A Christmas Carol (1938) ; Listen, Darling (1938) ; Fast and Loose (1939) ; Society Lawyer (1939) ; Maisie (1939) ; Florian (1940) ; Henry Goes Arizona (1940) ; Gold Rush Maisie (1940) ; Hulabaloo (1940) ; Maisie Was a Lady (1941) ; Ringside Maisie (1941) ; Paris Calling (1941) ; A Gentleman After Dark (1942) ; Miss Annie Rooney (1942) ; Invisible Agent (L'agent invisible contre la Gestapo, 1942) ; Two Tickets to London (1943) ; Show Business (1944) ; Tall in the Saddle (L'amazone aux yeux verts, 1944) ; Johnny Angel (Johnny Angel, 1945) ; Abilene Town (1946) ; Lady Luck (1946) ; Mr. Ace (1946) ; Nocturne (Nocturne, 1946) ; Young Widow (L'esclave du souvenir, 1946) ; Christmas Eve (1947) ; Intrigue (1947) ; Race Street (1948) ; The Younger Brothers (1949) ; Canadian Pacific (1949) ; Fighting Man on the Plains (1949) ; Colt 45 (Colt 45, 1950) ; The Cariboo Trail (1950) ; Sugarfoot (1941) ; Raton Pass (1951) ; Fort Worth (La furie du Texas, 1951).

Très à l'aise dans le thriller (il a signé un important film noir, *Nocturne*) et dans le western où il dirigea Randolph Scott dans *Colt 45* et *La furie du Texas.* Dommage qu'il n'ait eu que de petits budgets : on imagine ce qu'il aurait fait de l'histoire des frères Younger, célèbres bandits du temps de Jesse James, s'il avait eu des moyens plus importants. *The Younger Brothers,* l'un de ses meilleurs films, se voit néanmoins avec beaucoup d'agrément.

Marischka, Ernst

Scénariste et réalisateur autrichien, 1893-1963.

Comme réalisateur : Paris-Méditerranée (1931) ; Sieben Jahre Pech (1940) ; Sieben Jahre Glück (1942) ; Abenteuer im Grand-Hotel (1943) ; Matthäus-Passion (La passion selon Matthieu, 1950) ; Verklungenes Wien (1951) ; Zwei in einem Auto (1951) ; Du bist die Welt für mich (1953) ; König der Manege (1954) ; Mädchenjahre einer Königin (Les jeunes années d'une reine, 1954) ; Sissi, Die Deutschmeister (Sissi, 1955) ; Sissi die junge Kaiserin (Sissi impératrice, 1956) ; Opernball (1956) ; Sissi, Schicksalsjahre einer Kaiserin (Sissi face à son destin, 1957) ; Sieben Jahre Pech (1957) ; Derveruntreu te Himmel (Le ciel n'est pas à vendre, 1958) ; Das Dreimäderlhaus (Sérénade pour trois amours, 1958) ; Alt-Heidelberg (1959).

Très fécond scénariste (*Strauss Great Waltz, King Steps out, Premiere der Butterfly, Opernball, Wiener Blut 1,* etc.), il est surtout connu comme l'auteur de l'immortelle trilogie des *Sissi* où Romy Schneider fit verser des torrents de larmes aux cœurs sensibles dans cette évocation – fort lointaine – d'Élisabeth d'Autriche.

Marker, Chris

Réalisateur français né en 1921.

Les statues meurent aussi (avec Resnais, 1950) ; Dimanche à Pékin (1955) ; Lettre de Sibérie (1958) ; Description d'un combat (1960) ; Cuba Si (1961) ; Le joli Mai (1962) ; La jetée (1962) ; Le mystère Komiko (1964) ; Si j'avais quatre dromadaires (1966) ; Loin du Vietnam (coréal., 1967) ; La sixième face du Pentagone (1967) ; A bientôt, j'espère (1968) ; Les mots ont un sens (1968) ; Le deuxième procès d'Arthur London (1969) ; Carlos Marighela (1970) ; La bataille des dix millions (1971) ; Le train en marche (1971) ; Vive la baleine (avec Maret, 1972) ; La grève des travailleurs de Lip (1974) ; La solitude du chanteur de fond (1975) ; L'ambassade (1975) ; Le fond de l'air est rouge (1977).

Il fut l'un des grands rénovateurs en France du court métrage et du documentaire. Ses films sur Pékin, la Sibérie ou Cuba sont devenus classiques, même si, trop en prise sur l'actualité, ils ont quelque peu vieilli, contrairement à une œuvre de science-fiction aussi réussie que *La jetée.* Chris Marker est un cinéaste engagé : il a promené sa caméra de l'Asie aux usines Lip, prenant parti, refusant toute concession. En 1977, il juge que l'heure de la synthèse a sonné : ce sera *Le fond de l'air est rouge.* Marker nous y propose, à l'aide de documents filmés, une réflexion sur les changements survenus dans le monde depuis les années 60. Un film-somme, passionnant pour l'historien et le sociologue.

Marodon, Pierre

Réalisateur français.

Mascamor (1918) ; La femme des autres (1920) ; La femme aux deux visages (1920) ; Le château des fantômes (1923) ; Le diamant vert (1923) ; Buridan (1924) ; Salammbô (1925) ; Les dieux ont soif (1926) ; Les voleurs de gloire (1926) ; Les mensonges (1927) ; L'honneur de l'autre (1927).

Ancien élève de l'École des beaux-arts, journaliste et écrivain, il n'aurait pas survécu avec ses drames mondains et ses mélodrames historiques s'il n'avait tourné à Vienne une fastueuse version de la *Salammbô* de Flaubert.

Marquand, Richard

Réalisateur américain.

The Eye of the Needle (L'arme à l'œil, 1981).

Lancé par un excellent thriller situé lors de la dernière guerre, histoire d'un agent nazi dans une île d'Écosse, Marquand est maintenant engagé dans l'aventure de *La guerre des étoiles.* Il devrait occuper une place de premier plan parmi les spécialistes du film d'action.

Marshall, George

Réalisateur américain, 1891-1975.

Love's Lariat (1916) ; The Man from Montana (1917) ; The Embarrassment of Riches (1918) ; The Adventures of Ruth (1919) ; Ruth of the Rockies (1920) ; Prairie Trails (1920) ; After You Own Heart (1921) ; Hands Off (1921) ; The Jolt (1921) ; A Ridin'Romeo (1921) ; Why Trust Your Husband ? (1921) ; The Lady from Longacre (1922) ; Smiles are Trumps (1922) ; Haunted Valley (1923) ; Don Quickshot of the Rio Grande (1923) ; Men in the Raw (1923) ; Where Is This West? (1923) ; A Trip to Chinatown (1926) ; The Gay Retreat (1927) ; The Adventures of Ruth (1929) ; Pack Up Your Troubles (Les Sans-Soucis, 1932); Ever Since Eve (1934) ; Wild Gold (1934) ; She Learned About Sailors (1934) ; 365 Nights in Hollywood (1934) ; Life Begins at Forty (1935) ; 10 Dollars Raise (1935) ; In Old Kentucky (1935) ; Show Them No Mercy (1935) ; Music Is Magic (1935) ; A Message to Garcia (1936) ; The Crime of Dr. Forbes (1937) ; Can This Be Dixie (1937) ; Nancy Steele Is Missing (1937) ; Love Under Fire (1937) ; The Goldwyn Follies (1938) ; Battle of Broadway (1938) ; Hold That Coed (1938) ; You Can't Cheat an Honest Man (Sans peur et sans reproche, 1939) ; Destry Rides Again (Femme ou démon, 1939) ; The Ghost Breakers (Le mystère du château maudit, 1940) ; When the Daltons Rode (1940) ; Pot O'Gold (1941) ; Texas (Texas, 1941) ; Valley of the Sun (La vallée du soleil, 1942) ; The Forest Rangers (La fille de la forêt, 1942) ; Star Spangled Rhythm (Au pays du rythme, 1942) ; True to Life (1943) ; Riding High (1943) ; And the Angels Sing (Quatre flirts et un cœur, 1944) ; Murder He Says (1945) ; Incendiary Blonde (La blonde incendiaire, 1945) ; The Blue Dahlia (Le dahlia bleu, 1946) ; Monsieur Beaucaire (Le joyeux barbier,

1946) ; The Perils of Pauline (Les exploits de Pearl White, 1947) ; Variety Girl (Hollywood en folie, 1947) ; Hazard (1948) ; Tap Roots (Le sang de la terre, 1948) ; My Friend Irma (Ma bonne amie Irma, 1949) ; Fancy Pants (Propre à rien, 1950) ; Never a Dull Moment (Mon cow-boy adoré, 1950) ; A Millionaire for Christy (1951) ; The Savage (Le fils de Géronimo, 1952) ; Off Limits (1953) ; Scared Stiff (Fais-moi peur, 1953) ; Houdini (Houdini, 1953) ; Money from Home (1953) ; Red Garters (Les jarretières rouges, 1954) ; Duel in the Jungle (Duel dans la jungle, 1954) ; Destry (Le nettoyeur, 1954) ; The Second Greatest Sex (1955) ; Pillars of the Sky (Les piliers du ciel, 1956) ; The Guns of Fort Petticoat (Le fort de la dernière chance, 1957) ; Beyond Mombasa (Au Sud de Mombasa, 1957) ; The Sad Sack (P'tite tête de troufion 1957) ; The Sheepman (La vallée de la poudre, 1958) ; Imitation General (Général Casse-Cou, 1958) ; The Mating Game (Comment dénicher un mari, 1959) ; It Started With a Kiss (Tout commence par un baiser, 1959) ; The Gazebo (Un mort récalcitrant, 1959) ; Cry for Happy (Opération Geisha, 1961) ; The Happy Thieves (Les joyeux voleurs, 1962) ; How the West Was Won (un épisode, La conquête de l'Ouest, 1962) Papa's Delicate Condition (1963) ; Dark Purpose (1964) ; Advance to the Rear (Le bataillon des lâches, 1964) ; Boy, Did I Get a Wrong Number ? (Quel numéro ce faux numéro !, 1966) ; Eight on the Lam (1967) ; The Wicked Dreams of Paula Schultz (Les rêves érotiques de Paula Schultz, 1968) ; Hook, Line and Sinker (Cramponne-toi, Jerry, 1969).

Capable du meilleur comme du pire, « ce vieux routier », selon l'expression consacrée, a donné le meilleur avec *Pack Up Your Troubles* (à cause de Laurel et Hardy !), *You Can't Cheat an Honest Man* (en raison de la présence de Fields !) et *The Blue Dahlia* (c'est Chandler qui écrivit l'histoire de ce thriller !). Ajoutons à ce tableau d'honneur certains de ses westerns : *Destry Rides Again* (avec Marlène Dietrich), *When the Daltons Rode* (célèbre pour la séquence où l'on voyait des cavaliers sauter d'un train en marche) ; *The Savage, The Pillars of the Sky* (sur l'évangélisation des Indiens) et *The Sheepman* (qui évoquait avec humour le conflit entre éleveurs de moutons et éleveurs de bêtes à cornes). Étaient en revanche d'une lourdeur et d'une platitude consternantes ses comédies à la MGM avec Glenn Ford et Debbie Reynolds (*It Started with a Kiss, The Gazebo, Imitation General,* etc.). Marshall avait plus d'humour quand il signait *Don Quickshot* (tir rapide) *du Rio Grande,* dans les premiers temps du western. A ne pas dédaigner. Mais comme Humbertsone ou Thorpe, sa trop grande facilité et son manque d'ambition l'ont empêché d'égaler Hawks ou Walsh alors qu'il en avait les moyens.

Martin, Eugenio

Réalisateur espagnol né en 1925.

Despedida de soltero (1958) ; Los bucaneros del Caribe (1960) ; Hipnosis (1962) ; Duelo en el Amazonas (1964) ; El precio de un hombre (1965) ; El septimo de caballeria (1965) ; El hombre de Toledo (1966) ; La muerte se llama Myriam (1966) ; Una señora estupenda (1967) ; Las leandras (1967) ; La vida sigue igual (1969) ; La ultima señorita Anderson (1970) ; Badman's River (Les quatre mercenaires d'El Paso, 1971) ; Panico en el Transiberiano (Terreur dans le Shangai-Express, 1972) ; Una vela para el diablo (1973) ; La chica del Molino Rojo (1973) ; El desafio de Pancho Villa (1974) ; No quiero perder la honra (1975) ; Esclava te doy (1975) ; Call Girl (1976) ; Tengamos la guerra en paz (1977).

Bon représentant du cinéma populaire espagnol : western (*Les quatre mercenaires d'El Paso* avec Lee Van Cleef, James Mason et Gina Lollobrigida) ou épouvante (*Panico en el Transiberiano* en coproduction avec la Hammer et que jouaient les inusables Lee et Cushing). On n'oubliera pas pour autant que ce réalisateur est un homme cultivé (il a écrit des poèmes et de nombreux articles) et qu'il fut l'assistant de Ray, Anderson et Baker.

Martin, Karl-Heinz

Réalisateur allemand.

Von Morgens bis Mitternachts (De l'aube à minuit, 1920).

Cette banale histoire d'un caissier de banque qui part avec la caisse tire son originalité des décors de Neppach qui a fait reposer tout le film sur des effets graphiques, en sorte que les êtres humains ne sont plus vus comme tels. L'œuvre fut terminée avant *Caligari* mais ne fut pas montrée en Allemagne. On peut y voir l'un des tout premiers films expressionnistes.

Martin, Paul

Réalisateur allemand né en 1899.

Principaux films : Der Sieger (1932) ; Ein blonder Traum (1932) ; Schwarze Roses (1935) ; Glückskinder (1936) ; Fanny Elssler (1937) ; Preussische Liebesgeschichte (1938) ; Das Lied der Wüste (1939) ; Frau am Steuer (Ménage moderne, 1940) ; Was will Brigitte (Coup de foudre, 1940) ; Maske in Blau (1942) ; Geliebter Schatz (1943) ; Karneval der Liebe (1943) ; Intimitäten (1944) ; Praterbuben (1948) ; Grosse Starparade (1954) : Ball im Savoy (1955) ; Du bist Musik (1956) ; Europa neue Musikparade (1957) ; Du bist Musik (La reine du music-hall, 1957) ; Petersburger Nächte in Schwaren Augen (Les yeux noirs, 1958) ; La Paloma (1959) ; Marina (1960) ; Ramona (1961).

Metteur en scène de Lilian Harvey et de Zarah Leander, il a continué imperturbablement à diriger des comédies musicales sous tous les régimes que connut l'Allemagne entre 1930 et 1960.

Martino, Sergio

Réalisateur italien né en 1938.

Mille peccati... nessuna virtù (1969) ; Arizona si scateno... e li fece fuori tutti (1970) ; America cosi nuda cosi violenta (1970) ; Lo strano vizio della signora Wardh (1971) ; La coda dello scorpione (1971) ; Tutti i colori del buio (1972) ; Il tuo vizio è una stanza chiusa e solo io ne ho la chiave (1972) ; I corpi presentano tracce di violenza carnale (1973) ; Giovannona coscialunga disonorata con onore (1973) ; Milano trema (1973) ; Cugini carnali (1974) ; La bellissima estate (1974) ; La città gioca d'azzardo (1975) ; La polizia accusa il servizio segreto uccide (1975) ; Morte sospetta di una minorenne (1975) ; Quaranta gradi all'ombra del lenzuolo (1976) ; Spogliamoci cosi senza pudor (1976) ; Mannaja (L'homme à la hache, 1977) ; La montagna del dio cannibale (La montagne du dieu cannibale, 1977) ; L'isola degli uomini pesce (Le continent des hommes-poissons, 1979) ; Il fiume del grande caimano (Alligator, 1979) ; Sabato, domenica e venerdi (co réal., 1979).

Il s'est fait, ces dernières années, une spécialité du film d'aventures exotiques. Les amateurs du genre, sans le porter loin de là au pinacle, garderont un souvenir ému de *La montagne du dieu cannibale* pour quelques belles séquences comme ce regard désespéré du petit singe que va avaler un énorme boa ou Ursula Andress, ligotée et entièrement nue, offerte à la consommation de la redoutable tribu anthropophage des Pukas (?!).

Martinson, Leslie H.

Réalisateur américain.

The Atomic Kid (1954) ; Hot Rod Girl (1956) ; Hot Rod Rumble (1957) ; Lad a Dog (1962) ; P.T. 109 (Patrouilleur 109, 1963) ; Black Gold (1963) ; For Those who Think Young (1964) ; FBI Code 98 (1964) ; Batman (Batman, 1966) ; Fathom (1967) ; Mrs. Pollifax Spy (1971).

Son talent n'est pas à la hauteur des héros qu'il met en scène : Kennedy (*Patrouilleur 109*) et Batman.

Martoglio, Nino

Réalisateur italien, 1870-1921.

Il romanzo (1913) ; Capitan Bianco (1914) ; Sperduti nel buio (Perdus dans les ténèbres, 1914) ; Teresa Raquin (Thérèse Raquin, 1915).

Un Sicilien qui fonde une maison de production à Catane et tourne à Naples *Sperduti nel buio.* Il s'agit de l'histoire d'une fille du peuple séduite et abandonnée par un marquis, thème mélodramatique mais parfaitement situé sur le plan social. Henri Langlois y voit « l'un des sommets du cinéma de tous les temps ». Il faut le croire sur parole puisque l'œuvre est perdue comme la *Thérèse Raquin* de 1915. Son importance historique est grande, même si elle ne fut pas comprise sur le coup. « *Sperduti nel buio* fut assurément la première manifestation du réalisme social à l'écran, le vérisme de Maggi ayant fortement contribué à son apparition. Mais ni le film de Nino Martoglio alors en avance de dix ans sur la production européenne ni ceux de Maggi n'eurent de suite immédiate si l'on excepte le *Teresa Raquin* tourné par Martoglio lui-même en 1915 » (*Cahiers de la cinémathèque,* Le cinéma muet italien, p. 82).

Marton, Andrew

Réalisateur américain de son vrai nom Endre Marton né à Budapest en 1904.

Comme réalisateur : Two O'Clock in the Morning (USA, 1929) ; Die Nacht ohne Pause (avec Wenzler, Allemagne, 1931) ; Nordpol-ahoi ! (Allemagne, 1933) ; Der Dämon der Berge (Suisse, 1934) ; Miss President (Hongrie, 1935) ; The Secret of Stamboul (Angleterre, 1935) ; Wolf's Clothing (Angleterre, 1936) ; School for Husbands (Angleterre, 1937). *Les autres films aux États-Unis :* A Little Bit of Heaven (1940) ; Gentle Annie (1944) ; Gallant Bess (1946) ; King Salomon's mines (avec Compton Bennett, Les Mines du roi Salomon, 1950) ; The Wild North (Au pays de la peur, 1952) ; Storm over Tibet (1952) ; Mask of the Himalayas (1952) ; The Devil Makes Three (Le diable fait le troisième, 1952) ; Gypsy Colt (Le poulain noir, 1954) ; Prisoner of War (1954) ; Men of the Fighting Lady (Escadrille Panthère, 1954) ; Green Fire (L'émeraude tragique, 1955) ; Seven Wonders of the World (coréalisateur, 1956) ; Underwater Warrior (Le guerrier sous-marin, 1958) ; It happens in Athens (1962) ; The Longest Day (coréalisateur, Le jour le plus long, 1962) ; The Thin Red Line (L'attaque dura sept jours, 1964) ; Crack in the world (Quand la terre s'entrouvrira, 1965) ; Clarence the Cross-Eyed Lion (1965) ; Around the World Under the Sea (Le tour du monde sous les mers, 1966) ; Birds do It (1966) ; Africa-Texas Style (1967). *Comme directeur de seconde équipe, on peut citer, parmi de nombreux titres :* The Red Badge of Courage (Huston) ; A Farewell to Arms (Ch. Vidor) ; Ben Hur (Wyler) ; 55 Days at Peking (Ray) ; Cleopatra (Mankiewicz) ; The Fall of the Roman Empire (A. Mann), etc.

Il commence sa carrière en 1922, à Vienne, comme producteur. Il suit Lubitsch à Hollywood et y tourne son premier film. Mais, très vite, il revient en Allemagne où il met en scène deux films d'inégale valeur. L'avènement du nazisme, le chassant de Berlin, en fait un réalisateur cosmopolite qui travaille pour les studios européens jusqu'en 1940. Il se fixe alors aux États-Unis. Les films qu'il y réalise vont de l'aventure africaine d'après Haggard (*Les mines du roi Salomon*) à la science-fiction classique (*Crack World,* aux impressionnants trucages dus à Eugène Lourié) en passant par le western (l'admirable *Wild North* où un shérif devait ramener un séduisant hors-la-loi à travers le Grand Nord ; les séquences consacrées aux bandes de loups étaient particulièrement réussies). Mais ce n'est pas à ces œuvres, très bien faites pourtant, qu'il a dû sa célébrité. Marton a été le directeur de seconde équipe le plus réputé d'Hollywood : la course de chars de *Ben-Hur,* c'est lui ; la « tortue » de *Cléopâtre,* c'est encore lui ; La bataille de *l'adieu aux armes,* toujours lui. On lui doit aussi les meilleures scènes du *Jour le plus long.*

Marx Brothers

Groupe comique de quatre frères : Chico (Leonard, 1886-1961), Harpo (Adolphe puis Arthur, 1888-1964), Groucho (Julius, 1890-1977) et par intermittence Zeppo (Herbert né en 1901).

Films où les trois principaux frères ont été réunis et qui sont connus sous le nom de films des Marx Brothers : Cocoanuts (Noix de coco, R. Florey, 1929) ; Animal Crakers (L'explorateur en folie, Heerman, 1930) ; Monkey Business (Monnaie de singe, McLeod, 1931) ; Horse Feathers (Plumes de cheval, McLeod, 1932) ; Duck Soup (Soupe au canard, McCarey, 1933) ; A Night at the Opera (Une nuit à l'Opéra, Wood, 1935) ; A Day at the Races (Un jour aux courses, Wood, 1937) ; Room Service (Panique à l'hôtel, Seiter, 1938); At the Circus (Un jour au cirque, Buzzell, 1939) ; Go West (Chercheurs d'or, Buzzell, 1940) ; Big Store (Les Marx au grand magasin, Reisner, 1941) ; A Night in Casablanca (Une nuit à Casablanca, Mayo, 1946) ; Love Happy (La pêche au trésor, Miller, 1949).

C'est seulement dans le dictionnaire des acteurs que les frères Marx devraient trouver place : leurs films ont été signés par d'autres (Wood, McLeod, Buzzell, etc.) ; les producteurs leur imposèrent des numéros musicaux tout à fait étrangers à l'histoire du film ; ils eurent des scénaristes et des gagmen, connus ou restés dans l'ombre. On parle pourtant de films *des* Marx Brothers. Ils sont en effet les auteurs de leurs films, comme Fields ou Laurel et Hardy. Par leur personnalité d'abord qui donne aux 13 films qu'ils ont tournés ensemble une incontestable unité : Groucho, sa moustache et son cigare, ses bons mots et son agressivité ; Chico, son curieux chapeau pointu et son talent réel de pianiste ; Harpo, muet, lunaire, obsédé par les femmes et remarquable harpiste. De film en film on retrouve les mêmes comparses dont la plantureuse Margaret Dumont. Gags visuels ou bons mots ont été souvent improvisés sur le plateau avec la collaboration des célèbres frères. Combien sont devenus classiques, de la cabine où s'entassent des gens de plus en plus nombreux dans *Une nuit à l'Opéra* au train qui diminue à mesure que l'on a besoin de combustible pour la locomotive dans *Go West !*. Ces gags figuraient sûrement dans le scénario. Mais l'on peut rêver et croire que certaines répliques (« Sommes encerclés, trois hommes et une femme, envoyez renforts ou deux femmes ». « Un homme me suit, confie épouvantée Marilyn Monroe en entrant dans le bureau de Groucho établi détective ; « Un seul ? », interroge, sincèrement étonné, Groucho. A des aviateurs racontant qu'ils se trouvèrent en panne d'essence au-dessus de l'Atlantique, on demande : « Que fîtes-vous ? » « Demi-tour », répondent, impavides, les hardis astronautes) sont nées spontanément dans le torrent verbal assené par Groucho. Oui, les frères Marx sont les véritables auteurs de leurs films et non Reisner ou Heerman.

BIBLIO. : A. Martin, Les Marx ont-ils une âme ?, *Cahiers du cinéma,* n° 44-47 (1955) ; *Écran 72,* n° 1.

Maselli, Francesco

Cinéaste italien né en 1930.

Documentaires : Bagnaia, paese italiano (1949) ; Finestre (1950) ; Zona pericolosa (1951). *Puis comme longs métrages :* L'amore in città (5e sketch, avec Zavattini, 1953) ; Gli sbandati (1955) ; La donna del giorno (1957) ; I delfini (Les dauphins, 1960) ; Le Italiane e l'amore (2e sketch, les femme accusent, 1961) ; Gli indifferenti (Les indifférents, 1963) ; Fai in fretta ad uccidermi... ho freddo ! (Tue-moi vite, j'ai froid !, 1967) ; Ruba al prossimo tuo (1968) ; Lettera aperta a un giornale della sera (Lettre ouverte à un journal du soir, 1970) ; Il sospetto (1975).

Très influencé par le néo-réalisme (*Gli sbandati*), puis cinéaste vigoureusement engagé sur le plan politique (*Il sospetto* décrit l'opposition communiste au fascisme), il est moins à l'aise dans l'univers de Moravia (*Les indifférents*). Son meilleur film est probablement *Les dauphins,* portrait d'un groupe de jeunes bourgeois de province.

Mastrocinque, Camillo

Réalisateur italien, 1901-1969.

Regina della Scala (1936) ; Voglio vivere con Letizia (1937) ; L'orologio a cucù (1938) ; Inventiamo l'amore (1938) ; Bionda sottochiave (1939) ; Validità giorni dieci (1940) ; La danza dei milioni (1940) ; I mariti (1941) ; Ridi, pagliaccio ! (1941) ; L'ultimo ballo (1941) ; Turbine (1941) ; Oro nero (1942) ; Fedora (1942) ; Le vie del cuore (1942) ; La maschera e il volto (1942) ; La statua vivente (1942) ; Il matrimonio segreto (1943) ; Il cavaliere del sogno (1946) ; Sperduti nel buio (Perdu dans les ténèbres, 1947) ; Arrivederci papa (Le choix des anges, 1948) ; Il vento mi ha cantato una canzone (1948) ; L'uomo dal guanto grigio (L'homme aux gants gris, 1949) ; La cintura di castita (1950) ; Duello senza onore (Plus fort que la haine, 1950) ; Arejao (1951) ; Gli inesorabili (1951) ; Attanasio cavallo vanèsio (1953) ; Il peccato di Anna (1953) ; Tarantella napoletana (1953) ; Alvaro piuttosto corsaro (1954) ; Café-chantant (1954) ; Totò all'inferno (1954) ; Figaro, barbiere di Siviglia (1955 ; Siamo uomini o caporali ? (1955) ; Le vacanze del sor Clemente (1955) ; La banda degli onesti (1956) ; Napoli terra d'amore (1956) ; Totò, lascia o raddoppia ? (1956) ; Totò, Peppino e la... malafemmina (1956) ; Totò, Peppino e i fuorilegge (1956) ; Porta un bacione a Firenze (1957) ; Totò, Vittorio e la dottoressa (Dites 33, 1957) ; Le bellissime gambe di Sabrina (1958) Domenica è sempre domenica (1958) ; E arrivata la parigina (1958) ; Totò a Parigi (Parisien malgré lui, 1958) ; La cambiale (1959) ; Vacanze d'inverno (Brèves amours, 1959) ; Anonima cocottes (1960) ; Il corazziere (1960) ; Genitori in blue-jeans (1960) ; Noi duri (1960) ; Tototruffa 62 (1961) ; Diciotteni al sole (1962) ; Gli eroi del doppio gioco (1962) ; I motorizzati (1962) ; La cripta e l'incubo (1964) ; Te lo leggo negli occhi (1966) ; Un angelo per Satana (1967) ; Le più bella coppia del mondo (1968).

Aucun film digne d'être noté dans cette longue filmographie, si ce n'est le remake de *Sperduti nel buio* et quelques bons Toto. Le seul mérite de Mastrocinque est d'avoir eu une longue carrière.

Masumura, Yasuzo

Réalisateur japonais né en 1924.

Principaux films : Kuchize (Baisers, 1957) ; Aozora musume (Une jeune fille sous le ciel bleu, 1957) ; Hanran (Débordements, 1959) ; Nyoko (Testaments de femmes, 1960) ; Koshoku ichidai onna (La vie d'une amoureuse, 1961) ; Tadare (Démangeaisons, 1962) ; Otto ga nita (Le mari a tout vu, 1964) ; Heitai Yakuza (Le soldat gangster, 1965) ; Akai tenshi (L'ange rouge, 1966) ; Chijin no ai (La chatte japonaise, 1966) ; Ongaku (Musique, 1972) ; Kungfu Harakiri (1973) ; Sonezaki Shinju (Double suicide à Sonezaki, 1978).

Cet ancien philosophe et juriste a été marqué par le cinéma occidental qu'il étudia à Rome en 1953. Son admiration va surtout à Renoir, mais il se réclame aussi de Kurosawa. Ancien assistant de Mizoguchi et d'Ichikawa, il a tourné lui-même un nombre imposant de films consacrés surtout aux problèmes de la jeunesse et à la corruption de la société d'après-guerre. On ne peut guère juger de sa valeur – nullement négligeable – qu'à travers *L'ange rouge* et *La chatte japonaise*, seuls films à être passés sur nos écrans.

Matalon, Eddy

Réalisateur français né en 1937.

Le chien fou (1966) ; Trop petit mon ami (1969) ; L'île aux coquelicots (1970) ; La révélation (1971) ; La chatte sans pudeur (1974) ; New York ne répond plus (1977) ; Brigade mondaine : la secte de Marrakech (1979).

Trop petit mon ami, adaptation de James Hadley Chase, avait fait naître des illusions – vite dissipées – sur la suite de la carrière de Matalon. *La chatte sans pudeur,* un classique du « porno », vint montrer dans quelle nouvelle voie s'engageait Matalon, devenu, pour les besoins du hard, Jack Angel *(sic).*

Matarazzo, Raffaello

Réalisateur italien, 1909-1966.

Littoria (c. m. 1932) ; Mussolinia di Sardegna (c. m. 1933) ; Treno popolare

(1933) ; Kiki (1934) ; Il serpente a sonagli (1935) ; L'anonima Roylott (1936) ; Joe il Rosso (1936) ; E tornato carnavale (1937) ; Sono stato io (1937) ; L'albergo degli assenti (1939) ; Il marchese di Ruvolito (1939) ; Giù il sipario (1940) ; Trappola d'amore (1940) ; L'avventuriera del piano di sopra (1941) ; Notte di fortuna (1941) ; Giorno di nuzze (1942) ; Il birichino di papa (1943) ; Dora, la espia (1943) ; Empezó en buda (1944) ; La fumeria d'oppio (Ritorna Za-la-Mort, Fumerie d'opium, 1947) ; Lo sciopero dei milioni (1948) ; Paolo e Francesca (1950) ; Catene (Le mensonge d'une mère, 1950) ; Tormento (Bannie du foyer, 1951) ; I figli di nessuno (Le fils de personne, 1951) ; Il tenente Giorgio (1952) ; Chi è senza peccato (Qui est sans péché ?, 1953) ; Giuseppe Verdi (Verdi, 1953) ; La nave delle donne maledette (Le navire des filles perdues, 1954) ; Vortice (1954) ; Torna (Larmes d'amour, 1954) ; Angelo bianco (La femme aux deux visages, 1955) ; Guai ai vinti (1955) ; L'intrusa (1955) ; Difendo il mio amore (1956) ; La risaia (La fille de la rizière, 1956) ; L'ultima violenza (1957) ; Malinconico autunno (1958) ; Carasella (1960) ; Adultero lui, adultero lei (1963) ; I terribili sette (Il cagasotto, 1964) ; Amore mio (1964).

Il fut journaliste, puis assistant de Steinhoff et de Camerini avant de devenir le grand spécialiste du mélodrame à l'usage d'un public populaire. Il a su utiliser avec habileté, dans le genre, le couple Amedeo Nazzari-Yvonne Sanson. S'il a quelque réputation c'est qu'il a bénéficié du prestige acquis auprès d'une petite chapelle de cinéphiles français qui ont exalté son meilleur film, assez sadique d'ailleurs, *Le navire des filles perdues.* La critique italienne ne retient que son *Verdi,* avec peut-être trop de sévérité pour ses autres œuvres.

Maté, Rudolph

Directeur de la photographie puis réalisateur d'origine polonaise, de son vrai nom Rudolph Matheh, 1898-1964.

Comme réalisateur : I Had to Be You (avec D. Hartman, L'homme de mes rêves, 1947) ; The Dark Past (La fin d'un tueur, 1948) ; D.O.A. (1949) ; No Sad Songs for Me (La flamme qui s'éteint, 1950) ; Union Station (Midi gare centrale, 1950) ; Branded (Marqué au fer, 1950) ; The Prince Who Was a Thief (Le voleur de Tanger, 1951) ; When Worlds Collide (Le choc des mondes, 1951) ; The Green Glove (Le gantelet vert, 1952) ; Paula (1952) ; Sally and Saint Anne (1952) ; The Mississipi Gambler (Le gentilhomme de la Louisiane, 1953) ; Second Chance (Passion sous les Tropiques, 1953) ; Forbidden (Double filature, 1953) ; The Siege at Red River (1954) ; The Black Shield of Falworth (Le chevalier du roi, 1954) ; The Violent Men (Le souffle de la violence, 1955) ; The Far Horizons (Horizons lointains, 1955) ; Miracle in the Rain (1956) ; The Rawhide Years (Les années sauvages, 1956) ; Port Afrique (Port Afrique, 1956) ; Three Violent People (Terre sans pardon, 1956) ; The Deep Six (En patrouille, 1958) ; Serenade einer grossen Liebe (1958) ; For the First Time (La fille de Capri, 1959) ; Revak, lo Schiavo di Cartagine (Rewak le rebelle, 1960) ; The Immaculate Road (1960) ; The 300 Spartans (La bataille des Thermopyles, 1962) ; Aliki (1962) ; Seven Seas to Calais (Le corsaire de la reine, 1963).

Son œuvre de réalisateur n'est pas à la mesure de son importance comme directeur de la photographie des grands chefs-d'œuvre de Dreyer ou de certains classiques du cinéma américain comme *Gilda.* Mais ses films d'action, sur un mode mineur, ne sont pas dépourvus de charme, qu'il s'agisse d'habiles thrillers comme *The Dark Past,* remake de *Blind Alley* de Charles Vidor, ou *Union Station* qui utilisait le décor insolite d'une gare, soit de plaisants westerns comme *Branded* (l'un des meilleurs Ladd), *The Mississipi Gambler* (évocation du Sud aux couleurs chatoyantes) ou *Far Horizons,* qui racontait avec nonchalance l'expédition de Lewis et Clark. Après ces petits chefs-d'œuvre, il sombra en fin de carrière dans les péplums les plus fauchés de l'histoire du cinéma où rien ne peut être sauvé, ni un plan ni même une intention.

Mathot, Léon

Acteur et réalisateur français, 1886-1968.

Comme réalisateur : Dans l'ombre du harem (1928) ; L'Appassionata (1929) ; L'instinct (1930) ; Le refuge (1930) ; Passeport 13 444 (1931) ; Embrassez moi (1932) ; Bouboule 1er roi nègre (1933) ; Nu comme un ver (1933) Le comte Obligado (1935) ; La Mascotte (1935) ; Les loups entre eux (1936) ; L'ange du foyer (1936) ; Aloha, le chant des îles (1937) ; L'homme à abattre (1937) ; Le révolté (1938) ; Chéri-Bibi (1938) ; Fromont Jeune et Risler Aîné (1941) ; Cartacalha (1941) ; Forte Tête (1942) ; L'homme sans nom (1942) ; La route du bagne (1945) ; Nuits d'alerte (1945) ; La dernière chevauchée (1946) ; Le dolmen tragique (1947) ; L'homme aux mains d'argile (1947) ; La danseuse de Marrakech (1949) ; Mon gosse de père (1952).

Grand acteur du muet, il se tourna, quand il sentit décliner sa popularité, vers la mise en scène. Certains de ses films ne sont pas sans mérite. Si son *Fromont Jeune et Risler Aîné* est plus proche de Léon que d'Alphonse Daudet, son *Révolté* (avec René Dary) montre son goût pour « les fortes têtes », thème qu'il exploitera à plusieurs reprises. Sa *Cartacalha,* reine des gitans, a fait beaucoup pour la mythologie de Viviane Romance.

Mattoli, Mario

Réalisateur italien né en 1898.

Principaux films : Tempo massimo (1934) ; Amo te sola (1935) ; Musica in piazza (1935) ; Sette giorni all'altro (1936) ; La damigella di Bard (1936) ; Gli ultimi giorni di Pompei (Les derniers jours de Pompéi, 1937) ; La dama bianca (1938) ; Mille chilometri al minuto (1939) ; Il pirata sono io (1940) ; Ore 9 lezione di chimica (Leçon de chimie à neuf heures, 1941) ; Catene invisibili (1942) ; La valle del Diavolo (1943) ; La vita ricomincia (1945) ; Fifa e arena (Arènes en folie, 1948) ; Toto al giro d'Italia (1948) ; Il fiacre n. 13 (1949) ; Assunta Spina (1949) ; I pompieri di Viggiu (Les pompiers chez les pin-up, 1948) ; Inafferrabile 12 (Mon frère a peur des femmes, 1950) ; I cadetti di Guascogna (1950) ; Toto sceicco (Deux légionnaires au harem, 1951) ; Toto tarzan (1951) ; Toto terzo uomo (1951) ; Due notti con Cleopatra (Deux nuits avec Cléopâtre, 1953) ; Miseria e nobilta (Misère et noblesse, 1954) ; Le diciottenni (Les dix-huit ans, 1956) ; I giorni piu belli (Nos plus belles années, 1956) ; Toto, Peppino e le fanatiche (1958) ; Prepontenti piu di prima (Les croulants terribles, 1959) ; Appuntamento ad Ischia (Je cherche une maman, 1960) ; Appuntamento in riviera (1962) ; Maciste contro Ercole nella valle dei guai (1962) ; Obbiettivo ragazze (1963) ; Cadavere per signora (1964) ; Per qualche dollaro in meno (1966).

On l'oublie lorsqu'on évoque la comédie italienne dont il fut l'un des meilleurs serviteurs avec *Misère et noblesse,* d'après la pièce de Scarpetta : le quiproquo y règne en maître. Un rideau s'ouvre au début, se referme à la fin. Comment oublier que Mattoli vient du théâtre ? Il a en effet dirigé, à ses débuts, une troupe et monté des spectacles. Au cinéma ensuite, son activité a été considérable. Il a signé quelques-uns des meilleurs Toto, s'est essayé au péplum, opposant Hercule à Maciste ; il a même signé des westerns !

Matton, Charles

Réalisateur français né en 1933.

La pomme (c.m., 1967) ; L'Italien des roses (1972) ; Spermula (1975).

Plus connu comme peintre, Matton avait signé un premier long métrage très original qui échappait à la banalité de certaines productions françaises, mais que dire de *Spermula,* coûteuse fantaisie pseudo-érotique qui sombrait dans le ridicule ?

Mattsson, Arne

Réalisateur suédois né en 1919.

Courts métrages. Puis : Och alla dessa kvinnor (Et toutes ces femmes, 1944) ;

Maria pa kvarngarden (Marie la meunière, 1945) ; Sussie (1945) ; I som här inträden (Vous qui entrez ici, 1945) ; Peggy pa vift (Peggy s'amuse, 1946) ; Röttag (L'œuf pourri, 1946) ; Pappa sökes (On demande un papa, 1947) ; Det kom en gäst (Un invité va venir, 1947) ; Rallare (Poseur de rails, 1947) ; Farlig var (Printemps dangereux, 1948) ; Kvinna i vitt (La femme en blanc, 1949) ; När karleken kom till byn (Quand l'amour vient au village, 1950) ; Kyssen pa kryssen (Baisers et croisières, 1950) ; Kastrullresan (Pique-nique sur l'herbe, 1950) ; Bärande hav (Les mers que nous parcourons, 1951) ; Hon dansande en sommar (Elle n'a dansé qu'un seul été, 1951) ; Hard klang (La grande résonance, 1952) ; För min heta ungdom, skull (Pour les ardentes amours de ma jeunesse, 1952) ; Kärlekensbröd (Le pain de l'amour, 1953) ; Storm över Tjurö (Ouragan sur Tjurö, 1953) ; Förtrollad vandring (Promenade féerique, 1953) ; Salka Valka (1953) ; Nattens väv (L'épaisseur de la nuit, 1953) ; Litet bo (Jeune ménage, (1955) ; Hemsö (1955) ; Flickan i frack (La fille en habit, 1956) ; Livets var (Au printemps de la vie, 1957) ; Damen i svart (La dame en noir, 1958) ; They came two men (1958) ; Körkarlen (La charrette fantôme, 1958) ; Mannekäng i rött (Le mannequin rouge, 1959) ; Far jag Iana din fru ? (Prête-moi ta femme, 1959) ; Ryttare i blatt (Le cavalier en bleu, 1959) ; Nar mörkret faller (Quand vient le crépuscule, 1960) ; Ljuvlig är Sommarnatt (Par une douce nuit d'été, 1960) ; Sommar och syndare (Eté et péché, 1960) ; Biljett till Paradiset (Bil-let pour le paradis, 1961) ; Vita frun (La femme en blanc, 1961) ; Den gula bilen (La voiture jaune, 1962) ; Vaxdöckan (Le mannequin de cire, 1962) ; Det âr has mig han har varit (C'est chez moi qu'il est venu, 1963) ; Blajackor (Les cols bleus, 1964) ; Här kommer bärsärkärna (Les deux vikings, 1965) ; Morianerna (1965) ; Yngsjömordet (Le meurtre d'Yngsjö, 1966) ; Mördaren (Le meurtrier, 1967) ; Den onda cirkeln (Le cercle vicieux, 1967) ; Anne et Eve (1970) ; The Truck (1976) ; Soleil noir (1978).

Mattsson doit sa célébrité à une séquence d'*Elle n'a dansé qu'un seul été,* où l'on voyait un couple entièrement nu. A l'époque ces images parurent particulièrement audacieuses et le public se précipita en bataillons serrés pour voir ce qui n'était qu'un gentil mélodrame. Plus élaboré et plus trouble, virant au fantastique, était *Le mannequin de cire,* objet de la passion amoureuse d'un jeune veilleur de nuit ; le film n'eut pourtant aucun succès. En Suède, Mattsson est surtout connu pour ses drames policiers dans la lignée d'Hitchcock.

Maudru, Charles

Réalisateur français.

Le lys rouge (1920) ; Le droit de tuer (1920) ; La bourrasque (1920) ; Un aventurier (1921) ; L'assommoir (1921) ; Le talion (1921) ; Près des cimes (1921) ; L'amour du mort (1921) ; Le roi de Paris (1922) ; Serge Panine (1922) ; Le crime d'une sainte (1923) ; Rocambole (1923) ; L'homme du train 117 (1923) ; Les premières armes de Rocambole (avec Maurice de Marsan, 1924) ; Les amours de Rocambole (1924).

L'un de ces réalisateurs des années 20 sur lesquels les *Cahiers de la cinémathèque* ont attiré l'attention dans leur numéro 33-34 de l'automne 1981, mais dont les œuvres semblent – hélas – perdues.

Mauro Humberto,

Réalisateur brésilien né en 1897.

Na Primavera da Vida (1926) ; Thesouro perdido (1927) ; Braza dormida (1928) ; Sangue Mineiro (1930) ; Ganga bruta (1930) ; Cidade Mulher (1936) ; Descobrimento do Brasil (1937) ; Argila (1940) ; O Canto da Saudade (1952).

Considéré par Paranagua, dans *Les cinémas de l'Amérique latine,* comme le plus important réalisateur du muet brésilien et l'un des pères du Cinema Novo. Malheureusement son œuvre nous demeure inconnue.

May, Joe

Producteur et réalisateur allemand, de son vrai nom Joseph Mandel, 1880-1954.

In der Tiefe des Schachtes (1912); Vorghiten des Balkanbrandes (1912); Ein Ausgestossener (1913); Heimat und Fremde (1913); Der verschleierte Bild von Grosz-Kleindorf (1913); Entsagungen (1913); Die unheilbringende Perle (1913); Der Mann im Kellar (1914); Der Spuk in Hause des Professors (1914); Das Panzergewölbe (1914); Die geheimnisvolle Villa (1914); Charley, der Wunderaffe (1915); In der Nacht (1915); Das Gesetz der Mine (1915); Sein Schwierigster Fall (1915); Der Geheimsekretär (1915); Die Sünde der Helga Arndt (1915); Die Gespensteruhr (1915); Nebel und Sonne (1916); Ein Blatt Papier (1916); Arme Eva Maria (1916); Wie ich Detektiv wurde (1916); Das rätselhafte Inserat (1916); Die Silhouette des Teufels (1917); Das Geheimnis der leeren Wasserflasche (1917); Der schwarze Chauffeur (1917); Der Onyxknopf (1917); Des Vaters Letzter Wille (1917); Die Hochzeit im Exentricclub (1917); Die Liebe der Hetty Raymond (1917); Ein Lichtstrahl im Dunkel (1917); Hide Warren und der Tod (1917); Krähen fliegen um den Turm (1917); Das Klima von Vancourt (1918); Das Opfer (1918); Die Kaukasierin (1918); Ihr grosses Geheimnis (1918); Die Bettelgräfin (1918); Wogen des Schicksals (1918); Sein bester Freund (1918); Veritas Vincit (1919); Die Herrin der Welt (La maîtresse du monde, 1919); Fräulein Zahnarzt (1919); Die Legende von der Heiligen Simplicia (1920); Die Schuld der Lavinia Morland (1920); Das Indische Grabmal (Le tombeau hindou, 1921); Tragödie der Liebe (La tragédie de l'amour, 1923); Der Farmer aus Texas (1925); Dagfin (1926); Heimkehr (Le chant du prisonnier, 1929); Asphalt (Asphalte, 1929); Ihre Majestät die Liebe (Sa Majesté l'amour, 1930); Und das ist die Hauptsache (Nuit de bal, 1931); Zwei in einem Auto (1932); Voyage de noces (version française de Hochzeitreise zu Dritt, 1933); Ein Lied für dich (Une chanson pour toi, 1933); Two Hearts in Waltztime (1934). *Aux États-Unis :* Music in the Air (1934); Confession (1937); Society Smugglers (1939); The House of Fear (1939); The Invisible Man Returns (Le retour de l'homme invisible, 1940); The House of Seven Gables (1940); You're not so tough (1940); Hit the Road (1914); Johnny doesn't live here anymore (Surprise-partie, 1944).

Dans le cinéma muet allemand, il occupe une place particulière. Venu des affaires et de l'opérette, il a paru se spécialiser dans un cinéma populaire : *serials (Die Herrin der Welt)*, aventures exotiques (*Das indische Grabmal),* films musicaux (*Ein Lied für dich* avec Jan Kiepura). Il a pourtant signé deux œuvres ambitieuses : *Heimkehr* (sur la condition des prisonniers de guerre) et *Asphalt* (un jeune policier tombe amoureux de la voleuse qu'il doit arrêter). Il s'agit là de deux classiques du réalisme social qu'il a d'ailleurs produits lui-même avec Erich Pommer. Contraint de s'enfuir aux États-Unis à l'avènement d'Hitler, il n'a tourné en Amérique que des œuvres médiocres mais l'on peut voir avec amusement *The Invisible Man Returns.*

May, Paul

Réalisateur allemand de son vrai nom Paul Ostermayr, né en 1909.

Der Edelweisskönig (1938); Waldrausch (1939); Beates Flitterwochen (1940); Links der Isar, rechts der Spree (1940); Violanta (1942); Die unheimliche Wandlung des Alex Roscher (1943); Duell mit dem Tod (Duel avec la mort, 1949); König fur eine Nacht (1950); Zwei Menschen (1952); Junges Herz voll liebe (1953); 08/15 (08/15 1953); Phantom des grossen Zeltes (1953); 08/15 (1955); 08/15, in der Heimat (08/15 go home, 1955); Oberarzt Dr. Solm (1955); Weil du arm bist, musst du früher sterben (1956); Flucht in die Tropennacht (Violence sous les Tropiques, 1957); Der Fuchs von Paris (1957); Weisser Holunder

(1957) ; Die Landärztin (1958) ; Heisse Ware (1958); Und ewng singen die Wälder (Les géants de la forêt, 1959) ; Heimat deine Lieder (1959) ; Soldatensender Calais (Les chacals meurent à l'aube, 1960) ; Freddy und der Millionär (1961) ; Via Mala (1961) ; Waldrauch (1962) ; Scotland Yard jagt Dr. Mabuse (1963).

Symbole de la médiocrité du cinéma allemand après l'effondrement du IIIe Reich. Fils du producteur Ostermayr, Paul May a connu le succès avec une comédie antimilitariste, *08/15*, qui eut au moins deux suites avant de sombrer dans un oubli justifié. Quelques bandes guerrières et une version du *Dr. Mabuse* complètent la filmographie de ce réalisateur qui aurait pu mieux faire.

Mayer, Gerald

Réalisateur d'origine canadienne né en 1919.

Dial 1199 (Les âmes nues, 1950) ; Inside Straight (1951) ; The Sellout (1952) ; Holiday for Sinners (1952) ; Bright Road (1953) ; The Marauders (1955).

Son approche du thriller (*Dial 1199*) ou du western (*The Marauders*) est toujours intelligente selon les critiques américains qui le placent très haut : malheureusement, sauf le premier, ses films n'ont pas été diffusés en Europe.

Mayo, Archie L.

Réalisateur américain, 1891-1968.

Money Talks (1926) ; Unknown Treasures (1926) ; Christine of the Big Tops (1926) ; Johnny Get Your Hair Cut (1927) ; Quarantined Rivals (1927) ; Dearie (1927) ; Slightly Used (1927) ; The College Widow (1927) ; Beware of Married Men (1928) ; Crimson City (1928) ; State Street Sadie (1928) ; On Tri-al (1928) ; My Man (1928) ; Sonny Boy (1929) ; The Sap (1929) ; Is Everybody Happy ? (1929) ; The Sacred Flame (1929) ; Vengeance (1930) ; Wide Open (1930) ; Courage (1930) ; Oh ! Sailor Behave ! (1930) ; The Doorway to Hell (Au seuil de l'enfer, 1930) ; Illicit (1931) ; Svengali (1931) ; Bought (1931) ; Under 18 (1932) ; The Expert (1932) ; Two Against the World (1932) ; Night after Night (1932) ; The Life of Jimmy Dolan (1933) ; Mayor of Hell (1933) ; Ever in My Heart (1933) ; Convention City (1933) ; Gambling Lady (La folle semaine, 1934) ; Desirable (1934) ; The Man With Two Faces (1934) ; Go into Your Dance (Entrez dans la danse, 1935) ; Bordertown (Ville frontière, 1935) ; The Case of the Lucky Legs (1935) ; The Petrified Forest (La forêt pétrifiée, 1936) ; I Married a Doctor (Sa vie secrète, 1936) ; Give Me Your Heart (1936) ; Black Legion (La légion noire, 1936) ; Call It a Day (1937) ; It's Love I'm After (L'aventure de minuit, 1937) ; The Adventures of Marco Polo (Les aventures de Marco Polo, 1938) ; Youth Takes a Fling (1938) ; They Shall Have Music (Mélodie de la jeunesse, 1939) ; The House Across the Bay (Destins dans la nuit, 1940) ; Four Sons (1940) ; The Great American Broadcast (1941) ; Charley' Aunt (1941) ; Confirm or Deny (1941) ; Moontide (Péniche d'amour, 1942) ; Orchestra Wives (1942) ; Crash Dive (1943) ; Sweet and Low down (Requins d'acier, 1944) ; A Night in Casablanca (Une nuit à Casablanca, 1946) ; Angel on My Shoulder (L'évadé de l'enfer, 1946).

Les cinéphiles gardent un souvenir ému des *Aventures de Marco Polo* où Gary Cooper, au sommet de sa forme, évoluait dans une Venise de studio et une Chine de pacotille, bien éloignée du *Livre des Merveilles*, mais où se retrouvait le charme suranné des couvertures du *Journal des Voyages*. Créditons aussi ce solide artisan d'Hollywood que fut Mayo, dont l'essentiel de la carrière se déroula entre 1927 et 1937 à la Warner, de vigoureux films policiers (dont *The Petrified Forest* et *Black Legion* – sur le Ku-Klux-Klan – avec Humphrey Bogart), de quelques comédies musicales (le charmant *Orchestra Wives* entre autres), d'un film étrange, aux confins du fantastique, grâce aux décors insolites d'Anton Grot et à l'interprétation de Barrymore, nouveau Pygmalion, *Svengali*, et d'une désopilante parodie du *Casablanca* de Curtiz par les frères Marx, *Une nuit à Casablanca.* Du bon travail de professionnel.

Mazursky, Paul

Acteur et réalisateur américain né en 1930.

Comme réalisateur : Bob and Carol and Ted and Alice (Bob et Carol et Ted et Alice, 1970) ; Alex in Wonderland (1970) ; Blume in Love (Les choses de l'amour, 1972) ; Harry and Tonto (Harry et Tonto, 1974) ; Next Stop, Greenwich Village (Next Stop, Greenwich Village, 1975) ; An Unmarried Woman (La femme libre, 1978) ; Willie and Phil (1979).

Les films de cet acteur, qui joua dans *The Blackboard Jungle* de Brooks comme dans *A Star Is Born* de Pierson et fit beaucoup de *shows* et de séries à la télévision, ont en commun de nous montrer des représentants de la petite ou de la moyenne bourgeoisie face à la permissivité sexuelle (*Bob and Carol and Ted and Alice*), à la bohème (*Next Stop*) ou à la liberté forcée d'une femme abandonnée (*Unmarried Woman*). Un cinéma intimiste, qui manque un peu de vigueur ou de méchanceté et finit souvent par ennuyer.

Medak, Peter

Réalisateur anglais.

Negatives (1970) ; The Ruling Class (1972) ; The Changeling (L'enfant du diable, 1980) ; Zorro the Gay Blade (La grande Zorro, 1981).

Nouveau venu dans le cinéma américain de grande consommation, il a déjà à son actif un bon film d'épouvante (*The Changeling)* et une version parodique du *Signe de Zorro,* dont le héros s'étant cassé la jambe est remplacé par son frère jumeau très efféminé. On y trouve le délire d'une comédie étrange du même Medak, où Peter O'Toole, fils d'un lord anglais, se prenait pour Jésus-Christ (*The Ruling Class*).

Medford, Don

Réalisateur américain.

To trap a spy (Duo de mitraillettes, 1965) ; Arch ennemy of the FBI (1967) ; The Hunting Party (Les charognards, 1971) ; The Organization (L'organisation, 1970).

Plutôt tourné vers la télévision, ce réalisateur s'est fait remarquer par un sens aigu de la violence qui culmine dans *Les charognards,* western particulièrement sadique. Sadisme que l'on retrouve, mais plus atténué, dans une œuvre nettement moins réussie que *The Hunting Party, L'organisation.*

Medvedkine, Alexandre

Réalisateur soviétique né en 1900.

Polechko (1930) ; Derji Vora (1930) ; Froukty-Ovochtchi (1931) ; Douren, ty douren (1931) ; Pro lioubov 1932) ; Tit (1932) ; Dyra (1932) ; Zapadnia (1932) ; Stchastié (Le bonheur, 1934) ; Tchoudesnitsa (La fille qui faisait des miracles, 1936) ; Novaïa Moskva (1938) ; Osvobo jdiennaïa zemlia (1946) ; Slava troudou (1949) ; Piervaïa vesna (1950) ; Biespokoïnaïa (1956) ; série Cinépamphlet (8 films entre 1958 et 1971).

La découverte du *Bonheur* a attiré l'attention sur un réalisateur d'autant plus mal connu que son œuvre antérieure à 1932 est perdue. Dans la grisaille il tranchait alors par son esprit satirique. Il semble que ses derniers « ciné-pamphlets » l'aient fait rentrer dans le rang.

Mekas, Adolfas

Réalisateur américain d'origine lituanienne, né en 1925.

Let's Cry (1961) ; Hallelujah the Hills (Hallelujah les collines, 1963) ; The Brig (avec J. Mekas, 1964) ; The Double Barred Detective Story (1966) ; Windflowers (1968) ; Companeros and Companeras (1970).

Hallelujah fut salué avec enthousiasme par Godard : « On s'émeut et on rit d'un rien. » Avec son frère Jonas, fondateur de *Film Culture* et animateur de la « Filmakers Cooperative », il n'a cessé de prêcher pour un cinéma différent, hors des canons hollywoodiens. Le meilleur film des deux frères est *The Brig,* spectacle du Living Theatre sur une prison pour Marines.

Melendez, Bill

Réalisateur de films d'animation américain

Babar the Elephant (1968) ; A Boy Named Charlie Brown (1970) ; Rainbow Bear (1970) ; Snoopy Come Home (1972) ; Race for your Life, Charlie Brown (1977).

Adaptations très fidèles des célèbres personnages de Ch.M. Schulz qui donnèrent naissance également à une série télévisée (dont l'excellent *What a Nightmare Charlie Brown !* où le chien Snoopy vole comme à l'habitude la vedette à Charlie Brown).

Melford, George

Réalisateur américain, 1877-1961.

Principaux films : The Invisible Power (1914) ; The Boer War (1914) ; The Unknown (1915) ; The Fighting Hope (1915) ; The Immigrant (1915) ; The Marriage of Kitty (1915) ; Out of the Darkness (1915) ; The Puppet Crown (1915) ; The Woman (1915) ; The House of Golden Windows (1916) ; To Have and to Hold (1916) ; The Yellow Pawn (1916) ; The Evil Eye (1917) ; Her Strange Wedding (1917) ; A School for Husbands (1917) ; The Winning of Sally Temple (1917) ; The Sunset Trail (1917) ; The Call of the East (1917) ; Such a Little Pirate (1918) ; The Bravest Way (1918) ; The City of Dim Faces (1919) ; Men, Women and Money (1919) ; The Sea Wolf (1920) ; The Round Up (1920) ; A Wise Fool (1921) ; The Sheik (1921) ; Moran of the Lady Letty (1922) ; The Light That Failed (1923) ; Salomy Jane (1923) ; Tiger Love (1924) ; Big Timber (1924) ; The Top of the World (1925) ; Simon the Jester (1925) ; The Flame of the Yukon (1926) ; Whispering Smith (1926) ; A Man's Past (1927) ; Sinners in Love (1928) ; Freedom of the Press (1928) ; The Charlatan (1929) ; Love in the Desert (1929) ; The Woman I Love (1929) ; Love in the Desert (1929) ; Sea Fury (1929) ; The Poor Millionaire (1930) ; The Vicking (1931) ; East of Borneo (1931) ; Homicide Squad (1931) ; A Scarlet Week-End (1932) ; The Penal Code (1933) ; Officer 13 (1933) ; Man of Action (1933) ; The Cowboy Counsellor (1933) ; The Eleventh Commandment (1933) ; Dude Bandit (1933) ; Hired Wife (1934) ; East of Java (1935) ; Jungle Menace (avec Fraser, 1937).

Acteur, producteur et réalisateur, il fut l'une des grandes figures du cinéma américain des années 20, signant notamment *The Sheik* avec Rudolph Valentino, film qui porta la popularité de la vedette à son zénith et déclencha une véritable fureur pour les modes arabes, du moins telles qu'on les imaginait à Hollywood. Avec l'avènement du parlant, Melford ne tourna que des séries B, puis sombra dans l'oubli.

Méliès, Georges

Réalisateur français, 1861-1938.

Cinq cent trois films dont (nous suivons la chronologie établie par G. Sadoul) :
1896 : Une Partie de Cartes ; Séance de Prestidigitation ; Plus fort que son Maître ; Jardinier brûlant des Herbes ; Les Chevaux de Bois ; L'Arroseur ; Les Blanchisseuses ; Arrivée d'un Train (gare de Vincennes) ; Une bonne Farce ; Place de l'Opéra ; Une Nuit Terrible ; Déchargement de bateaux au Havre ; La Plage de Villiers par gros temps ; Salut malencontreux ; Dessinateur express ; Les Forgerons ; Tribulation d'un Concierge ; Dix Chapeaux en 60 secondes ; Cortège du Tzar ; Place St-Augustin ; Escamotage d'une Dame chez Robert Houdin ; Le Fakir ; Mystère Indien.
1897 : L'Hôtel Empoisonné ; Von Bismark ; Indiscrets ; Tom Old Boot ;

Altercation au Café ; Les Ivrognes ; Le Manoir du Diable ; Chicot Dentiste Américain ; Le Cauchemar ; Le Bœuf gras ; Cour de Ferme ; Paulus ; Défilé de Pompiers ; Le Malade Imaginaire ; Le Musulman Rigolo ; Hallucination de l'Alchimiste ; Le Château Hanté ; La Mi-Carême à Paris ; Sur les Toits ; Le Prestidigitateur D. Devant ; L'École des Gendres ; La Guerre en Grèce ; Passage Dangereux au Mont-Blanc ; Gugusse et l'Automate ; Entre Calais et Douvres ; L'Indiscret aux Bains de Mer ; Dans les Coulisses ; Tourneur en Poterie ; La Cigale et la Fourmi ; Ascension d'un Ballon ; Le Cabinet de Méphistophélès ; Figaro et l'Auvergnat ; En Cabinet Particulier ; Après le Bal le Tub ; Le Magnétiseur ; Un Modèle Irascible ; Guerre aux Indes ; Vision d'Ivrogne.
1898 : Faust et Marguerite ; Carrefour de l'Opéra ; Masque Diabolique G. Méliès ; Le Rayon Rœntgen ; La Guerre de Cuba et l'Explosion du Maine à La Havane (5 actualités reconstituées, dont deux « sous-marines ») ; Pygmalion et Galatée ; Damnation de Faust ; Aventures de Guillaume Tell ; Le Rêve de l'Astronome ou l'Homme dans la Lune ; Attention à la Peinture ; La Grotte du Diable ; Rêve d'Artiste ; L'Homme de Tête ; The Triple Lady ; Tentation de St-Antoine ; Le Rêve du Pauvre ; Le Déjeuner Impossible ; Illusions Fantastiques.
1899 : Funérailles de Félix Faure ; Cléopâtre ; Le Coucher de la Mariée ; Duel Politique ; Luttes Extravagantes ; Richesse et Misère ; L'Ours et la Sentinelle ; L'impressionniste Fin de Siècle ; Le Spectre ; Le Diable au Couvent ; La Danse du Feu ; La Crémation ; Un Bon Lit ; Force doit rester à la Loi ; Pickpokett et Policeman ; Combat de coqs ; Automaboulisme et Autorité ; Le Portrait Mystérieux ; Le Conférencier distrait ; La Pierre Philosophale ; Le Miroir de Cagliostro ; Neptune et Amphitrite ; Le Christ marchant sur les Eaux ; Évocation Spirite ; L'Affaire Dreyfus ; La Pyramide de Triboulet ; Cendrillon ; La Statue de Neige ; Le Chevalier Mystère ; L'Homme Protée ; Charmant Voyage de Noces ; Panorama de la Seine ; Tom Whisky ou l'Illusionniste Toqué ; Fatale Méprise ; Un Intrus dans la Loge des Figurantes ; Le Miracle du Bramhine ; Farce de Marmiton ; Les Trois Bacchantes ; Vengeance du Gâte-Sauce ; Mésaventures d'un Explorateur.
1900 : Exposition de Paris ; L'Homme Orchestre ; Jeanne d'Arc ; Les Sept Péchés Capitaux ; Prisonnier Récalcitrant ; Le Rêve du Rajah et la Forêt enchantée ; Les Deux Aveugles ; L'Artiste et le Mannequin ; Le Sorcier, le Prince et le Bon Génie ; Ne bougeons plus ; Le Fou Assassin ; Le Livre Magique ; Remerciements au Public ; Spiritisme Extravagant ; L'Illusionniste Double et la Tête Vivante ; Le Songe de l'Avare ; Rêve de Noël ; Gens qui pleurent et Gens qui rient ; Coppélia la Poupée Animée ; Repas Fantastique ; Déshabillage impossible ; Le Tonneau des Danaïdes ; Le Malade Hydrophobe ; Mauvaise Plaisanterie ; L'Homme aux Cent Trucs ; Réveil d'un Monsieur Pressé ; Gugusse et Belzébuth ; Chirurgie de l'Avenir ; La Maison Tranquille ; Congrès des Nations en Chine ; Mésaventures d'un Aéronaute ; La Tour Maudite ; Le Brahmane et le Papillon ; Bouquet d'Illusion.
1901 : Dislocation Mystérieuse ; Le Petit Chaperon Rouge ; L'Antre des Esprits ; Le Chimiste Repopulateur ; Chez la Sorcière ; Temple de la Magie ; Le Charlatan ; Une Noce au Village ; Le Cheval Démontable et le Général Boum ; L'Omnibus des Toqués ; La Vengeance de Bouddha ; Le Chapeau Surprise ; Phrénologie Burlesque ; L'École Infernale ; Le Rêve du Paria ; Bataillon Élastique ; Le Miracle de la Madone ; Nain et Géant ; L'Armoire des Frères Davenport ; Les Piqueurs de Fûts ; La Douche du Colonel ; L'Œuf Magique Prolifique ; Le Danseur Microscopique.
1902 : Éruption Volcanique à la Martinique ; Catastrophe du Ballon Pax ; Le Voyage dans la Lune ; La Clownesse Fantôme ; Le Sacre d'Édouard VII ; L'Homme Mouche ; La Ferme Vo-

lonté ; Équilibre Impossible ; Le Pochard et l'Inventeur ; Une Indigestion ; Voyages de Gulliver.

1903 : La Corbeille Enchantée ; Les Filles du Diable ; Cakewalk Infernal ; Les Mousquetaires de la Reine ; Le Puits Fantastique ; L'Auberge du Bon Repos ; Statue Animée ; Le Sorcier ; L'Oracle de Delphes ; Portrait Spirite ; Le Mélomane ; Fantaisie Égyptienne ; Le Royaume des Fées ; Le Chaudron Infernal ; Le Revenant ; Le Tonnerre de Jupiter ; Le Parapluie Fantastique ; Tom Tight et Dum Dum ; Bob Kick Enfant Terrible ; Illusions Funambulesques ; L'Enchanteur Alcofribas ; La Lanterne Magique ; Le Rêve du Maître de Ballet ; Faust aux Enfers.

1904 : Le Bourreau Turc ; Les Apaches ; Au Clair de la Lune ; Un Prêté pour un Rendu ; Match de Prestidigitation ; Un peu de feu S.V.P. ; Siva l'Invisible ; Le Coffre Enchanté ; Apparitions Fugitives ; Le Roi du Maquillage ; Le Rêve de l'Horloger ; Transformations Imperceptibles ; Miracle sous l'Inquisition ; Benvenuto Cellini ou une Curieuse Évasion ; Damnation du Docteur Faust ; Le Joyeux Faux Prophète Russe ; Le Merveilleux Éventail Vivant ; Sorcellerie Culinaire ; La Planche du Diable ; Le Dîner Impossible ; La Sirène ; Mésaventure de Boit-Sans-Soif ; La Providence de N.-D.-des-Flots ; Le Barbier de Séville (7 tableaux) ; Les Costumes animés ; Les Invités de M. Latourte ; Le Rosier Miraculeux ; La Dame Fantôme ; Mariage par Correspondance ; Voyage à travers l'Impossible ; Le Juif Errant ; La Cascade de Feu.

1905 : La Grote aux Surprises ; L'Ange de Noël Les Cartes Vivantes ; Le Roi des Tireurs ; Le Diable Noir ; Le Coffret de Cristal ; Menuet Lilliputien ; Le Banquet de Mesmer ; Le Peintre Barbouillard et le Tableau Diabolique ; Le Miroir de Venise ou une Mésaventure de Shylock ; Les Chevaliers du Chloroforme ; Le Palais des Mille et Une Nuits ; Le Compositeur Toqué ; La Tour de Londres et les Derniers Moments d'Anne de Boleyn ; La Chaise à Porteur Enchantée ; Le Voyage Automobile Paris-Monte-Carlo en deux Heures ; L'Ile de Calypso ; Feu d'Artifice Inattendu ; Rip ; Le Cauchemar du Pêcheur ; L'Escarpolette Fantastique ; Le Système du Docteur Soufflamit.

1906 : Le Dirigeable Fantastique ; La Galerie sens dessus-dessous ; Jack le Ramoneur ; Professeur Do Mi Sol Do ; La Magie à travers les Ages ; L'Homme Satisfait ; La Cardeuse de Matelas ; Les Affiche en Goguette ; Les Incendiaires ; Anarchie chez Guignol ; Le Fantôme d'Alger ; L'Hôtel des Voyageurs de Commerce ; Bulles de Savon Animées ; Les 400 Farces du Diable ; Le Rastaquouère Rodriguez y Papanagaz ; L'Alchimiste Parafaragamus ; La Fée Carabosse ou le Poignard Fatal ; Robert Macaire et Bertrand.

1907 : Le Carton Fantastique ; La Douche d'Eau Bouillante ; 20 000 Lieues sous les Mers ; Les Fromages Automobiles ; Le Mariage de Victoire ; Le Tunnel sous la Manche ; La Nouvelle Peine de Mort ; Éclipse de Soleil en Pleine Lune ; Le Delirium Tremens ; Le Placard Infernal ; La Marche Funèbre de Chopin ; Hamlet ; Le Miracle de Saint-Hubert ; Shakespeare écrivant la Mort de Jules César ; Pauvre John ; La Colle Universelle ; Ali Barbouyou et Ali Boufà l'Huile ; La Boulangerie Modèle.

1908 (47 films) : La Perle des Servantes ; Le Tambourin Fantastique ; Le Cuisinier de l'Ogre ; François 1er et Triboulet ; Il y a un Dieu pour les Ivrognes ; La Civilisation à travers les Ages ; Torches Humaines de Justinien ; Le Génie du Feu ; L'Acteur en Retard ; Rêve d'un Fumeur d'Opium ; Nuits de Carnaval ; Photo Électrique à Distance ; La Prophétesse de Thèbes ; Salon de Coiffure ; Quiproquo ; Mariage de Raison et Mariage d'Amour ; Le Fabricant de Diamants ; Le Crime de la Rue du Cherche-Midi à Quatorze Heures ; Le Nouveau Seigneur du Village ; L'Avare ; Le Conseil de Pipelet ; Le Serpent de la Rue de la Lune ; High-Life Taylor ; Lulli ou le Violon Brisé ; Tartarin de Tarascon ; Le Trait

d'Union ; Rivalité d'Amour ; Le Raid Paris-New York en Automobile ; French Interpreter Policeman ; Mariage de Thomas Poivrot ; Anaic ou le Balafré ; Pour l'Étoile S.V.P. ; Pour les P'tiots ; Trop Vieux ! La Fontaine Merveilleuse ; L'Ascension de la Rosière ; Au Pays des Jouets ; Pochardiana ; La Toile d'Araignée ; La Fée Libellule ; Le Génie des Cloches ; Moitié de Polka ; Le Truc du Potard ; La Bonne Bergère et la Méchante Princesse ; La Poupée Vivante ; Le Fakir de Singapour ; Le Jugement du Garde Champêtre.
1909-1910 : Hydrothérapie Fantastique ; La Locataire Diabolique ; Les Illusions Fantaisistes ; La Gigue Merveilleuse ; Le Mousquetaire de la Reine ; Le Papillon Fantastique ; Si j'étais Roi ; L'Homme aux Mille Inventions ; Le Secret du Docteur.
1911 : Hallucinations du Baron de Münchhausen.
1912 : A la Conquête du Pôle ; Cendrillon ou la Pantoufle Mystérieuse.
1913 : Le Chevalier des Neiges ; Le Voyage de la Famille Bourrichon.

Issu d'une famille d'industriels, Georges Méliès fut dessinateur puis propriétaire du théâtre Robert-Houdin à Paris, salle spécialisée dans la prestidigitation. Lors de la présentation par Lumière de son appareil en 1895, il est l'un des premiers à en comprendre toutes les ressources. Il achète un projecteur, fait construire une caméra et installe dans sa propriété de Montreuil le premier studio ; il y est producteur, scénariste, décorateur, metteur en scène et même acteur. Après le succès en 1902 du *Voyage dans la lune,* la Star-Film qu'il a ainsi fondée peut ouvrir des succursales un peu partout. Méliès est alors à l'apogée de son art. Technicien hors pair, il invente tous les trucages : caches, fondus enchaînés, accélérés, surimpression, substitution... Acteur et meneur de jeu, il apparaît et disparaît devant sa caméra, se fragmente ou se multiplie, de jeune devient vieux et de vieux redevient jeune, prenant mille identités, l'œil toujours sur sa caméra par un dédoublement de prestidigitateur. Ce grand homme, rompant avec l'ennuyeux cinéma-vérité de Lumière, crée le cinéma-spectacle. Il est avant tout un artiste. Qu'il n'ait pas pressenti l'importance du montage ou des mouvements de caméra, que son optique soit théâtrale, n'enlève rien à son génie. Il passe de la féerie aux actualités reconstituées avec la même aisance. Le colloque de Cerisy, en 1981, a mis en lumière l'intérêt de ses films ultra-courts « où le plaisir de mystifier, la négation de la réalité et la passion d'explorer les procédés les plus imprévus annoncent la perversité d'un Kubrick » (Goimard). Malheureusement la Star-Film ne put lutter longtemps contre « les gros », Pathé, Gaumont, Éclair et fut mise en faillite en 1914. Méliès, pour vivre, vendit des jouets dans une modeste boutique, entre 1924 et 1932. Il finit dans une maison de retraite. Il n'eut pas une plainte et ne joua jamais les cinéastes maudits. Bien plus que d'autres, il l'a été pourtant. Saluons en lui le cinéaste sans qui le cinéma ne serait pas devenu le premier spectacle du monde.

BIBLIO. : Sadoul, *Méliès* (1970) ; Bessy et Lo Duca, *Méliès le magicien (1973) ; Essai de reconstitution du catalogue français de la Star-Film* (1981).

Melville, Jean-Pierre

Réalisateur français, 1917-1973.

Le silence de la mer (1948) ; Les enfants terribles (1950) ; Quand tu liras cette lettre (1953) ; Bob le flambeur (1956) ; Deux hommes dans Manhattan (1959) ; Léon Morin prêtre (1961) ; Le Doulos (1962) ; L'aîné des Ferchaux (1963) ; Le deuxième souffle (1966) ; Le samouraï (1967) ; L'armée des ombres (1969) ; Le cercle rouge (1970) ; Un flic (1972).

Considéré comme l'un des précurseurs de la « nouvelle vague » et comme l'un des meilleurs connaisseurs du cinéma américain. Il n'évita pas les faux pas : il ne reste à peu près rien du *Silence de la mer* où, contraints de loger un officier allemand, un père et sa fille lui opposaient une résistance passive et silencieuse. C'était encore l'époque, 1948, où il était de bon ton d'exalter l'héroïsme des Français au cours de la dernière guerre. *Les enfants terribles* doivent tout à Cocteau. Quant à *Léon Morin prêtre* (Belmondo en curé de choc !), on ne comprendra jamais comment Melville a pu s'embarquer dans une pareille aventure. Reste le cycle policier. C'est là que l'apport de Melville est essentiel. Il a parfaitement assimilé la leçon des Américains mais a su rester français. A cet égard, *Le samouraï* est exemplaire. Le film reprend une œuvre méconnue de Frank Tuttle, *Tueur à gages :* beauté froide d'Alain Delon correspondant à celle d'Alan Ladd, même imperméable, même chat, même violence implacable, même univers nocturne. Progressivement l'érotisme qui imprégnait *Bob le flambeur* s'efface au profit d'un monde glacé où règnent la corruption et le meurtre et que réchauffe à peine une forme d'amitié virile héritée également du cinéma américain (*Le doulos*). Un cinéma qui, par sa perfection, en vient même à devenir abstrait. L'enjeu, l'argent le plus souvent, n'a pas plus de consistance que le Graal pour les chevaliers de la Table ronde. Tout est dans l'intrigue ourdie, qui repose plus sur un jeu cérébral que sur un engagement physique, mais que ponctue le claquement sec d'un calibre 6,35.

BIBLIO. : Rui Nogueira, *Le Cinéma selon Melville* (1973).

Menchov, Vladimir

Réalisateur russe.

Moscou ne croit pas aux larmes (1980).

Oscar du meilleur film étranger en 1981, à la surprise générale. Une comédie qui mèle le sourire aux larmes, mais n'est pas Musset ou Tchekhov qui veut.

Mendès, Lothar

Réalisateur d'origine allemande, 1894-1974.

En Allemagne : Das Geheimnis der Santa Maria (1921) ; Der Abenteuer (1921) ; Deportiert (1922) ; Scheine des Todes (1922) ; S.O.S. die Insel der Tränen (1923) ; Der Mönch von Santarem (1924) ; Liebe Macht Blind (1925) ; Die Drei Kuckucksuhren (1926). *Aux États-Unis :* The Prince of Tempters (1926) ; Convoy (1927) ; A Night of Mystery (1928) ; Interference (1928) ; Dangerous Curves (1929) ; Illusion (1929) ; The Marriage Playground (1929) ; The Four Feathers (Les quatre plumes blanches, coréal., 1929) ; Paramount on Parade (coréal., 1930) ; Ladies'Man (1931) ; I Take This Woman (1931) ; Personal Maid (avec Bell, 1931) ; Strangers in Love (1932) ; Payment Deferred (1932) ; Luxury Liner (1932) ; Jew Suss (Le juif Suss, 1934) ; The Man Who Could Work Miracles (L'homme qui faisait des miracles, 1937) ; Moonlight Sonata (Sonate au clair de lune, 1937) ; International Squadron (1941) ; Flight for a Freedom (Perdue sous les Tropiques, 1943) ; Tampico (1944) ; The Walls Came Tumbling Down (1946).

Acteur chez Reinhardt, il s'orienta vers la réalisation de films, d'abord en Allemagne et en Autriche puis aux États-Unis et en Angleterre, avant même l'avènement d'Hitler. D'une œuvre médiocre émerge la première version du *Juif Suss,* qui présente de ce personnage un portrait radicalement à l'opposé de celui que proposera plus tard Veit Harlan.

Menegoz, Robert

Réalisateur français né en 1926.

Courts métrages : Vivent les dockers (1950) ; La Commune de Paris (1951) ; Ma Jeannette et mes copains (1953) ; Un petit coin de parapluie (1958) ; Des souris et des hommes (1958) ; Fin d'un désert (1959) ; Dix grammes d'arc-en-ciel (1962), etc. *Longs métrages :* Derrière la Grande Muraille (1956) ; La millième fenêtre (1961) ; Laisse-moi rêver (1978).

Documentariste de grand talent, il s'est efforcé de cerner dans ses longs métrages la réalité de notre époque : ainsi dans *La millième fenêtre,* où il évoque la vie des grands ensembles.

Mendez, Fernando

Réalisateur mexicain.

Principaux films : Contrabando (1941) ; Las calaveras del Terror (1943) ; El criolo (1944) ; Ladrone de cadaveres (Le monstre sans visage, 1955) ; El vampiro (Les proies du vampire, 1957) ; El ataud del vampiro (1959) ; Mysterios de Ultratumba (1959) ; El grito de la muerte (1963).

Sa réputation vient des *Proies du vampire,* mélange détonant de fantastique ibéro-américain que domine l'étrange silhouette du comte de Lavud qui vit « dans une hacienda noyée dans la brume et les toiles d'araignée » (Jean-Marie Sabatier). Le reste de son œuvre, sauf un film médiocre sur les milieux du catch, demeure très mal connu.

Menotti, Gian Carlo

Compositeur et cinéaste né en 1911.

The medium (Le médium, 1951).

Ce grand compositeur a tourné lui-même son opéra *Le médium,* histoire d'une voyante prise à son jeu et qui tue le jeune muet qu'aime sa fille. Nullement artificielle, l'œuvre s'inscrit dans la tradition du cinéma fantastique. On regrette que Britten avec *Peter Grimes,* Henze avec *Boulevard Solitude,* Bennett et ses *Mines de soufre,* comme Carl Orff et bien d'autres, n'aient fait de même.

Menzel, Jiri

Réalisateur tchèque né en 1938.

Perlicky na due (un sketch, Petites perles, 1965) ; Ostre Sledovane vlaky (Trains étroitement surveillés, 1966) ; Rozmarne leto (Un été capricieux, 1969) ; Zlocin v santanu (Crime au night-club, 1969) ; Na samote v lesa (A l'orée de la forêt, 1975) ; Postriziny (1980) ; Ritagli (1981).

Formé à la célèbre École du cinéma de Prague, la FAMU, il est d'abord acteur et assistant de Chytilova avant de passer à la réalisation. *Trains étroitement surveillés* est un film plein d'humour sur la guerre vue d'un quai de gare. L'intervention soviétique à Prague interrompt sa carrière. Un de ses films est interdit. Ce n'est qu'en 1975 qu'il reprend le chemin des studios.

Menzies, William Cameron

Décorateur et réalisateur américain, 1896-1957.

The Spider (avec McKenna, 1931) ; Always Goodbye (avec McKenna, 1931) ; Chandu the Magician (avec Varnel, 1932) ; I Love You Wednesday (avec King, 1933) ; The Wharf Angel (avec Somnes, 1934) ; Things to Come (La vie future, 1936) ; The Green Cockatoo (1937) ; Address Unknown (1944) ; Drums in the Deep South (1951) ; The Whip Hand (1951) ; Invaders from Mars (1953) ; The Maze (1953).

Sans doute l'un des plus brillants décorateurs d'Hollywood (de *The Thief of Bagdad* de Walsh à *Gone with the Wind*), il est connu comme réalisateur pour un film de science-fiction, *Things to Come,* dont le scénario était de Wells qui avait lui-même adapté son roman. Trois épisodes : 1940, une guerre mondiale se déclenche ; 1966, une ville détruite sur laquelle s'établit la tyrannie ; 2036, l'avènement de la technologie. Bien qu'un peu trop bavard, le film remporta un grand succès en raison de ses effets spéciaux et de ses décors. Menzies était orfèvre en la matière. Il fut moins heureux, vingt ans plus tard, avec *Invaders from Mars.* Il reste néanmoins comme l'un des précurseurs de la science-fiction au cinéma.

Mercanti, Pino

Réalisateur italien né en 1911.

All'ombra della gloria (1943) ; Malacarne (1947) ; I cavalieri dalla maschera nera (1948) ; Il principe ribelle (1950) ; La vendetta di una pazza (1952) ; Serenata amara (1953) ; La carovana del peccato (1953) ; La voce del sangue (1954) ; Lacrime d'amore (1954) ; I Cinque dell'Adamello (1955) ; Agguato sul mare (1956) ; Primo applauso (1958) ; Ricordati di Napoli (1958) ; L'ultima canzone (1958) ; Il cavaliere dai cento volti (1960) ; Il duca nero (1963) ; I piombi di Venezia (1964) ; Tre dollari di piombo (pseudonyme : Trader, 1965) ; Cifrato speciale (pseudonyme : Sherman, 1967).

Après un film de propagande guerrière en 1943, il change de cap et se spécialise, avec plus de prudence, dans le film chantant napolitain et dans les aventures de cape et d'épé. Rien de bien transcendant, mais un métier éprouvé.

Mercanton, Louis

Réalisateur français, d'origine suisse, 1879-1932.

Principaux films : Élisabeth reine d'Angleterre (avec Desfontaines, 1912) ; Adrienne Lecouvreur (1913) ; Jeanne Doré (1915) ; Le lotus d'or (1916) ; Mères françaises (avec Hervil, 1917) ; Bouclette (avec Hervil, 1918) ; Le torrent (avec Hervil, 1918) ; Un roman d'amour et d'aventures (avec Hervil, 1918) ; L'appel du sang (1919) ; Miarka la fille à l'ours (1920) ; Phroso (1922) ; Les deux gosses (1924) ; Monte-Carlo (1925) ; La petite bonne du Palace (1926) ; Croquette (1927) ; Vénus (1929) ; La lettre (1929) ; Le mystère de la villa rose (avec Hervil, 1930) ; These Charming People (1931) ; A Man of Mayfair (1931) ; Marions-nous (1931) ; Il est charmant, Cognasse (1932).

D'origine suisse, naturalisé français et éduqué en Angleterre, il commence sa carrière en Afrique du Sud sur les planches du théâtre. Au cinéma, il fait des débuts fracassants en dirigeant, avec Desfontaines, Sarah Bernhardt dans *Elisabeth reine d'Angleterre.* Avec René Hervil (*Mères françaises*) ou seul (*Jeanne Doré*) il dirige de nouveau dans les plus prestigieuses productions des dernières années de la guerre. Il partagera par la suite sa carrière entre la France et l'Angleterre.

Mercier, Mario

Réalisateur français.

La Goulue (1971) ; La papesse (1974).

Romancier réputé, spécialiste au cinéma des films fantastico-érotiques à climat malsain. Dans la guerre, *La Papesse* est assez réussie.

Meredith, Burgess

Acteur et réalisateur américain, 1908-1981.

Comme réalisateur : The Man on the Eiffel Tower (L'homme de la tour Eiffel, 1949).

On doit à ce bon acteur une remarquable adaptation d'un roman policier de Simenon où Charles Laughton est Maigret.

Messter, Oskar

Producteur et réalisateur allemand, 1866-1943.

Comme réalisateur : Gemütlich beim Kaffee (1898) ; Salome (1902) ; Apachentanz (1906) ; Verkannt (1910) ; Richard Wagner (1912).

Pionnier du cinéma allemand, il s'était formé dans la boutique de son père, marchand d'instruments d'optique. On lui prête plusieurs inventions dont le close-up. Il tourna de nombreux petits films ainsi que des actualités hebdomadaires à partir de 1914. Il avait fondé une maison de production qui fut absorbée par l'UFA en 1917.

Meszaros, Marta

Réalisatrice hongroise née en 1931.

Nombreux documentaires. Puis : Eltavozott nap (1968) ; Holdudvar (Marie, 1969) ; Szep lanyok, ne sirjatok (Pleurez pas, jolies filles, 1970) ; Szabad lelegzet (Débarras, délivrance, 1973) ; Orokbefogadas (Adoption, 1975) ; Kilenc honap (Neuf mois, 1976) ; Ok Ketten (Elles deux, 1977) ; Olyan, mit otthon (Comme à la maison, 1978) ; Utkozben (En cours de route, 1979).

Figure de proue du cinéma hongrois, attentive aux problèmes de la femme, elle est surtout connue pour *Adoption.*

Meyer, Nicholas

Scénariste et réalisateur américain.

Comme réalisateur : Time after Time (C'était demain, 1979).

Venu de la littérature, cet écrivain aime confronter les mythes : Sherlock Holmes et Freud dans *The 7 % solution,* qui fut d'abord un roman de Meyer, avant de devenir un film de Ross, puis Wells et Jack l'Eventreur dans une fabuleuse poursuite qui, grâce à la machine à explorer le temps, nous fait passer de Londres en 1893 à San Francisco en 1979. Astucieux et bien fait.

Meyer, Russ

Réalisateur américain né en 1923.

Principaux films : The Immortal Mr. Tears (1959) ; Eve and the Handyman (1961) ; Erotica (1961) ; The Immoral West and How It Was Lost (1962) ; Europe in the Raw (1963) ; Heavenly Bodies (1963) ; Kiss Me Quick (1964) ; Fanny Hill (1964) ; Memoirs of a Woman of Pleasure (1964) ; Faster Pussycat ! (1965) ; Motor Psycho (1965) ; Kill ! Kill ! (1965) ; Mondo Topless (1966) ; Vixen (1968) ; Finders Keepers Lovers Weepers (1968) ; Cherry Harry and Raquel (1969) ; Beyond the Valley of the Dolls (1970) ; The Seven Minutes (1971) ; Blacksnake (1973) ; Supervixens (1975) ; Up (1976) ; Beneath the Valley of the Ultravixens (1979).

Photographe à *Playboy,* il s'imposa comme « the king of the Nudies ». *The Immortal Mr. Tears* est le premier film pornographique « soft » à avoir rapporté plus d'un million de dollars. *Beyond the Valley of the Dolls* connut un non moins fabuleux succès. Le film était produit par l'austère Fox. La devise de Meyer est résumée par le titre de l'une de ses bandes : *Up.*

Meyers, Sidney

Réalisateur américain, 1906-1969.

White Flood (codir., 1940) ; The Quiet One (1949) ; The Savage Eye (avec Strick et Ben Maddow, L'œil sauvage, 1959).

D'abord violoniste, il s'intéressa au cinéma expérimental et réagit contre la tutelle d'Hollywood dans *The Quiet One* puis dans *The Savage Eye* qui engagèrent le cinéma américain dans une voie collant davantage à la réalité. Meyers tourna beaucoup pour la télévision.

Micheaux, Oscar

Réalisateur américain, ?-1951.

Principaux films : The Gunsaulus Mystery (1921) ; The Hypocrite (1921) ; The Shadow (1921) ; Deceit (1923) ; The Ghost of Tolston's Manor (1923) ; The Virgin of Seminole (1923) ; A Son of Satan (1924) ; Body and Soul (1925) ; The Devil's Disciple (1926) ; The Broken Violin (1927) ; The Spider's Web (1927) ; Daughter of the Congo (1930) ; Black Magic (1932) ; Ten Minutes to Live (1932) ; Ten Minutes to Kill (1933) ; Temptation (1936) ; Underworld (1936) ; Betrayal (1948).

Mystérieux réalisateur américain, scénariste, réalisateur et producteur de films aux titres alléchants mais dont la diffusion semble être restée confidentielle.

Michel, André

Réalisateur français né en 1910.

Courts métrages dont : La rose et le réséda (1945). *Puis* : Trois femmes (1951) ; La sorcière (1955) ; Sans famille (1957) ; Comme un poisson dans l'eau (1961) ; Ton ombre est la mienne (1962).

Il conquit une réputation de spécialiste du court métrage avec *La rose et le réséda.* Son premier long métrage, une excellente adaptation de Maupassant, était formé en réalité de trois sketches autonomes. *La sorcière* puis *Sans famille* confirmèrent en revanche que Michel ne tenait pas la longue distance. Ces films n'étaient pas sans qualités, mais le traitement des sujets (surtout celui du premier qui opposait un ingénieur, symbole du progrès, à une jeune sorcière) restait très banal.

Mikhalkov-Konchalovsky, Andrei

Réalisateur russe né en 1937.

Courts métrages. Puis : Pervyi uchitel (Le premier maître, 1965) ; Istoriya Asi Klyachinoi, kotoraya lyubila, da ne vyshla zamukh (1969) ; Dvorianskoye gniezdo (Le nid des gentilshommes, 1969) ; Oncle Vania (1971) ; La romance des amoureux (1974) ; Sibériade (1977-1979).

Fils du poète Sergei Mikhalkov, petit-fils du pianiste Konchalovsky et frère du réalisateur Nikita Mikhalkov, il s'est d'abord destiné à la musique, mais y renonça se jugeant trop médiocre. Il se tourna vers le cinéma qu'il étudia à Moscou où il se lia avec Tarkovsky. Comme ce dernier, il fut l'objet de vives controverses, pour s'être un peu trop écarté de l'orthodoxie. Il semble être revenu en grâce à considérer sa vaste fresque épique en deux époques, *Sibériade :* évocation à travers plusieurs destins individuels de l'évolution de la Sibérie depuis le début de notre siècle.

Mikhalkov, Nikita

Réalisateur russe.

Raba lioubvi (L'esclave de l'amour, 1977) ; Neokoutchennia piessa dlia mekanitcheskovo pianina (Partition inachevée pour piano mécanique, 1977) ; Piats Vetcherov (Cinq soirées, 1978) ; Neskolko dnei iz jizni Oblomova (Quelques jours de la vie d'Oblomov, 1979).

Qu'il évoque les milieux cinématographiques de l'époque tsariste dans un film où la réalité ne se distingue bientôt plus de la fiction (*L'esclave de l'amour*), qu'il adapte *Ce fou de Platonov,* le chef-d'œuvre de Tchekhov ou le roman de Gontcharov sur Oblomov, Mikhalkov fait toujours preuve d'une sensibilité frémissante qui lui donne dans le cinéma russe intimiste une place privilégiée.

Miles, Christopher

Réalisateur anglais né en 1939.

The Six Sided Triangle (Le triangle à six côtés, 1963) ; Rhythm and Greens (1964) ; Up Jumped a Swagman (1966) ; The Rue Lepic Slow Race (c.m., 1968) ; The Virgin and the Gypsy (La vierge et le gitan, 1970) ; Le temps d'aimer (1971) ; The Maids (Les bonnes, 1975) ; That Lucky Touch (1975) ; Priest of Love (1981).

Formé à Paris, à l'I.D.H.E.C., il s'impose avec une adaptation du roman de D.H. Lawrence, *The Virgin and the Gypsy,* dénonciation du puritanisme anglais, puis avec une curieuse adaptation des *Bonnes* de Jean Genet que jouaient Glenda Jackson et Susannah York. Il est revenu à Lawrence en évoquant les dernières années de sa vie dans *Priest of Love.*

Mileston, Lewis

Réalisateur américain d'origine russe, 1895-1980.

Seven Sinners (1925) ; The Cave Man (1926) ; The New Klondike (1926) ; Two Arabian Nights (1927) ; The Garden of Eden (Le jardin de l'Éden, 1928) ; The Racket (1928) ; Betrayal (Mensonges, 1929) ; New York Nights (1929) ; All Quiet on the Western Front (A l'ouest rien de nouveau, 1930) ; The Front Page (1931) ; Rain (1932) ; Hallelujah, I'm a Bum (1933) ; The Captain Hates the Sea (1934) ; Paris in Spring (1935) ; Anything Goes (1936) ; The General Died at Dawn (Le général est mort à l'aube, 1936) ; Of Mice and Men (Des souris et des hommes, 1939) ; The Night of Nights (1940) ; Lucky Partners (1940) ; My Life With Caroline (1941) ; Our Russian Front (1942) ; Edge of Darkness (L'ange des ténèbres, 1943) ; The North Star (L'étoile du Nord, 1943) ; The Purple Heart (Prisonniers de Satan, 1944) ; A Walk in the Sun (Le commando de la mort, 1945) ; The Strange Love of Martha Ivers (L'emprise du crime, 1946) ; The Arch of Triumph (Arc de Triomphe, 1948) ; No Minor Vices (1948) ; The Red Pony (Le poney rouge, 1949) ; Halls of Montezuma (Okinawa, 1951) ; Kangaroo (La loi du fouet, 1952) ; Les Misérables (La vie de Jean Valjean, 1952) ; Melba (La valse de Monte-Carlo, 1953) ; They

Who Dare (Commando à Rhodes, 1954) ; La Vedova (La veuve, 1955) ; Pork Chop Hill (La gloire et la peur, 1959) ; Ocean's II (L'inconnu de Las Vegas, 1960) ; Mutiny on the Bounty (Les révoltés du Bounty, 1962).

D'origine russe, il émigra aux États-Unis en 1913, revint en Europe sous l'uniforme, en 1917, à la faveur de la guerre qu'il fit comme cinéaste. De retour en Amérique, il est accueilli à Hollywood comme monteur, assistant puis scénariste. Howard Hugues en fait un réalisateur. Il dirige Corinne Griffith dans *The Garden of Eden* et Langdon dans *Hallelujah I'm a Bum,* sur la crise économique, et donne la première version de *Front Page.* L'énorme succès d'*A l'ouest rien de nouveau,* d'après le roman de Remarque sur le conflit de 14-18, lui vaut la réputation de spécialiste du film de guerre. Il les portera toutes ou presque à l'écran : le Pacifique (*Okinawa* et le sadique *Prisonniers de Satan* sur la captivité des aviateurs américains au Japon), l'Italie (*A Walk in the Sun*), la Corée (*Pork Chop Hill*), etc. Il mourut avant d'avoir abordé l'Indochine ! Mais les cinéphiles gardent un meilleur souvenir de son film noir *L'emprise du crime,* de son curieux western australien, *Kangaroo,* qui nous offrait un splendide duel au fouet, et du *Général est mort à l'aube,* merveilleux film d'aventures qui opposait, dans la Chine des Seigneurs de la Guerre, Gary Cooper au cruel général Yang merveilleusement interprété par Akim Tamiroff. Il donne une curieuse image de la résistance française dans *Arch of Triumph,* d'après Remarque et qui réunit Charles Boyer et Ingrid Bergman. La France ne l'inspire vraiment pas à considérer sa version des *Misérables* en 1952. Son remake des *Révoltés du Bounty* fut un échec et marqua la fin de sa carrière. Il ne put terminer ni *PT-109* qu'acheva Martinson, ni *The Dirty Game,* terminé par Terence Young.

BIBLIO. : *The Hollywood Professionals,* t. II (1974).

Milius, John

Scénariste et réalisateur américain né en 1945.

Comme réalisateur (également scénariste) : Dillinger (Dillinger, 1973) ; The Wind and the Lion (Le lion et le vent, 1975) ; Big Wednesday (Graffiti Party, 1978) ; Conan (Conan le barbare, 1982).

S'estimant trahi par Pollack (*Jeremiah Johnson)* et Huston (*Judge Roy Bean*), ce scénariste fort réputé de la nouvelle vague américaine s'est fait réalisateur. *Dillinger,* biographie de l'ennemi public nº 1, qu'interprétait Warren Oates, est une reconstitution sérieuse de l'âge d'or du gangstérisme. Même souci d'exactitude dans *Le Lion et le Vent* qui évoque un fait divers authentique : l'intervention des Américains au Maroc, en 1904, pour récupérer une jeune femme enlevée par des Berbères. *Graffiti Party* marqua un infléchissement de Milius vers des thèmes plus à la mode. Avec *Conan* il adapte « l'heroic Fantasy » d'Howard et retrouve la beauté des dessins de Frazetta.

Milland, Ray

Acteur et réalisateur américain, de son vrai nom Reginald Truscott-Jones, né en 1907.

A Man Alone (L'homme traqué, 1955) ; Lisbon (Lisbonne, 1956) ; The Safecracker (Le perceur de coffres, 1957) ; Panic in Year Zero (Panique année zéro, 1962) ; Hostile Witness (1970).

Cet excellent acteur fut aussi un réalisateur de films mineurs mais non dépourvus de charme comme son curieux western *A Man Alone* dont la première demi-heure est quasi muette, ou son film de science-fiction, *Panic in Year Zero* qui analysait les réactions d'une famille américaine au cours d'une panique atomique.

Millar, Stuart

Producteur et réalisateur américain né en 1929.

Comme réalisateur : When the Legends Die (Quand meurent les légendes, 1972) ; Rooster Cogburn (Une Bible et des fusils, 1975).

Important producteur (notamment de *Little Big Man* de Penn), il s'est essayé à la mise en scène avec *When the Legends Die,* une évocation des rodéos vue à travers l'amitié d'un jeune Indien et d'un vieux « cheval de retour ». Le film était souvent maladroit sur le plan technique. Millar montra qu'il était également faible sur le plan de la direction des acteurs en laissant trop cabotiner John Wayne et Katharine Hepburn dans *Rooster Cogburn.* Mais il eut le mérite d'introduire un peu de fraîcheur dans un genre considéré comme à bout de souffle.

Miller, Claude

Réalisateur français né en 1942.

La meilleure façon de marcher (1975) ; Dites-lui que je l'aime (1977) ; Garde à vue (1981)

Assistant de Godard et de Truffaut, il s'impose d'emblée avec une œuvre d'une grande finesse psychologique, *La meilleure façon de marcher.* Un moniteur de colonie de vacances (Dewaere), qui faisait étalage de virilité, s'en prenait à un autre moniteur (Bouchitey), trop doux et trop physiquement efféminé pour ne pas lui paraître homosexuel. Suivaient, dans un climat de tension grandissante, des brimades subtiles ou brutales, jusqu'au renversement de situation à la faveur d'un bal costumé. Tout était juste dans ce film, de l'atmosphère de la colonie, que dirigeait un superbe Claude Piéplu, jusqu'aux scènes finales où les deux protagonistes se retrouvaient quelques années plus tard. *Garde à vue,* solide policier opposant Ventura à Serrault, a confirmé le talent de Miller.

Miller, David

Réalisateur américain né en 1909.

Billy the Kid (Le réfractaire, 1941) ; Sunday Punch (1942) ; Flying Tigers (1942) ; Top O'the Morning (1949) ; Our Very Own (Celle de nulle part, 1950) ; Love Happy (La pêche au trésor, 1950) ; Saturday's Hero (1951) ; Sudden Fear (Le masque arraché, 1952) ; Twist of Fate (1954) ; Diane (Diane de Poitiers, 1955) ; The Opposite Sex (1956) ; The Story of Esther Costello (Le scandale Costello, 1957) ; Happy Anniversary (1959) ; Midnight Lace (Piège à minuit, 1960) ; Back Street (Histoire d'un amour, 1961) ; Lonely Are the Brave (Seuls sont les indomptés, 1962) ; Captain Newman M.D. (Le combat du capitaine Newman, 1963) ; Hammerhead (1968) ; Hail Hero ! (1969) ; Executive Action (Executive Action, 1973) ; Bittersweet Love (1976).

Très solide technicien, fort à l'aise dans le thriller (*Sudden Fear* comporte un excellent suspense) ou le western (une bonne biographie de Billy the Kid, joué avec conviction par un Robert Taylor un peu vieux pour le rôle, et surtout *Seuls sont les indomptés* où Kirk Douglas campait un cow-boy qui refusait de s'adapter à la société moderne). En dehors d'un film des Marx Brothers, *La pêche au trésor* (où Groucho, détective, voyait entrer dans son cabinet Marilyn Monroe, complètement affolée, lui déclarant : « Un homme me suit », et Groucho de s'étonner : « Un seul ? »), il faut citer le curieux *Executive Action* qui propose une explication nullement absurde du meurtre de Kennedy.

Miller, George

Réalisateur australien.

Mad Max (1981) ; Mad Max 2 (1982).

Médecin australien, il débute par un court métrage qui surprend l'Australie, avant de connaître une réputation internationale avec *Mad Max,* affrontement entre automobilistes et motards dont la violence fait sensation au Festival d'Avoriaz. *Mad Max 2* le classe parmi les maîtres du fantastique. Définissant son style, il affirme : « Au cinéma il faudrait attacher sa ceinture de sécurité. » Il lui manque toutefois l'humour d'un Paul Bartel ou le goût de l'insolite d'un Laughlin.

Miller, Michaël

Réalisateur américain.

Jackson County Jaile (La prison du viol, 1976).

Réalisateur réputé de télévision, il fit des débuts prometteurs de cinéaste avec *La prison du viol,* œuvre d'une grande violence produite par Roger Corman. Il est retourné à la télévision si l'on en croit

Wicking et Vahimaci, *The American Vein, Directors and Directions in Television.*

Milton, Robert

Réalisateur américain d'origine russe, de son vrai nom Davidor, né en 1890.

The Dummy (1929) ; Charming Sinners (1929) ; Behind the Mak-up (1930) ; Outward Bound (1930) ; Sin Takes a Holiday (1930) ; Devotion (1931) ; The Bargain (1931) ; Husband's Holiday (1931) ; Westward Passage (1932) ; Bella Donna (1934).

Scénariste, producteur, acteur à l'occasion. On dit grand bien de *Westward Passage* (avec Ann Harding et Laurence Olivier) qui semble être son seul film marquant avec *Outward Bound* (les passagers d'un navire découvraient qu'ils étaient morts et en route pour comparaître devant le Juge suprême).

Mimica, Vatroslav

Réalisateur yougoslave de dessins animés né en 1923.

Principaux courts métrages : Strasilo (L'épouvantail, 1957) ; Samac (Seul, 1958) ; Happy End (1958) ; Inspektor se vraka kuci (L'inspecteur rentre chez lui, 1959) ; Jaje (L'œuf, 1959) ; Kod fotografa (Le photographe, 1959) ; Mala Hronika (Petite chronique, 1962) ; Perpetuum Mobile (1962) ; Tifusari (Les typhiques, 1963) ; Vatrogasci (Le pompier, 1970) ; Cvor (Le nœud, 1971) ; *Longs métrages :* U oluji (Dans la tempête, 1952) ; Jubilej G. Ikla (Le jubilé de M. Ikle, 1955) ; Solimano il conquistare (Soleiman le conquérant, 1961) ; Prometej sa otoka Visevice (Prométhée de l'île de Visevica, 1965) ; Ponedeljak ili utorak (Lundi ou mardi, 1966) ; Kaja, ubit cu te (Kaya je te tuerai, 1967) ; Anno Domini 1573 (1976).

Il est le fondateur avec Vukotic de l'école d'animation de Zagreb, au style insolite et mordant, occupant une place originale dans l'Europe de l'Est. Mais il a dirigé aussi des longs métrages plus conventionnels sauf une évocation épique, dans le style de Breughel, d'une révolte paysanne croate en 1573 (*Anno domini 1573*).

Miner, Allen

Réalisateur américain.

Ghost Town (1956) ; The Ride Back (La chevauchée du retour, 1957) ; Black Patch (L'homme au bandeau noir, 1960) ; Chubasco (Chubasco le rebelle, 1968).

Produit par Robert Aldrich, *La chevauchée du retour* était un excellent western qui opposait un shérif fatigué à un séduisant hors-la-loi qu'il devait conduire en prison. Absorbé par la télévision, Miner a malheureusement peu tourné par la suite : on ne peut que le regretter.

Miner, Steve

Réalisateur américain.

Friday the 13th II (Le tueur du vendredi, 1981).

Nouveau venu au box-office de l'horreur. Il a refait en mieux le *Vendredi 13* de Cunningham, prototype du film de « Gore ». Tout repose sur la surenchère dans le caractère sanguinolent des meurtres.

Mingozzi, Gianfranco

Réalisateur italien né en 1932.

Le Italiane e l'amore (8e sketch, 1961) ; Trio (1968) ; Sequestro di persona (1968) ; Flavia la monaca musulmana (Flavia la défroquée, 1974) ; Morire a Roma (1976) ; Gli ultimi Giorni (Les trois derniers jours, 1977) ; La vela incantala (1982).

Venu du documentaire (*Con il cuore fermo Sicilia,* 1965 ; *Michelangelo Antonioni,* 1965), il n'a guère retenu l'attention que pour *Flavia,* histoire d'une suffragette médiévale qui s'insurge contre le fait que le Christ se soit incarné en un homme et non en une femme. Curieusement, ce film, résolument féministe, attira surtout une clientèle masculine en raison de scènes particulièrement sadiques.

Minnelli, Vincente

Réalisateur américain né en 1906.

Cabin in the Sky (Un petit coin aux cieux, 1943) ; I Dood It (Mademoiselle ma femme, 1943) ; Meet Me in St.Louis (Le chant du Missouri, 1944) ; The Clock (1945) ; Yolanda and the Thief (Yolanda et le voleur, 1945) ; Ziegfeld Follies (Ziegfeld Folies, 1946) ; Undercurrent (Lame de fond, 1946) ; Till the Clouds Roll By (avec Whorf, 1946) ; The Pirate (Le pirate, 1948) ; Madame Bovary (1949) ; Father of the Bride (Le père de la mariée, 1950) ; An American in Paris (Un Américain à Paris, 1951) ; Father's Little Dividend (Allons donc, Papa !, 1951) ; The Bad and the Beautiful (Les ensorcelés, 1952) ; The Band Wagon (Tous en scène, 1953) ; The Story of Three Loves (un sketch, 1953) ; The Long, Long Trailer (La roulotte du plaisir, 1954) ; Brigadoon (Brigadoon, 1954) ; The Cobweb (La toile d'araignée, 1955) ; Kismet (Kismet, 1955) ; Lust for Life (La vie passionnée de Van Gogh, 1956) ; Tea and Sympathy (Thé et sympathie, 1956) ; Designing Woman (La femme modèle, 1957) ; Gigi (Gigi, 1958) ; The Reluctant Debutante (Qu'est-ce que Maman comprend à l'amour ?, 1958) ; Some Came Running (Comme un torrent, 1958) ; Home from the Hill (Celui par qui le scandale arrive, 1960) ; Bells Are Ringing (Un numéro du tonnerre, 1960) ; The Four Horsemen of the Apocalypse (Les quatre cavaliers de l'Apocalypse, 1961) ; Two Weeks in Another Town (Quinze jours ailleurs, 1962) ; The Courtship of Eddie's Father (Il faut marier papa, 1963) ; Goodbye Charlie (Au revoir Charlie, 1964) ; The Sandpiper (Le chevalier des sables, 1965) ; On a Clear Day You Can See Forever (Melinda, 1970) ; Nina/A Matter of Time (Nina, 1976).

Tout Minnelli tient dans ses années de formation : dès l'âge de trois ans, il monte sur scène dans un show et il en gardera le goût du music-hall ; après de médiocres études, il se découvre un réel talent de dessinateur qui le conduira à créer les décors et les costumes de l'opérette *Du Barry,* à la demande de Grace Moore et de devenir le décorateur attitré du Radio City Music Hall de New York puis metteur en scène à Broadway de grandes revues : *At Home Abroad, The Show Is On, Ziegfeld Follies,* etc. Lorsque Freed l'invite à venir travailler à Hollywood pour la MGM, sa personnalité est déjà formée, son univers créé. Il va apporter à la comédie musicale, comme l'a bien noté Jean Domarchi, « une stylisation poussée à l'extrême », « une volonté décorative », en quelque sorte une re-création du monde. Le soin accordé à la couleur comme l'intérêt dont témoigne Minnelli envers une chorégraphie confiée pour *The Pirate, An American in Paris* (sur la musique de Gershwin) et *Brigadoon* à Gene Kelly, et qui repose, pour son chef-d'œuvre, *The Band Wagon,* sur Michael Kidd et Fred Astaire, ont contribué à rénover une comédie musicale un peu essoufflée. La suprématie, grâce à Minnelli et Donen, passe de la Warner à la MGM. Mais on ne saurait enfermer Minnelli dans ce seul genre. Il a tourné aussi des drames : si son adaptation de *Madame Bovary* n'emporte pas l'adhésion, le monde de Flaubert lui étant trop étranger, il réussit mieux lorsqu'il s'agit de l'univers hollywoodien (*Les ensorcelés, Quinze jours ailleurs*) ou de son peintre favori, Van Gogh, que recompose de façon hallucinante Kirk Douglas alors qu'Anthony Quinn est un moins convaincant Gauguin.

On a parlé du déclin de Minnelli après 1960, ce qui est injuste. Certes, *Les quatre cavaliers de l'Apocalypse* sont quelque peu indigestes, *Melinda,* par la faute de ses interprètes, paraît lugubre, et *The Courtship of Eddie's Father* pas plus que *Goodbye Charlie* ne font beaucoup rire. Du moins la maîtrise de Minnelli reste-t-elle intacte. Ce n'est pas lui qui a décliné, mais la comédie musicale : Cyd Charisse, la merveilleuse interprète de *Brigadoon* et de *The Band Wagon,* a laissé la place à Barbra Streisand, insupportable de laideur et de prétention et à la non moins laide Liza Minnelli, fille précisément de Minnelli et de Judy Garland. On est toujours puni par où l'on a péché.

BIBLIO. : M. Vidal, *Minnelli* (Seghers, 1973) ; Minnelli, *Tous en scène* (1981).

Mintz, Charles

Producteur américain de films d'animation.

Série Scrappy (1934-1935) ; Krazy Kat (1936-1939).

On lui doit le personnage de Scrappy, malicieux petit garçon aux yeux ronds, héros de 100 *cartoons* réputés avant 1939. Il reprit ensuite *Mutt et Jeff* de Fisher et *Krazy Kat* de G. Herriman.

Mirande, Yves

Scénariste et réalisateur français, de son vrai nom Anatole Le Querreç, 1875 -1957.

Comme réalisateur : La merveilleuse journée (1932) ; Baccara (1935) ; A nous deux la vie (1936) ; Messieurs les ronds-de-cuir (1936) ; Le grand refrain (1936) ; Sept hommes une femme (1936) ; Café de Paris (1938) ; Derrière la façade (avec Lacombe, 1939) ; Paris-New York (1940).

Scénariste d'une inépuisable fécondité, il a mis en scène quelques films qui comptent, avec le recul du temps, parmi les meilleurs réussites de l'avant-guerre : *Messieurs les ronds-de-cuir* (où Lucien Baroux est Lahrier, Gabriel Signoret M. Soupe, Saturnin Fabre Letondu et Jean Tissier Nègre, les immortels personnages de Courteline), *Café de Paris, Derrière la façade* et *Paris-New York,* impressionnants défilés de vedettes qui font chacune leur numéro au milieu d'une intrigue policière.

Mitrani, Michel

Réalisateur français né à Varna (Bulgarie) en 1930.

La nuit bulgare (1970) ; La cavale (1971) ; Les guichets du Louvre (1974) ; Un balcon en forêt (1979).

Surtout connu pour ses réalisations à la télévision, il a fait un premier film aux confins du fantastique qui retint l'attention ; on lui doit aussi une honnête adaptation d'*Un balcon en forêt* de Gracq.

Mitry, Jean

Réalisateur français, de son vrai nom Jean René Pierre Goetgheluck né en 1907.

Courts métrages : Paris Cinéma (avec Chenal, 1929) ; Pacific 231 (1949) ; Le paquebot Liberté (1950) ; Images pour Debussy (1951) ; Symphonie mécanique (1955) ; Le miracle des ailes (1956) ; Chopin (1957) ; Rencontres (1960) ; La machine et l'homme (1962) ; etc. *Longs métrages :* Énigme aux Folies Bergère (1959).

Cet admirable historien du cinéma, auteur d'ouvrages devenus classiques, l'un des fondateurs de la cinémathèque, professeur à l'I.D.H.E.C. et à la Sorbonne, est aussi le réalisateur de courts métrages pleins d'une sensibilité frémissante et d'une intelligence aiguë de la musique.

Mizoguchi, Kenji

Réalisateur japonais, 1898-1956.

Ai ni yomigaeru hi (Le Jour où l'amour revient, 1922) ; Furusato (Le Pays natal, 1923) ; Seishun no yumeji (Les Rêves de la jeunesse, 1923) ; Joen no chimata (La Ruelle de la passion ardente, 1923) ; Haizan no uta wa kanashi (Triste est la chanson des vaincus, 1923) ; 813 (ou : Une histoire d'Arsène Lupin, 1923) ; Kiri no minato (Le Port aux brumes, 1923) ; Haikyo no naka (Dans les ruines, 1923) ; Yoru (La Nuit, 1923) ; Chi to rei (Le Sang et l'Ame, 1923) ; Toge no uta (La Chanson du col de montagne, 1924) ; Kanashiki Hakuchi (Le Triste Idiot, 1924) ; Akatsuki no shi (Mort à l'aube, 1924) ; Gendai no jô (La Reine des temps modernes, 1924) ; Josei wa tsuyosbi (Les Femmes sont fortes, 1924) ; Jinkyo (Le Monde ici-bas, 1924) ; Shichimencho no yukue (Disparition d'une dinde, 1924) ; Samidare zoshi (Pluie de mai et papier de soie, 1924) ; Kanraku no onna (La Fille de plaisir, 1924) ; Musen fusen (Pas d'argent, pas de guerre, 1924) ; Kyokubadam no jô (La Reine du cirque, 1925) ; Gakuso o idete (Après les années d'études, 1925) ; Daichi wa homoemu

(Le Sourire de notre terre, 1925) ; Shirayuri wa nageku (La Plainte du lys blanc, 1925) ; Gaijo no suketchi (Scènes de la rue, 1925) ; Ningen (L'Homme, 1925) ; Furusato no uta (La Chanson du pays natal, 1925) ; Akai yuhi ni terasarete (Aux rayons rouges du soleil couchant, 1925) ; Nogi taisho to kuma-san (Le Général et Mr. Kuma, 1926) ; Doka O (Le Roi d'une pièce d'un sou, 1926) ; Kami ningyo haru no sasayaki (Le Murmure printanier d'une poupée de papier, 1926) ; Shin onoga tsumi (Ma faute, suite, 1926) ; Kyoren no onna shisho (L'Amour fou d'une maîtresse de chant, 1926) ; Kaikoku danji (Les Enfants du pays maritime, 1926) ; Kane (L'Argent, 1926) ; Ko on (Gratitude envers l'Empereur, 1927) ; Jihi Shincho (L'Oiseau de la miséricorde, 1927) ; Hito no issho (La Vie d'un homme, 1928) ; Musume kawaiya (Quelle charmante fille !, 1928) ; Nihon-bashi (Le Pont Nihon, 1929) ; Asahi wa kagayaku (Le Soleil levant brille, 1929) ; Tokyo koshin kyoku (La Marche de Tokyo, 1929) ; Tokai kokyogaku (La Symphonie de la grande ville, 1929) ; Furusato (Le pays natal, 1930) ; Tojin Okichi (Okichi, maîtresse de l'étranger, 1930) ; Shikamo karera wa yuku (Et pourtant, ils s'avancent, 1931) ; Toki no ujigami (Le Dieu gardien du temps, 1932) ; Mammo kenkoku no reimei (L'Aube de la construction de la Mandchourie-Mongolie, 1932) ; Taki no shiraito (Le Fil blanc de la cascade, 1933) ; Gion matsuri (La Fête à Gion, 1933) ; Jimpuren ou Kamikazeren (Le Groupe de kamikaze Shimpu, 1933) ; Aizo toge (Le Col de l'amour et de la haine, 1934) ; Orizuru Osen (Osen à la cigogne en papier, 1934) ; Maria no Oyuki (Oyuki, la vierge, 1935) ; Gubijinso (Les Coquelicots, 1935) ; Naniwa hika ou Naniva erejii (Élégie de Naniwa, 1936) ; Gion no kyodai (Les Sœurs de Gion, 1936) ; Aienkyo (L'Impasse de l'amour et de la haine, 1937) ; Roei no uta (Le Chant du camp, 1938) ; Aa ! furusato (Ah ! le pays natal, 1938) ; Zangiku monogatari (Conte des chrysanthèmes tardifs, 1939) ; Naniwa onna (La Femme de Naniwa, 1940) ; Geido ichidai otoko (La Vie d'un acteur, 1941) ; Genroku chushingura (La Vengeance des 47 ronin, 1942) ; Danjuro sandai (Trois générations de Danjuro, 1944) ; Hissho ka (Chanson de la victoire, 1945) ; Musashi Miyamoto (Histoire du samouraï Musashi Miyamoto, 1945) ; Meito bijomaru (L'Excellente épée Bijomaru, 1945) ; Josei no shori (La Victoire d'une femme, 1946) ; Utamaro o meguru gonin no onna (Cinq femmes autour d'Utamaro, 1946) ; Joyu Sumako no koi (L'Amour de l'actrice Sumako, 1947) ; Yoru no onna-tachi (Femmes de la nuit, 1948) ; Waga koi wa moenu (Flamme de mon amour, 1949) ; Yuki fujin ezu (Le Destin de Madame Yuki, 1950) ; Oyusama (Mademoiselle Oyu, 1951) ; Musashino fujin (La Dame de Musashino, 1952) ; Saikaku ichidai onna (La Vie d'Oharu, femme galante,1952) ; Ugetsu monogatari (Les Contes de la lune vague après la pluie, 1953) ; Gion bayashi (Les Musiciens de Gion, 1953) ; Sansho dayu (L'Intendant Sansho, 1954) ; Uwasa na onna (Une femme dont on parle, 1954) ; Chikamatsu monogatari (Les Amants crucifiés, 1954) ; Yokihi (L'Impératrice Yang-Kwei-Fei, 1955) ; Shinheike monogatari (La Nouvelle Saga du clan Taira ou Le Héros sacrilège, 1956) ; Akasen chitai (La Rue de la honte, 1957). (Filmographie établie d'après les *Dossiers du cinéma*, II, Mizoguchi.)

Issu d'un milieu modeste, Mizoguchi est entré par hasard à la Nikkatsu, comme acteur puis comme assistant-réalisateur. Il tourne son premier film en 1922. Établi à Kyoto, il adapte de nombreuses œuvres d'écrivains occidentaux dont Maurice Leblanc et son *Arsène Lupin*. En 1932 il quitte la Nikkatsu pour Shinko, puis y retourne en 1934. C'est en 1936 qu'il devient célèbre avec *Les sœurs de Gion*. Pendant la guerre, il se limite aux films historiques (*Les 47 ronin*). Au sortir des hostilités, il devient l'un des réalisateurs les plus en vue du Japon, mais son inspiration semble avoir tourné court. Il faut attendre *La vie d'Oharu, femme galante* et le contrat avec la Daiei pour que s'ouvre une ère de chefs-d'œuvre : *Les contes de la lune vague après la pluie, L'intendant Sansho, Les amants crucifiés, L'impératrice Yang-Kwei-Fei, Le héros sacrilège, La rue de la Honte.* C'est cette partie de la filmographie de Mizoguchi que découvrent avec éblouissement les cinéastes occidentaux qui ne cesseront, Godard en tête, de rendre désormais hommage au maître japonais. C'est une impression d'envoûtement que procurent ses films de la Daiei, empreints tout à la fois de violence et de sérénité. Tous ses collaborateurs ont insisté sur son exigence dans le travail qui recouvrait un souci de perfection qui n'anime guère la plupart des mercenaires de la pellicule. On a tout dit sur une œuvre enracinée dans le passé d'où l'impression de dépaysement bien plus forte que chez Ozu, sur une esthétique qui combine l'œil du peintre et l'âme d'un poète, sur la place accordée par Mizoguchi aux femmes, de l'impératrice à la prostituée. Il y a un style Mizoguchi, incomparable et trop personnel pour pouvoir être imité. Son secret ? C'est un de ses compatriotes qui nous le livre : « Sa mort marque la fin d'un cinéma d'*artisan.* »

BIBLIO. : *Cahiers du cinéma,* nº spécial, 1959. Iwasaki, *Kenji Mizoguchi,* Anthologie du cinéma, 1967. Mesnil, *Mizoguchi* (1965).

Mnouchkine, Ariane

Réalisatrice française.

1789 (1974) ; Molière (1978).

On hésite à faire figurer l'animatrice du Théâtre du Soleil parmi les metteurs en scène de cinéma. *1789,* en dehors d'un manichéisme simplet, se ressentait de son origine théâtrale. Malgré certaines réussites plastiques, *Molière,* par sa maladresse et sa longueur, montrait qu'Ariane Mnouchkine ne dominait pas encore l'écriture cinématographique.

Mocky, Jean-Pierre

Réalisateur français né en 1929.

Les dragueurs (1959) ; Un couple (1960) ; Snobs (1961) ; Les vierges (1962) ; Un drôle de paroissien (1963) ; La grande frousse ou la cité de l'indicible peur (1964) ; La bourse et la vie (1965) ; Les compagnons de la Marguerite (1966) ; La grande lessive (1969) ; Solo (1970) ; L'étalon (1970) ; Chut ! (1971) ; L'albatros (1972) ; L'ombre d'une chance (1974) ; L'ibis rouge (1975) ; Un linceul n'a pas de poches (1975) ; Le roi des bricoleurs (1977) ; Le témoin (1977) ; Le piège à cons (1980) ; Litan (1982) ; Y-a-t-il un Français dans la salle ? (1982).

Incontestablement un auteur et une œuvre. S'il ne parvint pas à digérer Jean Ray (*La grande frousse*) ou Horace MacCoy (*Un linceul n'a pas de poches,* son plus mauvais film), il imposa de film en film sa propre vision, celle d'un anarchiste qui s'en prend aux institutions et aux valeurs consacrées, trop à droite pour ne pas mépriser la gauche, trop à gauche pour ne pas démolir la droite. Utilisant superbement ses acteurs (Bourvil et Francis Blanche ne furent jamais aussi bons qu'avec lui), filmant bien et de façon originale, sachant créer au choix un climat irréaliste ou une atmosphère poisseuse, il n'est finalement desservi que par l'épaisseur du trait, par le caractère trop violent de la caricature qui affaiblissent la portée de la satire et détournent le public de ses films.

Moctezuma, Juan Lopez

Réalisateur mexicain né en 1939.

La mansion de la locura (Le manoir de la folie, 1971) ; Mary, Mary, Bloody Mary (1974) ; Alucarda (1976).

Dessinateur de *comics,* acteur et metteur en scène de théâtre, producteur de *Fando y Lis* de Jodorowsky, il est aussi l'un des représentants les plus caractéristiques d'un cinéma mexicain érotico-fantastique illustré par René Cardona ou Fernando Mendez, sans oublier Cornona Blake : effets grand-guignolesques, jeunes filles entièrement nues crucifiées par des moines sadiques (*Alucarda,* son chef-d'œuvre), vampire sortant du tombeau, etc.)

Modot, Gaston

Acteur, scénariste et réalisateur français, 1887-1970.

Comme réalisateur : La torture par l'espérance (1928).

On oublie que cet acteur d'une grande culture, qui fut l'ami de Modigliani et de Picasso, est l'auteur d'une saisissante adaptation de *La torture par l'espérance* de Villiers de L'Isle-Adam. Si on lui en avait donné les moyens, il aurait pu tourner du Petrus Borel, du Gozlan ou du Jean Lorrain. Il choisit de rester acteur et mena une carrière que l'on peut dire, sans exagération, exemplaire.

Mœrman, Ernest

Écrivain et réalisateur belge, 1897-1943.

Monsieur Fantômas (1937).

Poète et écrivain, Mœrman s'est amusé à tourner un curieux *Fantômas,* redécouvert par la cinémathèque de Bruxelles et qui marque un nouvel avatar du « Génie du crime ».

Moguy, Léonide

Réalisateur d'origine russe, de son vrai nom Moguilevsky, 1899-1977.

La mioche (1936) ; Prison sans barreaux (1938) ; Conflit (1938) ; Je t'attendrai (1939) ; L'empreinte du Dieu (1940). *Aux États-Unis :* Two Women (1941) ; The Night Is Ending (1942) ; International Zone (1943) ; Paris after Dark (1944) ; Action in Arabia (1944) ; Whistle Stop (1945). *En France :* Bethsabée (1947). *En Italie :* Domani è troppo tardi (Demain il sera trop tard, 1949) ; Domani è un altro giorno (1951). *En France :* Les enfants de l'Amour (1953) ; Le long des trottoirs (1956) ; Donnez-moi une chance (1957) ; Les hommes veulent vivre (1961).

Opérateur d'actualités en Russie, réfugié en France, il a connu une carrière internationale jalonnée de films médiocres, consacrés, à partir de 1949, à l'éveil de la sexualité chez les adolescents ou à la prostitution, Moguy se complaisant dans des atmosphères malsaines. A sauver toutefois *Prison sans barreaux,* en 1938, pour l'extraordinaire présence de Corinne Luchaire.

Molander, Gustav

Réalisateur suédois né en 1888.

Bodakungen (Le maître de Boda, 1920) ; Thomas Graals myndling (La tutelle de Thomas Graal, 1922) ; Pärlorna (Les perles, 1922) ; Mälarpirater (Les pirates du lac Mälar, 1923) ; 33 333 (1924) ; Polis Paulus paskasmäll (La farce pascale du policier Paulus, 1924) ; Ingmarsarvet (L'héritage d'Ingmar, 1925) ; Till Osterland (Vers l'Orient, 1926) ; Hon, den enda (Elle, la seule, 1926) ; Hans engelska fru (Le plus beau mariage, 1926) ; Förseglade läppar (Lèvres closes, 1927) ; Parisiskor (La clef d'argent, 1927) ; Synd (Le péché, 1928) ; Hjärtats triumf (Le triomphe du cœur, 1929) ; Charlotte Löwensköld (1930) ; Fridas visor (Les chansons de Frida, 1930) ; En natt (Une nuit, 1931) ; Svarta rosor (Roses noires, 1931) ; Kärlek och kassabrist (Amour et escroquerie, 1932) ; Vi som gar köksvägen (Nous qui prenons la porte de service, 1932) ; Kära Släkten (Chère famille, 1933) ; En stilla flirt (Une paisible idylle, 1934) ; Fasters millioner (Les millions de ma tante, 1934) ; Ungkarlspappan (Le père célibataire, 1934) ; Swedenhielms (Les Swedenhielm, 1935) ; Under fals flagg (Sous un faux drapeau, 1935) ; Bröllopsresan (Voyage de noces, 1935) ; Pa solsidan (Du côté du soleil, 1936) Intermezzo (1936) ; Familjens hemlighet (Secret de famille, 1936) ; Dollar (1937) ; Sara lär sig folkvett (Sarah prend des leçons de maintien, 1937) ; En kvinnas ansikto (Un visage de femme, 1938) ; En enda natt (Une seule nuit, 1938) ; Ombyte förnöjer (Le plaisir vient du changement, 1938) ; Emilie Högqvist (1939) ; Den ljusnande framtid (L'avenir lumineux, 1940) ; En, men ett lejon (Un personnage formidable, 1940) ; Striden gar vidare (La lutte se poursuit, 1941) ; I natt eller aldrig (Cette nuit ou jamais,

1941) ; Jacobs stege (L'échelle de Jacob, 1942) ; Rid i natt (Chevauchée nocturne, 1942) ; Det brinner en eld (La flamme éternelle, 1943) ; Ordet (La parole, 1943) ; Alskling, jag ger mig (Chéri, je t'appartiens, 1943) ; Den osynliga muren (Le mur invisible, 1944) ; Kejsaren av Portugallien (L'empereur du Portugal, 1944) ; Galgmannen (Le bourreau, 1945) ; Det är min modell (C'est mon modèle, 1946) ; Kvinna utan ansikte (La femme sans visage, 1947) ; Eva (Sensualité, 1948) ; Nu börjar livet (A présent commence la vraie vie, 1948) ; Kärleken segrar (L'amour est le plus fort, 1949) ; Kvartetten som sprängdes (Le quatuor dissocié, 1950) ; Franskild (Divorce, 1950) ; Fästmo uthyres (Fiancée à louer, 1951) ; Trots (L'esprit de contradiction, 1952) ; Kärlek (Amour, 1952) ; Glasberget (La montagne de verre, 1953) ; Enhörningen (La licorne, 1954) ; Herr Arnes pengar (Le trésor d'Arne, 1955) ; Sangen om den eldröda blomman (Le chant de la fleur écarlate, 1956) ; Stimulantia (un sketch, 1967).

Fils d'un écrivain, il est passé très tôt du théâtre au cinéma comme scénariste de Stiller et de Sjöström avant d'entamer une prolifique carrière de réalisateur qui résume toute l'histoire du cinéma suédois, de l'âge d'or au déclin après le départ des « grands » à Hollywood, du renouveau des années 40 à la nouvelle génération que l'on retrouve, avec Molander, au générique de *Stimulantia.* On doit à ce réalisateur, mal connu hors de Suède, d'avoir révélé Ingrid Bergman dans *Intermezzo* et d'avoir pris pour scénariste un débutant du nom d'Ingmar Bergman.

Molinaro, Édouard

Réalisateur français né en 1928.

Le dos au mur (1957) ; Des femmes disparaissent (1958) ; Un témoin dans la ville (1959) ; Une fille pour l'été (1959) ; La mort de Belle (1960) ; Les ennemis (1961) ; Les sept péchés capitaux (un sketch, 1961) ; Arsène Lupin contre Arsène Lupin (1962) ; Une ravissante idiote (1963) ; La chasse à l'homme (1964) ; Quand passent les faisans (1965) ; Peau d'espion (1966) ; Oscar (1967) ; Hibernatus (1969) ; Mon oncle Benjamin (1969) ; La liberté en croupe (1970) ; Les aveux les plus doux (1970) ; La mandarine (1971) ; Le gang des otages (1972) ; L'emmerdeur (1973) ; L'ironie du sort (1974) ; Le téléphone rose (1975) ; Dracula père et fils (1976) ; L'homme pressé (1976) ; La cage aux folles (1978) ; Cause toujours, tu m'intéresses (1978) ; La cage aux folles II (1980) ; Les séducteurs (un sketch, 1980) ; Pour cent briques, t'as plus rien ! (1982).

Le cinéaste des ambiguïtés. Classé « nouvelle vague », alors qu'il en divergeait profondément par sa conception très classique du cinéma, déclaré « auteur » alors qu'il ne répugne nullement à un cinéma commercial fondé sur la popularité d'un acteur (Louis de Funès dans *Oscar* et *Hibernatus*) ou sur le triomphe d'une pièce (*La cage aux folles* de Jean Poiret, avec Michel Serrault, Ugo Tognazzi et Michel Galabru), réputé médiocre alors que les films policiers de ses débuts, dont *La mort de Belle* d'après Simenon et *Arsène Lupin contre Arsène Lupin,* amusant pastiche de Maurice Leblanc, étaient remarquables, et qu'il eut l'audace d'adapter à l'écran le célèbre *Homme pressé* de Paul Morand. Dans *Les séducteurs,* il sort vainqueur du tournoi qui l'oppose à Bryan Forbes, Gene Wilder et Dino Risi, grâce à un sketch éblouissant, admirablement joué par Lino Ventura. C'est dire que Molinaro est un réalisateur qui mérite considération.

Monca, Georges

Réalisateur français, 1888-1939.

Principaux films : La grève des forgerons (1910) ; Les deux orphelines (1910) ; Boubouroche (1911) ; *Série* des Rigadin, interprété par le comique Prince (1912-1914) ; La route du devoir (1918) ; Lorsqu'une femme veut (1919) ; Les femmes collantes (1920) ; Si jamais je te pince (1920) ; Prince embêté (1920) ; Chouquette et son as (1921) ; Le sang des Finoel (1922) ; Romain Kalbris (1923) ; Sans famille (1926) ; Le chemineau (1927) ; Les Fourchambault (1929).

Acteur de théâtre, il débute chez Pathé où il passe très vite à la réalisation. Il a beaucoup tourné (un film par semaine pour Prince-Rigadin) : son œuvre s'en ressent.

Monicelli, Mario

Réalisateur italien né en 1915.

Al diavolo la celebrita (avec Steno, Au diable la célébrité, 1949) ; Toto cerca casa (avec Steno, Toto cherche un appartement, 1949) ; Vita da cani (avec Steno, Dans les coulisses, 1950) ; E arrivato il cavaliere (avec Steno, 1950) ; Guardie e ladri (avec Steno, Gendarmes et voleurs, 1951) ; Toto e i re di Roma (avec Steno, 1951) ; Toto e le donne (avec Steno, 1952) ; Le infedeli (avec Steno, Les Infidèles, 1953) ; Toto e Carolina (1953) ; Proibito (Du sang dans le soleil, 1955) ; Un eroe dei nostri tempi (1955) ; Donatella (Donatella, 1956) ; Padri e figli (Pères et fils, 1957) ; Il medico e lo stregone (1957) ; I soliti ignoti (Le pigeon, 1958) ; La grande guerra (La grande guerre, 1959) ; Risate di gioia (Larmes de joie, 1962) ; Boccacio 70 (3e sketch, 1962) ; I compagni (Les camarades, 1963) ; Alta infedelta (4e sketch, 1964) ; Casanova 70 (Casanova 1970, 1965) ; L'armata Brancaleone (L'armée Brancaleone, 1966) ; Le fate (Les ogresses, 2e sketch, 1966) ; Capriccio all'italiana (5e sketch, 1968) ; La ragazza con la pistola (1968) ; To', è morta la nonna (1969) ; Brancaleone alle Crociate (Brancaleone aux croisades, 1970) ; Le coppie (Drôle de couple, 1er sketch, 1970) ; La mortadella (1971) ; Vogliamo i colonnelli (Nous voulons les colonels, 1973) ; Romanzo popolare (Romances et confidences, 1974) ; Amici miei (Mes chers amis, 1976) ; Caro Michele (1976) ; Signore e signori buonanotte (coréal., Mesdames et messieurs, bonsoir, 1976) ; Un borghese piccolo piccolo (Un bourgeois tout petit petit, 1977) ; I nuovi mostri (coréal., Les nouveaux monstres, 1977) ; Viaggio con Anita (Voyage avec Anita, 1979) ; Temporale Rosy (Rosy la Bourrasque, 1979) ; Camera d'albergo (Chambre d'hôtel, 1980) ; Il Marchese de Grillo (1982).

Le plus drôle des réalisateurs italiens : ses *Toto* sont hilarants ; *Brancaleone aux croisades* contient une satire attendrie du Moyen Age qui vire parfois à la pure bouffonnerie : la traversée de la Méditerranée par les croisés est étonnamment rapide : miracle ? Non, on a simplement traversé un lac. Le tout est de la même veine. Les deux papes s'excommunient ; la révélation du péché commis par un pénitent masochiste provoque un tremblement de terre et le traducteur sait même interpréter les messages du lépreux. Tout une humanité souffrante est évoquée avec humour et émotion (le nain en mourant apprend qu'il y a un paradis pour nains où il ne sera plus jamais brimé).

Ces paumés, c'étaient déjà les dérisoires cambrioleurs du *Pigeon* qui perçaient un mur qui n'était pas le bon, le pitoyable escroc, Toto, à famille nombreuse qu'il faut nourrir, dans *Gendarmes et voleurs* dont la fin, d'une profonde mélancolie, serre la gorge, ou encore ce tout petit bourgeois déçu dans ses espérances (*Un borghese piccolo piccolo*), ces héros malheureux de *La grande guerre* ou les colonels qui rêvent de coups d'État compliqués. Sa vision est en définitive plus engagée qu'il n'y paraît. Ce grand metteur en scène n'ignore pas que le rire est une arme et il s'en sert avec une efficacité redoutable.

Monnier, Philippe

Réalisateur français né en 1939.

La guerre d'Algérie (avec Y. Courrières, 1970) ; Monsieur papa (1977) ; Brigade mondaine : Vaudou aux Caraïbes (1980).

Il fit preuve d'ambition en signant un film de montage, d'une grande objectivité, sur la guerre d'Algérie. Cet ancien assistant de Sautet, Molinaro et Losey, fut ensuite l'auteur du charmant *Monsieur papa,* consacré aux pères célibataires. Son troisième film – hélas – nous apporte la preuve qu'il a dû se résigner à de médiocres besognes alimentaires. Tourner du Gérard de Villiers et faire de *Vaudou aux Caraïbes* une œuvre aussi aseptisée sur le plan érotique, quelle déception !

Montaldo, Giuliano

Réalisateur italien né en 1930.

Tiro al piccione (Le commando traqué, 1961) ; Extraconjugale (un sketch, 1965) ; Una bella grinta (1965) ; Ad ogni costo (Le carnaval des truands, 1967) ; Gli intoccabili (Les intouchables, 1969) ; Gott mit uns (1970) ; Sacco e Vanzetti (Sacco et Vanzetti, 1971) ; Giordano Bruno (Giordano Bruno, 1973) ; L'agnese va a morire (1976) ; Il giocattolo (1979).

Acteur à l'origine, il est passé du film de résistance (*Toro al piccione* avec Jacques Charrier) à la biographie historique (*Sacco e Vanzetti, Bruno*) occasion de défendre les idées avancées qui lui tiennent à cœur. Son meilleur film reste *Una bella grinta,* portrait parfaitement maîtrisé d'une jeune fille sans scrupules et prétexte à une mise en cause de l'actuelle société italienne.

Montgomery, George

Acteur et réalisateur américain né en 1916.

Comme réalisateur : The Steel Claw (Le dernier train de Santa Cruz, 1961) ; Samar (1962).

Honnête acteur, il surprit son monde en passant derrière la caméra et en signant deux bons films d'aventures à petit budget.

Montgomery, Robert

Acteur et réalisateur américain, 1904-1981.

Comme réalisateur : Lady in the Lake (La dame du lac, 1946) ; Ride the Pink Horse (Et tournent les chevaux de bois, 1947) ; Once More, my Darling (1949) ; Eye Witness (1950) ; The Gallant Hours (1960).

Cet acteur plein d'humour fit des débuts fracassants comme réalisateur en utilisant le principe de la caméra subjective dans une solide adaptation d'un roman de Chandler, *Lady in the Lake.* L'appareil prenait la place des yeux du personnage principal dont on ne voyait le visage que dans des glaces. Quand il était passé à tabac, les poings des tueurs venaient s'écraser sur l'objectif. Dans *The Gallant Hours,* Montgomery évoqua une bataille navale « en chambre » : on ne connaissait des opérations que ce qui parvenait dans la salle d'un état-major. Mais son meilleur film demeure *Et tournent les chevaux de bois,* un thriller plein de poésie et de tendresse contenue.

Montresor, Beni

Décorateur et réalisateur de films.

Comme réalisateur : Pilgrimage (1972) ; La messe dorée (1975).

Grand décorateur d'opéra (il a travaillé pour Covent Garden et Paris), on lui doit deux films différents : *Pilgrimage,* itinéraire d'un adolesçent qui passe à l'âge adulte, œuvre d'avant-garde tournée aux États-Unis, et une ahurissante *Messe dorée* où l'on copule enveloppé de brocart dans un amoncellement de corps digne des peintres pompiers de la Belle Époque, Jamin, Bouguereau, Rochegrosse. N'est pas Gustave Moreau qui veut.

Monty Python

Groupe anglais de cinéastes dont surtout Terry Gilliam et Terry Jones.

And now for something completely different (Pataquesse, 1972) ; The Monty Python and the Holy grail (Sacré Graal, 1974) ; Jabberwocky (Jabberwocky 1976) ; Monty Python's Life of Brian (La vie de Brian, 1979) ; Time Bandits (Bandits-bandits, 1982).

Ce joyeux groupe n'hésite pas à mettre en pièces dans des parodies désopilantes la BBC ou les superproductions. Leur œuvre la plus accomplie demeure *La vie de Brian.* La naissance de Brian se produit le même jour que celle de Jésus d'où la confusion des rois mages qui reprendront leurs cadeaux quand ils découvriront leur erreur. Par la suite Jésus prêche mais, faute de micro, seul le premier rang l'entend. La résistance palestinienne à la domination romaine se divise entre le FPJ (Front du peuple de Judée) et le FJP (Front judéen du peuple), etc. On va ainsi de plus en plus fort dans le burlesque jusqu'au chœur final des crucifiés chantant : « Il faut prendre la vie du bon côté. » Les films des Monty Python ont soulevé de vives polémiques, surtout le dernier. Mauvais goût ou critique si parfaitement ajustée qu'elle ne peut que déranger ? Depuis, Terry Gilliam a signé de son seul nom *Bandits-bandits,* désopilante fantaisie historique où l'on retrouve Napoléon, Robin des Bois et bien d'autres.

Moore, Robert

Scénariste et réalisateur américain.

Comme réalisateur : Murder by Death (Un cadavre au dessert, 1976) ; Cheap Detective (Le privé de ces dames, 1978) ; Chapter Two (1980).

Un cadavre au dessert réunissait dans un vieux manoir anglais les cinq plus grands détectives du monde (Charlie Chan interprété par Peter Sellers, Sam Spade, Hercule Poirot...) pour résoudre une énigme criminelle. Cet amusant pastiche des films policiers de jadis semblait annoncer une carrière à la Blake Edwards. Hélas ! Plus lourdes et plus vulgaires, les œuvres suivantes de Moore ne tinrent pas les promesses de ce brillant début.

More O'Ferrall, George

Réalisateur anglais né en 1907.

Angels One Five (1952) ; The Holly and the Ivy (1952) ; The Heart of the Matter (Le fond du problème, 1953) ; The Green Scarf (1954) ; Three Cases of Murder (avec W. Toye et D. Eady, Trois meurtres, 1955) ; A Woman for Joe (1955) ; The March Hare (1956).

D'une œuvre discrète émerge moins *Le fond du problème,* ennuyeuse adaptation de Graham Greene, que la participation d'O'Ferrall à *Trois meurtres,* dont le meilleur sketch n'était pas de lui, mais de Wendy Toye, auteur également de *Stranger Left no Card :* on y voyait un peintre décédé revenir hanter un musée où figurait l'un de ses tableaux et entraîner le gardien dans l'univers de ce tableau pour l'y assassiner.

Moreau, Jeanne

Actrice et réalisatrice française née en 1928.

Lumière (1975) ; L'adolescente (1978).

Plutôt sympathique l'effort d'une star consacrée et adulée pour se remettre en cause en passant à la réalisation. *Lumière,* qui nous propose le portrait de quatre artistes féminines, peut paraître une œuvre un peu glacée. Mais tout le monde n'est pas Mankiewicz. En revanche, *L'adolescente,* évocation des vacances d'une petite fille à la veille de la Deuxième Guerre mondiale, touche davantage par un côté autobiographique qui lui donne cette sensibilité frémissante qui manquait au premier film de Jeanne Moreau.

Moretti, Nanni

Réalisateur italien né en 1953.

Come parli frate ? (1974) ; Io sono un autarchico (1977) ; Ecce Bombo (1978) ; Sogni d'oro (1981).

Nouveau venu du cinéma italien, il doit à son ironie mordante et à son sens de l'observation le succès de *Io sono un autarchico.* Un réalisateur dont la critique italienne semble attendre beaucoup.

Morlhon, Camille de

Réalisateur français, ?-vers 1945.

Principaux films : Mater dolorosa (1909) ; Sémiramis (1909) ; Olivier Cromwell (1909) ; La reine Margot (1910) ; Madame du Barry (1910) ; Petite gosse (1910) ; Fouquet (1911) ; Rodogune (1911) ; Madame Tallien (1911) ; Épisode de 1812 (1912) ; L'ambitieuse (1912) ; Britannicus (1912) ; L'affaire du collier de la Reine (1912) ; Les mains d'Yvonne (1912) ; Don Quichotte (1913) ; L'usurier (1913) ; Calomniée (1913) ; La broyeuse de cœur (1913) ; L'escarpolette tragique (1913) ; Sacrifice surhumain (1913) ; Une brute humaine (1914) ; L'infamie d'une autre (1914) ; La vieillesse du père Moreux (1914) ; Le secret de Geneviève (1916) ; Effluves funestes (1916) ; Maryse (1917) ; L'orage (1917) ; Miséricorde (1917) ; Simone (1918) ; Expiation (1918) ; L'ibis bleu (1919) ; Fabienne (1920) ; Fille du peuple (1920) ; Une fleur dans les ronces (1921).

Auteur dramatique, il s'est contenté de filmer ses drames mondains qui surprirent alors par la hardiesse du ton à défaut de celle de la technique. *Une brute humaine* connut même, selon Sadoul, un succès international qui imposa pour un temps le nom de Morlhon. L'évolution du cinéma, après la guerre, ruina sa carrière de cinéaste.

Morrissey, Paul

Réalisateur américain né en 1939.

Taylor Mead Dances (1963) ; Civilization and Its Discontents (1964) ; Lonesome Cowboys (1968) ; Flesh (Flesh, 1969) ; Blue Movie (1969) ; Trash (1970) ; Heat (Heat, 1972) ; L'Amour (1973) ; Flesh for Frankenstein (De la chair pour Frankenstein, 1973) ; Blood for Dracula (Du sang pour Dracula, 1974) ; Fourty Deuce (1982).

Engagé par Andy Warhol, il a joué un rôle grandissant dans la direction des films de cet artiste, y introduisant une logique qui en était absente. Rompant avec l'*Underground*, ses dernières œuvres sont même franchement commerciales, comme le désopilant *Du sang pour Dracula* où le vampire ne peut boire que du sang de vierge, ce qui, avec le relâchement des mœurs, lui pose bien des problèmes. Il en sera réduit à laper le sang perdu par une fille qui vient d'être déflorée.

Moser, Frank

Auteur américain de dessins animés.

Bringing Up Father (1916) ; Krazy Kat (1916, en collaboration).

Il fut l'un des pionniers de l'animation américaine avec une série inspirée de la bande dessinée de Geo McManus, *Bringing Up Father* (1916) puis *Krazy Kat*, d'après les dessins de George Herriman (*Introducing Krazy Kat and Ignatz Mouse*, 1916), personnage repris par Winkler puis Harrisson et Gould pour Columbia (1930).

Mosjoukine, Ivan

Acteur et réalisateur russe, 1889-1939.

Le brasier ardent (1923).

Après une grande carrière d'acteur dans les débuts du cinéma russe, Mosjoukine émigre en France avec Volkov. Il y continuera son métier et dirigera, en 1923, un film délirant, *Le brasier ardent*, dans l'esprit de l'avant-garde des années 20.

Moullet, Luc

Réalisateur français né en 1937.

Brigitte et Brigitte (1966) ; Les contrebandiers (1967) ; Une aventure de Billy the Kid (1971) ; Anatomie d'un rapport (1976) ; Genèse d'un repas (1978).

Excellent critique des *Cahiers du cinéma*, on ne contestera pas sa réelle culture cinématographique, mais peut-être fait-il trop preuve de désinvolture dans ses films pour pouvoir être pris au sérieux. Voir, à titre d'exemple, le traitement qu'il fait subir à Billy the Kid, héros de tant de westerns, de Vidor à Penn, que joue ici Jean-Pierre Léaud, tandis que la haute Provence tient lieu de désert de la vallée de la Mort.

Mourlan, Albert

Réalisateur français de films d'animation.

Série des Potiron (1921-1923) ; Gulliver chez les Lilliputiens (1923).

Peu connu, la majeure partie de son œuvre ayant été détruite dans un incendie, cet animateur ne manquait pas d'originalité : il utilisait des découpages articulés, mais, pour éviter les agrafes des articulations, il les collait avec du chewing-gum.

Mulligan, Robert

Réalisateur américain né en 1923.

Fear Strikes Out (Prisonnier de la peur, 1957) ; The Rat Race (Les pièges de Broadway, 1960) ; The Great Impostor (Le roi des imposteurs, 1961) ; Come September (Le rendez-vous de septembre, 1961) ; The Spiral Road (L'homme de Bornéo, 1962) ; To Kill a Mockingbird (Du silence et des ombres, 1962) ; Love With the Proper Stranger (Une certaine rencontre, 1964) ; Baby, the Rain Must Fall (Le sillage de la violence, 1965) ; Inside Daisy Clover (Daisy Clover, 1965) ; Up the Down Staircase (Escalier interdit, 1967) ; The Stalking Moon (L'homme sauvage, 1968) ; Pursuit of Happiness (1971) ; Summer of '42 (Un été 42, 1971) ; The Other (L'Autre, 1972) ; The Nickel Ride (The Nickel Ride, 1974) ; Bloodbrothers (Les chaînes du sang, 1978) ; Same Time, Next Year (Même heure, l'année prochaine, 1978).

Il vient de la télévision, où il réalisa plus de 100 dramatiques, des shows et des séries inépuisables. Il a été moins fécond sur le grand écran mais a révélé depuis 1957 une personnalité sensible et intelligente dont l'œuvre force l'estime. Les héros de Mulligan, on l'a dit, sont le plus souvent des solitaires, des déphasés qui ne peuvent s'intégrer à la société (Steve McQueen dans *Le sillage de la violence,* l'Indien de *L'Homme sauvage,* le gangster de *The Nickel Ride* ou encore le jeune joueur de base-ball de *Prisonnier de la peur*). De ses personnages Mulligan donne des portraits en demi-teintes. Sa délicatesse de touche lui permet de tout exprimer, notamment dans l'émouvant et justement célèbre *Summer of '42.* Une seule fois, il brouille les cartes, crée un climat de violence et d'horreur inhabituel chez lui : s'inspirant d'un roman de Tom Tryon, il signe *L'Autre,* histoire de deux jumeaux, dont l'un représente le mal et l'autre le bien ; l'un est mort, l'autre a survécu. Mais lequel ? Opposant la douceur des paysages au caractère traumatisant de l'action, liant l'imaginaire au réel dans un jeu envoûtant d'interaction, il crée un climat d'indicible horreur et de mystère non dissipé, qui laisse loin derrière tous les films d'épouvante.

Munk, Andrzej

Réalisateur polonais, 1921-1961.

Courts métrages : Nauka Blizej Zycia (La science plus près de la vie, 1951) ; Kierunek Nowa Huta (Direction Nowa Huta, 1951) ; Bajkaw Ursusie (Un conte à Ursus, 1952) ; Pamietniki Chlopow (Mémoires de paysans, 1952) ; Kolejarski Slowo (Parole de cheminot, 1953) ; Gwiazdy Musza Plonac (Les étoiles doivent briller, 1954) ; Niedziekny Poranec (Dimanche matin, 1955). *Longs métrages :* Blekitny Krzyz (La croix bleue, 1956) ; Czlowieck na torze (Un homme sur la voie, 1956) ; Eroica (Eroica, 1957) ; Zezowate Szczescie (De la veine à revendre, 1960) ; Pasazerka (La passagère, 1964).

Formé à l'École du cinéma de Lodz, il tourne de nombreux documentaires et courts métrages divers, avant d'aborder la réalisation de grands films. Sa vision ironique et sceptique donne une profonde unité à son œuvre. Il a défini lui-même sa manière : « Je tiens pour une leçon essentielle l'impossibilité de juger les hommes de façon trop schématique, tout en noir ou tout en blanc, comme durant une époque où l'on allait jusqu'à nier l'existence du gris. » C'est dire qu'il rompt avec les conceptions lourdes et académiques d'un Alexander Ford. Il introduit plus de sensibilité et d'humour dans une production alors décevante. Jusqu'où serait-il allé ? Il est tué dans un accident avant d'avoir pu achever *La passagère.* Sa disparition laissa un grand vide dans l'école polonaise.

Murnau, Friedrich Wilhelm

Réalisateur allemand, de son vrai nom Plumpe, 1888-1931.

Der Knabe in Blau (1919) ; Satanas (1920) ; Sehnsucht (1920) ; Der Bucklige und die Tänzerin (1920) ; Der Januskopf (1920) ; Abend... Nacht... Morgen (1920) ; Der Gang in die Nacht (1920) ; Schloss Vogelöd (1921) ; Marizza, gennant die Schmugglermadonna (1922) ; Nosferatu, Eine Symphonie des

Grauens (Nosferatu le vampire, 1922) ; Der brennende Acker (La terre qui flambe, 1922) ; Phantom (Le fantôme, 1922) ; Die Austreibung (L'expulsion, 1923) ; Die Finanzen des Grossherzogs (Les finances du grand duc, 1924) ; Der letzte Mann (Le dernier des hommes, 1924) ; Tartüff (1926) ; Faust (1926). *Aux États-Unis :* Sunrise (L'aurore, 1927) ; Four Devils (Les quatre diables, 1928) ; City Girl (L'intruse, 1930) ; Tabu (avec Flaherty, Tabou, 1931).

Comme un grand nombre de réalisateurs allemands, il vient du théâtre où il a été l'assistant de Max Reinhardt. Pilote pendant la guerre, il est contraint d'atterrir, victime du brouillard, en Suisse où il restera jusqu'à la fin des hostilités. Il se consacre alors au cinéma. Ses premiers films comme *Satanas* ou *Januskopf* (d'après Stevenson) se situent dans le courant expressionniste, alors en vogue. Mais *Nosferatu* rompt avec les décors stylisés à la *Caligari* : Murnau choisit pour cette adaptation du *Dracula* de Bram Smocker (on a changé le nom pour des raisons de droits) de tourner l'action en décors naturels. Film admirable, le plus beau peut-être du cinéma muet, avec son château hanté, le port où débarquent les rats (œuvre prémonitoire de l'avènement d'Hitler, a-t-on dit), la petite ville et le monstre lui-même, qu'interprète Max Schreck avec son crâne chauve et ses dents de vampire. D'André Gide à Jean Mistler en passant par Simone de Beauvoir, combien d'écrivains ont noté l'impression que leur causa cette « symphonie de l'horreur ». Murnau changea totalement de registre avec *Le dernier des hommes.* Un portier d'hôtel, devenu trop vieux, était relégué comme préposé aux toilettes. Il devenait « le dernier des hommes ». *Der letzte Mann* marquait le triomphe du nouveau courant réaliste désigné sous le nom de Kammerspiel. Le film, sur un scénario de Carl Mayer et des images de Karl Freund, fit une si forte impression que Murnau fut invité par la Fox à Hollywood. Il y tourna son chef-d'œuvre, aux yeux de beaucoup de critiques : *L'aurore,* un drame de la jalousie. Le lyrisme de *Sunrise* n'était nullement altéré par une fin artificielle. *Les quatre diables* sont aujourd'hui perdus mais *City Girl* nous confirme combien Murnau avait su s'adapter, à l'inverse d'autres Allemands, comme Pabst ou Dupont, aux méthodes d'Hollywood. *Tabou* fut entrepris en collaboration avec Flaherty. On y retrouvait cette constante nostalgie de la nature, comme si, avec cette île des mers du Sud, la trajectoire entamée avec les prairies de la Baltique dans *Nosferatu* trouvait son parfait aboutissement. Murnau se tuait en effet, le 11 mars 1931, dans un accident d'automobile.

« Au moment où le cinéma cherchait à devenir un art autonome, Murnau fut l'un des réalisateurs qui refusèrent les influences de la scène et du livre et qui créèrent de nouveaux moyens d'expression », note à juste titre Denis Marion. Rohmer a parfaitement montré, à partir de *Faust,* comment le cinéaste sut organiser son espace et régler ses éclairages pour engendrer des effets originaux. Mais dans cette œuvre particulièrement riche, il y a aussi un homme. A travers le vampire *(Nosferatu),* le portier déchu *(Le dernier des hommes),* le savant qui pactise avec le Diable (*Faust*), le mari qui tente de tuer sa femme *(L'aurore),* le Polynésien qui enlève une prêtresse *(Tabou),* réunis par une même volonté de transgresser les tabous sociaux, n'est-ce pas Murnau lui-même qui se profile, observe Denis Marion, Murnau et son homosexualité, sachant qu'il ne peut espérer le rachat que dans la mort ?

BIBLIO. : L. Eisner, *Murnau* (1965) ; Jameux, *Murnau,* (1965) ; J. Domarchi, *Murnau,* Anthologie du cinéma, 1965 ; D. Marion, *Murnau,* dans Encyclopaedia Universalis ; Rohmer, *L'organisation de l'espace dans le Faust de Murnau* (thèse).

Murphy Dudley

Réalisateur américain né en 1897.

High Speed Lee (1923) ; Le ballet mécanique (avec F. Léger, c.m., 1924) ; Alex the Great (1928) ; Stocks and Blondes (1928) ; Confessions of a Co-Ed (1931) ; The Sport Parade (1932) ; The Emperor Jones (1933) ; The Night Is Young (1935) ; Don't Gamble With Love (1936) ; One Third of a Nation (1939) ; Main Street Lawyer (1939) ; Yolanda (1942) ; Alma del Bronce (1944).

Fils d'un professeur de Harvard, il fit du journalisme et du théâtre, vint en France où il aida Fernand Léger pour son film *Le ballet mécanique*, retourna aux États-Unis où il dirigea plusieurs films dont le fameux *Emperor Jones*, joué par des Noirs, et finit sa carrière au Mexique.

Murphy, Geoff

Réalisateur néo-zélandais.

Tankbusters (c.m., 1975) ; Wild Man (1975) ; Goodbye Pork Pie (1980).

En 1975, *Wild Man*, une picaresque aventure sur les chercheurs d'or de la côte ouest de la Nouvelle-Zélande au XIXe siècle, marqua la naissance d'un cinéma néo-zélandais qui allait donner Paul Maunder, Roger Donaldson et Geoff Steven, qui n'ont pu trouver place dans ce dictionnaire. Avec *Goodbye Pork Pie*, thriller humoristique, Murphy confirma sa prééminence à l'intérieur de ce courant.

Murphy, Ralph

Réalisateur américain né en 1895.

Principaux films : Mickey (1948) ; Man in Half-Moon Street (Le sérum de longue vie, 1948 ; Red Stallion in the Rockies (Le retour de l'étalon rouge, 1949) ; Stage to Tucson (Les écumeurs des monts Apache, 1951) ; The Lady and the Bandit (Dick Turpin bandit gentilhomme, 1951) ; Captain Pirate (Les évasions du capitaine Blood, 1952).

Surtout scénariste et dialoguiste, il a réalisé quelques petits films d'aventures vite tombés dans l'oubli, un peu trop vite peut-être.

Musso, Jeff

Réalisateur français.

Le puritain (1937) ; Dernière jeunesse (1939) ; Vive la liberté (1944).

Il est surtout connu pour son adaptation d'un roman de Liam O'Flaherty qui évoque la tragédie d'un journaliste aux mœurs rigides qui poignarde une femme légère à Dublin. *Le Puritain* vaut pour son atmosphère trouble et l'interprétation de Jean-Louis Barrault.

N

Napoleon, Art

Scénariste et réalisateur américain.

Man on the prowl (1957) ; Too much Too Soon (Une femme marquée, 1958) ; Ride the Wild Surf (1964, remplacé par Don Taylor, seulement coscénariste) ; The activist (1969).

Une œuvre qui n'est assurément pas à la mesure du nom – illustre – de son auteur. Mais *Une femme marquée,* sur le thème de l'alcoolisme, demeure un film admirable par la beauté des images (décors extravagants des villas hollywoodiennes ou chambres sordides d'hôtels de passe), l'interprétation délirante d'Errol Flynn, connaisseur en matière d'alcoolisme, et l'éclat de rire final de Dorothy Malone qui rejoint dans la mythologie cinématographique celui de Bogart à la fin du *Trésor de la Sierra Madre.* Pour ces raisons, *Too much too soon,* au titre original merveilleux, place Napoléon dans le panthéon des réalisateurs américains, alors qu'on l'attendrait plutôt aux Invalides.

Narizzano, Silvio

Réalisateur canadien né en 1927.

Fanatic (1965) ; Georgy Girl (Georgy Girl, 1966) ; Blue (El Gringo, 1967); Loot (Le magot, 1970) ; Redneck (1975) ; The Sky Is Falling (1976) ; Why Shoot the Teacher (1977) ; The Class of Miss MacMichael (1978).

D'une adaptation de Matheson (*Fanatic*) à un western-spaghetti *(El Gringo),* ce réalisateur de télévision semble mériter plus d'attention qu'on ne lui en a accordé jusqu'ici.

Naruse, Mikio

Réalisateur japonais, 1905-1969.

Chambara fufu (Le couple de Chambara, 1930) ; Mushibameru haru (Le printemps perdu, 1932) ; Kimi to wakarete (Après notre séparation, 1933) ; Yo goto no yume (Rêves de chaque soir, 1933) ; Tsuma yo bara no yo ni (Ma femme, sois comme une rose, 1935) ; Uwasa no musume (La fille en question, 1935) ; Tsuruhachi Turujiro (1938) ; Shanhai no tsuki (La lune sur Shanhai, 1941) ; Uta andon (La lanterne, 1943) ; Furyo shojo (Une mauvaise fille, 1949) ; Shiroi yaju (Une bête blanche, 1950) ; Maihime (La danseuse, 1951) ; Meshi (Le repas, 1951) ; Okasan (La mère, 1952) ; Inazuma (L'éclair, 1952) ; Tsuma (Mon épouse, 1953) ; Ani imoto (Frère et sœur, 1953) ; Yama no oto (La voix dans la montagne, 1954) ; Bangiku (Le chrysanthème tardif, 1954); Ukigumo (Nuages flottants, 1955) ; Shuu (La pluie soudaine, 1956) ; Nagareru (Couler, 1956) ; Anzukko (Anzukko, 1957) ; Iwashi-gumo (Nuages d'été, 1958) ; Onna ga kaidan o agaru toki (Une femme monte les escaliers, 1960) ; Musume, tsuma, haha (Fille, femme et mère, 1960) ; Tsuma toshite, onna toshite (Comme une épouse, comme une femme, 1961) ; Onna no za (Siège de femme, 1962) ; Horo-ki (Le chemin solitaire, 1962) ; Onna no rekishi (Vie de femme, 1963) ; Midareru (Cœur troublé, 1964) ; Onna no naka ni iru tanin (Un étranger habite le cœur de la femme, 1965).

« Naruse a le sourire de l'homme qui souffre », note Govaers auquel nous empruntons cette filmographie. D'une enfance misérable, d'une vie conjugale malheureuse et de débuts difficiles dans le cinéma, il garde une amertume et un pessimisme qui imprègnent toute son œuvre. Pessimisme touchant l'amour qui se heurte à trop de préjugés (*Cœur troublé*), pessimisme sur la place de la femme dans la société (isolée, elle est vouée à la prostitution dans *Une femme monte les escaliers*), pessimisme quant à la vie familiale où règne l'égoïsme du mâle (*Une vie de femme*). Un cinéma désabusé.

Nazarro, Ray

Réalisateur américain né en 1902.

Outlaws of the Rockies (1945) ; Song of the Prairie (1945) ; Cowboy Blues (1946) ; The Desert Horseman (1946) ; Galloping Thunder (1946) ; Gunning for Vengeance (1946) ; Roaring Rangers (1946) ; Singing on the Trail (1946) ; Throw a Saddle on a Star (1946) ; Two-Fisted Stranger (1946) ; Heading West (1946) ; Texas Panhandle (1946) ; That Texas Jamboree (1946) ; Lone Star Moonlight (1946) ; Over the Santa Fe Trail (1947) ; Rose of Santa Rosa (1947) ; Law of the Canyon (1947) ; The Lone Hand Texan (1947) ; Terror Trail (1947) ; West of Dodge City (1947) ; Buckaroo from Powder River (1947) ; Last Days of Boot Hill (1947) ; Phantom Valley (1948) ; Six-Gun Law (1948) ; Song of Idaho (1948) ; West of Sonora (1948) ; Trail to Laredo (1948) ; Laramie (1949) ; Bandits of El Dorado (1949) ; Frontier Outpost (1949) ; Renegades of the Sage (1949) ; Blazing Trail (1949) ; Quick on the Trigger (1949) ; Challenge of the Range (1949) ; South of Death Valley (1949) ; El Dorado Pass (1949) ; The Palomino (1950) ; Outcast of Black Mesa (1950) ; David Harding Counterspy (1950) ; Texas Dynamo (1950) ; Hoedown (1950) ; Trail of the Rustler (1950) ; Streets of Ghost Town (1950) ; Smoky Mountain Melody (1950) ; The Tougher They Come (1950) ; Al Jennings of Oklahoma (La loi du colt, 1951) ; Flame of Stamboul (1951) ; China Corsair (1951) ; Fort Savage Raiders (1951) ; Cylone Fury (1951) ; The Kid from Amarillo (1951) ; War Cry (1951) ; The Rough, Tough West (1952) ; Indian Uprising (Les derniers jours de la nation apache, 1952) ; The Laramie Mountains (1952) ; Montana Territory (1952) ; Cripple Creek (La folie de l'or, 1952) ; Junction City (1952) ; Gun Belt (Tempête sur le Texas, 1953) ; The Bandits of Corsica (Le retour des frères corses, 1953) ; Camels West (La caravane du désert, 1953) ; Kansas Pacific (1953) ; The Lone Gun (Les brigands de l'Arizona, 1954) ; The Black Dakotas (1954) ; Southwest Passage (1954) ; Top Gun (1955) ; The White Squaw (1956) ; The Phantom Stagecoach (1957) ; Domino Kid (1957) ; The Hired Gun (La veuve et le tueur, 1957); Return to Warbow (1958) ; Apache Territory (1958) ; Einer Frisst den Andern (1964) ; Arrivederci Cowboy (1967).

De l'action, encore de l'action, toujours de l'action. Avec Selander, Nazarro a été l'un des inépuisables pourvoyeurs de westerns à petits budgets de la Columbia. Le film est parfois indigent, parfois assez réussi (*Indian Uprising*). Quand le filon fut tari aux États-Unis, Nazarro vint tenter sa chance en Europe. Sans grand succès.

Neame, Ronald

Réalisateur anglais né en 1911.

Take My Life (Je cherche le criminel, 1947) ; The Golden Salamander (La salamandre d'or, 1950) ; The Card (Trois dames et un as, 1952) ; The Million Pound Note (L'homme au million, 1954) ; The Man Who Never Was (L'homme qui n'a jamais existé,

1955) ; The Seventh Sin (La passe dangereuse, 1957) ; Windom's Way (Alerte en Extrême-Orient, 1958) ; From the Horse's Mouth (De la bouche du cheval, 1958) ; Tunes of Glory (Les fanfares de la gloire, 1960) ; Escape from Zahrain (Les fuyards de Zahrain, 1962) ; The Lonely Stage (L'ombre du passé, 1962) ; The Chalk Garden (Mystère sur la falaise, 1963) ; Mister Moses (Les aventuriers du Kenya, 1964) ; A Man Could Get Killed (D pour Danger, 1966) ; Gambit (Un hold-up extraordinaire, 1966) ; The Prime of Miss Jean Brodie (Les belles années de Miss Brodie, 1969) ; Scrooge (1970) ; The Poseidon Adventure (L'aventure du Poséidon, 1972) ; The O.D.E.S.S.A. File (Le dossier O.D.E.S.S.A., 1974) ; Meteor (1978) ; First Monday in October (1981) ; Hopscotch (Jeux d'espions, 1982).

Du film d'aventures exotiques (*Escape from Zahrain*) au mélodrame (*The Lonely Stage*), de la comédie (*The Million Pound Note* d'après Twain) au policier (*Gambit*), en passant par la mise en valeur du talent d'Alec Guiness dans un rôle de peintre alcoolique taillé sur mesure pour l'acteur dans *From the Horse's Mouth,* Neame promène une nonchalance peut-être voulue mais en tout cas bien frustrante pour le spectateur qui souhaiterait plus de nerf de la part du metteur en scène.

Needham, Hal

Réalisateur américain.

Smokey and the Bandit (Cours après moi shérif, 1977) ; Hooper (La fureur du danger, 1978) ; Cactus Jack (Cactus Jack, 1979) ; Smokey and the Bandit Ride Again (Tu fais pas le poids, shérif, 1980) ; Cannonball Run (L'équipée de Cannonball, 1981).

Ancien cascadeur, il s'est spécialisé dans les poursuites automobiles avec accidents spectaculaires. Burt Reynolds a été son interprète favori pour la série des *Smokey.*

Negroni, Baldassare

Réalisateur italien, 1877-1948.

Principaux films: La gloria (1912) ; Idillio tragico (1912) ; L'ultima carta (1913) ; Storia di un Pierrot (1913) ; L'ereditiera (1914) ; L'ostacolo (1914) ; La signora delle camelie (1915) ; La morsa (1916) ; La principessa di Bagdad (1916) ; La donna abandonata (1917) ; Madame Flirt (1918) ; Vertigine (1919) ; Bimbi lontani (1920) ; Madame Sans-Gêne (1921) ; Il figlio di Madame Sang-Gêne (1922) ; Beatrice Cenci (1926) ; Gli ultimi Zar (1926) ; Giuditta e Oloferne (1929) ; Due cuori felici (Deux cœurs heureux, 1932) ; L'ambasciatore (1936).

De grande famille, avocat, il fit du cinéma en dilettante, d'abord comme opérateur puis comme metteur en scène. Il signa de nombreux mélodrames et films à costumes pour la Celio-Film en 1912 puis la Milano-Film où il dirige la diva Hesperia qu'il épousera. Leprohon dans son étude sur le cinéma italien voit en lui l'un des pionniers les plus importants du muet. Il fut, en effet, « l'un des premiers à orienter le cinéma italien hors du grand spectacle représenté par Guazzoni et Pastrone. Si la tendance d'annunziesque qui suivit ne lui est pas totalement imputable, du moins a-t-elle pris naissance avec l'intimisme mondain de ses premiers films interprétés par Francesca Bertini » (*Cahiers de la cinémathèque,* Le cinéma muet italien, p.77). Après un film parlant (*Deux cœurs heureux*), Negroni devint en 1937 directeur de production.

Negulesco, Jean

Réalisateur d'origine roumaine né en 1900.

Singapore Woman (1941) ; The Mask of Dimitrios (Le masque de Dimitrios, 1944) ; The Conspirators (Les conspirateurs, 1944) ; Nobody Lives Forever (1946) ; Three Strangers (1946) ; Humoresque (1947) ; Deep Valley (1947) ; Road House (La femme aux cigarettes, 1948) ; Johnny Belinda (Johnny Belinda, 1948) ; The Forbidden Street (1949) ; The Mudlark (Moineau de la Tamise, 1950) ; Under My Skin (La

Belle de Paris, 1950) ; Three Came Home (Captives à Bornéo, 1950) ; Take Care of My Little Girl (1951) ; Phone Call from a Stranger (Appel d'un inconnu, 1952) ; Lydia Bailey (1952) ; Lure of the Wilderness (Prisonniers du marais, 1952) ; O'Henry's Full House (un sketch, La sarabande des pantins, 1952) ; Scandal at Scourie (Vicky, 1953) ; Titanic (Titanic, 1953) ; How to Marry a Millionaire (Comment épouser un millionnaire, 1953) ; Three Coins in the Fountain (La fontaine des amours, 1954) ; Woman's World (Les femmes mènent le monde, 1954) ; Daddy Long Legs (Papa longues-jambes, 1955) ; The Rains of Ranchipur (La mousson, 1955) ; Boy on a Dolphin (Ombres sur la mer, 1957) ; The Gift of Life (1958) ; A Certain Smile (Un certain sourire, 1958) ; Count Your Blessings (J'ai épousé un Français, 1959) ; The Best of Everything (Rien n'est trop beau, 1959) ; Jessica (La sage-femme, le curé et le Bon Dieu, 1962) ; The Pleasure Seekers (1964) ; Hello, Goodbye (Hello, Goodbye, 1970) ; The Invincible Six (1970).

Henri Agel traite de « larbin onctueux du pire conformisme d'Hollywood » ce Roumain aux talents de peintre et de décorateur incontestables qui vint à New York en 1927, pour une exposition, et y resta pour faire du cinéma. Le jugement est injuste. Après une longue période où il se contenta d'être scénariste ou assistant, Negulesco fut engagé par la Warner. C'est lui qui lança le couple Peter Lorre-Sydney Greenstreet dans *Le masque de Dimitrios* (un film fascinant racontant la quête d'un écrivain minable pour retrouver la trace de Dimitrios, escroc de génie, considéré comme mort), puis *The Conspirators* (bon film d'espionnage où les deux compères faisaient à nouveau assaut de cabotinage avec Victor Francen) et enfin *Three Strangers* (histoire d'un billet de sweepstake). Passé à la Fox, Negulesco y aurait perdu tout talent : c'est oublier la composition de Widmark dans *Road House* et celle de Marilyn Monroe (en scope !) dans *How to Marry a Millionaire,* au joyeux cynisme. Le même Negulesco sait être sadique dans *Johnny Belinda* (histoire du viol d'une sourde-muette), spectaculaire dans le remake de *La mousson* de Clarence Brown qui n'est pas indigne de l'original, amusant dans *Daddy Long Legs* qui réunit Leslie Caron et Fred Astaire ou grave dans *Titanic.* Renchérissant sur Agel, Tavernier et Coursodon parlent de « négulesconneries » à propos de ces derniers films. Moins sensible que d'autres à la critique, Negulesco s'en moque. Ce raffiné a surtout le souci de bien vivre avec l'argent de ses cachets et a fait sa devise du titre de l'un de ses films : *The Best of Everything.*

Neilan, Marshall A.

Acteur et réalisateur américain, 1891-1958.

Courts métrages. Puis : The Cycle of Fate (1916) ; The Prince Chap (1916) ; The Country That God Forgot (1916) ; Those Without Sin (1917) ; The Bottle Imp (1917) ; The Tides of Barnegat (1917) ; The Girl at Home (1917) ; The Silent Partner (1917) ; Freckles (1917) ; The Jaguar's Claws (1917) ; Rebecca of Sunnybrook (Petit démon, 1917) ; The Little Princess (Petite princesse, 1917) ; Stella Maris (Roman de Mary, 1981 ; Amarilly of Clothes Line Alley (A chacun sa vie, 1918) ; M'Liss (L'enfant de la forêt, 1918) ; Hit the Trail Holiday (1918) ; The Heart of the Wilds (1918) ; Out of a Clear Sky (1918) ; Three Men and a Girl (1919) ; Daddy Long Legs (Papa longues-jambes, 1919) ; The Unpardonable Sin (1919) ; Her Kingdom of Dreams (1920) ; In Old Kentucky (1920) ; The River's End (1920) ; Don't Ever Marry (avec Heerman, 1920) ; Go and Get It (avec Symonds, 1920) ; Dinty (avec McDermott, 1921) ; Bob Hampton of Placer (1921) ; Bits of Life (1921) ; The Lotus Eater (1922) ; Fools First (1922) ; Minnie (1922) ; Penrod (1922) : The Stranger's Banquet (1922) ; The Eternal Three (avec Urson, Trois femmes pour un mari, 1923) ; The Rendez-vous (1923) ; Dorothy Vernon of Haddon (Dorothy Vernon, 1924) ; Tess of the D'Ubervilles (Tess au pays des haines, 1925) ; The Sporting Venus (Une femme très sport, 1925) ; The

Great Love (1925) ; Mike (1926) ; The Skyrocket (1926) ; Wild Oats Lane (1926) ; Diplomacy (1926) ; Everybody's Acting (1926) ; Venus of Venice (1927) ; Her Wild Oat (1927) ; Three Ring Marriage (1928) ; Take Me Home (1928) ; Taxi 13 (Taxi 13, 1928) ; His Last Haul (1928) ; The Awful Truth (1929) ; Tanned Legs (1929) ; The Vagabond Lover (1929) ; Sweethearts on Parade (1930) ; Chloe (1934) ; Social Register (1934) ; The Lemon Drop Kid (1934) ; This Is the Life (1935) ; Sing While You're Able (1937) ; Swing It, Professor (1937).

A peu près oublié, il fut pourtant dans les années 20 le « wonder boy » d'Hollywood et le metteur en scène le plus payé. Orphelin, il eut une enfance à la Dickens. Après avoir fait tous les métiers, il devint chauffeur de Griffith. Celui-ci lui donna sa chance comme acteur. Beau, grand, doux, il devint l'un des acteurs préférés de Dwan et fut le partenaire privilégié de Mary Pickford. Excellent scénariste il fut bien vite attiré par la mise en scène. Il dirigea des courts métrages puis à partir de 1916 des œuvres plus importantes, interprétées notamment par Mary Pickford. Les critiques américains, et, en France, Jean Domarchi, ont accordé une grande importance aux réalisations de Neilan. Les quelques films qu'il a été possible de voir de lui (*Daddy Long Legs* par exemple), sans être dépourvus de qualités, ne justifient guère cet enthousiasme. L'alcool et le sexe perdirent rapidement Neilan, qui chuta, à partir de 1925. Il dirigea pourtant des films jusqu'en 1937, mais sans retrouver son prestige initial.

Neill, Roy William

Réalisateur américain, de son vrai nom Roland de Gostrie, 1890-1946.

A Corner in Colleens (1916) ; The Girl Glory (1917) ; The Mother Instinct (1917) ; They're Off (1917) ; The Price Mark (1917) ; Love Letter (1917) ; Vive la France (1918) ; The Kaiser's Shadow (1918) ; Flare Up Sal (1918) ; Love Me (1918) ; Tyrant Fear (1918) ; The Mating of Marcella (1918) ; Green Eyes (1918) ; Charge It to Me (1919) ; Puppy Love (1919) ; Trixie from Broadway (1919) ; Career of Katherine Bush (1919) ; The Bandbox (1919) ; The Inner Voice (1920) ; The Woman Gives (1920) ; Yes or No (1920) ; Dangerous Business (1920) ; Good References (1920) ; Something Different (1921) ; The Conquest of Canaan (1921) ; The Idol of the North (1921) ; The Iron Trail (1921) ; What's Wrong With Women ? (1922) ; Radio-mania (1923) ; Toilers of the Sea (1923) ; Broken Laws (1924) ; By Divine Rights (1924) ; Vanity's Price (1924) ; Greater than a Crown (1925) ; The Kiss Barrier (1925) ; Marriage in Transit (1925) ; Percy (1925) ; Black Paradise (1926) ; The City (1926) ; The Cow-Boy and the Countess (Le cow-boy et la comtesse, 1926) ; The Fighting Buckaroo (1926) ; A Man Fur Square (1926) ; The Arizona Wildcat (1927) ; Marriage (1927) ; Lady Raffles (1928) ; The Olympic Hero (1928) ; San Francisco Nights (1928) ; Behind Closed Doors (1929) ; The Vicking (1929) ; Wall Street (1929) ; Cock O'the Walk (1930) ; Just Like Heaven (1930) ; The Melody Man (1930) ; The Good Bad Girl (1931) ; The Avenger (1931) ; Fifty Fathoms Deep (1931) ; The Menace (1932) ; That's My Boy (1932) ; The Circus Queen Murder (1933) ; As the Devil Commands (1933) ; Above the Clouds (1933) ; Black Moon (1934) ; Fury of the Jungle (Le tyran de la jungle, 1934) ; 9th Guest (1934) ; The Whirlpool (1934) ; Blind Date (1934) ; Jealousy (1934) ; I'll Fix It (1934) ; The Black Room (Baron Gregor, 1935) ; Eight Bells (1935) ; Mills of the Gods (1935) ; Black Room Mystery (1935) ; The Lone Wolf Returns, (1936) ; Dr. Syn (1937) ; Simply Terrific (1938) ; Thanks Evans (1938) ; The Viper (1938) ; The Good Old Days (1938) ; Everything Happens to Me (1938) ; Many Thanks Mr. Atkins (1938) ; Murder Will Out (1939) ; Hoots Man (1939) ; His Brothers Keeper (1939) ; Sherlock Holmes and the Secret Weapon (Sherlock Holmes et l'arme secrète, 1942) ; Madame Spy (1942) ; Sherlock Holmes Fights Back (1942) ; Eyes of the Underworld (1943) ; Frankenstein Meets the Wolfman (Frankenstein rencontre le Loup-Garou, 1943) ; Rhythm of the Islands (1943) ; Sherlock Holmes in Washington (Sherlock Holmes à Washington, 1943) ; Sherlock Holmes Faces Death (Échec à la mort, 1944) ; Sherlock Holmes and the Spider Woman (La femme aux araignées, 1944) ; The Scarlet Claw (La griffe sanglante, 1944) ; The Pearl of Death (La perle des Borgia, 1944) ; Gypsy Wildcat (La fière Tzigane, 1944) ; The House of Fear (La maison de la peur, 1945) ; The Woman in Green (La femme en vert, 1945) ; Pursuit to Algiers (Mission au soleil, 1945) ; Terror by Night (Le train de la mort, 1946) ; Dressed to Kill (La clef, 1946) ; Black Angel (L'ange noir, 1946).

Acteur, correspondant de guerre en Chine, vers 1912, attiré au cinéma par Thomas H. Ince, ce joyeux Irlandais est moins connu pour ses films du muet (qui jouirent pourtant à l'époque d'une bonne réputation mais qui semblent pour la plupart perdus aujourd'hui, à l'exception de *The Girl Glory*) que pour son cycle d'aventures de Sherlock Holmes qu'interprétait Basil Rathbone. Certaines de ces petites bandes sont bien éloignées de Conan Doyle (*Pursuit to Algiers*) mais d'autres en retrouvent avec bonheur l'atmosphère (*The Scarlet Claw*). Neill signa également un classique de l'épouvante avec Boris Karloff dans un double rôle, *Baron Gregor*, et l'un des nombreux avatars de Frankenstein, *Frankenstein rencontre le Loup-Garou* (avec les conséquences que l'on devine !), excellemment mis en scène, notamment dans certaines scènes de cimetière particulièrement terrifiantes.

Neilson, James

Réalisateur américain né en 1918.

Night Passage (Le survivant des monts lointains, 1957) ; A Country Husband (1958) ; Moon Pilot (1962) ; Bon Voyage (1962) ; Summer Magic (1963) ; Doctor Synn alias the Scarecrow (Le justicier aux deux visages, 1965) ; The Legend of Young Dick Turpin (1965) ; The Moon Spinners (La baie aux émeraudes, 1965) ; Bullwhip Griffin (1966) ; Return of the Gunfighter (Le justicier de l'Arizona, 1967) ; Where Angels Go, Trouble Follows (1967) ; Gentle Giant (1969) ; Flare Up (Tueur de filles, 1970).

Réalisateur doué pour le western (*Night Passage* est particulièrement réussi), il s'est trop souvent égaré chez Walt Disney ou dans les studios de la télévision (on peut se faire une idée de son travail pour le petit écran avec l'excellent *Return of the Gunfighter,* passé ensuite en salles). Il semble avoir terminé sa carrière au cinéma avec un bon petit thriller particulièrement survolté, *Flare Up*, au titre significatif.

Nelson, Ralph

Réalisateur américain né en 1916.

Requiem for a Heavyweight (Requiem pour un champion, 1962) ; Lilies of the Field (Le lys des champs, 1963) ; Soldier in the Rain (La dernière bagarre, 1963) ; Fate Is the Hunter (Le crash mystérieux, 1964) ; Father Goose (Grand Méchant Loup appelle, 1964) ; Once a Thief (Les tueurs de San Francisco, 1965) ; Duel at Diablo (La bataille de la vallée du Diable, 1966) ; Counterpoint (La symphonie des héros, 1968) ; Charly (Charly, 1968) ; Tick... Tick... Tick (Et la violence explosa, 1970) ; Soldier Blue (Le soldat bleu, 1970) ; Flight of the Doves (1971) ; The Wrath of God (La colère de Dieu, 1972) ; Wilby Conspiracy (Le vent de la violence, 1974) ; Embryo (1976) ; A Hero Ain't Nothin'n, But a Sandwich (1977).

Venu de la télévision, comme tant d'autres, il a donné au grand écran des œuvres souvent très originales comme *Soldier in the Rain* où Steve McQueen composait un personnage insolite de tête brûlée, irritant et mélancolique, ou *Charly,* consacré aux attardés mentaux. D'une plus grande banalité étaient son premier film sur le monde du ring déjà trop évoqué pour que Nelson pût trancher sur ses prédécesseurs, et son western *Duel at Diablo,* bien qu'il y ait accordé le beau rôle à un Noir, ce qui était alors inhabituel dans le genre.

C'est avec *Soldier Blue* que Nelson donna sa pleine mesure en inversant radicalement les données du western : cette fois les atrocités (viols et massacres) étaient le fait des Blancs ou plus exactement des « bleus », et non des Indiens. On retrouvait la même vigueur sympathique dans *Wrath of God* où Mitchum était extraordinaire. Rappelons qu'Alain Delon le choisit comme réalisateur pour sa première apparition aux États-Unis dans *Once A Thief.* Une référence.

Nemec, Jar

Réalisateur tchécoslovaque, né en 1936.

Demanty Noci (Les diamants de la nuit, 1964) ; Pelicky na due (Petites perles, 1965) ; O slavnosti a Hostech (La fête et les invités, 1966) ; Mucednici Lasky (Les martyrs de l'amour, 1966) ; Oratorio pour Prague (doc., 1968) ; Le décolleté dans le dos (1975).

Après de retentissantes études cinématographiques, il propose plusieurs sujets de film qui sont refusés comme trop audacieux. Il parvient toutefois à tourner un court métrage, *Une bouchée de pain,* où se reconnaissent déjà les caractéristiques de son style : refus de tout lyrisme et recherche d'une vérité quasi clinique. Avec *Les diamants de la nuit,* son premier long métrage qui conte l'histoire de deux jeunes garçons qui s'échappent d'un train de déportés, sont poursuivis, repris, exécutés, à moins que les enfants n'aient fait qu'imaginer leur évasion, on est en plein dans l'univers noir de Nemec qui atteint sa maturité dans *La fête et les invités.* Ce film, très inspiré par Kafka, est l'un des plus importants de la décennie, notamment par ses implications politiques. La carrière de Nemec fut brisée par l'intervention soviétique. Il ne put signer qu'un documentaire sur les événements de Prague, avant de prendre le chemin de l'exil et du silence.

Neubach, Ernest

Scénariste et réalisateur autrichien, né en 1900.

Principaux films : Trenck (avec H. Paul, 1932) ; Le signal rouge (1948) ; On demande un assassin (1949) ; Les Mémoires de la vache Yolande (1950).

Il fut surtout le producteur ou le scénariste de plusieurs films français, allemands ou autrichiens. Il n'est mentionné ici que pour *Le signal rouge,* film d'angoisse, où Stroheim faisait une composition saisissante.

Neumann, Kurt

Réalisateur d'origine allemande, 1908-1958.

The King of Jazz (1930) ; Information Kid (1932) ; Fast Companions (1932) ; My Pal, the King (1932) ; The Big Cage (La grande cage, 1933) ; Secrets of the Blue Room (1933) ; King for a Night (1933) ; Let's Talk It Over (1934) ; Half a Sinner (1934) ; Alias Mary Dow (1935) ; The Affair of Susan (1935) ; Let's Sing Again (1936) ; Rainbow on the River (Le chant du Missouri, 1936) ; Espionage (1937) ; Make a Wish (1937) ; Hold'Em Navy (1937) ; Wide Open Faces (1938) ; Touchdown Army (1938) ; Ambush (1939) ; Unmarried (1939) ; Island of the Lost Men (1939) ; All Women have Secrets (1939) ; A Night at Earl Carroll's (1940) ; Ellery Queen, Master Detective (1940) ; About Face (1942) ; Brooklyn Orchid (1942) ; Taxi, Mister (1942) ; Yanks Ahoy (1943) ; Fall In (1943) ; The Unknown Guest (1943) ; The McGuerins from Brooklyn (1943) ; Tarzan and the Amazons (Tarzan et les Amazones, 1945) ; Tarzan and the Leopard Woman (Tarzan et la femme léopard, 1946) ; Tarzan and the Huntress (Tarzan et la chasseresse, 1947) ; The Dude Goes West (Le bourgeois téméraire, 1948) ; Badmen of Tombstone (J'ai épousé un hors-la-loi, 1948) ; Bad Boy (Garçons en cage, 1949) ; The Kid from Texas (Le Kid du Texas, 1950) ; Rocket Ship X-M (24 heures chez les martiens, 1950) ; Cattle Drive (L'enfant du désert, 1951) ; Reunion in Reno (1951) ; Son of Ali Baba (Le fils d'Ali Baba, 1952) ; The Ring (1952) ; Hiawatha (1952) ; Tarzan and the She-Devil (Tarzan et la diablesse, 1953) ; Carnival Story (Ceux du voyage, 1954) ; They Were So Young (Esclaves pour Rio, 1955) ; Mohawk (L'attaque du fort Douglas, 1956) ; The Desperadoes Are in the Town (1956) ; She Devil (1957) ; Kronos (1957) ; The Deerslayers (1957) ; The Fly (La mouche noire, 1958) ; Machete (1958) ; Watusi (Watusi, 1959) ; Counterplot (1959).

Originaire de Nuremberg, il vint à Hollywood diriger les versions allemandes et espagnoles des films américains, avant de devenir lui-même réalisateur, grâce à un honorable Tom Mix (*My Pal the King*). Il n'est pas à dédaigner : ses quatre *Tarzan, comme Watusi,* se voient avec agrément ; *Mohawk* est un très bon western sur les guerres indiennes, nullement indigne de *La piste des Mohawks* de Ford ; mais son chef-d'œuvre demeure *La mouche noire.* Un savant trouve le moyen de transporter la matière en la désintégrant et en la réintégrant dans l'endroit choisi. Faisant une expérience sur lui-même, il oublie de faire le vide total. Quand il se reconstitue, il a la tête et une patte de la mouche entrée dans la cabine quand il se désintégrait. La mouche a sa tête et son bras. Il faut récupérer la mouche pour reprendre l'expérience en sens inverse. Hélas ! La mouche vient heurter une toile d'araignée. Un terrible suspense, qui fait de *The Fly* l'un des meilleurs films de science-fiction de sa décennie.

Newell, Mike

Réalisateur anglais.

The Awakening (La malédiction de la vallée des Rois, 1979).

Inspiré par une nouvelle de Stoker et bien photographié par Jack Cardiff, *The Awakening,* ou la malédiction de la déesse (imaginaire) Cara, se laisse voir avec beaucoup d'agrément.

Newfield, Sam

Réalisateur américain, 1899-1964.

Principaux films : Reform Girl (1933) ; Important Witness (1933) ; Under Secret Orders (1933) ; Big Time Or Bust (1934) ; Marrying Widows (1934) ; Beggar's Holiday (1934) ; Code of the Mounted (1935) ; Northern Frontier (1935) ; Trails of the Wild (1935) ; Racing Luck (1935) ; Bulldog Courage (1936) ; Federal Agent (1936) ; Burning Gold (1936) ; Lightnin' Bill Carson (1936) ; Ghost Patrol (1936) ; Melody of the Plains (1937) ; Bar Z Bad Man (1937) ; Guns in the Dark (1937) ; A Lawman Is Born (1937) ; Arizona Gunfighter (1937) ; Ridin' the Lone Trail (1937) ; The Colorado Kid (1937) ; Harlem of the Prairie (1938) ; Six Gun Trail (1938) ; Frontier Scout (1938) ; Lightening Carson Rides Again (1938) ; Durango Valley Raiders (1938) ; The Feud Maker (1938) ; Fighting Mad (1939) ; Beasts of Berlin (1940) ; The Lone Rider Ambushed (1941), *suivi de 9 autres films de la série* Lone Rider (1941-1942) ; Billy the Kid Is Wanted (1941) *suivi de 6 autres films de la série* Billy the Kid sous le pseudonyme de Sherman Scott ; Jungle Siren (1942) ; Outlaws of Boulder (1943) ; Queen of Broadway (1943) ; Danger ! Women at Work (1943) ; Tiger Fangs (Le mystère de la jungle, 1943) ; The Black Raven (1943) ; Dead Men Walk (La créature du diable, 1943) ; Cattle Stampede (Panique au Far West, 1943) ; Wolves of the Range (1944) ; I Accuse My Parents (1944) ; The Monster Maker (Le créateur de monstres, 1944) ; Nabonga (Gorilla, 1944) ; Wild Horse Phantom (1944) ; Fighting Bill Carson (1945) ; The Lady Confesses (1945) ; Stagecoach Outlaws (1945) ; Gold of Hidden City (1946) ; Murder Is My Business (1946) ; Queen of Burlesque (1946) ; Raiders of Red Rock (1947) ; Frontier Fighters (1946) ; Code of the Plains (1947) ; Lady at Midnight (sous le pseudonyme de Sherman Scott, 1948) ; The Devil's Weed (sous le pseudonyme de Scott, 1949) ; Motor Patrol (1950) ; Hi-Jacked (1950) ; The Lost Continent (1951) ; Skip Along Rosenbloom (1951) ; Sky High (1951) ; Fingerprints Don't Lie (1951) ; Mask of the Dragon (1951) ; Leave It to the Marines (1951) ; Three Desperate

Men (1951) ; Outlaw Women (Femmes hors la loi, 1952) ; The Gambler and the Lady (1952) ; Lady in the Fog (192) ; Thunder over Sangoland (1954) ; Last of the Desperados (1955) ; Frontier Gambler (1956) ; The Three Outlaws (1956) ; The Wild Dakotas (1956) ; Along the Mohawk Trail (1956) ; The Long Rifle and the Tomahawk (1956) ; The Pathfinder and the Mohican (1956) ; The Redmen and the Renegades (1956) ; Flaming Frontier (1958) ; Wolf Dog (1958).

Le roi de la série Z. Plus de 200 films sous son nom ou sous les pseudonymes de Sherman Scott et Peter Stewart. Aucun souci de vraisemblance dans les scénarios, aucune préoccupation esthétique dans la mise en scène, des acteurs de second plan ou à bout de souffle. Il faut avoir vu *Le créateur de monstres* ou *Nabonga,* sombre histoire de gorilles, pour mesurer à quel degré de stupidité peut atteindre Newfield. Tant de désinvolture, qu'il s'agisse d'un western, d'un thriller ou d'un film d'horreur, finit même par créer un style et les adeptes du « second degré » élèvent depuis longtemps un culte – largement mérité – à Sam Newfield.

Newman, Joseph M.

Réalisateur américain né en 1909.

Northwest Rangers (1942) ; Diary of a Sergeant (doc., 1945) ; Jungle Patrol (1948) ; The Great Dan Patch (1949) ; Abandoned (1949) ; 711 Ocean Drive (1950) ; Lucky Nick Cain (Le mystère de San Paolo, 1951) ; The Guy Who Came Back (1951) ; Love Nest (1951) ; Red Skies of Montana (1952) ; The Outcasts of Poker Flat (Les bannis de la Sierra, 1952) ; Pony Soldier (La dernière flèche, 1952) ; Dangerous Crossing (Meurtre à bord, 1953) ; The Human Jungle (Dans les bas-fonds de Chicago, 1954) ; Kiss of Fire (El Tigre, 1955) ; This Island Earth (Les survivants de l'infini, 1955) ; Flight to Hong Kong (1956) ; Death in Small Doses (1957) ; Fort Massacre (Fort Massacre, 1958) ; The Gunfight at Dodge City (Le shérif aux mains rouges, 1959) ; The Big Circus (Le cirque fantastique,1959) ; Tarzan the Ape Man (Tarzan l'homme-singe, 1959) ; King of the Roaring 20's (1961) ; A Thunder of Drums (Tonnerre Apache, 1961) ; The George Raft Story (Dompteur de femmes, 1961) ; Twenty Plus Two (1961).

Le western inspire particulièrement cet ancien garçon de courses de la MGM, surtout les guerres indiennes (*Pony Soldier, Fort Massacre, A Thunder of Drums*). On lui doit aussi une très originale biographie de George Raft, traitée en film noir (*Dompteur de femmes*), et un « classique » de la science-fiction : *This Island Earth,* célèbre pour le maquillage terrifiant de hideux mutants qui ravageaient la planète Métaluna.

Newman, Paul

Acteur, producteur et réalisateur américain né en 1925.

Comme réalisateur : On the Harmfulness of Tobacco (c.m., 1959) ; Rachel Rachel (Rachel, Rachel, 1968) ; Sometimes a Great Notion (Le clan des irréductibles, 1971) ; The Effect of Gamma Rays on Man-in-the-Moon-Marigolds (De l'influence des rayons Gamma sur le comportement des marguerites, 1972).

On ne s'étonnera pas que ce prestigieux acteur, qui n'hésite pas à prendre le volant dans la course des 24 Heures du Mans, ait tâté de la mise en scène. Si *Le clan des irréductibles,* film sur une famille de bûcherons de l'Oregon, a été pris en cours de route par Newman et manque de ce fait d'originalité, les deux autres sont curieusement centrés sur des personnages féminins, *The Effect of Gamma Rays* y ajoutant une critique sociale aiguë. Œuvres intimistes et pessimistes que l'on n'attendait pas de Newman, trop facilement enfermé dans les personnages interprétés par l'acteur.

Newmeyer, Fred

Réalisateur américain né en 1888.

A Sailor's Made Man (Marin malgré lui, 1921) ; Grandma's Boy (Le talisman de

Grand-mère, 1922) ; Doctor Jack (1922) ; Safety Last (avec Taylor, Monte là-dessus, 1923) ; Why Worry (Faut pas s'en faire, 1923) ; Girl Shy (avec Taylor, Ça te la coupe, 1924) ; Hot Water (avec Taylor, O ces belles-mères, 1924) ; The Freshman (Vive le sport, 1925) ; Seven Keys to Baldpate (1925) ; The Perfect Clown (1925) ; The Savage (1926) ; The Quaterback (1926) ; Too Many Crooks (1927) ; The Potters (1927) ; The Lunatic at Large (1927) ; That's My Daddy (1928) ; Warming up (1928) ; The Night Bird (1928) ; It Can Be Done (1929) ; The Rainbow Man (1929) ; Sailor's Holiday (1929) ; The Grand Parade (1930) ; Queen High (1930) ; Fast and Loose (1930) ; Subway Express (1931) ; Discarded Lovers (1932) ; They Never Came Back (1932) ; The Fighting Gentleman (1932) ; The Gambling Sex (1932) ; Easy Millions (1933) ; The Big Race (1934) ; The Moth (1934) ; No Ransom (1935) ; Secrets of Chinatown (1935) ; General Spanky (avec G. Douglas, 1936).

Connu surtout comme faire-valoir de Lloyd dont il dirigea plusieurs courts métrages et, avec Sam Taylor, les meilleurs longs métrages. La suite de sa carrière fut plus décevante, preuve que Harold Lloyd était le véritable *auteur* de ses films.

Niblo, Fred

Réalisateur américain, 1874-1948.

A Desert Wooing (1918) ; The Marriage Ring (1918) ; When Do We Eat ? (1918) ; Fuss and Feathers (1918) ; Happy Through Married (1919) ; The Haunted Bedroom (La chambre hantée, 1919) ; The Law of Men (1919) ; Partners Three (1919) ; The Virtuous Thief (1919) ; Stepping Out (A l'ombre du bonheur, 1919) ; What Every Woman Learns (1919) ; The Woman in the Suitcase (1920) ; Dangerous Hours (1920) ; Sex (1920) ; The False Road (1920) ; Hairpins (1920) ; Her Husband's Friend (1920) ; The Mark of Zorro (Le signe de Zorro, 1920) ; Silk Hosiery (1921) ; Mother O'Mine (1921) ; Greater Than Love (1921) ; The Three Musketeers (Les trois mousquetaires, 1921) ; The Woman He Married (1922) ; Rose O'the Sea (1922) ; Blood and Sand (Arènes sanglantes, 1922) ; The Famous Mrs. Fair (1923) ; Strangers of the Night (Les étrangers de la nuit, 1923) ; Thy Name Is Woman (Guerrita, 1924) ; The Red Lily (1924) ; Ben Hur (Ben Hur, 1925) ; The Temptress (La tentatrice, 1926) ; Camille (La dame aux camélias, 1927) ; The Devil Dancer (1927) ; The Enemy (1928) ; Two Lovers (1928) ; The Mysterious Lady (La belle ténébreuse, 1928) ; Dream of Love (1928) ; Redemption (1930) ; Way Out West (1930) ; Young Donovan's Kid (1931) ; The Big Gamble (1931). *Puis en Angleterre :* Two White Arms (1932) ; Diamond Cut Diamond (avec Elvey, 1932) ; Blame the Woman (1932).

L'un des plus importants réalisateurs américains du muet. Il a dirigé Douglas Fairbanks dans *Les trois mousquetaires* et dans *Le signe de Zorro,* deux de ses meilleurs films, Rudolph Valentino dans *Blood and Sand,* Ramon Novarro dans *Ben Hur* et Greta Garbo dans *The Temptress* et *The Mysterious Lady. Ben Hur* reste un film remarquable avec sa bataille navale et sa course de chars, bien supérieur au remake de Wyler. Avec l'avènement du parlant il se retira, et après une timide tentative de retour en Angleterre, se contenta d'apparaître comme acteur dans quelques films. Son nom n'en demeure pas moins attaché à la légende d'Hollywood.

Nichetti, Maurizio

Cinéaste italien né en 1945.

Ratataplan (1979).

De la part de cet architecte, dessinateur et mime, un film comique très personnel, proche de Keaton et de Charlot. Le concours d'embauche dans une multinationale, qui ouvre cette œuvre pleine de charme, est particulièrement drôle. Il y a de bonnes choses dans les scènes de la buvette transformée en lieu de pèlerinage. Puis l'humour déraille un peu. Ce début n'en est pas moins prometteur.

Nichols, Dudley

Scénariste et réalisateur américain, 1895-1960.

Comme réalisateur : Government Girl (1943) ; Sister Kenny (1946) ; Mourning Becomes Electra (Le deuil sied à Electre, 1947).

L'un des plus célèbres parmi les scénaristes hollywoodiens : il a travaillé avec Ford, Hawks, Lang, Renoir et Clair. Après 1943, il s'est essayé avec moins de succès à la réalisation. Son meilleur film, *Mourning Becomes Electra,* est une adaptation de la pièce d'Eugène O'Neill, modernisation elle-même de la célèbre tragédie. Le film vaut plus pour son interprétation (Raymond Massey, Kirk Douglas, Leo Genn, Katina Paxinou...) que pour sa mise en scène.

Nichols, Mike

Réalisateur américain, d'origine allemande, de son vrai nom Michael Igor Peschkowsky, né en 1931.

Who's Afraid of Virginia Woolf ? (Qui a peur de Virginia Woolf ?, 1966) ; The Graduate (Le lauréat, 1967) ; Catch 22 (Catch 22, 1970) ; Carnal Knowledge (Ce plaisir qu'on dit charnel, 1971) ; The Day of the Dolphin (Le jour du dauphin, 1973) ; The Fortune (1975).

Enfant, il fuit, comme juif, l'Allemagne nazie. Après des études rendues difficiles par la mort de son père qui le laissa sans ressources, il suit les cours de Strasberg puis s'oriente vers le cabaret où il travaille avec Elaine May. Broadway le consacre en 1960 ; il y devient metteur en scène en 1963. Il est choisi pour diriger Burton et Elizabeth Taylor dans *Qui a peur de Virginia Woolf ?* Il se tire tant bien que mal de l'aventure. *The Graduate* (avec Dustin Hoffman et Ann Bancroft) est une œuvre plus personnelle et souvent fort drôle. Hélas, c'est une nouvelle aventure dans laquelle se lance Nichols avec *Catch 22.* Il ne parvient pas à traduire à l'écran l'univers « non-sensique » du roman de Heller. Les audaces de *Carnal Knowledge* ne sont que des pétards mouillés. Il a enfin trahi le roman de Merle, *Un animal doué de raison,* avec *The Day of the Dolphin.* Ce film, racontant une rocambolesque tentative d'assassinat du président des États-Unis, n'était sauvé que par les magnifiques séquences des ébats des dauphins, Alpha et Beta, dont l'interprétation surclassait de loin celle de George C. Scott.

Nicholson, Jack

Acteur et réalisateur américain né en 1937.

Comme réalisateur : Goin' South (En route vers le Sud, 1978).

Il s'est amusé à se parodier, tel qu'il apparaissait dans *Missouri Breaks,* avec cette pochade qui conte comment un *outlaw* de troisième catégorie est sauvé de la pendaison par une mégère qui a besoin d'un homme pour exploiter une mine d'or.

Nicol, Alex

Acteur et réalisateur américain, né en 1919.

Comme réalisateur : The Screaming Skull (1958) ; Then There Were Three (1961) ; Point of Terror (1973).

Les films sont à l'image de l'acteur : sans prétention.

Niermans, Édouard

Réalisateur français né en 1943.

La syncope (c.m., 1976) ; Anthracite (1980).

Il est l'auteur d'un remarquable premier film qui évoquait avec une justesse et une cruauté rarement atteintes l'atmosphère d'un collège de jésuites, en province, dans les années 50. Un réalisateur à suivre.

Nigh, William

Réalisateur américain, 1881-?

Principaux films : Salomy Jane (1914) ; A Royal Family (1915) ; A Yellow Streak (1915) ; Life's Shadow (1916) ; Her Debt of Honor (1916) ; The Kiss of Hate (1916) ; Notorious Gallagher

(1916) ; The Slave (1917) ; Sunshine Alley (1918) ; The Fighting Roosevelts (1919) ; Our Teddy (1919) ; Democracy, The Vision Restored (1920) ; School Days (1921) ; Skinning Skinners (1921) ; The Soul of Man (1921) ; Why Girls Leave Home (1921) ; Notoriety (1922) ; Marriage Morals (1923) ; Born Rich (1924) ; The Fire Brigade (1926) ; The Little Giant (1926) ; Casey of the Coast Guard (1926) ; Mr. Wu (Monsieur Wu, 1927) ; The Nest (1927) ; Across to Singapore (Un soir à Singapour, 1928) ; Four Walls (La prison du cœur, 1928) ; The Law of the Range (La mauvaise route, 1928) ; Desert Nights (1929) ; Thunder (1929) ; California in 1878 (1930) ; Lord Byron of Broadway (avec Harry Beaumont, 1930) ; Today (1930) ; Lightning Flyer (1931) ; Single Sin (1931) ; The Sea Ghost (1931) ; Border Devils (1932) ; Night Rider (1932) ; Without Honors (1932) ; House of Mystery (1934) ; School for Girls (1934) ; Dizzy Dames (1935) ; The Mysterious Mr. Wong (1935) ; Sweepstake Annie (1935) ; The Headline Woman (1935) ; The Old Homestead (1935) ; She Gets Her Man (1935) ; His Night Out (1935) ; Penthouse Party (1936) ; North of Nome (1936) ; Don't Get Personal (1936) ; Crash Donovan (1936) ; Bill Cracks Down (1937) ; The Thirteenth Man (1937) ; A Bride for Henry (1937) ; Atlantic Flight (1937) ; The Hoosier Schoolboy (1937) ; Boy of the Streets (1937) ; Female Fugitive (1938) ; Rose of the Rio Grande (1938) ; I Am a Criminal (1938) ; Romance of the Limberlost (1938) ; Gangster's Boy (1938) ; Mr. Wong, Detective (1938) ; Streets of New York (1939) ; The Mystery of Mr. Wong (1939) ; Mr. Wong in Chinatown (1939) ; Mutiny in the Big House (Les mutinés de Big House, 1939) ; The Fatal Hour (1940) ; Son of the Navy (1940) ; Doomed to Die (1940) ; The Ape (1940) ; The Underdog (1940) ; Zis Boom Bah (1941) ; The Kid from Kansas (1941) ; Secret Evidence (1941) ; No Greater Sin (1941) ; The Strange Case of Dr. RX (1942) ; The Lady from Chunking (La dame de Tchoung-King, 1942) ; City of Silent Men (1942) ; Mr. Wise Guy (1942) ; Black Dragons (1942) ; Tough as They Come (1942) ; Escape from Hong Kong (1942) ; Where Are Your Children ? (1943) ; The Underdog (1943) ; Corregidor (1943) ; The Ghost and the Guest (1943) ; Are These Our Parents ? (1944) ; They Shall Have Faith (1944) ; Trocadero (1944) ; Allotment Wives (L'aventure de San Francisco, 1945) ; Divorce (Divorce, 1945) ; The Right to Live (1945) ; Beauty and the Bandit (1946) ; Partners in Time (1946) ; The Gay Cavalier (1946) ; South of Monterey (1946) ; Riding the California Trail (1947) ; I Wouldn't Be in Your Shoes (Le condamné de la cellule 5, 1948) ; Stage Struck (1948).

Débuts comme acteur puis réalisateur sous la bannière de Sennett. Un grand succès, *Mr. Wu,* lui vaut la réputation d'un profond connaisseur de l'âme chinoise. Entre deux mélodrames, il dirigera la série des *Mr. Wong,* détective chinois, rival de Charlie Chan, et que joue, grimé en Asiatique pour la circonstance, Boris Karloff. Nigh eut peut-être d'autres ambitions, mais il n'en reste rien.

Noé, Yvan Noemann dit

Producteur et réalisateur français, de son vrai nom Yvan Noemann, 1895-1963.

Le chanteur de Séville (1930) ; Mademoiselle Mozart (1935) ; Gigolette (1936) ; Mes tantes et moi (1937) ; Le château des quatre obèses (1938) ; Saturnin (1939) ; L'étrange nuit de Noël (1940) ; Ceux du ciel (1940) ; Les hommes sans peur (1941) ; Six petites filles en blanc (1941) ; La cavalcade des Heures (1943) ; La femme coupée en morceaux (1945) ; Une mort sans importance (1947) ; Dominique (1950) ; Coupable (1951) ; Les vacances finissent demain (1953).

Journaliste, romancier, auteur dramatique, il privilégie dans les films qu'il a signés comme réalisateur le dialogue à l'action. Mais *La cavalcade des Heures* où le Temps envoie Hora, l'une des Heures, chez les humains pour leur faire prendre conscience de leur destin, est un film à sketches très original et bien enlevé par Fernandel, Trenet, Tramel, Gaby Morlay, Oudart et... Jules Ladoumègue ! Noé a plus d'imagination au niveau du scénario que d'invention dans sa mise en scène, ce qui peut expliquer l'oubli dans lequel il est tombé.

Noël Noël

Acteur et réalisateur français né en 1897, de son vrai nom Lucien Noël.

Comme réalisateur : La vie chantée (1951).

Créateur du personnage d'Adémaï, il a été l'auteur-interprète de nombreux scénarios dont les fameux *Casse-Pieds.* Il n'a signé lui-même qu'un film.

Nonguet, Lucien

Réalisateur français.

Principaux films : La Passion (1902) ; Don Quichotte (1903) ; Guillaume Tell (1903) ; Le chat botté (1903) ; La guerre russo-japonaise (1904) ; Roman d'amour (1904) ; Les troubles de Saint-Pétersbourg (1905) ; La révolte du cuirassé Potemkine (1905) ; Le déserteur (1906) ; Les dessous de Paris (1906) ; Une conspiration sous Henri III (1906) ; C'est roulant (1906) ; A Biribi (1906) ; L'obsession de l'or (1906) ; Victime de sa probité (1908) ; L'assommoir (1908) ; Histoire d'un crime (1908) ; Les victimes de l'alcoolisme (1910) ; La vie d'un joueur (1910) ; *nombreux courts métrages de Max Linder (1906-1910).*

L'un des pionniers du muet. D'abord chef de figuration dans les théâtres, il entra dans la carrière cinématographique dès 1902 en tournant des actualités cinématographiques reconstituées dont un *Potemkine,* puis des courts métrages comiques souvent joués par Max Linder.

Norman, Leslie

Réalisateur anglais né en 1911.

Too Dangerous to Live (1939) ; The Night My Number Came up (La nuit où mon destin s'est joué, 1955) ; X the Unknown (1956) ; The Shiralee (Le voyageur des plaines, 1957) ; Dunkirk (Dunkerque, 1958) ; Summer of the Seventeenth Doll (1959) ; The Long and the Short and the Tall (La patrouille égarée, 1961) ; Spare the Rod (1961) ; Fix Me a Person (1962).

Monteur puis producteur (*The Cruel Sea*), il n'a pas négligé pour autant la mise en scène : la science-fiction (*X the Unknown* ou, aux confins du genre, *The Night My Number Came up)* est son domaine de prédilection. Mais *La patrouille égarée,* classique histoire d'un commando britannique traqué par les Japonais en Birmanie, n'est pas sans mérites.

Nosseck, Max

Réalisateur d'origine polonaise, 1902-1972.

Principaux films : En Autriche : Um die Welt ohne Geld (1927). *En Allemagne :* Der Tanz ins Gluck (1930) ; Der Schlemihl (1931) ; Einmal möcht' ich keine Sorgen haben (1932). *Au Portugal :* Gado Bravo (1933). *En Espagne :* Alegre Voy (1934) ; Une Semana de Felicidad (1934) ; Ponderoso Caballero (1934). *En France :* Le roi des Champs-Elysées (1934). *Aux États-Unis :* Overture to Glory (1941) ; Girls Under 21 (1940) ; Gambling Daughters (1941) ; Dillinger (Dillinger, 1945) ; The Brighton Strangler (1945) ; Black Beauty (1946) ; The Return of Rin Tin Tin (1947) ; Kill or Be Killed (1950) ; The Hoodlum Korea Patrol (SOS Corée, 1951) ; Body Beautiful (1953) ; Singing in the Dark (1956) ; The Garden of Eden (Le jardin de l'Éden, 1957). *En Allemagne :* Geschminkte Jugend (1960).

Carrière très – trop – internationale Deux bons films pourtant : *Le roi des Champs-Elysées,* mais grâce à Buster Keaton ; *Dillinger* qui, s'inscrit dans la grande tradition du film noir et où Lawrence Tierney était particulièrement impressionnant.

Nugent, Elliott

Réalisateur américain, 1899-1980.

The Mouthpiece (1932, avec J. Flood) ; Life Begins (avec Flood, 1932) ; Whistling in the Dark (1933) ; Three Cornered Moon (1933) ; If I Were Free (1933) ; She Loves Me Not (1934) ; Strictly Dynamite (1934) ; Two Alone (1934) ; Love in Bloom (1935) ; Enter Madame (1935) ; College Scandal (1935) ; Splendor (1935) ; And So They Were Married (1936) ; Wives Never Know (1936) ; It's All Yours (1937) ; Professor Beware (Professeur Schnock, 1938) ; Give Me a Sailor (1938) ; Never Say Die (1939) ; The Cat and the Canary (Le mystère de la maison Norman, 1939) ; Nothing But the Truth (1941) ; The Male Animal (1942) ; The Crystal Ball (La boule de cristal, 1943) ; Up in Arms (Un fou s'en va-t-en guerre, 1944) ; My Favorite Brunette (La brune de mes rêves, 1947) ; Welcome Stranger (Le docteur et son toubib, 1947) ; My Girl Tisa (1948) ; M. Belvedere Goes to College (M. Belvédère au collège, 1949) ; The Great Gatsby (Le prix du silence, 1949) ; The Skipper Surprised His Wife (1950) ; My Outlaw Brother (1951) ; Just For You (Pour vous mon amour, 1952).

Très réputé à Broadway où il fit ses débuts très jeune sous la férule de son père, John Charles Nugent. Il a écrit de nombreuses pièces, la plus célèbre, en collaboration avec James Thurber, étant *The Male Animal* qu'il porta lui-même à l'écran. A Hollywood, où il fit une première apparition en 1925, il se spécialisa, à partir du parlant, comme réalisateur de comédies légères, brillamment enlevées. Il dirigea Harold Lloyd dans *Professor Beware,* Bob Hope dans *The Cat and the Canary* (amusante parodie des films d'épouvante de Paul Leni, avec Paulette Goddard), Danny Kaye dans *Up in Arms,* Clifton Webb dans *M. Belvedere Goes to College,* etc. On considère *My Favorite Brunette,* où il pastichait, avec Bob Hope, Peter Lorre et Lon Chaney junior, les films de gangsters, comme sa meilleure œuvre. L'abus de l'alcool l'obligea à interrompre sa carrière cinématographique mais non ses réalisations théâtrales.

Nyby, Christian

Réalisateur américain.

The Thing (La chose d'un autre monde, 1951) ; Hell on Devil's Island (1957) ; Six Gun Law (1962) ; Young Fury (1964) ; Operation CIA (1965) ; First to Fight (Chef de patrouille, 1967).

Il a signé un remarquable film de science-fiction, *The Thing,* dont le véritable auteur serait Howard Hawks. Le reste de son œuvre n'a connu qu'une distribution confidentielle.

O

Oboler, Arch

Réalisateur américain né en 1909.

Bewitched (1945) ; The Arnelo Affair (1946) ; Five (Cinq survivants, 1950) ; Bwana Devil (Bwana le diable, 1952) ; The Twonky (1953) ; One plus One (1961) ; The Bubble (1966).

Homme de radio puis de télévision, il s'est intéressé au cinéma de temps à autre. On lui doit *Bwana le diable,* premier film de long métrage en relief et *The Bubble,* en space-vision. Mieux vaut oublier des expériences peu convaincantes. En revanche, *Five,* sur la vie terrestre après un cataclysme, est resté célèbre comme un film de science-fiction si dépouillé et si rigoureux que l'on a pu parler de « documentaire » post-atomique.

Odets, Clifford

Scénariste et réalisateur américain, 1906-1963.

Comme réalisateur: None But The Lonely Heart (Rien qu'un cœur solitaire, 1944) ; The Story on Page One (Du sang en première page, 1961).

L'un des auteurs dramatiques les plus réputés des années 30, il s'intéressa au cinéma comme scénariste et mit en scène lui-même deux de ses drames. Cary Grant est excellent dans le premier, Rita Hayworth inattendue dans le second. Il fut plus que Harold Clurman le véritable auteur de *Deadline at Dawn* (1946) d'après Irish.

O'Connolly Jim

Scénariste et réalisateur anglais né en 1924.

Comme réalisateur: The Traitors (1962) ; The Little Ones (1964) ; Circus of Blood (Le cirque sanglant, 1967) ; The Valley of Gwangi (La vallée de Gwangi, 1969) ; Crooks and Coronets (1970) ; Tower of Evil (1972) ; Mistress Pamela (1973).

Il est surtout célèbre pour *Gwangi,* dont les effets spéciaux, dus à Ray Harryhausen, sont restés dans la mémoire des cinéphiles.

Œrtel, Curt

Opérateur et réalisateur allemand, 1890-1960.

Comme réalisateur: Geheimnis einer Seele (1926) ; Wunder in Naumburg (1932) ; Der Schimmelreiter (Le cavalier blanc, 1933) ; Jahrtausende sehen auf euch herab (1933) ; Grabmal des unbekannten Soldaten (1935) ; Pope Poppenspäler (1935) ; Michelangelo (Michel-Ange, 1940) ; Das Jahr (1948) ; Land am Nil (1950) ; Es war ein Mensch (1951) ; Der gehorsame Rebell (1952) ; Jungbrunnen (1952) ; Neue Welt (1954) ; Impressionen aus einem Theater (1957).

Son *Michel-Ange* et plus encore *Der Schimmelreiter,* adapté d'une nouvelle de Theodor Storm, et prototype du Heimat-film, bénéficièrent d'une bonne presse à l'époque nazie. Après la guerre, Œrtel travailla pour l'UNESCO.

O'Galop, Marius

Réalisateur français de dessins animés, de son vrai nom Rossillon.

Le taudis doit être vaincu (1912) ; Le circuit de l'alcool (1912) ; *série des* Bécassotte (1920-1924) ; Les Fables de La Fontaine (1925) ; La guerre aux mouches (1928).

Père du fameux Bibendum pour la publicité de Michelin, il a signé quelques dessins animés et plusieurs films publicitaires.

Olcott, Sidney

Réalisateur d'origine canadienne, 1873-1949.

Principaux courts métrages : Ben Hur (avec F.O. Rose, 1907) ; The Sleigh Bells (1907) ; A Florida Feud (1909) ; Escape from Andersonville (1909) ; The Lad from Old Ireland (1909) ; The Conspirators (1909) ; The Deacon's Daughter (1910) ; The Further Adventures of a Girl Spy (1910) ; The Girl Spy Before Vicksburg (1910) ; An Indian Scout Vengeance (1910) ; Seth's Tentation (1910) ; The Fisherman of Ballydavid (1911) ; Rory O'More (1911) ; The Kerry Gow (112) ; Ireland the Oppressed (1913) ; Daughter of the Confederacy (1913) ; The Vampire (avec T.H. Hunter, 1913) ; In the Clutches of the Ku Klux Klan (1913) ; The Octoroon (1913). *Longs ou moyens métrages :* From Manger to the Cross (1913) ; Passover Miracle (1914) ; All for Ireland (1915) ; Bold Emmett, Ireland's Martyr (1915) ; Madame Butterfly (1915) ; The Seven Sisters (1915) ; The Daughter of MacGregor (1916) ; Diplomacy (1916) ; The Innocent Lie (1916) ; My Lady Incognito (1916) ; Poor Little Peppina (1916) ; The Smugglers (1916) ; The Moth and the Flame (1916) ; The Belgian (1917) ; Marriage for Convenience (1919) ; Scratch My Back (1920) ; The Right Way (1921) ; God's Country and the Law (1921) ; Pardon My French (1921) ; Timothy's Quest (1922) ; The Green Goddess (1923) ; Little Old New York (Patricia, 1923) ; The Humming Bird (L'oiseau de paradis, 1924) ; Monsieur Beaucaire (Monsieur Beaucaire, 1924) ; The Only Woman (Son œuvre, 1924) ; The Charmer (1925) ; Salome of the Tenements (1925) ; Not So Long Ago (1925) ; The Best People (1925) ; Ranson's Folly (1926) ; The Amateur Gentleman (Le gentleman amateur, 1926) ; The White Black Sheep (1926) ; The Claw (1927).

Il débute comme acteur en 1904 à Mutoscope. Il est manager à la Biograph peu après, et enfin réalisateur en 1907 avec un *Ben Hur* en une bobine. Il tourne de très nombreux courts métrages, notamment un cycle irlandais en faveur de l'indépendance. Il est aussi l'un des premiers à quitter les studios et la Californie pour tourner sur les lieux mêmes de l'action. Films avec Mary Pickford, westerns, mélodrames ; son œuvre est d'une grande variété. Sa plus grande réussite est *Monsieur Beaucaire,* avec Rudolph Valentino, amusante évocation de la cour de Louis XV.

Oliveira, Manuel de

Réalisateur portugais né en 1908.

Douro Faina Fluvial (1929) ; Estatuas de Lisboa (1932) ; A cancao de Lisboa (1933) ; Miramar (1939) ; Ja se fabricam automovels em Portugal (1939) ; Praia de rosas (1939) ; Aniki-Bobo (1942) ; O pintor e a cidade (1956) ; O Coracao (1958) ; O Pao (1959) ; Acto de Primavera (L'acte du printemps, 1962) ; O passado e o presente (Le passé et le présent, 1971) ; Benilde ou a Virgem Mae (Benilde ou la vierge mère, 1974) ; Francisca (1981).

Le réalisateur le plus représentatif du Portugal dont il a su restituer le climat culturel et social. *Aniki-Bobo,* évocation des enfants de Porto, peut apparaître comme l'un des premiers films néo-réalistes. Mais il est permis de lui préférer le regard ironique que porte le réalisateur sur les tabous de la société portugaise dans *Benilde,* ou l'éducation manquée d'une jeune fille dans un domaine isolé. Son style est particulièrement déroutant : *Francisca* est une suite de scènes respectant les conventions théâtrales et où la parole semble l'emporter sur l'image, même si Oliveira lui donne des couleurs raffinées.

Olivier, Laurence

Acteur et réalisateur anglais né en 1907.

Comme réalisateur : Henry V (Henry V, 1944) ; Hamlet (Hamlet, 1948) ; Richard III (Richard III, 1956) ; The Prince and the Showgirl (Le prince et la danseuse, 1957) ; Three Sisters (1970).

Grand spécialiste de Shakespeare à la scène et à l'écran. On ne dira jamais assez la beauté et l'intelligence de son *Henry V,* chef-d'œuvre absolu, qui commençait par une représentation théâtrale à l'époque élisabéthaine puis gommait les conventions de la scène pour nous faire revivre les événements d'Azincourt tels que pouvaient les imaginer les spectateurs. Les décors reconstituaient les miniatures du temps avec des personnages qui n'étaient pas à l'échelle des maisons et des murailles, comme sur ces miniatures. Cette reconstitution minutieuse et fidèle fait d'*Henry V* l'un des meilleurs films historiques jamais tournés. A cet égard la bataille d'Azincourt est une totale réussite. *Hamlet* fut plus discuté, mais il marquait une date dans l'histoire des rapports du théâtre et du cinéma, établissant une coopération qui avait jusque-là fait défaut. *Richard III,* admirable pour l'interprétation de Laurence Olivier et la cruauté de certaines scènes qui retrouvaient l'esprit du temps, a marqué un approfondissement dans la voie ouverte par *Hamlet.* Intéressant, *Othello* est un peu en retrait : il fut signé par Stuart Burge et John Dexter et non par Olivier. Celui-ci s'offrit un sympathique divertissement, *Le prince et la danseuse...* avec Marilyn Monroe. Depuis il se multiplie comme acteur, il est espion ou auteur de romans policiers, rabbin ou Zeus, et semble avoir délaissé Shakespeare. Et *Le roi Lear* ?, Et *Macbeth* ? Et *Titus Andronicus* dont il donna une splendide représentation théâtrale à Paris ? Shakespeare a encore besoin de vous, Lord Olivier !

Olmi, Ermanno

Réalisateur italien né en 1931.

Plusieurs courts métrages dont Manon : finestra due (1956) ; Tre filifino a Milano (1958) ; Un metro è lungo cinque (1961). *Longs métrages :* Il tempo si è fermato (Le temps s'est arrêté, 1960) ; Il posto (L'emploi, 1961) ; I fidanzati (Les fiancés, 1963) ; E venne un uomo (Un homme est venu, 1965) ; Racconti di giovani amori (1968) ; Un certo giorno (1969) ; I recuperanti (L'or de la montagne, 1969-1974) ; Durante l'estate (film pour la télévision et le cinéma, 1971) ; La circostanza (1973) ; L'albero degli zoccoli (L'arbre aux sabots, 1978).

C'est *L'arbre aux sabots,* palme d'or au Festival de Cannes, qui a imposé ce réalisateur discret et peu prolifique. Son premier long métrage raconte l'amitié d'un jeune et d'un vieux en haute montagne, son film suivant la conquête d'un emploi. A l'exception d'*Un homme est venu,* portrait de Jean XXIII, ce catholique progressiste se complaît dans la grisaille de la vie quotidienne des petites gens. Il n'est pas jusqu'à *L'arbre aux sabots* qui ne soit la chronique de la vie de cinq familles de métayers dans une grande ferme lombarde à la fin du siècle dernier. Condamnant le péplum, la comédie musicale, le western-spaghetti, et autres genres à l'honneur à Cinecitta, Olmi, sorte de Bresson italien, champion d'un dépouillement qui n'évite pas toujours l'ennui, affirme : « Un des défauts du cinéma est celui de ne pas participer à la vie réelle. Chaque metteur en scène se renferme dans sa propre pièce. Moi, par contre, je me sens bien avec les gens simples qui produisent la culture parce que c'est en vivant qu'ils en témoignent. Certains metteurs en scène trafiquent l'image pour la faire rentrer dans le cadre au lieu de faire rentrer le cadre à l'intérieur de la vie authentique. » (*Cinéma 74,* n° spécial sur le cinéma italien.)

Ophüls, Marcel

Réalisateur d'origine allemande né en 1927.

L'amour à vingt ans (un sketch, 1961) ; Peau de banane (1963) ; Le chagrin et la pitié (1971).

Fils de Max Ophüls, il débute dans la carrière par un bon film policier qui ne tranche pourtant pas sur la production courante des années 60. C'est le scandale suscité par *Le chagrin et la pitié* qui le rend célèbre. Cette chronique d'une ville française pendant l'Occupation, Clermont-Ferrand, à travers bandes d'actualités et témoignages, suscita une irritation camouflée (on n'osait avouer que la France n'avait pas à être jugée par un juif d'origine allemande) dans la mesure où Ophüls montrait l'absence d'héroïsme des Français sous la botte nazie. Le refus de la télévision d'acheter le film (elle n'y était d'ailleurs nullement tenue) entretint une polémique durable. Ophüls mit d'ailleurs les choses au point : « Le film a bénéficié d'une exploitation démagogique, d'un malentendu délibéré à propos de sa portée politique. Il n'est antigaulliste que dans la mesure où il conteste le mythe de la grandeur française – tout comme le mythe communiste du peuple en marche. Il propose une autre perception de l'histoire, celle qui m'intéresse, qui s'appuie sur des comportements individuels, qui s'interroge sur la mémoire collective. *Le chagrin et la pitié* prête à des polémiques moins par son contenu que par sa construction. Il ne s'agit pas d'un simple collage de documents et d'interviews, mais d'un récit dramatique, réalisé en salle de montage, à partir de ces documents et interviews. » (*Le Monde,* 18 août 1981.)

Ophuls ou Ophüls,

Réalisateur allemand, de son vrai nom Max Oppenheimer, 1902-1957.

Dann schon lieber Lebertran (On préfère l'huile de foie de morue, 1930) ; Die verliebte Firma (Le studio amoureux, 1931) ; Die verkaufte Braut (La fiancée vendue, 1932) ; Die lachenden Erben (Les joyeux héritiers, 1932) ; Liebelei (Liebelei, 1932) ; Une histoire d'amour (version française de Liebelei, 1933) ; On a volé un homme (1934) ; La signora di Tutti (La dame de tout le monde, 1934) ; Divine (1935) ; Valse brillante de Chopin et Ave Maria de Schubert (courts métrages, 1936) ; Komödie vom Geld (La comédie de l'argent, 1936) ; La tendre ennemie (1936) ; Yoshiwara (1937) ; Werther (1938) ; Sans lendemain (1939) ; De Mayerling à Sarajevo (1940) ; Vendetta (Vendetta, 1946) ; The Exile (L'exilé, 1947) ; Letter from an Unknown Woman (Lettre d'une inconnue, 1948) ; Caught (1949) ; The Reckless Moment (Les désemparés, 1949) ; La ronde (1950) ; Le plaisir (1952) ; Madame de... (1953) ; Lola-Montès (1955).

Le plus cosmopolite des metteurs en scène. Né à Sarrebruck dans une famille d'industriels, il renonce à l'entreprise familiale pour se lancer dans la critique dramatique. Il assure de nombreuses mises en scène à Dortmund, Vienne, Francfort et Berlin. Son premier contact avec le cinéma consiste à assurer la traduction de *Calais-Douvres* en 1930 (version allemande : Litvak; version française : Jean Boyer). Désormais, il est pris par le cinéma et tourne plusieurs films dont *Liebelei* qui lui vaut la célébrité. Il continue à travailler pour le théâtre, mais l'avènement du nazisme le contraint à l'exil. On le trouve en France, en Italie et même au Japon : chaque fois il sait s'adapter aux conditions de la production locale. En 1938, il est naturalisé français. Hélas ! L'arrivée des Allemands interrompt sa nouvelle carrière. Il passe en Suisse, grâce à Jouvet dont il commence à tourner la version théâtrale de *L'école des femmes.* De là, il gagne les États-Unis Il y signera notamment un brillant film à costumes sur Charles II (*The Exile*) et des films noirs (*Caught, Les désemparés*), ainsi qu'une œuvre d'une grande finesse psychologique, *Lettre d'un inconnue.* De retour en France, il adapte avec succès Schnitzler (*La ronde*), Maupassant (*Le plaisir*) Louise de Vilmorin (*Madame de..).* Son dernier film, *Lola Montès,* est un chef-d'œuvre : mais son côté excessivement baroque, le récit fractionné et ne suivant pas l'ordre chronologique, la présence de Martine Carol, interprète habituelle de films plus traditionnels, tout contribue à l'échec, au demeurant injuste, de *Lola Montès* qui fut remontée par les producteurs sans plus de succès. Très affecté, il mourut peu de temps après une ultime mise en scène théâtrale : *Le mariage de Figaro* à Hambourg.

BIBLIO. : Claude Beylie, *Max Ophüls* (1964) ; P. Willemen, *Max Ophüls* (British Film Institute, Londres 1978) ; *Positif*, n° spécial (juillet-août 1980).

Oro, Bustillo

Réalisateur mexicain.

Yo soy tu padre (1927) ; Dos Monjes (Les deux moines, 1934) ; Monja, casada, virgen y martir (1935) ; El misterio del rostro palido (1935) ; Malditas sean las mujeres (1936) ; El rosal bendito (1936) ; Nostradamus (1936) ; Amapola del camino (1937) ; Huapango (1937) ; La honradez es un esturbo (1937) ; La tia de las muchachas (1938) ; Caballo a caballo (1939) ; En tiempos de don Porfirio (1939) ; Al son de la marimba (1940) ; Cuando los hijos se van (1941) ; El angel negro (1942) ; Mexico de mis recuerdos (1943) ; En tiempo de la Inquisicion (1946) ; Los maderos de San Juan (1946) ; Las mananitas (1948) ; Solo Veracruz es bello (1948) ; El hombre sin rostro (1950) ; La loca de la casa (1950) ; Aca los toros (1951) ; Retorno de la juventud (1953) ; Siete mujeres (1953) ; La sobrina del senor cura (1954) ; La mujer ajena (1954) ; Las enganadas (1954) ; Padre contra hijo (1954) ; El asasino X (1954) ; El medallon del crimen (1955) ; Del brazo y por la calle (1955) ; Las aventuras de Pito Perez (1956) ; Los hijos de Rancho Grande (1956) ; Cada hijo une cruz (1957) ; Donde las dan las toman (1957) ; El ultimo mexicano (1959) ; Mexico de mis recuerdos (1963) ; Asi amaron nuestros padres (1964) ; Los valses venian de Viena y los ninos de Paris (1965).

Les surréalistes et Buñuel ont fait grand cas des *Deux moines*. Réputation nullement usurpée. Ceux qui ont vu le film, en 1964, à la cinémathèque française, ont été éblouis par cette réalisation délirante : délire du scénario et délire des images expliquant la fascination exercée par une œuvre qu'eût aimée Goya.

Oshima, Nagisa

Réalisateur japonais né en 1932.

Ai to kibo no machi (Une ville d'amour et d'espoir, 1959) ; Seishun zankoku monogatari (Contes cruels de la jeunesse, 1960) ; Taiyo no Hakaba (L'enterrement du soleil, 1960) ; Nihon no Yoru to Kiri (Nuit et brouillard du Japon, 1960) ; Shiiku (Le piège, 1961) ; Amakusa Shiro Tokisada (Le révolté, 1962) ; Chiisana Boken Ryoko (Première aventure d'un petit enfant, 1964) ; Watashi wa Bellet (1964) ; Etsuraku (Les plaisirs, 1964) ; Hakuchu no Torima (L'obsédé en plein jour, 1966) ; Ninja Bugeicho (1967) ; Nihon Shunka ko (A propos des chansons paillardes japonaises, 1967) ; Muri Shinju : Nihon no Natsu (Été japonais, double suicide, 1967) ; Koshikei (La pendaison, 1968) ; Kaettekita Yopparai (Le retour des trois ivrognes, 1968) ; Shinjuku Dorobo Nikki (Journal d'un voleur de Shinjuku, 1968) ; Shonen (Le petit garçon, 1969) ; Tokyo Senso Sengo Hiwa (Il est mort après la guerre, 1970) ; Gishiki (La cérémonie, 1971) ; Natsu no Imoto (Une petite sœur pour l'été, 1972) ; Ai no corrida (L'empire des sens, 1976) ; Ai no borei (L'empire de la passion, 1978).

D'une famille aristocratique, il a commencé dans la littérature et le théâtre pendant la période de ses études avant d'entrer en 1954 comme assistant à la Shochiku. Il est tout à la fois scénariste et critique lorsqu'on lui confie enfin la direction d'un film. Il tourne de nombreuses œuvres pour la télévision d'autant qu'au cinéma, il connaît plusieurs échecs. Son esprit iconoclaste, sa remise en cause des valeurs traditionnelles de la société japonaise, son souci de traduire les désillusions de la jeunesse, son goût pour la violence et le sexe font en effet scandale tout autant que la forme adoptée, proche de celle de Godard. *La cérémonie* ou *Nuit et brouillard au Japon* sont très caractéristiques de cette période. Mais c'est avec *L'empire des sens* qu'il conquiert le public occidental. L'œuvre fait référence à Sade, à Bataille, à Artaud et au Koshokou: elle finit par la castration, la mort et la folie. C'est Roméo et Juliette mais le sexe en plus. *L'empire de la passion* reprend ce thème de la passion qui débouche sur la folie et la mort mais en y introduisant le fantastique. On lira avec intérêt les *Écrits* d'Oshima, 1956-1978, traduits en français en 1980.

Ossorio, Amando de

Réalisateur espagnol né en 1925.

Principaux films: La bandera negra (1956) ; La tumba del pistolero (1963) ; Escula de enfermeras (1964) ; Rebeldesen Canada (1965) ; Malenka, la sobrina del vampiro (1968) ; Las garras de Lorelei (1972) ; La noche de la muerta ciega (La révolte des morts-vivants, 1972) ; El ataud de los muertos sin ojos (Le retour des morts-vivants, 1973) ; La noche de los brujos (1973) ; El buque maldito (1974) ; El poder de las tinieblas (1974) ; La noche de las gaviotas (1975) ; Las alimanias (1976).

Venu du surréalisme, ce réalisateur aime les chairs verdâtres et décomposées des morts-vivants. C'est souvent bien médiocre, mais il n'y a pas tellement de personnalités dans le cinéma espagnol pour que l'on puisse négliger Ossorio et son goût pour le morbide.

Oswald, Gerd

Réalisateur américain, d'origine allemande, né en 1916.

A Kiss Before Dying (1956) ; The Brass Legend (1956) ; Crime of Passion (1957) ; Fury at Showdown (1957) ; Valerie (1957) ; Paris Holiday (A Paris tous les deux, 1958) ; Screaming Mimi (1958) ; Am Tag als der Regen kam (1959) ; Schachnovelle (1960) ; Brainwashed (1961) ; The Longest Day (coréal., Le jour le plus long, 1962) ; Tempesta su Ceylon (1963) ; Agent for H.A.R.M. (Le mur des espions, 1966) ; 80 Steps to Jonah (1969) ; Bunny O'Hare (1971) ; Bis zur bitteren Neige (1975).

Fils de Richard Oswald qui l'emmena avec lui aux États-Unis en 1938. Longtemps assistant, il accéda à la réalisation en 1956. Mais que dire d'une œuvre victime des circuits de distribution ? De ses westerns et de ses thrillers n'ont guère circulé que *Paris Holiday,* qui réunissait Bob Hope et Fernandel, et *Screaming Mimi,* d'après F. Brown, avec Anita Ekberg, dont le moins qu'on puisse dire est qu'ils ne forcent pas l'admiration. Le ton paraît mou, peu « américain ». On a pourtant dit grand bien de *Valerie,* un western psychologique, de *A Kiss Before Dying,* évocation du monde universitaire que venait troubler un tueur impitoyable qui avait la beauté de Robert Wagner. Mais, à peine sorties, ces œuvres ont regagné, pour ne plus en sortir, les blockhaus des compagnies productrices. En revanche, la séquence qu'il a tournée pour *Le jour le plus long* ne tranche guère dans la grisaille de l'ensemble. Oswald est-il vraiment un auteur maudit ?

Oswald, Richard

Réalisateur allemand, de son vrai nom Ornstein, 1880-1963

Iwan Koschula (1914) ; Die Geschichte der stillen Mühle (1914) ; Dämon und Mensch (1915) ; Schlemihl (1915) ; Der Hund von Baskerville (1915) ; Das eisener Kreuz (1915) ; Hoffmanns Erzälungen (Les contes d'Hoffmann, 1916) ; Seine letzte Maske (1916) ; Zirkusblut (1916) ; Das Bildnis des Dorian Gray (Le portrait de Dorian Gray, 1917) ; Des Goldes Fluch (1917) ; Die Rache der Toten (1917) ; Die Seeschlacht (1917) ; Die Sintflut (1917) ; Dida Ibsens Geschichte (1918) ; Es werde Licht (1918) ; Der lebende Leichnam (Le mort-vivant, 1918) ; Das Tagebuch einer Verlorenen (Journal d'une fille perdue, 1918) ; Anders als die anderen (1919) ; Lache Bajazzo (1919) ; Das Laster (1919) ; Prostitution (1919) ; Die Reise um die Erde in 80 Tagen (1919) ;

Die schwarze Katze (1919) ; Sündige Eltern (1919) ; Unheimliche Geschichten (Cauchemars et hallucinations/Histoires extraordinaires, 1919) ; Der Tod des Andern (1919) ; Algol (1920) ; Antisemiten (1920) ; Das Geheimnis von London (1920) ; Der grosse Krach (1920) ; Kurfürstendamn (1920) ; Die letzte Menschen (1920) ; Manolescus Memoiren (1920) ; Der Reigen (1920) ; Nachtgestalten (1920) ; Der Selbstmörderklub (Le club des suicidés, 1920) ; Die Spielerin (1920) ; Die Tragödie eines Kindes (1920) ; Das Leben des Menschen (1921) ; Macbeth (1921) ; Engelchen (1921) ; Lady Hamilton (1922) ; Lukrezia Borgia (Lucrèce Borgia, 1922) ; Carlos und Elisabeth (Sous l'Inquisition, 1924) ; Lumpen und Seide (1924) ; Halbseide (1925) ; Die Frau von vierzig Jahren (1925) ; Vorderhaus und Hinterhaus (1925) ; Als ich wiederkam (1926) ; Eine tolle Nacht (1926) ; Feme (1927) ; Funkzauber (1927) ; Gehtzte Frauen (1927) ; Dürfen wir schweigen ?(Le baiser mortel, 1927) ; Die Rothausgasse (1928) ; Villa Falconieri (1928) ; Ehe in Not (L'amante légitime, 1929) ; Frühlings Erwachen (1929) ; Cagliostro (1929) ; Die Herrin und ihr Knecht (1929) ; Der Hund von Baskerville (Le chien des Baskerville, 1929) ; Alraune (Mandragore, 1930) ; Dreyfuss (Dreyfus, 1930) ; Wien (1930) ; 1914 (L'année 1914) ; Der Hauptmann von Köpenick (Le capitaine de Köpenick, 1931) ; Arm wie Eine Kirchenmaus (1931) ; Viktoria und ihr Husar (Victoria et son hussard, 1931) ; Schuberts Frühlingstraum (1931) ; Unheimliche Geschichten (1932) ; Gräfin Mariza (Comtesse Mariza, 1932) ; Ganovenehre (1933) ; Die Blume von Hawai (1933) ; Ein Lied geht um die Welt (Jeunesse à toi le monde, 1933) ; My Song Goes round the World (1935) ; Heute ist der schönste Tag in meinem Leben (1936) ; Tempête sur l'Asie (1938) ; The Captain of Koepenick (1941) ; Isle of the Missing Men (1942) ; The Loveable Cheat (1949).

Particulièrement prolifique, Oswald a subi deux influences, celle de l'expressionnisme, très sensible dans ses nombreux films fantastiques (*Mandragore* notamment) et celle de Max Reinhardt (*Sous l'Inquisition* par exemple, inspiré du *Don Carlos* monté au théâtre par Reinhardt). L'avènement du nazisme brisa sa carrière : il se réfugia en France puis aux États-Unis. Ses derniers films n'eurent aucun succès.

BIBLIO. : F. Courtade, Richard Oswald pionnier malgré lui, *Écran,* n° 46.

Oury, Gérard

Acteur et réalisateur français né en 1919.

La main chaude (1959) ; La menace (1960) ; Le crime ne paie pas (1961) ; Le corniaud (1964) ; La grande vadrouille (1966) ; Le cerveau (1968) ; La folie des grandeurs (1971) ; Les aventures de Rabbi Jacob (1973) ; La carapate (1978) ; Le coup du parapluie (1980).

Est-ce le fait d'avoir joué le rôle de Napoléon dans *La belle espionne* de Raoul Walsh ? Oury a accumulé les Austerlitz au Box-Office. L'œil rivé sur la recette, il sait ce qui plaira au public du samedi soir : des allusions à l'actualité récente ou encore proche (la Palestine, Mai 68, etc.), en évitant de prendre position, un scénario fondé sur la poursuite ou le subterfuge et une distribution reposant non pas sur une mais deux vedettes, du type Bourvil-De Funès (*Le corniaud, La grande vadrouille*), Belmondo-Bourvil (*Le cerveau*), Montand-De Funès (*La folie des grandeurs*), etc. Il n'y a plus alors qu'à tourner et à attendre l'argent.

Owen, Cliff

Réalisateur anglais né en 1919.

Offbeat (1961) ; A Prize of Arms (Les clés de la citadelle, 1961) ; The Wrong Arms of the Law (1962) ; That Riviera Touch (1966) ; The Magnificent Two (1967) ; The Vengeance of She (La déesse des sables, 1967).

Série Z à l'anglaise.

Oxilia, Nino

Réalisateur italien, 1889-1917.

I Cavalieri (1912) ; Il velo d'Iside (1913) ; Giovanna d'Arco (Jeanne d'Arc, 1913) ; In hoc Signo vinces (1913) ; Fior del Male (1914) ; Sangue bleu (Sang bleu, 1914) ; Veli di Giovinezza (1915) ; Addio Giovinezza (Adieu jeunesse, 1915) ; Rapsodia satanica (1915) ; Papa (1915).

Journaliste, poète et auteur dramatique à succès (*Adieu jeunesse*), il s'intéresse au cinéma, celui des reconstitutions historiques et celui des *dive* (L. Borelli dans la superbe *Rapsodia satanica*) avant de disparaître, à 29 ans, tué dans la retraite de Caporetto.

Ozep, Fedor

Scénariste et réalisateur d'origine russe, 1895-1949.

Comme réalisateur : En Russie : notamment Zemlia v plenu (Le passeport jaune, 1928). *En Allemagne :* Der lebende Leichnam (Le cadavre vivant, 1929) ; Der Mörder Dimitri Karamasoff (Les frères Karamazov, 1931). *En France :* Mirages de Paris (1932) ; Amok (1934) ; La dame de pique (1937) ; Tarakanova (1938) ; Gibraltar (1938). *Au Canada :* The Music Master (Le père Chopin, 1943). *Aux États-Unis :* Three Russian Girls (1944). *Au Canada :* Whispering City (La forteresse, 1947).

Il fut l'un des pionniers du cinéma soviétique, écrivant pour Protozanof les scénarios de *La dame de pique,* d'*Aelita,* etc. Venu en Allemagne tourner, en 1928, une coproduction, *Le cadavre vivant,* d'après Tolstoï et qu'interprétait Poudovkine, il ne retourne pas en Russie et travaille désormais en Allemagne. Son adaptation des *Frères Karamazov* est l'une des plus fidèles au roman. Chassé par les nazis, il se réfugie en France où il donne plusieurs films, dont *Amok* d'après Zweig, tous solides et agréables. La guerre le contraint à se réfugier au Canada puis aux États-Unis.

Ozzenturk, Ali

Réalisateur turc.

Hazel (1980) ; At (Cheval, mon cheval, 1982).

Il a des ennuis avec la justice de son pays, ce qui risque de briser un début de carrière intéressant, placé sous le signe de la défense des démunis (*Cheval, mon Cheval*).

Ozu, Yasujiro

Réalisateur japonais, 1903-1963.

Zange no yaiba (Le sabre de pénitence, 1927) ; Wakodo no yume (Rêves de jeunesse, 1928) ; Kabocha (La citrouille, 1928) ; Nikutaibi (1928) ; Takara no yama (La montagne au trésor, 1929) ; Wakaki hi (Jours de jeunesse, 1929) ; Wasei kenka tomodachi (Amis de combat, 1929) ; Daigaku wa deta keredo (J'ai été diplômé mais..., 1929) ; Kaishain seikatsu (La vie d'un employé de bureau, 1929) ; Tokkan lozo (Un garçon honnête, 1929) ; Kekkon gaku nyumon (Introduction au mariage, 1930) ; Hogaraka ni ayume (Marchez joyeusement, 1930) ; Rakudai wa shita keredo (J'ai été recalé, mais..., 1930) ; Sono yo tsuma (L'épouse de la nuit, 1930) ; Erogami no onryo (L'esprit vengeur d'Éros, 1930) ; Ashi ni sawatta koun (Chance perdue, 1930) ; Ojosan (Jeune demoiselle, 1930) ; Shukujo to hige (La femme et les favoris, 1931) ; Bijin aishu (Les malheurs de la beauté, 1931) ; Tokyo no gassho (Le chœur de Tokyo, 1931) ; Haru wa gofujin kara (Le printemps vient des femmes, 1932) ; Umarete wa mita keredo (Gosses de Tokyo, 1932) ; Seishun no yume ima izuko (Où sont les rêves de jeunesse ?, 1932) ; Mata au hi made (Jusqu'à notre prochaine rencontre, 1932) ; Tokyo no onna (Femme de Tokyo, 1933) ; Hijosen no onna (Femmes au combat, 1933) ; Dekigokoro (Cœur capricieux, 1933) ; Haha o kowazuya (Une mère devrait être aimée, 1934) ; Ukikusa monogatari (Histoire d'un acteur ambulant, 1934) ; Hakoiri musume (Une jeune fille pure, 1935) ; Tokyo no yado (Une auberge à Tokyo, 1935) ; Daigaku yoi toko (Le collège est un endroit agréable, 1936) ; Hitori musuko (Fils unique, 1936) ; Shujuko wa nani o wasuraetaka (Qu'est-ce que la dame a oublié ?, 1937) ; Todake no kyodai (Les frères et sœurs Toda, 1941) ; Chichi ariki (Il est un père,

1942) ; Nagaya shinshiroku (Récit d'un propriétaire, 1947) ; Kaze no jaka no mendori (Une poule dans le vent, 1948) ; Banshun (Fin de printemps, 1949) ; Munakata Shimai (Les sœurs Munakata, 1950) ; Bakushu (Début d'été, 1951) ; Ochazuke no aji (Le goût du riz au thé vert, 1952) ; Tokyo monogatari (Le voyage à Tokyo, 1953) ; Soshun (Printemps précoce, 1956) ; Tokyo Boshoku (Crépuscule à Tokyo, 1957) ; Higanbana (Fleurs d'équinoxe, 1958) ; Ohayo (Bonjour, 1959) ; Ukigusa (Herbes flottantes, 1959) ; Akibiyori (Fin d'automne, 1960) ; Kohayagawe ke no aki (L'automne de la famille Kohayagawe, 1961) ; Sama no aji (Le goût du saké, 1962).

Ce n'est que tardivement qu'Ozu, éclipsé par Mizoguchi et Kurosawa, est entré dans les cinémathèques occidentales. Très jeune, Ozu s'était pris de passion pour le cinéma et, malgré l'opposition de son père, était engagé à la Shochiku comme assistant d'un opérateur. De cette passion pour le cinéma, américain de préférence, témoigne son premier film qui est un remake d'une œuvre de Fitzmaurice, *Kick-in*. Ses premiers films semblent encore dépourvus de caractères personnels mais très vite, surtout après la longue interruption de 1937 à 1945 qui représentera pour lui la guerre pour laquelle il est mobilisé, il se forge un style propre. Cinéaste intimiste de la vie familiale et des changements de saisons, il attache plus d'attention au petit détail qu'à l'histoire. « Les films d'intrigues trop élaborées m'ennuient. Naturellement, un film doit avoir une structure propre, autrement ce ne serait pas un film, mais je crois que pour qu'il soit bon, il faut renoncer à l'excès de drame et à l'excès d'action. » Sa manière de filmer n'est pas moins originale : position très basse de la caméra, chaque plan doit être « un tableau dans un cadre », selon sa formule, pas ou peu de travellings, rôle des plafonds bien avant Welles et *Citizen Kane*.

BIBLIO. : D. Richie, *Ozu* (1971 trad. fr. 1981) ; Max Tessier, *Ozu*, Anthologie du cinéma, 1971 ; J.-P. Brossard, *Ozu* (1979).

P

Pabst, Georg Wilhelm

Réalisateur allemand, 1885-1967.

Der Schatz (Le trésor, 1923) ; Gräfin Donelli (Comtesse Donelli, 1924) ; Die Freudlose Gasse (La rue sans joie, 1925) ; Geheimnisse einer Seele (Les mystères d'une âme, 1926) ; Man spielt nicht mit der Liebe (On ne badine pas avec l'amour, 1926) ; Die Liebe der Jeanne Ney (L'amour de Jeanne Ney, 1927) ; Begierde/Abwege (Crise, 1928) ; Die Büchse der Pandora (Loulou, 1928) ; Die weisse Hölle vom Piz-Palü (avec A. Fanck, L'enfer blanc de Piz-Palu, 1929) ; Das Tagebuch einer Verlorenen (Journal d'une fille perdue ou Trois pages d'un journal, 1929) ; Westfront 1918 (Quatre de l'infanterie, 1930) ; Skandal um Eva (Scandale autour d'Éva, 1930) ; Die Dreigroschenoper (L'opéra de quat'sous, 1931) ; Kameradschaft (La tragédie de la mine, 1931) ; L'Atlantide (1932) ; Don Quichotte (1933) ; Du haut en bas (1933) ; A Modern Hero (Un héros moderne, 1934) ; Mademoiselle Docteur (Salonique nid d'espions, 1936) ; Le drame de Shanghai (1938) ; L'esclave blanche (1939) ; Jeunes filles en détresse (1939) ; Komödianten (Les comédiens, 1941) ; Paracelsus (Paracelse, 1943) ; Der Fall Molander (Le cas Molander, 1944 ; le film fut confisqué par les Russes) ; Der Prozess (Le procès, 1947) ; Geheimnisvolle Tiefen (Profondeurs mystérieuses, 1949) ; La voce del silenzio (La maison du silence, 1952) ; Cose da Pazzi (Affaires de fou, 1953) ; Das Bekenntnis der Ina Khar (Le destructeur, 1954) ; Der letzte Akt (La fin d'Hitler, 1955) ; Es geschah am 20 Juli (C'est arrivé le 20 juillet, 1955) ; Rosen für Bettina (Des roses pour Bettina, 1956).

Célébré comme le plus grand réalisateur allemand, « l'inventeur de Greta Garbo et d'Asta Nielsen, de Louise Brooks et de Brigitte Helm » (ajoutons que Marlène Dietrich aurait fait de la figuration dans *La rue sans joie*) au cours des années 30, il fut presque complètement oublié après la guerre et ce n'est que récemment que l'on a redécouvert ses principaux chefs-d'œuvre, de l'admirable *Loulou*, transfigurée par Louise Brooks, au superbe et immortel *Opéra de quat'sous*, sur une musique de Kurt Weill, d'après la pièce de Brecht.

La carrière de Pabst résume l'histoire du cinéma allemand : l'expressionnisme (*Le trésor*), le Kammerspiel (dont *La rue sans joie* fut le film-manifeste), l'idéalisme humanitaire (*Quatre de l'infanterie, La tragédie de la mine*), les productions internationales (*L'Atlantide* d'après Pierre Benoit ; *Don Quichotte* avec Chaliapine ; *Salonique nid d'espions* qui réunit Jouvet, Fresnay, Dullin, Barrault, Modot et Viviane Romance), le nazisme (*Paracelse*), le vide de l'après-guerre, le redressement encore timide du cinéma allemand (*La fin d'Hitler*, objectif et convaincant ; *C'est arrivé le 20 juillet* sur l'attentat de Stauffenberg).

Pour ses contemporains, Pabst fut surtout un homme de plateau qui laissait une grande place à l'improvisation et réglait au dernier moment les éclairages ou le jeu des acteurs, sans trop s'occuper des découpages. De là ses forces (il permit l'épanouissement de grandes actrices) et ses faiblesses (il ne put, en raison de ses méthodes, s'adapter à Hollywood où il rata *A Modern Hero* et préféra de ce fait rester en Allemagne à l'époque du nazisme, ce qui lui fut vivement reproché). Il reste l'un des plus grands metteurs en scène du muet.

BIBLIO : F. Buache, *G. W. Pabst* (1966) ; B. Amengual, *G. W. Pabst* (1966) ; Y. Aubry et J. Petat, *G. W. Pabst*, Anthologie du cinéma, 1968.

Pagliero, Marcello

Acteur et réalisateur italien, 1907-1980.

Comme réalisateur : Roma città libera (La nuit porte conseil, 1946) ; Desiderio (La proie du désir, avec Rossellini, 1943-1946) ; Un homme marche dans la ville (1949) ; Les amants de Bras-Mort (1950) ; La rose rouge (1950) ; La p... respectueuse (1952) ; Vêtir ceux qui sont nus (1953) ; Destinées (un sketch, 1953) ; Chéri-Bibi (1954) ; Vergine moderne (Vierge moderne, 1954) ; L'odyssée du capitaine Steve (1955) ; Vingt mille lieues sur terre (1960).

Pagliero a abordé le cinéma par le doublage et la rédaction de scénarios. En 1943, il travaille avec Rossellini à *Desiderio* qui ne sera achevé qu'en 1946. Rossellini lui donne un rôle dans *Rome ville ouverte* et l'encourage à tourner une comédie, *La nuit porte conseil*. Pagliero écrit pour lui l'un des épisodes de *Paisa*. A partir de 1947, Pagliero se fixe en France. Il connaît un petit succès de curiosité avec son adaptation de *La p...respectueuse* de Sartre qu'il a connu à Saint-Germain, quartier évoqué dans *La rose rouge*. Ses autres films seront des échecs, y compris son *Chéri-Bibi* d'après Leroux. *Un homme marche dans la ville* suscita de vives contreverses politico-syndicales. Il travaille un peu partout, en Italie et en Russie notamment. Puis, en 1964, il opte pour la télévision.

Pagnol, Marcel

Écrivain, producteur et réalisateur français, 1895-1974.

Comme réalisateur : Le gendre de Monsieur Poirier (1933) ; Angèle (1934) ; Jofroi (1934) ; L'article 330 (1934) Cigalon (1935) ; Merlusse (1935) ; César (1936) ; Topaze (1936) ; Regain (1937) ; Le Schpountz (1938) ; La femme du boulanger (1938) ; La fille du puisatier (1940) ; La belle meunière (1948) ; Topaze (1951) ; Manon des Sources (1952) ; Lettres de mon moulin (1954).

Comme Guitry il a été « redécouvert » par la « nouvelle vague » qui le revendiqua au même titre que Renoir ou Hitchcock dans un numéro fameux des *Cahiers du cinéma* de décembre 1965. Déjà De Sica et Rossellini n'avaient-ils pas fait du père d'*Angèle* l'ancêtre du néo-réalisme italien ? À dire vrai, ce fils d'instituteur, devenu professeur d'anglais, fut dans la littérature comme au cinéma un auteur comblé ; il eut tout, argent et honneurs, gros tirages et Académie française. Son amour du cinéma s'est manifesté très tôt avec la direction des *Cahiers du film* où il s'en prenait aux cinéastes du muet. Son premier film, malheureusement perdu, était une adaptation du *Gendre de Monsieur Poirier* d'Émile Augier. Pagnol fut même directeur de salle. Ses premières œuvres introduisaient le régionalisme à l'écran : paysages de Provence et surtout l'accent méridional grâce à l'avènement du parlant. On ne comprit pas d'emblée l'importance d'*Angèle* ou de *Jofroi.* C'est avec la fameuse trilogie de *Marius, Fanny* et *César* que fut reconnu le talent de Pagnol, alors qu'on restait nettement pour ces trois films dans le domaine du théâtre filmé, notamment la célèbre partie de cartes que jouaient Raimu (César), Charpin (Panisse), Dullac (Escartefigue) et Robert Vattier (M. Brun). On n'oubliera pas que c'est Korda qui mit en scène *Marius* et Marc Allégret *Fanny.* Pagnol niera le rôle du réalisateur (« Il y a 29 versions de *La dame aux camélias,* je crois cependant que l'auteur c'est Alexandre Dumas fils »), il n'en met pas moins en scène lui-même *Topaze*, *Regain* (d'après Giono), *Le Schpountz* (irrésistible satire des milieux du cinéma), *La femme du boulanger* (très admiré par Orson Welles) et *La fille du puisatier* qui traduit déjà un essoufflement à force de conventions mélodramatiques. Après 1950, Pagnol ne retrouve plus le charme de ses anciens films. *La belle meunière,* où Tino Rossi était un Franz Schubert inattendu, n'était guère exaltant ; *Manon des Sources,* malgré Delmont, Sardou, Rellys et Blavette, laisse de marbre ; enfin *Les lettres de mon moulin,* d'après Daudet, déçoivent. Pagnol va d'ailleurs se taire pendant vingt ans. C'est que son cinéma fut avant tout un cinéma d'acteurs. Privé de Raimu, de Charpin, de Delmont, et Fernandel vieillissant, il ne pouvait plus faire de film. « Rien ne sort de la caméra, confiait-il aux *Cahiers du cinéma.* Il faut y mettre ce qu'il faut, avec un metteur en scène qui sache choisir et diriger les comédiens. »

Avec Pagnol s'est trouvé posé le problème des rapports du cinéma et du théâtre. André Bazin a analysé « le cas Pagnol », dénonçant le principe du théâtre filmé, « non que le passage d'un texte de théâtre à l'écran soit impossible, mais seulement au prix de subtiles compensations, de tout un système de précautions ayant pour but non point de faire oublier mais de sauvegarder la théâtralité de l'œuvre ». Mais Bazin se refuse à condamner Pagnol au nom du cinéma comme les censeurs condamnaient Corneille au nom des règles de la tragédie. Au demeurant Pagnol a souvent rompu avec les conventions du théâtre pour aérer ses films. Il a su échapper à la démesure verbale. En fait, conclut Bazin, « il n'aura manqué peut-être au génie de Pagnol que l'intelligence de son art pour être le Chaplin du cinéma parlant ».

BIBLIO. : *Cahiers du cinéma,* n° spécial, décembre 1965 ; Cl. Beylie, *Pagnol* (1974) ; A. Bazin, le cas Pagnol dans *Qu'est-ce que le cinéma ?* t. II (1959).

Painlevé, Jean

Réalisateur français né en 1902.

Principaux courts métrages : La pieuvre (1928) ; Les oursins (1929) ; La daphnie (1929) ; L'œuf d'épinoche (1929) ; Le bernard-l'hermite (1930) ; Les crabes (1930) ; Ruptures de fibres (1931) ; Electrophorèse du nitrate d'argent (1932) ; L'hippocampe (1934) ; Corèthre (1935) ; Microscopie à bord d'un bateau de pêche (1936) ; Barbe-Bleue (film d'animation, 1936) ; Voyage dans le ciel (1937) ; Images mathématiques de la quatrième dimension (1937) ; Solutions françaises (1939) ; Le vampire (1945) ; Notre planète la Terre (1947) ; Assassins d'eau douce (1947) ; Pasteur (1947) ; Écriture de la danse (1948) ; La chirurgie correctrice (1958) ; Les Alpes (1958) ; L'astérie (1958) ; Les oursins (1958) ; Les danseuses de mer (1960) ; Comment naissent les méduses (1960).

Fils du mathématicien et homme politique Paul Painlevé, il s'est spécialisé dans le film scientifique, avec une brève incursion dans l'animation (*Barbe-Bleue*). Film scientifique ne signifie pas documentaire ennuyeux. Les surréalistes ont déliré sur *L'hippocampe* et les critiques ont mis en lumière les indéniables qualités artistiques d'une œuvre comme *Assassins d'eau douce.* Il est difficile d'oublier une scène comme celle où le vampire, après avoir bu le sang du cobaye, le salue de son aile déployée, scène plus terrifiante que tous les Dracula de la fiction et qui place *Le vampire* parmi les grands classiques de l'épouvante.

Pakula, Alan J.-P.

Producteur et réalisateur américain né en 1928.

The Sterile Cuckoo (Pookie, 1969) ; Klute (Klute, 1971) ; Love and Pain and the Whole Damn Thing (1973) ; The Parallax View (A cause d'un assassinat, 1974) ; All the President's Men (Les hommes du Président, 1976) ; Comes a Horseman (Le souffle de la tempête, 1978) ; Starting over (Merci d'avoir été ma femme, 1980) ; Rollover (Une femme d'affaires, 1981).

Études à l'université de Yale ; mises en scène de théâtre ; arrivée à Hollywood en 1949 ; producteur entre 1957 et 1969 des films de Robert Mulligan. Pakula fait ses débuts comme réalisateur avec *Pookie* et se fait connaître avec *Klute,* bon film policier où Jane Fonda était une call-girl aux prises avec un dangereux assassin.

Deux films politiques l'imposent : *The Parallax View* sur l'assassinat de Kennedy et *All the President's Men* sur l'affaire du Watergate. Pakula y gagne la réputation d'un cinéaste engagé. Mais lorsqu'il aborde le western, c'est l'échec. *Le souffle de la tempête* est un film manqué : Pakula n'a pas la tête épique, à moins qu'il n'ait été trahi par ses interprètes, James Caan et Jane Fonda. Toujours sous la coupe de cette dernière, il tourne *Une femme d'affaires.* A Wall Street un homme et une femme liés par l'amour et l'ambition tentent une spéculation qui prend un tour inattendu. Oscillant entre plusieurs genres, desservi par ses acteurs, Jane Fonda et Kris Kristofferson, il révèle brusquement ses limites de metteur en scène.

Pal, George

Producteur, réalisateur et technicien, né en Hongrie en 1908.

Comme animateur de poupées : Aladin (1934) ; Faith of a Robot (1935) ; L'Atlas magique (1935) ; Le vaisseau de l'éther (1935) ; On Parade (1937) ; Ali-Baba (1937) ; Sky Pirates (1938) ; Love on the Range (1938). *Comme réalisateur :* Tom Thumb (Les aventures de Tom Pouce, 1958) ; The Time Machine (La machine à explorer le temps, 1960) ; Atlantis the Lost Continent (Atlantis terre engloutie, 1961) ; The Wonderful World of the Brothers Grimm (avec Levin, Les amours enchantées, 1962) ; The Seven Faces of Dr. Lao (1964).

Après des débuts à Budapest puis à l'UFA à Berlin, il gagne la Hollande où il anime des films de marionnettes pour Philips. Il signe de véritables chefs-d'œuvre. Hollywood l'appelle. Il va s'y spécialiser dans la technique des effets spéciaux, notamment pour les films de science-fiction. Il produit ainsi des œuvres de Byron Haskin et de Maté qui sont loin d'être négligeables. Passé directement à la mise en scène, il signe une admirable adaptation en couleurs de *La machine à explorer le temps* de Wells. Les autres films de ce remarquable technicien sont moins réussis.

Palermi, Amleto

Réalisateur italien, 1890-1941.

Colei che tutto soffre (1914) ; Il sogno di Don Chisciotte (1915) ; Madre (1916) ; La Bohème (1917) ; L'incubo (1917) ; Carnavalesca (1918) ; Il romanzo di un giovane povero (1919) ; La biondina (1919) ; L'agguato della Morte (1919) ; Un cuore nel mondo (1920) ; L'Eta critica (1921) ; La seconda moglie (1922) ; La dame de chez Maxim's (1923) ; La via del peccato (1924) ; La freccia nel cuore (1924) ; Il paradiso (1924) ; L'uomo più allegro di Vienna (L'homme le plus gai de Vienne, 1925) ; Enrico IV (Le fou, 1926) ; Gli ultimi giorni di Pompei (Les derniers jours de Pompei, avec Gallone, 1926) ; Margarethe und der Chauffeur (1927) ; Le confessioni di una donna (1928) ; La vecchia signora (1932) ; La segretaria per tutti (1933) ; Creature della notte (1933) ; Nini Falpala (1933) ; La fortuna di Zanze (1933) ; Paraninfo (1934) ; L'eredità dello Zio Buonanima (1934) ; Porto (1935) ; Fiat Voluntas Dei (1935) ; Il corsaro nero (1937) ; I due misantropi (1937) ; Napoli d'altri tempi (Naples d'autrefois, 1938) ; Partire (1938) ; Le due madri (1939) ; Napoli che non muore (1939) ; I figli del Marchese Lucera (1939) ; Cavalleria rusticana (1939) ; Follie del secolo (1939) ; San Giovanni decollato (Toto apôtre et martyr, 1940) ; La peccatrice (1940) ; Il signore della taverna (1940) ; Arriviamo noi ! (1940) ; Elisir d'amore (1940).

A peu près totalement oublié aujourd'hui, ce réalisateur prolifique fut, avec Camerini et Righelli, l'un des metteurs en scène les plus appréciés des années 30 en Italie. Drames mondains, adaptations de livrets d'opéra et comédies (Toto est excellent dans *San Giovanni decollato*) constituent l'essentiel de sa filmographie.

Panama, Norman

Réalisateur américain né en 1914.

The Reformer and the Redhead (avec Frank, Une rousse obstinée, 1950) ;

Strictly Dishonorable (avec Frank, 1951) ; Callaway Went Thataway (avec Frank, Une vedette disparaît, 1951) ; Above and Beyond (avec Frank, Le grand secret, 1952) ; Knock on Wood (avec Frank, Un grain de folie, 1954) ; The Court Jester (avec Frank, Le bouffon du roi, 1956) ; That Certain Feeling (avec Frank, Si j'épousais ma femme, 1956) ; The Trap (Dans la souricière, 1959) ; The Road to Hong-Kong (1962) ; Not With My Wife You Don't (1966) ; How to Commit Marriage (1969) ; The Maltese Bippy (1969) ; I Will I Will for Now (C'est toujours quand elles disent non, 1975).

La première partie de sa carrière, qui ne fut pas seulement celle d'un réalisateur mais d'un scénariste et d'un auteur de pièces de théâtre, il l'a partagée avec Melvin Frank. Après la séparation, il a tourné un dynamique thriller, *The Trap*, puis s'est épuisé à retrouver, à travers des comédies conjugales, l'esprit de ses premiers films, au temps où avec Frank il dirigeait Danny Kaye dans *Knock on Wood* et *The Court Jester*.

Panfilov, Gleb

Réalisateur russe né en 1933.

Pas de gué dans le feu (1968) ; Début (1970) ; Je demande la parole (1976) ; Valentine (1980).

« L'art commence là où il y a des peut-être », affirme cet ancien élève de l'Institut d'État du cinéma. Il fut remarqué avec *Pas de gué dans le feu*, belle méditation sur vocation révolutionnaire et vocation artistique qui marqua un renouveau du cinéma russe, au même titre que les films de Tarkovski ou Iosseliani.

Paolella, Domenico

Réalisateur italien né en 1915.

Courts métrages documentaires. Puis : Gli ultimi della strada (1939) ; Un ladro in paradisio (1952) ; Canzoni di mezzo secolo (1952) ; Canzoni, canzoni, canzoni (1954) ; Gran varietà (1954) ; Rosso e nero (1954) ; Ridere, ridere, ridere (1955) ; Destinazione Piovarolo (1955) ; Il craggio (1955) ; Canzoni di tutta Italia (1956) ; Sanremo canta (1956) ; Non sono più guaglione (1958) ; Destinazione Sanremo (1959) ; Madri pericolose (1960) ; I teddy-boys della canzone (1960) ; I pirati della costa (Les pirates de la côte, 1961) ; Il terrore dei mari (La terreur des mers, 1961) ; Il segreto dello sparviero nero (Le secret de l'épervier noir, 1961) ; Il giustiziere dei mari (Le boucanier des îles, 1962) ; Le prigioniere dell'isola del diavolo (L'île aux filles perdues, 1962) ; Maciste contro lo sceicco (Maciste à la cour du Cheik, 1962) ; Canzoni di ieri, canzoni di oggi, canzoni di domani (1962) ; Ursus gladiatore ribelle (Ursus le rebelle, 1963) ; Maciste contro i Mongoli (Maciste contre les Mongols, 1964) ; Maciste nell'inferno di Gengis Khan (Dans l'enfer de Gengis Khan, 1964) ; Golia alla conquista di Bagdad (Goliath à la conquête de Bagdad, 1964) ; Il gladiatore che sfido l'impero (Hercule contre Spartacus, 1965) ; Agente SO 3 operazione Atlantide (sous le pseudonyme de Fleming, 1966) ; Ercole contro i tiranni di Babilonia (Hercule contre les tyrans de Babylone, 1966) ; Odio per odio (Haine pour haine, 1967) ; Il sole è di tutti (1968) ; Execution (1968) ; La ragazza del prete (1971) ; Le monache di Sant'Arcangelo (pseudonyme : Dominici, 1973) ; Storia di una monaca di clausura (1973) ; La preda (L'île des passions, 1974) ; La polizia è sconfitta (1977) ; Belli e brutti ridono tutti (1979) ; Gardenia (1979).

Assistant de Gallone pour *Scipion l'Africain*, il tourne un film en 1939 puis part comme correspondant de guerre sur le front russe. Sa carrière ne reprend qu'en 1952 ; il semble alors spécialisé dans la comédie chantante où il pastiche avec bonheur les Américains. C'est le film d'aventures où pirates et filles perdues mêlent leur destin, qui révèle sa vraie vocation. Le film néo-mythologique lui réussit fort bien et ses *Maciste* ont bonne réputation. Paolella sait ne pas se prendre au sérieux sans mépriser les œuvres qu'il signe : « Le film fantastique, dit-il, est la psychanalyse du pauvre. »

Papatakis, Nico

Réalisateur d'origine grecque né en 1918.

Les Abysses (1963) ; Les pâtres du désordre (1968) ; Gloria Mundi (1975).

Né à Addis-Abeba, mais établi à Paris depuis son jeune âge, Papatakis a débuté dans le long métrage avec *Les Abysses*, inspiré d'un fait divers authentique qui fut à l'origine des *Bonnes* de Jean Genet. Le film causa un scandale qui peut paraître aujourd'hui exagéré mais qu'il faut resituer dans le contexte de la guerre d'Algérie. Plus apaisée, l'œuvre suivante, *Les pâtres du désordre*, vaut par la beauté des images. Mais que dire de *Gloria Mundi* ? Dans ce film, l'épouse d'un jeune réalisateur qui n'a pu mener à bien un film sur la torture s'impose des sévices sexuels (électrodes sur les seins, bouteille de champagne dans le sexe) pour retrouver le cri exact des femmes torturées par les parachutistes du colonel Godard, lorsque le film pourra reprendre. « Tout ce qui est excessif ne compte pas », disait Talleyrand. Et il n'avait pas vu ce film !

Paradjanov, Sergei

Réalisateur russe né en 1924.

Andriesh (1954) ; Pervyi paren (Le premier enfant, 1958) ; Ukrainskaya rapsodiya (Rhapsodie ukrainienne, 1961) ; Teni zabytykh predkov (Les chevaux de feu, 1965) ; Sayat Novar (Couleur de grenade, 1969).

Ce Géorgien issu de parents arméniens signa l'un des plus beaux films venus de Russie après la guerre : *Les chevaux de feu*, transposition dans les Carpates de l'histoire de Roméo et Juliette. Séparés par la haine de leurs familles, puis par le décès accidentel de la jeune fille, les amants seront réunis à nouveau par la mort, le fiancé repoussant les avances d'une autre femme, et choisissant le suicide. Film fou, somptueux poème d'amour en images, inattendu dans la production soviétique des années 60. Son auteur, qui avait fait une partie de sa carrière à Kiev, après avoir étudié la peinture et le chant, devait avoir des ennuis avec la censure puis avec la police. Arrêté en 1973 pour homosexualité et trafic d'icônes (c'est le prétexte donné), il fut maintenu en détention malgré les protestations des cinéastes européens. Son film sur le trouvère arménien Sayat Novar fut interdit par la censure puis remonté par Youtkevitch. Libéré en 1977, Paradjanov est depuis condamné à l'inaction. On a annoncé en 1982 une nouvelle arrestation du cinéaste pour « mauvaises fréquentations ».

Paris, Jerry

Réalisateur américain né en 1926.

Never a Dull Moment (1968) ; How Sweet It Is (1968) ; Don't Raise the Bridge Lower the River (1968) ; Viva Max ! (1969) ; The Grasshopper (1970) ; But I don't Want To Be Married (1970) ; Star Spangled Girl (1971).

Auteur de télévision, jouant dans le show de Dick Van Dyke puis dans d'autres séries. Les Américains font grand cas des films qu'il a tournés pour le grand écran. Impossible de se prononcer, ces films semblant n'avoir pas eu de diffusion en Europe.

Parker, Alan

Réalisateur anglais.

Bugsy Malone (Bugsy Malone, 1976) ; Midnight Express (Midnight Express, 1978) ; Fame (Fame, 1980) ; Shoot the Moon (L'usure du temps, 1982) ; The Wall (1982).

De bonnes idées : faire jouer un film de gangsters par des enfants et le terminer par une gigantesque bataille de tartes à la crème ; raconter l'aventure vécue d'un jeune Américain arrêté en Turquie pour avoir été trouvé porteur de hachisch ; évoquer les destins croisés des élèves d'une école de spectacle, permettant de renouveler le thème de la comédie musicale, sur le slogan : être vedette ou garçon de café. Des bonnes intentions à la réalisation, il y a pourtant un pas que Parker, venu du cinéma publicitaire, ne franchit pas toujours de façon assurée. Mais le succès est là.

Parker, Albert

Réalisateur américain.

Principaux films : Arizona (Le lieutenant Douglas, 1917) ; A Knickerbocker Buckaroo (Douglas brigand par amour, 1920) ; The Black Pirate (Le pirate noir, 1926) ; Sunya (1928).

Négligé parce que considéré comme un réalisateur à la botte de Fairbanks. Reste que *Le pirate noir* est un chef-d'œuvre qui ne doit pas seulement sa réussite aux exploits acrobatiques de Fairbanks mais aussi à la beauté de ses images.

Parks, Gordon

Réalisateur américain né en 1912.

The Learning Tree (Les sentiers de la violence, 1969) ; Shaft (Les nuits de Harlem, 1970) ; Shaft's Big Score (Les nouveaux exploits de Shaft, 1972) ; The Super Cops (1974) ; Leadbelly (1976).

Il a été le premier réalisateur noir auquel aient été confiés de gros budgets. Il a tourné des films policiers dont la figure centrale est Shaft, justicier noir enquêtant à Harlem. Parks, qui fut pianiste de bordel, joueur professionnel de basket, photographe à *Life*, poète et auteur de deux romans autobiographiques, vaut peut-être mieux que ces thrillers pour gens de couleur.

Parolini, Gian Franco

Réalisateur italien.

François il contrabbandiere (1954) ; Sansone (Samson contre Hercule, 1962) ; La furia di Ercole (Hercule se déchaîne, 1962) ; Anno 79 distruzione di Ercolano (Les derniers jours d'Herculanum, 1963) ; Il vecchio testamento (1963) ; I dieci gladiatori (Les dix gladiateurs, 1964). *Sous le nom de Frank Kramer* : La sfida viene da Bangkok (1965) ; Agente Jo Walker (1966) ; Dodici donne d'oro (1966) ; I fantastici tre supermen (Les trois fantastiques superman, 1967) ; Le commissaire X traque les chiens verts (1968) ; Gangsters per un massacro (1968) ; ... Se incontri Sartana prega per la tua morte (Sartana, 1968) ; Cinque per l'inferno (Cinq hommes pour l'enfer, 1969) ; Ehi amico... c'è Sabata, hai chiuso (Sabata, 1969) ; Addio Sabata (Adios Sabata, 1970) ; Il ritorno di Sabata (Le retour de Sabata, 1971) ; Sotto a chi tocca ! (1972) ; ... Questa volta ti faccio ricco ! (1974) ; Noi non siamo angeli (Les impitoyables (?), 1975) ; Trinita nous voilà (1975) ; Diamante Lobo (1977) ; Yeti il gigante del ventesimo secolo (Yeti, le géant d'un autre monde, 1977).

On se perd un peu dans la filmographie de ce cinéaste fécond : à Parolini le péplum (souvent parodique) ; à Frank Kramer le western-spaghetti, généralement interprété par de bons troisièmes couteaux américains (Lee Van Cleef est un fort convaincant Sabata, et le même, associé à Jack Palance et Richard Boone, sauve *Les impitoyables*, évocation curieuse du gang des Clayton qui régna à la frontière du Mexique en 1870).

Parrish, Robert

Réalisateur américain né en 1916.

The Mob (Dans la gueule du loup, 1951) ; Cry Danger (L'implacable, 1951) ; The San Francisco Story (La Madone du désir, 1952) ; Assignment Paris (avec Karlson, 1952) ; My Pal Gus (1952) ; Shoot First (Coups de feu au matin, 1953) ; The Purple Plain (La flamme pourpre, 1955) ; Lucy Gallant (Une femme extraordinaire, 1955) ; Fire Down Below (L'enfer des Tropiques, 1957) ; Saddle the Wind (Libre comme le vent, 1958) ; The Wonderful Country (L'aventurier du Rio Grande, 1959) ; In the French Style (A la française, 1963) ; Up from the Beach (Le jour d'après, 1965) ; Casino Royale (Casino Royale, coréal., 1967) ; The Bobo (1967) ; Duffy (Duffy le renard de Tanger, 1968) ; Journey to the Far Side of the Sun (Danger planète inconnue, 1970) ; A Town Called Hell (Les brutes dans la ville, 1971) ; Marseille Contract (Marseille Contrat, 1974).

Il est presque né dans le sérail, puisqu'il fit ses débuts comme acteur en 1928 dans

City Lights de Chaplin. Il joue également, véritable enfant prodige, dans *All Quiet on the Western Front* de Milestone et *The Informer* de Ford. Il est assistant-monteur pour plusieurs films de Ford. Pendant la guerre, il travaille sur de nombreux documentaires. Sur cette période de sa vie, il a laissé un excellent témoignage : *J'ai grandi à Hollywood*, traduit en français en 1980. Après la guerre, il reprend son métier de monteur (*Body and Soul* et *All the King's Men* de Rossen) et fait ses débuts dans la réalisation en 1951. Très à l'aise dans les films d'action à faible budget, il signe quelques thrillers (*Cry Danger, The Mob*) bien conduits, un film de guerre intéressant (*The Purple Pain*) et surtout deux très bons westerns que l'on peut ranger parmi les meilleurs du genre : *Libre comme le vent*, dont le héros, un jeune révolté, finissait par se suicider, et *Wonderful Country*, splendide méditation sur la violence interprétée par un Mitchum au sommet de sa forme dans un Mexique débarrassé de tout folklore. Curieusement ce réalisateur si doué échoua dans des œuvres plus ambitieuses : *A la française* ou *Le jour d'après.* Ces échecs le ramenèrent à des films plus modestes où l'on retrouva ses qualités. *Les brutes dans la ville* surclasse aisément les westerns-spaghetti alors en vogue. *Danger, planète inconnue* racontait avec habileté l'histoire d'une expédition dans une planète rigoureusement symétrique de la terre par rapport au soleil : particularité de cette planète, elle était identique à notre globe mais se comportait vis-à-vis de lui comme un miroir. Lorsque le survivant de l'expédition terrestre voulait la quitter, il oubliait ce rôle de miroir en négligeant d'inverser les pôles des circuits électriques de sa fusée. De là la catastrophe. Un bon policier, *Marseille Contract*, confirma que faute d'ambition, par dilettantisme peut-être, Parrish resterait un cinéaste de série B. Mais dans cette catégorie du moins, il occupe sans conteste la première place.

Parrott, James

Réalisateur américain, 1892-1939.

Nombreux courts métrages de Charlie Chase et de Laurel et Hardy, dont: Their Purple Moment (1928) ; Two Tars (1928) ; The Perfect Day (1929) ; The Hoosegow (1929) ; Night Owls (1930) ; Blotto (1930) ; Brats (1930) ; The Laurel and Hardy Murder Case (1930) ; Below Zero (1930) ; Hog Wild (1930) ; Another Fine Mess (1930) ; Pardon Us (1931) ; Helpmates (1931) ; The Music Box (1932) ; County Hospital (1932) ; Twice Two (1932).

Frère de Charlie Chase (voir à ce nom), il dirigea une partie de ses courts métrages. Il appartint aussi à la saga de Laurel et Hardy (voir ces noms) dont il fut le meilleur metteur en scène.

Pascal, Gabriel

Producteur et réalisateur anglais d'origine hongroise, 1894-1954.

Comme réalisateur: Major Barbara (avec H. French, 1941) ; Caesar and Cleopatra (César et Cléopâtre, 1945).

Passionné par l'œuvre de Bernard Shaw, il n'a eu de cesse de la porter à l'écran, soit comme producteur, soit comme réalisateur (*Caesar and Cleopatra*). Le résultat ne fut pas à la mesure de l'admiration portée par Pascal à Shaw.

Pasinetti, Francesco

Critique et réalisateur italien, 1911-1949.

Comme réalisateur: Il canale degli Angeli (1934).

L'un des plus grands historiens et théoriciens italiens du cinéma, il a signé un film semi-documentaire particulièrement important.

Pasolini, Pier Paolo

Écrivain, scénariste et réalisateur italien, 1922-1975.

Comme réalisateur: Accatone (Accatone, 1961) ; Mamma Roma (Mamma Roma, 1962) ; Rogopag (Rogopag, épisode du « fromage blanc », 1963) ; La Rabbia (1963) ; Il vangelo secondo

Matteo (L'évangile selon saint Matthieu, 1964) ; Comizi d'amore (Conquête sur la sexualité, 1963-1965) ; Sopralluoghi in Palestina (1965) ; Uccellacci e uccellini (Des oiseaux petits et grands, 1965) ; Le Streghe (3e skech, Les sorcières, 1966) ; Edipo re (Œdipe roi, 1967) ; Cappricio all'italiana (3e sketch, 1968) ; Teorema (Théorème, 1968) ; Amore e rabbia (3e sketch, 1969) ; Porcile (Porcherie, 1969) ; Medea (Médée, 1970) ; Il decameron (Le Décaméron, 1971) ; I racconti di Canterbury (Les contes de Canterbury, 1972) ; Il fiore delle mille e una notte (Les mille et une nuits, 1974) ; Appunti per un' Orestiade africana (Carnet de notes pour une Orestie africaine, 1975) ; Salo o le centoventi giornate di Sodoma (Salo ou Les cent vingt journées de Sodome, 1975).

Incontestablement la plus forte personnalité du cinéma italien, la plus scandaleuse aussi comme le confirme sa mort crapuleuse à Ostie. Écrivain et poète, essayiste et scénariste (pour Bolognini, Fellini ou Soldati), il montre, dès son premier film, d'après son roman *Una vita violenta* puis dans le portrait de *Mamma Roma*, une prostituée qu'incarne Anna Magnani, son goût pour le prolétariat urbain vu dans une perspective où il mêle christianisme et marxisme. Après un film enquête sur la sexualité (*Comizi d'amore*), il surprend par une œuvre grave, *L'Évangile selon saint Matthieu*, d'un grand dépouillement dans l'image mais d'une force saisissante qui naît de l'interprétation moderne des textes saints : « Pour les soldats d'Hérode, affirme-t-il, j'ai pensé à la racaille façiste, Joseph et la Vierge Marie ont eu comme modèles des réfugiés de tant de drames analogues du monde moderne. » Joué par des non-professionnels dont la mère de Pasolini, l'œuvre recherche une authenticité qui lui permette de coller au message évangélique. À cette première période de l'œuvre de Pasolini, que l'on ne saurait dire tout à fait néo-réaliste, succède une deuxième vague de films, plus déroutants et qui semblent vouloir remettre en question un certain nombre de mythes (cf. R. Prédal, *L'inspiration mythique chez Pasolini*) : Œdipe, Médée, etc. On notera une utilisation de Toto (*Uccellacci e uccellini*) et de la Callas (*Médée*) qui nous éclaire sur le sens profond des intentions de Pasolini. À ceux qui dénoncent dans *Porcherie* la confusion de l'histoire et le malaise qu'elle provoque (scène de cannibalisme, le jeune homme riche mangé par les porcs, etc.), Pasolini répond : « j'utilise la caméra pour créer une sorte de mosaïque rationnelle qui rende acceptables, claires, affirmatives des histoires aberrantes. »

Dernière phase de l'œuvre de Pasolini : l'adaptation d'œuvres érotiques. Cela va du *Décameron* au chef-d'œuvre de Sade, *Les cent vingt journées de Sodome* (déjà évoquées par Buñuel dans *L'âge d'or*) dont l'histoire est transposée dans la république fasciste de Salo.

On se fera une idée des rapports de Pasolini et du cinéma à travers *Dialogues en public, 1960-1965* (1973) et *Dernières paroles d'un impie* (1981).

BIBLIO : M. Gervais, *Pasolini* (Seghers, 1973) ; Prédal, *Pasolini*, Anthologie du cinéma, t. X ; n° spécial des *Cahiers du cinéma* ; M. A. Macciochi, *Pasolini* (1980).

Pasquali, Ernesto Maria

Producteur et réalisateur italien, 1883-1919.

Principaux films : I due sergenti (1908) ; Teodora imperatrice di Bisanzio (1909) ; Capitan Fracassa (1909) ; Cirano de Bergerac (1909). Zaza (1909) ; Ettore Fieramosca (1909) ; Isabella d'Aragon (1910) ; Spartaco (1911) ; Il carabiniere (1911) ; La porta aperta (1913) ; I promessi sposi (1913).

Journaliste à Turin, il saisit très vite l'importance naissante du cinéma et fonde la Pasquali Film pour laquelle il tourne lui-même jusqu'en 1913 une série de films à costumes. Il cesse son activité lors de la fondation de l'U.C.I.

Passer, Ivan

Scénariste et réalisateur tchécoslovaque né en 1933.

Fadni Odpolene (Un fade après-midi, 1965) ; Intimni osvetleni (Éclairage intime, 1965) ; Born to win (1971) ; Law and disorder (La loi et la pagaille, 1974) ; There's an ace up my sleeve (Le désir et la corruption, 1975) ; Cutter's Way (1981).

Après de solides études cinématographiques, il débute comme assistant (notamment de Jasny pour *Un jour, un chat*) mais s'impose bientôt comme scénariste de Forman (*Les amours d'une blonde* et auparavant *L'as de pique*, écrits en collaboration avec Forman et Papousek). Il passe à la réalisation avec *Un fade après-midi*, une suite de scènes où le fantastique et l'insolite se mêlent au quotidien, puis *Éclairage intime*, au ton inspiré directement par Tchekhov. Après l'intervention soviétique en Tchécoslovaquie, Passer se réfugie, comme Forman, aux États-Unis, mais il y réussira moins bien sa deuxième carrière que son compagnon d'exil. Ainsi *Born to win* n'apparaît-il que comme un pâle démarquage de *Midnight Cowboy*. *Cutter's Way*, par sa violence et sa vision pessimiste de l'Amérique d'après le Viêtnam, marque un net redressement. Passer s'est enfin retrouvé.

Pastrone, Giovanni

Réalisateur italien, utilise le pseudonyme de Piero Fosco, 1883-1959.

Principaux films : Giordano Bruno (1908) ; La Maschera di ferro (1909) ; La caduta di Troia (1910) ; Manon Lescaut (1910) ; Lucia di Lammermoor (1910) ; Agnès Visconti (1910) ; Padre (1910) ; Cabiria (1914) ; Il Fuoco (1915) ; Tigre reale (1917) ; Hedda Gabler (1919) ; Il padrone delle Ferriere (1919) ; Povere Bimbe (1923).

Cabiria « constitue l'un des jalons de la première époque du cinéma » (Leprohon) ; l'œuvre ouvre la voie à Griffith et au cinéma américain. Sur un scénario de D'Annunzio qui avait situé l'action au temps des guerres puniques, interprétée par le colosse Maciste, elle révéla en Pastrone, qui la signa d'un pseudonyme (Fosco), un grand metteur en scène alors qu'il avait jusque-là fait surtout ses preuves comme administrateur d'Itala-Film. Montage alterné et lumière artificielle (dans les scènes du temple et de l'incendie de la flotte) sont à mettre à l'actif de Pastrone, qui demeure, malgré les échecs suivants, un des grands créateurs du cinéma mondial.

Patrick, Nigel

Acteur et réalisateur anglais né en 1913.

How to Murder a Rich Uncle (Comment tuer un oncle à héritage, 1957) ; Johnny Nobody (1961).

Ce bon acteur a signé une comédie noire dans la lignée de *Noblesse oblige*.

Patroni Griffi, Giuseppe

Réalisateur italien né en 1921.

Il mare (1963) ; Metti, una sera a cena (Disons, un soir à dîner, 1969) ; Addio fratello crudele (Dommage qu'elle soit une p..., 1971) ; Identikit (1974) ; Divina creatura (1975).

Dramaturge réputé, il fut scénariste (notamment *Canzoni di mezzo secolo* de Paolella) avant de devenir lui-même réalisateur. Esthète raffiné, amateur d'atmosphères troubles, il a signé une fascinante adaptation de la tragédie de John Ford, *Dommage qu'elle soit une p...*, avec Charlotte Rampling au mieux de sa forme et un décor venu de la Renaissance italienne où le soleil laisse cette fois la place à la pluie, au brouillard et à la neige.

Paul, Bernard

Réalisateur français né en 1930.

Le temps de vivre (1968) ; Beau masque (1972) ; Histoire d'aller plus loin (1974) ; Dernière sortie avant Roissy (1976).

Il s'est voulu le cinéaste de la vie ouvrière. Plus sincère que Michel Drach, il ne semble pourtant pas avoir emporté l'adhésion de la critique faute peut-être de concessions esthétiques suffisantes. Le dictionnaire des cinéastes des années 70 publié par *Cinéma 80* parle « de fictions nourries de notations justes mais qui ne décollent jamais assez pour signifier autre chose que leur réalité d'apparence ».

Paul, Heinz

Réalisateur allemand.

Bismarck (1925) ; U 9 Weddigen (1927) ; Namensheirat (1930) ; Douaumont (1931) ; Die andere Seite (L'autre côté, 1931) ; Trenck (1932) ; Tannenberg Treck (1933) ; Marschall Vorwärts (1934) ; Wilhem Tell (Guillaume Tell, 1934) ; Wunder des Fliegens (1935) ; Das Hermannchen (1936) ; Komm zu mir zurück (1944) ; Orientalische Nächte (1960).

Complètement oublié aujourd'hui, il n'en a pas moins eu une grande importance en exaltant à travers ses reconstitutions historiques (il eut des formations de la Reichswehr pour *Douaumont* ainsi que des conseillers militaires) l'idée de revanche. Sa galerie de héros inclut Bismarck, Frédéric II (*Trenck*) et Guillaume Tell.

Paul, Robert-William

Réalisateur anglais, 1870-1943.

Principaux films : Rough Sea at Dover (1896) ; The Soldier's Courtship (Le pioupiou galant, 1896) ; Queen Victoria's Diamond Jubilee (1897) ; A Railway Collision (Un accident de chemin de fer, 1898) ; Undressing Extraordinary (Le déshabillage mystérieux, 1901) ; The Magic Sword (L'épée enchantée, 1902) ; A Journey to the Northpole (Voyage vers le pôle Nord, 1903) ; That Troublesome Collar (1903) ; Funny Faces (1904) ; The Lovers and the Madman (1906) ; The Motorist (1906).

Il fut le père du cinéma anglais. Producteur et metteur en scène, il organisa dès 1896 des projections de ses bandes, documentaires, actualités reconstituées ou féeries.

Paulin, Jean-Paul

Réalisateur français, 1902-1980

La femme nue (1932) ; Pas besoin d'argent (1933) ; L'abbé Constantin (1933) ; L'esclave blanc (1936) ; La danseuse rouge (1937) ; Les filles du Rhône (1937) ; Trois de Saint-Cyr (1938) ; Le chemin de l'honneur (1939) ; La nuit merveilleuse (1940) ; Cap au large (1942) ; L'homme qui vendit son âme ; Échec au Roy (1943) ; La nuit de Sybille (1946) ; Le château de la dernière chance (1947) ; La voix du rêve (1948) ; L'inconnue n°13 (1948) ; Voyage à trois (1949) ; Folie douce (1950).

Assistant de Jean Choux, il tourne des films commerciaux comme *L'abbé Constantin* (d'après Halévy ; on eût préféré *L'abbé Tigrane* de Ferdinand Fabre) ou *La femme nue* et semble trouver sa voie dans le film militariste : *Trois de Saint-Cyr* est devenu le classique du genre. Le maréchal Pétain (qui ne connaît rien au cinéma) déclare que son film préféré est *La nuit merveilleuse* (que jouent Fernandel et Vanel). Voilà Paulin lancé. Non dépourvu de talent, il entreprend un film fantastique dans la tradition modernisée de Nodier et Nerval, *L'homme qui vendit son âme.* Après la guerre, il ne signe plus que des œuvres médiocres et se tourne vers la production.

Paviot, Paul,

Producteur et réalisateur français né en 1926.

Courts métrages : Terreur en Oklahoma (1950) ; Chicago Digest (1951) ; Torticola contre Frankensberg (1952) ; Saint-Tropez (1952) ; Devoirs de vacances (1952) ; Lumière (1953) ; Pantomimes (1954) ; Un jardin public (1954). *Longs métrages :* Pantalaskas (1959) ; Portrait-robot (1960).

Excellent auteur de courts métrages, il s'amusa à parodier, dans le style de Saint-Germain-des-Prés, le western (*Terreur en Oklahoma* où les héros chevauchaient des bicyclettes), le thriller (*Chicago Digest*) et l'épouvante

(*Torticola contre Frankensberg* : le monstre apprenait à lire dans Freud et se faisait gronder par sa gouvernante parce qu'il allait manger les cadavres du cimetière voisin, ce qui lui donnait « plein de petits boutons »). Passé au long métrage, Paviot signa deux œuvres généreuses et bien faites, mais le succès ne fut pas au rendez-vous.

Pecas, Max

Réalisateur français né en 1925.

Le cercle vicieux (1959) ; De quoi tu te mêles, Daniela (1961) ; Douce violence (1961) ; Cinq filles en furie (1963) ; La baie du désir (1963) ; Espions à l'affût (1965) ; Une femme aux abois (1966) ; La peur et l'amour (1966) ; La nuit la plus chaude (1967) ; La main noire (1968) ; Claude et Greta (1969) ; Je suis une nymphomane (1971) ; Je suis frigide... pourquoi ? (1972) ; Club privé (1973) ; Comment le désir vient aux filles, (1973) ; Sexuellement vôtre (1974) ; Les mille et une perversions de Felicia (1975) ; La luxure (1976) ; Marche pas sur mes lacets (1977) ; Embraye bidasse, ça fume (1978) ; On est venu là pour s'éclater (1979) ; Belles, blondes et bronzées (1981).

Série Z en tous genres, à dominante pornographique. Il fut l'un des pionniers du cinéma érotique avec Bénazéraf. Les connaisseurs disent grand bien de *Je suis une nymphomane.*

Peckinpah, Sam

Réalisateur américain né en 1926.

Comme réalisateur : The Deadly Companions (New Mexico, 1961) ; Ride the High Country/Guns in the Afternoon (Coups de feu dans la Sierra, 1962) ; Major Dundee (Major Dundee, 1965) ; The Wild Bunch (La horde sauvage, 1969) ; The Straw Dogs (Les chiens de paille, 1971) ; Junior Bonner (Junior Bonner, 1972) ; The Getaway (Le guet-apens, 1972) ; Pat Garrett and Billy the Kid (Pat Garrett et Billy le Kid, 1973) ; Bring me the Head of Alfredo Garcia (Apportez-moi la tête d'Alfredo Garcia, 1974) ; The Killer Elite (Tueur d'élite, 1975) ; Cross of Iron (Croix de fer, 1977) ; Convoy (Le convoi, 1978).

Dès le premier film de ce réalisateur venu de la télévision où il s'était spécialisé dans le western, étant lui même petit-fils d'un chef indien (séries *Broken Arrow, The Westerner,* etc.), le ton était donné : une œuvre violente (un ancien officier tue accidentellement dans une fusillade le fils d'une entraîneuse et aide celle-ci à aller enterrer le petit garçon en territoire apache, près de son père) que désavoue aussitôt son auteur.

La violence va coller à Peckinpah et force est de reconnaître que *La horde sauvage* se transforme en une véritable boucherie où la chevrotine fait de sanglants dégâts. Le viol de *Straw Dogs* et la vengeance de Dustin Hoffman ne permettent pas de recommander le film aux âmes sensibles. Les cadavres s'accumulent dans *Alfredo Garcia* qui finit sur un massacre.

Mais Peckinpah s'est défendu de faire l'apologie de la violence. Celle-ci est la réaction obligée de héros qui appartiennent à un monde crépusculaire (Randolph Scott et Joël McCrea, dans *Coups de feu* ; Holden et Borgnine dans *La horde sauvage* ; Warren Oates dans *Alfredo Garcia*) face à une mutation de société qui aliène leur liberté. Ce passage d'un monde à l'autre les voue à une conduite quasi suicidaire.

De surcroît, plusieurs films de Peckinpah ont été mutilés par les producteurs (*Major Dundee ; Pat Garrett et Billy le Kid*) quand il n'a pas été contraint de travailler sur des sujets imposés où il est mal à l'aise (*Tueur d'élite*). Reste qu'au même titre que Ford et Mann, il a marqué de son empreinte le western en y faisant entrer une violence inconnue jusqu'alors.

Péclet, Georges

Acteur et réalisateur français, 1896-1974.

Comme réalisateur : La grande volière (1947) ; Le grand cirque (1949) ; Casabianca (1950) ; Du sang sous le chapiteau (1951) ; Les révoltés du Danaé (1952) ; Tabor (1953) ; Les gaietés de l'escadrille (1958).

A force de jouer comme acteur les rôles d'officier, il s'est pris au sérieux et a tourné plusieurs films exaltant les vertus des militaires, marins ou aviateurs. Ses films ont terriblement vieilli, on le devine, mais sont encore sauvés par la qualité de la mise en scène et les prestations des seconds rôles : Pierre Dudan, Gabriello, Thommy Bourdelle, Larquey, etc.

Peerce, Larry

Réalisateur américain.

One Potato, Two Potato (Le procès de Julie Richards, 1964) ; The Big T.N.T. Show (1966) ; The Incident (L'incident, 1967) ; Goodbye, Colombus (1969) ; The Sporting Club (1971) ; A Separate Peace (1972) ; Ash Wednesday (Mercredi des cendres, 1973) ; The Other Side of the Mountain (Un jour, une vie, 1975) ; Two Minutes Warning (Un tueur dans la foule, 1976) ; The Other Side of the Mountain, Part 2 (1978) ; The Bell Jar (1989).

Très à l'aise dans la violence, ce fils d'un ténor d'opéra fit forte impression avec *The Incident* où l'on voyait deux voyous terroriser un compartiment du métro de New York. *Un tueur dans la foule* reprend le thème du fou meurtrier qui tire sur le public rassemblé dans un stade pour y assister à un match : quelques séquences-chocs montrent bien cette fascination-répulsion de Peerce pour la violence. Quant au procès qui lui a été fait sur ses véritables intentions, il semble bien injuste à l'égard d'un réalisateur qui, depuis son premier film, a surtout travaillé en indépendant.

Peguy, Robert

Scénariste et réalisateur français, 1883-1968.

La fille du pêcheur (1912) ; L'X mystérieux (1912) ; Jim Crow (1912) ; L'aviateur masqué (1922) ; Le crime de Monique (1924) ; Le vol (1925) ; 600 000 francs par mois (1925) ; Muche (1926) ; Paul et Virginie (1926) ; Paris-New York-Paris (1928) ; Les mufles (1928) ; Embrassez-moi (1928) ; Au pays du soleil (1933) ; Le mystère de la maison blanche (1935) ; Jacques et Jacotte (1936) ; Monsieur Breloque a disparu (1937) ; La petite marquise (1939) ; Grand-Père (1939) ; Notre-Dame de la Mouise (1941) ; Dernière aventure (1941) ; Coup de feu dans la nuit (1942) ; Les ailes blanches (1943) ; Master Love (1945).

Cinéaste populaire, son œuvre va du film à épisodes du muet au policier des années d'Occupation. Peguy suscite la nostalgie des rats de cinémathèque et de ceux qui découvrirent, enfants, le cinéma à travers *Jacques et Jacotte* ou *Coup de feu dans la nuit*.

Penard, Serge

Réalisateur français né en 1949.

Tendrement vache (1979) ; Le chêne d'Allouville/Ils sont fous ces Normands (1980).

Le seul cinéaste français à avoir évoqué le monde paysan. Un brave homme de fermier, qui traitait durement sa femme, croit, après sa mort, qu'elle s'est réincarnée dans une vache qu'il traite donc avec tendresse. Des voisins facétieux profitent de son absence pour introduire un taureau. On devine la suite. À son tour le paysan, tué dans un accident, se réincarne en bovin. Ce chef-d'œuvre se passe de commentaires, mais valait bien à Serge Penard une place dans ce dictionnaire.

Penn, Arthur

Réalisateur américain né en 1922.

The Left-Handed Gun (Le gaucher, 1958) ; The Miracle Worker (Miracle en Alabama, 1962) ; Mickey One (Mickey One, 1964) ; The Chase (La poursuite impitoyable, 1965) ; Bonnie and Clyde (Bonnie et Clyde, 1967) ; Alice's Restaurant (1969) ; Little Big Man (Little Big Man, 1970) ; Visions of Eight (coréal., 1973) ; Night Moves (La fugue, 1975) ; The Missouri Breaks (The Missouri Breaks, 1976) ; Four Friends (Georgia, 1982).

Il fit des débuts fracassants en introduisant pour la première fois les techniques de la télévision dans une biographie de Billy the Kid qui périmait et sur la forme et sur le fond les versions antérieurs de Vidor, Miller et Neuman. Pour un coup d'essai, *Le gaucher* fut un coup de maître. Paul Newman y gagna définitivement ses galons de vedette. Depuis Penn a peu tourné : neuf films en vingt-cinq ans, dont deux westerns, *Little Big Man* et *The Missouri Breaks.* Leurs héros, Dustin Hoffman pour le premier, Marlon Brando et Jack Nicholson pour le second, comparés à Paul Newman, nous offrent en trois films, achevés en 1958, 1970 et 1976, l'évolution de l'Amérique. En élargissant la perspective, l'œuvre de Penn nous propose même une véritable « parabole de l'Amérique moderne », pour reprendre l'expression d'Olivier Eyquem (*Actualité du cinéma américain*), de la dépression (le couple de *Bonny et Clyde* traqué par la police) au désarroi provoqué par l'intervention américaine au Viêt-nam (*La fugue*). Face à l'ordre social, Penn filme l'individu anormal (*Miracle en Alabama*), le hors-la-loi (*Le gaucher*), le marginal (*The Chase, Georgia*), l'Indien voué à l'extermination par les tuniques bleues (*Little Big Man*), la communauté hippie (*Alice's Restaurant*), appréhendant ainsi le malaise d'une société qui ne peut résoudre ses problèmes que par la violence (la mort de Bonny et Clyde, le massacre des Indiens...) De là, sauf dans *Miracle en Alabama,* le pessimisme de Penn et peut-être son silence.

BIBLIO. : Robin Wood, *Arthur Penn,* Seghers, 1967.

Pennebaker, Don Alan

Réalisateur américain né en 1930.

Daybreak Express (1953) ; Brussels Film Loops (1958) ; Opening in Moscow (1959) ; Primary Balloon (1960) ; Mooney Vs.Fowle David (1961) ; Susan Starr Jane (1962) ; Crisis (1964) ; Mr.Pearson (1963) ; Elizabeth and Mary (1956) ; Don't Look Back (1967) ; Monterey Pop (1969) ; One P.M. (1971) ; Sweet Toronto (1971) ; Keep on Rockin' (1973).

Ingénieur, homme d'affaires, écrivain, peintre, il se met à tourner des films expérimentaux. Il rejoint Shirley Clarke, Richard Leacock et W. Van Dyke dans les Filmakers spécialisés dans *le cinéma-vérité.* Il tourne des spectacles musicaux sur scène ou travaille pour la télévision. Son œuvre la plus connue est *Monterey Pop.*

Pereira Dos Santos, Nelson

Réalisateur brésilien né en 1928.

Nombreux courts métrages. Puis : Rio quarenta graus (1955) ; Rio Zona Norte (1957) ; Mandacaru vermelho (1961) ; O Boca de Ouro (1962) ; Vidas secas (Sécheresse, 1963) ; El Justicero (1967) ; Fome de amor (1968) ; Un asilo muito louco (L'aliéniste, 1970) ; Como era bom o meu Francés (Comme il était bon mon petit Français, 1970) ; Quem é Beta ? (Qui est Bêta ?, 1972) ; Amuleta da morte (1974) ; Na Estrada da vida (Les chemins de la vie, 1981).

Journaliste à Rio, puis stagiaire à l'I.D.H.E.C., il peut être considéré comme l'un des fondateurs du nouveau cinéma brésilien. *Vidas secas,* évocation tragique des paysans du Nordeste victimes de la sécheresse, marque la naissance d'un cinéma brésilien proche du peuple et de ses problèmes. *L'aliéniste* dénonce en revanche les responsabilités de la classe dirigeante. Mais Dos Santos sait aussi donner des films pleins d'humour et de sensualité, ainsi le fameux *Comme il était bon mon petit Français...* sur l'anthropophagie.

Perier, Étienne

Réalisateur né à Bruxelles en 1931.

Bobosse (1958) ; Meurtre en 45 tours (1959) ; Le pont vers le soleil (1960) ; The Swordman of Sienna (1961) ; Dis-moi qui tuer (1965) ; Des garçons et des filles (1967) ; Le trouble à deux faces (1967) ; Commando pour un homme seul (1970) ; Un meurtre est un meurtre (1972) ; La main à couper (1973) ; La part du feu (1977) ; Un si joli village (1978).

Laissons de côté le catastrophique *Bobosse*. Perier a tourné des films policiers classiques bien conduits et bien joués. C'est ce classicisme qui l'a peut-être desservi auprès de la critique. Dans *Un si joli village*, il a osé se lancer hors des chemins habituels en évoquant l'affaire criminelle célèbre de Bruay-en-Artois ; malgré les qualités du film qui reconstituait habilement une atmosphère à la Simenon, il n'a pas été récompensé de son audace.

Peries, Lester J.

Réalisateur de Ceylan (Sri Lanka).

Nombreux courts métrages. Puis : Rekava (La ligne du destin, 1956) ; Sandesaya (Le message, 1960) ; Gamperaliya (Changements au village, 1963) ; Delovak Athara (Entre deux mondes, 1966) ; Ran Sahu (La robe jaune safran, 1967) ; Golu Hadawatha (Les silences du cœur, 1968) ; Gakkara Paha (Cinq acres, 1968) ; Nidhanaya (Le trésor, 1970) ; Desa nisa (Pour un certain regard, 1972) ; God King (Le roi dieu, 1973) ; Mabol Duma (L'île enchantée, 1974) ; Ahasin polawatha (Des fleurs blanches pour les morts, 1976) ; Weera puran appu (Rébellion, 1978) ; Baddegama (Le village dans la jungle, 1979) ; Kaliyug (1982).

Le plus important réalisateur de Ceylan, dont l'œuvre va de la légende (Le roi parricide Kassapa dans *God King*) à l'histoire (Cinghalais contre Portugais au XVIe siècle dans *Le message*), de la comédie sentimentale (*Pour un certain regard*, sur les amours d'un jeune homme laid et d'une belle aveugle qui retrouvera la vue) au néo-réalisme (*Cinq acres*). Rien à voir avec le cinéma de Ray dont il entend se démarquer sans le critiquer. Le Bengale n'est pas Ceylan. Comment le Nord ne s'opposerait-il pas au Sud ? Peries ne néglige pas le cinéma occidental (du documentaire anglais qu'il connaît bien, ayant été formé en Angleterre où il séjourna jusqu'en 1952, à Bresson qu'il admire) sans renier sa culture d'origine, celle d'un peuple qui a son importance religieuse au bas du continent indien, d'un centre du bouddhisme que concilie parfaitement Peries avec un catholicisme proclamé dans certains entretiens avec des journalistes occidentaux. « Un réaliste qui s'inspire de la philosophie bouddhiste », ainsi se présente Peries, qui se réclame d'Ozu et du Renoir du *Fleuve*.

BIBLIO. : *Positif* n° 324 ; *La Revue du cinéma*, mars 1981.

Perrault, Pierre

Réalisateur canadien né en 1927.

Pour la suite du monde (avec Brault, 1963) ; Le règne du jour (1966) ; Voitures d'eau (1969) ; Un pays sans bon sens (1971) ; L'Acadie, l'Acadie (avec Brault, 1971) ; Un royaume vous attend (avec Gosselin, 1975) ; Le goût de la farine (avec Gosselin, 1977) ; le pays de la terre sans arbres (1980).

Avocat devenu cinéaste, il a été l'un des pionniers du cinéma québecois. Beaucoup de fraîcheur mais aussi d'acuité dans l'observation. Utilisant le cinéma direct, Perrault donne la parole à une minorité jusque-là condamnée à vivre sur elle-même, presque murée. Homme de radio et de télévision, Perrault excelle dans ce rôle de porte-parole.

Perret, Léonce

Acteur et réalisateur français, 1880-1935.

Principaux films : Le voile des nymphes (1908) ; La bague (1908) ; La redingote (1908) ; Le fils du charpentier (1908) ; Le petit soldat (1908) ; Le miroir magique (1908) ; *Série des* Léonce (1909) ; Le lys d'or (1910) ; Le bon Samaritain (1910) ; Molière (1910) ; La couronne de roses (1910) ; La colonne (1910) ; Rival de Chérubin (1911) ; La petite Béarnaise (1911) ; L'âme du violon (1911) ; Par l'amour (1911) ; Le collier de Mimi Pinson (1911) ; La lumière et l'amour (1911) ; Le mystère des Roches de Kador (1912) ; Main de fer (1912) ; La dentellière (1912) ; La rançon du bonheur (1912) ; L'honneur et l'argent (1912) ; Histoire d'un valet de chambre (1912) ; Le coq en pâte (1912) ; Eugène amoureux (1912) ; Les blouses blanches (1912) ; Cupidon aux manœuvres (1912) ; Le geste (1912) ; La bonne hôtesse (1912) ; Les chrysanthèmes rouges (1912) ; *Série des* Léonce : Le homard, Les épingles, Les bretelles (1913) ; L'heure du rêve (1914) ; Le roman du mousse (1914) ; L'ange de la maison (1914) ; L'enfant de Paris (1914) ; L'esclave de Phidias (1914) ; La force de l'argent (1914) ; La voix de la Patrie (1915) ; Mort au champ d'honneur (1915) ; Françaises, veillez ! (1915) ; Une page de gloire (1915) ; L'angélus de la victoire (1915) ; Les poilus de la revanche (1915) ; Le héros de l'Yser (1915) ; Léonce aime les Belges (1915) ; L'X noir (1915) ; L'énigme de la rivière (1915) ; Le roi de la montagne (1915) ; Le mystère de l'ombre (1916) ; La fiancée du diable (1916) ; Let's not Forget (N'oublions jamais, 1917) ; Lafayette We Come (1917) ; Stars of Glory (Étoiles de gloire, 1918) ; La rescapée du Lusitania (1917) ; Million Dollars Dollies (1918) ; A Modern Salome (Moderne Salomé, 1918) ; The Accidental Honeymoon (1918) ; Folle d'amour (1918) ; Artiste (1918) ; L'étreinte du passé (1918) ; The Thirteenth Chair (La treizième chaise, 1919) ; The Empire of Diamonds (L'empire du diamant, 1920) ; The Money Maniac (1921) ; Le démon de la haine (1921) ; L'écuyère (1922) ; Kœnigsmark (1923) ; Madame Sans-Gêne (1925) ; La femme nue (1926) ; Morgane la Sirène (1928) ; La danseuse Orchidée (1928) ; La possession (1928) ; Quand nous étions deux (1928) ; Arthur (1930) ; Après l'amour (1931) ; Enlevez-moi (1932) ; Il était une fois (1933) ; Sapho (1934) ; Les précieuses ridicules (1934).

Fort vulgaire comme acteur, selon Sadoul qui juge un peu sévèrement la série des *Léonce*, Perret fut en revanche un très bon metteur en scène sachant utiliser avec habileté les contre-jours et les effets de lumière, notamment dans son *Enfant de Paris* ou dans un film à épisodes comme *Le mystère des Roches de Kador*, tout en décors naturels. Pendant la guerre, il mêla films policiers ou adaptations d'Edmond About à des œuvres patriotiques d'un chauvinisme bien dans l'esprit de l'époque. En 1916, il vint travailler aux États-Unis pour y tourner des films de propagande et des œuvres diverses chez Pathé. De retour en France, il réalisa plusieurs bandes dont la chronologie est plus facile à établir que pour les précédentes sur lesquelles les renseignements sont contradictoires. Gloria Swanson a attaché un grand prix à son interprétation de *Madame Sans-Gêne*, belle évocation de la maréchale Lefebvre et de la cour impériale, d'après la pièce de Victorien Sardou, mais on peut citer aussi *Sapho*, un film tiré du roman de Daudet et la représentation filmée à la Comédie-Française des *Précieuses ridicules* où André Brunot est un hilarant Mascarille. Perret mourut peu après.

Perry, Frank

Réalisateur américain né en 1930.

David and Lisa (David et Lisa, 1962) ; Ladybug, Ladybug (1963) ; Trilogy (1967) ; The Swimmer (1968) ; All the Way to Jerusalem (doc., 1968) ; Last Summer (Dernier été, 1969) ; Diary of a Mad Housewife (Journal intime d'une femme mariée, 1970) ; Doc (Doc Holliday, 1971) ; Play It As It Lays (1972) ; Man on a Swing (Enquête dans l'impossible, 1974) ; Rancho Deluxe (1975) ; Mommie Dearest (Maman très chère, 1981).

Ancien élève de Lee Strasberg à l'Actor's Studio puis producteur à la Theatre Guild. Son premier film, *David et Lisa*, est accueilli avec faveur ; *The Swimmer* force l'estime de la critique américaine. Mais il tourne peu : le journal d'une Américaine de la classe bourgeoise ; un western sur Doc Holliday, le compagnon de Wyatt Earp à O.K. Corral, qui sacrifie les scènes spectaculaires au portrait psychologique ; un film policier semi-fantastique (*Enquête dans l'impossible*) et une féroce évocation de Joan Crawford (*Mommie Dearest*). Difficile de caractériser une œuvre, dont la totalité des scripts, entre 1962 et 1970, a été écrite par Eleanor Perry, l'épouse du réalisateur.

Petersen, Wolfgang

Réalisateur allemand né en 1941.

Einer von uns Beiden (1973) ; Vier gegen die Blank (1976) ; Planubung (1977) ; Die Konsequenz (La conséquence, 1977) ; Schwarz und weiss wie Tage und Nachte (L'échiquier de la passion, 1978) ; Das Boot (Le bateau, 1981).

Ce fécond réalisateur a connu un énorme succès avec *Das Boot*, évocation sans concessions de l'odyssée des sous-mariniers pendant la dernière guerre. Tout est vu de l'équipage prisonnier de cette cellule de fer qui navigue sous l'eau afin de mieux commettre son œuvre de destruction. Un film qui n'est nullement à la gloire de l'Allemagne nazie et qui ne propose aucune leçon, ce qui en fait sa force. Petersen n'aime pas les sujets faciles. Avec *La conséquence*, il abordait le problème de l'homosexualité ; dans *L'échiquier de la passion*, il montre les ravages que ce jeu peut exercer sur le cerveau d'un fou d'échecs. Scénario nullement invraisemblable si l'on considère le cas de Bobby Fischer. Petersen occupe une place à part dans le cinéma allemand : plus commercial que Wenders ou Herzog, mais plus ambitieux peut-être.

Petri, Elio

Réalisateur italien né en 1929.

L'assassino (1961) ; I giorni contati (Les jours comptés, 1962) ; Il maestro di Vigevano (1963) ; Alta infedeltà (2e sketch, Haute infidélité, 1964) ; La decima vittima (la dixième victime, 1965) ; A ciascuno il suo (A chacun son dû, 1967) ; Un tranquillo posto di campagna (Un coin tranquille à la campagne, 1968) ; Indagine su un cittadino al di sopra di ogni sospetto (Enquête sur un citoyen au-dessus de tout soupçon, 1980) ; Documenti su Giuseppe Pinelli (coréal., 1970) ; La classe operaia va in paradiso (La classe ouvrière va au paradis, 1971) ; La proprietà non è più un furto (La propriété n'est plus un vol, 1973) ; Todo modo (Todo modo, 1976) ; Le buone notizie (1979).

Ce critique acerbe de la société italienne contemporaine, venu à la réalisation à partir de l'animation de ciné-clubs et de la critique cinématographique, inscrit sa contestation dans un univers de pure fiction.

Cela est particulièrement sensible dans son premier chef-d'œuvre, *La dixième victime*, film fantastique, inspiré d'un roman de Sheckley, mais plein de références à l'actualité. Dans *La classe ouvrière va au paradis*, film politique par excellence, qui analyse la prise de conscience d'un ouvrier jusque-là sans préoccupation syndicale, Petri laisse dominer son goût du spectacle. Mais c'est sans doute dans *Todo modo* (le titre est emprunté à Ignace de Loyola : tous les moyens sont bons pour accomplir la volonté divine, mais il faut aussi comprendre Todo Moro, allusion à Aldo Moro, chef de la Démocratie chrétienne) que la démarche de Petri apparaît le mieux. Dans un hôtel souterrain peuplé de statues baroques religieuses, de nombreux leaders politiques et économiques se retrouvent pour une retraite spirituelle qui sera parsemée de meurtres. Aucun doute, il s'agit d'une dénonciation de la classe dirigeante (Gian Maria Volonte s'est fait la tête de Moro), mais le film peut se comprendre comme une simple intrigue policière. De là la dénonciation, au nom d'un cinéma réaliste, de l'univers factice de Petri. À quoi celui-ci répond que si l'on veut toucher un large public, il est nécessaire d'introduire une fiction. Il n'y a pas en effet de morale sans fable, aurait dit La Fontaine.

Petrie, Daniel

Réalisateur américain né en 1920.

The Bramble Bush (Le buisson ardent, 1960) ; A Raisin in the Sun (Un raisin au soleil, 1961) ; Stolen Hours (1963) ; The Idol (1966) ; The Spy With a Cold Nose (1966) ; The City (1971) ; The Neptune Factor (L'odyssée sous la mer, 1973) ; Buster and Billie (1974) ; Lifeguard (1976) ; Sybil (Sybil, 1977) ; The Betsy (Betsy, 1978) ; Resurrection (Résurrection, 1979) ; Fort Apache, The Bronx (Le policeman, 1980).

Tourné surtout vers la télévision et la scène, il se fit connaître au cinéma avec un film antiraciste, *A Raisin in the Sun*, en définitive très surfait, sur le problème noir aux États-Unis. Après une éclipse, il a retrouvé un peu de son prestige perdu avec *Resurrection*, curieux film sur les pouvoirs que donne à une malade considérée comme morte un véritable retour à la vie, et surtout avec *Fort Apache, The Bronx* sur la vie d'un commissariat à New York, dans une zone réputée irrécupérable. Paul Newman, en policeman chevronné, cabotinait à souhait dans cette chronique new-yorkaise fondée sur des faits authentiques.

Petrov, Vladimir

Réalisateur russe, 1896-1966.

Principaux films: Groza (L'orage, 1934) ; Petr I (Pierre le Grand, deux parties, 1937-1939) ; Kotousov (Koutousov, 1944) ; Bez vini vinovatiye (Coupable quoique innocent, 1945) ; Stalingrads Kaja Bitva (La bataille de Stalingrad, deux parties, 1948-1949) ; Revizor (Le revizor, 1953) ; Poedinok (Le duel, 1959) ; Parvi Urok (1959) ; La forêt russe (1963).

Né à Saint-Pétersbourg, Petrov s'était rendu en Angleterre en 1918 et y avait étudié la mise en scène de théâtre avec Gordon Craig. Mais c'est le cinéma qu'il choisit en définitive, débutant comme assistant notamment de Kozintzev et Trauberg pour *Le manteau*. Ses premiers films sont aujourd'hui bien oubliés. Il se fait remarquer pour *L'orage*, drame romantique assez réussi sur le plan plastique. Mais c'est à *Pierre le Grand*, l'un des meilleurs films russes de la période, qu'il doit sa célébrité. Le scénario fut écrit en collaboration avec le romancier Alexis Tolstoï. Nicolas Simonov y composait un tsar particulièrement truculent. Devenu spécialiste de la fresque historique, Petrov mit son talent au service de la propagande stalinienne dans *Koutousov* où il dressait un parallèle Napoléon-Hitler et surtout dans *La bataille de Stalingrad*. Il revint ensuite aux adaptations littéraires où cet homme cultivé excellait. Son dernier film, *La forêt russe*, sur lequel on ne possède guère de renseignements, semble avoir été un échec.

Petrovic, Aleksander

Réalisateur yougoslave né en 1929.

Deux (Romance amoureuse, 1961) ; Dani (1962) ; Trois (1965) ; Skupljaci Perja (J'ai même rencontré des tziganes heureux, 1967) ; Bice skoro propast sveta (Il pleut dans mon village, 1968) ; Il maestro e Margherita (Le Maître et Marguerite, 1982) ; Gruppenbild mit Dame (Portrait de groupe avec dame, 1977).

Il doit sa célébrité à un Grand Prix au Festival de Cannes en 1967 pour un film peu convaincant sur les Tziganes. Sa meilleure œuvre demeure une intelligente adaptation du roman de Boulgakov, *Le Maître et Marguerite.*

Pevney, Joseph

Acteur et réalisateur américain né en 1920.

Comme réalisateur: Shakedown (1950) ; Undercover Girl (1950) ; Iron Man (1951) ; Air Cadet (1951) ; The Lady from Texas (1951) ; The Strange Door (Le château de la terreur, 1951) ; Meet Danny Wilson (Quand tu me souris, 1952) ; Flesh and Fury (1952) ; Just Across the Street (1952) ; Because of You (1952) ; Desert Legion (La légion du Sahara, 1953) ; It Happens Every Thursday (1953) ; Back to God's Country (Le justicier impitoyable, 1953) ; Yankee Pasha (1954) ; Playgirl (1954) ; Three Ring Circus (Le clown est roi, 1954) ; Six Bridges to Cross (La police était au rendez-vous, 1955) ; Foxfire (La muraille d'or, 1955) ; Female on the Beach (La maison sur la plage, 1955) ; Away All Boats (Brisants humains, 1956) ; Congo Crossing (Intrigue au Congo, 1956) ; Istanbul (Istanbul, 1956) ; Man of Thousand Faces (L'homme aux mille visages, 1957) ; The Midnight Story (Rendez-vous avec une ombre, 1957) ; Tammy and the Bachelor (1957) ; Torpedo Run (La dernière torpille, 1958) ; Twilight for the Gods (Crépuscule sur l'Océan, 1959) ; Cash McCall (Cet homme est un requin, 1960) ; The Crowded Sky

(1960) ; The Plunderers (La rançon de la peur, 1960) ; Portrait of a Mobster (1961) ; The Night of the Grizzly (La nuit du grizzly, 1966).

Ancien acteur (*Nocturne, Body and Soul, Street with no Name...*), il devint réalisateur à tout faire de l'Universal et le fit bien. Il passait du film d'épouvante (l'excellent *Château de la terreur* avec Charles Laughton où ressuscitent les fastes du roman gothique anglais) au western (*Le justicier impitoyable*), du thriller (*Six Bridges to Cross*) au film guerrier (*Brisants humains*) en passant par l'aventure exotique (le délirant *Intrigue au Congo* où Peter Lorre composait une figure extravagante de chef de la police à l'uniforme couvert de décorations). Mais son chef-d'œuvre, Pevney le signe à la Warner. *Portrait of a Mobster,* d'une cruauté glacée, servi par une image raffinée, est l'un des plus terrifiants portraits du monde du crime que le cinéma nous ait proposé : il vaut *Scarface* et *The Public Enemy.*

Peyo, Pierre

Dessinateur belge né en 1928, de son vrai nom Culliford.

La flûte à six Schtroumpfs (1976).

Dessinateur dans *Spirou,* il a créé à partir de 1958 de sympathiques nains, les Schtroumpfs, dont il a fait les héros d'un dessin animé de long métrage, *La flûte à six schtroumpfs.* Les précédentes aventures des Schtroumpfs avaient été animées par Ryssak.

Phalke, Dhundiraj Govind

Réalisateur indien, 1870-1944.

Rajah Harishandra (1913) ; The Legend of Mohini (1914) ; The Life of Krishna (1918) ; Kaliya Maradan (1919) ; Sati Manahanda (1923) ; Ganga Vataren (1932).

Pionnier du cinéma indien. En 1917 il fonda l'Hindustan Film Prabat, l'une des premières grandes compagnies indiennes. Ses films portent surtout sur la mythologie de l'Inde.

Philipp, Harald

Réalisateur allemand.

Das alte Försterhaus (1956) ; Heute blau und Morgen blau (1957) ; Siebenmal in der Woche (1957) ; Der Czardas König (1958) ; Rivalen der Manege (1958) ; Tausend Sterne leuchten (1959) ; Strafbataillon 999 (1960) ; Division Brandenburg (Division Brandenbourg, 1960) ; Unter Aufschluss der Offentlichkeit (1961) ; Auf Wiedersehen (1962) ; Mordnacht in Manhattan (Jerry Cotton et les gangs de Manhattan, 1965) ; Winnetou und das Halbblut Apanatschi (L'appât de l'or noir, 1966) ; Blonde Köder für den Morder (1970) ; Ehemänner Report (1970) ; Hurra, wir sind Mal wider Junggesellen (1971) ; Die Tote aus der Themse (1971).

Homme à tout faire des compagnies de l'Allemagne de l'Ouest, il s'est taillé une petite réputation de spécialiste de la série Z : Jerry Cotton et Winnetou répondent, grâce à lui, présent sur les écrans quand il faut divertir un public populaire.

Pialat, Maurice

Réalisateur français né en 1925.

L'amour existe (1961) ; Janine (1962) ; L'enfance nue (1969) ; Nous ne vieillirons pas ensemble (1972) ; La gueule ouverte (1973) ; Passe ton bac d'abord (1979) ; Loulou (1980).

Dans *Loulou,* les deux personnages féminins regardent passer un coureur à pied : « Il ferait mieux de garder son souffle pour baiser », constatent-elles sans ironie. Tout Pialat est dans cette remarque.

Mal connu du grand public, ce metteur en scène est pourtant considéré comme l'un des plus grands par les spécialistes. Il est surtout animé par le souci de la vérité, qu'il évoque la petite ville de *La gueule ouverte* ou les « blousons noirs » de *Loulou.* Vérité des sentiments, qu'il s'agisse des rapports familiaux ou des rapports amoureux, vérité des extérieurs auxquels il accorde un grand soin, vérité du jeu des acteurs. Certains se sont rebellés, de Jean Yanne à Depardieu. Isabelle Huppert explique au contraire la nécessité de cette brutalité dans la direction d'acteurs qui caractériserait Pialat comme jadis Clouzot mais avec un souci inverse, ici laisser l'acteur libre : « Le climat d'insécurité dans lequel Pialat nous plaçait (pour *Loulou*), le fait que rien n'allait jamais, les journées qui n'en finissaient pas, son angoisse même, sont en fait une grande preuve de malice. C'est grâce à ça ou à cause de ça que *Loulou* a cette ambiance moite, trouble, physique, fantastique. » En réalité, Pialat se limite à des répétitions techniques mais jamais « physiques » : « Le cinéma c'est la vérité du moment où l'on tourne », affirme-t-il. Ce qui revient en fait à exiger davantage des acteurs. On n'oubliera pas que Pialat fut comédien et même peintre avant d'être réalisateur. Ce qu'il recherche avant tout, c'est l'authenticité.

Picha

Réalisateur belge de dessins animés.

Tarzoon, la honte de la jungle (1974) ; The Missing Link (Le chaînon manquant, 1980).

Deux dessins animés qui n'ont rien à voir avec Walt Disney. *Tarzoon*, cruelle et lubrique parodie de Tarzan, ne s'adresse pas aux enfants. Plus ambitieux, *Le chaînon manquant* évoque l'an 196 303 avant J.-C. où naissent deux jumeaux : *Ah* car il est salué en raison de sa laideur, par les primates qui l'ont engendré, d'un Ah ! de satisfaction, l'autre *Oh*, car rose et joufflu, il suscite un Oh ! d'indignation. Le ton est donné, décapant et truculent. Le film s'achève dans l'île de Pâques. Une nouvelle théorie de l'évolution est née.

Pichel, Irving

Acteur et réalisateur américain, 1891-1954.

The Most Dangerous Game (avec Schoedsack, Les chasses du comte Zaroff, 1932) ; Before Dawn (1933) ; She (1935) ; The Gentleman from Louisiana (1936) ; Ladies Beware (1936) ; Larceny on the Air (1937) ; The Duke Comes Back (1937) ; The Sheik Steps Out (1937) ; The Great Commandment (1939) ; Earthbound (1940) ; The Man I Married (1940) ; Hudson's Bay (1941) ; Dance Hall (1941) ; Secret Agent of Japan (1942) ; The Pied Piper (1942) ; Life Begins at 8 :30 (1942) ; The Moon Is Down (Nuit sans lune, 1943) ; Happy Land (1943) ; And Now Tomorrow (Le bonheur est pour demain, 1944) ; A Medal for Benny (1945) ; Colonel Effingham's Raid (1945) ; Tomorrow Is Forever (Demain viendra toujours, 1945) ; The Bride Wore Boots (1946) ; O.S.S. (Les héros dans l'ombre, 1946) ; Temptation (Tentation, 1946) ; They Won't Believe Me (Ils ne voudront pas me croire, 1947) ; Something in the Wind (1947) ; The Miracle of the Bells (Le miracle des cloches, 1948) ; Mr.Peabody and the Mermaid (1948) ; Without Honor (1949) ; The Great Rupert (1950) ; Quicksand (1950) ; Destination Moon (Destination lune, 1950) ; Santa Fe (La bagarre de Santa Fé, 1951) ; Martin Luther (1953) ; Day of Triumph (1953).

Ancien de Harvard, il devient acteur, après avoir fait plusieurs métiers. Tout en continuant à jouer (*An American Tragedy, Cleopatra,* etc.) il se lance dans la mise en scène, codirigeant les fameuses *Chasses du comte Zaroff,* puis *She* d'après Rider-Haggard. Dans les années 30, il travaille pour la Republic avec de petits budgets. Ce sont des mélodrames comme *Tomorrow Is Forever,* tragédie conjugale avec Claudette Colbert et Orson Welles (un mari défiguré et réputé mort retrouve sa femme remariée) ou *The Miracle of the Bells,* histoire d'une guérison miraculeuse, qui le rendent célèbre. Mais il se disperse entre la science-fiction (*Destination Moon*) et le western (*Santa Fe,* avec Randolph Scott) et ne retrouve quelque ambition que pour un *Martin Luther,* qui, malgré un accueil favorable de la critique, fut un échec commercial, marquant la fin ou à peu près de sa carrière.

Piel, Harry

Réalisateur allemand, 1892-1963.

Principaux films : Police IIII (1916) ; Unter heisser Sonne (1916) ; Das Auge des Götzen (1919) ; Das Geheimnis des Zirkus Barre (1920) ; Das geheimnisvolle Telephon (1921) ; Luftpiraten (1921) ; Das fliegende Auto (1921) ; Das Geheimnis der Katakomben (1921) ; Panik (1921) ; Das schwarze Kouvert (1922) ; Menschen und Masken (1923) ; Rivalen (1923) ; Abenteuer im Nachtexpress (1925) ; Zigaro, der Brigant von Monte Diavolo (1925) ; Achtung Harry ! Augen auf ! (1926) ; Was ist los im Zirkus Beely ? (1926) ; Der schwarze Pierro 26 (1926) ; Sein grösster Bluff (Le grand bluff, 1927) ; Panik (1928) ; Die Mitternachts-Taxe (Le taxi de minuit, 1929) ; Achtung ! Auto-Diebe ! (1930) ; Menschen im Feuer (1930) ; Schatten der Unterwelt (1931) ; Sprung in den Abgrund (Des traces dans la neige, 1933) ; Der Herr der Welt (1934) ; Die Welt ohne Maske (1934) ; Der Dschungel raft (L'appel de la jungle, 1936) ; Sein bester Freund (1937) ; Menschen, Tiere, Sensatione (1938) ; Der unmögliche Herr Pitt (Un soir d'escale, 1938) ; Gesprengte Gitter (1940) ; Panik (Panique, 1940) ; Der Mann im Sattel (1945) ; Der Tiger Akbar (1950).

Acteur-réalisateur de films d'aventures, il fut particulièrement prolifique dans les années 30. Sportif consommé, il tenait lui-même le principal rôle dans ses réalisations, entouré d'une troupe homogène. Un bon cinéma de simple divertissement.

Pierotti, Piero

Réalisateur italien né en 1912.

Principaux films : L'arciere nero (1959) ; Marco Polo (1962) ; Una Regina per Cesare (1963) ; Napoleone a Firenza (1964) ; Il fonte dei Sospiri (1964) ; Ercole contro Roma (1964) ; Zoro il rebelle (1966) ; La grande avventura di Scaramouche (1970).

Bon spécialiste du film historique de série 2, d'Hercule à Napoléon.

Pierson, Claude

Réalisateur français.

Justine (1973) ; La grande Récré (1976) ; O'les petites starlettes (1979) ; Les Phallocrates (1980).

Devenu Paul Martin et Catherine Joyce, il a *noyé un talent-mineur-dans le « porno ».*

Pierson, Frank

Scénariste et réalisateur américain.

A Star is Born (Une étoile est née, 1976) ; King of the Gipsies (Le roi des Gitans, 1979).

Ce solide scénariste (*Le gang Anderson, Un après-midi de chien, Luke la main froide*...) fut invité par Barbra Streisand, productrice et actrice du film, à diriger la troisième version d'*Une étoile est née.* Après Wellman (un chef-d'œuvre, sobre et efficace) et Cukor (une œuvre flamboyante, un peu gâchée par le cabotinage de Judy Garland), Pierson, compte tenu de son interprète-productrice, ne pouvait produire qu'un navet. Ce qu'il fit. Il tenta de se rattraper avec un sujet original sur les Gitans, mais ne put échapper aux poncifs du mélo. Une nouvelle carrière mal partie.

Pietrangeli, Antonio

Réalisateur italien, 1919-1968.

Il sole negli occhi (Le soleil dans les yeux, 1953) ; Amori di mezzo secolo (2e sketch, 1954) ; Lo scapolo (Le célibataire, 1956) ; Souvenir d'Italie (1957) ; Nata di marzo (1958) ; Adua e le compagne (Adua et ses compagnes, 1960) ; Fantasmi a Roma (Les joyeux fantômes, 1961) ; La parmigiana (1963) ; La visita (La visite, 1964) ; Il magnifico cornuto (Le cocu magnifique, 1964) ; Io la conoscevo bene (L'amour tel qu'il est, 1965) ; Le fate (4e sketch, Les ogresses 1966) ; Come, quando, perché (Quand, comment et avec qui ?, 1968).

Critique cinématographique influent de la revue *Bianco e Nero,* il n'a pas convaincu comme réalisateur, malgré l'énorme succès d'*Adua,* histoire de prostituées jetées sur le trottoir après la fermeture des maisons closes. Ses comédies, dont *Les joyeux fantômes,* sont d'une consternante platitude. Son dernier film, interrompu par sa mort accidentelle, a été terminé par Zurlini.

Pigaut, Roger

Acteur et réalisateur français né en 1919.

Le cerf-volant du bout du monde (co-réal., 1957) ; La jeune morte (1965) ; Comptes à rebours (1970) ; Trois milliards sans ascenseur (1972) ; Le guêpier (1975).

Ce bon acteur fit les beaux jours du ciné-club junior avec son *Cerf-volant* et signa de solides films policiers.

Pinoteau, Claude

Réalisateur français né en 1925.

Le silencieux (1972) ; La gifle (1974) ; Le grand escogriffe (1976) ; L'homme en colère (1978) ; La boum (1981).

Solide artisan, il sait utiliser le créneau commercial qui assurera les grosses recettes : Lino Ventura dans *Le silencieux*, Pierre Richard dans *Le grand escogriffe*, la génération des 17 ans dans *La gifle*, celle des 13 ans dans *La boum*... Cela suffit-il à faire une œuvre ? Son frère, Jack Pinoteau, est l'auteur de comédies que ne put sauver Darry Cowl (*Le triporteur*, 1957).

Pinter, Harold

Scénariste et réalisateur anglais né en 1930.

Comme réalisateur : Butley (1973).

Ce remarquable dramaturge et scénariste (*The Servant, The Go-Between*) n'a tourné qu'un film, d'après une pièce de Simon Gray, avec Alan Bates.

Pintoff, Ernest

Animateur américain né en 1931.

Principaux courts métrages : The Wounded Bird (1956) ; Aquarium (1956) ; Good Ole Country Music (1956) ; Martians Come Back (1956) ; Blues Pattern (1956) ; Flebus (1957) ; The Haunted Night (1957) ; The Violonist (1960) ; The Interview (1961) ; The Critic (1962) ; The Old Man and the Flower (1962) ; The Shoes (1964) ; Harvey Middleman Fireman (1966).

Formé à l'université de Syracuse, il est devenu l'un des plus originaux créateurs en matière d'animation. Ses recherches ont surtout porté sur le son. Quant à son graphisme il dérive de celui de l'UPA où il fit ses débuts. Il créa pour les Terry Toons le personnage de Flebus. Tourné vers la création personnelle, il a évolué du dessin vers les personnages en chair et en os dans *The Shoes* (un film très expressionniste, selon Ralph Stephenson dans *The Animated Film*, p. 56) puis vers le long métrage avec *Harvey Middleman Fireman.*

Pirès, Gérard

Réalisateur français né en 1942.

Erotissimo (1968) ; Fantasia chez les ploucs (1970) ; Elle court, elle court la banlieue (1972) ; L'agression (1974) ; Attention les yeux (1975) ; L'ordinateur des pompes funèbres (1976) ; L'entourloupe (1980) ; Rends-moi la clé (1980).

Sa réputation de spécialiste de la comédie mi-noire mi-réaliste est fondée sur *Erotissimo* (avec Jean Yanne et Francis Blanche, tous les deux remarquables) et sur *Elle court, elle court la banlieue* (dont le titre à lui seul assura le succès du film). En revanche Pirès a manqué l'adaptation du célèbre roman de Charles Williams, *Fantasia chez les ploucs*, ne retrouvant pas l'atmosphère délirante de l'original, faute de scénario et faute d'acteurs.

Pirosh, Robert

Scénariste et réalisateur américain né en 1910.

Comme réalisateur : Go For Broke (Tout ou rien, 1951) ; Washington Story (1952) ; Valley of the Kings (La vallée des rois, 1954) ; The Girl Rush (1955) ; Spring Reunion (1957).

Scénariste réputé (*I Married a Witch* de R.Clair), il a mis en scène quelques films d'un médiocre intérêt, sauf *La vallée des rois* où Robert Taylor affrontait à coups de poing ses adversaires dans les décors naturels de l'un des plus beaux sites d'Égypte.

Platts-Mills, Barney

Réalisateur anglais né en 1944.

Bronco Bullfrog (Bronco Bullfrog, 1971) ; Private Road (1971).

Bronco Bullfrog, minable épopée de trois adolescents, deux garçons et une fille, séduisit par son ton amer et misérabiliste la critique française.

Poggioli, Ferdinando Mario

Réalisateur italien, 1897-1945.

Documentaires ; Arma bianca (1936) ; Ricchezza senza domani (1939) ; Addio giovinezza (Adieu jeunesse, 1940) ; L'amore canta (1941) ; L'amico delle Donne (1942) ; La Bisbetica domata (1942) ; Gelosia (Jalousie, 1942) ; La morte civile (1942) ; Le Sorelle Materassi (1942) ; Il Cappello da prete (1943) ; Sogno d'amore (1943).

Jalousie est un film remarquable, situé dans la Sicile du XIXe siècle et qui annonce les œuvres ultérieures de Visconti (*Le guépard*) et de Bolognini (*L'héritage*). La fin accidentelle de Poggioli mit un terme prématuré à une carrière qui s'annonçait prometteuse.

Poiré, Jean-Marie

Réalisateur français né en 1945.

Les petits câlins (1977) ; Retour en force (1979) ; Les hommes préfèrent les grosses (1981).

Chanteur, assistant et scénariste, ce fils d'un directeur de la Gaumont a navigué entre la comédie marginale et le café-théâtre. L'idée de *Les hommes préfèrent les grosses* était ravissante : la midinette moche, « le boudin » toujours dédaigné par les garçons, qui, devant partager son appartement, cherche un modèle de laideur pour éviter la concurrence et hérite au dernier moment d'une pin-up de magazine. Seulement le dosage humour-tendresse n'est pas facile à obtenir et Poiré, comme beaucoup d'autres réalisateurs, sombre rapidement dans la facilité. Mais il n'en est encore qu'à ses débuts.

Poirier, Léon

Réalisateur français, 1884-1968.

L'amour passe (1914) ; Le jugement des pierres (1914) ; Les demoiselles Perrotin (1914) ; Le Nid (1914) ; Monsieur Charlemagne (1914) ; Le trèfle d'argent (1914) ; Ames d'Orient (1919) ; Le penseur (1920) ; Narayana (1920) ; Le coffret de jade (1921) ; L'ombre déchirée (1921) ; Jocelyn (1922) ; Geneviève (1923) ; L'affaire du courrier de Lyon (1923) ; La Brière (1924) ; La Croisière noire (1926) ; Amours exotiques (1927) ; Verdun, visions d'Histoire (1928) ; Caïn (1929) ; Aventures des mers exotiques (1930) ; Verdun (version sonorisée, 1931) ; Chouchou poids plume (avec Bibal, 1932) ; La voix sans disque (1933) ; La Croisière jaune (1933) ; L'appel du silence (1936) ; Sœurs d'armes (1937) ; Brazza (1939) ; Jeannou (1943) ; La route inconnue (1947).

D'abord directeur de théâtre, il fit ses débuts chez Gaumont comme conseiller artistique, supervisant la production courante. Il nourrit de grands projets qu'il ne parvint à réaliser qu'une fois avec sa reconstitution de la bataille de Verdun. Il signa aussi deux intéressants documentaires : *La Croisière noire* d'une part, *La Croisière jaune* de l'autre, sur de grandes expéditions intercontinentales automobiles entreprises par Citroën. On lui doit également deux adaptations littéraires : le *Jocelyn* de Lamartine et *La Brière* d'Alphonse de Châteaubriand. Un talent solide mais qui ne fut malheureusement pas à la mesure de l'ambition de Poirier : *Caïn* illustre bien l'échec – fort estimable – de ce metteur en scène qui, surtout, ne paraît pas s'être relevé de s'être fait le chantre, après Verdun, des gloires de l'empire colonial : le père de Foucauld, Savorgnan de Brazza, etc. Sadoul voit en lui une sorte de « cinéaste officiel de la IIIe République ».

Poitier, Sidney

Acteur et réalisateur américain né en 1924.

Comme réalisateur ; Buck and the Preacher (1972) ; A Warm December

(1973) ; Stir Crazy (Faut s' faire la malle, 1980).

Acteur passé derrière la caméra, il aurait mieux fait de rester devant, tant la lourdeur des gags de *Stir Crazy* est consternante.

Poitrenaud, Jacques

Réalisateur français né en 1922.

Les portes claquent (1960) ; Les amours de Paris (1960) ; Les Parisiennes (1961) ; Strip-Tease (1962) ; L'inconnue de Hong-Kong (1963) ; Du grabuge chez les veuves (1963) ; Un drôle de caïd (1964) ; La tête du client (1964) ; Carré de dames pour un as (1966) ; Le canard en fer-blanc (1966) ; Ce sacré grand-père (1967) ; Qu'est-ce qui fait courir les crocodiles ? (1969) ; Mendiants et orgueilleux (1971).

Du bon cinéma commercial « à la française », mentionné ici en raison de la fécondité de l'auteur et d'une réussite, *Le canard en fer-blanc.*

Pojar, Bratislav

Réalisateur tchèque de films d'animation né en 1923.

Pernikova Chaloupka (La cabane en pain d'épices, 1952) ; O Skelnicku Vic (Un verre de trop, 1954) ; Dobrodruzstvi na zlate zatoce (Aventures dans la baie d'or, 1955) ; Spejbl na stopi (Spejbl sur la piste, 1956) ; Paraplicko (Le petit parapluie, 1957) ; Bombomania (1959) ; Slava (La gloire, 1959) ; Iev a pishicka (Le lion et la chanson, 1959) ; Jak zariditi byt (Comment meubler son appartement, 1959) ; Pulnocni dobrodruzetvi (L'aventure de minuit, 1960) ; Kocici siovo (Parole de chat, 1960) ; Malovani Prokocku (Peintures de chat, 1960) ; Kocici skola (École de chats, 1960) ; Biliar (Le billard, 1961) ; Uvodni slovo pronese (L'orateur, 1962) ; Romance (1963) ; Ideal (1964) ; Fanfaron (1968) ; To see or not to see (1969) ; Co zizala netusila (Anti-Darwin, 1969) ; Co to bouchlo (1970) ; Psi kusy (Des morceaux de chien, 1971) ; Balablock (1973) ; Jablonova panna (La jeune fille au pommier, 1974) ; Bum (1979).

Élève préféré de Trnka, il fut au studio Bratri v triku (Les frères en trucages) l'animateur doué de marionnettes ou de dessins dont certains comme *Un verre de trop* sont devenus classiques. Il utilisa par la suite des marionnettes en semi-relief (un côté en volume, un côté plat) et des découpures dans son propre studio. Il fut appelé au Canada pour y travailler au National Film Board.

Polac, Michel

Réalisateur français né en 1930.

Un fils unique (1967) ; Demain la fin du monde (1970) ; La chute d'un corps (1973) ; Un comique est né (1977) ; La sourde oreille (1980).

Romancier et critique, il a surtout travaillé à la télévision. Peut-être même est-il l'un des rares réalisateurs français pouvant, comme nombre de metteurs en scène américains, passer d'un écran à l'autre sans difficultés. Dès *Un fils unique*, il a révélé une acuité du regard et une sensibilité frémissante que l'on souhaiterait davantage employées. Il semble être retourné à la télévision où il anime *Droit de réponse.*

Polanski, Roman

Réalisateur, scénariste et acteur polonais né à Paris en 1933.

Courts métrages : Morderstwo (1958) ; Rozbijemy Zabawa (1958) ; Dwaj Ludzie Z Szafa (Deux hommes et une armoire, 1958) ; Gdy Spadaja Z Nieba Anioly (La chute des anges, 1960) ; Le Gros et le Maigre (1961) ; Ssaki (Les mammifères, 1962) ; La rivière de diamants (dans Les plus belles escroqueries du monde, 1963). *Longs métrages :* Noz W Wodzie (Le couteau dans l'eau, 1962) ; Répulsion (1965) ; Cul-de-sac (1965) ; The Fearless Vampire Killers (Le bal des vampires, 1967) ; Rosemary's Baby (Rosemary's Baby, 1968) ; Macbeth (Macbeth, 1972) ; What ? (Quoi ?, 1973) ; Chinatown (Chinatown, 1974) ; Le locataire (1976) ; Tess (Tess, 1979).

On ne sait sous quel pavillon le ranger : Pologne, France, Angleterre, Italie, États-Unis ? Les malheurs de sa vie privée ont ajouté à ce cosmopolitisme une dimension tragique. Mais c'est l'aspect destructeur de son génie qui frappe le plus. Rarement le mythe du vampire aura été aussi malmené que dans l'extraordinaire *Bal des vampires* qui suscita l'irritation des vampirologues distingués (le vampire homosexuel ou le vampire incroyant, que n'effraie donc pas un crucifix, sont fort loin de Dracula, mais quel humour !). Polanski dynamite le film noir dans *Chinatown* : ne retenons que le pansement sur le nez de Jack Nicholson et le rôle attribué à John Huston. Les tenants de Shakespeare furent épouvantés par le traitement subi par *Macbeth* : Polanski rappelait l'aspect grand-guignolesque du théâtre élisabéthain, trop gommé dans des adaptations académiques. Et que dire de *Tess* ? La dérision des premiers courts métrages devait fatalement conduire à Topor (*Le locataire*). Le tout avec une maîtrise technique confondante : conduite du récit (le suspense de *Rosemary's Baby*) comme la beauté des images qui reconstituent une époque (*Tess*) ou un milieu (*Chinatown*).

Étonnant itinéraire que celui de ce grand metteur en scène.

Polidoro, Gian Luigi

Réalisateur italien né en 1928.

Le svedesi (1961) ; Il diavolo (Amour à la suédoise, 1963) ; Hong-Kong un addio (1963) ; Una moglie americana (1965) ; Thrilling (2ᵉ ép., 1965) ; La moglie giapponese (1968) ; Satyricon (1969) ; Permettete, signora, che ami vostra figlia ? (1974) ; Instant Coffee (1974).

On lui doit une charmante et baroque adaptation du *Satyricon* de Pétrone, à la musique aigrelette, et qui supporte la comparaison avec le mammouth fellinien. Avec *Il diavolo*, il gagna un Ours d'or au Festival de Berlin en 1963.

Poligny, Serge de

Réalisateur français né en 1903.

Coup de feu à l'aube (avec Zeisler, 1931) ; Les as du turf (1932) ; L'étoile de Valencia (1933) ; Rivaux de la piste (1933) ; Un de la Montagne (1934) ; Retour au paradis (1935) ; La chanson du souvenir (1936) ; Claudine à l'école (1937) ; Le veau gras (1938) ; Le baron fantôme (1943) ; La fiancée des ténèbres (1944) ; Torrents (1946) ; La soif des hommes (1949) ; Alger-Le Cap (1951) ; Cent ans de gloire (1952) ; Les armes de la paix (1954).

Formé à l'École des beaux-arts de Paris, il débute comme décorateur à la Paramount, supervise les versions françaises de films de l'U.F.A. *(Coup de feu à l'aube)*, signe quelques œuvres ambitieuses comme *Claudine à l'école* d'après Willy et Colette, mais ne fait vraiment preuve de talent, comme beaucoup d'autres, que, singulier paradoxe, sous l'Occupation. Dans *Le baron fantôme*, « Alain Cuny et Jany Holt sortaient des brumes du rêve et des contes de revenants, écrit Jacques Siclier, pour trouver la lumière de la vie. » Ce beau film fantastique dont les dialogues étaient de Jean Cocteau mêlait à une histoire de fantôme (que jouait Cocteau) des allusions à l'évasion de Louis XVII. De même *La fiancée des ténèbres*, autre très belle histoire fantastique, récupérait la légende des Cathares de Carcassonne. Anouilh aurait écrit la scène d'amour sur les remparts de la ville. Là s'arrête la carrière de Poligny. Le reste ne présente plus d'intérêt mais ses souvenirs recueillis par Bertin-Maghit (*Revu du cinéma*, mai 19882) sont passionnants.

Pollack, Sydney

Réalisateur américain né en 1935.

The Slender Thread (Trente minutes de sursis, 1965) ; This Property Is Condemned (Propriété interdite, 1966) ; The Scalphunters (Les chasseurs de scalps, 1968) ; Castle Keep (Un château en enfer, 1969) ; They Shoot Horses, Don't They ? (On achève bien les chevaux, 1969) ; Jeremiah Johnson (Jeremiah Johnson, 1972) ; The Way We Were (Nos plus belles années, 1973) ; The Yakuza (Yakuza, 1975) ; Three Days of the Condor (Les trois jours du Condor, 1975) ; Bobby Deerfield (Bobby Deerfield, 1977) ; The Electric Horseman (Le cavalier électrique, 1979) ;

Absence of malice (Absence de malice, 1982).

L'une des grandes révélations du cinéma américain des années 60. D'abord acteur puis réalisateur à la télévision, comme beaucoup de metteurs en scène de sa génération, il fait ses véritables débuts avec le splendide *Propriété interdite*, dans la grande tradition du cinéma romanesque et social. Sa réputation s'établit avec *Jeremiah Johnson*, très beau western sur les rapports de l'homme et de la nature, d'une inspiration très proche de Rousseau. Autre réussite : *Les trois jours du Condor*, au suspense haletant. Ne négligeons pas un curieux film de guerre, *Castle Keep*. On le voit, Pollack a fait le tour de tous les grands genres du cinéma américain. C'est ce qui fait sa supériorité sur d'autres réalisateurs comme Ashby qui ne cultivent qu'un anticonformisme des plus confortables. Car Pollack sait aussi mettre en cause les institutions et ces puissances redoutables que sont les media, qu'il s'agisse du *Cavalier électrique* ou d'*Absence of Malice*. Dans ce dernier film est dénoncé le terrible pouvoir de la presse qui peut briser un homme. Pollack veut « mettre en garde une génération de journalistes plus préoccupés de dénoncer que de démontrer, de devenir des stars que de faire du bon boulot ». Que Pollack n'ait pas toujours été bien inspiré dans le choix de ses interprètes féminines (*Nos plus belles années*), qu'il ait édulcoré le roman de Mac Coy, *On achève bien les chevaux*, qu'il ait choisi parfois les facilités du roman-photo (*Bobby Deerfield*) ne change pas grand-chose aux qualités d'une œuvre qui fait de son auteur l'un des derniers grands lyriques du cinéma américain, défenseur de l'individu et à la recherche d'une innocence originelle.

Pollard, Harry, « Snub »

Acteur et producteur d'origine australienne, de son vrai nom Harold Frazer, 1886-1962.

Série des Beaucitron.

Venu aux États-Unis, il y devient une figure célèbre du cinéma burlesque, soit comme faire-valoir d'Harold Lloyd, soit comme acteur à part entière (*Beaucitron en France*), en imposant, dans des comédies dirigées par Charles Parrott, un personnage ventru et moustachu proche de ceux de Chester Conklin et d'Andy Clide. En 1926, il quitta son producteur depuis 1915, Hal Roach, pour produire et diriger ses propres films. Ce fut l'échec.

Pollet, Jean-Daniel

Réalisateur français né en 1936.

Courts métrages : Pourvu qu'on ait l'ivresse (1957) ; Gala (1961) ; Méditerranée (1963) ; Le Horla (1966), etc. *Longs métrages :* La ligne de mire (1959-1960) ; Une balle au cœur (1965) ; Tu imagines Robinson (1967) ; L'amour c'est gai, l'amour c'est triste (1968) ; Le maître du temps (1970) ; Le sang (1971) ; L'ordre (1973) ; L'acrobate (1975) ; Pour mémoire (1978).

Il se partage entre des œuvres ambitieuses comme *La ligne de mire* qui se voulut le manifeste d'un nouveau cinéma, *Méditerranée* qui bénéficie d'un commentaire de Philippe Sollers ou *Le maître du temps,* un film de science-fiction d'un abord particulièrement difficile, et de l'autre côté des comédies comme *Pourvu qu'on ait l'ivresse* et ce délicieux *Acrobate* sur les concours de danse, qui doit beaucoup à son scénariste Jacques Lourcelles. Sorte de Janus bifrons, Pollet occupe une place à part dans le cinéma français.

Pollock, George

Réalisateur anglais né en 1907.

Stranger in Town (1956) ; Rooney (1957) ; And the Same to You (1958) ; A Broth of a Boy (1959) ; Don't Panic Chaps (1959) ; Murder She Said (Le train de 16 h 50, 1962) ; Kill or Cure (1962) ; Murder at the Gallop (Meurtre au galop, 1963) ; Murder Most Foul (Lady détective entre en scène, 1964) ; Murder Ahoy (Passage à tabac, 1964) ; Ten Little Indians (Dix petits Indiens, 1965).

Cinéaste attitré d'Agatha Christie dont il filme avec un zèle de fonctionnaire les aventures de Miss Marple qu'interprète Margaret Rutherford (*Murder She Said, Murder at the Gallop, Murder Most*

Foul...). Du mauvais cinéma anglais, aux yeux des amateurs.

Polonsky, Abraham

Scénariste et réalisateur américain, 1910-1980.

Comme réalisateur : Force of Evil (1948) ;Tell Them Willie Boy Is Here (Willie Boy, 1970) ; Romance of a Horse Thief (Le voleur de chevaux, 1971).

Écrivain et scénariste, il fut demandé par John Garfield pour le diriger dans *Force of Evil,* un film noir dédaigné par la critique américaine mais qui fut accueilli favorablement en Angleterre. Au moment où il préparait d'autres films pour la Fox, il fut impliqué dans « la chasse aux sorcières » de 1951 et refusa de confirmer ou d'infirmer son adhésion au parti communiste. Mis sur les listes noires, il ne put travailler que sous des noms d'emprunt à la télévision. En 1968, il reprit son nom et dirigea un western avec Robert Redford, *Willie Boy,* dont le succès fut considérable. Il vint tourner en Europe *Le voleur de chevaux* sans retrouver la même audience.

Pontecorvo, Gillo

Réalisateur italien né en 1919.

Giovanna (1956) ; La grande strada azzurra (1957) ; Kapo (Kapo, 1960) ; La battaglia di Algeri (La bataille d'Alger, 1966) ; Queimada (Queimada, 1969) ; Ogro (1979).

Il se veut *politique,* mais il l'est sans nuances. Il faisait déjà preuve de lourdeur dans *Kapo,* histoire d'une juive qui devient kapo ; il était faussement courageux dans *La bataille d'Alger* où il évoquait le colonel Godard et les paras de façon simpliste ; il dénonce avec plus de bonheur le colonialisme dans *Queimada* mais le cabotinage de Marlon Brando entraîne le film aux confins du ridicule. Son œuvre est finalement trop dépourvue d'esprit critique, de l'aveu de ses partisans eux-mêmes (cf. par exemple le *Dizionario Bolaffi, I registi* p. 138), pour emporter l'adhésion.

Popesco-Gopo, Ion

Réalisateur roumain né en 1923.

Albina si porumbelul (L'abeille et la colombe, 1951) ; Ratoiul neascultator (Un drôle de caneton, 1951) ; Doi iepurasi (Deux petits lapins, 1952) ; Marinica (1953) ; Scurta istorie (Courte histoire, 1957) ; Septe Arte (Sept arts, 1958) ; Homo sapiens (1960) ; Si a Furat o bomba (On a volé une bombe, 1961) ; Allo, Allo (1962) ; Pasi spre luna (Des pas sur la lune, 1963) ; De as fi Harap Alb (Le Maure blanc, 1965) ; Faust xx (1966) ; Sancta Simplicitas (1968) ; Eu+eu=eu (Moi+ moi=moi, 1969) ; Sarutali (Bons baisers, 1969) ; Clepsidra (1972) ; 1,2,3 (1975) ; Cicy (1976) ; Trei mere (Trois pommes, 1979).

Chef de file de l'école roumaine d'animation. Son influence a été considérable. Mais il a tourné aussi des films avec acteurs : *On a volé une bombe, Des pas sur la lune* qui montrent son intérêt pour la science-fiction, que laissait prévoir l'homoncule héros de *Courte histoire.*

Porten, Franz

Réalisateur alllemand, 1888-1932.

Principaux films : Tannhäuser (1906) ; Meissner Porzellan (1907) ; Wiegenlied (1908) ; Andreas Hofer (1909) ; Königin Luise (1911) ; Theodor Körner (1912) ; Sturmflut (1914) ; Rosen blühen auf dem heidegrab.

Pionnier du cinéma muet, il a signé des films historiques réputés. On prétend qu'il alla jusqu'à lire Thiers pour son portrait de la reine Louise (*Königin Luise*).

Porter, Edwin Stratton

Réalisateur américain, 1869-1941.

Principaux courts métrages : The America's Cup Race (1899) ; Why Mrs Jones Got a Divorce (1900) ; Animated Luncheon (1900) ; A Day at the Circus (1901) ; The Mysterious Café (1901) ; Life of an American Fireman (1902) ;

Great Train Robbery (1903) ; Uncle Tom's Cabin (1904) ; The Kleptomaniac (1905) ; Stolen by Gypsies (1905) ; The Little Train Robbery (1905) ; The Life of an American Policeman (1905) ; The Dream of a Rarebit Fiend (1906) ; The Life of a Cow-Boy (1906) ; Three American Beauties (1906) ; Daniel Boone (1907) ; Rescued From an Eagle's Nest (1907) ; The Teddy Bears (1907) ; Nero and the Burning of Rome (1908) ; The Painter's Revenge (1908) ; Miss Sherlock Holmes (1908) ; Pony Express (1909) ; Russia, the Land of Oppression (1910) ; By the Light of the Moon (1911) ; Lost Illusions (1911) ; The Final Pardon (1912) ; Taming Mrs. Shrew (1912). *Longs et moyens métrages :* Tess of the d'Ubervilles (avec Dawley, 1913) ; The Prisonner of Zenda (1913) ; A Good Little Devil (1913) ; In the Bishop's Carriage (1913) ; Hearts Adrift (1913) ; The Scales of Justice (1914) ; A Woman's Triumph (1914) ; The Crucible (avec Hugh Ford, 1914) ; Tess of the Storm Country (1914) ; The Dictator (1915) ; The Eternal City (avec Ford, 1915) ; Sold (avec Ford, 1915) ; The White Pearl (1915) ; Zaza (avec Ford, 1915) ; Jim the Penman (1915) ; The prince and the Pauper (avec Ford, 1915) ; Belle Donna (1915) ; Lydia Gilmore (avec Hugh Ford, 1916).

L'un des grands pionniers du cinéma américain. Quittant l'école à l'âge de 14 ans, il fait un peu tous les métiers, sert dans la marine et entre dans les laboratoires de Thomas Edison à West Orange. Puis il part dans une tournée commerciale faire connaître un appareil de projection, le Projectoscope. C'est après bien des tribulations qu'il commence à tourner des films en 1899, subissant l'influence de Méliès. Sa première œuvre importante date de 1903 : *The Life of an American Fireman.* Il s'agissait d'un montage de scènes d'incendie avec des scènes tournées par Porter. *Great Train Robbery,* l'un des premiers westerns, est une date importante dans l'histoire du cinéma. Il raconte de façon cohérente et suivie une histoire dramatique, l'attaque d'un train par des bandits. Porter tourne ensuite des mélodrames ou des films de trucages (*Dream of a Rarebit Fiend*). En 1909, Porter quitte Edison et fonde la société Rex Pictures, puis l'année suivante la Famous Players avec Zukor et Frohman. Il tourne après 1912 un nombre restreint de films dont *Le Prisonnier de Zenda* qui fera l'objet de nombreux *remakes* et un portrait de Rome : *The Eternal City.* Il ne cessa d'expérimenter de nouveaux procédés mais sa fortune fut engloutie dans le crack de 1929 et il mourut dans l'anonymat.

Post, Ted

Réalisateur américain né en 1918.

The Peacemaker (1956) ; The Legend of Tom Dooley (Fais ta prière Tom Dooley, 1959) ; Hang'Em High (Pendez-les haut et court, 1968) ; Beneath the Planet of the Apes (Le secret de la planète des singes, 1970) ; The Baby (1973) ; The Harrad Experiment (1973) ; Whiffs (1975) ; Good Guys Wear Black (1977) ; Go Tell the Spartans (Le merdier, 1977).

Plutôt tourné vers la télévision, il n'a donné que quelques rares œuvres sur le grand écran, mais elles ne laissent pas indifférent, qu'il s'agisse d'un western mélancolique comme *Tom Dooley* ou d'un film assez dur et somme toute exceptionnel sur la guerre du Viêt-nam comme *Le merdier.*

Potter, H.C.

Réalisateur américain, 1904-1977.

Beloved Enemy (L'ennemi bien-aimé, 1936) ; Wings Over Honolulu (1937) ; Romance in the Dark (1938) ; The Shopworn Angel (L'ange impur, 1938) ; The Cow-boy and the Lady (Madame et son cowboy, 1938) ; The Story of Vernon and Irene Castle (La grande farandole, 1939) ; Blackmail (1939) ; Congo Maisie (1940) ; Second Chorus (Swing Romance, 1940) ; Hellzapoppin (Hellzapoppin, 1941) ; Mr. Lucky (Mr. Lucky, 1943) ; Victory Through Air Power (1943) ; The Farmer's Daughter (Ma femme est un grand homme, 1947) ; A Likely Story (1947) ;

Mr. Blandings Builds His Dream House (Un million clef en main, 1948) ; The Time of Your Life (Le bar des illusions, 1948) ; You Gotta Stay Happy (1948) ; The Miniver Story (Histoire des Miniver, 1950) ; Three for the Show (Tout le plaisir est pour moi, 1955) ; Top Secret Affair (Affaire ultra-secrète, 1957).

Sans *Hellzapoppin,* version filmée d'un spectacle burlesque avec Olsen et Johnson, suite de gags loufoques et de calembours sans finesse mais qui firent sensation après la guerre, la réputation de Potter qui fut aussi metteur en scène de théâtre serait des plus modestes. Un bon Fred Astaire-Ginger Rogers (*La grande farandole*) et une agréable comédie avec Gary Cooper et Merle Oberon (*Madame et son cow-boy*) constituent son principal apport à l'art cinématographique. Le bilan est honorable mais un peu mince.

Pottier, Richard

Réalisateur français, de son vrai nom Ernest Deutsch, né à Budapest en 1906.

Si j'étais le patron (1934) ; Fanfare d'amour (1935) ; Un oiseau rare (1935) ; Disque 413 (1937) ; 27 rue de la Paix (1937) ; Les secrets de la mer Rouge (1937) ; Lumières de Paris (1938) ; Le monde tremblera (1939) ; Mademoiselle Swing (1942) ; Huit hommes dans un château (1942) ; Défense d'aimer (1942) ; Picpus (1942) ; Mon amour est près de toi (1943) ; La ferme aux loups (1943) ; Les caves du Majestic (1944) ; L'insaisissable Frédéric (1945) ; Destins (1946) ; Vertiges (1946) ; L'aventure commence demain (1946) ; La nuit blanche (1948) ; Deux amours (1948) ; Barry (1948) ; Casimir (1950) ; Caroline chérie (1950) ; Meurtres (1950) ; Rendez-vous à Grenade (1951) ; Violettes impériales (1952) ; Ouvert contre X (1952) ; Les révoltés de Lomanach (1953) ; La Belle Otéro (1954) ; Le masque de fer (1954) ; La châtelaine du Liban (1956) ; Le chanteur de Mexico (1956) ; Tabarin (1957) ; Sérénade au Texas (1958) ; David et Goliath (1959) ; L'enlèvement des Sabines (1961) ; Le dernier tiercé (1964).

Il débuta vers 1929 comme assistant de Sternberg, mais l'essentiel de sa carrière s'est déroulé en France. Il s'est spécialisé dans un cinéma commercial de bonne facture, qui va de Simenon (son *Picpus,* avec Préjean en Maigret, Tissier, Roquevert, Balpêtré, est bien conduit) à Cécil Saint-Laurent (*Caroline chérie*) en passant par Plisnier (*Meurtres* où Fernandel joue un rôle dramatique). Il a fini tout naturellement dans le péplum (*L'enlèvement des Sabines*). Si l'on devait sauver un film de lui, ce serait *La ferme aux loups,* intrigue policière fort habile, reposant sur le thème des jumeaux et qui vit les débuts de Martine Carol.

Pouctal, Henri

Réalisateur français, 1859-1922.

Vitellius (1911) ; Werther (1911) ; Camille Desmoulins (1911) ; Madame Sans-Gêne (1911) ; La Dame aux camélias (1912) ; Blanchette (1912) ; La robe rouge (1912) ; Comtesse Sarah (1912) ; La petite Fifi (1913) ; Fille d'auberge (1913) ; Les deux mères (1913) ; Les aventures du chevalier de Faublas (1913) ; Colette (1913) ; Serge Panine (1913) ; Les trois mousquetaires (1913) ; Un sauvetage (1913) ; Le roman d'un spahi (1913) ; Sous le masque (1913) ; Le dindon (1913) ; La mère coupable (1913) ; Papillon (1914) ; Le légionnaire (1914) ; Un fil à la patte (1914) ; Dans la rafale (1914) ; Monsieur chasse (1914) ; La haine (1914) ; L'heure tragique (1914) ; L'alibi (1914) ; Un chouan (1914) ; La rose rouge (1914) ; L'infirmière (1914) ; La fille du boche (1915) ; Alsace (1915) ; Volonté (1915) ; Dette de haine (1915) ; L'affaire du Grand Théâtre (1916) ; Chantecoq (1916) ; L'instinct (1916) ; La flambée (1916) ; Monte-Cristo (1917) ; Travail (1918) ; Le Dieu du hasard (1919) ; Gigolette (1920) ; Le crime du Bouif (1921) ; La résurrection du Bouif (1922).

Acteur à l'Odéon, il devient directeur du film d'art en 1913. La redécouverte de *Travail,* d'après Zola, a attiré à nouveau l'attention sur ce metteur en scène tombé dans l'oubli depuis de nombreuses années.

Du film d'art Pouctal était passé en 1914 au film patriotique, avec notamment *Chantecoq* ou *Cœur de française*, à l'origine roman d'Arthur Bernède. *Monte-Cristo*, achevé en 1917, est considéré par G. Sadoul comme son chef-d'œuvre : « Le récit est simple, clair, habile. Le découpage est nerveux et intelligent, les éclairages recherchés, mais sans excès formel. Il manque peut-être le je-ne-sais-quoi qui donne des ailes, bien malgré lui, à Feuillade, mais Pouctal surpasse son rival dans l'emploi du langage et dans le style. » Delluc fut alors très élogieux. En effet Pouctal sut mettre une technique très maîtrisée au service d'un cinéma populaire.

Poudovkine, Vsevolod

Acteur et réalisateur russe, 1893-1953.

Comme réalisateur : Chakmatnaia Goriatchka (La fièvre des échecs, 1925) ; Mekhanika Golovnovo Mozga (Les mécanismes du cerveau, 1926) ; Mat' (La mère, 1926) ; Konets Sankt-Peterburga (La fin de Saint-Pétersbourg, 1927) ; Potomok Tchinguiz-Khana (Tempête sur l'Asie, 1928) ; Prostoi Slutchai (Un simple cas, 1932) ; Dezertir (Le déserteur, 1933) ; Pobieda (Victoire, 1938) ; Minin i Pozharsky (Minine et Pojarski, 1939) ; Kino za Dvadtsati (avec E. Choub, Vingt ans de cinéma soviétique, 1940) ; Suvorov (Souvorov, 1941) ; Pir v Zhirmunke (Festin à Girmounk, 1941) ; Litso Fachizma (Le visage du fascisme, 1942) ; Vo Imia Rodini (Au nom de la Patrie, 1943) ; Admiral Nakhimov (Amiral Nakhimov, 1946) ; Tri Vstretchi (avec Youtkevitch et Ptouchko, 1948) ; Zhukovsky (Joukovski, 1950) ; Vozvrachtchenie Vassilia Bortnikova (La moisson, 1953).

Blessé pendant la guerre, il voit ses études interrompues par la captivité. De retour à Moscou, il semble s'orienter vers une carrière de chimiste, mais le cinéma l'attire davantage et il entre à l'Institut d'État d'U.R.S.S. Assistant, acteur, décorateur, il est remarqué par Koulechov qui le fait jouer dans son *Mister West* et dans *Le rayon de la mort* dont il lui confie les décors. Poudovkine est aussi un théoricien important dont les articles, qui codifient les règles du cinéma muet, seront repris dans plusieurs recueils. Il y érige le montage en loi absolue, traitant avec dédain l'art de Chaplin par exemple. Il insiste sur l'importance du ralenti et de l'accéléré, sur le rôle du gros plan et nie l'acteur, victime de la discontinuité du tournage. Idées qu'il met en pratique dans des œuvres comme *La mère*, *La fin de Saint-Pétersbourg* ou *Tempête sur l'Asie* qui sont devenues des classiques de l'art du muet. Un thème simple et une réalisation complexe : telle est la formule qu'entend appliquer dans son œuvre Poudovkine. Mais si elle peut convenir au cinéma muet, elle est condamnée par le parlant. Poudovkine dut se soumettre de surcroît aux canons du réalisme socialiste. Encore à l'aise dans les films historiques comme *Amiral Nakhimov* qui contient quelques belles scènes, il sombra complètement dans le pompiérisme stalinien avec *La moisson*. Pourtant la réaction de rejet à son égard, qui suivit sa mort et le fit assimiler au pire cinéma russe, était excessive. Le théoricien mérite d'être relu, certains de ses films muets, *Tempête sur l'Asie* plutôt que *La mère*, doivent être revus. On redécouvrira ainsi un pionnier du cinéma.

Powell, Dick, Richard Ewing

Acteur et réalisateur américain, 1904-1963.

Comme réalisateur : Split Second (Même les assassins tremblent, 1953) ; The Conqueror (Le Conquérant, 1956) ; You Can't Run Away from It (L'extravagante héritière, 1956) ; The Enemy Below (Torpilles sous l'Atlantique, 1957) ; The Hunters (Flammes sur l'Asie, 1958).

Il fut l'un des premiers acteurs à se demander pourquoi il ne deviendrait pas, l'âge venant, réalisateur. Ayant répondu par l'affirmative, il signa un thriller original, une biographie de Gengis Khan (avec John Wayne !), un remake de *It Happened One Night* de Capra et deux bons films de guerre. Aucune œuvre susceptible de révolutionner l'évolution du cinéma, mais un bilan en définitive honorable.

Powell, Michael

Réalisateur anglais né en 1905.

Two Crowded Hours (1931) ; My Friend the King (1931) ; Rynox (1931) ; The Rasp (1931) ; The Star Reporter (1931) ; Hotel Splendide (1932) ; Born Lucky (1932) ; C.O.D. (1932) ; His Lordship (1932) ; The Fire Raisers (1933) ; Night of the Party (1934) ; Red Ensign (1934) ; Something Always Happens (1934) ; The Girl in the Crowd (1934) ; Some Day (1935) ; La Zybones (1935) ; Her Last Affair (1935) ; The Price of a Song (1935) ; The Phantom Light (1935) ; The Brown Wallet (1936) ; Crown versus Stevens (1936) ; The Man Behind the Mask (1936) ; The Edge of the World (A l'angle du monde, 1937) ; The Spy in Black (L'espion noir, 1938) ; The Lion Has Wings (coréal., Le lion a des ailes, 1939) ; The Thief of Bagdad (avec Berger, Whelan et Korda, Le voleur de Bagdad, 1940) ; Contraband (Espionne à bord, 1940) ; 49th Parallel (49e Parallèle, 1941) ; One of Our Aircraft Is Missing (Un de nos avions n'est pas rentré, 1942) ; The Volunteer (1943) ; The Life and Death of Colonel Blimp (Le colonel Blimp, 1943) ; A Canterbury Tale (1944) ; I Know Where I'm Going (Je sais où je vais, 1945) ; A Matter of Life and Death (Une question de vie ou de mort, 1946) ; Black Narcissus (Le narcisse noir, 1947) ; The Red Shoes (Les chaussons rouges, 1948) ; The Small Back Room (1948) ; Gone to Earth (La renarde, 1950) ; The Elusive Pimpernel (1950) ; The Tales of Hoffmann (Les contes d'Hoffmann, 1951) ; Oh ! Rosalinda ! (Oh ! Rosalinda !, 1955) ; The Battle of the River Plate (La bataille du Rio de la Plata, 1956) ; Ill Met by Moonlight (Intelligence Service, 1956) ; Luna de Miel (Lune de miel, 1959) ; Peeping Tom (Le voyeur, 1960) ; The Queen's Guards (1961) ; They're a Weird Mob (1966) ; Age of Consent (1969) ; The Boy Who Turned Yellow (1972) ; Trikimia (1974).

Les rétrospectives des cinémathèques de Londres, Bruxelles et Paris ont permis de redonner à Powell sa vraie place, l'une des premières, dans l'histoire du cinéma. Déjà Raymond Lefevre et Roland Lacourbe avaient, dans *Trente ans de cinéma britannique,* écrit : « Du magnifique *Thief of Bagdad* au subtil *Black Narcissus,* des célèbres *Red Shoes* aux fabuleux *Tales of Hoffmann,* de l'envoûtant *Gone to Earth* au surprenant *Matter of Life and Death,* que d'œuvres capables de ravir les cinéphiles les plus exigeants. » Powell avait débuté comme assistant de Rex Ingram avant d'être directeur de la photo, puis scénariste et enfin, à partir de 1943, fondateur de la maison de production The Archers Films. Aux films déjà cités, qu'il a signés en général avec Pressburger, il faut ajouter l'extraordinaire *Peeping Tom,* film d'épouvante *sur* le film d'épouvante où le travelling-avant de la caméra-épée du voyeur ne pardonne pas. « Le cinéma, écrivaient Lefèvre et Lacourbe, est un art qui, parfois au travers et à l'aide de ses impacts purement physiques, parvient à toucher le cœur après l'esprit. Mais cette performance est rare. Michael Powell est l'un des deux ou trois grands cinéastes à avoir réussi ce miracle. »

BIBLIO. : *Écran 79,* nº 76-77 ; *Positif* nº 239-240 (1981).

Preminger, Otto

Réalisateur d'origine autrichienne né en 1906.

Die Grosse Liebe (1931) ; Under Your Spell (1936) ; Danger : Love at Work (Charmante famille, 1937) ; Margin for Error (1943) ; In the Meantime, Darling (1944) ; Laura (Laura, 1944) ; A Royal Scandal (Scandale à la cour, 1945) ; Fallen Angel (Crime passionnel, 1945) ; Centennial· Summer (1946) ; Forever Amber (Ambre, 1947) ; Daisy Kenyon (Femme ou maîtresse, 1947) ; The Fan (L'éventail de Lady Windermere, 1949) ; Whirlpool (Le mystérieux docteur Korvo, 1949) ; Where the Sidewalk Ends (Mark Dixon détective, 1950) ; The 13th Letter (1951) ; Angel Face (Un si doux visage, 1952) ; The Moon Is Blue (La lune était bleue, 1953) ; Die Jungfrau auf dem Dach (version allemande du film précédent, 1954) ; River of No Return (Rivière sans retour, 1954) ; Carmen Jones (1954) ; The Court Martial of Billy Mitchell (Condamné au silence, 1955) ; The Man With the Golden Arm (L'homme au bras d'or, 1955) ; Saint Joan (Sainte Jeanne, 1957) ; Bonjour Tristesse (Bonjour Tristesse, 1958) ; Anatomy of a Murder (Autopsie d'un meurtre, 1959) ; Porgy and Bess (Porgy and Bess, 1959) ; Exodus (Exodus, 1960) ; Advise and Consent (Tempête à Washington, 1962) ; The Cardinal (Le cardinal, 1963) ; In Harm's Way (Première victoire, 1964) ; Bunny Lake Is Missing (Bunny Lake a disparu, 1965) ; Hurry Sundown (Que vienne la nuit, 1967) ; Skiddo (Skiddo, 1968) ; Tell Me That You Love Me, Junie Moon (Junie Moon, 1970) ; Such Good Friends (Des amis comme les miens, 1971) ; Rosebud (Rosebud, 1974) ; The Human Factor (1980).

Ce Viennois a travaillé avec Max Reinhardt, après avoir étudié le droit et la philosophie. Il fut acteur et metteur en scène à Zurich et à Prague puis fonda la Komödie à Vienne en 1938. Directeur de théâtre entre 1932 et 1934, il choisit l'exil en 1935. Broadway lui offre la possibilité de déployer son talent mais il préfère à partir de 1942 Hollywood. Sa grande époque correspond à l'apogée du film noir. Elle montre le lien existant entre l'expressionnisme et l'évolution du film policier. Comme Siodmak, Preminger apporte au genre noir une touche européenne. Cela est particulièrement sensible dans *Laura*, son chef-d'œuvre, dont Henri Agel écrit : « Cette œuvre envoûtante reste en sa profondeur l'étrange méditation d'un Européen d'Hollywood. » Les autres films noirs de Preminger sont plus enracinés dans la réalité, surtout l'admirable *Mark Dixon*, mais Preminger retrouve la veine de *Laura* avec *Angel Face* : « Petit ange têtu et pervers, notent Borde et Chaumeton dans leur *Panorama du film noir américain*, aux yeux obstinément ouverts sur son secret, Jean Simmons semble échappée de quelque toile de Leonor Fini. Robert Mitchum a fort bien traduit le masochisme clairvoyant de l'homme fort et blasé. Il met beaucoup d'inconsciente bonne volonté à mourir avec son amante, à jamais attiré par ce pouvoir de vie ou de mort dont dispose un visage. »

Il eût aussi bien réussi dans le western. Le seul qu'il tourna, *River of No Return*, est éblouissant, surtout quand Marylin Monroe chante « Down in the Meadow » ou « I'm Gonna File My Claim ». C'est un adieu nostalgique aux petits genres.

Vint l'époque des grosses machines. Il limita les dégâts sur *Exodus*, se souvint qu'il était un homme de théâtre pour *Sainte Jeanne* (d'après Bernard Shaw), *Carmen Jones* et *Porgy and Bess*, et fut excellent dans son évocation des coulisses du Sénat américain de *Tempête à Washington*, comme dans son portrait de la justice américaine mise en scène de façon impitoyable par *Autopsie d'un meurtre* où la vérité n'existait plus qu'à travers les artifices juridiques des parties en présence. La maîtrise technique de Preminger s'affirmait même de film en film.

Puis, après *Bunny Lake*, ce fut le plongeon. Est-ce l'auteur de *Laura* et *d'Angel Face*, d'*Autopsie d'un meurtre* et de *Tempête à Washington* qui a signé des œuvres aussi médiocres et aussi peu maîtrisées que *Skiddo* ou *Junie Moon* ?

En publiant son autobiographie, Preminger considère-t-il sa carrière comme terminée, ou entend-il lui donner un nouveau départ ?

BIBLIO. : J. Lourcelles, *Preminger* (Seghers 1971) ; *Cahiers du cinéma* n° 121 (juillet 1961).

Preobrajiuska, Olga

Réalisatrice russe, 1885-1966.

Principaux films ; Kashtanva (1925) ; Babi ryan-skye (Le village du péché, 1927) ; Tikhü Don (Sur le Don paisible, 1931).

Débuts comme scénariste avant 1917. Réalise des films à partir de 1925 dont le plus connu est *Le village du péché.*

Pretnar, Igor

Réalisateur yougoslave.

Samonikli (Les bâtards, 1964).

On ne connaît qu'un film de ce réalisateur yougoslave : au Moyen Age, le fils d'un riche propriétaire s'éprend d'une servante. Son père le fait enrôler de force dans l'armée et persécute la jeune femme et le bâtard qui lui est né. Pretnar retrouve dans la composition de l'image le style tout à la fois glacé et brûlant de Dreyer.

Prévert, Pierre

Réalisateur français né en 1906.

Courts métrages: Souvenirs de Paris (avec M. Duhamel, 1928) ; Monsieur Cordon (1933) ; Le commissaire est bon enfant (avec J. Becker, 1934) ; Paris mange son pain (1958) ; Paris la Belle (1959). *Longs métrages:* L'affaire est dans le sac (1932) ; Adieu Léonard (1943) ; Voyage-surprise (1947).

Frère du poète et scénariste Jacques Prévert. Il introduisit dans le cinéma français, à travers trois longs métrages, un burlesque poétique qui fut incompris. Très uni à son frère Jacques, Pierre avait été très marqué, comme lui, par le surréalisme et avait appartenu au groupe Octobre. Après quelques courts métrages et un rôle discret d'assistant, il réalise dans des décors qui avaient servi à deux autres films produits par Pathé *L'affaire est dans le sac.* Le film passa inaperçu et fut considéré comme une pochade pour initiés. *Adieu Léonard,* en 1943, fut sifflé. On attendait une comédie musicale, en raison de la présence de Trenet, on eut un film dont le comique reposait sur l'absurde. Le malentendu persista avec *Voyage-surprise.* Depuis, Pierre Prévert a beaucoup travaillé pour la télévision, signant notamment d'excellents *Compagnons de Baal.*

Price, Will

Réalisateur américain.

Principaux films: Strange Bargain (1949) ; Tripoli (1950).

De la bonne série B et Maureen O'Hara en prime dans *Tripoli*

Protozanov, Yakov

Réalisateur russe, 1881-1945.

Principaux films: Oleg (1912) ; Anfisa (1912) ; Chopin (1913) ; La danse du vampire (1914) ; Nikolai Stavrogin (1915) ; Voina i Mir (Guerre et Paix, 1915) ; Pikovaia Dama (La dame de Pique, 1916) ; Andrei Kojoukov (1917) ; Satana likouyouchtchili (Satan, 1917) ; Otiets Serguei (Le père Serge, 1917) ; Justice d'abord (1921) ; Le sens de la mort (1922) ; Der Liebe Pilgerfahrt (1923) ; L'ombre du péché (1923) ; Pour une nuit d'amour (1923) ; Aelita (1924) ; Ievo Priviz (1925) ; Zakroïchik iz Torjka (Le tailleur de Torpok, 1925) ; Protsess o triokh millionakh (Le procès des trois millions, 1926) ; Tchilaviek iz restarana (Le garçon du restaurant, 1927) ; Sorok piervii (Le 41e, 1927) ; Bielii Ariol (L'aigle blanc, 1928) ; Dondiego i Pelaguia (Don Dieguo et Pélagie, 1928) ; Tchini i lioudi (Les grades et les hommes, 1929) ; Prazdnik sviatovo Yorguena (La fête de Saint Iorguen, 1930) ; Tommy (1931) ; Marionetki (Les marionnettes, 1934) ; Biezpridannitsa (Sans dot, 1937) ; Salavat Youlaiev (1941) ; Nassreddine iv Boukhare (1943).

Sa carrière résume l'histoire du cinéma russe des origines à 1945. Elle commence en 1905 : d'abord acteur, Protozanov dirige ensuite, seul ou en collaboration, plus de 40 films entre 1909 et 1917. Le premier cinéma russe lui doit beaucoup. La révolution n'interrompt pas cette activité. En 1924, il donne l'un des premiers films de science-fiction russe, *Aelita,* aux extravagants décors. Il tourna aussi quelques films en France (*Le sens de la mort, L'ombre du péché,* etc.) et en Allemagne. Il conserva toujours une position un peu marginale, donnant à sa production un ton un peu insolite. *Le 41e* fut particulièrement admiré et inspira même un remake.

Ptouchko, Alexander

Réalisateur soviétique, 1900-1973.

Novyi Gulliver (Le nouveau Gulliver, 1935) ; La Clef d'or (1939) ; Kameni tsvetok (La Fleur de pierre, 1946) ; Tri vstretchi (Trois rencontres, avec Youtkevitch et Poudovkine, 1948) ; Sadko (Le tour du monde de Sadko, 1953) ; Ilya Mourometz (1956) ; Le Sabre et le

Dragon (1959) ; Les voiles écarlates (1961) ; Conte du temps perdu (1964) ; Conte du Tsar Saltan (1966).

Surtout célèbre pour son film de marionnettes, *Le Nouveau Gulliver,* qui marquait quelque progrès dans cette technique et pour *Sadko,* aventures fantastiques dont les trucages surprirent agréablement au milieu d'une production soviétique alors fort académique.

Puccini, Gianni

Réalisateur italiens, 1914-1968.

Principaux films : Il capitano di Venezia (1941) ; Carmela è una bambola (1958) ; Il carro armatto dell' otto settembre (1960) ; I sette fratelli cervi (1968).

Fils d'un écrivain célèbre, scénariste et critique, il a beaucoup déçu en ne signant comme réalisateur que des œuvres médiocres.

Pyriev, Ivan

Réalisateur russe, 1901-1968.

Une femme étrangère (1929) ; Le fonctionnaire d'État (1930) ; Le nœud coulant (1934) ; La carte du parti (1936) ; Bogataya nevesta (La riche fiancée, 1938) ; Traktoristi (Les tractoristes, 1939) ; La bien-aimée (1940) ; Svinyarka i pastoukh (La bergère et le porcher, 1941) ; Sekre tar raikom (Le secrétaire du comité de district, 1942) ; V Chest tchasov vetchera posle voiny (À six heures du soir après la victoire, 1944) ; Skazaniye o zemlye Sibirskoï (Le chant de la terre sibérienne, 1947) ; Kubanskie Kazaki (Les cosaques du Kouban, 1949) ; Ispytanie vernostie (Dévouement à toute épreuve, 1955) ; Nastasia Philipovna (L'Idiot, 1957) ; Belye Nochi (Nuits blanches, 1961) ; Nash obschchü drug (Notre ami commun, 1961) ; Svev dalekoi zvesdy (Lumière d'une étoile éloignée, 1965) ; Bratja Karamazovy (Les Frères Karamazov, 1968).

Il fut assistant d'Eisenstein avant de tourner des comédies parfois satiriques, qui n'étaient pas dépourvues d'entrain. Il dut changer de ton avec la guerre, exaltant alors le patriotisme russe. Dans la dernière partie de sa carrière, il se spécialisa dans l'adaptation cinématographique des œuvres de Dostoïevski. Adaptations très sages et un peu trop froides mais où il fit preuve d'un métier solide.

Q

Quilici, Folco

Réalisateur italien né en 1930.

Sesto continento (Le sixième continent, 1954) ; L'ultimo paradiso (Le paradis des hommes, 1957) ; Dagli Appennini alle Ande (La traversée fantastique, 1959) ; Ti-Kojo e il suo pescecane (1962) ; Una spiaggia lontana (Une plage lointaine, 1970) ; Oceano (1970) ; Fratello mare (1975).

D'abord photographe, il s'est spécialisé dans le documentaire : la mer et ses merveilles dans *Le sixième continent*, la Polynésie dans *L'ultimo paradiso*, les Andes dans *La traversée fantastique*. Il introduit parfois dans ses reportages un élément romanesque (*Ti-Kojo*).

Quimby, Fred

Réalisateur et producteur américain, 1886-1965.

Série des Tom et Jerry.

Entre 1926 et 1956, il dirigea le département des dessins animés à la MGM, produisant les fameux Tom et Jerry, fondés sur la poursuite d'une souris par un chat, courts métrages aux gags inépuisables et aux effets surréalistes.

Quine, Richard

Réalisateur américain né en 1920.

Leather Gloves (avec Asher, 1948) ; Purple Heart Diary (1951) ; Sunny Side of the Street (1951) ; Sound Off (1952) ; Rainbow' Round My Shoulder (1952) ; All Ashore (Le joyeux débarquement, 1953) ; Cruisin' Down the River (1953) ; Siren of Bagdad (1953) ; Pushover (Du plomb pour l'inspecteur, 1954) ; Drive a Crooked Road (1954) ; So This Is Paris (1954) ; My Sister Eileen (Ma sœur est du tonnerre, 1955) ; The Solid Gold Cadillac (Une cadillac en or massif, 1956) ; Full of Life (Pleine de vie, 1957) ; Operation Mad Ball (Le bal des cinglés, 1957) ; Bell, Book and Candle (Adorable voisine, 1958) ; It Happened to Jane (Train, amour et crustacés, 1959) ; Strangers When We Meet (Liaisons secrètes, 1960) ; The World of Suzie Wong (Le monde de Suzie Wong, 1960) ; The Notorious Landlady (L'inquiétante dame en noir, 1962) ; Paris When It Sizzles (Deux têtes folles, 1964) ; Sex and the Single Girl (Une vierge sur canapé, 1964) ; How to Murder Your Wife (Comment tuer votre femme, 1964) ; Synanon (1965) ; Oh Dad, Poor Dad, Mamma's Hung You in the Closet and I'm Feelin' So Sad (1967) ; Hotel (Hôtel Saint Gregory, 1967) ; A Talent for Loving (1969) ; The Moonshine War (La guerre des Bootleggers, 1970) ; W (1974) ; The Prisoner of Zenda (1978).

Il fut le grand maître de la comédie à la Columbia dans les années 50, capable, comme tous ceux qui abordèrent le genre, du meilleur (le sublime *Bell, Book and*

Candle, ravissante histoire de sorcellerie) et du pire (dans *Full of Life*, Judy Holliday, bien que fort dynamique, doit se ménager en raison de sa grossesse, ce qui donnait lieu à des scènes d'une vulgarité indigne de Quine). Fils d'acteur, longtemps acteur lui-même (*Dames, Babes on Broadway, Words and Music, No Sad Songs for Me*...), il a le sens du rythme (*All Ashore* ou *My sister Eileen*) et de l'élégance. C'est cette élégance qui caractérise ses comédies tournées pour la Warner (*Sex and the Single Girl* et surtout *How to Murder Your Wife* où un auteur de comics veut vivre avant de les raconter les aventures de son héros). Il est possible même que le burlesque qui caractérise certains de ses films de la Columbia (*All Ashore* notamment) soit dû à Blake Edwards qui en écrivit les scénarios. Quine est plus contenu dans sa recherche des effets comiques. Curieusement, il a fait une incursion dans le thriller avec l'excellent *Pushover*, rupture de ton inattendue dans son œuvre.

Quinn, Anthony

Acteur et réalisateur américain né en 1915.

Comme réalisateur: The Buccaneer (Les boucaniers, 1958).

Acteur fameux, il s'est amusé à refaire *The Buccaneer* de son beau-père DeMille, en coréalisation avec celui-ci. Sans valoir la première version, le film se voit sans ennui.

R

Rabenalt, Arthur

Réalisateur autrichien né en 1905.

Pappi (1934) ; Eine Siebzehnjährige (1934) ; Was bin ich ohne Dich (1934) ; Ein Kind, ein Hund, ein Vagabund (1934) ; Das Frauenparadies (1936) ; Die Liebe des Maharadscha (1936) ; Millionenerbschaft (1937) ; Liebelei und Liebe (1937) ; Männer mussen so sein (1939) ; Johannisfeuer (1939) ; Flucht ins Dunkel (1939) ; Weisser Flieder (1940) ; Achtung ! Feind hört mit ! (1940) ; Die 3 Codonas (1940) ; Leichte Muse (1941) ; ... reitet für Deutschland (1941) ; Fronttheater (1941) ; Meine Frau Teresa (1942) ; Liebespremiere (1943) ; Zirkus Renz (1943) ; Die Schuld der Gabriele Rottweil (1944) ; Am Abend nach der Oper (1944) ; Regimentsmusik (1945) ; Wir beide liebten Katharina (1945) ; Chemie und Liebe (1948) ; Morgen ist alles besser (1948) ; Anonyme Briefe (Lettres anonymes, 1949) ; Das Mädchen Christine (1949) ; Martina (1949) ; Nächte am Nil (1949) ; Die Frau von gestern Nacht (1950) ; O Ohr 15, Zimmer 9 (1950) ; Hochzeit im Heu (1951) ; Unvergangliches Licht (1951) ; Die Försterchristil (1952) ; Das weisse Abenteuer (1952) ; Alraune (Mandragore, 1952) ; Wir tanzen auf dem Regenbogen (1952) ; Die Fiakermilli (1953) ; Lavendel (1953) ; Der letzte Walzer (La dernière valse, 1953) ; Der Vogelhändler (1953) ; Der unsterbliche Lump (1953) ; Die Sonne von St. Moritz (1954) ; Der Zigeunerbaron (Le baron tzigane, 1954) ; Der Zarewitsch (1954) ; Solang' es hübsche Mädchen gibt (1955) ; Unternehmen Schlafsack (1955) ; Liebe ist ja nur ein Märchen (Amour, tango et mandoline, 1955) ; Die Ehe des Dr. med. Danwitz (1956) ; Tierarzt Dr. Vlimmen (1956) ; Zwischen Zeit und Ewigkeit (La dernière escale, 1956) ; Glücksritter (1957) ; Frühling in Berlin (1957) ; Für zwei Groschen Zärrtlichkeit (Call-Girls, 1957) ; Eine Frau, die weiss was sie will (1958) ; Vergiss mein nicht (1958) ; Geliebte Bestie (1958) ; Lass mich am Sonntag nicht allein (1959) ; Das grosse Wunochkonzert (1960) ; Der Held meiner Träume (1960) ; Mann im Schatten (1961).

Homme de théâtre plus que de cinéma, ce réalisateur autrichien a beaucoup tourné. Son œuvre antérieure à 1945 est peu connue : ce sont apparemment des comédies musicales dans le style de l'époque, avec un film qui émerge, *Fronttheater,* dont ceux qui l'ont vu en 1941 disent grand bien. Comme si rien ne s'était passé, Rabenalt, jouant de ses origines viennoises, enchaîne sur de nouvelles comédies musicales : de La *dernière valse* au *Baron tzigane*, tout le répertoire défile, filmé sans grande originalité. À retenir toutefois un bon film d'horreur, une nouvelle adaptation de la *Mandragore* d'Ewers. Cette version vaut pour Hildegarde Neff, Stroheim et un superbe gorille.

Rabier, Benjamin

Auteur français de dessins animés, 1864-1939.

Colombine (1920) ; Les fiançailles de Flambeau (1920) ; Flambeau au pays des surprises (1921) ; Un rude lapin (1921) ; Mitsi et le géant (1921) ; Flambeau (1922) ; Les amours d'un escargot (1922) ; Cœur de grenouille (1922) ; La queue en trompette (1922).

Plus connu comme dessinateur animalier (*Les contes de l'Ours brun* etc.), il a travaillé avec Émile Cohl dans les premiers temps de l'animation, notamment pour une adaptation des *Pieds Nickelés* de Louis Forton. Il a ensuite réalisé lui-même des dessins animés d'un charme incontestable.

Radok, Alfred

Réalisateur tchèque né en 1914.

Daleka cesta (La longue route, 1949) ; Divotvorny klobouk (Le chapeau magique, 1952) ; Dedecek automobil (Grand-mère automobile, 1956).

Metteur en scène de théâtre, il est l'inventeur de la « lanterne magique », un spectacle total qui mêle des acteurs filmés à des interprètes en chair et en os. Ses réalisations cinématographiques sont nettement moins intéressantes que ses mises en scène de théâtre. Il s'est réfugié en Suisse en 1968.

Radot, Guillaume

Producteur et réalisateur français.

Comme réalisateur : Le loup des Malveneurs (1942) ; Le bal des passants (1943) ; Chemins sans loi (1946) ; Le destin exécrable de Guillemette Babin (1947) ; La louve (1948) ; Cartouche (1948) ; Fric-frac en dentelles (1956).

Les collégiens des années 50 gardent un souvenir ému de *Guillemette Babin* en raison d'une scène mémorable de sabbat qui paraissait alors le sommet de l'érotisme. En réalité l'essentiel de la carrière de Radot se situe sous l'Occupation avec deux films particulièrement soignés : *Le loup des Malveneurs* qui reprenait les recettes des bandes d'épouvante de l'Universal : demeure mystérieuse, savant fou et paysans en colère ; *Le bal des passants,* flamboyant mélodrame sur l'avortement, digne de Stahl ou de Sirk. Radot eut beaucoup de talent, il est bon de le rappeler.

Radvanyi, Geza von

Réalisateur hongrois né en 1907.

Europa nem valaszol (L'Europe ne répond plus, 1941) ; A beszélo köntös (Le manteau qui parle, 1941) ; Inferno Giallo (1942) ; Valahol Europaban (Quelque part en Europe, 1947) ; Donne senza nome (Femmes sans nom, 1949) ; L'étrange désir de M. Bard (1953) ; Ingrid (1955) ; Mädchen ohne Grenzen (1955) ; Das Schloss in Tirol (Vacances au Tyrol, 1958) ; Das Arzt von Stalingrad (Le médecin de Stalingrad, 1958) ; Mädchen in Uniform (Jeunes filles en uniforme, 1958) ; Douze heures d'horloge (1958) ; Ein Engel auf Erden (Mademoiselle Ange, 1959) ; Die Riesenrad (La Grande Roue, 1961) ; Es muss nicht immer Kaviar sein (C'est pas toujours du caviar, 1961) ; Onkel Toms Hütte (La case de l'oncle Tom, 1963) ; Wiener Kongress (Le Congrès s'amuse, 1966).

Il signa une œuvre originale, en 1941, *L'Europe ne répond plus,* où il imaginait un capitaine de paquebot apprenant la nouvelle de la déclaration de guerre et la cachant aux passagers allemands, anglais et français pour leur permettre de voyager en paix. Mais, c'est avec *Quelque part en Europe* que Radvanyi acquit une célébrité internationale. Cette évocation de bandes d'enfants s'efforçant de survivre dans les ruines d'une cité détruite par la guerre lui permit de faire une carrière cosmopolite. Après un bon départ avec *L'étrange désir de M. Bard,* interprété par un Michel Simon en pleine forme, Radvanyi perdit toute originalité dans des remakes de classiques comme *Jeunes filles en uniforme* de Sagan ou *Le Congrès s'amuse* de Charell.

Rafelson, Bob

Réalisateur américain né en 1935.

Head (1968) ; Five Easy Pieces (Cinq pièces faciles, 1970) ; The King of Marvin Gardens (The King of Marvin Gardens, 1972) ; Stay Hungry (Stay Hungry, 1976) ; Postman Always Rings Twice (Le facteur sonne toujours deux fois, 1981).

Rodéos, jazz, études de philosophie, théâtre avec le Living Theatre, création du groupe The Monkees, enfin cinéma. *Five Easy Pieces* sonne, ou veut sonner, en 1970, le glas du cinéma hollywoodien. *The King of Marvin Gardens* confirme cette remise en question. *Stay Hungry* accentue la rupture. Mais l'insuccès commercial interrompt, semble-t-il, l'expérience. Rafelson tourne une quatrième version du *Facteur sonne toujours deux fois,* après Chenal, Visconti et Garnett. Abandonne-t-il ou reprend-t-il son souffle ?

Rahn, Bruno

Réalisateur allemand, 1898-1929.

Vom Rande des Sumpfes (1919) ; Hölle der Liebe (1926) ; Paganini (1926) ; Der Kleinstadtsünder (1927) ; Dirnentragödie (La tragédie de la rue, 1927).

L'amour d'une vieille prostituée pour un jeune homme de bonne famille et ses tragiques conséquences, tel était le thème de *La tragédie de la rue,* le film le plus connu de Rahn, réalisateur dont la vie nous demeure fort obscure.

Raisman, Youri

Réalisateur russe né en 1903.

Le cercle (1927) ; Katorga (Le bagne, 1928) ; Zemlia Jajdiot (La terre a soif, 1930) ; Omer Hantsoco (1932) ; Sovietskaja neft (1933) ; Letciki (Les aviateurs, 1935) ; Poslednaya Notch (La dernière nuit, 1937) ; Podnjataja celina (Terres défrichées, 1940) ; Machenka (1942) ; Nebo Moskvy (Le ciel de Moscou, 1944) ; Berlin (doc., 1945) ; Poezd idet na Vostok (Rapide Extrême-Orient, 1947) ; Rainiss (1949) ; Kavaler Zolotoj Zverdy (Le chevalier à l'étoile d'or, 1951) ; Urok Zizni (La leçon de la vie, 1954) ; Raskaz moej materi (Récit de ma mère, 1958) ; A esli eto lyubov ? (Et si l'amour ? 1961) ; Espoirs et angoisses (1965) ; Tvoi sovremennik (Votre contemporain, 1967).

On a évoqué, à propos de ce Moscovite, Borzage (*La dernière nuit* racontait l'idylle de deux jeunes gens la soirée qui précéda la révolution d'Octobre) et Capra (*Rapide Extrême-Orient* reprend le thème de *New York-Miami*), mais il s'agit d'îlots dans une œuvre en définitive peu portée vers le divertissement et soucieuse avant tout d'être « positive ».

Rappaport, Herbert

Réalisateur soviétique.

Principaux films : Professeur Mamlock (avec Minkine, 1938) ; Kino-concert (1941) ; Jizn v tsitadel (La vie en citadelle, 1947) ; Popov (1949) ; Les étoiles du ballet russe (1954).

Représentant au sein du cinéma russe du courant estonien (*La vie en citadelle*). Il a filmé également des spectacles de ballet.

Rappaport, Mark

Réalisateur américain.

Casual Relations (1973) ; Mozart in Love (1975) ; Local Colour (1977) ; The Scenic Route (1977) ; Impostors (1979).

Un ton nouveau dans le cinéma américain, plus proche de l'Europe que des studios hollywoodiens : des drames durs mais une profonde sensibilité musicale : *Mozart in Love* évoque les amours de Mozart avec les trois sœurs Weber. *L'Orphée* de Gluck sert de fond musical à *The Scenic Route,* délirante histoire d'amour de deux sœurs pour le même homme qu'elles se partagent.

Rappeneau, Jean-Paul

Réalisateur et scénariste français né en 1932.

La vie de château (1965) ; Les mariés de l'an II (1970) ; Le sauvage (1975) ; Tout feu, tout flamme (1982).

Scénariste de Louis Malle (*Zazie dans le métro, Vie privée*) et de Philippe de Broca (*L'homme de Rio*), il a le goût du travail bien fait. Après un bon début avec *La vie de château* dont le scénario était écrit par Cavalier, Sautet, Daniel Boulanger et lui-même, il déçut un peu avec ses *Mariés de l'an II* qui donnaient de la Révolution une image bien conventionnelle, si l'on peut se permettre un tel jeu de mots qui n'eût pas été dépareillé dans le film. *Le sauvage* n'emporta pas l'adhésion de la critique, peut-être en raison de sa distribution : on eût préféré, pour donner corps au scénario, des acteurs moins connus qu'Yves Montand et Catherine Deneuve. Le même reproche pourrait être adressé à *Tout feu, tout flamme* et au couple père-fille, Montand-Adjani, difficilement crédible. Mais le succès populaire est toujours au rendez-vous. Quel meilleur juge ?

Rapper, Irving

Réalisateur d'origine anglaise né en 1898.

Shining Victory (1941) ; One Foot in Heaven (1941) ; The Gay Sisters (Les folles héritières, 1942) ; Now, Voyager (Une femme cherche son destin, 1942) ; The Adventures of Mark Twain (1944) ; Rhapsody in Blue (Rhapsodie en bleu, 1945) ; The Corn is Green (Le blé est vert, 1945) ; Deception (Déception, 1946) ; The Voice of the Turtle (Aventures à deux, 1947) ; Anna Lucasta (Anna Lucasta, 1949) ; The Glass Menagerie (La ménagerie de verre, 1950) ; Another Man's Poison (Jézebel, 1952) ; Forever Female (L'éternel féminin, 1953) ; Bad for Each Other (1953) ; Strange Intruder (1956) ; The Brave One (Les clameurs se sont tues, 1956) ; Marjorie Morningstar (La fureur d'aimer, 1958) ; The Miracle (Le miracle/Quand la terre brûle, 1959) ; Guiseppe Venduto dai Fratelli (avec Ricci, 1960) ; Ponzio Pilato (Ponce Pilate, 1961) ; The Christine Jorgensen Story (1970).

Il y a dans *Now, Voyager,* les plans les plus romantiques de l'histoire du cinéma, et Henri Agel dans son étude sur « Un certain romanesque », dans *Romance américaine,* délire pendant plusieurs pages sur *Quand la terre brûle.* Reste que ce metteur en scène de théâtre, d'origine londonienne, longtemps dialoguiste à la Warner (*Pasteur, Zola, Juarez,* etc.) n'a pas toujours été bien inspiré. Ses deux films les plus réputés sont *Rhapsody in Blue* sur Gershwin et *La ménagerie de verre* d'après une pièce célèbre de Tennessee Williams : ils apparaissent aujourd'hui prisonniers des conventions théâtrales alors à la mode. Regrettons pourtant que Rapper ait été contraint de s'exiler pour aller tourner de médiocres films bibliques en Italie.

Rastrelli, Amédée

Réalisateur français.

Série des Fritzigli : Fritzigli cherche un logement, La revanche de Fritzigli, Fritzigli veut se mettre en ménage...(1920-1923).

On lui doit le personnage comique de Fritzigli que jouait André Sechan dans de petites bandes d'un comique facile.

Ratoff, Gregory

Réalisateur américain d'origine russe, 1897-1960.

Sins of Man (avec Otto Brower, 1936) ; The Lancer Spy (1937) ; Wife, Husband and Friend (1939) ; Barricade (1939) ; Rose of Washington Square (La rose de Broadway, 1939) ; Hotel for Women (1939) ; Day-Time Wife (Échec à la dame, 1939) ; Intermezzo (La rançon du bonheur, 1939) ; I Was an Adventuress (J'étais une aventurière, 1940) ; Public Deb nº 1 (1940) ; Adam Had Four Sons (La famille Stoddard, 1941) ; The Men in Her Life (1941) ; The Corsican Brothers (Les Frères Corses, 1941) ; Two Yanks in Trinidad (1942) ; Footlight Serenade (Swing au cœur, 1942) ; The Heat's On (1943) ; Song of Russia (1944) ; Irish Eyes Are Smiling (1944) ; Where Do We Go from Here ? (1945) ; Paris Underground (1945) ; Do You Love Me ? (Voulez-vous m'aimer ?, 1946) ; Carnival in Costa-Rica (1947) ; Moss Rose (La rose du crime, 1947) ;

Black Magic (Cagliostro, 1949) ; That Dangerous Age (Cet âge dangereux, 1950) ; My Daughter Joy (Son grand amour, 1950) ; Taxi (1953) ; Abdullah's Harem (Abdullah le Grand, 1956) ; Oscar Wilde (Oscar Wilde, 1960).

A retenir dans l'œuvre de cet émigré russe, le premier film d'Ingrid Bergman aux États-Unis, *Intermezzo,* et une vague adaptation du *Joseph Balsamo* d'Alexandre Dumas, *Cagliostro,* que sauvait du désastre Orson Welles qui en faisait encore plus qu'à l'habitude quand il se pique d'être mauvais acteur faute d'être génial réalisateur.

Ravel, Gaston

Réalisateur français, 1878-1958.

La dot (1913) ; Des pieds et des mains (1913) ; Sainte Odile (1913) ; Le grand souffle (1914) ; Le trophée du zouave (1914) ; La femme inconnue (1914) ; La maison d'argile (1918) ; Forse que si forse que no (1918) ; Le joug (1919) ; La mort de l'aviateur (1919) ; L'envolée (1919) ; Cosmopolis (1919) ; Au-dessus des lois (1920) ; Ames sauvages (1920) ; Une idylle tragique (1921) ; À l'ombre du Vatican (1921) ; La geôle (1921) ; Taô (1923) ; Ferragus (1923) ; On ne badine pas avec l'amour (1924) ; Le gardien du feu (1924) ; Jocaste (1924) ; Chouchou poids plume (1925) ; L'avocat (1925) ; Le fauteuil 47 (1925) ; Le bonheur du jour (1927) ; Mademoiselle Josette ma femme (1927) ; Madame Récamier (1928) ; Figaro (1929) ; L'affaire du collier de la Reine (1929) ; Fanatisme (1932).

Acteur, professeur d'art dramatique, il semble avoir exercé comme réalisateur une incontestable influence au cours d'une carrière qui le conduisit en Italie et en Allemagne. Malheureusement la majeure partie de son œuvre paraît perdue et l'on ne peut en juger que par les ciné-romans.

Rawlins, John

Réalisateur américain né en 1902.

State Police (1938) ; Young Fugitives (1938) ; The Missing Guest (1938) ; Air Devils (1938) ; The Green Hornet Strikes Again (avec Beebe, 1940) ; The Leather Pushers (1940) ; Junior G-Men (avec Beebe, 1940) ; Six Lessons for Madame La Zonga (1941) ; A Dangerous Game (1941) ; Mr. Dynamite (1941) ; Sea Raiders (avec Beebe, 1941) ; Mutiny in the Arctic (1941) ; Men of the Timberland (1941) ; Raiders of the Desert (1941) ; Unssen Enemy (1942) ; Bombay Clipper (1942) ; Overland Mail (avec Beebe, 1942) ; Mississippi Gambler (1942) ; Torpedo Boat (1942) ; Sherlock Holmes and the Voice of Terror (La voix de la terreur, 1942) ; The Great Impersonation (1942) ; Arabian Nights (1942) ; Halfway to Shanghai (1943) ; We've Never Been Licked (1943) ; Ladies Courageous (1944) ; Sudan (Soudan, 1945) ; Strange Conquest (1946) ; Her Adventurous Night (1946) ; Dick Tracy's Dilemna (1947) ; Dick Tracy Meets Gruesome (Dick Tracy contre le gang, 1947) ; The Arizona Ranger (1948) ; Michael O'Halloran (1948) ; Massacre River (La rivière des massacres, 1949) ; Boy from Indiana (1950) ; Rogue River (1950) ; Fort Defiance (Le fort de la vengeance, 1951) ; Shark River (1953) ; Lost Lagoon (1958).

Acteur de « serial », gagmen puis monteur, il s'est spécialisé à l'Universal dans les films d'aventures plus ou moins exotiques, dirigeant Maria Montez dans *Arabian Nights* et *Sudan* et l'un des premiers films de la série des Sherlock Holmes (*Voice of Terror*). Après son départ de l'Universal, il tombe dans la série Z.

Ray, Man

Photographe et cinéaste d'avant-garde, de son vrai nom Emmanuel Rudnitsky, 1890-1976.

Le retour à la raison (1923) ; Emak Bakia (1927) ; L'étoile de mer (1928) ; Les mystères du château de Dé (1929) ; Dreams that Money Can Buy (en collaboration, 1946).

Ce grand photographe fut l'un des maîtres du surréalisme au cinéma : sens du flou dans *L'école de mer* ou insolite des objets et des combinaisons dans *Emak Bakia*.

Ray, Raymond Nicholas Kienzle dit Nicholas

Réalisateur américain, 1911-1979.

They Live by Night (Les amants de la nuit, 1948) ; A Woman's Secret (1949) ; Knock on Any Door (Ruelles du malheur, 1949) ; In a Lonely Place (Le violent, 1950) ; Born to Be Bad (1950) ; On Dangerous Ground (La maison dans l'ombre, 1951) ; Flying Leathernecks (Les diables de Guadalcanal, 1951) ; The Lusty Men (Les indomptables, 1952) ; Johnny Guitar (Johnny Guitar, 1954) ; Run for Cover (À l'ombre des potences, 1955) ; Rebel Without a Cause (La fureur de vivre, 1955) ; Hot Blood (L'ardente gitane, 1956) ; Bigger than Life (Derrière le miroir, 1956) ; The True Story of Jesse James (Le brigand bien-aimé, 1957) ; Bitter Victory (Amère victoire, 1958) ; Wind Across the Everglades (La forêt interdite, 1958); Party Girl (Traquenard, 1958) ; The Savage Innocents (Les dents du diable, 1960) ; King of Kings (Le roi des rois, 1961) ; Fifty-Five Days at Peking (Les cinquante-cinq jours de Pékin, 1963) ; Wet Dreams (un sketch, 1973) ; We Can't Go Home Again (1973) ; Lightning over Water (Nick's Movie, avec Wenders, 1980).

Ray ou le lyrisme de l'homme blessé. Est-ce la raison pour laquelle il est aujourd'hui l'objet d'un véritable culte aux États-Unis et en Europe dont témoigne le réalisateur allemand Wenders qui n'a cessé de lui rendre hommage ?

Au départ un futur architecte qui étudie sous Frank Lloyd Wright avant de travailler pour la radio. Acteur de théâtre, il joue sous la direction de Kazan puis de John Houseman, directeur du Phoenix Theatre. Débuts au cinéma en 1948, à la RKO, véritable laboratoire de jeunes auteurs, avec *They Live by Night*. Une œuvre est née. Ray s'attache à la peinture de personnages faibles, blessés ou névrosés. Dès *They Live by Night*, il évoque un amour menacé, celui de deux jeunes gens traqués par la police. Ce n'est pas *Gun Crazy* de Joseph Lewis : la tendresse y est substituée à la violence des sentiments. Ce goût pour des héros vulnérables est constant dans son œuvre. Il culmine dans *La fureur de vivre* que domine l'interprétation de James Dean, reflet des obsessions de Ray. La vulnérabilité du héros se retrouve dans *Les ruelles du malheur* comme dans *A Woman's Secret*. Névrose (*Le violent*), drogue (*Derrière le miroir*), handicap physique (Robert Taylor boite dans *Traquenard*), tout contribue à l'affaiblir. Même dans le western : Jesse James apparaît plus tourmenté, plus faible dans la version que propose Ray de la vie du « Brigand bien-aimé » que dans celle de King. Ne va-t-il pas jusqu'à féminiser le western dans le fascinant *Johnny Guitar* considéré comme son chef-d'œuvre ?

Ajoutons à cette vision si humaine du héros un baroquisme exacerbé qui fait contraste avec la faiblesse du personnage central. Qui pourrait oublier le saloon de *Johnny Guitar* ou le cabaret où danse Cyd Charisse dans *Traquenard* ? Au lyrisme désespéré, à la vision romantique des personnages s'ajoute un entourage insolite, des décors bizarres ou extravagants. Ce qui donne à l'œuvre de Ray un ton unique. Au moins jusqu'en 1960. Car vient ensuite le temps des superproductions pour Bronston. *Le roi des rois* paraît bien médiocre comparé à d'autres versions de la vie de Jésus, mais le film fut remanié par le producteur contrairement aux instructions de Ray. Quant aux *Cinquante-cinq jours de Pékin,* le metteur en scène s'en désintéressa, cuvant son whisky dans un coin du plateau. Après ce double échec, sa carrière semblait terminée. Dix ans de silence, puis un sketch qui lui est attribué dans un film érotique (*Wet Dreams*) et surtout le curieux *We Can't Go Home Again* qu'il tourna avec ses étudiants de New York et qui annonce un nouveau style. Hélas, le cancer ronge Nicholas Ray. On s'en aperçoit lorsqu'il joue dans *L'ami américain* de Wenders. Son visage est déjà ravagé. S'ouvre une longue période d'agonie que filme avec une complaisance morbide et gênante Wim Wenders (*Nick's Movie*). Et pourtant comment ne pas être frappé par cette vision d'un homme malade et intellectuellement déchu, qui conserve néanmoins sa dignité. Ray est devenu son propre héros.

BIBLIO : G. Langlois, *Nicholas Ray*, Anthologie du cinéma (1981) ; *Cahiers du cinéma*, n° 89 (nov. 1958).

Ray, Satyajit

Réalisateur indien né en 1921.

Pather Panchali (La complainte du sentier, 1955) ; Aparajito (L'invaincu, 1956) ; Jalsaghar (Le salon de musique, 1957) ; Parash Pathar (La pierre philosophale, 1958) ; Apur Sansar (Le monde d'Apu, 1959) ; Devi (La Déesse, 1960) ; Teen Kanya (Les trois filles, 1961) ; Tagore (Tagore, 1961) ; Kanchenjungha (1962) ; Abhijan (1962) ; Mahanagar (La grande ville, 1963) ; Charulata (1964) ; The Coward and the Saint (1965) ; Nayak (1966) ; Chiriyakhana (1967) ; Goopi gyne, Bagha byne (Les aventures de Goopi et Bagha, 1969) ; Pratiwandi (1970) ; Aranyer din Ratri (Jours et nuits dans la forêt, 1970) ; Simabaddha (1972) ; Ashani Sanket (1973) ; Dahana-Aranja (1976) ; Shatranj te Kilhari (Les joueurs d'échecs, 1977) ; Soi baba Phelunath (1978) ; Soi Baba Felunath (Vive le seigneur Felunath, 1979) ; Hirok Rajar Deshe (1980) ; Pikoo (1980).

Né à Calcutta dans une famille d'artistes et d'intellectuels (son grand-père fut l'ami de Tagore), il eut néanmoins une jeunesse difficile, ayant perdu son père à deux ans et l'entreprise familiale (une imprimerie) ayant fait faillite. D'abord dessinateur dans la publicité, il se passionne pour le cinéma et fonde en 1947 la Film Society. Choc décisif, il rencontre Renoir venu tourner *Le fleuve* en Inde. Ses goûts vont alors de John Ford au néoréalisme. C'est sous cette dernière influence qu'il faut placer son premier film, *Pather Panchali*, d'après un roman célèbre de la littérature bengalie mais où il a mis aussi beaucoup de lui-même. Avec *Aparajito* et *Le monde d'Apu*, cette œuvre forme une trilogie dont le succès international sera considérable. Trop considérable peut-être au point de faire oublier d'autres films comme l'admirable *Salon de musique* où l'un des derniers rajahs achevait de ruiner sa famille, emporté par sa passion pour les mélodies anciennes. On a pu comparer *Jalsaghar* au *Guépard* de Visconti : même adieu à un monde qui disparaît, même univers fascinant. On trouve également beaucoup de force dans la dénonciation des superstitions, trame de l'excellent *Déesse*. Dans cette dénonciation, comment là aussi ne pas déceler la nostalgie d'un monde qui meurt et dont Ray déplore pourtant « la fascination trompeuse »? Son témoignage sur l'Inde n'en prend que plus de valeur.

BIBLIO : Micciollo, *S. Ray* (1981).

Raymond, Jack

Réalisateur anglais, 1886-1953.

Second to None (1926) ; Zero (1928) ; Splinters (1929) ; French Leave (1930) ; Tilly of Bloomsbury (1931) ; Mischief (1931) ; The Speckled Band (1931) ; Say It With Music (1932) ; Life Goes on (1932) ; Just My Luck (1933) ; Sorrell and Son (1933) ; King of Paris (1934) ; Where's George ? (1935) ; When Knights Were Bold (1936) ; The Frog (1937) ; The Rat (1937) ; A Royal Divorce (1938) ; The Missing People (1939) ; You Will Remember (1940) ; Up for the Cup (1950) ; Reluctant Heroes (1951) ; Little Big Shot (1952).

Metteur en scène de music-hall, il dirigea de nombreuses comédies en Angleterre dans les années 30, rencontrant le succès avec *A Royal Divorce* que jouait Pierre Blanchar.

Redford, Robert

Acteur et réalisateur américain né en 1937.

Comme réalisateur : Ordinary People (Des gens comme les autres, 1980).

Pour ses débuts de réalisateur, Redford, acteur archi-célèbre, frappe un grand coup. Une famille américaine aisée, en apparence sans problèmes. Mais la mort accidentelle du fils aîné a laissé une profonde cicatrice et les tensions finissent par se faire jour. Tout repose sur les comédiens dans cette mise à nu d'une famille sans histoires. Le mérite de Redford est d'avoir su s'effacer comme réalisateur au profit de Donald Sutherland, Mary Moore et Timthy Hutton. Il y gagna un oscar.

Reed, Sir Carol

Réalisateur anglais, 1906-1976.

It happened in Paris (1935) ; Midshipman Easy (1935) ; Talk of the Devil (1936) ; Laburnum Grove (1936) ; Who's Your Lady Friend ? (1937) ; Bank Holiday (Week-end, 1938) ; Penny Paradise (1938) ; Climbing High (1938) ; A Girl Must Live (1939) ; The Stars Look Down (Sous le regard des étoiles, 1939) ; Night Train to Munich (Train de nuit pour Munich, 1940) ; The Girls in the News (1940) ; Kipps (1941) ; A Letter from Home (c.m., 1941) ; The New Lot (c.m., 1942) ; The Young Mister Pitt (Le jeune M. Pitt, 1942) ; The Way Ahead (L'héroïque parade, 1944) ; The True Glory (avec Kanin, La vraie gloire, 1945) ; Odd Man Out (Huit heures de sursis, 1947) ; The Fallen Idol (Première désillusion, 1948) ; The Third Man (Le troisième homme, 1949) ; An Outcast of the Islands (Le banni des îles, 1951) ; The Man Between (L'homme de Berlin, 1953) ; A Kid for Two Farthings (L'enfant à la licorne, 1955) ; Trapeze (Trapèze, 1956) ; The Key (La clé, 1958) ; Our Man in Havana (Notre agent à La Havane, 1959) ; The Running Man (Le deuxième homme, 1963) ; The Agony and the Ecstasy (L'extase et l'agonie, 1965) ; Oliver (Oliver, 1968) ; The Last Warrior (L'Indien, 1970) ; The Public Eye (Sentimentalement vôtre, 1972).

Il est vraiment britannique jusqu'au bout des ongles, ce Londonien, ancien acteur de théâtre et secrétaire d'Edgar Wallace, qu'il évoque William Pitt luttant contre Napoléon (*The Young Mr. Pitt*) ou qu'il transforme *Oliver Twist* en comédie musicale (*Oliver*), qu'il adapte Cronin (*The Stars Look Down*) ou participe à l'effort de guerre anglais (*The True Glory*), qu'il illustre Priestley (*Laburnum Grove*) ou Graham Greene (*Our Man in Havana*). Au point que *The Third Man* qui se situait dans une Vienne très expressionniste fut attribué à Orson Welles qui n'y faisait qu'une apparition.

Reeves, Michael

Réalisateur anglais, 1943-1969.

La Sorella di Satana (avec Charles Griffith, 1965) ; The Sorcerers (La créature invisible, 1967) ; Witchfinder General (Le Grand Inquisiteur, 1968).

Karloff était excellent en professeur Montserrat qui s'emparait de l'esprit d'un jeune homme dans *The Sorcerers* et Vincent Price donnait un relief exceptionnel au personnage historique de Matthew Hopkins, chasseur de sorcières sous Cromwell dans *Witchfinder General.* Reeves s'annonçait comme un grand maître du fantastique : il choisit à 26 ans le suicide.

Regamey, Maurice

Réalisateur d'origine suisse né en 1924.

Honoré de Marseille (1956) ; Comme un cheveux sur la soupe (1956) ; Cigarettes, whisky et petites pépées (1958) ; À pleines mains (1960) ; La salamandre d'or (1962).

De Fernandel (*Honoré de Marseille*) à Louis de Funès (*Comme un cheveu...*) le cinéma du dimanche. Regamey, ancien comédien, a su toutefois éviter une trop grande vulgarité et réussir une honnête évocation de l'époque de François Ier dans *La salamandre d'or.*

Reichenbach, François

Réalisateur français né en 1924.

Principaux courts métrages : Impressions de New York (1955) ; New York Ballade (1955) ; Houston-Texas (1956) ; Les marines (1957) ; L'été indien (1957) ; Retour à New York (1962) ; Le Paris des photographes (1962), etc. *Longs métrages :* L'Amérique insolite (1958) ; Un cœur gros comme ça (1961) ; Les amoureux du France (avec Grimblat, 1963) ; Mexico, Mexico (avec

Lefèvre, 1967) ; Treize jours en France (avec Lelouch, 1968) ; Plaisir d'amour (1968) ; Arthur Rubinstein, l'amour de la vie (1968) ; La caravane d'amour (1970) ; Johnny Days (1971) ; La raison du plus fou est toujours la meilleure (1972) ; Monte-Carlo (1972) ; Sex O'Clock USA (1976) ; Houston Texas (1980).

« Il est né avec une caméra dans l'œil », disaient de lui *les Cahiers du cinéma*. Son champ d'action privilégié : les États-Unis où il fut vendeur de tableaux. Il y filme tout : l'entraînement des marines (*Marines*), l'exploitation du sexe (*Sex O'Clock USA*) ou le crime (*Houston Texas*). Un certaine complaisance – mais il faut bien vivre – gâche parfois l'impression de vérité des scènes ainsi saisies.

Reicher, Frank

Réalisateur et acteur américain, 1875-1965.

Principaux films comme réalisateur : The Secret Orchard (1915) ; The Chorus Lady (1915) ; Witchcraft (1916) ; The Love Mask (1916) ; The Victory of Conscience (1916) ; The Black Wolf (1916) ; Alien Souls (1916) ; Unconquered (1917) ; An American Widow (1917) ; The Eternal Mother (1917) ; The Treasure of the Sea (1918) ; Suspense (1918) ; The Trap (1918) ; The Battler (1919) ; The Black Circle (1920) ; Idle Hands (1921) ; Behind Masks (1921).

Munichois venu aux États-Unis en 1899, il paraît sur les scènes américaines avant de se tourner en 1915 vers le cinéma. Il travaille pour la Metro et pour Paramount : des histoires policières ou des drames psychologiques. Il revient à la scène en 1921. À partir de 1926, il entreprend une nouvelle carrière d'acteur à Hollywood.

Reid, Wallace

Acteur et réalisateur américain, 1891-1923.

Principaux films comme réalisateur : The Way of Fate (1913) ; When Jim returns (1913) ; The Kiss (1913) ; Pride of Lonesome (1913) ; The Mystery of the Yellow Aster Mine (1913) ; The Gratitude of Wanda (1913) ; The Lightning Bolt (1913) ; The Intruder (1914) ; A Flash in the Dark (1914) ; The Fruit of Evil (1914) ; Regeneration (1914) ; The Heart of the Hills (1914) ; Cupid Incognito (1914) ; The Quack (1914).

Acteur réputé ayant travaillé avec Griffith avant de devenir l'une des vedettes de Paramount, il a souvent dirigé les films qu'il interprétait. La plupart sont perdus, empêchant de mesurer l'apport de Reid qui, au demeurant, dut être mince. Reid est mort avant d'avoir fait ses preuves.

Reinhardt, Gottfried

Scénariste et réalisateur d'origine allemande né en 1911.

Comme réalisateur : Invitation (1952) ; The Story of Three Loves (un sketch : Histoire de trois amours, 1953) ; Betrayed (Voyage au-delà des vivants, 1954) ; Vor Sonnenuntergang (1956) ; Menschen im Hotel (Grand Hôtel, 1959) ; Abschied der Götter (1959) ; Town Without Pity (Ville sans pitié, 1960) ; Elf Jahre und ein Tag (1963) ; Situation Hopeless, But not Serious (Situation désespérée mais pas sérieuse, 1965).

Fils de Max Reinhardt, il vint aux États-Unis pour y devenir assistant de Lubitsch puis du producteur Wanger. Il fut aussi scénariste. Sa carrière de réalisateur, à partir de 1952, s'est partagée entre l'Amérique et l'Allemagne. Son meilleur film est l'histoire particulièrement dure d'un viol : *Town without Pity*.

Reinhardt, Max

Metteur en scène allemand, 1873-1943, né Maximilien Goldman.

Sumurun (1908) ; Das Mirakel (1912) ; Insel der Seligen (L'île des bienheureux, 1913) ; Venezianische Nacht (1914) ; A Midsummer Night's Dream (Le songe d'une nuit d'été, avec Dieterle, 1935).

La liste de ses films est courte et ne permet pas de mesurer l'influence énorme que ce grand metteur en scène de théâtre eut sur les cinéastes et acteurs allemands des années 20 et 30 : Murnau, Leni, Lubitsch, Dieterle et Wegener, Veidt, Jannings et Rainer, par l'intermédiaire du Deutsches Theater de Berlin. A l'arrivée du nazisme, il se réfugia aux États-Unis où il mit en scène des pièces et dirigea une école d'acteurs.

Reiniger, Lotte

Réalisatrice allemande de films d'animation née en 1899.

En Allemagne : Der Rattenfänger von Hamelin (1918) ; Das Ornament des verliebten Herzens (1922) ; Der Fliegende Koffer (1922) ; Aschenputtel (Cendrillon, 1922) ; Der Stern von Bethlehem (1922) ; Die Abenteuer des Prinzen Achmed (Les aventures du Prince Ahmed, 1926) ; Doktor Dolittle und seine Tire (1928) ; Zehn Minuten Mozart (1930) ; Harlekin (1931) ; Sissi (1932) ; Carmen (1933) ; Das gestohlene Herz (1934) ; Papagono (1935) ; Galathea (1935) ; Das Kleine Schornsteinfeger (1935). *En Angleterre :* Mary's Birthday (1951) ; Aladdin (1953) ; The Magic Horse (1953) ; Snow White and Rose Red (1953) ; The Grasshopper and the Ant (1954) ; The Frog Prince (1954) ; The Sleeping Beauty (1954) ; Jack the Giant Killer (1955) ; The Star of Bethlehem (1956) ; La belle Hélène (1957) ; The Pied Piper of Hamelin (1960) ; The Frog Prince (1961) ; Cinderella (1963).

Les aventures du Prince Ahmed, tirées des *Mille et une nuits*, ont marqué une étape dans l'évolution de l'animation. Assistée de Berthold Bartosch, de Ruttmann et de Carl Koch, Reiniger sut animer avec beaucoup de poésie des ombres chinoises, à la manière de Caran d'Ache, dont elle reprit l'idée. Chassée par le nazisme elle a poursuivi sa carrière, avec moins de succès, en Angleterre.

Reinl, Harald

Réalisateur allemand né en 1908.

Bergkristall (1949) ; Gesetz ohne Gnade (1950) ; Fegefeuer der Liebe (1951) ; Der Herrgrottschnitzer von Ammergau (1952) ; Hinter Klostermauern (1952) ; Der Klosterjager (1953) ; Rosen-Resli (1954) ; Der schweigende Engel (1954) ; Ein Herz schlägt fü Erika (1955) ; Solange du lebst (1955) ; Die Fischerin vom Bodensee (1956) ; Johannisnacht (1956); Die Prinzessin von St. Wolfgang (1957) ; Almenrausch und Edelweiss (1957) ; Die Zwillinge vom Zillertal (1957) ; Die grünen Teufel von Monte Cassino (Les diables verts de Monte Cassino, 1958) ; Romarei, das Mädchen mit den grünen Augen (1958) ; U 47–Kapitänleutnant Prien (1958) ; Der Frosch mit der Maske (La grenouille attaque Scotland Yard, 1959) ; Paradies der Matrosen (1959) ; Die Bande des Schreckens (1960) ; Der Fälscher von London (1960) ; Im Stahlnetz des Dr. Mabuse (Le retour du Dr. Mabuse, 1961) ; Der Schatz im Silbersee (Le trésor du lac d'argent, 1962) ; Teppich des Grauens (1962) ; Die unsichtbaren Krallen des Dr. Mabuse (L'invisible Dr. Mabuse, 1962) ; Die weisse Spinne (L'araignée blanche défie Scotland Yard, 1963) ; Winnetou I (Winnetou, 1963) ; Der Würger von Schloss Blackmoor (1963) ; Winnetou II (1964) ; Zimmer 13 (1964) ; Der letzte Mohikaner (Le dernier des Mohicans, 1965) ; Der unheimliche Mönch (1965) ; Winnetou III (1965) ; Die Nibelungen (Les Nibelungen, 1967) ; Die Schlangengrube und das Pendel (Le sang des vierges, 1967) ; Dynamit in grüner Seide (1968) ; Todeschüsse am Broadway (1968) ; Der Tod im roten Jaguar (L'homme à la jaguar rouge, 1968) ; Winnetou und Shatterhand im Tal der Toten (1968) ; Die Lümmel von der ersten Bank (Teil 3) (1970) ; Kommissar X jagt die roten tiger (Le commissaire X traque les tigres rouges, 1971) ; Wer zulezt lacht, laht am besten (1971) ; Grün ist die Heide (1972); Sie Liebten sich einen Sommer ; Die blutigen Geier von Alaska (1973).

A trop le ramener à un cinéma populaire, inspiré d'Edgar Wallace (*La grenouille attaque Scotland Yard*) ou de Karl May (*Winnetou*), de la dernière guerre ou des exploits inépuisables du docteur Mabuse, on a fini par oublier que Reinl fut l'assistant de Fanck et de Riefenstahl et qu'il a signé une version en couleurs des *Nibelungen* qui peut soutenir la comparaison avec celle de Lang. Dommage que Reinl n'ait pas été aussi souvent ambitieux.

Reis, Irving

Réalisateur américain, 1906-1953.

One Crowded Night (1940) ; I'm Still Alive (1940) ; Footlight Fever (1940) ; The Gay Falcon (1941) ; A Date With the Falcon (1941) ; Week-end for Three (1941) ; The Falcon Takes Over (1942) ; The Big Street (1942) ; Crack-Up (1946) ; The Bachelor and the Bobby Soxer (Deux sœurs vivaient en paix, 1947) ; All My Sons (Ils étaient tous mes fils, 1948) ; Enchantment (Vous qui avez vingt ans, 1948); Roseanna McCoy (1949) ; Dancing in the Dark (1949) ; Three Husbands (1950) ; Of Men and Music (Enchantement musical, 1950) ; New Mexico (New Mexico, 1951) ; The Four Poster (1952).

Il a montré un talent mineur mais certain dans le thriller avec *The Falcon Takes Over*, vaguement inspiré d'un roman de Chandler, et surtout *Crack-Up* au scénario d'une complication très sophistiquée, sur un thème cher à F. Brown.

Reisner, Charles F.

Réalisateur américain, 1887-1962.

Principaux films : The Man on the Box (1925) ; Oh What a Nurse ! (1926) ; What Every Girl Should Know (1927) ; Steamboat Bill Jr. (Cadet d'eau douce, 1928) ; Fools for Luck (1928) ; Noisy Neighbors (1929) ; The Hollywood Revue of 1929 (1929) ; Love in the Rough (1930) ; Flying High (1931) ; The Chief (1933) ; It's in the Air (1935) ; Everybody Dance (1936) ; Murder Goes to College (1937) ; Manhattan Merry-Go-Round (1937) ; Winter Carnival (1939) ; The Big Store (Les Marx au grand magasin, 1941) ; This Time for Keeps (1942) ; Harrigan's Kid (1943) ; Lost in a Harem (1944) ; The Cobra Strikes (1948) ; In This Corner (1948) ; The Traveling Saleswoman (1950).

Comédien, scénariste, collaborateur de Chaplin pour *The Kid, The Pilgrim* et *The Gold Rush*, il s'est vite imposé comme un spécialiste de la comédie musicale (*Flying High*) et du burlesque, dirigeant Keaton (*Steamboat Bill Jr.*), Fields (*Fools for Luck*), les Marx (*The Big Store*) et Abbott et Costello (*Lost in a Harem*).

Reisz, Karel

Réalisateur anglais d'origine autrichienne né en 1926.

Momma Don't Allow (c.m., avec Richardson, 1955) ; We Are the Lambeth Boys (Ceux de Lambeth, 1958) ; Saturday Night and Sunday Morning (Samedi soir et dimanche matin, 1960) ; I Like to Go to School (1961) ; Night Must Fall (La force des ténèbres, 1964) ; Morgan, a Suitable Case for Treatment (Morgan, 1965) ; Isadora (Isadora, 1968) ; The Gambler (Le flambeur, 1974) ; Who'll Stop the Rain (Les guerriers de l'enfer, 1977) ; French Lieutenant's Woman (La maîtresse du lieutenant français, 1981).

Réfugié en Angleterre au moment de l'invasion allemande, il est avec Anderson et Richardson l'un des fondateurs du Free Cinema, en réaction contre le caractère conventionnel de la production britannique des années 50. Son reportage sur le faubourg populaire de Lambeth et les loisirs de sa jeunesse surprit par la justesse du ton et l'acuité de l'observation. Reisz expliquait : « Nous travaillons hors du cadre habituel de l'industrie et nous avons en commun des préoccupations sociales que nous tentons d'exprimer dans nos films ». *Saturday Night and Sunday Morning* fut la parfaite illustration du Free Cinema. Le film décrivait la vie quotidienne des ouvriers et l'ennui des dimanches : regard lucide et généreux. Mais Reisz ne poursuivit pas dans cette voie.

Night Must Fall est un remake d'un vieux film hollywoodien de Thorpe. *Morgan*, son chef-d'œuvre, évoque un cas de folie inspiré par King-Kong, chant d'amour désespéré qui nous bouleverse grâce à l'interprétation de David Warner. Plus de préoccupations sociales dans *Isadora* (portrait d'Isadora Duncan) ni dans *The Gambler*. Mais *Who'll Stop the Rain* est l'un des meilleurs témoignages sur l'après Viêt-nam, d'après *Dog Soldiers* de Robert Stone : à travers une sombre histoire de trafic d'héroïne, c'est la réinsertion sociale des vétérans de la guerre du Viêt-nam qui se trouvait évoquée avec une force qui montrait qu'il ne fallait pas désespérer de Reisz. *La maîtresse du lieutenant français* est un superbe livre d'images illustrant un scénario mêlant avec une extraordinaire habileté deux histoires séparées par le temps. Reisz y confirme un talent retrouvé.

Renoir, Jean

Réalisateur français, 1894-1979.

La fille de l'eau (1924) ; Nana (1926) ; Charleston (1927) ; Marquitta (1928) ; La petite marchande d'allumettes (1928) ; Tire-au-flanc (1928) ; Le tournoi (1929) ; Le bled (1929) ; On purge bébé (1931) ; La chienne (1931) ; La nuit du carrefour (1932) ; Boudu sauvé des eaux (1932) ; Chotard et Cie (1933) ; Madame Bovary (1934) ; Toni (1934) ; Le crime de M. Lange (1935) ; La vie est à nous (1936) ; Une partie de campagne (1936-1946) ; Les bas-fonds (1936) ; La grande illuion (1937) ; La Marseillaise (1937) ; La bête humaine (1938) ; La règle du jeu (1939) ; Swamp Water (L'étang tragique, 1940) ; This Land Is Mine (Vivre libre, 1943) ; Salute to France (1944) ; The Southerner (L'homme du Sud, 1945) ; The Diary of a Chambermaid (Le journal d'une femme de chambre, 1946) ; The Woman on the Beach (La femme sur la plage, 1946) ; The River (Le fleuve, 1950) ; Le carrosse d'or (1952) ; French-Cancan (1954) ; Elena et les hommes (1956) ; Le déjeuner sur l'herbe (1959) ; Le testament du Dr Cordelier (1959) ; Le caporal épinglé (1961) ; Le petit théâtre de Jean Renoir (1971).

Deuxième fils du peintre Auguste Renoir et frère de l'acteur Pierre Renoir, il découvrit le cinéma en 1902 avec *Les aventures d'Auto-Maboul*, puis ce fut le choc causé par *Les mystères de New York* de Gasnier et les Charlot. Pourtant, après avoir fait la guerre dans l'aviation, ce n'est qu'en 1923 que Renoir abandonne la céramique pour le cinéma. Son premier film est *La fille de l'eau* que joue sa propre épouse Catherine Hessling, ancien modèle de son père. *Nana*, son premier long métrage important, traduit l'influence qu'eut sur lui Stroheim. Son inspiration va alors du vaudeville militaire (*Tire-au-flanc*) à la comédie de Feydeau (*On purge bébé*, joué par Michel Simon et Fernandel et qui fit sensation, en ces débuts de cinéma sonore, par le bruit de chasse d'eau qu'on y entendait). *La chienne*, d'après La Fouchardière puis *La nuit du carrefour*, tiré de l'un des meilleurs Maigret, rôle tenu par Pierre Renoir, ouvrent la voie des chefs-d'œuvre : *Boudu* (où Michel Simon est admirable), *Le crime de M. Lange* (qui contient la scène fameuse de Jules Berry déguisé en curé et qui, mourant, réclame un prêtre), *La partie de campagne* (inachevé, mais peut-être le plus beau film de Renoir, où il retrouvait tout à la fois l'inspiration de Maupassant et celle de son père), *La Marseillaise* (exaltation un peu manichéenne, mais bien filmée, de la Révolution), *La bête humaine* (superbe adaptation de Zola) et surtout les deux œuvres maîtresses de Renoir, *La grande illusion*, film pacifiste qui montrait également comment les affinités de classe se nouent par-dessus les différences nationales (les liens entre l'aristocrate français Pierre Fresnay et le hobereau allemand joué par Stroheim) et *La règle du jeu*, œuvre prophétique, comparable à ce que fut, à la veille de la Révolution, *Le mariage de Figaro* de Beaumarchais. Bien des scènes de *La règle du jeu* sont devenues classiques : la danse macabre, la partie de chasse. La guerre surprit Renoir en Italie où il se préparait à tourner *La Tosca* qui fut achevé par Carl Koch. Il se réfugia aux États-Unis où il acquit la nationalité américaine (son grand-père maternel avait été l'un des fondateurs du Dakota). À Hollywood, il se heurta à de sérieuses difficultés. Ni son film de propagande, *This Land Is Mine*, avec Charles Laughton, ni son adaptation du *Journal d'une femme de chambre*, malgré Paulette Goddard, ni son *Homme du Sud* dont les problèmes lui étaient trop étrangers, n'emportent l'adhésion. Parlant de cette période, en 1952, dans *Les cahiers du cinéma*, il dit ses déceptions face aux contraintes imposées par le système hollywoodien. Retrouvant sa liberté, il tourna aux Indes un film exaltant la vie et la beauté de la nature, un chef-d'œuvre lyrique, bouleversant (la mort de l'enfant) et exaltant tout à la fois, *The River*, dont l'influence fut profonde sur le cinéma indien lui-même. Il convient de souligner la beauté des images dues à son neveu, Claude Renoir. De retour en Europe, il s'arrêta en Italie pour y mettre en scène une libre version du *Carrosse du Saint-Sacrement* de Mérimée : ce fut l'éblouissant feu d'artifice du *Carrosse d'or*. Il ne retrouvera plus une telle maîtrise. En dépit de leurs références picturales aux maîtres de l'Impressionnisme, *French-Cancan, Elena et les hommes* (l'histoire du général Boulanger, curieusement transformée sans raison apparente) et *Le déjeuner sur l'herbe* déçurent beaucoup, seuls les inconditionnels de Renoir proclamant leur admiration. L'adaptation du *Dr. Jekyll et Mr. Hyde* de Stevenson, proposée sous le titre du *Testament du docteur Cordelier*, paraît bien faible en comparaison des versions de Fleming, Mamoulian, Fisher ou même Jerry Lewis. *Le caporal épinglé*, d'après un bon roman pourtant de Jacques Perret, est bien loin de *La grande illusion*. Renoir paraît s'intéresser désormais davantage au théâtre où il donne *Orvet*, au roman (il publie *Les cahiers du capitaine Georges* en 1966) et à ses souvenirs (*Renoir*, une biographie de son père en 1962 ; *Ma vie et mes films*, en 1974). Sa dernière œuvre filmée, initialement prévue pour la télévision, *Le petit théâtre de Jean Renoir*, confirme ce désintérêt.

Une remise en cause de Renoir a été tentée par des critiques comme Raymond Borde. Peut-être certains de ses films ont-ils été en effet surestimés, mais il reste le cinéaste de la lumière et des intentions généreuses, celui de *La partie de campagne* et de *La grande illusion*.

BIBLIO : A. J. Cauliez, *Renoir* (1962) ; *Cahiers du Cinéma*, n° 78 (déc. 57) ; *Renoir* (Premier plan, 1962) ; Cl. Beylie, *Renoir*, Anthologie du cinéma (1980) ; Cl. Gauteur, *Renoir, la double méprise* (1981). Les principaux écrits de Renoir ont été publiés en 1974 : *Écrits, 1926-1971*, ainsi que *Ma vie et mes films*. Y ajouter *Oeuvres de cinéma inédites* (1981).

Resnais, Alain

Réalisateur français né en 1922.

Courts métrages : Van Gogh (1948) ; Guernica (1950) ; Gauguin (1951) ; Les statues meurent aussi (avec Marker, 1953) ; Nuit et brouillard (1956) ; Toute la mémoire du monde (1956) ; Le mystère de l'atelier 15 (avec A. Heinrich, 1957) ; Le chant du Styrène (1958). *Longs métrages :* Hiroshima mon amour (1958) ; L'année dernière à Marienbad (1961) ; Muriel (1963) ; La guerre est finie (1966) ; Loin du Vietnam (coréal. 1967) ; Je t'aime, je t'aime (1968) ; Stavisky (1974) ; Providence (1977) ; Mon oncle d'Amérique (1978).

Longtemps un débat se développa autour de cet admirable réalisateur de courts métrages, dont les débuts furent encouragés par un producteur d'une lucidité et d'une intelligence hors pair, Anatole Dauman : Resnais n'est-il que l'illustrateur de scénaristes aussi importants que Duras (*Hiroshima, L'année dernière à Marienbad*), Cayrol Robbe-Grillet (*Muriel*), Semprun (*La guerre est finie*), Sternberg (*Je t'aime, je t'aime*), David Mercer (*Providence*), Henri Laborit (*Mon oncle d'Amérique*) ? À la limite Resnais existe-t-il ? Ses courts métrages suffiraient à le prouver : des chaussures de Van Gogh qui rythment le documentaire à la furtive image de Mandrake aperçue dans *Toute la mémoire du monde*. Dommage que Resnais n'ait pas donné libre cours à son goût pour le roman populaire ou la bande dessinée en réalisant le *Fantomas* ou le *Mandrake* tant de fois annoncés. Il eût repoussé victorieusement l'accusation d'intellectualisme. Mais au cinéma Resnais semble préférer s'effacer devant des scénaristes confirmés au lieu de laisser courir sa propre imagination. Reste qu'*Hiroshima mon amour* (l'un des rares films à dénoncer les abus de la Libération et l'humiliation gratuite des femmes tondues) eut une énorme influence : cette mise en accusation de l'horreur atomique marqua une date par la perfection de son montage dont les retours en arrière rom-paient la trame normale d'un récit qui eût été banal. On invoqua tout à la fois Proust et Bergman. Ce goût de l'exercice de style au service d'une grande sincérité se retrouve dans *L'année dernière à Marienbad* et Resnais lui restera fidèle jusque dans *Providence*. C'est en cela qu'il est l'auteur de ses films. Il *lit* Cayrol ou Robbe-Grillet et l'on a pu, à son propos, citer Bachelard : « Après la lecture commence l'œuvre de lecture ». C'est-à-dire l'élucidation du texte et finalement sa transfiguration par l'image. Même s'il n'était qu'un illustrateur, Resnais n'en resterait pas moins un cinéaste.

BIBLIO : n° spécial de *Cinéma 80* (juillet-août 80) ; R. Benayoun, *Resnais arpenteur de l'imaginaire* (1981).

Revier, Harry

Réalisateur américain né en 1889.

Principaux films : A Grain of Dust (1918) ; The Challenge of Chance (1919) ; The Return of Tarzan (1920) ; Sailors of the Seven Seas (1920) ; The Revenge of Tarzan (1920) ; The Son of Tarzan (1920) ; The Heart of the North (1921) ; The Broadway Madonna (1922) ; Dangerous Pleasure (1925) ; What Price Love ? (1927) ; The Slaver (1927) ; The Mysterious Airman (1928) ; The Convicy's Code (1930) ; The Lost City (1935) ; Child Bride (1938).

Cameraman, il travaille beaucoup en Europe, avant de revenir aux États-Unis où il dirige notamment, devenu réalisateur, les premiers Tarzan, déjà assez éloignés des romans de Burroughs.

Revon, Bernard

Scénariste et réalisateur français.

Comme réalisateur : Les turlupins (1979).

Ce brillant scénariste de Truffaut (*Baisers volés*) est l'auteur d'une charmante chronique des amours adolescentes au temps de l'État français et de la devise « Travail, Famille, Patrie ». Le ton doux-amer est juste et probablement autobiographique.

Reynaud, Émile

Inventeur français, 1844-1918.

Un bon Bock (1891) ; Clown et ses chiens (1891) ; Pauvre Pierrot (1892) ; Autour d'une cabine (1894) ; Rêve au coin du feu (1894) ; Guillaume Tell (1896) ; Le premier cigare (1896).

On doit à Reynaud le praxinoscope, appareil de dessins animés, inventé en 1876. En 1889, à l'Exposition universelle, il présente son théâtre optique, toujours fondé sur le dessin animé et qui connaîtra un grand succès au musée Grévin. Ses dessins sont de petites merveilles auxquelles il savait donner le mouvement. Comme tout grand inventeur, il mourut dans la misère.

Reynolds, Burt

Acteur et réalisateur américain né en 1936.

Comme réalisateur : Gator (Gator, 1976) ; The End (Suicidez-moi docteur, 1978) ; L'antigang (1982).

Passé comme d'autres acteurs derrière la caméra, Burt Reynolds y révèle un tempérament original : si *Gator*, bon film d'action, contenait déjà quelques scènes percutantes, que dire de *The End* qui décrivait, sur le mode burlesque, les tentatives de suicide d'un homme qui se sait atteint d'une maladie incurable ? Le film n'eut aucun succès, le public, dérouté, l'ayant boudé.

Reynolds, Sheldon

Réalisateur américain né en 1923.

Foreign Intrigue (L'énigmatique M.D., 1956) ; Gern hab ich die Frauen Gerkillt (coréal., Le carnaval des barbouzes, 1966) ; Assignment to Kill (1969).

Négligé par la critique des États-Unis, il a joui en France, surtout auprès des *Cahiers du cinéma* qui le firent figurer dans leur n° spécial sur le cinéma américain, d'un petit prestige dû à un thriller survolté, conduit tambour battant par Robert Mitchum, *Foreign Intrigue*.

Rich, David Lowell

Réalisateur américain né en 1923

No Time to be Young (1957) ; Senior Prom (1958) ; Hey Boy ! Hey Girl ! Have Rocket Will Travel (1959) ; Madame X (Madame X, 1966) ; The Plainsman (Les fusils du Far-West, 1966) ; Rosie (1967) ; Three Guns for Texas (1968) ; A Lovely Way To Die (1968) ; Eye of the cat (Les griffes de la peur, 1969) ; That Man Bolt (1973) ; Dead Flight (Supersonique en péril, 1979) ; Airport 80 the Concorde (1979).

Réalisateur de télévision, il consent de temps à autre à faire des films – très cotés à l'Universal – pour le cinéma. Force est de reconnaître que le bilan dans ce domaine est un peu mince.

Rich, John

Réalisateur américain né en 1925.

Wives and Lovers (Le divan de l'infidélité, 1963) ; The New Interns (Les nouveaux internes, 1964) ; Roustabout (L'homme à tout faire, 1964) ; Boeing Boeing (Boeing Boeing, 1965) ; Easy Come Easy Go (Trois gars, deux filles et un trésor, 1967.

Un bon premier film puis une suite d'œuvres médiocres. John Rich sombra, victime du sujet (*Boeing Boeing*, inepte) ou de son interprète (Elvis Presley, pitoyable acteur dans *Roustabout* ou *Easy Come Easy Go*).

Richard, Jean-Louis

Réalisateur français né en 1927.

Comme réalisateur : Bonne chance, Charlie (1962) ; Mata-Hari (1964) ; Le corps de Diane (1969).

Acteur, scénariste de Truffaut pour *La peau douce* et *La mariée était en noir*, il n'a pu développer une œuvre importante de metteur en scène, bien que porté par « la Nouvelle Vague » puis par son mariage avec Jeanne Moreau. Mais *Le corps de Diane*, méconnu en son temps, est un drame de la jalousie très original, dont les couleurs flamboyantes rendent l'atmosphère oppressante et tragique.

Richard, Pierre

Acteur et réalisateur français né en 1934, de son vrai nom Defays.

Comme réalisateur : Le distrait (1970) ; Les malheurs d'Alfred (1971) ; Je ne sais rien mais je dirai tout (1973) ; Je suis timide mais je me soigne (1978) ; C'est pas moi, c'est lui (1980).

Acteur comique très coté dans le monde des producteurs, il en a eu assez de se voir mis en scène par des réalisateurs de second ordre. Il a pris des risques et s'est filmé lui-même en louchant du côté de Buster Keaton. Le résultat, fondé sur un humour gestuel un peu mécanique, est excellent (*Le distrait*, d'après La Bruyère, et surtout *Les malheurs d'Alfred*) qui lui permet d'égaler Dhéry, Tati ou Etaix, grâce à un univers cohérent.

Richards, Dick

Réalisateur américain.

The Culpepper Cattle Co (La poussière, la sueur et la poudre, 1972) ; Rafferty and the Gold Dust Twins (1974) ; Farewell My Lovely (Adieu ma jolie, 1975) ; March or Die (Il était une fois... la Légion, 1976) ; Death Valley (La vallée de la mort, 1982).

Il débuta avec un western néo-réaliste très réussi puis parut s'imposer avec un brillant remake d'*Adieu ma jolie*, d'après Chandler, où Robert Mitchum était Phil Marlowe ; mais il ne semble pas avoir tenu ses promesses.

Richardson, Tony

Réalisateur anglais né en 1928.

Momma Don't Allow (c.m., 1955) ; Look Back in Anger (Les corps sauvages, 1959) ; The Entertainer (Le cabotin, 1960) ; Sanctuary (Sanctuaire, 1961) ; A Taste of Honey (Un goût de miel, 1961) ; The Loneliness of the Long Distance Runner (La solitude du coureur de fond, 1962) ; Tom Jones (Entre l'alcôve et la potence, 1963) ; The Loved One (Ce cher disparu, 1965) ; Mademoiselle (1966) ; The Sailor of Gibraltar (Le marin de Gibraltar, 1967) ; Red and Blue (1967) ; The Charge of the Light Brigade (La charge de la brigade légère, 1968) ; Laughter in the Dark (La chambre obscure, 1969) ; Ned Kelly (Ned Kelly, 1969) ; Hamlet (Hamlet, 1970) ; A Delicate Balance (1973) ; Dead Cert (1974) ; Joseph Andrews (1977) ; The Border (Police frontière, 1982).

Avec Lindsay Anderson et Karel Reisz, il fut l'un des fondateurs du Free Cinema qui occupa en Angleterre la place prise par la Nouvelle Vague en France. Au théâtre, il révèle John Osborne ; au cinéma, il signe deux films qui marquent une date dans la production britannique : *Look Back Anger* et *The Entertainer*, le premier avec Burton, le second avec Olivier, tous les deux d'après Osborne. Renonçant à ses principes, Richardson accepte toutefois une proposition d'Hollywood, l'adaptation de *Sanctuaire* de Faulkner : il découvre les contraintes du système (on lui impose Yves Montand !) et quitte la capitale du cinéma où il ne reviendra que pour *The Loved One*, comédie d'humour noir où il se montrera plus à l'aise. Il se retrouve avec *The Loneliness of the Long Distance Runner*, véritable manifeste des « jeunes gens en colère » et appel à la révolte. Cette même hardiesse dans la critique se retrouve sous une forme plus accessible au public dans *La charge de la brigade légère :* imbécillité des généraux et inutilité des actes d'héroïsme sont ici mises en lumière à travers un épisode historique déjà évoqué par Curtiz. *Ned Kelly*, histoire d'un bandit australien de la fin du XIXᵉ siècle, est de la même veine. Virulence de la satire et beauté des images à travers une histoire de brigand bien-aimé. *Tom Jones* fut pourtant dans l'œuvre de Richardson son film le plus populaire en raison de sa gaillardise et en dépit de l'atténuation de la charge sociale du roman de Fielding. Richardson n'a pas toujours tenu ce qu'il annonçait dans le programme du Free Cinema. Il n'est pas resté indifférent aux sollicitations commerciales. Pourquoi s'en plaindre puisqu'il s'agit, dans le cas de *The Loved One*, de *The Charge of the Light Brigade* ou de *Ned Kelly*, de ses œuvres les plus accomplies.

Richebé, Roger

Producteur et réalisateur né en 1897.

Comme réalisateur : L'agonie des aigles (1933) ; Minuit place Pigalle (1934) ; L'amant de Madame Vidal (1936) ; J'ai une idée (1936) ; L'habit vert (1937) ; Prison de femmes (1937) ; La tradition de minuit (1939) ; Madame Sans-Gêne (1941) ; Romance à trois (1942) ; Domino (1943) ; Les J 3 (1945) ; La Grande Maguet (1947) ; Monseigneur (1949) ; Gibier de potence (1951) ; La fugue de M. Perle (1952) ; Les amants de minuit (1952) ; La fille Elisa (1956) ; Que les hommes sont bêtes (1956).

Il a débuté comme exploitant avant de s'associer comme producteur et distributeur avec Braunberger et Pagnol. Au crédit du réalisateur une fort amusante adaptation de *L'habit vert*, de Flers et Caillavet, satire réussie de l'Académie française, dont le secrétaire perpétuel Jean Mistler, au cours d'un débat des « Dossiers de l'écran », à la télévision, devait être le premier à rire devant cette joyeuse farce, et *Madame Sans-Gêne*, à la distribution idéale : Arletty (la maréchale Lefebvre), Henri Nassiet (le maréchal), Albert Dieudonné (Napoléon) et Aimé Clariond (Fouché). De Noël-Noël aux Goncourt, le reste des réalisations de Richebé est moins convaincant. Mais on lira avec agrément ses souvenirs : *Au-delà de l'écran*, parus en 1977.

Richter, Hans

Auteur de films d'avant-garde, 1888-1976.

Rhythmus 21 (1921) ; Rhythmus 23 (1923) ; Rhythmus 25 (1925) ; Film studie (1926) ; Inflation (1927) ; Vormittagsspuk (1928) ; Rennsymphonie (1929) ; Everyday (1929) ; Neues Leben (1930) ; Europa Radio (1931) ; Hallo Everybody (1933) ; Eine kleine Welt im dunkelem (1938) ; The Movies Take a Holiday (1944) ; Dreams that Money Can Buy (1946) ; Forty Years of Experiment (1951-1961) ; Dadascope I et II (1956-1957) ; Passionate Pastime (1957) ; 8 X 8 (1957) ; From Dada to Surrealism (1961) ; Alexander Calder (1963) ; From the Circus to the Moon (1963).

L'un des grands pionniers avec Ruttmann et Eggeling du film d'avant-garde. Il travailla avec Eisenstein en 1929 sur un court métrage, *Everyday*, à l'occasion du congrès du cinéma indépendant. L'avènement d'Hitler le conduisit à s'exiler aux États-Unis. Il y tourna *Dreams that Money Can Buy* en collaboration avec Calder, Max Ernst, Fernand Léger, Man Ray et Marcel Duchamp. Le film « est composé de sept séquences poétiques liées entre elles par l'histoire d'un jeune homme qui, après avoir découvert que la rétine de son œil impressionnait les rêves, fait commerce de cette curieuse particularité » (Kyrou, *Le surréalisme au cinéma*). Peu soucieux des contingences matérielles, Richter a vu dans le cinéma la possibilité « de surprises irrationnelles ».

Riefenstahl, Leni

Actrice et réalisatrice née en 1902.

Comme réalisatrice : Das blaue Licht (La lumière bleue, 1932) ; Sieg des Glaubens (1933) ; Triumph des Willems (Le triomphe de la volonté, 1935) ; Tag der Freiheit (1935) ; Olympiad (Les dieux du stade, 1938) ; Tiefland (1954).

Il y a une légende – noire – qui entoure la personnalité de Leni Riefenstahl. Venue de la danse et de la peinture, elle devint l'interprète des films de montagne d'Arnold Fanck où sa beauté et ses qualités athlétiques firent sensation. Passée derrière la caméra, cette personnalité décidément très complète signait, sur un scénario qu'elle avait écrit elle-même avec Béla Balázs, *La lumière bleue* qu'elle joua et produisit elle-même. Ralliée au camp nazi, elle gagna la faveur d'Hitler qui lui confia le soin de filmer le congrès de Nuremberg en 1934. Il n'existe pas de témoignage plus impressionnant que celui recueilli par Riefenstahl sur la montée du nazisme : parades gigantesques, cérémonies où rien n'est laissé à l'improvisation, discours d'Hitler... Qui pouvait s'aveugler après avoir vu un tel film ? Le titre même illustrait l'un des principes posés par Rosenberg dans son *Mythe du XXe siècle* : « Ce dont il s'agit aujourd'hui, c'est de retrouver dans tous les domaines la *volonté* créatrice des anciens Germains. » Avec *Olympiad*, le documentaire prit de l'ampleur : deux parties, *Fest der Völker (La fête des peuples, Les dieux du stade* proprement dits) et *Fest der Schöheit (La fête de la beauté, Jeunesse olympique)*. D'énormes moyens furent mis à sa disposition : téléobjectifs, grues-chariots ainsi que de nombreux techniciens, dont Ruttmann. À travers l'exaltation du corps humain, ce sont les réalisations du IIIe Reich, organisateur des Jeux, qui étaient mises au pinacle. Après une tournée de propagande aux États-Unis, elle entreprit un nouveau film, *Penthésilée*, d'après Kleist ; mais le tournage fut interrompu par la guerre. Après la chute du régime hitlérien elle fut internée entre 1945 et 1948 pour avoir pris une part importante dans la propagande nazie. Libérée, elle essaya de refaire carrière, démentant qu'elle ait été la maîtresse d'Hitler. Après avoir présenté en 1954 *Tiefland*, elle partit en Afrique à plusieurs reprises (1956, 1961, 1962-1963). À défaut du film annoncé sur les dernières tribus sauvages, elle a ramené de ses expéditions de superbes photos recueillies en album.

BIBLIO : Ch. Ford, *Leni Riefenstahl* (1978).

Rigal, André

Dessinateur et réalisateur français de dessins animés.

Série France bonne humeur (à partir de 1933) ; Le capitaine Sabord appareille (1943) ; L'île mystérieuse (1943) ; V'la le beau temps (1943).

Il passait habilement de la marionnette au dessin animé, avec notamment son populaire capitaine Sabord.

Righelli, Gennaro

Metteur en scène italien, 1886-1949.

Principaux films : Como le foglie (1916) ; Camere separate (1918) ; La peccatrici casta (1918) ; L'orrizontale

(1919) ; La vergine folle (1921) ; La casa sotto la neve (1922) ; La vie de bohème (1923) ; Oriente (1924) ; Transatlantico (1926) ; Le rouge et le noir (1926) ; Svengali (Tribly, 1927) ; La canzone dell'amore (1930) ; La Scala (1930) ; L'armata azzurra (1932) ; Il signor desidera ? (1933) ; Aria el continente (1935) ; Voce senza volto (1938) ; Hanno rapito un uomo (On a volé un homme, 1938) ; Il barone di Corbo (1939) ; Educande di Saint-Cyr (1939) ; L'eredita in Corsa (1939) ; Manovre d'amore (1940) ; Il pozzo dei miracoli (1941) ; Orizzonte di sangue (1942) ; Tempesta sul golfo (1943) ; Colpi di timone (1943) ; Storia di una capinera (1943) ; Abbasso la miseria (1945) ; Abbasso la ricchezza (1946) ; Il corriere del Re (Le rouge et le noir, 1947).

Oublié comme Palermi, Baffico, Pratelli et quelques autres cinéastes des années 20 et 30. A juste titre peut-être. Moins grande que celle de Camerini, son influence sur le cinéma italien n'est pas pour autant négligeable. Il a codifié les règles du drame mondain au temps du muet.

Rilla, Wolf

Réalisateur d'origine allemande né en 1920.

Marilyn (1953) ; Noose for a Lady (1953) ; The Large Rope (1953) ; The Black Rider (1954) ; The End of the Road (1954) ; Stock Car (1955) ; The Blue Peter (1955) ; Pacific Destiny (1956) ; The Scamp (1957) ; Bachelor of Hearts (1958) ; Witness in the Dark (1959) ; The Village of the Damned (Le village des damnés, 1960) ; Piccadilly Third Stop (1960) ; Watch It Sailor ! (1961) ; Cairo (Les bijoux du pharaon, 1962) ; The World Ten Times Over (1963) ; Secrets of a Door to Door Salesman (1973) ; Bedtime With Rosie (1974) ; Naughty Wives (1976).

Réalisateur d'origine allemande, il a travaillé essentiellement en Angleterre. Sur le thème de l'invasion d'un village par des êtres extra-terrestres, *The Village of the Damned,* avec ses enfants blonds aux yeux phosphorescents, était particulièrement impressionnant. Le reste de l'œuvre de Willa semble moins intéressant.

Rim, Carlo

Scénariste et réalisateur français, de son vrai nom Jean-Marius Richard, né en 1905.

Comme réalisateur : L'armoire volante (1948) ; La maison Bonnardieu (1952) ; Virgile (1954) ; Escalier de service (1955) ; Les truands (1956) ; Le joli monde (1957) ; Le petit prof (1958).

Habile scénariste, il a eu le souci de donner, comme réalisateur, des films comiques d'un niveau un peu relevé. Il y est parvenu avec *L'armoire volante,* farce macabre où Fernandel est au sommet de son art. La suite fut moins brillante.

Ripley, Arthur

Scénariste et réalisateur, 1895-1961.

Comme réalisateur : The Pharmacist (1933) ; The Barber Shop (1933) *ainsi que de nombreux autres courts métrages.* Puis : I Met My Love Again (1938) ; Prisoner of Japan (1942) ; Voice in the Wind (1944) ; The Chase (L'évadé, 1946) ; Thunder Road (1958).

Il est surtout connu comme scénariste des films de Langdon dont le fameux *Long Pants* ; mais ses films, bien que fort mal distribués, jouissent d'une petite réputation.

Rippert, Otto

Réalisateur allemand.

Gelbstern (1910) ; Nick Carter (série, 1910-1911) ; Wie die Blätter fallen (1912) ; Homunculus (1916) ; Pest in Florenz (1918) ; Die Frau mit dem Orchideen (1919).

Il doit sa célébrité à un film en six épisodes, *Homunculus* dont le héros, véritable génie du crime, était une créature artificielle, créée par un savant. Conscient de sa condition de paria, Homunculus, était animé par une haine profonde de l'humanité. Devenu dictateur d'un grand pays, il fomentait des grèves pour mieux les écraser et provoquait une guerre mondiale. C'est l'avènement d'Hitler qu'annonçait ce surprenant film.

Ripstein, Arturo

Réalisateur mexicain.

Tiempo de morir (1965) ; Juego peligroso (1966) ; Los recuerdos del porvenir (1968) ; La hora de los niños (1969) ; El castillo de la pureza (Le château de la pureté, 1972) ; El santo oficio (1973) ; Fox Trot (1975) ; El lugar sin limites (1977) ; La viuda negra (1977) ; Cadena perpetua (1978) ; La tia Alejandra (1978).

« Arturo Ripstein exprime une préoccupation fondamentale qui définit son style : le besoin de recréer des atmosphères surchargées d'oppression et de tortures liées à un thème central : l'intolérance. Ses œuvres les plus achevées sont *El castillo de la pureza* où un père de famille enferme tous les siens dans une grande maison pour les préserver des impuretés du monde et *Fox Trot,* une excellente mise en question du machinisme à partir de l'histoire d'un travesti homosexuel. » (E. Garcia Reiera, *Les cinémas de l'Amérique latine,* p. 393.)

Risi, Dino

Réalisateur italien né en 1917.

Vacanze col gangster (1952) ; Viale della speranza (1953) ; L'amore in città (épisode : Paradiso per quattro ore, L'amour à la ville, 1953) ; Il segno di Venere (Le signe de Venus, 1955) ; Pane, amore e... (Pain, amour, ainsi soit-il, 1955) ; Poveri ma belli (Pauvres mais beaux, 1956) ; La nonna Sabella (1957) ; Belle ma povere (Beaux mais pauvres, 1957) ; Venezia, la luna e tu (Venise, la lune et toi, 1958) ; Poveri milionari (1959) ; Il vedovo (Le veuf, 1959) ; Il mattatore (L'homme aux cent visages, 1960) ; Un amore a Roma (L'inassouvie, 1960) ; A porte chiuse (1960) ; Une vita difficile (Une vie difficile, 1961) ; Il sorpasso (Le fanfaron, 1962) ; La marcia su Roma (La marche sur Rome, 1962) ; Il successo (1963) ; Il mostri (Les monstres, 1963) ; Il giovedi (1963) ; Il gaucho (1963) ; Le bambole (Les poupées, 1er sketch, 1964) ; L'ombrellone (1965) ; I complessi (Les complexés, 1er ép., Une journée décisive, 1965) ; I nostri mariti (3e sketch, 1968) ; Operazione San Gennaro (Opération San Gennaro, 1966) ; Il tigre (L'homme à la Ferrari, 1967) ; Il profeta (1967) ; Straziami, ma di baci saziami (Fais moi très mal, mais couvre-moi de baisers, 1968) ; Vedo nudo (Une poule, un train et quelques monstres, 1969) ; Il giovane normale (1969) ; La moglie del prete (La femme du prêtre, 1970) ; In nome del popolo italiano (Au nom du peuple italien, 1971) ; Noi donne siamo fatte cosi (Moi la femme, 1971) ; Mordi e fuggi (Rapt à l'italienne, 1973) ; Sessomatto (Sexe fou, 1973) ; Profumo di donna (Parfum de femme, 1974) ; Telefoni bianchi (La carrière d'une femme de chambre, 1976) ; Anima persa (Ames perdues, 1976) ; La stanza del vescovo (La chambre de l'évêque, 1977) ; I nuovi mostri (Les nouveaux monstres, 1977) ; Primo amore (Dernier amour, 1978) ; Caro papa (Cher papa, 1979) ; Sono fotogenico (Je suis photogénique, 1980) ; Sunday Lovers (Les séducteurs, un sketch, 1980) ; Fantasma d'amore (Fantôme d'amour, 1980).

Le prince de la comédie italienne. Fils d'un médecin, étudiant lui-même en médecine, passionné de psychiatrie, il a fait ses débuts au cinéma comme assistant de Soldati pour *Piccolo mondo antico* (1941) et de Lattuada pour *Giacomo l'idealista* (1942). Il tourne quelques courts métrages (*Barboni,* 1946 ; *Cortili,* 1948 ; *Buio in sala,* 1950) avant de passer au grand film, en 1952. Servi par d'admirables interprètes comme Manfredi, Gassman, Tognazzi, Sordi, Mastroianni, il excelle dans le film à sketches (*Les monstres, Les complexés* etc.) qui lui permet d'évoquer une galerie de névropathes et d'obsédés sexuels qui laisse parfois le spectateur pantois. Mais il glisse vite vers un comique teinté d'amertume (la fin du *Fanfaron ; Parfum de femme ; Primo amore*) et pas toujours indulgent pour ses contemporains (*Caro papa*). Il sait se moquer de l'époque fasciste (*La marche sur Rome ; La carrière d'une femme de chambre*) sans s'abuser sur l'idéologie adverse (*Au nom du peuple italien*). On lui attribue le meilleur des sketches des *Nouveaux monstres* : le cardinal ramenant l'ordre et la foi dans une paroisse qui a sombré avec un prêtre ouvrier ; il suffit d'un peu de musique et de beaucoup de lumière. Dans cette satire à double tranchant se trouve résumée la philosophie de cet épicurien que l'on devine sensible au charme des jolies filles (il sait choisir ses interprètes féminines !) et aux plaisirs de la vie. Que l'on se souvienne de la fin des *Nouveaux monstres*, ce film testament de la comédie italienne : l'enterrement du cabotin se transforme en spectacle autour de la fosse où vient d'être déposé le défunt. Les larmes font place au rire, tout se mêle et finit dans les flon-flons. On ne s'ennuie jamais avec Risi.

BIBLIO : *Positif* n°s 142 et 207.

Risi, Nelo

Réalisateur italien né en 1920.

Le italiene e l'amore (Les femmes accusent, un sketch, 1961) ; Andremo in città (Le dernier train, 1966) ; Diario di una schizofrenica (Journal d'une schizophrène, 1969) ; Ondata di calore (Vague de chaleur, 1970) ; Documenti su Giuseppe Pinelli (1970) ; Una stagione all'inferno (Une saison en enfer, 1971) ; La colonna infame (1973).

Frère du précédent, il a touché à plusieurs sujets qui montrent des ambitions (la déportation dans *Le dernier train*, la maladie mentale dans le *Journal d'une schizophrène* et Arthur Rimbaud dans *Une saison en enfer*) mais il s'est très vite essoufflé. Depuis 1973 il travaille surtout pour la télévision.

Rissient, Pierre

Réalisateur français.

Alibis/ One Night Stand (1977) ; Cinq et la peau (1982).

Brillant connaisseur du cinéma américain, il a été malchanceux avec son premier film, qui, malgré une réputation considérable, ne put jamais être distribué pour d'obscures raisons commerciales. Son deuxième film confirme pourtant les réelles qualités de réalisateur de cette éminence grise des cercles de cinéphiles.

Ritchie, Michael

Réalisateur américain né en 1938.

The Downhill Racer (La descente infernale, 1969) ; Prime Cut (Carnage, 1972) ; The Candidate (Votez McKay, 1972) ; Smile (1975) ; The Bad News Bears (La chouette équipe, 1976) ; Semi-Though (Les faux durs, 1977) ; An Almost Perfect Affair (1979) ; The Island (L'île sanglante, 1980) ; Divine Madness (Divine Madness, 1980).

Il fit des débuts fracassants, à la Aldrich, imposant un style très personnel à travers les portraits de Chappelet, un champion de ski et de McKay, candidat démocrate à l'élection sénatoriale de Californie, tous deux interprétés par Robert Redford. De façon très originale, il mêlait ses personnages à des manifestations ayant réellement lieu, ce qui donnait une étonnante impression de vérité. Après *Smile*, sur les concours de beauté, il a paru s'essouffler un peu dans des films sportifs, d'un médiocre intérêt. Avec *The Island*, d'après un roman de Benchley, histoire de naufrageurs, il renoue avec une autre veine, celle du délire sanglant de *Carnage*. Films injustement accueillis par la critique, *Carnage* et *The Island* frappent par le caractère très moderne de leur démesure et de leur humour noir.

Ritt, Martin

Réalisateur américain né en 1920.

Edge of the City (L'homme qui tua la peur, 1957) ; No Down Payment (Les sensuels, 1957) ; The Long Hot Summer (Les feux de l'été, 1958) ; The Black Orchid (L'orchidée noire, 1958) ; The Sound and the Fury (Le Bruit et la Fureur, 1959) ; Five Branded Women (Cinq femmes marquées, 1960) ; Paris Blues (Paris Blues, 1961) ; Hemingway's Adventures of a Young Man

(Aventures de jeunesse, 1962) ; Hud (Le plus sauvage d'entre tous, 1963) ; The Outrage (L'outrage, 1964) ; The Spy Who Came in From the Cold (L'espion qui venait du froid, 1965) ; Hombre (Hombre, 1967) ; The Brotherhood (Les frères siciliens, 1968) ; The Molly Maguires (Traître sur commande, 1970) ; The Great White Hope (L'insurgé, 1970) ; Sounder (Sounder, 1972) ; Pete'n Tillie (Peter et Tillie, 1972) ; Conrack (Conrack, 1974) ; The Front (Le prête-nom, 1976) ; Casey's Shadow (1978) ; Norma Rae (Norma Rae, 1979) ; Back Roads (1981).

Cinéaste généreux, il représente l'aile libérale du cinéma américain. Il fut d'ailleurs inscrit sur la « liste noire » dans les années 50 et dut, interrompant sa carrière d'acteur et de metteur en scène de théâtre, enseigner à l'Actors Studio où il eut James Dean pour élève. Ses films abordent, à partir de 1957, des sujets brûlants. Peu à l'aise lorsqu'il doit adapter Faulkner (*The Sound and the Fury*) ou Hemingway (*Aventures de jeunesse*), filmer un western (*Hombre*) ou un film d'espionnage (*L'espion qui venait du froid*), dans la tradition hollywoodienne, il se réveille dès qu'il s'agit de sujets qui lui tiennent à cœur : le racisme (*Edge of the City, The Great White Hope*), le maccarthysme (*The Front*), le syndicalisme (*Norma Rae*). Son meilleur film est probablement *The Molly Maguires* où il fait, à travers le destin de mineurs irlandais exploités en Pennsylvanie, vers 1870, la synthèse entre Hollywood et ses préoccupations. Pas un grand metteur en scène, mais un bon témoin des défauts de la société américaine.

Ritter, Karl

Réalisateur allemand né en 1888.

Verräter (1936) ; Weiberregiment (1936) ; Unternehmen Michael (Opération Michel, 1937) ; Urlaub auf Ehrenwort (Permission sur parole, 1937) ; Patrioten (Patriotes, 1937) ; Pour le mérite (1938) ; Legion Condor (1939) ; Capriccio (1939) ; Die Hochzeitsreiser (1939) ; Bal paré (1940) ; Kadetten (Les cadets, 1941) ; Uber alles in der Welt (1941) ; Stukas (1941) ; G.P.U. (1942) ; Dora (1943) ; Sommernachte (1944) ; Ball der Nationen (1954) ; Staatsanwaltin (1954).

L'un des trois « grands » du cinéma nazi, avec Steinhoff et Harlan. Il s'est spécialisé dans l'exaltation des valeurs militaires et plus particulièrement le courage des pilotes de chasse (*Pour le mérite* et surtout *Stukas* qui contient des scènes impressionnantes où l'on voit les avions allemands mitrailler les colonnes françaises). Parlant de l'un des films de Ritter, la propagande officielle écrit : « Le vrombissement d'une escadrille Richthofen retentit à nouveau au-dessus de la terre allemande. L'esprit des héros morts est revenu vivant. » Après l'effondrement de l'Allemagne hitlérienne, Ritter s'enfuit en Argentine ; il revient dans son pays en 1954 et tourne encore deux films.

Rivers, Fernand

Producteur et réalisateur, 1879-1960.

Comme réalisateur : Et l'on revient toujours (1917) ; Le chemineau (1935) ; Bichon (1935) ; Les deux gosses (1936) ; Quatre heures du matin (1938) ; La présidente (1938) ; La goualeuse (1938) ; Berlingot et compagnie (1939) ; L'embuscade (1939) ; Le roi des galéjeurs (1939) ; L'an 40 (1940) ; La Rabouilleuse (1943) ; Cyrano de Bergerac (1945) ; Le maître de forges (1947) ; Ces dames aux chapeaux verts (1948) ; Tire-au-flanc (1949) ; Les mains sales (1950).

Il a fait tous les métiers du cinéma : acteur, producteur et réalisateur. C'est probablement le réalisateur qui fut le moins inspiré encore qu'il faille être diablement habile pour pouvoir faire figurer dans sa filmographie Sartre et Georges Ohnet, Balzac et les dames aux chapeaux verts.

Rivette, Jacques

Réalisateur français né en 1928.

Paris nous appartient (1960) ; La religieuse (1966) ; L'amour fou (1968) ; Out one Spectre (1971) ; Céline et Julie vont en bateau (1974) ; Duelle (1976) ; Noroit (1976) ; Merry go round (1979) ; Le pont du Nord (1982).

Critique peu folichon des *Cahiers du cinéma*, il débute comme réalisateur, porté par la « Nouvelle Vague », avec *Paris nous appartient.* Toutes ses obsessions s'y trouvent déjà : société secrète, complot dont on ne sait plus s'il est fictif ou réel dès la deuxième bobine, pièges tendus au spectateur... *Out one* reprendra ces phantasmes : du Feuillade raconté par Borgès. Cette volonté de casser les structures d'un récit se retrouve chez un Robbe-Grillet par exemple. Mais celui-ci sait retenir l'attention, alors que Rivette finit par décourager les meilleures volontés. Placer *L'amour fou* sur le même plan que *Potemkine, Citizen Kane* ou *L'avventura,* comme le firent certains critiques, paraît bien excessif, car Eisenstein, Welles ou Antonioni ont toujours eu le respect du spectateur, respect qui passe par la présentation de films compréhensibles et visibles, c'est-à-dire tenant compte de certaines normes de clarté et de durée dans le récit. En fait la célébrité de Rivette lui est venue de l'interdiction – qui paraît aujourd'hui bien ridicule – de *La religieuse,* libre adaptation de Diderot. À la suite d'une campagne d'une violence inattendue, le film fut interdit, malgré l'avis de la commission de contrôle, en 1966, « pour ne pas heurter gravement les sentiments et les consciences d'une très large partie de la population. » Le film fut pourtant présenté au Festival de Cannes. À sa sortie, un an plus tard, on découvrit que l'œuvre ne valait pas une telle tempête ! Mais Rivette était lancé.

Roach, Hal

Producteur, réalisateur et scénariste américain né en 1892.

Comme réalisateur : Les premiers Harold Lloyd (jusqu'en 1920) ; The White Sheik (1924) ; Men of North (1930) ; Fra Diavolo (1933, avec Charles Rogers) ; Captain Fury (1939) ; One Million B.C. (avec son fils, 1940) ; Turnabout (1940) ; Road Show (1941) ; One Million Years B.C. (remake, 1966).

Le grand rival de Sennett. Après des débuts difficiles à l'Universal, il découvre Harold Lloyd qui fera sa fortune. Il lui adjoindra Snub Pollard, Will Rogers, Charlie Chase, et surtout Laurel et Hardy qu'il eut l'idée de réunir. Mais la popularité alla également à une série moins inspirée, *Our Gang.* Bref, alors que Sennett ne put résister à l'avènement du parlant, Roach bénéficia de l'appui de MGM et accumula les succès. Après 1950, il se tourna vers la télévision, mais y fut moins heureux.

Robbe-Grillet, Alain

Scénariste et réalisateur français né en 1922.

L'immortelle (1963) ; Trans-Europ-Express (1966) ; L'homme qui ment (1968) ; L'Eden et après (1971) ; N a pris les dés (1971) ; Glissements progressifs du plaisir (1974) ; Le jeu avec le feu (1975).

Ingénieur agronome, père du Nouveau Roman, il fit, comme scénariste, voler en éclats les structures traditionnelles du récit cinématographique dans *L'année dernière à Marienbad* dont il est, plus que Resnais, le véritable auteur. Son goût pour les intrigues qui se font et se défont, les personnages qui se dédoublent, se multiplient et se confondent, les signes qui s'inversent ou changent de valeur, se retrouve dans les œuvres qu'il met lui-même en scène par la suite. Œuvres importantes dans l'évolution de l'écriture cinématographique, mais où, contrairement à ce que l'on objecte parfois, le fond a une importance aussi grande que la forme. Ce pourrait être ennuyeux, mais Robbe-Grillet pimente ses films d'un érotisme venu tout droit du divin marquis : belles jeunes femmes nues enchaînées livrées aux caprices de maniaques sexuels. À cet égard le bordel auquel l'opéra de Paris tient lieu de décor dans *Le jeu avec le feu* est caractéristique des obsessions de Robbe-Grillet.

Robert, Yves

Acteur, producteur et réalisateur français né en 1920.

Les hommes ne pensent qu'à ça (1953) ; Ni vu, ni connu (1957) ; Signé Arsène

Lupin (1959) ; La famille Fenouillard (1960) ; La guerre des boutons (1961) ; Bébert et l'omnibus (1963) ; Les copains (1964) ; Monnaie de singe (1965) ; Alexandre le bienheureux (1967) ; Clérambard (1969) ; Le grand blond avec une chaussure noire (1972) ; Salut l'artiste (1973) ; Le retour du grand blond (1975) ; Un éléphant, ça trompe énormément (1976) ; Nous irons tous au paradis (1978) ; Courage fuyons (1979).

Ce bon acteur qui s'illustra à « la Rose Rouge » a su, comme réalisateur, bien choisir ses adaptations : Allais (*Ni vu, ni connu*), Leblanc (*Signé Arsène Lupin*), Christophe (*La famille Fenouillard*), Pergaud (*La guerre des boutons*), Jules Romains (*Les copains*), Marcel Aymé (*Clérambard*). Il a traité ses sujets avec respect et sans vulgarité. Collaborant avec Pierre Richard il a même créé un personnage comique, le grand blond avec une chaussure noire, dont les aventures bien rythmées ont connu un succès mérité. Au total une œuvre placée sous le signe d'un comique un peu littéraire et trop contrôlé aux yeux de certains, mais qui n'en force pas moins l'estime.

Roberti, Roberto Leone

Réalisateur italien.

L'assassina del Ponte Saint-Martin (1913) ; La Regina dell'Oro (1913) ; La vampira indiana (1913) ; L'ultima vittima (1913) ; Il barcaiolo del Danubio (1914) ; La piccola detective (1914) ; La prigione d'Acciaio (1914) ; La principessa di Bedford (1914) ; Sua Maesta il Sangue (1914) ; La Torre dell'Espiazione (1914) ; Dora o le spie (1917) ; La corsa al trono (1918) ; La paura d'amare (1918) ; Maciste poliziotto (1918) ; Anima allegra (1918) ; La donna nuda (1918) ; Piccola Fonte (1918) ; La piovra (1918) ; Saracinesca (1918) ; La contessa Sara (1919) ; Lisa Fleuron (1919) ; L'ombra (1919) ; La principessa Giorgio (1919) ; Serpe (1919) ; La sfinge (1919) ; Blessure (1921); Fama (1921) ; La ferita (1921) ; Maddalena Ferat (1921) ; Consuelita (1921) ; Ultimo Sogno (1921) ; Marion (1921) ; Fra Diavolo (coréal., 1925) ; Napoli que canta (1926) ; Mese Mariano (1928) ; Assunta Spina (1928) ; Il socio invisible (1939) ; La bocca sulla strada (1942).

Père de Sergio Leone, il a été l'un des pionniers du cinéma muet italien. Il paraît avoir eu le sens du divertissement populaire, passant du film historique au mélodrame, avec une parfaite aisance. Malheureusement, une grande partie de son œuvre semble perdue, ce qui rend difficile tout jugement.

Roberts, Stephen

Réalisateur américain, 1895-1936.

Courts métrages. Puis : Sky Bride (1932) ; Lady and Gent (1932) ; The Night of June 13 (1932) ; If I Had a Million (un sketch, Si j'avais un million, 1932) ; The Story of Temple Drake (1933) ; On Sunday Afternoon (1933) ; The Trumpet Blows (1933) ; Romance in Manhattan (1934) ; Star of Midnight (1935) ; The Man Who Broke the Bank at Monte Carlo (1935) ; The Lady Consents (1936) ; The Ex-Mrs. Bradford (1936).

Pilote de guerre reconverti dans l'aviation acrobatique, un accident brisa sa carrière de figurant et de cascadeur. Devenu metteur en scène, il tourna de nombreux courts métrages comiques, puis gagna du galon. Il eut ainsi la responsabilité d'adapter à l'écran *Sanctuaire* de Faulkner et réussit assez bien à en rendre l'atmosphère trouble dans *The Story of Temple Drake.*

Robertson, Cliff

Acteur et réalisateur américain né en 1925.

Comme réalisateur : J.W. Coop (1972) ; The Pilot (1979).

Solide acteur, il serait un non moins solide réalisateur. On dit grand bien de *J.W. Coop*. S'agit-il d'une œuvre trop typiquement américaine pour qu'on ne l'ait pas montrée en Europe ?

Robertson, John Stuart

Réalisateur américain, 1878-1964.

Baby Mine (1917) ; Intrigue (1917) ; The Bottom of the Well (1917) ; The Money Mill (1917); The Menace (1918) ; Girl of Today (1918) ; The Make-Believe Wife (1918) ; Come Out of the Kitchen (1919) ; The Misleading Widow (1919) ; Here Comes the Bride (1919) ; Little Miss Hoover (1919) ; The Test of Honor (1919) ; Let's Elope (1919) ; Erstwhile Susan (1919) ; Sadie Love (1919) ; The Better Half (1919) ; Dr. Jekyll and Mr. Hyde (Dr Jekyll et M. Hyde, 1920) ; Away Goes Prudence (1920) ; A Dark Lantern (1920) ; 39 East (1920) ; Footlights (1921) ; The Magic Cup (1921) ; Sentimental Tommy (1921) ; Love's Boomerang (1922) ; The Spanish Jade (Sous le soleil d'Espagne, 1922) ; Tess of the Storm Country (Tess au pays des tempêtes, 1922) ; The Bright Shawl (Le châle aux fleurs de sang, 1923) ; The Fighting Blade (1923) ; Twenty-One (1923) ; Classmates (1924) ; The Enchanted Cottage (1924) ; New Toys (1925) ; Shore Leave (1925) ; Soul-Fire (1925) ; Annie Laurie (1927) ; Captain Salvation (1927) ; The Road to Romance (1927) ; Shanghai Lady (La dame de Shanghai, 1929) ; The Single Standard (Le droit d'aimer, 1929) ; Captain of the Guard (avec Fejos, 1930) ; Madonna of the Streets (1930) ; Night Ride (1930) ; One Man's Journey (1933) ; Crime Doctor (1934) ; His Greatest Gamble (1934) ; Wednesday's Child (1934) ; Captain Hurricane (1935) ; Grand Old Girl (1935) ; Our Little Girl (1935).

Très réputé au temps du muet, il a alors signé des films importants comme sa version du *Doctor Jekyll and Mister Hyde* que jouait Barrymore, *Tess* avec Mary Pickford et *The Single Standard*, l'un des grands rôles de Greta Garbo. L'avènement du parlant le confina dans des productions secondaires à la R.K.O.

Robiolles, Jacques

Acteur et réalisateur français né en 1935.

Comme réalisateur : Le Dagmaluahk (1968) ; Les yeux de maman sont des étoiles (1971) ; Le train de Transylvanie (1973) ; Le jardin des Hespérides (1975).

Enfant du cinéma comme on naît enfant de la balle, ce fils d'un projectionniste a été acteur, scénariste et réalisateur, grâce à l'appui d'Henri Langlois qui subventionna son premier film. Plusieurs fois couronné dans les festivals, il n'en est pas moins resté marginal faute de concessions au goût du public et en dépit d'un climat poétique très personnel.

Robison, Arthur

Réalisateur allemand, 1888-1935.

Nacht des Grauens (1916) ; Schatten (Le montreur d'ombres, 1923) ; Zwischen Abend und Morgen (1923) ; Pietro der Korsar (1924) ; Manon Lescaut (1926) ; Der letzte Walzer (1927) ; Looping the Loop (1928) ; The Informer (1929) ; Mordprozess Mary Dugan (1931) ; Eines Prinzen Junge Liebe (1933) ; Fürst Woronzeff (1934) ; Monsieur le marquis (1935) ; Mach'mich glücklich (1935) ; Der Student von Prag (L'étudiant de Prague, 1935).

Américain élevé en Allemagne, il fit des études de médecine, monta sur scène en Suisse, écrivit en Allemagne des scénarios pour le cinéma. En 1923, il tourne l'un des chefs-d'œuvre de l'Expressionnisme : *Schatten*, dans des décors d'Albin Grau. Tout le film repose sur des jeux d'ombre suggestifs ou ornementaux, admirablement photographiés par Fritz Arno Wagner. De la mauvaise interprétation de ces ombres naît le drame. « Fantasmagorie lourde de signification : les ombres se substituent passagèrement aux vivants qui deviennent pendant ce laps de temps les spectateurs figés d'un destin de plus en plus hallucinant. » (Lotte Eisner, *L'écran démoniaque*). Robison ne retrouva jamais l'inspiration de ses débuts. Ses autres films, dont une première version du *Mouchard* d'O'Flaherty, sont des œuvres sans ambition.

Robson, Mark

Réalisateur américain, 1913-1978.

The Seventh Victim (La septième victime, 1943) ; The Ghost Ship (1943) ; Youths Run Wild (1943) ; Isle of the Dead (Ile des morts, 1945) ; Bedlam (Bedlam, 1946) ; Champion (Le champion, 1949) ; Home of the Brave (Je suis un nègre, 1949) ; Roughshod (1949) ; My Foolish Heart (Tête folle, 1949) ; Edge of Doom (La marche à l'enfer, 1950) ; Bright Victory (La nouvelle aurore, 1951) ; I Want You (Face à l'orage, 1951) ; Return to Paradise (Retour au paradis, 1953) ; Hell Below Zero (L'enfer au-dessous de zéro, 1954) ; Phffft (Phffft, 1954) ; The Bridges of Toko-Ri (Les ponts du Toko-Ri, 1955) ; A Prize of Gold (Hold-up en plein ciel, 1955) ; Trial (Le procès, 1955) ; The Harder they Fall (Plus dure sera la chute, 1956) ; The Little Hut (La petite hutte, 1957) ; Peyton Place (Plaisirs de l'enfer, 1957) ; The Inn of the Sixth Happiness (L'auberge du sixième bonheur, 1958) ; Nine Hours to Rama (A neuf heures de Rama, 1963) ; The Prize (Pas de lauriers pour les tueurs, 1963) ; Von Ryan's Express (L'express du colonel von Ryan, 1964) ; Lost Command (Les centurions, 1966) ; Valley of the Dolls (La vallée des poupées, 1967) ; Daddy's Gone A-Hunting (La boîte à chat, 1969) ; Happy Birthday (1971) ; Limbo (1973) ; Earth Cracking (Tremblement de terre, 1974) ; Avalanch Express (Avalanche Express, 1978).

Remarquable monteur de la RKO *(Citizen Kane, The Magnificent Ambersons, Journey into Fear, Cat People...),* Robson, venu de Montréal, où il était né, aux États-Unis, est engagé par Val Lewton pour réaliser quelques films d'horreur. C'est le succès de *La septième victime,* de l'*Île des morts* (avec Karloff) et de *Bedlam* (toujours Karloff) qui lui permet de tourner pour Kramer des œuvres plus ambitieuses comme *Le champion* (avec Kirk Douglas) ou *Home of the Brave* (sur le racisme). Il apparaît alors comme un réalisateur courageusement engagé, réputation que vient confirmer l'excellent *The Harder they Fall* sur la corruption des milieux de la boxe déjà évoqués dans *Champion.* Hélas, il y eut aussi beaucoup de comédies laborieuses (*Phffft*), de mélodrames pseudo-exotiques, de films de guerre (*Les ponts du Toko-Ri*) qui firent sombrer la réputation de Robson. Il parut se ressaisir avec *The Prize,* excellent thriller qui ridiculisait à tout jamais les lauréats du prix Nobel, ce qui montrait un sympathique non-conformisme. Malheureusement les films de guerre qui suivirent étaient bien conventionnels, surtout *L'express du colonel von Ryan* alors que *Les centurions* étaient malgré tout sauvés par une bonne distribution (Alain Delon, Anthony Quinn, Maurice Ronet...) Il ne put achever *Avalanch Express,* victime d'une crise cardiaque, et mourut dans un hôpital londonien.

Rocha, Glauber

Réalisateur brésilien, 1939-1981.

Courts métrages ; Barravento (1962) ; Deuse e o Diablo na terra do sol (Le dieu noir et le diable blond, 1964) ; Terra em transe (Terre en transe, 1967) ; Cancer (1968) ; O Dragao da Maldade contra o Santo – Guerreiro (Antonio das Mortes, 1969) ; Cabezas cortadas (Têtes coupées, 1970) ; Der Leone have sept cabeças (Le lion à sept têtes, 1970) ; A Idade da Terra (L'âge de la terre, 1980).

Critique puis animateur de « cinema novo », mouvement contestataire des jeunes cinéastes brésiliens. Ses films comme *Le dieu noir et le diable blond* ou *Antonio das Mortes* inversent la légende du cangaceiro au profit d'une critique sociale du Brésil. Images baroques et dénonciation des inégalités caractérisent le cinéma de Rocha. Pour la première fois on parle du Brésil de tous les jours. Couronné dans les festivals pour ses tendances néo-réalistes qui font les délices des jurys, Rocha laisse de plus en plus le baroque envahir ses images. Le déséquilibre s'installe. Il est contesté. D'autant qu'après avoir fui son pays, en 1971, il prend position, quelques années plus tard, en faveur de la dictature militaire. C'est la solitude, les ennuis d'argent, les divorces. L'échec de *L'âge de la terre* achève de le briser. Il meurt désespéré.

Rocha, Paulo

Réalisateur portugais.

Os verdes Anos (Les vertes années, 1963) ; Mudar de vida (1967) ; A Ilha dos amores (L'île des amours, 1982).

Très remarqué pour sa grande fresque de l'*île des Amours*, méditation sur les contacts entre civilisations.

Rochal, Grigori

Réalisateur russe né en 1898.

Gospoda Skotininy (Les messieurs Skotinine, 1925) ; Votre Excellence (1927) ; La Salamandre (1928) ; Deux femmes (1929) ; David Goulik (1931) ; Peterburgskaya natch (Les nuits de Saint-Pétersbourg, 1934) ; Les aubes de Paris (1937) ; Semya Oppenheim (Les Oppenheim, 1939) ; V poiskach radosti (1939) ; Delo Artamatovikh (L'affaire Artamatov, 1941) ; Les géants de la steppe (1942) ; Aba Ibrahim Koumanbaef (La chanson d'Abai, 1945) ; Pavlov (1949) ; Moussorgsky (1950) ; Rimsky-Korsakov (1952) ; Aleko (1954) ; Le révolté (1955) ; Le sel de la mer (1956) ; Deux sœurs (1957) ; L'armée 18 (1958) ; Aube maussade (1959) ; Le jugement des fous (1962) ; Karl Marx (1963).

Il fut d'abord, venu du théâtre juif Abima, le représentant au cinéma de cette communauté. À l'apogée du culte stalinien, il se spécialisa dans « les héros positifs », musiciens de préférence. Ses films sur Moussorgsky ou Rimsky-Korsakov, les seuls connus de Rochal hors de Russie, sont d'un profond ennui, avec des couleurs criardes et une interprétation médiocre. Seule la musique les rend supportables. De la dernière partie de la carrière de Rochal, on ne connaît que quelques titres, mais peut-être ne perd-on pas beaucoup.

Roeg, Nicholas

Opérateur et metteur en scène anglais né en 1928.

Comme réalisateur : Performance (avec D. Cammell, Performance, 1968) ; Walkabout (La randonnée, 1970) ; Don't Look Now (Ne vous retournez pas, 1974) ; The Man Who Fell to Earth (L'homme qui venait d'ailleurs, 1976) ; Bad Timing (Enquête sur une passion, 1980).

Opérateur réputé, il a été un réalisateur contesté. Injustement. Roeg est aussi un auteur. Tous ses films adoptent la forme d'une initiation (le gangster qui découvre le rock dans *Performance*, les enfants formés à la vie du désert dans *Walkabout*) ou une enquête (*Bad Timing*), dans un décor insolite (la Venise de *Ne vous retournez pas*, son chef-d'œuvre). Enquêtes ou initiations se concluent sur un échec : le gangster de *Performance* est abattu ; l'aborigène de *Walkabout* se suicide ; au moment où l'inspecteur de *Bad Timing* va découvrir la vérité, on apprend qu'il n'y a pas de meurtrier puisqu'il n'y a plus de cadavre.

Rogell, Albert S.

Réalisateur américain né en 1901.

Principaux films : The Greatest Meance (1923) ; The Mask of Lopez (1924) ; North of Nevada (1924) ; The Dangerous Coward (1924) ; Galloping Gallagher (1924) ; The Circus Cyclone (1925) ; Cyclone Cavalier (1925) ; The Wild Horse Stampede (1926) ; The Unknown Cavalier (Le cavalier inconnu, 1926) ; The Devil's Saddle (1927) ; The Shepherd of the Hills (Le pâtre des collines, 1928) ; The Phantom City (1928) ; The Lone Wolf's Daughter (1929) ; Aloha (1931) ; Sweepstakes (1931) ; The Rider of Death Valley (1932) ; The Wrecker (1933) ; The Hell Cat (1934) ; Escape from Devil's Island (1935) ; Grand Jury (1936) ; Murder in Greenwich Village (1937) ; Start Cheering (1938) ; The Lone Wolf in Paris (1938) ; City Streets (1938) ; The Last Warning (1938) ; For Love and Money (1939) ; Hawiian Nights (1939) ; Laugh It Off (1939) ; I Can't Give You Anything But Love, Baby (1940) ; Private Affairs (1940) ; Argentine Nights (L'auberge des loufoques, 1940) ; The Black Cat (1941) ; West Point Widow

(1941) ; Sailors on Leave (1941) ; Public Enemies (1941) ; Sleepytime Gal (1942) ; Jail House Blues (1942) ; Butch Minds the Baby (1942) ; True to the Army (1942) ; Priorities on Parade (1942) ; Youth on Parade (1942) ; Hit Parade of 1943 (1943) ; In Old Oklahoma (La ruée sanglante, 1943) ; Love, Honor and Goodbye (1945) ; Earl Carroll Sketchbook (1946) ; The Magnificant Rogue (1946) ; Heaven Only Knows (1947) ; Northwest Stampede (Le grand rodéo, 1948) ; Song of India (La révolte des fauves, 1949) ; The Admiral Was a Lady (1950) ; Before I Wake (1955) ; Men Against Speed (1958).

Débute très jeune comme cameraman puis assistant. Dans les années 20 il dirige les westerns de Ken Maynard (*The Unknown Cavalier*, etc.). Nombreux films de série B, s'élevant rarement au-dessus d'une honnête médiocrité. Les plus connus sont *Argentine Nights* pour les Ritz Brothers et *Song of India*, bon film d'aventures exotiques, aux couleurs chatoyantes, avec Sabu dans l'un de ses meilleurs rôles.

Rogosin, Lionel

Réalisateur américain né en 1924.

On the Bowery (1956) ; Come Back Africa (1959) ; Oysters Are in Season (comédie musicale, 1963) ; How Do You Like Them Bananas (comédie musicale, 1966) ; Good Times Wonderful Times (1966) ; Black Roots (1970) ; Black Fantasy (1972) ; Woodcutters of the Deep South (1973).

On the Bowery attira l'attention sur ce cinéaste dilettante, issu d'un milieu aisé et propriétaire d'un cinéma à Greenwich Village. La suite ne confirma pas la bonne impression initiale qui avait fait espérer en un renouveau du documentaire américain.

Rohmer, Éric

Réalisateur français, de son vrai nom Maurice Schérer, né en 1920.

Le signe du lion (1959) ; Paris vu par... (un sketch, 1965) ; La collectionneuse (1967) ; Ma nuit chez Maud (1969) ; Le genou de Claire (1970) ; L'amour l'après-midi (1972) ; La marquise d'O (1976) ; Perceval le Gallois (1978) ; La femme de l'aviateur (1980) ; Le riche mariage (1982).

Critique aux *Cahiers du cinéma*, coauteur avec Chabrol d'un *Hitchcock* qui cultivait le paradoxe, il fut porté à ses débuts, avec *Le signe du lion*, par la Nouvelle Vague. Il ne s'impose pourtant pas au même titre qu'un Truffaut, un Godard ou un Chabrol. Plus discret, plus austère, il dut attendre de longues années avant d'être consacré par la critique. Son œuvre s'est développée sur deux plans : le cycle des « contes moraux », jolies histoires dans la tradition d'un XVIIIe siècle modernisé où la séduction sinon le libertinage (notamment dans *Le genou de Claire*) occupe une grande place ; le cycle des adaptations littéraires, *La marquise d'O* d'après Kleist, *Perceval le Gallois* de Chrétien de Troyes, marqué par une stylisation remarquable des décors (peintures romantiques dans *La marquise d'O* ; miniatures du Moyen Age pour *Perceval* ; d'un côté une conception classique de l'espace, de l'autre une juxtaposition de plans hétérogènes et une utilisation volontaire de fausses échelles ; d'une part l'équilibre, de l'autre la naïveté ; le metteur en scène, dans un cas comme dans l'autre, recherchant volontairement l'artificiel, meilleur moyen de mettre en lumière une histoire simple et claire). L'œuvre de Rohmer fait référence à Murnau (auquel il consacra une thèse de doctorat de IIIe cycle très remarquée sur la notion d'espace dans son *Faust*) ainsi qu'à Mizoguchi mais elle porte avant tout la marque personnelle de l'auteur. Rigueur, élégance, mais aussi froideur, ce qui leur vaut des détracteurs, sont les caractéristiques de films qui occupent une place à part dans le cinéma français et reçurent la récompense justifiée d'un grand prix du ministère de la Culture en 1977.

Rollin, Jean

Réalisateur français né en 1938.

L'itinéraire marin (1962) ; Le viol du vampire (1967) ; La vampire nue (1969) ; Le frisson des vampires (1970) ;

Vierges et vampires (1971) ; La rose de fer (1972) ; Les démoniaques (1973) ; Lèvres de sang (1974) ; Phantasmes (1976) ; Fascination (1979) ; La nuit des traquées (1979).

Rollin mêle habilement érotisme et vampirisme dans des films plus érotiques que vampiriques. De film en film, c'est toujours la même recette. Aussi, malgré le charme des interprètes féminines, il a fini, semble-t-il, par lasser son public. Plus banal dans le genre érotique-fantastique que Mercier (*la Papesse*) ou Michel Lemoine (*week-ends maléfiques du comte Zaroff*), absent de ce dictionnaire, il l'emporte à la quantité. C'est son seul avantage.

Romero, Eddie

Réalisateur américain.

The Raiders of Leyte Gulf (1963) ; Cavalry Command (Commando aux Philippines, 1963) ; The Walls of Hell (avec DeLeon, 1964) ; Moro Witch Doctor (1964) ; The Ravagers (1965) ; Brides of Blood (avec DeLeon, 1968) ; Blood Demon (1969) ; Mad Doctor of Blood Island (1969) ; Beast of the Yellow Night (1970) ; Beast of Blood (1971) ; Twilight People (1972) ; Black Mama (1973) ; White Mama (1973) ; Beyond Atlantis (1974) ; Savage Sisters (1974).

Son domaine de prédilection demeure les Philippines où il a beaucoup travaillé avec DeLeon : films de guerre comme *Cavalry Command* ou films fantastiques. C'est dans ce dernier filon qu'il s'est spécialisé entre 1968 et 1975 : docteurs fous et monstres assoiffés de sang qui ne brillent guère par l'originalité de leurs aventures ni par la façon dont ils sont mis en scène.

Romero, George A.

Réalisateur américain né en 1939.

Night of the Living Dead (La nuit des morts-vivants, 1969) ; There's Always Vanilla (1970) ; Jack's Wife (1970) ; Crazies (La nuit des fous vivants, 1973) ; Martin (Martin, 1976) ; Zombie (1978) ; The Knightriders (1981).

La nuit des morts-vivants le fit entrer dans le cercle étroit des maîtres de l'épouvante. Il avait su rendre crédible cette histoire de ressuscités par tout un contexte néo-réaliste. Même approche nouvelle pour le thème du vampire avec *Martin* : le héros n'est plus un être surnaturel et maléfique, mais un pauvre hère, un malade, une victime de la société. Romero tourne ses films avec un matériel léger et une équipe restreinte dans des décors de la vie quotidienne, préférant pour faire naître la terreur le réalisme au baroque de Brian de Palma ou de Fuest.

Romm, Mikhaïl

Réalisateur russe, 1901-1971.

Puichka (Boule de suif, 1934) ; Trinadtzst (Les treize, 1937) ; Lenin v Oktiabre (Lénine en octobre, 1937) ; Lenin v 1918 Godu (Lénine en 1918, 1939) ; Mietschta (Le rêve, 1943) ; Tscheloviek nr.217 (Matricule 217, 1944) ; Russkii Wapros (La question russe, 1947) ; Sekretnaia missia (Mission secrète, 1950) ; Admiral Ustschiakov (Amiral Tempête, 1952) ; Korabli Schturmuiut Bastiony (Les navires attaquent les bastions, 1953) ; Ubustvo na Ulitse Dante (Le meurtre de la rue Dante, 1956) ; Deviat Dniei Odnovo Goda (Neuf jours d'une année, 1961) ; Oby Knovennyi Fachizm (Le fascisme ordinaire, 1964).

Son œuvre s'ouvre et s'achève par deux réussites : *Boule de suif,* habile adaptation de la nouvelle de Maupassant, très populaire en U.R.S.S., et *Le fascisme ordinaire*, terrible montage de documents sur les atrocités des nazis (jeunes gens pendus, camps, etc.). Dans l'intervalle, Romm n'échappa guère aux canons du réalisme socialiste, qu'il s'agisse de ses évocations de Lénine ou de l'amiral Ustschiakov, encore que ces films ne soient pas dépourvus de mouvement. Venu du journalisme et de la sculpture, traducteur en russe de Flaubert et de Zola, scénariste intelligent et bon technicien, Romm aurait pu, sans Jdanov et Béria, donner davantage de chefs-d'œuvre au cinéma russe.

BIBLIO : Prédal, *Romm*, Anthologie du cinéma (t. IX, 1976).

Ronet, Maurice

Acteur et réalisateur né en 1927.

Comme réalisateur : Le voleur de Tibidabo (1965) ; L'île des dragons (1973) ; Bartleby (1977).

On connaissait l'admirable comédien ; on ne prêta qu'un œil distrait au *Voleur de Tibidabo*, comédie charmante mais sans prétention, et l'on négligea *L'île des dragons*, documentaire hallucinant sur les lézards géants du cinquième continent. *Bartleby*, qui adaptait une nouvelle d'Herman Melville, révéla un *vrai* metteur en scène, sachant filmer et diriger ses acteurs. *Bartleby* est un chef-d'œuvre. Depuis Ronet est passé à la télévision pour un cycle Poe, mais on conserve l'espoir de le voir à nouveau travailler comme réalisateur pour le grand écran.

Room, Abram

Réalisateur russe, 1894-1976.

Principaux films : Boukhta smerti (La baie de la mort, 1926) ; Predatel (Le traître, 1926) ; Tretya Mechtchanskaya (Trois dans un sous-sol, 1926) ; Prividenige kotoroye ne vozvrachtchayetsa (Le fantôme qui ne revient pas, 1930) ; Plan velikikh rabat (Un plan pour de grandes œuvres, 1930) ; Les criminels (1933) ; Le jeune sérieux (1936) ; Escadrille n° 5 (1939) ; Vent d'Est (1941) ; Nachestvige (Invasion, 1945) ; Dans les montagnes de Yougoslavie (1945) ; Jury d'honneur (1949) ; Le cœur nouveau (1956) ; Le bracelet (1965) ; Yakov Bogomolov (1970) ; Fleurs tardives (1972) ; L'homme hors du temps (1973).

Dentiste (la roulette mène à tout !) puis journaliste, il débute au théâtre en 1914 où il s'impose rapidement. Sans renoncer à ce type d'activité, il suit les cours de Koulechov à l'École du cinéma de Moscou. De son œuvre cinématographique, deux titres seulement sont connus : *Trois dans un sous-sol*, sur la crise du logement au temps de la NEP, et le fameux *Fantôme qui ne revient pas*.

Rooney, Mickey

Acteur et réalisateur américain né en 1922.

My True Story (1951) ; The Private Lives of Adam and Eve (avec Zugsmith, 1960).

Ce populaire acteur s'est essayé sans grand succès à la mise en scène. *Adam et Eve* est une œuvre curieuse avec des séquences oniriques dues à Zugsmith.

Roos, Jorgen

Réalisateur danois né en 1922.

Flugten (La fuite, 1942) ; Koerlighed pa rullerskojter (L'amour sur des patins à roulettes, 1943) ; Hjertetyven (Le voleur de cœurs, 1943) ; Historien om en mand (Histoire d'un homme, 1944) ; Pa besog hos kong Tingeling (En visite chez le roi Tingeling, 1947) ; Goddag dyr (Salut, animal, 1947) ; Isen brydes (La glace est rompue, 1947) ; Opus I (1948) ; Mikkel (Michel, 1948) ; Paris pa to mader (Paris vu de deux manières, 1949) ; Jean Cocteau (1949) ; Tristan Tzara (1949) ; Det definitive afslag pa anmodningen om et kys (Le refus définitif d'un baiser, 1949) ; Spiste horizonter (Les horizons mangés, 1950) ; Willumsen (1951) ; Den stromlinjede gris (Le porc à la forme aérodynamique, 1952) ; Slum (1952) ; Ferieborn (Enfants en vacances, 1952) ; Lyset i natten (Lumière dans la nuit, 1953) ; Spoedbarnet (Le nouveau-né, 1953) ; Goddag born (Salut, enfant, 1953) ; Skyldig, ikke skyldig (Coupable et non coupable, 1953) ; Kalkmalerier (Peintures murales, 1954) ; Avisen (Le journal, 1954) ; Mit livs eventyr (Le conte de ma vie, 1955) ; 6 dageslobet (Les six jours, long métrage, 1958) ; Friluft (Air pur, 1959) ; Copenhague (1960) ; Les îles Feröe (1960) ; Sisimiut (1966).

Opérateur de Dreyer pour *Ils attrapèrent le bac*, Roos s'est vite détourné du cinéma classique pour le film expérimental. Ses courts métrages montrent une très grande variété d'inspiration avec une nette prédominance pour le surréalisme (*Refus définitif d'un baiser ; Les horizons mangés*). Ne rend-il pas hommage à Cocteau et à Tzara ? Mais le reportage ou le constat social l'attirent également. Il consacre un premier long métrage à la course cycliste des six jours où triomphaient les Kint, Van Steenbergen, Schulte et autres Lapébie. Dans *Air pur*, on trouve une histoire pleine d'humour des rapports de l'homme et de la nature. Roos s'est trop dispersé pour prendre la succession, à la tête de la production danoise, de Dreyer qui en avait fait son « dauphin ». Cela n'ôte rien à l'agrément que procurent ses courts métrages.

Rosa, Silvio Laurenti

Acteur et réalisateur italien, 1892-1965.

Segreto di stato (1914) ; L'esplosione del fortino B.12 (1915) ; Battaglia da Plava al mare (1917) ; Battaglia dall' astico al Piave (1917) ; L'impronta (1920) ; Skeletros (1921) ; La scialle maledetto di Caterina II (1921) ; Katiuscia (1923) ; Dalle cinque giornate di Milano alla Breccia di Porte Pia (1923) ; La tappe della gloria e dell'ardire italici (1924) ; Raganella (1924) ; Garibaldi e i suoi tempi (1926) ; I martiri d'Italia (1927) ; Da Icaro a de Pinedo (1927) ; Madre italiana (1927) ; Naufraghi (1939) ; ... E non dirsi addio (1948) ; La folla (1951).

Pionnier du cinéma italien, il a d'abord travaillé pour la célèbre firme Pasquali. Engagé volontaire, il tourna quelques œuvres guerrières pour la section cinématographique de l'armée. Il reprit ensuite une activité de cinéaste allant même tourner en Russie une *Catherine II*. Son œuvre est fort diverse, à la fin du muet, du vagabond Raganella qui recueille un jeune orphelin à l'épopée de Garibaldi et à l'évocation des gloires italiennes (Dante, Machiavel, Petrarque, Silvio Pellico dans *I martiri d'Italia)*. L'avènement du parlant lui fut fatal. Que valait son œuvre ? Sa veuve a jeté ses films, en 1977, faute de trouver une cinémathèque pour les abriter.

BIBLIO : V. Martinelli, Silvio Laurenti Rosa. *Les cahiers de la Cinémathèque* n° 26-27.

Rosen, Philip

Réalisateur américain, 1888-1951.

Principaux films : Beach Comber (1916) ; The Road to Divorce (1920) ; Extravagance (1921) ; The Young Rajah (1922) ; Abraham Lincoln (1924) ; Heart of a Siren (1925) ; The Cruel Truth (1927) ; The Apache (1928) ; The Phantom in the House (1929) ; Second Honeymoon (1930) ; Arizona Terror (1931) ; Klondike (1932) ; Young Blood (1933) ; The Phantom Broadcoast (1933) ; Beggars in Ermine (1934) ; West of Pecos (1934) ; Unwelcome Stranger (1935) ; Missing Girls (1936) ; Jim Hanvey Detective (1937) ; It Could Happen to You (1937) ; Forgotten Girls (1940) ; Phantom of Chinatown (1940) ; Double Alibi (1940) ; Queen of the Yukon (1940) ; The Deadly Game (1941) ; Murder by Invitation (1941) ; Paper Bullets (1941) ; I Killed that Man (1941) ; The Man With Two Lives (1942) ; The Mystery of Marie Roget (1942) ; Prison Mutiny (1943) ; You Can't Beat the Law (1943) ; Charlie Chan in the Secret Service (1944) ; The Chinese Cat (1944) ; Return of the Ape Man (1944) ; Black Magic (1944) ; Captain Tugboat Annie (1945) ; The Jade Mask (1945) ; Army Wives (1945) ; The Scarlet Clue (1945) ; The Red Dragon (1945) ; In Old New Mexico (1945) ; The Cisco Kid in New Mexico (1945) ; Step by Step (1946) ; The Shadow Returns (1946) ; The Strange Mr. Gregory (1946) ; The Secret of St. Ives (1949) ; Sins of the Fathers (1949).

À raison de deux films par an, de 1916 à 1949, la liste des œuvres tournées par Rosen finit par être impressionnante. On ne peut guère sauver que les bandes de la fin : *The Mystery of Marie Roget*, d'après Poe, *Charlie Chan in Secret Service* (Sidney Toller y remplace, avec désormais plus de conviction, Warner Oland), *The Secret of St. Ives*. Précédemment opérateur chez Edison, il avait toutefois, au temps du muet, signé un *Lincoln* dont les historiens du cinéma américain parlent encore avec émotion. Peut-être Rosen a-t-il bêtement gâché son talent dans la série Z.

Rosenberg, Stuart

Réalisateur américain né en 1928.

Murder Inc. (avec Balaban, Crime, société anonyme, 1960) ; Frage 7 (Question 7, 1961) ; The Black List (doc., 1964) ; Cool Hand Luke (Luke la main froide, 1967) ; The April Fools (Folies d'avril, 1969) ; W.U.S.A. (Wusa, 1970) ; Move (Move, 1970) ; Pocket Money (Les indésirables, 1972) ; The Laughing Policeman (Le flic ricanant, 1973) ; The Drowning Pool (La toile d'araignée, 1975) ; Voyage of the Damned (Le voyage des damnés, 1976) ; Love and Bullets (Avec les compliments de Charlie, 1979) ; The Amityville Horror (Amityville, la maison du Diable, 1979) ; Brubaker (1980).

Solide artisan qui a fait ses preuves à la télévision. Il a surtout servi de faire-valoir à Paul Newman dans plusieurs films dont le fameux *Cool Hand Luke*, thème repris pour Redford dans *Brubaker*. Il est surtout à l'aise dans le film policier, de *Murder Inc.*, sa première œuvre, jusqu'à ce *Drowning Pool* où il retrouvait l'atmosphère des romans de Ross McDonald, en passant par l'extravagant *Laughing Policeman* avec Walter Matthau.

Rosi, Francesco

Réalisateur italien né en 1922.

La sfida (Le défi, 1957) ; I magliari (1959) ; Salvatore Giuliano (Salvatore Giuliano, 1961) ; Le mani sulla citta (Main basse sur la ville, 1963) ; Il momento della verita (Le moment de la vérité, 1964) ; C'era una volta (La belle et le cavalier, 1966) ; Uomini contro (Les hommes contre,. 1970) ; Il caso Mattei (L'affaire Mattei, 1971) ; Lucky Luciano (Lucky Luciano, 1973) ; Cadaveri eccelenti (Cadavres exquis, 1975) ; Cristo si è fermato a Eboli (Le Christ s'est arrêté à Eboli (1979) ; Tre fratelli (Trois frères, 1981).

Le plus doué des réalisateurs de sa génération. Il a fait patiemment ses armes, après ses études de droit, comme assistant de Visconti (*La terre tremble*), d'Emmer, Antonioni, Monicelli, etc., ainsi que comme coscénariste. Né à Naples, il sait ce dont il parle lorsqu'il évoque les multiples visages du banditisme (*Salvatore Giuliano*), de la maffia (*Lucky Luciano*), des milieux d'affaires (de *Main basse sur la ville* à *Mattei*), des formations de droite (*Cadavres exquis*). Cinéaste engagé, il sait éviter le plus souvent un manichéisme simpliste en présentant des films-dossiers, films d'enquêteurs ou de journalistes à la recherche d'une vérité qui peut n'être pas toujours bonne (cf. la fin de *Cadavres exquis* : le parti communiste n'approfondit pas la version officielle de la mort du juge et de son secrétaire général, car la vérité n'est pas toujours révolutionnaire). On se laisse séduire par la rigueur de la méthode, le souci de l'exactitude (ressemblance des acteurs avec les personnages historiques qu'ils incarnent), la qualité de l'image, la remarquable direction des acteurs (Alain Cuny est éblouissant dans le rôle de l'officier des *Hommes contre*). Les films de Rosi sont des « procès ouverts » mais conduits selon une méthode personnelle.

BIBLIO : M. Ciment, *Rosi* (1976) ; Jean Gili, *Rosi* (1977).

Ross, Herbert

Réalisateur américain né en 1927.

Goodbye Mr. Chips (1969) ; The Owl and the Pussy Cat (1970) ; T.R. Baskin (1971) ; Play It Again Sam (Tombe les filles et tais-toi, 1972) ; The Last of Sheila (Les invitations dangereuses, 1973) ; Funny Lady (1975) ; The Sunshine Boys (1975) ; The Seven-Per-Cent Solution (Sherlock Holmes attaque l'Orient Express, 1976) ; The Turning Point (Le tournant de la vie, 1977) ; Californie Suite (1978) ; Nijinsky (Nijinsky, 1980) ; Pennies from Heaven (1982).

Acteur et danseur, il a été à Broadway et à Hollywood un brillant chorégraphe (*Carmen Jones, Doctor Dolittle* et *Funny Girl*), de là l'importance de la danse dans son œuvre de réalisateur (*The Turning Point* et sa remarquable biographie de Nijinsky). Mais il sut filmer Woody Allen dans *Play It Again Sam*, hommage-parodie à Bogart, et mettre en scène l'une des plus ahurissantes aventures de Sherlock Holmes où celui-ci allait se faire psychanalyser à Vienne par le docteur Freud : *Seven-Per-Cent Solution*, d'après un roman de Nicholas Meyer. Ross peut passer de la version chantée de *Goodbye Mr. Chips*, son premier film, à un thriller réunissant une pléiade de vedettes, *The Last of Sheila*, avec la même aisance. Jusqu'ici ce talentueux pensionnaire de l'American Ballet Theatre n'a pas déçu.

Rossellini, Roberto

Réalisateur italien, 1906-1977.

Daphne (c.m., 1936) ; Prélude à l'après-midi d'un faune (c.m., 1938) ; Luciano Serra (réal. associé, 1938) ; Fantasia sottomarina (c.m., 1939) ; Il tacchino prepotente (c.m., 1939) ; La vispa teresa (c.m., 1939) ; Il ruscello di ripasottile (c.m., 1941) ; La nave bianca (avec De Robertis, 1941) ; Un pilota ritorna (1942) ; L'invasore (Supervision, 1943) ; L'uomo della croce (L'homme de la croix, 1943) ; Roma città aperta (Rome ville ouverte, 1945) ; Desiderio (avec Pagliero, La proie du désir, 1946) ; Paisa, (Paisa 1946) ; L'amore (La voix humaine et le miracle, 1948) ; Germania, anno zero (Allemagne année zéro, 1948) ; Francesco, giullare di dio (Onze fioretti de François d'Assise, 1950) ; Stromboli, terra di dio (Stromboli, 1951) ; I sette peccati capitali (le sketch de l'envie, Les sept péchés capitaux, 1952) ; Europa 51 (Europe 51, 1952) ; La macchina ammazzacattivi (La machine à tuer les méchants, 1952) ; Siamo donne (sketch Ingrid Bergman, Nous les femmes, 1953) ; Dov'è la libertà ? (Où est la liberté ?, 1954) ; Viaggio in Italia (Le voyage en Italie/L'amour est le plus fort, 1954) ; Amori di mezzo secolo (un sketch, 1954) ; Giovanna d'Arco al rogo (Jeanne au bûcher, 1954) ; La paura (La peur, 1954) ; Il generale della Rovere (Le général della Rovere, 1959) ; India (India, 1959-1960) ; Era notte a Roma (Les évadés de la nuit, 1960) ; Viva l'Italia (Viva l'Italia, 1961) ; Torino nei centi anni (film pour la télévision, 1961) ; Vanina Vanini (Vanina Vanini, 1961) ; Anima nera (1962) ; Rogopag (un sketch, 1963). *Tous les films qui suivent ont été réalisés pour la télévision* : L'eta del ferro (L'âge de fer, 1964) ; La presa del potere di Luigi XIV (La prise du pouvoir par Louis XIV, 1966) ; Idea di un isola (1967) ; Gli atti degli apostoli (Les actes des apôtres, 1968) ; Lotta per le sopra vivenza (La lutte de l'humanité pour sa survivance, 1970) ; Socrate (1970) ; Agostino d'Ippona (Saint-Augustin, 1972) ; Pascal (1972) ; L'eta di Cosimo (1973) ; Cartesio (1974) ; Il Messia (1976).

La carrière de Rossellini passe par plusieurs phases. Elle débute sous le signe du fascisme avec une trilogie, *La nave bianca* (qui doit beaucoup à De Robertis), *Un pilota ritorna* et *L'uomo della croce*, qui en fait indiscutablement l'un des chantres du régime au même titre que Genina, De Robertis ou Blasetti. Pourquoi le nier ? Une deuxième période commence en 1945 avec *Rome ville ouverte*. Ce film, inspiré par un chef de la résistance, bien qu'aujourd'hui très vieilli et presque insupportable, marque le début du néo-réalisme. *Paisa* amplifie cette vision de l'Italie à travers 6 sketches auxquels collabora Fellini. Vision étendue ensuite à l'Allemagne de l'après-guerre, de l'année zéro. Avec Ingrid Bergman s'ouvre une nouvelle période, celle des chefs-d'œuvre comme *Viaggio in Italia*, saisissante analyse du couple menacé de se défaire. C'est l'époque où Rossellini est salué comme l'un des maîtres du cinéma. Mais les œuvres suivantes qui exploitent le filon historique (*Viva l'Italia*) ou ressuscitent la résistance (*Le général della Rovere*) sont mal accueillies par le public et par la critique. Découragé, Rossellini se tourne vers la télévision. Son *Louis XIV*, très contesté par les historiens, marque l'ultime étape de sa carrière. Le cinéma lui paraît désormais « absolument vain », il est condamné à se répéter. Avec la télévision, Rossellini entend se faire professeur et selon son expression « ne pas transmettre de message » mais « offrir au spectateur une série d'informations qui lui laissent la liberté de son jugement ». « Ma seule réponse, c'est l'humble découverte de l'homme ». À dire vrai, trop didactiques, ses films sur Socrate ou Pascal nous apparaissent bien pesants.

Rossellini a probablement été le cinéaste italien le plus discuté, en raison de ses choix politiques, de sa vie privée et du christianisme qui imprègne une grande partie de son œuvre. Mais il faut reconnaître que son influence a été profonde sur de nombreux cinéastes.

BIBLIO : R. Predal, *Rossellini*, Anthologie du cinéma (1979).

Rossen, Robert

Scénariste et réalisateur américain, 1908-1966.

Comme réalisateur : Johnny O'Clock (L'heure du crime, 1947) ; Body and Soul (Sang et or, 1947) ; All the King's Men (Les fous du Roi, 1949) ; The Brave Bulls (La corrida de la peur, 1951) ; Mambo (Mambo, 1954) ; Alexander the Great (Alexandre le Grand, 1956) ; Island in the Sun (Une île au soleil, 1957) ; They Came to Cordura (Ceux de Cordura, 1959) ; The Hustler (L'arnaqueur, 1961) ; Lilith (Lilith, 1964).

Excellent scénariste (la Warner lui doit quelques-uns de ses meilleurs sujets de *They Won't Forget* à *The Sea Wolf* en passant par *The Roaring Twenties*), il a été plus contesté comme réalisateur. Parfois bien lourd en effet lorsqu'il se veut cinéaste engagé (*Une île au soleil*) ou lancé dans la superproduction (*Alexandre le Grand*), il est plus à l'aise dans le film noir dont il fut, comme scénariste, l'un des pères. Il sait admirablement reconstituer l'atmosphère tendue et enfumée des salles où s'affrontent boxeurs (*Body and Soul*) ou joueurs de billards (*L'arnaqueur*), le monde interlope qui les fréquente, les ruses et les combines des adversaires et de leurs managers. Sa vision du monde politique (*Les fous du roi*) comme celle de l'univers de la folie (*Lilith*), sans être exemptes de défauts, n'emportent pas moins, par des voies directement opposées, l'adhésion du spectateur.

Rossi, Franco

Réalisateur italien né en 1919.

I falsari (Police en alerte, 1950) ; Il seduttore (1954) ; Amici per la pelle (Amis pour la vie, 1955) ; Solo per te (1956) ; Amore a prima vista (1958) ; Calypso (coréal., 1959) ; Morte di un amico (1960) ; Odissea nuda (L'odyssée nue, 1961) ; Smog (1962) ; Alta infedelta (Haute infidélité, 1er sketch, 1964) ; Tre notti d'amore (3e sketch, 1964) ; Controsesso (1er sketch, 1964) ; Le bambole (Les poupées, 3e sketch, 1965) ; I complessi (Les complexés, 2e sketch, 1965) ; Non faccio la guerra, faccio l'amore (1966) ; Una rosa per tutti (Une rose pour tous, 1967) ; Le streghe (Les sorcières, 4e sketch, 1967) ; Le avventure di Ulisse (1969) ; Giovinezza giovinezza (1969) ; Le avventure di Enea (1974) ; Porgi l'altra guancia (1974) ; Come una rosa al naso (1976) ; L'altra metà del cielo (1977).

Deux films retinrent l'attention : *Amis pour la vie*, d'une sensibilité qui frôlait la sensiblerie, et *L'odyssée nue*. Puis cet ancien assistant de Camerini et de Castellani alla se perdre dans des films à sketches où il parut généralement mal inspiré.

Rossif, Frédéric

Monteur et réalisateur français né au Monténégro en 1922.

Le temps du ghetto (1961) ; Mourir à Madrid (1962) ; Les animaux (1963) ; Révolution d'octobre (1967) ; Un mur à Jérusalem (1968) ; Aussi loin que l'amour (1970) ; Pourquoi l'Amérique (1970) ; La fête sauvage (1975) ; Picasso (1982) ; Brel (1982).

Spécialiste des films de montage, passant du document historique au monde des animaux, de la guerre d'Espagne (*Mourir à Madrid*) à l'Afrique des savanes (*La fête sauvage*), il a connu de beaux succès fondés sur une objectivité qui ne pouvait être que relative puisque le montage n'est jamais innocent. Aujourd'hui on lui reproche sa « roublardise » et ses « flonflons », cette prétendue objectivité et sa fausse poésie (cf. *Cinéma 80* : Dictionnaire du cinéma français des années 70).

Rosson, Arthur

Réalisateur américain d'origine anglaise, 1889-1960.

Principaux films : The Man Who Made Good (1917) ; American, That's All (1917) ; Cassidy (1917) ; Sahara (1919) ; A Splendid Hazard (1920) ; Desert Blossoms (1921) ; The Satin Girl (1923) ; The Measure of Man (1924) ; The Taming of the West (1925) ; The Fighting Demon (1925) ; Wet Paint (1926) ; Stranded in Paris (1926) ; The Last Outlaw (1927) ; Silk Legs (1927) ; The Farmer's Daughter (avec Taurog, 1927) ; The Play Girl (1928) ; Points West (1929) ; The Long Long Trail (1929) ; The Mounted Stranger (1930) ; Women Who Play (1932).

Venu d'Angleterre, très jeune, aux États-Unis, il travaille dans les mines d'or du Nevada puis fait ses débuts d'acteur sur des scènes minables avant de devenir cascadeur à Hollywood. Collaborateur de Dwan à la Triangle, il obtient bien vite sa chance comme metteur en scène et tourne westerns et mélodrames à la commande. Le son brise sa carrière – une carrière que poursuit un peu plus longtemps son frère Richard également metteur en scène tandis que l'autre frère, Hal, devient un opérateur réputé. Arthur Rosson a collaboré après 1935, comme associate director, aux meilleurs films de DeMille.

Rotha, Paul

Réalisateur anglais né en 1907.

Principaux films : Contact (1933) ; Face of Britain (1935) ; World of Plenty (1943) ; The World Is Rich (1948) ; No Resting Place (1951) ; Das Leben von Adolf Hitler (La vie d'Adolf Hitler, 1960).

Influencé par Vertov et Grierson, il a joué un rôle important dans l'évolution du documentaire anglais. Il a écrit deux livres : *The Film Till Now* et *Documentary Film.*

Rouch, Jean

Réalisateur français né en 1917.

Courts métrages : Au pays des mages noirs (1947) ; Hombroï (1949) ; Les magiciens noirs (1949) ; La circoncision (1949) ; Cimetières dans la falaise (1950) ; Bataille sur le grand fleuve (1951) ; Les gens qui font la pluie (1951) ; Les gens du mil (1951) ; Les maîtres fous (1955) ; Moro Naba (1957) ; Hampi (1960) ; Abidjan (1962) ; Urbanisme africain (1962) ; Pêcheurs du Niger (1962) ; Les cocotiers (1963) ; Les veuves de 15 ans (1964) ; Le signe (1969). *Longs métrages* : Les fils de l'eau (1955) ; Moi un noir (1958) ; La pyramide humaine (1959) ; Chronique d'un été (avec E. Morin, 1961) ; La punition (1963) ; Monsieur Albert prophète (1963) ; La fleur de l'âge (1964) ; Paris vu par (un sketch, 1965) ; La chasse au lion à l'arc (1965) ; La goumbe des jeunes noceurs (1966) ; Jaguar (1967) ; Petit à petit (1970) ; L'an 01 (coréal., 1972) ; La Dame d'Embara (1974) ; Babatu (1976) ; Cocorico Monsieur Poulet (1977) ; Ambara Dama (avec G. Dieterlen, 1981).

Ethnographe et cinéaste, fils d'un directeur du musée océanographique de Monaco, directeur de recherche au Centre national de la Recherche scientifique, il est un peu à l'Afrique ce que fut Humboldt à l'Amazonie. Observateur attentif mais aussi poète, il se réclamerait peut-être plus volontiers de Michel Leiris et de son *Afrique fantôme.* Cinéma-vérité certes, mais aussi cinéma-poésie, d'un homme qui a été marqué dès son enfance par le cinéma de Murnau et de Flaherty. *Nanouk* est la référence suprême. Qu'il ait reçu de nombreux prix dans les festivals n'a rien changé à sa modestie qui est celle du vrai savant.

Roudès, Gaston

Acteur, scénariste et réalisateur.

La conscience de Cheval Rouge (1911) ; La piste argentée (1911) ; L'honneur de l'homme rouge (1912) ; Au-delà des lois humaines (avec Dumont, 1921) ; Les élus de la mer (avec Dumont, 1921) ; Les petits (avec Dumont, 1922) ; La dette (1922) ; Maître Evora (1922) ; La voix de l'Océan (1922) ; Le lac d'argent (1923) ; Le petit moineau de Paris (1923) ; Le crime des hommes (1923) ; La guitare et le jazz-band (1923) ; Pulcinella (1924) ; Les Rantzau (1924) ; L'espionne (1925) ; L'éveil (1925) ; La douleur (1925) ; La maternelle (1925) ; Oiseaux de passage (1926) ; Le Prince Zilah (1926) ; Le chemin de la gloire (1927) ; Cousine de France (1927) ; L'âme de Pierre (1927) ; La maison du soleil (1929) ; Roger la Honte (1932) ; L'assommoir (1933) ; Le petit Jacques (1934) ; La maison du mystère (1935) ; Le chant de l'amour (1935) ; La joueuse d'orgue (1936) ; Les enfants de Paris (1937) ; La tour de Nesle (1937) ; Une main a frappé (1939).

Une œuvre abondante mais sans grand relief, à l'exception des westerns français de la série *Arizona Bill* avec Joë Hamman et d'une mémorable (pour l'époque) scène d'orgie dans *La Tour de Nesle.*

Rouffio, Jacques

Réalisateur français né en 1928.

L'horizon (1967) ; Sept morts sur ordonnance (1976) ; Violette et François (1977) ; Le sucre (1979) ; La passante du Sans-Souci (1982).

L'échec de *L'horizon* l'a contraint à dix ans de silence. De là peut-être le pessimisme de *Sept morts sur ordonnance*, d'une implacable cruauté, et la bouffonnerie grandiose – encore que fort vraisemblable – de la spéculation imaginée par Conchon dans *Le sucre.* Avec *La passante du Sans-Souci,* changement de style. S'étendant sur la période de 1933 à 1981, Rouffio confronte à travers Max et Lina, Piccoli et Romy Schneider, le passé et le présent, qui n'est jamais que le passé répété, bégayé, la France et l'Allemagne, l'idée de liberté et le nazisme.

Rouleau, Raymond

Acteur et réalisateur d'origine belge né en 1904.

Comme réalisateur : Suzanne (1932) ; Une vie perdue (1933) ; Rose (1936) ; Trois, six, neuf (1937) ; Le Messager (1937) ; Les sorcières de Salem (1956) ; Les amants de Teruel (1962).

Comédien doué, il fut plus discuté comme metteur en scène. Ne fut-il pas en définitive victime de ses interprètes, le couple Montand-Signoret (en revanche Mylène Demongeot était éblouissante) dans *Les sorcières de Salem* et Ludmilla Tcherina dans *Les amants de Teruel* ?

Roullet, Serge

Réalisateur français né en 1926.

Le mur (1966) ; Benito Cereno (1968) ; La fille à l'envers (1973).

Il eut l'audace de s'attaquer au *Mur* de Sartre, et, à force de rigueur, tint son pari. Il le tint à nouveau avec le *Benito Cereno* de Melville. Puis il tourna une œuvre originale : *La fille à l'envers.*

Rouquier, Georges

Réalisateur français né en 1909.

Courts métrages : Vendanges (1929) ; Le tonnelier (1942) ; Le charron (1943) ; L'économie des métaux (1943) ; La part de l'enfant (1943) ; Le chaudronnier (1949) ; Le sel de la terre (1950) ; Les galeries de Malgovert (1952) ; Le lycée sur la colline (1953) ; Un jour comme les autres (1953) ; Arthur Honegger (1955) etc. *Longs métrages :* Farrebique (1946) ; Sang et lumière (1954) ; Lourdes et ses miracles (1955) ; S.O.S. Noronha (1956).

Célèbre pour ses courts documentaires consacrés à un métier artisanal et pour *Farrebique,* évocation poétique, encore que bien ennuyeuse, de la vie paysanne au cours des quatre saisons, Rouquier semble avoir eu quelques problèmes lorsqu'il s'est agi de passer au film de fiction comme *Sang et lumière* d'après le roman de Joseph Peyré.

Rouse, Russell

Réalisateur américain né en 1916.

The Well (Le puits, 1951) ; The Thief (L'espion, 1952) ; Wicked Woman (La scandaleuse, 1953) ; New York Confidential (New York confidentiel, 1953) ; The Fastest Gun Alive (La première balle tue, 1956) ; House of Numbers (La cage aux hommes, 1957) ; Thunder in the Sun (La caravane vers le soleil, 1959) ; A House is not a Home (1964) ; The Oscar (La statue en or massif, 1966) ; The Caper of the Golden Bull (Gros coup à Pampelune, 1967).

Fils d'un pionnier du cinéma, Edwin Russell, il a commencé sa carrière comme scénariste à la Paramount. Les œuvres qu'il a signées comme réalisateur se remarquent par leur intelligence et leur parti pris de singularité, ainsi *The Thief,* qui est un film *sonore* mais volontairement *muet,* ce qui ne contribue pas à rendre l'intrigue très claire. *Thunder in the Sun* évoque une caravane de Basques ayant servi dans les armées de Napoléon et qui combattent les Indiens. Dans *House of Numbers,* un jumeau fait évader son frère. Tout est curieux et souvent inattendu chez Rouse.

Roussel, Henry

Acteur et réalisateur français, 1875-1946.

Comme réalisateur : Un homme passa (1918) ; L'âme du bonze (1918) ; La faute d'Odette Maréchal (1919) ; Visages voilés, âmes closes (1921) ; La vérité (1922) ; Les opprimés (1923) ; Violettes impériales (1924) ; La terre promise (1925) ; Destinée (1926) ; L'île enchantée (1927) ; La valse de l'adieu (1929) ; Paris-Girls (1929) ; La nuit est à nous (1930) ; Barcarolle d'amour (1931) ; Atout cœur (1931) ; Violettes impériales (1932) ; La fleur d'oranger (1934) ; Arlette et ses papas (1934) ; L'amour veille (1937).

Sans doute faudrait-il oublier le metteur en scène de *Violettes impériales* sur le Second Empire et de *Destinée* sur celui qui l'a précédé, s'il n'avait signé *Arlette et ses papas,* délirante histoire de faux inceste où l'on voyait Jules Berry faire tous ses efforts pour ne pas coucher avec celle qu'il croyait être la fille qu'il aurait eue de l'épouse de son meilleur ami. Un film sauve parfois un réalisateur.

Rowland, Roy

Réalisateur américain né en 1910.

A Stranger in the Town (1943) ; Lost Angel (1943) ; Our Vines Have Tender Grapes (1945) ; Boys Ranch (1946) ; Killer McCoy (Mac Coy aux poings d'or, 1947) ; The Romance of Rosy Ridge (1947) ; Tenth Avenue Angel (1948) ; Scene of the Crime (La scène du crime, 1949) ; The Outriders (Le convoi maudit, 1950) ; Two Weeks With Love (Heures tendres, 1950) ; Excuse my Dust (Un fou au volant, 1951) ; Buggles in the Afternoon (Les clairons sonnent la charge, 1952) ; The 5 000 fingers of Dr. T. (Les cinq mille doigts du docteur T., 1953) ; Affair with a Stranger (1953) ; The Moonlighter (1953) ; Witness to Murder (Témoin de ce meurtre, 1954) ; Rogue Cop (Sur la trace du crime, 1954) ; Many Rivers to Cross (L'aventure fantastique, 1955) ; Hit the Deck (La fille de l'amiral, 1955) ; Meet Me in Las Vegas (Viva Las Vegas, 1956) ; These Wilder Years (1956) ; Slander (1956) ; Gun Glory (Terreur dans la vallée, 1957) ; The Seven Hills of Rome (Les sept collines de Rome, 1958) ; The Girl Hunters (Solo pour une blonde, 1963) ; Gunfighters of the Casa Grande (Les hors-la-loi de Casa Grande, 1965) ; Sie Nannten Ihn Gringo (1966) ; The Sea Pirate (1967).

Ce n'est pas parce qu'il n'a suscité l'intérêt d'aucun critique, d'aucune chapelle qu'il faut le dédaigner. Homme à tout faire de la M.G.M. dans les années 30 (il a signé des *How To* et des *Crime Doesn't Pay*), sa carrière de directeur de longs métrages qui commence en 1943 est jalonnée de solides thrillers (*Scene of the Crime, Rogue Cop* et une adaptation de Mickey Spillane, *The Girl Hunters* où il est lui-même Mike Hammer), de bons westerns (*Buggles in the Afternoon*), de brillantes comédies musicales (*Meet Me in Las Vegas* avec Cyd Charisse) et d'un très curieux film fantastique, *Les cinq mille doigts du docteur T.*, sur les cauchemars d'un petit garçon qui doit apprendre le piano.

Roy, Bimal

Réalisateur indien, 1912-1966.

Udahir Path (1943) ; Battarcherjee (1943) ; Anjangarb (1944) ; Humrahi (1945) ; Pehla Admi (1948) ; Montra Mughdo (1949) ; Baap Beti (1950) ; Maa (1951) ; Parineeta (1952) ; Do Bigha Zamin (Deux hectares de terre/Calcutta ville cruelle, 1953) ; Biraj Bahu (1954) ; Amanat (1955) ; Gautama the Buddha (1955) ; Devdas (1956) ; Madhumati (1958) ; Yahudi (1958) ; Sujata (1959) ; Parakh (1960) ; Kabuliwala (1961) ; Prem Patra (Lettres d'amour, 1962) ; Pandini (Le prisonnier, 1963).

Il a fait ses débuts comme opérateur, avant d'adapter à l'écran les œuvres d'écrivains bengalis (*Sujata, Devdas* etc.). Son œuvre la plus connue en Occident, *Deux hectares de terre*, histoire d'un tireur de pousse-pousse, a été souvent comparée au *Voleur de bicyclette* de Vittorio De Sica.

Rozier, Jacques

Réalisateur français né en 1926.

Adieu Philippine (1962) ; Du côté d'Orouet (1970) ; Les naufragés de l'île de la Tortue (1976).

Une place à part dans la « nouvelle vague », celle d'un auteur vraiment maudit. Pourtant *Adieu Philippine*, par la limpidité du récit et l'image de la France au temps de la guerre d'Algérie qui était proposée, n'avait rien de particulièrement déroutant pour le public. Un ton naturel, un refus des effets esthétiques, un sens de la vérité immédiate firent de cette œuvre une référence pour nombre de critiques et de cinéastes mais ceux-ci ne parvinrent jamais à briser le mur d'indifférence qui entoure Rozier.

Rozier, Willy

Réalisateur d'origine belge né en 1903.

Les anges noirs (1934) ; Pluie d'or (1935) ; Les hommes de proie (1937) ; Champions de France (1939) ; Espoirs (1940) ; Mélodie pour toi (1941) ; L'auberge de l'abîme (1942) ; Solita de Cordoue (1945) ; Monsieur chasse (1946) ; Les trafiquants de la mer (1947) ; 56 rue Pigalle (1948) ; L'épave (1949) ; Le bagnard (1950) ; Les amants maudits (1951) ; Manina la fille sans voile (1952) ; L'aventurière du Tchad (1953) ; A toi de jouer Callaghan (1954) ; Plus de whisky pour Callaghan (1955) ; Et par ici la sortie (1957) ; Un homme se penche sur son passé (1958) ; Voleur de femmes (1963) ; Les têtes brûlées (1967) ; Dany la ravageuse (1972).

Traditionnellement éreinté par la critique spécialisée, il n'a pas encore suscité de chapelle célébrant son culte. Pourtant *L'épave* bénéficia d'une publicité alors fort érotique et la série des Callaghan ne manque pas d'entrain.

Ruben, J. Walter

Réalisateur américain, 1899-1942.

Public Defender (1931) ; Secret Service (1931) ; Roadhouse Murder (1932) ; Phantom of Crestwood (1932) ; No Other Woman (1933) ; The Great Jasper (1933) ; No Marriage Ties (1933) ; Ace of Aces (1933) ; Man of Two Worlds (1934) ; Success at Any Price (1934) ; Where Sinners Meet (1934) ; Java Head (1935) ; Public Hero Number One (1935) ; Riffraff (1935) ; Trouble for Two (1936) ; Old Hutch (1936) ; The Good Old Soak (1937) ; The Bad Man of Brimstone (Arizona Bill, 1938).

Réalisateur à peu près oublié. Pourtant *Arizona Bill*, avec Wallace Beery, était un western truculent et fort bien enlevé.

Rudolph, Alan

Réalisateur américain.

Welcome to L.A. (Welcome to Los Angeles, 1976) ; Remember My Name (Tu ne m'oublieras pas, 1978) ; Roadie (1980).

Dès son premier film, Rudolph s'affirme comme le disciple d'Altman dont il fut l'assistant et qui produisit *Welcome to L.A.* : pas d'intrigue mais une observation ironique de l'industrie du spectacle et les acteurs chers à Altman, de Sally Kellerman à Géraldine Chaplin. Un deuxième film plus personnel confirme qu'il faudra compter avec Rudolph. Un portrait de femme très fouillé et une mise en scène simple mais efficace sont les éléments du succès de *Remember My Name.*

Rudolph, Oscar

Réalisateur américain.

The Rocket Man (1954) ; Twist Around the Clock (1961) ; Don't Knock the Twist (1962) ; The Wild Westerners (1962).

De la vraie série Z : science-fiction, musique, western. Pas d'argent, pas d'interprètes, pas même de mise en scène, et pourtant un charme indéniable.

Ruggles, Wesley

Réalisateur américain, 1889-1972.

For France (1917) ; The Blind Adventure (1918) ; The Winchester Woman (1919) ; Picadilly Jim (1920) ; The Desperate Hero (1920) ; Leopard Woman (1920) ; Love (1920) ; The Greater Claim (1921) ; Uncharted Seas (1921) ; Over the Wire (1921) ; Wild Honey (1922) ; If I Were Queen (1922) ; Slippery Magee (1923) ; Mr. Billings Spends His Dime (1923) ; The Remittance Woman (1923) ; The Heart Raider (1923) ; The Age of Innocence (1924) ; The Plastic Age (1925) ; Broadway Lady (1925) ; The Kick-Off (1926) ; A Man of Quality (1926) ; Beware of Widows (1927) ; Silk Stockings (1927) ; Fourflusher (1928) ; Finders Keepers (1928) ; Street Girl (1929) ; Scandal (1929) ; Girl Overboard (1929) ; Condemned (1929) ; The Haunted Lady (1929) ; Honey (1930) ; The Sea Bat (1930) ; Cimarron (Cimarron, 1931) ; Are These Our Children ? (1931) ; Roar of the Dragon (1932) ; No Man of Her Own (1932) ; Monkey's Paw (1933) ; College Humor (1933) ; I'm No Angel (Je ne suis pas un ange, 1933) ; Bolero (1934) ; Shoot the Works (1934) ; The Gilded Lily (1935) ; Accent on Youth (1935) ; The Bride Comes Home (1935) ; Valiant Is the Word for Carrie (1936) ; True Confession (1937) ; I Met Him in Paris (A Paris tous les trois, 1937) ; Sing, You Sinners (1938) ; Invitation to Happiness (1939) ; Too Many Husbands (Trop de maris, 1940) ; I Take This Woman (1940) ; Arizona (Arizona, 1940) ; You Belong to Me (Tu m'appartiens, 1941) ; Somewhere I'll Find You (Je te retrouverai, 1942) ; Slighty Dangerous (L'amour traqué, 1943) ; See Here, Private Hargrove (1944) ; London Town (London Follies, 1946).

Il fut longtemps acteur, notamment comme Keystone Cop chez Sennett puis dans les films de Chaplin (*The Bank, Police, Carmen...*). Passé réalisateur, on peut mettre à son actif *Cimarron*, évocation spectaculaire de la ruée vers l'Ouest, dont A. Mann fit un remake nettement moins réussi, un autre western, *Arizona* (avec William Holden) et le fameux *I'm No Angel* où se déchaînait Mae West.

Rühmann, Heinz

Acteur et réalisateur allemand né en 1912.

Comme réalisateur : Lauter Lügen (1938) ; Lauter Liebe (1940) ; Sophienlund (1943) ; Der Engel mit dem Saitenspiel (1944) ; Die kupferne Hochzeit (1948) ; Briefträger Müller (1953).

Ce populaire acteur allemand est passé à plusieurs reprises derrière la caméra. Ses films ayant été réservés pour la plupart au marché allemand, il est difficile de se prononcer sur ses qualités de metteur en scène.

Ruiz, Raul

Réalisateur d'origine chilienne né en 1941.

El tango del Vuido (1967) ; Tres tristes tigres (1968) ; Que hacer ? (col. 1970) ; La colonia penal (1971) ; La expropiacion (1972) ; Palomita blanca (1973) Dialogo de exilados (1974) ; Utopia (1975) ; La vocation suspendue (1977) ; L'hypothèse du tableau volé (1978) ; De grands événements et des gens ordinaires (1979) ; Le borgne (1981) ; The Territory (1981) ; Le toit de la baleine (1981).

Dans les années 60, cet auteur dramatique chilien fut aussi l'un des leaders du cinéma de son pays et le conseiller cinématographique d'Allende. Entraîné dans la chute du gouvernement socialiste, il dut choisir l'exil. Réfugié en France (il a évoqué les problèmes de l'exil dans *Dialogo de exilados*), il travaille pour la télévision allemande (*Mensch verstreut und Welt verkehrt,* 1975) et française (*Le jeu de l'oie ; Petit manuel d'histoire de France*) et réalise plusieurs films dont *L'hypothèse du tableau volé,* d'une exceptionnelle richesse, réflexion somme sur les rapports entre les mots et les images, sur la signification ésotérique ou prétendue telle de certains tableaux. Une ironie voilée montrait avec quelle distanciation Ruiz avait abordé le sujet proposé par Klossowski. Depuis il a travaillé pour Corman avec *The Territory* avant de revenir au jeu de cache-cache du réalisateur avec les images dans *Le toit de la baleine.*

Rush, Richard

Scénariste, producteur et réalisateur américain né en 1930.

Too Soon to Love (1960) ; Of Love and Desire (1960) ; The Fickle Finger of Fate (1967) ; Thunder Alley (1967) ; Hell's Angels on Wheels (Le retour des Anges de l'Enfer, 1967) ; A Man called Dagger (1968) ; The Savage Seven (1968) ; Psych-Out (1968) ; Getting Straight (1970) ; Freebie and the Bean (1974) ; The Stuntman (Le diable en boîte, 1980).

Tantôt producteur indépendant, tantôt réalisateur pour d'autres de films sur les bandes californiennes de motocyclistes (Jack Nicholson joua dans *Hell's Angels on Wheels*) ou de westerns d'une grande brutalité, il s'est enfin imposé avec un excellent « policier » sur le monde des cascadeurs : *The Stuntman.*

Ruspoli, Mario

Réalisateur d'origine italienne né en 1925.

Courts métrages : Les hommes de la baleine (1956) ; Campagne romaine (1956) ; Ombre et lumière de Rome (1956) ; Les inconnus de la terre (1962) ; Regard sur la folie (1962) ; Chaval (1971).

Ce Romain s'est introduit dans la grande école française du court métrage de la fin des années 50. *Regards sur la folie* est un témoignage terrifiant à placer sur le même plan que *Le sang des bêtes,* de Franju.

Russell, Ken

Réalisateur anglais né en 1927.

French Dressing (1963) ; Billion Dollar Brain (Un cerveau d'un million de dollars, 1967) ; Women in Love (Love, 1969) ; The Music Lovers (Music Lovers, 1970) ; The Devils (Les diables, 1970) ; The Boy Friend (The Boy Friend, 1971) ; Savage Messiah (Le messie sauvage, 1972) ; Mahler (Mahler, 1974) ; Tommy (Tommy, 1975) ; Lisztomania (Lisztomania, 1975) ; Valentino (Valentino, 1977) ; Altered States (Au-delà du réel, 1979).

Assurément la plus forte personnalité du cinéma anglais. Il fut marin en 1945, danseur au Ny Norsk Ballet en 1950, acteur en 1951, photographe, puis cinéaste amateur (*Amelia and the Angel*, 1957); *Peep Show*, 1958; *Lourdes*, 1958) avant d'entrer à la BBC-TV. C'est là qu'il a donné ses véritables chefs-d'œuvre: si *Dance of the Seven Veils* sur Strauss peut paraître excessif, la beauté formelle et la justesse de ton de *Dante's Inferno*, film consacré à Rossetti, confirme l'éclatant talent de Russell. Au cinéma, Russell débute en 1963 avec une amusante pochade en hommage à Brigitte Bardot: *French Dressing*. Mais c'est l'adaptation de *Women in Love* de D.H. Lawrence, puissamment érotique, puis celle de *The Devils of Loudun* d'Aldous Huxley, follement baroque, qui lui valent une réputation de cinéaste flamboyant que confirmeront ses biographies de grands musiciens: Tchaïkovsky, Mahler, Listz, où éclate sa haine pour Wagner et Strauss. De la vie de ce dernier portée à la télévision par ses soins en 1969, Russell disait: « Je ne fais pas de l'art cinématographique. Je fais des dessins à la façon de Goya lorsqu'il peignait la lutte du peuple espagnol contre les Français. » Ni retenue, ni mesure, aucun souci de l'exactitude (cf. le portrait de Richelieu dans *Les diables*), aucun souci de réalisme comme dans les biographies musicales hollywoodiennes ou soviétiques, mais un point de vue subjectif et un torrent d'images qui ne permet pas au spectateur de reprendre son souffle. Mais tout ce délire n'est désordonné qu'en apparence. Qu'il s'agisse du sculpteur Henri Gaudier (*Le messie sauvage*), de Liszt ou de l'acteur Valentino, c'est une *explication* du personnage que nous propose Russell, une explication qui choque, irrite, exaspère, mais qui a le mérite d'exister. Et comment nier que Strauss eut des faiblesses pour Hitler et que les nazis récupérèrent Wagner? Dans *Tommy*, Russell va plus loin et c'est la décomposition de notre civilisation qu'il évoque à travers l'opéra rock des *Who*. Après Goya, Bosch. De beaux patronages pour ce grand metteur en scène. *Altered States* confirme son génie visuel, mais montre aussi ses limites: il apparaît victime d'une formidable naïveté, dans cette histoire de retour du moi primitif, dont il n'est pas responsable, mais qu'il aurait dû, comme Penn, refuser de tourner.

BIBLIO: *La revue du cinéma*, nº 297 (1975).

Russell, William D.

Réalisateur américain, 1908-1968.

Our Hearts Were Growing Up (1946); Ladies' Man (1947); Dear Ruth (Le fiancé de ma fiancée, 1947); The Sainted Sisters (1948); The Green Promise (1949); Bride for Sale (Fiancée à vendre, 1949); Best of the Badmen (Plus fort que la loi, 1951).

Cinéma de routine d'où émerge un honnête western, *Best of the Badmen*, bien joué par Robert Ryan, Bruce Cabot et Walter Brennan. Russell a surtout travaillé pour la télévision.

Ruttmann, Walter

Réalisateur allemand, 1887-1941.

Die tönnende Welle (1921); Opus I (1922); Die Sieger (1922); Opus II (1923); Das verlorene Paradies (1923); Kantorowitz (1923); Gesolei (1923); La séquence du rêve dans Die Nibelungen (F. Lang, 1924); Opus III (1924); Opus IV (1925); Berlin, Die Symphonie einer Grosstadt (Berlin, symphonie d'une grande ville, 1927); Deutscher Rundfunk (1928); Wochende (Week-end, 1929); Melodie der Welt (Mélodie du monde, 1929); In der Nacht (1931); Feind im Blut (1931); Acciaio (Acier, 1933); Altgermanische Baurenkultur (1934); Metall des Himmels (1934); Stadt der Verheissung (1935); Kleiner film einer grossen Stadt (1935); Schiff in not (1936); Mannesmann (1937); Hambourg: Weltstrasse See (1938); Im Zeichen des Vertrauens (1938); Im Dienste der Menschlichkeit (1938); Henkel, Ein deutsches Werk in seiner Arbeit (1938); Die deutsche Waffenschmiede (1940); Deutsche Panzer (1940); Aberglaube (1940); Volkkrankheit Krebs (1941).

Spécialiste des effets d'avant-garde (il imagine même *Wochende*, un film avec une bande-son sans image!) et il fut aussi un très important maître du documentaire: son *Berlin* montre la ville sous tous ses aspects, de l'aube à minuit. R. Jeanne et Ch. Ford y voient dans leur *Histoire du cinéma* « le chant du cygne de l'art cinématographique allemand ». Paul Morand dans *Bravo* (1930) ne cache pas son admiration pour un autre documentaire de Ruttmann, *Mélodie du monde* : « Chaque vue nouvelle avait pour moi un air natal : banni de toutes les parties, j'étais simplement natif de la planète Terre. » Gagné à l'idéologie des nazis, Ruttmann fut le conseiller de Riefenstahl pour *Les dieux du stade*. Il fut tué en 1941 sur le front russe alors qu'il tournait des actualités.

Rydell, Mark

Réalisateur américain né en 1934.

The Fox (Le renard, 1967) ; The Reivers (Reivers, 1969) ; The Cowboys (Les cow-boys, 1972) ; Cinderella Liberty (Permission d'aimer, 1973) ; Harry and Walter Go to New York (1976) ; The Rose (The Rose, 1979) ; On Golden Pound (La maison du lac, 1981).

Pianiste de jazz, réalisateur de télévision, acteur dans *Crime in the streets* de Siegel et *The Long Goodbye* d'Altman, il semble particulièrement doué. Son adaptation de Lawrence dans *The Fox* était remarquable par le climat envoûtant de sensualité que le metteur en scène avait su recréer. Tout y sonnait juste, comme dans l'adaptation qui suivit de *The Reivers* de Faulkner. *The Cowboys* est surtout un western avec et pour des enfants, fausse bonne idée qui ne pouvait plaire ni aux enfants ni aux amateurs du genre. Depuis Rydell s'est racheté avec son brillant portrait de chanteuse dans *The Rose*. Encore certains effets trop recherchés ou appuyés finissaient-ils par agacer. Engagé par I.P.C., la compagnie de production créée par Jane Fonda, il a tourné *On Golden Pound*, un film sur la vieillesse, réunissant Jane Fonda et Katharine Hepburn, œuvre qui par son côté démagogique (elle a, du coup, bouleversé l'Amérique), confirme les craintes qu'inspire Rydell. Un réalisateur plein de dons mais qui cède à la facilité.

Rye, Stellan

Réalisateur danois, 1880-1914.

Schwarze Hand (1909) ; Alle Schuld rächt sich auf Erden (1912) ; Der Student von Prag (avec Wegener, L'étudiant de Prague, 1913) ; Evinrude, die Geschichte eines Abenteuers (1913) ; Ole Brandes Augen (1914) ; Das Haus ohne Fenster (La maison sans portes ni fenêtres, 1914) ; Der Golem (col., 1914) ; Erlkönigs Tochter (1914).

Lotte Eisner voit dans *La maison sans portes ni fenêtres* un film pré-caligaresque dont l'importance a été sous-estimée. Reste que l'œuvre la plus importante de Rye, Danois venu travailler en Allemagne, demeure *L'étudiant de Prague*, adaptation par Ewers du *Peter Schlemihl* de Chamisso.

Ryssak, Eddy

Réalisateur belge de dessins animés né en 1928.

Petit Noël (1960) ; Le voleur de Schtroumpfs (1960) ; Le Schtroumpf et l'œuf (1960) ; Les Schtroumpfs noirs (1961) ; Teeth is Money (1962) ; Le Schtroumpf et le dragon (1963) ; Le Schtroumpf volant (1963) ; Flûte (1964) ; Histoire des Schtroumpfs (1964) ; Le crocodile majuscule (1964).

Les éditions Dupuis qui publiaient les albums de Peyo sur les Schtroumpfs lui confièrent la direction de leur studio d'animation. Il en sortit quelques bandes pleines d'humour. Mais, face aux difficultés économiques, Ryssak dut renoncer en 1969.

S

Sacha, Jean

Réalisateur français, de son vrai nom Sacha Vojen, né en 1912.

Fantomas (1947) ; Carrefour du crime (1947) ; La cité radieuse (c.m., 1952) ; Cet homme est dangereux (1953) ; Une balle suffit (1954) ; La soupe à la grimace (1954) ; O.S.S. 117 n'est pas mort (1956).

Affichiste, assistant-réalisateur, monteur, il a signé par la suite quelques bons films policiers dont un *Fantomas* où Marcel Herrand était fort impressionnant en Génie du crime, et l'une des meilleures adaptations de Peter Cheyney, du cycle Eddie Constantine : *Cet homme est dangereux.*

Sagal, Boris

Réalisateur américain, 1923-1981.

Dime With a Halo (1963) ; Twilight of Honor (1963) ; Girl Happy (1965) ; Made in Paris (1966) ; The 1 000 Plane Raid (1969) ; Mosquito Squadron (1970) ; The Omega Man (Le survivant, 1971) ; Angela (1978).

Activité principale à la télévision. Sur le grand écran, une honnête adaptation de *Je suis une légende* de Matheson : *The Omega Man,* transposition du thème du survivant dans un décor de fin du monde. Technicien chevronné du petit écran, Sagal a du mal à faire passer un certain souffle dans son œuvre, plus originale toutefois que l'adaptation précédente qu'avait donnée du roman de Matheson Sidney Salkow.

Sagan, Françoise

Écrivain et cinéaste née en 1935.

Les fougères bleues (1975).

Une romancière à succès peut être un cinéaste à échec.

Sagan, Schlesinger dite Leontine

Réalisatrice allemande, 1889-1974.

Mädchen in Uniform (avec Froelich, Jeunes filles en uniforme, 1931) ; Men of Tomorrow (1932).

Jeunes filles en uniforme, évocation des amours lesbiennes dans un pensionnat, connut un grand succès dont on crédita Sagan, élève de Max Reinhardt, mais la réalisation était de Carl Fröelich. Sagan tourna un autre film pour Korda, qui ne retint guère l'attention, puis elle se retira en Afrique du Sud où elle fonda une compagnie théâtrale.

Saidreau, Robert

Réalisateur français.

Série des Chalumeau (1920) ; La première idylle de Boucot (1920) ; La paix chez soi (1921) ; L'étrange aventure du docteur Works (1921) ; La nuit de la

Saint-Jean (1922) ; Le bonheur conjugal (1922) ; Cœur léger (1923) ; Ma tante d'Honfleur (1923) ; L'idée de Françoise (1923) ; Monsieur le Directeur (1924) ; Un fil à la patte (1924) ; Jack (1925) ; À la gare (1925) ; La corde au cou (1926).

Docteur en médecine, il se passionne pour le cinéma à ses débuts. Il est surtout un spécialiste du vaudeville et des séries comiques avec un héros central ahuri (Chalumeau). Difficile d'en dire plus.

St. Clair, Malcom

Réalisateur américain, 1897-1952.

Nombreux courts métrages. Puis : George Washington Jr. (1924) ; Find Your Man (Rin-Tin-Tin, 1924) ; The Light House by the Sea (1925) ; After Business Hours (1925) ; A Woman of the World (1925) ; On Thin Ice (1925) ; The Trouble With Wives (Lorsqu'on est trois, 1925) ; Are Parents People ? (Le calvaire des divorcés, 1925) ; A Social Celebrity (Une femme du monde, 1926) ; The Show-Off (1926) ; The Grand Duchess and the Waiter (La grande duchesse et le garçon d'étage, 1926) ; The Popular Sin (Ménages modernes, 1926) ; Good and Naughty (1926) ; Breakfast at Sunrise (Un déjeuner de soleil, 1927) ; Knockout Reilly (1927) ; Gentlemen Prefer Blondes (Les hommes préfèrent les blondes, 1928) ; Sporting Goods (C'est le costume, 1928) ; Beau Broadway (1928) ; The Fleet's In (1928) ; Side Street (1929) ; The Canary Murder Case (1929) ; Night Parade (1929) ; Montana Moon (1930) ; Dangerous Nan McGrew (1930) ; The Boudoir Diplomat (Un diplomate de boudoir, 1930) ; Remote Control (1930) ; Goldie Gets Along (1933) ; Olsen's Big Moment (1933) ; Crack-Up (Sous le masque, 1936) ; Time Out for Romance (1937) ; Born Reckless (1937) ; She Had to Eat (1937) ; Dangerously Yours (1937) ; A Trip to Paris (1938) ; Safety in Numbers (1938) ; Down on the Farm (1938) ; Everybody's Baby (1938) ; The Jones Family in Hollywood (1939) ; The Jones Family in Quick Millions (1939) ; Young As You Feel (1940) ; Meet the Missus (1940) ; The Bashful Bachelor (1941) ; The Man in the Trunk (1942) ; Over My Dead Body (1942) ; Two Weeks to Live (1943) ; Swing Out the Blues (1943) ; Jitterbugs (1943) ; The Dancing Masters (Maîtres de ballet, 1943) ; The Big Noise (Le grand Boum, 1944) ; The Bullfighters (Les toréadors, 1945) ; Arthur Takes Over (1948) ; Fighting Back (1948).

Journaliste et caricaturiste de talent, il rejoint Sennett à Hollywood en 1915 comme acteur puis comme directeur de courts métrages à partir de 1919. Reprenant sa liberté en 1921, il est engagé pour les mises en scène de *The Goat* et de *Blacksmith* par Keaton comme co-directeur. Quelques années plus tard, il se décide à aborder le long métrage avec de modestes Rin-Tin-Tin, le chien redresseur de torts. Le succès de *Are Parents People ?* en fait l'un des maîtres de la comédie sophistiquée et le rival de Lubitsch. La critique américaine se pâme encore devant *The Grand Duchess and the Waiter* (avec Adolphe Menjou et Florence Vidor), *The Popular Sin* ou *Gentlemen Prefer Blondes* (dont Hawks fera un remake). Il est à l'apogée de sa gloire lorsqu'il signe *The Canary Murder Case,* un film policier d'après Van Dine et l'un des grands rôles de Louise Brooks. Mais il n'a cessé ensuite de décliner. Il acheva sa carrière en dirigeant des Laurel et Hardy qui comptent parmi les moins drôles du couple, faute d'une mise en scène qui donne un peu de punch aux gags : *Jitterbugs, Dancing Masters, The Big Noise, The Bullfighters.* St. Clair n'en continue pas moins à être tenu en grande considération par les historiens américains du cinéma alors qu'il est à peu près oublié en Europe.

St. John, Al

Acteur et réalisateur américain, 1893-1963.

Comme réalisateur : Speed (1920) ; Cleaning up (1920) ; The Slicker (1920) ; Ain't Love Grand (1921) ; The City Chap (1922) ; The Tailor (1922) ;

All Wet (1922) ; Alarme (1922) ; Out of Place (1922) ; Special Delivery (1922) ; The Author (1922) ; The Village Sheik (1922) ; Young and Dumb (1922) ; The Salesman (1923) ; A Tropical Romeo (1923) ; Slow and Sure (1923) ; Stupid but Brave (1924) ; Love Mania (1924) ; Be Yourself (1924).

Neveu de Fatty, il imposa un personnage d'ahuri dans des films de son oncle où jouait également Keaton. Puis gagnant son autonomie, il dirigea lui-même à la Paramount et à la Fox ses propres courts métrages souvent fort drôles. Il fut connu en France sous le nom de Picratt. À l'avènement du parlant, il travailla pour la Warner puis se limita aux seconds rôles dans des films à petit budget.

Saint-Ogan, Alain de

Dessinateur et animateur français, 1895-1974.

Un concours de beauté (1934).

Le père de Zig et Puce, après deux essais infructueux, signa un dessin animé de moyen métrage fort réussi selon les historiens du film d'animation.

Saito, Koichi

Réalisateur japonais né en 1929.

Principaux films : Sasayaki no Joe (Joe qui murmure, 1967) ; Omoide no yubiwa (L'anneau du souvenir, 1968) ; Chiisana sunakku (Le petit snake, 1968) ; Tabiji (Le chemin du voyage, 1971) ; Nemai (Vertige, 1971) ; Kigeki : Hanayoun Senso (Un conte : La guerre des fiancés, 1971) ; Yakusoku (Le rendez-vous, 1972) ; Toge (La rivière gelée, 1976) ; Kofu Kugo ne shussan (Le départ du bateau Bonheur, 1972) ; Tsugaru Jongara Bushi (Jongara, 1973).

Photographe, il s'est orienté vers le cinéma et a assisté Imamura, avant de passer à la réalisation. Ses œuvres, centrées sur la jeunesse, portent la marque d'un style très personnel et particulièrement déroutant pour le spectateur occidental.

Saks, Gene

Réalisateur américain né en 1921.

Barefoot in the Park (Pieds nus dans le parc, 1967) ; The Odd Couple (Drôle de couple, 1968) ; Cactus Flower (Fleur de cactus, 1969) ; Last of the Red Hot Lovers (1972) ; Mame (Mame, 1974).

Il s'est fait une spécialité de transposer à l'écran les grands succès du théâtre de boulevard. La nullité des pièces et l'absence de talent de Saks sont heureusement compensés par la qualité des distributions : Jack Lemmon et Walter Matthau dans *The Odd Couple* par exemple.

Sala, Vittorio

Réalisateur italien né en 1918.

Donne sole (Le miroir aux alouettes, 1956) ; Costa azzurra (1959) ; La regina delle amazzoni (La reine des amazones, 1960) ; I don Giovanni della costa azzurra (1963) ; Canzoni nel mondo (1963) ; Il treno del sabato (1964) ; L'intrigo (1964) ; Ischia operazione amore (1965) ; Ray Master l'inafferrabile (1965) ; Il signor Bruschino (1968) ; Sport Superstar (1978).

Juriste, journaliste, critique à *Il popolo di Roma*, il n'a pas fait une grande carrière de metteur en scène. Il n'aurait pas sa place dans ce dictionnaire sans *La reine des Amazones*, joyeux peplum qui enchanta tous les amateurs du genre.

Salce, Luciano

Réalisateur italien né en 1922.

Una pulga na balança (1953) ; Floradas na serra (1953) ; Le pillole d'Hercule (Les pilules d'Hercule, 1960) ; Il federale (Mission ultra-secrète, 1961) ; La voglia matta (Elle est terrible, 1962) ; La cuccagna (1962) ; Le ore dell'amore (1963) ; Le monachine (1963) ; Alta infedelta (Haute infidélité, 3e sketch, 1964) ; Slalom (1965) ; Oggi, domani e dopodomani (3e sketch, 1965) ; El Greco (Le Greco, 1966) ; Le fate (Les ogresses, 1er sketch, 1966) ; Como imparai ad amare le donne (Comment j'ai appris à aimer les femmes, 1966) ; Ti ho sposato per allegria (1967) ; La pecora nera (1968) ; Colpo di stato (1969) ; Il prof. Dr. Guido Tersili convenzionata con le mutue (1969) ; Basta guardala (1971) ; Il provinciale (1971) ; Il sindacalista (1972) ; Io e lui (1973) ; Alla mia cara mamma nel giorno del su compleanno (1974) ; Fantozzi (1975) ; L'anatra all'arancia (Le canard à l'orange, 1975) ; Il secondo tragico Fantozzi (1976) ; Just a gigolo (Juste un gigolo, 1976) ; La presidentessa (1977) ; Il bel Paese (1977) ; Professor Kranz tedesco di Germania (1978) ; Dove vai in vacanza ? (Où es-tu allé en vacances ?, 2e sketch, 1978) ; Vieni Avanti Cretino (1982).

Venu du théâtre, il a gardé le goût de la comédie boulevardière, des *Pilules d'Hercule* au *Canard à l'orange.* Il excelle dans l'adultère et le bon mot. Rien de bien saillant.

Sale, Richard

Scénariste et réalisateur américain né en 1911.

Comme réalisateur : Spoliers of the North (1947) ; The Ticket To Tomahawk (Le petit train du Far-West, 1950) ; Meet Me after the Show (1951) ; Let's Make It Legal (1951) ; My Wife's Best Friend (Seules les femmes savent mentir, 1952) ; Malaga, Fire Over Africa (La rousse mène l'enquête, 1954) ; Gentlemen Marry Brunettes (Les hommes épousent les brunes, 1955) ; Seven Waves Away/Abandon Ship (Pour que les autres vivent, 1956)

Scénariste, auteur de romans policiers, metteur en scène de comédies cyniques (*Gentlemen Marry Brunettes*) ou de drames de la mer (les naufragés de *Abandon Ship*), il déploie toujours un talent mineur mais certain.

Salkow, Sidney

Scénariste et réalisateur américain né en 1909.

Four Day's Wonder (1937) ; Girl Overboard (1937) ; Behind the Mike (1937) ; That's My Story (1938) ; Storm Over Bengal (Tempête sur le Bengale, 1938) ; The Night Hawk (1938) ; Woman Doctor (1939) ; Fighting Thoroughbreds (1939) ; Streets of Missing Men (1939) ; Zero Hour (1939) ; She Married a Cop (1939) ; Flight at Midnight (1939) ; Cafe Hostess (1940) ; The Lone Wolf Strikes (1940) ; The Lone Wolf Meets a Lady (1940) ; Girl from God's Country (1940) ; The Lone Wolf Takes a Chance (1941) ; Time Out for Rhythm (1941) ; The Lone Wolf Keeps a Date (1941) ; Tillie the Toiler (1941) ; The Adventures of Martin Eden (Les aventures de Martin Eden, 1942) ; Flight Lieutenant (1942) ; City Without Men (La cité sans hommes, 1943) ; Faithful in My Fashion (1946) ; Millie's Daughter (1947) ; Bulldog Drummond at Bay (1947) ; Sword of the Avenger (1948) ; Fugitive Lady (1951) ; Scarlet Angel (Une fille à bagarres, 1952) The Golden Hawk (Le faucon d'or, 1952) ; The Pathfinder (1952) ; Jack McCall, Desperado (1953) ; Raiders of the Seven Seas (Le pirate des sept mers, 1953) ; Prince of Pirates (Le roi pirate, 1953) ; Sitting Bull (Sitting Bull, 1954) ; Robber's Roost (1955) ; Shadow of the Eagle (A l'ombre de l'Aigle, 1955) ; Toughest Man Alive (1955) ; Las Vegas Shakedown (1955) ; Gun Brothers (1956) ; The Long Rifle and the Tomahawk (1956) ; Gun Duel in Durango (1957) ; The Iron Sheriff (1957) ; Chicago Confidential (1957) ; The Big Night (1960) ; Twice Told Tales (1963) ; Blood on the Arrow (Mille dollars pour une Winchester, 1964) ; Last Man on Earth (1964) ; The Quick Gun (Feu sans sommation, 1964) ; The Great Massacre (1965) ; The Murder Game (1966).

Sorti de Harvard, il dirige dans les années 30 des spectacles à Broadway puis devient scénariste et metteur en scène à Hollywood. On l'aurait cru plus ambitieux : il se contente d'adapter Vance (*The Lone Wolf,* le loup solitaire en France, un sympathique cambrioleur), Sapper (*Bulldog Drummond at Bay,* le fameux détective dans un film de série), Jack London (*Martin Eden,* considéré comme son chef-d'œuvre), Matheson (*Last Man on*

Earth/Je suis une légende, qui raconte les efforts pour survivre de l'un des rares hommes ayant échappé à une vague de vampirisme qui a transformé ses voisins en suceurs de sang). On lui doit aussi quelques westerns de série B, dont un *Sitting Bull,* avec John Carrol Naish, qui montrait les guerres indiennes du côté des peaux rouges, point de vue inhabituel. On pouvait toutefois espérer mieux de Salkow auquel on continue à prêter un bon talent de romancier et de scénariste.

Salvador, Lou

Acteur et réalisateur philippin.

Gengis Khan (1952).

Seule œuvre connue sous nos latitudes de ce réalisateur réputé aux Philippines, un film sur la jeunesse de Gengis Khan traitée dans une optique hollywoodienne.

Samperi, Salvatore

Réalisateur italien né en 1943.

Grazie zia (Merci ma tante, 1967) ; Cuore di mamma (1969) ; Uccidete il vitello grasso e arrostitelo (1970) ; Un'anguilla da trecento milioni (1972) ; Beati i ricchi (1972) ; Malizia (Malicia, 1973) ; Pecca to veniale (Péché veniel, 1974) ; Scandalo (Scandalo, 1976) ; Sturm-truppen (Le bataillon en folie, 1976) ; Nene (Nene, 1977) ; Ernesto (1979) ; Liquirizia (1979) ; L'amour en première classe (1981).

Il débute avec un film de contestation sociale, proche des *Mains dans les poches* de Bellocchio : *Merci ma tante,* puis bifurque dans la comédie salace avec *Malicia* qui connaît un triomphe en Italie. Laura Antonelli y est une charmante jeune fille embauchée comme bonne dans une famille où la mère vient de disparaître : le père et les trois fils tentent de la séduire. Ces rapports ancillaires, teintés de sado-masochisme, sont repris dans *Scandalo* qui vire au grand-guignol. *Nene* exploite aussi le filon des premiers émois sexuels. « J'ai voulu, déclare Samperi, montrer la fausse respectabilité des familles bourgeoises de province, milieu hypocrite et fermé entre tous, dans lequel j'ai été élevé. » Alibi intellectuel pour faire passer un érotisme souvent trop complaisant ? Mais pourquoi ne pas croire Samperi ? Son *Bataillon en folie,* film allégorique au délire très inspiré par *Mash,* où l'on voit notamment un général passer son temps à se battre avec un automate qui est la réplique de Karl Marx et où l'envoyé céleste meurt après avoir reçu la communion des mains du Pape, prouverait la sincérité de ce curieux réalisateur.

Samsonov, Samson

Réalisateur russe né en 1921.

Poprygunya (La cigale, 1955) ; Za vitrinoi univermaga (La devanture, 1955) ; Ognennye versty (1957) ; Rovesnik veka (Aussi vieux que le siècle, 1965) ; Optimisticheskaya tragediya (La tragédie optimiste, 1964) ; Arena (1968).

Sa Cigale d'après Tchekov avait suscité de grands espoirs qu'il n'a malheureusement pas confirmés. Il n'y a plus rien de la grâce alanguie de son premier film dans les œuvres suivantes dont la pachydermique *Tragédie optimiste.*

Sandberg, A.W.

Réalisateur danois, 1887-1938.

Clown (1916) ; La toute-puissance de l'amour (1919) ; Les quatre diables (1920) ; Les grandes espérances (1921) ; David Copperfield (1923) ; La petite Dorritt (1924) ; Fra Piazza del Popolo (1926) ; Clown (1927) ; Fromont jeune et Risler aîné (1927) ; Un mariage sous la Terreur (1928) ; Enfants de millionnaires (1936).

Pionnier du cinéma danois, il se spécialisa curieusement, pendant la crise des années 20, dans l'adaptation des romans de Dickens puis de Daudet. Il fut peu à peu éclipsé par la puissante production suédoise.

Sanders, Denis

Réalisateur américain né en 1929.

A Time Out of War (c.m , avec T. Sanders, 1954) ; Crime and Punishment USA (1959) ; War Hunt (1961) ; One Man's Way, Shock Treatment (1964) ; Elvis – That is The Way It Is (1970) ; Soul to Soul (1971) ; Invasion of the Bee Girls (1973).

Il débuta par un court métrage, *A Time Out of War* qui fut couronné de nombreux prix. Il s'était associé avec son frère Terry pour évoquer un épisode de la guerre de Sécession. Avec lui, il écrivit aussi le scénario de *The Naked and the Dead* de Walsh. Puis, seul, il signa *War Hunt* où il montrait comment à la guerre l'envie pathologique de tuer conduit à l'héroïsme et aux médailles. Lassé par ces exploits guerriers, il s'est tourné ensuite vers la musique avec un documentaire sur Elvis Presley et un autre sur les Gospel Singers (*Soul to Soul*).

Sanders, Helma

Réalisatrice allemande née en 1940.

Angelika Urban (1970) ; Gewalt (Violence, 1971) ; Erdbeben in Chili (Tremblement de terre au Chili, 1972) ; Der Angestellte (L'employé, 1972) ; Die Machine (1973) ; Die letzen Tage vom Gomorrha (1974) ; Unter dem Pflaster ist der Strand (Sous les pavés la plage, 1974) ; Schirins Hochzeit (Les noces de Shirin, 1975) ; Heinrich (1967) ; Deutschland bleiche Mutter (Allemagne mère blafarde, 1980) ; Die Berührte (La fille offerte, 1981).

Helma Sanders travaille dans l'enseignement puis à la télévision. Comme auteur de films, elle a signé des œuvres austères dont une évocation de Kleist (*Heinrich*) et connu un relatif succès avec *Allemagne mère blafarde,* chronique de l'Allemagne hitlérienne et du « miracle économique » à travers un destin de femme. Dans *La fille offerte,* elle ne résiste pas à l'effet gratuit : l'hémorragie vaginale lors d'une copulation avec un noir ou les tentatives de suicide. Nécessité du scandale pour forcer l'attention ?

Sandrich, Mark

Réalisateur américain, 1900-1945.

Runaway Girls (1928) ; The Talk of Hollywood (1930) ; Melody Cruise (1933) ; Aggie Appleby, Maker of Men (1933) ; Hips, Hips, Hooray (1934) ; Lockeyed Cavaliers (1934) ; The Gay Divorcee (La joyeuse divorcée, 1934) ; Top Hat (Le danseur du dessus, 1935) ; Follow the Fleet (Suivons la flotte, 1936) ; A Woman Rebels (La rebelle, 1936) ; Shall We Dance (L'entreprenant M. Petrov, 1937) ; Carefree (Amanda, 1938) ; Man About Town (1939) ; Buck Benny Rides Again (1940) ; Love Thy Neighbor (1940) ; Skylark (1941) ; Holiday Inn (L'amour chante et danse, 1942) ; So Proudly We Hail (Les anges de miséricorde, 1943) ; Here Come the Waves (1944) ; I Love a Soldier (1944).

Son nom reste attaché à celui du passage de Fred Astaire – Ginger Rogers à la R.K.O. où il mit en scène leurs meilleurs films (*Top Hat, The Gay Divorcee, Follow the Fleet, Shall We Dance, Carefree...*). Décors de Van Nest Polglase, musique d'Irving Berlin, brillants seconds rôles de Jack Carson à Edward Everett Horton : il ne reste à Mark Sandrich qu'à passer derrière la caméra et à donner quelques indications à l'opérateur pour qu'il cadre bien les évolutions de Fred et Ginger. On parle d'un film *de* Fred Astaire non *de* Mark Sandrich. Celui-ci ne paraît en avoir conçu aucune amertume ; c'était alors l'usage. Sandrich avait débuté en 1927 en dirigeant des courts métrages de Lupino Lane. Il fit ses débuts dans le long métrage en 1928 et vit sa carrière interrompue par l'avènement du parlant. Il retourna aux « deux bobines ». Ayant gagné un oscar, il se vit à nouveau à la tête de films plus importants. La R.K.O. semble l'avoir particulièrement apprécié comme « yes-man », ne présentant aucune objection et ne dépassant pas les devis. Il mourut en dirigeant Fred Astaire dans *Blue Skies* (que termina Heisler) comme un général sur un champ de bataille.

Sang Hou.

Réalisateur chinois.

Les amours de Liang Chan-Po et de Tchou Ying-Tai (avec Houang Cha, 1953) ; Le mariage d'une fée (1955) ; Le sacrifice du Nouvel An (1956) ; Le printemps et le peuple (1959) ; La chaleur du printemps sur le peuple (1959) ; L'aventure extraordinaire d'un magicien (1962).

Le plus esthète des nouveaux réalisateurs chinois, surtout connu pour *Les amours de Liang Chan-Po et de Tchou Ying-Tai,* aux images raffinées, qui dépassaient le cadre de l'opéra pour dénoncer les règles obscurantistes de l'ancienne société. Il est aussi capable d'émouvoir avec *Le sacrifice du nouvel An,* sacrifice dont se trouve exclue une veuve qui s'est remariée. Avec *L'aventure extraordinaire d'un* magicien, il a abordé pour la première fois en Chine la stéréoscopie.

Sangster, Jimmy

Scénariste, producteur et réalisateur anglais né en 1924.

Comme réalisateur : The Horror of Frankenstein (Les horreurs de Frankenstein, 1970) ; Lust for a Vampire (1971) ; Fear in the Night (1972).

Il a été avec Terence Fisher comme réalisateur, Christopher Lee et Peter Cushing comme acteurs, le grand artisan du renouveau du cinéma fantastique en Angleterre, y ressuscitant Dracula et Frankenstein. Dommage qu'il n'ait que rarement mis en scène ses propres scénarios.

Sanjines, Jorge

Réalisateur bolivien né en 1936.

Revolucion (1963) ; Aysa (1965) ; Ukamau (1966) ; Yawar Mallku (Le sang du Condor, 1969) ; El coraje del pueblo (Le courage du peuple, 1971) ; El Enemigo principal (L'ennemi principal, 1973).

Ses premiers films sont des documentaires sur la Bolivie. On lui confie la direction de l'Institut national du cinéma à La Paz, en 1965. L'année suivante, il est licencié après que son film *Ukamau* eut été interdit. L'œuvre suivante, *Le sang du Condor,* suscite de violentes polémiques en Bolivie, mais fait connaître son auteur hors des frontières. En 1974, Sanjines choisit l'exil.

Santell, Alfred

Réalisateur américain né en 1895.

Wildcat Jordan (1922) ; Lights Out (1923) ; Fools in the Dark (1924) ; Empty Hearts (1924) ; The Man Who Played Square (1924) ; The Marriage Whirl (1925) ; Parisian Nights (1925) ; Classified (1925) ; Bluebeard's Seven Wives (1926) ; Sweet Daddies (1926) ; The Dancer of Paris (1926) ; Subway Sadie (1926) ; Just Another Blonde (1926) ; Orchids and Ermine (Mon cœur avait raison, 1927) ; The Patent Leather Kid (1927) ; The Gorilla (1927) ; The Little Shepherd of Kingdom Come (1928) ; Show Girl (1928) ; Wheel of Chance (Les surprises du métro, 1928) ; This Is Heaven (1929) ; Twin Beds (1929) ; Romance of the Rio Grande (1929) ; The Arizona Kid (1930) ; The Sea Wolf (Le loup des mers, 1930) ; Body and Soul (1931) ; Daddy Long Legs (Papa longues jambes, 1931) ; Sob Sister (1931) ; Polly of the Circus (1932) Rebecca of Sunnybrook Farm (1932) ; Tess of the Storm Country (Tess au pays des tempêtes, 1932) ; Bondage (1933) ; The Right to Romance (1933) ; Life of Vergie Winters (1934) ; People Will Talk (1935) ; A Feather in Her Hat (1935) ; Winterset (Sous les ponts de New York, 1936) ; Internes Can't Take Money (1937) ; Breakfast for Two (1937) ; Cocoanut Grove (1938) ; Having Wonderful Time (1938) ; The Arkansas Traveler (1938) ; Our Leading Citizen (1939) ; Aloma of the South Seas (Aloma princesse des îles, 1941) ; Beyond the Blue Horizon (Mabok l'éléphant du diable, 1942) ; Jack London (La vie aventureuse de Jack London, 1943) ; The Hairy Ape (1944) ; Mexicana (1945) ; That Brennan Girl (Une fille perdue, 1946).

Dans la vie : architecte, écrivain et dix autres métiers. Au cinéma : scénariste, décorateur et même acteur pour Lubin Company. Dans son œuvre : même diversité, de Colleen Moore, dans le charmant *Orchids and Ermine,* à Dorothy Lamour dans l'exotique *Aloma.* Son chef-d'œuvre, *Winterset*, est tout à la fois, selon Agel (*Romance américaine*), un mélodrame – le plus noir – et une authentique tragédie. « Il y avait là une évocation des bas-fonds américains dans le genre des *Mystères de Paris*. »

Santiago, Hugo

Réalisateur d'origine argentine né en 1939.

Les caïds (1968) ; Invasion (1969) ; Les autres (1972) ; Ecoute voir (1977).

S'il tourne en France, son œuvre n'en est pas moins spécifiquement sud-américaine. *Invasion* et *Les autres* montrent comment on peut traduire Borgès à l'écran sans le trahir et en n'oubliant pas que le maître fut, avant sa cécité, un admirable critique cinématographique. Dans *Invasion*, la fiction-mensonge est déjà le fil d'Ariane d'un monde de labyrinthes que l'on retrouve dans l'enquête d'un père sur les raisons du suicide de son fils, thème prétexte des *Autres*. Quant à *Ecoute voir*, il s'agit d'un hommage à Chandler où Marlowe est une femme (en l'occurrence Catherine Deneuve) qui résout une énigme fondée également sur le mensonge et l'artifice. Une œuvre fascinante.

Santley, Joseph Mansfield dit

Réalisateur américain, 1890-1971.

The Cocoanuts (avec Florey, Noix de coco, 1929) ; Swing High (1930) ; The Loud Speaker (1934) ; Young and Beautiful (1934) ; Million Dollar Baby (1935) ; Harmony Lane (1935) ; Waterfront Lady (1935) ; Laughing Irish Eyes (1936) ; Dancing Feet (1936) ; Her Master's Voice (1936) ; The Harvester (1936) ; We Went to College (1936) ; Walking on Air (1936) ; Smartest Girl in Town (1936) ; Meet the Missus (1937) ; There Goes the Groom (1937) ; She's Got Everything (1938) ; Blonde Cheat (1938) ; Always in Trouble (1938) ; Swing, Sister, Swing (1938) ; The Spirit of Culver (1939) ; The Family Next Door (1939) ; Two Bright Boys (1939) ; Music in My Heart (1940) ; Melody and Moonlight (1940) ; Melody Ranch (1940) ; Behind the News (1940) ; Sis Hopkins (1941) ; Dancing on a Dime (1941) ; Puddin' Head (1941) ; Down Mexico Way (1941) ; Rookies on Parade (1941) ; Ice-Capades (1941) ; A Tragedy at Midnight (1942) ; Yokel Boy (1942) ; Remember Pearl Harbor (1942) ; Joan of Ozark (1942) ; Yokel Boy (1942) ; Chatterbox (1943) ; Shantytown (1943) ; Thumbs Up (1943) ; Sleepy Lagoon (1943) ; Here Comes Elmer (1943) ; Goodnight Sweetheart (1944) ; Rosie the Riveter (1944) ; Brazil (1944) ; Jamboree (1944) ; Three Little Sisters (1944) ; Earl Carroll Vanities (1945) ; Hitchhike to Happiness (1945) ; Shadow of a Woman (1946) ; Make Believe Ballroom (1949) ; When You're Smiling (1950).

Fils d'acteur et acteur lui-même, c'est un pur produit de Broadway et le cinéma ne l'aurait pas intéressé sans l'avènement du parlant. Il co-dirigea le premier film des Marx, *Cocoanuts*, film inconcevable au temps du muet, et installé à Hollywood, il fit parler et chanter des acteurs comme Eddie Cantor, dans des films à petits budgets.

Santoni, Joël

Réalisateur français.

Les yeux fermés (1971) ; La course en tête (1973) ; Les œufs brouillés (1975) ; Ils sont grands ces petits (1978).

Sa réputation s'est établie sur *Les œufs brouillés*, première manifestation cinématographique du « libéralisme giscardien » : « Les spectateurs y étaient invités à rire des éboueurs noirs stupéfaits de partager le petit déjeuner du président de la République, ou des perturbations de l'existence d'un Parisien ordinaire chez qui le même Président est venu passer une soirée. » (Jeancolas, *Le cinéma des Français*). En réalité la satire n'allait pas très loin et ne prouvait rien quant à la fin de la censure. Santoni avait été plus convaincant dans *La course en tête*, peinture intéressante du milieu des coureurs cyclistes professionnels, vu à travers Eddy Merckx, ou dans *Les yeux fermés*, d'un ton beaucoup plus personnel.

Sarafian, Richard C.

Réalisateur américain né en 1927.

Comme réalisateur : Terror at Blackfalls (1962) ; Andy (Andy, 1965) ; Run Wild, Run Free (1969) ; Fragment of Fear (Le tunnel de la peur, 1970) ; Vanishing Point (Point limite zéro, 1971) ; Man in the Wilderness (Le convoi sauvage, 1971) ; Lolly-Madonna XXX (Une fille nommée Lolly-Madonna, 1973) ; The Man who Loved Cat Dancing (Le fantôme de Cat Dancing, 1973) ; The Next Man (1976) ; Sunburn (1979).

Venu du documentaire et de la télévision (*Cheyenne, Batman,* etc.), scénariste pour Witney et Kane, rien ne laissait prévoir qu'il élaborerait une œuvre très personnelle, si personnelle que son premier film, *Andy,* sur un arriéré mental, fut un total échec. C'est la folie que l'on retrouve au cœur d'un bon thriller comme *Fragment of Fear.* Ce héros taciturne et volontaire c'est celui de l'un des meilleurs westerns de la décennie, *Man in the Wilderness* aux images insolites nous proposant un bateau à voiles qui traverse, monté sur des roues, un territoire indien. Le capitaine, John Huston, abandonnait un blessé, Richard Harris, qui survivait, à force d'énergie. Non moins insolite était *Cat Dancing,* un western quasi onirique. Et que dire de la politique-fiction qui inspire *The Next Man,* tenu à l'écart par les distributeurs comme trop novateur ? Trop personnel ce Sarafian : le succès l'a boudé, mais il faudra bien lui rendre justice un jour.

Sargent, Joseph

Réalisateur américain né en 1925.

One Spy Too Many (1966) ; The Hell With Heroes (1968) ; The Forbin Project (Le cerveau d'acier, 1970) ; Tribes (Le soldat qui déclara la paix, 1971) ; The Man (1972) ; White Lightning (Les bootleggers, 1973) ; The Taking of Pelham (Les pirates du métro, 1974) ; Mac Arthur (Mac Arthur, 1977) ; Golden Girl (1979) ; Coast to Coast (1980).

Réalisateur doué, passant du thriller à gros budget (*Les pirates du métro*) au film de guerre, avec un portrait plus nuancé qu'il n'y paraît de Mac Arthur, et auparavant, de l'espionnage (*One Spy Too Many*) à la science-fiction (*The Forbin Project*). Mais il est plus intéressé par la télévision.

Sarne, Michael

Acteur et réalisateur anglais né en 1940.

Comme réalisateur : The Road to St-Tropez (c.m., 1966) ; Joanna (Joanna, 1967) ; Myra Breckinridge (Hermaphrodite, 1970).

Modeste acteur, réalisateur discret de *Joanna,* charmant portrait de jeune fille, il fait scandale avec *Myra Breckinridge,* satire du sexe que jouent en connaisseurs Mae West, Raquel Welch et John Huston.

Sasdy, Peter

Réalisateur anglais né à Budapest.

Taste the Blood of Dracula (Une messe pour Dracula, 1970) ; Countess Dracula (Comtesse Dracula, 1971) ; Hands of the Ripper (La fille de Jack l'Eventreur, 1971) ; Doomwatch (1972) ; Nothing but the Night (1972) ; I Don't Want to Be Born (1975).

Il vaut ce que valent les moyens mis à sa disposition par la Hammer. Son adaptation de l'histoire de la comtesse Bathory contient de fort plaisants bains de sang mais ne supporte pas la comparaison avec celle de Borowczyk dans les *Contes immoraux.*

Saslavsky, Luis

Réalisateur d'origine argentine né en 1908.

Crimen a las tres (1935) ; escala en la ciudad (1936) ; La fuga (1937) ; Puerta cerada (1939) ; El loco serenata (1940) ; La casa del recuerdo (1940) ; Historia di una noche (1941) ; Eclipse del sol (1943) ; La dama duende (1945) ; Camino del infierno (1946) ; Historia di una mala mujer (1948) ; Vidalita (1949) ; La corona negra (La couronne noire, 1952) ; La neige était sale (1952) ; Les louves (1957) ; Premier Mai (1958) ;

Ce corps tant désiré (1958) ; El balcon de la luna (1961) ; Las ratas (1963).

Figure marquante du cinéma argentin dans les années 30 et 40, il fut contraint de s'exiler sous le régime péroniste. Il travailla en France et en Espagne, adaptant à l'écran Simenon (*La neige était sale*) ou Boileau – Narcejac (*Les louves*). Il est revenu dans son pays en 1963 pour y tourner *Las ratas.*

Saura, Carlos

Réalisateur espagnol né en 1932.

Cuenca (1958) ; Los golfos (Les voyous, 1959) ; Llanto por un bandido (1963) ; La caza (1965) ; Peppermint frappé (Peppermint frappé, 1967) ; Stress es tres, tres (1968) ; La Madriguera (La Madriguera, 1969) ; El jardin de las delicias (Le jardin des délices, 1970) ; Ana y los lobos (Anne et les loups, 1971) ; La prima Angelica (Cousine Angélique, 1973) ; Cria Cuervos (Cria Cuervos, 1976) ; Elisa vida mia (Elisa mon amour, 1977) ; Los ojos vendados (Les yeux bandés, 1978) ; Mama cumple cien anos (Maman a cent ans, 1979) ; De prisa, de prisa (Vivre vite, 1980) ; Bodas de sangre (Noces de sang, 1981) ; Doux moments du passé (1981).

D'abord photographe, il entre à l'Institut du Cinéma de Madrid en 1953. Il y tourne quelques courts métrages et finit par y donner un enseignement. Son premier film, *Los golfos,* est consacré à la jeunesse délinquante. Il développera dans les œuvres qui suivent une critique acerbe de la société espagnole. C'est avec *Cria Cuervos* que vient enfin le succès. A travers un agencement subtil de flashbacks et dans une atmosphère baignée par la mort (mort de la mère, mort du père dans les bras de sa maîtresse, etc.), c'est le monde des fillettes, murées dans des univers imaginaires et portant sur les grands un regard sans indulgence, qui nous est évoqué dans ce film étouffant et typiquement espagnol. Non moins fort et évocateur d'un autre monde clos *Le jardin des délices* est l'histoire d'un industriel frappé d'amnésie à la suite d'un accident d'automobile. Sa famille s'acharne à lui faire retrouver la mémoire car lui seul connaît le numéro d'un compte bancaire suisse. Mais l'infirme se mure dans son nouvel univers. Après la mort de Franco, Saura quitte cette inspiration morbide, pour des films plus ouverts sinon plus chaleureux comme *Maman a cent ans* ou ce retour à la jeunesse désœuvrée et délinquante qu'est *Vivre vite.* Mais sa hantise « du retour en arrière » se retrouve très vite dans *Doux moments du passé.*

Sautet, Claude

Réalisateur français né en 1924.

Bonjour sourire (1955) ; Classe tous risques (1959) ; L'arme à gauche (1964) ; Les choses de la vie (1969) ; Max et les ferrailleurs (1970) ; César et Rosalie (1972) ; Vincent, François, Paul et les autres (1974) ; Mado (1976) ; Une histoire simple (1979) ; Un mauvais fils (1980).

Il fut loué à ses débuts par *Présence du cinéma* comme l'un des nouveaux maîtres du film d'action. *Classe tous risques,* tiré d'un roman de José Giovanni, pouvait rivaliser en effet avec une série B américaine. De même *L'arme à gauche* qui adaptait un « policier » de Charles Williams. *Les choses de la vie,* d'après Paul Guimard, marque un brusque changement d'orientation. Sautet se fit l'analyste, désormais, des milieux aisés de la capitale. Mettons à part *Max et les ferrailleurs,* son meilleur film, qui montre comment il aurait pu renouveler le genre un peu essoufflé du « polar » en France. Ses autres films, toujours interprétés par la même équipe d'acteurs, Piccoli, Montand, Romy Schneider, avec musique de Philippe Sarde et photo de Boffety, s'attachent à peindre les mêmes personnages, leurs peines de cœur et leurs difficultés financières. Le tout filmé de façon irréprochable.

Savary, Jérôme

Homme de théâtre et cinéaste français.

Le boucher, la star et l'orpheline (1973) ; La fille du garde-barrière (1975).

L'esprit du Magic Circus transposé à l'écran. Cette forme de comique dérouta les spectateurs des films de Zidi et Oury, peu habitués à être ainsi bousculés.

Saville, Philip

Réalisateur anglais né en 1929.

The Machines Stops (1964) ; Stop the World I Want to Get Off (1966) ; Oedipus Rex (Oedipe roi, 1968) ; The Best House in London (1969) ; Secrets (Jeux intimes, 1971).

Il avait débuté par un film fantastique qui bénéficia d'une réputation flatteuse, mais d'une diffusion confidentielle. Son *Oedipe,* d'après Sophocle, valait par une utilisation intelligente de décors naturels et une interprétation remarquable de Christopher Plummer et d'Orson Welles. Jacqueline Bisset avait une jolie scène érotique dans *Secrets,* mélodrame par ailleurs conventionnel. A travers tant d'éclectisme, difficile de saisir la personnalité de Saville.

Saville, Victor

Producteur et réalisateur anglais, 1897-1979.

Conquest of Oil (1921) ; The Arcadians (1927) ; Tesha (1928) ; Kitty (1929) ; Woman to Woman (1929) ; The « W » Plan (1930) ; A Warm Corner (1930) ; The Sport of Kings (1931) ; Michael and Mary (1931) ; Hindle Wakes (1931) ; Sunshine Susie (1931) ; The Faithful Heart (1932) ; Love on Wheels (1932) ; The Good Companions (1933) ; I Was a Spy (J'étais une espionne, 1933) ; Friday the Thirteenth (1933) ; Evergreen (1934) ; Evensong (1934) ; The Iron Duke (Le duc de fer, 1935) ; The Love Affair of the Dictator (Le dictateur, 1935) ; Me and Marlborough (1935) ; First a Girl (Toujours 20 ans, 1935) ; It's Love Again (1936) ; Dark Journey/The Anxious Years (1937) ; Storm in a Teacup (Tempête dans une tasse de thé, 1937) ; South Riding (1938). *Aux Etats-Unis :* Forever and a Day (co-réal., 1943) ; To Night and Every Night (Cette nuit et toujours, 1945) ; The Green Years (Les vertes années, 1946) ; Green Dolphin Street (Le pays du Dauphin Vert, 1949) ; If Winter Comes (Quand vient l'hiver, 1949) ; The Conspirator (Guet-apens, 1949) ; Kim (Kim, 1950) ; Calling Bulldog Drummond (Le retour de Bulldog Drummond, 1951) ; 24 Hours of a Woman's Life/Affair in Monte Carlo (L'inconnu de Monaco, 1952) ; The Long Wait (Nettoyage par le vide, 1954) ; The Silver Chalice (Le calice d'argent, 1955).

Producteur et scénariste réputé, il tourne quelques-uns des meilleurs films anglais des années 30, passant de la comédie musicale (*Evergreen*) à la biographie – un peu fantaisiste – de Wellington (*The Iron Duke,* où l'on voit Wellington s'efforcer de faire échapper le maréchal Ney, le vaincu de Waterloo, le tout traité dans un style de cape et d'épée, en sorte que l'on reste étonné que Ney soit finalement fusillé !). Aux États-Unis, où il passe en 1943, il signe ses films les plus connus, de *Kim,* d'après Kipling, à *The Long Wait,* vigoureuse adaptation d'un roman policier de Spillane dont il fut le premier à comprendre quelles possibilités il offrait au cinéma.

Scandelari, Jacques

Réalisateur français né en 1943.

La philosophie dans le boudoir (1969) ; Opération macédoine (1970) ; Sade 76 (1976) ; Brigade mondaine (1978).

Spécialiste du film érotique, il est passé de Sade (*La philosophie dans le boudoir*) à Gérard de Villiers (*Brigade mondaine*), variant agréablement les sévices sexuels auxquels il voue de jolies filles, nues et enchaînées comme il se doit. Il apparaît supérieur à Claude Pierson, son rival, dans ce dictionnaire, qui n'a guère échappé à la vulgarité qu'avec son adaptation de *Justine.* Mais dans le domaine sadique Scandelari paraît un meilleur disciple cinématographique du divin marquis.

Scattini, Luigi

Réalisateur italien.

Sexy magico (avec Mino Loy, 1963) ; L'amore primitivo (L'amour primitif, 1964) ; Due marines e un generale (Deux marines et un général, 1966) ; Duello nel mondo (pseudonyme : Scott 1966) ; La sfinge d'oro (1967) ; Svezia inferno e paradisio (Suède enfer et paradis, 1968) ; Angeli bianchi, angeli neri (1969) ; Questo sporco mondo meraviglioso (avec M. Loy, 1971) ; La ragazza dalla pelle di luna (1972) ; La ragazza fuoristrada (1973) ; Il corpo (1974) ; La notte dell'alta marea (1977) ; Blue nude (1978).

Son seul titre à retenir l'attention des historiens du cinéma : avoir dirigé (hélas !) l'un des derniers films de Buster Keaton (*Deux marines et un général*).

Schaaf, Johannes

Réalisateur allemand né en 1933.

Tätowierung (1967) ; Trotta (Trotta, 1971) ; Traumstadt (1973).

Théâtre et télévision caractérisent surtout l'activité de ce metteur en scène qui a pourtant tourné aussi pour le cinéma une intelligente adaptation du roman de Kubin, *L'autre côté (Traumstadt)*.

Schaefer, Armand L.

Réalisateur américain né en 1898.

The Lighting Warrior (1931) ; The Hurricane Express (avec McGowan, 1932) ; Cheyenne Cyclone (1932) ; Sinister Hands (1932) ; Wyoming Whirlwind (1932) ; Outlaw Justice (1933) ; Law and Lawless (1933) ; Fighting With Kit Carson (avec Colbert Clark, 1933) ; The Three Musketeers (avec Clark, 1933) ; Fighting Texans (1933) ; Sagebrush Trail (1933) ; Terror Trail (1933) ; Sixteen Fathoms Deep (1934) ; Burn'Em Up Barnes (avec Clark, 1934) ; The Law of the Wild (avec Eason, 1934) ; The Lost Jungle (1934) ; The Miracle Rider (avec Eason, Le cavalier miracle, 1935).

Westerns de série Z. A son actif l'un des derniers films de Tom Mix, *Le cavalier miracle*, qui n'était pas sans qualités.

Schaffner, Franklin J.

Réalisateur américain né en 1920.

The Stripper (Les loups et l'agneau, 1963) ; The Best Man (Que le meilleur l'emporte, 1964) ; The War Lord (Le seigneur de la guerre, 1965) ; The Double Man (La griffe, 1967) ; Planet of Apes (La planète des singes, 1968) ; Patton (Patton, 1970) ; Nicholas and Alexandra (Nicolas et Alexandra, 1971) ; Papillon (Papillon, 1973) ; Islands in the Stream (L'île des adieux, 1977) ; The Boys from Brazil (Ces garçons qui venaient du Brésil, 1978) ; Sphinx (1980).

Après de solides études, il a beaucoup travaillé à la télévision et son style s'en ressent. Ses premiers films rendaient un son insolite : amours d'une strip-teaseuse et d'un jeune garçon (*The Stripper*), droit de cuissage (*The War Lord*), thème du double transposé dans le domaine de l'espionnage (*La griffe*), sans oublier un bon documentaire sur la politique américaine (*The Best Man*). Vint l'heure des best-sellers. De *La planète des singes* à *Papillon*, de *Patton* à la révolution russe, Schaffner se tira d'affaire avec aisance, montrant un métier solide. Il revint à l'insolite avec un portrait d'Hemingway vieillissant (*L'île des adieux*) et *The Boys from Brazil* qui nous apprend que le fameux docteur Mengele ayant prélevé des cellules vivantes sur Hitler les a injectées à 94 femmes allemandes dont les maris doivent mourir au même âge que le père du Führer pour que puissent s'épanouir 94 nouveaux Hitler. Du monde des singes remplaçant comme les chiens dans Simak, notre humanité à celui des savants fous néo-nazis, Schaffner reste fidèle à un certain style de science-fiction.

Schatzberg, Jerry

Réalisateur américain né en 1927.

Puzzle of a Downfall Child (Portrait d'une enfant déchue, 1970) ; Panic in

Needle Park (Panique à Needle Park, 1971) ; Scarecrow (L'épouvantail, 1973) ; Dandy, the All American Girl (Vol à la tire, 1976) ; The Seduction of Joe Tynan (La vie privée d'un sénateur, 1979) ; Show-Bus (Show-Bus, 1981).

Photographe de mode réputé (*Vogue, Cosmopolitan*), réalisateur de spots télévisés, il ne s'intéresse au cinéma qu'en dilettante pour évoquer une cover-girl, des drogués, un sénateur ou un chanteur de « country-music ». Un portrait désenchanté de l'Amérique d'aujourd'hui.

Schertzinger, Victor

Réalisateur américain, 1889-1941.

Principaux films : The Clodhopper (1917) ; The Millionaire Vagrant (1917) ; The Pinch Hitter (1917) ; Sudden Jim (1917) ; The Son of His Father (Pour venger son père, 1917) ; His Mother's Boy (1918) ; The Claws of the Hun (1918) ; The Lady of Red Butte (1919) ; Other Men's Wives (1919) ; The Jinx (1919) ; Pinto (1920) ; The Blooming Angel (1920) ; The Concert (1921) ; Mr. Barnes of New York (1922) ; The Lonely Road (1923) ; Chastity (1924) ; A Boy of Flanders (L'enfant des Flandres, 1924) ; Man and Maid (1925) ; Siberia (1926) ; The Return of Peter Grimm (1926) ; The Heart of Salome (1927) ; Nothing But the Truth (1929) ; The Laughing Lady (1929) ; Safety in Numbers (1930) ; Heads Up (1930) ; Paramount on Parade (co-réal, 1930) ; Friends and Lovers (1931) ; The Woman Between (1931) , The Constant Woman (1933) ; My Woman (1933) ; Beloved (1934) ; One Night of Love (Une nuit d'amour, 1934) ; Let's Live Tonight (1935) ; Love Me Forever (Aimez-moi toujours, 1935) ; The Music Goes Round (1936) ; Something to Sing About (1937) ; The Mikado (1939) ; Road to Singapore (En route pour Singapour, 1940) ; Rhythm on the River (1940) ; The Road to Zanzibar (En route pour Zanzibar, 1941) Kiss the Boys Goodbye (1941) ; Birth of the Blues (1941) ; The Fleet's In (L'escadre est au port, 1941).

Virtuose du violon, il est venu au cinéma par la composition d'une musique d'accompagnement pour *Civilization* d'Ince. Il dirigea de nombreux films pour Triangle, puis Paramount et Goldwyn. Avec l'avènement du son, il s'orienta vers des comédies musicales. Il composa lui-même les chansons de *Beloved, One Night of Love, Love Me Forever* et *Something to Sing About.* Mais il doit sa notoriété au fait qu'il dirigea la série des comédies *En route pour...* qui réunissaient Bob Hope, Dorothy Lamour et Bing Crosby.

Schlesinger, John

Réalisateur anglais né en 1926.

Six courts métrages. Puis : A King of Loving (Un amour pas comme les autres, 1962) ; Billy Liar (Billy le menteur, 1963) ; Darling (Darling, 1965) ; Far from the Madding Crowd (Loin de la foule déchaînée, 1967) ; Midnight Cow-Boy (Macadam Cow-Boy, 1968) ; Sunday, Bloody Sunday (Un dimanche comme les autres, 1971) ; The Day of the Locust (Le jour du fléau, 1974) ; Marathon Man (Marathon Man, 1976) ; Yanks (Yanks, 1979) ; Honky Tonk Freeway (1981)

Né à Londres, il est acteur puis auteur de courts métrages, dont l'un couronné à Venise. Les héros de ses premiers films sont des gens sans importance dont le film restitue, sans fioritures, la grisaille de la vie quotidienne. Même son adaptation de Thomas Hardy, *Far from the Madding Crowd,* n'échappe pas à cette impression de pesant ennui dont les héros cherchent à s'évader par amour (*A Kind of Loving* déjà) ou le rêve (auquel faisait appel *Billy Liar*). Aux Etats-Unis, Schlesinger change de manière : par sa noirceur, *Midnight Cow-Boy,* admirablement joué par Dustin Hoffman et John Voight, fit forte impression. Le thème de l'homosexualité qui inspirait cette descente aux enfers, déjà apparent dans *Darling,* est repris dans *Sunday, Bloody Sunday,* parenthèse anglaise dans la nouvelle carrière américaine de Schlesinger qui se poursuivit avec un portrait satirique de Hollywood des années 30 dans *The Day of the Locust,* un film d'espionnage d'une force peu commune où la roulette du dentiste servait d'instrument de torture dans une scène célèbre de *Marathon Man*, et une vision attendrie de la dernière guerre en Angleterre, *Yanks*, dont l'échec fut immérité.

Schlesinger, Leon

Réalisateur et producteur américain de dessins animés.

Looney Times ; Merrie Melodies.

Il fut un grand produeteur de dessins animés à la Warner (Looney Times puis Merrie Melodies) et Tex Avery parle de lui avec éloge. On lui doit le lancement de personnages populaires comme Porky le cochon, Daffy le canard ou le fameux lapin mangeur de carottes, Bugs Bunny.

Schloendorff, Volker

Réalisateur allemand né en 1939.

Der junge Törless (Les désarrois de l'élève Törless, 1966) ; Mord und Totschlage (Vivre à tout prix, 1967) ; Ein unheimlicher Moment (c.m., 1967) ; Michael Kolhaas, der Rebell (Michael Kolhaas, 1968) ; Baal (1969) ; Der plotzliche Reichturm der armen Leute von Kombach (La soudaine richesse des pauvres gens de Kombach, 1970) ; Die Moral der Ruth Halbfass (1971) ; Strohfeuer (Feu de paille, 1972) ; Die verlorene Ehre der Katharina Blum (avec M. von Trotta, L'honneur perdu de Katharina Blum, 1975) ; Der Fangschuss (Le coup de grâce, 1976) ; Deutschland im Herbst (co-réal., L'Allemagne en automne, 1978) ; Die Blechtrommel (Le tambour, 1979) ; Die Falschung (Le faussaire, 1980).

Études de sciences politiques à Paris, puis l'IDHEC ; assistant de Malle et de Resnais. Retour en Allemagne en 1964, suffisamment préparé pour frapper un grand coup : c'est *L'élève Törless*, film qui annonce le réveil du cinéma allemand. Robert Musil n'est pas trahi dans cette œuvre intelligente et techniquement maîtrisée. Avec pour scénariste Margarethe von Trotta, qu'il épouse, il donne plusieurs films qui retiennent l'attention par l'acuité de l'analyse de la réalité allemande (notamment *Katharina Blum* : une jeune femme qui a recueilli un anarchiste est victime d'une campagne de presse ; elle tuera le journaliste et sera condamnée au nom de la liberté de la presse). Plus glacé, *Le coup de grâce*, d'après Yourcenar, montre que Schloendorff n'a cessé d'affiner sa technique. Sa virtuosité éclate dans l'éblouissant *Tambour*, adaptation du roman à succès de Günther Grass dont le succès est dû à la ténacité d'un grand producteur, A. Dauman. Cette gigantesque fresque obtint la palme d'or à Cannes ex-aequo avec *Apocalypse now*. Un danger maintenant pour Schloendorff : la superproduction qui l'éloignerait de son génie propre.

Schmid, Daniel

Réalisateur suisse d'expression allemande né en 1941.

Thut alles im Finstern, euren herrn das Licht zer ersparen (Faites tout dans les ténèbres, 1970) ; Heute Nacht oder nie (Cette nuit ou jamais, 1972) ; La Paloma (La Paloma, 1974) ; Schatten der Engel (L'ombre des anges, 1975) ; Violanta (Violanta, 1977) ; Notre Dame de la Croisette (1981).

Après une étonnante parabole sur les rapports maîtres-domestiques (*Cette nuit ou jamais :* la nuit de Saint-Jean Népomucène, une vieille coutume germano-suisse veut que les domestiques prennent la place des maîtres et vice versa), cet assistant de Fassbinder signe un époustouflant chef-d'œuvre, dont il a écrit, comme pour le film précédent, le scénario : *La Paloma*. Les amours tumultueuses et pleines de rebondissements de la chanteuse Viola Schump (Ingrid Caven, sublime) et du comte Isidor Palewski (l'hallucinant Peter Kern), avec une fin extraordinaire dans un cimetière, se rattachent à la grande tradition des romantiques allemands. La musique de Gottfried Hünsberg ajoutait à l'envoûtement que provoquait ce film. On fit ensuite à Schmid un fort injuste procès d'antisémitisme pour son adaptation de la pièce de Fassbinder, *L'ombre des anges*. Vint ensuite *Violanta*, curieuse transposition d'une nouvelle de l'écrivain suisse-allémand C.F. Meyer, *La femme juge,* célèbre pour avoir fait l'objet d'une analyse de Freud. Novateur dans sa façon de confondre le passé et le présent, servi par d'admirables images et une distribution féminine brillante (Lucia Bosé, Maria Schneider et Ingrid Caven), Schmid n'évitait pas toutefois une certaine confusion. On aimerait voir les courts métrages qu'il a tournés en Allemagne ou en Italie entre 1968 et 1972. A son propos, F. Buache parle de Fussli, Pisanello et Huysmans. Il faudrait y ajouter Swift auquel il emprunte, dans les fameuses *Instructions aux domestiques,* le titre de son premier film.

BIBLIO. : F. Buache, *Daniel Schmid* (1975).

Schmoeller, David

Réalisateur américain.

The Tourist Trap (Le piège, 1978).

Il n'est connu pour l'instant que pour *The Tourist Trap,* qui renouvelle tout à la fois le thème des figures de cire et celui des touristes égarés. Une œuvre forte, qui baigne dans un climat de plus en plus illogique où bascule la raison. De plus, les interprètes féminines, dont Tanya Roberts, sont plus jolies qu'à l'accoutumée. Schmoeller est très supérieur à l'auteur de *Manix,* Lustig, à Tony Maylan qui signa un sanguinolent *The Burning (Carnage,* 1981) et à Cunningham et son *Vendredi 13* (1981), autres petits maîtres du film de « gore » (« le sang versé » en anglais) qui doivent tout, en réalité, au spécialiste de ce type de trucage, Tom Savini.

Schoedsack, Ernest B.

Réalisateur américain né en 1893.

Grass (avec M. Cooper, L'exode, 1925) ; Chang (avec Cooper, 1927) ; The Four Feathers (avec Cooper et L. Mendès, 1929) ; Rango (1931) ; The Most Dangerous Game (avec Pichel, Les chasses du comte Zaroff, 1932) ; King-Kong (avec Cooper, King-Kong, 1933) ; Son of Kong (Le fils de Kong, 1933) ; Blind Adventure (1933) ; Long Lost Father (1934) ; The Last Days of Pompeii (Les derniers jours de Pompéi, 1935) ; Trouble in Morocco (1937) ; Outlaws of the Orient (1937) ; Dr. Cyclops (Dr Cyclops, 1940) ; Mighty Joe Young (Monsieur Joe, 1949).

On lui doit le plus fabuleux des mythes cinématographiques : King-Kong. D'abord opérateur pour Sennett à la Keystone, Schoedsack s'associe avec Cooper, rencontré en Pologne, pour tourner plusieurs documentaires exotiques. En 1932, il signe, avec Pichel, un chef-d'œuvre longtemps méconnu : *Les chasses du comte Zaroff,* histoire d'un chasseur qui, ayant traqué tous les gibiers du monde, ne trouve plus de plaisir que dans la chasse à l'homme. Il attire les navires sur les récifs de l'île dont il est le maître et transforme les rescapés en cibles pour ses flèches et en proies pour ses chiens. *King-Kong,* plus naïf au niveau du scénario, vaut à Schoedsack la réputation de spécialiste des grands anthropoïdes. Aucun des films de singes qu'il tournera n'atteindra pourtant à la perfection du roi Kong où il utilisait systématiquement la transparence et les trucages d'O'Brien : « Dans la jungle peuplée de ptérodactyles ou au sommet de l'Empire State Building, King-Kong est l'insolite représentant de la cohorte des monstres qui, depuis Caligari, portent entre leurs bras la jeune fille romantique » (Kyrou). Grand amateur de fables et de mythes, Schoedsack a complété sa panoplie en ajoutant, à la Belle et la Bête, Gulliver qui lui inspira *Dr. Cyclops* aux truquages fort réussis (Albert Dekker y réduit ses victimes à l'état de lilliputiens). Des grands fauves de *Rango* aux jeux du cirque des *Derniers jours de Pompéi* d'après le cher Bulwer Lytton, voilà donc une œuvre placée constamment sous le signe du sadisme. Cet admirable cinéaste qu'est Schoedsack doit être passionnant à psychanalyser !

BIBLIO. : *Midi-Minuit fantastique,* n° 6 (1963).

Schoendoerffer, Pierre

Réalisateur français né en 1928.

Longs métrages : La passe du diable (avec J. Dupont, 1956) ; Ramuntcho (1958) ; Pêcheur d'Islande (1959) ; La 317e section (1964) ; Objectif 500 millions (1966) ; La section Anderson (1967) ; Le crabe tambour (1977) ; L'honneur du capitaine.

Cameraman au service cinématographique des armées, prisonnier à Dien-Bien-Phu, grand reporter à *Paris-Match*, on lui doit le meilleur témoignage sur la guerre d'Indochine : *La 317e section*. Un film de fiction (la fuite dans la jungle d'une petite unité) qui avait la précision d'un documentaire. Il confirma avec *La section Anderson* et surtout *Le crabe tambour* son goût des soldats luttant pour l'honneur, sans illusion sur l'issue du combat. A cet égard, il est un peu le Vigny du cinéma français. Non seulement il filme bien mais il sait choisir ses acteurs, de Bruno Cremer à Jean Rochefort. Parallèlement à son œuvre de cinéaste, il a écrit d'admirables romans qui le situent entre Jean d'Esme et le Malraux de *La voie royale*. Sa place sera un jour à l'Académie française.

Schorm, Evald

Réalisateur tchèque né en 1931.

Nombreux courts métrages. Puis : Kazdy den Odvahu (Du courage pour chaque jour, 1964) ; Perlicky na dne (Les petites perles, un sketch, 1965). *Trois documentaires :* Holsinki (Helsinki, 1962) ; Navrat Ztraceneho Syna (Le retour de l'enfant prodigue, 1966) ; Pet Holek na Krku (Cinq filles sur le dos, 1967). *Deux films à sketches :* Revanche et les nuits de Prague (1968) ; Fararuy konec (Le bedeau, 1968).

Formé comme ses contemporains à la F.A.M.U., l'école du cinéma de Prague. Il tourne de nombreux courts métrages sur le festival d'Helsinki, les cheminots, etc. avant de se consacrer au long métrage. Cinéaste rigoureux, sans le brillant de Forman ou de Chytilova, il est plus engagé dans la réflexion politique comme le montre *Du courage pour chaque jour*, sur un scénario d'Antonin Masa. Il refuse de renoncer au documentaire et en tourne trois (*Miroitement, Psaume, Le legs*) entre 1965 et 1966. C'est un film désespéré (la tentative de suicide d'un homme comblé) que nous offre *Le retour de l'enfant prodigue*, œuvre quasi documentaire qui reprend ce thème de la mort abordé en esquisse dans *Miroitement*. Après l'intervention soviétique, Schorm se tait et se contente de monter des opéras en province.

Schrader, Paul

Scénariste et réalisateur américain.

Comme réalisateur : Blue Collar (Blue Collar, 1978) ; Hardcore (Hardcore, 1979) ; American Gigolo (1980) ; Cat People (1982).

Scénariste de Pollack (*Yakusa*), Scorcese (*Taxi Driver*), etc., Schrader qui ne vit pas un film avant 18 ans, ayant été élevé dans un milieu calviniste très strict et qui écrivit une suite d'essais sur d'austères réalisateurs (*The Transcendental Style : Ozu, Bresson, Dreyer*), a déjà derrière lui une œuvre de cinéaste d'un noir pessimisme. D'emblée, *Blue Collar* dénonce la corruption des syndicats. Les ouvriers d'une usine d'automobiles de Detroit (le milieu est décrit avec une précision inhabituelle au cinéma) en dévalisant la caisse de leur syndicat y trouvent la preuve des malversations du secrétaire et tentent de le faire chanter. Dans *Hardcore*, c'est le monde des danseuses nues, de la sex-shop et du film pornographique que doit traverser un père, d'un puritanisme intransigeant, pour essayer de récupérer sa fille. Enfin, *American Gigolo*, à travers une intrigue policière, évoque la carrière d'un play-boy entretenu par des femmes mûres auxquelles il prête ses services. Immoralisme, corruption, noirceur, Schrader entend dénoncer ces tares de notre époque, à travers le cinéma. Mais sa démonstration demeure ambigu et il n'est pas certain qu'au sortir de *Hardcore*, plein de nudités fort séduisantes, les spectateurs prennent le chemin du temple, comme semble le souhaiter Schrader.

Schroeder, Barbet

Réalisateur français né à Téhéran en 1941.

More (1969) ; La vallée (1972) ; Général Idi Amin Dada (1974) ; Maîtresse (1975) ; Koko, le gorille qui parle (1977).

Collaborateur des *Cahiers du cinéma*, reporter photographe, producteur, il a réalisé une série de films originaux abordant de façon neuve de grands sujets : la drogue (*More*), le pouvoir (*Général Idi Amin Dada*, son chef-d'œuvre, hallucinant portrait d'un dictateur africain dont la cruauté et les extravagances dépassaient encore celles du francophone Bokassa), les déviances sexuelles (*Maîtresse*) et les rapports avec le monde animal (*Koko*, un gorille qui finissait par entretenir des relations presque humaines avec sa maîtresse).

Schroeter, Werner

Réalisateur allemand né en 1945.

Eika Katappa (1969) ; Nicaragua (1969) ; Der Bomberpilot (1970) ; Salome (Salomé, 1971) ; Der Tod der Maria Malibran (La mort de Maria Malibran, 1971) ; Willow springs (1972) ; Der schwarze Engel (1973) ; Gold Flocken (Flocons d'or, 1975) ; Johannas Traum (1975) ; Neapolitanische Geschwister (Le règne de Naples, 1978) ; Palermo oder Wolfsburg (Palermo, 1979) ; Weisse Reise (Le voyage blanc, 1980) ; La répétition générale (1980) ; Le concile d'amour (1982) ; Tag der Idioten (1982).

Prince du film expérimental en 16 mm, triomphe d'un art décadent où le sujet (*La mort de Maria Malibran* par exemple) est le prétexte à toutes les outrances stylistiques. Splendides images et musique d'opéra. Puis, rupture complète à partir du *Règne de Naples :* plus de 16 mm, plus d'images baroques ou raffinées mais l'évocation de Napolitains misérables pris dans leur vie quotidienne de 1944 à 1976. De même *Palermo* ne nous restitue pas, comme on pourrait s'y attendre, l'univers du prince Palagonia, mais la dure condition de la main-d'œuvre italienne en Allemagne. Heureusement *Le concile d'amour* renoue avec cette première veine : le procès de Panizza, dont *Le concile d'amour* fut jugé sacrilège, est le prétexte pour nous montrer cette pièce fameuse, jadis montée au théâtre Pigalle à Paris par Lavelli, avec Juliette Villard. Dieu, pour punir la cour des Borgia y envoie la syphilis. La vision du Paradis et celle de l'Enfer fournissent à Schroeter l'occasion de brillantes variations où l'on retrouve – enfin – sa fascination du baroque.

Schünzel, Reinhold

Acteur et réalisateur allemand, 1888-1954.

Comme réalisateur : Das Mädchen aus der Ackerstrasse (1920) ; Betrüger des Volkes (1922) ; Peter der Matrose (Pierre le matelot, 1928) ; Liebe im Ring (1930) ; Rommy (1931) ; Das schöne Abenteuer (La belle aventure, 1931) ; Saison in Kairo (1933) ; Viktor und Viktoria (1933) ; Amphitryon (Les dieux s'amusent, 1937) ; Donogoo Tonka (1937) ; Land der Liebe (1937). *Aux États-Unis :* Rich Man, Poor Girl (1938) ; The Ice Follies of 1939 (1939) ; Balalaika (1939) ; New Wine (1941).

Il est plus connu comme acteur (*Notorious, Dragonwyck, Berlin Express*, etc.) que comme réalisateur. S'il a échappé à l'oubli c'est à cause d'un bon *Amphitryon*, opérette parodique où Mercure se déplaçait sur patins à roulettes et où les dieux cherchaient vainement l'Amérique : elle n'avait pas encore été découverte ! Schünzel échoua complètement dans sa tentative pour faire carrière aux États-Unis comme réalisateur. Il dut se contenter de rôles de composition.

Schuster, Harold

Réalisateur américain né en 1902.

Dinner at the Ritz (1937) ; Wings of the Morning (La baie du destin, 1937) ; Swing that Cheer (1938) ; Exposed (1938) ; One Hour to Live (1939) ; Framed (1940) ; Zanzibar (Zanzibar, 1940) ; Ma, He's Making Eyes at Me (1940) ; South to Karanga (1940) ; Diamond Frontier (La frontière des diamants, 1940) ; A Very Young Lady (1941) ; Small Town Deb (1941) ; On the Sunny Side (1942) ; The Postman Didn't Ring (1942) ; Girl Trouble (1942) ; My Friend Flicka (Mon amie Flicka, 1943) ; Marine Raiders (1944) ; Breakfast in Hollywood (1946) ; The Tender Years (1947) ; So Dear to My Heart (1948) ; Kid Monk Baroni (1952) ; Jack Slade (Jack Slade le condamné, 1953) ; Loophole (Dangereuse enquête, 1954) ; Security Risk (1954) ; Port of Hell (1954) ; Finger

Man (1955) ; The Return of Jack Slade (1955) ; Hidden Jungle (Tarzan chez les Soukoulous, 1955) ; Dragon Wells Massacre (La poursuite fantastique, 1957) ; Courage of Black Beauty (1957) ; Portland Exposé (1957).

Solide artisan d'Hollywood, connu pour le larmoyant *Flicka* et deux bons westerns, *Jack Slade* et surtout *Dragon Wells Massacre,* récit de l'extermination d'un convoi de fuyards par les Indiens où Jack Elam jouait pour la première et unique fois un rôle sympathique, protégeant une petite fille au lieu de la violer, conformément à ses personnages habituels.

Schwarz, Hanns

Réalisateur d'origine autrichienne.

En Allemagne : Nanon (1923) ; Zwei Menschen (1923) ; Die Stimme des Herzens (1921) ; Die Liebe und das Telephon (1925) ; Die Kleine vom Variété (1926) ; Die Czardasfürstin (1928) ; Jungle Liebe (1928) : Ungarische Rhapsodie (1929) ; Die wunderbare Lüge der Nina Petrovna (Le mensonge de Nina Petrovna, 1929) ; Melodie des Herzens (1929) : Liebling der Götter (1930) ; Einbrecher (Flagrant délit, 1930) ; Ihre Hoheit befiehlt (Princesse, à vos ordres, 1931) : Bomben auf Monte-Carlo (Le capitaine Craddock, 1931) ; Zigeuner der Nacht (1932) ; Das Mädel vom Montparnasse (La petite de Montparnasse, 1932). *En Angleterre :* Prince of Arcadia (1937) ; The Return of Scarlet Pimpernel (1937).

Il connut une petite célébrité avec *Nina Petrovna,* histoire d'adultère qui finit comme dans *Nju* par le suicide de la coupable. On rattacha Schwarz au Kammerspiel. Avec l'avènement d'Hitler, il dut s'enfuir en Angleterre mais ne réussit pas à y faire carrière.

Scola, Ettore

Scénariste et réalisateur italien né en 1931.

Comme réalisateur : Se Permettete Parliamo di Donne (Parlons femmes, 1964) ; La Congiuntura (Cent millions ont disparu, 1965) ; Thrilling (un sketch, 1965) ; L'Arcidiavolo (Belfagor le magnifique, 1966) ; Riusciranno I Nostri Eroi a Ritrovare l'Amico Misteriosamente Scomparso in Africa ? (Nos héros réussiront-ils à retrouver leur ami mystérieusement disparu en Afrique ?, 1963) ; Il Commissario Pepe (Le fouineur, 1969) ; Dramma della Gelosia, Tutti I Particolari in cronaca (Drame de la jalousie, 1970) ; Permette ? Rocco Papaleo (1971) ; La Piu Bella Serata della Mia Vita (La plus belle soirée de ma vie, 1972) ; Festival Unita 72 (m.m., 1972) ; Trevico-Torino, Viaggio nel Fiat-Nam (1974) ; C'Eramo Tanto Amati (Nous nous sommes tant aimés, 1974) ; Brutti, Sporchi e Cattivi (Affreux, sales et méchants, 1975) ; Signore e Signori, Buonanotte (co-réal., Mesdames et Messieurs, bonsoir, 1976) ; Una Giornata Particolare (Une journée particulière, 1977) ; I Nuovi Mostri (co-réal., Les nouveaux monstres, 1977) ; La Terrazza (La Terrasse, 1979) ; Passione d'Amore (Passion d'amour, 1981) ; La nuit de Varennes (1982).

Après des études classiques et juridiques, Scola s'oriente vers le journalisme et collabore à des revues humoristiques comme « Marco Aurelio » (où l'on retrouve également les signatures de Fellini, Steno, Age et Scarpelli). Il écrit pour la radio « Il teatrino di Alberto Sordi », puis débute au cinéma comme scénariste avant de passer, en 1964, à la réalisation. C'est dans la comédie à l'italienne qu'il s'impose, insistant surtout sur les problèmes sociaux. Il met en lumière la misère des taudis (*Affreux, sales et méchants*), la persécution des homosexuels (*Une journée particulière),* les iniquitées de la justice (que parodient Pierre Brasseur, Michel Simon, Claude Dauphin... dans *La plus belle soirée de ma vie,* où Scola introduit une note fantastique inattendue dans son œuvre), le nombrilisme des intellectuels (*La Terrasse*) etc. Mais il a aussi le goût du pur divertissement (*Belfagor le magnifique).* « Bizarrement, dit-il, j'ai l'impression de faire presque toujours le même film. Et non pas uniquement du point de vue du style, mais du point de vue des thèmes. Que sont tous mes films ? Le reflet de la formation de ce garçon méridional que j'étais, venu à Rome après avoir été au contact, au cours de l'enfance, de marginaux, d'opprimés. » Cinéaste engagé ? A cela il répond : « Dire que je suis engagé me ferait rougir et je n'aime pas quand j'entends les autres le dire. L'engagement fait partie de l'honnêteté. Je ne fais que ce à quoi je crois et je crois à ce que je fais. C'est cela l'engagement. » Ce qu'il dénonce, c'est l'absence de romans ayant décrit la société italienne des dix dernières années : seul, à ses yeux, le cinéma, malgré ses faiblesses, y est parvenu. A travers les dialogues de Casanova et de Restif de la Bretonne, dans la *Nuit de Varennes*, c'est toujours le même problème qui est évoqué : celui du témoignage. Mais Scola choisit son camp : Joseph de Maistre est absent du débat, un débat dont les propos – heureusement noyés dans de belles images – annoncent parfois le M. Prudhomme de Monnier. Et si Scola était avant tout un esthéte ?

Scorsese, Martin

Réalisateur américain né en 1942.

Courts métrages : What's a Nice Girl Like You (1963) ; Doing in a Place Like This (1963) ; It's not Just You Murray (1964) ; The Big Shave (1967) ; Italianamerican (1974) ; American Boy (1978) : ces deux derniers films distribués sous le titre : L'album de famille de Martin Scorcese. *Longs métrages :* Who's That Knocking at My Door (1969) ; Boxcar Bertha (Bertha Boxcar, 1972) ; Mean Streets (Mean Streets, 1973) ; Alice Do esn't Live here Anymore (Alice n'est plus ici, 1975) ; Taxi Driver (Taxi Driver, 1976) ; New York-New York (New York-New York, 1977) ; The Last Waltz (The Last Waltz, 1978) ; Raging Bull (Raging Bull, 1979).

L'Amérique des paumés, des marginaux, des minorités (ici les Italiens) ; L'Amérique du doute, de la contestation, du refus ; l'Amérique urbaine et nocturne ; Little Italy. Passant du film policier social, dans le style Warner des années 30, avec *Bertha Boxcar* (quelle fut l'influence de Corman sur ce film? au film musical sur les coulisses du spectacle (*New York-New York)*, Scorcese n'abandonne jamais ses obsessions. Ses portraits de *looser* donnent à son œuvre une unité et un style qui lui sont propres : chauffeur de taxi ou boxeur (Jake La Motta, qui régna sur les poids moyens au temps des Zale, Graziano, Cerdan et Robinson) ont trouvé en Robert di Nero l'interprète idéal.

Scott, George C.

Acteur et réalisateur américain né en 1927.

Comme réalisateur : Rage (1972) ; The Savage Is Loose (1974).

Ancien marine devenu acteur, sa forte personnalité éclate à l'écran, notamment dans *Patton.* Passé à la réalisation, il a signé deux films dont *Rage* dont on dit grand bien, mais qui n'ont connu qu'une diffusion très limitée.

Scott, Ridley

Réalisateur anglais.

The Duellists (Les duellistes, 1977) ; Alien (Alien, le huitième passager, 1979) ; Blade Runner (1982).

Venu du cinéma publicitaire, Scott s'impose d'emblée par un incontestable chef-d'œuvre, *Les duellistes,* l'un des meilleurs films tournés sur l'époque napoléonienne. Tiré d'une nouvelle de Conrad, il racontait l'histoire de deux officiers de la Grande Armée qui ne cessaient de se battre en duel, pour une cause bien vite oubliée, à travers les champs de bataille de l'Europe. Un sens aigu de la couleur et de la lumière donnait naissance à des images d'une beauté plastique à couper le souffle. Ce sens du décor se retrouvait dans *Alien,* film de science-fiction au scénario par ailleurs conventionnel. Il y a beaucoup à attendre de Ridley Scott.

Sears, Fred F.

Réalisateur américain, 1913-1957.

Horsemen of the Sierra (1949) ; Desert Vigilante (1949) ; Across the Badlands (1950) ; Raiders of Tomahawk Creek

(1950) ; Lightning Guns (1950) ; Prairie Roundup (1951) ; Riding the Outlaw Trail (1951) ; Snake River Desperadoes (1951) ; Bonanza Town (1951) ; Pecos River (1951) ; Target Hong Kong (1952) ; Smokey Canyon (1952) ; The Hawk of Wild River (1952) ; Last Train of Bombay (1952) ; The Kid from Broken Gun (1952) ; The 49th Man (1953) ; Mission over Korea (1953) ; Sky Commando (Commando du ciel, 1953) ; The Nebraskan (1953) ; Ambush at Tomahawk Gap (1953) ; El Alamein (1953) ; Massacre Canyon (1954) ; Overland Pacific (1954) ; The Miami Story (Meurtre sur commande, 1954) ; The Outlaw Stallion (1954) ; Cell 2455, Death Row (Cellule 2455, couloir de la mort, 1955) ; Wyoming Renegade (1955) ; Chicago Syndicate (Meurtres à responsabilité limitée, 1955) ; Apache Ambush (1955) ; Teenage Crime Wave (1955) ; Inside Detroit (Emprise sur la ville, 1955) ; Fury at Gunsight Pass (1955) ; The Werewolf (1955) ; Rock Around the Clock (Rock and Roll, 1956) ; Earth vs. the Flying Saucers (Les soucoupes volantes attaquent, 1956) ; Miami Expose (Meurtres à Miami, 1956) ; Cha Cha Cha Boom (1956) ; Rumble of the Docks (1956) ; Don't Knock the Rock (1956) ; Utah Blaine (1957) ; The Giant Claw (1957) ; Calypso Heat Wave (1957) ; The Night the World Exploded (1957) ; Escape from San Quentin (1957) ; The World Was His Jury (1958) ; Going Steady (1958) ; Crash Landing (1958) ; Badman's Country (1958) ; Ghost of the China Sea (1958).

Homme à tout faire de la Columbia, il passe du rock à la science-fiction et du thriller au western, selon son contrat. La plupart de ses films sont médiocres, sauf, à la rigueur, *Earth vs. the Flying Saucers.* Mais peut-on le lui reprocher quand on considère les budgets – fort insuffisants – dont il disposa ?

Seaton, George

Réalisateur américain, 1911-1979.

Billy Rose's Diamond Horseshoe (Broadway en folie, 1945) ; Junior Miss (1945) ; The Shocking Miss Pilgrim (1946) ; Miracle on 34th Street (Le miracle de la 34e rue, 1947) ; Apartment for Peggy (L'amour sous les toits, 1948) ; Chicken Every Sunday (1949) ; The Big Lift (La ville écartelée, 1950) ; For Heaven's Sake (On va se faire sonner les cloches, 1950) ; Anything Can Happen (Tout peut arriver, 1952) ; Little Boy Lost (Le petit garçon perdu, 1953) ; The Country Girl (Une fille de la province, 1954) ; The Proud and the Profane (1956) ; Teacher's Pet (Le chou-chou du professeur, 1958) ; The Pleasure of His Company (Mon séducteur de père, 1961) ; The Counterfeit Traitor (Trahison sur commande, 1961) ; The Hook (Un homme doit mourir, 1963) ; 36 Hours (1964) ; What's So Bad About Feeling Good ? (1968) ; Airport (Airport, 1970) ; Showdown (Duel dans la poussière, 1973).

D'où vient la réputation dont il jouit auprès des critiques américains ? Honnête scénariste, il fut un réalisateur médiocre, passant à côté du problème de Berlin (*The Big Lift*) pour sauter à pieds joints dans le mélodrame larmoyant (*Little Boy Lost*), incapable de maîtriser un gros budget (*Airport* avec Burt Lancaster, Jacqueline Bisset, Lloyd Nolan, Jean Seberg et George Kennedy) ou de diriger Fred Astaire (*The Pleasure of His Company*). Même lorsqu'il tourne un western (*Showdown*), il trouve moyen de le rater, sombrant dans des considérations psychologiques extérieures au genre. On voudrait en dire du bien : impossible.

Sechan, Edmond

Opérateur et réalisateur français né en 1919.

Niok l'éléphant (c.m., 1957) ; Histoire d'un poisson rouge (c.m., 1959) ; L'ours (1960) ; Pour un amour lointain (1968).

Brillant chef opérateur (Lamorisse lui doit beaucoup), il aurait pu s'orienter dans la voie du film pour enfants ou tourner des comédies évoquant un univers à la Bellus ou à la Sempé. Son sens de la poésie, sa gentillesse, un goût pour les œuvres comiques l'y portaient. Sa carrière de réalisateur a finalement tourné court.

Sedgwick, Edward

Réalisateur américain, 1892-1953.

Fantomas (1920) ; Live Wires (1921) ; Bar Nothin' (1921) ; The Rough Diamond (1921) ; The Bearcat (1922) ; Chasing the Moon (1922) ; Boomerang Justice (1922) ; Do and Dare (1922) ; The Flaming Hour (1922) ; The First Degree (1923) ; Single Handed (1923) ; The Gentleman from America (1923) ; Romance Land (1923) ; Dead Game (1923) ; Blinky (1923) ; Out of Luck (1923) ; The Ramblin'Kid (1923) ; Shootin'for Love (1923) ; The Thrill Chaser (1923) ; Hook and Ladder (1924) ; Broadway or Bust (1924) ; Ride for Your Life (1924) ; 40-Horse Hawkins (1924) ; Hit and Run (1924) ; The Sawdust Trail (1924) ; The Ridin' Kid from Powder River (1924) ; The Hurricane Kid (1925) ; The Saddle Hawk (1925) ; Let'Er Buck (1925) ; Spook Ranch (1925) ; Lorraine of the Lions (1925) ; The Phantom of the Opera (termine le film de Julian, 1925) ; Two-Fisted Jones (1925) ; Under Western Skies (1926) ; The Flaming Frontier (1926) ; The Runaway Express (1926) ; Tin Hats (1926) ; The Bugle Call (1927) ; Slide, Kelly, Slide (1927) ; Spring Fever (1927) ; West Point (1927) ; Circus Rookies (1928) ; The Cameraman (L'opérateur, 1928) ; Spite Marriage (Le figurant, 1929) ; Doughboys (Buster s'en va-t-en guerre, 1930) ; Free and Easy (Le metteur en scène, 1930) ; Parlor, Bedroom and Bath (Buster se marie, 1931) ; A Dangerous Affair (1931) ; Maker of Men (1931) ; The Passionate Plumber (Le plombier amoureux, 1932) ; Speak Easily (Le professeur, 1932) ; Horse Play (1933) ; What, No Beer ? (Le roi de la bière, 1933) ; Saturday's Millions (1933) ; I' Tell the World (1934) ; The Poor Rich (1934) ; Here Comes the Groom (1934) ; Death on the Diamond (1934) ; Father Brown Detective (1935) ; Murder in the Fleet (Meurtre dans la marine, 1935) ; The Virginia Judge (1935) ; Mister Cinderella (1936) ; Pick a Star (On demande une étoile, 1937) ; Riding on Air (1937) ; Fit for a King (1937) ; The Gladiator (Le gladiateur, 1938) ; Burn'Em Up O'Connor (1939) ; Beware Spooks (1939) ; So You Won't Talk (1940) ; Air Raid Wardens (Laurel et Hardy chefs d'îlots, 1943) ; A Southern Yankee (Mon héros, 1948) ; Ma and Pa Kettle Back on the Farm (1951).

Bon scénariste au temps du muet, il est surtout connu pour avoir servi de metteur en scène à Buster Keaton de 1928 à 1933, filmant imperturbablement le déclin du grand comique, de l'éblouissant *Cameraman* au catastrophique *What, No Beer ?* où il préférait cadrer Jimmy Durante que sa vedette. Il s'en faut pourtant qu'il ait desservi Keaton, comme le veut la légende ; il y a beaucoup de trouvailles de mise en scène, qu'on peut sans risque d'erreur lui attribuer dans *Doughboys* ou surtout *Free and Easy* dont Keaton semble s'être désintéressé. Ne lui prêtons pas trop néanmoins : s'il parvint à rendre Joe Brown supportable dans *The Gladiator,* film particulièrement drôle, il signa l'un des plus mauvais Laurel et Hardy : *Air Raid Wardens.* Type même du « Yes-Man » hollywoodien, sans ambition, ce qui ne signifie pas sans métier.

Segal, Alex

Réalisateur américain né en 1915.

Ransom (1956) ; All the Way Home (1963) ; Joy in the Morning (1965) ; Harlow (1965).

Metteur en scène de théâtre, réalisateur de télévision, professeur d'art dramatique, il a touché à l'occasion au cinéma. Sa version du personnage de Joan Harlow est son film le plus connu.

Seiler, Lewis

Réalisateur américain, 1900-1963.

Darwin was right (1924) ; No Man's Gold ; Great K and a Train Robbery (1926) ; Last Trail (1927) ; Outlaws of the River (1927) ; Tumbling River (1927) ; Wolf Fangs (1927) ; Square Crooks (1928) ; The Ghost Talks (1928) ; Girls Gone Wild (1929) ; Deception (1932) ; No greater Love (1932) ; Frontier Marshall (1934) ; Charlie Chan in Paris (Charlie Chan à Paris, 1935) ; Ginger (1935) ; Paddy O'Day (1935) ; Here Comes Trouble (1936) ; Star for a Night (1936) ; Career Woman (1936) ; Fierst Baby (1936) ; Turn off the Moon (1937) ; He Couldn't Say No (1937) ; Penrod's Double Trouble (1938) ; Crime School (L'école du crime, 1938) ; Heart of the North (1938) ; King of the Underworld (Hommes sans loi, 1939) ; You Can't Get away with Murder (Le châtiment, 1939) ; Hell's Kitchen (1939) ; Dust Be My Destiny (Jeunesse triomphante, 1939) ; The Kid from Komoko (1939) ; It all Came True (Le rendez-vous de Minuit, 1940) ; Flight Angels (Troubles au Canada, 1940) ; Murder in the Air (1940) ; Tugboat Annie Sails Again (1940) ; South of Suez (1940) ; Kisses for Breakfeast (1941) ; You're in the Army Now (1941) ; International Squadron (1941) ; Big Shot (Le Caïd, 1941) ; Pittsburgh (La fièvre de l'or noir, 1942) ; Guadalcanal Diary (Guadalcanal, 1943) ; Something for the Boys (1944) ; Doll Face Molly and Me (1945) ; If I'm Lucky (1946) ; Breakthrough (Le grand assaut, 1950) ; Tanks Are Coming (Les tanks arrivent, 1951) ; Winning Team (1952) ; Operation Secret (1952) ; The System (1953) ; Bamboo Prison (1955) ; Women's Prison (1955) ; Battle Stations (L'enfer du Pacifique, 1956) ; Over Exposed (1956) ; The Story of Lynn Stuart (Dans les griffes du gang, 1958).

D'abord assistant et gagman, il doit sa célébrité comme réalisateur au fait d'avoir dirigé des Tom Mix et surtout cinq films avec Bogart (*L'école du crime, Hommes sans loi,* où Bogart, chef de gang, se prend pour Napoléon et embauche un journaliste qui sera son Las Cases, *Le rendez-vous de Minuit, Le châtiment et Le caïd*), sans oublier Marlène Dietrich dans *Pittsburg.* Mais il n'a vraiment fait preuve d'un talent vigoureux que dans l'admirable *Guadalcanal* où il donnait de la vie du soldat lors des opérations du Pacifique, pendant la dernière guerre mondiale, une image sans concessions.

Seiter, William

Réalisateur américain, 1895-1964.

Principaux films : The Kentucky Colonel (1920) ; Hearts and Masks (1921) ; Passing Thru (1921) ; The Foolish Age (1921) ; Eden and Return (1921) ; Born Crazy (1922) ; Little Church Around the Corner (1923) ;Daddies (1924) ; The White Sin (1924) ; His Forgotten Wife (1924) ; Listen Lester (1924) ; Helen's Babies (1924) ; The Family Secret (1924) ; The Fast Worker (1924) ; The Mad Whirl (1925) ; Dangerous Innocence (1925) ; The Teaser (1925) ; Where Was I ? (1925) ; What Happened to Jones (1926) ; Skinner's Dress Suit (1926) ; Rolling Home (1926) ; Take It from Me (1926) ; The Cheerful Fraud (1927) ; The Small Bachelor (1927) ; Out All Night (1927) ; Thanks for the Buggy Ride (1928) ; Good Morning, Judge (1928) ; Happiness Ahead (1928) ; Waterfront (1928) ; Outcast (1928) ; Synthetic Sin (1929) ; Why Be Good ? (1929) ; Prisoners (1929) ; Smiling Irish Eyes (Le printemps chante, 1929) ; Footlights and Fools (1929) ; The Love Racket (1929) ; Strictly Modern (1930) ; The Flirting Widow (1930) ; Back Pay (1930) ; Going Wild (1930) ; The Truth About Youth (1930) ; Sunny (1930) ; Big Business Girl (1931) ; Kiss Me Again (1931) ; Going Wild (1931) ; Too Many Cooks (1931) ; Full of Notions (1931) ; Caught Plastered (1931) ; Peach O'Reno (1931) ; Way Back Home (1932) ; Girl Crazy (1932) ; Young Bride (1932) ; If I Had a Million (un sketch, Si j'avais un million, 1932) ; Hello Everybody (1933) ; Diplomaniacs (1933) ; Professional Sweetheart (1933) ; Chance at Heaven (1933) ; Rafter Romance (1934) ; Sons of Desert (Les compagnons de la Nouba, 1934) ; Love Birds (1934) ; Sing and Like It (1934) ; We're Rich Again (1934) ; The Richest Girl in the World (1934) ; Roberta (Roberta, 1935) ; The Daring Young Man (1935) ; Orchids to You (1935) ; In Person (1935) ; If You Could Only Cook (1935) ; The Moon's Our Home (1936) ;

The Case Against Mrs. Ames (1936) ; Dimples (Tchin-Tchin, 1936) ; Stowaway (1936) ; This Is My Affair (1937) ; Life of the Party (1937) ; Life Begins in College (1937) ; Sally, Irene and Mary (1938) ; Three Blind Mice (1938) ; Thanks for Everything (1938) ; Room Service (Panique à l'hôtel, 1938) ; Susannah of the Mounties (1939) ; Allegheny Uprising (1939) ; It's a Date (1940) ; Hired Wife (1940) ; Nice Girl (Toute à toi, 1941) ; Appointment for Love (1941) ; Broadway (1942) ; You Were Never Lovelier (O toi, ma charmante, 1942) ; A Lady Takes a Chance (La fille et son cow-boy, 1943) ; Destroyer (1943) ; Belle of the Yukon (1944) ; Four Jills in a Jeep (1944) ; It's a Pleasure (La fée blanche, 1945) ; That Night With You (1945) ; The Affairs of Susan (Les caprices de Suzanne, 1945) ; Little Giant (Deux nigauds vendeurs, 1946) ; Lover Come Back (1946) ; I'll Be Yours (1947) ; Up in Central Park (1948) ; One Touch of Venus (Un caprice de Vénus, 1948) ; Borderline (1950) ; Dear Brat (1951) ; The Lady Wants Mink (1953) ; Champ for a Day (1953) ; Make Haste to Live (Ultime sursis, 1954).

Il fut des Keystone Cops de Sennett avant de devenir réalisateur. Il a d'abord travaillé dans le court métrage puis est devenu un bon artisan soucieux de mettre en valeur ses acteurs : Wheeler et Wolsey (*Diplomaniacs*), Laurel et Hardy (*Sons of the Desert*), les Marx (*Room Service*), Fred Astaire (*Roberta, You Were Never Lovelier*), Shirley Temple (*Dimples*), Sonja Henie (*It's a Pleasure*), Abott et Costello (*Little Giant*), Ava Gardner (*One Touch of Venus*)...

Seitz, George Brackett

Scénariste et réalisateur américain, 1888-1944.

Principaux films : The Fatal Ring (La reine s'ennuie, 1917) ; The Last of the Carnabys (1917) ; The Hunting of the Hawk (1917) ; New York Nights (1917) ; The House of Hate (La maison de la haine, 1918) ; The Lightning Raider (1919) ; Getaway Gate (1919) ; The Honest Thief (1919) ; The Black Secret (1919) ; Bound and Gagged (globe-trotter amour, 1919) ; Pirate Gold (1920) ; Rogues and Romance (1921) ; The Sky Ranger (Les rôdeurs de l'air, 1921) ; Hurricane Hutch (Le tourbillon, 1921) ; Go Get'Em Hutch (1922) ; Plunder (Pillage, 1922) ; Speed (1922) ; The Way of a Man (1923) ; Leather Stocking (1924) ; The Fortieth Door (1924) ; Galloping Hoofs (1924) ; Into the Net (Dans les mailles du filet, 1925) ; Sunken Sailor (1925) ; Wild Horse Mesa (La hantise du désert blanc, 1925) ; The Vanishing American (La race qui meurt, 1925) ; Desert Gold (La folie de l'or, 1926) ; Pals in Paradise (1926) ; The Last Frontier (La dernière frontière, 1926) ; The Ice Flood (1926) ; Jim the Conqueror (Jim le conquérant, 1927) ; Great Mail Robbery (1927) ; The Blood Ship (1927) ; The Tigress (1927) ; Isle of the Forgotten Women (1927) ; The Warning (1928) ; Ransom (1928) ; Beware of Blondes (1928) ; The Circus Kid (Le gosse du cirque) ; Court Martial (1928) ; Blockade (1928) ; Hey Rude ! (1929) ; Black Magic (1929) ; The Murder on the Roof (1930) ; Guilty ? (1930) ; Midnight Mystery (1930) ; Danger Lights (1930) ; The Drums of Jeopardy (1931) ; The Lion and the Lamb (1931) ; Arizona (1931) ; Shangaied Love (1931) ; Night Beat (1931) ; Sally of the Subway (1931) ; Docks of San Francisco (1932) ; Sin's Pay Day (1932) ; Widow in Scarlet (1932) ; Passport to Paradise (1932) ; Treason (1933) ; The Thrill Hunter (1933) ; The Woman in His Life (1933) ; Lazy River (1934) ; The Fighting Ranger (1934) ; Shadow of Doubt (L'ombre du doute, 1935) ; Only Eight Hours (1935) ; Times Square Lady (1935) ; Calm Yourself (1935) ; Woman Wanted (On cherche une femme, 1935) ; Kind Lady (1935) ; Exclusive Story (1936) ; The Three Wise Guys (1936) ; The Last of the Mohicans (Le dernier des Mohicans, 1936) ; Mad Holiday (1936) ; Under Cover of Night (1937) ; The Thirteenth Chair (1937) ; A Family

Affair (1937) ; Mama Steps Out (1937) ; Between Two Women (1937) ; My Dear Miss Aldrich (1937) ; You're Only Young Once (1938) ; Judge Hardy's Children (Les enfants du juge Hardy, 1938) ; Yellow Jack (1938) ; Love Finds Andy Hardys (André Hardy cow-boy, 1938) ; The Hardys Ride High (1939) ; 6,000 Enemies (1939) ; Thunder Afloat (1939) ; Judge Hardy and Son (1939) ; Kit Carson (1940) ; Andy Hardy Meets Debutante (1940) ; Sky Murder (1940) ; Gallant Sons (1940) ; Andy Hardy's Private Secretary (1941) ; Life Begins for Andy Hardy (1941) ; The Courtship of Andy Hardy (1942) ; A Yank on the Burma Road (1942) ; Pierre of the Plains (1942) ; Andy Hardy's Double Life (1942) ; Andy Hardy's Blonde Trouble (1944).

Esprit cultivé (il avait fait d'excellentes études), après avoir écrit pour la scène, il se tourna vers l'écran et fut scénariste chez Pathé. Il écrivit les scénarios des *Mystères de New York* de Gasnier et du *Masque aux dents blanches* de José. Il dirigea lui-même de nombreux serials joués par Pearl White ou lui-même. Par la suite on lui doit un très beau western sur la fin des indiens : *The Vanishing American,* qui contient des images splendides. L'avènement du parlant, sans interrompre sa carrière, ne lui permit pas de donner sa pleine mesure. Il finit en dirigeant la série des Andy Hardy avec Mickey Rooney, saga familiale qui connut un grand succès.

Sekely, Steve

Réalisateur d'origine hongroise, de son vrai nom Istvan Szekely, 1889-1979.

Rhapsodie der Liebe (1929) ; Die Grosse Sehnsucht (1930) ; Seitensprünge (1930) ; Er und Sein Diener (1931) ; Ein Steinreicher Mann (1931) ; Piri Mindent Tud (1932) ; Rouletabille aviateur (1932) ; Scandal in Budapest (1933) ; Rakoczy Marsh (1933) ; Iza Neni (1934) ; Lila Akac (1934) ; Emmy (1934) ; Ball im Savoy (1934) ; Cimzett Ismeretlen (1934) ; Cafe Moszkva (1936) ; Szenzacio (1936) ; Naszut Felaron (Lune de miel à demi-prix, 1936) ; Dunaparti Randevu (La rivière du rendez-vous, 1936) ; Lovagias Ugy (Une affaire d'honneur, 1937) ; Egy Lany Elindul (1937) ; Ket Fogoly (Deux prisonniers, 1937) ; A 111-Es (1937) ; Pusztai Szel (Les vents de Puszta, 1937) ; Szerelembol Nosültem (Je me suis marié par amour, 1937) ; Segitseg Orokoltem (1937) ; A Noszty fur Esete Toth Marival (1938) ; A Miracle on Main Street (1940) ; Revenge of the Zombies (1943) ; Women in Bondahe (1943) ; Behind Prison Walls (1943) ; Waterfront (1944) ; Lake Placid Serenade (1944) ; Lady in the Death House (1944) ; My Buddy (1944) ; The Fabulous Suzanne (1947) ; Hollow Triumph (1948) ; Blonde Savage (1948) ; Amazon Quest (1949) ; Stronghold (1952) ; L'avventure di Cartouche (1954) ; La Peccatrice del Deserto (avec Vernuccio, 1955) ; The Blue Camillia (1955) ; Missing Scientists (1955) ; The Day of the Triffids (1963) ; The Girl Who Liked Purple Flowers (1973).

Cinéaste cosmopolite, il a travaillé dans tous les studios. L'Allemagne et la Hongrie l'accueillirent à ses débuts ; il fit un Rouletabille pour la France, se réfugia aux Etats-Unis pendant la guerre et y tourna quelques petits films d'horreur. On le vit en Italie, associé à Vernuccio, et en Angleterre. N'émerge aujourd'hui qu'un honnête film de science-fiction : *The Day of the Triffids,* l'invasion de l'humanité par des plantes géantes.

Selander, Lesley

Réalisateur américain né en 1900.

Plus de 150 films dont : Ride 'Em Cowboy (1936) ; Empty Saddles (1936) ; Hopalong Rides Again (1937) ; Cassidy of Bar 20 (1938) ; Riders of the Timberline (1941) ; Limberjack (Les maîtres de la forêt, 1944) ; Trail of Kit Carson (1945) ; The Vampire's Ghost (1945) ; The Red Stallion (1947) ; Panhandle (Le justicier de la Sierra, 1948) ; Stanpede (Panique sauvage au Far-West, 1949) ; Flight to Mars (1951) ; The Raiders (L'heure de la vengeance, 1952) ; Arrow in the Dust (Le défi des flèches, 1954) ;

The Royal African Riffles (Complot dans la jungle, 1954) ; The Yellow Tomahawk (1954) ; Sothgun (Amour fleur sauvage, 1955) ; Tall Man Riding (La furieuse chevauchée, 1955) ; Fort Yuma (1955) ; The Broken Star (1956) ; Revolt at Fort Laramie (1957) ; The Lone Ranger and the Lost City of Gold (Le justicier masqué, 1958) ; Fort Courageous (1965) ; Town Tamer (1965) ; The Texican (1966) ; Fort Utah (1967) ; Arizona Bushwhackers (1968).

Tous les héros du western du cher Hopalong Cassidy au bon vieux Lone Ranger, en passant par Kit Carson, ont défilé devant sa caméra. Dommage qu'il tourne à toute vitesse, oubliant que tel combat se déroulait dans une montagne pour le transporter subitement (après sans doute une interruption de tournage) dans une plaine (*Arrow in the Dust,* selon Coursodon et Tavernier). Quand il veut s'en donner la peine, on approche du chef-d'œuvre : *Shothgun* est d'une cruauté stupéfiante.

Selim, Kamal

Réalisateur égyptien, 1912-1946.

Principaux films : Wara el Sittar (Derrière le rideau, 1937) ; Al Azima (La volonté, 1940) ; Ilal Abbad (Pour toujours, 1941) ; El Boassa (Les misérables, 1944) ; Chahadaa Elqharam (Les victimes de l'amour, 1944) ; Lailet Elgomaha (Le soir du vendredi, 1945).

Considéré comme le plus important réalisateur égyptien de la période 1930-1945. Il semble qu'il ait engagé le cinéma égyptien dans la voie d'une observation plus aiguë de la réalité sociale en opposition aux comédies musicales qui ne devaient cesser de se multiplier.

Sellers, Peter

Acteur et réalisateur anglais, de ses vrais prénoms Richard, Henry, 1925-1980.

Comme réalisateur : M. Topaze (1961).

Ce prodigieux acteur comique, rendu célèbre par sa composition de l'inspecteur Clouseau dans la série des *Panthère rose,* n'a dirigé qu'un film, une version assez banale de *Topaze.*

Selpin, Herbert

Réalisateur allemand, ?-1942.

Chauffeur Antoinette (1931) ; Der Traum vom Rhein (1933) ; Mädels von heute (1933) ; Zwischen zwei Herzen (1934) ; Der Springer von Pontresina (1934) ; Die Reiter von Deutsch-Ostafrika (1934) ; Ein idealer Gatte (1935) ; Der grüne Domino (Le Domino vert, 1935) ; Skandal um die Fledermaus (1936) ; Spiel and Bord (1936) ; Die Fraudes Andersen (1936) ; Alarm in Peking (1937) ; Heiratsschwindler (1937) ; Ich liebe dich (1938) ; Sergeant Berry (Sergent Berry, 1938) ; Wasser für Canitoga (1939) ; Ein Mann auf Abwegen (La fugue de Madame Patterson, 1940) ; Trenck der Pandur (1940) ; Carl Peters (1941) ; Geheimakte WB I (1942) ; Titanic (1943, achevé par Werner Kliner).

Collaborateur de Pabst, Selpin s'est spécialisé, à l'époque du IIIe Reich, dans le cinéma de divertissement, comédies, pseudo-westerns avec Hans Albers, aventures exotiques, etc. Selpin s'entendait mal avec Goebbels qui le chargea pourtant de la direction de *Titanic,* évocation de la célèbre catastrophe maritime que les Allemands souhaitaient raconter dans un sens peu favorable aux Anglais qui avaient construit le transatlantique. Selpin se brouilla avec le scénariste Zelett et fut arrêté à la suite de cet incident pour avoir tenu des propos outrageants pour l'armée allemande. On le retrouva pendu dans sa cellule. C'est un comparse qui finit le film.

Sembene, Ousmane

Réalisateur sénégalais.

La Noire de (1966) ; Mandabi (1968) ; Emitai (1972) ; Xala (1974) ; Ceddo (1977).

Le vrai fondateur du cinéma africain et le plus connu des réalisateurs du continent. Il a étudié à Moscou avec Donskoï. Mais il était déjà célèbre comme romancier avec un livre, *Le docker noir,* qui racontait son expérience de syndicaliste à Marseille ; toutefois, l'œuvre était écrite en français et demeurait incompréhensible à 80 % de la population du Sénégal qui parle Wolof. Il fallait trouver une langue accessible : ce fut le cinéma. Les films de Sembene, qui ne cache pas son engagement socialiste, constituent un témoignage passionnant sur l'Afrique du XXe siècle, de la bonne émigrée dans un ménage français et qui souffre de son déracinement (*La Noire de*) à la nouvelle bourgeoisie (*Xala*). Voulant plonger dans les racines historiques du Sénégal, Sembene a tourné *Ceddo* qui eut des ennuis avec la censure sénégalaise.

Semon, Larry

Acteur et réalisateur américain, 1889-1928.

Comme directeur, producteur, scénariste et très souvent interprète, principaux films : The Man from Egypt (1916) ; A Jealous Guy (1916) ; Losing Weight (1916) ; The Battler (1916) ; Romance and Rough House (1916) ; Sand, Scamps and Shatgy (1916) ; Rak ! (1916) ; A Villainous Villain (1916) ; Love and Loot (1916) ; Foot lights and Fakers (1917) ; Rough Toughs and Roof Tops (1917) ; Boasts and Boldness (1918) ; Spooks and Spasms (1918) ; Babes and Boobs (1918) ; Spies and Spills (1918) ; Passing the Buck (1919) ; The Simple Life (1919) ; The Stagehand (1920) ; The Suitor (1920) ; The Sportsman (1921) ; The Fall Guy (1921) ; The Sawmill (avec Taurog, 1922) ; The Show (1922) ; The Sleuth (1922) ; No Wedding Bells (1923) ; Midnight Cabaret (1923) ; The Girl in the Limousine (1923) ; The Wizard of Oz (1925, interprète et scénariste seulement) ; Stop Look and Listen (1926) ; Spuds (1927).

Fils d'un magicien et dessinateur dans les journaux, il fut embauché par la Vitagraph, en 1916, pour écrire et diriger des courts métrages qu'il se mit bientôt à interpréter lui-même sous les traits d'un personnage lunaire à face blanche et larges pantalons. Ses films fondés sur de folles poursuites lui valurent une popularité comparable à celle de Chaplin, Keaton et Lloyd. Il fut Zigoto en France, Ridolini en Italie, Jester en Amérique.

Sen, Mrinal

Cinéaste bengali né en 1923.

Roat Bhore (L'aube, 1956) ; Nell Akasker (Sous le ciel bleu, 1955) ; Baishey Shravana (Le mariage, 1960) ; Punascha (C'est à nouveau fini, 1961) ; Abascheshey (Et à la fin, 1962) ; Pratinidhy (Le représentant, 1964) ; Akash Kusum (Rêve de jour, 1965) ; Matira Manisha (Deux frères, 1967) ; Bu Bhuvan Shome (Mr. Shome, 1969) ; Ichnapuran (Le désir de réussir, 1970) ; Calcutta (1972) ; Padatik (Le fantassin, 1973) ; Chorus (1974) ; Mrigaya (La chasse royale, 1976) ; Oka OOrie Katha (Les marginaux, 1977) ; Parasuram (L'homme à la hache, 1978) ; Ekdin Pratidin (Un jour comme les autres, 1979) ; Aakaler Sandhane (1981) ; Chaalchitra (1981).

Il occupe une place à part dans la production indienne. Dans son œuvre la plus connue en Occident, *Les marginaux,* on le découvre attentif au sort des parias, des oubliés, de ceux qui sont en marge. « Jamais peut-être le cinéma n'avait donné des images aussi terribles de la dégradation, de l'humiliation où peuvent conduire la misère et l'exploitation de l'homme par l'homme. Et à la fin, dans une crise de folie qui est peut-être pour lui une subite prise de conscience, le vieillard, l'un des héros du film, hurle en très gros plan tout ce qu'il voudrait avoir : une maison, une femme, de l'argent, une vie... » (*La Revue du Cinéma,* 1981). Profondément marxiste, proche du parti communiste indien, Sen entend dénoncer dans son œuvre la misère réelle des petits villages de l'Inde où règne encore en maître le gros propriétaire. Films à ras de terre, d'un pessimisme lucide.

Sennett, Mack

Acteur, réalisateur et producteur d'origine canadienne, de son vrai nom Michael Sinnott, 1880-1960.

Il n'est pas possible de donner la liste complète des films qu'il a joués, produits ou dirigés, dans le cadre de cet ouvrage. On la trouvera dans le livre que Davide Turconi a consacré à Mack Sennett (Rome, 1961). Citons : Comrades (*1911, premier film dont on soit sûr qu'il l'ait signé) et en 1911 :* Priscilla and the Umbrella, The Country Lovers. *En 1912 :* The Fatal Chocolate, A Spanish Dilemna, Oh Those eyes ! (*qu'il dirige et interprète avec Mabel Normand). En 1913 : nombreux films avec Ford Sterling,* Fred Mace (*When dreams Come True*), Harry McCoy et Mabel Normand ; *débuts de Fatty dans :* The Gangster (Cohon saves the flag), *en 1914, c'est Charlot qui débute dans* Making a Living *(scénario de Sennett, réalisation de Lehrman), puis Chaplin, Mabel Normand, Hank Mann, Chester Conklin, Al St. John, Alice Davenport jouent ensemble dans* Mabel's Strange Predicament ; *Les Keystone Cops dans* In the Clutches of the gang ; *apparition également d'Edgar Kennedy dans* The Star Boarder, *de Mack Swain et de Syd Chaplin,* Fatty and Minnie-He-Haw, Leading lizzie Astray (Fatty). *En 1915 : premiers essais de Slim Summerville* (Her Winning Punch). *En 1916 :* His Hereafter (avec Louis Fazenda et Charles Murray), *plusieurs films joués et dirigés par Hank Mann,* The Lion and The Girl, Waiter's ball (Fatty), The Dash of Courage (avec Wallace Beery et Gloria Swanson). *En 1917 : films avec Bobby Vernon et le chien Teddy ;* Cactus Nell (Polly Moran), The Pullman Bride, débuts de Ben Turpin. *En 1918 :* Mickey. *En 1919 :* Yankee Doodle in Berlin *de Richard Jones (un scénario dément de Sennett sur la guerre),* A Submarine Pirate *(Sydney Chaplin)* Salome vs. Shenandoah (*de Kenton avec Ben Turpin). En 1920 :* Bungalow Troubles (*Sennett au sommet de son art dans la plus folle des poursuites avec en prime « les Bathings Girls »). En 1921 :* On a Summer's Day. *En 1922 : films de Billy Bevan. En 1923 :* Suzanna (*long métrage avec Mabel Normand*) ; The Shriek of Araby (*Ben Turpin et Bobby Dunn*) ; The Extra-Girl (*de Jones, avec Mabel Normand). En 1924 : débuts de Langdon dans* Picking Peaches, The Half-Back of Notre-Dame ; Scarem Much ; The Hollywood Kid ; Romeo and Juliet (*Ben Turpin*). *En 1925 : plusieurs films de Langdon (avec comme partenaire Vernon Dent). En 1926 : série Billy Devan-Andy Clyde ;* Muscle-Bound Music ; When a Man's Prince (*Ben Turpin*). *En 1927 :* College Kiddo. *En 1929 :* A Hollywood Star (*Harry Gribbon*). *En 1932 :* Billboard Girl (*avec Bing Crosby). En 1933 : W.C. Fields* dans A Fatal Glass of Beer. *En 1935,* The Timid Young Man (*avec Keaton*).

« The King of Comedy » : rarement surnom fut plus mérité. On doit à Sennett : Chaplin et Langdon, Fatty et Fields, Bing Crosby et Ben Turpin, les Bathing Beauties et les Keystone Cops.

Il débute avec Griffith, fonde la compagnie Keystone qui se spécialise dans le *slapstick,* la comédie burlesque. Une grande partie de vedettes comiques du muet y feront leurs débuts. Constamment improvisés, les courts métrages que produit, dirige et joue Sennett sont essentiellement fondés sur les gags visuels et prennent souvent pour thème la poursuite de voitures. Mais la Keystone, ambitieuse, produit également des œuvres de Lehrman, George Nicholls, Jones, Clarence Badger, Lucas, Cline et entre dans le Triangle Film Corporation qui réunit Griffith, Ince et Sennett, les pères du cinéma américain. Sennett retrouve son autonomie puis s'associe en 1923 à Pathé. Il lance Langdon, les « Handy Andy » (Andy Clyde) et « The Smith Family ». L'avènement du parlant consacre son déclin. Il travaille à Educational, puis, en 1932, à la Paramount, il patronne Crosby et Fields, plus tard, il dirige Buster Keaton, avant de retourner au Canada, sa patrie d'origine. Il revint à la Fox en 1939 et fut conseiller d'*Hollywood Cavalcade.*

Il est au cinéma américain ce que fut Offenbach à la musique, le symbole de la gaieté. Sans lui Hollywood n'aurait pas été tout à fait Hollywood et bien des futures stars n'auraient jamais été les vedettes que nous connaissons.

BIBLIO. : David Turconi, *Sennett* (Seghers, 1972).

Sentier, Jean-Pierre

Réalisateur français.

Le jardinier (1981).

Un seul film, sorte de fable satirique, aux confins de la folie, a valu à Jean-Pierre Sentier d'être considéré comme le grand espoir du cinéma français. Attendons.

Seria, Joël

Réalisateur français né en 1936.

Mais ne nous délivrez pas du mal (1971) ; Charlie et ses deux nénettes (1973) ; Les galettes de Pont-Aven (1975) ; Marie-Poupée (1976) ; Comme la lune (1977) ; San Antonio ne pense qu'à ça (1981).

Un univers cohérent, un auteur qui ne recule pas devant le mauvais goût et le plaisir de choquer. Dès son premier film, la violence était au rendez-vous avec deux gamines se livrant à des jeux qui n'étaient manifestement pas de leur âge. Le héros suivant, Charlie, évoluait dans un monde forain où ne régnait guère la vertu. Le culte des beautés callipyges était célébré avec ardeur dans *Les galettes de Pont-Aven* où Jean-Pierre Marielle était un truculent représentant de commerce. Seria n'en resta pas là. L'exploitation de la sexualité se poursuivit ave la très fétichiste *Marie-Poupée.* Ajoutons que la méchanceté va de pair avec cet érotisme souvent malsain, une méchanceté qui culmine dans *Comme la lune,* impressionnante galerie de crétins satisfaits.

Serreau, Coline

Réalisatrice française.

Mais qu'est-ce qu'elles veulent ?(1976) ; Pourquoi pas ? (1978).

Un cinéma de femme sur les femmes, un peu schématique, mais lucide et souvent sans illusions.

Sewell, Vernon

Réalisateur anglais né en 1903.

Principaux films : The Medium (1934) ; Breakers Ahead (1938) ; Latin Quarter (1945) ; Ghosts of Berkeley Square (1947) ; The Dark Light (1951) ; Black Widow (1951) ; Ghost Ship (1952) ; The Floating Dutchman (1953) ; Soho Incident (Soho, quartier dangereux, 1956) ; Battle of the V.I (La bataille des V.I, 1958) ; House of Mystery (1961) ; Strictly for the Birds (1963) ; Blood Beast Terror (Le vampire a soif, 1968) ; Curse of the Crimson Altar (La maison ensorcelée, 1968) ; Burke and Hare (1971).

De la bonne série B anglaise. C'est à *Crimson Altar,* joué par Karloff, Lee, Gough et Barbara Steele, quatuor roi du fantastique, que Sewell doit sa petite réputation.

Shan, Jin

Réalisateur de Chine populaire.

Songhus Jian Shang (1947) ; Fengbao (1959).

De la rétrospective consacrée au cinéma chinois par le National Film Theatre en octobre 1980, Shan, avec ces deux films apparut comme un réalisateur sensible, proche de la nature lorsqu'il évoque la vie d'une famille de paysans sous l'occupation japonaise (*Songhus Jian Shang*) et fait preuve de qualités révolutionnaires quand il ressuscite la grève de 1923 sur le chemin de fer Beijing-Hankou (*Fengbao*).

Shane, Maxwell

Réalisateur américain né en 1905.

Fear in the Night (1947) ; City Across the River (1949) ; The Glass Wall (1953) ; The Naked Street (Le roi du racket, 1959) ; Nightmare (1956).

Ancien journaliste et scénariste, il a tourné quelques-uns de ses scénarios à l'aide de très petits budgets ; citons *Le roi du racket,* avec Anthony Quinn, film sympathiquement fauché. Shane s'est ensuite laissé absorber par la télévision.

Shapiro, Ken

Réalisateur américain né en 1945.

The Groove Tube (Faites-le avec les doigts, 1945).

Shapiro se rattache au comique juif new-yorkais. Sa parodie de la télévision est irrésistible. Ainsi l'heure des petits : les parents sont invités à sortir de la pièce. Aussitôt le clown donne lecture d'un passage de Fanny Hill en attendant Sade. Un débat sur la faim permet aux participants de s'empifrer de petits gâteaux, etc.

Sharman, Jim

Réalisateur australien

Shirley Thomson vs the Aliens (1975) ; Summer of Secrets (1976) ; The Rocky Horror Picture Show (1975) ; The Night, the Prowler (La nuit, un rôdeur, 1978) ; Shock Treatment (1981).

Premier film d'horreur « Rock », *Rocky Horror Picture Show* ne se raconte pas. Son prestige est considérable dans les pays anglo-saxons, mais avouons que le metteur en scène n'y est peut-être pas pour grand-chose. Pourtant Sharman devait confirmer son goût pour l'insolite en allant filmer en Australie un curieux récit de Patrick White, *The Night, the Prowler,* variation sur le vieux thème du docteur Jekyll et Mr. Hyde. On aimerait connaître ses premiers films australiens dans la même veine fantastique.

Sharp, Don

Réalisateur anglais d'origine australienne né en 1922.

The Stolen Airliner (1955) ; The Adventures of Hal 5 (1958) ; The Golden Disc (1958) ; The Professionals (1960) ; Linda (1960) ; The Kiss of the Vampire (Le baiser du vampire, 1962) ; It's All Happening (1963) ; The Devil Ship Pirates (Les pirates du diable, 1963) ; Witchcraft (1964) ; The Curse of the Fly (1964) ; The Face of Fu-Manchu (Le masque de Fu-Manchu, 1965) ; Rasputin, the Mad Monk (Raspoutine, 1965) ; Our Man in Marrakech (Opération Marrakech, 1966) ; The Brides of Fu-Manchu (Les 13 fiancées de Fu-Manchu, 1966) ; The 1 000 000 Eyes of Sumuru (1966) ; Jules Verne's Rocket to the Moon (1967) ; Taste of Excitement (1968) ; Violent Enemy (1968) ; Psychomania (1972) ; Dark Places (Le manoir des phantasmes, 1973) ; Callan (1974) ; Hennessy (Dieu sauve la reine, 1975) ; The Four Feathers (1978) ; The Bear Island (Le secret de la banquise, 1978) ; The 39 steps (Les trente-neuf marches, 1979).

Il a sa place parmi les maîtres anglais du fantastique ne serait-ce que pour l'extraordinaire fin de *The Kiss of the Vampire* où une armée de chauves-souris attaquait et dispersait une réunion de vampires humains. Il passa avec moins de succès à Sax Rohmer : ses Fu-Manchu ne valent pas ceux de Brabin et de Witney, preuve d'un déclin du genre, mais Christopher Lee symbolise avec beaucoup d'allure « le péril jaune » cher au capitaine Danrit. Le reste se voit sans ennui, qu'il s'agisse de *Sumuru,* toujours d'après Rohmer, d'histoires de pirates (*The Devil-Ship Pirates* que d'aucuns considèrent comme son meilleur film) ou de remakes de *The Fly* et des *Trente-neuf marches.*

Shavelson, Melville

Scénariste et réalisateur américain né en 1917.

Seven Little Foys (Mes sept petits chenapans, 1955) ; Beau James (L'ingrate cité, 1957) ; Houseboat (La péniche du bonheur, 1958) ; The Five Pennies (Millionnaire de cinq sous, 1959) ; It Started in Naples (C'est arrivé à Naples, 1960) ; On the Double (La doublure du général, 1961) ; The Pigeon That Took Rome (Le pigeon qui sauva Rome, 1962) ; A New Kind of Love (La fille à la casquette, 1963) ; Cast a Giant Shadow (L'ombre d'un géant, 1966) ; Yours, Mine and Ours (1968) ; The War Between Men and Women (1972).

De la radio au cinéma : ce médiocre metteur en scène – d'autant plus médiocre qu'il est l'auteur de ses scénarios – a signé un nombre impressionnant de comédies à l'eau de rose (*Houseboat* ou *Seven Little*

Foys) d'une mièvrerie écœurante. *Cast of a Giant Shadow,* hagiographie de Mickey Marcus, un héros de l'État d'Israël, n'emporte pas davantage l'adhésion malgré les efforts de Kirk Douglas. Shavelson a raconté avec humour les difficultés qu'il rencontra lors du tournage en Israël. Que ne fait-il preuve du même humour dans ses films ?

Shawqui, Khalil

Réalisateur irakien né en 1924.

Al Haris (Le veilleur de nuit, 1966).

Représentant le plus connu du cinéma irakien. Jean-Louis Bory, dans *La nuit complice,* a chanté les louanges du seul film de Shawqui parvenu en France.

Shear, Barry

Réalisateur américain, 1920-1979.

Wild in the Streets (Les troupes de la colère, 1968) ; The Todd Killings (1971) ; Across 110th Street (Meurtres dans la 110e rue, 1972) ; The Deadly Trackers (Le shérif ne pardonne pas, 1973) ; Billion Dollar Threat (La planète contre un million de dollars, 1979).

Vétéran de la télévision, il s'est peu intéressé au cinéma, mais lui a donné trois œuvres attachantes : le curieux *Wild in the Streets,* sorti après mai 68 et qui montrait les jeunes prenant le pouvoir et enfermant les parents dans des camps de concentration ; un bon thriller, *Meurtres dans la 110e rue ;* un western particulièrement violent, inspiré d'un roman de Fuller, *Le shérif ne pardonne pas.* On dénonça dans *Billion Dollar Threat* un plagiat de *Moonraker,* le dernier James Bond. C'était injuste, mais le film souffrait d'un manque de moyens que Shear masquait de son mieux. Un talent vigoureux dont on peut regretter qu'il n'ait pas donné toute sa mesure sur le grand écran.

Sher, Jack

Réalisateur et scénariste américain né en 1933.

Four Girls in Town (1957) ; Kathy O' (1958) ; The Wild and the Innocent (Le bagarreur solitaire, 1959) ; The Three Worlds of Gulliver (Les voyages de Gulliver, 1960) ; Love in a Goldfish Bowl (1961).

Journaliste et écrivain, il a collaboré au script de plusieurs films de Jesse Hibbs et tourné lui-même quelques œuvres dont un ravissant western, plein d'humour, avec Audie Murphy, distribué pour une fois dans un rôle de jeune puceau qui lui allait à merveille : *Le bagarreur solitaire.* Les trucages de son *Gulliver* sont fort honorables.

Sherin, Edwin

Scénariste et réalisateur américain.

Valdez Is Coming (Valdez, 1971) ; Glory Boy (1972).

Scénariste non dépourvu d'ambition, Sherin a dirigé Burt Lancaster dans un western antiraciste d'une violence souvent insoutenable, *Valdez.* Ce début prometteur semble être resté sans lendemain. *Glory Boy,* qui évoquait le problème de la réadaptation des soldats démobilisés, parut en très net retrait par rapport à *Valdez.*

Sherman, George

Réalisateur américain né en 1908.

Wild Horse Rodeo (1938) ; The Purple Vigilantes (1938) ; Outlaws of Sonora (1938) ; Riders of the Black Hills (1938) ; Heroes of the Hill (1938) ; Pals of the Saddle (1938) ; Overland Stage Raiders (1938) ; Rhythm of the Saddle (1938) ; Santa Fe Stampede (1938) ; Red River Range (1938) ; Mexicali Rose (1939) ; The Night Riders (1939) ; Three Texas Steers (1939) ; Wyoming Outlaw (1939) ; Colorado Sunset (1939) ; New Frontier (1939) ; Cowboys from Texas (1939) ; The Kansas Terrors (1939) ; Rovin Tumbleweeds (1939) ; South of the Border (1939) ; Ghost Valley Raiders (1940) ; One Man's Law (1940) ; The Tulsa Kid (1940) ; Texas Terrors (1940) ; Covered Wagon Days (1940) ; Rocky Mountain Rangers (1940) ; Under Texas Skies (1940) ; The Trail Blazers (1940) ; Lone Star Raiders

(1940) ; Frontier Vengeance (1940) ; Wyoming Wildcat (1941) ; The Phantom Cowboy (1941) ; The Gun Sheriff (1941) ; Desert Bandit (1941) ; Kansas Cyclone (1941) ; Death Valley Outlaws (1941) ; A Missouri Outlaw (1941) ; Citadel of Crime (1941) ; The Apache Kid (1941) ; Arizona Terrors (1942) ; Stagecoach Express (1942) ; Jesse James Jr. (1942) ; The Cyclone Kid (1942) ; The Sombrero Kid (1942) ; X Marks the Spot (1942) ; London Black-Out Murders (1942) ; The Purple V (1943) ; The Mantrap (1943) ; The West Side Kid (1943) ; Mystery Broadcoast (1943) ; The Lady and the Monster (1944) ; Storm Over Lisbon (1944) ; The Crime Doctor's Courage (1945) ; The Gentleman Misbehaves (1946) ; Renegades (Les indomptés, 1946) ; Talk About a Lady (1946) ; The Bandit of Sherwood Forest (avec Levin, Le fils de Robin des Bois, 1946) ; Personality Kid (1947) ; Secrets of the Whistler (1947) ; Last of the Redmen (Le dernier des Peaux-Rouges, 1947) ; Relentless (Du sang dans la Sierra, 1948) ; Black Bart (1948) ; River Lady (Le barrage de Burlington, 1948) ; Larceny (1948) ; Red Canyon (Le mustang noir, 1949) ; Calamity Jane and Sam Bass (1949) ; Yes Sir That's My Baby (Nous les hommes, 1949) ; Sword in the Desert (La bataille des sables, 1949) ; Spy Hunt (Chasse aux espions, 1950) ; The Sleeping City (1950) ; Feudin', Fussin' and A-Fightin' (1950) ; Comanche Territory (Sur le territoire des Comanches, 1950) ; Tomahawk (Tomahawk, 1951) ; Target Unk now (Raid secret, 1951) ; The Raging Tide (1951) ; The Golden Horde (1951) ; Steel Town (1952) ; Against All Flags (A l'abordage, 1952) ; The Battle at Apache Pass (Au mépris des lois, 1952) ; Back at the Front (1952) ; The Lone Hand (1953) ; War Arrow (A l'assaut du Fort Clark, 1953) ; Veils of Bagdad (Le prince de Bagdad, 1953) ; Border River (Les rebelles, 1954) ; Johnny Dark (Les bolides de l'enfer, 1954) ; Dawn at Socorro (Vengeance à l'aube, 1954) ; Chief Crazy Horse (Le Grand Chef, 1955) ; Count Three and Pray (1955) ; The Treasure of Pancho Villa (Le trésor de Pancho Villa, 1955) ; Comanche (Comanche, 1956) ; Reprisal (La vengeance de l'Indien, 1956) ; The Hard Man (1957) ; The Last of the Fast Guns (Duel dans la Sierra, 1958) ; Ten Days to Tulara (1958) ; The Son of Robin Hood (Robin des Bois Don Juan, 1959) ; The Flying Fontaines (1959) ; Hell Bent for Leather (Le diable dans la peau, 1960) ; For the Love of Mike (1960) ; The Enemy General (1960) ; The Wizard of Baghdad (1960) ; The Fiercest Heart (Les révoltés du Cap, 1961) ; Panic Button (1964) ; Murieta (Murieta, 1965) ; Daniel Boone, Trail Blazer (1966) ; Smoky (1966) ; Snowjob (1970) ; Big Jake (Big Jake, 1971).

Prolifique auteur de westerns, comme Hillyer ou Selander, il s'est longtemps cantonné dans la série Z. Le succès de *The Lady and the Monster,* d'après un roman de science-fiction de Curt Siodmak, que jouait superbement Eric Von Stroheim, lui ouvrit la voie de budgets un peu plus élevés. Il a signé pour Universal ou Columbia quelques bons westerns : on aime le côté baroque du *Trésor de Pancho Villa,* la galerie de tueurs de *Duel dans la Sierra* ou le portrait de chef indien – plutôt favorable – de *Chief Crazy Horse.* Dans *Tomahawk,* c'est la figure du légendaire Jim Bridger qui était évoquée avec assez d'exactitude. Avec *Murieta,* il reprenait un personnage historique de métis révolté contre les excès des chercheurs d'or, ce métis était déjà le personnage central du *Robin Hood of Eldorado* de Wellman. Il a pris dans le genre une place mineure mais sympathique de réalisateur spécialisé dans les héros historiques (Jim Bridger, Crazy Horse, Murieta...) et dans la dénonciation du racisme (*La vengeance de l'Indien, Murieta*). Il ne lui a manqué que des budgets plus importants, des acteurs plus connus et un peu plus de vigueur dans ses mises en scène pour se hisser au rang de Boetticher ou de Don Siegel.

Sherman, Lowell

Réalisateur américain, 1885-1934.

Lawful Larceny (1930) ; The Pay Off (1930) ; The Royal Bed (1931) ; Bachelor Apartment (1931) ; High Stakes

(1931) ; The Greek Had a Word for Them (1932) ; False Faces (1932) ; Ladies of the Jury (1932) ; She Done Him Wrong (Lady Lou, 1933) ; Morning Glory (1933) ; Broadway Thru a Keyhole (1933) ; Born to be Bad (1934) ; Night Life of the Gods (1935).

Acteur de Broadway, il fit ses débuts à l'écran dans *Way Down East* de Griffith, se spécialisant dans les rôles de tendres amoureux ou de méchants. Réalisateur de comédies souvent équivoques (*The Greeks Had a Word for Them*), il est surtout connu pour avoir dirigé Mae West dans *She Done Him Wrong.*

Sherman, Vincent

Réalisateur américain né en 1906.

The Return of Doctor X (Le retour du docteur X, 1939) ; Saturday's Children (1940) ; The Man Who Talked Too Much (1940) ; Flight from Destiny (1941) ; Underground (1941) ; All Through the Night (Échec à la Gestapo, 1942) ; The Hard Way (1942) ; Old Acquaintance (1943) ; In Our Time (1944) ; Mr. Skeffington (1945) ; Pillow to Post (1945) ; Nora Prentiss (L'amant sans visage, 1947) ; The Unfaithful (L'infidèle, 1947) ; The Adventures of Don Juan (Les aventures de Don Juan, 1949) ; The Hasty Heart (Le dernier voyage, 1949) ; Backfire (Du sang sur le tapis vert, 1950) ; The Damned Don't Cry (Esclave du gang, 1950) ; Harriet Craig (La perfide, 1950) ; The Lone Star (L'étoile du destin, 1951) ; Goodbye My Fancy (La flamme du passé, 1951) ; Affair in Trinidad (L'affaire de Trinidad, 1952) ; Defendo il mio amore (Scandale à Milan, 1956) ; The Garment Jungle (Racket dans la couture, 1957) ; The Naked Earth (La rivière des alligators, 1958) ; The Young Philadelphians (Ce monde à part, 1959) ; Ice Palace (Les aventuriers, 1960) ; A Fever in the Blood (1961) ; The Second Time Around (Le farfelu de l'Arizona, 1961) ; Cervantes (1968).

D'abord acteur dans des séries puis scénariste (*Crime School King of the Underworld*), il passe à la réalisation en 1939 avec une suite au *Docteur X* de Curtiz, qu'interprète Bogart. Metteur en scène caméléon, il peut pasticher tous les styles et tous les genres : un thriller à la Warner (*All Through the Night,* toujours avec Bogart ou *The Damned Don't Cry*) comme un western de la MGM (*The Lone Star* avec Gable), le film de cape et d'épée dans la tradition de Robin des Bois (*Don Juan* avec précisément Errol Flynn) ou le film noir de la Columbia (*Affair in Trinidad* qui reprend *Gilda* et Rita Hayworth). Il finit *The Garment Jungle* qu'avait abandonné Aldrich. Au total une filmographie variée où figurent Bogart, Gable, Flynn et Rita Hayworth. Tout le monde ne peut en dire autant.

Sherwood, Robert

Réalisateur américain.

Raw Edge (La proie des hommes, 1957) ; Monolith Monsters (La Cité pétrifiée, 1958) ; The Creature Walks among us (La Créature est parmi nous, 1958).

Oublié de tous les dictionnaires, Sherwood a signé l'un des westerns les plus originaux, *Raw Edge,* qui mettait en lumière l'obsession de la femme chez les cow-boys. Ses films fantastiques, alimentés par un très maigre budget, n'en sont pas moins fort bien faits.

Shindo, Kaneto

Réalisateur japonais né en 1912.

Aisi monogatari (Ma femme bien-aimée, 1951) ; Nadare (L'avalanche, 1952) ; Genbaku no ko (Les enfants d'Hiroshima, 1952) ; Shukuzu (La miniature, 1953) ; Onna no issho (La vie d'une femme, 1953) ; Dobu (Le ruisseau, 1954) ; Ookami (Les loups, 1955) ; Gin shinju (Le suicide de la geisha Gin, 1956) ; Ryuri no kishi (Le rivage, 1956) ; Unmi no yaro domo (Les marins, 1957) ; Kanashimi wa onna dake ni (La tristesse appartient aux femmes, 1958) ; Daigo Fukuryumaru (Le bateau Fukuryumaru, 1959) ; Hanayonne-san wa sekaiichi (La jeune mariée la meilleure, 1959) ; Hadaka no shima (L'île nue, 1960) ; Ningen (L'homme, 1962) ; Haha (La mère, 1963) ; Onibaba (La femme diabolique, 1964) ; Akuto (Les salauds, 1965) ; Kuroneko (1967) ; Kagero (1972) ; Hadaka no ju Kynsai (1973) ; Sanka (1973) ; Aru Eigakantoku no shogai (doc. sur Mizoguchi, 1975) ; Chikuzan (La vie de Chikuzan, 1977).

Réalisateur à deux visages : d'un côté *L'île nue,* à savoir le néo-réalisme, la vie quotidienne de pauvres agriculteurs, de l'autre *Onibaba,* le fantastique et la sensualité à travers l'histoire de cette mère qui ne peut supporter que sa bru couche avec l'ami de son fils tué à la guerre. Longtemps scénariste de Yoshimura, de Mizoguchi et d'Ichikawa, Shindo a fondé en 1950 sa propre compagnie avant de connaître son premier succès international grâce aux *Enfants d'Hiroshima,* sur les suites de l'explosion atomique dans la cité où il naquit en 1912.

Shinoda Masahiro

Réalisateur japonais né en 1931.

Koi no Katachichi-kippu (Aller simple pour l'amour, 1960) ; Kawaita Mizuumi (Jeunesse en furie, 1960) ; Yuhi ni Akai Ore no Kao (La parade des tueurs, 1961) ; Waga Koi no Tabiji (Épitaphe pour mon amour, 1962) ; Shamisen no Otobai (Amour ancien et nouveau, 1961) ; Watashitachi no kekkon (1962) ; Namida o Shishi no Tategami ni (1962) ; Moyuru Wakamonotaki (La gloire à son sommet, 1962) ; Kawaita Hana (Fleur pâle, 1964) ; Ansatsu (L'assassin, 1964) ; Utsukushisa to kanashimi to (Avec beauté et chagrin, 1965) ; Ibun Sarutobi Sasuke (Le samouraï espion, 1965) ; Shokei no Shima (L'île du châtiment, 1966) ; Akanegumo (Nuages de crépuscule, 1967) ; Hikima (1974) ; Hanare Goze Orin (Orin la proscrite, 1977) ; Yasha Ga Ske (L'étang démoniaque, 1979).

Assistant de plusieurs metteurs en scène, il saisit sa chance en 1960. Il apparaît alors comme le représentant le plus caractéristique de la nouvelle vague japonaise : il se fit en effet le peintre de la jeunesse en révolte contre les conventions du vieux monde (*Kawaita Mizumi*) avant de se rapprocher d'un cinéma plus classique (*Ansatsu ; Ibun Sarutobi sasuke*). Après 1967, il travaille surtout pour la télévision.

Shui-Hua ou Chouei Houa

Scénariste et réalisateur chinois né en 1916.

La fille aux cheveux blancs (avec Wang-Pin, 1950) ; La boutique de la famille Lin (1959) ; Une famille révolutionnaire (1960) ; Roc rouge (1963).

Auteur d'un grand classique du nouveau cinéma chinois tiré d'une légende populaire qui avait déjà inspiré un opéra en 1943. Shui-Hua, à travers cette belle histoire d'amour, celle d'une jeune fille arrachée à son fiancé par un tyran et combattant, après sa fuite, dans les rangs des partisans de la liberté, ne fait preuve d'aucun style particulier. Il passe du réalisme à l'expressionnisme sans rejeter les conventions de l'opéra. « Film douloureux chargé de toute la détresse humaine, ce film marie au réalisme une extraordinaire féerie dont l'irréalisme a parfois paru saugrenu aux critiques. Cet élément merveilleux convient cependant à ce type de réalisation qui revendique le caractère d'opéra » (Bergeron, *Le cinéma chinois,* Cinéma 64, n° 86).

Shumlin, Herman

Réalisateur américain, 1898-1979.

Watch on the Rhine (1943) ; Confidential Agent (1945).

Metteur en scène de théâtre réputé, il a tourné deux films dont le premier s'inscrit dans la propagande de guerre antiallemande.

Sidney, George

Réalisateur américain né en 1916.

Free and Easy (1941) ; Pacific Rendezvous (1942) ; Pilot N° 5 (1943) ; Thousand Cheers (Parade aux étoiles, 1943) ;

Bathing Beauty (Le bal des sirènes, 1944) ; Anchors Aweigh (Escale à Hollywood, 1945) ; The Harvey Girls (1946) ; Holiday in Mexico (Féerie à Mexico, 1946) ; Cass Timberlane (Éternel tourment, 1947) ; The Three Musketeers (Les trois mousquetaires, 1948) ; The Red Danube (Le Danube rouge, 1949) ; Annie Get Your Gun (Annie la reine du cirque, 1950) ; Key to the City (La clef sous la porte, 1950) ; Show Boat (Show Boat, 1951) ; Scaramouche (Scaramouche, 1952) ; Kiss Me, Kate (Embrasse-moi, chérie, 1953) ; Young Bess (La reine vierge, 1953) ; Jupiter's Darling (La chérie de Jupiter, 1955) ; The Eddie Duchin Story (Tu seras un homme, mon fils, 1956) ; Jeanne Eagles (Un seul amour, 1957) ; Pal Joey (La blonde ou la rousse ?, 1957) ; Who Was That Lady ? (Qui était donc cette dame ?, 1960) ; Pepe (Pépé, 1960) ; Bye Bye Birdie (1963) ; A Ticklish Affair (1963) ; Viva Las Vegas (L'amour en quatrième vitesse, 1964) ; Who Has Seen the Wind ? (1965) ; The Swinger (1966) ; Half a Sixpence (1968).

Élégance et raffinement caractérisent l'œuvre de cet ancien acteur et « second unit director » surtout célèbre pour ses comédies musicales (Le fameux *Bal des sirènes* avec Esther Williams, *Escale à Hollywood* où Gene Kelly dansait avec Tom et Jerry, et *Pal Joey* qui nous montrait Sinatra hésitant entre Rita Hayworth – la rousse – et Kim Novak – la blonde) et pour ses mélodrames (*The Eddie Duchin Story* et *Jeanne Eagles*). Mais ses véritables chefs-d'œuvre sont ses deux films de cape et d'épée : *Les trois mousquetaires* avec Gene Kelly, séduisant d'Artagnan, et plus encore *Scaramouche* qui contenait l'un des plus beaux duels de l'histoire du cinéma et s'achevait sur l'apparition inattendue, au son de la Marseillaise, de Napoléon.

Siegel, Don

Réalisateur américain né en 1912.

Star in the Nights (Une étoile dans la nuit, 1945) ; Hitler lives (1945) ; The Verdict (1946) ; Night into Night (1949) ; The Big Steal (Ça commence à Vera Cruz, 1949) ; No Time for Flowers (1952) ; The Duel at Silver Creek (Duel sans merci, 1952) ; Count the Hours (1953) ; China Venture (1953) ; Riot in cell Block II (Les révoltés de la cellule II, 1954) ; Private Hell 36 (Ici brigade criminelle, 1954) ; An Annapolis Story (1955) ; The Blue and the Gold (1955) ; Invasion of the Body Snatchers (L'invasion des morts-vivants, 1956) ; Crime in the Streets (Face au crime, 1956) ; Baby Face Nelson (L'ennemi public, 1957) ; A Spanish Affair (Flamenco) ; The Gun Runners (1958) ; The Line Up (1958) ; Hound Dog Man (1959) ; Edge of Eternity (Le secret du grand canyon, 1960) ; Flaming Star (Les rôdeurs de la plaine, 1960) ; Hell is for Heroes (L'enfer est pour les héros, 1962) ; The Killers (A bout portant, 1964) ; The Hanged Man (Le prix d'un meurtre, 1965) ; Man of the Run (1967) ; Coogan's Bluff (Un shérif à New York, 1968) ; Madigan (Police sur la ville, 1968) ; Two mules for Sister Sarah (Sierra torride, 1969) ; The Beguiled (Les proies, 1970) ; Dirty Harry (L'inspecteur Harry, 1971) ; Charley Varrick (Tuez Charley Varrick, 1973) ; The Black Windmill (Contre une poignée de diamants, 1974) ; The Shootist (Le dernier des géants, 1975) ; Telefon (Un espion de trop, 1978) ; Escape from Alcatraz (L'évadé d'Alcatraz, 1979) ; Rough Cut (Le lion sort ses griffes, 1980).

L'un des seigneurs de la série B : efficacité de la mise en scène, direction d'acteurs parfaite, budgets modestes et rarement dépassés. On ne s'étonnera pas que ce réalisateur ait tourné beaucoup de films. Issu d'une bonne famille juive de Chicago, il fait ses études chez les jésuites puis à Cambridge. Sa culture est incontestable, mais il sait l'oublier, dès qu'il passe derrière la caméra, pour le plus grand plaisir du spectateur. Il a fait toutes ses gammes à la Warner où il entra en 1933 : remarquable spécialiste du montage, il sait, cette fois, ne pas l'oublier lorsqu'il devient réalisateur. Qu'il ait signé des œuvres médiocres et bâclées, comment le nier ? Il est difficile de sauver *A Spanish Affair* par exemple. Mais dans le thriller, il n'a pas son pareil, qu'il dirige le couple Greenstreet-Lorre dans *Verdict* (un chef-d'œuvre par la beauté des images et les rebondissements incessants du scénario), les terrifiants Lee Marvin et Clu Culager dans *A bout portant,* ou Clint Eastwood dont il fut le metteur en scène préféré (*Coogan's Bluff* ou *Dirty Harry*). Jean Domarchi et Jean Wagner, Jean-Luc Godard et Robert Benayoun, comme bien d'autres, ont dit les qualités de *Baby Face Nelson,* biographie modèle de gangster où la folie du tueur était mise en lumière par la construction rigoureuse du récit et l'interprétation éblouissante de Mickey Rooney et de nombreux « troisièmes couteaux » dont Ted de Corsia et Léo Gordon. Passons à la science-fiction : Siegel y donne également une des œuvres les plus marquantes du genre, *Invasion of the Body Snatchers.* La terreur y était purement psychologique : l'envahisseur invisible s'emparant des esprits sans modifier l'apparence physique. Notons dans la filmographie de Siegel l'importance des westerns. Si l'on ne peut tout à fait ranger dans cette catégorie l'impressionnant *The Beguiled* (Clint Eastwood, soldat nordiste blessé, était recueilli dans un pensionnat de jeunes filles sudistes où il perdait la vie dans des conditions atroces), il faut rappeler que Siegel a dirigé le dernier film de John Wayne, *The Shootist,* où l'acteur mourait d'un cancer, comme dans la réalité. Enfin l'on doit à Siegel l'un des meilleurs films de guerre, *L'enfer est pour les héros* avec Steve McQueen. Séries B certes, encore que Siegel ait disposé parfois de budgets importants, en tout cas séries B exemplaires qui conservent leur efficacité en dépit du temps, contrairement à tant de faux chefs-d'œuvre.

Silverstein, Elliot

Réalisateur américain né en 1927.

Belle Sommers (1962) ; Cat Ballou (Cat Ballou, 1965) ; The Happening (Les détraqués, 1967) ; A Man Called Horse (Un homme nommé cheval, 1970) ; Deadly Honeymoon (1974) ; The Car (Enfer mécanique, 1977).

Encore un réalisateur de télévision qui fait des films pour grand écran quand l'envie lui en prend. *Cat Ballou,* western prodigue où Lee Marvin et Jane Fonda cabotinaient un peu trop, lui valut une célébrité peu méritée. En revanche, *A Man Called Horse,* récit d'une cruelle initiation indienne, est un western insolite dont le sado-masochisme est à la limite du supportable. Voué à ce type de rôle, Richard Harris y est excellent. *The Car,* qui conte l'apparition d'une voiture noire qui sème la terreur par la mort et la destruction, reprend, sous une forme moins subtile, le thème de *Duel* de Spielberg. L'œuvre de Silverstein porte la marque des réalisateurs de télévision : technique efficace et peu coûteuse, sens de l'image, scénario choc.

Simenon, Marc

Réalisateur français né à Bruxelles en 1939.

Le champignon (1969) ; Explosion (1970) ; Douce est la revanche (1972) ; Par le sang des autres (1973) ; Signé Furax (1981).

Fils de Georges Simenon, il a signé quelques petits films destinés à mettre en valeur son épouse Mylène Demongeot, et, d'après la célèbre émission radiophonique de Pierre Dac et Francis Blanche, *Signé Furax,* hommage attendri à la grande tradition du calembour héritée du marquis de Bièvre et d'Aurélien Scholl, que jouait une pléiade d'acteurs comiques.

Simon, Jean-Daniel

Réalisateur français né en 1942.

La fille d'en face (1967) ; Adélaïde (1968) ; Ils (1970) ; Il pleut toujours où c'est mouillé (1974) ; Angela Davis et l'enchaînement (1978).

Cinéaste ambitieux, il débute par une belle histoire d'amour romantique, poursuit par une bonne adaptation d'*Adélaïde* de Gobineau, puis, élevant la barre trop haut pour lui, échoue avec *Ils,* « dénonciation du malthusianisme culturel de la bourgeoisie ». Les œuvres qui suivent seront des échecs sans appel.

Simon, Sylvan S.

Réalisateur américain, 1910-1951.

A Girl With Ideas (1937) ; Prescription for Romance (1937) ; Nurse from Brooklyn (1938) ; The Crime of Dr. Hallet (1938) ; The Road to Reno (1938) ; Spring Madness (1938) ; Four Girls in White (1939) ; The Kid from Texas (1939) ; These Glamour Girls (1939) ; Dancing Coed (1939) ; Two Girls on Broadway (1940) ; Sporting Blood (1940) ; Dulcy (1940) ; Keeping Company (1941) ; Washington Melodrama (1941) ; Whispering in the Dark (1941) ; The Bugle Sounds (1941) ; Rio Rita (1942) ; Grand Central Murder (1942) ; Tish (1942) ; Whistling in Dixie (1942) ; Whistling in Brooklyn (1943) ; Salute to the Marines (1943) ; Song of the Open Road (Hollywood Melody, 1944) ; Abott and Costello in Hollywood (Deux nigauds à Hollywood, 1945) ; Son of Lassie (Le fils de Lassie, 1945) ; The Cockeyed Miracle (1946) ; The Thrill of Brazil (1946) ; Bad Bascomb (L'ange et le bandit, 1946) ; Her Husband's Affair (Mon loufoque de mari, 1947) ; I Love Trouble (Les liens du passé, 1947) ; The Fuller Brush Man (1948) ; For Those Who Dare (1949) ; Lust for Gold (Le démon de l'or, 1949).

Venu de la radio et du théâtre, il a dirigé pour Universal puis MGM des comédies, dont un Abbott et Costello, et quelques drames psychologiques assez bien faits, *I Love Trouble* et *Lust for Gold* (avec Ida Lupino, Glenn Ford et E. Buchanan) qui lui ont valu une petite réputation auprès des cinéphiles. A noter, dans *Song of the Open Road ?* l'apparition rapide de Fields qui semblait se demander ce qu'il venait faire dans ce film pétri de bons sentiments.

Simonelli, Giorgio

Réalisateur italien, 1906-1966.

Principaux films : Dove Sta Zaza ? (1947) ; Accidenti alla guerra (Harem nazi, 1948) ; Amore e veleni (Les mousquetaires de la reine, 1950) ; Io sono il Capataz (Le retour de Pancho Villa, 1951) ; La paura fa novanta (Le mousquetaire fantôme, 1951) ; Saluti e baci (La route du bonheur, 1952) ; Canzone appassionata (Les passionnés, 1953) ; Robin Hood e i Pirati (Robin des bois et les pirates, 1960) ; I tromboni di Fra Diavolo (Les dernières aventures de Fra Diavolo, 1962) ; Ursus nella terra di fuoco (Ursus dans la Terre de Feu, 1964) ; I due mafiosi (1964) ; I due mafiosi nel Far West (1964) ; Due mafiosi contro Goldginger (1965) ; Due mafiosi contro Al Capone (1966) ; I due sanculotti (1966).

Journaliste et critique cinématographique, il débute dans la carrière comme scénariste et monteur pendant les années 20. Opérateur d'actualités puis assistant, il commence à diriger des films dans les années 40. Simonelli se spécialise alors dans un cinéma populaire qui culmine avec le couple Franchi-Ingrassia, les deux « mafiosi ». Les titres sont alléchants mais les bandes bien médiocres malgré quelques inventions et quelques gags parfois heureux.

Simsolo, Noël

Réalisateur français.

Cauchemar (1980).

Ce bon critique cinématographique s'est essayé au film noir (le titre renvoie à Goodis) avec une œuvre trop encombrée d'hommages et de citations pour toucher vraiment un large public.

Sinding, Leif

Réalisateur norvégien né en 1895.

Den nya lensmannen (Le nouveau commissaire, 1926) ; Fallaventyret (Une aventure de montagne, 1927) ; Sju dagar for Elizabeth (Sept jours pour Élisabeth, 1927) ; Fantegutten (1932) ; Mordaren utan ansikte (L'assassin sans visage, 1936) ; Bra manninskor (Braves gens, 1937) ; El Sjurdotter (1939) ; Karlek och vanskap (Amour et amitié, 1941) ; Sangen till livet (Le chant de la vie, 1943) ; Selkvinnen (1953) ; Heksnetter

(Nuits de sorcières, 1954) ; Gyllene ungdom (Jeunesse dorée, 1956).

Le plus grand des réalisateurs norvégiens, passant du film musical (*Fantegutten*) au drame historique (*El Sjurdotter*) avec aisance. Sa carrière fut brisée en 1944 lorsqu'on l'accusa d'avoir collaboré avec Quissling et les Allemands. Il s'est justifié dans *Heksnetter*.

Singer, Alexander

Réalisateur américain né en 1932.

A Cold Wind in August (Un vent froid en été, 1961) ; Psyche 59 (1964) ; Love Has Many Faces (1965) ; Captain Apache (Capitaine Apache, 1971) ; Glass Houses (1972).

Cet ancien photographe, qui fut assistant du Kubrick, se révéla après quelques travaux à la télévision, avec une œuvre insolite, *A Cold Wind in August*, récit de la passion forcenée d'un jeune homme pour une strip-teaseuse. L'amour lui inspira une œuvre non moins délicate, *Psyche 59*. Il se laissa ensuite dévorer par le petit écran, dont *Capitaine Apache*, western antiraciste que jouait Lee Van Cleef, paraît bien être un produit à usage des salles de cinéma.

Siodmak, Curt

Scénariste et réalisateur américain né en 1902.

Comme réalisateur : Bride of the Gorilla (1951) ; The Magnetic Monster (Le monstre magnétique, 1952) ; Curucu, Beast of the Amazon (Quand la jungle s'éveille, 1956) ; Love Slaves of the Amazon (Esclave des Amazones, 1957) ; Ski Fever (1969).

Romancier de science-fiction d'un grand prestige (*Donovan's Brain)* et scénariste d'une prodigieuse fécondité, notamment dans le domaine de l'épouvante, il a réalisé quelques films d'aventures fantastico-exotiques dont la pauvreté d'inspiration et la médiocrité des moyens sont indignes de lui.

Siodmak, Robert

Réalisateur américain, 1900-1973.

Menschen am Sonntag (coréal., Les hommes le dimanche, 1929) ; Abschied (1930) ; Der Mann, der seinen Mörder sucht (1931) ; Voruntersuchung (version française : Autour d'une enquête, 1931) ; Stürme der Leidenschaft (version française : Tumultes, 1932) ; Quick (version française : Quick, 1932) ; Brennendes Geheimnis (1933) ; Le sexe faible (1934) ; La crise est finie (1934) ; La vie parisienne (1936) ; Mister Flow (1936) ; Cargaison blanche (1937) ; Mollenard (1938) ; Pièges (1939) ; West Point Widow (1941) ; Fly by Night (1942) ; The Night before the Divorce (1942) ; My Heart Belongs to Daddy (1942) ; Someone to Remember (1943) ; Son of Dracula (1943) ; Cobra Woman (Le signe du Cobra, 1943) ; Phantom Lady (Les mains qui tuent, 1944) ; Christmas Holiday (1944) ; The Suspect (Le suspect, 1944) ; The Strange Affair of Uncle Harry (1945) ; The Spiral Staircase (Deux mains la nuit, 1945) ; The Killers (Les tueurs, 1946) ; The Dark Mirror (Double énigme, 1946) ; Time out of Mind (1947) ; Criss Cross (Pour toi j'ai tué, 1948) ; Cry of the City (La proie) ; The Great Sinner (Passion fatale, 1949) ; Thelma Jordan (La femme à l'écharpe pailletée, 1949) ; Deported (1950) ; The Whistle at Eaton Falls (1951) ; The Crimson Pirate (Le corsaire rouge, 1952) ; Le Grand Jeu (1954) ; Die Ratten (Les rats, 1955) ; Mein Vater der Schauspieler (1956) ; Nachts, wenn der Teufel kam (Les S.S. frappent la nuit, 1957) ; Dorothea Angermann (1959) ; The Rough and the Smooth (1959) ; Katia (1959) ; Mein Schulfreund (1960) ; L'affaire Nina B. (1961) ; Escape from East Berlin (Tunnel 28, 1962) ; Der Schut (1964) ; Der Schatz der Azteken et Die Pyramiden des Sonnengottes (1964) ; Custer of the West (Custer homme de l'Ouest, 1967) ; Der Kampf um Rom (1968).

Il est né aux États-Unis, à Memphis, mais a fait ses études à l'Université de Marburg et s'est intéressé au théâtre puis au cinéma allemands. Il participe, avec Wilder, Eugen Shuftan, Zinnemann et Ulmer, au film *Menschen am Sonntag,* évocation impressionniste de la journée du dimanche de cinq personnes choisies dans la foule. D'un ton plus personnel sont *Autour d'une enquête* et *Tumultes,* films policiers à l'atmosphère lourde et morbide. Chassé par Goebbels, il entame une nouvelle carrière en France. Si *Mister Flow,* d'après Leroux et avec Jouvet, déçoit, *La crise est finie* transforme la dépression de 1929 en opérette et *Mollenard* adapte brillamment un excellent roman d'O.P. Gilbert. *Pièges* renoue avec les films policiers de ses débuts : Stroheim et Jacques Varennes composaient des silhouettes de personnages détraqués ou malsains fort réussies. Les Allemands à Paris, Siodmak s'enfuit aux États-Unis. Cette troisième étape de sa carrière est la plus célèbre. Il va s'illustrer dans le film « noir », dont il avait déjà pressenti l'importance. *Phantom Lady,* d'après Irish, *The Spiral Staircase, The Killers,* qui prend pour thème une nouvelle d'Hemingway, *Criss Cross, The Suspect, Cry of the City* valent par leurs éclairages expressionnistes (l'enterrement dans *The Killer),* leurs personnages fous ou sadiques (Franchot Tone dans *Phantom Lady,* Laughton dans *The Suspect...*), leur érotisme (Yvonne de Carlo dans *Criss Cross,* le fume-cigarette de Barbara Stanwyck dans *Thelma Jordan*), leur suspense (la victime muette de *The Spiral Staircase*), leur évocation des bas-fonds des villes (*Cry of the City*). A son actif aussi un merveilleux film de pirates (*Crimson Pirate*) avec un Burt Lancaster bondissant et qui inventait le sous-marin plusieurs siècles avant son apparition. Retour en Allemagne et en France : à sauver de cette dernière période, *Les S.S. frappent la nuit* qui retrouve, avec son portrait de criminel, certains accents du *Maudit,* et *L'affaire Nina B.,* bon témoignage sur l'Allemagne postnazie. Son *Custer* en revanche ne vaut pas ceux de Ford et de Walsh. « Le plus grave défaut de Siodmak n'est pas son manque de talent, mais son manque d'ambition », écrit Patrick Brion. Jugement sévère à l'égard d'un réalisateur qui compte dans son abondante filmographie d'éclatantes réussites.

BIBLIO. : H. Dumont, *Robert Siodmak* (1981).

Sirk, Douglas

Réalisateur d'origine danoise, de son vrai nom Detlef Sierck, né en 1900.

En Allemagne : April, April (1935) ; Das Mädchen vom Moorhof (1935) ; Stützen der Gesellschaft (1935) ; Das Hofkonzert (version française : La chanson du souvenir, 1935-1936) ; Schlussakkord (1936) ; La Habanera (La Habanera, 1937) ; Liebling der Matrosen (avec Hinrich, 1937) ; Zu Neuen Ufern (Paramatta, bagne de femmes, 1937). *Aux États-Unis :* Hitler's Madman (1943) ; Summer Storm (L'aveu, 1944) ; A Scandal in Paris (1946) ; Lured (Des filles disparaissent, 1947) ; Sleep, My Love (L'homme aux lunettes d'écaille, 1948) ; Shockproof (Jenny femme marquée, 1949) ; Slightly French (1949) ; Mystery Submarine (Le sous-marin mystérieux, 1950) ; The First Legion (1951) ; Thunder on the Hill (Tempête sur la colline, 1951) ; The Lady Pays Off (1951) ; Week-end with Father (1951) ; No Room for the Groom (1952) ; Has Anybody Seen My Gal ? (Qui donc a vu ma belle ?, 1952) ; Meet Me at the Fair (1952) ; Take Me to Town (1953) ; All I Desire (1953) ; Taza, Son of Cochise (Taza, fils de Cochise, 1954) ; Magnificent Obsession (Le secret magnifique, 1954) ; Sign of the Pagan (Le signe du Païen, 1954) ; Capitaine Lightfoot (Capitaine Mystère, 1955) ; All That Heaven Allows (Tout ce que le Ciel permet, 1955) ; There's Always Tomorrow (1956) ; Written on the Wind (Écrit sur du vent, 1956) ; Battle Hymn (Les ailes de l'Espérance, 1957) ; Interlude (Les amants de Salzbourg, 1957) ; The Tarnished Angels (La ronde de l'aube, 1957) ; A Time to Love and a Time to Die (Le temps d'aimer et le temps de mourir, 1958) ; Imitation of Life (Mirage de la vie, 1959). *En Allemagne :* Sprich zu Mir Wie der Regen (1975) ; Sylvesternacht (1977) ; Bourbon Streets Blues (1978).

Sirk connaît une gloire quelque peu tardive pour des mélodrames, remakes de films anciens de Stahl, lui-même relégué par cet intérêt pour Sirk au purgatoire des réalisateurs. Sic transit...

Danois venu très tôt s'établir en Allemagne, Sirk suit à Hambourg les cours de Panofsky et les conférences d'Einstein et traduit en 1922 les sonnets de Shakespeare en allemand. Cultivé, il se passionne pour le théâtre et devient le metteur en scène attitré du Kleines Theater de Hambourg, puis de Leipzig. Il monte en 1929 *L'opéra de quat'sous.* L'UFA l'engage pour tourner des courts métrages dont une adaptation du *Malade imaginaire,* puis des longs métrages dont *Paramatta* ; la vedette en est Zarah Leander. Mélodrames ou films musicaux semblent devoir être le domaine de prédilection de Sirk.

Mais celui-ci se sent mal à l'aise dans l'Allemagne hitlérienne. Il passe aux États-Unis. Il y dénonce la folie de Heydrich dans l'extraordinaire *Hitler's Madman* qui est éclipsé par la version de Lang, *Les bourreaux meurent aussi.* Dès lors Sirk se partage entre le thriller où il donne des œuvres remarquables (*Lured, Sleep My Love, Shockproof* et dans une certaine mesure *Scandal in Paris,* amusante biographie, très fantaisiste, de Vidocq) et la comédie (*Slightly French, Has Anybody Seen My Gal ?*), sans oublier un western honorable (*Taza*) et un film étrange sur la compagnie de Jésus (*The First Legion*). Vers 1953, il entreprend son grand cycle de mélodrames qui va l'imposer auprès de la critique française. Ses remakes des films de Stahl (*Magnificent Obsession, Interlude, Imitation of Life*) sont proportionnellement moins réussis que ses œuvres plus personnelles : qu'il s'agisse des milliardaires du pétrole dans leurs somptueuses villas (*Written on the Wind*), des aviateurs paumés du *Pylone* de Faulkner (*The Tarnished Angels*) ou des Allemands dans la débâcle de IIIe Reich (*A Time to Love*), le lyrisme de Sirk transcende le mélodrame en de fulgurantes images de fin d'un monde sinon du monde. « Mon idéal, a confié Sirk aux *Cahiers du Cinéma,* en 1967, est la tragédie grecque où tout se passe en famille, dans un même lieu. Et cette famille est à l'image du monde, elle en est le symbole. » Sirk revient en Europe vers 1960 et reprend à Munich son activité théâtrale. Mais il ne délaisse pas pour autant l'écran. Depuis 1975, il enseigne à l'école du cinéma de Munich et signe avec ses étudiants des esquisses de mélodrame où certains critiques ont cru voir la quintessence d'une œuvre qui ne cessera de séduire par ses raffinements esthétiques.

BIBLIO. : *Cahiers du cinéma,* avril 1967.

Sjoberg, Alf

Réalisateur suédois, 1903-1980.

Den starkaste (Le plus fort, 1929) ; Med livet som insats (Avec la vie pour enjeu, 1940) ; Den blomstertid (Ce temps de floraison, 1940) ; Hem fran Babylon (Retour de Babylone, 1941) ; Himlaspelet (Le chemin du ciel, 1942) ; Kungajakt (La chasse royale, 1944) ; Hets (Tourments, 1944) ; Resan bort (Voyage au loin, 1945) ; Iris och löjtnanshjärta (Iris et le cœur du lieutenant, 1946) ; Bara en mor (Rien qu'une mère, 1949) ; Mademoiselle Julie (1950) ; Barabbas (1953) ; Karin Mansdotter (1954) ; Vidfaglar (Les oiseaux sauvages, 1955) ; Sista paret ut (Le dernier couple qui court, 1956) ; Domaren (Le juge, 1960) ; On (L'île, 1965) ; Le père (1969).

Il fut avant tout un metteur en scène de théâtre, attaché au Dramaten de Stockholm. Il s'y rendait lorsqu'il fut renversé par un autobus et mortellement blessé. Il avait monté Sartre, Shakespeare, Molière et Strindberg. C'est à ce dernier qu'il dut son plus grand succès au cinéma, *Mademoiselle Julie,* film d'une perversité élégante et raffinée. Mais il avait tourné auparavant un très bon film fantastique, *Le chemin du ciel,* d'un accès un peu difficile, puis un joyeux divertissement historique, *La chasse royale,* situé au temps de Gustave III, et une œuvre malsaine sur un professeur sadique, du nom de Caligula, et sur ses rapports avec ses élèves (*Tourments*). Le scénario était de Bergman. Couronnée à Cannes, *Mademoiselle Julie,* brillante évocation d'une nuit de la Saint-Jean, dans une grande propriété, où la fille du châtelain se donne à un valet de son père, connut un énorme succès qui ne se renouvela pas avec les œuvres suivantes. Seul *Barabbas,* d'après Lagerkvist, échappe, avec *Le juge* peut-être, à une certaine grisaille. Sjoberg s'était aussi intéressé à la radio et à la télévision, véritable Protée de la mise en scène.

Sjoman, Vilgot

Réalisateur suédois né en 1924.

Älskarinnan (La maîtresse, 1962) ; 491 (1964) ; Klanningen (La robe, 1964) ; Syskonbadd (Ma sœur, mon amour, 1966) ; Jagar Ny Fiken (Je suis curieuse, 1967) ; Jagar Ny Fiken (Elle veut tout savoir, 1968) ; Niljuger (Vous mentez, 1969) ; Lyckliga Skitar (Joyeuses Pâques, 1970) ; En Handful Karlek (Une poignée d'amour, 1974) ; Garaget (Le garage, 1975) ; Tabu (Tabou, 1977) ; Linus (1979).

Il a beaucoup travaillé au théâtre avec Bergman, écrit un scénario pour Molander, étudié à l'École du film de l'Université de Los Angeles, rapporté un livre de ce séjour (*I Hollywood,* 1961), avant de débuter comme réalisateur : *La maîtresse.* « Une sensualité directe et sans esbrouffe » (Jean Beranger) ; telle est la marque de Sjoman. Mais cette sensualité qui culmine dans les deux versions de *Je suis curieuse,* présentées sous des titres différents en France, s'accompagne d'un esprit contestataire qui éclate dans *491.* Son chef-d'œuvre demeure toutefois *Ma sœur, mon amour,* transposition à la fin du XVIIIe de la pièce de John Ford *Dommage qu'elle soit une putain.* Sjoman a su y retrouver le raffinement et la liberté de mœurs de « l'époque des perruques poudrées ».

Sjöström, Victor David

Réalisateur suédois, 1879-1960.

Trädgarsmastären (Le jardinier, 1912) ; Ett hemligt giftermal (Un mariage secret, 1912) ; En sommarsaga (Un conte d'été, 1912) ; Lady Marions sommarflirt (L'idylle estivale de Lady Marion, 1912) ; Det var i maj (C'était pendant le mois de mai, 1912) ; Aktenskapsbyran (Le bureau des mariages, 1912) ; Lojen och tarar (Rires et larmes, 1912) ; Blodets röst (La voix du sang, 1913) ; Ingeborg Holm (1913) ; Livets Konfikter (Les conflits de l'existence, 1913) ; Prästen (Le pasteur, 1913) ; Kärlek starkare än hat (L'amour est plus fort que la haine, 1913) ; Halvblod (Sang mêlé, 1913) ; Miraklet (Le miracle, 1913) ; Strejken (La Grève, 1913) ; Dömen icke (Ne jugez pas, 1914) ; Bra flicka reder sig själv (Une brave fille se débrouille seule, 1914) ; Gatans barn (Les enfants de la rue, 1914) ; Sonad Skuld (Rachat d'une faute, 1914) ; Högfjällets dotter (La fille de la montagne, 1914) ; Hjärtan som mötas (Les cœurs de la mode, 1914) ; En av de mange (Un parmi d'autres, 1915) ; Landshövdingens döttrar (Les filles du gouverneur, 1915) ; Skomakare bliv vi din läst (A chacun son métier, 1915) ; Judaspengar (Le salaire de Judas, 1915) ; Skepp som mötas (Rencontre de bateaux, 1915) ; I prövningens stund (L'heure des épreuves, 1915) ; Havsgamar (Les vautours de la mer, 1915) ; Hon segrade (Elle triomphait, 1915) ; Therese (1915) ; Dödskyssen (L'étrange aventure de l'ingénieur Lebel, 1916) ; Terje Vigen (1916) ; Berg Evjind och hans hustru (Les proscrits, 1917) ; Tösen fran stormyrtorpet (La fille de la tourbière, 1917) ; Ingmarssönerna (La voix des ancêtres, 1918) ; Klostret i Sendomir (Le monastère de Sendomir, 1919) ; Karin Ingmarsdotter (La montre brisée, 1919) ; Hans Nads testamente (Le testament de Sa Grâce, 1919) ; Körkarlen (La charrette fantôme, 1920) ; Mästerman (Maître Samuel, 1920) ; Ven dömer (L'épreuve du feu, 1921) ; Det omringade huset (La maison cernée, 1922) ; Eld ombord (Le vaisseau tragique, 1923). *Aux États-Unis :* Name the Man (Le glaive de la loi, 1924) ; He who get slapped (Larmes de clown, 1924) ; Confessions of a Queen (Confessions d'une reine, 1925) ; The Tower of Lies (La tour des mensonges, 1925) ; The Scarlet Letter (La lettre rouge, 1926) ; The Divine Woman (La divine, 1928) ; The Wind (Le vent, 1928) ; Masks of the Devil (Les masques du Diable, 1928) ; A Lady to Love (Une femme à aimer, 1930) ; Markurells i Wadköping (Les Markurell de Wadköping, 1930). *En Angleterre :* Under the Red Robe (Sous la robe rouge, 1937).

L'un des plus grands réalisateurs du cinéma muet. Sa famille émigra après sa naissance aux États-Unis mais on le renvoya, à la mort de sa mère, en Suède où il fit ses études. Il débute au théâtre en 1896 et joue Strindberg, Ibsen, Sardou et même Flers et Caillavet. En 1912, il se laisse séduire par le cinéma et interprète *Les masques noirs* de Stiller. Il devient metteur en scène l'année suivante. *Ingeborg Holm,* un vigoureux drame naturaliste, est son premier film personnel. Grâce au producteur Charles Magnusson et à l'opérateur Jaenzon, il ouvre l'âge d'or du cinéma suédois. Avec *Terje Vigen,* Sjöström fait éclater le carcan théâtral qui pesait sur l'art cinématographique : il aère le cinéma et donne à la caméra un rôle prépondérant. *Les Proscrits* consacre cette évolution. La mer était le personnage de *Terje Vigen,* ici c'est la montagne. Un extraordinaire souffle lyrique passe dans ce film dont la fin (les amants ensevelis dans la neige) est restée comme un grand moment du cinéma. En 1916, il inaugure une collaboration fructueuse avec Selma Lagerlöf : *La voix des ancêtres, La montre brisée* et surtout *La charrette fantôme* dont les surimpressions firent sensation. « Quelle science et quel art ! » s'exclamait Louis Delluc qui louait Sjöström de refuser la médiocrité. La beauté formelle de *L'épreuve du feu* consacrait la supériorité du cinéma suédois. Conscients de cette avance, les Américains attirent Sjöström à Hollywood. Quelques bons films dont *Larmes de clown* puis une œuvre insolite où Sjöström retrouve son souffle lyrique : *Le vent.* Ce film est pourtant un échec commercial. Sjöström revient en Suède, assez désabusé sur Hollywood. Son dernier film sera tourné à Londres. Il devient directeur artistique de la Svensk et accepte de jouer dans *Les fraises sauvages* de Bergman. Mais sa carrière de réalisateur a pris fin à l'avènement du parlant. Incontestablement les films de Sjöström ont vieilli comme la majeure partie du cinéma muet, mais l'importance historique de ce réalisateur n'en a pas moins été considérable. Il fut le cinéaste lyrique par excellence.

BIBLIO. : Idelstam-Almquist, *V. Sjöström,* Anthologie du cinéma (1966) ; R. Jeanne et Ch. Ford, *Sjöström* (1963).

Skolimowski, Jerzy

Réalisateur polonais né en 1938.

Rysopis (Signes particuliers : néant, 1964) ; Walkower (Walk-over, 1965) ; Barriera (La barrière, 1966) ; Le départ (1967) ; Rece do Gory (Haut les mains, 1967) ; Dialog (Dialogue, un sketch, 1968) ; The Adventures of Gerard (1970) ; Deep End (Deep End, 1970) ; King Queen Knave (Roi, Dame, Valet, 1972) ; The Shout (Le cri du sorcier, 1978) ; Moonlighting (1982).

Une curieuse personnalité ; fasciné par la poésie (il publiera deux recueils) et par la boxe (il lui consacrera un court métrage qu'il interprétera lui-même en 1961), il rédige avec Wajda le scénario des *Innocents charmeurs.* Celui-ci le recommande à l'École du cinéma de Lodz. Skolimowski collabore au *Couteau dans l'eau* de Polanski, avant de diriger ses propres films qui lui assurent très vite une audience internationale et le conduisent à travailler à l'Ouest où il se sent plus à son aise, surtout après les ennuis que rencontre en Pologne *Haut les mains,* qui va alors trop loin dans l'antistalinisme. C'est en Occident, en effet, qu'il tourne son chef-d'œuvre *Deep-End* et une amusante adaptation des *Aventures du brigadier Gérard,* de Conan Doyle, où Elie Wallach est un surprenant Napoléon. Il connaît un sérieux échec avec *Roi, Dame, Valet,* mais se retrouve dans *The Shout,* d'après Graves, histoire de fous, film délirant sur « le cri qui tue ».

Sloane, Paul

Réalisateur américain né en 1893.

Principaux films : A Man Must Live (1925) ; Too Many Kisses (1925) ; The Shak Punch (1925) ; The Coming of Amos (1925) ; Made for Love (1926) ; Eve's Leaves (1927) ; The Cling Vine (1926) ; Corporale Kate (1926) ; Turkish Delights (1927) ; The Blue Danube (1928) ; Hearts in Dixie (1929) ; The 3 Sisters (1930) ; The Cuckoos (1930) ; Half Shot at Sunrise (1930) ; Traveling Husbands (1931) ; Consolation Marriage (1931) ; War Corespondent (1932) ; The Woman Accused (1933) ; Straight Is the Way (1934) ; Down to Their Last Yacht (1934) ; Here Comes the Band (1935) ; Géronimo (1940) ; The Sun Sets at Dawn (1951).

Longtemps scénariste chez Edison, à la Fox et à la Paramount, il a dirigé de nombreux films depuis 1925, dont un excellent *Géronimo.* Il se serait retiré au Japon comme producteur indépendant.

Smight, Jack.

Réalisateur américain né en 1926.

I'd Rather Be Rich (1964) ; The Third Day (Le témoin du troisième jour, 1965) ; Harper (Détective privé, 1966) ; Kaléidoscope (Le gentleman de Londres, 1966) ; No Way to Treat a Lady (Le refroidisseur de dames, 1968) ; The Secret War of Harry Frigg (Evasion sur commande, 1968) ; The Illustrated Man (L'homme tatoué, 1969) ; The Traveling Executioner (1970) ; Dr. Frankenstein (téléfilm, 1973) ; Airport 1975 (747 en péril, 1974) ; Midway (La bataille de Midway, 1975) ; Damnation Alley (Les survivants de la fin du monde, 1977) ; Fast Break (1979) ; Loving Couples (1980).

Harper marque une date dans l'histoire du film policier en relançant la mode du « privé » joué cette fois par Paul Newman. Une brillante comédie policière (*Le gentleman de Londres*) et une œuvre d'humour noir (*Le refroidisseur de dames*) montrèrent que Smight pouvait aisément changer de registre. Sa palette était suffisamment variée pour lui permettre d'aborder le film de guerre avec l'excellent *Midway* où il sut maîtriser les énormes moyens dont il disposait. La science-fiction parut moins lui réussir : il manqua *L'homme tatoué* d'après Bradbury, et l'apocalypse atomique qu'il proposait dans *Damnation Alley* était encombrée d'intentions symboliques un peu trop appuyées. En fait, il s'intéresse surtout au petit écran, où il donna un bon *Frankenstein,* plus proche du roman que les films habituels.

Smith, Clifford

Réalisateur américain, 1894-1937.

Principaux films : The Disciple (Le disciple, avec Barker, 1915) ; The Return of Draw Egan (1916) ; The Patriot (avec Hart, 1916) ; Hell's Hinges (Le justicier, avec Barker, 1916) ; The Cold Deck (1917) ; Truthful Tulliver (avec Hart, 1917) ; The Devil Dodger (1917) ; One Shot Ross (1917) ; The Medecine Man (1917) ; The Learnin' of Jim Benton (1917) ; The Boss of the Lazy Y (1917) ; Law's Outlaw (1918) ; Keith of the Border (1918) ; A Faith Endurin' (1918) ; Paying His Debt (1918) ; Wolves of the Border (1918) ; A Red-Hair Cupid (1918) ; The Fly God (1918) ; By Proxy (1918) ; Cactus Crandall (1918) ; The Pretender (1918) ; Silent Rider (1918) ; Untamed (1918) ; The She-Wolf (1919) ; The Cyclone (1920) ; The Girl Who Dared (1920) ; Western Hearts (1921) ; Wild Bill Hickok (Les aventures de Bill Hickok, 1923) ; The Black Trail (1924) ; The White Outlaw (1925) ; The Sign of the Cactus (1925) ; Sky High Corral (1926) ; The Phantom Bullet (1926) ; The Set-Up (1926) ; The Terror (1926) ; A Six Shootin' Romance (1926) ; Spurs and Saddle (1927) ; The Three Outcasts (1928) ; Ace Drummond (avec Beebe, 1936) ; The Adventures of Frank Merriwell (1936) ; Jungle Jim (Jim la Jungle, avec Beebe, 1937) ; Radio Patrol (avec Beebe, 1937) ; Secret Agent X-9 (avec Beebe, 1937) ; Wild West Days (avec Beebe, 1937).

Curieuse carrière que celle de ce réalisateur qui fut parmi les artisans des succès de la Triangle, travaillant étroitement avec Hart pour des westerns aussi importants que *Hell's Hinges,* et qui finit, associé à Beebe, dans « le serial », faute d'avoir réussi à s'adapter au cinéma parlant.

Smith, George Albert

Réalisateur anglais, 1864-1959.

Principaux films : Faust and Mephistopheles (1898) ; Aladdin (1898) ; Cinderella and the Fairy Godmother (Cendrillon, 1898) ; Waves and Spray (Vagues et embruns, 1898) ; The Corsican Brothers (1898) ; Photographing a Ghost (Photographie d'un fantôme, 1898) ; The Mesmerist (1898) ; Grandma's Reading Glass (La loupe de grand-mère, 1900) ; The Little Doctor (Le petit docteur, 1901).

Le Méliès anglais. Il développa la féérie et le fantastique dans le premier cinéma britannique et mit au point en 1908 un appareil de prises de vues en deux couleurs.

Smith, Jack

Réalisateur américain.

Scotch Tape (1962) ; Flaming Creatures (1963) ; Overstimulated (1963) ; No President (1967).

L'un des maîtres de l'Underground aux États-Unis. Le caractère scabreux des images de *Flaming Creatures* fit beaucoup pour sa réputation.

Smith, Noel Mason

Réalisateur américain né en 1890.

Principaux films : Clash of the Wolves (1925) ; Fangs of Justice (1926) ; Fangs of Fate (1928) ; Mystery House (1938) ; Burma Convoy (1941) ; Cattle Town (1952).

Débuts dans la carrière comme assistant en 1913. Une particularité : spécialiste des films de loups ou de chiens

Snow, Michael

Réalisateur canadien né en 1929.

Principaux films : New York Eye and Ear Control (1964) ; Wavelength (1967) ; La région centrale (1971) ; Rameau's Nephew (1974).

Sa réputation de cinéaste d'avant-garde est grande. Formé par Dunning, il avait été auparavant peintre et sculpteur. Il réintégre ses œuvres dans un film comme *New York Eye and Ear Control.* Il obtint le Grand Prix de Knokke-le-Zoute pour *La région centrale.*

Soffici, Mario

Réalisateur argentin, 1900-1977.

Principaux films : El Alma del bandoneon (1935) ; Puerto Nuevo (1936) ; Viento norte (Vent du Nord, 1937) ; Kilometro II (1938) ; Prisioneros de la tierra (1939) ; Heroes sin fama (1940) ; Tres hombres del rio (1943) ; Celos (L'enfer de la jalousie, 1947) ; El extrano caso del hombre y de la bestia (1947) ; Barrio gris (Quartier gris, 1954) ; Oro bajo (1956) ; Propiedad (1962).

Acteur et directeur de théâtre, il est venu au cinéma sous la pression de Ferreyra, créateur de l'art cinématographique en Argentine. Il a cherché à développer un style national, n'hésitant pas entre deux mélodrames à dénoncer les fraudes politiques dans *Heroes sin fama,* pour en faire des œuvres engagées. Il eut Eva Peron pour interprète dans *La cabalgata del circo* en 1945.

Solanas, Fernando

Réalisateur argentin né en 1936.

La Hora de los Hornos (L'heure des brasiers, 1969) ; Los Hijos de Fierro (Les fils de Fierro, 1974-1978) ; Le regard des autres (1980).

La Hora de los Hornos, en dépit de ses naïvetés et de ses maladresses techniques, caractéristiques du cinéma en direct, retint l'attention de nombreux critiques par son engagement politique. Solanas devait d'ailleurs élaborer un manifeste pour un « Terner Cine » où il appelait à un cinéma guérilla. Il fonda le groupe Cine Liberacion qui joignit la pratique à la théorie. Il a tourné par la suite une œuvre très célèbre en Argentine, déjà adaptée par Torre-Nilsson, *Martin Fierro.* Il en donne une lecture plus moderne et plus engagée, en rupture d'ailleurs avec l'interprétation de Borgès. En France, on lui doit un film sur les handicapés et la reconnaissance de leurs droits : *Le regard des autres.*

Solas, Humberto

Réalisateur cubain né en 1942.

Manuela (1966) ; Lucia (1968) ; Un dia de noviembre (Un jour de novembre, 1972) ; Cantata de Chile (Cantate du Chili, 1976).

Producteur, puis réalisateur de courts métrages, il a signé deux films d'un ton un peu insolite dans le cinéma cubain révolutionnaire par les portraits de femmes qui y sont proposés.

Soldati, Mario

Scénariste et romancier italien né en 1906.

Comme réalisateur : Due milioni per un sorriso (1939) ; Dora Nelson (1939) ; Tutto per la Donna (1940) ; Piccolo Mondo Antico (Le mariage de minuit, 1941) ; Tragica notte (1942) ; Malombra (Malombra, 1942) ; Quartieri alti (1943) ; La miserie del signor Travet (1945) ; Eugenia Grandet (1946) ; Daniele Cortis (1947) ; Fuga ein Francia (Fuite en France, 1948) ; Chi a Dio ? (court métrage, 1948) ; Quel bandito sono io (1949) ; Botta e rispota (Je suis de la revue, 1950) ; Donne e briganti (Fra Diavolo, 1950) ; E' l'amor che mi rovina (1951) ; O.K. Nerone (O.K. Néron, 1951) ; Le avventure di Mandrin (Le chevalier sans loi, 1952) ; Il sogno di Zorro (L'héritier de Zorro, 1952) ; I tre corsari (Les trois corsaires, 1952) ; Iolanda la figlia del corsaro nero (La fille du corsaire noir, 1953) ; La provinciale (La marchande d'amour, 1953) ; Questa e la vita (coréal., 1954) ; La mano dello straniero (Rapt à Venise) ; La Donna del fiume (La fille du fleuve, 1955) ; Guerra e Pace (Guerre et Paix, avec King Vidor, 1956) ; Era di venerdi 17 (Sous le ciel de Provence, 1956) ; Italia Piccola (1957) ; Policarpo, ufficiale di scriptura (1957).

Cet important romancier italien (*Le festin du commandeur, Les deux villes,* etc.), s'est très tôt intéressé au cinéma. Il écrivit des scénarios et fut assistant des réalisateurs de l'époque des années 30. Sous le fascisme, il signe deux chefs-d'œuvre : *Piccolo Mondo Antico* et *Malombra.* Le premier, d'après Fogazzaro, raconte l'histoire d'une mésalliance et d'un testament détruit, au temps de l'unité italienne ; le second, toujours d'après Fogazzaro, une histoire d'amour fou qui enchanta les derniers surréalistes. Deux œuvres raffinées et lyriques qui semblent isolées dans la filmographie de Soldati. A l'exception d'une adaptation d'*Eugénie Grandet* (l'univers de Balzac convient bien à Soldati) et de *La Provinciale,* d'après Moravia, de *Daniele Cortis* et de *Policarpo,* le reste est voué à Zorro, au Corsaire noir (ex-corsaire de la mort) et à Fra Diavolo. Très à l'aise dans les reconstitutions historiques et dans l'esthétisme du film à costumes, Soldati accepta trop, par dilettantisme ou modestie, des sujets « alimentaires » qui ont nui à sa réputation de très grand réalisateur.

Sollima, Sergio

Réalisateur italien né en 1921.

L'amore difficile (1er sketch, 1962) ; Agente 3 S 3 passaporto per l'inferno (pseudonyme : Sterling, Passeport pour l'enfer, 1965) ; Agente 3 S 3 massacro al sole (Sterling, 1966) ; Requiem per un agente segreto (1966) ; La resa dei conti (Colorado, 1967) ; Faccia a faccia (Le dernier face à face, 1967) ; Saludos Hombre (Saludos Hombre, 1969) ; La città violenta (La cité de la violence, 1970) ; Il diavolo nel cervello (1972) ; Revolver (La poursuite implacable, 1973) ; Sandokan (1976) ; Il corsaro nero (Le corsaire noir, 1976) ; La tigra è ancora viva (1977).

Le plus américain des cinéastes italiens : il excelle dans le western (*Colorado* avec Lee Van Cleef) ou le thriller (*La cité de la violence,* avec Bronson), sans oublier les espions et les corsaires. Il fut critique cinématographique et écrivit un livre sur le cinéma américain. Passé derrière la caméra, il n'a pas trahi ses goûts. *Faccia a faccia,* redistribué sous l'influence de Leone, avec un nouveau titre, *Il était une fois dans l'Arizona,* est un remarquable western spaghetti : un professeur d'histoire devient chef de bande, combinant le froid cynisme d'un Balthazar Gracian et la naïveté du Jérôme Paturot de Louis Reybaud. Un talent fort sympathique.

Sordi, Alberto

Acteur et réalisateur italien né en 1919.

Comme réalisateur : Fumo di Londra (1966) ; Scusi, lei è favorevole o contrario ? (1966) ; Un Italiano in America (1967) ; Amore mio aiutami (1969) ; Le Coppie (Drôles de couples ; deuxième sketch, la caméra, 1970) ; Polvere di stelle (Poussière d'étoiles, 1973) ; Finché c'é guerra c'è speranza (1974) ; Il comune senso del pudore (1976) ; Dove vai in vacanza ? (Où es-tu allé en vacances ? troisième sketch, Vacanze intelligenti, 1978).

Monstre sacré du cinéma italien, comment n'aurait-il pas adoré se mettre en scène. Il excelle dans le genre comique à évoquer des couples de petits commerçants ou d'ouvriers en rupture avec leur milieu : les musées et la musique moderne dans *Où es-tu allé en vacances ?,* les palaces réservés à une élite sociale dans *Drôles de couples,* les troupes faméliques de comédiens minables (*Polvere di Stelle*). C'est souvent méchant, jamais bête.

Soto, Helvio

Réalisateur chilien né en 1930.

Lunes primeiro, Domingo siete (1968) ; Caliche sangriento (Salpêtre sanglant, 1969) ; Vote + Fusil (1970) ; Metamorfosis de un jefe de la policia politica (1972) ; Il pleut sur Santiago (1975) ; La Triple muerte del tercer personaje (La triple mort du troisième personnage, 1979).

Réalisateur réduit aujourd'hui au silence, il a signé un adorable film sur une patrouille perdue lors de la guerre entre le Pérou et le Chili : *Salpêtre sanglant.*

Soutter, Michel

Réalisateur suisse né en 1932.

La lune avec les dents (1966) ; Haschisch (1968) ; La pomme (1969) ; James ou pas (1970) ; Les arpenteurs (1972) ; L'escapade (1973) ; Repérages (1977) ; L'amour des femmes (1981).

Après Goretta et Tanner, le troisième mousquetaire genevois du cinéma suisse. Poète et chansonnier, il découvre grâce à Tanner la télévision puis le cinéma. *Les arpenteurs* surprennent par la liberté de ton reposant sur le chassé croisé des héroïnes de l'histoire, une histoire ancrée dans la vie ordinaire. Le Grand Arpenteur ne sait plus avec quelle femme il a passé la nuit : on en rit, sensible au burlesque des situations. A condition de ne point abuser. De là sans doute l'échec de *Repérages,* réflexion sur la mise en scène des *Trois soeurs* de Tchekhov où la vie et la fiction se mêlent étroitement pour montrer que « le jeu c'est bien la vie puisque la vie est un jeu. » Le spectateur moyen s'y perd un peu.

BIBLIO. : Boujut, *Le cinéma selon Soutter* (1974).

Spaak, Charles

Scénariste et réalisateur d'origine belge, 1903-1975.

Comme réalisateur : Le mystère Barton (1949).

L'un des plus grands scénaristes du cinéma français (*La Kermesse héroïque, La Grande Illusion, Le ciel est à vous...),* il a dirigé un seul film, *Le mystère Barton,* banale bande policière.

Spielberg, Steven

Réalisateur américain né en 1947.

Duel (Duel, 1971, film tourné pour la télévision mais distribué au cinéma) ; The Sugarland Express (1974) ; Jaws (Les dents de la mer, 1975) ; Close Encounters of the Third Kind (Rencontres du troisième type, 1977) ; 1941 (1941, 1979) ; Nouvelle version de Close Encounters of the Third Kind (Rencontres du troisième type ; l'édition spéciale, 1980) ; Raiders of the Lost Ark (Les aventuriers de l'arche perdue, 1981) ; E.T. (1982).

Venu de la télévision (on peut juger de son travail par *Duel,* lutte entre une automobile et un camion qui cherche à l'écraser, film angoissant qui doit beaucoup à Richard Matheson), il connaît les gros succès au box-office avec *Jaws* et plus encore *Rencontres du troisième type.* A y regarder de près, ces œuvres ne sont ni nouvelles quant au scénario (la chasse aux requins a inspiré de nombreux films de même que les extra-terrestres), ni convaincantes quant à l'interprétation (François Truffaut semble totalement dépassé dans *Rencontres*) et d'une grande puérilité, surtout *Close Encounters,* dans leur morale. Comme Lucas, Spielberg vise un public précis mais n'est plus celui de *Sugarland Express,* ironique pastiche des films-poursuites. C'est sur la naïveté du spectateur que spécule *Rencontres.* Heureusement, *1941,* étonnante bouffonnerie sur un pseudo-débarquement japonais en Californie, après Pearl Harbour, nous prouve qu'il ne faut pas trop désespérer, malgré l'insuccès du film, de Spielberg. Le début des *Aventuriers de l'arche perdue* est éblouissant et retrouve la grande tradition du film d'aventures comme *E.T.*, surprend par la qualité des trucages.

Springsteen, R.G.

Réalisateur américain né en 1904.

Plus de 75 films, essentiellement des thrillers et des westerns dont : Marshall of Laredo (1945) ; Colorado Pionners (1945) ; Wagon Wheels Westward (1945) ; Under Colorado Skies (1947) ; Navajo Trail Raiders (1949) ; Frisco Tornado (1950) ; Geraldine (1954) ; I Cover the Underworld (1955) ; Cross Channel (1955) ; Revolt in the Big House (1958) ; Cole Younger, Gunfighter (Le desperado de la plaine, 1958) ; Battle Flame (1959) ; King of the Wild Stallions (1959) ; Operation Eichmann (1961) ; Showdown (Le collier de fer, 1963) ; He Rides Tall (La valse des colts, 1964) ; Bullet for a Badman (Patrouille de la violence, 1964) ; Taggart (Cinq mille dollars mort ou vif, 1964) ; Black Spurs (Les éperons noirs, 1965) ; Apache Uprising (1966) ; Johnny Reno (1966) ; Waco (1966) ; Red Tomahawk (1967) ; Hostile Guns (1967) ; Tiger by the Tail (1968).

Springsteen a longtemps œuvré à la Republic. Le niveau de sa production se relève un peu à partir de 1956, quand il quitte cette compagnie pour Universal puis Paramount, mais c'est une nuance dans la médiocrité habituelle de ses westerns, à l'exception de *Cole Younger* et de *He Rides Tall.*

Stahl, John

Réalisateur américain, 1886-1950.

Courts métrages pour une compagnie new-yorkaise entre 1914 et 1917. Longs métrages : To Day (Dans l'engrenage, 1917) ; The Call of Hearts (L'appel du cœur, 1917) ; Wives of Men (1917) ; Suspicion (1918) ; Greater than Love (1918) ; The Serpent (1918) ; Her Code of Honour (1919) ; Women Men Forget (1919) ; The Woman in His House (1920) ; Sowing the Wind (1921) ; The Child Thou Gavest Me (1921) ; Suspicious Wives (1921) ; The Song of Life (1922) ; One Clear Call (1922) ; The Dangerous Age (L'automne de la vie, 1922) ; The Wanters (1923) ; Why Men Leave Home (1924) ; Husbands and Lovers (1924) ; Fine Clothes (1925) ; Memory Lane (1926) ; The Gay Deceiver (Toto, 1926) ; Lovers ? (1927) ; In Old Kentucky (1927) ; A Lady Surrenders (1930) ; Seed (La graine, 1931) ; Strictly Dishonorable (1931) ; Back Street (Histoire d'un amour, 1932) Only Yesterday (Une nuit seulement, 1933) ; Imitation of Life (Images de la vie, 1934) ; Magnificent Obsession (Le secret magnifique, 1935) ; Parnell (La vie privée d'un tribun, 1937) ; Letter of Introduction (Lettre d'introduction, 1938) ; When Tomorrow Comes (Veillée d'amour, 1939) ; Our Wife (Une femme de trop, 1941) ; The Immortal Sergeant (Aventure en Libye, 1942) ; Holy Matrimony (1943) ; The Eve of St. Mark (1944) ; The Keys of Kingdom (Les clés du royaume, 1944) ; Leave Her to Heaven (Péché mortel, 1946) ; The Foxes of Harrow (La fière créole, 1947) ; The Walls of Jericho (1948) ; Father Was a Fullbac (1949) ; Oh, You Beautiful Doll (1949).

Victime de sa réputation de spécialiste du mélo lacrymogène et des remakes que Stevenson et Sirk firent de ses films les plus marquants en les modernisant, il a quelque peu sombré dans l'oubli. La reprise de *Leave Her to Heaven* a montré qu'il ne fallait pas négliger ce réalisateur. *Péché Mortel* est, en effet, un remarquable portrait de femme possessive qui fait vite basculer l'histoire dans le film policier

« noir ». L'imagerie romantique laisse place rapidement à une atmosphère névrotique et criminelle. Enceinte, l'héroïne, Gene Tierney, alors au sommet de sa beauté, se jette du haut d'un escalier pour avorter, scène qui parut en 1946 d'une grande audace. Elle craignait d'être délaissée par son mari au profit de l'enfant à venir. Finalement elle s'empoisonne de manière à faire accuser sa sœur que son époux lui préfère. Voilà qui nous éloigne de *La Veillée des chaumières !* Tout n'est pas de la même veine chez Stahl. *Back Street,* son œuvre la plus réputée, se revoit pourtant sans ennui et son portrait de Parnell, incarné par Gable, ne prend pas trop de libertés avec l'histoire bien qu'il ait été, à l'époque, un échec commercial. *La Fière Créole* reste, dans la grande lignée des œuvres inspirées par la saga de La nouvelle-Orléans, l'une des moins ennuyeuses. *Walls of Jericho* louche, comme *Péché mortel,* vers le film noir. En définitive, les mélodrames de Stahl ne sont pas toujours ces feuilletons larmoyants que l'on a si souvent critiqués. Une révision de son œuvre s'impose.

BIBLIO. : *Positif,* n° 220-221 (1979).

Stallings, George

Animateur américain.

Série des Katzenjammer Kids (1916-1924).

On doit à ce pionnier du dessin animé, aujourd'hui bien oublié, la fameuse série des *Katsenjammer Kids* (en France *Pim Pam Poum*) en collaboration avec La Cava et Lantz. Le premier de ces courts métrages fut *Der Captain Goes Swimming,* en 1916. Les personnages de Dirks repris par Knerr furent l'objet d'une nouvelle série par Robert Allen et W. Hanna en 1938.

Stallone, Sylvester

Acteur, scénariste et réalisateur américain né en 1946.

Comme réalisateur : Paradise Alley (La taverne de l'enfer, 1978) ; Rocky II (Rocky II, 1979).

Sympathique acteur voué aux troisièmes couteaux, il connut un succès inattendu avec un film sur la boxe, *Rocky,* dont il avait écrit le scénario. Il investit ses bénéfices dans deux films dont il écrivit également les scénarios : *Paradise Alley* qui évoque les combats de rue et les courses de toit en toit dans les bas-quartiers de New York et *Rocky II,* suite de *Rocky I.* Cette fois le succès ne fut pas au rendez-vous.

Starevitch, Ladislas

Réalisateur de films de marionnettes, 1892-1965.

En Russie (titres en français seulement) : Les quatre diables (1913) ; La Cigale et la Fourmi (1914) ; Nuits de Noël (1915) ; Ruslan et Ludmilla (1915) ; Yola Stella Maris (1916) ; La terrible vengeance (1916) ; Messire Twardowski (1917) ; Sniegourotchka (1917). *En France :* Le Mariage de Babylas (1921) ; L'épouvantail (1921) ; La voix du rossignol (1923) ; La petite chanteuse des rues (1923) ; Les grenouilles qui demandent un roi (1923) ; Dans les griffes de l'araignée (1924) ; Les yeux du dragon (1927) ; Le rat des villes et le rat des champs (1927) ; Amour noir et amour blanc (1928) ; La reine des papillons (1928) ; L'horloge magique (1928) ; Der Verzauberte Wald (1928) ; Die Wunderuhr (1928) ; Le Lion et le Moucheron (1929) ; Le lion devenu vieux (1929) ; La petite parade (1929) ; Le roman de Renard (long métrage, 1928-1939) ; Fétiche (1933) ; Zanzabelle à Paris (1949) ; Fleur de fougère (1950).

Très grand pionnier du film de marionnettes, les quelques rares courts métrages qui subsistent de son œuvre ne sont pas sans charme en dépit de leur maladresse. *Le roman de Renard* est une incontestable réussite dans le genre.

Starrett, Jack

Réalisateur américain.

Gay Deceivers (Piège à pédales, 1969) ; The Loosers (Les machines du Diable, 1971) ; Slaughter (Massacre, 1972) ; Cleopatra Jones (1973) ; Race with the Devil (La course contre l'enfer, 1975).

Il passe de la comédie homosexuelle (des gigolos, pour se faire réformer, se font passer pour pédérastes et sont pris à leur propre piège) au *black-movie* policier (*Slaughter*). Mais sa plus grande réussite demeure *La course contre l'enfer*, impressionnant film d'horreur sur les sectes américaines.

Staudte, Wolfgang

Réalisateur allemand né en 1906.

Akrobat schö-ö-ön (1943) ; Ich hab' von Dir geträumt (1944) ; Die Mörder sind unter uns (Les assassins sont parmi nous, 1946) ; Die seltsamen Abenteuer des Herrn Fridolin B. (1948) ; Rotation (1949) ; Schicksal aus Zweiter Hand (1949) ; Der Untertan (Pour le roi de Prusse, 1951) ; Die Geschichte des kleinen Muck (1953) ; Leuchtfeuer (1954) ; Ciske-Ein Kind braucht Liebe (1955) ; Rose Bernd (Rose, 1957) ; Kanonen-Serenade (1958) ; Madeleine Und der Legionär (Madeleine et le légionnaire, 1958) ; Der Maulkorb (1958) ; Kirmes (Je ne voulais pas être un nazi, 1960) ; Der letzte Zeuge (Ger 1960) ; Die glücklichen Jahre der Thorwalds (1962) ; Die Dreigroschenoper (L'opéra de quat'sous, 1963) ; Herrenpartie (1964) ; Das Lamm (1964) ; Ganovenehre (1966) ; Heimlichkeiten (1968) (co-script) ; Die Herren mit der Weissen Weste (1970) ; Heisse Spur St. Pauli (1971) ; The Sea Wolf (Le loup de mer, 1973) ; Zwischengleis (1978).

Elève de Reinhardt et de Piscator, il quitta bien vite la scène pour l'écran et a joué notamment dans *Le juif Süss*. Embauché par la Tobis comme réalisateur, il fit ses débuts en 1943. Toutefois, après l'écroulement du IIIe Reich, il signa une œuvre résolument antinazie, *Les assassins sont parmi nous*. *Rotation* et *Der Untertan* firent encore impression, mais le pitoyable remake de *L'opéra de quat'sous* mit en lumière l'essoufflement de Staudte.

Steckler, Ray Dennis

Réalisateur américain né en 1939.

Wild Guitar (1961) ; Rat Fink a Boo Boo (1963) ; The Thrill Killers (1965) ; The Incredibly Strange Creatures Who Stopped Living and Became Mixed-Up-Zombies (1965) ; The Chickenhawks (1974).

De la sous-série Z, ce qui n'est pas peu dire. Mais de l'humour et l'amour du cinéma puisque Steckler a fini par se produire lui-même.

Stein, Paul L.

Réalisateur allemand, 1892-1951.

Principaux films : En Allemagne : Der Teufel der Liebe (1919) ; Das Martyrium (1920) ; Der ewige Kampf (1921) ; Ein Traum vom Glück (1924) ; Die Insel der Träume (1925). *Aux États-Unis :* My Official Wife (1926) ; The Forbidden Woman (1927) ; Man-Made Woman (1928) ; The Office Scandal (1929) ; One Romantic Night (1930) ; The Lottery Bride (1930). *En Angleterre :* Lily Christene (1932) ; The Song You Gave Me (1933) ; April Romance (1934) ; Faithful (1936) ; Cafe Colette (1937) ; The Outsider (1939) ; Gentleman of Venture (1940) ; The Saint Meets the Tiger (1941) ; Kiss the Bride Goodbye (1944) ; Waltz Time (1945) ; The Lisbon Story (1946) ; Counterblast (1948) ; The Twenty Questions Murder Mystery (1950).

Venu très tôt aux Etats-Unis chercher fortune comme acteur, il revient en Allemagne, fonde sa propre compagnie cinématographique qui sera absorbée par l'UFA et tourne une vingtaine de films. Il retourne aux Etats-Unis pour y réaliser de nombreux drames ou comédies, d'un caractère généralement intimiste. Il poursuit à partir de 1932 sa carrière en Angleterre, s'orientant vers les histoires d'amour ou les intrigues policières.

Steinhoff, Hans

Réalisateur allemand, 1882-1945.

Bräutigam auf Kredit (1921) ; Der Bettelstudent (1922) ; Biribi (1922) ; Die Maske (1922) ; Der falsche Dimitri (1922) ; Kleider machen Leute (1922) ; Inge Larsen (1923) ; Mensch gegen

Mensch (1924) ; Gräfin Mariza (Comtesse Mariza, 1925) ; Der Mann, der sich verkauft (1925) ; Der Herr des Todes (1926) ; Die Tragödie eines Verlorenen (1926) ; Wien-Berlin (1926) ; Schwiegersöhne (1926) ; Familientag im Hause Prellstein (1927) ; Das Frauenhaus von Rio (On demande une danseuse, 1927) ; Die Sandgräfin (1927) ; Ein Mädel und drei Clowns (Trois clowns 1928) ; Das Spreewaldmädel (1928) ; Nachtgestalten (1929) ; Rosenmontag (1930) ; Die Pranke (La griffe, 1931) ; Kopfüber ins Glück (Un peu d'amour, 1931) ; Die Faschingsfee (1931) ; Mein Leopold (1931) ; Der Wahre Jakob (1931) ; Scampolo, ein Kind der Strasse (1932) ; Mutter und Kind (1933) ; Liebe muss verstanden sein (1933) ; Madame wünscht keine Kinder (Madame ne veut pas d'enfant, 1933) ; Hitlerjunge Quex (Le jeune hitlérien Quex, 1933) ; Freut euch des Lebens (1934) ; Die insel (1934) ; Lockvogel (1934) ; Der alte und der junge König (Les deux rois, 1935) ; Der Ammenkönig (1935) ; Eine Frau ohne Bedeutung (Une femme sans importance, 1936) ; Ein Volksfeind (1937) ; Tanz auf dem Vulkan (1938) ; Robert Koch, der Bekämpfer des Todes (La lutte héroïque, 1939) ; Die Geierwally (1940) ; Ohm Krüger (Oncle Krüger, 1941) ; Rembrandt (Rembrandt, 1942) ; Gabrielle Dambrone (1943) ; Melusine (1944) ; Shiva und die Galgenblume (1945).

Réalisateur inégal, il fut pourtant l'un des meilleurs metteurs en scène de l'Allemagne nazie. Goebbels lui fit exalter toutes les gloires allemandes : Frédéric II (*Les deux rois*) ou Robert Koch (*La lutte héroïque*) et lui confia diverses missions de propagande. Dans *Le jeune hitlérien Quex,* à la fête des communistes où dominent le débraillé et la saleté, où des ivrognes cuvent leur vin tandis que l'on danse au son de l'accordéon, il oppose les joies saines des jeunes nazis, propres et sportifs. « *Hitlerjunge Quex* est, techniquement et esthétiquement, un excellent film. Les leçons du réalisme allemand et du cinéma de propagande soviétique ont été magistralement appliquées par Hans Steinhoff » (Courtade et Cadars, *Histoire du cinéma nazi*). Certaines scènes sont devenues classiques comme la gifle du père, militant communiste, à son fils, jeune nazi. Dans *Oncle Krüger,* film historique sur la guerre des Boers, Steinhoff allait même jusqu'à dénoncer les camps de concentration... britanniques où les Anglais enfermaient les vaincus du Transvaal. Là encore, Steinhoff faisait preuve d'une grande maîtrise. Il périt dans un accident d'avion en 1945.

BIBLIO. : Cadars et Courtade, *Steinhoff,* Anthologie du cinéma (1976).

Stekely, Karel

Réalisateur tchécoslovaque né en 1903.

Prulom (1946) ; Sirena (1947) ; Kariera (1948) ; Temno (1950) ; Anna proletarka (1952) ; Strakonickydudak (1955) ; Dobry vojak Svejk (Le brave soldat Schweik, 2 parties, 1957) ; Mstitel (1959) ; Lucie (1963).

Acteur puis metteur en scène de théâtre, il commença sa carrière cinématographique comme scénariste. En dépit de *Sirena* qui fut couronné à Venise en 1947, sa carrière est restée très tchécoslovaque : il s'est limité à l'adaptation d'œuvres littéraires.

Stelli, Jean

Réalisateur français né en 1894.

Durand bijoutier (1938) ; Pour le maillot jaune (1939) ; Le voile bleu (1942) ; La valse blanche (1943) ; L'enfant de l'amour (1944) ; La tentation de Barbizon (1945) ; Mensonges (1946) ; Le mystérieux M. Sylvain (1947) ; La cabane aux souvenirs (1947) ; Route sans issue (1948) ; La cité de l'espérance (1948) ; Cinq tulipes rouges (1948) ; Dernier amour (1949) ; La voyageuse inattendue (1949) ; On n'aime qu'une fois (1950) ; Envoi de fleurs (1950) ; Maria du bout du monde (1951) ; Sérénade au bourreau (1951) ; Mammy (1951) ; Une fille sur la route (1951) ; Un trésor de femme (1952) ; La nuit est à nous (1953) ; Les amoureux de Marianne (1953) ; La foire aux femmes (1955) ; Alerte au Deuxième Bureau

(1956) ; Baratin (1957) ; Deuxième Bureau contre Inconnu (1957) ; Rapt au Deuxième Bureau (1958).

On ne mentionne ici cet honnête artisan que pour *Le voile bleu* qui fit couler des flots de larmes sur la condition des gouvernantes d'enfants. Il faut d'ailleurs avouer que le film n'était pas mal fait. Son évocation du Tour de France et des géants de la route, à l'époque des Bartali et autres Maës, dans *Pour le maillot jaune,* comme sa satire des mœurs politiques avec *Les amoureux de Marianne,* lui ont valu une petite réputation auprès de quelques cinéphiles.

Stemmle, Robert

Scénariste et réalisateur allemand né en 1903.

Comme réalisateur : Es tut sich was um Mitternacht (1934) ; Charleys Tante (1934) ; Heinz im Mond (1934) ; So ein Flegel (1934) ; Glückspilze (1934) ; Der Raub des Sabinerinnen (L'enlèvement des Sabines, 1936) ; Gleisdreieck (1936) ; Daphne und der Diplomat (1937) ; Das Geheimnis um Betty Bonn (1937) ; Kleiner Mann ganz gross (1938) ; Am seidenen Faden (1938) ; Mann für Mann (1939) ; Donauschiffer (1940) ; Golowin geht durch die Stadt (1940) ; Jungens (1941) ; Das grosse Spiel (1942) ; Johann (1942) ; Herr Sanders lebt gefährlich (1943) ; Meine Herren Söhne (1945) ; Geld ins Haus « Der Millionär » (1945) ; Berliner Ballade (Ballade berlinoise, 1948) ; Die Sündige Grenze (Aux frontières du péché, 1951) ; Abbiamo vinto (1951) ; Die Stimme des Anderen (1952) ; Toxi (1952) ; Heimwech nach dir (1952) ; Südliche Nächte (1953) ; Das ideale Brautpaar (1953) ; Emile und die Detektive (Emile et les détectives, 1954) ; Das Licht der Liebe (1954) ; Du darfst nicht länger schweigen (1955) ; Die Försterbuben (1955) ; Die ganze Welt singt nur Amore (1956) ; Uns gefällt die Welt (1956) ; Majestät auf Abwegen (1958) ; Die unvolkommene Ehe (1959).

D'une filmographie morne et sans grand intérêt n'émerge que *Ballade berlinoise,* devenu l'un des classiques du cinéma allemand de l'après-guerre. Stemmle fut surtout considéré comme un scénariste habile, de *Der Mann, der Sherlock Holmes war* (1937) à *L'affaire Blum* (1948). Il a signé près d'une centaine de scénarios, passant par tous les genres pour finir avec le western à la Karl May (*Old Shatterhand*).

Stengel, Christian

Réalisateur français né en 1903.

Seul dans la nuit (1945) ; Rêves d'amour (1946) ; Le village perdu (1947) ; La figure de proue (1949) ; Pas de pitié pour les femmes (1950) ; La plus belle fille du monde (1951) ; Minuit quai de Bercy (1952) ; Mourez, nous ferons le reste (1953) ; Casse-cou Mademoiselle (1954) ; Vacances explosives (1956).

Directeur du département de la production de Pathé entre 1941 et 1945, il est, comme réalisateur, à partir de 1945, très caractéristique du cinéma français de l'après-guerre : faiblesse des scénarios mais excellents acteurs, surtout dans les seconds rôles (Dudan, Balpêtré, Debucourt, S. Fabre et Deschamps dans *La figure de proue*). Stroheim était particulièrement inquiétant dans *Minuit quai de Bercy.*

Steno, Stefano Vanzina

Réalisateur italien né en 1915.

Avec Mario Monicelli : Al diavolo la celebrita (1949) ; Toto cerca casa (1949) ; E arrivato il cavaliere (1950) ; Vita da cani (1950) ; Guardie e ladri (1951) ; Toto e i re di Roma (1952) ; Toto e le donne (1952) ; Toto a colori (1952) ; Le infedeli (1953). *Puis seul :* L'uomo, la bestia et la virtù (1953) ; Cinema d'altri tempi (Drôles de bobines, 1953) ; Un giorni in pretura (Les gaietés de la correctionnelle, 1954) ; Un americano a Roma (1954) ; Le avventure di Giacomo Casanova (1954) ; Piccola posta (1955) ; Mio figlio Nerone (Les week-ends de Néron, 1956) ; Femmine tre volte (1956) ; Susanna tutta panna (1957) ; Mia nonna poliziotto (1958) ; Guardia, ladro e cameriera (1958) ; Toto nella luna (1958) ; Toto, Eva e il pennello proibito (1959) ; Tempi duri per i vampiri (Les temps sont durs pour les vampires, 1959) ; A noi piace freddo (Le chat miaulera trois fois, 1960) ; Letto a tre piazze (1960) ; Un militare e mezzo (Un de la réserve, 1960) ; Psycosissimo (C'est parti mon Kiki, 1960) ; Le ragazza di mille mesi (Défense d'y toucher, 1961) ; Toto Diabolicus (1962) ; I moschettieri del mare (Il était trois flibustiers, 1962) ; Copacabana palace (1962) ; I due colonnelli (1962) ; Toto contro i quattro (1963) ; Gli eroi del West (1963) ; Un mostro e mezzo (1964) ; Letti sbagliati (1965) ; Amore all'Italiana (1966) ; Rose rosse per Angelica (1966) ; La feldmarescialla (La grosse pagaille, 1966) ; Capriccio all'Italiana (1968) ; Arriva Dorelik (1968) ; I trapianto (1969) ; Cose di « Cosa Nostra » (1970) ; Il vichingo venuto dal Sud (1971) ; Anastasia mio fratello presunto capo dell'Anonima assassini (1972) ; Il terrore con gli occhi storti (1972) ; L'uccello migratore (L'oiseau migrateur, 1972) ; La polizia ringrazia (1972, sous son nom de Vanzina) ; Piedone lo sbirro (1973) ; Anastasia mio fratello (1973, sous le nom de Vanzina) ; La poliziotta (1974) ; Piedone a Hong-Kong (1975) ; Il padrone e l'operaio (1975) ; L'Italia s'è rotta (1976) ; Febbre da cavallo (1976) ; Tre tigri contro tre tigri (avec S. Corbucci, 1977) ; Doppio delitto (1977) ; Piedone l'Africano (1978) ; Amori miei (1978) ; Dottor Jekyll e gentile signora (1979) ; Amici diversi (1979) ; Piedone d'Egitto (Pied-Plat sur le Nil, 1979).

Du bon cinéma pour tout public, notamment la série des Toto. D'une grande fécondité, Steno mérite mieux que la place modeste qui lui est assignée par la critique. Après tout les *Week-ends de Néron* valaient bien d'autres parodies de Suétone et de Tacite. Parfois très vulgaire (la série des Piedone) il excelle dans le pastiche (*Les temps sont durs pour les vampires* et surtout le merveilleux *Drôles de bobines*).

Stephani, Frederick

Réalisateur américain.

Flash Gordon (1936).

On lui doit le plus célèbre « serial » du cinéma américain, aux extravagants décors, inspiré d'une bande dessinée d'Alex Raymond : *Flash Gordon.*

Sterling, William

Réalisateur anglais.

Alice's adventures in Wonderland (Alice au pays des merveilles, 1972).

Une version très originale de l'œuvre de Lewis Carroll, qui valait surtout pour les effets spéciaux de Roy Whybrow, attira l'attention sur Sterling dont on n'a pas vu d'autres films.

Stern, Tom

Réalisateur américain.

Clay Pigeon (Pigeon d'argile, 1973).

Un seul film, mais curieux, sur les rapports entre un ancien du Viêt-nam, décoré, et les milieux de la drogue, le tout finissant dans un bain de sang.

Sternberg, Joseph dit von

Réalisateur d'origine autrichienne, 1894-1869.

The Salvation Hunters (1925) ; The Masked Bride (achevé par Christy Cabanne, 1925) ; The Exquisite Sinner (achevé par Phil Rosen, 1926) ; The Sea Gull (inédit, 1926) ; Underworld (Les nuits de Chicago, 1927) ; The Last Command (Crépuscule de gloire, 1928) ; The Dragnet (La rafle, 1928) ; The Docks of New York (Les damnés de l'Océan, 1928) ; Thunderbolt (L'assommeur, 1929) ; The Case of Lena Smith (Le calvaire de Lena X, 1929) ; Der Blaue Engel (L'Ange bleu, 1930) ; Morocco (Cœurs brûlés, 1930) ; An American Tragedy (Une tragédie américaine, 1931) ; Dishonored (X-27, 1931) ; Blonde Venus (Blonde Vénus,

1932) ; Shanghai Express (Shangai Express, 1932) ; The Scarlet Empress (L'Impératrice rouge, 1934) ; The Devil is a Woman (La femme et le pantin, 1935) ; Crime and Punishment (Remords, 1935) ; The King Steps Out (Sa Majesté est de sortie, 1936) ; I Claudius (inachevé, 1937) ; Sergent Madden (Au service de la loi, 1939) ; The Shanghai Gesture (Shanghai, 1941) ; The Town (c.m., 1944) ; Macao (Le paradis des mauvais garçons, 1952) ; The Saga of Anatahan (Fièvre sur Anatahan, 1953) ; Jet Pilote (Les espions s'amusent, 1957).

Issu d'une famille de la classe moyenne juive de Vienne, il a fait, contrairement à Stroheim, de solides études en Autriche et aux États-Unis avant de travailler comme monteur pour une compagnie du New Jersey. Il est assistant de plusieurs metteurs en scène, puis un acteur de théâtre britannique, George Arthur, lui propose de le diriger dans un film qui doit marquer ses débuts à l'écran. Sternberg accepte et lui soumet un scénario. Ce sera *The Salvation Hunters* qui surprend à l'époque par son côté naturaliste. Mary Pickford songe à Sternberg pour l'un de ses films, mais c'est finalement la MGM qui l'embauche. Les débuts de Sternberg ne sont pas heureux : *The Masked Bride* et *The Exquisite Sinner* sont terminés ou refaits par d'autres. Nouvel échec avec *The Sea Gull* commandé par Chaplin pour Edna Purviance et qui ne sera jamais montré. Cette série noire s'interrompt avec *Underworld,* tourné pour la Paramount, d'après une histoire de Ben Hecht. Ce fut le premier grand film de gangsters et son influence a été énorme. On découvre alors le style de Sternberg, son sens des effets de lumière ou d'ombre, son travail sur chaque plan, son formalisme qu'il sait concilier avec des scénarios fortement élaborés. *The Docks of New York* le classe parmi les grands maîtres du muet.

Sa carrière prend un nouveau tour avec *L'Ange bleu,* tourné pour l'UFA en Allemagne. Il fallait trouver comme partenaire féminine d'Emile Jannings un véritable « symbole sexuel ». Sternberg porta son choix sur une quasi-débutante, Marlène Dietrich, qui fut Lola-Lola. Commence l'histoire de Pygmalion et Galatée. Sternberg va tourner avec Marlène Dietrich six films pour la Paramount. Du Maroc à la Chine, de la Russie à l'Espagne, transformant son actrice-fétiche en espionne (*X-27*), en danseuse de cabaret, vêtue d'une peau de gorille (*Blonde Vénus*), en impératrice de Russie, la grande Catherine (*The Scarlet Empress* aux extravagants décors) ou en affolante Espagnole (*La femme et le pantin* d'après Pierre Louÿs), il signe une suite de chefs-d'œuvre baroques, d'un superbe érotisme. Il affirmera dans ses souvenirs, publiés en 1962 (*Fun in a Chinese Laundry*) avoir créé de toutes pièces le mythe de Marlène et minimisera le rôle de son interprète qui protestera. Ces œuvres quasi oniriques, d'une décadence raffinée, aux images splendides, ne furent pas toujours bien accueillies au demeurant. C'est aujourd'hui que l'on en découvre la sulfureuse beauté et le pessimisme prophétique. « J'ai cessé de faire du cinéma en 1935 », déclarait Sternberg, faisant allusion à la fin du cycle Marlène. Il réalisa pourtant une honorable adaptation de *Crime et châtiment* de Dostoïevsky avec Peter Lorre en Raskolnikov, une amusante opérette (*The King Steps Out*), mais ne put terminer un film qui promettait beaucoup : *I Claudius,* d'après le chef-d'œuvre de Robert Graves. Déclin ? Le terme paraît bien excessif à considérer *Shanghai.* Dans ce sombre mélodrame, on salue « la stylisation suggestive du décor et du jeu des acteurs, le goût des travestis féminins compliqués, les fastes bizarres, remplis de dragons et de flammes du Nouvel An chinois. Un géant écarte les rideaux, ouvre une fenêtre : on aperçoit de belles filles à demi nues, enfermées dans des cages qui se balancent au-dessus d'une foule vorace » (Borde et Chaumeton, *Panorama du film noir américain*). Tourné au Japon, *The Saga of Anatahan* évoque la résistance d'un groupe de Marines japonais sept ans encore après la conclusion de la paix. Érotisme exacerbé, décors irréels, beauté des images, c'est là qu'il faut chercher, plus que dans les deux films produits et remaniés par Howard Hughes (*Macao* et *Jet Pilot*), le véritable testament de ce grand réalisateur que fut Sternberg.

BIBLIO. : J. Baxter, *The Cinema of Sternberg* (1971).

Stevenin, Jean-François

Acteur et réalisateur français né en 1944.

Comme réalisateur : Le passe-montagne (1978).

Technicien puis acteur, Stevenin a peut-être trouvé sa vraie voie comme réalisateur. *Le passe-montagne* est une œuvre insolite et attachante sur le thème de l'errance.

Stevens, George

Réalisateur américain, 1904-1976.

Cohens and Kellys in Trouble (1933) ; Bachelor Bait (1934) ; Kentucky Kernels (1934) ; Laddie (1935) ; The Nitwits (1935) ; Alice Adams (1935) ; Annie Oakley (La gloire du cirque, 1935) ; Swing Time (Sur les ailes de la danse, 1936) ; Quality Street (1937) ; A Damsel in Distress (Une demoiselle en détresse, 1937) ; Vivacious Lady (Mariage incognito, 1938) ; Gunga Din (Gunga Din, 1939) ; Vigil in the Night (1940) ; Penny Serenade (La chanson du passé, 1941) ; Woman of the Year (La femme de l'année, 1942) ; The Talk of the Town (La justice des hommes, 1942) ; The More the Merrier (Plus on est de fous, 1943) ; I Remember Mama (Tendresse, 1948) ; A Place in the Sun (Une place au soleil, 1951) ; Something to Live (L'ivresse et l'amour, 1952) ; Shane (L'homme des vallées perdues, 1953) ; Giant (Géant, 1956) ; The Diary of Anne Frank (Le journal d'Anne Frank, 1959) ; The Greatest Story Ever Told (La plus grande histoire jamais contée, 1965) ; The Only Game in Town (Las Vegas, un couple, 1970).

S'il fallait ne le juger que sur ses quatre derniers films, œuvres médiocres et débordantes de bons sentiments, on comprendrait mal comment la critique américaine a pu le placer si haut. En fait, cet ancien opérateur, qui travailla pour Hal Roach sur les premiers courts métrages de Laurel et Hardy, eut le mérite, une fois passé réalisateur, de diriger deux des bons Fred Astaire des années 30 et un excellent film d'aventures, *Gunga Din. The More the Merrier* est considéré comme l'une des meilleures comédies américaines et *Shane* (avec Alan Ladd et Jack Palance) comme l'un des meilleurs westerns, ce qui est peut-être excessif. Le chef-d'œuvre de Stevens est sans conteste *A Place in the Sun,* d'après le célèbre roman de Dreiser, admirablement joué par Montgomery Clift, Elizabeth Taylor et Shelley Winters, très fidèle au livre et superbement photographié. Si les Américains l'apprécient tant, c'est sans doute parce que, font remarquer Coursodon et Tavernier dans *Trente ans de cinéma américain,* avec *Une place au soleil, Shane* et *Géant,* Stevens a esquissé cette épopée cinématographique des États-Unis dont rêve tout réalisateur américain.

Stevens, Leslie

Scénariste, producteur et réalisateur américain né en 1924.

Comme réalisateur : Private Property (Propriété privée, 1960) ; Incubus (Incubus, 1961) Hero's Island (1962) ; Della (1964) ; I Love a Mystery (1966) ; Fanfare for a Death Scene (1967).

Auteur de théâtre précoce (à 15 ans sa première pièce fut montée par le Mercury Theatre de Welles) il écrivit des scénarios pour le cinéma et la télévision, avant de passer derrière la caméra pour *Private Property,* dont l'audace fit sensation (une femme dans une villa isolée à la merci de deux voyous). *Incubus,* film sur la démonologie, choqua moins qu'il ne surprit : les acteurs parlaient en espéranto ! *Hero's Island* évoquait les débuts de l'indépendance. Une femme luttait pour défendre une terre qui lui avait été attribuée et ne trouvait comme allié qu'un pirate. Cette fois le film ne retint guère l'attention sauf auprès de la critique française. Stevens semble avoir renoncé au cinéma.

Stevenson, Robert

Réalisateur anglais né en 1905.

Happily Ever After (1932) ; Falling for You (1933) ; Jack of All Trades (1936) ; Tudor Rose (1936) ; The Man Who Changed His Mind (Cerveaux de rechange, 1936) ; King Solomon's Mines (Les mines du roi Salomon 1936) ; Non-Stop New York (1936) ; Owd Bob (1938) ; The Ware Case (1939) ; Young Man's Fancy (1939) ; Return to Yesterday (1939) ; Tom Brown's Schooldays (Tom Brown étudiant, 1940) ; Back

Street (Back Street, 1941) ; Joan of Paris (1942) ; Forever and a Day (coréal., 1943) ; Jane Eyre (Jane Eyre, 1944) ; Dishonored Lady (1947) ; To the Ends of the Earth (Opium, 1948) ; Woman on Pier 13 (1949) ; My Forbidden Past (Mon passé défendu, 1950) ; Walk Softly, Stranger (L'étranger dans la cité, 1951) ; The Las Vegas Story (Scandale à Las Vegas, 1952) ; Old Yeller (Le fidèle vagabond, 1957) ; Darby O'Gill and the Little People (1959) ; Johnny Tremain (1957) ; The Absent-Minded Professor (Monte là-d'ssus, 1960) ; Kidnapped (1960) ; In Search of the Castaways (Les enfants du capitaine Grant, 1962) ; Son of Flubber (Après lui le déluge, 1963) ; The Misadventures of Merlin Jones (1964) ; Mary Poppins (Mary Poppins, 1964) ; The Monkey's Uncle (1965) ; That Darn Cat (L'espion aux pattes de velours, 1965) ; The Gnome-Mobile (1967) ; Blackbeard's Ghost (Le fantôme de Barbe-Bleue, 1968) ; The Love Bug (Un amour de Coccinelle, 1969) ; Bedknobs and Broomsticks (L'apprentie sorcière, 1971) ; The Love Bug Rides Again (Le nouvel amour de Coccinelle, 1974) ; The Island at the Top of the World (L'île sur le toit du monde, 1974) ; One Of Our Dinosaurs Is Missing (1975) ; The Shaggy D.A. (1976).

Stevenson débute comme scénariste puis réalisateur dans les studios anglais en 1930. On lui doit la mise en scène d'un bon film historique *Tudor Rose* et d'une excellente adaptation du roman d'aventures exotiques de Rider-Haggard, *Les mines du roi Salomon.* A partir de 1939, il passe à Hollywood. Il signe alors ses meilleurs films : *Jane Eyre* avec Orson Welles et Joan Fontaine, le remake de *Back Street* et surtout un thriller romantique, *Walk Softly Stranger* où une jeune infirme se prenait d'amour pour un gangster désabusé, en l'occurrence Joseph Cotten. On pouvait espérer beaucoup de Stevenson. Hélas, il se laissa engager par les studios de Walt Disney dans une série de films pour enfants parfois honorables (*Island at the Top of the World*), parfois consternants (*The Love Bug*) qui valent pour leurs trucages (notamment *L'apprentie sorcière*). Il y gagna du moins la célébrité, puisque après *Jane Eyre,* son film le plus connu est *Mary Poppins* qui imposa Julie Andrews.

Sti, René

Réalisateur français, 1900-1951.

Principaux films : L'inconnue des Six-Jours (1926) ; La porteuse de pain (1934) ; Le Bossu (1935) ; Quand la vie était belle (1935) ; L'aventure de M. Moutonnet (1936) ; Le bébé de l'escadron (1937) ; Scandale aux galeries (1937) ; Quartier chinois (1946) ; Nous avons tous fait la même chose (1949).

D'origine russe, René Sti a d'abord été assistant pour de nombreux films scientifiques, avant de tourner des œuvres commerciales qui valent ce que valent les acteurs qui les interprètent. Le cinéma du samedi soir qui conserve tant de nostalgiques.

Stiglic, France

Réalisateur yougoslave né en 1919.

Documentaires. Puis longs métrages : Na svoji zemlji (Sur son propre sol, 1948) ; Svet na Kajzarju (Le peuple de Kajzarje, 1952) ; Volca Noc (Le cauchemar vivant, 1955) ; Dolina Miru (La vallée de la paix, 1956) ; Viza na zloto (Faux passeport, 1958) ; Deveti Krug (Le neuvième cercle, 1960) ; Balada o trobenti i oblaku (Ballade d'une trompette et d'un nuage, 1961) ; Tistega lepega dne (Ce beau jour, 1963) ; Ne joci Petre (Ne crie pas, Pierre, 1965) ; Amandus (1966).

Études de droit à Ljubljana. Journaliste et résistant pendant la guerre. Acteur dans les théâtres d'avant-garde. Son œuvre cinématographique, surtout *Le neuvième cercle,* sur l'univers des camps de concentration, rencontra un accueil très favorable. C'est un bon témoignage sur les Balkans après 1945. Trop idéaliste peut-être, il a été éclipsé dans le cinéma yougoslave, après 1966, par de nouveaux venus comme Pavlovic ou Makavejev.

Stiller, Mosche dit Mauritz

Réalisateur d'origine finlandaise, 1883-1928.

Moor och dotter (Mère et fille, 1912) ; När larmklockan ljuder (Lorsque retentit le tocsin, 1912) ; När svärmor regerar (Lorsque la belle-mère gouverne, 1912) ; När Kärleken dödar (Lorsque l'amour tue, 1912) ; De svarta maskerna (Les masques noirs, 1912) ; Vampyren (La vampire, 1912) ; Den tyranniske fästmannen (Le mari tyrannique, 1912) ; Barnet (L'enfant, 1912) ; Pa livets ödevägar (Sur les chemins du destin, 1913) ; Mannekängen (Le mannequin, 1913) ; Kammarjunkaren (Le grand Camérier, 1913) ; Gränsfolken (Une querelle de frontières, 1913) ; För sin kärleks skull (A cause de son amour, 1913) ; Den ökanda (L'inconnue, 1913) ; Den moderna suffragetten (Les modernes suffragettes, 1913) ; Bröderna (Les frères, 1913) ; När konstnärer älska (Quand les artistes sont amoureux, 1914) ; Lekkamraterna (Amis d'enfance, 1914) ; Det röda tornet (L'épine rouge, 1914) ; Stormfageln (L'oiseau de la tempête, 1914) ; Skottet (L'abri, 1914) ; Mästertjuven (L'as des voleurs, 1915) ; Minlotsen (Le mouilleur de mines, 1915) ; Madame de Thèbes (1915) ; Lyckonalen (La broche du bonheur, 1915) ; Hämnaren (Les ports, 1915) ; Hans hustrus förflutna (Le passé de son épouse, 1915) ; Hans bröllopsnatt (Sa nuit de noces, 1915) ; Dolken (Le couteau, 1915) ; Kampen om hans hjärta (La lutte pour son amour, 1916) ; Vingarna (Les ailes, 1916) ; Balettprimadonnan (L'étoile du ballet, 1916) ; Kärlek och journalistik (Amour et journalisme, 1916) ; Alexander den store (Alexandre le Grand, 1917) ; Thomas Graals bästa film (Le meilleur film de Thomas Graal, 1917) ; Thomas Graal bästa barn (Leur premier-né, 1918) ; Sangen om den eldröda blomman (Le chant de la fleur écarlate, 1918) ; Hern Arnes pengar (Le trésor d'Arne, 1919) ; Fiskebyn (La vengeance de Jakob Vindas, 1919) ; Erotikon (Vers le bonheur, 1920) ; Johan (A travers les rapides, 1920) ; De landsflyktiga (Les émigrés, 1921) ; Gunnar Hedes saga (Le vieux manoir, 1922) ; Gösta Berlings saga (La légende de Gosta Berling, 1924) ; The Torrent (achevé par Monta Bell, 1926) ; The Temptress (achevé par Niblo, La tentatrice, 1926) ; Hotel Imperial (1927) ; Barbed Wire (remplacé par R. Lee, Fil de fer barbelé, 1927) ; The Woman on trial (Confession, 1927) ; The Street of the Sin (La rue du péché, 1928).

Avec Sjöström, il est l'autre grand pionnier du cinéma scandinave. Fils d'un musicien d'origine juive, il s'oppose à Sjöström par sa santé délicate, ses brusques dépressions et un art plus tourmenté. Ses premiers films étaient de sombres mélodrames (dans *La vampire,* un jeune officier se venge d'une actrice qui a brisé sa carrière en faisant tomber sur elle le rideau de fer d'un théâtre), des policiers (la bande des « masques noirs »), des vaudevilles (*Amour et journalisme*) qui auraient influencé Lubitsch. Son premier grand succès est une charmante comédie : *Erotikon.* Mais c'est en tournant ses sagas qu'il s'impose : *Le trésor d'Arne,* d'après Lagerlöf, avec les somptueuses images de l'enterrement final de l'héroïne, ce long cortège dont s'inspirera Eisenstein dans *Ivan le Terrible,* puis *Le vieux manoir,* toujours d'après Lagerlöf, et surtout *Gosta Berling* qui révèle Greta Garbo. Une légende d'originalité entoure désormais Stiller : il ne change pas de costume pendant le tournage d'un film de peur de modifier l'homogénéité de l'œuvre. Ses tenues étaient excentriques et son comportement souvent étrange. Après *Gosta Berling* où « revivait l'atmosphère flamboyante des milieux aristocratiques värmlandais, à l'orée du XIXe siècle » (Jean Béranger), la MGM propose un pont d'or à Stiller pour travailler à Hollywood. Il n'accepte que si l'on engage également Greta Garbo. Ils arrivent aux États-Unis en juillet 1925. Mais Stiller s'entend mal avec Irving Thalberg, l'éminence grise de la MGM. Il sera réduit à l'oisiveté pendant que sa créature deviendra l'une des plus grandes stars du cinéma. En proie à des dépressions incessantes, Stiller ne parvient à mener à bien que deux films, *Hôtel impérial* et *Confession.* Il tombe malade et doit rentrer à Stockholm où il s'éteint à l'âge de quarante-cinq ans. Ce n'est que plus tard que Garbo pourra se recueillir sur sa tombe au cimetière juif. Elle lui devait sa carrière. L'œuvre de Stiller a peut-être plus mal vieilli que celle de Sjöström parce qu'elle est plus artificielle et moins lyrique. Elle n'en a pas moins exercé une énorme influence sur l'art du muet. De Lang à Eisenstein, nombreux sont les réalisateurs à lui avoir rendu hommage.

BIBLIO. : B. Idestam-Almquist, *Stiller*, Anthologie du cinéma, t. III (1968).

Stone, Andrew L.

Réalisateur américain né en 1902.

Sombras de Gloria (1930) ; Hell's Headquarters (1932) ; The Girl Said No (1937) ; Stolen Heaven (1938) ; Say It in French (Soubrette, 1938) ; The Great Victor Herbert (1939) ; There's Magic in Music (1941) ; Stormy Weather (Symphonie magique, 1943) ; Hi Diddle Diddle (1943) ; Sensations of 1945 (Swing Circus, 1944) ; Bedside Manner (1945) ; The Bachelor's Daughter (1946) ; Fun on a Week-end (1947) ; Highway 301 (Le témoin de la dernière heure, 1950) ; Confidence Girl (1952) ; The Steel Trap (1952) ; A Blueprint for Murder (1954) ; The Night Holds Terror (Nuit de terreur, 1955) ; Julie (Le diabolique M. Benton, 1956) ; Cry Terror ! (Cri de terreur, 1957) ; The Decks Ran Red (Terreur en mer 1957) ; The Last Voyage (Panique à bord, 1960) ; Ring of Fire (Le cercle de feu, 1961) ; The Password Is Courage (1962) ; Never Put It in Writing (1963) ; The Secret of My Success (1965) ; Song of Norway (1970) ; The Great Waltz (1973).

Après avoir travaillé dans les laboratoires de l'Universal, il dirige des courts métrages chez Paramount puis semble se spécialiser dans les films musicaux. *Stormy Weather* est devenu un classique en raison des numéros de Lena Horne, Bill Robinson, Fats Waller, etc. A partir de 1946, il tourne surtout, en association avec sa femme Virginia, monteuse et coproductrice, des petits thrillers, parfois spectaculaires mais à moindres frais (un grand paquebot devant être détruit, il en profite pour filmer une catastrophe maritime, *The Last Voyage*), parfois ternes et moralisateurs (le héros de *The Steel Trap* rend l'argent qu'il avait volé à une banque). Il est revenu au film musical avec des biographies filmées de Grieg (*Song of Norway* et de Johann Strauss (*The Great Waltz*) malheureusement trop pauvres sur le plan financier et artistique pour emporter l'adhésion.

Storck, Henri

Réalisateur belge né en 1907.

Principaux films : Pour vos beaux yeux (1930) ; Images d'Ostende (1930) ; La mort de Vénus (1930) ; Une idylle à la plage (1931) ; Histoire du soldat inconnu (1932) ; Borinage (avec Ivens, 1933) ; L'île de Pâques (1935) ; Regards sur la Belgique ancienne (1936) ; Les maisons de la misère (1937) ; Symphonie paysanne (1944) ; Le monde de Paul Delvaux (1946) ; Rubens (avec Haesaerts, 1948) ; Au carrefour de la vie (1949) ; Le banquet des fraudeurs (1951) ; La fenêtre ouverte (1952) ; Hermann Teirlinck (1953) ; Le trésor d'Ostende (1955) ; Décembre, mois des enfants (1956) ; Couleur de feu (1957) ; Les seigneurs de la forêt (1958) ; Les gestes du silence (1960) ; Les dieux du feu (1961) ; Le bonheur d'être aimée (1962) ; Matières nouvelles (1964) ; Jeudi on chantera comme dimanche (1966) ; Paul Delvaux ou les femmes défendues (1971) ; Fêtes de Belgique (1973) ; Ciné-Maffia (1980).

L'un des grands maîtres du documentaire, formé à l'école de Vigo dont il fut l'assistant pour *Zéro de conduite*. La diversité de son œuvre est étonnante : des femmes nues de Delvaux aux gorilles du Congo, du Borinage à l'île de Pâques.

Strand, Paul

Réalisateur américain, 1890-1976.

Manhatta (1921) ; The Live Wire (1925) ; Redes (1936) ; The Plow That Broke the Plains (1936) ; The Heart of Spain (1937) ; Return to Life (1938) ;

China Strikes Back (1939) ; Native Land (1942).

Surtout un photographe dont l'influence fut considérable. C'est au Mexique qu'il tourna avec la collaboration de Zinneman *Redes.* Aux États-Unis, il regroupa, à la fin des années 30, de nombreuses personnalités, de Kazan à Hurwitz, et fonda, avec Dos Passos, Clifford Odets et Lillian Hellman, Frontier Films. Il entreprit d'intéressants documentaires dont *Native Land.* Après 1948, il revint à la photographie.

Straub, Jean-Marie

Réalisateur français né en 1933.

Machorka-Muff (1962) ; Nicht versöhnt (Non réconciliés, 1954-1965) ; Chronik der Anna Magdalena Bach (Chronique d'Anna Magdalena Bach, 1967) ; Othon (Othon, 1969) ; Geschichtsunterricht (Leçons d'histoire, 1972) ; Moses und Aron (Moïse et Aaron, 1974) ; I cani del Sinaï (Fortini Cani) ; Toute révolution est un coup de dés (1977) ; Della nube alla Resistenza (1979) ; Trop tôt, trop tard (1981).

Français exilé en Allemagne à partir de 1958, il a développé une œuvre austère qui culmine dans son évocation de Bach, pénétrante analyse de la vie et de l'œuvre du musicien, mais film glacé, dépouillé à l'extrême. Straub a pour collaboratrice Danièle Huillet, née en 1936 et qu'il a épousée. Un cinéma d'accès très difficile, refusant volontairement toute concession au public.

Strayer, Frank R.

Réalisateur américain, 1891-1964.

Steppin' out (1925) ; An Enemy of Men (1925) ; The Fate of a Flirt (1925) ; The Lure of the Wild (1925) ; Rose of the World (1925) ; The Thrill Hunter (1926) ; Sweet Rosie O'Grady (1926) ; When the Wife's Away (1926) ; The Bachelor's Baby (1927) ; Rough House Rosie (1927) ; Pleasure Before Business (1927) ; Now We're in the Air (1927) ; Partners in Crime (1928) ; Just Married (1928) ; Moran of the Marines (1928) ; The Fall of Eve (1929) ; Acquitted (1929) ; Let's Go Places (1930) ; Borrowed Wives (1930) ; Caught Cheating (1931) ; Murder at Midnight (1931) ; Anybody's Blonde (1931) ; Soul of the Slums (1931) ; Dragnet Patrol (1932) ; The Monster Walks (1932) ; Behind Stone Walls (1932) ; Love in High Gear (1932) ; Gorilla Ship (1932) ; Dynamite Denny (1932) ; The Crusader (1932) ; Tangled Destinies (1932) ; Manhattan Tower (1932) ; Vampire Bat (1933) ; By Appointment Only (1933) ; Dance Girl Dance (1933) ; El Rey de los Gitanos (1933) ; La Melodia Prohibida (1933) ; La Cruz y la Espada (1933) ; Fronteras del Amor (1934) ; In the Money (1934) ; In Love With Life (1934) ; Twin Husbands (1934) ; Cross Streets (1934) ; Fifteen Wives (1934) ; Fugitive Road (1934) ; One in a Million (1934) ; Port of Lost Dreams (1935) ; The Ghost Walks (1935) ; Symphony of Living (1935) ; Public Opinion (1935) ; Death from a Distance (1935) ; Society Fever (1935) ; Murder at Glen Athol (1936) ; Hitchhike to Heaven (1936) ; Sea Spoilers (1936) ; Off to the Races (1937) ; Laughing at Trouble (1937) ; Big Business (1937) ; Hot Water (1937) ; Borrowing Trouble (1937) ; *11 films de la série* Blondie (1938-1942) ; Go West, Young Lady (1942) ; The Daring Young Man (1943) ; Footlight Glamour (1943) ; It's a Great Life (1943) ; Senorita from the West (1945) ; Mama Loves Papa (1945) ; I Ring Doorbells (1946) ; Messenger of Peace (1950) ; The Sickle or the Cross (1951).

Ancien officier de marine pendant la Première Guerre mondiale, il devint assistant à la MGM puis se vit confier des films de série à la Columbia, dont une douzaine furent consacrés au populaire personnage de bandes dessinées de Chic Young, Blondie. A l'actif de Strayer quelques bons films d'épouvante dont *Vampire Bat,* l'un des premiers parlants voués aux vampires.

Strick, Joseph

Réalisateur américain né en 1923.

The Big Break (1953) ; The Savage Eye (avec Ben Maddow, Sidney Meyers,

L'œil sauvage, 1959) ; The Balcony (Le balcon, 1963) ; Ulysses (1967) ; Tropic of Cancer (1969) ; Janice (1973).

Il adapte Jean Genet et Joyce, Miller ou Durrell (c'est en fait Cukor qui finit *Justine*) : ses goûts sont sûrs, son talent l'est moins. *Les cahiers du cinéma* dans leur numéro spécial sur les cinéastes américains, en 1964, notaient : « Exemple de l'intellectualisme au premier degré qui guette les anti-hollywoodiens confortables. »

Strock, Herbert

Réalisateur américain né en 1918.

Storm over Tibet (1952) ; Gog (1954) ; Battle Taxi (1955) ; I Was a Teenage Frankenstein (1957) ; Blood of Dracula (1957) ; Rider on a Dead Horse (1962) ; The Devil's Messenger (1962) ; The Crawling Hand (1964).

Petit maître de l'horreur, il a joui dans les années 50 d'une réputation d'autant plus grande que ses films ne connaissaient qu'une diffusion très restreinte et que personne ne les avait vus.

Stroheim, Erich von

Acteur, scénariste et réalisateur d'origine viennoise, de son vrai nom Erich Oswald Stroheim, 1885-1957.

Comme réalisateur : Blind Husbands (Maris aveugles, 1918) ; The Devil's Passkey (Le passe-partout du diable, 1919) ; Foolish Wives (Folies de femmes, 1921) ; Merry-Go-Round (terminé par R Julian, Chevaux de bois, 1922) ; Greed (Les rapaces, 1923) ; The Merry Widow (La veuve joyeuse, 1925) ; The Wedding March (La symphonie nuptiale et Mariage de prince, 1927) ; Queen Kelly (1928) ; Walking Down Broadway (refait par Werker sous le titre Hello Sister, 1832-1936).

Qu'il n'ait pas été Erich Hans Carl Maria Stroheim von Mordenwall, officier de cavalerie et familier de la cour de Vienne, mais le fils d'un modeste artisan du ghetto de la même ville importe peu. Imposteur génial, Stroheim a fini par nous convaincre que tous les cavaliers de l'armée autrichienne étaient à son image. On ne peut plus penser à un officier allemand sans l'évoquer. Magie du cinéma.

Stroheim émigre aux États-Unis vers 1906. Il y fait tous les métiers avant d'arriver à Hollywood en 1914. Bien vite il entre dans l'état-major de Griffith dont il est l'assistant pour *Intolérance.* L'entrée des États-Unis dans la guerre lui vaut de jouer les officiers prussiens rigides et cruels et de s'imposer sous le slogan : « l'homme que vous aimerez haïr ». Mais la fin des hostilités le voue au chômage. Il devient réalisateur : *Blind Husbands,* tourné en sept semaines, contient déjà toutes les obsessions de Stroheim : idylles ancillaires, infirmes, scènes d'amour au clair de lune sous l'œil des oiseaux nocturnes, et bien sûr un officier autrichien. Il n'existe plus de copie du *Passe-partout du diable,* mais de toute manière, il faut attendre *Folies de femmes* pour que s'affirme le génie de Stroheim. Il s'agit probablement du film le plus extravagant de l'histoire du cinéma. Il coûta un million de dollars à l'Universal. L'action se passait à Monaco et nécessita la construction en studio des façades du Casino et du Café de Paris. Le scénario était ahurissant Un aventurier venait à Monaco, en se faisant passer pour un aristocrate russe en exil, écouler de la fausse monnaie fabriquée par un vieil anarchiste dont, à la fin, il violait la fille. Il était tué par le père qui jetait le cadavre à l'égout. Des passages sont restés dans toutes les mémoires. Une jeune femme laissait tomber son sac. L'officier français qui se trouvait là ne se baissait pas pour le ramasser. Indignée, la jeune femme suscitait une nouvelle occasion. L'officier ne se baissait pas davantage. Une troisième fois, devant son insuccès, la femme bousculait l'officier et faisait tomber sa cape : l'officier avait perdu les deux bras à la guerre.

Les rapaces s'annonçaient comme encore plus extravagants. Licencié par l'Universal, Stroheim avait été engagé par la Goldwyn, devenue Metro-Goldwyn Mayer. *Les rapaces,* d'après *Mac Teague* de Frank Norris, avaient déjà coûté fort cher et devaient durer sept heures lorsque Thalberg, qui avait déjà chassé Stroheim du plateau de *Merry-Go-Round,* l'année précédente, et devenu tout-puissant à la

MGM, décida de réduire le film. Stroheim l'avait ramené de 42 à 24 bobines. Rex Ingram établit un nouveau montage en 18 bobines. Sur ordre de Thalberg, l'œuvre fut ramenée à 10 bobines. Stroheim ne se consola jamais d'une telle mutilation.

Pour le dédommager, la MGM lui offrit de tourner *La veuve joyeuse,* la célèbre opérette de Lehar. Stroheim accepta mais « détourna » le sujet pour en faire un film délirant sur les orgies de la cour du Monténégro rebaptisé Monteblanco. Infirmes, obsédés sexuels (l'un d'eux conservait des centaines de chaussures féminines), princes dégénérés peuplaient cette sulfureuse histoire qui fit scandale mais assura de fortes recettes à la MGM. Ce succès financier n'engagea pourtant pas la célèbre compagnie à accepter le nouveau projet de Stroheim : un film en deux parties de deux heures sur la Vienne impériale. Un producteur indépendant, Powers, tenta l'aventure. Mais au moment de la distribution Paramount, qui avait accepté de s'en charger, refusa la solution des deux parties. Elle exploita comme un film complet la première sous le titre de *La symphonie nuptiale* et fit refaire le montage de la seconde par Sternberg (Stroheim ne lui pardonna pas) sous un titre indépendant *Mariage de prince.* On retrouvait dans cette œuvre, également mutilée, toutes les obsessions de Stroheim : infirmes, officiers autrichiens, viols et scènes d'amour au clair de lune.

La réputation de Stroheim était désormais assise. Comment s'étonner de ce qui allait suivre ? Gloria Swanson, au sommet de sa gloire, lui proposa la direction de *Queen Kelly,* subventionné par Joseph P. Kennedy, père du futur président. Dans un royaume imaginaire, une reine tout à fait déséquilibrée et sortie d'un roman de Sacher-Masoch passait son temps à se promener nue et à agacer sou cousin et fiancé, le prince Wolfram, qui lui préférait des professionnelles. Au cours d'une parade militaire, Wolfram remarquait une jeune pensionnaire qui, d'émotion, perdait sa culotte. Coup de foudre. La reine surprenait les amants dans une chambre du palais et chassait la jeune fille, à demi nue, à coups de fouet. On imagine ce que tira d'une telle histoire Erich von Stroheim. Le reste de l'action devait être tourné en Afrique, mais le tournage fut interrompu et le film, avec un dénouement postiche, fut monté dans une version que désavoua Stroheim.

Il ne put davantage terminer, après l'avènement du parlant, *Walking Down Broadway* qui fut refait par Alfred Werker. La carrière de réalisateur de Stroheim était terminée. Il se contenta d'être l'interprète des autres et d'écrire des romans (*Paprika, Les feux de la Saint-Jean*). En 1950, dans *Sunset Boulevard,* dont la vedette était Gloria Swanson, il jouait le rôle d'un metteur en scène déchu devenu chauffeur-maître d'hôtel d'une ancienne vedette restée riche. Dans les dernières images du film où le majordome retrouvait des gestes de son premier métier, l'homme éclipsait soudain l'acteur. C'était le destin brisé du metteur en scène Stroheim qui resurgissait. Moment d'émotion comme seul le cinéma sait en créer.

BIBLIO. : Denis Marion, *Erich von Stroheim* (1959) ; M. Ciment, *Stroheim,* Anthologie du cinéma t. III (1968).

Studdy, George E.

Réalisateur américain de dessins animés.

Série des Bonzo.

Il anima son personnage de Bonzo, un sympathique petit chien, dans six courts métrages réputés entre 1924 et 1926.

Sturges, John

Réalisateur américain né en 1911.

Thunderbolt (avec Wyler, 1945) ; The Man who dared (1946) ; Shadowed (1947) ; Alias Mr. Twilight (1947) ; For the Love of Rusty (1947) ; Keeper of the Bees (1947) ; Best Man Wins (1948) ; The Sign of the Ram (Le signe du bélier, 1948) ; The Walking Hills (Les aventuriers du désert, 1949) ; Mystery Street (Le mystère de la plage perdue, 1950) ; The Capture (La capture, 1950) ; The Magnificent Yankee (1950) ; Right Cross (1950) ; King Lady (1951) ; The People against O'Hara (Le peuple accuse O'Hara, 1951) ; It's a Big Country (coréal., 1951) ; The Girl in White (1952) ; Jeopardy (La plage déserte, 1953) ; Fast Company (1953) ; Escape from Fort Bravo (Fort Bravo,

1953) ; Bad Day at Black Rock (Un homme est passé, 1954) ; Underwater (La Vénus des mers chaudes, 1955) ; The Scarlet Coat (Duel d'espions, 1955) ; Backlash (Coup de fouet en retour, 1955) ; Gunfight at the O.K. Corral (Règlement de comptes à O.K. Corral, 1956) ; The Old Man and the Sea (Le vieil homme et la mer, 1958) ; The Law and Jake Wade (Le trésor du pendu, 1958) ; The Last Train from Gun Hill (Le dernier train de Gun Hill, 1959) ; Never so Few (La proie des vautours, 1959) ; The Magnificent Seven (Les sept mercenaires, 1960) ; By Love possessed (Par l'amour possédé, 1961) ; Sergeants Three (Les trois sergents, 1962) ; A Girl Named Tamiko (Citoyen de nulle part, 1963) ; The Great Escape (La grande évasion, 1963) ; The Satan Bug (Station 3 : ultra secret, 1965) ; The Hallelujah Trail (Sur la piste de la Grande Caravane, 1965) ; Hour of the Gun (Sept secondes en enfer, 1967) ; Ice Station Zebra (Destination Zebra, station polaire, 1968) ; Marooned (Les naufragés de l'espace, 1969) ; Joe Kid (Joe Kid, 1971) ; Waldez Horses (Chino, 1973) ; Mc Q (Un silencieux au bout du canon, 1973) ; Eagle Has landed (L'aigle s'est envolé, 1976).

Il vaut avant tout pour ses westerns. Libre aux puristes de lui préférer Daves ou Mann. Reste que *Fort Bravo* est l'une des meilleures analyses des guerres indiennes, qu'il y a dans *Backlash* un superbe scénario de Borden Chase à implications freudiennes, que *Règlement de comptes à O.K. Corral* vaut la version de Ford par cette constante idée de la mort qui imprègne les personnages (on longe régulièrement des cimetières tandis que Laine chante la superbe complainte de Tiomkin), que *Le trésor du pendu* contient un extraordinaire *final,* qu'il y a d'excellentes séquences dans *Le dernier train de Gun Hill,* même si le film est trop visiblement influencé par *High Noon,* qu'enfin on ne peut que rêver devant l'extraordinaire distribution des *Sept mercenaires* (Steve McQueen, James Coburn, Charles Bronson, Robert Vaughn, Brad Dexter alors peu connus) sans oublier le nostalgique *Hour of the Gun.* Mais le film noir lui a également bien réussi avec une œuvre au suspense habile, *Jeopardy,* et surtout *Un homme est passé* qui opposait dans une bourgade perdue Spencer Tracy aux habitants solidairement responsables du meurtre d'un Japonais. La bagarre entre Tracy (manchot pour les besoins du film) et Borgnine est restée dans les anthologies. Les derniers films de Sturges ont pourtant traduit un incontestable essoufflement : *Joe Kid* et *Chino* sont trop marqués par l'influence du western-spaghetti, John Wayne paraît bien poussif dans *Mc Q,* et l'on ne croit guère au projet d'enlèvement de Churchill par un commando allemand dans *L'aigle s'est envolé.* Les héros sont fatigués. Mais les sept mercenaires continuent à chevaucher dans notre mémoire.

Sturges, Preston

Scénariste et réalisateur américain, 1898-1959.

Comme réalisateur : The Great McGinty (Gouverneur malgré lui, 1940) ; Christmas in July (Le gros lot, 1940) ; The Lady Eve (Un cœur pris au piège, 1941) ; Sullivan Travels (Les voyages de Sullivan, 1941) ; The Palm Beach Story (Madame et ses flirts, 1942) ; The Miracle of Morgan's Creek (Miracle au village, 1944) ; Hail the Conquering (Héros d'occasion, 1944) ; The Great Moment (1944) ; The Sin of Harold Diddlebock/Mad Wesdnesday (Quel mercredi !, 1947) ; Unfaithfully Yours (Infidèlement vôtre, 1948) ; The Beautiful Blonde from Bashful Bend (Mamzelle Mitraillette, 1949) ; Les carnets du major Thompson (1957).

Successivement aviateur, inventeur, compositeur, metteur en scène de théâtre puis scénariste, Sturges s'impose comme spécialiste d'un genre difficile, la comédie, au moment où celle-ci paraît manquer soudain de souffle. Dans le genre, *Les voyages de Sullivan,* film plus profond qu'il n'y paraît, marque un tournant. Ce goût pour les brusques changements de registre se retrouve dans son chef-d'œuvre, *Unfaithfully Yours,* histoire d'un chef d'orchestre qui se croit cocufié et imagine sa vengeance, tout en dirigeant un concert : une vengeance qui varie selon les morceaux dirigés. Rarement la comédie américaine avait atteint à un tel degré d'humour et de finesse et Rex Harrison était superbe en chef d'orchestre. En revanche, Sturges échoua dans sa tentative de relancer Harold Lloyd : *Mad Wednesday,* malgré d'évidentes qualités, fut un échec, comme le western parodique : *The Beautiful Blonde from Bashful Bend.* La carrière de Sturges tourna court. Filmés en France, *Les carnets du major Thompson* n'eurent guère de succès et mirent fin à sa carrière.

Sucksdorff, Arne

Réalisateur suédois, né en 1917.

Courts métrages : Augustirapsodi (Rapsodie d'août, 1939) ; Din tillvaros land (Le pays de ton avenir, 1940) ; En sommarsaga (Une légende d'été, 1941) ; Vinden fron vaster (Le vent d'ouest, 1942) ; Sarvtid (Les semailles, 1943) ; Trut (La mouette, 1944) ; Gryning (L'aube, 1944) ; Skuggor over Snön (Ombres sur la neige, 1945) ; Människor i stad (Le rythme de la ville, 1946) ; Den drömda dalen (La vallée idéale, 1947) ; Uppbrott (Le départ, 1948) ; En kluven värld (Un monde divisé, 1948) ; Strandhugg (Plaisirs d'été, 1949) ; Ett hörn i norr (Le son du cor dans le Nord, 1950) ; Indisk by (Village hindou, 1951) ; Vinden och floden (Le vent et le fleuve, 1951). *Longs métrages :* Det stora äventyret (La grande aventure, 1953) ; En djungelsaga (L'arc et la flûte, 1957) ; Pojken i trädet (Le garçon dans l'arbre, 1961) ; Mitt hem är Copacabana (Chez moi à Copacabana, 1965).

Considéré comme l'un des meilleurs spécialistes du documentaire. D'abord photographe, il a ensuite exalté dans une série de courts métrages les beautés de la Suède, les arbres, les lacs, les animaux (la renarde héroïne de la *Grande aventure*) et les hommes. Puis il a cherché une nouvelle inspiration aux Indes (la tribu des Morias, à l'est de Bombay, dans *L'arc et la flûte*). Son dernier film est consacré aux enfants des taudis du Brésil où il séjourna comme fonctionnaire de l'Unesco.

Sullivan, Pat

Réalisateur de dessins animés, 1888-1933.

Sullivan Cartoon Comedies (1916) ; Booner Bill Series (1917) ; Charley Series (1918-1919) ; Felix Cartoons (1920) dont Felix revolts (1922) ; Felix in the Bone Age (1922) ; Felix Knight Errant (1923) ; Felix Minds the Baby (1923) ; Felix in Hollywood (1923) ; Felix Follows Swallows (1924) ; Felix in Cold Rush (1925) ; Felix Eats Are West (1925) ; Felix in Germania (1927) ; Felix in Arabiantics (1928) ; Felix in Oceantics (1930).

D'origine australienne, il vint proposer ses dessins à la presse américaine. Félix apparut d'abord au cinéma avant de devenir le héros de « comic strips ». Messmer en revendiqua la paternité, en tant que collaborateur de Sullivan. Il l'aurait dessiné dès 1916 pour *Felix Gets in Wrong.* Sullivan affirme l'avoir dessiné en 1920 pour *Feline Follies* de Paramount. La popularité de Félix fut d'emblée considérable : 78 courts métrages entre 1925 et 1929. Un humour malicieux, d'astucieux jeux graphiques, des paysages oniriques donnent une incontestable originalité à ces bandes. Le personnage de Félix reparut dans des œuvres en couleurs de Burt Gillett.

Summers, Walter

Réalisateur anglais né en 1896.

I Pagliacci (1923) ; The Unwanted (1924) ; Ypres (1925) ; Mons (1926) ; Nelson (1926) ; The Battles of Coronel and Falkland Islands (1927) ; Bolibar (1928) ; The Lost Patrol (1929) ; Chamber of Horrors (1929) ; Suspense (1930) ; The Man from Chicago (1930) ; The Flying Fool (1931) ; The Return of Bulldog Drummond (1934) ; Ourselves Alone (1936) ; The Limping Man (1936) ; The Price of Folly (1937) ; Premiere (1938) ; At the Villa Rose (1939) ; Dark Eyes of London (1939) ; Traitor Spy (1940).

Dès 1918, cet enfant des planches travaille avec Cecil Hepworth pour le cinéma. Il écrit de nombreux scripts et les met parfois en scène. Il devient un réalisateur vite spécialisé dans les films d'action mais dont la diffusion reste limitée aux pays anglo-saxons.

Sutherland, A. Edward

Réalisateur américain, 1895-1974.

Coming Through (En disgrâce, 1925) ; Wild, Wild Susan (1925) ; A Regular Fellow (1925) ; Behind the Front (1926) ; It's the Old Army Game (1926) ; Love's Greatest Mistake (1927) ; Fireman Save My Child (1927) ; Figures Don't Lie (1928) ; Tillie's Punctured Romance (1928) ; The Baby Cyclone (1928) ; What a Night ! (1928) ; Close Harmony (1929) ; The Dance of Life (1929) ; Fast Company (1929) ; The Saturday Night Kid (1929) ; Pointed Heels (1929) ; Burning Up (1930) ; Paramount on Parade (coréal., 1930) ; The Social Lion (1930) ; The Sap from Syracuse (1930) ; Gang Buster (1931) ; June Moon (1931) ; Up Pops the Devil (1931) ; Palmy Days (1931) ; Sky Devils (1932) ; Mr. Robinson Crusoe (1932) ; Secrets of the French Police (1932) ; Murders in the Zoo (1933) ; International House (1933) ; Too Much Harmony (1933) ; Mississipi (1935) ; Diamond Jim (1935) ; Poppy (1936) ; Champagne Waltz (1937) ; Every Day's a Holiday (Fifi peau de pêche, 1937) ; The Flying Deuces (Laurel et Hardy conscrits, 1939) ; The Boys from Syracuse (1940) ; Beyond Tomorrow (1940) ; One Night in the Tropics (1940) ; The Invisible Woman (La femme invisible, 1941) ; Nine Lives Are Not Enough (1941) ; Steel Against the Sky (1941) ; Sing Your Worries Away (1942) ; Army Surgeon (1942) ; The Navy Comes Through (La marine triomphe, 1942) ; Dixie (Dixie, 1943) ; Follow the Boys (Hollywood Parade, 1944) ; Secret Command (Les saboteurs, 1944) ; Having Wonderful Crime (1945) ; Abie's Irish Rose (1946) ; Bermuda Affair (1956).

Dans *International House* Fields regarde sur un écran de télévision évoluer un cuirassé ; il sort un revolver, tire sur le bateau... qui coule. Le gag est sûrement de Fields ou de son scénariste, peu vraisemblablement du metteur en scène, Sutherland. Celui-ci, venu du théâtre où il fut acteur dès son enfance, débuta au cinéma comme comédien avant de se mettre en tant que réalisateur au service d'Eddie Cantor (*Palmy Days*), Mae West (*Every Day's a Holiday*), Laurel et Hardy (*The Flying Deuces*) et surtout Fields (*International House, Mississipi, Poppy*), vedettes dont il se contenta de filmer scrupuleusement les numéros. Pas d'idées certes, mais du métier. Sans doute aussi du charme, puisqu'il fut le mari de la divine Louise Brooks.

Suziki, Seijun

Réalisateur japonais né en 1923.

Principaux films : Geure Yakuza Eiga (La victoire entre mes mains, 1956) ; Unu no junjo (La pureté de la mer, 1956) ; Akuma no machi (Le quartier du mal, 1956) ; Hachijikan no kyofu (La terreur des huit heures, 1957) ; Rajo to kenju (La femme nue et le pistolet, 1957) ; Ankokugai no bijo (La beauté des bas-fonds, 1957) ; Kagenaki kol (La voix dans l'ombre, 1958) ; Suppadaka no nenrei (L'âge de la super-nudité, 1959) ; Kemono no nemuri (Le sommeil de la bête, 1960) ; Kutabare gurentai (Le gang rue dans les brancards, 1960) ; Tokyo kishitai (Police montée de Tokyo, 1961) ; Sandanju no otoko (L'homme-mitraillette, 1961) ; Ore ni kaketa Yatsura (Un type qui compte sur moi, 1962) ; Nikutai no mon (Barrière de chair, 1964) ; Shumpuden Den (Une fille à soldats, 1965) ; Kawachi Ichidai (Une Carmen d'Osaka, 1966) ; Tokyo nagare mono (Le vagabond de Tokyo, 1966) ; Kenka serejii (Élégie de la violence, 1966) ; Koroshi no rakuin (La marque du tueur, 1967) ; Hihyu monogatari (Histoire de mélancolie et de tristesse, 1975) ; Zigeunerweisen (1980).

Il était inutile de donner la liste complète des films de Suzuki. La plupart ne parviendront jamais en Occident. Il s'agit d'œuvres se rattachant au genre

Yakuza Eiga, sorte de film noir de série B mêlant sexe et violence. Suzuki est le réalisateur le plus réputé du genre, mais il l'a transcendé par ses outrances et y a introduit de véritables gags surréalistes. C'est au point qu'après *La marque du tueur,* lassés de ses fantaisies, les producteurs le mirent à la porte. Après un long silence, il est revenu avec un film grave et triste, *Hihyu monogatari,* qui fut un échec. On ne change pas de registre impunément.

Swaim, Bob

Réalisateur américain né en 1943.

Journal de M. Bonnafous (c.m., 1971) ; Autoportrait d'un pornographe (c.m., 1972) ; La nuit de Saint-Germain-des-Prés (1977).

Dommage que son adaptation, fort réussie, du célèbre roman policier de Léo Malet (encore que Galabru en Nestor Burma...) n'ait pas eu le succès qu'elle méritait ! Mais ce merveilleux écrivain qu'est Léo Malet semble voué au sort d'auteur maudit !

Swanson, Donald

Réalisateur sud-africain.

The Penny Whistle Blues (La soupe à la citrouille, 1957).

Cette histoire d'argent volé et qui passe de main en main, habilement mise en scène, est l'un des rares films venus d'Afrique du Sud.

Swift, David

Scénariste et réalisateur américain né en 1919.

Pollyanna (1960) ; The Parent Trap (La fiancée de papa, 1961) ; The Interns (Les internes, 1962) ; Love Is a Ball (Le grand-duc et l'héritière, 1963) ; Under the Yum Yum Tree (Oui ou non avant le mariage, 1963) ; Good Neighbor Sam (Prête-moi ton mari, 1964) ; How to Succeed in Business Without Really Trying (Comment réussir dans les affaires sans vraiment essayer, 1967).

D'abord spécialiste de l'animation (il travailla chez Disney), puis auteur radiophonique, il écrit aussi des pièces pour la télévision. A partir de 1960, il met en scène et produit des films pour le grand écran. Il est surtout à l'aise dans la comédie, et sans le génie de Feydeau, il sait, dans *Good Neighbor Sam* par exemple, ménager les rebondissements qui déclenchent le rire.

Syberberg, Hans-Jurgen

Réalisateur allemand né en 1935.

Wilhelm von Kobell (c.m., 1966) ; Der Grafen Pocci (1967) ; Scarabea (1968) ; Sex business, made in Pasing (1969) ; San Domingo (1970) ; Ludwiäg – Requiem für einen jungfrulichen König (Ludwig – Requiem pour un roi vierge, 1972) ; Theodor Hierneis oder : Wie man ehem. Hofkoch wird (Le cuisinier du roi, 1972) ; Karl May (Karl May, 1974) ; Winifred Wagner und die Geschichte des Hauses Wahnfried (Winifred Wagner, 1975) ; Hitler. Eine Film aus Deutschland (Hitler, un film d'Allemagne, 1977) ; Parsifal (1982).

Il est l'auteur d'une thèse sur Dürrenmatt, ce qui n'est nullement une coïncidence. Sa première grande œuvre filmée offrait de Louis II de Bavière un portrait baroque plus vrai que l'original, sorte d'oratorio où un Wagner joué par une femme côtoyait Hitler sur fond de toiles peintes et musique du *Crépuscule* mâtinée de jazz. C'est Karl May, auteur de romans populaires dans le style de Fenimore Cooper, Mayne-Reid ou Lenoir, sorte de Gustave Aimard allemand, ayant eu la malchance d'être admiré par Hitler, qui fait les frais du portrait suivant. Voici ensuite Winifred Wagner, belle-fille du compositeur, et les ruines de la demeure de Bayreuth : un long monologue national-socialiste. Apothéose de cette galerie : Hitler lui-même, dans un film gigantesque d'une durée de sept heures. « Ce film, dit l'auteur (qui résume ainsi sa manière) est un non-documentaire sur Hitler. L'idée maîtresse est le concept de projection puisque la projection dans son sens symbolique fut une des principales réussites d'Hitler. Nous montrerons le monde d'Hitler sous forme de projections, de rêves fantastiques. » Et de noter : « C'est un film dont nous sommes le sujet, l'Hitler en nous. » *Parsifal* marque le point culminant de cette méditation sur les mythes et les phantasmes de la vieille Germanie.

BIBLIO. : *Cahiers du cinéma,* février 1980.

Sykes, Peter

Réalisateur anglais.

The Committee (1968) ; Demons of the Mind (1972) ; The House in Nightmare Park (1973) ; Steptoe and Son Ride Again (1973) ; Venom (1974) ; To the Devil a Daughter (Une fille pour le diable, 1976).

Petit maître britannique de l'horreur, auteur le plus souvent de ses scénarios. Il eut l'honneur de réunir Richard Widmark et Christopher Lee dans un sous-produit de *L'exorciste : Une fille pour le diable* qui reprenait l'inépuisable thème de la secte satanique aux rites sanglants d'initiation.

Szabo, Istvan

Réalisateur hongrois né en 1938.

Almodozasok kora (L'âge des illusions, 1964) ; Apa (Père, 1966) ; Szerelmes film (Un film d'amour, 1970) ; Tuzolto utca 25 (25 rue des Sapeurs, 1973) ; Budapesti mesek (Contes de Budapest, 1976) ; Bizalom (Confiance, 1979) ; Mephisto (Méphisto, 1981).

C'est *Méphisto* qui a fait connaître ce réalisateur trop discret dont l'œuvre n'avait connu jusqu'alors qu'une audience nationale. Cette histoire de ralliement, par vanité, d'un acteur au nazisme était traitée en images splendidement baroques.

Szczechura, Daniel

Animateur polonais né en 1933.

Principaux films : Konflikty (Conflits, 1960) ; Maszyna (La machine, 1961) ; Litera (La lettre, 1962) ; Fotel (Le fauteuil, 1963) ; Karol (1966) ; Hobby (1968) ; Mysia wieza (La tour des souris, 1974) ; Skok (Le saut, 1978).

Plus que Kijowicz ou que Kotowski, il symbolise la nouvelle école d'animation polonaise : thème concis et percutant, graphisme simple et dépouillé, humour sortant des sentiers battus.

Szulkin, Piotr

Réalisateur polonais.

Courts métrages. Puis : Golem (1980) ; La guerre des mondes (1982).

Des courts métrages couronnés dans les Festivals d'Oberhausen et de Mannheim avaient attiré l'attention sur ce jeune réalisateur. Ses longs métrages montrent qu'il tend à se spécialiser dans le fantastique. Il a modernisé la célèbre légende du Golem en s'attachant à mettre en lumière comment, dans le monde futur, ce sont les techniciens qui seront les monstres et les golems les victimes. Présentée au Festival d'Avoriaz, dans une mauvaise copie en raison des circonstances politiques en Pologne, sa *Guerre des mondes* a beaucoup déçu.

Szwarc, Jeannot

Réalisateur français né en 1939.

Bug/The Hephaestus Plague (Les insectes de feu, 1975) ; Jaws 2 (Les dents de la mer, 2e partie, 1978) ; Somewhere in Time (Quelque part dans le temps, 1979).

H.E.C. puis I.D.H.E.C., il débute dans la carrière par des films, publicitaires. Assistant de Donen pour *Charade,* il décide de tenter sa chance aux États-Unis. Il y travaille surtout pour la télévision. William Castle lui offre la possibilité de tourner un film d'horreur dans le style alors à la mode des insectes hostiles à l'homme : dans *Bug* ce sont des cafards d'un caractère particulièrement répugnant. Szwarc remplace ensuite John Hancock sur le plateau de *Jaws 2,* mais sans beaucoup de conviction. Son adaptation de *Bid Time Return* de Matheson est plus convaincante sans que ce voyage dans le temps, malgré son charme, emporte toujours l'adhésion. Du moins l'œuvre de Szwarc offre-t-elle jusqu'ici une incontestable cohérence.

T

Tacchella, Jean-Charles

Réalisateur français né en 1925.

Voyage en grande tartarie (1973) ; Cousin cousine (1974) ; Le pays bleu (1977) ; Il y a longtemps que je t'aime (1979) ; Croque la vie (1981).

Journaliste à *L'Écran français,* scénariste au cinéma et à la télévision, remarqué pour deux courts métrages (*Les derniers hivers,* 1970 et *Une belle journée,* 1972), Tacchella débute assez tardivement dans le long métrage et connaît un triomphe avec *Cousin cousine* en 1975. Peu de cinéastes ont été aussi couronnés que lui : prix Jean Vigo 1971, prix Louis Delluc 1975, Prix du jury au Festival de Carthagène en 1977, nouveau prix à Montréal en 1979... Un goût pour la comédie satirique qui apparaît dès son premier film. L'un de ses acteurs de *Croque la vie* le définit excellemment : « Il utilise une caméra comme un crayon à dessin, déclare Bernard Giraudeau au *Quotidien de Paris.* C'est un figuratif qui peint, qui croque la vie quotidienne ; son œuvre pourrait s'intituler un certain regard, empreint de tendresse, d'humour, non de tristesse. » Lui-même parlant de *Croque la vie* explique qu'à travers ce film, il souhaite montrer comment les rêves de jeunesse se heurtent aux réalités, comment le comportement des hommes peut changer sous l'effet du temps, en nourrissant son œuvre de ses sensations passées et de ses propres expériences. « Un ton nouveau dans un cinéma français bien fatigué », ainsi le définit le dictionnaire du cinéma des années 70 dans *Cinéma 80.*

Tallas, Gregg

Réalisateur américain.

Siren of Atlantis (L'Atlantide, 1947) ; Prehistoric Women (Femmes sauvages, 1951).

Série Z ? Certes. Mais sa version de *L'Atlantide* (avec Maria Montez), d'après le roman de Pierre Benoit, est supérieure à celles de Pabst, Feyder et Ulmer. Et il y a beaucoup d'humour dans *Prehistoric Women.* Alors pourquoi exclure Tallas de tous les dictionnaires ?

Tanner, Alain

Réalisateur suisse né en 1929.

Les apprentis (1964) ; Une ville à Chandigarh (1966) ; Charles mort ou vif (1969) ; La salamandre (1971) ; Le retour d'Afrique (1973) ; Le milieu du monde (1974) ; Jonas qui aura 25 ans en l'an 2 000 (1976) ; Messidor (1979) ; Les années-lumière (1981).

Fils d'un peintre genevois et d'une mère actrice, il étudie le cinéma comme Goretta au British Film Institute. Il dirige quelques courts métrages en France puis passe en Suisse où il signe *Charles mort ou vif* qui l'impose comme l'un des meilleurs réalisateurs de son pays. Son cinéma est celui d'un intellectuel engagé, dont les conceptions, par le goût de la distanciation, peuvent se réclamer de Brecht. *Le milieu du monde,* qui raconte comment un directeur technique d'une petite entreprise, compromis par une liaison avec une serveuse de café, est battu à une élection, est très caractéristique de la manière didactique et en même temps particulièrement élaborée de Tanner, ainsi l'écoulement du temps suggéré par des intertitres rouges portant une date et des plans d'un champ qui reflète les saisons dans sa végétation. *Les années-lumière* nous proposent le difficile récit de l'initiation d'un jeune homme par un vieillard qui rêve de devenir le nouvel Icare. Un peu artificiel, plutôt froid, trop désincarné et cérébral, ce type de cinéma ne peut prétendre toucher un vaste public.

Taradash, Daniel

Scénariste et réalisateur américain né en 1913.

Comme réalisateur : Storm Center (1956).

Scénariste réputé il a complètement échoué comme réalisateur avec une unique tentative, où, malgré Bette Davis, il ne parvenait pas à éviter tous les poncifs du film « engagé. »

Tarkovsky, Andrei

Réalisateur russe né en 1932.

Katok i Skripka (c.m., 1961) ; Ivanovo Detstvo (L'enfance d'Ivan, 1962) ; Andrei Roublev (Andrei Roublev, 1966) ; Solaris (Solaris, 1972) ; Zerkalo (Le miroir, 1974) ; Stalker (1979).

Cinéaste de profession, formé à l'École d'État où il est l'élève de Romm, Tarkovsky signe, après deux exercices scolaires, son premier long métrage en 1962. *L'enfance d'Ivan,* qui raconte les exploits d'un jeune orphelin pendant la guerre où il s'illustre derrière les lignes ennemies, est conforme aux canons du cinéma soviétique et gagne de surcroît le lion d'or au Festival de Venise. Une belle carrière s'annonce pour Tarkovsky. Hélas, *Andrei Roublev,* biographie d'un moine du XVe siècle, peintre d'icônes réputé, et évocation sans fards d'une Russie médiévale désacralisée, heurte les autorités russes, insensibles à la perfection des images. Le film est interdit, mais finit par être projeté en Occident. Après une longue interruption, Tarkovsky parvient à tourner un bon film de science-fiction, *Solaris,* accueilli avec réserve en Union soviétique. *Le miroir* suscite un nouveau scandale : le film est jugé trop révolutionnaire sur le plan technique et en raison de la structure du récit. Le cinéaste est revenu à la science-fiction avec *Stalker,* une œuvre moins compromettante mais difficile, sorte de fable philosophique. Malgré ses tribulations, Tarkovsky n'en demeure pas moins l'une des figures les plus originales et les plus attachantes du cinéma russe.

BIBLIO. : *Positif,* octobre 1981 ; *Revue du cinéma,* novembre 1981.

Tarride, Jean

Réalisateur français né en 1903.

L'homme qui assassina (1930) ; Prisonnier de mon cœur (1931) ; Le chien jaune (1932) ; Étienne (1933) ; Le voyage de M. Perrichon (1934) ; Tovarich (coréal., 1935) ; Adémaï aviateur (1934) ; Le mort ne reçoit plus (1944).

Fils du comédien Abel Tarride qu'il dirigea dans *Le chien jaune,* d'après Simenon, il a partagé une activité de solide artisan entre le film comique (*Le voyage de M. Perrichon,* avec Alerme ; *Adémaï aviateur* que jouaient Noël-Noël et Fernandel) et le film policier (*Le mort ne reçoit plus* dont la vedette était Jules Berry).

Tashlin, Frank

Scénariste et réalisateur américain, 1913-1972.

The First Time (1952) ; Son of Paleface (Le fils de Visage Pâle, 1952) ; Marry Me Again (Épouse-moi encore, 1953) ; Susan Slept Here (Suzanne découche, 1954) ; Artists and Models (Artistes et modèles, 1955) ; The Lieutenant Wore Skirts (Chéri ne fais pas le zouave, 1955) ; Hollywood or Bust (Un vrai cinglé du cinéma, 1956) ; The Girl Can't Help It (La Blonde et moi, 1956) ; Will Success Spoil Rock Hunter (La blonde explosive, 1957) ; Rock-A-Bye Baby (Trois bébés sur les bras, 1958) ; The Geisha Boy (Le Kid en kimono, 1958) ;

Say One for Me (L'habit ne fait pas le moine, 1959) ; Cinderfella (Cendrillon au grand pied, 1960) ; Bachelor Flat (Appartement pour homme seul, 1961) ; It's Only Money (L'increvable Jerry, 1962) ; The Man from the Diner's Club (Les pieds dans le plat, 1963) ; Who's Minding the Store (Un chef de rayon explosif, 1963) ; The Disorderly Orderly (Jerry chez les cinoques, 1964) ; The Alphabet Murders (ABC contre Hercule Poirot, 1966) ; The Glass Bottom Boat (La blonde défie le F.B.I. 1966) ; Caprice (Caprice, 1967) ; The Private Navy of Sgt. O'Farrell (La marine en folie, 1968).

Il fut un remarquable « cartoonist » pour les dessins animés de Paul Terry et un excellent « gagman » pour des pitres médiocres comme Bob Hope ou Red Skelton. De ces précédents, son œuvre de réalisateur porte la marque. Tashlin a créé un style moderne, très admiré par Godard, et a multiplié les gags les plus extravagants ou les plus osés (les capsules des bouteilles de lait sautent au passage de Jayne Mansfield) ; il a le goût des mécaniques qui se détraquent et des situations les plus ahurissantes. D'où vient que son œuvre déçoive quelque peu aujourd'hui ? On peut sauver ses deux films – excellents – avec Jayne Mansfield (*La blonde et moi, La blonde explosive*), deux ou trois Jerry Lewis (dont le tant vanté *Artistes et modèles* sur l'influence des bandes dessinées) et c'est tout. Ce bon spécialiste du gag a été victime de ses interprètes : Jerry Lewis (le catastrophique *Kid en kimono*) ou l'atroce Doris Day (*The Glass Bottom Boat* et *Caprice*). Il n'est que de voir son dernier film dont tous les gags sont sabotés par Bob Hope, Gina Lollobrigida et Jeffrey Hunter, qui font assaut de cabotinage, pour comprendre les trop nombreux échecs de Tashlin, échecs dont il ne porte pas directement la responsabilité. Il lui a simplement manqué un Peter Sellers pour s'égaler à Blake Edwards.

Tati, Jacques

Acteur et réalisateur français, de son vrai nom Jacques Tatischeff, né en 1908.

Courts métrages : Oscar champion de tennis (1932) ; On demande une brute (1934) ; Gai dimanche (1935) ; Soigne ton gauche (1936) ; Retour à la terre (1938) ; L'école des facteurs (1947). *Longs métrages :* Jour de fête (1949) ; Les vacances de Monsieur Hulot (1953) ; Mon oncle (1958) ; Playtime (1967) ; Trafic (1971) ; Parade (1974).

Descendant d'un ambassadeur du tsar à Paris, ayant reçu une excellente éducation artistique comme sportive (il joua au rugby), il sut tirer parti de ses dons d'observation et de cette formation lorsqu'il se lança dans le cabaret et le music-hall. Acteur chez Autant-Lara (*Sylvie et le fantôme*), il esquissa parallèlement plusieurs brouillons de son œuvre future dans des courts métrages dont le dernier, *L'école des facteurs,* annonce son premier long métrage, *Jour de fête,* histoire de la tournée d'un facteur un peu ahuri et d'une journée de fête foraine dans un petit village. Beaucoup de finesse dans l'observation, un comique acrobatique (la tournée sur la bicyclette) et quelques gags très réussis (le musicien aux cymbales cherchant à écraser l'insecte qui le persécute). Ce sens de l'observation se retrouve dans *Les vacances de Monsieur Hulot,* mais les gags, souvent excellents (la gare, la partie de tennis), sont déjà moins nombreux. Ce qui intéresse désormais Tati c'est l'individu face à la foule, les réactions spontanées de l'enfant devant la standardisation du monde moderne, l'innocence du simple heurtée par des coutumes de plus en plus sophistiquées. Tati s'éloigne du burlesque primitif, ce qui lui vaut, de la part des admirateurs de ce burlesque, de vives critiques. En définitive Tati a peu tourné après *Mon oncle.* Les embarras financiers ont assombri à partir de 1977 les perspectives de le voir à nouveau sur l'écran promener son personnage malicieux de M. Hulot. « On ne peut éviter de confronter Tati avec Chaplin, écrivait Henri Agel, mais il faut que ce soit surtout pour faire sentir leurs divergences. » Il y a chez Tati un acte de foi dans l'enfance qui est bien son apport personnel, ajoutait le critique. Il y a aussi, au-delà de l'amertume, une sorte de confiance finale dans l'homme. Sans cela Tati pourrait-il affirmer : « La possibilité d'ouvrir une terrasse sur la vie et d'en faire connaître toutes les richesses fait partie des multiples utilisations du cinéma. » On peut lui préférer – et à juste titre – Keaton, Fields ou Lloyd, infiniment plus drôles, mais on ne peut nier que Tati ait eu une ambition louable : jeter sur le monde un regard neuf.

Taurog, Norman

Réalisateur américain, 1899-1981.

Nombreux courts métrages avec Larry Semon et Lloyd Hamilton. Puis : The Farmer's Daughter (1928) ; Lucky Boy (avec Wilson, 1929) ; Sunny Skies (1930) ; Hot Curves (1930) ; Troopers Three (avec Eason, 1930) ; Follow the Leader (1930) ; Finn and Hattie (avec McLeod, 1930) ; Skippy (1931) ; Newly Rich (1931) ; Huckleberry Finn (1931) ; Sooky (1931) ; Hold'Em Jail (1932) ; The Phantom President (Le président fantôme, 1932) ; If I Had a Million (un sketch, Si j'avais un million, 1932) ; A Bedtime Story (1933) ; The Way to Love (1933) ; We're Not Dressing (1934) ; Mrs. Wiggs of the Cabbage Patch (1934) ; College Rhythm (Symphonie burlesque, 1934) ; The Big Broadcoast of 1936 (1935) ; Strike Me Pink (1936) ; Reunion (1936) ; Rhythm on the Range (1936) ; You Can't Have Everything (Brelan d'as, 1937) ; Fifty Roads to Town (1937) ; Mad About Music (1938) ; The Adventures of Tom Sawyer (Les aventures de Tom Sawyer, 1938) ; Boys Town (Des hommes sont nés, 1938) ; The Girl Downstairs (1939) ; Lucky Night (1939) ; Broadway Melody of 1940 (Broadway qui danse, 1940) ; Young Tom Edison (Le jeune Edison, 1940) ; Little Nellie Kelly (1940) ; Men of Boys'Town (1941) ; Design for Scandal (1941) ; A Yank at Eton (1942) ; Presenting Lily Mars (Lily Mars vedette, 1943) ; Girls Crazy (1943) ; The Hoodlum Saint (1946) ; The Beginning of the End (Au carrefour du siècle, 1947) ; The Bride Goes Wild (La mariée est folle, 1948) ; Big City (1948) ; Words and Music (Ma vie est une chanson, 1948) ; That Midnight Kiss (Le baiser de minuit, 1949) ; Please Believe Me (1950) ; The Toast of New Orleans (1950) ; Mrs. O'Malley and Mr. Malone (1950) ; Rich, Young and Pretty (Riche, jeune et jolie, 1951) ; Room for One More (Cette sacrée famille, 1952) ; Jumping Jacks (Parachutiste malgré lui, 1952) ; The Stooge (Le cabotin et son complice, 1952) ; The Stars Are Singing (1953) ; The Caddy (Amour, délices et golf, 1953) ; Living It Up (Ce n'est pas une vie, 1954) ; You're Never Too Young (Un pitre au pensionnat, 1955) ; The Birds and the Bees (Millionnaires de mon cœur, 1956) ; Pardners (Le trouillard du Far West, 1956) ; Bundle of Joy (Le bébé de Mademoiselle, 1956) ; The Fuzzy Pink Nightgown (1957) ; Onionhead (1958) ; Don't Give Up the Ship (Tiens bon la barre, 1959) ; Visit to a Small Planet (Mince de planète, 1960) ; G.I Blues (Café Europa, 1960) ; Blue Hawaii (Sous le ciel bleu d'Hawaï, 1961) ; All Hands on Deck (1961) ; Girls ! Girls ! Girls ! (Des filles, encore des filles, 1962) ; It Happened at the World's Fair (Blondes, brunes, rousses, 1963) ; Palm Springs Weekend (Les dingues sont lâchés, 1963) ; Tickle Me (1965) ; Sergent Deadhead, the Astronut (1965) ; Dr. Goldfoot and the Bikini Machine (1965) ; Spinout (1966) ; Double Trouble (1967) ; Speedway (1968) ; Live a Little, Love a Little (1968).

Acteur dans les studios d'Ince dès 1913, il dirige les films burlesques de Larry Semon à la Vitagraph puis ceux de Hamilton à Educational. Il s'impose dans le long métrage comme un bon spécialiste de la comédie. Deux parties dans sa carrière : avant 1949, il signe quelques « loufoqueries » (dont *Brelan d'as,* avec les Ritz Brothers et le sketch de Fields dans *If I had a Million*) et de solides « musicals » comme *Broadway Melody* ou *Words and Music* (biographie de Rodgers et Hart) sans oublier *Girl Crazy,* d'après Gershwin, avec Judy Garland et Mickey Rooney). Le ballet *Slaughter on 10th Avenue,* fruit de la collaboration de Gene Kelly et de Bob Alton, dans *Words and Music,* montre que Taurog aurait pu être un brillant illustrateur de comédies musicales. Hélas ! Après 1949 il se transforme en faire-valoir du tandem Dean Martin-Jerry Lewis : des huit films qu'il dirige pour Paramount, sauvons *Living It Up, remake* de *Nothing*

Sacred de Wellman et *You're Never Too Young* qui reprend *The Major and the Minor,* de Wilder. Tombant de Charybde en Scylla, Taurog devient le réalisateur attitré d'Elvis Presley avec lequel il tourne quatre comédies poussives, prétextes à chansons : *G.I. Blues, Blue Hawaii, It Happened at the World's Fair* et *Girls, Girls, Girls !* De Fields à Presley, la boucle est bouclée.

Tavernier, Bertrand

Réalisateur français né en 1941.

La chance et l'amour (un sketch, 1964) ; Les baisers (un sketch, 1965) ; L'horloger de Saint-Paul (1974) ; Que la fête commence (1975) ; Le juge et l'assassin (1976) ; Des enfants gâtés (1977) ; La mort en direct (1980) ; Une semaine de vacances (1981) ; Coup de torchon (1981).

Il fut un admirable critique cinématographique, défenseur inlassable, dans les revues et au Nickel Odeon, de la série B américaine. *Vingt* puis *Trente ans de cinéma américain* ont été les bibles de nombreux cinéphiles. Passé à la réalisation, après avoir été attaché de presse, Tavernier confirma qu'un bon critique peut être aussi un bon metteur en scène. Non seulement il révéla une incontestable maîtrise, mais il surprit par la diversité des genres abordés, de Simenon (*L'horloger de Saint-Paul*) à la science fiction (*La mort en direct),* brillant surtout dans le film historique, reconstituant avec bonheur l'époque de la Régence (*Que la fête commence*) ou une affaire criminelle célèbre (*Le juge et l'assassin*). Il a su adapter avec succès un romancier « noir » comme Jim Thompson dans *Coup de torchon.* Lui reprochera-t-on de finir *Que la fête commence* par une révolte paysanne et *Le juge et l'assassin* par une grève ? Il s'agit moins de démagogie que de générosité. Générosité que l'on retrouve lorsqu'il aborde des sujets contemporains : le logement, la médecine, le temps de travail. Efficace et engagé, Tavernier a su retenir la leçon du grand cinéma américain.

Taviani, Franco

Réalisateur italien

Masoch (1979).

Frère des suivants, il a tenté de donner de Masoch une interprétation curieuse : c'est la création littéraire qui prime tout chez l'auteur de la *Vénus à la fourrure* et Wanda n'était qu'une charmante épouse très pot-au-feu. Quelques scènes érotiques pimentent cette habile mais ennuyeuse reconstitution historique.

Taviani, Paolo et Vittorio

Réalisateur italiens nés en 1931 et en 1929.

L'Italia non è un paese povero (avec Ivens, 1960) ; Un uomo da bruciare (avec V. Orsini, Un homme à brûler, 1962) ; I fuorilegge del matrimonio (avec Orsini, Les hors-la-loi du mariage, 1963) ; I sovversivi (Les subversifs, 1967) ; Sotto i segno dello scorpione (Sous le signe du scorpion, 1969) ; San Michele aveva un gallo (film pour la RAI, Saint Michel avait un coq, 1972) ; Allonsanfan (Allonsanfan, 1974) ; Padre Padrone (Padre Padrone, 1977) ; Il prato (Le pré, 1979) ; La notte di san Lorenzo (La nuit de San Lorenzo, 1982).

Faut-il voir dans cette œuvre, fortement engagée, une progression en rapport avec le cours de l'histoire, comme le suggère un critique de la *Saison cinématographique 1977 ?* Elle s'ouvre sur un tableau géographique de l'Italie et de ses ressources ; *Les subversifs* décrivent la situation avant la révolution et le désarroi de la gauche italienne ; *Sous le signe du scorpion,* c'est la joie révolutionnaire ; *Saint Michel avait un coq* marque l'après-révolution, la fin de l'utopie, le désenchantement ; *Allonsanfan* (le meilleur film des frères Taviani, superbe évocation de l'Italie post-napoléonienne et post-muratienne et des derniers soubresauts des sociétés secrètes révolutionnaires écrasées par les souverains restaurés) correspondrait à l'après-après-révolution, l'heure de la retraite, de la paix. Avec *Le pré,* c'est une nouvelle jeunesse qui rêve d'un ailleurs (Eugenia ira enseigner en

Algérie dans une communauté d'enfants italiens) ou se réfugie dans le suicide (Giovanni se tue après le départ d'Enzo et d'Eugenia, la vie à trois ayant fini sur un échec). *La notte di San Lorenzo* c'est enfin la guerre vue par un enfant, le regard « innocent » que doit poser l'artiste sur les événements.

Taylor, Don

Acteur et réalisateur américain né en 1920.

Everything Ducky (1961) ; Ride the Wild Surf (1964) ; Jack of Diamonds (1967) ; The Five Man Army (1970) ; Escape from the Planet of the Apes (Les évadés de la planète des singes, 1971) ; Tom Sawyer (1973) ; Echoes of a Summer (1975) ; The Great Scout and Cathouse Thursday (Un cow-boy en colère, 1976) ; The Island of Dr. Moreau (L'île du docteur Moreau, 1977) ; Damien : Omen II (Damien, 1978) ; The Final Countdown (Nimitz, retour vers l'enfer, 1979).

Acteur (*The Naked City* de Dassin, *Battleground* de Wellman, *Stalag 17* de Preminger...) puis auteur de pièces radiophoniques et de films pour la télévision, il a montré quelques dons comme réalisateur pour le fantastique : son *Ile du docteur Moreau* surpasse en sadisme la version de Kenton ; sa troisième mouture de *La planète des singes,* en inversant le problème, redonne un nouveau souffle à l'histoire ; enfin, dans *The Final Countdown,* il imagine le porte-avions Nimitz, pris dans une tempête et ramené dans le temps à l'époque de Pearl Harbor : peut-il inverser le cours de l'histoire ? Dans un genre différent, rappelons son « cow-boy en colère » qui profite d'une syphilis récemment contractée pour contaminer toute une région en faisant venir un lot de prostituées préalablement « honorées » par ses soins.

Taylor, Ray

Réalisateur américain né en 1952.

Principaux film : Fighting with Buffalo Bill (1926) ; Whispering Smith Rides (1927) ; The Scarlet Arrow (1928) ; Beauty and Bullets (1928) ; The Vanishing Rider (1928) ; The Ace of Scotland Yard (avec Horne, 1929) ; Eyes of the Underworld (avec Jason, 1929) ; The Jade Box (1930) ; Battling with Buffalo Bill (1931) ; The Airmail Mystery (1932) ; Heroes of the West (1932) ; The Jungle Mystery (1932) ; Gordon of Ghost City (1933) ; The Phantom of the Air (1934) ; The Pirate Treasure (1934) ; The Return of Chandu (1934) ; The Roaring West (1935) ; Sunset of Power (1936) ; Silver Spurs (1936) ; The Phantom Rider (1936) ; Robinson Crusoe on Clipper Island (avec M.V. Wright, 1936) ; The Three Mesquiteers (1936) ; The Vigilantes are coming (avec Wright, 1936) ; Dick Tracy (avec A. James, 1937) ; The Painted Stallion (avec Witney, 1937) ; Hawaiian Buckaroo (1938) ; The Spider's Web (avec Gorn, 1938) ; Flying G-Men (avec Horne, 1939) ; Flash Gordon Conquers the Universe (avec Beebe, 1940) ; The Green Hornet (avec Beebe, 1940) ; Winners of the West (avec Beebe, 1940) ; Riders of Death Valley (avec Beebe, 1941) ; Sky Raiders (avec Beebe, 1941) ; The Man from Montana (1941) ; Don Wislow of the Navy (avec Beebe, 1942) ; Gang Busters (avec N. Smith, 1942) ; Junior G-Men of the Air (avec Lewis Collins, 1942) ; Stagecoach Buckaroo (1942) ; Adventures of the Flying Cadets (avec Collins, 1943) ; The Adventures of Smilín Jack (avec Collins 1943) ; The Great Alaskan Mystery (avec Collins, 1944) ; Raiders of Ghost City (avec Collins, 1944) ; Jungle Queen (avec Collins, 1945) ; The Master Key (avec Collins, 1945) ; The Royal Mounted Rides Again (avec Collins, 1945) ; Secret Agent X-9 (avec Collins, 1945) ; The Dalton Ride Again (1945) ; Lost City of the Jungle (avec Collins, 1946) ; The Scarlet Horseman (avec Collins, 1946) ; The Vigilantes Return (1947) ; Ghost Town Renegades (1947) ; Mark of the Lash (1948) ; The Return of Wildfire (1948) ; Check Your Guns (1948) ; Son of a Badman (1949) ; Son of Billy the Kid (1949) ; West of El Dorado (1949).

Prolifique spécialiste du *serial* ou du western de série Z. Il a beaucoup travaillé avec Alan James, Beebe et surtout Lewis Collins. Plusieurs, parmi ses films, reprennent des personnages de bandes dessinées comme Dick Tracy ou Don Wislow.

Taylor, Sam

Réalisateur américain, 1895-1958.

Courts métrages avec Harold Lloyd (en collaboration avec Newmeyer, 1920-1921). Puis: Safety Last (avec Newmeyer, Monte là-dessus, 1923) ; (Why Worry avec le même, Faut pas s'en faire, 1923) ; Girl Shy (avec le même, Ça te la coupe, 1924) ; Hot Water (avec le même, Oh ces belles mères, 1924) ; The Freshman (avec Newmeyer, Vive le sport, 1925) ; For Heaven's Sake (Pour l'amour du ciel, 1926) ; Exit Smiling (1926) ; My Best Girl (1927) ; Tempest (1928) ; The Woman Disputed (1928) ; Coquette (1929) ; Taming of the Shrew (La mégère apprivoisée, 1929) ; Du Barry, Woman of Passion (1930) ; Kiki (1931) ; Skyline (1931) ; Ambassador Bill (1931) ; Devil's Lottery (1932) ; Out All Night (1933) ; The Cat's Paw (Patte de chat, 1934) ; Nothing But Trouble (Les cuistots de Sa Majesté, 1944).

Réalisateur favori, en association avec Newmeyer, des films du comique Harold Lloyd dont il était le « yesman ». Il fut aussi apprécié par Mary Pickford qu'il dirigea avec Douglas Fairbanks dans *Taming of the Shrew* dont un carton du générique est resté célèbre. On y lisait : « De William Shakespeare avec des compléments de Sam Taylor. » Pas moins ! Il se retira en 1933 après l'échec de *Cat's Paw* qu'il avait tourné une nouvelle fois pour Lloyd. Il fit sa rentrée en 1944 pour un désopilant Laurel et Hardy, *Les cuistots de Sa Majesté.* Nos deux héros saccageaient l'un comme cuisinier et l'autre comme serveur une réception des plus mondaines, en multipliant gaffes et catastrophes. Cette rentrée fut sans lendemain.

Tazieff, Haroun

Volcanologue et réalisateur français né à Varsovie en 1914.

Nombreux courts métrages. Puis: Les rendez-vous du diable (1958) ; Le volcan interdit (avec Marker, 1966).

Documentaires du grand spécialiste des volcans qui offrent tout à la fois un intérêt pédagogique et un réel plaisir esthétique.

Tchernia, Pierre

Producteur et réalisateur français né en 1928.

Le viager (1971) ; Les gaspards (1973) ; La gueule de l'autre (1979).

Producteur, il a fait beaucoup pour le cinéma à la télévision. Du coup on oublie qu'il ne se contenta pas de paraître dans certains films comme acteur, mais qu'il fut aussi le réalisateur d'œuvres comiques sans prétention ce qui ne signifie pas qu'elles aient été dépourvues de finesse. A cet égard, *Le viager* est une jolie réussite.

Tchiaourelli, Michael

Réalisateur soviétique né en 1894.

Pervyl Kornet Strechnev (Le premier cornette Strechnev, 1928) ; Saba (1929) ; Khabarda (1931) ; Posledty Maskarad (La dernière mascarade, 1934) ; Arsène (1937) ; Velekoie Zarevo (Le grand incendie, 1938) ; Georgi Saakadze (deux parties, 1942-1943) ; Kliatva (Le serment, 1946) ; Padenige Berlina (La chute de Berlin, 1949) ; Nezakyvayememyi 1919 god (L'inoubliable année 1919, 1952) ; Otarova Vdova (La veuve d'Otar, 1958) ; Histoire d'une fille (1960).

Grand prêtre du culte stalinien. Il servit ce culte avec tant d'outrances qu'on ne peut oublier sa *Chute de Berlin* où un Staline rose bonbon et pacifique s'opposait à un Hitler verdâtre et plus méchant encore que nature. On finit même par se demander si ce Géorgien, par ailleurs excellent technicien, qui avait dénoncé en 1931 le culte de la personnalité dans

Khabarda, n'introduisait pas une forme d'humour au second degré dans la grande série de ses films à la gloire de Staline, dont l'irrésistible *Serment.*

Tchoukhrai, Gregori

Réalisateur soviétique né en 1921.

Nazar Stodolio (1955) ; Sorok Pervyl (Le quarante et unième, 1956) ; Ballada o soldate (La ballade du soldat, 1959) ; Cistoje Nebo (Ciel pur, 1961) ; Jyli Byli Starik so Staroukhoi (Il était une fois un vieux et une vieille, 1964) ; La mémoire (1969).

D'origine ukrainienne, ancien assistant de Romm et de Youtkevitch, il a symbolisé avec *Le quarante et unième,* pourtant *remake* d'un film de Protozanov, et *La ballade du soldat* le « dégel » du cinéma soviétique. *Ciel pur* fut une attaque presque directe contre ce que Sadoul appelle « les années terribles ». Un moment dans l'histoire du cinéma russe.

Techiné, André

Réalisateur français né en 1943.

Paulina s'en va (1969) ; Souvenirs d'en France (1974) ; Barocco (1976) ; Les sœurs Brontë (1979) ; Hôtel des Amériques (1981).

Le premier film de cet ancien critique était passé inaperçu. Les trois qui suivirent, surtout *Barocco,* élégant exercice de style où la couleur jouait un grand rôle, provoquèrent un flot de louanges. De cette vogue, l'un des principaux artisans fut Roland Barthes (il accepta d'être Thackeray dans *Les sœurs Bontë*) : « On a félicité André Techiné, écrivait-il à propos de *Souvenirs d'en France,* d'amener au cinéma un nouvel art romanesque. Oui, le roman est là ; non pas à titre de genre narratif ou de pathos psychologique, mais par une nécessité de langage. » Pour Techiné, le déroulement d'une histoire ne se doit pas concevoir comme une coulée limpide, mais comme une juxtaposition de séquences fortes. C'est la raison pour laquelle, toujours à propos de *Souvenirs d'en France,* on l'a rapproché de Brecht. Chez Techiné, récit et démonstration vont de pair.

Tedesco, Jean

Réalisateur français, 1895-1958.

Courts métrages : Le Paris de Zola (1940) ; Sur les chemins de Lamartine (1941) ; La comédie avant Molière (1946) ; Napoléon Bonaparte (1951) ; L'anglais tel qu'on le parle (1952) ; *Long métrage :* Mort ou vif (1947).

Directeur de la revue *Cinea* et du Vieux-Colombier, son apport théorique a été plus important que son œuvre de réalisateur. On lui doit une charmante comédie avec Max Régnier, *Mort ou vif.* Réputé, son *Napoléon* insiste plus sur les guerres de l'Empereur que sur l'œuvre civile. Cambacérès s'efface devant Jomini et Clausewitz, Guibert et Grandmaison. Nourri d'ouvrages érudits (Dunan, Hauterive, L. de Laborie, Madelin, Lacour-Gayet...) le film frappe néanmoins par son sérieux.

Tendlar, David

Créateur américain de dessins animés.

Série Herman (1952).

Il a beaucoup travaillé pour la Paramount. Son dessin n'a pas la splendeur de ses rivaux de la Warner jadis ou encore de la MGM. Il a créé le personnage d'Herman, le souriceau.

Terayama, Shuji

Réalisateur japonais né en 1935.

Courts métrages. Puis : Sho o Suteyo Machi e Deyo (Jetons les livres, sortons dans la rue, 1971) ; Denen ni Shisu (Cache-cache pastoral, 1974) ; Boxer (Le boxeur, 1977) ; Les fruits de la passion (1981).

Orphelin, il est élevé par un parent éloigné, propriétaire d'un cinéma. Lycéen, il fonde des revues littéraires ; il devient poète, auteur radiophonique, journaliste sportif, romancier, fondateur d'un théâtre laboratoire, photographe (il collabore à *Zoom*), scénariste (*Premier amour, version infernale* de Hani), cinéaste expérimental. Comme réalisateur, il est révélé par *Jetons les livres, sortons dans la rue* qui lui vaut d'être salué comme le « Rimbaud du cinéma japonais ». *Les fruits de la passion* transposent la suite d'*Histoire d'O* dans la Chine des années 20. C'est là que Terayama se livre le mieux à ses obsessions sadomasochistes.

Terry, Paul

Réalisateur et producteur américain de dessins animés, 1887-1971.

Séries: Aesop's Film Fables (1920-1930) ; Terrytoon Series (1930-1945).

D'abord photographe puis dessinateur pour la chaîne Hearst, il se tourne vers le cinéma d'animation dès 1915, mettant au point de nouvelles techniques. En 1920, il produit la série *Aesop's Film Fables* qui rencontre un grand succès, puis en 1930, les *Terrytoon Series* avec des personnages comme Heckle et Jeckle, pies pleines de malice, ou Mighty Mouse, parodie de Superman.

Teshigahara, Hiroshi

Réalisateur japonais né en 1927.

Otoshiana (Le piège, 1960) ; Suna no onna (La femme de sable, 1963) ; Shishun ki (un sketch, 1964) ; Tanin no kao (Le visage de l'autre, 1966) ; Moetsukita Chizu (La carte brûlée, 1968) ; Summer soldiers (1972).

Fils d'un peintre de fleurs, artiste lui-même (l'Espace Cardin lui a consacré une exposition de sculptures d'argile en 1981), il a débuté par des courts métrages comme *Hokusai* en 1953, avant de donner des œuvres étranges comme cette *Femme de sable* aux close-up novateurs ou des thrillers envoûtants (*Le visage de l'autre*). Un talent original qu'il semble avoir consacré depuis 1972 à la télévision.

Tessari, Duccio

Réalisateur italien né en 1926.

Arrivano I Titani (Les Titans, 1961) ; Il fornaretto di Venezia (Le procès des doges, 1963) ; La sfinge sorride prima di morire – stop – Londra (1964) ; Una voglia da morire (1965) ; Il ritorno di Ringo (Le retour de Ringo, 1965) ; Kiss, kiss, Bang, bang (1966) ; Una pistola per Ringo (Un pistolet pour Ringo, 1966) ; Per amore ... per magia (1966) ; Meglio vedova (1967) ; I bastardi (Le bâtard, 1968) ; Quella piccola differenza (1969) ; Vivi o preferibilmente morti (La chevauchée vers l'Ouest, 1969) ; Forza G (1970) ; La morte risale a ieri sera (La mort remonte à hier soir, 1970) ; Una farfalla con le ali insanguinate (1971) ; Viva la muerte... tua (Et viva la Révolution, 1971) ; Gli eroi (Les enfants de chœur, 1972) ; Tony Arzenta (Big Guns, 1973) ; I duri (Les durs, 1973) ; L'uomo senza memoria (La trancheuse infernale, 1974) ; Zorro (Zorro, 1975) ; La madama (1976) ; Safari Express (1976) ; L'alba dei falsi dei (1978).

Il fit sensation dans le petit monde du *péplum* avec ses *Titans*, pleins d'humour et d'invention esthétique, *Le procès des doges* est un film superbe, digne de Visconti. En revanche, il fut moins inspiré par le western-spaghetti (*Ringo*). Mais il est demeuré un bon artisan, pas cher et faisant correctement son travail. Alain Delon l'a compris qui lui confia *Big Guns*, un film honorable sur la Mafia, et surtout sa version de *Zorro*.

Tetzlaff, Ted

Opérateur et réalisateur américain né en 1903.

Comme réalisateur: World Premiere (1941) ; Riff Raff (1947) ; Fighting Father Dunne (1948) ; The Window (Une incroyable histoire, 1949) ; Johnny Allegro (L'homme de main, 1949) ; A Dangerous Profession (1949) ; The White Tower (La tour blanche, 1950) ; Under the Gun (1950) ; Gambling House (1950) ; The Treasure of Lost Canyon (1951) ; Terror on a Train (Cinq heures de terreur, 1953) ; Son of Sinbad (Le fils de Sinbad, 1955) ; Seven Wonders of the World (coréal., 1956) ; Young Land (Californie terre nouvelle, 1959).

Brillant directeur de la photographie de Cromwell et Hitchcock, il s'impose à la mise en scène avec *The Window,* thriller insolite où un couple d'assassins essayait de se débarrasser d'un petit garçon témoin du meurtre qu'il avait commis. Il refit ensuite *Les chasses du comte Zaroff,* mais en affadissant l'original, dans *Johnny Allegro.* Ses autres œuvres manquaient trop de moyens financiers, notamment son western, *Young Land,* pour que les mouvements d'appareil chers au cœur de Tetzlaff puissent racheter la pauvreté de l'ensemble.

Tewksbury, Peter

Réalisateur américain né en 1924.

Sunday in New York (Un dimanche à New York, 1963) ; Emil and the Detectives (1964) ; Doctor, You've Got to Be Kidding (1967) ; Stay Away Joe (1968) ; The Trouble With Girls (1969) ; Old Boyfriends (1978).

Réalisateur de comédies à la télévision, il reprend certains thèmes pour le grand écran dans des films élégants mais un peu ennuyeux : *Sunday in New York* vaut surtout pour le numéro de Jane Fonda, vierge provinciale découvrant New York et ses pièges.

Thibault, Jean-Marc

Acteur et réalisateur né en 1923.

Comme réalisateur : La vie est belle (avec Roger Pierre, 1956) ; Vive les vacances (1957) ; Un cheval pour deux (1961).

Il créa avec Roger Pierre un couple comique à la façon de Poiret et Serrault ou des Frères ennemis, couple qui fit ses débuts au cabaret avant de passer à l'écran, sous la direction de Laviron ou de Thibault lui-même. Leurs films sont amusants et sans vulgarité contrairement aux œuvres des Jayet, Régamey et autres Loubignac.

Thiele, Rolf

Réalisateur allemand né en 1918.

Primanerinnen (1951) ; Der Tag vor der Hochzeit (1952) ; Geliebtes Leben (1953) ; Sie (1954) ; Mamitschka (1955) ; Die Barrings (1955) ; Friederike von Barring (1956) ; Skandal in Ischl (1957) ; El Hakim (1957) ; Der tolle Bomberg (1957) ; Das Mädchen Rosemarie (La fille Rose-Marie, 1958) ; Die Halbzarte (1959) ; Labyrinth (A bout de nerfs, 1959) ; Auf Engel schiesst man nicht (1960) ; Der liebe Augustin (1960) ; Man nennt es Amore (1961) ; Lulu (Les liaisons douteuses, 1962) ; Das schwarz-weiss-rote Himmelbett (Tête-à-tête sur l'oreiller, 1962) ; Moral 63 (1963) ; Venusberg (1963) ; DM-Killer (1964) ; Tonio Kröger (Tonio Kröger, 1964) ; Wälsungenblut (Sang incestueux, 1962) ; Die Herren (1965) ; Das Liebeskarussell (1965) ; Grieche sucht Griechin (1966) ; Der Tod eines Doppelgängers (1966) ; Der Lügner und die Nonne (1967) ; Die Ente klingelt um 1/2-8 (1968) ; Komm nur, mein liebstes Vögelein... (1968) ; Grimms Märchen von lusternen Pärchen (1969) ; Ohrfeigen (1969) ; Komm nach Wiem-ich zeig dir was (1969) ; Bleib sauber, Liebling ! (1971) ; Die scharfe Heinrich die bumsfidelen Abenteuer einer jungen Ehe (1971) ; Gelobt sei, was hart macht (1972) ; Versuchung im Sommerwind (1973) ; Slap in the Face (1975) ; Ondine (1976) ; Schöner Gigolo (1978).

Après la Seconde Guerre Mondiale, à la faveur du désarroi dans lequel se trouvait le cinéma allemand, il fonde sa propre maison de production et occupe le vide laissé par la défaite. S'inspirant d'un scandale qui secouait la République fédérale, *La fille Rose-Marie* connaît un énorme succès et impose Nadja Tiller, interprète préférée de Thiele, Autres gros succès : *Lulu* et *Tonio Kröger,* également avec Nadja Tiller et dont Thiele auteur complet, a écrit, comme pour *Rose-Marie,* le scénario.

Thiele, Wilhelm puis William

Réalisateur d'origine autrichienne, né en 1890.

En Autriche : Fiat Lux (1923) ; Carl Michael Ziehrers Märchen auf Alt-Wien

(1923) ; Franz Lehar (1923). *En Allemagne :* Das Totenmahl auf Schloss Begalitza (1923) ; Orient Express (Orient Express, 1927) ; Der Anwalt des Herzens (1927) ; Die Dame mit der Maske (La dame au masque, 1928) ; Hurrah ! Ich liebe (Vive la vie, 1928) ; Adieu, Mascotte (1929) ; Liebswalzer (Valse d'amour, version française, 1930) ; Die Drei von der Tankstelle (Le chemin du Paradis, version française, 1930) ; Die Privatsekretärin (avec R. Pottier, Dactylo, version française, 1930) ; Der Ball (Le bal, version française, 1931) ; Madame hat Ausgang (L'amoureuse aventure, version française, 1931) ; Zwei Herzen und ein Schlat (1932) ; Waltz Time (1932) ; Grossfürtin Alexandra (La grande-duchesse Alexandra, 1933). *Aux États-Unis :* Lottery Lover (1935) ; Don't Get Personal (1936) ; The Jungle Princess (Hula, fille de la brousse, 1936) ; London by Night (1937) ; Beg, Borrow or Steal (1937) ; Bad Little Angel (1939) ; Bridal Suite (1939) ; The Ghost Comes Home (1940) ; Tarzan's Triumph (Le triomphe de Tarzan, 1943) ; Tarzan's Desert Mystery (Le mystère de Tarzan, 1943) ; The Madonna's Secret (Le secret de la Madone, 1946) ; *En Allemagne :* Der letzte Fussgänger (1960) ; Sabine und die 100 Männer (1960).

Comment cet auteur viennois d'opérettes filmées, dont le fameux *Chemin du Paradis,* roucoulé dans la version française par Lilian Harvey et Henri Garat, est-il devenu, à Hollywood, le spécialiste des films de jungle avec Dorothy Lamour ou Johnny Weissmuller ? C'est un mystère dont seuls les producteurs ont la solution.

Thomas, Pascal

Réalisateur français né en 1945.

Les zozos (1972) ; Pleure pas la bouche pleine (1973) ; Le chaud lapin (1974) ; La surprise du chef (1976) ; Un oursin dans la poche (1977) ; Confidences pour confidences (1979) ; Celles qu'on n'a pas eues (1980).

Fin, sensible, intelligent, nourri du cinéma des années 30 et 40, il dessine peu à peu les contours d'une œuvre qui s'imposera bientôt comme l'une des premières en raison de sa spontanéité, d'un charme qui ne peut se démoder, et d'une observation attentive de la vie quotidienne qui rendra grand service à l'historien de demain. C'est qu'il a su s'entourer : son scénariste, Jacques Lourcelles, est le meilleur de sa génération, et ses acteurs, comme Daniel Ceccaldi, ont fait, grâce à lui, de brillantes carrières. Des joyeux zozos de 17 ans, qui sèchent le lycée et rêvent des belles Suédoises aussi faciles que ravissantes au petit garçon à lunettes qui se sauve dans la campagne après avoir trahi « celle qu'il n'a pas eue », c'est la sincérité d'un ton quasi autobiographique qui frappe le plus chez Thomas et donne tant de prix à certains de ses films.

Thomas, Ralph

Réalisateur anglais né en 1915.

Principaux films : Helter Skelter (1949) ; Once Upon a Dream (La rose et l'oreiller, 1949) ; The Clouded Yellow (La fille aux papillons, 1950) ; The Venetian Bird (Enquête à Venise, 1952) ; Doctor in the House (Toubib or not Toubib, 1954) ; Mad About Men (Folle des hommes, 1954) ; Above Us the Waves (Opération Tirpitz, 1954) ; Doctor at Sea (Toubib en mer, 1955) ; Checkpoint (A tombeau ouvert, 1956) ; The Iron Petticoat (Whisky, vodka et jupon de fer, 1956) ; Campbell's Kingdom (La vallée de l'or noir, 1957) ; Doctor at Large (Toubib en liberté, 1957) ; The Wind Cannot Read (Le vent ne sait pas lire, 1958) ; A Tale of Two Cities (1958) ; The Thirty-Nine Steps (Les 39 marches, 1958) ; Upstairs and Downstairs (Entrée de service, 1959) ; Conspiracy of Heart (Les conspiratrices, 1960) ; Doctor Love (1960) ; No Love for Johnnie (Pas d'amour pour Johnnie, 1961) ; Hot Enough for June (X 3, agent spécial, 1963) ; Doctor in Distress (1963) ; The High Bright Sun (Dernière mission à Nicosie, 1964) ; Doctor in Clover (1965) ; Deadlier than the Males (Plus féroces que les mâles, 1966) ; Nobody Runs Forever (Mandat d'arrêt, 1966) ; Doctor in Trouble

(1970) ; Percy (Mon petit oiseau s'appelle Percy, il va beaucoup mieux, merci, 1971) ; Quest for love (1971) ; Percy's Progress (1974) ; A Nightingale Sang in Berkeley Square (1979).

Spécialisé dans un cinéma de grande consommation (pastiches ou *remakes* de succès comme *Les 39 marches ;* inépuisable série du *Docteur* ; comédies à l'eau de rose et films policiers), il réserve parfois d'agréables surprises, tel le clou de *Checkpoint,* un duel en voitures de compétition, « transposition moderne de la course de chars de Ben-Hur » (Lefèvre et Lacourbe). Son frère Gerald, né en 1920, a dirigé la série des « Carry on » à usage strictement britannique.

Thompson, Marshall

Acteur et réalisateur né en 1925.

Comme réalisateur : A Yank in Viet-Nam (Commando au Viêt-nam, 1964).

On doit à ce bon acteur l'un des premiers films sur la guerre du Viêt-nam.

Thorpe, Jerry

Réalisateur américain.

Venitian Affair (Minuit sur le Grand Canal, 1967) ; Day of the Evil Gun (Le jour des Apaches, 1968) ; Company of Killers (1970).

Fils du réalisateur Richard Thorpe (cf. ci-après), il a signé un honnête film d'espionnage avec Venise pour décor et Robert Vaughn et Boris Karloff pour interprètes (*Minuit sur le Grand Canal*) puis un excellent western, *Le jour des Apaches.* Il ne paraît pas avoir persévéré préférant, semble-t-il, la télévision.

Thorpe, Richard, Rollo Smolt

Réalisateur américain né en 1896.

Battling Buddy (1924) ; Bringing Home the Bacon (1924) ; Fast and Fearless Action (1924) ; Hard Hittin' Hamilton (1924) ; Rarin' to Go (1924) ; Rip Roarin' Roberts (1924) ; Rough Ridin' (1924) ; Thundering Romance (1924) ; Walloping Wallace (1924) ; The Desert Demon (1925) ; Double Action Daniels (1925) ; Fast Fightin' (1925) ; Full Speed (1925) ; Galloping On (1925) ; Gold and Grit (1925) ; On the Go (1925) ; Quicker'n Lightnin' (1925) ; Saddle Cyclone (1925) ; A Streak of Luck (1925) ; Tearin' Loose (1925) ; Twin Triggers (1926) ; Desert Demon (1926) ; Double Dealing (1926) ; The Bandit Buster (1926) ; The Bonanza Buckaroo (1926) ; College Days (1926) ; Coming An' Going (1926) ; The Dangerous Dub (1926) ; Deuce High (1926) ; Easy Going (1926) ; The Fighting Cheat (1926) ; Josselyn's Wife (1926) ; Rawhide (1926) ; Riding Rivals (1926) ; Roaring Rider (1926) ; Speedy Spurs (1926) ; Trumpin' Trouble (1926) ; Twisted Triggers (1926) ; Between Danfers (1927) ; The Cyclone Cowboy (1927) ; The Desert of the Lost (1927) ; The First Night (1927) ; The Galloping Gobs (1927) ; The Interferin' Gent (1927) ; The Meddlin' Stranger (1927) ; The Obligin' Buckaroo (1927) ; Pals in Peril (1927) ; Ride'Em High (1927) ; The Ridin' Rowdy (1927) ; Roarin' Broncs (1927) ; Skedaddle Gold (1927) ; Soda Water Cowboy (1927) ; Tearin' Into Trouble (1927) ; White Pebbles (1927) ; The Ballyhoo Buster (1928) ; The Cowboy Cavalier (1928) ; Desperate Courage (1928) ; The Flying Buckaroo (1928) ; Saddle Mates (1928) ; The Valley of Hunted Men (1928) ; The Vanishing West (1928) ; Vultures of the Sea (1928) ; The Bachelor Girl (1929) ; King of the Kongo (1929) ; The Fatal Warning (1929) ; Border Romance (1930) ; The Dude Wrangler (1930) ; The Thoroughbred (1930) ; Under Montana Skies (1930) ; The Utah Kid (1930) ; Wings of Adventure (1930) ; The Lone Defender (1930) ; The Lawless Woman (1931) ; King of the Wild (1931) ; Lady of Nowhere (1931) ; Wild Horses (1931) ; Sky Spider (1931) ; Grief Street (1931) ; Neck and Neck (1931) ; The Devil Plays (1931) ; Cross Examination (1932) ; Murder at Dawn (1932) ; Forgotten Women (1932) ; Probation (1932) ; Midnight Lady (1932) ;

Escapade (1932) ; Forbidden Company (1932) ; Beauty Parlor (1932) ; The King Murder (1932) ; The Thrill of Youth (1932) ; Slightly Married (1932) ; Women Won't Tell (1933) ; Secrets of Wu Sin (1933) ; Love Is Dangerous (1933) ; Forgotten (1933) ; Strange People (1933) ; I Have Lived (1933) ; Notorious But Nice (1933) ; A Man of Sentiment (1933) ; Rainbow Over Broadway (1933) ; Murder on the Campus (1934) ; The Quitter (1934) ; City Park (1934) ; Stolen Sweets (1934) ; Green Eyes (1934) ; Cheating Cheaters (1934) ; Secret of the Chateau (1934) ; Strange Wives (1935) ; Last of the Pagans (Taro le païen, 1935) ; The Voice of Bugle Ann (1936) ; Tarzan Escapes (Tarzan s'évade, 1936) ; Dangerous Number (1937) ; Night Must Fall (La force des ténèbres, 1937) ; Double Wedding (Double mariage, 1937) ; Love Is a Headache (1938) ; Man-Proof (1938) ; The First Hundred Years (1938) ; The Toy Wife (1938) ; The Crowd Roars (1938) ; Three Loves Has Nancy (Nanette a trois amours, 1938) ; The Adventures of Huckleberry Finn (1939) ; Tarzan Finds a Son (Tarzan trouve un fils, 1939) ; The Earl of Chicago (1940) ; 20 Mule Team (1940) ; Wyoming (1940) ; The Bad Man (1941) ; Barnacle Bill (1941) ; Tarzan' Secret Treasure (Le trésor de Tarzan, 1941) ; Joe Smith American (1942) ; White Cargo (Tondelaya, 1942) ; Tarzan's New York Adventure (Tarzan à New York, 1942) ; Apache Trail (1942) ; Three Hearts for Julia (1943) ; Above Suspicion (1943) ; Cry Havoc (1944) ; Two Girls and a Sailor (Deux jeunes filles et un marin, 1944) ; The Thin Man Goes Home (L'Introuvable rentre chez lui, 1944) ; Thrill of a Romance (Frisson d'amour, 1945) ; Her Highness and the Bellboy (1945) ; What Next, Corporal Hargrove (1945) ; Fiesta (Senorita Toreador, 1947) ; This Time for Keeps (Le souvenir de vos lèvres, 1947) ; A Date with July (Ainsi sont les femmes, 1948) ; On an Island With You (Dans une île avec vous, 1948) ; The Sun Comes Up (1948) ; Big Jack (1949) ; Challenge to Lassie (Le défi de Lassie, 1949) ; Malaya (Malaya, 1949) ; The Black Hand (La main noire, 1950) ; Three Little Words (Trois petits mots, 1950) ; Vengeance Valley (La vallée de la vengeance, 1951) ; The Great Caruso (Le Grand Caruso, 1951) ; The Unknow Man (1941) ; It's a Big Country (co-réal., 1951) ; Carbine Williams (1952) ; Ivanhoe, (Ivanhoé, 1952) ; The Prisoner of Zenda (Le prisonnier de Zenda, 1952) ; The Girl Who Had Everything (La fille qui avait tout, 1953) ; All the Brothers Were Valiant (La perle noire, 1953) ; Knights of the Round Table (Les chevaliers de la Table Ronde, 1953) ; The Student Prince (Le prince étudiant, 1954) ; Athena (Athéna, 1954) ; The Prodigal (Le fils prodigue, 1955) ; Quentin Durward (Quentin Durward, 1955) ; Ten Thousands Bedrooms (Dix mille chambres à coucher, 1957) ; Tip on a Dead Jockey (Contrebande au Caire, 1957) ; Jailhouse Rock (Le rock du bagne, 1957) ; The House of the Seven Hawks (La maison des sept faucons, 1959) ; Killers of Kilimandjaro (Les aventuriers du Kilimandjaro, 1960) ; The Tartares (Les Tartares, 1960) ; The Honeymoon Machine (Branle-bas au casino, 1961) ; The Horizontal Lieutenant (La guerre en dentelles, 1962) ; Follow the Boys (En suivant mon cœur, 1963) ; Fun in Acapulco (L'idole d'Acapulco, 1963) ; The Golden Head (1965) ; The Truth About Spring (1965) ; The Funny Feeling (1965) ; The Last Challenge (1967).

Cinéaste particulièrement prolifique, il a tourné une grande quantité de westerns pour les petites compagnies avant d'entrer en 1935 à la MGM qu'il n'a plus quittée jusqu'en 1963. Il a contribué à édulcorer les aventures de Tarzan (sauf *Secret Treasure,* assez sadique) et à les transformer en comédie (*Tarzan à New York* où Cheeta, le chimpanzé, est irrésistible). La vision de *Night Must Fall,* considéré comme son chef-d'œuvre, déçoit un peu aujourd'hui ainsi que ses comédies musicales ou non et ses westerns, comme s'il avait perdu la main. A son actif en revanche un excellent film sur la Mafia : *The Black Hand* et de vivantes et pittoresques adaptations de Walter Scott : *Ivanhoe* et surtout *Quentin Durward* qui évoque avec bonheur Louis XI (Robert Morley) et ses conseillers Olivier le Daim et Tristan L'Hermite. Ajoutons-y pour faire bonne mesure la meilleure version du *Prisonnier de Zenda*.

Tinling, James

Réalisateur américain, 1889-1955.

Principaux films : True Heaven (1929) ; Words and Music (1929) ; Arizona to Broadway (1933) ; Three on a Honeymoon (1934) ; Under the Pampas Moon (1935) ; Charlie Chan in Shanghai (1935) ; Champagne Charlie (1936) ; The Holy Terror (1937) ; Mr. Moto's Gamble (1937) ; Boy Friend (1939) ; Riders of the Purple Sage (1941) ; The Lone Star Ranger (1942) ; Deadline for Murder (1946) ; Second Chance (1947) ; Tales of Robin Hood (1951).

Dans *Kings of the Bs,* McCarthy et Flynn lui accordent une place dans leur panthéon des petits réalisateurs. Homme à tout faire, cascadeur, scénariste à la Fox, assistant (Hawks et quelques autres), il parvint à obtenir quelques contrats pour diriger un Charlie Chan et un Mr. Moto. Sympathique mais sans talent.

Toback, James

Scénariste et réalisateur américain né en 1944.

Comme réalisateur : Finger (Mélodie pour un tueur, 1977).

Diplômé d'Harvard, collaborateur d'*Esquire* et *Harper's,* Toback a signé un film étrange où Bach se mêle à la Mafia et où Keitel interprète un personnage névrosé qui se débat dans une atmosphère oppressante.

Tognazzi, Ugo

Acteur et réalisateur italien né en 1922.

Comme réalisateur : Il mantenuto (Le souteneur, 1961) ; Il fischio al naso (1967) ; Sissignore (1968) ; Cattivi pensieri (1976) ; I viaggiatori della sera (1979).

L'un des meilleurs acteurs de la comédie italienne, il a moins réussi, semble-t-il, ses films n'ayant pas eu une grande diffusion, comme réalisateur. A suivre pourtant.

Tokar, Norman

Réalisateur américain, 1920-1979.

Big Red (1962) ; Savage Sam (1963) ; A Tiger Walks (1964) ; Those Calloways (Calloway le trappeur, 1965) ; The Ugly Dachsund (Quatre bassets pour un danois, 1966) ; Follow Me Boys (Demain des hommes, 1966) ; The Happiest Millionaire (Le plus heureux des millionnaires, 1967) ; The Horse in the Gray Flannel Suit (Le cheval aux sabots d'or, 1968) ; Rascal (1969) ; The Beatniks (Les beatniks, 1970) ; Snowball Express (Trois étoiles... Trente-six chandelles, 1972) ; Where the Red Fern Grows (1974) ; The Apple Dumpling Gang (1975) ; No Deposit No Return (La folle escapade, 1976) ; The Cat from Outer Space (Le chat qui vient de l'espace, 1978) ; Candleshoe (1978).

Réalisateur attitré des studios de Walt Disney. Films pour familles, le dimanche après-midi.

Topper, Burt

Réalisateur américain.

Hell Squad (1958) ; War Hero (Héros de guerre, 1958) ; Tank Commandos (1959) ; The Diary of a High School Bride (1959) ; War is Hell (1954) ; The Strangler (L'étrangleur de Boston, 1964) ; The Devil's 8 (Les huit diaboliques, 1968) ; The Hard Ride (1971) ; The Day the Lord Got Busted (1976).

Réalisateur-scénariste-producteur de films à tout petit budget. Deux réussites : *War Hero* (ou comment décrocher une décoration en tirant sur l'ennemi qui ne se défend pas puisqu'il vient d'apprendre la signature d'un armistice, nouvelle que l'on a dissimulée aux hommes de la patrouille que l'on commande) et *The Strangler* dominé par la brillante performance de Victor Buono en tueur sadique.

Torre Nilsson, Leopoldo

Réalisateur et scénariste argentin, 1924-1978.

El crimen de Oribe (avec Leopoldo Torres-Rios, 1950) ; El hijo del crack (avec le même, 1953) ; Dias de odio (1954) ; La Tigra (1954) ; Para vestir Santos (1955) ; Graciela (1956) ; El protegido (1956) ; La casa del angel (La maison de l'ange, 1957) ; El secuestrador (1958) ; La caida (La chute, 1959) ; Fin de fiesta (Fin de fiesta, 1960) ; Un guapo de 1900 (Le chic 1900, 1960) ; La mano en la trampa (La main dans le piège, 1961) ; Piel de verano (1961) ; Setenta veces siete (70 fois 7, 1962) ; Homenaje a la hora de la siesta (Hommage à l'heure de la sieste, 1962) ; La terraza (La terrasse, 1963) ; El ojo de la cerradura (1964) ; Cavar un foso (1966) ; La chica del lunes (1966) ; Los traidores de San Angel (1967) ; Martin Fierro (1968) ; El santo de la espada (1970) ; Guemes (1971) ; La mafia (1972) ; La tierra en armas (1972) ; Los siete locos (1973) ; Boquitas pintadas (1974) ; Diario de la guerra del Cerdo (1975) ; El pibe cabeza (1976) ; Piedra libre (1976).

Avec un film étrange, proche de l'univers de son compatriote Borges, où les statues impudiques étaient voilées et où les jeunes filles prenaient leur bain vêtues de longues chemises, Torre Nilsson s'imposa d'un coup au Festival de Cannes grâce à *La maison de l'ange.* Admirablement photographiée, cette œuvre témoignait d'une parfaite maîtrise. Le réalisateur avait été formé à bonne école puisque son père, Torres-Rios, était déjà un metteur en scène réputé. *La main dans le piège* confirmait le goût de Torre Nilsson pour des atmosphères envoûtantes et bizarres où l'innocence finit par se corrompre. Mais il savait aussi regarder d'un œil critique la société argentine et en dénoncer les tares (*Fin de fiesta*). Brillant écrivain, il avait épousé une romancière Beatriz Guido qui collabora étroitement à ses scripts. La nouvelle vague argentine le mit en cause. Solanas tourna *Los Hijos de Fierro* en réaction contre son *Martin Fierro.* Nilsson devint plus audacieux, *Piedra libre* lui valut des ennuis et l'obligea à se réfugier un moment en Espagne. Il mourut dans l'indifférence. Injustement.

Biblio. : M. Oms, *Torre Nilsson,* Premier plan n° 26.

Tourane, Jean

Réalisateur français né en 1919 de son vrai nom Briel.

Courts métrages ; puis : Une fée pas comme les autres (1955).

Spécialiste de films avec animaux. Dans *Une fée,* le canard Saturnin vole au secours d'une jeune cane victime d'un singe maléfique. Sympathique mais pas toujours convaincant.

Toto

Acteur italien de son vrai nom Antonio de Curtis Gagliardi Ducas Comneno di Bisanzio, 1898-1967.

Comme acteur : série des Toto dont Animali Pazzi (Bragaglia, 1939) ; San Giovanni Decollato (Palermi, Toto apôtre et martyr, 1940) ; Toto al Giro d'Italia (1949) ; Toto le Moko (Bragaglia, 1949) ; Toto cerca casa (Steno, 1949) ; Toto Tarzan (1951) ; Toto e i re di Roma (Steno, 1952) ; Toto e le donne (Steno, 1952) ; Toto a colori (1952) ; Toto nella luna (Steno, 1958) ; Toto, Eva e il pennello pribito (Steno, 1959) ; Toto Diabolicus (Steno, 1952) ; Toto contro i quattro (Steno, 1963).

Un cas. Avec Monicelli, Risi ou Pasolini, il n'est qu'un *acteur.* Mais dans la série des *Toto,* force est de reconnaître que, comme pour Fields, Laurel et Hardy ou les frères Marx, toute la mise en scène s'organise autour de lui, qu'il est son propre metteur en scène, l'artisan (de valeur d'ailleurs quand il s'agit de Bragaglia ou de Steno) qui signe le film s'est contenté de régler les éclairages et la composition de certains plans, s'en remettant à Toto pour le reste. Même s'il n'a signé lui-même, à l'inverse de Sordi ou de Gassman, aucun film, ne peut-on le considérer comme le véritable auteur du merveilleux cycle burlesque des *Toto* qui culmine avec *Toto le Moko* parodiant le film policier de Duvivier, les grands duels du cinéma américain et l'histoire de Samson et Dalila ?

Tourjansky, Victor

Réalisateur d'origine russe né en 1892.

En Russie : Simfonija ljubvi i smerti (1914) ; Brat'ja Karamazovy (1914) ; Ljubov' pod maskoj (1915) ; Kak Kubyskin stal kinoakterom (1915) ; Skazka morja (1915) ; Zenscinavampir (1915) ; Magaraz (1916) ; Yvette (1917) ; Ostrov zaben'ja (1917) ; Prazdnik noci (1917) ; Skertso diavola (1918) ; Surogaty ljubvi (1918) ; Obmanutaja Eva (1918) ; Balgospoden (1919) ; Irene Negludov (1919). *En France :* L'ordonnance (1920) ; Les contes de Mille et une Nuits (1921) ; Le 15, prélude de Chopin (1922) ; Nuit de Carnaval (1922) ; Le chant de l'amour triomphant (1923) ; Calvaire d'amour (1923) ; Ce cochon de Morin (1924) ; La dame masquée (1924) ; Le prince charmant (1924) ; Michel Strogoff (1926). *Aux États-Unis :* The Gallant Gringo (1928). *En Allemagne :* Wolga Wolga (1928) ; Manolescu (1929). *En France :* L'Aiglon (1931) ; Le chanteur inconnu (1932) ; L'hôtel des étudiants (1932) ; L'ordonnance (1934) ; Volga en Flammes (1934) ; Les Yeux noirs (1935) ; Vertige d'un soir (1935). *En Allemagne :* Die ganze Welt dreht sich um Liebe (1935) ; Stadt Anatol (1936). *En France :* Le Mensonge de Nina Petrowna (1937) ; Nostalgie (1937). *En Allemagne :* Der Blaufuchs (1938) ; Geheimzeichen LB 17 (1938) ; Verklungene Melodie (1938) ; Eine Frau wie du (1939) ; Der Gouverneur (1939) ; Feinde (1940) ; Die keusche Geliebte (1940) ; Illusion (1941) ; Die goldene Brücke (1942) ; Liebesgeschichten (1942) ; Tonelli (1943) ; Orient-Express (1944) ; Dreimal Komödie (1945) ; Si te hubieras casada (1948) ; Der blaue Strohut (1949) ; Der Mann, der Zweimal Leben wollte (1950) ; Vom Teufel gejagt (1950) ; Mutter sein dagegen sehr (1951) ; Ehe für eine Nacht (1952) ; Salto mortale (1953) ; Arlette erlobert Paris (1955) ; Morgengrauen (1954) ; Die Toteninsel (1955) ; Königswalzer (1955) ; Beichtgeheimnis (1956) ; Herz ohne Gnade (1958). *En Italie :* La Venere di Cheronea (1957) ; I battelieri del Volga (1958) ; Eroe il grande (1959) ; I cosacchi (Les cosaques, 1959) ; La donna dei faraoni (1960) ; Michel Strogoff (Le triomphe de Michel Strogoff, 1961) ; Una regina per Cesare (1962).

Élève de Stanislavsky à l'Académie d'art dramatique de Moscou, il fut comme acteur puis réalisateur l'un des pionniers du cinéma russe. Chassé par la Révolution, il se réfugie en France, où il tourne des films sans grand relief. Il est assistant de Gance pour son *Napoléon.* Bref passage aux États-Unis. A partir de 1935, Tourjansky travaille en Allemagne, traversant le nazisme sans trop de soucis. Restait l'Italie : Tourjansky y finit sa carrière dans le péplum et une nouvelle version de *Michel Strogoff.* Beaucoup de films, mais pas de chefs-d'œuvre.

Tourneur, Jacques

Réalisateur français, 1904-1977.

Tout ça ne vaut pas l'amour (1931) ; Pour être aimé (1933) ; Toto (1933) ; Les filles de la concierge (1934) ; *plusieurs courts métrages aux États-Unis* (1934-1939) ; They All Come Out (1939) ; Nick Carter, Master Detective (1939) ; Phantom Raiders (1940) ; Doctors Don't Tell (1941) ; Cat People (La féline, 1942) ; I Walked with a Zombie (Vaudou, 1943) ; The Leopard Man (1943) ; Days of Glory (1944) ; Experiment Perilous (Angoisse, 1944) ; Canyon Passage (Le passage du Canyon, 1946) ; Out of the Past (La griffe du passé/Pendez-moi haut et court, 1947) ; Berlin Express (Berlin Express, 1948) ; Easy Living (1949) ; Stars in my Crown (1950) ; The Flame and the Arrow (La flèche et le flambeau, 1950) ; Circle of Danger (L'enquête est close, 1951) ; Anne of the Indies (La flibustière des Antilles, 1951) ; Way of a Gaucho (Le gaucho, 1952) ; Appointment in Honduras (Les révoltés de la Claire-Louise, 1953) ; Stranger on Horseback (1954) ; Wichita (Un jeu risqué, 1955) ; Creat Day in the Morning (L'or et l'amour, 1956) ; Nightfall (1956) ; Curse of the Demon (1957) ; The Fearmakers (1958) ; Timbuktu (1959) ; Frontier Rangers (montage de films pour la télévision, 1959) ; Mission of Danger (id.) ; Fury River (id.) ; La battaglia di Maratona (La bataille de Marathon, 1959) ; A Comedy of Terrors (1965) ; War Gods of the Deep (1965).

Fils du réalisateur Maurice Tourneur, né à Paris mais devenu citoyen américain en 1919, il a fait ses premiers pas cinématographiques aux États-Unis sous le patronage de son père, mais ses premiers films comme réalisateur ont été tournés en France. Ni *Toto* ni *Les filles de la concierge* ne méritent guère de passer à la postérité de l'aveu même de Tourneur. C'est avec un cycle de films d'horreur tournés pour Val Lewton (*Cat People, I Walked with a Zombie, The Leopard Man*) qu'il s'impose. Films admirables d'une efficacité d'autant plus grande que l'horreur au lieu d'être montrée était simplement suggérée. Le procédé sera repris dans *Curse of the Demon.* Malheureusement fut ajoutée par le producteur une séquence représentant le monstre, ce qui affaiblissait la portée de cette histoire de sorcellerie inspirée de Montague R. James. *A Comedy of Terrors,* sur un scénario de Matheson et avec une éblouissante distribution (Karloff, Price, Rathbone, Lorre et Joe Brown) est un chef-d'œuvre d'humour noir où un croque-mort décuple son chiffre d'affaires en aidant ses futurs clients à passer de vie à trépas. *War Gods of the Deep,* d'après un poème de Poe, fut en revanche manqué faute de moyens. Le film marqua la fin de la carrière du réalisateur qui se retira en France. Il faudrait se garder d'enfermer Tourneur dans le genre fantastique. On lui doit d'excellents thrillers (*Angoisse, Berlin Express...*) et de brillants westerns (*Le gaucho, Un jeu risqué,* intelligente évocation du passage du shérif Wyatt Earp, qui sera aussi le héros de Ford et de Sturges, à Wichita où il rétablit l'ordre de façon expéditive), sans oublier le film d'aventures pseudo-historiques (*La flèche et le flambeau,* où Burt Lancaster se déchaîne en Robin des Bois d'une Lombardie très hollywoodienne). L'apport spécifique de Tourneur à ces genres-rois du cinéma américain serait, selon Jacques Lourcelles, d'avoir su y glisser avec une séduisante constance « une pointe de fantastique » et d'avoir été lui, chantre de l'action, le cinéaste « des temps morts ». Peur, fatigue et souffrance, tels sont les signes sous lesquels se trouve placée une œuvre qui, plus qu'aucune autre, a suscité des admirateurs fanatiques et d'une fidélité inébranlable.

BIBLIO. : *Présence du cinéma,* nº spécial, 1966.

Tourneur, Maurice

Réalisateur français de son vrai nom Maurice Thomas, 1876-1961.

En France : Le Friquet (1912) ; Jean la Poudre (1912) ; Le système du docteur Goudron et du professeur Plume (1912) ; Figures de cire (1912) ; Le dernier pardon (1913) ; Le puits mitoyen (1913) ; Le camée (1913) ; Sœurette (1913) ; Le corso rouge (1913) ; Mademoiselle 100 millions (1913) ; Les Gaietés de l'escadron (1913) ; La dame de Montsoreau (1913) ; Monsieur Lecoq (1914) ; Rouletabille (1914). *Aux États-Unis :* The Man of the Hour (La treizième heure, 1914) ; Mother (Maman, 1914) ; The Wishing Ring (Fille de pirates, 1914) ; The Pit (Le spéculateur, 1914) ; The Ivory Snuff Box (Le code secret, 1915) ; The Cub (1915) ; Trilby (1915) ; The Irish Snuff Box (1915) ; A Butterfly on the Wheel (Insouciance, 1915) ; Alias Jimmy Valentine (1915) ; The Closed Road (1916) ; The Pawn of Fate (La folle chimère, 1916) ; The Hand of Peril (1916) ; The Rail Rider (1916) ; The Velvet Paw (L'Amérique, champion du droit, 1916) ; A Girl's Folly (1916) ; The Whip (La casaque verte, 1917) ; The Undying Flame (La flamme éternelle, 1917) ; Exile (L'exilée, 1917) ; The Law of the Land (1917) ; The Pride of the Clan (Fille d'Écosse, 1917) ; The Poor Little Rich Girl (Pauvre petite riche, 1917) ; Barbary Sheep (La délaissée, 1917) ; The Rise of Jenny Cushing (Les étapes du bonheur, 1917) ; Rose of the World (Les yeux morts, 1918) ; A Doll's House (Maison de poupée, 1918) ; The Blue Bird (L'oiseau bleu, 1918) ; Prunella (1918) ; Woman (1918) ; Sporting Life (1919) ; My Lady's Garter (1919) ; The White Heather (La bruyère blanche, 1919) ; The Life Line (La ligne de vie, 1919) ; Victory (Une victoire, 1919) ; The Broken Butterfly (Le papillon brisé, 1919) ; The County Fair (1920) ; The Great Redeemer (Un lâche, 1920) ; While Paris Sleeps (Dans la ville endormie, 1920) ; Treasure Island (L'île au trésor, 1920) ; The White Circle (Le cercle blanc, 1920) ; Deep Waters (Au fond de l'Océan, 1920) ; The Bait (La fange, 1921) ; The Last of the Mohicans (avec Cl. Brown, Le dernier des Mohicans, 1921) ; The Foolish Matrons (1921) ; Lorna Doone (1922) ; The Christian (Calvaire d'apôtre, 1923) ; The Isle of Lost Ships (L'île des navires perdus, 1923) ; The Brass Bottle (1923) ; Jealous Husbands (Les deux gosses, 1923) ; Torment (1924) ; The White Moth (Le phalène blanc, 1924) ; Never the Twain Shall Meet (La frontière humaine, 1925) ; Sporting Life (1925) ; Clothes Makes the Pirate (Le corsaire aux jambes molles, 1925) ; Aloma of the South Seas (Aloma, 1926) ; Old Loves and News (Le cavalier des sables, 1926). *En Allemagne :* Das Schiff der verlorenen Menschen (Le navire des hommes perdus, 1927). *En France :* L'équipage (1928) ; Accusée, levez-vous (1930) ; Maison de danses (1931) ; Partir (1931) ; Au nom de la loi (1932) ; Les gaietés de l'escadron (1932) ; Lidoire (1932) ; Les deux orphelines (1933) ; L'homme mystérieux (1933) ; Le voleur (1934) ; Justin de Marseille (1935) ; Koenigsmark (1936) ; Samson (1936) ; Avec le sourire (1936) ; Le patriote (1938) ; Katia (1938) ; Volpone (1940) ; Péchés de jeunesse (1941) ; Mam'zelle Bonaparte (1941) ; La main du diable (1942) ; Le val d'enfer (1943) ; Cécile est morte (1943) ; Après l'amour (1947) ; Impasse des Deux Anges (1948).

Ce très grand metteur en scène a été plus considéré aux États-Unis qu'en France. Il débuta dans les studios de l'Éclair en 1912, travaillant avec Jasset et Chautard sur des scénarios du maître du grand-guignol, André de Lorde (*Figures de cire...*) ou adaptant Dumas et Gaboriau (*Monsieur Lecoq*) sans oublier Leroux. En 1914, il part pour les États-Unis diriger la production américaine d'Éclair. Il sera rejoint par Chautard et Capellani. Ses principaux chefs-d'œuvre sont alors *The Blue Bird, Woman, Treasure Island* (d'après Stevenson), *The Last of the Mohicans* (assez fidèle à F. Cooper), *The Isle of the Lost Ships...* En 1926, il se brouille avec Thalberg et abandonne *The Mysterious Island* achevé par Hubard. Il rentre en France, mais, à l'inverse de Capellani, poursuit sa carrière cinématographique. Paul Reboux (*Maison de danses*), Courteline (*Les gaietés de l'escadron* avec Raimu, Fernandel et Gabin), d'Ennery (*Les deux orphelines*), Pierre Benoit (*Koenigsmark*), Simenon (*Cécile est morte*) lui fournissent les sujets de films bien faits et qui ont résisté à l'usure du temps. Trois chefs-d'œuvre : *Justin de Marseille,* excellent film de gangsters, *La main du diable,* remarquable film fantastique d'après Gérard de Nerval et surtout *Volpone,* la pièce de Ben Johnson revue par Jules Romains et Stephan Zweig, théâtre filmé qui vaut surtout par l'éblouissante interprétation de Jouvet, Dullin, Baur, Ledoux, Temerson, Rignault et Jacqueline Delubac.

Tourneur a eu le grand mérite d'attirer l'attention sur l'importance de l'image que les Américains avaient eu trop tendance à négliger. Que son esthétisme ait parfois conduit à des impasses (*L'oiseau bleu, Woman...*) ne doit pas faire oublier son influence qui fut grande alors. Aujourd'hui la préférence va à ses films français parlants, dont la redécouverte est due à la rétrospective organisée à la télévision en 1977 par Patrick Brion, mais on aurait tort de négliger sa période américaine qui ouvrit une voie nouvelle dans les conceptions esthétiques d'Hollywood. Pour une fois où le cinéma américain est influencé par un Français (l'inverse est hélas plus courant), cela valait bien une étoile de marbre rose sur le trottoir des célébrités à Hollywood !

BIBLIO. : J. Mitry, *Maurice Tourneur,* Anthologie du cinéma, 1968.

Townsend, Bud

Réalisateur américain.

Nightmare in Wax (1969) ; Terror at Red Wolf Inn (1973) ; Alice in Wonderland (1976).

Il fait la transition entre les homoncules du baron de Kueffstein que l'on voyait dans *La fiancée de Frankenstein* (de Whale) et les nouveaux monstres du film de « gore », des tueurs sadiques du Cunningham-Miner ou Scarolini (*Nightmare,* 1982) au crocodile de Lewis Teague (*L'incroyable alligator,* 1982). Du sang, encore du sang, toujours du sang...

Toye, Wendy

Réalisatrice anglaise née en 1917.

The Stranger Left No Card (L'étranger n'a pas laissé de carte, 1953) ; The Teckman Mistery (1954) ; Three Cases of Murder (coréal., Trois meurtres, 1955) ; Raising a Riot (1955) ; All for Mary (1955) ; True as a Turtle (Un yacht nommé « Tortue », 1957) ; We Joined the Navy (1962) ; The King's Breakfast (1968).

Un talent très original, porté sur l'histoire policière à prolongements fantastiques. Dans *Three Cases of Murder,* un peintre mort hante son tableau et entraîne le gardien dans la toile pour l'y assassiner. Certains des films de Toye appellent peut-être moins d'enthousiasme et l'apparentent davantage à des cinéastes conformistes très oubliés comme Adrian Brunel.

Toyoda, Shiro

Réalisateur japonais, 1906-1977.

Principaux films : Irodorareu Kuchibiru (Les lèvres peintes, 1929) ; Tokai no Oyogu Onna (Naufrage d'une femme qui nage, 1929) ; Kokoro Ogoreru Onna (Le cœur d'une femme orgueilleuse, 1930) ; Sannin no Josei (Trois femmes, 1935) ; Wakai Hito (Jeunesse, 1937) ; Uguisu (Le rossignol, 1938) ; Ioko Okumara (1940) ; Ohinata Mura (Le village d'Ohinata, 1940) ; Wakai Sugata (Jeunes visages, 1943) Hinoki Butai (Allées de cyprès, 1946) ; Onna no Shiki (Les quatre saisons d'une femme, 1950) ; Haru no Sasayaki (Le souffle du printemps, 1952) ; Mugibue (Le blé vert, 1955) ; Meoto Zenzai (Relations matrimoniales, 1955) ; Byaku Fujin no Yoren (Le serpent blanc, 1956) ; Yukiguni (Paysage de neige, 1958) ; Ekimae Ryukan (Les vacances d'un employé d'hôtel, 1958) ; Anya Koro (Pèlerinage de la nuit, 1959) ; Bokuto Kidan (Histoire de minuit, 1960) ; Ikanaru Hoshi no Motoni (Sous quelle étoile, 1962) ; Shin Meoto Zenzai (Nouvelles relations matrimoniales, 1963) ; Shinpan Yotsuya Kaidan (Le fantôme de Yotsuya, 1965) ; Ekimae Kaiun (1968) ; Jigoku-hen (Portrait de l'enfer, 1969) ; Kokotsu no Hito (Un homme extatique, 1973) ; Tsuma to Onna no Aida (Entre épouse et femme, 1976).

Formé à l'école de Shochiku, il se révèle bien vite comme le cinéaste le plus délicat et le plus subtil dans la peinture des relations conjugales (*Meoto Zenzai*) et des amours des adolescents (*Mugibue*). On a pu mettre en lumière dans *Mugibue* le rôle de la nature : mer, vent, sable, soleil qui constituent les principaux éléments picturaux d'une œuvre sensible et émouvante : deux garçons aiment la même fille ; l'un des deux, avant de mourir, demande à l'autre d'épouser cette fille. Le garçon et la fille sur la tombe du défunt essaient de s'expliquer. Impossible. Mais le vent de la mer parle pour eux.

Tramont, Jean-Claude

Réalisateur né à Bruxelles en 1934.

Le point de mire (1977) ; All Night Long (La vie en mauve, 1981).

Son premier film, écrit avec Brach, nous dévoilait les coulisses de l'espionnage et de la politique, dans la bonne tradition du thriller. Passé aux États-Unis, il y travailla pour la télévision avant de revenir au grand écran avec *All Night Long,* satire à la Wilder de la classe moyenne américaine, où l'on voyait un cadre cogner sur son patron et balancer le fauteuil directorial par la fenêtre. Un talent insolite et original.

Trauberg, Ilya

Réalisateur russe, 1905-1948.

Golouboi Express (Le train mongol, 1929) ; Syn Mongolii (Fils de Mongolie, 1936) ; 1919 (1938) ; un film de propagande en 1941.

Frère de Leonid Trauberg qui signa plusieurs films avec Kozintsev (cf. ce nom), il débuta en 1927 avec un documentaire sur Leningrad. Il fut assistant d'Eisenstein pour *Octobre,* puis tourna son premier long métrage, *Le train mongol,* vision percutante, grâce à un montage original, des problèmes politiques et sociaux de la Chine saisis à travers les passagers d'un convoi ferroviaire. Le film exerça une grosse influence mais Trauberg ne confirma pas les espoirs mis en lui. Un honnête montage sur *1919* en 1938 et quelques œuvres de propagande ou des coréalisations complètent cette maigre filmographie. Certains réalisateurs russes, dont Skuibin, disparu prématurément, n'ont pourtant cessé de lui rendre hommage.

Trenker, Luis

Acteur et réalisateur allemand né en 1893.

Comme réalisateur : Berg im Flammen (Le mont en flammes, 1931) ; Der Rebell (avec K. Bernhardt, Le rebelle, 1932) ; Der verlorene Sohn (1934) ; Der Kaiser von Kalifornien (L'empereur de Californie, 1936) ; Condottieri (1937) ; Der Berg ruft (Le défi, 1937) ; Liebesbriefe aus dem Engadin (1938) ; Der Feuerteufel (La grande révolte, 1940) ; Flucht in die Dolomiten (coréal., 1955) ; Von der Liebe besiegt (1956) ; Wetterleuchten und Maria (1957) ; Sein bester Freund (1962).

Né en Italie de parents allemands, il fut guide de montagne, remarqué par Fanck en raison de sa prestance et devint acteur puis réalisateur. Il joue d'ailleurs dans tous les films qu'il a dirigés et dont il écrivit souvent le scénario, au moins jusqu'en 1938 (*Der Kaiser von Kalifornien* et *Condottieri,* ses meilleures œuvres notamment).

Tressler, Georg

Réalisateur allemand né en 1917.

Die Halbstarken (Les demi-sel, 1956) ; Noch Minderjährig (1957) ; Endstation Liebe (1958) ; Das Tottensduff (Les mutins du Yorik, 1959) ; Gestandnis Liner Sechzehn Jährihgen (1960) ; Die Lustigen Weiber von Windsor (1966) ; Der Weibsteufel (1966).

Fils d'acteur et acteur lui-même à ses débuts, ce Viennois d'origine fut l'assistant de Bolvary avant de tourner lui-même sur le tard. Un cinéma robuste, un peu lourd, qui n'a pas connu une grande diffusion.

Trintignant, Jean-Louis.

Acteur et réalisateur français né en 1930.

Comme réalisateur : Une journée bien remplie (1972) ; Le maître nageur (1978).

Une agréable surprise. Cet excellent acteur avait quelque chose à dire. Situant *Une journée bien remplie,* « entre le Douanier Rousseau et le Facteur Cheval », Trintignant, avec le concours de Dufilho, nous conte l'histoire savoureuse d'une vengeance. Plus ambitieux, *Le maître nageur* nous offre un comique grinçant sur le thème de « l'argent qui tue ». Tout cela suffisamment insolite pour exciter la curiosité et forcer l'attention.

Trintignant, Nadine

Réalisatrice française née en 1934.

Mon amour, mon amour (1966) ; Le voleur de crimes (1969) ; Ça n'arrive qu'aux autres (1971) ; Défense de savoir (1973) ; Le voyage de noces (1975) ; Premier voyage (1979).

D'abord monteuse, l'épouse de Jean-Louis Trintignant a signé des films imprégnés de ses expériences personnelles. Le meilleur est probablement *Ça n'arrive qu'aux autres,* mais il est toujours facile de toucher le public en évoquant la mort d'un enfant. La jalousie est le thème de *Voyage de noces,* les rapports frère-sœur inspirent *Premier voyage,* alors que *Défense de savoir,* le meurtre d'un colleur d'affiches par le fils d'un député de la majorité, député que jouait Michel Bouquet, affaire étouffée par le Pouvoir, semblait engager Nadine Trintignant dans un cinéma moins nombriliste.

Trivas, Victor

Scénariste, décorateur, réalisateur d'origine russe, 1896-1970.

Comme réalisateur : en Allemagne : Niemandsland (No Man's Land, 1931) ; Die Nackte und der Satan (La femme nue et Satan, 1959). *En France :* Dans les rues (1933).

Il fut d'abord un décorateur de talent, travaillant pour Pabst et se liant étroitement à la colonie russe réfugiée dans les studios allemands. En 1931, il écrit et dirige *No Man's Land,* un vigoureux appel en faveur de la paix, dont les nazis détruisirent toutes les copies existant alors en Allemagne. Trivas, réfugié en France, y tourna *Dans les rues* (un jeune garçon entraîné par amour dans une bande de cambrioleurs sera sauvé par sa mère) dans un esprit voisin des œuvres de Carné et Duvivier. Passé aux États-Unis, il y gagne sa vie comme scénariste. Revenu en Allemagne, il n'y signe qu'une bande proche de la science-fiction, dont il imagine le thème et que joue avec brio Michel Simon.

Trnka, Jiri

Réalisateur tchécoslovaque de films d'animation, 1912-1969.

Zasadil dedek repu (Grand-père plante une betterave, 1945) ; Zviratka a petrovsti (Animaux et brigands, 1946) ; Darek (Le cadeau, 1946) ; Perak a SS (Le diable à ressort et les SS, 1946) ; Spalicek (L'année tchèque, 1947) ; Cisaruv Slavik (Le rossignol de l'empereur de Chine, 1948) ; Arie prerie (Le chant de la prairie, 1949) ; Roman s basou (Le roman de la contrebasse, 1949) ; Bajaja (Le prince Bayaya, 1949) ; Certuv mlyn (Le moulin du diable, 1950) ; Vesely cirkus (Le joyeux cirque, 1951) ; Stare povesti ceské (Vieilles légendes tchèques, 1953) ; O zlaté rybce (Le poisson d'or, 1954) ; Circus hurvinek (Le cirque Hourvinek, 1954) ; Jack dedek menil az vymenil (Les trocs malchanceux de grand-père, 1954) ; Osudy dobreho vojaka Svejka (Le brave soldat Chveik, 1954) ; Une histoire toute simple (1958) ; Sen noci svatojanske (Le songe d'une nuit d'été, 1960) ; Vasen (Passion, 1962) ; Kyberneticka babicka (La grand-mère cybernétique, 1963) ; Archandel Gabriel a pani Husa (L'archange Gabriel et madame l'Oie, 1964) ; Ruka (La main, 1965).

Formé à l'École des arts de Prague, Trnka crée en 1936 un théâtre de marionnettes qui connaît un grand succès, interrompu par la guerre. C'est à partir de 1945 qu'il passe derrière la caméra, filmant d'abord des dessins animés puis une série de chefs-d'œuvre reposant sur l'animation de marionnettes. Son inspiration va de vieilles légendes de son pays à Shakespeare (*Le songe d'une nuit d'été*), des contes pour enfants (*Le rossignol de l'empereur de Chine*) à la parodie sans méchanceté des westerns (*Le chant de la prairie*). Il a été le plus grand créateur de films de marionnettes.

BIBLIO. : Jiri Trnka, n° spécial de *Fantasmagorie,* 1981.

Troell, Jan

Réalisateur suédois né en 1931.

Den gamla kvarnen (Le vieux moulin, c.m., 1962) ; 4 X 4 (un sketch, 1965) ; Här har du ditt liv (Les feux de la vie, 1966) ; Ole dole doff (1968) ; Utvandrarna (Les émigrants, 1973) ; Nybyggarna (Le nouveau monde, 1973) ; Zandy's Bride (1974) ; Bang (1977) ; The Flight of the Eagle (1978) ; Hurricane (1979).

Il a débuté par de nombreux courts métrages pour la télévision, marqués par une volonté de réalisme social. Widerberg le prit comme opérateur pour *Le péché suédois,* ce qui lui donna sa chance comme réalisateur. Après deux films d'un intérêt un peu mince, il se lance dans une grande fresque qui démystifie la manière dont furent peuplés les États-Unis. Six heures durant (le film forme deux volets, *Les émigrants* et *Le nouveau monde*), Troell montre comment la misère a poussé une famille de paysans suédois au XIXe siècle à tenter sa chance vers la terre promise d'Amérique. Suit un tableau très crédible des désillusions, de l'expropriation des Indiens (cf. la très belle scène de pendaison des Sioux), de la ruée vers l'or, etc. Du coup, Troell gagna un contrat à Hollywood. Il devait y perdre son originalité. *Hurricane,* malgré de gros moyens, est inférieur au film de Ford.

Trotta, Margarethe von

Scénariste et réalisatrice allemande née en 1942.

Comme réalisatrice : Die verlorene Ehre der Katharina Blum (avec Schloendorff, L'honneur perdu de Katharina Blum, 1975) ; Das zweite Erwachen der Christa Klages (Le second éveil, 1977) ; Schwestern, oder die Balance des Glücks (1979) ; Die Bleierne Zeit (Les années de plomb, 1981).

Actrice de théâtre puis interprète des films de Fassbinder, Hauf et Schloendorff dont elle fut la scénariste puis l'épouse. Son rôle fut important dans l'élaboration du film *L'honneur perdu de Katharina Blum,* d'après Böll. Dans *Les années de plomb,* elle raconte l'histoire de deux sœurs, élevées de façon rigide, mais qui vont diverger sans que l'affection qui les lie soit rompue. Méditation tragique sur l'éducation et l'évolution des temps.

Truffaut, François

Réalisateur français né en 1932.

Courts métrages : Les Mistons (1958) ; Histoire d'eau (avec Godard, 1959) ; *Longs métrages :* Les quatre cents coups (1959) ; Tirez sur le pianiste (1960) ; Jules et Jim (1961) ; L'amour à vingt ans (un sketch, 1962) ; La peau douce (1964) ; Fahrenheit 451 (1966) ; La mariée était en noir (1968) ; Baisers volés (1968) ; La sirène du Mississipi (1969) ; L'enfant sauvage (1970) ; Domicile conjugal (1970) ; Les deux Anglaises et le Continent (1971) ; Une belle fille comme moi (1972) ; La nuit américaine (1973) ; L'histoire d'Adèle H. (1975) ; L'argent de poche (1976) ; L'homme qui aimait les femmes (1977) ; La chambre verte (1978) ; L'amour en fuite (1978) ; Le dernier métro (1980) ; La femme d'à côté (1981).

Ses débuts dans la vie sont ceux d'un futur réalisateur maudit : enfance malheureuse, service militaire interrompu par la désertion, etc. Rien alors ne laisse prévoir que Truffaut deviendra le représentant officiel de la France dans les grands festivals. André Bazin lui ouvre *Les cahiers du cinéma :* Truffaut s'y fait remarquer par la virulence de ses critiques ; il exécute la plupart des grands réalisateurs du moment (Delannoy, Cayatte, Autant-Lara...) et exalte les cinéastes américains de série B. Le cinéma qu'il aime n'est pas celui qu'il fera : il appréciait le sens de l'action des petits maîtres américains, leur virtuosité technique et la désinvolture de leurs scénarios ; les films de Truffaut seront classiques, pour ne pas dire académiques, et son bref passage dans le thriller ou la science-fiction catastrophique. Ni Siegel, ni Heisler, ni Seiler n'auraient manqué les adaptations des deux-chefs d'œuvre d'Irish, *La mariée* et *La sirène du Mississipi,* ni le superbe *Fahrenheit 451* de Ray Bradbury. D'emblée, dès son court métrage *Les Mistons* (l'éveil de la sexualité dans un groupe de garçons durant les vacances d'été), il montre où il va se situer : dans une tradition française fondée sur l'observation de la vie quotidienne et sur l'étude de caractères. Oublié Hitchcock auquel il consacra un grand livre. *Les quatre cents coups* ouvrent le cycle Doinel qui va fonder la réputation de Truffaut : *L'amour à vingt ans, Baisers volés, Domicile conjugal...* On y apprend comment beurrer des biscottes sans les casser ou se faire payer ses leçons de violon sans vexer le client. Fraîcheur et gentillesse que l'on retrouve aussi dans *Jules et Jim.* L'autobiographie est évidente, même si Jean-Pierre Léaud, admirable de naturel, a fini par absorber Antoine Doinel au détriment de Truffaut. Celui-ci en revanche n'a pas la tête tragique. *Tirez sur le pianiste* tourne vite à la pochade, malgré le patronage de Goodis : l'un des gangsters affirme qu'il dit vrai et le jure sur la tête de sa mère sinon qu'elle succombe à l'instant. Plan suivant : on voit une vieille dame qui s'écroule, morte. Imagine-t-on une scène pareille chez Hawks ? Malgré le souvenir tragique des années d'Occupation, on pense sans arrêt à Sacha Guitry dans *Le dernier métro.* Une tentative aussi originale que *La chambre verte,* évocation d'un culte maniaque des morts, surprend tellement de la part de Truffaut que le film est un échec commercial. Oui à « l'homme qui aimait les femmes », thème très français donc digne de Truffaut ; non à « l'homme qui aimait les morts », un sujet pris à Henry James, trop macabre pour le cinéaste des *Quatre cents coups.* Reste que Truffaut est le seul auteur de la Nouvelle Vague à avoir poursuivi une œuvre personnelle sans avoir perdu, sauf le cas exceptionnel de *La chambre verte,* le contact avec le public. S'il n'est pas devenu Hitchcock, il est notre nouveau Renoir.

BIBLIO. : D. Fanne, *L'univers de F. Truffaut* (1972) ; J. Collet, *Truffaut* (1977).

Trumbo, Dalton

Scénariste et réalisateur américain, 1906-1976.

Comme réalisateur : Johnny Got His Gun (Johnny s'en va-t-en guerre, 1971).

Scénariste réputé, il vit sa carrière interrompue par le maccartisme et ne dut qu'à Kirk Douglas de pouvoir la reprendre sous son vrai nom, après avoir signé quelques scénarios sous pseudonyme dont celui de Robert Rich qui lui permit de gagner un oscar avec *The Brave One.* Il a adapté lui-même son roman *Johnny Got His Gun,* film pacifiste dont le thème, l'histoire d'un mutilé de guerre dont il ne reste que la tête et le tronc, est d'une horreur insoutenable.

Trumbull, Douglas

Technicien et réalisateur américain né en 1942.

Comme réalisateur : Silent Running (Silent running, 1972).

Grand maître des effets spéciaux (*2001, odyssée de l'espace* de Kubrick et *Le mystère Andromède* de Wise), il a tourné un film de science-fiction insolite, histoire d'un botaniste chargé de préserver, à bord d'un vaisseau spatial, des espèces végétales ramenées de la Terre. Un peu de naïveté écologique agaçait parfois, mais la qualité de la mise en scène balayait le côté bêtifiant du propos.

Tsai, Tchou-Chen

Réalisateur chinois né en 1906.

Le printemps méridional (1932) ; Le matin dans la ville (1933) ; Le chant du pêcheur (1934) ; Femmes nouvelles (1934) ; Le cheveu perdu (1936) ; Wang Lao-Wou (1938) ; Le paradis diabolique (1939) ; Un grand avenir (1940) ; Le fleuve coule vers l'Est (1947) ; Les marées du Sud (1961).

Un bel exemple de continuité. Dès les années 30, il dénonçait dans ses films les tares de la société chinoise : *Le chant du pêcheur* fit alors sensation. Fondateur à Shanghai, en 1945, de la société Kouen-louen, il donna *Le fleuve coule vers l'Est* qui opposait deux hommes, l'un symbolisant le passé et l'autre l'avenir, dans la Chine occupée par le Japon. « Tourné avec une caméra antique à objectif unique, sur un plateau où des bâches remplaçaient les murs sans insonorisation possible, il tient de la prouesse » (Régis Bergeron, *Cinéma 64,* nº 86). Symbole d'un cinéma chinois qui oscille entre le grand opéra et le bricolage, déroutant pour le public occidental mais que l'on ne pouvait entièrement ignorer dans ce dictionnaire.

Tual, Roland

Acteur, producteur et réalisateur français, 1904-1956.

Comme réalisateur : Le lit à colonnes (1942) ; Bonsoir Mesdames, Bonsoir Messieurs (1943).

Deux films comme réalisateur, mais importants. Jacques Siclier a souligné dans *La France de Pétain et son cinéma* comment *Le lit à colonnes* se rattache au genre « désuet » par sa reconstitution de l'époque 1880 mais comment aussi il rencontra, dans son évocation du monde carcéral, des difficultés avec la censure de Vichy. Le second film de Tual est une comédie sur la radio, enlevée avec brio par Carette et où Gaby Sylvia tombait amoureuse du « ténor sans voix » tandis que se multipliaient les gags surréalistes. En réalité le film avait été écrit par Robert Desnos qui devait mourir en déportations. Les deux films de Tual sont avant tout divertissants, certes, mais moins insignifiants qu'il n'y paraît.

Tucker, George Loane

Réalisateur américain, 1881-1921.

Traffic in Souls (Commerce d'âmes, 1913) ; Behind the Scenes (1914) ; The Middleman (1914) ; The Revenge of Mr. Thomas Atkins (1914) ; She Stoops to Conquer (1914) ; On His Majesty's Service (1914) ; Called Back (1914) ; The Fringe of War (1914) ; The Difficult Way (1914) ; Sons of Satan (1915) ; The Shulamite (1915) ; The Morals of Weybury (1915) ; The Game of Liberty (1915) ; The Prisoner of Zenda (1915) ; Rupert of Hentzau (1915) ; 0-18 (1915) ; The Man Without a Soul (1916) ; Arsène Lupin (Arsène Lupin, 1916) ; The Hypocrites (1916) ; The Mother of Dartmoor (1917) ; A Mother's Influence (1917) ; A Man of His World (1917) ; The Cinderella Man (Monsieur Cendrillon, 1917) ; The Man-Man (1917) ; The Mother (1918) ; Joan of Plattsburg (1918) ; Dodging a Million (1918) ; Virtuous Wives (1919) ; The Miracle Man (Le miracle, 1919) ; Ladies Must Live (1921).

Pionnier du cinéma américain, il tourne l'un des premiers classiques d'Hollywood, *Traffic in Souls,* film sur la prostitution. A partir de 1914, il travaille en Angleterre, adaptant des classiques comme *She Stoops to Conquer* ou des romans policiers comme *Arsène Lupin* de Leblanc. De retour aux États-Unis, il dirige Mae Marsh dans *The Cinderella Man* et Lon Chaney dans *The Miracle Man.* Son influence a été importante et il aurait joué un grand rôle sans sa disparition prématurée.

Tully, Montgomery

Réalisateur anglais né en 1904.

Principaux films : Murder in Reverse (1945) ; Spring Song (1946) ; Boys in Brown (1950) ; The Diamond (1954) ; 36 Hours (1954) ; Dial 999 (1955) ; The Glass Cage (1955) ; The Hypnotist (1957) ; Man in the Shadow (1957) ; The Strange Awakening (1958) ; Man with a Gun (1958) ; Man Accused (1959) ; Jackpot (1961) ; The Third Alibi (1961) ; Out of the Fog (1962) ; Master Spy (1963) ; Clash by Night (1964) ; The Terrornauts (1967) ; Battle Beneath the Earth (1968) ; The Hawks (1969).

Il débuta par des documentaires fort ennuyeux et dont on a perdu le souvenir avant de se lancer dans le film policier. Cinéma de simple divertissement mais supérieur à celui de Carstairs, Weeks, Cutts, Brunel et autres amuseurs britanniques. Sorte de sous-Hitchcock, il sait tenir en haleine son public qui lui est resté fidèle pendant dix ans. Déplorons que sa réputation n'ait guère franchi la Manche.

Turpin, Bernard dit Ben

Acteur américain, 1885-1946.

Il a joué dans plus de deux cents films où il promenait un strabisme monstrueux qui devait le rendre célèbre comme acteur comique. A-t-il dirigé certains de ses films ? C'est probable. Il est à peu près sûr qu'il fut l'inventeur des nombreux gags où il parodiait Stroheim (*When a Man's Prince,* 1926) ou Valentino (*The Shriek of Araby,* 1923).

Tuttle, Frank

Réalisateur américain, 1892-1963.

The Cradle Buster (1922) ; Second Fiddle (1923) ; Youthful Cheaters (1923) ; Puritan Passions (1923) ; Grit (1924) ; Dangerous Money (1924) ; Miss Blubeard (Miss Barbe-Bleue, 1925) ; A Kiss in the Dark (1925) ; The Manicure (1925) ; Lucky Devil (1925) ; Lovers in Quarantine (1925) ; The American Venus (1926) ; The Untamed Lady (1926) ; Kid Boots (1926) ; Love'Em and Leave'Em (1926) ; Blind Alleys (1927) ; Spotlight (1927) ; Time to Love (1927) ; One Woman to Another (1927) ; Something Always Happens

(1928) ; Easy Come, Easy Go (1928) ; His Private Life (1928) ; Love and Learn (1928) ; Varsity (1928) ; The Studio Murder Case (1929) ; Marquis Preferred (1929) ; The Green Murder Case (1929) ; Sweetie (1929) ; Only the Brave (1930) ; The Benson Murder Case (1930) ; Paramount on Parade (coréal., 1930) ; True to the Navy (1930) ; Men Are Like That (1930) ; Love Among the Millionaires (1930) ; Her Wedding Night (1930) ; No Limit (1931) ; It Pays to Advertise (1931) ; This Reckless Age (1932) ; This Is the Night (1932) ; Big Broadcast (1932) ; Roman Scandals (1933) ; Ladies Should Listen (1934) ; Springtime for Henry (1934) ; Here Is My Heart (1934) ; All the King's Horses (1935) ; The Glass Key (La clef de verre, 1935) ; Two for Tonight (1935) ; College Holiday (Croisière d'agrément, 1936) ; Waikiki Wedding (1937) ; Dr. Rhythm (1938) ; Charlie McCarthy, Detective (1939) ; I tole a Million (1939) ; Paris Honeymoon (1939) ; This Gun for Hire (Tueur à gages, 1942) ; Lucky Jordan (Jordan le révolté, 1942) ; Hostages (1943) ; The Hour Before Dawn (1944) ; The Great John L (Le Grand John, 1945) ; Don Juan Quilligan (1945) ; Suspense (Fatalité, 1946) ; Swell Guy (1946) ; Le Traqué (version américaine, 1950) ; The Magic Face (1951) ; Hell on Frisco Bay (Colère noire, 1955) ; A Cry in the Night (1956) ; Island of the Lost Women (1959).

De la copieuse filmographie de ce solide artisan hollywoodien, où se côtoient mélodrames, comédies musicale, (*Roman Scandals* est un classique du genre) et histoires d'espionnage (*Lucky Jordan*) émergent trois films policiers remarquables : *The Glass Key,* première adaptation à l'écran du roman de Hammett, *This Gun for Hire* d'après Graham Greene, où Alan Ladd, tueur au visage d'ange déchu, était impressionnant, et *Hell on Frisco Bay.* Citons aussi *The Magic Face* : un acteur tue Hitler et prend sa place, conduisant volontairement l'Allemagne à la défaite. La carrière de Tuttle fut brisée par sa comparution devant la Commission des activités antiaméricaines : il dut admettre son ancienne appartenance au parti communiste et dénoncer ses anciens camarades.

Tzavellas, Georges

Réalisateur grec né en 1916.

Principaux films (titres en français) : Applaudissements (1944) ; Marinos Kondaras (1950) ; L'ivrogne (1952) ; L'Agnès du port (1953) ; Chauffeur de taxi (1955) ; La fausse livre sterling (1956) ; Le chat jaloux (1958) ; Nous ne vivons qu'une seule fois (1958) ; Antigone (1961).

Le plus connu des réalisateurs grecs après Cacoyannis et Kondouros. Auteur dramatique, il rédige lui-même ses scénarios, passant de la comédie (*Marinos Kondaras,* son œuvre la plus connue) à la tragédie grecque (*Antigone*). Homme de théâtre mais conscient des spécificités cinématographiques, il résout le problème des longs discours du chœur dans *Antigone* grâce aux flashbacks et aux surimpressions de voix, ce qui donne à sa version de la tragédie une force supérieure aux autres films inspirés par les grands tragiques grecs.

U

Uchida, Tomu

Réalisateur japonais, 1898-1970.

Principaux films : Kutsu (1927) ; Jean Valjean (1932) ; Hodaku no Machu (la ville nue, 1936) ; Tsuchi (La Terre, 1939) ; Tasogare Sakaba (La brasserie, 1955) ; Daibosatsu Toge (Bodhisattva, 3 partie, 1957-59) ; Koi ya koi nasuna koi (la renarde folle, 1962) ; Miyamoto musashi y (Le duel sans fin, 1962) ; Jinsei Gekyo (Kaku et Tsone, 1968).

Début comme acteur au temps du muet, puis assistant de Mizoguchi. Il développe le réalisme social avec *La Ville nue* et *La Terre*. Exilé en Mandchourie en 1942, il rejoint le parti communiste chinois. De retour au Japon vers 1955, il abandonne sa première inspiration pour le film historique.

Ucicky, Gustav

Réalisateur autrichien, 1898-1961.

Cafe Electric (1927) ; Pratermizzi (1927) ; Tingel-Tangel (1927) ; Ein besserer Herr (1928) ; Herzen ohne Ziel (1928) ; Der Sträfling aus Stambul (1929) ; Vererbte Triebe (1929) ; Das Flötenkonzert von Sans-Souci (Le concert de flûte de Sans-Souci, 1930) ; Hokuspokus (1930) ; Der unsterbliche Lump (1930) ; Yorck (1930) ; Im Geheimdienst (1931) ; Mensch ohne Namen (1932) ; Un homme sans nom (version fr. de Mensch ohne Namen, 1932) ; Morgenrot (1933) ; Flüchtlinge (Au bout du monde, 1933) ; Der junge Baron Neuhaus (1934) ; Das Mädchen Johanna (1935) ; Unter heissem Himmel (1936) ; Savoy-Hotel 217 (1936) ; Der zerbrochene Krug (La cruche cassée, 1937) ; Frau Sixta (1938) ; Mutterliebe (1939) ; Aufruhr in Damaskus (1939) ; Der Postmeister (Le maître de poste, 1940) ; Ein Leben lang (Toute une vie, 1940) ; Heimkehr (1941) ; Späte Liebe (1943) ; Am Ende der Welt (1943) ; Der gebieterische Ruf (1944) ; Das Herz muss schweigen (1944) ; Singende Engel (1949) ; Der Seelenbräu (1950) ; Cordula (1950) ; Bis wir uns wiederseh'n (1952) ; Der Kaplan von San Lorenzo (1952) ; Ein Leben für Do (1953) ; Die Hexe (1954) ; Zwei blaue Augen (1955) ; Die Heilige und ihr Narr (1957) ; Der Jager von Fall (1957) ; Der Edelweisskönig (1957) ; Das Mädchen vom Moorhof (1958) ; Der Priester und das Mädchen (1958) ; Dar Erbe von Björndal (1960).

C'est à un réalisateur viennois qu'il revint d'exalter l'un des premiers le militarisme prussien avec l'évocation de York qui trahit Napoléon au moment du désastre de Russie et fut l'un des artisans de l'insurrection de la Prusse en 1813. Mais dépourvu de tout esprit de propagande, *Le maître de poste* montre le savoir-faire d'un réalisateur que l'on a trop sous-estimé. Son habile adaptation de Pouchkine permit de montrer de belles images et de mettre en relief d'excellents acteurs comme Heinrich George et Hilde Krahl. Après la chute du IIIe Reich, Ucicky continua ses activités cinématographiques, mais les films qu'il a tournés semblent dépourvus d'intérêt.

Ulmer, Edgar George

Réalisateur d'origine autrichienne, 1900-1972.

Menschen am Sonntag (coréal., Les hommes le dimanche, 1929) ; Damaged Lives (1933) ; Mister Broadway (1933) ; The Black Cat (Le chat noir, 1934) ; Green Fields (1937) ; Cossacks in Exile (1938) ; The Singing Blacksmith (1938) ; Moon over Harlem (1939) ; Fishke der Drume (1939) ; The Light Ahead (1939) ; Natalka Poltavka (1939) ; American Matchmaker (1940) ; Tomorrow We Live (1942) ; Isle of Forgotten Sins (L'île des péchés oubliés, 1943) ; Girls in Chains (1943) ; Jive Junction (1943) ; My Son, The Hero (1943) ; Bluebeard (Barbe-Bleue, 1944) ; Detour (1945) ; Strange Illusion (1945) ; Club Havana (1945) ; The Wife of Monte Cristo (La femme de Monte-Cristo, 1946) ; Her Sister's Secret (1946) ; The Strange Woman (Le démon de la chair, 1946) ; Carnegie Hall (Carnegie Hall, 1946) ; Ruthless (L'impitoyable, 1948) ; The Pirates of Capri (Les pirates de Capri, 1949) ; St. Benny the Dip (1951) ; The Man from Planet X (1951) ; Babes in Bagdad (Les mille et une filles de Bagdad, 1952) ; The Naked Dawn (Le bandit, 1954) ; Murder is my Beat (1955) ; Daughter of Dr. Jekyll (1957) ; Hannibal (avec Bragaglia, Hannibal, 1960) ; L'Atlantide (L'Atlantide 1960) ; Beyond the Time Barrier (1960) ; The Amazing Transparent Man (1961) ; Sette contro la Morte (1965).

Réalisateur maudit, telle est la réputation qu'on lui a faite. Avec excès peut-être. Après de bonnes études d'architecture et de philosophie à Vienne, il s'intéresse au théâtre, accompagne la troupe de Max Reinhardt aux États-Unis, puis retourne en Allemagne. Il y travaille avec Murnau sur *Faust,* suit le réalisateur à Hollywood, revient en 1929 à Berlin et collabore au célèbre *Les hommes le dimanche.* Troisième séjour en Amérique, décisif celui-là. Devenu réalisateur, Ulmer tourne des films à petits budgets, certains même en yiddish et en ukrainien. Quelques œuvres vont asseoir son prestige auprès des cinéphiles, établissant la légende d'un grand metteur en scène confiné dans des réalisations de série Z : *Le chat noir* qui oppose en une fantastique partie d'échecs dans un château isolé Bela Lugosi à Boris Karloff, *The Strange Woman* à l'atmosphère envoûtante, *Bluebeard* qui vaut pour l'interprétation de Carradine, et surtout *Le bandit,* western intimiste où un hors-la-loi trouble la vie d'un couple de jeunes paysans mexicains. Mais en regard que de films bâclés, ratés ou simplement ennuyeux (*Carnegie Hall, L'Atlantide*) !

Urayama, Kirio

Réalisateur japonais né en 1930.

Kyupora no Aru machi (1962) ; Hiko Shojo (A chaque aube je hurle, 1963) ; Watashi Ga Suteta Onna (La femme que j'ai abandonnée, 1969).

Longtemps assistant, il rencontre un grand succès avec son premier film qui le montre attentif aux problèmes sociaux du Japon contemporain. Son deuxième film reçoit une médaille d'or au Festival de Moscou. Il est l'auteur des scénarios de ses œuvres.

Ustinov, Peter

Acteur et metteur en scène né en 1921.

School for Secrets (1946) ; Vice-versa (1947) ; Private Angelo (avec Anderson, 1949) ; Romanoff and Juliette (Romanoff et Juliette, 1960) ; Billy Budd (Billy Budd, 1962) ; Lady L. (Lady L., 1965) ; Hammersmith Is Out (1972).

Le metteur en scène, comme c'est le cas pour beaucoup de comédiens, n'est pas à la hauteur de l'interprète, le génial Néron du *Quo Vadis* de Le Roy, mais l'on peut sauver *Billy Budd,* belle et fidèle adaptation du roman de Herman Melville.

V

Vadim, Roger

Réalisateur français né en 1928.

Et Dieu créa la femme (1956) ; Sait-on jamais (1956) ; Les bijoutiers du clair de lune (1957) ; Les liaisons dangereuses 60 (1959) ; Et mourir de plaisir (1960) ; La bride sur le cou (1961) ; Les sept péchés capitaux (un sketch, 1962) ; Le repos du guerrier (1962) ; Le vice et la vertu (1963) ; Un château en Suède (1963) ; La ronde (1964) ; La curée (1966) ; Histoires extraordinaires (un sketch, 1968) ; Barbarella (1968) ; Si tu crois fillette (1971) ; Hellé (1972) ; Don Juan 73 (1972) ; La jeune fille assassinée (1974) ; Une femme fidèle (1976).

Comédien, journaliste, assistant. On ne peut nier son talent de découvreur de stars féminines, de Brigitte Bardot à Catherine Deneuve. Il fit même débuter Françoise Hardy au cinéma. Il eut aussi d'excellentes idées : Venise sous la neige, au son de la musique du Modern Jazz Quartet, dans *Sait-on jamais ;* le choix d'une jolie fille pour vampire dans *Et mourir de plaisir* (idée volée au *Journal* de Gide qui s'étonnait, à propos de *Nosfératu,* que l'on représentât toujours un vampire laid) ; la transposition de *Justine* et de *Juliette* de Sade dans l'univers nazi (ce qui suscita l'indignation des tenants du divin marquis) ; le changement de sexe de don Juan avec *Don Juan 73.* En revanche, que dire de son adaptation des *Liaisons dangereuses* avec Gérard Philipe, infortuné Valmont là où il eût fallu Boris Vian réduit dans le film à un petit rôle ? Au total, en raison de la paresse d'un metteur en scène par ailleurs intelligent, l'œuvre de Vadim laisse une impression de superficialité, pour ne pas dire de médiocrité. N'est pas Laclos qui veut. Déjà Vadim n'est-il pas supplanté par John Derek, le mari d'Ursula Andress puis de la divine « Bo », dans ce rôle de réalisateur à « femmes » ?

Vajda, Ladislao

Réalisateur d'origine hongroise, 1905-1965.

Principaux films : The Beggar Student (1931) ; Hallo Budapest (1934) ; Szenzacio (1936) ; Wings over Africa (1936) ; Rozsa Bokor (1937) ; La zia smemorata (1941) ; Dona Francisquita (Mascarade d'amour, 1952) ; Sin Uniforme (Héros sans uniforme, 1953) ; Carne de Horca (La charge infernale, 1954) ; Marcelino, pan y vino (Marcellin, pain et vie, 1955) ; Tarde de toros (Un après-midi de taureaux, 1955) ; Es geschach am hellichten Tag (1958) ; Ein fast anständiges Mädchen (1963).

Fils de l'auteur et scénariste Laszlo Vajda, il a eu une carrière internationale : Angleterre, Hongrie, France, Italie, Allemagne et surtout Espagne franquiste où entre 1942 et 1955 il donna ses œuvres les plus connues. La liste est longue : à quoi bon la donner au complet ? Sauf deux ou trois films comme *Tarde de toros,* tout y est médiocre.

Valentin, Albert

Scénariste et réalisateur d'origine belge, 1908-1968.

Comme réalisateur : Ce que j'adore (version française, 1933) ; La chanson de l'adieu (vers. fr., 1934) ; Stradivarius (vers. fr., 1935) ; Les dieux s'amusent (vers. fr., 1935) ; Taxi de nuit (1935) ; L'entraîneuse (1938) ; L'héritier des Mondésir (1939) ; La maison des sept jeunes filles (1941) ; A la belle frégate (1942) ; Marie-Martine (1942) ; La vie de plaisir (1943) ; Le secret de Monte-Cristo (1948) ; L'échafaud peut attendre (1948).

Comme l'écrit Raymond Chirat : « Curieuse et mélancolique destinée que celle d'Albert Valentin : dans le lot des cinéastes du "second rayon", il reste maudit. Si les histoires du cinéma le citent encore, c'est surtout pour son activité de scénariste. » Assistant de René Clair, il travaille également beaucoup à Berlin sur les versions françaises des grands succès de von Bolvary ou Schünzel, avant de se lancer seul dans *Taxi de nuit.* Un mélo, *L'entraîneuse,* avec Michèle Morgan, et une désopilante comédie que jouaient Fernandel et Jules Berry, *L'héritier des Mondésir,* lui valent une petite réputation. Mais ses œuvres les plus importantes se situent sous l'Occupation : *Marie-Martine,* succession de points d'interrogation posés autour d'une femme dont le passé est progressivement révélé par un montage subtil et que servait une distribution éblouissante (Jules Berry, Saturnin Fabre dont le sketch de la bougie est resté classique, Bernard Blier, Jeanne Fusier-Gir en libraire portée sur Sade et Restif, sans oublier Renée Saint-Cyr), puis *La vie de plaisir,* qui valut, de façon absurde, au malheureux Valentin d'être épuré, dans des conditions iniques, à la Libération. Il revint seulement en 1948 avec une très originale version du *Comte de Monte-Cristo* où il retrouvait l'histoire réelle telle que l'a racontée Peuchet dans ses *Mémoires tirés des archives de la police,* archives qu'il avait conservées à la grande époque des Dubois, Henry, Vidocq, Bertrand et autres Boucheseiche. L'insuccès du film condamna Valentin à se limiter, sans aigreur, au métier de scénariste. Il méritait mieux.

BIBLIO. : R. Chirat, Albert Valentin, *Écran 76,* nº 44.

Valentin, Karl

Chansonnier et réalisateur allemand, 1882-1948.

Principaux films : Karl Valentins Hochzeit (Le mariage de Valentin, 1912) ; Die lustigen Vagabunden (1912) ; Der neue Schreibtisch (Le bureau neuf, 1915) ; Zirkus Schnabelman (Le cirque Schnabelman, 1920) ; Mysterien eines Friseursalons (Les mystères du salon de coiffure, 1922) ; Orchesterszene (Scènes d'orchestre, 1928) ; Der Sonderling (L'excentrique, 1929) ; Im Fotoatelier (Chez le photographe, 1932) ; Orchesterprobe (L'orchestre répète, 1933) ; Der Theaterbesuch (La sortie au théâtre, 1934) ; Der Firmling (Le communiant, 1934) ; Beim Nervenatz (Chez le psychiatre, 1936) ; Beim Rechtsanwalt (Chez l'avocat, 1936) ; Im Senderaum (A la radio, 1938).

Il est avant tout un homme de cabaret. Mais il a eu le souci de filmer ou de faire filmer (Stockel, Ritter) ses sketches les plus célèbres. Pauvres sur le plan cinématographique, ses courts métrages font encore rire grâce à la présence de Liesl Karlstadt, qui se transforme à volonté, et à la charge de la petite ou de la moyenne bourgeoisie. Brecht disait de Valentin : « Cet homme ne venait pas faire des plaisanteries. Il est lui-même une plaisanterie vivante. Une plaisanterie tout à fait compliquée avec laquelle on ne plaisante pas. » Une telle caution explique sans doute la redécouverte de Valentin qui arrêta toute activité en 1941 et finit dans la misère.

Valère, Jean

Réalisateur français né en 1925.

La sentence (1959) ; Les grandes personnes (1960) ; Le gros coup (1963) ; La femme écarlate (1968) ; Mont-Dragon (1970).

Son premier film fut accueilli très favorablement, mais il parut ensuite se perdre dans des œuvres qui ne suscitèrent que l'indifférence. Il revint au premier plan avec une très honorable adaptation d'un roman de Robert Margerit, *Mont-Dragon,* dont il sut bien rendre, avec la complicité de Jacques Brel, le climat pervers. Depuis, il s'est désintéressé du grand écran.

Valerii, Tonino

Réalisateur italien.

Per il gusto di uccidere (1966) ; I giorni dell'ira (1967) ; Il prezzo del potere (1969) ; La ragazza di nome Giulio (1970) ; Mio caro assassino (1970) ; Una ragione per vivere, una ragione per morire (Une raison pour vivre, une raison pour mourir, 1972) ; Il mio nome è Nessuno (1973) ; Vai gorilla ! (1975) ; Sahara Cross (1977).

Petit maître d'un petit genre, le western-spaghetti. Mais pourquoi bouder notre plaisir ?

Vallée, Jean

Réalisateur français né en 1899.

Jeunes filles à marier (1935) ; La terre qui meurt (1936) ; Les hommes sans nom (1937) ; Le cœur ébloui (1938) ; Les surprises d'une nuit de noces (1951) ; L'étrange amazone (1957).

Une bonne adaptation de *La terre qui meurt* de Bazin, au ton sensible et juste (Larquey était excellent), permet de tirer de l'oubli ce réalisateur habile mais sans ambition.

Van Bueren

Dessinateur et producteur américain de films d'animation.

Séries diverses.

C'est ce producteur qui eut l'idée de reprendre en cartoon *Le petit roi* de Soglow. Il y eut 10 films dirigés par George Stalling. Le premier fut *The Fatal Note* en 1933.

Vancini, Florestano

Réalisateur italien né en 1926.

La lunga notte del '43 (La longue nuit de 1943, 1960) ; Le Italiane e l'amore (un sketch, Les femmes accusent, 1961) ; La banda Casaroli (1962) ; La calda vita (1963) ; Le stagioni del nostro amore (1966) ; I lunghi giorni della vendetta (pseudonyme : Vance, 1966) ; L'isola (1968) ; I fatti di bronte (1970) ; La violenza (1971) ; Il delitto Matteotti (1973) ; Amore amoro (1974) ; Un dramma borghese (1979).

Très considéré en Italie où il a réalisé une quarantaine de documentaires dans les années 50 (*Uomini della pianura ; Delta padano,* etc.) et signé son premier long métrage en s'inspirant d'une nouvelle de Bassani, Vancini est très peu connu en dehors de la péninsule. Peut-être cela s'explique-t-il par le caractère résolument italien des thèmes abordés par l'auteur : réflexion sur l'antifascisme en 1943 dans *La lunga notte* ou sur la répression des troubles sociaux en Sicile par les troupes de Garibaldi au moment de l'indépendance (*I fatti di bronte).*

Vandal, Marcel

Producteur et réalisateur français, 1882-1965.

Comme réalisateur : Graziella (1926) ; Fleur d'amour (1927) ; Le sous-marin de cristal (1927) ; L'eau du Nil (1928).

Fondateur des établissements Éclair, il fut directeur artistique puis réalisateur. Une copie retrouvée par la cinémathèque de Toulouse de *L'eau du Nil* met en lumière ses qualités réelles de metteur en scène.

Van Dyke, Willard

Réalisateur américain né en 1906.

Principaux films : The City (1939) ; Valley Town (1940) ; The Bridge (1942) ; Pacific Northwest (1944) ; San Francisco (1945) ; Journey into Medecine (1946) ; The Photographer (1947) ; Mount Vernon (1949) ;

New York University (1952) ; Cabos blancos (1954) ; Skyscraper (avec Sh. Clarke, 1958) ; Harvest (1962) ; Depressed Area (1963) ; Rice (1964) ; The Farmer (1965).

Une carrière dans la banque qui aboutit à la photographie avec une collaboration au documentaire de Lorentz, *The River,* en 1937. Van Dyke devient ensuite l'un des grands maîtres du documentaire américains, couvert d'honneurs et de charges officielles le conduisant des Nations-Unies au Museum of Modern Art.

Van Dyke, Woodbridge Strong II

Réalisateur américain, 1889-1943.

The Land of Long Shadows (1917) ; The Range Boss (1917) ; Open Places (1917) ; Men of the Desert (1917) ; Gift O'Gab (1917) ; The Lady of the Dugout (1918) ; The Hawk's Trail (1920) ; Daredevil Jack (Jack sans peur, 1920) ; Double Adventure (Double aventure, 1921) ; The Avenging Arrow (1921) ; White Eagle (1922) ; According to Hoyle (1922) ; The Boss of Camp 4 (1922) ; Forget-Me-Not (1922) ; The Little Girl Next Door (1923) ; The Destroying Angel (1923) ; The Miracle Makers (1923) ; Ruth of the Range (avec Warde, 1923) ; You Are in Danger (1923) ; Loving Lies (1924) ; The Beautiful Sinner (1924) ; Half-a-Dollar Bill (1924) ; Winner Take All (Le gagnant prend tout, 1924) ; The Battling Fool (1924) ; Barriers Burned Away (1925) ; Gold Heels (1925) ; Hearts and Spurs (1925) ; The Trail Rider (1925) ; The Ranger of the Big Pines (1925) ; The Timber Wolf (1925) ; The Desert's Price (1925) ; The Gentle Cyclone (Poigne d'acier, 1926) ; War Paint (Œil de Faucon, 1926) ; Winners of the Wilderness (1927) ; The Heart of the Yukon (1927) ; California (1927) ; Eyes of the Totem (1927) ; Spoilers of the West (1927) ; Foreign Devils (1928) ; Wyoming (1928) ; Under the Black Eagle (1928) ; White Shadows in the South Seas (avec Flaherty, Ombres blanches, 1928) ; The Pagan (Chanson païenne, 1929) ; Trader Horn (Le trafiquant Horn, 1931) ; Never the Twain Shall Meet (1931) ; Guilty Hands (Mains coupables, 1931) ; The Cuban Love Song (Rumba, 1931) ; Tarzan, the Ape Man (Tarzan, l'homme-singe, 1932) ; Night Court (1932) ; Penthouse (Le cas de l'avocat Durand, 1933) ; The Prizefighter and the Lady (Un cœur, deux poings, 1933) ; Eskimo (Esquimaux, 1933) ; Manhattan Melodrama (L'ennemi public nº 1, 1934) ; The Thin Man (L'Introuvable, 1934) ; Forsaking All Others (Souvent femme varie, 1934) ; Laughing Boy (1934) ; Hide-Out (Jours heureux, 1934) ; Naughty Marietta (La fugue de Mariette, 1935) ; I Live My Life (Vivre sa vie, 1935) ; Rose-Marie (Rose-Marie, 1936) ; His Brother's Wife (La fièvre des Tropiques, 1936) ; San Francisco (San Francisco, 1936) ; The Devil Is a Sissy (Au seuil de la vie, 1936) ; Love on the Run (Loufoque et compagnie, 1936) ; After the Thin Man (Nick gentleman détective, 1936) ; Personal Property (Valet de cœur, 1937) ; They Gave Him a Gun (On lui donna un fusil, 1937) ; Rosalie (Rosalie, 1937) ; Marie-Antoinette (Marie-Antoinette, 1938) ; Sweethearts (Amants, 1938) ; Stand Up and Fight (Trafic d'hommes, 1939) ; It's a Wonderful World (Le monde est merveilleux, 1939) ; Andy Hardy Gets Spring Fever (Andy Hardy s'enflamme, 1939) ; Another Thin Man (Nick joue et gagne, 1939) ; I Love You Again (Monsieur Wilson perd la tête, 1940) ; Rage in Heaven (La proie du mort, 1941) ; The Feminine Touch (Quand une femme s'en mêle, 1941) ; Shadow of the Thin Man (L'ombre de l'Introuvable, 1941) ; Dr. Kildare's Victory (1941) ; I Married an Angel (Ma femme est un ange, 1942) ; Cairo (Cairo, 1942) ; Journey for Margaret (Le voyage de Margaret, 1942).

Fils d'une actrice, il a fait ses débuts au théâtre avant d'être embauché par Griffith comme assistant sur le plateau d'*Intolérance.* Peu après il entamait une longue et prolifique carrière de réalisateur, d'abord spécialisé dans le western, puis dans le film d'aventures exotiques : *Ombres blanches* (très admiré des surréalistes, ce film raconte la déchéance d'un médecin ayant échoué dans une île de Polynésie et qui sera régénéré par l'amour d'une jeune indigène ; Ako Kyrou parle de sa « beauté magnétique »), *Trader Horn* (qui contient des scènes impressionnantes dans la brousse) et surtout *Tarzan,* le premier et le meilleur d'une longue série interprétée par Johnny Weissmuller, sans oublier un séduisant *Eskimo,* tourné sur une autre partie de la planète. Il se consacra ensuite au film policier s'attachant au couple William Powell-Mirna Loy, formé pour *L'Introuvable* (d'après Hammett) et que l'on revit dans plusieurs films toujours sous la direction de Van Dyke qui fut toutefois plus inspiré dans un remarquable thriller, *Rage in Heaven,* vengeance subtile d'un mari trompé. Rappelons que c'est à la sortie d'une projection de *Manhattan Melodrama* que fut abattu le gangster Dillinger. A l'actif enfin de Van Dyke, un bon film historique, *Marie-Antoinette* (Robert Morley était un extraordinaire Louis XVI) et *San Francisco,* célèbre pour son tremblement de terre.

BIBLIO. : H. Dumont, *Van Dyke,* Anthologie du cinéma, 1975.

Van Effenterre, Bertrand

Réalisateur français né en 1946.

Erica Minor (1974) ; Mais où est donc Ornicar ? (1978).

A mi-chemin entre le cinéma et la fiction, un portrait de la génération de 1968 vue à travers deux films auxquels la présence de Brigitte Fossey, excellente, donne une incontestable unité.

Van Peebles, Melvin

Réalisateur américain né en 1932.

La permission (1968) ; Watermelon Man (1970) ; Sweet Sweetback's Baadass Song (1971) ; Greased Lightening (1977).

Parce qu'on y voyait un soldat noir américain coucher avec une Française, on fit de *La permission* un chef-d'œuvre. La suite, malgré les qualités de musicien de Van Peebles, n'a pas confirmé le génie de l'auteur.

Varda, Agnès

Réalisatrice née à Bruxelles en 1928.

Courts métrages : O saisons, ô châteaux (1956) ; L'opéra-mouffe (1958) ; Du côté de la côte (1958) ; La cocotte d'Azur (1959) ; Salut les Cubains (1963) ; Elsa (1967) ; Uncle Janco (1968) ; Black Panthers (1968) ; Daguerréotypes (1975). *Longs métrages :* La pointe courte (1954) ; Cléo de 5 à 7 (1962) ; Le bonheur (1965) ; Les créatures (1966) ; Loin du Vietnam (coréal., 1967) ; Lions Love (1969) ; L'une chante, l'autre pas (1977) ; Mur murs (1981) ; Documenteurs (1981).

Née à Bruxelles de parents franco-grecs, étudiante à la Sorbonne pour devenir conservateur de musée et se retrouvant finalement photographe du T.N.P., voilà des débuts prometteurs. Ouvrir la voie à la Nouvelle Vague avec *La pointe courte,* rencontrer le succès avec *Cléo,* deux heures dans la vie d'une chanteuse qui attend le résultat d'un examen médical important, et tourner ensuite un film sur « le bonheur » en hommage à son mari, Jacques Demy, dont elle pastiche les recherches esthétiques, aller ensuite se fourvoyer aux États-Unis puis connaître en France un échec sérieux avec *L'une chante, l'autre pas,* voilà qui ne peut laisser indifférent. Déjà dans leur numéro « Nouvelle Vague » de décembre 1962, *Les cahiers du cinéma* disaient d'elle : « Est-il possible d'aimer à la fois Mao-Tsé-Toung et les antiquaires ? Agnès Varda prouve peut-être que oui. » C'était au temps où elle évoquait Sète (*La pointe courte*) et la rue Mouffetard (*L'opéra-mouffe*) mais la remarque est encore vraie aujourd'hui pour ce détonant mélange d'esthétisme et de gauchisme – bien naïfs il est vrai – que continue à former Agnès Varda.

Varnel, Marcel

Réalisateur d'origine française, 1894-1947.

Principaux films : The Silent Witness (1932) ; Chandu the Magician (1932) ;

Infernal Machine (1933) ; Oh ! Mr. Porter (1937) ; Convict 99 (1938) ; Old Bones of the River (1938) ; Ask a Policeman (1939) ; Where's That Fire ? (1939) ; Let George Do It (1940) ; Get Cracking (1943) ; Bell Bottom George (1943) ; This Man Is Mine (1946).

Bien que Français, il fit toute sa carrière à Hollywood entre 1924 et 1934, puis en Angleterre de 1935 à sa mort, et se spécialisa dans la comédie. Juste châtiment : aucun de ses films ne fut, sauf erreur, distribué en France où il demeura inconnu.

Vassiliev, Sergei

Réalisateur russe, 1900-1959.

Avec Georges Vassiliev (1899-1945) : La Belle au bois dormant (1929) ; Une affaire personnelle (1931) ; Tchapaïev (1934) ; Volochayevskige dni (Les jours de Volochayevsk, 1938) ; Le front (1942) ; Oborona Tsaritsina (La défense de Tsaritsine, 1942). *Seul :* Chipka (Les héros de Chipka, 1954) ; V dni oktyabrya (Les journées d'Octobre, 1958).

Avec son homonyme et ami Georges Vassiliev, il donna l'une des œuvres les plus célèbres du cinéma soviétique : *Tchapaïev.* Ce portrait de révolutionnaire était suffisamment lyrique et nuancé pour emporter l'adhésion. Les autres fresques des deux auteurs ne semblent pas avoir, selon les spécialistes, retrouvé un souffle identique. Après la mort de Georges, Serge alla tourner un film en Bulgarie, *Chipka,* puis entreprit une nouvelle fresque sur la révolution d'Octobre.

Vaucorbeil, Max de

Réalisateur français né à Bruxelles, 1901-1982.

Versions françaises de films allemands comme : Le chemin du paradis (1931). *Puis :* Ma femme homme d'affaires (1932) ; Une faible femme (1932) ; Une idée folle (1933) ; Une fois dans la vie (1934) ; La garnison amoureuse (1934) ; Mam'zelle Saphi (1934) ; L'escadrille de la chance (1936) ; Alexis gentleman chauffeur (1938) ; Mademoiselle Béatrice (1942) ; Le mariage de Ramuntcho (1946) ; Pattes de velours (1951) ; Les étoiles ne meurent jamais (1957).

Un cinéma complètement démodé, ce qui n'exclut pas le charme du « rétro » et présente un intérêt pour l'historien de la société française de l'entre-deux-guerres au temps où les soldats étaient amoureux des bonnes d'enfant sans penser à leur faire prendre la pilule et les dames du monde de leur chauffeur sans évoquer la lutte des classes.

Vautier, René

Réalisateur français né en 1928.

Avoir vingt ans dans les Aurès (1972) ; La folle de Toujane (avec Nicole Le Garrec, 1974) ; Transmission d'expérience ouvrière (1974) ; Quand tu disais, Valéry (1975) ; Frontline (1975) ; Alan Stivell (1975).

Après un bon film sur la guerre d'Algérie, Vautier semble se consacrer au cinéma militant sur fond de luttes ouvrières et de défense des cultures régionales.

Vavra, Otakar

Réalisateur tchèque né en 1911.

Principaux films : Virginité (1937) ; Les demoiselles de Kutna Hora (1938) ; Humoresque (1939) ; Amour masqué (1942) ; Rozina Sebranec (Rosina la bâtarde, 1945) ; Nema barikada (La barricade silencieuse, 1949) ; Jan Hus (1955) ; Jan Zizka (1956) ; Proti Vsem (1957) ; Zlata reneta (1965) ; La libération de Prague (1977).

Depuis 1933, date des débuts de la carrière cinématographique de Vavra comme assistant, bien des changements politiques ont secoué la Tchécoslovaquie, mais Vavra continue à tourner. Fondateur de l'école de cinéma, la FAMU, il en fut chassé en 1970, mais cette destitution elle-même ne put l'arrêter. Ni la censure bourgeoise, ni les nazis, ni les purges communistes n'ont pu le réduire au silence. Il persiste dans une honnête médiocrité qui finit par être émouvante. Il est inusable, peut-être parce que sans saveur et sans odeur.

Veber, Francis

Scénariste et réalisateur français né en 1937.

Le jouet (1976) ; La chèvre (1981).

On l'a comparé à Capra, dont il a en effet le côté agaçant donnant dans la sensiblerie. Mais il y a parfois chez lui une pointe de cruauté et les malheurs qui accablent Pierre Richard dans ses deux comédies, dont la dernière fut un énorme succès, ne sont peut-être pas gratuits. Espérons-le.

Vecchiali, Paul

Réalisateur français né en 1930.

Les ruses du diable (1965) ; L'étrangleur (1970) ; Femmes, femmes (1974) ; Change pas de main (1975) ; La machine (1977) ; Corps à cœur (1979) ; C'est la vie (1980).

Ce cinéaste, très influencé par Hitchcock et Bresson, fait l'objet d'un véritable culte de la part de certains cinéphiles. Sans doute, avec l'excuse du manque de moyens, n'est-il pas le grand cinéaste annoncé, mais comme le note le dictionnaire du cinéma français des années 70 de *Cinéma 80 :* « Qu'il aborde le fantastique (*L'étrangleur*), la comédie musicale (*Femmes, femmes*), la pornographie (*Change pas de main*), la sexualité enfantine et la peine de mort (*La machine*), ou le romanesque (*Corps à cœur, C'est la vie*), Vecchiali impose une vision du monde originale, éminemment subversive dans la mesure où tout, inné et acquis, concourt à décortiquer le réel de ce qui l'opacifie, idées ou regards reçus. »

Védrès, Nicole

Réalisatrice française, 1911-1965.

Paris 1900 (1948) ; La vie commence demain (1949) ; Amazone (1951) ; Aux frontières de l'homme (1953).

Elle a eu le mérite de lancer la mode du film de montage d'actualités avec *Paris 1900* et le film fondé sur l'interview (dans *Aux frontières de l'homme,* Rostand s'en prend aux vues d'un Joseph Maistre, se dégageant de la considération strictement scientifique pour atteindre à la philosophie).

Velle, Gaston

Réalisateur français.

Le chapeau magique (1903) ; Le paravent mystérieux (1903) ; Métamorphose du roi de pique (1903) ; La valise de Barnum (1904) ; La fée aux fleurs (1904) ; Les dénicheurs d'oiseaux (1904) ; Un drame dans les airs (1904) ; Le garde fantôme (1904) ; Le théâtre du petit Bob (1904) ; Les dévaliseurs nocturnes (1904) ; Les cartes transparentes (1904) ; La valse au plafond (1905) ; Les invisibles (1905) ; L'antre infernal (1905) ; La ruche merveilleuse (1905) ; La poule aux œufs d'or (1906) ; Le tour du monde d'un policier (1906) ; La peine du talion (1906) ; Les victimes de la foudre (1906) ; L'écrin du Rajah (1906) ; Voyage autour d'une étoile à Rome (1906) ; Au temps des Pharaons (1910) ; Le marchand d'images (1910) ; Fafalarifla (1911).

Charmant auteur de films de trucages et de féeries qui travailla beaucoup pour Pathé mais dont la personnalité demeure un peu mystérieuse comme s'il était sorti lui-même d'un chapeau de prestidigitateur.

Velo, Carlos

Réalisateur espagnol né en 1911.

Toro (1956) ; Pedro Panamo (1966) ; Don Juan (1967) ; Cinco de Chocolate y uno de fresa (1967) ; Alguien nos quiere matar (1969).

Auteur de courts métrages documentaires, il se réfugie au Mexique. Il y écrit le scénario de *Raices* d'Alazarki puis signe l'un des meilleurs films sur le monde de la corrida où régnaient alors Dominguin et Ordoñez, successeurs de Manolete : *Toro.* Jamais la peur du toréador (peur de la bête, peur du public et peur de lui-même) n'avait été rendue avec autant de force. Réalisation exceptionnelle dans la filmographie pour le reste banale de Velo.

Vergano, Aldo

Réalisateur italien, 1891-1957.

Pietro micca (1937) ; Quelli della montagna (Ceux de la montagne, 1942) ; Il sole sorge ancora (Le soleil se lèvera encore, 1946) ; Czarci zleb (Le défilé du diable, 1949) ; I fuorilegge (Giuliano bandit sicilien, 1950) ; Santa Lucia luntana (1951) ; Suor Teresa (Pour le bonheur de sa fille (1952) ; Amore rosso (1953) ; Schicksal am Lenkrad (1956).

La minceur et la médiocrité de son œuvre ne sont pas à la mesure de l'influence exercée sur les milieux cinématographiques par ce journaliste, vigoureux adversaire du fascisme et qui, après avoir combattu dans le maquis, créa, après la chute du régime, le Syndicat des travailleurs du spectacle. Déçu par ses échecs, il écrivit un livre plein d'amertume : *Chronique des années perdues.*

Vergez, Gérard

Réalisateur français né en 1935.

Ballade pour un chien (1967) ; Térésa (1970) ; La virée superbe (1973).

Activités principales : le théâtre et la télévision. Son premier film fondé sur le fantastique du quotidien ne remporta qu'un succès d'estime. Pour sa deuxième œuvre, *Térésa,* Vergez reprit l'une de ses meilleures mises en scène théâtrales. Mais une nouvelle fois, il se heurta à l'indifférence du public. Plus spectaculaire, *La virée superve* évoqua avec sympathie les « loulous » de banlieue. La censure empêcha une diffusion normale du film. Découragé, Vergez semble avoir renoncé au grand écran.

Verhoeven, Paul

Réalisateur allemand né en 1901.

Das kleine Hofkonzert (1945) ; Du bist nicht allein (1949) ; Ewiger Walzer (Le beau Danube bleu, 1955) ; Zweierlei Mass (Mesure pour mesure, 1963) ; War Zien Ik (1970) ; Turkish Delight (Turkish Délices, 1972).

Une jeune femme s'affole en trouvant du sang dans ses excréments : son mari examine les crottes et la rassure : il s'agit des betteraves qu'elle a mangées la veille. Scatologie et dérision sont les caractéristiques de *Turkish Delight,* plein de vomissements en gros plan, d'orgasmes sanguinolents et d'hommes ou de chiens qui défèquent. C'est sublime ou répugnant au choix.

L'auteur de ce film est-il le vétéran allemand Paul Verhoeven ? Charles Ford dans son *Dictionnaire des cinéastes contemporains* lui attribue *Turkish Delight.* Ce serait une belle évolution, du *Beau Danube bleu* aux beaux excréments rouges. En réalité le Paul Verhoeven de *Turkish Delight* est plus probablement un nouveau venu.

Vernay, Robert

Réalisateur français, de son vrai nom Viandon, 1907-1981.

Le prince des six jours (1934) ; La femme que j'ai le plus aimée (1942) ; Le comte de Monte-Cristo (1942) ; Arlette et l'amour (1943) ; Le père Goriot (1946) ; Le Capitan (1946) ; Le fort de la solitude (1947) ; Émile l'Africain (1947) ; Fantômas contre Fantômas (1948) ; Plus de vacances pour le Bon Dieu (1949) ; Véronique (1949) ; Andalousie (1950) ; Ils sont dans les vignes (1951) ; Quitte ou double (1952) ; Le comte de Monte-Cristo (1953) ; Sur le banc (1954) ; La rue des bouches peintes (1955) ; Ces sacrées vacances (1955) ; Les carottes sont cuites (1956) ; Les lumières du soir (1956) ; Nuit blanche et rouge à lèvres (1956) ; Le coin tranquille (1957) ; Fumée blonde (1957) ; Drôles de phénomènes (1958) ; Madame et son auto (1958) ; Monsieur Suzuki (1959) ; Tête folle (1959) ; Le bourreau attendra (1960) ; L'U.R.S.S. à cœur ouvert (1961) ; Passeport diplomatique (1965).

D'abord journaliste à *Cinémagazine,* il débute comme assistant de Duvivier, avant d'entamer une carrière de réalisateur voué au cinéma populaire, du *Capitan* de Zévaco à *Fantômas* de Marcel Allain, de *Monsieur Suzuki* aux présentateurs et héros radiophoniques (Zappy Max, prédécesseur de Lucien Jeunesse, dans *Quitte ou double*, Souplex dans *Sur le banc*). Son meilleur film demeure sa première version du *Comte de Monte-Cristo*, à l'éclatante distribution (Pierre-Richard Willm, M. Herrand, L. Salou, J. Baumer, Michèle Alfa, Aimé Clariond, A. Rignault, Pasquali...) et dont le succès fut considérable sous l'Occupation.

Verneuil, Henri

Réalisateur français né en 1920.

La table aux crevés (1951) ; Brelan d'as (1952) ; Le fruit défendu (1952) ; Le boulanger de Valorgue (1952) ; Carnaval (1953) ; L'ennemi public nº 1 (1953) Le mouton à cinq pattes (1954) ; Les amants du Tage (1954) ; Des gens sans importance (1955) ; Paris Palace Hôtel (1956) ; Une manche et la belle (1957) ; Le grand chef (1958) ; Maxime (1958) ; La vache et le prisonnier (1959) ; La Française et l'amour (1960) ; L'affaire d'une nuit (1960) ; Le Président (1960) ; Les lions sont lâchés (1961) ; Un singe en hiver (1963) ; Week-end à Zuydcoote (1964) ; La vingt-cinquième heure (1966) ; La bataille de San Sebastian (1967) ; Le clan des Siciliens (1969) ; Le casse (1971) ; Le serpent (1972) ; Peur sur la ville (1974) ; Le corps de mon ennemi (1976) ; I... comme Icare (1979) ; Mille millions de dollars (1982).

Le cinéma du samedi soir. Verneuil n'a pas bonne réputation auprès des cinéphiles : ne symbolise-t-il pas le cinéma commercial par excellence ? Mais il serait temps de lui rendre justice. Car il connaît son métier et ne méprise jamais son public qui d'ailleurs a assuré le triomphe de ses films. *Le mouton à cinq pattes* (avec la partie de mouche-poker) et *La vache et le prisonnier* comptent parmi les meilleurs Fernandel. Verneuil a réalisé de bons policiers (*Brelan d'as*, où Michel Simon était un excellent Maigret, *Le clan des Siciliens* etc.) et un film d'espionnage séduisant (*Le serpent*). On l'accable au nom du cinéma américain, mais supprimons les dialogues d'Audiard et de Jeanson et l'on découvrira que la manière de filmer de Verneuil est proche de celle des réalisateurs d'Hollywood ; on serait même tenté d'écrire qu'il est peut-être le plus « américain » des metteurs en scène français.

Versini, André

Acteur et réalisateur français, 1923-1966.

Comme réalisateur : Horace 62 (1962) ; Voir Venise et crever (1966).

Ce sympathique acteur est passé à la mise en scène avec deux bons films policiers dont une curieuse transposition de la tragédie de Corneille en thriller : *Horace 62*.

Vertov, Dziga

Réalisateur soviétique, de son vrai nom Denis Arkadievitch Kaufman, 1895-1954.

Goudouchtina Revolutsil (L'anniversaire de la Révolution, 1919) ; BoiPod Caricynom (La bataille de Tsaritsyne, 1920) ; Process Mironova (Le procès Mironov, 1920) ; Vskritie Mochtchei Sergueia Radonedjsoko (Ouverture du reliquaire de Serge Radonej, 1920) ; Vtzik (film-voyage, 1921) ; Istoria Grajdanskoi Voiny (Histoire de la guerre civile, 1922) ; Goskinokalendar (Ciné-calendrier de l'État, 1922-1925) ; Kino-Pravda (Cinéma-vérité, 1922-1925) ; Kinoglaz (Ciné-œil, 1924) ; Chagai, Soviet ! (Soviet en avant !, 1926) ; Chestaia Tchast Mirva (La sixième partie du monde, 1926) ; Tchelovieks Kinoapparatom (L'homme à la caméra, 1929) ; Entuziazm (Enthousiasme ou La symphonie du Donbass, 1930) ; Tri pesni o Lenine (Trois chants sur Lénine, 1934) ; Kolybeinaia (Berceuse, 1937) ; Sergo Ordjonokidze (1937) ; Tri Geroini (Trois héroïnes, 1938) ; Krov za krov, Smert za smert (Sang pour sang, mort pour mort, 1941) ; Kliatva Molodych (Le serment de la jeunesse, 1944) ; Novosti Dnia (Nouvelles du jour, 1944-1945).

Né à Bialystok, alors annexé à la Russie, il fait des études à l'Institut psycho-neurologique de l'université de Moscou. Il en a gardé le goût et les méthodes de l'expérimentateur. Il sera en effet l'un des grands pionniers du cinéma documentaire, le créateur du Kinoglaz, le cinéma-œil, et du Kino-pravda, le cinéma vérité. Parfois primaire ou inutilement compliqué, il faut le reconnaître, tournant le plus souvent des films de propagande, on l'oublie parfois il eut, l'un des premiers, le souci de rompre avec les traditions du cinéma muet, en faisant bouger la caméra, en variant les angles de prise de vue, en bousculant le montage, avec le souci de « prendre la vie sur le vif». Sous cet aspect, son influence a été énorme et Godard a dit sa dette à son égard. *L'homme à la caméra* résume bien la manière de Vertov : c'est l'histoire de la pellicule, de son entrée dans la caméra à sa projection sur un écran. La vie prise sur le fait se transforme en symphonie visuelle. Vertov excelle dans le film expérimental alors que la partie lyrique de son œuvre a mal vieilli. Il eut des idées neuves mais fut victime le plus souvent de la bureaucratie soviétique. En définitive le théoricien l'emporte chez lui sur le praticien.

BIBLIO : Nikolaï Abramov, *Dziga Vertov*, Premier plan, 1965 ; Luda et Jean Schnitzer, *Dziga Vergov*, Anthologie du cinéma, 1968 ; G. Sadoul, *Vertov (1971)*.

Vianey, Michel

Réalisateur français né en 1932.

Un type comme moi ne devrait jamais mourir (1976) ; Plus ça va, moins ça va (1977) ; Un assassin qui passe (1977).

Bon scénariste, Vianey n'avait pas emporté l'adhésion comme réalisateur avec un premier film consacré au monde des P.-D.G., ni avec un deuxième, passé totalement inaperçu. De là l'agréable surprise provoquée par *Un assassin qui passe* : un obsédé sexuel était découvert et abattu par un policier (Jean-Louis Trintignant) dont les motifs étaient à tout le moins fort troubles.

Vicas, Victor

Réalisateur d'origine russe né en 1918.

Weg ohne Umkehr (1953) ; Das zweite Leben (Double destin, 1954) ; Herr über Leben und Tod (1955) ; Je reviendrai à Kandara (1957) ; The Wayward Bus (Les naufragés de l'autocar, 1957) ; Count Five and Die (1958) ; SOS Gletscherpilot (1958) ; Jons und Erdme (1959) ; Zwei unter Millionen (1961).

Cameraman dans les années 30, il sert dans les armées françaises en 1940, est fait prisonnier, s'échappe, gagne les États-Unis et entame après la guerre une carrière de réalisateur très cosmopolite, gâchant ainsi ses chances d'édifier l'œuvre que l'on pouvait attendre de lui. Une seule réussite : *The Wayward Bus.*

Vidor, Charles

Réalisateur d'origine hongroise, 1900-1959.

Sensation Hunters (1934) ; Strangers All (1935) ; Double Door (1934) ; The Arizonian (1935) ; His Family Tree (1935) ; Muss'Em Up (1936) ; A Doctor's Diary (1937) ; The Great Gambini (1937) ; She's No Lady (1937) ; Blind Alley (L'étrange rêve, 1939) ; Romance of the Redwoods (La tragédie de la forêt, 1939) ; Those High Grey Walls (1939) ; My Son, My Son (1940) ; The Lady in Question (1940) ; New York Town (1941) ; Ladies in Retirement (1941) ; The Tuttles of Tahiti (1942) ; The Desperadoes (Les desperados, 1943) ; Cover Girl (La reine de Broadway, 1944) ; Together Again (Coup de foudre, 1944) ; A Song to Remember (La chanson du souvenir, 1945) ; Over 21 (1945) ; Gilda (Gilda, 1946) ; The Guilt of Janet Ames (1947) ; The Loves of Carmen (1948) ; It's a Big Country (coréal., 1951) ; Hans Christian Andersen (Hans Christian Andersen et la danseuse, 1952) ; Thunder in the East (Tonnerre sur le temple, 1953) ; Rhapsody (Rhapsodie, 1945) ; Love Me or Leave Me (Les pièges de la passion, 1955) ; The Swan (Le cygne, 1956) ; The Joker is Wild (Le pantin brisé, 1957) ;

A Farewell to Arms (L'adieu aux armes, 1957) ; Song Without End (achevé par Cukor, 1960).

Lieutenant hongrois pendant la Première Guerre mondiale, il est assistant à l'UFA, chanteur wagnérien, puis se rend à Hollywood où il débute dans le montage et la rédaction des scénarios avant de se voir confier des réalisations. Sa réputation vient de *Gilda,* sommet du film noir, qui lança Rita Hayworth, « nouvelle Lola-Lola de l'ère atomique », selon la formule de R. Borde, symbole d'un nouvel érotisme. Tout un arrière-plan psychanalytique – dû surtout au personnage joué par George Mac Ready – imprégnait ce film, arrière-plan que l'on trouvait déjà dans *Blind Alley,* mais qui était ici magnifié par l'extavagance baroque des décors. Le reste de l'œuvre de Vidor se partage entre de bonnes comédies musicales (*Cover Girl* qu'interprète Gene Kelly dansant avec son double et Rita Hayworth, *Hans Christian Andersen...*), des mélodrames en costumes (*A Song to Remember* sur Chopin, *Song Without End* sur Liszt...), d'honnêtes thrillers (*Ladies in retirement*), une adaptation de l'*Adieu aux armes,* bien inférieure à celle de Borzage, et un western quasi humoristique, *Les desperados,* que les scènes où l'on voyait un troupeau de bêtes à cornes traverser au galop et ravager une petite ville de l'Ouest ont rendu célèbre. Pas de films permettant de parler d'un auteur, mais de l'excellent travail au niveau artisanal.

Vidor, King

Réalisateur américain né en 1896.

The Turn in the Road (1919) ; Better Times (1919) ; The Other Half (1919) ; Poor Relations (1919) ; The Jack-Knife Man (L'homme au couteau, 1919) ; The Family Honor (1920) ; Love Never Dies (1921) ; The Sky Pilot (1921) ; Woman, Wake Up (1922) ; The Real Adventure (L'émancipée, 1922) ; Dusk to Dawn (1922) ; Wild Oranges (Capricciosa, 1922) ; Conquering the Woman (La conquête d'une femme, 1923) ; Alice Adams (1923) ; Peg o'My Heart (Peg de mon cœur, 1923) ; The Woman of Bronze (1923) ; Three Wise Fools (La sagesse des trois vieux fous, 1923) ; Happiness (Le bonheur en ménage, 1923) ; His Hour (Son heure, 1924) ; Wine of Youth (1924) ; Wife of the Centaur (1924) ; Proud Flesh (Fraternité, 1925) ; The Big Parade (La grande parade, 1925) ; La Boheme (La Bohème, 1926) ; Bardelys the Magnificent (Bardelys le magnifique, 1926) ; The Crowd (La foule, 1928) ; Show People (Mirages, 1928) ; The Patsy (C'est une gamine charmante, 1928) ; Hallelujah (Hallelujah, 1929) ; Not So Dumb (Doly, 1930) ; Billy the Kid (1930) ; Street Scene (1931) ; The Champ (Le champion, 1931) ; Bird of Paradise (L'oiseau du paradis, 1932) ; Cynara (1932) ; The Stranger's Return (1933) ; Our Daily Bread (Notre pain quotidien, 1934) ; The Wedding Night (Soir de noces, 1935) ; So Red the Rose (1935) ; The Texas Rangers (La légion des damnés, 1936) ; Stella Dallas (Stella Dallas, 1937) ; The Citadel (La citadelle, 1938) ; Northwest Passage (Le grand passage, 1940) ; Comrade X (1940) ; H.M.Pulham Esq. (1941) ; An American Romance (1944) ; Duel in the Sun (Duel au soleil, 1946) ; On Our Merry Way (avec Fenton, La folle enquête, 1948) ; The Fountainhead (Le rebelle, 1949) ; Beyond the Forest (La garce, 1949) ; Lightning Strikes Twice (1951) ; Japanese War Bride (1952) ; Ruby Gentry (La furie du désir, 1952) ; Man Without a Star (L'homme qui n'a pas d'étoile, 1955) ; War and Peace (Guerre et paix, 1956) ; Solomon and Sheba (Salomon et la reine de Saba, 1959) ; Truth and Illusion, an Introduction to Metaphysics (1964) ; Metaphore (1980).

Fils d'un industriel prospère, il se passionne, enfant, pour le cinéma et travaille comme projectionniste, pour son plaisir, au nickelodeon de sa ville natale de Galveston. Il tourne ensuite des films d'amateur, puis vient s'installer, vers 1915, avec sa jeune épouse Florence, à Hollywood. Il fait ses débuts comme réalisateur en 1915, après avoir travaillé sur des courts métrages. Ses premiers films nous révèlent, du moins ceux qui ont été conservés dans les cinémathèques, comme *The Jack-Knife Man,* un talent personnel, mais encore maladroit, faute d'expérience et de moyens. Néanmoins très remarqué, Vidor entre à la MGM en 1923. L'ère des œuvres maîtresses commence. *Big Parade*, film à grande mise en scène, est un vigoureux pamphlet contre la guerre. *The Crowd* montre l'écrasement de l'individu dans la grande ville. *Show People*, où paraissent de nombreuses stars, est une satire des milieux cinématographiques. Avec ces trois films Vidor est reconnu comme l'un des plus grands réalisateurs d'Hollywood. L'avènement du parlant ne brise pas sa carrière, loin de là, puisqu'il signe l'un des premiers films sonores, *Hallelujah*, parabole mystique que rythment les negro-spirituals. Vidor signe d'intéressants westerns dont *Billy the Kid*, prévu pour large écran, et *Texas Rangers*, des mélodrames, de *Stella Dallas* (remake d'un film de King) à *La citadelle*, d'après Cronin, en passant par *Notre pain quotidien*, sans oublier une amusante satire de la Russie soviétique (*Comrade X*). Rien pourtant qui confirme la première place acquise au temps du muet. 1940 marque un nouveau tournant dans sa carrière. Les derniers films de Vidor, emportés par le lyrisme, sont certainement les plus beaux : *American Romance* (« j'entrepris, dira Vidor, de raconter l'histoire de l'acier du point de vue d'un immigrant plein d'enthousiasme, le prenant au moment de son arrivée dans le Nouveau Monde peu après le début du siècle »), *Duel au soleil* (western flamboyant, délirant du début, l'immense saloon où danse Tilly Losch au milieu des coups de revolver, à la fin, lorsque les deux amants, Jennifer Jones et Gregory Peck, s'entre-tuent dans le désert), *Ruby Gentry* (dont la fin n'était pas moins délirante que celle de *Duel au soleil*) et surtout *L'homme qui n'a pas d'étoile* (western très vidorien qui exaltait l'individu face à la civilisation du barbelé). Il sut se tirer avec adresse de l'adaptation de *Guerre et paix* où les scènes de la retraite de Russie étaient particulièrement réussies. En revanche il fut moins heureux avec *Salomon et la reine de Saba*, mais les difficultés du tournage (dont la mort de Tyrone Power) ne permettent pas de porter un jugement équitable sur cette œuvre, qui marqua la fin de la carrière de Vidor. Cette carrière, Vidor l'a contée avec beaucoup d'humour dans son autobiographie : *A Tree is a Tree*.

BIBLIO. : *Positif*, n° 161 et 163 (entretien et filmographie).

Vierne, Jean-Jacques

Réalisateur français né en 1921.

Tintin et la toison d'or (1961) ; La fête espagnole (1961) ; A nous deux Paris (1965).

Assistant de Dassin et de Ciampi, il fut le premier à transposer avec des acteurs en chair et en os les personnages des albums de Tintin avec notamment les Dupont-Dupond et Haddok (Georges Wilson). Il fut plus fidèle à Hergé que son successeur Condroyer. Ses autres films n'incitent guère aux commentaires. Vierne travaille surtout à la télévision.

Viertel, Berhold

Réalisateur d'origine autrichienne, 1885-1953.

Nora (1923) ; Die Perücke (1924) ; Die Abenteuer eines Zehnmarkscheines (1926) ; The One Woman Idea (1929) ; Seven Faces (1929) ; Man Trouble (1930) ; The Spy (1931) ; The Magnificent Lie (1931) ; The Wiser Sex (1932) ; The Man from Yesterday (1932) ; Little Friend (1934) ; The Passing of the Third Floor Back (1935) ; Rhodes of Africa (1936).

Une carrière allemande transformée en carrière américaine puis anglaise. Poète, romancier, dramaturge, s'il n'emporte guère l'adhésion comme réalisateur, il fut un excellent scénariste, de *Four Devils* de Murnau aux films de Garbo (*Queen Christina, Anna Karenina, Conquest*...).

Vigne, Daniel

Réalisateur français né en 1942.

Les hommes (1972) ; Le retour de Martin Guerre (1982).

Un bon film historique a attiré l'attention, dix ans après sa première œuvre, sur ce solide metteur en scène, trop scrupuleux peut-être pour tourner beaucoup.

Vignola, Robert G.

Réalisateur américain d'origine italienne, 1882-1953.

Principaux films : Arizona Bill (avec Melford, 1911) ; A Virginia Feud (1913) ; The Vampire's Trail (avec H.Hunter, 1914) ; Barefoot Boy (1914) ; The Scorpion's Sting (1915) ; The Stolen Ruby (1915) ; A Sister's Burden (1915) ; Honor Thy Father (1915) ; Don Caesar de Bazan (1915) ; The Vanderhoff Affair (1915) ; The Pretenders (1915) ; The Luring Lights (1915) ; The Black Crook (1916) ; The Spider (1916) ; Audrey (1916) ; The Moment Before (1916) ; The Evil Thereof (1916) ; The Velvet Paw (1916) ; The Reward of Patience (1916) ; Seventeen (1916) ; Great Expectations (1917) ; The Fortunes of Fifi (1917) ; Her Better Self (1917) ; Double Crossed (1917) ; The Hungry Heart (1917) ; The Knife (1918) ; Madame Jealousy (1918) ; The Reason Why (1918) ; His Official Fiancee (1918) ; The Claw (1918) ; The Girl Who Came Back (1918) ; Woman's Weapons (1918) ; Experimental Marriage (1919) ; You Never Saw Such a Girl (1919) ; The Winning Girl (1919) ; The Home Town Girl (1919) ; Louisiana (1919) ; The Third Kiss (1919) ; The Heart of Youth (1919) ; An Innocent Adventuress (1919) ; More Deadly Than the Male (1919) ; The Thirteenth Commandment (1920) ; The World and His Wife (1920) ; The Passionate Pilgrim (1921) ; Straight Is the Way (1921) ; The Woman God Changed (1921) ; Enchantment (1921) ; Beauty's Worth (1922) ; The Young Diana (avec Capellani, 1922) ; When Knighthood Was in Flower (Sur les marches du trône, 1922) ; Adam and Eva (1923) ; Yolanda (Yolande, 1924) ; Married Flirts (1924) ; The Way of a Girl (1925) ; Déclassée (1925) ; Fifth Avenue (1926) ; Cabaret (1927) ; Tropic Madness (1928) ; The Red Sword (1929) ; Broken Dreams (1933) ; The Scarlet Letter (1934) ; The Perfect Clue (1935) ; The Girl from Scotland Yard (1937).

D'origine italienne, il a émigré très jeune aux États-Unis. D'abord acteur de théâtre puis à la Kalem où il fait ses débuts cinématographiques en 1911, il devient, au temps du muet, un réalisateur réputé (*When Knighthood Was in Flower ; Yolanda* avec Marion Davies, etc.) mais l'avènement du parlant lui porte un coup fatal. Après 1930, il ne tourne plus que quelques productions à petit budget.

Vigo, Jean

Réalisateur français, 1905-1934.

A propos de Nice (c.m., 1930) ; Taris ou la natation (c.m., 1931) ; Zéro de conduite (c.m., 1932) ; L'Atalante (1934).

Fils du journaliste anarchiste Almereyda, directeur du *Bonnet rouge*, trouvé mort dans sa prison en 1917, Vigo eut une jeunesse difficile et connut la vie rude des pensionnats. Tuberculeux, il dut se soigner à Nice. La ville lui inspira *A propos de Nice*, regard satirique porté sur le monde fortuné des estivants. Son opérateur était Boris Kaufman, frère de Vertov. Avec lui, il fait également *Zéro de conduite*, un film non moins virulent sur la vie de lycée. L'œuvre eut de sérieux ennuis avec la censure. Vigo aborda enfin le long métrage : *L'Atalante* est un éclatant chef-d'œuvre qui doit beaucoup à Michel Simon. Mais le film fut mutilé par les producteurs dans la crainte de la censure. Vigo mourut alors et ne put défendre son œuvre. Le bilan cinématographique de Vigo est mince, mais son influence a été considérable. Pour rappeler son souvenir, un prix Jean Vigo est décerné chaque année à l'auteur « d'un film qui se caractérise par l'indépendance de son esprit et la qualité de sa réalisation ».

Vilardebo, Carlos

Réalisateur d'origine portugaise, né en 1926.

Courts métrages : Un dimanche (1948) ; La vie continue (1948) ; Avalanches (1951) ; Le Moyen Age français (1955) ; Les gens de Matapit (1956) ; Vivre (1958) ; L'eau et la pierre (1959) ; Mille villages (1960) ; Soleils (1960) ; La petite cuillère (1960). *Long métrage :* Les îles enchantées (1966).

Études à Paris. Décorateur puis assistant-réalisateur. Ses courts métrages contribuèrent à lui donner une réputation que ne confirma pas son premier film, *Les îles enchantées.*

Visconti, Eriprando

Réalisateur italien né en 1933.

Una storia milanese (Une histoire milanaise, 1962) ; La rivolta dei teenagers (1968) ; La monaca di Monza (La religieuse de Monza, 1968) ; Michele Strogoff (Michel Strogoff, 1970) ; Il vero e il falso (1971) ; Il caso pisciotta (1972) ; La orca (1976) ; Oedipus Orca (1977) ; Una spirale di nebbia (1977).

Parent de Luchino Visconti, il fut assistant d'Emmer et de Castellani, puis scénariste de Maselli (*Gli sbandati*). Son premier film sur la bourgeoisie milanaise et le mal de la jeunesse italienne était plein d'ambition. Mais il s'est ensuite orienté vers un cinéma populaire où il n'a guère renouvelé les vieux thèmes. Son *Michel Strogoff* est très inférieur à ceux de Gallone et d'Eicheberg.

Visconti, Luchino

Réalisateur italien, 1906-1976.

Ossessione (Les amants diaboliques, 1942) ; Giorni di Gloria (coréal., 1945) ; La terra trema (La terre tremble, 1948) ; Appunti su un fatto di Cronaca (doc., 1951) ; Bellissima (Bellissima, 1951) ; Siamo Donne (sketch Anna Magnani, Nous les femmes, 1953) ; Senso (Senso, 1954) ; Le Notti bianche (Nuits blanches, 1957) ; Rocco e i suoi fratelli (Rocco et ses frères, 1960) ; Boccaccio 70 (un sketch, Boccace 70, 1962) ; Il Gattopardo (Le guépard, 1963) ; Vaghe Stelle dell'Orsa (Sandra, 1965) ; Le Streghe (un sketch, Les sorcières, 1967) ; Lo straniero (L'étranger, 1967) ; La caduta degli Dei (Les damnés, 1969) ; Morte a Venezia (Mort à Venise, 1971) ; Ludwig II (Louis II de Bavière, 1972) ; Gruppo di famiglia in un interno (Violence et passion, 1975) ; L'Innocente (L'innocent, 1976).

D'une très grande famille de Lombardie, sa jeunesse se passe au milieu des lettres, des arts et des courses de chevaux. Cet esthète s'intéresse au cinéma par l'intermédiaire de la décoration. Gabriel Pascal lui propose de participer au tournage d'un film pour Korda, mais l'affaire n'aboutit pas. De Londres, Visconti passe à Paris et devient l'assistant de Jean Renoir pour *Les bas-fonds* et *Une partie de campagne*. Rentré en Italie, après un bref séjour à Hollywood, il retrouve Renoir pour *La Tosca*, film qui sera achevé par un autre réalisateur. Il soumet à la censure italienne, entre autres projets, un travail de Giovanni Verga, très admiré dans les milieux de gauche, et qu'il souhaite adapter à l'écran ; ce projet est repoussé. En 1942, il parvient pourtant à tourner une adaptation d'un roman de James Cain, *Le facteur sonne toujours deux fois.* Sous le couvert de dénoncer les pouvoirs destructeurs de la sexualité, *Ossessione* donne une peinture sans concession du prolétariat. Les autorités fascistes s'émeuvent : le film sera mutilé. Visconti fait route commune avec les communistes et, reprenant un thème de Verga, signe *La terre tremble*, un véritable documentaire sur la misère des pêcheurs en Sicile. Cette œuvre devient, avec *Ossessione*, un manifeste du néo-réalisme, même si le succès dans le genre va plutôt à Rosselini et De Sica. En réalité Visconti a davantage une réputation de metteur en scène de théâtre, montant dans un style très original de nombreuses pièces, de Shakespeare à Sartre. Dans le domaine de l'opéra, ses mises en scène au service de la Callas lui vaudront une réputation internationale. Qui n'a rêvé, parmi les amateurs, de voir monté par lui un opéra de Spontini, Rossini, Donizetti ou Bellini ? C'est ce sens de l'opéra que l'on retrouve dans *Senso*, l'un de ses chefs-d'œuvre. Sur un sujet de Boïto et une musique de Bruckner, Visconti nous offre, avec le concours de l'opérateur Aldo, une suite d'images d'un prodigieux raffinement où « l'écran devient une scène » (Leprohon) et se trouve traité comme tel dans les séquences finales de l'exécution où, soudain, tout le plateau se vide. « J'ai fait sauter les sentiments exprimés dans *Le trouvère* de Verdi par-dessus la rampe, dans une histoire de guerre et de rébellion », affirmera-t-il.

Cet esthétisme que soutient une prodigieuse culture et une familiarité avec l'Histoire que Visconti tire de ses origines, on le retrouve dans *Le guépard*, d'après un roman de Lampedusa. C'est encore l'unité italienne qui constitue la toile de fond d'une histoire des mutations sociales dans la Sicile du XIXe siècle. Burt Lancaster y est plus italien que nature. Les scènes du bal, malgré leur longueur, rassemblant tous les personnages pour un prodigieux « final », éblouissent par leur extraordinaire richesse. Si *Les damnés* et *Louis II* sont de splendides fresques historiques qui laissent une impression de froideur (Visconti est plus proche de Verdi que de Wagner) le réalisateur s'est en revanche mis tout entier dans *La mort à Venise*, d'après Thomas Mann, et dans *Violence et passion* où Burt Lancaster – toujours lui – compose une saisissante figure de collectionneur, prisonnier d'un monde clos dont les fenêtres donnent, non sur des images extérieures réelles mais sur une Rome recomposée par le décorateur de Visconti.

« On m'a souvent traité de décadent. J'ai de la décadence une opinion très favorable. Je suis imbu de cette décadence », déclara Visconti à propos de *Violence et passion*. Et n'est-il pas significatif que cette œuvre d'une exceptionnelle richesse s'achève, avec *L'Innocent*, sur un hommage ambigu à d'Annunzio ?

BIBLIO. : L. Cabourg, *Visconti*, Anthologie du cinéma, t. X ; M. Stirling, *Visconti* (1982).

Vogel, Virgil

Réalisateur américain.

The Mole People (Le peuple de l'enfer, 1956) ; The Land Unknown (L'oasis des tempêtes, 1957).

Deux bons films de science-fiction à l'actif de ce réalisateur qui semble s'être consacré exclusivement à la télévision (*Wagon Train, Bonanza...*) après 1958.

Vohrer, Alfred

Réalisateur allemand né en 1918.

Schmutziger Engel (1958) ; Meine Bräute (1958) ; Verbrechen nach Schulschluss (1959) ; Mit 17 weint man nicht (1960) ; Bis dass das Geld euch scheidet (1960) ; Unser Haus in Kamerun (1961) ; Die toten Augen von London (Les mystères de Londres, 1961) ; Die Tür mit den sieben Schlössern (La porte aux sept serrures, 1961) ; Das Gasthaus an der Themse (Le Requin harponne Scotland Yard, 1962) ; Ein Alibi zerbricht (1963) ; Der Zinker (1963) ; Das indische Tuch (L'énigme du serpent noir, 1963) ; Der Hexer (1964) ; Unter Geiern (1964) ; Wartezimmer zum Jenseits (1964) ; Neues vom Hexer (1965) ; Old Surehand I (1965) ; Lange Beine-lange Finger (1966) ; Winnetou und sein Freund Old Firehand (1966) ; Der Bucklige von Soho (1966) ; Die blaue Hand (1967) ; Der Mönch mit der Peitsche (1967) ; Der Hund von Blackwood Castle (Le château des chiens hurlants, 1967) ; Im Banne des Unheimlichen (1968) ; Der Gorilla von Soho (1968) ; Der Mann mit dem Glasauge (1968) ; Sieben Tage Frist (1969) ; Herzblatt oder Wie sag ich's Meiner Tochter (1969) ; Das gelbe Haus am Pinnasberg (1970) ; Liebe ist nur ein Wort (Enquête sur le vice, 1971) ; Und der Regen verwischt jede Spur (1972) ; Der Stoff, aus dem die Träume sind (1972) ; Alle Menschen werden Brüder (1973) ; Gott schützt die Liebenden (1973) ; Seul le vent connaît la réponse (1974).

Devenu assistant du réalisateur Harald Braun à la fin de la guerre, il semble trouver sa voie dans la post-synchronisation. Il fonde alors sa propre maison. Puis en 1958, il passe à la réalisation en se spécialisant dans le policier inspiré très souvent d'Edgar Wallace ou affectionnant des personnages comme le Loup solitaire, Nero Wolf ou Philo Vance. On lui prêta même l'intention d'adapter *Le pied-bot* de Valentin Williams. Il signa aussi des westerns inspirés de Karl May puis des films *sexy* à prétention sociologique. Mais c'est dans le policier fantastique qu'il a su montrer un talent mineur mais certain.

Volkoff, Alexandre

Acteur et réalisateur d'origine russe, 1885-1942.

Comme réalisateur : En Russie : Belle comme la mort (1914) ; Le fuyard (1914) ; Ismaël Bey (1914) ; Portret Doriana Greya (Le portrait de Dorian Grey, 1915) ; Zclyonyi Pauk (L'araignée verte, 1916) ; Otets Sergii (Le père Serge, 1917), etc. *En France :* La maison du mystère (1922) ; Kean (1923) ; Les ombres qui passent (1924) ; Casanova (1927). *En Allemagne :* Geheimnisse des Orients (Sheherazade, 1928) ; Der weisse Teufel (1930). *En France :* Sergeant X (1931) ; La mille et deuxième nuit (1932) ; L'enfant du carnaval (1934). *En Italie :* Amore imperiale (1941).

Il fut l'un des fondateurs du cinéma russe et tourna comme acteur et réalisateur de nombreux films d'une inspiration souvent morbide. Au moment de la Révolution, il émigra avec Mosjoukine, Ermoleff et quelques autres en France. A son actif un *Kean* et un *Casanova* assez bien faits et une collaboration au *Napoléon* d'Abel Gance. Sa carrière se poursuivit en Allemagne, en Italie et en France mais sans grand éclat.

Vorhaus, Bernard

Réalisateur d'origine allemande né en 1898.

On Thin Ice (1933) ; Money for Speed (1933) ; Crime on the Hill (1933) ; The Ghost Camera (1934) ; Night Club Queen (1934) ; The Broken Melody (1934) ; Blind Justice (1934) ; Ten Minute Alibi (1935) ; Street Song (1935) ; The Last Journey (1935) ; Dark World (1935) ; Dusty Ermine (1936) ; Cotton Queen (1937) ; A Smile in the Storm (1937) ; King of the Newsboys (1938) ; Tenth Avenue Kid (1938) ; Fisherman's Wharf (1939) ; Meet Dr.Christian (1939) ; Way Down South (1939) ; Courageous Dr.Christian (1940) ; Three Faces West (1940) ; Lady from Louisiana (1941) ; Angels With Broken Wings (1941) ; Hurricane Smith (1941) ; M.District Attorney in the Carter Case (1941) ; The Affairs of Jimmy Valentine (1942) ; Ice-Capades Revues (1942) ; Bury Me Dead (1947) ; Winter Wonderland (1947) ; The Spiritualist (1948) ; So Young, So Bad (1950) ; Pardon My French (1951) ; Fanciulle di Lusso (1952).

Une carrière partagée entre l'Angleterre jusqu'en 1937 puis l'Amérique jusqu'en 1951 et une escapade finale forcée en Italie. De la série Z, sans grande originalité. Sa réputation vient de ce qu'il fut dénoncé en 1950 comme communiste par Dmytryk et Tuttle et mis sur la liste noire.

Vorins, Henri

Réalisateur français.

Fellah (1921) ; Tartarin sur les Alpes (avec Barlatier, 1921) ; Le tocsin (1921) ; La loupiote (1923) ; La nuit du 3 (1925) ; Pedrucho (1925) ; La hutte d'acajou (1926) ; *série* Toute la France par le film (1928).

L'un de ces réalisateurs des années 20 exhumés par *Les cahiers de la cinémathèque* dans leur numéro sur « le cinéma des années folles » mais sur lesquels on ne sait rien. Pourtant les films de Vorins (*Tartarin sur les Alpes* ou la première version de *La loupiote*) seraient fort intéressants à voir, mais ils semblent perdus. Une énigme.

Vukotic, Dusan

Animateur yougoslave né en 1927.

Principaux courts métrages : Comment naquit Kiko (1951) ; Le château enchanté (1952) ; Le robot désobéissant (1956) ; Cow-Boy Jimmy (1957) ; Les bruits magiques (1957) ; Abracadabra (1959) ; La grande peur (1959) ; La vache sur la lune (1959) ; Surogat (Ersatz, 1961) ; Le jeu (1962) ; Mrljà na savjesti (Un poids sur sa concience, 1968) ; Opéra Cordis (1968). *Long métrage :* Sedmi Kontinent (Le septième continent, 1966).

L'un des chefs de file de l'École de Zagreb qui a rénové l'animation. Il gagna un oscar avec *Ersatz*. Un sens de l'humour allié à un dessin original. Dans *Un poids sur la conscience*, il mêle acteurs et personnages dessinés.

W

Wadleigh, Michael

Réalisateur américain.

Woodstock (1970) ; Wolfen (1979).

Rarement réalisateur aura offert deux aspects aussi différents de sa personnalité. Dans *Woodstock*, Wadleigh nous proposait un reportage sur un rassemblement de jeunes soucieux d'affirmer leur croyance dans la paix et venus écouter de la pop-music et du folk-song. Dix ans plus tard, *Wolfen* est un film d'horreur : des loups particulièrement intelligents régnent sur un quartier en voie de reconstruction du Bronx : les effets spéciaux qui nous permettent d'adopter le point de vue des loups, l'alienvision, étaient dus au maître du genre, Robert Blalack. Pourtant de *Woodstock* à *Wolfen* (qui évoque le temps où Indiens et loups chassaient en paix sur le territoire de New York) se retrouve la même aspiration à l'état de nature. Wadleigh est le plus rousseauiste des cinéastes américains.

Waggner, George

Acteur, producteur et réalisateur américain, de son vrai nom Waggoner, né en 1894.

Comme réalisateur : Black Bandit (1938) ; Prairie Justice (1938) ; Western Trails (1938) ; Guilty Trails (1938) ; Ghost Town Riders (1938) ; Honor of the West (1939) ; Mystery Plane (1939) ; Outlaw Express (1939) ; Wolf Call (1939) ; The Phantom Stage (1939) ; Stunt Pilot (1939) ; Drums of the Desert (1940) ; Man-Made Monster (L'échappé de la chaise électrique, 1941) ; Horror Island (1941) ; South of Tahiti (Au sud de Tahiti, 1941) ; The Wolf Man (Le loup-garou, 1941) ; The Climax (1944) ; Frisco Sal (1945) ; Shady Lady (1945) ; Tangier (1946) ; Gunfighters (La vallée maudite, 1947) ; The Fighting Kentuckian (Le bagarreur du Kentucky, 1949) ; Operation Pacific (Opération dans le Pacifique, 1951) ; Pawnee (1957) ; Destination 60 000 (1957) ; Frontier Ranger (avec Tourneur, 1959) ; Mission of Danger (avec Tourneur, 1959) ; Fury River (avec Tourneur, 1959).

Après des études de pharmacie et une brillante carrière militaire en 17, il vient tenter sa chance à Hollywood comme acteur vers 1920. Il sera scénariste puis réalisateur de bandes à très petits budgets, westerns ou films d'épouvante. Il est surtout célèbre pour avoir défini l'archétype du loup-garou (le lycanthrope des périodes de pleine lune qui ne peut être tué que par une balle d'argent) dans son classique *The Wolf Man* avec Lon Chaney Junior et Claude Rains.

Wajda, Andrzej

Réalisateur polonais né en 1926.

Pokolenie (Une fille a parlé, 1955) ; Ide ku sloncu (c.m., 1955) ; Kanal (Ils aimaient la vie, 1957) ; Popiol i diament (Cendres et diamant, 1958) ; Lotna (La dernière charge, 1959) ; Niewinni Czarodzieje (Les innocents charmeurs, 1960) ; Samson (Samson, 1961) ; Sbirska Lady Makbet (Lady Macbeth Sibérienne, 1962) ; L'amour à vingt ans (un sketch, 1962) ; Popioly (Cendres, 1965) ; Gates to Paradise (La croisade maudite, 1967) ; Wszystko na sprzedaz (Tout est à vendre, 1968) ; Przekladaniec (Méli-mélo, 1968) ; Polowanie na muchy (La chasse aux mouches, 1969) ; Krajobraz po bitwie (Paysage après la bataille, 1970) ; Brzezina (Le bois de bouleaux, 1970) ; Pilatus und Andere (Pilate et les autres, 1972) ; Wesele (Noces, 1972) ; Ziemia obiecana (La terre de la grande promesse, 1975) ; La ligne d'ombre (téléfilm, 1976) ; Czlowiek z Marmuru (L'homme de marbre, 1977) ; Bez znieczulenia (Sans anesthésie, 1978) ; Panny z Wilka (Les demoiselles de Wilko, 1979) ; Dyrygent (Le chef d'orchestre, 1980) ; Czlowiek z Zelaza (L'homme de fer, 1981) ; L'affaire Danton (1982).

Le plus grand des cinéastes polonais. Révélé à Cannes avec son deuxième film, *Kanal*, dont la poursuite de partisans par les Allemands dans les égouts de Varsovie fit sensation, il conquiert une réputation internationale avec la présentation à Venise de *Cendres et diamant*. « Ma vie cinématographique, a-t-il confié, se scinde en trois étapes. La première correspond au néo-réalisme. J'étais alors très influencé par les critiques et le public, et j'allais dans le sens de leurs observations. » Après avoir fait divers métiers manuels pour subsister au début de la guerre et s'être engagé dans l'armée de l'Intérieur pour lutter contre les Nazis, Wajda entre en effet à l'École du cinéma de Lodz. On retrouve les enseignements de cette école dans des œuvres comme *Une fille a parlé* ou *Les innocents charmeurs*. Mais cette première manière n'est nullement dépourvue de caractères baroques (*Kanal*) ou lyriques (*Lotna*). Deuxième étape : « La continuité, c'est-à-dire une consolidation de cette image formée durant la première période. » Wajda pense à des films comme *Paysage après la bataille*. Mais déjà, *Cendres*, brillante évocation des guerres de la Révolution et de l'Empire et notamment du rôle des lanciers polonais dans la guerre d'Espagne au temps de Napoléon, est l'une des premières manifestations du « dégel ». Wajda en effet observe dans sa carrière une troisième étape, « une cassure, une progression vers l'individualisme, en dehors de tout courant. Je m'apercevais, dit-il, que la loi de création devait passer par la solitude de l'esprit. » *L'homme de marbre* est une date dans l'histoire de la Pologne. Comment ne serait-on pas tenté d'y voir l'un des points de départ du courant contestataire qu'allait animer Solidarité ? Il s'agit d'un film sur la réalisation d'un film qui serait consacré par une jeune réalisatrice à un héros du travail envoyé aux oubliettes avec le dégel. C'est tout le stalinisme qui était ainsi remis en cause et l'œuvre eut un énorme retentissement. Avec *Sans anesthésie*, Wajda alla plus loin. Son héros, un grand journaliste, assez libre dans ses opinions, découvrait, au retour d'un voyage à l'étranger, que sa situation avait changé : sa femme demandait le divorce, sa conférence était annulée, ses conditions de travail se trouvaient modifiées. La fin laissait planer un doute sur la mort de l'homme : accident ou suicide ? Mais la persécution ne pouvait être niée. Le réalisateur frappait encore plus fort avec *Le chef d'orchestre*. Les mots de l'héroïne à son mari, parfait arriviste : « Il y a des lieux où ta haine est nécessaire », dénonçaient le totalitarisme du parti. Mais le chef-d'œuvre de Wajda n'est-il pas en définitive cette *Terre de la grande promesse*, superbe évocation de la naissance du capitalisme à Lodz, fresque historique d'une intelligence et d'une beauté exceptionnelles qui place Wajda parmi les plus grands réalisateurs européens ? Malgré les événements de Pologne, il a pu venir en France y tourner un *Danton* qui, à travers le procès des « indulgents », rejoint des préoccupations contemporaines. Wajda ou le véritable engagement.

BIBLIO. : J.-L. Douin, *Wajda : Entretiens* (1981).

Walker, Hal

Réalisateur américain, 1896-1972.

Duffy's Tavern (1945) ; Out of this World (1945) ; The Stork Club (1945) ;

Road to Utopia (1946) ; My Friend Irma Goes West (Irma à Hollywood, 1950) ; At War with the Army (Le soldat récalcitrant, 1950) ; That's My Boy (Bon sang ne peut mentir, 1951) ; Sailor Beware (La polka des marins, 1951) ; Road to Bali (Bal à Bali, 1952).

Il a signé pour Paramount les plus mauvais films des tandems Jerry Lewis-Dean Martin (*Le soldat récalcitrant...*) et Bop Hope-Bing Crosby (*Road to Utopia, Road to Bali*), ce qui est tout dire.

Walker, Stuart

Réalisateur américain, 1890-1941.

The Secret Call (1931) ; The False Madonna (1932) ; The Misleading Lady (1932) ; Evenings for Sale (1932) ; Tonight is Ours (1933) ; The Eagle and the Hawk (1933) ; White Woman (1933) ; Romance in the Rain (1934) ; Great Expectations (Les grandes espérances, 1934) ; The Mystery of Edwin Drood (1935) ; The Werewolf of London (Le monstre de Londres, 1935) ; Manhattan Moon (1935) ; Her Excellency the Governor (1935).

Venu du théâtre, il fut un directeur réputé à la Paramount (*The Eagle and the Hawk* où Fredric March est un pilote de la Première Guerre dégoûté par le carnage) et à l'Universal (*Le monstre de Londres* est l'une des premières versions du légendaire loup-garou). Ses adaptations de Dickens (*Great Expectations* et *Edwin Drood*) jouissent d'une excellente réputation.

Wallace, Richard

Réalisateur américain, 1894-1951.

Syncopating Sue (1926) ; McFadden's Flat (Appartements à louer, 1927) ; The Poor Nut (1927) ; American Beauty (1927) ; A Texas Steer (1927) ; Lady Be Good (1928) ; The Butter and Egg Man (1928) ; The Shopworn Angel (1928) ; Innocents of Paris (La chanson de Paris, 1929) ; River of Romance (1929) ; Seven Days Leave (1930) ; Anybody's War (1930) ; The Right to Love (1930) ; Man of the World (1931) ; Kick In (1931) ; The Road to Reno (1931) ; Tomorrow and Tomorrow (1932) ; Thunder Below (1932) ; The Masquerader (1933) ; Eight Girls in a Boat (1934) ; The Little Minister (1934) ; Wedding Present (1936) ; John Meade's Woman (1937) ; Blossoms on Broadway (1937) ; The Young in Heart (1938) ; The Under-Pup (Les petites pestes, 1939) ; Captain Caution (Capitaine Casse-Cou, 1940) ; A Girl, a Guy and a Gob (Son patron et son matelot, 1941) ; She Knew All the Answers (1941) ; Obliging Young Lady (1941) ; The Wife Takes a Flyer (1942) ; A Night to Remember (1943) ; Bombardier (1943) ; The Fallen Sparrow (1943) ; My Kingdom for a Cook (1943) ; Bride By Mistake (1944) ; It's in the Bag (1945) ; Kiss and Tell (L'apprentie amoureuse, 1945) ; Because of Him (1946) ; Framed (Traquée, 1947) ; Sinbad the Sailor (Sindbad le marin, 1947) ; Tycoon (Taïkoun, 1947) ; Let's Live a Little (1948) ; Adventure in Baltimore (1949) ; A Kiss for Corliss (1949).

Les difficultés financières interrompirent ses études médicales. Il voulait être chirurgien, il fut monteur chez Mack Sennett ; il coupa de la pellicule à défaut de chair humaine. Devenu réalisateur, il se cantonna dans d'aimables comédies avec Corinne Griffith, Maurice Chevalier (*Innocents of Paris*) ou Shirley Temple (*Kiss and Tell*). À la faveur de budgets plus importants, il signa quelques réussites comme le bondissant *Sinbad*, bon film d'aventures maritimes ou *Tycoon*, impressionnant portrait d'un constructeur de voies ferrées, avec John Wayne.

Wallerstein, Mauricio

Réalisateur vénézuélien.

Cuando Quiero llorar no lloro (Quand je veux pleurer, je ne pleure pas, 1973) ; Cronica de un subversivo latino americano (1975) ; La empresa perdona un momento de locura (L'entreprise pardonne un moment de folie, 1977).

Bien que né au Mexique, il est le représentant le plus caractéristique d'un cinéma vénézuélien en plein essor dans les années 70 mais qui semble actuellement traverser une crise sérieuse faute d'infrastructure technique.

Walsh, Raoul

Réalisateur américain, 1892-1980.

Life of Villa (1912) ; The Regeneration (1915) ; Carmen (1915) ; The Honor System (1916) ; Blue Blood and Red (1916) ; The Serpent (1916) ; The Conqueror (1917) ; Betrayed (1917) ; This Is the Life (1917) ; The Pride of New-York (1917) ; The Silent Lie (1917) ; The Innocent Sinner (1917) ; The Woman and the Law (1918) ; The Prussian (1918) ; On the Jump (1918) ; Every Mother's Son (1918) ; I'll Say So (1918) ; Evangeline (1919) ; The Strongest (1919) ; Should a Husband Forgive ? (1919) ; From Now On (1920) ; The Deep Purple (1920) ; The Oath (1921) ; Serenade (1921) ; Kindred of the Dust (1922) ; Lost and Found on a South Sea Island (1923) ; The Thief of Bagdad (Le voleur de Bagdad, 1924) ; East of Suez (1925) ; The Spaniard (1925) ; The Wanderer (1925) ; The Lucky Lady (1926) ; The Lady of the Harem (1926) ; What Price Glory ? (Au service de la gloire, 1926) ; The Monkey Talks (1927) ; The Loves of Carmen (1927) ; Sadie Thompson (1928) ; The Red Dance (1928) ; Me, Gangster (1928) ; Hot for Paris (1929) ; In Old Arizona (avec I.Cummings, 1929) ; The Cock-Eyed World (Têtes brûlées, 1929) ; The Big Trail (La piste des géants, 1930) ; The Man Who Came Back (Hors du gouffre, 1931) ; Women of All Nations (1931) ; The Yellow Ticket (Le passeport jaune, 1931) ; Wild Girl (1932) ; Me and My Gal (1932) ; Sailor's Luck (Amour de marin, 1933) ; The Bowery (1933) ; Going Hollywood (Au pays du rêve, 1933) ; Under Pressure, 1935) ; Baby-Face Harrigton (1935) ; Every Night at Eight (Nuit après nuit, 1935) ; Klondike Annie (Annie du Klondike, 1936) ; Big Brown Eyes (Empreintes digitales, 1936) ; Spendthrift (1936) ; O.H.M.S. (1937) ; Jump for Glory/ When Thief Meets a Thief (Les deux aventuriers, 1937) ; Artists and Models (1937) ; Hitting a New High (1937) ; College Swing (1938) ; St.Louis Blues (1939) ; The Roaring Twenties (1939) ; Dark Command (L'escadron noir, 1940) ; They Drive by Night (Une femme dangereuse, 1940) ; High Sierra (La grande évasion, 1941) ; The Strawberry Blonde (1941) ; Manpower (L'entraîneuse fatale, 1941); They Died with Their Boots On (La charge fantastique, 1941) ; Desperate Journey (Sabotage à Berlin, 1942) ; Gentleman Jim (Gentleman Jim, 1942) ; Background to Danger (Intrigues en Orient, 1943) ; Northern Pursuit (Du sang sur la neige, 1943) ; Uncertain Glory (Saboteur sans gloire, 1944) ; Objective Burma (Aventures en Birmanie, 1945) ; Salty O'Rourke (Sa dernière course, 1945) ; The Horn Blows at Midnight (1945) ; The Man I Love (1946) ; Pursued (La vallée de la peur, 1947) ; Cheyenne (Cheyenne, 1947) ; Silver River (La rivière d'argent, 1948) ; Fighter Squadron (Les géants du ciel, 1948) ; One Sunday Afternoon (1948) ; Colorado Territory (La fille du désert, 1949) ; White Heat (L'enfer est à lui, 1949) ; Along the Great Divide (Le désert de la peur, 1951) ; Captain Horatio Hornblower (Capitaine sans peur, 1951) ; Distant Drums (Les aventures du capitaine Wyatt, 1951) ; The Enforcer (signé par Windust, La femme à abattre, 1951) ; Glory Alley (La ruelle du péché, 1952) ; The World in His Arms (Le monde lui appartient, 1952) ; The Lawless Breed (Victime du destin, 1952) ; Blackbeard the Pirate (Barbe-Noire le pirate, 1952) ; Sea Devils (La belle espionne, 1953) ; A Lion in the Streets (1953) ; Gun Fury (Bataille sans merci, 1953) ; Saskatchewan (La brigade héroïque, 1954) ; Battle Cry (Le cri de la victoire, 1955) ; The Tall Men (Les implacables, 1955) ; The Revolt of Mamie Stover (Bungalow pour femmes, 1956) ; The King and Four Queens (Un roi et quatre reines, 1956) ; Band of Angels (L'esclave libre, 1957) ; The Naked and the Dead (Les nus et les morts, 1958) ; The Sheriff of Fractured Jaw (La blonde et le shérif, 1958) ; A Private's Affair (Les déchaînés, 1959) ; Esther and the King (Esther et le roi, 1960) ; Marines, Let's Go (1961) ; A Distant Trumpet (La charge de la 8e brigade, 1964).

Sa carrière résume l'histoire d'Hollywood des origines à 1965 ; il a travaillé pour toutes les compagnies (Paramount, Fox, MGM, Universal, Warner, RKO, United Artists, Republic, Columbia...) ; il a dirigé tous les grands acteurs, sauf Lancaster (Flynn, Cooper, Mitchum, Fairbanks, Gable, Wayne, Cagney, Raft, Bogart, Kirk Douglas, Peck, Ladd...) et tous les troisièmes couteaux (Elam, Van Cleef, G. Roland, etc.) ; il a abordé tous les genres (western, film policier, comédie musicale, histoire de cape et d'épée, merveilleux oriental, grosse machine biblique...). N'entrons pas dans le détail, il faudrait un livre.

Son père était irlandais et sa mère espagnole : mélange détonant. Après de bonnes études et un voyage en Europe, il fait ses débuts au théâtre, comme acteur, en 1910. Le cinéma l'intéresse également et il travaille avec Griffith qui lui confie le rôle de Booth, l'assassin de Lincoln, dans *Birth of a Nation*. Il avait débuté dans la mise en scène en suivant les campagnes de Pancho Villa au Mexique, mélangeant les épisodes authentiques et ceux qu'il reconstituait avec des acteurs. En 1929, il perdit un œil lors du tournage de *In Old Arizona* et devint le borgne le plus célèbre d'Hollywood. Cinéaste de l'action par excellence, il a signé d'éblouissants westerns comme *They Died with Their Boots On* qui raconte, en l'embellissant, la carrière du général Custer, *Pursued*, film au scénario très complexe, *Colorado Territory*, d'un romantisme désespéré et *The Tall Men* où s'affrontent Gable et Ryan. Ne finit-il pas sa carrière sur un western ? Il est non moins à l'aise dans l'évocation des gangsters : qui pourrait oublier le chef de gang névropathe et mégalomane qu'interprétait Cagney dans *White Heat* ? La guerre lui a inspiré plusieurs films dont *Objective Burma*, l'un des meilleurs jamais tournés sur les opérations en Asie. Chef-d'œuvre du film de pirate : *Barbe-Noire* où Robert Newton est truculent à souhait. La Bible est à la mode : il donne *Esther et le roi* qui ridiculise nombre de péplums italiens. Le mélodrame feuilletonesque nous vaut le superbe *Band of Angels* aux couleurs délirantes, superbe évocation du Sud esclavagiste. Certes, dans la copieuse filmographie de Walsh, il n'y a pas que des chefs-d'œuvre, mais on ne s'ennuie jamais en sa compagnie. N'est-il pas doté d'un solide sens de l'humour que l'on retrouve dans ses merveilleux souvenirs : *Un demi-siècle à Hollywood* (trad. française, 1976) ? Walsh ou l'art de conter.

BIBLIO. : *Présence du cinéma*, n° 13 (1962) : numéro spécial sur Walsh ; *Cahiers du cinéma*, n° 154 (avril 1964) ; M. Marmin, *Raoul Walsh* (Seghers).

Walters, Charles

Réalisateur américain, 1913-1982.

Good News (Vive l'amour, 1947) ; Easter Parade (Parade du printemps, 1948) ; The Barkleys of Broadway (Entrons dans la danse, 1949) ; Summer Stock (La jolie fermière, 1950) ; Three Guys Named Mike (1951) ; Texas Carnival (Carnaval au Texas, 1951) ; The Belle of New York (La belle de New York, 1952) ; Lili (Lili, 1953) ; Dangerous When Wet (Traversons la Manche, 1953) ; Torch Song (La Madone gitane, 1953) ; Easy to Love (avec Berkeley, Désir d'amour, 1953) ; The Glass Slipper (La pantoufle de verre, 1955) ; The Tender Trap (Le tendre piège, 1955) ; High Society (Haute société, 1956) ; Don't Go Near the Water (Prenez garde à la flotte, 1957) ; Ask Any Girl (Une fille très avertie, 1959) ; Please Don't Eat the Daisies (Ne mangez pas les marguerites, 1960) ; Two Loves (Anna et les Maoris, 1961) ; Billy Rose's Jumbo (avec Berkeley, La plus belle fille du monde, 1962) ; The Unsinkable Molly Brown (La reine du Colorado, 1964) ; Walk, Don't Run (Rien ne sert de courir, 1966).

Après Minnelli, Donen et Sidney, le quatrième mousquetaire de la comédie musicale à la MGM. D'abord acteur et danseur, chorégraphe pour *Du Barry Was a Lady, Meet Me in St.Louis, Ziegfeld Follies*, il devient directeur. On lui doit surtout *Summer Stock* où Gene Kelly joue avec une lame de plancher en train de se détacher, *The Barkleys of Broadway* qui réunit à nouveau Fred Astaire et Ginger Rogers sur une chorégraphie de Hermes Pan, *The Belle of New York* où Fred Astaire danse dans les airs, *Dangerous When Wet* qui nous permet de voir évoluer Esther Williams avec Tom et Jerry, et *Jumbo* dont Berkeley vint régler une chorégraphie qui semble inexistante dans les copies du film qui furent mises en circulation. Restent d'agréables moments qui nous font oublier que ce réalisateur sans prétention, mais non sans talent, fut un médiocre auteur de comédies. Il vaut mieux négliger *High Society* (avec Bing Crosby, Frank Sinatra et Grace Kelly) ou *Ask Any Girl* (avec Shirley Mac Laine cabotinant sans retenue).

BIBLIO. : n° spécial de *Positif* 144-145 (décembre 1972).

Walton, Fred

Réalisateur américain.

When a Stranger Calls (Terreur sur la ligne, 1979).

Un premier film qui fit sensation : la terreur à l'état pur. Une baby-sitter reçoit un coup de téléphone lui demandant d'aller voir les deux enfants dont elle a la garde. Elle découvre que l'appel vient de la maison même. Les enfants ont été égorgés...

Wanamaker, Sam

Acteur et réalisateur américain, né en 1919.

Comme réalisateur : The File of the Golden Goose (Le gang de l'oiseau d'or, 1969) ; The Executioner (L'exécuteur, 1969) ; Catlow (Catlow, 1971) ; Sinbad and the Eye of the Tiger (Sinbad et l'œil du tigre, 1977) ; Charles Muffin (1979).

Eu égard à son importance comme metteur en scène de théâtre, son œuvre cinématographique paraît bien médiocre, sans ligne directrice, du thriller au western en passant par le film à grand spectacle.

Warhol, Andy

Artiste et réalisateur américain né en 1928.

Tarzan and Jane Regained Sort Of (1963) ; Sleep (1963) ; Kiss (1963) ; Empire (1964) ; Henry Geldzahler (1964) ; Batman Dracula (1964) ; Soap Opera (1964) ; Taylor Mead's Ass (1964) ; Suicide (1965) ; Screen Test One (1965) ; Screen Test Two (1965) ; The Life of Juanita Castro (1965) ; Drunk (1965) ; Horse (1965) ; Poor Little Rich Girl (1965) ; Vinyl (1965) ; Face (1965) ; Bitch (1965) ; Kitchen (1965) ; Afternoon (1965) ; Beauty Two (1965) ; Space (1965) ; Inner and Outer Space (1965) ; My Hustler (1965) ; Camp (1965) ; Paul Swan (1965) ; Hedy (1965) ; The Closet (1965) ; More Milk Evette (1965) ; Lupe (1965) ; Eating Too Fast (1966) ; The Velvet Underground and Nico (1966) ; Chelsea Girls (1966) ; Four Stars (1967) ; Imitation of Christ (1967) ; I, a Man (1967) ; Bike Boy (1967) ; Lonesome Cowboys (1968) ; Blue Movie (1968) ; The Loves of Ondine (1968) ; Women in Revolt (1972) ; L'amour (avec Morrissey, 1973). *Les films qui suivront seront mis en scène par Morrissey (cf. à ce nom).*

Champion du pop'art, il s'est intéressé au cinéma alors qu'il était déjà célèbre. Ses premiers films allèrent dans le sens de l'originalité mais nullement dans celui de l'agrément du spectateur : *Sleep,* qui dure huit heures, filme le sommeil d'un homme ; *Empire* est consacré à des vues de l'Empire State Building. Remise en cause, obsessions sexuelles, idée de la mort parcourent une œuvre qui culmine avec *Chelsea Girls* et *Lonesome Cowboys.* Sous l'influence de Morrissey, la production de Warhol devint plus commerciale et structurée à partir de 1973.

Warren, Charles-Marquis

Réalisateur, scénariste et producteur américain né en 1912.

Comme réalisateur : Little Big Horn (1951) ; Hellgate (1952) ; Arrowhead (Le sorcier du Rio Grande, 1953) ;

Flight to Tanger (Vol sur Tanger, 1953) ; Seven Angry Men (1955) ; Tension at Table Rock (Tension à Rock City, 1956) ; Black Whip (1957) ; Ride a Violent Mile (1957) ; The Unknown Terror (1957) ; Trooper Hook (1957) ; Back from the Dead (1957) ; Copper Sky (1957) ; Desert Hell (1958) ; Cattle Empire (1958) ; Blood Arrow (1958) ; Charro (1969).

Grand spécialiste de l'Ouest américain auquel il a consacré des romans et des séries télévisées (*Gunsmoke, Rawhide, The Virginian*), il a moins réussi au cinéma où ses films, dont il rédigea le scénario, souffrent de l'étroitesse du budget alloué. Mais *Le sorcier du Rio Grande* qui opposait Charlton Heston à Jack Palance montre ce qu'il aurait pu faire avec des moyens financiers supérieurs.

Waschneck, Erich

Opérateur puis réalisateur allemand, né en 1887.

Principaux films : Kampf um die Schelle (1925) ; Die brennende Grenze (1927) ; 1812 (1929) ; Das alte Lied (1930) ; Zwei Menschen (Passions, 1932) ; Unmögliche Liebe (1932) ; Musik im Blut (1934) ; Regine (1935) ; Liebesleute (1935) ; Escapade (1936) ; Gewitterflug zu Claudia (1937) ; Anna Favetti (1938) ; Frauen für Golden Hill (Femmes pour Golden Hill, 1939) ; Fräulein (Mademoiselle, 1939) ; Die Rothschild (Les Rothschild, 1940) ; Zwischen Hamburg und Haiti (1940) ; Die Affaire Roedern (L'affaire Roedern, 1944).

D'abord opérateur, il passe à la mise en scène en 1925. Particulièrement prolifique au temps du muet, ses comédies ont sombré dans l'oubli. Le nazisme l'inspire et il signe une œuvre honorable sur le plan artistique mais violemment antisémite sur le plan idéologique : *Les Rothschild,* ainsi qu'un curieux western : *Femmes pour Golden Hill.* Après la guerre, il devient producteur et fonde la Fanal-Film.

Waters, John

Réalisateur américain

Hag in a Black Leather Jacket (1964) ; Roman Candles (1966) ; Eat your Makeup (1967) ; Mondo Trasho (1969) ; The Diane Linkletter Story (1970) ; Multiple Maniacs (1970) ; Pink Flamingos (Pink Flamingos, 1972) ; Female Trouble (1973) ; Desperate Living (1977) ; Polyester (1981).

Roi du punk. Dans *Pink Flamingos,* Divine, monstrueuse femelle qui se nourrit d'excréments de chiens, veut remporter le concours du couple le plus immonde des États-Unis. Elle y parviendra au prix d'ignominies sans nom qui visent à susciter l'écœurement du spectateur.

Watkins, Peter

Réalisateur britannique né en 1935.

The War Game (1966) ; Privilege (Privilège, 1967) ; Gladiators (Les gladiateurs, 1969) ; Punishment Park (Punishment Park, 1971) ; Edvard Munch (Edvard Munch, la danse de la vie, 1976) ; Aftenlandet (1977).

Après des études d'art dramatique à l'académie royale de Londres, Watkins s'essaie à la réalisation avec deux films d'amateur : *The Diary of an Unknown Soldier* (1959) et *The Forgotten Faces* (1961). Passé à la BBC, il signe deux longs métrages qui font sensation par la virulence de leurs attaques. Un esprit antimilitariste anime *Punishment Park* cependant que *Privilege* est l'un des premiers films à évoquer le rock. Mais, avec son admirable biographie de Munch, Watkins semble subitement changer d'inspiration. Rarement une œuvre filmée aura réussi à reconstituer une époque avec autant de bonheur et retrouver l'esprit de tableaux comme *Le cri, Le vampire* ou *La mort dans une chambre d'enfant malade.* Rarement on avait vu mourir avec autant de réalisme les victimes de la tuberculose. Ajoutons qu'à aucun moment la vie de Munch n'était séparée des grands événements du temps. Un modèle du genre biographique, tel apparaît cet *Edvard Munch.*

Watt, Harry

Réalisateur anglais né en 1906.

Documentaires : Night Mail (Courrier de nuit, 1936) ; Big Money (1937) ; North Sea (Prisonniers de la brume, 1938) ; Squadron 992 (1939) ; The First Days (avec Jennings, 1939) ; London Can Take It (avec Jennings, 1940) ; The Front Line (1940) ; Britain at Bay (1940) ; Target for To-Night (1941) ; Christmast Under Fire (1941) ; 21 Miles Under Fire (1942). *Longs métrages :* Nine Men (Neuf hommes, 1943) ; Fiddlers Three (1944) ; The Overlanders (La route est ouverte, 1946) ; Eureka Stockade (La dernière barricade, 1949) ; Where No Vultures Fly (Quand les vautours ne volent plus, 1951) ; West of Zanzibar (A l'ouest de Zanzibar, 1954) ; The Siege of Pinchgut (L'île des réprouvés, 1959).

Il appartint à l'école de Grierson où il signa notamment *Night Mail*, documentaire devenu classique, et fut assistant de Flaherty pour *Man of Aran*. Mais c'est avec *The Overlanders*, histoire de la traversée du désert australien par un immense troupeau de bêtes à cornes qu'il fallait soustraire aux Japonais, qu'il se fit connaître du grand public. Devenu spécialiste de l'aventure exotique, il a réalisé des œuvres vigoureuses et passionnantes comme *Where No Vultures Fly*, un film à redécouvrir.

Wayne, John

Acteur, producteur et réalisateur américain, 1907-1979.

Comme réalisateur : The Alamo (Alamo, 1960) ; The Green Berets (avec Kellogg, Les bérets verts, 1968).

L'acteur-symbole du peuple américain, dont il avait la charge d'assumer toutes les vertus à l'écran, fut aussi un producteur avisé (sa compagnie Batjac Productions a produit une partie de ses films les plus récents) et un metteur en scène bien entouré. *Alamo* (où il bénéficia des conseils de Ford) est, reconnaissons-le, un bon western qui ne manque pas de grandeur. Même *The Green Berets*, exaltation de l'action des commandos américains au Vietnam, n'est pas dépourvu de mouvement et fut surtout critiqué pour le fond (exaltation de l'intervention américaine) et non pour la forme.

Webb, Jack

Acteur et réalisateur américain né en 1920.

Dragnet (La police est sur les dents, 1954) ; Pete Kelly's Blues (La peau d'un autre, 1955) ; The D.I. (1959) ; 30 (1959) ; The Last Time I saw Archie (1961).

Pete Kelly's Blues est un thriller insolite dont le règlement de comptes dans un dancing vide est resté classique. Depuis 1967 Webb se consacre à la télévision et notamment à la série *Dragnet* dont il fut l'inspirateur.

Webb, Millard

Réalisateur américain, 1893-1953.

Oliver Twist Jr. (1921) ; Hearts of Youth (1921) ; Where Is My Wandering Boy To-Night (avec Hogan, 1922) ; Her Marriage Vow (1924) ; The Dark Swan (1924) ; My Wife and I (1925) ; The Golden Cocoon (1926) ; The Sea Beast (Jim le harponneur, 1926) ; An Affair of the Follies (1927) ; The Love Thrill (1927) ; Naughty but Nice (1927) ; The Drop Kick (1927) ; Honeymoon Flats (1928) ; The Painted Angel (1929) ; Gentlemen of the Press (1929) ; Glorifying the American Girl (1929) ; The Golden Calf (1930) ; Happy Ending (1931).

Cet ingénieur s'est orienté vers le cinéma à la suite d'un accident professionnel. Devenu acteur de théâtre, il fut embauché par Griffith, puis devint scénariste et réalisateur. Il a dirigé de nombreux films dans les années 20 dont une superbe version de *Moby Dick (The Sea Beast)* que jouait John Barrymore. L'avènement du parlant marque la fin de sa carrière.

Webb, Robert D.

Réalisateur américain.

The Spider (1945) ; Caribean Mystery (1945) ; Beneath the 12 Mile Reef (Tempête sous la mer, 1953) ; Glory Brigade (1953) ; Seven Cities of Gold (1955) ; White Feather (1956) ; The Proud Ones (Le shérif, 1956) ; Love me Tender (Le cavalier du crépuscule, 1956) ; The Way to the Gold (1957) ; Guns of Timberland (Tonnerre sur Timberland, 1960) ; Pirates of Totuga (1961) ; Seven Women from Hell (1961) ; The Capetown Affair (1967).

Plus réputé comme directeur de seconde équipe (*Captain from Castille, Prince of Foxes* de King ou *The Agony and the Ecstasy* de Reed) que comme réalisateur, il a pourtant signé d'excellents westerns dont *The Proud Ones* qui mettait en scène un shérif menacé de cécité.

Wegener, Paul

Acteur et réalisateur allemand, 1874-1948.

Comme réalisateur : Die Augen des Ole Brandis (1914) ; Der Golem (avec Galeen, 1914) ; Rubezahls Hochzeit (1916) ; Der Rattenfänger von Hamelin (Le joueur de flûte de Hamelin, 1916) ; Der Yoghi (1916) ; Hans Trutz in Schlaraffenland (1917) ; Der Golem (1917) ; Der fremde Fürst (1918) ; Welt ohne Waffen (1918) ; Der Golem (1920) ; Der verlorene Schatten (1921) ; Herzog Ferrantes Ende (1922) ; Lebende Buddhas (1924) ; Ein Mann will nach Deutschland (1934) ; Die Freundin eines grossen Mannes (1934) ; August der Starke (1936) ; Moskau-Shanghai (1936) ; Die Stunde der Versuchung (1936) ; Unter Ausschluss der Oeffentlichkeit (1937) ; Krach und Gluck um Künnemann (1937).

Acteur formé à l'école de Max Reinhardt, il a marqué par ses compositions plus que par ses réalisations les débuts de l'expressionnisme, notamment les différentes versions du *Golem*. À l'inverse des autres expressionnistes, il poursuivit une fructueuse carrière de réalisateur et d'acteur sous le régime nazi.

Weidenmann, Alfred

Réalisateur allemand né en 1916.

Hände hoch (1942) ; Junge Adler (1944) ; Die Schenke zur ewigen Liebe (1945) ; Wir bummeln um die Welt (1949) ; Ich und Du (1953) ; Canaris (L'amiral Canaris, 1954) ; Der Himmel ist nie ausverkauft (1955) ; Alibi (1955) ; Kitty und die grosse Welt (Kitty, 1956) ; Der Stern von Afrika (1958) ; Scampolo (1958) ; Solange das Herz schlägt (1958) ; Buddenbrooks (1959) ; Ich bin auch nur eine Frau (1962) ; Julia du bist zauberhaft (Adorable Julia, 1962) ; Das grosse Liebesspiel (La ronde, 1963) ; Verdammt zur Sünde (1964) ; Die Herren (1965) ; Das Liebeskarussell (Belles d'un soir, 1965) ; Schüsse in 3/4 Takt (1965) ; Ich suche einen Mann (1966) ; Maigret und sein grösster Fall (Maigret fait mouche, 1966) ; Pistol Jenny (1969) ; Unter den Dächern von St.Pauli (1970) ; Das Freudenhaus (1971) ; Jonny, junge Mann für schöne Stunden (1973).

C'est par des films de propagande consacrés à la jeunesse que débute Weidenmann. Goebbels voit en lui l'un des plus sûrs espoirs du cinéma nazi. La carrière du réalisateur n'est pas interrompue par l'écroulement du régime. Weidenmann tourne en 1954 un bon film d'espionnage sur l'amiral Canaris qui lui permet en même temps de se dédouaner. Le reste de son œuvre n'est guère enthousiasmant à l'exception d'une solide adaptation des *Buddenbrooks,* qui eut un grand succès en Allemagne, et d'un curieux *Maigret*, interprété par le comique allemand Heinz Rühmann.

Weir, Peter

Réalisateur australien né en 1944.

Homesdale (c.m., 1971) ; The Cars that Ate Paris (1973) ; Picnic at Hanging Rock (Picnic à Hanging Rock, 1975) ; The Last Wave (La dernière vague, 1977) ; The Plumber (1979) ; Gallipoli (1981).

Par son étrangeté, son absence d'explication et la douceur – inquiétante – de ses images ensoleillées, *Picnic à Hanging Rock* (la disparition d'un groupe de jeunes filles) révéla le cinéma fantastique australien, révélation confirmée par *Harlequin* de Wincer et *Mad Max* de George Miller. Changeant de style, Weir tourne *Gallipoli* qui est le film australien ayant bénéficié du plus gros budget. Il retrace un épisode de la guerre de 1915 : l'intervention de forces australiennes aux Dardanelles, où elles furent décimées par les Turcs. Jadis un cinéaste australien complètement oublié, Charles Chauvel, avait tourné *The Forty Thousand Horsemen* qui retraçait un fait d'armes de la cavalerie australienne en 1914. Weir a voulu s'en inspirer pour nuancer le lyrisme de son prédécesseur d'une teinte d'amertume, celle des illusions perdues par les deux héros.

Le talent de Weir est particulièrement souple, lui permettant de passer des films expérimentaux de ses débuts pour le Commonwealth Film Unit (*Count Vim's Last Exercice, Michael...*) entre 1967 et 1969 au téléfilm avec *The Plumber* de 1979. « Son œuvre témoigne de la volonté de l'Australie des années 70 de prendre sa place dans l'histoire du cinéma. » Avec Crombie, encore mal connu, on peut le considérer comme le futur grand maître du cinéma australien.

BIBLIO. : *L'écran fantastique* nº 23 (*Peter Weir*, une étude de Brian McFarlane).

Weis, Don

Réalisateur américain né en 1922.

Bannerline (1951) ; It's a Big Country (coréal., 1951) ; Just This Once (1952) ; You for Me (Toi pour moi, 1952) ; I Love Melvin (Cupidon photographe, 1953) ; Remains to Be Seen (Drôle de meurtre, 1953) ; A Slight Case of Larceny (1953) ; The Affaires of Dobie Gillis (1953) ; Half a Hero (1953) ; The Adventures of Hajji Baba (Les aventures d'Hadji, 1954) ; Ride the High Iron (1956) ; The Gene Krupa Story (1959) ; Critic's Choice (1963) ; Looking for Love (1964) ; Pajama Party (1964) ; Billie (1965) ; The Ghost in the Invisible Bikini (1966) ; The King's Pirate (1967) ; The Longest Hundred Miles (L'évasion la plus longue, 1967) ; Did You Hear the One about the Traveling Saleslady ? (1968).

Le bondissant *Hadji* dans ses aventures pseudo-orientales valut à Don Weis d'être l'objet d'un véritable culte auprès de certains cercles de cinéphiles français. Si *Hadji* est une petite merveille sortie tout droit des *Mille et une nuits,* le reste de l'œuvre de Weis, y compris *Drôle de meurtre,* malgré quelques bons moments, est bien décevant.

Weiss, Jiri

Réalisateur tchécoslovaque né en 1913.

The Rape of Czechoslovakia (doc., 1939) ; Eternal Prague (doc., 1941) ; Before the raid (doc., 1943) ; Le pont (1947) ; Ulovpena Hranice (La frontière volée, 1947) ; Sokols (La fête des Sokols, 1948) ; Posledni Vystrel (Le dernier coup de feu, 1950) ; Vstanou novi Bojovnici (De nouveaux combattants se lèveront, 1951) ; Punta a Ctyrlistek (1955) ; Hra o Zivot (L'enjeu de la vie, 1956) ; Muj pritel Fabian (Mon ami Fabian, 1957) ; Vici Jama (Piège à loup, 1957) ; Takova Laska (Passionnément, 1959) ; Romeo, Juliet a Tma (Roméo, Juliette et les ténèbres, 1960) ; Zbabelec (Lâche, 1961) ; Zlaté Kapradi (La fougère d'or, 1963) ; Kral Krala (1963) ; 31 degrees in the shade (Trente et un degrés à l'ombre, 1964) ; Vrazda po cesku (Meurtre à la tchécoslovaque, 1967).

Journaliste, il gagne une récompense à Venise pour un film d'amateur tourné en 16 mm, mais doit quitter son pays au moment où il envisageait une carrière de cinéaste, chassé par les Allemands. À Londres, il tourne plusieurs documentaires de propagande. De retour en Tchécoslovaquie, il y réalise des films qui en font bien vite le « pape » du cinéma tchécoslovaque. Certains, comme *Piège à loup* ou *Roméo, Juliette et les ténèbres,* remportent un succès international. Mais l'avènement d'une nouvelle vague dans les années 60 précipite son déclin.

Welles, Orson

Acteur et réalisateur américain né en 1915.

Comme réalisateur : Hearts of Age (film non commercial, 1934) ; Citizen Kane (Citizen Kane, 1941) ; The Magnificent Ambersons (La splendeur des Amberson, 1942) ; It's All True (inachevé, 1942) ; The Stranger (Le criminel, 1946) ; Macbeth (Macbeth, 1948) ; The Lady from Shanghai (La dame de Shanghai, 1948) ; Othello (Othello, 1952) ; Confidential Report/Mr. Arkadin (M.Arkadin, 1955) ; Touch of Evil (La soif du mal, 1958) ; Don Quixote (inachevé, 1959) ; The Trial (Le procès, 1963) ; Chimes at Midnight (Falstaff, 1966) ; The Immortal Story (Une histoire immortelle, 1967) ; F for Fake (Vérités et mensonges, 1974) ; Filming Othello (Filming Othello, 1979).

En 1941 parut *Citizen Kane*. Le cinéma ne devait pas s'en remettre. Son auteur, Orson Welles, s'était fait connaître en montant à New York un *Macbeth* noir puis le *Faust* de Marlowe, en créant le Mercury Theatre, surtout spécialisé dans Shakespeare, puis en terrorisant l'Amérique par une émission de radio inspirée de *La guerre des mondes* de son presque homonyme, H.G. Wells. Il n'avait pas 25 ans lorsqu'il lui fut proposé par la RKO un contrat comme aucun réalisateur n'en avait encore connu : un énorme salaire et le droit d'être le scénariste, le réalisateur, l'interprète et le producteur de ses films, montage compris. Ce fut *Citizen Kane*. Le film fit sensation aux États-Unis, moins peut-être par les recherches esthétiques de Welles et sa manière de briser le cours chronologique du récit – ce qu'avait fait avant lui William Howard dans *The Power and the Glory* – mais parce que Hearst crut se reconnaître dans le portrait du personnage central et fit tout pour interdire la sortie du film. Film qui ne fut connu en Europe qu'après la guerre. C'est André Bazin et Alexandre Astruc qui, en France, soulignèrent les premiers l'importance de *Citizen Kane* qui n'allait plus cesser, lors des différents référendums, d'être classé parmi les meilleurs films du monde. Aux États-Unis pourtant le film n'obtient pas le succès escompté. La RKO reconsidère le contrat d'Orson Welles : celui-ci n'aura plus la même liberté pour l'œuvre suivante, *La splendeur des Amberson*. Le film, bien qu'affublé d'une fin postiche, n'en est pas moins remarquable sur le plan technique : plan-séquence et profondeur du champ donneront lieu à de nombreuses analyses des théoriciens du cinéma. Welles conçoit un projet gigantesque, *It's All True*, dont Flaherty écrit un épisode. Plus de 600 000 dollars sont alors dépensés en pure perte. Le film ne verra pas le jour. Auparavant, *Journey into Fear*, troisième film prévu dans le contrat de Welles avec la RKO, sort, interprété par Orson Welles, Joseph Cotten et Everett Sloane, les protagonistes de *Citizen Kane*, mais la mise en scène est signée par Norman Foster dont la réputation est des plus modestes. Cette fois, Welles est brûlé à Hollywood. Il parvient encore à tourner pour la Columbia un film policier, grâce à la présence au générique de Rita Hayworth. Le film est extraordinaire : le règlement de comptes final dans une galerie des glaces où les personnages ne savent pas s'ils tirent sur leur adversaire ou sur son reflet montre que Welles peut tirer parti de n'importe quel scénario, même le plus médiocre. Mais le public ne comprit rien à l'action et s'irrita du rôle que l'auteur faisait jouer à Rita Hayworth. Nouvel échec. Welles n'en tourna pas moins *Macbeth* qu'il plongea dans des brumes très écossaises pour cacher l'indigence des décors. Comme auparavant Stroheim, Welles, devenu suspect aux producteurs, se lança dans une carrière d'acteur, jouant tout et n'importe quoi pour accumuler l'argent nécessaire au tournage de nouveaux films. Acteur si génial qu'on lui attribue la paternité d'un film comme *Le troisième homme* où il ne fait qu'une apparition. Il parvient ainsi tant bien que mal à tourner un splendide *Othello* qui est couronné à Cannes, puis un film policier dans la lignée de *Citizen Kane : Mr.Arkadin*. Celui-ci, gros brasseur d'affaires, charge un détective de retrouver les compagnons de sa jeunesse. L'un après l'autre, ces témoins d'un passé gênant sont assassinés. Nouveau chef-d'œuvre : *La soif du mal*. C'est à Charlton Heston, qui convainc l'Universal, que Welles doit de pouvoir tourner cette adaptation d'un roman qui oppose deux policiers aux méthodes radicalement différentes, la vérité étant en réalité détenue par le salaud que joue Welles lui-même sous le regard ironique de Marlène Dietrich, transformée en tireuse de cartes. Deux adaptations littéraires suivront : *Le procès* de Kafka, brillamment mis en scène mais où Welles ne semble pas toujours à l'aise, et *Falstaff* qui refond plusieurs des tragédies historiques de Shakespeare. Une commande de la télévision française : *Une histoire immortelle,* en 1967. Puis le silence. Dans quelle mesure *F for Fake* (F pour fumisterie) est un film d'Orson Welles ? En dépit d'une belle méditation sur l'art, Welles semble être resté étranger à cette évocation du monde des faussaires, mise en scène principalement, dit-on, par François Reichenbach. Film-somme pourtant aux yeux de certains, où Welles nie la notion d'auteur au profit de la fonction de l'œuvre. Mais son véritable testament serait plutôt dans *Filming Othello,* retour nostalgique sur le passé, comme si Welles considérait qu'il ne tournerait plus jamais de film. Souhaitons que son silence ne soit pas définitif et, en attendant, consolons-nous en allant voir pour la centième fois *Citizen Kane,* chef-d'œuvre qui n'a pas fini de nous révéler ses secrets.

BIBLIO. : A. Bazin, *Orson Welles* (1950) ; *Cahiers du cinéma,* n° 87 (sept. 1958) ; J.-C. Allais, *Orson Welles* (1961) ; M. Bessy, *Orson Welles* (1982) ; *Cahiers du cinéma,* n° spécial (1982).

Wellman, William

Réalisateur américain, 1896-1975.

The Man Who Won (1923) ; Second Hand Love (1923) ; Big Dan (1923) ; Cupid's Fireman (1923) ; The Vagabond Trail (1924) ; Not a Drum Was Heard (1924) ; The Circus Cowboy (1924) ; When Husbands Flirt (1925) ; The Boob (1926) ; The Cat's Pajamas (1926) ; You Never Know Women (Masques d'artistes, 1926) ; The Legion of the Condemned (Les pilotes de la mort) ; Ladies of the Mob (1928) ; Beggars of Life (Les mendiants de la vie, 1928) ; Wings (Ailes, 1929) ; Chinatown Nights (1929) ; The Man I Love (1929) ; Woman Trap (1929) ; Dangerous Paradise (1930) ; Young Eagles (1930) ; Maybe It's Love (1930) ; Other Men's Women (1931) ; The Public Enemy (L'ennemi public, 1931) ; The Star Witness (1931) ; Night Nurse (L'ange blanc, 1931) ; Safe in Hell (1931) ; The Hatchet Man (1932) ; Love is a Racket (1932) ; So Big (Mon grand, 1932) ; The Purchase Price (1932) ; The Conquerors (Les conquérants, 1932) ; Frisco Jenny (Jenny Frisco, 1933) ; Central Airport (1933) ; Lilly Turner (1933) ; Wild Boys of the Road (1933) ; Heroes for Sale (Héros à vendre, 1933) ; Midnight Mary (Rose de Minuit, 1933) ; College Coach (1933) ; Looking for Trouble (1934) ; Stingaree (1934) ; The President Vanishes (Le président fantôme, 1934) ; Call of the Wild (L'appel de la forêt, 1935) ; Robin Hood of El Dorado (Robin des Bois d'Eldorado, 1936) ; Small Town Girl (Petite provinciale, 1936) ; A Star Is Born (Une étoile est née, 1937) ; Nothing Sacred (La joyeuse suicidée, 1937) ; Men With Wings (Les hommes volants, 1938) ; Beau Geste (Beau Geste, 1939) ; The Light That Failed (La lumière qui s'éteint, 1939) ; Reaching for the Sun (1941) ; Roxie Hart (1942) ; The Great Man's Lady (L'inspiratrice, 1942) ; Thunder Birds (1942) ; Lady of Burlesque (L'étrangleur, 1943) ; The Ox-Bow Incident (L'étrange incident, 1943) ; Buffalo Bill (Buffalo Bill, 1944) ; This Man's Navy (1945) ; The Story of G.I. Joe (Les forçats de la gloire, 1945) ; Gallant Journey (1946) ; Magic Town (1947) ; The Iron Curtain (Le rideau de fer, 1948) ; Yellow Sky (La ville abandonnée/Nevada, 1948) ; Battleground (Bastogne, 1949) ; The Next Voice You Hear (La voix que vous allez entendre, 1950) ; The Happy Years (1950) ; It's a Big Country (coréal., 1951) ; Across the Wide Missouri (Au-delà du Missouri, 1951) ; Westward the Women (Convoi de femmes, 1951) ; My Man and I (1952) ; Island in the Sky (Aventure dans le Grand Nord, 1953) ; The High and the Mighty (Écrit dans le ciel, 1954) ; Track of the Cat (1954) ; Blood Alley (L'allée sanglante, 1955) ; Goodbye, My Lady (1956) ; Darby's Rangers

(Les commandos passent à l'attaque, 1958) ; Lafayette Escadrille (1958).

Un dur. Lors de la Première Guerre mondiale, il rejoint la Légion étrangère comme ambulancier puis, après l'entrée des États-Unis dans le conflit, il sert comme pilote dans la fameuse escadrille La Fayette. Blessé, il reçoit la croix de guerre avec palmes. Pilote dans le privé, il pourra par la suite évoquer en connaissance de cause, dans ses films, avions et aviateurs. Ceux-ci forment dans son œuvre un véritable cycle : *Legion of the Condemned, Wings* (le meilleur), *Men With Wings, Gallant Journey* et *Escadrille La Fayette*. Il pourra aussi parler du fantassin, de ses peines et de ses joies, en racontant la Seconde Guerre mondiale vue par le simple soldat (*G.I. Joe, Battleground*). C'est un film de gangsters, *Public Enemy*, où Cagney faisait une composition d'un terrifiant réalisme, qui l'imposa parmi les grands réalisateurs d'Hollywood. S'étonnera-t-on que son genre favori ait été le western ? Il a signé des chefs-d'œuvre comme *Yellow Sky* (une splendide traversée du désert par des pilleurs de banque ouvrait ce film admirable qui s'achevait sur un hallucinant règlement de comptes entre Gregory Peck et Richard Widmark), *Convoi de femmes* (où se trouvait posé le problème de la femme dans le peuplement de l'Ouest), *Buffalo Bill* (un portrait tout en nuances du populaire héros), *Across the Wide Missouri* (où Clark Gable faisait la cour à une princesse indienne)... Aucun effet spectaculaire, une sobriété exemplaire. Wellman sait de quoi il parle ; il n'a nul besoin de chercher à épater. Ni péripéties inutiles, ni violence gratuite. De là la réputation d'ennui attachée à son nom. Cette sobriété est en réalité un signe d'authenticité.

Ce dur était un homme sensible, ouvert aux injustices sociales qu'il avait connues dans sa jeunesse. Dans un western réputé, *The Ox Bow Incident*, il dénonça le lynchage, trop couramment pratiqué dans l'Ouest. Il rappela la dignité de l'homme dans *Heroes for Sale*. Avant de mourir, il demanda que ses cendres, après son incinération, soient jetées d'un avion sur le sol américain. Il a laissé des Mémoires pleins d'humour, publiés sous le titre évocateur de *A Short Time for Insanity*.

BIBLIO. : William Wellman, *Positif* (février 1971), nº 124 ; G. Langlois, *Wellman*, Anthologie du cinéma, t. X.

Wenders, Wim

Réalisateur allemand né en 1945.

Summer in the City (L'été dans la ville, 1971) ; Die Angst des Tormanns beim Elfmeter (L'angoisse du gardien de but au moment du penalty, 1971) ; Der Scharlachrote Buchstabe (La lettre écarlate, 1972) ; Alice in den Städten (Alice dans les villes, 1973) ; Falsche Bewegung (Faux mouvement, 1974) ; Im Lauf der Zeit (Au fil du temps, 1975) ; Der amerikanische Freund (L'ami américain, 1977) ; Lightening over Water (Nick's Movie, 1980) ; Hammett (Hammett, 1982).

Il a fait des études de médecine et de philosophie puis a échoué à l'I.D.H.E.C. Sa formation, il l'a surtout acquise à la cinémathèque de Paris. Sa première œuvre (l'expulsion du terrain par l'arbitre d'un gardien de but conduit ce dernier à étrangler sans explication une jeune femme) est particulièrement déroutante : dialogues non en situation, syncopes et ellipses brisant la narration, absence d'explications. Ces ruptures, ce refus du principe narratif se retrouvent dans *Alice, Faux mouvement* (d'après Goethe) ou *Au fil du temps*. Film policier curieux, puisque toutes les ombres subsistent à la fin du film, *L'ami américain*, vaguement inspiré de Patrica Highsmith, vaut surtout pour une fort belle photo et une pléiade d'acteurs-metteurs en scène (Denis Hopper, Blain, Eustache, Ray, Fuller) qui finissaient par créer une atmosphère envoûtante. Nouvel et ultime hommage à Nicolas Ray : *Nick's Movie*, qui filme la mort du grand metteur en scène rongé par un cancer. Une œuvre qui laisse, à dire vrai, un sentiment de malaise. Autre hommage : *Hammett*, épisode imaginaire de la vie de l'auteur du *Faucon maltais*. On découvre ainsi un Wenders curieusement américanisé : Goethe serait-il oublié ?

Wendkos, Paul

Réalisateur américain né en 1922.

The Burglar (Le cambrioleur, 1957) ; The Case against Brooklyn (1958) ; Tarawa Beachhead (Tarawa tête de pont, 1958) ; Gidget (1959) ; Face of a

Fugitive (1959) ; Battle of the Coral Sea (La bataille de la mer de corail, 1959) ; Because They're Young (1960) ; Angel Baby (1961) ; Gidget Goes Hawaiian (1951) ; Temple of the Swinging Doll (1961) ; Gidget Goes to Rome (1963) ; Recoil (1963) ; Johnny Tiger (1966) ; Guns of the Magnificent Seven (Les colts des sept mercenaires, 1968) ; Attack on the Iron Coast (Attaque sur le mur de l'Atlantique, 1968) ; Hell Boats (1969) ; Cannon for Cordoba (Les canons de Cordoba, 1970) ; The Mephisto Waltz (Satan mon amour, 1971) ; Honor thy Father (A pleins chargeurs, 1973) ; Special Delivery (1976).

Venu du théâtre d'avant-garde puis du documentaire, Wendkos fit des débuts fracassants avec une adaptation très réussie par Goodis lui-même de l'un de ses propres romans (*The Burglar*), suivie d'un séduisant western où un évadé s'engageait dans la patrouille chargée de le poursuivre, un moyen ingénieux de s'enfuir (*Face of a Fugitive*) ainsi que d'un film de guerre qui ne manquait pas de vigueur (*Tarawa*). Il devint donc le favori des amateurs de série B, le cinéaste des connaisseurs éclairés. Hélas ! Déjà coupable de l'épouvantable série à l'eau de rose des *Gidget*, il se lança dans la télévision où il signa un nombre impressionnant de téléfilms, ne reparaissant sur le petit écran que pour quelques westerns honorables (*Guns of the Magnificent Seven ; Cannon for Cordoba*) et un curieux film d'épouvante (*Mephisto Waltz*).

Wenzler, Franz

Réalisateur allemand.

Die Nacht ohne Pause (1931) ; Ehe mit B.H. (1932) ; Liebe, Scherz und Ernst (1932) ; Skandal in der Parkstrasse (1933) ; Gipfelstürmer (1933) ; Hans Westmar (1933) ; Hunder Tage (Les Cent-Jours, 1934).

Réalisateur au service de la propagande nazie, il a tourné une biographie de Horst Wessel, présenté ici sous un autre nom, Hans Westmar, héros ou considéré comme tel des S.A. après avoir été tué dans des conditions mal éclaircies, en 1930. On doit aussi à Wenzler une coproduction italo-allemande sur le retour de Napoléon de l'île d'Elbe. On y exaltait le chef par rapport aux masses amorphes. La version italienne est de Forzano.

Werker, Alfred Louis

Réalisateur américain né en 1896.

Ridin' the Wind (1925) ; The Pioneer Scout (1928) ; The Sunset Legion (1928) ; Kit Carson (1928) ; Blue Skies (1929) ; Chasing Through Europe (avec Butler, 1929) ; Double Cross Roads (1930) ; Last of the Duanes (1930) ; Fair Warning (1931) ; Annabelle's Affairs (1931) ; Heartbreak (1931) ; The Gay Caballero (1932) ; Bachelor's Affairs (1932) ; Rackety Rax (1932) ; It's Great to Be Alive (1933) ; Hello Sister (version remontée de Walking Down Broadway de Stroheim) ; Advice to the Lovelorn (1933) ; The House of Rothschild (Les Rothschild, 1934) ; You Belong to Me (1934) ; Stolen Harmony (1935) ; We Have Our Moments (1937) ; Wild and Wooly (1937) ; Big Town Girl (1937) ; City Girl (1937) ; Kidnapped (1938) ; Gateway (1938) ; Up the River (1938) ; It Could Happen to You (1939) ; News Is Made at Night (1939) ; The Adventures of Sherlock Holmes (Sherlock Holmes, 1939) ; The Reluctant Dragon (Les secrets de Walt Disney, 1941) ; Moon Over Her Shoulder (1941) ; Whispering Ghosts (1942) ; A-Hunting We Will Go (Fantômes déchaînés, 1942) ; The Mad Martindales (1942) ; My Pal Wolf (1944) ; Shock (1946) ; Repeat Performance (1947) ; Pirates of Monterey (Les pirates de Monterey, 1947) ; He Walked by Night (Il marchait la nuit, 1948) ; Lost Boundaries (Frontières invisibles, 1949) ; Sealed Cargo (L'équipage fantôme, 1951) ; Walk East on Beacon (Le guêpier, 1952) ; The Last Posse (1953) ; Devil's Canyon (Nuit sauvage, 1953) ; Three Hours to Kill (Trois heures pour tuer, 1954) ; Canyon Crossroads (1955) ; At Gunpoint (Le doigt sur la gâchette, 1955) ; Rebel in Town (1956) ; The Young Don't Cry (1957).

Ni les Rothschild, ni Sherlock Holmes ne lui ont inspiré le film que l'on était en droit d'attendre de tels sujets. Laurel et Hardy ne l'inspirèrent pas davantage et *Fantômes déchaînés* fut un échec. *Il marchait la nuit* était un bon thriller, mais Anthony Mann en avait tourné plus de la moitié. Reste que Werker signa de solides westerns : *The Last Posse* (un film de poursuite dans le désert très original) ; *Three Hours to Kill* et *At Gunpoint* (un épicier tuait par chance un redoutable chef de bande que ses complices voulaient venger). Ces œuvres révèlent un réalisateur au métier éprouvé. Mais Werker est surtout cité dans les histoires du cinéma pour avoir refait *Walking Down Broadway* de Stroheim. On ne le lui a pas pardonné. Il vaut mieux en réalité que cette mauvaise réputation.

Werner, Gösta

Réalisateur suédois né en 1908.

Courts métrages : Midvinterblot (Le sacrifice du sang, 1945) ; Morgonväkt (La veillée du matin, 1945) ; Taget (Le train, 1946) ; Skansenvar (Le printemps à Skansen, 1946) ; 40 ar med kungen (Quarante ans avec le roi, 1947) ; Skymningsljus (La lueur du crépuscule, 1951) ; Varen (Le printemps, 1951) ; Att doda ett barn (La mort d'un enfant, 1952) ; En svensk storindustri (Une grande industrie suédoise, 1953) ; Fjarilen och ljuslagan (Le papillon et la flamme, 1954) ; Oden bortom horisonten (Destins au-delà de l'horizon, 1955) ; Ansvar (Responsabilité, 1956) ; Den förlorade melodien (La mélodie disparue, 1957) ; Manniskan landscap (Le paysage de l'homme, 1964) ; Väntande Vatten (Les eaux dormantes, 1964). *Longs métrages :* Loffe pa luffen (Loffe le vagabond, 1948) ; Solkatten (Rayon de soleil, 1949) ; Gatan (La rue, 1950) ; Tva trappor over garden (Les parias, 1950) ; Möte med livet (Rencontre avec la vie, 1951).

Il vaut surtout pour ses courts métrages, notamment l'extraordinaire *Sacrifice du sang* consacré aux rites sanguinaires d'une tribu préhistorique. Dans le long métrage, il n'échappe que rarement à la tentation du mélodrame (Maj-Britt Nilsson contrainte de se prostituer, dans *La rue*, échouera dans sa quête désespérée du bonheur. Même échec pour les amours du jeune déséquilibré et de l'évadée d'une maison de redressement, dans *Les parias*).

Wertmuller, Lina

Réalisatrice italienne, née en 1928.

I Basilischi (1963) ; Questa volta parliamo di uomini (1965) ; Non stuzzicate la zanzara (1967) ; Mimi metallurgico ferito nell'onore (Mimi métallo blessé dans son honneur, 1971) ; Film d'amore e d'anarchia (Un film d'amour et d'anarchie, 1972) ; Tutto a posto e niente in ordine (1973) ; Pasqualino settebellezze (Pasqualino, 1974) ; La fine del mondo nel nostro solito letto in una notte piena di pioggia (1978) ; Fatto di sangue fra due uomini per causa di una vedova (D'amour et de sang, 1978).

Assistante de Fellini pour *Otto e mezzo*, après avoir travaillé pour le théâtre, elle tourne ensuite des comédies satiriques dont le moins que l'on puisse dire est qu'elles ne brillent pas par leur légèreté. Dans *Pasqualino*, le héros incarné par Giannini, interprète favori de Wertmuller, s'efforce étant déporté de séduire le commandant du camp, une énorme femme, cependant qu'un autre personnage, un socialiste intègre, se suicide en se jetant dans une fosse pleine d'excréments. Enfin, la jeune fiancée de Pasqualino, devenue prostituée, continuera, au retour de son bien-aimé, ce noble métier pour le plus grand profit dudit Pasqualino. Toute cette noirceur est traitée sur un ton humoristique. On aura ainsi à travers ce film un résumé du style Wertmuller.

West, Raymond B.

Réalisateur américain, 1886-1918.

The Altar of Death (1912) ; The Witch of Salem (1913) ; Civilization (avec Ince et Barker, 1916) ; The Moral Fabric (1916) ; The Payment (1916) ; The Wolf Woman (1916) ; The Female of the Species (1916) ; Madcap Madge (1917) ; Paddy O'Hara (1917) ; Redemption

(1917) ; Those who Play (1918) ; Within the Cup (1918).

Spécialiste des effets spéciaux, il fut un collaborateur très apprécié par Thomas Ince. Il est mort trop tôt, avant d'avoir donné la mesure de son talent.

West, Roland

Réalisateur américain, 1887-1952.

De Luxe Annie (1918) ; The Silver Lining (1921) ; Nobody (1921, producteur et auteur du script) ; The Unknown Purple (1923) ; The Monster (1925) ; The Bat (1925, producteur) ; The Dove (1928) ; Alibi (1929) ; The Bat Whispers (1931) ; Corsair (1931).

Un cinéaste très moderne à redécouvrir, surtout pour *Corsair*, un film de gangsters particulièrement violent.

Whale, James

Réalisateur d'origine anglaise, 1896-1957.

Journey's End (1930) ; Waterloo Bridge (1931) ; Frankenstein (Frankenstein, 1931) ; The Old Dark House (Une soirée étrange, 1932) ; The Impatient Maiden (1932) ; The Invisible Man (L'homme invisible, 1933) ; The Kiss before the Mirror (Le baiser devant le miroir, 1933) ; By Candlelight (Court-Circuit, 1933) ; One More River (1934) ; The Bride of Frankenstein (La fiancée de Frankenstein, 1935) ; Rember Last Night (Cocktails et homicides, 1935) ; Show Boat (1936) ; The Road Back (Après, 1937) ; The Great Garrick (David Garrick, 1937) ; Sinners in Paradise (1938) ; Port of Seven Seas (Fanny, 1938) ; Wives under Suspicion (Femmes délaissées, 1938) ; The Man in the Iron Mask (L'homme au masque de fer, 1939) ; Green Hell (L'enfer vert, 1939) ; They Dare not Love (1941).

Il est le créateur de l'un des mythes les plus célèbres du cinéma : Frankenstein, le monstre fait de morceaux de cadavres. Né en Grande-Bretagne, Whale a débuté comme dessinateur humoristique avant de se tourner vers le théâtre où il fut acteur, décorateur et metteur en scène. Sa réputation est telle que l'Amérique l'invite et qu'Hollywood l'attire : il est assistant de Hughes pour *Hell's Angels* et s'impose avec *Frankenstein*, d'après le roman de Mrs. Shelley, qui révèle dans le rôle du monstre Boris Karloff. Whale est désormais reconnu comme l'un des maîtres du cinéma fantastique au même titre que Browning. Si *Old Dark House* reste aux confins du film d'épouvante, *La fiancée de Frankenstein* marque le sommet du genre. Quant à *L'homme invisible*, inspiré de Wells, les truquages de Fulton n'ont jamais été dépassés et l'on n'oubliera pas de sitôt la tête de Griffin enroulée de bandelettes qui, défaites, ne laissaient voir que le vide. On ne saurait négliger le reste de l'œuvre de Whale (son adaptation de la *Fanny* de Pagnol, ses films policiers, sa comédie musicale *Show Boat*) mais il reste marqué par son *Frankenstein* qui le fit entrer dans le panthéon des maîtres de l'effroi. Ne mourut-il pas mystérieusement noyé dans la piscine de sa superbe villa ?

BIBLIO. : *Bizarre* n° 24-25 (1962) : L'épouvante.

Wheeler, René

Scénariste et réalisateur français né en 1912.

Comme réalisateur : Premières armes (1949) ; Châteaux en Espagne (1954) ; Vers l'extase (1960) ; Terreur sur la savane (1962) ; Soupe au poulet (1963) ; Le journal d'une femme en blanc (1965).

Son œuvre de réalisateur n'est pas à la hauteur de celle du scénariste dont l'importance fut grande (*Jour de fête, La vie en rose,* etc.). Rien à sauver, sauf *Premières armes,* évocation sans concessions de la formation des apprentis jockeys.

Whelan, Tim

Scénariste et réalisateur américain, 1893-1957.

Comme réalisateur : Adam's Apple (1928) ; When Knights Were Bold (1929) ; It's a Boy (1933) ; Aunt Sally (1933) ; The Camels are Coming (1934) ; The Murder Man (1935) ; The

Perfect Gentleman (1935) ; Two's Company (1936) ; Smah and Grab (1937) ; The Mill on the Floss (1937) ; Farewell Again (Six heures à terre, 1937) ; Action for Slander (1937) ; The Divorce of Lady X (1938) ; St.Martin Lane (Vedette du pavé, 1938) ; Ten Days in Paris (L'aventure est commencée, 1939) ; Q Planes (Nuages sur l'Europe, 1939) ; The Thief of Baghdad (Le voleur de Bagdad, coréal., 1940) ; The Mad Doctor (1941) ; International Lady (Cinquième bureau, 1941) ; Twin Beds (1942) ; Nightmare (1942) ; Seven Days'Leave (1942) ; Higher and Higher (Amour et swing, 1943) ; Swing Fever (1944) ; Step Lively (1944) ; Badman's Territory (La ville des sans-loi, 1946) ; This Was a Woman (1948) ; Rage at Dawn (Les rôdeurs de l'aube, 1955) ; Texas Lady (Le rendez-vous de 4 heures, 1955).

Il fut surtout un excellent gagman pour Harold Lloyd (*Safety Last, Hot Water, The Freshman,* etc.) avant de devenir réalisateur. C'est sans doute à tort que ses films anglais d'avant 1940 ont meilleure réputation que ses films américains des années 50. Ses westerns, dont *Les rôdeurs de l'aube*, ne sont pas sans charme.

Whitelaw, Alexander

Réalisateur anglais né en 1930.

Lifespan (Le secret de la vie, 1975).

Il fut producteur, scénariste et réalisateur d'un film très original de science-fiction sur le thème de l'immortalité. On se souviendra longtemps de l'exhumation d'un cadavre pourrissant où le port du masque à gaz était indispensable. Tina Aumont et Klaus Kinski évoluaient dans des quartiers insolites d'Amsterdam tandis que se développait un climat de plus en plus angoissant. Un film malheureusement sans lendemain.

Whorf, Richard

Acteur, producteur et réalisateur américain, 1906-1966.

Comme réalisateur : Blonde Fever (1944) ; The Hidden Eye (1945) ; The Sailor Takes a Wife (1946) ; Till the Clouds Roll By (1946) ; It Happened in Brooklyn (1947) ; Love from a Stranger (1947) ; Luxury Liner (1948) ; Champagne for Caesar (1950) ; The Groom wore spurs (1951).

Venu de Broadway et passé rapidement à la télévision, il n'a laissé au cinéma que quelques comédies sophistiquées, dont la meilleure, *Till the Clouds Roll By*, doit beaucoup à Minnelli, et un bon film policier consacré à un détective aveugle qui fait preuve néanmoins d'une belle clairvoyance : *The Hidden Eye.*

Wiard, William

Réalisateur américain.

Tom Horn (Tom Horn, sa véritable histoire, 1979).

Inconnu jusqu'alors, ce réalisateur venu de la télévision a surpris avec un western insolite qui marquait l'une des dernières apparitions de Steve McQueen. L'exécution finale étonne par la cruauté de son réalisme. A suivre.

Wicki, Bernhardt

Acteur et metteur en scène d'origine suisso-hongroise, né en 1919.

Warum sind sie gegen uns (1958) ; Die Brücke (Le pont, 1959) ; Das Wunder des Malachias (1961) ; The longest Day (coréal., Le jour le plus long, 1962) ; Der Besuch (La rancune, 1963) ; Morituri (Morituri, 1964) ; Die Träne (c.m., 1970) ; Das falsche Gewicht (1971) ; Die Eroberung der Zitadelle (1976) ; Curd Jurgens (1977).

Né en Autriche de parents suisso-hongrois, il fut d'abord acteur, travaillant avec les réalisateurs les plus divers (Pabst, Antonioni, Fassbinder, Handke). Il passe à la mise en scène en 1958. *Le pont,* qui raconte l'histoire d'un pont défendu contre l'avance alliée par de tout jeunes Allemands, lui vaudra une réputation de spécialiste des films de guerre. De là sa présence notamment au générique du *Jour le plus long.* Son meilleur film est une solide et habile adaptation de *La visite de la vieille dame* de Dürrenmatt (*Der Besuch*).

Widerberg, Bo

Réalisateur suédois né en 1930.

Pöjken och draken (c.m., Le petit garçon et le cerf-volant, 1962) ; Barnvagnen (Le péché suédois, 1962) ; Kvarteret Korpen (Le quartier du Corbeau, 1963) ; Kärlek 65 (Amour 65, 1965) ; Heja Roland (Hello Roland, 1966) ; Elvira Madigan (Elvira Madigan, 1967) ; Adalen 31 (Adalen 31, 1969) ; Joe Hill (Joe Hill, 1971) ; Fimpen (Tom Foot, 1974) ; Mannen pa taket (Un flic sur le toit, 1976) ; Victoria (1979).

Écrivain, il vient au cinéma par la critique, se faisant remarquer par un livre, *Vision du cinéma suédois*, où il dénonce la mainmise de l'industrie sur l'art cinématographique et le monopole exercé par Bergman. Le même souci de choquer se retrouve dans ses films, de la description des grèves d'Adalen en 1931 à la satire du football (dans *Tom Foot*, un enfant égale les champions, mais il ne peut signer d'autographes faute de savoir écrire et renonce à sa carrière), de l'évocation des quartiers ouvriers de Malmö en 1936 (*Le quartier du Corbeau*) au cas pathologique de l'ancien flic devenu tueur de flics (*Un flic sur le toit*). Plus apaisée, sa version d'*Elvira Madigan*, qui part d'un fait divers authentique (un jeune lieutenant dévoyé par une danseuse de corde dans un cirque) ne retient que la balade romantique des deux jeunes gens dans les forêts luxuriantes du Danemark, balade que viendront ponctuer deux coups de feu sous le soleil et parmi les fleurs : le suicide des amants.

Wiene, Robert

Réalisateur allemand, 1881-1938.

Arme Eva (avec A. Berger, 1914) ; Die Konservenbraut (1915) ; Die Liebesbrief der Königin (1916) ; Der Mann im Spiegel (1916) ; Die Räuberbraut (1916) ; Das wandernde Licht (1916) ; Ein gefährliches Spiel (1919) ; Das Kabinett des Dr. Caligari (Le cabinet du docteur Caligari, 1919) ; Die drei Tänze der Mary Wilford (1920) ; Genuine (1920) ; Die Nacht der Königin Isabeau (1920) ; Die Rache einer Frau (1920) ; Höllische Nacht (1921) ; Das Spiel mit dem Feuer (avec Kroll, 1921) ; Salome (1922) ; Tragikomödie (1922) ; I.N.R.I. (1923) ; Der Puppenmacher von Kiang-Ning (1923) ; Raskolnikow (Raskolnikov, 1923) ; Orlacs Hände (Les mains d'Orlac, 1925) ; Pension Groonen (1925) ; Der Gardeoffizier (1926) ; Die Königin vom Moulin-Rouge (1926) ; Der Rosenkavalier (1926) ; Die berühmte Frau (1926) ; Die Geliebte (Sa Majesté l'Amour, 1927) ; Die Frau auf der Folter (Tu ne mentiras pas, 1928) ; Die grosse Abenteurerin (1928) ; Leontines Ehemänner (1928) ; Unfug der Liebe (Les farces de l'amour, 1928) ; Der Andere (Le procureur Hallers, 1930) ; Panik in Chikago (Panique à Chicago, 1931) ; Der Liebesexpress (1931) ; Polizeiakte 909 (Dossier 909, 1934) ; Eine Nacht in Venedig (Une nuit à Venise, 1934) ; Ultimatum (achevé par Siodmak, 1938).

D'abord acteur et metteur en scène de théâtre, il vient au cinéma en 1914. Cinq ans plus tard, il signe *Le cabinet du docteur Caligari*, film-manifeste de l'expressionnisme. Le scénario de Carl Mayer, les décors de Reimann et Röhrig, l'interprétation de Werner Krauss et de Conrad Veidt, tout contribuait à créer une atmosphère d'étrangeté. On retint surtout les décors (rues de travers, maisons tordues, taches blanches et noires, lignes brisées) qui soulignaient le déséquilibre mental du narrateur. « Ce conte d'horreur à la manière d'Hoffmann était une histoire révolutionnaire inouïe, en elle Carl Mayer stigmatisait l'omnipotence de l'autorité d'État », note Kracauer (*De Caligari à Hitler*). Les autres films de Wiene déçurent : *Genuine* reprit les décors bizarres de *Caligari* mais l'histoire du peintre amoureux de son tableau qui représente Genuine, déesse sanguinaire, fait sourire. Dans *Les mains d'Orlac*, Wiene ne sut pas retrouver l'atmosphère du curieux roman de Maurice Renard. Seul *Raskolnikov* contenait une scène extraordinaire : celle du cauchemar dans l'escalier. On lui retira le crédit que lui avait valu *Caligari*. Lors de l'avènement du nazisme, Wiene s'enfuit en France. C'est Siodmak qui acheva son dernier film : *Ultimatum*.

Wilbur, Crane

Acteur, scénariste et réalisateur américain, 1889-1973.

Comme réalisateur : Tomorrow's Children (1934) ; High School Girl (1935) ; The People's Enemy (1935) ; Yellow Cargo (1936) ; We're in the Legion Now (1936) ; Devil on Horseback (1936) ; Navy Spy (1937) ; The Patient in Room 18 (1938) ; I Am Not Afraid (1939) ; The Devil on Wheels (1947) ; Canon City (1948) ; The Story of Molly X (1949) ; Outside the Wall (1950) ; Inside the Walls of Folsom Prison (Les révoltés de Folsom, 1951) ; The Bat (Le masque, 1959).

Acteur au temps du muet (*The Perils of Pauline, The Corsair*), il devient à partir de 1925 un scénariste prolifique et fort apprécié (surtout dans le domaine du film policier avec *Crime School, He Walked by Night* et *The Phenix City Story*). Son activité de réalisateur de 1934 à 1939, puis de 1947 à 1959, se porta également sur le thriller et l'aventure, sans que l'on puisse relever de titres vraiment importants.

Wilcox, Fred M.

Réalisateur américain, 1905-1964.

Lassie Comes Home (La fidèle Lassie, 1943) ; The Courage of Lassie (Le courage de Lassie, 1946) ; Three Daring Daughters (1948) ; Hills of Home (Le maître de Lassie, 1948) ; The Secret Garden (1949) ; Shadow in the Sky (1951) ; Code Two (L'auto sanglante, 1953) ; Tennessee Champ (1954) ; Forbidden Planet (Planète interdite, 1956) ; I Passed for White (1960).

Entré dans le service de la publicité de la MGM vers 1930, il se voit confié par la célèbre compagnie la série des Lassie, chien increvable qui succéda dans le cœur des foules à Rin-Tin-Tin. Wilcox ne présenterait en réalité aucun intérêt s'il n'avait signé un admirable film de science-fiction : *Planète interdite*. Sur la planète Altaïr 4, la civilisation des Krells, d'une technologie très avancée, a été subitement détruite. C'est que les Krells ayant trouvé le moyen de matérialiser leurs pensées furent anéantis par leur propre subconscient. Cette superbe idée a été fort bien rendue à l'écran par Wilcox. C'est son seul titre de gloire.

Wilcox, Herbert

Réalisateur d'origine irlandaise né en 1892.

Chu Chin Chow (1923) ; Southern Love (1924) ; Decameron Nights (1924) ; The Only Way (1925) ; Nell Gwyn (1926) ; London (1927) ; Tiptoes (1927) ; Dawn (1928) ; The Bondman (1928) ; The Woman in White (1929) ; The Loves of Robert Burns (1930) ; Chance of a Night Time (1931) ; Carnival (1931) ; The Blue Danube (1932) ; Goodnight Vienna (1932) ; Yes, Mr.Brown (1933) ; The King's Cup (1933) ; Bitter Sweet (1933) ; The Little Damozel (1933) ; The Queen's Affair (1934) ; Nell Gwyn (1934) ; Peg of Old Drury (1935) ; Limelight (1936) ; The Three Maxims (1936) ; London Melody (1937) ; Victoria the Great (La reine Victoria, 1937) ; Sixty Glorious Years (Soixante années glorieuses, 1938) ; Nurse Edith Cavell (Edith Cavell, 1939) ; Sunny (Mardi gras, 1939) ; No No Nanette (1940) ; Irène (1940) ; They Flew Alone (1942) ; The Yellow Canary (1943) ; I Live in Grosvenor Square (1945) ; Piccadilly Incident (1946) ; The Courtneys of Curzon Street (Mésalliance, 1947) ; Spring in Park Lane (1948) ; Maytime in Mayfair (1949) ; Odette (Odette, agent secret, 1950) ; Into the Blue (1951) ; The Lady With the Lamp (1951) ; Derby Day (1952) ; Trent's Last Case (L'affaire Manderson, 1953) ; Laughing Anne (Tropique du désir, 1953) ; Trouble in the Glen (Révolte dans la vallée, 1954) ; Lilacs in the Spring (Voyage en Birmanie, 1954) ; King's Rhapsody (Idylle royale à Monte-Carlo, 1955) ; My Teenage

Daughter (1956) ; These Dangerous Years (Les années dangereuses, 1957) ; The Man Who Wouldn't Talk (1958) ; Wonderful Things (1958) ; The Lady Is a Square (1959) ; Heart of a Man (1960).

Il ne s'intéresse guère qu'à l'Angleterre, à la reine Victoria (*Victoria the Great*), aux quartiers de Londres (*I Live in Grosvenor Square*) et aux mœurs de l'Écosse (*Trouble in the Glen*, avec Orson Welles qui interpréta également *Trent's Last Case*), ne s'offrant que de rares escapades vers un continent européen qu'il dédaigne. Celui-ci le lui a bien rendu.

Wilde, Cornel

Acteur et réalisateur américain, né en 1915.

Comme réalisateur : Storm Fear (1956) ; The Devil's Hairpin (Le virage du diable, 1957) ; Maracaibo (Tueurs de feux à Maracaibo, 1958) ; Lancelot and Guinevere (1963) ; The Naked Prey (La proie nue, 1966) ; Beach Red (Le sable était rouge, 1967) ; No Blade of Grass (Terre brûlée, 1970) ; Sharks Treasure (Requins, 1975) ; The 5th Musketeer (1979).

Ce sympathique acteur, qui joua les jeunes premiers dans plus de 60 films, se découvrit en 1956 une vocation de réalisateur. À l'inverse de trop d'acteurs qui passent un peu vite derrière la caméra et donnent l'impression d'improviser, il montra un réel talent de metteur en scène. Ses premiers films étaient dépourvus d'ambition, ils furent exécutés par la critique. Avec *The Naked Prey*, on dut le prendre au sérieux. Cette histoire de chasse à l'homme au cœur de l'Afrique, d'un extraordinaire sadisme, avec pour contrepoint des images saisissantes d'animaux, est un chef-d'œuvre injustement méconnu. Jamais la guerre ne fut montrée sous un jour aussi cruel que dans *Beach Red* où l'on voyait des soldats déchiquetés par les balles et les obus. Enfin Wilde sut éviter dans *No Blade of Grass*, œuvre dure et sans concessions, les naïvetés des films écologiques. Modeste, il ne s'est jamais pris pour un maître du Septième Art : peut-être a-t-il eu tort. En tout cas son œuvre filmée surpasse sans peine celle de bien des fausses gloires du cinéma.

Wilde, Ted

Réalisateur américain.

The Battling Orioles (1924) ; Babe Comes Home (1927) ; The Kid Brother (Le petit frère, 1927) ; Speedy (En vitesse, 1928) ; Clancy in Wall Street (1930) ; Loose Ankles (1930).

Débuts avec Hal Roach (*The Battling Orioles* notamment). Il fut scénariste et gagman avant de passer à la mise en scène. Très apprécié par Harold Lloyd, il collabora à *For Heaven Sake, The Freshman*... et signa deux réalisations de Lloyd, *Speedy* et *Kid Brother*. Ce dernier film, n'hésitons pas à le dire, est un pur chef-d'œuvre du burlesque.

Wilder, Samuel dit Billy

Scénariste et réalisateur d'origine autrichienne, né en 1906.

Comme réalisateur : Mauvaise Graine (avec Esway, 1934) ; The Major and the Minor (Uniformes et jupons courts, 1942) ; Five Graves to Cairo (Les cinq secrets du désert, 1943) ; Double Indemnity (Assurance sur la mort, 1944) ; The Lost Week-End (Le poison, 1945) ; The Emperor Waltz (La valse de l'Empereur, 1948) ; A Foreign Affair (La scandaleuse de Berlin, 1948) ; Sunset Boulevard (Boulevard du crépuscule, 1950) ; Ace in the Hole/The Big Carnival (Le gouffre aux chimères, 1951) ; Stalag 17 (Stalag 17, 1953) ; Sabrina (Sabrina, 1954) ; The Seven Year Itch (7 ans de réflexion, 1955) ; The Spirit of St.Louis (L'odyssée de Charles Lindbergh, 1957) ; Love in the Afternoon (Ariane, 1957) ; Witness for the Prosecution (Témoin à charge, 1958) ; Some Like It Hot (Certains l'aiment chaud, 1959) ; The Apartment (La garçonnière, 1960) ; One, Two, Three (Un, deux, trois, 1961) ; Irma la douce (Irma la douce, 1963) ; Kiss Me, Stupid (Embrasse-moi, idiot, 1964) ; The Fortune Cookie (La grande combine, 1966) ; The Private Life of Sherlock Holmes (La vie privée de Sherlock Holmès, 1970); Avanti (Avanti, 1972); Front Page (Special première, 1974); Fedora (Fedora, 1977); Buddy Buddy (1981).

Fils d'un hôtelier de Vienne, il tâte du journalisme, part pour Berlin, y devient scénariste, notamment pour Siodmak, mais doit fuir à Paris à l'avènement d'Hitler. Il y tourne un film avec Danielle Darrieux, puis passe aux États-Unis. Ses débuts sont difficiles, mais il s'impose à nouveau comme scénariste, travaillant en association avec Brackett. Le tandem continuera jusqu'en 1950, mais avec un partage des rôles à partir de 1942 : ils écrivent en commun le script, Wilder dirige et Brackett produit. Diamond remplacera, après 1950, Brackett comme scénariste, mais Wilder collaborera toujours au scénario.

Excellent scénariste, Wilder sera plus discuté comme réalisateur. S'il se maîtrise, s'efface, gomme les effets faciles, il signe des chefs-d'œuvre, ceux de ses débuts : « le plus noir des films noirs », *Assurance sur la mort* (Cain revu par Chandler) ou *Sunset Boulevard*, le meilleur film tourné sur Hollywood (acteurs du passé – Keaton, Stroheim, Swanson – donnant une incontestable authenticité à l'histoire, villa baroque et récit raconté par un mort renforcent cette impression d'un monde crépusculaire) mais aussi ceux de ces dernières années comme son *Sherlock Holmes*, non conformiste ou *Fedora*, fascinante histoire d'une actrice qui substitue sa fille à elle-même pour préserver son image et sa légende.

S'il se laisse aller, il n'échappe pas à la vulgarité, à la complaisance, à la grossièreté, sauf si le film est enlevé par un rythme trépidant et bénéficie de la présence de Marilyn Monroe : *The Seven Year Itch* et le sublime *Some Like It Hot* qui joue aussi bien sur le burlesque à la Laurel et Hardy (le couple extraordinaire que forment Lemmon et Curtis) que sur le film de gangster (Raft sorti tout droit de *Scarface*). En revanche *One, Two, Three* ou l'exécrable *Irma la Douce* laissent place à la pire des facilités.

Il n'en existe pas moins une « Wilder Touch », comme l'écrit Claude Beylie, que Wilder a ainsi définie : « Prendre un cliché répandu et montrer l'autre face de la médaille. » « Touch » efficace en tout cas, puisque Wilder a été l'un des réalisateurs qui ont rapporté le plus d'argent à Hollywood. Pour le reste, qu'importe : « Nul n'est parfait », pourrait-il dire parodiant Joe Brown à la fin de *Some Like It Hot*.

BIBLIO. : *Cahiers du cinéma*, nº 134 (1962) ; *Écran 1975*, nº 35.

Wilder, Gene

Acteur et réalisateur américain, né en 1934.

Comme réalisateur : The Adventure of Sherlock Holmes'Smarter Brother (Le frère le plus futé de Sherlock Holmès, 1975) ; The World's Greatest Lover (Drôle de séducteur, 1977).

Interprète favori de Mel Brooks, il a décidé de faire aussi bien sinon mieux que le maître en mettant en scène deux films fort drôles où triomphe le non-sens sans la vulgarité de Brooks.

Wiles, Gordon

Acteur, scénariste et réalisateur américain.

Comme réalisateur : Charlie Chan's Secret (1935) ; Prison Train (1938) ; Forced Landing (1941) ; The Gangster (1947).

Barry Sullivan composait un personnage fascinant dans *The Gangster*, film noir qui privilégiait la psychologie.

Willat, Irvin

Réalisateur américain 1892-1976.

Comme réalisateur : In Slumberland (1917) ; The Guilty Man (1918) ; Zeppelin Last Raid (1918) ; The Claws of the Hun (1918) ; The False Faces (1919) ; Behind the Door (1919) ; Rustling a Bride (1919) ; Grim Game (1919) ; Partners of the Tide (1921) ; Face of the world (1921) ; Fifty Candles (1921) ; Yellow Men and Gold (1922) ; The Siren Call (1922) ; Pawned (1922) ; On the High Seas (1922) ; All the Brothers were Valiant (1923) ; Fog Bound

(1923) ; Three Miles out (1924) ; The Heritage of the Desert (1924) ; The Wanderer of the Wasteland (1924) ; North of 36 (1924) ; The Story Without a Name (1924) ; The Air Mail (1925) ; Rugged Water (1925) ; The Ancient Highway (1925) ; The Enchanted Hill (1926) ; Paradise (1926) ; Back to God's Country (1927) ; Submarine (1928) ; The Michigan Kid (1928) ; The Cavalier (1928) ; The Isle of Lost Ships (1929) ; Damaged Love (1931) ; Under Strange Flags (1937) ; Luck for Roaring Camp (1937) ; Old Louisiana (1937).

L'un des grands pionniers du cinéma américain. Il fit ses débuts à la Triangle et fut, en 1916, le directeur de la photographie de *Civilization* de Thomas Ince. Devenu réalisateur, il tourna des films d'action mais semble s'être mal adapté au parlant.

Williams, Richard

Animateur canadien né en 1933.

Nombreux génériques ; The Little Island (1958) ; Diary of a Madman (1965) ; A Christmas Carol (1971).

Collaborateur de George Dunning, il s'établit à Londres en 1955 où il fonde sa propre maison de production. On lui doit les génériques de *What's New Pussycat ?, Casino Royale,* etc. et surtout les admirables séquences animées de *The Charge of the Light Brigade* de Richardson.

Williamson, James

Réalisateur anglais, 1855-1933.

Henley Regatta Grand Challenge Cup Race (1898) ; The Barber Clown (1899) ; Great Glove Fight (Grand combat de boxe, 1900) ; Attack on a Chinese Mission Station (Attaque d'une mission en Chine, 1901) ; Fire ! (1902) ; Gordon Bennett Motor Race (1903) ; Our New Errand Boy (1905).

Photographe de plage, il devient opérateur d'actualités réelles ou reconstituées. Considéré comme l'un des pères de l'École de Brighton avec George-Albert Smith.

Wilson, Richard

Producteur et réalisateur américain né le 25 décembre 1915.

Comme réalisateur : Man with the Gun (L'homme au fusil, 1956) ; The Big Boodle (Trafic à La Havane, 1957) ; Raw Wind in Eden (Orage au Paradis, 1958) ; Al Capone (Al Capone, 1959) ; Pay or Die (La Mafia, 1960) ; Wall of Noise (1963) ; Invitation to a Gunfighter (Le mercenaire de minuit, 1964) ; Three in the Attic (1968) ; Skullduggery (1970).

Il fit partie du Mercury Theatre d'Orson Welles et suivit son directeur au cinéma pour *Citizen Kane* et *Lady from Shanghai.* Il produisit *Macbeth.* Passé à la réalisation, il se montra à l'aise dans la biographie des gangsters (son *Al Capone* est l'un des meilleurs films tournés sur le célèbre Balafré et son *Pay or Die* est bien plus authentique que *Le parrain* de Coppola), aussi bien que dans le western (Robert Mitchum était extraordinaire en « nettoyeur » fatigué dans *L'homme au fusil,* et que dire de Yul Brunner, tueur raffiné qui joue encore mieux du clavecin que du pistolet dans *Le mercenaire de minuit ?*).

Wincer, Simon

Réalisateur australien.

Harlequin (Harlequin, 1980).

Une seule œuvre connue, étrange, hallucinante, transposition de l'histoire de Raspoutine dans la politique américaine (un mystérieux étranger redonne vie au fils d'un important sénateur), fait de Wincer l'un des maîtres du cinéma fantastique australien. Comme d'autres auteurs d'un seul film mentionnés dans ce dictionnaire : à suivre.

Windust, Bretaigne

Réalisateur américain, 1906-1960.

Winter Meeting (1948) ; June Bride (La mariée du dimanche, 1948) ; Perfect Strangers (Le verdict de l'amour, 1950) ; Pretty Baby (1950) ; The Enforcer (La femme à abattre, 1951) ; Face to Face (un sketch, 1952) ; The Pied Piper of Hamelin (1957).

Metteur en scène de Broadway, il a signé à l'écran quelques comédies insipides et l'un des meilleurs films « noirs » des années 50, *The Enforcer,* dont Walsh a revendiqué la paternité.

Winner, Michael

Réalisateur anglais né en 1926.

Climb up the Wall (1960) ; Shoot to Kill (1960) ; Some Like It Cool (Nus au soleil, 1961) ; Play It Cool (1962) ; The Cool Mikado (1962) ; West Eleven (1963) ; The System (1964) ; You Must Be Joking (1965) ; The Jokers (Scotland Yard au parfum, 1965) ; I'll Never Forget What's His Name (Qu'arrivera-t-il après ?, 1967) ; Hannibal Brooks (L'extraordinaire évasion, 1968) ; The Games (1969) ; The Lawman (L'homme de la loi, 1970) ; The Nightcomers (Le corrupteur, 1971) ; Chato's Land (Les collines de la terreur, 1971) ; The Mechanic (Le flingueur, 1972) ; The Scorpio File (Scorpio, 1972) ; The Stone Killer (Le cercle noir, 1973) ; Death Wish (Un justicier dans la ville, 1974) ; The Sentinel (La sentinelle des maudits, 1976) ; Won Ton Ton, The Dog Who Saved Hollywood (1976) ; The Big Sleep (Le grand sommeil, 1978) ; Firepower (L'arme au point, 1979) ; Death Wish II (Un justicier dans la ville n° 2, 1981).

Remarqué pour ses films policiers et une féroce satire de la société de consommation (*Qu'arrivera-t-il après ?*), le Londonien Winner est attiré par Hollywood. Il y donne deux bons westerns : *The Lawman* (avec Lancaster) et *Chato's Land* (que joue Bronson), d'une particulière violence. Bref retour en Angleterre pour un curieux « prologue » au fameux *Tour d'Écrou* de James que venait d'adapter au cinéma John Clayton (*Les innocents*) : *The Nightcomers* est l'un des meilleurs films de Winner, grâce à Marlon Brando. De retour à Hollywood, Winner signe plusieurs thrillers d'une facture très personnelle. Deux s'imposent surtout : *Scorpio,* belle histoire d'espionnage où s'opposent Delon et Lancaster, et *Death Wish,* apologie de l'autodéfense et de la justice privée qui rencontre un grand écho aux États-Unis. Puis Winner semble perdre toute ambition. Il rate *The Sentinel,* film fantastique trop prétentieux, *Won Ton Ton,* alias Rin Tin Tin, qui est un désastre financier et un « policier » mal maîtrisé, *Firepower,* suivi d'un remake de *Death Wish,* son meilleur film qui engendra une longue suite de justiciers (*Le droit de tuer* de Glickenhaus, *Flic, juge et bourreau* de Ch. Martin...).

Wisbar, Frank

Réalisateur d'origine allemande, de son vrai nom Franz Wysbar, 1899-1967.

En Allemagne : Im Banne des Eulenspiegels (1932) ; Anna und Elisabeth (1933) ; Rivalen der Luft (1933) ; Hermine und die sieben Aufrechten (1935) ; Die Werft zum grauen Hecht (1935) ; Fährmann Maria (1936) ; Die Unbekannte (1936) ; Ball im Metropol (1937) ; Petermann ist dagegen (1937). *Aux États-Unis :* Strangler of the Swamp (1935) ; Devil Bat's Daughter (1946) ; Lighthouse (1946) ; Secrets of a Sorority Girl (1946) ; The Prairie (1947) ; The Mozart Story (1948). *En Allemagne :* Haie und kleine Fische (1957) ; Nasser Asphalt (1958) ; Hunde, wolt ihr ewig Leben ! (Chiens à vous de crever, 1959) ; Nacht fiel über Gotenhafen (1959) ; Fabrik der Offiziere (Fabrique d'officiers SS, 1960) ; Barbara (1961) ; Marcia o Crepa (1962) ; Durchbruch Lok 234 (1963).

Un talent mineur, très mineur ; une carrière curieuse, commencée en Allemagne, poursuivie aux États-Unis avec quelques films d'épouvante sur lesquels on ne sait à peu près rien, et terminée par un retour en Allemagne avec des films sur la guerre, d'inspiration antimilitariste.

Wise, Robert

Monteur et réalisateur américain né en 1914.

The Curse of the Cat People (avec G.von Fritsch, La malédiction des hommes-chats, 1944) ; Mademoiselle Fifi

(1944) ; The Boby Snatcher (Le récupérateur de cadavres, 1945) ; A Game of Death (1945) ; Criminal Court (1946) ; Born to Kill (Né pour tuer, 1946) ; Blood on the Moon (Ciel rouge, 1948) ; Mystery in Mexico (1948) ; The Set-Up (Nous avons gagné ce soir, 1949) ; Three Secrets (Secrets de femmes, 1950) ; Two Flags West (1950) ; The House on Telegraph Hill (La maison sur la colline, 1951) ; The Day the Earth Stood Still (Le jour où la terre s'arrêta, 1951) ; The Captive City (1952) ; Something for the Birds (1952) ; Destination Gobi (Destination Gobi, 1953) ; The Desert Rats (Les rats du désert, 1953) ; So Big (Mon grand, 1953) ; Executive Suite (La tour des ambitieux; 1954) ; Helen of Troy (Hélène de Troie, 1955) ; Tribute to a Bad Man (La loi de la prairie, 1956) ; Somebody Up There Likes Me (Marqué par la haine, 1956) ; This Could Be the Night (Cette nuit ou jamais, 1957) ; Until They Sail (Femmes coupables, 1957) ; Run Silent, Run Deep (L'odyssée du sous-marin Nerka, 1958) ; I Want to Live (Je veux vivre, 1958) ; Odds against Tomorrow (Le coup de l'escalier, 1959) ; West Side Story (avec Robbins, West Side Story, 1961) ; Two for the Seesaw (Deux sur la balançoire, 1962) ; The Haunting (La maison du diable, 1963) ; The Sound of Music (La mélodie du bonheur, 1964) ; The Sand Pebbles (La canonnière du Yang-Tsé, 1966) ; Star (Star, 1968) ; The Andromeda Strain (Le mystère Andromède, 1971) ; Two People (Brève rencontre à Paris, 1973) ; Hindenburg (L'Odyssée du Hindenburg, 1975) ; Audrey Rose (Audrey Rose, 1976) ; Star Trek (Star Trek, 1979).

Contraint d'interrompre ses études au moment de la Grande Dépression, Wise entre comme monteur à la RKO. Après avoir travaillé sur les films de Fred Astaire, il acquiert une grande réputation en assurant le montage de *Citizen Kane* et de *The Magnificent Ambersons.* Il devient réalisateur par accident en suppléant von Fritsch sur le plateau de *The Curse of the Cat People.* Val Lewton l'embauche pour son cycle de films d'épouvante à prétentions psychologiques, ce sera *Body Snatcher* avec Lugosi et Karloff. Après plusieurs films de routine, Wise signe un chef-d'œuvre, *The Set-Up,* l'un des meilleurs films consacrés à la boxe et le plus beau des films d'amour. Comment ne pas être ému par cette fin sublime où l'épouse du boxeur vainqueur mais dont les gangsters viennent de mutiler à jamais les mains, lui murmure : « Nous avons gagné ce soir », lui sur le ring, elle parce qu'elle sait maintenant qu'il abandonnera cette carrière pour être tout à elle. Wise refit un autre film de boxe remarquable, *Marqué par la haine,* d'après l'autobiographie de Rocky Graziano, champion du monde des poids moyens. Wise est à l'aise dans le western (*Ciel rouge* et la fin, pleine de sadisme, de *La loi de la prairie*) comme dans la science-fiction (*Le jour où la terre s'arrêta* raconte comment l'envoyé d'une autre galaxie, venu prêcher la paix à la terre, devra repartir sans avoir convaincu personne). Melville admirait beaucoup ses thrillers, dont *Le coup de l'escalier.* Mais c'est à la comédie musicale que Wise doit sa célébrité. Si *West Side Story* est surtout un film de Robbins, *The Sound of Music* (bien mièvre) et *Star* furent d'énormes succès dus uniquement à Wise. Hélas ! L'œil désormais rivé sur le box-office, notre réalisateur ne pense plus qu'aux recettes, de là un film « catastrophe » (*Hindenburg*), un pâle bâtard de *L'exorciste (Audrey Rose)* et une adaptation d'une série télévisée (*Star Trek*) où il a renoncé à tout effort personnel.

BIBLIO. : *Écran 72,* n° 2.

Wiseman, Frederick

Réalisateur américain.

Titicut Folies (1967) ; High School (1968) ; Law and Order (1969) ; Hospital (1970) ; Basic Training (1971) ; Essene (1972) ; Juvenile Court (1973) ; Primate (1975) ; Meat (1976) ; Welfare (1976) ; Calal Zone (1977) ; Sinai Field Mission (1978) ; Manœuvre (1979) ; Model (1980).

Documentaires fondés sur le principe du cinéma-vérité. Wiseman s'intéresse à un commissariat (*Law and Order*), à un hôpital (*Hospital*), à une prison, à l'armée (*Basic Training*), à un bureau d'aide sociale (*Welfare*) et tend à l'Amérique un miroir où elle refuse de se reconnaître. Son influence a été considérable, on en retrouve la trace chez un spécialiste français du documentaire comme Depardon.

Witney, William

Réalisateur américain né en 1910.

The Trigger Rio (1937) ; The Painted Stallion (avec R.Taylor, 1937) ; S.O.S. Coast Guard (1937) ; Zorro Rides Again (avec English, Le retour de Zorro, 1937) ; Dick Tracy Returns (avec English, 1938) ; The Fighting Devil Dogs (avec English, 1938) ; Hawk of the Wilderness (avec English, Les vautours de la jungle, 1938) ; The Lone Ranger (avec English, Les justiciers du Far West, 1938) ; Daredevils of the Red Circle (avec English, Les trois diables rouges, 1938) ; Dick Tracy's G-Men (avec English, 1938) ; The Lone Ranger Rides Again (avec English, 1938) ; Zorro Fighting Legion (avec English, Zorro et ses légionnaires, 1939) ; Adventures of Red Ryder (avec English, 1940) ; Drums of Fu-Manchu (avec English, 1940) ; Hi-Yo Silver (avec English, 1940) ; King of the Royal Mounted (avec English, 1940) ; Heroes of the Saddle (1940) ; The Mysterious Dr.Satan (avec English, 1940) ; Adventures of Captain Marvel (avec English, 1940) ; Dick Tracy vs. Crime Inc. (avec English, 1941) ; Jungle Girl (avec English, La fille de la jungle, 1941) ; King of the Texas Rangers (avec English, 1941) ; Perils of Nyoka (avec English, 1942) ; The Yukon Patrol (avec English, 1942) ; Spy Smasher (avec English, 1942) ; Outlaws of Pine Ridge (1942) ; King of the Mounties (1942) ; G-Men vs. The Black Dragon (G-Men contre Dragon Noir, 1943) ; The Crimson Ghost (avec Brannon, 1946) ; Home in Oklahoma (1946) ; Roll on Texas Moon (1946) ; Helldorado (1946) ; Apache Rose (1947) ; The Bells of San Angelo (1947) ; Springtime in the Sierras (1947) ; On the Spanish Trail (1947) ; The Gay Ranchero (1948) ; Under California Skies (1948) ; Eyes of Texas (1948) ; Night Time in Nevada (1948) ; Ghost Canyon Trail (1948) ; The Far Frontier (1948) ; Susanna Pass (1949) ; Down Dakota Way (1949) ; The Golden Stallion (1949) ; Bells of Coronado (1950) ; Twilight in the Sierras (1950) ; Trigger Jr. (1950) ; Sunset in the West (1950) ; North of the Great Divide (1950) ; Trail of Robin Hood (1950) ; Heart of the Rockies (1951) ; Spoilers of the Plains (1951) ; In Old Amarillo (1951) ; South of Caliente (1951) ; Pals of the Golden West (1951) ; Border Saddlemates (1952) ; South Pacific Trail (1952) ; The Last Musketeer (1952) ; Colorado Sundown (1952) ; The Fortune Hunter (1952) ; Old Oklahoma Plains (1952) ; The Wac from Walla Walla (1952) ; Old Overland Trail (1953) ; Down Laredo Way (1953) ; Iron Mountain Trail (1953) ; Shadows of Tombstone (1953) ; The Outcast (Les proscrits du Colorado, 1954) ; Santa Fe Passage (Le passage de Santa Fé, 1955) ; City of Shadows (1955) ; Headline Hunters (1955) ; The Fighting Chance (1955) ; A Strange Adventure (1956) ; Stranger at My Door (L'inconnue du ranch, 1956) ; Panama Sal (1957) ; Pale Arrow (1957) ; The Cool and the Crazy (1958) ; Juvenile Jungle (1958) ; Young and Wild (1958) ; The Bonnie Parker Story (1958) ; Paratroop Command (1958) ; Valley of the Redwoods (1960) ; The Secret of Purple Reef (1960) ; The Cat Burglar (1961) ; Master of the World (Maître du monde, 1961) ; The Long Rope (1961) ; Apache Rifles (La fureur des Apaches, 1964) ; Arizona Raiders (1969) ; The Girls on the Beach (1965) ; I Colorados (1967) ; Forty Guns to Apache Pass (1967) ; Ride the Wind (Les clairons du Poney Express, 1967) ; Tarzan's Jungle Rebellion (Tarzan et la révolte de la jungle, 1970) ; I Escaped from Devil' Island (L'évadé de l'île du Diable, 1973) ; Darktown Strutters (1975).

Roi du « serial », du film à épisodes. Il en a tourné une bonne trentaine, le plus souvent avec son vieux complice John English, entre 1937 et 1943, pour le compte de la Republic. Plusieurs générations gardent un souvenir ému des *Justi-*

ciers du Far West où le Lone Ranger chevauchait en compagnie du fidèle Tonto, ou encore des *Vautours de la jungle* où Herman Brix jouait les Tarzan du pauvre sur une île secouée par un volcan. Certains « serials » sont devenus des classiques comme *Les trois diables rouges* ou *G-Men contre Dragon Noir* aux inventions délirantes. Certains touchaient d'ailleurs au fantastique (*Dr.Satan, Captain Marvel*), s'emparaient de héros de romans populaires (*Fu-Manchu* de Sax Rohmer) ou mettaient en scène des personnages de bandes dessinées (Dick Tracy, Red Ryder, le roi de la police montée).

Witney interrompit sa carrière en 1943 pour aller combattre avec les Marines. Il reprit sa place à la Republic en 1946, tournant une masse énorme de petits westerns dont certains ne sont pas dépourvus d'intérêt comme le curieux *Stranger at My Door.* Il a même adapté Jules Verne dans *Le maître du monde.* Filmant n'importe quoi, sans souci de la vraisemblance (des voitures circulent sous l'eau sans problème de respiration pour leurs conducteurs, des montagnes s'écroulent par la grâce d'un simple bâton de dynamite), Witney atteint, involontairement semble-t-il, à un onirisme qui a enchanté les surréalistes et les amateurs de fantastique. C'est déjà beaucoup. Mais on peut déplorer que tant de talent ait été ainsi gâché dans des productions à très faible budget et prenant un peu trop souvent le spectateur pour un demeuré.

Les films de Witney sont donc à réserver aux nostalgiques et aux amateurs du second degré. Ceux-là ne seront pas déçus.

Wolf, Konrad

Réalisateur allemand, 1925-1982.

Einmal ist keinmal (1955) ; Genesung (1956) ; Lissy (1957) ; Sterne (Étoiles, 1958) ; Die Sonnesucher (1958) ; Leute mit Flügeln (1960) ; Professor Mamlock (1961) ; Der geteilte Himmel (1964) ; Ich war neunzehn (1968) ; Goya oder der arge Weg zur Erkenntnis (1971) ; The Naked Man on the Athletic Field (1977) ; Mama ich lebe (1977) ; Solo Sunny (1980).

Fils du savant et écrivain Friedrich Wolf, il émigra avec ses parents en Russie au moment de la prise du pouvoir par Hitler et étudia l'art cinématographique à Moscou. Venu s'établir en Allemagne de l'Est, en 1954, il y contribua au réveil du cinéma de la R.D.A. Son meilleur film, *Étoiles,* évoque avec sensibilité mais non sensiblerie les amours impossibles d'une jeune déportée juive et d'un gardien du camp où elle est internée. *Mama ich lebe* est nourri de son expérience personnelle sur les rapports entre Allemands et Russes. *Solo Sunny* pose le problème de la liberté de l'artiste. Lourd et dialectique, Wolf n'a guère échappé qu'une fois aux contraintes du réalisme socialiste avec *Sterne.*

Wood, Sam

Réalisateur américain, 1883-1949.

Double Speed (1920) ; Excuse My Dust (1920) ; The Dancin' Fool (1920) ; Sick-A-Bed (1920) ; What's Your Hurry (1920) ; The City Sparrow (1920) ; Her Beloved Villain (1921) ; Peck's Bad Boy (1921) ; Her First Elopement (1921) ; The Snob (1921) ; The Great Moment (1921) ; Under the Lash (1921) ; Don't Tell Everything (1921) ; Her Husband's Trademark (1922) ; Her Gilded Cage (1922) ; The Impossible Mrs. Bellew (Le calvaire de Mme Mallory, 1922) ; Beyond the Rocks (Le droit d'aimer, 1922) ; My American Wife (1923) ; Prodigal Daughters (1923) ; Bluebeard's Eighth Wife (La huitième femme de Barbe-Bleue, 1923) ; His Children's Children (1923) ; The Female (1924) ; The Next Corner (1924) ; Bluff (1924) ; The Mine With the Iron Door (1924) ; The Re-Creation of Brian Kent (1925) ; Fascinating Youth (Bel Age, 1926) ; One Minute to Play (Son fils avait raison, 1926) ; Rookies (1927) ; A Racing Romeo (1927) ; The Fair Co-ed (1927) ; The Latest from Paris (1928) ; Telling the World (1928) ; It's a Great Life (1929) ; So This Is College (1929) ; The Girl Said No (1930) ; They Learned About Women (avec Conway, 1930) ; Sins of the Children (1930) ; Way for a Sailor (1930) ; Paid (1930) ; A Tailor-Made Man (1931) ; Man in possession (1931) ; New Adventures of Get-Rich-

Quick Wallingford (1931) ; Huddle (1932) ; Prosperity (Prospérité, 1932) ; The Barbarian (1933) ; Hold Your Man (1933) ; Christopher Bean (1933) ; Stamboul Quest (1934) ; A Night At the Opera (Une nuit à l'Opéra, 1935) ; Let'Em Have It (1935) ; Whipsaw (1936) ; The Unguarded Hour (L'heure mystérieuse, 1936) ; A Day At the Races (Un jour aux courses, 1937) ; Madame X (Madame X, 1937) ; Navy, Blue and Gold (Les Cadets de la mer, 1937) ; Lord Jeff (Compagnons d'infortune, 1938) ; Stablemates (Les barreaux blancs, 1938) ; Goodbye, Mr. Chips (Au revoir Mr. Chips, 1939) ; Our Town (Notre village, 1940) ; Raffles (Raffles, gentleman cambrioleur, 1940) ; Rangers of Fortune (1940) ; Kitty Foyle (Kitty Foyle, 1940) ; The Devil and Miss Jones (Le Diable s'en mêle, 1941) ; Kings Row (Crimes sans châtiment, 1942) ; The Pride of the Yankees (Vainqueur du destin, 1942) ; For Whom the Bell Tolls (Pour qui sonne le glas, 1943) ; Casanova Brown (Casanova le Petit, 1944) ; Guest Wife (Désir de femme, 1945) ; Saratoga Trunk (L'intrigante de Saratoga, 1946) ; Heartbeat (1946) ; Ivy (Le crime de Mme Lexton, 1947) ; The Stratton Story (Un homme change son destin, 1949) ; Command Decision (Tragique décision, 1949) ; Ambush (Embuscade, 1949).

Il est surtout connu pour les deux films des frères Marx qu'il mit en scène (*Une nuit à l'Opéra* et *Un jour aux courses*), pour l'adaptation très édulcorée (Wood était férocement anticommuniste) du roman d'Hemingway, *Pour qui sonne le glas*, sans oublier le larmoyant *Goodbye Mr. Chips*, chronique scolaire anglaise qui eut un énorme succès à sa sortie. L'œuvre muette de Wood est mal connue. On sait qu'il fut assistant de DeMille et dirigea Gloria Swanson et Wallace Reid. Ses meilleurs films sont probablement ceux de la fin de sa carrière. Déjà *King's Row*, bien qu'un peu ennuyeux, faisait preuve dans son évocation d'une petite ville des États-Unis, avant la Première Guerre mondiale, d'une belle maîtrise technique. Gary Cooper fut excellent dans *Saratoga Trunk*, d'après un roman d'Edna Ferber, mais le film n'échappait pas non plus à l'ennui que dégage le livre. Deux réussites en revanche : un thriller, *Ivy*, avec Joan Fontaine, et un western mené tambour battant, *Ambush*, sur les guerres indiennes. Le bilan peut paraître mince eu égard à la réputation de Sam Wood et à l'importance de sa filmographie. Mais ses films muets nous réservent peut-être d'agréables surprises.

BIBLIO. : *The Hollywood Professionals*, t. II (1974).

Worsley, Wallace

Réalisateur américain.

Principaux films : The Ace of Hearts (1921) ; The Beautiful Liar (1921) ; Don't Neglect Your Wife (1921) ; The Highest Bidder (1921) ; The Night Rose (1921) ; A Blind Bargain (1922) ; Enter Madame (1922) ; Grand Larceny (1922) ; Rags to Riches (1922) ; When Husbands Deceive (1922) ; The Hunchback of Notre Dame (Notre-Dame de Paris, 1923) ; Is Divorce a Failure ? (1923) ; A Man's Man (1923) ; Nobody's Money (1923) ; The Man Who Fights Alone (1924) ; The Shadow of the Law (1926) ; The Power of Silence (La force du silence, 1928).

Son activité de réalisateur se situe à l'apogée du muet. Son chef-d'œuvre demeure *The Hunchback of Notre Dame* où, dans des décors soignés, Lon Chaney, roi du maquillage, composait un hallucinant Quasimodo.

Wright, Basil

Réalisateur anglais né en 1907.

Principaux films : Umber (1931) ; O'er Hill and Dale (1932) ; Windmill in Barbadoes (1933) ; Song of Ceylan (1935) ; Night Mail (avec Watt, Courrier de nuit, 1936) ; The Face of Scotland (1937).

L'une des grandes figures de l'école documentariste de Grierson. Il se fit surtout remarquer par son sens du contrepoint sonore.

BIBLIO. : O.Barrot, Pilard et Queval, *L'Angleterre et son cinéma, Le courant documentaire* (1977).

Wright, Mack V.

Réalisateur américain, 1895-1963.

Principaux films: Haunted Gold (1932); Man from Monterey (1933); Robinson Crusoe on Clipper Island (avec Ray Taylor, 1936); The Vigilantes Are Coming (avec le même, 1936); The Singing Cowboy (1936); The Big Show (1936); The Great Adventures of Wild Bill Hickock (avec Sam Nelson, 1938); The Man from Tascosa (1940); The Sea Hound (avec Eason, 1942).

Solide et modeste artisan, un peu supérieur à d'autres (Slomam, Garrett, Sam Nelson, Flood, Lovering, Quintero) grâce à d'honnêtes westerns. De là sa présence dans ce dictionnaire.

Wulschleger, Henry

Réalisateur français.

Principaux films: Pervenche (avec Machin, 1921); L'énigme du mont Agel (avec Machin, 1923); Bêtes comme les hommes (avec Machin, 1925); Le nègre blanc (avec Rimsky, 1925); Le manoir de la peur (1927); En bordée (1931); L'affaire Blaireau (1931); La prison en folie (1931); Le champion du régiment (1932); Tire au flanc (1933); Sidonie Panache (1934); Le train de 8 h 47 (1934); Debout là-dedans! (1935); Bout de chou (1935); Tout va très bien Madame la Marquise (1936); Le cantinier de la coloniale (1937); Gargousse (1938); Bach en correctionnelle (1939).

Roi du vaudeville militaire, il a mis en scène la plupart des films de Bach. Paul Ollivier, Saturnin Fabre, Oudart, Milly Mathis firent partie de sa troupe. Son meilleur film reste *Le train de 8 h 47* où Fernand Ledoux est un extraordinaire adjudant Flick persécutant Croquebol-Fernandel et La Guillaumette-Bach.

Wyler, William

Réalisateur américain, 1902-1981.

Crook Busters (1925); Lazy Lightning (1926); The Stolen Ranch (1926); Blazing Days (1927); Hard Fists (1927); Shooting Straight (1927); The Border Cavalier (1927); Straight Shootin' (1927); Thunder Riders (1928); Anybody Here Seen Kelly? (1928); The Shakedown (1929); The Love Trap (1929); Hell's Heroes (1929); The Storm (La tourmente, 1930); A House Divided (1932); Tom Brown of Culver (1932); Her First Mate (1933); Counsellor at Law (Le grand avocat, 1933); Glamour (1934); The Good Fairy (La bonne fée, 1935); The Gay Deception (1935); These Three (Ils étaient trois, 1936); Come and Get It (avec Hawks, Le vandale, 1936); Dodsworth (1936); Dead End (Rue sans issue, 1937); Jezebel (L'insoumise, 1938); Wuthering Heights (Les Hauts de Hurlevent, 1939); The Westerner (Le cavalier du désert, 1940); The Letter (La lettre, 1940); The Little Foxes (La vipère, 1941); Mrs. Miniver (Madame Miniver, 1942); The Memphis Belle (1944); The Fighting Lady (1944); The Best Years of Our Lives (Les plus belles années de notre vie, 1946); Thunderbolt (avec J. Sturges, 1947); The Heiress (L'héritière, 1949); Detective Story (Histoire de détective, 1951); Carrie (Un amour désespéré, 1952); Roman Holiday (Vacances romaines, 1953); The Desperate Hours (La maison des otages, 1955); Friendly Persuasion (La loi du seigneur, 1956); The Big Country (Les grands espaces, 1958); Ben-Hur (Ben-Hur, 1959); The Children's Hour (La rumeur, 1962); The Collector (L'obsédé, 1964); How to Steal a Million (Comment voler un million de dollars, 1966); Funny Girl (Funny Girl, 1968); The Liberation of L. B. Jones (On n'achète pas le silence, 1970).

Né a Mulhouse, d'une famille de commerçants suisses, il reçut une excellente éducation à Lausanne et vint étudier le violon au conservatoire de Paris. En 1922, il rencontre Laemmle, patron de l'Universal et cousin de sa mère; il accepte de travailler dans cette compagnie d'abord dans les services de publicité puis comme assistant. A partir de 1925, il signe des westerns puis quelques œuvres plus ambitieuses comme *Counsellor at Law,* mais aucun film qui puisse encore imposer son nom. L'année de son divorce avec Margaret Sullavan, en 1936, il passe chez Goldwyn.

D'emblée, son premier film, *These Three*, d'après une pièce de Lilian Hellman, fait impression. Est-ce sa collaboration avec l'opérateur Gregg Toland qui a fait naître une œuvre qui place Wyler parmi les maîtres du cinéma américain ? André Bazin, analysant le style de Wyler dans une étude mémorable, nous entraînerait à répondre par l'affirmative : « Qu'il s'agisse de la robe rouge du bal de *L'insoumise*, du dialogue pendant le rasage de barbe ou de la mort de Herbert Marshall dans *La vipère*, de la mort du shérif dans *Le cavalier du désert*, du travelling dans la plantation au début de *La lettre*, de la scène du bombardier désaffecté des *Plus belles années de notre vie*, on n'y trouve pas ce goût permanent de thèmes comme par exemple les chevauchées de John Ford, les bagarres de Tay Garnett... Tout au plus constate-t-on une prédilection évidente pour les scénarios psychologiques sur fond social. Mais on ne saurait définir le style d'un metteur en scène par sa seule prédilection pour l'analyse psychologique et le réalisme social, d'autant moins qu'il ne s'agit pas de scénarios originaux. » Et pourtant, note André Bazin, on reconnaît, en quelques plans, la signature de Wyler. Tout Wyler est dans la forme, notamment dans cette profondeur du champ mise au point par Toland et qui permet au spectateur de faire lui-même son propre découpage, d'étudier chaque personnage à son gré. C'est cette continuité de longs plans fixes et de cadrages parfaits qui font le prix des *Plus belles années de notre vie*, film tant vanté de Wyler. Et si par la suite *Ben-Hur* est supportable, c'est pour sa course de chars réglée par des spécialistes des secondes unités, Andrew Marton et Yakima Canutt. Livré à lui-même, Wyler paraît figé, académique et sans souffle, ratant de splendides thèmes de westerns comme *Friendly Persuasion* ou *The Big Country*. Une seule exception : le vénéneux *Collector*, où un doux maniaque retient une jeune fille dont il est épris, à la manière des papillons qu'il collectionne. Mais faut-il attribuer au seul Wyler la réussite de ce film envoûtant ?

BIBLIO. : A. Bazin, « William Wyler ou le jansénisme de la mise en scène » dans *Qu'est-ce que le cinéma ?*, t.I., p. 149-173.

Y

Yamamoto, Eiichi

Animateur japonais.

Cleopatra (1970) ; Kanashimi no Belladonna (Belladonna, 1973).

Belladonna a révélé le film d'animation japonais à l'Occident. Cette adaptation de *La sorcière* de Michelet, qui combine la peinture au rouleau selon les anciens usages à Bosch, Callot, Doré et à la bande dessinée américaine, qui oscille entre l'érotisme et l'horreur, est une éclatante réussite.

Yamamoto, Satsuo

Réalisateur japonais né en 1910.

Principaux films : La symphonie pastorale (1937) ; Uma (Le cheval, 1941) ; Neppu (Vent chaud, 1943) ; Senso to Heiwa (Guerre et paix, 1947) ; Boryokuno Machi (Ville de violence, 1950) ; Hakone Funzoki (Tempête sur le mont Akone, 1951) ; Shinku Kitai (Vaccum zone, 1952) ; Taiyo no nai machi (Quartier sans soleil, 1953) ; Hi no Hate (La fin du soleil levant, 1954) ; Aisu rebe koso (Parce que je t'aime, 1955) ; Taifu sodoki (Le quiproquo du typhon, 1957) ; Chibusao idaku musume tachi (Les filles qui embrassent les mamelles, 1962) ; Shinobi no mono (1963) ; Akai mizu (L'eau rouge, 1963) ; Zoku shinobi no mono (1963) ; Kizu darake no sanga (Le paysage déshonoré, 1964).

Venu du théâtre, il débute au cinéma en 1937 et tourne une adaptation de *La symphonie pastorale* de Gide. Ses premières œuvres sont encore conventionnelles, mais il s'affirme bientôt, notamment dans *Quartier sans soleil*, comme l'un des représentants les plus marquants de la gauche japonaise.

Yamamura, So

Acteur et réalisateur japonais né en 1910.

Kanikosen (Les pêcheurs de crabes, 1953) ; Kuroi Ushio (Marée noire, 1954) ; Kashimanada no Onna (Les jeunes filles de Kashima, 1959) ; Hahakogusa (La mère et ses enfants, 1959) ; Furyu Fukagawa (Le chant de Fukagawa, 1960).

Les pêcheurs de crabes furent comparés, à leur sortie, au *Cuirassé Potemkine* : l'histoire de cette révolte noyée dans le sang par les fusiliers marins n'était pas sans rappeler par son message révolutionnaire et ses qualités plastiques le chef-d'œuvre d'Eisenstein. Yamamura ne semble pas avoir retrouvé un même souffle par la suite.

Yanne, Jean

Acteur et réalisateur français né en 1933.

Tout le monde il est beau, tout le monde il est gentil (1972) ; Moi y en a vouloir des sous (1973) ; Les Chinois à Paris

(1974) ; Chobizenesse (1975) ; Je te tiens, tu me tiens par la barbichette (1978).

Le style Hara-Kiri à l'écran, bête et méchant, volontairement agressif et vulgaire, démesuré et explosif, qu'il s'agisse de la satire des émissions de télévision avec l'invasion de la publicité, de l'occupation de la France par les Chinois (qui n'est pas sans rappeler l'occupation allemande), ou du final délirant de *Chobizenesse*. Jean Yanne a poursuivi parallèlement une carrière d'acteur non moins remarquable.

Yarbrough, Jean

Réalisateur américain né en 1900.

Rebellious Daughters (1938) ; The Devil Bat (1940) ; Father Steps Out (1941) ; Caught in the Act (1941) ; City Limits (1941) ; The Gang's All Here (1941) ; Top Sergeant Mulligan (1941) ; South of Panama (1941) ; Let's Go Collegiate (1941) ; The King of the Zombies (1941) ; Criminal Investigator (1942) ; Man from Headquarters (1942) ; Meet the Mob (1942) ; Lure of the Islands (1942) ; So's Your Aunt Emma (1942) ; Law of the Jungle (1942) ; She's in the Army (1942) ; Police Bullets (1942) ; Follow the Band (1943) ; Get Going (1943) ; Good Morning Judge (1943) ; Hi Ya Sailor (1943) ; So's Your Uncle (1943) ; In Society (Hommes du monde, 1944) ; Moon over Las Vegas (1944) ; South of Dixie (1944) ; Twilight on the Prairie (1944) ; Week-End Pass (1944) ; Here Comes the Co-eds (Deux Nigauds au collège, 1945) ; The Naughty Nineties (1945) ; On Stage Everybody (1945) ; Under Western Skies (1945) ; Cuban Pete (1946) ; House of Horrors (1946) ; Inside Job (1946) ; She-Wolf of London (1946) ; The Brute Man (1947) ; The Challenge (1948) ; Shed No Tears (1948) ; The Creeper (1948) ; Triple Threat (1948) ; Holiday in Havana (1949) ; The Mutineers (1949) ; Leave It to Henry (1949) ; Henry, the Rainmaker (1949) ; Master Minds (1949) ; Angels in Disguise (1949) ; Tall Timber (1950) ; Joe Palooka Meets Humphrey (1950) ; Joe Palooka in Humphrey Takes a Chance (1950) ; Triple Trouble (1950) ; Sideshow (1950) ; Square Dance Katy (1950) ; Father Makes Good (1951) ; Casa Mañana (1951) ; According to Mrs. Hoyle (1951) ; Lost in Alaska (Deux Nigauds en Alaska, 1952) ; Jack and the Beanstalk (La poule aux œufs d'or, 1952) ; Night Freight (1954) ; Crashing Las Vegas (1956) ; Hot Shots (1956) ; The Women of Pitcairn, Island (1956) ; Yaqui Drums (1956) ; Footsteps in the Night (1957) ; Saintly Sinners (1962) ; Hillbillies in a Haunted House (1967).

Il fait ses débuts comme régisseur de Hal Roach, et devient réalisateur à partir de 1938, limitant ses ambitions aux petites productions à budgets modestes. À son actif deux bons films d'horreur, *The Devil Bat* et *The King of the Zombies*. Bela Lugosi, dans le premier, dressait des chauves-souris auxquelles il faisait commettre des meurtres horribles ; il périssait victime de son animal favori. Dans le second, les zombies servaient d'armes secrètes au cours de la Deuxième Guerre mondiale. Preuve de l'humour de Yarbrough. Il a également dirigé Abbott et Costello dans *In Society, The Co-eds* et *Lost in Alaska*, faisant de son mieux pour susciter quelques rires. Pour amateurs de série Z.

Yates, Peter

Réalisateur anglais né en 1929.

Summer Holiday (1962) ; One Way Pendulum (1965) ; Robbery (Trois milliards d'un coup, 1967) ; Bullitt (Bullitt, 1968) ; John and Mary (John et Mary, 1969) ; Murphy's War (La guerre de Murphy, 1971) ; The Hot Rock (Les quatre malfrats, 1972) ; The Friends of Eddie Coyle (1973) ; For Pete's Sake (Ma femme est dingue, 1974) ; Mother, Jugs and Speed (Ambulances tous risques, 1975) ; Deep (1976) ; Breaking Away (La bande des quatre, 1979) ; Eye Witness (L'œil du témoin, 1980) ; Krull (1982).

Bullitt l'imposa et exerça une énorme influence sur l'évolution du film policier :

la voiture devint un nouveau facteur de violence. Mais Yates, excellent réalisateur de télévision, ne s'est jamais pris au sérieux sur le grand écran. De *The Hot Rock* à *Breaking Away*, il confirme à travers ses folles poursuites de voitures (il atteint son sommet avec l'ambulance de *Mother, Jugs and Speed*) qu'il n'est fait, selon le mot d'un critique, que « pour des films distractifs, un peu bidons où la bonne humeur importe plus que la rigueur ou l'invention. »

Yeaworth Junior, Irwin S.

Réalisateur américain.

The Blob (Danger planétaire, 1958) ; Dinosaurus (Les monstres de l'île en feu, 1960).

Oublié de tous les historiens du cinéma, il eut pourtant le mérite de tourner deux films de science-fiction « pionniers », l'un sur une sorte de « protoplasme » transparent, l'autre sur les monstres de la préhistoire. Dans le premier Steve McQueen faisait ses quasi-débuts. Voilà bien des considérations qui devraient éviter à Yeaworth de tomber dans l'oubli.

Yorkin, Alan Bud

Réalisateur américain né en 1926.

Come Blow Your Horn (1963) ; Never Too Late (1965) ; Divorce American Style (1967) ; Inspector Clouseau (1968) ; Start the Revolution Without Me (Commencez la révolution sans nous, 1970) ; Cold Turkey (1971) ; The Thief Who Came to Dinner (1973).

On doit à ce réalisateur, surtout tourné vers les shows télévisés, une délirante histoire de jumeaux mélangés à leur naissance par un médecin incompétent et qui se retrouvent au beau milieu d'une révolution en 1789 qu'auraient peine à reconnaître, tellement elle est farfelue,. Mathiez et Gaxotte (*Commencez la révolution sans nous*).

Yoshida, Yoshishige

Réalisateur japonais né en 1933.

Roku denashi (Bon à rien, 1960) ; Chi wa kawaite iru (Le sang est sec, 1960) ; Amai yoru no hate (La fin d'une douce nuit, 1961) ; Akitsu Onsen (1962) ; Arashi o yobu juhachinin (Dix-huit jeunes gens marchent vers l'orage, 1963) ; Nippon dasshutsu (Évasion du Japon, 1964) ; Mizu onna no mizuumi (Le lac d'une femme, 1966) ; Joen (Flamme ardente, 1967) ; Honoo to onna (La flamme et la femme, 1967) ; Juhyo no yoromeki (Le dégel du verglas, 1968) ; Saraba natsu no hikori (Adieu à la lumière d'été, 1968) ; Eros + Gyakusatsu (Eros + massacre, 1969) ; Rengoku eroika (1970) ; Kokuha kuteki joyuron (1972) ; Kaigen reu (État de siège, 1973) ; Big one monogatari (1977).

L'un des chefs de file de la nouvelle vague japonaise. D'une œuvre un peu disparate émerge le fameux *Eros + massacre.* Pour le reste, cela va d'une histoire de coup d'État militaire (*Kaigen reu*) à la biographie d'un joueur de base-ball (*Big one monogatari*).

Young, Harold

Réalisateur américain né en 1897.

Too Many Millions (1934) ; The Scarlet Pimpernel (Le Mouron rouge, 1934) ; Without Regret (1935) ; Woman Trap (1936) ; My American Wife (1936) ; Let Them Live ! (1937) ; 52nd Street (1937) ; Little Tough Guy (1938) ; The Storm (1938) ; Code of the Streets (1939) ; Newboy's Home (1939) ; The Forgotten Woman (1939) ; Sabotage (1939) ; Hero for a Day (1939) ; Dreaming out Loud (1940) ; Bachelor Daddy (1941) ; Juke Box Jenny (1942) ; Rubber Racketeers (1942) ; The Mummy's Tomb (1942) ; There's One Born Every Minute (1942) ; Hi, Buddy (1943) ; Hi-Ya Chum (1943) ; I Escaped from the Gestapo (1943) ; Spy Train (1943) ; Machine Gun Mamma (1944) ; The Frozen Ghost (1945) ; Jungle Captive

(1945) ; I'll Remember April (1945) ; Song of the Sarong (1945) ; Citizen Saint (1947).

Monteur réputé, il fut envoyé dans les années 20 à Londres et à Paris pour y superviser les productions européennes de Paramount. Korda le remarqua et lui confia la direction de *The Scarlet Pimpernel* dont le succès fut éclatant : ce fut la meilleure adaptation des aventures du célèbre héros de la baronne Orczy. Young sombra par la suite, de retour aux États-Unis, dans une production de routine où l'on ne peut sauver que *The Mummy's Tomb*, nouvel avatar de la fameuse Momie apparue dans les années 30 devant la caméra de Freund.

Young, Terence

Réalisateur anglais né en 1915.

Men of Arnheim (avec Hurst, La gloire est à eux, 1944) ; Corridor of Mirrors (L'étrange rendez-vous, 1947) ; One Night with You (1948) ; Woman Hater (Les ennemis amoureux, 1948) ; They Were not Divided (Trois des chars d'assaut, 1950) ; Valley of Eagles (La vallée des Aigles, 1951) ; The Tall Headlines (1952) ; The Red Berets (Les bérets rouges, 1953) ; That Lady (La princesse d'Eboli, 1954) ; Storm Over the Nile (Les quatre plumes blanches, 1955) ; Safari (Safari, 1956) ; Zarak (Zarak le valeureux, 1956) ; Action of the Tiger (Au bord du volcan, 1957) ; Tank Force (La brigade des bérets noirs, 1958) ; Serious Charge (1959) ; Too Hot to Handle (La blonde et les nus de Soho, 1959) ; Black Tights (Les collants noirs, 1959) ; Orazi e Curiaci (avec Baldi, Les Horace et les Curiace, 1961) ; Doctor No (James Bond contre Docteur No, 1962) ; From Russia With Love (Bons baisers de Russie, 1963) ; The Amorous Adventures of Moll Flanders (Les aventures amoureuses de Moll Flanders, 1965) ; Guerre secrète (coréal., 1965) ; Thunderball (Opération tonnerre, 1965) ; Danger Grows Wild (Opération Opium, 1966) ; Triple Cross (La fantastique histoire vraie d'Eddie Chapman, 1966) ; The Rover (Peyroll le boucanier, 1967) ; Wait Until Dark (Seule dans le nuit, 1967) ; Mayerling (1968) ; L'arbre de Noël (1968) ; De la part des copains (1970) ; Soleil rouge (1971) ; Cosa Nostra (1972) ; Les Amazones (1973) ; The Klansman (L'homme du clan, 1974) ; Jackpot (1975) ; Bloodline (Liés par le sang, 1979) ; Inchom (1980).

Il reste comme le père cinématographique de James Bond dont il signa les trois premières apparitions à l'écran. Sans dissimuler sa haine à l'égard du personnage : « C'est un horrible type, un sadique, une brute, un goujat... » Ces trois films qui retrouvaient le charme des vieux « serials », la technique en plus, eurent un succès colossal qui firent oublier que Terence Young avait fait en 1947 des débuts remarqués avec un extraordinaire film fantastique : *Corridor of Mirrors*, plein d'une étrange poésie. L'après-Bond ne fut guère convaincant. On peut sauver toutefois un bon policier sur la Mafia, d'après les Papiers Valacchi, *Cosa Nostra*, et une œuvre particulièrement violente, *The Klansman*. On peut également voir sans trop d'ennui son western-samouraï, *Soleil rouge*. *De Mayerling* à *De la part des copains*, inspiré d'un roman de Matheson pourtant excellent, le reste ne vaut pas tripette.

Youtkevitch, Sergei

Réalisateur russe né en 1904.

Kroujeva (Les dentelles, 1928) ; Tchyornis parous (La voile noire, 1929) ; Zlatye gori (Montagnes d'or, 1931) ; Vstretchnyi (avec Ermler, Contre-plan, 1932) ; Ankara (doc., 1934) ; Chakhtiery (Ceux de la mine, 1936) ; Kak Boudet Golossovat izbiratel (Comment va voter l'électeur, 1937) ; Tchelovek s roujuyom (L'homme au fusil, 1938) ; Jacob Sverdlov (1940) ; Dans la vieille et bonne Prague (1942) ; Wovige pokhoz deniya Chveka (Les nouvelles aventures du brave soldat Chveik, 1943) ; La France libérée (doc., 1945) ; Zdravstvouï Moskva (Bonjour Moscou, 1945) ; Svet nad Rossiei (Lumières sur la Russie, 1947, jamais présenté) ; Tri Vstretchi (coréal., Trois rencontres, 1948) ; Prjevalsky (1952) ; Veliky voin Albany Skander Berg (Skander Berg, 1954) ; Othello (1956) ; Rankazi o Lenin (Récits sur Lénine, 1958) ; Vstretcha s Frantziei (Rencontre avec la France, doc. sur le voyage en France de Khrouchtchev, 1960) ; Benja (Les bains, 1962) ; Lenin v Polshe (Lénine en Pologne, 1966) ; Sioujet dlia Niebolchevo Raskaza (Un amour de Tchékhov, 1969) ; Maïakovski smeiotsa (Maïakovski rit, 1972).

Une personnalité originale et aux dons variés dans un océan de conformisme. Fondateur avec Kozintsev de la FEKS (Fabrique de l'acteur excentrique) et de différents mouvements d'avant-garde, il a été décorateur de théâtre pour Eisenstein et assistant de Romm pour *Trois dans un sous-sol.* Ses premiers films essaient, notamment *L'homme au fusil,* de se démarquer de la production courante sans toujours y parvenir. Il mêle comique et tragique (*Le soldat Chveik*), sauvant, à l'inverse de Kozintsev, ce qu'il peut des recherches de la FEKS. Grand admirateur de la France, il donnera deux documentaires sur ce pays. Pendant l'apogée de la dictature de Staline, il se cantonne dans le film historique. En 1956, il tourne un *Othello* un peu académique, puis avec Karanovich, *Les bains,* un excellent film d'animation d'après Maïakovski. Son dernier film connu sera précisément un hommage à Maïakovski qui n'a cessé de l'inspirer à travers toutes les vicissitudes du cinéma soviétique.

BIBLIO. : J. Schnitzer, *Youtkevitch (1980).*

Z

Zafranovic, Lordan

Réalisateur yougoslave.

Okupacija u 26 slika (L'occupation en 26 images, 1978).

Une œuvre étrange, baroque, d'une cruauté insoutenable (un massacre de prisonniers particulièrement horrible par les Oustachis), située dans Dubrovnik au printemps de 1941, a imposé le nom de ce nouveau metteur en scène yougoslave.

Zampa, Luigi

Scénariste et réalisateur italien né en 1905.

L'attore Scomparso (1941) ; Fra Diavolo (1941) ; Signorinette (1942) ; C'è sempre un ma (1942) ; L'abito nero da sposa (1945) ; Un americano in vacanza (1945) ; Vivere in pace (Vivre en paix, 1946) ; L'onorevole Angelina (L'honorable Angelina, 1947) ; Anni difficili (Les années difficiles, 1948) ; Campane a martello (1949) ; Cuori senza frontiere (1950) ; E più facile che un cammello (1950) ; Signori in carroza ! (Rome-Paris-Rome, 1951) ; Processo alla città (Les coupables, 1952) ; Anni facili (1953) ; Siamo donne (4ᵉ sketch, 1953) ; Questa è la vita (4ᵉ sketch, 1954) ; La romana (La belle romaine, 1954) ; L'arte di arragiarsi (1954) ; Ragazze d'oggi (La chasse aux maris, 1955) ; La ragazza del palio (La blonde enjôleuse, 1957) ; Ladro lui, ladra lei (1958) ; Il magistrato (1959) ; Il vigile (1960) ; Anni ruggenti (Les années rugissantes, 1962) ; Frenesia dell'estate (1964) ; Una questione d'onore (Question d'honneur) ; I nostri mariti (2ᵉ sketch, 1966) ; Le dolci signore (1967) ; Il medico della mutua (1968) ; Contestazione generale (1970) ; Bello onesto emigrato Australia sposerebbe compaesana illibata (1971) ; Bisturi la mafia bianca (Bistouri, la mafia blanche, 1973) ; Gente di rispetto (1975) ; Il mostro (1977) ; Letti selvaggi (1979).

Scénariste particulièrement fécond à l'époque fasciste (*Mille lire al mese, Dora Nelson, La danza dei milioni, Il capitano degli ussari, Tutto per la Donna,* etc.), il connut un grand succès avec *Vivere in pace,* qui contait l'amitié d'un GI noir et d'un petit Italien et s'inscrivait dans le courant néo-réaliste alors à la mode. Il se spécialisa avec moins de succès dans la dénonciation de la société italienne : le fascisme (*Les années rugissantes*), mais aussi la contestation estudiantine (*Contestazione generale*), la magistrature (*Il magistrato*) comme le système médical (*Il medico della mutua, Bisturi mafia bianca*). Moins acérée que celle d'un Risi, moins engagée que celle d'un Comencini ou d'un Lattuada, sa satire parut trop « gentille » pour emporter l'adhésion.

Zampi, Mario

Réalisateur anglais, d'origine italienne, 1903-1963.

Laughter in Paradise (Rires au paradis, 1951) ; Top Secret (Ultra secret, 1952) ;

Happy Ever After (Héritage et vieux fantômes, 1954) ; Now and Forever (C'est formidable d'être jeune, 1956) ; The Naked Truth (La vérité presque nue, 1957) ; Too Many Crooks (Ni fleurs ni couronnes, 1959) ; Bottoms Up ! (1960) ; Five Golden Hours (1961).

Venu de Rome en Angleterre vers 1922, il devint, après une longue carrière de monteur, spécialiste de la comédie anglaise. Mais comme celles de l'Allemand Cornelius, les comédies de l'Italien Zampi ont mal vieilli à l'exception peut-être de *Happy Ever After*.

Zanussi, Krzystof

Réalisateur polonais né en 1939.

Struktura Krysztalu (La structure de cristal, 1969) ; Za sciena (Une chambre à côté, 1971) ; Zycie Rodzinne (Vie de famille, 1971) ; Illuminacja (Illumination, 1973) ; The Catamount Killing (1974) ; Bilans kwartainy (Bilan trimestriel, 1975) ; Barwy ochronne (Camouflage, 1977) ; Spirala (Spirale, 1978) ; Wage in nacht (Les chemins de la nuit, 1979) ; Constans (La constance, 1980) ; Contrakt (Le contrat de mariage, 1980).

Représentant le plus caractéristique de la « Nowa fala » (nouvelle vague) polonaise. Parallèlement à des études de physique, Zanussi a suivi les cours de cinéma de l'Académie polonaise et réalisé des films d'amateur. Mais c'est à l'École du cinéma de Lodz qu'il reçoit sa véritable formation. Il tourne de nombreux courts métrages. Remarqué pour sa *Structure du cristal*, considérée par la critique polonaise comme le meilleur film de l'année, il pose dans ses œuvres suivantes des questions fondamentales qui vont le conduire avec *Camouflage* à analyser les mécanismes du conformisme et de la corruption. Ce film est à mettre sur le même plan que *L'homme de marbre* de Wajda, au moins dans le domaine de la réflexion politique. *Constance* prolonge cette critique d'un système fondé sur la corruption. Un jeune homme, dont le rêve serait de réussir une expédition en haute montagne, n'y parviendra pas, faute d'avoir voulu jouer le jeu du système ambiant. Là aussi le parallèle s'impose avec *Sans anesthésie* de Wajda. Ainsi se trouve fondé en Pologne un cinéma socio-critique qui a apporté sa contribution au mouvement de Walesa.

Zecca, Ferdinand

Réalisateur français, 1864-1947.

Principaux films : Le repas infernal (1901) ; Monsieur et Madame sont pressés (1901) ; Tempête dans une chambre à coucher (1901) ; Ce que l'on voit de son sixième (1901) ; Le supplice de Tantale (1901) ; Horrible cauchemar (1901) ; La maison à l'envers (1901) ; L'illusionniste mondain (1901) ; Quo Vadis (1901) ; Une idylle dans un tunnel (1901) ; Les sept châteaux du diable (1901) ; Ali Baba (1901) ; Histoire d'un crime (1901) ; À la conquête de l'air (1902) ; L'assassinat de Mac Kinley (1902) ; La catastrophe de la Martinique (1902) ; Le mauvais riche (1902) ; Le premier cigare du collégien (1902) ; Les victimes de l'alcoolisme (1902) ; La belle au bois dormant (1902) ; La Passion (1902) ; La poule merveilleuse (1903) ; Ma tante (1903) ; Chez le dentiste (1903) ; La purge (1903) ; Le trou de la serrure (1903) ; Le chien et la pipe (1903) ; La vie d'un joueur (1903) ; La grève (1904) ; Roman d'amour (1904) ; Au pays noir (1905) ; Toto gâte-sauce (1906) ; Rêve à la lune (1906) ; Les exécutions capitales (1906) ; L'honneur d'un père (1906) ; Un drame à la mine (1907) ; L'affaire Dreyfus (1907) ; La légende de Polichinelle (1907) ; L'école du malheur (1908) ; Le salut de Dranem (1908) ; Les souliers de Dranem (1908) ; Le rêve de Dranem (1908) ; Métempsycose (1908) ; Scènes de la vie cruelle (1912-1914).

Acteur de café-concert, il entre chez Pathé comme acteur puis se tourne vers la mise en scène. Pendant la guerre, il fut envoyé par Pathé aux États-Unis comme superviseur de Pathé-Exchange. De retour en France, il dirigea à partir de 1923 le département Pathé-Baby. Il fut l'un des grands artisans du rayonnement de Pathé, mais, comme le souligne G. Sadoul : « Il n'entendit nullement être un artiste mais un commerçant. »

Zeffirelli, Franco

Réalisateur italien né en 1923.

Camping (1958) ; La bisbetica domata (La mégère apprivoisée, 1967) ; Romeo e Giuletta (Roméo et Juliette, 1968) ; Fratello Sole sorella Luna (François et le chemin du soleil, 1972) ; Gesu di Nazareth (Jésus de Nazareth, 1978, film pour la télévision et le cinéma) ; The Champ (Le champion, 1979) ; Endless Love (Un amour infini, 1981) ; La Traviata (1982).

Il fut d'abord assistant d'Antonioni, De Sica, Rossellini et Pietrangeli avant de passer à la réalisation. Plus intéressé par les mises en scène d'opéra que par le cinéma, il laisse percevoir ses préoccupations dans ses œuvres filmées : de là le faste baroque de la *Mégère* ou les images somptueuses de *Roméo et Juliette.* Mais souvent la mièvrerie l'emporte, d'où le désastre du *Champion.* Il est à l'aise dans le *religieux* et sa vie de Jésus a été considérée comme l'une des meilleures versions consacrées à un sujet qui inspira pourtant une bonne centaine de films.

Zeglio, Primo

Réalisateur italien né en 1906.

Accadde a Damasco e Febbre (1943) ; Genoveffa di Brabante (1947) ; La figlia del diavolo (La fille du diable, 1953) ; Nerone e Messalina (Néron tyran de Rome, 1954) ; La vendetta del corsaro (La vengeance du corsaire, 1954) ; Capitan Fantasma (Le capitaine fantastique, 1954) ; Dimentica il mio passato (1954) ; Il figlio del corsaro rosso (1960) ; Morgan il pirata (avec de Toth, Capitaine Morgan, 1960) ; Le sette sfide (Ivan le Conquérant, 1961) ; Il dominatore dei sette mari (1964) ; I due violenti (1965) ; Io Semiramide (Sémiramis déesse de l'Orient, 1963) ; L'uomo della valle maledetta (1965) ; I quatro inesorabili (1966) ; 4...3...2...1...morte (1967) ; Killer Adios (1968).

Il n'a pas son pareil, cet ancien scénariste, pour régler un abordage ou évoquer la trogne patibulaire de pirates, au point que De Toth l'embaucha pour son *Morgan.* Mais de Sémiramis à Néron, l'histoire ancienne n'a pas davantage de secrets pour lui, et il excelle à diriger une orgie (très chaste) ou un déploiement de gardes armés. Le western ne lui est pas davantage étranger et il sait mettre en scène, sans les recherches artificielles d'un Leone, un *gunfight* à suspense. Bref un agréable petit maître.

Zeman, Karel

Réalisateur tchécoslovaque né en 1910.

Vanocni sen (Rêve de Noël, 1945) ; Krecek (1946) ; Podkova pro stetsi (Le fer à cheval, 1946) ; *Série des* M. Prokouk (9 films, 1947-1959) ; Inspirace (Inspiration, 1949) ; Kral Lavra (Le roi Lavra, 1950) ; Poklad Ptaciho ostrova (Le trésor de l'île aux oiseaux, 1952) ; Cesta do praveku (Voyage dans la préhistoire, 1954) ; Vynalez Zkary (Aventures fantastiques/L'invention diabolique, 1957) ; Cerny dément (Le diamant noir, 1958) ; Baron Prasil (Le baron de Crac, 1961) ; Blaznova Kronika (La chronique d'un fou, 1964) ; Ukradena vzducholod (Le dirigeable volé, 1966) ; Na Komete (L'arche de M. Servadac, 1969) ; Carodejuv uceh (1977) ; Pohadke o Honzikovi a Marence (1981).

Modéliste, dessinateur commercial, très attiré par les marionnettes dans les années 30, il devient après la guerre l'un des meilleurs spécialistes de l'animation, passant des poupées, des personnages en verre ou dessinés au film classique sans la moindre difficulté. On lui doit une œuvre remarquable, *Aventures fantastiques,* où, adaptant un roman de Jules Verne, Zeman reconstituait l'univers des images rayées des fameuses éditions Hetzel. Même réussite pour *Le baron de Crac* aux décors extraordinaires. Dans *L'arche de M. Servadac,* où il retrouve le charme des anciennes cartes postales, il imagine un séisme en Méditerranée provoquant l'évasion d'une petite partie de la terre dans l'espace. Du coup les antagonismes s'estompaient sur cette comète d'un nouveau genre. Mais n'était-ce pas un rêve ? Tous les animateurs sont des utopistes.

Zetterling, Mai

Actrice et réalisatrice suédoise, née en 1925.

Comme réalisatrice : The War Game (c.m., 1962) ; Alskande par (Les amoureux, 1964) ; Nattlek (Jeux de nuit, 1966) ; Doctor Glas (1968) ; Flickovna (Les filles, 1969) ; Vincent (doc., 1972) ; Visions of Eight (doc., 1973).

Brillante actrice, elle s'est orientée vers la mise en scène à partir de 1962. Elle signe en 1966 *Jeux de nuit*, œuvre sensuelle et baroque où les objets prennent valeur de symbole. Le film fait scandale. Mai Zetterling a également collaboré au film de montage sur les jeux olympiques de Munich en 1973.

Zguridi, Alexander

Réalisateur soviétique né en 1904.

Principaux films : Sables de mort (1945) ; Croc-Blanc (1946) ; Les secrets de la nature (1948) ; La vraie vie de la forêt (1950) ; Dans le Pacifique (1957) ; La symphonie de la forêt (1967).

L'un des plus grands spécialistes russes du documentaire : il s'intéresse surtout à la vie des animaux et s'imposa avec *Sables de mort.*

Zidi, Claude

Réalisateur français né en 1934.

Les bidasses en folie (1971) ; Les fous du stade (1972) ; Le grand bazar (1973) ; La moutarde me monte au nez (1974) ; Les bidasses s'en vont en guerre (1974) ; La course à l'échalote (1975) ; L'aile ou la cuisse (1976) ; L'animal (1977) ; La zizanie (1978) ; Bête mais discipliné (1978) ; Les sous-doués (1980) ; Inspecteur la bavure (1981) ; Les sous-doués en vacances (1982).

Spécialiste du comique « à la française », il bat, avec son rival Gérard Oury, tous les records de recette. Un seul échec : *La zizanie* ; il avait réuni Annie Girardot et Louis de Funès dont les publics sont tout à fait différents. Zidi est généralement bien médiocre, mais parfois assez inspiré, comme dans *L'aile ou la cuisse* où Julien Guiomar était extraordinaire en empereur de la nourriture synthétique à la chaîne contre lequel luttait Louis de Funès. Chroniqueur gastronomique, celui-ci était élu à l'Académie française : sa réception se déroulait devant une table bien garnie autour de laquelle étaient rangés les quarante en habit vert. L'effet était particulièrement savoureux. Les Charlot, Pierre Richard, Coluche, Belmondo figurent également au générique des films de Zidi, toujours centrés sur une actualité presque immédiate et aisément perceptible par un public du samedi soir, peu exigeant sur les nuances.

Zieff, Howard

Réalisateur américain.

Hollywood Cowboy (Hollywood Cowboy, 1975) ; The Main Event (Tendre combat, 1979) ; Private Benjamin (La bidasse, 1980).

De remarquables débuts avec *Hollywood Cowboy* qui annonçait avec une lucide cruauté que cette fois l'Ouest est bien mort. Le jeune paysan de l'Indiana le découvrait dans l'univers frelaté d'Hollywood. Il fallut déchanter avec *The Main Event*, sur la boxe, puis *Private Benjamin* où la satire de l'armée américaine se transformait en bluette sentimentale. Zieff n'est qu'un « Hollywood Cowboy ».

Zimmerman, Vernon

Réalisateur américain.

Fade to Black (Fondu au noir, 1980).

Un vrai cinglé du cinéma commet une série de meurtres en s'inspirant des meilleures séquences de ses films préférés, de *Kiss of Death* à *The Mummy.* Tout à la fois hommage au cinéma américain de la grande époque et dénonciation de la violence à l'écran, *Fade to Black* est un film fascinant qui révèle en Zimmerman lui-même un fort sympathique « zinzin d'Hollywood ».

Zinnemann, Fred

Réalisateur américain, d'origine autrichienne, né en 1907.

Redes (1934) ; Kid Glove Killer (1942) ; Eyes in the Night (Les yeux dans les ténèbres, 1942) ; The Seventh Cross (La septième croix, 1944) ; Little Mister Jim (1946) ; My Brother Talks to Horses (1946) ; The Search (Les anges marqués, 1948) ; Act of Violence (Acte de violence, 1948) ; The Men (C'étaient des hommes, 1950) ; Teresa (Teresa, 1951) ; High Noon (Le train sifflera trois fois, 1952) ; The Member of the Wedding (1952) ; From Here from Eternity (Tant qu'il y aura des hommes, 1953) ; Oklahoma ! (Oklahoma !, 1955) ; A Hatful of Rain (Une poignée de neige, 1957) ; The Nun's Story (Au risque de se perdre, 1959) ; The Sundowners (Horizons sans frontières, 1960) ; Behold a Pale Horse (Et vint le jour de la vengeance, 1963) ; A Man for All Seasons (Un homme pour l'éternité, 1967) ; The Day of the Jackal (Chacal, 1973) ; Julia (Julia, 1977) ; Maiden Maiden (1982).

Sa réputation de « grand » cinéaste repose sur trois films : un western, *High Noon*, conçu comme une tragédie classique (unités de temps, de lieu et d'action) et qui est en effet un chef-d'œuvre ; un mélo guerrier sur Pearl Harbor, *From Here from Eternity* dont les grosses ficelles sont de véritables câbles ; et une ennuyeuse biographie de Thomas More, *A Man for All Seasons*. Mieux vaut faire silence sur le reste de l'œuvre : ce ne sont que déluges de larmes ou comédies musicales pachydermiques. Cet ancien violoniste qui avait reçu à Paris une formation d'opérateur entre 1927 et 1928, qui avait collaboré à *Menschen am Sonntag* de Siodmak, puis à Hollywood, à partir de 1929 avec Viertel et Flaherty avant d'être engagé par Strand pour *Les Révoltés d'Alvarado*, est-il au moins un bon technicien ? On finit par en douter en voyant la manière dont il a gâché *Chacal*, superbe sujet consacré à un attentat contre de Gaulle.

Zugsmith, Albert

Producteur et réalisateur américain né en 1910.

Private Lives of Adam and Eve (avec M. Rooney, 1960) ; College Confidential (1960) ; Sex Kittens Go to College (1960) ; Dondi (1961) ; Confessions of an Opium Eater (Les confessions d'un mangeur d'opium, 1962) ; Dog Eat Dog (1964) ; Movie Star American Style, or LSD I Hate You (1966) ; The Chinese Room (1967) ; The Phantom Gunslinger (1967) ; The Very Friendly Neighbors (1971) ; The Outrageous Unbelievable Mechanical Love Machine (1971) ; Rapist (1973).

Brillant producteur à l'Universal, il s'est amusé à tourner des films nettement destinés au public des campus : sexe et drogue. Son chef-d'œuvre, placé sous le patronage de De Quincey et de Baudelaire, est une curieuse œuvre fantastique, pleine de recherches esthétiques, *Confessions of an Opium Eater*.

Zulawski, Andrzej

Réalisateur polonais né en 1942.

Trzecia czesc nocy (La troisième partie de la nuit, 1970) ; Diabel (Le Diable, 1972) ; L'important c'est d'aimer (1974) ; Possession (1981).

Études à Paris et notamment à l'I.D.H.E.C. De retour en Pologne, assistant de Wajda. En 1970 Zulawski signe une œuvre remarquable sur la guerre et les amours contrariées puis un film quasi fantastique, *Le Diable*. De retour en France, il tourne un film très fort sur la fiction cinématographique. On y voit au début Romy Schneider, actrice médiocre du porno (malgré *Sissi* !), incapable de dire à un partenaire couvert d'hémoglobine : « Je t'aime », trouver le ton juste lorsque son amant est réellement ensanglanté (*L'important c'est d'aimer*). Il ne peut terminer en Pologne *Le globe d'argent*, commencé en 1976, et revient en France pour *Possession*, drame sur l'hystérie d'un couple déchiré, que lui inspire son expérience personnelle.

Zurlini, Valerio

Réalisateur italien né en 1926.

Le ragazze di San Frediano (1954) ; Estate violenta (Été violent) ; La ragazza con la valigia (La fille à la valise,

1960) ; Cronaca familiare (Journal intime, 1962) ; Le soldatesse (Des filles pour l'armée, 1964) ; Seduto alla sua destra (Assis à sa droite, 1968) ; La prima notte di quiete (Le professeur, 1972) ; Il deserto dei Tartari (Le désert des Tartares, 1976) ; Lo scialo (1979).

Juriste, puis animateur de théâtre, il a débuté dans le cinéma par des courts métrages avant de développer une œuvre intimiste qui lui valut des fidèles, notamment *La fille à la valise*. Après quelques ratages, il signa *Le professeur*, une œuvre curieuse où Delon, professeur intérimaire au lycée de Rimini, séduisait ses étudiantes avant d'être lui-même séduit par une élève belle et mystérieuse. Son adaptation du roman de Buzzati, *Le désert des Tartares*, produit par Jacques Perrin et à l'éclatante distribution, a montré qu'il fallait encore compter avec Zurlini.

Zwobada, André

Producteur et réalisateur français né en 1910.

Comme réalisateur : Croisières sidérales (1942) ; Une étoile au soleil (1942) ; Farandole (1944) ; François Villon (1945) ; La septième porte (1946) ; Noces de sable (1948) ; Capitaine Ardant (1951).

La diversité de ses curiosités fut grande. Force est de reconnaître que son film de science-fiction, *Croisières sidérales*, qui joue sur la relativité du temps et de l'espace, était fort original pour l'époque ; quant à son portrait de François Villon, bien joué par Reggiani, il reconstitue avec bonheur, et peu de moyens, le règne de Louis XI.

ADDENDA

Réalisateurs cités ou d'importance secondaire n'ayant pas fait l'objet d'une notice

BARRETO (Bruno) : réalisateur brésilien né en 1953 (*Dona Flor et ses deux maris,* 1976).

CAMMEL (Donald) : coréalisateur américain avec Roeg de *Performance* (1970) et seul de *Demond Seed* (1977) où un robot violait Julie Christie.

CHAUDET (Louis) : réalisateur américain d'origine française qui a beaucoup tourné au temps du muet.

CHAUVEL : réalisateur australien.

CHRISTENSEN (Carlos-Hugo) : réalisateur brésilien d'origine argentine.

CLIFT (Denison) : réalisateur américain (*The Mystery of the Mary Celeste,* 1935).

CROMBIE (Donald) : réalisateur australien (*Caddie,* 1975).

CUNNINGHAM (Jean) : réalisateur américain, l'un des promoteurs du film de « gore » avec *Vendredi 13,* refait par Miner.

CUTTS (Graham) : réalisateur anglais mort en 1958 (*The Sign of the Four,* 1932).

DAUGHERTY : réalisateur américain de série Z.

DELBEZ (Maurice) : réalisateur français (*A pied, à cheval et en voiture,* 1957).

DE LEON (Mike) : réalisateur philippin (*Kisapmata, Batch 81*).

DEL LORD : producteur et réalisateur américain.

DEPARDON (Raymond) : spécialiste français du documentaire (*San Clemente,* 1981).

DEREK (John) : acteur et réalisateur américain (dont un *Tarzan,* avec Bo Derek).

FLOOD (James) : réalisateur américain.

FOWLEY (Douglas) : réalisateur américain, notamment de *Macumba Love* (1960, sur le vaudou).

GARRET (Otis) : spécialiste américain de série B (*Lady in the Morgue,* 1938).

GHATAK (Ritwik) : réalisateur du Bangladesh (*Ajantrik,* 1958).

GLICKENHAUS (James) : réalisateur américain (*The Exterminator,* 1981).

GOREN (Serif) : il a tourné sur les indications du réalisateur turc Güney, *Yol* (1982).

HARTL (Karl) : réalisateur allemand (*Die Gräfin von Monte-Cristo,* 1932 ; *Der Mann, der Sherlock Holmes war,* 1937).

HAYDN (Richard) : acteur et à l'occasion réalisateur américain.

HUNT (Ed.) : réalisateur américain de films d'épouvante.

JAYET (René) : réalisateur français mort en 1952 (*Mandrin, Ma tante d'Honfleur, Moumou...*).

KNOPF (Ed.) : producteur américain, à l'occasion réalisateur.

LAURITZEN Junior (Lau) : réalisateur danois (*La terre sera rouge,* 1946).

LEMOINE (Michel) : petit maître français de l'érotisme, auteur des *Week-ends maléfiques du comte Zaroff.*

LENZI (Umberto) : réalisateur italien de films violents et malsains (*Cannibal Ferox*, 1982).

LEROUX (Jacques) : animateur français (*Pierrot*, 1965).

LOVERING (Otho) : réalisateur américain de westerns (*Wanderer of the Wasteland*, 1935).

LUSTIG (William) : réalisateur américain de films d'horreur *(Maniac)*.

MARTIN (Charles) : réalisateur américain *(Flic, juge et bourreau)*.

MAYLAM (Tony) : réalisateur américain de *Carnage* (*The Burning*, 1981).

MURPHY (Richard) : réalisateur américain.

NELSON (Sam) : spécialiste américain du *serial* à la Columbia (*Mandrake*, 1939, avec Deming).

OKTEN : réalisateur turc *(Le troupeau)*.

PAPPE (Julien) : animateur français.

PATHÉ (Théophile) : une comédie sur Murat en 1946.

PAVLOVIC (Zivojin) : réalisateur yougoslave.

QUINTERO (José) : réalisateur (*The Roman Spring of Mrs. Stone*, 1961, d'après Tennessee William).

RACIOPPI (Antonio) : réalisateur italien de série Z (*La congiura dei Borgia*, 1958).

RIAD (Slimane) : réalisateur algérien très engagé dans la guerre d'indépendance, auteur de *La voie* (1968) et de *Vent du Sud* (1975).

RISKIN (Robert) : réalisateur américain ; quelques films de série B.

ROSMINO (Gianpaolo) : pionnier du cinéma italien qui lança Lyda Borelli et signa une dizaine de films muets. Mort en 1982.

SCAVOLINI (Romano) : réalisateur américain (*Nightmare*, 1982).

SKUIBIN (Vladimir) : réalisateur russe décédé en 1962 (*Chudotvorets*, 1960).

SLOMAN (Edward) : réalisateur américain dont l'activité se situe entre 1916 et 1935.

SPOTTISWOODE (Roger) : réalisateur américain de *Terror Train* (1980) et de *Pursuit* (*200 mille dollars en cavale*, 1981).

STECKLER (Roy) : réalisateur américain de séries B.

STUART (Mel) : bon réalisateur américain de seconde équipe.

SZABO (Laszlo) : réalisateur attardé de la « nouvelle vague », auteur des *Gants blancs du diable* (1972) et de *Zig-Zig* (1974).

TEAGUE (Lewis) : spécialiste américain du film d'épouvante.

THOMAS (Gerald) : réalisateur anglais auteur d'insipides comédies (*Carryon*, 1958-1978).

TURNER (Otis) : pionnier du cinéma américain.

VALRAY (Louis) : réalisateur français de mélodrames dans les années 30.

VIENNE (Gérard) : coréalisateur avec Bel de films d'animaux.

VITANDIS (Gheorghe) : avec Cocea, l'un des meilleurs réalisateurs roumains des années 50. Il a travaillé avec Daquin et Clair.

WALLS (Tom) : réalisateur anglais spécialisé dans le théâtre filmé.

WOLF (Karl) : réalisateur allemand d'un cycle *Sherlock Holmes* (1917) qui a pris la suite de celui de Larsen Viggo pour Nordisk.

WYN (Michel) : un policier et une comédie à la française. Zozo, Bonbonne, Flageolet, Bozz, Harvec et Binet revus par Iles. Travaille maintenant pour la télévision.

LE CARRÉ, John
La Taupe – Comme un collégien – Les Gens de Smiley

LES MILLE ET UNE NUITS
Dans la traduction du Dr J.-C. Mardrus *(2 volumes)*

SCOTT, Walter
Waverley – Rob-Roy – La Fiancée de Lammermoor

STENDHAL
Le Rouge et le Noir – La Chartreuse de Parme – Lamiel – Armance

OUVRAGES DE RÉFÉRENCES

DICTIONNAIRE DES AUTEURS *(4 volumes)*

DICTIONNAIRE DES ŒUVRES *(7 volumes)*

DICTIONNAIRE DU CINÉMA de Jean Tulard

DICTIONNAIRE DES SYMBOLES de Jean Chevalier et Alain Gheerbrant

TOUT L'OPÉRA de Gustave Kobbé

UNE HISTOIRE DE LA MUSIQUE de Lucien Rebatet

OUVRAGES PRATIQUES

CUISINE SANS SOUCI de Rose Montigny

DIAPASON
Dictionnaire des Disques (Guide critique de la musique classique enregistrée)

ENCYCLOPÉDIE DES VINS ET DES ALCOOLS par Alexis Lichine

RÉUSSIR VOTRE CUISINE de Martine Jolly

POÉSIE

BAUDELAIRE, Charles
Œuvres complètes

RIMBAUD – CHARLES CROS – TRISTAN CORBIÈRE – LAUTRÉAMONT
Œuvres complètes

Composé par Maury

ACHEVÉ D'IMPRIMER POUR
LES ÉDITIONS ROBERT LAFFONT
SUR LES PRESSES DE
HAZELL WATSON & VINEY LTD
AYLESBURY (GRANDE-BRETAGNE)
Printed in Great Britain

DÉPOT LÉGAL : OCTOBRE 1982

Nº D'ÉDITEUR : S 524